U0084454

序 言

　　我們在學習英文的過程中，常會遇到英文發音上的難題，在出席國際會議，出國洽公的時候，也屢屢因一些前所未見的**專有名詞**，發音唸不出來而倍感窘困。對學習英文的國人而言，解決專有名詞發音的難題，需要有一本網羅全世界專有名詞，予以鉅細靡遺、詳加編列，隨時可以查閱的好書。基於此，我們乃亟思為國人編纂這本「**KK音標專有名詞發音辭典**」。

　　本書共有九萬多個世界各地方專有名詞，舉凡世界上人口超過二萬的都市、鄉村、小街、大的山脈河川、海洋島嶼，或出自歷史、神話之知名人士與地方，乃至天文學、動物、植物名詞等皆蒐羅在列。

　　在發音標注方面，為兼顧普遍性、實用性以及配合時代潮流之趨勢，我們特採 *John Samuel Kenyon* 與 *Thomas Albert Knott* 兩氏在**美語發音字典**（*A Pronouncing Dictionary of American English*）所創的K.K.音標，使本書成為國內目前唯一以K.K.音標加注的「**KK音標專有名詞發音辭典**」，是幫助讀者在遇上專有名詞發音困難時，解除疑問的最佳參考工具書。

　　在釋義上，舉凡重要名詞，視其必要，在注音之後，附加此語之國別，以使讀者瞭解該字之語源，如（法），即指明該字係出自法文（其他依此類推），方便讀者進修、參考之用。

　　本書在編寫的各個階段，由於工程浩繁，所以投入不少的時間與心力，對於許多發音上的難題，特別感激任教於國立政治大學的殷允美先生悉心解惑，現付梓在即，唯仍恐有疏漏之處，敬祈各界先進不吝指正為荷。

編者　謹識

編輯體例

　　本辭典的發音一致採用 **K.K.音標**，一方面它實則代表美國中西部發音，即所謂之美語音系（*American English*），由於美國中西部幅員遼闊，可代表美國的一般發音，而美語更為世界性語言，所以，將K.K.音標視為國際語言，實不為過。至於另一種國際發音D.J.音標，由於隨世界潮流的改變，在今日台灣社會，其普遍性與重要性之程度，已漸為K.K.音標取代，職是之故，本書之發音以K.K.為主。至於其與D.J.音標之轉注，後文將有說明。

　　本辭典中對於已是英語化發音（*Anglicized*）或廣泛使用之專有名詞，一律標上**英語化之發音**；如果還沒有英語化之發音，則標上近似原語音的音標，目的在保留其原音。至於專有名詞其發音與原語言發音不同者，我們特將兩種發音法標出，並在括號（ ）內註明原語文名稱，以方便讀者參考比較，例如：

　　　　Bercovici〔͵bɚkoˈvisɪ；͵bɛrkoˈvitʃi（羅）〕
　　　　Lyonnais〔lioˈne；ljɔˈnɛ（法）〕

I.原音發音之符號轉注

　　雖然有些名詞加注了原語文發音方法，但是由於英語中找不到相當的發音音標，則我們採用英語中近似的音標表示，茲分別說明之：

⑴ 母音部分

/y/ → /ju/	Buffon（法）〔byfɔ̃〕→〔bjuˈfɔn〕
	Lübke（德）〔ˈlypkə〕→〔ˈljupkə〕
/ø:/ /œ:/ → /ɝ/	Goethe（德）〔gø:tə〕→〔ˈgɝtə〕
	Sueur（法）〔syœ:r〕→〔sjuˈɝr〕
/a/ → /ɑ/	Bibane（法）〔bi:bán〕→〔biˈbɑn〕

　鼻母音

　　　　/ɛ̃/ → /æŋ/　　Saint‐Saëns (法) [sɛ̃sɑ̃ːs] → [sæŋ·ˈsɑŋs]

　　　　/ɔ̃/ → /ɔŋ/　　Jeanron (法) [ʒɑ̃rɔ̃] → [ʒɑŋˈrɔŋ]

　　　　/ɑ̃/ → /ɑŋ/　　Mont Blanc (法) [mɔ̃ blɑ̃] → [mɔŋ ˈblɑŋ]

　　此外，俄語的母音 Я，ё，Ю，е，И 等音，因與 /ja/, /jɔ/, /ju/, /jɛ/, /jɪ/ 等音相似，故以此英語發音代替原俄語之發音。

(2) 子音部分

　　　　/β/ → /v/　　Ibajay (西) [iβaxáj] → [ˌivɑˈhaɪ]

　　　　/ɬ/ → /l/　　Llandaff (威) [ɬándaf] → [ˈlændæf]

　　　　/ɣ/ → /g/　　Llobregat (西) [ʎoβʃeɣát] → [ˌljovrɛˈgat]

　　　　/ʎ/ → /lj/　　Sorolla (西) [soróʎa] → [soˈrolja]

　　　　/ɲ/ → /nj/　　Boulogne (法) [bulɔɲ] → [buˈlɔnj]

　　　　/x/ → /h/　　Berghem (荷) [bɛ́xəm] → [ˈbɛrhəm]

　　德文的字尾為 -burg 者，其因地域上發音有 [-burk] 及 [-burç] 之差異，為了統一起見，在英語化發音之情況，同時注上 [-bəg] 及原音 [-burk] 供讀者參考。

Ⅱ.符號說明

(1) 圓括弧 ( )

　(a) 字母或發音符號中表示可以省略：

　　如 Orkney(s) [ˈɔrknɪ(z)] 表示 Orkney [ˈɔrknɪ] 或 Orkneys [ˈɔrknɪz] 兩種拼法都可以用，又如 Thirl(e)by [ˈθɪɫəlbɪ] 可拼寫成 Thirlby 或 Thirleby。

　(b) 發音符號後的中文簡稱，表示所屬語文：(詳見略語表)

　　如在 Fresnãy [freˈne] (法) 之中，(法) 即代表法文讀音，而 Acosta [ɐˈkɔʃtɐ] (葡)；ɑˈkostɑ (西)] 阿科斯塔，則分別表示葡萄牙文及西班牙文讀音。

(c) 中文譯音之後，圓括弧內表示補充說明該地所屬洲別、國家或省份，如
Aalborg〔ˈɔlbɔrg〕阿爾堡（丹麥），即說明阿爾堡為丹麥之一港市。

(2) 方括弧【 】表該字的出處或屬性：（詳見略語表）

如 Abaddon〔əˈbædən〕【聖經】①無底坑；地獄 ②無底坑的使者。

(3) 中間黑點（·）

(a) 表示不要唸成塞擦音：

如 Evertson〔ˈɛvətˌsṇ〕表示不要將 ts 唸成塞擦音。

(b) 表示分段點，即在複合字中每字讀音分段：

如 Erets-Yisrael〔ˈɛrɛtsˌˌjɪsrɑˈel〕

此外，在某些字的發音中，為了讓讀者能清楚地分辨兩個母音 aʊ, aɪ
及雙母音 aʊ、aɪ，我們特別在兩個母音之間加點，成為 ɑ·ʊ、ɑ·ɪ，以示
區別：

如　Nicolaus〔ˌnɪkəˈleəs；ˌnikoˈlɑ·ʊs（德、荷）〕
Papawai〔ˌpɑpɑˈwɑ·ɪ〕

(4) 分號（；）

(a) 列舉兩個以上的發音方式，一律以（；）劃分，一般以最常用的發音次
序排列，但有時兩者併用，其程度甚至不分軒輊。

(b) 若有多種不同語文之發音，且其中每一種語文又有兩種以上讀法時，
則同語文間，以（，）分開，不同語文則以（；）表示，如

Ambrosius〔æmˈbroʒɪəs, amˈbroziʊs（德）；amˈbrosɪəs（荷）〕

(5) 連字號（ - ）

(a) 表示省略相同的發音

如　Aspern〔ˈaspən；æs-〕
Lombards〔ˈlɑmbədz；-bɑrdz；ˈlʌm-〕

(b) 一名詞的音標於行末未完成而分跨下行時，也使用連字號。

如　Laokoön〔leˈakoɑn；-oən；lɑˈo-
kɔɑn〕（德）

(6) 重音

重音標於該音節左上方，次重音則標於該音節之左下方。

如　Savonarola〔͵sævənə′rolə；͵sɑvonɑ′rolə〕（義）

(7) 省略符號（～）

表示省略普通名詞之音標，如 river，park，club，mountains … 等。

如　College Park〔′kɑlɪdʒ ～〕

(8) 人名專有名詞

本辭典中的人名專有名詞，若為普通人名，僅標示中文譯音；若此人係為歷史上之知名人士，則發音及中文譯音之後以括弧方式提供其全名、生卒年及身分或卓越事蹟，以供讀者參考，如

Hoe〔ho〕何歐（Richard March，1812-1886，美國發明家及製造商）

(9) 地名雷同

歐美各國因早期彼此相互移民之故，不同的國家常會出現名稱相同的城鎮，其意義不外乎是藉此舒發遙念鄉土之情，有此情形之地名，本辭典以下列方式說明：

Greenwich〔′grɪnwɪtʃ〕格林威治（英國；美國）

（英國；美國）即表示在英、美兩國皆有此一地名。

本書採用米色宏康護眼印書紙,版面清晰自然,
不傷眼睛。

━━━━● 學習出版公司台中門市部 ●━━━━

地址:台中市綠川東街32號8樓23室
電話:(04)2232838
營業時間:早上九點至晚上九點,假日照常營業。

書種齊全,全天為您服務!

◀ 發音說明 ▶

　　前面提到過本辭典之發音係採 *J.S. Kenyon* 與 *T.A. Knott* 兩氏的美語發音字典（ *A Pronouncing Dictionary of American English* ）之 K.K.音標為準。英語中之發音，以聲門張開時，聲帶振動與否分為有聲和無聲兩類；凡母音無論是短母音、長母音或雙母音皆為有聲；因為在歸納分類時，將口腔內不受阻礙而能流暢發出聲音者歸納為母音，而子音部分，則發音時氣流或受脣舌位置影響，或受嘴形變換而造成摩擦、塞擦、旁流、鼻音等，因此將其分為有聲子音及無聲子音。為學習上之便利，我們從發音上加以分類說明，並提供近似之國語注音作為參考。

1. 母音

(1) 單母音	實　　例	說明（國語注音）
/i/	bee〔bi〕	似國音"一"之長讀音
/ɪ/	hit〔hɪt〕	略同國音"一"與"ㄝ"間之音
/e/	day〔de〕	略同國音"ㄟ"之長讀音
/ɛ/	bed〔bɛd〕	略同國音"ㄝ"
/æ/	cat〔kæt〕	略同"ㄝ"與"ㄚ"間之音
/ɑ/	hot〔hɑt〕	似國音"ㄚ"
/ɔ/	soft〔sɔft〕	略同國音"ㄚ"與"ㄛ"間稍長之音
/o/	boat〔bot〕	似國音"ㄡ"
/ʊ/	book〔bʊk〕	略同國音"ㄨ"與"ㄛ"間之短音
/u/	blue〔blu〕	似國音"ㄨ"之長讀音
/ʌ/	cup〔kʌp〕	略同國音"ㄚ"與"ㄜ"間之音
/ə/	sofa〔'sofə〕	輕音符號，又稱中性之音，略同國音"ㄚ"與"ㄜ"間輕弱之音，不用於重音節
/ɚ/	father〔'faðɚ〕	似國音"ㄦ"，較〔ɝ〕音弱而短

(2) **雙母音**　係發音時前面之母音重讀而清晰發出，隨後之母音輕弱發聲
而成。

/aɪ/	eye〔aɪ〕	似國音"ㄞ"
/au/	out〔tut〕	似國音"ㄠ"
/ɔɪ/	boy〔bɔɪ〕	略同國音"ㄛ，一"連讀

2. 子音

(1) **塞音**　係發音之氣流在口腔內受阻而發出之音。

/p/	pig〔pɪg〕	無聲
/b/	big〔bɪg〕	有聲
/t/	ten〔tɛn〕	無聲
/d/	desk〔dɛsk〕	有聲
/k/	come〔kʌm〕	無聲
/g/	go〔go〕	有聲

(2) **摩擦音**　係發音之氣流在口腔內摩擦而發出之音。

/f/	five〔faɪv〕	無聲
/v/	wave〔wev〕	有聲
/θ/	think〔θɪŋk〕	無聲
/ð/	this〔ðɪs〕	有聲
/s/	see〔si〕	無聲
/z/	zoo〔zu〕	有聲
/ʃ/	she〔ʃi〕	無聲
/ʒ/	usual〔'juʒuəl〕	有聲
/h/	he〔hi〕	無聲

(3) **塞擦音**　指〔tʃ〕與〔dʒ〕兩者由於以塞音〔t〕、〔d〕開始，緩接〔ʃ〕、
〔ʒ〕之音，摩擦而發出之音。

| /tʃ/ | chair〔tʃɛr〕 | 無聲 |
| /dʒ/ | jump〔dʒʌmp〕 | 有聲 |

(4) **鼻音**　發音之氣流，由於閉塞口腔而經鼻腔發出之音。

/ m /	game〔gem〕 man〔mæn〕	緊閉雙唇所發出之有聲鼻音
/ n /	pen〔pɛn〕 night〔naɪt〕	將舌前部抵住上牙齦所發出 之有聲鼻音
/ ŋ /	ink〔ɪŋk〕	將舌後部抵住軟顎所發出之 有聲鼻音

(5) **旁流音**　也稱邊音，將舌尖抵住上牙齦，使發音之氣流由舌面兩側流動
　　　　而發出之音。

/ l /	ball〔bɔl〕 leg〔lɛg〕	有　聲

(6) **半母音**　具母音性質，因位於其他母音之前，讀音較弱。

/ j /	yes〔jɛs〕	有聲，略同國音 " ㄧ "
/ w /	way〔we〕	有聲，略同國音之 " ㄨ "
/ r /	care〔kɛr〕 ring〔rɪŋ〕	有聲，捲舌，舌尖靠近硬顎， 雙唇稍圓所發出之音

前述之分類各項發音，我們概略說明比較，並舉實例做為參考。為使讀
者能夠更充分地了解 D.J. 與 K.K. 音標之關係與差異，我們分別列出兩種國
際音標系統，以供讀者查閱對照。

D.J. 音標	K.K. 音標	D.J. 音標	K.K. 音標	D.J. 音標	K.K. 音標
i:	i	ɔ	ɑ	ei	e
i	ɪ	ɔ:	ɔ ɔr （拼字中含有 r）	ou	o
iə	ɪə （拼字為 ea） ɪr （拼字中含有 r）	u	ʊ	ai	aɪ
		u:	u	au	aʊ
e	ɛ	ʌ	ʌ	ɔi	ɔɪ
εə	ε(r)	ə:	ɜ ɝ （非重音節所在）	ju	ju
æ	æ				ɪu
ɑ:	ɑ ɑr （拼字中含有 r）	ə	ə ɚ （拼字中含有 r）	ɔə	or，ɔr
				uə	ʊr

略語表（I）

非	非洲用語	Africa, African
阿爾巴	阿爾巴尼亞語	Albanian
美	美國英語；美語	American
拉丁美	拉丁美洲西班牙語	Latin American Spanish
阿拉伯	阿拉伯語文	Arabic
亞美尼亞	亞美尼亞語	Armenian
班圖	班圖語	Bantu
比	比利時語	Belgian
孟	孟加拉語	Bengali
巴西	巴西葡萄牙語	Brazilian Portuguese
不列顛	不列顛語	British
保	保加利亞語	Bulgarian
緬	緬甸語	Burmese
加法	加拿大法語	Canadian French
中	中文；中國語言	Chinese
克	克羅埃西亞語	Croatian
捷	捷克語	Czech
丹	丹麥語	Danish
荷	荷蘭語	Dutch
埃	埃及語	Egyptian
英	英語；英格蘭用法	English; England
愛沙	愛沙尼亞語	Estonian
衣索比亞	衣索比亞語	Ethiopic
芬	芬蘭語	Finnish
法蘭德斯	法蘭德斯用語	Flemish
法	法語	French

蓋爾	蓋爾語	Gaelic
德	德語	German
古希	古代希臘語	Greek
希伯來	希伯來語	Hebrew
印	印度語	Hindustani
匈	匈牙利語	Hungarian
冰	冰島語	Icelandic
愛	愛爾蘭語	Irish
義	義大利語	Italian
拉脫維亞	拉脫維亞語	Latvian
列斯特	列斯特郡用語	Leicestershire
列特	列特語	Lettish
立陶宛	立陶宛語	Lithuanian
馬來	馬來語	Malay
墨	墨西哥語	Mexican
中古英語	中古英語	Middle English
希	現代希臘語	Modern Greek
蒙古	蒙古語	Mongolian
挪	挪威語	Norwegian
古英	古代英語	Old English
波斯	波斯語	Persian
波蘭	波蘭語	Polish
葡	葡萄牙語	Portuguese
羅	羅馬尼亞語	Romanian; Rumanian
俄	俄語	Russian
羅曼斯	羅曼斯方言	Romansh
南非荷	南非荷蘭語	South African Dutch
蘇	蘇格蘭語	Scottish; Scotland
塞克	塞爾維克－克羅埃西亞語	Serbo-Croatian

暹羅	暹羅語	Siamese; Thai
梵	梵文	Sanskrit
斯拉夫	斯拉夫語	Slavonic
西	西班牙語	Spanish
瑞典	瑞典語	Swedish
韃靼	韃靼語	Tartar
土	土耳其語	Turkish
越	越南語文	Vietnamese
威	威爾斯語	Welsh
意第緒	意第緒語	Jewish; Yiddish

略語表（Ⅱ）

【美蔑】	美國輕蔑語	American Curses and Insults
【美史】	美國歷史	American History
【美俗】	美國俗語	American Slang
【亞瑟王傳說】	亞瑟王傳說	Arthurian Legends
【天文】	天文學	Astronomy
【聖經】	聖經	Bible
【植物】	植物學	Botany
【佛教】	佛教	Buddhism
【天主教】	天主教	Catholicism
【化】	化學	Chemistry
【基督教】	基督教	Christianity
【埃及神話】	埃及神話	Egyptian Mythology
【電】	電學	Electricity

【地質】	地質學	Geology
【希臘神話】	希臘神話	Greek Mythology
【日耳曼神話】	日耳曼神話	Germanic Mythology
【醫】	醫學	Medicine
【回教】	回教	Mohammedanism（Islam）
【新約聖經】	新約聖經	New Testament
【北歐神話】	北歐神話	Norse Mythology
【舊約聖經】	舊約聖經	Old Testament
【詩】	詩中用語	Poetry
【羅馬神話】	羅馬神話	Roman Mythology
【動物】	動物學	Zoology

參考書目

1. *A Pronouncing Dictionary of American English 1978*.

2. *English Pronouncing Dictionary of Proper Names 1969*, *Sanseido*.

3. *The New American Heritage Dictionary of the English Language 1979*.

4. *Webster's Ninth New Collegiate Dictionary 1983*.

A

Aa〔ɑ〕

Aabenraa-Sönderborg〔ɔbən,rɑː-ˈsənəbɔrg〕

Aaby(e)〔ˈɔbju〕（丹）奥比

Aach〔ɑh〕（德）

Aachen〔ˈɑkən〕亞琛（德國）

Aagaard〔ˈegard; ˈɑg-〕埃格德

Aage〔ˈɔgə〕

Aagesen〔ˈɔgəsṇ〕

Aageson〔ˈɔgəsṇ〕

Aagje〔ˈɑhjə〕（荷）

Aahhotep〔ɑˈhotep〕

Aahmes〔ˈɑmes〕

Aakjaer〔ˈɔkjer〕（丹）

Aakon〔ˈɑkən〕

Aaland〔ˈɑlənd; ˈo,land〕

Aalborg〔ˈɔlbɔrg〕阿爾堡（丹麥）

Aalen〔ˈɑlən〕

Aalesund〔ˈɔləsun〕（丹）

Aali〔ˈɑli〕

Aali Pasha〔ˈɑli pəˈʃɑ〕

Aall〔ɔl〕（挪）

Aalst〔ɑlst〕

Aalto〔ˈɑltɑ; -to〕阿爾托

Aamodt〔ˈɑmɑt〕阿莫特

Aandahl〔ˈɑndal〕阿達爾

Aanon〔ˈɔnɔn〕

Aanrud〔ˈɔnrud〕

Aar〔ɑr〕

Aaraaf, Al〔æl ˈæræf〕

Aare〔ˈɑrə〕

Aareschlucht〔ˈɑrəʃluht〕（德）

Aarestrup〔ˈɔrəstrup〕

Aargau〔ˈɑrgɑu〕

Aarhus〔ˈɔrhus〕阿爾胡斯（丹麥）

Aarlen〔ˈɑrlən〕

Aarö〔ˈɔrə〕　　　　　「之第一個祭司長）

Aaron〔ˈɛrən; ˈɑrən〕亞倫（聖經中希伯來人

Aaron ben Moses ben Asher〔ˈɛrən ned ˈmozɪs bən ˈæʃə〕

Aaronovich〔ʌˈrɔnəvjitʃ〕（俄）

Aarssens〔ˈɑrsəns〕

Aart〔ɑrt〕

Aartsen〔ˈɑrt·sən〕

Aasen〔ˈɔsən〕（挪）

Aasgaard〔ˈɔsgard〕奥斯格德

Aasmund〔ˈɔsmun〕（挪）

Aavik〔ˈɑvɪk〕

Ab〔æb; ɑb〕猶太民曆中之十一月或猶太曆中
　　　　　　　　　　　　　　　　L之五月

Ababa〔ˈɑbəbə〕

Ababda〔ɑˈbɑbdɑ〕

Ababdeh〔ɑˈbɑbdɛ〕

Ababua〔ˌɑbɑˈbuɑ〕

Abaco〔ˈæbəko〕

Abad〔æˈbɑd〕

Abadan〔ˌɑbɑˈdɑn; ˌæbəˈbæn〕阿巴丹（伊朗）

Abadba〔ɑˈbɑdbɑ〕　　　　「❷無底坑的使者

Abaddon〔əˈbædən〕【聖經】❶無底坑；地獄

Abadía〔ˌɑvɑˈðiɑ〕（西）

Abadites〔ˈæbədaɪts〕

Abady〔ˈæbədɪ〕阿巴迪

Abad y Queipo〔ɑˈvɑð ɪ ˈkejpo〕（西）

Abad y Queypeo〔ɑˈvɑð ɪ ˈkeˌpeo〕（西）

Abae〔ˈebi〕

Abaelard〔ˈæbəlard〕

Abafi〔ˈɔbɑfɪ〕（土）

Abai〔ˈɑbaɪ〕

Abaiang〔ɑˈbaɪɑŋ〕

Abailard〔ˈæbəlard; abeˈlar〕（法）

Abakan〔ˌɑbɑˈkɑn; ʌbʌˈkɑn〕阿巴坎（蘇聯）

Abalos〔ɑˈvɑləs〕（西）

Abaliget〔ˈɔbɔliget〕

Aballum〔əˈbæləm〕

Abalone〔ˌæbəˈloni〕

Abalus〔ˈæbələs〕

Abamonti〔ˌɑbɑˈmonti〕

Abana〔ˈæbənə〕

Abancay〔ˌɑvɑŋˈkaɪ〕（西）

Abancourt〔ɑbɑŋˈkur〕（法）

Abano〔ˈæbəno〕

Abarbanel〔əˌbɑrbəˈnɛl〕阿巴伯内爾

Abarca〔ɑˈbɑrkɑ〕

Abarim〔ˈæbərɪm〕

Abaris〔ˈæbərɪs〕

Abasalo〔ˌɑvɑˈsalo〕（西）

Abascal〔ˌɑvɑsˈkal〕（西）

Abascal y Sousa〔ˌɑvɑsˈkal ɪ ˈsosɑ〕（西）

Abasci〔əˈbæsaɪ〕

Abasgi〔əˈbæzdʒaɪ〕

Abasgia〔əˈbæzdʒɪə〕

Abasia〔əˈbæsɪə〕

Abasids〔ˈæbəsɪdz〕

Abassides〔ˈæbəsaɪdz〕

A Basso Porto〔a 'basso 'pɔrto〕
Abastenia〔,æbəs'tinɪə〕
Abate〔a'bate〕阿巴特
Abati〔a'batɪ〕
Abaúj-Torna〔'abauj·'torna〕（匈）
Abauzit〔abo'zit〕（法）
Abaya〔a'baja〕
Abaye〔ə'bajɪ〕
Abayi〔ə'bajɪ〕
Abazgi〔ə'bæzdʒaɪ〕
Abba〔'æbə〕東正教或希臘正教對主教之尊稱
Abba Arika〔'æbə ə'rikə; 'abba arɪha（希伯來）〕
Abbad〔æb'bad〕
Abbadides〔'æbədaɪdz〕
Abbadids〔'æbədɪdz〕
Abbadie〔aba'di〕（法）
Abbai〔ab'baɪ〕
Abba Jared〔'abba 'jarɛd〕
Abbana〔'æbənə〕
Abbans〔a'baŋs〕（法）
Abbas〔'æbəs; æb'bæs（阿拉伯）〕
Abbas Effendi〔ab'bas ɛ'fɛndɪ〕（波斯）
Abbas Hilmi〔æb'bas 'hɪlmɪ〕（阿拉伯）
Abbasids〔'æbəsɪdz〕
Abbas Mirza〔ab'bas 'mirza〕（波斯）
Abbasside〔'æbəsaɪd; ə'bæs-〕
Abbate〔ab'bate〕（義）阿巴特
Abbatucci〔,aba'tutʃi〕
Abbaye, L'〔labe'i〕（法）
Abbe〔'æbɪ; 'abə（德）; a'be（法）〕愛比
Abbé〔a'be〕（法）
Abbé Constantin, L'〔la'be kɔŋstaŋ 'tæŋ〕（法）
Abbé de La Tour〔a'be də la 'tur〕（法）
Abbé Prévost〔a'be pre'vo〕（法）
Abbeokuta〔,æbɪo'kutə〕
Abberley〔'æbəlɪ〕阿伯利
Abberville〔'æbəvɪl〕
Abbess〔'æbɪs〕
Abbett〔'æbɪt〕阿貝特
Abbeville〔æb'vil; 'æbɪvɪl〕
Abbey〔'æbɪ〕
Abbiategrasso〔ab,bjate'grasso〕
Abbiss〔'æbɪs〕阿比斯
Abbitt〔'æbɪt〕阿比特
Abbitibbe〔,æbɪ'tɪbɪ〕
Abbitibbi〔,æbɪ'tɪbɪ〕
Abbo Floriacensis〔'æbo ,florɪə'sɛnsɪs〕
Abbon of Fleury〔a'bɔŋ əv flə'ri〕

Abbot〔'æbət〕
Abbotsford〔'æbətsfəd〕
Abbott〔'æbət〕阿博特
Abboud〔əb'bud〕
Abbt〔apt〕
Abby〔'æbɪ〕阿比
ABC〔'e 'bi 'si〕
Abd〔æbd; abd〕
Abda〔'abda〕
Abd-al-Aziz〔əb,dʊl·æ'ziz; ,abd-al·a'ziz〕
Abdaldar〔æb'dældar〕
Abd-al-Hafid〔əb,dʊl·hə'fid; ,abd-al·ha-'fid〕
Abd-al-Hafiz〔əb,dʊl·hə'fiz; ,abd-al·ha-'fiz〕
Abd-al-Hakam〔əb,dʊl·hə'kam; ,abd-al·ha'kam〕
Abd-al-Kaaba〔əb,dʊl·'kaaba; ,abd-al-'kaaba〕
Abd-al-Kadir〔əbd·,ʊl·'kadɪr; ,abd-al-'kadɪr〕
'Abd-al-Karîm〔əb,dʊl·kə'rim; ,abd-al-kə'rim〕
Abd al Kuri〔,æbd-æl·'kuri〕
Abdalla〔æb'dælə; ab'dalə〕
Abdallah〔æb'dælə; əbdʊl'la（阿拉伯、波斯）〕阿卜杜拉
Abdallah-ibn-Yasin〔əbdʊl'la·,ɪbn·ja'sin; ,abdalla·,ɪbn·ja'sin〕
Abdallatif〔,əb,dʊlla'tif; ,abd-alla'tif〕
Abd-al-Malik〔əb,dʊl·mə'lɪk; ,abd-al·ma'lɪk〕
Abd-al-Mumin〔əbdʊl·'mʊmɪn; ,abd-al-'mumɪn〕
Abd-al-Muttalib〔əbdʊl·'mʊttəlɪb; ,abd-al·'mut-〕
Abd-al-Rahman〔əb,dʊl·ræ'man; ,abd-al·ra'man〕
'Abd-al-Qâdir〔əbdʊl·'kadɪr; ,abd-al·'kadɪr〕
Abd-al-Wahhab〔əb,dʊl·wæ'hab; ,abd-al·wæ'hab〕
Abd-al-Wahab, ibn-〔ɪbn·əb,dʊl·wæ'hab; ɪbn,abd-al·wæ'hab〕
Abd-ar-Rahman〔əb,dʊr·ræ'man〕
Abdas〔'abdas〕
Abdel〔'æbdɛl; ab'dɛl〕
Abdelazar〔,abdɛ'lazə〕
Abd-el-Aziz〔əb,dʊl·æ'ziz; ,abd-ɛl-a'ziz〕

Abd-el-Hafid〔əb,dʊl·hə'fid; ,ɑbd·ɛl·hɑ-'fid〕
Abd-el-Kader〔əbdʊl·'kɑdɪr; ,ɑbdɛl·-'kɑdɪr〕
Abdel Khalek〔əbdʊl 'hɑlɪk; ,ɑbdɛl 'hɑlɪk〕(阿拉伯)
Abd-el-Krim〔'æbd·ɛl·'krɪm; əb,dʊl·kə-'rim(阿拉伯)〕
Abdemon〔'æbdɪmən〕
Abdenago〔æb'dɛnəgo〕
Abdera〔æb'dɪrə〕
Abderhalden〔'ɑbdɚ,hɑldən; ,ɑpdə'hɑldən(德)〕
Abderite〔'æbdəraɪt〕
Abd-er-Rahman〔'ɑbdɚ·rʌ'mɑn(波斯); ɑbdə·'rɑmɑn(阿拉伯)〕
Abdias〔æb'daɪəs〕
Abdiel〔'æbdɪəl〕
Abdi-Milkut〔'ɑbdɪ·mɪl'kut〕
Abdool〔əb'dʊl〕
Abdul〔əb'dʊl〕
Abdul-Aziz〔,ɑbdʊl·ɑ'ziz〕阿布都阿西茲(1830-1876,土耳其皇帝)
Abdul-Aziz ibn-Saud〔əb,dʊl·æ'ziz ,ɪbn·sʊ'ud〕
Abdul Baha〔'ɑbdʊl bɑ'hɑ〕(波斯)
Abdul Ghafur〔əb,dʊl gə'fur〕
Abdul-Hafiz〔əb,dʊl·hə'fiz; 'ɑbdʊl·hɑ-'fiz〕
Abdul-Hamid II〔,ɑbdʊl·hɑ'mid〕阿布都哈米二世(1842-1918,土耳其皇帝)
Abdul Illah〔'ɑbdʊl ɪl'lɑ〕
Abdul Kerim Pasha〔,ɑbdjʊl kɛ'rim pɑ'ʃɑ〕(土)
Abdulla〔æb'dʌlə〕
Abdullah〔æb'dʌlə; əbdʊl'lɑ〕(阿拉伯)
Abdullah, ibn-〔,ɪbn·əbdʊl'lɑ〕
Abdullah ibn-Husein〔əbdʊl'lɑ ,ɪbn·hʊ-'saɪn〕阿布都拉・伊本・胡笙(1882-1951,曾任約旦總督及國王)
Abdullah ibn-Yasin〔əbdʊl'lɑ ,ɪbn·jɑ'sin〕
Abdul-Me(d)jid〔,ɑbdjʊl·mɛ'dʒid〕(土)
Abdul-Mumin〔əbdʊl·'mʊmɪn; 'ɑbdʊl·-'mumɪn〕
Abdul Rahman〔'ɑbdʊl'rɑmən; əbdʊl-'rɑmɑn〕
Abdul Rahman Azzam Pasha〔əbdʊl 'rɑmən 'æzæm 'pɑʃɑ〕
Abdul-Wahhab〔əb,dʊl·wæ'hɑb〕
Abdurrahman Khan〔əbdʊrræ'mɑn kɑn; ,ɑbdʊr'rɑmɑn kɑn〕
Abdy〔'æbdɪ〕阿布迪
Abe〔eb〕安培(日本)
Abecedarians〔,ebisi'dɛrɪənz〕
Abéché〔ɑbe'ʃe〕
À Becket(t)〔ə 'bɛkɪt〕
à Becket(t)〔ɔ 'bɛkɪt〕
Abednego〔,æbɛd'nigo; ə'bɛdnɪgo〕
Abel〔'ebl̩〕亞伯(❶ Sir Frederick Augustus, 1827-1902,英國化學家❷【聖經】亞當及夏娃之次子)
Abela〔'æbələ〕
Abelard〔'æbəlɑrd〕阿培拉德(Pierre, 1079-1142,法國哲學家,詩人,神學家)
Abélard〔'æbəlɑrd; ɑ'belɑr(法)〕
Abelardo〔ɑve'lɑrðo〕(西)
Abelé〔'ebəlɪ〕埃伯利
Abelin〔'ɑbəlɪn〕
Abelites〔'ebəlaɪts〕
Abell〔'ebəl〕埃布爾
Abellinum〔,æbə'laɪnəm〕
Abelmeholah〔'ebəlmɪ'holə〕
Abelow〔'ɑbɪlo〕阿比洛
Abels〔'ebəlz〕埃布爾斯
Abelson〔'ebəlsn̩〕埃布爾森
Abemama〔,ɑbɪ'mɑmɑ〕
Abe Martin〔'eb 'mɑrtɪn〕
Aben〔'ɑben〕
Abenak〔,æbə'nɑk〕
Abenaki〔,æbə'nɑkɪ〕
Abencérages〔ɑbɑŋse'rɑʒ〕(法)
Abencerrages〔ə,bɛnsɚ'rɛdʒiz〕
Abencerrajes〔,ɑvenθɛr'rɑhes〕(西)
Abend〔'ɑbɛnd〕阿本德
Aben-Esra〔,ɑbɛn·'ɛzrɑ〕
Abenezra〔,ɑbɛ'nɛzrɑ〕
Åbenrå〔'ɔbənrɔ〕
Åbenrå-Sönderborg〔'ɔbənrɔ 'sɜndəbɔrg〕
Abensberg〔'ɑbənsbɛrk〕(德)
Abeokuta〔,æbio'kutə〕
Aberavon〔,æbə'rævən〕
Aberbrothock〔,æbɚ'brɑθək; ,æbɚbrə-'θɑk〕
Abercarn〔,æbɚ'kɑrn〕
Aberconway〔,æbɚ'kɑnwe〕阿伯康偉
Abercorn〔'æbɚkɔrn〕阿伯康
Abercrombie〔'æbɚ,krɑmbɪ; -,krʌmbɪ〕阿培克朗比(Lascelles, 1881-1938,英國詩人,批評家及劇作家)
Abercromby〔'æbɚ,krɑmbɪ; 'æbɚ,krʌmbɪ〕
Aberdare〔,æbɚ'dær; -'dɛr〕

Aberdeen〔ˈæbəˌdin〕亞伯丁（美國）

Aberdeenshire〔ˈæbəˌdinʃir〕亞伯丁郡（蘇格蘭）

Aberdour〔ˌæbəˈdaʊr〕阿伯道爾

Aberdovey〔ˌæbəˈdʌvi〕

Aberfeldy〔ˌæbəˈfeldi〕

Aberfoyle〔ˌæbəˈfɔil〕

Abergavenny〔ˌæbəˈgeni；abergaˈveni（威）〕阿伯加文尼

Abergele〔æbəˈgeli；aberˈgele（威）〕

Aberhart〔ˈebəhart〕

Abernathy〔ˌæbəˈneθi〕阿伯內西

Abernethy〔ˌæbəˈneθi〕阿伯內西

Abernon〔ˈæbənən〕

Abershaw〔ˈæbəʃɔ〕

Abersychan〔ˌæbəˈsikən〕

Abert〔ˈebət；ˈabət（德）〕艾伯特

Abertillery〔ˌæbətiˈleri；abertəˈleri（威）〕

Aberystwyth〔ˌæbəˈristwiθ〕

Abeshr〔æˈbeʃə〕

Abessa〔əˈbesə〕

Abetti〔aˈbetti〕

Abetz〔ˈabets〕

Abgar〔ˈæbgar〕

Abgarus〔ˈæbgərəs〕

Abhiras〔æbˈhirəz〕

Abhorson〔əbˈhorsən〕

Abia〔əˈbaiə；æbiə〕

Abiad〔ˈabjad〕

Abia(h)〔əˈbaiə〕

Abiathar〔əˈbaiəθə〕阿拜爾撒

Abib〔ˈebib〕

Abibe〔aˈbibe〕

Abich〔ˈabih〕（德）

Ab-i-Diz〔ˌab·iˈdiz〕

Abijah〔əˈbaidʒə〕

Abidjam〔əˈbaidʒəm〕

Abidjan〔ˌæbiˈdʒan〕阿必尚（象牙海岸）

Abiel〔ˈebiəl〕埃比爾

Abiezer〔ˌebiˈizə〕

Abigail〔ˈæbiˌgel〕【聖經】亞比該（拿八之妻）見舊約撒母耳記上卷二十五章

Abigor〔ˈæbigɔr〕

Abihu〔əˈbaihju〕

Abijah〔əˈbaidʒə〕阿拜賈

Abijam〔əˈbaidʒəm〕

Abila〔ˈæbilə〕

Abildgaard〔ˈabilgɔə〕（丹）

Abilene〔ˈæbəˌlin〕亞平倫（美國）

Abílio〔əˈvilju〕（葡）

Abimelech〔əˈbimələk〕

Abinadab〔əˈbinədæb〕

Abindonia〔ˌæbinˈdoniə〕

Abindranath〔əˈbindrənat〕

Abingdon〔ˈæbiŋdən〕

Abinger〔ˈæbindʒə〕阿賓杰

Ab-Initio Movement〔æb·iˈniʃiʊ～〕

Abinoam〔əˈbinoæm；æbiˈnoəm〕

ab Iorwerth〔ab ˈjɔrwəθ〕

Ab-i-Pandj〔ˌab·iˈpandʒ〕

Abipon〔æbiˈpon〕

Abipones〔ˌæbiˈpones〕

Abisa〔aˈbisə〕

Abisai〔æˈbiʃeai；æbiʃai；ˌabiˈʃeai〕

Abishag〔ˈæbiʃæg〕

Abishai〔æˈbiʃeai；æbiʃai；ˌabiˈʃeai〕

Abishim〔ˌabiˈʃim〕

Abitibi〔ˌæbiˈtibi〕阿比提比河（加拿大）

abi-Usaybiah, ibn-〔ibn·æˈbiˈʊˈsaibiæ〕

Abkhaz〔æbˈkæz〕

Abkhazia〔æbˈkeʒiə〕

Ablain-Saint-Nazaire〔abˈlæŋ·sæŋ·naˈzɛr〕（法）

Ableiges〔aˈbleʒ〕（法）

Ablesimov〔ˌabljiˈsiməf；ʌbljiˈsjiməf〕（俄）

Abnaki〔æbˈnaki〕

Abner〔ˈæbnə〕阿布納

Abney〔ˈæbni〕阿布尼

Abney-Hastings〔ˈæbni·ˈhestiŋz〕

Abni Tuanku〔ˈæbni ˈtwanku〕

Åbo〔ˈobu〕（瑞典）

Aboan〔əˈboan〕

Aboccis〔əˈbakis〕

Abongo〔əˈbaŋgo〕

Aborn〔ˈebɔrn〕

Ab-o'th'-Yate〔ˈæb·əðə·ˈjet〕

Abou ben Adhem〔ˈæbu benˈædəm；ˈabu ben ˈadhem〕

Aboukir〔ˌæbʊˈkir〕

Abou-Klea〔ˈabu·ˈkleə〕

About〔aˈbu〕（法）

Aboyne〔əˈbɔin〕阿伯恩

Abqaiq〔æbˈkaik〕

Abra〔ˈæbrə；ˈabra〕亞吻拉（菲律賓）

Abrabanel〔 ,ɑvrɑvɑ'nɛl（西）; ˌævrəvə-
'nɛl（葡）〕

Abradates〔ˌæbrə'detəs〕

Abraham〔'ebrəˌhæm; 'ɑbrɑhɑm（丹、荷、
德、挪、瑞典）; ɑbrɑ'ɑm（法）〕【聖經】亞
伯拉罕（希伯來族之始祖）

Abraham a San(c)ta Clara〔 'ɑbrɑhɑm
ɑ 'zɑntɑ 'klɑrɑ〕

Abraham ibn Daud〔 'ebrəhæm ,ibn dɑ-
'wud〕

Abraham ben David〔 'ebrəˌhæm bɛn
'devɪd〕

Abrahamites〔 'ebrəhæmaɪts〕

Abraham-man〔 'ebrəhæmˌmæn〕

Abrahams〔 'ebrəˌhæmz; 'ebrəmz〕

Abrahamsen〔 ebrəˌhæmsn〕亞伯拉罕森

Abrahamson〔 ebrəˌhæmsn〕亞伯拉罕森

Abrahán〔 ,ɑvrɑ'ɑn〕（西）

Abrahen〔 'æbrəhen〕

Abram〔 'ebrəm; 'ɑbrəm; ɑb'rɑm（俄）〕
阿布拉姆

Abram-man〔 'ebrəmˌmæn〕

Abramovich〔ˌʌ'brɑmvjɪtʃ〕（俄）

Abramovitz〔ə'brɑmovɪts〕阿布拉莫維茨

Abrams〔 'ebrəmz〕

Abramson〔 'ebrəmsn〕艾布拉姆森

Abrantes〔əv'rʌntiʃ〕

Abrantès, d'〔dɑbrɑŋ'tɛs〕（法）

Abravanel〔 ,ɑbrɑvɑ'nɛl（西）; æbrəvə-
'nɛl（葡）〕

Abraxas〔ə'bræksəs〕

Abreu〔ə'breʊ〕（巴西）

Abreus〔ɑv'reus〕

'Abri〔 'æbri〕

Abricium〔ə'brɪʃiəm〕

Abrikosov〔ˌɑbri'kɔsəf〕

Abrocomes〔ə'brɑkəmiz〕

Abrolhos〔əv'rʊljus〕（巴西）

Abron〔 'ebrɑn;ɑ'brɑn〕

Abrons〔 'ebrɑnz〕

A'Brook〔ə'brʊk〕

Abrotonum〔ə'brɑtnəm〕

Abrutum〔ə'brutəm〕

Abruzzi〔ə'brʊtsɪ ; ɑ'bruttsi（義）〕

Abruzzi e Molise〔ɑ'bruttsi e mo'lize;
ɑ'bruttsi e 'mɔləze〕

Abruzzo〔ə'brʊtso ; ɑ'bruttso（義）〕阿
布魯佐

Abry〔 'ebrɪ〕阿布里

Abs〔æbz〕

Absalom〔 'æbsələm〕【聖經】押沙龍（猶太
王David 之第三子）

Absalon〔 'ɑpsɑlɔn〕

Absaroka〔æb's'sɑrokə〕

Abse〔æbz〕

Absecon〔æb'sikən〕

Absey book〔 'æbsi bʊk〕

Absolon〔 'æbsələn〕

Absolute〔 'æbsəlut〕

Absyrtus〔əb'sɜtəs〕

Abt〔ɑpt;æpt〕阿布特

Abt Vogler〔ɑpt 'fɔglə〕

Abthorpe〔 'æbθɔrp〕阿布索

Abto Abte-Wold Aklilou〔 'ɑbto 'ɑbtɜ·-
wolt ɑ'kilu〕

Abu〔 'ɑbu〕阿武（日本）

abu-'Abdullāh〔 ə,bu·əb'dʊllɑ〕（阿拉伯）

abu-al-Abbas〔 'ɑbulɑb'bɑs;ə,bulæb'bɑs
（阿拉伯）〕

abu-al-Ala al-Maarri〔 'ɑbulɑ'lɑ ,ɑlmɑ-
'ɑri;ə,bʊl·ə'lɑ ,ælmɑ'ærri（阿拉伯）〕

abu-al-Atahiyah〔 'ɑbulɑ'tɑhija;ə,bʊl·-
æ'tɑhiˌjæ〕（阿拉伯）

abu-al-Faraj al-Isfahāni〔 'ɑbul·fɑ'rɑdʒ
ɑlɪ,isfɑ'hɑni;ə,bʊl·fæ'rædʒ æ,lɪsfæ-
'hɑni（阿拉伯）〕

abu-al-Fida'〔 ə,bʊl·fɪ'dɑ〕

Abubacer〔 ,æbjʊ'besə〕

Abubakar〔 ,æbju'bekɑ〕

abu-Bakr〔 'ɑbu'bɑkɚ;ə,bu'bækə（阿拉伯）〕

Abu Bekr〔 ə,bu 'bekɚ〕阿布伯克（573-634,
第一位麥加回教國王）

Abu Dhabi〔 ,ɑbu'ðɑbi; -'dɑbi〕阿布達比
（阿拉伯聯合大公國）

Abu-Hanifah〔 'ɑbuhɑ'nifɑ;ə,buhæ'nifæ
（阿拉伯）〕

Abu Hassan〔 'ɑbu hɑs'sɑn〕

Abu-Hassan〔 'ɑbu·'hæsən〕

Abukir〔 ,æbu'kɪr〕

Abu Klea〔 ə,bu 'kle〕

Abu Kurkas〔 ə,bu kʊr'kɑs〕

Abu'l-Abbas〔 'ɑbul·ɑb'bɑs;ə,bʊl·æb'bɑs〕

Abu'l-Atahiyah〔 'ɑbul·ɑ'tɑhija;ə,bʊl·-
æ'tɑhiˌjæ〕

Abu'l-Faraj al-Isfahani〔 'ɑbul·fɑ'rɑdʒ
ɑ,lisfɑ'hɑni〕

Abulfaragius〔 ,æbəlfə'redʒiəs〕

Abulfaraj〔'abulfa'radʒ;ə,bulfæ'rædʒ〕
Abul Fazl〔'abul 'fazl;ə,bul 'fæzl〕
Abul-Fazl〔'abul·'fazl;ə,bul·'fæzl〕
Abulfazl〔'abul'fazl;ə,bul'fæzl〕
Abulfeda〔'abulfɛ'da;ə,bulfɪ'da〕
Abul Feis〔æ'bul 'faɪs〕
Abulfida〔'abulfɪ'da;ə,bulfɪ'da〕
Abul Ghazi Bahadur Khan〔a'bul 'gazi ,baha'dur kan〕（土）
Abul Kalam〔ə,bul kə'lam〕
Abul Kasim〔ə,bul 'kasɪm〕
Abulliont〔,abul'jont〕
Abul Qasim〔ə,bul 'kasɪm〕
Abul Wefa〔ə'bul wə'fa〕
Abul Walid Merwan ibn-Janah〔ə,bul wæ'lid mær'wan,ɪbndʒæ'na〕（希伯來）
abu-Mashar〔ə,bu·'mæʃær〕（阿拉伯）
Abumeron〔ə,bumə'ran〕
abu-Marwān〔ə,bu·mær'wan〕（阿拉伯）
Abuna〔a'vuna〕（西）
Abuncis〔ə'bansɪs〕
abu-Nuwas〔ə,bu·nu'was;'abu·nu'was〕
Abu Qir〔ə,bu 'kir〕（阿拉伯）
Aburgany〔,æbə'genɪ〕
Aburi〔a'buri〕
Abury〔'ebərɪ〕
Abu Shahrein〔'abu ʃa'ren〕
Abushehr〔,abu'ʃɛr〕（波斯）
Abu Simbel〔ə,bu 'sɪmbel〕
Abusina〔,æbju'saɪnə〕
Abusir〔,abu'sir〕（阿拉伯）
abu-Tammam〔'abu·tam'mam;ə,bu-tæm'mam〕
Abu-Ubaida〔'abuu'baɪda;ə,buu'baɪdæ〕
abu-Ubayda〔'abuu'baɪda;ə,buu'baɪdæ〕
Abyad〔'abjad〕
Abuya Myeda〔'abuja 'mjeda〕
Abuyog〔a'bujog〕
Aby〔'abɪ〕阿比
Abydos〔ə'baɪdas〕
Abydus〔ə'baɪdəs〕
Abyla〔'æbɪlə〕 「比亞舊稱」
Abyssinia〔,æbə'sɪnɪə〕阿比西尼亞（衣索
Acacians〔ə'keʃənz〕
Acacius〔ə'keʃɪəs〕
Academe〔'ækə,dim;ækə'dim〕柏拉圖講學的地方（雅典）
Académie Francaise〔akadɛ'mi fraŋ-'sɛz〕 「（法）
Académie Goncourt〔akadɛ'mi gɔŋ'kur〕

Acadia National Park〔ə'kedɪə ~~〕阿加底亞國家公園（美國）
Acadie〔aka'di〕（法）
Acamar〔'ekəmar〕
Acampichtli〔,akam'piʃtli〕
Acampixtli〔,akam'piʃtli〕
Acanthus〔ə'kænθəs〕
Acapulco〔,aka'pulko〕
Acapulco de Juárez〔,aka'pulko ðe 'hwarɛs〕（西）
Acarahy〔,akərə'i〕
Acaraí, Serra〔'sɛrrə ,akərə'i〕
Acarnania〔,ækə'nenɪə〕
Acaste〔a'kast〕（法）
Acasto〔ə'kæsto〕
Acastos〔ə'kæstəs〕
Acastus〔ə'kæstəs〕
Acatenango〔,akatɛ'naŋgo〕
Acawa〔'ækəwə〕
Acawai〔a,kawa'i〕
Acaxee〔a'kaʃi〕
Acca〔'ækə〕
Accad〔'ækæd〕
Accadia〔ə'kedɪə〕
Acca Larentia〔'ækə lə'rɛnʃɪə〕
Acca Laurentia〔'ækə lɔ'rɛnʃɪə〕
Accas〔'ækəs〕
Accau(lt)〔a'ko〕（法）
Accho〔'æko〕
Acciajoli〔,attʃa'jɔlɪ〕（義）
Acciajuoli〔,attʃaɪ'wɔlɪ〕（義）
Accioli〔ak'sjoli〕
Accioli de Cerqueira e Silva〔ak'sjoli dɪ sɛr'kerə i 'silvə〕
Accius〔'ækʃɪəs〕
Acco〔'æko〕
Accolon〔'ækolan〕
Accolti〔ak'kɔltɪ〕
Accomac〔'ækəmæk〕
Accoramboni〔,akkoram'bɔni〕
Accorso〔ak'kɔrso〕（義）
Accost〔æ'kɔst〕
Accra〔ə'kra〕阿克拉（迦納）
Accrington〔'ækrɪŋtən〕
Accum〔'akum〕
Accursius〔ə'kɜʃɪəs〕
Aceldama〔ə'sɛldəmə〕【聖經】血田
Acephali〔ə'sɛfəlaɪ〕
Acerbas〔ə'sɜbəs〕
Acerbi〔a'tʃɛrbɪ〕（義）
Acernus〔ə'sɜnəs〕
Acerra〔a'tʃɛrra〕（義）

Acerrae〔ə'sɛri〕
Acesines〔ə'sɛsɪniz〕
Acestes〔ə'sɛstiz〕
Acevedo〔ˌaθe'veðo〕（西）
Acevedo de Toledo〔ˌaθe'veðo ðe to-'leðo〕（西）
Acevedo Díaz〔ˌase'veðo 'dias〕（拉丁美）
Ach〔ah〕（德）
Achá〔a'tʃa〕
Achab〔'ekæb〕
Achad Haam〔a'had ha'am〕（意第緒）
Achaea〔ə'kiə〕＝Achaia
Achaean〔ə'kiən〕❶亞該亞人❷希臘人
Achaemenes〔ə'kiminiz〕
Achaemenidae〔ˌækɪ'mɛnɪdi〕
Achaemenides〔ˌækɪ'mɛnɪdiz〕
Achaeus〔ə'kiəs〕
Achaia〔ə'kaɪə〕亞該亞（希臘－古國）
Achaicus〔ə'keɪkəs〕
Achalm〔'ahalm〕（德）
Achamoth〔'ækəmaθ〕
Achan〔'ekæn〕
Achard〔a'ʃar; 'ahart（德）; a'ʃar（法）〕
Acharius〔a'karɪus〕
Acharnae〔ə'karni〕
Acharius〔ak'karɪas〕（瑞典）
Acharya〔a'tʃarjə〕
Achates〔ə'ketiz; a'katəs〕Virgil 所著 Aeneid 詩中 Aeneas 之友人
Achatius〔a'hatsɪus〕（德）
Achaz〔'ekæz〕
Ache, d'〔daʃ〕（法）
Achean〔ə'kian〕
Acheen〔ə'tʃin〕
Achehnese〔ˌætʃə'nis〕
Achelous〔ˌækə'loəs〕【希臘神話】河神
Achemenides〔ˌækɪ'mɛnɪdiz〕
Achenbach〔'ækənbak; 'ahanbah（德）〕阿肯巴克
Achen〔'ahən〕（德）
Achensee〔'ahənze〕（德）
Achenwall〔'ahənval〕（德）
Achern〔'ahən〕（德）
Achernar〔'ekənar; æ'kənar〕
Acheron〔'ækəˌran; -rən〕【希臘、羅馬神話】Hades 之一河名
Acherusia Palus〔ˌækə'ruʒɪə 'peləs; ˌækə'ruzɪə 'peləs〕
Achery〔a'ʃri〕（法）

Acheson〔'ætʃɪsn〕艾契遜（Dean Gooder-ham, 1893-1972, 於 1949-53 任美國國務卿）
Acheul〔ə'ʃul〕
Achewa〔'ætʃəwə〕
Achikunda〔ˌætʃɪ'kundə〕
Achi Baba〔a'tʃɪ ba'ba〕
Achil（1）〔'ækɪl〕
Achille〔a'ʃil（法）; a'kille（義）〕
Achilleis〔ækɪ'liɪs〕
Achilles〔ə'kɪliz〕阿奇里斯（荷馬史詩 Iliad 中之希臘英雄）
Achille Serre〔aʃil 'sɛr〕（法）
Achilles Tatius〔ə'kɪliz 'teʃɪəs〕
Achilleum〔ˌækɪ'liəm〕
Achillini〔ˌakil'lini〕
Achim〔'ahɪm〕（德）
Achin〔ə'tʃin〕   「聯」
Achinsk〔'atʃɪnsk; ʌ'tʃinsk〕阿欽斯克（蘇
Achipeta〔ætʃɪ'pitə〕
Achish〔'ekɪʃ〕
Achitophel〔ə'kɪtəfɛl〕
Achivi〔ə'kaɪvaɪ〕
Achkel〔æʃkɛl〕
Achmed〔'ahmɛt〕（德）
Achmet〔'ahmɛt〕
Achmetha〔æk'miθə〕
Acholi〔a'tʃoli〕
Achonry〔'ækənrɪ; ə'kanrɪ〕阿康里
Achor〔'ekə〕埃科爾
Achray〔ək're〕阿克雷
Achúcharro〔a'tʃutʃarro〕（西）
Acidalius〔ˌæsɪ'deləs; atsi'dalɪus（德）〕
Acilia〔ə'sɪlɪə〕
Acilium〔ə'sɪlɪəm〕
Acireale〔ˌatʃire'ale〕
Acis〔'esɪs; a'sis〕（法）
Acisclo〔a'θisklo〕（西）
Acislo〔a'θislo〕（西）
Ackelmire〔'ækəlmaɪr〕阿克爾邁爾
Acken〔'akən〕
Acker〔'ækə〕阿克
Ackerman〔'ækəmən〕
Ackermann〔'ækəmən; 'akəman（德）; akɛr'man（法）〕
Ackers〔'ækəs〕
Ackerson〔'ækəsn̩〕
Ackert〔'ækət〕
Ackia〔'ækjə〕
Ackland〔'æklənd〕阿克蘭
Ackley〔'æklɪ〕阿克利   「群島）
Acklin, Island〔'æklɪn〕阿克林島（西印度
Ackner〔'æknə〕

Ackroyd〔'ækrɔɪd〕

Ackté-Jalander〔ak'te·ja'landɛr〕

Acla〔'akla〕

Acland〔'æklənd〕阿克蘭

Acly〔'æklɪ〕阿克利

Aco〔a'ko〕（法）

Acoemetae〔,æsɪ'miti〕

Açoka〔ə'ʃokə〕

Acol〔'ækəl〕

Acolastus〔,æko'læstəs〕

Acolhuas〔,ako'luəz〕

Acoma〔'ækəmə〕

Acomat〔ako'ma〕（法）

Acomb〔'ekəm〕埃克姆

Acominatus〔,ækomɪ'netəs〕

Acomita〔,æko'mitə〕

Aconcagua, Mountain〔,ækaŋ'kagwə〕阿空加瓜山（阿根廷）

Aconcio〔a'kontʃo〕

Aconquija〔,akoŋ'kiha〕（西）

Acontius〔ə'kanʃɪəs〕

Aconzio〔a'kontsjo〕

Acosta〔ə'koʃtə（葡）；a'kosta（西）〕阿科斯塔

A'Court〔ə'kɔrt〕

Acoustican〔ə'kustɪkan〕

Acquaviva〔,akkwa'viva〕（義）

Acrae〔'ækri〕

Acragas〔'ækrəgəs〕

Acrasia〔ə'krezɪə〕

Acrates〔æk'retiz〕

Acre〔'akə·; 'ekə·〕亞克（以色列）

Acrelius〔ə'krilɪəs; ak'relɪʌs（瑞典）〕

Acres〔'ekəz〕

Acrisius〔ə'krɪsɪəs〕

Acroceraunia〔,ækroke'rɔnjə〕

Acro-Corinth〔,ækro·'karɪnθ〕

Acrocorinthus〔,ækrokə'rɪnθəs〕

Acroïnum〔ə'kroɪnəm〕

Acropolis〔ə'krapəlɪs〕亞克羅玻利（希臘）

Acropolita〔,ækropə'laɪtə〕

Acrux〔'ekrʌks〕【天文】星名（南十字星座中之一等星）

Acta Diurna〔'æktə daɪ'ɜnə〕

Actaeon〔æk'tiən〕

Acta Eruditorum〔'æktə ɛ,rudɪ'tɔrəm〕

Acta Pilati〔'æktə paɪ'letaɪ〕

Acta Sanctorum〔'æktə sæŋk'tɔrəm〕

Acte〔'ækti〕   「（法）

Action Française, L'〔lak'sjɔ̃ fraŋ'sɛz〕

Actium〔'æktɪəm〕阿克提莫岬角（希臘）

Actius〔'ækʃɪəs〕

Acton〔'æktən〕阿克頓（❶Lord, 1834-1902, 英國史學家 ❷英國一地區）

Actopan〔ak'topan〕

Actura〔ak'turə〕

Acuña〔a'kunja〕阿庫尼亞

Acuña de Figueroa〔a'kunja ðe ,fige-'roa〕（西）

Acuña y Bejarano〔a'kunja ɪ ,veha'rano〕（西）

Acunum〔ə'kjunəm〕

Acushnet〔ə'kuʃnɪt〕

Acusilaus〔ə,kjusɪ'leəs〕

Acusio〔ə'kjuʃɪo〕

Acworth〔'ækwəθ〕阿克沃思

Ada〔'edə; 'ada（義、塞克）; a'da（法）〕

Adabazar〔,adaba'zar〕

Ada Clare〔'edə klɛr〕

Adad〔'edæd〕

Adadnirari〔'edadnɪ'rarɪ〕

Adad-Nirari〔'edad·nɪ'rarɪ〕

Adah〔'edə〕埃達

Adaiel〔a'daɪɛl〕

Adai K(h)okh〔'adaɪ 'hɔh〕（俄）

Adair〔ə'dɛr〕阿代爾

Adajel〔a'dajɛl〕

Adak〔'edæk〕

Adal〔a'dal〕阿代爾

Adalbero〔æ'dælbəro〕

Adalberon〔æ'dælbəran〕

Adalbert〔'ædlbət; 'adalbært（丹）〕阿德爾伯特

Adalia〔,adalɪ'ja; a'dalia〕

Adaline〔'ædəlaɪn〕

Adallas〔ə'dæləs〕

Adam〔'ædəm〕亞當（❶聖經中所稱人類的始祖 ❷Adolphe Charles, 1803-56, 法國作曲家）

Adamana〔,ædə'mænə〕

Adam Anglicus〔'ædəm 'æŋglɪkəs〕

Adamantios〔,aðə'mandjɔs; ,aða'mantjɔs〕（希）

Adamantius〔,ædə'mænʃɪəs〕

Adamastor〔,ædə'mæstə〕

Adamawa〔,ædə'mawə〕

Adam Bede〔'ædəm 'bid〕George Eliot所著小說名

Adamberger〔'adam,bergə〕（德）

Adam Cupid〔'ædəm 'kjupɪd〕

Adam de la Halle〔a'daŋ də la 'al〕十三世紀法國抒情詩人、作曲家

Adam de Marisco〔ˈædəm də məˈrɪsko〕
Adamello〔ˌadaˈmɛllo〕
Adami〔əˈdæmɪ〕阿達米
Adamic〔ˈædəmɪk〕亞當米克（Louis, 1899-1951，出生在南斯拉夫的美國作家）
Adamite〔ˈædəmaɪt〕❶亞當後裔❷【宗教】裸體生活宗派
Adam le Bossu〔aˈdaŋ lə boˈsju〕（法）
Adam le Roi〔aˈdaŋ lə ˈrwa〕（法）
Adamnan〔ˈædəmnæn; əˈdæmnən〕
Adam of Bremen〔ˈædəm əv ˈbremən〕
Adam of Murimuth〔ˈædəm əv ˈmʌrɪmuθ〕
Adam of Orlton〔ˈædəm əv ˈɔrltən〕
Adamonti〔ˌadaˈmonti〕
Adamovich〔ʌˈdamʌvɪtʃ〕（俄）
Adamowska〔ˌadaˈmɔfska〕
Adamowski〔ˌadaˈmɔfskɪ〕
Adams〔ˈædəmz〕亞當斯（❶ John,1735-1826，美國第二任總統 ❷ John Quincy, 1767-1848，美國第六任總統）
Adams-Acton〔ˈædəmz·ˈæktən〕
Adam Scotus〔ˈædəm ˈskotəs〕
Adamson〔ˈædəmsn〕亞當森
Adamstone〔ˈædəmstən〕亞當斯通
Adamstown〔ˈædəmz,taʊn〕
Adamthwaite〔ˈædəmθwet〕亞當思維特
Adam von Bremen〔ˈadam fan ˈbremən〕
Adam von Fulda〔ˈadam fan ˈfʊlda〕
Adán〔aˈðan〕（西）
Adana〔ˈædənə〕亞達那（土耳其）
Adangme〔aˈdaŋme〕
Adans〔aˈdaŋs〕（法）
Adanson〔adaŋˈsɔŋ〕（法）
Adapazari〔adapazaˈrɪ〕　　　「十二月
Adar〔əˈdar〕❶猶太民曆的六月❷猶太教曆的
Adara〔æˈdarə〕
Adare〔əˈder〕阿代爾
Adar Sheni〔əˈdar ʃɛˈni〕
Adastral〔əˈdæstrəl〕
Adbeel〔ˈædbiɛl〕
Adcock〔ˈædkak〕
Adda〔ˈadda〕
Addagalla〔ˌædəˈgælə; ˌaddəˈgallə〕
Addams〔ˈædəmz〕亞當斯（Jane,1860-1935，美國女社會工作者）
Addar, Ras〔ras ædˈdar〕
Adderley〔ˈædəlɪ〕阿德利
Addicks〔ˈædɪks〕阿迪克斯
Addicott〔ˈædɪkət〕
Addie〔ˈædi〕愛迪
Addinsell〔ˈædɪnsɛl〕阿丁塞爾

Addington〔ˈædɪŋtən〕阿丁頓(Henry,Viscount Sidmouth, 1757-1844, 英國政治家及首相)
Addis〔ˈædɪs〕阿迪斯　　　　「衣索比亞）
Addis Ababa〔ˈædɪs ˈæbəbə〕阿迪斯阿貝巴（
Addis Abeba〔ˈaddɪs abeˈba〕
Addiscombe〔ˈædɪskəm〕
Addison〔ˈædɪsn〕阿狄生(❶ Joseph,1672-1719 英國詩人及散文家❷ Thomas, 1793-1860,英國醫生)
Additon〔ˈædɪtən〕
Addlestone〔ˈædlstən〕
Addleshaw〔ˈædlʃɔ〕阿德爾肖
Addonizio〔adoˈnisio〕阿多尼西奧
Addua〔ˈædʊə〕
Addums〔ˈædəmz〕
Addy〔ˈædɪ〕
Addyston〔ˈædɪstən〕　　　　「作家）
Ade〔ed〕艾德（George, 1866-1944, 美國幽默
Adeane〔əˈdin〕阿迪恩
Adee〔ˈædi〕愛迪
Adel〔eˈdɛl; əˈdɛl〕亞爾德（美國）
Adela〔ˈædlə; aˈðɛla 西)阿黛拉
Adelaer, Cape〔ˈadələ〕阿得雷爾角（格陵蘭）
Adelaide〔ˈædl,ed〕阿得雷德（澳洲）
Adélaïde〔adelaˈid〕(法)
Adelard〔ˈædələrd〕
Adélard〔adeˈlar〕(法)
Adelardo〔ˌaðeˈlarðo〕(西)
Adelbert〔ˈædlbət; əˈdɛlbət; ˈadəlbert (德)〕阿爾德德伯特
Adelboden〔ˈadəlbodən〕
Adele〔əˈdɛl; aˈdelə德）阿岱爾
Adèle〔əˈdɛl;aˈdel (法)〕愛黛爾
Adeler〔ˈadələ〕
Adelheid〔ˈædlhaɪt〕愛德翰德
Adélie Coast〔əˈdeli～〕南極洲的一個海岸地區
Adelina〔ˌædɪˈlinə; ˌædəˈlinə;,ædəˈlaɪnə; ,adeˈlina (義)〕阿德利娜　　　「阿德琳
Adeline〔ˈædɪlin; ˈædlaɪn;,adəˈlinə（丹）〕
Adeliza〔ædəˈlaɪzə〕
Adelle〔əˈdɛl〕阿德爾
Adelman(n)〔ˈædlmən〕阿德爾曼
Adelon〔adˈlɔŋ〕(法)
Adelphe〔aˈdɛlfi〕愛德弗
Adelphi〔əˈdɛlfɪ;əˈdɛlfaɪ〕
Adelsberg〔ˈadəlsbɛrk〕(德)
Adelsteen〔ˈadəlsten〕(挪)
Adelung〔ˈadəluŋ〕
Adelwlf〔ˈædlwɔlf〕
Adelwold〔ˈædlwold〕
Aden〔ˈadn̩; ˈedən; ˈædn̩〕亞丁(南葉門)

Adena〔əˊdinə〕

Adenauer〔ˊædənaur〕艾德諾（Konrad, 1876-1967, 西德政治家）

Adenès le Roi〔adəˊnɛs lə ˊrwɑ〕（法）

Adenet〔adˊnɛ〕（法）

Adenez le Roi〔adəˊnets lə ˊrwɑ〕（法）

Adenis〔adˊnɪ〕（法）

Adeodato〔ˌɑ,deoˊdato〕

Adeodatus〔ˌedɪˊadətəs〕

Aderar〔adεˊrar〕

Aderer〔adεˊrεr〕

Ades〔ˊedz〕埃茲

Adger〔ˊædʒə〕

Adgie〔ˊædʒɪ〕

Adhafera〔ædˊhefərə〕

Adhara〔ædˊherɑ〕

Adhemar〔adεˊmar〕（法）

Adhémar〔adeˊmɑr〕（法）

Adhémar de Chabannes〔adeˊmɑr də ʃaˊban〕（法）

Adherbal〔ædˊhəbəl〕

Adiabene〔ˌædɪəˊbinɪ〕

Adi-Buddha〔ˊadɪˑˊbudə〕

Adicia〔əˊdɪsɪə〕

Adie〔ˊedɪ〕阿迪

Adige〔ˊadɪdʒe〕阿的治河（義大利）

Adigetto〔ˌadiˊdʒetto〕

Adigey〔ˌadɪˊgeɪ〕

Adighe〔ˌadɪˊge〕

Adi-Granth〔ˊadɪˑˊgranθ〕

Adigrat〔ˌadɪˊgrat〕

Adikes〔əˊdaɪks〕阿代克斯

Adilabad〔əˊdɪləbæd；ˌʌdɪlaˊbad（印）〕

Adin〔ˊedɪn〕埃丁

Adipurana〔ˌadɪpuˊranə〕

Adirondacks〔ˌædɪˊrɑndæks〕阿第倫達克山脈（美國）

Adis Ababa〔ˊædɪs ˊæbəbə〕

Adis Abeba〔ˊædɪs ˌabeˊba〕

Adites〔ˊædaɪts〕

Aditi〔ˊadɪtɪ〕

Adityas〔ˊadɪtjəz〕【印度教】吠陀諸神之一

Adjai〔ˊædʒaɪ〕

Adjar〔əˊdʒɑr；ˊadʒɑr〕

Adjunta〔əˊdʒʌntə〕

Adjuntas〔aðˊhuntɑs〕（西）

Adkerson〔ˊædkəsn〕阿克森

Adkins〔ˊædkɪnz〕阿德金斯

Adkinson〔ˊædkɪnsn〕阿德金森

Adkisson〔ˊædkɪsn〕阿基森

Adlai〔ˊædle；ˊædlɪ〕阿德來

Adlam〔ˊædləm〕阿德拉姆

Adlard〔ˊædlɑrd〕

Adler〔ˊædlə〕阿德勒（❶Alfred, 1870-1937, 奧國精神病學家❷Cyrus, 1863-1940, 美國教育家及作家）

Adlerblum〔ˊædləbləm〕阿德勒布勒姆

Adlerberg〔ˊædləbəg〕

Adlerbeth〔ˊædləbεθ；ˊadləbεt（瑞典）〕

Adlercreutz〔ˊadləkrɔɪts〕

Adlersparre〔ˊadlə,sparrə〕

Adlum〔ˊædləm〕

Admah〔ˊædmə〕【聖經】押瑪城

Ad Mediam〔ad ˊmidɪəm〕

Admetos〔ædˊmitas〕　　　　　　「的國王

Admetus〔ædˊmitəs〕【希臘神話】Thessaly

Admiralty〔ˊædmərəltɪ〕❶英國海軍部（指辦公大樓）❷海軍部官員

Admont〔ˊadmant〕

Adna〔ˊædnə〕阿德納

Adnan〔ˊædnən〕

Ado〔ˊado〕

Adolf〔ˊædalf；ˊadɔlf（丹、荷、波、捷、瑞典）；aˊdɔlf（法）；ˊadalf（德）；ʌˊdɔljf（俄）〕

Adolfine〔ˌadalˊfinə〕

Adolfo〔əˊdalfo；aˊdɔlfo（義）；aˊðɔlfo（西）〕

Adolfson〔ˊædalfsn〕阿道夫森

Adolph〔ˊædalf；ˊadɔlf（丹）；ˊadalf（德）〕阿道夫

Adolphe〔ˊædalf；aˊdɔlf（法）〕

Adolpho〔əˊðɔlfu〕（葡）

Adolphus〔əˊdalfəs〕阿道弗斯

Adomas〔ˊadomas〕

Adomnan〔ˊædəmnæn〕

Adonai〔ˌædoˊneaɪ；əˊdoˊnaɪ〕【希伯來】上帝；我主　　　　　　　　　「(1821)

Adonais〔ˌædoˊneɪs〕英國詩人雪萊所作的詩

Adonara〔ˌadoˊnara〕

Adone〔aˊdɔnə〕

Adoni〔ˊadonɪ〕

Adonijah〔ˌædoˊnaɪdʒə〕【聖經】亞多尼雅（大衞王的第四子）

Adoniram〔ˌædoˊnaɪrəm〕阿多奈拉姆

Adonis〔əˊdonɪs〕❶【希臘神話】Venus 女神所愛之美少年❷【植物】側金盞花

Ador〔aˊdɔr〕（法）

Adour〔aˊdur〕（法）

Ad Pirum〔æd ˊpaɪrəm〕

Adra〔ˊaðrɑ〕（西）

Adrain〔ˊædren〕

Adramadio〔ˌadrəˊmadio〕

Adram(m)elech〔əˊdræmələk〕【聖經】亞得米勒（❶西法瓦齊人所供奉諸神之一❷亞述王西拿基立之子）

Adraste〔ɑ'drɑst〕（法）

Adrasteia〔,ædræs'taɪə〕

Adrastos〔ə'dræstəs〕

Adrastus〔ə'dræstəs〕【希臘神話】Argos
之王

Adrea〔'edrɪə〕

Adrets〔ɑ'drɛ〕（法）

Adria〔'edrɪə; 'ɑdrɪə〕

Adriaan〔'ɑdrɪɑn〕

Adriaanszoon〔,ɑdrɪ'ɑnsən; ,ɑdrɪ'ɑnsɔn;
,ɑdrɪ'ɑnson〕

Adriaen〔'ɑdrɪɑn〕

Adriaensz〔'ɑdrɪɑns〕

Adrian〔'edrɪən〕亞德連（❶ Edgar Douglas,
1889-1977, 英國生理學家 ❷美國一城市）

Adriana〔,edrɪ'ɑnə〕阿德里安娜

Adriana Lecouvreur〔,edrɪ'ɑnə ləkuv-
'rɜ〕

Adriance〔'edrɪəns〕阿德里安斯

Adrian de Castello〔'edrɪən də kæs-
'tɛlo〕

Adriani〔,ɑdrɪ'ɑnɪ〕阿德里亞妮

Adriano〔,ɑdrɪ'ɑno（義）;,ɑðri'ɑno（西）;
,edrɪ'ɑno〕

Adriano de Armado〔,edrɪ'ɑno də ɑr-
'mɑdo〕

Adriano di Bologna〔,ɑdrɪ'ɑno dɪ bo-
'lonjɑ〕

Adrianople〔,edrɪə'nopl〕亞得連堡（歐洲）

Adria Picena〔'edrɪə paɪ'sinə〕

Adriatic〔,edrɪ'ætɪk〕亞得里亞海（地中海）

Adrien〔'edrɪə; ɑdri'æŋ（法）〕阿德里安

Adrienne〔'edrɪɛn; ɑdri'ɛn（法）〕愛瑞恩

Adrienne Toner〔'edrɪɛn 'tonə〕

Adron〔'edrən〕艾瑞恩

Adshead〔'ædzhɛd〕阿謝德

Adua〔'ɑduɑ〕

Aduatici〔,ædju'ætɪsaɪ〕

Aduatuei〔,ædju'ætjusaɪ〕

Adula〔'ɑdulɑ〕

Adulateur〔'ædjulɛtə〕

Adulis〔'ædjulɪs〕

Adullam〔ə'dʌləm〕

Adullamites〔ə'dʌləmaɪts〕

Adullum〔ə'dʌləm〕

Adunara〔,ɑdu'nɑrɑ〕

Advaita〔əd'vaɪtə〕

Adwick-le-Street〔'ædɪk·lə·'strit〕

Ady〔'ɑdɪ〕（匈）

Adye〔'edɪ〕埃迪

Adye-Curran〔'edɪ·'kʌrən〕

Adyge〔,ɑdɪ'ge〕

Adygei〔,ɑdɪ,ge〕阿地蓋（蘇聯）

Adzhar〔ə'dʒɑr; 'ɑdʒɑr〕

Adzharia〔ə'dʒɑrɪə〕「（蘇聯）

Adzharistan〔ə'dʒɑrɪ,stæn〕阿傑利斯坦

A.E.〔'e'i〕George William Russel 之筆名

Aea〔'iə〕

Aeacida〔i'æsɪdə〕「的子孫

Aeacides〔i'æsədiz〕【希臘神話】Aeacus

Aeacus〔'iəkəs〕【希臘神話】冥府司審判之神

Aeaea〔i'iə〕【希臘神話】女巫 Circe 所居住之島

Aebersold〔'ebəsold〕埃伯索爾德

Aedanus〔ɪ'denəs〕

Ædde〔'æddə〕

Aëdes〔e'idiz〕

Aedh〔e〕（愛）

Aedhan〔'ædhæn〕

Ædilberct〔'ædɪlbɜrkt〕（古英）

Ædiles〔'idaɪlz〕「子的婦女

Aëdon〔e'idən〕【希臘神話】一個誤殺親生兒

Ædua〔'ɛdʒə; 'idʒə〕

Aedui〔'ɛdʒui〕

Aeduinus〔,idju'aɪnəs〕

Aeetes〔i'itiz〕

Aeëtes〔i'itiz〕【希臘神話】Colchis 之王

Aegadian Islands〔ɪ'gedɪən ～〕衣哥地群
島（地中海）

Aegae〔'idʒi〕

Aegaeon〔ɪ'dʒiən〕【希臘神話】the Hecaton-
chires（三巨人，每人有五十個頭一百隻手臂）
之一   「（Egadi）之古名

Aegates〔i'getiz〕Aegadian Islands 的或

Aegean〔ɪ'dʒiən〕愛琴海（地中海）

Ægelbriht〔'æjɛlbrɪht〕（古英）

Aegeon〔ɪ'dʒiən〕

Aegeri〔'egərɪ〕「國王

Aegeus〔'idʒjus; 'idʒiəs〕【希臘神話】雅典

Aegialus〔ɪ'dʒaɪələs〕

Aegidi〔e'gidɪ〕「迪厄斯

Aegidius〔ɪ'dʒɪdɪəs; e'gidɪus（德）〕埃吉

Aegidiu a Columnis〔ɪ'dʒɪdɪəs e ko-
'lʌmnɪs〕

Aegidius of Assisi〔ɪ'dʒɪdɪəs əv ɑs'sizi〕

Aegina〔ɪ'dʒaɪnə〕

Aegineta〔,idʒɪ'nitə〕

Aeginetan〔,ɛdʒɪ'nitən〕

Aegipan〔'idʒɪpæn〕

Aegir〔'idʒɪr; 'egɪr〕

Aegisthus〔ɪ'dʒɪsθəs〕【希臘神話】Troy
戰爭中希臘統帥 Agamemnon 之妻 Clytemnes-
tra 的姦夫

Aegium〔i'dʒiəm〕古代希臘 Achaea 之一城市

Aeglamour〔'igləmur〕

Aegle〔'iglī〕
Aegospotami〔,igəs'patə,mai〕古 Thrace
之一河流
Aegospotamos〔,igəs'patəməs〕
Aegusa〔ɪ'gjusə〕
Aegydius〔ɪ'dʒɪdɪəs〕 「之王
Aegyptus〔ɪ'dʒɪptəs〕【希臘神話】埃及
Aehrenthal〔'erəntal〕
Aeken〔'akən〕
Aelana〔ɪ'lenə〕
Ælfgifu〔'ælfgɪvu〕（古英）
Ælfheah〔'ælfhɛh〕（古英）
Ælfled〔'ælflɪd〕
Ælfred〔'ælfrɪd〕
Aelfric〔'ælfrɪk〕
Ælfric〔'ælfrɪk〕
Ælfthryth〔'ælfθrɪθ〕
Aelia〔'iliə〕
Aelia Capitolina〔ɪ'liə,kæpɪto'lainə〕
Aelian〔'iliən〕
Aelianus〔ilɪ'enəs〕
Aelianus Tacticus〔ilɪ'enəs 'tæktɪkəs〕
Aelius〔'iliəs〕
Aelius Paetus〔'iliəs 'pitəs〕
Ælla〔'ælə; 'ilə〕
Aello〔e'ɛlo〕【希臘神話】女頭鳥身的怪物之一
Aelred〔'elrɪd〕
Aelst〔alst〕
Aemilia〔ɪ'mɪliə;ɛ'miljə〕
Aemilianus〔ɪ,mɪlɪ'enəs〕
Aemilius〔ɪ'mɪliəs〕
Aenaria〔ɪ'nɛrɪə〕
Aeneas〔ɪ'niæs〕【希臘、羅馬神話】羅著之
馬之創建者 └史詩
Aeneid〔'injɪd; 'inɪɪd〕羅馬詩人 Virgil 所
Aenesidemus〔ɪ,nɛsɪ'diməs〕
Aeneus〔'injus〕
Aënobarbus〔e,ino'barbəs〕
Aenos〔'inas〕
Aenus〔'inəs〕
Aeolia〔i'oliə〕= Aeolis
Aeoliæ Insulae〔ɪ'olɪi 'ɪnsjuli〕
Aeolis〔'iəlɪs〕古希臘殖民地
Aeolus〔'ioləs〕【希臘神話】風神
Aepinus〔e'pinus〕
Aequi〔'ikwaɪ〕
Aequum Tuticum〔'ikwəm 'tjutɪkəm〕
Aërians〔e'irɪənz〕
Aërius〔e'irɪəs〕
Aernout〔'anaut〕（荷）
Aerö〔'e,rɝ〕
Ærø〔'e,rɝ〕（丹）

Aerovias〔,airo'vias〕
Aerschot〔'arshɔt〕（法蘭德斯）
Aert〔art〕（荷）
Aerts(z)en〔'art·sən〕
Aescanes〔'ɛskəniz〕
Aeschines〔'iskɪniz〕
Aeschylus〔'ɛskələs〕埃斯奇勒斯（525-456
B.C., 希臘詩人及劇作家）
Aesculapius〔,iskju'lepjəs;,ɛskju'lepjəs〕
【羅馬神話】醫神；藥王
Æsernia〔ɪ'zɝnɪə〕
Aeshma Daeva〔ɑ'ʃmə 'daevə〕
Aesir〔'esɪr; 'isɝ〕 北歐神話中之眾神
Aesis〔'isɪs〕
Aeson〔'isən〕
Aesop〔'isəp〕伊索（約 620-560 B.C., 希臘寓
言作家）
Aesopus〔ɪ'sopəs〕
Aestii〔'ɛstɪaɪ〕
Aeta〔ɑ'eta〕
Aeth〔at〕（法蘭德斯）
Aeth, D'〔deθ〕
Aethalia〔ɪ'θeljə〕
Æthelbald〔'æθəlbɔld;'æðɛlbald〕（古英）
Æthelbert〔'æθəlbəːt;'æðɛlbɛrt〕（古英）
Æthelflaed〔'æðɛlflɛd〕（古英）
Æthelflæd〔'æðɛlflɛd〕（古英）
Æthelhard〔'æθəlhard〕（古英）
Ætheling〔'æðɛlɪŋ〕（古英）
Æthelred〔'æðɛlred〕（古英）
Æthelstan〔'æθəlstən; 'æðɛlstən〕（古英）
Æthelweard〔'æðɛlwerd〕（古英）
Æthelwold〔'æθəlwold; 'æðɛlwold〕（古英）
Æthelwulf〔'æðɛlwulf〕（古英）
Aethiop〔'iθɪap〕
Aethiopia〔,iθɪ'opjə〕
Aethiopic〔,iθɪ'apɪk〕
Aethiopis〔ɪ'θaɪopɪs〕
Aethusa〔ɪ'θjuzə〕
Aetion〔'iʃən; e'iʃɪən〕（古希）
Aëtion〔e'iʃɪən〕
Aëtios〔e'iʃɪəs〕
Aëtius〔e'iʃɪəs〕
Aetna〔'ɛtnə〕埃特納火山（義大利）
Aetolia〔ɪ'tolɪə〕
af〔ɑv〕
Afanasevich〔ʌfʌ'nasjɪvjɪtʃ〕（俄）
Afanas'evo〔,afɑ'nasjɪvə〕
Afanasi〔ʌfʌ'nasjəɪ〕（俄）
Afanasiev〔ʌfʌ'nasjɪf〕（俄）
Afanasievich〔ʌfʌ'nasjɪvjɪtʃ〕（俄）

Afanasyev〔ʌfʌ'nasjɪf〕(俄)
Afanasyevich〔,afa'nasjɪvɪtʃ〕
Afar〔ə'far〕
Afema〔a'fema〕
Afer〔'efə〕
Affleck〔'æflɛk〕阿富萊克
Affonso〔ə'fanso; ə'foŋsu(葡)〕
Affre〔'afə〕(法)
Afghan〔'æfgæn〕❶阿富汗人❷阿富汗語
Afghanistan〔æf'gænɪ,stæn〕阿富汗
Afgoi〔af'gɔɪ〕
Afinger〔'afɪŋə〕
Afinogenov〔a,fina'gjɛnəf〕
Afium Karahissar〔a'fjum ,karahɪ'sar〕
Afiun Karahissar〔a'fjun ,karahɪ'sar〕
Aflalo〔ə'flalo〕
Afognak Island〔ə'fagnæk~〕阿福格納
克島(美國)
Afonso〔ə'fanso〕
Afontova〔a'fɔntəvə〕
Afra〔'æfra〕
Afragola〔,afra'gɔla〕
Afranio〔ə'frænju〕(葡)
Afranius〔ə'frenɪəs〕
Afric〔'æfrɪk〕
Africa〔'æfrɪkə〕非洲
Africaine, L'〔lafrɪ'kɛn〕(法)
Africander〔,æfrɪ'kændə〕
Africano〔əfrɪ'kænu〕
Africanus〔,æfrɪ'kanəs〕
Africa Proconsularis〔'æfrɪkə
,prokansju'lɛrɪs〕
Afridi〔æ'fridɪ〕一好鬥民族,居印度及巴
基斯坦之Khyber Pass區
Afrikaans〔,æfrɪ'kanz; -'kans〕南非洲所
用的荷蘭語
Afrikander〔,æfrɪ'kændə〕南非洲之歐
洲移民的後裔
Afrikiya〔æ'frikɪjə〕
Afrine〔a'frin〕
Afrique〔a'frik〕(法)
Afro〔'æfro〕
Aftalion〔afta'ljɔŋ〕(法)
Afton〔'æftən〕
Afyon Karahisar〔a'fjon ,karahɪ'sar〕
阿菲昂卡臘希薩爾(土耳其)
Afzelius〔af'selɪs; av'selɪʌs(瑞典)〕
Aga〔'agə〕
Agabus〔'ægəbəs〕
Agada〔'ægədə〕
Agade〔a'gadɛ; ə'gedɪ〕
Agadès〔'ægədiz; aga'dɛs(法)〕

Agag〔'egæg〕
Aga Khan〔'agə 'kan〕
Agalega〔,agə'legə〕
Agamemnon〔,ægə'mɛmnən; -non〕【希
臘神話】Troy 戰爭中的希臘統帥
Agamenticus〔,ægə'mɛntɪkəs〕
Aga Mohammed Khan〔a'ga mo'hammæd
'kan〕
Agaña〔a'ganja〕阿加納(關島)
Aganippe〔,ægə'nɪpɪ〕
Aganoor〔,aga'nɔr〕
Agape〔'ægəpi〕
Agapemone〔,ægə'pimənɪ〕
Agapetus〔,ægə'pitəs〕
Agapida〔,aga'piða〕(西)
Agar〔'egar; 'agar; 'ʌgə〕
Agard〔'egard; a'gard〕阿加德
Agard(e)〔ə'gard〕
Agardh〔'agard〕
Agarrib〔'ægərɪb〕
Agasias〔a'geʃɪəs〕
Agassiz〔'ægəsɪ〕阿加西(Alexander, 1835-
1910, 美國動物學家)
Agassizhorn〔ə'gæsɪzhɔrn〕
Agate〔'ægɪt; 'ægət〕
Agatha〔'ægəθə〕阿加莎
Agatharchides〔,ægə'θarkɪdiz〕
Agatharchus〔,ægə'θarkəs〕
Agathe〔a'gat(法); a'gatə(德)〕
Agathias〔ə'geθɪəs〕
Agathe〔a'gat(法); a'gatə(德)〕
Agathias〔ə'geθɪəs〕
Agathinos〔,ægə'θaɪnas〕
Agatho〔'ægəθo〕
Agathocles〔ə'gæθəkliz〕
Agathokles〔ə'gæθəkliz〕			「(瑞典)〕
Agathon〔'ægəθan; aga'tɔŋ(法); 'agatɔn〕
Agattu〔,ægə'tu〕
Agave〔ə'gevɪ〕
Agawam〔'ægə,wam〕
Agbatana〔æg'bætənə〕
Agdam〔ag'dam〕
Agde〔agd〕(法)
Agdistes〔æg'daɪstiz〕
Agedabia〔,adʒe'dabja〕
Agee〔'edʒi〕艾傑(James, 1909-55, 美國作
家兼影評家)
Agen〔a'ʒæŋ〕(法)
Agenais〔aʒ'nɛ〕(法)
Agenois〔aʒ'nwa〕(法)
Agénois〔aʒe'nwa〕(法)
Agenor〔ə'dʒinɔr; a'genɔr(德)〕

Agénor〔αʒeˈnɔr〕（法）

Ager〔ˈedʒə〕

Ageratum〔ˌædʒəˈretəm; əˈdʒɛrətəm〕

Ägeri〔ˈegəri〕

Agersborg〔ˈagəsbɔrg〕

Agesander〔ˌædʒɪˈsændə〕

Agesandros〔ˌædʒɪˈsændrəs〕

Agésilan de Colchos〔αʒeziˈlαŋ də kɔlˈkɔs〕（法）

Agésilas〔aʒeziˈlas〕（法）

Agesilaos〔əˌdʒesɪˈleəs〕

Agesilaus II〔əˌdʒesəˈleəs〕阿傑西雷斯二世（?-?360 B.C.，約於 400-360 B.C. 爲斯巴達國王）

Ageton〔ˈædʒɪtən〕阿吉頓

Aggeler〔ˈægɪlə〕阿格勒

Agger〔ˈædʒə〕

Aggershus〔ˈagəʃus〕

Aggeus〔əˈgiəs〕

Aggie〔ˈægɪ〕

Aggy〔ˈægɪ〕

Agha Jari〔ˈαga ˈdʒαri〕

Agha Mohammed Khan〔aˈga moˈhammæd ˈkαn〕

Aghlabites〔ˈægləbaɪts〕

Aghnides〔agˈnidɪs〕

Aghrim〔ˈɔgrɪm; ˈɔhrɪm（愛）〕

Agiadae〔əˈdʒaɪədi〕

Agias〔ˈedʒɪəs; αˈjas〕

Agide〔ˈadʒɪde〕

Ägidius〔eˈgidɪʊs〕

Agiguan〔ˌagɪgˈwαn〕

Agilolfinger〔ˌagɪˈlαlfɪŋə〕

Agilulf〔ˈagɪlʊlf〕

Agincourt〔ˈædʒɪnkɔrt; adʒæŋˈkur（法）〕

Aginnum〔əˈdʒɪnəm〕

Aginsk Buryat-Mongol〔ʌˈginsk bʊrˈjat-ˈmαŋgəl〕（俄）

Aginskoe〔ʌˈginskəjə〕（俄）

Agis〔ˈedʒɪs〕阿吉斯

Aglabites〔ˈægləbaɪts〕

Aglaia〔əˈgleə〕【希臘神話】光之女神

Aglar〔agˈlαr〕

Aglaura〔əˈglɔrə〕

Aglauros〔əˈglɔrəs〕

Aglen〔ˈæglən〕

Aglion〔ˈæglɪɔn〕

Agnadello〔anjaˈdɛllo〕（義）

Agnano〔aˈnjano〕

Agnelli〔aˈnjelɪ〕

Agnes〔ˈægnɪs〕聖女埃格尼斯（Saint，三世紀人，守護西方教會之四大女聖徒之一）

Agnesi〔aˈnjezɪ〕（義）

Agnew〔ˈægnju〕安格紐（Spiro Theodore，1918-，於 1969-1973 任美國副總統）

Agni〔ˈægnɪ〕【印度神話】火神

Agni Purana〔ˈægnɪ pʊˈranə〕

Agno〔ˈagno〕亞格納（菲律賓）

Agnoëtae〔ˈægnoˈiti〕

Agnoïtes〔ˈægnoaɪts〕

Agnoïtoe〔ˌægnoˈaɪti〕

Agnolo〔ˈanjolo〕

Agnolo da Siena〔ˈanjolo da ˈsjɛna〕

Agnon〔ˈægnαn〕艾格農（Shmuel Yosef，1888-1970，以色列作家）

Agnus〔ˈægnəs〕阿格納斯

Agnus Dei〔ˈægnəs ˈdiaɪ〕【拉】神之羔羊

Agnyi〔ˈanji〕

Ago〔ˈαgo〕阿戈

Agobard〔agɔˈbar〕（法）

Agoeng, Goenoeng〔ˈgunʊŋ ˈagʊŋ〕

Agonistes〔ˌægəˈnɪstiz〕

Agoo〔ˌagoˈo〕

Agora〔ˈægərə〕古希臘之人民大會

Agoracritus〔ˌægɔˈrækrɪtəs〕

Agordat〔əˈgɔrdæt; ˌægaˈdæt〕

Ågost〔ˈagoʃt〕（匈）

Agosta〔aˈgosta〕

Agostinho〔əgʊʃˈtinju（葡）; əgusˈtinju（巴西）〕

Agostini〔ˌagosˈtinɪ〕

Agostino〔ˌagosˈtino〕

Agostino di Duccio〔ˌagosˈtino di ˈduttʃo〕

Ågoston〔ˈagoʃton〕（匈）

Agotes〔ˈαgat〕（法）

Agotime〔ˌagoˈtime〕

Agoult〔aˈgu〕（法）

Agoult, d'〔daˈgu〕（法）

Agoust, d'〔daˈgust〕（法）

Agout〔aˈgu〕（法）

Agra〔ˈαgrə〕亞格拉（印度）

Agrado〔aˈgrado〕

Agrae〔ˈegri〕

Agram〔ˈαgrαm〕

Agramante〔ˌαgraˈmante〕

Agramonte〔ˌαgraˈmonte〕

Agrapha〔ˈægrəfə〕

Agraule〔əˈgrɔli〕

Agraulos〔əˈgrɔlas〕

Agravaine〔ˈægrəven〕

Agraviados〔ˌαgrαˈvjaðos〕（西）

Agreda〔aˈgreða〕（西）

Agreeb〔ˈægrib〕

Agri〔'ɑgrɪ (義);ɑ'rɪ (土)〕
Ağri〔ɑ'rɪ〕
Agrib〔'ægrɪb〕
Agricane〔,ɑgrɪ'kɑne〕
Agricola〔ə'grɪkələ〕阿古利可拉(❶ Gnaeus
　Julius, 37-93, 羅馬大將❷ Georgius, 1494-
　1555, 德國歷史學家及醫師〕
Ağri Daği〔ɑ'rɪ dɑ'ɪ〕(土)〕
Agri Decumates〔'ægrɑɪ ,dɛkjʊ'metiz〕
Agrigan〔,ɑgrɪ'gɑn〕
Agrigento〔,ɑgrɪ'dʒɛnto〕
Agrigentum〔,ægrɪ'dʒɛntəm〕
Agrihan〔,ɑgrɪ'hɑn〕
Agrinion〔ɑ'grinjɔn〕
Agrippa〔ə'grɪpə〕阿古利巴(Marcus
　Vipsanius, 63-12 B.C., 羅馬政治家〕
Agrippa Postumus〔ə'grɪpə 'pɔstjuməs〕
Agrippina〔,ægrɪ'paɪnə〕
Agron〔'ægrən〕阿格閏
Agronsky〔æ'grɑnskɪ〕阿格閏斯基
Agtelek〔'ɑgtɛlɛk〕
Agua〔'ɑgwɑ〕
Agua Caliente〔'ɑgwɑ ,kælɪ'ɛntɪ〕
Aguacate〔,ɑgwɑ'kɑte〕
Agua Clara〔'ɑgwɑ 'klɑrɑ〕
Aguada〔ɑ'gwɑðɑ〕(西)〕
Aguadas〔ɑ'gwɑðɑs〕(西)〕
Aguadilla〔,ɑgwɑ'ðija〕(拉丁美)〕
Aguado〔ɑ'gwɑdo〕(西)〕
Aguadulce〔,ɑgwɑ'ðulse〕(西)〕
Agua Fria〔'ɑgwɑ 'fria〕
Aguán〔ɑ'gwɑn〕
Aguanaval〔,ɑgwɑnɑ'vɑl〕
Agua Preta〔'ɑgwə 'pretə〕(巴西)〕
Aguarico〔,ɑgwɑ'rɪko〕　　　　「美)〕
Aguas Buenas〔'ɑgwɑz 'vwenɑs〕(拉丁
Aguascalientes〔,ɑgɑskɑ'ljentes〕
Aguecheek〔'ɛgjutʃik〕
Agueface〔'ɛgɪufes〕
Agüero, Riva〔'riva ɑ'gwero〕
Agüero y Betancourt〔ɑ'gwero ɪ
　,betɑŋ'kurt〕(西)〕
Aguesseau〔ɑgɛ'so〕(法)〕
Aguijan〔,agɪ'hɑn〕(西)〕
Aguilar〔ə'gwɪlɑ; agɪ'lɑr(西)〕
Águilas〔'ɑgɪlɑs〕
Aguilera〔,agɪ'lerɑ〕
Aguinaldo〔,agɪ'nɑldo〕
Aguirre〔ɑ'giɑre〕
Aguirre Cerda〔ɑ'giɑre 'sɛrðɑ〕(西)〕
Aguja〔ɑ'guhɑ〕(西)〕
Agujari〔,ɑgu'jɑrɪ〕(義)〕

Agujereada〔,ɑgu,here'ɑðɑ〕(西)〕
Agujita〔,agu'hitɑ〕(西)〕　　　「洲)
Agulhas Cape〔ə'gʌləs～〕阿加拉斯角(非
Agung, Gunong〔'gunɑŋ 'ɑgʊŋ〕
Agus〔'ɑgus〕
Agusan〔ɑ'gusɑn〕阿古散(菲律賓)〕
Agustin〔,agus'tin〕
Agustín〔,agus'tin〕
Agustina〔,agus'tinɑ〕
Agustini〔,agus'tini〕
Agutter〔ə'gʌtə〕
Agylla〔ə'dʒɪlə〕
Ahab〔'ehæb〕【聖經】亞哈(紀元前第九世紀
　時以色列之國王)〕
Ahabah Rabbah〔,ɑhɑ'vɑ rɑ'bɑ〕
Ahaggar〔ə'hægə〕阿哈革山派(阿爾及利亞)
Ahala〔ə'helɑ〕
Ahanta〔ɑ'hɑntə〕
Aharon〔ɑhɑ'ron〕
Ahasuerus〔ə,hæzjʊ'irəs〕
Ahava〔ə'hevə〕
Ahaz〔'ehæz〕
Ahaziah〔,ehə'zaɪə〕
Ahearn〔'ehən〕埃亨
Ahearne〔ə'hɜn〕阿亨
Ahenobarbus〔ə,hino'bɑrbəs〕
Ahern〔ə'hɜn; 'ehən〕埃亨
A'Hern〔'ehən〕
Aherne〔ə'hɜn〕埃亨
Ahhotpe〔ɑ'hotpɛ〕
Ahi〔'ʌhi〕(印)〕
Ahiah〔ə'haɪə〕
Ahidjo〔ɑ'hidʒo〕
Ahijah〔ə'haɪdʒə〕
Ahimaaz〔ə'hɪmɑæz〕
Ahimelech〔ə'hɪmələk〕
Ahipara〔,ɑhɪ'pɑrɑ〕
Ahir〔ə'hir; ɑ'ir〕
Ahithophel〔ə'hɪθəfɛl〕
Ahitophel〔ə'hɪtəfɛl〕
Ahl〔ɑl〕阿爾
Ahle〔'ɑlɪ〕
Ahlbrandt〔'ɑlbrænt〕阿爾布蘭特
Ahlen〔'ɑlən〕
Ahlers〔'ɑləz〕阿勒斯
Ahlfors〔'ɑlfɔrs〕阿爾福斯
Ahlgren〔'ɑlgren〕阿爾格倫
Ahlheide〔'ɑlhaɪðə〕
Ahlmann〔'ɑlmən〕
Ahlport〔'ɑlpɔrt〕
Ahlquist〔'ɑlkvɪst〕(芬)阿爾奎斯特
Ahlwardt〔'ɑlvɑrt〕

Ahmad〔'aməd; 'æmæd（阿拉伯）〕

Ahmadabad〔,amədɑ'bad〕阿默達巴德（印度）

Ahmad al-Badawi〔'æmæd əl·bædæ'wi〕

Ahmadnagar〔,amɛd'nʌgɚ〕

Ahmadou〔'amədu〕

Ahmad Shah Durrani〔'amɛd ʃɑ dʊr-'rɑni〕

Ahmanson〔'amənsn̩〕阿曼森

Ahmed〔'æmɛd（阿拉伯）; a'mɛt（土）, ɑh'mɛd（阿爾巴）; a'mæd（波斯）〕

Ahmedabad〔,amɛdɑ'bad; 'amədɑ'bad〕亞美達巴得（印度）

Ahmed Arabi〔'æmæd ə'rɑbɪ〕

Ahmed Bey〔a'mɛt be〕（土）

Ahmed el-Bedawi〔'æmæd əl·bædæ'wi〕

Ahmed Fuad〔'amɛd fu'ad; 'æmæd fʊ-'ad（阿拉伯）〕

Ahmed ibn-Muhammed〔'æmæd ,ɪbn·-mʊ'hæmməd〕

Ahmed ibn-Tulun〔'æmæd ,ɪbn·tu'lun〕

Ahmed Mirza〔a'mæd mir'za〕（波斯）

Ahmednagar〔,amɛd'nʌgɚ〕

Ahmed Pasha〔'amɛt pa'ʃa〕

Ahmed Riza Bey〔a'mɛt rɪ'za be〕（土）

Ahmed Shah〔a'mæd ʃa〕（波斯）

Ahmed Vefik Pasha〔a'mɛt vɛ'fɪk pa-'ʃa〕（土）

Ahmes〔'amiz〕

Ahmet〔'amɛt; a'mɛt（土）〕

Ahmose〔'amos〕

Ahmes〔'amɛs〕

Ahn〔ɑn〕

Ahnen〔ɑnən〕

Ahnfeld〔'anfɛlt〕

Ahnighito〔,ɑnɪ'gito〕阿尼吉托

Aho〔'ɑhɑ〕（芬）阿霍

Aholibamah〔ə,halɪ'bemə〕

Ahom〔'ɑhɔm〕

Ahoskie〔ə'hɑskɪ〕

Ah Puch〔ɑ 'putʃ〕

Ahr〔ar〕阿爾

Ahrens〔'arəns〕

Ahrendt〔'arənt〕阿倫特

Ahroon〔'arʊn〕阿魯恩

Ahriman〔'arɪmən〕

Ahtena〔'atɛnɑ〕

Ahuachapán〔,awatʃa'pan〕

Ahuizotl〔a'witsotl̩〕

Ahuitzotl〔a'witsotl̩〕

Ahumada〔,au'maðɑ〕（西）

Ahumada y Villalon〔,au'maðɑ ɪ ,vilja-'lon〕（西）

Ahura Mazda〔'ɑhʊrə 'mæzdə〕

Ahuréi〔,au're〕

Ahuriri〔'ɑhurɪrɪ;au'rɪrɪ〕

Ahvenanmaa〔'avɛnɑn'ma〕

Ahwaz〔a'hwaz〕阿瓦士（伊朗）

Ai〔eaɪ;aɪ〕（南美）

Aibak〔'aɪbæk〕

Aiblinger〔'aɪblɪŋɚ〕

Aicard〔e'kar〕（法）

Aïda〔a'idə〕

Aidan〔'edən〕艾丹

Aïdé〔aɪ'de;,aɪ'de〕

Aid-el-ma〔,aɪdɛl'ma〕

Aidenn〔'edən〕

Aidin〔aɪ'dɪn〕

Aïdin〔aɪ'dɪn〕

Aiea〔,aɪ'ea〕

Aigai〔'aɪgaɪ〕

Aigina〔'ɛjinɑ〕

Aigaion Pelagos〔ɛ'jɛɔn 'pɛlɑgɔs〕

Aigaiou〔ɛ'jeu〕

Aigina〔'ɛjinɑ〕

Aiglon, l'〔lɛg'lɔŋ〕（法）

Aiguebelle, d'〔dɛg'bɛl〕（法）

Aiguesmortes〔ɛg'mart〕（法）

Aiguille d'Argentière〔eg'wij darʒaŋ-'tjɛr〕（法）

Aiguille du Midi〔e'gwij djʊ mi'di〕（法）（法）

Aiguille Verte〔e'gwij 'vɛrt〕（法）

Aiguillon〔egwi'jɔŋ〕（法）

Aigun〔aɪ'gun〕璦琿（中國）

Aijal〔'aɪdʒəl〕

Aijalon〔'edʒələn〕

Aikan〔'ekɑn〕

Aiken〔'ekɪn〕艾坎（Conrad Potter, 1889-1973, 美國詩人及小說家）

Aikens〔'ekɪnz〕艾肯斯

Aikin〔'ekɪn〕

Aikipyak〔aɪ'kipjak〕

Aikman〔'ekmən〕艾克曼

Aikwe〔'aɪkwe〕

Aileen〔'elin〕艾琳

Ailesbury〔'elzbərɪ〕艾爾斯伯里

Ailette〔e'lɛt〕

Ai-ling Soong〔'aɪ·'lɪŋ 'sʊŋ〕

Ailli‚d' 〔dɑ'ji〕（法）

Ailred 〔'elrɛd〕

Ailsa 〔'elsə〕艾爾薩

Ailsa Craig 〔'elsə kreg〕

Ailshie 〔'elʃi〕艾爾希

Ailwyn 〔'elwɪn〕艾爾溫

Aimable 〔ɛ'mabl〕（法）

Aimar(d) 〔ɛ'mar〕（法）

Aime 〔em;ɛm(法)〕艾梅

Aimé 〔e'me;ɛ'me(法)〕

Aimée 〔ɛ'me〕（法）艾梅

Aimeo 〔aɪ'meo〕

Aimeric 〔,ɛmə'rik〕

Aimeric de Peguilhan 〔,ɛmə'rik də ,pegi'lɑn〕

Aimoin 〔ɛm'wæŋ〕（法）

Aimon 〔'emən〕

Aimoré 〔aɪmo're〕

Aimorés 〔,aɪmu'res〕

Aimwell 〔,em'wɛl〕

Ain 〔æŋ〕（法）艾恩

Ainad 〔aɪ'nad〕

Aïn-Beïda 〔'aɪn·'bedə〕

Ainé 〔e'ne〕

Ainger 〔'endʒɚ〕

Ain Herche 〔aɪn hɛr'ʃe〕

Ain Hersha 〔aɪn 'hɛrʃa〕

Ain Jalut 〔aɪn dʒæ'lut〕

'Ain Jidi 〔en 'dʒɪdi〕

Ain Jidy 〔en 'dʒɪdi〕

Ain Kadish 〔en ka'dɪʃ〕

Ainley 〔'enli〕安利

Ainmiller 〔'aɪnmɪlɚ〕

Aino 〔'aɪno〕❶蝦夷人（日本土人）❷蝦夷語

Ain Qadis 〔en ka'dis〕

Aïn-Sefra 〔aɪn·sɛ'fra〕

Ainsley 〔'enzlɪ〕

Ainslie 〔'enzlɪ〕

Ainsworth 〔'enzwɚθ〕恩茲韋斯（William Harrison, 1805-1882, 英國小說家）

Aintab 〔aɪn'tæb〕

Aintree 〔'entrɪ〕

Aiposha 〔aɪpo'ʃa〕

Air 〔ɛr; 'aɪr〕

Aïr 〔'aɪr〕

Aira 〔'ɛrə〕

Airay 〔'ɛre〕

Aird 〔ɛrd〕艾爾德

Airdrie 〔'ɛrdrɪ〕

Aire 〔ɛr〕亞爾河（英格蘭）

Aireborough 〔'ɛrbərə〕

Airedale 〔'ɛrdel〕❶一種粗毛大狗❷艾爾代爾

Aires 〔'aɪris〕

Aire-sur-l'Adour 〔ɛr·sjur·la'dur〕（法）

Aire-sur-la-Lys 〔ɛr·sjur·la·'lis〕（法）

Airey 〔'ɛrɪ〕艾雷

Airlanga 〔er'lɑŋɡa〕

Airlie 〔'ɛrlɪ〕艾爾利

Airolo 〔aɪ'rolo〕

Airy 〔'ɛrɪ〕艾里

Aisén 〔aɪ'sen〕

Aisgill 〔'esgɪl〕

Aisha 〔'aɪʃæ〕

'A'ishah 〔'aɪʃæ〕

Aishihik 〔'eʃɪhɪk〕

Aishton 〔'eʃtən〕艾什頓

Aislaby 〔'ezləbɪ; 'ezlbɪ〕

Aisne 〔en〕恩河（法國）

Aïssé 〔ai'se; aɪ'se(法)〕

Aist 〔aɪst〕

Aistulf 〔'aɪstulf〕

Aitape 〔,aɪta'pe〕阿伊塔佩（澳洲）

Aitcheson 〔'etʃəsn〕

Aitchison 〔'etʃɪsn〕艾奇遜

Aith 〔eθ〕

Aitken 〔'etkɪn〕艾特坎（Robert Ingersoll, 1878-1949, 美國雕刻家）

Aitkenites 〔'etkɪnaɪts〕

Aitkin 〔'etkɪn〕

Aitolia 〔,eto'ljia〕

Aitōlia kai Akarnania 〔,etɔ'ljia ke ,akarna'njia〕

Aiton 〔'etən〕艾頓

Aitona 〔aɪ'tona〕

Aitutaki 〔,aɪtu'takɪ〕

Aivazovski 〔,aɪvʌ'zɔfskɪ〕

Aix 〔eks; eks(法)〕

Aix-en-Provence 〔ɛks·aŋ·prɔ'vaŋs〕（法）

Aix-la-Chapelle 〔,ɛks·la·ʃæ'pɛl〕

Aix-les-Bains 〔ɛks·le·'bæŋ〕（法）

Aiyina 〔'ɛjinɑ〕

Aiyion 〔'ɛjɔn〕

Aizani 〔aɪ'zani〕

Aizpute 〔'aɪzputɛ〕（列特）

Ajaccio 〔ə'jætʃɪo〕阿雅丘（法國）

Ajaigarh 〔ə'dʒaɪgar〕

Ajalbert 〔aʒal'bɛr〕（法）

Ajalon 〔'ædʒəlɑn〕

Ajan 〔'ɑdʒæn〕

Ajanta 〔ə'dʒʌntə〕（印）

Ajax 〔'edʒæks〕【希臘神話】埃賈克斯（圍攻 Troy 之一勇士）

Ajdir 〔ædʒ'dir〕

Ajiba〔'ædʒɪbə〕
Ajmer(e)〔ədʒ'mɪr〕亞日米爾(印度)
Ajmer-Merwara〔ədʒ'mɪr·mɛr'warə〕
Ajnadain〔,ædʒnə'deɪn〕
Ajo〔'edʒo;'aho(西)〕
Ajodhya〔ə'jodhja〕亞約得業(印度)
Ajunta〔ə'dʒʌntə〕
Ajurrum, ibn-〔,ɪbn·,adʒʊr'rum〕
Ajusco〔a'husko〕(西)
Ajuti〔a'dʒuti〕
Aka〔'aka〕
Akaba(h)〔.'ækəbə〕
Akabar〔'ækbar〕
Akakia〔akaki'a〕(法)
Akakoa〔,aka'koa〕
Akalkot〔'ʌkəlkot〕(印)
Akan〔'akan〕阿寒(日本)
Akanta〔a'kanta〕
Akarit, Wadi〔'wædi ækæ'rit〕
Akarnania〔,ækə'neniə;,ækə'neniə〕
Akaroa〔,akə'roə〕
Akassa〔a'kasə〕阿卡薩
Akastos〔ə'kæstas〕
Akawai〔a,kawa'i〕
Akbar〔'ækbar〕愛克巴(1542-1605,於
  1556-1605 莫俄兒帝國皇帝
Akbar Khan〔'ʌkbə han〕
Akber〔'akbə〕
Akçay〔ak'tʃaɪ〕(土)
Akdag〔'ak'da〕(土)
Ak Dağ〔'ak 'da〕(土)   「伯」
Akdar, Jebel〔'dʒæbæl æk'dar〕(阿拉
Ak-Denghiz〔,ak·dɛŋ'giz〕
Aké〔a'ke〕
Aked〔'ekɪd〕
Akeldama〔ə'kɛldəmə〕
Akeley〔'eklɪ〕埃克利
Akeman〔'ekman〕
À Kempis〔ə 'kɛmpɪs〕
Aken〔'akən〕
Akenhead〔'ekɪnhɛd〕埃肯黑德
Akenside〔,'ekɪnsaɪd〕
Akerbas〔ə'kɔbəs〕
Akermalm〔'ækəmam〕   「克愛
Akerman〔'ækəmən;'akəman(俄)〕阿
Akers〔'ekəz〕埃克斯
Akers-Douglas〔'ekəz·'dʌgləs〕
Akershus〔'akəshus〕
Akeyem〔,ake'jɛm〕
Ak Göl〔'ak 'gɔl〕
Akha〔'aka〕
Akhaia〔a'haja;,aha'ia〕(古希)

Akhbar〔'ækbar〕
Akheloos〔,ahɛ'lɔɔs〕(希)
Akhenaten〔,akɪ'natn〕
Akhenaton〔,akə'natn〕
Akhinos〔,ahi'nɔs〕(希)
Akʻainou〔,ahi'nu〕(希)
Akhis(s)ar〔,akhɪ'sar〕(土)
Akhmatova〔ʌh'matəvə〕(俄)
Akhmim〔ʌh'mim〕(阿拉伯)
Akhnaten〔,ak'natn〕
Akhnaton〔,ak'natn〕
Akhtal, al-〔ə'læhtæl〕(阿拉伯)
Akhtiar〔ʌh'tjar〕(俄)
Akhtuba〔'ahtubə〕(俄)
Akhtyrka〔ʌk'tɪrkə〕(俄)
Akhund of Swat〔a'kund əv 'swat〕
Akhurst〔'ækhɔst〕阿克赫斯特
Akiba〔a'kiba〕
Akiba ben Joseph〔a'kiba bɛn 'dʒozɪf〕
Akim〔a'kɪm;'akɪm(波);ʌ'kjim(俄)〕
Akimiski〔,ækɪ'mɪskɪ〕
Akin〔'ekɪn〕埃金
Akinfi〔ʌ'kjinfjəɪ〕(俄)
Akins〔'ekɪnz〕阿金斯(Zoë, 1886-1958, 美
  國劇作家)
Akir〔a'kir〕
Akka〔'akkə〕(阿拉伯)
Akkad〔'ækæd〕
Akkerman〔,akɪr'man〕
Akkra〔'ækrə;ə'kra〕
Aklavik〔ak'lavɪk;ək'lævɪk〕阿克拉維克
  (加拿大)
Aklilou, Ato Abte-Wold〔'ato 'abtɛ--
  wolt ak'lilu〕
Ak Mechet〔,ak mɛ'tʃɛt〕
Akmolinsk〔,ækmo'lɪnsk;ʌkmʌ'ljɪnsk〕
  阿克摩林斯克(蘇聯)
Ako〔a'ko〕愛甲(日本)
Akobo〔ə'kobo〕
Akola〔ə'kolə〕
Akolt〔'ekalt〕埃科爾特
Akond of Swat〔ə'kund əv 'swat;'ækənd
  əv 'swat〕
Akowa〔'akowa〕
Akpatok〔'ækpətak〕
Akra〔'ækra;ə'kra〕
Akrab〔'ækræb〕
Akrabbim〔ə'kræbɪm〕
Akragas〔'ækrəgəs〕
Akritas〔ə'kraɪtəs〕
Akroinon〔ə'krɔɪnɑn〕
Akrokeraunia〔,ækrokɪ'rɔnɪə〕

Akron〔'ækrən〕亞克朗(美國)
Akropolites〔,ækropə'laɪtiz〕
Akroteri〔,akrɔ'tirɪ〕
Akroyd〔'ækrɔɪd〕阿克羅伊德
Ak-sai〔ak'saɪ〕
Aksakov〔ʌk'sakɔf〕(俄)
Aksel〔'aksɛl〕(芬)
Akşehir〔akʃɛ'hir〕(土)
Aksu〔'ak'su〕阿克蘇(新疆)
Ak Su Darya〔,ak,su'darjə〕
Aksum〔'ak'sum〕
Aksur, el〔æl'ʊksʊr〕(阿拉伯)
Aktē〔'akti〕
Aktyubinsk〔ʌk'tjubjɪnsk〕阿克秋賓斯克 (蘇聯)
Akuapen〔,akwa'pɛn〕
Akun〔'akun〕
Akunakuna〔,ækuna'kuna〕
Akunian〔,aku'njan〕
Akupara〔,aku'parə〕
Akure〔a'kure〕
Akutan〔a'kutan〕
Akwapim〔,akwa'pim〕
Akyab〔æ'kjæb;a'kjab〕阿恰布(緬甸)
Al〔æl〕
Ala〔'ala〕
Ala-ad-Din〔a'la·ad·'din〕(土)
Al Aaraaf〔æl'æræf〕
Alabama〔,ælə'bæmə〕阿拉巴馬(美國)
Alabanda〔,ælə'bændə〕
Alabaster〔'ælə,bastə〕阿拉巴斯特
Alabat〔ala'bat〕亞拉巴(菲律賓)
Alacaluf〔alaka'luf〕
Alachua〔e'latʃəwe〕
Alacoque〔ala'kɔk〕(法)
Aladağ〔,ala'da〕(土)
Ala Dağ〔,ala'da〕(土)
Ala Dagh〔,ala'dah〕(土)
Aladar〔'ælədar〕
Aladár〔'aladar〕(匈)
Aladdin〔ə'lædɪn〕
Ala-Denghiz〔'ala·dɛŋ'giz〕
Ala-ed-Din〔a'la·ɛd·'din〕(土)
Alagez〔,ælə'gɛz;ʌlʌ'gjɔs〕(俄)
Alagôas〔,ala'goəs〕阿拉荷阿斯(巴西)
Alagoinhas〔,alag'winjəs〕(巴西)
Alagón〔,ala'gɔn〕
Alagöz〔,ala'gɜz;ælə'gɜz〕
Alaham〔'æləhæm〕
Alai〔a'laɪ〕阿力山脈(蘇聯)
Alain〔'ælɪn;a'læŋ〕(法)
Alain de Lille〔a'læŋ də 'lil〕(法)

Alain-Fournier〔a'læŋ·fur'nje〕(法)
Alais〔a'lɛs〕(法)
Alajuela〔,ala'hwela〕(西)
Alakaluf〔a,laka'luf〕
Ala Kul〔ʌlʌ'kulj(俄);,ala'kɜl(土)〕
Alalakeiki〔a,lala'kekɪ〕
Alamagan〔,æləmə'gæn;,alama'gan〕
Alamán〔,ala'man〕
Alamance〔'æləmæns〕
Alamanni〔ælə'mænaɪ;ala'mannɪ(義)〕
Alamannia〔,ælə'mænɪə〕
Alambagh〔ə'lʌmbag〕(印)
Alameda〔,ælə'midə〕阿拉美達(美國)
Alameda-Oakland〔,ælə'midə·'oklənd〕
Alamein〔'æləmen〕
Alamgir〔'aləmgir〕
al-Amīn〔æl·æ'min〕
Alaminos〔,ala'minos〕
Alamo〔'æləmo〕
Alamos〔'alamos;'æləmos〕
Alamosa〔ælə'mosə〕
Al-Amri, Mohammed〔mou'haməd ε'lamrɪ〕
Alamut〔ala'mut〕
Alan〔'ælən〕艾倫
Alan-a-dale〔'ælənə'del〕
Alanbrooke〔'ælənbrʊk〕阿蘭布魯克
Åland〔'alənd;'oland(瑞典)〕
Ålandsöerna〔'ɔland's3ɛnɑ〕
Alane〔'ælən〕
Alans〔'elənz〕
Alanson〔'ælənsṇ〕阿蘭森
Alanus ab Insulis〔ə'lenəs æb 'ɪnsjʊlɪs〕
Alantika〔a'lantika〕
Alaotra〔,ala'otrə〕
Alaouites〔ala'wit〕
Alapaha〔ə'læpəha〕
Alapalli〔ə'læpəlɪ〕
Alapii〔,ala'piɪ〕
Al Araf〔al 'araf〕
Alarbus〔ə'larbəs〕
Alarcón〔,alar'kɔn〕阿拉康(Pedro Antonio, 1833-91 西班牙小說家及外交家)
Alarcone〔,alar'kone〕
Alarcón y Mendoza〔,alar'kɔn ɪ men'dosa〕(西)
Alarcos〔a'larkəs〕
Alard〔a'lar〕(法)

Alardo〔a'lardo〕

Alaric〔'ælərɪk〕阿拉列（ 370?-410，西哥
德王）

Alarie〔ala'ri〕

Alarik〔'alarɪk〕

Alas〔a'las〕

Alascans〔ə'læskənz〕

Alasco〔ə'læsko〕

a Lasco〔e 'læsko〕

Alaşehir〔,alaʃe'hir〕（土）

Ala Shan〔'a'la 'ʃan〕

Alashehr〔,ala'ʃer〕

Alaska〔ə'læskə〕阿拉斯加(北美洲)

Alas〔a'las〕

Alastair〔'æləstɛr〕阿拉斯泰爾

Alastor〔ə'læstɔr;-tə〕❶【希臘神話】復
讎神❷ Shelley 之一詩篇名

Alatau〔,ala'tau〕

Ala Tau〔,ala 'tau〕阿拉陶(蘇聯)

Alatheus〔ə'leθɪəs〕

Alatyr〔,ala'tɪr;ʌlʌ'tɪrj(俄)〕

Ala-ud-din〔ə'la·ud·'din〕

Alava,Cape〔'æləvə〕阿拉瓦角(美國)

Alava y Navarete〔'alava ɪ ,nava-
'rete〕

Alawiy(y)a〔ælæ'wijə〕

Alayrac,d'〔dale'rak〕（法）

Alazan〔,ala'zan〕

Al 'Aziziya〔æl æzi'zijə〕

Alba〔'alba〕（義）

Al Badr〔æl 'badə〕

Albacete〔,alva'θete〕（西）

Alba de Liste〔'alva ðe 'liste〕（西）

Alba Iulia〔'ælbə 'juljə;'alba 'julja〕

Albali〔æl'beli〕

Alba Longa〔'ælbə 'laŋgə〕

Albamarla〔,ælbə'marlə〕

Alba Marla〔,ælbə 'marlə〕

Alban〔'ɔlbən〕聖·阿本（Saint，第三世
紀時，英國第一個殉教者）

Albana〔æl'benə〕

Albanenses〔ælbə'nɛnsiz〕阿爾伯嫩西斯

Albanese〔,alba'nese〕阿爾巴內塞

Albani〔æl'banɪ〕

Albania〔æl'benɪə〕阿爾巴尼亞(歐洲)

Albaniae Pylae〔æl'benɪɪ 'paɪli〕

Albano〔al'bano〕（義）

Albano Laziale〔al'bano la'tsjale〕

Albanova〔,alba'nɔva〕

Albans〔'ɔlbənz;al'baŋ(法)〕

Albany〔'ɔlbənɪ〕奧爾班尼（❶美國一城市
❷加拿大一河流）

Alba Pompeia〔'ælbə pam'pijə〕

al-Barda'i〔æl·,bærdæ'i〕（阿拉伯）

Albategnius〔,ælbə'tɛgnɪəs〕

Albatross〔'ælbə'tras〕

Albattenius〔,ælbə'tinɪəs〕

Albay〔al'baɪ〕

Albazin〔,alba'zin〕

Albe〔'albe〕

Albe, d'〔dalb〕（法）   「劇作家」

Albee〔'ɔlbi〕愛爾比（Edward, 1928-，美國

al-Bekri〔,æl·bek'ri〕

Albeladory〔,ælbɛla'dorɪ〕

Albemarle〔'ælbɪmarl〕阿爾比馬爾

Alben〔'ælbən〕阿爾本

Albéniz〔al'veniθ〕阿韋尼（Isaac, 1860-
1909，西班牙作曲家及鋼琴家）

Alber〔'ælbə〕阿伯

Alberche〔al'vertʃe〕（西）

Alberdi〔al'verðɪ〕（西）

Alberding〔'ælbədɪŋ〕阿伯丁

Alberdingk Thijm〔'albədɪŋk 'taɪm〕

Albères, Monts〔mɔŋz al'bɛr〕（法）

Alberga〔æl'bɝgə〕

Alberghetti〔,ælbə'gɛtɪ〕

Alberic〔'ælbərɪk〕阿伯里克

Alberich〔'albərɪh〕（德）

Alberico〔,albɛ'riko〕（義）

Albericus〔,ælbə'raɪkəs〕

Alberik〔'albərɪk〕

Alberni〔æl'bɝnɪ〕

Alberni〔æl'bɝnɪ〕

Alberoni〔,albe'ronɪ〕阿伯容尼（Giulio,
1664-1752，義大利樞機主教及政治家）

Albers〔'ælbəz;'albəs（德）〕

Albers-Schönberg〔'albəs·'ʃənbɛrk〕

Albert〔'ælbət;'albət(荷)〕阿伯特王子
（Prince Albert Francis Charles Augustus
Emanuel, 1819-61，英皇族，維多利亞女王之夫）

Alberta〔æl'bɝtə〕亞伯達(加拿大)

Albert Avogadro〔'albət ,avo'gadro〕

Alberti〔al'bertɪ〕亞伯蒂（Leon Battista,
1404-72，義大利建築師，藝術及音樂家兼詩人）

Albertina〔,ælbə'tinə〕艾伯蒂娜

Albertine〔'ælbətɪn;albɛr'tin(法);
,alber'tinə(德)〕艾伯丁

Albertinelli〔,albertɪ'nɛllɪ〕（義）

Alberto〔al'berto(義);al'vertu(葡);
al'verto(西)〕

Albertrandy〔,albɛr'trandɪ〕

Alberts〔'ælbəts〕艾伯茨

Albert Savarus〔alber sava'rjʊs〕（法）

Albertson〔'ælbət·sn〕艾伯森

Albertus〔al'bɛrtəs〕（荷）艾伯塔斯

Albertus Magnus〔æl'bɜtəs 'mægnəs〕聖亞伯特·馬格魯（Saint, 1193?-1280, 德國哲學家）

Albertville〔,ælbə·tvɪl〕阿伯特維耳（剛果）

Alberty〔'ælbə·tɪ〕艾伯蒂

Alberus〔'albɛrus〕（德）

Albery〔'ɔlbərɪ〕奧伯里

Albi〔al'bi〕（法）

Albicius〔æl'bɪʃɪs〕

Albig〔'ælbɪg〕阿爾比格

Albiga〔æl'baɪgə〕

Albigenses〔,ælbɪ'dʒɛnsiz〕

Albigeois〔albi'ʒwa〕（法）

Albin〔'ælbɪn〕阿爾賓

Albina〔æl'bainə; al'vinə (荷); al'vina(荷)〕

Albine〔al'bin〕（法）

Albingians〔æl'bɪndʒɪənz〕

Albini〔al'bini〕

Albino〔al'bino〕

Albinoni〔,albi'noni〕

Albinovanus Pedo〔æl,bɪno'venəs 'pido〕

Albinus〔æl'baɪnəs〕

Al-binus〔æl·'baɪnəs〕 「顗; 英格蘭

Albion〔'ælbɪən;-bjən〕【詩】英國; 不列

Albireo〔æl'bɪrɪo〕

al-Biruni〔,æl·bi'runi〕

Albis〔'ælbɪs〕

Albitte〔al'bit〕（法）

Albius〔'ælbɪəs〕

Albizzi〔al'bittsɪ〕（義）

Alboin〔'ælbɔɪn〕

Alboni〔æl'boni〕

Al Borak〔al 'borak〕

Alborán〔,alvo'ran〕

Alborg〔'ɔlbɔrg〕亞伯港（丹麥）

Albornoz〔al'vɔrnoθ〕（西）

Albovine〔'ɔlbovaɪn〕

Albrecht〔'ælbrɛkt; 'albrɛht (德)〕阿爾布雷克德

Albrecht Kasimir〔'albrɛht ,kazimir〕（德）

Albrechtsberger〔'albrɛhts,bɛrgə〕（德）

Albrecht von Eyb〔'albrɛht fan 'aɪp〕

Albrecht von Eybe〔'albrɛht fan 'aɪbə〕

Albrecht von Halberstadt〔'albrɛht fan 'halbəʃtat〕（德）

Albree〔'ɔlbrɪ〕奧爾布里

Albret〔al'brɛ〕（法）

Albright〔'ɔlbraɪt〕奧爾布賴特

Albrighton〔'ɔbraɪtn ; 'ɔlbraɪtn〕

Albritton〔'ælbrɪtn〕奧爾布里頓

Albrizzi〔al'brittsɪ〕（義）

Albro〔'ɔlbro〕奧爾布羅

Albrook〔'ɔlbrʊk〕

Albucasis〔,ælbjʊ'kesis〕

Albufera〔,alvu'fera〕（西）

Albula〔'ælbjʊlə; 'albula〕

Albumasar〔,ælbjʊ'mæsə〕

Albumazar〔,ælbjʊ'mæzə; ælbʊ'mazə; ,albu'mazar〕

Albuquerque〔'ælbə,kɜkɪ; ,albʊ'kɜke; alvu'kɛrkə〕阿布奎基（❶ Affonso de, 1453-1515, 葡萄牙航海家 ❷美國一城市）

Albuquerque Coelho〔alvu'kɛrkə 'kwelju〕（葡）

Albuquerque Maranhão〔alvu'kɛrkə mərən'jauŋ〕（葡）

Alburgum〔æl'bɜgəm〕

Albury〔'albərɪ〕

Albus〔'ælbəs〕

al-Busiri〔,æl·bu'siri〕

Albuzdschani〔,albuz'dʒani〕

Alby〔al'bi〕（法）

Alcácer do Sal〔al'kasə ðu 'sal〕（葡）

Alcaçovas〔al'kæsʊvəʃ〕（葡）

Alcaeus〔æl'siəs〕阿西奧斯（620-580 B.C., 希臘抒情詩人）

Alcaforado〔,alkəfu'radu〕

Alcaic〔æl'keɪk〕❶Alcaeus 所寫之抒情詩 ❷似 Alcaeus 詩體之詩

Alcalá〔,alka'la〕阿爾卡拉（菲律賓）

Alcalá Zamora y Torres〔,alka'la θa'mora ɪ 'tɔrres〕（西）

Alcamenes〔æl'kæmɪniz〕

Alcamo〔'alkamo〕

Alcan〔'æl,kæn〕阿爾坎

Alcandre〔al'kaɲdə〕（法）

Alcántara〔æl'kæntərə; al'kæɲntərə(葡)〕

Alcántara〔al'kantara〕（西）

Alcatraz〔'ælkə,træz〕

Alcayaga〔,alka'jaɡa〕

Alcazar〔æl'kæzə; æl'kæθə; ,ælkə'θar; al'kaθar (西)〕

Alcázar de San Juan〔al'kaθar ðe saŋ 'hwan〕（西）

Alcazarquivir〔al,kaθarkɪ'vɪr〕（西）

Alcazava Sotomayor〔alkə'zavə sotumə'jɔr〕

Alcedo〔al'θeðo〕（西）

Alcedo y Herrera〔al'θeðo ɪ ɛr'rera〕（西）

Alcée〔al'se〕（法） 「所作之歌劇

Alceste〔æl'sɛst〕德國作曲家格魯克, C.W.Gluck

Alcester〔'ɑlstə〕

Alcestis〔æl'sɛstɪs〕希臘作家尤里披蒂斯,
Euripides 所作之悲劇

Alchemb〔æl'kɛmb〕

Alchevsk〔ʌl'tʃɛfsk〕(俄)

Alchfrith〔'ɑltʃfrɪθ〕

Alchiba〔æl'kiba〕

Alchuine〔'ælkwɪn〕= Alcuin

Alciati〔al'tʃatɪ〕

Alcibiades〔,ælsɪ'baɪədiz〕阿西比亞德
(紀元前 450?-404 雅典政治家及將軍)

Alcida〔'ælsɪdə〕

Alcidamas〔æl'sɪdəməs〕

Alcide〔al'sid〕(法)

Alcides〔æl'saɪdiz〕

Alcimona〔'ælsɪ'monə〕

Alcimus〔'ælsɪməs〕

Alcina〔al'tʃina〕

Alcinous〔æl'sɪnoəs〕

Alcionius〔,æl'sɪonɪəs〕

Alciphron〔'ælsɪfran〕阿爾西弗閣

Alçi Tepe〔al'tʃɪ tæ'pæ〕(土)

Alcmaeon〔ælk'miən〕

Alcmaeonidae〔,ælkmɪ'onɪdi〕

Alcmaeon of Crotona〔ælk'miən əv
kro'tonə〕

Alcmene〔ælk'mini〕

Alcmona〔ælk'monə〕

Alcoa〔æl'koə〕

Alcobaça〔,ɑlku'vasə〕(葡)

Alcock(e)〔'ælkak〕阿爾科克

Alcoforado〔,ɑlkufu'raðu〕(葡)

Alcofribas Nasier〔ɑlkɔfri'bas na'zje〕
(法)

Alcolea〔,ɑlko'lea〕

Alcona〔æl'konə〕

Alcools〔al'kɔl〕(法)

Alcor〔'ælkɔr〕【天文】大熊座中北斗七星之
第五等星

Alcorn〔'ɔlkɔrn〕奧爾康

Alcott〔'ɔlkət〕奧爾科特(❶ Amos Bron-
son,1799-1888,美國教育家及哲學家 ❷ Louisa
May, 1832-1888, 美國女作家)

Alcuin〔'ælkwɪn〕阿昆(735-804, 英國神學
家及學者)   「美國歌唱家」

Alda〔'ɑldə〕奧爾達(Frances, 1885-1952,

Aldabella〔,ɑldɑ'bɛllɑ〕(義)

Aldabra Islands〔æl'dæbrə ~〕阿爾達布
臘群島(印度洋)

al-Damiri〔,æd·dæ'miri〕(阿拉伯)

Aldan ❶〔'ɔldən〕阿耳丹(美國) ❷〔ʌl-
'dɑn〕阿耳當河(蘇聯)

Aldanov〔ɔl'dɑnəf;ʌl'dɑnaf (俄)〕

al-Darazi〔,æddæræ'zi〕(阿拉伯)

Aldborough〔'ɔldbərə;'ɔbrə〕

Aldbury〔'ɔldbərɪ〕

Aldebaran〔æl'dɛbərən〕金牛宮座中之一
等橙黃色星

Aldegonde〔aldə'gɔnd〕(法)

Aldegonde, Sint〔sənt ,aldə'gɔndə〕

Aldegrever〔'aldə,grevə〕

Alden〔'ɔldən〕奧爾登

Aldenham〔'ɔldnəm〕奧爾登納姆

Alder〔'aldə〕奧爾德(Kurt, 1902-1958, 德
國化學家)

Alderamin〔,ældə'ræmɪn〕

Alderfer〔'ɔldəfə〕奧爾德弗

Alderley〔'ɔldəlɪ〕

Alderman〔'ɔldəmən〕奧爾德曼

Aldernay〔'ɔldənɪ〕

Alderney〔'ɔldənɪ〕

Aldersey〔'ɔldəsɪ〕

Aldersgate〔'ɔldəzgɪt〕

Aldershot〔'ɔldəʃat〕

Alderson〔'ɔldəsn̩〕奧爾德森

Aldert〔'aldət〕

Alderton〔'ɔldətən〕奧爾德頓

Alderwasley〔,ældəwəz'li〕

Aldfrith〔'aldfrɪθ〕

Aldgate〔'ɔldgɪt〕

Aldhelm〔'ældhɛlm〕奧爾德赫姆

Aldiborontephoscophornio〔,ældɪbə-
,rantɪ,faskə'fɔrnɪo〕

Aldiger〔'ældɪgə〕

Aldighero〔,aldɪ'gɛro〕

Aldin〔'ɔldɪn〕

al-Din〔ud'din〕(阿拉伯)

al-Din, Fakhr〔,fæh rud'din〕(阿拉伯)

al-Din, Jalal-〔dʒæl'al·ud'din〕(土)

Aldine〔'ɔldaɪn;'ɔldɪn〕Aldus或其他早期

Aldingar〔'ældɪŋgar〕   L版本

Aldington〔'ɔldɪŋtən〕奧丁頓(Richard,
1892-1962, 英國詩人及小說作家)

Aldis〔'ɔldɪs〕奧爾迪斯

Aldo〔'ældo;'aldo (義)〕奧爾多

Aldobrandini〔,aldobran'dini〕

Aldonce〔al'dɔŋs〕(法)

Aldous〔'ɔdəs;'ældəs〕奧爾德斯

Aldred〔'aldrɪd〕奧爾德雷德

Aldrich〔'ɔldrɪtʃ〕奧爾德利奇(Thomas
Bailey,1836-1907, 美國作家)

Aldrich-Blake〔'ɔldrɪtʃ·'blek〕

Aldridge〔'ɔldrɪdʒ〕奧爾德里奇

Aldrin〔'ɔldrɪn〕奧爾德林

Aldringer〔'ɑldrɪŋə〕
Aldro〔'ældro〕阿德羅
Aldrovand〔'ældrə,vænd〕
Aldrovandi〔,aldro'vandɪ〕
Aldrovandus〔,ældrə'vændəs〕
Aldstone〔'ɔlstən〕
Aldsworth〔'ɔldzwəθ〕奧德沃思
Aldwin〔'ɔldwɪn〕
Aldworth〔'ɔldwəθ〕
Aldwych〔'ɔldwɪtʃ〕
Aldwyn〔'ɔldwɪn〕
Ale〔el〕
Aleandro〔,ale'andro〕
Aleander〔,ælɪ'ændə〕
Aleardi〔,ale'ardɪ〕
Aleardo〔,ale'ardo〕
Alec(k)〔'ælɪk〕亞歷克
Alecsandri〔,alɛk'sandrɪ〕
Alecto〔ə'lɛkto〕
Alecu〔a'lɛku〕
Aledo〔ə'lido〕
Alegre〔ə'lɛgrɪ〕
Alegría〔,aleg'ria〕
Aleichem〔a'lekɛm〕
Aleih〔æ'laih〕
Aleixandre〔,alɛk'sandrɛ〕阿歷山大
  （Vicente, 1898-1984, 西班牙詩人）
Alejandro〔,alɪ'handro〕（西）
Alejo〔ə'leʒu〕
Alekhine〔ʌ'ljehjɪn〕（俄）
Aleksandar〔a,lɛk'sandar〕
Aleksandr〔,alɛk'sandə（保）;ʌljɪk-
  'sandə（俄）〕
Aleksandra〔ʌljɪk'sandrʌ〕（俄）
Aleksandras〔,alɛk'sandras〕
Aleksandropol〔,ælɛg'zandrəpɔl;
  ʌljɪksʌn'drɔpəlj（俄）〕
Aleksandrovich〔ʌljɪk'sandrəvɪtʃ〕（俄）
Aleksandrovna〔ʌljɪk'sandrəvnʌ〕（俄）
Aleksandrovsk〔,ʌljɪk'sandrəfsk〕阿
  列散竹斯克（蘇聯）
Aleksandrovsk Grushevski〔ʌljɪk-
  'sandrəfsk gru'ʃɛfskɪ〕（俄）
Aleksandrovsk Sakhalinski〔ʌljɪk-
  'sandrəfsk səhʌ'ljinskəɪ〕（俄）
Aleksandr Pavlovich〔,alɪk'sandə
  'pavləvjɪtʃ〕
Alekseev〔ʌljɪk'sjejɪf〕（俄）
Alekseevich〔ʌljɪk'sjejɪvjɪtʃ〕（俄）
Alekseevna〔ʌljɪk'sjejɪvnʌ〕（俄）
Aleksei〔alɪk'sejɪf;ʌljɪk'sjeɪ（俄）〕
Aleksey〔ʌljɪk'se〕（俄）

Alekseyev〔,alɪk'sejɪf;ʌljɪk'sjejɪf（俄）〕
Alekseyevich〔ʌljɪk'sejɪvjɪtʃ〕（俄）
Alekseyevna〔ʌljɪk'sejɪvnʌ〕（俄）
Aleksey Mikhailovitch〔ʌljɪk'se mi-
  'haɪləvjɪtʃ〕（俄）
Aleksey Petrovich〔ʌljɪk'se pjɪ-
  'trɔvjɪtʃ〕（俄）
Aleksin〔a'ljɔksɪn〕（俄）
Alem〔a'len〕（葡）
Alemán〔,ale'man〕阿列曼（Mateo, 1547-
  ?1610, 西班牙小說家）
Alemannic〔,ælɪ'mænɪk〕瑞士、阿爾薩斯
  及德國西南部之語言
Alemanni〔ælɪ'mænaɪ〕
Alemannia〔ælɪ'mænɪə〕
Alemán Valdés〔,ale'man val'des〕
  （Miguel, 1902-1983,於1946-52任墨西哥總統）
Alembert, d'〔,dalaŋ'ber〕達朗拜（Jean
  le Rond, 1717-1783, 法國數學家、著述家及
  哲學家）
Alemtejo〔,alen'teʒu〕（葡）
Alencar〔,aleŋ'kar〕
Alençon〔ə'lɛnsən;alaŋ'sɔŋ（法）〕
Alenio〔'alenjo〕
Alentejo〔,alen'teʒu〕
Alenuihaha〔,alenuɪ'haha〕
Alep〔æ'lɛp〕=Aleppo
Aleppo〔ə'lɛpo〕阿勒坡（敘利亞）
Aler〔'alə〕
Alers〔'ælə z〕阿勒斯
Alert〔ə'lət〕
Aleš〔'alɛʃ〕（捷）
Alès〔a'lɛs〕（法）
Aleshire〔'ælɪʃə〕阿利希爾
Alesia〔ə'liʒɪə〕
Alesius〔ə'leʒɪəs〕
Alessandra〔,alɛs'sandra〕（義）
Alessandri〔,alɛs'sandrɪ〕（義）
Alessandria〔,ælɪ'sændrɪə;,alɛs'sandria
  （義）〕
Alessandri Palma〔ale'sandri 'palma〕
Alessandri Rodríguez〔,ale'sandri
  ro'ð'riges〕（西）
Alessandro〔,alɛs'sandro〕（義）
Alessandro Stradella〔,alɛs'sandro
  stra'dɛlla〕（義）
Alessi〔a'lɛssɪ〕（義）
Ålesund〔'ɔləsun〕（挪）
Alet〔a'le〕（法）
Aletta〔a'lɛta〕（荷）
Aleut〔'ælɪ,ut〕阿留申群島之土人；其語言

Aleutians〔ə'luʃənz〕阿留申群島(太平洋)

Alex〔'æliks〕亞力克斯

Alexa〔ə'lɛksə〕亞力克薩

Alexander〔,ælıg'zandə;,alɛk'sandə〕
亞力山大群島(太平洋)

Alexander the Great〔,ælıg'zandə ～〕
亞歷山大大帝(356-323 B.C.,即亞歷山大三世)

Alexanderbad〔,alɛk'sandəbat〕(德)

Alexandersbad〔alɛk'sandəsbat〕(德)

Alexanderson〔,ælıg'zandəsn;,ælɛg-
'zandəsn〕

Alexandra〔,ælıg'zandrə;,alɛk'sandrα
(丹)〕亞歷山德拉

Alexandrapol〔,ælıg'zandrəpɔl〕

Alexandre〔,alɛk'sandə(德);alɛk-
'sandə〕亞力山大

Alexandretta〔,ælıgzan'drɛtə〕亞歷山
大勒塔(土耳其)

Alexandrette〔alɛksaŋ'drɛt〕(法)

Alexandri〔alɛk'sandri〕

Alexandria〔,ælıg'zandrıə〕亞歷山大港
(埃及)

Alexandria Arion〔,ælıg'zandrıə
'ɛrıən〕　　　　　「亞力山德里娜

Alexandrina〔,ælıgzan'drinə〕

Alexandrine〔,ælıg'zandrın;,alɛksan-
'drinə;alɛksaŋ'drin〕亞歷山大詩行法

Alexandrinus〔,ælıgzæn'drainəs〕(希)
五世紀時一種新舊約聖經之抄本

Alexandrovitch〔ʌljık'sandrəvjıtʃ〕(俄)

Alexandrovna〔ʌljıksan'drɔvnʌ〕(俄)

Alexandru〔,alɛk'sandru〕(羅)

Alexas〔ə'lɛksəs〕

Alexei〔ʌljık'sjeı〕(俄)

Alexeief〔ʌljık'sejıf〕(俄)

Alexeiev〔ʌljık'sejıf〕(俄)

Alexeievich〔ʌljık'sjejıvjıtʃ〕(俄)

Alexeievna〔ʌljık'sjejıvnʌ〕(俄)

Alexey〔ʌljık'se〕(俄)

Alexeyevna〔ʌljık'sejıvnʌ〕(俄)

Alexianus〔ə,lɛksı'enəs〕

Alexeyevich〔ʌljık'sjejıvjıtʃ〕(俄)

Alexianus Bassianus〔əlɛksı'enəs
,bæsı'enəs〕

Alexiares〔ə,lɛksi'ɛriz〕

Alexine〔alɛk'sinə(荷)〕

Alexis〔ə'lɛksıs;a'lɛksıs(德);'alɛksıs
(芬)〕亞力克西斯

Alexishafen〔α,lɛksıs'hafən〕

Alexis Mikhailovich〔ə'lɛksıs mı-
'kaıləvıtʃ〕

Alexis Petrovich〔ə'lɛksıs pı'trɔvıtʃ〕

Alexisson〔æ'lɛksısn〕亞力克西森

Alexius〔a'lɛksıus〕(德)亞力克修斯

Aley〔a'le〕

Aleyn〔'ælın;'ælən;ə'len〕

Alf〔alf〕(挪)阿爾夫

Alfadir〔'al,fadır〕

Alfadhir〔'al,faðır〕(冰)

Alfalfa〔æl'fælfə〕

Al Falluja〔æl fæl'ludʒə;æl fæl'ludʒæ〕

Alfana〔al'fana〕

Alfange〔'ælfændʒ〕阿爾芬奇

Alfano〔al'fano〕阿爾法諾

Al-Faqih, Asad Sheik〔ɛ'sad ʃek,æl·-
fa'ki〕

al-Farabi〔,æl·fa'rabı〕

Alfarabius〔,ælfə'rebıəs〕

al-Farazdaq〔,æl·fə'ræzdæk〕

Alfaro〔al'faro〕

Alfeta〔'ælfɛta〕

Alfheim〔'alfhaım〕

Alfieri〔alfı'ɛrı〕(義)阿爾非里

Alfinger〔'alfıŋə〕

Alföld〔'alfəld〕

Alfons〔'alfans〕

Alfonse〔'ælfans〕阿方斯

Alfonsina〔,alfɔn'sina〕

Alfonso XIII〔æl'fanzo〕阿豐索十三世
(1886-1941, 西班牙國王)

Alfonso y Castro〔al'fɔnso ı 'kastro〕

Alfonzo〔æl'fanzo〕

Alford〔'ɔlfəd〕奧爾福德

Alfortville〔alfɔr'vil〕(法)

Alfraganus〔,ælfrə'genəs〕月球上位於第
四象限內一火山口之名

Alfred〔'ælfrıd〕❶阿佛列(849-899, West
Saxons 之王)❷阿爾弗勒德(美國)

Alfreda〔æl'fridə〕

Alfrédine〔alfre'din〕(法)

Alfredo〔al'fredo(義);al'freðo(西)〕

Alfredson〔'ælfrıdsn〕

Alfree〔'ɔlfrı〕

Alfreton〔'ɔlfrıtn〕

Alfric〔'ælfrık〕

Alfriend〔'ælfrɛnd〕阿爾弗林德

Alfriston〔ɔl'frıstən〕

Al Furât〔æl fu'rat〕

al-Fustât〔æl·fus'tat〕

Alfvén〔al'ven〕

Algardi〔al'gardı〕
Algarotti〔,alga'rɔttı〕（義）
Algarrobo〔,alga'rɔvo〕（西）
Algarve〔al'garvə〕
Algäu〔'algɔı〕（德）
Algazel〔,ælgə'zɛl〕
Algebar〔'ældʒıbar〕
Algeciras〔,ældʒı'sırəs;alhe'θiras〕阿
爾吉西勒斯港（西班牙）
Algeiba〔al'dʒibə〕
Algenib〔'ældʒɛnıb〕
Algenubi〔ældʒɛ'nubı〕
Alger〔'ældʒə〕阿傑（Horatio, 1832-1899,
美國作家）
Algeria〔æl'dʒırıə〕阿爾及利亞（非洲）
Algérie〔alʒe'ri〕（法）
Algerine〔,ældʒə'rin〕阿爾及利亞之土著
Algernon〔'ældʒənon〕阿爾杰能
al-Ghazi〔æl·ga'zi〕
Al Ghiraybah〔al gi'raıbə〕
Algie〔'ældʒı〕阿爾吉
Algieba〔al'dʒibə〕
Algiedi〔æl'dʒidi〕
Algiers〔æl'dʒıəz〕阿爾及爾
Algirdas〔'algırdas〕
Algoa〔æl'goə〕
Algol〔'ælgal〕
Algoma〔æl'gomə〕阿爾戈馬
Algona〔æl'gonə〕
Algonac〔'ælgonæk〕
Algonkin〔æl'gaŋkın〕
Algonquian-Mosan〔æl'gaŋkwıən·-
'mosən〕
Algonquin〔æl'gaŋkwın〕
Algorab〔ælgo'rab〕
Algores〔'ælgoriz〕
Algren〔'ɔlgrən〕
Algrind〔'ælgrınd〕
Algy〔'ældʒı〕
Al Habbaniya〔al habba'nijə〕（波斯）
Alhajuela〔,ala'hwela〕（西）
al-Hakim〔æl·'hakım〕
al-Hamadhani〔æl·,hæmæ'dani〕
Alhamarides〔ala'marıdz〕
Alhambra〔æl'hæmbrə〕❶十四世紀西班牙
Moor 族王室宮殿❷阿爾韓布瑞（美國）
Alhazen〔,æl·hə'zɛn〕
Alhena〔æl'hɛnə〕
al-Hilli〔æl·'hıllı〕
al-Hirah〔æl·'hirah〕

Alhucemas〔,alu'θemas〕（西）
Ali〔a'li〕阿利（600?-661,回教第四任教主）
Ali, Fath〔faθ'ælı〕
Ali, Haidar〔'haıdær æ'lı〕（阿拉伯）
Alia〔'elıə〕
Ali, Hyder〔'haıdə 'ælı〕
Aliaga〔a'ljaga〕
Ali Baba〔'ælı 'babə〕
Alibag〔'alı'bag〕
Alibaud〔ali'bo〕（法）
Alibert〔ali'bɛr〕（法）
Ali Bey el-Abbassi〔æ'lı 'be,æl·æb-
'basi〕（阿拉伯）
Alibunar〔,ali'bunar〕
Alicant〔'ælıkænt〕
Alicante〔,ælı'kæntı〕亞利坎第港（西班牙）
Alice〔'ælıs〕西利斯（美國）
Aliceville〔'ælısvıl〕
Alicia〔ə'lıʃır;a'litʃa（義）;a'liθja（西）〕
艾利西亞
Alick〔'ælık〕阿利克
Alidius〔a'lidıəs〕（荷）
Alidor〔alı'dɔr〕（法）
Alid(e)s〔'ælıdz〕
Aliena〔,ælı'inə〕
Alienus〔elı'inəs〕
Alifánfaron〔ali'fanfaron〕
Aliferis〔ə'lıfɛrıs〕
Aligarh〔'ælıgar〕亞來格（印度）
Ali-Ghez〔'alı·'gɛz〕
Alighieri〔alıg'jeri〕
Ali Gur-Ber〔'alı gur·'bɛr〕（法）
Ali ibn-Husein〔'alı ıbn·hu'sain〕
Alijos〔a'lihos〕（西）
Ali Khan〔'ali kan〕
Ali Khel〔'alı 'hel〕（波斯）
Alima〔a'limə〕
Ali Masjid〔'ʌlı 'mʌsdʒıd〕（印）
Alimentus〔,ælı'mɛntəs〕
Alimnia〔,aljım'nja〕
Alin〔a'lin〕
Alinda〔ə'lındə;a'linda（義）〕
Aline〔'ælin;æ'lin〕艾琳
Aling Gangri〔'alıŋ 'gaŋrı〕
Aling Kangri〔'alıŋ 'kaŋrı〕
Alington〔'ælıŋtən〕阿林頓
Alinnia〔a'lınnjə〕（義）
Alinsky〔æ'lınskı〕阿林斯基
Aliore〔'ælıɔr〕
Alioth〔'ælıaθ〕
Ali Pasha〔'alı 'paʃə;ælı 'paʃə;'alı
pə'ʃa〕

Alipo, Cape〔alɪ'po〕
Alipo Burnu〔alɪ'po bur'nu〕（土）
Alipore〔'alɪ'por〕
Aliquippa〔ˌælɪ'kwɪpə〕
Alirajpur〔'alɪ'radʒpur〕
Alisal〔ˌælɪ'sæl〕
Alisander〔ælɪ'sændɚ〕
Alişar Hüyük〔alɪ'ʃar hjuj'juk〕（土）
Aliscans〔alɪs'kɑŋ〕（法）
Alise〔a'liz〕（法）
Aliso〔'ælɪso〕
Alison〔'ælɪsn̩〕艾莉森
Alister〔'ælɪstɚ〕阿利斯特
Alithea〔ælɪ'θiə〕
Alitus〔ali'tus〕
Alius〔'elɪəs〕
Ali Vardi Khan〔æ'lɪ 'værdɪ hɑn〕（阿拉伯）
Aliwal〔'ʌli'wal; 'alɪ,wal〕
Alix〔a'liks（法）; 'alɪks（德）〕阿利克斯
Alix Victoria Helene Luise Beatrix〔'alɪks vɪk'torɪa hɛ'lenɪ lu'izə bɛ-'atrɪks〕
al-Jahiz〔æl·'jahɪz〕
Al Jazira〔æl dʒæ'zira〕（阿拉伯）
Alijechin〔ʌ'ljehjɪn〕（俄）
Al-jezair〔ˌæl·dʒæ'zæɪr〕
Aljubarrota〔ˌalʒuvə'rotə〕（葡）
Al Kadhimain〔æl ˌkaðɪ'maɪn; æl ˌkaðɪ'men〕（阿拉伯）
Alekaid〔æl'ked〕
Alkaios〔æl'kaɪas〕
Alkalurops〔ælkə'ljurɑps〕
Alkamenes〔ælˌkæmɪniz〕
Alkan〔al'kɑŋ〕（法）
Alker〔'ælkɚ〕阿爾克
Alkes〔'ælkɪs〕
al-Khansa〔æl·hæn'sa〕（阿拉伯）
al-Khowarizmi〔ˌal·huwa'rizmɪ; ˌæl·-hu'warɪzmi〕（阿拉伯）
al-Khwarizmi〔ˌal·huwa'rizmɪ; ˌæl·-hu'warɪzmi〕（阿拉伯）
al-Khuwarizmi〔ˌal·huwa'rizmɪ; ˌæl·-hu'warɪzmi〕（阿拉伯）
al-Kindi〔æl·'kɪndi〕
Alkma(a)r〔'alkmar〕阿克馬(荷蘭)
Alkman〔'ælkmən〕
Alkmene〔ælk'mini〕「(回教之經典)
Alkoran〔ˌælka'ran; ælkɔ'ran〕可蘭經

Al Kufa〔æl 'kufə〕
Al Kuwait〔æl kʊ'wet〕科威特市(科威特)
Al-Kuwatly〔æl·'kuwətli〕
Alla〔'ælə; 'alʌ〕艾拉
Allacci〔al'lattʃi〕（義）
Allada〔ala'da〕（法）
Allagash〔'æləgæʃ〕
Allah〔'ælə; 'ala〕【回教】上帝；神
Allahabad〔ˌæləhə'bæd〕阿拉哈巴(印度)
Allah Dagh〔'ala dag〕
Allahvardi Khan〔ælæ'værdɪ hɑn〕（阿拉伯）
Allain-Targé〔alæŋ·tar'ʒe〕（法）
Allaire〔ə'lɛr〕
Allais, Émile〔e'mil a'le〕
Allalinhorn〔ˌala'linhɔrn〕
Allaben〔'æləbən〕
Allahabad〔ˌæləhə'bad〕
Allam〔'æləm〕
Allamakee〔ˌæləmə'ki〕
Allamand〔ala'mɑŋ〕（法）
Allan〔'ælən〕阿倫
Allan-a-Dale〔'ælən·ə·'del〕
Allandale〔'æləndel〕
Allapaha〔ə'læpəha〕
Allapalli〔ə'læpəlɪ〕
Allard〔'ælard; a'lar（法）〕阿拉德
Allardice〔'ælədaɪs〕阿勒代斯
Allardyce〔'æləˌdaɪs〕
Allarmet〔alar'mɛ〕（法）
Allason〔'æləsn〕阿拉森
Allart〔'alart〕
Allatius〔ə'leʃɪəs〕
Allatoona〔ˌælə'tunə〕
Allauch〔a'loʃ〕（法）
Allaun〔'ælən〕阿朗
Allaway〔'æləwe〕阿拉衛
Allbeck〔'ɔlbɛk〕奧爾貝克
Allbright〔'ɔlbraɪt〕
Allbritten〔'ɔlbrɪtn̩〕
Allbutt〔'ɔlbət〕
Allchin〔'ɔlʃɪn〕奧爾欣
Allcorn〔'ɔlkɔrn〕
Allcroft〔'ɔlkrɑft〕奧爾克羅夫特
Allcut〔'ɔlkət〕
Alldredge〔'ɔldrɛdʒ〕
Alle〔'alə〕
Allectus〔ə'lɛktəs〕
Allee〔'æli〕阿利
Allée Blanche〔a'le 'blaɲ〕（法）
Allefonsce〔al'fɔŋs〕（法）

Allegan〔'æligən〕

Allegany〔'æligeni〕

Allegash〔'æligæʃ〕

Alleghany〔'æligeni〕

Allegheny〔'ælə,geni〕❶阿利根尼河（美國）
❷阿利根尼山脈（美國）

Allegra〔ɑ'legrɑ;ɑl'legrɑ（義）〕阿蕾格拉

Allegri〔ɑl'legri〕（義）

Allegro〔ə'legro;ə'lɛgro〕【音樂】急速
的調子

Alleguash〔'æligæʃ〕

Allegwash〔'æligwɑʃ〕

Allein(e)〔'ælin〕

Allemagne〔ɑl'mɑnj〕（法）

Allemain〔æli'men〕（法）

Allemand〔ɑl'mɑn〕（法）

Allemane〔ɑl'mɑn〕（法）

Allemang〔'ælimæŋ〕

Allen〔'ælən〕阿倫（Charles Grant Blair-
findie, 1848-1899, 英國作家）

Allen-a-Dale〔,ælən·ə·'del〕

Allenburg〔'ælənbəg;'ɑlənburk（德）〕

Allenby〔'ælənbi〕艾倫比

Allendale〔'ælindel〕艾倫代爾

Allende〔ɑ'jende〕（拉丁美）

Allenstein〔'ælinstain;'ɑlənʃtain（德）〕

Allenstown〔'ælinztaun〕

Allentown〔'ælintaun〕亞林鎮（美國）

Alleppey〔ə'lɛpi〕

Alleppi〔ə'lɛpi〕

Aller〔'ɑlə〕阿勒河（德國）

Allerhiem〔'ɑləhaim〕

Allerton〔'ælətən〕阿勒頓

Allerup〔'ælərəp〕奧爾勒普

Alessio〔ɑ'lessjo〕（義）

Allestree〔'ælistri〕

Alley〔'æli〕阿利

Alleyn〔'ælin〕

Alleyne〔'ælen〕阿萊恩

Alleynian〔ə'leniən〕

All-father〔'ɔl·'fɑðə〕上帝；神

Allfrey〔'ɔlfri〕奧爾弗里

Allgäu〔'ɑlgɔi〕（德）

Allgeyer〔'ɔlgaiə〕

Allgood〔'ɔlgud〕奧爾古德

All-hallond〔,ɔl·'hælənd〕

Allhallowmas〔,ɔl·'hæloməs〕

Allhallown〔,ɔl·'hælon〕

Allhallows〔,ɔl·'hæloz〕萬聖節

Allhusen〔æl'hjuzən〕阿爾休森

Allia〔'æliə〕

Alliance〔ə'laiəns〕

Allia〔'æliə〕

Allibone〔'ælibon〕阿利本

Allie〔'æli〕

Allier〔ɑ'lje〕（法）

Allies〔'ælaiz;ə'laiz〕協約國（一次大戰）；
同盟國（二次大戰）

Alligator〔'ælə,getə〕【動物】一種產於美
洲的鱷魚

Allin〔'ælin〕

Alline〔'ælain〕

Alling〔'æliŋ〕阿林

Allingham〔'æliŋəm〕阿林厄姆

Allington〔'ælintən〕

Allinson〔'ælinsn〕阿林森

Alliott〔'æliɔt〕阿利奧特

Allis〔'ælis〕阿利斯

Allison〔'æləsn〕阿利森（Samuel King, 1900-,
美國物理學家）

Alliston〔'ælistən〕阿利斯頓

Allitt〔'ælit〕

Allix〔ɑ'liks〕（法）

Allman〔'ɔlmən〕奧爾曼（George James,
1812-1898, 愛爾蘭生物學家）

Allmers〔'ɑlməs〕

Allnutt〔'ɔlnət〕

Alloa〔'æloə〕

Allobriges〔ə'lɑbridʒiz〕

Allobroges〔ə'lɑbrədʒiz〕

Allon〔'ælən〕

Allori〔ɑl'lori〕（義）

Allot(t)〔'ælət〕阿洛特

Allouez〔'æləwe;ɑlu'e（法）〕

Alloway〔'æləwe〕阿勒威（蘇格蘭）

Allport〔'ɔlpɔrt〕奧爾波特（Gordon Willard,
1897-1967, 美國心理學家）

Allpress〔'ɔlprɛs〕

Allred〔'ɔlrɛd〕奧爾雷德

Allsebrook〔'ɔlsbruk〕奧爾斯布魯克

All-Seer〔'ɔl·'sir〕

Allsman〔'ɔlzmən〕奧爾斯曼

Allson〔'ɔlsn〕奧爾森

Allsop(p)〔'ɔlsəp〕奧爾索普

Allstedt〔'ɑlʃtɛt〕

Allston〔'ɔlstən〕奧斯頓（Washington,
1779-1843, 美國畫家，小說家及詩人）

Allt〔'ɔlt〕奧爾特

Allum〔'æləm〕阿勒姆

Allumette〔'æljuˈmɛt〕

Allward〔'ɔlwəd〕

Allworth〔'ɔlwəθ〕

Allworthy〔'ɔl,wəði〕阿爾沃西

Allyn〔'ælin〕阿林

Allyson〔'ælɪsn̩〕阿利森
Alm〔ɑlm〕阿爾姆
Alma〔'ælmə; ɑlmɑ(德); 'ɑlmʌ(俄)〕
Almaach〔'ælmæk〕
Alma-Ata〔,ælmə·ə'tɑ〕阿拉木圖(蘇聯)
Almach〔'ælmæk〕
Almack〔'ɔlmæk〕奧爾馬克
Alma Dağ〔'ɑlmɑ'dɑ〕
Alma Dagh〔'ɑlmɑ dɑg〕
Almaden〔'ælmədən〕
Almadén〔,ælmɑ'ðen〕阿馬達(西班牙)
Almadies〔,ælmə'diəs〕
Almagest〔'ælmədʒɛst〕
Almagro〔ɑl'mɑgro〕
al-Mahdi〔æl·'mædi〕
Almahide〔'ælməhaɪd; ɑlmɑ'ide(義);
    ɑlmɑ'id(法)〕
Almahyde〔'ælməhaɪd〕
Almain〔æl'men〕
Almaine〔'ælmen〕
Almak〔'ælmæk〕
al-Mamoun〔æl·mæ'mun〕
al-mamun〔æl·mæ'mun〕
Almanach de Gotha〔,ɑlmɑ'nɑk də
    'gotɑ〕
Almand〔'ɔlmən〕奧爾曼
Almanor〔'ælmə nɔr〕
Almansor〔æl'mænsɔr〕
Al-Mansur〔æl·mɑn'sur〕
Almanzor〔æl'mænzɔr〕
Almanzora〔,ɑlmɑn'θorɑ〕(西)
al Maqdisi〔æl'mækdɪsɪ〕
al-Maqqari〔æl·'mækkæri〕(阿拉伯)
al-Maqrizi〔æl·mæ'krizi〕
Almaricus〔æl'mærɪkəs〕
Almarin〔'ælmərɪn〕阿爾馬林
Alma-Tadema〔,ælmə·'tædɪmə〕
Almaville〔'ælməvɪl〕
Almaviva〔,ɑlmɑ'vivɑ〕
al-Mawardi〔,æl·mɑ'wærdi〕(阿拉伯)
Almayer〔'ɔlmaɪə〕
Almazán〔,ɑlmɑ'sɑn〕(阿拉美)
Almedingen〔,ɑlmə'dɪŋən〕
Almeida〔æl'medə; ɑl'meɪðə(葡)〕
Almeida-Garrett〔ɑl'medə·gə'rɛt;
    ɑl'meɪðə·gə'rɛt(葡)〕
Almeisam〔æl'maɪsəm〕
Almelo〔'ɑlməlo〕

Almenar〔,ɑlme'nɑr〕
Almenara〔,ɑlme'nɑrɑ〕
Almer〔'ælmə〕阿爾默
Almeria〔æl'mɪrɪə〕
Almería〔ɑlme'riɑ〕(西)
Almeric〔'ælmərɪk; æl'mɛrɪk〕
Almerin〔'ælmərɪn〕阿爾默林
Almesbury〔'æmzbərɪ〕
Almina〔ɑl'minɑ〕
Almira〔æl'maɪrə〕阿爾邁拉
Almirante〔,ɑlmɪ'rɑnte〕
Almodóvar〔,ɑlmo'ðovɑr〕(西)
Almogaver〔,ɑlmogɑ'vɛr〕
Almohad(e)s〔'ælmohedz〕
al-Mokanna〔,æl·mʊ'kænnæ〕(阿拉伯)
Almolonga〔ɑlmo'loŋgɑ〕
Almon〔'ælmən〕阿爾蒙
Almond〔'ɑmənd; 'ɔlmənd〕阿爾蒙德
Almondbury〔'ælməndbərɪ; 'ɑmbrɪ〕
Almonde〔ɑl'mɔndə〕
Almondsbury〔'ɑməndzbərɪ〕
Almonte〔'ælmɑnt; ɑl'mɔnte〕
Almora〔ɑl'mɔrə〕
Almoravid(e)s〔æl'morəvaɪdz; ,ælmo-
    'rɑvɪdz〕
Almqvist〔'ɑlmkvɪst〕
Almroth〔'ælmroθ〕阿爾姆羅斯
al-Muhasibi〔,æl·mʊ'hɑsɪbi〕
al-Mulk, Nizam-〔nɪ'zɑm·ʊl·'mʊlk〕
    (波斯)
al Muquaddasi〔æl'mækdɪsi〕
al-Murābitūn〔,æl·mʊ,rɑbɪ'tun〕(阿拉伯)
Almus〔,ælməs〕阿爾穆斯
Almus Pickerbaugh〔'ælməs 'pɪkəbɔ〕
al-Mutamid〔æl·mʊtæmɪd〕「伯」
al-Mutanabbi〔,æl·mʊtæ'næbbi〕(阿拉
al-Mutasim〔æl·'mʊtæsɪm〕
Almy〔'ælmɪ〕阿爾米
al-Nabigha〔æl·'nɑbɪgæ〕
Alnaschar〔æl'næʃə〕
Al Nasl〔æl'nezl〕
Alne〔ɔn; æln〕
Alness〔'ælnɪs〕阿爾尼斯
Alnilam〔ælnɪ'lɑm; æl'naɪlæm〕
Alnitak〔ælnɪ'tæk; æl'naɪtæk〕
Alnmouth〔'ælnmaʊθ〕
al-Numan〔æl·'numɑn〕

Alnwick〔'ænɪk〕阿尼克
Aloadae æloɑ'aɪdi〕
Alofi〔ɑ'lofɪ〕
Aloha〔ə'loə;ɑ'lohɑ〕
Aloidae〔æloɑ'aɪdi〕
Alois〔ə'lɔɪs;'alɔɪs(德)〕阿洛伊斯
Aloisi〔alo'izɪ〕
Aloisio〔alo'izjo〕(義)
Aloisius〔,æ'lɔɪʃəs〕阿洛伊斯修
Alompra〔ə'lɑmprə〕
Alonêsos〔a'lɔnɟɪsɔs〕(希)
Alonso〔ə'lɑnzo;ɑ'lɔnso(義、西)〕阿朗索
Alonzo〔ə'lɑnzo〕阿朗索
Alopeus〔ə'lopɪəs〕
Alor Gajah〔'ɑlɔr 'gadʒɑ〕
Aloros〔ɑ'lɔrɑs〕
Alor Star〔'æls 'stɑr〕亞羅士打(馬來西亞)
Alorton〔ə'lɔrtn〕
Alost〔a'lɔst〕(法)
Aloxe-Corton〔a'lɔks·kɔr'tɔŋ〕(法)
Aloung P'Houra〔a'luŋ pə'hurɑ〕
Alouzier,d'〔dalu'zje〕(法)
Aloy〔a'lɔɪ〕
Aloys〔ə'lɔɪs;'alɔɪs(德)〕阿洛伊斯
Aloyse〔alɔ'iz〕(法)
Aloysia〔,æ'lɔɪʃɪə〕阿洛伊西亞
Aloysio〔alo'izjo〕(義)
Aloysius〔,ælo'ɪʃəs〕阿洛伊修斯
Alp〔ælp;ɑlp〕
Alp Arslan〔alp ar'slan〕
Alpass〔'ælpəs〕阿爾帕斯
Alpen〔'ɑlpən〕阿爾珀恩
Alpena〔æl'pinə〕
Alpers〔'ælpəz〕阿爾珀斯
Alpert〔'ælpət〕阿爾珀特
Alperton〔'ælpətən〕
Alpes〔'ælpiz;ɑlp(法)〕
Alpes-Maritimes〔alp·mari'tim〕(法)
Alph〔ælf〕
Alpha〔'ælfə〕希臘字母的第一個字母
Alphaeus〔æl'fɪəs〕阿爾菲厄斯
Alphand〔al'faŋ〕(法)阿爾方
Alphard〔'ælfɑrd〕
Alphecca〔æl'fɛkə〕
Alphege〔'ælfɪdʒ;'ælfɛdʒ〕
Alpheios〔'ælfeəs〕
Alpheius〔al'fjəs〕
Alpheratz〔ælfɪ'ræts;æl'firæts〕
Alpheus〔'ælfɪəs;æl'fiəs〕
Alphirk〔æl'fɝk〕
Alphons〔'alfɑns〕

Alphonsa〔æl'fɑnsə〕
Alphonse〔'ælfɑns;al'fɔŋs(法)〕阿方斯
Alphonso〔æl'fɑnzo;al'fɔnso(義、西)〕阿方索
Alphonsus〔æl'fɑnsəs〕阿方薩斯
Alphonsus Liguori〔ælfɑnsəs li'gwɔri〕
Alphubel〔'alp,hubəl〕
Alpi〔'ɑlpɪ〕
Alpew〔'ælpju〕
Alpi Lepontine〔'ɑlpi lepon'tine〕
Alpi Marittime〔'ɑlpi mɑ'rittime〕(義)
Alpine〔'ælpaɪn;-pɪn〕
Alpini〔al'pini〕
Alpinien〔alpɪ'njæŋ〕(法)
Alpinus〔æl'paɪnəs〕
Alpi Retiche〔'ɑlpi 'retike〕
Alport〔'ælpɔrt〕奧爾波特
Alps〔ælps〕阿爾卑斯山脈(歐洲)
Alpujarra〔,ɑlpu'hɑrɑ〕(西)
Alpujarras, Las〔lɑs ,ɑlpu'hɑrɑs〕(西)
al-Qâhirah〔æl·'kɑhɪrɑ〕
al-Qali〔æl·'kɑlɪ〕
Alqamah〔al'kɑmə〕
al-Qifti〔æl·'kɪftɪ〕
al Qurna〔æl 'kurnə〕(波斯)
al-Raschid, Haroun-〔'hærun æl'ræʃɪd〕
al-Rashid, Harun〔'hærun æl·'ræʃɪd;
ha'run ,ærræ'ʃɪd(阿拉伯)〕
al-Rawiyah〔ær'rawɪjæ〕(阿拉伯)
Alred〔'ælrɪd〕阿爾里德
Alredus〔æl'rɪdəs〕
Alredus Beverlacensis〔æl'rɪdəs
,bɛvələ'sensɪs〕
Alresford〔'ɔlsfəd〕
Alright〔'ɔlraɪt〕
Als〔ɑls〕
al-Sabbah, ibn-〔ɪbn ,æssæb'bɑ〕(阿
拉伯)
Alsace〔'ælsæs〕阿耳沙斯(法國)
Alsace-Lorraine〔'ælsæs·lɔ'ren〕法國
東北部之一區
al-Sadiq〔æs'sɑdɪk〕(阿拉伯)
Alsager〔'ɔlsɪdʒɚ〕
al-Samani〔,æssæ'mɑni〕(阿拉伯)
Alsatia〔æl'seʃə〕倫敦中央之一區
Al-Sawaidi, Tawfig〔tau'fik æl·'sɑu-
wedi〕

Alsberg〔'ælsbəg〕
Alsek〔'ælsɛk〕
Alsen〔'alzən〕
Alsensund〔'alzənzʊnt〕
Alshain〔æl'ʃen〕
Alsib〔'ælsɪb〕
Al Sirat〔æl sɪ'rɑt〕【回教】❶宗教之正道 ❷走向天堂必經之橋樑
Alsop(p)〔'ɔlsəp〕艾爾索普
Alstead〔'ælstɛd〕阿爾斯特德
Alstaetten〔'alʃtɛtən〕
Alsted(t)〔'alʃtɛt〕
Alston〔'ɔlstən〕奧爾斯頓
Alströmer〔'alʃ,trɝmɚ〕
Alstroemer〔'alʃ,trɝmɚ〕
Alsworth〔'ɔlzwɚθ〕
Alt〔alt〕阿爾特
Alta〔'altɑ;'æltə〕
al-Tabīb〔,ættæ'bib〕（阿拉伯）
Altadena〔,æltə'dinə〕
Altai〔æl'taɪ〕阿爾泰山脈（亞洲）
Altaic〔æl'te·ɪk〕
Altair〔æl'tɛr〕【天文】牽牛星、牛郎星
Altais〔'æltez〕
Altamaha〔,ɔltəmə'hɔ〕
Altamira〔,altɑ'mira〕
Altamirano〔,altamɪ'rano〕
Altamira y Crevea〔,altɑ'mira ɪ kre-'vea〕
Altamont〔'æltəmɑnt〕阿爾塔芒
Altamsh〔əl'tʌmʃ〕
Altamura〔,altɑ'mura〕
Altan Bulak〔'altɑn 'bulak〕
Altan-Nor〔'altɑn·'nɔr〕
Altar〔al'tɑr〕
Altaroche〔alta'rɔʃ〕（法）
Àlt-Aussee〔'alt·'aʊsze〕
Alta Verapaz〔'alta ,vera'pas〕（西）
Altavista〔,æltə'vɪstə〕
Alt Breisach〔alt 'braɪzɑh〕（德）
Altdorf〔'altdɔrf〕阿特杜夫（瑞士）
Altdorfer〔'alt,dɔrfɚ〕
Alte〔'altə〕
Alte Dessauer, der〔dɚ ,altə 'dɛsaʊə〕
Alte Fritz〔'altə frɪts〕
Altemeier〔'ɔltmaɪɚ〕阿爾特邁耶
Alten〔'altən〕阿爾滕
Altenberg〔'altənbɛrk〕（德）
Altenburg〔'altənbʊrk〕（德）
Alteneck, Hefner-〔'hɛfnɚ·'altənɛk〕
Altenstein〔'altənʃtaɪn〕

Altenzelle〔'altən,tsɛlə〕（德）
Alter〔'ɔltɚ〕奧爾特
Alterf〔æl'tɚf〕
Altfillisch〔ælt'fɪlɪʃ〕
Altgeld〔'ɔltgɛld;'altgɛlt（德）〕
Althaea〔æl'θiə〕【植物】蜀葵屬
Altham〔'ɔlthæm〕奧爾瑟姆
Althausen〔ælt'haʊzən〕
Althauser〔ælt'haʊzɚ〕
Althea〔æl'θiə〕
Althen〔al'tɑŋ（法）;,al'tɛn（波斯）〕
Althing〔'alθɪŋ〕
Althorp〔'ælθɔrp;'ɔltrəp〕奧爾索普
Althouse〔'ɔlthaʊs〕
Althus〔'althus〕
Althusius〔æl'θjuːʒɪəs;al'tuːzɪʊs（德）〕
Althusen〔'althuzɪn〕
Altichiero da Zevio〔,altɪ'kjɛro da 'dzɛvjo〕（義）
Altieri〔alt'jeri〕
Altilia〔al'tilja〕
Alting〔'altɪŋ〕
Altin Tagh〔'altɪn 'tag〕阿爾金山
Altiplano de Mexico〔,alti'plano ðe 'mɛhiko〕（西）
Altisidora〔,altisi'dora〕
Altland〔'ɔltlənd〕
Altman〔'ɔltmən〕奧爾特曼
Altmark〔'altmark〕
Altmeyer〔'ɔltmaɪɚ;'altmaɪɚ〕奧特邁耶
Altmuhl〔'altmjul〕（德）
Alto Adige〔'alto 'adɪdʒe〕
Alto Alentejo〔'altu ələn'teʒu〕（葡）
Alt-Ofen〔'alt·'ofən〕
Alto, Pico〔'piku 'altu〕（葡）
Alton〔'ɔltən;al'tɔŋ〕奧爾頓
Altona〔æl'tonə;'altona〕
Alton Locke〔'ɔltən 'lak〕
Altoona〔æl'tunə〕
Alto Parana〔'alto ,para'na;'altu,para-'na（葡）〕
Alto Peru〔'alto pe'ru〕（西）
Altorf〔'altɔrf〕
Altötting〔'al,tɝtɪŋ〕
Altrincham〔'ɔltrɪŋəm〕奧特林厄姆
Altringer〔'altrɪŋɚ〕
Altrocchi〔al'trɔki〕阿特羅基
Altruria〔al'truriə〕
Altschul〔'alt·ʃul〕阿特休爾
Altschuler〔'alt·ʃulɚ〕
Altsheler〔'ɔlt·ʃɛlɚ〕
Altstrelitz〔'alt:ʃtrelɪts〕

Alturas〔æl'tʊrəs〕

Altus〔'æltəs〕阿爾特斯

Altvater〔'alt,fatɚ〕（德）

Alty〔'æltɪ〕阿爾蒂

Altyn Tagh〔'altɪn 'tag〕阿爾金山（新疆）

Aludra〔æ'ludra〕

Aluizio〔,alu'izju〕（葡）

Alula〔æ'lulə〕阿魯拉（索馬里）

Alum Rock〔'æləm~〕

Alumbagh〔ə'lʌmbag〕

Alungu〔a'lʊngu〕

Alunno〔a'lunno〕（義）

Alur〔a'lur〕

Alured〔'æljʊrɛd〕阿留雷德

Aluredus〔,æljʊ'ridəs〕

Aluta〔a'luta; a'luta〕

Alushta〔ə'luʃtə〕

Alva〔'ælvə〕阿爾瓦

Alvah〔'ælvə〕阿爾瓦

Alvan〔'ælvən〕阿爾萬

Alvar〔'ælvar〕

Álvar〔'alvar〕（西）

Alvarado〔,ɑlvə'rɑdo; ɑlva'raðo（西）〕阿爾瓦拉多

Álvares〔'ɑlvərɪʃ（葡）; - rɪs（巴西）〕

Alvarez〔'ælvərɪz〕阿爾瓦雷斯

Álvarez〔'ɑlvareθ（西）; 'ɑlvɛrɪʒ（葡）; 'ɑlvares（拉丁美）〕

Alvarez-Aybar〔'ælvərɪz·'aɪbar〕

Álvarez Quintero〔'ɑlvareθ kin'tero〕（西）   「（西）

Alvaro〔al'varɔ; 'ɑlvəlu（葡）; 'ɑlvəro

Alvars, Parish-〔'pærɪʃ·'ælvarz〕

Alvary〔'ælvarɪ〕阿爾瓦里

Alvear〔,ɑlve'ar〕（西）

Alvechurch〔'ælvtʃɚtʃ〕

Alvensleben〔'ɑlvən,slebən〕（德）

Alver〔'ælvɚ〕阿爾弗

Alvera〔æl'vɪrə〕

Alverdes〔al'vɛrdɛs〕

Alverdissen〔'ɑlvɛr,dɪsən〕

Alvero〔'ælvəro〕

Alverson〔'ælvɚsn〕阿爾弗森

Alverstone〔'ɔlvɚstən〕

Alves〔'ɑlvɪs; 'ɑlvɪʃ（葡）; -vɪs（巴）〕

Alvescot〔'ælvɪskat; 'ɔlskət〕

Alveston〔'ælvɪstən〕

Alvetto〔al'vetto〕

Alvey〔'ælvɪ〕阿爾維

Alviella, d'〔dalvje'la〕（法）

Alvilde〔al'vɪldə〕（挪）

Alvin〔'ælvɪn〕阿爾文（美國）

Alvina〔æl'vaɪnə〕

Alvinczy〔'ɔlvɪntsɪ〕

Alvingham〔'ælvɪŋəm〕阿爾文厄姆

Alvira〔æl'vaɪrə〕

Alvise〔al'vize〕（義）

Alvord〔'ɔlvɚd〕阿爾沃德

Alvred〔'ælvrəd〕

Ålvsborg〔'ɛlvsbɔrj〕（瑞典）

Alwaid〔æl'wed〕

Alwand〔al'vand〕（波斯）

Alwar〔'ælwə〕奧爾沃

Alway〔'ɔlwe〕奧爾衛

Alwin〔'ælwɪn; 'alvin（德）〕

Alwur〔'ʌlwə〕（印）

Alwyn(e)〔'ælwɪn〕阿爾文

Aly〔'elɪ〕阿利

Alyattes〔,ælɪ'ætiz〕

Alyea〔'ɔlji; 'ælje〕

Aly Khan〔'ali kan〕

Alypius〔ə'lɪpɪəs〕

Alyscamps〔alis'kan〕（法）

Alz〔alts〕

al-Zamān, Badī〔bæ'di ʊzzæ'man〕（阿拉伯）

Alzette〔al'zɛt〕

Alzheimer's disease〔'alts,haɪmɚz~〕【醫】阿耳茲海默氏病

Alzire〔al'zir〕（法）

Alzog〔'altsoh〕（德）

Alzon〔al'zɔŋ〕（法）

Alzubra〔'ælzjʊbrə〕

Amabaca〔,amə'bakə〕

Amabel〔'æmɔbɛl〕

Amabilis〔æ'mæbɪlɪs〕

Amable〔a'mabl〕（法）阿瑪貝爾

Amabomvana〔,amɔbɔm'vanə〕

Amacker〔'æmɔkɚ〕阿瑪克

Amacuro〔,æmɔ'kuro〕

Amadah〔a'mɑda〕

Amadas〔'æmədəs〕

Amade〔a'mad〕（法）

Amadé〔'amade〕（匈）

Amadeo〔,amɑ'deo（義）; ,amɑ'ðeo（西）〕阿馬德奧   「（澳洲）

Amadeus, Lake〔æmə'diəs〕阿馬迪厄斯湖

Amadieu〔amɑ'djɚ〕（法）

Amadis〔'æmədɪs〕西班牙傳說中的俠客，為始終不渝之情人的象徵

Amadiya〔ɪ'mædɪjə〕（阿拉伯）

Amadjuak〔ə'mædʒwæk〕

Amado〔ə'mɑðʊ（巴西）; a'maðo（西）〕

Amador〔'æmə,dɔr〕

Amador de los Rios〔,amɑ'ðor ðe los 'rios〕(西)

Amager〔'amagə〕

Amaimon〔ə'maimɑn〕

Amaknak〔ə'mæknæk〕

Amakura〔ɑmɑ'kurɑ〕

Amalaric〔ə'mælərɪk〕

Amalarius〔,æmə'lerɪəs〕

Amalasontha〔,æmələ'sɑnθə〕

Amalasuentha〔,æmələsju'enθə〕

Amalasuntha〔,æmələ'sʌnθə〕

Amalaswintha〔,æmələs'wɪnθə〕

Amalek〔'æmələk〕

Amalekite〔ə'mæləkaɪt〕

Amalfi〔ɑ'mɑlfɪ〕亞馬非 (義大利)

Amalia〔ɑ'mɑlɪɑ〕阿瑪莉亞

Amalias〔,ɑmɑ'ljɑs〕

Amalie〔ɑ'mɑlɪə〕

Amalie Auguste〔ɑ'mɑlɪə aʊ'gʊstə〕

Amalie Marie Friederike Auguste〔ɑ'mɑlɪə mɑ'riə ,fridə'rikə aʊ'gʊstə〕

Amalienborg〔ɑ'mɑljənbɔrg〕

Amalekites〔'æmələkaɪts〕

Amalings〔'æməlɪŋz〕

Amalric〔ə'mælrɪk〕　　　「(法)

Amalric de Bène〔amɑl'rik də 'ben〕

Amalricus〔ə'mælrɪkəs〕

Amalth(a)ea〔,æmæl'θiə〕希臘神話中之女神，Zeus 係由她餵哺羊奶長大

Amambara〔,amɑm'bɑrɑ〕

Amambay〔,amɑm'baɪ〕

Amamon〔ə'memɑn〕

Aman〔'æmən〕阿曼

Amana〔ə'mænə ; amɑ'nɑ〕

Amand〔ɑ'mɑŋ〕(法)

Amand, Saint-〔sæŋ.tɑ'mɑŋ〕(法)

Amanda〔ə'mæmdə〕阿曼達

Amandine〔amɑŋ'din〕(法)

Amandus〔ə'mændəs〕阿曼達斯

Aman-Jean〔amɑŋ.'ʒɑŋ〕(法)

Amann〔'amɑn〕阿曼

Amantia〔ə'mænʃɪə〕

Amanullah Khan〔amɑ'nʊllɑ kɑn ; 'ʌmənʊllɑ hɑn〕

Amanus〔ə'menəs〕

Amapá〔amɑ'pɑ〕(西)

Amapala〔,amɑ'pɑlɑ〕

Amara〔ə'mɑrə ; æ'mɑrɑ〕阿馬拉

Amarakantaka〔,æmərə'kæntəkə〕

Amarakosha〔,æmərə'koʃə〕

Amarant〔'æmərənt〕

Amaranta〔,æmə'ræntə〕

Amarante〔,amə'ræntə〕(葡)

Amaranth〔,æmə'rænθ〕

Amarar〔ɑ'mɑrɑr〕

Amara Sinha〔'æmərə 'sɪnhə ; ʌmərə 'sɪnhə〕(梵)

Amaravati〔,ʌmə'rɑvəti〕(印)

Amargosa〔æmɑr'gosə〕

Amari〔ɑ'mɑrɪ〕

Amariah〔,æmə'raɪə〕阿馬賴亞

Amarillas〔,amɑ'riljas〕(西)

Amarillo〔,æmə'rɪlo〕阿馬里洛 (美國)

Amarinna〔,amɑ'rɪnnɑ〕

Amaro〔ɑ'mɑro〕

Amar-Sin〔ɑ'mɑr·'sɪn〕

Amaryllis〔,æmə'rɪlɪs〕❶【植物】宮人草 ❷牧羊女；鄉下姑娘 (用於古典的及後期的牧詩中)

Amasa〔'æməsə〕阿馬薩

Amasia〔,æmə'saɪə〕

Amasias〔,æmə'saɪəs〕

Amasis〔ə'mesɪs〕

Amason〔æməzən〕

Amasya〔amɑ'sjɑ〕

Amat〔ɑ'mɑt〕

Amata〔ə'metə〕天田 (日本)

Amateis〔amɑ'teis〕阿馬泰斯

Amathus〔'æməθəs〕

Amathi〔'æməθaɪ〕

Amati〔ɑ'mɑtɪ〕

Amatignak〔,æmə'tɪgnæk〕

Amatique〔,amɑ'tike〕

Amato〔ɑ'mɑto〕

Amauri〔ə'mɔrɪ ; amo'ri (法)〕

Amauricus〔ə'mɔrɪkəs〕

Amauri de Chartres〔amo'ri də 'ʃɑrtə〕(法)

Amaurote〔ə'mɔroti〕

Amaury〔ə'mɔrɪ〕

Amaya, Carmen〔'kɑrmɛn ə'mɑjə〕

Amaymon〔ə'memɑn〕

Amaziah〔,æmə'zaɪə〕

Amazon〔'æməzən〕❶亞馬遜河 (南美洲) ❷【希臘神話】一族女戰士中的一員，傳說居於黑海

Amazonas〔,amɑ'zonəs〕(巴西)　　海邊

Amazone〔,æmə'zon〕

Amazonia〔,æmə'zonɪə〕

Amabacia〔'æmə,beʃɪə〕

Ambala〔əm'bɑlɑ〕安巴拉 (印度)

Ambarchik〔ʌmbʌr'tʃik〕(俄)

Ambato〔am'bɑto〕

Ambedkar〔əm'bedkə〕安貝德卡

Ambelakia〔ambi'lɑkjɑ〕

Amber〔'æmbə ; ʌmbə (印)〕

Amberg〔'æmbəg;'ɑmbɛrk(德)〕安伯格
Amberger〔'ɑmbɛrgə〕(德)
Ambérieu‐en‐Bugey〔ɑŋbɛr'jɜ‐aŋ·bjʊ‐
  'ʒɛ〕(法)
Ambergris〔'æmbəgrɪs〕
Amberley〔'æmbəlɪ〕安伯利
Amberson〔'æmbəsṇ〕
Ambianum〔'ænɑm'enəm〕
Ambiorix〔æm'baɪərɪks〕
Ambler〔'æmblə〕安伯爾
Ambléve〔ɑŋ'blɛv〕(法)
Ambodifotatra〔ɑm,bodɪfo'totrɑ〕
Amboina〔æm'bɔɪnə〕安汶(印尼)
Amboise〔ɑŋ'bwaz〕(法)
Amboland〔'æmbo,lænd〕
Ambos Camarines〔'ambos ,kamɑ'rines〕
Ambositra〔,ambo'sitra〕
Amboy〔'æmbɔɪ〕
Amboyna〔æm'bɔɪnə〕
Ambracian〔æm'breʃən〕
Ambre, Cap d'〔kap 'dɑŋbə〕(法)
Ambree〔'æmbrɪ〕
Ambridge〔'æmbrɪdʒ〕安布里奇
Ambrim〔'æmbrɪm〕
Ambrogini〔,ambro'dʒini〕
Ambrogio〔am'brɔdʒo〕(義)
Ambroise〔ɑŋ'brwaz〕(法)
Ambrones〔æm'broniz〕
Ambronn〔'ambron〕
Ambros〔'ambros〕
Ambrose Channel〔'æmbroz~〕恩布路
  斯海峽(美國)
Ambrosiaster〔æm'brozɪæstə〕
Ambrosio〔æm'brozɪo〕安布羅西奧
Ambrosius〔æm'brozɪəs;am'brozɪʊs(
  德);am'brosɪəs(荷)〕安布羅修斯
Ambrus〔'ɔmbruʃ〕(匈)
Ambruster〔'æmbrəstə〕安布魯斯特
Ambrym〔ɑŋ'bræŋ〕(法)
Ambt‐Hardenberg〔'ampt·'hardənbɛrk
  〕(德)
Ambun〔'ambun〕
Ambunti〔am'buntɪ〕
Amburayan〔,ambu'rajan〕
Amchitka Island〔æm'tʃɪtkə~〕安奇卡
  島(美國)
Amcotts〔'æmkɔts〕阿姆科茨
Amdrup〔'amdrup〕
Amédée〔ame'de〕(法)
Amedeo〔ame'deo〕(義)
Amedeus〔,æmɪ'diəs〕
Ameel〔e'mil〕埃米爾

Ameer〔æ'mir〕
Ameer Ali〔æ'mir æ'lɪ〕(荷)
Ameland〔'aməlant〕(荷)
Amelia〔ɑ'melja〕阿米莉亞(義大利)
Amelie〔ɑ'meli;ɑ'melɪə(德)〕
Amélie〔ame'li〕(法)
Amelita〔,æme'lita〕
Amel‐Marduk〔'amɛl·'mɑrduk〕
Amelot〔am'lo〕(法)
Amelot de la Houssaye〔am'lo də la
  ʊ'se〕(法)
Amelungen〔'aməluŋən〕
Amen〔'amən〕古埃及的生命和生殖之神
Amen Corner〔'emən 'kɔrnə〕
Amendola〔ɑ'mɛndola〕
Amanemhat〔'amənemhat〕
Amenemhet〔'amənəm'hɛt〕
Amenhotep〔,amən'hotɛp〕阿曼賀泰普(❶
  Amenhotep Ⅲ,埃及國王,在位期間1410?
  1375?B.C.,❷Amenhotep Ⅳ,埃及國王,宗教
  改革家,在位期間1375?−1358?B.C.)
Amenia〔ə'minɪə〕
Amenophis〔,æmə'nofɪs〕
Amen‐Ra〔'amən·'ra〕
Ament〔'emɛnt〕【植物】紊黃花序
Amenti〔ə'mɛnti〕
Amer〔'amə〕
Amerbach〔'amə‧bah〕(德)
Ameria〔ə'mɪrɪə〕
America〔ə'mɛrɪkə〕❶美洲 ❷美國之通稱
Americana〔ə,mɛrə'kanə〕美國文獻;美國
  誌
Américo〔ɑ'meriko〕(西)
Americo〔ə'mɛriku〕(葡);ɑ'meriko
  (西)〕
Americus〔ə'mɛrɪkəs〕阿梅里卡斯
Americus Vespucius〔ə'mɛrɪkəs vɛs‐
  'pjuʃəs〕
Amerighi〔,ame'rigɪ〕
Amerigi〔,ame'rigɪ〕
Amerigo Vespucci〔ame'rigo vɛs‐
  'puttʃɪ〕(義)
Amerind〔'æmərɪnd〕美國原始之土人;美
  國紅人或愛斯基摩人
Amerindian〔,æmə'rɪndɪən〕美國紅人或愛
  斯基摩人
Amerman〔'eməmən〕阿默曼
Amerongen〔'amərɔŋən〕(荷)
Amers〔'eməz〕
Amersfoort〔'aməsfɔrt〕

Amersham〔'æməʃəm〕

Amery〔'emərı〕埃默里

Ames〔emz〕埃姆斯

Amesbury〔'emzbərı〕埃姆兹貝里（美國）

Amestris〔ə'mɛstrıs〕

Ameto〔a'meto〕（義）

Amex〔'æmɛks〕第一次世界大戰美國派赴
　歐洲之遠征軍

Amfiteatrov〔am,ʃıtjı'atrəf；ʌmfjıtjı-
　'atrəf（俄）〕

Amfortas〔am'fortas〕

Amfrye〔aŋ'fri〕

Amga〔'amgə；ʌm'ga〕阿姆加河（蘇聯）

AMGOT〔'æmgat〕

Amgun〔'amgʊn〕

Amhara〔am'hærə〕東非洲一古國，現屬
　衣索匹亞

Amharic〔æm'hærık；am'harık〕阿比西
　尼亞之宮廷貴族的語言（一種南閃族語）

Amherst〔'æmɜst〕右門（緬甸）

Amherstburg〔'æmɜstbɜg〕

Amhurst〔'æmɜst〕

Ami〔a'mi〕（法）

Amias〔'emıəs〕埃米亞斯

Amice〔'emıs〕

Amici〔a'mitʃı〕（義）

Amicis〔a'mitʃıs〕（義）

Amicis, De〔de a'mitʃıs〕（義）

Amick〔'æmık〕阿米

Amico〔a'iko〕（義）

Amico Fritz, L'〔la'miko 'frits〕

Amida〔'æmıdə〕

Amidah〔a'mida〕猶太教之一種禮拜儀式

Amidas〔'æmıdæs〕

Amidism〔'amıdızm〕

Amidon〔'æmıdən〕阿米登

Amie〔'emı〕

Amiel〔'æmıəl；a'mjɛl（法）〕埃米爾

Amiénois〔amje'nwa〕（法）

Amiens〔'æmıənz；'emjənz；'æmıənz；
　a'mjæŋ（法）〕亞眠（法國）

Amics〔'emız〕埃米斯

Amiet〔a'mjɛ〕（法）

Amigoni〔,amı'gonı〕

Amilcare〔a'milkare〕（義）

Amilius〔e'mi:lıʊs〕（德）

Amin〔a'min〕

Amin, al-〔ælæ'min〕

Amina〔a'mina〕

Aminadab〔ə'mınədæb〕

Amindivi〔,ʌmın'divı〕（印）

Amine〔a'min〕

Amino〔ə'mıno〕阿米諾

Aminta〔a'minta〕

Amintas〔ə'mıntəs〕

Aminte〔a'mæŋt〕（法）

Amintor〔ə'mıntɔr〕

Amiot〔a'mjo〕（法）

Amir〔ə'mir〕

Amirabad〔ə'mırəbæd；a,mira'bad〕

Amir Ali〔ə'mir 'alı〕

Amirante(s) Islands〔'æmıræent(s)〜〕阿
　米蘭特群島（印度洋）

Amir Chand〔a'mir 'tʃʌnd〕（印）

Amir Faisal Ibn Abdul Aziz al Saud
　〔ə'mir 'faısal 'ıbın ab'dul a'ziz al
　sa'ud〕

Amis〔'emıs〕埃米斯

Amis et Amiles〔'amis 'e 'amiləs〕

Amish〔'æmıʃ〕

Amisia〔ə'mızıə〕

Amistad〔,amis'taθ〕（西）

Amisus〔ə'maısəs〕

Amita〔'amıta〕

Amitabha〔,ʌmı'tabə〕【梵】阿彌陀佛

Amite〔ə'mit〕

Amiternum〔,æmı'tɜnəm〕

Amitraghata〔ə'mıtrə'gatə〕

Amittai〔ə'mıtaı〕

Amitu〔'æmıtu〕

Amityville〔'æmıtı,vıl〕

Amlet〔'æmlıt〕

Amlia〔'æmlıə〕

Amlote〔am'lɔt〕（法）

Amlwch〔'æmlʊk；'amluh（威）〕

Amman〔ə'mɑn；'æmən；æ'mæn〕安曼（約
　旦）

Ammanford〔'æmənfəd〕

Ammanite〔'æmənaıt〕

Ammann〔'aman〕安曼

Ammeberg〔'ɔmməbærj〕（瑞典）

Ammen〔'æmın〕

Ammendorf〔'aməndɔrf〕

Ammenemez〔,æmı'nimiz〕

Ammer〔'amə〕

Ammersee〔'aməze〕（德）

Ammers-küller〔'æmɜs·'kjulə〕

Ammi〔'æmaı〕安米

Ammianus〔,æmı'enəs〕

Ammidon〔'æmıdən〕安米登

Ammin〔'am'mın〕（韓）

Amminadab〔ə'mınədæb〕

Ammirato〔,ammı'rato〕（義）

Ammoedara〔ə'midərə〕

Ammon〔'æmən〕阿蒙（古埃及人之太陽神）
Ammonias〔ə'moniəs〕
Ammonius Hermiae〔ə'moniəs 'hɜmii〕
Ammonoosuc〔,æmo'nusək〕
Ammons〔'æmənz〕
Amne Machin Shan〔'am'næ 'ma'dʒin〕'ʃan〕積石山（青海）
Amnok〔'æmnak〕
Amo-chu〔'amo·'tʃu〕
Amometus〔,æmo'mitəs〕
Amon〔'amən; 'emən〕
Amöneburg〔a'mənəburk〕（德）
Amontons〔amɔŋ'tɔn〕（法）
Amor〔'emɔr〕愛神邱比特
Amores〔ə'moriz〕
Amoret〔'æmərɛt〕
Amoretti〔æmə'rɛtɪ; amo'rɛttɪ（義）〕
Amorgos〔ə'mɔrgəs〕
Amorgòs〔,amɔr'gɔs〕（古希）
Amorian〔ə'moriən〕
Amorim〔əmu'riŋ〕（葡）
Amorite(s)〔'æmərait(s)〕
Amory〔'eməri〕艾默里
Amoryus〔ə'mɔrjəs〕
Amos〔'emɔs〕【聖經】阿摩斯（紀元前八世紀的希伯來先知）
Amosis〔ə'mosis〕
Amos Judd〔'emɔs dʒʌd〕
Amoskeag〔,æmɔs'kɛg〕
Amoss〔'emas〕
Amour〔ə'mur; a'mur（法）〕
Amoy〔a'mɔi〕廈門
Amoymon〔ə'mɔimən〕
Ampato〔am'pato〕
Ampelius〔æm'piliəs〕
Ampenan〔'ampenan〕
Amper〔'ampə〕
Ampère〔'æmpɛr〕安培（André Marie，1775-1836,法國物理學家）
Ampersand〔'æmpəsænd〕
Ampezzaner〔,ampɛ'tsanə〕
Ampezzo〔am'pɛttso〕（義）
Ampfing〔'ampfiŋ〕
Amphiale〔æm'faiəli〕
Amphialus〔æm'faiələs〕
Amphiaraus〔,æmfiə'reəs〕
Amphiareion〔,æmfiə'raiən〕
Amphictyon〔æm'fiktiən〕古希臘之近鄰同盟會議之代表
Amphictyony〔æm'fikti iəni〕古希臘之近鄰同盟會議
Amphilochus〔æm'filəkəs〕

Amphimachus〔æm'fiməkəs〕
Amphimedon〔æm'fimidən〕
Amphion〔æm'faiən; 'æmfiən〕
Amphipolis〔æm'fipəlis〕
Amphis〔'æmfis〕
Amphitrite〔'æmfitraiti〕
Amphitryon〔æm'fitriən〕【希臘神話】底比斯之一國王
Amphius〔'æmfiəs〕
Amphthill〔'æmthil〕
Ampin〔'ampin〕
Ampleforth〔'æmplfɔrθ〕安普爾福思
Ampsancti〔æmp'sæŋktai〕
Ampsivarii〔,æmpsi'veriai〕
Ampthill〔'æmpthil〕安普西爾
Ampudia〔am'puðja〕（西）
Amqui〔,aŋ'ki〕
Amram〔'æmræm〕阿姆拉姆
Amramites〔'æmræmaits〕
Amran〔æm'ran〕
Amraoti〔ʌm'rauti〕（印）
Amraphel〔'æmrəfɛl〕
Amreli〔am'reli〕
Amr ibn-al-As〔'amæ,ibən·al·'as; æm,rubni'las（阿拉伯）〕
Amr ibn-Bahr〔'amæ ibn·'bær〕（阿拉伯）
Amr ibn-Kulthum〔æm,rubnikul'θum〕（阿拉伯）
Amrit〔æm'rit〕
Amrit Kaur〔'amrit 'kaur〕
Amritsar〔ʌm'ritsæ〕阿木里查（印度）
Amroha〔am'roha〕
Amru〔æm'ru〕
Amru, al-Kais〔æm,ru·al·'kais〕
Amru-'l-Kais〔æm,ru·l'kais〕
Amru ben-el-Ass〔æm'ru ben·ɛl·'as〕
Amrum〔'amrum〕
Amsancti〔am'saŋkti〕
Amsbary〔'æmsbari〕
Amschel〔'æmʃəl〕阿姆謝爾
Amsden〔'æmzdən〕阿姆斯登
Amsdorf〔'amsdɔrf〕
Amshewitz〔'æmʃəwits〕
Amsivarii〔'æmsi'veriai〕
Amsler〔'amslə〕
Amsler-Laffon〔'amslə·'lafon〕
Amsteg〔'amʃtɛk〕（德）
Amstel〔'amstəl〕
Amstelland〔'amstəllant〕（荷）
Amsterdam〔'æmstə'dæm〕阿姆斯特丹（荷蘭）
Amstuts〔'æmstʌts〕
Amtorg〔'æmtɔrg〕

Amuay〔am'waɪ〕

Amucú〔,amu'ku〕

Amu Darya〔'amu 'darjə〕阿母河(蘇聯)

Amukta Passage〔ɑ'mukta~〕阿穆克塔
海峽(太平洋)

Amuku〔amu'ku〕

Amulree〔,æməl'ri〕阿穆爾里

Amun〔'æmən; 'amun〕

Amunátegui〔,amu'nategi〕(西)

Amundeville〔ə'mʌndəvɪl〕

Amund Ringnes〔'amun 'rɪŋ,nes〕

Amundsen〔'amundsən〕阿孟森(Roald,
1872 - 1928,挪威探險家)

Amundson〔'æməndsn〕阿蒙森

Amur〔ɑ'mur〕黑龍江(中國)

Amurath〔amu'rat; 'amurɑθ〕

Amussat〔amju'sa〕(法)

Amuyao〔,amu'jao〕

Amvets〔'æm,vets〕第二次世界大戰美國
退伍軍人協會

Amvrakia〔,amvra'kia〕

'Amwas〔am'was〕

Amwell〔'æmwəl〕阿姆衞爾

Amy〔'emɪ; ɑ'mi(法)〕艾美

Amyas〔'emjəs〕埃米亞斯

Amyas Leigh〔'emjəs li〕

Amyclae〔ə'maɪkli〕

Amynta〔ə'mɪntə〕

Amyntas〔ə'mɪntəs〕

Amyntor〔ɑ'mjuntor〕(德)

Amyot〔'emɪət; ɑ'mjo(法)〕阿米歐

Amyraut〔ami'ro〕(法)

Amyraldus〔,æmɪ'rældəs〕

Amytal〔'æmɪtæl〕

Amytis〔'æmɪtɪs〕

Amzi〔'æmzaɪ〕

Ana〔'anɑ〕

Anaa〔ɑ'naa〕

Anabaptist〔,ænə'bæptɪst〕再洗禮派教徒

Anabasis〔ə'næbəsɪs〕

Anacáona〔,ana'kaona〕

Anacapa〔'ænə,kæpə〕

Anacapri〔,ana'kapri〕   「法)

Anacharsis〔,ænə'karsɪs; anakar'sis〔

Anacker〔'anakə〕

Anacletus〔,ænə'klitəs〕

Anaconda〔,ænə'kandə〕【動物】森蚺

Anacreon〔ə'nækrɪən〕西奈科雷昂
(572 ? - ? 488 B.C., 希臘詩人)

Anadarko〔,ænə'darko〕

Anadir〔ana'dɪr; ʌnʌ'dɪr(俄)〕

Anadoli〔anado'lɪ〕

Anadolu〔anado'lu〕

Anadyomene〔,ænə nədaɪ'amɪni〕愛與美的
女神   「❷阿那底(蘇聯)

Anadyr〔ʌnʌ'dɪr〕❶阿那底河(西伯利亞),

Anafarta〔a,nafar'ta〕

Anafi〔ɑ'nafi〕

Anagni〔ɑ'nanji〕

Anagnia〔ə'nægnɪə〕

Anagnos〔ə'nægnas〕

Anaheim〔'ænə,haɪm〕安納漢姆(美國)

Anaho〔ɑ'naho〕

Anahuac〔ɑ'nawak〕阿拿瓦克高原(墨西哥)

Anaides〔ə'nediz〕

Anais〔ə'neɪs〕

Anait〔ɑ'naɪt〕

Anaitis〔ɑ'naɪtɪs〕

Anaiza〔æ'naɪzə〕

Anak〔'enæk〕

Anakim〔'ænəkɪm〕

Anak Krakatoa〔'ænæk ,krækə'toə〕

Analostan〔,æn'lastən〕

Anam〔'ænæm〕

Anamabo〔a,na'mabo〕

Ana Maria〔'ana ma'ria〕

Anambas〔a'nambas〕

Anammelech〔ə'næmələk〕

Anamosa〔,ænə'mosə〕安納摩沙(美國)

Anamur〔ana'mur〕

Anamur Burun〔ana'mur bu'run〕

Anan ben David〔a'nan ben 'devɪd〕

Anand〔'anənd〕阿拿德

Ananda〔'anəndə; a'nanda〕

Ananda Mahidol〔a'nanda ma'hidɔl〕

Anang〔ɑ'naŋ〕

Ananias〔,ænə'naɪəs〕【聖經】亞拿尼亞(因
撒謊而暴斃之人)

Ananino〔a'nanjino〕(俄)

Anansi〔ɑ'nænsɪ〕

Anantapur〔ə'nʌntə,pur〕(印)

Ananus〔'ænənəs〕

Anaphe〔'ænəfi〕

Anáphë〔ɑ'nafɪ〕

Anaphi〔a'nafi〕

Anápolis〔ə'napulɪs〕(巴西)

Anapurna〔,ænə'purnə〕安納普耳那山(尼泊
爾)

Anaquito〔ana'kito〕

Anarchiad〔æ'narkɪæd〕

Anarkali〔a'narkəlɪ〕

Anarutha〔,ana'ruθa〕

Anas〔'enəs〕

Anas, ibn-〔ibn·æ'næs〕

Anasazi〔͵anɑˈsɑzı；͵ænəˈsɑzı〕

Añasco〔aˈnjasko〕

Anasquam〔ˈænıskwam〕（西）

Anast〔ˈænəst〕阿納斯特

Anastas〔ɑnɑˈstɑs〕

Anastase〔ɑnɑˈstɑz〕（法）

Anastasi〔͵ænəˈstesı〕

Anastasia Bay〔͵ænəˈstezjə～；͵ɑnəs-ˈtɑʃə～〕阿納斯塔西亞灣（蘇聯）

Anastasio〔͵ɑnɑsˈtɑzjo（義）；͵ɑnɑs-ˈtɑsjo（西）〕

Anastasius〔ænəˈstezjəs〕阿納斯塔修斯

ʼAnat〔ɑˈnɑt〕

ʼAnata〔aˈnɑtɑ〕

Anatahan〔͵ɑnɑtɑˈhɑn〕

Anathoth〔ˈænəθɑθ〕

Anatol〔ʌnʌˈtɔlj〕（俄）

Anatole〔ˈænətol；ɑnɑˈtɔl（法）〕阿納托爾

Anatoli〔ʌnʌˈtɔljəı〕（俄）

Anatolia〔͵ænəˈtolıə〕安那托利亞（土耳其）

Anatoly〔ʌnʌˈtɔljəı〕（法）

Anau〔ɑˈnɑu〕

Anaxagoras〔͵ænækˈsægəræs〕亞拿薩哥拉（500？-428 B. C.，希臘哲學家）

Anaxarchus〔͵ænækˈsɑrkəs〕

Anaxilaus〔ə͵næksıˈleɑs〕

Anaximander〔ə͵næksıˈmændə〕亞諾芝曼德（611？-？547 B.C.，希臘哲學家及天文學

Anaximenes〔͵ænækˈsımınız〕　　家）」

Anaya〔aˈnɑja〕

Anayacsi〔ɑnɑˈjaksı〕

Anbustus〔ænˈbʌstəs〕

An Cabhán〔əˈkɑʊn〕（愛）

Ancachs〔ˈɑŋkɑʃ〕

Ancaeus〔ænˈsiəs〕

Ancash〔ˈɑŋkɑʃ〕

Ancaster〔ˈæŋkəstə〕安卡斯特

Ancelot〔ɑ̃sˈlo〕（法）

Anchieta〔ənʃıˈetɑ〕（葡）

Ancholme〔ˈæŋkhom〕

Anchorage〔ˈæŋkərıdʒ〕安克治港（美國）

Ancillon〔ɑ̃sıˈjɔ̃〕（法）

Ancius〔ˈænʃıəs〕

An(c)karström〔ˈɑŋkarstrəm〕（瑞典）

Anckarswärd〔ˈɑŋkarsverd〕（瑞典）

Ancklitzer〔͵ɑŋkˈlıtsə〕

Anclam〔ˈɑŋklam〕

An Clár〔əˈklɑr〕（愛）

An Cób〔əˈkov〕（愛）

An Cof〔əˈkof〕（愛）　　　「利維亞」

Ancohuma〔͵æŋkəˈhumə〕安克休馬峯（玻

Ancón〔ˈæŋkən；ɑŋˈkɔn（西）〕【解剖】肘

Ancona〔ɑŋˈkonə〕安科那港（義大利）

Anconitanus〔æŋ͵konıˈtenəs〕

Anconquija〔ɑŋkonˈkiha〕（西）

Ancram〔ˈæŋkrəm〕安克拉姆

Ancre〔ˈɑŋkə〕（法）

Ancren Riewle〔ˈæŋkrın ˈrıʊlı〕

Ancrum〔ˈæŋkrəm〕安克拉姆

Ancud〔ɑŋˈkuð〕安庫德（智利）

Ancus〔ˈæŋkəs〕

Ancus Marcius〔ˈæŋkəs ˈmɑrʃəs〕羅馬傳奇中的一個皇帝

Ancy- le - Franc〔ɑ̃sı・lə・ˈfrɑ̃〕（法）

Ancyra〔ænˈsaıərə〕

Anczyc〔ˈɑntʃıts〕（波）

Andagoya〔͵ɑndɑˈgojɑ〕

Andalucía〔͵ɑndɑluˈθia〕（西）　「班牙」

Andalusia〔ændəˈluzjə〕安達魯西亞區（西

Andaman〔ˈændəmən〕❶安達曼羣島（印度），❷安達曼海（太平洋）

Andamanese〔͵ændəməˈniz〕❶安達曼羣島之土著 ❷安達曼語

Andavaka〔ɑndɑˈvɑkɑ〕

Andean〔ænˈdıən〕安地斯山脈之居民

Andecavi〔ændıˈkevaı〕

Andechs〔ˈɑndɛks〕（德）

Andeena〔ænˈdinə〕安廸娜

Andegavia〔͵ændıˈgevıə〕

Andematunnum〔͵ændıməˈtʌnəm〕

Andenne〔ɑ̃ˈdɛn〕（法）

Ander〔ˈændə〕安德

Anderida〔ænˈderıdə〕

Anderlecht〔ˈɑndələht〕（德）

Anderledy〔͵ɑndəˈledı〕

Anders〔ˈændəz；ˈɑndəs（波、瑞典）；ˈɑnnəs（丹）〕安德斯

Andersch〔ˈɑndəʃ〕

Andersen〔ˈændəsn̩〕安徒生（Hans Christian，1805-1875，丹麥童話作家）

Anderson〔ˈændəsn̩〕安德生（❶Carl David，1905-，美國物理學家，❷ Sherwood，1876-1941，美國作家）

Andersonville〔ˈændəsnvıl〕

Anderton〔ˈændətən〕安德頓

Andes〔ˈændiz〕安地斯山脈（南美洲）

Andes , Los〔los ˈɑndes〕（西）

Andevorante〔͵ɑndevoˈrɑnte〕

Andhaka〔ˈɑndəkə〕

Andhra Pradesh〔ˈɑndrɑ prəˈdeʃ〕

Andijan〔͵ɑndıˈdʒæn；͵ɑndıˈdʒɑn〕

Andilly , dʼ〔dɑ̃diˈji〕（法）

Andino〔ɑnˈdino〕

Andizhan〔͵ændıˈʒæn〕安集延（蘇聯）

Andlaw-Birseck ['antlaf·'bɪrzɛk]（德）
Andler [aŋ'lɛr]（法）
Andoche [aŋ'dɔʃ]（法）
Andocides [æn'dasɪdiz]
Andoni [an'doni]
Andorra [æn'dɔrə] ❶安道爾（歐洲）
❷安道爾市（安道爾）
Andorre [aŋ'dɔr]（法）
Andover ['ændovɚ]
Andow ['ændaʊ]
Andöy ['a,nɜ jʊ]（挪）
Andrada [æŋn'draðə]（葡）
Andrade ['ændred ; æŋn'draðə（葡）;
aŋ'draðe（西）] 安德雷德
Andrae ['andre]
Andral [aŋ'dral]（法）
András ['andraʃ]（匈）安德拉斯
Andrássy [æn'dræsɪ ; 'andraʃi（匈）]
Andrault [aŋ'dro]（法）
André ['ændrɪ ; aŋ'dre（法）] 安德烈
Andrea ['ændrɪə ; an'drea（義）; æŋn-
'dreə（葡）]
Andreä [an'drɛɛ] 安德烈亞
Andrea Chénier [an'drea ʃen'je]
Andrea del Sarto ['ændrɪə dɛl 'sarto]
沙爾托（本名 Andrea d'Agnolo, 1486-1531,
義大利畫家）
Andreades [,andre'aðɪs]（希）
Andreae [æn'drii（瑞典）; an'dreɛ（德）]
Andreani [,andre'anɪ]
Andreanof [,andre'anəf ; ,ændrɪ'ænəf]
Andreas [æn'dreas（德）; anˈðreas（希）]
Andreas-Salomé [an'dreas·'zalome]
Andreba [aŋdre'ba]（法）
Andree ['andrɛ]
Andrée [aŋ'dre]（法）
Andreev [ʌn'drjejf] 安德利葉夫（Leonid
Nikolaevich, 1871-1919, 俄國小說家及劇作
Andreevich [ʌn'drjejəvjɪt]（俄）家）」
Andrei [an'drɛ·ɪ（保）; ʌn'drjeɪ（俄）]
Andreini [,andre'ini]
Andreis [an'dres]
Andrej [an'dre ; 'andrɛ·ɪ（斯洛伐克）]
Andreis ['andres]
Andren ['ændrən ; 'an-]
Andreoli [andre'ɔlɪ]
Andrés [an'dres]
Andresen ['ændɚsn]
Andreson ['ændɚsn]
Andress ['ændrɪs] 安德烈斯
Andréossi [andreɔ'si]
Andréossy [andreɔ'si]

Andretta ['æn,drɛtə] 安德烈塔
Andreu [an'dreu]
Andrew ['ændru]【聖經】安德烈（耶穌十二
使徒之一）
Andrewatha [æn'druθə ; æn'druəθə]
Andrewes ['ændruz] 安德魯斯
Andrews ['ændruz] 安德魯斯（Roy Chap-
man, 1884-1960, 美國博物學家）
Andrey [an'dre] 安德雷
Andreyev [an'dreɪf ; ʌn'drjejəf（俄）]
Andreyevich [an'drejɪvɪtʃ ; ʌn'drjejəvjɪtʃ
（俄）]
Andrézel [andre'zɛl]
Andria ['ændrɪə]
Andrić ['andrɪtʃ] 安瑞奇（Ivo, 1892-1975,
南斯拉夫詩人及小說家）
Andries ['andris]
Andriette [andrɪ'ɛt]
Andrieux [andri'ɜ]（法）
Andriscus [æn'drɪskəs]
Androcles ['ændro,kliz]一羅馬奴隸名（
相傳曾爲一獅取出足上之刺，後被置於鬥獸場
中，幸遇此獅，因而得保其身）
Androclus [æn'draklos]
Andromache [æn'draməkɪ]
Andromachus [æn'draməkəs]
Andromaque [aŋdro'mak]（法）
Andromeda [æŋ'dramɪdə]
Andromède ['ændrəmid ; aŋdro'mɛd（法）]
Andronica [an'drɔnika]
Andronicus [,ændrə'naɪkəs ; æn'dranɪkəs]
Andronici [æn'dranɪsaɪ]
Andronovo [an'dronəvə]
Andros ['ændrəs] ❶安得羅斯島（大西洋）
❷安得羅斯島（地中海）
Androscoggin [,ændrəs'kagɪn]
Androtion [æn'droʃɪan]
Androuet du Cerceau [andru'ɛ dju sɛr-
'so]（法）
Andrucci [an'drʊttʃɪ]（義）
Andrugio [an'drudʒo]
Andrus ['ændrəs] 安德勒思
Andrusovo [an'drusəvə] ʌn-（俄）
Andry ['ændrɪ] 安德里
Andrzej ['andʒɛ·ɪ]（波）
Andvari ['andwari]
Andy ['ændɪ] 安迪
Anécho [a'neko]
Anecón Grande [ane'kɔn 'grande]
Anegada [,ænɪ'gadə ; ane'gaðə（西）]
Aneho [a'neho]
Aneirin [ə'naɪərɪn]

Aneityum〔ɑ'naɪtjɪɪn〕

Aneiza〔æ'naɪzə〕

Anel〔ɑ'nɛl〕(法)

Anelay〔'enlɪ〕

Anelida and Arcite〔ə'nɛlɪdə, 'ɑrsaɪt〕

Anencletus〔,ænən'klitəs〕

Anerio〔ɑ'nerjo〕(義)

Anesus〔æ'nisəs〕

Anet〔ɑ'nɛ〕(法)

Anethan, d'〔dɑn'tɑŋ〕(法)

Aneto, Pico de〔'piko ðe ɑ'neto〕阿內多峯 (在西班牙東北部,爲庇里牛斯山脈最高峯,亦稱 Pic de Néthou)

Aneurin〔ə'naɪrɪn〕

Aney〔ɑ'ne〕安內

Anfossi〔ɑn'fɔssɪ〕

Anfu〔ɑn'fu〕

Anga〔'ʌŋgə〕(印)

Angamos〔ɑŋ'gɑmɔs〕

Anganqueo〔,ɑŋɑn'geo〕

Angara〔,ʌŋgʌ'rɑ〕安加拉河 (蘇聯)

Angarita〔,ɑŋgɑ'ritɑ〕

Angas〔'æŋgəs〕安加斯

Angat〔ɑn'gɑt〕

Angaur〔ɑn'aur〕

Ange〔ɑnʒ〕(法)

Angear〔'æŋgɪr〕

Angediva〔'æŋ,iʒͦ'ðivə〕(葡)

Angel〔'endʒəl ; 'æŋgel〕安吉爾

Angel〔'ɑŋhɛl〕(西)

Angela〔'ændʒɪlə〕安琪拉

Angela Merici〔'ɑndʒelɑ me'ritʃi〕(義)

Angel de la Guarda〔'ɑŋhɛl ðe lɑ 'gwɑrðɑ〕(西)

Angeles〔'ændʒɪliz ; 'ɑŋheles(西); 'ændʒɪləs〕安杰利斯

Angeli〔'ædʒəlaɪ ; 'ændʒɪlɪ〕

Angelica〔æn'dʒɛlɪkə〕一種白色葡萄酒 (美國加州產)

Angelico〔ɑn'dʒeliko〕

Angelicus〔æn'dʒɛlɪkəs〕安杰利卡斯

Angelina〔'ɑndʒɪ'linə〕安杰利娜

Angelique〔'ændʒɪ'lik〕

Angélique〔ɑŋʒe'lik〕(法)

Angelis〔'ændʒələs〕安杰利斯

Angelis, De〔dɪ 'ændʒələs〕

Angell〔'endʒəl〕安傑爾 (Sir Norman, 1872-1967,英國作家及演說家)

Angellier〔ɑŋʒə'lje〕(法)

Angeln〔'ɑŋeln〕

Angelo〔'ændʒɪlo ; 'ɑndʒelo〕(德、義)〕安   「杰洛

Angelo, Michael〔,maɪkəl 'ændʒɪlo〕

Angelus〔'ændʒɪləs〕❶ (天主教) 之奉告祈禱 ❷奉告祈禱鐘

Angely〔ɑŋʒə'li〕(法)

Anger〔'æŋgə〕安格爾 (印尼)

Angerapp〔'ɑŋərɑp〕

Angerman〔'æŋdzəmən〕

Ångerman〔'æŋəɳ〕(瑞典)

Ångermanland〔'ɔŋəmɑnlɑnd〕(瑞典)

Angerona〔,ændʒɪ'ronə〕古羅馬痛苦之女神

Angers〔ɑŋ'ʒe〕翁熱 (法國)

Angers, d'〔dɑŋ'ʒe〕(法)

Angerstein〔'æŋgəstaɪn〕

Angerville〔'ændʒəvɪl〕

Angevin〔'ændʒəvɪn〕昔日法國安如省人

Angevine〔'ændʒɪvɪn ; -vaɪn〕

Angevins〔'ændʒɪvɪnz ; ɑŋʒ'væŋ(法)〕

Anghera〔ɑŋ'gerɑ〕

Anghiera〔ɑŋ'gjerɑ〕

Angie〔'ændʒi〕安吉

Angier〔'ændʒɪr〕

Angilbert〔'æŋgɪlbət〕

Angiolieri〔,ɑndʒo'ljerɪ〕

Angiolina〔ɑndʒo'linɑ〕

Angiolo〔'ɑndʒolo〕

Angirases〔'ændʒɪrəsəz〕

Angkor〔'æŋkɔr〕吳哥 (柬埔寨)

Angkor Wat〔'æŋkɔr wɑt〕吳哥窟 (古高棉王朝之廟殿)

Anglas, d'〔dɑŋ'glɑs〕(法)

Angle〔'æŋgl〕

Anglem〔'æŋgləm〕

Anglerius〔æŋg'lɪrɪəs〕

Angles〔'æŋglz〕盎格魯族 (條頓民族)

Anglesea〔'æŋglsɪ〕

Anglesey〔'æŋglsɪ〕安格西島 (英國)

Angleterre〔ɑŋglə'ter〕(法)

Angleton〔'æŋgltən〕(美國)

Angli〔'æŋglaɪ〕

Anglia〔'æŋglɪə〕England之拉丁名

Angliæ〔'æŋglii〕

Anglice〔'æŋglɪsɪ〕

Anglicus〔'æŋglɪkəs〕

Anglo-Egyptian Sudan〔'æŋglo·ɪ'dʒɪpʃən su'dæn〕英埃蘇丹 (蘇丹共和國之舊稱)

Anglo-French〔'æŋglo·'frentʃ〕英法語 (諾曼王朝期中,流行於英國之法語)

Anglo-Norman〔'æŋglo·'nɔrmən〕移居英國之諾爾曼人及其後裔

Anglo-Saxon〔'æŋglo·'sæksn〕盎格魯撒克遜族或其語文

Angmagssalik〔am'masalık〕安馬沙利克
（丹麥）

Angmering〔'æŋmərıŋ〕

Angna〔'anʒna〕安杰娜

Angoff〔'æŋgaf〕

Angola〔æŋ'golə〕安哥拉（非洲）

Angolalla〔,aŋgo'lalə〕

Angoniland〔æŋ'goniˌlænd〕

Angood〔'æŋgʊd〕安古德

Angora〔'æŋgərə〕安卡拉之舊稱

Angostura〔,æŋga'stjurə〕南美產之一種
芳香樹皮（用作補劑）

Angoulême〔aŋgu'lɛm〕（法）

Angoumois〔aŋgu'mwa〕（法）

Angra do Heroismo〔'ʌŋgrə du iru-
'iʒmu〕（葡）

Angrist〔'æŋgrıst〕安格里斯特

Angstman〔'æŋgstmən〕

Ångström〔'æŋstrəm〕安格斯特倫（Anders
Jonas，1814-1874，瑞典物理學家）

Ang Thong〔'aŋ'thɔŋ〕

Angthong〔'aŋ'thɔŋ〕

Anguier〔aŋ'gje〕（法）

Anguilla，Island〔æŋ'gwılə～〕安圭拉島（
西印度羣島）

Anguille〔aŋ'gwıl〕

Anguisciola〔aŋ'gwıʃolə〕

Angul〔ʌŋ'gul〕（印）

Angulo〔'æŋgjʊlo〕

Angus〔'æŋgəs〕安加斯（蘇格蘭）

Angussciola〔aŋ'gusʃola〕

Angussola〔aŋ'gussola〕

Angustura〔'æŋgəs'tjurə;-'tjɔrə〕

Angwin〔'æŋgwın〕

Anhalt〔'anhalt〕

Anhalt-Dessau〔'anhalt·'dɛsau〕

Anhalt-Zerbst〔'anhalt·'tsɛrpst〕（德）

Anhanguera〔,ʌnjəŋ'gerə〕（葡）

An-heires〔an'hɛrz;æn'hirz〕

Anhilwara〔'ʌnhıl'warə〕（印）

Anholt〔'ænholt;'anhalt〕安霍爾特

Anhsi〔'an'ʃi〕

Anhui〔'an'hwe〕安徽（中國）

Anhwei〔'an'hwe〕=Anhui

Ani〔'ani〕

Aniakchak〔,ænı'æktʃæk〕

Anian〔'enıən〕

Aníbal〔a'nibal〕

Anice〔'ænıs〕安妮斯

Anicet-Bourgeois〔ani'sɛ·bur'ʒwa〕（法）

Aniceto〔,anı'tʃeto（義）;,anı'θeto;
-'seto（西）〕

Anicetus〔ænı'sitəs〕阿尼西特斯（❶Saint
，羅馬教皇，在位期間155?-?166 ❷【希臘
神話】Hercules與Hebe之子）

Anicius〔ə'nıʃıəs〕

Aniello〔an'jɛllo〕（義）

Aniene〔an'jene〕

Anigstein〔'ænıgstaın〕

Anika〔ʌ'njika〕（俄）

Anikita〔ʌnjı'kjitʌ〕（俄）

Anima Poetae〔'ænımə po'ɛtaı〕

Animuccia〔,anı'muttʃa〕（義）

Animula〔ə'nımjʊlə〕

Anio〔'ænjo〕

Anisfeld〔,anıs'fɛlt；ʌnjıs'fjeljt〕（俄）

Anisimovich〔ʌ'njisjımʌvjıtʃ〕（俄）

Anisius〔ə'nısıəs〕

Anita〔ə'nitə;a'nita（德、西））阿妮塔

Anjala〔a'njalə〕

Anjengo〔ʌn'dʒɛŋgo〕（印）

Anjer Lor〔'ændʒə lɔr〕

Anjidiv〔'ʌndʒıdiv〕（葡）

Anjos〔'ʌŋʒus〕（巴西）

Anjou〔'ændʒu〕安如區（法國）

Anjouan〔aŋ'ʒwaŋ〕（法）

Anjutenga〔'ændʒə'tɛŋgə〕

Ankara〔'æŋkərə〕安卡拉（土耳其）

Ankaratra〔,aŋka'ratra〕

Ankarström〔'aŋkastrʌm〕（瑞典）

Ankenbrandt〔'æŋkınbrant〕安肯布蘭特

Ankeny〔'æŋkını〕安克尼

Anker〔'æŋkə；'aŋkə〕

Anker Larsen〔'aŋkə 'larsn̩〕

Anketell〔'æŋkətəl〕

Anking〔'an'kıŋ〕安慶（安徽）

Anklitzen〔'aŋklıtsən〕

Ankobra〔æŋ'kobrə〕

Ankole〔aŋ'kole〕

Ankyra〔'aŋgira〕（古希）

Anlaf〔'anlaf〕

Anlo〔'anlo〕

Ann〔æn〕安

Ann Veronica〔'æn vi'ranıkə〕

Anna〔'ænə;'ana（荷、德）;'annıa（義、波
、瑞典）;'annʌ（俄））

Annabel〔'ænəbel〕安娜貝爾

Annabel Lee〔'ænəbel 'li〕

Annabella〔,ænə'bɛlə〕安娜貝拉

Anna Christie〔'ænə 'krıstı〕

Anna Comnena〔'ænə kam'ninə〕

Annaeus〔ə'niəs〕

An Nafud〔'æn næ'fud〕

Annagh〔æ'na〕

Annai〔'ænaɪ〕
Anna Ivanovna〔'ɑnnʌ ɪ'vɑnɔvnʌ〕安娜
（1693-1740，於1730-40 爲俄國女皇）
Anna Karlovna〔'ɑnnʌ 'kɑləvnʌ〕(俄)
Anna Karenina〔'ænə kə'rɛnɪnə〕安娜
・卡列尼娜（托爾斯特所著小說及該書女主
角名）
Annakin〔'ænəkɪn〕
Anna Leopoldovna〔'ɑnnʌ ˌlɪɑ'pɔldəvnʌ〕
（俄）
Anna Livia Plurabelle〔'ænə 'lɪvɪə
'plurəbel〕
Annales Cambriae〔'ænəlz kæm'brɪaɪ〕
Annaly〔'ænəlɪ〕
Annam〔'ænæm〕安南（越南）
Annamaboe〔ˌɑnˌnɑmɑ'bu〕
Anna Matilda〔'ænə mə'tɪldə〕
Annan〔'ænæn〕
Annand〔'ænənd〕
Annandale〔'ænəndel〕
Anna Petrovna〔'ɑnnʌ pjɪ'trɔvnʌ〕(俄)
Annapolis〔ə'næpəlɪs〕安那波里斯（美國）
An(n)apurna〔ˌænə'purnə〕安那波那山
（尼泊爾）
Ann Arbor〔æn'ɑrbɚ〕安亞伯（美國）
Annas〔'ænæs;'ænəs〕
An Nasiriya〔æn ˌnɑsɪ'rɪjə;ɑn ˌnɑsi-
'rijə〕
Anne〔æn〕安（1655-1714，於1702-14 爲英
國女王）
Anne Arundel〔'æn ə'rʌndl〕
Ann Boleyn〔'æn 'bulɪn〕
Anne Bullen〔'æn 'bulɪn〕
Anneciacum〔ˌænɪ'saɪəkəm〕
Anneciacum Vetus〔ˌænɪ'saɪəkəm
'vitəs〕
Annecy〔ɑn'si〕(法)
Anne de Bretagne〔'ɑn də brə'tɑnj〕
（法）
Anne de Beaujeu〔'ɑn də bo'ʒɚ〕(法)
Anne de France〔'ɑn də 'frɑns〕(法)
Annemarie〔'ɑnəmɑˌri〕安瑪莉
Annen〔'ɑnɪn〕安嫩
Annenberg〔'ænənbɚg〕安嫩伯格
Annenkov〔'ɑnnjɪnkəf〕
Annensky〔'ɑnnjɪnskɪ〕安年斯基（Inno-
kenty Fyodorovich, 1856-1909, 俄國詩人）
Annes〔'ʌnɪʃ;'ʌnɪs〕(葡)
Annesley〔'ænzlɪ〕安斯利
Annett〔'ænɪt;ə'nɛt〕安尼特
Annetta〔ə'nɛtə;ɑn'netta（義）〕安妮塔
Annette〔ə'nɛt;ɑ'nɛtə（德）;ɑ'nɛt(法)〕安妮特

Annfield〔'ænfild〕
Anni〔'ɑnni〕
Annia〔'ænɪə〕
Annibal〔ɑni'bɑl〕(法)
Annibale〔ɑn'nibɑle〕(義)
Annie〔'ænɪ;'ɑnnɪ（瑞典）〕安妮
Annie Laurie〔'ænɪ 'lɔrɪ〕
Anning〔'ænɪŋ〕
Annisquam〔'ænɪskwɑm〕
Anniston〔'ænɪstən〕安尼士頓（美國）
Annius〔'ænɪəs〕
Annius Verus〔'ænɪəs 'vɪrəs〕
Anno〔'æno〕
Annobón〔ˌɑno'vɔn〕(西)
Annoniacum〔ˌæno'naɪəkəm〕
Annotto〔ə'nɑto〕
Annunciata〔ˌɑnnun'tsjɑtɑ〕(義)安娜吉阿特
Annunziata〔ˌɑnnun'tsjɑtɑ〕安娜吉阿特
Annunzio, d'〔də'nunzɪ,o;dɑn'nuntsjo
（義）〕
Annus Mirabilis〔'ænəs mɪ'ræbɪlɪs〕
【拉】驚異之年
Annville〔'ænvɪl〕
Ano〔'ɑno〕安濃（日本）
Anoff〔ə'nɑf〕阿諾夫
Anoka〔ə'nokə〕
Anomabu〔ˌɑno'mɑbu〕
Anomoeans〔ˌænə'mɪənz〕
Anopol〔'ænəpol〕安諾波爾
Anouilh, Jean〔ʒɑŋ ɑnu'il〕(法)
An Pass〔ɑn;æn〕
Anpei〔'ɑn'pe〕
Anping〔'ɑn'pɪŋ〕安平(河北)
Anpu〔'ɑnpu〕
Anquetil〔ɑŋk'til〕
Anquetil-Duperron〔ɑŋk'til·djupɚ'rɔŋ〕
（法）
Anrep〔ʌn'rjɛp〕(俄)
Anrias〔'ænrɪəs〕
Ansano〔ɑn'sɑno〕
Ansano di Pietro〔ɑn'sɑno dɪ 'petro〕
Ansarii〔æn'sɛrɪaɪ〕
Ansariya, Djebel〔'dʒæbæl ˌænsɑ'rijə〕
（阿拉伯）
Ansbach〔'ɑnsbɑh〕(德)
Anschar〔'ænskɑr〕
Anscharius〔æns'kɛrɪəs〕
Anschluss〔'ɑnʃlus〕(德) 1938 年之德奧合併
Anschütz〔'ɑnʃjuts〕安舒茨
Anschütz-Kämpfe〔'ɑnʃjuts·'kɛmpfə〕
Ansdell〔'ænzdɛl〕
Anse〔ɑŋs〕(法)

Anseba〔æn'sebə〕

Ansedonia〔,anse'donja〕

Anseel〔'ansel〕

Ansegis〔'ænsɪdʒɪs〕

Ansegisus〔,ænsɪ'dʒɪsəs〕

Ansel〔'ænsɛl〕安塞爾

Anselm〔'ænsɛlm〕安瑟爾姆（Saint, 1033 -1109，英國 Canterbury 大主教、神學家 、哲學家）

Anselme〔aŋ'sɛlm〕

Anselmo〔an'sɛlmo〕

Ansermet〔aŋsɛr'me〕（法）

Ansgar〔'ænsgar〕

Ansgarius〔æns'gerɪəs〕

Anshan〔'an'ʃan〕鞍山（遼寧）

Anshen〔'ænʃən〕安申

Anshun〔'an'ʃʊn〕安順（貴州）

Ansi〔'an'si〕

Ansibarii〔'ænsɪ'berɪaɪ〕

Anskar〔'ænskar〕

Ansley〔'ænzlɪ；'en-〕安斯利

Anslinger〔'ænslɪŋə〕安斯林格

Ansleyson〔'ænzlɪsn〕

Anslow〔'ænslo〕安斯洛

Anson〔'ænsən〕安森

Ansongo〔æn'sɔŋgo〕

Ansonia〔æn'sonɪə〕安梭尼亞（美國）

Ansorge〔'ænsɔrdʒ〕安索奇

Anspach〔'ænzpæk〕安斯波

Anspacher〔'anspakə〕

Ansted〔'ænstɛd〕安斯特德

Anster〔'ænstə〕

Anstett〔'anʃtɛt〕

Anstey〔'ænstɪ〕安斯蒂

Anstice〔'ænstɪs〕安斯蒂斯

Anstruther〔'ænstrʌθə〕

Anta〔'antɑ〕

Antaeus〔æn'tiəs〕

Antaiva〔an'tevə〕

Antakia〔,antɑ'kiə〕 「文名稱

Antakiya(h)〔,antɑ'kijə〕Antioch的阿拉伯

Antakya〔,antɑ'kjɑ〕

Antal〔'antal〕（匈）

Antalya〔,antɑ'lja〕安達爾耶（土耳其）

Antananarivo〔'æntə,nænə'rivo〕安塔那 那利佛（莫三比克）

Antar〔an'tar；'æntær〕（阿拉伯）安塔爾

Antara〔an'tara；æntæ'ræ〕

Antarctic〔æn'tarktɪk〕南極區

Antarctica〔æn'tarktɪkə〕南極洲

Antares〔æn'teriz〕

Ante〔'antɛ〕

Antelami〔ante'lamɪ〕

Antelminelli〔,antɛlmɪ'nɛllɪ〕（義）

Antelope〔'æntɪlop〕

Antenna, Pizzo〔'pittso an'tenna〕（義）

Antenor〔æn'tinɔr〕

Antenorides〔,ænti'narɪdiz〕

Antequera〔,ante'kera〕

Antero〔æn'tɛro；'antɛra（芬）；æŋn'teru （葡）〕

Anteros〔'æntərəs〕

Anterus〔'æntərəs〕聖安特洛（Saint, 235- 236 爲羅馬教皇）

Antesians〔æn'tiʒənz〕

Antevs〔'æntɛvz；an'tɛfs（瑞典）〕

Anth(a)ea〔æn'θiə〕安西婭

Antheil〔'æntaɪl〕安泰爾（George, 1900- 59，美國作曲家）

Anthelme〔aŋ'tɛlm〕（法）

Antheunis〔an'tɜnɪs〕

Anthoine〔aŋ'twan〕（法）

Anthon〔'ænθən〕

Anthonie〔'æntnɪ；an'toni（荷）〕

Anthonis(z)〔an'tonɪs〕（荷）

Anthony〔'æntənɪ〕安東尼（❶ Saint, 約250- 350，埃及僧侶，❷ Susan Brownell, 1820- 1906，美國女權運動倡導者）

Anthonys Nose〔'ænθoniz noz〕

Anti〔'anti〕

Antias〔'æntɪəs〕

Antiates〔'ænʃɪets〕

Anti-Atlas〔'æntɪ'ætləs〕

Antibes〔an'tib〕（法）

Anticosti〔,æntə'kastɪ〕安替科斯提島（加 拿大）

Antietam〔æn'titəm〕安堤坦河（美國）

Antifer〔anti'fer〕（法）

Antigo〔'æntigo〕

Antigone〔æn'tɪgənɪ〕

Antigonidae〔,æntɪ'ganidi〕

Antigonids〔æn'tɪgənidz〕

Antigonus I〔æn'tɪgənəs〕安提哥那一世（ 全名 Antigonus Cyclops, 382-301 B. C.，亞歷 山大麾下大將）

Antigua〔æn'tigə〕安提瓜（西印度羣島）

Antigua and Barbuda〔æn'tigə ən bar- budə〕安提瓜和巴爾布達

Anti-Lebanon〔'æntɪ'lebənən〕安替黎巴嫩 山脈（中東）

Antilles〔æn'tɪliz〕安地列斯羣島（西印度羣 島）

Antilochus〔æn'tɪləkəs〕【希臘神話】安提 勒卡斯（Nestor 之子）

Antimachus〔æn'tıməkəs〕安替馬卡斯（西元前 410 前後之希臘詩人）

Antin〔'æntın〕

Antin, d'〔dαŋ'tæŋ〕（法）

Antinori〔,αntı'nɔrı〕

Antinous〔æn'tınoəs〕

Antinoüs〔æn'tınoəs〕

Antioch〔'æntıαk〕安提阿（土耳其）

Antioche〔aŋ'tjɔʃ〕（法）

Antiochea〔,æntıo'kıə〕

Antiochia〔,æntıo'kαıə〕

Antiochus〔æn'tαıəkəs〕【希臘神話】
Hercules 與Meda 之子

Antioquia〔,æntıo'kıə ; αn'tjokıα（西）〕

Antipas〔'æntıpæs〕安蒂帕斯

Antipater〔æn'tıpətə〕安堤巴特（398?-319B. C., 馬其頓將軍及政治家）

Antipaxos〔,æntı'pæksəs〕

Antiphanes〔æn'tıfəniz〕

Antiphellos〔æn'tı'felas〕

Antiphilus〔æn'tıfıləs〕

Antipholus〔æn'tıfələs〕

Antiphon〔'æntıfαn〕

Antipodes〔æn'tıpə,diz〕對蹠島（紐西蘭）

Antipolis〔æn'tıpolıs〕

Antipovich〔ʌntjı'pɔvjıtʃ〕（俄）

Antipsara〔æn'tıpsərə〕

Antipyrgos〔,æntı'pəgas〕

Antiquaria〔æn'kwerıə〕

Antique〔αn'tikc〕安知鳩（菲律賓）

Antisana〔,αntı'sαnα〕安提薩娜山（厄瓜多爾）

Antistates〔æn'tıstətiz〕

Antisthenes〔æn'tısθə,niz〕安斯斯茲尼斯（約 444-371 B. C., 雅典哲學家）

Anti - Taurus Mountains〔æntı・'tɔrəs~〕

Antium〔'æntıəm〕

Antlers〔'æntləz〕

Anto〔'anto〕

Antofagasta〔,antofa'gasta〕安多法加斯大港（智利）

Antofalla〔,anto'faja〕（西）

Antogast〔'antogast〕

Antoine〔æn'twαn ; aŋ'twan〕安多旺（Andre, 1858-1943法國戲劇導演、批評家）

Antoinette〔,æntwα'nɛt〕安朵奈特（Marie, 1755-93,於 1744-93 年法國路易十六之后）　　　　　　　　　　　　　〔（俄）〕

Antokolski〔,æntoˊkɔlskı ; ʌntʌˊkɔljskəı〕

Antommarchi〔,antomˊmαrkı〕（義）

Anton〔'æntən; 'anton（德）; 'antʌn（丹、捷、波、瑞典）; an'tɔn（義）; ʌnˊtɔn（俄）〕

Antón〔αn'tɔn〕（西）

Antonelli〔,æntəˊnɛlı ;,antoˊnɛllı（義）〕安托內利

Antonello〔,antoˊnɛllo〕（義）

Antonescu〔,antaˊnesku〕

Antongil〔aŋtɔŋˊʒil〕（法）

Antoni〔an'tɔnı〕

Antonia〔æn'tonjə ; an'tɔnjα（義）; an'tonjα（西）; aŋtɔ'njα（法）〕

Antoniad〔æn'tonıæd〕

Antoniadi〔aŋtonjα'di〕（法）

Ántonia Shimerda〔'antonjα 'ʃimɛrda〕

Antonicelli, Giuseppe〔dʒuˊsɛpɛ ,antoni'tʃɛli〕

Antonides〔æn'tonıdiz〕

Antonie〔æn'tonıə（德）; an'tonı（荷）〕

Antonin〔aŋtoˊnæŋ〕（法）

Antonín〔'aŋtɔnjin〕（捷）

Antonina〔æntəˊnαınə; ʌntʌnˊjinʌ（俄）〕

Antonine〔æn'tənaın; aŋtɔ'nin（法）〕

Antoninus〔,æntəˊnαınəs〕安多耐諾斯（Marcus Aurelius, 121-180, 斯多噶學派哲學家, 羅馬帝國皇帝）

Antonio〔æn'tonıo; an'tonıo; an'tɔnjo; aŋtɔ'njo〕安東尼奧（西印度羣島）

Antônio〔æŋn'tɔnju〕（葡）

Antonio Balladino〔an'tɔnjo ,ballaˊdino〕

Antonios〔an'dɔnjɔs〕（希）

Antonis〔an'tonıs〕

Antonisz〔an'tonıs〕

Antonius〔æn'tonıəs〕安東尼（Marcus, 83?-30 B. C., 羅馬演說家及三執政之一）

Antonj〔an'tɔni〕

Antonovich〔ʌn'tɔnʌvjıtʃ〕（俄）

Antony〔'æntənı ; an'tonı（荷）; aŋto'ni（法）〕安東尼

Antoon〔'anton〕

Antoville〔'æntavıl〕安托維爾

Antraigues, d'〔daŋ'trɛg〕（法）

Antrim〔'æntrım〕安特令郡（北愛爾蘭）

Antrobus〔'æntrəbəs〕

Antrodocco〔,antrəˊdoko〕

Antsirabe〔,ant・sıˊrabe〕

Antsirabé〔aŋsırαˊbe〕（法）

Antsirane〔,æntsıˊren;,antsıˊrane〕

Antuco〔an'tuko〕

Antti〔'anttı〕（芬）

Antun〔'antun〕

Antung〔'an'duŋ〕安東（中國）

Antura〔æn'tjurə〕

Antwerp〔'æntˌwɔp〕安特衛普（比利時）

Antwerpen〔'ant,vɛrpən〕

Antyllus〔æn'tɪləs〕

Antz〔ænts〕

Anu〔'anu〕

Anuak〔'ænjuæk〕

Anubis〔ə'njubɪs〕

Anuda〔a'nuda〕

Anunaki〔,anu'naki〕

Anuradhapura〔ə,nurada'pura；ʌnu'radə-'pura（印）〕

Anuradhpura〔anu,rad'pura〕

Anushirvan〔æ,nuʃir'van〕

Anuyao〔,anu'jao〕

Anvari〔anva'ri〕（波斯）

Anvers〔aŋ'vɛr〕（法）

Anville〔aŋ'vil〕

Anwari〔anva'ri〕（波斯）

Anwick〔'ænɪk〕

Anyang〔'an'jaŋ〕安陽（河南）

Anye Machin〔'ani 'makɪn〕

Anyi〔'anji〕安義（江西）

Anyui〔ʌ'njui〕（俄）

Anywa〔'ænɪwa〕

Anza〔'ansa〕（西）

Anzac〔'ænzæk〕

Anzalone〔'ænzəlon〕安扎隆

Anzan〔'ænzæn〕

Anzasca〔an'tsaska〕

Anzengruber〔'antsən,grubə〕

Anzhelika〔anʒə'ljika〕（俄）

Anzhero‑Sudzhensk〔ʌn'ʒɛrə sud'ʒɛsk〕（俄）

Anzia〔an'zja；'ænzɪə〕

Anzilotti〔,antsɪ'lɔttɪ〕（義）

Anzio〔'ænzɪo〕安濟歐港（義大利）

Anzoátegui〔,anso'ategi〕

Anzuan〔,anzu'an〕

Aoba〔a'oba〕

Aoibhinn〔'ivɪn〕

Aola〔a'ola〕

Aonia〔e'onjə〕

Aonio〔a'ɔnjo〕（義）

Aonius〔e'onɪəs〕

Aorai〔,ao'rai〕

Aorangi〔,ao'raŋgɪ〕阿歐朗幾山（紐西蘭）

Aornos〔e'ɔrnəs〕

Aornus〔e'ɔrnəs〕

Aosta〔a'asta〕

Aoste〔a'ɔst〕（法）

Aowin〔'aowin〕

Apa〔'apa〕

Apache〔ə'pætʃɪ〕阿柏支族（北美）

Apaffy〔'apaffɪ〕（匈）

Apafi〔'apafɪ〕（匈）

Apalachee Bay〔,æpə'lætʃɪ～〕阿帕拉齊灣

Apalachi〔,æpə'lætʃɪ〕〕（美國）

Apalachia〔,æpə'lætʃɪə〕

Apalachicola〔,æpə,lætʃɪ'kolə〕阿帕拉齊可拉河（美國）

Apalit〔a'palɪt〕

Apamea〔,æpə'miə〕

Apapa〔'apapa〕

Apaporis〔,apa'poris〕

Apappus〔ə'pæpəs〕

Aparri〔a'pari〕阿帕利（菲律賓）

Apataki〔,apa'takɪ〕

Apayao〔a'pajao〕

Apel〔'apəl〕阿佩爾

Apeldoorn〔'apəl,dorn〕阿帕爾頓（荷蘭）

Apelles〔ə'pɛliz〕阿培里茲（紀元前四世紀之希臘畫家）

Ap Ellis〔æp 'ɛlɪs〕

Apelt〔'apəlt〕

Apemantus〔,æpɪ'mæntəs〕〔脈

Apennines〔'æpɪnainz〕亞平寧山脈（義大利）

Apennins〔ape'næŋ〕（法）

Apenninus〔,æpə'nainəs〕

Apenninen〔,apə'ninən〕（德）

Apenrade〔,apən'radə〕

Apepi〔a'pɛpi〕

Aper〔'apɛr〕

Aperiu〔a'perju〕

Apeú〔,ape'u〕

Apfelbaum〔'apfəlbaum〕

Apfelstedt〔'apfəlʃtet〕

Apgar〔'æpgə〕阿普加

Aphara〔'æfərə〕

Aphis〔'efɪs〕

Aphra〔'æfrə〕

Aphraates〔æ'fratiz〕

Aphrodisias〔,æfrə'dizɪəs〕

Aphrodisium〔,æfrə'dɪzɪəm〕

Aphrodite〔,æfrə'daɪtɪ〕【希臘神話】愛與美之女神

Aphroditopolis〔,æfrədɪ'topəlɪs〕

Aphthartodocetae〔æf,θartədə'siti〕

Aphthonius〔æf'θonɪəs〕

Apker〔'æpkə〕阿普克

Api〔'epɪ；'ʌpɪ〕

Apia〔'apia；ə'piə〕阿比亞（薩摩亞群島）

Apiacá〔,apɪə'ka〕

Apian〔'epɪən〕

Apianus〔,æpɪ'enəs〕月球表面第四象限內之

Apicata〔,æpɪ'ketə〕〔—坑名

Apicius〔ə'pɪʃɪəs〕

Apion〔'epɪən〕

Apiru〔ɑ'piru〕

Apis〔'epɪs〕

Apiwan〔ɑ'piwan〕

Apizaco〔ˌɑpɪ'sɑko〕（拉丁美）

Aplin〔'æplɪn〕阿普林

Apo, Mount〔'ɑpo〕阿坡火山（菲律賓）

Apocalypse〔ə'pɑkəlɪps〕【聖經】啓示錄

Apocrypha〔ə'pɑkrɪfə〕【宗教】僞經

Apodaca〔ˌɑpo'ðɑkɑ〕（西）阿波達卡

Apolda〔ɑ'pɔldɑ〕

Apolinary〔ɑˌpɔli'nɑrɪ〕

Apollinaire〔ɑpɔli'nɛr〕（法）

Apollinaris〔əˌpɑlɪ'nɛrɪs〕一種礦泉飲料

Apollinem〔æ'pɑlɪnɛm〕

Apollino〔ˌɑpol'lino〕

Apollinopolis Magna〔əˌpɑlɪ'nɑpəlɪs
  'mægnə〕

Apollo〔ə'pɑlo〕【希臘、羅馬神話】阿波羅神

Apollo Belvedere〔ə'pɑlo bɛlvɪ'dɪr〕

Apollodorus〔əˌpɑlə'dɔrəs〕

Apollon〔ɑ'pɑlon〕

Apolloni〔ʌpʌl'lɔnje〕（俄）

Apollonia〔ˌæpə'lonjə〕

Apollonian〔ˌæpə'lonjən〕

Apollonius〔ˌæpə'lonɪəs〕阿波羅尼（或稱
  Apollonius Rhodius, 紀元前三世紀之希臘詩
  人）

Apollonius of Tyre〔ˌæpə'lonjəs əv
  taɪr〕

Apollonovich〔ʌpʌl'lɔnʌvjitʃ〕（俄）

Apollos〔ə'pɑləs〕

Apollyon〔ə'pɑljən〕【聖經】亞玻倫（無底
  坑的使者）

Apolonovich〔ɑpɑ'lɔnəvitʃ〕

Aponensis〔ˌæpə'nɛnsɪs〕

Aponi Fons〔'æpənaɪ fonz〕

Apono〔'ɑpono〕

Apophis〔'æpofɪs〕

Apopi〔ɑ'pɔpi〕

Apopka〔ə'pɑpkə〕

Apopy〔ɑ'pɔpi〕

Apostle〔ə'pɑsl̩〕使徒（基督十二弟子之一）

Apostolides〔ˌæpə'stɑlɪdiz〕

Apostolius〔æpə'stolɪəs〕

Apostolo〔ɑ'pɔstolo〕

Apostool〔ˌɑpɔ'stol〕

App〔æp〕阿普

Appalachee〔ˌæpə'lætʃi〕

Appalachia〔ˌæpə'lætʃɪə〕

Appalachian Mountains〔ˌæpə'lætʃɪən~〕
  阿帕拉契山

Appalachicola〔ˌæpələætʃɪ'kolə〕

Appanoose〔ˌæpə'nus〕

Appekunny〔ˌæpə'kunɪ〕

Appel〔'æpɪl〕阿佩爾

Appelbe〔ə'pɛlbɪ〕

Appendini〔ˌæpɛn'dini〕（義）

Appennino〔ˌæpɛn'nino〕（義）

Appenninus〔ˌæpɪ'naɪnəs〕

Appenzell〔'æpənzɛl ; 'ɑpəntsɛl〕（德）

Appenzeller〔'æpənzɛlə〕阿澎澤勒

Apperley〔'æpəlɪ〕阿珀利

Appert〔ɑ'pɛr〕阿珀特（法）

Appia〔'ɑppjɑ ; æpɪə〕

Appian〔'æpɪən〕

Appiani〔ɑp'pjɑnɪ〕（義）

Appiano〔ɑp'pjɑno〕（義）

Appianos〔æpɪ'enɑs〕

Appianus〔æpɪ'enəs〕

Appian Way〔'æpɪən~〕

Appii Forum〔'æpɪaɪ 'forəm〕

Appin〔'æpɪn〕

Appistoki〔ˌæpɪ'stokɪ〕

Appius〔'æpɪəs〕

Applbaum〔'æplbɔm〕阿普爾鮑姆

Appleby〔'æplbɪ〕阿普爾比

Appledore〔'æpldɔr〕

Appleford〔'æplfəd〕

Applegarth〔'æplgɑrθ〕阿普爾加思

Applegate〔'æplget〕阿普爾蓋特

Applegath〔'æplgæθ〕

Appleman〔'æplmən〕阿普爾曼

Appleseed〔'æplˌsid〕阿卜細德（Johnny,
  1774-1845, 美國之拓荒者及果園經營者）

Appleton〔'æpltən〕阿波敦（Sir Edward
  Victor, 1892-1965, 英國物理學家）

Appley〔'æplɪ〕阿普利

Appleyard〔'æpljɑrd〕阿普爾亞德

Appling〔'æplɪŋ〕阿普林

Appolonia〔ˌɑppo'lɔnjɑ〕（波）

Appomattox〔ˌæpə'mætəks〕❶阿波麥托克
  斯鎮（美國）❷阿波麥托克斯河（美國）

Apponaug〔'æpənɔg〕

Apponyi〔'ɔponji ; 'ɑpponji〕（匈）

Appuldurcombe〔ˌæpldə'kum〕

Appuleia〔ˌæpju'liə〕

Ap(p)uleius〔ˌæpju'liəs〕艾普利亞
  （Lucius, 紀元後二世紀之羅馬哲學家及諷刺
  家）

Apra〔'ɑprɑ〕

Apraksin〔ɑ'prɑksɪn ; ʌ'prɑksjɪn〕（俄）

a Pratis〔e 'pretɪs〕

a Prato〔e 'preto〕

Apraxin〔ʌ'prɑksjɪn〕(俄)
Apremont〔'æprəmɑnt〕
Aprilia〔ɑ'prilja〕
ap Roger〔æp 'rɑdʒə〕
Aprista〔ɑ'prɪstɑ〕
Apsheron〔ʌpʃɛ'rɔn〕亞畢什倫半島(裏海)
Apsley〔'æpslɪ〕阿普斯利
Apsyrtos〔æp'sətəs〕
Apthorp〔'æpθɔrp〕
Apuan〔'æpjuɑn〕
Apuania〔ɑ'pwɑnjɑ〕
Apuleius〔,æpju'liəs〕艾普利亞(Lucius,
   紀元後二世紀之羅馬哲學家及諷刺家)
Apulia〔ə'pjuliə〕亞普利亞(義大利)
Apulum〔ə'pjuləm〕
Apulyont〔,ɑpu'ljont〕
Apure〔ɑ'pure〕
Apurímac〔,ɑpu'rimɑk〕阿普瑞馬克河(
   秘魯)
Apus〔'epəs〕
Aqaba〔'ɑkɑbɑ; 'ʌkɑbə〕阿喀巴(約旦)
Aquaviva〔ɑkwɑ'vivɑ〕
Aqsu〔'ɑk'su〕
Aqsur, El〔æl 'ʌksur〕(阿拉伯)
Aquae〔'ækwi〕
Aquae Augustae〔'ækwi ɔ'gʌsti〕
Aquae Calidae〔'ækwi 'kælɪdi〕
Aquae Flaviae〔'ækwi 'flevɪi〕
Aquae Grani〔'ækwi 'grenɑɪ〕
Aquae Gratianae〔'ækwi ,greʃɪ'eni〕
Aquae Mortuae〔'ækwi 'mɔrtʃi〕
Aquae Sextiae〔'ækwi 'sɛkstɪi〕
Aquae Solis〔'ækwi 'solɪs〕
Aquambo〔ɑ'kwɑmbo〕
Aquapendente〔,ækwəpɛn'dɛntɪ〕
Aquapim〔,ɑkwɑ'pim〕
Aquarius〔ə'kwɛrɪəs〕
Aquaviva〔,ɑkwɑ'vivɑ〕
Aquidabán〔,ɑkɪðɑ'vɑn〕(西)
Aquidneck〔ə'kwɪdnɛk〕
Aquila〔'ækwɪlə〕❶【天文】鷲座 ❷ 亞桂
   拉(義大利)
Aquila degli Abruzzi〔'ɑkwɪlɑ 'deljɪ
   ɑ'bruttsɪ〕(義)
Aquilante〔,ɑkwi'lɑnte〕
Aquileia〔,ɑkwi'leja〕亞桂烈亞(古代羅馬
   之一城市)
Aquileja〔,ɑkwɪ'leja〕
Aquilino〔,ɑkwi'lino; ,ɑki'linu〕
Aquillia〔ə'kwɪlɪə〕
Aquilon〔'ækwɪlɑn〕
Aquin, d'〔dɑ'kæŋ〕(法)

Aquinas〔ə'kwaɪnæs〕阿奎奈(Saint Tho-
   mas, 1225-1274, 義大利神學家)
Aquincum〔ə'kwɪŋkəm〕
Aquiry〔ɑkɪ'ri〕
Aquisgranum〔,ækwɪs'grenəm〕
Aquitaine〔,ækwɪ'ten〕亞奎丹(法國)
Aquitania〔ækwɪ'tenjə〕
Aquitanian Sea〔ækwɪ'teniən ~〕
Aquitania Tertia〔ækɪ'teniə 'təʃiə〕
Aquitanicus Sinus〔,ækwɪ'tænɪkəs
   'saɪnəs〕
Ara〔'erə〕阿拉
Arab〔'ærəb〕❶ 阿拉伯人 ❷ 阿拉伯馬
'Arab〔'ɑrəb〕
Araba〔'ɑrəbə〕
'Araba, Wadi el〔'wædi æl 'ʌrɑbə〕
   (阿拉伯)
Araba el Madfuna〔ʌ'rɑbə æl mæd'funə〕
   (阿拉伯)
Arabah〔'ærəbə〕
Arabat〔ʌrʌ'bɑt〕(俄)
Arabatskaya Strelka〔ʌrʌ'bɑtskʌjʌ
   'strjɛlkʌ〕(俄)
Arabel〔'ærəbɛl〕
Arabella〔,ærə'belə〕阿拉貝拉
Arabgir〔,ɑrɑb'gir〕
Arabi〔ə'rɑbɪ; æræ'bi (阿拉伯)〕
Arabi, ibn-〔ɪbn·æræ'bi〕
'Arabi, ibn-〔ɪbn·æræ'bi〕(阿拉伯)
Arabia〔ə'rebɪə〕阿拉伯半島(亞洲)
Arabia Petraea〔ə'rebɪə pi'triə〕
Arabicus〔ə'ræbɪkəs〕
Arabi Pasha〔ə'rɑbɪ 'pɑʃɑ〕
Arabistan〔,ɑrɑbi'stɑn〕
Arabius〔ə'rebɪəs〕
Arabs Gulf〔'ærəbz~〕
Arabshah, ibn-〔ɪbn·,æræb'ʃɑ〕
'Arab-Shah, ibn-〔ɪbn·,æræ ɔ·'ʃɑ〕
Araby〔'ærəbɪ〕(古,詩)= Arabia
Aracajú〔,ɑrəkɑ'ʒu〕阿拉加如(巴西)
Aracan〔,ɑrɑ'kɑn〕
Arachne〔ə'rækni〕
Arachosia〔,ærə'koʒiə〕
Arachosiae〔,ærə'kosii〕
Arachthus〔ə'rækθəs〕
Arad〔'ɑrɑd〕阿拉德(羅馬尼亞)
Arada〔ɑ'rɑdɑ〕
Araduey〔,ɑrɑ'ðwe; -'θwe (西)〕
Aradus〔'ærədəs〕
Araf〔'ɑrɑf〕
Arafa〔ɑ'rɑfɑ〕
Arafat〔ɑrɑ'fɑt; ʌrɑ'fæt〕(阿拉伯)

Arafura Sea〔,ɑrɑ'furɑ~〕阿那夫拉海（大洋洲）

Arago〔'ærəgo〕

Aragon〔'ærəgən〕亞拉岡（西班牙）

Aragón, Lista y〔'lista ı ,ɑrɑ'gɔn〕

Aragua〔ɑ'rɑgwɑ〕

Aragua de Barcelona〔ɑ'rɑgwɑ ðc ,vɑrse'lonɑ〕（西）

Araguaia〔,ɑrə'gɑıə〕阿拉圭河（巴西）

Araguari〔,ɑrəgwə'ri〕

Araguaya〔,ɑrə'gwɑıə〕阿拉圭河（巴西）

Araia〔ɑ'rɑjɑ〕

Araja〔ɑ'rɑjɑ〕

Araish, El〔æl ʌ'rɑıʃ〕（阿拉伯）

Arak〔ɑ'rɑk〕

Arakaka〔,ɑrə'kɑkə〕

Arakan〔,ɑrɑ'kɑn〕阿拉干（緬甸）

Arakan Yoma〔ɑrɑ'kɑn 'jomɑ〕

Arakcheev〔ʌrʌk'tʃejif〕（俄）

Arakcheyev〔ʌrʌk'tʃejif〕（俄）

Arakhthos〔'ɑrɑhθɔs〕（希）

Araks〔ʌ'rɑks〕

Aral Sea〔'ɑrəl ~〕鹹海（蘇聯）

Aralskoe More〔ʌ'rɑljskəjə 'mɔrjə〕

Aram〔'ɛrɑm; 'ɛræm〕阿拉姆

Aram(a)ean〔,ærə'miən〕

Aramaic〔,ærə'meik〕閃族語系中之阿拉姆語

Aramaik〔,ærə'meik〕

Aramanik〔,ɑrɑ'mɑnik〕

Aramean〔,ærə'miən〕

Araminta〔ærə'mıntə〕

Aramis〔ɑrɑ'mis〕（法）

Aramite〔'ærəmaıt〕

Aram Naharaïm〔'ɛrɑm ,nehe'reım〕

Aran〔'ærən〕

Arana〔ɑ'rɑnɑ〕

Arand〔'ærənd〕阿蘭德

Aranda〔ɑ'rɑndɑ〕阿蘭達

Arandas〔ɑ'rɑndɑs〕

Arango〔ɑ'rɑŋgo〕

Arango y Parreno〔ɑ'rɑŋgo ı pɑ'reno〕

Aranha〔ɑ'rænjə〕（巴西）

Aran Mawddwy〔'ɑrɑn 'mɑʊðwı〕（威）

Aran Mowddwy〔'ɑrɑn 'mɑʊðwı〕（威）

Aranmore〔'ærən'mɔr〕（愛）

Aransas〔ə'rænsəs〕

Arant〔'erɑnt〕埃倫特

Aranta〔ə'ræntə〕

Aran Valley〔ɑ'rɑn ~〕

Arany〔'ɑrɑnj〕（匈）

Aranyos〔ɑ'rɑnjəs; 'ɑrɑnjoʃ（匈）〕

Arapaho(e)〔ə'ræpəho〕

Arar〔'erɑr〕

Arara〔ɑ'rɑrɑ〕

Araraquara〔,ɑrərə'kwɑrə〕

Ararat〔'ærə,ræt〕亞拉拉特山（土耳其）

Araripe Junior〔ərə'ripı 'ʒunjor〕（西）

Araros〔'ærərɑs〕

Aras〔ɑ'rɑs〕阿拉斯

Arason〔'ɑrɑsɔn〕

Arator〔ə'retə〕

Aratus〔ə'retəs〕

Arauca〔ɑ'rɑʊkɑ〕

Araucana〔'ɑrɑʊ'kɑnɑ〕

Araucania〔,ɛrə'keniə〕

Araucanos〔,ɛrə'kenoz〕

Arauco〔ɑ'rɑʊko〕

Araújo〔ərə'uʒu〕

Araujo Jorge〔ərə'uʒu 'ʒɔrʒı〕

Araújo Pôrto - Alegre〔ərə'uʒu 'portuə'lɛgrı〕（葡）

Aravalli〔ærə'vɑli ; ə'rɑvəllı〕

Ara Vos Prec〔'ærə vos prɛk〕

Arawak〔'ɑrɑwɑk〕

Arawakan〔,ɑrɑ'wɑkən〕

Arawe〔ɑ'rɑwe〕

Araxa〔,ɑrə'ʃɑ〕（西）

Araxes〔ə'ræksiz〕

Araxos〔ə'ræksəs〕

Araxus〔ə'ræksəs〕

Arayat〔ɑ'rɑjɑt〕

Arbaces〔'ɑrbəsiz〕

Arbaïlu〔ɑr'bɑılu〕

Arbasto〔ɑr'bæsto〕

Arbate〔ɑr'bɑt〕（法）

Arbaud, d'〔dɑr'bo〕（法）

Arbaugh〔'ɑrbɔ〕阿博

Arbela〔ɑr'bilə〕

Arbella〔ɑr'bɛlə〕

Arbenz Guzman〔'ɑrbens gus'mɑn〕

Arber〔'ɑrbə〕阿伯

Arberry〔'ɑrbərı〕阿伯里

Arbesman〔'ɑrbzmən〕阿貝斯曼

Arbères, d'〔dɑr'bɛr〕（法）

Arbil〔'ırbıl〕

Arblastier〔ɑr'blæstjə〕

Arblay〔'ɑrble〕

Arblay, d'〔'dɑrble〕

Arbogast〔'ɑrbogæst; 'ɑrbogɑst〕阿博加斯特

Arbois〔ɑr'bwɑ〕（法）

Arboleda〔,ɑrvo'leðɑ〕（西）

Arbor〔'ɑrbə〕

Arborea〔ar'bɔrea〕

Arbós〔ar'bos〕

Arbroath〔ar'broθ〕阿布羅斯（英國）

Arbuckle〔'arbʌkl〕阿巴克爾

Arbury〔'arbəri〕

Arbuthnot(t)〔ar'bʌθnət〕阿巴思諾特

Arc〔ark〕

Arc, Jeanne d'〔ʒan 'dark〕（法）

Arcade〔ar'ked〕

Arcadelt〔'arkadɛlt〕

Arcades〔'arkədiz〕

Arcadet〔'arkadet〕

Arcadia〔ar'kediə〕阿卡第亞（美國）

Arcady〔'arkədi〕【詩】= Arcadia

Arcagnolo〔ar'kanjɔlo〕（義）

Arcangelo〔ar'kanjelo〕（義）

Arcaro〔'arkɔro〕

Arcas〔'arkəs〕

Arcata〔ar'ketə〕

Arce〔'arse（拉丁美）;'arθe（西）〕

Arceneaux〔'arsɪno〕阿西諾

Arcesilas〔ar'sɛsɪləs〕

Arcesilaus〔ar,sɛsɪ'leəs〕

Arcetri〔ar'tʃetri〕（義）

Arch〔artʃ〕

Archadelt〔'arhadɛlt〕（荷）

Archadet〔'arhadet〕（荷）

Archaeornis〔,arkɪ'ɔrnɪs〕

Archambault〔ar'ʃambo〕阿香博

Archangel〔'ar,kendʒəl〕阿干折港（蘇聯）

Archbald〔'artʃbɔld〕

Archas〔'arkəs〕

Archbold〔'artʃbold〕阿奇博爾德

Archdale〔'artʃdel〕阿奇代爾

Archdall〔'artʃdəl〕阿奇德爾

Archean〔ar'kiən〕始生代

Archelaus of Cappadocia〔,arkɪ'leəs əv kæpə'doʃɪə〕

Archenholz〔'arhənholts〕（德）

Archer〔'artʃə〕阿契爾（❶ William, 1856-1924, 蘇格蘭批評家及劇作家）, ❷【天文】射手座

Arches〔'artʃɪz〕

Archestratus〔ar'kɛstrətəs〕

Archey〔'artʃɪ〕阿奇

Archiac〔ar'ʃjak〕（法）

Archias〔'arkɪəs〕

Archibald〔'artʃɪbəld〕阿奇博爾德

Archidamus〔,arkɪ'deməs〕

Archie〔'artʃɪ〕

Archigenes〔ar'kɪdʒɪniz〕

Archilochus〔ar'kɪləkəs〕

Archimage〔'arkɪmedʒ〕

Archimago〔,arkɪ'mego〕

Archimede〔arʃi'mɛd〕（法）

Archimedes〔,arkɪ'midiz〕阿基米德（287? -212 B. C., 希臘數學家, 物理學家及發明家）

Archipel〔arʃi'pɛl〕（法）

Archipelago, the〔,arkɪ'pɛlə,go〕愛琴海及其島嶼

Archipenko〔,arkɪ'pɛnko; ʌrh'jipjənko〕（俄）

Archipropheta〔,arkɪp'rafɪtə〕

Archon〔'arkan〕古雅典之執政官

Archway〔'artʃwe〕

Archy〔'artʃɪ〕阿契

Archyll〔'arkɪl〕

Archytas〔ar'kaɪtəs〕

Arciniegas〔,arsin'jegas〕

Arcisse〔ar'sis〕（法）

Arcis - sur - Aube〔ar'sis·sjur·'ɔb〕（法）

Arciszewski〔,artʃi'ʃɛfski〕（波）

Arcite〔'arsaɪt〕

Arco〔'arko〕

Arcobriga〔,arkə'braɪgə〕

Arcola〔ar'kolə〕

Arçon〔ar'sɔn〕（法）

Arcos〔ar'kɔs（法）; 'arkos（西）〕

Arcot〔ar'kat〕

Arctedius〔ark'tidɪəs〕

Arctic Sea〔'arkt ɪk～〕北極海

Arctic Archipelago〔'arktɪk arkɪ'pɛləgo〕

Arctinus〔ark'taɪnəs〕

Arctowski〔arts'tɔfskɪ〕（波）

Arcturus〔ark'tjʊrəs〕【天文】牧夫座中之一等恒星

Arcueil〔ar'kɜj〕（法）

Arculi〔'arkjʊlaɪ〕

Arcus〔'arkəs〕

Arcy〔'arsɪ〕

Ard, Loch〔lah 'ard〕（蘇）

Arda〔'arda〕

Ardabil〔,ardə'bil〕

Ardagh〔'ardə; -da〕阿德

Ardahan〔,arda'han〕

Ardalan〔'ardəlan〕

Ardashir〔'ardəʃir〕（波斯）

Arde〔ard〕

Ardea〔'ardɪə〕

Ardeatine Caves〔'ardɪətaɪn～〕

Ardebil〔,ardə'bil〕亞達畢爾（伊朗）

Ardèche〔ar'dɛʃ〕（法）

Ardee〔ar'di〕阿迪

Ardelan〔ardə'lan〕
Ardelia〔ar'diliə〕阿德利亞
Arden〔'ardņ〕阿爾丁（英格蘭）
Arden-Clarke〔'ardən·klark〕
Ardennes〔ar'den〕亞耳丁高地（歐洲）
Arderne〔'ardən〕
Ardery〔'ardəri〕阿德里
Ardeshir〔ar'deʃir ; ,ardə'ʃir〕
Ardigo〔ardi'gɔ〕
Ardilaun〔,ardi'lɔn〕
Arding〔'ardiŋ〕
Ardingly〔'ardiŋlai〕
Arditi〔ar'diti〕
Ardjoeno〔ar'dʒuno〕
Ardlamont〔ard'læmənt〕
Ardleigh〔'ardli〕阿德利
Ardley〔'ardli〕
Ardmeanach〔ard'menəh〕（蘇）
Ardmore〔'ardmor ; -mɔr〕阿德摩爾（美國）
Ardnamurchan〔,ardnə'mʌhən〕（蘇）
Ardoch〔'ardah〕（蘇）
Ardoin〔'ardɔin〕
Ardost〔ar'dɔst〕
Ardres〔'ardə〕（法）
Ardrey〔'ardri〕阿德里
Ardrishaig〔ar'driʃig〕
Ardsley〔'ardzli〕
Arduenna Silva〔ardju'ɛnə 'silvə〕
Arduin〔'ardjuin〕
Ardven〔'ardvɛn〕
Ardwick〔'ardwik〕
Ardys〔'ardis〕
Are〔arə〕
Arecibo〔,are'sivo〕（拉丁美）
Areius〔ə'raiəs〕
Arel〔'arəl〕
Arelas〔'ærələs〕
Arelate〔,ærə'leti〕
Arellano〔,arɛ'ljano〕
Aremberg〔'arəmbɛrk〕（德）
Aremorica〔,ærə'marikə〕
Arenac〔'ærinæk〕
Arenacum〔,æri'nekəm〕
Arenales〔,are'nales〕
Arenberg〔'arənbɛg ; 'arənbɛrk（德）; aræŋ'bɛr（法）〕
Arend〔'ærɛnd〕阿倫
Arends〔'ærəndz〕阿倫茲
Arendt〔'ærənt ; 'arənt（荷）〕
Arène〔a'rɛn〕（法）
Arens〔'arənz〕阿倫斯

Arent〔'ærɛnt ; 'arənt（荷）〕
Arensburg〔'arənsburk〕（德）阿倫斯伯格
Arenski〔ə'rɛnski ; ʌr'jenskəi（俄）〕
Arensky〔ə'rɛnski〕
Arensville〔'ærinzvil〕
Arent〔'ɛrənt ; 'arənt（荷）〕阿倫特
Arents〔'arənts ; 'ærənts〕阿倫茨
Arentzen〔'ærəntsen〕阿倫岑
Areopagite〔,æri'apə,dʒait〕古希臘最高法院之法官
Areopagus〔,æri'apəgəs〕❶雅典之一小山 ❷古希臘之最高法院
Arequipa〔,æri'kipə〕阿累奇帕（秘魯）
Ares〔'ɛriz〕【希臘神話】戰神
Ares(s)on〔'arəsɔn〕
Aretaeus〔,æri'tiːəs〕
Aretas〔'æritəs〕阿雷塔斯
Arete〔ə'riti〕
Arethusa〔,æri'θuzə〕【希臘神話】水神
Aretin〔,are'tin〕
Aretino〔,are'tino〕阿雷堤諾（Pietro, 1492-1556，義大利諷刺家及戲劇家）
Aretino, il Cavaliere〔il ,kava'ljɛre ,are'tino〕
Aretinus〔,æri'tainəs〕
Aretius〔ə'riʃiəs〕
Arévalo〔a'revalo〕阿雷瓦洛（Juan José, 1904-，瓜地馬拉教育家）
Arey〔'ari ; 'arai（德）〕阿里
Arezzo〔a'rettso〕（義）
Arfak〔'arfak〕
Arfe〔'arfe〕
Arfken〔'arfkən〕阿夫肯
Arga〔'arga〕
Argaeus〔ar'dʒiəs〕
Argalia〔arga'lia〕
Argall〔'argɔl〕
Argalus〔'argələs〕
Argan〔ar'gan〕（法）
Argana, Luis〔lu'is ar'gana〕
Argand〔'argænd ; ar'gaŋ（法）〕
Argante〔'argənti ; ar'gænti ; ar'gaŋt（法）〕
Arganthonius〔,argæn'θoniəs〕
Argaon〔'argaun〕
Argaum〔'argaum〕
Argelander〔,argə'landə〕
Argenlieu, d'〔darʒaŋ'ljə〕（法）
Argens〔ar'ʒaŋs〕（法）
Argensola〔,arhen'sola〕（西）
Argenson〔ardʒaŋ'sɔŋ〕（法）
Argenta〔ar'dʒɛntə ; ar'dʒɛnta〕

Argentan〔ˈardʒəntæn〕阿壤丹（法國）
Argentario〔ˌardʒɛnˈtarjo〕
Argentarius〔ˌardʒənˈtɛrɪəs〕
Argenteau, d'〔darʒaŋˈto〕（法）
Argentera, Punta〔ˈpunta ˌardʒenˈtɛra〕
Argenteuil〔arʒaŋˈtɝj〕（法）
Argentia〔arˈdʒɛnʃɪə〕
Argentiera〔ˌardʒɛnˈtjɛra〕
Argentière, d'〔darʒaŋˈtjɛr〕（法）
Argentile and Curan〔ˈardʒəntaɪl, ˈkʌrən〕
Argentina〔ˌardʒənˈtinə〕阿根廷（南美洲）
Argentine〔ˈardʒəntin；ˈardʒəntaɪn〕阿根廷人
Argentino〔ˌarhenˈtino（西）〕阿根廷人
Argenton, d'〔darʒaŋˈtɔŋ〕（法）
Argentoratum〔arˌdʒɛntəˈretəm〕
Argeş〔ˈardʒɛʃ〕（羅）
Arginusae〔ˌardʒɪˈnjusi〕阿吉紐西羣島（愛琴海）
Argirocastro〔ˌadʒɪˈrɔkastro〕
Argive〔ˈardʒaɪv；-gaɪv〕Argos 的人；希臘人
Argives〔ˈardʒaɪvz〕
Argo〔ˈargo〕❶〔希臘神話〕Jason 率人往 Colchis 求取金羊毛所乘之船 ❷【天文】南船座
Argolis〔ˈargəlɪs〕
Argoliskai Korinthia〔ˌargɔˈljiskɛ ˌkɔrɪnˈθia〕（希）
Argonaut〔ˈargənɔt〕❶【希臘神話】與 Jason 同往 Colchis 求取金羊毛之人 ❷ 1948-49 年前往加里福尼亞州淘金的人
Argonne〔ˈargan〕
Argos〔ˈargas〕阿哥斯（希臘）
Argote〔arˈgote〕
Argout〔arˈgu〕（法）
Argovie〔argɔˈvi〕（法）
Argue〔ˈargju〕阿格
Argüedas〔arˈgweðas〕（西）
Argüelles〔arˈgweljes〕（西）
Arguello〔arˈgwelo；arˈgweljo（西）；arˈgejo（拉丁美）〕
Argüello〔arˈgweljo〕
Arguin〔arˈgwin〕
Argun〔ˈarˈgun〕阿岡河（中國）
Arguri〔arˈguri〕
Argus〔ˈargəs〕【希臘神話】百眼巨人
Argyle〔ˈargaɪl〕❶織品中的多色菱形花紋 ❷有多色菱形花紋的襪子
Argyll〔arˈgaɪl〕阿蓋爾
Argyllshire〔arˈgaɪlʃɪr〕亞蓋爾郡（蘇格蘭）
Argyrippa〔ˌardʒɪˈrɪpə〕
Argyrocastro〔ˌardʒɪˈrɔkastro〕
Argyrokastron〔ˌarjɪˈrɔkastrɔn〕（希）
Argyrol〔ˈardʒəˌrɔl，；-ˌral〕弱蛋白銀（一種殺菌劑）
Argyropoulos〔ˌardʒɪroˈpuləs；ˌarjɪˈrɔpulɔs（希）〕
Argyrus〔ˈardʒɪrəs〕
Arhuaco〔arˈwako〕
Århus〔ˈɔrhus〕（丹）
Aria〔ˈɛrɪə；əˈraɪə〕
Ariachne〔ˌærɪˈæknɪ〕
Ariadne〔ˌærɪˈædnɪ〕亞麗安德妮
Arian〔ˈɛrɪən〕❶印歐語族之人 ❷信奉 Arianism 宗派之人
Ariana〔ˌærɪˈenə；-ˈænə〕
Ariane〔arɪˈan〕（法）
Aria Palus〔ˈɛrɪə ˈpeləs〕
Ariarathes〔ˌærɪəˈreθiz〕
Arias〔ˈerəs；ˈarjas（西）〕阿里亞斯
Arica〔aˈrika〕亞力加（智利）
Arichuna〔ˌarɪˈtʃuna〕
Arici〔aˈritʃi〕
Arided〔ˈærɪdɛd〕
Ariège〔aˈrjɛʒ〕（法）
Ariel〔ˈɛrɪəl〕❶愛儷兒（莎翁劇本 " The Tempest " 中之精靈）❷【天文】天王星之第一衛星
Aries〔ˈɛriz；ˈɛrɪiz〕【天文】❶白羊座 ❷白羊宮（黃道帶之第一宮）
Arietis〔əˈraɪətɪs〕
Ari Frodi Thorgilsson〔ˈari ˈfroði ˈθɔrgɪlsson〕（冰）
Arika〔əˈrikə〕
Arikara〔əˈrikərə〕
Arild〔ˈarɪl〕（丹）
Arimaspian〔ˌærɪˈmæspɪən〕
Arimathaea〔ˌærɪməˈθɪə〕
Ariminum〔əˈrɪmɪnəm〕
Arimu〔ˈærɪmu〕
Arinos〔əˈrinus〕阿里努斯河（巴西）
Ariobarzanes〔ˌærɪobarˈzeniz〕
Ario〔ˈɛrɪo；ˈarjo（西）〕阿里歐
Arioch〔ˈɛrɪək；ˈærɪak〕
Ariodante〔ˌarjoˈdante〕
Ario de Rosales〔ˈarjo ðe rɔˈsales〕（西）
Arion〔əˈraɪən〕
Ariosti〔ˌarɪˈɔstɪ〕
Ariosto〔ˌærɪˈasto〕阿里奧斯多（Lodovico, 1474-1533，義大利詩人）
Aripuanã〔ˌarɪpwəˈnæŋ〕（葡）
Aris〔ˈɛrɪs〕阿里斯

Ariss〔ˈɛrɪs〕

Arista〔əˈrɪstə〕

Aristabulus〔ˌærɪsˈtæbjʊləs〕

Aristarch〔ˈærɪstark〕

Aristarchus〔ˌærɪsˈtarkəs〕阿里斯塔克斯(❶ 220?-150 B. C., 希臘文法家❷~of Samos, 紀元前三世紀之希臘天文學家)

Aristazabal〔ˌærɪˌstæzəˈbɑl〕

Ariste〔aˈrist〕(法)

Aristeas〔əˈrɪstɪəs〕

Aristid〔ˈærɪstɪd;ˈaristid〕(拉托維亞)

Aristide〔arisˈtid(法);aˈristide(義)〕

Aristides〔ˌærɪsˈtaɪdiz〕阿里斯臺底斯(530?-468 B. C., 雅典政治家)

Aristippus〔ˌærɪsˈtɪpəs〕阿里斯蒂帕斯(435?-356? B. C., 希臘哲學家)

Aristo〔ˌærɪsˈto〕

Aristobulus〔əˌrɪstoˈbjuləs;ˌærɪs-〕

Aristodemus〔əˌrɪstoˈdiməs〕

Aristogeiton〔ˌærɪstəˈdʒaɪtn;-toˈdʒɜ-〕

Aristogiton〔ˌærɪstəˈdʒaɪtn;-toˈdʒɜ-〕

Aristomachus〔ˌærɪsˈtaməkəs〕

Aristomenes〔ˌærɪsˈtaminiz〕

Ariston〔əˈrɪstan〕

Aristonicus〔əˌrɪstoˈnaɪkəs〕

Aristophanes〔ˌærɪsˈtafəniz〕阿里斯多芬尼斯(448?-?380 B. C., 雅典詩人及劇作家)

Aristotle〔ˈærəˌstatḷ〕亞里斯多德(384-322 B. C., 希臘哲學家)

Aristoxenus〔ˌærɪsˈtaksɪnəs;-sən-〕

Aritao〔ˌarɪˈtao〕

Arius〔əˈraɪəs;ˈɛrɪəs〕阿萊亞斯(死於 336 A. D., 基督神學家)

Arizona〔ˌærəˈzonə〕亞利桑那州(美國)

Arjish〔aˈrjiʃ〕

Arjona〔arˈhona〕(西)   「(印)

Arjumand Banu〔ˌærdʒʊˈmænd ba,nu〕

Arjuna〔ˈardʒʊnə〕

Ark〔ark〕方舟(世界大洪水時 Noah 所乘之大船，見聖經舊約創世記第六章)

Arkab〔ˈarkæb〕

Arkadelphia〔ˌarkəˈdɛlfɪə〕

Arkadevich〔ʌrˈkadjɪvjɪtʃ〕(俄)

Arkadi〔ʌrˈkadjəɪ〕(俄)

Arkadia〔ˌarkaˈðia〕(希)

Arkady〔ˈarkədɪ;ʌrˈkadji(俄)〕

Arkaig, Loch〔lah arˈkeg〕(蘇)

Arkansan〔arˈkænzən〕

Arkansas〔ˈarkənˌsɔ〕❶阿肯色州(美國)❷阿肯色河(美國)

Arkansawyer〔ˈarkənˌsɔjə;-,sɔɪ〕

Arkat〔ˈarkɑt〕

Arkhangelsk〔arˈhangɛlsk〕

Arkie〔ˈarkɪ〕

Arkle〔ˈarkḷ〕阿克爾

Arklow〔ˈarklo〕

Arkoll〔ˈarkal〕阿科爾

Arkwright〔ˈarkraɪt〕阿克萊特(Sir Richard, 1732-1792, 英國紡織機發明者)

Arland〔arˈlaŋ〕(法)

Arlanza〔arˈlanθa〕(西)

Arlanzon〔ˌarlanˈθɔn〕(西)

Arleen〔arˈlin〕阿爾琳

Arlen〔ˈarlɪn〕阿爾倫(Michael, 1895-1956, 英國小說家)

Arles〔ˈarlz;ˈarl〕亞耳(法國)

Arlesian〔arˈlizɪən〕

Arlésienne, L'〔larleˈzjɛn〕(法)

Arley〔ˈarlɪ〕阿爾里

Arlincourt〔arlæŋˈkur〕(法)

Arline〔arˈlin〕

Arling〔ˈarlɪŋ〕阿林

Arlington〔ˈarlɪŋtən〕阿靈頓(美國)

Arlis(s)〔ˈarlɪs〕阿力斯

Arlo〔ˈarlo〕阿洛

Arlon〔arˈlɔŋ〕(法)

Arlott〔ˈarlət〕阿洛特

Arlotto〔arˈlɔtto〕(義)阿洛托

Arlt〔arlt〕

Arm〔arm〕

Armacost〔ˈarməkast〕阿馬科斯特

Armada〔arˈmadə〕

Armadale〔ˈarmədel〕

Armado〔arˈmadȯ〕

Armageddon〔ˌarməˈgɛdṇ〕❶【聖經】哈米吉多頓(善與惡之決戰場)❷國際間之大決戰

Armagh〔arˈma〕亞爾馬(北愛爾蘭)

Armagnac〔ˌarməˈnjæk〕法國西南部熱耳(Gers)州所產之白蘭地酒

Arman〔ˈarmən;arˈmaŋ〕(法)阿爾曼

Armançon〔armaŋˈsɔŋ〕(法)

Armand〔arˈmaŋ〕(法)

Armande〔arˈmaŋd〕(法)阿曼德

Armando〔arˈmando〕

Armansperg〔ˈarmansperk〕(德)

Armant〔ˈarmant(德);arˈmand(羅);arˈmaŋ(法)〕

Armar〔ˈarmə〕阿默

Armas〔ˈarmas〕阿馬斯

Armathis〔ˈarməθɪs〕

Armatoles〔ˈarmətolz〕

Armatoli〔ˌarməˈtolaɪ〕

Armauer〔ˈar,maʊr〕

Armavir〔ˌarməˈvɪr;ʌrmʌˈvjɪr(俄)〕

Armbrecht〔'armbrɛkt〕安布雷克特
Armbrister〔'armbrɪstə〕安布里斯特
Armbruster〔'armbrustə〕安布魯斯特
Ärmelkanal〔'ɛrməlkaˌnal〕(德)
Armellina〔ˌarmə'laɪnə〕
Armendaris〔armɛn'darɪs〕
Armendariz〔ˌarmɛndɑ'riθ〕(西)
Armenia〔ar'miniə〕亞美尼亞(❶亞洲一古國❷蘇聯之一加盟共和國)
Armentrout〔'armentraʊt〕阿門特勞特
Armes〔armz〕阿姆斯
Armfelt〔'armfɛlt〕阿姆費爾特
Armfield〔'armfild〕阿姆菲爾德
Armidale〔'armɪdel〕阿米代爾
Armide〔ar'mid〕(法)
Armiger〔'armɪdʒə〕
Armigero〔ar'mɪdʒəro〕
Armijo〔ar'miho〕(拉丁美)
Armin〔'armɪn;ar'min(德)〕阿明
Ármin〔'armɪn〕(匈)
Arminda〔ar'mɪndə〕阿明達
Armington〔'armɪŋtən〕阿明頓
Arminius〔ar'mɪnɪəs〕阿米紐(❶17 B.C.?-A.D. 21 日耳曼之民族英雄❷ Jacobus, 1560-1609, 荷蘭神學家)
Armistead〔'armɪstɛd;-tɪd〕阿米斯特德
Armisticio〔ˌarmɪs'tisjo〕
Armitage〔'armɪtɪdʒ〕阿米蒂奇
Armitage-Smith〔'armɪtɪdʒ·'smɪθ〕(法)
Armont〔ar'mɔŋ〕(法)
Armor〔'armə〕「尼語」
Armoric〔ar'marɪk〕不列塔尼人;不列塔
Armorica〔ar'marɪkə〕
Armos〔'armas〕
Armour〔'armə〕
Arms〔armz〕
Armsby〔'armzbɪ〕
Armstead〔'armstɛd;-stɪd〕
Armstrong〔'armstraŋ〕①阿姆斯壯(Neil Alden, 1930- , 美國太空人)
Armstrong-Jones〔'armstraŋ·'dʒonz〕阿姆斯壯仲斯(Antony Charles Robert, Earl of Snowdon, 1930- , 英國瑪格麗特公主 Princess Margaret 的丈夫)
Armytage〔'armɪtɪdz〕阿米蒂奇
Arn〔'arn〕阿恩
Arnail〔ar'naj〕(法)
Arnald〔'arnld〕
Arnaldo〔ar'naldo〕(義)
Arnaldus〔ar'nældəs〕
Arnall〔'arnəl;-nɔl〕阿諾爾
Arna(o)ut〔ar'naʊt;arna'ut(土)〕

Arnason〔'arnasan〕阿納森
Arnaud〔ar'no〕(法)阿諾
Arnauld〔ar'no〕(法)
Arnault〔ar'no〕(法)
Arnaut〔ar'naʊt;ar'no(法)〕
Arnauti〔ˌarna'uti〕
Arnautlik〔arnaˌut'lɪk〕
Arnauts〔'arnɔts〕
Arnavut〔ˌarna'vut〕
Arnaz〔'arnəz;ar'naθ(西)〕阿納茲
Arnd(t)〔arnt〕阿恩特
Arne〔arn〕阿恩(Thomas Augustine, 1710-1778, 英國作曲家)
Arneb〔'arneb〕
Arneiro〔ɜ'neɪru〕
Arner〔ar'neə〕(瑞典)阿納
Arnesen〔'arnɪsn;-nəsən〕
Arneson〔'arnɪsn〕阿尼森
Arness〔'arnɪs〕
Arnest〔'arnɪst〕
Arneth〔'arnɛt〕
Arnett〔'arnɪt;ar'nɛt〕阿內特
Arnfinn〔'arnfɪn〕
Arnheim〔'arnhaɪm〕安海姆
Arnhem〔'arnhɛm;'arnhɛm〕阿納姆(荷)
Arnhemland〔'arnəmˌlænd〕安恒(澳大利亞)
Árni〔'arnɪ;'aʊdnɪ(冰)〕阿尼
Arnim〔'arnɪm〕
Arniston〔'arnɪstən〕
Arno〔ar'no〕亞諾河(義大利)
Arnobius〔ar'nobɪəs〕
Arnold〔'arnld〕阿諾德(❶ Sir Edwin, 1832-1904, 英國詩人❷ Matthew, 1822-1888, 英國詩人及批評家)
Arnold-Forster〔'arnld·'fɔrstə〕
Arnoldovich〔ar'noldəvɪtʃ;ʌr'nɔljdʌvjitʃ〕(俄)
Arnoldson〔'arnldsn〕阿諾生(Klas Pontus, 1844-1916, 瑞典和平主義者)
Arnoldus〔ar'naldəs〕
Arnolfo〔ar'nɔlfo〕
Arnolphe〔ar'nɔlf〕(法)
Arnolt〔'arnalt〕
Arnon〔'arnan;ar'nɔŋ(法)〕
Arnot(t)〔'arnət;-nat〕阿諾特
Arnoul〔ar'nul〕
Arnould〔ar'nu〕(法)
Arnoux〔ar'nu〕阿諾
Arnow〔'arno〕阿諾
Arnöy〔'arˌnɜ ju〕(挪)
Arnprior〔arn'praɪə〕
Arnstein〔'arnstaɪn;-ʃtaɪn〕阿恩斯坦

Arnulf〔'arnʊlf〕
Arnulfo〔ar'nulfo〕
Arnus〔'arnəs〕
Arny〔'arnɪ〕阿尼
Aro〔'aro〕
Arod〔'erɑd〕
Arodi〔'ærədaɪ〕
Aroe〔'aru〕
Arolas〔a'rolas〕
Arolla〔ə'ralə〕
Arolsen〔'arɔlzən〕
Aromata〔ə'romətə〕
Aron〔'aran(德); a'rɔn(法); 'arwɔn(列特)〕艾倫
Aron〔'aron〕
Arona〔a'ronɑ〕
Arondight〔'ɛrəndaɪt〕
Aronhold〔'aranhalt〕
Arons〔'aranz〕阿倫斯
Aronson〔'ærənsən〕阿倫森
Aroostook〔ə'rustʊk〕
Aroroy〔,arə'rɔɪ〕
Arosa〔ɑ'rozɑ〕
Arosemena〔,arose'menɑ〕
Arouet〔ar'we〕(法)
Arp〔arp〕
Arpachshad〔ar'pækʃæd〕
Arpad〔'arpæd〕
Árpád〔'arpad〕阿巴德(死於907, 匈牙利民族英雄)
Arpasia〔ar'peʒə〕
Arphad〔'arfæd〕
Arphax(h)ad〔ar'fæksæd〕
Arpi〔'arpaɪ〕
Arpino〔ar'pino〕
Arpino, d'〔dar'pino〕
Arpinum〔ar'paɪnəm〕
Arques-la-Bataille〔ark·la·ba'taj〕(法)
Arragon〔'ærə,gan;-gən〕
Arrah〔'arə〕
Arraj〔'ærədʒ〕阿拉杰
Arrakis〔'ærəkɪs〕
Arran〔'ærən〕阿倫
Arrantash〔'ærəntæʃ〕
Arras〔a'ras〕阿拉斯(法國)
ar-Rashid, Harun〔ha'run;,ærræ'ʃid〕
Arrate y Acosta〔a'rate ɪ a'kɔsta〕
Arrau〔a'rau〕阿勞
Arrebo〔'arɪbo〕
Arrecife Alacrán〔are'θife ala'kran;-'sife〕阿雷錫費(大西洋)

Arree〔a're〕(法)
Arrel〔ə'rɛl〕阿雷爾
Arrell〔æ'rɛl〕
Arrest, d'〔da'rɛst;dɑ'rɛ〕
Arretium〔ə'riʃɪəm〕
Arrhenius〔ə'rinɪəs〕阿倫尼亞斯(Svante August, 1859-1927,瑞典物理學家及化學家)
Arrhidaeus〔,æri'diəs〕
Arria〔'ærɪə〕
Arriao〔'ærɪən〕
Arriaga〔ə'rjagə(葡); a'rjaga(西)〕
Arrian〔'ærɪən〕
Arrianus〔,æri'enəs〕
Arriaza〔a'rjaθa〕(西)
Arriba〔a'riva〕(西)
'Arriet〔'ærɪət〕
Arrieta〔a'rjeta〕(西)
Arrigal〔,æri'gɔl〕
Arrighi〔ə'rigi〕
Arrigo〔a'rigo〕阿里戈
Arrillaga〔,ari'jaga〕
Ar Rimal〔Ar ri'mæl〕(阿拉伯)
Arrington〔'ærɪŋtən〕阿林頓
Arrius〔'ærɪəs〕
Arrivabene〔,ariva'bene〕(義)
Arroe〔'aru〕
Arröe〔æ'ro〕(丹)
Arrol〔'ærəl〕阿羅爾
Arrom〔a'rɔn〕(西)
Arron〔a'rɔn〕
Arroux〔a'ru〕(法)
Arrow〔'æro〕【天文】天箭座
Arrow, Lough〔lɑh 'æro〕(愛)
Arrowpoint〔'æropɔɪnt〕
Arrowrock〔'ærorak〕
Arrowsmith〔'ærosmɪθ〕阿羅史密斯
Arroyo〔a'rojo〕
Arroyo del Río〔a'rojo ðɛl 'rio〕(西)
Arru〔'aru〕
Arrua〔'ærʊə〕
Arruda da Camara〔ə'rudə də 'kʌmərə〕(巴西)
'Arry〔'ærɪ〕
'Arryish〔'ærɪɪʃ〕
Ars〔arz〕
Arsaces〔'arsəsiz; ar'ses-〕
Arsacidae〔ar'sæsɪdi〕
Arsacids〔ar'sæsɪdz〕
Arsama〔ar'ʃama〕(波斯)
Arsames〔'arsəmiz〕
Arsanias〔ar'senɪəs〕
Arsène〔ar'sɛn〕(法)

Arseni〔ʌrˈsjenjəi 〕（俄）

Arsenio〔arˈsenjo（義、西））

Arsenius〔arˈsiniəs 〕阿西尼厄斯

Arsenne〔arˈsɛn 〕（法）

Arsinoë〔arˈsinoi 〕

Arsinoé〔arsinaˈe 〕（法）

Arslan, Kilij〔kɪˈlɪj arˈslan〕

Arsonval, d'〔ˌdarsɔŋˈval 〕達松發（
   Jacques Arsene, 1851-1940, 法國物理學家）

Arsuk〔ˈarhsʊk 〕（丹）阿蘇克（格陵蘭）

Arta〔ˈarta（希）; arˈta（西））

Artabanus〔ˌartaˈbenəs 〕

Artabasdes〔ˌartaˈbæsdiz 〕

Artabazes〔ˌartaˈbezɪz 〕

Artabazus〔ˌartaˈbezəs 〕

Artachshast(a)〔ˌartækˈʃæst(ə) 〕

Artagnan, D'〔darˈtænjən 〕

Artagnon〔artaˈnjɔŋ 〕（法）

Artakhshatra〔ˈartak͵ʃaˈtra 〕

Artamene〔artaˈmɛn 〕（法）

Artaphernes〔ˌartəˈfɛnɪz 〕

Artaphrenes〔ˌarˈtæfrɪniz 〕

Artashat〔ˌartaˈʃat 〕

Artaxata〔arˈtæksətə 〕

Artaxerxes〔ˌartəgˈzɚksiz 〕阿塔塞克西斯
   （三位波斯王之名）

Arteaga〔ˌartɛˈaga 〕

Artedi〔arˈtɛdɪ 〕

Artegal(l)〔ˈartɪgl 〕

Artem〔ʌrˈtjem 〕（俄）

Artemas〔ˈartɪməs 〕阿特默斯

Artemidorus〔ˌartəmɪˈdɔrəs ; -ˈdor- 〕

Artémire〔arteˈmir 〕（法）

Artemis〔ˈartəmɪs 〕【希臘神話】月之女神

Artemisa〔ˌarteˈmisa 〕（拉丁美）

Artemisia〔ˌartɪˈmɪzɪə ; -ˈmɪʃɪə 〕【植物】
   艾屬植物

Artemision〔ˌartəˈmɪzɪən ; -ˈmɪʃ- 〕
   Artemis 神廟

Artemisium〔ˌartɪˈmɪzɪəm ; -ˈmɪʃ-」

Artemon〔ˈartəmɔn 〕

Artemovsk〔ʌrˈtjeməfsk 〕（俄）

Artemus〔ˈartɪməs 〕阿蒂默斯

Arterburn〔ˈartəbən 〕阿特伯恩

Artesia〔arˈtiʒə 〕

Artesian Basin〔arˈtiʒən ~ 〕

Artesium〔arˈtiʒɪəm 〕

Artesius〔arˈtiʒəs ; -zjəs 〕

Arteveld〔ˈartəvɛlt 〕

Artevelde〔ˈartəvɛldə 〕

Arth〔art 〕

Artha〔ˈarta 〕（德）阿爾塔

Arthénice〔arteˈnis 〕（法）

Arthington〔ˈarθɪŋtən 〕

Arthois〔arˈtwa 〕（法）

Arthur〔ˈarθɚ 〕亞瑟（❶Chester Alan,
   1829-1886, 美國第廿一任大總統❷古不列顛傳
   說中之國王，爲圓桌武士之領袖）

Arthur Kill〔ˈarθɚ kɪl 〕

Arthur's Pass〔ˈarθɚz ~ 〕阿瑟山隘（紐
   西蘭）

Artibonite〔artibɔˈnit 〕

Artie〔ˈartɪ 〕

Artigas〔arˈtigas 〕

Artin〔ˈartɪn 〕

Artinian〔arˈtɪnjən 〕

Artois〔arˈtwa 〕（法）

Artôt〔arˈto 〕（法）

Artotyrites〔ˌartoˈtairaits 〕

Artsibashev, Mikkail〔ˌmikaˈjil ˌartsɪ-
   ˈbaʃɛf ; ʌrtsi-（俄））

Artsybashev〔ˌartsɪˈbaʃɛf ; ʌrtsɪ-（俄））

Artturi〔ˈarturɪ 〕

Artturi Ilmari〔ˈarturɪ ˈɪlmarɪ 〕

Artur〔ˈartur（德）; ˈartʌr（瑞典）; ʌrˈtur
   （俄）; ˈartur（波））; ɚˈtur（葡）〕

Arturo〔arˈturo; ɚˈturu（葡））阿圖羅

Artus〔ˈartəs（丹）; arˈtjʊs（法））

Artusi〔arˈtusɪ 〕

Artz〔arts 〕阿茨

Artzybascheff〔artsɪˈbaʃɛf ; ʌrtsɪ-（俄））

Aru Islands〔ˈaru ~ 〕阿魯群島（印尼）

Aruba〔ɑˈruba 〕阿盧巴島（西印度群島）

Arumu〔ˈæramu 〕

Arun〔ˈærn 〕

Arunah〔əˈrunə 〕阿魯納

Arundel〔ˈærndl ; əˈrʌndl 〕

Arundell〔ˈærndel ; -dl 〕阿倫德爾

Arundell, Monckton-〔ˈrɪŋktən-
   ˈærəndel 〕

Arundell of Wardour〔ˈærndel əv
   ˈwɔrdə 〕

Arunta〔əˈrʌntə 〕

Arutanga〔ˌaruˈtaŋa 〕

Arutiunian, Amazasp〔aməˈzasp
   ˌarutuˈnjan 〕

Aruwimi〔ˌaruˈwimɪ 〕阿魯威米河（剛果）

Arva〔ˈarva 〕（匈）

Arvad〔ˈarvæd 〕

Arvada〔arˈvæda ; -ˈva- 〕

Arval〔ˈarvəl 〕

Arve〔arv 〕（法）

Arvède Barine〔arved baˈrin 〕（法）

Arveragus〔arˈvɛrəgəs 〕

Arverni〔ɑrˈvɜnaɪ〕
Arvey〔ˈɑrvɪ〕
Arveyron〔ɑrveˈrɔŋ〕(法)
Arvid〔ˈɑrvɪd〕阿維德
Arvida〔ɑrˈvaɪdə〕
Arvin〔ˈɑrvɪn〕阿文
Arviragus〔ɑrˈvɪrəgəs ; ɑrvɪˈregəs〕
Arwad〔ʌrˈwæd〕(阿拉伯)
Arwand〔ɑrˈvand〕
Arwidsson〔ˈɑrvɪtssɔn〕(瑞典)
Arx〔ɑrks〕
Ary〔ɑˈri〕(法)
Aryabhat(t)a〔ɑrjəˈbʌtə〕(印)
Aryan〔ˈɛrɪən〕印歐語族之人
Aryana〔ɛrɪˈænə〕
Arz〔ɑrts〕
Arze, José〔hoˈse ˈɑrse〕(西)
Arz von Straussenburg〔ˈɑrts fɑn
ˈʃtraʊsənbʊrk〕(德)
As〔æs〕化學元素 arsenic (砷)之符號
Asa〔ˈesə ; ˈɑsə〕❶安佐 (日本)❷厚狹
(日本)
Asad〔ˈesəd ; ˈɑsəd〕
Asaf〔ɑˈsaf〕
Asahan〔ˌɑsɑˈhɑn〕
Asaheim〔ˈɑsɑhaɪm〕
Asahel〔ˈesəhɛl ; ˈæsə- ; -həl ; ˈesəl〕
阿薩赫爾
Asam〔ˈɑzɑm〕
Asansol〔ˌɑsɑnˈsol〕
Asaph〔ˈæsəf ; ˈesəf ; -zəf〕阿薩夫
Asben〔ˈæzˌbɛn ; ɑsˈbɛn〕
Asberg〔ˈɑsbɛrk〕(德)
Asbestos〔æsˈbɛstəs ; æz-〕
Asbill〔ˈæzbɪl〕阿斯比爾
Asbjörnsen〔ˈɑsbjønsən〕
Asboth〔ˈæsbɑθ ; ɑʃˈbot (匈)〕
Asbru〔ˈɑsbru〕
Asbury〔ˈæzbərɪ ; -bɛrɪ〕阿斯伯里
Ascagne〔ɑsˈkɑnj〕(法)
Ascalon〔ˈæskələn ; -lən〕
Ascania〔æsˈkenjə ; -nɪə〕
Ascanio〔æsˈkɑnɪo ; ɑsˈkɑnjo〕
Ascanius〔æsˈkenjəs〕
Ascapart〔ˈæskəpɑrt〕
Ascásubi〔ɑsˈkɑsuvi〕(西)
Ascension〔əˈsɛnʃən〕亞森欣島 (南大西洋)
Ascensius〔əˈsɛnʃəs ; -ʃɪəs〕
Asch〔æʃ ; ɑʃ〕阿施   「芬堡
Aschaffenburg〔ɑˈʃɑfənbʊrk〕(德)阿莎
Ascham〔ˈæskəm〕阿斯堪 (Roger, 1515-
1568, 英國學者及作家)

Aschbach〔ˈɑʃbɑh〕(德)
Asche〔æʃ〕
Aschemeyer〔ˈæʃmaɪə〕阿謝邁耶
Aschenbrödel〔ˈɑʃənbrədəl〕
Ascher〔ˈæʃə〕阿舍
Aschersleben〔ˈɑʃəˌslebən〕
Aschheim〔ˈɑʃhaɪm〕
Aschoff〔ˈɑʃɑf〕
Asclepiades〔ˌæsklɪˈpaɪədiz〕
Asclepias〔æsˈklɪpɪəs〕
Asclepius〔æsˈklɪpɪəs〕
Ascoli〔ˈɑskolɪ〕阿斯科利
Asconius〔æsˈkonɪəs〕
Ascot〔ˈæskət〕英國 Ascot Heath 地方每年
一度之賽馬
Ascutney〔əsˈkʌtnɪ ; ˈskʌt-〕
Asdudu〔ˈɑsdudu〕
Aselli〔əˈsɛllɪ ; əˈsɛlaɪ〕
Asellio〔əˈsɛlljo〕
Asem〔ˈesəm〕
As(s)en〔ɑˈsen〕
Asenappar〔ˌæsɪˈnæpə〕
Asenath〔ˈæsɪnæθ〕
Asenjo〔ɑˈsenho〕(西)
Aser〔ˈesə〕
Aseyev〔ɑˈsejɪf〕
Asfandiyar〔æsˌfændɪˈjɑr〕
Asgalan〔ˌɑsgɑˈlɑn〕   「居所
Asgard〔ˈæsgɑrd ; ˈæz-〕【北歐神話】神之
Asgardhr〔ˈɑsgɑrðə〕(丹)
Asgarth〔ˈɑsgɑrð〕
Asgeirsson〔ɑsˈgerson ; ˈɑsgersɔn (冰)〕
Asger〔ˈɑskə〕(丹)
Asgill〔ˈæsgɪl ; ˈæz-〕
Ash〔æʃ〕
Asha〔ˈæʃə〕
Asham〔ˈæʃəm〕
Ashangi〔ɑˈʃɑŋgɪ〕
Ashango〔ɑˈʃɑŋgo〕
Ashantee〔əˈʃæntɪ〕
Ashanti〔əˈʃæntɪ〕阿善提 (非洲)
Ashari, al -〔ˌæl·æˈʃæˈri〕
Ashbaugh〔ˈæʃbɔ〕阿什博
Ashbee〔ˈæʃbɪ〕
Ashbel〔ˈæʃbɛl〕阿什貝爾
Ashbourne〔ˈæʃbɔrn ; -bən〕阿什伯恩
Ashbrook〔ˈæʃbrʊk〕阿什布魯克
Ashbridge〔ˈæʃbrɪdʒ〕阿什布里奇
Ashburn〔ˈæʃbən〕阿什伯恩
Ashburne〔ˈæʃbən〕
Ashburner〔ˈæʃ͵bənə〕   「姆
Ashburnham〔ˈæʃbənəm ; -͵hæm〕阿什伯納

Ashburton〔'æʃbətn〕❶阿士柏頓河（澳洲）
❷（Alexander Baring, 1774-1848，英國政治家）

Ashbury〔'æʃbərɪ〕阿什伯里

Ashby〔'æʃbɪ〕阿什比

Ashby-de-la-Zouch〔'æʃbɪ·də·lə·'zuʃ〕

Ashby-Sterry〔'æʃbɪ·'stɛrɪ〕

Ashcombe〔'æʃkəm〕阿什科姆

Ashcroft〔'æʃkraft〕阿什克羅夫特

Ashdod〔'æʃdad〕

Ashdown〔'æʃdaun〕阿什當

Ashe〔æʃ〕阿什

Asheboro〔'æʃbərə〕

Asheim〔'æʃhaɪm〕阿什海姆

Ashenden〔'æʃəndən〕

Asher〔'æʃə〕阿舍

Asher Ginzberg〔'æʃə·'gɪnzbəg〕

Asher-House〔'æʃə·,haus〕

Asher, Jacob ben〔'dʒekəb bɛn 'æʃə〕

Asherson〔'æʃəsn〕阿舍森

Asherton〔'æʃətn〕

Asheton〔'æʃtn〕阿什頓

Asheville〔'æʃvɪl〕

Ashfield〔'æʃfild〕

Ashford〔'æʃfəd〕阿什福德

Ashforth〔'æʃforθ〕

Ashhurst〔'æʃəst〕

Ashi〔a'ʃɪ〕（法）

Ashingdon〔'æʃɪŋdən〕

Ashigton〔'æʃɪŋtn〕

Ashkelon〔'æʃkɪlən〕

Ashkenaz〔'æʃkɪnæz〕

Ashkenazi〔,æʃkɪ'nazɪ〕

Ashkhabad〔'æʃkəbæd〕阿什喀巴德（蘇聯
Turkmen 共和國之首都）

Ashland〔'æʃlənd〕

Ashley〔'æʃlɪ〕阿什利

Ashman〔'æʃmən〕

Ashmead〔'æʃmid〕

Ashmead-Bartlett〔'æʃmid·'bartlɛt〕

Ashmole〔'æʃmol〕阿什莫爾

Ashmolean〔æʃ'moljən〕

Ashmore〔'æʃmɔr〕阿什莫爾

Ashmun〔'æʃmən〕

Ashmûn〔æʃ'mun〕

Ashoka〔ə'ʃokə〕

Ashokan〔ə'ʃokən〕

Ashopton〔'æʃəptən〕

Ashort〔'æʃət〕

Ashover〔'æʃovə〕

Ashtabula〔,æʃtə'bjulə〕

Ashtaroth〔'æʃtərəθ〕

Ashton〔'æʃtən〕艾錫頓

Ashton-in-Makerfield〔'æʃtn·ɪn-
'mekəfild〕

Ashton-under-Lyne〔'æʃtn·ˌʌndə·'laɪn〕

Ashtoreth〔'æʃtərɛθ〕

Ashtown〔'æʃtaun〕

Ashuanipi〔,æʃwə'nɪpɪ〕

Ashuapmuchuan〔æʃ,wapmutʃ'wan〕

Ashuelot〔'æʃwɪ,lat〕

Ashur〔'aʃur〕阿舒爾

Ashurbanipal〔,aʃur'banɪ,pal〕阿叔巴尼帕
（Assyria國王，在位期間668?-?626B. C.）

Ashur-dan〔'aʃur·'dan〕

Ashurnasirpal〔,aʃur'nazɪrpal〕

Ashurst〔'æʃəst〕阿什赫斯特

Ashville〔'æʃvɪl〕阿什維爾

Ashwander〔'æʃwəndə〕

Ashwell〔'æʃwl〕

Ashwin〔'æʃwɪn〕

Ashworth〔'æʃwəθ〕阿什沃思

'Asi, Nahr el〔'nahr æl 'æsɪ〕（阿拉伯）

Asia〔'eʒə〕亞洲

Asiad〔'eʃɪəd〕

Asia Minor〔'eʒə 'maɪnə〕小亞細亞（亞洲）

Asiaticus〔,eʒɪ'ætɪkəs〕

Asiento〔a'sjento〕【史】西班牙與外國政府
或商人所簽有關供應非洲奴隸之契約

Asinara〔,asɪ'nara〕

Asinarus〔,æsɪ'nerəs〕

Asine〔'æsɪnɪ〕

Asini〔a'sini〕

Asinia〔ə'sɪnɪə〕

Asinius〔ə'sɪnɪəs〕阿西尼厄斯

Asioli〔a'zjɔli〕

Asir〔a'sir〕

Asís〔a'sis〕（西）

Asisi〔a'sizi〕

Asisium〔ə'sɪʒɪəm〕

Ask〔ask〕

Askabad〔'æskəbæd〕

Askanazy〔,aska'natsi〕

Askanien〔as'kanɪən〕

Aske〔æsk〕

Askelon〔'æskɪlən〕

Askenazy〔,askɪ'nazɪ〕

Askew〔ə'skju〕艾斯丘

Askey〔'æskɪ〕阿斯基

Askhabad〔'æskəbæd〕

Askia〔'askɪa〕

Askin〔'æskɪn〕阿斯金

Askins〔'æskɪnz〕阿斯金斯

Askja〔'askja〕

Asklepiades〔,æsklɪ'paɪədiz〕

Asklepios〔æs'klipɪɑs〕
Askren〔'æskrən〕阿斯克倫
Askrigg〔'æskrɪg〕
Askwith〔'æskwɪθ〕阿斯克威思
Aslaugas Ritter〔as'lauɡas 'rɪtə〕
Asmadai〔'æzməde〕
Asmai〔'asmɑ‧i〕
Asmaï, al-〔æl‧'æsmæi〕
Asmara〔as'mɑra〕阿斯馬拉（衣索匹亞）
Asmath〔'æzməθ〕
Asmidiske〔æsmɪ'dɪskɪ〕
Asmodeus〔æs'modjəs ; ,æsmo'diəs〕
Asmonaean〔,æzmo'niən〕
Asmun〔'asmun〕
Asmus〔'asmʊs〕
Asmussen〔'asmʊsən〕
Asnappar〔æs'næpə〕
Asnelles〔a'nɛl〕（法）
Åsnen〔'ɔsnən〕（瑞典）
Asnières〔a'njɛr〕（法）
Asnyk〔'asnɪk〕
Asoka〔ə'soka〕阿育王（?-232 B.C., 古印
度北部Magadha 國之國王）
Asolando〔,æso'lændo〕
Asoli, d'〔'dɑsoli〕
Asolo〔'azolo〕
Asopus〔ə'sopəs〕
Asor〔'asɔr〕
Asotin〔ə'sotn〕
Asotus〔ə'sotəs〕
Aspadana〔,æspə'denə〕
Aspandiyar〔æs,pændɪ'jar〕
Aspasia〔æs'peʒə〕
Aspasius〔æs'peʒəs〕
Aspatia〔æs'peʃə〕
Aspen〔'æspɪn〕
Aspendos〔æs'pendas〕
Asper〔'aspə〕阿斯珀
Asperg〔'aspɛrk〕（德）
Aspermont〔'æspəmɑnt〕
Aspern〔'aspən〕
Aspertini〔,aspɛr'tɪnɪ〕（義）
Aspe〔asp〕（法）
Asphalius〔æs'fælɪəs〕
Asphaltites, Lacus〔'lekəs ,æsfæl-
'taɪtiz〕
Aspidiske〔,æspɪ'dɪskɪ〕
Aspinall〔'æspɪnl〕阿斯皮諾爾
Aspinwall〔'æspɪnwɔl〕阿斯平沃爾
Aspiring〔ə'spaɪrɪŋ〕
Aspiroz〔aspi'ros〕（拉丁美）
Aspland〔'æsplənd〕

Asplund〔'æsplənd〕阿斯普倫德
Asplundh〔'æsplənd〕
Aspramonte〔aspra'monte〕
Aspromonte〔,aspro'monte〕
Aspropotamos〔,æspro'patəməs ; ,asprɔ-
'pɔtamɔs（希）〕
Aspull〔'æspəl〕
Asquith〔'æskwɪθ〕阿斯奎斯（Herbert
Henry, 1852-1928, 英國政治家）
Assab〔'æsəb〕
Assad〔'æssæd〕
Assal〔as'sal〕
Assam〔'æsæm〕阿薩密（印度）
Assandun〔ə'sændən〕
Assateague〔'æsətig〕
Assawaman〔'æsə,wamən〕
Assaye〔æ'se ; ,ʌssəje（印）〕
Assche〔æʃ〕   「（法）
Assche-lez-Bruxelles〔'aʃ‧le‧brjʊ'sɛl〕
Asselbergs〔'asəlbɛrks〕（荷）
Asselin〔'asəlaɪn〕
Asselyn〔'asəlaɪn〕
Assemani〔,asse'manɪ〕
Assen〔a'sen〕
Asser〔'æsə〕亞塞（Tobias Michael Carel,
1838-1913, 荷蘭法學家）
Assheton〔'æʃɪtən〕阿什頓
Asshur〔'aʃʊr〕
Assideans〔æsɪ'diənz〕
Assing〔'asɪŋ〕
Assini〔as'sini〕
Assiniboia〔ə,sɪnɪ'bɔɪə〕
Assiniboin〔ə'sɪnɪbɔɪn〕
Assiniboine〔ə'sɪnɪbɔɪn〕
Assiout〔æ'sjut〕
Assir, Ras〔ras æ'sɪr〕
Assís〔ə'sis〕
Assisi〔ə'sizɪ〕亞西濟（義大利）
Assiut〔æ'sjut〕
Assizi〔ə'sizɪ〕
Assmann〔'asman〕
Assol(l)ant〔asɔ'laŋ〕（法）
Assos〔'æsəs〕
Assouan〔,æsu'æn〕
Assuad〔'æswæd〕
Assuan〔,æsʊ'æn〕阿斯安（埃及）
Assuay〔as'wai〕
Assuerus〔,æsu'ɛrəs〕
Assumption, the〔ə'sʌmpʃən〕聖母升天 ;
聖母升天日（八月十五日）
As(s)urbanipal〔asʊr'banɪpal〕
Assurbelnisesu〔,asurbɛlni'sesu〕

Assuretililaniukinni 〔ˈɑsuˈretiliˈlanɪu-ˈkinni 〕

Assurnasirpal 〔ˌɑsurˈnazɪrpal 〕

Assurnazirpal 〔ˌɑsurˈnazɪrpal 〕

Assus 〔ˈæsəs 〕

Asswan 〔ɑsˈwan 〕

Assynt 〔ˈæsɪnt 〕

Assyria 〔əˈsɪrɪə 〕亞述（亞洲一古國）

Ast 〔ast 〕

Astaboras 〔æsˈtæborəs 〕

Asta Colonia 〔ˈæstə kəˈlonɪə 〕

Astaire 〔əˈstɛr 〕阿斯泰爾

Astara 〔ˌɑstɑˈra 〕

Astarabad 〔ˌɑstɑrɑˈbad 〕

Astarte 〔æsˈtɑrtɪ 〕

Astbury 〔ˈæstbərɪ 〕阿斯特伯里

Astell 〔ˈæstl 〕阿斯特爾

Aster 〔ˈɑstə 〕

Asterabad 〔ˈæstərəbæd 〕

Asti 〔ˈæstɪ 〕

Astié 〔ɑsˈtje 〕（法）

Astier 〔ɑsˈtjer 〕（法）

Astigi 〔ˈæstɪdʒaɪ 〕

Astigis 〔ˈæstɪdʒɪs 〕

Astin 〔ˈæstɪn 〕阿斯廷

Astins 〔ˈæstɪnz 〕

Astin Tagh 〔ˈastɪn ˈtag 〕

Astle 〔ˈæsl 〕阿瑟爾

Astley 〔ˈæstlɪ 〕阿斯特利

Astolat 〔ˈæstolæt 〕

Astolf 〔ˈæstalf 〕

Astolfo 〔æsˈtalfo 〕

Astolphe 〔ɑsˈtalf 〕（法）

Astolpho 〔æsˈtalfo 〕

Aston 〔ˈæstən 〕阿斯頓（Francis William, 1877-1945, 英國物理學家）

Astor 〔ˈæstə 〕艾斯特（Viscountess Nancy Langhorne, 1879-1964, 英國議院第一位女議員）

Astorga 〔ɑsˈtɔrga 〕

Astoria 〔æsˈtɔrɪə 〕阿斯托里亞（美國）

Astrabad 〔ˈæstrəˌbæd 〕

Astraea Redux 〔æsˈtriə ˈridʌks 〕

Astrakhan 〔ˌæstrəˈkæn; ˈæstrəkən 〕阿斯特拉堪（蘇聯）

Astræa 〔æsˈtriə 〕

Astrée, L' 〔lɑsˈtre 〕（法）

Astrid 〔ˈæstrid; ˈɑstrið（丹）; ˈɑstrɪd（瑞典）愛斯特麗德

Astrida 〔ˈæstrɪdə 〕

Astrolabe 〔ˈæstrəleb 〕星盤（昔之天文觀測儀）

Astroni 〔ɑsˈtroni 〕

Astrophel 〔ˈæstrəfɛl 〕

Astruc 〔ɑsˈtrjuk 〕（法）

Astrup 〔ˈɑstrup 〕

Astura 〔ˈæstʃərə; ɑsˈtura（義）〕

Asturias 〔æsˈtuərɪæs 〕阿斯杜利亞斯（Miguel Angel, 1899-1974, 瓜地馬拉作家）

Asturica 〔æsˈtjurɪkə 〕

Astwood 〔ˈæstwud 〕阿斯特伍德

Astyages 〔æsˈtaɪədʒiz 〕

Astyanax 〔əsˈtaɪənæks 〕

Astypalia 〔ˌastiˈpalɪə 〕

Asuncion 〔əˌsʌnˈsɪˈon 〕

Asunción 〔asunˈθjon 〕亞松森（巴拉圭）

Asur 〔ˈæsə 〕

Asurbanipal 〔ˌasurˈbanɪpal 〕

Asurnazirpal 〔ˌasurˈnazɪrpal 〕

Asutosh 〔ɑˈsutəʃ 〕阿蘇托什

Aswan 〔æˈswan 〕阿斯安（非洲）

Aswân 〔æˈswan 〕

Asyoot 〔ɑˈsjut 〕

Asyr 〔ɑˈsir 〕

Asyut 〔æsˈjut 〕阿休（埃及）

Asyût 〔æsˈjut 〕

At 〔æt 〕【化】元素 astatine（砈）之符號

Ata 〔ˈata 〕

Atabalipa 〔ˌataˈbalɪpa 〕

Atabapo 〔ˌataˈvapo 〕（西）

Atacama 〔ˌataˈkama 〕阿塔卡馬（智利）

Atacameño 〔ɑˌtakaˈmenjo 〕

Atacinus 〔ˌætəˈsaɪnəs 〕

Atafu 〔ˌataˈfu 〕

Atahiya 〔æˈtahɪjæ 〕

Atahualpa 〔ˌætəˈwalpə; ˌataˈwalpa（西）〕

Atair 〔æˈtɛr 〕

Atak 〔ɑˈtak 〕

Atakapa 〔ɑˈtakapa 〕

Atakpamé 〔ˌatakˈpame 〕

Atala 〔ataˈla 〕（法）

Atalanta 〔ˌætəˈlæntə 〕【希臘傳說】一捷足善走之美麗少女

Atalante 〔ˌætəˈlæntɪ 〕

Atalánte 〔ˌataˈlanti 〕（希）

Atalanti 〔ætəˈlænti; ˌataˈlandi（希）〕

Ataliba 〔ætəˈlibə 〕

Atalide 〔ataˈlid 〕（法）

Atall 〔ˈætɔl 〕

Atanasio 〔ˌataˈnazjo（義）; -sjo（西）〕

Atanua 〔ˌataˈnua 〕

Atar 〔ˈatar 〕

Atarés 〔ˌataˈres 〕

Atargatis 〔əˈtargətɪs 〕

Atascadero 〔əˌtæskəˈdɛro 〕

Atascosa〔͵ætə'skose〕

Ataturk〔'ætətæk〕

Atatürk〔ɑtɑ'tjʊrk〕

Ataulf〔'æteʌlf〕

Ataulphus〔͵æte'ʌlfəs〕

Atavyrion〔͵atə'virjon〕

Atawulf〔'ætəwʊlf〕

Atax〔'etæks〕

Atbara〔æt'bɑrə〕阿特巴拉河（非洲）

Atbo〔'atbo〕

Atchafalaya Bay〔ə͵tʃæfə'laɪə ~〕阿查
法萊亞灣（美國）

Atcheen〔ə'tʃin〕

Atcherley〔'ætʃəlɪ〕

Atcheson〔'ætʃɪsən〕艾齊生

Atchin〔ə'tʃin〕

Atchison〔'ætʃɪsn〕

Ate〔'eti〕【希臘神話】司擾亂戲謔之女神

Atea〔ɑ'teɑ〕

Atella〔ə'tɛlə〕

Atellan〔ə'tɛlən〕

Aten〔'atɛn〕

Aterno〔ɑ'tɛrno〕（義）

Aternum〔ə'tɛrnəm〕

Aternus〔ə'tɛrnəs〕

Atfield〔'ætfild〕

Athabasca〔͵æθə'bæskə〕❶亞大巴斯卡河（
加拿大）❷亞大巴斯卡湖（加拿大）

Athabaska〔͵æθə'bæskə〕

Athalaric〔ə'θælərɪk〕

Athalia(h)〔͵æθə'laɪə〕

Athalie〔ɑtɑ'li〕（法）

Athamania〔͵æθə'menɪə〕

Athamas〔'æθəmæs〕

Atha Melik〔'ɑθɑ 'melɪk〕

Athanagild〔ə'θænəgɪld〕

Athanaric〔ə'θænərɪk〕

Athanase〔'æθənez〕

Athanasios〔͵ɑθɑ'nɑsjɔs〕

Athanasius〔͵æθə'neʃəs〕亞瑟納色斯（
Saint, 293?-373, 亞力山大港之主教）

Athapascan〔͵æθə'pæskən〕

Athar〔ɑ'θɑr〕

Atharva-Veda〔ə'tɑrvə·'vedə〕

Athaulf〔'æθeʌlf〕

Atheia〔ə'θiə〕

Atheling〔'æθəlɪŋ; 'æðəlɪŋ〕盎格魯撒克
遜貴族或王子

Athelney〔'æθlnɪ〕

Athelstan〔'æθəl͵stæn〕艾塞斯坦（895-
940, 英王）

Athelstane〔'æθəlsten〕

Athelston〔'æθlstən〕

Athena〔ə'θinə〕【希臘神話】智慧、技藝及
戰爭的女神

Athenae〔ə'θini〕

Athenaeum〔͵æθə'niəm〕雅典 Athena 女神廟

Athenaeus〔͵æθɪ'niəs〕

Athenagoras〔͵æθɪ'nægorəs〕阿瑟納戈拉斯

Athēnai〔ɑ'θinɛ〕Athens 雅典之希臘名

Athenaïs〔͵æθɪ'neɪs〕

Athénaïs〔ɑtenɑ'is〕（法）

Athene〔ə'θini〕

Athenia〔ə'θiniə〕

Athenion〔ə'θiniɑn〕

Athenodorus〔͵ə͵θinə'dorəs〕

Athenry〔͵æθɪn'raɪ〕

Athens〔'æθɪnz〕雅典（希臘）

Atherley〔'æθəlɪ〕

Atherston〔'æθəstən〕

Atherstone〔'æθəston〕

Atherton〔'æθətn〕阿瑟頓

Athesis〔'æθəsɪs〕

Athgarh〔'ʌtgɑr〕（印）

Athi〔'ɑtɪ〕

Ath I〔'ɔ 'i〕（愛）

Athill〔'æðɪl〕阿西爾

Athinai〔ɑ'θinɛ〕

Athir, ibn-al-〔͵ɪbnʊlæ'θir〕（阿拉伯）

Athis-Mons〔atis·'mɔ̃s〕（法）

'Athlit〔æθ'lit〕

Athlone〔æθ'lon〕阿思隆

Ath Luain〔ɔ 'lʊɪn〕（愛）

Athlumney〔æθ'lʌmnɪ〕

Athmallik〔at'mʌlɪk〕

Athol〔'æθɑl〕

Athole〔'æθl̩〕

Atholl〔'æθl̩〕阿索爾

Atholstan〔'æθəlstæn〕

Athos〔'æθɑs〕阿陀斯山（希臘）

Athribis〔ɑθ'ribis〕

Athulf〔'æθʊlf〕

Athura〔ɑ'θʊrə〕

Athy〔ə'θaɪ〕

Atia〔'ætɪə〕

Atilius〔ə'tɪlɪəs〕

Atillia〔ə'tɪlɪə〕

Atin〔'etɪn〕

Atiquizaya〔͵ɑtɪkɪ'saja〕

Atitlán〔atɪt'lɑn〕

Atiu〔͵ɑtɪ'u〕

Atjeh〔'atʃe〕   「島）

Atka Island〔'ætkə ~〕阿特卡島（阿留申群

Atkeson〔'ætkɪsn̩〕阿特基森

Atkey〔ˈætkɪ〕阿特基

Atkins〔ˈætkɪnz〕英國士兵之別號

Atkinson〔ˈætkɪnsn〕阿特金森

Atkyns〔ˈætkɪnz〕

Atlanta〔ətˈlæntə〕亞特蘭大(美國)

Atlante〔atˈlante〕

Atlantes〔ətˈlæntiz ; ætˈlæntɛs〕

Atlantic, the〔ətˈlæntɪk〕大西洋

Atlántico〔atˈlantiko〕

Athántida〔atˈlantiðɑ〕(西)

Atlantis〔ətˈlæntɪs〕阿特蘭提斯島(大西洋)

Atlas〔ˈætləs〕❶亞特拉斯山(非洲)❷【希臘神話】受罰以雙肩捫天之巨人

Atlee〔ˈætlɪ〕阿特利

Atli〔ˈatlɪ〕

Atlin〔ˈætlɪn〕阿特林湖(加拿大)

Atm〔ˈatəm〕

Atmore〔ˈætmɔr〕

Atmu〔ˈatmu〕

Atna〔ˈætnə〕

Atoka〔əˈtokə〕

Atossa〔əˈtasə〕

Atoyac〔ˌatoˈjak〕

Atrabate〔əˈtræbəti〕

Araf-i-Balda〔əˈtraf·i·ˈbʌldə〕

Atrai〔ˈatraɪ〕

Atrak〔ɑˈtræk〕

Atranos〔ˌatrɑˈnɔs〕

Atrato〔ɑˈtrato〕

Atrebates〔əˈtrɛbətiz〕

Atrebati〔əˈtrɛbətaɪ〕

Atrecht〔ˈatrɛht〕(荷)

Atrek〔ɑˈtrɛk〕

Atreus〔ˈetrɪus〕

Atri〔ˈɑɪraɪ ; ˈatrɪ〕

Atria〔ˈetrɪə〕

Atrides〔əˈtraɪdiz〕

Atropatene〔ˌætropəˈtini〕

Atropine〔ˈætropin〕

Atropos〔ˈætrəpas〕

Atscholi〔ɑˈtʃoli〕

Attairo〔atˈtɑ·ɪro〕

Attakapas〔əˈtækəpɔ〕

Attala〔ˈætlə〕

Attaleia〔ˌætəˈlaɪə〕

Attalia〔ˌætəˈlaɪə〕

Attaliates〔ˌætəlɪˈetiz〕

Attalla〔əˈtælə〕

Attalus〔ˈætələs〕

Attanae〔ˈætəni〕

Attar〔ˈætə〕阿特(1119-?1229,波斯詩人)

'Aṭṭār〔atˈtar〕(波斯)

Attawapiskat〔ˌætəwəˈpɪskət〕阿塔瓦皮斯卡特河(加拿大)

Attenborough〔ˈætnbərə〕阿滕伯勒

Attendolo〔atˈtɛndolo〕(義)

Atter〔ˈatə〕

Atterberg〔ˈattəbærj〕(瑞典)

Atterbom〔ˈattəbom〕

Atterbury〔ˈætəbərɪ〕阿特伯里

Attercliffe〔ˈætəklɪf〕

Atterholt〔ˈætəholt〕阿特霍爾特

Atteridge〔ˈætərɪdʒ〕

Attersee〔ˈatəze〕

Attewell〔ˈætwel〕

Attfield〔ˈætfild〕

Attia〔ˈætɪə〕

Attic〔ˈætɪk〕❶Attica人;雅典人❷亞提加(美國)

Attica〔ˈætɪkə〕阿提喀(希臘)

Atticus〔ˈætɪkəs〕

Attila〔ˈætɪlə〕阿提拉(406?-453,於433?-453為匈奴之王)

Attilio〔atˈtiljo〕(義)

Attikē〔ˌatɪkˈji〕(希)

Attiret〔atiˈre〕(法)

Attis〔ˈætɪs〕

Attius〔ˈætɪəs〕

Attleboro〔ˈætlbərə〕

Attleborough〔ˈætlbərə〕

Attlee〔ˈætlɪ〕艾德禮(Clement Richard, 1883-1967,英國從政者)

Attock〔əˈtak〕

Attoni〔ɑˈtoni〕

Attride〔ˈætraɪd〕

Attridge〔ˈætrɪdʒ〕阿特里奇

Attu〔ˈætu〕阿圖島(阿留申群島)

Attucks〔ˈætəks〕

Atul〔ɑˈtul〕

Attus〔ˈætəs〕

Attwater〔ˈæt,wɔtə〕阿特沃特

Attwood〔ˈætwud〕阿特伍德

Atuana〔ˌatuˈana〕

Atuona〔ˌatuˈona〕

Aturus〔ˈætjurəs〕

Atwater〔ˈæt,wɔtə〕阿特沃特

Atwell〔ˈætwɪl〕阿特衞爾

Atwill〔ˈætwɪl〕阿特威爾

Atwood〔ˈætwud〕阿特武德(George,1746-1807,英國數學家)

Atyoulo〔ɑˈtjulo〕

Atyrá〔ˌatɪˈra〕

Atyuti〔ɑˈtjuti〕

Atzapozalco〔ˌatsapoˈsalko〕

Aub〔ɔb〕奧布
Aubagne〔oˈbɑnj〕（法）
Aubanel〔obɑˈnɛl〕（法）
Aube〔ob〕
Aubé〔oˈbe〕
Aubenton, d'〔dobɑŋˈtɔn〕（法）
Auber〔ˌoˈbɛr〕奧伯（Daniel Francois
  Esprit, 1782-1871, 法國作曲家）
Auberlen〔ˈaubəlɛn〕
Aubert〔ˈɔbət ; oˈbɛr（法）〕
Aubervilliers〔obɛrviˈje〕（法）
Aubery〔ˈɔbərɪ〕
Aubignac〔obiˈnjak（法）〕
Aubigné〔obiˈnje〕（法）
Aubigny〔obiˈnji〕（法）
Aubin〔oˈbæŋ〕（法）奧賓
Aubin, Saint-〔sæŋ·toˈbæŋ〕（法）
Aublet〔obˈlɛ〕
Auboin〔obˈwæŋ〕（法）
Aubrac〔oˈbrak〕（法）
Aubray〔oˈbrɛ〕（法）
Aubrey〔ˈɔbrɪ〕奧布雷（John, 1626-1697,
  英國古物研究家及收藏家）
Aubrey-Fletcher〔ˈɔbrɪ·ˈflɛtʃə〕
Aubrey Vere〔ˈɔbrɪ vɪr〕
Aubriot〔obriˈo〕（法）
Aubry〔ˈɔbrɪ ; oˈbri（法）〕奧布里
Aubry, Jean-〔ʒɑŋ·oˈbri〕（法）
Auburn〔ˈɔbən〕
Auburndale〔ˈɔbəndel〕
Aubusson〔objuˈsɔŋ〕歐布桑（法國）
Aucas〔ˈaukas〕
Aucassin〔okaˈsæŋ〕（法）
Aucher〔ˈɔkə〕
Auchinachie〔ɔˈhɪnəhɪ〕（蘇）
Auchincloss〔ˈɔkɪnklos〕奧金克洛斯
Auchindachie〔ˌɔkɪnˈdækɪ ; ɔhɪnˈdæhɪ
  （蘇）〕
Auchinleck〔ˌɔkɪnˈlɛk〕（蘇）奧金萊克
Auchmuty〔ɔkˈmjutɪ〕
Auchterarder〔ˈɔhtərɑrdə〕（蘇）
Auchterhouse〔ˈɔhtəˌhaus〕（蘇）
Auchterlonie〔ˌɔhtəˈlonɪ〕（蘇）
Auchtermuchty〔ˌɔhtəˈmʌktɪ〕（蘇）
Aucilla〔oˈsɪlə〕
Auckland〔ˈɔklənd〕奧克蘭（紐西蘭）
Auda〔ˈaudə〕
Audaeans〔ɔˈdiənz〕
Audaeus〔ɔˈdiəs〕
Aude〔od〕（法）奧德
Audebert〔odˈbɛr〕（法）
Audelay〔ˈɔdlɪ〕

Audeley〔ˈɔdlɪ〕
Audefroy〔odˈfrwɑ〕（法）
Auden〔ˈɔdŋ〕奧登（Wystan Hugh, 1907-1973,
  美國詩人）
Audenarde〔audɪˈnɑrdɪ（法蘭德斯）; od-
  ˈnɑrd（法）〕
Audenaarde〔odˈnɑrd〕
Auderghem〔ˈaudəhəm〕（法蘭德斯）
Audette〔ˈɔdɛt〕奧德特
Audhumla〔auˈðʌmlɑ〕（丹）
Audibert〔odɪˈbɛr〕（法）
Audiberti〔odibɛrˈti〕（法）
Audiffredi〔ˌaudifˈfredi〕（義）
Audiffret-Pasquier〔odiˈfrɛ·paˈkje〕（法）
Audius〔ˈɔdɪəs〕
Audland〔ˈɔdlənd〕奧德蘭
Audley〔ˈɔdlɪ〕奧德利
Audoenus〔ˌodoˈinəs〕
Audouin〔odˈwæŋ〕（法）
Audoux〔oˈdu〕（法）
Audran〔oˈdrɑŋ〕（法）
Audrain〔ɔˈdren〕
Audrey〔ˈɔdrɪ〕奧德麗
Audrieth〔ˈɔdriəθ〕
Audsley〔ˈɔdzlɪ〕奧茲利
Audubon〔ˈɔdəˌbɑn〕奧都邦（John James,
  1785-1851, 美國鳥類學家、畫家及博物學家）
Audus〔ˈɔdəs〕奧杜斯
Aue〔ˈauə〕
Auen〔ˈauən〕
Auenbrugg〔ˈauənbruk〕
Auenbrugger〔ˈauən,brugə〕
Auer〔ˈauə〕奧雅（Leopold, 1845-1930, 匈牙
  利小提琴家）
Auerbach〔ˈauə,bah〕奧雅巴哈（Berthold,
  1812-82, 德國小說家）
Auernheimer〔ˈauənhaɪmə〕
Auersperg〔ˈauəˈspɛrk〕（德）
Auerstädt〔ˈauəʃtɛt〕（德）
Auerstädt, d'〔dawɛrˈstɑt〕（法）
Auerstædt, d'〔dawɛrˈstɑt〕（法）
Auerstedt〔ˈauəʃtɛt〕
Auerswald〔ˈauəsvalt〕奧爾斯瓦爾德
Auffenberg〔ˈaufənbɛrk〕（德）
Auffenberg-Komarów〔ˈaufənbɛrk·kɔ-
  ˈmɑruf〕（德）
Aufidia〔ɔˈfɪdɪə〕
Aufidius〔ɔˈfɪdɪəs〕
Aufidus〔ˈɔfɪdəs〕
Aufrecht〔ˈaufrɛht〕（德）
Augarten〔ˈaugɑrtən〕
Auge〔oʒ ; ˈɔdʒi〕

Augean [ɔ'dʒiən]

Augeas ['ɔdʒiəs ; ɔ'dʒiəs]【希臘神話】
Elis國王

Augeias [ɔ'dʒiəs]

Augener ['augnə]

Auger ['ɔgə; o'ʒe (法)] 奧格

Augereau [oʒ'ro] (法)

Auget [o'ʒe] (法)

Aughrabies [o'grabıs] (非)

Aughrim ['ɔgrım; 'ɔhrım (愛)]

Augier [,o'ʒje] 歐傑 (Emile, 1820-1889,
法國詩人及劇作家)

Augila [au'dʒilə]

Auglaize [ɔ'glez]

Au Gres [ɔ 'gre]

Augsburg ['ɔgzbəg; 'auksburk] 奧格斯
堡(德國)

Augur ['ɔgə] 奧格爾

August ['ɔgəst ; 'august (丹、芬、德、挪
威); 'augʌst (瑞典)] 奧古斯特

Augusta [ɔ'gʌstə ; au'gusta ; ɔgjus'ta]
奧古斯特(美國)

Augusta Emerita [ɔ'gʌstə ı'merıtə]

Augustan [ɔ'gʌstən]

Augusta Suessionum [ɔ'gʌstə ,swe-
sı'onəm]

Augusta Taurinorum [ɔ'gʌstə ,tɔrı-
'norəm]

Augusta Trevirorum [ɔ'gʌstə ,trevı-
'rorəm]

Augusta Vangionum [ɔ'gʌstə ,vændʒı-
'onəm]

Augusta Vindelicorum [ɔ'gʌstə vın-
,delı'korəm]

Auguste [ɔ'gjust (法); au'gustə (德)]

Augustenburg [au'gustənburk]

Augustin [ɔ'gʌstın; 'augustjın (捷);
'augjustaın (荷); ɔgjus'tæŋ (法);
augus'tin (德); ,augʌs'tin (瑞典)]

Augustín [augus'tin]

Augustinas [,augus'tinas]

Augustine [ɔ'gʌstın] 奧古斯丁(Saint,
354-430, 早期基督教會之領袖)

Augustino [,augus'tino]

Augustinus [,ɔgəs'taınəs]

Augusto [au'gusto (義、西); au'guʃtu (
葡); au'gustu (巴西)]

Augustobona Tricassium [,ɔgəs'tabənə
traı'kæsıəm]

Augustodorus [ɔ,gʌsto'dorəs]

Augustodurum [ɔ,gʌsto'djurəm]

Augustonemetum [ɔ,gʌsto'nemıtəm]

Augustoritum Lemovicensium [ɔ,gʌsto-
'raıtəm ,leməvaı'senʃıəm]

Augustowo [,augu'stɔvɔ]

Augustsohn ['augustzon]

Augustulus [ɔ'gʌstʃuləs]

Augustus [ɔ'gʌstəs] 奧古斯都(63 B. C -
A. D. 14, 羅馬帝國第一任皇帝)

'Auja ['audʒə]

Aujila [au'dʒilə]

Au- kéna [au·'kena]

Auki ['aukı]

Aulard [o'lar] 奧拉(Francois Victor
Alphonse , 1849-1928, 法國歷史家)

Auld Reekie ['ɔld 'rikı]

Auldearn [ɔl'dən]

Auld Hornie ['ɔld 'hɔrnı]

Auld Lang Syne ['ɔld læŋ 'saın]

Auld Licht ['ɔld 'lıht] (蘇)

Auld Light ['ɔld 'lıht] (蘇)

Auld Reekie ['ɔld 'rikı]

Auletes [ɔ'litiz]

Aulia ['ɔlıə]

Aulich ['aulıh] (德)

Aulick ['ɔlık] 奧利克

Aulie - Ata ['aulıje·'ata]

Auliff ['ɔlıf]

Aulin [au'lin]

Aulis ['ɔlıs]

Aullagas [au'jagas] (拉丁美)

Aull [ɔl] 奧爾

Aulne [on] (法)

Aulnay - sous - Bois [o'ne·su·'bwa] (法)

Au(l)noy [o'nwa] (法)

Aulps [olps]

Ault [ɔlt] 奧爾特

Aulus ['ɔləs]

Aumale [o'mal] (法)

Auman ['ɔmən] 奧曼

Aumerle [ɔ'mɛl]

Aumonier [o'mɑnıe]

Aundh [aund]

Aune [on]

Aungerville ['aundʒəvıl]

Aungervyle ['aundʒəvıl]

Aungier ['endʒə]

Aung San [a'uŋ san]

Aunis [o'nis]

Aunjetitz ['aunjətıts]

Aunós , Eduardo [ed'wado au'nos]

Aunoy [o'nwa] (法)

Aunus ['aunus]

Aura, von [fan 'aura]

Aurai〔‚aʊ'rε〕
Aurand〔'ɔrənd〕奧蘭德
Aurangabad〔'aʊrʌŋɡə‚bɑd〕（印）
Aurangzeb〔'ɔrəŋ'dzɛb；'aʊ-〕奧倫棄（
　1618-1707,印度斯坦皇帝）
Auranitis〔‚ɔrə'naɪtɪs〕
Auraria〔ɔ'rεrɪə〕
Auray〔ɔ're〕
Aurea〔'ɔrɪə〕
Aurel〔ɔ'rel（法）；aʊ'rel（德）〕
Aurèle〔'εrɛl〕
Aurelia〔ɔ'rilɪə〕奧里莉亞
Aurelian〔ɔ'rilɪən〕奧理安（212?-275，羅
　馬皇帝）
Aureliano〔‚aʊrə'ljænu（葡）；‚aʊre'ljɑnɪo
　（西）〕
Aurelianum〔ɔ‚rilɪ'enəm〕
Aurelianus〔ɔ‚rilɪ'enəs〕
Aurelio〔aʊ'reljo（義）；aʊ'reljo（西）；
　aʊ'relju（葡）〕
Aurélien〔ore'ljæŋ〕（法）
Aurelius〔ɔ'rilɪəs；ɔ'riljəs〕奧里歐斯（
　Marcus,121-180,羅馬皇帝）
Aurelle〔ɔ'rɛl〕（法）
Aurengabad〔'aʊrʌŋɡə‚bɑd〕
Aureng-Zebe〔'ɔrəŋ‚dzɛb〕
Aureolus〔ɔ'rioləs〕
Aurès〔ɔ'rɛs〕
Aurevilly,d'〔dɔrvi'ji〕（法）
Auric〔ɔ'rik〕
Aurifaber〔aʊ'rifɑbə〕
Auriga〔ɔ'raɪɡə〕【天文】御夫座
Aurigae〔ɔ'raɪdʒi〕
Aurigera〔ɔ'rɪdʒərə〕
Aurignacian〔‚ɔrɪɡ'neʃən〕舊石器時代的人
Aurigny〔ori'nji〕（法）
Aurin〔'ɔrɪn〕奧林
Auringer〔'ɔrɪndʒə〕
Aurinia〔ɔ'rɪnɪə〕奧里沃爾
Auriol〔‚ɔ‚r'jɔl〕歐禮和（Vincent,1884-
　1966,於1947-54為法國總統）
Aurispa〔aʊ'rispɑ〕　　　　　　　　「瑞典」
Aurivillius〔‚ɔrɪ'vilɪəs；‚aʊri'villiʊs〕（
Aurner〔'aʊrnə〕奧爾納
Aurobindo〔‚ɔr'ɔbɪndo〕奧羅賓多
Aurora〔ɔ'rɔrə；ɔ'rorə〕【羅馬神話】曙
　光之女神
Aurore〔o'rɔr〕（法）
Aursunden〔'aʊrsʊnən〕
Aurungabad〔'aʊrʌŋɡə‚bɑd〕
Aurungzeb〔'ɔrəŋ‚dzɛb；'aʊ-〕奧倫塞（
　1618-1707,印度斯坦皇帝）

Aurungzebe〔'ɔrʌŋ'zib〕
Ausangate〔‚aʊsaŋ'ɡate〕
Auschwitz〔'aʊʃvits〕奧希維茲（波蘭）
Ausculum Apulum〔'ɔskjʊləm 'æpjʊləm〕
Ausgleich〔'aʊs‚ɡlaɪk〕1867年之奧匈條約
Ausías〔aʊ'sias〕
Auslander〔'ɔslændə〕奧斯蘭德
Ausmus〔'ɔsməs〕奧斯默斯
Ausone〔o'zɔn〕（法）
Ausonia〔ɔ'sonɪə〕
Ausonio〔aʊ'zonjo〕
Ausonius〔ɔ'sonɪəs〕
Auspicius〔ɔs'pɪʃɪəs〕
Aussa〔'aʊsɑ〕
Aussee〔'aʊsze〕
Aussen Alster〔'aʊsən 'alstə〕
Aussie〔'ɔsi〕【俚】❶澳洲人；澳洲之軍人
　❷澳洲
Aussig〔'aʊsɪh〕（德）
Aust-Agder〔'aʊst‚ɑɡdə〕
Austell〔'ɔstəl；'ɔsl〕奧斯特爾
Austen〔'ɔstɪn；-tən〕奧斯汀（Jane,1775-
　1817，英國女小說家）
Austen,Godwin-〔'ɡɑdwɪn‧'ɔstɪn〕
Auster〔'ɔstə〕【詩】南風；南方
Austerberry〔'ɔstə‚bεrɪ〕
Austerlitz〔'ɔstə‚lɪts〕奧斯德立茲（捷克）
Austern〔'ɔstən〕
Austin〔'ɔstɪn〕奧斯丁（❶Alfred,1835-
　1913,英國詩人 ❷John,1790-1859 英國法學
Austral〔'ɔstrəl〕奧斯特拉爾　　　　　「家）
Australasia〔‚ɔstrə'leʒə〕澳大拉西亞（澳
　洲、紐西蘭及附近南太平洋諸島之總稱）
Australia〔ɔ'streljə〕❶澳洲 ❷澳大利亞聯
Australis〔ɔ'strelɪs〕　　　　　　　　「邦
Austrasia〔ɔs'treʒə；-ʃə〕前佛蘭克王國之
　東部
Austria〔'ɔstrɪə〕奧地利（歐洲）
Austria-Hungary〔'ɔstrɪə‧'hʌŋɡərɪ〕奧
　匈帝國（1867-1918 中歐之一國）
Austrian〔'ɔstrɪən〕❶奧地利人；奧國人
　❷奧國之德語方言
Austronesia〔‚ɔstro'niʒɪə〕澳斯特羅尼西
　亞（南太平洋諸島嶼之總稱）
Austvågöy〔'aʊstvɔɡə‚jʊ〕（挪）
Auten〔'ɔtɛn〕奧騰
Auténtico〔aʊ'tentiko〕
Auteroche,d'〔do'trɔʃ〕（法）
Autesiodorum〔‚ɔ‚tisɪo'dɔrəm〕
Auteuil〔o'tɚj〕（法）
Authari〔ɔ'θɑraɪ〕
Autison Raju〔aʊ'tisɔn 'rɑhu〕（西）

Autolycus〔ɔ'talıkəs〕
Automedon〔ɔ'tamıdan〕
Autori〔'ɔtərı〕
Autorianus〔ɔtorı'enəs〕
Autran〔o'traŋ〕（法）
Autremont, d'〔dotrə'mɔŋ〕（法）
Autrey〔'ɔtrı〕奧特里
Autriche〔ot'riʃ〕
Autricum〔'ɔtrıkəm〕
Autronia〔ɔ'troniə〕
Autry〔'ɔtrı〕奧特里
Autun〔o'tœŋ〕（法）
Autunoi〔otju'nwa〕（法）
Auvergne〔o'vɛrn〕
Auwers〔'auvəs〕（德）
Aux Barques〔o 'bark〕
Auxentius〔ɔk'sɛnʃıəs〕
Auxerrois〔osɛr'wa〕（法）
Auxois〔o'swa〕（法）
Auxonnois〔osɔ'nwa〕（法）
Aux Plaines〔o 'plenz〕
Aux Sources, Mont〔,mɑn,to'surs〕蘇爾
  斯山（南非）
Auzoux〔o'zu〕
Ava〔'avə; 'evə; 'afə〕阿瓦（緬甸）
Avacha〔a'vatʃə〕
Avakumović〔,ava'kumovıtʃ〕
Aval〔'ævəl〕
Avallenau〔a'valənau〕
Avalanche〔'ævəlantʃ〕
Avallon〔'ævəlan; ava'lɔŋ（法）〕
Avalokiteshvara〔,avalokı'tɛʃvərə〕
Avalon〔'ævəlan; ava'lɔŋ（法）〕阿瓦隆
Ávalos〔'avalos〕（西）
Avandale〔'evəndel〕
Avanti〔ə'vantı〕
Avanzo〔a'vantso〕
Avarau〔,avə'rau〕
Avari〔ə'veraı〕
Avaricum〔ə'værıkəm〕
Avaris〔ə'vɛrıs〕
Avars〔'avɑrz〕
Avarua〔,avə'rua〕
Avaux〔a'vo〕（法）
Avdeyenko〔avd'jejınkə〕（俄）
Ave atque Vale〔'evı 'ætkwı 'veli〕
  【拉】珍重再見
Avebury〔'evbərı〕愛扶倍利（1st Baron
  Avebury, Sir John Lubbock, 1834-1913, 英
  國作家，博物學家，政治家）
Avedon〔'evdən〕埃夫登
Aveiro〔ə'veru〕（葡）

Avé-Lallemant〔a've·lal'maŋ〕
Avé Lallement〔a'velal'maŋ〕
Aveline〔'ævəlın〕
Aveling〔'evlıŋ〕埃夫林
Avelino〔,ave'lino〕
Avelion〔ə'viljən〕
Avellaneda〔,aveja'neðɑ（拉丁美）;
  ,avelja-（西）〕
Avellino〔,avel'lino〕
Ave Maria Lane〔'evı mə'raıə ～〕
Ave Mary〔'evı 'mɛrı〕
Avempace〔'evənpes; ,avem'paθe（西）〕
Aven〔'evən〕埃文
Avenal〔'ævənəl〕
Avenant, D'〔'dævənənt〕
Avenare〔,ave'nare〕
Avenarius〔,ævı'nɛrıəs; ,ave'nɑrıus（德）〕
Avenches〔a'vanʃ〕（法）
Avenel〔'evnəl; av'nɛl（法）〕
Avenio〔ə'vinıo〕
Avenol〔avŋ'ɔl〕（法）
Avenpace〔'evənpes; ,avem'paθe（西）〕
Aventicum〔ə'ventıkəm〕
Aventine〔'ævəntaın〕   〔 〕〕
Aventinus〔,ævən'taınəs; ,avɛn'tinus（德）
Aventureux〔avant ju'rɚ〕（法）
Avenzoar〔ævən'zor〕
Averbach〔'evɚbæk〕埃弗巴克
Averchenko〔ʌv'jertʃənkɔ·ʌvjə'tʃenkɔ
  （俄）〕
Averell〔'evərəl〕埃夫里爾
Averescu〔,ave'rɛsku〕
Averill〔'evərəl〕埃夫里爾
Averlino〔,aver'lino〕（義）
Avernus〔ə'vɚnəs〕亞稚努斯湖（義大利）
Averitt〔'evərıt〕埃夫里特
Avern〔'ævən; ə'vɚn〕
Averr(h)oës〔ə'veroız; ,ævə'roız〕
Aversa〔a'vɛrsa〕
Avershawe〔'ævəʃɔ〕
Averulino〔,averu'lino〕
Avery〔'evərı〕埃弗里
Aves〔'eviz; 'aves（西）〕埃維斯
Avesta〔ə'vɛstə〕祆教之聖典；火教經
Aveyard〔'evjard〕埃夫亞德
Aveyron〔ave'rɔŋ〕
Avezzano〔,aved'dzano〕（義）
Avgoustinos〔,avgus'tinɔs〕
Avgust〔'avgust〕
Avgustin〔ʌvgus'tjin〕（俄）
Avianius〔,evı'enıəs; -njəs〕
Avianus〔,evı'enəs〕

Avice〔'evɪs〕

Avicebrón〔,ɑvɪθe'brɔn〕(西)

Avicenna〔,ævɪ'sɛnə〕

Avidius〔ə'vɪdɪəs〕

Aviemore〔,ævɪ'mɔr〕

Avienus〔,evɪ'inəs〕

Avigdor〔'avɪgdɔr〕阿維格多

Avigliana〔,avi'ljana〕

Avignon〔avi'njɔŋ〕亞威農(法國)

Ávila〔'avɪla〕阿維拉

Ávila Camacho〔'avɪla·ka'matʃo〕

Avildsen〔'ævɪldsɛn〕阿維爾森

Avilés〔,avɪ'les〕

Avilion〔æ'vɪlɪən〕

Avion〔a'vjɔŋ〕(法)

Avirett〔'evrɪt〕

Avis〔'evɪs ; 'avɪʃ〕(葡)阿維斯

Avison〔'evɪsŋ ; æv-〕

Avitus〔ə'vaɪtəs〕

Aviz〔'avɪʃ〕(葡)

Avlona〔æv'lonə〕

Avni Pasha, Hussein〔hju'sen ɑv'nɪ
pa'ʃa〕

Avoca〔ə'vokə〕

Avoch〔ɔk ; ɔh〕(蘇)

Avogadro〔,avo'gadro〕阿佛加德羅(
Count Amedeo, 1776-1856, 義大利化學及物理
學家)

Avola〔'avola〕

Avon〔'evən〕❶亞芬郡(英格蘭)❷亞芬河
(英格蘭)

Avon Lake〔'evən ~〕

Avondale〔'evəndel〕

Avonmouth〔'evənmauθ〕

Avory〔'evərɪ〕

Avoyelles〔ə'vɔɪəlz〕

Avraam〔ʌvrʌ'am〕(俄)

Avrahm〔av'ram〕阿夫拉姆

Avranches〔av'raŋʃ〕阿夫藍士(法國)

Avre〔'avɚ〕(法)

Avro〔'ævro〕

Avşa〔av'ʃa〕(土)

Awaj〔'æwædʒ〕

Awalt〔'ewalt〕埃瓦爾特

Awash〔a'waʃ〕

Awbery〔'ɔbərɪ〕奧伯里

Awdelay〔'ɔdlɪ〕

Awdeley〔'ɔdle〕

Awdrey〔'ɔdrɪ〕奧德里

Awe, Loch〔lah 'ɔ〕(蘇)

Awemba〔a'wɛmba〕

à Wood〔ə 'wud〕

Awori〔a'wɔri〕

Awowin〔a'wowɪn〕

Awuna〔a'wuna〕

Axar Fjord〔'aksar~ ; 'ahsar ~(冰)〕
阿克薩灣(冰島)

Axayacatl〔,aʃa'jakatl〕

Axayacatzin〔,aʃaja'katsɪn〕

Axe〔æks〕阿克斯

Axel〔'æksəl ; 'aksəl〕(德、丹、荷、挪威、
瑞典)阿克塞爾

Axelrod〔'æksəlrad〕阿克塞爾羅德

Axelson〔'æksəlsn ; 'aksəlsɔn〕(瑞典)阿
克塞爾森

Axenfeld〔'aksənfɛlt〕

Axhausen〔'akshauzən〕

Axholm(e)〔'ækshom ; -səm〕

Axius〔'æksɪəs〕

Axler〔'ækslə〕阿克斯勒

Axman〔'æksmən〕阿克斯曼

Axminster〔'æksmɪnstə〕黄麻爲底之羊毛
地毯

Axon〔'æksən〕

Axona〔'æksonə〕

Axtell〔'ækstɛl〕阿克斯特爾

Axton〔'ækstən〕阿克斯頓

Axum〔ak'sum〕

Ayacucho〔,aja'kutʃo〕

Ayaguz〔ʌjʌ'gus(俄)；aja'gɜz(哈薩克)〕

Ayala〔a'jala〕阿亞拉

Ayalti〔aɪ'jalti〕

Ayan〔ʌ'jan〕阿揚(蘇聯)

Ayasal(o)uk〔,ajasa'luk〕

Aya Soluk〔,aja so'luk〕

Aycock〔'ekak〕艾科克

Aydelott(e)〔'edl,at〕艾戴樂(Frank, 1880-
1956, 美國教育家)

Ayden〔'edn〕

Aydin〔aɪ'dɪn〕

Ayenbite of Inwyt〔a'jenbaɪt əv 'ɪn-
,wɪt ; ajenbit af 'ɪnwɪt(中古英語)〕

Ayer〔ɛr〕艾爾

Ayers〔ɛrz〕

Ayerst〔'aɪrst ; 'erst〕

Ayesha(h)〔'a-ɪʃæ; 'ajəʃa〕

Aylen〔'elən〕艾倫

Ayles〔elz〕艾爾斯

Aylesbury〔'elzbərɪ ; -bɛrɪ〕

Aylesford〔'elzfəd ; 'els-〕艾爾斯福德

Aylesworth〔'elzwɚθ〕艾爾斯沃思

Ayllón〔aɪ'ljɔn〕(西)

Aylmer〔'elmə〕艾爾默

Aylott〔'elat ; -lət〕艾洛特

Aylsham〔'elʃəm〕

Aylward〔'elwəd〕艾爾沃德

Aylwen〔'elwən〕艾爾溫

Aymar - Vernay〔ɛmɑr·vɛr'ne〕（法）

Aymer〔'emə〕

Aymer de Valence〔'emə də 'væləns〕

Aymestr(e)y〔'emstri〕

Aymon〔'emən〕

Ayn〔en〕艾恩

Aynsley〔'ensli〕安斯利

Ayodhya〔ə'jodhja〕

Ayola〔ɑ'jola〕

Ayolas〔ɑ'jolas〕

Ayot〔'eət〕

Ayotla〔ɑ'jotla〕

Ayoub Khan〔ɑ'jub 'kan〕

Ayr〔ɛr〕

Ayrault〔'airɔlt〕艾羅爾特

Ayre〔ɛr〕艾爾

Ayrer〔'airə〕

Ayres〔ɛrz;ærz〕艾爾斯（❶ Leonard
Porter, 1879-1946, 美國教育家 ❷ Ruby
Mildred, 1883-1955, 英國小說家）

Ayris〔'ɛris〕

Ayrshire〔'ɛr,ʃir〕❶ 亞爾郡（蘇格蘭）
❷ 該郡所產之一種乳牛

Ayrton〔'ɛrtn〕艾爾頓

Ayscough〔'æskə〕艾斯庫

Ayscue〔'eskju;'æsk-〕

Aysén〔ai'sen〕

Ayto(u)n〔'etn〕

Ayubite〔ɑ'jubait〕

Ayub Khan〔ɑ'jub 'kan〕阿育汗（Moham-
med, 1908-, 於 1958-1969 任巴基斯坦總統）

Ayudhya〔ɑ'jutəjə〕獪地亞（泰國）

Ayuthia〔ɑ'juθiə〕

Ayut'ia〔ɑ'jutiɑ〕

Ayyar〔'aijə〕艾亞爾

Ayyubid〔ai'jubid〕

Azad〔ɑ'zad〕

Azaïs〔azɑ'is〕（法）

Azalea〔ə'zeliə〕愛蕾里亞

Azamgarh〔,azim'gar〕

Azaña〔ɑ'θanja〕阿沙納（Manuel, 1880-
1940, 於 1936-39 任西班牙總統）

Azanaque〔,asɑ'nake〕（拉丁美）

Azana y Díez〔ɑ'θanja i 'dieθ〕（西）

Azanchevski〔azan'tʃɛfski ; ʌzʌn-
'tʃɛfskɔi〕（俄）

Azani〔ə'zenai〕

Azanion〔ə'zeniɑn〕

Azanza〔ɑ'θanθa〕（西）

Azara〔ɑ'θɑrɑ〕（西）

Azariah〔,æzə'raiə〕阿扎賴亞

Azarian〔ə'zɛriən〕

Azarias〔,æzə'raiəs〕

Azazel〔ə'zezəl ; 'æzəzɛl〕

Azaziel〔ə'zezjəl〕

Azbine〔'az'bin〕

Azcapotzalco〔,askapo'tsalko〕

Azcárate〔aθ'karate〕（西）

Azel〔'ezəl〕阿澤爾

Azehlio〔ad'zɛljo〕（義）

Azerbaidzhan〔,azə'bai'dʒan〕

Azerbaidzhani〔,azə'bai'dʒani〕

Azerbaijan〔,æzə,bai'dʒan〕亞塞拜然（蘇
聯─加盟國）

Azevedo〔əzə'veðu〕（葡）

Azilia〔ə'ziliə〕

Azim〔'azim〕

Azimech〔'æzimɛk〕

Azimgarh〔,azim'gar〕

Azincourt〔azəŋ'kur〕（法）

Aziz, Abdul-〔,abdul·ɑ'ziz〕

Azkoul〔'æzkol〕

Azo〔'adzo〕

Azof(f)〔'azaf; ɑ'zɔf〕

Azogues〔ɑ'θoges〕（西）

Azolinus〔,æzə'lainəs〕

Azor〔'ezɔr〕

Azores Island〔ə'zɔrz ~〕亞速爾羣島（
北大西洋）

Azorín〔,aθo'rin〕（西）

Azotos〔ə'zotəs〕

Azotus〔ə'zotəs〕

Azov, Sea of〔'azaf ; 'æz,ɔf〕亞速海（蘇聯）

Azovskoe More〔ʌ'zɔfskəjə 'mɔrjə〕（俄）

Azrael〔'æzriəl〕猶太教與回教中之天使

Azrak〔'azrak〕

Azraq〔'azrak〕

Aztalan〔'æztələn〕

Aztec〔'æztɛk〕❶阿茲特克人（墨西哥中部
之印第安人）❷阿茲特克語

Aztlan〔ast'lan〕

Azua〔'aswa〕

Azuay〔as'wai〕

Azucena〔,adzu'tʃena〕

Azuela〔as'wela〕

Azuero〔as'wero〕

Azufre〔ɑ'sufre〕

Azul〔ɑ'sul〕

Azzam Pasha, Abdul Rahman〔ab'dul
'ramən 'æzæm 'paʃa〕

Azzo〔'addzo〕

B

Ba〔bɑ〕化學元素 barium 之符號

Baade〔'bɑdə〕巴德

Baader〔'bɑdɚ〕   「神；太陽神

Baal〔'beəl;'beæl〕古代菲尼基人信奉的最高

Baalah〔'beəlɑ〕

Baalath〔'beəlæθ〕

Baalbek〔'beəlbɛk; 'bɑlbɛk〕

Baal-Hermon〔'beəl·'hɚmən〕

Baalim〔'beəlɪm; 'bɑlɪm（意第緒）〕

Baal Schem〔'bɑl'ʃɛm〕

Baal Shem-Tob〔bɑl 'ʃɛm·tov〕

Baal Shem-Tov〔bɑl 'ʃɛm·tov〕

Baan〔bɑn〕

Baanes〔'beəniz〕

Baanites〔'beənaɪts〕

Baarle〔'bɑrlə〕

Baarn〔bɑrn〕

Baas〔bɑs〕巴斯

Baasa〔'beəsə〕

Baasha〔'beəʃə〕

Bab〔bæb〕波斯 Babism 泛神教創始人之尊號

Baba〔'bɑbɑ; bɑ'bɑ〕

Baba, Koh-i-〔'kohɪ·bɑ'bɑ〕

Baba Abdalla〔'bɑbɑ ɑb'dɑlə〕

Baba Burnu〔'bɑbɑ bur'nu〕

Baba Gurgur〔'bɑbɑ gur'gur〕

Babahoyo〔,bɑvɑ'ojo〕（西）

Bab al-Zakak〔'bæb æzzʌ'kɑk〕

Babb〔bæb〕巴布

Babar Island(s)〔'bɑbɑr ~〕

Babbage〔'bæbɪdʒ〕巴比奇

Babbidge〔'bæbɪdʒ〕巴比奇

Babbie〔'bæbɪ〕

Babbit〔'bæbɪt〕

Babbitt〔'bæbɪt〕白璧德（Irving, 1865-
1933, 美國學者及教育家）

Babbittry〔'bæbɪtrɪ〕庸俗之商人或實業家
之行為、態度、或氣質

Babbott〔'bæbət〕巴博特

Babcock〔'bæbkɑk〕巴布科克

Babe〔beb〕巴伯

Babel〔'bebəl〕【聖經】巴別（古巴比倫之一
城及該城所建之塔）

Babeldoab〔,bɑbəl'doɑp〕

Bab(-)el(-)Mandeb〔'bæb,ɛl'mændɛb〕
巴布曼得海峽（中東）

Babelon〔bɑb'lɔŋ〕（法）

Babelthuap〔,bɑbəl'tuɑp」

Babenberg〔'bɑbənbɚrk〕

Baber〔'bɑbɚ〕巴卑爾（1483-1530, 印度 Mogul
朝建國者及其皇帝）

Babeş〔'bɑbeʃ〕（羅）

Babette〔bæ'bɛt〕

Babeuf〔bɑ'bɚf〕（法）

Babia Góra〔'bɑbjɑ 'gurɑ〕（波）

Babič〔'bɑbɪtʃ; 'bɑbɪtj（塞克））

Babieça〔bɑ'vjeθɑ〕（西）

Babil〔'bebɪl; 'bæbɪl〕

Babilée〔,bɑbi'le〕

Babin〔'bæbɪn〕巴賓

Babine〔bæ'bin; 'bæbin〕

Babinet〔bɑbi'nɛ〕（法）

Babington〔'bæbɪŋtn〕巴賓頓（Anthony,
1561-1586, 英國天主教徒）

Babites〔'bɑbaɪts〕

Babits〔'bɔbɪtʃ〕（匈）

Babmindra〔bæb'mɪndrə〕

Babo〔'bɑbo〕

Babócsa〔'bɑbotʃɑ〕（匈）

Baboeuf〔bɑ'bɚf〕（法）

Babol〔bɑ'bol〕

Baboo〔'bɑbu〕

Baboon〔bæ'bun〕

Baboquivari〔,bɑbokɪ'vɑrɪ〕

Babor〔bɑ'bɔr〕（法）

Babrius〔'bebrɪəs〕

Babs〔bæbz〕芭布絲

Babson〔'bæbsn̩〕巴布森

Babst〔bæbst〕巴布斯特

Babu〔'bɑbu〕

Babudja〔bɑ'budʒɑ〕

Babuna〔'bɑbunɑ〕

Babushka〔'bɑbuʃkə; bɑ'buʃkə〕

Babushkin〔'bɑbuʃkɪn〕

Babuyan〔,bɑbu'jɑn〕

Babuyan Claro〔,bɑbu'jɑn 'klɑro〕

Babuyanes〔,bɑbu'jɑnes〕

Babwa〔'bɑbwɑ〕

Babylon〔'bæbɪlən〕巴比倫（古代 Babylonia
之首都）

Babylonia〔,bæbɪ'lonɪə〕巴比倫尼亞（亞洲一
古國，即巴比倫王國）

Baca〔'bekə〕巴卡

Bacall〔bə'kɔl〕巴考爾

Bacardi〔bə'kɑdɪ; ,bɑrkɑ'ðɪ（西））

Bacău〔bɑˊkɝʊ;bɑˊkʌʊʒ（羅）〕
Bacbuc〔bakˊbjʊk〕（法）
Baccaloni〔ˌbakəˊlonɪ;ˌbækəˊlonɪ〕
Baccelli〔batˊtʃɛllɪ〕（義）
Bacchae〔ˊbæki〕❶酒神 Bacchus 之女伴
❷酒神 Bacchus 之女性崇拜者或女祭司
Bacchanalia〔ˌbækəˊnelɪə;-ljə〕（古羅馬的）酒神祭
Bacchante〔bəˊkæntɪ;ˊbækənt〕
Bacchiacca〔bɑˊkjakka〕（義）
Bacchiadae〔bæˊkaɪədi〕
Bacchides〔ˊbækɪdiz〕
Bacchiglione〔ˌbakkiˊljone〕
Bacchus〔ˊbækəs〕羅馬酒神
Bacchylides〔bæˊkɪlɪdiz;bəˊkɪlɪdiz〕
Bacci〔ˊbattʃɪ〕（義）
Baccio〔ˊbattʃo〕（義）
Bacciocchi〔batˊtʃɔkkɪ〕（義）
Baccio della Porta〔ˊbattʃo,della ˊpɔrtɑ〕（義）
Baccus〔ˊbækəs〕巴克斯
Bach〔bak〕巴哈（Johann Sebastian, 1685-1750, 德國風琴家及作曲家）
Bacharach〔ˊbakarak〕巴卡拉克
Bache〔betʃ〕貝奇
Bachelder〔ˊbækəldə〕
Bachelin〔baʃˊlæŋ〕（法）
Bacheller〔ˊbætʃələ〕
Bachelor〔ˊbætʃələ;ˊbætʃɪlə〕
Bacher〔ˊbakə;ˊbahə（德）〕
Bachergebirge〔ˊbahəgə,bɪrgə（德）〕
Bachewa〔batˊʃewa〕
Bachiacca〔baˊkjakka〕（義）
Bachka〔ˊbatʃka〕
Bachman〔ˊbækmən;ˊbahman（德）〕
Bachmann〔ˊbakman〕（德）
Bachokwe〔baˊtʃɔkwe〕
Bachrach〔ˊbækræk〕
Bächtold〔ˊbɛhtalt〕（德）
Bachur〔bəhˊur;ˊbahur（德）〕
Bachylides〔bəˊkɪlɪdiz〕
Baciccio〔baˊtʃittʃo〕（義）
Bacis〔ˊbesis〕
Back〔bæk〕北克河（加拿大）
Bačka〔ˊbatʃka〕（塞克）
Back Alleghany〔bæk ˊælɪˌgenɪ〕
Backbite〔ˊbækbaɪt〕
Backbone〔ˊbækbon〕
Backer〔ˊbakə〕巴克爾
Backergunge〔ˌbakəˊgʌndʒ〕
Backett〔ˊbækɪt〕
Backhaus〔ˊbakhaʊs;ˊbækəs〕

Backhouse〔ˊbækhaʊs;ˊbækəs〕巴克豪斯
Backhuysen〔ˊbakhɔɪsən〕
Backlund〔ˊbaklʊnd〕巴克倫
Backman〔ˊbækmən〕巴克曼
Backnang〔ˊbaknaŋ〕
Backstairs〔ˊbækstɛrz〕
Backstrand〔ˊbækstrənd〕巴克斯特蘭
Bäckström〔ˊbɛkstrəm〕（瑞典）巴克斯特倫
Backus〔ˊbækəs〕巴克斯
Backwell〔ˊbækwəl〕巴克衛爾
Baclanova〔bæˊklanəvə〕
Bacler d'Albe〔baˊklɛr ˊdalb〕（法）
Bacninh〔bakˊnɪnj〕（越）
Baco〔baˊko〕
Bacoats〔bəˊkots〕巴科茨
Bacoli〔ˊbakolɪ〕
Bacolod〔bɑˊkoləd〕巴科洛德（菲律賓）
Bacolor〔ˌbakoˊor〕
Bacon〔ˊbekən〕培根（❶ Francis, 1561-1626, 英國作家及哲學家❷ Roger, 1214?-1294, 英國僧侶及哲學家）
Bacong〔baˊkɔŋ〕
Baconian〔beˊkonɪən〕信仰培根哲學之人
Baconthorpe〔ˊbekənθɔrp〕
Bacoor〔ˌbakoˊɔr〕
Bácsalmás〔ˊbatʃalmaʃ〕（匈）
Bacsányi〔ˊbaʃanjɪ〕（匈）
Bactra〔ˊbæktrə〕
Bácska〔ˊbatʃka〕（匈）
Bactria〔ˊbæktrɪə〕
Bactriana〔ˌbæktrɪˊenə〕
Baculard〔bakjuˊlar〕（法）
Bacup〔ˊbekəp〕
Bad〔bæd〕
Badacsony〔ˊbada,tʃanj〕（匈）
Badagry〔ˌbadaˊgri〕
Badajoz〔ˌbædəhaz〕巴達和斯（西班牙）
Badakhshan〔ˌbadahˊʃan〕
Badakshan〔ˌbadakˊʃan〕
Badalocchio〔badaˊlɔkkjo〕（義）
Badalona〔ˌbaðaˊlona〕（西）
Badam〔ˊbædəm〕
Badanov〔bʌˊdanɔf〕（俄）
Badari〔bæˊdarɪ〕
Bad Assmannshausen〔ˌbat ˊasmanshaʊzən〕
Bad Aussee〔ˌbat ˊaʊsze〕
Badawi Pasha, Abdul Hamid〔ˊabdjʊl haˊmid ˊbadəwi paˊʃa〕
Bad Axe〔ˌbæd ˊæks〕
Badayev〔ˊbadajɪf〕
Badb〔bav〕（愛）

Badby 〔 'bædbɪ 〕

Badchen 〔 'badhɛn 〕 (德)

Badcock 〔 'bædkɑk 〕

Baddeck 〔 bə'dɛk 〕

Baddeley 〔 'bædəlɪ 〕 巴德利

Baddiley 〔 'bædɪlɪ 〕

Bade 〔 'badə;bad (法) 〕

Badeau 〔 bə'do 〕 巴多

Badebec 〔 bad'bɛk 〕 (法)

Bad-Elster 〔 bat·'ɛlstə 〕

Badely 〔 'bædlɪ 〕

Bad Ems 〔 ,bat 'ems 〕

Baden 〔 'badṇ 〕 巴登(德國)

Baden-Baden 〔 'badən·'badən 〕

Baden bei Wien 〔 'badən baɪ 'vin 〕

Badenberger 〔 'badənbɜʒə 〕

Badenhausen 〔 'badənhauzən 〕

Badeni 〔 bə'denɪ 〕

Badenoch 〔 'bædnɑh 〕 (蘇) 巴德諾赫

Baden-Powell 〔 'bedṇ'pooəl 〕 貝登堡(Sir Robert Stephenson Smyth, 1857-1941, 童子軍運動創始者)

Badenweiler 〔 ,badən'vaɪlə 〕

Baden-Württemberg 〔'badṇ·'wɜtəmbəg〕

Bader 〔 'badə; 'bedə 〕 巴德

Bad Freienwalde 〔 bat ,fraɪən'valdə 〕

Badger 〔 'bædʒə 〕 巴杰

Badgley 〔 'bædʒlɪ 〕 巴杰利

Bad Godesberg 〔 bat 'godəsbɛrk 〕 (德)

Badgworthy 〔 'bædʒərɪ 〕

Badham 〔 'bædəm 〕 巴德姆

Bad Harzburg 〔 bat 'hartsburk 〕

Bad Homburg 〔 bat 'hɔmburk 〕

Badî'al-Zamân 〔 bæ'di ʊzzæ'man 〕 (阿拉伯)

Badiali 〔 bɑ'djalɪ 〕

Badian 〔 bɑ'djan 〕

Badia Polesine 〔 bɑ'dia po'lezɪne 〕

Badía y Leblich 〔 bɑ'ðia ɪ lev'lik 〕(西)

Ba-Dimma 〔 ba·'dɪmma 〕

Badin 〔 'bedɪn;bɑ'dæŋ (法) 〕

Badinguet 〔 badæŋ'ge 〕 (法)

Bad Ischl 〔 bat 'ɪʃl 〕

Badius 〔 'bedɪəs 〕

Bad Kissingen 〔 bat 'kɪsɪŋən 〕

Bad Kreuznach 〔 bat 'krɔɪtsnah 〕 (德)

Bad Lands 〔 ,bæd 'lændz 〕

Badlands 〔 'bæd,lændz 〕 美國 South Dakota 州西南部及 Nebraska 州西北部之不毛之地

Badley 〔 'bædlɪ 〕 巴德利

Badman 〔 'bæd,mæn ; 'bædmən 〕

Badmin 〔 'bædmɪn 〕 巴德明

Badminton 〔 'bædmɪntən 〕

Bad Nauheim 〔 ,bat 'naʊhaɪm 〕

Bad Oeynhausen 〔 ,bat 'ɜɪnhauzən 〕 (德)

Badnur 〔 'badnʊr 〕

Badoeng 〔 'badʊŋ 〕

Badoglio 〔 bɑ'dɔljo 〕 巴多里奧(Pietro, 1871- 1956, 義大利將軍及首相)

Badon 〔 'bedən 〕

Badoura 〔 bə'dʊrə 〕

Bad Reichenhall 〔 bat ,raɪhən'hɑl 〕 (德)

Badrinath 〔 bʌdri'nat 〕 (印)

Bad Rippoldsau 〔 bat 'rɪpaltzaʊ 〕

Badroulboudour 〔 bə'drulbuduə 〕

Badt 〔 bæt 〕 巴特

Baducing 〔 'badʊtʃɪŋ 〕

Baduila 〔 'bædwɪlə 〕

Badulla 〔 bə'dʌlə 〕

Badura-Skoda 〔 bɑ'dʊrə·'skɔdə;be'dʊrə· 'skɔdə〕

Badwater 〔 'bædwatə 〕

Bad Wildungen 〔 bat 'vɪldʊŋən 〕

Baebia 〔 'bibɪə 〕

Baecula 〔 'bɛkjulə 〕

Baeda 〔 'bidə 〕

Baedeker 〔 'bedɪkə 〕 貝的克旅行指南(由德人 Karl Baedeker, 1801-1859, 所發行)

Baegna 〔 'bɛgna 〕

Baehr 〔 bɛr 〕 貝爾

Baekeland 〔 'bæklənd; 'beklænd 〕 貝克蘭

Baelen 〔 bɑ'læn 〕 (法)

Baena 〔 bɑ'ena 〕

Baer 〔 bɛr 〕 貝爾

Baerg 〔 bɜg 〕 貝格

Baerle 〔 'balə 〕

Baerlein 〔 'bɛrlaɪn 〕 貝萊恩

Baerman(n) 〔 'bɛrmən 〕 貝爾曼

Baert 〔 bɑ'ɛr 〕 (法)

Baertson 〔 'bat·sɔn 〕 (荷)

Baethgen 〔 'betgən 〕

Baetica 〔 'betɪkə 〕

Baetis 〔 'bitɪs 〕

Baetula 〔 'bɛtjulə 〕

Baetulo 〔 'bitʃulo 〕

Baeyer, von 〔 fɔn'bejə 〕 馮拜爾(Adolf, 1835-1917, 德國化學家)

Baez 〔 baɪ'ɛz; 'baɪɪz 〕 貝茲

Báez 〔'baes 〕 (拉丁美)

Baeza 〔 bɑ'eθɑ 〕 (西)

Bafa, 〔 'bafə 〕

Bafa Gölü 〔 ,bafa gə'lju 〕 (土)

Baffin Island 〔 'bæfɪn ~ 〕 巴芬島(加拿大)

Baffo 〔 'bɑffo 〕 (義)

Bafing〔'bafıŋ;ba'finj;ba'fæŋ(法)〕
Bafoulabé〔bafula'be〕(法)
Bafra〔ba'fra〕
Bafulabé〔bafula'be〕(法)
Bagac〔ba'gak〕
Bagacum〔'bægəkəm〕
Bagamoyo〔,baga'mojo〕
Bagana〔ba'gana〕
Bagan Siapiapi〔'bagɑn,siapı'api〕
Bagatur〔,bagə'tur〕
Bagandae〔bə'gɔdi〕
Bağazköy〔,bagɑz'kɜrt〕(土)
Bagby〔'bægbı〕巴格比
Bagdad〔'bæg,dæd;bæg'dæd〕巴格達(伊拉克)
Bage〔bedʒ〕貝奇
Bagé〔ba'ʒe〕
Bagehot〔'bædʒət;'bægət〕
Bagenal〔'bægənəl〕巴格納爾
Bagford〔'bægfəd〕
Baggaley〔'bæglı〕
Baggara〔bag'gara〕
Baggesen〔'bagəzən〕
Baggenstoss〔'bægɛnstas〕
Bagger〔'bægə〕巴格爾
Baggett〔'bægıt〕巴格特
Baggio〔'baddʒo〕
Baggott〔'bægət〕巴戈特
Baghdad＝Bagdad
Baghelkhand〔,bagəl'kʌnd;'bʌggɛlkʌnd〕(印)
Bagheria〔,bage'ria〕
Baghistan〔,bægı'stæn〕
Bagida〔'bagida〕
Bagimont〔'bædʒımant〕
Baginsky〔ba'gınski〕
Bagirmi〔bə'gırmı〕
Bağırpaşa Dağ〔,bajırpa'ʃa da〕(土)
Bagistan〔,bægı'stæn〕
Bagley〔'bæglı〕巴格利
Baglioni〔ba'ljonı〕
Baglivi〔ba'ljivı〕
Bagnacavallo, Il〔il ,banjaka'vallo〕(義)
Bagnall〔'bægnəl;'bægnɔl〕巴格諾爾
Bagnara Calabra〔ba'njara 'kalabra〕
Bagnell〔'bægnəl〕
Bagnères-de-Bigorre〔ban'jɛr·də·bɪ-'gɔr〕(法)
Bagnet〔'bægnet〕

Bagneux〔ba'njə〕(法)
Bagni di Fontecchio〔'banjı di fɔn-'tɛkkjo〕(義)
Bagni di Lucca〔'banjı dı 'lukka〕(義)
Bagnigge〔'bægnıdʒ〕
Bagni San Giuliano〔'banjı ,san dʒu-'ljano〕
Bagno a Ripoli〔'banjo a 'ripolı〕
Bagno di Romagna〔'banjo dı rómanja〕
Bagnold〔'bægnold〕巴格諾爾德
Bagnolet〔banjɔ'lɛ〕(法)
Bagnuolo〔banj'wɔlo〕(義)
Bago〔'bago〕巴哥(菲律賓)
Bagoas〔bə'goəs〕
Bagobo〔ba'gobo〕
Bagot〔'bægət〕巴戈特
Bagotville〔'bægətvıl〕
Bagrach Kol〔'baratʃ 'kəl〕
Bagradas〔'bægrədəs;bə'gredəs〕
Bagratidae〔bə'grætıdi〕
Bagration〔,bagratjı'ɔn;bʌgrʌtjı'ɔn(俄)〕
Bagrie〔'bægrı〕
Bagritski〔ba'grit·skı〕
Bagshaw(e)〔'bægʃɔ〕巴格肖
Bagshot〔'bægʃat〕
Bagster〔'bægstə〕
Bagstock〔'bægstək;'bægstak〕
Baguio〔,bagı'o〕碧瑤(菲律賓)
Baguirmi〔bə'gırmı〕
Bagwell〔'bægwel〕巴格威爾
Bagwill〔'bægwıl〕巴格威爾
Bagworthy〔'bædʒərı〕
Baha al-Din〔bæ'ha ʊd'din〕(阿拉伯)
Bahadur〔bə'hɑdur〕【印度】閣下(印度語對人之敬稱)
Bahadur Shah〔bə'hɑdur 'ʃa〕
Bahai〔bə'ha·ı〕
Bahalul〔,baha'lul〕
Bahamas, the〔bə'haməz〕巴哈馬(大西洋)
Bahamonde〔,baa'mɔnde〕
Bahar〔bə'har〕
Baharieh〔bæ'rijə;bæ'rijæ〕
Baharites〔bə'hærɑıts〕
Bahariya〔bæ'rijə;bæ'rijæ〕(阿拉伯)
Baha Ullah〔ba'ha ʊl'la〕
Bahaullah〔ba'ha·ʊl'la〕巴哈烏拉(本名Mirza Husayn Ali, 1817-1892, 波斯人, 巴海大同教之創始人)
Bahawalpur〔bə'hawəl,pur;bawəl'pur〕
Bahia〔bə'hiə(巴西);ba'ia(西)〕
Bahía〔ba'ia〕

Bahía Blanca〔baˈia ˈvlaŋka〕布蘭加港(阿
根廷)

Bahía de Caráquez〔baˈia ðe kaˈrakes〕
(西)

Bahía Grande〔baˈia ˈgrande〕

Bahía Negra〔baˈia ˈnegra〕

Bahman〔ˈbaman〕

Bahmani〔ˈbamǝni〕

Bahmer〔ˈbamǝ〕巴默

Bahn〔ban〕

Bahnar〔baˈnar〕

Bahnson〔ˈbansn〕巴恩森

Bahoruco〔ˌbaoˈruko〕

Bahr〔bar〕巴爾

Bähr〔bɛr〕

Bahraich〔bǝˈraik〕

Bahrain〔baˈren〕巴林(波斯灣)

Bahram〔baˈram〕

Bahramabad〔baˌramaˈbad〕

Bahrdt〔bat〕

Bahrein〔bǝˈrain; - ˈren; ba-〕巴林島(波斯
灣)

Bahr el Abyad〔ˈbæhǝ æl ˈæbjad〕
巴勒加札耳河(非洲)   「伯〕

Bahr el Arab〔ˈbæhǝ æl ˈʌrab〕(阿拉

Bahr(-)el(-)Ghazal〔ˈbæhǝ æl gaˈzæl〕
(阿拉伯)

Bahr(-)el(-)Jebel〔ˈbæhǝ æl ˈdʒæbæl〕
(阿拉伯)

Bahr en Nil〔ˈbæhǝ æn ˈnil〕(阿拉伯)

Bahret el Hule〔ˈbærǝt æl ˈhulǝ〕

Bahret Lut〔ˌbærɛt ˈlut〕

Bahrgan〔ˌbaˈgan〕

Bahri〔bæˈri〕

Bahrites〔ˈbæraits〕

Bahu〔ˈbahu〕

Bahur〔ˈbɔhur; bǝˈhur〕

Bahya ben Joseph ibn Pakuda〔ˈbaja
ben ˈdʒozif , ibn paˈkuda〕

Bahya ibn-Paquda〔ˈbaja ˈibn·paˈkuda〕

Bai〔ˈba·ı〕

Baia〔ˈbaja(義); bǝˈiǝ(巴西)〕

Baía〔bǝˈiǝ〕

Baiae〔ˈbaıı; ˈˌei〕

Baia-Mare〔ˈl aja·ˈmare〕

Baibars〔baıˈl ærs〕(阿拉伯)

Baiburt〔baıˈburt〕

Baidar〔baıˈdar〕

Baidawi, al-〔ˌæl·baıˈdawı〕

Baie Comeau〔be ˈkomo〕

Baiern〔ˈbaıǝn〕

Baie Saint Paul〔ˌbe sǝnt ˈpɔl〕

Baïf〔baˈif〕(法)

Baigent〔ˈbedʒǝnt〕

Baikal, Lake〔baıˈkal〕貝加爾湖(蘇聯)

Baikie〔ˈbekı〕

Bai-Kul〔baı·ˈkul〕

Bailak al-Qabajaqi〔baıˈlak al·ˌkaba-
ˈjaki〕

Bailan〔beˈlan〕

Bailar〔ˈbelǝ〕貝勒

Baildon〔ˈbeldǝn〕   「(愛)〕

Baile Atha Cliath〔bal ɔ ˈkliǝ; ˌblɑkˈliǝ

Baile Mhisteala〔bal vısˈtælǝ〕(愛)

Bailén〔baıˈlen〕

Bailey〔ˈbelı〕貝利(Liberty Hyde, 1858-
1954, 美國植物學家及作家)

Baileyville〔ˈbelıvıl〕

Bailhache〔ˈbelhætʃ〕

Bailiff〔ˈbelıf〕

Baillarger〔bajarˈʒe〕(法)

Baillet〔baˈje〕(法)

Bailleul〔baˈjǝl〕(法)

Baillie〔ˈbelı〕貝里(Joanna, 1762-1851,
蘇格蘭女劇作家及詩人)

Baillie-Grohman〔ˈbelı·ˈgromǝn〕

Baillieu〔ˈbelju〕貝利厄

Baillon〔baˈjɔŋ〕(法)

Baillot〔baˈjo〕(法)

Bailly〔baˈji〕(法)貝利

Bailundo〔baıˈlundo〕

Baily〔ˈbelı; baˈji(法)〕

Bain〔ben〕貝恩(Alexander, 1818-1903, 蘇
格蘭心理學家)   「里奇

Bainbridge〔ˈbenbrıdʒ; ˈbembrıdʒ〕班布

Bain-de-Bretagne〔ˌbæŋ·dǝ·brǝˈtanj〕
(法)

Baine〔ben〕貝恩

Bainer〔ˈbenǝ〕

Baini〔baˈinı〕

Bainsizza〔baınˈsittsa〕(義)

Bainter〔ˈbentǝ〕

Bainton〔ˈbentǝn〕班頓

Bainville〔bæŋˈvil〕(法)

Baiocasses〔ˌbeǝˈkæsiz〕

Baiocum〔beˈokǝm〕

Baiquirí〔ˌbaıkiˈri〕

Bair〔bɛr〕貝爾

Bairakdar〔baırakˈdar〕

Bairam〔baıˈram〕

Baird〔berd〕貝爾德(John Login, 1888-
1946, 蘇格蘭發明家)

Baireuth〔ˈbaırɔıt〕

Bairnsdale〔ˈbernzdel〕貝恩茲德耳(澳洲)

Bairnsfather 〔'bɛrnz,fɑðə〕班斯法瑟
Bairoko〔baɪ'roko〕
Bairstow〔'bɛrsto〕貝爾斯托
Bairu〔be'ru〕
Bairut〔be'rut〕
Baisan〔baɪ'sæn ; be'sɑn〕
Baïse〔be'iz〕貝斯
Bait al-Faqih〔baɪt al·'faki〕
Baitarani〔baɪ'tʌrəni〕(印)
Bait Jala〔baɪt 'dʒælə〕
Baitsell〔'bet·sl〕貝特塞爾
Baitul〔'betul〕
Baity〔'beti〕貝蒂
Baius〔'bejəs〕
Baixa〔'baɪʃə〕
Baixo Alentejo〔'baɪʃu əleŋ'teʒu;
   'baɪʃu aleŋ'teʒu(葡)〕
Baj〔'ba·ı〕   「(西)
Baja〔'bɑja〕(匈)
Baja California〔'bɑhɑ ,kɑlɪ'fɔrnjɑ〕
Bajada del Parana〔bɑ'hɑðɑ ðɛl
   pɑrɑ'nɑ〕(西)
Baja Verapaz〔'bɑhɑ ,verɑ'pɑs〕(西)
Bajazet〔,bædʒə'zet〕
Bajazeth〔,bædʒə'zɛθ〕
Bajer〔'baɪə〕拜爾(Fredrik, 1837-1922,
   丹麥政治家及作家)
Baji〔'bɑdʒi〕
Baji Rao〔'bɑdʒi 'rɑ·ʊ〕
Bajok〔bə'dʒɑk〕
Bajpai〔'bɑdʒpaɪ〕
Bajraktari〔,baɪrɑk'tɑri〕
Bajura〔bə'dʒurə〕
Bajus〔'bedʒəs〕貝朱斯
Bajza〔'bɔɪzɑ〕(匈)
Bakacs〔'bɑkɑtʃ〕(匈)
Bakarganj〔,bɑkə'gʌndʒ〕(印)
Bakau〔'bɑkaʊ〕
Bakel〔kɑ'kɛl〕
Bakeless〔'beklɪs ; 'beklɛs〕貝克利斯
Bakelite〔'bekə,laɪt〕
Baker〔'bekə〕貝克爾(❶ Newton Diehl,
   1871-1937, 美國律師及政治家❷ Ray
   Stannard, 1870-1946, 美國作家)
Bakerganj〔,bɑkə'gʌndʒ〕(印)
Bakerloo〔'bekə'lu〕
Bakersfield〔'bekəzfild〕
Bakersville〔'bekəzvɪl〕
Bakeu〔bɑ'kɛu〕
Bakewell〔'bekwəl〕貝克衛爾
Bakhchisarai〔,bɑhtʃɪsɑ'raɪ〕(俄)
Bakhmut〔'bɑhmut〕(俄)

Bakhoy〔bɑ'kɔɪ〕
Bakhtiari〔,bɑhtijɑ'ri〕(波斯)
Bahktigan〔,bɑhtɪ'gɑn〕(波斯)
Bakhtishwa〔bɑh'tɪʃwɑ〕(古希)
Bakhuis〔'bɑkhɔɪs〕(荷)
Bakhuisen〔'bɑkhɔɪsən ; - zən〕
Bakhuizen van den Brink〔'bɑkhɔɪzən
   vɑn dən 'brɪŋk〕(荷)
Bakhuysen〔'bɑkhɔɪsən; -zən〕
Bakhuyzen〔'bɑkhɔɪsən; -zən〕
Bakirdzis〔bæksɛr'dʒɪs〕
Bakirköy〔,bɑkɪr'kɜɪ〕(土)
Bakke〔'bɑkkɪ〕巴基
Bakken〔'bɑkɪn〕巴肯
Bakker〔'bækə〕巴克
Bakkum〔'bɑkkəm〕巴庫姆
Bakocz〔'bɑkotʃ〕(匈)
Bakony〔'bɑkonj〕(匈)
Bakonyerwald〔'bɑkonjə,vɑlt〕
Bakoy〔bɑ'kɔɪ〕
Bakri, al-〔,æl·bæ'kri〕
Bakst〔bɑkst〕巴克斯特(Léon Nikolaevich,
   1866-1924, 俄國畫家)
Baku〔bɑ'ku〕巴庫(蘇聯)
Bakunin〔bɑ'kunjɪn〕巴枯寧(Mikhail
   Aleksandrovich, 1814-1876, 俄國無政府主義論
Bakwin〔'bækwɪn〕巴克溫   L者)
Bal〔bæl ; bɑl〕
Bala〔'bælə; 'bɑlɑ(威)〕
Balaak〔'belæk〕
Balaam〔'beləm〕【聖經】巴蘭(Mesopotamia
   之一先知)
Balabac〔bɑ'lɑbɑk〕巴拉巴克(菲律賓)
Balabalagan〔,bɑlɑbɑ'lɑgɑn〕
Balaban〔'bæləbæn〕巴拉班
Balabanis〔bɑlɑ'bɑnɪs〕
Balabanov〔bəlʌ'bɑnɔf〕(俄)
Balabanova〔bəlʌ'bɑnɔvʌ〕(俄)
Balac〔'belæk〕
Balaclava〔,bælə'klɑvə〕
Bala Cynwyd〔'bælə 'kɪnwɪd〕
Baladan〔'bælədæn〕
Baladan, Merodach-〔mɪ'rodæk-
   'bælədæn〕
Baladhuri〔,bɑlɑ'ðuri〕(波斯)
Balafré, le〔lə bɑlɑ'fre〕(法)
Balagansk〔,bɑlɑ'gɑnsk〕
Balaghat〔'bɑlɑgɑt ; bɑlɑ'gɔt〕
Balaguer〔,bɑlɑ'gɛr〕(西)
Balaguer y Cirera〔,bɑlɑ'gɛr ı θɪ'rerɑ〕
Balah〔'bælæh〕   L(西)
Balaji〔'bɑlɑdʒi〕

Balak〔'belæk〕
Balakhana〔,bɑlɑhɑ'nɑ〕(俄)
Balakhani〔,bɑlɑhɑ'ni〕(俄)
Balakhany〔,bɑlɑhɑ'ni〕(俄)
Balakhna〔bɑ'lɑhnə〕(俄)
Balakirev〔bə'lækɪrɛv;bʌ'lɑkjɪrjɪf(俄)〕
Balaklava〔,bælə'klɑvə;bəlʌ'klɑvə(俄)〕
Balamban〔,bɑlɑm'bɑn〕
Balan〔'belæn;bɑ'lɑŋ(法)〕
Balance〔'bæləns〕
Balanchine〔'bælənt∫aɪn;-t∫in〕巴蘭欽
Balanchivadze〔bʌlʌnt∫i'vɑdzjɛ(俄)〕
Balanga〔bə'lɑŋgə;bɑ'lɑŋgɑ〕尼藍加(菲律賓)
Balangiga〔,bɑlɑŋ'higɑ〕巴蘭吉加(菲律賓)
Balanguingui〔,bɑlɑŋ'giŋgɪ〕
Balante〔bɑ'lɑnte〕
Balarama〔,bælæ'rɑmə〕
Balard〔bɑ'lɑr〕(法)
Balas〔'beləs〕貝拉斯
Balashof〔,bɑlɑ'∫ɔf〕
Balashov〔,bɑlɑ'∫ɔf〕巴拉朔夫(蘇聯)
Balasinor〔'bɑlɑsɪ'nor〕
Balassa〔'bɔlɔ∫∫ɔ;'bɑlɑ∫∫ɑ〕(匈)
Balasur〔bælɑ'sur〕
Balatchna〔bɑ'lɑt∫nə〕
Balaton〔'bælətɑn;'bɑlɑton(匈)〕
Balatonfüred〔'bɑlɑton'fjurɛd〕(匈)
Balaustion〔bɔ'lɔstɪən;-t∫ən〕
Balayan〔,bɑlɑ'jɑn〕巴拉盎(菲律賓)
Balázs〔'bɑlɑʒ〕(匈)
Balban〔'bʌlbɑn〕(印)
Balbes〔bɑlb〕(法)
Balbi〔'bɑlbɪ〕巴比火山(西太平洋)
Balbinus〔bæl'bɑɪnəs〕
Balbis〔bɑl'bi〕(法)
Balbo〔'bɑlbo〕
Balboa〔bæl'boə〕❶貝爾波爾(Vasco Núñez de,1475-1519、西班牙探險家)❷巴波亞(巴拿馬)
Balbriggan〔bæl'brɪgən〕
Balbuena〔bɑlb'wenɑ〕
Balbulus〔'bælbjuləs〕
Balbus〔'bælbəs〕
Balcarres〔bæl'kærɪs〕
Balch〔bɔlt∫〕鮑爾奇(Emily Greene,1867-1961,美國女經濟學家及社會學家)
Balchen〔'bɑlkən;'bæl-〕巴爾肯
Balchin〔'bɔlt∫ɪn;'bɑl-〕鮑爾欽
Balclutha〔bæl'kluθə〕
Balcon〔'bælkən〕

Balcom〔'bɔlkəm;'bæl-〕巴爾科姆
Bald〔bɔld〕鮑爾德
Baldassa(r)re〔,bɑldɑs'sɑre〕
Baldegg〔'bɑldɛk〕
Balden〔'bɔldən〕
Baldensperger〔bɑldɑŋspɛr'ʒe〕(法)
Balder〔'bɔldə〕鮑爾德
Balderston〔'bɔldəstən〕鮑爾德斯頓
Balderstone〔'bɔldəston〕
Baldes〔bɔldz;'bɔldɛs〕鮑爾茲
Baldey〔'bɑlde〕
Baldface〔'bɔldfes〕
Baldi〔'bɑldɪ〕
Baldinger〔'bɔldɪŋə〕鮑丁格
Baldini〔bɑl'dɪnɪ〕
Baldinucci〔,bɑldɪ'nutt∫ɪ〕(義)
Baldivieso〔,bɑldɪ'vjeso〕
Baldo〔'bɑldo〕
Baldock〔'bɔldɑk〕鮑多克
Baldo degli Ubaldi〔'bɑldo 'dɛlji u'bɑldi〕
Baldomero〔,bɑldo'mero〕
Baldomir〔,bɑldo'mir〕
Baldovinetti〔,bɑldovɪ'nettɪ〕(義)
Baldovini〔,bɑldo'vini〕
Baldr〔'bɔldə〕
Baldridge〔'bɔldrɪdʒ〕鮑德里奇
Balducci〔bɑl'dutt∫ɪ〕(義)
Balduin〔'bɑlduin〕
Balduinetti〔,bɑldwɪ'nettɪ〕(義)
Baldung〔'bɑlduŋ〕
Baldwin〔'bɔldwɪn〕鮑爾溫(❶James Mark,1861-1934,美國心理學家❷Stanley,1867-1947,英國政治家)
Baldwin I〔'bɔldwɪn〕包爾文一世(1058-1118,耶路撒冷國王)
Baldwinsville〔'bɔldwɪnzvɪl〕
Baldy〔'bɔldɪ〕
Bâle〔bɑl〕貝爾
Balean〔'bælɪn〕
Baleares〔,bɑle'ɑres〕巴利亞利羣島(西班牙)
Balearic〔,bælɪ'ærɪk〕
Balearis Major〔,bælɪ'ɛrɪs 'medʒə〕
Baléchou〔bɑle'∫u〕(法)
Balembangan〔,bɑləm'bɑŋɑn〕
Balenciaga〔,bɑlenθi'ɑgɑ〕(西)
Baler〔bɑ'lɛr〕巴累爾(菲律賓)
Bales〔belz〕
Balestier〔,bælə'stɪr〕
Balestra〔bɑ'lɛstrɑ〕
Balete〔bɑ'lete〕
Bâle-Ville〔,bɑl·'vil〕

Baley〔'belɪ〕巴利

Balfe〔bælf〕

Balfour〔'bælfur〕巴爾福（Arthur James,
　1848-1930, 英國哲學家及政治家）

Balfour-Browne〔'bælfɔr·'braʊn〕

Balfrin〔bal'frin〕

Balfrush〔balf'ruʃ〕

Balfurush〔,balfu'ruʃ〕

Balgonie〔bæl'gonɪ〕巴爾戈尼

Balgony〔bæl'gonɪ〕

Balgooyen〔bæl'gojɛn〕巴爾古延

Balgowlah〔bæl'gaulə〕

Balgownie〔bæl'gaunɪ〕

Balham〔'bæləm〕

Balhorn〔'balhɔrn〕

Bali〔'balɪ〕巴里島（印尼）

Baliangao〔,baljaŋ'gao〕

Baliev〔bal'jɪf〕（俄）

Balikango〔bælɪ'kaŋgo〕

Balikesir〔,balɪkɛ'sir〕

Balikh〔bæ'lih〕（土）

Balikpapan〔,balɪk'pap,an〕巴里把板（印尼）

Balilihan〔,balɪ'lihan〕

Balilla〔ba'lilla〕

Balin〔'belɪn ; 'balin〕巴林（黑龍江）

Baline〔bə'lin〕

Balingasag〔balŋga'sag〕

Balinghem〔balæŋ'gæŋ〕（法）

Bálint〔'balɪnt〕巴林特

Balintang〔,balɪn'taŋ〕

Baliol,de〔də'beljəl〕戴貝亞（John, 1249-
　1315, 蘇格蘭國王）

Balisand〔,bælɪ'sænd〕

Balisarda〔,balɪ'sarda〕

Baliuag〔ba'liwag〕

Balize〔bə'liz〕

Balkan〔'bɔlkən〕巴爾幹半島（歐洲）

Balkans, the〔'bɔlkənz〕巴爾幹半島諸
　國（歐洲）

Balkh〔balh〕（波斯）

Balkhan〔bal'han〕（俄）

Balk(h)ash〔bal'kaʃ〕巴爾喀什湖（蘇聯）

Balkis〔'bælkɪs〕

Ball〔bɔl〕包爾（John,?-1381, 英國教士）

Balla〔'balla〕

Ballachulish〔,bala'hulɪʃ〕（蘇）

Balladino〔,bælə'dino〕

Ballagi〔bal'lagɪ〕（匈）

Ballahulish〔,bala'hulɪʃ〕

Ballam〔'baləm〕

Ballance〔'bæləns〕巴蘭斯

Ballanche〔ba'laŋʃ〕（法）

Ballantine〔'bæləntaɪn〕巴蘭坦

Ballantrae〔,bælən'tre ; 'bæləntrɪ〕

Ballantyne〔'bæləntaɪn〕巴蘭坦

Ballarat〔,bælə'ræt〕巴拉臘特（澳洲）

Ballard〔'bæləd ; -lard〕巴拉德

Ballari〔bə'larɪ〕

Ballater〔'bælətə〕

Balleine〔bæ'lɛn〕

Ballenden〔'bæləndən〕

Ballenstedt〔'balənʃtɛt〕（德）

Ballentine〔'bæləntaɪn〕巴倫坦

Ballentyne〔'bæləntaɪn〕

Balleny〔'bæləni〕

Baller〔'bælə〕巴勒

Balletti〔bal'lettɪ〕（義）

Ballhorn〔'balhɔrn〕

Ballia〔'bælɪə〕

Balliet(te)〔bælɪ'ɛt〕巴利埃特

Ballif〔'bælɪf〕巴利夫

Ballin〔'bælɪn ; 'balin〕（德）巴林

Ballina〔'bælɪnə〕

Ballinamuck〔,bælɪnə'mʌk〕

Ballinasloe〔,bælɪnəs'lo〕

Balling〔'ballɪŋ〕（捷）

Ballinger〔'bælɪndʒə〕巴林杰

Ballington〔'bælɪŋtən〕巴林頓

Ballinrobe〔,bælɪn'rob〕

Ballinskelligs〔,bælɪns'kɛlɪgz〕

Balliol〔'beljəl〕牛津大學之一學院（創立
　於 1268 年之前）

Ballis〔'bɔlɪz ; 'bælɪs〕巴利斯

Ballivián〔,bajɪ'vjan〕（西）

Ballman〔'bɔlmən〕鮑爾曼

Balloch〔'bæləh〕（蘇）巴洛赫

Ballo in Maschera〔'ballo ɪn 'maskera〕

Ballon d'Alsace〔ba'lɔŋ dal'zas（法）〕

Ballon de Guebwiller〔ba'lɔŋ də
　gebvɪ'ler〕（法）

Ballonius〔bə'lonɪəs〕

Ballot〔'bælət ; ba'lat（荷）〕

Ballou〔bə'lu〕巴盧

Ball's Bluff〔bɔlz〕

Ballston Spa〔'bɔlstən 'spa〕

Balluat〔balju'a〕（法）

Ballwin〔'balwɪn〕

Bally〔'balɪ ; 'bælɪ〕巴利

Ballycastle〔,bælɪ'kasl̩〕

Ballymena〔,bælɪ'minə〕

Ballymoney〔,bælɪ'mʌnɪ ; -'monɪ〕

Ballynahinch〔,bælɪnə'hɪntʃ〕

Ballyshannon〔,bælɪ'ʃænən〕

Balm〔bam〕

Balmaceda〔‚balmɑ'seðɑ〕(西)
Balmain〔bæl'men ; bal'mæŋ (法)〕巴爾曼
Balmaseda〔‚balmɑ'seðɑ〕(西)
Balmawhapple〔‚bælmə'hwæpḷ〕
Balme〔bam〕巴姆
Balmer Series〔'balmə~〕【物理】巴耳末系
Balmerino〔bæl'mɛrɪno〕
Balmes〔'balmes〕
Balmez〔'balmeθ〕(西)
Balmforth〔'bamfɔrθ〕巴姆福恩
Balmont〔'baljmənt〕(俄)
Balmoral〔bæl'mɔrəl ; -'mar-〕蘇格蘭一
種無邊的圓形帽
Balnaves〔bæl'nævɛs〕
Balnibarbi〔‚bælnɪ'barbɪ〕
Balniel〔bæl'nil〕巴尼爾
Balodis〔'balodis〕
Balogh〔bɑ'log〕巴洛格
Balqash〔bal'kaʃ〕
Balquhidder〔bæl'hwɪdɚ〕(蘇)
Balsam〔'bɔlsəm〕鮑爾薩姆
Balsamo〔'balsamo〕
Balsar〔bʌl'sar〕(印)
Balsas, Río de las〔'rio ðe laz 'valsas〕(西)
Balsham〔'bɔlʃəm〕
Balssa〔bal'sa〕(法)
Balta〔'baltɚ ; 'bæltɚ ; 'balta〕
Balta-Limani〔'balta · li'mani〕
Baltard〔bal'tar〕(法)
Baltasar〔‚baltɑ'sar〕
Baltasare〔‚balta'zare〕
Baltazar〔‚balta'θɑr〕(西)
Baltazarini〔‚baltɑtsɑ'rini〕
Baltchik〔'baltʃik〕
Balthasar〔bæl'θæzɚ ; 'bælθəzar ; 'baltazar (德·法) ; 'baltasar (荷)〕
Balthazar〔bæl'θæzɚ ; ‚bælθə'zar ; baltæ'zar〕
Balthus〔'bælθəs〕巴爾薩澤
Bălti〔'bɜltsɪ〕(羅)
Baltia〔'bælʃɪə〕
Baltic Sea〔'bɔltɪk~〕波羅的海（歐洲）
Baltic States〔'bɔltɪk~〕波羅的海諸國
Baltiisk〔bʌl'tjisk〕(俄)   └(歐洲)
Baltîm〔bæl'tim〕
Baltimore〔'bɔltə‚mor〕巴的摩爾港（美國）
Baltin〔'baltin〕巴爾廷
Baltiski〔'baltɪskɪ〕
Baltischport〔'baltɪʃpɔrt〕
Baltistan〔‚bʌltɪs'tan〕(印)   「(俄)
Baltiyskoe More〔bʌl'tjiskəjə 'mɔrjə〕

Balts〔bɔlts〕
Baltzell〔'bɔltsəl〕
Băltzi〔'bɜltsɪ〕(羅)
Baltzly〔'bɔltslɪ〕巴爾茨利
Baluchi〔bə'lutʃɪ〕Baluchistan 之貴族、統
治階段
Baluchistan〔bə'lutʃɪstan〕俾路支(巴基斯坦）
Balucki〔ba'lutskɪ〕(波)
Balue〔bɑ'lju〕(法)
Balus〔'beləs〕
Balut〔bɑ'lut〕
Baluze〔bɑ'ljuz〕(法)
Balvay〔bal've〕
Baly〔'belɪ〕
Balys〔'balis〕
Bălz〔bɛlts〕鮑爾茨
Balzac, de〔də'bælzæk〕巴爾札克(Honoré, 1799-1850, 法國小說家）
Balzar〔bal'sar〕
Baluze〔bɑ'ljuz〕(法)
Bam〔bam〕巴姆
Bamako〔‚bama'ko〕巴馬科（馬利）
Bamana〔bɑ'mɑnɑ〕
Bambai〔bam'baɪ〕
Bambara〔bam'bɑrɑ〕
Bambatana〔‚bamba'tana〕
Bambé〔bam'be〕
Bamberg〔'bæmbɚg ; 'bambɛrk〕班堡
（德國）
Bamberger〔'bambɛrgɚ〕班伯格
Bambino〔bæm'bino〕
Bamboccio, Il〔il bam'bɔttʃo〕
Bamborough〔'bæmbərə〕
Bambouk〔bam'buk〕
Bambridge〔'bæmbrɪdʒ〕班布里奇
Bamburgh〔'bæmbərə〕
Bamfield〔'bæmfild〕班菲爾德
Bamford〔'bæmfɚd〕班福德
Bamfylde〔'bæmfild〕
Bamian〔‚bami'jan〕
Bam-i-Dunya〔'bam·i·du'nja〕
Bamont〔'bemənt〕
Bampfylde〔'bæmpfaɪld〕班菲爾德
Bampton〔'bæmptən〕班普頓
Bampur〔bam'pur〕
Bamra〔'bamrə〕
Bamu〔'bamu〕
Bamum〔bɑ'mum〕
Ban〔bæn〕班恩
Bana〔'bɑnə〕
Banaba〔bə'nabə〕

Banach〔'banah〕(波)
Banagher〔'bænəgə〕
Banahao〔bɑ'nɑhaʊ〕
Banajao〔bɑ'nɑhaʊ〕(西)
Banal〔'bænəl〕
Banam〔bɑ'nɑm〕❶巴南（柬埔寨）❷白朗
（西藏）
Banamichi〔,bɑnɑ'mitʃi〕
Banana〔bə'nænɑ ; bɑ'nɑnɑ〕巴納納（剛果）
Bananal〔bɑnɑ'nal〕
Banaras〔bə'nɑrəs〕巴那拉斯（印度）
Banas〔'bʌnɑs ; 'bænæs〕巴納斯
Banastre〔'bænəstə〕巴納斯特
Banat〔bɑ'nɑt〕
Banate〔bɑ'nɑte〕
Banaue〔bɑ'nɑwe〕
Banay〔'bæne〕巴內
Banbridge〔,bæn'brɪdʒ〕
Banbury〔'bænbəri〕
Banca〔'bɑŋkɑ〕
Banc d'Arguin〔bɑŋ dɑr'gæŋ〕(法)
Bances〔'bɑnθes〕(西)
Banchieri〔bɑŋ'kjeri〕
Banchs〔bɑntʃs〕
Banco〔'bɑŋko〕
Bancroft〔'bænkrɔft〕班克勞夫（George,
1800-1891, 美國歷史學家）
Band〔bænd ; bɑnd〕班德
Banda〔'bændə〕❶班達（Hastings Kamuzu,
1906?-, 從 1964 年起任馬拉威首相）❷班達（
（印度）
Bandama〔bɑn'dɑmɑ〕
Bandanaira〔,bɑndɑ'nɑɪərɑ〕
Banda Neira〔,bɑndɑ 'nɑɪərɑ〕
Bandamir〔,bɑndɑ'mɪr〕(波斯)
Bandar〔'bʌndə〕(印)
Bandaranaike〔bɑndɑrɑ'nɑɪkə;
bændərə'nɑɪkɪ〕
Bandar Nasiri〔bɑn'dɑr ,nɑsɪ'ri〕
Bandar Penggaram〔'bɑndɑr
pəŋ'gɑrɑm〕
Bandar Seri Begawan〔,bʌndə,sɛrɪ
bə'gɑwən〕斯里巴加萬港（馬來西亞）
Bandar Shah〔bɑn'dɑr 'ʃɑ〕
Bandar Shahpur〔bɑn'dɑr ʃɑ'pur〕邦達
沙普（伊朗）
Banda〔'bændə〕
Bandeira〔bən'derə〕
Ban-de-la-Roche〔bɑn·də·lɑ·'rɔʃ〕(法)
Bandello〔bæn'dɛlo〕
Bandera〔bæn'dɪrə〕
Banderas〔bɑn'derɑs〕

Bandiera〔bɑnd'jerɑ〕
Bandinelli〔,bɑndɪ'nɛllɪ〕(義)
Bandırma〔,bɑndɪr'mɑ〕(土)
Banditti〔bæn'dɪttɪ〕
Ban(d)jarmasin〔,bændʒə'mɑsn〕馬辰
（印尼）
Bandoeng〔'bɑnduŋ〕
Bandon〔'bændən ; 'bɑn,dɔn〕班當（泰國）
Bandra〔'bɑndrə〕
Bandtke〔'bɑntkɛ〕
Bandung〔'bɑn,duŋ〕萬隆（印尼）
Bane〔ben ; 'bɑne〕貝恩
Banér〔bɑ'ner〕(瑞典)
Banerjea〔'bɑnədʒi〕
Banerji〔'bɑnədʒi〕
Banes〔benz ; 'bɑnes〕
Banff〔bænf〕班夫（加拿大）
Banffshire〔'bæmf,ʃɪr〕班夫夏（蘇格蘭）
Bánffy〔'bɑnfɪ〕(匈)
Banfield〔'bænfild〕班菲爾德
Banford〔'bænfəd〕班福德
Bang〔bæŋ;bɑŋ〕班
Bangalore〔,bæŋgə'lɔr〕邦加羅爾（印度）
Banganapalle〔,bʌŋgənə'pʌli〕(印)
Bangassou〔bɑŋgɑ'su〕邦加蘇（非洲）
Bange〔bɑŋʒ〕(法)
Banger〔'bendʒə〕
Banggai〔'bɑŋgɑɪ〕
Banggi〔'bɑŋgɪ〕
Bangham〔'bæŋgəm〕班厄姆
Banghart〔'bæŋgət〕班哈特
Bangi〔bɑŋ'gi〕(法)
Bangil〔'bɑŋɪl〕
Bangka〔'bæŋkə〕邦加島（印尼）
Bangkalan〔,bɑŋkɑ'lɑn〕
Bangkok〔'bæŋ,kɑk〕曼谷（泰國）
Bangladesh〔,bɑŋglə'dɛʃ〕孟加拉共和國
（非洲）
Bang Phra〔'bɑŋ 'phrɑ〕(暹羅)
Bang Pla Soi〔'bɑŋ 'plɑ 'sɔɪ〕
Bangs〔bæŋz〕班斯
Bangued〔bɑŋ'ged〕邦貴（菲律賓）
Bangui〔bɑŋ'gi〕班基（中非）
Bangweolo〔,bæŋ'wolo〕
Bangweulu, Lake〔,bæŋwɪ'ulu~〕邦吾廬
湖（非洲）
Baní〔bɑ'ni〕巴尼河（西非洲）
Banham〔'bænəm〕
Baniana〔bænɪ'enə〕
Banias〔,bænɪ'jæs〕

Banier〔bɑ'niɚ〕
Banim〔'benɪm〕
Banino〔bɑ'nino〕巴尼諾
Banister〔'bænɪstɚ〕巴尼斯特
Baniyas〔,bænɪ'jæs〕巴尼雅斯（敍利亞）
Banjak〔'banjak〕
Banja Luka〔'banja 'luka〕
Banjar〔'bandʒɚ〕
Banjarmas(s)in〔,bandʒɚ'masɪn〕
Banjermas(s)in〔,bandʒɚ'masɪn〕
Banjoemas〔'banjumas〕
Banjoewangi〔,banju'waŋɪ〕
Banjul〔'ban,dʒul〕班竹（甘比亞）
Banka〔'bæŋkə〕邦加島（印尼）
Bankart〔'bænkət〕班卡特
Bankes〔bæŋks〕班克斯
Bankhead〔'bæŋkhɛd〕
Bankipore〔'baŋkɪpor〕
Banks〔bæŋks〕班克斯（Sir Joseph, 1743-1820, 英國博物學家）
Banks Island〔bæŋks~〕班克斯島（加拿大）
Bankside〔'bæŋksaid〕
Bankstown〔'bæŋkstaun〕
Bankura〔'baŋkura〕
Ban Mak Khaeng〔'ban 'mak 'khæŋ〕
Banmana〔ban'mana〕
Banmethuot〔,banmɛ'tuat〕邦美蜀（越南）
Bann〔bæn〕
Bannalec〔bana'lɛk〕（法）
Bannan〔'bænən〕班南
Bannard〔'bænəd〕班納德
Bannatyne〔'bænətaɪn〕班納坦
Banner〔'bænɚ〕班納
Bannerman〔'bænəmən〕班納曼
Banning〔'bænɪŋ; bɑ'næŋ3（法）〕班尼
Bannister〔'bænɪstɚ〕班尼斯特
Bannock〔'bænək〕
Bannockburn〔'bænəkbən〕
Bannon〔'bænən〕班那
Bannu〔'banu〕
Bañolas〔bɑ'njolas〕
Banquo〔'bæŋkwo〕
Bansda〔'baŋsda〕
Banse〔'banzə〕
Banser〔'bænsɚ〕班澤
Banská Belá〔'banska 'bɛla〕「(捷)
Banská Bystrica〔'banska 'bistrɪtsa〕
Banská Stiavnica〔'banska 'ʃtjavnjɪtsa〕（捷）
Banstead〔'bænstɛd〕
Banta〔'bæntə; 'ban-〕班塔
Bantam〔'bæntəm; ban'tam〕

Bantayan〔,banta'jan〕班塔延島（菲律賓）
Banti〔'banti〕
Banting〔'bæntɪŋ〕班亭（Sir Frederick Grant, 1891-1941, 加拿大醫生）
Bantle〔'bæntl̩〕班特爾
Bantock〔'bæntək〕
Banton〔ban'tɔn〕
Bantry〔'bæntrɪ〕
Bantu〔'bæn'tu; 'ban-〕❶班圖人❷班圖語
Bantz〔bænts〕班茨
Banu〔bɑ'nu〕
Banvard〔'bænvard〕
Banville, de〔də ,baŋ'vil〕德班衞（Théodore, 1823-1891, 法蘭詩人及作家）
Banwell〔'bænwɛl〕班衞爾
Banyak〔'banjak〕
Banyard〔'bænjəd〕班亞德
Banyumas〔'banjumas〕
Banyuwangi〔,banju'waŋɪ〕
Banzare〔'bænzɛr〕
Banzes〔'banθes〕（西）
Bao〔'bao〕
Bao Dai〔'bao de〕
Bao-Daï〔'bao·'dai〕
Baoulê〔ba·ʊ'le〕
Baour-Lormian〔ba'ur·lɔr'mjaŋ〕（法）
Bapaume〔bɑ'pom〕（法）
Baphomet〔'bæfəmɛt〕
Baps〔bæps〕
Bapst〔bapst〕巴普斯特
Baptist〔'bæptɪst〕浸信會教友
Baptista〔bæp'tɪstə; ba'tiʃtə（葡）; bɑ'tistɚ（巴西）; bap'tista（荷、德）〕
Baptista Minola〔bæp'tɪstə 'mɪnələ〕
Baptiste〔ba'tist〕（法）巴普蒂斯特
Ba Quam Am〔'ba 'kwan 'am〕
Ba'quba〔bæ'kuba〕
Baquedano〔,bake'ðano〕（西）
Baquerizo〔bake'riso〕
Bar〔bar〕
Bär〔ber〕
Bara〔'berə; 'bara（德）〕
Barab〔'bærəb〕巴拉布
Bara Banki〔'barə 'baŋkɪ〕（印）
Barabas〔'bærəbəs; bə'ræbəs; bɑ'ræbəs〕
Baraba〔,barʌ'ba〕（俄）
Barabbas〔bə'ræbəs; 'bærəbəs〕【聖經】巴拉巴（耶穌被釘十字架以前，猶太人要求釋放之一囚犯）
Baraboo〔'berə,bu〕
Barac〔'berək; 'beræk〕
Baraca〔bə'rækə〕

Baracaldo〔,barɑ'kaldo〕

Barach〔'berə; 'beræk〕貝拉克

Baracoa〔,barɑ'koa〕

Barada〔bɑ'rada; 'bʌrɑdə〕

Baradai〔,bærə'baɪ〕

Baradaeus〔,bærə'diəs〕

Baraga〔'bærəgə〕

Baragan〔'barɑgan〕

Baraguay d'Hilliers〔barɑ'ge di'lje〕（法）

Baragwanath〔,berəg'wɑnəθ〕貝拉格瓦納思

Barahona〔,barɑ'ona〕

Barail〔bə'raɪl〕

Barajas〔bɑ'rahas〕（西）

Barak〔'beræk; bə'rak; 'berək〕

Baraka〔'bʌrakə〕（阿拉伯）

Baralt〔bɑ'ralt〕巴拉爾特

Baram〔'baram〕

Baramba〔bə'rʌmbə〕（印）

Baramul(l)a〔'barɑ'mulə〕

Baranagar〔bə'ranəgɚ〕

Barandero〔baran'derɔ〕

Baranoa〔,barɑ'noa〕

Baranof〔'bærənɔf〕巴拉諾夫島（美國）

Baranov〔bʌ'ranɔf〕（俄）

Baranovichi〔barɑ'nɔvitʃi; bərʌ'nɔvjitʃi〕（俄）〕 〔（波）

Baranowicze〔,baranɔ'vitʃɛ; barano'vitʃe〕

Baranquilla〔,baraŋ'kila〕

Barante〔bɑ'raŋt〕（法）

Bárány〔'baranj〕巴雷尼（Robert, 1876–1936, 奧國醫生）

Baranya〔'baranjə〕

Bara(h)ona〔,barɑ'ona〕

Barat〔'bærət; bɑ'ra（法）〕

Barati〔'bærətɪ〕

Baraque Michel〔bɑ'rak mi'ʃɛl〕（法）

Barataria〔,bærə'tɛrɪə; barə'tarɪə〕

Barathron〔'bærəθran〕

Baratier〔barɑ'tiɛ; bara'tje（法）〕

Baratieri〔,barɑ'tjerɪ〕

Baratynski〔bʌrʌ'tjɪnskəɪ〕（俄）

Baraundha〔bə'raundə〕

Baraya〔bɑ'raja〕

Baraza〔bɑ'rasa〕

Barba〔'barva〕（西）巴爾巴

Barbacena〔bəbə'senə〕

Barbacoas〔,barvɑ'koas〕（西）

Barbados〔bar'bedos〕巴貝多（西印度羣島）

Barbalho〔bar'valju〕（葡）

Barbara〔'barbərə; 'barbara（德、義）; bʌr'barʌ（俄）〕

Barbara Allan〔'barbərə 'ælən〕

Barbarelli〔,barbɑ'rɛllɪ〕（義）

Barbari〔'barbari〕

Barbarie〔barba'rɪ〕（法）

Barbaro〔'barbaro〕

Barbarossa〔,barbə'rasə〕

Barbaroux〔barba'ru〕（法）

Barbary〔'barbərɪ〕巴巴利區（非洲）

Barbas〔'barvas〕（西）

Barbason〔'barbəsən〕

Barbastro〔bar'vastro〕（西）

Barbate〔bar'vate〕（西）

Barbatelli〔,barba'tɛllɪ〕（義）

Barbatus〔bar'betəs〕

Barbauld〔'barbold〕

Barbazan〔barbɑ'zaŋ〕（法）

Barbe-Bleue〔barb-'blɚ〕

Barbee〔'barbɪ〕巴比

Barbellion〔bar'bɛljən〕

Barbé-Marbois〔bar'be·mar'bwa〕（法）

Barber〔'barbɚ〕巴伯

Barberek〔'barbərek〕

Barberini〔,barbe'rini〕

Barberino, da〔da ,barbe'rino〕

Barbero〔bar'bero〕

Barbers〔'barbɚz〕

Barberton〔'barbɚtən〕巴伯頓

Barbey d'Aurevilly〔bar'be dɔrvi'ji〕（法）

Barbican〔'barbɪkən〕 〔（法）

Barbié du Bocage〔barb'je dju bɔ'kaʒ〕

Barbier〔barb'je〕（法）

Barbiere〔barb'jere〕

Barbieri〔barb'jeri〕

Barbirolli〔,barbɪ'rɑlɪ〕

Barbizon School〔'barbɪzan~〕巴比遜派（十九世紀中葉之法國繪畫派）

Barbo〔'barbo〕

Barbon(e)〔'berbon〕

Barborka〔bar'bɔrkə〕巴博卡

Barbosa〔bə'bɔzə〕

Barbou〔bar'bu〕（法）

Barbour〔'barbɚ〕巴伯

Barbourville〔'barbɚvɪl〕

Barboursville〔'barbəzvɪl〕

Barbox〔'barbaks〕

Barboza〔bar'bosa〕

Barbra〔'barbra〕

Barbu〔'barbu〕

Barbuda〔bar'budə〕巴爾布達島（西印度羣島）

Barbusse〔bɑr'bus；bɑr'bjus（法）〕
Barby〔'bɑrbɪ〕巴比
Barca〔'bɑrkə〕巴卡
Barcas〔'bɑrkəs〕
Barce〔'bɑrtʃe〕
Barcellona Pozzo di Gotto〔,bɑrtʃel-'lonɑ 'pɑttso dɪ 'gɔtto〕（義）
Barcelo〔'bɑrselo〕
Barcelona〔,bɑrsɪ'lonə；,bɑrθe'lonɑ〕巴塞隆納（西班牙）
Barceloneta〔,bɑrselo'netɑ〕
Barchaluna〔,bɑrtʃə'lunə〕
Barchester〔'bɑrtʃɪstɚ〕
Barchoff〔'bɑrkɑf〕巴科夫
Barcia〔'bɑrθja〕（西）
Barcino〔'bɑrsɪno〕
Barcinona〔,bɑrsɪ'nonə〕
Barek〔bɑrk〕巴克
Barclay〔'bɑrklɪ〕巴克利
Barclay de Tolly〔bɑr'klaɪ də 'tɔljɪ〕（俄）
Barco〔'bɑrko〕巴科
Bar Coch(e)ba〔bɑr 'kohvɑ〕（希伯來）
Barcochebas〔bɑr'kɑkɪbəs〕
Barcoo〔bɑr'ku〕
Bar Coziba〔bɑr ko'zibə〕
Barcroft〔'bɑrkrɔft〕巴克羅夫特
Barcus〔'bɑrkəs〕巴克斯
Barcynska〔bɑr'sɪnskə〕巴辛斯卡
Bard〔bɑrd〕
Bardach〔'bɑrdɑ〕
Bardaï〔bɑr'daɪ〕
Bardai〔bə'dai〕
Bardai, Chand〔'tʃʌnd bə'dai〕
Bardaisan〔bær'rdaɪ'son〕
Bardamu〔bɑrdɑ'mju〕（法）
Bardanes〔bɑr'deniz〕
Bardas〔'bɑrdəs〕
Bardeen〔bɑr'din〕巴丁（John, 1908- ，美國物理學家）
Bardeleben〔'bɑrdələbən〕
Bardell〔bɑr'dɛl；'bɑrdəl〕
Barden〔'bɑrdɪn〕
Bardesanes〔,bɑrdɪ'seniz〕
Bardhwan〔bəd'wɑn〕
Bardi〔'bɑrdɪ〕
Bardia〔'bɑrdjɑ；bɑr'dia〕
Bardili〔bɑr'dili〕
Bardiya〔'bɑrdɪjɑ〕
Bardo〔'bɑrdo〕
Bardolf〔'bɑrdɑlf〕
Bardoli〔bɑr'dolɪ〕

Bardolph〔'bɑrdɑlf〕
Bardon〔'bɑrdən〕巴登
Bardot〔bɑr'do〕（法）
Bardoux〔bɑr'du〕（法）巴杜
Bardowiek〔'bɑrdovik〕
Bardsey〔'bɑrd·zɪ〕
Bardsley〔'bɑrdzlɪ〕巴茲利
Bardstown〔'bɑrdztɑun〕
Bardswell〔'bɑrdzwəl〕巴茲衛爾
Bardt〔bɑrt〕巴特
Barduli〔'bɑrdʒulaɪ〕
Bardwan〔bəd'wɑn〕
Bardwell〔'bɑrdwəl〕巴德衛爾
Bare〔bɛr〕貝爾
Barebone〔'bɛrbon〕
Barebones〔'bɛrbonz〕
Barèges〔bɑ'rɛʒ〕（法）
Bareilly〔bɑ'relɪ〕巴勒里（印度）
Barel〔bɑ'rɛl〕（法）
Barelare〔'bɛrlɚ〕貝萊爾
Bareli〔bə'relɪ〕
Barend〔'bɑrənt〕巴倫德
Barentin〔bɑrɑŋ'tæŋ〕（法）　　「海」
Barents Sea〔'bærənts~〕巴倫支海（北極
Barère de Vieuzac〔bɑ'rɛr də vjø'zɑk〕（法）」
Baret〔'bærɪt〕
Baretti〔bɑ'rettɪ〕（義）
Barfield〔'bɑrfild〕巴菲爾德
Barfleur〔bɑr'flɚ〕（法）
Barfod〔'bɑrfʊð〕（丹）
Barfoot〔'bɑrfʊt〕巴富特
Barford〔'bɑrfəd〕
Barfrush〔bɑr'fruʃ〕
Barfurush〔,bɑrfu'ruʃ〕（波斯）
Barfuss〔bɑr'fus〕
Barga〔'bɑrgɑ〕
Bargello〔bɑr'dʒello〕
Bargen〔'bɑrgɛn〕巴根
Bargeny〔bɑr'gɛnɪ〕
Barger〔'bɑrdʒɚ〕巴杰
Bargeron〔'bɑrdʒərən〕巴杰倫
Bargery〔'bɑrdʒɚɪ〕巴杰里
Bargh〔bɑrdʒ；bɑrf〕
Bargiel〔'bɑrgil〕
Barglebaugh〔'bɑrglcɔ〕巴格爾博
Bargone〔bɑr'gon〕（法）巴爾岡
Bargrave〔'bɑrgrev〕
Bargulus〔'bɑrgələs〕
Barguzin〔bəguz'jin〕
Bargwe〔'bɑrgwe〕
Bargy, Le〔lə bɑr'ʒi〕（法）
Bargylus〔bɑr'dʒaɪləs〕

Barham〔'bærəm; 'bɑr-〕巴勒姆

Bar Harbor〔'bɑr 'hɑrbə〕

Barhebraeus〔,bɑrhɪ'briəs〕

Bar-Hebraeus〔,bɑr·hɪ'briəs〕

Bari〔'bɑrɪ〕巴利（義大利）

Baria〔'bɑrɪjə; 'bɑrjɑ〕

Bariatinski〔bʌ'rjɑtɪnskəɪ〕（俄）

Bariba〔'bɑribɑ〕

Barich〔'bærɪʃ〕巴里什

Bari delle Puglie〔'bɑri dɛllɛ 'puljɛ〕

Bari Doab〔'bɑrɪ do'ɑb〕   L（義）

Baril〔'bɑrɪl〕巴里爾

Barili〔bɑ'rili〕

Bariloche〔,bɑrɪ'lotʃe〕

Barima〔bɑ'rimɑ〕

Barinas〔bɑ'rinɑs〕巴利納斯（委內瑞拉）

Barine〔bɑ'rin〕（法）

Baring〔'bɛrɪŋ〕巴林

Baring-Gould〔'bɛrɪŋ·'guld〕

Baringo〔bə'rɪŋgo〕

Baripada〔,bɑrɪ'pɑdɑ〕

Barisal〔,bʌrɪ'sɑl〕（印）

Barisan Mts.〔,bɑrɪ'sɑn～〕巴利桑山脈（印尼）

Barish〔'bærɪʃ〕巴里什

Barit〔'bærɪt〕巴里特

Barito〔bɑ'rito〕

Barium〔'bɛrɪəm〕【化】銀

Bariya〔'bɑrɪjə〕

Barjesus〔'bɑr,dʒizəs〕

Bar-Jesus〔,bɑr·'dʒizəs〕

Barjot〔bɑr'ʒo〕（法）

Barkdull〔'bɑrkdəl〕巴克達爾

Barke〔bɑrk〕巴克

Barker〔'bɑrkə〕

Barker, Granville-〔'grænvɪl·'bɑrkə〕
                                    〔巴克好森效應

Barkes〔bɑrks〕

Barkhausen effect〔'bɑrkhɑʊzn～〕【物理】

Barkin〔'bɑrkɪn〕巴爾金

Barking〔'bɑrkɪŋ〕

Barkis〔'bɑrkɪs〕

Barkla〔'bɑrklə〕巴克拉（Charles Glover
    1877-1944, 英國物理學家）

Barkley〔'bɑrklɪ〕巴克萊（Alben William,
    1877-1956, 於1949-53 任美國副總統）

Barkloughly〔bɑr'klolɪ〕

Barkly〔'bɑrklɪ〕

Bar Kokhba〔bɑr'kohvɑ〕（希伯來）

Barkol〔'bɑr'kɚl〕巴里坤胡（新疆）

Barks〔bɑrks〕巴克斯

Barksdale〔'bɑrksdel〕巴克斯代爾

Barkshire〔'bɑrkʃɪr〕

Barksteed〔'bɑrkstid〕

Barksted〔'bɑrkstɪd〕

Barkston〔'bɑrkstən〕

Barkul〔'bɑr'kɚl〕

Barkway〔'bɑrkwe〕巴克衛

Barlaam and Josaphat〔'bɑrleəm,
    'dʒozəfæt〕

Barlach〔'bɑrlɑh〕（德）

Bârlad〔bə'lɑd〕（羅）

Barlaeus〔bɑr'liəs〕

Barlaimont〔bɑrle'mɔŋ〕

Barlaymont〔bɑrle'mɔŋ〕

Bar-le-Duc〔bɑr·lə·'djuk〕（法）

Barlee〔'bɑrlɪ〕巴利（澳洲）

Barletta〔bɑr'letɑ〕

Barley〔'bɑrlɪ〕巴利

Barlin〔bɑr'læn〕（法）

Barling〔'bɑrlɪŋ〕巴林

Barloon〔bɑr'lun〕巴隆

Barlow(e)〔'bɑrlo〕巴羅（Joel, 1754-1812,
    美國詩人及外交家）

Barmak, ibn-〔ibn·'bærmæk〕（阿拉伯）

Barmakids〔'bɑrməkɪdz〕

Barman〔'bɑrmən〕巴曼

Bärmann〔'bɛrmən〕

Barmbeck〔'bɑrmbek〕

Barmby〔'bɑrmbɪ〕

Barmecide〔'bɑrmɪsɑɪd〕【天方夜譚】
    巴格達一波斯王子

Barmen〔'bɑrmən〕

Bar Mizvah〔,bɑr 'mɪtsvɑ〕猶太男子的成

Barmouth〔'bɑrməθ〕   L人禮

Barmstedt〔'bɑrmʃtet〕

Bärn〔bɛrn〕

Barnabas〔'bɑrnəbəs〕巴拿巴（聖保羅第一
    次外出傳教之同伴）

Barnabe〔'bɑrnəbɪ〕巴納比

Barnabé〔bɑrnɑ'be〕（法）

Barnaby〔'bɑrnəbɪ〕巴納比

Barnaby Rudge〔'bɑrnəbɪ 'rʌdʒ〕

Barnacle〔'bɑrnəkl〕

Barnard〔'bɑrnəd〕巴納（George Grey,
    1863-1938, 美國雕刻家）

Barnardine〔'bɑrnə,din〕

Barnardiston〔,bɑrnə'dɪstən〕

Barnardo〔bɑr'nɑrdo〕巴納多（英國醫生及
                                    〔慈善家）

Barnas〔'bɑrnəs〕巴納斯

Barnato〔bɑr'nɑto〕

Barnaul〔,bɑrnʌ'ul〕巴納烏爾（蘇聯）

Barnave〔bɑr'nɑv〕（法）

Barnay〔'bɑrnɑɪ〕

Barnburners〔'bɑrn,bɚnəz〕

Barnby〔'bɑrnbɪ〕巴恩比

Barne〔bɑrn〕

Barnea〔'bɑrnɪə〕

Barnegat〔ˌbɑrnɪ'gæt〕

Barnes〔bɑrnz〕巴恩斯（Harry Elmer, 1889-1968, 美國社會學家及教育家）

Barnesboro〔'bɑrnzbərə〕

Barnesville〔'bɑrnzvɪl〕

Barnet〔'bɑrnɪt〕

Barnett〔'bɑrnɪt〕

Barneveld(t)〔'bɑrnəvelt〕

Barnewall〔'bɑrnwɔl〕巴恩沃爾

Barney〔'bɑrnɪ〕巴尼

Barnfield〔'bɑrnfild〕

Barnham〔'bɑrnəm〕

Barnhardt〔'bɑrnhɑrt〕巴恩哈特

Barnhill〔'bɑrnhɪl〕巴恩希爾

Barnhouse〔'bɑrnhaʊs〕巴恩豪斯

Barni〔bɑr'ni〕（法）

Barnicott〔'bɑrnɪkət〕

Barnim〔'bɑrnɪm〕

Barnivelt〔'bɑrnɪvelt〕

Barnoldswick〔bɑr'nɔldzwɪk；'bɑrlɪk〕

Barnouw〔'bɑrno〕巴爾諾

Barns〔bɑrnz〕巴恩斯

Barnsdall〔'bɑrnzdɔl〕

Barnsley〔'bɑrnzlɪ〕巴恩斯利

Barnstable〔'bɑrnstəbl〕巴恩斯特普爾

Barnstaple〔'bɑrnstəpl〕

Barnstead〔'bɑrnstɛd〕巴恩斯特德

Barnum〔'bɑrnəm〕巴納姆

Barnwell〔'bɑrnwɛl〕巴恩衛爾

Baro〔'bɑro〕

Baroach〔bə'rotʃ〕

Barocchio〔bɑ'rɔkkjo〕（義）

Barocci〔bɑ'rɔttʃɪ〕（義）

Baroccio〔bɑ'rɔttʃo〕（義）

Baroche〔bɑ'rɔʃ〕（法）

Baroda〔bə'rodə〕巴洛達（印度）

Baroghil〔bə'rogɪl〕

Baroja〔bɑ'rɔhɑ〕（西）

Barolong〔ˌbɑro'lɔŋ；bæro'lɔŋ；ˌbɑro'lɑŋ〕

Baron〔'bærən；bɑ'rɔŋ（法）〕巴倫

Barondess〔ˌbærən'dɛs〕

Baronio〔bɑ'rɔnjo〕

Baronova〔bɑ'ronovɑ〕

Barons〔'bɑrons〕

Baroody〔bɑ'rudɪ〕巴魯迪

Barop〔'bɑrɔp〕

Baross〔'bɑroʃ〕

Barotac Nuevo〔ˌbɑro'tɑk 'nwevo〕

Barotse〔bə'rɑtsə〕

Barotseland〔bə'rɑtsələænd〕

Barozzi〔bɑ'rɔttsɪ〕（義）

Barquisimeto〔ˌbɑrkɪsɪ'meto〕巴給西美托（委內瑞拉）

Barr〔bɑr〕（法）巴爾

Barra〔'bærə；'bɑrə〕巴臘（巴西）

Barra, De la〔de lɑ 'bɑrɑ〕

Barrabas〔bə'ræbɑs；'bærəbəs〕

Barrackpore〔'bʌrək,por〕（印）

Barrackpur〔'bʌrəkpur〕（印）

Barraclough〔'bærəklʌf〕巴勒克拉夫

Barradall〔'bærədɔl〕

Barra do Piraí〔'bɑrə ðu ˌpirə'i〕（葡）

Barra do Rio Negro〔'bɑrə ðu 'riu 'negru〕（葡）

Barrafranca〔ˌbɑrɑ'frɑŋkɑ〕

Barragan〔ˌbɑrɑ'gɑn〕

Barrg Mansa〔'bɑrə 'mæŋsə〕

Barran〔'bærən〕巴倫

Barranca〔bɑr'rɑŋkɑ〕

Barrancabermeja〔bɑ'rɑŋkɑvɛr'mehɑ〕（西）

Barranca Bermeja〔bɑ'rɑŋkɑ vɛr'mehɑ〕

Barrancas〔bɑ'rɑŋkɑs〕

Barranco〔bɑ'rɑŋko〕

Barrande〔bɑ'rɑŋd〕（法）

Barranqueras〔ˌbɑrɑŋ'kerɑs〕「倫比亞」

Barranquilla〔ˌbærən'kijə〕巴蘭吉亞港（哥）

Barranquitas〔ˌbɑrɑŋ'kitɑs〕

Barraquer〔ˌbɑrɑ'kɛr〕

Barras〔'bærəs；bɑ'rɑs（法）〕

Barrat(t)〔'bærət〕巴勒特

Barrault〔bɑ'ro〕巴勞爾特

Barre〔'bærɪ；bɑr（法）〕巴爾

Barré〔'bærɪ；bæ're〕

Barre des Ecrins〔'bɑr deze'kræŋ〕（法）

Barreda Laos〔bɑ'reðɑ 'lɑos〕（西）

Barreiro〔bɑ'rero〕

Barrelier〔bɑrə'lje〕（法）

Barrell〔'bærəl〕巴雷爾

Barren Islands〔'bærən~〕巴倫群島（馬達加斯加）

Barrer〔'bærə〕巴勒

Barrère〔bɑ'rɛr〕（法）巴雷爾

Barres〔bɑ'rɛs〕

Barrès〔bɑ'rɛs〕巴萊斯（Auguste Maurice, 1862-1923, 法國小說家及政治家）

Barret〔'bærɪt；-rɛt〕

Barreto〔bə'retu〕

Barretos〔bə'retus〕（巴西）

Barrett〔'bærət；-rɛt〕巴雷特

Barrett-Lennard〔'bærət·'lɛnəd〕
Barretto〔bə'rɛto〕
Barrey〔'bærɪ〕
Barrhead〔,bɑr'hɛd〕
Barri〔'bæri〕
Barrias〔bɑ'rjɑs〕（法）
Barrick〔'bærɪk〕巴里克
Barrie〔'bæri〕巴利（Sir James Matthew, 1860-1937, 蘇格蘭小說家及劇作家）
Barrientos〔bɑr'jentos〕
Barrièrre〔bɑ'rjɛr〕（法）巴里爾
Barrigada〔,bærɪ'gɑdə〕
Barriger〔'bærɪgə〕巴里杰
Barrili〔bɑ'rili〕
Barrinding〔'bɑrɪndɪŋ〕
Barringer〔'bærɪndʒə〕巴林杰
Barrington〔'bærɪŋtən〕巴林頓
Barrington-Ward〔'bærɪŋtən·'wɔrd〕
Barrio〔'bɑrjo〕
Barrios〔'bɑrjos〕巴里奧斯
Barro, De〔ðe 'bɑro〕（西）
Barro Colorado〔'bæro ,kɑlə'rɑdo ; 'bæro ,kɑlə'rædo〕
Barron〔'bærən〕巴倫
Barros〔'bɑros ; 'bɑruʃ〕（葡）
Barrosa〔bɑ'rɔsɑ〕
Barros Arana〔'bɑros ɑ'rɑnɑ〕
Barros Borgoño〔'bɑros bɔr'gonjo〕（西）
Barroso〔bə'rozu〕
Barrot〔bɑ'ro〕（法）
Barrow〔'bæro〕巴魯（ Isaac, 1630-1677, 英國數學家及神學家）
Barrowe〔'bæro〕巴羅
Barrowford〔'bærofəd〕
Barrows〔'bæroz〕
Barrowclough〔'bærəklʌf〕巴羅克拉夫
Barrow-in-Furness〔'bæro·ɪn·'fɚnɪs ; -nɛs〕
Barrundia〔bɑ'rundjɑ〕
Barry〔'bæri〕白利（Philip, 1896-1949, 美國劇作家）
Barry, Du〔dju bɑ'ri〕（法）
Barry Cornwall〔'bæri 'kɔrnwəl〕
Barry Leroy〔'bæri li'rɔi〕
Barry Lyndon〔'bæri 'lɪndən〕
Barrymore〔'bærɪmɔr〕巴里莫爾
Barsac〔bɑr'sɑk〕（法）
Barse〔bɑrs〕巴斯
Barsetshire〔'bɑrsɪt·ʃɪr〕
Barsi〔'bɑrsɪ〕
Bar-Soma〔bær·'somɑ〕（阿拉伯）
Barson〔'bɑrsn̩〕

Barsotti〔bɑr'sɔtti〕
Barssel〔'bɑrsəl〕
Barstow〔'bɑrsto〕巴斯托
Barsuma〔bɑr'sumə〕
Barsumas〔bɑr'suməs〕
Bar-sur-Aube〔bɑr·sju'rob〕（法）
Bar-sur-Ornain〔bɑr·sjurɔr'næ̃〕（法）
Bart〔bɑrt〕巴爾（Jean, 1651-1702, 法國航海英雄）
Barta〔'bɑrtɑ〕巴塔
Bartas, du〔dju bɑr'tɑs〕（法）
Bartel〔'bɑrtɛl〕巴特爾
Bartelot〔'bɑrtɪlət ; -lɑt〕
Bartels〔'bɑrtəls〕巴特爾斯
Bartemeier〔'bɑrtɪmaɪr〕巴特邁耶
Bartenstein〔'bɑrtənʃtaɪn〕巴滕斯坦
Barter〔'bɑrtə〕巴特
Bartet〔bɑr'tɛ〕（法）
Barth〔bɑrt〕巴特（Karl, 1886-1968, 瑞士神學家）
Barthe〔bɑrθ〕巴思
Barthé〔bɑr'te〕
Barthel〔'bɑrtəl〕
Barthélemi〔bɑrtel'mi〕（法）
Barthélemy〔bɑrtel'mi〕（法）
Barthelme〔'bɑrtelm〕
Barthelmess〔'bɑrtəlmes〕
Barthema〔'bɑrtemɑ〕
Barthès〔bɑr'tes〕（法）
Barthèz〔bɑr'tɛz〕（法）
Barthold〔'bɑrtɑlt〕巴托爾德
Bartholdi〔bɑr'θɑldɪ〕巴陶第（Frederic Auguste, 1834-1904, 法國雕刻家）
Bartholdy〔bɑr'tɑldi〕
Bartholemeu〔,bɑrtulə'meu〕
Bartholin〔bɑr'tolin ; bɑr'tulin〕（丹）
Bartholo〔bɑrtɔ'lo〕（法）
Bartholomae〔,bɑrtolo'me〕
Bartholomaeus〔bɑr,θɑlə'miəs ; -'tɑl-〕
Bartholomaous〔,bɑrtolo'meɑs〕
Bartholomäus〔,bɑrtolo'meɑs（荷）; ,bɑrtolo 'meus（德）〕
Barthol omäussee〔,bɑrtolo'mɔusze〕
Bartholomé〔bɑrtɔlɔ'me〕（法）巴托洛梅
Bartholomeu〔,bɑrtulu'meu〕（葡）
Bartholomeus〔bɑr,θɑlə'miəs ; ,bɑrtolo'meəs（荷）〕巴塞洛繆斯
Bartholomew〔bɑr'θɑləmju〕【聖經】聖·巴托羅繆（耶穌十二門徒之一）
Bartholow〔'bɑrθəlo〕
Barthou〔bɑr'tu〕（法）
Bartica〔bɑr'tikə〕

Bartim(a)eus〔ˌbartɪ'miəs〕巴蒂米厄斯

Bartington〔'bartɪŋtən〕巴廷頓

Bartky〔'bartkɪ〕巴特基

Bartle Frere, Mount〔'bartḷ,frir〕巴特弗里山（澳洲）

Bartleby〔'bartḷbɪ〕

Bartlesville〔'bartḷzvɪl〕

Bartlet(t)〔'bartlɪt〕巴特利（John, 1820-1905,美國出版家）

Bartlett, Ashmead-〔'æʃmid·'bartlɪt〕

Bartlette〔'bartlɪt〕

Bartley〔'bartlɪ〕巴特利

Bartlit〔'bartlɪt〕巴特利特

Bartning〔'bartnɪŋ〕

Bartók〔'bartak〕巴托克（Béla, 1881-1945,匈牙利作曲家）

Bartol〔bar'tal〕

Bartoli〔'bartoli〕

Bartolini〔,barto'lini〕

Bartolo〔'bartəlo〕

Bartolomé〔,batolo'me〕

Bartolomeo〔,bartolo'meo〕

Batolomeu〔,bartulu'meu〕（葡）

Bartolommeo〔,bartolom'meo〕

Bartolozzi〔,barto'latsɪ〕

Bartolus〔'bartələs〕

Barton〔'bartṇ〕巴頓（Clara, 全名爲Clarissa Harlowe～, 1821-1912,女性，美國紅十字會創始者）

Barton-on-Humber〔'bartṇ·an·'hʌmbə〕

Barton-on-Irwell〔'bartṇ·an·'ɜwɛl〕

Barton-upon-Humber〔'bartṇ·ə,pan--'hʌmbə〕

Barton-upon-Irwell〔'bartṇ·ə,pan--'ɜwɛl〕

Bartonville〔'bartnvɪl〕

Bartoszyce〔,barto'ʃɪtsɛ〕

Bartow〔'barto〕巴托

Bartram〔'bartrəm〕巴川姆（John, 1821-1912,美國植物學家）

Bart's〔barts〕倫敦 St. Bartholomew's Hospital 之略

Bartsch〔bartʃ〕巴奇

Barttelot〔'bartələt〕巴特洛特

Baruch〔bə'ruk; 'baruk; 'baruh（德）; 'baruh（荷）〕

Barum〔'bɛrəm〕

Barus〔'bɛrəs〕

Baruth〔'barut〕巴魯特

Barwala〔bʌr'walə〕（印）

Bärwalde〔'bɛr,valdə〕

Barwan〔'barwan〕

Barwani〔bʌr'wanɪ〕（印）

Barwell〔'barwəl〕巴衛爾

Barwick〔'bærɪk〕

Barwon〔'barwən〕

Bary〔ba'ri〕巴里

Bary, De〔də ba'ri〕

Baryatinski〔bʌ'rjatjɪnskəɪ〕（俄）

Barycz〔'barɪtʃ〕（波）

Barye〔ba'ri〕（法）

Barygaza〔,bærɪ'gezə〕

Barzillai〔bar'zɪleaɪ〕

Barzin〔'barzɪn〕巴津

Barzun〔'barzən〕巴曾

Barzu-Nameh〔'barzu·'namɛ〕

Barzynski〔bar'ʒɪnski〕

Bas〔bæs ; ba（法）〕

Bas, Le〔lə 'ba〕

Basa〔'basa〕

Basan〔'besæn〕

Basantello〔,basan'tɛllo〕（義）

Basanavičius〔,basa'navɪtʃʊs〕（立陶宛）

Basarab〔,basa'rab〕

Basauri〔ba'saurɪ〕

Basch〔baʃ〕巴希

Baschi〔'baski〕

Bascio〔'baʃo〕

Basco〔'basko〕巴斯科（菲律賓）

Bascom〔'bæskəm〕巴斯科姆

Bascuñán〔,basku'njan〕（西）

Basdevant〔badɛ'væŋ〕（法）

Baseden〔'bezdən〕

Basedow〔'bazədo〕

Basehart〔'beshart〕貝斯哈特

Basel〔'bazəl〕巴塞爾（瑞士）

Basel-Land〔'bazəl·,lant〕

Basel-Stadt〔'bazəl·,ʃtat〕

Basemann〔'besmən〕貝斯曼

Basentello〔,bazen'tɛllo〕（義）

Basento〔ba'sɛnto〕

Bascrac〔,base'rak〕

Basevi〔ba'sevi〕

Basey〔ba'se〕巴塞（菲律賓）

Basford〔'besfəd ; 'bæsfəd〕

Bashahr〔'bʌʃə〕（印）

Basham〔'bæʃəm〕巴沙姆

Bashan〔'beʃæm〕

Basher〔'bæʃə〕巴舍

Bashford〔'bæʃfəd〕巴什福德（James Whitford, Bishop, 1849-1919）

Bashi Channel〔'baʃɪ～〕巴士海峽（亞洲）

Bashie〔'bæʃi〕

Bashile〔'bæʃɪl〕

Bashkir〔'bæʃkɪr〕
Bashkirtseff〔'bæʃkətsɛf〕
Bashkirtsev〔baʃ'kirtsɪf〕(俄)
Bashkirtseva〔baʃ'kirtsəvə〕
Bashore〔bæ'ʃɔr〕巴肖爾
Bashville〔'bæʃvɪl〕
Basic〔'besɪk〕
Basidu〔,basɪ'du〕
Basie〔'bæsi〕貝錫（William, 1904-1984,
   美國爵士樂作家、鋼琴家）
Basiento〔bas'jento〕
Basigon〔ba'sigɔn〕
Basil〔'bæzl〕巴茲爾
Basilan〔ba'silan〕巴錫蘭（菲律賓）
Basile〔ba'zil〕(法)
Basilia〔bə'zɪliə〕
Basilicata〔bazili'kata〕
Basilides〔,bæsɪ'laɪdiz〕
Basilikon Doron〔bə'sɪlɪkan 'dorɑn〕
Basilio〔ba'ziljo〕(義)
Basílio〔bə'zilju〕(葡)
Basilisco〔,bæzɪ'lɪsko;,bæsɪ'lɪsko〕
Basiliscus〔,bæsɪ'lɪskəs〕
Basilisk〔'bæsɪlɪsk〕
Basiliskos〔,bæsɪ'lɪskas〕
Basilius〔bə'sɪliəs;ba'ziliυs;,bazɪ'liυs
   (德)〕巴西利厄斯
Basille〔'bezɪl〕
Basillius〔bə'sɪliəs〕
Basimecu〔,bæsɪmə'ku〕
Basin〔'besn̩〕
Basing〔'bezɪŋ〕貝辛
Basingstoke〔'bezɪŋstok〕貝辛斯托克
Basirhat〔,bʌsɪr'hat〕(印)
Basit〔bæ'sit〕
Basit, Ras el〔'ras æl bæ'sit〕
Baskatong〔'bæskətɔŋ〕
Baskerville〔'bæskəvɪl〕巴斯克維爾
Baskett〔'baskɪt〕巴斯克特
Basle〔bal〕
Basman, Kuh-i-〔'kuh·ɪ·baz'man〕
Basnage〔ba'naʒ〕(法)
Basoche〔ba'zɔʃ〕(法)
Basoeto〔bə'suto〕
Basov〔'basɔf〕巴瑟夫（Nikolai Gennediye-
   vich, 1922-,俄國物理學家）
Basque〔bæsk〕巴士克人（Pyrenees 區種族）
Basra(h)〔'bʌsrə〕巴斯拉（伊拉克）
Bas-Rhin〔ba·'ræŋ〕巴蘭（法國）
Bass〔bæs〕巴斯
Bassa〔'basa〕
Bassac〔'bassak〕

Bassae〔'bæsi〕
Bassahir〔'bʌssəhɪr〕(印)
Bassam〔ba'sam〕(法)
Bassanes〔'bæsəniz〕
Bassani〔bas'sanɪ〕(義)
Bassanio〔bə'sanɪo〕
Bassano〔bas'sano〕巴薩諾（Jacopo, 1510-92,
   義大利畫家）
Bassantin〔'bæsəntɪn〕
Bassas da India〔'basəʒ ðə 'iɪndjə〕
Basse〔bæs〕   L(葡)
Basseches〔bæsɪkɪs〕
Bassée〔ba'se〕(法)
Bassein〔bə'sen〕巴森（緬甸）
Basselin〔ba'slæŋ〕(法)
Bassenthwaite〔'bæsnθwet〕
Bassermann〔'basəman〕
Basses〔'bæsɪz〕
Basses-Alpes〔bas-'zalp〕巴士阿爾卑斯
   (法國)
Basses-Pyrénées〔,bas·pire'ne〕巴士庇
   里牛斯（法國）
Basset〔'bæsɪt〕(法)
Bassett〔'bæsɪt〕
Basseterre〔,bas'tɛr〕巴士特爾（西印度群
   島）
Basse-Terre〔,bas·'tɛr〕西印度群島
   Guadeloupe 島
Basset(t)〔'bæsɪt〕巴西特
Basseville〔bas'vil〕
Basshe〔bæʃ〕
Bassi〔'bassi〕(義)
Bassianus〔,bæsɪ'enəs〕
Bassie〔'bæsɪ〕巴錫
Bassigny〔basi'nji〕
Bassin〔'bæsɪn〕巴辛
Bassino〔bæ'sino〕
Bassiolo〔bæsɪ'olo〕
Basso〔'bæso〕巴索（Hamilton, 1904-64,
   美國作家）
Bassompierre〔basɔŋ'pjɛr〕(法)
Bassorah〔'bæsərə〕
Bassville〔bas'vil〕
Bast〔bast〕
Bastable〔'bæstəbl〕巴斯特布爾
Bastar〔'bʌstə〕(印)
Bastard〔'bæstəd〕巴斯塔德
Bastardella, La〔la ,barsta'dɛlla〕(義)
Bastarnae〔bæs'tarni〕
Bastedo〔bas'tido〕
Bastei〔'bastaɪ〕
Basti〔'bʌsti ; 'bæstaɪ〕

Bastia〔bɑs'tia〕巴斯蒂亞港（義大利）

Bastian〔'bɑstɪɑn〕巴斯蒂安（Adolf, 1826-1905，德國人類學家）

Bastiana〔bæstɪ'enə〕

Bastiano〔bɑs'tjɑno〕

Bastiat〔bɑs'tja〕（法）

Bastid〔bɑs'tid〕（法）

Bastidas〔bɑs'tiðɑs〕（西）

Bastide〔bɑs'tid〕（法）

Bastien〔bɑs'tjæŋ〕（法）巴斯琴

Bastien-Lepage〔bɑs'tjæŋ·lə'pɑʒ〕巴斯將勒帕芝（Jules, 1848-1884, 法國畫家）

Bastienne〔bɑs'tjɛn〕（法）

Bastille〔bæs'til〕巴士的獄（法國）

Bastin〔'bæstɪn〕巴斯廷

Bastion〔'bæstʃən〕

Bastogne〔bɑs'tɔnj〕（法）

Baston〔'bæstən〕

Bastos〔'bæstus〕

Bastrop〔'bæstrəp〕

Bastuli〔'bæstjulɑɪ〕

Bastwick〔'bæstwɪk〕

Basuto〔bə'suto〕巴蘇陀蘭之士人或居民

Basutoland〔bə'sutolænd〕巴蘇陀蘭（非洲）

Basyn〔'bæsɪn〕

Bat〔bæt〕巴特

Bata〔'bɑtɑ〕巴塔（西屬幾內亞）

Báta〔'betə〕巴塔（西屬幾內亞）

Bat'a〔'bɑtja〕（捷）

Bataan〔bə'tɑn〕巴丹（菲律賓）

Batabanó〔,bɑtɑvɑ'no〕（西）

Batac〔'bɑtɑk〕

Bataille〔bɑ'tɑj〕（法）巴塔伊

Bataisk〔bʌ'tɑɪsk〕（俄）

Batak〔'bɑtɑk〕

Batakland〔'bɑtɑk,lænd〕

Bataklanden〔'bɑtɑk,lɑndən〕

Batala〔bə'tɑlə〕

Batalha〔bə'tɑljə〕

Batallium〔bə'tælɪəm〕

Batalpashinsk〔bətəlpʌ'ʃɪnsk〕（俄）

Batam〔bɑ'tɑm〕

Batan〔bɑ'tɑn〕巴旦群島（菲律賓）

Batanaea〔,bætə'niə〕

Batanea〔bɑ'teniə〕

Batanes〔bɑ'tɑnes〕巴丹尼斯（菲律賓）

Batang〔'bɑtɑŋ〕巴塘（青海）

Batanga〔bɑ'tɑŋgɑ〕

Batangas〔bɑ'tæŋgəs〕八打雁（菲律賓）

Batang Lupar〔'bɑtɑŋ 'lupɑr〕

Batanta〔bɑ'tɑntɑ〕

Bátaszék〔'bɑtɑsek〕（匈）

Batava Castra〔bə'tevə 'kæstrə〕

Batavi〔bə'tevɑɪ〕

Batavia〔bə'tevɪə〕巴達維亞（印尼）

Batavier〔,bætə'vɪr〕

Batavorum〔,bætə'vorəm〕

Batbie〔bɑ'bi〕（法）

Batchelder〔'bætʃɪldə〕

Batchelar〔'bætʃɪlə〕

Batcheller〔'bætʃɪlə〕

Batchelor〔'bætʃɪlə〕

Batchelder〔'bætʃɪldə〕

Batchian〔bɑ'tʃɑn〕

Batchopi〔bɑ'tʃopi〕

Bate〔bet〕貝特

Bateman〔'betmən〕貝特曼

Baten Kaitos〔'bɑtən 'kɑɪtɑs〕

Bates〔bets〕貝茲（Katharine Lee, 1859-1929, 美國女詩人及教育家）

Batesburg〔'betsbəg〕

Bateson〔'bet·sn〕貝特森

Batesville〔'betsvɪl〕

Batey〔'betɪ〕貝蒂

Bath〔bɑθ〕貝斯（英格蘭）

Batha〔'bɑtɑ〕

Bathe, De〔də'bɑθ〕

Bathelémont〔bɑtle'mɔŋ〕（法）

Bather〔'beðə〕貝瑟

Bathgate〔'bæθgɪt〕巴思蓋特

Batho〔'bæθo〕巴索

Báthori〔'bɑtorɪ〕

Báthory〔'bɑtorɪ〕

Bathsheba〔bæθ'ʃibə〕

Bath-sheba〔bæθ·'ʃibə〕

Bathurst〔'bæθəst〕巴得斯特（加拿大，甘比亞）

Bathycles〔'bæθɪkliz〕

Bathykles〔'bæθɪkliz〕

Bathyllus〔bə'θɪləs〕

Bathys〔'bæθɪs〕

Batiffol〔bɑti'fol〕（法）

Batignolles〔bɑti'njɔl〕（法）

Batiscan〔bɑtis'kɑn〕（法）

Batista〔bɑ'tistɑ〕巴蒂斯達（Fulgencio, 1901-, 古巴軍事領袖、獨裁者）

Batista y Zaldivar〔bɑ'tistɑ ɪ sɑl'divɑr〕

Batiste〔bɑ'tist〕（法）

Batley〔'bætlɪ〕巴特利

Batlle〔'bɑtje〕（拉丁美）

Batlle Berres〔'bɑtle 'beres〕

Batlle y Ordóñez〔'bɑtje ɪ ɔr'ðonjes〕

Batman〔'bætmən〕巴特曼 （拉丁美）」

Batna〔'bætnə〕巴特那（阿爾及利亞）

Batn el Hajar〔'batn ɛl 'hadʒar〕

Bato〔ba'tɔ〕

Batoe〔'batu〕

Batoedaka〔,batu'daka〕

Batoka〔bə'tokə〕

Batoni〔ba'toni〕

Baton, Rhené-〔rə'ne·ba'tɔŋ〕(法)

Baton Rouge〔'bætn̩ 'ruʒ〕巴頓魯治
　（美國）

Bator〔'batɔr〕

Batoum〔ba'tum〕

Batov〔'batɔf〕(俄)

Batrachia〔bə'trekjə〕

Batrachomyomachia〔,bætrəkomai-
　o'mekɪə〕

Batrachos〔'bætrəkas〕

Batrachus〔'bætrəkəs〕

Batroun〔ba'truŋ〕(法)

Batrun〔bæt'run〕

Batschka〔'batʃka〕

Batsford〔'bætsfəd〕

Batshioko〔ba'tʃoko〕

Batson〔'bæt·sn̩〕

Batt〔bæt〕

Battagel〔'bætədʒəl〕

Battaglia〔bə'tæljə〕

Battaglie〔bat'taljɛ〕(義)

Battambang〔'bætəmbæŋ〕馬德望（柬埔寨）

Battani, al-〔æl·bæt'tani〕(阿拉伯)

Báttaszék〔'battasek〕(匈)

Battcock〔'bætkak〕

Battell〔bæ'tel〕

Battenberg〔'bætnbəg〕

Battenhouse〔'bætnhaus〕

Batterbee〔'bætəbi〕

Battersby〔'bætəzbɪ〕

Battersea〔'bætəsɪ〕巴特西區（倫敦）

Batterson〔'bætəsn̩〕

Battery〔'bætərɪ〕（美國）

Batteux〔ba'tɜ〕(法)

Batthyány〔'battjanj〕(匈)

Batthyányi〔'battjanji〕(匈)

Battiadae〔bə'taɪədi〕　　　　「蘭卡）

Batticaloa〔,bʌtɪkə'loə〕巴提卡洛阿（斯里

Battine〔'bætin〕

Battipaglia〔,battɪ'palja〕(義)

Battishill〔'bætɪʃɪl〕

Battista〔bat'tista〕(義)

Battisti〔bat'tistɪ〕(義)

Battistini〔,battɪs'tini〕(義)

Battle〔'bætl̩〕巴特耳（加拿大）

Battle Creek〔'bætl̩ 'krik〕巴特克里（美國）

Battleford〔'bætlfəd〕伯特爾弗爾（加拿大）

Battlement〔'bætlmənt〕

Battley〔'bætlɪ〕

Battoni〔bat'toni〕(義)

Battonya〔'battonja〕(匈)

Batts〔bæts〕

Batts-Fallam〔'bæts·fæləm〕

Battson〔'bæt·sn̩〕

Battus〔'bætəs〕

Batty(e)〔'bætɪ〕

Batu〔'batu〕

Batu Anam〔'batu 'anam〕

Batu Gajah〔'batu 'gadʒa〕

Batu Khan〔'batu 'han〕拔都（?-1255, 蒙
　古大將，爲成吉思汗之孫）

Batulao〔ba'tulau〕

Batum〔ba'tum〕巴統（蘇聯）

Batumi〔'batʊmi〕巴統米（蘇聯）

Batuta, ibn-〔ɪbn·bæ'tuta〕

Baty〔ba'ti〕(法)

Batyushkov〔ba'tjuʃkɔf〕

Batz〔bats〕

Batzell〔bæt'zel〕巴策爾

Bauan〔'bawan〕

Bauang〔'bawaŋ〕苞安（菲律賓）

Baubo〔'babo〕

Bauchant〔bo'ʃaŋ〕(法)

Baucher〔bo'ʃe〕(法)

Baucheron〔boʃ'rɔŋ〕(法)

Bauchi〔'bautʃɪ〕

Bauchop〔'bɔkəp〕鮑科普

Baucis〔'bɔsɪs〕

Baud〔bɔd〕鮑德

Baudelaire〔bod'lɛr〕波德來爾（Charles
　Pierre, 1821-1867, 法國詩人）

Baudelocque〔bod'lɔk〕

Baudens〔bo'daŋ〕(法)

Bauder〔'baudə〕（德）鮑德爾

Baudette〔bo'det〕

Baudh〔baud〕

Baudin〔bo'dæŋ〕(法)

Baudin des Ardennes〔bo'dæŋ de
　zar'den〕(法)

Baudissin〔'baudɪsɪn〕

Bauditz〔'baudɪts〕(丹)

Baudobrica〔bɔ'dabrɪkə〕

Baudoin〔bo'dwæŋ〕(法)

Baudot〔bo'dɔt〕

Baudouin〔bo'dwæŋ〕波德萬（1930-,比利時

Baudricourt〔bodri'kur〕(法)　　 └國王）

Baudrillart〔bodri'jar〕(法)

Baudry〔bo'dri〕

Bauer〔'bauə〕包爾（Harald, 1873-1951, 英
Bäuerle〔'bɔɪələ〕 「國鋼琴家」
Bauernfeind〔'bauənfaɪnt〕鮑恩芬德
Bauernfeld〔'bauənfelt〕
Baugé〔bo'ʒe〕（法）
Bauges〔boʒ〕
Baugh〔bɔ〕鮑
Baughan〔'bɔən〕
Baughen〔'bɔən〕
Baugher〔'bauə〕鮑爾
Baughman〔'bɔmən〕鮑曼
Baughurst〔'bɔghəst〕
Bauhaus〔'bauhaus〕德國建築之一派
Bauhin〔bo'æŋ〕（法）
Baukhage〔'bɔkhedʒ〕鮑克黑奇
Bauld〔bɔld〕
Baule〔bau'le ; bol（法）〕
Baule-sur-Mer〔'bol·sjur·'mer〕（法）
Baulkwill〔'bɔkwɪl〕鮑克威爾
Baum〔baum〕巴姆（Vicki, 1888-1960, 美國
　小說家，生於奧國）
Bauman〔'baumən〕 「（法）」
Baumann〔'baumən; -man（德）; bo'man〕
Baumannshöhle〔'baumanshələ〕
Baumbach〔'baumbah〕（德）
Baumberger〔'baumbəgə〕邦伯格
Baume〔bɔm〕鮑姆
Baumé〔bo'me〕（法）
Baumeister〔'baumaɪstə〕鮑邁斯特
Baumer〔'baumə〕鮑默
Bäumer〔'bɔɪmə〕（德）
Baumes〔'bɔməs〕
Baumgardner〔baum'gardnə〕
Baumgarten〔'baumgartən〕
Baumgarten-Crusius〔'baumgartən··
　'kruzɪus〕 「特納」
Baumgartner〔bomgart'ner〕（法）鮑姆加
Baumgärtner〔'baum,gertnə〕
Baumhart〔'baumhart〕鮑姆哈特
Baumhefner〔'baumhefnə〕鮑姆赫夫納
Bäumler〔'bɔɪmlə〕
Baumstark〔'baumʃtark〕
Baumol〔'baumɔl〕鮑莫爾
Baur〔bor〕（法）鮑爾
Baures〔'baures〕
Baurú〔bau'ru〕包魯（巴西）
Baus〔baus〕
Bausch〔bauʃ〕鮑希
Bausch and Lomb〔'bɔʃ ən 'lam〕
Bause〔'bauzə〕
Bausman〔'bausmən〕鮑斯曼
Bausset〔bo'sɛ〕（法）

Bauta〔'bauta〕
Bautain〔bo'tæŋ〕（法）
Bautista〔bau'tista〕
Bautzen〔'bautsn̩〕包眞（東德）
Baux〔bo〕
Bauya〔'baujə〕
Bauzanum〔bɔ'zenəm〕
Bauzemont〔boz'mɔn〕（法）
Bavaria〔bə'verɪə〕巴伐利亞（德國）
Bavarian Alps〔bə'verɪən～〕巴伐利亞山脈
Baveno〔ba'veno〕 「（歐洲）」
Baviad〔'bevɪæd〕
Bavian〔,bavi'an〕
Bavieça〔ba'vjeθa〕（西）
Bavier〔ba'fiə（德）; ba'vje（法）〕
Bavière〔ba'vjer〕（法）
Bâville〔ba'vil〕
Bavio〔'bavjo〕
Bavius〔'bevɪəs〕
Bavo〔'bavo〕
Bawd〔bɔd〕
Bawden〔'bɔdn〕鮑登
Bawdwin〔'bɔdwɪn〕
Bawean〔'bavean〕
Bawlake〔'bɔlek〕
Bawn〔bɔn〕鮑恩
Bawr〔'baur〕
Bax〔bæks〕巴克士（Sir Arnold Edward
　Trevor, 1883-1953, 英國作曲家）
Baxandall〔'bæksəndɔl〕巴克森德爾
Baxar〔'bʌksə〕（印）
Baxley〔'bækslɪ〕
Baxter〔'bækstə〕巴克士特（Richard,
　1615-91, 英國清教徒學者及作家）
Bay〔be〕貝
Bayambang〔,bajam'baŋ〕
Bayamo〔ba'jamo〕
Bayamón〔,baja'mɔn〕
Bayan Kara Shan〔ba'jan ka'ra 'ʃan〕
　巴顏喀喇山（中國）
Bayan Tumen〔ba'jan tu'mɛn〕
Bayar〔baɪ'ar〕
Bayard〔'bead ; 'baɪəd; be'ard; ba'jar〕
　貝爾德（1473?-1524, 法國武士）
Bayardelle〔bajar'del〕（法）
Bayazid〔baɪja'zid〕
Bayazit〔baja'zɪt〕
Baybars〔bar'bærs〕（阿拉伯）
Baybay〔baɪ'baɪ〕拜拜（菲律賓）
Bayboro〔'bebərə〕
Bay Bulls〔'be ,bulz〕
Bayburt〔baɪ'burt〕

Bay de Verde〔ˈbe də ˈvɜd〕
Bayen Kala Shan〔baˈjen kɑˈla ˈʃan〕
Bayer〔ˈbeə〕月球表面第三象限內大坑名
Bayern〔ˈbaɪən〕
Bayerschmidt〔ˈbaɪəʃmɪt〕
Bayerwald〔ˈbaɪəvalt〕
Bayes〔bez〕貝斯
Bayeux〔baɪˈjɜ; beɪˈju; bɑˈjɜ（法））
Bayezid〔baɪjəzˈid〕
Bayfield〔ˈbefild〕貝菲爾德
Bayindir〔ˌbajɪnˈdɪr〕
Bayle〔bel〕貝爾（Pierre, 1647-1706, 法國哲
    學家及批評家）
Baylén〔baɪˈlen〕
Bayles〔belz〕
Bayless〔ˈbelɪs〕貝利斯
Bayley〔ˈbelɪ〕貝利
Baylies〔ˈbelɪz〕
Baylis〔ˈbelɪs〕貝利斯
Bayliss〔ˈbelɪs〕
Baylor〔ˈbelə〕貝勒（Robert Emmet
    Bledsoe, 1793?-1873, 美國法學家）
Bayly〔ˈbelɪ〕貝利
Bayma〔ˈbaɪma〕
Bay Minette〔ˈbe mɪˈnɛt〕
Baynard〔ˈbenəd〕貝納德
Bayne〔ben〕貝恩
Baynes〔benz〕
Bayne-Jones〔ˈben·ˈdʒonz〕
Baynham〔ˈbenəm〕貝納姆
Bayol〔ˈbeəl〕貝約爾
Bayombong〔ˌbajomˈboŋ〕
Bayonne〔beˈon; bɛˈjon; beˈan; bɑˈjon〕
    貝玉恩港（美國）
Bayport〔ˈbepɔrt〕
Bayreuth〔ˈbaɪrɔɪt〕白萊特（德國）
Bayrhoffer〔ˈbaɪəˈhafə〕
Bayrut〔beˈrut〕貝魯特（黎巴嫩）
Bay St. Louis〔ˈbe sent ˈluɪs〕
Bayswater〔ˈbez,wɔtə〕
Baytar, ibn-al-〔ˌɪbn·ʊlbaɪˈtar〕
Baytown〔ˈbetaun〕
Bayville〔ˈbevɪl〕
Baza〔ˈbaθa〕巴札
Bazaine〔baˈzɛn〕（法）
Bazalgette〔ˈbæzəldʒɪt〕
Bazán〔bɑˈθan〕巴贊
Bazancourt〔bazanˈkur〕（法）
Bazard〔bɑˈzar〕（法）
Bazardyuze〔ˌbazarˈdjuzɛ〕
Bazargic〔bɑˈzardʒik〕
Bazarov〔bɑˈzarəf〕

Bazett〔ˈbæzət〕
Bazin〔bɑˈzæŋ〕巴站（Rene Francois, 1853-
    1932, 法國小說家）
Baziotes〔ˈbæziotɛs〕
Bazley〔ˈbezlɪ〕貝茲利
Bazman, Kuh-i-〔ˈkuh·ɪ·bazˈman〕
Bazoche, La〔la bɑˈzoʃ〕（法）   ˪（波斯）
Baztán〔baθˈtan〕（西）
Bazzard〔ˈbæzəd〕
Bazzi〔ˈbattsɪ〕（義）
Bazzini〔bɑddˈzinɪ〕（義）
Bea〔bɪə〕比兒
Beacall〔ˈbikɔl〕比奇
Beach〔bitʃ〕比奇
Beach, Hicks〔ˈhɪks ˈbitʃ〕
Beacham〔ˈbitʃəm〕
Beachcomber〔ˈbitʃ,komə〕比奇科默
Beachcroft〔ˈbitʃkraft〕比奇克羅夫特
Beachley〔ˈbitʃlɪ〕
Beachwood〔ˈbitʃwud〕
Beachy〔ˈbitʃɪ〕比科奇
Beacom〔ˈbikəm〕比科姆
Beacon〔ˈbikən〕
Beaconsfield〔ˈbɛkənzfild; ˈbikənzfild〕
    比肯斯菲爾德
Beader〔ˈbɪədə〕
Beadle〔ˈbidl〕畢德爾（George Wells,
    1903-, 美國生物學家及教育家）
Beadon〔ˈbidn〕比登
Beagle〔ˈbigl〕
Beaglehole〔ˈbiglˌhol〕比格爾霍爾
Beahm〔bim〕比姆
Beak(e)〔bik〕比克
Beakley〔ˈbiklɪ〕比克利
Beale〔bil〕比爾
Beales〔bilz〕比爾斯
Beall〔bil〕比爾
Beals〔bilz〕
Bealtaine〔ˈbæltɔɪn〕（蓋爾）
Bealwood〔ˈbilwud〕
Beam〔bim〕比姆
Beaman〔ˈbimən〕比曼
Beament〔ˈbimənt〕比門特
Beamer〔ˈbimə〕比默
Beamesderfer〔ˈbimzdɚfə〕比姆斯德弗
Beaminster〔ˈbɛmɪnstə〕
Beamish〔ˈbimɪʃ〕比米什
Beamont〔ˈbimɑnt〕比蒙特
Beams〔bimz〕
Beamsley〔ˈbimzlɪ〕
Bean(e)〔bin〕比恩
Beanes〔benz〕

Beanland〔'binlənd〕賓蘭
Beanntraighe〔'bæntrɪ〕(愛)
Bear〔bɛr; bɪr〕貝爾
Bear Butte〔'bɛr ,bjut〕
Bear Lake〔'bɛr~〕熊湖(美國)
Beard〔bɪrd〕比爾德(Daniel Carter, 1850-
1941, 美國藝術家)
Bearden〔'bɛrdn̩〕比爾登
Bearder〔'bɪrdɚ〕
Beardie〔'bɪrdɪ〕
Beardmore〔'bɪrdmɔr〕比德莫爾
Beards〔bɪrdz〕比爾茲
Beardshear〔'bɪrdʃɪr〕
Beardslee〔'bɪrdzlɪ〕比爾茲利
Beardsley〔'bɪrdzlɪ〕比爾茲利
Beardwood〔'bɪrdwʊd〕比爾德伍德
Beare〔bɪr〕比爾
Bearhaven〔'bɛrhevən〕
Béarn〔be'arn〕(法)
Bearne〔bɪrn〕
Bearns〔bɛrnz〕貝恩斯
Bearsden〔bɛrz'dɛn〕
Bearsted〔'bɛrstɛd; -stɪd〕比爾斯特德
Bearup〔bɚ'rʌp〕貝勒普
Bearwallow〔'bɛr,walo〕
Beas〔'bias〕
Beas de Segure〔'beaz ðe se'gura〕(西)
Beasley〔'bizlɪ〕比斯利
Beata〔be'ata〕
Beatenberg〔be'atənbɛrk〕
Beatia〔bɪ'eʃə〕
Beaton〔'bitn̩〕比頓
Beatrice〔'biətrɪs; ,beat'risə (德); ,beat
'ritʃe (義)〕比阿特麗斯
Beatrix〔'bɪtrɪks; be'atrɪks (德);
bɪ'etrɪks (拉丁)〕比阿特麗克斯
Beattie〔'bitɪ〕畢替(James, 1735-1803, 蘇
格蘭詩人)
Beatty〔'bitɪ〕畢替(David, 1871-1936, 英
國海軍將領)
Beatton〔'bitn̩〕
Beattyville〔'betɪvɪl〕
Beatus〔bɪ'etəs; be'atʊs (德)〕
Beaty〔'bitɪ〕
Beau〔bo〕博
Beau Bassin〔'bo ba'sæŋ〕(法)
Beaubien〔'bobin〕博賓
Beau Brummel〔'bo 'brʌməl〕
Beaucaire〔bo'kɛr〕(法)
Beauceville East〔'bosvɪl 'ist〕
Beauceville-Est〔bos'vil · 'ɛst〕
Beauchamp〔'bitʃəm; bo'ʃaŋ (法)〕

Beauchampe〔'bitʃəm〕
Beauclerc〔'boklɛr〕
Beauclerk〔'boklɛr〕
Beaucourt〔bo'kur〕(法)
Beaucourt-sur-l'Ancre〔bo'kursjʊr·
'laŋkə〕(法)
Beaufort〔'bofət〕波福海
Beaufoy〔'bofɔɪ〕
Beaugard〔'bogard〕
Beaugency〔boʒaŋ'si〕
Beau Geste〔'bo 'dʒɛst〕
Beauharnais〔boar'ne〕(法)
Beauharnois〔boar'nwa〕(法)
Beaujan〔bo'ʒaŋ〕(法)
Beaujeu〔bo'ʒɝ〕(法)
Beaujoyeulx〔boʒwa'jɝ〕(法)
Beaujon〔'bodʒaŋ〕博強
Beaulieu〔'bjulɪ; bo'ljɝ〕(法)
Beaulieu, Leroy-〔lərwa·bo'ljɝ〕(法)
Beaulieu-Marconnay〔bo'ljɝmarkɔ'ne〕
(法)
Beauly〔'bjulɪ〕
Beauman〔'bomən〕
Beaumanoir〔boma'nwar〕(法)
Beaumarchais, de〔də, bomar'ʃe〕包瑪歇
(Pierre Augustin Caron, 1732-1799, 法國
劇作家)
Beaumaris〔bo'mærɪs〕
Beaumelle〔bo'mɛl〕
Beaumont〔'bomant〕❶包蒙(Francis,
1584-1616, 英國劇作家)❷波蒙特港(美國)
Beaumont-Hamel〔bo'mɔŋ·a'mɛl〕(法)
Beaumont-Nesbitt〔'bomənt·'nɛsbɪt〕
Beau Nash〔'bo 'næʃ〕
Beaune〔bon〕
Beaune-la-Rolande〔'bon·la·rɔ'land〕
(法)
Beauneveû〔bon'vɝ〕(法)
Beaunis〔bo'nis〕
Beauport〔bo'pɔr〕(法)
Beaupré〔bo'pre〕博普雷
Beaupré, Gaudichaud-〔godi'ʃobo'pre〕
(法)
Beaupréau〔bopre'o〕
Beauregard〔'borə,gard〕博勒加德
Beaurepaire〔borə'pɛr〕(法)博勒佩爾
Beaurepaire-Rohan〔borə'pɛr·rɔ'aŋ〕
(法)
Beau Sabreur〔'bo sæ'brɝ〕
Beauséjour〔'bozəʒur; bose'ʒur (法)〕
Beausobre〔bo'sɔbɚ〕(法)

Beausoleil〔bosɔ'lɛj〕(法)
Beautemps-Beaupré〔bo'tɑŋ·bo'pre〕
Beau Tibbs〔'bo 'tɪbs〕 L(法)
Beauvais〔bo've〕包菲(法國)
Beauval〔bo'val〕(法)
Beauvallet〔bova'lɛ〕(法)
Beauvan〔bo'vɑŋ〕(法)
Beauvau〔bo'vo〕(法)
Beauvoir〔bo'vwar〕包法國(Simone de,
  1908-1986, 現代法國女作家)
Beaux〔bo〕波歐(Cecilia, 1863-1942, 美國畫
Beauzée〔bo'ze〕 L家)
Beavan〔'bevən〕比文
Beaven〔'bevən〕比文
Beaver〔'bivə〕比弗
Beaverbrook〔'bivə,bruk〕畢佛布魯克
  (William Maxwell Aitken, Lord, 1879-1964,
  英國出版家)
Beaverhead〔'bivəhɛd〕
Beaverhill〔'bivəhɪl〕
Beavis〔'bivɪs〕比維斯
Beavon〔'bevən〕
Beawar〔be'awə〕
Beaworthy〔'bi,wɜðɪ〕
Beaz(e)ley〔'bizlɪ〕比茲利
Bebedouro〔bevə'ðoru〕(葡)
Bebek〔be'bɛk〕
Bebel〔'bebəl〕貝波爾(August, 1840-1913,
  德國社會主義者及作家)
Bebenhausen〔'bebənhauzən〕
Bebington〔'bɛbɪŋtən〕
Bebler〔'bɛblə〕
Bebra〔'bebrɑ〕
Bebriacum〔bɪ'braɪəkəm〕
Bebutov〔bɪ'butəf〕
Bebutov〔bɪ'butəf〕
Bec〔bɛk〕
Bécancour〔bekɑŋ'kur〕(法)
Beccafumi〔,bekkɑ'fumi〕(義)
Beccari〔bek'kɑrɪ〕(義)
Beccaria〔,bekkɑ'riɑ〕(義)
Bečej〔'bɛtʃe〕(塞克)
Becelaere〔,bese'larə〕
Bech〔bɛk〕貝克
Béchamp〔be'ʃɑŋ〕(法)
Becharof〔'bɛtʃərəf〕
Beche, De la〔'dɛ lə bɛʃ〕
Becher〔'bitʃə; 'bɛhə〕(德)
Becherer〔'bɛkhərə〕貝赫勒
Bechervaise〔'bɛtʃəvez〕
Bechet〔be'ʃe〕(法)貝謝
Bechold〔'bɛtʃhold〕

Bechman〔'bɛkmən〕貝克曼
Bechstein〔'bɛkstaɪn; 'behʃtaɪn〕(德)
Bechuana〔,bɛtʃu'ɑnə〕
Bechuanaland〔,bɛtʃu'ɑnəlænd〕貝專納蘭
Beck〔bɛk〕貝克 L(非洲)
Becke〔bɛk; 'bɛkə〕(德)
Beckenham〔'bɛknəm〕
Becker〔'bɛkə〕貝克(❶ Carl Lotus, 1873-
  1945, 美國歷史學家❷ Howard Paul, 1899-
  1960, 美國社會學家)
Becker-Modersohn〔'bɛkə 'modəzon〕
Beckers〔'bɛkəs〕
Becket,á〔ə'bɛkət〕阿拜基特(Saint Tho-
  mas, 1118?-1170, 英國 Canterbury 大主教)
Beckett〔'bɛkɪt〕貝克特(Samuel, 1906-,
  愛爾蘭作家及劇作家)
Beckford〔'bɛkfəd〕拜克福德(William,
  1759-1844, 英國作家)
Beckhart〔'bɛkhart〕貝克哈特
Beckingham〔'bɛkɪŋəm〕
Beckington〔'bɛkɪŋtən〕貝金頓
Beckjord〔'bɛkdʒɔrd〕貝克約德
Beckler〔'bɛklə〕貝克勒
Beckles〔'bɛklz〕貝克爾斯
Beckman〔'bɛkmən〕貝克曼
Beckmann〔'bɛkmɑn〕拜克曼(Max, 1884-
  1950, 德國畫家)
Becknell〔'bɛknl〕貝克納
Beckton〔'bɛktən〕
Beckwith〔'bɛkwɪθ〕貝克威思
Becky〔'bɛkɪ〕貝姬
Becon〔'bikən〕
Becontree〔'bɛkəntrɪ〕
Becquer〔'bɛkə〕
Bécquer〔'bekɛr〕(西)
Becquerel〔bɛk'rel〕白克勒爾(❶ Alex-
  andre Edmond, 1820-1891, Antoine César
  之子❷ Antoine Henri, 1852-1908, 爲放射能
  的發現者)
Bective〔'bɛtɪv〕貝克蒂夫
Bécu〔be'kju〕
Beczwa〔'bɛtʃvɑ〕
Beda, El〔æl 'bedɑ〕(阿拉伯)
Bedales〔'bidelz〕比代爾
Bedard〔be'dard〕貝達德
Bédarieux〔beda'rjə〕(法)
Bedawin〔'bedəwɪn〕
Beddall〔'bɛdəl〕貝德爾
Beddgelert〔bɛð'gɛlət; bɛð'gelɛrt〕(威)
Beddington〔'bedɪŋtən〕貝丁頓
Beddoes〔'bɛdoz〕貝道斯(Thomas Lovell,
  1803-1849, 英國詩人及劇作家)

Beddow〔'bɛdo〕

Beddy〔'bɛdɪ〕貝迪

Bede〔bid〕比得（Saint, 673-735, 英國學者、歷史學家及神學家）

Bedeau〔bə'do〕

Bedel〔'bidl; bɪ'dɛl〕

Bedell〔bə'dɛl〕比德爾

Beder〔'bɛdə〕

Bedford〔'bɛdfəd〕貝都福（英格蘭）

Bedfordshire〔'bɛdfəd,ʃɪr〕貝德福郡（英格蘭）

Bédier〔be'dje〕（法）

Bedingfeld〔'bɛdɪŋfeld〕

Bedivere〔'bɛdɪvɪr〕

Bedlam〔'bɛdləm〕

Bedlamite〔'bɛdləmaɪt〕

Bedlington〔'bɛdlɪŋtən〕

Bedlingtonshire〔'bɛdlɪŋtənʃɪr〕

Bedloe〔'bɛdlo〕

Bedloe's Island〔'bɛdloz ~〕白德路島（紐「約灣」）

Bedmar〔beð'mar〕（西）

Bedminster〔'bɛdmɪnstə〕

Bednall〔'bɛdnəl〕貝德納爾

Bednur〔bɛd'nur〕

Bedny〔'bjɛdnɪ〕

Bedos de Celles〔be'dos də 'sɛl〕（法）

Bedouin〔'bɛduɪn〕貝多因人

Bedr〔'bɛdə〕

Bedrashen〔,bædə'ʃaɪn〕（阿拉伯）

Bedri〔be'dri〕

Bedriacum〔bid'raɪəkəm〕

Bedřich〔'bɛdəʒɪh〕（捷）貝德里奇

Bedruthan〔bɪ'drʌðən〕

Beds.〔bɛdz〕

Bedson〔'bɛdsn̩〕貝德森

Bedwas and Machen〔'bɛdwəs ən 'mæhen〕（威）

Bedwell〔'bɛdwəl〕貝德衛爾

Bedwellty〔bɛd'wɛltɪ〕

Bedwin〔'bɛdwɪn〕

Bedworth〔'bɛdwəθ〕

Będzin〔'bɛnɡdʒin〕（波）

Bee〔bi〕比

Beebe〔'bibɪ〕畢比（Charles William, 1877-1962, 美國鳥類學家、探險家、及作家）

Beebee〔'bibɪ〕畢比

Beeby〔'bibɪ〕畢比

Beech〔bitʃ〕比奇

Beecham〔'bitʃəm〕比徹姆

Béeche Argüello〔'beetʃe ar 'gwejo〕（拉丁美）

Beecher〔'bitʃə〕畢奇爾（Henry Ward, 1813-1887, 美國牧師及演說家）

Beechey〔'bitʃɪ〕

Beech Grove〔'bitʃ 'grov〕

Beeching〔'bitʃɪŋ〕比欽

Beechman〔'bitʃmən〕比奇曼

Beechwood〔'bitʃwʊd〕比奇伍德

Beecroft〔'bikraft〕比克羅夫特

Beede〔bid〕比德

Beeding〔'bidɪŋ〕

Beefington〔'bifɪŋtən〕

Beefeaters〔'bi,fitəz〕

Beek〔bik; bek〕（荷）

Beekman〔'bikmən〕比克曼

Beelaerts van Blokland〔'belɑrts van 'blɔklant〕（荷）

Beelar〔'bilə〕比勒

Beeler〔'bilə〕比勒

Beeley〔'bilɪ〕比利

Beelzebub〔bɪ'ɛlzɪbʌb〕【聖經】魔鬼

Beeman〔'bimən〕比曼

Beemerang〔'biməræŋ〕

Beer〔bɪr〕❶貝爾（Thomas, 1889-1940, 美國作家）❷月球表面第二象限內大坑名

Beerberg〔'beəbɛrk〕

Beerbohm〔'bɪrbom〕畢爾本（Sir Max, 1872-1956, 英國批評家及漫畫家）

Beerenberg〔'berənbɛɡ〕

Beerenbrouck〔'berənbraʊk〕

Beerer〔'bɪrə〕

Beer-Hofmann〔'ber·'hofmən; 'ber·-'hafmən〕

Beernaert〔'bɛrnɑrt〕貝爾納特（Auguste Marie François, 1829-1912, 比利時政治家）

Beeroth〔bɪ'iraθ〕

Beers〔bɪrz〕貝爾茲（Clifford Whittingham, 1876-1943, 美國心理衛生之先驅）

Beersheba〔bɪr'ʃibə〕

Beery〔'bɪrɪ〕比里

Beeskow〔'besko〕

Beesley〔'bizlɪ〕比斯利

Beesly〔'bizlɪ〕

Beeson〔'bisn̩〕比森

Beeston〔'bistən〕比斯頓

Beete〔bit〕比特

Beetham〔'biθəm〕比瑟姆

Beethoven〔'betovən〕貝多芬（Ludwig van, 1770-1827, 德國大作曲家）

Beetle〔'bitl̩〕比特爾

Beeton〔'bitn̩〕比頓

Beets〔bets〕（荷）比茨

Béfort〔be'fɔr〕(法)
Beg〔bɛg〕
Bega〔'bega〕(荷)
Begarelli〔,bega'rɛllɪ〕(義)
Begas〔'begɑs〕
Begbie〔'begbɪ〕
Begeiski〔bɛ'geski〕
Begg〔bɛg〕
Beggs〔bɛgz〕
Beghards〔'bɛgədz〕
Begicheva〔'bjegɪtʃəvə〕
Begin〔bə'gin〕比金(Menachem, 1913-, 任以色列總理)
Begle〔'bɛgl̩〕
Bègles〔'bɛgl̩〕
Begley〔'bɛglɪ〕貝格利
Begna〔'bɛgnɑ〕
Bégon〔be'gɔn〕(法)
Begrisch〔bɪg'rɪʃ〕貝格里希
Beg-Shehr〔be'ʃer〕(土)
Begtrup〔'bektrup〕貝格特魯普
Bègue〔beg〕
Béguine〔be'gin〕
Beguines〔'bɛgɪnɪ〕
Beguins〔'bɛgɪnz〕
Begum〔'begəm〕
Beha〔'behe〕
Behaghel〔be'hagəl〕
Béhague〔be'ag〕(法)
Behaim〔'behaɪm〕月球表面大坑名
Béhaine〔be'ɛn〕(法)
Behal〔be'al〕(法)
Beham〔'beham〕
Behar〔'bihɑr; bɪ'hɑr〕
Beha ud-Din〔bæ'hɑ ud·'din〕(阿拉伯)
Behbehan〔bɛhbe'han〕
Behechio〔bɛɛ'tʃio〕
Beheim〔'behaɪm〕
Beheim-Schwarzbach〔'behaɪm·- 'ʃvartsbah〕(德)
Beheira〔bʊ'haɪra〕(阿拉伯)
Behem〔'behɛm〕
Behemoth〔bɪ'himaθ〕
Behisni〔,bɛhɪs'ni〕
Behistun〔,behɪs'tun〕
Behm〔bem〕貝姆
Behmen〔'bemən〕
Behn〔ben〕貝恩
Behncke〔'benkə〕
Behnesa〔'bæhnæsə〕(阿拉伯)
Behnken〔'benkɛn〕本肯
Behr〔'ber〕貝爾

Behram〔bɛ'ram〕
Behramji〔be'ramdʒi〕
Behramköy〔,beram'kɝɪ〕(土)
Behre〔'berɛ〕貝雷
Behrend〔'berənd〕
Behrends〔'berəndz〕
Behrendt〔'berənt〕
Behrens〔'berənz〕
Behring, von〔fan'berɪŋ〕方貝令(Emil, 1854-1917, 德國細菌學家)
Behrman〔'bermən〕貝爾曼(Samuel Nathaniel, 1893-1973,美國作家、戲劇作家)
Beichner〔'biknə〕比克納
Beïd〔'beɪd〕
Beida〔'bedə〕
Beiderlinden〔baɪdə'lɪndɛn〕貝德林登
Beighton〔'betn̩〕
Beijerland〔'baɪjələnt〕
Bei Kem〔'be 'kɛm〕
Beilan〔be'lɑn〕
Beilby〔'bilbɪ〕比爾比
Beilngries〔'baɪlngris〕
Beilstein〔'baɪlʃtaɪn〕
Beim〔baɪm〕貝姆
Bein〔baɪn〕
Beinecke〔'baɪnɛki〕
Beinn an Oir〔,bɛn æn 'ɔɪr〕
Beir〔'beir〕
Beira〔'berə〕貝拉港(莫三比克)
Beira Alta〔'baɪɛrə 'altə〕
Beira Baixa〔'baɪɛrə 'baɪʃə〕
Beira Litoral〔'baɪɛrə lɪtu'ral〕
Beiram〔baɪ'ram〕
Beirn〔bɝn〕伯恩
Beirne〔bɝn〕貝爾尼
Beirut〔be'rut〕貝魯特(黎巴嫩)
Beisan〔be'sæn〕
Beise〔baɪz〕拜斯
Beiser〔'baɪsə〕
Bei-Shehr〔be·'ʃer〕
Beisler〔'baɪslə〕拜斯勒
Beissel〔'baɪsəl〕
Beit〔baɪt〕(德)拜特〔得西亞〕
Beitbridge〔'baɪtbrɪdʒ〕拜特布里季(南羅
Beit-el-Fakih〔'bet·ɛl·'faki〕
Beith〔biθ〕比思
Beitin〔be'tin〕
Beit Jala〔bet 'dʒælə〕
Beit Jibrin〔,bet dʒɪ'brin〕
Beit Lahm〔bet 'lam〕
Beitler〔'baɪtlə〕
Beit Likia〔bet 'likɪə〕

Beit Ur el-Fokha〔bet ′ur ɛl·′fohə〕
（阿拉伯）

Beit Ur el-Tahta〔bet ′ur ɛl·′tatə〕

Beitzke〔′baɪtskə〕

Beitzel〔′baɪtsɛl〕貝策爾

Beja〔′beʒə〕

Béja〔be′ʒɑ〕（法）

Bejapur〔bɪ′dʒɑpur〕

Béjar〔′behɑr〕（西）

Béjart〔be′ʒɑr〕（法）

Bejraburana〔′phɛt′tʃɑ′bun〕（暹羅）

Bejraburi〔′phɛt′buri〕（暹羅）

Bejucal〔,behu′kal〕（西）

Bek〔bɛk〕

Bekáa〔bɪ′ka〕

Bekaert〔′bɛkət〕貝克特

Bekasi〔bɛ′kasɪ〕

Békásmegyer〔′bekaʃmɛdjɛr〕

Bek-Budi〔bɛk·′budɪ〕

Beke〔bik；′bekə〕(荷）)

Békés〔′bekeʃ〕（匈）

Békéscsaba〔′bekeʃ,tʃaba〕（匈）

Békés-Gyula〔′bekeʃ·′djula〕（匈）

Békésy〔′bekəʃɪ〕貝凱西（Georg von, 1899-1972, 生於匈牙利之美國生理學家及物理學家）

Bekins〔′bikɪnz〕貝金斯

Bekker〔′bɛkə〕貝克

Bek Pak〔bɛk ′pæk〕

Bekri, al-〔,æl·bɛk′ri〕（阿拉伯）

Beku〔′beku〕

Bekyinton〔′bekɪŋtən〕

Bel〔bɛl〕巴比倫神話中天地之神

Bel, Le〔lə ′bɛl〕

Bel, le〔lə ′bɛl〕

Bél〔bel〕

Bela〔′bilə；′belə〕貝拉

Béla〔′bela〕（匈）貝拉

Beladori〔,bɛlə′dori〕

Belafonte〔,bɛlə′fɑnte〕貝拉方特

Bela(h)〔′bilə〕

Belaiev〔bjɪ′ljajɪf〕（俄）

Belain〔bə′læŋ〕（法）

Bel Air〔bɛl ′ɛr〕

Belajan〔bɑ′lɑjɑn〕

Béla Kun〔′bela kun〕（匈）

Belalcázar〔,belal′kaθar〕（西）

Beland〔′bilənd〕

Belardo d'Ascoli〔be′lardo ′daskoli〕

Belardus de Esculo〔bɪ′lardəs di ′ɛskjʊlo〕

Belarius〔bə′lærɪəs〕

Belasco〔bə′læsko〕比拉斯可（David, 1854-1931, 美國戲劇作家、演員、製片家）

Belaugh〔′bilɔ〕

Belaúnde y Diez Canseco〔,belɑ′unde ɪ ðjes kɑn′seko〕（拉丁美）

Belawan〔′blɑwɑn〕

Belawan Deli〔′blɑwɑn ′delɪ〕

Belaya〔′bjɛləjə〕

Belaya Tserkov〔′bjɛləjə ′tsjɛrkəf〕（俄）

Belbeis〔bɪl′bes〕

Belbek〔bəl′bɛk〕

Belch〔bɛltʃ；belʃ〕貝爾其

Belcher Islands〔′bɛltʃə~〕貝爾徹群島

Belchertown〔′bɛltʃətaun〕L（加拿大）

Belchite〔bɛl′tʃite〕

Belcikowski〔bɛltsɪ′kɔfskɪ〕（波）

Belcourt〔bɛl′kur〕（法）

Belcredi〔bɛl′kredɪ〕

Belden〔′bɛldən〕貝爾登

Belding〔′bɛldɪŋ〕貝爾丁

Beldon〔′bɛldən〕

Beled el Jerid〔′bɛlɛd ɛl dʒɛ′rid〕

Belém〔bə′lɛm〕貝倫（巴西）

Belen〔bə′lɛn；be′len〕

Belén〔bə′lɛn〕

Beleño〔be′lenjo〕

Belep〔′bɛlɛp〕

Belerium〔bə′lɪərɪəm〕

Belesme〔be′lem〕

Belesta〔belɛs′ta〕（法）

Belev〔′bjeljɪf〕（俄）

Belfagor〔′bɛlfegɔr〕

Belfast〔′bɛl,fæst〕貝爾發斯特（北愛爾蘭）

Belfast Lough〔bɛl′fast lɑh〕（愛）

Belfield〔′bɛlfild〕貝爾菲爾德

Belfodio〔bel′fɔdjo〕

Belford〔′bɛlfəd〕貝爾福德

Belfort〔′bɛlfɔrt；′bɛlfɔr〕（法）

Belfort Roxo〔bɛl′fɔr ′roʃu〕（葡）

Belfour〔′bɛlfɔr〕

Belfrage〔′bɛlfrɪdʒ〕貝爾弗雷奇

Belgae〔′bɛldʒi〕古高盧民族

Belgard〔′bɛlgard〕

Belgarde〔bɛl′gard〕

Belgaum〔bɛl′gaʊm〕貝爾高姆（印度）

Bel Geddes〔bɛl ′gɛdəs〕

Belge, Congo〔kɔŋ′go ′bɛlʒ〕

Belges, Lemaire de〔lə′mɛr də ′bɛlʒ〕

Belgia〔′bɛldʒɪə〕   L（法）

Belgian Congo〔ˈbɛldʒən ˈkɑŋgo〕比屬
Belgica〔ˈbɛldʒɪkə〕　　　└剛果
België〔ˈbɛlgɪə〕
Belgioioso〔ˌbɛldʒoˈjoso; ˌbɛldʒoˈjozo〕
Belgion〔ˈbɛldʒən〕
Belgique〔bɛlˈʒik〕　　　　　「蘭德斯」
Belgisch Congo〔bɛlgɪs ˈkɑŋgo〕（法
Belgium〔ˈbɛldʒəm〕比利時（歐洲）
Belgoraj〔bɛlˈgɔraɪ〕
Belgorod〔bjɛlgərət〕（俄）
Belgorod-Dnestrovski〔bjɛlgərət
　dnjɪsˈtrɔfskəɪ〕德奈斯楚夫城（蘇聯）
Belgrade〔ˈbɛlˌgred〕貝爾格勒（南斯拉
　夫首都）
Belgrand〔bɛlˈgrɑŋ〕（法）
Belgrano〔bɛlˈgrano〕貝爾格勒諾（Manuel,
　1770-1820, 阿根廷將軍）
Belgrave〔ˈbɛlgrev〕貝爾格雷夫
Belgravia〔bɛlˈgrevɪə〕倫敦海德公園附近之
　一高尚住宅區
Belial〔ˈbilɪəl〕❶【舊約聖經】邪惡❷【新
　約聖經】魔鬼
Belianis〔bɛlɪˈenɪs〕
Bel-Ibni〔ˌbɛlˈɪbnɪ〕
Belibus〔ˈbɛlɪbəs〕
Bélidor〔beliˈdɔr〕（法）
Belinda〔bɪˈlɪndə〕碧琳達
Béline〔beˈlin〕
Belington〔ˈbilɪŋtən〕
Belinski〔bjɪˈljinskəɪ〕（俄）
Bélisaire〔beliˈzɛr〕（法）
Belisario〔ˌbɛlɪˈzarjo（義）; ˌbɛlɪˈsarjo
　（西）〕
Belisarius〔ˌbɛlɪˈsɛrɪəs〕貝利沙魯斯
　（505-565, 東羅馬帝國大將）
Belisha〔bɪˈliʃə〕貝利沙
Belisha, Hore-〔ˈhɔr·bɪˈliʃə〕
Bélissaire〔beliˈsɛr〕（法）
Belit〔bɛˈlɪt〕
Belitoeng〔bɛˈlituŋ〕
Belitong〔bɛˈlitɑŋ〕
Belius〔ˈbilɪəs〕
Beliza〔bɛˈlizə〕
Belize〔bɛˈliz〕百里斯（宏都拉斯）
Beljak〔ˈbɛljak〕
Beljame〔bɛlˈʒam〕（法）
Belkin〔ˈbjɛlkɪn〕（俄）貝爾金
Belknap〔ˈbɛlnæp〕貝爾納普
Bell〔bɛl〕貝爾（Alexander Graham, 1847-
　1922, 生於蘇格蘭的美國人）
Bella〔ˈbɛlə; ˈbɛllɑ（義）; ˈbɛlja（西）;
　ˈbɛla（德）〕

Bella Bella〔ˈbɛlə ˈbɛlə〕
Bellac〔bɛˈlak〕（法）
Bella Coola〔ˈbɛləˈkulə〕
Bellafront〔ˈbɛləˌfrʌnt〕
Bellagio〔belˈladʒo〕（義）
Bellah〔ˈbɛlə〕
Bellaigue〔bɛˈlɛg〕（法）
Bellair〔bɛˈler〕
Bellaire〔bəˈler〕
Bellamann〔ˈbɛləmən〕貝拉曼
Bellamira〔ˌbɛləˈmirə〕
Bellamont〔ˈbɛləmʌnt〕
Bellamy〔ˈbɛləmɪ〕貝拉米（Edward, 1850-
　1898, 美國作家）
Bellangé〔bɛlɑŋˈʒe〕（法）
Bellano〔bɛlˈlano〕
Bellaria〔bəˈlɛrɪə〕
Bellario〔bəˈlɛrɪo; bɛˈlarɪo; bəˈlɛrjo〕
Bellarmine〔ˈbɛlɑrmɪn〕
Bellarmino〔ˌbɛllɑrˈmino〕（義）
Bellary〔bəˈlɑrɪ〕
Bellas〔ˈbɛləs〕貝拉斯
Bellasis〔ˈbɛləsɪs〕
Bellaston〔ˈbɛləstən〕
Bellatrix〔ˈbɛlətrɪks〕
Bellavitis〔ˌbɛllɑˈvitɪs〕（義）
Bellay, du〔djuˌbɛˈle〕杜貝雷（Joachim,
　1522-1560, 法國詩人）
Belle〔bɛl〕貝爾
Belle-Alliance〔bɛl·aˈljɑŋs〕（法）
Belleau〔bɛˈlo〕
Bellechasse〔bɛlˈʃas〕（法）
Belleek〔bəˈlik〕
Bellefontaine〔bɛlˈfauntn̩; bɛlfɑnˈtɛn;
　bɛlˈfɑntŋ; bɛlˈfauntɪn〕
Bellefonte〔ˈbɛlfɑnt〕
Belleforest〔bɛlfɔˈrɛ〕（法）
Belle Fourche〔bɛlˈfurʃ〕
Bellegambe〔bəlˈgɑnb〕（法）
Bellegarde〔bɛlˈgard〕
Belle Glade〔ˈbɛlˌgled〕
Belle Hélène〔ˌbɛl eˈlɛn〕
Belle-Île-en-Mer〔bɛlˈil·ɑŋˈmer〕（法）
Belle Isle, Strait of〔ˈbɛl ˈaɪl〕拜耳海峽
　（大西洋）
Belle Jardinière〔bɛl ʒardiˈnjɛr〕（法）
Belle-Isle〔bɛˈlil〕（法）
Bellemare〔bɛlˈmar〕（法）
Bellême〔bəˈlem〕
Belle Meade〔ˈbɛl ˈmid〕
Bellenden〔ˈbɛləndən〕
Bellenger〔ˈbɛlɪndʒɚ〕

Bellenz〔'bɛlɛnts〕

Belle Plaine〔'bɛl 'plen〕

Bellerby〔'bɛləbɪ〕貝勒比

Bellerive〔bel'riv〕

Bellermann〔'bɛləman〕

Belleroche〔bel'rɔʃ〕

Bellerophon〔bə'lɛrə,fan〕【希臘神話】 騎天馬Pegasus，殺死Chimera的科林斯勇士

Bellerus〔bə'lirəs〕

Belle Sauvage〔'bel so'vaʒ〕

Belle Tout〔'bel 'tut〕

Belleuse〔bɛ'lɝz〕

Belleval〔bɛl'val〕（法）

Belle Vernon〔bɛl 'vɝnən〕

Belleville〔'belvɪl〕貝勒維爾（美國）

Bellevue〔'bɛl'vju〕貝爾維

Bellew〔'belju〕貝柳

Bellflower〔'bɛl,flauə〕貝爾法勒（美國）

Belli〔'bɛlɪ〕貝利

Belliard〔be'ljar〕（法）

Bellicent〔'bɛlɪsent〕

Bellicourt〔beli'kur〕（法）

Bellin〔bɛ'læŋ〕（法）

Bellincioni〔,bellɪn'tʃonɪ〕（義）

Belling〔'belɪŋ〕

Bellinger〔'belɪndʒə〕貝林杰

Bellingham〔'belɪndʒəm; 'belɪŋ,hæm〕 貝林罕港（美國）

Bellinghausen Sea〔'belɪŋ,hauzṇ~〕 白令豪生海（南極洲）

Bellingrath〔'belɪnræθ〕貝林格拉思

Bellingshausen〔'belɪŋs,hauzən〕

Bellini〔be'lini〕貝里尼（Vincenzo, 1801-1835，義大利歌劇作曲家）

Bellinzona〔,belɪn'zonə〕斐林佐那（瑞士）

Bellius〔'bɛlɪəs〕

Bellm〔'bɛlm〕貝爾姆

Bellman〔'belman〕（瑞典）貝爾曼

Bellmawr〔'bɛl'mar〕

Bellmore〔'belmɔr〕

Bello〔'bejo〕貝姚（Audres, 1781-1865，委內瑞拉詩人、語言學家、教育家）

Belloc〔'bɛlək; -lak〕貝羅克（Hilaire, 1870-1953，出生法國的英國評論家、詩人）

Bello Codesido〔'bejo koðe'siðo〕（拉丁美）

Bello Horizonte〔,belɔri'zontɪ〕培羅俄

Belloise〔bel'wɔɪz〕 L利宗泰（巴西）

Bellona〔bə'lonə〕【羅馬神話】司戰女神

Belloni〔be'joni〕（拉丁美）

Bellonte〔bɛ'lɔ̃t〕

Bellori〔bel'lɔrɪ〕

Bellot〔bɛ'lo〕月球表面第四象限內坑名

Bellotto〔bel'lɔtto〕貝拉圖（Bernardo, 1720-80，義大利畫家）

Bellovaci〔bɛ'lavəsaɪ〕

Bellovacum〔bɛ'lavəkəm〕

Bellow〔'belo〕貝婁（Saul, 1915-，生於加拿大的美國作家）

Bellows〔'beloz〕貝羅茲（George Wesley, 1882-1925，美國畫家及平版印刷家）

Belloy〔bɛ'lwa〕（法）

Bell-Smith〔'bɛl-'smɪθ〕

Bellune〔bɛ'ljun〕

Belluno〔bel'luno〕（義）

Bellus Mons〔'beləs manz〕

Bell Ville〔bej 'vije〕（拉丁美）貝爾維爾

Bellvís〔belj'vis〕（西）

Bellwood〔'bɛl,wud〕貝爾伍（美國）

Belly〔'bɛlɪ〕

Belmar〔'bɛlmar〕

Belman〔'bɛlmən〕貝爾曼

Bélmez〔'bɛlmeθ〕（西）

Belmond〔'bɛlmand〕

Belmont〔'bɛlmant〕貝爾蒙特

Belmonte〔bɛl'monte（西）; bel'montɪ（葡）〕

Belmontet〔bɛlmɔn'tɛ〕（法）

Belmontium〔bel'manʃəm〕

Belmore〔'bɛlmɔr〕貝爾莫爾

Belna〔'bɛlnə〕

Belnap〔'bɛlnəp〕貝爾納普

Bel-Nirari〔'bɛl-'ni'rari〕

Beloch〔'belah〕（德）

Beloe〔'bilo〕

Beloeil〔bə'lɝɪj〕（法）

Beloe More〔'bjɛlɛjə 'mɔrjə〕（俄）

Beloe Ozero〔'bjɛlɛjə 'ozɪrrə〕（俄）

Belogorsk〔,bjɛlə'gɔrsk〕（俄）

Belo Horizonte〔,belɔrɪ'zontɪ〕柏路哈里桑塔（巴西）

Beloit〔bə'lɔɪt〕比萊特（美國）

Belomorsk〔,bjɛlə'mɔrsk〕別洛莫爾斯克（

Belon〔bə'lɔ̃〕（法） L蘇聯）

Belopolsky〔,bjɛlə'pɔlskɪ〕

Belorestk〔,bɛlə'rɛtsk〕

Belorussia〔bjɪl'russjɪjə〕（俄）

Belos〔'biləs〕

Belostok〔bjɪlʌ'stɔk〕（俄）

Belot〔bə'lo〕（法）

Belotto〔be'lɔtto〕（義）

Belovaci〔be'lavəsaɪ〕

Below〔'belo〕（德）貝洛

Belpasso〔bel'passo〕（義）

Belper〔'bɛlpə〕貝爾珀
Belphegor〔'bɛlfəgɔr〕
Belphoebe〔bɛl'fibɪ〕
Belpre〔'bɛlprɪ〕
Belsen〔'bɛlzən〕貝爾森（西德）
Belsen,Bergen-〔'bɛrgən-'bɛlzən〕
Belsham〔'bɛlʃəm〕
Belshaw〔'bɛlʃɔ〕貝爾肖
Belshazzar〔bɛl'ʃæzə〕
Belsize〔'bɛlsaɪz〕
Belstead〔'bɛlstɪd〕貝爾斯特德
Belsunce〔bɛl'zɚŋs〕（法）
Belskie〔'bɛlski〕
Belsley〔'bɛlzlɪ〕
Belsterling〔bɛls'tɚlɪŋ〕
Belt〔bɛlt〕貝爾特
Belta(i)ne〔'bɛltɪn〕
Belterra〔bel'tɛrrə〕
Belteshazzar〔,bɛltɪ'ʃæzɚ〕
Beltingham〔'bɛltɪndʒəm〕
Belton〔'bɛltən〕貝爾頓
Beltraffio〔belt'raffjo〕（義）
Beltramelli〔,bɛltra'mɛllɪ〕（義）
Beltrami〔bel'tramɪ〕
Beltrán y Masses〔bɛl'tran ɪ 'masɛs〕
Beltraneja,la〔la ,bɛltra'nɛha〕（葡）
Beltsville〔'bɛltsvɪl〕
Beltsy〔'bjɛltsɪ〕（俄）
Beluchistan〔bə'lutʃɪstan;bɛl'lutʃɪstan〕
Beluga〔bɛ'lugə〕
Belukha〔bjɪ'luhə〕比路卡山（蘇聯）
Belunum〔bɛ'lunəm〕
Belury〔'bɛlɪrɪ〕貝勒里
Belus〔'biləs〕
Belva〔'bɛlvə〕貝爾瓦
Belvacum〔'bɛlvəkəm〕
Belvedere〔,bɛlvə'dɪr;'bɛlvədɪr〕
Belvidera〔bɛlvɪ'dɪərə〕
Belvidere〔'bɛlvɪdɪr〕
Belville〔'bɛlvɪl〕
Belviso〔bɛl'viso〕貝爾維索
Belvoir〔'bivə;'bɛlvwɔr;bɛl'vwɑr(法)〕
Bely〔'bjɛlaɪ〕貝里（Andrei,1880-1934,俄國作家）
Belyaev〔bjɪ'ljajɪf〕（俄）
Belyando〔bɛl'jændo〕
Belyavin〔bjɪ'ljavjɪn〕（俄）
Belz〔bɛlts〕貝爾茲
Belzebub〔'bɛlzɪbəb〕
Belzig〔'bɛltsɪh〕（德）
Belzoni〔bel'tsonɪ〕貝爾佐尼(Giovanni Battista,1778-1823,義大利探險家及研究埃及古物專家)

Belzú〔bɛl'su〕（拉丁美）
Bem〔bɛm〕
Beman〔'bimən〕
Bemba〔'bɛmba〕
Bembatoka〔,bɛmbə'tokə〕
Bemberg〔'bɛmbəg〕
Bembo〔'bɛmbo〕
Bembridge〔'bɛmbrɪdʒ〕
Bemelmans〔'biməlmənz;'bɛmǝl-〕比姆爾曼(Ludwig,1898-1962,美國幽默作家及畫家)
Bement〔bɪ'mɛnt〕比門特
Bemerton〔'bɛmɚtən〕
Bemidji〔bə'mɪdʒɪ〕
Bemini〔'bɛmɪnɪ〕
Bemis〔'bimɪs〕比米斯
Bemiss〔'bimɪs〕比米斯
Bémont〔be'mɔn〕（法）
Bempe〔'bɛmpə〕
Bemrose〔'bɛmroz〕
Ben〔bɛn〕
Bena〔'binə〕
Bena Bena〔'benə 'benə〕
Ben-a-Bhuird〔,bɛn·æ·'burd〕（蘇）
Benaco〔be'nako〕
Benacus,Lacus〔'lɛkəs bɪ'nekəs〕
Benadir〔,bɛnə'dɪr〕
Benadad〔,be'nedæd〕
Benaduci〔,benə'dutʃi〕
Benaiah〔bə'neə〕
Benalcázar〔,benal'kaθar;,benal-'kasar〕（西）
Ben Alder〔bɛn 'ɔldə〕
Ben-Ami〔bɛn·'ami〕
Ben-ammi〔bɛn·'æmaɪ〕
Bénard〔be'nar〕（法）貝納德
Benares〔bɪ'narɪz〕貝那拉斯（印度）
Benas,Ras〔ras'bænæs〕
Ben Asher〔bɛn 'æʃə〕
Ben Asher ha-Levi〔bɛn 'æʃə hæ·'livaɪ〕（阿拉伯）
Benavente〔,benə'vɛntə（葡）;,benə-'vɛnte（西）
Benavente y Martinez〔,bena'vɛnte ɪ mar'tineθ〕貝納溫第(Jacinto,1866-1954,西班牙劇作家）
Benavides〔,benə'vidəs;,bena'viðes〕
Benbaun〔bɛn'bɔn〕   L(西)〕
Benbecula〔,bɛn'bɛkjulə〕
Benbonyathe〔,bɛnbən'jæθə〕
Benc〔bɛnts〕

Bence〔bɛns〕本斯
Bence-Jones〔'bɛns‧'dʒonz〕
Bencher〔'bɛntʃɚ〕本奇
Benchley〔'bɛntʃlɪ〕班齊里（Robert
　Charles, 1889-1945, 美國幽默作家，戲劇批評
Benchoff〔'bɛntʃɑf〕　　　　　〔家及演員〕
Bencius〔'bɛnʃɪəs〕
Benckendorff〔'bɛŋkəndɔrf〕
Benckenstein〔'bɛŋkənstaɪn〕本肯斯坦
Ben Cleuch〔bɛn 'kluh〕（蘇）
Bencoelen〔bɛn'kulən〕
Bencoolen〔bɛn'kulən〕
Bencovazzo〔,bɛnko'vɑttso〕（義）
Ben Cruachan〔bɛn 'kruɑhɑn〕
Benczur〔'bɛntsur〕
Benda〔bæŋ'dɑ〕班達（Julien, 1867-1956,
　法國小說家、散文作家及批評家）
Bendal〔'bɛndəl〕
Bendavid〔,bɛn'devɪd; bɛn'dɑfit（德）〕
Ben David〔bɛn 'devɪd; bɛn 'dɑfit（德）〕
Ben Davis〔bɛn 'devɪs〕❶冬初成熟的紅
　蘋果之一種❷這種蘋果樹
Ben De(a)rg〔bɛn 'dʒɛrk〕（蘇）
Bendemann〔'bɛndəmɑn〕
Bendemeer〔'bɛndəmɪr〕
Bender〔'bɛndɚ〕本德
Benderabbas〔'bɛndɚ æb'bɑs〕
Bendern〔'bɛndɚn〕本登
Bendery〔bjɛn'djɛrɪ〕（俄）
Bendigo〔'bɛndɪgo〕彭達高（澳洲）
Bendin〔'bjɛndjɪn〕
Bendiner〔'bɛndɪnɚ〕本迪納
Bendinger〔'bɛndɪŋgɚ〕
Bendit〔'bɛndɪt〕本迪特
Bendix〔'bɛndɪks〕彭狄克斯（Vincent, 1882-
　1945, 美國發明家及實業家）
Bendl〔'bɛndl〕
Bendorf〔'bɛndɔrf〕
Ben Doran〔bɛn 'dɔrən〕
Ben Douran〔bɛn 'durən〕
Bend-the-Bow〔'bɛn‧dðɚ‧'bo〕
Bendzin〔'bɛntsin〕（德）
Bene〔'bene〕
Beneckendorff〔'bɛnəkəndɔrf〕
Benedek〔'bɛnedɛk〕
Beneden〔bə'nedən〕
Benedetti〔,bene'dɛttɪ〕（義）
Benedetto〔,bene'detto〕（義）
Benedicite〔,bɛnɪ'daɪsɪtɪ〕【宗教】萬物頌
Benedick〔'bɛnɪ,dɪk〕本尼迪克（莎士比亞 "
　Much Ado About Nothing" 劇中之一獨身男
　子）

Benedicks〔'bɛnɪdɪks〕
Benedickt〔'bɛnɪdɪkt〕
Benedict〔'bɛnɪdɪkt ; 'benədɪkt（荷）;
　'benedɪkt（德）〕貝那迪克特
Bénédict〔bene'dikt〕本尼迪克特
Benedicta〔,benɪ'dɪktə〕貝娜蒂克特
Benedict Biscop〔'bɛnɪdɪkt 'bɪʃəp〕
Benedicite〔,bɛnɪ'daɪsɪtɪ〕
Benedictis〔,benɪ'dɪktɪs〕
Benedictsson〔,bene'dɪkts‧sɔn〕
Benedictus〔,benɪ'dɪktəs〕天主教彌撒中所
　用之短讚美詩或其音樂
Benediktus〔,bene'dɪktʊs〕
Benediktbeuern〔,benedɪkt'bɔɪən〕
Benediktsson〔'bene,dɪkts‧sɔn〕
Benedum〔'bɛnɪdəm〕貝尼登
Benefield〔'bɛnɪfild〕貝尼菲爾德
Benegal〔'bɛnəgəl〕
Beneharnum〔,bɛnɪ'hɑrnəm〕
Beneke〔'benəkə〕貝內克
Benelli〔be'nɛllɪ〕（義）
Benelux〔'bɛnɪlʌks〕【政治】比、荷、盧三國
Benenden〔'bɛnəndən〕
Benengeli〔,bɛnɛŋ'gili ; benɛŋ'heli（西）〕
Beneš〔'bɛnɛʃ〕貝奈西（Eduard, 1884-1948,
　捷克斯拉夫政治家）
Benešov〔'benɛʃɔf〕（捷）
Benét〔bɪ'ne〕貝內（❶ Stephen Vincent,
　1898-1943, 美國詩人及小說家❷ William Rose,
　1886-1950, 美國詩人、小說家及編輯）
Benet〔'bɛnɪt〕貝尼特
Benetta〔bə'nɛtə〕芭蕾得
Bénévent〔bene'vɑŋ〕（法）
Benevento〔,bɛnɪ'vɛnto〕貝尼文特（義大利）
Beneventum〔,bɛnɪ'vɛntəm〕
Benevolus〔bɪ'nevələs〕
Benewah〔'benəwɑ〕
Benezet〔,bɛnə'zet〕貝尼澤特
Bénézet〔bene'zɛ〕（法）
Benfey〔'bɛnfaɪ〕
Benfield〔'bɛnfild〕本菲爾德
Benfieldside〔'bɛnfildsaɪd〕
Benford〔'bɛnfɚd〕本福德
Benfleet〔'bɛnflit〕
ben-Gabirol〔,bɛn‧gɑ'birol〕
Bengal〔bɛn'gɔl〕孟加拉（屬巴基斯坦和印度）
Benglese〔,bɛŋgə'liz〕
Bengal, Bay of〔bɛn'gɔl〕孟加拉灣（印度洋）
Bengali〔bɛŋ'gɔlɪ〕❶孟加拉（Bengal）人
　❷孟加拉語
Bangasi〔bɛŋ'gɑzɪ〕班加西（利比亞）
Bengawan〔bəŋ'ɑwɑn〕

Bengazi〔bɛn'gazı〕

Benge〔bɛndʒ〕本奇

Bengel〔'bɛŋəl〕

Benger〔'bɛndʒɚ〕

ben Gershon〔bɛn 'gɝʃən〕

ben Gerson〔bɛn 'gɝsən〕

Bengkalis〔bɛŋ'kalıs〕

Bengo〔'bɛŋgo〕

Bengore〔'bɛngɔr〕

Bengough〔'bɛŋgo〕本戈

Bengt〔bɛŋt〕

Bengtson〔'bɛŋt·sən〕本特森

Bengtsson〔'bɛŋt·sɔn〕

Benguel(l)a〔bɛn'gɛlə〕本格拉（安格拉）

Benguérir〔bæŋge'rir〕（法）

Benguet〔bɛŋ'gɛt〕

Ben-Gurion〔bɛn· gur'ıən〕

Benha〔'bɛnha〕

Benhadad〔bɛn'hedæd〕

Ben-Hadad〔bɛn· 'hedæd; bɛn· 'hedəd〕

Benham〔'bɛnəm〕貝納姆

Ben Hill〔bɛn 'hıl〕

Ben-Horin〔bɛn· 'horin〕

Ben Hur〔bɛn 'hɝ〕賓漢（Lew Wallace 所著歷史小說）

Beni〔'bɛnı〕貝尼河（玻利維亞）

Béni〔'bɛnı〕

Beni-Abbès〔'bæni·æb'bæs〕（阿拉伯）

Beni-Amer〔'beni· 'æmɚ〕

Beniamino〔,benja'mino〕

Benians〔'bɛnıənz〕

Benicia〔bə'nifɚ〕

Bénigne〔be'ninj〕（法）

Benigno〔be'nigno〕

Benignus〔bɛ'nıgnus（丹）; be'nıgnus（德）〕貝尼格納斯

Beni(-)Hassan〔'beni· 'hasan; 'bæni-'hæsæn（阿拉伯）〕

Beni Israel〔'beni 'ızreəl〕

Benin〔be'nın〕貝南（非洲）

Benincasa〔,benıŋ'kasa〕

Benington〔'bɛnıŋtən〕貝寧頓

Benioff〔'beniaf〕貝尼奧夫

Beni-Saf〔'beni· 'saf; 'bæni· 'sæf（阿拉伯）〕

Benis(s)on〔'bɛnısṇ〕

Beni Suef〔'beni 'swɛf; 'bæni su'wef（阿拉伯）〕

Benítez〔be'nites〕（西）貝尼特斯

Benito〔be'nito〕

Benito Cereno〔be'nito se'reno〕

Benjamim〔benʒə'miŋ〕（葡）

Benjamin〔'bɛndʒəmın;-mən; 'bɛnjamin（德）; bæŋʒɑ'mæŋ（法）; ,bɛnhɑ'min（西）〕

Benjamin-Constant〔bæŋʒɑ'mæŋ· kɔns-'tɑŋ〕（法）

Benjamite〔'bɛndʒəmaıt〕

Ben Jochanan〔bɛn dʒo'kenən〕

Benjowsky〔bɛn'jɔfskı〕

Benjy〔'bɛndʒı〕白雞

ben Kalonymus〔bɛn kə'lanıməs〕

Benkelman〔'bɛŋkəlmən〕

Benkendorf〔'bjɛŋkjındɔrf〕

Benkoelen〔bɛn'kulən〕

Benkulen〔bɛn'kulən〕

Benkovac〔'bɛŋkɔvats〕

Ben Laoigh〔bɛn'lɝı〕（蘇）

Ben Lawers〔bɛn 'lɔɚz〕

Benld〔bə'nɛld〕

Ben Ledi〔bɛn 'lɛdı〕

Benlliure y Gil〔bɛn'ljure ı 'hil〕（西）

Ben Lomond〔bɛn'lomənd〕彭羅蒙山（蘇格蘭）

Benlowes〔'bɛnloz〕

Ben Lui〔bɛn 'luı〕

Ben Macdhui〔bɛn mək'duı〕

Ben More〔bɛn 'mɔr〕

Ben More Assynt〔bɛn 'mɔr ə'sınt〕

Ben Muichdui〔bɛn mək'duı; bɛn mʌh'duı〕（蘇）〕

Benn〔bɛn〕彭恩（Gottfried, 1886-1956, 德國醫生、批評家、詩人、散文家）

Bennasker〔bɛn'næskɚ〕

Bennaton〔'bɛnətən〕本納頓

Benndorf〔'bɛndɔrf〕

Benne〔bɛn〕本恩

Benner〔'bɛnɚ〕

Bennet(t)〔'bɛnıt〕貝湼特（(Enoch) Arnold, 1867-1931, 英國小說家）

Bennette〔be'nɛt〕

Bennettsville〔'bɛnıtsvɪl〕

Ben Nevis〔bɛn 'nɛvıs〕朋尼維山（蘇格蘭）

Bennewitz〔'bɛnəvıts〕本內維茨（蘭）

Benney〔'bɛnı〕本尼

Ben-Nez〔bɛn 'nɛts〕

Bennigsen〔'bɛnıhsən〕（德）

Benning〔'bɛnıŋ〕本尼

Bennington〔'bɛnıŋtən〕本尼頓

Bennion〔'bɛnıən〕本尼恩

Benno〔'bɛno〕（德）; 'bjɛnnɔ（俄）〕

Benny〔'bɛnı〕

Benois〔bjı'nɔı〕（俄）

Benoist〔bə'nwa〕（法）

Benoît〔bə'nwɑ〕（法）貝努瓦

Benoîte〔bə'nwɑt〕(法)
Benoiton〔bɔnwɑ'tɔŋ〕(法)
Benoliel〔ˌbɛnə'lɪəl〕
Benoni〔bə'nonaɪ〕柏諾奈(南非)
Bénoué〔ˌben'we〕
Benoy〔be'nɔɪ〕貝諾伊
Benozzo〔be'nɔttso〕(義)
Benrath〔'benrat〕
Bensalem〔'bensəlɛm〕
Bensberg〔'bensbɛrk〕(德)
Bensenville〔'bensn̩vɪl〕
Benserade〔bæŋs'rɑd〕(法)
Bensham〔'benʃəm〕
ben-Shaprut〔ben·ʃɑ'prut〕
Bensheim〔'benshaɪm〕
Bensinger〔'bensɪŋə〕本辛格
Bensington〔'bensɪŋtən〕
Benskin〔'benskɪn〕本斯金
Bensley〔'benzlɪ〕
Benso〔'benso〕
Benson〔'bensn̩〕彭生(Arthur Christopher,
 1862-1925, 英國教育家及作家)
Ben Starav〔ben 'starav〕
Benstead〔'bensted〕本斯特德
Bent〔bent〕本特
Bentall〔'bentəl〕本托爾
Bentan〔'bentan〕
Bentel〔'bentəl〕本特爾
Benten〔'bentən〕
Bentham〔'benθəm〕邊沁(Jeremy, 1748-
 1832, 英國法學家及哲學家)
Bentheim〔'benthaɪm; 'bentem〕
Bentii〔'benʃɪaɪ〕
Bentinck〔'bentɪŋk〕❶彭廷克(William
 Henry Cavendish, 1738-1809, 英國政治家)
 ❷明珍島(緬甸)
Bentinck-Smith〔'bentɪk·smɪθ〕
Bentivoglio〔ˌbentɪ'vɔljo〕
Bentivolii〔ˌbentɪ'volɪaɪ〕
Bentivolio〔ˌbentɪ'volɪo〕
Bentley〔'bentlɪ〕本特利
Bentleyville〔'bentlɪvɪl〕
Bento〔'benntu〕(葡)
Benton〔'bentən〕本頓
Bentonelli〔ˌbento'neli〕本托內利
Bentonville〔'bentn̩vɪl〕
Bentsen〔'bent·sən〕本特森
Bentwich〔'bentwɪtʃ〕本特威奇
Bentzel-Sternau〔'bentsəl 'ʃternau〕
Benue〔'benwe〕貝努埃
Ben Venue〔ˌben və'nu〕
Benvolio〔ben'volɪo〕

Ben Vo(i)rlich〔ben 'vɔrlɪh〕(蘇)
Benwood〔'benwud〕
Bey Wyvis〔ben 'wɪvɪs〕
Ben-Yahuda〔ˌbɛn·jə'huda〕班耶胡達
 (Eliezer, 1858-1922, 猶太學者)
Ben-Yehuda〔ˌbɛn·je'huda〕
Ben-y-Gloe〔ˌbɛn·ɪ·'glo〕
Ben Youssef〔ben 'jusəf〕
Benz〔bents〕本茲
Benzayda〔ben'zedə〕
Benzert〔ben'zert〕
Benzie〔'benzɪ〕
Benzino〔ben'zino〕
Benzion〔ben'tsion〕
Ben-Zion〔ben·'zaɪən〕
Benzo〔'bentso〕
Benzoni〔bend'zoni〕
Ben-Zvi〔ben·'tsvi〕班茲斐(Itzhak,
 1884?-1963, 以色列政治家)
Beo〔'beo〕
Beograd〔'beogrɑd〕
Beolco〔be'ɔlko〕
Beothuk〔'beəθuk〕
Beőthy〔'bətɪ〕(匈)
Beovich〔'beəvɪtʃ〕貝奧維奇
Beowulf〔'beəwulf〕
Bepi〔'bepɪ〕
Beppo〔'bɛpo〕
Bequia〔'bɛkwe〕
be-Rabbi〔bɪ·'ræbaɪ〕
Bérain〔be'ræŋ〕(法)
Béranger, de〔də berɑŋ'ʒe〕戴貝蘭茲
 (Pierre Jean, 1780-1857, 法國詩人)
Berar〔be'rar〕貝拉爾
Bérard〔be'rar〕(法)貝拉爾
Berat〔be'rat〕
Berau〔bə'rau〕貝臘特(阿爾巴尼亞)
Béraud〔be'ro〕(法)
Beraun〔'beraun〕
Berber〔'bɔbə〕北非同一回教土族之土人
Berbera〔'bɔbərə〕伯培拉(索馬里)
Berberich〔'bɔbərɪk〕伯布里克
Berbers〔'bɔbɚz〕
Berbérati〔berbera'ti〕(法)
Berbice〔bɔ'bis〕
Berceo〔ber'θeo〕(西)
Berchem〔'berhəm〕(荷)
Berchère〔ber'ʃer〕(法)
Berchta〔'berhta〕(德) 「加登」德國
Berchtesgaden〔'berktəsˌgadən〕柏特斯
Berchtold〔'berhtalt〕(德) 伯克托爾德
Berck〔bɔk, berk〕(法)

Berckheyde〔bɛrk'haɪdə〕(德)
Berckemeyer〔'bɝkmaɪə〕伯克邁耶
Berckmans〔'bɝkmənz〕
Bercovici〔,bɝkoˈvisɪ；,berkoˈvitʃi(羅)〕
Bercy〔ber'si〕(法)
Berdanier〔bɝd'nɪr〕伯達尼爾
Berdiansk〔bjer'djansk〕(俄)
Berdichev〔bjer'djitʃef〕(俄)
Berding〔'bɝdɪŋ〕伯丁
Berdis〔'bɝdɪs〕
Berdon〔'bɝdən〕伯登
Berdyaev〔bjer'djajef〕(俄)
Bere〔bɪr〕
Beré〔bɛ're〕
Berea〔bə'rɪə〕
Berehaven〔'berhevən〕
Berehovo〔'cevɔ〕
Bere-L'Étang〔ber·le'taŋ〕(法)
Berelson〔'bɪrlsn〕貝雷爾森
Berend〔'berənt〕(德)
Berendsen〔'berənsən〕
Berendt〔'berənt〕
Berengar〔'berəngar〕
Berengaria〔,berɪŋ'gɛrɪə〕
Berengario〔,beren'garjo〕
Berengarius〔,berən'gerɪəs〕
Berenger〔'berəndʒɝ〕
Bérenger〔beran'ʒe〕(法)
Berenguela〔,beren'gela〕
Berenguer〔,berɛn'ger〕
Berenice〔,beri'naɪsɪ；bə'naɪsɪ；,beri-'nitʃi(法)〕
Bérénice〔bere'nis〕(法)
Berenices〔,berə'naɪsiz〕
Berens〔'bɪrənz〕貝倫斯
Berenson〔'berɪnsn〕貝倫森
Berent〔'berent〕
Berera〔be'rera〕
Beresford〔'berɪzfəd；'biəzfəd〕
Beresina〔,birɪzi'na〕
Beresteczko〔,beres'tetʃkɔ〕
Berettyó〔'beretjo〕
Berettyóújfalu〔'beretjo'ujfalu〕(匈)
Berezina〔bje'rjezjɪnə〕貝爾齊納河(蘇聯)
Berezniki〔bji'rjoʌnjɪkɪ〕別烈茲尼基(蘇聯)
Berezofsk〔bɪr'jozəfsk〕
Berezovski〔bɪr'jozəfskɪ〕
Berg〔berg〕貝爾格(Alban,1885-1935,奧國作曲家)
Bergaigne〔ber'genj〕(法)
Bergama〔,berga'ma〕

Bergamasca〔,berga'maska〕
Bergamaschi〔,berga'maskɪ〕
Bergamasco, Il〔il ,beəga'masko〕
Bergamo〔'bergamo；'bɝgəmo〕柏爾加摩(義大利)
Bergan〔'bɝgən〕伯根
Bergara〔ber'gara〕
Bergaust〔'bɝgəst〕伯高斯特
Berge〔bɝdʒ〕伯奇
Bergedorf〔'bergədɔrf〕
Bergel〔'bɝgəl〕伯格爾
Bergen〔'bɝgən；'bɝdʒɪn；'bɝgən；'berhən；'bærgən〕卑爾根港(挪威)
Bergen-Belsen〔'bergən·'bɛlzən〕
Bergendael〔'bergəndæl〕
Bergendoff〔'bɝgəndaf〕伯根多夫
Bergenfield〔'bɝgənfild〕伯根菲爾德
Bergengruen〔'bergəngrjun〕
Bergen op Zoom〔'berhən ɔp 'zom〕(荷)
Bergenroth〔'bergənrot〕
Berger〔'bɝdʒɚ；'bɝgɚ；'bergə(德)；ber'ʒe(法)〕伯杰
Bergerac〔'bɝdʒɚæk；berʒə'rak(法)〕
Bergerat〔berʒə'ra〕(法)
Bergère〔ber'ʒɛr〕(法)
Bergerman〔'bɝgəmən〕伯格曼
Bergeron〔'bɝdʒərən〕伯杰尼
Bergerud〔'bɝdʒɚəd〕
Bergersen〔'bɝgəsən〕伯格森
Berges〔berʒ〕(法)
Bergevin, de〔də berʒə'væŋ〕(法)
Bergey〔'bɝgɪ〕
Bergfeld〔'bɝgfɛlt〕伯格菲爾德
Berggrav〔'bergrav〕
Bergh〔bɝg；'bærj(瑞典)；berh(荷)〕伯格
Berghaus〔'berhhaus〕(德)伯格豪斯
Berghem〔'berhəm〕(荷)
Berghoff〔'bɝghaf〕伯格霍夫
Berghold〔'bɝgholt〕伯格霍爾德
Bergholt〔'bɝgholt〕
Berghuis〔'bɝghaɪs〕
Bergin〔'bɝgɪn〕伯金
Bergisch-Gladbach〔'bergɪʃ·'glatbah〕(德)
Bergius〔'bɝgɪʊs〕柏吉斯(Friedrich,1884-1949,德國化學家)
Bergk〔berk〕
Berglund〔'bɝglənd〕伯格倫德
Bergman〔'bɝgmən；'bergman；'bærjman(瑞典)〕

Bergmann〔'bɜgmən; 'bɛrhman（德）〕
Bergmehl〔'bɜgmel〕 └伯格曼
Bergner〔'bɜgnə〕伯格納
Bergognone〔,bergo'njone〕
Bergomask〔'bɜgəmask〕
Bergomum〔'bɜgoməm〕
Bergonzi〔ber'gɔntsɪ〕（義）
Bergquist〔'bɜgkwɪst〕伯奎斯特
Bergsma〔'bɜgzmə〕伯格斯馬
Bergsöe〔'bɜrhsə〕（丹）
Bergsøe〔'bɜrksə〕（丹）
Bergson〔'bɜrgsn〕柏克森（Henri, 1859-
 1941, 法國哲學家）
Bergstraesser〔'bɜgstrɛsə〕伯格斯特拉 └瑟
Bergstrand〔'bɜgstrənd〕伯格斯特蘭
Bergstrasse〔'berkʃtrasə〕
Bergström〔'bɜrhstrəm〕（丹）伯格斯特尼
Bergstrøm〔'bɜrhstrəm〕（丹）
Bergthórsson〔'bergtɔrsən〕（冰）
Bergues〔berg〕
Bergus〔'bɜgəs〕伯格斯
Bergwall〔'bɜgwɔl〕伯格沃爾
Berhala〔bɜr'hala〕
Berhampore〔'berəmpor〕
Berhampur〔'berəmpur; 'bɜrəmpur〕
Beria〔'bjerɪə〕貝里亞（Lavrenti Pavlovich,
 1899-1953, 俄國特務頭子）
Beriah〔bə'raɪə〕貝里亞
Bering〔'bɪrɪŋ〕❶白令海（太平洋）❷白令海
 峽（美國、蘇聯之間）
Beringer〔'berɪndʒə〕貝林格
Beringhen〔'berɪŋgən〕
Berington〔'berɪŋtən〕
Berinthia〔bə'rɪnθɪə〕
Bériot〔be'rjo〕（法）
Berislav〔,bɪrɪs'laf〕
Berisso〔be'riso〕
Beristaín y Souza〔be,rista'in ɪ 'sosa〕
Beriya〔'bjerɪə; 'bjerjɪʌ（俄）〕
Berja〔'berha〕（西）
Berk〔'bjerk〕（俄）伯克
Berkefeld〔'berkəfɛlt〕
Berkeleian〔bark'liən〕
Berkeley〔'bɜklɪ〕❶伯克里（George,1685-
 1753, 愛爾蘭主教及哲學家）❷伯克萊（美國）
Berken〔'berkən〕
Berkenhead〔'bɜkənhɛd〕
Berkey〔'bɜkɪ〕伯基
Berkhamsted〔'bɜkəmpstɪd〕
Berkin〔'bɜkɪn〕伯金
Berkinshaw〔'bɜkɪnʃɔ〕伯金肖
Berkley〔'bɜklɪ〕伯克利

Berkman〔'bɜkmən; 'berkman（德）〕伯克
Berkner〔'bɜknə〕伯克納 └曼
Berkowitz〔'bɜkowɪts〕伯科威茨
Berks.〔barks〕
Berkshire〔'bɜk,ʃɪr〕波克郡（英格蘭）
Berkson〔'barksn〕伯克森
Bêrlad〔bə'lad〕（羅）
Berlage〔'berlahə〕（荷）
Berle〔'bɜli〕伯利
Berlen〔'bɜlɪn〕柏林
Berlengas〔bə'lengəʃ〕（葡）
Berlichinger〔'berlɪhɪŋən〕（德）
Berlier〔ber'lje〕（法）
Berlin〔bə'lɪn; 'bɜ'lɪn; 'bɜlɪn〕柏林（德
 國）
Berlin-Britz〔ber'lin-'brɪts〕
Berliner〔'bɜlɪnə〕❶柏林市民❷柏里納
 （Emile,1851-1929, 生於德國的美國發明家）
Berlin-Friedenau〔ber'lin-'fridənaʊ〕
Berlin-Köpenick〔ber'lin-'kɜpənɪk〕
Berlin-Tempelhof〔ber'lin-'tɛmpəlhof〕
Berlioz〔'bɜrlɪɒz〕白遼士（（Louis）
 Hector,1803-1869, 法國作曲家）
Berlitz〔'bɜlɪts〕
Berman〔'bɜmən〕伯曼
Bermejo〔ber'mɛho〕柏麥后河（阿根廷）
Bermeo〔ber'meo〕
Bermondsey〔'bɜməndzɪ〕
Bermoothes〔bə'muðɪz; bə'muðɛs〕
Bermuda〔bə'mjudə〕百慕達群島（大西洋）
 島（大西洋）
Bermúdez〔ber'muðɛs〕
Bermudo〔bɛr'muðo〕（西）
Bern〔bɜn〕伯恩（瑞士）
Bernabé〔,berna've〕（西）
Berna〔'bɜnə〕伯娜
Bernabei〔,berna'bei〕
Bernabó〔,bɜrnd'bɔ〕
Bernacchi〔bə'næki; ber'nakkɪ（義）〕
 伯納基 └伯娜黛
Bernadette〔,bɜnə'dɛt; berna'dɛt（法）〕
Bernadine〔'bɜnə,din〕伯娜蒂
Bernadotte〔'bɜnə,dɑt〕伯納道（Jean
 Baptiste Jules, 1763?-1844, 拿破崙手下之大
 將）
Bernal〔'bɜnəl; bə'nal; ber'nal（西）〕伯
Bernaldez〔ber'naldeθ〕（西） └納爾
Bernalillo〔,bɜrnə'lijo〕
Bernal Osborne〔'bɜnəl 'azbən〕
Bernam〔'bɜrnam〕
Bernanos〔berna'nɔs〕

Bernard〔'bɝnəd; bə'nard; 'bɛrnart〕伯
納（Claude, 1813-1878, 法國生理學家）

Bernarde〔bɛr'nard〕（法）

Bernardes〔bə'nardɪs（巴西）; bə'nardɪʃ
（葡）〕

Bernardi〔bə'nardi〕

Bernardim〔,bɝnə'dĩŋ〕（葡）

Bernardin de Saint-Pierre〔,bɛr,nar
'dæŋ də ,sæn'pjɛr〕貝納丁（Jacques
Henri, 1737-1814, 法國小說家及作家）

Bernardine〔'bɝnədɪn; -din〕❶ Cistercian
教團之僧人❷ 伯納丁

Bernardino〔,bɛrnar'dino（義）; bɝrnar-
'ðino（西）; bɝnə'dinu（葡）〕伯納迪諾

Bernardo〔bɛr'nardo（義）; bə'narðu（葡）; bɛr'narðo（西）〕

Bernardone〔,bɛrnar'done〕

Bernardovich〔bjə'nardʌvjtʃ〕（俄）

Bernard Silvester〔'bɝnəd sɪl'vɛstɚ;
bə'nard sɪl'vɛsta〕

Bernardsville〔'bɝnədzvɪl〕

Bernardus〔bə'nardəs; bɛr'nardəs（荷）〕
伯納德斯

Bernart〔'bɝnart〕

Bernat〔'bɝnət; bɝ'nat〕伯納特

Bernau〔'bɛrnaʊ〕伯諾

Bernauer〔'bɛrnaʊə〕

Bernay〔'bɝne; bə'ne; bɛr'ne〕

Bernays〔bə'nez; 'bɛrnaɪs（德）〕伯奈斯

Bernbach〔'bɝnbæk〕伯恩巴克

Bernbaum〔'bɝnbaʊm〕伯恩鮑姆

Bernburg〔'bɛrnburk〕

Berncastle Cues〔bɛrn'kastlə 'kuəs〕

Berndt〔bɝnt〕伯恩特

Bern(e)〔bɝn〕伯恩（瑞士）

Berne-Bellecour〔bɛrn·bɛl'kur〕（法）

Berneker〔'bɝnɪkɚ; 'bɛrnɪkə（德）〕貝內克

Berneray〔'bɝnəre〕

Bernerdt〔'bɝnət〕

Berners〔'bɝnəz; 'bɛrnɛrz（中古英語）〕

Bernes〔bɝnz〕

Bernese〔bə'niz〕伯恩人

Bernese Alps〔bə'niz ælps〕伯恩阿爾卑
士（瑞士）

Bernese Oberland〔'bɝniz 'obəlant〕

Bernese Seeland〔'bɝniz 'zelant〕

Bernese Zealand〔'bɝniz 'ziland〕

Bernet〔'bɝnɪt〕伯尼特

Bernetti〔bɛr'netti〕（義）

Berneville〔bɛrnə'vil〕

Berney〔'bɝnɪ〕伯尼

Bernhard〔'bɝnard; 'bɝnhard; 'bɛrnhart
（丹、荷、德）; 'bɛrnard（瑞典）〕

Bernhard of Lippe-Biesterfeld
〔'bɛrnhart əv 'rɪpe·'bistəfɛlt〕

Bernhardi〔bɛrn'hardɪ〕

Bernhardt〔'bɝnhart; bɛr'nar（法）〕
伯恩哈特

Bernhardus〔bɝn'hardəs〕

Bernhardy〔bɛrn'hardɪ〕

Bernheim〔'bɝnhaɪm〕伯恩海姆

Berni〔'bɝnɪ; 'bɛrnɪ（義）〕

Bernia〔'bɝnɪa〕

Bernice〔bə'naɪsɪ; 'bɝnɪs; bə'nis〕伯尼斯

Bernicia〔bə'nɪʃɪə〕

Bernie〔'bɝnɪ〕伯尼

Bernier〔'bɝnɪə; bə'nje; bɛr'nje（法）〕
伯尼爾

Bernina〔bə'ninə〕巴爾尼娜山（瑞士）

Berninghaus〔'bɝnɪŋhaʊs〕伯尼豪斯

Bernini〔bɛr'nini〕貝尼尼（Giovanni
Lorenzo, 1598-1680, 義大利雕刻家、建築家
及畫家）

Bernis〔bɛr'nis〕（法）

Bernitt〔'bɝnɪt〕伯尼特

Bernkastel〔bɛrn'kastəl〕

Bernoulli〔bə'nuli〕柏努利（❶ Daniel,
1700-82, 瑞士物理學家、數學家❷ Jakob 或
Jacques, 1654-1705, 瑞士數學家、物理學家）

Bernreuter〔'bɝnrɔɪtɚ〕

Bernsohn〔'bɝnsən〕

Bernstein〔,bɝrn'stɛn〕貝恩斯坦（Henry,
1876-1953, 法國劇作家）

Bernstorff〔'bɛrnʃtɔrf〕伯恩斯托夫

Bernt〔bɝrnt; bɝ rnt（挪）〕伯恩特

Berntsen〔'bɛrnt·sən〕

Bernulf〔'bɝnlf〕伯納夫

Bernward〔'bɝnwəd〕

Berodach-baladan〔bɪ'rodæk·'bælədæn〕

Beroë〔'bɛro,i〕

Beroea〔bə'riə〕

Berol〔'bɛrəl〕貝羅爾

Berossus〔bə'rasəs〕

Berosus〔bɪ'rosəs〕月球表面第一象限內平原

Beroun〔'bɛrɔʊn〕

Berounka〔'bɛrɔʊn,ka〕

Berowne〔bə'ron; bɪ'run〕

Berquen〔'bɝkɛn〕

Berquin〔bɛr'kæŋ〕（法）

Berra〔'bɛrra〕貝拉

Berre, Étang de〔ɛˈtɑŋ ˈbɛr〕(法)
Berredo e Castro〔bɛrˈreðu i ˈkaʃtru〕
（葡）
Berreta〔beˈreta〕
Berrettini〔ˌberretˈtinɪ〕(義)
Berrey〔ˈbɛrɪ〕
Berri〔ˈbɛrɪ〕
Berridge〔ˈberɪdʒ〕貝里奇
Berriedale〔ˈberɪdel〕貝里代爾
Berrien〔ˈberɪən〕貝里恩
Berrigan〔ˈberɪgən〕
Berrill〔ˈberəl〕貝里爾
Berro〔ˈberro〕
Berroeta〔berˈoˈeta〕
Beruguete〔ˌberuˈgete〕
Berry〔ˈberɪ ; beˈri (法)〕
Berry-au-Bac〔beˈri·o·ˈbak〕(法)
Berryer〔beriˈje〕(法)
Berryhill〔ˈberɪhɪl〕貝里希爾
Berryman〔ˈberɪmən〕貝里曼
Berryville〔ˈberɪvɪl〕
Bersezio〔berˈsetsjo〕(義)
Bersimis〔bersiˈmi〕(法)
Berson〔ˈbɝsn̩〕
Bersted〔ˈbɝsted〕伯斯特德
Bert〔bɝt ; bert (德); ber (法)〕伯特
Berta〔ˈbɝta ; ˈberta (德)〕伯塔
Bertaut〔bɛrˈto〕(法)
Bertel〔ˈbærtəl〕(丹)
Bertha〔ˈbɝθə ; ˈberta (德)〕伯莎
Berthe〔bert〕(法)
Berthel〔ˈbertəl〕伯塞爾
Berthelot〔bertəˈlo〕(法)
Berthier〔berˈtje〕(法)
Berthold〔ˈbɝthold ; ˈbertalt (德)；
ˌberˈtɔld (法)〕
Bertholet〔bertɔˈlɛ〕(法)
Bertholf〔ˈbɝtholf〕伯索夫
Berthollet〔bertɔˈle〕(法)
Berthon〔ˈbɝθən〕
Berthoud〔ˈbɝθəd; berˈtu (法)〕伯紹德
Berti〔ˈbertɪ〕
Bertie〔ˈbɝtɪ ; ˈbɑrtɪ〕伯蒂
Bertil〔ˈbertɪl〕伯蒂爾
Bertillon〔ˈbɝtɪlɑn〕貝迪永 (Alphonse,
1853-1914, 法國人類學家)
Bertin〔berˈtæŋ〕(法)
Bertincourt〔berˈtæŋˈkur〕(法)
Bertini〔bertɪˈni〕
Bertine〔ˈbɝtaɪn〕伯廷
Bertinoro〔ˌbertɪˈnoro〕
Bertisch〔ˈbɝtɪʃ〕

Bertland〔ˈbɝtlənd〕
Bertita〔bəˈtita〕貝蒂塔
Bertocci〔bəˈtatʃi〕
Bertoia〔bəˈtojə〕
Bertold〔ˈbertolt〕貝托德
Bertoldo〔berˈtɔldo〕
Bertolette〔ˈbɝtələt〕
Bertolini〔ˌbertoˈlinɪ〕
Bertolt〔ˈbertolt〕
Berton〔ˈbɝtn̩ ; berˈtɔŋ (法)〕伯頓
Bertoni〔berˈtonɪ〕伯托尼
Bertonio〔berˈtonjo〕   「倫
Bertram〔ˈbɝtrəm; ˈbertram (德)〕伯特
Bertramson〔ˈbɝtrəmsn̩〕伯特倫森
Bertrand〔ˈbɝtrənd; berˈtraŋ (法)〕伯特
Bertuch〔ˈbertʊh〕(德)   L蘭
Berty〔ˈbɝtɪ〕
Beru〔ˈberu〕
Bérulle〔beˈrjul〕(法)
Beruni, al-〔æl·biˈruni〕
Berut〔ˈberut〕
Bervic〔berˈvik〕(法)
Bervik〔berˈvik〕
Berward〔ˈbɝwəd〕
Berwick〔ˈberɪk; ˈbɝwɪk〕貝里克
Berwickshire〔ˈberɪk,ʃɪr〕伯立克郡
（英國）
Berwick upon Tweed〔ˈberɪk əˌpan
ˈtwid〕
Berwind〔ˈbɝwɪnd〕
Berwyn〔ˈbɝwɪn〕伯文（美國）
Beryl〔ˈberəl, -ɪl〕貝里爾
Beryn〔ˈberɪn〕
Berytus〔bəˈraɪtəs〕
Berzelius〔bəˈziliəs〕柏濟力阿斯（Baron
Jöns Jakob, 1779-1848, 瑞典化學家）
Berzeviczy〔ˈberzɛˌvɪts〕
Bes〔bɛs〕
Besançon〔bəˌzɑŋˈsɔŋ〕柏桑松（法國）
Besant〔ˈbesənt ; ˈbɛzənt ; bɪˈzænt ;
bəˈzænt〕
Besant-Scott〔ˈbɛzənt·ˈskat〕
Besborodko〔bɪzbaˈrɔtkə〕
Bescherelle〔beʃˈrɛl〕
Bescoby〔ˈbeskobɪ〕
Beseler〔ˈbezələ〕
Beshears〔bɪˈʃɪrz〕貝希爾斯
BeSHT〔beʃt〕
BeSHT〔beʃt〕
Besi〔bəˈsi〕
Besicovich〔beˈzikəvɪtʃ〕
Besier〔ˈbɛzɪr ; ˈbɛsje〕

Besika〔,bɛsɪ'ka〕
Beşiktaş〔'bɛʃɪk,taʃ〕(土)
Beskids〔'bɛskɪdz;bɛs'kidz〕
Beskow〔'besko;'bɛskɔv(瑞典)〕
Besley〔'bɛzlɪ〕貝斯利
Besly〔'bɛzlɪ〕貝斯利
Besnard〔be'nar〕(法)
Besni〔bɛs'ni〕
Besoeki〔be'suki〕
Besonian〔bɪ'zonɪən〕
Besontium〔bɪ'zanʃɪəm〕
Bess〔bɛs〕貝絲
Bessant〔'bɛsənt〕
Bessaraba〔bjɪssʌ'rabʌ〕(俄)
Bessarabia〔,bɛsə'rebɪə〕比薩拉比亞
（蘇聯）   「坑名
Bessarion〔bə'sɛrɪən〕月球表面第二象限內
Bessborough〔'bɛzbərə〕貝斯伯勒
Besse〔'bɛsɪ〕貝西
Bessemer〔'bɛsɪmə〕貝西默
Bessel〔'besəl〕月球表面第二象限內坑名
Besselia〔bɛ'sɪlɪə〕
Bessemer〔'bɛsəmə〕貝瑟摩（Sir Henry,
    1813-1898, 英國工程師及發明家）
Bessenyei〔'bɛʃɛnje〕
Besses o' th' Barn〔,bɛsɪzəð'barn〕
Bessey〔'bɛsɪ〕貝西
Bessie〔'bɛsɪ〕貝西
Bessie Berger〔'bɛsɪ 'bɝɡə〕
Bessières〔bɛ'sjɛr〕(法)
Bessin〔bɛ'sæŋ〕(法)
Bess of Hardwick〔'bɛs əv 'hardwɪk〕
Besson〔'bɛsn̩〕貝森
Bessus〔'besəs〕
Bessy〔'bɛsɪ〕
Best(e)〔bɛst〕貝斯特
Besterman〔'bɛstəmən〕貝斯特曼
Bestia〔'bɛstʃɪə〕
Bestor〔'bɛstə〕貝斯特
Best-Shaw〔'bɛst·'ʃɔ〕
Bestuzhev〔bjɪs'tuʒɪf〕(俄)
Bestuzhev-Ryumin〔bjɪ'stuʒɪf·-
    'rjumjɪn〕(俄)
Besuki〔be'suki〕
Beswick〔'bɛzɪk〕貝斯威克
Besze〔bɛz〕
Besztercze〔'bɛstɛrtsɛ〕
Besztercebánya〔'bɛstɛrtsɛ'banja〕(匈)
Bet〔bɛt〕
Beta〔'bitə〕
Betancourt〔betaŋ'kurt〕
Betanzos〔be'tanθos〕(西)

Betbeze〔'bɛtbizi〕
Betchwa〔'betʃva〕
Betelgeuse〔,bitl'ʒɝz〕
Betelgeux〔,bitl'ʒɝz〕
Beteta〔be'teta〕
Beth〔bɛθ〕貝思
Bethabara〔bɛ'θæbərə〕
Betham〔'biθəm〕貝瑟姆
Betham-Edwards〔'biθəm·'ɛdwədz;
    'bɛθəm·'ɛdwədz〕
Bethanie〔'bɛθənɪ〕
Bethany〔'bɛθənɪ〕
Beth-Arbel〔bɛθ·'arbɛl〕
Bethe〔'betə〕貝特
Bethea〔bi'θe〕貝西
Bethel〔'bɛθəl;bɛ'θɛl〕
Bethell〔'bɛθəl〕貝瑟爾
Béthencourt〔betaŋ'kur〕(法)
Bethesda〔bɛ'θɛzdə〕
Bethge〔'betgə〕
Beth-horon〔bɛθ·'hɔrən〕
Bethia〔'biθɪə〕貝西亞
Béthincourt〔bɛtæŋ'kur〕(法)
Bethke〔'bɛθkɪ〕貝思克
Bethlehem〔'bɛθlɪ,hɛm〕伯利恆（約旦；美
    國）
Bethlen von Iktár〔'bɛtlɛn fan 'ɪktar〕
Bethmann-Hollweg〔'betman·'halveh〕
Bethnal〔'bɛθnəl〕   L(德)
Bethnal Green〔'bɛθnəl 'grin〕
Béthouart〔be'twar〕(法)
Bethpage〔bɛθ'pedʒ〕
Beth-peor〔,bɛθ·'piɔr〕
Bethphage〔'bɛθfədʒɪ〕
Bethsabee〔bɛθ'sebɪ〕
Bethsaida〔bɛθ'sɛdə〕
Beth-shan〔bɛθ·'ʃæn〕
Bethshean〔bɛθ'ʃiən〕
Beth-Shean〔bɛθ·'ʃiən〕
Beth-shemesh〔,bɛθ·'ʃimɛʃ〕
Bethuel〔bɪ'θjuəl〕
Bethulie〔bɪ'tulɪ〕
Bethune〔'bitn;bɛ'θjun〕貝休恩
Béthune〔bɛ'θjun;bɪ'θjun;bəθ-(法)〕
Bethurum〔bɛ'θjurəm〕貝休倫
Betie〔'betie〕
Betio〔'betsɪo;'betʃɪo〕
Betjeman〔'bɛtʃəmən〕貝奇曼
Betner〔'bɛtnə〕貝特納
Bet-Pak-Dala〔'bɛt·'pak·da'la〕
Betsch〔bɛtʃ〕貝奇
Bet(s)chwa〔'bɛtʃva〕

Betsey〔'bɛtsɪ〕貝齊
Betsiboka〔,bɛtsɪ'bokə〕
Betsileo〔,bɛtsɪ'leo〕
Betsimisaraka〔,bɛtsɪmɪ'sarəkə〕
Betsy〔'bɛtsɪ〕貝齊
Bettelheim〔'bɛtəlhaɪm〕貝特爾海姆
Bettendorf〔'bɛtndɔrf〕
Bettersworth〔'bɛtəzwəθ〕貝特斯沃思
Betterton〔'bɛtətən〕
Betti〔'bɛttɪ〕(義)
Bettiah〔'bɛttɪə〕(義)
Bettie〔'bɛttie〕
Bettina〔bɛ'tinə; be'tina(德)〕貝蒂納
Bettinelli〔,bɛttɪ'nɛllɪ〕(義)
Bettinger〔'bɛtɪŋə〕貝廷格
Bettino〔bet'tino〕(義)
Bettis〔'bɛtɪs〕貝蒂斯
Bettley〔'bɛtlɪ〕貝特利
Betto〔'betto〕(義)
Betton〔'bɛtn〕貝頓
Bettris〔'bɛtrɪs〕
Betts〔bɛts〕貝茨
Bettws〔'bɛtəs; 'bɛtus(威)〕
Bettws-y-Coed〔'bɛtəsɪ'kɔɪd〕(威)
Betty〔'bɛtɪ〕貝蒂
Betulius〔bɪ'tjulɪəs〕
Betulo〔'bɛtjulo〕
Betwa〔'betwa〕
Betz〔bɛts〕貝茨
Beu〔bo〕
Beuckels〔'bɜkəls〕
Beuckelszoon〔'bɜkəlsən; -san;-son〕
Beudant〔bɜ'dɑn〕(法)
Beuel〔'bɔɪəl〕
Beuerland〔'bɜələnt〕
Beukelszoon〔'bɜkəlsən〕
Beukema〔'bjukəmə〕比克馬
Beulah〔'bjulə〕❶【聖經】以色列之國土❷ 班揚(Bunyan)著「天路歷程」中一和平安謐 國土
Beulé〔bə'le〕(法)
Beumelburg〔'bɔɪməlburk〕(德)
Beuningen〔'bɜnɪŋən〕
Beurle〔bɜl〕
Beurnonville〔bɜrnɔŋ'vil〕(法)
Beuron〔'bɔɪrɔn〕
Beust〔bɔɪst〕
Beutel(l)〔bju'tɛl〕比特爾
Beutenmüller〔'bɔɪtənmjulə〕
Beuthen〔'bɔɪtən〕
Beuthin〔'bjuθɪn〕
Beuve-Méry〔'bɜv·me'ri〕(法)

Beuzeval-Houlgate〔bə z'val·ul'gat〕(法)
Bevan〔'bɛvən;be'væn〕貝弗恩
Bevan-Baker〔'bɛvən·'bekə〕
Beveland〔'bɛvələnt〕
Bevelander〔'bɛvələændə〕
Beven〔'bɛvən〕貝文
Bever〔'bivə〕貝弗
Beverage〔'bɛvərɪdʒ〕
Beveren〔'bɛvərən〕(法蘭德斯)
Beveridge〔'bɛvərɪdʒ〕柏衛基(Albert Jeremiah, 1862-1927, 美國從政者及歷史學家)
Beverlacensis〔,bɛvələ'sɛnsɪs〕
Beverley〔'bɛvəlɪ〕貝弗利
Beverly〔'bɛvəlɪ; 'bivəlɪ〕貝弗利
Bevern〔'bɛvən〕
Bevers〔'bɛvəz〕貝弗斯
Beverwijk〔,bɛvə'vaɪk〕
Beverwick〔'bɛvərɪk〕
Beves〔'bivz; 'bivɪs〕
Bevier〔bɪ'vɪə〕
Bevil〔'bɛvɪl〕比維爾
Beville〔'bɛvɪl〕比維爾
Bevin〔'bɛvɪn〕貝文(1881-1951, 英國工黨 領袖及政治家)
Bevins〔'bɛvɪnz〕貝文斯
Bevis〔'bivɪs〕貝維斯
Bewcastle〔bju'kas!〕
Bewdley〔'bjudlɪ〕
Bewes〔'bjuz〕
Bewick〔'bjuɪk〕
Bewicke〔'bjuɪk〕比伊克
Bewkes〔'bjukɛs〕比克斯
Bewley〔'bjulɪ〕比利
Bewsher〔'bjuʃə〕比舍
Bex〔bɛ〕(法)貝克斯
Bexar〔bɛr; 'bear; 'behar(西)〕
Bexhill〔'bɛks'hɪl〕
Bexley〔'bɛkslɪ〕
Bey〔be〕貝
Beyazıt〔be ja'zɪt〕
Bey Dağları〔'be ,dala'rɪ〕(土)
Beyea〔'bei〕貝伊
Beyen〔'baɪən〕拜延
Beyer〔'baɪə〕拜爾
Beyeren〔'baɪjərən〕
Beyerland〔'baɪələnt〕
Beyerlein〔'baɪələaɪn〕
Beylard〔be'lard〕貝拉爾
Beyle〔bel〕貝爾
Beylerbeg Serai〔,belə'bɛg sɛ'raɪ〕
Beynon〔'benən〕貝尼
Beyoğlu〔,beo'lu〕(土)

Beypasha〔beˈpæʃɑ〕
Beypazarı〔ˌbepɑzɑˈrɪ〕
Beyrich〔ˈbaɪrɪh〕(德)
Beyrout(h)〔beˈrut〕
Bey, Muhtar〔muhˈtar be〕(土)
Beyschlag〔ˈbaɪʃlɑh〕(德)
Beyşehir〔ˌbeʃeˈhir〕(土)
Beyts〔bets〕
Beza〔ˈbizə〕
Bezaleel〔bɪˈzæliel〕
Bezaliel〔bɪˈzælɪel〕
Bezant〔bɪˈzænt;ˈbɛzənt〕
Bezborodko〔ˌbɪzbɑˈrɔtkə〕
Béze〔bez〕(法)
Bezer〔ˈbizɚ〕
Bezerra〔bəˈzɛrrə〕
Bezhitsa〔ˈbɛʒɪtsə〕
Béziers〔beˈzje〕貝西亞(法國)
Bezold〔ˈbetsalt〕
Bezonian〔bɪˈzonjən〕
Bezou〔bɪˈzu〕貝佐
Bezons〔bəˈzɔŋ〕(法)
Bezout〔bɪˈzu〕(法)
Bezwada〔bezˈwadə〕貝茲華達(印度)
Bhabha〔ˈbaba〕
Bhaca〔ˈbakɑ〕
Bhadar〔ˈbʌdə〕(印)
Bhadgaon〔ˈbʌdgaun〕(印)
Bhadreswar〔bəˈdreswə〕
Bhadrinath〔ˌbʌdrɪˈnat〕(印)
Bhagalpur〔ˈbagəl,pur〕
Bhagat〔ˈbagət〕
Bhagavad-Gita〔ˈbʌgəvəd·ˈgita〕(梵)
Bhagirathi〔bəˈgirətɪ〕
Bhakra〔ˈbʌkrə〕(印)
Bhamo〔bəˈmɔ〕八莫(緬甸)
Bhandara〔bʌnˈdarə〕(印)
Bhandarwa〔bənˈdarwə〕
Bhang〔bæŋ〕
Bharat〔ˈbarat;ˈbʌrʌt(印)〕
Bharatpur〔ˈbʌrʌt,pur〕(印)
Bharavi〔ˈbarəvɪ〕
Bharech〔bɑˈretʃ〕
Bharoch〔bəˈrotʃ〕
Bhartrihari〔ˈbʌrtrɪˈhʌrɪ〕(梵)
Bhaskara〔ˈbaskərə〕
Bhatinda〔bʌˈtɪndə〕(印)
Bhatnagar〔bʌtˈnʌgə〕(印)
Bhatpara〔batˈparə〕巴巴拉(印度)
Bhattikavya〔ˌbattɪˈkavjə〕
Bhaunagar〔bauˈnʌgɚ〕包那革港(印度)
Bhavabhuti〔ˈbʌvəˈbutɪ〕(梵)

Bhavnagar〔bauˈnʌgə〕(印)
Bhawalpur〔ˈbawəlpur;bawəlˈpur〕
Bhera〔ˈberə〕
Bhil〔bil〕俾爾族(東印度西部及中印度善射之原始民族)的一員
Bhima〔ˈbimə〕
Bhimasena〔ˌbiməˈsenə〕
Bhimrao〔ˈbim,rɑ·ʊ〕比勞姆
Bhir〔ˈbir〕
Bhiwani〔bɪˈwani〕
Bhoja〔ˈbojə〕
Bholan〔boˈlan〕
Bhopal〔boˈpal〕
Bhor(e)〔bɔr〕
Bhoskar〔ˈboskɑr〕博斯卡
Bhot〔bɔt〕
Bhotan〔boˈtæn〕
Bhotiya〔ˈbɔtɪjɑ〕
Bhotiyal〔ˈbɔtɪjal〕
Bhubaneswar〔ˌbuvəˈneʃwə〕(印)
Bhuj〔budʒ〕
Bhuket〔ˈphukɛt〕(暹羅)
Bhulabhai〔ˈbulə,bɑ·ɪ〕
Bhupindar〔buˈpɪndə〕布平達爾
Bhurtpore〔ˈbʌrtpor〕(印)
Bhusaval〔buˈsavəl〕
Bhusawal〔buˈsavəl〕
Bhutan〔buˈtæn〕不丹(印度)
Bhuvaneshwar〔ˌbuvəˈneʃwə;ˌbuva-
   ˈneʃwar〕
Bhuvaneswar〔ˌbuvəˈneswə;ˌbuva-
   ˈneswar〕
Biache-Saint-Vaast〔bjaʃ·sæŋ·ˈvast〕
   (法)
Biacnabato〔ˌbjakna'bato〕
Biak-na-bato〔ˌbjak·na·ˈbato〕
Biafra〔bɪˈafrə〕比亞法拉(非洲Nigeria
   獨立後內戰中叛軍所用之國號)
Biagio, di〔dɪ ˈbjadʒo〕
Biaggini〔bjæˈdʒini〕比亞吉尼
Biak〔bɪˈjak〕畢雅克島(太平洋)
Biała〔ˈbjala〕(波)
Bialik〔ˈbjalɪk〕
Białogard〔bjaˈlɔgart〕(波)
Biały Ramień〔ˈbjalɪ ˈkamjenj〕
Białystok〔bjaˈlɪstɔk〕畢亞維斯托(波蘭)
Bianca〔bɪˈæŋkə;ˈbjaŋka〕(義)
Biancavilla〔ˌbjaŋkaˈvilla〕
Bianchi〔ˈbjaŋkɪ〕
Bianchi-Ferrari〔ˈbjaŋkɪ·ferˈrarɪ〕
Bianchini〔bjaŋˈkini〕
Bianc(h)o〔ˈbjaŋko〕

Biancolli〔‚bijan'kɔli〕
Biandrata〔bjan'drɑtɑ〕
Biard〔bjɑr〕(法)
Biaro〔bɪ'ɑrɔ〕
Biarritz〔'bɪərɪts; bjɑ'rits(法)〕
Bias〔'baɪəs; 'bi·ɑs〕
Bibaculus〔bɪ'bækjuləs〕
Bibane〔bi'ban〕(法)
Bibars〔baɪ'bærs〕(土)
Bibb〔bɪb〕比布
Bibber〔'bɪbə〕比伯
Bibbiena〔bɪb'bjena〕(義)
Bibbins〔'bɪbɪnz〕比賓斯
Bibby〔'bɪbɪ〕比比
Biber〔'bibə〕
Biberach〔'bibərɑh〕(德)
Biberman〔'bibəmən〕
Bibesco〔bɪ'bɛskɔ〕
Bibescu〔bɪ'bɛsku〕
Bibi Eibat〔bɪ'bi e'bat〕
Bibiena〔bɪ'bjena〕
Bibinski〔bɪ'bɪnski〕
Bibl〔'bibl̩〕
Bibliander〔bɪblɪ'andə〕
Bibliophile Jacob〔'bɪblɪəfaɪl 'dʒekəb; biblio'fil ʒɑ'kɔb(法)〕
Biblis〔'bɪblɪs〕
Bibra〔'bibrɑ〕
Bibracte〔bɪb'ræktɪ〕
Bibrax〔'baɪbræks〕
Bibulus〔'bɪbjuləs〕
Bicci〔'bittʃɪ〕
Bice〔'bitʃɪ〕比奇
Bicester〔'bɪstə〕比斯特
Bicêtre〔bɪ'sɛtə〕(法)
Bichat〔bi'ʃɑ〕(法)
Biche, Lac La〔‚lɑk lɑ 'bɪʃ〕
Bicheno〔'bɪʃənɔ; bi'tʃenɔ〕比切諾
Bichitra〔'phɪ'tʃɪt〕(暹羅)
Bickel〔'bɪkəl〕比克爾
Bickerdyke〔'bɪkədaɪk〕
Bickerman〔'bɪkəmən〕
Bickerstaff(e)〔'bɪkəstɑf〕比克斯塔夫
Bickerstaffe-Drew〔'bɪkəstɑf·'dru〕
Bickersteth〔'bɪkəstɛθ〕比克斯特思
Bickerton〔'bɪkətn〕比克頓
Bicket〔'bɪkɪt〕比克特
Bickford〔'bɪkfəd〕比克福德
Bickleigh〔'bɪklɪ〕
Bickley〔'bɪklɪ〕比克利
Bickmore〔'bɪkmɔr〕比克莫爾
Bicknell〔'bɪknəl〕比克內爾

Bicks〔bɪks〕比克斯
Bicocca〔bǐ'kɔkka〕(義)
Bicol〔bi'kɔl; 'bikɔl〕
Bida〔'bidɑ; bi'dɑ; 'baɪdɑ(阿拉伯)〕
Bidache〔bi'daʃ〕(法)
Bidar〔'bidə〕
Bidassoa〔‚biðɑ'so·ɑ〕(西)
Bidault〔bi'do〕比都(Georges, 1899-1983, 法國政治家)
Biddeford〔'bɪdəfəd〕
Biddell〔'bɪdəl〕比爾德
Biddenden〔'bɪdəndən〕
Bidder〔'bɪdə〕比德
Biddinger〔'bɪdɪŋgə〕比丁格
Biddle〔'bɪdl̩〕比爾德
Biddulph〔'bɪdʌlf〕比達爾夫
Biddy〔'bɪdɪ〕比蒂
Bide〔baɪd〕
Bideford〔'bɪdɪfəd〕
Biden〔'baɪdn̩〕拜登
Bidlack〔'bɪdlæk〕
Bidlake〔'bɪdlek〕
Bidleman〔'bɪdlmən〕
Bidloo〔'bɪdlo〕
Bidon〔bi'dɔŋ〕(法)
Bidou〔bi'du〕
Bidpai〔'bɪdpai〕
Bidwell〔'bɪdwəl〕比德衛爾
Bidwill〔'bɪdwɪl〕
Biebel〔'bibəl〕比布爾
Bieber〔'bibə〕比伯
Bieberbach〔'bibəbɑh〕(德)
Bieberstein〔'bibəʃtaɪn〕
Biebrich〔'bibrɪh〕(德)
Biebrza〔'bjɛbʒɑ〕(波)
Bieda〔'bjedɑ〕
Biederman〔'bidəmən〕
Biedermann〔'bidəmɑn〕
Biedermeier〔'bidəmaɪə〕
Bièfve〔bjɛv〕(法)
Biegeleisen〔bigə'lisən〕
Biel〔bil〕
Biela〔'bilə〕
Bielatserkof〔‚bjɛlət'sɛrkəf〕
Bielau〔'bilau〕
Bielawa〔bjɛ'lavɑ〕(波)
Bielaya-Tserkoff〔'bjɛləjɑ·'tsɛrkəf〕
Bielef〔'bjɛljɪf〕
Bielefeld〔'biləfɛlt〕俾勒田(德國)
Bieler〔'bilə〕
Bielgorod〔'bjɛlgərət〕別爾戈羅德(蘇聯)

Bielgrad〔bjıl'grat〕(俄)
Bielinski〔bji'ljinskəɪ〕(俄)
Bielitz〔'bilıts〕
Biella〔'bjɛlla〕(義)
Bielostok〔bjıl'ʌstɔk〕(俄)
Bielschowsky〔bil'ʃɔfski〕
Bielshöhle〔'bils,hɜlə〕
Bielski〔'bjɛlskı〕(波)
Bielsko〔'bjɛlskɔ〕
Biemesderfer〔'bimɛsdɚfɚ〕比梅斯德弗
Biemiller〔'bimılɚ〕比米勒
Bien〔bin〕比恩
Bienaimé〔bjæŋnɛ'me〕(法)
Bienewitz〔'binəvits〕
Bienhoa〔bjɛn'hoɑ〕
Biên Hoa〔bjɛn 'hoɑ〕(越)邊和
Bienne〔bjɛn〕
Bienstock〔'binstak〕賓斯托克
Bienvenu〔,bjæŋvɛ'nju〕(法)比安弗尼
Bienville〔bı'ɛnvıl;'bjɛn-〕
Bie Plateau〔bi～〕
Bier〔bir〕比爾
Bierbaum〔'biɚbaum〕
Bierbower〔'birbauɚ〕
Bierce〔bırs〕畢爾斯(Ambrose, 1842-?1914,
美國作家)
Bierer〔'birɚ〕比勒
Bierkoe〔'birko〕比爾科
Bierman(n)〔'birmən〕比爾曼
Biernatzki〔biɚ'natski〕
Bierring〔'birrıŋ〕
Biers〔birz〕比爾斯
Bierstadt〔'birstæt〕
Bierstedt〔'birstɛt〕比爾施泰特
Bierut〔'bjɛrut〕柏魯特(Boleshaw, 1892-
1956, 波蘭政治家及總統)
Bierwirth〔'birwɚθ〕比爾沃思
Biesanz〔bi'zɑnts〕
Biesbosch〔'bisbɔs〕
Biesel(e)〔'bizəl〕
Biester〔'bistɚ;bjıʃ'teɚ〕(葡)比斯特
Biesterfeld〔'bistɚfɛlt〕
Bleł〔bjɛ〕(法)
Bieter〔'bitɚ〕
Bietigheim〔'bitıhhaım〕(德)
Bièvre〔'bjɛvɚ〕(法)
Bifrost〔'bıvrɑst〕
Bigart〔'bıgart〕比加特
Bigelow〔'bıgılo〕比奇洛
Big-endians〔'bıg·'ɛndıənz〕
Bigg〔bıg〕比格
Biggam〔'bıgəm〕比加姆

Biggar〔'bıgɚ〕比格
Biggart〔'bıgart〕比加特
Bigge〔bıg;'bıgı〕比格
Bigger〔'bıgɚ〕比格
Biggers〔'bıgɚz〕畢格茲(Earl Derr,
1884-1933, 美國作家)
Biggerstaff〔'bıgɚstaf〕比格斯塔夫
Biggleswade〔'bıglzwed〕
Biggs〔bıgz〕比格斯
Bigham〔'bıgəm〕比格姆
Bighorn〔'bıg,hɔrn〕
Big Horn〔'bıg,hɔrn〕大角山(美國)
Bigi〔'bıdʒı〕
Bigland〔'bıglənd〕比格蘭
Bigler〔'bıglɚ〕比格勒
Biglow〔'bıglo〕
Bignell〔'bıgnəl〕
Bignold〔'bıgnəld〕比格諾爾德
Bignon〔bi'njɔn〕(法)
Bigod〔'baıgad〕
Bigordi〔bı'gɔrdı〕
Bigorra〔bı'garə〕
Bigorre〔bi'gɔr〕
Bigot〔'bıgət;bi'go(法)〕
Bigotière〔bıgɔ'tjɛr〕(法)
Bigotte〔'bıgət〕
Bigourdan〔bigur'dɑŋ〕(法)
Big Sioux〔'bıg 'su〕
Big Sur〔'bıg 'sɚ〕
Bigsworth〔'bıgzwəθ〕比格斯沃思
Big Tujunga〔'bıg tu'dʒʌŋgə〕
Bihac〔'bihatʃ〕
Bihać〔'bihatʃ〕(塞克)
Bihar〔bı'har〕
Bihari〔bi'hari〕
Bihari Lal〔bi'harı 'lal〕
Bihor〔bı'hɔr〕
Biisk〔'bjiısk〕比斯克(蘇聯)
Bijago〔bi'ʒagu〕
Bijagos, Ilhas dos〔'ıljəʒ ðuʒ bi'ʒaguʃ〕
Bijagoz〔bi'ʒaguʃ〕(葡)   L(葡)
Bijanagar〔'bıdʒɘnʌgɚ〕(印)
Bijapur〔bı'dʒapur〕
Bijawar〔bı'dʒɑwɚ〕
Bijnaur〔'bıdʒnaur〕
Bijnor〔'bıdʒnɔr〕
Bijns〔baıns〕(法蘭德斯)
Bika, El〔æl bı'ka〕(阿拉伯)
Bikaner〔,bıkə'nır〕比卡乃(印度)
Bikelas〔vi'kelas〕(古希)
Bikini〔bı'kinı〕比基尼港(太平洋)
Bikol〔'bikol;bi'kol〕

Bilaa〔‚bilɑ'ɑ〕
Bilac〔bi'lak〕 「(阿拉伯)
Bilâd-es-Sudan〔bɪ'læd·æs·su'dæn〕
Bilá Hora〔'bɪlɑ‚hɔrɑ〕(捷)
Bilaspur〔bɪ'lɑspur；‚bilɑs'pur〕
Bilauktaung Range〔bi'lɑuktɑuŋ~〕
Bilbao〔bɪl'bɑo〕畢爾包
Bilbeis〔bɪl'bes〕
Bilbilis〔'bɪlbɪlɪs〕
Bilbo〔'bɪlbo〕 比爾博
Bilborough〔'bɪlbərə〕
Bilbrough〔'bɪlbrə〕
Bilby〔'bɪlbi〕
Bildad〔'bɪldæd〕
Bilder〔'bɪldə〕 比爾德
Bilderdijk〔'bɪldə‚dɑik〕
Bildersee〔'bɪldə‚si〕
Bildsöe〔'bilsə〕(丹)
Bildt〔bɪlt〕
Bilecik〔‚bile'dʒik〕(土)
Bilfinger〔'bɪlfɪŋ ə〕
Biłgoraj〔bil'gɔrɑi〕 (波)
Bilguer〔'bɪlgwə〕
Bilhah〔'bɪlhə〕
Bilhana〔'bɪlhənə〕
Bilheimer〔'bɪlhɑimə〕
Bilina〔'bilinɑ〕
Bilioso〔‚bɪlɪ'oso〕
Biliran〔bɪ'lirɑn〕比利蘭(菲律賓)
Bilitis〔bɪ'lɑitɪs〕
Bilkas〔bɪl'kɑs〕
Bilkha〔'bɪlkɑ〕
Bilkey〔'bɪlkɪ〕 比爾基
Bill〔bɪl〕 比爾
Billado〔bɪ'lɑdo〕
Billarderie〔bijɑr'dri〕
Billaud-Varenne〔bi'jo·vɑ'rɛn〕(法)
Billane〔'bɪlen〕
Billaut〔bi'jo〕 (法)
Billen〔'bɪlən〕比倫
Billera〔'bɪlərə〕
Billerica〔'bɪlrɪkə〕
Billericay〔‚bɪlə'rɪki〕
Billett〔'bɪlɪt〕 比利特
Billickin〔'bɪlɪkɪn〕
Billie〔'bɪli〕比利
Billing〔'bɪlɪŋ〕 比林
Billinge〔'bɪlɪndʒ〕
Billinger〔'bɪlɪŋə〕
Billingham〔'bɪlɪŋəm〕
Billinghurst〔'bɪlɪŋhə st；‚bilɪŋ'gurst（西）〕

Billings〔'bɪlɪŋz〕比林茲(美國)
Billingsgate〔'bɪlɪŋzgɪt；-get〕
Billingsley〔'bɪlɪŋzli〕比林斯利
Billington〔'bɪlɪŋtən〕比林頓
Billiton〔bɪ'litɑn〕勿里洞島(印尼)
Billman〔'bɪlmən〕比爾曼
Biliner〔'bɪlnə〕比爾納
Billock〔'bɪlɑk〕
Billon, Craise-〔krɛ·bi'jɔŋ〕(法)
Billotte〔bɪ'lɔt；bi'jɑt (法)〕
Billoux〔bi'ju〕(法)
Billroth〔'bɪlrot〕
Billy〔'bɪli〕比利
Billy Budd〔'bɪli 'bʌd〕
Billy-Montigny〔bi'ji·mɔŋti'nji〕(法)
Bilma〔'bɪlmə〕
Bilney〔'bɪlnɪ〕比爾尼
Biloxi〔bɪ'lɑksɪ；bɪ'lʌksɪ〕
Bilqâs〔bɪl'kas〕
Bills〔bɪlz〕
Billups〔'bɪləps〕比盧普斯
Bilotti〔bi'lɑtti〕(義)
Bilsland〔'bɪlzlənd〕比爾斯蘭
Bilson〔'bɪlsən〕
Bilston(e)〔'bɪlstən〕
Bilt〔bɪlt〕
Bilton〔'bɪltən〕
Biltz〔bɪlts〕
Biluchistan〔bɪ‚lutʃɪs'tɑn〕
Bilwana〔bil'wɑnɑ〕
Bim〔bɪm〕
Bima〔'bimə〕
Bimana〔'bɪmənə〕
Bimani〔'bɪmənɪ〕
Bimbisara〔'bɪmbɪ'sɑrə〕
Bimeler〔'bɑɪmələ〕
Bimini〔'bɪmɪnɪ〕
Biminis〔'bɪmɪnɪz〕
Bimson〔'bɪmsn̩〕比姆森
Bimstein〔'bɪmstɑin〕
Binalbagan〔‚binɑl'bɑgɑn〕 卑那巴顏(菲
Binalonan〔‚binɑ'lonɑn〕 └律賓)
Biñan〔bi'njɑn〕
Binangonan〔‚binɑŋ'onɑn〕
Binche〔bæŋʃ〕(法)
Binchois〔bæŋ'ʃwɑ〕(法)
Binchy〔'bɪntʃi〕寶奇
Binck〔bɪŋk〕
Binda〔'bindɑ〕寶達
Binder〔'bində〕 寶德
Bindhachal〔'bɪnd‚hɑtʃəl〕
Binding〔'bɪndɪŋ〕

Bindloe〔'bɪndlo〕
Bindloss〔'baɪndləs〕
Bindoff〔'bɪndɑf〕 賓多夫
Bindon〔'bɪndən〕 賓登
Bindraban〔'bɪndrɑbən〕
Bindusara Amitraghata〔'bɪndu'sɑrə əmɪtrə'gɑtə〕
Binegar〔'bɪnɪgə〕
Binet〔bɪ'ne〕 比內 (Alfred, 1857–1911, 法國心理學家)
Binet - Valmer〔bi'nɛ·val'mɛr〕(法)
Bing〔bɪŋ〕 賓
Bingen〔'bɪŋən〕
Binger〔bæŋ'ʒe〕(法)
Bingerville〔bæŋʒe'vil〕(法)
Bingham〔'bɪŋəm〕 賓厄姆
Binghamton〔'bɪŋəmtən〕 丙安頓 (美國)
Bingley〔'bɪŋlɪ〕 賓利
Bingöl〔'bɪŋ'gɘl〕
Bingöl Daği〔bɪŋ'gɘl dɑ'ɪ〕(土)
Binh Dinh〔'bɪnj 'dɪnj〕平定 (越南)
Bini〔'bini〕
Biniana〔ˌbɪnɪ'enə〕
Bininger〔'baɪnɪŋə〕
Bink(e)s〔bɪŋks〕
Binkley〔'brɪŋklɪ〕
Binmaley〔ˌbinmɑ'le〕
Binnen〔'bɪnən〕
Binney〔'bɪnɪ〕 賓尼
Binnie〔'bɪnɪ〕
Binning〔'bɪnɪŋ〕 賓寧
Binns〔bɪnz〕 賓斯
Binny〔'bɪnɪ〕 賓尼
Binondo〔bi'nondo〕
Bins〔bæŋs〕(法)
Binste(a)d〔'bɪnstɪd〕賓斯特德
Binswanger〔'bɪnsvɑŋə〕
Bintan〔'bɪntɑn〕
Bintang〔'bɪntɑŋ〕
Bintulu〔bɪn'tulu〕 賓土盧 (馬來西亞)
Binue〔'bɪnwe〕
Binyon〔'bɪnjən〕 比尼恩
Binz〔bɪnts〕 賓茲
Binzer〔'bɪntsə〕
Bío-Bío〔'bio·'vio〕(西)
Biographia Literaria〔baɪə'græfɪə lɪtə'rerɪə〕
Bion〔'baɪən〕 拜昂
Biondello〔ˌbɪən'dɛlo〕
Biondi〔'bjondi〕 比昂迪
Biondo〔'bjondo〕
Biondo, Flavio〔'flɑvjo 'bjondo〕

Biot〔bjo〕(法)
Biow〔'bio〕
Bipin〔'bipɪn〕 拜平
Bipontine〔baɪ'pɑntaɪn〕
Bir〔bɪr〕
Bir, Ras〔'rɑs 'bɪr〕
Birago〔bɪ'rɑgo〕
Birague〔bi'rɑg〕(法)
Biran〔bi'rɑŋ〕(法)
Birath〔'birɑt〕
Birbeck〔'bɘbɛk〕 伯貝克
Bircao〔bɪr'kɑo〕
Birch〔bɘtʃ; bɪrh(德)〕 伯奇
Birchall〔'bɘtʃəl〕 伯查爾
Bircham〔'bɘtʃəm〕 伯徹姆
Birchard〔'bɘtʃəd〕 伯查德
Birchenough〔'bɘtʃɪnʌf〕 伯奇納夫
Birch-Pfeiffer〔bɪrh·'pfaɪfə〕(德)
Birckhead〔'bɘkhɛd〕 伯克黑德
Bird〔bɘd〕 伯德
Bird-cage〔'bɘdkedʒ〕
Birde〔bɘd〕
Birdlime〔'bɘdlaɪm〕
Birdsboro〔'bɘdzbərə〕
Birdseye〔'bɘdzaɪ〕 伯宰
Birdum〔'bɘdəm〕 伯德姆 (澳洲)
Birdwood〔'bɘdwʊd〕 伯德伍德
Bire(h)〔'birə〕
Birecik〔ˌbirɛ'dʒik〕(土)
Bir el-Gobi〔'bɪr æl·'gobɪ〕
Biren〔'birən〕
Bireno〔bi'reno〕
Bir en Natrun〔'bɪr æn næ'trun〕
Bir es Saba〔'bɪr æs 'sæbæ〕
Birge〔bɘdʒ〕 伯奇
Birger〔'bɪrgə; 'bɪrjə(瑞典)〕
Birgfeld〔'bɘgfɛlt〕
Birgida〔bɪr'gidɑ〕
Birgitta〔bɪr'gɪtˌta〕(瑞典)
Birh〔bɪr〕
Bir Hacheim〔'bɪr hʊ'kaɪjɪm〕
Birhan〔bɪr'hɑn〕
Birifo〔bi'rifo〕
Birijik〔ˌbiri'dʒik〕
Birjand〔bɪr'dʒɑnd〕
Birk〔bɪrk〕
Birkai〔'bɪrkaɪ〕
Birkbeck〔'bɘkbɛk〕 伯克貝克
Birke〔bɘk〕 伯克
Birkeland〔'bɪrkəlan〕(挪) 伯克蘭
Birkelund〔'bɘklənd〕
Birkenfeld〔'bɪrkənfɛlt〕

Birkenhauer〔'bɜkənhɑur〕
Birkenhead〔'bɜkən,hɛd〕伯肯赫德（英格
Birkenstock〔'bɜkənstak〕 ∟蘭）
Birket〔'bɜkɪt〕伯基特
Birket el Kurum〔'bɪrkɛt ɛl ku'run〕
Birket el Mariut〔'bɪrkɛt ɛl mɑr'jut〕
Birket el Maryut〔'bɪrkɛt ɛl mɑr'jut〕
Birket Israil〔'bɪrkɛt is'rɑil〕
Birket-Smith〔'bɪrkət-'smɪt〕（丹）
Birket Qârûn〔'bɪrkɛt kɑ'run〕
Birkett〔'bɜkɪt〕
Birkhaug〔'bɜkhɔg〕
Birkhoff〔'bɜkhɔf〕伯克霍夫
Birkin〔'bɜkɪn〕伯金
Birkinshaw〔'bɜkɪnʃɔ〕伯金肖
Birkmyre〔'bɜkmaɪr〕伯克邁耶
Birkner〔'bɜknə〕
Birks〔bɜks〕伯克斯
Birla〔'birlə〕
Birley〔'bɜlɪ〕伯利
Birling〔'bɜlɪŋ〕
Birmingham〔'bɜmɪŋ,hæm〕伯明罕（美國；
Birnam〔'bɜnəm〕 ∟英國）
Birnbaum〔'bɜnbaum〕伯恩鮑姆
Birnbaumer Wald〔'bɪrnbaumə valt〕
Birney〔'bɜnɪ〕伯尼
Birni〔'birnɪ〕
Birnie〔'bɜnɪ〕伯尼
Birnirk〔bir'nirk〕
Biró〔'biro〕
Biro-Bidjan〔,bɪrə·bɪ'dʒan; -dʒæn〕
Birobidzhan〔,bɪrəbɪ'dʒan; -dʒæn〕
Biron〔'baɪrən; bɪ'run; bi'rɔŋ（法）;
 'bjirɔn（俄）〕拜倫
Birr〔bɜ〕伯爾
Birrell〔'bɪrəl〕畢雷爾（Augustine, 1850-
 1933, 英國作家）
Birren〔'bɪrən〕
Birsen〔'bɪrzən〕
Birs Nimrud〔bɪrs nɪm'rud〕
Birstall〔'bɜstɔl〕
Birt〔bɪrt〕伯特
Birtchnell〔'bɜtʃnəl〕伯奇內爾
Birtha〔'bɜθə〕
Birthright〔'bɜθraɪt〕
Birú〔bi'ru〕比如縣（西藏）
Biruni, al-〔,æl·bi'runi〕
Birzhai-Pasvalys〔'bɪrʒaɪ·pasvɑ'lis〕
 （立陶宛）
Birziška〔bir'ʒiʃka〕（立陶宛）
Bisa〔'bisɑ〕
Bisago〔bɪ'sago〕

Bisanthe〔bɪ'sænθɪ〕
Bisaya〔bɪ'saja〕
Bisayans〔bɪ'sajənz〕
Bisayas〔bɪ'sajəz; -jas〕
Bisbee〔'bɪzbɪ〕比斯比
Biscari〔bis'karɪ〕
Biscay, Bay of〔'bɪske~〕比斯開灣（大西洋）
Biscayne〔'bɪsken〕
Bisceglie〔bɪ'ʃelje〕（義）
Bisch〔bɪʃ〕
Bischheim〔bi'ʃɛm（法）; 'bɪʃhaɪm（德）〕
Bischof(f)〔'bɪʃaf〕比肯夫
Bischofshofen〔'bɪʃafshofən〕
Bischofswerda〔'bɪʃafsvɜrdɑ〕
Bischofszell〔'bɪʃafstsɛl〕
Bischop〔'bɪshap〕（荷）
Bischweiler〔'bɪʃvailə〕
Bischwil(l)er〔bɪʃvi'lɛr〕（法）
Bisco〔'bɪsko〕比斯科
Biscoe〔'bɪsko〕比斯科
Biscop〔'bɪskɔp; 'bɪshap（荷）〕
Biscup〔'bɪskʌp〕
Biserta〔bi'zɛrta〕
Bisharin〔,biʃɑ'rin〕
Bishenpur〔'bɪʃən,pur〕
Bishnupur〔'bɪʃnu,pur〕
Bishop〔'bɪʃəp〕
Bishop-Auckland〔'bɪʃəp·'ɔklənd〕
Bishopscote〔'bɪʃəpskot〕
Bishopscott〔'bɪʃəpskat〕
Bishopsgate〔'bɪʃəpsget;-gɪt〕
Bishopstoke〔'bɪʃəpstok〕
Bishopston〔'bɪʃəpstən〕
Bishop's Stortford〔'bɪʃəps 'stɔtfəd〕
Bishop's Wearmouth〔'bɪʃəps 'wɪrməθ;
 'bɪʃəps 'wɪrmauθ〕
Bishopville〔'bɪʃəpvɪl〕
Bisitum〔,bisə'tun; -si'tun〕
Bisk〔bjisk〕
Biskra〔'bɪskra〕（阿拉伯）
Biskupitz〔'bɪskupɪts〕
Bisley〔'bɪzlɪ〕比斯利（英國）
Bismarck〔'bɪzmark〕❶俾斯麥群島（西太平
 平洋）❷俾斯麥海（俾斯麥群島所包圍之海面）
Bismarck Archipelago〔'bɪzmark
 ,arkɪ'pɛligo〕 ∫（新幾內亞）
Bismarck Range〔'bɪzmark~〕俾斯麥山脈
Bismarck, von〔'bɪzmark〕俾斯麥（Prince
 Otto Eduard Leopold, 1815-1898, 普魯士政
Bisontium〔bɪ'zanʃɪəm〕 ∟治家

Bispham 〔'bɪsfəm〕比斯法姆
Bissago 〔bɪ'sɑgo〕
Bissagos Islands 〔bɪ'sɑgəs ~〕比薩格斯群
Bissão 〔bɪ'sauŋ〕(葡)   └島(新幾內亞)
Bissau 〔bɪs'au〕比索(幾內亞)
Bisschop 〔'bɪʃɑp〕(荷)
Bisseker 〔'bɪsɪkə〕比西克
Bissell 〔'bɪsl〕比斯爾
Bissen 〔'bɪsn̩〕
Bissett 〔'bɪsɪt ; -sɛt〕比塞特
Bisshopp 〔'bɪʃəp〕
Bissing 〔'bɪsɪŋ〕
Bissinger 〔'bɪsɪŋə〕
Bissolati-Bergamaschi 〔,bɪssə'lɑtɪ,ber-
    ,bergɑ'mɑskɪ〕(義)
Bisson 〔bi'sɔŋ〕(法) 比森
Bissot 〔bi'so〕(法)
Bissplinghoff 〔'bɪsplɪŋhɑf〕
Bistline 〔'baɪstlɪn〕拜斯特林
Bistineau 〔'bɪstɪno〕
Bistriţa 〔'bɪstrɪtsɑ〕(羅)
Bistritsa 〔'bɪstrɪtsɑ〕
Bistritz 〔'bɪstrɪts〕
Bisutun 〔,bɪsə'tun; -su'tun〕
Bitche 〔bitʃ〕
Biterra Septimanorum〔bɪ'tɛrə,sɛptɪmə-
    'norəm〕
Bithell 〔bɪ'θɛl ; 'bɪθəl〕比瑟爾
Bithra 〔'bɪθrə〕
Bit Humri 〔bit 'humrɪ〕
Bithynia 〔bɪ'θɪnɪə〕俾斯尼亞(小亞細亞古
Bithynium〔bɪ'θɪnɪəm〕   └國名)
Bitker 〔'bɪtkə〕比特克
Bitler 〔'bɪtlə〕比特勒
Bitlis 〔bɪt'lis〕
Bitner 〔'bɪtnə〕比特納
Bitola 〔'bitɔlɑ〕
Bitolj 〔'bitɔlɪ〕
Bitolya 〔'bitɔljɑ〕
Biton and Cleobis 〔'baɪtən, 'kliəbɪs〕
Bitonto 〔bɪ'tɔnto〕
Bitsch 〔bitʃ〕
Bittenfeld 〔'bɪtənfɛlt〕
Bitter 〔'bɪtə〕比特
Bitterfeld 〔'bɪtəfɛlt〕
Bitterfontein 〔'bɪtəfɔn'ten〕
Bitter Root 〔'bɪtə ,rut〕
Bitterroot 〔'bɪtə,rut〕
Bitting 〔'bɪtɪŋ〕比廷
Bittinger 〔'bɪtɪndʒə〕比廷杰
Bittker 〔'bɪtkə〕
Bittner 〔'bɪtnə〕比特納

Bituntum〔bɪ't ʌntəm〕
Biturica 〔bɪ'tjurɪkə〕
Bit Yakin 〔bit ja'kin〕
Bitzer 〔'bɪtsə〕
Bitzius 〔'bɪtsius〕
Bivar〔bi'vɑr〕
Bivouac 〔'bɪvwæk ; 'bɪvuæk〕
Bixby 〔'bɪksbɪ〕比克斯比
Bixer 〔'bɪksə〕
Bixio 〔'biksjo〕
Bixler 〔'bɪkslə〕比克斯勒
Bixschoote 〔'bɪk,shotə〕(法蘭德斯)
Biya 〔'bijə〕
Biyala 〔bɪ'jælə; -læ〕
Biysk 〔bisk〕
Bizerta 〔bɪ'zɜtə〕
Bizerte 〔bɪ'zɜtɪ〕比塞大港(突尼西亞)
Bizet〔bi'zɛ〕比才(Georges, 1838-1875,
    法國作曲家)
Bizoin, Glais-〔'glɛ·biz'wæŋ〕(法)
Bizonia 〔baɪ'zonɪə〕二次世界大戰後, 德國
    境內英美聯合占領區
Bizot 〔bi'zo〕(法)
Bjälbo〔'bjɛlbu〕(瑞典)
Bjarme 〔'bjɑrmə〕
Bjarni Bergthórsson 〔'bjɑrni
    'bergtɔrsən〕
Bjella 〔'bjɛlə〕
Bjeljina 〔'bjɛljinɑ〕
Bjelostock 〔'bjɛlɑstɑk〕
Bjelovar 〔'bjɛlɑvɑr〕
Bjerknes 〔'bjærknes〕(挪)
Bjerregaard 〔'bjɛrəgɔr〕
Bjerrum 〔'bjɛrum〕
Bjoerling 〔'bjɜlɪŋ〕
Bjorge 〔'bjɔrdʒ〕
Bjork 〔bjɔrk〕
Björkö〔'bjɜkə〕(瑞典)
Björn 〔'bjɜn〕比約恩
Bjørn〔'bjɜn〕(挪)
Bjørneborg〔'bjɜnə,bɔrj〕(瑞典) •
Bjørnøya〔'bjɜ,nɜjɑ〕(挪)
Björnson〔'bjɜnsn〕邊爾生(Björnstjerne,
    1832-1910, 挪威詩人、劇作家及小說家)
Bjørnson〔'bjɜnsɑn〕(挪)
Björnsson〔'bjɜnsɔn〕邊德生(Sveinn,
    1881-1952, 冰島政治家)
Bjørnsson〔'bjɜnsɔn〕(瑞典)
Björnstjerne〔'bjɜnstjɛrnə〕(挪)
Blaavand 〔'blɔvɑn〕(丹)
Blacas d'Aulps〔blɑ'kɑs 'dɔp〕(法)
Blacher 〔'blɑhə〕(德)

Black〔'blæk〕布拉克（Hugo Lafayette, 1886-1971, 美國法學家及從政者）
Blackacre〔'blækekə〕
Blackall〔'blækɔl〕布萊科爾
Blackbeard〔'blækbɪrd〕
Blackbird〔'blæk,bɜd〕布萊克博德
Blackburn〔'blækbən〕布拉克本（英格蘭）
Blackburn, Mount〔'blækbən〕布拉克本山
Blackcraig〔'blækkreg〕　　　　〔美國〕
Black Crom〔'blæk krɑm〕
Blacker〔'blækə〕布萊克
Blackett〔'blækɪt〕伯來克特（Patrick Maynard Stuart, 1897-1974, 英國物理學家）
Blackfeet〔'blækfit〕
Blackfoot〔'blækfʊt〕布拉克佛特人（北美印第安之一族）
Blackford〔'blækfəd〕布萊克福德
Blackfriars〔'blæk'fraɪrz〕
Black Hawk〔'blæk ,hɔk〕黑鷹（1767-1838, 美國紅人 Fox 及 Sac 部落之酋長）
Blackhead〔'blækhɛd〕
Black Head〔'blæk hɛd〕
Blackheath〔'blæk'hiθ〕
Black Hills〔'blæk~〕黑丘（美國）
Blackie〔'blækɪ〕布萊基
Blackiston〔'blækɪstən〕布萊基斯頓
Blackledge〔'blæklɪdʒ〕布萊克利奇
Blackley〔'blæklɪ ; 'bleklɪ〕布萊克利
Blacklock〔'blæklɑk〕布萊克洛克
Blackman〔'blækmən〕
Blackmar〔'blækmɑr〕布萊克默
Blackmer〔'blækmə〕布萊克默
Black Mesa〔'blæk 'mesə〕
Blackmoor〔'blækmʊr ; -mɔr〕布萊克莫爾
Blackmore〔'blækmɔr〕布拉克摩爾（Richard Doddridge, 1825-1900, 英國小說家）
Blackmur〔'blækmə〕布萊克默
Blackpool〔'blæk,pul〕黑潭（英國）
Blackpudlian〔blæk'pʌdlɪən〕
Blacksburg〔'blæksbəg〕　　　　〔間〕
Black Sea〔'blæk~〕黑海（界於歐亞兩洲之
Blackshear〔'blækʃɪr〕布萊克希爾
Blackshirt〔'blækʃət〕義大利（法西斯）或德國（納粹）黑衫隊員
Blackstock〔'blækstɑk〕
Blackston(e)〔'blækstən〕布拉克斯東（Sir William, 1723-1780, 英國法學家）
Blacktown〔'blæktaun〕
Black Warrior〔'blæk 'warɪə〕
Blackwater〔'blæk,wɔtə ; 'blæk,watə〕
Blackwelder〔'blækwɛldə〕
Blackwell〔'blækwəl;-wɛl〕布萊克衛爾

Blackwells〔'blæk,wəlz;-wɛlz〕
Blackwood〔'blækwʊd〕布萊克伍德
Bladen〔'bledn〕布萊登
Bladensburg〔'blednzbəg〕
Blades〔'bledz〕布萊茲
Bladin〔'bledɪn〕布萊丁
Bladon〔'bledən〕
Bladud〔'bledəd〕
Blaenavon〔blaɪ'nævən〕（威）
Blaesser〔'blesə〕
Blaeu〔blau〕
Blaeuw〔blau〕
Blaga〔'blɑgɑ〕
Blagden〔'blægdən〕布萊格登
Blagodat〔blʌgʌ'dat〕（俄）
Blagoev〔blɑ'goɛf〕
Blagoveshchensk〔,blægə'vɛʃtʃɛnsk〕海蘭泡（蘇聯）
Blagrave〔'blægrev〕
Blagrove〔'blegrov〕布萊格羅夫
Bláha-Mikeš〔'blɑhɑ· 'mɪkɛʃ〕（捷）
Blai〔blaɪ ; ble〕
Blaich〔blaɪh〕（德）
Blaik〔blek〕
Blaikie〔'blekɪ〕布萊基
Blaikley〔'bleklɪ〕布萊克利
Blain〔blen〕布萊恩
Blaina〔'blaɪnə〕
Blaine〔blen〕布雷恩（James Gillespie, 1830-1893, 美國政治家）
Blainville〔blæɲ'vil〕（法）
Blair〔blɛr〕布勒爾（印度洋）
Blair-Atholl〔'blɛr'æθɔl〕
Blairfindie〔blɛr'fɪndɪ〕布萊爾芬迪
Blair-Fish〔'blɛr·fɪʃ〕
Blairmore〔'blɛrmɔr〕
Blairstown〔'blɛrztaun〕
Blairsville〔'blɛrzvɪl〕
Blaisdell〔'blezdəl〕布萊斯德爾
Blaise〔blez; blɛz〕（法）
Blaisois〔blɛ'zwa〕（法）
Blaize〔blez〕布萊茲
Blake〔blek〕布雷克（❶Robert, 1599-1657, 英國海軍上將❷William, 1757-1827, 英國詩人及
Blakelock〔'bleklɑk〕　　　　〔藝術家）
Blakely〔'bleklɪ〕
Blakemore〔'blekmɔr〕布萊克莫爾
Blakeney〔'bleknɪ〕布萊克尼
Blaker〔'blekə〕布萊克
Blakeslee〔'blekslɪ〕布萊克斯利
Blakesware〔'blekswɛr〕
Blakiston〔'blækɪstən; 'blek-〕布萊基斯頓

Blakiston-Houston〔'blækɪstən·'hustən〕
Blakney〔'bleknɪ〕布萊克尼
Blalock〔'blelak〕布萊洛克
Blambangan〔blam'baŋan〕
Blamey〔'blemɪ〕
Blamire〔blə'maɪr〕
Blamires〔blə'maɪrz〕
Blanc, Cape〔blæŋk〕白朗角（突尼西亞）
Blanc, Mont〔mɑnt'blæŋk〕白朗峯（歐洲）
Blanca Peak〔'blæŋkə~〕白朗卡峯（美國）
Blanca de Navarra〔'blaŋka ðe na'vara〕（西）
Blanca, Laguna〔la'guna 'vlaŋka〕（西）
Blanch〔blantʃ〕布蘭奇
Blanchan〔'blæntʃan〕
Blanchard〔'blæntʃəd; -tʃard; blaŋ'ʃar〕（法）布蘭查德
Blanche〔blantʃ; blaŋʃ（法）〕布蘭奇
Blanche Amory〔'blæntʃ 'emərɪ〕
Blanchefort〔blaŋʃ'fɔr〕（法）
Blanchelande〔blaŋʃ'laŋd〕（法）
Blancher〔'blantʃə〕
Blanchester〔'blæn,tʃestə; -tʃɪs-〕
Blanchet〔blaŋ'ʃe〕（法）
Blanchett〔'blantʃet〕
Blanck〔blæŋk〕
Blancke〔blæŋk〕布蘭克
Blanc-Mesnil〔blaŋ·me'nil〕（法）
Blanc-Nez〔blaŋ·'ne〕（法）
Blanco〔'blaŋko; 'blæŋko〕布蘭科
Blanco-Fombona〔'blaŋko·fɔm'bona〕
Blanco, Pico〔'piko 'vlaŋko〕（西）
Blancos〔'blaŋkos〕
Blanc Sablon〔'blaŋ sa'blɔŋ〕（法）
Bland〔blænd〕布蘭德
Blandamour〔'blændəmɔr; 'blændamur〕
Blandford〔'blændfəd〕布蘭福德
Blandiman〔'blændɪmən〕
Blandin〔'blændɪn〕布蘭丁
Blandina〔blæn'daɪnə〕布蘭迪娜
Blanding〔'blændɪŋ〕
Blandrata〔bland'rata〕
Bland-Sutton〔'blænd·'sʌtn〕
Blandy〔'blændɪ〕布蘭迪
Blane〔blen〕布蘭
Blanford〔'blænfəd〕
Blangini〔blan'dʒini〕
Blank〔blæŋk〕布蘭克
Blankenberg〔'blæŋknbəg〕布蘭肯伯格
Blankenberge〔'blaŋkən,berhə〕（法蘭德斯）

Blankenburg〔'blæŋknbəg; 'blaŋkənburk〕（德）〕
Blankensese〔,blaŋkə'nezə〕
Blankenhorn〔'blæŋkənhɔrn〕布蘭肯霍恩
Blankenstein〔'blaŋkənstaɪn; 'blæŋ-〕布蘭克斯坦
Blankertz〔'blæŋkəts〕
Blanketeers〔,blæŋkə'tɪrz〕
Blankingship〔'blæŋkɪŋʃɪp〕布蘭金希普
Blankley〔'blæŋklɪ〕
Blankfort〔'blæŋkfət〕布蘭克福
Blankner〔'blæŋknə〕布蘭克納
Blann〔blæn〕
Blanning〔'blænɪŋ〕布蘭寧
Blanquefort〔blaŋk'fɔr〕
Blanqui〔blaŋ'ki〕
Blanquilla〔blaŋ'kija〕
Blanshard〔'blænʃard〕布蘭沙德
Blant, Le〔lə 'blaŋ〕（法）
Blanton〔'blæntən〕布蘭頓
Blantyre〔blæn'taɪr〕
Blanzy〔blaŋ'zi〕
Blaquiere, De〔də 'blækjə〕
Blarney〔'blarnɪ〕
Blas〔blas〕布拉斯
Blasband〔'blæzbənd〕
Blaschka〔'blæʃka; 'blaʃka〕
Blaschke〔'blaʃkə〕
Blasco〔'blasko〕
Blasco-Ibáñez〔'blasko·ɪ'vanjeθ〕伊斑涅茲（Vicente, 1867-1928, 西班牙小說家）
Blasdell〔'blæzdəl; 'blezdɛl〕
Bläser〔'blezə〕布萊澤
Blaserna〔bla'zɛrna〕
Blashfield〔'blæʃfild〕
Blasier〔'blezə〕
Blasius〔'blezɪəs; bla'zjus（法）〕布萊修斯
Blasket〔'blasket; -kɪt〕
Blasnavac〔blaz'navats〕（塞克）
Blass〔blas〕
Blas Urrea〔blas ur'rea〕
Blatant Beast〔'bletənt 'bist〕
Blatas〔'blatas〕
Blatch〔blætʃ〕布拉奇
Blatchford〔'blætʃfəd〕布拉奇福德
Blathers〔'blæðəz〕
Blatnik〔'blætnɪk〕布拉特尼克

Blatt〔blæt〕布拉特
Blattenberger〔'blætənbɚgɚ〕布拉騰伯格
Blattergowl〔'blætɚgaʊl〕
Blatz〔blæts〕布拉茨
Blau〔blaʊ; blɔ〕布勞
Blaubart〔'blaʊbart〕
Blaubeuren〔'blaʊbɔɪrən〕
Blauch〔blaʊk〕布勞克
Blauen〔'blaʊən〕
Blaumanis〔'blaʊmanis〕
Blaustein〔'blaʊstaɪn〕布勞斯坦
Blauvelt〔blɔ'vɛlt〕布勞維爾特
Blauw〔blaʊ〕
Blaeu〔blaʊ〕
Blaeuw〔blaʊ〕（荷）
Blavatskaya〔blʌ'vat·skəjʌ〕(俄)
Blavatsky〔blə'væt·skɪ; blʌ'vat-〕
Blavet〔bla'vɛ〕(法)
Blavia〔'blevɪə〕
Blawith〔'blaɪθ; 'blewɪθ〕
Blawnox〔'blɔnaks〕
Blaxland〔'blæksländ〕布拉克斯蘭
Blaxter〔'blæksta〕布拉克斯特
Blaydes〔'bledz〕布萊德
Blaydon〔'bledn̩〕
Blayney〔'blenɪ〕布萊尼
Blaze〔blez; blaz（法）〕
Blazer〔'blezɚ〕布萊澤
Blazes〔'blezɪz〕
Blaznavac〔blaz'navats〕（塞克）
Blazey〔'blezɪ〕布萊齊
Bleakley〔'blɛklɪ; 'blik-〕布利克利
Bleakney〔'bleknɪ; 'blik-〕布利克尼
Bleaney〔'blinɪ〕布利尼
Blease〔bliz〕布利茲
Blech〔blɛh〕（德）
Blechen〔'blɛhən〕（德）
Bleckley〔'blɛklɪ〕
Bleckwenn〔'blɛkwən〕布萊克溫
Bled〔blɛd〕
Bledisloe〔'blɛdɪslo〕
Bledow〔'bledo〕
Bledsoe〔'blɛdso〕布萊索
Blee〔bli〕布利
Bleecker〔'blikɚ〕布利克
Bleek〔blek〕
Blefuscu〔blɛ'fʌskju〕
Blegen〔'blegən〕布利根
Blei〔blaɪ〕
Bleibtreu〔'blaɪptrɔɪ〕（德）
Bleicken〔'blaɪkən〕布萊肯
Blekinge〔'blekɪŋə〕

Blem(m)yes〔'blɛmɪiz〕
Blencathara〔blɛn'kæθərə〕
Blencowe〔blɛn'ko〕
Blender〔'blɛndɚ〕布倫德
Bléneau〔ble'no〕
Blennerhasset〔ˌblɛnə'hæsɪt〕
Blenheim〔'blɛnəm〕布倫亨（德國）
Blenk〔blɛŋk〕
Blenkinsop〔'blɛŋkɪnsap〕布倫金索普
Blenko〔'blɛŋko〕布倫科
Blennerhasset(t)〔ˌblɛnə'hæsɪt〕
Blesh〔blɛʃ〕
Blera〔'blirə〕
Blériot〔'blɛrɪo〕布雷里奧（Louis, 1872-1936, 法國飛行家及工程師）
Bles〔blɛs〕
Blesae〔'blisi〕
Blesensis〔blɪ'sɛnsɪs〕
Blésois〔ble'zwa〕(法)
Blessing〔'blɛsɪŋ〕布萊辛
Blessington〔'blɛsɪŋtən〕
Blessius〔'blɛsɪəs〕
Bletchley〔'blɛtʃlɪ〕
Blest Gana〔'blɛst 'ganə〕
Blesum〔'blisəm〕
Bletchly〔'blɛtʃlɪ〕
Bleuler〔'blɔɪlə〕
Blevins〔'blivɪnz〕布萊文斯
Blewett〔'bluɪt〕布盧伊特
Blewitt〔'bluɪt〕
Bleyhl〔blaɪl〕
Bleyle〔'blaɪlə〕
Blezard〔'blɛzard〕
Blgariya〔bʌl'garɪja〕（保）
Blibba〔'blɪbə〕
Blicher〔'blikə〕　　　　　　「德弗
Blickensderfer〔'blɪkənz,dɚfə〕布利肯斯
Blickenstaff〔'blɪkənstaf〕布利肯斯塔夫
Blickling Homilies〔'blɪklɪŋ ~〕
Blida〔'blidə; -dæ〕
Blifil〔'blaɪfɪl〕
Bligger〔'blɪgə〕
Bligh〔blaɪ〕布萊
Blight〔blaɪt〕布萊特
Blighty〔'blaɪtɪ〕
Blimber〔'blɪmbə〕
Blind〔blaɪnd; blɪnt（德）〕
Blindell〔'blɪndl̩〕
Blinder〔'blaɪndə〕布林德
Blindheim〔'blɪnthaɪm〕
Blindtown〔'blaɪndtaun〕
Blinks〔blɪŋks〕布林克斯

Blinn〔blɪn〕布林
Bliss〔blɪs〕布利斯
Blissard〔blɪ'sard〕
Blissett〔'blɪsɪt〕
Blissfield〔'blɪsfild〕
Blister〔'blɪstə〕
Blitar〔'blitar〕
Blithedale〔'blaɪðdel;'blaɪθ-〕
Blithild〔'blɪðɪld;'blɪθɪld〕
Blitch〔blɪtʃ〕布利奇
Blitz〔blɪts〕布利茨
Blitzkrieg〔'blɪtskrik〕(德)
Blitzstein〔'blɪtsʃtaɪn〕布利茨斯坦
Bliven〔'blɪvən〕布利文
Blix〔blɪks〕布利克斯
Blixen〔'bliksn〕
Blizstein〔'blɪts·staɪn〕
Bloch〔blak〕布洛克(❶Ernest, 1880-1959, 美國作曲家❷Felix, 1905-1983, 美國物理學家)
Bloch-Michel〔blɔk·mi'ʃɛl〕
Block〔blak〕
Blocker〔'blakə〕布洛克爾
Blocksberg〔'blaksbɛrk〕
Blockx〔blaks〕
Blodget(t)〔'bladʒɪt;-dʒɛt〕布洛杰特
Blodöx〔'blodəks〕
Bloem〔bl əm;blum(荷)〕
Bloemaert〔'blumart〕(荷)
Bloembergen〔'blumbəgən〕布隆伯根
Bloemen〔'blumən〕
Bloemendaal〔'blumən,dal〕(荷)
Bloemfontein〔'blumfənten〕布隆芬田(南
Bloemhof〔'blumhɔf〕 L非)
Blofield〔'blofild〕布洛菲爾德
Blogue〔blog〕布洛格
Blois〔blɔɪs;blwa(法)〕布盧瓦
Blok〔blɔk〕
Blokland〔'blɔklant〕
Blom〔blam〕布洛姆
Blomberg〔'blambɛrk〕
Blome〔blom〕
Blomefield〔'blumfild;'blom-〕
Blomer〔'blomə〕
Blomfield〔'blamfild;'blumfild〕布洛姆 非爾德
Blomidon〔'blamɪdən〕
Blommaert〔'blamart〕(荷)
Blomquist〔'blamkwɪst〕布洛姆奎斯特
Blomstrand〔'blumstrand〕(瑞典)
Blond〔bland〕布朗德
Blöndal〔'blɜndal〕(冰)
Blondel〔'blʌdl;blɔŋdɛl(法)〕

Blondell〔'blʌndl〕
Blondin〔'blandɪn;blɔŋdæŋ(法)〕
Blon, Le〔lə 'blɔŋ〕
Blond, Le〔lə 'blɔŋ〕
Blondus, Flavius〔'flevɪəs 'blandəs〕
Blonie〔'blɔnjɛ〕
Blood〔blʌd〕布拉德
Bloodaxe〔'blʌdæks〕
Bloodgood〔'blʌdgud〕布拉德古德
Bloodsworth〔'blʌdzwəθ〕布拉茲沃思
Bloom〔blum〕布盧姆
Bloomberg〔'blumbəg〕
Bloomer〔'blumə〕布盧默
Bloomfield〔'blumfild〕布隆費德(Leonard, 1887-1949, 美國語言學家及教育家)
Bloomgarden〔'blum,gardn〕布盧姆加登
Bloomingdale〔'blumɪŋdel〕布盧明代爾
Bloomington〔'blumɪŋtən〕
Bloomsburg〔'blumzbəg〕
Bloomsbury〔'blumzbərɪ〕倫敦之一文化住 宅區
Bloor〔blur〕布盧爾
Blora〔'blora〕
Blore〔blɔr;blar〕
Blos〔blos〕
Blosius〔'blozɪəs;-zɪəs〕
Blosse〔blas〕布洛斯
Blossius〔'blasɪəs〕
Blossburg〔'blɔsbəg〕
Blossom〔'blasəm〕布洛斯曼
Blostman〔'blostman〕
Bloudy〔'blʌdɪ〕
Blouet〔blʊɛ〕(法)
Blough〔blau〕
Blougram〔'blogrəm;'blaug-〕
Blouke〔blauk〕布勞克
Bloundelle〔'blʌndl〕
Blount〔blʌnt;blaunt〕布朗特
Blountstown〔'blʌntstaun〕
Blountville〔'blʌntvɪl〕
Blow〔blo〕布洛
Blower〔'bloə〕
Blowers〔'bloəz;'blauəz〕布洛爾斯
Blowzelinda〔blauzə'lɪndə〕
Blox(h)am〔'blaksəm〕
Bloy〔blɔɪ;blwa(法)〕
Blucher〔'bljuhjə〕(俄)布盧徹
Blücher〔'blukə〕布魯克(Gebhard Leberecht von, 1742-1819, 普魯士元帥)
Blue Mts.〔'blu~〕藍山(牙買加;美國)
Bluebeard〔'blubɪrd〕藍鬍子(稗史中先後殺 L害六個妻子之人)
Bluecher〔'blukə〕

Bluefield〔'blufild〕
Bluefields〔'blufildz〕布盧菲耳德（尼加拉　　瓜）
Bluegrass〔'blu,gras〕
Bluehill〔'blu,hɪl〕
Blue Ridge〔'blu 'rɪdʒ〕藍嶺（美國）
Bluet d'Arbères〔bljʊ'ɛ dar'ber〕（法）
Bluett〔'blʊɪt〕
Bluff〔blʌf〕布拉夫（紐西蘭）
Bluffe〔blʌf〕
Bluffton〔'blʌftən〕
Blugerman〔'bludʒəmən〕
Bluhme〔'blumə〕
Blum〔blum〕布魯姆（Léon, 1872-1950, 法國　　社會黨領袖）
Blumberg〔'blumbəg; 'blʌm-〕布隆伯格
Blume〔blum; 'bluma（德）〕布魯姆
Blumenau〔blumə'nau〕
Blumenbach〔'blumənbah〕布魯門巴哈　　（Johann Friedrich, 1752-1840, 德國人類學家）
Blumenkrantz〔'blumənkrænts〕
Blumenfeld〔'blumənfɛlt; 'bljumjɪnfjɪljt　　（俄）〕布盧門菲爾德
Blumenschein〔'blumənʃaɪn〕布盧門沙因
Blumenthal〔'bluməntal〕布盧門撒爾
Blumer〔'blumə〕布盧默
Blumgart〔'blumgart〕布盧姆加特
Blumine〔'blumɪnɪ〕
Blumlein〔'blumlaɪn〕
Blümlisalp〔'bljumli,salp〕
Blümlisalphorn〔'bljumli'salp,hɔrn〕
Blundell〔'blʌndl〕布倫德爾
Blunden〔'blʌndən〕
Blunderbore〔'blʌndəbɔr〕
Blunderstone Rookery〔'blʌndəstən　　'rʊkərɪ; -ston-〕
Blundevill〔'blʌndəvɪl〕
Blunn〔blʌn〕
Blunt〔blʌnt〕
Bluntschli〔'blʊntʃlɪ〕伯倫智理（Johann　　Kaspar, 1808-1881, 瑞士法律學者）
Bly〔blaɪ〕布萊
Blyde〔blaɪd〕布萊德
Blyden〔'blaɪdn〕
Blyth〔blaɪθ; blaɪ〕布萊思
Blythborough〔'blaɪbərə〕
Blythe〔blaɪð〕
Blytheville〔'blaɪðvɪl〕
Blythin〔'blaɪðɪn〕
B'nai B'rith〔bə'ne bə'rɪθ〕1843 年創立於紐　　約市的猶太人國際組織
Bo〔bo〕黑河
Boabdelin〔bo'æbdəlɪn〕

Boabdil〔,boab'dil; -'ðil（西、葡）〕
Boac〔'boak〕博阿克(菲)
Boaco〔bo'ako〕
Boaden〔'bodn〕
Boadicea〔,boəd'sia〕波阿狄西亞（?-A.D.　　62, 英國古代 Iceni 族女王）
Boae〔'boi〕
Boa Esperança〔'boə iʃpə'rʌnsə〕（葡）
Boag〔bog〕博格
Boak〔bok〕博克
Boal〔bol〕博爾
Boanas〔'bonəs〕
Boanerges〔,boə'nɝdʒiz〕雷子（耶穌對門　　徒 James 及 John 獎譽之名）
Boano〔bo'ano〕
Boardman〔'bɔrdmən〕
Boars〔bɔrz〕
Boarts〔bɔrts〕
Boas〔'boæz〕包艾斯（Franz, 1858-1942,　　美國人類學家及民族學家）
Boase〔boz〕博厄斯
Boatman〔'botmən〕博特曼
Boatner〔'botnɚ〕博特納
Boatte〔bot〕
Boatwright〔'botraɪt〕博特衛特
Boa Vista〔,boə 'viʃtə〕（葡）
Boaz〔'boæz〕博阿茲
Bob〔bab〕鮑勃
Bobadil〔'babədɪl〕Ben Jonson 所著 Every　　Man in His Humour 劇中之一人名
Bobadill〔'babədɪl〕
Bobadilla〔,babə'ðilja〕（西）
Bobbie〔'babɪ〕博比
Bobbili〔'babɪlɪ〕
Bobbitt〔'babɪt〕博比特
Bobbs〔babz〕
Bobby〔'babɪ〕博比
Bober〔'bobə〕
Boberfeld〔'bobəfɛlt〕
Bobette〔bo'bet〕
Bobillie r〔bɔbi'lje〕（法）
Böblingen〔'bɝblɪŋən〕
Bobo〔'bobo〕博博
Bobo-Dioulasso〔'bobo·dju'læso; -'laso-〕
Bobo-fing〔'bobo· 'fɪŋ〕
Boboli〔'boboli〕
Bobolina〔,bobo'lina〕
Bobon〔bo'bɔn〕保本（菲律賓）
Bobone〔bo'bone〕
Boborykin〔babʌ'rɪkjɪn〕（俄）
Bobr〔'bobə〕
Bobrek Karb〔'bobrɛk 'karp〕

Bobrikov〔'bɔbrjɪkɔf〕
Bobruisk〔bʌ'bruɪsk〕
Bobrovnikoff〔ba'bravnɪkaf〕
Bobrzynski〔bɔb'ʒɪnjskɪ〕(波)
Bobs〔babz〕
Bobst〔babst〕博布斯特
Boca, La〔la 'voka〕(西)
Boca Chica〔'bokə 'tʃikə〕
Bocage〔bu'kaʒɪ(波); bɔ'kaʒ(法)〕
Bocaiuva〔bukaɪ'uvə〕
Bocanegra〔,bokɑ'negrɑ〕
Boca Raton〔'bokə rə'ton〕
Bocas del Toro〔'bokaz ðɛl 'tɔro〕(西)
Bocayuva〔bukaɪ'uvə〕
Boccaccino〔'bokkɑt'tʃino〕(義)
Boccaccio〔bɑ'katʃɪo〕包伽邱(Giovanni,
  1313-1375, 義大利作家)
Boccage〔bu'kaʒɪ(葡); bɔ'kaʒ(法)〕
Boccalini〔,bokkɑ'lini〕(義)
Boccanera〔,bokkɑ'nerɑ〕(義)
Boccanigra〔,bokkɑ'nigrɑ〕(義)
Boccardo〔bok'kardo〕(義)
Boccasini〔,bokkɑ'sini〕(義)
Bocca Tigris〔'bakə 'tigrɪs〕
Boccherini〔,bakə'rini; ,bokke'rini〕(義)〕
Bocchetta〔bok'ketta〕(義)
Bocchoris〔bak'korɪs〕
Bocchus〔'bakəs〕
Boccioni〔bot'tʃonɪ〕(義)
Boccone〔bok'kone〕(義)
Bochart〔bɔ'ʃar〕(法)
Bochaton〔'bakətən〕
Bochchoris〔bak'korɪs〕
Boche〔baʃ; boʃ〕【蔑】德國人; 德國兵
Bôcher〔bo'ʃe〕
Bóchica〔'botʃika〕
Bochkarevo〔bətʃkʌ'rɔvə〕(俄)
Bochner〔'baknə〕博克納
Bochnia〔'bɔhnja〕(波)
Bocholt〔'bɔhɔlt〕(德)
Bochsa〔bɔk'sa〕(法)
Bochum〔'bohʊm〕波庫(德國)
Bock〔bak〕博克
Bockelmann〔'bakəlman〕
Bockelson〔'bakɪlsən〕
Bockenheim〔'bakənhaɪm〕
Bockett〔'bakɪt〕
Böckh〔bɚk〕
Bockhoff〔'bakhaf〕
Bockholt〔'bakhɑlt〕
Bockhorn〔'bakhɔrn〕
Bocking〔'bakɪŋ〕博金

Böcking〔'bɚkɪŋ〕
Böckingen〔'bɚkɪŋən〕
Böcklin〔'bɚklin〕
Bocksberger〔'baksbɛrgə〕
Bockius〔'bakɪəs〕博基厄斯
Bockum-Hövel〔'bɔkʊm· 'hɚfəl〕(德)
Bocock〔'bokɑk〕博科克
Bocqueraz〔'bokraz〕博克拉兹
Bocskay〔'botʃkɔɪ〕(匈)
Bod〔bod〕
Bodaeus〔bo'deəs〕
Bodaibo〔bədaɪ'bɔ〕波達伊波(蘇聯)
Bodansky〔bo'dænskɪ〕博丹斯基
Bodanzky〔bo'dɑntski〕
Boddey〔'badɪ〕
Boddice〔'badɪs〕
Boddington〔'badɪŋtən〕
Boddy〔'badɪ〕博迪
Bode〔'bodə〕(德)博德
Bodel〔bɔ'dɛl〕(法)
Bodele〔bo'dele; bode'le(法)〕
Bodélé〔bode'le〕(法)
Bodega〔bo'digə〕
Bodegas〔bo'ðegas〕(西)
Bodel〔bɔ'dɛl〕
Boden〔'budən〕(瑞典)博登
Bodenbach〔'bodənbah〕(德)
Bodenham〔'bodənəm〕
Bodenhiem〔'bodənhaɪm〕
Bodensieck〔'bodənsik〕
Bodenstein〔'bodənʃtaɪn〕
Bodenstedt〔'bodənʃtɛt〕
Boder〔'bodə〕博德
Boderg, Lough〔lah 'bodɚg〕(愛)
Boden〔'bodən〕
Bodensee〔'bodənze〕
Bodet〔bo'de〕
Bodey〔'bodɪ〕
Bodfish〔'badfɪʃ〕博德菲什
Bodham〔'badəm〕博達姆
Bodhidharma〔'bodɪ'dʌrmə〕(梵)
Bodhisattva〔,bodɪ'sætvə〕菩提薩埵; 菩薩
Bodiam〔'bodjəm〕博迪恩
Bodichon〔,bodi'ʃon〕
Bodie〔'bodɪ〕博迪
Bodil〔'boðɪl〕(西)
Bodinayakkanur〔,bodɪna'jʌkkə'nur〕(印)
Bodilly〔bɔ'dɪlɪ〕
Bodin〔bɔ'dæŋ〕(法)博丁
Bodincomagus〔,bodɪŋ'kaməgəs〕

Bodine〔'bodɪn〕博丁
Bodio〔'bodjo〕
Bodjonegoro〔,bodʒone'goro〕
Bodkin〔'badkɪn〕博金德
Bodländer〔'botlɛndə〕
Bodleian〔bad'liən; 'badlɪən〕
Bodley〔'badlɪ〕博德利
Bodman〔'badmən〕博德曼
Bodmer〔'bodmə〕
Bodmin〔'badmɪn〕博德明
Bodnjan〔'badnjan〕
Bodo〔'bodo〕博多（挪）
Bodö〔'bo,dʒ〕
Bodø〔'bo,dʒ〕（挪）
Bodobriga〔bə'dabrɪgə〕
Bodoni〔bo'doni〕
Bodotria〔bo'dotrɪə〕
Bodrog〔'badrog〕
Bodrum〔bo'drum〕
Bödtcher〔'bɝthə〕（丹）
Bødtcher〔'bɝl'man〕（丹）
Body〔'badɪ〕博迪
Bodza〔'bodza〕（匈）
Boë〔bo'e〕博
Boece〔bo'is〕（蘇）
Boeckel〔'bokl〕伯克爾
Boeckh〔bɝk〕
Boehe〔'bɝə〕
Boeheim〔'bɝhaɪm〕
Boehl〔bel〕
Boehler〔'bɝlə〕
Boehm〔bem; bom; bɝm〕貝姆
Boehm-Boteler〔'bom·'botlə〕
Boehme〔'bɝmə〕
Boehmler〔'bemlə〕貝姆勒
Boehn〔bɝn〕
Boehne〔'benɪ〕貝尼
Boehnke〔'beŋkɪ〕
Boehringer〔'barɪndʒə〕伯林格
Boeing〔'boɪŋ〕波音
Boekelmann〔'bukəlmən〕
Boela〔'bula〕
Boelcke〔'bɝlkə〕
Boele〔'bolə〕
Boeleleng〔'bulələŋ〕
Boell〔bɛl〕貝爾
Boëllmann〔bɛl'man〕（法）
Boelter〔'bɛltə〕貝爾福
Boemo, Il〔il bo'ɛmo〕
Boèo〔bo'eo〕
Boeotia〔bɪ'oʃɪə〕古希臘城邦
Boer〔bor〕波爾人（有荷蘭血統之南非人）

Boerhaave〔'buə,havə〕
Boericke〔'berɪkɪ〕貝里基
Boerne〔'bɝnɪ〕
Boeroe〔'buru〕
Boesel〔'bezəl〕貝澤爾
Boesset〔bwe'sɛ〕（法）
Boethius〔bo'iθɪəs〕包伊夏斯（Anicius
   Manlius Severinus, 480?-?524, 羅馬哲學家）
Boëthius〔bo'iθɪəs〕
Boëthus〔bo'iθəs〕
Boétie, La〔la bɔe'si〕（法）
Boetius〔bo'ɪʃɪəs; bo'etɪəs〕
Boetoeng〔'butuŋ〕
Boeton〔'butən〕
Boettcher〔'bɛtʃə〕貝徹
Boettger〔'bɛtgə〕貝特格
Boettiger〔'bɛtɪgə〕伯蒂格
Boettler〔'bɛtlə〕
Boettner〔'bɝtnə〕貝特納
Boeuf Bayou〔'bʌf 'baɪu〕
Boeuf River〔bʌf ~〕
Boevey〔'buvɪ〕貝維
Boëx〔bɔ'ɛks〕
Boffa〔'bafə〕
Boffin〔'bafɪn〕
Boffins〔'bafɪn〕   「高射砲
Bofors gun〔'bofɔrz〕一種口徑爲40厘米的
Boforz〔'bofɔrz〕
Bogadjim〔bo'gadʒɪm〕
Bogaert〔'bogaert〕
Bogalusa〔,bogə'lusə〕
Bogan〔'bogæn〕博根
Bogdanovich〔bʌgdʌ'nɔvjɪtʃ〕（俄）
Bogard〔'bogard〕博加德
Bogarde〔'bogard〕
Bogardus〔bo'gardəs〕
Bogart〔'bogart〕博加特
Bogatzky〔bo'gatskɪ〕
Boğazkale〔,bogazka'lɛ〕（土）
Bogazköy〔,bogaz'kɝɪ〕
Bogdan〔bʌg'dan（俄）; 'bɔgdan（保、波）〕
Bogdenko〔bɔg'denko〕
Bogdonoff〔'bagdənaf〕
Bogdo-ola〔'bɔgdo·'olə〕
Bogdo Ula〔'bɔgdo 'ulə〕
Bogen〔'bogən〕博根
Bogenfels〔'bogənfɛlz; 'buənfɛls（南非荷）〕
   布恩費耳斯
Boger〔'bogə〕博格
Bogerman〔'bogəman〕
Bogert〔'bogət〕博格特

Bogey〔'bogɪ〕
Boggon〔'bagən〕博岡
Boggs〔bɑgz〕博格斯
Bøgh〔bɝg〕(丹)
Boghasköi〔,bogaz'kɝɪ〕
Boghazkeui〔,bogaz'kɝɪ〕
Boghazköy〔,bogaz'kɝɪ〕
Bogislaw〔'bogɪslaf〕
Bogner〔'bognɚ〕
Bognor〔'bagnɚ〕
Bognor Regis〔'bagnɚ 'ridʒɪs〕
Bogo〔bɔ'gɔ〕博果(菲律賓)
Bogodukhov〔bʌgʌ'duhəf〕(俄)
Bogoljub〔'bɔgɔljub〕
Bogoljubow〔bʌgʌ'ljubɔf〕(俄)
Bogolyubov〔bʌgʌ'ljubɔf〕(俄)
Bogomil〔'bogəmɪl〕
Bogomolets〔bagə'mɔljɪts〕
Bogomoletz〔bogo'molɛts〕
Bogong〔'bo,gaŋ〕波岡山(澳洲)
Bogor〔'bogɔr〕
Bogoraz〔bʌgʌ'ras〕(俄)
Bogorodsk〔bəgʌ'ratsk〕(俄)
Bogoslof〔'bogəslɔf〕
Bogota〔bə'gotə〕
Bogota〔,bogo'ta〕波哥大(哥倫比亞)
Bogud〔'bogʌd〕
Bogue〔bog〕博格
Bogumil〔'bogumil〕(德);bɔ'gumil(波)
Bogumił〔bɔ'gumil〕(波)
Bogurodzica〔,bɔgurɔ'dʒitsɑ〕(波)
Bogusch〔'bogəʃ〕
Bogusławski〔bogəs'lævskɪ;,bɔgus-
'lafskɪ(波)〕
Boguszów〔bɔ'guʃuf〕(波)
Boh〔bo〕
Bohaddin〔,boə'din〕
Bohan〔'boən〕博安
Bohannan〔'bohənən〕博安南
Bohannon〔'bohənən〕
Bohart〔'bohɑrt〕博哈特
Böheim〔'bɝhaɪm〕
Bohème〔bɔ'ɛm〕
Bohème〔bɔ'ɛm〕
Boheman〔'buhimən〕博希曼
Bohemia〔bo'himɪə〕波希米(捷克)
Bohémond〔bɔe'mɔŋ〕(法)
Bohen〔'boən〕博恩
Bohio〔'bojo〕
Böhl〔bɝl〕
Bohlen〔'bolən〕波倫
Bohlender〔'boləndɚ〕

Böhlau〔'bɝlau〕
Bohle〔'bolə〕
Bohlen〔'bolən〕
Bohlen und Halbach〔'bolən unt
'halbah〕(德)
Böhler〔'bɝlɚ〕
Bohlin〔bu'lin〕(瑞典)
Böhlitz-Ehrenberg〔'bɝlɪts·'erənbɛrk〕
Bohlman〔'bolmən〕博爾曼
Böhl von Faber〔,bɝl fɑn 'fɑbɚ〕
Böhm〔bɝm〕
Bohm〔bom〕博姆
Bohman〔'bomən〕博曼
Böhm-Bawerk〔'bɝm·'bavɛrk〕
Böhme〔'bɝmə〕
Böhmen〔'bɝmən〕
Böhmer〔'bɝmɚ〕
Böhm-Ermolli〔'bɝm·'ɛrməli〕
Böhmerwald〔'bɝmɚvalt〕
Böhmer Wald〔'bɝmɚ ,valt〕
Bohmrich〔'bomrɪk〕
Bohn〔bon〕博恩
Bohnenblust〔'bonɛnblust〕
Böhner〔'bɝnɚ〕
Bohol〔bo'hɔl〕萘好島(菲律賓)
Bohort〔bɔrt〕
Bohotle〔bo'hatle〕
Bohr〔'bor〕鮑爾(Niels, 1885-1962,丹麥物理
學家)
Bohrod〔'borɑd〕博羅德
Böhtlingk〔'bɝtlɪŋk〕
Bohun〔'boən;bun〕
Bohuslav〔'bohuslaf〕
Boiardo〔bo'jardo〕布雅多(Matteo Maria,
1434-1494, 義大利詩人)
Boichut〔bwa'ʃju〕(法)
Boie〔'bɔɪə〕
Boieldieu〔bwal'djɝ〕(法)
Boies〔bɔɪz〕博依斯
Boihaemum〔,bɔɪ'himən〕
Boii〔'boɪaɪ〕
Boileau〔bwɑ'lo〕(法)布瓦洛
Boileau-Despréaux〔bwɑ'lo·depre'o〕
布瓦洛(Nicolas, 1636-1711, 法國評論家及詩人)
Boillot〔'bɔɪlət〕
Boilly〔bɔ'ji〕(法)
Boinn〔bɔɪn〕
Boinu〔'bɔɪnu〕
Boiohaemum〔bɔɪə'himəm〕
Boionius〔bɔɪ'onɪəs〕

Boiro〔'bɔɪro〕
Bois〔bwa〕(法) 博伊斯
Bois, du〔dju 'bwa〕(法)
Bois, Du〔du 'bɔɪs〕
Boisard〔bwa'zar〕(法)
Boisbaudran〔bwabo'drɑŋ〕(法)
Bois Brule〔'bɔɪ 'brul〕
Bois-Colombes〔'bwa·kɔ'lɔŋb〕(法)
Bois de Boulogne〔'bwa də bu'lɔnj〕
 (法)
Bois de Sioux〔'bɔɪ də 'su〕
Bois-du-Roi〔bwadju·'rwa〕(法)
Boise〔'bɔɪsɪ〕博伊西 (美國)
Boisé〔'bɔɪsɪ〕
Bois-le-Duc〔,bwa·lə·'djuk〕
Boisgobey〔bwagɔ'be〕
Boisguillebert〔bwagij'bɛr〕(法)
Bois-Guilbert〔'bwa·gil'ber〕
Bois-Hébert〔'bwa·e'bɛr〕(法)
Boisnormand〔bwanɔr'mɑŋ〕(法)
Boisragon〔'barəgɑŋ〕
Bois-Reymond〔'bwa·re'mɔŋ〕(法)
Boisrobert〔bwarɔ'ber〕(法)
Boisserée〔bwasə're〕
Boissevain〔bwasə'væŋ〕(法) 布瓦塞萬
Boissier〔bwa'sje〕(法)
Boissieu〔bwa'sjɚ〕(法)
Boisson〔bwa'sɔŋ〕(法)
Boissonade〔bwasɔ'nad〕(法)
Boissoudy〔bwasu'di〕(法)
Boissy d'Anglas〔bwa'si dɑŋ'glas〕(法)
Boisterer〔'bɔɪstərɚ〕
Boiteux, Le〔lə bwa'tɚ〕(法)
Boito〔'bɔɪto〕
Boivie〔'bɔɪvɪ〕
Boizenburg〔'bɔɪtsənburk〕
Bojador〔'badʒədɔr〕
Bojana〔'bajana〕
Bojanowski〔bojə'novskɪ〕
Bojardo〔bo'jardo〕
Boje〔'bɔɪə〕
Bojeador〔bohea'ðɔr〕(西)
Bojer〔'bɔɪr〕
Bojna〔'bɔɪna〕
Bojolali〔,bojo'lalɪ〕
Bojonegoro〔,bodʒone'goro〕
Bok〔bak〕博克
Bokanowski〔bokanɔfs'ki〕
Boke〔bak〕博克
Boké〔bɔ'ke〕
Bokelson〔'bakəlsən〕

Boken(h)am〔'bakənəm〕博克納姆
Boker〔'bokɚ〕博克
Bokerly Dyke〔'bokɚlɪ 'daɪk〕
Bokhara〔bo'karə〕布卡拉 (蘇聯)
Bokkhoris〔bak'korɪs〕
Bokn〔'bakən〕
Bokoro〔bo'koro〕
Boksburg〔'baksbɚg〕波克斯堡 (南非)
Bokstel〔'bɔkstəl〕
Bol〔bal〕
Bolama〔bo'lama〕
Bolam〔'bɔləm〕
Bolan〔bo'lan〕
Boland〔'bolənd〕博蘭
Bolanden〔'bolandən〕
Bolander〔'bɔlændɚ〕
Bolandshahr〔,bolənd'ʃar〕
Bolangir〔bo'laŋgɪr〕
Bolarum〔bo'larəm〕
Bolbē〔'vɔlvɪ〕(希)
Bolbec〔bɔl'bek〕
Bolbiti c〔bal'bɪtɪk〕
Bolbitine〔,balbɪ'taɪnɪ〕
Bolbitinic Mouth〔,balbɪ'tɪnɪk~〕
Bolbok〔bɔl'bɔk〕
Boldini〔bol'dini〕
Boldon〔'boldən〕
Boldre〔'boldɚ〕
Boldrewood〔'boldɚwud〕
Boldrey〔'boldrɪ〕
Boldt〔bolt〕博爾特
Boldwood〔'boldwud〕
Bolea〔bo'lea〕
Bolechów〔bɔ'lɛhuf〕
Bolerium〔bo'lɪərəm〕
Bolero〔bo'lero〕
Boles〔bolz〕博爾斯
Boleslas〔'boləsləs〕
Boleslaus〔'boləslɔs〕
Boleslav〔'boləslæv〕(波); 'bɔlɛslaf
 (捷)
Boleslavsky〔,boləs'lafskɪ〕
Bolesław〔bɔ'lɛslaf〕(波)
Bolesławiec〔bɔlɛs'lavjɛts〕(波)
Boley〔'bolɪ〕
Boleyn〔'bulɪn〕布林 (Anne, 1507-1536, 英
 王亨利八世之第二妻)
Bolgary〔'bʌlgərɪ〕
Bolger〔'boldʒɚ〕博爾杰
Bolgolam〔'balgəlæm〕
Bolgrad〔bʌl'grat〕

Bolin〔bo'lin〕博林
Bolinao〔,bolɪ'nao〕
Bolingbroke〔'balɪŋbruk〕博林布羅克
Bolingbroke and St. John〔'bulɪŋbruk ənd 'sɪndʒən〕
Bolinger〔'bolɪŋdʒɚ〕
Bolintineanu〔,bolɪntɪn'janu〕(羅)
Bolitho〔ba'laɪθo〕博萊索
Bolivar〔bo'livar;'balɪvɚ;,balɪ'var〕包利瓦(Simón, 1783-1830, 委內瑞拉開國者)
Bolívar〔bo'livar〕(西)
Boliva〔ba'liva〕
Bolivia〔bə'lɪvɪə〕玻利維亞(南美洲)
Bolkhov〔bʌl'hɔf〕(俄)
Böll〔bal〕鮑爾(Heinrich Theodor, 1917-1985, 德國作家)
Bolland〔'balant(荷);bɔ'laŋ(法)〕博蘭
Boller〔'balɚ〕博勒
Bolles〔bolz〕博爾斯
Bolley〔'balɪ〕博利
Bolligen〔'balɪgən〕
Bollin〔'balɪn〕
Bolling〔'balɪŋ〕博林
Bollinger〔'balɪndʒɚ〕博林杰
Bollington〔'balɪŋtən〕
Bollman〔'bolmən〕博爾曼
Bollstädt〔'balʃtet〕
Bolman〔'bolmən〕
Bologna〔bə'lonjə;-nə〕波隆那(義大利)
Bologne〔bo'lɔnj〕(法蘭德斯)
Bolognese〔,bolo'njiz〕波隆那人
Bolognese, Il〔il ,bolon'jese〕(義)
Boloko〔bo'loko〕
Bolonda〔bo'landə〕
Bolondrón〔,bolɔn'drɔn〕
Bolonia〔bo'lonɪə〕
Bolo Pacha〔bɔ'lo pa'ʃa〕(法)
Bolo Pascha〔'bolo 'paʃa〕
Bolor-Tagh〔bo'lɔr·'tag〕
Bolotnoe〔bʌ'lɔtnəjɪ〕(俄)
Bolotowsky〔balə'toskɪ〕
Bols〔bolz〕博爾斯
Bölsche〔'bɚlʃə〕
Bolsena〔bɔl'sena〕
Bolshaya〔bal'ʃajə〕
Bolshevik〔'balʃɪvɪk〕
Bolshoi〔bal'ʃɔɪ;bʌlj'ʃa·ɪ(俄)〕
Bolshoi Kavkaz〔bal'ʃɔɪ kaf'kas;bʌlj'ʃɔɪ kaf'kaz(俄)〕
Bolsón de Mapimí〔bol'son de mapi'mi〕

Bolsover〔'balsəvɚ〕博爾索弗
Bolster〔'bolstɚ〕博爾斯特
Bolsward〔'bɔlsvart〕
Bolswert〔'balsvert〕(荷)
Bolt〔bolt〕
Bolte〔'baltə〕博爾特
Bolté〔'bolte〕
Bolter〔'boltɚ〕
Bolton〔'boltən〕波爾頓(英格蘭)
Bolton-le-Moors〔'boltən·lə·'murz〕
Boltraffio〔bol'traffjo〕(義)
Boltwood〔'boltwud〕
Boltzmann〔'baltsman〕
Bolu〔bo'lu〕
Bolus〔'boləs〕
Bolyai〔'boljɔɪ〕(匈)
Bolz〔bolts〕博爾茲
Bolza〔'baltsa〕
Bolzaneto〔boltsa'neto〕
Bolzano〔bol'tsano〕
Boma〔'bomə〕
Bomarsund〔'bumar,sʌnd〕
Bomba〔'bambə;'bomba(義)〕
Bombala〔bam'balə〕邦巴拉(澳洲)
Bombardinian〔,bambar'dɪnɪən〕
Bombastes Furioso〔bam'bæstɪz ,fjurɪ'oso〕
Bombastus〔bam'bæstəs;bom'bastus(德)〕
Bombay〔bam'be〕孟買(印度)
Bomberg〔'bambɛrh〕(荷)
Bomberger〔'bambɚgɚ〕邦伯格
Bombetoka〔,bambə'tokə〕
Bombois〔bɔŋ'bwa〕(法)
Bomboko〔bam'boko〕
Bombon〔bɔm'bɔn〕
Bombonon〔,bombo'non〕
Bomby〔'bambɪ〕
Bomfin〔bɔŋ'fiŋ〕(法)
Bomford〔'bʌmfɚd〕邦福德
Bomilcar〔bo'mɪlkɚ〕
Bom Jesús〔,boŋ ʒe'zus〕
Bömlo〔'bɚmlo〕
Bommes〔bɔm〕
Bomokandi〔,bomo'kandi〕
Bomoseen〔'bamozin〕
Bompard〔bɔŋ'par〕(法)
Bompas〔'bʌmpəs〕

Bomtempo〔boŋˈteŋmpu〕(葡)

Bomu〔ˈbomu〕博穆(剛果)

Bomvana〔bomˈvana〕

Bon〔bɔn; ban; ŋɔ̃〕邦

Bona〔ˈbonə; ˈbona (德)〕博納

Bonacca〔boˈnaka〕

Bonacci-Brunamonti〔boˈnattʃɪ, bruna-ˈmontɪ〕

Bonacieux〔bonaˈsjə〕(法)

Bona Dea〔ˈbonə ˈdiə〕

Bonagai〔ˈbanəgaɪ〕

Bonai〔ˈbonaɪ〕

Bonaigarh〔ˈbonaɪˈgɑr〕

Bonaire〔bɔˈnɛr〕博內爾島(委內瑞拉)

Bonald〔bɔˈnal〕(法)

Bonampak〔boˈnampak〕

Bonamy〔ˈbanəmɪ〕博納米

Bonanza〔boˈnænzə〕

Bonaparte〔ˈbonə,part〕拿破崙之姓

Bonaparte-Patterson〔ˈbonəpart ˈpætəˈsən〕

Bonar〔ˈbanə〕博納

Bonassus〔boˈnæsəs〕

Bonaventura〔,banəvɛnˈtjurə〕

Bonaventure〔,banəˈvɛntʃə〕聖·布納芬杜拉 (1221-1274, 義大利哲學家、作家及樞機主教)

Bonavista〔,banəˈvɪstə〕

Bonawentura〔,bonavɛnˈtura〕

Bonbonon〔,bomboˈnon〕

Bonbright〔ˈbanbraɪt〕邦布賴特

Bonavino〔,bonaˈvino〕

Bonchamp〔bɔ̃ˈʃaŋ〕(法)

Boncher〔ˈbantʃə〕

Bonchurch〔ˈbantʃətʃ〕

Bonci〔ˈbontʃɪ〕

Boncompagni di Mombello〔,boŋkomˈpanjɪ dɪ momˈbɛllo〕(義)

Boncour, Paul-〔ˈpɔl·bɔ̃ˈkur〕(法)

Boncza〔ˈbontʃa〕

Bond〔band〕邦德

Bonda〔ˈbonda〕

Bondeno〔bonˈdeno〕

Bondfield〔ˈbandfild〕邦德菲德爾

Bondi〔ˈbondɪ; ˈbandaɪ〕

Bondley〔ˈbandlɪ〕邦德利

Bondoc〔bɔnˈdɔk〕

Bondone〔banˈdone〕

Bondoukou〔bɔŋduˈku〕

Bondowoso〔,bondoˈwoso〕

Bonds〔bandz〕邦茲

Bondu〔banˈdu〕

Bonduca〔banˈdjukə〕

Bondurant〔ˈbandjurənt〕邦杜蘭特

Bondy〔bɔ̃ˈdi〕(法)邦迪

Bone〔bon〕博恩(印尼)

Bône〔bon〕朋尼(阿爾及利亞)

Bonebrake〔ˈbonbrek〕

Bonehill〔ˈbonhɪl〕

Bonella〔bəˈnɛlə〕

Bonelli〔boˈnɛlɪ〕博內利

Boner〔ˈbonə〕博納

Bonerius〔boˈnɪrɪəs〕

Bonesana〔,bonɛˈsana〕

Bo'ness〔boˈnɛs〕

Bonesteel〔ˈbonstil〕博恩斯蒂爾

Bonete〔boˈnete〕

Boney〔ˈbonɪ〕博尼

Bonfig〔ˈbanfɪg〕

Bonfigli〔bonˈfiljɪ〕(義)

Bonfim〔bonˈfiŋ〕(葡)

Bonga〔ˈbaŋgə〕

Bongabon〔bɔŋˈgabon〕

Bongardt〔ˈbaŋgart〕邦加特

Bonggren〔ˈbaŋgrən〕

Bonghi〔ˈbɔŋgɪ〕

Bongo〔ˈbɔŋgo〕

Bonham〔ˈbanəm〕博納姆

Bon Homme〔ˈbanam〕

Bonheur〔bɔˈnə〕包諾爾(Rosa, 1822-1899, 法國畫家、擅畫動物)

Bonhomme〔bɔˈnɔm〕

Bonhote〔ˈbanhot〕邦霍特

Boni〔ˈbonaɪ; ˈbonɪ; ˈbonɪ〕博奈

Boniface VIII〔ˈbanɪ,fes〕龐尼菲斯八世 (1235?-1303, 羅馬教皇)

Bonifacio〔,boniˈfatʃo (義); ,boniˈfasju (葡)〕

Bonifácio〔,bonɪˈfasju〕(葡)

Bonifacius〔,banɪˈfeʃɪəs; ,bonɪˈfatsɪus (德); ,bonɪˈfasɪəs (荷)〕博尼費修斯

Bonifazio〔,bonɪˈfatsjo〕

Bonilla〔boˈnija〕(西)博松拉

Bonin〔boˈnin (德); boˈnæŋ (法)〕波寧

Bonin Islands〔ˈbonɪn~〕波寧群島

Bonington〔ˈbanɪŋtən〕

Bonisteel〔ˈbanɪstil〕博尼斯蒂爾

Bonita〔bəˈnitə〕

Bonivard〔boniˈvar〕(法)

Boniwell〔ˈbanɪwəl〕博尼衛爾

Bon, le〔lə ˈbɔŋ〕(法)

Bonn〔ban〕波昂(西德)

Bonnard〔boˈnar; bɔˈnar (法)〕

Bonnassieux〔bonaˈsjə〕(法)

Bonnat〔bɔ'na〕（法）

Bonne〔ban〕   「（法）

Bonneau de Rubelles〔bɔ'no də rju'bel〕

Bonnechose〔bɔn'ʃoz〕

Bonnel〔'banəl〕

Bonnell〔bə'nɛl〕邦內爾

Bonnemère〔bɔn'mer〕（法）

Bonner〔'banɚ〕邦納

Bonners〔'banɚz〕

Bonnet〔bɔ'ne〕鮑奈（❶Georges, 1889-
1973, 法國從政者及外交家❷Henri, 1888-
1978, 法國歷史學家及外交家）

Bonnétable〔bɔne'tabl〕（法）

Bonnetard〔'bɔntard〕

Bonnett〔'banɪt〕

Bonne Terre〔ban 'ter〕

Bonneval〔bɔn'val〕（法）

Bonnevie〔bɔnnəvi〕

Bonneville〔bɔn'vil〕（法）

Bonnevue〔bɔn'vju〕

Bonney〔'banɪ〕邦尼

Bonnibel〔'banɪbel〕

Bonnie〔'banɪ〕邦尼

Bonnier〔bɔ'nje〕（法）

Bonnière, La〔la bɔnɪ'njer〕（法）

Bonnivard〔bɔnɪ'var〕（法）

Bonnot〔bɔ'no〕（法）

Bonny〔'banɪ〕邦尼（奈及利亞）

Bonnycastle〔'banɪkasl〕

Bonnyman〔'banɪmən〕邦尼曼

Bonnyrigg〔'banɪrɪg〕

Bono〔'bono〕

Bonome〔'banəm〕

Bonomi〔bo'nomɪ〕

Bononcini〔,bonon'tʃini〕

Bononia〔bo'nonɪə〕

Bononiensis〔bo,nonɪ'ensɪs〕

Bonorva〔bo'nɔrva〕

Bonpland〔bɔn'plaŋ〕（法）

Bonsal(l)〔'bansəl〕

Bon Secour〔,ban sə'kur〕

Bonsels〔'banzɛls〕

Bonser〔'bansɚ〕邦瑟

Bonset〔'bɔnsɛt〕

Bonsor〔'bansɚ〕

Bonstetten〔bɔnste'ten〕（法）；
'banʃtetən〕（德）

Bontemps〔bɔn'taŋ〕（法）邦當

Bonthain〔bɔn'taɪn〕

Bonthron〔'banθrən〕

Bontine〔'bantɪn〕邦廷

Bontoc〔bɔn'tɔk〕崩托克（菲律賓）

Bon Ton〔'ban 'tan〕

Bonus〔'bonəs〕

Bonvalot〔bɔŋva'lo〕（法）

Bonvicino〔,bɔnvɪ'tʃino〕

Bonville〔'banvɪl〕

Bonvin〔bɔŋ'væŋ〕（法）

Bonwick〔'banwɪk〕

Bonwill〔'banwɪl〕邦威爾

Bony〔'bonɪ〕（法）

Bonython〔bə'naɪθən ; ban- ; 'banɪθ- ;
-ðən〕邦奈森

Booby〔'bubɪ〕

Boochever〔'butʃevɚ〕布謝弗

Boocock〔'bukak〕布科克

Boodberg〔'budbɚg〕

Boodell〔bu'dɛl〕布德爾

Boodle〔'budl〕

Boog〔bog〕布格

Booher〔'buhɚ〕布赫

Booker〔'bukɚ〕

Bookhout〔'bukaut〕布考特

Bookman〔'bukmən〕布克曼

Bookstaver〔'buksteɚ〕布克斯泰弗

Boole〔bul〕布爾

Boom〔bom〕

Boomer〔'bumɚ〕布默

Boomplaats〔'bumplats〕

Boon(e)〔bun〕布恩

Boonesboro〔'bunzbɚə〕

Boonesborough〔'bunzbɚə〕

Booneville〔'bunvɪl〕

Boonsboro〔'bunzbɚə〕

Boonstra〔'bunstrə〕布恩斯特拉

Boonton〔'buntən〕

Boonville〔'bunvɪl〕

Boord〔bɔd〕布爾德

Boorde〔bɔd〕

Boorlos〔'burlas〕

Boorman〔'burmən〕布爾曼

Boorsch〔bɔrʃ〕

Boorse〔bɔrz〕布爾斯

Boorstin〔'bɔrstɪn〕布爾斯廷

Boos〔bus〕布斯

Boosey〔'buzɪ〕布西

Boot〔but〕

Bootan〔bu'tan〕

Boote〔but〕布特

Boötes〔bo'otiz〕【天文】牧夫座

Booth〔buθ; buð〕

Boothauk〔'buthɔk〕

Boothbay〔'buθbe〕

Boothby〔'buðbɪ〕布思比

Booth-Clibborn〔'buð·'klɪbɔrn〕

Boothe〔buð ; buθ〕布思

Boothia Peninsula〔'buθɪə ~〕布提亞半島
（加拿大）

Booth-Tucker〔'buð·'tʌkə〕

Bootle〔'butl〕

Boots〔buts〕

Boott〔but〕布特

Booz〔'boaz〕

Boozer〔'buzə〕布澤

Bo-peep〔bo·'pip〕

Bophuthatswana〔,boputɑt'swɑnə〕波布
那共和國（南非）

Bopp〔bap〕博普

Boppard〔'bapɑrt〕

Boquerón〔,boke'rɔn〕

Bor〔bɔr〕博爾

Bora〔'bora〕【氣象】布拉風

Bora Bora〔'borə 'borə〕

Borabora〔'borəˌborə〕

Borachia〔bo'ratʃə〕

Borachio〔bo'ratʃɪo ; bo'rakio〕

Borah Peak〔'borə~〕波拉峯（美國）

Boraimhe〔bo'ro ; - 'ru〕(愛)

Boramha〔bo'ro ; -'ru〕(愛)

Boran〔'borən〕

Boraq〔'borak〕

Borås〔bu'ros〕布洛斯（瑞典）

Borbeck〔'borbɛk〕

Borberg〔'borberg〕博伯格

Borbonensis Ager〔,borbo'nɛnsɪs
'edʒə〕

Borbetomagus〔,borbə'taməgəs〕

Borbón〔bor'bɔn〕

Borch〔bortʃ〕博爾奇

Borchard〔'bortʃəd〕博查德

Borchardt〔'borhart〕(德) 博哈特

Borchert〔'borhæt〕(德) 博切特

Borchgrevink〔'borkgrevɪŋk〕(挪)

Borchhorst〔'borhhɔrst〕(德)

Borcke〔'borkə〕

Bord〔bord〕

Borda〔bor'dɑ〕(法)

Borde〔'bord〕

Bordeaux〔bor'do〕波爾多港（法國）

Bordelais〔,bordə'lɛ〕波多黎（法國）

Bordelon〔bordə'lɔŋ〕(法) 博德倫

Borden〔'bordən〕包登（Sir Robert
Laird,1854-1937, 加拿大律師及政治家）

Borders〔'bordəz〕波德兹區（蘇格蘭）

Bordes〔bord〕博德

Bordet〔bor'dɛ〕包爾蒂（Jules, 1870-1961,
比利時細菌學家）

Bordewijk〔'bordəwaik〕

Bordigala〔bor'dɪgələ〕

Bordj-bou-Arréridj〔'bordʒ·bu·-
are'ridʒ〕(法)

Bordj-Ménaïel〔'bordʒ·menɑ'jɛl〕(法)

Bordley〔'bordlɪ〕

Bordö〔'bordə〕

Bordone〔bor'done〕

Bordoni〔bor'donɪ〕

Boré〔bo're〕

Borealis〔borɪ'ælɪs〕

Boreas〔'barɪæs ; 'bor-〕【希臘神話】北風
之神

Boreel〔bɑ'rel〕博雷爾

Boreham〔'borəm〕博勒姆

Borei〔'bure〕

Borel〔bɔ'rel〕

Borel d'Hauterive〔bo'rɛl do'triv〕(法)

Borelli〔bo'rellɪ〕(義)

Boreman〔'bormən〕博爾曼

Borg〔bɔrg〕博格

Borgå〔'bɔrgo〕(瑞典)

Borge〔bordʒ ; 'bɔrgə〕

Borgen〔'bɔrgən〕博根

Borgenicht〔'bɔrgənɪht〕(德)

Borger〔'bɔrgə ; 'borhə (荷) 博格

Borgerhoff〔'bordʒɛrɑf〕

Borgerhout〔'borhəhaut〕(荷)

Borges〔'bɔrhes〕(西)

Borgese〔bor'dʒeze〕

Borghesi〔bor'gezi〕

Borghi-Mamo〔'bɔrgi·'mamo〕

Borgholm〔'bɔrghom〕

Borghorst〔'bɔrkhɔrst〕

Borgia〔'bordʒɪə〕波吉亞（Cesare,1476?-
1507, 義大利樞機主教、軍人、政治家）

Borglum〔'bɔrgləm〕博格勒姆

Borgmann〔'bɔrgmən〕博格曼

Borgnine〔'bɔrgnɪn〕博格寧

Borgo〔'bɔrgo〕

Borgogna〔bor'gonja〕

Borgognone〔,bɔrgo'njone〕

Borgo Grappa〔'bɔrgo 'grappa〕

Borgomanero〔,bɔrgoma'nero〕

Borgoña〔bor'gonja〕

Borgoño〔bor'gonjo〕

Borgo San Donnino〔'bɔrgo 'san
don'nino〕

Borgo San Lorenzo〔'bɔrgo 'san
lo'rentso〕

Borgou〔bɔr'gu〕

Borgo Val di Taro〔'bɔrgo ,val di 'taro〕

Borgu〔'bɔrgu〕

Bori〔'bɔrɪ〕博里

Borie〔bɔ'ri〕

Borinage〔bɔri'naʒ〕(法)

Boring〔'bɔrɪŋ〕博林

Borinquén〔bɔrɪŋ'ken〕

Boris〔'barɪs; 'bɔr-; 'bɔris(保); bʌ'rjis (俄)〕博里斯

Borislav〔bʌ'rjislǝf〕(俄)

Borisoglebsk〔bo,rɪsǝ'glɛpsk; bǝrjɪsʌ-'gljɛpsk〕博里索克列勃斯克(蘇聯)

Borisov〔'bɔrjisǝf〕(俄)

Borisovich〔bʌ'rjisʌvjɪtʃ〕(俄)

Borisovka〔bʌ'rjisǝfkǝ〕(俄)

Borja〔'bɔrha〕(西)

Börjeson〔'bɜrje,sɔn〕

Börjesson〔'bɜrjes,sɔn〕

Borkenau〔'bɔrkǝnau〕

Borkhaya〔bɔr'haja〕(俄)

Borkou〔'bɔrku〕

Borkovec〔'bɔrkɔvets〕

Borku〔'bɔrku〕

Borkum〔'bɔrkum〕

Borlace〔'bɔrlǝs〕博萊斯

Borland〔'bɔrlǝnd〕博蘭

Borlänge〔'bur,lɛŋǝ〕

Borlase〔'bɔrlǝs〕博萊斯

Bormann〔'bɔrman〕

Bormida〔'bɔrmɪdǝ〕

Bormio〔'bɔrmjo〕

Born〔bɔrn〕波恩(Max, 1882-1970,德國物理學家)

Borna〔'bɔrna〕

Börne〔'bɜnǝ〕

Borneil〔bɔr'nej〕(法)

Borneman〔'bɔrnǝmǝn〕

Bornemann〔'bɔrnǝmæn〕博恩曼

Borneo〔'bɔrnɪo〕婆羅洲(馬來西亞;印尼)

Bornet〔bɔr'nɛ〕(法)

Bornholm〔'bɔrnhɔlm〕

Bornhöved〔bɔrn'hɜft〕

Bornier〔bɔr'nje〕(法)

Borno〔'bɔrno〕

Bor Nor〔'bɜ 'nɔr〕

Bornover〔'bɔrnovǝ〕

Bornu〔'bɔrnu〕

Borny〔bɔr'ni〕

Boro〔'bɔro〕

Boroboedoer〔,borobu'dur〕

Borobudur〔,borobu'dur〕

Borodale〔'barǝdel〕博羅代爾

Borodin〔'borǝdin; 'bɔrǝdin; bʌrʌ'djin(俄)〕

Borodino〔,bɔrǝ'dino; bʌrʌdjɪ'nɔ(俄)〕

Boroff〔'bɔraf〕

Borofsky〔bɔ'rafski〕

Boroimhe〔bo'ro; -'ru〕(愛)

Borojević〔'borojevɪtʃ〕(塞克)

Borondon〔bo'randǝn〕

Boronga〔bo'ronga〕

Borongan〔bo'rɔŋan〕博龍甘(菲律賓)

Borotra〔bo'rotrǝ〕

Borough〔'bʌrǝ〕伯勒

Boroughbridge〔'bʌrǝbrɪdʒ〕

Borovichi〔bʌ'rɔvjɪtʃi〕(俄)

Borovsk〔'bɔrǝfsk〕

Borovský〔'bɔrɔfski〕

Borowlaski〔,bɔrɔv'laski〕

Borowski〔bo'rafskɪ〕博羅夫斯基

Borrás〔bɔr'ras〕

Borradaile〔'barǝdel〕

Borre〔bɔr〕

Borrelly〔bɔrre'li; bo'rɛlɪ〕

Borren〔'barǝn〕

Borrett〔'barɪt〕

Borrie〔'barɪ〕

Börries〔'bɜrɪǝs〕

Borrioboola-gha〔,barɪǝ'bulǝ·'ga〕

Borrissoff〔bǝ'risǝf〕

Borromean Islands〔,baro'miǝn~〕

Borromeo〔,boro'meo〕

Borromini〔,boro'mini〕

Borrow〔'baro〕博羅

Borrowdale〔'barodel〕

Borrowes〔'bʌroz〕

Borrows〔'baroz; 'bʌr-〕

Borrowstounness〔bo'nɛs; ,barosto'nɛs〕

Bors de Granis〔bɔrs dǝ 'genɪs〕

Borsippa〔bɔr'sipǝ〕

Borsook〔'bɔrsuk〕博蘇克

Borsodi〔bɔr'sodɪ〕

Borst〔bɔrst〕博斯特

Borstal〔'bɔrstl〕

Bort〔bɔrt; bɔr(法)〕

Borth〔bɔrθ〕博思

Borthwick〔'bɔrθwɪk〕博思威克

Bortin〔'bɔrtɪn〕博廷

Bortner〔'bɔrtnǝ〕

Bortnyanski〔bʌrt'njanskǝɪ〕(俄)

Borton〔'bɔrtn̩〕博頓

Bortz〔bɔrts〕博茨

Boru〔bə'ro；-'ru〕

Borumha〔bə'ro；-'ru〕（愛）

Borwick〔'barık〕博里克

Bory de Saint Vincent〔bɔ'ri də ʃɛŋ væŋ'sɑŋ〕（法）

Borysław〔bɔ'rıslaf〕（波）

Borysthenes〔bo'rısθəniz〕

Borzage〔bɔr'zaʒ；'bɔrzıdʒ〕

Borz de Ganis〔'bɔr də 'gænıs〕

Borzoi〔'bɔrzɔı〕

Borzya〔'bɔrzjə〕博爾集亞（蘇聯）

Bos〔bas；bo（法）〕

Bosa〔'bosa〕

Bosanquet〔'boznkıt〕博贊基特

Bosanski Petrovac〔'bɔsɑnski pɛt'rɔvats〕（塞克）

Bosboom〔'bazbom；'bɔs-〕

Bosboom-Toussaint〔'bazbom,tu'sæŋ〕

Boscán Almogaver〔bas'kan almoga'ver〕

Boscastle〔'bas'kasl〕

Boscawen〔bas'kɔən；-'kɔın；-'kɔın；'baskɔwən〕博思科恩

Bosc d'Antic〔'bɔsk daŋ'tik〕

Bosch〔baʃ〕包士（Karl，1874-1940，德國工業化學家）

Boschen〔'buʃən；'baʃ-〕

Bosco〔'bɔsko〕博斯科

Boscobel〔'baskɔbel〕

Boscoreale〔,bɔskore'ale〕

Boscosel〔bɔskɔ'zel〕

Boscotrecase〔,bɔskotre'kaze〕

Boscovich〔'bɔskovitʃ〕

Bose〔bos；bɔs；bɔf〕包斯（Sir Jagadis Chandre，1858-1937，印度物理學家）

Bosham〔'bazəm〕

Boshell〔'boʃɛl〕博謝爾

Bosher〔'boʒə；-'ʃə〕

Boshes〔'baʃız〕

Boshof〔'bashɔf〕

Bosiljgrad〔'basıljgrad〕

Bosinney〔ba'sını；bəs-〕

Bosio〔,bɔ'zjo；'bɔz-（義）；bɔ'zjo（法）〕

Bosjesmans〔'bɔʃjəsmans〕

Bosk〔bask〕

Boskoop〔'bɔskop〕

Boskop〔'bɔskɔp〕

Bosland〔'bazlənd〕博斯蘭

Boslaugh〔'baslɔ〕博斯勞

Bosley〔'bazlı〕博斯利

Bosna-Hercegovina〔'baznə‧,hɛrtsə-go'vinə〕

Bosnek〔'baznɛk；'bɔs-〕

Bosnia〔'baznıə〕波士尼亞（南斯拉夫）

Bosnia-Herzegovina〔'baznıə-‧,hɛrtsəgo'vinə〕

Bosnisch Brod〔'basnıʃ brot〕

Bosola〔ba'sola〕

Bosora〔ba'sora〕

Bosphorus〔'basfərə s〕

Bosporus〔'baspərəs〕博斯普魯斯海峽（歐洲、亞洲之間）

Bosporus Cimmerian〔'baspərəs sı'mırıən〕

Bosporus Cimmerius〔'baspərəs sı'mırıəs〕

Bosporus Thracius〔'baspərəs 'θreʃıəs〕

Bosque〔'baske；-kı〕

Bosquet〔bas'kɛ〕

Bosra〔'bazrə〕

Boss〔bas〕博斯

Bossard〔'basard〕博薩德

Bossart〔'basart〕

Bosse〔'basə〕

Bosshart〔'bashart〕

Bossi〔'bɔssi〕

Bossier〔'boʒə〕

Bossiney〔ba'sını；bəs-〕

Bossing〔'basıŋ〕博辛

Bossom〔'basəm〕博瑟姆

Bossted〔'bastɛd〕

Bossu, Le〔lə bɔ'sju〕

Bossuet〔ba'swe；bosju'ɛ（法）〕

Bossut〔bɔ'sju〕（法）

Bostian〔'bastʃən〕博思琴

Bostick〔'batık〕博斯蒂克

Bostock〔'bastak〕博斯托克

Boston〔'bɔstən〕波士頓（美國）

Bostra〔'bastrə〕

Boström〔'bustrəm〕（瑞典）

Bostwick〔'bastwık〕博斯特威克

Bosville〔'basvıl〕博斯維爾

Boswall〔'bazwəl〕

Boswell〔'bazwəl〕包斯威爾（James，1740-1795，蘇格蘭律師及作家）

Boswood〔'bazwud〕博斯伍德

Bosworth〔'bazwəθ〕

Botafogo〔butə'fogu〕（葡）

Botaniates〔bo,tænı'etiz〕

Botany Bay〔'batənı~〕植物灣（澳洲）

Bote〔'botə〕

Botein〔,botə'ın〕

Boteler〔'bʌtlɚ; 'botlɚ〕
Boteler, Boehm-〔'bom· 'botlɚ〕
Botelho〔bu'telju〕 〔(巴西)
Botelho, Correia-〔kur'ejə· bu'telju〕
Botelho de Magalhães〔bu'telju ðe
məgəlje'iŋs〕(巴西)
Botero〔bo'tero〕
Botetourt〔'batətət〕
Boteville〔'batvɪl〕
Botha〔'botə〕
Botham〔'baðəm〕博瑟姆
Bothe〔'boðɪ〕波特(Walther, 1891-1957,
德國物理學家)
Bothmer〔'botmɚ〕博特默
Bothnia, Gulf of〔'baθnɪə〕波斯尼亞灣(
波羅的海)
Botho〔'boto〕
Bothwell〔'baθwəl〕
Bothwellhaugh〔'baθwəlhah; 'baðw-(蘇)〕
Botkin〔'batkɪn〕博特金
Boto〔'boto〕
Botocan〔,boto'kan〕
Botocudo〔,boto'kudo〕
Botolph〔'batalf〕
Botolphus〔bə'talfəs〕
Botolphstown〔'batəlfstaun〕
Botoshani〔bato'ʃanɪ〕
Bo Tree〔bo~〕
Botrel〔bɔ'trɛl〕
Botsares〔'bɔtsarɪs〕
Botset〔'bat·sət〕博塞特
Botsford〔'batsfɚd〕博茲福德
Botswana〔bat'swɑnə〕波札那(非洲)
Bott〔bat〕博特
Botta〔'bɑtə; 'bɔtta; tɔ'ta(法)〕
Bottari〔bot'tarɪ〕(義)
Bottcher〔'batʃɚ〕
Böttcher〔'bɚthɚ〕(德)
Bottesini〔,botte'zinɪ〕(義)
Büttger〔'bɚtgɚ; - hɚ(德)〕
Botthof〔'bathaf〕博特霍夫
Botticelli〔,batɪ'tʃɛlɪ〕包提柴里(Sandro,
1444?-1510, 義大利畫家)
Bötticher〔'bɚtɪhɚ〕(德)
Botticini〔batɪ'tʃini〕
Böttiger〔'bɚtɪgɚ〕
Bottin〔bɔ'tæŋ〕(法)
Bottineau〔bat'no〕
Botto〔'bato〕
Bottom〔'batəm〕博頓
Bottomley〔'batəmlɪ〕博頓利
Bottomly〔'batəmlɪ〕博頓利

Bottorff〔'batɔrf〕博托夫
Bottrall〔'batrəl〕博特拉爾
Bottrop〔'batrap〕
Botts〔bats〕博茨
Bottvinnik〔bʌt'vinjɪk〕(俄)
Botucatú〔butukə'tu〕
Botulf〔bə'tʌlf〕
Botulph〔'batəlf; 'botu lf〕
Boturini Benaduci〔,botu'rini ,bena-
'dutʃi〕
Botushani〔,botu'ʃani〕
Botvinnik〔'bɔtvinjɪk〕
Botwood〔'batwud〕博特伍德(加拿大)
Botyov〔'botjof〕(保)
Botzaris〔bot'sarɪs〕
Botzen〔bot'sarɪs〕
Botzen〔'botsən〕
Bötzow〔'bɚtso〕
Bouaké〔bwa'ke〕(法)
bou-Aoukaz, Djebel〔'dʒæbæl ,buau-
'kæz〕
Bou Arada〔bu 'ɑrɑdæ〕
Bouboulina〔,bubu'ljina〕
Boucau〔bu'ko〕
Bouch〔bautʃ〕鮑奇
Bouchard〔bu'ʃar〕(法)布沙爾
Boucharderie, La〔la ,buʃardə'ri〕(法)
Bouché〔bu'ʃe〕
Bouché-Leclercq〔bu'ʃe·lə'klɪr〕(法)
Boucher〔'bautʃɚ; bu'ʃe(法)〕鮑切
Boucher-Desnoyers〔bu'ʃe·denwa'je〕
(法)
Boucherville〔buʃe'vil〕(法)
Bouches-du-Rhône〔buʃ·dju·'ron(法)〕
Bouchet〔bu'ʃe〕(法)
Bouchor〔bu'ʃɔr〕(法)
Boucicault〔'busɪko〕
Boucicaut〔busi'ko〕(法)
Bouciqualt〔'busɪko; ,busɪ'kæl〕
Bouciquaut〔busi'ko〕(法)
Bouck〔bauk〕鮑克
Boucot〔bu'ko〕
Boudet〔bu'dɛ〕(法)
Boudicca〔bu'dɪkə〕
Boudin〔bu'dæŋ〕(法)
Boudinot〔'budno; -dɪnat〕
Boudreau〔'budro〕布德羅
Boué〔bwe〕 〔(法)
Boué de Lapeyrère〔bwe də lape'rɛr〕(法)
Bouet-Willaumez〔bwɛ·vɪjo'mɛz〕(法)
Bouexic〔bwɛk'sik〕
Boufarik〔bufa'rik〕(法)

Bouffard〔'bufɑrd〕布法德
Boufflers〔buf'ler〕(法)
Bouffons〔bu'fɔŋ〕(法)
Bougainville〔'buɡən,vɪl〕❶蒲干維爾(
Louis Antoine de, 1729-1811, 法國航海家)
❷布干維爾島(南太平洋)
Bougaroun〔,buɡə'run〕
Boughey〔'boɪ〕博伊
Boughton〔'bɔtn; 'bautn〕鮑頓
Bougie〔bu'ʒi〕布貝伊(阿爾及利亞)
Bouguer〔bu'ɡɛr ;bo-〕
Bouguereau〔bu'ɡro; 'buɡero〕
Bouhélier〔bue'lje〕(法)
Bouilhet〔bu'je〕(法)
Bouillabaisse〔,bujɑ'bɛs〕
Bouillaud〔bu'jo〕(法)
Bouillé〔bu'je〕(法)
Bouillon〔bu'jɔŋ〕(法)
Bouilly〔bu'ji〕(法)
Bouïra〔,bui'rɑ〕(法)
Bouisson〔bwi'sɔŋ〕(法)
Boulainvilliers〔bulæŋvi'lje〕(法)
Boulanger, Le〔lə bulɑŋ'ʒe〕(法)布朗熱
Boulangism〔bu'lændʒɪzm〕
Boulay〔bu'le〕布萊
Boulby〔'bolbɪ〕
Boulder〔'boldə〕波爾德水壩(美國)
Bouldin〔'boldɪn〕
Boulding〔'boldɪŋ〕博爾丁
Boule〔bul; 'buli〕
Boulea〔bu'lea〕
Boulger〔'boldʒə〕
Boulengé, Le〔lə bulɑŋ'ʒe〕
Boulez〔bu'lɛz〕
Boulgar〔'boldʒə〕
Boulinda〔bu'lɪndə〕
Boullay〔bu'le〕
Boulle〔bul〕
Boulliau〔bu'ljo〕
Boullom〔'buləm〕
Boullongne〔bu'lɔŋj〕(法)
Boulogne〔bu'lon; bu'lɔɪn〕布倫(法國)
Boulogne-Billancourt〔bu'lɔnj·-bijɑŋ'kur〕(法)
Boulogne-sur-Mer〔bu'lɔnj·sjur·fmɛr〕(法)
Boulogne-sur-Seine〔bu'lɔnj·sjur·'sɛn〕(法)
Boulou〔bu'lu〕
Boult〔bolt〕博爾特
Boulter〔'boltə; 'bul-〕博爾特
Boulton〔'boltən〕
Bouly〔'bulɪ; 'baulɪ〕

Bouman〔'bomən〕博曼
Boumphrey〔'bʌmfrɪ〕邦夫里
Bouncer〔'baunsə〕
Bounine〔bun'ɪn〕
Boundary Peak〔'baundərɪ～〕廃德峯(美國)
Bound Brook〔'baund ,bruk〕
Bounderby〔'baundəbɪ〕
Boundou〔bun'du〕
Bounds〔'baundz〕邦茲
Boundy〔'baundɪ〕邦迪
Boun Oum〔'bun 'um〕
Bountiful〔'bauntɪfl〕
Bounty〔'bauntɪ〕
Bouquet〔'buke; bu'ke; bu'kɛ〕(法)
Boura〔'burɑ〕
Bourassa〔burɑ'sa〕(法)布拉薩
Bourail〔bu'raɪ〕
Bourbaki〔bubɑ'ki〕(俄)
Bourbon〔'burbən; bur'bɔŋ〕(法)
Borbonensis Ager〔,bobo'nensɪs 'edʒə〕
Bourbon-Condé〔bur'bɔŋ·kɔŋ'de〕(法)
Bourbon-l'Archambault〔bur'bɔŋ·-larʃɑŋ'bo〕(法)
Bourbonnais〔burbo'ne〕
Bourbonne-les-Bains〔bur'ban·le·'bæŋ〕(法)
Bourbon-Penthievre〔bur'bɔŋ·pæŋ-'tjɛvə〕(法)
Bourbon-Vendés〔bur'bɔŋ·vaŋ'de〕(法)
Bourbourg〔bur'bur〕(法)
Bourchier〔'bautʃə; 'burʃɪe〕鮑切
Bourcicault〔'bursiko〕
Bourdaloue〔burdɑ'lu〕(法)
Bourdeau〔bur'do〕(法)
Bourdeilles〔bur'de〕(法)
Bourdelle〔bur'dɛl〕
Bourdet〔bur'dɛ〕(法)
Bourdillon〔bə'dɪljən; bord-; bor'dɪlən〕鮑迪倫
Bourdin〔bur'dæŋ〕(法)
Bourdon〔bur'dɔŋ〕(法)鮑登
Bourem〔bu'rɛm〕
Bouresches〔bu'rɛʃ〕
Bourg〔bur; bur〕(法)
Bourgade〔bur'ɡad〕(法)
Bourgault-Ducoudray〔bur'ɡo·djuku'dre〕
Bourgelat〔burʒə'la〕(法)
Bourg-en-Bresse〔'bur·aŋ·'brɛs〕(法)

Bourgeois〔buɾˊʒwɑ〕布爾喬亞（Léon
　Victor Auguste,1851-1925,法國政治家）
Bourgerie〔ˊbuɾʒəɾɪ〕布熱里
Bourges〔buɾʒ; buɾʒ（法）〕
Bourget〔‚buɾˊʒɛ〕蒲爾傑（Paul, 1852-1935,
　法國詩人、評論家及小說家）
Bourg-la-Reine〔ˊbuɾ·lɑ·ˊɾɛn〕（法）
Bourg-Madame〔ˊbuɾ·mæˊdæm〕
Bourgogne〔buɾˊɡɔnj〕（法）布戈尼
Bourgoin〔buɾˊɡwæŋ〕（法）布克安
Bourg-Saint-Maurice〔ˊbuɾ·sæŋ·-
　mɔˊɾis〕
Bourguiba〔‚buɾɡɪˊbɑ; buɾˊɡibɑ〕
Bourguignon〔buɾɡiˊnjɔŋ〕（法）
Bourignon〔buriˊnjɔŋ〕（法）
Bourinot〔ˊbuɾɪno〕布里諾
Bourjaily〔buɾˊdʒɛlɪ〕
Bourke〔bɝk〕伯克（澳洲）
Bourke-White〔ˊbɝk·ˊwaɪt〕
Bourlamaque〔buɾlɑˊmɑk〕（法）
Bourlon〔buɾˊlɔŋ〕（法）
Bourmont〔buɾˊmɔŋ〕（法）
Bourne〔buɾn; bɔɾn; bɝn〕
Bournemouth〔ˊbɔɾnməθ〕波茅斯（英格蘭）
Bournes〔bɝnz〕伯恩（斯）
Bournville〔ˊbɔɾnvɪl〕
Bourrienne〔buˊɾjɛn〕（法）
Boursault〔buɾˊso〕（法）
Boursiquot〔ˊbuɾsɪko〕
Bourton〔ˊbɔɾtn〕
Bousbecq〔buzˊbɛk〕
Bouscaren〔busˊkɛɾən; -ˊkæɾ-〕布斯卡倫
Bousebecque〔buzˊbɛk〕
Bouscat〔buˊskɑ〕（法）
Bousfield〔ˊbausfild〕鮑斯菲爾德
Boushall〔ˊbuʃæl〕布歇爾
Bouslog〔ˊbauslɑɡ〕布斯洛格
Boussa〔ˊbusɑ〕
Boussansi〔buˊsɑnsi〕
Bousset〔buˊsɛ〕
Boussingault〔busæŋˊɡo〕（法）
Boussu〔buˊsju〕
Boustead〔ˊbaustɛd〕鮑斯特德
Boutal(l)〔ˊbautl〕（法）
Bouteiller〔buˊtɛje〕（法）
Boutell〔ˊbotɛl〕鮑特爾
Boutelle〔buˊtɛl; ˊbautɛl〕
Boutelleau〔butɛˊlo〕
Boutens〔ˊbautəns〕
Bouterwek〔ˊbutəvɛk〕
Boutet de Monvel〔buˊtɛ də mɔŋˊvɛl〕（法）
Bouteville〔butˊvil〕

Bouteville, de Montmorency-〔də
　mɔŋmɔɾɑŋˊsi butˊvil〕（法）
Boutflour〔ˊbotflauɾ〕
Boutflower〔ˊboflauə; ˊbuf-〕
Bouthillier〔butiˊje〕（法）
Boutin〔ˊbotɪn〕布廷
Boutmy〔butˊmi〕
Bouton〔ˊbautən; ˊbuton; buˊtɔŋ（法）〕
　布頓
Boutroux〔buˊtru〕
Bouts〔bauts〕
Boutwell〔ˊbautwəl; -wɛl〕
Boutwood〔ˊbautwud〕鮑特伍德
Bouvard〔buˊvar〕（法）
Bouvart〔buˊvar〕（法）
Bouveret〔buvˊɾɛ〕（法）
Bouverie〔ˊbuvəɾɪ〕布弗里
Bouverie-Pusey〔ˊbuvəɾɪ·ˊpjuzɪ〕
Bouvet〔ˊbuve〕布維島（南極）
Bouvier〔ˊvuvɪe; buˊviə; buˊvje（法）〕
　布維爾
Bouvines〔buˊvin〕（法）
Bowater〔ˊbowətə〕
Bouvier-O'Cottereau〔buˊvje·ɔkˊtro〕
　（法）
Bouvines〔buˊvin〕
Bovadilla〔‚bovɑˊðilja〕（西）
Bovaird〔ˊboverd〕
Bovard〔boˊvard〕博瓦德
Bovbrizm〔ˊbovəɾɪzm〕
Bovary〔ˊbovɑɾi; ˊbovəɾi〕
Bovell〔ˊbovəl〕博弗爾
Bovenizer〔boˊvɛnɪzə〕博偉尼澤
Boveri〔boˊveri〕博偉里
Bovet〔boˊve〕波費（Daniel, 1907-, 義大利
　生理學家）
Boverton〔ˊbovətən〕
Bovey〔ˊbuvɪ; ˊbovɪ; ˊbʌvɪ〕博維
Bovianum〔‚bovɪˊenəm〕
Bovier, Le〔lə boˊvje〕（法）
Bovill〔ˊbovɪl〕博維爾
Bovingdon〔ˊbʌvɪŋdən; ˊbɑv-〕
Bovonschen〔boˊvɑnʃən〕
Bovril〔ˊbovɾɪl〕
Bow〔bo〕布河（加拿大）
Bow, De〔də ˊbo〕
Bow River〔bo~〕布河（加拿大）
Bowater〔ˊbo‚wɔtə; ˊbauətə〕鮑沃特
Bow Bells〔ˊbo ˊbɛlz〕
Bowbells〔ˊbobɛlz〕
Bowden〔ˊbɔdn; ˊbaudn〕鮑登
Bowdern〔ˊbaudən〕鮑登

Bowdich〔'baʊdɪtʃ〕鮑迪奇
Bowdish〔'baʊdɪʃ〕鮑迪什
Bowditch〔'baʊdɪtʃ〕鮑迪奇
Bowdler〔'baʊdlə〕鮑德勒
Bowdoin〔'bodn〕鮑登
Bowe〔bo〕鮑
Bowell〔'boəl〕鮑厄爾
Bowen〔'boɪn〕鮑恩（澳洲）
Bower〔'baʊə〕鮑爾
Bowerbank〔'baʊəbæŋk〕鮑爾班克
Bowering〔'baʊərɪŋ〕鮑爾林
Bowerman〔'baʊəmən〕鮑爾曼
Bowers〔'baʊəz〕鮑爾斯
Bowery〔'baʊərɪ〕鮑厄里
Bowes〔boz〕鮑斯
Bowes-Lyon〔'boz·'laɪən〕
Bow Fell〔'bo 'fɛl〕
Bowge〔bʊdʒ〕
Bowhill〔'bohɪl〕鮑希爾
Bowides〔'boɪdɪz〕
Bowie〔'baʊɪ; 'bʊɪ; 'boɪ〕鮑伊
Bowker〔'baʊkə〕鮑克
Bowland〔'bolənd〕
Bowler〔'bolə〕鮑爾
Bowlby〔'bolbɪ〕鮑爾比
Bowle〔bol〕
Bowler〔'bolə〕
Bowles〔bolz〕鮑爾斯
Bowley〔'bolɪ; 'baʊlɪ〕鮑利
Bowling〔'bolɪŋ〕鮑林
Bowlker〔'bokə〕
Bowmaker〔'bo,mekə〕
Bowman〔'bomən〕鮑曼
Bowmanville〔'bomənvɪl〕
Bowmer〔'bomə〕
Bowmont〔'bomənt〕鮑蒙特
Bown〔baʊn〕鮑恩
Bowne〔baʊn〕
Bowness〔bo'nɛs〕
Bowra〔'baʊərə〕鮑勒
Bowring〔'baʊərɪŋ〕鮑林
Bowron〔'baʊərən〕鮑倫
Bows〔boz〕
Bowser〔'baʊzə〕鮑澤
Bowtell〔bo'tɛl〕
Bowyer〔'bojə〕鮑耶
Box〔baks〕鮑克斯
Boxall〔'baksɔl〕
Box Butte〔'baks ,bjut〕
Box Elder〔'baks ,ɛldə〕
Boxer〔'baksə〕博克斯
Boxers〔'baksəz〕

Boxmoor〔'baksmʊr〕
Boxtel〔'bakstəl〕
Boy〔boɪ〕博伊
Boyacá〔,boja'ka〕
Boyadzhiev〔bo'jadʒɪʃɛf〕(保)
Boyana〔'bajana〕
Boyce〔'boɪs〕鮑伊斯
Boychuk〔'boɪtʃək〕博伊丘克
Boycott〔'boɪkət; -kat〕博伊科特
Boyd〔boɪd〕
Boyd-Orr〔'boɪd'ɔr〕波義奧爾（Sir John,
    1880-1971, 蘇格蘭農學家）
Boydell〔'boɪdɛl〕博伊德爾
Boyden〔'boɪdn〕波義登（Seth, 1788-1870,
    美國發明家）
Boyd's〔boɪdz〕
Boydton〔'boɪdtən〕
Boye〔'bojə; bɔ'ji〕博野（河北）
Boyé〔bɔ'ji〕
Boy-Ed〔'bɔɪ·'et〕
Boyen〔'boɪən〕博延
Boyer〔'boɪə; bwa'je (法)〕博耶
Boyer d'Agen〔bwa'je da'ʒæŋ〕(法)
Boyertown〔'boɪətaʊn〕
Boyesen〔'boɪəsn〕博伊森
Boyesku〔ba'jesku〕
Boyet〔bɔɪ'et; bwa'je; bwa'je (法)〕
Boyis〔boɪs〕
Boykin〔'boɪkɪn〕博伊金
Boylan〔'boɪlən〕博伊蘭
Boyland〔'boɪlənd〕博伊蘭
Boyle〔bɔɪl〕波義耳（Robert, 1627-1691,
    英國物理學家及化學家）
Boyles〔'boɪlz〕博伊爾斯
Boylesve〔bwa'lɛv〕(法)
Boylston〔'boɪlstən〕
Boyne〔boɪn〕博伊恩
Boynton〔'boɪntən〕博因頓
Boyron〔bwa'rɔŋ〕(法)
Boys〔boɪs〕
Boysen〔'boɪsən〕
Boythorn〔'boɪθɔrn〕
Boz〔baz; boz〕
Bozburun〔,bozbu'run〕
Bozcaada〔'bozdʒa·a'da〕
Bozeman〔'bozmən〕博茲曼
Bozen〔'botsən〕
Božena〔'boʒena〕(捷)
Božidar〔'boʒidar〕(捷)
Bozman〔'bazmən〕博茲曼
Bozorth〔'bazəθ〕博佐思
Bozrah〔'bazrə〕

Bozzaris 〔bo'zærɪs; 'bɔtsɑrɪs（古希））
Bozzy 〔'bazɪ〕
Braadland 〔'brɑdlənd〕
Braasch 〔brɑʃ〕布拉希
Bra 〔brɑ〕
Braak 〔brɑk〕
Brabant 〔brə'bænt; 'brɑbənt; brɑ'bɑnt
（荷、法蘭德斯））
Brabantio 〔brə'bæntɪo; brə'bænʃɪo;
brə'bænʃɪo〕
Brabazon 〔'bræbəzn〕布拉巴宗
Brabazon, Moore-〔'mur·'bræbəzn〕
Brabbler 〔'bræblə〕
Brabin 〔'brebɪn〕
Brabourne 〔'brebən; 'breburn;
'brebɔrn〕布雷伯恩
Braby 〔'brebɪ〕
Brač 〔brɑtʃ〕（塞克）布雷斯
Bracara Augusta 〔'brækərə ɔ'gʌstə〕
Bracciano 〔brɑt'tʃɑno〕（義）
Braccio 〔'brɑttʃo〕
Braccio da Montone 〔'brɑttʃo dɑ
mon'tone〕（義）
Bracciolini 〔,brɑttʃo'linɪ〕（義）
Brracco 〔'brɑkko〕（義）
Brace 〔bres〕
Bracebridge 〔'bresbrɪdʒ〕
Bracegirdle 〔'bres,gɜdl〕
Braceland 〔'bresland〕布雷斯蘭
Brach 〔brætʃ; brɑtʃ〕
Bracher 〔'bretʃə〕
Brachet 〔brɑ'ʃɛ〕（法）
Brachiano 〔,brɑtʃɪ'ɑno〕
Bracht 〔brɑxt〕（德）
Brachvogel 〔'brɑhfogəl〕（德）
Brachylogus 〔bræ'kɪlogəs〕
Bracidas 〔'bræsɪdəs〕
Brack 〔bræk〕布拉克
Bracken 〔'brækən〕布拉肯
Brackenberry 〔'brækənbərɪ〕布拉肯白里
Brackenbury 〔'brækənbərɪ〕布拉肯伯里
Brackenridge 〔'brækənrɪdʒ〕布拉肯里奇
Brackett 〔'brækɪt; -ket〕布拉克特
Brackettville 〔'brækɪtvɪl〕
Brackman 〔'brækmən〕布拉克曼
Bracknell 〔'bræknəl〕
Brackwede 〔'brɑk,vedə〕
Bracq 〔brɑk〕（法）
Bracquemond〔'brɑk'mɔŋ〕（法）
Bracton 〔'bræktən〕布拉克頓
Bracy 〔'bresɪ〕布雷希
Bradamant 〔'brædəmənt〕

Bradamante 〔,brɑdɑ'mɑnte〕
Bradano 〔brɑ'dɑno〕
Bradbrrk 〔'bræbruk〕
Bradburn 〔'brædbən〕
Bradbury 〔'brædbərɪ〕布拉德伯里
Bradby 〔'brædbɪ〕
Braddell 〔'brædəl〕布拉德爾
Braddock 〔'brædək〕布拉多克
Braddon 〔'brædn〕布拉登
Brade 〔bred〕
Brademas 〔'bredməs〕布拉德馬斯
Braden 〔'bredən〕布雷登
Bradfield 〔'brædfild〕布拉德菲爾德
Bradford 〔'brædfəd〕❶布萊德（Gamaliel,
1863-1932, 美國傳記作家）❷布拉福（英格蘭）
Bradford on Avon〔'brædfədən 'evən〕
Bradgate 〔'brædgɪt〕
Brading 〔'bredɪŋ〕
Bradlaugh 〔'brædlɔ〕布拉德洛
Bradlaw 〔'brædlɔ〕布拉德洛
Bradlee 〔'brædlɪ〕布拉德利
Bradley 〔'brædlɪ〕布萊德雷
Bradman 〔'brædmən〕布萊德曼（❶Francis
Herbert, 1846-1924, 英國哲學家❷Henry,
1845-1923, 英國語言學家, 辭典編纂者）
Bradnack 〔'brædnək〕布萊德納克
Bradner 〔'brædnə〕
Bradshaw 〔'brædʃɔ〕
Bradstock 〔'brædstɑk〕
Bradstreet 〔'bræd,strit〕布萊德斯特律
（Anne, 1612?-1672, 美國殖民時期女詩人）
Bradwardine 〔'brædwədin〕布拉德沃丁
Bradway 〔'brædwe〕布拉德衛
Bragarnick 〔'brægənɪk〕
Bradwell 〔'brædwɛl〕布拉德衛爾
Brady 〔'bredɪ〕布雷迪
Braekeleer 〔'brɑkələr〕（法蘭德斯）
Braemar 〔bre'mɑr〕
Braeme 〔brem〕
Braeriach 〔,breə'rɪək; ,breə'rɪəh（蘇））
Braga 〔'brɑgə（葡）; 'brɑgɑ（義））
Bragado 〔brɑ'gɑðo〕（西）
Bragança 〔brɑ'gæŋsə〕（葡）
Braganca 〔brɑ'gɑnkɑ〕布拉干薩（巴西）
Braganza 〔brə'gænzə〕
Bragdon 〔'brægdən〕
Bragg 〔bræg〕布萊格（Sir William
（Henry）, 1862-1942, 與其子 Sir（William）
Lawrence, 1890-1971, 同為英國物理學家）
Braggadocchio 〔,brægə'dotʃɪo〕
Bragi 〔'brɑgi〕
Braginton 〔'brægɪntən〕布拉金頓

Bragmardo〔bræg'mardo〕

Bragonier〔brɑ'gɔnɪə〕布拉戈尼爾

Braham〔'breəm〕布雷厄姆

Brahan〔brɔn〕

Brahany〔bre'henɪ; 'brɔnɪ〕布雷黑尼

Brahe〔'brahə; 'bra〕

Brahm〔bram〕布拉姆

Brahma〔bramə〕

Brahmagupta〔'brʌmə'guptə; ,bramə'guptə〕

Brahman〔'bramən〕

Brahmana〔'bramənə〕

Brahmanbaria〔,bramən'barɪə〕

Brahmani〔'bramənɪ〕

Brahmaputra〔,bramə'putrə〕雅魯藏布江（印度；中國）

Brahmasabha〔,bramə'sabhə〕

Brahmasamaj〔,bramənsə'madʒ〕

Brahmin〔'bramɪn〕

Brahmiyasamaj〔,bramɪjəsə'madʒ〕

Brahmosomaj〔,bramosə'madʒ〕

Brahms〔bramz〕布拉姆斯（Johannes, 1833-1897, 德國作曲家及鋼琴家）

Braid〔bred〕布雷德

Braidwood〔'bredwʊd〕布雷伍德

Brăila〔brə'ila〕（羅）

Braille〔brel〕布雷爾（Louis, 1809-1852, 法國盲人教師）　　　　「（俄）〕

Brailowsky〔braɪ'lɔfskɪ; brʌɪ'lɔfskəɪ〕

Brailsford〔'brelsfəd〕布雷斯福德

Brain〔bren〕布雷恩

Brainard〔'brenəd〕布雷納德

Brain〔bren〕布雷恩

Braine-l'Alleud〔bren·la'lə〕（法）

Braine-le-Comte〔bren·lə·'kɔ̃t〕（法）

Brainerd〔'brenəd〕布雷納德

Braintree〔'brentri〕布倫特里

Brais〔bres〕布雷斯

Braisted〔'brestɛd〕布雷斯特德

Braith〔braɪt〕

Braithwaite〔'breθwet〕布雷思衛特

Brake〔brek; 'brakə（德）〕布雷克

Brakefield〔'brekfild〕

Brakeley〔'breklɪ〕布雷克利

Brakenbury〔'brækənbərɪ〕

Brakenridge〔'brækənrɪdʒ〕

Bräker〔'brekə〕

Braklond〔'bræklənd〕

Brakpan〔'brækpæn〕

Braley〔'brelɪ〕布雷利

Bralsford〔'brælsfəd〕

Bram〔bræm〕布拉姆

Bramah〔'bramə; 'bræmə〕布拉默

Bramante〔bra'mante〕布拉曼德（Donato d'Agnolo, 1444-1514, 義大利建築家）

Bramantino, Il〔il ,braman'tino〕

Brambach〔'brambah〕（德）

Brambanan〔bram'banan〕

Brambauer〔'brambaʊə〕

Brambel(l)〔'bræmbel〕布蘭貝爾

Brambilla〔bram'billa〕（義）

Bramble〔'bræmbl〕

Brameld〔'bræmə̃ld〕布拉梅爾德

Bramhall〔'bræmhɔl〕布拉姆霍爾

Bramham〔'bræməm〕

Bramlette〔bræm'lɛt〕

Bramley〔'bræmlɪ〕布拉姆利

Bramleys〔'bræmlɪz〕

Brammell〔'bræməl〕布拉梅爾

Brammer〔'bræmə〕布拉默

Brampton〔'bræmptən〕

Bramson〔'bræmsn̩〕

Bramstead〔'bræmstɛd〕

Bramston〔'bræmstən〕

Bramuglia〔bra'mulia〕

Bramwell〔'bræmwəl〕布拉姆衛爾

Bramwell-Both〔'bræmwəl·buθ〕

Bran〔bræn〕

Branamour〔'brænəmur〕布拉納穆爾

Brancaleone〔'braŋkale'one〕

Branch〔brantʃ〕布蘭奇

Branchidae〔'bræŋkɪdɪ〕　　　　「（葡）

Branco, Castello-〔kəʃ'tɛlu·'vræŋku〕

Branco, Rio〔'riu 'vræŋku〕（葡）

Brancuşi〔'braŋkuʃ〕（羅）

Brand〔brænd〕布蘭德

Brandan〔'brændən〕

Brande〔brænd〕布蘭德

Brandegee〔'brændədʒi〕

Brandeis〔'brændaɪs〕布蘭戴斯（Louis Dembitz, 1856-1941, 美國法學家）「德國〕

Brandenburg〔'brændən,bɔg〕勃蘭登堡

Brandenburg-Cüstrin〔'brandənburk--kjʊs'trin〕（德）

Brander〔'brændə〕布蘭德

Brandes〔'brandɛs; -dəs〕布朗德斯（Georg Morris Cohen, 1842-1927, 丹麥批評家）

Brandhorst〔'bræ̃ndhɔrst〕布蘭德霍斯特

Brandi〔'brændɪ〕布蘭迪

Brandiamante〔,brandja'mante〕

Brandimarte〔,brandi'marte〕

Brandin〔'brændɪn〕布蘭丁

Brandis〔'brandɪs〕

Brandl〔'brandl;'bræn-〕

Brandli〔'brændlɪ〕布蘭德利

Brandly〔'brændlɪ〕

Brando〔'brændo〕布蘭多

Brandon〔'brændən〕布蘭登(加拿大)

Brandram〔'brændrəm〕

Brandreth〔'brændrɪθ;-drɛθ〕布蘭德雷思

Brand(t)〔brant〕布蘭特

Brandts-Buys〔'brants-'bɔɪs〕(荷)

Brandywine〔'brændɪ,waɪn〕

Branegan〔'brænɪgæn〕布蘭尼根

Branetzki〔bra'netski〕

Branford〔'brænfəd〕布蘭幅德

Branham〔'brænhæm〕

Brangäne〔'brangenə〕

Brangton〔'bræŋtən〕

Brangwaine〔'bræŋwen〕

Brangwayne〔'bræŋwen〕

Brangwens〔'bræŋgwɪnz〕

Brangwyn〔'bræŋwɪn〕布朗溫

Branicki〔bra'nitski〕(波)

Branigan〔'brænɪgæn〕布蘭尼根

Braniewo〔bran'jevɔ〕

Branin〔'brænɪn〕

Branko〔'branko〕

Brankov〔'brænkav〕

Branković〔'brankovɪtʃ;'branko,vitj〕(塞克)〕

Branksome〔'bræŋksəm〕

Branly〔braŋ'li〕

Brann〔bræn〕

Brannan〔'brænən〕布蘭南

Brannen〔'brænən〕

Branner〔'brænɚ〕布蘭納

Brnnigan〔'brænɪgæn〕布蘭尼根

Brannon〔'brænsn̩〕布蘭能

Branom〔'brenɑm〕布拉諾姆

Branscom〔'brænskəm〕

Branscombe〔'brænskəm〕布蘭斯科姆

Bransford〔'brænsfəd〕布蘭斯幅德

Branson〔'brænsn̩〕布蘭森

Branston〔'brænstən〕布蘭斯頓

Brant〔brænt;brant〕(德)布蘭特

Brantas〔'bræntəs〕

Brantford〔'bræntfəd〕

Branting〔'brantɪŋ〕布蘭庭(Karl Hjal-mar,1860-1925,瑞典政治家)

Brantley〔'bræntlɪ〕布蘭特利

Brantôme〔braŋ'tom〕

Branton〔'bræntn̩〕

Brant Pontes〔'brænt 'pontɪs〕

Brantz〔brænts〕布蘭茨

Branville〔'brænvɪl〕

Branwell〔'brænwəl;-wel〕布蘭衛爾

Branwen〔'brænwɛn〕

Branwhite〔'brænwaɪt〕布蘭懷特

Braose〔broz〕

Braque〔brak〕布拉克(Georges,1882-1963,法國畫家)

Brascassat〔braska'sa〕(法)

Brasch〔bræsk〕布拉施

Braschi〔'braski〕

Bras de Fer〔'bra də 'fer〕(法)

Bras d'Or〔,bræ 'dɔr;bra'dɔr(法)〕

Brasenose〔'breznoz〕

Brashares〔bre'ʃerz〕布拉謝爾斯

Brashear〔brə'ʃɪr〕布拉希爾

Brasher〔'breʃɚ;'bræʃɚ〕布拉舍

Brashov〔bra'ʃɔv〕

Brasidas〔'bræsɪdəs〕

Brasil〔brə'zil;bra'sil〕巴西(南美洲)

Brasilia〔brə'ziljə〕巴西利亞(巴西)

Braskamp〔'bræskæmp〕布拉斯坎普

Braslau〔'bræslau〕

Brasnett〔'bræsnɪt〕布拉斯尼特

Brasol〔'brezol〕

Braşov〔bra'ʃɔv〕(羅)

Brass〔bras〕布拉斯

Brasschaat〔bras'hat〕(荷)

Brasschaet〔bras'hat〕(法蘭德斯)

Brasseur〔bra'sɚ〕(法)

Brassey〔'bræsɪ〕布拉西

Brassin〔bra'sæŋ〕(法)

Brassington〔'bræsɪŋtən〕布拉辛頓

Brassó〔'braʃʃo〕(匈)

Bratby〔'brætbɪ〕

Brathwait(e)〔'breθwet〕布拉斯衛特

Brathwayte〔'breθwet〕

Brătianu〔brʌti'anu〕(羅)   「(捷克)

Bratislava〔,brætə'slavə〕伯拉第斯拉瓦

Bratney〔'brætnɪ〕布拉特尼

Bratsberg〔'bratsbærj〕(挪)

Bratt〔bræt〕布拉特

Brattain〔'brætn̩〕布拉敦(Walter Houser,1902-,美國物理學家)

Brattia〔'brætɪə〕

Brattle〔'brætl〕布拉特爾

Brattleboro〔'brætlbərə〕

Bratton〔'brætən〕布拉頓

Braucher〔'brɔʊkə〕布勞克
Brauchitsch〔'braʊhɪtʃ〕(德)
Braude〔'braʊdɪ〕布勞德
Braué〔brɔ'we〕
Brauer〔'braʊə〕布勞爾
Braughing〔'bræfɪŋ〕
Braulio〔'braʊljo〕
Braun〔braʊn〕布朗(❶ Karl Ferdinand,
 1850-1918, 德國物理學家❷ Wernher von,
 1912-1977, 歸化美國的德國火箭工程師)
Braunau am Inn〔'braʊnaʊ am 'ɪn〕
Braune〔'braʊnə〕
Braund〔braʊnd〕布朗德
Brauner〔'braʊnər〕
Braunfels〔'braʊnfɛls〕
Braunholtz〔'braʊnhalts〕布朗霍爾茨
Braunsberg〔'braʊnsbɛrk;-bəg〕
Braunschweig〔'braʊnʃvaɪk〕
Braunstein〔'braʊnstin〕布朗斯坦
Braunston〔'brɔnsn;'bran-〕
Brauronia〔brɔ'ronɪə〕
Brauwer〔'braʊwə〕
Brava〔'brava;-və〕布臘伐(索馬利亞)
Braverman〔'brevəmən〕布雷弗曼
Bravington〔'brævɪŋtən〕
Bravo〔'bravo〕布拉沃
Bravo-Murillo〔'bravo·mu'riljo〕
Brawe〔'bravə〕
Brawley〔'brɔlɪ〕布勞利
Brawne〔brɔn〕
Brawner〔'brɔnə〕布勞納
Braxton〔'brækstən〕布拉克斯頓
Bray〔bre〕布雷
Braybrooke〔'brebrʊk〕布雷布魯克
Braye〔bre〕布雷利
Brayfield〔'brefild〕
Brayman〔'bremən〕布雷曼
Brayne〔bren〕布雷恩　　　　　「(法)
Bray-sur-Somme〔'bre·sjur·'sɔm〕
Brayton〔'bretən〕布雷頓
Braz〔bra(法);braʃ(葡);bras(巴西)〕
Brazeau〔brə'zo〕
Brazen〔'brezən〕
Brazendale〔'brezndel〕
Brazenhead〔'breznhed〕
Brazier〔'brezɚ〕布雷熱
Brazil〔brə'zɪl〕巴西(南美洲)
Brazo Casiquiare〔'braso ,kasi'kjare〕
Brazoria〔brə'zɔrɪə〕
Brazos〔'bræzəs〕布拉佐斯河(美國)
Braz Pereira Gomes〔'bras pə'rerə
 'gomɪs〕(巴西)

Brazza〔'brattsa(義);bra'za(法)〕
Brazza Savorgnani〔'brattsa ,savor-
 'njani〕
Brazzaville〔'bræzə,vɪl〕布拉薩市(剛果)
Brazzi〔'bratsɪ;'brattsɪ(義)〕
Breadalbane〔brə'dɔlbən;brə'dælbən〕
 布雷多爾本
Breakey〔'brekɪ〕布雷基
Breaks〔breks〕布雷克斯
Breakspear〔'brekspɪr〕布雷克斯皮爾
Bréal〔bre'al〕(法)
Brealey〔'brɪəlɪ〕
Bream〔brim〕布里姆
Breamore〔'bremə〕
Breasted〔'brestɪd〕布萊斯堤德(James
 Henry, 1865-1935, 美國東方學家、歷史學家及
 考古學家)
Breathitt〔'brɛθɪt〕
Breaux〔bro〕布魯
Breazeale〔bri'zil〕布雷齊爾
Brebes〔'brebəs〕
Brébeuf〔bre'bəf〕
Brebner〔'brɛbnə〕布雷布納
Brécey〔bre'se〕　　　　　　　「(法)
Brèche-de-Roland〔'brɛʃ·də·rɔ'lan〕
Brechin〔'brikɪn;'brihɪn(蘇)〕布里金
Brechler〔'brɛklə〕
Brechou〔brə'ʃu〕
Brecht〔brɛht〕(德)布雷赫特
Brecin〔bre'sin〕
Breck〔brɛk〕布雷克
Breckenridge〔'brɛknrɪdʒ〕布雷肯里奇
Breckinridge〔'brɛkɪnrɪdʒ〕布雷肯里奇
Brecknock〔'brɛknak;-nək〕布雷克諾克
Brecknockshire〔'brɛknak,ʃɪr〕布勒克諾
 郡(威爾斯)
Brecksville〔'brɛksvɪl〕
Břeclav〔'brʒɛtslaf〕(捷)
Brecon〔'brɛkən〕布雷肯
Breconshire〔'brɛkənʃɪr〕
Breda〔bre'da〕　　　　　　　「(南非)
Bredasdorp〔brɛ'dasdɔrp〕布雷達斯多普
Bredbury and Romiley〔'brɛdbərɪ ən
 'ramɪlɪ〕
Breder〔'bridə〕布里德
Brickell〔'brɪkl〕
Bredero〔'bredəro〕
Brederode〔'bredə,rodə〕
Bredichin〔brjɪ'djitʃɪn〕(俄)
Bredig〔'bredɪh〕(德)
Bredon〔'bridən〕布雷登
Bredow〔'bredo〕

Brée〔bre〕
Breech〔britʃ〕布里奇
Breecher〔'britʃə〕布里切
Breed〔brid〕
Breede〔'bridə〕布里德
Breeden〔'bridṇ〕布里登
Breeding〔'bridɪŋ〕布里丁
Breedlove〔'bridləv〕
Breed's Hill〔bridz~〕
Breen〔brin〕布林
Breer〔brɪr〕布里爾
Breese〔'briz〕布里斯
Breeskin〔'brɪskɪn〕布里斯金
Bref〔brɛf〕
Brefeld〔'brefɛlt〕
Brega〔'bregɑ〕
Bregendahl〔'brɪgəndɑl〕
Brgenz〔'bregɛnts〕
Bregenzer Wald〔'bregɛntsə ,valt〕
Bregman〔'brɛgmən〕布雷格曼
Bréguet〔brə'ge;bre'ge (法)〕
Brehm〔brem〕布雷姆
Brehon〔'brɪhən;'brɪən〕布里恩
Breiby〔'braɪbɪ〕布賴比
Breidenstine〔'braɪdənstaɪn〕
Breidenthal〔'bredəntal〕
Breidi〔'breðɪ〕(冰)
Breines〔'braɪnes〕布賴內斯
Breingan〔'brɪŋən〕
Breining〔'brenɪŋ;brɪ'aɪnɪŋ〕布雷寧
Breinlinger〔'braɪnlɪŋə〕
Breisach〔'braɪzɑh〕(德)
Breisgau〔'braɪsgau〕
Breislak〔'braɪslæk;'breislɑk (義)〕
Breit〔braɪt〕布萊特 (Gregory, 1899- ,
    美國物理學家)
Breitel〔braɪ'tɛl〕布賴特爾
Breitenbach〔'braɪtənbæk〕布賴滕巴赫
Breitenfeld〔'braɪtənfɛlt〕(德)
Breitenstein〔'braɪtənstaɪn〕布賴滕斯坦
Breithaupt〔'braɪthaupt〕布萊特豪普特
Breithorn〔'braɪthɔrn〕
Breithut〔'braɪthut〕
Breitinger〔'braɪtɪŋə〕
Breitkoft〔'braɪtkɑft〕
Breitmann〔'braɪtmən;-mɑn (德)〕
Breitner〔'braɪtnə〕
Breitwieser〔'brɪtwizə〕布萊特衛澤
Brekelenkam〔'brekələnkɑm〕
Brema〔'bremə〕
Brembeck〔'brɒmbɛk〕
Bremen〔'bremən〕不來梅 (德國)

Bremer〔'brimə;'bremə〕布雷默
Bremerhaven〔'brɛmə,hevən〕不來梅港
    (德國)
Bremerton〔'brɛmətən〕
Bremmer〔'brɛmə〕
Bremner〔'brɛmnə〕布雷姆納
Bremond〔brə'mɒn〕(法)
Bren〔brɛn〕
Brenainn〔'brɛnɪn〕(愛)
Brenan〔'brɛnən〕布雷南
Brenda〔'brɛndə〕布倫達
Brendan〔'brɛndən;-dæn〕布倫丹
Brendel〔'brɛndəl〕
Brendle〔'brɛndḷ〕
Brenel〔brə'nɛl〕
Brenet〔brə'ne〕(法)
Brenets〔brə'ne〕(法)
Brengwin〔'brɛŋwɪn〕
Brenham〔'brɛnəm〕
Brennaburg〔'brɛnnɑburk〕
Brennan〔'brɛnə n〕布倫南
Brennecke〔'brɛnekə〕布倫內克
Brenneman〔'brɛnəmən〕布倫尼曼
Brennen〔'brɛnən〕布倫南
Brenner Pass〔'brɛnə~〕布里納山口
    (歐洲)
Brenneville〔brɛn'vil〕
Brennglas〔'brɛnglɑs〕
Brennoralt〔brɛ'nɔrəlt〕
Brennus〔'brɛnəs〕
Brent〔brɛnt〕布倫特
Brenta〔'brɛntɑ〕
Brentano〔brɛn'tɑno〕布倫塔諾
Brentford〔'brɛntfəd〕布倫特福德
Brenthe〔'brɛnθə〕
Brentnall〔'brɛntnəl〕布倫特納爾
Brenton〔'brɛntən〕布倫頓
Brentwood〔'brɛntwud〕布倫特伍德
Brenz〔brɛnts〕
Brer〔brə〕
Brera〔'brerɑ〕
Brereley〔'brɪrlɪ〕
Brereton〔'brɪrtṇ〕
Br'er Rabbit〔brə 'ræbɪt〕
Bres〔bres〕布雷斯
Brescia〔'breʃɑ〕
Breshko-Breshkovskaya〔'brje ʃkɔ·-
    brjɪʃ'kɔfskʌjʌ〕(俄)
Breshkovskaya〔brjɪʃ'kɔfskʌjʌ〕(俄)
Breshkovsky〔brɛʃ'kɔfskɪ〕
Breskens〔'brɛskəns〕
Brescianino〔,breʃɑ'nino〕

Breslau〔'brɛs,laʊ;-lɔ〕布勒斯勞(波蘭)
Breslin〔'brɛslɪn〕布雷斯林
Bresnahan〔brɛs'nehən〕
Bress〔brɛs〕布雷斯
Bressano〔brɛs'sɑno〕(義)
Bressanone〔bressɑ'none〕(義)
Bressant〔brɛ'sɑŋ〕(法)
Bresse〔brɛs〕
Bresslau〔'brɛslaʊ〕布勒斯勞(波蘭)
Bressler Gianoli〔'brɛslə·dʒɑ'nolɪ〕
Bressin〔brɛ'sæŋ〕(法)
Bresson〔brɛ'sɔŋ〕(法)
Bressoux〔brɛ'su〕(法)
Bressuire〔brɛsju'ir〕(法)
Brest〔brɛst〕布勒斯特(法國;蘇聯)
Brest Litovsk〔'brɛst lɪ'tɔfsk〕.
Bret〔brɛt〕布雷特
Bretagne〔brə'tanj〕不列塔尼(法國)
Breteuil〔brə'tɚ〕(法)
Bretayne〔brɛ'tenə〕
Bretcher〔'brɛtʃə〕
Bretherton〔'brɛðətən〕布雷瑟頓
Brétigny〔breti'nji〕(法)
Bretland〔'brɛtlənd〕布雷特蘭
Breton〔'brɛtn̩〕布萊頓(André,1896-1966,
    法國超現實主義詩人)
Breton Woods〔'brɛtən'wʊdz〕
Bretón y Hernández〔bre'ton ɪ
    ɛr'nɑnde0〕(西)
Bretonne〔brə'tan〕
Bretonneau〔brɔtɔ'no〕(法)
Bretschneider〔'brɛt·,ʃnaɪdə〕
Bret(t)〔brɛt〕布雷特
Brettagh〔'brɛtə〕
Bretten〔'brɛtən〕
Brettingham〔'brɛtɪŋəm〕布雷丁厄姆
Bretton〔'brɛtən〕
Bretwalda〔brɛt'wɔldə;'brɛt,wɑldə〕
Breuckelen〔'brɚkələn〕
Breuer〔'brɔɪə〕布魯爾
Breughel〔'brɔɪgəl〕
Breuil〔brɚj〕(法)布羅伊爾
Breul〔brɔɪl〕
Breval〔'brevəl〕布雷瓦爾
Brevard〔brə'vard〕布雷瓦德
Brévent〔bre'vɑŋ〕(法)布雷維特
Breviarium Alaricanum〔,brivɪ'ɛrɪəm
    ə,lærɪ'kenəm〕
Břevnov〔'brʒɛsnɑf〕(捷)
Brevoort〔brə'vɔrt〕布雷武特
Brew〔bru〕布魯
Brewer〔'bruə〕布魯爾

Brewerton〔'bruətən〕布魯爾頓
Brewington〔'bruɪŋtən〕布魯因頓
Brewis〔'bruɪs〕布魯伊斯
Brewnow〔'brɛvno〕
Brewster〔'brustə〕布魯斯德(William,
    1567-1644,開發美國之清教徒)
Brewston〔'brustən〕
Brewton〔'brutən〕布魯頓
Breyer〔'breə〕布雷耶
Brézé〔bre'ze〕
Brezhnev〔'brɛʒ,nɛf〕布里茲涅夫(Leonid
    Ilyich,1906-1982,並於1960-64和1977-82
    爲蘇俄元首)
Březina〔'brʒɛʒɪnɑ〕(捷)
Bri〔bri〕
Brialmont〔brial'mɔŋ〕(法)
Brian〔'braɪən;brin(愛);brɪ'ɑŋ(法)〕
    布賴恩
Brian Boroimhe〔brin bo'ru〕(愛)
Briana〔braɪ'ænə;braɪ'enə〕
Brianchon〔briɑŋ'ʃɔŋ〕(法)
Briançon〔briɑŋ'sɔŋ〕(法)
Briand〔'briand〕白里安(Aristide,1862-
    1932,法國政治家)
Briansk〔brɪ'ænsk〕
Brianza〔brɪ'ɑntsɑ〕
Briard〔brɪ'ar〕(法)
Briareus〔braɪ'ɛrɪəs〕
Brice〔braɪs〕布賴斯
Briceno〔brɪ'seno〕
Bricie〔'braɪsɪ〕布里西
Brick〔brɪk〕布里克
Bricken〔'brɪkn̩〕布里肯
Bricker〔'brɪkə〕布里克
Brickhill〔'brɪkhɪl〕布里克希爾
Brickman〔'brɪkmən〕布里克曼
Brickwedde〔'brɪkwɛd〕布里克衛德
Brickwood〔'brɪkwʊd〕布里克伍德
Bride〔braɪd〕布賴德
Bridenbaugh〔'braɪdn̩bɔ〕布里登博
Bridgehead〔'braɪdzhed〕
Bridewell〔'braɪdwəl;-wɛl〕布賴德衛爾
Bridge〔brɪdʒ〕布里奇
Bridgeburg〔'brɪdʒbəg〕
Bridgeford〔'brɪdʒfəd〕布里奇福德
Bridgehampton〔,brɪdʒ'hæmptən〕
Bridgeman〔'brɪdʒmən〕布里奇曼
Bridgend〔brɪ'dʒend〕
Bridgenorth〔'brɪdʒnɔrθ〕
Bridgeport〔'brɪdʒpɔrt〕布里季波特(美國)
Bridger〔'brɪdʒə〕布里杰
Bridgers〔'brɪdʒəz〕

Bridgerule〔'brɪdʒrul〕

Bridges〔'brɪdʒɪz〕布立基茲（Robert Seymour, 1844-1930, 英國詩人 ）

Bridget〔'brɪdʒɪt〕布里奇特

Bridgeton〔'brɪdʒtən〕

Bridgetown〔'brɪdʒˌtaʊn〕橋鎮（巴貝多）

Bridgeville〔'brɪdʒvɪl〕

Bridgewater〔'brɪdʒˌwɔtɚ〕布里奇沃特

Bridgham〔'brɪdʒəm〕

Bridgland〔'brɪdʒlənd〕布里奇蘭

Bridgman〔'brɪdʒmən〕布立格曼（Percy Williams, 1882-1961, 美國物理學家 ）

Bridgnorth〔'brɪdʒnɔrθ〕

Bridgton〔'brɪdʒtən〕

Bridgwater〔'brɪdʒˌwɔtɚ〕布里奇沃特

Bridgwood〔'brɪdʒwʊd〕

Bridie〔'braɪdɪ〕布賴迪

Bridle〔'braɪdl〕布賴德爾

Bridlington〔'brɪdlɪŋtən ; 'bɚl-〕

Bridoie〔bri'dwa〕（法）

Brid'oison〔bridwaˈzɔŋ〕（法）

Bridport〔'brɪdpɔrt〕布里德波特

Bridson〔'braɪdsn〕

Bridwell〔'brɪdwəl ; -wɛl〕

Brie〔bri〕

Briefs〔brifs〕布里夫斯

Brieg〔brig ; brik（德）〕

Brieger〔'brigɚ〕

Briel〔bril〕

Brielle〔'brilə〕

Brien〔'braɪən〕布賴恩

Brienne〔bri'ɛn〕   〔法〕

Brienne-le-Château〔bri'ɛn· lə· ʃɑ'to〕

Brienz〔bri'ɛnts〕

Brier〔'braɪr〕布賴爾

Briercliffe〔'braɪrklɪf〕

Brierfield〔'braɪrfild〕布賴爾克利夫

Brierley〔'braɪrlɪ〕布賴霤利

Brieulles-sur-Meuse〔bri'əl·sjʊr·- 'mɚz〕（法）

Brieux〔ˌbri'ɚ〕布立額（Eugène, 1858- 1932, 法國 劇作家 ）

Briffault〔'brifo〕

Brig〔brih（德）〕

Brigance〔bri'gæns〕

Briga〔'briga〕

Brigadore〔'brɪgədɔr〕

Brigantes〔brɪ'gæntiz〕

Brigantine〔'brɪgəntin〕

Brigantinus Lacus〔ˌbrɪgən'taɪnəs 'lekəs〕

Brigantio〔bri'gænʃɪo〕

Brigantium〔brɪ'gænʃɪəm〕

Briga-Tenda〔'briga·'tɛnda〕

Brigden〔'brɪgdn̩〕

Brigg〔brig〕

Briggs〔brigz〕布立格茲（Lyman James, 1874-1963, 美國物理學家 ）

Brigham〔'brigəm〕布里格姆

Brighella〔bri'gɛllɑ〕

Brighouse〔'brɪghaʊs〕布里格豪斯

Brighid〔brid〕

Bright〔braɪt〕布萊特（John, 1811-1889, 英 國演說家及政治家 ）

Brighten〔'braɪtn̩〕布賴滕

Brightlingsea〔'braɪtlɪŋsi〕

Brightman〔'braɪtmən〕布賴特曼

Brighton〔'braɪtn̩〕布來頓（英國）

Brightwaters〔'braɪtˌwatɚz〕

Brightwen〔'braɪtwɛn〕布賴特溫

Brighty〔'braɪtɪ〕布賴蒂

Brigid〔'brɪdʒɪd ; 'briid〕布里吉德

Brigit〔'brɪdʒɪt ; 'briit〕

Brigitta〔brɪ'dʒɪtta（義）; brɪ'gɪtta（瑞典）〕

Brigliadoro〔ˌbrilja'doro〕

Brignoles〔bri'njɔl〕

Brignoli〔bri'njɔli〕

Brignone〔bri'gnɔne〕

Brigstock(e)〔'brɪgstɑk〕布里格斯托克

Brigue〔brig〕

Brigus〔'brɪgəs〕

Brihaddevata〔ˌbrɪhəd'devatɑ〕

Brihaspati〔ˌbrɪhəs'pæti〕

Brihatkatha〔brɪ'hætkətɑ〕

Brihatkathamanjari〔brɪˌhætkətɑ- 'mændʒəri〕

Brihatsamhita〔ˌbrɪhət·'sæmhɪtu〕

Brihtnoth〔'brɪhtnoθ〕（古英）

Brihtwald〔'brɪhtwald〕（古英）

Brihuega〔brɪ'wega〕

Bril〔brɪl〕布里爾

Brile〔braɪl〕

Briley〔'braɪlɪ〕布賴利

Brill〔brɪl ; bril（法蘭德斯）〕布里爾

Brillant〔'brɪlənt〕布里蘭特

Brillat-Savarin〔bri'ja·savɑ'ræŋ〕(法)

Brilles〔'brɪləs〕

Brilliant〔'brɪljənt〕布里連特

Brillouin〔bri'jwæŋ〕（法）

Brilon〔'brilon〕

Brim〔brɪm〕

Brimage〔'brɪmɪdʒ〕布里梅布

Brimble〔'brɪmbl̩〕布林布爾

Brin〔brin〕

Brinckerhoff〔'brɪŋkəhɑf〕布林克霍夫
Brincklé〔'brɪŋklɪ〕
Brinckman〔'brɪŋkmɑn; -mən〕布林克曼
Brinckmann〔'brɪŋkmɑn〕
Brind〔brɪnd〕布林德
Brindaban〔'brɪn,dɑbən; -dəb-〕
Brindisi〔'brɪndɪzɪ〕布林底希（義大利）
Brindle〔'brɪndḷ〕布林德爾
Brindley〔'brɪndlɪ〕布林德利
Brindly〔'brɪndlɪ〕布林德利
Brindze〔'brɪndzɪ〕
Brinell〔brɪ'nɛl〕
Brings〔brɪŋz〕布林斯
Brinig〔'brɪnɪg〕布里尼格
Brink〔brɪŋk〕布林克
Brinker〔'brɪŋkə〕布林克爾
Brinkerhoff〔'brɪŋkəhɑf〕布林克霍夫
Brinkhous〔'brɪŋkhaʊs〕布林克豪斯
Brinkley〔'brɪŋklɪ〕布林克利
Brinkman〔'brɪŋkmɑn; -mən〕布林克曼
Brinley〔'brɪnlɪ〕
Brinnin〔'brɪnɪn〕
Brinsley〔'brɪnzlɪ〕
Brinsmead〔'brɪnzmid〕
Brinton〔'brɪntən〕布林頓
Brinvilliers〔bræŋvi'lje〕（法）
Brion〔'brɪɑn（德）; brɪ'ɔŋ（法）〕布里翁
Brión〔brɪ'on; brɪ'ɔn〕
Brioschi〔brɪ'oski; brɪ'ɔskɪ〕
Briosco〔brɪ'osko; brɪ'ɔsko〕
Brioude〔brɪ'ud〕
Briovera〔,braɪo'vɪərə〕
Brisach〔'brizɑh〕（德）
Brisbane〔'brɪzbən〕布利斯班（澳洲）
Brisben〔'brɪzbən〕布里斯本
Brisbin〔'brɪzbɪn〕布里斯賓
Brisco(e)〔'brɪsko〕布里斯科
Briseis〔braɪ'siɪs〕
Brisighella〔brɪzɪ'gɛllɑ〕（義）
Brisk〔brɪsk〕
Briskin〔'brɪskɪn〕布里斯金
Brissa〔'brɪssɑ〕
Brissac〔bri'sak〕（法）
Brissenden〔'brɪsɛndən〕布里森登
Brisson〔bri'sɔŋ〕（法）布里森
Brissot〔bri'so〕（法）
Bristed〔'brɪstɪd〕布里斯特德
Bristoe〔'brɪsto〕
Bristol〔'brɪstḷ〕布里斯托（英國）
Bristow(e)〔'brɪsto〕布里斯托
Britaigne〔brə'tænjə〕

Britain〔'brɪtn〕不列顛島（包括 England,
    Scotland, Wales 三部分）
Britaine〔brɪ'tenə〕
Britanni〔brɪ'tænaɪ〕
Britannia〔brɪ'tænjə〕
Britannica〔brɪ'tænɪkə〕
Britannicus〔brɪ'tænɪkəs〕
Britanny〔'brɪtənɪ〕
Brite〔'braɪt〕布賴特
British Columbia〔'brɪtɪʃ kə'lʌmbɪə〕
    英屬哥倫比亞（加拿大）   「亞那
British Guiana〔'brɪtɪʃ gɪ'ænə〕英屬圭
Brito〔'brito〕
Britomart〔'brɪtəmɑrt〕
Britomartis〔,brɪto'mɑrtɪs〕
Briton〔'brɪtən〕布里頓
Britstown〔'brɪtstaʊn〕
Britt〔brɪt〕布里特
Brittain〔brɪ'ten; 'brɪtən〕布里頓
Brittaine〔'brɪtən〕
Brittany〔'brɪtənɪ〕布勒塔尼（法國）
Britten〔'brɪtn〕布立頓（Edward Benjamin,
    1913-1976, 英國作曲家）
Britting〔'brɪtɪŋ〕
Brittingham〔'brɪtɪŋəm〕布里廷厄姆
Brittle〔'brɪtḷ〕
Britton〔'brɪtən〕布里頓
Britz〔brɪts〕
Briusov〔'brjusɔf〕（俄）
Briva Curretia〔'braɪvə kə'riʃɪə〕
Brivas〔'braɪvəs〕
Brive-la-Gaillarde〔'briv·la·ga'jɑrd〕
Brix〔brɪks〕布里克斯   L（法）
Brixen〔'brɪksən〕
Brixham〔'brɪksəm〕
Brixia〔'brɪksɪə〕
Brixton〔'brɪkstən〕
Brize〔'braɪzi〕
Brizo〔'braɪzo〕
Brno〔'bɜno〕布爾諾（捷克）
Broa〔'broɑ〕
Broach〔brotʃ〕布羅奇（印度）
Broad〔brɔd〕布羅德
Broadalbin〔brɔ'dɔlbɪn〕
Broadbent〔'brɔdbɛnt〕布羅德本特
Broadbottom〔'brɔdbɑtəm〕
Broadbridge〔'brɔdbrɪdʒ〕布羅德布里奇
Broaddus〔'brɔdəs〕布羅德斯
Broadfoot〔'brɔdfut〕布羅德富特
Broad Haven〔'brɔd 'hevən〕
Broadhaven〔'brɔd'hevən〕
Broadhead〔'brɔdhɛd〕

Broadhurst〔'brɔdhə‧st〕布羅德赫斯特
Broadley〔'brɔdlɪ〕布羅德利
Broadmead〔'brɔdmid〕布羅德米德
Broadmoor〔'brɔdmur〕
Broad Ripple〔'brɔd ,rɪpḷ〕
Broads〔brɔdz〕
Broadstairs〔'brɔdsterz〕
Broadtop〔'brɔd,tap〕
Broadus〔'brɔdəs〕布羅德斯
Broadview〔'brɔdvju〕
Broadwater〔'brɔd,watə〕布羅德沃特
Broadway〔'brɔdwe〕百老匯（紐約大街名）
Broadwood〔'brɔdwʊd〕布羅德伍德
Broady〔'brɔdɪ〕布羅迪
Brobdingnag〔'brɔbdɪŋnæg〕
Brobdingnagian〔,brɔbdɪŋ'næɡɪən〕
Brobeck〔'brobɛk〕
Broca〔brɔ'ka〕季羅卡（Paul, 1824-1880,
  法國醫學家及人類學家）
Brocard〔brɔ'kar〕（法）
Brocas〔'brakəs; 'brokəs〕布羅卡斯
Brocchi〔'brɔkkɪ〕
Broch〔brah〕（德）
Brochard〔brɔ'ʃar〕（法）
Broceliande〔'brɔsəlɪænd〕
Brock〔brak〕布羅克
Brock, Clutton-〔'klʌtṇ'brak〕
Brockbank〔'brakbæŋk〕布羅克斑克
Brockden〔'brakdən〕布羅克登
Brockdorff-Rantzau〔'brakdɔrf‧-
  'rantsaʊ〕
Brockel〔'brakəl〕布羅克爾
Brockelbank〔'brakəlbæŋk〕布羅克斑克
Brocken〔'brakən〕
Brockenhurst〔'brakənhə‧st〕
Brockes〔'brakəs〕
Brocket(t)〔'brakɪt〕布羅克特
Brockhaus〔'brakhaʊs〕
Brockholes〔'brakholz〕布羅克霍爾斯
Brockholst〔'brakholst〕布羅克霍斯特
Brockhurst〔'brakhə‧st〕布羅克霍斯特
Brockie〔'brakɪ〕
Brockington〔'brakɪŋtən〕布羅金頓
Brocklebank〔'brakḷbæŋk〕
Brockley〔'braklɪ〕
Brockman(n)〔'brakmən〕布羅克曼
Brockport〔'brakpɔrt〕
Brockton〔'braktən〕布拉克頓（美國）
Brockville〔'brakvɪl〕
Brockway〔'brakwe〕布羅克衛
Brockwell〔'brakwəl〕布羅克衛爾
Brocot〔'broko; brə'ko〕（法）

Brod〔brɔd; brot（德）〕布羅特（南斯拉夫）
Brode〔brod〕布羅德
Brodehurst〔'brodhə‧st〕布羅德荷斯特
Broden〔'brodṇ〕布羅登
Broderick〔'bradərɪk〕布羅德里克
Broderip〔'bradrɪp〕
Broders〔'bradə‧z〕
Brodeur〔brɔ'də〕
Brodhead〔'bradhɛd〕
Brodhun〔'brodhʊn〕
Brodie〔'brodɪ〕布羅迪
Brodney〔'bradnɪ〕布羅德尼
Brodnica〔brɔd'nitsa〕（波）
Brodribb〔'bradrɪb〕布羅德里布
Brodrick〔'bradrɪk〕布羅德里克
Brodsky〔'bradskɪ; 'brɔt‧skəɪ（俄）〕
  布羅德斯基
Brody〔'brodɪ〕布羅迪
Brodziński〔brɔ'dʒinjskɪ〕（波）
Broeg〔brog〕
Broek〔bruk〕
Broeker〔'brukə〕
Broeman〔'brumən〕布羅曼
Brogden〔'bragdən〕
Brofeldt〔'brufɛlt〕（芬）
Brofferio〔brof'ferjo〕（義）
Brogan〔'brogən〕布羅根
Bröger〔'brɜgə〕
Brögger〔'brɜggə〕（挪）
Broghill〔'braghɪl〕
Broglie, de〔də ,brɔ'gli〕戴布勞格利
  （Louis Victor, 1892-, 法國物理學家）
Broglio〔'brɔljo〕
Brogni〔brɔ'nji〕
Brogny〔brɔ'nji〕
Brohan〔brɔ'aŋ〕（法）
Broido〔'brɔɪdo〕布羅伊多
Broke〔bruk〕布羅克
Broken Arrow〔'brokən 'æro〕
Brokenburg〔'brokənbə‧g〕
Brokenshire〔'brokənʃɪr〕
Brokmeyer〔'brakmaɪə〕
Brolo〔'brɔlo〕
Brom〔bram; brʌm〕
Bromage〔'brʌmɪdʒ〕
Brom Bones〔'bram 'bonz〕
Bromborough〔'brambərə〕
Brome〔brum; brom〕
Bromelius〔bru'meliəs〕
Bromfield〔'bramfild〕布朗菲爾（Louis,
  1896-1956, 美國小說家）
Bromham〔'braməm〕

Bromhead〔'brʌmhɛd〕布魯姆黑德

Bromia〔'bromɪə〕

Bromius〔'bromɪəs〕

Bromley〔'bramlɪ; 'brʌm-〕

Brommage〔'bramɪdʒ; 'brʌm-〕

Bromo〔'bromo〕

Brompton〔'bramptən; 'brʌm-〕

Bromptonville〔'bramptənvɪl〕

Brömsebro〔'brɜmsə,bru〕(瑞典)

Bromsgrove〔'bramzgrov; 'brʌm-〕

Bromwich〔'brʌmɪdʒ; 'bramɪdʒ; 'bramɪtʃ; 'brʌmɪtʃ〕

Bron〔brɔn〕

Bronck〔braŋk〕

Brönderslev〔'brɜndəslɪv〕

Bröndsted〔'brɜnstɛð〕(丹)

Bröndsted〔'brɜnstɛð〕(丹)

Broneer〔brə'nɪr〕

Bronfenbrenner〔'branfənbrɛnə〕

Bronfman〔'branfmən〕

Brong〔braŋ〕

Brongniart〔brɔŋ'njar〕(法)

Broniewski〔brɔ'njɛfski〕

Bronikowski〔,bronɪ'kɔfskɪ〕

Bronisław〔brɔ'nislaf〕(波)

Bronk〔braŋk〕

Bronn〔bran〕

Bronnen〔'branən〕

Brönnum〔'brɜnum〕

Brønnum〔'brɜnum〕(丹)

Bronowski〔brə'nafskɪ〕

Bronsart〔'branzart〕

Bronson〔'brʌnsn; 'bran-〕

Brönsted〔'brɜnstɛð〕(丹)

Brønsted〔'brɜnstɛð〕(丹)

Bronstein〔'branʃ'tain〕(俄)

Bronston〔'branstən; 'brʌn-〕

Bronte〔'brante〕

Brontë〔'brantɪ〕布朗蒂 (❶ Charlotte, 1816-1855 ❷ Emily Jane, 1818-1848 ❸ Anne, 1820-1849；三姊妹均爲英國小說家)

Bronterre〔bran'tɛr〕

Brontes〔'brantiz〕

Brontosaurus〔,brantə'sɔrəs〕

Bronwell〔'branwəl〕

Bronwyn〔'brawɪn〕

Bronx〔braŋks〕布隆克斯區 (紐約)

Bronxville〔'braŋksvɪl〕

Bronzino, Il〔il brɔnd'zino〕

Brook〔brʊk〕

Brooke〔brʊk〕布魯克 (Rupert, 1887-1915, 英國詩人)

Brookeborough〔'brʊkbərə〕

Brookenborough〔'brʊkənbərə〕

Brookenham〔'brʊkənhæm〕

Brooke-Pechell〔brʊk·'pitʃɪl〕

Brooke-Popham〔brʊk·'papəm〕

Brooker〔'brʊkə〕

Brookes〔brʊks〕

Brookfield〔'brʊkfild〕

Brookhart〔'brʊkhart〕

Brookhaven〔brʊk'hevən〕

Brooking〔'brʊkɪŋ〕

Brookings〔'brʊkɪŋz〕

Brook Kerith, the〔'brʊk 'kɛriθ〕

Brookland〔'brʊklənd〕

Brooklawn〔'brʊklɔn〕

Brookline〔'brʊklain〕

Brooklyn〔'brʊklɪn〕布魯克林區 (紐約)

Brooklynese〔'brʊklɪ,niz; -, nis〕

Brookman〔'brʊkmən〕

Brooks〔brʊks〕

Brooksbank〔'brʊksbæŋk〕

Brooksby〔'brʊksbɪ〕

Brooks's〔'brʊksɪz〕

Brooksville〔'brʊksvɪl〕

Brookville〔'brʊkvɪl〕

Brookwood〔'brʊkwʊd〕

Broom〔brum〕

Broom, Loch〔lah 'brum〕(蘇)

Brooman-White〔'brumən·wait〕

Broome〔brum〕布魯姆 (澳洲)

Broomfield〔'brumfild〕

Broomhall〔'brumhɔl〕

Brooy, La〔la 'brɔi〕

Brophy〔'brofɪ〕布羅菲

Broqueville〔brɔk'vil〕

Bror〔brur〕(瑞典)

Brorby〔'brɔbɪ〕

Brorein〔'brorin〕布羅林

Bros〔bras〕

Brosa〔'brusa〕

Brosch〔braʃ〕

Broschi〔'brɔski〕

Brosely〔'brozlɪ〕

Brosio〔'brasɪo〕

Brosnan〔'brasnən〕布羅斯南

Bross〔bras〕

Brossard〔'brasəd〕布羅薩德

Brosse〔brɔs〕

Brosses〔brɔs〕(法)

Brossman〔'brasmən〕

Broster〔'brastə〕

Brostrøm〔'brustrəm〕(瑞典)

Brotemarkle〔ˈbrɑtmɑrk!〕布羅特馬克爾
Brother〔ˈbrʌðə〕
Brothers〔ˈbrʌðəz〕布拉澤斯
Brotherhood〔ˈbrʌðəhud〕
Brotherston〔ˈbrɑðəstən〕布拉澤頓
Brotherton〔ˈbrɑðətən〕
Brou〔bru〕
Brouckère〔bruˈkɛr〕(法)
Brough〔brʌf〕布拉夫
Brougham〔brum; ˈbruəm; ˈbroəm; ˈbræm〕
Brougham and Vaux〔ˈbrum ən ˈvɔks〕
Broughton de Gyfford〔ˈbrɔtn̩ də ˈgifəd〕
Broughton〔ˈbrɔtn̩; ˈbrautn̩〕布勞頓
Broughty〔ˈbrɔti〕
Brouillette〔broˈlɛt; bruˈjɛt〕
Broun〔brun〕
Broun(c)ker〔ˈbrʌŋkə〕
Broumoff〔bruˈnɔf〕
Brouse〔braus〕布勞斯
Broussa〔bruˈsa〕
Broussais〔bruˈsɛ〕(法)
Brousse〔brus〕
Brousson〔bruˈsɔn〕(法)
Broussonnet〔bruˈsɔnɛ〕(法)
Brouwer〔ˈbrauwə〕布勞沃
Broward〔ˈbrauəd〕布勞沃德
Browder〔ˈbraudə〕布勞德
Browdie〔ˈbraudi〕
Brower〔ˈbrauə〕布勞爾
Browman〔ˈbraumən〕
Brown〔braun〕布朗(❶ Charles Brockden, 1771-1810, 美國小說家❷ John, 1800-1859, 美國主張廢除奴隸制度者)
Browne〔braun〕布朗(Sir Thomas, 1605-1682, 英國醫生及作家)
Brownell〔ˈbraunɛl〕布朗內爾
Brownfield〔ˈbraunfild〕布朗菲爾德
Brownhills〔ˈbraunhilz〕
Browning〔ˈbrauniŋ〕布朗寧(❶Elizabeth Barrett, 1806-1861, 英國女詩人❷ Robert, 1812-1889, 英國詩人)
Brownist〔ˈbraunist〕
Brownlow〔ˈbraunlo〕布朗洛
Brownrigg〔ˈbraunrig〕布朗里格
Brownsburg〔ˈbraunzbəg〕
Brownsmith〔ˈbraunsmiθ〕
Brownson〔ˈbraunsn̩〕布朗森
Brownsville〔ˈbraunzvil〕布朗茲維耳(美國)
Brownwood〔ˈbraunwud〕

Browse〔brauz〕
Broxon〔ˈbraksən〕布羅克森
Broyhill〔ˈbrɔihil〕布羅伊希爾
Broz〔broz; brɔz〕
Brožik〔ˈbrɔʒik〕(捷)
Brozovich〔ˈbrɔzəvitʃ〕布樓尤維奇(Josip, 1892-1980, 南斯拉夫元帥)「(法)
Bruay-en-Artois〔brjuˈeˑaŋˑnarˈtwa〕
Brubacher〔ˈbrubekə; ˈbrubakə〕布魯巴克
Brubaker〔ˈbrubekə〕布魯貝克
Brubeck〔ˈbrubɛk〕布魯貝克
Brucan〔ˈbrukən〕
Bruce〔brus〕普魯斯(❶Sir David, 1855-1931, 英國醫生及細菌學家)❷ Stanley Melbourne, 1883-1967, 澳大利亞政治家)
Brucer〔ˈbrusə〕
Brucesmith〔ˈbrussmiθ〕
Bruch〔bruk; bruh〕(德)
Bruchsal〔ˈbruhzal〕(德)
Bruchesi〔brjuˈʃezi〕
Bruck〔bruk〕
Brücke〔ˈbrjukə〕
Brückenau〔ˈbrjukənau〕
Brucker〔ˈbrukə〕布魯克
Bruckner〔ˈbrʌknə〕布魯克納(Anton, 1824-96, 奧國作曲家及風琴演奏家)
Brückner〔ˈbrjuknə〕
Bructeri〔ˈbrʌktərai〕
Bructerus〔brukˈtirəs〕
Brudenell〔ˈbrudənɛl〕布魯德內爾
Bruder〔ˈbrudə〕布魯德
Brueg(h)el〔ˈbrəgəl〕(法蘭德斯)
Bruening〔ˈbrjuniŋ〕
Bruere〔brjuˈɛr〕布魯埃爾
Brues〔bruz〕布魯斯
Brües〔ˈbrjuəs〕
Bruetsch〔brutʃ〕
Brueys〔brjuˈes〕
Bruff〔brʌf〕布拉夫
Brugler〔ˈbruglə〕
Bruges〔bruʒ; brjuʒ〕(法)
Brügel〔ˈbrjugəl〕
Brugg〔bruk〕
Brugge〔ˈbrjugə〕
Bruggen〔ˈbruhən〕(南非荷)
Brugger〔ˈbrugə〕布魯格
Brugh, Van〔van ˈbrʌh〕(法蘭德斯)
Brugh na Boinne〔ˈbru nə ˈbɔin〕(愛)
Brugière〔brjuˈʒjɛr〕(法)
Brugnatelli〔ˌbrunjaˈtelli〕(義)
Brugnon〔brjuˈnjɔŋ〕(法)
Brugsch〔bruhʃ〕(德)

Brühl〔brjul〕

Bruhn〔brun〕布魯恩

Bruhns〔bruns〕

Bruin〔'bruɪn〕

Bruines〔'bruɪnz〕布魯因斯

Bruis〔brju'i〕（法）

Bruja〔'bruhɑ〕（西）

Brukkaros〔'brʌkərɔs〕

Brulat〔brju'la〕（法）

Brule〔brul;'brule〕

Brulé〔brju'le〕

Brule, Bois〔'bɔɪ 'brul〕

Brulgruddery〔brʌl'grʌdərɪ〕

Brüll〔brjul〕

Brül(l)ow〔'brjulo〕

Brum〔brum〕

Brumaire〔brju'mɛr〕（法）

Brumath〔bru'mat〕

Brumbaugh〔'brʌmbɔ〕布倫伯

Brumby〔'brʌmbɪ〕布倫比

Brumder〔'brʌmdə〕布倫德

Brumidi〔bru'mɪdɪ〕

Brumfield〔'brʌmfild〕布倫菲爾德

Brummagem〔'brʌmədʒəm〕

Brummell〔'brʌmel〕布魯美爾（George Bryan Ⅰ, 1778-1840, 穿著華麗之英國男子）

Brumoy〔brju'mwɑ〕（法）

Brumpt〔brumpt〕

Brumwell〔'brʌmwəl〕布倫衛爾

Brun〔brun〕

Brun, Le〔lə 'brɜŋ〕（法）

Brunai〔bru'naɪ〕

Brunamonti〔,brunɑ'montɪ〕

Brunanburh〔'brunən,bɜg;'brunɑn-,burh〕（古英）

Brunck〔brɜŋk〕（法）

Brundage〔'brʌndɪdʒ〕布倫戴奇

Brundidge〔'brʌndɪdʒ〕布倫迪奇

Brundisium〔brʌn'dɪzɪəm〕

Brundle〔'brʌndl̩〕布倫德爾

Brundusium〔brʌ'ndjuʒɪəm; -zɪʌm〕

Brune〔brun;brjun〕

Bruneau〔'bruno;brju'no〕（法）

Brunechildis〔,brunə'hɪldɪs〕（德）

Brunehaut〔brjunə'o〕（法）

Brunei〔bru'naɪ〕汶萊（婆羅洲）

Brunel〔bru'nel〕布魯內爾

Brunelleschi〔,brunel'leskɪ〕內魯內勒斯基（Filippo, 1377?-1446, 義大利建築家）

Brunellesco〔,brunel'lesko〕（義）

Brunello〔bru'nello〕（義）

Bruner〔'brunə〕布魯納

Brunerie〔brjun'rɪ〕

Brunet〔brju'ne〕（法）

Brunet-Debaines〔brju'ne·də'bɛn〕（法）

Brunetière〔brjunə'tjɛr〕（法）

Brunetto〔bru'netto〕（義）

Brunfels〔'brunfels〕

Brunhild〔'brunhɪld; -hɪlt（德）〕

Brünhild〔'brjunhɪlt〕（德）

Brunhoff〔brju'nɔf〕

Brunhilde〔brun'hɪldə〕

Bruni〔'brʌnɪ;'brunɪ（義）;brju'ni（法）〕

Brünig〔'brjunɪh〕（德）

Bruning〔'brunɪŋ〕布倫寧

Brüning〔'brjunɪŋ〕

Brunk〔brʌŋk〕布倫克

Brunkeberg〔'bruŋkəbærj〕（瑞典）

Brunker〔'brʌŋkə〕布倫克爾

Brunlees〔'brʌnliz〕

Brunless〔'brʌnlɪs〕布倫利斯

Brunn〔brun〕布魯恩

Brünn〔brjun〕

Brunne〔'brunnə〕（中古英語）

Brünnehilde〔brjunə'hɪldə;brɪn-〕

Brunnen〔'brunən〕

Brunner〔'brʌnə;'brunə（德）;bru'ner（法）〕布倫納

Brunngraber〔'brungrɑbə〕

Brünnhilde〔brjun'hɪldə〕

Brunnier〔brju'nɪr〕

Brunnow〔brju'nɔf〕

Brünnow〔'brjuno〕

Bruno〔'bruno〕布魯諾（❶Giordano, 1548-1600, 義大利哲學家 ❷ Saint, 1030?-1101, 爲 Carthusian 修會之創立者）

Brnnot〔bru'no〕（法）

Brunoy〔brju'nwɑ〕（法）

Bruns〔bruns〕布倫斯

Brunsbüttelkoog〔'brunsvɪh〕（德）

Brunschwig〔'brʌnʃwɪg〕

Brunson〔'brʌnsn̩〕布倫森

Brunssum〔'brʌnsəm〕（荷）

Brunstetter〔'brʌnstetə〕布倫斯泰特

Brunsting〔'brʌnstɪŋ〕

Brunswich〔'brunsvɪh〕（德）　　　「美國）

Brunswick〔'brʌnzwɪk〕布倫茲維克（德國；

Brunswickers〔'brʌnzwɪkəz〕

Brunswick-Lüneburg〔'brunsvɪk·-'junəburk〕（德）

Brunswick-Wolfenbüttel〔'brunsvɪk·-'vɔlfən,bjutəl〕（德）

Brunt〔brʌnt〕布倫特

Bruntisfield〔'brʌntɪsfild〕布倫蒂斯菲爾德
Brunton〔'brʌntən〕布倫頓
Bruny Island〔'brunɪ～〕布魯尼島（澳洲）
Brus〔brus〕
Brusa〔bru'sa〕
Brusasorci, Il〔il ,bruza'sortʃɪ〕
Bruselas〔bru'selas〕
Brush〔brʌʃ〕
Brusilov〔bru'sjilɔf〕
Brusius〔bruʒɪəs〕
Brussa〔'brussa〕
Brussel〔'brjʊsəl〕（法蘭德斯）布魯塞爾
Brssels〔'brʌs]z〕布魯塞爾（比利時）
Brust〔brust〕
Brüster Ort〔'brjʊstə ,ɔrt〕
Brut〔brut〕
Brute〔brut〕　　　　　　　　　　　「（法）
Bruté De Rémur〔brjʊ'te də re'mjur〕
Brutinel〔'brutɪnel〕
Brutnell〔'brutnel〕
Bruton〔'brutən〕布魯頓
Bruttium〔'brʌtɪəm〕
Brutton〔brʌtən〕
Brutus〔'brutəs〕布魯特斯（Marcus
　　Junius, 85-42B. C., 羅馬政客及省行政官）
Bruun〔brun〕
Brüx〔brjuks〕
Bruxelles〔brjuks'ɛl〕（法）
Bruyas〔brjʊ'ja〕（法）
Bruyère〔brjʊ'jer〕（法）
Bruyn〔'bruɪn; brɔɪn〕（德、荷）
Bruys〔brjʊ'i〕（法）
Bruzelius〔bu'zelɪəs〕
Bry〔bri; braɪ〕
Bryan〔'braɪən〕布萊安（William Jennings,
　　1860-1925, 美國律師及從政者）
Bryans〔'braɪənz〕布賴恩斯
Bryansk〔brɪ'ansk; brjansk〕（俄）
　　勃良斯克（蘇聯）
Bryant〔'braɪənt〕布萊安特（William Cul-
　　len, 1794-1878, 美國詩人及編輯）
Bryce〔braɪs〕布萊斯（Viscount James,
　　1838-1922, 英國法學家、歷史學家及外交家）
Bryden〔'braɪdn〕布賴登
Brydges〔'brɪdʒɪz〕布里奇斯
Brydie〔'braɪdɪ〕布里迪
Brydle〔'braɪdl〕
Brydon〔'braɪdn〕布賴登
Bryennius〔braɪ'enɪəs〕
Bryers〔braɪəz〕
Brygos〔'braɪgas〕
Bryher〔'braɪə〕

Brymner〔'brɪmnə〕
Bryn Athyn〔,brɪn 'æθɪn〕
Bryngelson〔'brɪŋgelsn〕
Brynhild〔'brɪnhɪld〕
Brynildssen〔'brɪnɪlsen〕
Brynjolf〔'brɪnjalv（冰）; brjʊnjalf（挪）〕
Bryn Mawr〔brɪn 'mɔr〕
Brynmawr〔brɪn'maur〕
Brynmor〔'brɪnmɔr〕布林莫爾
Brynner〔'brɪnə〕布林納
Bryskett〔'brɪskɪt〕布里斯基特
Bryson〔'braɪsn〕布賴森
Brython〔'brɪθən〕
Bryulov〔'brjulɔf〕
Bryusov〔'brjusɔf〕
Brzeg〔bʒek〕（波）
Brześć nad Bugiem〔'bʒɛsjtsj nad
　　'bugjem〕（波）
Brzeska, Gaudier-〔go'dje·bʒɛ'ska〕
　　（波）
Brzezany〔bʒɛ'ʒanɪ〕（波）
Brzeziny〔bʒɛ'zinɪ〕（波）
Bua〔'bua〕
Buachalla〔'bjuəhələ〕（愛）
Buache〔bjʊ'aʃ〕（法）
Buad〔bwad〕
Buade〔bjʊ'ad〕（法）
Buat〔bjʊ'a〕（法）
Bubastis〔bjʊ'bæstɪs〕
Bubastite〔bjʊ'bæstaɪt〕
Bubb〔bʌb〕巴布
Bubba〔'bʌbə〕
Bubble〔'bʌbl〕
Bubenheim〔'bubənhaɪm〕布本海姆
Bubeneč〔'bubenɛtʃ〕（捷）
Buber〔'bubə〕布伯
Bubiyan〔,bubɪ'jan〕
Bubna von Litic〔'bubna fan 'lɪtjɪts〕
Bubona〔bjʊ'bonə〕
Bubu de Montparnasse〔bjʊ'bju də
　　mɔŋpar'nas〕（法）
Buçaco〔bu'saku〕（葡）
Bucaramanga〔,bukara'maŋga〕
Bucareli〔,buka'reli〕
Bucareli y Ursúa〔,buka'reli ɪ ur'sua〕
　　（西）
Bucas Grande Island〔bu'kas～～〕大布
　　卡斯島（菲律賓）
Buccleuch〔bə'klu〕（蘇）
Bucentaur〔bju'sɛntɔr〕
Bucephalus〔bju'sefələs〕亞歷山大大帝所乘
Bucer〔'bjusə; 'butsə（德）〕　　　L之戰馬

Buch〔buh〕(德)

Buchan〔'bʌkən; 'bʌhən.(蘇)〕巴肯

Buchanan〔bju'kænən〕布坎南(James, 1791-1868, 美國從政者及外交家)

Buchan Ness〔'bʌkən 'nɛs; 'bʌhən'nɛs (蘇)〕

Bucharest〔'bjukə,rɛst〕布加勒斯特(羅馬尼亞)

Bucharin〔bu'harjin〕(俄)

Buchel〔'bjuʃəl〕

Bücheler〔'bjuhələ〕(德)

Buchenwald〔'buhən,valt〕(德)

Bucher〔'bjukə; 'buhə(德))〕布赫

Bücher〔'bjuhə〕(德)

Buchez〔bju'ʃe〕(法)

Buchholtz〔'buhhalts〕(丹)

Buchhorn〔'buhhɔrn〕(德)

Buchlau〔'buhlau〕(捷)

Buchman〔'bukmən〕布克曼

Buchmann〔'buhmɑn〕(德)

Buchner〔'bʌknə〕布克納(Eduard, 1860-1917, 德國化學家)

Büchner〔'bjuhnə〕(德)

Buchon〔bju'ʃɔŋ〕(法)

Buchser〔'buksə〕

Buchta〔'buktə〕布克塔

Buchtel〔'buktḷ〕布克特爾

Buck(e)〔bʌk〕賽珍珠(Pearl, 1892-1973, 美國女小說家)

Buckalew〔'bʌkəlju〕巴卡柳

Bucket〔'bʌkɪt〕

Buckeye〔'bʌ,kaɪ〕

Buckfast〔'bʌkfəst〕巴克法斯特

Buckham〔'bʌkəm〕巴克姆

Buckhannon〔bʌk'hænən〕

Buckhout〔'bʌkhaut〕巴克霍特

Buckhurst〔'bʌkhəst〕巴克赫斯特

Buckie〔'bʌkɪ〕

Bucking〔'bʌkɪŋ〕

Buckingham〔'bʌkɪŋ,hæm〕白金汗(美國;加拿大)

Buckinghamshire〔'bʌkɪŋəmʃɪr〕白金漢郡(英格蘭)

Buckland〔'bʌklənd〕巴克蘭

Buckle〔'bʌkḷ〕巴克爾(Henry Thomas, 1821-1862, 英國歷史學家)

Buckley〔'bʌklɪ〕巴克利

Bucklin〔'bʌklɪn〕巴克林

Buckmaster〔'bʌk,mɑstə〕

Buck〔bʌk〕

Bucknall〔'bʌknəl〕巴克納爾

Bucknell〔'bʌknəl〕巴克內爾

Buckner〔'bʌknə〕巴克納

Bucknill〔'bʌknɪl〕巴克尼爾

Bucks.〔bʌks〕

Buckskin〔'bʌkskɪn〕

Bucksport〔'bʌksport〕

Buckston〔'bʌkstən〕巴克斯頓

Buckstown〔'bʌkstaun〕

Bucktails〔'bʌktelz〕

Buckton〔'bʌktən〕

Buckwalter〔'bukwaltə〕

Bucky〔'bʌkɪ; 'bukɪ〕布基

Bucolic〔bju'kalɪk〕

Bucovina〔,bukə'vinə〕

Bucquoy〔bju'kwɑ〕(法)

Bucureşti〔,buku'reʃtɪ〕(羅)

Bucy〔'bjusɪ〕布西

Bucyrus〔bju'saɪrəs〕

Buczacz〔'butʃatʃ〕

Bud〔bʌd〕

Budaeus〔bju'diəs〕

Budafok〔'budɔfok〕

Budantzev〔bu'dantsif〕(俄)

Budapest〔'bjudə'pɛst〕布達佩斯(匈牙利)

Budaun〔bu'daun〕

Budd〔bʌd〕

Budda〔'budə〕

Budde〔'budə〕

Budden〔'bʌdṇ〕巴登

Buddeus〔bu'deus〕

Buddha〔'budə〕佛;佛陀

Buddhaghosa〔'budə'gosə; -'goʃə(梵))〕

Buddh Gaya〔'bud gə'ja〕

Buddington〔'bʌdɪŋtən〕巴丁頓

Buddle〔'bʌdḷ〕

Buddon Ness〔'bʌdṇ 'nɛs〕

Buddy〔'bʌdɪ〕巴迪

Bude〔bjud〕

Budé〔bju'de〕

Budějouice〔'budjɛjɔvitsɛ〕(捷)

Budënny〔bu'dɛnɪ; bu'djɔnəɪ(俄)〕

Budenz〔bju'dɛnz〕比登杰

Budes〔bjud〕(法)

Bude-Stratton〔,bjud·'strætən〕

Budge〔bʌdʒ; 'butgə(德))〕

Budge-Budge〔'bʌdʒ·,bʌdʒ〕

Budgell〔'bʌdʒəl〕巴杰爾

Budington〔'bʌdɪŋtən〕巴丁頓

Budissin〔'budiʃin〕

Budle〔'bjudḷ〕

Budleigh〔'bʌdlɪ〕

Budlong〔'bʌdlɑŋ〕巴德朗

Budney 〔'bʌdnɪ〕

Budrio 〔'budrɪo〕

Budrum 〔bʊd'rum〕

Büdszentmihály 〔'bjʊdsɛnt'mihaj〕(匈)

Budweis 〔'butvaɪs〕

Budweiser 〔'bʌdwaɪzɚ〕

Bue 〔'bue〕

Buea 〔bu'eə〕

Buëa 〔bu'eə〕

Buecheler 〔'bjuhələ〕(德)

Buechner 〔'biknə〕比克納

Bued 〔bwed〕

Buehler 〔'bilə; 'bjulə〕比勒

Buehner 〔'bjunə; bi'inə〕

Buehrer 〔'bjuərə〕比勒

Buehrman 〔'bjuəmən〕比爾曼

Bueil 〔'bjwe〕

Buek 〔bjuk〕

Buel(l) 〔'bjuəl〕比爾

Buena 〔'bjunə; 'bwenɑ(西)〕

Buen Aire 〔bwɛn 'aɪre〕

Buen Ayre 〔bwɛn 'aɪre〕

Buenaventura 〔,bwɛnɑ,vɛn'tʊrə〕
布維那文士拉(哥倫比亞)

Buena Vista 〔'bjunə 'vɪstə; 'bwenɑ
'vistɑ〕布那米士打(菲律賓)

Bueno 〔'bweno〕

Bueno da Silva 〔'bwenu də 'sɪlvə〕
(巴西)

Buenos Aires 〔'bwɛnəs 'aɪərɪz〕布宜
諾斯艾利斯(阿根廷)

Buerger 〔'bɚgɚ; 'bjurgə(德)〕伯格

Buerki 〔'bɚkɪ〕伯基

Buesching 〔'bʌʃɪŋ〕巴欣

Buesst 〔bjust〕比斯特

Buetow 〔'buto〕比托

Buet, Mont 〔mɔŋ bju'ɛ〕(法)

Buey 〔'bwe〕

Bufarik 〔bufɑ'rik〕(法)

Buff 〔buf〕巴夫

Buffa 〔'buffɑ〕

Buffalo 〔'bʌfəlo〕布法羅(美國)

Buffet 〔'bʌfɪt〕

Buffey 〔'bʌfɪ〕

Buffier 〔bju'fje〕(法)

Buffington 〔'bʌfɪŋtən〕巴芬頓

Buffon 〔'bʌfən; bju'fɔŋ(法)〕

Buffone 〔bu'fone〕

Buffs 〔bʌfs〕

Buffum 〔'bʌfəm〕巴法姆

Bufo 〔'bjufo〕

Buford 〔'bjufɚd〕比福德

Bufton 〔'bʌftən〕巴夫頓

Bug River 〔bʊg~〕布格河(蘇聯)

Buga 〔'buga〕

Bugabo 〔bu'gabo〕

Bugaev 〔bu'gajɪf〕(俄)

Buganda 〔bju'gændə〕

Bugayev 〔bu'gajɪf〕

Bugbee 〔'bʌgbi〕巴格比

Bugeaud 〔bju'ʒo〕(法)

Bugenhagen 〔'bugən,hagən〕

Bugey 〔bju'ʒe〕

Bugge 〔bʌg; 'bʊggə(挪、瑞典)〕巴格

Buggs 〔bjugz; bʌgz〕巴格斯

Bughaila 〔bu'gailə〕

Bugher 〔'buə〕布爾

Bugiardini 〔,budʒɑr'dini〕

Buginese 〔,bugɪ'niz〕

Bug Jargal 〔bʌg 'dʒargəl; bjug ʒar'gal〕
(法)

Bugle 〔'bjugl〕

Buguruslan 〔bʊgʊru'slan〕

Buhi 〔'buhi〕

Buhl 〔bjul〕

Buhle 〔'bjulə〕

Buhler 〔'bjulə〕

Bühler 〔'bjulə〕

Bühren 〔'bjurən〕

Buhrer 〔'buərə〕

Bührer 〔'bjurə〕

Buhse 〔buz〕布斯

Buhturi, al- 〔æl·'buturi〕

Buhuşi 〔bu'huʃ〕(羅)

Buick 〔'bjuɪk〕

Buie 〔'buɪ〕布伊

Buil 〔bu'il〕

Builsa 〔bu'ilsɑ〕

Builth 〔bɪlθ〕

Buin 〔bu'in〕

Buir Nor 〔'bujɚ 'nor〕

Buisson 〔'bɪsən〕布易生(Ferdinand, 1841-
1932, 法國教育家)

Buist 〔bjuɪst〕比伊斯特

Buitenzorg 〔'bɔɪtənzɔrh〕(荷)

Buitrago 〔bwɪ'trago〕

Buja 〔'budʒɑ〕

Bujalance 〔,buhɑ'lɑnθe; ,buhɑ'lɑnse(西)〕

Bujayah 〔'budʒɑjɑ〕

Bujnurd 〔budʒ'nurd〕

Bujumbura 〔,budʒəm'burə〕布松布拉(蒲
                                            L隆地)

Buka 〔'bukə〕

Bukaa 〔'bʊkæ; 'bukɑ〕

Buka'a 〔'bʊkæ; 'bukɑ〕

Bukama〔bu'kɑmə〕布卡馬（剛果）
Bukarest〔'bjukərɛst〕
Bukavu〔bu'kɑvu〕
Buketoff〔bu'kɛtɑf〕
Bukhara〔bu'kɑrə〕布哈拉（蘇聯）
Bukharest〔,bjukə'rɛst〕
Bukhari, al-〔æl·bu'hɑri〕（阿拉伯）
Bukharin〔bʊk'hɑrin; bu'hɑrjin（俄）〕
Bukhtarma〔,buhtɑ'mɑ〕（俄）
Bukidnon〔bu'kidnɑn〕布吉龍（菲律賓）
Bukittinggi〔bukɪ'tɪŋɪ〕
Bukn〔'bukən〕
Bukoba〔bu'kobɑ〕
Bukofzer〔'bukʌfzɚ〕
Bukovina〔,bukə'vinə〕
Bukowina〔,buko'vinɑ〕
Bul, Kuh-i-〔'kuhɪ·'bʊl〕
Bulacan〔,bulɑ'kɑn〕
Bulak〔bu'lɑk〕
Bulama〔bu'lɑmə〕
Bulan〔'bulɑn〕
Buland〔'bjulənd〕布蘭
Bulandshahr〔,bulʌnd'ʃɑr〕（印）
Bulaq〔bu'lɑk〕
Bülau〔'bjulɑu〕
Bulawayo〔,bulə'weo; ,bulə'wɑɪo; ,bulə'wɑjo〕
Bülbring〔'bjulbrɪŋ〕
Bulbul Ameer〔'bulbul ɑ'mir〕
Bulbulian〔bʊl'bjulɪən〕
Bulcke〔'bulkə〕
Buldir〔bʊl'dɪr〕
Buldur〔bʊl'dur〕
Buleleng〔'bulələŋ〕
Bulem〔'bʊləm〕
Buley〔'bjulɪ〕布利
Bülffinger〔bjʊl'fɪŋə〕
Bulfin〔'bʊlfɪn〕
Bulfinch〔'bʊlfɪntʃ〕布爾芬奇
Bulgakov〔bʊl'gɑkɔf〕（俄）
Bulganin〔bʊl'ganjɪn〕布加寧（Nikolai Aleksandrovich, 1895-1975,俄國元帥及總理）
Bulgar〔'bʌlgɑr; bʊl-〕保加利亞人
Bulgar Dağlari〔'bulgɑr ,dala'rɪ〕(土)
Bulgaria〔bʌl'gerɪə〕保加利亞
Bulgarin〔bʊl'garjɪn〕
Bulgaris〔'vulgɑrɪs〕（希）
Bulgaroctonus〔,bʌlgə'rɑktənəs〕
Bulgarus〔'bʌlgərəs〕
Bulgary〔'bʌlgərɪ〕
Bulger〔'bʌldʒɚ〕布爾杰
Bulhar〔'bʊlhɑr〕

Bulkeley〔'bʌlklɪ〕巴爾克利
Bulkley〔'bʌlklɪ〕巴爾克利
Bull〔bʊl〕【天文】金牛座
Bullant〔bju'lɑŋ〕（法）
Bullard〔'bʊlɑrd〕布拉德
Bullard's Bar〔'bʊlədz ,bɑr〕
Bullcalf〔'bʊl,kɑf〕
Bulle〔'bʊlə; bjul〕
Bullecourt〔bjul'kur〕（法）
Bulleid〔'bʊlid〕布利德
Bullen〔'bʊlɪn〕布倫
Buller〔'bʊlə〕布勒
Bullers of Buchan〔'bʊlɚz əv 'bʌkən; 'bʊləz əv 'bʌhən（蘇）〕
Bullet〔bju'lɛ〕（法）
Bullett〔'bʊlɪt〕布利特
Bullialdus〔,bʊlɪ'ældəs〕
Bullin〔'bʊlɪn〕布林
Bullingbroke〔'bʊlɪŋbruk〕
Bullinger〔'bʊlɪŋə〕布林格
Bullis〔'bʊlɪs〕布利斯
Bullitt〔'bʊlɪt〕布里特（William Christian, 1891-1967, 美國外交家）
Bull Moose〔'bʊl 'mus〕
Bulloch〔'bʊlək〕布洛克
Bullock〔'bʊlək〕布洛克
Bullokar〔'bʊləkɑr〕布洛卡
Bullom〔'bʊləm〕
Bullough〔'bʊlo〕布洛
Bull Run〔'bʊl 'rʌn〕布爾淵河（美國）
Bulls〔bʊlz〕布爾斯
Bullus〔'bʊləs〕布勒斯
Bully〔bju'li〕（法）
Bully-les-Mines〔bju·ji·le·'min〕（法）
Bulman〔'bʊlmən〕布爾曼
Bulmer〔'bʊlmə〕布爾默
Bulnes〔'bulnes〕
Bulolo〔bu'lolo〕
Bulosan〔'bjulosɑn〕
Bülou〔'bjulɑu〕
Bülow〔'bjulɑu〕布洛
Buloz〔bju'lo〕（法）
Bulsar〔bʌl'sɑr〕
Bulse〔'bulsə〕
Bulstrode〔'bʊlstrod〕布爾斯特羅德
Bulthaupt〔'bʊlthɑupt〕
Bulti〔'bʌltɪ〕
Bultitude〔'bʌltɪtjud〕
Bultmann〔'bʊltmɑn〕
Bulu〔'bulu〕

Buluan〔bu'luɑn〕
Bulun〔'bulun〕布隆（蘇聯）
Bulusan〔bu'lusɑn〕
Buluwayo〔ˌbuləʹwajo〕
Bulwer〔'bulwə〕布爾沃
Bulwer-Lytton〔'bulwə·'lɪtn〕
Bumba〔'burɑbə〕
Bumble〔'bʌmbḷ〕
Bumby〔'bʌmbɪ〕
Bumgarner〔bʌm'gɑnə〕布姆加納
Bumke〔'bumkə〕
Bumm〔bum〕
Bump〔bʌmp〕邦普
Bumper〔'bʌmpə〕
Bumpous〔'bʌmpəs〕邦珀斯
Bumppo〔'bʌmpo〕
Bumpus〔'bʌmpəs〕邦珀斯
Bumstead〔'bʌmstɛd〕巴姆斯特德
Buna〔'bunə〕
Bunau-Varilla〔bjʊ'no·vari'ja〕（法）
Bunbury〔'bʌnbərɪ〕邦伯里（澳洲）
Bunce〔bʌns〕邦斯
Bunch〔bʌntʃ〕
Bunche〔bʌntʃ〕彭區（Ralph Johnson, 1904-1971, 美國政治學家及外交家）
Bunchman〔'bʌntʃmən〕邦奇曼
Buncle〔'bʌŋkḷ〕
Buncombe〔'bʌŋkəm〕
Buncrana〔bʌn'krɑnə〕
Bund〔bund; bunt（德）〕聯盟
Bundaberg〔'bʌndəbəg〕邦達伯格（澳洲）
Bundahish〔'bundɑhiʃ〕
Bunde〔'bʌndɪ; 'bundə〕邦德
Bundelkhand〔'bundəlhʌnd〕（印）
Bundesen〔'bʌndəsɛn〕邦德森
Bundesrat〔'bundəsˌrat〕❶瑞士聯邦議會❷西德之上議院
Bundestag〔'bundəsˌtak〕西德之下議院
Bundeswehr〔'bundəsˌver〕西德國防軍
Bundi〔'bundɪ〕
Bundy〔'bʌndɪ〕邦迪
Bunford〔'bʌnfəd〕邦福德
Bungay〔'bʌŋgɪ〕邦加（英格蘭）
Bunge〔'bʌŋɪ; 'buŋə（德）; 'buŋgə（俄）; 'bunhe（西）〕
Bunge de Gálvez〔'buŋhe ðe 'galves〕
Bu Ngem〔'bun 'gɛm〕
Bungen〔'buŋɛn〕
Bungert〔'buŋət〕
Bunin〔'bunjɪn〕布寧（Ivan Alekseevich, 1870-1953, 俄國詩人及小說家）
Buning〔'bjunɪŋ〕

Bunker〔'bʌŋkə〕邦克
Bunkie〔'bʌŋkɪ〕
Bunn〔bʌn〕邦恩
Bunnabeola〔ˌbʌnə'biələ〕
Bunnell〔bə'nɛl〕邦內爾
Bunner〔'bʌnə〕龐納（Henry Cuyler, 1855-1896, 美國作家）
Bunnett〔'bʌnɪt〕
Bunney〔'bʌnɪ〕邦尼
Bunning〔'bʌnɪŋ〕邦寧
Bunny〔'bʌnɪ〕
Bunnyan〔'bʌnjən〕
Bunsen〔'bʌnsn〕本生（Robert Wilhelm, 1811-1899, 德國化學家）
Bunshaft〔'bʌnʃæft〕邦沙夫特
Bunt〔bʌnt〕
Bunthorne〔'bʌnθɔrn〕
Bunting〔'bʌntɪŋ〕邦廷
Buntline〔'bʌntlɪn〕邦特蘭
Bunton〔'bʌntən〕
Bunyan〔'bʌnjən〕班揚（John, 1628-1688, 英國傳教士及作家）
Bunzelwitz〔'buntsəlvɪts〕
Bunzlau〔'buntslau〕
Buol-Schauenstein〔'bul·'ʃauənʃtain〕
Buon〔bwɔn〕
Buonaccorsi〔ˌbwɔnak'korsi〕
Buonaccorso〔ˌbwɔnak'korso〕
Buonafede〔bwɔnɑ'fede〕
Buonaparte〔'bonəˌpart; ˌbwɔnɑ'parte（義）〕波拿巴
Buonarrotti〔ˌbwɔnɑ'rɔttɪ〕（義）
Buoncompagni〔ˌbwɔnkam'panjɪ〕（義）
Buondelmonti〔ˌbwɔndel'montɪ〕（義）
Buoninsegna〔ˌbwɔnɪn'senja〕（義）
Buono〔'bwɔno〕
Buononcini〔ˌbwɔnon'tʃini〕
Buonvicino〔ˌbwɔnvɪ'tʃino〕
Buor Khaya〔'buɔr 'haja〕（俄）
Buqbuq〔'bukbuk〕
Bura〔'burɑ; 'bjurə〕
Buraida〔bu'raidə〕布賴達（沙烏地阿拉伯）
Burali-Forti〔bu'rali·'fɔrti〕
Burano〔bu'rano〕
Burao〔bu'rao〕
Burauen〔bu'rawen〕
Burbage〔'bɜbɪdʒ〕伯比奇
Burbank〔'bɜbæŋk〕❶柏班克（Luther, 1849-1926, 美國園藝學家）❷柏班克（美國）
Burberry〔'bɜˌbɛrɪ; -bərɪ〕❶雨衣❷一種防水布製的外衣
Burbey〔'bɜbɪ〕

Burbidge〔'bɝbɪdʒ〕伯比奇
Burbon〔'bɝbən〕
Burbridge〔'bɝbrɪdʒ〕伯布里奇
Burbury〔'bɝbərɪ〕
Burcardus〔bəˈkɑrdəs〕
Burch〔bɝtʃ〕伯奇
Burcham〔'bɝtʃəm〕伯切姆
Burchard〔'bɝtʃəd〕伯查德
Burchell〔'bɝtʃəl〕伯切德
Burchenal〔'bɝtʃnəl〕伯奇納爾
Burchfield〔'bɝtʃfild〕伯奇菲爾德
Burchiello〔burˈkjɛllo〕（義）
Burchill〔'bɝtʃəl〕伯奇爾
Burchnall〔'bɝtʃnəl〕伯奇納爾
Bürckel〔'bjurkəl〕
Burckhard〔'burkhɑrt〕
Burckhardt〔'burkhɑrt〕伯奇哈特
Burd Ellen〔bɝd 'ɛlɪn〕
Burdach〔'burdɑh〕（德）
Burdegala〔bəˈdɛgələ〕
Burdekin〔'bɝdɪkɪn〕
Burdell〔bəˈdɛl〕伯德爾
Burden〔'bɝdn̩〕伯登
Burdenko〔bur'djɛnkə〕
Burder〔'bɝdə〕伯德
Burdett〔bɝ'dɛt〕伯德特
Burdett-Cout(t)s〔'bɝdɛt·'kuts ;
  bəˈdɛt·'kuts〕
Burdette〔bəˈdɛt〕
Burdick〔'bɝdɪk〕伯迪克
Burdigala〔bəˈdɪgələ〕
Burdigalensis〔bəˌdɪgəˈlɛnsɪs〕
Burdine〔'bɝdɪn〕伯丁
Burding〔'bɝdɪŋ〕伯丁
Burditt〔'bɝdɪt〕
Burdon〔'bɝdn̩〕伯登
Burdon-Sanderson〔'bɝdn̩·'sændəsn̩〕
Burdur〔bur'dur〕
Burdwan〔bɝd'wɑn〕
Bure〔bjur〕
Bureau〔'bjuro〕
Burem〔bu'rɛm〕
Buren〔'bjurən〕
Büren〔'bjurən〕
Burens〔'burənz〕
Buresch〔'burɛʃ〕
Bureya〔bəˈreə〕布列亞河（蘇聯）
Burford〔'bɝfəd〕伯福德
Burg〔bɝg;burk（德）〕
Bur Gandak〔'bur 'gʌndək〕（印）
Burgas〔bur'gas〕布加斯（保加利亞）
Burgaw〔'bɝgɔ〕

Burgclere〔'bɝklɛr〕
Burgdorf〔'burkdɔrf〕
Burge〔bɝdʒ〕伯奇
Bürgel〔'bjurgəl〕
Burgen〔'burgən〕
Burgenland〔'bɝgənlənd; 'burgənlɑnt（德）〕
Burger〔'burgə〕
Bürger〔'bjurgə〕畢爾嘉（Gottfried
  August, 1747-1794, 德國詩人）
Burges〔'bɝdʒɪz〕
Burgess〔'bɝdʒɪs〕柏基斯((Frank)Gelett,
  1866-1951, 美國插畫家及幽默作家）
Burgettstown〔'bɝdʒɪts,taun〕
Burgevine〔'bɝgəvain〕伯格萬
Burgh〔bɝg; 'bʌrə〕
Burgham〔'bɝgəm〕
Burghard〔'bɝgɑrd〕伯格哈特
Burghclere〔'bɝklɛr〕
Burghers〔'bɝgəz〕
Burghersdorp〔'bɝgəzdɔrp〕
Burghersh〔'bɝgəʃ〕伯格什
Burghley〔'bɝlɪ〕伯利
Bürgi〔'bjurgɪ〕
Burgin〔'bɝgɪn〕伯金
Burgis〔'bɝdʒɪs〕
Burgkmair〔'burkmair〕
Burglen〔'bjurglən〕
Bürgmann〔'bɝgmən〕伯格曼
Burgmein〔'burhmain〕（德）
Burgmüller〔'burh,mjulə〕（德）
Burgoa〔bur'goa〕
Burgon〔'bɝgən〕伯根
Burgos〔'burgos〕布哥斯（西班牙）
Burgoyne〔'bɝgɔin〕伯戈因
Burgschmiet〔'burkʃmit〕
Burgstädt〔'burkʃtet〕
Burg Stein〔'burk ʃtain〕
Burgund〔bur'gunt〕伯貢德
Burgundy〔'bɝgəndɪ〕勃艮地區（法國）
Burhanpur〔bur'hanpur ; bɝ'hanpur〕
Burhoe〔'bɝho〕伯霍普
Burián〔'burɪɑn〕伯里安
Burias〔'burjas〕布里亞斯（菲律賓）
Buriat-Mongolia〔bur'jat·mɑŋ'goliə〕
Buriatte, de〔də 'bjurɪæt〕
Burica〔bu'rika〕
Buridan〔'bjurɪdən; bjuri'dɑŋ（法）〕
Burin〔'bjurɪn〕
Buriram〔buriram〕（暹羅）
Burjasot〔burha'sot〕（西）
Burji〔bur'dʒi〕
Burk〔bɝk〕伯克

Burkard〔'burkɑrt〕伯卡德
Burkat〔'bɚkət〕伯卡特
Burkburnett〔,bɚkə'net〕
Burke〔bɝk〕柏克（Edmund, 1729-1797, 英國政治家及演說家）
Burket〔'bɝkɪt〕伯克特
Burkersdorf〔'burkəsdɔrf〕
Burkesville〔'bɝksvɪl〕
Burkett〔'bɝkɪt〕伯克特
Burkhard〔'bɝkhɑrt〕伯克哈特
Burkhardt〔'bɝkhɑrt〕
Burkhart〔'bɝkhɑrt; 'burkhɑrt（德）〕
Burkhead〔'bɝkhɛd〕伯克黑德
Burkholder〔'bɝkholdɚ〕伯克霍爾德
Burkill〔'bɝkɪl〕伯基爾
Burkitt〔'bɝkɪt〕伯基特
Burklund〔'bɝklənd〕伯克隆
Burks〔bɝks〕伯克斯
Burlace〔'bɝləs〕
Burlage〔bɚ'ledʒ〕伯萊奇
Burlamaqui〔bjurlɑmɑ'ki〕（法）
Burleigh〔'bɝlɪ〕伯利
Burleson〔'bɝlɪsn̩〕伯利森
Burley〔'bɝlɪ〕伯利
Burlin〔'bɝlɪn〕伯林
Burlingame〔'bɝlɪŋgem; -ŋəm〕蒲安臣（Anson, 1820-1870, 美國律師及外交家）
Burlingham〔'bɝlɪŋˌhæm〕伯林厄姆
Burlington〔'bɝlɪŋtən〕伯林頓
Burliuk〔bur'ljuk〕伯柳克
Burma〔'bɝmə〕緬甸
Burman〔'bɝmən〕緬甸人；緬甸語
Burmann〔'bɝmən〕
Burnese〔bɝ'niz〕
Burmester〔'bur,mestɚ〕伯梅斯特
Burn〔bɝn〕伯恩
Burnaby〔'bɝnəbɪ〕伯納比
Burnam〔'bɝnəm〕伯納姆
Burnand〔bɝ'nænd〕伯南德
Burnap〔'bɝnæp〕
Burne〔bɝn〕伯恩
Burne-Jones〔'bɝn·'dʒonz〕柏恩瓊斯（Sir Edward Coley, 1833-1898, 英國畫家及設計家）
Burnell〔'bɝnl̩〕伯內爾
Burnes〔bɝnz〕伯恩斯
Burnet〔bɚ'net; 'bɝnɪt〕白奈特（Sir (Frank) Macfarlane, 1899-1985, 澳大利亞醫生）
Burnett〔bɚ'net〕貝妮特（Frances Eliza, 1849-1924, 美國女作家）
Burney〔'bɝnɪ〕柏尼（Fanny, 1752-1840, Madame d'Arblay, 英國女小說家及日記作家）

Burni〔'burni〕
Burnie〔'bɝnɪ〕伯尼
Burniston〔'bɝnɪstən〕伯尼斯頓
Burnley〔'bɝnlɪ〕班來（英格蘭）
Burnor〔'bɝnɚ〕
Burnouf〔bjur'nuf〕（法）
Burnquist〔'bɝnkwɪst〕伯恩奎斯特
Burns〔bɝnz〕柏恩斯（Robert, 1759-1796, 蘇格蘭詩人）
Burnshaw〔'bɝnʃɔ〕
Burnside〔'bɝnsaɪd〕伯恩塞德
Burnstan〔'bɝnstən〕伯恩斯坦
Burnsville〔'bɝnzvɪl〕
Burnt Norton〔'bɝnt 'nɔrtn̩〕
Burntisland〔bɝn'taɪlənd〕
Burpee〔'bɝpɪ〕伯比
Burr〔bɝ〕伯爾
Burra〔'bʌrə〕伯拉
Burrage〔'bʌrɪdʒ〕伯雷奇
Burral〔'bʌrəl〕
Burrard〔'bʌrəd〕伯拉德
Burrard Inlet〔bə'rɑrd~〕
Burr Brundage〔bɝ 'brʌndɪdʒ〕
Burrell〔'bʌrəl〕伯勒爾
Burress〔'bɝrɛs〕伯雷斯
Burrhus〔'bʌrəs〕
Burriana〔bur'rjɑnɑ〕
Burrill〔'bʌrɪl〕伯里爾
Burrillville〔'bʌrɪlvɪl〕
Burrington〔'bʌrɪŋtən〕伯林頓
Burris〔'bʌrɪs〕伯里斯
Burritt〔'bʌrɪt〕伯里特
Burrough〔'bʌro〕伯勒
Burrough(e)s〔'bʌroz〕柏洛茲（John, 1837-1921, 美國博物學家）
Burrow〔'bʌro〕伯羅
Burrowes〔'bʌroz〕伯羅斯
Burrows〔'bʌroz〕伯羅斯
Burrus〔'bʌrəs〕伯勒斯
Burrville〔'bɝvɪl〕
Burrwood〔'bɝwud〕
Burry〔'bɝɪ〕
Bursa〔bur'sɑ; 'bɝsə; 'bursɑ〕布耳沙（土耳其）
Burse〔bɝs〕伯斯
Bursiek〔'bɝsɪk〕
Bursk〔bɝsk〕
Bursley〔'bɝslɪ〕伯斯利
Burstall〔'bɝstəl〕伯斯塔爾
Burstein〔'bɝstaɪn〕伯斯坦
Bürstenbinder〔'bjurstən,bɪndɚ〕
Burston〔'bɝstn̩〕伯斯頓

Burt〔bɝt〕伯特
Burtchaell〔'bɝtʃəl〕
Burte〔bɝtə〕
Burtenshaw〔'bɝtnʃɔ〕
Burtis〔'bɝtɪs〕伯蒂斯
Burton〔'bɝtn〕柏頓(❶Harold Hitz, 1888-
1964, 美國法學家❷ Sir Richard Francis,
1821-1890, 英國探險家及東方學家)
Burton-heath〔'bɝtn·'hiθ〕
Burton-on-Trent〔'bɝtn·ɑn·'trɛnt〕
Burton-Opitz〔'bɝtn·'opɪts〕
Burts〔bɝts〕伯茨
Burtscheid〔'burt·ʃaɪt〕
Burtt〔bɝt〕伯特
Buru Island〔'buru〕布魯島(印尼)
Burujird〔,buru'dʒɪrd〕
Burundi〔bu'rundɪ〕蒲隆地(非洲)
Burwash〔'bɝrɪʃ; 'berɪʃ〕
Burwash Landing〔'bɝwaʃ~〕
Burwell〔'bɝwəl〕伯衛爾
Burwood〔'bɝwud〕
Bury〔'bjʊrɪ〕伯里
Buryat-Mongol〔bur'jat·'maŋɡəl〕
布里亞蒙古(蘇俄)
Buryeiskii Khryebyet〔bu'rjeskɪ
'hrebjɪt〕(俄)
Bury Fair〔'berɪ~〕
Burzil〔'burzɪl〕
Bus〔bjus〕
Busa〔'busə; 'vusa(希)〕
Busaco〔bu'saku〕(葡)
Busançois〔bjuzaŋ'swa〕(法)
Busango〔bu'sæŋɡo〕
Busansi〔bu'sansi〕
Busbeck〔bjuz'bek〕
Busbecq〔bjuz'bɛk〕
Busby〔'bʌzbɪ〕巴斯比
Busca〔'buskə〕
Busch〔buʃ〕布希
Busche〔'buʃə〕
Busching〔'buʃɪŋ〕
Büsching〔'bjuʃɪŋ〕
Buschke〔'buʃkɪ〕
Buschman〔'buʃmən〕布希曼
Buschmann〔'buʃmɑn〕布希曼
Buschmeyer〔'buʃmeə〕布希邁耶
Busembaum〔'buzəmbaʊm〕
Busenbaum〔'buzənbaʊm〕
Busento〔bu'sɛnto〕
Bush〔buʃ〕布西(Vannevar, 1890-1974, 美
國電機工程師)
Bush-Brown〔'buʃ·'braʊn〕

Bushby〔'buʃbɪ〕布什比
Bushe〔'buʃ〕布希
Bushell〔'buʃl〕
Bushey〔'buʃɪ〕
Bush-Fekete〔'buʃ·'fɛkiti〕
Bushire〔bju'ʃaɪr; bu'ʃir〕
Bushiri bin Salim〔bu'ʃiri bɪn sa'lim〕
Bushkin〔'buʃkɪn〕布什金
Bushman〔'buʃmən〕布什曼
Bushmen〔'buʃmən〕
Bushmiller〔'buʃmɪlə〕
Bushmills〔'buʃmɪlz〕
Bushnell〔'buʃnəl〕布什內爾
Bushner〔'buʃnə〕
Bushrod〔'buʃrɑd〕布什羅德
Bushy〔'buʃɪ〕
Bushyager〔'buʃjaɡə〕
Busick〔'bjusɪk〕布西克
Busignies〔bu,zi'ni〕
Busira〔bu'sɪrə〕
Busirane〔'bʌzɪren; 'bjusɪren〕
Busiri, al-〔,æl·bu'siri〕
Busiris〔bju'saɪrɪs〕
Busk〔bʌsk〕巴斯克
Busken Huet〔'bɝskən hju'wɛt〕(荷)
Buskerud〔'buskə,ru〕(挪)
Busk-Ivanhoe〔'bʌsk·'aɪvənho〕
Busoni〔bu'zoni〕
Busra(h)〔'bʌsrə〕
Buss〔bʌs〕巴斯
Bussa〔'bussə〕
Bussaco〔bu'saku〕(葡)
Bussahir〔'bussəhir〕(印)
Bussard〔'bʌsəd〕布薩德
Busse〔'busə〕
Busser〔'bʌsə〕巴瑟
Busseto〔bus'seto〕(義)
Bussey〔'bʌsɪ〕伯西
Bussing〔'bʌsɪŋ〕巴辛
Busson〔bju'sɔŋ〕(法)
Bussone〔bus'sone〕(義)
Bussora(h)〔'bʌsərə〕
Bussum〔'bɝsəm〕(荷)
Bussy〔'bʌsɪ; bju'si(法)〕
Bussy-d'Ambois〔bju'si·daŋ'bwa〕(法)
Bussy-d'Amboise〔bju'si·daŋ'bwaz〕
(法)
Bustamante〔,busta'mante〕巴斯塔曼特
Bustan〔bus'tan〕
Busteed〔'bʌstid〕巴斯蒂德
Buster〔'bʌstə〕

Busto Arsizio〔'busto ar'sitsjo〕
Busuanga〔bus'wɑŋɑ〕布桑加（菲律賓）
Busuitan〔buswetɑn〕（韓）
Büsum〔'bjʊzʊm〕
Busvine〔'bʌzvaɪn〕
Buswell〔'bʌzwəl〕巴斯衞爾
Busy〔'bɪzɪ〕
Buszard〔'bʌzəd〕
But〔bʌt〕布塔（剛果）
Buta〔'butə〕
Butaritari〔bu,tarɪ'tarɪ〕
Butch〔butʃ〕
Butchart〔'butʃət〕布查特
Butcher〔'bʊtʃə〕
Bute〔bjut〕標得島（蘇格蘭）
Butchers〔'bʊtʃəz〕
Butement〔'bjutmənt〕布特門特
Butenandt〔'butənant〕布特南（Adolph,
 1903-,德國化學家）
Butera〔bu'terɑ〕
Butere〔bu'tere〕
Butes〔'bjutiz〕
Buteshire〔'bjut,ʃɪr〕標得郡（蘇格蘭）
Buthedaung〔,buðɪ'daʊŋ〕
Buthidaung〔,buðɪ'daʊŋ〕巫地安（緬甸）
Buthod〔'bjuto〕
Buthrotum〔bjuθ'rotəm〕
Butjadingen〔'but,jadɪŋən〕
Butkhak〔but'kak〕
Butland〔'bʌtlənd〕
Butler〔'bʌtlə〕巴特勒（❶Benjamin
 Franklin,1818-1893,美國律師、將軍及從政
 者❷Joseph,1692-1752,英國神學家）
Butlerov〔'butljərɔf〕
Butlin〔'bʌtlɪn〕
Buto〔'bjuto〕
Buton〔'butɔn〕
Butrick〔'bʌtrɪk〕布特里克
Butrinto〔but'rinto〕
Butt〔bʌt〕巴特
Buttar〔'bʌtar〕
Butte〔bjut〕比尤特（美國）
Buttenheim〔'bʌtənhaɪm〕
Buttenwieser〔'bʌtənwisə〕
Butter〔'bʌtə〕
Butterfield〔'bʌtəfild〕布特菲爾德
Butterick〔'bʌtərɪk〕
Butterleigh〔'bʌtəlɪ〕
Butterley〔'bʌtəlɪ〕
Buttermilk〔'bʌtəmɪlk〕
Butters〔'bʌtəz〕巴特斯
Butterweck〔'bʌtərɛk〕巴特衞克

Butterwick〔'bʌtərɪk〕
Butterworth〔'bʌtəwəθ〕巴特沃思
Buttfield〔'bʌtfild〕
Buttington〔'bʌtɪŋtən〕
Büttisholz〔'bjutɪshalts〕
Buttle〔'bʌtl〕巴特爾
Buttmann〔'butmɑn〕
Button〔'bʌtn̩〕
Buttons〔'bʌtnz〕
Buttrick〔'bʌtrɪk〕
Butts〔'bʌts〕
Buttrose〔'bʌtroz〕
Buttz〔bʌts〕巴茨
Butuan〔bu'tuan〕布士安（菲律賓）
Butuntum〔bu'tʌntəm〕
Buturlin〔,butur'lin〕
Buturlinovka〔butur'ljinəfkə〕（俄）
Butz〔bʌts〕巴茨
Butzel〔'bʌtsəl〕巴策爾
Butzer〔'butsə〕巴策
Buvelot〔bjʊv'lo〕（法）
Buwayhids〔bu'waɪhɪdz〕
Baxar〔bʌksə〕
Buxhöwden〔buks'hɜvdən〕
Buxtehude〔,bukstə'hudə〕
Buxton〔'bʌkstən〕巴克斯頓
Buxtorf(f)〔'bukstɔrf〕
Buyides〔'bujaɪdz〕
Buyids〔'bujɪdz〕
Buyrette〔bjui'ret〕
Buys〔bɔɪs〕拜斯
Buys Ballot〔'bɔɪs ba'lat〕（荷）
Buysse〔'bɔɪsə〕
Büyük Ada〔,bjujjuk a'da〕
Büyükdere〔,bjujjukdɛ'rɛ〕
Buzachi〔bu'zalʃɪ〕
Buzancy〔bjuzɑŋ'si〕
Buzard〔'bʌzəd〕
Buzău〔bu'zɜʊ; bu'zʌu（羅）〕
Buzby〔'bʌzbɪ〕
Buzfuz〔'bʌzfʌz〕
Buzima, Jelačič od〔'jɛlatʃɪtʃ od
 'buʒɪmɑ; -,tʃitj（塞克）〕
Buzuluk〔buzu'luk〕
Buzzard〔'bʌzəd〕巴札德
Buzzi〔'bʌzɪ〕
Bwa〔bwa〕
Bwagaoia〔,bwɑgɑ'ɔɪɑ〕
Bwake〔'bwake〕
Bwana M'kubwa〔'bwɑnɑ m'kubwɑ〕
Bwanamkubwa〔'bwɑnɑm'kubwɑ〕

By〔baɪ〕
Byala Slatina〔'bjɑlɑ 'slɑtɪnɑ〕
Byalik〔'bjalɪk〕
Byalistock〔bja'lɪstɔk〕
Byam〔'baɪəm〕拜厄姆
Byard〔'baɪrd〕拜厄德
Byars〔'baɪrz〕拜厄斯
Byas(s)〔'baɪəs〕
Byblis〔'bɪblɪs〕
Byblius〔'bɪblɪəs〕
Byelinsky〔bjɪ'ljinskəɪ〕（俄）
Byblos〔'bɪblɑs〕
Bydgoshch〔'bɪdgɑʃtʃ〕
Bydgoszcz〔'bɪdgɔʃtʃ〕波奇士（波蘭）
Bydžovsky〔'bɪdʒɔfskɪ〕（捷）
Bye〔baɪ〕拜伊
Byelorussia〔,bjelo'rʌʃə〕白俄羅斯(蘇聯)
Byelozero〔bjɪ'lɔzjɪrə〕
Byelukha〔bjɪ'luhɑ〕（俄）
Byeluy〔'bjelə·ɪ〕（俄）
Byends〔'baɪɛndz〕
Byer〔'baɪr〕
Byerly〔'baɪrlɪ〕拜爾利
Byers〔'baɪrz〕拜爾斯
Byesville〔'baɪzvɪl〕
Byford〔'baɪfəd〕拜福德
Byington〔'baɪɪŋtən〕拜因頓
Byler〔'baɪlə·〕拜勒
Byles〔baɪlz〕拜爾斯
Byll〔bɪl〕
Bylney〔'bɪlnɪ〕
Bylot〔'baɪlɑt〕
Byng〔bɪŋ〕賓
Byng, Cranmer-〔'krænmə·'bɪŋ〕
Bynkershoek〔'bɪŋkəshuk〕（荷）
Bynner〔'bɪnə·〕賓納
Bynoe〔'baɪno〕拜農
Bynum〔'baɪnəm〕

Byns〔baɪns〕
Byörkö〔'bjɝkə·〕
Byr〔'bjʊr〕
Byram〔'baɪrəm〕
Byrdstown〔'bɝdztaʊn〕
Byrgius〔'bɝdʒɪəs〕
Byrne〔bɝn〕
Byrnes〔bɝnz〕柏恩茲（James Francis, 1879-1972, 美國政治家及法學家）
Byrns〔bɝnz〕
Byroade〔'baɪrod〕
Byrom〔'baɪrəm〕
Byron〔'baɪrən〕拜倫（George Gordon, 1788-1824, 英國詩人）
Byrsa〔'bɝsə〕
Byrt〔bɝt〕
Byse〔baɪs〕
Bysshe〔bɪʃ〕
Bysshe Vanolis〔bɪʃ və'nolɪs〕
Byshottles〔'baɪ,ʃɑtḷz〕
Byström〔'bjustrəm〕
Bystrzyca〔bɪst·'ʃɪtsɑ〕（波）
Bythesca〔'bɪðəsɪ〕
Bytheway〔'baɪðəwe〕
Bytom〔'meɪtəm〕
Bytów〔'bɪtuf〕（波）
Bytown〔'baɪtaʊn〕
Bywater〔'baɪ,wɔtə·〕
Bywaters〔'baɪ,wɔtə·z〕
Bywood〔'baɪwʊd〕
Byzacuim〔bɪ'zeʃɪəm〕
Byzantine〔bɪ'zæntaɪn; 'bɪzn̩,taɪn; 'bɪzn̩,tin〕拜占庭古城的居民
Byzantinus〔,bɪzən'taɪnəs〕
Byzantium〔bɪ'zæntɪəm;bɪ'zænʃɪəm〕拜占庭古城
Byzas〔'baɪzəs〕
Bzura〔'bzurɑ〕

C

Caaba〔'kɑbə〕建於麥加之回教寺院中的石造聖堂

Caacupé〔,kɑɑku'pe〕

Caagua〔ka'ɑgwa〕

Caaguazú〔,kɑɑgwa'su〕

Caamaño〔,kɑɑ'mɑnjo〕

Caapucú〔,kɑɑpu'ku〕

Caazapá〔,kɑɑsɑ'pɑ〕（拉丁美）

Cabadbaran〔ka'bɑdbarɑn〕

Cabaiguán〔,kavaɪg'wɑn〕（拉丁美）

Cabal〔kə'bæl〕

Cabala〔kə'bɑlə〕

Caballero〔,kava'ljero（西）; ,kava'jero（拉丁美）〕

Caballero, Largo〔'lɑrgo ,kava'ljero〕（西）

Caballo〔kə'bajo; ka'vajo（西）〕

Caballo, Pulo〔pu'lo ka'vajo〕（拉丁美）

Cabana〔kæ'bɑnə〕

Cabanagem〔kabə'naʒɛŋ〕（巴西）

Cabañas〔ka'vɑnjas〕（西）

Cabanatuan〔,kabana'twɑn〕卡巴納土安（菲律賓）

Cabanel〔kaba'nɛl〕（法）

Cabanis〔kaba'nis〕（法）

Cabano〔kaba'no〕（法）

Cabanos〔kə'bʌnus〕（巴西）

Cabarrus〔kə'bærəs; ,kava'rus（西）〕

Cabarrús〔,kava'rus〕（西）

Cabarruyan〔,kaba'rujɑn〕

Cabatuan〔,kaba'tuɑn〕

Cabbala〔kə'bɑlə〕

Cabeça de Vaca〔ka'veθa ðe 'vɑka〕（西）

Cabedelo〔,kave'ðelu〕（巴西）

Cabeiri〔kə'baɪraɪ〕

Cabel〔ka'bɛl〕（法）

Cabell〔'kæbḷ〕喀拜爾（James Branch, 1879-1958, 美國小說家及散文家）

Cabellio〔kə'bɛlɪo〕

Cabero Díaz〔ka'vero 'ðias〕（西）

Cabes〔'kabɛs; 'kaves（西）〕

Cabestaing〔kabɛs'tanj〕

Cabestan〔kabɛs'tan〕

Cabestant〔kabɛs'taŋ〕（法）

Cabet〔ka'bɛ〕（法）

Cabeza〔ka'veθa〕（西）

Cabeza del Buey〔ka'veθa dɛl 'bwe〕（西）

Cabeza del Moro〔ka'veθa dɛl 'moro〕（西）

Cabeza de Vaca〔ka'veθa ðe 'vɑka〕喀威沙斯瓦加（Alvar Núñez, 1490?-1557, 西班牙探險家）「探險家」

Cabhán〔kaʊn〕（愛）

Cabicungan〔ka,bikuŋ'gan〕

Cabildo〔ka'vildo〕（拉丁美）

Cabillonum〔,kæbɪ'lonəm〕

Cabimas〔ka'vimas〕（西）

Cabinda〔kə'bɪndə〕喀賓達（葡萄牙）

Cabinet〔'kæbɪnɛt〕

Cabira〔kə'baɪrə〕

Cabiri〔kə'baɪraɪ〕

Cable〔'kebḷ〕蓋博（George Washington, 1844-1925, 美國小說家）

Cable-Alexander〔'kebḷ·,ælɪg'zɑndə〕亞歷山大·蓋博

Caboche〔ka'bɔʃ〕（法）

Cabochiens〔kabɔ'ʃjæŋ〕（法）

Cabo de Horsos〔'kavo ðe 'ɔrsos〕（西）

Cabo Delgado〔'kabu dɛl'gɑðu〕（葡）

Cabo Gracias a Dios〔'kavo 'grasjas a 'ðjos〕（西）

Cabo Juby〔'kavo 'huvɪ〕（西）

Cabo Rojo〔'kavo 'rɔho〕（西）

Cabot〔'kæbət〕喀波特（John, 1450-1498, 威尼斯航海家）

Caboto〔ka'boto〕

Cabourg〔ka'bur〕（法）

Cabo Verde〔'kabu 'verðə〕（葡）

Cabo Yubi〔'kavo 'juvɪ〕（西）

Cabra〔'kavra〕

Cabral〔kə'bral〕喀夫拉爾（Pedro Alvares, 1460-1526, 葡萄牙航海家）

Cabramatta〔,kæbrə'mætə〕

Cabras〔'kæbrəs〕

Cabrera〔kav'rera〕（西）

Cabriel〔,kavrɪ'el〕（西）

Cabrillo〔ka'briljo〕

Cabrini〔ka'brini〕

Cabu〔'kavu; ka'bju〕

Cabugao〔ka'bugaʊ〕

Cabul〔'kɔbʊl〕

Cabusto〔ka'busto〕

Cacafogo〔,kækə'fogo〕

Cacahuamilpa〔,kakawa'milpa〕

Čačak〔'tʃatʃak〕（塞克）

Cacama〔'kakama〕

Cacamatzin〔ka,kamat'sin〕
Caçapava〔,kasə'pavə〕
Cacapon〔kə'kepən〕
Caccamo〔kak'kamo〕（義）
Caccia〔'kætʃə; 'kattʃa〕卡恰
Caccini〔kat'tʃini〕（義）
Cáceres〔'kaθeres〕（西）
Cachan〔ka'ʃaŋ〕（法）
Cachar〔ka'tʃar〕
Cache〔kæʃ〕
Cachemailie〔'kæʃmail〕
Cacheo〔kə'ʃeu; ka'ʃeu〕
Cacheu〔kə'ʃeu; ka'ʃeu〕
Cachí, Nevado de〔ne'vaðo ðe ka'tʃi〕
　（西）
Cachibo〔ka'ʃibo〕
Cachin〔ka'ʃæŋ〕（法）
Cachoeira〔,kaʃu'eirə〕
Cachoeiro〔,kaʃu'eiru〕（葡）
Cäcilia〔tse'tsiliɑ〕
Caciquismo〔,kasi'kizmo〕
Cackchiquel〔,kaktʃi'kɛl〕
Cacons〔ka'kɔŋ〕（法）
Cacos〔'kakos〕
Cacouna〔kə'kunə〕
Cacumazin〔ka,kuma'sin〕
Cacus〔'kekəs〕
Cadalous〔,kædə'loəs〕
Cadalso〔ka'ðalso〕（西）
Cadalso y Vázquez〔ka'ðalso 'vaθkeθ〕
　（西）
Cada Mosto〔,kada 'mosto〕
Cadamosto〔,kada'mosto〕
Ca Da Mosto〔,kɑ da 'mosto〕
Cadbury〔'kædbərı〕卡德伯里
Cadby〔'bædbı〕
Caddee〔ka'de〕
Caddell〔kə'dɛl; 'kædl〕卡德爾
Caddo〔'kædo〕
Caddoan〔'kædoən〕
Caddy〔'kædı〕卡迪
Cade〔ked〕凱德
Cadell〔'kædl; kə'dɛl〕卡德爾
Cadenus〔kə'dinəs〕
Caderas〔ka'deras〕
Cadereita〔,kaðe'reta〕
Cader Fronwen〔'kædə vrɔn'wɛn〕（西）
Cader Idris〔'kædə 'rıdrıs〕
Caderousse〔ka'drus〕（法）
Cadesia〔kæ'dizə〕

Cadet〔ka'dɛ〕（法）卡德特
Cadigan〔'kædıgən〕卡迪根
Cadijah〔ka'didʒə〕
Cadillac〔'kædılæk; kadi'jak〕卡地拉（
　Antoine de la Mothe,1657?-1730, 北美洲
　法國總督）
Cadiz〔'kædız; kə'dız; 'kedız; 'kaðis〕
Cádiz〔'kedız〕加地斯港（西班牙）
Cadman〔'kædmən〕（西）卡德曼
Cadmean〔kæd'mıən〕
Cadmeia〔kæd'miə〕
Caedmon〔'kædmən〕
Cadmus〔'kædməs〕【希臘神話】Phoenicia
　之一王子，爲一降龍勇士
Cadnam〔'kædnəm〕
Cadogan〔kə'dʌgən〕卡多根
Cadoor〔kə'dur〕
Cadore〔ka'dore; ka'dɔr（法）〕
Cadoric Alps〔kə'darık～〕
Cadorna〔ka'dorna〕
Cà d'Oro〔'ka 'doro〕
Cadoudal〔kadu'dal〕（法）
Cadre〔'kadə〕（法）
Cadrilater〔,kædrı'letə〕
Cadsand〔kat-'sant〕（荷）
Cadurcum〔kə'dəkəm〕
Cadwal〔'kædwal; 'kædwɔl; 'kædwəl〕
Cadwaladr〔kæd'wɔlədə〕
Cadwal (1) ader〔kæd'wɔlədə〕卡德瓦拉德
Cadwallon〔kæd'walən〕
Cadwell〔'kædwəl〕卡德衞爾
Cadwgan〔kə'dugən〕
Cady〔'kedı〕卡迪
Cadzow〔'kædzo〕
Caecilius〔sı'sılıəs〕
Caecina〔sı'sinə〕
Caecus〔'sikəs〕
Caedmon〔'kædmən〕
Caedwalla〔kæd'walə〕
Caelia〔'sılıə〕
Caelian〔'sılıən〕
Caeliar〔'siljə〕
Caelica〔'sılıkə〕
Caelius〔'sılıəs〕
Caelum〔'sıləm〕
Caen〔ken; kaŋ〕卡恩（法國）
Caene〔'sini〕
Caenepolis〔sı'nəpəlıs〕
Caepio〔'sıpıo〕
Caere〔'siri〕
Caer Glowe〔kar 'gloə〕

Caer Gwent〔kɑr′gwɛnt〕
Caer Gybi〔kaɪr ′gəbɪ〕（威）
Caerleon〔kɑr′liən〕
Caer Luel〔kɑr ′luəl〕
Caermarthen〔kɑr′mɑrðən〕
Caernarvon〔kə′nɑrvən〕
Caernarvonshire〔kə′nɑrvən,ʃɪr〕喀那
　芬郡（威爾斯）
Caerphilly〔kɑr′fɪlɪ; kɛr′fɪlɪ〕
Caerularius〔,sɪərju′lɛrɪəs〕
Caer Went〔kɑr ′wɛnt〕
Caesalpinus〔,sɛzæl′paɪnəs〕
Caesar〔′sizɚ〕凱撒（Gaius Julius, 100-
　44 B.C., 羅馬將軍、政治家及作家）
Caesaraugusta〔′sizərɔ′gʌstə〕
Caesarea〔,sizə′rɪə〕
Caesarea Philippi〔,sizə′rɪə fɪ′lɪpaɪ;
　,sɛzə′rɪə fɪ′lɪpaɪ〕
Caesarion〔sɪ′zɛrɪən〕
Caesarius〔sɪ′zɛrɪəs〕
Caesarodunum〔,sizərə′djunəm〕
Caesaromagus〔,sizə′raməgəs〕
Caesena〔sɪ′zinə〕
Caesoninus〔,sizə′naɪnəs〕
Caetani〔,kae′tɑnɪ〕
Caete〔kɑ′ete〕
Caetité〔,kaɪtɪ′te〕
Caffa〔′kɑffɑ〕（義）
Caffarelli〔,kɑffɑ′rɛllɪ（義）; kɑfɑrɛ′li
　（法）
Caffery〔′kæfərɪ〕加福利（Jefferson
　1886-, 美國外交家）
Caffey〔′kæfɪ〕卡菲
Caffi〔′kɑffɪ〕（義）
Caffiérl〔kɑfje′ri〕（法）
Caffin〔′kæfɪn〕卡芬
Caffraria〔kə′frɛrɪə〕
Caffristan〔,kæfrɪs′tɑn〕
Caffyn〔′kæfɪn〕卡芬
Cagaba〔kɑ′gɑbɑ〕
Cagayan〔kɑ′gɑjən; ,kɑgɑ′jɑn〕加牙因
　（菲律賓）
Cagayancillo〔,kɑgɑjɑn′sijo〕
Cagayan de Jolo〔,kɑgɑ′jɑn ðe ′holo〕
　（西）
Cagayan de Misamis〔,kɑgɑ′jɑn ðe
　mɪ′sɑmɪs〕（西）
Cagayanes〔,kɑgɑ′janes〕
Cagayan Sulu〔,kɑgɑ′jɑn ′sulu〕
Cagle〔′kegl〕卡格爾
Cagli〔′kɑlji〕
Cagliari〔′kæljɑrɪ〕卡拉里（義大利）

Cagliostro〔kæ′ljɑstro〕
Cagnat〔kɑ′nja〕（法）
Cagney〔′kægnɪ〕卡格尼
Cagni〔′kɑnjɪ〕
Cagniard〔kɑ′njɑr〕（法）
Cagnola〔kɑ′njɔlɑ〕
Cagots〔kɑ′goz〕
Cagoulards〔kɑgu′lɑr〕（法）
Cagraray〔,kɑgrɑ′raɪ〕
Cagua〔′kɑgwɑ〕
Caguas〔′kɑgwɑs〕
Cahaba〔kə′hɑbə; kə′hɑbə〕
Cahal〔′kehɪl〕卡哈爾
Cahan〔kɑn; ′kɑhɑn〕卡恩
Cahaney〔kɑ′heni〕
Cahawba〔kə′hɑbə〕
Cahen〔kɑ′æŋ〕（法）卡恩
Caherbarnagh〔kɑr′vɑrnə〕（愛）
Cahill〔′kɑhɪl〕卡希爾
Cahlan〔′kelæn〕卡蘭
Cahn〔kɑn〕卡恩
Cahokia〔kə′hokɪə〕
Cahors〔kɑ′ɔr〕（法）
Cahuapana〔,kɑwɑ′pɑnə〕
Cahuenga〔kɑ′wɛŋgɑ〕
Cahusac〔kə′hjusæk〕
Caiaphas〔′kaɪəfæs〕
Caibarién〔,kaɪvɑ′rjen〕（西）
Caicos〔′kekəs〕凱科斯群島（牙買加）
Caieta〔ke′jitə〕
Caignart〔ke′njɑr〕
Caillard〔′keləd; ′kaɪɑr〕
Caillaux〔kɑ′jo〕（法）
Caillavet〔kɑjɑ′vɛ〕（法）
Caille〔kɑj〕（法）
Caillé〔kɑ′je〕（法）
Caillet〔kɑ′jɛ〕（法）
Cailletet〔kɑj′tɛ〕（法）
Cailliaud〔kɑ′jo〕（法）
Caillié〔kɑ′je〕（法）
Cailliet〔kɑ′ji〕（法）
Caillou〔′kelu; kɑ′ju〕（法）
Caillouet〔′kaɪwɛt〕
Caimanera〔,kaɪmɑ′nerɑ〕
Cain〔ken〕（聖經）該引（亞當與夏娃之長子）
Caine〔ken〕克恩（Sir（Thomas Henry）
　Hall, 1853-1931, 英國小說家）
Cainargea-Miča〔kaɪ′nɑrdʒɑ·′mikə〕（羅）
Caingang〔,kaɪn′gɑŋ〕
Caingua〔,kaɪn′gwɑ〕
Cainite〔′kenaɪt〕
Cainozoic〔,kaɪnə′zoɪk〕

Caiphas〔'keɪfəs〕
Ca ira〔sɑ i'ra〕(法)
Cairbar〔'kɛrbə〕
Cairncross〔'kɛrnkras〕凱恩克羅斯
Caird〔kɛrd〕凱爾德
Caire〔kɛr〕(法)
Cairene〔'kaɪərin〕凱恩
Cairn Eige〔kɛrn 'e〕(蘇)
Cairnes〔kɛrnz〕凱恩斯
Cairngorm〔'kɛrn'gɔrm〕
Cairns〔kɛrnz〕克爾恩茲(澳洲)
Cairn Toul〔,kɛrn 'tul〕
Cairo〔'kaɪro; 'kɛro; 'kero〕開羅(埃及)
Cairoçu〔,kaɪru'su〕(葡)
Cairoli〔kaɪ'rɔli〕
Caissa〔ke'ɪsə〕
Caitanya〔tʃaɪ'tɑnjə〕(印)
Caitete〔,kaɪtɪ'te〕
Caithness〔'keθnəs〕開斯納斯(蘇格蘭)
Caius〔'kaɪəs; 'keəs; kiz〕凱厄斯
Caivano〔kaɪ'vano〕
Cajabamba〔,kaha'vamba〕(西)
Cajal〔ka'hal〕(西)
Cajamarca〔,kaha'marka〕
Cajan〔'kedʒən〕
Cajander〔'kajander〕(芬)
Cajen〔'kedʒən〕
Cajetan〔'kædʒɪtæn〕
Cajetanus〔,kædʒɪ'tenəs〕
Cajigal〔,kahɪ'gal〕(西)
Cajon〔kə'hon〕
Cajori〔ka'jori〕
Cajun〔'kedʒən〕從 Acadia 移居美國路易斯
   安那州人之後裔
Cake〔kek〕凱克
Cakchiquel〔,kaktʃi'kɛl〕
Çakmak〔tʃak'mak〕(土)
Čakste〔'tʃakstɛ〕(列特)
Calabar〔,kælə'bar〕卡拉巴爾(奈及利亞)
Calabazar de Sagua〔,kalava'sar ðe
   'sagwa〕(西)
Calaber〔'kæləbə〕
Calabozo〔kala'voso〕(西)
Calabrese, Il〔il ,kala'brese〕
Calabria〔kə'læbrɪə〕
Calabrian Apennines〔kə'læbrɪən
   'æpɪnaɪnz〕
Calae〔'keli〕
Calafat〔,kala'fat〕
Calagua〔ka'lagwa〕
Calagurris〔,kælə'gʌrɪs〕

Calagurris Nassica〔,kælə'gʌrɪs
   'næsɪkə〕
Calah〔'kelə〕
Calahorra〔,kala'ɔra〕
Calais〔'kæle; 'kælɪs; ka'lɛ〕加來(法國)
Calamar〔,kælə'mar; ,kala'mar〕
Calamatta〔,kala'matta〕(義)
Calamba〔ka'lamba〕
Calame〔ka'lam〕(法)
Calamian〔,kala'mjan〕
Calamianes〔,kala'mjanes〕
Calamis〔'kæləmɪs〕
Calamity〔kə'læmɪti〕
Calamus〔'kæləməs〕
Calamy〔'kæləmɪ〕
Calañas〔ka'lɑnjas〕(西)
Calancha〔ka'lantʃa〕
Calanche〔ka'lɑnke〕
Calandrelli〔,kalan'drɛli〕
Calandrino〔,kalan'drino〕
Calantha〔ka'lænθə〕
Calapai〔,kælə'paɪ〕卡拉帕伊
Calapan〔,kala'pan〕卡拉潘(菲律賓)
Calape〔ka'lape〕
Calaphates〔,kælə'fetiz〕
Călăraşi〔kələ'raʃi〕(羅)
Calarcá〔,kalar'ka〕
Calas〔ka'las〕(法)
Calasanza〔,kælə'sænzə; ,kala'sɑnθa
   (西)〕
Calasanzio〔,kala'sɑnθjo〕(西)
Calasiao〔,kalasɪ'ao〕
Calasparra〔,kalas'para〕
Calatafimi〔ka,lata'fimɪ〕
Calatagan〔,kalata'gan〕
Calatayud〔,kalata'juð〕(西)
Calatrava〔,kala'trava〕
Calau〔'kalau〕
Calauria〔kə'lɔrɪə〕
Calaveras〔,kælə'verəs〕
Calavite〔,kala'vite〕
Calaway〔'kæləwe〕
Calayan〔,kala'jan〕加拉盎(菲律賓)
Calaynos〔ka'laɪnos〕
Calbayog〔kal'bajɔg〕加爾巴尤(菲律賓)
Calbe〔'kalbə〕
Calbraith〔'kælbreθ〕卡爾布雷恩
Calcar〔'kalkar〕
Calcaria〔kæl'kɛrɪə〕
Calcasieu〔'kælkəʃu〕
Calceta〔kal'seta〕

Calchaquí〔‚kɑltʃɑ'ki〕
Calchas〔'kælkəs〕
Calchi〔'kɑlkɪ〕
Calcot〔'kælkət〕
Calcott〔'kɔlkət〕考爾科特
Calcraft〔'kælkrɑft〕
Calcutt〔'kælkʌt〕
Calcutta〔kæl'kʌtə〕加爾各答（印度）
Caldani〔kal'dɑnɪ〕
Caldara〔kal'dɑra〕卡爾達拉
Caldas〔'kɑldɑs〕
Caldcleugh〔'kɑldklʌf〕
Caldecote〔'kɔldɪkət〕
Caldecott〔'kɔldəkət〕考爾德科特
Caldeira〔kal'derə; kal'deɪrə〕
Caldeira Brant Pontes〔kal'derə
   brʌnt 'pontɪs〕（巴西）
Calder〔'kɔldə〕考爾德
Caldera〔kal'derɑ〕卡爾德拉（智利）
Calderara〔‚kældə'rɑrə〕
Calderon〔'kɔldərən; ‚kalde'rɔn（西）〕
Calderón〔‚kalde'rɔn〕（西）考爾德倫
Calderón de la Barca〔‚kalde'rɔn ðe
   la 'vaka〕咯爾德隆（Pedro, 1600-1681, 西
   班牙劇作家及詩人）
Calderone〔'kɔldərən〕考爾德倫
Calderón Guardia〔‚kalde'rɔn 'gwaðja〕					〔西〕
Calderwood〔'kɔldəwud〕考爾德伍德
Caldey〔'kɑldɪ〕
Caldicott〔'kɔldɪkət〕考爾迪科特
Caldiero〔kal'djero〕
Caldwell〔'kɔldwəl〕考德威爾（Erskine,
   1903-, 美國小說家）
Cald(e)y〔'kɑldɪ〕
Cale〔kel; kal（法）〕凱爾
Caleb〔'kelɛb〕凱萊布
Caled〔'kɑlɛd〕
Caledon〔'kælɪdən〕卡利登
Caledonia〔kælɪ'donɪə〕卡利多尼亞
Caledonian Canal〔kælɪ'donɪən～〕
Calef〔'keləf〕
Calenberg〔'kalənberk〕（德）
Calender〔'kælɪndə〕
Calentes Aquae〔kə'lɛntiz 'ækwi〕
Calenus〔kə'linəs〕
Calepine〔'kæləpin〕
Calepino〔‚kale'pino〕
Calepio〔ka'lɛpjo〕
Calera〔ka'lera〕
Cales〔'keliz〕
Caletae〔kə'liti〕

Caletes〔kə'litiz〕
Caleti〔kə'litaɪ〕
Caletti-Bruni〔ka'lettɪ·'brunɪ〕（義）
Calexico〔kə'lɛksɪko〕
Calfee〔'kælfi〕卡爾菲
Calgacus〔'kælgəkəs〕
Calgary〔'kælgərɪ〕卡加立（加拿大）
Calhoon〔kæl'hun〕卡爾霍恩
Calhoun〔kæl'hon; kə'hun〕卡爾霍恩
Cali〔'kɑlɪ〕卡利（哥倫比亞）
Caliacra〔ka'ljakrɑ〕
Caliana〔ka'ljɑnɑ〕
Caliari〔ka'ljɑri〕
Caliban〔'kælɪ‚bæn〕莎士比亞所著 "The
   Tempest" 中之醜陋、野蠻而殘忍的奴隸
Caliburn〔'kælɪbən〕
Calicut〔'kælɪkət〕卡利刻特（印度）
Calidore〔'kælɪdɔr〕
California〔‚kælə'fɔrnjə〕加利福尼亞（美國）
Caligula〔kə'lɪgjulə〕喀利古拉（眞名Gaius
   Caesar, 12-41, 羅馬皇帝）
Calila〔kæ'lilə〕
Calima〔ka'limɑ〕
Calimere〔'kælɪmɪr〕
Calimno〔ka'limno〕
Cälinescu〔kəlɪ'nɛsku〕（羅）
Calingapatam〔kə‚lɪŋɡəpə'tɑm〕
Calinog〔‚kalɪ'nɔg〕
Calipatria〔‚kælɪ'petrɪə〕
Calipolis〔kə'lɪpəlɪs〕
Calippus〔kə'lɪpəs〕
Caliri〔kə'lɪrɪ〕卡利里
Calista〔kə'lɪstə〕
Calisto〔kə'lɪsto〕
Calistoga〔‚kælɪs'togə〕
Calistas〔kə'lɪstəs〕
Calistus〔kə'lɪstəs〕
Caliver〔'kælɪvə〕卡利弗
Calivo〔ka'livo〕
Calixt〔ka'lɪkst〕
Calixtines〔kə'lɪkstɪnz〕
Calixto〔ka'lɪksto〕
Calixtus〔kə'lɪkstəs〕
Calkins〔'kɔkɪnz〕卡爾金斯
Call〔kɔl〕考爾
Callabee〔'kæləbi〕
Callaghan〔'kæləhən〕卡拉海
Callahan〔'kæləhæn〕卡拉海
Callan〔'kælən〕卡倫
Callanan〔'kælənən〕卡拉南
Callander〔'kæləndə〕卡蘭德
Callantianus〔kə‚lænʃɪ'enəs〕

Callao〔ka'jao〕卡耀（秘魯）
Callard〔'kæləd〕
Callas〔ka'las; 'kæləs〕
Callaway〔'kæləwe〕卡拉衞
Callcott〔'kɔlkət〕考爾科特
Calle〔kal〕（法）
Calle-Calle〔'kaje·'kaje〕（拉丁美）
Calleja〔ka'ljɛha〕（西）
Calleja del Rey〔ka'ljɛha ðɛl 're〕(西)
Callender〔'kælndə〕卡倫德
Callernish〔kə'lɛnɪʃ〕
Callery〔'kælərɪ〕卡勒里
Calles〔'kajes〕(拉丁美)
Calleva Atrebatum〔kə'livə ə'trɛbətəm〕
Callias〔'kælɪəs〕
Callicrates〔kə'lɪkrətiz〕
Callicratidas〔,kælɪ'krætɪdəs〕
Callicula〔kə'lɪkjʊlə〕
Callicutt〔'kælɪkət〕
Callie〔'kɔlɪ〕柯麗
Callières〔ka'ljɛr〕（法）
Calliet〔ka'je〕（法）
Calligrammes〔kali'gram〕（法）
Callihan〔'kælɪhan〕卡利海
Callimachus〔kə'lɪməkəs〕凱利馬科斯
　　（紀元前五世紀時之希臘雕刻家）
Callinicum〔,kælɪ'naɪkəm〕
Callinicus〔,kælɪ'naɪkəs〕
Callinus〔kə'laɪnəs〕
Calliope〔kə'laɪəpɪ〕【希臘神話】司辯論、
　　史詩之女神
Callippus〔kə'lɪpəs〕
Callirrhoe〔kæ'lɪrɔɪ〕
Callis〔'kælɪs〕卡利斯
Callisen〔'kalɪzən〕
Callison〔'kælɪsn̩〕卡利森
Callister〔'kælɪstə〕卡利斯特
Callisthenes〔kæ'lɪsθə,niz〕凱利斯尼茲
　　（360?-?328 B.C., 希臘哲學家及歷史學家）
Callisto〔kə'lɪsto〕
Callistratus〔kæ'lɪstrətəs〕凱利斯屈塔
　　斯（?-355 B.C., 雅典演說家及將軍）
Callistus〔kə'lɪstəs〕
Callithea〔,kaljɪ'θea〕
Callimann〔'kɔlmən〕考爾曼
Callosa de Segura〔ka'ljosa ðe
　　se'gura〕（西）
Callot〔'kajo; ka'lo（法）〕
Callow〔'kælo〕卡洛
Calloway〔'kæləwe〕
Callum Beg〔'kæləm bɛg〕
Callwell〔'kɔlwəl〕卡爾衞爾

Callyhan〔'kælɪhæn〕卡利海
Calmann〔kal'man〕（法）
Calmar〔'kalmar〕卡爾馬（瑞典）
Calmer〔'kælmə〕卡爾默
Calmes〔kalm〕（法）
Calmet〔kal'mɛ〕（法）
Calmette〔kal'mɛt〕（法）
Calmon〔kal'mɔŋ（法）; kal'moŋ（巴西）〕
Calmón〔kal'moŋ〕
Calmucks〔'kælməks〕
Calnan〔'kælnən〕
Calne〔kan〕
Calneh〔'kælnɛ〕
Calno〔'kælno〕
Calo-Joannes〔,kælə·dʒo'æniz〕
Calomarde〔,kalo'maðe〕（西）
Calonne〔ka'lɔn〕（法）
Calonne-Ricouart〔ka'lɔn· ri'kwar〕（法）
Caloocan〔,kalɔ'okan〕
Caloosahatchee〔kə,lusə'hætʃɪ〕
Calor〔'kelɔr〕
Calore〔ka'lore〕
Calov〔'kaləf〕
Calovius〔kə'lovɪəs〕
Calpe〔'kælpɪ〕
Calphurnia〔kæl'fɜnɪə〕
Calprenède, La〔la kalprə'ned〕（法）
Calpurnia〔kæl'pənɪə〕
Calpurnius〔kæl'pənɪəs〕
Calshot〔'kælʃat〕
Caltagirone〔,kaltadʒɪ'rone〕
Caltanissetta〔,kæltənɪ'sɛtə〕
Caltech〔'kæltɛk〕
Calthorpe〔'kɔlθɔrp; 'kælθɔrp〕
Calton〔'kaltən〕
Caluire-et-Cuire〔kalju'ir·e·kju'ir〕
　　（法）
Calumet〔'kæljʊmɛt; 'kæljʊmɪt; -mət〕
Calumpit〔,kalum'pit〕
Calvados〔kalva'dɔs〕（法）
Calvaert〔'kalvart〕
Calvagh〔'kælvəh〕（愛）
Calvano〔kal'vano〕
Calvart〔'kalvart〕
Calvary〔'kælvərɪ〕髑髏地（耶路撒冷）
Calvé〔kal've〕（法）
Calven〔'kalvən〕
Calver〔'kælvə; 'kavə〕卡爾弗
Calverley〔'kælvəlɪ〕卡爾弗利
Calvert〔'kælvət〕卡爾弗特
Calverton〔'kælvətən〕

Calvet〔kæl've〕

Calvi〔'kɑlvɪ〕

Calvin〔'kælvɪn〕喀爾文(❶ John, 原名 Jean Chauvin, 1509-1564, 法國神學家及宗教改革者 ❷ Melvin, 1911-, 美國化學家)

Calvinia〔kæl'vɪnɪə〕喀爾文妮亞

Calvisius〔kæl'vɪʃɪəs〕

Calvo〔'kɑlvo〕

Calvus〔'kælvəs〕

Calw〔kalv〕(德)

Calycadnus〔kælɪ'kædnəs〕

Calydon〔'kælɪdən; 'kælɪdən; 'kælɪdɑn〕

Calydonian Hunt〔ˌkælɪ'donɪən; -njən〕

Calymna〔kə'lɪmnə〕

Calymnos〔kə'lɪmnəs〕

Calypso〔kə'lɪpso〕荷馬"奧德賽"中之一海中女神

Calzabigi〔ˌkɑltsɑ'bidʒɪ〕

Cam〔kæm; kaʊŋ(葡)〕卡姆

Camacho〔kɑ'mɑtʃo〕卡馬究

Camagüey〔ˌkɑmɑ'gwe〕卡馬圭(古巴)

Camaiore〔ˌkɑmɑ'jore〕

Camajuaní〔ˌkɑmɑhwɑ'ni〕(西)

Camalig〔kɑ'mɑlɪg〕

Camalodunum〔ˌkæmələ'djunəm; ˌkæmələ'djunəm〕

Camanche〔kə'mæntʃɪ〕

Camano〔kə'meno〕

Cámura〔'kæmərə〕(葡)

Camaracus〔ˌkæmə'rekəs〕

Câmara de Lobos〔'kæmərə ðɪ 'lovuʃ〕(葡)

Camarão〔ˌkæmə'raʊŋ〕(葡)

Camarat〔kɑmɑ'rɑ〕(法)

Camargo〔kɑ'mɑrgo(西); kɑmɑr'go(法)〕

Camargue, La〔lɑ kɑ'mɑrg〕(法)

Camariñal〔ˌkɑmɑrɪ'njɑl〕

Camarines〔ˌkɑmɑ'rines〕

Camarines Norte〔ˌkɑmɑ'rines 'norte〕北甘馬粦(菲律賓)

Camarines Sur〔ˌkɑmɑ'rines 'sur〕南甘馬粦(菲律賓)

Camarões〔kəmə'roɪŋʃ〕(葡)

Camarón〔ˌkɑmɑ'rɔn〕

Camas〔'kæməs〕

Camathias〔kɑ'mɑtjɑs〕

Camau〔kə'maʊ〕金甌(越南)

Cambacérès, de〔də kɑŋbɑse'rɛs〕戴坎巴塞萊斯(1753-1824, 法國法學家)

Camballo〔kæm'bælo〕

Cambalu〔'kæmbɑlu〕

Cambaluc〔'kæmbəlʌk〕

Cambay〔kæm'be〕坎貝

Cambel〔'kæmbəl〕

Cambell〔'kæmbəl〕坎貝爾

Cambell-Bannerman〔'kæmbəl 'bænəmən〕

Camberiacum〔ˌkæmbə'raɪəkəm〕

Camberley〔'kæmbəlɪ〕坎伯利

Cambert〔kɑŋ'bɛr〕(法)

Camberwell〔'kæmbəwəl〕

Cambiasi〔kɑm'bjɑzɪ〕

Cambiaso〔kɑm'bjɑzo〕

Cambina〔kæm'bɑɪnə〕

Cambini〔kɑm'bini〕

Cambio〔'kɑmbjo; 'kæmbɪo〕

Cambises〔kæm'bɑɪsiz〕

Cambó〔kɑm'bo〕

Cambodge〔kɑŋ'bɔdʒ〕(法)

Cambodia〔kæm'bodɪə〕柬埔寨(中南半島)

Cambodian〔kæm'bodɪən〕柬埔寨人

Cambodunum〔ˌkæmbə'djunəm〕

Camboja〔kæm'bodʒə〕

Cambon〔kɑŋ'bɔŋ〕(法)

Camborne〔'kæmbɔrn〕

Camborne-Redruth〔'kæmbɔrn·'rɛdruθ〕

Cambrai〔kæm'bre; kɑŋ'bre(法)〕

Cambray〔kæm'bre; kɑŋ'bre(法)〕

Cambrensis〔kæm'brɛnsɪs〕

Cambria〔'kæmbrɪə〕Wales 的中世紀名稱

Cambrian Mountains〔'kæmbrɪən~〕

Cambridge〔'kembrɪdʒ〕劍橋(英格蘭;美國)

Cambridgeshire〔'kembrɪdʒˌʃɪr〕劍橋郡(英格蘭)

Cambronne〔kɑŋ'brɔn〕(法)

Cambryk〔'kɑmbrɑɪk〕

Cambs.〔kæmbz〕=Cambridgeshire

Cambuluc〔'kæmbələk〕

Cambunian Mountains〔kæm'bjunɪən~〕

Cambuscan〔ˌkæmbəs'kæn; kæm'bʌskən〕

Cambuskenneth〔ˌkæmbʌs'kɛnəθ〕

Cambuslang〔'kæmbʌslæŋ〕

Cambyses〔kæm'bɑɪsiz〕甘比西士(死於 522 B.C., 波斯國王)

Camden〔'kæmdən〕康登(美國)

Camdenton〔'kæmdəntən〕

Camel〔kɑ'mɛl; 'kæməl〕

Camelford〔'kæməlfəd〕

Cameliard〔'kæmɪljəd〕

Camellus〔kə'mɛləs〕

Camelon〔'kæmələn〕

Camelopardalis〔kə,mɛlə'pɑrdəlɪs〕
【天文】鹿豹座

Camelot〔'kæmə,lɑt〕傳說中 Arthur 王
之宮殿朝廷所在地

Camembert〔'kæməmbɛr〕法國 Camem-
bert 地方所產之一種鬆軟乾酪

Camenae〔kə'mini〕

Camenz〔'kɑments〕

Cameo〔'kæmɪo〕凱密歐

Cameracum〔,kæmə'rekəm〕

Cameran〔,kæmə'ræn〕

Camerarius〔,kæmə'rɛrɪəs〕

Camerino Mendoza〔,kame'rino
mɛn'dosɑ〕(拉丁美)

Camerinum〔,kæmə'rainəm〕

Cameron〔'kæmərən〕卡梅倫

Cameroon〔,kæmə'run〕咯麥隆山(西非)

Cameroonian〔,kæmə'runɪən〕咯麥隆人

Cameroun〔,kæmə'run〕咯麥隆(非洲)

Camiguin〔,kamɪ'gin〕卡米京(菲律賓)

Camiling〔,kamɪ'liŋ〕甘蜜林(菲律賓)

Camilla〔kə'mɪlə〕卡米拉

Camille〔kə'mil; kɑ'mij(法)〕卡米爾

Camillo〔kə'milo; kɑ'miljo(西)〕

Camillus〔kə'mɪləs〕

Camilo〔kɑ'milo(西); kɑ'milu(葡)〕
卡米羅

Caminatzin〔kɑ,minɑ'tsin〕

Caminform〔'kaminfɔrm〕

Caminha〔kə'minjə〕

Caminhos cruzados〔kə'minjus
kru'zɑdus〕

Camiola〔kɑ'maɪələ〕

Camiri〔kɑ'miri〕

Camirus〔kə'maɪrəs〕

Camisard〔'kæmɪzɑrd〕十八世紀初葉因反
叛法王路易十四而避居 Cévennes 山中的法國新
教徒

Camlachie〔kæm'læki; -'læhɪ(蘇)〕

Camlan〔'kæmlən〕

Camm〔kæm〕卡姆

Cammaerts〔'kɑmɑrts〕(法蘭德斯)

Cammarano〔,kɑmmɑ'rɑno〕

Cammermeyer〔,kɑmmə'meə〕(挪)

Cammidge〔'kæmɪdʒ〕坎米奇

Cammin〔kɑ'min〕

Camocim〔,kɑmu'sɪŋ〕卡木西姆(巴西)

Camoëns〔'kæmo,ɛnz〕卡摩安茲(Luiz,
1524-1580, 葡萄牙詩人)

Camões〔kə'moɪŋʃ〕(葡)

Camoghe〔,kɑmə'gɛ〕

Camonica〔kɑ'mɔnɪkɑ〕

Camorra〔kɑ'mɑrə〕1820 年創於義大利
Naples 之秘密結社

Camorta〔kə'mɔrtə〕

Camotes〔kɑ'motes〕

Camoys〔kə'mɔɪz; 'kæmɔɪz〕卡莫伊斯

Camp〔kæmp; kɑmp(荷); kɑŋ(法)〕坎普

Campa〔'kɑmpə〕

Campaigne〔kæm'pen〕坎佩恩

Campagna〔kæm'pɑnjə〕

Campagnac〔kæm'pænjæk〕

Campagna di Roma〔kɑm'pɑnjɑ dɪ
'romɑ〕

Campagnola〔,kɑmpɑ'njɔlɑ〕

Campagnoli〔,kɑmpɑ'njɔlɪ〕

Campaldino〔,kɑmpɑl'dino〕

Campan〔kɑŋ'pɑŋ〕(法)

Campana〔kɑm'pɑnɑ〕坎帕納

Campaña〔kɑm'pɑnjɑ〕

Campanari〔,kɑmpɑ'nɑrɪ〕

Campanario〔,kɑmpɑ'nɑrjo〕

Campanella〔kɑmpɑ'nɛlə; ,kɑmpɑ'nɛllɑ
(義)〕坎帕內拉

Campania〔kæm'penjə〕坎佩尼亞(義大利)

Campanile〔,kɑmpɑ'nile〕

Campanini〔,kɑmpɑ'nini〕

Campanus〔kæm'penəs〕

Campaspe〔kæm'pæspɪ〕

Campbell〔'kæmbl̩〕甘貝爾(Thomas,
1777-1844, 英國詩人)

Campbell-Bannerman〔'kæmbl̩ --
'bænəmən〕

Campbellford〔'kæmbəlfəd〕

Campbellite〔'kæmbə,laɪt〕基督門徒會
教徒

Campbell of Islay〔'kæmbl̩ əv 'aɪle〕

Campbell-Orde〔'kæmbl̩ ·ɔrd〕

Campbellpur〔'kæmbəl,pur〕

Campbellsville〔'kæmbəlzvɪl〕

Campbellton〔'kæmbəltən〕

Campbelltown〔'kæmbəltaun〕

Campbeltown〔'kæmbəltaun〕

Campden〔'kæmpdən〕坎普登

Campe〔'kæmpi; 'kɑmpə(德)〕

Campeachy〔kæm'pitʃɪ〕

Campeador〔,kɑmpeɑ'ðɔr〕(西)

Campeche〔kæm'pitʃɪ〕康佩切(墨西哥)

Campechuela〔,kɑmpetʃ'welɑ〕

Campeggio〔kɑm'peddʒo〕(義)

Campeius〔kæm'piəs; -'peəs〕
Campellensis〔,kæmpə'lɛnsıs〕
Campendonk〔'kampəndɔŋk〕
Campenhout〔'kampənhaut〕
Campenon〔kaŋpə'nɔŋ〕(法)
Camper〔'kampə〕
Camperdown〔'kæmpədaun〕
Campero〔kam'pero〕
Campersfelden〔'kampəs,fɛldən〕
Camphausen〔'kamphauzən〕
Camphuysen〔'kamphɔisən〕(荷)
Campi〔'kampi〕
Campi Bisenzio〔'kampi bı'zɛntsjo〕
Campi Flegrei〔'kampi fle'gre〕
Campiglia Marittima〔kam'pilja
ma'rittıma〕(義)
Campin〔'kampın〕
Campina〔kam'pina; kəm'pinə〕
Câmpina〔'kımpına〕(羅)
Campina Grande〔kæm'pinə
'græŋndı〕
Campinas〔kæm'pinəs〕康皮拉斯(巴西)
Campinchi〔kaŋpæŋ'ki〕(法)
Campine〔kaŋ'pin〕
Campion〔'kæmpıən〕甘萍(Thames,
1567-1620, 英國詩人及音樂家)
Campi Raudii〔'kæmpaı 'rɔdıaı〕
Campísteguy〔kam'pistegi〕
Campistron〔kaŋpis'trɔŋ〕(法)
Campli〔'kamplı〕
Campling〔'kæmplıŋ〕坎普林
Campney〔'kæmpnı〕坎普尼
Campo〔'kampo〕(拉丁美)
Campo, El〔ɛl 'kæmpo〕
Campoamory Campoosorio〔,kam-
poa'mɔr ı ,kampoo'sorjo〕
Campobasso〔,kampo'basso〕(義)
Campobello〔,kampo'bɛlo〕
Campobello di Licata〔,kampo'bɛllo
dı lı'kata〕(義)
Campoformido〔,kæmpo'fɔrmıdo;
,kampo'fɔrmido(義)〕
Campo Formio〔'kampo 'fɔrmjo〕
Campo Grande〔'kæŋmpu 'græŋndı〕
(葡)
Campomanes〔,kampo'manes〕
Campoosorio〔,kampoo'sorjo〕
Campora〔kam'pora〕
Campos〔'kampos; 'kæŋmpus〕康普斯
(巴西)
Campo Santo〔'kampo 'santo〕
Campos Salles〔'kæŋmpus 'salıs〕(巴西)

Campra〔kaŋ'pra〕(法)
Camps〔'kæmps〕
Campsie Fells〔'kæmpsı fɛlz〕
Campton〔'kæmptən〕
Câmpulung〔,kımpu'luŋ〕(羅)
Câmpulungul Moldov〔,kımpu'luŋgul
'moldov〕
Camp Uptona〔kæmp 'ʌptən〕
Campuzano〔,kampu'sano〕
Cam-ranh〔'kæmræn; 'kam'ranj (越)〕
Camranh〔'kæmræn; 'kam'ranj(越)〕
Camrose〔'kæmroz〕卡姆羅斯
Camuccini〔,kamut'tʃini〕(義)
Camulodunum〔,kæmjulə'djunəm〕
Camús〔ka'mju〕卡繆(1913-1960, 法國短篇小
說家, 劇作家, 散文家)
Camuy〔kam'wi〕
Canaã〔,kæ'næŋ〕(葡)
Canaan〔'kenən〕【聖經】迦南(現大部爲以
色列所在地)
Cañacao〔,kanja'kao〕
Canace〔'kænəsi〕
Canachus〔'kænəkəs〕
Canada〔'kænədə〕加拿大(北美洲)
Cañada de Gómez〔ka'njaθa ðe
'gomes〕(西)
Canadarago〔,kænədə'rego〕
Canaday〔'kænəde〕卡納迪
Canadian River〔kə'nedıən ~〕加那丁河
(美國)
Canadiens〔kæ'nedıɛnz〕
Canajoharie〔,kænədʒo'hærı〕
Çanakkale〔,tʃanakka'lɛ〕(土)
Çanakkale Boğazi〔,tʃanakka'lɛ
boa'zı〕(土)
Canal〔ka'nal; kə'næl〕卡納爾
Canale〔ka'nale〕
Canalejas〔,kana'lɛhas〕(西)
Canaletto〔,kana'letto〕(義)
Canalizo〔,kana'liso〕(拉丁美)
Canal Zone〔kə'næl ~〕運河區(巴拿馬)
Canandaigua〔,kænən'degwə〕
Cananea〔,kana'nea〕
Cananite〔'kænənait〕
Cananites〔,kena'naitiz〕
Cananore〔'kænənor〕
Canaples〔ka'napl〕(法)
Cañar〔ka'njar〕
Canara〔'kanərə〕
Canares〔ka'narıs〕
Canarese〔,kænə'riz〕
Canaria〔ka'narja〕

Canarias, Islas〔'izlɑs kɑ'nɑrjɑs〕
Canaries〔kə'nɛrɪz〕
Canario〔kə'nɑrju〕(葡)
Cañaris〔kɑ'njɑrɪs〕
Canaris〔kɑ'nɑris〕
Canarsee〔kə'nɑsɪ〕
Canarsie〔kə'nɑsɪ〕
Canary Islands〔kə'nɛrɪ ～〕加那利群島
Canas〔'kænəs〕 「(西班牙)
Cañas〔'kɑnjɑs〕
Canastota〔,kænəs'totə〕
Canati〔kə'netaɪ〕 「爾角(美國)
Canaveral, Cape〔kə'nævərəl〕加那維
Canaveral Peninsula〔kə'nævərəl ～〕
加那維爾半島(美國)
Canberra〔'kænb(ə)rə〕坎培拉(澳洲)
Canby〔'kænbɪ〕甘畢(1878-1961, 美國作
Cancale〔kɑŋ'kɑl〕(法) 「家及教育家)
Cancell〔'kænsəl〕坎塞爾
Cancer〔'kænsɚ〕坎瑟
Cancha-Rayada〔'kɑntʃɑ·rɑ'jɑðɑ〕(西)
Cancionero musical〔,kɑnθjo'nero
,musi'kɑl〕(西)
Cancrin〔kɑn'krin〕
Candaba〔kɑn'dɑvɑ〕(西)
Candace〔'kændɪs〕坎迪斯
Candahar〔'kændəhɑr〕
Candamo〔kɑn'dɑmo〕
Candau〔'kændɔ〕坎多
Candaules〔kæn'dɔliz〕
Candee〔'kændi〕坎迪
Candeish〔'kændɪʃ〕
Candelaria〔,kɑnde'lɑrjɑ〕
Candell〔'kændəl〕
Candia〔'kændɪə〕干地亞島(地中海)
Candiac〔kɑŋ'djɑk〕(法)
Candid〔'kændɪd〕
Candida〔'kændɪdə〕坎迪達
Candide〔kæn'did〕
Candido〔'kɑndido(義); 'kɑndiðo(西);
'kæŋndɪðu(葡)〕
Cándido〔'kɑndiðo〕(西)
Cândido〔'kæŋndiðu〕(葡)
Candidus〔'kændɪdəs; 'kɑndidus(德)〕
Candie〔kɑŋ'di〕坎蒂
Candiot〔'kændɪɑt〕克利特島居民
Candiote〔'kændɪot〕
Candish〔'kændɪʃ〕
Candlemas〔'kændlˌməs〕【天主教】聖燭節
Candler〔'kændlɚ〕坎德勒
Candlewood〔'kændlˌwud〕
Candlish〔'kændlɪʃ〕坎德利什

Cando〔'kændu〕
Candolle, de〔də,kɑŋ'dɔl〕康道爾(Augustin
Pyrame, 1778-1841, 瑞士植物學家)
Candon〔kɑn'dɔn〕卡頓(菲律賓)
Candour〔'kændə〕
Candy〔'kændɪ〕坎迪
Cane〔ken〕凱恩
Canea〔kə'niə〕
Canelle〔kə'nɛl〕
Canelo〔kɑ'nelo〕
Canelones〔,kɑne'lones〕
Canes Venatici〔'keniz vɛ'nɑtɪsɪ〕
Cañete〔kɑ'njete〕
Caneva〔kɑ'nevɑ〕
Caney〔'kenɪ〕
Caney, El〔ɛl kɑ'ne〕
Caney, Point〔kɑ'ne〕
Canfield〔'kænfild〕坎菲爾德
Canford〔'kænfəd〕
Canga〔'kɑŋgɑ〕
Canga Argüelles〔'kɑŋgɑ ɑr'gweljes〕
Cangas〔'kɑŋgɑs〕
Cangas de Narcea〔'kɑŋgɑz ðe nɑr'θeɑ〕
(西)
Cangas de Onis〔'kɑŋgɑz ðe o'nis〕(西)
Cange, Du〔djʊ 'kɑŋʒ〕
Cangiagio〔kɑn'dʒɑdʒo〕
Congo〔'kɑŋgo〕
Can Grande〔kɑn 'grɑnde〕
Canham〔'kænəm〕坎海
Canicatti〔,kɑnikɑt'ti〕
Canicula〔kə'nɪkjulə〕【天文】天狼星
Canidia〔kə'nɪdɪə〕
Canidius〔kə'nɪdɪəs〕
Caniff〔'kænɪf; kə'nɪf〕卡尼夫
Canigao〔,kɑnɪ'gɑo〕
Canigou〔kɑnɪ'gu〕(法)
Canillas〔kɑ'niljɑs〕(西)
Canina〔kɑ'ninɑ〕
Caninefates〔kɑnɪnə'fetiz〕
Canino〔kɑ'nino〕
Canis〔'kenɪs〕【動物】犬屬
Canisius〔kə'nɪʃɪəs〕
Canisteo〔,kænɪs'tio〕
Canitz〔'kɑnɪts〕
Cankar〔'kæŋkɚ〕
Çankiri〔,tʃɑŋkɪ'rɪ〕(土)
Canlaon〔,kɑnlɑ'ɔn〕
Canley〔'kænlɪ〕
Canmore〔'kænmɔr〕
Cann〔kæn〕卡恩
Canna〔'kænə〕【植物】曇華屬

Cannabich〔'kɑnɑbɪh〕(德)

Cannae〔'kæni〕

Cannan〔'kænən〕

Cannanore〔'kænənɔr〕卡納諾爾(印度)

Canne〔'kɑnɛ〕

Cannell〔'kænəl〕卡內爾

Cannelton〔'kænʃtən〕

Cannes〔kæn〕坎內(法國)

Cannet〔ka'nɛ〕(法)

Canninefates〔kə,nɪnə'fetiz〕

Canning〔'kænɪŋ〕甘寧(George, 1770-1827, 英國政治家)

Cannizzaro〔,kɑnnɪd'dzɑro〕(義)

Cannobio〔kɑn'nobjo〕(義)

Cannock〔'kænək〕

Cannon〔'kænən〕甘農(Joseph Gurney, 1836-1926, 美國律師及從政者)

Cannonball〔'kænənbɔl〕

Cannonsburg〔'kænənzbɚg〕

Cannouan〔,kænʊ'ɑn〕

Cannstatt〔'kɑnʃtɑt〕

Cano〔'kɑno〕

Canoas〔kə'noɑs〕

Canobbio〔kɑ'nɔbjo〕

Canobus〔kɑ'nobɑs〕

Canoeiros〔,kænu'erus〕(葡)

Canogyza〔,kænə'dʒɑɪzə〕

Canon〔'kɑnon〕卡農

Canonbury〔'kænənbɛrɪ〕

Canongate〔'kænənget〕

Canonicus〔kə'nɑnɪkəs〕

Canonsburg〔'kænənzbɚg〕

Canopic〔kə'nopɪk〕「中的一等星

Canopus〔kə'nopəs〕【天文】在Carina 星座

Canosa di Puglia〔kɑ'nosɑ dɪ 'pulja〕

Canossa〔kə'nɔsə〕義大利北部之一城堡

Canova〔kɑ'nɔvɑ〕甘諾瓦(Antonio, 1757-1822, 義大利雕刻家)

Canovai〔,kɑno'vai〕

Canóvanas〔kɑ'novɑnɑs〕

Cánovas〔'kɑnovɑs〕

Canoyer〔kɔ'nɔɪr〕卡諾耶

Canrobert〔kɑŋrɔ'ber〕甘羅拜爾(François Certain, 1809-1895, 法國元帥)

Canseco〔kɑn'seko〕

Cansdale〔'kænzdel〕坎斯代爾

Canso〔'kænso〕

Canstadt〔'kɑnʃtɑt〕

Cantaber Oceanus〔'kæntəbɚ o'siənəs〕

Cantabria〔kæn'tebrɪə〕

Cantabrian Mountains〔kæn'tebrɪən～〕坎退布連山(西班牙)

Cantabricus〔kæn'tebrɪkəs〕

Cantabrigia〔,kæntə'brɪdʒɪə〕

Cantacuzene〔,kæntəkjʊ'zin; kʌntʌ'kuzjen〕(俄)

Cantacuzino〔,kɑntɑku'zinɑ〕

Cantacuzenus〔,kæntəkjʊ'zinəs〕

Cantagallo〔,kæntə'gɑlu〕(巴西)

Cantal〔kɑn'tɑl〕(法)

Cantalupo〔,kɑntɑ'lupo〕

Cantarella〔kɑntɑ'relə〕

Cantarini〔,kɑntɑ'rini〕

Cantelli〔kɑn'teli〕

Cantelupe〔'kæntɪlup〕

Cantemir〔,kɑntɛ'mir〕

Canter〔'kæntɚ〕坎特

Canterac〔,kɑnte'rɑk〕

Canterbury〔'kæntɚ,berɪ〕坎特布里(英格蘭)

Canth〔kɑnt〕(芬)

Cantho〔'kʌn'to〕芹苴(越南)

Cantia〔'kænʃɪə〕

Canticles〔'kæntɪklz〕

Cantigny〔kɑŋti'nji〕(法)

Cantii〔'kænʃɪɑɪ〕

Cantiles〔kɑn'tiles〕

Cantillon〔kɑŋti'jɔŋ〕(法)

Cantilo〔kɑn'tilo〕

Cantilupe〔'kæntɪlup〕

Cantinflas〔kɑn'tinflɑs〕

Cantire〔kæn'taɪr〕

Cantium〔'kænʃɪəm〕

Cantlen〔'kæntlən〕

Cantley〔'kæntlɪ〕坎特利

Cantlie〔'kæntlɪ〕坎特利

Cantling〔'kæntlɪŋ〕

Canton〔'kæn,tɑn ;'kæntn̩〕❶廣州(廣東) ❷坎吞(美國) 「廣州話

Cantonese〔kæntə'niz〕廣東人;廣州人;

Cantoni〔kɑn'toni〕

Cantor〔'kæntɚ; kɑntɔr(德)〕坎托

Cantrall〔'kæntrəl〕

Cantrell〔'kæntrəl〕坎特雷爾

Cantril〔'kæntrɪl〕坎特里爾

Cantu〔kɑn'tu〕

Cantuar〔'kæntjuar〕

Cantuaria〔,kæntjʊ'erɪə〕

Cantwaraburh〔'kɑntwɑrɑ,bʊrx〕(英)

Cantwell〔'kæntwɛl〕坎特衞爾

Cantyre〔kæn'taɪr〕 「法國者

Canuck〔kə'nʌk〕【俚】加拿大人(尤指粗籍爲

Cañuelas〔kɑnj'welɑs〕

Canuleius〔,kænjʊ'lijəs〕

Canus〔'kenəs〕

Canusium〔kə'nju3ɪəm〕

Cannte II〔kə'njut〕哆奴特二世（994?-
1035, 亦稱 Canute the Great, 英王）

Canvey〔'kænvɪ〕

Canyon〔'kænjən〕

Canyon Diablo〔'kænjən daɪ'æblo〕

Cão〔kauŋ〕（葡）

Caobang〔'kaubaŋ〕（越）

Caoilte〔'kiltə〕

Caonabo〔ka,ona'bo〕

Caora〔'kaora〕

Caorle〔ka'ɔrle〕

Caouette〔kau'ɛt〕考埃特

Capablanca〔,kapa'blaŋka〕

Capac〔'kapak〕   〔'kapak〕

Capac, Huayna〔Huaina〕〔'waɪna

Capac-Urcu〔,kapak·'urku〕

Capac Yupanqui〔'kapak ju'panki〕

Capanaparo〔,kapana'paro〕

Capaneus〔,kæpə'niəs〕

Capannori〔ka'pannorɪ〕

Caparra〔ka'parra〕

Capart〔ka'par〕（法）

Capas〔'kapas〕

Cap-Chat〔kap·'ʃa〕（法）

Cap de la Madeleine〔,kap də la
mad'lɛn〕（法）

Capdevila〔,kapðe'vila〕（西）

Cape Barren〔kep 'bærən〕

Cape Breton Island〔kep 'brɪtən ~〕布里
敦角島（加拿大）

Capece-Latro〔ka'petʃe·'latro〕

Cape Cod〔kep 'kad〕鱈角（美國）

Capefigue〔kap'fig〕（法）「斯角（美國）

Cape Hatteras〔kep 'hætərəs〕哈特拉

Cape Horn〔kep 'hɔrn〕哈恩角（智利）

Capek〔'tʃapɛk〕（捷）

Capel〔'kepəl; 'kæpəl（威）〕卡佩爾

Capel Curig〔'kæpəl 'kɪrɪg〕

Capell〔'kepəl〕卡佩爾

Capella〔kə'pɛla〕卡佩拉

Capelle〔ka'pɛlə〕

Capello〔ka'pɛllo〕（義）

Capellus〔kə'pɛləs〕

Cape of Good Hope〔'kep əv 'gud
,hop〕好望角（非洲）

Capen〔'kepən〕卡彭

Capern〔'kepən〕

Capernaum〔kə'pɜnjəm〕

Capers〔'kepəz〕卡珀斯

Caperton〔'kepətən〕

Capesterre〔kapɛs'tɛr〕（法）

Capesterre-le-Marigot〔kapɛs'tɛr lə
mari'go〕（法）

Capet〔'kepɪt; ka'pɛ（法）〕

Capet, Hugh〔'hju 'kepɪt〕

Capet, Hugues〔jug ka'pɛ〕（法）

Capetian〔kə'piʃən〕

Capétien〔kape'sjæŋ〕（法）

Cape Town〔'kep taun〕

Capetown〔'kep,taun〕開普敦（南非）

Cape Verde Islands〔kep 'vɜd ~〕維德
角群島（大西洋）

Capey〔'kepɪ〕卡皮

Cape York〔kep 'jɔrk〕約克半島（澳洲）

Capgrave〔'kæpgrev〕

Caph〔kæf〕

Cap-Haïtien〔kep·'heʃən; kap·ai'sjæŋ
（法）〕

Caphareus〔kə'fɛrjus〕

Caphis〔'kefɪs〕

Caphtor〔'kæftɔr〕

Capiatá〔,kapja'ta〕

Capibaribe〔,kapɪvə'rivə〕（巴西）

Capilet〔'kæpɪlɪt〕   〔（西）

Capilla del Monte〔ka'pija ðɛl 'mɔnte〕

Capistrano〔,kapɪs'trano〕

Capistranus〔,kæpɪs'trenəs〕

Capital Federal〔,kapɪ'tal ,feðe'ral〕
（西）

Capitan Peak〔,kæpɪ'tæn ~〕

Capitanata〔,kapita'nata〕

Capitant〔kapɪ'taŋ〕（法）

Capito〔'kæpɪto〕

Capitol〔'kæpɪtl〕❶美國國會議場；❷古羅
馬 Jupiter 神殿   「丘之一

Capitoline〔'kæpɪtl,aɪn〕羅馬建於其上的七

Capitolinus〔,kæpɪtə'laɪnəs〕

Capitolium〔,kæpɪ'tolɪəm〕

Capiz〔'kapɪs〕加帛示（菲律賓）

Caplan〔'kæplən〕卡潽蘭

Caples〔'kepl̩z〕卡普爾斯

Capolino〔kapo'lino〕

Capmany〔kap'manj〕（西）

Capnio〔'kæpnɪo〕

Capo〔'kapo〕卡波

Capo d'Istria〔,kapo 'distria〕

Capodistria〔,kæpə'dɪstrɪə〕

Capodistrias〔,kæpə'dɪstrɪəs〕

Capon〔'kepən〕卡彭

Capone〔kə'pon〕卡彭

Caponsacchi〔,kapon'sakkɪ〕（義）

Caporal〔kapə'ral〕（法）

Caporetto〔,kæpo'rɛto; ,kapo'reto（義）〕

Caporn〔'kepɔrn〕
Capote〔kə'pot; ka'poti〕卡波特
Capots〔ka'po〕(法)
Capp〔kæp〕卡普
Cappadocia〔,kæpə'dosjə〕
Cappel〔'kapəl; ka'pɛl (法)〕
Cappell〔kæ'pɛl〕卡佩爾
Cappellari〔,kappɛl'ları〕(義)
Cappelle〔ka'pɛl〕(法)
Cappello〔kap'pɛllo〕(義)
Cappellus〔kə'pɛləs〕
Capper〔'kæpə〕卡珀
Capperonnier〔kaprɔ'nje〕(法)
Cappi〔'kæpı〕卡比
Cappon〔'kæpən〕卡彭
Capponi〔kap'ponı〕(義)
Capps〔kæps〕卡普斯
Capra〔'kæprə〕卡普拉
Capraia〔ka'praja〕
Caprara〔ka'prara〕
Capraria〔kə'prɛrıə〕
Capreae〔'kæprii〕
Capreol〔'keprıal〕
Caprera〔ka'prera〕
Caprese〔ka'prese〕
Capri Island〔kæ'pri ~〕喀普里島(義大利)
Capricorn〔'kæprı,kɔrn〕【天文】磨羯宮
Capricornus〔,kæprı'kɔrnəs〕=Capricorn
Caprivi〔ka'privı〕
Caprivizipfel〔ka'privı,tsıpfəl〕
Capron〔'keprən〕凱普倫
Caproni〔ka'pronı〕
Capsa〔'kæpsə〕
Capshaw〔'kæpʃɔ〕卡普肖
Capstaff〔'kæpstaf〕卡普斯塔夫
Capua〔'kæpjʊə; 'kapwa (義)〕
Capuana〔ka'pwana〕
Capuccino〔,kaput'tʃino〕(義)
Capuchin〔'kæpjutʃın〕聖芳濟教派之僧侶
 或任聖職者
Capucius〔kə'pjuʃəs〕
Capulet〔'kæpjʊlɛt〕
Capuletti ed i Montecchi〔,kapu'lɛtti
 ɛd i mon'tekkı〕(義)
Capus〔kap'jʊ〕(法)
Capuzzo〔ka'puttso〕(義)
Caquetá〔,kake'ta〕
Caquetios〔,kake'tioz〕
Cara〔'kara〕
Caraballos〔,kara'bajos〕
Carabanchel Alto〔,karavan'tʃɛl
 'alto〕(西)

Carabanchel Bajo〔,karavan'tʃɛl
 'vaho〕(西)
Carabao〔,kara'vao〕(西)
Carabas〔'kærəbæs〕
Carabobo〔,kara'vovo〕(西)
Caraça〔kə'rasə〕
Caracal〔,kara'kal〕
Caracalla〔,kærə'kælə〕喀拉凱拉(188-
 217,羅馬皇帝)
Caracallus〔,kærə'kæləs〕
Caracas〔kə'rækəs〕卡拉卡斯(委內瑞拉)
Caracci〔ka'rattʃı〕
Caraccioli〔ka'rattʃoli〕
Caracciolo〔ka'rattʃolo〕卡拉究洛
Caracoles〔,kara'koles〕
Caractacus〔kə'ræktəkəs〕
Caraculiambo〔,karakuli'ambo〕
Caradawg〔kæ'rædaug〕(威)
Caradoc〔kə'rædək〕卡拉多克
Caradog〔kə'rædəg〕
Carafa〔ka'rafa〕
Caraffa〔ka'raffa〕
Caragiale〔,kara'dʒalɛ〕
Caraguatay〔,karagwa'taı〕
Carajá〔,karə'dʒa〕
Caralis〔'kærəlıs〕
Caraman〔,kara'man〕
Caramania〔,kærə'menıə〕
Caramoan〔,kara'moan〕
Caramurú〔karamu'ru〕
Caran d'Ache〔karaŋ 'daʃ〕(法)
Carangola〔,karæŋ'golə〕(巴西)
Caransebes〔,karan'sebɛʃ〕(羅)
Carapacheta〔,karapa'tʃeta〕
Caraquet〔'kærəket〕
Caraš〔'karaʃ〕(羅)
Caratacus〔kə'rætəkəs〕
Caratasca〔,kara'taska〕
Carathéodory〔,karaθeɔ̃ɔ'ri〕(希)
Carathis〔'kærəθıs〕
Carausius〔kə'rɔʃıəs〕
Caravaca〔,kara'vaka〕
Caravaggio〔,kara'vaddʒo〕
Caravanca〔,kærə'væŋkə〕
Caravanche〔,kara'vanke〕
Caravaya〔,kara'vaja〕
Caravellas〔,karə'veləs〕加臘佛拉斯(巴西)
Caraway〔'kærəwe〕卡拉衛
Carazo〔ka'raso〕(拉丁美)
Carabajal〔,karva'hal〕(西)
Carballo〔kar'valjo〕(西)
Carbery〔'karbərı〕

Carberry〔'karbərı〕卡伯里
Carbia〔'karbjə; -vjə(西)〕
Carbilo〔'karbılo〕
Carbo〔'karbo〕
Carbó〔kar'bo〕
Carbon〔'karbən〕
Carbonara〔,karbo'nara〕
Carbonari〔,karbo'narı〕炭夫黨（十九世紀時，義大利、法國及西班牙之秘密政治組織）
Carbonaro〔,karbo'naro〕
Carbonate〔'karbənet〕
Carbondale〔'karbən,del〕
Carbonear〔,karbə'nır〕
Carbonell〔,karvo'nɛl〕（西）卡博內爾
Carbonia〔kar'bənja〕
Carbonnières〔karbo'njɛr〕（法）.
Carbonopsina〔,karbənəp'saınə〕
Carbonupsina〔,karbənup'saınə〕
Carbutt〔'karbət〕
Carcagente〔,karka'hente〕（西）
Carcano〔'karkano〕
Cárcano〔'karkano〕
Carcar〔'karkar〕
Carcarañá〔,karkara'nja〕
Carcaso〔'karkəso〕
Carcassonne〔karka'sɔn〕（法）
Car-cay〔kar·'kaı〕
Carcel〔kar'sɛl〕（法）
Carchemish〔'karkımıʃ〕
Carchi〔'kartʃı〕
Carco〔kar'ko〕（法）
Carcopino〔karkopi'no〕（法）
Carcross〔'karkras〕
Card〔kard〕卡德
Cardale〔'kardel〕卡代爾
Cardamon〔'kardəmən〕
Cardani〔kar'danı〕卡達尼
Cardano〔kar'dano〕
Cardanus〔'kardənəs〕
Cardell〔kar'dɛl〕卡德爾
Carden〔'kardn〕卡登
Cardenal〔,karde'nal; karðe'nal(西); kardə'nal(法)〕
Cárdenas〔'kardınəs; 'karðenas(西)〕
Cardenio〔kar'denıo〕 ∟卡德納斯
Cardew〔'kardju〕卡迪尤
Cardi〔'kardı〕
Cardia〔'kardıə〕
Cardi da Cigoli〔'kadı da 'tʃigoli〕
Cardiff〔'kardıf〕加地夫港（威爾斯）
Cardigan〔'kardıgən〕 「(威爾斯)
Cardiganshire〔'kardıgən,ʃır〕喀地干郡

Cardim〔kar'diŋ〕（葡）
Cardinal〔kardi'nal〕（法）卡迪納爾
Cardoff〔'kardaf〕卡多夫
Cardon〔'kardən〕卡登（委內瑞拉）
Cardona〔kar'ðona〕（西）
Cardonnel〔kar'danəl〕
Cardonnel, Le〔lə kardo'nɛl〕（法）
Cardosa〔kar'doza; kə'dzə〕
Cardozo〔kar'dozo; kə'dozu(葡)〕
Cardross〔'kardras〕
Cardston〔'kardstən〕
Carducci〔kar'dutʃı〕賈多祺（Giosuè, 1835-1907, 義大利詩人）
Carducho〔kar'ðutʃo〕（西）
Carduchis〔kar'dutʃız〕
Cardus〔'kardəs〕卡達斯
Carduus Benedictus〔'kardjuəs bɛnɛ'dıktəs〕
Cardwell〔'kardwəl〕卡德衞爾
Cardy〔'kardı〕
Care〔ker〕凱爾
Carea〔kə'riə〕
Careii〔ka'rei〕
Careil〔ka'rɛj〕（法）
Carel〔'karəl〕(荷); ka'rɛl(法)〕
Careless〔'kerles〕
Carelli〔'kerlı〕
Carême〔ka'rem〕（法）
Carence〔'kɛrəns〕
Carens〔'karɛnz〕卡倫斯
Careü Mare〔ka'rɛu 'marɛ〕
Carentan〔karaŋ'taŋ〕（法）
Carew〔kə'ru〕加露（Thomas, 1595?-?1645, 英國詩人）
Carey〔'kerı〕凱里 ∟英國詩人）
Carfax〔'karfæks〕
Carfin〔'karfın〕
Cargill〔'kargıl〕卡吉爾
Cargo〔'kargo〕卡戈
Carhart〔'karhart〕卡哈特
Carheil〔ka'rɛj〕（法）
Caria〔'kɛrıə〕
Cariaco〔kar'jako〕
Cariamanga〔,karja'maŋga〕
Cariappa〔,kari'apa〕
Carías〔ka'rias〕卡里亞斯
Carib〔'kærıb〕加勒比人（南美洲土人）
Caribal〔'kærıbḷ〕
Cariban〔'kærıbən〕
Caribana〔,karı'vana〕（西）
Caribbean Sea〔,kærə'biən ~〕加勒比海
Caribbee〔'kærəbi〕 ∟(美洲)
Caribbees〔'kærıbiz〕

Caribian〔kə'rɪbɪən〕

Cariboo Mountains〔'kærɪbu~〕加利布

Caribou〔'kærɪbu〕　　　　〔山脈（加拿大）

Caridorf〔'kærɪdɔrf〕

Cariès〔kar'jɛs〕（法）

Carigara〔,karɪ'gara〕

Carignan〔kari'njaŋ〕（法）

Carignano〔,karɪ'njano〕

Carihuairazo〔,karɪwaɪ'raso〕（拉丁美）

Carilef〔'kærɪləf〕

Carillo〔ka'riljo〕（西）

Carillon〔kari'jɔŋ〕（法）

Carimata〔,karɪ'mata〕

Carina〔kə'raɪnə〕

Carini〔ka'rini〕

Carino〔·ka'rino〕

Carinola〔kə'rinola〕

Carinthia〔kə'rɪnθɪə〕

Carinus〔kə'raɪnəs〕

Carioca〔,kærɪ'okə〕

Cariri〔ka'riri〕

Carisbrooke〔'kærɪsbruk〕

Carissimi〔ka'rissimi〕（義）

Carit〔'karɪt〕

Caritas〔ka'ritas〕

Caritat〔kar'ita〕（法）

Carker〔'karkə〕

Carkner〔'karknə〕卡克納

Carl〔karl〕卡爾

Carla〔'karlə〕卡拉

Carle〔karl〕

Carlee〔'karli〕

Carlell〔kar'lɛl〕

Carlén〔kar'len〕（瑞典）

Carlentini〔,karlen'tini〕

Carless〔'karlɛs〕卡利斯

Carlet〔kar'lɛ〕（法）

Carleston〔'karlstən〕卡爾斯頓

Carleton〔'karltən〕卡爾頓（加拿大）

Carletto〔kar'letto〕（義）

Carli〔'karli〕

Cârlibaba〔,kɪrlɪ'baba〕（羅）

Carlile〔kar'laɪl〕卡萊爾

Carlill〔'karlɪl〕卡利爾

Carlin〔'karlɪn〕卡林

Carling〔'karlɪŋ〕卡林

Carlingford〔'karlɪŋfəd〕

Carlino〔kar'lino〕

Carli-Rubbi〔'karli·'rubbɪ〕

Carlinville〔'karlɪnvɪl〕

Carlion〔'karljən〕

Carlisle〔kar'laɪl〕卡萊爾

Carlist〔'karlɪst〕擁護 Don Carlos 爭取王

Carll〔karl〕　　　　　　　　　　〔位者

Carlo〔'karlo〕卡洛

Carloforte〔,karlo'fɔrte〕

Carloman〔'karləmæn; karlɔ'man〕（法）

Carlos〔'karlos〕卡勒斯（Don, 1788-1855,
　西班牙 Charles IV 之次子）

Carlos Rojas〔'karlos 'rɔhas〕（西）

Carlota〔kar'lota〕卡洛塔

Carlotta〔kar'lata; kar'lɔtta（義）〕

Carlough〔'karlo〕卡洛·

Carlovingian〔,karlo'vɪndʒɪən〕

Carlow〔'kar,lo〕喀羅郡（愛爾蘭）

Carlowitz〔'karlowɪts〕

Carls〔karlz〕卡爾斯

Carlsbad〔'karlzbæd〕

Carlscrona〔karls'kruna〕

Carlsen〔'karlsn̩〕卡爾森

Carlshamn〔'karlsham〕

Carlson〔'karlsn̩〕（瑞典）卡爾森

Carlsruhe〔'karlz,ruə〕

Carlstad〔'karlstat〕

Carlstadt〔'karlstæt; 'karlʃtat（德）〕

Carlton Club〔'karltən~〕英國保守黨總部

Carluke〔kar'luk〕

Carlyle〔kar'laɪl〕喀萊爾（Thomas, 1795-
　1881, 蘇格蘭散文家及歷史學家）

Carlyon〔kar'laɪən〕卡萊恩

Carmack〔'karmək〕卡馬克

Carmagnola〔,karma'njɔlə〕

Carmalt〔'karmɔlt〕

Carman〔'karmən〕喀曼（（William）Bliss,
　1861-1929, 加拿大詩人）

Carmana〔kar'menə〕

Carmania〔kar'menɪə〕

Carmarthen〔kə'marðən〕

Carmarthenshire〔kar'marðən,ʃir〕喀麥
　登郡（威爾斯）

Carmath〔'karmat〕

Carmathian〔kar'meθɪən〕

Carmaux〔kar'mo〕（法）　　　　　〔卡梅爾

Carmel〔'karmɛl; 'karməl; kar'mɛl〕

Carmela〔kar'mɛlə〕卡梅拉

Carmeliano〔,karmɛ'ljano〕

Carmelita〔,karmə'lita〕卡梅莉塔

Carmelite〔'karml̩,aɪt〕Carmel 教派之托
　　　　　　　　　　　　　　〔鉢僧或尼

Carmelo〔kar'melo〕卡門

Carmen〔'karmɛn〕（西）'karmən

Carmen del Paraná〔'karmen dɛl
　,para'na〕

Carmer〔'karmə〕卡默

Carmi〔'karmaɪ〕卡米

Carmichael〔kar'maɪkəl〕卡邁克爾
Carmignano〔ˌkarmɪ'njano〕
Carmina Burana〔'karmɪnə bju'rænə〕
Carmine〔'karmɪne; 'karmaɪn〕卡邁恩
Carmo〔'karmo〕
Carmody〔'karmədɪ〕卡莫迪
Carmona〔kə'monə〕咯門納（Antonio
  Oscar de Fragoso, 1869-1951, 葡萄牙將軍）
Carmont〔'karmant〕卡蒙特
Carmontel (le)〔karmɔn'tɛl〕（法）
Carnaby〔'karnəbɪ〕
Carnac〔'karnæk〕卡納克
Carnahan〔'karnəhæn〕卡納海
Carnall〔'karnal〕
Carnap〔'karnəp〕卡納普
Carnaro〔kar'naro〕
Carnarvon〔kə'narvən〕卡納爾文（澳洲）
Carnarvonshire〔kə'narvənʃɪr〕
Carnatic〔kar'nætɪk〕
Carnaval〔karna'val〕（法）
Carnavalet〔karnava'lɛ〕（法）
Carnbee〔'karnbe〕
Carne〔karn〕卡恩
Carné〔kar'ne〕（法）
Carneades〔kar'niədiz〕
Carnedd Dafydd〔'karnɛð 'davɪð〕（威）
Carnedd Llewelyn〔'karnɛð lʊ'ɛlɪn〕
  （威）
Carnegie〔kar'nɛgɪ〕卡內基（Andrew,
  1835-1919, 美國鋼鐵工業家及慈善家）
Carnegie Hall〔'karnɛgɪ 'hɔl〕
Carneia〔kar'niə〕
Carn Eige〔karn 'e〕（蘇）
Carneiro〔kar'nero; kə'neru（葡）〕
Carnell〔kar'nɛl〕卡內爾
Carnera〔kar'nɛrə〕
Carnesville〔'karnzvɪl〕
Carney〔'karnɪ〕卡尼
Carneys〔'karnɪz〕
Carnforth〔'karnfɔrθ〕
Carni〔'karnaɪ〕
Carnia〔'karnja〕　　　　　　「山（歐洲）
Carnic Alps〔'karnɪk ～〕卡尼克阿爾卑斯
Carnicer〔karnɪ'ser; -'θer（西）〕
Carnifex〔'karnɪfɛks〕
Carniola〔ˌkarnɪ'olə〕
Carnium〔'karnɪəm〕
Carnivora〔kar'nɪvərə〕【動物】食肉類
Carn Mairg〔karn 'mɛrg〕
Carnock〔'karnək〕卡諾克
Carnochan〔'karnəkən〕　　　　　　「總統）
Carnot〔kar'no〕卡爾諾（1837-1894 任法國

Carnoustie〔kar'nustɪ〕
Carnovsky〔kar'nafskɪ〕
Carns〔karnz〕卡恩斯
Carnsore〔'karnsɔr〕
Carnuntum〔kar'nʌntəm〕
Carnutae〔kar'njuti〕
Carnutes〔kar'njutiz〕
Carnuti〔kar'njutaɪ〕
Carnutum〔kar'njutəm〕
Carnwath〔'karnwəθ〕
Caro〔'kɛro; 'karo（德、義、西、法）〕
Carobert〔karə'bɛr（法）〕
Caroe〔'kɛro; 'kæro〕
Carol II〔'kærəl〕加羅爾二世（1893-1953,
  羅馬尼亞國王）
Carola Hafen〔'karola ˌhafən〕
Carolan〔'kærələn〕卡羅蘭
Carole〔'kærəl〕卡羅
Caroleen〔ˌkærə'lin〕
Carolina〔ˌkærə'laɪnə; ˌkaro'lina〕卡羅
  來納（南非；巴西）
Carolinas〔ˌkærə'laɪnəz〕
Caroline〔'kærə,laɪn〕加羅林羣島（西太平
  洋）
Carolingian〔ˌkærə'lɪndʒɪən〕
  Charlemagne 朝之君主
Carolopolis〔ˌkærə'lapəlɪs〕
Carolsfeld〔'karəlsfɛlt〕
Carolus〔'kærələs〕卡羅勒斯
Carolus-Duran〔karə'ljus-dju'raŋ〕（法）
Carolus Magnus〔'kærələs 'mægnəs〕
Carolyn〔'kærəlɪn〕卡珞琳
Caron〔'kærən; kə'ran; ka'rɔŋ〕卡倫
Carondelet〔kə,randə'lɛt〕
Caroni〔ka'ronɪ; karo'ni〕
Caroní〔ˌkaro'ni〕
Caronium〔kə'ronɪəm〕
Caroor〔kə'rur〕
Carora〔ku'rora〕
Caros〔'kærəs〕
Carossa〔ka'rasa〕
Carothers〔kə'rʌðəs〕卡羅瑟斯
Caroto〔ka'roto〕
Carouge〔ka'ruʒ〕（法）
Carové〔ˌkaro've〕
Carp〔karp〕卡普
Carpaccio〔kar'pattʃo〕
Carpani〔kar'panɪ〕
Carpates〔'karpətiz〕
Carpathia〔kar'peθɪə〕
Carpathian Mountains〔kar'peθɪən～〕喀
  爾巴阡山（歐洲）

Carpathian Ruthenia〔kar'peθɪən
ru'θɪnɪə〕　「(歐洲)
Carpathians〔kar'peθɪənz〕喀爾巴阡山脈
Carpathos〔'karpəθas〕
Carpatho-Ukraine〔kar'peθo·jʊk'ren〕
Carpathus〔'karpəθəs〕
Carpaţii〔kar'patsii〕(羅)
Carpeaux〔kar'po〕(法)
Carpendale〔'karpɪndel〕卡彭代爾
Carpender〔'karpɪndə〕
Carpenisi〔,karpɛn'jisi〕
Carpentaria〔,karpən'tɛrɪə〕
Carpenter〔'karpɪntə〕卡彭特
Carpentier〔,karpən'tɪr; karpaŋ'tje
(法)〕
Carpentras〔karpaŋ'tras〕(法)
Carper〔'karpə〕卡珀
Carpi〔'karpi〕卡皮
Carpini〔kar'pini〕
Carpinteria〔,karpɪntə'riə〕
Carpio〔'karpjo〕
Carpmael〔'karpmel〕
Carpocrates〔kar'pakrətiz〕
Carpzov〔'karptsəf〕
Carquinez〔kar'kinəs〕
Carr〔kar〕卡爾
Carra〔'kærə; ka'ra(義)〕
Carrà〔ka'ra〕
Carrabelle〔,kærə'bɛl〕(義)
Carracci〔ka'rattʃi〕(義)
Carracido〔,kara'θiðo〕(西)
Carradine〔'kærədin〕卡拉丹
Carrae〔'kæri〕
Carragan〔'kærəgən〕
Carrantual〔,kærən'tuəl〕
Carranza〔kə'rænzə; ka'ranθa(西);
-sa(拉丁美)〕
Carranza de Miranda〔ka'ranθa ðe
mi'randa〕(西)
Carrara〔kə'rarə〕
Carrasco〔kə'ræsko〕卡拉斯科
Carrasquilla〔,karas'kija〕(拉丁美)
Carratalá〔,karata'la〕
Carraway〔'kærəwe〕卡拉衛
Carré〔ka're〕(法)
Carrel〔kə'rɛl〕喀雷爾(Alexis, 1873-
1944, 法國外科醫生及生物學家)
Carreño〔ka'renjo〕
Carrer〔ka'rer〕
Carrera〔ka'rera〕
Carrère〔kə'lɛr; ka'rɛr(法)〕

Carret〔'kærɪt〕卡雷特
Carreta〔ka'rɛta〕
Carretta〔ka'rɛta〕卡雷塔
Carrey〔ka're〕(法)卡里
Carrhae〔'kæri〕
Carriacou〔,kærɪə'ku〕
Carrick〔'kærɪk〕卡里克
Carrickfergus〔,kærɪk'fɝgəs〕
Carrickmacross〔,kærɪkmə'krɔs〕
Carrick-on-Shannon〔'kærɪk·an·-
'ʃænən〕
Carrick-on-Suir〔'kærɪk·an·'ʃur〕
Carrico〔'kærɪko〕卡里科
Carrie〔'kærɪ〕卡麗
Carrie Meeber〔'kærɪ 'mibə〕
Carrier〔'kærɪr; kar'je(法)〕卡里爾
Carriera〔kar'jera〕(義)
Carrier-Belleuse〔kar'je·bɛ'lɝz〕(法)
Carriere〔kari'ɛr〕卡里爾
Carrière〔kari'ɛr; karɪ'jɛr(法)〕
Car(r)iès〔kar'jɛs〕(法)
Carrigain〔'kærɪgɪn〕
Carrigan〔'kærɪgən〕卡里根
Carriger〔'karɪgə〕
Carrillo〔ka'rijo〕(拉丁美)卡里略
Carrillo de Mendoza y Pimentel
〔ka'riljo ðe mɛn'doθa ɪ pimɛ'tɛl〕(西)
Carrington〔'kærɪŋtən〕卡林頓
Carrión〔ka'rjon〕卡里翁
Carrizal〔,karɪ'sal〕(拉丁美)
Carritt〔'kærɪt〕卡里特
Carrizo〔kə'rizo〕
Carrizozo〔,kærɪ'zozo〕
Carrodus〔'kærədəs〕
Carrogis〔karɔ'ʒi〕(法)
Carrol〔'kærəl〕卡羅爾
Carroll〔'kærəl〕卡羅爾
Carrollton〔'kærəltən〕
Carron〔'kærən〕卡倫
Carrot〔'kærət〕
Carrothers〔kə'rʌðəs〕卡羅瑟斯
Carrousel〔karu'zel〕(法)
Carrow〔'kæro〕卡羅
Carrowmore〔'kærəmɔr〕
Carrucci〔ka'ruttʃi〕(義)
Carrum〔'kærəm〕
Carruth〔kə'ruθ〕卡魯斯
Carruthers〔kə'rʌðəz〕卡拉瑟斯
Carry〔'kærɪ〕卡里
Carryl〔'kærɪl〕

Çarşamba〔tʃarʃam'ba〕（土）
Carse〔kars〕卡斯
Carshalton〔kəˈʃɔltən〕
Carson〔'karsn〕喀生（Edward Henry,
　1854-1935, 英國法學家及從政者）
Carstairs〔'karstɛrz〕卡斯泰爾斯
Carstares〔'karstɛrz〕
Carsten〔'karstən〕　　　　　　（亞）
Carstensz〔'karstənz〕卡爾斯登恩（新幾內
Carstensz Toppen〔'karstəns 'tɔpən〕
Carswell〔'karzwəl〕卡斯衛爾
Cart〔kart〕卡特
Carta〔'kartə〕　　　　　「倫比亞;西班牙〕
Cartagena〔,kartə'dʒinə〕喀他基那港（哥
Cartago〔kar'tago〕
Carteia〔kar'tijə〕
Carter〔'kartə〕卡特（❶Howard, 1873-
　1939, 英國考古學家 ❷Jimmy, 全名James
　Earl ～, Jr.,1924-, 美國從政者）
Carter Dome〔'kartə dom〕
Carteret〔'kartəret〕加特利（John, 1690-
　1763, 英國政治家）
Carteromaco〔,karte'rɔmako〕
Cartersville〔'kartəzvɪl〕
Cartesian〔kar'tiʒən〕笛卡兒哲學之信奉者
Cartesius〔kar'tiʒɪəs〕
Carthage〔'karθɪdʒ〕迦太基（非洲）
Carthagena〔karta'hena〕（西）
Carthago Nova〔kar'θego 'novə〕
Carthon〔'karθən〕
Carthusian〔kar'θjuʒən〕【天主教】1086年
　St. Bruno 在法國所創之教派的僧侶或修女）
Carthy〔'karθɪ〕　　　　　「航海家及探險家〕
Cartier〔kar'tje〕喀提葉（1491-1557, 法國
Cartismandua〔,kartɪs'mændʒuə〕
Cartland〔'kartlənd〕卡特蘭
Cartledge〔'kartlɪdʒ〕卡特利奇
Cartmel(e)〔'kartmɛl〕卡特梅爾
Carton〔'kartən〕卡頓
Cartouche〔kar'tuʃ〕（法）
Cartwright〔'kart,raɪt〕喀特萊特
　（Edmund, 1743-1823, 英國發明家）
Carty〔'kartɪ〕卡蒂
Caruarú〔karwə'ru〕（葡）
Carúpano〔ka'rupano〕卡魯帕諾（委內瑞拉）
Carus〔'kɛrəs; 'karus（德）〕卡勒斯
Carusi〔kə'rusɪ〕卡魯西
Caruso〔kə'ruso〕卡羅素（Enrico, 1873-
　1921, 義大利男高音歌唱家）
Carus Sterne〔'karus 'ʃtɛrnə〕（德）
Caruthers〔kə'rʌðəz〕卡拉瑟斯
Carvaille〔kar'vaj〕（法）

Carvajal〔,karva'hal〕（西）
Carvajal, González-〔gɔn'θaleθ
　,karva'hal〕（西）
Carvalho〔kar'valjo; kə'valju（葡）;
　karva'jo（法）〕
Carvell〔'karvɛl〕卡維爾
Carver〔'karvə〕喀威爾（❶George Wash-
　ington, 1864-1943, 美國植物學家 ❷John,
　1576?-1621, 英國清教徒）
Carvilius〔kar'vɪlɪəs〕
Carvill(e)〔'karvɪl〕卡維爾
Carvin〔kar'væŋ〕（法）卡文
Carvoeiro〔kə'vweiru〕（葡）
Carwardine〔'karwədin〕
Cary〔'kɛrɪ〕喀利（Henry Francis, 1772-
　1844, 英國翻譯家）
Caryl〔'kærəl〕
Carysfort〔'kærɪsfɔrt〕
Carystius〔kə'rɪstɪəs〕
Carystus〔kə'rɪstəs〕
Casa〔'kasa〕
Casabianca〔'kæsəbɪ'æŋkə; kazabjaŋ'ka
　（法）〕　　　　　　　　　「（非洲）〕
Casablanca〔,kæsə'blæŋkə〕卡薩布蘭加港
Casa-Cajigal〔'kasa·kahi'gal〕（西）
Casaday〔'kæsəde〕
Casadesus〔kasad'sjus〕（法）
Casa d'Oro〔'kasa 'doro〕
Casady〔'kæsədɪ〕卡薩迪
Casa Grande〔'kæsə 'grændɪ〕
Casa Guidi Windows〔'kasa 'gwidi〕
Casal〔ka'sal〕
Casale〔ka'sale〕
Casalegno〔,kasa'lenjo〕
Casale Monferrato〔ka'sale ,monfe'rato〕
Casalmaggiore〔ka,salmad'dʒore〕
Casalnuovo di Napoli〔ka,saln'wovo
　di 'napoli〕
Casals〔ka'sals〕卡薩爾斯
Casamajor〔kæsə'medʒə〕卡薩梅杰
Casamance〔kaza'maŋs〕（法）
Casano al Ionio〔ka'sano al 'jonjo〕
Casanova〔,kæzə'novə; ,kasa'nɔva（義）〕
　卡薩諾瓦
Cäsar〔'tsezar〕
Casarano〔kasa'rano〕
Casares〔ka'sares〕
Casas〔'kasas〕
Casas, Las〔las 'kasas〕
Casas Grandes〔'kasaz 'grandes〕
Casati〔ka'satɪ〕

Casaubon〔kə'sɔbən〕加蘇邦（Isaac, 1559-1614，法國神學家及學者）

Casbah〔'kazba〕阿爾及耳城中的舊城區

Casberg〔'kæsbəg〕卡斯伯格

Casca〔'kæskə〕「（美國）

Cascade Range〔kæs'ked ～〕喀斯開山脈

Cascate delle Marmore〔kas'kate 'delle 'mamore〕（義）

Cascina〔'kaʃina〕

Casco〔'kæsko〕

Case〔kes〕凱斯

Caseldy〔'kæsldɪ〕

Caseley〔'keslɪ〕

Casella〔ka'sella〕（義）卡塞拉

Caselli〔ka'sɛllɪ〕

Casellina e Torri〔,kasel'lina e 'tɔrri〕（義）

Casement〔'kesmənt〕凱斯門特

Caseros〔ka'seros〕

Caserta〔ka'zɛrta〕

Cases, Las〔las 'kaz〕（法）

Casey〔'kesɪ〕凱西

Casey, O'〔o 'kesɪ〕

Casgrain〔kaz'græŋ〕（法）卡斯格蘭

Cash〔kæʃ〕卡什

Cashel〔'kæʃəl〕

Cashibo〔ka'ʃibo〕

Cashin〔'kæʃɪn〕卡欣

Cashman〔'kæʃmən〕卡什曼

Cashmere〔kæʃ'mɪr〕=Kashmir

Cashmore〔'kæʃmɔr〕卡什莫爾

Casiguran〔,kasɪ'guran〕卡西古蘭（非律賓）

Casilda〔ka'silda〕

Casimir〔'kæsɪmɪr〕卡西米爾

Casimir(e)〔kazi'mir〕（法）卡西米爾

Casimiro〔,kazi'miru〕

Casimir-Périer〔,ka,zi'mir·pe'rje〕加西米爾培雷（Jean Paul Pierre, 1847-1907，法國政治家）

Casino〔ka'sino〕

Casinum〔kə'saɪnəm〕

Casiquiare〔,kasɪ'kjare〕

Casiri〔ka'siri〕

Casius〔'kesɪəs〕

Casket〔'kaskɪt〕

Caskey〔'kæskɪ〕卡斯基

Caskie〔'kæskɪ〕卡斯基

Caskoden〔kæs'kodṇ〕

Čáslav〔'tʃaslaf〕（捷）

Casler〔'kæzlə〕

Caslon〔'kæzlən〕卡斯隆

Casmurro〔kəz'murru〕

Casner〔'kæsnə〕卡斯納

Caso〔'kaso〕卡索

Casorati〔,kaso'rati〕

Casoria〔ka'sɔrja〕

Caspar〔'kæspə; 'kaspar (荷、德)〕卡斯珀

Caspari〔kas'parɪ〕

Casparus〔'kæspərəs〕

Casper〔'kæspə; 'kaspə (德)〕卡斯珀

Caspersen〔'kæspəsṇ〕

Caspersson〔'kæspəsṇ〕

Caspiae Pylae〔'kæspiɪ 'paɪlɪ〕

Caspian Sea〔'kæspɪən ～〕裏海（歐亞間）

Caspium Mare〔'kæspɪəm 'meri〕

Casquets〔'kaskɪts〕

Cass〔kæs〕卡斯

Cassaday〔'kæsəde〕卡薩廸

Cassado〔kə'sado〕

Cassadó〔,kasa'do〕

Cassady〔'kæsədɪ〕卡薩廸

Cassagnac〔kasa'njak〕（法）

Cassai〔kə'saɪ〕

Cassander〔kə'sændə〕

Cassandra〔kə'sændrə〕【希臘神話】Troy之女預言者

Cassandre〔ka'sɑŋdə〕（法）

Cassandreia〔,kæsæn'draɪə〕

Cassano all' Ionio〔kas'sano al'ljɔnjo〕（義）

Cassano d'Adda〔kas'sano 'dadda〕（義）

Cassatt〔kə'sæt〕加薩特（Mary, 1845-1926，美國畫家）

Casse〔kas〕

Cassegrain〔kas'græŋ〕（法）

Cassel〔'kæsḷ〕卡斯爾

Cassel, Hesse-〔'hɛs·'kæsḷ〕

Cassell〔'kæsḷ〕卡斯爾

Cassells〔'kæsḷz〕

Casselton〔'kæsḷtən〕

Casse-Noisette〔kas·nwa'zɛt〕（法）

Casseres, De〔də 'kæsərɪs〕

Casserly〔'kæsəlɪ〕卡瑟利

Cassia〔'kæʃɪə〕

Cassianos Bassos〔,kæsɪ'enəs 'bæsəs〕

Cassianus〔,kæsɪ'enəs〕

Cassian Way〔'kæʃən ～〕

Cassiar Mountains〔'kæʃɪr ～〕

Cassibelan〔kæ'sɪbələn〕

Cassidy〔'kæsɪdɪ〕卡西廸

Cassie〔'kæsɪ〕卡西

Cassiepeia〔,kæsɪə'piə〕

Cassil〔'kæsḷ〕

Cassilis〔'kæsḷz; kə'sɪlɪs〕

Cassilly〔'kæsɪlɪ〕卡西利
Cassin〔'kæsɪn; ka'sæŋ（法）〕卡辛
Cassini〔kə'sini; kasi'ni（法）〕
Cassino〔kə'sino〕喀昔諾（義大利）
Cassio〔'kæsɪo〕
Cassiodorus〔,kæsɪo'dorəs〕加西道拉斯
（Flavius Magnus Aurelius, 死於A.D. 575，
羅馬政治家及作家）
Cassiope〔kə'saɪopɪ〕
Cassiopeia〔,kæsɪə'piə〕❶【天文】仙后座
❷【希臘神話】Ethiopia 王 Cepheus 之后
Cassique〔kə'sik〕
Cassiquiare〔kasi'kjare〕
Cassiquiari〔,kasi'kjari〕
Cassirer〔ka'sɪrə〕凱西勒（Ernst, 1874-
1945, 德國哲學家）
Cassiterides〔,kæsɪ'terɪdiz〕
Cassius〔'kæʃɪəs〕卡修斯
Cassius Longinus〔'kæsɪəs lan'dʒaɪ-
nəs〕加西阿斯（Gaius, ?-42 B.C., 羅馬大將）
Cassivel (l) aunus〔,kæsɪvɪ'lɔnəs〕
Casson〔'kæsən; ka'sɔŋ〕（法）卡森
Cassopolis〔kə'sapəlɪs〕
Cassville〔'kæsvɪl〕
Casswell〔'kæswəl〕卡斯衛爾
Cast〔kast〕
Castagna〔ka'stanja〕
Castagnetta〔kasta'njeta〕
Castagnette〔kasta'njet〕（法）
Castagno〔kas'tanjo〕
Castaigne〔ka'stɛnj〕
Castaldi〔ka'staldɪ〕
Castalia〔kæs'telɪə〕= Castaly
Castalie〔'kæstəlɪ〕
Castalio〔kæs'telɪo〕
Castalion〔kæs'teljən〕
Castalion-King-Urinal〔kæ'steljən··
kɪŋ.'jurɪnəl〕 「神異
Castaly〔'kæstəlɪ〕希臘 Parnassus 山上之
Castañeda〔,kasta'njeðə〕（西）
Castanheda〔,kaʃtə'njeðə; kəʃta'njedə
Castano〔ka'stano〕 L（葡））
Castaños〔ka'stanjos〕
Castara〔kə'stɛrə〕
Caste〔kast〕
Casteel〔'kæstil〕卡斯蒂爾
Casteggio〔ka'stɛddʒo〕（義）
Castel〔ka'stɛl; kæs-〕 「（西）
Castelar y Ripoll〔,kaste'lar ɪ ri'pɔlj〕
Castelbuono〔ka,stɛl'bwono〕
Castel del Monte〔ka'stɛl del 'monte〕
Castelein〔,kastə'laɪn〕

Castelfidardo〔ka,stɛlfɪ'dardo〕
Castelfiorentino〔kas,tɛlfjoren'tino〕
Castelflorite〔ka,stelfo'rite〕
Castelforte〔ka,stɛl'forte〕
Castelfranco〔ka,stɛl'fraŋko〕
Castelfuerte〔,kastelf'werte〕（西）
Castel Grandolfo〔ka,stel gan'dolfo〕
Castell〔'kastɛl〕
Castellain〔'kæstələn〕
Castellammare〔ka,stellam'mare〕
Castellan〔'kæstələn〕
Castellana〔,kastel'lana〕（義）
Castellana, La〔la ,kaste'jana〕（拉丁美）
Castellaneta〔ka,stɛlla'neta〕
Castellani〔,kastel'lanɪ〕（義）
Castellano〔,kaste'ljano〕（西）卡斯特利
亞諾
Castellanos〔,kaste'ljanos〕（西）;
,kaste'janos（拉丁美）〕
Castell-dos-Rios〔ka,stelj·dos·'rios〕
Castell-Florit〔ka,stelj·flo'rit〕
Castelli〔ka'stɛlɪ〕
Castellio〔kæs'tɛlɪo〕
Castello〔ka'stɛllo〕（義）
Castellón〔,kaste'jon〕（拉丁美）
Castellón de la Plana〔,haste'ljon ðe
la 'plana〕（西）
Castellorizo〔,kaste'lɔrɪzo〕
Castellum〔kæ'stɛləm〕
Castelmassa〔ka,stɛl'massa〕（義）
Castel Moron〔kastɛl mɔ'rɔŋ〕（法）
Castelnau〔'kasl̩no; -no; kastɛl'no
（法）〕
Castelnaudary〔kastɛlnoda'ri〕（法）
Castelnuovo〔ka,stɛln'wovo〕
Castelnuovo Berardenga〔ka,stɛln'wovo
berar'dɛŋga〕
Castelo Branco〔kəʃ'telu 'bræŋku〕（葡）
Castelrosso〔ka,stɛl'rasso〕
Castel San Giovanni〔ka'stɛl ,san
dʒo'vannɪ〕（義）
Castelsarrasin〔kastɛlsara'zæŋ〕（法）
Casteltermini〔ka,stɛl'terminɪ〕
Castelvetere〔ka,stɛl'vetere〕
Castelvetrano〔ka,stɛlve'trano〕
Castelvetro〔kas,tel'vetro〕加斯特維特洛
（Lodovico, 1505-1571, 義大利批評家）
Casterbridge〔'kæstəbrɪdʒ; 'kas-〕
Casteret〔'kæstəret; 'kas-〕卡斯特里特
Casti〔'kastɪ〕

Castiglione

Catalpa

Castiglione〔͵kɑstɪ'ljone〕

Castiglione del Lago〔͵kɑstɪ'ljone dɛl 'lɑgo〕

Castiglion Fiorentino〔͵kɑstɪl'jon fjoren'tino〕

Castiglioni〔͵kɑstɪ'ljonɪ〕

Castil-Blaze〔kɑs'tɪl·'blɑz〕（法）

Castile〔kæs'til〕昔西班牙北部一王國

Castilho, de〔ðɪ kɒʃ'tilju〕加西蒂路（Visconde Antônio Feliciano, 1800-1875, 葡萄牙詩人）

Castiliano〔kɑsti'ljɑno〕

Castilla〔kɑs'tijɑ〕加斯蒂拉（Ramon, 1797-1867, 秘魯政治家及將軍）

Castilla la Nueva〔kɑs'tiljɑ lɑ 'nwe͵vɑ〕（西）

Castilla la Vieja〔kɑs'tiljɑ lɑ 'vjɛhɑ〕

Castille〔kɑs'tij〕（法）　　　L（西）

Castillejo〔͵kɑstɪ'ljɛho〕（西）

Castillejos〔͵kɑstɪ'ljɛhos〕（西）

Castillero〔͵kɑstɪ'jero〕（拉丁美）

Castillo〔kɑs'tiljo（西）; -jo（拉丁美）〕卡斯蒂略

Castillo Salórzano〔kɑs'tiljo sɑ'lɔrθɑno〕（西）

Castillon〔kɑsti'jɔŋ〕（法）

Castine〔kæ'stin〕

Castino〔kɑ'stino〕

Castle〔'kɑsl〕卡斯爾

Castlebar〔'kɑsl'bɑr〕

Castlebay〔'kɑslbe〕

Castleberry〔'kɑslbɛrɪ〕卡斯爾伯里

Castleford〔'kɑslfəd〕

Castlegar〔'kɑslgɑr〕

Castlemaine〔͵kɑsl'men〕

Castlemon〔'kɑslmən〕

Castlenau〔'kɑslnɔ〕

Castlerea(gh)〔'kɑslre〕卡斯爾雷

Castles〔'kɑslz〕卡斯爾斯

Castleton〔'kɑsltən〕卡斯爾頓

Castletown〔'kɑsltɑʊn〕

Castletown Bearhaven〔'kɑsltɑʊn 'bɛrhevən〕

Castletownbere〔'kɑsltɑʊn'bɛr〕

Castlewood〔'kɑslwʊd〕

Casto〔'kɑsto〕卡斯托

Caston〔'kɑstən〕卡斯頓

Castor〔'kɑstə〕

Castorland〔'kæstələnd〕

Castorville〔'kæstəvɪl〕

Castra Abusina〔'kæstrə ͵æbjʊ'sɑɪnə〕

Castra Albiensium〔'kæstrə ͵ælbɪ'ɛnsɪəm〕

Castra Bonnensia〔'kæstrə bə'nɛnsɪə〕

Castra Caecilia〔'kæstrə sɪ'sɪlɪə〕

Castracani〔͵kɑstrɑ'kɑnɪ〕

Castra Regina〔'kæstrə rɪ'dʒɑɪnə〕

Castrén〔'kɑs͵tren〕

Castres〔'kɑstə〕（法）

Castries〔'kɑs͵tris〕卡斯翠（聖路西亞）

Castriota〔͵kæstrɪ'otə〕

Castro〔'kæstro〕卡斯楚（Fidel, 1927-, 古巴共產黨領袖）

Castro del Rio〔'kɑstro ðɛl 'rio〕（西）

Castrodunum〔kæstrə'djunəm〕

Castrogiovanni〔͵kɑstrodʒo'vɑnɪ〕

Castron〔'kɑstrɔn〕

Castrone〔kɑ'strone〕

Castrop-Rauxel〔'kɑstrɔp·'rɑʊksəl〕

Castroreale〔͵kɑstrore'ɑle〕

Castro-Urdiales〔'kɑstro·ur'ðjɑles〕（西）

Castroviejo〔͵kɑstro'vjɛho〕（西）

Castrovillari〔͵kɑstro'villɑrɪ〕（義）

Castruccio〔kɑs'truttʃo〕（義）

Castrum〔'kæstrəm〕

Castua〔'kɑstwɑ〕

Castulo〔'kæstʃulo; -tʃəlo〕

Casuentus〔kæʒjʊ'ɛntəs〕

Casus〔'kesəs〕

Caswall〔'kæzwɔl; -wəl〕卡斯沃爾

Caswallawn〔kæs'wɑlɑʊn〕（威）

Caswallon〔kæs'wɑlɑʊn〕（威）

Caswell〔'kæzwəl; -wɛl〕卡斯衞爾

Cat Island〔kæt～〕恰特島（西印度群島）

Catabathmus Magna〔͵kætə'bæθməs 'mægnə〕

Catacaos〔͵kɑtɑ'kɑos〕

Catacium〔kə'teʃɪəm〕

Catacocha〔͵kɑtɑ'kotʃɑ〕

Catahoula〔͵kætə'hulə〕

Cataian〔kə'teɑn〕

Cataingan〔͵kɑtɑ'iŋɑn〕

Catalan〔'kætələn〕加泰隆尼亞人

Catalani〔͵kɑtɑ'lɑnɪ〕

Catalano〔͵kɑtɑ'lɑno; kætə'leno〕

Catalauni〔͵kætə'lɔnɑɪ〕

Catalaunian Field〔͵kætə'lɔnɪən～〕

Catalaunici〔͵kætə'lɔnɪsɑɪ〕

Catalaunum〔͵kætə'lɔnəm〕

Catalina〔͵kæt'linə; ͵kætə'lɑɪnə〕

Catalonia〔͵kætə'lonɪə〕加泰隆尼亞（西班牙）

Catalpa〔kə'tælpə〕【植物】梓屬

Cataluña〔‚katɑ'lunjɑ〕
Catalunya〔kətə'lunjə〕
Catamarca〔‚kætə'mɑrkə〕
Catana〔'kætənə〕 「斯（非律賓）
Catanduanes〔‚katɑn'dwɑnes〕卡坦端內
Catanduva〔‚katən'duvə〕
Catania〔kə'tenjə〕卡塔尼亞（西西里島）
Cataño〔kɑ'tɑnjo〕
Catanzaro〔‚katɑn'dzɑro〕
Cataonia〔‚kæte'onjə〕
Catarama〔‚katɑ'rɑmɑ〕
Catargiu〔‚katɑr'dʒu〕
Catari〔kɑ'tɑri〕
Catarina〔‚katɑ'rinɑ〕
Catarman〔‚katɑr'mɑn〕卡塔曼（非律賓）
Catarroja〔‚kɑtɑ'rohɑ〕（西）
Catasauqua〔‚kætə'sɔkwə〕
Catastrophe〔kə'tæstrəfɪ〕
Catatumbo〔‚katɑ'tumbo〕
Catawba〔kə'tɔbə〕一種紅葡萄
Catawissa〔‚kætə'wɪsə〕 「律賓」
Catbalogan〔‚katbɑ'lɔgɑn〕卡巴洛甘（菲
Catcheside〔'kætʃsaid〕卡奇賽德
Catchings〔'kætʃɪŋz〕卡欽斯
Catchpool〔'kætʃpul〕卡奇普爾
Catcott〔'kætkət〕
Cate〔ket〕凱特
Cateau, Le〔lə kɑ'to〕（法）
Cateau-Cambrésis〔kɑ'to·kɑŋbre'zi〕
Catel〔kɑ'tɛl〕 （法）」
Catelauni〔‚kætə'lɔnai〕
Catemaco〔‚kate'mɑko〕
Catena〔kɑ'tenɑ〕
Cater〔'ketə〕凱特
Caterham〔'ketərəm〕
Caterina〔‚kætə'rinɑ; kɑte'rinɑ（義）〕
Caterino〔‚kɑte'rino〕 「凱撒林納
Cates〔kets〕凱茨
Catesby〔'ketsbɪ〕凱次比（Mark, 1679?-
 1749, 英國博物學家）
Catford〔'kætfəd〕
Cathal〔'kæhəl〕（愛）
Catharina〔‚kæθə'rainə〕凱瑟琳娜
Catharine〔'kæθərɪn〕凱瑟琳
Cathay〔kæ'θe〕【古, 詩】中國
Cathcart〔'kæθkət〕卡思卡特
Cathead〔'kæθɛd〕
Cathedral〔kə'θidrəl〕
Cathelineau〔katəli'no〕（法）
Cather〔'kæðə〕加茲爾（Willa Sibert, 1876-
 1947, 美國女小說家） 「1727, 彼得大帝之妻）
Catherine I〔'kæθ(ə)rɪn〕凱薩琳一世（1684?-

Catherlogh〔'kɑlɑh〕（愛）
Catherwood〔'kæθə‚wud〕卡瑟伍德
Cathie〔'kæθɪ〕
Cathkin〔'kæθkɪn〕
Cathlamet〔kæθ'læmɪt; -mɛt〕
Cathleen〔'kæθlin〕
Cathleen ni Houlihan〔kæθ'lin nɪ
 'hulɪhæn; -hən〕
Cathline〔kat'linə〕
Cathmhaoil, Mac〔mæk 'kæwɪl〕（蓋爾）
Cathos〔kɑ'tɔs〕（法）
Cathroe〔'kæθro〕
Cathy〔'kæθɪ〕凱絲
Catiline〔'kætḷ‚ain〕加蒂藍（全名 Lucius
 Sergius Catilina, 108?-62 B.C., 羅馬政客及謀
 「叛者〕
Catina〔'kætɪnə〕
Catinat〔kɑti'nɑ〕（法）
Catius〔'keʃiəs〕
Catledge〔'kætlɪdʒ〕卡特利奇
Catlett〔'kætlɪt; -lɛt〕卡特利特
Catlettsburg〔'kætlɪts‚bɝg〕
Catlin〔'kætlɪn〕卡特林
Catling〔'kætlɪŋ〕卡特林
Catmandoo〔‚katmɑn'du〕
Cato〔'keto〕加圖（❶Marcus Porcius, 234-
 149 B.C., 羅馬政治家 ❷Marcus Porcius, 95-
 46 B.C., 羅馬斯多噶派哲學家）
Catoche, Cape〔kɑ'totʃe〕卡托切角（墨西哥）
Catonsville〔'ketənzvɪl〕
Catoosa〔kə'tusə〕
Cator〔'ketə〕凱特
Catriona〔kə'trɪənə; kæt-; -'trinə;
 ‚kætrɪ'onə〕
Catron〔kə'trɑn; 'ketrən〕卡特倫
Catroux〔kɑ'tru〕（法）
Cats〔kats〕 「山脈（美國）
Catskill Mountains〔'kæts'kɪl ~〕卡茲奇
Catt〔kæt〕加特（Carrie Chapman Lane,
 1859-1947, 美國提倡婦女投票權運動的領袖）
Cattack〔kə'tæk〕
Cattail〔'kættel〕
Cattanach〔'kætənæk; -nɑh〕卡塔納克
Cattaraugus〔‚kætə'rɔgəs〕
Cattaro〔'kattɑro〕（塞克）
Cattegat〔'kætɪgæt〕
Cattell〔kə'tel〕加太爾（James McKeen,
 1860-1944, 美國心理學家及編輯）
Catterall〔'kætərəl〕卡特羅爾
Cattermole〔'kætə‚mol〕卡特莫爾
Catterns〔'kætənz〕卡膝斯
Cattier〔kɑtɪ'je〕（法）卡蒂埃
Catto〔'kæto〕卡托

Catton〔'kætən〕卡頓
Catty〔'kætɪ〕卡蒂
Cattulle〔ka'tjul〕(法)
Catullus〔kə'tʌləs〕加塔拉斯（Gaius Valerius, 84?-54 B.C., 羅馬詩人）
Catulus〔'kætʃələs〕
Caturiges〔,kætju'raɪdʒiz〕
Catuvellauni〔,kætjuvə'lɔnaɪ〕
Caua〔'kawa〕
Cauaburí〔,kauəvu'ri〕
Cauayan〔ka'wajan〕卡瓦延（菲律賓）
Caub〔kaup〕
Cauca〔'koka〕科加河（哥倫比亞）
Caucasia〔kɔ'keʒə〕高加索地區（蘇聯）
Caucasiae Portae〔kɔ'kezɪi 'pɔti〕
Caucasus〔'kɔkəsəs〕高加索山脈（蘇聯）
Caucasus Indicus〔'kɔkəsəs 'ɪndɪkəs〕
Cauchon〔ko'ʃɔŋ〕(法)
Cauchy〔ko'ʃi〕
Cauda〔'kɔdə〕
Caudebec-en-Caux〔kod'bɛk·aŋ·'ko〕(法)
Caudebec-lès-Elbeuf〔kod'bɛk·lez-ɛl'bəf〕(法)
Caudéran〔kode'raŋ〕(法)
Caudill〔'kɔdɪl〕考迪爾
Caudillo〔kau'ðiljo(西); -jo(拉丁美)〕
Caudine〔'kɔdaɪn〕
Caudium〔'kɔdɪəm〕
Caudle〔'kɔdl̩〕考德爾
Caudry〔ko'dri〕考德里
Caué〔kau'e〕
Cauer〔'kauə〕
Cauvery〔'kɔvərɪ〕
Caughey〔kɔɪ〕考伊
Caughley〔'kaflɪ〕
Caughnawaga〔,kaŋnə'wagə; 'kanə,wagə〕
Cauit〔'kawɪt〕
Caulaincourt〔kolæŋ'kur〕(法)
Caulcutt〔'kɔlkət〕
Caufield〔'kɔlfild〕
Cauliac〔ko'ljak〕(法)
Caulier〔ko'lje〕(法)
Cauline〔'kɔlin〕
Caulk〔kɔk〕
Caulonia〔kau'lɔnja〕
Cauls〔ko〕(法)
Caulton〔'kɔltən〕考爾頓
Caulvin〔ko'væŋ〕(法)
Caulx〔ko〕(法)
Caumont〔ko'mɔŋ〕(法)

Caunter〔'kɔntə〕康特
Cauquenes〔kau'kenes〕
Caura〔'kaura〕
Caus〔ko〕
Causapscal〔kozap'skal〕(法)
Causey〔'kɔzi〕考西
Causley〔'kɔzli〕
Caussade〔ko'sad〕(法)
Causse〔kos〕
Causses〔kos〕
Caussin〔ko'sæŋ〕(法)
Cauterets〔ko'trɛ〕(法)
Cauthen〔'kɔðən〕
Cauthorn〔'kɔθɔrn〕考索恩
Cautín〔kau'tin〕
Cautley〔'kɔtli〕
Cauto〔'kauto〕
Cauvery〔'kɔvərɪ〕高弗里河（印度）
Cauvin〔ko'væŋ〕(法)
Cauwelaert〔'kauwəlart〕
Caux〔ko〕(法)
Cava de' Tirreni〔'kava de tɪr'reni〕
Cavaignac〔kave'njak〕(法)
Cavaillon〔kava'jɔŋ〕(法)
Cavala〔kə'vælə〕
Cavalcade〔,kævəl'ked〕
Cavalcanti〔,kaval'kantɪ(義); ,kavəl'kæŋntɪ(葡)〕
Cavalcaselle〔,kavalka'sɛlle〕(義)
Cavalese〔kava'lese〕
Cavalier Parliament〔,kævə'lɪr ~〕【英史】擁護查理二世的保皇黨議會
Cavaliere〔,kava'ljere〕
Cavaliere Aretino, il〔il, kava'ljere ,arɛ'tino〕
Cavaliere Tempesta〔,kava'ljere tɛm'pɛsta〕
Cavalieri〔kava'ljerɪ〕
Cavvalla〔kə'vælə〕
Cavall〔kə'væl〕
Cavalleria Rusticana〔kə,vælə'riə ,rustɪ'kanə〕
Cavallero〔,kævə'lero; ,kaval'lero(義)〕
Cavalli〔ka'vallɪ〕(義)
Cavallini〔,kaval'lini〕(義)
Cavallo〔ka'vallo〕(義)卡瓦略
Cavallotti〔,kaval'lɔtɪ〕(義)
Cavally〔kə'vælɪ〕
Cavalotti〔kava'lɔtɪ〕(義)
Cavan〔'kævən〕卡凡郡（愛爾蘭）
Cavaña〔ka'vanja〕
Cavanagh〔'kævənə〕卡瓦納

Cavanaugh〔'kævənə〕卡瓦諾

Cavanilles〔,kava'niljes〕

Cavaraya〔,kava'raja〕

Cavarzere〔ka'vardzere〕

Cavazzola〔,kavat'tsɔla〕（義）

Cavazzuola〔'kavat'twɔla〕（義）

Cave〔kev〕凱夫

Caveau〔ka'vo〕（法）

Cavedoni〔,kave'doni〕

Caveeshar〔kavi'ʃar〕（法）

Cavelier〔kavə'lje〕（法）

Cavell〔'kævl; kə'vɛl〕卡維爾

Caven〔'kævən〕

Cavenagh〔'kævənə〕

Cavender〔'kævəndə〕

Cavendish〔'kævəndɪʃ〕加文狄希（Henry, 1731-1810, 英國化學家及物理學家）

Caventou〔kavaŋ'tu〕（法）

Caveny〔'kævəni〕卡夫尼

Caverlee〔'kævəli〕

Caverly〔'kævəlɪ〕卡弗利

Cavers〔'kevəz〕卡弗斯

Caversham〔'kævəʃəm〕卡弗沙姆

Cavert〔'kævət〕卡弗特

Caviana〔kə'vjænə〕

Caviedes〔ka'vjeðes〕（西）

Caviglia〔ka'vilja〕

Cavill〔'kævɪl〕卡維爾

Cavite〔kə'vite〕加維特（菲律賓）

Cavo〔'kavo〕

Cavour, di〔dɪ kə'vur〕加富爾（Conte Camillo Benso, 1810-1861, 義大利政治家）

Cawdor〔'kɔdə〕

Cawdrey〔'kɔdrɪ〕

Cawein〔ke'waɪn〕

Cawl〔kɔl〕考爾

Cawley〔'kɔlɪ〕考利

Cawnpore〔'kɔn'por〕康伯（印度）

Cawse〔kɔz〕考斯

Cawthorn(e)〔'kɔθɔrn〕考索恩

Caxamarca〔,kaha'marka〕（拉丁美）

Caxambú〔,kaʃæm'bu〕（巴西）

Caxibo〔ka'ʃibo〕

Caxton〔'kækstən〕卡克斯頓（William 1422?-1491, 英國第一位印刷家）

Cay〔ki; ke〕凱

Cayaguas〔kaja'jagwas〕

Cayambe〔ka'jambe〕

Cayapó〔kaja'po〕

Cayari〔kaja'ri〕

Cayce〔'kesɪ〕凱斯 「屬圭亞那」

Cayenne〔ke'ɛn; kaɪ'ɛn; 'keɛn〕卡宴（法

Cayes〔ke〕

Cayey〔ka'je〕

Cayla〔ke'la〕（法）

Cayley〔'kelɪ〕克雷（1821-1895, 英國數學家）

Caylus〔ke'ljus〕

Cayman〔'kemən〕開曼羣島（加勒比海）

Cayo〔'kajo; 'kaɪo〕

Cayo Coco〔'kajo 'koko〕

Cayo Hueso〔'kajo 'weso〕

Cayor〔'kajɔr〕

Cay Sal〔'ki 'sæl〕

Caÿster〔'kestə〕

Cayuga〔ke'jugə〕❶卡育加人，印第安人之一族 ❷卡育加人的言語

Cayuse〔kaɪ'jus〕

Cazalès〔kaza'lɛs〕（法）

Cazalet〔'kæzəlɪt〕卡扎勒特

Cazalis〔kaza'lis〕（法）

Cazalla de la Sierra〔ka'θalja ðe la 'sjɛrra; ka'θalja de la 'sjɛrra（西）〕

Cazamian〔kə'zæmɪən; kaza'mjaŋ〕（法）

Cazane〔ka'zan〕 └卡扎米安

Cazaubon〔kazo'bɔŋ〕（法）

Cazayoux〔'kæzəju〕

Cazembe〔kə'zɛmbɪ〕

Cazenove〔'kæzənov〕

Cazenovia〔,kæzə'novɪə〕

Cazin〔ka'zæŋ〕（法）

Cazlona〔kaz'lona; kað-（西）〕

Cazorla〔ka'θɔrla〕（西）

Cazotte〔ka'zɔt〕（法）

Cazza〔'kattsa〕（義）

Ccapac〔'kapak〕

Ccapac Yupanqui〔'kapak ju'paŋki〕

Ceadda〔'tʃædda〕（古英）

Ceaglske〔'sigəlski〕

Ceanannus〔,siə'nænəs; 'kænənus〕

Ceán-Bermúdez〔θe'am·bɛr'muðeθ〕（西）

Ceannanus Mór〔'kænənus mɔr; ,siə'nænəs mɔr〕

Ceann Sáile〔kæn 'sɔɪlə〕（愛）

Ceará〔seə'ra〕

Céard〔se'ar〕·（法）

Cearns〔kɛrnz〕凱恩斯

Ceatharlach〔'kaələh〕（愛）

Ceawhin〔kɛ'auliŋ〕

Cebaco〔'sevako〕（西）

Cébaco〔'sevako〕（西）

Ceballos〔se'valjos（西）; se'vajos（拉丁美）〕

Cebalrai〔sɛ'bælrai〕

Cebenna〔sɪ'bɛnə〕
Cebes〔'sibiz〕
Ceboruco〔,sevo'ruko〕（拉丁美）
Cebrian〔θevri'an〕（西）
Cebu〔se'bu〕宿霧（菲律賓羣島）
Ceccano〔tʃek'kano〕（義）
Cecchi〔'tʃekkɪ〕（義）
Cecco〔'tʃekko〕（義）
Cecco d'Ascoli〔'tʃekko 'daskoli〕（義）
Çecere〔tʃɪ'tʃɛrɪ〕切切里
Cech〔tʃɛh〕（捷）切赫
Cechy〔'tʃɛhɪ〕（捷）
Cecil〔'sɛsɪl〕塞梭（❶（Edgar Algernon）
   Robert, 1864-1958, 英國政治家❷William,
   1520-1598, 英國政治家）
Cecile〔'sɛsɪl〕塞西爾
Césile〔se'sil（法）; se'sɪl（加、法）〕
Cecilia〔sɪ'sɪljə; sə'sɪljə; θe'θɪljɑ（西）〕
   西西莉亞
Cecilio〔θe'θɪljo〕（西）
Cecílio〔se'silju〕（葡）
Cecilius〔sɪ'sɪlɪəs〕塞西利厄斯
Cecily〔'sɛsɪlɪ〕西西莉
Cecina〔tʃet'ʃɪnɑ〕
Cecropia〔sɪ'kropɪə〕
Cecrops〔'sikrɑps〕
Cedar〔'sidə〕【植物】西洋杉、香柏
Cedarburg〔'sidəbəg〕
Cedarhurst〔'sidə,hɜst〕
Cedartown〔'sidətaun〕
Cedarville〔'sidəvɪl〕
Cedd〔tʃɛd〕
Cedda〔'tʃedda〕（古英）
Cederberg〔'sidəbəg〕錫德伯格
Ceder Bergen〔'sedə 'bɛrgə〕（丹）
Cederstrom〔'sidəstrɑm〕
Cedius〔'sidɪəs〕
Cedomilj〔'tʃedɔmilj〕（塞克）
Cedmon〔'kɛdmən〕
Cedric〔'sɛdrɪk〕錫德里克
Cedron〔'sɛdrən; 'kidrɑn〕
Cedros〔'sidrəs〕
Cefalù〔'tʃefɑ'lu〕
Cegléd〔'tʃɛgled〕
Ceglie Messapico〔'tʃelje mes'sɑpiko〕
   （義）
Cehéign〔,seɛ'hin; ,θeɛ'hin（西）〕
Ceiba〔'seva〕（拉丁美）
Ceionius〔sɪ'jonɪəs〕
Ceiram〔se'ræŋ〕（葡）
Ceiriog〔'kerjog〕（威）
Cejador〔,θehɑ'ðɔr〕（西）

Celadon〔'sɛlədɑn〕
Céladon〔selɑ'dɔŋ〕（法）
Celaeno〔sɪ'lino〕
Čelakovský〔'tʃelə,kɔfski〕（捷）
Celano〔tʃe'lano〕
Celaya〔se'lɑjɑ〕　　　　　　「伯海（太平洋）
Celebes〔'sɛlə,biz〕❶西里伯島（印尼）❷西里
Celebrezze〔'sɛlibrɛzɪ〕塞利布雷齊
Celer〔'silə〕
Céleron〔selə'rɔŋ〕（法）
Celest〔sɪ'lɛst〕
Celeste〔sɪ'lɛst; se'lɛst〕西萊斯特
Celestial hierarchy〔sə'lɛstjəl ～〕天使
   階級（在上帝以下共分九級）
Célestin〔seles'tæŋ〕（法）
Celestina〔silɪs'tɪnə; θelɛs'tina（西）〕
Celestine〔'sɛlɪstaɪn; sɪ'lɛstaɪn;
   sɪ'lɛstɪn〕
Célestine〔selɛ'stin〕　　　　　　「（西）
Celestino〔,tʃelɛs'tino（義）; θelɛs'tino
Cele-Syria〔'sili·'sɪrɪə〕
Celia〔'siljə〕西莉亞
Celica〔'selɪkɑ; se'lika〕
Celimène〔seli'men〕
Celina〔sə'laɪnə〕
Céline〔se'lin〕
Celje〔'tsɛlje〕
Cell〔sɛl〕塞爾
Cella〔'sɛlə〕塞拉
Cellach〔'kɛləh〕（愛）
Cellamare〔tʃellɑ'mare〕（義）
Cellarius〔se'lɛrɪəs〕塞拉里厄斯
Celle〔'tsɛlə〕
Celler〔'sɛlə〕塞勒
Celles〔sɛl〕
Celles, De〔də 'sɛl〕
Cellier〔'sɛlje〕
Celliers〔'sɛljəz〕
Cellini〔tʃel'lini〕柴利尼（Benvenuto 1500-
   1571, 義大利雕刻家）
Cellites〔'sɛlaɪts〕
Celmán〔sɛl'man〕塞爾曼
Celo〔'silo〕
Celoron〔'sɛlə,rɑn〕
Céloron〔selə'rɔŋ〕（法）
Celotex〔'sɛlətɛks〕
Celsius〔'sɛlsɪəs〕攝爾夏斯（Anders,
   1701-1744, 瑞典天文學家）
Celso〔'θɛlso; 'sɛlso（西）; 'sɛlsu（葡）〕
Celsus〔'sɛlsəs〕
Celt〔kɛlt; sɛlt〕

Celtes〔'sɛltiz; 'tsɛltɛs(德)〕
Celtiberia〔ˌsɛltɪ'bɪrɪə〕
Celtica〔'sɛltɪkə〕
Celtic Galatia〔'kɛltɪk gə'leʃə〕
Celtis〔'sɛltɪs; 'tsɛltɪs(德)〕
Cely〔'silɪ〕
Cembalo〔'sɛmbəlo〕
Cemenelum〔ˌsɛmə'nɪləm〕
Cempoala〔ˌsɛmpo'ɑlɑ〕
Cenabum〔sɪ'nebəm〕
Cenchreae〔sɛŋ'krii; 'sɛŋkɪɪ〕
Cenchrias〔sɛŋ'kraɪəs〕
Cenci〔'tʃɛntʃɪ〕
Cencio〔'tʃɛntʃo〕
Cencio Savelli〔'tʃɛntʃo sa'vɛllɪ〕(義)
Cencius〔'sɛnʃɪəs〕
Cendrars〔sɑŋ'drɑr〕(法)
Cendrillon〔sɑŋdrɪ'jɔŋ〕(法)
Cenerentola〔ˌtʃene'rentola〕
Ceneri〔'tʃeneri〕
Cenimagni〔ˌsɛnɪ'mægnaɪ〕
Cenis〔sə'ni〕塞尼峯(歐洲)
Cenisio〔tʃe'nizjo〕
Cenni di Pepo〔'tʃɛnni dɪ 'pepo〕(義)
Cennini〔tʃen'nini〕(義)
Cennino〔tʃen'nino〕(義)
Cenomani〔ˌsɛnə'menaɪ〕   「(法)〕
Cenon〔θe'nɔn; se'nɔn(西); sə'nɔŋ
Cenozoic〔ˌsinə'zoɪk〕新生代
Censorinus〔ˌsɛnsə'raɪnəs〕
Centaur〔'sentɔr〕
Centauri〔sen'tɔraɪ〕
Centaurus〔sen'tɔrəs〕
Centeno〔sɛn'teno〕
Center〔'sɛntɚ〕森特
Centerdale〔'sɛntɚˌdel〕
Centerville〔'sɛntɚvɪl〕
Centla〔'sɛntlɑ〕
Centlivre〔sɛnt'lɪvɚ〕
Centlivres〔sɛnt'lɪvɚz〕
Cento〔'tʃɛnto〕
Centoatle〔sɛnto'atl〕
Centones Homerici〔sɛn'toniz
ho'mɛrɪsaɪ〕
Centorbi〔tʃɛn'tɔrbɪ〕
Central〔'sɛntrəl〕中區(蘇格蘭)
Central African Republic〔'sɛntrəl ~
~〕中非
Central America〔'sɛntrəl ~〕中美洲
Central Asia〔'sɛntrəl ~〕中亞細亞(亞
Centralid〔sɛn'trælɪd〕   L洲)
Centre〔'sɛntɚ〕

Centreville〔'sɛntɚvɪl〕
Centro〔'sɛntro〕
Centum Cellae〔'sɛntəm 'sɛli〕
Centurión〔ˌsentur'jɔn〕
Centuripe〔tʃɛn'turipe〕
Cenú〔se'nu〕
Cenwalh〔'kenwalh〕(古英)
Cenzio〔'tʃɛntsjo〕
Ceos〔'sias〕
Cepeda〔θe'peðɑ〕(西)
Cephallenia〔ˌsefæ'linɪə〕
Cephalochordata〔ˌsɛfəlokɔr'detə〕
Cephalonia〔ˌsɛfə'lonɪə〕塞法羅尼亞(希臘)
Cephalopoda〔ˌsɛfə'lɑpədə〕
Cephalus〔'sɛfələs〕
Cephas〔'sifæs〕西法斯
Cepheid〔'sifiɪd〕
Cepheus〔'sifɪəs〕❶【天文】仙王座 ❷【希
    臘神話】Ethiopia 之國王
Cephisodotus〔ˌsɛfɪ'sadətəs〕
Cephisus〔sɪ'faɪsəs〕
Čepicka〔'tʃepitʃka〕(捷)
Cepola〔'sɛpələ; 'tʃepola(義)〕
Ceracchi〔tʃe'rakkɪ〕(義)
Ceram〔sɪ'ræm; 'seram(荷); se'rʌŋ
    (葡)〕
Ceramicus〔ˌsɛrə'maɪkəs〕
Cerano, il〔il tʃe'rano〕
Cerasus〔'sɛrəsəs〕
Ceraunian〔sɪ'rɔnɪən〕
Ceraunus〔sɛ'rɔnəs〕
Cerberus〔'sɝbərəs〕【希臘、羅馬神話】守
    衛冥府的三頭狗
Cercina〔sɚ'saɪnə〕
Cercinitis〔sɝsɪ'naɪtɪs〕
Cercops〔'sɝkɑps〕
Cerda〔'θerðɑ(西); 'serðɑ(拉丁美)〕
Cerdagne〔sɛr'danj〕(法)
Cerdana〔θɛr'ðanjɑ(西); sɛr'ðanjɑ
    (拉丁美)〕
Cerdeña〔θɛr'ðenjɑ〕(西)
Cerdic〔'sɝdɪk; 'tʃɝdɪtʃ(古英)〕
Cerdicsford〔'sɝdɪksfəd〕
Cerdo〔'sɝdo〕
Cerea〔tʃe'rea〕
Cerealis〔ˌsɪrɪ'elɪs〕
Cereno〔se'reno〕
Ceres〔'siriz〕【羅馬神話】穀類之女神
Ceresio〔tʃe'rezjo〕
Ceresius, Lacus〔ˌlekəs sə'riʒɪəs〕
Ceresole〔ˌtʃere'zɔle〕
Céret〔se'rɛ〕(法)

Cereus〔'sɪrɪəs〕
Cerezo〔θe'reθo〕(西)
Cerf〔sɝf〕瑟夫
Céria〔se'rja〕(法)
Cerialis〔,sɪrɪ'elɪs〕
Ceridwen〔kɛ'rɪdwen〕
Cerignola〔tʃerɪn'jɔla〕
Cerigo〔'tʃerɪgo〕
Cerigotto〔tʃerɪ'gɔtto〕(義)
Cerimon〔'serɪ,man〕
Cerinthus〔sɪ'rɪnθəs〕
Cerisius Lacus〔sɪ'rɪʒɪəs 'lekəs〕
Cérisoles〔seri'zɔl〕
Cerletti〔tʃer'lettɪ〕(義)
Cermak〔'sɝmæk〕
Cerna〔'sɝna(拉丁美); 'tʃerna(塞克)〕
Cernăuţi〔tʃernə'utsɪ〕(羅)
Cernay〔sɛr'nɛ〕(法)
Cerne〔'sɝni〕
Cernick〔'sɝnɪk〕
Cernuschi〔tʃer'nuskɪ(義); sɛr'nustʃi
   (拉丁美)〕
Cerny〔'sɝnɪ〕塞蕃尼
Cerqueira〔sɛr'kera〕(拉丁美)
Cerralvo〔sɛr'ralvo〕
Cerré〔sɛr're〕
Cerredo〔θer'reðo(西); sɛr'reðo
   (拉丁美)〕
Cerrito〔sə'rito; tʃer'rito(義)〕
Cerritos〔sɛr'ritas〕(拉丁美)
Cerro〔'θerro(西); 'sɛrro(拉丁美)〕
Cerro del Azufre〔'sɛrrɔ ðɛl
   a'sufre〕(拉丁美)
Cerro de las Mesas〔'sɛrrɔ ðe laz
   'mesas〕(拉丁美)
Cerro de Palpanar〔'sɛrrɔ ðe ,pal-
   pa'nar〕(拉丁美)
Cerro de Pasco〔'sɛrro ðe 'pasko〕
   (拉丁美)
Cerro de Punta〔'sɛrrɔ ðe 'punta〕
   (拉丁美)
Cerro Gordo〔'sɛrro 'gordo〕
Cerro Largo〔'sɛrro 'largo〕(拉丁美)
Certain〔sɛr'tæŋ〕(法)
Certaldo〔tʃer'taldo〕(義)
Certosa〔tʃer'toza〕(義)
Cerularius〔sɛrju'lerɪəs〕
Cervantes Saavedra, de〔sə'væn,tiz
   sa'vedrə〕塞凡蒂斯(Miguel, 1547-1616,
   西班牙小説家)
Cervera y Topete〔θɛr'vera ɪ
   to'pete〕(西)

Cerveteri〔tʃer'vɛterɪ〕(義)
Cervia〔'tʃervja〕(義)
Cervin, Mont〔,mɔn sɛr'væŋ〕(法)
Cervini〔tʃer'vini〕(義)
Cervino〔tʃer'vino〕(義)
Cerynean〔,serɪ'niən〕
Césaire〔se'zɛr〕(法)
Ceryx〔'sirɪks〕
Cesalpino〔,tʃezal'pino〕
Cesano Maderno〔tʃe'zano ma'dɛrno〕
   (義)
Cesar〔'sizɚ〕西澤
César〔'sezar; sesar(拉丁美); se'zar
   (法)〕
Cesare, De〔dɛ 'tʃezare〕
Cesarea〔,sɛsə'riə〕
Cesare Borgia〔'tʃezare 'bɔrdʒa〕
Cesáreo〔θe'sareo(西); se'sareo(拉丁
   美)〕
Cesarewitch〔sɪ'zarəvɪtʃ; sɪ'zærəwɪtʃ;
   sɪ'zarɪvɪtʃ; sɪ'zærɪwɪtʃ〕
Cesari〔'tʃezari〕
Cesarini〔,tʃeza'rini〕
Cesario〔se'zario〕
Cesarion〔sɪ'zerɪən〕
Cesàro〔tʃe'zaro〕
Cesarotti〔,tʃeza'rɔttɪ〕(義)
Cesena〔tʃe'zena〕
Cesenatico〔,tʃezɛ'natɪko〕
Cēsis〔'tsesɪs〕
Česká Kamenice〔'tʃɛska 'kamɛ,nitsɛ〕
   (捷)
Česká Lípa〔'tʃɛska 'lipa〕(捷)
Česká Skalice〔'tʃɛska 'skalitsɛ〕(捷)
České Budejovice〔'tʃɛskɛ 'budjɛ-
   ,jɔvɪtsɛ〕(捷)
Československá Republika〔'tʃɛs-
   kɔ'slɔvɛnska 'rɛpʊb,lika〕(捷)
Československo〔'tʃɛskɔ'slɔvɛnskɔ〕(捷)
Český Krumlov〔'tʃɛski 'krumlɔf〕(捷)
Český Les〔'tʃɛski lɛs〕(捷)
Český Těšín〔'tʃɛski 'tjɛʃin〕(捷)
Çeşme〔tʃɛʃ'mɛ〕(土)
Cesnola〔tʃez'nola〕
Ce Soir〔sə 'swar〕(法)
Cespedes〔'tʃespɛdes〕

Céspedes〔'θespeðes（西）; 'sespeðes
Cess〔sɛs〕 　　　　　　　　　〔拉丁美〕
Cessnock〔'sɛsnɑk〕
Cesti〔'tʃestɪ〕
Cestius〔'sɛstɪəs〕
Cestre〔'sɛstə〕塞斯特
Cestrian〔'sɛstrɪən〕
Cestus〔'sɛstəs〕
Cetacea〔sɪ'teʃə〕【動物】鯨類
Cetatea Albă〔tʃɛ'tatjɑ 'albə〕（羅）
Cetewayo〔kɛtʃ'waɪo; ,sɛtɪ'weo; ,kɛtɪ'waɪo〕
Cethegus〔sɪ'θigəs〕
Cetina〔θe'tinɑ〕（西）
Ceto〔'sito〕
Cette〔sɛt〕
Cettigne〔'tʃettinje〕（義）
Cettigno〔'tʃettinjo〕（義）
Cet(t)inje〔tsɛ'tɪnjɪ; sɛ'tɪnjɪ; 'tsetɪnje〕（塞克）
Cettiwayo〔kɛtʃ'waɪo; ,sɛtɪ'weo; ,kɛtɪ'waɪo〕
Cetus〔'sitəs〕【天文】鯨魚座
Cetywayo〔kɛtʃ'waɪo; ,kɛtɪ'waɪo; ,sɛtɪ'weo〕
Ceulen〔'kɘlən〕
Ceulen, van〔vɑn 'kɘlən〕
Ceuta〔'sjutə; 'θeutɑ〕休達（摩洛哥）
Ceva〔'tʃeva〕
Cevallos〔se'vajos〕
Cevedale〔,tʃeve'dale〕
Cévennes〔se'vɛn〕
Ceyhan〔dʒe'hɑn〕（土）
Ceylon〔sɪ'lɑn〕錫蘭
Ceyx〔'siiks〕
Cézanne〔sɪ'zæn〕塞尙（Paul, 1839-1906,
Cezimbra〔sɪ'zimbrə〕　　　└法國畫家）
Chabaneau〔ʃaba'no〕（法）
Chabanel〔ʃabu'nɛl〕（法）
Chabannes〔ʃa'ban〕（法）
Chabar〔ʃa'bar〕
Chabas〔ʃa'bas〕（法）
Chablais〔ʃab'lɛ〕（法）
Chablis〔ʃæb'li; ʃab'li（法）〕
Chabot〔'ʃæbat; ʃa'bo（法）〕
Chabrias〔'kebrɪəs〕
Chabrier〔ʃabri'e〕（法）
Chabrillan〔ʃabri'jɑŋ〕（法）
Chac〔tʃak〕
Chacabuco〔,tʃaka'vuko〕（西）
Chacao〔tʃa'kao〕
Chace〔tʃes〕蔡斯

Chachak〔'tʃatʃak〕
Chachani〔tʃa'tʃanɪ〕
Chachapoyas〔,tʃatʃa'pojas〕
Chachoengsao〔'tʃa'tʃɘŋ'sau〕
Chac Mool〔tʃak 'mul〕
Chaco〔'tʃako〕
Chacón〔tʃa'kɔn〕查康
Chacón y Calvo〔tʃa'kɔn ɪ 'kalvo〕
Chacón y Castellón〔tʃa'kɔn ɪ ,kaste'jon〕（拉丁美）
Chacornac〔ʃakɔr'nak〕（法）
Chad〔tʃæd〕查德（非洲）
Chadband〔'tʃædbænd〕
Chadbourn〔'tʃædbən〕查德伯恩
Chadbourne〔'tʃædbən〕查德伯恩
Chadderton〔'tʃædətən〕
Chaddock〔'tʃædək〕
Chadds Ford〔'tʃædz 'fɔrd〕
Chaderton〔'tʃædətən〕
Chadian〔'tʃædɪən〕查德人
Chad Newsome〔'tʃæd 'njusəm〕
Chadron〔'ʃædrən〕
Chadsey〔'tʃædsi〕查德西
Chadwell〔'tʃædwɛl〕查德韋爾
Chadwick〔'tʃædwɪk〕查德威克（Sir James, 1891-1974, 英國物理學家）
Chadwicks〔'tʃædwɪks〕
Chadwyck〔'tʃædwɪk〕
Chadzidakis〔tʃæd'zɪdəkɪs〕
Chaerea〔'kɪərɪə〕
Chaereas〔'kɪərɪəs〕
Chaeremon〔kɪ'rimən〕
Chaeronea〔,kɛrə'niə〕
Chafarinas〔,tʃafa'rinas〕
Chafee〔'tʃefɪ; 'tʃæfɪ〕查菲
Chaffee〔'tʃefɪ; 'tʃæfɪ〕
Chaffey〔'tʃefɪ〕
Chaffin〔'tʃæfɪn〕查芬
Chaga〔'tʃaga〕
Chagai〔'tʃagaɪ〕
Chagall〔ʃʌ'gal〕（俄）查格爾
Chagas〔'ʃagəs〕
Chagatai〔,tʃægə'taɪ〕
Chagos〔'tʃagos〕
Chagres〔'tʃagrɪs〕
Chagrin〔ʃə'grɪn; 'ʃʊgrɪn; 'ʃægrɪn〕
Chahar〔tʃa'har〕察哈爾（中國）
Chaharlang〔tʃahar'laŋ〕
Chahbar〔tʃa'bar〕
Chahinkapa〔tʃə'hɪnkəpə〕
Chaibasa〔tʃaɪ'basa〕　　　　〔（俄）〕
Chaikovski〔tʃaɪ'kɔfskɪ; tʃaɪ'kɔfskəɪ

Chaille〔'ʃæle〕夏耶
Chaillé-Long〔ʃa'je·'lɔŋ〕
Chaillu, Du〔dju ʃa'ju〕（法）
Chaim〔haɪm; 'hajɪm（希伯來）〕
Chain〔tʃen〕柴恩（Ernst Boris, 1906-1979, 英國生物化學家）
Chainat〔tʃaɪnat〕（暹羅）
Chair, De〔də 'ʃɛr; də 'tʃɛr〕
Chaise〔ʃez〕
Chait〔tʃet; 'tʃa·ɪt〕蔡特
Chaitanya〔tʃaɪ'tanjə; tʃaɪ'tʌnjə(印)〕
Chait Singh〔'tʃa·ɪt 'sɪŋhə〕
Chaiyaphum〔tʃaɪjaphum〕（暹邏）
Chajug〔ha'judʒ〕（希伯來）
Chaka〔'tʃakæ〕
Chake Chake〔'tʃakɪ 'tʃakɪ〕
Chakovski〔tʃa'kafskɪ〕
Chakrata〔tʃə'kratə〕
Chakravarti〔'tʃakrə'vartɪ〕
Chakri〔'tʃakri〕
Chakste〔'tʃakstɛ〕
Chalamari〔,tʃalə'mari〕
Chalatenango〔,tʃalate'naŋgo〕
Chalcedon〔'kælsɪdən〕
Chalcenterus〔kæl'sɛntərəs〕
Chalchicomula〔,tʃaltʃɪko'mula〕
Chalchihuitlicue〔,tʃaltʃiwit'likwe〕
Chalchuapa〔tʃaltʃ'wapa〕
Chalcidice〔kæl'sɪdɪsi〕
Chalcidius〔kæl'sɪdɪəs〕
Chalciope〔kæl'saɪəpi〕
Chalcis〔'kælsɪs〕
Chalco〔'tʃalko〕
Chalcocondylas〔,kælkə'kandɪləs〕
Chalcocondyles〔,kælkə'kandɪliz〕
Chalcolithic〔,kælkə'lɪθɪk〕
Chalcondylas〔,kæl'kandɪləs〕
Chalcondyles〔,kæl'kandɪliz〕
Chaldaea〔kæl'diə〕
Chaldaic〔kæl'deɪk〕❶ Chaldea 人；居於 Chaldea 之閃族人 ❷ Chaldea 人所用之閃族語
Chaldea〔kæl'diə〕古巴比倫南部之一區
Chaldee〔kæl'di〕
Chaldiran〔,tʃaldɪ'ran〕
Chaldran〔tʃald'ran〕
Châlet〔ʃa'lɛ〕
Châlette-sur-Loing〔ʃa'lɛt·sjur·-'lwæŋ〕（法）
Chaleur〔ʃə'lʊr; ʃə'lɜ〕
Chalfant〔'tʃælfənt〕查爾方特
Chalfont〔'tʃælfənt; 'tʃafənt〕查爾方特
Chalgrin〔ʃal'græŋ〕（法）

Chalgrove〔'tʃælgrov〕
Chaliapin〔ʃæ'ljapɪn〕沙利亞賓（Fyodor Ivanovich, 1873-1938, 俄國男低音歌唱家）
Chalicuchima〔tʃaliku'tʃima〕
Chalk〔tʃɔk〕喬克
Chalker〔'tʃɔkə〕喬克
Chalkhill〔'tʃɔkhɪl〕
Chalkis〔'kælkɪs〕凱爾基斯
Chalkley〔'tʃɔklɪ〕喬克利
Chalkstone〔'tʃɔkston〕【醫】痛風石；堊石
Challans〔'tʃælənz〕
Challcuchima〔tʃalku'tʃima〕
Challemel-Lacour〔ʃal'mɛl·la'kur〕（法）
Challe〔ʃæl〕
Challen〔'tʃælɪn〕查林
Challener〔'tʃælɪnə〕查利納
Challenger〔'tʃælɪndʒə〕查林杰
Challenor〔'tʃælɪnə〕
Challin〔'tʃælɪn〕
Challinor〔'tʃælɪnə〕查利諾
Challis〔'tʃælɪs〕查利斯
Challoner〔'tʃælənə〕
Chalmers〔'tʃælməz〕查麥茲（Alexander, 1759-1834, 蘇格蘭傳記作家及編輯）
Chalmette〔ʃæl'mɛt〕
Chalon〔ʃa'lɔŋ〕（法）
Chaloner〔'tʃælənə〕查洛納
Châlons-sur-Marne〔ʃa'lɔŋ·sjur·'marn〕（法）
Chalon-sur-Saône〔ʃa'lɔŋ·sjur·'son〕
Chalotais, La〔la ʃalɔ'tɛ〕（法）
Chaltel〔tʃal'tɛl〕
Chalukya〔'tʃalukjə〕
Châlus〔ʃa'ljus〕（法）
Chalybaus〔hali'beus〕（德）
Chalybes〔'kælɪbiz〕
Cham〔kæm〕
Chamalhari〔'tʃamah'larɪ〕
Chamalières〔ʃama'ljɛr〕（法）
Chaman〔'tʃʌmən〕（印）
Chamans〔ʃa'maŋ〕（法）
Chamars〔'kamars〕
Chamartín de la Rosa〔,tʃamar'tin de la 'rɔsa〕
Chamavi〔kə'mevaɪ〕
Chamba〔'tʃʌmbə〕（印）
Chambal〔'tʃʌmbəl〕（印）
Chambellan〔'ʃæmbələn〕
Chamberiacum〔,kæmbə'raɪəkəm〕
Chamberlain〔'tʃembəlɪn〕張伯倫（❶（Arthur）Neville, 1869-1940, 英國政治家及首相 ❷ Sir（Joseph）Austen, 1863-1937, 英國政治家）

Chamberlaine〔'tʃembəlɪn〕
Chamberland〔ʃaŋbɛr'laŋ〕（法）
Chamberlayne〔'tʃembəlen〕張伯倫
Chamberlen〔'tʃembələn〕
Chamberlin〔'tʃembəlɪn〕張伯林（Thomas
  Chrowder, 1843-1928, 美國地質學家）
Chambers〔'tʃembəz〕張伯斯
Chambersburg〔'tʃembəzbɝg〕
Chambertin〔ʃaŋbɛr'tæŋ〕（法）
Chambéry〔ʃaŋbe'ri〕
Chambeyron〔ʃaŋbe'rɔŋ〕
Chambezi〔tʃæm'bizɪ; tʃam'bezɪ〕
Chamblain〔ʃaŋ'blæŋ〕（法）
Chamblee〔tʃæm'bli〕錢布利
Chambly〔'ʃamblɪ; ʃaŋ'bli（法）〕
Chambolle-Musigny〔ʃaŋ'bɔl·mjuzi'nji〕
Chambonnières〔ʃaŋbɔ'njɛr〕（法）「(法)
Chambord, de〔də,ʃaŋ'bɔr〕昌保蕃
  （Comte, 1820-1883, 法國王位繼承者）
Chambre〔'ʃaŋbə〕
Chambrun〔ʃaŋ'brɝŋ〕（法）
Chambure〔ʃaŋ'bjur〕（法）
Chameleon〔kə'miliən〕【動物】變色蜥蜴
Chamelecón〔,tʃamɛlɛ'kɔn〕
Chamfort〔ʃaŋ'fɔr〕（法）
Chamier〔'ʃæmjə〕夏米爾
Chamilly〔ʃami'ji〕（法）
Chaminade〔,ʃa,mi'nad〕沙米納德（Lécile
  Louise Stéphanie, 1861-1944, 法國作曲家及鋼
Chamisso〔ʃa'mɪso〕「琴家）
Chamizal〔'ʃæmɪ,zæl; ,tʃamɪ'sal〕
Chamlee〔'tʃæmli〕
Chamo〔'tʃamo〕
Chamonix〔'ʃæmənɪ〕沙木尼（法國）
Chamont〔'tʃæmənt; kə'mant〕
Chamorel〔ʃa'marəl; 'tʃæmərəl〕
Chamorro Vargas〔tʃa'mɔrro'vargas〕
  查摩洛（Emiliano, 1871-, 尼加拉瓜將軍、政治家
Chamos〔'kemas〕   「及總統）
Chamouchouane〔ʃamu'ʃwan〕（法）
Chamouni〔ʃamu'ni〕（法）
Champ〔tʃæmp〕錢普
Champa〔'tʃæmpə〕
Champagne〔ʃæm'pen〕香檳（法國）
Champagny〔ʃaŋpa'nji〕（法）
Champaign〔ʃæm'pen〕
Champaigne〔ʃaŋ'penj〕（法）
Champaquí〔,tʃampa'ki〕
Champaran〔tʃʌmpa'rʌn〕（印）
Champaubert〔ʃaŋpo'ber〕（法）
Champ d'Asile〔ʃaŋ da'zil〕（法）
Champ-de-Mars〔ʃaŋ·də·'mars〕（法）

Champeaux〔ʃaŋ'po〕   「地馬拉）
Champerico〔,tʃampɛ'riko〕強佩里科（瓜
Champernowne〔'tʃæmpənaun〕錢伯瑙恩
Champetier de Ribes〔ʃaŋpə'tje də
  'rib〕（法）
Champfleury〔ʃaŋflə'ri〕（法）
Champigny〔ʃaŋpi'nji〕
Champigny-sur-Marne〔ʃaŋpi'nji·sjur·-
  'marn〕（法）   「錢皮恩
Champion〔'tʃæmpjən; ʃaŋ'pjɔŋ（法）〕
Championnet〔ʃaŋpjɔ'nɛ〕（法）
Champlain〔ʃæm'plen〕
Champlin〔'tʃæmplɪn〕錢普林
Champmeslé〔ʃaŋmɛ'le〕（法）
Champness〔'tʃæmpnɪs〕錢普尼斯
Champney〔'tʃæmpnɪ〕
Champneys〔'tʃæmpnɪz〕錢普尼斯
Champoeg〔tʃæm'poɛg〕
Champollion〔ʃaŋpɔ'ljɔŋ〕向波倫（Jean
  François, 1790-1832, 法國研究埃及風俗、制度之
  學者）   「(法）
Champollion-Figeac〔ʃaŋpɔ'ljɔŋ·fi'ʒak〕
Champs, des〔'deʃən; 'deʃaŋ〕
Champs Élysées〔ʃaŋ zeli'ze〕（法）
Champvalon〔ʃaŋva'lɔŋ〕（法）
Chamson〔ʃaŋ'sɔŋ〕（法）
Chamunda〔tʃa'munda〕
Chaná〔tʃa'na〕
Chanak〔tʃa'nak〕
Chanakya〔'tʃanakjə〕
Chanar〔tʃə'nar〕
Chañaral〔,tʃaŋja'ral〕
Chanca〔'tʃaŋka〕
Chança〔'ʃæŋsə〕（葡）
Chancas〔'tʃaŋkas〕
Chance〔tʃans〕錢斯
Chancel〔ʃaŋ'sɛl〕
Chancelade〔ʃaŋs'lad〕（法）
Chancellor〔'tʃænsələ〕
Chancellorsville〔'tʃænsələ zvɪl〕
Chancery〔'tʃansərɪ〕
Chanchan〔'tʃantʃan〕
Chanda〔'tʃandə〕錢達
Chandaburi〔,tʃandə'bʌ'ri〕
Chandalar〔,ʃændə'lar〕
Chandarnagar〔,tʃʌndə'nʌgə〕（印）
Chandausi〔tʃʌn'dausɪ〕（印）
Chand Bardai〔'tʃʌnd bə'dai〕（印）
Chandeleur〔ʃændə'lɝ〕
Chandernagor〔,tʃʌndənə'gɔr〕（印）
Chandi〔'tʃandi〕
Chandigarh〔'tʃʌndɪgar〕（印）

Chandipatha〔ˌtʃandɪ'patə〕

Chandler〔'tʃandlə〕錢德勒

Chandor〔tʃan'dɔr〕

Chandos〔'ʃændas; tʃændas〕錢多斯

Chandra〔'tʃʌndrə; 'tʃændrə; 'tʃandrə; 'tʃɔrdrə〕(孟)

Chandragupta〔ˌtʃʌndrə'guptə〕旃陀羅笈多(紀元前四世紀時之印度 Maurya 朝之統治者)

Chandragupta Maurya〔ˌtʃʌndrə'guptə 'ma·ʊrjə〕(梵)

Chandrakanta〔ˌtʃʌndrə'kantə〕

Chandrasekhar〔ˌtʃændrə'sɛkə; ˌtʃʌndrə'ʃekə〕(印)

Chandrasekhara〔'tʃʌndrə'ʃekərə〕

Chandur〔tʃan'dur〕

Chane〔tʃɛn〕

Chané〔tʃa'ne〕

Chanel〔ʃa'nɛl〕(法)

Chaney〔'tʃɛnɪ〕錢尼

Chang〔tʃæŋ〕

Ch'ang-an〔'tʃaŋ·'an〕

Changan〔'tʃaŋ'an〕長安(陝西)

Changanacheri〔tʃʌŋə'natʃərɪ〕(印)

Changarnier〔ʃaŋgar'nje〕(法)

Chang-Chau〔'tʃaŋ·'dʒo〕(中)

Chang-chêng〔'dʒaŋ·'tʃʌŋ〕(中)

Chang Chia-ao〔'tʃaŋ 'tʃa·'au〕

Chang Ch'ien〔'dʒaŋ'tʃjɛn〕張騫(中國西)

Changchih〔'tʃaŋ'tʃɪə〕 L漢之外交家)

Chang Chih-chung〔'tʃaŋ 'tʃɜ'tʃʊŋ〕

Chang Ching-hui〔'tʃaŋ 'tʃɪŋ'hwe〕

Changchow〔'tʃaŋ'dʒo〕(中)

Changchuen〔'tʃaŋ'tʃjun〕

Changchun〔'tʃaŋ'tʃʊn〕長春(吉林)

Ch'ang Ch'un〔'tʃaŋ 'tʃʊn〕

Chang Ch'ün〔'dʒaŋ 'tʃjun〕(中)

Chang Han-fu〔'tʃaŋ 'han'fu〕

Chang Heng〔'dʒaŋ 'hʌŋ〕(中)

Chang Hsi-jo〔'tʃaŋ 'ʃi'dʒo〕

Changhua〔'tʃaŋ'hwa〕彰化(臺灣)

Chang Kai-shek〔'tʃaŋ 'kaɪ'ʃɛk〕 「蔣」

Changkiakow〔'dʒaŋ'dʒɪɑ'ko〕張家口(察哈

Chang Kia-ngau〔'tʃaŋ 'dʒaŋ'au〕(中)

Changkufeng〔'tʃaŋ'ku'fɛŋ; 'dʒaŋ-'gau'fʌŋ(中)〕

Chang Kwan Sai Ling〔'dʒaŋ 'kwaŋ 'tsai'lɪŋ〕

Chang Lan〔'tʃaŋ 'lan〕

Chango〔'tʃaŋgo〕

Chang Myun〔'tʃaŋ 'mjwun〕

Chang Pai Shan〔'tʃaŋ 'baɪ 'ʃan〕長白山(中國)

Chang Po-ling〔'tʃaŋ 'po'lɪŋ〕

Changsha〔'tʃaŋ'ʃa〕長沙(湖南)

Chang Shan-tse〔'dʒaŋ 'ʃan'dzʌ〕

Chanshu〔'tʃaŋ'ʃu〕常熟(江蘇)

Chang Tang〔'dʒaŋ 'daŋ〕(中)

Chang Tao-fan〔'tʃaŋ 'tau'fan〕

Changteh〔'tʃaŋ'dʌ〕常德(湖南)

Changting〔'tʃaŋ'tɪŋ〕

Changtse〔'tʃaŋ'tsɛ〕

Chang Tso-lin〔'dʒaŋ 'tso'lɪn〕(中)

Changtu〔'tʃaŋ'du〕(中)

Changyeh〔'tʃaŋ'i〕張掖(甘肅)

Chania〔ha'nja〕(古希)

Chankiang〔'tʃaŋ'kɪaŋ; 'tʃaŋ'dʒaŋ〕湛江市(廣東)

Chankiri〔ˌtʃaŋkɪ'rɪ〕

Chanler〔'tʃænlə〕錢勒

Channel〔'tʃænḷ〕 「國)

Channel Islands〔'tʃænḷ ~〕海峽羣島(英

Channell〔'tʃænḷ〕

Channer〔'tʃænə〕錢納

Channing〔'tʃænɪŋ〕錢寧

Channon〔'tʃænən〕錢農

Chant〔tʃant〕錢特

Chantabon〔tʃantə'bon〕

Chantabun〔tʃantə'bun〕湛地門(泰國)

Chantaburi〔ˌtʃantəbu'ri〕

Chantada〔tʃan'taðə〕(西)

Chantal〔ʃaŋ'tal〕(法)

Chantavoine〔ʃaŋtav'wan〕(法)

Chant du départ〔ʃaŋ dju de'par〕(法)

Chantelauze〔ʃaŋt'loz〕

Chanteloup〔ʃaŋ'tlu〕

Chanter〔'tʃæntə〕錢特

Chanthaburi〔ˌtʃantəbu'ri; tʃan-thaburi(暹羅)〕

Chanti〔'tʃanti〕

Chanticleer〔'tʃæntɪˌklɪr〕

Chantilly〔ʃæn'tɪlɪ; ʃan'tɪlɪ; ʃɔn'tɪlɪ; ʃaŋti'ji(法)〕

Chantler〔'tʃæntlə〕錢特勒

Chantre〔'ʃaŋtə〕(法)

Chantrey Inlet〔'tʃæntrɪ ~〕查得來灣(加拿大)

Chantry〔'tʃæntrɪ〕

Chanukah〔'hanʊka〕(希伯萊)

Chanute〔tʃə'nut〕

Chany〔'tʃanɪ〕

Chanza〔'tʃanθə〕(西)

Chanzy〔ʃaŋ'zi〕

Ch'ao, Pan〔'ban 'tʃau〕(中)

Chaoan〔'tʃaʊ'an〕

Chaochow〔'tʃɑʊ'dʒo〕(中)
Chaochowfu〔'tʃɑʊ'dʒo'fu〕(中)
Chao Hu〔'tʃɑʊ 'hu〕
Chao K'uang-yin〔'dʒɑʊ 'kwaŋ'jɪn〕
  趙匡胤（927-976,中國宋朝開國之主）
Chao-Nam〔'tʃɑʊ·'nɑm〕
Chaonco〔tʃɑ'ɔŋko〕
Chaonia〔ke'onɪə〕
Chao Phraya〔tʃɑʊ phrɑjɑ〕(暹羅)
Chao P'ya Chakri〔'tʃɑʊ 'pjɑ tʃɑ'kri〕
Chaos〔'keɑs; 'ʃɑɑs〕
Chaotung〔'dʒɑʊ'tʊŋ〕(中)
Chao Yuen Ren〔dʒɑʊ'jwen'rən〕趙元任
  （1893-1982,中國語言學家）
Chapaev〔tʃʌ'pɑjɪf〕(俄)
Chapaevsk〔tʃʌ'pɑjɪfsk〕(俄)
Chapala〔tʃɑ'pɑlɑ〕
Chaparé〔,tʃɑpɑ're〕
Chapayev〔tʃʌ'pɑjɪf〕(俄)
Chapayevsk〔tʃʌ'pɑjɪfsk〕(俄)
Chapdelaine〔ʃɑdə'lɛn〕(法)
Chapei〔'dʒɑ'be〕(中)
Chapel〔'tʃæpl̩〕
Chapelain〔ʃɑp'læŋ〕(法)
Chapel-en-le-Frith〔'tʃæpl̩·ənlə'frɪθ;
  'tʃæpl̩·ən-〕
Chapelier, Le〔lə ʃɑpə'lje〕(法)
Chapelle〔ʃə'pɛl〕夏佩爾
Chapel Royal〔'tʃæpəl 'rɔɪəl〕
Chaperon Rouge〔ʃɑp'rɔŋ 'ru3〕(法)
Chapin〔'tʃepɪn〕蔡平
Chapí y Lorente〔tʃɑ'pi ɪ lo'rente〕
Chaplain〔ʃɑp'læŋ〕(法)查普林
Chaplin(e)〔'tʃæplɪn〕卓別林（Charles S.
  1889-1977, 英國諷刺滑稽劇及電影演員、導
  演、製片家）
Chapman〔'tʃæpmən〕查浦曼（❶ Frank
  Michler, 1864-1945, 美國鳥類學家 ❷ George
  1559?-1634, 英國劇作家及翻譯家）
Chapone〔ʃə'pon〕
Chappaquidick〔,tʃæpə'kwɪdɪk〕
Chappel〔'tʃæpəl〕查普爾
Chappelear〔'tʃæpəlɪr〕查普利爾
Chappell〔'tʃæpəl; tʃæ'pɛl〕查普爾
Chappellet〔'tʃæpəlɪt〕查普利特
Chapple〔'tʃæpl̩〕查普爾
Chapra〔'tʃʌprɑ〕(印)
Chaptal〔ʃɑp'tɑl〕(法)
Chapu〔ʃɑ'pju〕(法)
Chapultepec〔tʃə'pʌltəpɛk〕
Chapygin〔tʃɑ'pigɪn〕
Chara〔'kerə〕

Charaes〔tʃɑ'rɑes〕
Charaka〔'tʃʌrəkə〕(印)
Charalois〔,tʃɑrɑl'wɑ〕
Charambira〔tʃɑ,rɑmbi'rɑ〕
Charan-Kanoa〔'tʃɑrɑn·kə'noɑ〕
Charasia〔,tʃɑrɑsi'ɑ〕
Charasiab〔,tʃɑrɑsi'ɑb〕
Charax〔'keræks〕
Charbar〔tʃɑr'bɑr〕
Charbon〔'ʃɑrbɑn〕
Charco Azul〔'tʃɑrko ɑ'sul〕(拉丁美)
Charcot〔,ʃɑr'ko〕沙考（Jean Martin,
  1825-1893,法國神經病理學家）
Chard〔tʃɑrd〕查德
Chardin〔'ʃɑrdɪn; ʃɑr'dæŋ(法)〕
Chardon〔'ʃɑrdn〕
Chardonne〔ʃɑr'dɔn〕(法)
Chardonnet〔ʃɑrdɔ'ne〕(法)
Chardzhou〔tʃɑr'dʒoʊ〕
Chardzhoui〔tʃɑr'dʒʊɪ〕
Chardzhov〔tʃɑr'dʒɔf〕(俄)
Chardzhuy〔tʃɑr'dʒʊɪ〕
Charente〔ʃɑ'rɑŋt〕(法)
Charente-Maritime〔ʃɑ'rɑŋt·mɑri'tim〕
  (法)
Charenton-le-Pont〔ʃɑrɑŋtɔŋ·'lpɔŋ〕
  (法)
Chares〔'keriz〕
Charette〔ʃɑ'ret〕(法)
Charford〔'tʃɑrfəd〕
Chargoggagoggmanchaugagogg-
  chaubunagungamaugg〔tʃɑr'gɑgə-
  ,gɑgmæn'tʃɔgə,gɑgtʃɔbʌnə'gʌŋgəmɔg〕
Chari〔,ʃɑ'ri〕沙利河
Charibdis〔kə'rɪbdɪs〕
Chariclea〔,kærɪk'liə〕
Charig〔'tʃærɪg〕
Charilaos〔,hɑri'lɑɔs〕(希)
Charing Cross〔'tʃærɪŋ ~〕倫敦市中心之
  一地區名
Charioteer〔,tʃærɪə'tɪr〕【天文】御夫座
Charis〔'kerɪs〕
Charité-sur-Loire, La〔lɑ ʃɑri'te-
  sjʊr·'lwɑr〕(法)
Chariton〔'ʃerɪtn̩; 'ʃærɪtn̩; 'kærɪtɑn〕
  查里頓
Charity〔'tʃærɪtɪ〕
Charlatan〔ʃɑrlɑ'tɑŋ〕(法)
Charjui〔tʃɑr'dʒʊɪ〕
Charkhari〔tʃə'kɑri〕
Charkhliq〔tʃɪ,ɑrkʌ'lɪk〕
Charkov〔'kɑrkɑf〕

Charlecote〔'tʃɑrlkot〕

Charlemagne〔'ʃɑrlə,men〕查理曼（742-814, Charles the Great 或 Charles I, 爲法蘭克王及西羅馬帝國皇帝）

Charlemain〔'ʃɑrlə'men〕

Charlemont〔'tʃɑrlɪmənt〕

Charleroy〔ʃɑrlər'wa〕（法）

Charles〔tʃɑrlz; ʃɑrl（荷）〕查理一世（❶ Charles Stuart, 1600-1649, 爲英王❷ Charles Francis Joseph, 1887-1922, 奧國皇帝及匈牙利國王）

Charlesbourg〔'ʃɑrlbəg〕

Charleston〔'tʃɑrlztən〕查理斯敦

Charles's Wain〔'tʃɑrlzɪz 'wen〕【天文】北斗七星

Charlesworth〔'tʃɑrlzwɚθ〕查爾斯沃思

Charlet〔ʃɑr'lɛ〕（法）

Charleton〔'tʃɑrltən〕「查理維耳（澳洲）

Charleville〔'tʃɑrlɪvɪl; ʃɑrlə'vil（法）〕

Charlevoix〔'ʃɑrləvɔɪ; 'ʃɑrləvwa; ʃɑrlə'vwa〕

Charlevoix-Est〔ʃɑrləvwa·'ɛst〕（法）

Charlevoix-Ouest〔ʃɑrləvwa·'west〕

Charley〔'tʃɑrlɪ〕查利 「（法）

Charlie〔'tʃɑrlɪ〕查利

Charlie Chan〔'tʃɑrlɪ 'tʃæn〕

Charlier〔ʃɑr'lje（法）; ʃɑr'ljɛr（瑞典）〕

Charlieu〔ʃɑr'ljɚ〕（法）

Charlot〔'ʃɑrlo; ʃɑr'lo（法）〕

Charlotta〔ʃɑr'lɑtta〕（瑞典）

Charlotte〔'ʃɑrlət; ʃɑr'lat; ʃɑr'lɔt; ʃɑr'lɑtə〕沙羅特（美國）

Charlotte Amalie〔'ʃɑrlət ə'maljə〕

Charlottenburg〔ʃɑr'lɑtnbəg〕

Charlottesville〔'ʃɑrləts,vɪl〕

Charlottetown〔'ʃɑrləttaun〕沙羅特敦

Charlton〔'tʃɑrltən〕查爾頓 「（加拿大）

Charmes〔ʃɑrm〕（法）

Charmian〔tʃɑrmjən; 'kɑrmjən; 'tʃɑrmɪən〕

Charmides〔'kɑrmɪdiz〕

Charmouth〔'tʃɑrməθ〕

Charnay〔ʃɑr'ne〕（法）

Charney〔'tʃɑrnɪ〕查尼

Charnock〔'tʃɑrnak〕

Charny〔'ʃɑni; ʃɑr'ni（法）〕

Charolais〔ʃɑrɔ'lɛ〕（法）

Charollais〔ʃɑrɔ'lɛ〕（法）

Charolles〔ʃɑ'rɔl〕（法）

Charon〔'kɛrən〕【希臘神話】在 Styx 河上渡亡 「靈往冥府之船夫

Charondas〔kə'rɑndəs〕

Charpentier〔ʃɑrpaŋ'tje〕夏邦堤業（Gustave, 1860-1956, 法國作曲家）

Charra〔'kærə〕

Charran〔'kæræm〕

Charras〔ʃɑ'ras〕（法）

Charrière〔ʃɑr'jer〕（法）

Charrington〔'tʃærɪŋtən〕查林頓

Charron〔ʃɑ'rɔŋ〕（法）查倫

Charrúa〔tʃɑ'rua〕

Charshembe〔tʃɑrʃɛm'bɛ〕

Charterhouse〔'tʃɑrtɚ,haus〕❶沙特爾修道院❷一倫敦慈善醫院 「里斯

Charteris〔'tʃɑrtɚz; 'tʃɑrtərɪs〕查特

Chartham〔'tʃɑrtəm〕

Chartier〔ʃɑr'tje〕（法）

Charton〔ʃɑr'tɔŋ〕（法）

Chartran〔ʃɑr'traŋ〕（法）

Chartres〔ʃɑrt〕沙特爾（法國）

Chartreuse〔ʃɑr'trɚz〕（法）

Chartreuse, La Grande〔la 'grand ʃɑr'trɚz〕（法）

Chartreux〔ʃɑr'trɚ〕（法）

Charybdis〔kə'rɪbdɪs〕❶【希臘神話】女妖❷義大利 Sicily 沿岸在 Messina 海峽中之大漩渦

Charyk〔'tʃærɪk〕查里克

Chas.〔tʃæs〕

Chas.〔tʃɑlz; tʃæs〕

Charyllis〔kə'rɪlɪs〕

Chascomus〔,tʃɑsko'mus〕

Chasdai ben Isaac ben Shaphrut〔tʃɑz'daɪ bɛn 'aɪzək bɛn ʃɑ'prut〕

Chase〔tʃes〕蔡斯（Salmon Portland, 1808-1873, 美國政治家及法學家）

Chasella〔kə'selə〕

Chasins〔'tʃesɪnz〕

Chaska〔'tʃæskə〕

Chassaignac〔ʃɑsɛ'njak〕（法）

Chassé〔ʃɑ'se〕

Chasseboeuf〔ʃɑs'bɚf〕（法）

Chasseforêt〔ʃɑsfɔ're〕（法）

Chasseloup-Laubat〔ʃɑs'lu·lo'ba〕（法）

Chassepot〔ʃɑs'po〕（法）

Chassériau〔ʃɑse'rjo〕（法）

Chassidim〔'kæsɪdɪm; 'hasɪdɪm（希伯來）〕

Chassler〔'tʃæslə〕

Chasta Costa〔'tʃæstə 'kɑstə〕

Chasteau〔ʃɑ'to〕

Chastel〔ʃɑ'tɛl〕

Chastelain〔ʃɑt'læŋ〕（法）

Chastelard〔'ʃæstəlard; ʃɑt'lar（法）〕

Chastelet〔ʃɑt'lɛ〕（法）

Chastellain〔ʃɑt'læŋ〕（法）

Chastellux〔ʃɑt'ljʊ〕（法）

Chasteney〔'tʃæsnɪ〕

Chataigneau〔'ʃætenjo〕

Chastney〔'tʃæsnɪ〕

Chatalja〔,tʃɑtɑl'dʒɑ〕

Chataway〔'tʃætəwe〕查特韋

Château〔ʃɑ'to〕

Chateaubriand, de〔ʃæ'tobrɪənd; ʃɑtobri'ɑŋ〕夏多布利昂（François, René, Vicomte, 1768-1848, 法國作家及政治家）

Chateaubriant〔ʃɑtobri'ɑŋ〕（法）

Château-Chinon〔ʃɑ'to·ʃi'nɔŋ〕（法）

Château d'Oex〔'ʃɑto 'de〕

Châteaudun〔ʃɑto'dɐŋ〕（法）

Châteaugay〔'ʃætəgi; 'ʃætəge; ʃɑto'ge（法）〕

Châteauguay〔'ʃætəgi; ʃætəge; ʃɑto'ge（法）〕

Châteauneuf-de-Randon〔ʃɑto'nɐf·-də·raŋ'dɔŋ〕（法）

Châteaurenault〔ʃɑtorə'no〕（法）

Châteauregnaud〔ʃɑtorə'njo〕（法）

Château Richer〔ʃɑ'to ri'ʃe〕（法）

Châteauroux〔ʃɑto'ru〕（法）

Château-Thierry〔ʃæ'to·tɪə'ri; ʃɑto·tje'ri（法）〕

Châteillon〔ʃɑte'jɔŋ〕（法）

Châtel〔ʃɑ'tel〕

Châtelain〔ʃɑt'læŋ〕（法）

Châtelard〔ʃɑt'lar〕（法）

Châtelet〔ʃɑtə'lɛ〕

Châtelherault〔ʃɑtɛl'ro〕（法）

Châtelier, Le〔lə ʃɑtɑ'lje〕（法）

Châtelineau〔ʃɑtli'no〕（法）

Châtellerault〔ʃɑtel'ro〕（法）

Chater〔'tʃetə〕蔡特

Chatfield〔'tʃætfild〕查特菲爾德

Chatfield-Taylor〔'tʃætfild·'telə〕

Chatham〔'tʃætəm〕❶占丹（英格蘭）❷占丹群島（紐西蘭）

Chatillon〔ʃæ'tɪljən〕

Châtillon〔ʃɑti'jɔŋ〕（法）

Châtillon-sur-Seine〔ʃɑti'jɔŋ·sjur·-'sɛn〕（法）

Chatland〔'tʃætlənd〕

Chatman〔'tʃætmən〕

Chat Moss〔'tʃæt ,mɔs〕

Chatom〔'tʃætəm〕

Châtou〔ʃɑ'tu〕（法）

Chatrian〔ʃɑtri'ɑŋ〕（法）

Chatswood〔'tʃætswud〕

Chatsworth〔'tʃætswəθ〕（美國）

Chattahoochee〔,tʃætə'hutʃɪ〕查塔胡其河

Chattanooga〔,tʃætə'nugə〕查塔諾加（美國）

Chatteris〔'tʃætərɪs〕

Chatterji〔'tʃɑtədʒi〕

Chatters〔'tʃætəz〕查特斯

Chatterton〔'tʃætətŋ〕查特頓（Thomas, 1752-1770, 英國詩人）

Chatti〔'kætaɪ〕

Chatto〔'tʃæto〕

Chattooga〔tʃə'tugə〕

Chattrpur〔'tʃʌtəpur〕（印）

Chatuge〔tʃə'tugə〕

Chatwin〔'tʃætwɪn〕

Chaubunagungamaugg, Lake〔tʃɔ-,bʌnə'gʌŋgəmɔg〕

Chaucer〔'tʃɔsə〕喬塞（Geoffrey, 1340?-1400, 英國詩人）

Chauchat〔ʃo'ʃɑ〕（法）

Chauci〔'kɔsaɪ〕

Chaudet〔ʃo'dɛ〕（法）

Chaudesaigues〔ʃod·'zɛg〕（法）

Chaudhuri〔tʃɑu'duri〕

Chaudière〔ʃo'djer〕（法）

Chaudoc〔'tʃʌu'dɔk〕朱篤（越南）

Chauffeurs〔ʃo'fɜz〕

Chauk〔tʃɑuk〕喬克（緬甸）

Chauliac〔ʃo'ljɑk〕（法）

Chaulieu〔ʃo'ljɜ〕（法）

Chaulnes〔ʃon〕（法）

Chaumeix〔ʃo'mɛks〕

Chaumette〔ʃo'mɛt〕

Chaumonot〔ʃomɔ'no〕（法）

Chaumont〔ʃo'mɔŋ〕（法）

Chaun〔tʃə'un; tʃɑ'un〕

Chauncey〔'tʃɔnsɪ〕昌西

Chauncy〔'tʃɔnsɪ〕

Chaussard〔ʃo'sar〕（法）

Chaussée, La〔lɑ ʃo'se〕（法）

Chausson〔ʃo'sɔŋ〕（法）

Chautauqua〔ʃɑ'tɔkwə〕朱太奎（美國）

Chautemps〔ʃo'tɑŋ〕蕭唐（Camille, 1885-1963, 法國律師）

Chauve, le〔lə 'ʃov〕

Chauveau〔ʃo'vo〕

Chauveau-Lagarde〔ʃo'vo-lɑ'gɑrd〕（法）

Chauvel〔ʃo'vɛl〕

Chauvelin〔ʃov'læŋ〕（法）

Chauvenet〔'ʃovəne〕

Chauve-Souris〔ʃov·su'ri〕（法）

Chauvin〔ʃo'væŋ〕（法）

Chauviré〔ʃovi're〕

Chaux-de-Fonds〔ʃo·d'fɔŋ〕（法）

Chavannes〔ʃɑ'vɑn〕（法）

Chavante〔ʃɑ'vɑnte〕

Chavasse〔ʃə'væs〕

Chavelita〔,tʃævə'litɑ〕查維莉塔

Chaves〔'tʃævɪs; 'tʃaves (西);
　　'ʃavɪʃ (葡)〕查維斯
Chávez〔'tʃaves〕查維斯
Chávez Franco〔'tʃaves 'fraŋko〕
Chaville〔ʃa'vil〕(法)
Chavin〔'tʃavin〕
Chavinda〔tʃa'vinda〕
Chawner〔'tʃɔnə〕喬納
Chaworth〔'tʃawəθ〕查沃思
Chawton〔'tʃɔtṇ〕
Chaxerngsao〔'tʃa'tʃəŋ'sau〕(暹羅)
Chayefsky〔tʃe'ɛfskɪ〕查耶夫斯基
Chayim〔haɪ'jim (希伯來); 'haɪjim (猶)〕
Chaykovski〔tʃaɪ'kɔfskɪ〕
Chayne〔tʃen〕
Chaytor〔'tʃetə〕蔡特
Chazar〔ha'zaə〕(土)
Chazelles〔ʃa'zɛl〕(法)
Chazy〔'ʃezɪ〕
Cheadle〔'tʃidḷ〕
Cheaha〔'tʃihɔ〕
Cheapside〔'tʃip'saɪd〕倫敦的一條東西
　　大街
Cheat〔tʃit〕
Cheatham〔'tʃitəm〕奇塔姆
Cheb〔hɛp〕(捷)
Chebar〔'kibar〕
Chebeague〔ʃə'big〕
Cheboksary〔tʃɪbʌk'sarɪ〕(俄)
Cheboygan〔ʃɪ'bɔɪgən〕
Chebyshëv〔tʃɪbɪ'sɔf〕(俄)
Chech, Erg〔ɛrg 'ʃɛʃ〕(法)
Chechen〔tʃɪ'tʃen〕
Chechen-Ingush〔tʃɪ'tʃen·ɪn'guʃ〕
Checotah〔tʃɪ'kotə〕
Checkland〔'tʃɛklənd〕
Chedabucto〔ˌʃedə'bʌkto〕
Cheddar〔'tʃɛdə〕英國製之一種乾酪
Chedorlaomer〔ˌkɛdəlɪ'omə〕
Chédotel〔ʃedɔ'tɛl〕(法)
Cheduba〔tʃə'dubə; 'tʃedubə〕
Cheek〔tʃik〕奇克
Cheeke〔tʃik〕
Cheeryble〔'tʃɪərɪbḷ〕
Cheeseman〔'tʃizmən〕奇斯曼
Cheesewright〔'tʃezraɪt〕
Cheesman〔'tʃizmən〕
Cheetham〔'tʃitəm〕奇塔姆
Cheever〔'tʃivə〕奇弗
Cheevy〔'tʃivɪ〕
Chefang〔'tʃɛ'faŋ〕

Cheff〔ʃɛf〕
Cheffetz〔'ʃɛfɛts〕謝費茨
Chefoo〔'dʒə'fu〕煙臺港 (山東)
Cheggs〔tʃɛgz〕
Chehalis〔tʃi'helɪs〕
Cheharlang〔'tʃɛ'har'laŋ〕
Cheik-Saïd〔ʃek·sa'id〕(法)
Cheilon〔'kaɪlən〕
Cheiron〔'kaɪərən〕
Cheju〔'tʃe'dʒu〕濟州島 (韓國)
Cheka〔'tʃɛkə〕蘇聯前秘密政治警察委員會
Cheke〔tʃik〕奇克
Chekhov〔'tʃɛk,ɔf〕契可夫 (Anton Pavlovich
　　1860-1904, 俄國作家及劇作家)
Chekiang〔'tʃɛ'kjæŋ; dʒʌdʒj'aŋ〕浙江
　　(中國)
Chekov〔'tʃɛkəf; 'tʃehɔf (俄)〕
Chelan〔ʃɪ'læn〕
Chelard〔ʃə'lar〕(法)
Chelebi〔tʃɛlɛ'bi〕
Chelebi, Katib〔'katɪb tʃɛlɛ'bi〕
Cheleken〔tʃɪljɪ'ken〕
Chelf〔tʃɛlf〕切爾夫
Chélia, Djebel〔dʒe'bɛl ʃe'lja〕(法)
Cheliabinsk〔tʃɪ'ljabɪnsk〕
Chéliff〔ʃe'lif〕
Chelikowsky〔tʃɛlɪ'kawskɪ〕
Chelishev〔'tʃeljɪʃɪf〕(俄)
Chelius〔'helius〕(德)
Cheliuskin〔tʃɪ'ljuskɪn〕
Chelkar Tengiz〔tʃɛl'kar tɛŋ'iz〕
Chella〔ʃɛ'la〕(法)
Chelles〔ʃɛl〕
Chelly〔ʃe〕
Chełm〔hɛlm〕(波)
Chełmiński〔hɛl'minski〕(波)
Chełmno〔'hɛlmnɔ〕(波)
Chelmsford〔'tʃɛlmsfəd; 'tʃɛmsfəd;
　　'tʃamsfəd; 'tʃɛlmzfəd〕
Chełmża〔'hɛlmʒa〕(波)
Chelonia〔kə'lonɪə〕
Chelpin〔'kɛlpɪn〕　　　　　　「(美國)
Chelsea〔'tʃɛlsɪ〕❶倫敦市文化區名❷契爾西
Cheltenham〔'tʃɛltnəm〕
Cheltonian〔tʃɛl'tonɪən〕
Chelwood〔'tʃɛlwud〕
Chelyabinsk〔tʃɪ'ljabɪnsk〕車里雅賓斯克
　　(蘇聯)
Chelyuskin〔tʃɪ'ljuskɪn〕車留斯肯角 (蘇聯)
Chemehuevi〔ˌtʃɛmɪ'hwevi〕
Chemin des Dames〔ʃə'mæŋ de 'dam〕
Chemineau〔ʃəmi'no〕　　　　　「(法)

Chemmis〔'kɛmɪs〕
Chemnitz〔'kɛmnɪts〕肯尼支（德國）
Chemnitzer〔hjɪm'njɪtsə〕（俄）
Chemos〔'kimas〕
Chemosh〔'kimaʃ〕
Chemulpo〔dʒə'mulpo〕濟物浦（韓國）
Chemung〔ʃɪ'mʌŋ〕
Chen〔tʃʌn〕（中）
Ch'ên〔tʃʌn〕（中）
Chenab〔tʃɪ'nab〕
Chenango〔ʃɪ'næŋgo〕
Chenavard〔ʃɑnɑ'vɑr〕（法）
Ch'en Ch'eng〔'tʃʌn 'tʃʌŋ〕陳誠（1898-
　1965, 中國將軍及政治家）
Chen-Chi〔'tʃʌn・'tʃʃ〕（中）　　　〔（中）
Chen Chiung-ming〔'tʃʌn 'dʒjuŋ・'mɪŋ〕
Chênedollé〔ʃendɔ'le〕（法）
Chenery〔'tʃɪnərɪ〕切納里
Chenevix〔'ʃɛnɪvɪks〕切尼維克斯
Cheney〔'tʃɪnɪ〕切尼　　　　　　〔（中）
Cheng Ch'eng-kung〔'dʒʌn 'tʃʌn・'guŋ〕
Chengalpatt〔'tʃɛŋgəlpət〕
Chengchow〔'dʒʌŋ'dʒo〕（中）
Cheng Ho〔'dʒɛŋ 'ho〕鄭和（中國明朝之航
　海家）
Chenghsien〔'dʒʌŋ'ʃʃɛn〕（中）
Chengteh〔'tʃʌŋ'də〕承德（熱河）
Ch'eng T'ang〔'tʃʃŋ 'taŋ〕成湯（姓子，名
　履，中國商朝開國帝王）
Chengtu〔'tʃʌŋ'du〕成都（四川）
Chénier〔ʃe'nje〕戴西迺（André Marie de,
　1762-1794, 法國詩人）
Chenies〔'tʃɛnɪz; 'tʃɪnɪz〕
Chénin〔ʃe'næn〕（法）
Chenkiang〔'tʃɛn'kjæŋ〕
Ch'en Kung-po〔'tʃʌn 'kuŋ'po〕（中）
Ch'en Kuo-fu〔'tʃʌn 'kwo'fu〕（中）
Ch'en Li-fu〔'tʃʌn 'li'fu〕（中）
Chennault〔ʃə'nɔlt〕陳納德（Claire Lee,
　1890-1958, 美空軍將領，飛虎隊隊長）
Chenonceaux〔ʃənɔn'so〕（法）
Chenoweth〔'tʃɛnəwɛθ〕切諾爲思
Chenstokhov〔tʃɪnstʌ'hɔf〕（法）
Ch'en Tu-hsiu〔'tʃʌn 'du・'ʃju〕（中）
Chenu〔ʃ'nju〕（法）
Ch'en Yi〔'tʃʌn 'ji〕（中）
Chenyuan〔'dʒʌnju'ɑn〕（中）
Ch'en Yün〔'tʃʌn 'jun〕（中）
Cheoah〔tʃɪ'oə〕
Cheops〔'kiɑps〕埃及第四王朝之王
Chepachet〔tʃɪ'pætʃɪt〕
Chepe〔tʃip〕

Chephren〔'kɛfrɛn〕
Chepman〔'tʃɛpmən〕
Chepo〔'tʃɛpo〕
Chepping Wycombe〔'tʃɪpɪŋ 'wɪkəm〕
Chepstow〔'tʃɛpsto〕
Chequamegon〔ʃɪ'kwɑmɪgən〕　〔官邸
Chequers〔'tʃɛkəz〕在倫敦西北之英首相鄉間
Cher〔ʃɛr〕（法）
Chera〔'tʃɛrə〕
Chéradame〔ʃɛrɑ'dɑm〕（法）
Cherasco〔ke'rɑsko〕
Chérau〔ʃe'ro〕
Cheraw〔'tʃirɔ〕
Cherberg〔'ʃɛrbəg〕切伯格
Cherbourg〔'ʃɛrburg; 'ʃəburg;
　ʃɛr'bur〔法〕〕瑟堡（法國）
Cherbuliez〔ʃɛrbju'lje〕（法）
Cherchefelle〔'ʃɛrfɛl〕
Cherchel〔'ʃɛr'ʃɛl〕（法）
Cherchen〔dʒju'ʃ'ʌŋ〕（中）
Cheremiss〔,tʃɛrə'mɪs; tʃɪrjɪ'mjis（俄）〕
Cherenkov〔tʃə'rɛŋkəf〕齊蘭可夫（Pavel
　Alekseevich, 1904-, 俄國物理學家）
Cherepnin〔tʃərjəp'njin〕
Cherepovets〔tʃɛrəpə'vɛts; tʃɪrjɪpʌ-
　'vjɛts（俄）〕
Chéret〔ʃe'rɛ〕
Cheri〔'ʃɛri; ʃe'ri〕
Cheribon〔tʃɛrɪ'bɑn〕
Cherie〔'ʃɛri; ʃe'ri〕
Cherif〔tʃe'rif〕
Cherington〔'tʃɜrɪŋtən〕
Cherith〔'kɪrɪθ〕
Cheriton〔'tʃɛrɪtən〕
Cherkasi〔tʃə'kɑsɪ; tʃɪr'kɑsɪ（俄）〕
Cherkassky〔tʃə'kɑskɪ〕
Cherkassy〔tʃə'kɑsɪ; tʃɪr'kɑsɪ（俄）〕
Cherkesov〔tʃɪr'kɛsəf〕（俄）
Cherkess〔tʃɛr'kɛs; tʃɪr'kɛs（俄）〕
Cherkessk〔tʃɛr'kɛsk; tʃɪr'kɛsk（俄）〕
Cherle〔'kɛrle〕
Chermayeff〔tʃə'majəf〕
Chermayev〔tʃə'majɪf〕
Chermont〔'tʃɜrmənt〕
Chern〔tʃɜn〕
Cherna〔'tʃɛrnɑ〕
Chernaya〔'tʃɔrnəjə〕
Cherne〔tʃɜn〕切恩
Cherniack〔'tʃɜnɪæk〕
Chernigov〔tʃɪr'njigəf〕（俄）
Chernin〔'tʃɜnɪn〕切寧

Cherniss〔'tʃɜnıs〕切尼斯
Chernock〔'tʃɑrnək〕切諾克
Chernoe More〔'tʃɔrnəjə 'mɔrjə〕(俄)
Chernov〔tʃə'nɔf; 'tʃɜrnaf; tʃɪr-'nɔf(俄)〕
Chernovtsy〔tʃɪr'nɔftsɪ〕車諾菲齊(蘇聯)
Chernow〔'tʃɜno〕
Chernowitz〔tʃə'nowıts〕
Chernozem〔tʃɪənə'zjɔm〕(俄)
Chernyaiëv〔tʃə'njajəf〕
Chernyakhovsk〔tʃɪən'jahəfsk〕(俄)
Chernyshëv〔tʃɪɑnı'ʃɔf〕(俄)
Chernyshevski〔tʃɜrnı'ʃefskı; tʃɪɑnı'ʃefskəı(俄)〕
Cherokee〔'tʃɛrə,ki〕柴拉基幾族人(北美印第安人之一族)
Chéron〔ʃe'rɔŋ〕(法)
Cheronis〔ʃə'ronıs〕「(阿拉伯)
Chergui, Chott ech〔'ʃat æʃ'ʃʌrgi〕
Cherra Poonjee〔,tʃɛrə 'pundʒı; ,tʃʌrə 'pundʒi〕「(印度)
Cherrapunji〔,tʃɛrə'pundʒı〕乞拉朋吉
Cherrington〔'tʃɛrıŋtən〕切林頓
Cherry〔'tʃɛrı〕切里
Cherryvale〔'tʃɛrı,vel〕
Cherryville〔'tʃɛrıvıl〕
Chersiphron〔'kɜsıfrɑn〕
Cherski〔'tʃɜrskı〕
Cherskogo〔tʃɪə'skɔvə〕(俄)
Cherso〔'kɛrso〕(義)
Cherson〔'kɜsɑn〕
Chersonese〔'kɜsə,niz; -,nis〕
Chersonesus〔,kɜsə'nisəs〕
Chersonesus Aurea〔,kɜsə'nisəs 'ɔrıə〕
Chersonesus Taurica〔,kɜsə'nisəs 'tɔrıkə〕
Chersonesus Thracica〔,kɜsə'nisəs 'θræsıkə〕
Chertan〔'tʃətən〕
Chertsey〔'tʃɜtsı〕
Chérubin〔ʃerjʊ'bæŋ〕(法)
Cherubini〔,keru'bini〕凱路比尼(Luigi Carlo Zenobio Salvatore, 1760-1842, 義大利作曲家)
Cherubino〔,keru'bino〕
Chéruel〔ʃerju'ɛl〕(法)
Cherusci〔kɛ'rʌsaı〕
Chervenkov〔tʃə'venkɔf〕
Chervenak〔'ʃɜvınæk〕
Cherville〔ʃer'vil〕(法)
Chervin〔ʃer'væŋ〕(法)
Cherwell〔'tʃɑrwəl〕切爲爾

Chéry〔ʃe'ri〕
Chesaning〔'tʃɛsənıŋ〕
Chesapeake Bay〔'tʃɛsə,pik〕乞沙比克灣
Chesebro(ugh)〔'tʃizbrə〕L(大西洋)
Cheselden〔'tʃɛzlədən〕切澤爾登
Chesham〔'tʃɛʃəm; 'tʃɛsəm〕
Cheshire〔'tʃɛʃə〕赤郡(英格蘭)
Cheshme〔tʃɛʃ'me〕
Cheshskaya〔'tʃɛʃskəjə〕契沙(蘇聯)
Cheshu〔'tʃiʃu〕
Cheshunt〔'tʃɛsnt〕
Cheshvan〔'hɛʃvən〕(希伯來)
Chesil〔'tʃɛsıl〕
Chesire〔'tʃɛʃə〕
Cheskaya〔'tʃɛskəjə〕
Chesley〔'tʃɛslı〕切斯利
Cheslock〔'tʃɛslək〕切斯洛克
Chesme〔tʃɛʃ'mɛ〕
Chesnay, Le〔lə ʃɛ'ne〕
Chesneus〔'kɛsnıəs〕
Chesney〔'tʃɛsnı〕切斯尼
Chesnut〔'tʃɛsnət〕切斯納特
Chesnutt〔'tʃɛsnət〕
Chesser〔'tʃɛsə〕切瑟
Chester〔'tʃɛstə〕赤斯特(英格蘭)
Chesterfield〔'tʃɛstə,fild〕赤斯特非(英格蘭)
Chester-le-Street〔'tʃɛstə·lə·'strit〕
Chesterman〔'tʃɛstəmən〕切斯特曼
Chesters〔'tʃɛstəz〕切斯特斯
Chesterton〔'tʃɛstətən〕切斯特頓
Chestertown〔'tʃɛstətaun〕
Chester White〔'tʃɛstə ~〕一種早熟的白猪(產於美國)
Chestnut〔'tʃɛsnət〕
Cheston〔'tʃɛstən〕切斯頓
Chestre〔'tʃɛstə〕
Chesuncook〔tʃı'sʌnkuk〕
Chetas〔'kitəs; 'tʃitəs〕
Chetco〔'tʃɛtko〕
Chetham-Strode〔'tʃɛtəm-'strod〕
Chetopa〔ʃə'topə〕
Chettle〔'tʃɛtl〕切特爾
Chettur〔'tʃɛtə〕
Chetumal〔tʃɛtu'mal〕
Chetwode〔'tʃɛtwʊd〕切特伍德
Chetwynd〔'tʃɛtwınd〕切特溫德
Cheval de fust, Le〔lə ʃə'val də 'fjust〕(法) 「(中古英語)
Chevalere Assigne〔tʃɛvɑ'lɛr ɑ'sinə〕
Chevalier〔ʃə'vælje〕雪佛萊(Maurice Auguste, 1888-1972, 法籍電影演員、歌星)

Chevalier, Le〔lə ʃəvɑ'lje〕(法)
Chevalier de Ramsay〔ʃə'vælje də 'ræmzɪ〕
Chevalier sans Reproche〔ʃəvɑ'lje sɑŋ rə'prɔʃ〕(法)
Chevening〔'tʃivnɪŋ〕
Chevenix〔'ʃevɪnɪks〕
Cheverel〔'ʃevərəl〕
Cheverly〔'tʃevəlɪ〕
Cheverus〔'ʃevərəs; ʃəv'rjus(法)〕
Cheves〔tʃivz; 'tʃivɪs〕切夫斯
Chevillard〔ʃəvi'jar〕(法)
Chevillet〔ʃəvi'jɛ〕
Cheviot〔'tʃevɪət; 'tʃivɪət; 'ʃivɪət〕
　　英國 Cheviot 山中所產之綿羊
Chevis〔'tʃevɪs〕
Chevreul〔ʃəv'rəl〕(法)
Chevreuse〔ʃəv'rəz〕(法)
Chevrillon〔ʃəvrɪ'jɔŋ〕(法)
Chevrilet〔'ʃevrəle〕
Chevrolet〔'ʃevrəle〕
Chevtchenko〔ʃəf'tʃenkɔ〕
Chevy〔'tʃevɪ〕
Chevvy〔'ʃevɪ〕
Chew〔tʃu〕丘
Chew, Ng Poon〔'wu 'pɑn 'dʒau〕(中)
Chewa〔'tʃewa〕
Chewelah〔tʃɪ'wilə〕
Chewning〔'tʃunɪŋ〕丘寧
Chewton〔'tʃutən〕
Cheyenne〔ʃai'æn〕斜陽河(美國)
Cheylesmore〔'tʃelzmɔr〕
Cheyne〔'tʃenɪ; tʃen〕切恩
Cheyney〔'tʃenɪ〕切尼
Chézy〔ʃe'zi〕
Chhaoni〔'tʃauni〕
Chhatarpur〔'tʃʌtə,pʊr〕(印)
Chhattisgarh〔'tʃʌtɪs,gar〕(印)
Chhindwara〔tʃɪnd'warə〕
Chhota Udepur〔tʃ'hota u'depur〕
Chi, Liu〔lɪ'u 'dʒi〕(中)
Chiabrera〔kja'brera〕
Chia Ching〔dʒɪ'a 'dʒɪŋ〕(中)
Chia Ch'ing〔dʒɪ'a 'tʃɪŋ〕(中)
Chiahsing〔dʒɪa'ʃɪŋ〕(中)
Chiai〔dʒɪa'i〕嘉義(台灣)
Chiaja〔'kjaja〕
Chia-ling〔'tʃja·'lɪŋ〕
Chiambone, Ras〔'ras kjam'bone〕
Chiamis〔tʃɪ'amɪs〕

Chia-mu-ssu〔'tʃja·'mu·'su; dʒɪ'a·'mu·'su(中)〕
Chiamussu〔'tʃja'mu'su; dʒɪ'a'mu'su〕
Chian〔'kaɪən〕希臘 Chios 島人
Chiana〔'kjana〕
Ch'iang〔tʃjaŋ〕　　　　　 ㄑ(中)
Chiang Chieh-shih〔dʒɪ'aŋ dʒɪ'ɛ'ʃɪa〕
Chiang Kai-shek〔'tʃjaŋ 'kaɪ'ʃɛk〕蔣介石(1887-1975, 即蔣中正,中國大軍事家及政治家)
Chiang Mai〔'tʃjaŋ 'maɪ〕清邁(泰國)
Chiango〔'tʃjaŋgo〕
Chiang Rai〔'tʃjaŋ 'raɪ〕清萊府(泰國)
Chiang T'ing-fu〔dʒɪ'aŋ 'tɪŋ'fu〕(中)
Chiangtu〔dʒɪ'aŋ'du〕(中)
Chianjur〔tʃɪ'andʒʊr〕
Chian-ning〔dʒɪ'aŋ·'nɪŋ〕(中)
Chianti〔kɪ'æntɪ; 'kjantɪ〕義大利 Chianti 山之 Tuscany 所產之紅葡萄酒
Chiao-hsien〔'dʒjau·'ʃjen〕(中)
Chiapa de Corzo〔'tʃjapa ðe 'kɔrso〕
Chiapas〔'tʃjapas〕　　　 ㄥ(拉丁美)
Chiappe〔kjap; ʃjap(法)〕
Chiaramonte Gulfi〔,kjara'monte·-'gulfɪ〕
Chiaramonti〔,kjara'monti〕
Chiarelli〔kja'rɛllɪ〕(義)
Chiarini〔kja'rini〕
Chiarraighe〔'kɪrəh〕(愛)
Chiarugi〔kja'rudʒi〕
Chiarulli〔kja'rulɪ〕
Chiatura〔tʃɪ'atʊrə; tʃiə'turə〕
Chiaturi〔tʃɪ'atʊrɪ; ,tʃiə'turi〕
Chiazza〔'kjattsa〕(義)
Chibcha〔'tʃibtʃə〕
Chibchan〔'tʃibtʃən〕
Chicacole〔tʃika'kol〕
Chicago〔ʃə'kago〕芝加哥(美國)
Chicagua〔ʃi'kagwa〕
Chicaneau〔ʃika'no〕(法)
Chicapa〔ʃi'kapə〕
Chichagof〔'tʃitʃəgaf〕
Ch'i-chao〔'tʃi·'tʃao〕
Chichele(y)〔'tʃitʃɪlɪ〕奇切利
Chichén Itzá〔tʃi'tʃen i'tsa〕
Chicherin〔tʃi'tʃerɪn; tʃi'tʃɛrjin(俄)〕
Chichester〔'tʃitʃɪstə; 'tʃai,tʃestə〕
Chichevache〔'tʃitʃɪ,vatʃ〕　　ㄥ奇切斯特
Ch'i-chia P'ing〔'tʃi'dʒja 'pɪŋ〕(中)
Chichimec〔'tʃitʃi'mek〕
Chichkov〔tʃitʃ'kɔf〕
Chick〔tʃɪk〕
Chickahominy〔,tʃɪkə'hamɪnɪ〕

Chickamauga〔ˌtʃɪkəˈmɔgə〕

Chickasaw〔ˈtʃɪkəˌsɔ〕❶契卡索族（北美印第安人之一族）❷契卡索族人

Chickasawha〔ˌtʃɪkəˈsɔwə〕

Chickasawhay〔ˌtʃɪkəˈsɔwe〕

Chicksha〔ˈtʃɪkəˌʃe〕

Chikenstalker〔ˈtʃɪkɪnsˌtɔkə〕

Chickering〔ˈtʃɪkərɪŋ〕

Chiclana de la Frontera〔tʃɪˈklɑnɑ ðe lɑ frɔnˈterɑ〕（西）

Chiclayo〔tʃɪkˈlajo〕

Chico〔ˈtʃiko〕

Chicomecoatl〔ˌtʃɪkomekoˈatl̩〕

Chicopee〔ˈtʃɪkəˌpi〕

Chicora〔tʃɪˈkora〕

Chicot〔ˈʃiko〕

Chicoutimi〔ʃɪˈkutɪmɪ〕

Chico Vecino〔ˈtʃiko vəˈsino〕

Chicoy〔tʃɪˈkɔɪ〕

Chiddention〔ˈtʃɪdənʃən〕

Chiddingly〔ˈtʃɪdɪŋˈlaɪ〕

Chidley〔ˈtʃɪdlɪ〕奇德利（加拿大）

Chidester〔ˈtʃɪdɪstə〕

Chidlaw〔ˈtʃɪdlɔ〕奇德勞

Chidley〔ˈtʃɪdlɪ〕

Chief〔tʃif〕

Chiem〔kim〕

Chiemsee〔ˈkimze〕

Ch'ien, Chang〔ˈdʒɑŋ ˈtʃʃɛn〕（中）

Chiengmai〔ˈtʃʃɛŋˈmaɪ〕清邁（泰國）

Chiengrai〔ˈtʃʃɛŋˈraɪ〕

Ch'ien Lung〔ˈtʃʃɛn ˈlʊŋ〕乾隆（1711-1799, 中國清朝皇帝）

Chieri〔ˈkjeri〕

Chiesa〔ˈkjeza〕

Chieti〔ˈkjeti〕

Chiffinch〔ˈtʃɪfɪntʃ〕

Chifley〔ˈtʃɪflɪ〕奇夫利

Chi-fu〔ˈdʒəˈfu〕（中）

Chigha Khur〔tʃɪˈgɑ ˈhur〕

Chigirin〔ˌtʃɪgɪˈrin〕

Chignahuapán〔ˌtʃɪgnɑwɑˈpɑn〕

Chignecto〔ʃɪgˈnɛkto〕

Chignik〔ˈtʃɪgnɪk〕

Chigorin〔tʃɪˈgɔrɪn〕

Chigwell〔ˈtʃɪgwɛl〕

Chihfeng〔ˈtʃɪˈfʌŋ〕赤峯（熱河）

Chihkiang〔ˈdʒɪədʒɪˈaŋ〕（中）

Chihli〔ˈtʃɪˈli〕直隸（河北省舊稱）

Chihuahua〔tʃɪˈwawa〕濟華花（墨西哥）

Chihui-cahui〔ˌtʃiwiˈkawi〕

Chijol〔tʃɪˈhɔl〕（西）

Chikhachëv〔tʃɪhʌˈtʃɔf〕（俄）

Chikunda〔tʃiˈkunda〕

Chikuraj〔tʃɪˈkure〕

Chilachap〔tʃɪˈlatʃap〕

Chilam Balan〔tʃiˈlam bɑˈlɑm〕

Chilapa〔tʃɪˈlapa〕

Chilcotin〔tʃɪˈkotɪn〕

Chilcott〔ˈtʃɪlkət〕

Child〔tʃaɪld〕柴爾德（Francis James, 1825-1896, 美國語言學家）

Childe〔tʃaɪld〕柴爾德

Childebert〔ˈtʃɪldɪbət〕

Childeric〔ˈtʃɪldərɪk〕

Childéric〔ʃɪldeˈrik〕（法）

Childerich〔ˈhɪldərɪh〕（德）

Childermas〔ˈtʃɪldəməs〕

Childers〔ˈtʃɪldəz〕奇爾德斯

Childersburg〔ˈtʃɪldəzbəg〕

Childress〔ˈtʃaɪldrɪs〕奇爾德雷斯

Childs〔tʃaɪldz〕蔡爾茲

Chile〔ˈtʃɪlɪ〕智利（南美洲）

Chiledug〔ˈtʃɪləduh〕（荷）

Chilgren〔ˈtʃɪlgrən〕

Chili〔ˈtʃɪlɪ〕= Chile

Chi-li〔ˈtʃiˈli; ˈdʒi〕赤li（中）

Chilia〔kiˈlia; ˈkilja〕（羅）

Chilia-Nouă〔ˈkiljaˈnauə〕（羅）

Chil(l)ianwala〔ˌtʃɪlianˈwala〕

Chiliwong〔ˈtʃɪliwɔŋ〕

Chilka〔ˈtʃɪlka〕

Chilkat〔ˈtʃɪlkæt〕

Chilko〔ˈtʃɪlko〕

Chilkoot〔ˈtʃɪlkut〕

Chillalo〔tʃɪlˈlalo〕

Chillán〔tʃɪˈjan〕（拉丁美）

Chillicothe〔ˌtʃɪləˈkaθɪ〕

Chillingham〔ˈtʃɪlɪŋəm〕

Chillingworth〔ˈtʃɪlɪŋwəθ〕奇林沃思

Chillip〔ˈtʃɪlɪp〕

Chilliwack〔ˈtʃɪliwæk〕

Chillkat〔ˈtʃɪlkæt〕

Chillamn〔ˈtʃɪlmən〕

Chillon〔ʃɪlɔŋ; ˈʃɪljɔŋ; ʃəˈlan; ˈʃɪlən〕瑞士日內瓦湖東端之一古堡

Chillson〔ˈtʃɪlsn̩〕奇爾森

Chilmari〔tʃɪlˈmari〕

Chilo〔ˈkaɪlo〕

Chiloé〔ˌtʃiloˈe〕

Chilon〔ˈkaɪlan〕

Chilpancingo〔ˌtʃɪlpanˈsiŋgo〕

Chilperic〔ˈtʃɪlpərɪk〕

Chilpéric〔ʃɪlpeˈrik〕（法）

Chilperich〔'hɪlpərɪh〕(德)
Chilston〔'tʃɪlstən〕
Chiltern〔'tʃɪltən〕
Chilterns〔'tʃɪltənz〕
Chilton〔'tʃɪltən〕
Chilver〔'tʃɪlvə〕奇爾弗
Chilvers〔'tʃɪlvəz〕
Chilwa〔'tʃɪlwa〕
Chilwell〔'tʃɪlwɛl〕
Chimaera〔kaɪ'mɪrə〕
Chimahi〔tʃɪ'mahɪ〕
Chimakum〔'tʃɪməkəm〕
Chimalpáin Quautlehuanitzín
　〔tʃɪmal'paɪn kwautlɛwani'tsin〕
Chimalpopoca〔tʃɪ,malpo'poka〕
Chimaltenango〔tʃɪ,malte'naŋgo〕
Chimay〔ʃi'me〕
Chimbai〔tʃɪm'baɪ〕　　　「(厄瓜多爾)
Chimborazo〔,tʃɪmbə'razo〕青坡拉索山
Chimbote〔tʃɪm'bote〕欽博特(秘魯)
Chimène〔ʃi'mɛn〕(法)
Chimera〔kə'mɪrə; kaɪ'mɪrə〕【希臘神
　話】獅頭、羊身、蛇尾之吐火怪獸
Chimkent〔tʃɪm'kɛnt〕奇姆肯特
Chimmerii〔sɪ'mɪrɪaɪ〕
Chimmesyan〔tʃɪ'mesɪən〕
Chimney Point〔'tʃɪmnɪ 'pɔɪnt〕
Chimneytop〔'tʃɪmnɪ,tap〕
Chimo〔'tʃaɪmo〕
Chimu〔'tʃimu〕
Ch'in〔tʃin〕
Chin〔dʒɪn〕(中)
China〔'tʃaɪnə〕中國(亞洲)
Chinab〔tʃi'nab〕
Chinalaph〔kɪ'næləf〕
Chinameca〔,tʃina'meka〕
Chinam-pho〔'tʃi'nam·po〕
Chinan〔'dʒi'nan〕(中)
Chinandega〔,tʃinan'dega〕契南德加(尼
Chinantla〔tʃi'nantla〕　　「加拉瓜)
Chinard〔tʃi'nard〕
Chinati〔tʃi'natɪ〕
Chincha〔'tʃintʃa〕
Chincha Alta〔'tʃintʃa 'alta〕
Chinchasuyu〔,tʃintʃa'suju〕
Chinchaycocha〔,tʃintʃaɪ'kotʃa〕
Chinchay-suyu〔,tʃintʃaɪ·'suju〕
Chinchero〔tʃin'tʃero〕
Chincheu〔'dʒɪn'dʒu〕(中)
Chinchew〔'dʒɪn'dʒu〕(中)
Chinchiang〔'dʒɪn'dʒjaŋ〕(中)
Chinchón〔tʃin'tʃɔn〕

Chinchou〔'dʒɪn'dʒo〕(中)
Chinchow〔'dʒɪn'dʒo〕錦州(遼寧)
Chinchu〔'dʒɪn'dʒu〕(中)
Chincom〔'tʃɪnkəm〕
Chincoteague〔'ʃɪŋkətig〕
Chindau〔tʃɪn'dau〕
Chinde〔'tʃɪndə〕欽德(莫三比克)
Chindit〔'tʃɪndɪt〕
Chindio〔'tʃɪndɪo〕琴迪厄(莫三比克)
Chindwara〔tʃɪn'dwarə〕
Chindwin〔'tʃɪn'dwɪn〕親敦(緬甸)
Chinese〔tʃaɪ'niz〕中國人
Chinese Turkistan〔'tʃaɪniz ,tɝkɪs-
　'tæn〕中國新疆省中南部地區
Ching〔dʒɪŋ〕(中)
Ch'ing〔tʃɪŋ〕
Ch'ing, Chia〔dʒɪ'a 'tʃɪŋ〕(中)
Ching, Chia〔dʒɪ'a 'dʒɪŋ〕(中)
Chingachgook〔tʃɪn'gætʃguk〕
Chingford〔'tʃɪŋfəd〕
Ching(-)Hai〔'tʃɪŋ 'haɪ〕
Chinghai〔'tʃɪŋ'haɪ〕青海(中國)
Ching(h)iz Khan〔'tʃɪŋgɪz 'kan〕
Chingleput〔'tʃɪŋglpət〕
Ch'ing-ming〔'tʃɪŋ'mɪŋ〕
Chingolo〔tʃɪŋ'golo〕
Chingtao〔'dʒɪŋ'dau〕(中)
Ching-te Chen〔'dʒɪŋ·'dʌ 'dʒʌn〕(中)
Chingtu〔'tʃɪŋ'du〕
Chingú〔tʃɪŋ'gu〕
Chingyuan〔'tʃɪŋju'an〕
Chinhai〔'dʒɪn'haɪ〕鎮海(浙江)
Chin Hills〔tʃin ～〕
Chinhsien〔'dʒɪn'ʃjɛn〕(中)
Chini〔'kɪnɪ〕
Chiniot〔'tʃɪnɪət〕
Chinjiri〔tʃɪn'dʒiri〕青州(韓國)
Chinju〔'tʃɪn'dʒu〕青州(韓國)
Chink〔tʃɪŋk〕【蔑】中國人
Chinkiang〔'dʒɪndʒi'aŋ〕鎮江(江蘇)
Ch'iu, K'ung〔'kuŋ 'tʃju〕
Chin Ling Shan〔'tʃɪn 'lɪŋ 'ʃan〕
Chinlund〔'tʃɪnlənd〕欽倫
Chinmen〔'dʒɪn'mɛn〕金門島(福建)
Chinnampo〔'dʒɪn,nam,po〕鎮南浦(北韓)
Chinnock〔'tʃɪnək〕
Chinnereth〔'tʃɪnərɛθ〕
Chinnery〔'tʃɪnərɪ〕欽納里
Chinnock〔'tʃɪnək〕欽諾克
Chinnor〔'tʃɪnə〕
Chino〔'tʃino; 'kino〕

Chino-Japanese〔'tʃaino·,dʒæpə'niz〕
Chinon〔ʃi'nɔŋ〕(法)
Chinook〔tʃi'nuk; tʃi'nʊk; ʃi'nuk〕契
努克 (北美印第安人之一族);談族人所用之語言
Chinookan〔tʃi'nukən; tʃi'nʊkən〕
契努克族人所使用之語言
Chin Shih Huang Ti〔'tʃin 'ʃiə 'hwaŋ
'ti〕
Chinsura〔tʃinsurə; tʃin'surə〕
Chintaman〔'tʃintəmən〕欽塔曼
Chintamani〔tʃin'taməni〕
Chintsun〔'dʒin'tsun〕(中)
Chinwangtao〔'tʃin'hwaŋ'dau〕秦皇島(河
Chioggia〔'kjɔddʒa〕(義)   「北)
Chios〔'kaias〕巧斯島(希臘)
Chipeta〔tʃi'peta〕
Chipewayan〔,tʃipə'weən〕
Chipewyan〔,tʃipə'waiən〕
Chipman〔'tʃipmən〕奇普曼
Chipola〔tʃi'pola〕
Chipp〔tʃip〕奇普
Chippawa〔'tʃipəwa〕
Chippendale〔'tʃipəndel〕齊本德耳
(Thomas, 1718?-1779,英國傢具專家及設計家)
Chippendall〔'tʃipəndɔl〕奇彭多爾
Chippenham〔'tʃipənəm〕
Chippewa〔'tʃipiwa〕
Chippeway〔'tʃipə,we〕
Chippindall〔'tʃipindəl〕
Chipping〔'tʃipiŋ〕
Chipping Wycombe〔'tʃipiŋ 'wikəm〕
Chiputneticook〔,ʃiput'netikuk;
tʃipət-〕
Chiquimula〔,tʃiki'mula〕
Chiquimulilla〔,tʃikimu'lija〕
Chiquita〔tʃi'kitə〕
Chiquitos〔tʃi'kitos〕
Chire〔'ʃirə〕
Chiricahua〔,tʃiri'kawə〕
Chiricahui〔,tʃiri'kawi〕
Chirico〔'kiriko〕
Chiriguano〔,tʃiri'gwano〕
Chirikov〔'tʃirikəf; 'tʃirjikɔf〕(俄)
Chiriquí〔,tʃiri'ki〕捷瑞奇峯(巴拿馬)
Chirol〔'tʃirəl〕
Chiron〔'kairən〕
Chirripó Grande〔,tʃiri,po 'grandi〕
奇里波格蘭德山(哥斯大黎加)
Chirrol〔'tʃirəl〕
Chisago〔,tʃisə'go〕
Chis(h)olm〔'tʃizəm〕
Chisimaio〔kizi'majo〕

Chişinău〔kiʃi'nʊ〕(羅)
Chislehurst〔'tʃizlhɜst〕
Chislev〔'kislef〕(希伯來)
Chisos〔'tʃisos〕
Chistopol〔tʃis'tɔpəlj〕(鏈粗)
Chisum〔'tʃizəm〕
Chiswell〔'tʃizwel〕
Chiswick〔'tʃizik〕
Chita〔tʃi'ta〕赤塔(蘇聯)
Chita, Nevado de〔ne'vaðo ðe 'tʃita〕
(西)
Chitaldroog〔'tʃitəldrug〕
Chitaldrug〔'tʃitəldrug〕
Chitambo〔tʃi'tæmbo〕
Chitata〔tʃi'tata〕
Chithan〔'tʃitəm〕
Chitimacha〔,ʃiti'mæʃə〕
Chitina〔'tʃitnə〕
Chitopher〔'tʃitəfə〕
Chitradurg〔'tʃitrədurg〕
Chitrakuta〔tʃitrə'kutə〕
Chitral〔tʃi'tral〕
Chitré〔tʃi'tre〕
Chi-tsě〔'dʒi·'dʒʌ〕(中)
Chitta〔'tʃittə〕(孟)
Chittagong〔'tʃitə,gaŋ〕吉大港(孟加拉)
Chittenango〔tʃit'næŋgo〕
Chitterldrug〔'tʃitəldrug〕
Chittenden〔'tʃitṇdən〕奇滕登
Chittendon〔'tʃitṇdən〕
Chittim〔'kitim〕
Chittoor〔tʃi'tur〕
Chitty〔'tʃiti〕奇蒂
Chitwood〔'tʃitwud〕奇特伍德
Chi-tzŭ〔'dʒi·'dʒʌ〕(中)
Ch'iu Ch'u-chi〔'tʃju 'tʃu'dʒi〕(中)
Chiung-ming, Chen〔'tʃʌn 'dʒjʊŋ-
'miŋ〕(中)
Chiusa San Michele〔'kjuza san
mi'kele〕
Chiusi〔'kjusi〕
Chiuta〔ʃi'utə〕
Chivasso〔ki'vasso〕(義)
Chivers〔'tʃivəz〕奇弗斯
Chivery〔'tʃivəri〕
Chivilcoy〔,tʃivil'kɔi〕
Chivula〔tʃi'vula〕
Chiwere〔'tʃiwerɛ〕
Chixoy〔tʃi'hɔi〕(西)
Chiyaka〔tʃi'jaka〕
Chkalov〔tʃə'kaləf〕乍加洛夫(蘇聯)

Chladni〔'klædnɪ〕

Chlamys〔'klɛmɪs〕

Chlodoald〔'klodoæld〕

Chlodowech〔'klodovɛh〕（德）

Chlodvald〔'klodvɑld〕

Chlodwig〔'klotvɪh〕（德）

Chloe〔'klo·ɪ〕克樂怡

Chloë〔'klo·ɪ〕

Chloette〔klo'ɛt〕

Chlopicki〔hlɔ'pitski〕（波）

Chlorella〔klɔ'rɛlə〕綠藻

Chloris〔'klɔrɪs〕

Chlorus〔'klorəs〕

Chlothar〔'klotar〕

Chlothilde〔klɑ'tɪldə〕（德）

Chlumberg〔'klʊmberk〕（德）

Chlumec〔'hlumɛts〕（捷）

Chmielnicki〔hmjɛl'nitski〕（波）

Chmielowski〔hmjɛ'lɔfski〕（波）

Choapa〔tʃo'ɑpa〕

Choaspes〔ko'æspiz〕

Choate〔tʃot〕喬特

Chobe〔'tʃobɪ〕

Chocano〔tʃo'kɑno〕

Chocim〔'hɔtʃim〕（俄）

Chocó〔tʃo'ko〕

Chocolatière〔ʃɔkɔlɑ'tjɛr〕（法）

Chocorua〔tʃə'kɔrəwə〕

Choctaw〔'tʃɑktɔ〕❶巢克圖族人（北美印第安人之一族）❷巢克圖語

Choctawhatchee〔,tʃɑtɔ'hætʃɪ〕

Choderlos〔ʃɔdɛr'lo〕（法）

Choderlos de Laclos〔ʃɔdɛr'lo də la'klo〕（法）

Chodkiewicz〔hɔt'kjɛvɪtʃ〕（立陶宛）

Chodorov〔'tʃodorɔf〕

Chodowiecki〔hodo'vjɛtskɪ〕（波）

Chodźko〔'hɔdʒkɔ〕（波）

Choëphoroe〔ko'ɛfori〕

Choerilus〔'kɪərɪləs〕

Choguill〔'kogɪl〕科吉爾

Choi〔hɔɪ〕（波斯）

Choibalsang〔'tʃɔɪbɑl'saŋ〕

Choiseul〔ʃwa'zɛl〕失瓦澤爾島（所羅門群島）

Choiseul-Gouffier〔ʃwa'zəl·gu'fje〕

Choisy〔ʃwa'zi〕（法）

Choisy-le-Roi〔ʃwa'zi·lə·'rwa〕（法）

Chojnice〔hɔɪ'nitsɛ〕（波）

Chojnów〔'hɔɪnuf〕（波）

Choke〔tʃok〕

Chokwe〔'tʃokwe〕

Chola〔'tʃolə〕

Choladeva〔'tʃolə,devə〕

Cholderton〔'tʃoldətən〕

Cholet〔ʃɔ'lɛ〕（法）

Chollar〔'kɑlə〕

Chollup〔'tʃɑləp〕

Cholmeley〔'tʃʌmlɪ〕喬姆利

Cholmondeley〔'tʃʌmlɪ〕喬姆利

Cholmley〔'tʃʌmlɪ〕喬姆利

Cholon〔ʃo'lon〕堤岸（越南）

Cho Lon〔tʃo 'lɔn〕

Cholsey〔'tʃolzɪ〕

Cholula〔tʃo'lulə〕

Choluteca〔,tʃolu'tekə〕

Chomedey〔ʃɔm'de〕

Chomette〔ʃɔ'mɛt〕

Chomley〔'tʃʌmlɪ〕

Chomolhari〔,tʃɑmɑl'hʌrɪ〕

Chomolungma〔,tʃomo'luŋma〕珠穆朗瑪峯（亞洲）

Chomsky〔'tʃɑmskɪ〕

Chomŭtov〔'hɔmutɔf〕（捷）

Chon〔tson〕

Chon Buri〔tʃʌn burɪ〕

Chone〔'tʃone〕

Chongjin〔'tʃɔŋ,dʒɪn〕清津（北韓）

Choniates〔,konɪ'etɪz〕

Chonju〔'dʒən'dʒu〕定州（韓國）

Chono〔'tʃono〕

Chonos〔'tʃonos〕裘諾斯（智利）

Chontales〔tʃɔn'talɛs〕

Chontals〔tʃon'talz〕

Chontaquiro〔,tʃontɑ'kiro〕

Chonyi〔'tʃonji〕

Choo〔tʃu〕

Chopart〔ʃɔ'par〕（法）

Chopi〔'tʃopi〕

Chopicolqui〔,tʃopɪ'kɔlkɪ〕

Chopin〔'ʃopæn〕蕭邦（Frédéric François, 1810-1849, 波蘭鋼琴家及作曲家）

Chopinel〔ʃopi'nɛl〕

Chopley〔'tʃɑplɪ〕

Chopra〔'tʃɑprə〕

Choptank〔'tʃɑp,tæŋk〕

Chorasmia〔ko'ræzmɪə〕

Chorazin〔kɑ'rezɪn〕

Chorcaighe〔'kɔrkɪh〕（愛）

Chorea Machabaeorum〔'korɪə ,mækəbɪ'orəm〕

Chorene〔ko'rinɪ〕

Chorgun〔'tʃɔrgən〕

Choricius〔kə'rɪʃɪəs〕

Choris〔'hɔrɪs〕(俄)
Chorizontes〔,kɔrɪ'zantiz〕
Chorley〔'tʃɔrlɪ〕喬利
Chorlton〔'tʃɔrltn̩〕
Chorlu〔tʃɔr'lu〕
Chorokh〔tʃɔ'rɔh〕(土)
Chorolque〔tʃɔ'rɔlkɛ〕
Choromanski〔hɔrɔ'manski〕(波)
Choron〔ʃɔ'rɔŋ〕(法)
Chorotega〔,tʃɔrə'tegə〕
Chorrillos〔tʃɔr'rijos〕
Chorum〔tʃɔ'rum〕
Chorzów〔'hɔrʒuf〕科索夫(波蘭)
Chosen〔'tʃo'sɛn〕朝鮮(即今韓國)
Choson〔'tʃo'san〕(韓)
Chosroes〔'kazroiz〕
Chorzczno〔'hɔrʃtʃnɔ〕(波)
Chota Nagpur〔'tʃotə 'nagpur〕
Chota Udaipur〔'tʃotə u'daipur〕
Choteau〔'ʃoto〕
Chotek〔'hɔtɛk〕(德)
Chotin〔hʌ'tjin〕(俄)
Chott〔ʃat〕
Chott Djerid〔ʃat dʒɛ'rid〕
Chotusice〔'hɔtu,sitsɛ〕(捷)
Chotusitz〔'hotuzɪts〕(德)
Chotzen〔'hotsən〕(德)
Chotzinoff〔'ʃatsɪnɔf〕
Chou〔dʒo〕中國周朝(約自1122 B.C. 至
   249 B.C.)
Chouans〔'ʃuənz; 'ʃwaŋ(法)〕
Chouart〔'ʃwar〕(法)
Chou En-lai〔'dʒo 'ɛn'laɪ; 'tʃu
   'ɛn'laɪ〕(中)
Chough Pyong Ok〔'tʃʌf 'pjaŋ 'ak〕
Chou Hsin〔'dʒo 'ʃɪn〕(中)
Choukas〔'tʃukəs〕
Choukoutien〔'dʒo'ko'tjen〕(中)
Chou Kung〔'dʒo 'guŋ〕(中)
Choumen〔'ʃumen〕
Chou Shan〔'tʃu 'ʃan; 'dʒo 'ʃan(中)〕
Chouteau〔ʃu'to; 'ʃoto〕
Choveaux〔'tʃovo〕
Chow〔dʒo〕【澳麂】中國人
Chowan〔tʃə'wan〕
Chowbent〔'tʃaubent〕
Chowchilla〔tʃau'tʃɪlə〕
Chow Kow Tien〔'dʒo 'ko 'tjɛn〕(中)
Chowles〔tʃolz〕
Chowtsun〔'dʒo'tsʌn〕(中)
Chresten〔'krɛstən〕
Chrestien〔kre'tjæŋ〕(法)

Chréstien de Troyes〔kre'tjæŋ də
   'trwa〕(法)
Chrestos〔'hristɔs〕(希)
Chrétien〔kre'tjæŋ〕(法)
Chriemhild〔'krimhɪld〕
Chrimes〔'kraɪmz〕克賴姆斯
Chris〔krɪs〕克里斯
Chrisanthos〔'hrisanθɔs〕(希)
Chrish〔tʃraɪʃ〕
Chrisman〔'krɪsmən〕克里斯曼
Chrisney〔'krɪsnɪ〕克里斯尼
Chrissie〔'krɪsɪ〕
Christ〔'kraɪst〕基督
Christabel〔'krɪstəbəl〕克里斯特貝爾
Christadelphians〔krɪstə'delfɪənz〕
Christchurch〔'kraɪs,tʃɝtʃ〕基督城(紐西蘭)
Christ-cross-row〔'krɪs·krɔs·'ro〕字母
Christdom〔'kraɪstdəm〕
Christelow〔'kraɪstlo〕克里斯特洛
Christen〔'krɪstən〕克里森
Christenberry〔'krɪsn̩bərɪ〕克里森伯里
Christendom〔'krɪsn̩dəm〕❶世界上信奉基
   督教的地區;基督教國家❷基督徒之集合稱
Christensen〔'krɪstənsn̩〕克里斯坦森
Christgau〔'krɪstgau〕克里斯戈
Christi〔'krɪstɪ〕
Christiaan〔'krɪstɪɑn〕
Christiaanszoon〔'krɪstɪɑnsən; -san;
   -son〕(荷)
Christian X〔'krɪstʃən; 'krɪstjən;
   'krɪstɪɑn; 'krɪsʃɑn〕克里斯欽十世(1870-
   1947, 丹麥國王)
Christiana〔,krɪstɪ'ænə; 'krɪstɪɑnɑ
   (德)〕克里斯蒂安娜
Christiane〔krɪstɪ'ɑnə〕
Christiania〔,krɪstɪ'ɑnɪə, krɪs'tjɑnɪə〕
   挪威首都 Oslo 的舊名
Christiansand〔'krɪstʃən,sænd;
   ,krɪstjɑn'san(挪)〕
Christiansburg〔'krɪstʃənzbɝg〕
Christiansen〔'krɪstjɑnsən〕克里斯琴森
Christianshaab〔'krɪstjɑns,hɔp〕(丹)
Christianson〔'krɪstjənsn̩〕
Christianstad〔krɪs'tjɑnstad〕
Christiansted〔'krɪstʃən,stɛd〕
Christiansund〔'krɪstʃən,sund;
   ,krɪstjɑn'sun(挪)〕
Christianus〔krɪstɪ'ɑnus(德); -nəs(荷)〕
Christianville〔'krɪstʃənvɪl〕
Christias〔'krɪstɪəs〕
Christie〔'krɪstɪ〕克里斯蒂(Dame Agatha,
   1891-1976, 本姓 Miller, 英國女偵探小說家)

Christiern〔'krɪstjɛrn〕(丹)

Christina〔krɪs'tinə〕克里斯蒂納（1626-1689, 瑞典女王）

Christine〔'krɪstin; krɪs'tin(法); krɪs'tin(瑞典); krɪs'tinə(德)〕克莉絲婷

Christison〔'krɪstɪsən〕克里斯蒂森

Christlob〔'krɪstlop〕(德)

Christman〔'krɪstmən〕克里斯特曼

Christmas Island〔'krɪsməs ~〕聖誕島（印度洋；太平洋）

Christminster〔'krɪstmɪnstɚ〕

Christodulus〔krɪs'tɑdjuləs〕

Christofer〔krɪ'stɔfɚ〕

Christoff〔'krɪstɑf〕

Christoffel〔krɪs'tɑfəl〕克里斯托弗爾

Christoffer〔krɪs'tɑfɚ〕

Christofferson〔krɪs'tɑfəsn̩〕克里斯托 ⌐弗森

Christoffelsz〔krɪs'tɑfəlz〕 L弗森

Christoforo〔krɪs'tɑforo〕

Christolph〔'krɪstɑlf〕

Christoph〔'krɪstɑf; -tɔf〕

Christophany〔krɪs'tɑfənɪ〕基督復活後之 ⌐顯現

Christophe〔krɪs'tɔf〕 L顯現

Christopher〔'krɪstəfɚ; krɪs'tɑfɚ〕（挪、瑞典）克里斯托弗

Christophero〔krɪ'stɑfəro〕

Christophers〔krɪs'tɑfɚz〕克里斯托弗斯

Christopherson〔krɪ'stɑfəsn̩〕克里斯托 ⌐弗森

Christophorus〔krɪs'tɑfərəs〕 L弗森

Christopoulos〔krɪ'stɔpuləs〕「托普洛斯

Christopulos〔hrɪ'stɔpuləs〕(希)克里斯

Christovão〔krɪʃtu'vauŋ〕(葡)

Christowe〔'krɪsto〕克里斯托

Christus〔'krɪstəs〕

Christy〔'krɪstɪ〕克里斯蒂

Chrobry〔'hrɔbrɪ〕

Chrodegang〔'krɔdəgæŋ〕

Chronica〔'krɑnɪkə〕 「上，或下

Chronicles〔'krɑnɪk‖z〕舊約聖經之歷代志

Chrononhotonthologos〔kro,nɑnhotɑn'θɑləgɑs〕

Chrowder〔'kraudɚ〕克勞德

Chrudim〔'hrudjɪm〕(捷)

Chrypffs〔krɪpfs〕

Chrysalde〔kri'zald〕

Chrysale〔kri'zal〕(法)

Chrysander〔hrju'zandɚ〕(德)

Chrysanthos〔'hrisɑnθɔs〕(希)

Chrysaor〔krɪ'seɑ; 'krɪseɔr; kraɪ'seɔr〕

Chryseis〔kraɪ'siis〕【希臘神話】Homer 所著 Iliad 史詩中之一美麗女郎

Chryses〔'kraɪsiz〕

Chrysippus〔kraɪ'sɪpəs〕

Chrysler〔'klaɪzlɚ〕克里斯勒（Walter Percy, 1875-1940, 美國汽車大王）

Chrysologus〔krɪ'salǝgǝs〕

Chrysoloras〔,krisə'lorǝs〕

Chrysopolis〔krɪ'sapǝlɪs〕

Chrysorrhoas〔krɪ'sɔrǝǝs〕

Chrysostom〔'krɪsǝstǝm; krɪ'sastǝm〕

Chrysostome〔'krɪsǝstom; krizɔ'stom〕(法)

Chrysostomus〔krɪ'sastǝmǝs〕(古希)

Chrysothemis〔krɪ'saθǝmɪs〕

Chryssicopoulos〔krɪsɪ'kopulǝs〕

Chrystal〔'krɪst‖〕

Chrystall〔'krɪst‖〕克里斯托爾

Chryzostom〔hrɪ'zɔstǝm〕(波)

Chrzanów〔'hʃanuf〕(波)

Chrzanowski〔hʃa'nɔfski〕(波)

Chrzciciel〔'hʃtʃitʃɛl〕(波)

Chtchédrine〔'ʃtʃedrjɪn〕

Ch'u〔tʃu〕

Chu〔tʃu〕朱河（俄屬中亞細亞）

Chuana〔'tʃwana〕

Chuanchow〔'tʃwan'dʒo〕泉州（中國）

Chuang-tzu〔'dʒwaŋ 'dzu〕莊子（約公元前四世紀之中國哲學家，本名莊周）

Chubar〔tʃǝ'bar〕

Chubb〔tʃʌb〕查布

Chubut〔tʃu'vut〕(西)

Ch'u-chi, Ch'iu〔'tʃju 'tʃu'dʒi〕(中)

Chu Chia-hua〔'tʃu 'tʃja'hwa〕

Chu-Chin-Chow〔'tʃu·,tʃɪn·'tʃau〕

Chuchow〔'tʃu'dʒo〕(中) 「極海

Chuckchee Sea〔'tʃʌktʃɪ ~〕楚克芝海（北

Chucuito〔tʃu'kwito〕

Chudenitz〔'kudǝnɪts〕

Chudleigh〔'tʃʌdlɪ〕

Chudoff〔'tʃudaf〕

Chudovo〔'tʃudǝvǝ〕

Chudskoe Ozero〔tʃut·skǝjǝ 'ɔzjɪrǝ〕

Chuffey〔'tʃʌfɪ〕 L(蘇)

Chüfou〔'tʃju'fu〕(中)

Chufut-Kale〔tʃu'fut·ka'lɛ〕

Chuguchak〔'tʃu'gu'tʃak〕

Chu Hi〔'dʒu 'ʃi〕(中) 「朝理學家」

Chu Hsi〔'dʒu 'ʃi〕朱熹（1130-1200,中國宋

Chuhsien〔'tʃju'ʃɪen〕(中)

Chujoy〔'tʃudʒɔɪ〕

Chukchi〔'tʃuktʃɪ〕

Chu-Kiang〔'dʒu'dʒɪaŋ〕珠江（廣東）

Chu-ko Liang〔'dʒu'gʌ lɪ'aŋ〕(中)

Chukot〔tʃu'kɔt〕

Chukotskaya Kultbaza〔tʃu'kɔtskəjə ‚kʊljt'bazə〕

Chukotski〔tʃu'kɔt·skɪ〕楚科奇（蘇聯）

Chukotskoe More〔tʃu'tɔk·skəjə 'mɔrjə〕（俄）

Chukovsky〔tʃu'kɔfskɪ〕

Chulalok〔'tʃu'la'lɔk〕

Chulalongkorn〔'tʃu'la'lɔŋ'kɔrn〕

Chula Vista〔'tʃulə 'vɪstə〕

Chulmleigh〔'tʃʌmlɪ〕

Chulucanas〔‚tʃulu'kanas〕

Chulim〔tʃu'lɪm〕

Chulym〔tʃu'lɪm〕楚累姆（蘇聯）

Chumalhari〔‚tʃumǝl'hʌrɪ〕

Chumashan〔'tʃumæʃən〕

Chumbaba〔kʊm'babə〕

Chumbi〔'tʃʊmbɪ〕

Chumphon〔'tʃum'phɔn〕春蓬（泰國）

Ch'un〔tʃun〕

Chuna〔tʃu'na〕

Chunar〔tʃʌ'nar〕（印）

Chunargur〔tʃʌ'nargʌr〕（印）

Chunchon〔'tʃun‚tʃɔn〕春川（韓國）

Chund Bardai〔'tʃʌnd bə'dai〕

Chunder〔'tʃʌndə〕

Chunder Sen〔'tʃɔndrɔ 'sen〕（印）

Chung-ch'iu〔'dʒuŋ'tʃu〕（中）

Chungchow〔'dʒuŋ'dʒo〕（中）

Chung-hsi〔'dʒuŋ'ʃi〕（中）

Chunghsien〔'dʒuŋ'ʃjen〕（中）

Chung-Hua Min-Kuo〔'tʃuŋ'hwa 'mɪn'kwɔ; 'dʒuŋ'hwa 'mɪn'gwɔ〕（中）

Chungking〔'tʃuŋ'kɪŋ; 'tʃuŋ'tʃɪŋ〕重慶（四川）

Chung Shan〔'dʒuŋ'ʃan〕中山（廣東）

Chungshankong〔'dʒuŋ'ʃan'kɔŋ〕（中）

Ch'ung Te〔'tʃuŋ 'dʌ〕（中）

Chung Tiao Shan〔'dʒuŋ 'tjau 'ʃan〕

Chupas〔'tʃupas〕

Chupra〔'tʃʌprə〕

Chupriya〔'tʃuprɪja〕

Chuquet〔ʃju'kɛ〕（法）

Chuquicamata〔‚tʃukika'mata〕

Chuquisaca〔‚tʃuki'saka〕

Chuquito〔tʃu'kito〕

Church〔tʃɝtʃ〕丘奇

Churchdown〔'tʃɝt‚daun〕

Churcher〔'tʃɝtʃə〕丘切

Churchill〔'tʃɝtʃɪl〕邱吉爾（❶ Sir Winston Leonard Spencer, 1874-1965, 英國政治家及作家 ❷ John, 1650-1722, 英國將軍）

Churchman〔'tʃɝtʃmən〕丘奇曼

Churchyard〔'tʃɝtʃəd〕

Churriguera〔tʃuri'gera〕

Churston〔'tʃɝstən〕

Churton〔'tʃɝtn〕丘頓

Churu〔'tʃuru〕

Churubusco〔‚tʃuru'vusko〕（西）

Churwalden〔'kurvaldən〕

Chus〔tʃuz; kuz〕

Chusan〔'tʃu'san; 'dʒo'ʃan（中）〕

Chu Shan〔'tʃu 'ʃan; 'dʒo 'ʃan（中）〕

Chusovaya〔tʃusʌ'vajə〕（俄）

Chust〔hust〕（捷）

Chut〔sjut〕（法）丘特

Chu Teh〔'tʃu'te; 'dʒu 'dʌ（中）〕

Chuter〔'tʃutə〕

Chutia Nagpur〔'tʃutɪə 'nɑgpur〕

Chutterpur〔'tʃʌtəpur〕

Chuuichupa〔‚tʃuwi'tʃupa〕

Chuvash〔'tʃuvæʃ〕

Ch'ü Yüan〔'tʃɪu 'juan〕屈原（343-290 B.C., 中國戰國時代大詩人）

Chu Yüan-chang〔'dʒu 'juan 'dʒaŋ〕朱元璋（1328-1398, 中國明朝開國君主, 卽明太祖）

Chuzzlewit〔'tʃʌzḷwit〕

Chvostek〔'hvɔstɛk〕（德）

Chwana〔'tʃwana〕

Chwang-tse〔'dʒwaŋ·'dzʌ〕（中）

Chwistek〔'kwɪstɛk〕

Chwolson〔'hvɔljsən〕（俄）

Chworowsky〔'hvɔrəvskɪ〕（波）

Chyvaana〔tʃja'vanə〕

Chynoweth〔'tʃainəθ〕

Chyosyon〔'tʃjo'sjɝn〕（韓）

Chypre〔'ʃipə〕（法）

Cialdini〔tʃal'dini〕

Ciales〔'sjalɛs〕

Ciamberi〔'tʃamberi〕

Ciamician〔‚tʃami'tʃan〕

Ciampaglia〔ʃam'paljə〕

Ciampi〔'tʃampi; 'kæmpi〕

Cianca〔'θjanθa〕（西）

Cianfarra〔tʃian'fara〕

Ciano〔'tʃano〕齊亞諾（Count Galeazzo, 1903-1944, 義大利政治家, 法西斯領袖）

Ciano d'Enza〔'tʃano 'dɛntsa〕

Ciardi〔'tʃardɪ〕

Cibalae〔'sɪbəli〕

Cibao〔sɪ'vao〕（拉丁美）

Cibber〔'sɪbə〕西勃（Colley, 1671-1757, 英國劇作家）

Cibert〔'sɪbæt〕

Cibo〔'tʃibo〕

Cibó〔tʃi'bo〕

Cíbola〔'sɪbələ; 'sivolɑ〕（拉丁美）
Cibolo〔'sɪbələ〕
Ciboney〔sibo'ne〕
Cibot〔si'bo〕（法）
Cibrario〔tʃɪ'brɑrjo〕
Cibyra〔'sɪbɪrə〕
Cicacole〔sɪkə'kol〕
Cicely〔'sɪsɪlɪ〕西塞莉
Cicero〔'sɪsə,ro〕西塞羅（Marcus Tullius 106-43 B.C., 羅馬政治家、演說家及作家）
Cicéron〔sise'rɔŋ〕（法）
Cicerone〔tʃɪtʃɛ'rone〕
Cicester〔'sɪsəstə〕
Ciceter〔'sɪsɪtə〕
Cicily〔'sɪsəlɪ〕西西利
Cicogna〔tʃi'konjɑ〕
Cicognani〔,tʃiko'njɑni〕
Cicognara〔,tʃiko'njɑrɑ〕
Cicuique〔siki'ke〕
Cid〔sɪd; θið（西）; sid（法）〕
Cid Campeador, el〔ɛl 'θið ,kɑmpeɑ'ðɔr〕（西）
Cid Hamet Benengeli〔sɪd hɑ'mɛt bɛnɛŋ'geli; θið ɑ'met benɛn'heli〕（西）
Cidiè〔tʃɪ'dje〕
Cidra〔'siðrɑ〕（拉丁美）
Ciechanów〔tʃɛ'hɑnuf〕（波）
Ciechocinek〔tʃɛhɔ'tʃinɛk〕（波）
Cieco〔'tʃeko〕（義）   「丁美）
Ciego de Ávila〔'sjego ðe 'ɑvilɑ〕（拉
Ciénaga〔'sjenɑgɑ〕
Cienfuegos〔θjen'fwegos〕錫恩富韋果斯（古巴）
Cieplice Zdroj〔tʃɛp'litsɛ 'zdruɪ〕
Cierva〔'θjɛrvɑ〕（西）
Cieszyn〔'tʃɛʃɪn〕（波）
Cieza〔'θjeθɑ（西）; 'sjesɑ（拉丁美）〕
Cieza de León〔'θjeθɑ ðe le'ɔn〕（西）
Cifuentes〔sɪ'fwentɛs; -'wentəs〕
Cignani〔tʃi'njɑni〕
Cignaroli〔,tʃinjɑ'rɔlɪ〕
Cigoli〔'tʃigoli〕
Cigua〔'sigwɑ〕
Ciguay〔θi'gwaɪ〕（西）
Cihuacoatl〔,siwɑko'ɑtl〕
Cikovsky〔tʃɪ'kɑfskɪ〕
Cilan〔sɪ'læŋ〕（葡）
Ciléa〔tʃi'leɑ〕
Cilian〔'kɪlɪən〕
Cilicia〔saɪ'lɪʃɪə; sɪ'lɪʃɪə; saɪ'lɪʃjə; saɪ'lɪsɪə〕

Cill-Áirne〔kɪl·'ɔɪrnə〕（愛）
Cill Chainnigh〔kɪl 'hɛnɪh〕（愛）
Cill Dara〔kɪl 'dɑrə〕
Cill Mantán〔kɪl mən'tɔn〕（愛）
Cill Ruis〔kɪl 'ruɪʃ〕（愛）
Cilnius〔'sɪlnɪəs〕
Cilombo-coñoma〔sɪ'lɑmbo·ko'njomɑ〕
Cima〔'tʃimɑ〕
Cimabue〔,tʃimə'buɪ〕奇瑪布伊（Giovanni, 約自 1240 至 1302, 義大利畫家）
Cimarosa〔,tʃimɑ'rozɑ〕
Cimarron〔'sɪmə,rɑn〕西馬隆河（美國）
Cimarrones〔simɑ'rones〕
Cimber〔'sɪmbə〕
Cimbri〔'sɪmbrɪ〕
Cimbrian〔'sɪmbrɪən〕
Cimbric〔'sɪmbrɪk〕
Cimbrica〔'sɪmbrɪkə〕
Cimiez〔si'mjɛz〕（法）
Cimini〔'tʃimɪnɪ〕
Ciminian〔sɪ'mɪnɪən〕
Cimitero〔tʃɪmɪ'tero〕
Cimmeria〔sɪ'mɪrɪə〕
Cimmerian Bosporus〔sɪ'mɪrɪən 'bɑspərəs〕
Cimmerians〔sɪ'mɪrɪənz〕
Cimolus〔sɪ'moləs〕
Cimon〔'saɪmən〕
Cimone, Monte〔,mɔntɪ tʃɪ'monɪ〕新孟那山（義大利）
Cinaloa〔,sinɑ'luɑ〕
Cinamus〔'sɪnəməs〕
Cinaruco〔,sinɑ'ruko〕
Cinaruquito〔,sinɑru'kito〕
Cinca〔'θiŋkɑ〕（西）   「（塞克）
Cincar-Marković〔'tʃinkɑr·'mɑrkɔvɪtʃ〕
Cincinnati〔,sɪnsə'nætɪ〕辛辛那提（美國）
Cincinnatus〔,sɪnsɪ'netəs〕辛西內塔斯（Lucius Quinctius, 紀元前五世紀之羅馬將軍及
Cincius〔'sɪnʃɪəs〕   L政治家）
Cinco de Mayo〔'siŋko de 'majo〕（拉丁
Cincus〔'sɪŋkəs〕   L美）
Cinderella〔,sɪdə'rɛlə〕灰姑娘（"仙履奇緣"中女孩名）
Cineas〔'sɪnɪəs〕
Ciné-Kodak〔'sɪnɪ·'kodæk〕
Cinerama〔,sɪnə'ræmə〕【電影】超視綜合體
Cineraria〔,sɪnə'rɛrɪə〕
Cingalese〔,sɪŋgə'liz〕錫蘭人、錫蘭語
Cingoli〔'tʃiŋgoli〕   「（義）
Cingolo〔'tʃiŋgolo〕
Cinisello Balsamo〔tʃɪnɪ'zɛlo 'bɑlsamo〕

Cinkota〔'tsɪŋkota〕(匈)

Cinna〔'sɪnə〕

Cinnaminson〔,sɪnə'mɪnsn̩〕

Cinnamon〔'sɪnəmən〕

Cinnamus〔'sɪnəməs〕

Cinna Val Dritta〔'tʃinna val 'dritta〕
(義)

Cino〔'tʃino〕   〔(義)

Cino da Pistoia〔'tʃino da pis'toja〕

Cinq-Mars〔sæŋ·'mar〕(法)

Cinque〔sɪŋk〕

Cinque Ports〔'sɪŋk 'pɔrts〕

Cintalapa〔,sinta'lapa〕

Cinteotl〔,sinte'otl̩〕

Cinthie〔sæŋ'ti〕

Cint(h)io〔'tʃintjo〕

Cinti〔sæŋ'ti〕(法)

Cinto〔'tʃinto〕欽多山(歐洲)

Cintra〔'sintra〕

Cintron〔'sintron〕

Cinzano〔tʃin'zano〕

Cinzio〔'tʃintsjo〕

Ciocchi〔'tʃɔkkɪ〕(義)

Ciolek〔'tʃɔlɛk〕

Cione〔'tʃonɛ〕

Ciovo〔'tʃiɔvɔ〕(塞克)

Cipa〔'sipa〕

Cipango〔sɪ'pæŋgo〕

Cipangu〔sɪ'pæŋgu〕

Cipeta〔tʃi'peta〕

Cipollaro〔,sipə'laro〕

Cipriani〔,sɪprɪ'ani; ,tʃip-〕(義)

Cipriano〔,tʃiprɪ'ano(義); ,θiprɪ'ano
(西)〕

Cipro〔'tʃipro〕

Circars〔sɚ'karz; 'sɚkarz〕

Circassia〔sɚ'kæsɪə〕

Circassians〔sɚ'kæʃɪəns; sɚ'kæsjənz;
-ʃənz〕

Circassienne〔sirka'sjɛn〕(法)

Circe〔'sɚsɪ; -si〕【希臘神話】荷馬 Homer,
之"奧德賽"Odssey 中,使人變成猪之女巫

Circeii〔sɚ'siaɪ〕

Circaeum Promontorium〔sɚ'siəm
,prɑmən'tɔrɪəm〕

Circello〔tʃir'tʃello〕(義)

Circeo〔tʃir'tʃeo〕(義)

Circinus〔'sɚsɪnəs〕

Circle〔'sɚkl̩〕塞克爾(美國)

Circleville〔'sɚklɪvɪl〕

Circular Head〔'sɚkjulə ~〕

Circumcellions〔,sɚkəm'seljənz〕

Circus Maximus〔'sɚkəs 'mæksəməs〕
古羅馬之巨大圓形競技場

Circus Maxentius〔'sɚkəs mæk'sɛnʃəs〕

Cirenaica〔tʃire'naika〕

Cirencester〔'saɪrənsɛstə〕

Cirene〔tʃi'rene〕

Cirera〔θɪ'rera〕(西)

Cires〔'θires〕(西)

Ciresi〔sɪ'risi〕

Cirey〔si're〕

Ciriaco〔tʃɪ'riako〕

Ciriacus〔sɪ'raɪəkəs〕

Ciriax〔'sɪrɪæks〕

Ciriè〔tʃi'rjɛ〕

Cirilo〔θɪ'rilo〕(西)

Ciro〔'tʃiro(義); 'θiro(西)〕西羅

Čirpan〔tʃɪr'pan〕(保)   〔(法)

Cirque de Gavarnie〔'sirk də gavar'ni〕

Cirque (Mountain)〔sɚk〕

Cirquenizza〔tʃɪr'kwɛnittsa〕(義)

Cirrha〔'sɪrə〕

Cirta〔'sɚtə〕

Cis〔sɪs〕

Cisa, La〔la 'tʃiza〕

Cisalpine〔sɪ'sælpaɪn〕

Cisalpine Gaul〔sɪ'sælpaɪn 'gɔl〕

Ciscaucasia〔,sɪskɔ'keɜə〕內高加索(蘇聯)

Cisco〔'sɪsko〕

Cis-Jurane〔sɪs·'dʒuren〕

Cisleithania〔,sɪslaɪ'θenjə〕

Cisler〔'sɪslə〕

Cismon, Val〔val tʃiz'mon〕

Cisneros〔θis'neros(西); siz'neros(拉丁
美)〕

Cispadana〔,sɪspə'denə〕

Cispadane Gaul〔'sɪspə,den gɔl〕波河南
方的高盧人

Cissae Castrum〔'sɪsi 'kæstrəm〕

Cissey〔si'se〕

Cissie〔'sɪsi〕

Cis-Sutlej〔sɪs·'sʌtlɛdʒ〕

Cissy〔'sɪsi〕

Cist〔tʃist〕

Cistercian〔sɪs'tɚʃɪən〕Cistercian Order
之修道僧

Cistercium〔sɪs'tɚʃɪəm〕

Cisterna〔tʃis'tɛrna〕(義)

Cisternay, de〔də sɪ·stɚ'ne〕(法)

Cisternino〔tʃistɛr'nino〕(義)

Cist Ficoroni〔tʃist fiko'roni〕

Citadel〔'sɪtədl̩〕

Citata〔tʃi'tata〕

Cîteaux〔si'to〕(法)

Citerior〔si'tiriə〕

Citeriore〔tʃiteri'ore〕

Cithaeron〔si'θiərən〕

Citharista〔,siθə'ristə〕

Citium〔'siʃiəm〕

Citlahuatzin〔si,tlawa'tsin〕

Citlaltépetl〔,sitlal'tepetl〕

Citrine〔'sitrin〕【礦】黃水晶

Citroën〔'sitroən; 'sitroin; sitrɔ'ɛn (法)〕

Citron〔'sitron〕【植物】香櫞、香櫞樹

Citronelle〔,sitro'nel〕

Citrus〔'sitrəs〕柑橘屬之植物(橘樹、柑樹、檸檬樹、柚樹)

Cittadella〔,tʃitta'dɛlla〕(義)

Città della Pieve〔tʃit'ta ,dɛlla 'pjeve〕(義)

Città del Vaticano〔tʃit'ta dɛl vati'kano〕(義)

Citta di Castello〔tʃit'ta di ka'stɛllo〕(義)

Cittanova〔,tʃitta'nɔva〕(義)

Cittavecchia〔tʃitta'vɛkkja〕(義)

City, the〔'siti〕倫敦商業區

Ciudad Trujillo〔sju'ðað tru'hijo〕眞理城(多明尼加)

Ciudadela〔,θjuða'ðela〕(西)

Ciurlionis〔tʃur'ljɔnis〕(波)

Civiale〔si'vjal〕(法)

Cividale del Friuli〔tʃivi'dalɛ dɛl fri'uli〕

Civilis〔si'vailis〕

Civilistas〔sivi'listas〕

Civita, Levi-〔'levi·'tʃivita〕

Civita Castellana〔'tʃivita ,kastɛl-'lana〕(義)

Civitali〔,tʃivi'tali〕

Civitanova Marche〔,tʃivita'nɔva 'marke〕

Civitas〔'sivitæs〕　　　「基亞(義大利)

Civitavecchia〔tʃivita'vɛkkja〕契維塔維椎

Civitella〔tʃivi'tɛlla〕

Civitella-Cesi〔tʃivi'tɛlla·'tʃezi〕(義)

Civrac〔si'vrak〕

Civula〔tʃi'vula〕

Ciyaka〔tʃi'jaka〕

Cizos〔si'zo〕(法)

Cizre〔dʒiz'rɛ〕(土)

Claasz〔klas〕

Clabaugh〔'klebɔ〕克萊博

Clackamas〔'klækəməs〕

Clackmannan〔klæk'mænən〕

Clackmannanshire〔klæk'mænən,ʃir〕克拉克曼南郡(蘇格蘭)

Clacton〔'klæktən〕

Cladel〔kla'del〕(法)

Claes〔klaz(法); klas(荷)〕

Claesz〔klas〕(荷)

Claff〔klæf〕克拉夫

Claflin〔'klæflin〕克拉夫林

Claggett〔'klægit〕克拉格特

Clague〔kleg〕克萊格

Claiborn(e)〔'klebən〕克萊本

Claibornian〔kle'bɔrniən〕

Clair〔klɛr〕(法)克萊爾

Clairault〔klɛ'ro〕(法)

Clairaut〔klɛ'ro〕(法)

Clairemont〔'klɛrmant〕

Clairfayt〔klɛr'fɛ〕(法)

Clancarty〔'klænkɑrti〕

Clairmont〔'klɛrmant〕

Clairol〔'klɛrɔl〕

Clairon〔klɛ'rɔn〕(法)

Clairton〔'klɛrtṇ〕

Clairvaux〔klɛr'vo〕(法)

Clairville〔klɛr'vil〕(法)

Claisen〔'klaizən〕

Clajus〔'klajus〕

Clallam〔'klæləm〕

Clamart〔kla'mar〕(法)

Clamecy〔klam'si〕

Clam-Gallas〔,klam·'galas〕

Clam-Martinic〔,klam·'martinits〕

Clam-Martinitz〔,klam·'martinits〕

Clana〔'klana〕

Clanconnell〔klæn'kɔnḷ〕

Clancy〔'klænsi〕克蘭西

Clandeboye〔'klændə,bɔi〕

Claneboye〔'klæni,bɔi〕

Clanfield〔'klænfild〕

Clanmaurice〔klæn'mɑris〕

Clanis〔'klænis〕

Clanmorris〔klæn'mɑris〕

Clanricarde〔klæn'rikəd; 'klænrikəd〕

Clanton〔'klæntən〕克蘭頓

Clap〔klæp〕

Claparède〔klapa'red〕(法)

Clapesattle〔'klepsætḷ〕

Clapham〔'klæpəm〕

Clapiers〔kla'pje〕(法)

Clapisson〔klapi'sɔṇ〕(法)

Clapp〔klæp〕

Clapper〔'klæpə〕

Clapperton〔'klæpətən〕克拉珀頓
Clapton〔'klæptən〕克拉普頓
Clara〔'klærə; klɑ'rɑ(法、德、義、西)〕
克拉拉
Clarabella〔,klærə'belə〕
Clarabut〔'klærəbʌt〕
Clarac〔klɑ'rak〕(法)
Claramunt〔,klɑrɑ'munt〕
Clarascum〔klə'ræskəm〕
Clärchen〔'klɛrhən〕(德)
Clarel〔'klærəl〕
Clare〔klɛr〕克雷(愛爾蘭)
Claremont〔'klɛrmɑnt〕
Claremore〔'klɛrmɔr〕
Clarence〔'klærəns〕克拉倫斯
Clarene(i)eux〔'klærənsu〕
Clarendon〔'klærəndən〕
Clarens〔klɑ'rɑŋs〕(法)
Claret〔klɑ're(法); klɑ'rɛt(西)〕
Clarétie〔klɑre'ti〕(法)
Clarey〔'klɛrɪ〕
Clarges〔'klɑrdʒɪz〕
Clari〔'klɑrɪ; klɑ'ri(法)〕
Claribel〔'klærə,bɛl〕克拉蓉貝爾
Clarice〔'klærɪs; klɑ'ris(法); klɑ-
'ritʃe(義)〕克拉蕾斯
Clariden〔klɑ'ridən〕
Claridenstock〔klɑ'ridənʃtɔk〕
Claridge〔'klærɪdʒ〕
Claridoro〔,klærɪ'doro〕
Clarín〔klɑ'rin〕
Clarin〔'klærɪn〕克拉賴娜
Clarina〔klɑ'rainə〕
Clarinda〔klə'rɪndə〕克拉琳達
Claringbull〔'klærɪŋbul〕
Clarington〔'klærɪŋtən〕
Clarion〔'klærɪən〕
Claris〔klɑ'ris〕(法)
Clarissa〔klə'rɪsə〕克拉麗莎
Clarisses, Les〔le klɑ'ris〕(法)
Clarissines〔'klærɪsinz〕
Clarium〔'klɛrɪəm〕
Clark〔klɑrk〕克拉克(❶ Champ, 1850-1921,
美國政治家 ❷ Mark Wayne, 1896-1984, 美國將軍)
Clarke〔klɑrk〕克拉克
Clarke-Jervoise〔'klɑrk·'dʒɜvɪs〕
Clarkesville〔'klɑrksvɪl〕
Clarke-Whitfield〔'klɑrk·'wɪtfild;
-'hwɪt-〕
Clarksburg〔'klɑrksbəg〕
Clarksdale〔'klɑrksdel〕
Clarkson〔'klɑrksn̩〕克拉克森

Clarkston〔'klɑrkstən〕
Clarksville〔'klɑrksvɪl〕
Claros〔'klɛrɑs〕
Clary〔'klɛrɪ〕克拉里
Clas〔klɑs〕克拉斯
Clasen〔'klæsn̩〕克拉森
Classen〔'klæsn̩〕
Classis〔'klæsɪs〕
Classon〔'klɑsɔn〕
Clattenburg〔'klætənbəg〕
Clatsop〔'klæt·səp〕
Clatworthy〔'klætwɜðɪ〕
Clau〔klɑu〕
Clauberg〔'klɑuberk〕(德)
Claud〔klɔd〕克勞德
Clauda〔'klɔdə〕
Claude〔klɔd; klod(法)〕克勞德
Claudel〔klo'dɛl〕克勞德爾(Paul Louis
Charles, 1868-1955, 法國外交家、詩人、戲劇家)
Claudet〔klo'dɛ〕
Claudette〔klɔ'dɛt〕克勞德特
Claudia〔'klɔdjə〕克勞迪亞
Claudian〔'klɔdjən〕
Claudianus〔,klɔdɪ'enəs〕
Claudin〔klo'dæŋ〕(法)
Claudine〔klɔ'din〕克勞丁 「(西)〕
Claudio〔'klɔdɪ,o; 'klɔdjo; 'klɑuðjo
Cláudio〔'klɑuðju〕(葡)
Claudiopolis〔,klɔdɪ'apəlis〕
Claudius I〔'klɔdɪəs〕克勞第阿斯一世
(10 B.C.-54 A.D. 羅馬皇帝)
Claughton〔'klɔtn̩〕克勞頓
Claus〔klɔz; klɑus(德)〕克勞斯
Clausel〔klo'zɛl〕
Clausen〔'klosən; 'klɑusən(丹)〕克勞森
Clausenburg〔'klɑuzənburk〕(德)
Clausentum〔klɔ'sɛntəm〕
Clauser〔'klɔzə〕克勞惹
Clausewitz〔'klɑuzəvits〕克勞塞維茲(Karl
Von, 1780-1831, 德國軍事家及兵法著述作家)
Clausius〔'klɑuzɪus〕
Clauson〔'klɔzn̩〕克勞森
Claussen〔'klɑusən〕克勞森
Claussön〔'klɑusən〕
Clauss-Szárvady〔'klɑus·'sɑrvɑdɪ〕(捷)
Clausthal〔'klɑustɑl〕
Clauve〔klɔv〕
Clauzel〔klo'zɛl〕
Clavan〔'klevən〕克拉文
Cläven〔'klefən〕(德)
Clavenna〔klə'venə〕
Claver〔klɑ'ver〕(西)克拉弗

Claverack〔'klævəræk〕

Claveret〔kla'vrɛ〕(法) 「拉弗豪斯

Claverhouse〔'klevəhaʊs; 'klævəz〕克

Clavering〔'klævərɪŋ〕克拉弗林

Clavers〔'klævəz〕

Clavière〔kla'vjer〕(法)

Clavigero〔,klavɪ'hero〕(西)

Clavigo〔kla'vigo〕

Clavijero〔,klavɪ'hero〕(西)

Clavijo〔kla'viho〕(西)

Clavijo y Fajardo〔kla'viho ɪ fa'harðo〕(西)

Clavileño〔,klavi'lenjo〕

Clavius〔,klavɪus〕(德)

Clawson〔'klɔsn̩〕克勞森

Claxton〔'klækstən〕克拉克斯頓

Clay〔kle〕克雷(Henry, 1777-1852, 美國政治家及演說家)

Clayborn(e)〔'klebən〕

Clayden〔'kledən〕

Claye〔kle〕克萊

Clayhanger〔'klehæŋə〕

Claypole〔'klepol〕

Claypool〔'klepul〕克萊普爾

Claypoole〔'klepul〕

Clays〔'klaɪs〕

Clayson〔'klesn̩〕

Clayton〔'kletn̩〕克萊頓

Clayton le Moors〔'kletn̩ lə 'mʊrz〕

Clazomenae〔klə'zaməni〕

Cleander〔klɪ'ændə〕克林德

Cléante〔kle'ɑnt〕(法)

Cleanthe〔klɪ'ænθi〕

Cleanthes〔klɪ'ænθiz〕克里安塞(紀元前三世紀希臘斯多亞學派哲學家)

Cleanthis〔klɪ'ænθɪs〕

Clear〔klɪr〕克利爾

Clearchus〔klɪr'akəs〕

Clearfield〔'klɪrfild〕克利亞菲爾特(美國)

Clearwater〔'klɪr,wɔtə〕

Cleary〔'klɪrɪ〕克利里

Cleather〔'klɛðə〕克萊瑟

Cleator〔'klitə〕

Cleaveland〔'klivlənd〕

Cleaver〔'klivə〕

Cleaves〔klivz〕

Cleavinger〔'klivɪŋə〕克利文格

Cleborne〔'klibən〕

Clebsch〔klepʃ〕

Cleburne〔'klibən〕

Clee〔kli〕克利

Cleef〔klef〕

Cle Elum〔kli 'ɛləm〕

Cleere〔klɪr〕克利里

Cleethorpe〔'kliθɔrp〕

Cleethorpes〔'kliθɔrps〕

Cleeton〔'klitən〕克利頓

Cleeve〔'kliv〕克利夫

Clegg〔kleg〕克萊格

Cleghorn〔'kleghɔrn〕克萊格霍恩

Cleinow〔'klaɪno〕

Cleishbotham〔'kliʃbaðəm〕

Cleisthenes〔'klaɪsθɪniz〕

Cleitarchus〔klaɪ'tɑrkəs〕

Cleitomachus〔klaɪ'taməkəs〕

Cleitus〔'klaɪtəs〕

Cleiveland〔'klivlənd〕

Cleland〔'klɛlənd〕

Clélie〔kle'li〕

Clémanges〔kle'manʒ〕

Clémangis〔klemaŋ'ʒis〕

Clematis〔'klɛmətɪs〕

Clemence〔'klɛməns〕克萊門斯

Clémence d'Auguste〔kle'maŋs do'gjust〕(法)

Clemenceau〔,klɛmən'so〕克里孟梭(Georges, 1841-1929, 法國政治家)

Clemency〔'klɛmənsɪ〕

Clemenger〔'klɛməndʒə〕

Clémengis〔klemaŋ'ʒis〕

Clemens〔'klɛmənz〕克里門斯(Samuel Langhorne, 1835-1910, 筆名 Mark Twain, 美國幽默作家)

Clemens non Papa〔'klɛmɛnz nɑn 'pepə〕

Clement VII〔'klɛmənt〕克里門七世(原名 Giulio de' Medici, 1478-1534, 羅馬教皇)

Clément〔kle'maŋ〕(法)

Clemente〔kle'mente(西); kle'mɛntɛ(義)〕

Clémentel〔klemaŋ'tel〕(法)

Clementi〔klɪ'mɛntɪ〕克萊門蒂

Clementianus〔klimɛnʃɪ'enəs〕

Clementina〔,klɛmən'tinə; ,klemən-'tinɑ〕克萊門蒂娜

Clementine〔'klɛməntaɪn〕克萊門坦

Clémentine〔klemaŋ'tin〕(法)

Clementis〔kle'mɛntis〕

Clementon〔'klɛməntən〕

Clements〔'klɛmənts〕克萊門茨

Clemenza di Tito, La〔lɑ kle'mɛntsɑ di 'tito〕

Cleminshaw〔'klɛmɪnʃɔ〕克萊明肖

Clemitson〔'klɛmɪt·sn̩〕

Clemmer〔'klɛmə〕克萊默

Clemmie〔'klɛmɪ〕
Clemo〔'klimo〕
Clemons〔'klɛmənz〕
Clemson〔'klɛmsṇ〕
Clendenin〔klɛn'dɛnɪn〕
Clendening〔klɛn'dɛnɪŋ〕克倫德尼
Clennam〔'klɛnəm〕
Clennell〔'klɛnɪl〕克倫內爾
Cleo〔'klio〕克利奧
Cleobis〔'kliəbɪs〕
Cleobulus〔,kliə'bjuləs〕
Cleobury〔'klɪbərɪ〕
Cleofas〔'kliəfəs〕
Cleofás〔,kleo'fas〕
Cleofonte〔,kleo'fonte〕
Cléomadès〔kleɔma'des〕(法)
Cleombrotus〔klɪ'ambrətəs〕
Cleomedes〔kliə'midiz〕
Cleomenes Ⅲ〔kli'ama,niz〕克里阿米尼
　茲三世 (斯巴達國王)
Cleon〔'klian〕
Cleonae〔klɪ'oni〕
Cléonte〔kle'ɔŋt〕(法)
Cleopas〔'kliəpəs〕
Cleopatra〔,kliə'pætrə〕克利歐佩特拉
　(69-30 B.C.，古埃及最後女王)
Cléopâtre〔kleɔ'patɚ〕(法)
Cleopes〔'kliəpiz〕
Cléophas〔'kliofæs; kleɔ'fas(法)〕
Cleophon〔'kliəfan〕
Cleopolis〔kli'apəlɪs〕
Cleostratus〔klɪ'astrətəs〕
Clepper〔'klɛpɚ〕克萊珀
Clerc〔klɛr〕
Clérel〔kle'rɛl〕
Clerfayt〔klɛr'fɛ〕(法)
Clerget〔klɛr'ʒɛ〕(法)
Clericis Laicos〔'klɛrɪsɪs 'leɪkas〕
Clericus〔'klɛrɪkəs〕
Clérigo, El〔ɛl 'klerɪgo〕
Clerihew〔'klɛrɪhju〕克萊里休
Clerimond〔'klɛrɪmand〕
Clerimont〔'klɛrɪmant〕
Clerk〔klark〕
Clerke〔klark〕克拉克
Clerkenwell〔'klarkənwɛl〕
Clerk-Maxwell〔'klark·'mækswəl;
　'klark·'mækswɛl〕
Clermont〔'klɛrmant; 'klɛrmənt;
　'klɛmant; klɛr'mɔŋ(法)〕
Clermont-de-l'Oise〔klɛr'mɔŋ·də·-
　'lwaz〕(法)

Clermont-Ferrand〔klɛr'mɔŋ·fɛ'raŋ〕
　克勒芒斐蘭(法國)
Clermont-Ganneau〔klɛr'mɔŋ ga'no〕(法)
Clermont-l'Herault〔klɛr'mɔŋ·le'ro〕(法)
Clermont-Tonnerre〔klɛr'mɔŋ tɔ'nɛr〕
Cléron〔kle'rɔŋ〕 L(法)
Clervaux〔'klɛrvo〕
Clery〔'klɪrɪ〕
Cléry〔kle'ri〕
Clésinger〔klezæŋ'ʒɛr〕(法)
Cleto〔'kleto〕
Cletus〔'klitəs〕
Cleuch, Ben〔bɛn 'kluh〕(蘇)
Cleugh〔klu〕
Cleva〔'klivə; 'klevə(德)〕
Cleve〔'klevə〕克利夫
Clevedon〔'klivdən〕
Cleveland〔'klivlənd〕❶克里夫蘭(Stephen)
　Grover, 1837-1908, 美國第22任及24任總統
　❷克利夫蘭(美國)
Clevenger〔'klɛvɪndʒɚ〕克萊文杰
Cleverdon〔'klɛvədən〕克萊弗登
Cleveringa〔'klevərɪŋə〕
Cleverly〔'klɛvəlɪ〕克萊弗利
Cleves〔'klivz〕克利夫斯
Clèves〔klɛv〕(法)
Clew〔klu〕
Clewes〔kluz〕
Cleworth〔'kluəθ〕
Clews〔kluz〕
Clexton〔'klɛkstən〕克萊克斯頓
Clibborn〔'klɪbɔrn〕
Cliburn〔'klaɪbən〕克萊本
Clichy〔kli'ʃi〕
Clichy-la-Garenne〔kli'ʃi·la·ga'rɛn〕
　(法)
Clicquot〔kli'ko〕(法)
Clifcorn〔'klɪfkɔrn〕
Clifden〔'klɪfdən〕
Cliff(e)〔klɪf〕克利夫
Clifford〔'klɪfəd〕柯利弗德
Cliffside〔'klɪf,saɪd〕
Clift〔klɪft〕克利夫特
Clifton〔'klɪftən〕克利夫頓(美國)
Clim〔klɪm〕
Climax〔'klaɪmæks〕
Clinch〔klɪntʃ〕
Clinchamp〔klæŋ'ʃaŋ〕(法)
Clinchco〔'klɪntʃko〕
Clincher〔'klɪntʃɚ〕
Clinchy〔'klɪntʃi〕
Cline〔klaɪn〕克萊因

Cline dinst〔'klaɪndɪnst〕

Clingmans Dome〔'klɪŋmənz〕克林曼山

Clinias〔'klɪnɪəs〕 L（美國）

Clink〔klɪŋk〕

Clinker〔'klɪŋkə〕

Clint〔klɪnt〕

Clinton〔'klɪntn̩〕克林頓（❶ De Witt, 1769-1828, 美國政治家 ❷ George, 1739-1812, 美國政治家, 於 1805-12 任副總統）

Clinton-Colden〔'klɪntən·'koldən〕

Clintonville〔'klɪntənvɪl〕

Clintwood〔'klɪntwʊd〕

Clio〔'klaɪo〕【希臘神話】司史詩及歷史之女神

Cliodna〔'klinə〕（愛）

Clipp〔klɪp〕

Clipperton〔'klɪpətən〕克列珀頓（太平洋）

Clippinger〔'klɪpɪŋgə〕克利平格

Clippiacum〔klɪ'paɪəkəm〕

Clipston〔'klɪpstən〕克利普斯頓

Cliquot〔klɪ'ko〕

Clise〔klaɪs〕克萊斯

Clissa〔'klɪssɑ〕（義）

Clissitt〔'klɪsɪt〕克利西特

Clissold〔'klɪsəld〕克利索爾德

Clisson〔kli'sɔn〕（法）

Clisthenes〔'klɪsθɪniz〕

Clitandre〔kli'tɑndə〕（法）

Clitharchus〔klaɪ'tɑrkəs〕

Clitheroe〔'klɪðəro〕

Clitomachus〔klaɪ'tɑməkəs〕

Cliton〔kli'tɔn〕（法）

Clitor〔'klaɪtə〕

Clitumnus〔klaɪ'tʌmnəs〕

Clitunno〔kli'tunno〕（義）

Clitus〔'klaɪtəs〕 〔英國將軍〕

Clive〔klaɪv〕克萊夫（Robert, 1725-1774,

Cliveden〔'klɪvdən〕

Cloaca Maxima〔klo'ekə 'mæksɪmə〕

Cloak(e)〔klok〕克洛克

Cloan〔klon〕

Cloatcs〔klots〕

Cloche〔klɔʃ〕

Clock〔klɑk〕【天文】時鐘星座（Horologium）

Clodd〔klɑd〕

Clodian Way〔'klodɪən〕

Clodion〔klɔ'djɔn〕（法）

Clodius〔'klodɪəs〕

Clodoald〔'klodoæld; 'klodoalt（德）〕

Clodpate〔'klɑd,pet〕

Clodt-Jurgensburg〔'klɔt 'jʊrgəns-burk〕（德）

Clodvald〔'klɔdvald〕

Cloe〔'kloɪ〕克洛

Cloelia〔'klilɪə〕

Cloete〔klo'itɪ〕克洛蒂

Cloetta〔klo'ɛtɑ〕

Clofes hō〔hoo〕〔'kloves ho; 'kloves ho（古英）〕

Clofesho〔'klovəsho〕

Clogher〔'klɑhə〕（愛）

Cloizeaux, Des〔de klwɑ'zo〕（法）

Cloke〔klok〕克洛克

Clonakilty〔,klɑnə'kɪltɪ〕

Claonard〔'klɑnəd〕

Clonbrock〔klɑn'brɑk〕

Cloncurry〔klɑn'kʌrɪ〕克郎克里（澳洲）

Cloney〔'klonɪ〕

Clonfert〔'klɑnfət〕

Clonmacnoise〔,klɑnmək'nɪsɪz〕

Cloomber〔'klumbə〕

Clonmel〔klɑn'mɛl〕克郎梅爾（愛爾蘭）

Clonmell〔klɑn'mel〕

Clonmore〔klɑn'mɔr〕

Clontarf〔klɑn'tɑrf〕

Clooney〔'klunɪ〕

Cloos〔klos〕

Clootie〔'klutɪ〕

Cloots〔klots〕

Clootz〔klots〕

Clopinel〔klɔpi'nel〕

Cloppenburg〔'klɑpənburk〕（德）

Clopton〔'klɑptən〕克洛普頓

Cloquet〔klo'ke〕

Clore〔klɔr〕

Cloridano〔,klori'dano〕

Clorin〔'klarɪn〕

Clorinda〔klo'rɪndɑ〕

Clorinne〔klɔ'rin〕

Cloris〔'klorɪs〕

Close〔kloz〕

Closs(e)〔klɔs〕克洛斯

Closter〔'klɑstə〕

Closterman〔'klɔstəmən〕

Closter-Seven〔'klɑstə·'sɛvən〕

Closter-Zeven〔'klɑstə·'zevən; 'klɑs-tə·'tsefən（德）〕

Clot〔klo〕

Clotaire〔klo'tɛr; klɔ'tɛr（法）〕

Cloten〔'klotn̩〕

Clothair〔klo'θɛr〕

Clothaire〔klo'θɛr〕

Cloten〔'klotən〕

Clotharius〔klo'θɛrɪəs〕

Clothier〔'kloðɪə〕

Clothilda〔klo'tɪldə〕

Clotho〔'kloθo〕【希臘神話】司命運三女神之一

Clotilda〔klo'tɪldə〕

Clotilde〔klɔ'tild〔法〕; klo'tildɛ〔義〕〕

Cloud〔klu〕〔法〕

Cloudcap〔'klaud,kæp〕

Cloud Cuckoo Land〔'klaud 'kuku
lænd〕脫離現實的境界

Cloudeslee〔'klaudzlɪ〕

Cloudesley〔'klaudzlɪ〕克勞茲利

Cloudeslie〔'klaudzlɪ〕

Cloudman〔'klaudmən〕

Cloud Peak〔klaud ～〕雲峯〔美國〕

Cloudveil〔'klaudvel〕

Cloudy Bay〔'klaudɪ〕

Clouet〔klu'ɛ〕

Clough〔klʌf〕克勒夫〔Arthur Hugh,
1819-1861, 英國詩人〕

Clouse〔klauz〕克勞斯

Clouston〔'klustən〕

Cloutman〔'klautmən〕克勞特曼

Cloux〔klu〕

Clouzot〔klu'zo〕〔法〕

Clove〔klov〕

Clovelly〔klo'vɛlɪ〕

Clover〔'klovə〕

Clovio〔'klovjo〕

Clovis I〔'klovɪs〕克洛維一世〔466?-
511, 於 481-511 爲法蘭克國王〕

Clow〔klo〕克洛

Clowder〔'klaudə〕

Clowdisley〔'klaudzlɪ〕克洛迪斯利

Clowes〔klauz; kluz〕克洛斯

Cloyd〔klɔɪd〕克洛伊德

Cloyne〔klɔɪn〕克洛因

Cluain Meala〔klɔɪn 'mælə〕〔愛〕

Clubb〔klʌb〕克拉布

Cluer〔'kluə〕

Cluett〔'kluɛt〕

Cluff〔klʌf〕克拉夫

Clugny〔kljʊ'nji〕〔法〕

Cluilia〔klu'ɪlɪə〕

Cluj〔kluʒ〕克路冶〔羅馬尼亞〕

Clumsy〔'klʌmzɪ〕

Clunch〔klʌntʃ〕

Clunes〔'klunz〕

Cluniac〔'klunɪ,æk〕

Clunie〔'klunɪ〕克路尼

Cluny〔'klunɪ; kljʊ'ni〔法〕〕克路爾

Clurman〔'klɜmən〕克勒曼

Cluse〔kluz〕克路斯

Cluseret〔kljʊz'rɛ〕〔法〕

Cluses〔kljuz〕〔法〕

Clusius〔'kluʒɪəs〕

Clute〔klut〕克路特

Clutha〔'kluθə〕

Clutterbuck〔'klʌtəbʌk〕克拉特巴克

Clutton〔'klʌtn〕克拉頓

Clutton-Brock〔'klʌtn̩·'brɑk〕

Cluver〔'kluvə〕

Clüver〔'kljuvə〕〔德〕

Cluverius〔klu'vɪrɪəs〕克路維里厄斯

Cluxton〔'klʌkstən〕克拉克斯頓

Clwyd〔'kluɪd〕克魯依德〔威爾斯〕

Clyde〔klaɪd〕克萊德

Clyde Gliffiiths〔'klaɪd 'grɪfɪθs〕

Clydebank〔'klaɪdbæŋk〕

Clydesdale〔'klaɪdz,del〕一種健壯之駛馬
〔原產於蘇格蘭〕

Clym〔klɪm〕

Clymene〔'klɪmɪnɪ〕

Clymer〔'klaɪmə〕克萊默

Clyne〔klaɪn〕克萊因

Clynes〔klaɪnz〕

Clyt(a)emnestra〔,klaɪtɪm'nɛstrə;
-tim-; -tɛm-〕

Clyth Ness〔'klaɪð 'nɛs〕

Clytia〔'klɪʃɪə〕

Clytie〔'klɪtɪi; 'klaɪti; 'klaɪtɪ〕

Clytus〔'klaɪtəs〕

Cnaeus〔'niəs〕

Cneius〔'niəs〕

Cnidos〔'naɪdɑs〕

Cnidus〔'naɪdəs〕

Cnossus〔'nɑsəs〕

Cnut〔kə'njut〕

Cnutsson〔'knut·sən〕

Coachella〔,koʊ'tʃɛlə〕

Coacoochee〔,koə'kutʃi〕

Coad〔kod〕科德

Coady〔'kodɪ〕科迪

Coahoma〔,koə'homə〕

Coahuila〔,koə'wilə〕

Coahuiltecan〔,koə'wiltɛkən〕

Coakley〔'koklɪ〕科克利

Coal〔kol〕科爾

Coalbrookdale〔'kolbruk,del〕

Coaldale〔'koldel〕

Coalgate〔'kolget〕

Coalinga〔,koə'lɪŋə〕

Coalsmouth〔'kolzmauθ〕

Coalter〔'koltə〕科爾特

Coalville〔'kolvɪl〕

Coamo〔ko'amo〕

Coan〔'koæn〕

Coanacatzín〔konaka'tsin〕

Coanaco〔ˌkoa'nako〕

Coanza〔'kwanzə〕

Coape〔kop〕科普

Coarí〔koə'ri〕　　　　　　　　　　「洲〕

Coast Range〔kost ～〕海岸山脈（北美

Coasters〔'kostəz〕

Coastland〔'kost,lænd〕

Coatalen〔'kotələn〕科塔倫

Coatbridge〔'kotbrɪdʒ〕

Coatepec〔ko,atɛ'pɛk〕

Coatepeque〔ko,atɛ'pekɛ〕

Coates〔kots〕科茨

Coatesville〔'kotsvɪl〕

Coaticook〔ko'ætɪkuk〕

Coatlicue〔ˌkoat'likwe〕

Coatman〔'kotmən〕科特曼

Coatney〔'kotnɪ〕

Coats Island〔kots ～〕科茲島（加拿大）

Coatsworth〔'kotswəθ〕科茨沃思

Coatzacoalcos〔ko,atsako'alkos〕

Cob〔kab〕

Cobá〔ko'va〕（西）

Cobalt〔'kobɔlt〕【化】鈷（符號爲 Co）

Cobán〔ko'van〕（西）

Cobar〔'kobar〕科巴（澳洲）

Cobb〔kab〕柯布（Irvin Shrewsbury,
1876-1944, 美國新聞記者及幽默作家）

Cobban〔'kabən〕科班

Cobbe〔kab〕

Cobbett〔'kabɪt〕柯貝特（William, 1763-
1835, 筆名 Peter Porcupine, 英國新聞記者及

Cobble〔'kabl̩〕　　　　　　　　　　L政論作家）

Cobbledick〔'kabl̩dɪk〕科布爾迪克

Cobbold〔'kabold〕科博爾德

Cobbs〔kabz〕科布斯

Cobden〔'kabdən〕柯布敦（Richard, 1804-
1865, 英國政治家及經濟學家）

Cobden-Sanderson〔'kabdən·'sandəsn̩〕

Cobdenite〔'kabdɪnaɪt〕

Cobequid〔'kabəkwɪd〕

Coberly〔'kobəlɪ〕科伯利

Cobet〔ko'bɛt; kɔ'bɛ（法）〕

Cobey〔'kobɪ〕

Cóbh〔kov〕（愛）

Cobham〔'kabəm〕科巴姆

Cobija〔ko'viha〕（西）　　　　　「倫茨

Coblen(t)z〔kob'lɛnts; 'kobl̩ents〕科布

Cobleskill〔'kobl̩z,kɪl〕

Cobo〔'kobo〕科博

Cobourg〔'kobəg; kɔ'bur（法）〕

Cobre〔'kovre〕（西）

Coburg〔'kobəg〕

Coburn〔'kobən〕科博恩

Cobweb〔'kab,wɛb〕

Coca〔'kokə〕

Cocagne〔ka'ken〕科卡

Cocama〔ko'kama〕

Cocanada〔ˌkakə'nadə〕

Coccai〔'kakkaɪ〕

Coccaio〔kok'kajo〕

Coccaius〔ka'kejəs〕

Coccelans〔kak'sɪənz〕

Cocceianus〔kak'sɪənəs〕

Cocceius〔kok'sijəs; kokt'sejʊs（德）〕

Cocceji〔kakt'seji〕

Coccia〔'kɔttʃa〕

Coccium〔'kaksɪəm〕

Coccius〔'kaktsɪʊs〕

Cochabamba〔ˌkotʃa'vamba〕科恰班巴
　　　　　　　　　　　　　L（玻利維亞）

Cocheba〔'kohva〕

Cocheco〔ko'tʃiko〕

Cochem〔'kohəm〕（德）

Cocherel〔kɔʃ'rɛl〕

Cochet〔ko'ʃe〕

Cochin〔'kotʃɪn〕柯欽（印度）　　「（越南）

Cochin-China〔'katʃɪn·'tʃainə〕交趾支那

Cochinchine〔koʃaŋ'ʃin〕（法）

Cochinos〔ko'tʃinos〕

Cochise〔ko'tʃis〕

Cochiti〔ko'tʃiti〕

Cochituate〔kə'tʃɪtjuet〕

Cochlaeus〔kak'liəs; koh'leʊs（德）〕

Cochon〔kɔ'ʃɔŋ〕（法）

Cochran〔'kakrən〕（蘇）科克倫

Cochrane〔'kakrɪn; 'kahrən（蘇）〕科克倫

Cochut〔kɔ'ʃju〕（法）

Cock〔kak〕科克

Cockaday〔'kakəde〕科卡迪

Cockaigne〔ka'ken〕

Cockain〔ka'ken〕

Cockayne〔ka'ken〕科凱恩

Cockbill〔'kakbɪl〕科克比爾

Cockburn〔'kobən〕（蘇）科伯恩

Cockcraft〔'kakkrəft〕科克拉夫特

Cockcroft〔'kakrɔft〕科克勞佛（Sir John
Douglas, 1897-1967, 英國物理學家）

Cocke〔kok〕科克　　　　「英國著名之數學敎師）

Cocker〔'kakə〕柯克爾（Edward, 1631-1675,

Cockeram〔'kakərəm〕科克拉姆

Cockerell〔'kakərəl〕科克雷爾

Cockerill〔'kakərɪl〕科克里爾

Cockermouth〔'kɑkəməθ〕
Cockett〔'kɑkɪt; kɑ'kɛt〕
Cockey〔'kɑkɪ〕科基
Cockfield〔'kɑkfild〕科克菲爾德
Cockin〔'kɑkɪn〕科金
Cocking〔'kɑkɪŋ〕
Cockle〔'kɑkl̩〕
Cockledemoy〔'kɑkl̩dɪmɔɪ〕
Cockney〔'kɑknɪ〕倫敦人（出生於倫敦東區者）
Cockpit〔'kɑkpɪt〕
Cockram〔'kɑkrəm〕科克拉姆
Cockran〔'kɑkrən〕科克蘭
Cockrell〔'kɑkrəl〕科克雷爾
Cockroft〔'kokrɑft〕科克羅夫特
Cocks〔kɑks〕科克斯
Cockscomb〔'kɑks,kom〕
Cocksedge〔'kɑksɪdʒ; 'kɑksɛdʒ; 'kɑsɪdʒ; 'kosɪdʒ〕
Cockshott〔'kɑkʃɑt〕科克肖特
Cockshutt〔'kɑkʃʌt〕
Cockspur〔'kɑk,spɝ〕
Cockteau〔kɔk'to〕（法）
Cockton〔'kɑktən〕
Cockwood〔'kɑkwʊd〕
Coclé〔kok'le〕
Cocles〔'kɑkliz〕
Coclès〔kɔk'lɛs〕
Cocoa〔'koko〕
Cocom〔'kokɑm〕
Coconut Grove〔'kokənət ～〕
Cocos Islands〔'kokəs ～〕可可斯群島
Coco Solo〔'koko 'solo〕（澳洲）
Cocospera〔,kokos'perɑ〕
Cocteau〔kɔk'to〕賈圖（Jean, 1889-1963, 法國詩人、小說家、戲曲家，批評家及畫家）
Cocula〔ko'kula〕
Cocx〔kɑks〕
Coxie〔'kɑksɪ〕
Cocytus〔ko'saɪtəs〕【希臘神話】冥河之一
Cod〔kɑd〕
Codazzi〔ko'dɑttsɪ〕（義）
Codd〔kɑd〕科德
Codde〔'kɑdə〕
Coddington〔'kɑdɪŋtən〕科丁頓
Code〔kod〕科德
Codel〔ko'dɛl〕科德爾
Code Napoléon〔kɔd nɑpɔle'ɔŋ〕
Coddington〔'kɑdɪŋtən〕
Code Noir〔kɔd 'nwar〕（法）
Coder〔'kodə〕科德爾
Codera〔ko'ðera〕（西）
Codere〔ko'dɛr〕

Codesido〔koðe'siðo〕（西）
Codex〔'kodɛks〕
Codex Alexandrinus〔'kodɛks ,ælɛgzæn'draɪnəs〕
Codex Exoniensis〔'kodɛks ɛksonɪ'ɛn-sis〕
Codex Juris Canonici〔'kodɛks 'dʒʊrɪs kə'nɑnɪsaɪ〕
Codicote〔'kodɪkot〕
Codigoro〔kodɪ'gɔro〕
Codington〔'kɑdɪŋtən〕
Codlin〔'kɑdlɪn〕
Codman〔'kɑdmən〕科德曼
Codogno〔ko'donjo〕
Codomannus〔,kɑdo'mænəs; ,kodo-'mænəs〕
Codreanu〔,kɑdrɪ'ɑnu〕
Codrington〔'kɑdrɪŋtən〕科德林頓
Codroipo〔ko'drɔipo〕
Codrus〔'kɑdrəs〕
Cody〔'kodɪ〕科迪
Coe〔ko〕科
Coehoorn〔'kuhɔrn〕
Coehorn〔'kohɔrn〕
Coelebs〔'silɛbz〕
Coelestine〔'sɛlɪstaɪn〕
Coelestius〔sɪ'lɛstʃəs〕
Coelesyria〔,silɪ'sɪrɪə〕
Coele-Syria〔,sili-'sɪrɪə〕
Coelho〔ku'elju〕（葡）
Coelho de Albuquerque〔ku'elju ðɪ ,albu'kɛrkɪ〕（葡）
Coelho Neto〔ku'elju 'nɛtu〕
Coelho Pereira〔ku'elju pə'rerə〕
Coelia〔'silɪə〕
Coelica〔'silɪkə〕
Cœlius〔'silɪəs〕
Coello〔ko'eljo〕
Coen〔kun〕
Coenrad〔'kunrɑt〕
Coerne〔kɝn〕
Coeroeni〔ku'runi〕
Coerr〔kɔr〕科爾
Coesfeld〔'kosfɛlt〕
Coetnempren〔kwɛtnɛm'prɛn〕
Coetquidan〔kwɛtki'dɑŋ〕
Coeur〔kɝ〕（法）
Coeur d'Alene〔kɝ də'len〕
Coeur de Lion〔kɝ də 'liɔŋ; kɝ də 'liən〕
Coeur innombrable〔kɝ inɔŋ'brɑbl̩〕（法）

Coeus〔'siəs〕

Cœuvres〔'kɜvə〕(法)

Coey〔'koɪ〕

Cofer〔'kofə〕科弗

Cófil', Sutton〔'sʊtn 'kofɪl〕

Coffay〔'kofɪ〕科菲

Coffee〔'kofɪ〕

Coffeyville〔'kafɪvɪl〕

Coffin〔'kofɪn〕柯芬(Robert Peter Tristram, 1892-1955, 美國作家)

Coffman〔'kafmən〕科夫曼　　　　〔(西)

Cofre de Perote〔'kofre ðe pe'rote〕

Cogălniceanu〔,kagəlnı'tʃanu〕(羅)

Cogan〔'kogən〕科根

Cogenhoe〔'kʊkno〕

Coggan〔'kagən〕

Coggeshall〔'kagɪʃəl〕科吉歇爾

Coggin〔'kagɪn〕科金

Coghetti〔ko'gettɪ〕

Coghill〔'kaghɪl〕科格希爾

Coghinas〔ko'ginas〕

Coghlan〔'kaglən〕科格倫

Cogia Hassan Alhabbal〔'kodʒə 'hæsən æl'hæbəl〕

Cogia Houssan〔'kodʒə 'hʊsam〕

Coglan〔'kaglən〕

Coglians, Monte〔,mantı ko'ljans〕

Cognac〔'konjæk; 'kan-〕

Cognacq〔kɔ'njak〕

Cognacq-Jay〔kɔnjak·'ʒe〕(法)

Cogniard〔kɔ'njar〕(法)

Cogniet〔kɔ'njɛ〕(法)

Cogolludo〔,kogo'ljuðo〕(西)

Cogswell〔'kagzwel〕科格斯爾

Cohagen〔ko'hegən〕科黑根

Cohalan〔ko'helən〕

Cohan〔ko'hæn〕科海

Cohart〔ko'hart〕

Cohasset〔ko'hæsıt〕

Cohen〔'koɪn; kɔ'en(法); ko'hɛn(荷)〕

Cohen-Portheim〔'koɪn·'porthaɪm〕

Cohill〔'kohɪl〕

Cohn〔kon〕柯恩(Ferdinand Julius, 1828-1898, 德國植物學家)

Cohnheim〔'konhaɪm〕

Cohocton〔kə'haktən〕

Cohoes〔ko'hoz〕

Cohorn〔'kohɔrn〕

Cohu〔'kohu〕科休

Cohuatlicue〔,kowat'likwe〕

Coi〔koɪ〕

Coiba〔'kɔɪva〕(西)魁巴

Coiffier〔kwa'fje〕(法)

Coignac〔kwa'njak〕(法)

Coigny〔kwa'nji〕(法)

Coila〔'kɔɪlə〕

Coile〔'kɔɪlɛ〕

Coimbatore〔'kɔɪmbə'tɔr〕孔巴托(印度)

Coimbra〔ko'ɪmbrə〕科英布拉(葡萄牙)

Coín〔ko'in〕

Coiner〔'kɔɪnə〕科伊納

Coint〔'kɔɪnt〕

Coira〔'kɔɪra〕科伊拉

Coire〔kwar〕(法)

Coissi〔'kwasɪ〕

Coit〔kɔɪt〕

Coiter〔'kɔɪtə〕

Cojedes〔kɔ'heðes〕(西)

Cojutepeque〔ko,hute'pekɛ〕

Cokayne〔ka'ken〕科凱恩

Coke〔kok〕

Coker〔'kokə〕科克爾

Cokes〔koks〕

Col〔kal〕

Cola〔'kɔla〕

Colac〔ko'læk〕

Colada〔ko'laða〕(西)

Colar〔lo'lar〕

Colavito〔,kalə'vito〕

Colbaith〔'kolbaθ〕

Colbath〔'kolbaθ〕

Colban〔'kolban〕科爾班

Colbeck〔'kalbɛk〕

Colberg〔'kalbɛrk〕(德)

Colbert〔kɔl'ber〕柯爾柏(Jean Baptiste, 1619-1683, 法國政治家及財政家)

Colborn〔'kobən〕科爾伯恩

Colborne〔'kolbən; 'kalbɔrn〕

Colbourne〔'kolbɔrn〕

Colbrand〔'kolbrænd〕

Colbreth〔'kalbrɛθ〕科爾布雷思

Colburn〔'kolbən〕科爾伯恩

Colby〔'kolbɪ〕科爾比

Colchagua〔kɔl'tʃagwa〕

Colchester〔'koltʃɪstə〕

Colchis〔'kalkɪs〕

Colchos〔'kalkəs〕

Colcleugh〔'kolklu〕

Colclough〔'koklɪ; 'kalklʌf〕科爾克拉夫

Colcord〔'kalkəd〕科爾克德

Colcur〔'kolkʊr〕

Coldbath〔'koldbaθ〕

Coldbrand〔'koldbrænd〕

Colden〔'koldən〕科爾登
Cold Harbor〔kold ~〕
Coldingham〔'koldiŋəm〕科爾丁厄姆
Coldrick〔'koldrik〕
Coldspring〔'koldspriŋ〕
Coldspur〔'koldspə〕
Coldstream〔'koldstrim〕科德斯特里姆
Coldwater〔'kold,watə〕
Coldwell〔'koldwəl〕科爾德烏爲爾
Cole〔kol〕柯爾（Thomas, 1801-1848, 生於英國之美國畫家）
Colean〔ko'lin〕
Colebrook(e)〔'kolbruk〕
Coleby〔'kolbi〕科爾比
Coleclough〔'kolklau〕
Colefax〔'kolfæks〕科爾法克斯
Coleford〔'kolfəd〕
Colegrove〔'kolglov〕科爾格羅夫
Cole-Hamilton〔'kol·hæmiltən〕
Cole-Harbour〔'kol·'harbə〕
Coleman〔'kolmən〕科爾曼
Colenso〔kə'lɛnzo〕
Coleoni〔,kole'oni〕
Colepep(p)er〔'kʌl,pɛpə〕
Coler〔'kolə〕科勒
Coleraine〔kol'ren〕科爾雷因
Coleridge〔'kolrid3〕科爾里奇
Coleridge-Taylor〔'kolrid3·'telə〕
Coleroon〔'kolərun〕
Colerus〔ko'lerus〕
Coles〔kolz〕科爾斯
Colesberg〔'kolzbəg〕
Colet〔'kalit; kɔ'lɛ(法)〕科利特
Colette〔kɔ'lɛt〕
Coletti〔ko'lɛti〕
Colevil(l)e〔'kolvil〕
Coley〔'koli〕科利
Colfax〔'kolfæks〕
Colfox〔'kolfaks〕科爾福克斯
Colgate〔'kalget〕科爾蓋特
Colgrain〔'kalgren〕
Colglazier〔'kalgle3ir〕科爾格萊齊爾
Colgrave〔'kolgrev〕
Colhué Huapí〔kɔl'we wa'pi〕
Coli〔kɔ'li〕
Colibri〔kali'bri〕
Coligni〔kɔli'nji〕
Coligny〔kɔli'nji〕
Colijn〔ko'lain〕
Colima〔ko'lima〕科利馬（墨西哥）
Colimas〔kə'liməz〕「科林
Colin〔'kalin; 'kalin(德); kɔ'læŋ(法)〕

Colin Clout〔'kalin 'klaut〕
Colindale〔'kalindel〕科林代爾
Colindres〔ko'lindres〕
Colines〔kɔ'lin〕
Coling〔'koliŋ〕科林
Colins〔ka'lins; kɔ'læŋ(法)〕
Coliseum〔,kali'siəm〕
Coll〔kal〕科爾
Colla〔'koja〕
Colladay〔'kalədi〕科拉迪
Collador〔koja'ðɔr〕（西）
Collamer〔'kaləmə〕
Collamore〔'kaləmɔr〕科拉莫爾
Collao〔ko'jao〕
Collar〔'kalə〕科勒
Collard〔'kaləd; kɔ'lar(法)〕科勒德
Collas〔'kaləs〕
Colla-suyu〔,koja'suju〕
Collatia〔kə'leʃiə〕
Collatine〔'kalətain〕
Collatinus〔,kalə'tainəs〕
Collatium〔kə'leʃiəm; ka'leʃəm〕
Collbohn〔'kalbon〕
Colle〔'kɔlle〕（義）
Collé〔kɔ'le〕
Colledge〔'kalid3〕
Colle di Val d'Elsa〔'kɔlle di val 'delsa〕（義）
Colleen〔'kalin; ka'lin〕
Colleen Bawn〔'kalin 'bɔn〕
Collens〔'kalinz〕科倫斯
Colleer〔kə'lir〕
College〔'kalid3〕
Collegeboro〔'kalid3bərə〕
Collegedale〔'kalid3del〕
College Park〔'kalid3 ~〕
Collegeville〔'kalid3vil〕
College de France〔kɔ'lɛ3 də 'fraŋs〕
Collège Mazarin〔kɔ'lɛ3 maza'ræŋ〕（法）
Collegno〔kol'lenjo〕（義）
Cullen〔'kalin〕
Colleoni〔,kolle'oni〕（義）
Coller〔'kalə〕科勒
Collery〔'kaləri〕
Collerye〔kɔl'ri〕
Colles〔'kalis; kolz〕
Colle Salvetti〔'kɔlle sal'vetti〕（義）
Collet〔'kalit〕科利特
Colleton〔'kalətn〕
Collett〔'kallət〕（挪）

Colletta〔kol'leta〕（義）
Colley〔'kalɪ〕科利
Colliberts〔koli'ber〕
Collick〔'kalɪk〕科利克
Collie〔'kalɪ〕
Collier〔'kaljə; 'kalɪə〕柯里爾（Peter Fenelon, 1849-1909, 美國出版家）
Colli Euganei〔'kɔllɪ ɛu'gane〕（義）
Colligan〔'kalɪgən〕科利根
Collin〔'kalɪn; 'kolin(德)〕科林
Collingdale〔'kalɪŋdel〕
Collinge〔'kalɪndʒ〕科林奇
Collingham〔'kalɪŋəm〕科林厄姆
Collings〔'kalɪŋz〕科林斯
Collingswood〔'kalɪŋzwʊd〕
Collingsworth〔'kalɪŋzwə·θ〕
Collingwood〔'kalɪŋwʊd〕科林伍德
Collins〔'kalɪnz〕柯林斯（❶Wilkie, 1824-1889, 英國小說家 ❷William, 1721-1759, 英國
Collinson〔'kalɪnsn̩〕柯林森   「詩人）
Collinsville〔'kalɪnzvɪl〕
Collinwood〔'kalɪn,wʊd〕
Collioure〔kɔ'ljur〕（法）
Collip〔'kalɪp〕科利普
Collis〔'kalɪs〕科利斯
Collishaw〔'kalɪʃɔ〕
Collison〔'kalɪsn̩〕
Collitz〔'kalɪts〕
Cölln〔'kə·ln〕
Collodi〔kol'lɔdɪ〕（義）
Collombet〔kɔlɔŋ'bɛ〕（法）
Colloredo〔,kalo'redo〕
Colloredo-Mansfeld〔,kalo'redo·-'mansfɛlt〕
Colloredo-Mels und Waldsee〔kalo'redo·mɛls ʊnt 'val,tze〕
Collot d'Escury〔kɔ'lo dɛskju'ri〕(法)
Collot d'Herbois〔kɔ'lo der'bwa〕(法)
Colls〔kalz〕
Colluthus〔kə'ljuθəs〕
Collyer〔'kaljə〕科利爾
Collymore〔'kalɪmɔ〕
Collyns〔'kalɪnz〕
Colm〔'kolm〕科爾姆   「1794, 英國劇作家）
Colman〔'kolmən〕柯爾曼（George, 1732-
Colmar〔'kolmar〕科耳馬（法國）
Colmekill〔'kolmkɪl〕
Colmer〔'kalmə·〕科爾默
Colme's Inch〔'kalmiz ɪnʃ〕
Colme(s)-kill〔'komz·kɪl〕
Cöln〔'kə·ln〕
Colnaghi〔kal'nagɪ〕

Colnbrook〔'kolnbrʊk〕
Colne〔kon; koln〕
Colnett〔'kalnɪt〕
Colney〔'konɪ; 'kalnɪ〕
Colney Hatch〔'konɪ 'hætʃ〕
Colôane〔ku'loənə〕
Colobrano〔,kolo'brano〕
Colocolo〔,kolo'kolo〕
Cologna Veneta〔ko'lɔnja 'vɛneta〕
Cologne〔kə'lon〕科倫（德國）
Coloma〔kə'lomə; ko'loma(西)〕
Coloman〔'koloman〕
Colomb〔'kaləm; kɔ'lɔŋ(法)〕科洛姆
Colomba〔kɔlɔŋ'ba〕（法）
Colomb-Bechar〔kɔlɔŋ·be'ʃar(法)〕
Colombe〔kɔ'lɔŋb〕
Colombes〔,kɔ'lɔŋb〕科倫布（法國）
Colombey-Nouilly〔kɔlɔŋ'be·nu'ji〕(法)
Colombia〔kə'lʌmbɪə; ko'lombja〕哥倫比亞（南美洲）
Colombini〔,ko'lom'bini〕
Colombo〔kə'lʌmbo; ko'lombo〕可倫坡（斯里蘭卡）
Colombos〔kə'lʌmboz〕
Colon〔ka'lan〕科倫（巴拿馬）
Colón〔ko'lon; ko'lɔn(西)〕
Colonel Bogey〔'kə·nl̩ 'bogɪ〕
Colonel Chabert〔kɔlɔ'nɛl ʃa'ber〕(法)
Colonel Passy〔kɔlɔ'nɛl pa'si〕(法)
Colonel Sartoris〔'kə·nl̩ 'sartərɪs〕
Colonel Sellers〔'kə·nl̩ 'sɛlə·z〕
Colonel Stow〔'kə·nl̩ 'sto〕
Colonia〔kə'lonɪə; -nja〕科洛尼亞（烏拉圭）
Colonial Beach〔kə'lonɪəl ～〕
Colonias〔ko'lonjas〕
Colonie〔,kalə'ni〕
Colonna〔ko'lonna; kɔ'lɔnna〕
Colonne〔kɔ'lɔn(法); ko'lɔnnɛ(義)〕
Colonsay〔'kalənze〕
Colonus〔kə'lonəs〕
Colony〔'kalənɪ〕
Colophon〔'kaləfan〕
Colorado〔,kalə'rædo〕科羅拉多（美國）
Colorados〔,kolo'raðos〕（西）
Colossae〔kə'lasi〕
Colosseum〔,kalə'sɪəm〕古羅馬之圓形大劇場
Colossians〔kə'laʃənz; kə'lasɪənz; kə'lasjənz〕

Colossus〔kə'lasəs〕Rhodes 島上Apollo
Colot〔kɔ'lo〕(法) 神之巨像」
Colotlán〔‚kolot'lan〕
Colowick〔'kaləwık〕
Colpoys〔'kalpɔıs〕
Colquhoun〔kə'hun〕
Colquitt〔'kalkwıt〕科爾基特
Cols.〔'kɔnḷz〕
Colsman〔'kalsman〕
Colson〔'kolsṇ〕科爾森
Colston〔'kolstən〕科爾斯頓
Colt〔kolt〕柯爾特公司出品之左輪槍及其他火器
Coltart〔'koltart〕科爾塔特
Colter〔'koltə〕
Colthurst〔'kolthə st〕
Colton〔'koltən〕科爾頓
Coltrin〔'koltrın〕科爾特林 「美國作家」
Colum〔'kaləm〕柯倫(Padraic, 1881-1972,
Columb〔'kaləm; kɔ'lɔŋ(法)〕
Columba〔kə'lʌmbə〕❶【動物】鴿屬❷【天
Columban〔kə'lʌmbən〕 「文】天鴿座
Columbanus〔‚kaləm'benəs〕
Columbia〔kə'lʌmbıə〕❶哥倫比亞(美國)
❷哥倫比亞河(美國) 「峯(美國;加拿大)
Columbia, Mount〔kə'lʌmbıə〕哥倫比亞
Columbiad〔kə'lʌmbıæd〕
Columbiana〔kə‚lʌmbı'ænə〕
Columbine〔'kaləm‚baın〕
Columbretes〔‚kolum'bretes〕
Columbus〔kə'lʌmbəs〕❶哥倫布(Chris-
topher, 1451-1506, 義大利航海家)❷哥倫布(美
Columcille〔'kʌləmkıl;‚kaləm'kılə〕L國)
Columella〔‚kaljʊ'melə〕
Columkille〔'kʌləmkıl〕
Columna〔kə'lʌmnə〕
Colusa〔kə'lusə〕
Coluthus〔kə'ljuθəs〕
Colvard〔'kolvəd〕科爾瓦德
Colvert〔'kalvət〕
Colvile〔'kolvıl〕科爾維爾
Colvill(e)〔'kolvıl〕科爾維爾
Colvin〔'kolvın; 'kal-〕柯爾文(Sir
Sidney, 1845-1927, 英國作家及批評家)
Colvos〔'kalvəs〕
Colwell〔'kalwəl〕科爾爲爾
Colwyn〔'kalwın〕
Colyer〔'koljə〕科利爾
Colyn Clout〔'kalın kraut〕
Colyns〔ka'lins; kɔ'læŋ(法)〕
Coma Berenices〔'komə‚berı'naısiz〕
Comacchio〔ko'makkjo〕(義)
Comactium〔kə'mækʃıəm〕

Comagena〔‚kamə'dʒinə〕
Comagene〔‚akmə'dʒini;'kamədʒin〕
Comal〔kə'mæl〕
Comala〔ko'melə〕
Comalapa〔‚koma'lapa〕
Çomali〔so'mali〕
Coman〔'komən〕
Comana〔kə'menə〕
Comanche〔ko'mæntʃi〕❶北美印第安人之
一族❷該族之土人及使用之語言
Comanians〔kə'menıənz〕
Comans〔'komənz〕
Comar〔'komə〕科馬爾
Comayagua〔‚koma'jagwa〕
Comayagüela〔‚komaja'gwela〕
Combaconum〔‚kambə'konəm〕
Combahee〔'kʌmbı〕
Combarelles〔kɔŋba'rɛl〕(法)
Comb(e)〔kum〕庫姆
Comber〔'kambə〕
Combe Capelle〔kɔŋb ka'pɛl〕(法)
Combermere〔'kʌmbə‚mır〕
Comberton〔'kambətən〕
Combes〔kɔŋb〕庫姆斯
Combin, Grand〔graŋ kɔŋ'bæŋ〕(法)
Combles〔'kɔŋbḷ〕
Combs〔komz; kumz〕庫姆斯
Comden〔'kamdṇ〕
Côme〔kom〕科姆
Comechingón〔ko‚metʃiŋ'gon〕
Comedias de Capa y Espada〔ko-
'meðjas ðe 'kapa ı ɛs'paða〕(西)
Comédie Française〔kome'di fraŋ'sɛz〕
Comédie Humaine〔kome'di ju'mɛn〕
(法)
Comely Bank〔'kʌmlı ~〕
Comendador〔‚komɛnda'ðor〕(西)
Comenius〔kə'minıəs〕柯米尼亞斯(John
Amos, 1592-1670, 捷克神學家及教育家)
Comer〔'komə〕科默
Comeragh〔'kjumrə〕(愛)
Comerford〔'kʌmə‚fɔrd〕科默福德
Comerio〔'kome'rio〕
Comersee〔'komə‚ze〕
Comet〔'kamıt〕
Comey〔'komı〕科米
Comfect〔'kʌmfıt;'kam-;'kamfɛkt〕
Comfort〔'kʌmfət〕康福特
Comilla〔kə'mılə〕

Comin〔'kʌmɪn〕（法）
Comines〔kɔ'min〕（法）
Cominform〔'kʌmɪnfɔrm〕共產黨情報局
Comings〔'kʌmɪŋz〕
Cominius〔kə'mɪnɪəs〕
Comino〔ko'mino〕　　　　　　　「第三國際
Comintern〔'kʌmɪn,tɜn〕共產主義國際（即
Comisco〔kə'mɪsko〕
Comiskey〔kə'mɪskɪ〕
Comiso〔'kɔmɪzo〕
Comisso〔ko'misso〕（義）
Comitán〔,komɪ'tan〕
Comitium〔kə'mɪʃɪəm〕
Comley〔'kʌmlɪ〕科姆利
Commack〔'kɑmæk〕
Commagene〔,kɑmə'dʒini〕
Commager〔'kɑmədʒɚ〕康馬杰
Commander〔kə'mɑndɚ〕
Commedia〔kom'medja〕（義）
Commen〔'kɑmɛn〕
Commentry〔kɔmɑŋ'tri〕
Commer〔'kɑmɚ〕
Commerce〔'kɑmɚs〕
Commercy〔kɔmɛr'si〕（法）
Commerford〔'kʌmɚfəd〕康默福德
Commerson〔kɑmɚ'sɔŋ〕（法）
Commewijne〔,kɑmə'vaɪnə〕
Commewyne〔,kɑmə'vaɪnə〕
Commie〔'kɑmɪ〕共產黨員
Commines〔kɔ'min〕
Committee Bay〔kə'mɪtɪ ～〕
Commodianus〔kə,modɪ'enəs〕
Commodus〔'kɑmədəs〕柯摩達（Lucius
　Aelius Aurelius, 161-192, 羅馬皇帝）
Common〔'kɑmən〕
Commondale〔'kɑməndel〕
Commoner〔'kɑmənɚ〕
Commons〔'kɑmənz〕
Communard〔'kɑmjʊnard〕
Commynes〔kɔ'min〕
Comnena〔kɑm'ninə〕
Comneni〔kɑm'nini〕
Comnenus〔kɑm'ninəs〕　　　　「大利）
Como〔'komo〕❶科木（義大利）❷科木湖（義
Comodoliacum〔,kɑmədə'laɪəkəm〕
Comodoro Rivadavia〔,komo'ðoro
　riva'ðavja〕（西）
Comonfort〔komɔn'fɔrt〕
Comores〔kə'mɔrz〕
Comorin〔'kɑmərɪn〕科摩林（印度）
Comoro Islands〔'kɑmə,ro ～〕科摩羣翠島
Comp〔kɑmp〕康普　　　　　　「（印度洋）

Compactata〔,kɑmpæk'tetə〕
Compagni〔kom'panji〕
Compagnia della Calza〔,kompa'njia
　della 'kaltsa〕（義）
Compagnie de L'Occident〔kɔŋpa'nji
　də lɔksi'dɑŋ〕（法）
Compagnie des Quinze〔kɔŋpa'nji de
　'kæŋz〕（法）
Compans〔kɔŋ'paŋ〕（法）
Companys〔kom'panis〕
Comparetti〔,kɑmpə'rɛtɪ〕
Comparini〔kɑmpə'rini〕
Compass〔'kʌmpəs〕
Compayré〔kɔŋpɛ're〕
Compendium〔kəm'pɛndɪəm〕
Comper〔'kɑmpɚ〕康珀
Compère〔kɔŋ'per〕（法）康佩爾
Compeyson〔'kɑmpɪsən〕
Compiégne〔komp'jen〕康白尼（法國）
Complutum〔kɑm'plutəm〕
Compniacum〔kɑmp'naɪəkəm〕
Compostela〔,kɑmpos'tela〕
Compostella〔,kɑmpos'telja; ,kom-〕
Comptometer〔kɑmp'tɑmətɚ〕
Compton〔'kɑmptən〕康普頓（❶ Arthur
　Holly, 1892-1962, 美國物理學家 ❷ Karl Taylor,
　1887-1954, 美國物理學家）
Compton-Burnett〔'kɑmptən· 'bɜnɪt;
　'kʌmptəm· 'bɜnɪt〕
Comroe〔'kɑmro〕
Comsomol〔'kɑmsəmal〕
Comstock〔'kɑmstɑk〕康斯脫克（Anthony,
　1844-1915, 美國改革者）　　　　　「（法）
Comtat Venaissin〔kɔŋ'ta vɔnɛ'sæŋ〕
Comte〔kɔnt〕孔德（Auguste, 1798-1857, 法國
　數學家及哲學家）
Comtesse de Rudolstadt〔kɔŋ'tɛs də
　rjudol'stat〕（法）
Comtois〔'kɑmtɔɪz〕
Comum〔'komam〕
Comus〔'koməs〕【羅馬、希臘神話】司酒宴之神
Comyn〔'kʌmɪn〕科明
Comynes〔kɔ'min〕
Comyns-Carr〔'kʌmɪnz· 'kar〕
Con〔kɑn〕康
Cona〔'kona〕
Conachar〔'kɑnəhar〕（蘇）
Conaire Mor〔'kɑnərɪ mɔr〕（愛）
Conakry〔'kɑnəkrɪ〕柯那克里（幾內亞）
Conal〔'kɑnl〕
Conan〔'konən; kɑnən〕科南
Conan Doyle〔'konən 'dɔɪl〕

Conanicut〔kəˈnænɪkət〕

Conant〔ˈkonənt〕柯能（James Bryant, 1893-1978, 美國化學家及教育家）

Conary〔ˈkɑnərɪ〕

Conasuaga〔ˌkɑnəˈsɔgə〕

Conaty〔ˈkɑnətɪ〕

Conaway〔ˈkɑnəwe〕科納爲

Conca〔ˈkɑŋkə〕

Concan〔ˈkoŋkən〕

Concarneau〔koŋkarˈno〕（法）

Conception, Point〔kənˈsɛpʃən〕

Concepción〔kənˌsɛpsɪˈon〕康塞普森（智利）

Conceptistas〔ˌkonθɛpˈtistɑs〕

Concert〔ˈkɑnsət〕

Concha〔ˈkɔntʃɑ〕

Conchagua〔konˈtʃɑgwɑ〕

Conchas, Las〔lɑs ˈkɔntʃɑs〕

Conchas Dam〔ˈkɑntʃəs～〕

Conchita〔konˈtʃitɑ〕康西塔

Concho〔ˈkɑntʃo〕

Conchobar〔kɑnˈkobar; ˈkɑŋkowə; ˈkɑnur〕（愛）

Conchos〔ˈkɑntʃos〕

Conchy〔ˈkɑntʃɪ〕

Conciergerie〔koŋsjɛrˈʒri〕（法）

Concini〔konˈtʃini〕

Concino〔konˈtʃino〕

Concio〔ˈkɑntʃo〕

Concone〔kɑŋˈkone〕

Concord〔ˈkɑŋkəd〕康科特（美國）

Concordancia〔koŋkorˈðɑnsjɑ〕（西）

Concorde〔koŋˈkɔrd〕

Concordia〔kɑnˈkɔrdɪə; koŋˈkɔrðjɑ(西); kɑŋˈkɔrdjɑ(義)〕康柯狄亞

Concordia Española del Perú〔koŋˈkɔrðjɑ ɛspɑˈnjolɑ ðel peˈru〕（西）

Concordia sulla Secchia〔kɑŋˈkɔrdjɑ ˌsullɑ ˈsekkjɑ〕（義）

Condamine〔ˈkɑndəmaɪn〕

Condamine, La〔lɑ kɑndɑˈmin〕（法）

Condate〔kənˈdetɪ〕

Conde〔ˈkoŋdə(葡); ˈkonde(西)〕康德

Condé〔ˈkonde(西); kɔŋˈde(法)〕

Conde, Bourbon-〔burˈbɔŋˈkoŋˈde〕(法)

Conde Alarcos〔ˈkonde aˈlɑrkos〕

Conder〔ˈkɑndə〕康德

Condercum〔kɑnˈdəkəm〕

Condé-Smendou〔kɔŋˈdeˈsmɑŋˈdu〕（法）

Condé-sur-l'Escaut〔kɔŋˈdeˈsjurˈlɛsˈko〕（法）

Condé-sur-Noireau〔kɔŋˈdeˈsjurˈnwaˈro〕（法）

Conde-suyu〔ˈkandiˈsuju〕

Condeúba〔koŋdɪˈuvɑ〕（葡）

Condie〔ˈkandɪ〕

Condillac〔kɔŋdiˈjak〕（法）

Condit〔ˈkandɪt〕康迪特

Condivicnum〔ˌkandɪˈvɪknəm〕

Condivincum〔ˌkandɪˈvɪŋkəm〕

Condliffe〔ˈkandlɪf〕

Condolmieri〔ˌkondolˈmjeri〕

Condom〔kɔŋˈdɔŋ〕

Condon〔ˈkandən〕康敦（Edward Uhler, 1902-1974, 美國物理學家）

Condorcanqui〔ˌkandɔrˈkaŋki〕

Condorcet〔kɔŋdɔrˈsɛ〕康道塞（Marquis de, 1743-1794, 法國數學家及哲學家）

Condore, Poulo〔puˈlo kɔŋˈdɔr〕（法）

Condra〔ˈkandrə〕康德拉

Conduit〔ˈkandɪt〕

Condulmer〔ˈkandəlmə〕

Condy〔ˈkandɪ〕康迪

Cone〔kon〕科恩

Conecte〔kɔˈnɛkt〕

Conecuh〔kəˈnekə〕

Conegliano〔ˌkoneˈljɑno〕

Conejos〔kəˈneəs; kəˈnehəs; koˈnehos〕

Conelrad〔ˈkanəlræd〕　「(拉丁美)

Conemaugh〔ˈkanimɔ〕

Conendiú〔konɛnˈdju〕

Conesford〔ˈkonsfəd〕　「美印第安人之一族)

Conestoga〔ˌkanəˈstogə〕康諾斯多格人(北

Conewango〔kaniˈwaŋgo〕

Coney Island〔ˈkonɪ～〕科尼島（美國）

Confalonieri〔ˌkonfaloˈnjeri〕

Confedracy〔kənˈfɛdərəsɪ〕

Confederate Memorial Day〔kənˈfɛdərɪt～～〕美國南部聯邦紀念日

Confesor〔konfeˈsor〕

Confessio Amantis〔kənˈfɛʃɪo əˈmæntɪs〕　「梅罪經

Confiteor〔kənˈfɪtɪɔr〕〔天主教〕認罪經；

Conflans〔kɔŋˈflɑŋ〕

Conflans-l'Archevêque〔kɔŋˈflɑŋˈlarʃˈvɛk〕（法）

Conflans-Sainte-Honorine〔kɔŋˈflɑŋˈsæŋˈtɔnɔˈrin〕（法）

Confluentes〔ˌkanfluˈentiz〕

Confucius〔kənˈfjuʃəs〕孔子（ 551-479 B.C., 中國春秋時代哲學家及教育家）

Confuso〔konˈfuso〕

Cong〔kaŋ〕

Congamond〔'kɑŋgəmənd〕

Congaree〔,kɑŋgə'ri〕

Congdon〔'kɑŋdən〕康登

Conger〔'kɑŋgə〕康格

Congleton〔'kɑŋglˌtən〕康格爾頓

Congo, the〔'kɑŋgo〕❶ People's Republic of～剛果人民共和國 ❷ 剛果河(非洲)

Congo Belge〔kɔŋ'go 'belʒ〕

Congreve〔'kɑŋgriv〕康格里夫

Conhocton〔ko'hɑktən〕

Congolese〔,kɑŋgə'liz〕剛果人

Conibo〔ko'nibo〕

Conical Hill〔'kɑnɪkəl ～〕

Coniff〔'kɔnif〕

Conimbria〔kə'nɪmbrɪə〕

Conimbriga〔kə'nɪmbrɪgə〕

Coningh〔'konɪŋ〕

Coningham〔'kʌnɪŋ,hæm〕肯寧漢（Sir Arthur, 1895-1948, 英國空軍中將）

Coningsby〔'kʌnɪŋzbɪ〕科寧斯比

Conington〔'kɑnɪŋtən〕

Coninxloo〔'konɪŋkslo〕

Conisbee〔'kɑnɪsbɪ〕

Conisbrough〔'kɑnɪsbrə; 'kʌnɪsbrə〕

Coniston〔'kɑnɪstən〕

Conjeeveram〔kən'dʒivərəm〕

Conkey〔'kɑŋkɪ〕康基

Conklin〔'kɑŋklɪn〕康克林

Conkling〔'kɑŋklɪŋ〕

Conlaoch〔'kɑnlɪ〕(愛)

Conley〔'kɑnlɪ〕

Conlon〔'kɑnlən〕

Conly〔'kɑnlɪ〕

Conmy〔'kɑmɪ〕康米

Conn〔kɑn〕康恩

Connally〔'kɑnəlɪ〕康納利

Connaway〔'kɑnəwe〕

Conn, Lough〔lah 'kɑn〕(愛)

Connacht〔'kɑ,nɔt〕康瑙特（愛爾蘭）

Connachta〔'kɑnəhtə〕(愛)

Connah's Quay〔'kɑnəz 'ki〕

Connally〔'kɑnəlɪ〕

Connaught〔'kɑnɔt〕康諾特

Conndae〔'kʌnde〕

Conneau〔kɔ'no〕

Conneaut〔'kɑnɪ,tɔ〕

Connecte〔kɔ'nɛkt〕

Connecticut〔kə'netɪkət〕康乃狄格（美國）

Connell〔'kɑnˌl〕康奈爾

Connellsville〔'kɑnˌzvɪl〕

Connelly〔'kɑnəlɪ〕康奈利

Connemara〔,kɑnɪ'mɑrə〕

Conner〔'kɑnə〕康納

Connerat〔'kɑnəræt〕

Conners〔'kɑnəz〕康納斯

Connery〔'kɑnərɪ〕康納里

Connersville〔'kɑnəzvɪl〕

Conness〔kə'nɛs〕

Connetable〔kɔne'tablˌ〕(法)

Connick〔'kɑnɪk〕康尼克

Connie〔'kɑnɪ〕康妮

Connington〔'kɑnɪŋtən〕

Connoisseur〔kɑnɪ'sɝ〕

Connolly〔'kɑnəlɪ〕

Connop〔'kɑnəp〕康諾普

Connor〔'kɑnə〕康納

Connors〔'kɑnəz〕康納斯

Connorton〔'kɑnətən〕康諾頓

Connubio〔kon'nubjo〕(義)

Conole〔kə'nol〕

Conolly〔'kɑnəlɪ〕

Conon〔'konɑn〕

Conor〔'kɑnə〕康納爾

Conover〔'kɑnəvə〕康納弗

Conquest〔'kɑŋkwɛst〕康奎斯特

Conquistador〔kɑŋ'kwɪstədɔr; kon-kista'ðɔr(西)〕

Conrad〔'kɑnræd〕康拉德（Joseph, 1857-1924, 英籍波蘭裔小說家）

Conrade〔'kɑnræd〕

Conradi〔kɑn'rɑdi〕

Conradin〔'kɑnrədin〕

Conradi Peak〔kɑn'rædɪ ～〕

Conrado〔kɑn'rɑðo〕(西)

Conradus〔kɑn'redɑs; kɑn'rɑdʊs(德)〕

Conrady〔kɑn'rɑdɪ〕

Conral〔'kɑnræl〕

Conran〔'kɑnrən〕康蘭

Conrart〔kɔŋ'rar〕(法)

Conried〔'kɑnrid〕

Conring〔'kɑnrɪŋ〕

Conroe〔'kɑnro〕康羅

Conroy〔'kɑnrɔɪ〕康羅伊

Conry〔'kɑnrɪ〕康里

Consalvi〔kon'salvɪ〕

Conscience〔kɑŋ'sjɑŋs〕(法)

Conselheiro Lafaiete〔,konsəl'jeru ,lafə'jet〕(巴西)

Consensus Genevensis〔kən'sɛnsəs ,dʒɛnɪ'vɛnsɪs〕

Consensus Tigurinus〔kən'sɛnsəs ,tɪgjʊ'rainəs〕

Consentia〔kon'sɛnʃɪə〕

Conser〔'kɑnsə〕

Conservatoire National de Musique et d'Art Dramatique〔kɔŋsɛrva'twar nasjɔ,nal də mju,zik e dar drama'tik〕(法)
Consett〔'kansɛt〕
Conshohocken〔kanʃə'hakən〕
Considérant〔kɔŋside'raŋ〕(法)
Considine〔'kansɪdin〕康西丁
Consley〔'kanslɪ〕康斯利
Consolación del Norte〔,kɔnsola'sjɔn dɛl 'nɔrtɛ〕
Consolación del Sur〔,kɔnsola'sjɔn dɛl 'sur〕
Constable〔'kʌnstəbḷ〕康斯塔伯(John, 1776-1837, 英國畫家)　　　　　「峯(美國)
Constance, Mount〔'kanstəns〕康士坦士
Constance Baines〔'kanstəns 'benz〕
Constancia〔kɔn'stanθja〕(西)
Constancio〔kɔŋ'stæŋsju〕(葡)
Constans〔'kanstænz; kɔŋs'taŋ(法)〕
Constant〔kɔŋ'staŋ〕康斯丹(Benjamin, 1845-1902, 法國畫家)
Constant de Rebecque〔kɔŋ'staŋ də rɛ'bɛk〕(法)　　　　　　　「馬尼亞
Constanţa〔kon'stantsa〕康士坦沙港(羅
Constantia〔kæn'stænʃɪə〕
Constantijn〔'kɔnstantaɪn〕
Constantin〔'kanstəntɪn; kɔŋstaŋ-'tæŋ(法)〕
Constantina〔,kɔnstan'tina〕 「爾及利亞
Constantine〔'kanstən,tin〕君士坦丁(阿
Constantine I〔'kanstən,taɪn〕❶君士坦丁大帝(280?-337, 羅馬皇帝)❷君士坦丁一世(1868-1923, 希臘國王)
Constantino〔,kɔnstan'tino〕
Constantinople〔,kan,stæntə'nopḷ〕君士坦丁堡(土耳其)
Constantinovich〔,kɔnstan'tjinəvɪtʃ〕
Constantinus〔,kanstən'taɪnəs〕
Constantinus Africanus〔,kanstən-'taɪnəs ,æfrɪ'kenəs〕(法)
Constantin-Weyer〔kɔŋstaŋ'tæŋ·ve'jɛr〕
Constantiola〔,kanstæntɪ'olə〕
Constantius〔kæn'stænʃɪəs〕
Constantsa〔kən'stantsa〕康士坦沙(羅馬
Constanz〔'kɔnstants〕　　　　　「巴亞
Constanza〔kan'stænzə〕
Constanze〔kan'stantsə〕　　「(智利)
Constitución〔,kanstɪ'tjuʃən〕康斯提圖西昂
Constitution Island〔,kanstɪ'tjuʃən ~〕
Consuelo〔kansu'elo; kɔŋswe'lo(法)〕
Consus〔'kansəs〕

Conta〔'kantə〕康塔
Contades〔kaŋ'tad〕(法)
Contalmaison〔kɔŋtalme'zɔŋ〕(法)
Contarina〔,konta'rina〕
Contarini〔,konta'rinɪ〕
Contarini Fleming〔kantə'rini 'flɛmɪŋ〕
Conte〔kant; 'kontɛ(義)〕康特
Conté〔kɔŋ'te〕
Contee〔'kantɪ〕
Contes d'Hoffman〔kɔŋt dɔf'man〕(法)
Contessa〔kon'tessa〕(義)
Conti, de'〔de'kontɪ〕笛昆蒂(Niccolo, 十五世紀的威尼斯旅行家及作家)
Contino〔kon'tino〕
Con-Ticci〔kon-'tiksi〕
Contoocook〔kən'tʊkək〕
Contra Costa〔'kantrə 'kastə〕
Contractus〔kæn'træktəs〕
Contratación〔,kɔntrata'sjɔn〕
Contreras〔kan'treras〕
Contrexeville〔kɔŋtrɛgze'vil〕
Contrie〔kɔŋ'tri〕
Contucci〔kon'tuttʃɪ〕(義)
Convent〔'kanvɛnt〕
Convers〔'kanvə·z〕
Conversano〔,konver'sano〕(義)
Converse〔'kanvə·s〕
Conway〔'kanwe〕康烏
Conwell〔'kanwɛl〕康烏爾
Conwy〔'kanwɪ〕
Conybeare〔'kanɪbɪr〕
Conyers〔'kanjə·z〕
Conyngham〔'kʌnɪŋəm; 'kʌnɪŋhæm〕
Conyngton〔'kanɪŋtən〕
Conze〔'kantsə〕
Coo〔'kɔo〕
Cooch〔kuk〕庫奇
Cooch Behar〔,kutʃ bɪ'har〕
Coode〔kud〕庫德
Coogan〔'kugən〕庫根
Cook〔kuk〕科克(James, 1728-1779, 英國航海家及探險家)
Cooke〔kuk〕柯克(Jay, 1821-1905, 美國金
Cookeville〔'kʊkvɪl〕　　　　　「融家)
Cookingham〔'kʊkɪŋəm〕庫金安
Cookman〔'kʊkmən〕庫克曼
Cookshire〔'kʊkʃɪr〕
Cookson〔'kʊksn〕
Cooktown〔'kʊktaʊn〕
Cookworthy〔'kʊk,wɝðɪ〕
Coolbaugh〔'kulbɔ〕
Cool, Finn Mac〔'fɪn mək 'kul〕

Coolbrith 〔 'kulbrɪθ 〕

Coolen 〔 'kulən 〕

Cooley 〔 'kulɪ 〕

Coolgardie 〔kul'ɡɑrdɪ〕古耳加底（澳洲）

Coolidge 〔 'kulɪdʒ 〕柯立芝（❶（John) Calvin, 1872-1933, 美國第三十任總統 ❷Julian Lowell, 1873-1954, 美國數學家）

Coolin 〔 'kulɪn 〕

Coolus 〔ko'ljus 〕（法）

Coomaraswamy 〔ku'mɑrəs'wɑmɪ 〕

Coomassie 〔ku'mæsɪ 〕

Coomb(e) 〔kum〕庫姆

Coomber 〔 'kumbə 〕孔伯

Coombes 〔kumz〕庫姆斯

Coombs 〔kumz〕庫姆斯

Coomptah 〔 'kʊmptə 〕

Coomtah 〔 'kʊmtə 〕

Coon 〔kun〕庫恩

Coonan 〔 'kunən 〕

Coon Butte 〔 'kun ,bjut 〕

Coonen 〔 'kunɪn 〕庫南

Cooney 〔 'kunɪ 〕庫尼

Coonley 〔 'kunlɪ 〕孔利

Coonoor 〔ku'nʊr 〕

Coons 〔kunz 〕孔斯

Cooper 〔 'kupə 〕庫柏（❶ James Fenimore, 1789-1851, 美國小說家 ❷ Leon N., 1930-, 美國物

Cooper's Creek 〔 'kupəz ~ 〕　　「理學家）

Cooper's Hill 〔 'kupəz ~ 〕

Cooperstown 〔 'kupəz,taʊn 〕

Coopland 〔 'kuplənd 〕庫普蘭

Coopman 〔 'kupmən 〕

Cooray 〔 'kʊərɪ 〕庫雷

Coorg 〔kʊrɡ〕

Coornhert 〔 'kornhert 〕（荷）

Coorong 〔 'kurɑŋ 〕

Coors 〔kʊrz 〕庫爾斯

Coos 〔ko'ɑs; kus 〕　　　　「（澳洲）

Cootamundra 〔 ,kutʌ'mʌndrə〕庫塔芒德臘

Coosawattee 〔 ,kusə'wɑtɪ 〕

Coote 〔kut〕庫特

Coover 〔 'kuvə 〕庫弗

Coowescoowee 〔 ,kuwɛsku'wi 〕

Copacabana 〔 ,kopəkə'bænə 〕

Copahué 〔 ,kopɑ'we 〕

Copais 〔ko'peɪs 〕

Copala 〔ko'pɑlɑ 〕

Copán 〔ko'pɑn 〕

Copco 〔 'kɑpko 〕

Cope 〔kop〕科普

Copeau 〔kɔ'po 〕

Copelan 〔 'koplən 〕科普蘭

Copeland 〔 'koplənd 〕

Copelin 〔 'koplɪn 〕

Copello 〔ko'pejo 〕（拉丁美）

Copeman 〔 'kopmən 〕科普曼

Copena 〔kə'pinə 〕　　　　　　　　「麥）

Copenhagen 〔 ,kopən'heɡən 〕哥本哈根（丹

Copenhaver 〔kopn'hɑvə 〕科彭哈弗

Cöpenick 〔 'kɜpənɪk 〕

Copernicus 〔ko'pɜnɪkəs 〕哥白尼（Nicol- aus, 1473-1543, 波蘭天文學家）

Copertino 〔koper'tino 〕（義）

Cophen 〔 'kofən 〕

Cophetua 〔ko'fɛtjuə 〕

Copiague 〔 'kopeɡ 〕

Copiah 〔kə'paɪə 〕

Copiapó 〔 ,kopjɑ'po 〕科帕坡山（智利）

Copinger 〔 'kopɪndʒə 〕

Copland 〔 'kɑplənd 〕

Coplans 〔 'kɑplənz 〕科普蘭絲

Coplay 〔 'kɑplɪ 〕

Copleston 〔 'kɑplˌstən 〕科普爾斯頓

Copley 〔 'kɑplɪ 〕科普利

Copp 〔kɑp〕

Coppage 〔 'kɑpɪdʒ 〕科皮奇

Coppard 〔 'kɑpəd 〕科珀德

Copparo 〔kop'pɑro 〕（義）

Coppedge 〔 'kɑpɪdʒ 〕科皮奇

Coppée 〔kɔ'pe 〕柯培（François Edouard Joachim, 1842-1908, 法國作家）

Coppename 〔 ,kɔpə'nɑmə 〕

Copper 〔 'kɑpə 〕

Copperfield 〔 'kɑpəfild 〕　　　「方之北方人

Copperhead 〔 'kɑpə,hɛd 〕美國內戰時同情南

Coppermine 〔 'kɑpə,maɪn 〕科珀曼（加拿大）

Copperspur 〔 'kɑpə,spɜ 〕

Coppers 〔 'kɑpəz 〕科珀斯

Coppet 〔kɔ'pɛ 〕（法）

Coppinger 〔 'kɑpɪndʒə 〕科平杰

Coppock 〔 'kɑpək 〕

Coppridge 〔 'kɑprɪdʒ 〕

Copps 〔kɑps 〕

Coppuck 〔 'kɑpək 〕

Copronymus 〔kɑ'prɑnɪməs 〕

Copsey 〔 'kɑpsɪ 〕

Copson 〔 'kɑpsn 〕科普森

Copt 〔kɑpt 〕❶埃及土人 ❷ Coptic 教派之埃及

Copthall 〔 'kɑptɔl 〕　　　　　　「基督徒

Coptic 〔 'kɑptɪk 〕埃及古語

Coptos 〔 'kɑptɑs 〕

Copulhué, Paso 〔 'pɑso ,kopul'we 〕

Coq, Le 〔lə'kɑk 〕

Coq d'or 〔kɑk'dɔr 〕

Coquard〔kɔ'kar〕(法)
Coquelin〔kɔ'klæŋ〕(法)
Coquerel〔kɔ'krɛl〕
Coques〔kaks〕
Coquet〔'kokət〕　　　　　　「(剛果)
Coquilhatville〔kɔkija'vil〕科基拉維耳
Coquillart〔kɔki'jar〕(法)
Coquille〔ko'kil〕
Coquillett〔kakı'lɛt〕
Coquillette〔'kokwılɛt〕
Coquimbo〔ko'kimbo〕科金博(智利)
Cora〔'kɔrə; 'kɔra; 'kɔra(挪)〕科拉
Corabia〔ko'rabja〕
Coracora〔,kɔrə'kɔrə; ,kɔra'kɔra(西)〕
Coraës〔kɔra'is〕
Coral Sea〔'kɔrəl ～〕珊瑚海(太平洋)
Coram〔'kɔrəm〕
Corambis〔kə'ræmbıs〕
Corambus〔ko'ræmbəs〕
Coran〔ka'ran〕
Corangamite〔kə'ræŋəmait〕
Corantijn〔,koran'tain〕
Coraopolis〔kɔrı'aplıs〕
Corato〔ko'rato〕
Corax〔'kɔræks〕
Coray〔kɔra'i〕(法)
Corazón〔,kɔra'sɔn〕
Corbaccio〔kɔr'bætʃıo〕
Corbach〔'kɔrbah〕(德)
Corbeil〔kɔr'bɛj〕(法)
Corbet〔'kɔrbıt〕
Corbett〔'kɔrbıt; -bɛt〕科比特
Corbeuil〔kɔr'bəj〕(法)
Corbie〔kɔr'bi〕(法)
Corbière〔kɔr'bjɛr〕(法)
Corbillon〔'kɔrbılan; kɔr'bılən〕
Corbin〔'kɔrbın〕科爾賓
Corbino〔kɔr'bino〕
Corbit〔'kɔrbıt〕
Corbolium〔kɔr'boliəm〕
Corbould〔'kɔrbold〕
Corbridge〔'kɔrbrıdʒ〕
Corbulo〔'kɔrbjulo〕
Corbusier, Le〔lə kɔrbju'ʒe〕(法)
Corbyn〔'kɔrbın〕科爾濱
Cor Caroli〔kɔr 'kærəlai〕
Corceca〔kɔr'sıkə〕
Corcoran〔'kɔrkərən〕科科倫
Corcos〔'kɔrkoz〕科科斯
Corcovado〔,kɔrka'vado; -ðo(西)〕
Corcyra Nigra〔kɔr'sairə 'naigrə; -'nıgrə〕

Cord〔kɔrd〕科德
Corda〔'kɔrda〕
Cordara〔kɔr'dara〕
Cordatus〔kɔr'detəs〕
Corday〔kɔr'de〕科迪
Corday d'Armond〔kɔr'de dar'mɔ̃ŋ〕(法)
Cordeaux〔kɔr'do〕(法)科爾多
Cordeiro〔kur'deıru〕(葡)
Cordele〔'kɔrdil〕
Cordelia〔kɔr'diljə; -'dilıə〕考狄麗亞(莎
　士比亞所著李爾王King Lear 中之人物，爲李爾王
　三女中最小)　　　　　　　　　「道士
Cordelier〔,kɔrdı'lır〕St. Francis 教派之修
Cordeliers〔kɔrdə'lje〕(法)科爾登
Cordell〔,kɔr'dɛl〕
Corder〔'kɔrdə〕
Corderius〔kɔr'dırıəs〕
Corderman〔'kɔrdəmən〕科德曼
Cordes〔'kɔrdıs; kɔrd(法)〕科德斯
Cordiani〔kor'djanı〕(義)
Cordier〔kɔr'dje〕(法)
Cordière〔kɔr'djɛr〕(法)　　「拉山(秘魯)
Cordillera Mts.〔,kɔrdı'ljɛrə ～〕科地勒
Cordilleras〔kɔr'dılırəz; kɔrðı'jeras〕
　(拉丁美)
Cordiner〔'kɔrdınə〕科迪納
Cordingley〔'kɔrdıŋlı〕科丁利
Córdoba〔'kɔrdəbə〕哥多華(阿根廷；西班牙)
Cordova〔'kɔrdəvə; kɔr'dovə〕科多瓦
Córdovan〔'kɔrdəvən〕西班牙之哥多華人
Cordova y Figueroa〔'kɔrðova ı
　fige'roa〕(西)
Cordozio〔kɔr'ðoθıo〕(西)
Corduba〔'kɔrdjubə〕
Corduene〔,kɔr'dʒını〕
Cordus〔'kɔrdəs〕
Cordy〔'kɔrdı〕科迪
Cordylion〔kɔr'dılıən〕
Core〔kor〕科爾
Corea〔ko'riə〕= Korea
Coreal〔kore'al〕(法)
Corell〔'karəl〕
Corelli〔kə'rɛlı; ko'rɛllı(義)〕
Corentin〔korəŋ'tæŋ〕(法)
Corenzio〔ko'rentsjo〕
Corette〔kə'rɛt〕科雷特
Corey〔'korı〕科里
Corfield〔'kɔrfild〕科菲爾德
Corfinium〔kɔr'fınıəm〕
Corflambo〔kɔr'flæmbo〕
Corfu〔kɔr'fu〕科孚島(希臘)
Corgan〔'kɔrgən〕科根

Corgi〔'kɔrgɪ〕
Cor Hydrae〔kɔr'haɪdri〕
Cori〔'kɔrɪ〕葛里（Carl Ferdinand, 1896-, 1984, 生於捷克之美國生物化學家）
Coria del Rio〔'kɔrja ðel 'rio〕（西）
Coricancha〔,kori'kantʃa〕
Corigliano Calabro〔kori'ljano 'kalabro〕
Corin〔'karɪn〕科林
Corinium〔kə'rɪnɪəm〕
Corinna〔kə'rɪnə〕科琳娜
Corinne〔kə'rin〕科琳
Corinth〔'kɔrɪnθ〕科林斯（希臘）
Corinthia〔kə'rɪnðɪə〕
Corinthus〔kə'rɪnθəs〕
Corinto〔ko'rinto〕
Coriolanus〔,karɪə'lenəs〕
Corioles〔kə'raɪəliz〕
Corioli〔kə'raɪəlaɪ; ka'rɪəlɪ〕
Coriolis〔,kɔrɪ'olɪs; kɔrjɔ'lis（法）〕
Corippus〔ko'rɪpəs〕
Corisca〔kə'rɪskə〕
Corisco〔kə'rɪsko〕
Coritavi〔,korɪ'tevaɪ〕
Coriza〔ko'ritsa〕
Corizza〔ko'rɪttsa〕（義）
Cork〔kɔrk〕寇克（愛爾蘭）
Corker〔'kɔrkə〕
Corkery〔'kɔrkərɪ〕科克里
Corkey〔'kɔrkɪ〕科基
Corkill〔'kɔrkɪl〕科克希爾
Corkran〔'kɔrkrən〕
Corle〔kɔrl〕科克爾
Corleone〔korle'one〕
Cor Leonis〔kɔr li'onɪs〕
Corlett〔kɔr'lɛt〕科利特
Corley〔'kɔrlɪ〕科利
Corliss〔'kɔrlɪs〕科利斯
Çorlu〔tʃɔr'lu〕（土）
Cormac〔'kɚmæk〕
Cormack〔'kɔrmæk〕科馬克
Cormany〔'kɔrmenɪ〕科馬尼
Cormeilles-en-Parisis〔kɔr'mejzaŋ--pari'zi〕（法）
Cormenin〔kɔrmə'næŋ〕（法）
Cormon〔kɔr'mɔn〕（法）
Cormontaigne〔kɔrmɔn'tenj〕（法）
Corn〔kɔrn〕科恩
Cornaro〔kɔr'naro〕
Cornbury〔'kɔrnbərɪ〕 「法國劇作家)
Corneille〔kɔr'ne〕柯奈（Pierre, 1606-1684,
Corneiro〔kɔr'nero〕科內羅

Cornejo〔kɔr'neho〕（西）
Cornelia〔kɔr'nɪljə〕科尼莉亞
Cornelio〔kor'neljo〕（義）
Cornelis〔kɔr'nilɪs; kor'nelɪs（荷）〕
Cornelisz〔kɔr'nelɪs〕
Corneliszoon〔kɔr'nelɪsən; kɔr'nelɪsɔn〕
Corneliu〔kɔr'nelju〕（羅）
Cornelius〔kɔr'nɪljəs〕葛尼路斯（Peter von, 1783-1867, 德國畫家）
Cornell〔kɔr'nɛl〕康奈爾
Cornelus〔'kɔrnələs〕
Cornelys〔kɔr'nelɪs〕
Corner〔'kɔrnɚ〕科納
Corneto〔kɔr'neto〕科尼特
Cornett〔kɔr'nɛt; 'kɔrnɪt〕
Cornette〔kɔr'nɛt〕
Cornewall〔'kɔrnwəl〕康沃爾
Cornford〔'kɔrnfɚd〕
Cornforth〔'kɔrnfɔrθ〕康福思
Cornhill〔'kɔrnhɪl〕
Cornhuskers〔'kɔrn,hʌskɚz〕
Corniani〔kɔr'njanɪ〕
Corniche〔kɔr'niʃ〕
Cornigliano Ligure〔kɔrnɪ'ljano 'ligure〕
Cornimont〔kɔrni'mɔŋ〕（法）
Corning〔'kɔrnɪŋ〕
Cornish〔'kɔrnɪʃ〕Cornwall 地區之古方言
Cornishman〔'kɔrnɪʃmən〕
Cornishmen〔'kɔrnɪʃmən〕
Corno〔'kɔrno〕考奴山（義大利）
Cornouaille〔kɔrnu'aj〕（法）
Cornu〔kɔr'nju〕（法）
Cornuto〔kɔr'njuto〕
Cornutus〔kɔr'njutəs〕
Cornwall〔'kɔrn,wɔl〕康瓦耳（英格蘭）
Cornwall, Marshall-〔'marʃəl--'kɔrnwəl; -wɔl〕
Cornwallis〔kɔrn'walɪs〕康沃利斯
Cornwell〔'kɔrnwɛl; -wəl〕康爲爾
Coro〔'kɔro; 'koro〕
Coroado〔koru'aðu〕（葡）
Corocoro〔,kɔrə'kɔro〕
Coromandel〔,karə'mændḷ; -rom-〕
Corombona〔,koram'bonə〕
Corominas〔kə'ramɪnəs〕
Coron〔ka'rɔn〕科倫
Corona〔'karənə; kə'ronə〕
Corona Borealis〔kə'ronə bɔrɪ'ælɪs〕
Coronach〔'karənək〕
Coronada〔,koro'naða〕（西）

Coronado〔‚karə'naðo; koro'naðo (西)〕
科羅納多
Coronados〔‚karə'nadoz〕
Coronation Gulf〔‚karə'neʃən ~〕
Coronea〔‚karə'niə〕
Coronel〔'karənɛl; koro'nɛl (西)〕
Coronel Bogado〔koro'nɛl vo'gaðo〕
（西）
Coronelli〔‚koro'nɛlli〕（義）
Coronel Oviedo〔koro'nɛl o'vjeðo〕(西)
Coronel Suárez〔koro'nɛl 'swares〕
（拉丁美）
Coronie〔kə'roni〕
Coronis〔kə'ronis〕
Coropuna, Nevado〔ne'vaðo ko -
ro'puna〕（西）
Corot〔ka'ro〕葛魯（Jean Baptiste
Camille, 1796-1875, 法國畫家）
Corozal〔‚kɔro'sal〕
Corpo di Bacco〔'kɔrpo di 'bako〕
Corpus〔'kɔrpəs〕
Corpus Christi〔'kɔrpəs 'kristi〕❶
【天主教】聖禮節 ❷考帕克利士替（美國）
Corpus Juris Canonici〔'kɔrpəs
'dʒuris kə'nanisai〕
Corpus Juris Civilis〔'kɔrpəs
'dʒuris si'vailis〕
Corra〔'karə〕科拉
Corradini〔‚korra'dini〕（義）
Corrado〔‚kor'rado〕（義）
Corral〔kor'ral〕科臘爾（智利）
Corralillo〔'kɔrra'lijo〕（拉丁美）
Corrario〔ko'rarjo〕（義）
Correa〔ka'riə; kɔr'reə〕科雷亞
Correa da Serra〔kur'reə ðə 'serə〕
（葡）
Corrêa de Sá e Benevides〔kɔr'reə
di 'sa i benə'vidis〕
Correggio〔kə'redʒo, -'redʒio〕葛雷基歐
（Antonio Allegri da, 1494-1534, 義大利畫家）
Corregidor〔kə'regidɔr〕柯里磯多島(菲律賓)
Correia〔kɔ'reə〕
Correia-Botelho〔kur'rejə·bu'telju〕(葡)
Correll〔'kɔrril; kə'rɛl〕科雷爾
Correns〔'karens〕
Correnti〔kor'renti〕（義）
Correr〔'karə〕
Corrèze〔kɔr'rɛz〕（法）
Corrib, Lough〔lah 'karib〕（愛）
Corrichie〔kə'rihi〕（蘇）
Corridale〔'karidel〕
Corrie〔'kari〕

Corrientes〔‚kari'ɛntɛs〕可林特斯(阿根廷)
Corriere della Sera〔korri'ere dɛlla
'sera〕（義）
Corrievreckan〔‚kariv'rɛkən〕
Corrievrekin〔‚kariv'rekən〕
Corrigan〔'karigən〕科里根
Corril〔'karil〕
Corrin〔'karin〕科林
Corrington〔'kariŋtən〕科林頓
Corrodi〔kɔr'rodi〕
Corrowr〔kə'raur〕
Corrsin〔'kɔrsin〕
Corry〔'kari; 'kɔrri〕科里
Corryvreckan〔‚kariv'rekən〕
Corsair〔'kɔrsɛr〕
Corsberg〔'kɔrzbəg〕
Cor Scorpionis〔kɔr skɔrpi'onis〕
Corse〔kɔrs〕科斯
Corsellis〔kɔr'sɛlis〕
Corser〔'karsə〕科瑟
Cor Serpentis〔kɔr sə'pɛntis〕
Corsewall〔'kɔrs‚wɔl〕
Corsi〔'kɔrsi〕科西
Corsica〔'kɔrsikə〕科西嘉島（法國）
Corsican〔'kɔrsikən〕❶科西嘉人或居民
❷科西嘉島之義大利方言
Corsini〔kɔr'sini〕
Corslwyn〔'kɔrsluin〕
Corso〔'kɔrso〕（義）
Corson〔'kɔrsn̩〕科森
Corssen〔'kɔrsən〕
Corstopitum〔kɔrs'tapitəm〕
Cort〔kɔrt〕科特
Cortazar〔‚kɔrta'sar〕
Corte〔'kɔrte〕
Corte Modera〔'kɔrtə mə'dɛrə〕
Cortegiano〔‚kɔrte'dʒano〕
Cortellazzo〔‚kɔrtɛl'lattso〕（義）
Cortelyon〔'kɔrtəlju〕
Corte-Real〔'kɔrtə·ri'al〕（葡）
Corterreal〔'kɔrtəri'al〕（葡）
Cortes〔'kɔrtɛs; -tez〕科爾特斯
Cortés〔kɔr'tes〕
Cortesa〔kor'tesa〕
Cortesi〔kɔr'tesi〕科特西
Cortez〔'kɔrtiz〕科爾特斯
Corti〔'kɔrti〕
Corticelli〔kɔrti'sɛli〕
Cortiço〔kor'tisu〕（葡）
Cortina〔kɔr'tina〕 「（義）
Cortina d'Ampezzo〔kor'tina dam'pettso〕
Cortisone〔kɔrti'zon〕

Cortissoz〔kɔr'tisəz〕
Cortland〔'kɔrtlənd〕科特蘭
Cortlandt〔'kɔrtlənt〕
Cortney〔'kɔrtnɪ〕科特尼
Cortona〔kɔr'tona〕
Cortot〔kɔr'to〕（法）科托特
Cortright〔'kɔrtraɪt〕科特賴特
Corubal〔kuru'val〕（葡）
Coruche〔ku'ruʃɪ〕
Çoruh〔tʃo'ruh〕（土）
Çorum〔tʃo'rum〕（土）科勒姆
Corumbá〔korum'ba〕科龍巴
Coruña〔ko'runja〕
Corunna〔kɔ'rʌnə; kər-〕
Corupedion〔,karjʊ'pidɪən; ,karu-〕
Corupedium〔,karjʊ'pidɪəm; ,karu-〕
Corvallis〔kɔr'vælɪs〕
Corvey〔'kɔrvaɪ〕科維
Corvino〔kɔr'vino〕
Corvinus〔kɔr'vaɪnəs; -'vi-〕
Corvin-Wiersbitzki〔'kɔrvɪn·viəs-'bɪtski〕
Corvisart〔kɔrvi'zar〕（法）
Corvo〔'kɔrvo; 'korvu（葡）〕
Corvus〔'kɔrvəs〕【天文】烏鴉座
Corwen〔'kɔrwɪn; -wen〕
Corwin〔'kɔrwɪn〕科溫
Corwith〔'kɔrwɪð〕
Cory〔'korɪ; 'kɔrɪ〕科里
Coryat(e)〔'karɪət; 'kɔrjət〕
Coryatt〔'karɪət; 'kɔrjət〕
Corybant〔'karɪbænt〕【希臘神話】❶女神 Cybele 之從者 ❷祭祀 Cybele 之祭司
Corybantes〔,karɪ'bæntiz〕
Corycian Cave〔kə'rɪʃɪən ～〕
Corydon〔'karɪdn̩; -dan〕科里登
Coryell〔korɪ'ɛl; ,kar-〕科里爾
Coryfin〔'karɪfɪn〕
Corymbaeus〔,karɪm'biəs〕
Corynne〔ko'rɪn〕科琳
Corythus〔'kɔrɪθəs; 'kor-〕
Coryton〔'karɪtn̩〕
Cos〔kas〕科斯
Cosby〔'kasbɪ〕卡斯比
Cos Cob〔'kas 'kab〕
Coscomatepec〔kas,komatɛ'pɛk〕
Coseguina〔,kosɛg'wina〕
Cosel〔'kozəl〕
Coseley〔'kozlɪ〕
Cosenz〔ko'zɛnts〕
Cosenza〔ko'zɛntsa〕科森察（義大利）
Cosette〔ko'zɛt〕

Cosgrave〔'kazgrev〕科斯格雷夫
Cosgriff〔'kasgrɪf〕科斯格里夫
Cosgrove〔'kazgrov〕
Cosh〔kaʃ〕科什
Cosham〔'kasəm〕
Coshocton〔kə'ʃaktən〕
Cosi Fan Tutte〔ko'si 'fan 'tutte〕
Cosima〔'kozɪma〕
Cosimo〔'kozɪmo〕
Cosimo de' Migliorati〔'kozɪmo de miljo'ratɪ〕
Cosin〔'kazɪn〕
Cosio〔'kosjo〕
Coslettuce〔'kaslɛtɪs; -əs〕
Cosmas〔'kazməs〕
Cosmati〔koz'matɪ〕
Cosmo〔'kazmo〕
Cosmoledo〔,kazmo'ledo〕
Cosne〔kon〕（法）
Cospicua〔kas'pikwa〕
Coss〔kɔs〕科斯
Cossa〔'kɔssa〕（義）
Cossack Marlinski〔'kasək ma'ljinskɪ〕
Cossak〔'kasæk〕
Cossar〔'kasə〕科薩爾
Cossé〔kɔ'se〕
Cosseans〔ka'siənz〕
Cossentine〔'kasɪntaɪn〕科森坦
Cossimbazar〔,kasɪmbə'zar; 'kasɪŋ,bazar（孟）〕
Cossit〔'kasɪt〕
Cossmann〔'kasman〕
Cosson〔'kasn̩〕科森
Cossura〔kə'surə〕
Cossutius〔ka'sjuʃɪəs; kə'suʃəs〕
Cossyra〔ka'saɪrə〕
Cost〔kɔst〕
Costa〔'kastə; 'kɔsta（義）; 'kɔstə（巴西）; 'kɔʃtə（葡）〕
Costa Cabral〔'kɔʃtə kə'bral〕（葡）
Costa Carvalho〔'kɔstə kɚ'valju〕（巴西）
Costain〔'kasten〕科斯坦
Costa Mesa〔'kastə 'mesə〕
Costanoan〔kastə'noən〕
Costanzo〔kos'tantso〕
Costar〔'kastɚ〕
Costard〔'kastɚd〕「美洲」
Costa Rica〔,kastə 'rikə〕哥斯大黎加（中
Costa y Martínez〔'kɔstə ɪ ma'tineθ〕（西）
Coste〔kɔst; 'kastɪ〕
Coste-Floret〔kɔst·flɔ'rɛ〕（法）

Costello〔kas'tɛlo; 'kæstəlo〕科斯特洛
Costelloe〔'kæstəlo〕
Coster〔'kæstə〕科斯特
Costermansville〔'kæstəmənzvɪl〕
Costes〔kɔst〕
Costigan〔'kæstɪgən〕科斯蒂根
Costilla〔kæs'tija〕
Costin〔'kæstɪn〕
Costley〔'kæstlɪ〕科斯特利
Cosumnes〔kə'sʌmnɪz〕
Cosway〔'kæzwe〕
Coswig〔'kæsvɪh〕(德)
Cosyra〔kə'saɪrə〕
Cot〔ko〕(法) 科特
Cota〔'kota〕科塔
Cotabanama〔,kotaba'nama〕
Cotabato〔,kota'bato〕
Cotacachi〔,kota'katʃɪ〕
Cota de Maguaque〔'kota ðe
  ma'gwake〕(西)
Coté〔ko'te〕
Coteau〔kɔ'to〕
Cote Blanche〔kot 'blaɳʃ〕
Côte-d'Azur〔,kodə'zur〕蔚藍海岸(法國)
Côte-d'Or〔kot·'dɔr〕(法)
Cotelier〔kɔtə'lje〕(法)
Cotentin〔kɔtaɳ'tæɳ〕(法)
Coterie〔'kotərɪ〕
Cotes〔kots〕科茨
Côtes-du-Nord〔kot·dju·'nɔr〕(法)
Cotesworth〔'kotswəθ〕科茨沃思
Cotgrave〔'katgrev〕
Cothay〔'koθe〕
Cöthen〔'kətən〕
Cothran〔'koθrən〕料思倫
Cotignola〔koti'njɔla〕
Cotin〔kɔ'tæɳ〕(法)
Cotinga〔ko'tiɳgə〕
Cotlow〔'katlo〕科特洛
Cotman〔'katmən〕
Cotner〔'katnə〕科特納
Coto〔'koto〕
Coton〔'kotṇ〕
Cotonou〔,kɔtə'nu〕柯都努港(貝寧)
Cotopaxi〔,katə'pæksɪ〕科多伯西山(厄瓜
Cotrone〔ko'trone〕   「多爾)
Cotswold〔'katswold; -wəld〕
Cotsale〔'kat·səl〕
Cotsall〔'kat·səl〕
Cotsworth〔'katswəθ〕
Cott〔kat〕科特
Cotta〔'kata〕

Cottabato〔,kota'bato〕
Cottage Grove〔'katɪdʒ 'grov〕
Cottam〔'katəm〕科塔姆
Cottbus〔'katbəs; 'kɔtbʊs (德)〕
Cotte〔kɔt〕
Cotten〔'katṇ〕科滕
Cottendorf〔'katṇdɔrf〕
Cottenham〔'katnəm〕
Cotter〔'katə〕科特
Cottereau〔kɔ'tro〕(法)
Cotterell〔'katrəl〕科特雷爾
Cotterman〔'katəmən〕
Cottesloe〔'katslo〕
Cottet〔kɔ'tɛ〕
Cottian〔'katɪən; -tjən〕
Cottica〔'katɪkə〕
Cottin〔kɔ'tæɳ〕(法)
Cotting〔'katɪɳ〕科廷
Cottingham〔'katɪɳəm〕
Cottius〔'katɪəs〕
Cottle〔'katḷ〕科特爾
Cotton〔'katṇ; kɔ'tɔn (法)〕科頓
Cotton Plant〔'katṇ ,plænt〕【植物】棉樹
Cottonopolis〔,katə'napəlɪs〕
Cottonwood〔'katṇ,wʊd〕
Cottrell〔'katrəl〕科特雷爾
Cotts〔kats〕
Cotubanama〔,kotuba'nama〕
Cotugno〔ko'tunjo〕
Cotuit〔ko'tjuɪt; -'tu-〕
Cotulla〔kə'tulə〕
Cotunnius〔kə'tʌnɪəs〕
Cotus〔'kotəs〕
Coty〔'kotɪ; kɔ'ti (法)〕
Cotyora〔,katɪ'orə〕
Cotys〔'kotɪs〕
Coubertin〔,kuber'tæɳ; kuber'tæɳ
  (法)〕
Couch〔kutʃ; kaʊtʃ〕庫奇
Couchman〔'kuʃmən〕庫奇曼
Couch, Quiller〔'kwɪlə 'kutʃ〕
Coucy〔ku'si〕
Coucy-le-Château-Auffrique〔ku'si··
  lə·ʃa'to·o'frik〕(法)
Coudekerque-Branche〔kud'kɛrk
  'braɳʃ〕(法)
Couder〔ku'dɛr〕(法)
Coudersport〔'kaʊdəz,pɔrt〕
Coudert〔ku'dɛr〕庫代爾
Coudreau〔ku'dro〕
Coué〔'kue; kwe (法)〕
Couéron〔kwe'rɔɳ〕(法)

Coüeron〔kwe'rɔŋ〕(法)
Coues〔kauz〕
Coughlan〔'kɑglən; 'kɑk-〕
Coughlin〔'kɑglɪn; 'kɑk-〕庫格林
Coughran〔'kɑrɪn〕庫格倫
Coughtrey〔'kautrɪ; kɔt-〕
Couillet〔ku'jɛ〕(法)
Coulanges〔ku'lɑnɜ〕(法)
Coulcher〔'kultʃɚ〕
Couldrey〔'kuldrɪ; 'kol-〕庫爾德里
Couldwell〔'koldwɛl〕
Coulee Dam〔'kulɪ ~〕
Coulevain〔kul'væŋ〕(法)
Coulin〔'kulɪn〕
Coulincourt〔'kulɪnkɔrt〕
Coull〔kol; kul〕庫爾
Coulman〔'kolmən〕
Coulmiers〔kul'mje〕(法)
Coulomb〔'kulɑm〕庫倫(Charles Augustin de, 1736-1806, 法國物理學家)
Coulommiers〔kulə'mje〕(法)
Coulouris〔kə'lorɪs〕
Coulsdon〔'kolzdən〕
Coulsdon and Purley〔'kolzdən 'pɚlɪ〕
Coulshaw〔'kolʃɔ; 'kul-〕
Coulshed〔'kolʃɛd; 'kul-〕庫爾謝德
Coulson〔'kolsn̩; 'kul-〕庫爾森
Coultas〔'koltəs; 'kul-〕庫爾塔斯
Coulter〔'koltɚ〕庫爾特
Coulthard〔'kolθɑrd〕
Coulton〔'koltən〕庫爾頓
Council〔'kaunsl〕庫斯爾
Council Bluffs〔'kaunsɪl 'blʌfs〕
Councilman〔'kaunslmən〕
Counsell〔'kaunsəl〕
Counselman〔'kaunsəlmən〕康塞爾曼
Countee〔kaun'te; 'kauntɪ〕
Countercheck   Quarrelsome〔'kauntɚtʃɛk 'kwɑləlsəm〕
Counter-gate〔'kauntɚ-,get〕
Countryman〔'kʌntrɪmən〕康特里曼
Counts〔kaunts〕康茨
Coup〔ku〕(法)
Coupar-Angus〔'kupɚ-'æŋɡəs〕
Couper〔'kupɚ〕庫珀
Couperin〔ku'præŋ〕
Couperus〔ku'perəs〕
Coupeville〔'kupvɪl〕
Coupland〔'kuplənd〕
Coupler〔'kʌplɚ〕
Courage〔'kʌrɪdʒ〕

Courant〔'kurɑnt〕庫蘭特
Courantyne〔'korəntaɪn〕
Courayer〔kure'je〕(法)
Courbet〔kur'be〕古拔(Gustave, 1819-1877, 法國畫家)
Courbevoie〔kurbə'vwa〕(法)
Courcelette〔kursə'lɛt〕(法)
Courcelles〔kur'sɛl〕(法)
Courcelles-sur-Nied〔kur'sɛl·sjur-'nje〕(法)
Courcillon〔kursi'jɔŋ〕(法)
Courcy〔'kɔrsɪ; 'kɚsɪ〕庫西
Courde〔kurd〕(法)
Courier〔'kurɪɚ; ku'rje〕
Courland〔'kurlənd; -lænd〕
Courmayeur〔kurma'jɚr〕(法)
Cournand〔'kurnɑnd〕庫爾南(André Frédéric, 1895-, 美籍法裔生理學家)
Cournos〔'kurnəs〕
Cournot〔kur'no; kur'no(法)〕
Courrier〔'kurɪɚ〕
Courrières〔kur'jɛr〕(法)
Cours〔kur〕(法)
Courson〔kur'sɔŋ〕(法)庫森
Court〔kɔrt; kur〕考特
Courtall〔'kɔrtɔl〕
Courtanvaux〔kurtɑŋ'vo〕(法)
Courtauld〔'kɔrtold; 'kɔrto; kur'to (法)〕考陶爾德
Court de Gébelin〔kur də ʒeb'læŋ〕
Courte-Heuse〔kurt·'ʒz〕(法)
Courteline〔kurtə'lin〕(法)
Courtenay〔'kɔrtnɪ〕考特尼
Courteney〔'kɔrtnɪ〕
Courter〔'kɔrtɚ〕考特爾
Courtesy〔kur'tɛs〕(法)
Courthope〔'kɔrtəp〕考托普
Courthouse〔'kɔrthaus〕
Courths-Mahler〔'kurts·'mɑlɚ〕
Courtice〔'kɚtɪs〕
Courtland〔'kɔrtlənd〕考特蘭
Courtly〔'kɔrtlɪ〕
Courtneidge〔'kɔrtnɪdʒ〕考特尼奇
Courtney〔'kɔrtnɪ〕考特尼
Courtois〔kur'twa〕(法)
Courtot〔kur'to〕(法)
Courtown〔'kɔrtaun〕
Courtrai〔kur'tre; kur'tre(法)〕
Courtrail〔kur'tre〕(法)
Courts〔kɔrts〕
Courville〔'kurvɪl〕
Courvoisier〔kurvwa'zje〕(法)

Couse〔kaʊs〕
Cousens〔'kʌznz〕
Coushatta〔ku'ʃætə〕   「法國哲學家」
Cousin〔ku'zæŋ〕古儒(Victor, 1792-1867,
Cousin Jacques〔ku'zæŋ 'ʒak〕(法)
Cousin Pons〔ku'zæŋ 'pɔŋs〕(法)
Cousins〔'kʌznz〕卡曾斯
Coussemaker〔kusma'ker〕(法)
Cousser〔ku'sɛr〕(法)
Cousteau〔kus'to〕(法)
Coustou〔kus'tu〕
Coutances〔ku'tɑŋs〕
Coutant〔'kutənt〕
Coutard〔ku'tar〕(法)
Couthon〔ku'tɔŋ〕
Coutinho〔ko'tinju〕(葡)
Couto〔'kotu〕(葡)
Coutras〔kut'ra〕(法)
Coutts〔kuts〕庫茨
Coutts, Burdett-〔'bɜdɛt·'kuts〕
Couture〔ku'tjur〕(法)
Couturier〔kutju'rje〕(法)
Couve〔kuv〕
Couvrai〔kuv're〕
Couvray〔kuv're〕
Couvreur〔kuv'rɜ〕(法)
Couzens〔'kʌznz〕卡曾斯
Covadonga〔,kova'ðɔŋga〕(西)
Covarrubias〔,bova'rubiəs〕
Cove〔kov〕科夫
Covelli〔ko'vɛlli〕(義)
Covenanter〔'kʌvə,næntə〕
Covent〔'kʌvənt〕
Coventry〔'kʌvəntri〕科芬特里(英格蘭)
Coverack〔'kavəræk〕
Cover〔'kovə〕科弗
Coverdale〔'kʌvədel〕科弗代爾
Coverley〔'kʌvəli〕
Covernton〔'kʌvəntən〕科文頓
Covert〔'kʌvət〕科弗特
Covey〔'kovi〕科維
Covielle〔kɔ'vjɛl〕
Covilhã〔kuvi'ljæŋ〕(葡)
Covilham〔kuvi'ljaʊŋ〕(古葡)
Covilhão〔kuvi'ljaʊŋ〕(葡)
Coville〔'kovil〕科維爾
Covina〔ko'vinə〕
Covington〔'kʌviŋtən〕科溫頓
Cowal〔'kaʊəl〕
Cowan〔'kaʊən〕考恩(加拿大)
Cowansville〔'kaʊənzvil〕
Coward〔'kaʊəd〕科沃德

Cowart〔'kaʊət〕科沃特
Cowden〔'kaʊdɛn; 'kaʊdən〕考登
Cowdenbeath〔'kaʊdn'biθ〕
Cowderoy〔'kaʊdərɔɪ〕
Cowdin〔'kaʊdɪn〕
Cowdray〔'kaʊdre〕考德雷
Cowdry〔'kaʊdrɪ〕考德里
Cowell〔'koəl; 'kaʊəl〕考埃爾
Cowen〔'kaʊɪn; 'koɪn〕考恩
Cowern〔'kaʊən〕考恩
Cowes〔kaʊz〕考斯港(英國)
Coweta〔ko'witə; kaɪ'itə〕
Cowgate〔'kaʊget〕
Cowgill〔'kaʊgɪl〕考吉爾
Cowham〔'kaʊəm〕考厄姆
Cowie〔'kaʊi〕考伊
Cowing〔'kaʊiŋ〕考因
Cowl〔kaʊl〕
Cowland〔'kaʊlənd〕考蘭
Cowles〔kaʊlz; kolz〕考爾斯
Cowley〔'kaʊlɪ〕科里(Abraham, 1618-1667,
Cowling〔'kaʊlɪŋ〕考林   「英國詩人」
Cowlitz〔'kaʊlɪts〕
Cowpasture〔'kaʊ,pastʃə〕
Cowpens〔'kaʊpɛnz〕
Cowper〔'kupə〕科伯(William, 1731-1800,
英國詩人)
Cowper Powys〔'kupə 'poɪs〕
Cowper-Temple〔'kupə·'tɛmpl〕
Cowtan〔'kaʊtn〕
Cowperwood〔'kaʊpəwʊd〕
Cowra〔'kaʊrə〕
Cowton〔'kaʊtn〕考頓
Cox〔kaks〕
Coxcie〔'kaksi〕
Coxcomb〔'kaks,kom〕
Coxe〔kaks〕考克斯
Coxeter〔'kakstə〕考克斯特
Coxey〔'kaksɪ〕科克西(Jacob Sechler,
1854-1951, 美國政治改革者)
Coxie〔'kaksi〕
Coxin's Hole〔'kaksnz ~〕
Coxon〔'kaksn〕考克森
Coxsackie〔kʊk'saki〕
Coxwell〔'kakswəl; -wɛl〕考克斯衛爾
Coy〔kɔɪ〕科伊
Coyle〔kɔɪl〕
Coyne〔kɔɪn〕科因
Coyoacán〔,kojoa'kan〕
Coyote〔kaɪ'oti〕北美大草原之土狼
Coypel〔kwa'pɛl〕(法)
Coysevox〔kwaz'vɔks〕(法)

Coysh〔kɔɪʃ〕
Cozad〔kəˈzæd〕科札德
Cozeners, The〔ˈkʌzənəz〕
Cozens〔ˈkʌznz〕科曾斯
Cozens-Hardy〔ˈkʌznz·ˈhɑrdɪ〕
Coziba〔ˌkoˈzivɑ〕(西)
Cozumel〔ˌkosuˈmɛl〕科蘇梅耳(墨西哥)
Cozy〔ˈkozɪ〕
Cozzens〔ˈkʌznz〕
Crab〔kræb〕【天文】巨蟹座；巨蟹宮
Crabb〔kræb〕克拉布
Crabbe〔kræb〕克拉卜(George, 1754-1832,
Crabeth〔kraˈbɛt〕   「英國詩人〕
Crabshaw〔ˈkræbʃɔ〕
Crabtree〔ˈkræbtri〕克拉布特里
Crace〔kres〕克雷斯
Crackenthorpe〔ˈkrækənθɔrp〕
Cracker State〔ˈkrækə ˈstet〕
Cracknell〔ˈkræknl̩; -nəl〕
Cracow〔ˈkræko; ˈkrɑ-〕
Craddock〔ˈkrædək〕克拉多克
Crad(d)ocke〔ˈkrædək〕
Cradle〔ˈkredl̩〕搖籃峯(澳洲)
Cradley〔ˈkredlɪ〕
Cradock〔ˈkrædək〕
Craesbeeck〔ˈkrɑsbek〕(法蘭德斯)
Craft〔krɑft〕
Crafton〔ˈkrɑftən; ˈkræf-〕克拉夫頓
Crafts〔krɑfts〕克拉夫茨
Cragg〔kræg〕克拉格
Craggy〔ˈkrægɪ〕
Cragside〔ˈkrægsaɪd〕
Craig〔kreg〕克雷格
Craig, Ailsa〔ˈelsə ˈkreg〕
Craigavad〔ˌkregəˈvæd〕
Craigavon〔kreˈgævən〕克雷加文
Craigend〔ˈkregend〕
Craigengelt〔ˌkregənˈgɛlt〕
Craigenputtock〔ˌkregənˈpʌtək〕
Craighead〔ˈkreg,hed〕
Craighill〔ˈkreghɪl〕了,雷格希爾
Craigie〔ˈkregɪ〕克雷基(Sir William Al-
exander, 1867-1957, 英國語言學家及辭典編纂
Craigmile〔ˈkregmaɪl〕克雷格邁爾   「家〕
Craigmyle〔ˈkregmaɪl〕
Craik〔krek〕克雷克(Dinah Maria, 1826-
1887, 本姓 Mulock, 英國女小說家〕
Crail〔krel〕
Crailsheim〔ˈkraɪlshaɪm〕
Crain〔kren〕克雷恩
Craine〔kren〕克雷恩
Craiova〔krɑˈjɔvɑ〕克拉約瓦(羅馬尼亞)

Crais-Billon〔krɛˈbiˈjɔŋ〕(法)
Cram〔kræm〕克拉姆
Cramblet〔ˈkræmblɪt〕克蘭布利特
Cramer〔ˈkremə; ˈkrɑmə(德)〕克拉默
Cramerton〔ˈkremətən〕
Cramlington〔ˈkræmlɪŋtən〕
Cramp〔kræmp〕克蘭普
Crampel〔krɑŋˈpel〕(法)
Crampton〔ˈkræmptən〕克蘭普頓
Cranach〔ˈkrɑnɑh〕(德)
Cranage〔ˈkrenɪdʒ〕克拉尼奇
Cranberry〔ˈkræn,bɛrɪ; -bərɪ〕
Cranborne〔ˈkrænbɔrn〕克蘭伯恩
Cranbourne〔ˈkrænbɔrn; ˈkrænborn;
ˈkrænbɜrn〕
Cranbrook〔ˈkrænbruk〕
Crance〔krɑŋˈse〕
Cranch〔kræntʃ〕克蘭奇
Crandall〔ˈkrædəl〕克蘭德爾
Crandell〔ˈkrændəl; kræn'dɛl〕克蘭德爾
Crandon〔ˈkrændən〕克蘭登
Crane〔kren〕克倫(❶Stephen, 1871-1900,
美國作家 ❷Robert Bruce, 1857-1937, 美國畫家〕
Cranfield〔ˈkrænfild〕克蘭菲爾德
Cranford〔ˈkrænfəd〕
Cranko〔ˈkrænko〕克蘭科
Crankshaw〔ˈkræŋkʃɔ〕克蘭克肖
Cranleigh〔ˈkrænli〕
Cranley〔ˈkrænlɪ〕克蘭利
Cranmer〔ˈkrænmə〕克蘭默
Cranmer-Byng〔ˈkrænmə·ˈbɪŋ〕
Crannell〔ˈkrænl̩〕克蘭內爾
Cranon〔ˈkrenən〕
Cranson〔ˈkrænsn̩〕克蘭森
Cranston〔ˈkrænstən〕克蘭斯敦(美國)
Cranstoun〔ˈkrænstən; ˈkrænz-〕克蘭
Crantor〔ˈkræntɔr〕   「斯頓
Cranwell〔ˈkrænwɛl〕
Cranwill〔ˈkrænwɪl〕克蘭威爾
Cranworth〔ˈkrænwəθ〕
Cranz〔krɑnts〕
Craon〔krɑŋ〕(法)
Craonne〔krɑn〕
Crapaud〔krɑˈpo〕(法)
Crapser〔ˈkræpsə〕
Crapsey〔ˈkræpsɪ〕
Crary〔ˈkrɛrɪ〕克拉里   「1649,英國詩人〕
Crashaw〔ˈkræʃɔ〕克拉蕭(Richard, 1613?-
Crass〔kræs〕克拉斯 「115?-53B.C.,羅馬將軍〕
Crassus〔ˈkræsəs〕克拉蘇(Marcus Licinius,
Craster〔ˈkræstə〕克拉斯特
Cratch〔krætʃ〕

Cratchit〔'krætʃɪt〕
Crater〔'kretə〕【天文】巨爵座
Craterus〔'krætərəs〕
Crates〔'kretiz〕
Crathie〔'kræθɪ〕
Crathis〔'kreθɪs〕
Crathorne〔'kreθɔrn〕克拉索恩
Crati〔'krɑtɪ〕
Cratinus〔krə'taɪnəs〕
Cratippus〔krə'tɪpəs〕
Cratsenberg〔'krætsənbəg〕
Cratsley〔'krætslɪ〕克拉茨利
Crater〔'kretə〕
Crato〔'krɑtu〕(葡)
Cratylus〔'krætɪləs〕
Crau〔kro〕
Crauford〔'krɔfəd〕
Craufurd〔'krɔfəd〕克勞弗德
Craugh〔krɔ〕
Crauk〔krok〕
Cravant〔krɑ'vaŋ〕(法)
Craven〔'krevən〕
Cravenette〔,krævə'net〕
Cravens〔'krevn̩z〕克雷文斯
Craw〔krɔ〕克勞
Crawcour〔'krɔkə〕
Crawford〔'krɔfəd〕克勞佛(❶ Francis Marion, 1854-1909, 美國小說家 ❷ Thomas, 1813?-1857, 美國雕刻家)
Crawfordsville〔'krɔfədzvɪl〕
Crawfurd〔'krɔfəd〕
Crawght〔krɔt〕
Crawhall〔krə'hɔl〕
Crawley〔'krɔlɪ〕克勞利
Crawley-Boevey〔'krɔlɪ·'buvɪ〕
Crawleys〔'krɔlɪz〕
Crawshaw〔'krɔʃɔ〕克勞肖
Crawshay〔'krɔʃe〕克勞謝
Craxton〔'krækstən〕克拉克斯頓
Cray〔kre〕克雷
Crayford〔'krefəd〕
Crayon〔'kreən〕
Crayton〔'kretən〕克雷頓
Crazy Horse〔'krezɪ ,hɔrs〕
Creagh〔kre〕克雷
Creaghan〔'krigən〕
Creak〔krik〕
Creakle〔'krikl̩〕
Creekmore〔'krikmɔr〕
Creal〔kril〕克里爾
Creamer〔'krimə〕克雷默
Crean〔krin〕克林

Creanza〔'krinzə〕克林扎
Creaser〔'krisə〕克里澤
Creas(e)y〔'krisɪ〕克里西
Creasman〔'krismən〕
Creation〔krɪ'eʃən〕
Creator, the〔krɪ'etə ~〕
Crébillon〔krebi'jɔŋ〕克雷畢永(1674-1762, 眞名 Prosper Jolyot, 法國劇作家)
Creccanford〔'krekənfəd〕
Crécy〔'krɛsɪ; kre'si (法)〕
Crécy-en-Ponthieu〔kre'si·aŋ·pɔŋ'tjə〕
Credé〔krə'de〕(法)
Credi〔'kredɪ〕
Crédit Mobilier〔'kredɪt mə'bɪljə; kre'di mɔbi'lje (法)〕
Crediton〔'kredɪtn̩〕
Creditor〔'kredɪtə〕
Credner〔'krednə〕
Credo〔'krido〕
Credulous〔'kredjʊləs〕
Cree〔kri〕❶克里族(北美印第安人之一族)❷該族之語言
Creech〔kritʃ〕克里奇
Creed〔krid〕
Creede〔'kriid〕克里德
Creedy〔'kridɪ〕克里迪
Creek〔krik〕克里克聯盟之印第安人(現居於美國)
Creekmore〔'krikmɔr〕克里克莫爾
Creel〔kril〕克里爾
Creelman〔'krilmən〕
Creer〔krɪr〕克里爾
Crees〔kris; kriz〕
Creese〔kriz〕克里斯
Creevey〔'krivɪ〕
Creevy〔'krivɪ〕克里維
Crefeld〔'kre,feld〕克雷非耳(德國)
Cregeen〔krɪ'dʒin〕
Crehan〔'kriən〕
Creighton〔'kraɪtn̩; 'kretən〕克賴頓
Creil〔krej〕(法)
Creizenach〔'kraɪtsənah〕(德)
Crell〔krel〕
Crelle〔'krelə〕
Crema〔'kremɑ〕
Crémazie〔krema'zi〕(法)
Cremer〔'krimə〕葛禮默(Sir William Randal, 1838-1908, 英國和平主義者)
Cremera〔'kremərə〕
Cremers〔'krimərz; 'kremərz〕
Crémieux〔kre'mjə〕(法)
Cremin〔'krimɪn〕克雷明
Cremona〔krɪ'monə〕❶格里摩那(義大利)❷第16,17,18世紀 Cremona 城所製之小提琴

Cremorne〔'krɛmə·n〕
Cremutius〔krɪ'mjuʃɪəs〕
Crenshaw〔'krɛnʃɔ〕克倫肖
Creole〔'kriol〕
Creon〔'kriɑn〕
Crepps〔krɛps〕克雷普斯
Crépy〔kre'pi〕   「(法)
Crépy-en-Valois〔kre'pi·ɑŋ·va'lwa〕
Créqui〔kre'ki〕
Crerar〔'krɪrə·〕克里勒
Cres〔tsrɛs〕
Cresap〔'krɛsəp〕克雷薩普
Crescent〔'krɛsnt〕
Crescentiis〔krɪ'senʃɪɪs〕
Crescentini〔,kreʃen'tini〕
Crescentius〔krɪ'senʃɪəs〕
Crescenzi〔kre'ʃentsɪ〕
Crescey〔'krɛsɪ〕
Cresilas〔'krɛsɪləs〕
Crescimbeni〔,kreʃɪm'beni〕
Cresco〔'krɛsko〕
Cresconius〔krɛs'konɪəs〕
Cresilas〔'krɛsɪləs〕
Creskoff〔'krɛskɔf〕克雷斯科夫
Creson〔'krisn̩〕克雷森
Crespi〔'krɛspi〕
Crespigny〔'krɛspɪnɪ; 'krɛpɪnɪ〕克雷
斯皮尼
Crespo〔'krɛspu(葡); 'krɛspo(西)〕
Crespy〔kre'pi〕
Cresques〔'krɛskɪs〕
Cress(e)〔krɛs〕克雷斯
Cressent〔krɛ'sɑŋ〕(法)
Cressey〔'krɛsɪ〕克雷西
Cressid〔'krɛsid〕
Cressida〔'krɛsɪdə〕
Cressier〔krɛ'sje〕(法)
Cressingham〔'krɛsɪŋəm〕
Cresskill〔'krɛskɪl〕
Cressman〔'krɛsmən〕克雷斯曼
Cresson〔'krɛsən〕克雷森
Cressona〔krɛ'sonə〕
Cresswell〔'krɛzwəl; -ɛsw-〕克雷斯衛爾
Cressy〔'krɛsɪ〕克雷西
Crest〔krɛst〕
Crestline〔'krɛstlaɪn〕
Crestofle〔krɛs'tɔflə〕
Creston〔'krɛstən〕克雷斯頓
Crestone〔'krɛstən〕
Crestview〔'krɛst,vju〕
Crestwood〔'krɛstwud〕
Creswell〔'krɛswɛl; -wəl〕克雷斯衛爾

Creswick〔'krɛzɪk〕克雷齊克
Creswicke〔'krɛzɪk〕
Cret〔kre〕
Crêt〔kre〕(法)
Creta〔'kritə〕   「質」白堊紀
Cretaceous Period〔krɪ'teʃəs ~〕【地
Cretan〔'kritən〕克里特島人
Crete〔krit〕克里特島(希臘)
Créteil〔kre'tej〕(法)
Cretensis〔krɪ'tɛnsɪs〕
Cretic〔'kritɪk〕
Crétin〔'kretæŋ〕(法)
Creticus〔'kritɪkəs〕
Cretors〔'kritə·z〕克里特斯
Creus〔'kriəs; 'kreus〕
Creusa〔kri'uzə〕
Creuse〔krɜz〕(法)
Creusot〔krɜ'zo〕(法)
Creutz〔krɔɪts〕克羅伊茨
Creutzwald-la-Croix〔krɜtsvɑld·lɑ·-
kr'wa〕(法)
Creutzinger〔'krɔɪtsɪŋə·〕
Creux〔krɜ〕
Creuzer〔'krɔɪtsə·〕
Creuziger〔'krɔɪtsɪgə·〕
Creuznach〔'krɔɪtsnɑh〕(德)
Crevalcore〔kreval'kore〕
Crevaux〔krə'vo〕(法)
Creve Coeur〔'kriv 'kur〕
Crève-Coeur〔krɛv·'kɜ〕(法)
Crevecoeur〔kriv'kur〕
Crèvecoeur〔krɛv'kɜ〕(法)
Crever〔'krivə·〕克里弗
Crévier〔kre'vje〕(法)
Crew〔kru〕克魯
Crewdson〔'krudsn̩〕克魯森
Crewe〔kru〕克魯(英格蘭)
Crewe-Milnes〔'kru·'mɪlz〕
Crewkerne〔'krukə·n; 'krukən;
kru'kɜn〕
Crewler〔'krulə·〕
Crews〔kruz〕克魯斯
Creyton〔'kretn̩〕
Crianlarich〔krɪən'lærɪk; -ɪh〕
Cribb〔krɪb〕克里布
Cribbett〔'krɪbɪt〕克里貝特
Cricca〔'krɪkə〕
Criccieth〔'krɪkɪɛθ; -kjəθ〕
Crichel〔'krɪtʃəl〕
Crichton〔'kraɪtən〕克萊頓(James, 稱作
the Admirable Crichton, 1560?-1582, 蘇格蘭之
Crick〔krɪk〕克里克 「年輕學者·詩人及冒險家)

Crickard〔'krɪkəd〕

Cricklade〔'krɪkled〕克賴德

Crider〔'kraɪdə〕克賴德

Cridland〔'krɪdlənd〕

Crieff〔krif〕

Crier〔'kraɪə〕

Crighton〔'kraɪtn̩〕

Crile〔kraɪl〕　　　　　　　「里倫

Crillon〔'krɪlən; 'krɪlan; kri'jɔŋ〕克

Crim〔krɪm〕

Crimea〔kraɪ'miə〕克里米亞（蘇聯）

Crimisus〔krɪ'maɪsəs〕

Crimissus〔krɪ'mɪsəs〕

Crimmins〔'krɪmɪnz〕克里明斯

Crimmitschau〔'krɪmɪtʃau〕

Crimsworth〔'krɪmzwəθ〕

Crinagoras〔krɪ'nægərəs〕

Crinan Canal〔'kraɪnən ~〕

Crinkley〔'krɪŋklɪ〕克林克利

Crippa〔'krɪpə〕

Crippen〔'krɪpɪn〕克里平

Cripple Creek〔'krɪpl̩ 'krik〕

Cripplegate〔'krɪpl̩get; -gɪt〕

Cripps〔krɪps〕克里普斯

Criptana〔krɪp'tanə〕

Criș〔kriʃ〕（羅）

Crisa〔'kraɪsə〕

Crișana-Maramureș〔krɪ'ʃana-- mara'mureʃ〕（羅）

Criseyde〔krɪ'sedə〕

Crisfield〔'krɪsfild〕

Crisford〔'krɪsfəd〕克里斯福德

Crisler〔'kraɪslə〕克賴斯勒

Crismon〔'krɪsmən〕克里斯蒙

Crisóstomo〔krɪ'sostomo〕克里索斯托莫

Crisp〔krɪsp〕克里斯普

Crisparkle〔'krɪsparkl̩〕

Crispi〔'krɪspi〕克利斯比（Francesco, 1819-1901, 義大利政治家）

Crispian〔'krɪspɪən〕

Crispianus〔,krɪspɪ'enəs〕

Crispin〔'krɪspɪn〕聖克里斯賓（Saint, 三世紀時之羅馬殉教者, 鞋匠保護神）

Crispinella〔,krɪspɪ'nelə〕

Crispinian〔krɪs'pɪnɪən; -njən〕

Crispus〔'krɪspəs〕克里斯珀斯

Crissman〔'krɪsmən〕

Crist〔krɪst〕克里斯特

Cristina〔krɪs'tina; kris-〕

Cristinos〔kris'tinos〕

Cristobal〔kris'tobəl〕

Cristóbal〔kris'toval〕（西）

Cristofano〔kris'tofano〕

Cristofori〔kris'tofari〕

Cristoforo〔kris'toforo〕

Cristóval〔kris'toval〕

Cristus〔'kristəs〕

Criswell〔'krɪswel; -wəl〕克里斯衛爾

Critchett〔'krɪtʃet; -ɪt〕克里切特

Critchfield〔'krɪtʃfild〕克里奇菲爾德

Critchley〔'krɪtʃlɪ〕克里奇利

Criterion〔kraɪ'tɪrɪən〕

Crites〔kraɪts; 'kraɪtiz〕克賴茨

Critius〔'krɪʃəs; 'krɪtɪəs〕

Crito〔'kraɪto〕

Critolaus〔,krɪto'leəs〕

Critser〔'kraɪtsə〕

Crittenberger〔'krɪtn̩,bɝgə〕克里滕伯格

Crittenden〔'krɪtn̩dən〕克里滕登

Crittenton〔'krɪtn̩tən〕

Crivelli〔kri'vellɪ〕（義）

Crna〔'tsɝnə〕（塞克）

Crna Gora〔'tsɝnə 'gorə〕

Crni Djordje〔'tsɝni 'djordjɛ〕

Croagh Patrick〔kro 'pætrɪk〕（愛）

Croaghpatrick〔kro'pætrɪk〕

Croaker〔'krokə〕

Croasdale〔'krozdel〕克羅斯代爾

Croat〔'kroæt; -ət〕Croatia 人或其語言

Croatan〔,kroə'tæn〕

Croatia〔kro'eʃə〕克羅埃西亞（南斯拉夫）

Croatie〔kroa'si〕（法）

Croatoan〔,kroə'toən〕

Crocco〔'krako〕

Croce〔'krotʃi〕克魯契（Benedetto, 1866- 1952, 義大利哲學家及政治家）

Crocheron〔'kroʃɪran〕

Crociato〔kro'tʃato〕

Crocker〔'krakə〕克羅克

Crockett〔'krakɪt〕克羅克特

Crockford〔'krakfəd〕

Crocodile〔'krakə,daɪl〕

Crocodilopolis〔,krakədɪ'lapəlɪs〕

Crocombe〔'krokom〕克羅科姆

Crocus〔'krokəs〕

Croesus〔'krisəs〕克里薩斯（紀元前六世紀之 Lydia 王）「Lydia 王」

Croft〔krɔft〕克羅夫特

Croftangry〔'krɔftæŋgrɪ〕

Croft-Cooke〔'kraft·'kuk〕

Crofton〔'kraftən〕克羅夫頓

Crofts〔krafts〕克羅夫茨

Croghan〔'kroən; -gən〕克羅根

Crohn〔kron〕克羅恩

Croia〔'krɔja〕

Croiset〔krwa'zɛ〕(法)

Croisettes〔krwa'zɛt〕(法)

Croisilles〔krwa'zij〕(法)

Croissant-Rust〔krwa'saŋ·'rust〕

Croisset〔krwa'sɛ〕

Croissy〔krwa'si〕(法)

Croix〔krɔɪ; kr'wa(法)〕「法國之軍功十字章」

Croix de guerre〔krwa də 'gɛr〕(法)

Croizette〔krwa'zɛt〕(法)

Croke〔krʊk〕克羅克

Croker〔'krokə〕克羅科(John Wilson, 1780-1857, 英國散文家及編輯)

Crokinole〔'krokənol〕

Croll〔krol〕克羅爾

Croly〔'krolɪ〕「國)

Cro-Magnon〔,kromæ'njɔŋ〕克魯麥農(法

Cromartie〔'kramətɪ〕

Cromb〔'krom〕克羅姆

Crombie〔'krambɪ; 'krʌm-〕

Crome〔krom〕

Cromek〔'kromɛk〕

Cromer〔'kromə〕克羅默

Cromie〔'kromɪ〕

Crommelin〔'krʌmlɪn; 'kram-〕克羅姆林

Crommelynck〔krɔmə'læŋk〕(法)

Crompton〔'kramptən〕克倫頓(Samuel, 1753-1827, 英國發明家)

Cromwell〔'kramwəl〕克倫威爾(Oliver, 1599-1658, 英國將軍及政治家)

Cronaca, il〔il 'krɔnaka〕

Cronan〔'kronən〕

Cronbach〔'kranbək〕克朗巴赫

Crone〔kron〕

Croneis〔'kronaɪs〕克羅尼斯

Cronenberg〔'kronənbəg〕

Cronholm〔'krunholm〕(瑞典)

Cronin〔'kronɪn〕克羅寧

Cronjé〔krɔ'nje〕

Cronkhite〔'kraŋkhaɪt〕

Cronkite〔'kraŋkaɪt〕克朗凱特

Cronmiller〔'kranmɪlə〕克朗米勒

Cronne〔kran〕克朗

Cronos〔'kranəs〕【希臘神話】Titan 神之一（篡其父 Uranus 而爲統治宇宙之神）

Cronshaw〔'kranʃɔ〕克朗肯

Cronstadt〔'kranstæt〕

Cronstedt〔'krunstɛt〕(瑞典)

Cronulla〔kro'nʌlə〕

Cronus〔'kronəs〕

Cronwright〔'kranraɪt〕

Cronwright-Schreiner〔'kranraɪt 'ʃraɪnə〕

Cronyn〔'kronɪn〕克羅寧

Croo〔kru〕

Crook〔krʊk〕克魯克

Crookback〔'krʊk,bæk〕

Crooked〔'krʊkɪd〕克魯克德(英國)

Crookenden〔'krʊkŋdɛn〕克魯肯登

Crooker〔'krʊkə〕克魯克

Crookes〔krʊks〕克魯克斯(Sir William, 1832-1919, 英國物理學家及化學家)

Crooks〔krʊks〕克魯克斯

Crookshank〔'krʊkʃæŋk〕克魯克香克

Crookston〔'krʊkstən〕克魯克斯頓

Crooksville〔'krʊksvɪl〕

Croom(e)〔krum〕克魯姆

Croop〔krup〕克魯普

Cropp〔krap〕克魯普

Croppies〔'krapɪz〕

Cropsey〔'krapsɪ〕

Croquemitaine〔krɔkmi'tɛn〕(法)

Croquis〔krɔ'ki〕(法)

Cros, du〔dju 'kro〕(法)

Crosby〔'krɔzbɪ〕克勞士貝(英格蘭)

Crosbyton〔'krazbɪtən〕

Crosen〔'krosŋ〕克羅森

Crosfield〔'krasfild〕克羅斯菲爾德

Croshaw〔'krɔʃo〕

Crosier〔'krozʒə〕克羅澤

Croskey〔'kraskɪ〕

Crosland〔'krazlənd〕克羅斯蘭

Crosley〔'krazlɪ〕克羅斯利

Crosman〔'krazmən〕

Crosneau〔kro'no〕

Cross(e)〔krɔs〕克勞斯(Wilbur Lucius, 1862-1948, 美國教育家及從政者)

Crossett〔'kraset; -ɪt〕克羅西特

Crossland〔'kraslənd〕克羅斯蘭

Crossley〔'kraslɪ〕克羅斯利

Crossman〔'krasmən〕克羅斯曼

Crosson〔'krasŋ〕克羅森

Crossville〔'krasvɪl〕

Crosten〔'krastən〕克羅斯滕

Croswell〔'krazwel; -wəl〕

Crosthwaite〔'krasθwet〕克羅斯衛特

Crotch〔kratʃ〕

Crotchet〔'kratʃɪt〕

Crothers〔'krʌðəz〕克羅瑟斯

Croton〔'krotŋ〕

Crotona〔kro'tonə〕

Crotone〔kro'tone〕

Croton Falls Dam〔'krotŋ ,fɔlz ~〕

Croton-on-Hudson〔'krotŋ·an·'hʌdsŋ〕

Crotty〔'kratɪ〕克羅蒂

Crotus〔'krotəs〕
Crotus Rubianus〔'krotəs rubɪ'enəs〕
Crouch〔krautʃ〕克勞奇
Crouchback〔'krautʃbæk〕
Crousaz〔kru'za〕（法）克勞薩斯
Crouse〔kraus〕克勞斯
Crouter〔'krautə〕
Crow〔kro〕❶北美印第安人之一族（屬於 Siouan 語族）❷該族人
Crowden〔'kraudn̩〕克勞登
Crowder〔'kraudə〕克勞德
Crowdero〔krau'dıro〕
Crowdus〔'kraudəs〕
Crowdy〔'kraudı〕克勞迪
Crowe〔kro〕克羅
Crowell〔'kroəl〕克羅衛爾
Crowfoot〔'krofut〕克勞福特
Crowfield〔'krofild〕
Crowhurst〔'krohəst〕克勞赫斯特
Crowl〔kraul〕
Crowland〔'kroland〕
Crowley〔'krolı〕克羅利
Crown〔kraun〕克朗
Crowndale〔'kraundel〕
Crowne〔kraun〕　　　　　　　「爾德
Crowninshield〔'krauninʃild〕克勞寧希
Crownover〔'krau,novə〕克勞諾弗
Crowns〔kraunz〕
Crowquill〔'kro,kwıl〕
Crow's Nest〔'kroz ,nɛst〕
Crowsnest〔'kroznɛst〕
Crowson〔'krausn̩〕克勞森
Crowte〔kraut〕
Crowther〔'krauðə〕克勞瑟
Crowthers〔'krʌðəz〕
Croxall〔'krʌksɔl; -səl〕克羅克索爾
Croxton〔'krʌkstən〕克羅克斯頓
Croy〔krɔı〕克羅伊
Croydon〔'krɔıdn̩〕克洛頓（英格蘭）
Croyland〔'krɔıland〕
Croysado〔krɔı'sado〕
Croysdale〔'krɔızdel〕克羅伊斯代爾
Crozat〔'krozæt; krɔ'za（法）〕
Crozet Islands〔kro'zet ~; krɔ'zɛ ~〕
Crozier〔'kroʒə〕克羅澤　　　「（法）
Crozon〔krɔ'zɔŋ〕（法）
Cruces〔'krusɛs〕
Cruchaga〔kru'tʃaga〕
Crucifixion〔,krusı'fıkʃən〕耶穌之釘死於十字架；耶穌被釘死於十字架上之圖畫或塑像
Cruciger〔'krusıdʒə; 'krutsıgə（德）〕
Crucis, Rosae〔'rozi 'krusıs〕

Cruden〔'krudən〕
Crudor〔'krudɔr〕
Crudup〔'krjudəp〕
Cruess〔'kruıs〕克鲁斯
Cruel〔kru'ɛl〕
Crüger〔'krjugə〕（德）
Cruickshank〔'krukʃæŋk〕克鲁克香克
Cruikshank〔'krukʃæŋk〕克鲁克香克
Cruillas〔kru'iljas〕
Cruise〔kruz〕克鲁斯
Cruls〔kruls〕
Crum〔krʌm〕克拉姆
Crumb〔krʌm〕
Crum Elbow〔krʌm 'ɛlbo〕
Crummell〔'krʌməl〕
Crummer〔'krʌmə〕
Crummey〔'krʌmı〕克拉米
Crummles〔'krʌml̩z〕
Crummock〔'krʌmək〕
Crummus〔'krʌməs〕
Crumn〔krʌm〕
Crump〔krʌmp〕克倫普
Crumpacker〔'krʌm,pækə〕克倫帕克
Cruncher〔'krʌntʃə〕
Crundall〔'krʌndəl; -dɔl〕克倫多爾
Crupp〔krʌp〕
Cruppi〔krju'pi〕（法）
Crus〔krʌs〕
Crusade〔kru'sed〕
Crusca〔'krʌskə〕
Cruscello〔krʌ'sɛlo〕
Cruse〔krus〕克魯斯
Crusé〔kru'se〕
Crusenstolpe〔'krusəns,tɔlpə〕
Crusius〔'kruzıus〕
Crusoe〔'kruso〕克魯素（Daniel Defoe 著 " 魯濱遜飄流記 " 之主角）
Crussol〔krju'sɔl〕（法）
Crustumerium〔krʌstju'mirıəm〕
Crutched Friars〔'krʌtʃıd 'fraıəz; 'krʌtʃt 'fraıəz〕
Crutchfield〔'krʌtʃfild〕克拉奇菲爾德
Crutchley〔'krʌtʃlı〕克拉奇利
Crute〔'krut〕克魯特
Cruttenden〔'krʌtn̩dən〕
Cruttwell〔'krʌtwəl〕
Cruveilhier〔krjuve'je〕（法）
Cruvelli〔kru'vɛlı〕
Crüwell〔krju'vɛl〕（德）
Crux〔krʌks〕【天文】十字座
Cruz〔kruz; kruθ; krus〕克魯茲（智利）
Cruz Alta〔kruz 'altə〕

Cruz del E'je〔'krus ðɛl 'ɛhe〕(拉丁美)
Cruzeiro〔kru'zeru〕巴西貨幣單位
Cruz y Goyeneche〔'krus ɪ goje 'netʃe〕(拉丁美)
Cruz Grande〔'kruz 'grandɛ〕
Cryfts〔krɪfts〕
Crymble〔'krɪmbl̩〕克林布爾
Crysell〔'kraɪsəl〕
Crysler〔'krɪslə〕
Crystal〔'krɪstl̩〕克里斯特爾
Csáky〔'tʃakɪ〕(匈)
Csallóköz〔'tʃallokəz〕(匈)
Csepel〔'tʃepɛl〕(匈)
Csiky〔'tʃɪkɪ〕
Csoka〔'tʃokə〕
Csokonai Vitéz〔'tʃokonɔɪ 'vɪtɛz〕(匈)
Csokor〔'tʃokɔr〕
Csoma〔'tʃomɑ〕
Csoma de Kőrös〔'tʃoma də 'kɜrɛʃ〕(匈)
Csongrád〔'tʃoŋgrad〕(匈)
Ctesias〔'tiziəs〕
Ctesibius〔tɪ'sɪbɪəs〕
Ctesiphon〔'tɛsɪfan〕
Cuadrado〔kwa'drado〕
Cuando〔'kwænɳdu〕(葡)
Cuango〔'kwæŋgu〕(葡)
Cuanza〔'kwanzə〕
Cuaray〔kwa'raɪ〕
Cuarto〔'kwarto〕
Cuahtémoc〔kwaʊ'temɔk〕
Cuauhtitlan〔ˌkwaʊtit'lan〕
Cuautla〔'kwautla〕
Cuba〔'kjubə〕古巴 (西印度群島)
Cuba, La〔la 'kuba〕(義)
Cuban〔'kjubən〕古巴人
Cubanacán〔ˌkubana'kan〕
Cubango〔ku'bæŋgo〕
Cubbedge〔'kʌbɪdʒ〕
Cubillo〔ku'viljo〕(西)
Cubitt〔'kjubɪt〕
Çubuk〔tʃu'bʊk〕(土)
Cuccio〔'kuttʃo〕(義)
Cuchulainn〔'kukʊlɪn; 'kuhʊlɪn〕(愛)
Cuchulinn〔'kukʊlɪn; 'kuhʊ-〕(愛)
Cuckfield〔'kʌkfild〕
Cuckmere〔'kʌkmɪr〕
Cuckney〔'kʌknɪ〕卡克尼
Cuculain〔ku'kulɪn〕
Cu Cullin〔ku 'kulɪn〕
Cucurron〔kjʊkjʊ'rɔŋ〕(法)
Cúcuta〔'kukuta〕庫庫塔 (哥倫比亞)

Cudahy〔'kʌdəhɪ〕卡達希
Cudd〔kʌd〕
Cuddalore〔'kʌd,lɔr〕卡達洛爾 (印度)
Cuddapah〔kʌdəpə〕卡達帕 (印度)
Cuddy〔'kʌdɪ〕
Cudillero〔ˌkuðɪ'ljero〕(西)
Cudjo's Cave〔'kʌdʒoz ～〕
Cudlipp〔'kʌdlɪp〕卡德利普
Cudmore〔'kʌdmɔr〕
Cudworth〔'kʌdwəθ〕寇德華斯 (Ralph, 1617-1688, 英國哲學家)
Cuenca〔'kweŋka〕昆卡 (厄瓜多爾)
Cuera〔'kwɛra〕
Cuernavaca〔ˌkwɛrna'vaka〕(西)
Cuernos〔'kwɛrnəs〕
Cuero〔'kwɛro〕
Cuers〔kjʊ'er〕(法)
Cuers-Pierrefew〔kjʊer·pjɛr'fɜ〕(法)
Cuervo〔'kwɛrvo〕(西)
Cuesmes〔kwɛm〕(法)
Cuestas〔'kwestas〕
Cuetzalan〔ˌkwɛtsa'lan〕
Cueva〔'kweva〕
Cueva Henríquez Árias de Saavedra〔'kweva ɛn'rikeθ 'arjas ðe saa'veðra〕(西)
Cuevas del Almanzora〔'kwevaz ðɛl ˌalman'θɔra〕(西)
Cueva y del Río〔'kweva ɪ ðɛl 'rio〕
Cufa〔'kjufə〕
Cuff(e)〔kʌf〕卡夫
Cuffley〔'kʌflɪ〕卡夫利
Cufic〔'kjufɪk〕
Cufra〔'kufra〕
Cugat, Xavier〔ku'gæt 'savier; kʊ'ga 'savier〕
Cugerni〔kjʊ'dʒɜnaɪ〕
Cugnot〔kjʊ'njo〕(法)
Cui〔kjʊ'i〕(法)
Cuiabá〔kujə'va〕庫亞巴 (巴西)
Cuicas〔'kwikas〕
Cuicuilco〔kwɪ'kwilko〕
Cuigh Uladh〔kwi 'ulə〕(愛)
Cuilapa〔kwɪ'lapa〕
Cuilcagh〔'kwɪlkə〕(愛)
Cuillin〔'kulɪn〕
Cuilo〔'kwilu〕(葡)
Cuinchy〔kjʊæŋ'ʃi〕(法)
Cuitlahuatzin〔ˌkwitla'watsin〕
Cuito〔'kwito〕
Cuitzeo〔kwɪt·'seo〕
Cujacius〔kjʊ'jeʃɪəs〕

Cujas〔kju'ʒas〕（法）
Cujavia〔kju'dʒevɪə〕
Cuke〔kjuk〕
Cukor〔'kjukə〕丘克
Culalok〔ku'lalok〕
Cularo〔'kjuləro〕
Culberson〔'kʌlbəsn〕
Culbert〔'kʌlbət〕卡伯特
Culbertson〔'kʌlbət·sən〕卡伯特森
Culdee〔'kʌldi〕
Culebra〔ku'lɛbrə; ku'levra（西）〕
Culem〔'kʌləm〕
Culex〔'kjulɛks〕
Culgoa〔kʌl'goə〕克爾戈阿河（澳洲）
Culham〔'kʌləm〕
Culiacán〔,kulja'kan〕庫利阿坎（墨西哥）
Culin〔'kjulɪn〕丘林
Culion〔ku'ljon〕
Culkin〔'kʌlkɪn〕卡爾金
Cull〔kʌl〕卡爾
Cullem〔'kʌləm〕卡勒姆
Cullen〔'kʌlɪn〕卡倫
Cullenbine〔'kʌlɪnbaɪn〕卡林拜爾
Cullendale〔'kʌlɪndel〕
Culler〔'kʌlə〕卡勒
Cullera〔ku'ljera〕（西）
Culley〔'kʌlɪ〕卡利
Culligan〔'kʌlɪgən〕卡利根
Cullimore〔'kʌlɪmɔr〕卡利莫爾
Cullinan〔'kʌlɪnən〕卡利南
Culling〔'kʌlɪŋ〕卡林
Cullingford〔'kʌlɪŋfəd〕卡林福德
Cullinnan〔kʌ'lɪnən〕
Cullis〔'kʌlɪs〕卡利斯
Cullison〔'kʌlɪsn〕卡利森
Culliton〔'kʌlɪtən〕卡利頓
Cullman〔'kʌlmən〕卡爾曼
Culloden〔kə'ladn〕
Cullom〔'kʌləm〕卡洛姆
Cullompton〔kə'lʌmptən〕
Cullowhee〔'kʌləhwi〕
Cullum〔'kʌləm〕卡勒姆
Cullwick〔'kʌlwɪk〕
Cully〔'kʌli〕
Culm〔kʌlm〕【地質】頁岩系
Culmann〔'kulman〕
Culmbach〔'kulmbah〕（德）
Culme〔kʌlm〕
Culmer〔'kʌlmə〕
Culmsee〔'kulmze〕卡姆西
Culp〔kʌlp; kəlp（丹）〕卡爾普
Culpeper〔'kʌl,pɛpə〕

Culp's Hill〔'kʌlps ～〕
Culross〔'kʌlras; kʌ'rɔs; 'kuras; 'kurəs〕卡爾羅斯
Culter〔'kutə〕
Cults〔kʌlts〕卡爾茨
Culver〔'kʌlvə〕卡爾弗
Culverwel (l)〔'kʌlvəwəl〕卡爾弗衛爾
Culzean〔kʌ'lin〕
Cumae〔'kjumi〕
Cumaná〔kuma'na〕庫馬納（委內瑞拉）
Cumania〔kju'menɪə〕
Cumans〔'kjumənz〕
Cumbal〔kum'bal〕坎伯
Cumber〔'kʌmbə〕
Cumberbatch〔'kʌmbə,bætʃ〕坎伯巴奇
Cumberland〔'kʌmbələnd〕❶昆布蘭（英格蘭；美國）❷昆布蘭河（美國）
Cumberlege〔'kʌmbəlɪdʒ〕坎伯利奇
Cumbrae〔kəm'bre〕
Cumbraes〔kəm'brez; 'kʌmbrez〕
Cumbre, La〔la 'kumbre〕
Cumbre Negra〔'kumbre 'negra〕
Cumbres〔'kʌmbrəs〕
Cumbria〔'kʌmbrɪə〕康布里亞（英格蘭）
Cumbrian Mountains〔'kʌmbrɪən ～〕康布連山（英格蘭）
Cumby〔'kʌmbɪ〕
Cumières〔kju'mjɛr〕（法）
Cuminá〔,kumɪ'na〕
Cuming〔'kʌmɪŋ〕卡明
Cumings〔'kʌmɪŋz〕卡明斯
Cumming〔'kʌmɪŋ〕卡明
Cummings〔'kʌmɪŋz〕卡明斯
Cummins〔'kʌmɪnz〕卡明斯
Cummuskey〔'kʌmski〕
Cumnock〔'kʌmnak〕
Cumnor〔'kʌmnor〕
Cumont〔kju'mɔŋ〕（法）
Cuna〔'kunə〕
Cunard〔kju'nard〕丘納德
Cunarder〔kju'nardə〕
Cunaxa〔kju'næksə〕
Cunctator〔kʌŋk'tetə〕
Cundall〔'kʌndl〕
Cundiff〔'kʌndɪf〕
Cundell〔'kʌndl〕坎德爾
Cundinamarca〔,kundɪna'marka〕
Cundwah〔'kʌndwa〕
Cunego〔ku'nego〕
Cunegond〔'kjunɪgand〕
Cunégonde〔kjune'gɔŋd〕（法）
Cunene〔ku'nene〕庫內列河（安哥拉）
Cuneo〔'kuneo〕庫尼奧

Cunha〔'kunjə; 'kunhɑ〕庫尼亞

Cunha, da〔də 'kunjə〕達古納（Tristão, 1460?-1540, 葡萄牙航海家及探險家）

Cuninggim〔'kʌnɪŋgɪm〕坎寧金

Cuningham(e)〔'kʌnɪŋəm〕

Cunliffe〔'kʌnlɪf〕坎利夫

Cunliffee〔'kʌnlɪfi〕

Cunningham(e)〔'kʌnɪŋhæm; -ŋəm〕康寧涵（❶ Allan, 1784-1842, 蘇格蘭作家 ❷ Sir Alan Gordon, 1887-, 英國將軍）

Cunnington〔'kʌnɪŋtən〕坎寧頓

Cunnison〔'kʌnɪsṇ〕坎尼森

Cuno〔'kuno〕

Cunobelin〔kju'nobəlɪn〕

Cunobeline〔'kjunobə,laɪn〕

Cunobelinus〔,kjunobɪ'laɪnəs〕

Cuntisuyu〔,kunti'suju〕

Cunynghame〔'kʌnɪŋəm〕康寧安（Allan, 1784-1842, 蘇格蘭作家）

Cunz〔kunts〕

Cunza〔'kunzə〕

Cuore〔'kwɔre〕

Cuorgnè〔kwɔr'njɛ〕

Cupar〔'kupə〕　　　　「（爲Venus 之子）

Cupid〔'kjupɪd〕邱比特, 爲羅馬神話中的愛神

Cupis de Camargo〔kju'pis də ka- mar'go〕（法）

Cupit〔'kjupɪt〕

Cuppia〔'kjupɪə〕卡皮亞

Cuppy〔'kʌpɪ〕

Ĉuprija〔'tjuprɪja〕

Cura〔'kura〕　　　　　「島（荷蘭）

Curaçao〔,kjurə'so; kura'sao〕古拉索

Curaçoa〔,kjurə'soə; 'kjɔr-; 'kjurəso; kura'soa（西）〕

Curacautín〔,kurakau'tin〕

Curan〔'kʌrən〕

Curanilahue〔ku,rani'lawe〕

Curaray〔kura'ra·ɪ〕

Curare〔ku'rare〕

Curbastro〔kur'bastro〕

Curbuil〔kjur'bjuj〕（法）

Curchod〔kjur'ʃo〕（法）

Curci〔'kurtʃi〕（義）

Curci, Galli-〔'galli·'kurtʃi〕（義）

Curé〔kju're〕（法）

Curé d'Ars〔kjure 'dar〕（法）

Curel〔kju'rɛl〕（法）

Curepipe〔,kjur'pip〕（法）

Cures〔'kjuriz〕

Curetes〔kju'ritiz〕

Cureton〔'kjurtṇ〕

Curepipe〔kjur'pip〕（法）

Curia Rhaetorum〔'kjurɪə ri'tɔrəm〕

Curia Regis〔'kjurɪə 'ridʒɪs〕

Curia Romana〔'kjurɪə ro'manə〕羅馬教廷, 教皇及其高級助理人員

Curiatii〔,kjurɪ'eʃɪaɪ〕

Curicancha〔,kuri'kantʃa〕

Curicó〔,kuri'ko〕

Curie〔'kjuri〕居禮（Pierre, 1859-1906, 爲法國物理學家及化學家）

Curie, Joliot-〔dʒɔ'ljo·kju'ri〕（法）

Curic-Joliot〔kju'ri·dʒɔ'ljo〕（法）

Curières〔kjur'jer〕（法）

Curio〔'kjurɪo〕

Curitiba〔,kuri'tivə〕古里提巴（巴西）

Curitibanos〔,kuritɪ'vænus〕（葡）

Curium〔'kjurɪən〕【化】鋦（元素名, 符號爲 Cm）

Curius〔'kjurɪəs〕

Curius Dentatus〔'kjurɪəs dɛn'tetəs〕

Curl(e)〔kɝl〕柯爾

Curlett〔kɝ'lɛt〕

Curley〔'kɝlɪ〕柯利

Curll〔kɝl〕

Curme〔kɝm〕柯姆

Curne〔kjurn〕（法）

Curragh〔'karə〕

Curral das Freiras〔kur'ral dəʃ 'freɪrəʃ〕（葡）

Curran〔'kʌrən〕柯倫

Currelly〔kʌ'reli〕

Current〔'kʌrənt〕

Currer〔'kʌrə〕柯勒

Currey〔'kʌrɪ〕柯里

Currie〔'kʌrɪ〕柯里

Currier〔'kʌrɪə〕柯里爾

Currier and Ives〔'kʌrɪə, 'aɪvz〕

Curry〔'kʌrɪ〕寇里（John Steuart, 1897-　　　　「1946, 美國畫家）

Cursa〔'kɝsə〕

Cursiter〔'kɝsɪtɚ〕柯西特

Cursley〔'kɝslɪ〕

Curson〔'kɝsən〕柯森

Cursor〔'kɝsə〕

Cursor Mundi〔'kɝsɔr 'mundi; 'kɝsɔr 'mʌndaɪ〕

Curt〔kurt〕（德）

Curtal〔'kɝtḷ〕

Curtana〔kə'tenə〕慈悲之劍（英王加冕時捧持於王前, 以作仁慈之表徵者）

Curtatone〔kurta'tone〕（義）

Curtea-de-Argeş〔'kurtja·de·'adʒɛʃ〕

Curteis〔'kɝtɪs〕柯蒂斯　　　　「（羅）

Curthoys〔kə'tɔɪz; kə'θɔɪz〕

Curti〔'kʊrtɪ〕柯蒂
Curtice〔'kɝtɪs〕柯蒂斯
Curtin〔'kɝtɪn〕柯廷
Curtis〔'kɝtɪs〕柯蒂斯
Curtis Jadwin〔'kɝtɪs 'dʒædwɪn〕
Curtiss〔'kɝtɪs〕寇蒂斯（Glenn Hammond, 1878-1930, 美國航空家及發明家）
Curtius〔'kʊrtsɪʊs〕古球斯（Ernst, 1814-1896, 德國歷史學家及考古學家）
Curtiz〔'kɝtɪz; kʊr'tiz〕柯蒂茲
Curtmantle〔'kɝtmæntl̩〕
Curts〔kɝts〕柯茨
Curuá〔kur'wa〕
Curupira〔kuru'pira〕
Curuzú Cuatiá〔ˌkuru'su kwa'tja〕
Curvetto〔kə'vɛto〕
Curwen〔'kɝwɪn〕柯溫
Curwensville〔'kɝwɪnzvɪl〕
Curwood〔'kɝwʊd〕
Curytiba〔ˌkurɪ'tivə〕（葡）
Curzola〔'kurtsola; kurt'sɔla（義））
Curzon〔'kɝzn̩〕柯曾
Cusa〔'kjuzə〕
Cusack〔'kjusæk; 'kjuzək〕丘薩克
Cusance, de〔də 'kuzan〕
Cuscatlán〔ˌkuskat'lan〕
Cusden〔'kʌsdən〕卡斯登
Cusdin〔'kʌsdɪn〕卡斯丁
Cush〔kʌʃ〕
Cushendun〔kʌʃən'dʌn〕
Cushing〔'kʊʃɪŋ〕❶剌興山（加拿大）❷顧盛（Caleb, 1800-1879, 美國律師及外交家）
Cushion〔'kʊʃən; 'kʊʃɪn〕
Cushite〔'kʌʃaɪt〕
Cushitic〔kʌ'ʃɪtɪk〕
Cushman〔'kʊʃmən〕庫什曼
Cushny〔'kʌʃnɪ〕
Cushwa〔'kʌʃwa〕
Cusick〔'kjusɪk〕
Cusins〔'kjuzɪnz〕
Cusio〔'kuzjo〕
Cusset〔kju'se〕（法）
Cusseta〔kə'sitə〕
Cust〔kʌst〕卡斯特
Custalorum〔kʌstə'lorəm〕
Custance〔'kʌstəns〕卡斯坦斯
Custard〔'kʌstard〕卡斯塔德
Custaunce〔'kʌstəns〕
Custer〔'kʌstɚ〕卡斯特（George Armstrong, 1839-76, 美國將軍）
Custine〔kjus'tin〕（法）
Custis〔'kʌstɪs〕卡斯蒂斯

Custodio〔kuʃ'tɔðju〕（葡）
Custoza〔kus'tɔtsa〕（義）
Custozza〔kust'tɔttsa〕（義）
Cüstrin〔kjus'trin〕（德）
Cut〔kʌt〕
Cutch〔kʌtʃ〕
Cutcliffe〔'kʌtklɪf〕卡特克利夫
Cutforth〔'kʌtfɔrθ〕
Cuthah〔'kjuθə〕
Cuthbert〔'kʌθbət〕卡思伯特
Cuthbertson〔'kʌθbət·sn̩〕卡思伯森
Cuthullin〔kʊ'θulɪn〕
Cuticle〔'kjutɪkl̩〕
Cutlack〔'kʌtlæk〕卡特拉克
Cutler〔'kʌtlə〕
Cutoff〔'kʌt,ɔf〕
Cutpurse〔'kʌt,pɝs〕
Cutright〔'kʌtraɪt〕
Cuttack〔'kʌtək; kʌ'tæk〕卡塔克（印度）
Cuttell〔kə'tɛl〕
Cutten〔'kʌtn̩〕
Cutter〔'kʌtɚ〕卡特
Cutting〔'kʌtɪŋ〕卡廷
Cuttino〔'kʌtino〕卡蒂諾
Cuttle〔'kʌtl̩〕卡特爾
Cutts〔kʌts〕卡茨
Cuttyhunk〔'kʌtɪ,hʌŋk〕
Cutty Sark〔'kʌtɪ 'sark〕
Cutwa〔'kʌtwə〕
Cuverville〔'kjuvəvɪl〕
Cuvier〔'kjuvɪe〕邱維埃（Georges, 1769-1832, 法國博物學家）
Cuvilles〔kjuvi'je〕（法）
Cuvilliés〔kjuvi'je〕（法）
Cuxhaven〔'kukshafən〕
Cuyabá〔ˌkuja'va〕（葡）
Cuyaguateje〔ku,jagwa'tehe〕（西）
Cuyahoga〔kaɪ'hagə; kaɪə'hagə; kə'hagə〕
Cuyahoga Falls〔kə'hagə 'fɔlz; kaɪə'hagə 'fɔlz〕
Cuyama〔ku'jama〕
Cuyapo〔ˌkuja'pɔ〕
Cuyler〔'kaɪlə〕凱勒
Cuykendall〔'kaɪkəndal〕凱肯多爾
Cuyp〔kaɪp; kɔɪp（荷）〕
Cuypers〔'kɔɪpəs〕
Cuyuna〔kaɪ'junə〕
Cuyuni〔ku'juni〕
Cuza〔'kuza〕
Cuzco〔'kusko〕庫斯科（秘魯）
Cvijić〔ts'vijɪtʃ; ts'vijtʃ（塞克）〕

Cwmamman〔kʊˈmɑmɑn〕

Cwmbran〔ˈkʊmbran〕

Cwmry〔ˈkʊmrɪ〕

Cy〔saɪ〕賽

Cyaxares〔saɪˈæksəriz〕

Cybele〔ˈsɪbl̩,i〕古時小亞細亞人民所崇奉之

Cycad〔ˈsaɪkəd〕「大神母

Cyclades〔ˈsɪklə,diz〕昔克蘭羣島（希臘）

Cyclic Poets〔ˈsaɪklɪk～〕

Cyclone〔ˈsaɪklon〕

Cyclopes〔saɪˈklɑps；saɪˈklopiz〕

Cyclops〔ˈsaɪklɑps〕【希臘神話】獨眼巨人

Cydamus〔ˈsaɪdəməs〕

Cydippe〔saɪˈdɪpɪ〕

Cydnus〔ˈsɪdnəs〕

Cydonia〔saɪˈdonɪə〕「（瑞典）

Cygnaeus〔sjʊɡˈneʊs（芬）；sjʊŋˈneʌs

Cygnäus〔sjʊɡˈneʊs（芬）；sjʊŋˈneʌs
（瑞典）〕

Cygnus〔ˈsɪɡnəs〕【天文】天鵝座

Cyllene〔sɪˈlini〕

Cylon〔ˈsaɪlɑn〕

Cymbeline〔ˈsɪmbɪlin〕

Cyme〔ˈsaɪmi〕

Cymochles〔saɪˈmɑkliz〕

Cymric〔ˈkɪmrɪk〕威爾斯之塞爾特語

Cymrie〔ˈkɪmrɪ〕

Cymru〔ˈkɪmrʊ〕

Cymry〔ˈkɪmrɪ〕威爾斯之塞爾特人；威爾斯人

Cynaegirus〔sɪnɪˈdʒaɪrəs〕

Cynewulf〔ˈkɪnɪwʊlf；ˈkjunɛ-（古英）〕

Cynosarges〔saɪnəˈsɑrdʒiz〕

Cynoscephalae〔ˌsɪnəˈsɛfəli〕

Cynossema〔ˌsaɪnəˈsimə〕

Cynosura〔sɪnəˈsʊrə〕

Cynthia〔ˈsɪnθɪə〕辛喜雅（月之女神Diana
之別名）

Cynthiana〔sɪnθɪˈænə〕

Cynthius〔ˈsɪnθɪəs〕

Cynthus〔ˈsɪnθəs〕

Cynuria〔saɪˈnjurɪə〕

Cynwulf〔ˈkɪnwʊlf〕

Cyon〔sjɔŋ〕

Cyparissus〔sɪpəˈrɪsəs〕

Cypern〔ˈtsipən〕（德）

Cypress〔ˈsaɪprɪs〕

Cypria〔ˈsɪprɪə〕

Cyprian〔ˈsɪprɪən〕

Cypriano〔ˌθipriˈano〕（西）

Cyprianus〔sɪpriˈenəs〕

Cyprien〔sipriˈæŋ〕（法）

Cypriot〔ˈsɪprɪət〕＝Cypriote

Cypriote〔ˈsɪprɪˌot〕❶塞普勒斯島人 ❷塞普

Cyprjan〔ˈtsɪprjan〕「勒斯島之希臘方言

Cyprus〔ˈsaɪprəs〕賽普勒斯島（地中海）

Cypselus〔ˈsɪpsɪləs〕

Cyr〔sɪr〕西爾

Cyrankiewicz〔tsɪrænkˈjɛvitʃ〕

Cyrano de Bergerac〔ˈsirəno də
ˈbɜdʒəræk〕西拉諾（Savinien, 1619-1655,
法國劇作家及軍人） 「亞）

Cyrenaica〔ˌsaɪrəˈneɪkə〕昔蘭尼加（利比

Cyrene〔saɪˈrini；saɪˈrin〕塞利尼（北非一

Cyrenius〔saɪˈrinjəs〕 「首府）

Cyriacus〔sɪˈraɪəkəs〕

Cyriel〔sɪˈril〕

Cyril〔ˈsɪrɪl〕聖·塞理爾（Saint, 827-869,
派往斯拉夫族人之使徒）

Cyrille〔ˈsɪrɪl；sɪˈril〕

Cyril Lucar〔ˈsɪlɪl ˈlukə〕

Cyrillus〔sɪˈrɪləs〕西里勒斯

Cyrinus〔sɪˈraɪnəs〕

Cyrnos〔ˈsɪrnəs〕

Cyropaedia〔ˌsaɪrəpɪˈdaɪə〕

Cyrrhestica〔sɪˈrɛstɪkə〕

Cyrrhus〔ˈsaɪrrəs〕

Cyrus〔ˈsaɪrəs〕塞魯士（世稱 The Great 或
the Elder, 600?-529 B.C. 波斯國王）

Cysarz〔ˈtsizɑrts〕

Cythera〔sɪˈθɪərə〕

Cytherea〔ˌsɪθəˈriə〕維納斯女神

Cythnos〔ˈsɪθnəs〕

Cyveiliog〔kəˈvaɪljoɡ〕

Cyzicenus〔sɪzɪˈsinəs〕

Cyzicus〔ˈsɪzɪkəs〕

Czacki〔ˈtʃatski〕（波）

Czajkowski〔tʃaɪˈkɔfski〕（波）柴科夫斯基

Czar〔zɑr〕❶沙皇 ❷舊時俄國皇帝的稱號

Czarevitch〔ˈzɑrɪvitʃ；ˈtsɑr-〕❶俄皇太
子 ❷俄皇長子之稱 「太子妃

Czarevna〔zɑˈrɛvnə；tsɑ-〕❶俄公主 ❷俄

Czarist〔ˈzɑrɪst〕

Czarnohora〔ˌtʃɑrnɔˈhɔrɑ〕

Czartoryski〔ˌtʃɑrtɔˈrɪskɪ〕

Czaslau〔ˈtʃaslaʊ〕

Czech〔tʃɛk〕

Czechia〔ˈtʃɛkɪə〕

Czechoslovak〔ˌtʃɛkoˈslovæk〕❶捷克斯
拉夫人 ❷捷克斯拉夫語

Czechoslovakia〔ˌtʃɛkəsloˈvakɪə〕捷克
斯拉夫（歐洲）

Czegléd〔ˈtsɛgled〕

Czekh〔tʃɛk〕

Czeladź〔ˈtʃɛlatʃ；ˈtʃɛladzj（波）〕

Czelakowski〔,tʃɛla'kɔfski〕
Czenstochau〔'tʃɛnstohau〕(德)
Częstochowa〔tʃɛŋstɔ'hɔva〕(波)
Czermak〔'tʃɛrmak〕
Czernin〔'tʃɛrnin〕
Czernowitz〔'tʃɛrnə,vɪts〕
Czerny〔'tʃɛrnɪ〕
Czerny Djordje〔'tʃɛrnɪ 'djɔrdjɛ〕
(塞克)

Czerny George〔'tʃɛnɪ dʒɔrdʒ〕
Czesław〔'tʃɛslaf〕
Częstochowa〔,tʃɛŋstɔ'hɔva〕捷斯托科瓦
(波蘭)
Cziffra〔'tʃɪfrə〕
Czluchów〔tʃ'luhɔf〕(波)
Czolgosz〔'tʃɔlgɔf〕
Czornahora〔,tʃɔna'hɔra〕(波)
Czortków〔'tʃɔtkuf〕(波)
Czuczor〔'tsutsɔr〕(匈)

D

d' 〔d-（德、法、義）; ð-,d-（葡）〕
da 〔də;da（義）; ðə,da（葡）〕
Dã 〔daŋ〕
Daanbantayan 〔da'an,banta'jan〕
Dabaiba 〔da'baıba〕
da Barberino 〔da ,babɛ'rino〕
d'Abbans 〔da'baŋs〕（法）
D'Abernon 〔'dæbənən〕
Dabhoi 〔dəb'hɔı〕
Dabih 〔'debi〕
Dabit 〔da'bi〕（法）
Dablon 〔da'blɔŋ〕（法）
Dabney 〔'dæbnı〕達布尼
Dabo 〔'dabo〕達博
d'Abo 〔'dæbo〕
Dabob 〔'debab〕
da Bologna 〔da bo'lonja〕
Dąbrowa Górnicza 〔dɔŋm'brɔva gur'nitʃa〕（波）
Dąbrowska 〔dɔŋm'brɔfska〕（波）
Dąbrowski 〔dɔŋm'brɔfskı〕（波）
Dacca 〔'dækə〕達卡（孟加拉）
Dach 〔dah〕（德）
Dachau 〔'dahaʊ; 'dɑhaʊ（德）〕
Daché 〔da'ʃe〕
Dachstein 〔'dahʃtaın〕（德）
Dacia 〔'desjə〕
Dacicus 〔'desıkəs〕
Dacie 〔'desı〕
Dacier 〔'desır; da'sje（法）〕
Dack 〔dæk〕達克
Dacoit 〔də'kɔıt〕
da Colonna 〔da ko'lonna〕（義）
Dacomb 〔'dekəm〕達科姆
da Costa 〔də 'kɔstə; 'kɔʃtə（葡）; 'kɔs-（巴西）〕
Da Costa 〔da 'kɔsta〕
Dacre 〔'dekə〕戴克
Dacres 〔'dekəz〕戴克斯
Dacron 〔'dekrən〕【商標】達克龍
Dactyli 〔'dæktı,laı〕
Dactyls 〔'dæktılz〕
D'Acunha 〔də'kunjə〕
da Cunha 〔də 'kunjə〕
Dadabhai 〔'dadə'bai〕
Daddo 〔'dædo〕
Dade 〔ded〕戴德
Dadeville 〔'dedvıl〕

Dadu 〔'dadu〕大渡（四川）
Daedalus 〔'didələs〕【希臘神話】狄德勒斯（在 Crete 建造迷宮之雅典名匠）
Daegsastan 〔'dæksastan〕
Daendels 〔'dandəls〕
Daet 〔'daet〕達特（菲律賓）
D'Aeth 〔deθ〕戴思
Daff 〔daf〕達夫
Dafirah 〔da'firə〕
Dafne 〔'dafne〕
Dafoe 〔'defo〕達福
da Fonseca Portugal 〔de foŋ'sekə purtu'gal〕（葡）
Daft 〔daft〕達夫特
Dafydd 〔'davıð〕（威）
Dafydd ap Gwilym 〔'davıð ap 'gwılım〕（威）
da Gaeta 〔da ga'ɛta〕
Dagami 〔da'gamı〕
Dagan 〔'dagan〕
Dagari 〔da'gari〕
Dagda 〔'dagdə〕
d'Agen 〔da'ʒæŋ〕（法）
Dagenham 〔'dægənəm〕達根安（英格蘭）
Dagestan 〔,dægəs'tæn〕達吉斯坦（蘇聯）
Daggett 〔'dægıt〕達格特
Daggs 〔dægz〕
Dagh, Ala 〔'ala 'dɑh〕（土）
Daghestan 〔,dagəs'tan; ,dægəs'tæn〕
Daglish 〔'dæglıʃ〕達格利什
Dagmar 〔'dægmar; 'dagmɑr〕達格瑪
Dagnan-Bouveret 〔da'njaŋ·buv're〕
Dago 〔'dego〕【美,蔑】南歐人　　 L（法）
Dagö 〔'dagə〕
Dagobert 〔'dægobət; dagɔ'bɛr（法）; 'dagobɛrt（德）〕
Dagomba 〔da'gomba〕
Dagon 〔'degan; -gən〕古代 Philistines
Dague 〔deg〕達格　 L所崇拜之半人半魚之神
Daguerre 〔da'gɛr〕達蓋爾（Louis Jacques Mandé, 1789-1851, 法國畫家）
Daguesseau 〔dagɛ'so〕（法）
D'Aguilar 〔'dægwılə〕達圭勒
Dagupan 〔da'gupan〕達古潘（菲律賓）
Dahalach 〔daa'lak〕
Dahalak 〔daa'lak〕
Dahana 〔'dæhənə〕
Dahanayake 〔dəhanə'jakı〕

Daheim〔dɑˊhaɪm〕
Dahl〔dɑl〕達爾
Dahlak〔ˊdɑlæk; ˊdæhlæk(阿拉伯)〕
Dahlberg(h)〔ˊdɑlbəg; ˊdɑlbærj(瑞
Dahlbom〔ˊdɑlbum〕   └典)〕達爾伯格
Dahlen〔ˊdɑlɪn〕達倫
Dahlgren〔ˊdælgrɪn; ˊdɑlgren(瑞典)〕
Dahlmann〔ˊdɑlmɑn〕   └達爾格倫
Dahlonega〔dəˊlɑnɪgə〕
Dahlquist〔ˊdɑlkwɪst〕
Dahlstierna〔ˊdɑlʃerna〕
Dahlstjerna〔ˊdɑlʃerna〕
Dahm〔dɑm〕
Dahn〔dɑn〕
Dahna〔ˊdæhnə〕
Dahomey〔dəˊhomɪ〕達荷美(非洲)
Dahra〔ˊdɑrɑ〕   「(阿拉伯)
Dahr el Qadib〔ˊdæhə æl kɑˊdib〕
Dahshûr〔dɑˊʃur; dæhˊʃur(阿拉伯)〕
Daiches〔ˊdeʃɪz; ˊdaɪhəs(蘇)〕戴希斯
Daido〔ˊdaɪdo〕
Daigleville〔ˊdeglvɪl〕
Daignault〔ˊdenɔlt〕
Dáil Éireann〔daɪl ˊɛrən; dɔɪl
ˊɛrən〕愛爾蘭國會之下院
Dailey〔ˊdelɪ〕戴利
Daillé〔dɑˊje〕(法)
Daily Courant, The〔ˊdelɪ kʌˊrænt〕
Daimbert〔dæŋˊbɛr〕(法)
Daimiel〔daɪˊmjɛl〕
Daimler〔ˊdemlə; ˊdaɪmlə(德)〕戴姆勒
Daimpré〔ˊdæmpre〕
Dain〔den〕戴恩
Daines〔denz〕戴恩斯
Daingerfield〔ˊdendʒəˊfild〕
Dainow〔ˊdeno〕戴諾
Dains〔denz〕
Dainton〔ˊdentən〕丹頓
Daintree〔ˊdentri; ˊdæntri〕
Daintry〔ˊdentrɪ; ˊdæntrɪ〕
Dairen〔ˊdaɪˊren〕大連(遼寧)
Dai-Sen〔ˊdaɪˊsen〕大森峯(日本)
Daisetta〔deˊzetə〕
Daisley〔ˊdeɪzlɪ〕戴斯利
Daisy〔ˊdezɪ〕黛西
Daitya〔ˊdaɪtjə〕
d'Aix〔ˊdɛks〕
Dajabón〔,dɑhɑˊvɔn〕(西)
Dajak〔ˊdaɪɑk〕
Dajo〔dɑˊho〕(西)
Dakait〔dɑˊkait〕
Dakar〔ˊdækə〕達喀爾(塞內加爾)

Dakers〔ˊdekəz〕戴克斯
Dakhla〔ˊdɑhlɑ〕(阿拉伯)
Dakiki〔dɑˊkiki〕
Dakin〔ˊdekɪn〕台金(Henry Drysdale,
1880-1952, 英國化學家)
Dakka〔ˊdækɑ〕
Dakota〔dəˊkotə〕達科塔(美國)
Dakshin〔ˊdʌkʃɪn〕(印)
Daktyloi〔ˊdæktɪlɔɪ〕
Dakyns〔ˊdekɪnz〕   「(俄)〕達爾
Dal〔dʌl(印); dɑl(義、瑞典); ˊdɑlj
Daladier〔dɑlɑˊdje〕達拉第(Édouard,
1884-1970, 法國政治家)
Dalaguete〔,dɑlɑˊgete〕
Dalai Lama〔ˊdælaɪˊlɑmə〕達賴喇嘛
Dalai Nor〔ˊdɑlaɪ ˊnɔr〕
Dalälven〔ˊdalelvən〕
Dalaman〔dɑlɑˊmɑn〕
Dalarna〔ˊdɑlɑr,nɑ〕
d'Alayrac〔dɑleˊrak〕(法)
Dalayrac〔dɑleˊrak〕(法)
d'Albe〔dælb〕
Dalbeattie〔dælˊbitɪ〕
Dalbeck〔ˊdælbɛk〕
Dalberg〔ˊdɔlbəg; ˊdɑlberk(德)〕
D'Albert〔ˊdælbət〕達貝特(Eugen,1864-
1932, 蘇格蘭鋼琴家及作曲家)
Dalbiac〔ˊdɔlbɪæk〕多比亞克
Dalbo〔ˊdɑlbu〕(瑞典)
Dalbono〔dɑlˊbɔno〕
d'Alboquerque〔,dɑlbuˊkerkɪ〕
d'Albert〔dɑlˊbɛr〕
D'Albert〔ˊdælbət; ˊdɑlbert(德)〕
Dalby〔ˊdɔlbɪ〕多爾比
Dalcroze〔dælˊkroz〕
Daldianus〔,dældɪˊenəs〕
Daldin〔ˊdɔldɪn〕
Daldy〔ˊdældɪ〕   「1968, 英國生理學家)
Dale〔del〕德爾(Sir Henry Hallett, 1875-
Dalecarlia〔dɑlɪˊkɑrlɪɑ〕
Dalegarth〔ˊdelgɑrθ〕
Dalälv〔ˊdɑ,lelv〕
Dalelf〔ˊdɑ,lelv〕
D'alelio〔dɑˊlɛlɪo〕
d'Alembert〔ˊdæləmbɛr〕
D'Alembert〔ˊdæləmbɛr〕
Dalén〔dɑˊlen〕達倫(Nils Gustaf, 1869-
1937, 瑞典發明家)
d'Alençon〔dɑlɑŋˊsɔɲ〕(法)
D'Alesandro〔dələˊsɑndro〕
Dalesio〔dɑˊlisɪo〕

Daley〔'delɪ〕戴利
Dalga〔'dælgə〕
Dalgarno〔dæl'garno〕達爾加諾
Dalgetty〔dæl'gɛtɪ〕
Dalgety〔dæl'gɛtɪ〕多格蒂
Dalgleish〔dælg'liʃ〕達格利什
Dalglish〔dælg'liʃ〕
Dalhart〔'dælhart〕
Dalhoff〔'dælhɔf〕
Dalhousie〔dæl'hauzɪ〕   「畫家」
Dali〔'dalɪ〕達里（Salvador, 1904-, 西班牙）
Dalías〔da'lias〕
Dalida〔'dælɪdə〕
Dalila〔də'lailə; 'dælɪlə〕
Dalilah〔də'lailə〕
Dalin〔da'lin〕
Dalis〔'delɪs〕
Dalison〔'dælɪsn〕達利森
Dalkeith〔dæl'kiθ〕達爾基思
Dalkey〔'dɔkɪ〕
Dall〔dæl; dɔl〕多爾
Dallaeus〔dæ'liəs〕
Dal Lake〔dal〕
Dallam〔'dæləm〕達勒姆
Dallapiccola〔dalla'pɪkkola〕（義）
Dallard〔'dæləd〕達拉德
Dallas〔'dæləs〕達拉斯（美國）
Dallastown〔'dæləstaun〕
Dalldorf〔'dældɔrf〕
Dalles〔dælz〕
Dalleson〔'dælsən〕
Dallin〔'dælɪn〕達林
Dalling〔'dɔlɪŋ〕達林
Dallman〔'dɔlmən〕多爾曼
Dallmeyer〔'dalmaɪə〕
Dall'Ongaro〔dal'lɔŋgaro〕
Dalloway〔'dæləwe〕
Dalmacija〔'dalmatsɪja; dal'ma-tsɪja〕
Dalman〔'dalman〕
Dalmanutha〔,dælmə'nuθə〕
Dalmatia〔dæl'meʃjə〕
Dalmatic〔dæl'mætɪk〕
Dalmatie〔dalma'si〕（法）
Dalmatien〔dal'matiən〕
Dalmazia〔dal'matsja〕
Dalmeny〔dæl'mɛnɪ〕
Dalmia〔'dalmia〕
Dal Monte〔dal 'mante〕
Dalmorès〔dalmɔ'rɛs〕（法）
Dalnaspidal〔,dælnəs'pɪdḷ〕
Dalness〔dæl'nɛs〕

Dalny〔'dælnɪ〕
Dalou〔da'lu〕（法）
d'Alouzier〔dalu'zje〕（法）
Dalpatram〔dalpa'tram〕
Dalriada〔,dælrɪ'adə; -'ædə; ,dalrɪ'adə〕（愛）〕
Dalry〔dæl'raɪ〕
Dalrymple〔dæl'rɪmpḷ〕道爾林普（Sir James, 1619-1695, 蘇格蘭法學家）
d'Alsace〔dal'zas〕（法）
Dalsemer〔'dælsɪmə〕
Dalsgaard〔'dalsgɔr〕（丹）
Dalsimer〔'dælsɪmə〕
D'Alton〔'daltən〕
Dalton〔'dɔltṇ〕道爾頓（John, 1766-1844, 英國化學家及物理學家）
Daltonganj〔'daltəngʌdʒ〕
Dalton-in-Furness〔'daltən, 'fənɛs〕
Daltry〔'dɔltrɪ〕多特里
Dalua〔dæ'luə〕
Dalupiri〔,dalu'pirɪ〕
Dalwhinnie〔dæl'wɪnɪ〕
Daly〔'delɪ〕戴利
Dalyell〔'dæljəl; di'ɛl〕
Dalzell〔'dæljəl; di'ɛl〕
Dalziel〔'dælzɪəl; 'dælzjəl; 'dæljəl; 'dælɪəl; di'ɛl〕
Dam〔dam〕達姆（（Carl Peter）Henrik, 1895-1976, 丹麥生物化學家）
Dama〔'dama〕
d'Amalfi〔da'malfɪ〕
Daman〔da'man; də'man〕大芒（葡萄牙）
Damanhûr〔,dæmæn'hur〕
Damant〔də'mænt〕達曼特
Damão〔də'mauŋ〕（葡）   「馬群島（印尼）
Damar〔'damar; da'mar; dæ'mar〕大
Damaraland〔də'marələænd; 'dæ-mərəlænd〕
Damaris〔'dæmɔrɪs〕
Damariscotta〔,dæmərɪs'katə; ,dæməs'katɪ〕
Damas〔da'ma〕（法）
Damascene〔da'dæmə,sin〕大馬士革人
Damascenus〔,dæmə'sinəs〕
Damascius〔də'maʃɪəs〕
Damascus〔də'mæskəs〕大馬士革（絞利亞）
Damaskinos〔,ðamaski'nɔs〕（希）
Dámaso〔'damaso〕
Damasus〔'dæməsəs〕
d'Amato〔da'mato〕達馬托
Damavand〔'damavand〕
Damayanti〔dama'janti〕

D'Ambois〔daŋ'bwɑ〕(法)
d'Amboise〔daŋ'bwɑz〕(法)
Dambolo〔dam'bɔlo〕
Dámbovita〔'dɪmbɔ,vitsa〕(羅)
Dambrauskas〔dam'brɑʊskɑs〕
Dambulla〔dam'bʊlə〕
Dame Durden〔dem 'dɝdən〕
Dame Pliant〔dem 'plaɪənt〕
Damer〔'demɚ〕戴默
Damerell〔'dæmərəl〕
Dameron〔dam'rɔŋ〕(法)
Dameshek〔'dæmɪʃɛk〕
Dame Sirith〔dem 'sɪrɪθ〕
Damghan〔dam'gan〕
Damia〔'dæmɪə; da'mja(西)〕   「安
Damian〔'demɪən; ,dɑmɪ'ɑn(德)〕達米
Damián〔da'mjan〕(西)
Damiani〔da'mjɑnɪ〕
Damiano〔da'mjɑno〕達米亞諾
Damião〔də'mjaʊŋ〕(葡)
Damien〔'demjən; da'mjæŋ(法)〕
Damiens〔da'mjæŋ〕(法)
Damietta〔,dæmɪ'etə〕達米埃塔(埃及)
Damiotti〔dæmɪ'atɪ; dam'jɔttɪ(義)〕
Damiri, al-〔,æddæ'miri〕(阿拉伯)
Damiron〔dami'rɔŋ〕(法)
Damis〔da'mis〕
Damjanich〔'damjanɪtʃ〕(匈)
Damkina〔dæm'kaɪnə〕
Damloup〔daŋ'lu〕(法)
Dammam〔dæm'mæm〕(阿拉伯)
Dammann〔'damman; 'dæmən〕達曼
Dammarie〔dama'ri〕(法)
Dammartin〔damar'tæŋ〕(法)
Dammin〔'dæmɪn〕
Damnonium〔dæm'nonɪəm〕
Damocles〔'dæməkliz〕
Damodar〔'damodar〕
Damodas〔damo'das〕
Damoetas〔də'mitəs〕
Damoh〔'dʌmo〕(印)
Damon〔'demən〕
Damone〔'demən〕
da Montone〔da man'tonɛ〕
Damophon〔'dæməfan〕
da Mosto, Ca〔,ka da 'mosto〕
Damoreau〔damɔ'ro〕(法)
D'Amour〔də'mur〕
Damp〔dæmp〕   「(西太平洋)
Dampier Strait〔'dæmpjɚ ~〕丹顏海峽
Dampierre〔daŋ'pjer〕(法)
Damply〔'dæmplɪ〕

Dampremy〔daŋrə'mi〕(法)
Damrosch〔'dæmraʃ; 'damraʃ(德)〕
Damudar〔'damədar〕
Damuras〔da'muras〕
D'Amville〔'dæmvɪl〕
Damyan〔dam'jan〕   「各之子
Dan〔dæn〕❶巴勒斯坦北端之古都❷【聖經】雅
Dana〔'denə〕德納(❶Edward Salisbury,
    1849-1935, 美國礦物學家❷James Dwight,
    1813-1895, 美國地質學家)
Danaë〔'dænei〕
Danaher〔'dænəhɚ〕達納赫
Danai〔'dænɪ,aɪ〕
Danaïdes〔də'neɪdiz〕
Danakil〔,dænə'kil; 'dænəkɪl〕
Da Nang〔'da 'naŋ〕蜆港(越南)
Danao〔da'nao〕
Danapris〔də'næprɪs〕
Danastris〔də'næstrɪs〕
Danaus〔'dæneəs〕
Danbury〔'dænbərɪ〕
Danby〔'dænbɪ〕
Dancalia〔daŋ'kalja〕
Dance〔dæns〕丹斯
Dancer〔'dansɚ〕丹瑟
Danckwerts〔'dæŋkwɚts〕丹克沃茨
Dancla〔daŋ'kla〕(法)
D'Ancona〔daŋ'kona〕
Dancourt〔daŋ'kur〕(法)
Dancy〔'dænsɪ〕丹亞
Dandhu Panth〔'dʌndu 'pʌnt〕(印)
Dandie〔'dændɪ〕
Dandin〔'dʌndɪn; daŋ'dæŋ(法)〕
Dandison〔'dændɪsŋ〕
Dandolo〔'dandolo〕
d'Andrea〔dan'dre〕
Dandridge〔'dændrɪdʒ〕丹德里奇
Dandrow〔'dændro〕丹德羅
Dandurand〔daŋdju'raŋ〕(法)
Dandy〔'dændɪ〕丹迪   「國小說家)
Dane〔den〕(Clemence, 1888-1965,英
Danenberg〔'dænənbɚg〕達南伯格
Danegeld〔'dengɛld〕
Danegelt〔'dengɛlt〕
Danei〔'danei〕
Danelagh〔'denlɔ〕
Danelaw〔'denlɔ〕
Dänemark〔'denəmark〕
Danemora〔,danɪ'mura〕
Danenhower〔'dænən,haʊɚ〕
Danev〔'danɛf〕(保)
Danewerk〔'danəvɛrk〕(德)

Danford〔'dænfəd〕丹福德
Danforth〔'dænfɔrθ〕丹福斯
Dangeau〔daŋ'ʒo〕　　　　　「(太平洋)
Danger Islands〔daŋ'ʒe ～〕危險羣島
Danger, Point〔'dendʒə〕
Dangerfiled〔'dendʒəfild〕丹杰菲爾德
Dangla〔'daŋ'la〕
Dang-la〔'daŋ-'la〕
d'Anglas〔daŋ'glas〕(法)
Dangle〔'dæŋɡḷ〕
Danglmayr〔'dæŋɡḷmer〕丹格邁耶
Danglow〔'dæŋglo〕
Dangra Yum〔'daŋra 'jʊm〕
Dangrek〔'daŋrɛk〕
Dangs〔daŋz〕
Danhauser〔'dan,hauzə〕
Danhof〔'dænhaf〕丹霍夫
Dania〔'denɪə〕
Danica〔'dænɪkə〕
Danican〔dani'kaŋ〕(法)
Daniel〔'dænjəl; 'danɪel〕丹尼爾
　　(Samuel, 1562-1619, 英國詩人、歷史學家)
Daniel Deronda〔'dænjəl dɪ'rɑndə〕
Daniele〔dɑn'jele〕
Danieley〔'dænjəlɪ〕
Danielian〔da'niljan〕丹尼利恩
Daniell〔'dænjəl〕丹尼爾
Daniello〔dɑ'njɛllo〕(義)
Daniels〔'dænjəlz〕丹尼爾斯
Danielson〔'dænḷsṇ; 'dænjəlsṇ〕丹
　　尼爾森
Danielson-Kalmari〔'danjelsɔn·-
　　'kalmari〕(芬)
Danielsville〔'dænjəlzvɪl〕
Danilo〔da'nilo〕
Danilova〔,danɪ'lovə; dʌ'njilova
　　(俄)〕
Danilovich〔da'njiləvɪtʃ〕
Daniłowski〔,danɪ'lɔfskɪ〕(波)
Danis〔'denɪs〕
Danita〔də'nitə〕
Danite〔'dænaɪt〕
Danjon〔daŋ'ʒoŋ〕(法)
d'Anjou〔daŋ'ʒu〕
Dankali〔'daŋkali〕
Dankl〔'daŋkḷ〕
Danks〔dæŋks〕
Dankmeyer〔'dæŋkmaɪə〕
Danlí〔dan'li〕
Danmark〔'danmark〕
Dan Michel of Northgate〔dæn
　　'mɪtʃəl əv 'nɔrθgɪt〕

Dann〔dæn〕丹恩
Dannat〔'dænət〕
Dannatt〔'dænət〕
Dannay〔'dæne〕丹奈
Dannebrog〔'dænəbrɑg〕
Dannecker〔'danɛkə〕
Dannemora〔,dænɪ'mɔrə; dɑnnə'mu-
　　rɑ(瑞典)〕
Dannenbaum〔'dænənbaum〕丹嫩鮑姆
Danner〔'dænə〕丹納
Dannett〔'dænɪt〕丹內特
Dannevirke〔'dænəvək; 'danəvirkə〕
Dannisburgh〔'dænɪsbərə〕
Dannreuther〔'dænrɔɪtə; 'danrɔɪtə
　　(德)〕丹羅伊特
D'Annunzio〔dan'nuntsjo〕(義)
Danny〔'dænɪ〕
Danowski〔'dænawskɪ〕
Danry〔daŋ'ri〕
Dansalan〔dan'salan〕丹沙蘭
Danskers〔'dænskəz〕
Dansville〔'dænzvɪl〕
Danta〔'dantə〕
Dantan〔daŋ'taŋ〕(法)
Dantas〔'dæŋtəʃ〕(葡)
Dante〔'dæntɪ〕但丁(全名～Alighieri,
　　1265-1321, 義大利詩人)
Dantean〔'dæntɪən〕但丁之研究者
Dantec, Le〔lə daŋ'tɛk〕
Danter〔'dæntə〕丹特
Dantès〔daŋ'tɛs〕丹特斯
Dantesque〔dæn'tɛsk〕
Danti〔'dantɪ〕
d'Antic〔daŋ'tik〕
Danton〔'dæntən〕丹唐(Georges Jacques,
　　1759-1794, 法國革命領袖)
D'Antoni〔dæn'toni〕
d'Antonio〔dan'tɔnjo〕
Dantzic〔'dæntsɪk〕
Dantzig〔'dæntsɪg; daŋ'tsik(法)〕」
Danube〔'dænjub〕多瑙河(歐洲)
Danubia〔də'njubiə〕
Danubius〔də'njubiəs〕
Danum〔'denəm〕
Danvers〔'dænvəz〕丹弗斯
Danville〔'dænvɪl〕丹維耳(美國)
Danzel〔'dantsəl〕
Danzi〔'dantsɪ〕
Danzig〔'dæntsɪg; 'dæntsɪk;
　　'dantsɪh〕但澤(波蘭)
Dao〔'dɑo; dau〕達峨(菲律賓)
Daphnae〔'dæfnɪ〕

Daphnaida〔﹐dæfnə'idə〕
Daphne〔'dæfnɪ〕【希臘神話】女神名（相傳此
Daphnis〔'dæfnɪs〕「神爲河神Peneus之女〕
Dapiak〔'dapjak〕
da Pisa〔da 'pisa〕
da Pistoia〔da pɪs'toja〕
Dapitan〔da'pitan〕達皮坦（菲律賓）
Da Ponte〔da 'ponte〕達龐特
Dapper〔'dæpə〕達珀
Dapperwit〔'dæpəwɪt〕
Dapping〔'dæpɪŋ〕達平
Dapple〔'dæpḷ〕
Dapsang〔'dʌpsʌŋ〕（印）   「伯」
Daqahliya〔daka'lijə; dʌka'lijə〔阿拉
Daqīqī〔da'kiki〕
Daquin〔da'kæŋ〕（法）
d'Aquin〔da'kæŋ〕（法）
d'Aquino〔da'kwino〕達基諾
Dara〔'derə〕
Darab〔da'rab〕
Darabani〔dara'bani〕
Daraga〔da'raga〕
Dar-al-Baida〔﹐dar·al·baɪ'da〕
Daram〔da'ram〕
Darányi〔'daranjɪ〕（匈）
Daras〔'derəs〕
Darazi, al-〔﹐æd·dæræ'zi〕（阿拉伯）
Darbaker〔dar'bekə〕
Darbhanga〔də'bʌŋgə〕（印）
Darbishire〔'darbɪʃɪr〕達比希爾
d'Arblay〔'darble〕
Darboux〔dar'bu〕（法）
Darboy〔dar'bwa〕（法）
Darby〔'darbɪ〕達比
Darbyites〔'darbɪaɪts〕
Darcel〔dar'sel〕
Darcet〔dar'sɛ〕（法）
Darch〔dartʃ〕達奇
D'Arcy〔'darsɪ〕
Darcy〔'darsɪ〕達西
Dardan〔'dardən〕
Dardanelle〔﹐dardə'nɛl〕
Dardanelles, the〔﹐dardə'nɛlz〕達達
尼爾海峽（土耳其）
Dardanellia〔﹐ðardanɛ'lia〕（希）
Dardani〔'dardənaɪ〕
Dardania〔dar'denjə〕
Dardanius〔dar'denjəs〕
Dardanus〔'dardənəs〕
Darden〔'dardən〕達登
Dardi〔'dardɪ〕
Dardistan〔﹐dardɪs'tan〕

Dare〔dɛr〕戴爾
Daredevil〔'dɛrdɛvɪl〕
Dar-al-Baida〔﹐dar·æl·baɪ'da〕
Dar el Beida〔﹐dar æl baɪ'da〕（阿拉伯）
Darent〔'dærənt〕
Darenth〔'dærənθ〕
Dares〔'dɛriz〕
Daresbury〔'darzbərɪ〕達斯伯里
Dares Phrygius〔'dɛriz 'frɪdʒɪəs〕
Dar es Salaam〔'dar ɛs sə'lam〕達
萊撒蘭（坦尚尼亞）
Daressalam〔'darɛssə'lam; 'dar-
æssæ'læm〕（阿拉伯）
Dareste〔da'rest〕（法）
Dareste de la Chavanne〔da'rɛst
də la ʃa'van〕（法）
d'Arezzo〔da'rettso〕（義）
Dar Fertit〔'dar fɛr'tit〕
Darfield〔'darfild〕
Darfler〔'darflə〕
Darfur〔dar'fɚ〕達根
Dargan〔'dargən〕達根
Dargaud〔dar'go〕（法）
Dargavel〔'dargəvɪl〕達加維爾
Dargaville〔'dargəvɪl〕
d'Argenteau〔darʒaŋ'to〕（法）
d'Argenton〔darʒaŋ'tɔŋ〕（法）
Dargomijsky〔darga'mɪʃskɪ〕
Dargomyzhski〔darga'mɪʃskɪ;
dʌrgʌ'mɪʃskəɪ〕（俄）
Darg〔darg〕
Dargue〔darg〕
Dargusch〔'darguʃ〕達古希
Dar Hamid〔'dar hæ'mid〕
Darial〔﹐dærɪ'æl〕
Dariel〔﹐dærɪ'ɛl〕   「美洲」
Darien〔dɛrɪ'ɛn; 'dærɪən〕達連海灣（中
Darién〔dɛrɪ'ɛn; 'dɛrɪən; da'rjen〕
（西）
Darien, Serrania del〔sɛra'nia ðɛl
da'rjen〕（西）
da Rimini〔da 'rimɪni〕
Darinel〔'dærɪnɛl〕
Dario〔'darjo〕
Dariorigum〔﹐dærɪ'arɪgəm〕
Darius〔də'raɪəs〕大流士一世（全名Darius
Hystaspis, 558?-486 B.C., 古波斯王）
Dariya〔'darjɪʌ〕（俄）
Darjeeling〔dar'dʒilɪŋ〕大吉嶺（印度）
Darjiling〔dar'dʒilɪŋ〕
Dark〔dark〕達克
Darke〔dark〕達克

Darkis〔'darkıs〕達基斯
Darkot〔'darkət〕
Darlan〔'darlən; dar'laŋ（法）〕
Darlaston〔'darləstən〕
Darley〔'darlı〕達利
Darling River〔'darlıŋ ~〕大令河（澳洲）
Darlington〔'darlıŋtən〕達令敦（英格蘭）
Darlow〔'darlo〕
Darmady〔dar'medı〕
Darmesteter〔darmeste'ter〕（法）
d'Armont〔dar'mɔŋ〕（法）　　〔國〕
Darmstadt〔'darmstæt〕達木士塔（德）
Darnal(l)〔'darnəl〕達納爾
Darnay〔dar'ne〕
Darnel(l)〔'darnḷ〕達內爾
Darnétal〔darne'tal〕（法）
Darnley〔'darnlı〕達恩里（Henry Stewart, Lord, 1545-1567, 蘇格蘭瑪利女王之夫）
da Romano〔da ro'mano〕
d'Arpino〔dar'pino〕
Darr〔dar〕達爾
Darrah〔'dærə; 'dara〕達拉
d'Arras〔dar'ras〕（法）
Darrell〔'dærəl〕達雷爾
Darrin〔'dærın〕達林
Darrow〔'dæro〕達羅
Dar Runga〔dar 'runga〕
Darryl〔'dærıl〕達里爾
Darsie〔'darsı〕達西
Dart〔dart〕達特
D'Artagnan〔dar'tænjən; darta'njaŋ〕
Dartford〔'dartfəd〕　　　　　L（法）〕
Dartie〔'dartı〕
Dartiguenave〔dartig'nav〕（法）
Dartle〔'dartḷ〕
Dartmoor〔'dartmur; -,mɔr〕❶達特木（英格蘭）❷該地之一著名的監獄
Dartmouth〔'dartməθ〕達特茅斯
d'Artois〔dar'twa〕（法）
Darton〔'dartṇ〕達頓
Daru〔'daru; da'rju（法）〕
Dar-ul-Aman〔'darʊla'man〕
D'Arusmont〔darjus'mɔŋ〕（法）
Darusmont〔darjus'mɔŋ〕（法）
Daruvar〔'daruvar〕
Darvall〔'darvəl〕達維爾
Darvel〔'darvəl〕
Darwar〔dar'war〕
Darwen〔'darwın〕達溫
Darwin〔'darwın〕達爾文（❶Charles Robert, 1809-1882, 英國博物學家 ❷Erasmus, 1731-1802, 前者之祖父，英國生理學家及詩人）

Darya-i-nur〔'darja·i·'nuə〕
Daryal〔də'rjæl; da'rjæl; dʌ'rjal（俄）〕
Darya yi Namak〔da'rja jı na'mak〕
Daryll〔'dærıl〕
Daryngton〔'dærıŋtən〕達林頓
Das〔das〕
Dasara〔'dʌsərə〕（印）
d'Ascoli〔'daskali〕
Dasent〔'desənt〕達森頓
da Serra〔də 'serrə〕（葡）
da Settignano〔da setı'njano〕
Dash〔dæʃ〕達什
Dasheff〔'dæʃıf〕
Dasher〔'dæʃə〕達舍
Dashiell〔də'ʃıl〕達希爾
Dashkova〔dʌʃ'kɔvʌ〕（俄）
Dasht〔daʃt〕
Dasht-i-Kavir〔'daʃt·i·ka'vır〕
Dasht-i-Lut〔'daʃt·i·'lut〕
Dashur〔da'ʃur; dæʃ'hur（阿拉伯）〕
Dashwood〔'dæʃwud〕達什伍德
da Silva〔də 'sılvə; ðə-（葡）〕
Daskam〔'dæskəm〕
Dasol〔da'sɔl〕
Daspalla〔dʌs'pʌlla〕（印）
Dass〔das〕
d'Assier〔da'sje〕（法）
D'Asumar〔dazju'mar〕（法）
Daszyński〔da'ʃınski; da'ʃınjskı〕
Data〔'data〕　　　　　　「（波）〕
Datchery〔'dætʃərı〕
Datchet〔'dætʃıt〕
Datchet-lane〔'dætʃıt·len〕
Datchet-mead〔'dætʃıt·mid〕
Date〔det〕戴特
Dathan〔'deθæn〕
Dati〔'datı〕
Datia〔'dʌtıa〕（印）
Datil〔'dætḷ〕
Datis〔'detıs〕
Datoek〔da'tʊk〕
Dato Iradier〔'dato ira'ðjɛr〕（西）
Datta Shastri〔'dʌtə 'ʃastri〕（印）
Datteln〔'datəln〕
Dattia〔'dʌtıa〕（印）
Datu〔da'tu〕
Dau〔dɔ〕多
Daub〔dɔup〕
Dauban〔do'baŋ〕
Daube〔dɔb〕多布
Daubeney〔'dɔbənı〕多布尼

Daubenton〔dobɑŋ'tɔŋ〕(法)
d'Aubenton〔dobɑŋ'tɔŋ〕(法)
Daubeny〔'dɔbɛnɪ; 'dɔbɛnɪ〕
Dauber〔'dɔbɚ〕
d'Aubigné〔dobi'nje〕
Daubigny〔do'binjɪ; dobi'nji〕道比尼
  (Charles François, 1817-1878, 法國畫家)
d'Aubigny〔dobi'nji〕(法)
Däubler〔'dɔɪblɚ〕
Daubney〔'dɔbnɪ〕多布尼
Daubrée〔do'bre〕
Daud〔dɔd〕   「法國小說家」
Daudet〔do'dɛ〕都德(Alphonse, 1840-1897,
Daudin〔do'dæŋ〕(法)
Dauder〔'dauɚ〕
Dauerty〔'dauɚtɪ〕多爾特
Dauferius〔dɔ'fɪrɪəs〕
Daugan〔do'gɑŋ〕
Daugava〔'daugɑvɑ; 'daugəvə(俄)〕
Daugavgriva〔'daugɑv,grivɑ〕
Daugavpils〔'daugɑfpɪls〕
Daugpilis〔'daukpilis〕
Dauin〔'dawɪn〕
Dauis〔'dawɪs〕
Daukantas〔dau'kɑntɑs〕
Daukes〔dɔks〕
Daulatabad〔,daulətə'bɑd〕
Daulatshah〔daulɑt·'ʃɑ〕
Daule〔'daule〕
Daulis〔'dɔlɪs〕
D'Au(l)noy〔do'nwɑ〕(法)
d'Aumale〔do'mɑl〕(法)
Daumas〔do'mɑ〕(法)
Daumat〔do'mɑ〕(法)
Daumer〔'daumɚ〕
Daumier〔do'mje〕(法)
Daumont〔do'mɔŋ〕(法)
Daun〔dɔn〕多恩
Daunou〔do'nu〕
Daunoy〔do'nwɑ〕(法)
Daunt〔dɔnt〕當特   「1349年至1830年間)
Dauphin〔'dɔfɪn〕法國皇太子的稱號(用於
Dauphiné〔dofɪne; dofi'ne(法)〕
Dauphiné Alps〔,dofi'ne ~〕多芬尼山脈
  (法國)
Dauphiness〔'dɔfɪnɪs;-nɛs〕
Dauphins〔'dɔfɪnz〕
Dauphiny〔'dɔfɪnɪ〕
Daurat〔do'ra〕(法)
Dauria〔dɑ'urɪə〕
Dauthendey〔'dautəndaɪ〕
Dauthuille〔do'twi〕(法)

d'Autremont〔dotrə'mɔŋ〕(法)
Dautry〔do'tri〕
Dautzenberg〔'dautsənbɛrk〕(德)
d'Auvergne〔dɔvnj〕(法)
Dauzat〔do'za〕(法)
Davaine〔dɑ'vɛn〕(法)
Davaive〔dɑ'vaɪve〕
Davalos〔dɑ'vɑlos〕
Davangere〔dɑ'vʌngɛrə〕(印)
Davao〔dɑ'vau〕納印(菲律賓)
Daveiss〔'devɪs〕
Davel〔dɑ'vɛl〕(法)
Davenant〔'dævɪnənt〕
D'Avenant〔'dævənənt〕達文南特(Sir
  William, 1606-1668, 英國詩人及劇作家)
Davenport〔'dævən,port〕達分波特(美國)
Daventry〔'dævəntrɪ; 'dentrɪ〕達文特里
da Verucchio〔da ve'rukkjo〕(義)
Daves〔devz〕戴夫斯
Davey〔'devɪ〕戴維
David❶〔dɑ'vid〕大衛(Jacques Louis,
  1748-1825, 法國畫家)❷〔'devɪd〕【聖經】大
  衛(1013?-?973 B.C., 以色列王)
David Copperfield〔'devɪd 'kɑpəfild〕
David d'Angers〔dɑ'vid dɑn,ʒe〕大衛
  當業(Pierre Jean, 1788-1856, 法國雕刻家)
Davideis〔də'vɪdɪɪs〕
Davidge〔'dævɪdʒ〕戴維奇   「(俄)
David-Gorodok〔dʌ'vjid·gərʌ'dɔk〕
Davidoff〔'devɪdɔf〕達維多夫
Davidov〔dɑ'vidəf; dʌ'vjidɔf(俄)〕
Davidović〔dɑ'vidɔvitʃ〕(塞克)
Davidovich〔dɑ'vidəvitʃ; dʌ'vjidʌ-
  vjitʃ(俄)〕
Davidow〔'devɪdo〕達維多
Davids〔'devɪdz〕
Davidsbundler〔'dɑfitsbjundlɚ〕(德)
Davidsohn〔'devɪdson〕
Davidson〔'devɪdsŋ〕大衛生(Jo, 1883-
  1952, 美國雕刻家)
Davidsz〔'dɑvɪts〕
Davidszoon〔'dɑvɪtsən〕
Davie〔'devɪ〕戴維
Daviel〔dɑ'vjɛl〕(法)
Davies〔'devɪs〕
Davies, Ffrangcon-〔'fræŋkən--
  'devɪs〕
Daviess〔'devɪs〕
da Vignola〔dɑ vɪn'jolɑ〕
Davila〔'dɑvɪlɑ〕達維拉
Dávila〔'dɑvɪlɑ〕
Davin〔'devɪn; dɑ'væŋ(法)〕達文

Dávila y Padilla〔'dɑvila ɪ pɑ'ðilja〕
da Vinci〔də 'vɪntʃɪ〕   L(西)
Daviot〔'devɪət〕
Davis〔'devɪs〕大衛斯（❶ Richard Harding, 1864-1916, 美國作家 ❷ Owen, 1874-1956, 美國劇作家）   〔西洋〕
Davis Strait〔'devɪs ~〕大衛斯海峽（大
Davisson〔'devɪsn̩〕大衞森（Clinton Joseph, 1881-1958, 美國物理學家）
Davit〔'dɑvit〕
Davitt〔'dævɪt〕達維特
D'Avolos〔'dævələs〕
Davos〔'dɑvɑs〕
Davos-Dorf〔dɑ'vos·'dɔrf〕
Davout〔dɑ'vu〕達浮（Louis Nicolas, 1770-
Davson〔'dævsn̩〕   「1823, 法國元帥〕
Davy〔'devɪ〕德維（Sir Humpherey, 1778-1829, 英國化學家）
Davydovich〔dɑ'vidəvitʃ; dʌ'vɪdə-vjitʃ(俄)〕
Davys〔'devɪs〕
Daw〔dɔ〕道
Dawa〔'də'wɑ〕
Dawbarn〔'dɔbən〕道巴恩
Dawdon〔'dɔdn̩〕道登
Dawe〔dɔ〕道
Dawes〔dɔz〕道斯（Charles Cates, 1865-1951, 美國律師、財政家及副總統）
Dewi〔'dewi〕
Dawison〔'dɑvɪsɔn〕
Dawkes〔'dɔks〕
Dawkins〔'dɔkɪnz〕道金斯
Dawley〔'dɔlɪ〕道利
Dawlish〔'dɔlɪʃ〕道利什
Dawn〔dɔn〕姐恩
Dawna Range〔'dɔnə ~〕道納山（亞洲）
Dawnay〔'dɔnɪ〕道內
Daws〔dɔz〕道斯
Dawson〔'dɔsn̩〕❶道生（Sir John William, 1820-1899, 加拿大地質學家）❷道生河（澳洲）
Dawson Creek〔'dɔsn̩ 'krik〕
Dawsonville〔'dɔsn̩vɪl〕
Dawtry〔'dɔtrɪ〕
Dax〔dɑks〕(法)
Day〔de〕戴伊（❶ Thomas, 1748-1789, 英國作家 ❷ William Rufus, 1849-1923, 美國政治家及法
Dayananda〔dəjɑ'nʌndə〕(印)   L學家〕
Daydon〔'dedn̩〕戴登
Daye〔de〕大冶
Daylesford〔'delzfəd〕
Day-Lewis〔'de·'luɪs〕戴路易斯（Cecil, 1904-1972, 筆名為 Nicholas Blake, 英國作家）

Daynes〔denz〕戴恩斯
Daysh〔deʃ〕戴什
Dayton〔'detn̩〕達頓（美國）
Daytona〔de'tonə〕
Dayukku〔dɑ'juku〕
Dayville〔'devɪl〕
Dayyan〔daɪ'jɑn〕
Daza〔'dezə; 'dɑsɑ〕
Dazey〔'dezɪ〕
D-Day〔'di·de〕二次世界大戰中盟軍進攻西歐之開始日（1944 年 6 月 6 日）
de〔də(法); dɪ(德、荷); de(義); dɪ,dɛ (拉丁); ðə,də(葡); dji(俄); ðe,de
De〔de〕   L(西)〕
De Aar〔dɪ 'ɑr〕
Deacon〔'dikən〕迪肯
Deaderick〔'dedərɪk〕
Dead-eye〔'dedaɪ〕
Dea Dia〔'diə 'daɪə〕
Deadman〔'ded,mæn〕
Deadmans〔'ded,mænz〕
Dead Sea〔ded ~〕死海（亞洲）
Deadwood〔'dedwud〕
Deady〔'dedi〕
Deae Matres〔'dii 'metriz〕
Deaf Smith〔'dɛf 'smɪθ〕
de Aitona〔ðe aɪ'tonɑ〕(西)
Deák〔'deak〕迪克
Deakin〔'dikɪn〕迪金（澳洲）
Deal〔dil〕迪爾
Deale〔dil〕迪爾
Dealey〔'dilɪ〕迪利
Dealtry〔'dɔltrɪ; 'dɪəltrɪ; 'dɛltrɪ〕迪爾特黑
de Alva〔dɪ 'ælvə〕
de Alvarez〔ðe al'vareθ〕(西)
Deam〔dim〕迪姆
De Amicis〔de a'mitʃɪs〕
De Amicitia〔di æmi'siʃiə〕
Dean(e)〔din〕迪安
Deanesly〔'dinzlɪ〕迪恩斯利
Deán Funes〔de'an 'funes〕
De Angeli〔dɪ 'endʒlɪ〕
De Angelis〔dɪ 'ændʒɪlɪs〕迪安吉利思
Deans〔dinz〕迪恩斯
Dear〔dɪr〕迪爾
Dearborn〔'dɪr,bɔrn〕臺奔（美國）
Dearden〔'dɪrdn̩〕
Deardorff〔'dɪrdɔrf〕迪爾多夫
De(a)rg, Ben〔bɛn 'dʒɛrək〕(蘇)
Dearing〔'dɪrɪŋ〕迪林
Dearman〔'dɪrmən〕

Dearmer〔'dɪrmə〕
Dearmont〔'dɪrmənt〕迪爾蒙特
Dearnaley〔'darnəlɪ〕
Dearne〔dən〕
Dearth〔dɚθ〕迪爾思
Deas〔diz〕迪斯
Dease〔dis〕迪斯
Deasy〔'desɪ〕
Déat〔de'a〕(法)
Death〔dɛθ; deθ; di'aθ〕
Deatherage〔'dɛθərɪdʒ〕迪塞里奇
Death Valley〔'dɛθ 'vælɪ〕死谷(美國)
Deatly〔'ditlɪ〕迪特利
de Austria〔ðe 'austrɪa〕(西)
Deauville〔'dovɪl; do'vil(法)〕
Deaver〔'divə〕迪弗
Deb〔dɛb〕
De Baca〔də 'bakə〕德巴卡
Debaines〔də'bɛn〕
de Balzac〔də 'bælzæk; də bal-'zak(法)〕
Debar〔'dɛbar〕
De Bardeleben〔də ,bardə'lebən〕
De Barros〔de 'baros〕
De Bary〔də ba'ri〕
de Bassano〔de bas'sano〕(義)
De Bathe〔də 'baθ〕
Debaufre〔də,bo'fre〕
de Baville〔de ,ba'vil〕
de Bay〔də 'be〕
Debbitch〔'dɛbɪtʃ〕
Debbora〔'dɛbərə〕
Debby〔'dɛbɪ〕
Debdou〔dɛb'du〕
de Beaufort〔də bo'fɔr〕(法)
de Beauval〔də bo'val〕(法)
Debeney〔'dɛbənɪ; dəbə'ne(法)〕
Debenham〔'dɛbnəm〕德貝納姆
de Bergerac〔də bɛrʒə'rak〕(法)
de Bergevin〔də vɛrʒə'væŋ〕(法)
De Beringhen〔də 'berɪŋən〕
Deberly〔dəbɛr'li〕(法)
DeBerry〔də'bɛrɪ〕
Debidour〔dəbi'dur〕(法)
de Berquen〔də bɛr'kæŋ〕(法)
Debierne〔də'bjɛrn〕德貝爾恩(André Louis, 1874-1949, 法國化學家)
Debije〔dɛb'bai〕
De Bildt〔də 'bɪlt〕
De Blaquiere〔də 'blækɪr〕
Dęblin〔'dɛmblɪn; 'dɛŋmblɪn(波)〕
Debo〔'debo〕迪博

De Boer〔də 'buə〕德博爾
Débonnaire〔debɔ'ner〕(法)
De Bono〔de 'bɔno〕「一女先知及法官」
Deborah〔'dɛbərə〕【聖經】底波拉(希伯來之
de Borbon Anjou〔ðe bɔr'bɔn aŋ-'ʒu〕(西)
de Borja〔ðe 'bɔrha〕(西)
de Bourbon〔də bur'bɔŋ〕(法)
De Bourgh〔də 'bɚg〕
de Bourbon-Condé〔də bur'bɔŋ kɔŋ'de〕(法)
De Bow〔də 'bo〕德鮑
de Bragança〔ðə brə'gæŋsə〕(葡)
Debra Markos〔'dɛbrə 'markos〕
Debré〔də'bre〕
Debrecen〔'dɛbrɛtsen〕德布勒森(匈牙利)
Debreczen〔'dɛbrɛtsen〕
De Brett〔də 'brɛt〕德布雷特
Debrett〔də'brɛt〕
de Bretteville〔də'brɛtəvɪl〕
De Broke〔də 'bruk〕
Debrosses〔də'brɔs〕
de Bruce〔də 'brus〕
De Bruyn〔də 'brin〕德布魯因
de Brunne〔də 'brunnə〕
Debs〔dɛbz〕戴布茲(Eugene Victor, 1855-1926, 美國勞工領袖)
de Buade〔də bju'ad〕(法)
Debucourt〔dəbju'kur〕(法)
De Bunsen〔də 'bʌnsən〕
Debur(e)au〔dəbju'ro〕(法)
De Burgh〔də 'bɚg〕德伯格
De Buriatte〔də 'bjurɪæt〕
de Burke〔də 'bɚk〕
Debus〔'debus〕德布斯
Debussey〔dəbju'si〕(法)
Debussy〔də'bjusɪ〕德布西(Claude Achille, 1862-1918, 法國作曲家)
deButts〔dɪ'bʌts〕德巴茨
Debye〔də'bai〕狄白(Peter Joseph Wilhelm, 1884-1966, 荷蘭物理學家)
Decaborane〔dɛkə'boren〕
Decaen〔də'kaŋ〕(法)
Decaisne〔də'kɛn〕(法)
Decalog(ue)〔'dɛkəlɔg〕十誡
Decameron〔dɪ'kæmərən; de-〕十日談(義大利 Boccaccio 所著)
De Camp〔də 'kæmp〕德坎普
Decamps〔də'kaŋ〕(法)
Decapolis〔dɪ'kæpəlɪs〕
de Capriles〔dəkæ'prilɪs〕
de Caritat〔də kari'ta〕(法)

Decarlo〔də'karlo〕
de Cartagena〔ðe ,karta'hena〕(西)
De Carteret〔'kartrət〕
de Carvalho e Mello〔ðə kə'valju
  ı 'mɛlu〕(葡)
De Casseres〔də 'kæsərıs〕戴加賽雷斯
  (Benjamin, 1873-1945, 美國新聞記者及詩人)
de Castrone〔də kas'tronɛ〕
Decatur〔dı'ketə〕第開特(美國)
Decaturville〔dı'ketəvıl〕
Decauville〔dəko'vil〕
Decazes〔də'kaz〕戴卡茲(Duc Elie, 1780-
  1860, 法國法學家及政治家)
Decazeville〔dəkaz'vil〕
Decca〔'dɛkə〕達卡
Deccan〔'dɛkən〕德干(印度)
Decebalus〔dı'sebələs〕
Deceleia〔,desə'lia〕
Deceleian War〔,desə'lian ~〕
De Celles〔də 'sɛl〕
December〔dı'sɛmbə〕十二月
Decembrio〔de'tʃembrıo〕
Decembrist〔dı'sembrıst〕
Decemvirate〔dı'sɛmvırıt〕古羅馬之十
  大行政官之職位或任期
Deception Island〔dı'sɛpʃən ~ 〕
De Cesare〔de 'tʃezare〕
De Cespedes〔de 'tʃespedes〕
Decetia〔dı'siʃıə〕
De Chair〔də 'tʃer〕
de Chamisso〔də ʃami'so〕(法)
Dechamps〔də'ʃaŋ〕(法)德香
Dechant〔də'ʃant〕德尙
De Charm(e)s〔də 'ʃarmz〕
Déchelette〔deʃ'lɛt〕
Dechen〔'dɛhən〕(德)
de Chenier〔də ʃe'nje〕(法)
Dechert〔'dɛkət〕德克特
Dechet〔də'ʃɛ〕(法)
Decies〔'diʃız〕
Decimus〔'dɛsıməs〕德修斯
Děčín〔'djetʃin〕(捷)   〔(法)
Décines-Charpieu〔de'sin·ʃar'pjə〕
Děčín-Podmokly〔'djetʃin·'pɔdmɔklı〕
de Cisternay〔də sister'ne〕(法)
Decius〔'diʃıəs〕狄希阿斯(201-251, 羅馬
Decius Mus〔'diʃıəs mʌs〕   └皇帝)
Decize〔də'siz〕
Deck〔dɛk〕德克
Decken〔'dɛkən〕
Deckendorf〔'dɛkəndɔrf〕
Decker〔'dɛkə〕德克爾

d'Eckmühl〔dɛk'mjul〕(法)
Dècle〔'dɛkl̩〕
de Commines〔də ko'min〕
de'Conti〔dɛ 'kontı〕
de Coppet〔də kɔ'pe〕(法)
Decorah〔dı'korə〕
De Corona〔di ko'ronə〕
De Coster〔də 'kastə〕
Decoto〔dı'koto〕
Decoud〔dı'kɔ〕
Decourcelle〔dəkur'sɛl〕(法)
De Courcy〔də 'kursı; də 'kɔrsı;
  də 'kəsı〕
de Courtanvaux〔də kurtaŋ'vo〕(法)
Decoux〔də'ku〕
De Craye〔də 'kre〕
De Crespigny〔də 'krɛpını〕
de Croix〔də 'krwa〕(法)
De Croy〔də 'krɔı〕
de Curieres〔də kju'rjɛr〕(法)
De Cusance〔də 'kuzan〕
Decumates Agri〔,dɛkju'metiz
  'ægraı〕
Dedalus〔'didələs〕
Dedan〔'didən〕
Dedanite〔'didənaıt〕
Deddes〔'dɛdıs〕
Deddington〔'dɛdıŋtən〕
Dede Agach〔,dædæ a'atʃ〕(土)
Dedekind〔'dedəkınt〕
Dedham〔'dɛdəm〕
Dedijer〔'dɛdjer〕
de Dion〔də 'dian; 'diaŋ; 'dion〕
Dedlock〔'dɛdlak〕
Dedlocks〔'dɛdlaks〕
Dedman〔'dɛdmən〕
Dedmon〔'dɛdmən〕戴德蒙
de Donissan〔də dɔni'saŋ〕(法)
Dedrick〔'dɛdrık〕戴德里克
Dee〔di〕迪伊
Deeb〔dib〕
Deed〔did〕迪德
Deedes〔didz〕迪茲
Deeg〔dig〕
Deegan〔'digən〕迪根
Deek(e)s〔diks〕迪克斯
Deel〔dil〕
Deeley〔'dilı〕迪利
Deems〔dimz〕迪姆斯
Deen〔din〕
Deep Bottom〔dip 'batəm〕
Deephaven〔'dip,hevən〕

Deeping〔'dipɪŋ〕狄平（George Warwick, 1877-1950, 英國小說家）
Deep-vow〔'dip·vau〕
Deer〔dɪr〕迪爾
Deere〔dɪr〕
Deerfield〔'dɪrfild〕迪爾菲爾德
Deerhurst〔'dɪrhəst〕
Deering〔'dɪrɪŋ〕迪林
Deerslayer〔'dɪrsleə〕
Deerson〔'dɪrsn̩〕
Dées〔'dees〕迪斯
de Estella〔ðe ɛ'stelja〕（西）
Deeves〔divz〕迪夫斯
Deevey〔'divɪ〕迪維
Defarge〔dɪ'farʒ〕
Defauw〔də'fau〕
Defensor, Fidei〔'faɪdɪaɪ dɪ'fɛnsə〕
Deferrari〔dɪfe'rarɪ〕
Deffand〔də'faŋ〕（法）
Deffee〔dɪ'fi〕
Defiance〔dɪ'faɪəns〕
De finibus〔di 'fɪnɪbəs〕
de Flor〔də 'flɔr〕
De Flores〔dɪ 'floriz; də 'flɔrɪz〕
de'Fieschi〔de 'fjɛskɪ〕
Defoe〔də'fo〕狄福（Daniel, 1660?-1731, 英國記者及小說家）
de Fonseca〔ðe fɔn'seka〕（西）
de Force〔də'fɔrs〕
De'Forciglioni〔də forʃɪl'joni〕（義）
De Ford〔də 'fɔrd〕
De Forest〔də'fɔrɪst〕德福來斯特（Lee, 1873-1961, 美國發明家）
Deforest〔dɪ'farɪst〕
de Fragoso〔də frə'gozu〕（葡）
de France〔də 'fraŋs〕
de Francia〔dɪ 'frænʃɪə〕
de Francisci〔də fra'tʃɪʃɪ〕
de Fredy〔də fre'di〕
Defrees〔dɪ'friz〕德弗里斯
Defregger〔'de,frɛgə〕
De Freitas〔də 'frɛtəs〕德弗雷塔斯
De Freyne〔də 'fren〕
Defries〔də'friz〕
de Froullay〔də fru'le〕
De Funiak〔də'fjunɪæk〕
de Galaup〔də ga'lo〕（法）
Degare〔dɪ'garɪ〕
De Garmo〔də 'garmo〕
de Garnerin〔də garnɛ'ræŋ〕（法）
Degas〔də'ga〕狄加（(Hilaire Germain) Edgar, 1834-1917, 法國印象派畫家）

De Gasperi〔de 'gɑsperi〕
de Gaulle〔də'gɔl〕戴高樂（Charles André Joseph Marie, 1890-1970 法國將軍，政治家及法國副總統）   「高樂派黨員
de Gaullist〔də 'gɔlɪst〕法國政黨的戴
de Géblin〔də ge'blæŋ〕（法）
Degée〔də'ʒe〕
de Geer〔də 'ger〕（荷）
Degeer〔də'jer〕
Dedgeller〔'dɛgələ〕
Degener〔'degənə〕
Degérando〔dəʒeraŋ'do〕（法）
Deggendorf〔'dɛgəndɔrf〕
Degh〔deg〕
de'Gianuzzi〔də dʒa'nuttsɪ〕（義）
de Giberne〔də dʒɪ'bən〕
Degkwitz〔'dɛkvɪts〕
d'Églantine〔deglaŋ'tin〕
de Glanville〔də 'glænvɪl〕
degli〔'deljɪ〕
Degling〔'dɛglɪŋ〕
degli Organi〔,deljɪ 'ɔrganɪ〕
degli Pagliaricci〔,deljɪ ,palja'rittʃɪ〕（義）
degli Stæbili〔,deljɪ 'stabɪlɪ〕
Dego〔'dego〕
De Gogorza〔dɛ gogɔr'θa〕（西）
de Gondi〔də gɔŋ'di〕
de Gonneville〔də gɔn'vil〕
de Gontaut〔də gɔŋ'to〕（法）
Degore〔dɪ'gɔrɪ〕
Got〔də 'go〕
Degoutte〔də'gut〕
De Graaf〔də 'graf〕
de Graff〔də 'graf〕德格拉夫
Degray〔dɪ'gre〕
Degrelle〔də'grɛl〕
De Grey〔də 'gre〕
De Groot〔də 'grot〕德格魯特
de Guerry〔də 'gerɪ〕
de Gunzburg〔də 'genzbəg〕
De Haas〔də 'has〕
Dehan〔'dihæn〕
Dehaut〔də'o〕
de Hautefort〔də ot'fɔr〕（法）
De Haven〔də 'hevən〕德黑文
de Havilland〔də 'hævilənd〕德哈維蘭
De Helder〔də 'hɛldə〕
Dehibat〔dæhɪ'bæt〕
Dehler〔'delə〕
Dehli〔'dɛli; 'dehli〕
Dehmel〔'deməl〕

Dehn〔den〕德恩
Dehodencq〔dəɔ'dæŋk〕(法)
de Hoffman〔də 'hɑfmən〕
De Hoghton〔də 'hɔtn̩〕
de Hondt〔də 'hɔnt〕
Dehon〔də'hɑn〕
Dehone〔də'hon〕德霍恩
Dehousse〔dus〕
Dehr〔dɛr〕
Dehra Dun〔'derə 'dun〕
dei〔'deɪ〕
Deianira〔,dijə'naɪrə〕
Deibert〔'dibət〕
Deichelmann〔'daɪkl̩mæn〕德克爾曼
Deichmann〔'dɪkmən〕
dei Conti d'Aquino〔,deɪ 'kɔntɪ
    dɑ'kwino〕
dei Filipepi〔,deɪ ,filɪ'pɛpɪ〕
dei Franceschi〔,deɪ frɑn'tʃeskɪ〕
Deighton〔'daɪtn̩; 'detn̩〕戴頓
Dei gratia〔'daɪ 'greʃɪə〕[拉]蒙神之恩
dei Guardati〔,deɪ gwɑr'dɑtɪ〕
Deily〔'daɪlɪ〕
Deimel〔'daɪməl〕
De imitatione Christi〔di ɪmɪte-
    ʃɪ'oni 'krɪstaɪ〕
Deimling〔'daɪmlɪŋ〕
Deimos〔'daɪmas〕
Deim Zubeir〔'daɪm zu'baɪr; 'dem
    zu'ber〕
Deinarchus〔daɪ'nɑrkəs〕
Deines〔'daɪnɪs〕
Deinhardstein〔'daɪnhɑrt·,ʃtaɪn〕
Deinocrates〔daɪ'nɑkrətɪz〕
Deinostratus〔daɪ'nɑstrətəs〕
Deïoces〔'dijəsiz〕
Deïotarus〔dɪ'jɑtərəs〕
Deiphobus〔di'ɪfəbəs〕
Deipnosophists〔daɪp'nɑsəfɪsts〕
Deir〔dɪr〕
Deira〔'derə; 'diɪrə〕
Deirdre〔'dɪrdrɪ〕迪爾德麗
Deir-el-Bahri〔,der·ɛl·'bɑri;
    'daɪr·æl·'bæhrɪ〕(阿拉伯)〕
Deir-ez-Zor〔'daɪr·æz·'zuə; 'daɪr·-
    æz·'zor〔阿拉伯)〕
Deitrick〔'ditrɪk〕
Deity, the〔'diətɪ〕上帝
Deitzler〔'ditslə〕
Dej〔deʒ〕
Dejaneira〔,dɛdʒə'naɪrə〕
de Javercy〔də ʒɑverʹsi〕(法)

Déjazet〔deʒɑ'zɛ〕(法)
Dejean〔də'ʒɑŋ〕
Déjerine〔deʒ'rin〕
DeJong〔də'jɔŋ〕
De Jonge〔dɪ 'dʒɑŋ〕
Dejoux〔də'ʒu〕(法)
Dejvice〔'devɪtsɛ〕
Dejwitz〔'devɪts〕
De Kaap〔də 'kɑp〕
De Kalb〔də 'kælb〕
Deken〔'dekən〕
Dekhan〔'dɛkən〕
Dekkan〔'dɛkən〕
Dekker〔'dɛkə〕德克爾
Deknatel〔dɛknə'tel〕
De Koven〔dɪ'kovən〕狄考文(Reginald,
    1859-1920, 美國作曲家)
de Kruif〔də 'kraɪf〕狄克萊夫(Paul,
    1890-1971, 美國細菌學家及作家)
del〔del〕(義); ðɛl, del〔西〕德爾
De la Barra〔de lɑ 'vɑrɑ〕(拉丁美)
De la Beche〔dɛ lə bɛʃ〕
de la Bère〔,dɛ lə 'bɪr〕德拉貝爾
de la Billarderie〔də lɑ bijɑr'dri〕
Delaborde〔dələ'bɔrd〕(法)   L(法)
Delabreth〔,dɛlə'brɛθ〕
de La Bretonne〔də lɑ brə'tɔn〕(法)
de La Brunerie〔də lɑ brjun'ri〕
De la Car〔dɛ lə 'kɑr〕   L(法)
de la Chavanne〔də lɑ ʃɑ'vɑn〕(法)
de la Colina〔də lə ko'lɪnə〕
Delacombe〔dələ'kom〕德拉庫姆
Delacorte〔dɛlə'kɔrt〕德拉科特
Delacour〔dɛlə'kur〕
Delacro〔'dɛləkro〕
Delacroix〔dələk'rwɑ〕戴拉克魯瓦(Fer-
    dinand Victor Eugène, 1798-1863, 法國畫家)
de la Cueva〔ðe lɑ 'kwevɑ〕(西)
De Lacy〔də 'lesɪ; də'lɑsɪ〕(愛)
Delafield〔'dɛləfild〕德拉菲爾德
de la Fléchère〔də lɑ fle'ʃer〕(法)
Delafons〔'dɛləfɑnz〕
De La Force〔,dɛ lə 'fɔrs〕德拉福斯
de la Garde〔də lɑ 'gɑrd〕(法)
de la Garoza〔ðe lɑ gɑ'roθɑ〕(西)
Delage〔də'lɑʒ〕(法)
Delagoa〔'dɛləgoə; ,dɛlə'goə〕迪拉果
    阿灣(莫三比克)
Delagrange〔dələ'grɑ̃ʒ〕(法)
de la Grye〔də lɑ 'grij〕(法)
De la Guardia〔de lə 'gwɑrðɪə;
    ðe lə 'gwɑrðɪə〕(西)

De La Haba〔,dɛ lə 'hɑbə〕
Delahanty〔dɛlə'hɑntɪ; 'dɛlɪhæntɪ〕
Delaharpe〔dələ'ɑrp〕(法)　∟德拉漢蒂
de Lahaye〔də lɑ'e〕(法)
Delahaye〔'dɛləhe〕
Delaherche〔dəlɑ'ɛrʃ〕(法)
de la Live〔də lɑ 'liv〕(法)
de la Live de Bellegarde〔də lɑ
　liv də bɛl'gɑrd〕(法)
Delamain〔'dɛləmen〕
De la Mare〔,dɛlə'mɛr〕狄拉麥爾(Wal-
　ter John, 1873-1956, 英國詩人及小說家)
De Lamar〔'dɛləmɑr〕　　　「德拉梅特
DeLamater〔'dɛləmætə; dɪle'metə〕
de la Mauvissière〔də lɑ movi'sjɛr〕
Delambre〔də'lɑŋbə〕(法)　　L(法)
de la Mer〔'dɛ lə mə〕
Delamere〔'dɛləmɪr〕德拉米爾
de la Meurthe〔də lɑ'mɛt〕(法)
de la Mothe〔'dɛ lə ,mɑt〕
de la Motte-Guyon〔də lɑ mɔt·
　gjui'jɔŋ〕(法)
De Lancey〔də 'lɑnsɪ〕德蘭西
De-Lancey〔də·'lɑnsɪ〕
De Land〔də 'lɑnd〕德蘭
Deland〔dɪ'lænd〕狄蘭德(Margaret,
　1857-1945, 本姓 Campbell, 美國女小說家)
Delane〔də'len〕德萊恩
Delaney〔dɪ'lenɪ〕德萊尼
de Langey〔də lɑŋ'ʒe〕
De Lano〔də 'leno〕德拉諾(美國)
Delano Peak〔də'leno ~; ,dɛlə,no
　~〕德來諾峯(美國)
Delany〔də'lenɪ〕德拉尼
De la Pasture〔də lɑ 'læpətjə; də
　'læpətʃə〕　　　　　　「(法)
de la Piconnerie〔də lɑ pikɑn'ri〕
Delaplaine〔'dɛləplen〕德拉普蘭
Delaplanche〔dɛlɑ'plɑŋʃ〕(法)
Delaplane〔'dɛləplən〕
De la Pole〔,dɛ lə 'pol〕
De La Poer〔də lɑ 'pʊr〕
de la Porte〔də lɑ 'pɔrt〕(法)
Delaporte〔dɛlɑ'pɔrt〕(法)
De la Pole〔,dɛ lə 'pol〕
DeLapp〔dɪ'læp〕
de la Ramée〔,dɛ lə rə'me〕
De La Rey〔də lɑ 'raɪ〕
de Largentaye〔də lɑrdʒən'te〕
de la Rivière〔də lɑ ri'vjɛr〕(法)
de la Roche〔də lə 'rɔʃ〕戴拉勞西
　(Paul, 1797-1856, 法國畫家)

Delaroche〔dəlɑ'rɔʃ〕(法)
De la Rue〔'dɛ lə ru〕
Delarue〔dəlɑ'rju〕(法)
de la Sonora〔ðe lɑ 'sonorɑ〕(西)
De Laszlo〔də 'læslo〕
de la Torre〔,dɛ lɑ 'tɔr〕德拉托爾
de la Tour〔də lɑ 'tʊr〕
de Latour〔dɛlə'tʊr〕德拉圖爾
Delattre〔də'lɑtə〕(法)
de Lattre de Tassigny〔də 'lɑtə
　də tɑsi'nji〕
Delatyn〔də'lɑtṇ; dɛ'lɑtɪn〕(波)
Delaunay〔dəlo'ne〕
DeLaurier〔də'lɔrie〕
de Lauzun〔də lo'zɛŋ〕(法)
Delaval〔'dɛləvəl〕
de Laval〔də lɑ'val〕(法)
de La Vallée Poussin〔də lɑ vɑ'le
　pu'sæŋ〕
de la Valette〔də lɑ vɑ'lɛt〕(法)
Delavan〔'dɛləvən〕德拉萬
de la Vega〔ðe lɑ 'vegɑ〕(西)
Delavigne〔dəlɑ'vinj〕戴拉威尼(Casi-
　mir, 1793-1843, 法國詩人及劇作家)
Delavignette〔dəlɑvi'njet〕(法)
Delaville〔dəlɑ'vil〕(法)
Delaware〔'dɛlə,wɛr〕德拉瓦(美國)
De la Warr〔'dɛ lə wɛr〕
Delay〔dɪ'le〕迪萊
Delbœuf〔dɛl'bəf〕
Delbos〔dɛl'bo〕
Delbridge〔'dɛlbrɪdʒ〕
Delbrück〔'dɛlbrjuk〕(德)德爾布魯克
del Campo〔dɛl 'kɑmpo〕
Delcassé〔dɛlkɑ'se〕德爾加賽〔Théophile,
　1852-1923, 法國政治家)
del Castillo〔ðɛl kɑ'stiljo〕(西)
d'Elchingen〔'dɛlhɪŋən〕(德)
Del City〔dɛl 'sɪtɪ〕
Delderfield〔'dɛldəfild〕戴德菲爾德
Delécluze〔dɛlek'ljuz〕(法)
Deledda〔de'lɛdɑ〕戴麗達(Grazia, 1875-
　1936, 義大利女小說家)
De Lee〔də 'li〕
de Leeuw〔də 'leo〕
Delehaye〔dɛlə'he〕(法)
Delémont〔dɛle'mɔŋ〕(法)
de Lemos〔də 'lemɑs〕
De Leon〔də lɪ'an; dɪ 'liən〕德利翁
Delescluze〔dɛlek'ljuz〕(法)
Delesse〔də'lɛs〕
de Lesseps〔də 'lɛsəps; lɛ'sɛps(法)〕

Delessert〔dəlɛ'sɛr〕(法)
de Lettenhove〔də 'lɛtən,hovə〕
De Leuw〔di 'lu〕
Delevan〔'dɛlɪvən〕德萊萬
Delevingne〔'dɛləvin〕德萊文
Delf〔dɛlf〕
Delfim〔dɛl'fiŋ〕(葡)
Delfina〔dɛl'fina〕(西)
Delft〔dɛlft〕台夫特(荷蘭)
Delftware〔'dɛlftwɛr〕
Delfzijl〔dɛlf'zaɪl〕
Delgada〔dɛl'gaða〕(西)
Delgado〔dɛl'gado〕德耳加杜(莫三比克)
Del Gaudio〔dɛl 'gɔdɪo〕
Delharpe〔də'larp(法)〕
Delhi〔'dɛlɪ ; 'dɛlhaɪ〕德里(印度)
Deli〔'dɛlɪ〕帝力(印尼)
Delia〔'diljə〕迪莉婭
de Liagre〔də li'agrə〕
Delian League〔'diljən〕
Delibes〔də'lib〕
Delice〔dɛ'lidʒɛ〕(土)
Delicias〔dɛ'lisjas〕
Delijannis〔dɛl'jænɪs ; ðɛli'janis〕(希)
Delilah〔dɪ'laɪlə〕【聖經】大利拉(迷惑大
    力士 Samson 之妖婦)
Delille〔də'lil〕
de Lima〔də 'limə〕
De Lind〔də 'lɪnd〕
Deliniers‑Brémont〔dəli'nje‧bre-
    'mɔŋ〕(法)
Deliro〔dɛ'liro〕
De l'Isle〔də 'laɪl ; də 'lil (法)〕
Delisle〔də'laɪl ; də'lil (法)〕德萊爾
Delitzsch〔'dɛlɪtʃ〕
Delium〔'dilɪəm〕
Delius〔'dilɪəs〕狄里雅斯(Frederick,
    1862-1934, 英國作曲家)   「(古希)〕
Delijannis〔dɛlɪ'æŋɪs ; ,ðɛljɪ'janis
Deliyiannes〔,ðɛljɪ'janis〕(古希)
Dell〔dɛl〕德爾
Della〔'dɛlə〕
della Bella〔dɛlla 'bɛlla〕(義)
Della Chiesa〔dɛlla 'kjesa〕(義)
Della‑Cioppa〔dɛlə·'tʃopa〕
Della Crusca〔'dɛlə 'krʌskə〕
Della Cruscans〔'dɛlə 'krʌskənz〕
della Genga〔,dɛlla 'dʒɛŋga〕(義)

Dellalé〔dɛla'le〕
della Paglia〔,dɛlla 'palja〕(義)
della Pieve〔,dɛlla 'pjevɛ〕(義)
della Rajata〔,dɛlla ra'jata〕(義)
Della Robbia〔,dɛlə 'rabɪə〕
della Rovere〔,dɛlla 'ro,vɛrɛ〕(義)
della Torre Rezzonico〔,dɛlla 'torrɛ
    rɛd'dzɔnɪko〕(義)
della Vita〔,dɛlla 'vita〕(義)
Dellbridge〔'dɛlbrɪdʒ〕
delle Colonne〔,dɛllɛ ko'lonnɛ〕(義)
delle Grazie〔,dɛllɛ 'gratsɪɛ〕(義)
Dellenbaugh〔'dɛlɪnbɔ〕
delle Vigne〔,dɛllɛ 'vinɛ〕(義)
Dellinger〔'dɛlɪndʒə ; 'dɛlɪŋə (德)〕德林杰
Dellys〔dɛ'lis〕
Delmar〔'dɛlmar〕德爾馬
Del Mar〔'dɛlmar〕
Demaret〔də'mærɪt〕
Delmarva〔dɛl'marvə〕
Delmenhorst〔'dɛlmənhɔrst〕
Delmer〔'dɛlmə〕德爾默
Delmira〔dɛl'mira〕
Delmonico〔dɛl'manɪ,ko〕
del Monte〔dɛl 'monte〕
Del Monte〔dɛl 'mantɪ〕
Delmonte y Tejada〔dɛl'monte ɪ
    te'haða〕(西)
Delna〔dɛl'na〕(法)
Del Norte〔dɛl 'nɔrt〕
Delo〔dɛ'lo〕
Delolme〔də'lɔlm〕
De Lôme〔də 'lom〕
Delomosne〔'dɛləmon〕
Deloncle〔də'lɔŋkl〕
Delong〔də'lɔŋ〕德朗
De Long〔də 'lɔŋ〕
de Longespée〔də lɔŋge'pe〕
Deloraine〔dɛlə'ren〕德洛雷因
Delord〔də'lɔr〕(法)
de Lorges〔də 'lɔrʒ〕(法)
de Lorme〔də 'lɔrm〕德洛姆
Delorme〔də'lɔrm〕戴萊姆(Philibert,
    1515?-1570, 法國建築家)
de l'Orme〔də 'lɔrm〕
de Lorraine〔də lɔ'rɛn〕
Delos〔'dilɑs ; dɪ'lɔs〕迪洛斯   「(西)〕
de los Herrersos〔ðə los ɛr'reros〕

Delouvrier〔dəluv'rjɛ〕（法）
Delp〔dɛlp〕德爾普
Delpech〔dɛl'pɛʃ〕（法）
Delphi〔'dɛl,faɪ〕特耳非（古希臘）
Delphin Classics〔'dɛlfɪn～；dɛl-'fæŋ～〕法王路易十四爲教育皇太子所編纂的經典
Delphine〔dɛl'fin〕
Delphinium〔dɛl'fɪnɪəm〕
Delphinus〔dɛl'faɪnəs〕
Delphoi〔ðɛl'fi〕（希）
Delphos〔'dɛlfəs〕德爾福斯
Delpit〔dɛl'pi〕
Del Porto〔dɛl 'pɔrto〕
del Prato〔dɛl 'prato〕
Delray〔'dɛl,re〕
Del Re〔dɛl 're〕
del Riego〔dɛl 'rigo〕
Del Rio〔dɛl 'rio〕德爾里奧
del Sarte〔dɛl 'sart〕
Delsarte〔dɛl'sart〕
del Sarto〔dɛl 'sarto〕
Delsberg〔'dɛlsbɛrk〕（德）
Del Sesto〔dɛl 'sɛsto〕
Delson〔'dɛlsn〕德爾森
Delta〔'dɛltə〕【天文】四等星
Delta Amacuro〔'dɛlta ,ama'kuro〕
Delteil〔dɛl'tɛj〕（法）
del Tindaro〔dɛl 'tindaro〕
Deluc〔də'ljʊk〕（法）
De Luca〔de 'luka〕
de Luccia〔də 'luʃə〕
DeLuce〔də'lus〕德盧斯
Delucenna〔,dɛlju'sɛnə〕
de Luchet〔də lju'ʃɛ〕（法）
De Lue〔dɪ'lu〕
Deluge〔'dɛljudʒ〕
de Luicci〔de 'lwittʃi〕（義）
del Valle〔dɛl 'vala〕
Delvaux〔dɛl'vo〕
Delve〔'dɛlv〕德爾夫
del Vernio〔dɛl 'vernjo〕（義）
Delville〔'dɛlvɪl〕
Delvinë〔dɛl'vinə〕
Delvin〔'dɛlvɪn〕德爾文
Delvino〔'dɛlvɪno〕
Delyannis〔dɛlɪ'ænɪs；ðeli'ɑnis（古希）〕
Dem〔dɛm〕
Dema〔'dema〕
Demades〔dɪ'mediz〕
de Madrid〔ðe ma'ðrið〕（西）
de Magalhães〔ðe məgə'ljænʃ〕（葡）

de Mahy〔də ma'i〕（法）
de Maillebois〔də maj'bwa〕（法）
de Malines〔də mæ'lin〕
De Mambro〔dɪ 'mæmbro〕
Demangeon〔dəmɑŋ'ʒɔn〕（法）
de Manny〔də 'mænɪ〕
Demant〔dɪ'mænt〕德曼特
Demaratus〔,demə'retəs〕
Demarcation Point〔,dimar'keʃən～〕
Demarçay〔dəmɑr'se〕戴馬塞（Eugene, 1852-1903, 法國化學家）
de Marco〔də 'marko〕德馬科
Demaree〔'dɛməri〕
Demarest〔'dɛmərɛst〕德馬雷斯特
Demaret〔də'mærɪt〕
De Martini〔də mar'tini〕
Demas〔'dimæs〕
De Mauley〔də 'mɔlɪ〕
Demavend〔'dɛməvɛnd〕德馬溫峯（伊朗）
Dembea〔'dɛmbɪə〕
Dembiński〔dɛm'binjskɪ〕
Dembitz〔'dɛmbɪts〕
Demchukdonrob〔dɛm,tʃukdɔn'rob〕
de' Medici〔de 'mɛdɪtʃi〕
Demelli〔de'mɛllɪ〕（義）
de Menasce〔də mɪ'neʃ〕
De Ment〔də 'mɛnt〕德門特
Demer〔'dema〕德默
Demerara〔,demə'rɑrə；,demə'rɛrə〕
Demerdjis〔ðemer'dʒis〕（希）
Demerdzis〔ðemerd'zis〕（希）
Demerec〔'dɛmərɛts〕德梅雷茨
De Merit〔də 'mɛrɪt〕
De Mers〔də 'mɛrs〕
Demeter〔dɪ'mitə〕【希臘神話】司農業、豐饒及保護婚姻之女神
Demetrias〔dɪ'mitrɪəs〕
Demetrios〔dɪ'mitrɪəs；ðɪ'mitrɪɔs(希)〕
Demetrius〔dɪ'mitrɪəs〕迪米特里厄斯
Demetrius Fannius〔dɪ'mitrɪəs 'fænɪəs〕
Demetz〔də'mɛts〕
de Meulan〔də mə'lɑn〕（法）
de Meurs〔də 'mɛrs〕（法）
Demidov〔dɪ'midəf；djɪ'mjidɔf（俄）〕
de' Migliorati〔de miljo'ratɪ〕
Demler〔'dɛmlə〕
de Milhau〔də'milhɔ〕
de Mille〔də 'mɪl〕
De Mille〔də 'mɪl〕地密爾（Cecil Blount, 1881-1959, 美國電影製作人）
Deming〔'dɛmɪŋ〕戴明

de Miranda〔de mɪ'rɑndɑ〕(西)
Demir Hisar〔,dɛmɪr hɪ'sɑr〕
Demir Hissár〔,dɛmɪr hɪ'sɑr〕(土)
Demiri〔dɛ'miri〕
Demme〔'dɛmə〕
Demmin〔dɛ'min〕
Demmler〔'dɛmlɚ〕
Demmon〔'dɛmən〕
Demmy〔'dɛmɪ〕
Demnat〔dəm'næt〕
Demo〔'dɛmo〕【美俗】民主黨員
Democedes〔,dɛmə'sidiz〕
Demochares〔dɪ'mɑkəriz〕
Democritus〔dɪ'mɑkrɪtəs〕德謨克里脫
(460?-362?B.C.,希臘哲學家)
Demodocus〔dɪ'mɑdəkəs〕
Demogeot,〔dəmo'ʒo〕(法)
Demogorgon〔,dimə'gɔrgən〕古神話之
魔王;魔神
Demoivre〔də'mɔɪvɚ; də'mwɑvɚ(法)〕
De moivre〔də 'mwɑvɚ〕(法)
Demokritus〔dɛ'mɔkrɪtʊs〕
de Molay〔də mɔ'le〕(法)
De Moleyns〔'dɛməlinz〕
de Molesmes〔də mɔ'lɛm〕(法)
De Moleyns〔'dɛməlinz〕
Demolins〔dəmɔ'læŋ〕(法)
Demonax〔dɪ'monæks〕
de Monceaux〔də mɔn'so〕(法)
Demonesi Insulae〔,dimo'nisɑɪ
'ɪnsjʊli〕
de Monet〔də mɔ'nɛ〕
de Mongeot〔də mɔn'ʒo〕(法)
Demonio, Il〔il dɛ'monjo〕
Demonstenes〔dɛ'monstɛnes〕
De Montalt〔dɛ mən'tælt〕
de Montbazon〔də mɔŋbɑ'zɔn〕(法)
de Montebello〔də ,mɔntɛ'bɛllo〕(義)
De Montford〔dɪ 'mɑntfɚd〕
De Montfort〔dɪ 'mɑntfɚt〕
de Montfort l'Amanry〔də mɔŋ'fɔr
lɑmɔ'ri〕(法)
De Montmorency〔də mɑntmɑ'rɛnsɪ;
də mɔŋmɔ'rɑŋsɪ〕
de Montmorency-Bouteville〔də
mɔŋmɔrɑŋ'si·but'vil〕(法)
de Montmorency et Angoulême〔də
mɔŋmɔrɑŋ'si e ɑŋgu'lɛm〕(法)
Demopolis〔dɪ'mɑpəlɪs〕
Demorest〔'dɛmɔrɛst〕
De Morgan〔də 'mɔrgən〕狄摩甘(Wil-
liam Frend , 1839-1917, 英國藝術家及小說家)

Demos〔'dimɑs〕迪莫斯
Demóstenes〔de'mostenes〕
Demosthenes〔dɪ'mɑsθəniz〕狄摩西尼斯
(385?-322 B.C.,古希臘之演說家及政治家)
Demotica〔dɪ'mɑtɪkə; de'mɔtɪkɑ(義)〕
Demotike〔ðimɔti'ki〕(希)
DeMott〔də'mɑt〕
De Moya〔də 'mojɑ〕
Dempo〔dɛmpo〕
Dempsey〔'dɛmpsɪ〕登普西
Dempster〔'dɛmpstɚ〕登普斯特
Demter〔'dɛmtɚ〕
De Muldor〔də 'mʌldɔr〕
de Muris〔dɪ 'mjʊrɪs〕
Demuth〔də'muθ; 'dɛmət(德)〕德穆斯
Demyan〔djɪm'jɑn〕
den〔dɔn〕(荷·德)
Dena〔denɑ〕
Denain〔də'næŋ〕(法)
Denali〔dɪ'nɑlɪ〕
de'Narni〔dɛ'nɑrnɪ〕
Denbigh〔'dɛnbɪ〕
Denbighshire〔'dɛnbɪˌʃɪr〕但比郡(英國)
den Bosch〔dən 'bɔs〕
Denby〔'dɛnbɪ〕登比
Dench〔dɛntʃ〕登奇
Denck〔dɛ ŋk〕
Dender〔'dɛndɚ〕
Dendera〔'dændʌrɑ〕(阿拉伯)
Dendermonde〔,dɛndɚ'mɔndə〕
Dendi〔'dendi〕
Dendin〔dɑn'dæn〕(法)
Dene〔din〕迪恩
Deneb〔'dɛnɛb〕
Denebola〔dɪ'nɛbələ〕
de Negri〔də 'negrɪ〕
de Neufville〔də 'njufvɪl〕
Denfeld〔'dɛnfɛld〕登費爾德
Denfert-Rochereau〔dɑn'fɛr·rɔ'ʃro〕
「(法)
d'Enghien〔dɑn'gæŋ〕(法)
Dengis〔dɛn'gis〕
Denham〔'dɛnəm〕德納姆
Denhardt〔'dɛnhɑrt〕
Denholm(e)〔'dɛnəm〕德諾姆
Denia〔'denjɑ〕(西)
De Nicola〔de ni'kolɑ〕
Denifle〔'dɛnɪˌflɛ〕
Denig〔'dɛnɪg〕德尼格
Denijn〔də'nɑɪn〕
Deniker〔deni'kɛr〕鄧尼凱(Joseph , 1852-
1918, 法國人類學家)
Denikin〔dɪ'njikɪn; djɪ'njikjɪn(俄)〕

Deniliquin〔dəˈnɪlɪkwɪn〕

Denina〔deˈnina〕

Dening〔ˈdenɪŋ〕德寧

Denis〔ˈdenɪs；dəˈnis（荷）；dəˈni（法）；djɪˈnjis（俄）〕

Denis Duval〔ˈdenɪs djʊˈvæl〕

Denise〔dəˈniz〕丹妮斯

Denison〔ˈdenɪsṇ〕丹尼森

Denizli〔denɪzˈli〕

Denk〔deŋk〕

Denkyira〔denˈkjira〕

Denman〔ˈdenmən〕

Denmark〔ˈden,mark〕丹麥（北歐）

Denmark Strait〔ˈden,mark～〕丹麥海峽（北極海）

Dennehy〔ˈdenəhɪ〕登內希

Denner〔ˈdenɚ〕登納

Dennery〔denˈri〕

Dennes〔ˈdenɪs〕丹尼斯

Dennett〔ˈdenɛt〕丹尼特

Dennewitz〔ˈdenəvɪts〕

Denney〔ˈdenɪ〕丹尼

Dennie〔ˈdenɪ〕丹尼

Denning〔ˈdenɪŋ〕丹寧

Dennis〔ˈdenɪs〕丹尼斯

Dennis Brulgruddery〔ˈdenɪs brʌlˈgrʌdərɪ〕

Dennis Ness〔ˈdenɪs ˈnes〕

Dennison〔ˈdenɪsən〕丹尼森

Denniston〔ˈdenɪstən〕丹尼斯頓

Denny〔ˈdenɪ〕丹尼

Dennys〔ˈdenɪs〕丹尼斯

Deno〔ˈdino〕

de Nogaret〔dəˈnɔgaˈrɛ〕（法）

Denon〔dəˈnɔn〕

de Normann〔dəˈnɔrmən〕

de Noroña〔de noˈronja〕（西）

deNoue〔dəˈnu〕

Denousa〔ðeˈnusa〕（希）

Den Pasar〔dənˈpasar〕

Denpasar〔dənˈpasar〕

Denry〔ˈdenrɪ〕

Densford〔ˈdensfəd〕

Denslow〔ˈdenzlo〕

Densmore〔ˈdenzmɔr〕登斯莫爾

Denson〔ˈdensṇ〕登森

Dent〔dent〕登特

Dentan〔ˈdentən〕登坦

Dentatus〔denˈtetəs〕（法）

Dent Blanche〔daŋ ˈblaŋʃ〕（法）

Dent de Jaman〔daŋ dəˈʒaˈmaŋ〕（法）

Dent d' Herens〔daŋ deˈraŋ〕（法）

Dent de Vaulion〔daŋ dəˈvoˈljɔŋ〕

Dent du Midi〔daŋ djʊ miˈdi〕（法）

Denton〔ˈdentən〕登頓

D'Entrecasteaux Islands〔daŋtrəkaˈsto～〕丹特爾卡斯托群島（澳洲）

Dentz〔dents；daŋts（法）〕登茨

Den Uyl〔den ˈaɪl〕登艾爾

Denver〔ˈdenvɚ〕丹佛（美國）

Denverite〔ˈdenvərait〕

Denville〔ˈdenvɪl〕登維爾

Denyer〔ˈdenɪɚ〕德尼爾

Denyn〔dəˈnain〕

Denys〔ˈdenɪs；dəˈni（法）〕德尼斯

Denys,Saint-〔sæŋ·dəˈni〕（法）

Denyse〔dəˈniz〕

Denza〔ˈdentsa〕

Denzil〔ˈdenzɪl〕登齊爾

Denzinger〔ˈdentsɪŋɚ〕

Deoband〔ˈdiəbʌnd〕（印）

Déodat〔deɔˈdat〕（法）

Deodoro〔dɪuˈðoru〕（葡）

De Officiis〔di oˈfɪʃiɪs〕

Deogarh〔ˈdiəgar〕

Deoghar〔ˈdiəgar〕

Deoghir〔ˈdiəgə〕

Deoghur〔ˈdiəgə〕

Deogiri〔dɪˈogɪrɪ〕

Deo gratias〔ˈdio ˈgreʃɪ,æs〕【拉】蒙神之佑；托天之福

de Oñez y Loyola〔de onˈjeθ ɪ loˈjola〕（西）

De Onis〔deoˈnis〕

Deoprag〔ˈdeoprag〕

Deor〔ˈdeɔr；ˈdeor（古英）〕

de Osuna〔de oˈsuna〕（西）

Deo volente〔ˈdio voˈlentɪ〕【拉】如蒙上帝恩允；悉聽神意

de Paraná〔dəˈparəˈna〕（葡）

Deparcieux〔deparˈsjɚ〕（法）

De Pass〔dəˈpæs；dəˈpas〕

de Paula〔deˈpaula〕

Depazzi〔deˈpatsi〕

de Peluse〔dəˈpeˈljuz〕（法）

Dependencias Federales〔depenˈdensjas feðeˈrales〕（西）

De Pere〔dɪˈpɪr〕

Depere〔dɪˈpɪr〕

Depew〔dɪˈpju〕德普（Chauncey Mitchell, 1834-1928, 美國律師及從政者）

de Piano〔dəˈpjano〕

Dépit anoureux〔deˈpi amuˈrɚ〕（法）

De Pledge〔dəˈpledʒ〕

Deposit〔dɪˈpazɪt〕
Depot〔ˈdipo〕
Depperman〔ˈdɛpəmən〕
Depping〔ˈdɛpɪŋ〕
Deprès〔dəˈprɛ〕
Depretis〔deˈpretɪs〕
Deprez〔dəˈpre〕德普雷
De prie〔dəˈpri〕
Deprez〔dəˈpre〕
De prie〔dəˈpri〕
De Profundis〔ˈdi proˈfʌndɪs〕
Deptford〔ˈdɛtfəd;ˈdɛpfəd〕
Depue〔dəˈpju〕
De Queen〔dəˈkwin〕
De Quincey〔dɪˈkwɪnsɪ〕戴昆西
    (Thomas, 1785-1859, 英國作家)
De Quincy〔dəˈkwɪnsɪ〕
Dera〔dəˈræ〕
Deraa〔deraˈa〕(法)
der〔də〕
Dera Ghazi Khan〔ˈderəˈgazɪˈkan〕
de Raguse〔dəraˈgjuz〕(法)
Derain〔dəˈræŋ〕戴樂 (André, 1880-1954,
    法國畫家)
Dera Ismail Khan〔ˈderəˈɪsmaɪl
    ˈkan;-ɪsmaˈil-〕
Derajat〔ˌderəˈdʒat〕
der Alte Dessauer〔der ˌaltə ˈdesaʊə〕
Deraiyeh〔deˈraɪjɛ;dʌˈrijə (阿拉伯)〕
Deramus〔dɪˈreməs〕德雷默斯
Derayah〔dʌˈrijæ〕(阿拉伯)
Derayeh〔deˈrajɛ〕
Derbe〔ˈdɝbɪ〕
Derbend〔derˈbɛnd〕
Derbent〔derˈbɛnt〕
Derber〔ˈdɝbə〕
Derby〔ˈdɝbɪ〕德比
Derbyite〔ˈdarbɪaɪt〕
Derby Line〔ˈdɝbɪˈlaɪn〕
Derbyshire〔ˈdɝbɪˌʃɪr;ˈdarbɪˌʃɪr〕德貝
    郡 (英格蘭)
Dercetas〔ˈdɝsɪtəs〕
Derceto〔ˈdɝsɪto〕
Dercum〔ˈdɝkəm〕
Dercyllidas〔dəˈsɪlɪdəs〕
Dercyllis〔dəˈsɪlɪs〕
Dereham〔ˈdɪrəm〕
De Reign〔dəˈren〕
de Reigny〔dəˈrenˈje〕
Derek〔ˈderɪk〕德立克
Der-el-Bahri〔derˈɛlˈbari〕
Derème〔dəˈrɛm〕(法)

Derenbourg〔dəraŋˈbur〕(法)
Derennes〔dəˈren〕(法)
D'Eresby〔ˈdɪrzbɪ〕
De Reszke〔dəˈreskɪ〕
Derfflinger〔ˈderflɪŋə〕
der Fromme〔dəˈfromə〕
Derg〔dɝg〕
Derge〔dɝdʒ〕德奇
Derg(h)〔dɝg〕
Derham〔ˈderəm〕德勒姆
De Rohan〔dəˈroən〕
De Ridder〔dəˈrɪdə〕
Derieux〔dirˈjə〕
Dering〔ˈdɪrɪŋ〕迪林
Deringer〔ˈderɪndʒə〕
de Riquetti de Mirabeau〔dəˈrikɛˈti
    dəˈmiraˈbo〕(法)
de Rivarol〔dəˈrivaˈrɔl〕
Derketo〔ˈdɝkɪto〕
d'Erlach〔derˈlak〕(法)
d'Erlanger〔derlaŋˈʒe〕(法)德朗熱
Derleth〔ˈdɝlɛθ〕德萊思
Dermody〔ˈdɝmədɪ〕
Dermot〔ˈdɝmət〕德莫特
Dermott〔ˈdɝmət〕
Dern〔dɝn〕德恩
Derna〔ˈdɝnə〕德爾納 (利比亞)
Dernberg〔ˈdɝnbæg;ˈdɝnberk (德)〕
Dernburg〔ˈdɝnburk〕(德)
Derne〔ˈdɝnə〕
Derneburg〔ˈdɝnəburk〕(德)
Dernier Chouan〔derˈnjeˈjwaŋ〕(法)
de Robeck〔dəˈrobek〕
De Rochemont〔dəˈratʃmənt〕
De Rohan〔dəˈroən〕
Derôme〔dəˈrom〕
Deronda〔dəˈrandə〕
De Rongé〔dəˈrɔŋˈʒe〕(法)
de Roos〔dəˈros〕
De Ros〔dəˈrus〕
de'Rossi〔deˈrossi〕(義)
Déroulède〔deruˈlɛd〕(法)
Derounian〔dəˈrunɪən〕德魯尼安
de Rouvre〔dəˈruvə〕(法)
Deroy〔dəˈrwa〕(法)
Derpt〔derpt〕
Derr〔der;dɝ〕德爾
Derrick〔ˈderɪk〕德里克
Derriman〔ˈderɪmən〕
Derringer〔ˈderɪndʒə〕
Derry〔ˈderɪ〕德里
Derryberry〔ˈderɪberɪ〕德里伯里

Derthick〔'dɚθɪk〕德西克
Dertona〔dɚ'tonə〕
Dertosa〔dɚ'tosə〕
der Rote〔dɚ 'rotə〕
De Rutzen〔də 'rʌtsn̩〕
Derviche〔'dɚvɪtʃ〕
Derville〔'dɚvɪl〕德維爾
Dervish〔'dɚvɪʃ〕德維什
Dervish Pasha〔dɛr'viʃ pa'ʃa〕(土)
der von Kürenberg〔dɚ fən
'kjurənbɛrk〕(德)
Derwent〔'dɚwənt;'dɚwɛnt;
'dɚwɪnt;'darwənt〕德溫特
Derwentwater〔'dɚwənt,wɔtɚ; -wɛnt-;
-wɪnt-〕
Derwinski〔dɚ'wɪnski〕德溫斯基
Derzhavin〔dɪr'ʒɑvɪn;djɚ'ʒɑvjɪn(俄)〕
des〔de;dez〕
Dés〔deʃ〕(匈)
de Saavedra〔de ,saa'veðra〕(西)
de Sacchi〔dɛ 'sakkɪ〕(義)
Desaguadero〔,desɑgwɑ'ðero〕(西)
Desague, Canal del〔ka'nal dɛl
de'sagwe〕
Desai〔de'sa·ɪ〕
de Saint Amand〔də sæ̃ta'mɑ̃〕(法)
de Saint-Mesme〔də sæ̃·'mɛm〕(法)
Desaix〔də'se〕
Dezaix de Veygoux〔də'zɛ də ve'gu〕
(法)
De Sales〔də 'salz〕
De Salis〔də 'sælɪs〕
de Salincourt〔də 'sɛlɪn,kɔrt〕
De Salis〔də 'sælɪs〕
Des Allemands〔dɛs 'ælmæn;dezal-
'mɑ̃(法)〕
de Salluste〔də sa'ljʊst〕(法)
De Sanctis〔de 'saŋktɪs〕
de Sanctuary〔də saŋktjʊa'ri〕(法)
de Sandoval y Rojas〔de ,sando'val
ɪ 'rɔhas〕(西)
De Sapio〔də 'sæpɪo〕德薩皮奧
Des Arc〔dɛz 'ark〕
Desargues〔de'zarg〕笛薩格(Gérard,
1591-1661,法國數學家)
Desart〔'dɛzɚt〕
de Satgé〔də 'sætʒe〕
De Saubergue〔də 'sobɚg〕
Désaugiers〔dezo'ʒje〕(法)
de Saulces〔də 'sols〕
Desault〔də'so〕
De Saumarez〔də 'samərɪz〕

De Sausmarez〔də 'samərɛz〕
de Saussure〔də so'sjur〕(法)
des Avaux〔de za'vo〕(法)
de Savitsch〔də 'savɪtʃ〕
Desbarres〔de'bar〕
Desbois〔de'bwa〕
Desbordes-Valmore〔de'bɔrd·val'mɔr〕
(法)
Desborough〔'dɛzbərə〕德斯伯勒
Desborow〔'dɛzbərə〕
Desbrosses〔de'brɔs〕
Desbois〔de'bwa〕
Desbruères〔debrjʊ'ɛr〕(法)
Descabezado〔,deskave'saðo〕(西)
Descabezado Grande〔,deskave'saðo
'grande〕(西)
Descabezado Chico〔,deskave'saðo
'tʃiko〕(西)
Descamps〔de'kɑ̃〕
Descartes〔de'kart〕笛卡爾(René,1596-
1650,法國哲學家及數學家)
Descaves〔de'kav〕(法)
Deschaillons〔deʃa'jɔ̃〕(法)
Des Champs〔'dɛʃən;'deʃɑ̃〕
Deschamps〔de'ʃɑ̃〕(法)
Deschanel〔deʃa'nɛl〕德夏內爾(Paul-
Eugène-Louis,1855-1922,法國政治家,1920
年曾任法國總統)
Deschapelles〔deʃa'pɛl〕(法)
Deschler〔'dɛʃlɚ〕德施勒
Deschutes〔dɛ'ʃut〕
d'Esclavelles〔deskla'vɛl〕(法)
Desclée〔de'kle〕
Des Cloizeaux〔de klwa'zo〕(法)
des Croisettes〔de krwa'zɛt〕(法)
Desdemona〔,dɛzdɪ'monə〕莎士比亞劇
Othello 中之女主角(Othello 之妻)
Desdichado〔,dɛsdɪ'ʃado〕
Deseada〔,dese'ada〕
Deseado〔,dese'aðo〕(西)
Desecheo〔,dese'tʃeo〕
De Segonzac〔də sə'gɔnzək〕
de Seingalt〔də sæŋ'gal〕(法)
De Sélincourt〔də 'selɪnkɔrt〕
Desengaño〔,deseŋ'ganjo〕
de Senlis〔də 'sɛnlɪs〕
Deseret〔,dɛzə'rɛt〕
Deseronto〔,dɛzə'ranto〕
Desertas〔də'zɛrtɑʃ〕
de Seversky〔dɪ sɪ'vɛrski;djɪ sjɪ-
'vjɛrskɚ(俄)〕德塞維爾斯基
De Sevin〔də sə'vin〕

De Seynes〔də 'senz〕
Desfontaines〔defɔn'tɛn〕（法）
Desforges, Hus-〔jus·de'fɔrʒ〕（法）
Desfosses〔defɔ'se〕
Desful〔dɛs'ful〕
Desgraviers〔degra'vje〕（法）
Desha〔də'ʃe〕迪沙
Deshayes〔de'e〕（法）
de Shazo〔di'ʃezo〕德謝佐
Deshler〔'dɛʃlə〕
Deshoulières〔dezu'ljɛr〕（法）
De Sica〔də 'sika〕
Desiderii Fanum〔,dɛsɪ'dɪrɪaɪ 'fenəm〕
Desiderio〔desɪ'derjo〕
Desiderio da Settignano〔desɪ'derjo
    da settɪ'njano〕（義）
Desiderius〔,dɛsɪ'dɪrɪəs ; ,dezɪ'derɪʊs
    （德）〕德西迪里厄斯
Desierto〔de'sjerto〕（西）
deSieyes〔də'jɛs〕
de Sievers〔də sje'vɛr〕（法）
De Silva〔də 'sɪlvə〕德席爾瓦
de' Sinibaldi〔sɛ 'sɪnɪ'baldɪ〕
Desio〔'dezjo〕德西奧
Désir, Le〔lə de'zir〕（法）
Désirade〔dezi'rad〕（法）
Désiré〔dezi're〕
Désirée〔de'zɪre ; dezi're（法）〕
de Sitter〔də 'sɪtə〕
Desjardins〔deʒar'dæŋ〕（法）
Deskey〔'dɛskɪ〕德斯基
Deslandres〔de'landə〕（法）
Desloge〔de'loʒ〕
Deslongchamps〔delɔŋ'ʃaŋ〕（法）德朗尚
Deslys〔de'lis〕
Desmares〔de'mar〕（法）
des Marets〔de ma're〕（法）
Desmarets〔dema're〕（法）
Desmaretz〔dema're〕（法）
Desmas〔'dɛzməs〕
De Smet〔də 'smɛt〕
de Smidt〔də 'smɪt〕
de Smith〔də 'smɪθ〕
Des Moines〔dɪ'mɔɪn〕❶第蒙（美國）❷第
    蒙河（美國）
Desmond〔'dɛzmənd〕德斯蒙德
Desmoulins〔demu'læŋ〕笛穆藍（Camille,
    1760-1794, 法國革命家）
Desmukh〔dɛs'muk〕
Desna〔dɛ'sna ; djɪ'sna〕迭斯納河（蘇聯）
d'Esnambuc〔denaŋ'bjuk〕（法）
Desnoiresterres〔denwar'tɛr〕（法）

Desonuettes, Lefebvre-〔lə'fɛvə de-
    'nwɛt〕（法）
Desnoyers〔denwa'je〕（法）
de Sola〔də 'sole〕德索拉
Desolación〔,desolas'jɔn〕
Desolation Island〔,dɛsəˈleʃən～〕
De Sollar〔dɪ'salar〕
Desor〔de'zɔr〕
De Soto〔dɪ 'soto〕
de Soto〔dɪ 'soto ; ðe 'soto（西）〕
de Soysa〔də 'sɔɪsə〕
Despair, Mount〔dɪs'pɛr〕
Despard〔'dɛspəd〕
Despencer, le〔lə dɪs'pɛnsə〕
Despenser〔dɪs'pɛnsə〕
d'Esperey〔dɛs'pre〕
Despiau〔despi'o〕
D'Espine〔dɛs'pɪn〕
Des Plaines〔dɛs 'plenz ; de 'plɛn（法）〕
Despoblado〔dɛspov'laðo〕（西）
Despond〔dɪ'spand〕
Desportes〔de'pɔrt〕（法）
Despoto Dagh〔'dɛspoto dag〕
Despoto Planina〔'dɛspoto ,planɪ'na〕
Despréaux〔depre'o〕（法）
des Prés〔de 'pre〕
Després〔de'pre〕德普雷
Despretz〔de'pre〕
Desroches〔de'rɔʃ〕
Dessaix〔,de'sɛ〕德賽（Comte Joseph
    Marie, 1764-1834, 法國拿破崙麾下大將）
Dessalines〔desa'lin〕
Dessart〔de'sart〕
Dessau〔'desau〕
Dessau, Anhalt-〔'anhalt·'desau〕
Dessauer〔'desauə〕
Desses〔dɛs〕
Dessie〔'desje〕
Dessoir〔dɛ'swar〕
Dessole〔de'sɔl〕
Dessolles〔de'sɔl〕
d'Este〔'dɛste〕
De Stefani〔de 'stefani〕
Destêrro〔dɪʃ'teəru〕（葡）
de Stijl〔də 'stil〕
Destinn〔'dɛstɪn〕
Deston〔'dɛstən〕
Destouches〔de'tuʃ〕（法）
Destrée〔dɛs'tre〕
Destutt〔dɛ'stjut〕（法）
Destutt de Tracy〔dɛs'tjut də tra'si〕
    （法）

de Superunda〔de ˌsupeˈrunda〕(西)
Desvallières〔devaˈljɛr〕(法)
Desvernine〔ˈdɛsvənɪn〕德斯弗寧
Des Vœux〔de ˈvɝ〕
Desvres〔ˈdevɚ〕(法)
De Swert〔də ˈsvert〕
De Tabley〔də ˈtæblɪ〕
Detaille〔dəˈtaj〕戴塔伊(Edouard，1848-1912，法國畫家)
de Tarente〔də taˈraŋt〕(法)
de Tassigny〔də tasiˈnji〕(法)
Deterding〔ˈdetɚdɪŋ〕德特丁
Detgen〔ˈdetgɪn〕
De Thuillier〔də ˈtwɪlɪə〕
de Thury〔də tjuˈri〕(法)
Detlev〔ˈdetlef〕
Detmar〔ˈdetmar〕德特馬
Detmold〔ˈdetmold；ˈdetmalt(德)〕德特莫爾德
Detmold, Lippe-〔ˈlɪpə·ˈdetmold〕
de Tocqueville〔dɪ ˈtakvɪl〕
Detour〔dɪˈtur；ˈditur〕
Détour des Anglais〔deˈtur dezaŋˈlɛ〕(法)
de Trafford〔də ˈtræfəd〕
de Trey〔də ˈtre〕
Detroit〔dɪˈtrɔɪt〕底特律(美國)
Detskoe Selo〔ˈdjetskəjə sjeˈlɔ〕(俄)
Dett〔det〕德特
Dettifoss〔ˈdetlɪˌfɔs〕(冰)
Dettingen〔ˈdetɪŋən〕
Dettinger〔ˈdetɪndʒɚ〕德廷杰
Dettmann〔ˈdetman〕德特曼
Dettweiler〔ˈdetvaɪlɚ〕德特衛勒
Deubler〔ˈdɔɪblɚ〕
Deucalion〔djuˈkeljən〕
Deuceace〔ˈdjusis〕
Deuchar〔ˈdjuhɚ〕
Deucher〔ˈdɔɪhɚ〕(德)
Deuel〔ˈdjuəl；ˈdɪuəl〕德爾
Deuil〔dɝj〕(法)
Deupree〔dəˈpri〕德普雷
Deum, Te〔ti ˈdiəm〕
Deurne〔ˈdɝnə〕
Deus〔ˈdeuʃ〕(葡)
Deusdedit〔ˌdiəsˈdedɪt〕
d'Euse〔dɝz〕
Deusing〔ˈdjusɪŋ〕
Deus Ramos〔ˈdeuʃ ˈræmuʃ〕戴伍施拉慕施(João，1830-1896，葡萄牙詩人)
Deussen〔ˈdɔɪsən〕
Deute〔ˈdotɪ〕

Deutekom〔ˈdɔtɪkɔm〕
Deutermann〔ˈdjutəmən〕多伊特曼
Deutero-Malay〔ˈdjutərə·məˈle〕
Deuteronomy〔ˌdjutəˈranəmɪ〕【聖經】申命記(舊約中之一卷)
Deutsche〔ˈdɔɪtʃə〕
Deutsche Chronik〔ˈdɔɪtʃə ˈkronɪk〕
Deutschemark〔ˈdɔɪtʃəmark〕德國馬克(西德幣值單位，相當於美金 25 分)
Deutscher Bund〔ˈdɔɪtʃɚ ˈbunt〕
Deutsche Rundschau〔ˈdɔɪtʃə ˈruntʃau〕
Deutsches Meer〔ˈdɔɪtʃəs ˈmer〕
Deutsches Reich〔ˈdɔɪtʃəs ˈraɪh〕德意志帝國
Deutsches Theater〔ˈdɔɪtʃəs teˈatɚ〕
Deutsch-Eylau〔ˈdɔɪtʃ·ˈaɪlau〕
Deutsch-Krone〔ˈdɔɪtʃ·ˈkronə〕
Deutschland〔ˈdɔɪtʃlant〕
Deutsch-Wagram〔ˈdɔɪtʃ·ˈvagram〕
Deutz〔dɔɪts〕
Deux-Montagnes〔dɝˈmɔŋˈtanj〕(法)
Deuxponts〔dɝˈpɔŋ〕(法)
Deux-Sèvres〔dɝ·ˈsɛvɚ〕(法)
de Valentinois〔də valaŋtiˈnwa〕(法)
Deva〔ˈdevə〕【印度神話】提婆；天神；梵天
Dévai〔ˈdevɔɪ〕(匈)
de Valera〔də vəˈlɛrə〕戴法萊拉(Eamon，1882-1975，出生於美國之愛爾蘭政治家)
Devall〔dəˈvæl〕德沃爾
De Valls〔də ˈvælz〕
de Valmy〔də vaˈlmi〕(法)
Devambez〔dəvaŋˈbe〕(法)
DeVan〔dɪˈvæn〕
Devana〔dɪˈvenə〕
Devana Castra〔dɪˈvenə ˈkæstrə〕
Devanagari〔ˌdevəˈnagərɪ〕一種印度字母
de Vane〔də ˈven〕
De Vane〔də ˈven〕德衛恩
Devans〔ˈdevɔnz〕德萬斯
Devant〔dəˈvænt〕
Devaux〔dəˈvo〕
Devarshis〔deˈvarʃiz〕
Dévaványa〔ˈdevaˌvanja〕(匈)
Dévay〔ˈdevɔɪ〕(匈)
De Vecchi〔deˈvekkɪ〕(義)
de Vega〔dɛ ˈvega〕德威嘉(Lope，1562-1635，西班牙戲劇家及詩人)
de Velasco〔de veˈlasko〕(西)
De Velder〔də ˈvɛldə〕
Develi〔devɛˈli〕

de Vendome〔də vɑŋ'dom〕

Devendorf〔'dɛvəndɔrf〕德文多夫

Devenish〔'dɛvənɪʃ〕德夫尼什

Devens〔'dɛvənz〕德文斯

Deventer〔'dɛvəntɚ〕

Deventhaugh〔'dɛvənthɔ〕

Dever〔'divɚ〕德弗

Devens〔'dɛvənz〕

De Vere〔də 'vɪɚ〕德威爾（Aubrey Thomas, 1814-1902, 愛爾蘭詩人）

Deverell〔'dɛvərəl〕德弗雷爾

Devereux〔'dɛvəru〕

Deveron〔'dɛvərən〕

Devers〔'divɚz ; 'dɛvɚz〕德弗斯

Deverson〔'dɛvɚsṇ〕

De Vesci〔də 'vɛsɪ〕

de Veygoux〔də ve'gu〕

Devi〔'devɪ〕【印度教】❶女神❷溼婆（Shiva）之配偶

Devies〔də'vɪs〕

de Vignerot du Plessis〔də vinj'ro dju plɛ'si〕（法）

Deville〔də'vɪl〕   「（法）

Déville-lès-Rouen〔de'vil·lɛ·'rwɑŋ〕

De Villiers〔də 'vɪlɚz〕

Devils〔'dɛvḷz〕

de Vimeur〔də vi'mɚr〕（法）

Devin〔'dɛvɪn〕德溫

Devine〔də'vaɪn〕迪瓦恩

De Vinne〔də 'vɪnɪ〕

DeVinny〔dɪ'vɪnɪ〕

de Vio〔de 'vio〕

de Visscher〔də 'vɪsɚ〕

De Vito〔də 'vito〕

Devitt〔'dɛvɪt〕德稚特

de Viviers〔də vi'vje〕（法）

Devizes〔dɪ'vaɪzɪz〕

Devlin〔'dɛvlɪn〕德夫林

Devonian〔də'vonɪən〕英國Devon 郡之人

Devon Island〔'dɛvən～〕得文島（加拿大）

Devonport〔'dɛvən,pɔrt〕得文港（紐西蘭）

Devons〔'dɛvṇz〕德文斯

Devonshire〔'dɛvṇʃɪr〕得文郡（英格蘭）

De Voto〔də 'voto〕德沃托

De Voursney〔də 'vɔrnɪ〕

Devoy〔də'ɔɪ〕德沃伊

Devrek〔dɛv'rɛk〕

de Vriendt〔də 'vrint〕

Devrient〔dəv'rint ; dəvri'æŋ（法）〕

De Vries〔də 'vris〕德佛里（Hugo, 1848-1935, 荷蘭植物學家）

Dew〔dju〕迪尤

DeWald〔dɪ'wɔld〕

De Walden〔dɪ 'wɔldən〕

DeWall〔də'wɔl〕

DeWalt〔də'wɔlt〕

Dewangiri〔,dewan'giri〕

Dewar〔'djuɚ〕杜爾（Sir James, 1842-1923, 蘇格蘭化學家及物理學家）

Dewart〔də'wɑrt〕德瓦特

Dewas〔dɛ'wɑs〕德瓦斯

de Water〔də 'wɔtɚ〕德沃特

de Weldon〔də 'wɛldən〕

D'Ewes〔djuz〕

DeWesse〔də'wis〕

De Wet〔də 'vɛt〕

Dewetsdorp〔də'vɛtsdɔrp〕

Dewey〔'djuɪ〕杜威（❶George, 1837-1917, 美國海軍上將❷John, 1859-1952, 美國教育家及哲學家）

Dewi〔'dewɪ〕

De Wiart〔də 'waɪrt〕

De Wilde〔də 'waɪld〕德懷爾德

De Wind〔də 'wɪnd〕

de Windsor〔də 'wɪnzɚ〕

De Windt〔də 'wɪnt〕

Dewing〔'djuɪŋ〕

de Wint〔də 'wɪnt〕德溫特

De Winter〔də 'vɪntɚ〕

de Wit〔də 'wɪt〕德威特

DeWitt〔də'wɪt〕戴稚特（Jan, 1625-1672, 荷蘭政治家）

de Witt〔də 'wɪt〕

De Witt〔də 'wɪt ; də 'vɪt（荷）〕德威特

Dewitt〔dɪ'wɪt〕

de Witte〔də 'vɪtə〕（荷）

de Wolf〔də 'wulf〕德沃爾夫

De Wolf〔də 'wulf〕

De Wolfe〔də 'wulf〕

Dewrance〔'djurəns〕

Dewsbury〔'djuzbəri〕雕茲伯立（英格蘭）

Dewy〔'djuɪ〕

d'Exiles〔deg'zil〕

Dexter〔'dɛkstɚ〕

Dey〔de〕

De Yarburgh〔də 'jɑrbərə〕

D'Eyncourt〔'denkət〕

Deyoe〔'dɛjo〕

de Young〔də 'jʌŋ〕戴揚

Deyssel〔'daɪsəl〕

Dezhnev〔'djeʃnjɪf〕迭斯涅夫（蘇聯）

Dezhneva〔'dɛʒnɪvə ; djeʃnjɪvə（俄）〕

De Zoete〔də 'zut〕德佐特

Dezsü〔'dɛʒjʊ〕（匈）

De Zulueta〔də zulu'ɛtə〕
de Zúñigay〔de 'θunjɪgɑ・ɪ〕（西）
Dezső〔'dɛʒə〕（匈）
Dhahran〔dɑ'rɑn；ðæh'rɑn（阿拉伯）〕
Dhaka〔'dɑkɑ〕
Dhala〔'dɑlə〕
Dhalim〔'dɑlɪm〕
Dhamar〔dɑ'mɑr；ðæ'mɑr（阿拉伯）〕
Dhammapada〔dɑmə'pɑdə〕
Dhan〔dʌn；dɔn；'dɔnɔ（孟）〕
Dhanis〔dɑ'nis〕（法）
Dhanushkodi〔,dʌnuʃ'kodɪ〕（匈）
d'Happoncourt〔dɑpɔŋ'kur〕
Dhar〔dɑr〕
Dhar Adrar〔'dɑrɑd'rɑr〕
Dharampur〔'dʌrəmpur〕
D'Harcourt〔'dɑkət〕
d'Hardelot〔dɑrdə'lo〕
d'Harleville〔dɑrlə'vil〕（法）
Dharma〔'dɑrmə；'ðʌrmə〕達摩（古代
　印度之聖者）
Dharmashastra〔dɑrmə'ʃɑstrə〕
Dharmjayharh〔'dɑrmdʒɑɪ,gɑr；
　'dhʌrmdʒɑɪ,gʌrh〕
Dharmsala〔dɑrm'sɑlə〕
Dharwad〔dɑr'wɑd〕
Dharwar〔dɑr'wɑr〕
Dhaulagiri〔,dɑulə'gɪrɪ〕刀拉吉利峯
　（亞洲）
Dhaun〔dɑun〕
d'Hauterive〔do'triv〕
Dhawalagiri〔,dɑulə'gɪrɪ〕
Dhegiha〔degihɑ〕
d'Heilly〔'delɪ〕
Dhenkanal〔den'kɑnɑl〕
d'Herbois〔dɛr'bwɑ〕（法）
d'Hérelle〔de'rɛl〕
Dhiban〔ði'bɑn〕（阿拉伯）
Dhibban〔ðɪb'bæn〕（阿拉伯）
d'Hilliers〔di'lje〕（法）
Dhipotamo〔ði'pɔtɑmɔ〕
Dhoire〔'dʌrɔ〕（愛）
Dholpur〔'dolpur〕
Dhonburi〔thənburi〕吞武里府（泰國）
d'Hondecoeter〔,dɔndə'kutə〕
Dhoraji〔do'rɑdʒɪ〕
Dhorme〔dɔrm〕
d'Hozier〔dɔ'zje〕（法）
Dhrangadhra〔'drɑŋɡədrɑ〕
Dhritarashtra〔drɪtə'rɑʃtrə〕
Dhrol〔drol〕
Dhubri〔'dubrɪ〕

Dhuleep〔də'lip〕
Dhu-l-Hijja〔dul'hidʒdʒɑ〕（阿拉伯）
Dhulia〔'dulɪə〕
Dhu-l-Kada〔dul'kɑdɑ〕
Dhwalagiri〔dwɑlə'gɪrɪ〕
Dhyani Buddha〔'djɑni 'budə〕
di〔dɪ〕
Di〔dɑɪ〕
Día〔'diɑ〕
Diabe〔di'ɑbe〕
Diabelli〔,diɑ'bɛlɪ〕
Diable〔'djɑbl〕（法）
Diable boiteux〔djɑbl bwɑ'tɚ〕（法）
Diablerets〔djɑblə'rɛ〕（法）
Diablindi〔,dɑɪəb'lɪndɑɪ〕
Diablintes〔,dɑɪəb'lintiz〕
Diablo〔dɑɪ'æblo〕　　　　　「（法）
Diablotin, Morne〔mɔrn djɑblə'tæŋ〕
Diabouba〔diɑ'bubə〕
Diácono, El〔ɛl 'djɑkono〕
Diaconus〔dɑɪ'ækənəs〕
Diaconus, Leo〔'lio dɑɪ'ækənəs〕
Diacre〔'djɑkɚ〕
Diadochi〔dɑɪ'ædə,kɑɪ〕希臘亞歷山大帝手
　下六位馬其頓將領
Diadumenos〔dɑɪə'djumənəs〕
Diafoirus〔diɑfwɑ'rjus〕（法）
Diaghilev〔'djɑgjɪljɪf〕狄亞基烈夫
　（Sergei Pavlovich,1872-1929, 俄國芭蕾舞製
　作人，藝術批評家）
Diagoras〔dɑɪ'ægərəs〕
Dial〔'dɑɪəl〕戴耳
Diagilev〔dɪ'ɑgɪlɛf〕
Dial〔'dɑɪəl〕
Diala〔dɪ'ælə〕
Dialao〔diɑ'lɑo〕
Diamand〔'djɑmɑnt〕
Diamante〔djɑ'mɑnte〕
Diamantina〔,dɑɪəmən'tinə〕戴亞曼提那
　（巴西）
Diamantino〔,diəmən'tinu〕（葡）
Diamant Punt〔diɑ'mɑnt 'pɚnt〕（荷）
Diamond Peak〔'dɑɪəmənd ～〕鑽石峯
　（美國）
Dian〔'dɑɪən〕戴安
Diana〔di'ænə〕戴安娜（羅馬神話中之處女
　性守護神，狩獵女神及月亮女神）
Diana Enamorada〔'djɑnɑ ɛnɑmo'rɑðɑ〕
Diane de France〔djɑn də 'frɑŋs〕（法）
Diane de Poitiers〔djɑn də pwɑ'tje〕
Dianium〔dɑɪ'en ɪəm〕　　　　L（法）
Dianora〔djɑ'norɑ〕

Dianthus〔daɪˈænθəs〕
Dianum〔daɪˈenəm〕
Diarbekir〔diˌarbeˈkɪr〕
Diarbekr〔diˌarˈbɛkə〕
Diarmait〔ˈdɪəmet〕
Diarmaid〔ˈdɪəbɪd〕迪爾梅德
Diarmid〔ˈdɪəbɪd〕迪爾米德
Dias〔ˈdiəs ; ˈdiəʃ〕狄亞斯（Bartholomeu, 1450?-1500, 葡萄牙航海家, 好望角之發現者）
Diaspora〔daɪˈæspərə〕散居世界各地之猶太人
Diat〔ˈdaɪæt〕
Díaz〔ˈdias ; ˈdiats（義）; djaz（法）; ˈdiəʃ（葡）; diaθ（西）; ˈdias（拉丁美）〕
Díaz Mirón〔ˈdias miˈron〕
Díaz Rodrígues〔ˈdias roðˈrigeʃ〕（拉丁美）
Diba〔ˈdiba〕
Dibang〔diˈbaŋ〕
Dibb〔dɪb〕
Dibben〔ˈdɪbən〕迪本
Dibble〔ˈdɪbl〕迪布爾
Dibdin〔ˈdɪbdɪn〕迪布丁
Dibelius〔diˈbelɪʊs〕
Dibër〔ˈdibə〕
Dibert〔ˈdaɪbət〕
Dibich-Zabalkanski〔ˈdibɪtʃ·zabal-ˈkanskɪ ; ˈdjibjɪtʃ·zʌbʌlˈkanskəɪ（俄）〕
Dibio〔ˈdibɪo〕
Dibon〔ˈdibən〕
Dibong〔diˈbɔŋ〕
Dibra〔ˈdibra〕
Dibrugarh〔ˈdibrʊˌgar〕
Dibse〔ˈdɪbsə〕
Dibutades〔daɪˈbjutədiz〕
Dicaearchus〔ˌdaɪsɪˈarkəs〕
Dicaeopolis〔ˌdaɪsɪˈapəlɪs〕
di Cajanello〔dɪ ˌkajaˈnɛllo〕（義）
di Candia〔dɪ ˈkandja〕
Dicey〔ˈdaɪsɪ〕
Dice〔ˈdaɪsi〕戴斯
Dicenta〔diˈθenta〕（西）
Dicey〔ˈdaɪsɪ〕
Dichmont〔ˈdɪtʃmənt〕
Dichter〔ˈdɪhtə〕（德）迪希特
Dichterbund〔ˈdɪhtəbʊnt〕（德）
Dichtung und Wahrheit〔ˈdɪhtʊŋ ʊnt ˈvarhaɪt〕（德）
Dick〔dɪk〕迪克
Dick Amlet〔dɪk ˈæmlɪt〕
Dickason〔ˈdɪkəsən〕

Dick Datchery〔dɪk ˈdætʃərɪ〕
Dicke〔dɪk〕迪克
Dickebusch〔ˈdɪkəbjʊs〕（法蘭德斯）
Dick Distich〔dɪk ˈdɪstɪk〕
Dicken〔ˈdɪkɪn〕迪肯
Dickens〔ˈdɪkɪnz〕狄更斯（Charles, 1812-1870, 英國小說家）
Dickenson〔ˈdɪkɪnsn〕迪肯森
Dicker〔ˈdɪkə〕迪克爾
Dickerman〔ˈdɪkəmən〕迪克曼
Dickerson〔ˈdɪkəsn〕迪克森
Dickert〔ˈdɪkət〕迪克特
Dickey〔ˈdɪkɪ〕迪基
Dickie〔ˈdɪkɪ〕迪基
Dickins〔ˈdɪkɪnz〕迪金斯
Dickinson〔ˈdɪkɪnsn〕狄勤生（Emily Elizabeth, 1830-1886, 美國女詩人）
Dickman〔ˈdɪkmən〕迪克曼
Dickon〔ˈdɪkən〕
Dicks〔dɪks〕迪克斯
Dicksee〔ˈdɪksi〕迪克西
Dickson〔ˈdɪksn〕迪克森
Dicky〔ˈdɪkɪ〕
Dicle Nehri〔dɪdʒˈlɛ nɛhˈri〕（土）
di Cosimo〔dɪ ˈkɔzɪmo〕
Dicquemare〔diˈkmar〕（法）
Dictaphone〔ˈdɪktəˌfon〕
Dicte〔ˈdɪkti〕
Dictynna〔ˈdɪktɪnə〕
Dictys〔ˈdɪktɪs〕
Dictys Cretensis〔ˈdɪktɪs krɪˈtɛnsɪs〕
Didache〔ˈdɪdəki〕
Didapper〔ˈdaɪdæpə〕
Diday〔diˈde〕
Didcot〔ˈdɪdkət〕
Diddler〔ˈdɪdlə〕
Diderich〔ˈdidərɪk〕
Didericus〔didəˈrikəs〕
Diderik〔ˈdidərɪk〕
Diderot〔ˈdɪdəro〕狄德羅（Denis, 1713-1784, 法國哲學家及百科全書編纂者）
Didier〔diˈdje〕（法）
Didinga〔dɪˈdɪŋga〕
Didius〔ˈdɪdɪəs〕 「王」
Dido〔ˈdaɪdo〕【羅馬神話】黛朵（迦太基之女
Didon〔diˈdɔŋ〕
Didone Abbandonata〔dɪˈdone abˌbandoˈnata〕（義）
Didot〔diˈdo〕
Didyma〔ˈdɪdɪmə〕
Didymoteikhon〔ðɪðɪˈmɔtɪhɔn〕（希）
Didymus〔ˈdɪdɪməs〕

Die〔daɪ〕
Diebitsch〔'dibɪtʃ〕
Diebitsch Sabalkanski〔'dibɪtʃ ,zabal-'kanskɪ〕
Dieciocho de Marzo〔djes'jotʃo ðe 'marso〕（西）
Dieckhoff〔'dikhɑf〕
Diedenhofen〔'didən,hofən〕
Diederich〔'didərɪh〕（德）
Diedrich〔'didrɪh〕（德）
Diefenbach〔'difənbɑh〕（德）迪芬巴赫
Diefenbaker〔'difənbekə〕迪芬貝克
Diefendorf〔'difəndɔrf〕迪芬多夫
Dieffenbach〔'difənbæk ; 'difənbɑh〕（德）迪芬巴赫
Diego〔dɪ'ego ; 'djego〕（西）
Diego Garcia〔'djego gar'θia〕迪耶果加西亞島（印度洋）
Diego Ramírez〔'djego ra'mires〕（西）
Diégo-Suarez〔'djego·'swares〕迪耶果蘇瓦雷斯（馬達加斯加）
Diegueños〔die'genjos〕
Diehards〔'daɪhɑrd〕
Diehl〔dil〕迪爾
Diekhof〔'dikhɑf〕
Diekirch〔'dikɪrh〕（德）
Diel du Parquet〔'djɛl dju par'ke〕
Dielman〔'dilmən〕
Diels〔dils〕戴爾士（Otto̅ Paul Her-mann, 1876-1954, 德國化學家）
Diemand〔'daɪmænd〕戴曼德
Diemen, van〔væn 'dimən〕
Diemrich〔'dimrɪh〕（德）
Dien Bien Phu〔'djɛn 'bjɛn 'fu〕奠邊府
Dienbienphu〔'djɛn'bjɛn'fu〕
Diener〔'dinə〕
Dieng〔'diŋ〕
Dienner〔'dinə〕
Diepenbeeck〔'dipənbek〕
Dieppe〔dɪ'ɛp〕第厄普（法國）
Dierick〔'dirɪk〕
Dierik〔'dirɪk〕
Dierker〔'dɚkə〕
Dierks〔dɚks〕德克斯
Diersheim〔'diɚshaɪm〕
Dierx〔djɛrks〕（法）
Dies〔daɪz〕
Diesel〔'dizəl〕狄塞爾（Rudolf, 1858-1913, 德國機械工程師）
Dies Irae〔'daɪiz 'aɪri〕【拉】❶最後審判日❷中世紀之一拉丁文讚美詩
Dieskau〔'diskau〕

Diethelm〔'ditɛlm ; dje'tɛlm〕（法）
Dietikon〔'ditɪkən〕
Dietmar von Aist〔'ditmar fan 'aɪst〕
Dietrich〔'ditrɪk ; 'ditrɪh（德）〕迪特里希
Dietrichson〔'ditrɪksən〕
Dietrichstein〔'ditrɪhʃtaɪn〕（德）
Dietrici〔,dit'ritsɪ〕
Dietricy〔dit'ritsɪ〕
Dietsch〔ditʃ〕
Dietzgen〔'ditsgən〕
Dietz〔dits〕迪茨
Dietzenschmidt〔'ditsənʃmɪt〕
Dieu〔dju ; djɚ（法）〕
Dieuaide〔dju'ed〕
Dieudonné〔djɚdɔ'ne〕
Dienlafoy〔djɚla'fwa〕（法）
Diez〔dits〕狄茲（Friedrich Christian, 1794-1876, 德國語言學家）
Diez Canseco〔ðjes kan'seko〕（西）
Differdange〔difɛr'dɑnʒ〕（法）
Differdingen〔,difɚ'dɪŋən〕
di Fidanza〔dɪ fɪ'dantsa〕
di Flor〔dɪ 'flɔr〕
Dig〔dɪg〕
Digby〔'dɪgbɪ〕迪格比
Digby Gut〔'dɪgbɪ 'gʌt〕
Digges〔dɪgz〕迪格斯
Diggle〔'dɪgl〕迪格爾
Diggon〔'dɪgən〕
Diggory〔'dɪgərɪ〕
Diggs〔dɪgz〕迪格斯
Dighton〔'daɪtn̩〕戴頓
di Giacomo〔dɪ 'dʒakomo〕
Di Giacomo〔dɪ 'dʒakomo〕
Digna〔'dɪgnə〕
Dignan〔'dɪgnən〕迪格南
Dignano d'Istria〔dɪn'jano 'distrɪa〕
Digne〔'dinj〕（法）
Digo〔'digo〕
Digoel〔'digʊl〕
Digoin〔di'gwæŋ〕（法）
Digul〔'digʊl〕
Dihang〔'di'haŋ〕
Dihong〔'di'haŋ〕
Dijk, van〔væn 'daɪk〕
Dijon〔'diʒan〕第戎（法國）
Dijxhoorn〔'daɪkshoɛn〕（荷）
Dikaearchia〔,daɪkiar'kaɪə〕
Dike〔daɪk〕戴克
Dikeman〔'daɪkmən〕戴克曼
Dikh Tau〔'dɪh ,tau〕（俄）

Dikranakerd〔dikrɑnɑ'kerd〕
Diksmuide〔dɪks'mɔɪdə〕
Diktē〔'ðiktɪ〕（希）
Diktonius〔dɪk'tonɪəs〕
Dikwa〔'dɪkwɑ〕
Dilam〔'dɪlæm〕
Dilaram〔,dɪlɑ'rɑm〕
di Lasso〔dɪ 'lɑsso〕（義）
Dile〔'dile〕帝力
Dili〔'dɪlɪ〕
Dilke〔dɪlk〕
Dill〔dɪl〕迪爾
Dillard〔'dɪlɚd〕迪拉德
Dille〔dɪl〕迪爾
Dillen〔'dɪlən〕
Dillenberger〔'dɪlɪn,bɚgɚ〕
Dillenburg〔'dɪlənburk〕（德）
Dillenius〔dɪ'lenɪus〕（德）
Dillens〔'dɪləns〕
Diller〔'dɪlɚ〕迪勒
Dilli〔'dɪlɪ〕
Dilliard〔'dɪljɚd〕
Dillin〔'dɪlɪn〕迪林
Dilling〔'dɪlɪŋ〕迪林
Dillingen〔'dɪlɪŋen〕
Dillinger〔'dɪlɪndʒɚ〕
Dillingham〔'dɪlɪŋhæm〕迪林厄姆
Dillistone〔'dɪlɪston〕
Dillman〔'dɪlmən〕
Dillmann〔'dɪlmɑn〕
Dillon〔di'jɔŋ〕（法）
Dillonvale〔'dɪlənvel〕
Dillworth〔'dɪlwɚθ〕
Dillwyn〔'dɪlɪn〕
Dilly〔'dɪlɪ〕
Dilmun〔dɪl'mun〕
Dilolo〔dɪ'lolo〕地羅羅
di Lorenzo Filippi〔di lo'rentso fɪ'lippɪ〕（義）
Dilthey〔'dɪltaɪ〕
Dilworth〔'dɪlwɚθ〕迪爾沃思
Dilwyn〔'dɪlwɪn〕
Dilys〔'dɪlɪs〕
Di Maggio〔dɪ 'mɑdʒɪo〕
Diman〔'daɪmən〕
Dimanche〔di'mɑnʃ〕（法）
Dimapur〔'dimapur〕
di Martino〔dɪ mɑr'tino〕
Dimasalang〔dɪ,mɑsɑ'lɑŋ〕
Dimbleby〔'dɪmblbɪ〕丁布爾比
Dimetian Code〔daɪ'miʃɪən ～〕
Dimichael〔'dimɪkæl〕

Dimier〔di'mje〕（法）
Dimisq〔di'misk〕
Dimitr〔di'mitɚ〕
Dimitri〔djɪ'mitrjɪ（俄）；ðɪ'mitrɪ（希）；di'mitri（羅）〕迪米特里
Dimitrie〔dɪ'mitrɪje〕
Dimitriev〔djɪ'mjitrjɪjef〕（俄）
Dimitrievich〔djɪ'mjitrjɪjəvjɪtʃ〕（俄）
Dimitrije〔dɪ'mitrɪjə〕
Dimitrijević〔dɪ'mitrijevɪtʃ；dɪ-'mitrijevɪtj〕（塞克）
Dimitri Roudine〔dimi'tri ru'din〕
Dimitroff〔dɪ'mitrɑf〕
Dimitrov〔dɪmɪ'trɔf；di'mitruf（保）〕
Dimmesdale〔'dɪmzdel〕
Dimmit〔'dɪmɪt〕迪米特
Dimmitt〔'dɪmɪt〕
Dimna〔'dɪmnə〕
Dimnet〔dim'ne〕狄姆奈（Ernest, 1866-1954,法國作家）
Dimock〔'dɪmɑk〕迪莫克
Dimon〔'daɪmən〕戴蒙
Dimonah〔dɪ'monə〕
Dimond〔'daɪmənd〕戴蒙德
Dimpna〔'dɪmpnə〕
Dimsdale〔'dɪmzdel〕
Dimyāṭ〔dʊm'jɑt〕（阿拉伯）
Dīn, 'Izzal-〔ɪzzʊd'din〕（阿拉伯）
Din, Jalal-al-〔dʒæ'lɑlʊ'din〕
Din, Muzaffar-ed-〔mʊ'zæffɚ-ɛd-'din〕（波斯）
Dinadan〔'dɪnədən〕
Dinagat〔di'nagat〕迪納加特（菲律賓）
Dinah〔'daɪnə〕黛娜
Dinajpur〔dɪ'nadʒpur〕
Dinalupihan〔,dinɑlu'pihan〕
Dinan〔di'nɑŋ〕（法）迪南
Dinant〔di'nɑŋ〕（法）
Dinapore〔'dinəpor〕
Dinapur〔'dinəpur〕
Dinar〔di'nɑr〕（土）
Dinar, Kuh-i-〔'kuhɪ·di'nɑr〕（土）
Dinara Planina〔'dinɑrɑ 'plɑninɑ〕
Dinarchus〔daɪ'nɑrkəs〕
Dinard〔di'nɑr〕（法）
Dinaric Alps〔dɪ'nærɪk〕
Dinarzade〔dinɑr'zɑdɪ〕
Dinbergs〔'dɪnbɚgz〕
Dindigul〔'dɪndɪgəl〕
Dindings〔'dɪndɪŋz〕
Dindorf〔'dɪndɔrf〕
d'Indy〔dæ ŋ'di〕（法）

Dindymene〔,dɪndɪ'mini〕
Dindymus〔'dɪndɪməs〕
Dinely〔'dɪnlɪ〕
Dinerman〔'dɪnəmən〕迪納曼
Dines〔'dines〕(丹)
Dinesen〔'dinəsṇ〕
Ding〔dɪŋ〕丁
Dingaan〔'dɪŋɑn〕
Dingalan〔dɪŋ'ɑlɑn〕
Dingelstedt〔'dɪŋəlʃtɛt〕
Dingle〔'dɪŋgḷ〕丁格爾
Dingley〔'dɪŋlɪ〕丁利
Dinglinger〔'dɪŋlɪŋə〕
Dingman〔'dɪŋmən〕丁曼
Dingras〔dɪŋ'grɑs〕
Dingwall〔'dɪŋwɔl〕丁沃爾
Dinh〔'dɪn〕
Dinham〔'dɪnəm〕迪納姆
Dinia〔'daɪnɪə〕
Diniz〔dɪ'niʃ〕(葡)
Diniz da Cruz e Silva〔dɪ'niʒ ðə 'kruz ɪ 'sɪlvə〕
Dinka〔'dɪŋka〕
Dinkard〔din'kard〕
Dinkel〔'dɪŋkəl〕丁克爾
Dinkelsbühl〔'dɪŋkəlsbjul〕(德)
Dinkelspiel〔'dɪŋkəlspil〕
Dinkins〔'dɪŋkɪnz〕丁金斯
Dinkler〔'dɪŋklə〕
Dinmont〔'dɪnmɑnt〕
Dinneford〔'dɪnɪfəd〕
Dino〔'dino〕
Dinocrates〔daɪ'nɑkrətiz〕
Dinorah〔dɪ'nɔrə〕
Dinosaur〔'daɪnə,sɔr〕
Dinosauria〔,daɪnə'sɔrɪə〕
Dinostratus〔daɪ'nɑstrətəs〕
Dinotherium〔,daɪnə'θɪrɪəm〕
Dinslaken〔'dɪnslɑkən〕
Dinsmoor〔'dɪnzmɔr〕丁斯莫爾
Dinsmore〔'dɪnzmɔr〕丁斯莫爾
Dinter〔'dɪntə〕
Dinuba〔dɪ'njubə〕
Dinwiddie〔dɪn'wɪdɪ〕丁威迪
Dio〔'diu〕(葡)
Diocaesarea〔,daɪəsizə'riə〕
Dio Cassius〔'daɪo 'kæʃɪəs〕
Dioclea〔daɪ'aklɪə〕
Diocles〔'daɪəkliz〕
Diocletian〔,daɪə'kliʃən〕戴克里先
  (245-313,於284-305滅羅馬皇帝)
Diodati〔,diə'datɪ〕

Diodorus〔,daɪə'dɔrəs〕
Diodotus〔daɪ'adətəs〕
Diogenes〔daɪ'adʒə,niz〕戴奧眞尼斯
  (412?-323B.C.,希臘犬儒學派哲學家)
Diogenianus〔,daɪə,dʒɪnɪ'enəs〕
Diogo〔'djogu〕
Diogo Cam〔'djogu kauŋ〕(葡)
Diola〔di'ola〕
Dioliba〔dɪ'alɪbə〕
Diomed〔'daɪəmɛd〕
Diomede Island〔'daɪəmid ~〕戴歐米得島(屬蘇聯、美國)
Diomedes〔,daɪə'midiz〕【希臘神話】戴奧米底斯
Diomidis〔ðjɔ'miðis〕(希)
Dion〔'dɪən; 'dian; 'daɪan(古希); djɔŋ(法)〕戴恩
Dione〔'daɪon ɪ〕黛歐妮
Dionisio〔dio'nizjo(義); djo'nisjo(西)〕
Dionne〔dɪ'an; -on; djɔn; dzjɔn(加法)〕
Dionysia〔,daɪə'nɪʃɪə; -sɪə〕
Dionysiac〔,daɪə'nɪzɪæk〕
Dionysiades〔daɪənɪsaɪ'eɪdiz〕
Dionysian〔daɪə'nɪzɪən; daɪə'nɪʒɪən〕
Dionysios〔ðjɔ'njisjɔs〕(希)
Dionysius〔,daɪə'nɪsɪəs〕戴奧尼夏(❶ 430?-?367B.C.,世稱the Elder,古希臘Syracuse之暴君 ❷其子,世稱the Younger,古希臘Syracuse之暴君)
Dionysos〔,daɪə'naɪsəs〕
Dionysus〔,daɪə'naɪsəs〕戴奧尼索斯(古希臘酒神與戲劇之神)
Dionyza〔,daɪə'naɪzə〕
Diophantus〔,daɪə'fæntəs〕
Dior〔dɪ'ɔr〕
Dios〔djos〕(西)
Dioscorides〔,daɪə'skɑrɪdiz〕
Dioscorus〔daɪ'askərəs〕
Dioscuri〔,daɪə'skjuraɪ〕
Dioscurias〔,daɪə'skjurɪəs〕
Diósgyör〔'dioʃ,djə〕(匈)
Diospolis Magna〔daɪ'aspəlɪs 'mægnə〕
Diospolite〔daɪ'aspəlaɪt〕
Diosy〔dɪ'osɪ〕
Diotima〔daɪ'taɪmə〕
Diourbel〔djur'bɛl〕(法)
di Pace〔di 'patʃɛ〕
di Pagolo del Fattorino〔di 'pagolo dɛl ,fatto'rino〕(義)
Dipavali〔dipa'vali〕
di Pepo〔di 'pepo〕
Diphda〔'dɪfdə〕

di Pietro [di ˈpjɛtro] 迪彼特羅
di Pitati [di piˈtati]
Diplock [ˈdɪplak] 迪普洛克
Dipoenus [daɪˈpinəs]
Dipolog [dɪˈpolɔg] 迪波洛 (菲律賓)
Dippel [ˈdɪpəl]
Diprose [ˈdɪproz]
Dipsodes [ˈdɪpsodz]
Dipsychus [dɪpˈsaɪkəs]
Dipylon [ˈdɪpɪlɑn]
Diquis [ˈdikis]
Dir [dɪr]
Dirac [dɪˈræk] 狄雷克 (Paul Adrien Maurice, 1902-1984, 英國物理學家)
Dirce [ˈdɝsi]
Dirceu [dɪrˈseu] (葡)
Dirck [dɪrk] (荷) 德克斯
Directoire [dɪrɛkˈtwɑr] 法國第一共和時代之五人執政團
Dirk [dɝk; dɪrk] (荷) 德克
Direction, Cape [dɪˈrɛkʃən]
Dire Dawa [ˌdire dəˈwa]
Diredawa [ˌdiredəˈwa]
Diriamba [dɪrˈjamba]
Dirichlet [dɪrɪˈkle]
Dirk [dɝk] 德克
Dirk Hartog Island [dɝk ˈhartɔg ~] 德克哈托格島 (澳洲)
Dirks [dɝks] 德克斯
Dirksen [ˈdɝksn̩] 德克森
Dirlam [ˈdɝləm]
di Roma [di ˈroma]
Dirr [dɪr; dɝ]
Dirschau [ˈdɪrʃau]
Dis [dɪs]
di Salerno [di sɑˈlerno] (義)
Disbrowe [ˈdɪzbro]
Disciple [dɪˈsaɪpl] 基督門徒會 (Disciples of Christ) 教友
Disco [ˈdɪsko]
Discobolus [dɪsˈkabələs]
Discordia [dɪsˈkɔrdɪə]
Discovery Bay [dɪsˈkʌvərɪ]
Disdain [dɪsˈden]
Disentis [ˈdizəntɪs]
Disgrazia [dɪzˈgratsja]
Dishart [ˈdɪʃət]
Disher [ˈdɪʃɚ] 迪舍
Diskin [ˈdɪskɪn]
Disko [ˈdɪsko] 迪斯科 (格陵蘭)
Dismas [ˈdɪzməs]
Dismukes [ˈdɪzmjuks]

Disna [dɪsˈna]
Disney [ˈdɪznɪ] 狄斯耐 (Walter Elias, 1901-1966, 美國電影製片人, 卡通電影家)
Dison [diˈzɔŋ]
Disosway [ˈdɪsəswe] 迪索斯爲
D'Israeli [dɪzˈreli]
Disraeli [dɪzˈreli] 狄斯累利 (Benjamin, 1804-1881, 英國政治家及小說家)
Diss [dɪs]
d'Issembourg [disaŋˈbur] (法)
Dissentis [ˈdɪsəntis]
Distaffina [dɪstəˈfinə]
Distad [ˈdɪstæd] 迪斯塔德
di Starabba [di staˈrabba] (義)
Disteli [ˈdɪstɛli]
Distich [ˈdɪstɪk]
Distler [ˈdɪslɚ]
d'Istrie [disˈtri]
Distrito Federal [disˈtrito feðəˈral (墨、委); disˈtritu feðəˈral (巴西)]
Disûq [dɪˈsuk]
Ditchburn [ˈdɪtʃbɚn] 迪奇伯恩
Ditchling [ˈdɪtʃlɪŋ]
Ditchy [ˈdɪtʃɪ] 迪奇
Dithmarschen [ˈdɪt̩marʃən]
Dithyramb [ˈdɪθɪræm]
Diti [ˈditi]
Ditlev [ˈditlɛv]
Ditman [ˈdɪtmən]
Ditmars [ˈdɪtmarz]
Ditmarsh [ˈdɪtmarʃ]
Ditmas [ˈdɪtməs] 迪特馬斯
Dito [ˈdito]
Dito und Idem [ˈdito unt ˈidɛm]
Ditrichstein [ˈditrɪkstaɪn]
Dittenberger [ˈdɪtənbergɚ] (德)
Ditters [ˈdɪtɚs]
Dittersbach [ˈdɪtɚsbah] (德)
Dittersdorf [ˈdɪtɚsdɔrf] (德)
Dittmann [ˈdɪtman]
Dittmer [ˈdɪtmɚ] 迪特默
Ditton [ˈdɪtn̩]
Dittrich [ˈditrɪk]
Ditz [dits] 迪茨
Ditzen [ˈdɪtsən]
Diu [ˈdiu] 第烏 (印度)
Diuata [dɪˈwata]
Diula [dɪˈula]
di Val Cismon [dɪ val tʃizˈmon]
Dive Bouteille [div buˈtɛj] (法)
Diver [ˈdaɪvɚ]
Divers [ˈdaɪvɚz]

Diverty〔daɪ'vɝtɪ〕
Dives〔'daɪviz〕戴夫斯（【聖經】寓言中之一富豪）
Divi〔'dɪvɪ〕
Divide〔dɪ'vaɪd〕
Dividing Ridge〔dɪ'vaɪdɪŋ ~〕
Divina Commedia〔di'vina kɔm-'medja〕（義）
Divine〔dɪ'vaɪn〕迪萬
Divino〔dɪ'vino〕
Divino, El〔ɛl dɪ'vino〕
Divio〔'dɪvɪo〕
Divion〔di'vjɔ〕
Division Peak〔dɪ'vɪʒən ~〕
Divitia〔dɪ'vɪʃɪə〕
Divitiacus〔dɪvɪ'taɪəkəs〕
Divodurum〔,daɪvə'djurəm〕
Divoire〔di'vwar〕（法）
Divona〔'daɪvənə〕
Divver〔'dɪvɚ〕
Diwala〔dɪ'walə〕
Diwangiri〔diwan'giri〕
Diwaniya, Ad〔æd ,diwæ'nijə〕
Diwaniyah〔,diwæ'nijə〕
Diwoky〔dɪ'wokɪ〕迪沃基
Dix〔dɪks〕迪克斯
Dixey〔'dɪksɪ〕
Dixfield〔'dɪksfild〕
Dixie〔'dɪksɪ〕美國南部各州之別稱
Dixiecrats〔'dɪksɪkræts〕
Dixieland〔'dɪksɪlænd〕一種爵士音樂
Dixie's Land〔'dɪksɪz lənd〕
Dixmude〔diks'mjud〕（法）
Dixmuide〔dɪks'mɔɪdə〕
Dixon〔'dɪksn〕狄克森（Jeremiah，十八世紀之英國測量家）
Dixonville〔'dɪksənvɪl〕
Dixson〔'dɪksn̩〕
Dixville〔'dɪksvɪl〕
Dixwell〔'dɪkswəl〕
Diyala〔di'jælə〕
Diyarbakir〔di,jarba'kɪr〕
Diyarbekir〔di,jarbɛ'kir〕
Dizengoff〔'dizəngɔf〕
Dizful〔dɪz'ful〕
Dizie〔'dɪzɪ〕
Dizy〔'dɪzɪ〕
Dizzy〔'dɪzɪ〕迪齊
Djagatai〔,dʒægə'taɪ〕雅加達（印尼）
Djago〔'dʒago〕
Djailolo〔dʒaɪ'lolo〕
Djakarta〔dʒə'kartə〕雅加達（印尼）

Djakovica〔'djako,vitsa〕
Djakovo〔'djakovo〕
Djallon〔dʒa'lɔn〕
Djalski〔'djalskɪ〕
Djambi〔'dʒambɪ〕
Djamileh〔,dʒami'lɛ〕
Djanelidze〔,dʒanɛ'lidzɛ〕
Djapara〔dʒa'para〕
Djapara-Rembang〔dʒa'para·'rembaŋ〕
Djarai〔dʒa'raɪ〕
Djatiwangi〔,dʒatɪ'waŋɪ〕
Djawa-Barat〔'dʒava·ba'rat〕
Djawa-Tengah〔'dʒava·teŋ'ga〕
Djawa-Timur〔'dʒava·ti'mur〕
Djebeïl〔dʒʊ'baɪl〕
Djebel Druze〔dʒebɛl 'drjuz〕（法）
Djeboid〔dʒə'bɔid〕
Djeddah〔'dʒedə〕
Djedeida〔dʒə'dedə; dʒʊ'daɪdə; -'dedə; -dæ〕（阿拉伯）
Djelfa〔'dʒɛlfə〕
Djem〔dʒɛm〕
Djemadja〔dʒɛ'madʒa〕
Djemal Pasha〔dʒɛ'mal pa'ʃa〕
Djember〔'dʒembɚ〕
Djenné〔dʒɛ'ne〕
Djerablous〔dʒɛra'blus〕（法）
Djerba〔'dʒɛrbə〕
Djerid〔dʒə'rid〕
Djerjinsky〔djə'ʒinskɪ〕
Djerma〔'dʒɛrma〕
Djevdjelija〔'djɛvdjɛlija〕
Djevriye〔dʒɛvri'je〕
Djezzar〔dʒɛz'zar〕（土）
Djibouti〔dʒɪ'butɪ〕吉布地共和國（非洲）
Djidjelli〔dʒɪ'dʒɛlɪ〕
Djilas〔'dʒilas〕
Djinnestan〔dʒɪnəs'tan〕
Djocja〔'dʒokjə〕
Djof〔dʒof〕
Djokja〔'dʒokjə〕
Djokjakarta〔,dʒokjə'kartə; ,dʒak-〕日惹（印尼）
Djollof(f)〔'dʒaləf〕
Djolof(f)〔'dʒaləf〕
Djombang〔'dʒɔmbaŋ〕
Djonga〔'dʒɔŋga〕（班圖）
Djordje〔'djɔrdje〕
Djouf, El〔æl 'dʒuf〕
Djuanda〔dʒu'anda〕
Djugashvili〔,dʒugəʃ'vilɪ〕
Djulfa〔dʒʊl'fa〕

Djurdjura〔dʒʊr'dʒʊrə〕
Długosz〔'dluɡoʃ〕（波）
Dmitri〔d'mjitrjəɪ〕（俄）
Dmitriev〔d'mjitrjɪjɪf（俄）；d'mjitrɪɛf
（保）〕
Dmitrievich〔d'mjitrjɪjɪvjɪtʃ〕（俄）
Dmitrievsk〔d'mitrɪfsk〕
Dmitri Rudin〔d'mitrɪ 'rudjɪn〕
Dmitriyevich〔d'mjitrjɪjɪvjɪtʃ〕
Dmitrov〔də'mitrɔf〕
Dmitrovsk-Orlovski〔də'mitrəfsk-
ɔr'lɔfskɪ〕
Dmitry〔'dmjitrjəɪ〕（俄）
Dmowski〔'dmɔfskɪ〕
Dnepr〔'dnjɛpə〕
Dneprodzerzhinsk〔,nɛprədə'ʒɪnsk；
dnjɪprədjer'ʒɪnsk〕聶伯欣（蘇聯）
Dneproges〔dnjɛprə'ɡɛs〕
Dnepropetrovsk〔,nɛprəpɪ'trɔfsk；
dnjɪprəpjɛ'trɔfsk〕聶伯城（蘇聯）
Dneprostroi〔,nɛprə'strɔɪ；dnjɪprə-
'strɔɪ（俄）〕
Dnestr〔'dnjɛstə〕（俄）
Dnieper〔'nipə〕聶伯河（蘇聯）
Dnieprodzerzhinsk〔dnjɪprədjer-
'ʒɪnsk〕（俄）
Dnieropetrovsk〔,dnjɛprəpjɛ'trɔfsk〕
Dniester〔'nistə〕聶斯特河（蘇聯）
Doak〔dok〕多克
Doan〔don〕
Doane〔don〕唐
Dob〔dab〕
Dobb〔dab〕多布
Dobberan〔'dabəran〕
Dobberteen〔'dabətin〕
Dobbie〔'dabɪ〕
Dobbin〔'dabɪn〕多賓
Dobbins〔'dabɪnz〕
Dobinson〔'dabɪnsn̩〕
Dobbs〔dabz〕
Dobbs Ferry〔dabz 'fɛrɪ〕
Dobell〔do'bɛl〕多貝爾
Döbeln〔'dɚbəlɪn〕
Dobenek〔'dobənɛk〕
Dober〔'dobə〕
Doberan〔dobə'ran〕
Döbereiner〔'dɚbə,raɪnə〕
Dobest〔'dubɛst〕
Dobet〔'dubɛt〕
Dobie〔'dobɪ〕道比（James Frank, 1888-
1964,美國民俗學家）
Dobinson〔'dabɪnsn̩〕多賓森

Doble〔'dobḷ〕多布爾
Döblin〔'dɚblɪn〕
Dobneck〔'dabnɛk〕
Dobo〔'dobo〕
Doboobie〔də'bubɪ〕
Dobree〔'dobrɪ〕
Dobrée〔'dobre〕道卜雷（Bonamy, 1891-
1974,英國學者）
Döbrentei〔'dɚbrɛn,te〕
Dobric(h)〔'dɔbrɪtʃ〕
Dobrizhoffer〔'dobrɪts,hafə〕
Dobrogea〔'dɔbrɔdʒa〕
Dobrolyubov〔dʌbrʌ'ljubɔf〕（俄）
Dobromierz〔dɔ'brɔmjɛʃ〕（波）
Dobropolje〔'dɔbrɔ,polje〕
Dobrovský〔'dobrɔfski〕
Dobru(d)ja〔'dobrʊdʒə；'dɔbrʊdʒa〕
Dobschau〔'dapʃaʊ〕
Dobsina〔'dopʃina〕（匈）
Dobšiná〔'dopʃina〕（捷）
Dobson〔'dabsn̩〕多卜生（（Henry）Austin,
1840-1921,英國詩人及散文家）
Dobu〔'dobu〕
Doce〔'dosɪ〕
Dochart〔'dahət〕（蘇）
Dochez〔də'ʃe〕
Docia〔'doʃɪə〕
Docker〔'dakə〕多克爾
Dockerty〔'dakətɪ〕
Docking〔'dakɪŋ〕多金
Dockson〔'daksn̩〕
Dockwra〔'dakrə〕
Dockwray〔'dakre〕
Docteur〔dɔk'tɚr〕（法）
Doctoroff〔'daktərɔf〕多克托羅夫
Docwra〔'dakrə〕
Dóczi〔'dotsɪ〕
Dóczy〔'dotsɪ〕
Dod〔dad〕
Doda Betta〔'dodə 'bɛtə〕
Dodd〔dad〕多德
Doddington〔'dadɪŋtən〕多丁頓
Doddridge〔'dadrɪdʒ〕
Dodds〔dadz〕
Dode de La Burnerie〔dɔd də la
brjʊ'nri〕（法）   「（希臘）
Dodecanese〔,dodɛkə'nis〕多德卡尼群島
Dodgeville〔'dadʒvɪl〕
Dodgson〔'dadʒsən〕多治生（Charles
Lutwidge, 1832-1898,英國數學家及小說家）
Dodie〔'dodɪ〕
Dodinga〔do'dɪŋɡa〕

Dodington〔'dadɪŋtən〕
Dodman〔'dadmən〕
Dodo〔'dodo〕
Dodoens〔do'duns〕
Dodoma〔'dodoma〕
Dodona〔do'donə〕
Dodonaeus〔,dodə'niəs〕
Dodrill〔'dadrɪl〕
Dods〔dadz〕
Dodsley〔'dadzlɪ〕
Dodson〔'dadsn̩〕多德森
Dodsworth〔'dadzwəθ〕多茲沃思
Dodwell〔'dadwəl〕多德爲爾
Doe〔do〕多伊
Doeg〔'doɛg〕
Doelz〔dolz〕
Doenges〔'dʌndʒəs〕
Doenitz〔'dɚnits〕
Doerr〔'doɚ〕多爾
Does〔dus〕
Doesburg〔'dusbəh〕(荷)
Doescher〔'dɛʃɚ〕
Doeski〔'doskɪ〕
Doesticks〔'dostɪks〕
Doetinchem〔'dutɪnhəm〕(荷)
Doetichem〔'dutɪhəm〕(荷)
Dofort〔'dofɚt〕
Dog〔dag〕
Dogali〔do'gali〕
Dogberry〔'dagbɛrɪ〕
Doge's Palace〔'dodʒɪz ~〕
Dogger〔'dagɚ〕
Doggett〔'dagɪt〕多格特
Doggrell〔'dagrɪl〕
Dogon〔'dogon〕
Dogra〔'dogrə〕印度西北之一支好戰民族
Doha〔'dohə〕杜哈(卡達)
Dohad〔'dohəd〕
Dohanos〔do'hanəs〕多哈諾斯
Doheny〔do'hɪnɪ〕
Doherty〔'doɚtɪ〕多爾蒂
Dohm〔dom〕多姆
Dohna〔'dona〕
Dohnal〔'danəl〕
Dohnányi〔dok'nanjɪ; dɔn-; dah-(捷)〕
Dohoo〔'duhu〕
Dohrn〔'dorn〕(德)多恩
Doig〔'doɪg〕
Doi Inthanon〔dɔɪ ɪnthanʌn〕(暹羅)
Doing〔'duɪŋ〕
Doiran〔'dɔɪran〕
Doister〔'dɔɪstɚ〕

Doisy〔'dɔɪzɪ〕杜伊基(Edward Adelbert, 1893-,美國生物學家)
Doit〔dɔɪt〕
Dojran〔'dɔɪran〕
Doke〔dok〕多克
Dokhosie〔do'kosje〕
Dokkum〔'dɔkəm〕
Dol〔dal〕
Dola〔'dolə〕多拉
Dolabella〔,dalə'bɛlə〕
Dolan〔'dolən〕多蘭
Doland〔'doland〕多蘭
d'Olanda〔da'landa〕
Dola Sequanorum〔'dolə ,sɛkwə'nɔrəm〕
Dolbear〔'dalbɛr〕多比爾
Dolbeare〔'dalbɛr〕
Dolbeau〔dɔl'bo〕
Dolben〔'dalbən〕多爾賓
Dolce〔'doltʃe〕
Dolci〔'doltʃi〕
Dol Common〔'dal 'kamən〕
Dol-de-Bretagne〔,dɔl·də·brə'tanj〕
(法)
Dole〔dol〕多爾
Dôle〔dol〕
Dolega-Kamiénski〔dɔ'lɛga·ka-'mjɛnjskɪ〕
Doles〔'dolɛs〕
Dolet〔dɔ'lɛ〕(法)
Dolgelley〔dal'gɛθlɪ〕
Dolgelly〔dal'gɛθlɪ〕
Dolgeville〔'daldʒvɪl〕
Dolgorukaya〔dəlgə'rukəjə〕
Dolgoruki〔,dalgə'rukɪ〕
Dolgorukov〔,dalgə'rukɔf〕
Dolgorukova〔,dalgə'rukəvə〕
D'olier〔da'lɪɚ〕多利埃
d'Olier〔'dolje〕多利埃
Dolin〔'dalɪn〕多林
Dolina〔da'lina〕
Doliver〔'dalɪvɚ〕多利弗
d'Oliveira〔dolɪ'veɪrə〕(西)
Doll〔dal〕多爾
Dollallolla〔,dalə'lalə〕
Dollar〔'dalɚ〕多拉爾
Dollard〔'dalɚd〕多拉德
Dollar Law〔'dalɚ ,lɔ〕
Dollart〔'dɔlart〕
Dolle〔dal〕
Dolley〔'dalɪ〕
Dollfuss〔'dalfəs; 'dalfus(德)〕「(法)
Dollier de Casson〔dɔ'lje də ka'sɔŋ〕

Dolling〔'dɑlɪŋ〕
Döllinger〔'dɚlɪŋɚ〕多林格
Dolliver〔'dɑlɪvɚ〕多利弗
Dolloff〔'dɑləf〕
Dollond〔'dɑlənd〕
Doll Tearsheet〔'dɑl 'tɛrʃit〕
Dolly〔'dɑlɪ〕妲莉
Dolly Varden〔,dɑlɪ 'vardən〕❶一種女
服❷一種闊邊女帽
Dolly Winthrop〔'dɑlɪ 'wɪθrəp〕
Dolnja Tuzla〔'dɑlnja 'tuzla〕
Dolobran〔də'lɑbrən〕
Dolomieu〔dɔlɔ'mjɚ〕(法)
Dolomite〔dɑlə,maɪt〕
Dolomiti〔dɔlə'mitɪ〕
Dolon〔'dolon〕
Dolon Nor〔'dolon 'nɔr〕
Dolopathos〔dɔlɔpɑ'tɔs〕(法)
Dolores〔də'lorɪs; do'lores(西)〕多洛
雷斯
Dolores Hidalgo〔do'lores ɪ'ðalgo〕
(西)
Dolorisme〔dolo'rizmə〕
Dolorosa〔,dɑlə'rosə〕
Dolphin, Cape〔'dɑlfɪn〕
Dolson〔'dɑlsn̩〕多爾森
Dolton〔'dɑltən〕
Dolunnor〔dolʊn'nɔr〕
Dolva〔'dolvə〕
dom〔dam; dɔŋ(法); doŋ; ðoŋ(葡)〕
Dom〔dom〕天主教僧侶之一種榮銜
Domagk〔'damak〕杜馬克(Gerhard,
1895-1964, 德國化學家)
Domar〔'domɚ〕多馬
Domas y Valle〔'domɑs ɪ 'valje〕
Domaszewski〔,doma'ʃɛfski〕
Domat〔dɔ'ma〕(法)
Domažlice〔'dɔmaʒlitsɛ〕(捷)
Dombås〔'da,mɔs ; 'dʊm-〕(挪)
Dombasle〔dɔŋ'bal〕(法)
Dombes〔dɔŋb〕
Dombey〔'dambɪ〕
Dombledon〔'dʌmbl̩dən〕
Dombrau〔'dɔmbrau〕
Dombrek〔dəm'brɛk〕
Dombrowa Gora〔dɔm'brɔva 'gura〕
Dombrowski〔dɔŋm'brɔfski〕
Dom Casmurro〔doŋ kaz'murru〕(葡)
Domdaniel〔dam'dænjəl〕
Dome〔dom〕
Dôme, Puy de〔pjʊid 'dom〕(法)
Dôme de Chassforet〔,dom də ʃasfɔ-
'rɛ〕(法)

Domel〔'domɛl〕
Domela〔'dɔmələ〕
Domenech〔dome'nɛk〕
Domenichino, Il〔il ,domenɪ'kino〕伊
爾多米尼基諾(1581-1691, 義大利畫家)
Domenico〔do'menɪko〕
Domenico Gambarelli〔do'menɪko
,gamba'rɛlɪ〕(義)
Domers〔'domɚz〕
Domesday Book〔'dumz, de～〕英格蘭土
地勘查記錄書
Domesnes〔'dʊmɪs,nɛs〕
Domett〔'damɪt〕
Domeyko〔do'meko(西)〕
Domfront〔dɔŋ'frɔŋ〕(法)
Domingo〔də'mɪŋgo ; dom- ; dam- ;
du'miŋgu(葡) ; do'miŋgo(西)〕
Domingos〔du'miŋguʃ(葡) ; du'miŋgus
(巴西)〕
Dominic〔'damɪnɪk〕聖·多明尼克(Saint,
1170-1221, Dominican 教派之創始人)
Dominica〔,damɪ'nikə〕多米尼克(西印度
羣島)
Dominican Republic〔də'mɪnɪkən ～〕
多明尼加共和國(西印度羣島)
Dominick〔'damɪnɪk〕多米尼克
Dominik〔'dominɪk〕
Dominikus〔do'minɪkʊs〕
Dominion〔də'mɪnjən〕
Dominique〔'damɪnɪk; dɔmi'nik(法)〕
多蒙尼卡
Dominis〔'dɔminɪs〕多米尼斯
Dominy〔'damɪnɪ〕多明尼
Domitian〔də'mɪʃɪən〕杜米仙(51-96, 羅
馬皇帝)
Domitianus〔də,mɪʃɪ'enəs〕
Domitilla〔,damɪ'tɪlə〕
Domitius〔də'mɪʃɪəs〕
Domitius Enobarbus〔do'mɪʃɪəs ino-
'barbəs〕
Domitius Ulpianus〔də'mɪʃɪəs ,Alpɪ-
'enəs〕
Domjoch〔'do,mjɔh〕(德)
Dom Juan〔dɔŋ ʒu'aŋ〕(法)
Domkirche〔'domkɪrkə〕
Domleschg〔'domlɛʃk〕
Domm〔dam〕多姆
Dommel〔'dɔməl〕
Dommerich〔'damərɪk〕
Dom Miguel〔doŋ mi'gɛl〕(葡)
Domna〔'damnə〕
Domnarvet〔dɔm'narvɛt〕

Domnus〔ˈdɑmnəs〕

Domo〔ˈdomo〕

Domodossola〔ˌdomoˈdɔssola〕（義）

Domonoske〔dɑmɑˈnɑskɪ〕

Dom Pedrito〔doŋm pɪˈðritu〕（葡）

Domrémy-la-Pucelle〔dɔŋreˈmi·la-pjuˈsɛl〕（法）

Domus Dei〔ˈdoməs ˈdiaɪ〕

Domuyo〔dəˈmujo〕

Domvil(l)e〔ˈdʌmvɪl〕

don〔dɑn；dɔn,don（義）；ðɔn,dɔn（西）〕

Don〔dɑn〕頓河（蘇聯）

Doña Ana〔ˈdonjə ˈænə〕

Donachadee〔ˌdɑnəkəˈdi〕

Don Adriano de Armado〔ˌdɑn ɑdriˈano,de arˈmado〕

Doña Emilia〔ˈdonjə eˈmilja〕

Donagh〔ˈdɑnə〕多納

Donaghadee〔ˌdɑnəhəˈdi〕（愛）

Donagh(e)y〔ˈdɑnəgi〕多納吉

Donal〔ˈðjunəl〕（愛）多納爾

Donalbain〔ˈdɑnlben〕

Donald〔ˈdɑnld〕唐納德

Donaldson〔ˈdɑnldsn̩〕唐納森

Donaldsonville〔ˈdɑnldsn̩vɪl〕

Donalitius〔ˌdɑnəˈlɪʃɪəs〕

Donalsonville〔ˈdɑnlsn̩vɪl〕

Donar〔ˈdonɑr〕

Donat〔ˈdonæt〕多納特

Donatello〔ˌdɑnəˈtɛlo〕道納太羅（1386?-1466,義大利雕刻家）

Donath〔ˈdonæθ〕

Donati〔doˈnɑtɪ〕

Donatien〔dɔnɑˈsjæŋ〕（法）

Donato〔doˈnɑto〕多納托

Donatus〔doˈnɑtʊs〕（德）

Donau〔ˈdonɑʊ〕多瑙河（歐洲）

Donaueschingen〔ˌdonɑʊˈɛʃɪŋən〕

Donau Moos〔ˈdonɑʊ ˈmos〕

Donauwörth〔ˌdonɑʊˈvɜt〕

Donawitz〔ˈdonɑvɪts〕

Donabas(s)〔ˈdɑnbæs；dɑnˈbɑs〕

Don Benito〔dɔm beˈnito〕

Don Carlos〔dɑn ˈkɑrlɑs〕

Doncaster〔ˈdɑŋkəstə〕頓卡斯特（英格蘭）

Don Cassacks〔dɑn ˈkɑsəks〕

Donder〔dɔŋˈdɛr〕（法）

Donderberg〔ˈdʌndəbɜg〕

Donders〔ˈdɑndəs〕

Dondo〔ˈdɑndo〕

Dondra〔ˈdɑndrə〕

Done〔don〕多恩

Doneau〔dɔˈno〕

Donegal〔ˈdɑnɪgɔl〕多尼哥（愛爾蘭）

Donegall〔ˈdɑnɪgɔl〕

Donelaitis〔ˌdɔnɛˈlaɪtɪs〕

Donellus〔doˈnɛləs〕

Donelson〔ˈdɑnlsn̩〕多納爾森

Doneraile〔ˈdʌnərel〕

Donets〔dɑˈnɛts〕頓內次河（蘇聯）

Done(t)z〔dɑˈnɛts〕

Don Felix〔dɑn ˈfilɪks〕

Don Fernando de Taos〔dɑn fəˈnændo də ˈtɑos；-ˈtɑʊs〕

Don Ferolo Whiskerandos〔dɑn fɪˈrolo,wɪskəˈrændoz〕

Dongan〔ˈdɑŋgən〕東安（湖南）

Don Garcia〔dɔn gɑrˈtʃiə〕（義）

Don Garcie de Navarre〔dɔŋ gɑrˈsi də nɑˈvɑr〕（法）

Dönges〔ˈdɜnjes〕多湼斯

Donggala〔dɔŋˈgɑla〕

Don Giovanni〔ˌdɑn dʒɪoˈvɑnɪ〕

Dong Nai〔ˈdɔŋ ˈnɑɪ〕

Dongola〔ˈdɑŋgələ〕

Dongson〔ˈdɔŋˈsɔn〕

Donham〔ˈdɑnəm〕

Donhauser〔ˈdɑnhɑʊsə〕

Doni〔ˈdonɪ〕

Donington〔ˈdʌnɪŋtən〕

Doniol〔dɔˈnjɔl〕

Doniphan〔ˈdɑnɪfən〕多尼芬

Donisthorpe〔ˈdɑnɪsθɔrp〕多尼索普

Donizetti〔ˌdɑnɪˈzɛtɪ〕唐尼才第（Gaetano,1797-1848,義大利作曲家）

Donjek〔ˈdɑndʒɛk〕

Don John〔ˈdɑn ˈdʒɑn〕

Don Juan〔dɔn ˈhwɑn〕唐璜（西班牙傳奇故事中之風流漢）

Don Juan de Mañara〔dɑn ˈwɑn de mɑnˈjɑrə〕

Donker〔ˈdɔŋkə〕

Donkersloot〔ˈdɔŋkəstlot〕

Donkin〔ˈdɑŋkɪn〕唐金

Donlevy〔ˈdɑnlɛvɪ〕

Donley〔ˈdɑnlɪ〕唐利

Donlon〔ˈdɑnlən〕唐隆

Donn〔dɑn〕唐

Donna〔ˈdɑnə〕唐娜

Dönna〔ˈdɜnnɑ〕（挪）

Donna Anna〔ˈdɔnnɑ ˈɑnnɑ〕（義）

Dönnaesö〔ˈdɜnnɛ,sɜ〕（挪）

Donnacona〔ˌdɑnəˈkonə〕

Donnai〔ˈdɔnˈnaɪ；dɔˈne（法）〕

Donnan〔'dɑnən〕唐南
Donnay〔dɔ'ne〕
Donn-Byrne〔'dɑn·'bɜn〕
Donndorf〔'dɑndɔrf〕
Donne〔dʌn〕但恩（John，約1572-1631，英國詩人及教士）
Donnell〔'dɑnəl〕
Donnelly〔'dɑnlɪ〕
Donner〔'dɑnɚ〕唐納
Donnersberg〔'dɑnɚsbɛrk〕（德）
Donnie〔'dɑnɪ〕唐尼
Dönniges〔'dɜnɪgəs〕
Donnington〔'dɑnɪŋtən〕
Donnissan〔dɔni'sɑŋ〕（法）
Donnison〔'dɑnɪsŋ〕唐尼森
Donnithorne〔'dɑnɪθɔrn〕唐尼索恩
Donnybrook Fair〔'dɑnɪbrʊk ～〕
   迄1855年止每年一度舉行於Donnybrook地方之賽會
Dono〔'dɔno〕
Donoghue〔'dʌnəhu〕
Donohoe〔'dʌnəhu〕
Donohue〔'dʌnəhu〕
Donora〔do'nɔrə〕
Donoratico〔,dɔnəˈrɑtɪko〕
Donoso〔do'noso〕
Donoso-Cortés〔do'noso·kɔr'tes〕
Donough〔'dɑno；'ðʌno〕(愛)多諾
Donoughmore〔'rʌnəmɔr〕多諾莫爾
Donovan〔'dɑnəvən〕多諾萬
Don Pasquale〔,dɑn pæsk'wɑlɪ〕
Don Pedro〔dɑn 'pidro〕
Don Quixote〔dɑn 'kwɪksət；,dɑnkɪ-'hotɪ〕唐·吉訶德（西班牙文學家Cervantes所著小說的主角）
Donrek〔'dɑnrɛk〕
Don River〔dɑn～〕頓河（蘇聯）
Dons〔dɔns〕
Don Saltero〔dɑn sɔl'tero〕
Don Sanche d'Aragon〔dɔŋ sɑŋʃ dɑrɑ'gɔŋ〕（法）
Don Sebastian〔'dɑn sɛ'bæstɪən〕
Don Sebastiano〔dɑn ,sebɑs'tjɑno〕
Donskoi〔dʌn'skɔɪ〕
Donsol〔dɔn'sɔl〕
Dont〔dɑnt〕
Donus〔'dɔnəs〕
Doo〔du〕
Dooley〔'dulɪ〕杜利
Doolin〔'dulɪn〕杜林
Doolin de Mayence〔dɔɔ'læŋ də mɑ-'jɑŋs〕（法）

Doolittle〔'dulɪtl̩〕杜利特爾
Dooly〔'dulɪ〕
Doomsday〔'dumz,de〕
Doon, Lock〔lɑh 'dun〕（蘇）　「（法）
Doon de Mayence〔dɔ'ɔŋ də mɑ'jɑŋs〕
Doone〔dun〕杜恩
Door〔dɔr〕多爾
Doorly〔'durlɪ〕
Doorm〔'durm〕
Doorman〔'dɔrmɑn〕（荷）
Doorn〔dɔrn〕
Doornik〔'dɔrnɪk〕
Doornkop〔'durnkɔp〕
Dopler〔'dɑplə〕多普勒
Dopper〔'dɑpə〕
Doppler〔'dɑplə〕都卜勒（Christian Johann，1803-1853，奧國物理學家及數學家）
Dor〔dɔr〕
Dora〔'dɔrɑ〕（義）多拉
Dora Baltea〔'dɔrɑ 'bɑlteɑ〕
Dora d'Istrai〔'dɔrɑ 'distriɑ〕
Dorado〔do'rɑðo〕【天文】劍魚座
Dorah〔'dɔrə〕
Doralice〔dorɑ'litʃe〕（義）多蕾麗絲
Doran〔'dɔrən〕多倫
Dorando〔də'rændo〕
d'Orange〔do'rɑŋʒ〕
Dora Riparia〔'dɔrɑ rɪ'pɑrjɑ〕
Dora Spenlow〔'dɔrə 'spɛnlo〕
Dorante〔do'rɑnt〕
Dorat〔dɔ'rɑ〕（法）
Dorati〔do'rɑtɪ〕
Dorau〔'duro〕
Dorax〔'dɔræks〕
Dorcas〔'dɔrkəs〕
Dorcus〔'dɔrkəs〕
Dorcheat〔'dɔrtʃit〕
Dorchester〔'dɔrtʃɪstɚ〕
d'Or, Côte-〔kot·'dɔr〕（法）
Dordogne〔dɔr'dɔnjə〕
Dordrecht〔'dɔrdrɛkt〕多得勒克（荷蘭）
Dore〔dɔr〕
Doré〔dɔ're〕杜雷（Paul Gustave，1833-1883，法國畫家）
Doreen〔dɔ'rin〕多琳
Doremus〔də'riməs〕多里默斯
Dorer〔'dorə〕
Doreus〔'dɔrɪəs〕
Dorf〔dɔrf〕多爾夫
Dörfler〔'dɜflə〕
Dorfman〔'dɔrfmən〕多爾夫曼
Dorfmann〔'dɔrfmən〕

Dorgan〔'dɔrgən〕

Dorge〔'dɔrgə〕

Dorgelès〔dɔrʒə'lɛs〕(法)

Dorhosye〔dor'hosje〕

Doria〔'dɔrja〕

Dorian Hexapolis〔'dɔrɪən hɛk'sæ-
pəlɪs〕

Dorian〔'dɔrɪən〕多里安

Doricha〔'dɑrɪkə〕

Doricles〔'dɑrɪ,kliz〕

Doricourt〔'dɑrɪkɔrt〕

Dorigen〔'dɔrɪgɪn〕

Dorigny〔dɔri'nji〕

Doriot〔'dɑrɪət〕

Dorimant〔'dɑrɪmænt〕

Dorimène〔dɔri'mɛn〕

Dorinda〔do'rɪndə〕多琳達

Dorine〔dɔ'rin〕多琳

Dorion〔dɔ'rjɔŋ〕(法)多里昂

Doriot〔dɔ'rjo〕(法)

Doris〔'dɔrɪs; 'dorɪs〕多麗絲

Dorislaus〔'dɑrɪslɔs〕

Dorius〔'dorɪʊs〕

Dorking〔'dɔrkɪŋ〕

Dorland〔'dɔrlənd〕

d'Orléan〔dɔrle'aŋ〕(法)

d'Orléans〔dɔrle'aŋ〕(法)

d'Orléans, Louise〔'lwiz dɔrle'aŋ〕
(法)

D'Orléans〔dɔrle'aŋ〕(法)

Dorléans〔dɔrle'aŋ〕(法)

Dorling〔'dɔrlɪŋ〕多林

Dorman〔'dɔrmən〕多爾曼

Dörmann〔'dɜmɑn〕

Dormer〔'dɔrmɚ〕多默

Doritor〔'dɔrmɪtɚ〕

Dormont〔dɔr'mɔŋ〕(法)

Dorn〔dɔrn〕多恩

Dornach〔dɔr'nak(法); 'dɔrnah(德)〕

Dornberger〔'dɔrnbɚgɚ〕

Dornbirn〔'dɔrnbɪrn〕

Dorne〔dɔrn〕   「(巴西)

Dornellas〔dur'nɛləʃ(葡); dur'nɛləs

Dornelles〔dur'nɛliʃ(葡); dur'nɛlɪs(巴

Dorner〔'dɔrnɚ〕   └西)

Dornfeld〔'dɔrnfɛlt〕

Dornoch〔'dɔrnak; -nək; -nɔh;
'dɔrnəh(蘇)〕

Dornröschen〔'dɔrnrəshən〕(德)

Dornton〔'dɔrntən〕

Doro〔'dɔro〕

Dorobo〔do'robo〕

Dorobornensis〔,dorəbɔr'nɛnsɪs〕

Dorobrevum〔,dorə'brivəm〕

Dorogoie〔,dɔrɔ'gɔjɛ〕

Dorohoi〔,dɔrɔ'hɔɪ〕

Dorohoïu〔,doro'hoi〕

Doron〔'dɔran〕

Dorosma〔'dorɔʒmɑ〕(匈)

Dorossie〔do'rosje〕

Dorotea〔,doro'tea〕

Doroteo〔,doro'teo; ,ðo-〕(西)

Dorothea〔,dɔrə'θiə; doro'tea(德)〕多
羅西亞

Dorothee〔,doro'teə〕

Dorothée〔dɔro'tɛ'ɪ〕(法)

Dorotheus〔də'raθɪəs; doro'teʊs(德)〕

Dorothy〔'dɔrəθɪ〕

Dorozsma〔'dorɔʒmɔ〕(匈)

Dorp〔dɔrp〕

Dorpat〔'dɔrpat〕

Dörppeld〔'dɜpfɛlt〕

Dorpmüller〔'dɔrpmjʊlə〕(德)

Dorr〔dɔr〕多爾

Dorregaray〔,dɔrrega'ra·ɪ〕(西)

Dorrego〔dɔr'rego〕(西)

Dorrell〔'dɑrəl〕多雷爾

Dorrien〔'dɑrɪən〕

Dorriforth〔'dɑrɪfɔrθ〕

Dorrit〔'dɑrɪt〕

Dorros〔'dɑrəs〕多羅斯

d'Orsay〔dɔr'se〕(法)多爾賽

Dorschel〔'dɔrʃəl〕

Dorset〔'dɔrsɪt〕

Dorsetshire〔'dɔrsɪt·ʃɪr〕多塞特郡(英格
蘭)

Dorsey〔'dɔrsɪ〕多爾西

Dorst〔dɔrst〕多特斯

Dort〔dɔrt〕

Dorté〔'dɔrtɪ〕

Dorten〔'dɔrtən〕

Dortmund〔'dɔrtmʊnt〕多特蒙德(德國)

Dorval〔dɔr'val〕(法)

Dorwin〔'dɔrwɪn〕多溫

Dory〔'dɔrɪ〕

Dorylaeum〔,dɑrɪ'liəm〕

Dos Bahías〔'doz va'ias〕(拉丁美)

Dos Hermanas〔dos ɛr'mɑnɑs〕（西）
Dositheus〔də'sɪθɪəs〕
Doson〔'dosən〕
Dospad Dagh〔do'spɑd 'dɑg〕
Dos Passos〔dɑs 'pæsos〕
dos Reis〔ðuʒ 'reɪʃ〕（葡）
Dosso Dossi〔'dɔsso 'dɔssɪ〕（義）
d'Ostie〔dɔs'ti〕
Dost Mohammed〔dost mə'hæmɪd；
  dost mə'hʌməd〕
Dostoevski〔,dɑstɔ'jɛfskɪ〕杜斯妥也夫
  斯基（Fëdor Mikhailovich, 1821-1881, 俄國
  小說家）
Dot〔dɑt〕多特
Dothan〔'doθæn〕
Dotheboys Hall〔'duðəbɔɪz ～〕
d'Otrante〔dɔ'trɑnt〕
Dotson〔'dɑt·sn〕多森
Dott〔dɑt〕多特
Dotter〔'dɑtɚ〕
Dotterel〔'dɑtərəl〕
Dotterweich〔'dɑtɚwaɪk〕多特爲克
Dotts〔dɑts〕多茨
Dotty〔'dɑtɪ〕多蒂
Doty〔'dotɪ〕多蒂
Dotzauer〔'dɔtsɑʊɚ〕
Dou〔dɑʊ〕德奧（Gerard, 1613-1675, 荷蘭
  畫家）
Douai〔'dɑʊe；'dɑʊɪ；'due；dwe（法）〕
Douala〔du'ɑlə〕
Douanier〔dwɑ'nje〕（法）
Douarnenez〔dwɑrnə'nɛz〕（法）
Douaumont〔dwo'mɔ̃〕（法）
Douay〔dwe〕
Douay Bible〔'due ～〕拉丁聖經的英譯本
Douban〔du'bɑn〕
Double〔'dʌbḷ〕
Doublebois〔'dʌbḷbɔɪz〕
Doubleday〔'dʌbḷde〕道布爾迪
Doubletop〔'dʌbḷ,tɑp〕
Doublin〔'dʌblɪn〕
Doubris〔'dubrɪs〕
Doubs〔du〕（法）
Doubting〔'dɑʊtɪŋ〕
Doubting Castle〔'dɑʊtɪŋ ～〕
Douce〔dus〕
Doucet〔du'sɛ〕（法）
Doud〔dɑʊd〕杜德
Doudney〔'dɑʊdnɪ〕
Douffet〔du'fɛ〕
Dougal(l)〔'dugəl〕杜格爾
Dougan〔'dugən〕杜根

Dougga〔'dugə〕
Dougherty〔'doətɪ；'dɑhətɪ〕多爾蒂
Doughet〔du'gɛ〕
Doughfaces〔'do,fesɪz〕
Doughtie〔'dɑʊtɪ〕
Doughton〔'dɑʊtn〕道頓
Doughty〔'dɑʊtɪ〕道蒂（Charles Montagu,
  1843-1926, 英國詩人及旅行家）
Doughty-Whylie〔'dɑʊtɪ · 'waɪlɪ〕
Douglas〔'dʌgləs〕❶道格拉斯（William
  Orville, 1898-1980, 美國法學家）❷道格拉斯
  （愛爾蘭）
Douglass〔'dʌgləs〕
Douglasville〔'dʌgləsvɪl〕
Douhet〔du'e〕
Douie〔'dɑʊɪ〕
Doukato〔du'kɑtɔ〕
Doukhobors〔'duko,bɔrz〕俄國農民之一
  基督教派
Doulcet, Le〔lə du'sɛ〕（法）
Doull〔dɑʊl〕道爾
Doullens〔du'lɑŋ〕
Doulton〔'doltn〕道爾頓
Douma〔'dumɑ〕
Doumer〔,du'mɛr〕杜梅爾（Paul, 1857-
  1932, 曾任法國總統）
Doumergue〔du'mɛrg〕杜美爾（Gaston,
  1863-1937, 曾任法國總統）
Doumic〔du'mik〕
Doune〔dun〕杜恩
Dour〔dʊr〕
Dourdan〔dur'dɑŋ〕（法）
Dourga〔'dʊrgə〕
Douris〔'dʊrɪs〕
Douro〔'doru〕斗羅河（伊比利半島）
Douro Litoral〔'doru lɪtu'rɑl〕（葡）
Dousa〔'dusə〕
Dousabel〔'dusəbɛl〕
Doust〔dɑʊst〕道斯特
Douthwaite〔'duθwet〕杜思爲特
d'Outremer〔dutrə'mɛr〕（法）
Douve〔duv〕
Douville〔'duvɪl〕杜維爾
Douvres〔'duvɚ〕（法）
Douw〔dɑʊ〕
Dovaston〔'dʌvəstən〕
Dove〔'dovə〕（德）達夫
Dovedale〔'dʌvdel〕
Dover〔'dovɚ〕多佛（英國；美國）
Dovercourt〔'dovɚkɔrt〕
Dovers〔'dovəz〕
Doveton〔'dʌvtən〕多夫頓

Dovey〔'dʌvɪ〕

Douville〔'duvɪl〕

Dovizio〔do'vitsjo〕

Dovrefjell〔'dɔvrə,fjɛl〕多甫勒高原
（挪威）

Dow〔dau〕道

Dowagiac〔də'wɔdʒæk〕

Dowd〔daud〕

Dowden〔'daudn〕

Dowdell〔'daudəl〕

Dowdey〔'daudɪ〕

Dowding〔'daudɪŋ〕道丁

Dowel〔'duwəl〕

Dowell〔'dauɛl〕道爾

Dower〔'dauɚ〕道爾

Dowgate〔'daugɪt〕

Dowie〔'dauɪ〕道伊

Dowing〔'dauɪŋ〕

Dowland〔'daulənd〕

Dowlas〔'dauləs〕

Dowlatabad〔'daulətə'bad〕

Dowle〔daul〕

Dowler〔'daulɚ〕道勒

Dowling〔'daulɪŋ〕道林

Down〔daun〕道恩（北愛爾蘭）

Downe〔daun〕

Downer〔'daunɚ〕

Downers Grove〔'daunɚz～〕

Downes〔daunz〕黨茲（（Edwin）Olin,
1886-1955, 美國音樂批評家）

Downey〔'daunɪ〕

Downham〔'daunəm〕

Downie〔'daunɪ〕

Downieville〔'daunɪvɪl〕

Downing Street〔'daunɪŋ～〕❶唐寧街
（英國首相官邸爲唐寧街十號）❷英國政府

Downland〔'daunlænd〕

Downpatrick〔daun'pætrɪk〕

Downs〔daunz〕唐斯

Downshire〔'daunʃɪr〕

Downton〔'dauntn〕唐頓

Dowsabel〔'dusəbel〕

Dowse〔daus〕道斯

Dowson〔'dausn〕道生（Ernest Chris-
topher, 1867-1900, 英國抒情詩人）

Dowty〔'dautɪ〕道蒂

Doyen〔dwa'jæŋ〕（法）

Doyle〔dɔɪl〕道爾（Sir Arthur Conan,
1859-1930, 英國醫生及偵探小說作家）

Doylestown〔'dɔɪlztaun〕

D'Oyley〔'dɔɪlɪ〕

D'Oyly〔'dɔɪlɪ〕多伊利

Doze〔doz〕

Dozer〔'dozɚ〕多澤

Dozier〔'dozɪr〕多齊爾

Dózsa〔'doʒa〕（匈）

Dozy〔'dozɪ〕

Drabescus〔drə'bɛskəs〕

Drabble〔'dræbḷ〕德拉布爾

Drabkin〔'dræbkɪn〕

Drač〔dratʃ〕（塞克）

Drachenfels〔'drækn̩fɛlz; 'drɑhənfɛls〕
（德）

Drachman〔'drækmən〕德拉克曼

Drachmann〔'drɑhmən〕德拉克曼（Hogler
Henrik Herholdt, 1846-1908, 丹麥作家）

Drackett〔'drækɪt〕

Draco〔'dreko〕❶【天文】天龍座❷德拉寇
（公元前七世紀之雅典政治家及立法者）

Dracon〔'drekɑn〕

Dracontius〔drə'kɑnʃiəs〕

Dracula〔'drækjulə〕Bram Stoker 所著之
小說 "Dracula" 中的吸血鬼

Dracut〔'drekət〕

Draeseke〔'drezəkə〕

Draffan〔'dræfən〕德拉芬

Draga〔'drɑga〕

Dragan〔'drɑgan〕

Drage〔dredʒ〕德雷奇

Dragerton〔'dregətən〕

Drago〔'drɑgo〕

Dragomanov〔drʌgʌ'manɔf〕（俄）

Dragomirov〔drʌgʌ'mjirɔf〕（俄）

Dragonera〔,drɑgə'nerɑ〕

Dragonetti〔,drɑgo'nettɪ〕（義）

Dragonnades〔,dræɡə'nedz〕

Dragontea〔,drɑgon'teɑ〕

Dragoumes〔ðrɑ'gumɪs〕（希）

Dragoumis〔ðrɑ'gumɪs〕（希）

Draguignan〔drɑgi'njɑŋ〕（法）

Dragstedt〔'dræɡstɛt〕

Dragut〔'drɑgut〕

Draja〔'drɑʒa〕

Drake〔drek〕杜雷克（Sir Francis, 1540?-
1596, 英國航海家及海軍將軍）

Drakeley〔'dreklɪ〕德雷克利

Drakenborch〔'drɑkənbɔrh〕（荷）

Drakensberg〔'drɑkənz,bɚg〕龍山（南非）

Drake's Bay〔dreks～〕

Drakhmani〔ðrɑh'manjɪ〕（希）

Drama〔'drɑmə〕

Dráma〔'drɑma〕

Drammen〔'drɑmmən〕德臘門（挪威）

Drammenselv〔'drɑmən,sɛlv〕

Drams 〔drɑms〕
Drancy 〔drɑŋˊsi〕
Dranesville 〔ˊdrenzvɪl〕
Dranova 〔ˊdrɑnɔvɑ〕
Drant 〔drænt〕德蘭特
Draper 〔ˊdrepɚ〕杜雷波（❶ Henry, 1837-1882, 美國天文學家 ❷ John William, 1811-1882, 美國科學家及作家）
Drapier 〔ˊdrepɪr〕
Drau 〔drɑu〕
Draupadi 〔ˊdrɑupɑdi〕
Drava 〔ˊdrɑvə〕
Drave 〔ˊdrɑvə〕
Draveil 〔drɑˊvɛj〕（法）
Draver 〔ˊdrevɚ〕
Dravida 〔ˊdrɑvɪdə〕
Dravosburg 〔drəˊvosbɚg〕
Dravska 〔ˊdrɑvskɑ〕
Dravus 〔ˊdrevəs〕
Drawbaugh 〔ˊdrɔbɔ〕
Drawbell 〔ˊdrɔbɛl〕德勞貝爾
Drawcansir 〔ˊdrɔkænsɚ〕
Drawdy 〔ˊdrɔdɪ〕
Drax 〔dræks〕德拉克斯
Dray 〔dre〕
Drayson 〔ˊdresn̩〕
Drayton 〔ˊdretn̩〕杜雷頓（Michael, 1563-1631, 英國詩人）
Draža 〔ˊdrɑʒɑ〕（塞克）
Drdla 〔ˊdɚdlɑ〕
Drea 〔dre〕
Dreas 〔dris〕
Drebbel 〔ˊdrɛbəl〕
Dred 〔drɛd〕德雷德
Drees 〔dres〕
Dreese 〔dris〕德里斯
Dreher 〔ˊdreɚ〕
Dreibelbis 〔driˊbɛlbɪs〕
Dreibund 〔ˊdraɪˌbunt〕德、奧匈帝國、義三國同盟
Dreier 〔ˊdraɪɚ〕
Dreifuss 〔ˊdraɪfəs〕
Dreiherrn Spitze 〔ˊdraɪˊhɛrn ʃpɪtsə〕（德）
Dreiherrnspitze 〔ˊdraɪˊhɛrnʃpɪtsə〕
Dreiser 〔ˊdraɪsɚ〕德萊塞（Theodore Herman Albert, 1871-1945, 美國編輯及小說家）
Drelincourt 〔drələæŋˊkur〕（法）
Drennan 〔ˊdrɛnən〕德雷南
Drennon 〔ˊdrɛnən〕
Dresbach 〔ˊdrɛsbɑk〕德雷斯巴赫

Dreschfield 〔ˊdrɛʃfild〕德雷施菲爾德
Dresdel 〔ˊdrɛzdəl〕德雷斯爾德
Dresden 〔ˊdrɛzdən〕德勒斯登（德國）
Dressel 〔ˊdrɛsɪl〕德雷斯爾
Dresser 〔ˊdrɛsɚ〕德雷塞
Dressler 〔ˊdrɛslɚ〕
Dreux 〔drɝ〕
Dreves 〔drivz〕德雷夫斯
Drevet 〔drəˊvɛ〕（法）
Drew 〔dru〕
Drewe 〔dru〕
Drewes 〔druz〕德魯斯
Drewry 〔ˊdrurɪ〕德魯里
Drews 〔druz; drevs〕（德）
Drexel 〔ˊdrɛksl̩〕德雷克塞爾
Drexler 〔ˊdrɛkslɚ〕德雷克勒斯
Dreyer 〔ˊdraɪɚ〕德雷爾
Dreyfus 〔ˊdrefəs〕（法）德賴弗斯
Dreyfuss 〔ˊdraɪfəs〕德賴弗斯
Dreyschock 〔ˊdraɪʃɑk〕
Dreyse 〔ˊdraɪzə〕
D'ri 〔draɪ〕
Dribben 〔ˊdrɪbən〕德里本
Driburg 〔ˊdriburk〕（德）
Driebergen-Rijzenburg 〔ˊdribɚhən-ˊraɪzənbɚh〕（荷）
Driemeyer 〔driˊmaɪɚ〕（Hans Adolf Eduard, 1867-1941, 德國生物學家及哲學家）
Driesch 〔driʃ〕杜里舒
Driesche 〔ˊdrishə〕（荷）
Drieu La Rochelle 〔driˊɝ lɑ rɔˊʃɛl〕（法）
Driffield 〔ˊdrɪfild〕
Driftmier 〔ˊdrɪftmaɪɚ〕德里夫邁爾
Driggers 〔ˊdrɪgɚz〕
Driggs 〔ˊdrɪgz〕德里格斯
Drinan 〔ˊdrɪnən〕德里南
Drigo 〔ˊdrigo〕
Drilo 〔ˊdraɪlo〕
Drin 〔drin〕
Drina 〔ˊdrinɑ〕
Drinan 〔ˊdrɪnən〕
Dring 〔drɪŋ〕德林
Drini 〔ˊdrinɪ〕
Driniumor 〔drɪnɪˊumɔr〕
Drinker 〔ˊdrɪŋkɚ〕
Drinkwater 〔ˊdrɪŋkˌwɔtɚ〕杜林克華特（John, 1882-1937, 英國詩人及劇作家）
Drioton 〔driɔˊtɔŋ〕（法）
Dripps 〔drɪps〕
Driscoll 〔ˊdrɪskəl〕德里科斯爾
Drisler 〔ˊdrɪzlɚ〕

Drittes Reich〔'drɪtəs 'raɪh〕(德)
Driver〔'draɪvə〕
Dröbak〔'drɜbak〕
Drobeta〔drə'bitə〕
Drobisch〔'drobɪʃ〕
Drocae〔'drosi〕
Droch〔drak〕
Drocourt〔drɔ'kur〕(法)
Droeshout〔'drushaut〕
Droessler〔'druslə〕
Drogheda〔'drɔɪɪdə〕
Drogio〔'drodʒɪo〕
Drogobych〔dra'gɔbɪtʃ〕
Drohobycz〔drɔ'hɔbɪtʃ〕
Droiched Atha〔'drɔɜd 'əhə〕(愛)
Drohojowski〔,droho'joskɪ〕
Droitwich〔'drɔɪtwɪtʃ〕
Droke〔drok〕德羅克
Drolling〔drɔ'læŋ〕(法)
Dróme〔drom〕
Dromina〔'dramɪnə〕
Dromio〔'dromɪo〕
Dromore〔'dromɔr〕
Drona〔'dronə〕
Dronfield〔'dranfild〕
Drontheim〔'drɔnhem〕
Drood〔drud〕
Droop〔drup〕德魯普
Drop-heir〔'drap·ɛr〕
Dropsie〔'drapsɪ〕
Dros〔dras〕
Drosines〔ɔrɔ'sinjɪs〕(希)
Drosinis〔ðrɔ'sinjɪs〕(希)
Drosophila〔dro'safɪlə〕
Droste〔'drɔstə〕(德)德羅斯特
Droste-Hülshoff〔'drɔstə·'hjulshɔf〕
(德)
Droste zu Vischering〔'drɔstə tsu
'fɪʃərɪŋ〕
Drotning〔'dratnɪŋ〕
Drouais〔dru'ɛ〕
Drouet〔dru'ɛ〕
Drought〔draut〕德勞特
Drouin〔'druɪn〕德勞因
Drouot〔dru'o〕
Drouyn〔dru'æŋ〕(法)   「(法)
Drouyn de Lhuys〔dru'æŋ də lju'is〕
Drower〔'druʋə〕德勞爾
Drowley〔'draulɪ〕德勞利
Drown〔draʋn〕
Droysen〔'drɔɪzən〕
Droz〔drɔz〕

Drozdov〔drʌs'dɔf〕
Dru〔dru〕德魯
Druce〔drus〕
Druckenmiller〔'drukənmɪlə〕德魯肯米勒
Drucker〔'drukə〕德魯克
Drude〔'drudə〕
Drueck〔'drjuɛk〕
Druentia〔dru'ɛnʃə〕
Druffel〔'drufəl〕
Drug〔drʋg〕
Drugger〔'drʌgə〕
Drughorn〔'drʌghɔrn〕
Druid〔'druɪd〕1781年倫敦成立的共濟會會員
Druidess〔'druɪdɪs〕
Druitt〔'druɪt〕德魯伊特
Drukker〔'drukə〕德魯克
Drum〔drʌm〕
Drumcairn〔drʌm'kɛrn〕
Drumclog〔drʌm'klag〕
Drumheller〔'drʌm,hɛlə〕
Drumlanrig〔drʌm'lænrɪg〕
Drumm〔drʌm〕德拉姆
Drummond〔'drʌmənd〕杜倫孟德(❶Wil-
liam, 1585-1649, 蘇格蘭詩人❷William
Henry, 1854-1907, 加拿大詩人)
Drummossie〔drʌ'masɪ〕
Drummoyne〔drə'mɔɪn〕
Drumont〔drjʋ'mɔŋ〕(法)
Drumright〔'drʌmraɪt〕德魯姆賴特
Drury〔'drurɪ〕德魯里
Drury Lane〔'drurɪ 'len〕
Druse〔druz;drus〕
Drusilla〔dru'sɪlə〕德魯希拉
Drusius〔'drusɪəs〕
Drust〔drʋst〕
Drusus〔'drusəs〕德路薩斯(Nero Claudius
Drusus Germanieus,38-9 B.C., 羅馬將軍)
Druten, Van〔væn 'drutɪn〕
Druze, Jebel〔'dʒɛbəl 'druz〕
Druzes〔'druzɪz〕
Drwęca〔də'vɛŋntsa〕(波)
Dryander〔driaŋ'dɛr〕(西);drjʋ'andə
(瑞典)
Dryads〔'draɪədz〕
Drybob〔'draɪbab〕
Dryburgh〔'draɪbərə〕
Dryden〔'draɪdn〕德萊敦(John, 1631-1700,
英國詩人及劇作家)
Drye〔draɪ〕德賴
Dryer〔'draɪə〕德賴爾
Dryfesdale〔'draɪfsdel〕
Drygalski〔drɪ'galskɪ〕

Drynan〔'draɪnən〕
Dryope〔'draɪəpi〕
Dryhurst〔'draɪhəst〕
Drylaw〔'draɪlɔ〕
Dryope〔'draɪəpi〕
Drysdale〔'draɪzdel〕德賴斯代爾
Drystan〔'drɪstan〕
Dry Tortugas〔draɪ tɔr'tugəz〕
Dschagga〔'dʒagɑ〕
Dschubba〔'dʒʌbə〕
Dschurdschewo〔'dʒʊrdʒɛvɔ〕
Du〔djʊ〕(法)
Duab〔du'ab〕
Duacum〔djʊ'ekəm〕
Duala〔du'alə〕杜亞拉(喀麥隆)
Duald〔'djʊəld〕杜爾德
Duane〔du'en〕杜安
Duarte〔'dwɑrtɪ; 'dwɑrte(西);
  'dwɑrtɪ(葡)〕杜瓦蒂
Duba〔'djuba〕
Dubach〔'djubæk〕
Dubail〔djʊ'baj〕(法)
Duban〔djʊ'baŋ〕
Du Barry〔djʊ ba'ri〕(法)
Du Bartas〔djʊ bɑr'tas〕(法)
Dubawnt〔du'bɔnt〕
Dubbhe〔'dube〕
Dubbo〔'dʌbo〕達博(澳洲)
Du Bellay〔djʊ bɛ'le〕(法)
Dübendorf〔'djubəndɔrf〕(德)
Dubhe〔'dube〕
Dubh-linn〔'duv·lɪn〕(愛)
Du Bignon〔djʊ bi'njɔŋ〕(法)
Dubin〔'djubɪn〕迪賓
Dubinsky〔dʌ'bɪnskɪ〕
Dubis〔'djubɪs〕
Dublin〔'dʌblɪn〕都柏林(愛爾蘭)
Dubliners〔'dʌblɪnəz〕
Dublon〔'dublɑn〕
Dübner〔'djubnɛ〕
Dubno〔'dubnɔ〕
Duboc〔du'bak(法); 'dubak(德)〕
Du Boccage〔djʊ bɔ'kaʒ〕(法)
Duboccage〔djubɔ'kaʒ〕(法)
Duboff〔dju'baf〕
Du Bois〔'du bɔɪs〕杜波依斯(William
  Edward Burghardt, 1868-1963, 美國教育家
  及作家)
Dubois〔djʊ'bwɑ〕杜博(❶ Paul, 1829-
  1905, 法國雕刻家 ❷ Theodore, 1837-1924,
  法國作曲家)
du Bois〔djʊ 'bwɑ〕(法)

Du Bois-Reymond〔djʊ 'bwɑ·re'mɔn〕
  (法)
Dubonnet〔djubɔ'nɛ〕(法)
Dubord〔'djubɔrd〕
Du Bos〔djʊ 'bɔs〕(法)杜博斯
Dubos〔djʊ'bɔs〕
Dubosc〔djʊ'bask〕
Du Bose〔djʊ 'boz〕
Dubossary〔duba'sarɪ〕
Du Bouexic〔djʊ bwɛk'sik〕(法)
Du Boulay〔du 'bule〕
Dubourg〔djʊ'bur〕(法)
Dubovka〔du'bɔfkə〕(俄)
Dubrae〔'djubri〕
Dubray〔djʊ'bre〕(法)
Dubréka〔du'brekə〕
DuBridge〔du'brɪdʒ〕
Dubris〔'djubrɪs〕
Dubris Portus〔'djubrɪs 'pɔrtəs〕
Dubrovik〔'du,brɔvnɪk〕杜布洛尼尼(南斯
  拉夫)
Dubrunfaut〔djubrə·n'fo〕(法)
Dubs〔dʊps〕達布斯
Dubsky〔'dʊpskɪ〕
Dubufe〔djʊ'bjuf〕(法)
Du Buisson〔'djubɪsņ〕
Dubuisson〔djubwi'sɔŋ〕(法)
Dubuque〔də'bjuk〕杜標克(美國)
Duc〔djuk〕(法)
Duca〔'dukɑ〕
Duca Minimo〔'dukɑ 'minimo〕
Du Camp〔djʊ 'kaŋ〕(法)
Du Cane〔djʊ'ken〕
Du Cange〔djʊ 'kændʒ〕杜康茲(Charles
  du Fresne, Sieur, 1610-1688, 法國學者及
  詮譯者)
Ducange〔djʊ'kɑŋʒ〕(法)
Du Cann〔djʊ 'kæn〕
Ducarel〔djukɑ'rɛl〕(法)
Ducas〔'djukəs〕
Du Dasse〔djʊ 'kas〕(法)
Ducasse〔djʊ'kas〕(法)
Ducato〔du'kɑto〕
Duccio〔'duttʃo〕(義)
Duccio di Buoninsegna〔'duttʃo di
  bwɔnin'senja〕(義)
Duce〔dus; 'dutʃe〕杜斯
Du Cerceau〔djʊ sɛr'so〕(法)
Ducey〔'dusɪ〕杜西
Du Chaillu〔djʊ ʃa'ju〕(法)
Duchamp〔djʊ'ʃaŋ〕(法)
Duchamp-Villon〔djʊ'ʃaŋ·vi'jɔŋ〕(法)

Du Châtelet〔dju ʃat'lɛ〕(法)
Duchcov〔'dʊhtsɔf〕(捷)
Duché〔du'ʃe〕
Duchemin〔djuʃ'mæŋ〕(法)
Duchenne〔dju'ʃɛn〕(法)
Duchesne〔dju'ʃɛn〕(法)
Duchesnois〔djuʃɛ'nwɑ〕(法)
Duchesse〔dju'ʃɛs〕(法)
Ducie〔'djusɪ〕
Ducis〔dju'sis〕(法)
Duck〔dʌk〕
Ducker〔'dʌkə〕達克
Duckham〔'dʌkəm〕
Duckinfield〔'dʌkɪnfild〕
Ducktown〔'dʌktaun〕
Duckworth〔'dʌkwəθ〕達克沃思
Duclaux〔djuk'lo〕(法)
Duclerc〔djuk'lɛr〕(法)
Duclos〔dju'klo〕
Ducommun〔‚dju'kɑmən〕杜康默(Elie,
    1833-1906, 瑞士作家)
Ducornet〔djʊkɔr'nɛ〕(法)
Ducos〔dju'ko〕(法)
Ducotel〔djuk'tɛl〕
Ducoudray〔djʊku'dre〕
Du Croisy〔dju krwa'zi〕(法)
Du Cros〔dju 'kro〕(法)
Ducrot〔dju'kro〕(法)
Ducrotay〔djʊkrɔ'te〕
Du Croz〔dju 'kro〕(法)
Dud〔dʌd〕達德
Duddell〔dʌ'del〕
Duddeston〔'dʌdstən〕
Duddington〔'dʌdɪŋtən〕
Duddon〔'dʌdn〕達登
Duddy〔'dʌdɪ〕
Du Deffand〔dju dɛ'fɑŋ〕(法)
Düdelingen〔'djʊdə‚lɪŋən〕(德)
Dudelange〔djʊd'lɑŋʒ〕(法)
Duden〔'dudən〕都登(西藏)
Dudeney〔'djudnɪ〕
Duderstadt〔'dudəʃtat〕
Dudevant〔djud'vaŋ〕(法)
Dudgeon〔'dʌdʒən〕達吉恩
Dudhope〔'dʌdəp〕
Dudinka〔dʊ'djinkə〕杜定卡(蘇聯)
Dudintsev〔du'dɪntsɛf〕
Dudley〔'dʌdlɪ〕杜德里(英格蘭)
Dudna〔'dʊdnə〕
Dudone〔du'done〕
Dudu〔'dudʊ〕
Dudweiler〔'dut‚vaɪlə〕

Duell〔'djuəl〕
Dueñas〔'dwenjas〕
Duenna〔dju'ɛnə〕
Duer〔'djuə〕杜爾
Duerbeck〔'djuəbɛk〕
Duerfeld〔'djuəfeld〕
Duerksen〔'djuəksən〕
Duero〔'dwero〕
Duesbury〔'djuzbərɪ〕
Duesenberg〔'duznbəg〕
Duessa〔dju'ɛsə〕
Due West〔'dju 'wɛst〕
Duez〔dju'ɛz〕(法)
Dufaure〔dju'for〕(法)
Du Fay〔dju 'fe〕(法)
Dufay〔dju'fe〕(法)
Duff〔dʌf〕都夫羣島(太平洋)
Duffel〔'djufəl〕(德)
Dufferin〔'dʌfərɪn〕
Duffes〔'dʌfəs〕達費斯
Duffey〔'dʌfɪ〕
Duff-Gordon〔'dʌf·'gɔrdn〕達夫高登
    (Lady Lucei 或 Lucy 1821-1869, 英國作家)
Duffield〔'dʌfild〕
Duffle〔'dʌfl〕
Duffus〔'dʌfəs〕
Duffy〔'dʌfɪ〕
Dufor〔'duvɔr〕
Dufour〔dju'fur〕(法)
du Fournet〔dju fur'nɛ〕(法)
Dufourspitze〔dju'furʃ‚pitsə〕(德)
Du Frenes〔dju 'frɛn〕(法)
Dufrénoy〔‚djufre'nwa〕(法)
du Fresne〔dju 'frɛn〕(法)
Dufresne〔dju'frɛn〕(法) 迪弗雷納
Dufresnoy〔djufrɛ'nwa〕(法)
Dufresny〔djufrɛ'ni〕(法)
Dufy〔dju'fi〕
Dngald〔'dugld〕
Dugan〔'dugən〕杜根
Du Gard〔dju 'gar〕杜嘉(Roger Martin,
    1881-1958, 法國小說家)
Dugazon〔djuga'zɔŋ〕(法)
Duggan〔'dʌgən〕達根
Duggar〔'dʌgə〕
Dughet〔dju'gɛ〕(法)
Dugi Otok〔'dugɪ 'otok〕
Dugmore〔'dʌgmɔr〕達格莫爾
Dugonics〔'dʊgonɪtʃ〕
Du Guast〔dju 'ga〕(法)
Du Guay-Trouin〔dju 'ge·tru'æŋ〕(法)
Duguay-Trouin〔dju'ge·tru'æŋ〕(法)

Dugué〔djʊ'ge〕
Du Guesclin〔djʊ gɛk'læŋ〕(法)
Duguesclin〔djʊgɛk'læŋ〕(法)
Duguid〔'djugɪd〕杜吉德
Duguit〔djʊ'gi〕(法)
Duhalde〔du'alde〕
Du Halde〔djʊ 'ald〕(法)
Duhamel〔dua'mɛl〕杜阿美爾 (Georges, 1884-1966, 筆名 Denis Thévenin, 法國作家、詩人及醫生)
Duhamel du Monceau〔djʊa'mɛl djʊ mɔŋ'so〕(法)
Duhamel-Dumonceau〔djʊa'mɛl ·· djʊmɔŋ'so〕(法)
Du Hauron〔djʊ o'rɔŋ〕(法)
Duhem〔djʊ'ɛm〕(法)
Duhig〔'duɪg〕
Duhm〔dum〕
Duhr〔dʊr〕
Duhring〔'djʊrɪŋ〕
Dühring〔'djʊrɪŋ〕
Duhshasana〔du'ʃasənə〕
Duida〔'dwiða〕(西)
Duiffopruggar〔du'ifo,prʊgar〕
Duiliu〔du'ilju〕
Duilius〔dju'ɪlɪəs〕
Duinkerken〔'dɔɪnkerkən〕(荷)
Duisberg〔'djusbɛrk〕(德)
Duisburg-Hamborn〔'djusbʊrk ·· 'hæmbɔrn〕杜易斯堡漢本 (德國)
Duitschland〔'dɔɪtslant〕(荷)
Duiveke〔'dɔɪvəkə〕
Duiveland〔'dɔɪvəlant〕
Dujardin〔djʊʒar'dæŋ〕(法)
Duk, le〔lə 'djuk〕(法)
Dukas〔dju'ka〕(法) 杜卡
Duke〔djuk〕杜克
Dukes〔djuks〕杜克斯
Duketown〔'djuktaʊn〕
Dukhobors〔'dukəbɔrz〕
Dukinfield〔'dʌkɪnfild〕達金菲爾德
Dukla〔'dukla〕
Dukw〔dʌk〕
Dula〔'djula〕杜拉
Dulac〔djʊ'lak〕
Dulag〔'dju'bar〕
Dulaim〔du'laɪm〕
Dulany〔dju'lɛnɪ〕
Dulaure〔djʊ'lor〕(法)
Dulawan〔du'lawan〕杜拉萬 (菲律賓)
Dulcamara〔dulka'mara〕
Dulce〔'dulθe(西); 'dulse(拉丁美)〕

Dulcie〔'dʌlsɪ〕達爾西
Dulcigno〔dul'tʃinjo〕
Dulcinea〔,dulθi'nea〕(西)
Dulcino〔dul'tʃino〕
Dulcy〔'dʌlsɪ〕
Dulheggia〔dʌl'hɛdʒə〕
Du Lhut〔djʊ 'ljʊt〕(法)
Dulhut〔djʊ'ljʊt〕(法)
Du Ligier〔djʊ li'ʒje〕(法)
Dulin〔'djulɪn〕達林
Dulk〔dulk〕
Dulkaada〔dʌl'kadə〕
Dülken〔'djʊlkən〕(德)
Dull〔dʌl〕達爾
Dullea〔dju'le〕達利
Duller〔'dʊlə〕
Dulles〔'dʌləs〕杜勒斯 (John Foster, 1888-1959, 美國律師及外交家)
Dullin〔djʊ'læŋ〕(法)
Dülmen〔'djulmən〕(德)
Dulong〔djʊ'lɔŋ〕(法)
Duluth〔də'luθ〕杜魯司 (美國)
Dulwich〔'dʌlɪdʒ〕達利奇
Duly〔'dulɪ〕杜利
Duma〔'dumə〕俄國自 1905-1917 年之國會
Dumaguete〔,duma'gete〕杜馬格特
Dumain〔dju'men〕
Dumaine〔djʊ'men〕
Du Maine〔djʊ 'mɛn〕(法)
Dumalag〔du'malag〕
Dumangas〔du'maŋgas〕
Dumanjug〔,dumən'hug〕(西)
Dumanoir〔djumə'nwar〕(法)
Dumaran〔,duma'ran〕杜馬蘭 (菲律賓)
Dumarchey〔djʊmar'ʃe〕(法)
Dumaresq〔du'mɛrɪk〕
Du Marsais〔dju mar'sɛ〕(法)
Dumarsais〔djumar'sɛ〕(法)
Dumas〔'djuma〕仲馬 (❶ Alexandre, 1802-1870, 法國小說家及劇作家 ❷ Alexandre, 1824-1895, 法國小說家及劇作家)
Dumas fils〔dju'ma 'fis〕(法)
Du Maurier〔dju 'mɔrɪe; du 'mɔrɪe; dju 'marɪe〕
Dumaux〔djʊ'mo〕(法)
Dumbar〔dʌn'bar〕
Dumbarton〔dʌm'bartn〕鄧巴頓
Dumbarton Oaks〔,dʌm'bartn~〕敦巴頓橡園 (華盛頓)   「郡 (蘇格蘭)
Dumbartonshire〔,dʌm'bartn,ʃɪr〕敦巴頓
Dumbauld〔'dʌmbɔld〕
Dumble〔'dʌmbḷ〕鄧布爾

Dumbleton〔'dʌmḷtən〕
Dumbo〔'dʌmbo〕
Dum-Dum〔'dʌm·'dʌm〕
Dumeira〔du'mɪərə〕
Duméril〔djʊme'ril〕(法)
Dumesnil〔djʊme'nil〕(法)
Dumfries and Galloway〔dʌm'fris ən
'gælə,we〕敦夫里斯及加拉威(蘇格蘭)
Dumfriesshire〔dʌm'fris,ʃir〕敦夫里斯
郡(蘇格蘭)
Dumiat〔dʊ'mjat〕
Dumichen〔'djʊm,hən〕(德)
Dumitru〔du'mitru〕
Dumka〔'dʊmka〕
Dümmler〔'djʊmlə〕(德)達姆勒
Dumnorix〔'dʌmnərɪks〕
Dumonceau〔ɔjʊmɔn'so〕(法)
Dumond〔'cjumɑnd〕杜蒙德
Dumont〔'djumɑnt〕杜蒙
Dumont d'Urville〔djʊ'mɔŋ djʊr'vil〕
(法)
Du Motier〔djʊ mɔ'tje〕(法)
Dumoulin〔djʊmu'læŋ〕(法)
Dumouriez〔djʊmu'rje〕(法)
Dumphreys〔'dʌmfrɪz〕
Dumyat〔dʊm'jat〕
Dun〔dʌn〕鄧恩
Duna〔'duna(觀粗);'dunɑ(匈)〕
Düna〔'djʊna〕(德)
Dünaburg〔'djʊnɑbʊrk〕(德)
Dunaföldvár〔'duna,fɜˈldvɑr〕(匈)
Dunagiri〔,dʊnə'gɪrɪ〕
Dunai〔du'naɪ(俄);'dunaɪ(捷)〕
Dunajec〔du'najɛts〕
Dunalley〔dʌ'nælɪ〕
Dünamünde〔,djʊna'mjʊndə〕(德)
Dunant〔djʊ'nɑŋ〕杜南(Jean Henri,
1828-1910 瑞士慈善家)
Dunărea〔'dunərjɑ〕(羅)
Dunav〔'dʊnav(塞克);'dʊnaf(保)〕
Dunavska〔'dʊnavska〕
Dunaway〔'dʌnəwe〕達尼爲
Dunay〔du'naɪ〕
Dunbar〔dʌn'bɑr〕唐巴爾(❶ Paul
Laurence, 1827-1960, 美國詩人❷ William,
1946?-?1520, 蘇格蘭詩人)
Dunbarton〔dʌn'bɑrtṇ〕
Dunbaugh〔'dʌnbɔ〕
Dunbeck〔'dʌnbɛk〕
Dunblane〔dʌn'blen〕
Duncairn〔dʌn'kɛrn〕
Duncalf〔dʌn'kɑf〕

Duncan〔'dʌŋkən〕鄧肯(Isadora, 1878-
1927, 美國女舞蹈家)
Duncannon〔dən'kænən〕
Duncan Phyfe〔'dʌŋkən 'faɪf〕
Dauncansbay〔'dʌŋkənzbɪ〕
Duncan Gray〔'dʌŋkən 'gre〕
Duncannon〔dʌn'kænən〕
Duncansby〔'dʌŋkənzbɪ〕
Dunciad〔'dʌnsɪæd〕
Duncker〔'dʊŋkə〕
Duncombe〔'dʌŋkəm〕
Dundalk〔dʌn'dɔk, -dɔlk(愛);'dʌndɔk
(美)〕當多克(愛爾蘭)
Dundas〔dʌn'dæs〕當達斯(澳洲)
Dundee〔dʌn'di〕丹地(蘇格蘭)
Dunderberg〔'dʌndəbɜg〕
Dunderdale〔'dʌndədel〕
Dundonald〔dʌn'dɑnḷd〕
Dundreary whiskers〔dʌn'drɪərɪ~〕
蓄在兩頰旁邊的長鬚
Dundrennan〔dʌn'drɛnən〕
Dundrum〔dʌn'drʌm〕
Dundy〔'dʌndɪ〕
Dunedin〔dʌ'nidɪn〕丹尼丁(紐西蘭)
Dunell〔dju'nɛl〕
Dunellen〔dʌ'nɛlɪn〕
Dunér〔du'ner〕
Dunfermline〔dʌn'fɜmlɪn〕
Dunfield〔'dʌnfild〕
Dunford〔'dʌnfəd〕
Dungan〔'dʌngən〕
Dungannon〔dʌn'gænən〕
Dungarpur〔'dʊŋgəpʊr〕
Dungarvan〔dʌn'gɑrvən〕
Dungeness〔,dʌndʒɪ'nɛs; dʌndʒ'nɛs;
'dʌndʒ'nɛs〕
Dungeon Gill Force〔'dʌndʒən gɪl
'fɔrs〕
Dungi〔'dʊŋgi〕
Dunglas〔dʌŋg'lɑs〕
Dunglass〔dəŋg'læs〕
Dunglison〔'dʌŋglɪsṇ〕
Dunham〔'dʌnəm〕
Dunheved〔'dun,hɛvəd〕
Dunhill〔'dʌnhɪl〕
Dunholme〔'dʌnəm〕
Duni〔'duni〕
Dunipace〔'dʌnɪpes〕
Dunira〔dʌ'nɪrə〕
Dunk〔dʌŋk〕鄧克 「伯格」
Dünkelberg〔'djʊŋkəlbɛrk〕(德)鄧克爾
Dunkeld〔dʌn'keld〕

Dunker〔'dʌŋkə〕
Dunkerard〔'dʌŋkərəd〕
Dunkerley〔'dʌŋkəlı〕
Dunkerly〔'dʌŋkəlı〕鄧克利
Dunkerque〔dɜŋ'kɛrk〕
Dunkirk〔'dʌn'kɜ·k〕敦克爾克（法國）
Dunkley〔'dʌŋklı〕鄧克利
Dunklin〔'dʌŋklın〕
Dun Laoghaire〔dʌn 'lɛərə〕（愛）
Dunlap〔'dʌnləp〕鄧拉普
Dunleary〔dʌn'lıərı〕
Dun-le-Roi〔dɜŋ·lə·'rwa〕（法）
Dunlop〔dʌn'lap〕唐洛普（John Boyd,
    1840-1921, 蘇格蘭發明家）
Dunmail〔dʌn'mel〕
Dunmanus〔dʌn'mænəs〕
Dunmore〔dʌn'mɔr〕鄧莫爾
Dunmow〔'dʌnmo〕
Dunn〔dʌn〕鄧恩
Dunnachie〔'dʌnəkı〕
Dunnagan〔'dʌnəgən〕鄧納根
Dunnahoo〔dʌnə'hu〕鄧納霍
Dún na nGall〔'dun nəŋ 'ɔl〕（愛）
Dunn(e)〔dʌn〕德昂（Finley Peter, 1867-
    1936, 美國幽默作家）
Dunnell〔'dʌnəl〕鄧內爾
Dunner〔'dʌnə·〕鄧納
Dunnet〔'dʌnıt〕
Dunnett〔'dʌnıt〕鄧尼特
Dunnico〔'dʌnıko〕
Dunning〔'dʌnıŋ〕鄧寧
Dunnington〔'dʌnıŋtən〕鄧寧頓
Dunnock〔'dʌnək〕
Dunnottar〔dʌ'natə〕
Dunnville〔'dʌnvıl〕
Dunois〔dju'nwa〕（法）
Dunoon〔dʌ'nun〕
Dunoyer〔djunwa'je〕（法）
Dunphie〔'dʌnfı〕
Dunphy〔'dʌnfı〕
Dunquerque〔dɜŋ'kɛrk〕（法）
Dunraven〔dʌn'revn〕
Dun Rig〔dʌn 'rıg〕
Dunrobin〔dʌn'rabın〕
Duns〔dʌnz〕
Dunsany〔dʌn'senı〕唐西尼（Edward
    John Moreton Drax Plunkett, 1878-1957,
    愛爾蘭詩人及劇作家）
Dunscomb〔'dʌnskəm〕
Dunscore〔dʌns'kɔr〕
Dunse〔dʌns〕
Dunsheath〔'dʌnshiθ〕

Dunsinane〔dʌn'sınən; ,dʌnsı'nen〕
Dunsmore〔'dʌnzmɔr〕鄧斯莫爾
Dunsmuir〔'dʌnzmjuə·〕
Duns Scotus〔'dʌnz 'skotəs〕
Dunstable〔'dʌnstəbl̩〕
Dunstaffnage〔dʌn'stæfnıdʒ〕
Dunstan〔'dʌnstən〕鄧斯坦
Dunstaple〔'dʌnstəpl̩〕
Dunster〔'dʌnstə·〕
Dunston〔'dʌnstən〕
Dun-sur-Auron〔dɜŋ·sjur·o'rɔŋ〕（法）
Dunton〔'dʌntən〕鄧頓
Duntze〔dʌnts〕
Düntzer〔'djuntsə·〕（德）
Dunvegan〔dʌn'vɛgən〕
Dunwich〔'dʌnıdʒ〕
Dunwody〔'dʌn,wudı〕
Dunwoody〔'dʌn,wudı〕
Duonelaitis〔,dwɔnə'laitıs〕
Du Page〔dju 'pedʒ〕
Dupanloup〔djupaŋ'lu〕（法）
Duparc〔dju'park〕（法）
Duparcq〔du'park〕
Duparquet〔,dupar'ke〕
Dupaty〔djupa'ti〕（法）
Dupe〔djup〕
Dupee〔dju'pi〕
DuPen〔dju'pen〕
Duperré〔djupɛ're〕（法）
Duperrey〔djupɛ're〕（法）
Du Perron〔dju pɛ'rɔŋ〕（法）
Duperron〔dju'pɛ'rɔŋ〕（法）
Dupetit-Thouars〔djup'ti·'twar〕（法）
Du Pin〔dju 'pæŋ〕（法）
Dupin〔dju'pæŋ〕（法）
Duplantis〔dju'plæntıs〕
Du Plat〔dju 'pla〕
Duplaix〔'duple〕
Dupleix〔dju'pleks; dju'ple〕
Duplessis〔djuplɛ'si〕（法）杜普萊西
Du Plessis〔djuple'si〕（法）
Duplessis-Morney〔djuplɛ'si·mɔr'ne〕
    （法）
Duployé〔djuplwa'je〕（法）
Dupnica〔'dupnitsa〕
Dupnitsa〔'dupnitsa〕
Dupo〔'djupo〕
Du Ponceau〔dju'panso〕
Duponceau〔dju'panso〕
Dupong〔dju'pɔŋ〕（法）

du Pont〔dju'pant〕
Du Pont〔dju 'pant; dju 'pɔŋ〕杜邦
（Eleuthère Irénée, 1771-1834, 出生於法國之美國實業家）
Dupont〔dju'pɔŋ〕（法）
Du Pont de Nemours〔dju 'pɔŋ də nə'mur〕（法）
Duport〔dju'pɔr〕（法）
Düppel〔'djupəl〕（德）
Dupplin〔'dʌplɪn〕
Duprat〔dju'pra〕（法）
Duprato〔djupra'to〕（法）
Dupray〔dju'pre〕（法）
Du Pré〔dju 'pre〕
Dupré〔du'pre〕杜普雷（Jules, 1811-1889, 法國畫家）
Dupree〔du'pri〕
Duprée〔dju'pri〕
Duprez〔dju'pre〕（法）
Dupuis〔djupju'i〕（法）
Dupuy〔djupju'i〕（法）
Dupuytren〔djupjui'træn〕（法）
Duque Job〔'duke hob〕（西）
Duquesne〔dju'ken; du'ken; dju'kɛn（法）〕
Duquesnoy〔djuke'nwa〕（法）
Du Quoin〔du 'kɔɪn〕
Dura〔'djurə〕
Durack〔'djuræk〕
Dura Den〔'djurə 'dɛn〕
Durah〔'durə〕
Duraid, ibn-〔ɪbn・du'raɪd〕
Duran〔dju'raŋ〕（法）
Durán〔du'ran〕
Durance〔dju'rans〕
Durand〔dju'raŋ〕（法）杜蘭
Durandal〔'djurəndal〕
Durandana〔,djurən'dana〕
Durandarte〔,duran'darte〕
Durando〔du'rando〕
Durand-Ruel〔du'rand・ru'ɛl〕
Durandus〔dju'rændəs〕
Durango〔dju'ræŋgo〕杜朗哥（西班牙）
Duranius〔dju'reniəs〕
DuRant〔dju'rænt〕杜蘭（William James, 1885-1981, 美國教育家及作家）
Durante〔du'rante〕（義）
Duranti〔du'rantɪ〕
Duranty〔dju'ræntɪ〕杜蘭蒂
Durão〔du'rauŋ〕（葡）
Duras〔dju'ras〕（法）
Durazzo〔du'ratso〕
Dürbach〔'djurbah〕（德）

Durban〔'dɚbən〕德爾班（南非）
D'Urban〔'dɚbən〕
D'Urberville〔'dɚbə,vɪl〕
Durbin〔'dɚbən〕
Durbrow〔'dɚbro〕德布羅
Durbunga〔dʌr'bʌŋgə〕（印）
Durden〔'dɚdn〕德登
Durdle〔'dɚdl̩〕
Durdles〔'dɚdl̩z〕
Durell〔dju'rɛl〕
du Rels〔du 'rɛls〕
Duren〔djurən〕杜倫
Düren〔'djurən〕（德）
Durenda〔'djurəndə〕
Durendal〔'djurəndal〕
Dürer〔'djurə〕杜瑞（Albrecht, 1471-1528, 德國畫家與木刻家）
Duret〔dju'rɛ〕（法）
Durey〔dju're〕（法）
Durfee〔'dɚfɪ〕德非
D'Urfey〔'dɚfɪ〕德爾菲（Thomas, 1653-1723, 英國歌詞作家及劇作家）
Durfey〔'dɚfɪ〕
Durfort〔djur'fɔr〕（法）
Durga〔'durgə〕
Durgin〔'dɚgɪn〕德金
Durham〔'dʌrəm〕達拉謨（英格蘭；美國）
Dürheim〔'djurhaɪm〕（德）
Duria Major〔'djurɪə 'medʒɚ〕
Duria Minor〔'djurɪə 'maɪnɚ〕
Durindana〔,djurɪn'danə〕
Düringsfeld〔'djurɪŋsfɛlt〕
Duris〔'djurɪs〕
Durius〔'djurɪəs〕
Durkee〔'dɚki〕德基
Durkheim〔dur'kem〕
Dürkheim〔'djurkhaɪm〕（德）
Durkin〔'dɚkɪn〕德金
Durlach〔'durlah〕（德）
Durlacher〔dɚ'lækɚ〕
Durland〔'dɚlənd〕
Durleston〔'dɚlstən〕
Durmitar〔'durmɪtar〕
Durmitor〔'durmɪtɔr〕
Durnford〔'dɚnfɚd〕鄧福德
Durnovaria〔dɚnə'vɛrɪə〕
Dürnstein〔'djurnʃtaɪn〕（德）
Durobrivae〔djurə'braɪvi〕
Duroc〔'djurak〕
Durocasses〔,djurə'kæsiz〕
Durocher〔du'roʃɚ〕
Durocornovium〔,djurəkɔr'novɪəm〕

Durocortorum〔͵djurəkɔr'tɔrəm〕
Duronceray〔djurɔŋs're〕(法)
Durostorum〔dju'rastərəm〕
Durovernum〔͵djurə'vɜrnəm〕
Durrad〔'dʌrəd〕
Durran〔dʌ'ræn〕達蘭
Durrant〔'dʌrnt〕達蘭特
Durrell〔'dʌrəl〕達雷爾
Dürrenstein〔'djurənʃtaɪn〕(德)
Durrës〔'durrəs〕都勒斯(阿爾巴尼亞)
Dürrheim〔'djurhaɪm〕(德)
Dur Sharrukin〔dur ʃa'rukɪn〕
Durst〔dɜst〕德斯特
Durstine〔'dɜstɪn〕德斯廷
Durtain〔djur'tæŋ〕(法)
Dürtmen Daği〔djurt'men da'ɪ〕(土)
Duruy〔djurju'i〕杜魯易(Victor, 1811-
  1894, 法國歷史家)
Durvasas〔'durvasas〕(印)
d'Urville〔'dɜvɪl〕
Durward〔'dɜwəd〕德沃德
Duryea〔'durje〕杜里埃
Duryée〔'durje〕杜里埃
Duryodhana〔dur'jodənə〕
Durward〔'dɜwəd〕
du Saillant〔dju sa'jaŋ〕(法)
Dušan〔'duʃan〕(塞克)
Dusart〔'djusart〕
Du Sautoy〔dju sətɔɪ〕
Du Seautois〔'dju sətɔɪ〕
Duse〔'duzɪ〕
Dushambe〔du'ʃambə〕
Dushan〔'duʃan〕獨山(貴州)
Dushenka〔'duʃɪnkə〕
Dushman〔'duʃmən〕
Dushrattu〔duʃ'rattu〕
Dushyanta〔duʃ'jantə〕
Dusík〔'dusɪk〕
Du Sommerard〔dju sɔ'mrar〕(法)
Dussek〔'dusɛk〕
Düssel〔'djusəl〕(德)
Düsseldorf〔'dɪsəl͵dɔrf〕杜塞爾多夫
  (德國)
Dustin〔'dʌstɪn〕達斯廷
Dustman〔'dʌstmən〕達斯特曼
Dutch〔dʌtʃ〕❶荷蘭人民 ❷荷蘭語
Dutch Borneo〔'dʌtʃ 'bɔrnɪo〕
Dutch East Indies〔'ɪndiz〕荷屬東印度
  羣島(印尼)
Dutch Guiana〔gɪ'anə〕荷屬圭亞那
Dutch Harbor〔'dʌtʃ ͵harbə〕荷蘭港
  (美國)

Dutch West Indies〔'ɪndiz〕荷屬西印度
Dutens〔dju'tæŋs〕(法)　　　　「羣島
Dutertre〔dju'tɛrtə〕(法)
Duthie〔'dʌθɪ〕達西
Duthoit〔du'θɔɪt〕
Dutoit〔dju'twa〕
Dutra〔'dutrə〕杜特拉(Eurico Gaspar,
  1885-1974, 巴西將軍)
Dutreuil〔dju'trɜj〕(法)
Dutrochet〔djutrɔ'ʃe〕(法)
Dutt〔dɔt〕(孟)達特
Duttia〔'dʌtɪa〕
Dutton〔'dʌtn〕達頓
Dutuit〔dju'twi〕(法)
Duun〔dun〕
Duva〔du've〕
DuVal〔dju'val〕杜瓦爾
Duval〔dju'val〕杜法爾(Paul, 1850?-1906,
  筆名 Jean Lorrain, 法國作家)　　「(法)
Du Val-de-Grâce〔dju val·də·'gras〕
Duvalier〔djuval'je〕杜伐葉(François,
  1907-1971, 海地醫生)
Duveen〔dju'vin〕杜維恩
Duveke〔'djuvəkə〕(荷)
Duveneck〔'djuvɪnɛk〕
Du Vergier〔dju ver'ʒje〕(法)
Duvergé〔͵duver'he〕(西)
Duverney〔djuvɜr'ne〕(法)
Duvernois〔djuver'nwa〕(法)
Duvernoy〔djuver'nwa〕(法)
Duveyrier〔dujve'rje〕(法)
Dúvida, Rio da〔'riu ðə 'ðuvɪðə〕(葡)
Duvieusart〔djuvjɜ'zar〕(法)
du Vigneaud〔du'vinjo〕杜芬友(Vincent,
  1901-1978, 美國生物化學家)
Duvivier〔djuvɪ'vje〕(法)
Duvoisin〔djuvwa'zæŋ〕(法)
Duwamish〔də'wamɪʃ〕
Duwe〔'djuɪ〕
Dux〔duks〕杜克斯
Duxbury〔'daksbərɪ〕達克斯伯里
Duyckinck〔'daɪkɪŋk〕
Duyse〔'dɔɪsə〕
d'Uzès〔dju'zɛs〕(法)
Dvapara〔'dwapərə〕
Dvina〔dəvi'na〕杜味拿河(蘇聯)
Dvorak〔də'vɔrʒak〕德伏乍克(Antonín,
  1841-1904, 捷克作曲家)
Dvořák〔də'vɔrʒak; də'vɔrʒæk;
  'dvɔrʒak(捷)〕
Dvornik〔'dvɔrnɪk〕

Dvorsky〔'dvɔrskɪ〕

Dvůr Králové nad Labem〔dvuə·'kralɔvɛ nat 'labɛm〕(捷)

Dwala〔'dwala〕

Dwamish〔'dwamɪʃ〕杜瓦密希族（北美印第安人之一個小部隊）

Dwan〔dwæn〕

Dwarka〔'dwarka〕

Dwarkanath〔'dwarkənat〕

Dwiggins〔'dwɪgɪnz〕德威金斯

Dwight〔dwaɪt〕德懷特

Dwin〔dvin〕

Dwina〔'dvinə〕

Dwinell〔dwɪ'nɛl〕德納內爾

Dwinger〔'dvɪŋgə·〕

Dworschak〔'dwɔrʃæk〕德沃夏克

Dwyer〔'dwaɪə·〕德懷爾

Dwyfor〔du'ivɔr〕

Dwyka〔'dwaɪkə〕

Dyak〔'daɪæk〕婆羅洲之土著

Dyamond〔'daɪəmənd〕

Dyane〔daɪ'æn〕

Dyangeh〔'djaŋgɛ〕

Dyar〔'daɪə·〕

Dyardanes〔,daɪar'deniz〕

Dyarse〔'djarsɛ〕

Dyaul〔djaul ; dʒaul〕

Dyaus〔djaus〕

Dybböl〔'djubəl〕(丹)

Dyce〔daɪs〕戴斯

Dyche〔daɪtʃ〕戴奇

Dyches〔'daɪtʃɪz〕

Dyck〔daɪk〕

Dyckmans〔'daɪkmans〕

Dye〔daɪ〕

Dyde〔daɪd〕戴德

Dyea〔'daɪe〕

Dyer〔'daɪə·〕戴厄爾（John, 1700-1758, 英國詩人）

Dyerma〔'djɛrma〕

Dyersburg〔'daɪə·zbə·g〕

Dyersville〔'daɪə·zvɪl〕

Dyess〔'diɛs〕迪埃斯

Dyfed〔'dɪvɛd〕德維得（威爾斯）

Dyffryn〔'dʌfrɪn〕(威)

Dyfi〔'dɪvɪ〕

Dyk〔dɪk〕

Dyke〔daɪk〕戴克

Dykema〔'daɪkəmə〕

Dykes〔'daɪks〕

Dykh - Tau〔'dɪh,tau〕狄克山（蘇聯）

Dykhtau〔'dɪh,tau〕(俄)

Dykman〔'daɪkmən〕戴克曼

Dykstra〔'daɪkstrə〕戴克斯特拉（Clarence Addison, 1883-1950, 美國教育家）

Dylan〔'dɪlən〕迪倫

Dyle〔'daɪlə ; dil (法)〕

Dymas〔'daɪməs〕

Dyment〔'daɪmənt〕戴門特

Dymock〔'dɪmək〕

Dymoke〔'dɪmək〕

Dymond〔'daɪmənd〕戴蒙德

Dymont〔'daɪmənt〕

Dympna〔'dɪmpnə〕

Dynamo〔'daɪnəmo〕

Dyneley〔'daɪnlɪ〕戴恩利

Dynes〔daɪnz〕戴恩斯

Dynevor〔'dɪnevə〕

Dyola〔'djola〕

Dyonizy〔,dɪɔ'nizɪ〕

Dyoor〔'djuə·〕

Dyoula〔'djula〕

Dyrness〔'dɜ·nɪs〕德尼斯

Dyrrachium〔dɪ'rekɪəm〕

Dyrrhachium〔dɪ'rekɪəm〕

Dysart〔'daɪsɑ·t〕戴薩特

Dysinger〔'daɪsɪŋə·〕

Dyscolus〔'dɪskələs〕

Dysmas〔'dɪzməs〕

Dyson〔'daɪsn〕戴森

Dytikē Thrakē〔,ðitɪ'kji 'θrakjɪ〕(希)

Dyushambe〔dju'ʃambə〕

Dyveke〔'djuvəkə〕(丹)

Dza-chu〔'dza·'tʃu〕

Dzaudzhikau〔dʒau'dʒikau〕德柔吉扣（蘇聯）

Dzerzhinsk〔djə·'ʒinsk〕德辛索克(蘇聯)

Dzerzhinski〔djə·'ʒinskə·〕(俄)

Dzhalal Abad〔dʒa'lal a'bad〕

Dzahmbul〔dʒam'bul〕

Dzhankoi〔dʒən'kɔɪ〕

Dzherginsk〔djə·'ʒinsk〕

Dzhibkahalantu〔'dʒɪbhalan'tu〕(俄)

Dzhirgalantu〔'dʒɪrgalan'tu〕

Dzhugashvili〔,dʒugəʃ'vili〕

Dzhulfa〔dʒul'fa〕

Dzierzon〔'dzjɛrʒɔn〕

Dzierżoniów〔dzjɛr'ʒɔnjuf〕(波)

Dzisna〔'dʒisna〕

Dzugashvili〔dʒugəʃ'vilɪ〕

Dzungaria〔dzuŋ'gerɪə〕

Dzungarian Ala-Tau〔dzuŋ'gerɪən ala·'tau〕

Dzyubin〔'dzjubɪn〕

E

Ea〔'eə〕

Eabani〔ˌeə'bɑni〕

Ea‐bani〔ˌeə'bɑni〕

Eachard〔'etʃəd〕伊查德

Eacker〔'ekə〕埃克

Eadbald〔'ɛdbɔld; 'eədbald（古英）〕

Eadberht〔'eəbʒrht（古英）〕

Eadbert〔'ɛdbət〕

Eadburga〔'ɛdbəgə〕

Eadbur(g)h〔'eədburh（古英）〕

Eade〔id〕伊德

Eades〔idz〕伊茲

Eadfrid〔'ɛdfrid〕

Eadfrith〔'ædfriθ; 'eədfriθ（古英）〕

Eadgar〔'ædgɑr; 'eədgɑr（古英）〕

Eadgyth〔'eədjuθ（古英）〕

Eadie〔'idɪ〕伊迪

Eadmer〔'ɛdmə〕

Eadmund〔'ɛdmənd; 'eədmuund（古英）〕

Eadred〔'ɛdrɪd; 'eədred（古英）〕

Eadric〔'ɛdrɪk; 'eədritʃ（古英）〕

Eadric Streona〔'ɛdrɪk 'streənɑ; 'eədritʃ 'streonɑ（古英）〕

Eads〔idz〕伊茲（James Buchanan, 1820‐1887, 美國工程師及發明家）

Eadward〔'ɛdwəd; 'eədwɑrd（古英）〕

Eadweard〔'ɛdwəd; 'eədwɛrd（古英）〕

Eadwig〔'eədwij〕（古英）   「埃德汶德

Eadwin〔'eədwɪn〕

Eadwine〔'eədwɪne〕（古英）

Eady〔'idɪ〕伊迪

Eagan〔'igən〕伊根

Eager〔'igə〕伊格

Eagle〔'igl〕

Eaglefield〔'iglˌfild〕

Eaglehawk〔'iglˌhɔk〕

Eagles〔'iglz〕伊格爾斯

Eaglesham〔'iglˌʃəm〕伊格爾沙姆

Eagleton〔'iglˌtən〕伊格爾頓

Eahfrith〔'eəhfriθ〕（古英）

Eakens〔'ekəns〕埃肯斯

Eaker〔'ekə〕埃克

Eakin〔'ekɪn〕埃金

Eakins〔'ekɪnz〕埃金斯

Ealdfrith〔'eəldfriθ〕（古英）

Ealdhelm〔'eəldhɛlm〕（古英）

Ealdred〔'eəldrɛd〕（古英）

Eales〔ilz〕伊爾斯

Ealhwine〔'eəlhwɪne〕（古英）

Ealing〔'ilɪŋ〕伊令（英格蘭）

Eaman〔'emən〕

Eames〔imz; emz〕埃姆斯

Eamon〔'emən〕埃蒙（愛）

Eamon de Valera〔'iəmən du və'lerə〕

Eams〔imz; emz〕

Eanes〔'jænɪʃ〕（葡）

Eanflæd〔'eənflæd〕（古英）

Eanfled〔'ɛnflid〕

Eanger〔'ændʒə〕

Earby〔'ɪrbɪ〕

Eardley〔'ʒdlɪ〕厄德利

Eardulf〔'ɛrdulf〕（古英）

Eardwulf〔'ɛrdwulf〕（古英）

Earhart〔'ɛrhɑrt〕埃爾哈特

Earine〔i'ærini〕

Earl(e)〔ʒl〕厄爾

Earley〔'ʒlɪ〕

Earling〔'ʒlɪŋ〕

Earlington〔'ʒlɪŋtən〕

Earlom〔'ʒləm〕厄勒姆

Earl's Seat〔ʒlz ~〕

Earlston〔'ʒlstən〕

Earlswood〔'ʒlzwud〕

Early〔'ʒlɪ〕厄爾利

Earn〔ʒn〕

Earnest〔'ʒnɪst〕歐內斯特

Earnshaw〔'ʒnʃɔ〕厄恩肖

Earnslaw〔'ʒnzlɔ〕

Earp〔ʒp; ɑrp〕厄普

Earsdon〔'ɪrzdən〕

Earwaker〔'ʒəkər; 'ɛrəkə〕

Easby〔'izbɪ〕伊斯比

Easebourne〔'izbɔrn〕

Easdale〔'izdel〕伊斯代爾

Easley〔'izlɪ〕伊斯利

Easlick〔'islɪk〕伊斯利克

Eason〔'isn〕伊森

East〔ist〕❶美國東部 ❷蘇聯及其東歐附屬國

East Berlin〔'ist bʒ'lɪn〕東柏林（東德）

Eastbourne〔'ist,bɔrn〕伊斯特本（英格   「蘭）

Eastcheap〔'isttʃip〕

East‐end〔'ist‐'end〕倫敦之東端（爲一貧民   「區）

Easter〔'istə〕基督教的復活節

Easterbrook〔'istəbruk〕伊斯特布魯克

Easter Island〔'istə ~〕伊斯特島（智利）

Easterly〔'istəlɪ〕伊斯特利

Eastertide〔'ista,taɪd〕復活節季（復活節後 40-57日之期間）

East Germany〔'ist 'dʒɝmənɪ〕東德

Eastham〔'isthəm〕

East Ham〔'ist 'hæm〕伊斯哈木（英格蘭）

Easthampton〔'ist'hæmptən〕

Eastick〔'istɪk〕伊斯蒂克

Eastin〔'istɪn〕

Eastlake〔'istlek〕

Eastland〔'istlənd〕伊斯特蘭

Eastlawn〔'istlɔn〕

Eastlick〔'istlɪk〕伊斯特利克 「蘭」

East Lothian〔'ist 'loðɪən〕東樓甸（蘇格

Eastmain〔'istmen〕伊斯特門（加拿大）

Eastman〔'istmən〕伊士曼（❶George, 1854-1932, 美國發明家及實業家 ❷Max Forrester, 1883-1969, 美國作家及編輯）

Easton〔'istən〕伊斯頓

East Orange〔'ist 'ɔrɪndʒ〕

East Pakistan〔'ist ,pakɪ'stan〕東巴基

Eastphalia〔ist'feljə〕 「坦（亞洲）

Eastport〔'istport〕東港（美國）

East Riding〔'ist 'raɪdɪŋ〕 「易（美國）

East St. Louis〔'ist sənt 'luɪs〕東聖路

Eastview〔'ist,vju〕

Eastvold〔'istvold〕伊斯特沃爾德

Eastwick〔'istwɪk〕伊斯特威克

Eastwood〔'istwud〕伊斯特伍德

Easum〔'isəm〕伊薩姆

Easy〔'izɪ〕

Eather〔'iðɚ〕伊瑟 「1957,美國作家及教育家」

Eaton〔'itn〕伊頓（Walter Prichard, 1878-

Eatonton〔'itəntən〕

Eau Claire〔o 'klɛr〕

Eaux-Bonnes〔o·'bɔn〕

Eaux-Chaudes〔o·'ʃod〕

Eaux Vives〔o 'viv〕

Éauze〔e'oz〕

Eave〔iv〕

Eaves〔ivz〕伊夫斯

Ebal〔'ibæl〕

Ebaugh〔'ibɔ〕伊博

Ebba〔'ɛbba〕（瑞典）

Ebbels〔'ɛbəlz〕埃貝爾斯

Ebbesen〔'ɛbəsn̩〕埃布森

Ebbinghaus〔'ɛbɪŋhaus〕

Ebbott〔'ɛbət〕埃博特

Ebbs〔ɛbz〕埃布斯

Ebbsfleet〔'ɛbzflit〕

Ebbutt〔'ɛbət〕埃巴特

Ebbw〔'ɛbu〕

Ebco〔'ɛpko〕

Ebdon〔'ɛbdən〕埃布登

Ebe〔'ebə〕

Ebel〔ɛ'bɛl; 'ibl̩〕埃貝爾

Ebeling〔'ebəlɪŋ〕埃布林

Ebelsberg〔'ebəlsbɛrk〕

Eben〔'ebən〕埃本

Eben Emael〔'ebən 'emal〕（法蘭德斯）

Ebenezer〔,ɛbɪ'nizɚ〕埃比尼澤

Ebensburg〔'ebənzbəg〕

Ebensee〔'ebənze〕

Ebenstein〔'ibənstaɪn〕

Eber〔'ibɚ; 'ebɚ（德）〕

Eberbach〔'ebɚbah〕（德）

Eberhard〔'ebɚhart〕埃布哈德

Eberhardt〔'ebɚhart〕埃伯哈特

Eberhart〔'ibɚhart〕埃伯哈特

Eberl〔'ebəl〕

Eberle〔'ɛbɚli; 'ebɚlə（德）〕埃伯利

Eberlein〔'ebɚlaɪn〕埃伯萊因

Eberlin〔'ebɚlɪn〕

Eberling〔'ebɚlɪŋ〕埃伯林

Ebermayer〔'ebɚmaɪɚ〕

Ebers〔'ebɚs〕

Ebersbach〔'ebɚsbah〕（德）

Ebersberg〔'ebɚsbɛrk〕

Eberstadt〔'ɛbɚstat〕埃伯施塔特

Eberswalde〔,ebɚs'valdə〕

Ebert〔'ebɚt〕愛柏特（Friedrich, 1871-1925,

Eberth〔'ebɚt〕 「曾任德國總統）

Eberton〔'ebɚtən〕

Eberwein〔'ebɚvaɪn〕

Ebingen〔'ebɪŋən〕

Ebi Nor〔'ebɪ 'nor〕

Ebko〔'ɛpko〕

Eblana〔'ɛblənə〕

Eble〔'ɛbl〕埃布爾

Eblis〔'ɛblɪs〕

Ebner-Eschenbach〔'ebnɚ·'ɛʃənbah〕（德）

Eboe〔'ibo〕

Ebola〔'ɛbolə〕

Eboli〔'ɛboli〕

Éboli〔'eboli; 'evoli（西）〕

Ebon〔'ɛbən〕

Ebora Cerealis〔'ɛborə ,sɪrɪ'elɪs〕

Eboracum〔ɪ'barəkəm; ,ɛbo'rekəm〕

Éboué〔e'bwe〕（法）

Ebrard〔'ebrart〕

Ébre〔'ebɚ〕（法）

Ebrington〔'ɛbrɪŋtən〕

Ebro〔'ibro; 'evro（西）〕

Ebrodunum〔,ebro'djunəm〕

Ebroïn〔'ebroin〕
Ebudae〔ɪ'bjudi〕
Ebsworth〔'ɛbzwəθ〕埃布斯沃思
Ebura〔'ɛbjurə〕
Eburacum〔,ɛbju'rekəm〕
Eburodunensis〔,ɛbjurodu'nɛnsɪs〕
Eburodunum〔,ɛbjuro'djunəm〕
Eburovicum〔ɪ,bjuro'vaɪkəm〕
Eburum〔'ɛbjurəm〕
Ebury〔'ibərɪ〕伊伯里
Ebusus〔'ɛbjusəs〕　　　　「(葡)
Eça de Queiroz〔'esə ðə keɪ'rɔʃ〕
Ecbasis captivi〔'ɛkbəsɪs kæp-
'taɪvaɪ〕
Ecbatana〔ɛk'bætənə; ,ɛkbə'tanə〕
Eccard〔'ɛkart〕
Eccelino〔,ettʃe'lino〕(義)
Ecchellensis〔,ɛkə'lɛnsɪs〕　　「(蘭))
Ecclefechan〔,ɛkl̩'fɛkən; -'fɛh-(蘇格
Eccles〔'ɛkl̩z〕阿克斯(Sir John Carew,
1903-, 澳大利亞生理學家)
Ecclesfield〔'ɛkl̩zfild〕
Eccleshall〔'ɛkl̩ʃəl; -ʃɔl〕
Ecclesiastes〔ɪk,lizɪ'æstiz〕傳道書(舊約
聖經中之一卷)
Ecclesiasticus〔ɪk,lizɪ'æstɪkəs〕【聖經】
Ecclesiazusae〔ɪk,lizɪə'zusi〕
Eccleston〔'ɛkl̩stən; 'ɛkl̩ztən〕
Ecclestone〔'ɛkl̩stən; -ston〕埃克爾斯通
Ecco〔'ɛko〕
Ecdicius〔ɛk'dɪʃɪəs〕
Ecgberht〔'ɛdʒberht〕(古英)
Ecgbryht〔'ɛdʒbrjuht〕(古英)
Echague〔e'tʃagwe〕
Echandía〔etʃan'dia〕
Echaniz〔e'tʃænis〕
Echarte〔ɛ'ʃarte〕
Echegaray〔,etʃega'raɪ〕
Echegaray y Eizaguirre〔,etʃega'raɪ
i ,eθa'giərre〕艾契加來(José, 1832-1916,
Echenique〔,etʃe'nike〕　　「西班牙劇作家)
Echidna〔ɪ'kɪdnə〕
Echinades〔ɪ'kɪnədiz〕
Echlin〔'ɛklɪn; 'ɛhlɪn(德)〕埃克林
Echmiadzin〔,ɛtʃmɪad'zin〕
Echo〔'ɛko〕
Echols〔'ɛkl̩z〕埃科爾斯
Echt〔ɛht〕(荷)
Echter〔'ɛhtə〕(德)
Echtermeyer〔'ɛhtəmaɪə〕(德)
Echuca〔ɪ'tʃukə〕
Écija〔e'θiha〕(西)

Eck〔ɛk〕埃克
Eckar(d)t〔'ɛkart〕
Eckbo〔'ɛkbo〕
Eckel〔'ɛkəl〕埃克爾
Eckener〔'ɛkənə〕
Ecker〔'ɛkə〕埃克
Eckerdt〔'ɛkət〕
Eckermann〔'ɛkəman〕艾克曼(Johann
Peter, 1792-1854, 德國作家)
Eckernförde〔,ɛkən'fədə〕
Eckersberg〔'ɛkəsberg〕
Eckersl(e)y〔'ɛkəzlɪ〕埃克斯利
Eckert〔'ɛkət〕埃克特
Eckford〔'ɛkfəd〕埃克福德
Eckhard〔'ɛkhart〕
Eckhar(d)t〔'ɛkhart〕埃克哈特
Eckhel〔'ɛkəl〕
Eckhof〔'ɛkhof〕
Eckhoff〔'ɛkhaf〕埃克霍夫
Eckhouse〔'ɛkhaus〕埃克豪斯
Eckhout〔'ɛkhaut〕
Eckis〔'ɛkɪs〕
Eckler〔'ɛklə〕埃克勒
Eckman〔'ɛkmən〕埃克曼
Eckmühl〔'ɛkmjul〕
Eckstein〔'ɛkʃtaɪn〕埃克斯坦
Eckstine〔'ɛkstɪn〕
Eclympasteyre〔ɛk,lɪmp a'sterə〕
Ecnomus〔'ɛknoməs〕
École d'Arcueil〔e'kɔl dar'kəj〕(法)
Economo〔e'konomo〕
Economy〔ɪ'kanəmɪ〕
Écorcheurs〔ekɔr'ʃə〕(法)
Ecorse〔ɪ'kɔrs;'ikɔrs〕
Écouchard〔eku'ʃar〕(法)
Écrins〔e'kræŋ〕(法)
Ector〔'ɛktə〕埃克特
Ector de Maris〔'ɛktə də 'mɛrɪs〕
Ecuador〔'ɛkwə,dɔr〕厄瓜多爾(南美洲)
Ecuadorian〔,ɛkwə'dɔrɪən〕厄瓜多爾人
Ed〔ɛd; et(德)〕埃德　　　　「色乳酪
Edam〔'idæm; e'dam〕一種用紅蠟包封的黃
Edcouch〔'ɛdkautʃ〕
Edda〔'ɛdə〕古代冰島二文學集之一
Ed Dahra〔ɛd 'darə〕
Ed Damer〔ɛd 'damə〕
Ed Debba〔ɛd 'dɛbə; æd 'dæbbə(阿
拉伯); -bæ(阿拉伯)〕
Eddel〔'ɛdəl〕
Eddi〔'ɛdɪ〕
Eddie〔'ɛdɪ〕埃迪
Eddin〔ɛd'din〕

ed-Din, Muzaffar-〔mu'zæffərɛd-'din〕

Eddington〔'ɛdɪŋtən〕愛丁頓(Sir Arthur Stanley, 1882-1944, 英國天文學家)

Eddins〔'ɛdɪnz〕埃丁斯

Ed Dirr〔ɛd 'dɪr〕

Eddis〔'ɛdɪs〕埃迪斯

Eddison〔'ɛdɪsṇ〕埃迪森

Eddius〔'ɛdɪəs〕

Eddleman〔'ɛdḷmən〕埃得爾曼

Eddrachillis〔,ɛdrə'kɪlɪs〕

Ed Dueim〔ɛd du'em; æd du'waim (阿拉伯); -'wem(阿拉伯)〕

Eddy〔'ɛdɪ〕愛迪(Mary Morse, 1821-1910, 美國女宗教領袖)

Eddystone〔'ɛdɪstən〕

Eddyville〔'ɛdɪvɪl〕

Ede〔'ede〕哀得(奈及利亞)

Edéa〔e'deə〕

Edel〔e'dɛl〕埃德爾

Edelestand〔ɛdlɛs'taŋ〕(法)

Edelfelt〔'edɛlfɛlt〕

Edelinck〔'edəlɪŋk〕

Edelman〔'edəlmən〕埃德爾曼

Edelmiro〔,eðɛl'miro〕(西)

Edelstein〔'edɛlstaɪn〕埃德爾斯德

Edelsten〔'edəlstən〕埃德爾斯頓

Edemil〔'edəmɪl〕

Eden〔'idṇ〕❶艾登((Robert) Anthony, 1897-1977, 英國政治家)❷聖經中之伊甸園;樂園

Edén〔ɛ'den〕

Edenborough〔'idṇbərə〕伊登伯勒

Edenbridge〔'idṇbrɪdʒ〕

Edenfield〔'idṇfild〕伊登菲爾德

Edenhall〔'idṇhɔl〕

Edenkoben〔'edənkobən〕

Edens〔'idənz〕伊登斯

Edenton〔'idṇtən〕

Eder〔'edɚ〕埃德

Ederle〔'edəlɪ〕埃德利

Edessa〔ɪ'dɛsə〕

Edfu〔'edfu〕

Edgar〔'ɛdgɚ; 'ɛtga(德); ɛd'gar(法)〕

Edgard〔'edgard; ɛd'gar(法)〕

Edgartown〔'ɛdgətaun〕

Edgbaston〔'ɛdʒbəstən〕

Edgcumbe〔'ɛdʒkəm; -kum〕埃奇庫姆

Edge〔ɛdʒ〕埃奇

Edgecomb(e)〔'ɛdʒkəm〕

Edgecote〔'ɛdʒkot〕

Edgedale〔'ɛdʒdel〕埃奇代爾

Edgefield〔'ɛdʒfild〕

Edgehill〔'ɛdʒ'hɪl; 'ɛdʒhɪl〕

Edgemere〔'ɛdʒmɪr〕

Edgemont〔'ɛdʒmənt〕

Edgerton〔'ɛdʒətṇ〕埃杰頓

Edgette〔'ɛdʒɛt〕埃杰特

Edgewater〔'ɛdʒ,watɚ〕

Edgewood〔'ɛdʒwud〕

Edgeworth〔'ɛdʒwɚθ〕艾吉渥茲(Maria, 1767-1849, 英國小說家)

Edgington〔'ɛdʒɪŋtən〕埃金頓

Edgley〔'ɛdʒlɪ〕埃奇利

Edgren〔'ɛdgrɛn〕

Edgware〔'ɛdʒwɛr〕

Edhem〔ɛt'hɛm; ɛd'hɛm〕

Edhessa〔'ɛðɛsə〕(希)

Edib, Halidé〔hali'de ɛ'dib〕

Edie〔'idɪ〕伊迪   「(蘇)

Edie Ochiltree〔'idɪ 'ohɪltri; 'ak-〕

Ediles〔'idaɪlz〕

Edina〔ɪ'daɪnə〕

Edinboro〔'ɛdɪnbərə〕

Edinburg〔'ɛdṇ,bɚg〕愛登伯(美國)

Edinburgh〔'ɛdṇ,bərə〕愛丁堡(蘇格蘭)

Edinburghshire〔'ɛdɪnbərəʃɪr; -bʌrə-〕

Edinger〔'edɪŋɚ〕埃丁格

Edington〔'ɛdɪŋtən〕埃丁頓

Edirne〔ɛ'dirnɛ〕

Edisbury〔'ɛdɪsbərɪ〕

Edison〔'ɛdəsṇ〕愛迪生(Thomas Alva, 1847-1931, 美國發明家)

Ediss〔'idɪs; 'ɛdɪs〕

Edissa〔ɪ'dɪsə〕

Edisto〔'ɛdɪsto〕

Edita〔ɛ'ditə〕埃迪塔

Edith〔'idɪθ; 'ɛdɪt(芬); 'edɪt(德、瑞典)〕伊蒂絲

Edithburg〔'idɪθbəg〕

Edlén〔ɛd'len〕(瑞典)

Edler〔'edlɚ〕

Edlund〔'edlund〕埃德隆

Edman〔'ɛdmən〕埃德曼

Edmands〔'ɛdməndz〕埃德曼茲

Edme〔'ɛdṃ; 'ɛdmə(法)〕

Edmé〔ɛd'me〕

Edmée〔ɛd'me〕

Edmer〔'ɛdmɚ〕埃德默

Edminster〔'ɛdmɪnstɚ〕埃德明斯特

Edmiston〔'ɛdmɪstən〕埃德米斯頓

Edmond〔'ɛdmənd; ɛd'mɔŋ(法)〕埃德蒙

Edmond Dantès〔ɛd'mɔŋ daŋ'tɛs〕(法)

Edmondo〔ed'mondo; ɛd'mando〕

Edmonds〔'ɛdməndz〕埃德蒙茲

Edmondson〔'ɛdmənsṇ〕埃德蒙森

Edmondston〔'ɛdmənstən〕

Edmonson〔'ɛdmənsn̩〕埃德蒙森

Edmonstone〔'ɛdmənstən〕埃德蒙斯通

Edmonton〔'ɛdməntən〕艾德蒙吞（加拿大；英格蘭）　　　　　　〔1016,英王〕

Edmund II〔'ɛdmənd ～〕愛德蒙二世（980?-

Edmundovich〔jɪd'mundʌvjɪtʃ〕(俄)

Edmunds〔'ɛdmandz〕埃德蒙茲

Edmundsbury〔'ɛdməndzbɛrɪ〕

Edmundson〔'ɛdməndsn̩〕埃德蒙森

Edmundston〔'ɛdmənstən〕

Edna〔'ɛdnə〕埃德娜

Ednum〔'ɛdnəm〕

Edo〔'edo〕

Edoardo〔,edo'ado〕

Edom〔'idəm〕

Édouard〔e'dwar〕(法)

Edquist〔'ɛdkwɪst〕

Edred〔'ɛdrɪd; -rɛd〕

Edrei〔'ɛdrɪaɪ〕

Edremit〔,ɛdrɛ'mit〕

Edreneh〔ɛdrɛ'nɛ〕

Edric〔'ɛdrɪk〕埃德里克

Edrich〔'ɛdrɪtʃ〕

Edridge〔'ɛdrɪdʒ〕

Edrinus〔'ɛdrɪnəs〕

Edrisi〔ɛd'risɪ〕

Edsall〔'ɛdsl̩〕埃茲爾

Edschmid〔'et·ʃmɪt〕

Edsel〔'ɛdsl̩〕埃茲爾

Edsel Ford Ranges〔'ɛdsl̩ 'fɔrd〕

Edsin〔ɛd'zin〕

Edson〔'ɛdsn〕埃德森

Edstrom〔'ɛdstrəm〕

Edström〔'ɛdstrəm〕(瑞典)

Eduard〔'eduart (捷);'edjuart (荷);
'eduart (德); 'idvard (丹); jidu'art
(俄)〕

Eduardo〔edw'ardo (義); ɪðw'ardu
(葡); e'ðwarðo (西)〕

Eduni〔ə'dunɪ〕

Edvac〔'ɛdvæk〕

Edvard〔'edvart (挪); 'idvard (丹)〕

Edvart〔'edvart〕(挪)

Edward〔'ɛdwəd〕愛德華（1002?-1066,英王）

Edward VIII〔'ɛdwəd ～〕愛德華八世

Edwardes〔'ɛdwədz〕〔(1894-1972,英王）

Edwardesabad〔ɛd,wardəsa'bad〕

Edwards〔'ɛdwədz〕愛德華茲（Jonathan,
1703-1758, 美國神學家）

Edwards, Milne-〔'mɪln·'ɛdwədz〕

Edwardsville〔'ɛdwədzvɪl〕

Edwin〔'ɛdwɪn; 'ɛtvin (德)〕埃德溫

Edwina〔ɛd'winə〕埃德溫娜

Edwinstowe〔'ɛdwɪnsto〕

Edwy〔'ɛdwɪ〕

Edwyn〔'ɛdwɪn〕埃德溫

Eeckeren〔'ekərən〕

Eeckhout〔'ekhaut〕

Eecloo〔'eklo〕

Eeden〔'edən〕

Eekhoud〔'ekhaut〕

Eeckloo〔'eklo〕

Eel〔il〕

Eelco〔'elko〕

Eeles〔'ilz〕

Eells〔'ils〕

Eemil〔'emɪl〕

Eeragh〔'irək〕(愛)

Eesti〔'esti〕

Eestimaa〔'estɪ,ma〕

Efate〔e'fate〕

Efe〔'efe〕

Efeh〔'efɛ〕

Effen〔'ɛfən〕

Effendi〔ɛ'fɛndɪ〕

Effiat〔e'fja〕(法)

Effie〔'ɛfɪ〕埃菲

Effinger〔'ɛfɪŋgə〕埃芬格

Effingham〔'ɛfɪŋəm〕埃芬厄姆

Effler〔'ɛflə〕埃弗勒

Efik〔'ɛfɪk〕

Efim〔jɪ'fjim〕(俄)

Efimovich〔jɪ'fjimʌvjɪtʃ〕(俄)

Efogi〔ɛ'fogɪ〕

Efrem〔'ɛfrɛm〕埃弗雷姆

Efremov〔'ɛfrimɔf〕

Efremovich〔jɪ'fremʌvjɪtʃ〕(俄)

Efros〔'ɛfras〕

Efutu〔ɛ'futu〕

Ega〔'egə〕埃加

Egadi〔'ɛgədɪ; 'ɛgadɪ〕

Égalité〔egali'te〕(法)

Egan〔'igən〕伊根

Egaña〔e'ganja〕

Egas〔'igəs〕

Egba〔'ɛgba〕

Egbado〔ɛg'bado〕　　〔王及第一位英王〕

Egbert〔'ɛgbət〕愛格伯(775?-839,西撒克遜

Egbertus〔ɛh'bɛrtəs〕(荷)

Egdon Heath〔'ɛgdn̩ ～〕

Egeberg〔'ekəbær〕(挪)埃格伯格

Egede〔'egədə〕

Egedesminde〔'egəðəs,minə〕(丹)

Egelhaaf〔'egəlhɑf〕
Eger〔ig; 'egəᵊ(德); 'ε3εr(匈)〕
Egerbrunnen〔'egəbrunən〕
Egerdir〔,εger'dır〕
Egeri〔'egəri〕
Egeria〔i'd3ırıə; i'd3ıᵊ〕
Egersund〔'egəᵊˌsun〕(挪)
Egerton〔'εd3ətn̩〕埃杰頓
Egestorff〔'egəʃtɔrf〕
Egeus〔'id3jus; i'd3iəs; id3iəs〕
Egg〔εg〕
Egga〔'εgə〕
Eggan〔'εgən〕埃根
Eggar〔'εgəᵊ〕埃加
Egge〔'εgə〕
Eggen〔'εgən〕
Eggenberg〔'εgənberk〕
Egger〔e'gεr〕(法)
Eggerding〔'εgədıŋ〕埃格丁
Eggers〔'εgəz〕埃格斯
Eggert〔'εgət〕埃格特
Eggertsen〔'εgət·sən〕埃格森
Eggertsville〔'εgətsvıl〕
Eggestein〔'εgəʃtaın〕
Egg Harbor〔'εg ∼〕
Eggischhorn〔'egıʃhɔrn〕
Eggleston〔'εgl̩stən〕愛格斯頓(Edward, 1837-1902, 爲美國作家)
Eggleton〔'εgl̩tən〕埃格爾頓
Eggmühl〔'εkmjul〕
Egham〔'εgəm〕
Eghbal〔'εgbɑl〕
Egid〔e'git〕(德)
Égide〔e'3id〕
Egidio〔e'd3idjo〕埃吉迪奧
Egill Skallagrímsson〔'egıdl 'skɑdlɑˌgrimssən〕(冰)
Egilsson〔'egılssən〕
Eginhard〔'egınhɑrt〕
Egirdir〔,εgır'dır〕
Eglamore〔'εgləmɔr〕
Eglamour〔'εgləmur〕
Eglantine〔'εgləntaın〕
Églantine, d'〔deglɑŋ'tin〕
Egleston〔'εgl̩stən〕埃格爾斯頓
Eglevsky〔εg'lεfskı〕
Egli〔'εglı〕
Eglingham〔'εglındʒəm〕
Eglinton〔'εglıntən〕埃格林頓
Eglintoun〔'εglıntən〕
Egloff〔'εglɔf〕埃格洛夫
Eglon〔'εglɑn〕

Egma〔'εgmə〕
Egmond〔'εgmɑnd; -mənd; 'εhmɑnt〕(荷)
Egmont〔'εgmɑnt〕愛格蒙山(紐西蘭)
Egnatius〔εg'neʃıəs〕
Egnund, Mortensson〔'mɔrtənsən 'εŋnun〕(挪)
Egon〔'εgən; 'egɑn(德)〕埃貢
Egor〔jı'gɔr〕(俄)
Egorevsk〔jı'gɔrjəfsk〕(俄)
Egremont〔'εgrəmɑnt〕埃格雷蒙特
Egripo〔'εgripɔ〕
Egripos〔'εgripɔs〕
Egron〔'egrɔn〕
Egton〔'εgtɑn〕
Egtvedt〔'εktəvεt〕
Eguiara y Eguren〔e'gjɑrɑ i e'gurεn〕
Egypt〔'id3ıpt〕埃及(非洲)
Egyptian〔ı'd3ıpʃən〕埃及人
Ehard〔'ehɑrt〕
Eheberg〔'eəberk〕
Ehecatl〔,ee'kɑtl̩〕
Ehen〔'iən〕
Ehingen〔'eıŋən〕
Ehlert〔'elət〕埃勒特
Ehlman〔'elmən〕埃爾曼
Ehoue〔'ewe〕
Ehrenberg〔'erənberk; -bəg〕埃倫伯格
Ehrenberg-Böhlitz〔'erənberk·'bɜlıts〕
Ehrenburg〔'erənbəg; -burh〕
Ehrencron-Kidde〔'irənkron·'kiðə〕
Ehrenfeld〔'erənfεlt〕 「(荷)
Ehrenfels〔'erənfεls〕
Ehrenfried〔'erənfrit(德); 'erənfrid
Ehrengard〔'erəngɑrt〕 「(瑞典)〕
Ehrensberger〔'erənzbɑgəᵊ〕埃倫斯伯格
Ehrensperger〔'erənspɑgəᵊ〕
Ehrenstein〔'erənʃtaın〕
Ehrensvärd〔'erənsverd〕
Ehret〔'eret〕埃雷特
Ehrhardt〔'erhɑrt〕
Ehrich〔'erıh〕(德)埃里克
Ehricke〔'erıkə〕
Ehringsdorf〔'erıŋzdɔrf〕
Ehrismann〔'erısmən〕
Ehrle〔'erlə〕
Ehrlich〔'erlıh〕艾爾利希(Paul, 1854-1915, 德國細菌學家)
Ehrlichman〔'ɜlıʃmən〕
Ehrman〔'ɜmən; 'ermən〕
Ehud〔'ihʌd〕
Eïao〔ı'jɑo〕

Éibar〔'evɑr〕（西）
Eibergen〔'aɪberhən〕（荷）
Eibhinn〔'evɪn〕（蘇）
Eibler〔'aɪblə〕
Eichberg〔'aɪhbɛrk〕（德）
Eichenbaum〔'aɪkənbaum〕艾肯鮑姆
Eichelbaum〔'aɪhəlbaum〕（德）
Eichenberg〔'aɪkənbɚg〕艾肯伯格
Eichelberger〔'aɪkəl,bɚgɚ〕艾克爾伯格
Eichenberger〔'aɪkən,bɚgɚ〕
Eichendorff〔'aɪhəndɔrf〕（德）
Eichhorn〔'aɪhhɔrn〕（德）艾科恩
Eichler〔'aɪhlə〕（德）艾克勒
Eichmann〔'aɪkəmən; 'aɪhman（德）〕
Eichrodt〔'aɪhrot〕（德）
Eichsfeld〔'aɪhsfɛlt〕（德）
Eichstadt〔'aɪhʃtat〕（德）
Eichstätt〔'aɪhʃtɛt〕（德）
Eichwald〔'aɪhvalt〕（德）
Eickel〔'aɪkəl〕
Eickemeyer〔'aɪkəmaɪɚ〕
Eide〔'aɪdi; aɪd〕艾德
Eiden〔'aɪdn̩〕
Eider〔'aɪdɚ〕
Eiderstedt〔'aɪdɚʃtɛt〕
Eidlitz〔'aɪdlɪts〕
Eidsmoe〔'aɪdzmo〕
Eidson〔'aɪdsn̩〕
Eidsvold〔'etsvɔl〕（挪）
Eidsvoll〔'etsvɔl〕
Eielsen〔'eəlsən〕
Eielson Field〔'aɪəlsn̩ ～〕
Eifel〔'aɪfəl〕
Eifert〔'aɪfət〕艾弗特
Eiffel〔'aɪfl〕艾費爾（Alexandre Gustave,
    1832-1923, 法國工程師）
Eifion Wyn〔aɪ'fiən 'wɪn〕
Eigenbrakel〔'aɪhənbrakəl〕（法蘭德斯）
Eigenmann〔'aɪgənman〕
Eiger〔'aɪgɚ〕
Eiges〔'aɪgəs〕艾格斯
Eigg〔ɛg〕
Eijerland〔'aɪjələnt〕
Eijkman〔'aɪkman〕愛克曼（Christiaan,
    1858-1930, 荷蘭衛生學家及醫師）
Eike〔'aɪkə〕
Eikenberg〔'aɪkənbɚg〕艾肯伯格
Eiker〔'aɪkɚ〕艾克
Eiko〔'aɪko〕
Eikon Basilike〔'aɪkan bæ'sɪlɪki〕
Eil〔aɪl; il〕
Eil, Loch〔lah 'il〕（蘇）

Eildon〔'ildən〕
Eilean〔'ilən〕
Eilean Molach〔'ilən mo'lah〕
Eileen〔'aɪlin〕愛琳
Eileithyia〔,ɪlɪ'θaɪə〕
Eilenberg〔'aɪlənbɚg〕
Eilenburg〔'aɪlənburk〕
Eilendorf〔'aɪləndɔrf〕
Eiler〔'aɪlə〕艾勒
Eilers〔'aɪləz〕艾勒斯
Eilert〔'elət〕
Eilhard〔'aɪlhart〕
Eilhardt〔'aɪlhart〕
Eilhart〔'aɪlhart〕
Eilif〔'elɪf〕
Eilissos〔,ɪlɪ'sɔs〕
Eil Malk〔,el 'malk〕
Eiloart〔'aɪloart〕
Eilshemius〔aɪl'ʃimɪəs〕
Eily〔'aɪlɪ; 'elɪ〕
Eimbeck〔'aɪmbɛk〕
Eimeo〔aɪ'meo〕
Einar〔'aɪnɑr（丹）; 'enɑr（冰、挪、瑞典）〕
Einarson〔'aɪnɚsn̩〕
Einaudi〔e'naudi; e'naudi〕艾瑙迪
Einbeck〔'aɪnbɛk〕
Eindhoven〔'aɪnthovən〕愛因和文（荷蘭）
Einem〔'aɪnəm〕
Einer〔'enɚ〕
Einfeld〔'aɪnfɛlt〕艾因菲爾德
Einhard〔'aɪnhart〕
Einhorn〔'aɪnhɔrn〕
Einigen〔'aɪnɪgən〕
Eino〔'enɔ〕
Einsame Insel〔'aɪnzamə 'ɪnzəl〕
Einsiedeln〔'aɪnzidəln〕
Einstein〔'aɪn,staɪn〕愛因斯坦（Albert,
    1879-1955, 美國物理學家）
Einthoven〔'aɪnthovn̩〕恩特霍文（Willem,
    1860-1927, 荷蘭生理學家）
Eipel〔'aɪpəl〕
Eire〔'ɛrə〕愛爾蘭共和國（歐洲）
Eirene〔aɪ'rini〕艾麗妮
Eirik〔'erɪk〕
Eiríkr〔'erikə〕（冰）
Eirinn〔'erɪn; 'ɛrɪn〕
Eisdale〔'izdel〕
Eiselen〔'aɪzələn〕
Eiseley〔'aɪzlɪ〕艾斯利
Eiselsberg〔'aɪzəlsbɛrk; -bəg〕
Eiseman〔'aɪzmən〕艾斯曼
Eisenach〔'aɪzənah〕（德）

Eisenberg〔'aɪzənbɛrk; -bəg〕艾森伯格
Eisenbrandt〔'aɪzənbrænt〕艾森布蘭特
Eisenbud〔'aɪzənbʌd〕艾森巴德
Eisenburg〔'aɪzənbʊrk 〕(德)
Eisendrath〔'aɪzəndrɑθ〕艾森德拉思
Eisenerz〔'aɪzənɛrts〕
Eisenhardt〔'aɪzənhart〕
Eisenhart〔'aɪzənhart〕艾森哈特
Eisenhower〔'aɪzn̩‚haʊə〕艾森豪
(Dwight David, 1890-1969, 美國將領)
Eisenhut〔'aɪzənhut〕艾森赫特
Eisenlohr〔'aɪzənlor〕
Eisenmenger〔'aɪzənmɛŋgə〕
Eisenschiml〔'aɪzənʃiml〕
Eisenschitz〔'aɪzənʃits〕
Eisenson〔'aɪzənsn̩〕
Eisenstadt〔'aɪzənʃtat〕艾森施塔特
Eisenstaedt〔'aɪzənstat〕
Eisenstein〔'aɪzənʃtain(德);
'aɪzjinʃtəin(俄)〕艾森斯坦
Eisernes Tor〔'aɪzənəs 'tɔr〕
Eisfeld〔'aɪsfɛlt〕
Eisk〔'jeɪsk〕(俄)
Eisleben〔'aɪsleɪbən〕
Eisler〔'aɪslə〕
Eislingen〔'aɪslɪŋən〕
Eisner〔'aɪsnə〕艾斯納
Eissner〔'aɪsnə〕
Eist〔aɪst〕
Eite〔aɪt〕
Eisteddfod〔es'tɛðvod〕(威)
Eitel〔'aɪtəl〕艾特爾
Eitelberger〔'aɪtəlbɛrgə〕
Eiteman〔'aɪtɪmən〕艾特曼
Eitherside〔'aɪðəsaɪd〕
Eitner〔'aɪtnə〕
Eitorf〔'aɪtɔrf〕
Eivind〔'evɪnd〕(挪)
Eizaguirre〔‚eθa'gɪɑre〕
Eizenshtein〔‚ezən'staɪn〕
Ejmiadzin〔‚ɛdʒmɪɑd'zin〕
Ejnar〔'aɪnɑr〕
Ekalaka〔‚ikə'lækə〕 「(俄)
Ekaterina〔ɛkətə'rinə; jɪkʌtjɪ'rjinʌ
Ekaterinburg〔ɪ'ⅼⱨætərɪnbəg〕
Ekaterinenstadt〔ɪ‚kætə'rinənstæt〕
Ekaterinodar〔ɪ‚kætə'rinodar〕
Ekaterinoslav〔ɪ‚kætə'rinoslæv〕
Ekberg〔'ɛkbəg〕埃克伯格
Ekblaw〔'ɛkblɔ〕埃克布勞
Ek Chuah〔ɛk 'tʃjʊɑ〕
Eke〔'eke〕

Ekeberg〔'ekəbəg〕埃克伯格
Ekekete〔‚eke'kete〕
Ekelöf〔'ekələv〕
Ekelund〔'ekəlʌnd〕
Ekenäs〔'ɛkənæs〕
Ekeren〔'ekərən〕
Ekhmîm〔ʌk'mim〕(阿拉伯)
Ekhof〔'ɛkhof〕
Ekin〔'ikɪn〕伊金
Eking〔'ikɪŋ〕伊金
Ekins〔'ikɪnz〕伊金斯
Ekiti〔e'kiti〕
Ekkehard〔'ɛkəhart〕
Ekket〔'ɛkɛt〕
Eklund〔'eklənd〕埃克隆
Ekman〔'ekman〕埃克曼
Ekoi〔'ɛkɔi〕
Ekrem〔ɛ'krɛm〕
Ekron〔'ɛkrɑn〕
Eksergian〔ɛk'sɝdʒən〕
Ektag〔ɛk'tag〕
Ekwall〔'ɛkwəl〕埃克沃爾
el〔ɛl〕
El Abbasa〔æl æb'bæsə〕(阿拉伯)
el-Abbassi〔‚æl·æb'basi〕(阿拉伯)
El Acola〔ɛl 'ækolə〕
Elagabalus〔‚elə'gæbələs〕希利伽巴加
(204-222, 羅馬皇帝)
El Agheila〔ɛl ə'gelə〕
Elah〔'ilə〕
Elaine〔ɛ'len〕怡蓮
El Alamein〔ɛl ‚ælə'men〕
El Alígero Clavileño〔ɛl a'lihero
‚klɑvi'lenjo〕(西)
Elam〔'iləm〕伊拉姆
Eland〔'ilənd〕伊蘭
Elandslaagte〔'ilant‚slɑhtə〕
El Aqqaqir〔æl ʌk'kɑkɪə〕(阿拉伯)
El Aqsur〔æl 'ʊksur〕(阿拉伯)
El Arahal〔ɛl ‚arɑ'ɑl〕
El Ar(a)ish〔æl ʌ'raɪʃ〕(阿拉伯)
El 'Arish〔ɛl a'riʃ; æl æ'riʃ〕(阿拉伯)
El Ashmunein〔ɛl ‚aʃmu'nen; æl
‚æʃmu'nain〕(阿拉伯)
El-Assaki〔ɛl·'æsəkɪ〕
Elatea〔‚ɛlə'tiə〕
Elath〔'ilɑθ〕伊拉港(以色列)
Elberg〔'ɛlbəg〕埃爾伯格
Elberon〔'ɛlbərən〕
Elbert〔'ɛlbət〕厄爾柏峯(美國)
Elathasi〔‚ɛlə'θɑsɪ〕
Elaver〔ɪ'levə〕

El-Azariyeh〔ɛl·a′zarıjɛ〕
Elázig〔ɛla′zi ; ‚æla′zij(土)〕
Elázíz〔ɛ′laziz ; ‚æla′ziz(土)〕
Elba〔′ɛlbə〕厄爾巴島(義大利)   「拉伯)
El Bahnasa〔æl ′bæhnæsə ; -sæ〕(阿
El Bahr〔æl ′bæhə〕(阿拉伯)
El Banco〔ɛl ′vaŋko〕
Elbasan〔‚ɛlba′san〕埃爾巴桑(阿爾巴尼亞)
Elbasani〔‚ɛlba′sanı〕
El Bayadiya〔æl ‚bæjæ′dijə〕
Elbe〔′ɛlbə〕易北河(德國)
El Beda〔æl ′bedə〕(阿拉伯)
El Beqa'〔æl bı′ka〕(阿拉伯)
El Beni〔ɛl ′venı〕(西)
Elberfeld〔′ɛlbəfɛlt〕埃伯菲爾德
Elbert, Mount〔′ɛlbət ~〕易北特峯(美
Elberta〔ɛl′bətə〕   「國)
Elberton〔′ɛlbətən〕
Elbeuf〔‚ɛl′bəf〕
El Biar〔‚æl bı′ar〕(阿拉伯)
El Bika〔ɛl bı′ka〕
Elbin〔′ɛlbın〕埃爾賓
Elbingerode〔′ɛlbıŋə‚rodə〕
Elbistan〔‚ɛlbıs′tan〕
El Bittar〔ɛl ′bıtar〕
Elblag〔′ɛlbloŋg〕厄布朗格港(波蘭)
Elbogen〔′ɛlbogən〕
Elborne〔′ɛlbɔrn〕埃爾伯恩
Elborus〔‚ɛlbo′ruz〕艾布鲁斯峯(蘇聯)
Elbow〔′ɛlbo〕
Elbrick〔′ɛlbrık〕埃爾布里克
Elbridge〔′ɛlbrıdʒ〕埃爾布里奇
Elbrus〔′ɛlbrus ; ɛl′brʊz〕
Elbruz〔′ɛlbrus ; ɛl′bruz〕
el Bueno〔ɛl ′bweno〕
El Bukaa〔ɛl bʊ′ka〕
Elburz〔ɛl′bʊrz〕艾布士山脈(西亞)
El Buseira〔æl bʊ′saıərə ; -′ser-〕
  (阿拉伯)
El Cajon〔ɛl kə′hon〕(拉丁美)
El Campo〔ɛl ′kæmpo〕
El Caney〔ɛl ka′ne〕
El Cano〔ɛl ′kano〕
Elcano〔ɛl′kano〕
El Capitan〔ɛl ‚kæpı′tæn〕
El Caudillo〔ɛl kaʊ′dijo〕(拉丁美)
El Cayo〔ɛl ′kajo〕
El Centro〔ɛl ′sentro〕
El Cerrito〔ɛl sə′rito〕
El Cerro del Mercado〔ɛl ′sɛrɔ
  ðɛl mɛr′kaðo〕(西)
Elcesaites〔ɛl′siseaıts〕

El Chaco〔ɛl ′tʃako〕
El Chamizal〔ɛl ‚tʃamı′θal〕(西)
Elche〔′ɛltʃe〕厄爾車(西班牙)
El Chico〔ɛl ′tʃiko〕
Elchingen〔′ɛlhıŋən〕(德)
Elchingen, d'〔′dɛlhıŋən〕(德)
Elcho〔′ɛlko〕
El Cid Campeador〔ɛl ′θið ‚kam-
  pea′ðor〕(西)
El Cobre〔ɛl ′kovre〕(西)
Elcock〔′ɛlkak〕
el Comendador Griego〔ɛl ‚ko
  mendɑ′ðor grı′ego〕(西)   「(西)
El Conquistador〔ɛl ‚kɔnkısta′ðor〕
el Cruel〔ɛl kru′ɛl〕
Elda〔′ɛlda〕
El Daba〔æd ′dæbə ; -bæ〕(阿拉伯)
Elde〔′ɛldə〕
El Deán Funes〔ɛl de′an ′funes〕
Elden〔′ɛldən〕埃爾迪恩
Elder〔′ɛldə; ɛld′ər(法)〕埃爾德
Elderfield〔′ɛldəfild〕埃爾德菲爾德
Elderton〔′ɛldətən〕埃爾德頓
El Desdén〔ɛl dɛz′den〕
El Diácono〔ɛl ′djakono〕
Eldin〔′ɛldın〕
El Dirr〔ɛl ′dır〕
El Divino〔ɛl di′vino〕
El Djem〔ɛl ′dʒɛm〕
El Djouf〔æl ′dʒuf〕「1838,英國法學家)
Eldon〔′ɛldn〕艾爾登(John Scott, 1751-
Eldora〔ɛl′dorə〕   「黃金國
El Dorado〔‚ɛl da′rado, -də-〕理想中的
Eldorado〔‚ɛldə′redo ; ‚ɛldə′rado〕
Eldoret〔‚ɛldo′rɛt〕
Eldred〔′ɛldrıd ; -rɛd〕埃爾德烈德
Eldredge〔′ɛldrıdʒ〕
Eldridge〔′ɛldrıdʒ〕
Eldsich〔ɛld′zık〕
El Dueim〔ɛd dʊ′em ; æddʊ′waım(阿
  拉伯); -′wem(阿拉伯)〕
El Duque Job〔ɛl ′dukehov〕(西)
Elea〔′iliə〕
Eleanor〔′ɛlənə〕愛麗諾(❶ ~ of Castile,
  ?-1290, 英王 Edward I 之后❷ ~ of Pro-
  vence, ?-1291, 英王 Henry Ⅲ 之后)
Eleanora〔‚ɛliə′norə ; -ljən-〕
Eleazar〔‚ɛlı′ezə〕埃利埃澤
Eleázar〔‚ele′aθar ; -′asar〕(西)
Eleazer〔‚ɛlı′ezə〕
Elector〔ı′lɛktə〕
Electra〔ı′lɛktrə〕

Electre〔eˈlɛktə〕(法)
Electric Peak〔ıˈlɛktrık ~〕
Electra〔ıˈlɛktrə〕
Electre〔eˈlɛktə〕
Electrides〔ıˈlɛktrıdiz〕
Electus〔ıˈlɛktəs〕伊萊克特斯
Eleele〔eleˈlele〕
Elegantiae〔,ɛlıˈgænʃıi〕
Elegantiarum〔,ɛlı,gænʃıˈerəm〕
Eleia〔ıˈlaıə〕
Elein〔ıˈlen〕
Elek〔ˈɛlɛk〕
Elektra〔ıˈlɛktrə〕
Élémir〔eleˈmir〕(法)
El Empecinado〔ɛl ,empɛθıˈnaðo〕(西)
el Emplazado〔ɛl ,emplaˈθaðo〕(西)
Elena〔ˈɛlınə; ˈelena(德); ˈelena(義);
   jıˈljenʌ(俄)〕
Elene〔ˈɛlɛnə〕   「拉
Eleonora〔,ɛlıəˈnɔrə; -ljən-〕埃莉奧諾
Eleonore〔,elɛoˈnorə〕
Éléonore〔eleoˈnɔr〕(法)
Elephant〔ˈɛlıfənt〕
Elephanta〔,ɛlıˈfæntə〕
Elephantine〔,ɛlıfænˈtaıni; -ˈtini〕
El Erg〔ɛl ˈɛrg〕
Elers〔ˈɛləz〕
Elert〔ˈelət〕
El Esclavo〔ɛl ɛsˈklavo〕
El Escorial〔ɛl ɛsˈkorıəl〕
Elets〔jıˈljɛts〕(俄)
Eleusis〔ɛˈljusıs〕艾留西斯(希臘)
Eleuthera〔ıˈljuθərə〕伊留德拉島(巴哈
   馬羣島中之一島)
Éleuthère〔elɛˈter〕(法)
Eleutherios〔,eljɛˈθerjɔs〕(希)
Eleutherius〔,eljuˈθırıəs〕
Eleutheropolis〔ı,ljuθəˈrapolıs〕
Eleutheros〔ıˈluθərɑs〕
Eleutherus〔ıˈluθərəs〕
Elevsis〔ɛlefˈsis〕艾留西斯(希臘)
El Faiyûm〔æl feˈjum〕厄爾費由木(埃及)
El Fasher〔æl ˈfæʃə〕
El Fayum〔æl feˈjum; faıj-〕
Elfed〔ˈelfɛd〕
Elfeld〔ˈelfɛlt〕
Elfenbein〔ˈɛlfınbaın〕
El Fénix de España〔ɛl ˈfenıks ðe
   esˈpanja〕(西)   「牙
El Ferrol〔ɛl ferˈrɔl〕厄爾費勞耳(西班
Elford〔ˈelfəd〕埃爾福德
El Fostat〔ɛl fusˈtæt〕

El Fraile〔ɛl ˈfraıle; ˈfra·ıle〕
Elfred〔ˈɛlfrıd〕
Elfrida〔ɛlˈfrıdə〕
El Fuerte〔ɛl ˈfwerte〕
El Fung〔æl ˈfuŋ〕
El Galeras〔ɛl gaˈleras〕
Elgar〔ˈɛlgə〕艾爾加(Sir Edward, 1857-
   1934, 英國作曲家)
El Gazala〔ɛl gəˈzælə〕
El Geneina〔æl dʒuˈnenə〕
Elgenia〔ɛlˈdʒinıə〕
Elghammer〔ˈɛlgəmə〕
El Ghanayim〔æl gaˈnæım〕(阿拉伯)
El Gharaq es Sultani〔æl ˈgarak
   æs sulˈtani〕(阿拉伯)
Elgie〔ˈɛldʒı; ˈelgı〕
Elgin〔ˈɛlgın; ˈɛldʒın〕
Elginbrod〔ˈɛlgınbrad〕
Elginshire〔ˈɛlgınʃır〕
El Giza〔ɛl ˈgizə〕
El Gizeh〔ɛl ˈgizə〕
El Goléa〔ɛl goˈlea〕
Elgon〔ˈɛlgan〕厄爾貢火山(非洲)
Elgoni〔ɛlˈgoni〕
Elgood〔ˈelgud〕
El Granadino〔ɛl ,granaˈðino〕(西)
El Gran Capitán〔el ˈgran ,kapıˈtan〕
El Gran Presidente〔ɛl ˈgran
   ,presiˈðente〕(西)
El Greco〔ɛl ˈgreko〕
El Grullo〔el ˈgrujo〕
El Guayas〔ɛl ˈgwajas〕
El Guettar〔ɛl gɛˈtar〕   「伯
El Habesha〔æl ˈhæbæʃə; -ˈʃæ〕(阿拉
Elham〔ˈiləm〕
El Hamad〔æl hæˈmæd〕(阿拉伯)
El Hammâm〔æl hæmˈmæm〕(阿拉伯)
Elhanan〔ɛlˈhenən〕埃爾赫南
El Hasa〔ɛl ˈhæsə〕厄爾哈薩(約旦)
el Hermoso〔ɛl ɛrˈmoso〕
Eli〔ˈilaı〕伊萊
Elia〔ˈiliə〕英國文學家 Charles Lamb 之筆名
Eliab〔ıˈlaıæb〕
Éliacin〔eljaˈsæŋ〕(法)
Eliakim〔ıˈlaıəkım; el-〕伊萊基姆
Éliante〔eˈljãt〕(法)
Elias〔ıˈlaıəs〕伊萊亞斯
Elías〔eˈlias〕
Eliashow〔ɛˈlaıəʃo〕
Eliason〔ıˈlaıəsน〕伊萊亞森
Elías Piña〔ɛˈlias ˈpinja〕(西)
Eliassen〔ıˈlaıəsน〕伊萊亞森

Elibank〔'ɛlɪbæŋk〕埃利班克
Elichpur〔'ɛlɪtʃ,pur〕
Elicker〔'ɛlɪkə〕埃利克
Elidure〔'ɛlɪdur〕
Elie〔'ili〕伊利
Élie〔e'li〕(法)
Eliel〔ɪ'laɪəl; 'ɛljɛl(芬)〕伊萊爾
Elieser〔ɛlɪ'ezə〕
Eliezer〔,ɛlɪ'izə〕埃利澤
Eligio〔e'lihjo〕(西)埃利希奧
Eligius〔ɪ'lɪdʒɪəs; e'ligɪus(德)〕
Elihu〔ɪ'laɪhju; ɛl-; -'laɪhu〕伊萊休
Elijah〔ɪ'laɪdʒə〕【聖經】以利亞(耶穌誕生前
Elikon〔,ɛli'kɔn〕   的希伯來偉大先知〕
Elim〔'ilɪm〕
Eliman〔'ɛlɪmən〕
Elimberrum〔,ɛlɪm'bɛrrəm〕
Elimelech〔ɪ'lɪmələk; ɛl-〕
Elina〔'ɛlɪna〕
el Inca〔ɛl 'iŋka〕
Elinor〔'ɛlɪnə〕愛蓮娜
Elinvar〔'ɛlɪnvə〕
Elio〔e'lio〕
Elío〔e'lio〕(西)
Eliocroca〔,ilɪo'krokə〕
Eliot〔'ɛljət〕艾略特 (❶ George, 1819-1880,
   本名 Mary Ann Evans, 英國女小說家 ❷ Thomas
   Stearns, 1888-1965, 英國詩人及批評家)
Elioth〔ɪ'laɪəθ〕
Elipando〔,ɛli'pando〕
Elipandus〔,ɛli'pændəs〕
Eliphahlet〔ɪ'lifəlɪt〕
Eliphaz〔'ɛlɪfæz〕
Elis〔'ilɪs; 'elɪs(瑞典)〕伊利斯
Élisa〔eli'za〕(法)
Elisa〔ɪ'lɪsə; e'liza(德、義)〕
Elisabet〔e'lizabɛt〕
Elisabeth〔ɪ'lɪzəbəθ; e'lizabɛt(德、
   丹); ɛ'lisabɛt(瑞典)〕
Élisabeth〔eliza'bɛt〕(法)
Elisabethville〔ɪ'lɪzəbəθvɪl〕伊利薩白市
Elisabetta〔e,liza'bɛtta〕(義)
Elisäus〔,ɛlɪ'seus〕(挪)
Elisavetgrad〔ɪ'lɪzəvət,græd〕
Elisavetpol〔ɪ'lɪzəvət,pɔl〕
Elise〔ɛ'liz〕埃莉斯
Élise〔e'liz〕(法)
Élisée〔eli'ze〕(法)
Elisena〔ɛlɪ'sina〕
Eliseus〔,ɛlɪ'siəs〕
Elisha〔ɪ'laɪʃə〕【聖經】以利沙(受教於
   Elijah 之先知)

Elishah〔ɪ'laɪʃə〕
Elisheba〔ɪ'lɪʃəbə〕
Elisío〔,eli'ziu〕
Elisir d'Amore, L'〔,leli'zir da'more〕
Elisofon〔ɛlɪ'safən〕
Elissa〔ɪ'lɪsə〕埃利薩
Elista〔ɪ'lɪstə〕
Eliud〔ɪ'laɪəd〕
Eliza〔ɪ'laɪzə; e'lisa(西)〕伊萊扎
Elizabeth〔ɪ'lɪzəbəθ〕❶～ I, 伊利莎白一世
   (1533-1603, 曾為英女王) ❷～ II, 伊利莎白二
   世 (1926-, 英女王)
Elizabethton〔ɪ'lɪzəbəθtən〕
Elizabetta〔ɪ,lɪzə'bɛtə〕伊麗莎貝塔
Elizalde〔,eli'salde〕
Elizaveta〔jɪljɪzʌ'vjetʌ〕(俄)
Elizevier〔'ɛlɪzəvir〕
Elizonda〔,eli'θɔnda〕(西)
Elizur〔ɪ'laɪzə〕伊萊澤
Eljas〔'ɛljas〕
El Jedida〔ɛl dʒɛ'didə; æl dʒæ'didə
   -dæ〕(阿拉伯)
El Jezira〔ɛl dʒɛ'zirə; æl dʒæ'zira
El Jezireh〔ɛl dʒɛ'zirɛ〕「(阿拉伯)〕
El Jib〔ɛl 'dʒib〕
Elk〔ɛlk〕(波)
El Kab〔ɛl 'kab〕
Elkader〔ɛl'kedə〕
El Kahirah〔ɛl 'kahɪrə〕
Elkan〔'ɛlkan〕埃爾肯
Elkanah〔'ɛlkanə; -'ken-〕埃肯卡納
El Kantara〔ɛl 'kæntərə; æl 'kan-
   tara(阿拉伯)〕
El-Karidab〔ɛl·'kærɪdæb〕
El Kef(f)〔ɛl 'kɛf; æl 'kæf〕
Elkesaites〔'ɛl'kiseaɪts〕
el Khalidi〔ɛl 'halidi〕
El Khalil〔æl ha'lil〕(阿拉伯)
Elkhart〔'ɛlkhart〕
Elkhorn〔'ɛlk,hɔrn〕
el-Khouri〔ɛl·'huri〕
Elkin〔'ɛlkɪn〕埃爾金
Elkington〔'ɛlkɪŋtən〕埃爾金頓
Elkins〔'ɛlkɪnz〕埃爾金斯
Elkland〔'ɛlklənd〕
Elko〔'ɛlko〕
Elkoyni〔ɛl'kɔɪni〕
Elks〔ɛlks〕
El Ksar el Kebir〔ɛl kə'sar; ɛl ke'bɪr〕
Elkton〔'ɛlktən〕
El Kuneitra〔ɛl ku'netrə; æl ku'ne-
   tra; -'naɪt-(阿拉伯)〕

Elkus〔'ɛlkəs〕埃爾克斯
El Kuwatly〔ɛl ku'wɑtlɪ〕
Ell〔ɛl〕
Ella〔'ɛlə〕埃拉
Ellaline〔'ɛləlɪn〕
Ellam〔'ɛləm〕
Ellamae〔'ɛlə'me〕
Elland〔'ɛlənd〕埃蘭
Ellandun〔'ɛləndən〕
Ellangowan〔,ɛlən'gauən〕
Ellard〔'ɛləd〕埃拉德
Ellas〔ɛ'lɑs〕
Ellasar〔'ɛləsɑr; ɛl'lesɑr〕
Ellaury〔e'jaurɪ〕(拉丁美)
Ellaville〔'ɛləvɪl〕
Elldridge〔'ɛldrɪdʒ〕
Elledge〔'ɛlɪdʒ〕
El Ledja〔ɛl 'lɛdʒə; æl 'lædʒə;
  -dʒæ〕(阿拉伯)
Ellef Ringnes〔'ɛləf 'rɪŋnes〕
Ellefson〔'ɛlɪfsn̩〕
Ellen〔'ɛlɪn; 'ɛlən(瑞典)〕愛倫
Ellenberger〔'ɛlɪnbəgə〕埃倫伯格
Ellenbogen〔'ɛlɪnbogən〕埃倫伯根
Ellenborough〔'ɛlɪnbərə〕埃倫伯勒
Ellendale〔'ɛləndel〕
Ellender〔'ɛlɪndə〕埃倫德
Ellen Douglas〔'ɛlɪn 'dʌgləs〕
Ellensburg〔'ɛlənzbəg〕
Ellen's Isle〔'ɛlənz〕
Ellenville〔'ɛlənvɪl〕
Eller〔'ɛlə〕埃勒
Ellerker〔'ɛləkə〕埃勒克
Ellero〔el'lero〕(義)
Ellerman〔'ɛləmən〕埃勒曼
Ellerton〔'ɛlətən〕埃勒頓
Ellery〔'ɛlərɪ〕埃勒里   「(加拿大)
Ellesmere Island〔'ɛlzmɪr ~〕厄茲米爾島
Ellespontos〔,ɛlis'pɔntɔs〕
Ellet〔'ɛlɪt〕埃利特
Ellett〔'ɛlɪt〕埃利特
Elley〔'ɛlɪ〕埃利
El Libertador〔ɛl ,lɪbɛrtɑ'ðor〕(西)
El Libnan〔ɛl lib'nan〕
Ellice〔'ɛlɪs〕
Ellice Islands〔'ɛlɪs ~〕艾利斯羣島
El Licenciado Tomé de Burguillos〔ɛl
  ,liθen'θjaðo to,me ðe bur'giljos〕
Ellichpur〔'ɛlɪtʃpur〕   「(西)
Ellick〔'ɛlɪk〕
Ellickson〔'ɛlɪksn̩〕埃利克森
Ellicott〔'ɛlɪkət; -kat〕埃利科特

Ellie〔'ɛlɪ〕埃利
Ellies〔e'li〕
Ellijay〔'ɛlɪdʒe〕
Elliman〔'ɛlɪmən〕埃利曼
Ellin〔'ɛlɪn〕埃林
Elling〔'ɛlɪŋ〕埃林
Ellinger〔'ɛlɪndʒə〕埃林杰
Ellingford〔'ɛlɪnfəd〕埃林福德
Ellingham〔'ɛlɪdʒəm; 'ɛlɪŋəm〕埃林厉姆
Ellingson〔'ɛlɪŋsn̩〕埃林森
Ellington〔'ɛlɪŋtən〕埃林頓
Ellingwood〔'ɛlɪŋwud〕埃林伍德
Ellinikon〔ɛ'lɪnɪkɑn〕
Ellinton〔'ɛlɪntən〕埃林頓
Ellinwood〔'ɛlɪnwud〕埃林伍德
Elliot〔'ɛljət; -lɪət〕埃林奧特
Elliot-Murray-Kynynmond〔'ɛljət
  'mʌrɪ·kɪ'nɪnmənd〕
Elliotson〔'ɛljət·sn̩; -lɪət-〕
Elliott〔'ɛljət; -lɪət〕埃利奧特
Elliottson〔'ɛljət·sn̩; -lɪət-〕
Ellis〔'ɛlɪs〕艾利斯(Havelock, 1859-1939,
  英國心理學家及作家)
Ellis-Fermor〔'ɛlɪs·'fəmɔr〕
Ellisland〔'ɛlɪslænd〕
Ellison〔'ɛlɪsn̩〕埃利森
Elliston〔'ɛlɪstən〕埃利斯頓
Ellisville〔'ɛlɪsvɪl〕
Ell'ithorn〔'ɛlɪɔrn〕
El mann〔'ɛlmən〕
El ora〔ɛ'lorə〕
Ell、re〔ɛ'lor〕
Ells〔ɛlz〕埃爾斯
Ellsberg〔'ɛlzbəg〕埃爾斯伯格
Ellson〔'ɛlsn̩〕埃爾森
Ellsworth〔'ɛlzwəθ〕艾爾斯渥茲(❶ Lincoln,
  1880-1951, 美國探險家 ❷ Oliver, 1745-1807, 美國
Ellwangen〔'ɛl,vaŋən〕   「法學家)
Ellwood〔'ɛlwud〕埃爾伍德
Elm〔ɛlm〕埃爾姆
Elma〔'ɛlmə〕
El Maghreb el Aqsa〔ɛl 'mɑgreb ɛl
  'aksə; æl 'mʌgrɪb æl 'ʌksa(阿拉伯)〕
el Magno〔ɛl 'magno〕
El Majdal〔ɛl 'madʒdal; æl 'mædʒdæl
Elmalı〔,ɛlmɑ'lɪ〕(土)   「(阿拉伯)〕
Elman〔'ɛlmən〕
El Manco de Lepanto〔ɛl 'maŋko ðe
  le'panto〕(西)
Elmano〔ɪl'mænu〕(葡)
El Mansûra〔ɛl mæn'surə〕厄爾曼蘇那
  (埃及)

El Mante〔ɛl 'mɑnte〕   「(西)
El Mar del Sur〔ɛl 'mɑr ðɛl 'suə〕
El Matariya〔æl ,mætə'rijə〕(阿拉伯)
Elmblad〔'ɛlmblɑd〕
Elme〔ɛlm〕
El Mechili〔ɛl mə'kili〕
El Mekheir〔æl mɛ'her〕(阿拉伯)
El Menar〔ɛl mə'nɑr〕
Elmendorf〔'ɛlməndɔrf〕
Elmer〔'ɛlmə〕埃爾默
El Merg〔æl 'mʌrg〕(阿拉伯)
Elmer Gantry〔'ɛlmə 'gæntrɪ〕
Elmes〔ɛlmz〕埃爾姆斯
Elmet〔'ɛlmɛt〕
El Metemmeh〔ɛl mɛ'tɛmmɛ〕
Elmhirst〔'ɛlmhəst〕埃爾姆赫斯特
Elmhurst〔'ɛlmhəst〕
El Mina〔ɛl 'minə〕
Elmina〔ɛl'minə〕
El Minya〔ɛl 'mɪnjə〕
Elmira〔ɛl'maɪrə〕
El Misti〔ɛl'mistɪ〕米斯替火山(秘魯)
Elmo〔'ɛlmo〕埃爾莫
El Modena〔,ɛl mo'dinə〕
el Monje〔ɛl 'mɔnhe〕(西)
Elmont〔'ɛlmɑnt〕
El Monte〔ɛl 'mɑntɪ〕
Elmora〔ɛl'mɔrə〕
Elmoran〔,ɛlmo'ræn〕
Elmore〔'ɛlmɔr〕埃爾莫爾
El Morro〔ɛl 'mɑro〕
Elmosiro〔,ɛlmo'siro〕
el Mozo〔ɛl 'moso; -θo(西)〕
Elmsford〔'ɛlmzfəd〕
Elmshorn〔'ɛlmshɔrn〕
Elmsley〔'ɛlmzlɪ〕埃爾姆斯利
Elmslie〔'ɛlmzlɪ〕埃爾姆斯利
El Mudo〔ɛl 'muðo〕(西)
El Muerto〔ɛl 'mwɛrto〕
Elmwood〔'ɛlmwud〕
el-Nahas Pasha〔,ænnæ'hɑs 'pæʃɑ〕
  (阿拉伯)
Elnasl〔ɛl'næsḷ〕
El Nath〔ɛl 'næθ〕
Elnathan〔'ɛlnəθæn; ɛl'neθən〕
Elne〔ɛln〕
el Negro〔ɛl 'negro〕
El Obeid〔ɛl o'bed〕奧貝德(蘇丹)
Elobey〔ɛlo'be; elo've(西)〕
Eloesser〔ɛ'lɜsə〕
Elohim〔ɛ'lohɪm〕上帝;神(希伯來聖經用語)
Eloi〔i'loaɪ; 'iloaɪ〕

Éloi〔e'lwɑ〕(法)
Eloikob〔ɛ'lɔɪkob〕
Eloisa to Abelard〔,elo'izə tu 'æbə-
  ,lɑd〕
Eloise〔,ɛlə'wiz; elo'iz〕
Élomire〔elo'mir〕(法)
Elon〔'ilən〕埃隆
Elora〔ɛ'lorə〕
El Orde〔ɛl 'ɔrdə〕
El Oro〔ɛl 'oro〕
Eloth〔'ilɑθ〕
El Oued〔ɛl 'wɛd〕
Eloy〔'ilɔɪ; e'lɔɪ(西); e'lwɑ(法)〕
Eloy Alfaro〔e'lɔɪ ɑl'fɑro〕
El Paraíso〔ɛl ,pɑrɑ'iso〕
El Paso〔ɛl 'pæso〕厄爾巴索(美國)
El Paso del Águila〔ɛl 'pæso dɛl
  'ɑgilɑ〕
El Paso del Norte〔ɛl 'pæso dɛl
  'nɔrtɪ〕
El Paso de Robles〔ɛl 'pæso də
  'robləs〕
Elpenor〔ɛl'pinɔr〕
El Pensador Mexicano〔ɛl ,pɛnsɑ-
  'ðɔr mɛhi'kɑnɔ〕(西)
Elphege〔'ɛlfidʒ〕
Elphin〔'ɛlfɪn〕
Elphinston〔'ɛlfɪnstən〕 「斯通(緬甸)
Elphinstone〔'ɛlfɪnston; -tən〕埃爾芬
Elpidio〔ɛl'piðjo〕(西)
Elpidon〔ɛl'pidən〕
el Pinciano〔ɛl pin'θjɑno〕(西)
El Progreso〔ɛl pro'greso〕
El Puerto〔ɛl 'pwɛrto〕
El Qantara〔ɛl 'kæntərə〕
El Qara〔æl 'kɑrɑ〕
El Qasr〔æl 'kɑsə〕(阿拉伯)
El Qatar〔ɛl 'kɑtɑr〕
El Qatif〔ɛl 'kɑtɪf〕
El Qatrani〔æl kɑ'trɑnɪ〕
El Qoseir〔ɛl ko'seə〕
El Qsar el Kbir〔æl 'ksɑr æl
  kæ'bir〕(阿拉伯)
El Quiché〔ɛl ki'tʃe〕(阿拉伯)
El Quds esh Sherif〔ɛl 'kuts ɛʃ
  ʃɛ'rif; æl 'kuts æʃ ʃæ'rif(阿拉伯)〕
El Quneitra〔ɛl ku'netrə; æl ku'ne-
  ; -'naɪt-(阿拉伯)〕
El Quseir〔æl ku'sɛr; æl ku'ser;
  -'saɪr(阿拉伯)〕
El Qusur〔ɛl 'kusur; æl 'kusur
  (阿拉伯)〕

El Qutr el Masri〔æl ˈkutə æl
ˈmɪsri〕
El Recreo〔ɛl rekˈreo〕
El Reno〔ɛl ˈrino〕
El Riachuelo〔ɛl ˌriatʃˈwelo〕
Elrica〔elˈrikə〕
Elrington〔ˈɛlrɪŋtən〕埃爾林頓
El Rio〔ɛl ˈrio〕
Elrod〔ˈɛlrɑd〕埃爾羅德
El Rosario〔ɛl roˈsarjo〕
Elroy〔ˈɛlrɔɪ〕埃爾羅伊
Elsa〔ˈɛlsə; ˈɛlzə; ˈɛlza(德); ˈɛlsa
(瑞典); ɛlˈsa(法)〕埃爾莎
el Sabio〔ɛl ˈsabjo〕
Elsaesser〔ˈɛlzɛsə〕
Elsah〔ˈɛlsə〕
El Said〔ɛl saˈid〕
El Salto〔ɛl ˈsalto〕   「(中美洲)
El Salvador〔ɛl ˈsælvəˌdɔr〕薩爾瓦多
el Santo〔ɛl ˈsanto〕
Elsas〔ˈɛlsəs〕埃爾薩斯
Elsass〔ˈɛlzas〕
Elsasser〔ɛlˈsæsə〕埃爾薩瑟
Elsass-Lothringen〔ˈɛlzas·ˈlotrɪŋən〕
Elsberg〔ˈɛlzbəg〕
Elsberry〔ˈɛlzberi; -bəri〕
Elsbeth〔ˈɛlsbɛt〕
Elsbree〔ˈɛlzbri〕埃爾斯布里
Elsdon〔ˈɛlzdən〕
Else〔ˈɛlsə; ˈɛlzə(德)〕埃爾斯
El Segundo〔ˌɛl səˈgʌndo; -ˈgun-〕
Elsenbast〔ˈɛlsənbæst〕埃爾森巴斯特
Elsene〔ˈɛlsənə〕
Elsener〔ˈɛlsnə〕
Elser〔ˈɛlsɚ〕埃爾瑟
El Sereno〔ɛl sɛˈreno〕
Elseus〔ɛlˈseʊs〕
Elsevier〔ˈɛlzəviə〕
Elsey〔ˈɛlsɪ〕埃爾斯西
Elsheimer〔ˈɛlshaɪmə〕
Elshender〔ˈɛlʃɪndə〕
Elsie〔ˈɛlsɪ〕愛喜
Elsinore〔ˌɛlsɪˈnɔr〕
Elskamp〔ˈɛlskamp〕
Elskwatawa〔ɛlskˈwatəwə〕
Elsmere〔ˈɛlzmɪr〕
El Sollum〔æs sælˈlum〕(阿拉伯)
Elson〔ˈɛlsn̩〕埃爾森
El Sordillo de Pereda〔ɛl sɔrˈðiljo
ðe peˈreða〕(西)
Elspeth〔ˈɛlspeθ; -pəθ〕埃爾斯佩斯
Elsschot〔ˈɛlshɔt〕(法蘭德斯)

Elssler〔ˈɛlslə〕
Elstad〔ˈɛlstɛd〕埃爾斯塔德
Elster〔ˈɛlstə〕
Elston〔ˈɛlstən〕埃爾斯頓
Elstow〔ˈɛlsto; -stə〕
Elstree〔ˈɛlstri〕
El Supremo〔ɛl suˈpremo〕
Elswick〔ˈɛlsɪk; ˈɛlzwɪk〕
Elsworthy〔ˈɛlzˌwɝðɪ〕埃爾斯沃西
Elswyth〔ˈɛlzwɪθ〕埃爾斯威思
El Teb〔ɛl ˈtɛb〕
Eltekeh〔ˈɛltəkə〕
Elten〔ˈɛltən〕
El Teniente〔ɛl teˈnjentɛ〕
Eltham〔ˈɛltəm〕
El Tih〔ɛl ˈti〕
Elting〔ˈɛltɪŋ〕埃爾廷
El Tocuyo〔ɛl toˈkujo〕
Elton〔ˈɛltən〕埃爾頓
Eltonskoe〔ˈɛlɪtənskəjə〕
El Trocadero〔ɛl ˌtrokaˈðero〕(西)
El Tronador〔ɛl ˌtronaˈðor〕(西)
Éluard〔eljuˈar〕(法)
Elul〔ɛˈlul〕
El Uqsor〔ɛl ˈuksɔr; æl ˈuksur〕
Elur〔ɛˈlur〕
Elura〔ɛˈlurə〕
Elusa〔ɛˈlusæ〕
Elva〔ˈɛlvə〕埃爾娃
El Vado〔ɛl ˈvaðo〕(西)
Elvas〔ˈelvaʃ〕(葡)
Elveden〔ˈɛlvdən〕埃爾夫登
Elvedon〔ˈɛlvdən〕   「耶姆
Elvehjem〔ˈɛlvɪjɛm; ɛlˈveəm〕埃爾維
Elvend〔ˈɛlvɛnd〕
Elverum〔ˈɛlvərum〕
Elvestad〔ˈɛlvəsta〕(挪)
Elvey〔ˈɛlvɪ〕埃爾維
Elvidge〔ˈɛlvɪdʒ〕埃爾維奇
El Viejo〔ɛl ˈvjeho〕(西)
Elvin〔ˈɛlvɪn〕埃爾文
Elvins〔ˈɛlvɪnz〕埃爾文斯
Elvira〔ɛlˈvaɪrə〕埃爾衛拉
Elvire〔ɛlˈvir〕
El Volcán de Arequipa〔ɛl vɔlˈkan
ðe ˌareˈkipa〕(西)
El Wad〔æl ˈwæd〕
Elwell〔ˈɛlwɛl〕埃爾衛爾
Elwend〔ɛlˈvɛnd〕
Elwes〔ˈɛlwɪz〕埃爾威斯
Elwin〔ˈɛlwɪn; ˈɛlvin(德)〕埃爾溫
Elwood〔ˈɛlwʊd〕埃爾伍德

Elworthy〔'ɛlwəðɪ〕埃爾沃西

Elwund〔ɛl'vʌnd〕

Elwyn〔'ɛlwɪn〕埃爾溫

Ely〔'ilɪ; ɛ'lɪ〕伊利

Elyan〔'ɛljən〕

Elymaïs〔,ɛlɪ'meɪs〕

Elymas〔'ɛlɪməs; -mæs〕

Elyot〔'ɛljət〕艾略特（Sir Thomas, 1490?-
1546, 英國學者及外交家）

Elyria〔ɪ'lɪrɪə〕

Elyse〔ɪ'lis〕

Elysée〔eli'ze〕

Elysia〔ɪ'lɪʒɪə〕

Elysio〔ɪ'lizju〕（葡）

Elysium〔ɪ'lɪzjəm; ɪ'lɪzɪəm〕❶【希臘
神話】善人死後所居之樂土 ❷天堂；樂土

Elytis〔'ɛlɪtis〕艾利迪斯（Odysseus, 1911-,
希臘詩人）

El Yunque〔ɛl 'juŋke〕

Elze〔'ɛltsə〕

Elzéar〔ɛlze'ɑr〕（法）

Elzevir〔'ɛlzɪvɪr; -zəv-〕❶厄爾澤維
（Louis, 1540?-1617, 荷蘭之一著名印刷廠的創辦
人）❷該廠出版之書籍

Elzie〔'ɛlzɪ〕埃爾奇「人」❷該廠出版之書籍

Ema〔'ɛma〕

Emants〔'emants〕

Emanuel〔ɪ'mænjʊəl; ɛm-; e'manjʊəl
（荷）; e'manuɛl（德）; ɛ'manuɛl（丹、瑞
典）; ɛmanjʊ'ɛl（法）〕伊曼紐爾

Emanuele〔,eman'wele〕

Emanuilovich〔ɪ,manu'iləvɪtʃ〕

Emaré〔ɛma're〕（中古英語）

Emaus〔'emɔs〕

Emba〔ɛm'ba〕

Embabaan〔,ɛmba'ban〕

Embarcaderos〔eɪn,barka'ðeros〕（西）

Embarras(s)〔ɛm'bærəs; 'æmbrɔ〕

Embden〔'ɛmpdən〕

Emberday〔'ɛmbəde〕

Emberton〔'ɛmbətən〕恩伯頓

Emberweek〔'ɛmbəwik〕

Embick〔'ɛmbɪk〕恩比克

Embley〔'ɛmblɪ〕恩布利

Embling〔'ɛmblɪŋ〕恩布林

Emboscada〔,embos'kaða〕（西）

Embree〔'ɛmbri〕恩布里

Embrica〔'ɛmbrɪkə〕

Embry〔'ɛmbrɪ〕恩布里

Embury〔'ɛmbərɪ〕恩伯里

Emch〔ɛmʃ〕埃姆什

Emden〔'ɛmdən〕恩登港（德國）

Emeer〔ɛ'mɪr〕

Emeers〔ɛ'mɪrz〕

Emelé〔ɛme'le〕

Emelie〔'ɛmɪlɪ〕

Emeline〔'ɛmɪlin〕

Emelyan〔,jɪmjɪ'ljan〕（俄）

Emelye〔'ɛmɪlɪ〕

Emen(e)y〔'ɛmənɪ〕埃米尼

Emerald〔'ɛmərəld〕

Émeric-David〔ɛm'rik·da'vid〕

Emerich〔'ɛmərɪk; 'emərɪh（德）〕埃默
里克

Emerico〔,eme'riko〕

Emerita Augusta〔ɪ'merɪtə ɔ'gʌstə〕

Emerson〔'ɛmərsn〕愛默生（Ralph Waldo,
1803-1882, 美國散文家及詩人）

Emery〔'ɛmərɪ〕埃默里

Emeryville〔'ɛmərɪvɪl〕

Emesa〔'ɛmɪsə〕

Emett〔'ɛmɪt〕埃梅特

Emge〔'ɛmge〕

Emich〔'emɪh〕（德）埃米赫

Emigrant Peak〔'ɛmɪgrənt ～〕

Émigrés〔emi'gre〕（法）

Emi Koussi〔'emɪ 'kusɪ〕愛米哥西峯
（非洲）

Emil〔'imɪl; 'em-; 'ɛmɪl（捷、芬、匈、波）;
'emil（德）; 'emɪl（挪、瑞典）〕埃米爾

Émil〔e'mil〕

Emile〔'emɪl; 'imɪl〕埃米爾

Émile〔e'mil〕

Emilia〔ɪ'mɪlɪə; -ljə; e'milja（西、義）;
e'milɪa（德）〕伊米莉亞

Emilia Galotti〔e'milja ga'lɒttɪ〕（義）

Emiliani, Jerome〔dʒɪ'rom ,emɪ'ljanɪ〕

Emiliano〔,emi'ljano〕

Emilia-Romagna〔e'milja·ro'manja〕

Emilie〔'ɛmɪlɪ; e'milɪə（德）; ɛ'mili（瑞
典）〕埃米莉

Émilie〔emi'li〕（法）

Émilien〔emi'ljæŋ〕（法）

Emilievich〔jɪ'mjiljɪvjɪtʃ〕（俄）

Emlin〔'ɛmlɪn〕

Emilio〔e'miljo〕

Emilius〔ɪ'milɪʊs〕

Emillia〔ɪ'mɪlɪə〕

Emil Theodor〔'emil 'teodɔr〕

Emily〔'ɛmɪlɪ〕愛彌麗

Emin〔ɛ'min〕額敏（新疆）

Eminence〔'ɛmɪnəns〕

Éminence Grise〔emi'naŋs 'griz〕

Éminence Rouge〔emi'naŋs 'ruʒ〕（法）

Eminescu〔͵ɛmɪˈnɛsku〕
Eminönü〔͵ɛmɪnəˈnjʊ〕
Emin Pasha〔ɛˈmin paˈʃa; ˈemin ˈpaʃa〕
Emir〔ɛˈmɪr〕
Emirs〔ɛˈmɪrz〕
Emirau〔͵emɪˈrau〕
Emison〔ˈɛmɪsn̩〕埃米森
Emken〔ˈɛmkɪn〕
Emlen〔ˈɛmlɪn〕
Emler〔ˈɛmlɚ〕
Emley〔ˈɛmlɪ〕
Emlin〔ˈɛmlɪn〕埃姆林
Em'ly〔ˈɛmlɪ〕
Emlyn〔ˈɛmlɪn〕埃姆林
Emm〔ɛm〕愛米
Emma〔ˈɛmə; ˈɛma(荷、德); ˈɛmma (義); ɛmˈma(法)〕愛瑪
Emmahaven〔ˈɛmə͵havən〕
Emmanuel〔ɪˈmænjʊəl; ɛˈmanuəl(丹); ɛmanjʊˈel(法); ɛˈmanuɛl(德); ͵emanˈwil(希)〕以馬內利(教主基督之別稱；其希伯來文原義爲 God with us)
Emmanuele〔͵emmanˈwele〕
Emmanuilovich〔jɪmmʌnʊˈilʌvjɪtʃ〕(俄)
Emmastad〔ˈɛməstæd〕
Emmaus〔ɛˈmeəs〕
Emmaus Nicopolis〔ɛˈmeəs nɪˈkapolɪs; ɛˈmeəs naɪˈkapolɪs〕
Emme〔ɛm; ˈɛmə(德)〕埃姆
Emmeline〔ˈɛmɪlin; -laɪn〕埃米琳
Emmen〔ˈɛmən〕厄門(荷蘭)
Emmendingen〔ˈɛməndɪŋgən〕
Emmenthal〔ˈɛməntal〕
Emmerich〔ˈɛmərɪh〕(德) 埃默里赫
Emmerick〔ˈɛmərɪk〕
Emmerson〔ˈɛmərsn̩〕埃默森
Emmert〔ˈɛmət〕埃默特
Emmery〔ˈɛmərɪ〕
Emmet〔ˈɛmɪt〕埃米特
Emmetsburg〔ˈɛmɪtsbəg〕
Emmett〔ˈɛmɛt; -mɪt〕埃米特
Emmi〔ˈɛmi〕
Emmich〔ˈɛmɪh〕(德)
Emmie〔ˈɛmɪ〕愛米
Emmitsburg〔ˈɛmɪtsbəg〕
Emmons〔ˈɛmənz〕埃蒙斯
Emmuska〔ˈɛmmuʃka〕(匈) 「獎」
Emmy〔ˈɛmɪ〕艾美獎(美國電視之最高榮譽
Emmylou〔͵ɛmiˈlu〕
Emodus〔ɪˈmodəs〕
Emogene〔ˈɛmə͵dʒin〕

Emona〔ɪˈmonə〕
Emory〔ˈɛmərɪ〕埃默里 「(西)
Empecinado, El〔ɛl ͵empeθɪˈnaðo〕
Empedocles〔ɛmˈpɛdə͵kliz〕恩貝多克利 (紀元前五世紀之希臘哲學家及政治家)
Empedrado〔͵empeˈðraðo〕(西)
Emperor Range〔ˈɛmpərɚ ~〕帝王山脈
Empey〔ˈɛmpɪ〕 「(所羅門羣島)
Empie〔ˈɛmpɪ〕恩庇
Empire〔ˈɛmpaɪr〕
Emplazado, el〔ɛl ͵emplaˈθaðo〕(西)
Empoli〔ˈɛmpoli〕
Emporia〔ɛmˈpɔrɪə〕
Emporium〔ɛmˈpɔrɪəm〕
Empress Augusta Bay〔ˈɛmprɛs ɔˈgʌstə ~〕
Empson〔ˈɛmpsn̩〕恩普森
Empusae〔ɛmˈpjusi〕
Emrich〔ˈɛmrɪtʃ〕埃姆里奇
Emrick〔ˈɛmrɪk〕埃姆里克
Emroy〔ˈɛmrɔɪ〕埃姆羅伊
Emrys〔ˈɛmrɪs〕埃姆里斯
Ems〔ɛmz; ɛms〕
Emsdetten〔ˈɛms͵dɛtən〕
Emser〔ˈɛmzɚ〕
Emsley〔ˈɛmzlɪ〕埃姆斯利
Emslie〔ˈɛmzlɪ〕埃姆斯利
Emson〔ˈɛmsən〕埃姆森
Emsworth〔ˈɛmzwəθ〕
Ena〔ˈinə; ˈɛnə〕埃娜
Énambuc, d'〔denaŋˈbjʊk〕(法)
Enamorada, Diana〔ˈdjana ɛ͵namoˈraða〕(西)
Enamorado〔ɛ͵namoˈraðo〕(西)
Enanthe〔iˈnænθi〕
Enarchus〔ɛˈnarkəs〕
Enard〔ˈenard〕
Enare〔ˈenarɪ〕(芬)
Enarea〔ɛˈnarea〕
Enareträsk〔ˈenarət͵rɛsk〕
Encaenia〔ɛnˈsinjə〕
Encalada〔ɛŋkaˈlaða〕(西)
Encantada〔ɛŋkanˈtaða〕(西)
Encantadas〔͵ɛnkanˈtadəz〕
Encato〔eŋˈkanto〕
Encarnación〔͵eŋkanaˈsjɔn〕
Enceladus〔ɛnˈsɛlədəs〕
Encina〔͵enˈθina〕(西)
Enciso〔enˈθiso〕(西)
Encinitas〔͵ɛnsɪˈnitəs〕
Encke〔ˈɛŋki〕
Enckell〔ˈɛŋkɛl〕

Enclos, L' 〔lɑŋ'klo〕(法)

Encomium Moriae〔ɪn'komɪəm
mə'raɪɪ〕

Encontrados〔,eŋkɔn'traðos〕(西)

Encounter〔ɪn'kaʊntə〕恩康特 (澳洲)

Encrucijada〔,eŋkrusɪ'haða〕(西)

Endacott〔'ɛndəkət〕恩達科特

Endau〔'ɛndaʊ〕

Ende〔'ɛndə〕

Endeavour〔ɛn'dɛvə〕

Endecott〔'ɛndɪkət〕恩迪科特

Endell〔'ɛndl〕

Endemann〔'ɛndəmən〕

Ender〔'ɛndə〕   「平洋」

Enderbury〔'ɛndə,berɪ〕恩德貝里島(太

Enderby Land〔'ɛndəbɪ～〕恩德比地區
(南極洲)

Enderlin〔'ɛndəlɪn〕恩德林

Enders〔'ɛndəz〕安德斯 (John Franklin,
1897-1985, 美國細菌學家)

Endicott〔'ɛndɪkət, -kat〕恩迪科特

Endimion〔ɛn'dɪmɪən〕

Endimium〔ɛn'dɪmɪəm〕

Endlicher〔'ɛntlɪhə〕(德)

Endor〔'ɛndɔr〕

Endre〔'ɛndrɛ〕恩德雷

Endröd〔'ɛndrəd〕

Endsor〔'ɛnzə〕

Endter〔'ɛntə〕

Endwell〔'ɛndwɛl〕   「愛的美少年

Endymion〔ɛn'dɪmɪən〕【希臘神話】月神所

Endzelins〔'ɛndzɛlɪns〕

Ené〔e'ne〕

Enea〔e'nea〕

Eneas〔i'niæs; 'iniæs〕

Eneid〔'iniid; ɪ'niid〕

Enesco〔ɛ'nɛsko〕

Enescu〔ɛ'nɛsku〕

Enevermeu〔aŋvɛrv'mɜ〕(法)

Eney〔'inɪ〕

Enez〔ɛ'nez〕

Enfant, L'〔luŋ'faŋ〕

Enfantin〔aŋfaŋ'tæŋ〕(法)

Enfants terribles〔aŋ'faŋ tɛ'ribl〕

Enfidaville〔ɛn'fidəvɪl〕

Enfield〔'ɛnfild〕恩菲爾德

Enfuro〔ɛn'furo〕

Eng〔ɛŋ〕

Engadine〔'ɛŋgədin〕

Engannim〔ɛn'gænɪm〕

Engano〔ɛŋ'gano～〕恩干約角(菲律賓)

Engaño〔eŋ'ganjo〕

Engdahl〔'ɛŋdɑl〕

Engebi〔ɛŋ'ebɪ〕

Engedi〔ɛn'gidɪ〕

En-gedi〔ɛn·'gidaɪ〕   「國經濟學家」

Engel〔'ɛŋəl〕安格爾 (Ernst, 1821-1896, 德

Engelbach〔'ɛŋəlbæk〕恩格爾巴赫

Engelberg〔'ɛŋəlbɛrk〕

Engelbert〔'ɛŋəlbɛrt〕(德)   「雷希特

Engelbrecht〔'ɛŋəlbrɛht〕(德)恩格爾布

Engelbrechtsen〔'æŋəlbrɛht·sən〕(荷)

Engelhard〔'ɛŋgəlhard; 'ɛŋəlhart
(德)〕恩格爾哈德

Engelhardt〔'ɛŋgəlhart〕恩格爾哈特

Engelman〔'ɛŋgəlman〕恩格爾曼 「恩格爾曼

Engelmann〔'ɛŋgəlmən; 'ɛŋəlman(德)〕

Engels〔'ɛŋəls; 'jɛŋgɪljs〕恩格斯(蘇聯)

Engen〔ɛŋ'gɛn〕恩金

Engerau〔'ɛŋəraʊ〕

Engerrand〔aŋʒɛ'raŋ〕(法)

Engert〔'ɛŋgət〕恩格特

Enggano〔ɛŋ'gano〕

Enggas〔'ɛŋgəs〕

Enghien, d'〔daŋ'gæŋ〕(法)   「(法)

Enghien-les-Bains〔aŋ'gæŋ·le·'bæŋ〕

Engiadina〔,ɛndʒa'dina〕

Engidu〔'ɛŋgidu〕

Engineer〔ɛndʒɪ'nɪr〕   「國之通稱

England〔'ɪŋglənd〕❶英格蘭區(英國)❷

Engländer〔'ɛŋlɛndə〕

Engle〔'ɛŋgl〕恩格爾

Engledow〔'ɛŋgldaʊ〕恩格爾多

Englefield〔'ɛŋglfild〕恩格爾菲爾德

Englehart〔'ɛŋglhart〕恩格爾哈特

Engleman〔'ɛŋglmən〕恩格爾曼

Engler〔'ɛŋlə〕恩格勒

Englert〔'ɛŋlət〕恩格勒特

Engles〔'ɛŋglz〕

English〔'ɪŋglɪʃ〕❶英國人民(集合稱，與
the 連用)❷英語；英文

English Bazar〔'ɪŋglɪʃ bə'zar〕

English Channel〔'ɪŋglɪʃ～〕英吉利海峽

Englishtown〔'ɪŋglɪʃtaun〕 「(大西洋)

Englund〔'ɛŋglənd〕英格倫

Engstligenthal〔'ɛnkstligəntal〕

Engstrand〔'ɛŋstrənd〕

Engstrom〔'ɛŋstram〕恩斯特龍

Engström〔'ɛŋstrəm〕

Enguerrand〔aŋgɛ'raŋ〕(法)

Enguinegatte〔aŋgin'gat〕(法)

Enguium〔'ɛŋgwɪəm〕

Enguri〔ɛŋgjʊ'ri〕

Engyum〔'ɛndʒɪəm〕

Enid〔'inɪd〕伊妮德

Enif〔'ɛnɪf〕

Enikale〔,enɪkɑ'lɛ〕

Enim〔'inɪm〕

Enimaga〔,eni'mɑgɑ〕

Enipeus〔ɪ'naɪpjus〕

Enisei〔,jɛnɪ'se〕

Eniseisk〔,jɛnɪ'sesk〕

Enitharmon〔enɪ'θɑrmən〕

Eniwetok〔ɛ'niwətak; ,enɪ'witak〕
安尼威吐克（大洋洲）

Enjamusi〔,endʒɑ'musi〕

Enkell〔'ɛŋkɛl〕

Enke's Comet〔'ɛŋkəz ~〕

Enkhuizen〔ɛŋk'hɔɪzən〕（荷）

Enkidu〔'enkɪdu〕

En-lai, Chou〔'dʒo 'ɛn'laɪ〕（中）

Enlil〔en'lɪl〕

Enlow〔'enlo〕

Enman〔'ɛnmən〕恩曼

Enna〔'enə; 'ɛnnɑ; 'ɛnɑ〕

En Nahud〔æn næ'hud〕

En Naqura〔æn nɑ'kurɑ〕（阿拉伯）

En Nasira〔en 'nɑsɪrə; æn 'nɑsɪrɑ
（阿拉伯）〕

En Nebk〔æn 'næbək〕（阿拉伯）

Ennedi〔en'di〕

Enell〔'ɛnəl〕

Ennemond〔en'mɔn〕（法）

Enneking〔'ɛnəkɪŋ〕

Ennemoser〔'ɛnɪ,mozə〕

Ennepetal〔'enəpətal〕

Ennerdale〔'ɛnədel〕

Ennery, d'〔den'ri〕（法）

Ennever〔'ɛnɪvə〕恩尼弗

Ennis〔'ɛnɪs〕恩尼斯

En Nil〔æn 'nil〕

Ennio〔'ennjo〕

Ennis〔'ɛnɪs〕

Enniscorthy〔,ɛnɪs'kɔrθɪ〕

Ennisdale〔'enɪzdel〕恩尼斯代爾

Enniskillen〔,enɪs'kɪlɪn〕

Ennius〔'enɪəs〕

Enno〔'ɛno〕

Ennodius〔ɛ'nodɪəs〕

En Nofilia〔en no'fɪljə〕

Enns〔enz; ɛns（德）〕

Eno〔'ino〕伊諾

Enobarb(e)〔'inə,bɑrb〕

Enobarbus〔,inə'bɑrbəs〕

Enoch〔'inɑk〕伊諾克

Enoch Arden〔'inɑk 'ɑrdn̩〕

Enock〔'inɑk〕伊諾克

Enola〔ɪ'nolə〕

Enoree〔'ɛnəri〕

Enos〔'inɑs; ɛ'nɔs; ɛ'nəs〕伊諾斯

Enotah〔ɪ'notə〕

Enotrio〔ɛ'nɔtrɪo〕

Enrica〔en'rikə〕

Enrico〔en'riko〕

Enright〔'enraɪt〕恩賴特

Enrika〔en'rikɑ〕

Enrique〔en'rike〕

Enriques〔en'rikes〕

Enríquez〔enri'keθ〕（西）恩里克斯

Enriquillo〔,enrɪ'kijo〕（拉丁美）

Enroughty〔en'rauti〕

Ens〔ɛns〕

Enschedé〔,ɛnshə'de〕恩斯卡德（荷蘭）

Ense〔'ɛnzə〕　　　　　　　　「哥）

Ensenada〔,ensə'nɑðɑ〕恩塞納達（墨西

Ensey〔'ɛnsɪ〕恩西

Ensisheim〔'ɛnzɪshaɪm〕

Ensley〔'ɛnzlɪ〕恩斯利

Enslin〔'ɛnzlɪn〕恩斯林

Ensminger〔ɪnz'mɪŋgə〕恩斯明格

Ensor〔'ɛnzə; 'ɛnsɔr〕恩索爾

Entebbe〔en'tɛbə〕恩德培（烏干達）

Entellus〔en'tɛləs〕

Enterprise〔'entəpraɪz〕

Enters〔'entəz〕恩特斯

Entezam〔,entə'zam; 'ɪntəzɑm〕

Enthoven〔'ɛnthovən; en'tovən〕恩托

Enticknap〔'entɪknæp〕　　　　　「文

Entlebuch〔'entləbuh〕（德）

Entragues〔ɑŋ'trɑg〕（法）

Entragues, d'〔dɑŋ'trɑg〕（法）

Entrecasteaux〔ɑŋtrəkɑs'to〕（法）

Entre-Douro-e-Minho〔'eŋtrə·'ðoru·
ɪ'minju〕（葡）

Entre Rios〔'eŋtrɪ 'rius〕（巴西）

Entre Ríos〔'entre 'rios〕

Entrez〔ɑŋ'trɛ〕（法）

Entwistle〔'entwɪsl〕恩特威斯爾

Enugu〔e'nugu〕

Enumclaw〔'inəmklɔ〕

Enver〔en'ver〕

Enver Bey〔ɛn've 'be〕

Enver Pasha〔ɛn'ver pɑ'ʃɑ〕

Enyart〔'enjɑrt〕

Enyeus〔ɪ'naɪjus〕

Enyo〔ɪ'naɪo〕

Enyu〔'ɛnju〕

Enzeli〔,enzɛ'li〕

Enzina〔en'θina〕（西）
Enzinas〔en'θinas〕（西）
Enzio〔'ɛntsjo〕
Enzo〔'ɛntso〕
Eoanthropus〔,ioæn'θropəs〕原始人
Eobanus〔,io'benəs〕 「岩石；始新統
Eocene〔'iə,sin〕【地質】始新世；始新世之
Eochaidh〔'jake; 'jahe〕
Eóchaill〔'jɔhɪl〕（愛）
Eogene〔'iodʒin〕
Eoghan〔'oɛn〕（愛）
Eohippus〔,io'hɪpəs〕
Eoiae〔i'ɔii〕
Eoin〔jon; 'oɛn（愛）〕約恩
Eoka〔i'okə〕
Eolia〔i'oljə〕
Eolie〔e'ɔlje〕
Eolis〔'iəlɪs〕
Eolus〔'ioləs〕
Éon〔e'ɔ̃〕（法）
Eormenric〔'ɛormɛnritʃ〕（古英）
Eos〔'ias〕【希臘神話】黎明之女神（與羅馬
  神話之 Aurora 相當）
Eostra〔ɛ'ostrə〕
Eothen〔i'oθɛn〕
Eötvös〔'ɜtvɛʃ〕（匈）
Epameinondas〔,epamɪ'nɔndəs〕（希）
Epaminondas〔ɛ,pæmɪ'nandəs〕義巴敏
  諾達（418?-362 B.C., 古 Thebes 之將軍及政治家）
Epanomeria〔ɛ,panɔmɛ'ria〕
Epaphriditus〔ɪ,pæfrə'daɪtəs〕
Epaulet〔'ɛpəlɛt〕
Epe〔'epə〕
Epecuén〔,epɛk'wen〕
Épée〔e'pe〕
Epehy〔,ɛ'pi〕
Epeiros〔'ipɪrəs〕
Eperies〔'epɛrɪs〕
Eperjes〔'ɛpɛr,jɛʃ〕（匈）
Épernay〔epɛr'ne〕（法）
Épernon〔epɛr'nɔ̃〕（法）
Epes〔ɛps〕埃普斯
Ephess〔'ɛfɛs〕
Ephesus〔'ɛfɪsəs〕以弗所（小亞細亞）
Ephialtes〔,ɛfɪ'æltiz〕
Ephorus〔'ɛforəs〕
Ephraem〔'ifreɪm〕
Ephraim〔'ifrɪm; -frəm〕伊弗雷姆
Ephrata〔'ɛfrətə; ɪ'fretə〕
Ephrem〔ɛ'frem〕
Ephron〔'ɛfran〕
Ephrussi〔ɛfrju'si〕

Ephyra〔'ɛfɪrə〕
Ephyre〔'ɛfɪri〕
Epi〔'epɪ〕
Epicaste〔,ɛpɪ'kæstɪ〕
Epicharmus〔,ɛpɪ'karməs〕
Epicoene〔'ɛpɪsɪn〕
Epictetus〔,ɛpɪk'titəs〕艾匹克蒂塔（60?-
  120? A.D.,希臘斯多噶學派哲學家）
Epicurus〔,ɛpɪ'kjurəs〕艾庇顧拉斯（342?-
  270 B.C., 希臘哲學家）
Epidamnos〔,ɛpɪ'dæmnəs〕
Epidamnum〔,ɛpɪ'dæmnəm〕
Epidamnus〔,ɛpɪ'dæmnəs〕
Epidaurum〔ɛpɪ'dɔrəm〕
Epidaurus〔,ɛpɪ'dɔrəs〕
Epigoni〔ɛ'pɪgənaɪ〕
Epimenides〔,ɛpɪ'mɛnɪdiz〕
Epimetheus〔,ɛpɪ'miθjus〕 「（法）
Épinac-les-Mines〔epi'nak·le·'min〕
Épinal〔'ɛpɪnl〕
Épinal〔epi'nal〕（法）
Epinay, d'〔de,pi'ne〕
Épiney〔epi'ne〕
Epiphanes〔ɪ'pɪfəniz〕
Epiphanes Nicator〔ɪ'pɪfəniz naɪ'ke-
  tɔr〕
Epiphania〔,ɛpɪ'fenjə; ɛpɪfə'naiə〕
Epiphanius〔,ɛpɪ'feniəs〕 「顯節
Epiphany〔ɪ'pɪfənɪ〕基督教每年一月六日之主
Epipsychidion〔,ɛpɪsaɪ'kɪdɪən;
  ɪpsaɪ'kɪdɪən; -dɪən〕
Epirot〔ɪ'paɪrat〕
Epirote〔ɪ'paɪrot〕
Epirus〔ɛ'paɪrəs〕
Episcopal〔ɪ'pɪskəpl̩〕
Episcopius〔,ɛpɪs'kopiəs〕
Epistolae Obscurorum Virorum
  〔ɛ'pɪstoli ,abskju'rorəm vɪ'rorəm〕
Epitacio〔,ipɪ'tusju〕（葡）
Epithalamion〔ɛpɪθə'lemiən〕
Epithalamium〔,ɛpɪθə'lemiəm〕
Epley〔'ɛplɪ〕埃普利
Epomeo〔,epo'meo〕
Eponym Canon〔'ɛpənɪm 'kænən〕
Epora〔'ɛporə〕
Eporedia〔,epo'ridiə〕
Epp〔ɛp〕埃普
Epperly〔'ɛpəlɪ〕
Epperson〔'ɛpəsn̩〕埃珀森
Eppert〔'ɛpət〕埃珀特
Eppie〔'ɛpi〕

Epping〔'ɛpɪŋ〕
Eppinger〔'ɛpɪŋgə〕
Eppley〔'ɛplɪ〕埃普利
Epps〔ɛps〕
Épréménil, d'〔depreme'nil〕
Éprémesnil〔epreme'nil〕厂普孫（英格蘭）
Epsom and Ewell〔,ɛpsəmən'juəl〕艾
Epstein〔'ɛpstaɪn〕艾普斯坦（Sir Jacob, 1880-1959, 生於美國之英國雕刻家）
Epstine〔'ɛpstaɪn〕
Epton〔'ɛptən〕埃普頓
Epworth〔'ɛpwəθ〕
Equator〔ɪk'wetə〕
Equatoria〔,ikwə'tɔrɪə〕
Equatorial Guinea〔,ikwə'tɔrɪəl 'gɪnɪ〕赤道幾內亞（西非）
Equeurdreville〔,ekədrə'vil〕
Equinox〔'ikwɪnɑks〕
Equuleus〔ɛ'kwʊlɪəs〕
Er〔ɝ〕化學元素 erbium 之符號
Erandio〔ɛ'randjo〕
Érard〔e'rar〕（法）
Erardz〔'ɛrardz〕
Erasistratus〔,ɛrə'sɪstrətəs〕
Érasme〔e'rasm〕（法）
Erasmo〔e'razmo〕
Erasmus〔ɪ'ræzməs〕伊拉斯莫斯（Desiderius, 1466?-1536, 荷蘭學者）
Éraste〔e'rast〕（法）
Erastus〔ɪ'ræstəs〕伊拉斯塔斯（Thomas, 1524-1583, 瑞士神學家及醫生）
Erath〔ɪ'raθ〕厂詩之女神
Erato〔'ɛrə,to〕【希臘神話】司抒情詩及戀愛
Eratosthenes〔,ɛrə'tɑsθɪ,niz〕厄拉托西尼（紀元前三世紀之希臘天文學家及地理學家）
Erazm〔'ɛrazm〕
Erb〔ɛrb; ɛrp（德）〕厄爾布
Erbach〔'ɛrbah〕（德）
Erbe〔ɝb〕厄布
Erben〔'ɛrbɛn〕厄爾本
Erbil〔'ɪrbɪl〕
Ercegnovi〔,ɛrtsɛg'novi〕
Erceldoune〔'ɝsḷdun〕 厂（西）
Ercilla y Zúñiga〔ɛr'θilja ɪ 'θunjigɑ〕
Erciş〔ɛr'dʒiʃ〕（土） 厂衣山（土耳其）
Erciyas Daği〔,ɛrdʒɪ'jas da'gɪ〕厄吉雅達
Erçies Dagh〔,ɛrdʒi'ɛs 'dag〕（土）
Erckmann-Chatrian〔ɛrk'man ʃatrɪ'aŋ〕
Ercles〔'ɝkləz〕 厂（法）
Ercole〔'ɛrkole〕
Ercta〔'ɝktə〕
Ercte〔'ɝkti〕

Érd〔ɛrd〕（匈）
Erda〔'ɛrdɑ〕
Erdély〔'ɛrdej〕（匈）
Erdélyi〔'ɛrdeji〕（匈）
Erdeni Dzuu〔ɛrdɛ'ni 'dzu〕
Erdheim〔'ɛrthaɪm〕
Erdington〔'ɝdɪŋtən〕
Erdmann〔'ɛrtmɑn〕（德）厄爾德曼
Erdmannsdörfer〔'ɛrtmɑnsdɝfə〕（德）
Erdös〔'ɛrdəʃ〕（匈）厄爾多斯 厂之暗界
Erebus〔'ɛrɪbəs〕【希臘神話】塵世通往冥府
Erebus, Mount〔'ɛrəbəs ～〕伊里布斯峯
Erec〔'ɪrɛk〕 厂（南極洲）
Erechtheum〔,ɛrɛk'θiəm〕
Erechtheus〔ɪ'rɛkθjus; ɛ'rɛkθjus; -θɪəs; θjəs〕
Ereğli〔,ɛrɛg'li; ,ɛraɪ'li（土）〕
Eremenko〔jɛrjɛ'mjɛnkɔ〕（俄）
Eremita〔,ɛrɪ'maɪtə〕
Erenas〔ɛ'renɑs〕
Erenburg〔,ɛrən'burg〕
Erepecú〔,ɛrəpə'ku〕
Erepecurú〔,ɛrəpəku'ru〕
Eretria〔ɪ'retrɪə〕
Erets-Yisrael〔'ɛrɛts-,jɪsra'el〕
Ereuthalion〔,ɛrə'θeliən〕
Erevan〔ɛrɛ'van〕
Erewhon〔'ɛrɪwɑn〕
Erffmeyer〔'ɝfmaɪə〕厄夫邁耶
Erft〔'ɛrft〕
Erfurt〔'ɛrfurt〕艾福（德國）
Erg, El〔ɛl 'ɛrg〕
Ergene〔ɛrgɛ'nɛ〕
Ergeri〔,ɛrgɛ'ri〕
Ergheimer〔'ɛrkhaɪmə〕
Ergiri〔,ɛrgɪ'ri〕
Erh Hai〔,ɝ 'haɪ〕洱海（雲南）
Erhard〔'ɛrhart〕歐哈德（Ludwig, 1897-1977, 西德政治家）
Erhardt〔'ɛrhart〕（德）埃哈特
Eriboea〔,ɛrə'biə〕
Eric〔'ɛrɪk; 'ɛrɪk〕艾利克（十世紀時之挪威航海家）
Erica〔'ɛrɪkə; 'ɛrəkə〕艾麗嘉
Erice〔'eritʃe〕
Erich〔'ɛrɪk; 'ɛrɪh（德）〕埃里克
Erichsen〔'ɛrɪksṇ〕
Erichsen, Mylius-〔'mjulɪʊs·'ɪrɪksṇ〕
Ericht〔'ɛrɪht〕（蘇）
Erichthonius〔,ɛrɪk'θonɪəs〕
Erick〔'ɛrɪk〕 厂（挪）
Eric Magnusson〔'ɛrɪk 'maŋnusɔn〕

Erico〔i'riku〕（葡）

Erics(s)on〔'eriksṇ〕艾利克生（John, 1803-1889, 美國工程師及發明家）

Eridanus〔i'rídənəs〕

Eridu〔'eridu〕

Erie〔'iri〕❶伊利湖（北美洲）❷伊利城（美〔國〕

Eriels〔'eriəls〕

Erigena〔ε'ridʒinə〕艾利基納（Johannes Scotus, 815?-?877, 蘇格蘭哲學家及神學家）

Erīha〔ε'rihə〕æ'rihə（阿拉伯）〕

Erik〔'erik; 'erik(德、挪、瑞典); 'irik (丹); e'rik(法)〕埃里克

Erika〔'erikɑ〕（德）

Erkin〔'ɝkin〕

Eriksson〔'eriksən〕埃里克森

Erimantheo〔,erimæŋ'teu〕（葡）

Erin〔'irin〕【詩、古】愛爾蘭

Erina〔'erinə〕

Erinnyes〔i'riniiz〕

Erinyes〔i'rini,iz〕 「讎三女神之一

Erinys〔i'riinis; i'rainis〕【希臘神話】復

Eriphyle〔,eri'faili〕

Eris〔'eris; 'eris〕【希臘神話】不和之女神

Erith〔'iriθ〕

Eritrea〔,eri'triə〕厄立特里亞（衣索比亞）

Eritrean〔,eri'triən〕厄立特里亞人

Eriugena〔,eri'judʒənə〕

Erivan〔,jirji'vɑnj〕埃里溫（美國）

Erjias〔,erdʒi'jas〕

Erk〔erk〕

Erkel〔'erkel〕

Erkenbald〔'ɝkənbɔld〕厄肯博爾德

Erkki〔'erkki〕（芬）

Erkko〔'erkko〕（芬）

Erlach〔'erlɑh(德); er'lak(法)〕

Erlach, d'〔der'lak〕（法）

Erland〔'erland〕厄蘭

Erlander〔er'landə〕艾爾蘭德（Tage Frithiof, 1901-1985, 瑞典政客）

Erlandson〔er'landsṇ〕厄蘭森

Erlanga〔'erlɑŋɑ〕

Erlanger〔'ɝ,læŋgə〕歐蘭格（Joseph, 1874-1965, 美國生理學家）

Erlangen〔'erlɑŋgən〕

Erlanger〔'ɝlæŋə; erlɑŋ'ʒe(法)〕

Erlanger, d'〔derlɑŋ'ʒe〕（法）

Erlau〔'erlɑu〕

Erlauchte〔er'lɑuhtə〕（德）

Erle〔ɝl〕厄爾

Erleigh〔'ɝli〕厄利

Erlene〔ɝ'lin〕

Erlenmeyer〔'erlən,maiə〕艾連麥爾 （Emil, 1825-1909, 德國化學家）

Erlina〔ɝ'linə〕

Erlingsson〔'erliŋsan〕

Erl-King〔'ɝlkiŋ〕

Erl-König〔'erl·,kɝnih〕（德）

Erlynne〔'ɝlin〕

Erlon, d'〔der'lɔŋ〕（法）

Erma〔'ɝmə〕

Ermak〔jir'mak〕（俄）

Ermalinda〔,ɝmə'lində〕

Erman〔'erman〕

Ermanaric〔ɝ'mænərik〕

Ermanno〔er'manno〕（義）

Ermatinger〔'ermatiŋə〕

Ermenegild〔ɝ'menəgild〕

Ermeland〔'ermələnt〕

Ermelo〔'ermələ〕

Ermenegild〔ɝ'menəgild〕

Ermengarde〔'ɝmən,gard〕

Ermengare〔'ɝmən,gar〕

Ermengem〔erman'gem〕（法）

Ermentrude〔'ɝməntrud〕

Erment〔er'ment〕

Ermete〔er'mete〕

Ermina〔ɝ'minə〕

Ermine〔'ɝmin〕

Erminia〔ɝ'miniə; er'minja(義)〕

Erminie〔ɝ'mini〕厄米尼

Erminnie〔ɝ'mini〕厄米尼

Ermland〔'ermlant〕

Ermont〔er'mɔŋ〕（法）

Ermoupolis〔er'mupəlis〕

Ermyn〔'ɝmin〕

Ernakulam〔er'nakuləm〕

Ernald〔'ɝnəld〕厄納爾德

Ernani〔ɝ'nani〕

Erne〔ɝn〕厄恩

Ernest〔'ɝnist; er'nest(荷、德); 'ernəst(瑞典)〕鄂倪斯特

Ernestas〔er'nestas〕

Ernest Augustus〔'ɝnist ɔ'gʌstəs〕

Erneste〔er'nest〕

Ernesti〔er'nesti〕

Ernestine〔'ɝnistin〕歐內斯廷

Ernest Maltravers〔'ɝnist mælt'rævəz〕

Ernesto〔er'nesto(義); ir'neʃtu(葡); ir'nesto(巴西); er'nesto(西)〕

Ernestus〔er'nestəs〕

Ernle〔'ɝnli〕厄恩利

Ernle-Erle-Drax〔'ɝnli·'ɝl·'dræks〕

Ernő〔'ernə〕

Ernst〔ɜnst; ɛrnst(荷、德、瑞典);
　ærnst(挪)〕厄恩斯特
Ernst August〔'ɛrnst 'augʊst 〕
Ernulf〔'ɛrnʊlf 〕
Ero〔'iro〕
Erode〔ɪ'rod〕
Eromanga〔,ɛro'maŋa〕
Eroticus〔ɪ'ratɪkəs〕 「第三(英雄)交響曲
Eroica Symphony〔ɪ'rɔɪkə ～〕貝多芬之
Eros〔'ɪras; 'ɛr-〕【希臘神話】愛神(與羅馬
　神話 Cupid 相當)
Erpenius〔ɜ'pinɪəs〕
Erpf〔ɜpf〕厄夫
Erpingham〔'ɜpɪŋəm〕
Er Rafa〔ær 'rafə〕(阿拉伯)
Errai〔ɛr'rai〕
Er Ramle〔ɜ 'ramlə〕
Erpe〔'ɛrpə〕
Erpenius〔ɜ'pinɪəs〕
Erpingham〔'ɜpɪŋ,hæm〕
Er Raid〔ær rɪ'jad〕(阿拉伯)
Errázuriz〔ɛr'rasuris〕(拉丁美)
Errera〔ɛ'rerə〕
Errett〔'ɛrɪt〕埃里特
Errington〔'ɛrɪŋtn〕埃林頓
Erriboll〔'ɛrɪbəl〕埃羅爾
Errico〔er'riko〕
Errigal〔'ɛrɪ,gəl〕
Erris〔'ɛrɪs〕
Erro〔'ɛrra〕
Erroll〔'ɛrl〕埃羅爾
Erromanga〔,ɛrə'maŋa〕
Ersch〔ɛrʃ〕
Erse〔ɜs〕蘇格蘭高地之 Celt 語;愛爾蘭語
Ersilio〔er'siljo〕
Erskine〔'ɜskɪn〕歐斯金(❶ John, 1695-1768,
　蘇格蘭法學家 ❷ John, 1879-1951, 美國教育家及作
Erskineville〔'ɜskɪnvɪl〕 「家)
Erstein〔'ɛrʃtaɪn〕厄斯坦
Ertang〔'ɛrtaŋ〕
Ertel〔'ɛrtəl〕厄特爾
Ertl〔'ɛrtl〕
Ertoghrul〔,ɛrto'grul〕
Ertz〔ɜts〕
Eruli〔'eruli〕
Ervin〔'ɜvɪn〕歐文
Ervine〔'ɜvɪn〕歐文(St. John Greer, 1883-
　1971, 愛爾蘭劇作家及小說家)
Erwin〔'ɜwɪn; 'ɛrvɪn(德)〕歐文
Erxleben〔'ɛrkslebən〕埃克斯萊本
Erycina〔ɛrɪ'saɪnə〕
Erymandrus〔,ɛrɪ'mædrəs〕

Erymanthos〔,ɛrɪ'mænθɑs〕
Erymanthus〔,ɛrɪ'mænθəs〕
Eryri〔ɛ'rʌri〕(威)
Erysichthon〔,ɛrɪ'sɪkθən〕
Erytheia〔,ɛrɪ'θiə〕
Erytheïs〔,ɛrɪ'θiis〕
Erythrae〔'ɛrɪθri〕
Erythraean Sea〔,ɛrɪθ'riən ～〕
Erythraeum〔,ɛrɪθ'riəm〕
Erythraion〔ɛrɪθ'raɪən〕
Eryx〔'ɛrɪks〕
Erzbach〔'ɛrtsbah〕(德)
Erzberg〔'ɛrtsbɛrk〕
Erzberger〔'ɛrtsbɛrgə〕
Erzerum〔'ɛrzərum〕
Erz Gebirge〔'ɛrts gə,bɪrgə〕
Erzgebirge〔'ɛrtsgə,bɪrgə〕
Erzincan〔,ɛrzɪn'dʒan〕(土)
Erzinjan〔,ɛrzɪn'dʒan〕
Erzurum〔,ɛrzə'rum〕埃爾斯倫(土耳其)
Esa〔'esa〕
Esagila〔,ɛsə'dʒaɪlə〕
Esaias〔ɪ'zejəs; -'zaɪəs; e'sajas(荷);
　ɛ'saɪas(瑞典)〕
Esarhaddon〔,isar'hædən〕
Esau〔'isɔ〕【聖經】以掃(Isaac 之長子)
Esbach〔ɛz'bak〕
Esbjerg〔'ɛsbjærh〕埃斯堡(丹麥)
Esbjörn〔'ɛsbjən〕
Esca〔'ɛska〕 「(西)
Escalante〔,ɛskə'læntɪ; ,eska'lante
Escalera〔,ɛska'lera〕
Escalibor〔ɛs'kælɪbə〕
Escalona〔,ɛska'lona〕
Escalus〔'ɛskələs〕
Escambia〔ɛs'kæmbɪə〕
Escanaba〔,ɛska'naba〕
Escanes〔'ɛskə,niz〕
Escarpado〔,ɛskar'paðo〕(西)
Escaudain〔ɛsko'dæŋ〕(法)
Escaut〔ɛs'ko〕(法)
Esch〔ɛʃ〕埃施
Eschata〔ɛs'ketə〕
Eschenbach〔'ɛʃənbah〕(德)
Eschenburg〔'ɛʃənburk〕
Eschenmayer〔'ɛʃənmaɪə〕
Escher〔'ɛʃə〕
Escherich〔'ɛʃərɪh〕(德)
Esch-sur-Alzette〔'ɛʃ·sjur·al'zɛt〕(法)
Escholzmatt〔'ɛʃaltsmat〕
Eschscholtz〔'ɛʃʃalts〕
Eschwege〔'ɛʃvegə〕埃施衛格

Eschweiler〔'ɛʃvaɪlɚ〕
Esclavelles, d'〔dɛsklɑ'vɛl〕(法)
Esclavo, El〔ɛl ɛsk'lɑvo〕
Escobal〔,esko'val〕(西)
Escobar〔,esko'var〕(西)
Escobedo〔,esko'veðo〕(西)
Escobosa〔,ɛslɑ'bosə〕埃斯科博薩
Escocesa〔,esko'sesɑ〕
Escoceses〔esko'seses〕
Escoffier〔ɛskɔ'fje〕(法)
Escóiquiz〔es'kɔɪkiθ〕(西)
Escombe〔'ɛskəm〕埃斯科姆
Escondido〔,eskən'dido; eskɔn'diðo〕
Escorial〔,eskarɪ'al〕 L(西)〕
Escosura〔,esko'surɑ〕
Escoublac〔ɛskub'lak〕(法)
Escragnolle, d'〔dɛskrə'njɔl〕
Escritt〔'ɛskrɪt〕埃斯克里特
Escudilla〔,ɛskə'diə〕
Escow〔'ɛsko〕
Escuinapa〔,eskwɪ'napɑ〕
Escuintla〔ɛs'kwintlɑ〕
Escuminac〔ɛs'kjumɪnæk〕
Escurial〔ɛs'kjurɪəl〕
Escury〔ɛskju'ri〕
Esdaile〔'ɛzdel〕埃斯代爾
Esdraelon, Plain of〔,ɛzdre'ilɑn〕
 厄斯垂伊倫(以色列)
Esdras〔'ɛzdræs〕埃斯德拉斯
Esdud〔ɪs'dud〕
Esek〔'isɛk〕伊塞克
Esenbeck〔'ezənbɛk〕
Esenin〔jɪ'sjenjɪn〕(俄)
Esens〔'ezəns〕
Eschol〔'ɛʃkɑl〕
Esher〔'iʃɚ〕伊舍
Eshkalon〔'ɛʃkələn〕
Eshleman〔'ɛʃlmən〕埃什爾曼
Eshmun〔'ɛʃmun〕
Eshnunna〔ɛʃ'nʌnə〕
Eshowe〔'ɛʃowe〕
Eshref〔eʃ'rɛf〕
Esh Shâm〔ɛʃ 'ʃam; æʃ 'ʃæm (阿拉伯)〕
Esias〔ɪ'zaɪəs; ɛz-; -'zaɪæs〕
Esk〔ɛsk〕
Eskdaill〔'ɛskdel〕
Eskelund〔'ɛskələnd〕
Eskew〔'ɛskju〕埃斯丘
Esk Hause〔'ɛsk hɔs〕
Eski Ereğli〔ɛs'ki ,ɛreg'li〕(土)
Eskifjördur〔'ɛskjɪ,fjəðjur〕(冰)
Eski Foça〔ɛs'ki fo'tʃa〕

Eskije〔ɛski'jɛ〕
Eskikarahisar〔ɛs,kikɑrɑhɪ'sɑr〕
Eskilstuna〔'eʃɪl,stunɑ〕艾及斯土那(瑞典)
Eskişehir〔,ɛskɪʃe'hir〕艾啓瑟(土耳其)
Eskishehr〔,ɛskɪ'ʃɛhɚ〕
Eskridge〔.'ɛskrɪdʒ〕埃斯克里奇
Esla〔'ɛslɑ〕
Eslaba〔es'lavɑ〕(西)
Eslamiyah〔ɛs'lamɪjə〕
Eslava〔es'lavɑ〕
Eslie〔'ɛsli〕
Esmarch〔'ɛsmɑrh〕(德)
Esmay〔'ɛzme〕埃斯梅
Esme〔'ɛzmɪ〕埃斯米
Esmé〔'ɛzmɪ〕
Esmeralda〔,ɛzmə'rældə〕
Esmeraldas〔,ezmɛ'raldɑs〕
Esmond〔'ɛzmənd〕埃斯蒙德
Esmonde〔'ɛzmənd〕埃斯蒙德
Esmun〔'ɛsmun〕
Esmunazar〔,ɛsmu'nɑzɑr〕
Esna〔'ɛsnə〕
Esnambuc, d'〔denɑŋ'bjuk〕(法)
Esne(h)〔'ɛsnɛ〕
Esopus〔,i'sopəs〕
Espagnat〔ɛspɑ'nja〕(法)
Espagne〔ɛs'panj〕(法)
Espaillat〔ɛspɑ'ja〕(西)
España〔ɛs'panja〕西班牙(=Spain)
Española〔,ɛspən'jolə〕
Espartero〔,espar'tero〕
Espe〔'ɛspɪ〕埃斯佩
Espejo〔es'peho〕(西)
Espelage〔'ɛspɪledʒ〕埃斯皮萊奇
Espenshade〔'ɛspənʃed〕
Esperance〔'ɛspərəns〕埃斯珀倫斯(澳洲)
Espérance〔ɛspe'raŋs〕
Esperanza〔,ɛspɛ'ransɑ〕(拉丁美)
Esperey〔ɛsp're〕
Esperey, d'〔dɛsp're〕
Espeut〔ɛs'pjut〕
Espartero〔,espar'tero〕
Espechel〔,ɪʃpɪ'ʃɛl〕(葡)
Espie〔'ɛspɪ〕埃斯皮
Espiet〔ɛs'pje〕(法)
Espina〔es'pina〕
Espinal〔es,pɪ'nal〕
Espinasse〔ɛspi'nas〕(法)
Espinoto〔,espi'noto〕
Espine, d'〔dɛs'pin〕
Espinel〔espɪ'nɛl〕
Espinhaço〔,ɛspin'jasu〕(巴西)

Espinho〔ıʃ'pinju〕(葡)
Espinosa〔,espı'nosa〕
Espinoza〔,espi'nosa〕(拉丁美)〔西〕
Espírito Santo〔ıʃ'pirıtu 'saŋtu〕(巴
斯皮里托島(太平洋)
Espíritu Santo〔es'pirıtu 'santo〕艾
斯皮里托島(太平洋)
Esplanade〔'ɛsplənad〕
Esplandián〔esp,landi'an〕
Esplen〔'ɛsplın〕埃斯普倫
Espley〔'ɛsplı〕埃斯普利
Espoir, l'〔lɛs'pwar〕(法)
Espoz〔es'poθ〕(西)
Espremensil(le), d'〔dep,remen'sil〕
Esprit〔es'pri〕(法)
Esprit, d'〔dɛs'pri〕
Espronceda〔,esprɔn'θeða〕(西)
Espy〔'ɛspı〕埃斯皮
Esquemeling〔es'kwemǝlıŋ〕
Esquerdo〔es'kɛrdo〕
Esquerra de Cataluna〔es'kɛrra ðe
,kata'lunja〕(西)
Esquibel〔,eski'vɛl〕(西)
Esquilache〔,eskı'latʃe〕
Esquiline〔'eskwılaın〕
Esquimalt〔ɛsk'waımɔlt〕   「kimo)
Esquimau〔'ɛskımo〕愛斯基摩人(=Es-
Esquimaux〔'ɛskımoz〕
Esquipulas〔,eskı'pulas〕
Esquirol〔ɛskwi'rɔl; eskjui'rɔl (法)〕
Esquiros〔eskjui'rɔs〕
Esquirou〔eski'ru〕
Esquivel〔eski'vɛl〕
Esrom〔'ɛsrǝm〕
Ess〔ɛs〕埃斯
Essad〔ɛ'sut〕
Essad Pasha〔ɛ'sat pa'ʃa〕
Es Salt〔æs 'sælt〕
Essarhaddon〔ɛsar'hædn̩〕
Essarts〔e'sar〕(法)
Esseg〔'ɛsɛk〕
Esselen〔,esǝ'lɛn〕
Essen〔'ɛsn̩〕埃森(德國)
Essen an der Ruhr〔'ɛsn̩ an dǝ
'rur〕
Essenden〔'ɛsndǝn〕
Essendon〔'ɛsǝndǝn〕埃森登
Essene〔'ɛsin〕古猶太之一苦修教派教徒
Essenhigh〔'ɛsǝnhaı〕埃森海
Essentuki〔,ɛsn̩'tukı〕
Essenwein〔'ɛsǝnvaın〕
Essequebo〔,ɛsı'kwebo〕   「那〕
Essequibo〔,ɛsı'kwibo〕厄色桂布河(圭亞

Esser〔'ɛsǝ〕埃瑟
Essert〔'ɛsǝt〕埃瑟特
Essex〔'ɛsıks〕艾色克斯(英格蘭)
Essexville〔'ɛsıksvıl〕
Essick〔'ɛsık〕
Essie〔'ɛsı〕
Essig〔'ɛsıg〕埃西格
Essington〔'ɛsıŋtǝn〕埃辛頓
Essipoff〔,esi'pɔf〕
Essling〔'ɛslıŋ〕
Esslingen〔'ɛslıŋǝn〕艾斯令根(德國)
Esslemont〔'ɛslmant〕
Esslinger〔'ɛslıŋgǝ〕
Essonne〔ɛ'sɔn〕
Essonnes〔ɛ'sɔn〕
Es-Sunt〔ɛs-'sunt〕
Es Sur〔es 'sur〕
Es Suweida〔æs su'waıdǝ〕
Est〔ɛst〕
Estabrook〔'ɛstǝbruk〕埃斯塔布魯克
Estabrooks〔'ɛstǝbruks〕
Estacado〔,esta'kado〕
Estacio〔ıʃ'tasju(葡); 'ıst-(巴西)〕
Estado Español〔es'taðo ,espa'njol〕
(西)
Estados Federados〔es'taðos   ,fe-
ðe'raðos〕(西)
Estados Unidos〔es'taðos u'niðos〕
(西)
Estaing〔ɛs'tæŋ〕(法)
Estala〔ɛs'tala〕
Estancia〔ɛs'tætʃa〕(葡)
Estância〔ıʃ'tansjɐ〕(葡)
Estanislao〔,estanis'lao〕
Estaunié〔,esto'nje〕
Estcourt〔'ɛstkɔrt〕埃斯特科特
Este〔'ɛstı〕
Esteban〔es'teban〕埃斯特班
Estébanez Calderón〔es'tevaneθ
,kalde'rɔn〕(西)
Estelí〔,este'li〕
Estell〔'ɛstɛl〕埃斯特爾
Estella〔ɛs'tɛlǝ〕埃斯特拉
Estelle〔ɛs'tel〕埃斯特爾
Este-Lorraine〔'ɛstɛ·lǝ'ren〕
Esten〔'ɛstn̩〕埃斯滕
Estepona〔,estɛ'pona〕
Estérel〔ɛste'rel〕
Esterhazy〔ɛstera'zi(法); 'ɛstǝ-
,ha'zi (匈)〕
Esterházy〔'ɛstǝ,hazı〕(匈)
Estérias〔ɛste'rjas〕(法)

Esterly〔'ɛstəlɪ〕埃斯特利
Esteros〔ɛs'terɑs〕
Esterquest〔'ɛstəkwɛst〕
Esters〔'ɛstəz〕埃斯特斯
Esterzili〔,ɛsterd'zili〕
Estes〔'ɛstəs; 'ɛstɪz〕埃斯蒂斯
Estevan〔'ɛstɪvæn〕
Estey〔'ɛstɪ〕埃斯蒂
Esther〔'ɛstɚ〕❶【聖經】以斯帖（波斯王
  Xerxes 之猶太籍妻子）❷以斯帖書（舊約聖經之一
Esther Lyon〔'ɛstɚ 'laɪən〕   「卷〕
Esther Summerson〔'ɛstɚ 'sʌməsn̩〕
Estherville〔'ɛstəvɪl〕
Esthonia〔ɛs'tonɪə〕
Estienne〔ɛs'tjɛn〕
Estigarribia〔,estɪgɑ'ribjɑ〕
Estill〔'ɛstl̩〕
Estimé〔ɛstɪ'me〕
Estlin〔'ɛstlɪn〕埃斯特林
Estmere〔'ɛstmɪr〕
Eston〔'ɛstən〕   「（歐洲）
Estonia, Esthonia〔ɛs'tonɪə〕愛沙尼亞
Estotiland〔ɛs'tɑtlænd〕
Estournelles de Constant, d'〔,dɛs-
  ,tur'nɛl də kɔn'stɑn〕戴思鞏尼爾（Paul
  Henri Benjamin Balluat, 1852-1924, 法國外交
  家及政治家）
Estrada〔es'trɑðɑ〕(西)埃斯特拉達 「(西)
Estrada Cabrera〔es'trɑðɑ kɑ'vrerɑ〕
Estrada Palma〔es'trɑðɑ 'palmɑ〕(西)
Estrades〔ɛs'trɑd〕(法)
Estrées〔ɛs'tre〕
Estrange, L'〔lɛs'trendʒ〕
Estrecho〔ɛs'tretʃo〕
Estrées, d〔dɛs'tre〕
Estrella〔ɪʃ'trelə〕(葡)
Estremadura〔,ɛstrəmə'durə;
  estremə'ðurɑ (西)〕
Estremoz〔ɪʃtrə'mɔʃ〕(葡)
Estrildis〔'ɛstrɪldɪs〕
Estrith〔'ɛstrɪð〕
Estrup〔'ɛstrup〕
Esty〔'ɛstɪ〕埃斯蒂
Esuvius〔ɪ'sjuvɪəs〕
Esyllt〔ɛ'sɪlt〕埃西爾特
Eszék〔'ɛsek〕(匈)
Eszterházy〔'ɛstə,hazɪ〕
Eta〔'ɛtə〕
Etah〔'itə〕
Etain〔'ɛten〕
Etamin〔'ɛtəmɪn〕
Étampes〔e'tɑŋp〕(法)

Étang, l'〔le'tɑŋ〕
Étand de Berre〔e'tɑŋ də 'bɛr〕(法)
Étand de Thau〔e'tɑŋ də 'to〕(法)
Etanin〔'ɛtənɪn〕
Étaples, d'〔de'tɑpl̩〕(法)
Etawah〔ɪ'tɑwə〕
Etawney〔ɪ'tɔnɪ〕
Etchells〔'ɛtʃəlz〕埃切爾斯
Etelka〔'ɛtɛlkɔ〕
Eten〔'eten〕
Eteocles〔i'tiokliz〕
Eternity〔ɪ'tɚnɪtɪ〕
Etesian〔ɪ'tiʒən〕
Eteson〔'it·sn̩〕
Étex〔e'tɛks〕
Ethan〔'iθən〕伊桑
Ethan Allen〔'iθən 'ælɪn〕
Ethan Brand〔'iθən brænd〕
Ethandun〔,ɛθæn'dun〕
Ethan Frome〔'iθən from〕
Ethbaal〔ɛθ'beal; ɛθ'bal (意第緒)〕
Ethel〔'ɛθəl〕愛瑟兒
Ethelbald,〔'ɛθəlbɔld〕埃塞爾博德
Ethelbert〔'ɛθəlbət〕埃塞爾伯特
Ethelburga〔,ɛθəl'bɚgə〕
Ethelda〔ɪ'θɛldə〕
Etheldred〔'ɛθəldrɛd〕
Etheldreda〔,ɛθəld'ridə〕埃塞德麗達
Ethelee〔,ɛθə'li〕
Ethelfleda〔,ɛθəlf'lidə〕埃塞弗莉達
Ethelene〔'ɛθəlin〕
Ethelind〔'ɛθəlɪnd〕
Ethelinda〔,ɛθə'lɪndə〕埃塞琳達
Ethelmar de Valence〔'ɛθəlmar də
  va'lɑŋs〕(英法)
Ethelred〔'ɛθəlrɛd〕   「1016, 英王〕
Ethelred Ⅱ〔'ɛθəl,rɛd〕艾思雷德二世(968?-
Ethelreda〔,ɛθəl'ridə〕埃塞麗達
Ethelwerd〔'ɛθəlwəd〕埃塞沃德
Ethelwold〔'ɛθəlwold〕埃塞沃爾德
Ethelwulf〔'ɛθəlwulf〕埃塞伍爾夫
Etherege〔'ɛθərɪdʒ〕艾塞利基（Sir George,
  1635?-?1691, 英國劇作家）
Etherington〔'ɛðərɪŋtən〕埃瑟林頓
Etherton〔'ɛðətən〕埃瑟頓
Ethiop〔'iθɪ,ɑp〕= Ethiopian
Ethiopia〔,iθɪ'opɪə〕衣索比亞 (非洲)
Ethiopian〔,iθɪ'opɪən〕衣索比亞人
Ethridge〔'ɛθrɪdʒ〕埃思里奇
Ethyl〔'ɛθəl〕
Étienne〔e'tjɛn〕埃帖尼 (西非)
Étienne Aubert〔e'tjɛn o'bɛr〕(法)

Étienne-du-Mont〔e'tjɛn·dju·'mɔŋ〕
（法）
Étiennette〔etjɛ'nɛt〕
Etioles, d'〔de'tjɔl〕
Etive〔'ɛtɪv〕
Etna〔'ɛtnə〕埃特納火山（義大利）
Etnier〔'ɛtnaɪə〕
Etocessa〔,ito'sɛsə〕
Étoges〔e'tɔʒ〕（法）
Etolin〔ɪ'tolɪn〕
Eton〔'itṇ; 'eton〕伊頓（英國）
Etosha〔ɛ'toʃə〕
Etowah〔'ɛtowɑ〕
Etra〔'ɛtrə〕
Etruria〔ɪ'trʊrɪə〕義大利西部之一古國
Etsch〔ɛtʃ〕
Etsi〔'et·si〕
Etsin〔ɛt·'sin〕
Etsten〔'ɛtstən〕
Ett〔ɛt〕
Etta〔'ɛtə〕愛特
Ettabeth〔'ɛtəbəθ〕
Et Tafila〔ɑt tɑ'filə〕
Ettarre〔ɪ'tɑr; ɛ'tɑrrə〕
Ettelson〔'ɛtɪlsṇ〕埃特爾森
Etten en Leur〔'ɛtən ən 'lɝ〕
Etter〔'ɛtə〕埃特
Etterbeek〔'ɛtəbek〕
Etting〔'ɛtɪŋ〕埃廷登
Ettinger〔'ɛtɪŋə〕埃廷格
Ettingshausen〔'ɛtɪŋs,hauzən〕
Ettlingen〔'ɛtlɪŋən〕
Ettmüller〔'ɛtmjʊlə〕
Ettore〔'ɛttore〕
Ettrick〔'ɛtrɪk〕
Etymander〔,ɛtɪ'mændə〕
Etty〔'ɛtɪ〕
Étude〔'etjud〕
Etun〔'itən〕
Etymologicum Magnum〔,ɛtɪ,mə'la-
dʒɪkəm 'mægnəm〕
Etz〔ɛts〕埃茨
Etzatlán〔,ɛtsɑt'lɑn〕
Etzel〔'ɛtsəl〕埃策爾
Etzell〔'ɛtsɛl〕埃策爾
Eu〔ɝ〕【代】化學元素 europium 之符號
Eu, d'〔də〕
Eua〔'eʊɑ〕
Euaechme〔ju'ikmi〕
Eubank〔'jubæŋk〕尤班克
Eubanks〔'jubæŋks〕尤班克斯
Euboea〔ju'bɪə〕尤比亞島（希臘）

Euboean Sea〔ju'biən ~〕
Euboicum, Mare〔'meri ju'bɔɪkəm〕
Eubonia〔ju'bonɪə〕
Eubuleus〔ju'bjulɪəs〕
Eubonne〔ɝ'bɔn〕（法）
Eubulides〔ju'bjulɪdiz〕
Eucharis〔ɝkɑ'ris〕（法）
Eucharist〔'jukərɪst〕
Euchenor〔ju'kinɔr〕
Euchites〔'jukaɪts〕
Eucken〔'ɔɪkṇ〕歐鏗（Rudolf Christoph,
1846-1926,德國哲學家）
Euclid〔'juklɪd〕歐幾里德（330?-?275 B.C.,
幾何學之父）❷歐氏幾何學
Euclides〔juk'laɪdiz; ,euk'jidɪʃ（葡）;
-dɪs（葡）〕
Eudemus〔ju'diməs〕
Eudes〔jʊdz; ɝd（法）〕
Eudists〔'judɪsts〕
Eudocia〔ju'doʃjə; jʊd-; -ʃɪə; -sjə;
-sɪə〕
Eudon〔ɝ'dɔŋ〕（法）
Eudora〔ju'dɔrə〕尤多拉
Eudoxia〔ju'dɑksɪə〕
Eudoxus〔ju'dɑksəs〕
Eudra〔ju'dɔrə〕
Euemerus〔ju'imərəs〕
Euergetes〔ju'ɝdʒɪtiz〕
Eufaula〔ju'fɔlə〕
Eufracio〔,eu'frɑθjo; -'frɑsjo（西）〕
Eugamon〔'jugəmɑn〕 ⌈（德）〕
Eugen〔'judʒɛn; -dʒɪn; -dʒən; ɔɪ'gen
Eugen, Alf〔ælf 'uʃen〕
Eugene〔ju'dʒin〕尤金（1663-1736,奧國將軍）
Eugene Aram〔'judʒin 'ɛrəm〕
Eugene Onegin〔'judʒin o'negɪn;
jɪv'gjenjɪ ʌ'njegjɪn（俄）〕
Eugenia〔ju'dʒinɪə〕尤金妮亞
Eugenie〔ɔɪ'genɪə〕（德）尤金妮亞
Eugénie〔ju'ʒeni; ɝʒe'ni〕厄塞尼（1826-
1920, 拿破崙三世之妻·法國女皇）
Euégnie Grandet〔ɝʒe'ni grɑŋ'dɛ〕
Eugenio〔eu'dʒenjo（義）; -'henjo（西）〕
Eugènio〔eu'ʒenju〕（葡）
Eugenius〔ju'dʒinjəs; jʊ'dʒ-; -nɪəs;
ɛu'ginɪus（丹）〕尤金尼厄斯
Eugippius〔ju'dʒɪpɪəs〕
Eugster〔'ɔɪkstə〕（德）
Eugubium〔ju'gjubɪəm〕
Eugyppius〔ju'dʒɪpɪəs〕
Euhemerus〔ju'himərəs〕尤希瑪拉斯（紀
元前四世紀希臘神話作家）

Euhippa〔ju'hɪpə〕
Eukairos〔jʊ'kaɪrɑs〕
Eulaeus〔ju'liəs〕
Eulalia〔ju'leliə; -ljə〕尤蕾莉雅
Eulalie〔jʊ'læli; əlɑ'li（法）〕
Eulalius〔ju'leliəs〕
Eulas〔'juləs〕尤拉斯
Eulenberg〔'ɔɪlənberk〕
Eulenburg〔'ɔɪlənburk〕
Eulen Gebirge〔'ɔɪlən gə,bɪrgə〕
Eulenspiegel〔'ɔɪlənʃ,pigəl〕
Euler〔'ɔɪlə〕奧伊勒（Leonhard, 1707-1783,
瑞士數學家及物理學家）
Euler-Chelpin〔'ɔɪlə 'kɛlpɪn〕奧伊勒凱
賓（Hans August Simon von, 1873-1964, 瑞
Eulette〔'julɪt〕   「典化學家）
Eumaeus〔ju'miəs〕
Eumathius〔ju'meθɪəs〕
Eumenes〔'jumɪnɪz〕   「三女神
Eumenides〔ju'mɛnɪ,diz〕【希臘神話】復仇
Eumolpias〔ju'mɑlpɪəs〕
Eumolpus〔ju'mɑlpəs〕
Eunan〔'ɔɪnən〕
Eunapius〔ju'nepɪəs〕
Eunice〔'junɪs; ju'naɪsɪ〕尤妮絲
Eunomia〔ju'nomɪə〕
Eunomius〔ju'nomɪəs〕
Euonymus〔ju'ɑnɪməs〕
Eupator〔'jupətər〕
Eupatoria〔jupə'torɪə〕
Eupatridae〔ju'pætrɪdi〕
Eupen〔ɝ'pɛn（法）; 'ɔɪpən（德）〕   「（德）
Eupen-Malmédy〔'ɔɪpən·,mælme'di〕
Eupen-et-Malmédy〔ɝ'pɛn-emalme'di〕
Euphemia〔ju'fimɪə〕尤菲米亞   「（法）
Euphemia Deans〔ju'fimɪə 'dinz〕
Euphémion〔əfe'mjɔŋ〕（法）
Euphemus〔ju'fiməs〕
Euphorbia〔ju'fɔrbɪə〕
Euphorbus〔ju'fɔrbəs〕
Euphorion〔ju'fɔrɪən〕
Euphranor〔ju'frenɔr〕
Euphrasia〔ju'fresɪə〕
Euphrasie〔əfrɑ'zi〕（法）
Euphrates〔ju'fretiz〕幼發拉底河（亞洲）
Euphronius〔ju'fronjəs〕
Euphrosyne〔ju'frɑzɪni〕
Euphues〔'jufjuɪz〕
Eupolis〔'jupolɪs〕
Eupompus〔ju'pɑmpəs〕
Eurasia〔jʊ're3jə; jɔr-; -3ɪə; -3ə;
-ʃə〕歐亞大陸

Euratom〔'jʊrətəm; ju'rætəm〕
Eure〔ɝr〕（法）厄爾
Eure, l'〔lɝ〕（法）
Eure-et-Loir〔ɝ·e·'lwɑr〕（法）
Eureka〔ju'rikə〕
Eurelius〔,eu'relius〕
Euretta〔ju'rɛtə〕尤蕾塔
Euric〔'jurɪk〕
Eurich〔'jurɪk〕尤里克
Euricius〔ju'rɪʃɪəs; ɔɪ'ritsɪus（德）〕
Euriphile〔ju'rɪfɪli〕
Eurico, o presbíters〔eu'riku u
preʒ'bitəru〕（葡）
Euridice〔,eu'riditʃe〕
Euripides〔ju'rɪpɪ,diz〕尤里披蒂（480?-
406 B.C., 希臘悲劇作家）
Euripos〔ju'raɪpəs; 'evrɪpɔs（希）〕
Euripus〔ju'raɪpəs〕
Euroclydon〔ju'rɑklɪ,dɑn〕地中海的一種
強烈東北風
Europa〔ju'ropə〕【希臘神話】尤蘿芭腓尼
基公主，Zeus 愛之且將伊劫至 Crete 島）
Europe〔'jurəp〕歐羅巴洲（簡稱歐洲）
Europus〔ju'ropəs〕
Euros〔'juras; 'evrɔs（希）〕
Eurotas〔ju'rotəs; ev'rɔtɑs（希）〕
Eurus〔'jurəs〕
Euryale〔ju'raɪəli〕
Euryalus〔ju'raɪələs〕
Euryanthe〔,jurɪ'ænθi〕
Eurybiades〔,jurɪ'baɪədiz〕
Eurydice〔ju'rɪdɪsi〕
Eurylochus〔ju'rɪləkəs〕
Eurymedon〔ju'rɪmɪdɑn〕
Eurynome〔ju'rɪnomi〕
Eurysthenes〔ju'rɪsθəniz〕
Eurystheus〔ju'rɪsθjus〕
Eusapia〔eu'zɑpjɑ〕
Eusden〔'juzdən〕尤斯登（Laurence,
1688-1730, 英國詩人）
Euse, d'〔dɝz〕
Eusebes〔'jusɪbiz〕
Eusebio〔eu'zebjo（義）; eu'sevjo（西）〕
Eusebio Ayala〔eu'sevjo ɑ'jɑlɑ〕（西）
Eusebius〔ju'sibjəs; jus-; -bɪəs;
ɔɪ'zebɪus（德）〕
Eusebius Hieronymus〔ju'sibjəs
haɪə'rɑnɪməs〕
Euskara〔'juskɑrə〕
Euskirchen〔'ɔɪskɪrhən〕（德）
Eustace〔'justɪs〕尤斯塔斯
Eustache〔ɝ'stɑʃ〕（法）

Eustachian〔jus'tɛʃjən; -ʃɪən; -ʃən; -kjən; -kɪən〕

Eustachio〔eu'stakjo〕歐斯達邱（Bartolommeo, 1524?-1574, 義大利解剖學家）

Eustachius〔jus'tɛkjəs〕

Eustacio〔,eus'taθjo〕（西）

Eustathius〔jus'tɛθɪəs〕

Eustis〔'justɪs〕

Euston〔'justən〕尤斯頓

Eutaw〔'jutɔ〕

Euterpe〔ju'tɝpɪ〕

Euthymius〔ju'θɪmɪəs〕

Eutin〔ɔɪ'tin〕

Euting〔'ɔɪtɪŋ〕

Eutrope〔ɝ'trɔp〕（法）

Eutsler〔'jutslə〕尤茨勒

Eutsuk〔'ut·sʌk〕

Eutych〔ɔɪt'juh〕（德）

Eutyches〔'jutɪkiz〕

Eutychian〔ju'tɪkɪən〕

Euwe〔'ewə〕

Euwema〔ju'wimə〕尤爲馬

Euxine Sea〔'juksaɪn ~〕黑海

Euxinus〔juks'aɪnəs〕

Euyuk〔jʊ'jʊk〕

Euzkadi〔,eus'kadi〕

Eva〔'ivə〕伊娃

Evagoras〔ɪ'vægorəs〕

Evadne〔ɪ'vædnɪ〕

Evald〔'ɪval〕伊瓦（Johannes, 1743-1781, 丹麥詩人及劇作家）

Evan〔'ɛvən〕埃文

Evandale〔'ɛvəndel〕

Evander〔ɪ'vændə〕伊萬德

Evang〔'ɛvæŋ〕

Evangeline〔ɪ'vændʒə,lin〕伊文吉琳

Evangelinus〔ɪ,vændʒɪ'laɪnəs〕

Evangelischer Verein〔,evaŋ'gelɪʃə fə'raɪn〕

Evangelista〔,evandʒe'lista（義）; ,evaŋge'lista（德）〕

Evan Harrington〔'ɛvən 'hærɪŋtən〕

Evans〔'ɛvənz〕艾凡（❶Sir Arthur John, 1851-1941, 英國考古學家 ❷Herbert McLean, 1882-1971, 美國解剖學家及胚胎學家）

Evans, Mount〔'ɛvənz〕艾凡山（美國）

Evansburg〔'ɛvənzbəg〕

Evanson〔'ɛvənsn̩〕埃文森

Evanston〔'ɛvənstən〕艾凡斯頓（美國）

Evansville〔'ɛvənz,vɪl〕艾凡斯維爾（美國）

Evan-Thomas〔'ɛvən·'taməs〕

Eva Perón〔'eva pe'ron〕

Evaric〔'ɛvərɪk〕

Evaricus〔ɪ'værɪkəs〕

Évariste〔eva'rist〕（法）

Evaristo〔ɪva'riʃtu（葡）; ɪvə'ristu（巴西）; ,eva'risto（西）〕

Evaristus〔ɛva'rɪstəs〕

Evarts〔'ɛvɑts〕埃瓦茲

Evatt〔'ɛvət〕伊瓦特

Evdoki(y)a〔jɪvdʌ'kjijʌ〕（俄）

Eve〔iv〕夏娃（亞當 Adam 之妻）

Éve〔ev〕

Eve Effingham〔iv 'ɛfɪŋhæm〕

Evele(i)gh〔'ivlɪ〕伊夫利

Eveleigh-De-Moleyns〔'ivlɪ·'dɛmələnz〕

Eveleth〔'ɛvəlɪθ〕埃弗利思

Evelina〔,ɛvɪ'laɪnə; ,evɪ'linə; ,eve-'linə（義）〕埃維莉娜

Eveline〔'ivlɪn〕伊夫琳

Evelino〔,eve'lino〕「國日記作家」

Evelyn〔'ivlɪn〕伊夫林（John, 1620-1706,英）

Evelyn Innes〔'ivlɪn 'ɪnəs〕

Evemerus〔ɪ'vimərəs〕

Evenden〔'ɛvəndən〕埃文登

Evenepoel〔'evənə,pul〕

Evenetus〔ɪ'venɪtəs〕

Evening Shade〔'ivnɪŋ ʃed〕

Evenki〔ɛ'venkɪ〕

Evenky〔ɛ'venkɪ〕

Evennett〔,ɛvə'net〕伊文尼特

Evens〔'ɛvənz〕埃文斯

Evensmo〔'evənsmo〕

Evenson〔'ivnsn̩〕埃文森

Evenus〔ɛ'vinəs〕

Everaerts〔'evərarts〕

Everard〔'ɛvərard〕埃弗拉德

Everard Webley〔'ɛvərard 'wɛblɪ〕

Everdene〔'ɛvədin〕

Everdingen〔'evə,dɪŋən〕

Evere〔'ɛvərə〕

Everest, Mount〔'ɛvərɪst〕埃佛勒斯峯（世界最高峯，屬喜馬拉雅山脈）

Everett〔'ɛvərət〕艾威雷特（美國）

Evergem〔'ɛvəhɛm〕（荷）

Everglades〔'ɛvəgledz〕「盛頓州的別稱」

Evergreen State〔'ɛvə,grin ~〕美國華

Evergood〔'ɛvəgʊd〕埃弗古德

Everhard〔'ɛvəhard〕

Everhardus〔,evə'hardəs〕

Everill〔'ɛvərɪl〕

Everitt〔'ɛvərɪt〕埃弗里特

Everl(e)y〔'ɛvəlɪ〕埃弗利

Evermann〔'ɛvəmən〕埃弗曼

Evernghim〔ˈɛvə·nɪm〕

Evers〔ˈɛvəz〕

Evershed〔ˈɛvəʃɛd〕埃弗謝德

Eversley〔ˈɛvəzlɪ〕

Eversman〔ˈɛvəzmən〕埃弗斯曼

Everson〔ˈɛvəsn̩〕埃弗森

Eversull〔ˈɛvəsəl〕埃弗薩爾

Evert〔ˈɛvət; ˈevət(荷、瑞典)〕埃弗特

Everton〔ˈɛvətən〕埃弗頓

Everts〔ˈɛvəts〕埃弗茨

Evertson〔ˈɛvət·sn̩〕埃弗森

Every〔ˈɛvrɪ〕埃弗里

Everyman〔ˈɛvrɪmæn〕

Eves〔ivz〕伊夫

Evesham〔ˈivʃəm; ˈiʃəm; ˈisəm; ˈivɪʃəm〕

Evett〔ˈɛvɪt〕

Evetts〔ˈɛvɪts〕埃維茨

Evgeni(i)〔ɪvˈgɛnɪ; jɪfˈgjenjəɪ(俄)〕

Evgenievich〔jɪvˈgenjɪvɪtʃ; jɪfˈgjen-jəvjɪtʃ(俄)〕

Evgenios〔ɛˈvjenjɔs〕(希)

Evgeny〔jɪvˈgenjɪ〕

Evgrafovich〔jɪvgˈrafəvjɪtʃ〕

Evhe〔ˈevɛ〕

Évian-les-Bains〔eˈvjɑŋ·le·ˈbæŋ〕(法)

Evill〔ˈivɪl〕埃維爾

Evil-Merodach〔ˈivɪl·mɪˈrodæk; -ˈmɛrodæk〕

Evind〔ˈevɪnd〕

Evinrude〔ˈɛvɪnrud〕埃文魯德

Evins〔ˈɛvɪnz〕埃文斯

Evita〔ˈɛvitə〕

Evjue〔ˈɛvju〕

Evodio〔eˈvodjo〕

Evoe〔ˈivi〕

Évora〔ˈevurə〕

Evors〔ˈivɔrz〕

Evpatoria〔ɛfpəˈtorɪə〕

Évrard〔evˈrɑr〕(法)

Évreux〔evˈrə〕(法)

Evripos〔ˈevripɔs〕

Evros〔ˈɛvrɑs〕

Evrykhou〔evˈrihu〕(希)

Evseevich〔jɪfˈsejɪvjɪtʃ〕(俄)

Evseyevich〔jɪfˈsejɪvjɪtʃ〕(俄)

Evstatief〔ɛfsˈtɑtɪjef〕

Evvoia〔ˈevja〕(希)

Ewa〔ˈewɑ〕   「詩人及劇作家」

Ewald〔ˈɪvɑl〕伊瓦(Johannes, 1743-1781,丹麥

Ewart〔ˈjuət〕尤爾特

Ewauna〔ɪˈwɔnə〕

Ewbank〔ˈjubæŋk〕

Ewbanke〔ˈjubæŋk〕

Ewe〔ju〕

Eweland〔ˈeve‚lænd〕

Ewell〔ˈjuəl〕尤厄爾

Ewen〔ˈjuɪn〕尤恩

Ewer〔ˈjuə〕尤爾

Ewers〔ˈjuəz; ˈevəs(德)〕尤爾斯

Ewert〔ˈjuət〕尤爾特

Ewes, D'〔djuz〕

Ewigkeit〔ˈevɪkkaɪt〕

Ewing〔ˈjuɪŋ〕尤因斯

Ewing, Orr〔ˈɔr ˈjuɪŋ〕

Ewins〔ˈjuɪnz〕

Ewn〔jun〕

Ewondo〔eˈwondo〕

Exarchate〔ˈɛksɑrket〕

Excalibur〔ɛksˈkælɪbə〕亞瑟王之魔劍

Excelsior〔ɛkˈsɛlsɪɔr; ɪkˈsɛlsɪɔr; ɛkˈsɛlsɪə; ɪk-〕

Exchequer〔ɛksˈtʃɛkə〕

Excursion〔ɪksˈkɜʃən〕

Exe〔ɛks〕

Exelmans〔ɛgzɛlˈmɑŋs〕

Exell〔ˈɛksl̩〕

Exeter〔ˈɛksətə〕愛塞特(英格蘭)

Exham〔ˈɛkshəm〕

Exley〔ˈɛkslɪ〕埃克斯利

Exman〔ˈɛksmən〕

Exiguus〔ɛgˈzɪgjuəs〕

Exiles〔ɛgˈzil〕(法)

Exmoor〔ˈɛksmur; -mɔr〕

Exmouth〔ˈɛksmaʊθ; -məθ; ˈɛks-maʊθ〕

Exner〔ˈɛksnə〕埃克斯納

Exo〔ˈɛkso〕埃克索

Exodus〔ˈɛksədəs〕出埃及記(舊約聖經第二卷)

Exon〔ˈɛksn̩〕埃克森

Experience〔ɪksˈpɪrɪəns〕

Expert〔ɛksˈpɛr〕(法)

Exploits〔ˈɛksplɔɪts〕

Explorata〔‚ɛksploˈretə〕

Exploring〔ɛkˈsplɔrɪŋ〕

Export〔ˈɛksport〕

Exquemeling〔ɛksˈkweməlɪŋ〕

Exton〔ˈɛkstən〕埃克斯頓

Extravaganza〔ɪksˈtrævəˈgænzə〕

Extrema〔ɛksˈtrimə〕

Extremadura〔‚estreməˈðurɑ〕(西)

Exuma〔ɛkˈsumə; ɛgˈzumə; ɪk-; ɪgˈzumə〕

Eyak〔'iæk; 'aɪæk〕
Eyam〔'iəm; 'aɪəm〕
Eyanson〔'aɪənsn̩〕
Eyb〔aɪp〕
Eybe〔'aɪbə〕
Eybler〔'aɪblə〕
Eyck〔aɪk〕艾克（Hubert 或 Huybrecht van,
    1366?-1426, 法蘭德斯畫家）
Eye〔aɪ; 'aɪə（德）〕艾
Eyemouth〔'aɪməθ〕
Eyerly〔'aɪəlɪ〕艾爾利
Eyers〔ɛrz〕
Eyes〔aɪz〕
Eyja〔'aɪjɑ〕
Eyke〔'aɪkə〕
Eykman〔'aɪkmɑn〕
Eylau〔'aɪlaʊ〕
Eyles〔aɪlz〕艾爾斯
Eyman〔'aɪmən〕艾曼
Eymerico〔,eme'riko〕
Eymery〔em'ri〕
Eymericus〔,aɪmɪ'raɪkəs〕
Eyncourt, D'〔'denkət〕
Eyre〔ɛr〕
Eynon〔'aɪnən〕艾農
Eynsford〔'ensfəd〕
Eynsham〔'enʃəm〕
Eyo〔'eo〕
Eyquem〔ɛ'kɛm〕
Eyquem de Montaigne〔ɛ'kɛm də
    mɔŋ'tenj〕（法）
Eyrarbakki〔'erar'bakjɪ〕
Eyre, Lake〔ɛr ～〕艾耳湖（澳洲）
Eyres〔ɛrz〕艾爾斯
Eyring〔'aɪrɪŋ〕艾林
Eysinga〔'aɪsɪŋɑ〕

Eysk〔esk〕
Eyskens〔'aɪskəns; ɛs'kɑŋs（法）〕
Eyssell〔'aɪsəl〕艾塞爾
Eystein〔'əjusten〕（挪）
Eyster〔'aɪstə〕艾斯特
Eyston〔'istən〕艾斯頓
Eytan〔'aɪtən〕
Eytelwein〔'aɪtəlvaɪn〕
Eyth〔aɪt〕
Eyton〔'aɪtn̩; 'etn̩; 'itn̩〕
Eyvind〔'evɪn（挪）; 'evɪnd（瑞典）〕
Eyzaguirre〔,esɑ'girre〕（拉丁美）
Ezechias〔,ezɪ'kaɪəs〕
Ezechiel〔ɪ'zikjəl; -kɪəl; e'tsɛhɪɛl
    （德）〕
Ezechiele〔,etse'kjɛle〕
Ezeiza〔e'sesɑ〕
Ezekias〔,ezɪ'kaɪəs〕
Ezekiel〔ɪ'zikjəl〕伊西吉爾（❶ Moses
    Jacob, 1844-1917, 美國雕刻家 ❷【聖經】紀元
    前六世紀時之希伯來先知）
Ezequiel〔,eθe'kjɛl〕（西）
Ezhov〔jɛz'hɔf〕（俄）
Ezida〔'ezɪdə〕
Ezio〔'ɛtsɪo〕
Eziongeber〔,izɪən'gibə; -zɪən-;
    -zjən-〕
Ezra〔'ɛzrə〕❶【聖經】以斯拉（紀元前五世
    紀時之希伯來僧侶）❷以斯拉書（舊約之一卷）
Ezra, Ibn〔ɪbn 'ɛzrɑ〕
Ezzard〔'ɛzəd〕
Ezzelino〔,eddze'lino〕
Ezzelino da Romano〔,eddze'lino dɑ
    ro'mano〕（義）
Ezzolied〔'ɛtsolit〕
Ez Zuetina〔ɛz zwɛ'tinə〕

F

Fabbroni〔fab'broni〕(義)

Fabel〔'febəl ; fə'bɛl〕費伯爾

Fabens〔'febənz〕

Faber〔'febə ; 'fabə(德)〕

Fabert〔fa'bɛr〕(法)

Fabia〔'febɪə〕

Fabian Society〔'febɪən~ ; 'fabɪən~〕黃邊學社

Fabing〔'febɪŋ〕

Fabius〔'febɪəs〕費畢阿斯（ ?-203 B.C., 羅馬帝國大將）

Fabio〔'fabjo〕

Fabius〔'febɪəs〕

Fabius Maximus〔'febjəs 'mæksɪməs〕

Fabius Maximus Verrucosus〔'febjəs ,mæksɪməs vɛrjʊ'kosəs〕

Fabius Pictor〔'febjəs 'pɪktə〕

Fabii〔'febɪaɪ〕

Fabjan〔'fabjɑn〕

Fabliau〔'fæblɪo〕

Fabray〔'fæbrɪ〕

Fabre〔'fabə〕法布爾（ Jean Henri , 1823-1915, 法國昆蟲學家及著作家）

Fabre d'Églantine〔fabə deglɑŋ'tin〕(法)

Fabregat〔'fabregat〕

Fabretti〔fa'bretɪ〕

Fabri〔'febraɪ ; fa'bri(法)〕

Fabriano〔,fabri'ano〕

Fabrice〔fa'bris〕

Fabrici〔fa'britʃɪ〕

Fabricius〔fa'britsɪʊs〕(德)法布里修斯

Fabricius ab Aquapendente〔fə'brɪʃɪəs æb ,ækwəpɛn'dentɪ〕

Fabricius Luscinus〔fə'brɪʃɪəs lʌ'saɪnəs〕

Fabrikoid〔'fæbrɪ,kɔɪd〕

Fabrizio〔fa'britsjo〕(義)法布里齊奧

Fabroni〔fa'broni〕

Fabrot〔fa'bro〕(法)

Fabry〔'fabrɪ ; fa'bri〕(法)

Fabvier〔fa'vje〕(法)

Fabyan〔'febjən〕費邊

Facchinette〔fakkɪ'nettɪ〕(義)

Faccio〔'fattʃo〕(義)

Facciolati〔,fattʃo'latɪ〕(義)

Face〔fes〕

Fâcheux〔fa'ʃɚ〕(法)

Facino Cane〔fa'tʃino 'kane〕

Facta〔'fakta〕

Factor〔'fæktə〕

Facundo〔fa'kundo〕

Faddeevich〔fə'djejəvjɪtʃ ; fʌ'djejɪvjɪtʃ〕(俄)

Faddeevski〔fʌ'djejɪfskəɪ〕(俄)

Faddei〔fʌ'djeɪ〕(俄)

Fadden〔'fædən〕法登

Faddey〔fa'dje〕

Faddeyevich〔fʌ'djejɪvjɪtʃ〕(俄)

Faddiley〔'fædɪlɪ〕

Faddle〔'fædl〕

Fadeyev〔fʌ'djejɪf〕(俄)

Fadiman〔'fædɪmən〕法迪曼

Fadladeen〔,fædlə'din〕

Fadladinida〔,fædlə'dɪnɪdə〕

Fadlan, ibn-〔,ɪbn·fæd'lɑn〕

Fadner〔'fædnə〕法德納

Fadum〔'fedəm〕費德姆

Faed〔fed〕費德

Faemund〔'fe,mʊn〕(挪)

Faenza〔fa'ɛnzə ; fa'ɛntsa(義)〕

Faerie〔'fɛrɪ〕

Faerie Queene〔'fɛrɪ 'kwin〕

Færö〔'fɛ,rɚ〕

Færø〔'fɛ,rɚ〕(丹)

Faeroe〔'fɛro〕

Færøerne〔'fɛ,rɚənə〕(丹)

Faeroes〔'fɛroz〕法羅群島（丹麥）

Faery〔'fɛrɪ〕

Faes〔fas〕

Faes, Van der〔,van də 'fas〕

Faesi〔'fezi〕

Faesulae〔'fizjʊlɪ〕

Faete〔fa'ete〕

Fafner〔'fafnə〕

Fafnir〔'favnɪr〕

Fag〔fæg〕

Fagan〔'fegən〕費根

Fageant〔'fedʒənt〕

Fagel〔'fagəl〕

Fagerburg〔'fegəbɚg〕

Fagerhaugh〔'fagəhau〕

Fagerholm〔'fagə,holm〕

Fagerlin〔'fagə,lin〕

Fagg(e)〔fæg〕法格

Faggetter〔'fægɪtə〕

Faggi〔'fægɪ〕

Fagibini〔,fɑgi'bini〕

Fagin〔'fegɪn〕Dickens 所著 Oliver Twist 中雇用小孩爲賊的老壞蛋

Fagnani〔fɑ'njɑni〕（義）

Fagnano〔fɑ'njɑno〕

Fagniez〔fɑ'nje〕（法）

Fagotin〔fɑgɔ'tæŋ〕（法）

Faguet〔fɑ'gɛ〕（法）

Faguibine〔fɑgi'bin〕（法）

Fagibini〔,fɑgi'bini〕

Fagundes〔fə'gundiʃ〕

Fagus〔fɑ'gjus〕（法）

Fahey〔'fei〕費伊

Fahie〔'fei〕費伊

Fa-Hien〔'fɑ·ʃi'ɛn〕（中）

Fahien〔'fɑʃi'en〕（中）

Fahlcrantz〔'fɑlkrɑnts〕

Fahrenheit〔'færənhaɪt〕華倫海特（Gabriel Daniel,1686-1736,德國物理學家）

Fahrenwald〔'fɑrənwælt〕法倫瓦爾德

Fahrney〔'fɑnɪ〕法爾尼

Fahs〔fɑz; fɑs〕法斯

Fa-Hsien〔'fɑ·ʃi'ɛn〕

Fahy〔fe〕費伊

Faial〔fɑ'jɑl〕

Faidherbe〔fɛ'dɛrb〕（法）

Faidit〔fe'di〕

Faido〔'faɪdo〕

Faïd〔'fæjɪd〕

Faifo〔'faɪ'fo〕

Failla〔fə'ilɑ〕

Faillet〔fɑ'je〕（法）

Faillon〔fɑ'jɔŋ〕（法）

Failly〔fɑ'ji〕（法）

Fain〔fæŋ〕（法）費恩

Fainall〔'fenɔl〕

Fainéant〔fene'ɑŋ〕（法）

Fainéants〔fene'ɑŋ〕（法）

Fainsod〔'fensɑd〕芬索德

Fair〔fɛr〕費爾

Fairbairn〔'fɛrbɛrn〕費爾貝恩

Fairbairns〔'fɛrbɛrnz〕

Fairbank〔'fɛrbæŋk〕費爾班克

Fairbanks〔'fɛrbæŋks〕費爾班克斯（美國）

Fairbeard〔'fɛrbɪrd〕

Fairborn〔'fɛrbɔrn〕

Fairbrother〔'fɛr,brʌðə〕

Fairburn〔'fɛrbən〕費爾伯恩

Fairbury〔'fɛrbərɪ〕

Fairchance〔'fɛr,tʃɑns〕

Fairchild〔'fɛrtʃaɪld〕費爾柴爾德

Faircloth〔'fɛrklɔθ〕費爾克洛斯

Fairclough〔'fɛrklʌf〕費爾克拉夫

Fair Em〔'fɛr 'ɛm〕

Fairfax〔'fɛrfæks〕費爾法克斯

Fairfield〔'fɛrfild〕費爾菲爾德

Fairford〔'fɛrfəd〕

Fair Haven〔'fɛr 'hevən〕

Fairhaven〔'fɛr,hevən〕費爾黑文

Fair Havens〔'fɛr 'hevənz〕

Fairholme〔'fɛrholm〕費爾霍姆

Fairholt〔'fɛrholt〕費爾霍爾德

Fairhope〔'fɛrhop〕

Fair Lawn〔'fɛr lɔn〕

Fairlawn〔'fɛrlɔn〕

Fairlegh〔'fɛrlɪ〕

Fairlei〔'fɛrlɪ〕

Fairleigh〔'fɛrlɪ〕

Fairless〔'fɛrləs〕費爾利斯

Fairley〔'fɛrlɪ〕費爾德

Fairlie〔'fɛrlɪ〕費爾利

Fairlight〔'fɛrlaɪt〕

Fairly〔'fɛrlɪ〕費爾利

Fairman〔'fɛrmən〕費爾曼

Fairmaner〔fɛr'mænə〕

Fairmont〔'fɛrmənt〕費爾蒙特

Fairmount〔'fɛrmaunt〕

Fairplay〔'fɛrple〕

Fairport〔'fɛrpɔrt〕

Fairs〔fɛrz〕

Fairscribe〔'fɛrskraɪb〕

Fairservice〔'fɛrsəvɪs〕

Fair Sidea〔'fɛr saɪ'diə〕

Fairview〔'fɛrvju〕

Fairway〔'fɛr,we〕

Fairweather, Mount〔'fɛr,wɛðə〕費委德山（北美洲）

Faisal〔'faɪsæl〕傅爾賽（1885-1933,曾分任敍利亞、伊拉克國王）

Faisi〔fɑ'isɪ〕

Faison〔'fesn〕費森

Faith〔feθ〕

Faithful〔'feθfəl〕費思富爾

Faithfull〔'feθfəl〕

Faithorne〔'feθɔrn〕

Faiyum〔faɪ'jum〕

Faizabad〔,faɪzɑ'bɑd〕弗艾札巴德（阿富汗）

Faizi〔'faɪzi〕

Fajans〔'fajɑns〕

Fajardo〔fɑ'hɑrðo〕（西）

Fakaofo〔,fɑkɑ'ofo〕

Fakarava〔,fɑkɑ'rɑvə〕

Fakenham〔'feknəm〕
Fakes〔feks〕
Fako〔'fako〕
Fakhr al-Din〔'fæhr ʊd·'din〕(阿拉伯)
Fal〔fæl〕
Fala〔'fælə〕
Falaba〔,fælə'ba; fa'laba〕
Falalop〔fə'laləp〕
Falam〔fə'lam〕法藍(緬甸)
Falange〔'felændʒ〕長槍會(西班牙內戰後的右翼政治團體)
Falashas〔fu'luʃəz〕
Falb〔falp〕
Falca〔'falka〕
Falckenstein〔'falkɛnʃtain〕
Falcon〔'fɔlkən〕福爾肯
Falcón〔fal'kɔn〕
Falconare〔,falko'nare〕
Falconberg〔'fɔkənbæg〕
Falconbridge〔'fɔkənbridʒ〕福爾肯布里奇
Falcone〔fal'kone〕法爾科內
Falconer〔'fɔknə; 'fɔlkənə〕福爾克納
Falconet〔falcɔ'nɛ〕(法)
Falconetto〔,falko'netto〕(義)
Falcy〔'fælsi; 'fɔlsi〕
Falczi〔'fɔltsi〕
Falder〔'fɔldə〕
Falémé〔fale'me〕(法)
Falerian〔fə'lɪrɪən〕
Falerii〔fə'lɪrɪai〕
Falernian〔fə'lɜnjən〕義大利產的一種葡萄酒
Fales〔felz〕費爾斯
Falfurrias〔fæl'fjurɪəs〕
Falguière〔fal'gjɛr〕(法)
Falier〔fa'ljɛr〕(義)
Falieri〔fal'jeri〕
Faliero〔fal'jero〕
Faliscan〔fə'lɪskən〕
Falisci〔fə'lɪsai〕
Faliscus〔fə'lɪskəs〕
Falk〔fɔk; falk(德、日)〕福爾克
Falkberget〔'falkbɜrgə〕(挪)
Falke〔'falkə〕
Falkenau〔'falkənau〕
Falkenbridge〔'fɔkənbridʒ〕
Falkenburg〔'falkənbæg〕福爾肯伯格
Falkenhausen〔'falkən,hauzən〕
Falkenhayn〔'falkənhain〕
Falkenhorst〔'falkənhɔrst〕
Falkensee〔'falkənze〕
Falkenstein〔'falkənʃtain〕

Falkiner〔'fɔknə〕福基納
Falkirk〔'fɔlkək〕
Falkland〔'fɔklənd; 'falklənd; 'falklant; 'fɔlklənd〕福克蘭群島(英國)
Falkner〔'fɔknə〕
Falknov〔'falknɔf〕福蘭
Fall〔fɔl; fal(德)〕福爾
Falla〔'falja〕法雅(Manuel de, 1876-1946, 西班牙作曲家)
Fallada〔'falada〕
Fallas〔'fæləs〕法拉斯
Fallaw〔fɔ'lɔ〕福洛
Fallen Timbers〔'fɔlən 'timbəz〕
Faller〔'fælə〕法勒
Fallersleben〔'falə,sleben〕
Falley〔'fæli〕法利
Fallières〔,fa'ljer〕法利愛爾(Clement Armand, 1841-1931, 曾任法國總統)
Fallmerayer〔'falmə,raiə〕
Falloden〔'fælədən〕
Fallodon〔'fælədən〕
Fallon〔'fælən〕法倫
Fallopian〔fə'lopiən〕
Fallopia〔fal'lɔpja〕(義)
Fallopio〔fal'lɔpjo〕(義)
Fallopius〔fə'lopiəs〕
Falloux〔fa'lu〕(法)
Fallow〔'fælo〕法洛
Fallowfield〔'fælofild〕
Fallows〔'fæloz〕法洛斯
Fall River〔fɔl ~〕瀑布河(美國)
Falls〔fɔlz〕福爾斯
Falmouth〔'fælməθ〕法爾茅斯
False Bay〔fɔls ~〕福爾斯灣(南非)
Falsen〔'falsən〕
Falshaw〔'fɔlʃɔ〕
Falso〔'falso〕
Falstaff〔'fɔlstaf〕莎士比亞戲劇中一武士
Falstaffian〔fals'tafjən〕
Falter〔'fɔltə〕
Falster〔'falstə〕法爾斯坦
Falvey〔'fɔlvi〕
Famagusta〔,fæmə'gustə〕
Famars〔fa'mar〕(法)
Famatina〔,fama'tina〕
Fameuse〔fə'mjuz〕
Famieh〔'famɪɛ〕
Famille Benoiton, La〔la fa'mij bənwa'tɔŋ〕(法)
Famintsyn〔fʌ'mjintsɪn〕(俄)
Fämund〔'femʊn〕(挪)
Fan〔fan〕(阿爾巴)

Fanad〔'fænəd〕

Fanariot〔fə'nærɪət〕

Fancher〔'fæntʃə〕

Fanciful〔'fænsɪfəl〕

Fancourt〔'fænkɔrt〕

Fancyfull〔'fænsɪfəl〕

Fane〔fen〕費恩

Fanestris〔fə'nestrɪs〕

Faneuil〔'fænəl〕

Fanfani〔fɑn'fɑnɪ〕

Fang〔fæŋ〕

Fangboner〔'fæŋbonə〕范博納

Fangen〔'fɑŋən〕

Faning〔'fenɪŋ〕

Fankhauser〔'fɑŋk,hɑʊzə〕范克豪澤

Fannich〔'fænɪh〕(蘇)

Fannick〔'fænɪk〕

Fannie〔'fænɪ〕范妮

Fannin〔'fænɪn〕范寧

Fanning Island〔'fænɪŋ~〕芬寧島(英國)

Fannius〔'fænɪəs〕

Fanny〔'fænɪ;'fɑni(德)fɑ'ni(法);'fɑnnɪ(義)〕范妮

Fanny Cleaver〔'fænɪ 'klivə〕

Fanny Price〔'fænɪ prɑɪs〕

Fansaga〔fɑn'sɑgɑ〕

Fanshaw(e)〔'fænʃɔ〕范肯

Fansler〔'fænslə〕范斯勒

Fansteel〔'fænstil〕

Fante〔'fɑnt〕

Fantee〔'fæntɪ〕

Fanti〔'fɑntɪ〕

Fantine〔'fæntin;fɑŋ'tin(法)〕

Fantin-Latour〔fɑŋ'tæŋ・lɑ'tur〕(法)

Fanu, Le〔'lɛfənju〕

Fanum Fortunae〔'fenəm fɔ'tjuni〕

Fanwood〔'fænwʊd〕

Fao〔'fɑo〕

Fapi〔fɑ'pi〕

Fa Presto〔fɑ 'prɛsto〕

Far, la〔lə 'fɑr〕

Fara〔'fʌrɑ〕(阿拉伯)

Farabee〔'færəbi〕

Farabi〔fɑ'rɑbi〕

Farabi, al-〔,ælfɑ'rɑbɪ〕

Faraday〔'færədɪ〕法拉第(Michael,1791-1867,英國化學家及物理學家)

Farafangana〔,fɑrɑfɑŋ'gɑnɑ〕

Farafra〔fʌ'rɑfrɑ〕(阿拉伯)

Faragher〔'færəgə〕法拉格

Farago〔'fɑrɑgo〕

Farah〔fɑ'rɑ;'fɑrə〕法拉(阿富汗)

Farallon〔'færəlɑn〕

Farasan〔fɑrɑ'sɑn;fʌrɑ'sæn〕(阿拉伯))

Farazdaq, al-〔,ælfə'ræzdæk〕

Farbach〔'fɑrbæk〕法巴克

Farber〔'fɑrbə〕法伯

Farbman〔'fɑrbmən〕法布曼

Farbstein〔'fɑrbstɑɪn〕法布斯坦

Fardell〔'fɑrdɛl〕

Fardiun〔'fɑrdiʊn〕

Fardorougha〔fɑrdə'rʌfə〕

Fardwell〔'fɑrdwɛl〕法德爲爾

Far East〔'fɑr 'ist〕遠東

Farebrother〔'fɛr,brʌðə〕

Faregh〔fə'rɛg〕

Fareham〔'fɛrəm〕

Farel〔fɑ'rɛl〕(法)

Farewell, Cape〔'fɛrwɛl〕費爾韋耳角(格陵蘭)

Fargas y Roca〔'fɑrgɑs ɪ 'rokə〕

Farghani, al-〔,æl・fær'gɑnɪ〕(阿拉伯)

Fargo〔'fɑrgo〕法爾果(美國)

Fargue〔fɑrg〕(法)

Fargus〔'fɑrgəs〕法格斯

Faria〔fə'riə;'fɑrjɑ(西)〕

Faria e Sousa〔fə'riə i 'sozə〕

Farias Brito〔fə'riəs 'brito〕

Faribault〔'fɛribo;fɑri'bo(法)〕法里博

Faricy〔'fɛrɪsɪ〕費里西

Farid〔fɑ'rid〕

Farida〔'fɑridɑ〕

Farid, ibn-al-〔'ɪbn・ʊl・'fɑrɪd〕

Faridkot〔fə'ridkot〕

Faridpur〔,fə'ridpʊr〕

Faridun〔,fɑrɪ'dun〕

Faries〔'fɛrɪz〕法里斯

Farigoule〔fɑri'gul〕(法)

Farilhões〔fərɪ'ljoɪɲʃ〕(葡)

Farill〔'færɪl〕

Farina〔fə'rinə〕法雷納(Salvatore, 1846-1918, 義大利小說家)

Farinacci〔,fɑri'nɑttʃɪ〕(義)

Farinata degli Uberti〔,fɑrɪ'nɑtɑ ,delji u'bɛrtɪ〕

Farinati〔,fɑrɪ'nɑtɪ〕

Farinato〔,fɑrɪ'nɑto〕

Farinelli〔,fɑrɪ'nɛllɪ〕(義)

Faringdon〔'færɪŋdən〕法林登

Farington〔'færɪŋtən〕

Farini〔fɑ'rini〕

Faris〔'færɪs〕法里斯

Farjeon〔'fɑrdʒən〕法杰恩

Farkas〔'fɔrkaʃ〕(匈) 法卡斯
Farland〔'farlənd〕法蘭
Farleigh〔'farlɪ〕法利
Farley〔'farlɪ〕法利
Farlow〔'farlo〕法洛
Farman〔'farmən; fɑ'rmɑŋ (法)〕法曼
Farmar〔'farmɚ〕
Farmer〔'farmɚ〕法默
Farmersville〔'farmɚzvɪl〕
Farmerville〔'farmɚvɪl〕
Farmingdale〔'farmɪŋdel〕
Farmington〔'farmɪŋtən〕
Farmville〔'farmvɪl〕
Farnaby〔'farnəbɪ〕法納比
Farnan〔'farnən〕
Farnborough〔'farnbərə〕
Farn〔farn〕
Farncomb〔'farnkom〕法恩科姆
Farndale〔'farndel〕法恩代爾
Farndon〔'farndən〕法恩登
Farne〔farn〕
Farnese〔far'nese〕
Farnesina〔farne'zina〕
Farnham〔'farnəm〕法納姆
Farnol〔'farnəl〕法諾爾(Jeffery,1878-
  1952, 英國小說家)
Farnsley〔'farnzlɪ〕法恩斯利
Farnsworth〔'farnzwɚθ〕法恩斯沃思
Farnum〔'farnəm〕法納姆
Farnworth〔'farnwɚθ〕
Faro〔'faro 'faru〕法魯(葡萄牙)
Fårö〔'fɔ,rɚ〕(瑞典)
Farochon〔faro'ʃɔŋ〕(法)
Faro di Messina〔'faro dɪ mes'sina〕
  (義)
Faroe〔'fɛro〕
Faroes〔'fɛroz〕
Farouk〔fa'ruk〕
Farquear〔'farkwɚ〕法奎爾
Farquhar〔'fark (w) ɚ〕法科(George,
  1678-1707, 英國劇作家)
Farquharson〔'farkwɚsŋ〕法夸爾森
Farr〔far〕法爾
Farra〔fə'ra〕
Farrago〔'færəgo〕
Farragut〔'færəgət〕
Farrakhabad〔fə'rʌhabad〕(印)
Farran〔'færən〕
Farrand〔'færənd〕法蘭德
Farrant〔'færənt〕法蘭特
Farrar〔'færɚ〕法勒
Farrara〔fæ'rɑræ〕

Farrel〔'færəl〕
Farrell〔'færəl〕法雷爾(Fames Thomas
  1904-1979, 美國小說家)
Farren〔'færən〕法倫
Farrer Park〔'færɚ~〕巴里苑(新加坡)
Farrère〔fa'rɛr〕(法)
Farrin〔'færɪn〕法林
Farringdon〔'færɪŋdən〕法林頓
Farringford〔'færɪŋfəd〕
Farrington〔'færɪŋtən〕
Farris〔'færɪs〕法里斯
Farrisee〔'færɪsi〕
Far Rockaway〔'far 'rakə,we〕
Farrow〔'færo〕法羅
Farrukhabad〔fə'ruhabad〕(印)
Farrukhabad-cum-Fategarh
  〔fə'ruhabad·kʌm·,fʌtɪ'gar〕(印)
Fars〔fars〕
Farsan〔far'san〕
Farshut〔fars'hut〕
Farsistan〔farsɪs'tan〕
Farsley〔'farzlɪ〕
Earson〔'farsŋ〕法森
Fartak〔'fartæk〕
Farthing〔'farðɪŋ〕法辛
Faruk I〔fa'ruk〕法魯克一世(1920-1965,
  曾任埃及國王)
Farvel〔far'vɛl〕
Farwell〔'farwɛl〕法爲爾
Fas〔fæs〕
Fasa〔'fasa〕
Fasano〔fa'zano〕
Fasanus〔fa'zenəs〕
Fascell〔fa'sɛl〕
Fasch〔faʃ〕
Fascismo〔fa'ʃismo〕法西斯主義
Fascist〔'fæʃɪst〕❶法西斯主義者❷法西斯
  黨員
Fascisti.〔fæ'ʃisti〕法西斯政黨; 黑衫黨
Fasher〔'faʃɚ〕
Fashion〔'fæʃən〕
Fashoda〔fə'ʃodə〕
Fasi〔'fæsɪ〕法西
Fasolt〔'fazolt〕
Fassel〔fə'sɛl〕
Fassett〔'fæsɛt〕法塞特
Fassogl〔fə'sogl〕
Fast〔fast〕法斯特
Fastenrath〔'fastənrat〕
Fasti〔'fæstaɪ〕古羅馬曆
Fastnet〔'fastnɛt〕
Fastolf〔'fæstalf〕

Fastolfe〔'fæstəlf〕
Fatagaga〔ˌfatə'gaɡɑ〕
Fata Morgana〔'fatə mɔr'ɡɑnə〕中世紀
　稗史或傳奇中之精怪
Fate〔fet〕
Fategarh〔ˌfʌte'ɡɑr〕(印)
Fatehgarh〔ˌfʌte'ɡɑr〕(印)
Fatehpur〔'fʌtepʊr〕(印)
Fates〔fets〕費茨
Fath Ali〔'fæt ɑ'li〕
Fath 'Ali〔'fæt ɑ'li〕(波斯)
Fathigarh〔ˌfʌtɪ'ɡɑr〕(印)
Fathipur〔'fʌtɪpʊr〕(印)
Fatih〔fɑ'tih〕
Fatima〔'fætɪmə〕❶穆罕默德之女 (606-
　632) ❷藍鬍子之第七位妻子
Fatimid〔'fætɪmɪd〕
Fatimite〔'fætɪmaɪt〕
Fatshan〔'fat·'ʃan〕
Fatt〔fæt〕法特
Fattore, Il〔il fat'tore〕
Fattorins〔ˌfatto'rino〕(義)
Fatu Hiva〔'fatu 'hivə〕
Fatyanovo〔fat'janəvə〕
Fatzer〔'fætsɚ〕法策爾
Faubourg〔fo'bur〕(法)
Faubus〔'fobəs〕福伯斯
Faucamberge〔fokaŋ'bɛrʒ〕(法)
Faucett〔'fɔsɪt〕福西特
Fauchard〔fo'ʃar〕(法)
Faucher〔fo'ʃe〕(法)
Fauchet〔fo'ʃɛ〕(法)
Fauchois〔fo'ʃwa〕(法)
Faucigny〔fosɪ'nji〕(法)
Faucilles〔fo'sij〕(法)
Faucit〔'fɔsɪt〕福西特
Faucitt〔'fɔsɪt〕
Fauconberg〔'fɔkənbɚg〕
Fauconbridge〔'fɔkənbrɪdʒ〕
Fauconnier〔fokɔ'nje〕(法)
Faudel〔'fɔdl〕
Faugères〔fo'ʒɛr〕(法)
Faught〔fɔt〕福特
Faujas〔fo'ʒas〕(法)
Faujas de Saint-Fond〔fo'ʒas də
　sæŋ'fɔŋ〕(法)
Faulconer〔'fɔknɚ〕
Faulds〔foldz; fɔldz〕福爾茲
Faulhorn〔'faʊlhɔrn〕
Faulk〔fɔk〕
Faulkes〔fɔlks〕
Faulkland〔'fɔlklənd〕

Faulkner〔'fɔknɚ〕佛克納 (William Cuth-
　bert, 1897-1962, 美國小說家)
Faulks〔foks〕
Faulkton〔'fɔktən〕
Faull〔fɔl〕福爾
Fauna〔'fɔnə〕
Faunce〔fɔns〕方斯
Faunch〔fɔntʃ〕
Fauntleroy〔'fɔntlərɔɪ〕方特勒羅伊
Faunus〔'fɔnəs〕
Fauquier〔'fɔkɪr〕
Faure〔fɔr〕
Fauré〔fɔ're〕
Fauriel〔fɔ'rjɛl〕
Fauro〔'faʊro〕
Faus(s)et〔'fɔsɪt〕福塞特
Faust〔faʊst〕浮士德 (❶日耳曼故事中之一
　人物，會將其靈魂售與魔鬼 ❷ Goethe著之一悲
Fausta〔'fɔstə〕　　　　　　　　　「劇)
Fauste〔'fɔsti〕
Faustin〔fo'stæŋ〕(法)
Faustina〔fɔs'tinə; faʊs'tinɑ (義)〕
Faustino〔faʊs'tino〕
Fausto〔'faʊsto〕
Faustulus〔'fɔstələs〕
Faustus〔'fɔstəs〕
Fauri〔'fɔrɪ〕福里
Fauvelet〔fov'lɛ〕(法)
Fauves〔fovz〕
Faux〔fo; fɔks〕
Favara〔fa'vara〕
Favarger〔fə'varʒɚ〕
Favaro〔fa'varo〕
Favart〔fa'var〕(法)
Favel〔'fevəl〕費弗爾
Favell〔'fevəl〕費弗爾
Faventia〔fə'venʃɪə〕
Faversham〔'fævəˌʃəm〕
Faverty〔'fævətɪ〕
Favignana〔ˌfavɪ'njɑnɑ〕
Favonian〔fə'vonjən〕
Favonius〔fə'vonjəs〕
Favorita〔ˌfavo'rita〕
Favorite〔'fevərɪt〕
Favory〔favo'ri〕(法)
Favras〔fav'ras〕(法)
Favre〔'favrə〕(法)
Favrot〔'fævro〕法夫羅
Faw〔fɔ〕福
Fauwcus〔'fɔkəs〕福克斯
Fawcett〔'fɔsɪt〕福西特
Fawdry〔'fɔdrɪ〕福德里

Fawkes〔fɔks〕福克斯
Fawkner〔'fɔknɚ〕福克納
Fawley〔'fɔlɪ〕
Fawnia〔'fɔnɪə〕
Fawsitt〔'fɔsɪt〕福西特
Fawssett〔'fɔsɪt〕
Fawzi〔'fauzɪ〕
Faxa〔'faksə〕
Faxaflói〔'faksɑf , lɔɪ〕
Faxardo〔fɑ'hɑrðo〕(西)
Faxon〔'fæksn〕法克森
Fäy〔faɪ〕法伊(Bernard, 1893-,法國歷史學者及傳記作家）
Fáy〔'fɑ·ɪ〕
Fay, Du〔djʊ 'fe〕(法)
Fayal〔faɪ'al〕法亞耳島（北大西洋）
Fayard〔fɑ'jɑr〕(法)
Faye〔fe〕費伊
Fayer〔fɛr ; 'feə〕
Fayers〔fɛrz ; 'feəz〕
Fayette〔fe'ɛt ; fɑ'jɛt (法)〕費耶特
Fayette City〔'feet 'sɪtɪ〕
Fayetteville〔'feetvɪl〕
Faygate〔'feget〕
Fayle〔fel〕
Fayolle〔fɑ'jɔl〕(法)
Fayoum〔faɪ'um〕
Fayrer〔'fɛrɚ〕費雷爾
Fayum〔faɪ'jum〕
Faza(c)kerley〔fə'zækɚlɪ〕
Fazıl〔fɑ'zɛl〕(土)
Fazio〔'fatsjo〕法齊奧
Fazl〔'fazl ; 'fæzl〕
Fazl Pasha〔'fazl pɑ'ʃɑ〕
Fazl-ul-Huq〔'fazl·ul·'huk〕
Fazogl〔fə'zɔgl〕
Fazogli〔fæ'zɔglɪ〕
Fazy〔fɑ'zi〕(法)
Fea〔'feə〕
Feagan〔'figən〕
Feaist〔fist〕
Feakes〔fiks〕費克斯
Fear〔fɪr〕
Fearenside〔'fɚnsaɪd〕費倫賽德
Feargus〔'fɜgəs〕費格斯
Fearing〔'fɪrɪŋ〕費林
Fearn(e)〔fɜn〕費恩
Fearnley〔'fɜnlɪ〕費恩利
Fearnside〔'fɜnsaɪd〕費恩賽德
Fearnsidez〔'fɜnsaɪdz〕
Fearon〔'fɪərən〕費倫
Feather〔'fɛðɚ〕費瑟

Feathernest〔'fɛðɚnɛst〕
Featherston〔'fɛðɚstən〕費瑟斯通
Featherstone〔'fɛðɚstən〕費瑟斯通
Featherston(e)haugh〔'fɛðɚstənhɔ〕
Feathertop〔'fɛðɚ,tap〕
Featley〔'fitlɪ〕費特利
Febold〔'fibold〕
Feboldson〔'fibəldsən〕
February〔'fɛbrʊ,ɛrɪ〕
Fécamp〔fe'kaŋ〕(法)
Fechner〔'fɛhnɚ〕費科納（Gustav Theodor, 1801-1887, 德國物理學家及心理學家）
Fechteler〔'fɛktəlɚ〕費克特勒
Fechter〔'fɛktɚ; 'fɛhtɚ (德)〕費克特
Feckenham〔'fɛknəm〕
Fedala〔fə'dɑlə〕
Fedchenko〔'fjettʃənkɔ〕(俄)
Fedders〔'fɛdɚz〕
Feddersen〔'fɛdɚzən〕
Fedele〔fe'dele〕
Feder〔'fedɚ〕費德
Federal Republic of Germany〔~ 'dʒɜm(ə)nɪ〕德意志聯邦共和國（西德）
Federalsburg〔'fedərəlzbəg〕
Federenko〔fedɛr'renko〕
Federer〔'fedərɚ〕
Fédéric〔fede'rik〕(法)
Federici〔fede'ritʃɪ〕
Federico〔fedɛ'riko (義); fedɛ'riko (西)〕
Federigo〔fedɛ'rigo (義); feðɛ'rigo (西)〕
Federmann〔'fedɚman〕
Federzoni〔fedɛr'tsonɪ〕(義)
Fedin〔'fjedjɪn〕(俄)
Fedjedj, Chott el〔'ʃat æl 'fɛdʒedʒ〕
Fedor〔'fedɔr (德); 'fjɔdɚ(俄)〕
Fëdor〔'fjɔdə〕(俄)
Fédora〔fedɔ'rɑ〕(法)
Fedora〔fe'dorɑ〕
Fedorenko〔fɛdə'renko〕
Fëdorovich〔'fjɔdʌ,rɔvjɪtʃ〕(俄)
Fëdorovna〔'fjɔdʌ,rɔvnʌ〕(俄)
Fedotov〔fɛ'dɔtɔf〕
Fedra〔'fedrɑ〕
Fedya〔'fɛdjə〕
Fee〔fi〕菲
Feeble〔'fibl〕
Feehan〔'fiən〕菲恩
Feeheny〔'finɪ ; 'fɪənɪ〕
Feeley〔'filɪ〕菲利
Feely〔'filɪ〕菲利
Feemster〔'fimstɚ〕菲姆斯特

Feen〔'feən〕
Feeney〔'finɪ〕菲尼
Feeney, O'〔ə'finɪ〕
Feenix〔'finɪks〕
Feer〔'fer〕菲爾
Fefan〔'fefan〕
Fehling〔'felɪŋ〕
Fehmarn〔'femarn〕
Fehme〔'femə〕
Fehrenbach〔'ferənbah〕(德)
Fehrmann〔'ferman〕
Feibelman〔'fibḷmən〕費布爾曼
Feidler〔'fidlə〕費德勒
Feilden〔'fildən〕
Feilding〔'fildɪŋ〕
Fei, P'an〔'pan 'fe〕
Feidlimidh ruadh〔'felɪmɪ 'ruə〕
Feiel〔faɪl〕費爾
Feigenbaum〔'faɪɡənbaum〕費根鮑姆
Feighan〔'fihən〕費海
Feigl〔'faɪɡḷ〕
Feignwell〔'fenwɛl〕
Feijó〔feɪ'ʒo〕
Feijoo〔feɪ'ʒo〕
Feijóo〔fe'hoo〕(西)
Feike〔'faɪkɪ〕費克
Feikema〔'faɪkima〕
Feikens〔'faɪkənz〕
Feiker〔'faɪkə〕費克勒
Feilden〔'fildən〕費爾登
Feilding〔'fildɪŋ〕費爾丁
Feiling〔'faɪlɪŋ〕
Feiller〔'faɪlə〕
Fein〔faɪn〕費恩
Feinberg〔'faɪnbəɡ〕范伯格
Feininger〔'faɪnɪŋə〕費寧格
Feira de Santana〔'ferə ðɪ sæŋn-'tænə〕(葡)
Feiron〔'fɪərən〕
Feis〔faɪs; faɪz〕費斯
Feisal〔'faɪsəl〕
Feisi〔'faɪzi〕
Feiss〔faɪs〕
Feist〔fist〕
Feisul〔'faɪsəl〕
Feitama〔'faɪtama〕
Feitel〔faɪ'tɛl〕
Feith〔faɪt〕
Fei-tzu〔'fe·'dzʌ〕(中)
Feiyasi〔'faɪzi〕
Fejee〔'fidʒi〕
Fejér〔'fɛjer〕(匈)

Fejérváry〔'fɛjer‚varɪ〕(匈)
Feke〔fik〕
Felaniche〔‚fela'nitʃe〕
Felanitx〔‚fela'nitʃ〕(西)
Felbeck〔'fɛlbɛk〕
Feld〔fɛld〕費爾德
Feldberg〔'fɛldbəɡ; 'fɛltbɛrk(德)〕費爾德伯格
Feldman(n)〔'fɛldmən〕費爾德曼
Feldmeir〔'fɛldmaɪr〕
Feldmeyer〔'fɛldmaɪə〕
Félegyháza〔'feledj‚haza〕(匈)
Felgate〔'fɛlget〕
Felia〔'fjɛljʌ; 'fjeljɪjʌ(俄)〕
Feliberto〔fəlɪ'vertu〕(葡)
Félibien〔feli'bjæŋ〕(法)
Felibres〔fe'libə〕(法)
Felice〔fə'lis; fe'litʃe(義)〕
Felicia〔fɪ'lɪsɪə; fɪ'lɪsjə; fe'liθjɑ(西)〕費利西婭
Feliciana〔fəlɪʃɪ'ænə〕
Feliciano〔fəlɪʃɪ'ænə; fəlɪ'sjænu(葡); fɛlɪ'θjɑno(西)〕
Félicien〔feli'sjæŋ〕(法)
Felicitas Julia〔fɪ'lɪsɪtæs 'dʒuljə〕
Félicité〔felisi'te〕(法)
Felicity〔fɪ'lɪsɪtɪ〕菲莉思蒂
Feliks〔'feliks(波); 'fjeljɪks(俄)〕
Felio〔'filɪo〕
Felim〔'felɪm〕
Felipa〔fe'lipə〕
Felipe〔fe'lipe〕
Felippe〔fə'lipə〕
Felisberto〔‚feliʒ'vertu〕(葡)
Felisbravo〔‚filɪ'sbravo〕
Felitzianovich〔fɪljitsɪ'anəvɪtʃ〕
Felix〔'filɪks; feliks(荷、德); 'fjeljɪks(俄)〕菲力克斯
Félix〔fe'liks(法); 'feliks(西)〕
Félix Faure〔fe'liks 'for〕(法)
Felix Pisaurum〔'filɪks pɪ'sɔrəm〕
Felixstowe〔'filɪksto〕
Felkin〔'fɛlkɪn〕
Fell〔fɛl〕費爾
Fellahs〔'fɛləz〕
Fellata〔fɛ'lata〕
Fellbach〔'fɛlbah〕(德)
Fellenberg〔'fɛlənberk〕(德)
Fellenius〔fɛ'lenius〕
Feller〔'fɛlə; fɛ'ler〕(法)
Fellers〔'fɛləz〕
Felletin〔fɛl'tæŋ〕(法)

Felling〔'fɛlɪŋ〕
Fellingham〔'fɛlɪŋəm〕
Fellini〔fɛ'lini〕
Fellman〔'fɛlmən〕費爾曼
Fellowes〔'fɛloz〕費洛斯
Fellows〔'fɛloz〕費洛斯
Fellner〔'fɛlnə〕
Fellrath〔'fɛlræθ〕
Felltham〔'fɛlθəm〕費爾贊（Owen, 1602?-
  1668, 英國作家）
Felluci〔fɛ'lutʃɪ〕
Felmly〔'fɛlmlɪ〕
Felpham〔'fɛlpəm〕
Fels〔fɛlz〕
Felsenthal〔'fɛlzəntɑl〕費爾森塔爾
Felsina〔'fɛlsɪnə〕
Felsing〔'fɛlzɪŋ〕
Felsögalla〔'fɛlʃə,gɑllə〕（匈）
Felste(a)d〔'fɛlstɪd〕費爾斯特德
Felt〔fɛlt〕費爾特
Feltham〔'fɛlθəm〕費爾贊（Owen, 1602?-
  1668, 英國作家）
Feltin〔'fɛltɪn〕費爾廷
Feltman〔'fɛltmən〕
Felton〔'fɛltən〕費爾頓
Feltonville〔'fɛltənvɪl〕
Feltre〔'fɛltre（義）;'fɛltə（法）〕
Feme〔'femə〕
Feminee〔fɛmɪ'ni〕
Femund〔'femun〕（挪）
Femynye〔fɛmɪ'ni〕
Fen〔fɛn; fʌn（中）〕
Fenby〔'fɛnbɪ〕芬比
Fenchurch〔'fɛntʃətʃ〕
Fender〔'fɛndə〕芬德
Fendick〔'fɛndɪk〕芬迪克
Fendt〔fɛnt〕
Fenella〔fɪ'nɛlə〕
Fenelon〔'fɛnələn〕
Fénelon〔fenə'lɔŋ〕（法）費內倫
Fenestella〔,fɛnəs'tɛlə〕
Feng, Tsai〔'dzai 'fʌŋ〕（中）
Fengcheng〔'fʌŋ'tʃʌŋ〕（中）❶豐城
  （江西）❷鳳城（遼寧）
Fenger〔'fɛŋə〕芬格
Fenghwa〔'fʌŋ'hwɑ〕奉化（浙江）
Fengkieh〔'fʌŋdʒɪ'ɛ〕（中）
Feng Kuo-chang〔'fʌŋ 'gwɔ·'dʒɑŋ〕
  （中）
Feng-shui〔'fʌŋ·'ʃwi〕（中）
Fengtai〔'fʌŋ'tai〕（中）鳳台（安徽）
Fêng Tao〔'fʌŋ 'dao〕（中）

Fengtien〔'fʌŋ'tɪɛn〕奉天（中國）
Fengtu〔'fʌŋ'du〕
Fengyi〔'fʌŋ'ji〕（中）
Feng Yü-hsiang〔'fʌŋ 'ju·ʃɪ'ɑŋ〕（中）
Fenham〔'fɛnəm〕
Fen Ho〔'fɛn 'ho〕汾河（山西）
Feni〔'fɛnɪ〕
Fenian〔'finɪən; 'finjən〕❶古愛爾蘭傳說
  中一群軍中英雄之一❷非尼安會會員
Fenimore〔'fɛnɪmɔr〕費尼莫爾
Fenix〔'finɪks〕費尼克斯
Fenlands〔'fɛnləndz〕
Fenn〔fɛn〕芬恩
Fennell〔'fɛnḷ〕芬內爾
Fennelly〔'fɛnlɪ〕芬內利
Fenner〔'fɛnə〕芬納
Fennessy〔'fɛnɪsɪ〕芬尼西
Fennimore〔'fɛnɪmɔr〕
Fenno〔'fɛno〕芬諾
Fenno-Scandia〔'fɛno·'skændɪə〕
Fennoscandia〔'fɛno'skændɪə〕芬諾斯坎
  （芬蘭、挪威、瑞典、丹麥之總稱）
Fenny〔'fɛnɪ〕
Fenollosa〔,fɛnə'losə〕芬諾洛薩
Fenrir〔'fɛnrɪr〕
Fenris〔'fɛnrɪs〕
Fenris-wolf〔'fɛnrɪs·wulf〕
Fens〔fɛnz〕
Fenske〔'fɛnskɪ〕芬斯克
Fenstermacher〔'fɛnstə'mæk ə〕芬斯特
  馬赫
Fensterstock〔'fɛnstəstak〕芬斯特斯托克
Fenton〔'fɛntən〕芬頓
Fentress〔'fɛntrɪs〕芬特雷斯
Fenwick〔'fɛnɪk; 'fɛnwɪk〕芬威克
Fenyang〔'fʌŋ'jaŋ〕汾陽（山西）
Feodor〔'fiədɔr; 'fiodɔr; 'feodɔr（德）;
  fjɪ'ɔdə（俄）〕費奧多
Feodora〔fiə'dɔrə〕費奧多拉
Feodorovich〔fjɪ'ɔdə,rɔvjɪtʃ〕（俄）
Feodorovna〔fjɪ'ɔdə,rɔvnə〕（俄）
Feodosiya〔,fio'dɔʃə; fjɪʌ'dɔsjɪjə（俄）〕
  費奧多西亞
Feofan〔fjɪʌ'fan〕（俄）
Feofilaktovich〔fjɪʌfjɪ'laktʌvjɪtʃ〕（俄）
Fer〔fer〕（法）費爾
Ferabosco〔,fera'bosko〕
Feralia〔fɪ'relɪə〕
Feramors〔'fɛrəmɔrz〕
Ferber〔'fɜbə〕費勃（Edna, 1887-1968, 美
  國作家）
Ferchault〔fer'ʃo〕（法）

Ferden〔'fɝdən〕費登

Ferdiad〔'fɑrdıæd〕

Ferdinand I〔'fɝdınənd〕斐迪南一世（❶ 1503-1564, 神聖羅馬帝國皇帝❷ 1861-1948, 保加利亞國王）

Ferdinanda〔,fɝdı'nændə〕

Ferdinande〔ferdı'naŋd〕（法）

Ferdinandea〔,ferdınan'dea〕

Ferdinando〔,fedı'nændo; ,ferdı'nando （義）〕費迪南多

Ferdus〔'fɝdus〕

Ferdynand〔fer'ðınant〕（波）

Fère, La〔la 'fer〕（法）

Ferebee〔'fırbi〕費爾比

Ferenc(z)〔'ferents〕

Ferens〔'ferənz〕

Fère-en-Tardenois〔fɛr·aŋ·tardə-'nwa〕（法）

Féréol〔fere'ɔl〕

Ferento〔fe'rento〕

Fergana〔fə'gɑnə〕

Fergenson〔'fɝgənsn̩〕弗根森

Ferger〔'fɝgə〕弗格

Ferghana〔fə'gɑnə〕費加那（蘇聯）

Fergus〔'fɝgəs〕弗格斯

Fergus macErc〔'fɝgəs mæ'kɛrk〕

Fergus MacIvor〔'fɝgəs mæ'kivə〕

Fergus(s)on〔'fɝgəsn̩〕弗格森

Ferhat〔fer'hɑt〕

Feriana〔ferı'ænə; fæ'rjænæh〕（阿拉伯）

Ferid〔fe'rid〕

Feridun〔,ferı'dun〕

Feringhee〔fə'rıŋgı〕

Feringi〔fə'rıŋgı〕

Ferishtah〔fırıʃ'tæ〕（法）

Ferland〔fer'laŋ〕（法）

Ferlin〔fer'lin〕（瑞典）

Ferm〔fɝm〕弗姆

Ferman〔'fɝmən〕費曼　　　　　「蘭」

Fermanagh〔fə'mænə〕非曼那郡（北愛爾

Fermat〔fer'ma〕（法）

Fermi〔ferm〕費爾米（Enrico, 1901-1954, 美國物理學家）

Fermo〔'fermo〕（義）

Fermor〔'fɝmɔr〕弗莫爾

Fermoy〔fə'mɔı〕弗莫伊

Fern〔fɝn〕弗恩

Fernald〔'fɝnəld〕弗納爾德

Fernam〔fə'nauŋ〕（葡）

Fernán〔fer'nan〕（西）　　　　　　　「德

Fernand〔fə'nænd; fer'naŋ（法）〕費爾南

Fernand Cortez〔fernaŋ kɔr'tɛz〕（法）

Fernandel〔,fernan'dɛl〕

Fernandes〔fə'nænjdıʃ（葡）; -dıs（巴西）; fə'nændəz〕

Fernandez〔fernaŋ'dɛz〕（法）

Fernández〔fə'nændɛz; fer'nandeθ（西）; -des（拉丁美）〕

Fernandina〔fənən'dinə; ,fernan'dina〕

Fernando〔fə'nændo; fer'næŋndu; fer'nando〕

Fernando de Noronha〔fer'næŋndu ðə nu'ronjə〕（葡）

Fernando Po〔fə'nændo 'po〕非南多波（赤道幾內亞）

Fernando Póo〔fer'nando 'poo〕（西）

Fernandyne〔'fɝnəndin〕

Fernão Veloso〔fə'nauŋ və'lozu（葡）〕

Ferndale〔'fɝndel〕

Ferne〔farn〕

Fernel〔fer'nɛl〕（法）

Fernelius〔fə'nilıəs〕弗尼利厄斯

Ferney〔fer'ne〕（法）弗尼

Ferney-Voltaire〔fə'ne·val'ter; fɛr'ne·vɔl'tɛr（法）〕

Fernhough〔'fɝnho〕

Fernie〔'fɝnı〕

Fernig〔fer'nig〕（法）

Fernkorn〔'fɛrnkɔrn〕

Fernihough〔'fɝnıhʌf〕

Fernley〔'fɝnlı〕弗恩利

Fernow〔'fɝno; 'ferno（德）〕

Ferns〔'fɝnz〕弗恩斯

Fernyhough〔'fɝnıhʌf〕弗尼霍夫

Ferolle〔fə'rol〕

Féron〔fe'rɔŋ〕（法）

Feronia〔fı'ronıə〕

Ferozabad〔fı'rozəbæd〕

Ferozepore〔fı'rozpɔr〕

Ferozeshah〔fı'rozʃa〕

Firozpur〔fı'rozpur〕

Ferrabosco〔,fera'bosko〕（義）

Ferracute〔'ferəkjut〕

Ferragus〔fera'gjus〕（法）

Ferrán〔fer'ran〕（西）費倫

Ferrand〔'ferənd; fe'raŋ（法）〕

Ferrante〔fer'rante〕（義）

Ferranti〔fe'rantı〕

Ferrán y Clua〔fer'ran i 'klua〕

Ferrar〔'ferə〕費拉爾

Ferrara〔fə'rɑrə; fer'rarə〕非拉拉（義大利）

Ferrara-Florence〔fɛˈrarəˑ ˈflɔrəns〕
Ferrarese, Il〔il fɛrraˈrese（義）〕
Ferrari〔fɛrˈrarɪ〕（義）
Ferrari-Fontana〔fɛrˈrarɪˑfonˈtana〕
（義）
Ferraris〔fɛrˈrarɪs〕（義）
Ferraro〔ˈfɛroro〕費拉羅
Ferras〔ˈfɛrəs〕
Ferrata〔fɛrˈrata〕（義）
Ferrazzi〔fɛrˈrattsɪ〕（義）
Ferraz〔fɝˈraz〕
Ferré〔fɛˈre〕費雷
Ferree〔fəˈri〕費里
Ferreira〔fəˈrerə〕
Ferreira, Ribeiro -〔rɪˈveruˑfəˈrerə〕
（葡）
Ferrel〔ˈfɛrəl〕
Ferrell〔ˈfɛrəl；fəˈrɛl〕費雷爾
Ferrelo〔fɛrˈrelo〕（西）
Ferren〔ˈfɛrən〕費倫
Ferrer〔ˈfɛrə；fɛrˈrer（西）〕費倫
Ferreras〔fɛrˈreras〕（西）
Ferrer Guardia〔fɛrˈrɛr ˈgwaðja〕
（西）
Ferrero〔fəˈrero〕費雷羅（Guglielmo,
1871-1942, 義大利歷史學家及作家）
Ferrers〔ˈfɛrəz〕費勒斯
Ferret〔ˈfɛrɪt〕費里特
Ferretti〔fəˈrɛtɪ〕
Ferri〔ˈfɛrrɪ〕（義）費里
Ferrié〔fɛˈrje〕（法）
Ferrier〔ˈfɛrɪə；fɛˈrje（法）〕費里爾
Ferrières〔fɛˈrjɛr〕（法）
Ferril〔ˈfɛrɪl〕費里爾
Ferrin〔ˈfɛrɪn〕
Ferring〔ˈfɛrɪŋ〕費林
Ferris〔ˈfɛrɪs〕費里斯
Ferriss〔ˈfɛrɪs〕
Ferriter〔ˈfɛrɪtə〕
Ferro〔ˈfɛrrɔ〕（西）
Ferrol〔fɛrˈrol〕（西）
Ferrucci〔fɛrˈruttʃɪ〕（義）
Ferruccio〔fɛrˈruttʃo〕（義）
Ferry〔fɛˈri〕費理（Jules François
Camille, 1832-1893, 法國政治家）
Ferryland〔ˈfɛrɪlənd〕費爾蘭
Ferryman〔ˈfɛrɪmən〕
Ferryville〔ˈfɛrɪvɪl〕
Fersen〔ˈfɛrsən〕
Fersman〔ˈfɛrsmən；ˈfjersmʌn（俄）〕
Ferst〔fɝst〕
Ferstel〔ˈfɛrstəl〕

Ferté-sous-Jouarre〔fɛrˈteˑsuˑˈʒwar〕
（法）
Fertit〔fɛrˈtit〕（法）
Fertö〔ˈfɛrtə〕
Fertő tó〔ˈfɛrtaˑto〕（匈）
Ferumbras〔fəˈrʌmbrəs〕
Fès〔fɛs〕
Fesca〔ˈfɛska〕
Fescennine〔ˈfɛsənaɪn〕
Fesch〔fɛʃ〕
Fesenmyer〔ˈfɛzənmaɪə〕
Feshbach〔ˈfɛʃbæk〕費什巴赫
Fesler〔ˈfɛslə〕
Fesole〔ˈfezole〕
Fess〔fɛs〕費斯
Fessa〔ˈfɛsə〕
Fessenden〔ˈfɛsn̩dən〕費森登
Fessler〔ˈfɛslə〕
Festa〔ˈfɛsta〕
Feste〔ˈfɛstɪ〕
Festing〔ˈfɛstɪŋ〕費斯廷
Festiniog〔fɛsˈtɪnɪag〕
Festubert〔ˈfɛstjuˈber〕（法）
Festus〔ˈfɛstəs〕費斯特斯
Fet〔fjet〕（俄）
Feth Ali〔fɛθ ˈalɪ〕
Fethan-Seag〔ˈfeθənˑˈʃa〕
Fethiye〔fɛˈtijɛ〕
Fethers〔ˈfɛðəz〕費瑟斯
Fetherston〔ˈfɛðəstən〕
Fetherstonhaugh〔ˈfɛðəstən,hɔ〕
Feti〔ˈfetɪ〕
Fétis〔feˈtis〕
Fetlar〔ˈfɛtlar〕
Fetou〔ˈfetu〕
Fetridge〔ˈfɛtrɪdʒ〕費特里奇
Fetter〔ˈfɛtə〕費特
Fetterman〔ˈfɛtəmən〕費特曼
Fettesian〔fəˈtizjən〕
Fetti〔ˈfɛttɪ〕（義）
Fetzer〔ˈfɛtsə〕費策爾
Feu〔fʒ〕（法）
Feuchères〔fəˈʃer〕（法）
Feuchtersleben〔ˈfɔɪhtəs,leban〕（德）
Feuchtwanger〔ˈfɔɪkt,vaŋɛr〕福克特王
格（Lion, 1884-1958, 德國小說家及劇作家）
Feuer〔ˈfɔɪə〕福伊爾
Feuerbach〔ˈfɔɪəbak；ˈfɔɪəbah（德）〕
Feuermann〔ˈfɔɪəmən〕
Feuersnot〔ˈfɔɪəsnot〕
Feuillant〔fəˈjaŋ〕（法）
Feuillants〔fəˈjaŋ〕（法）

Feuillerat〔fəj'ra〕(法)

Feuillet〔,fə'jɛ〕佛葉(Octave, 1821-1890, 法國小說家及劇作家)

Feulner〔'fɔɪlnə〕福伊爾納

Feurial, Le〔lə fə'rjal〕(法)

Feurs〔fɜr〕(法)

Feustmann〔'fɔɪstmən〕

Fèval〔fe'val〕(法)

Feverel〔'fɛvərəl〕

Feversham〔'fɛvəʃəm〕費弗沙姆

Fèvre, Le〔lə 'fevə〕(法)

Fevret〔fev're〕(法)

Fevrial〔fevri'al〕(法)

Février〔fevri'e〕(法)

Fevzi〔fev'zi〕

Few〔fju〕菲尤

Fewkes〔fjuks〕菲克斯

Fewster〔'fjustə〕

Fey〔faɪ〕費伊

Feydeau〔fe'do〕

Feyder〔fe'de〕(法)

Feyjó〔feɪ'ʒo〕(巴西)

Feyjóo〔fe'hoo(西); feɪ'ʒo(巴西)〕

Feynman〔'faɪnmən〕淮曼(Richard Phillips, 1918-, 美國物理學家)

Fez〔fɛz〕北茲(摩洛哥)

Fezara〔fə'zarə〕

Fézensac〔fezaŋ'sak〕(法)

Fezensac, Montesquiou-〔mɔŋtɛs'kju fəzaŋ'sak〕(法)

Fezzan〔fe'zan; 'fɛzæn〕

Fezzara〔fə'zarə〕

Fezziwig〔'fɛziwɪg〕

Ffestiniog〔fɛs'tɪnɪag〕

Ffitch〔fɪtʃ〕

Ffolliot〔'faljət〕

Ffolkes〔foks〕

Fforde〔fɔrd〕

Ffrangcon〔'fræŋkɔn〕

Ffrench〔frɛntʃ〕弗倫奇

Fhear Monach〔'fɛr 'mʌnə〕(愛)

Fi〔fi〕

Fiachrach〔'fiəhrəh〕(愛)

Fiacre〔'fiəkə; fɪ'akə〕(法)菲亞克

Fiala〔fɪ'alə〕菲亞拉

Fialin〔fja'læŋ〕(法)

Fiammetta〔fjam'metta〕(義)

Fiammingo〔fjam'miŋgo〕(義)

Fianarantsoa〔fjə'narən'tsoə〕菲亞納蘭措阿(馬達加斯加)

Fianna Fail〔'fiənə 'fɔl〕

Fibich〔'fɪbɪh〕(捷)

Fibiger〔'fibɪgə〕費比格(Johannes, 1867-1928, 丹麥病理學家)

Fibonacci〔fibo'nattʃɪ〕(義)

Fichel〔fi'ʃɛl〕

Fichet〔fi'ʃɛ〕

Fichev〔'fitʃɛf〕

Fichte〔'fɪhtə〕斐希特(Johann Gottlieb, 1762-1814, 德國哲學家)

Fichtel Gebirge〔'fɪhtəl gə,bɪrgə〕(德)

Fichtelgebirge〔'fɪhtəlgə,bɪrgə〕(德)

Fichter〔'fɪktə〕

Fichtner〔'fɪtʃnə〕

Ficino〔fɪ'tʃino〕

Fick〔fɪk〕菲克

Ficke〔'fɪkə; fɪk〕菲克

Ficken〔'fɪkn〕菲肯

Ficker〔'fɪkə〕

Ficklin〔'fɪklɪn〕

Fickling〔'fɪklɪŋ〕菲克林

Ficksburg〔'fɪksbag〕

Ficoroni〔,fiko'roni〕

Ficquelmont〔fikel'mɔŋ〕

Fidanza〔fi'dantsa〕

Fidaris〔fɪ'dɛrɪs〕

Fiddian〔'fɪdɪən〕菲迪恩

Fidei Defensor〔'faɪdiaɪ dɪ'fɛnsə〕

Fidel〔'fɪdl̩; fɪ'ðɛl(西)〕費代爾

Fidelia〔fɪ'diljə〕菲德利婭

Fidelio〔fɪ'delɪo; fɪ'dɛljo〕

Fidelis〔fɪ'delɪs〕

Fidenae〔fɪ'dini〕

Fidenza〔fɪ'dɛnzə; fɪ'dɛntsa(義)〕

Fides〔'faɪdiz〕

Fidessa〔fɪ'dɛsə〕

Fidget〔'fɪdʒɪt〕

Fidhari〔fi'ðari〕(希)

Fidler〔'fɪdlə〕

Fido〔'faɪdo〕

Fieberger〔'fibəgə〕菲伯格

Fiebres〔'fjevres〕(西)

Fiedler〔'fidlə〕菲德勒

Fieger〔'figə〕菲格

Fiehn〔fin〕

Fiekers〔'fikəz〕菲克斯

Field〔fild〕菲爾德

Fielden〔fildən〕菲爾登

Fielder〔'fildə〕菲爾德

Fieldgate〔'fildget〕菲爾德蓋特

Fieldhouse〔'fildhaus〕菲爾德豪斯

Fielding〔'fildɪŋ〕費爾丁(❶ Henry, 1707-1754, 英國小說家❷其妹 Sarah, 1710-1768, 英國女作家)

Fields〔fildz〕菲爾茲

Fielitz〔'filits〕
Fieller〔'failə〕
Fiend〔'find〕
Fiene〔'finə〕
Fiennes〔fainz〕法因斯
Fier〔'fjɛr〕(法)菲爾
Fierlinger, Zdenek〔'fiəliŋgə
zden'jɛk〕
Fierman〔'firmən〕
Fierrabras〔fjɛra'bas; fjɛra'bra(法)〕
Fiers〔firz〕
Fiersohn〔'firzon〕
Fiesch〔fiʃ〕
Fiescherhorn〔'fiʃə,hɔrn〕
Fieschi〔'fjɛski〕
Fieschi, de'〔dɛ 'fjɛski〕
Fiesco〔'fjɛsko〕
Fiesenheiser〔'fizən,haizə〕
Fieser〔'fizə〕菲澤
Fiesole〔fi'ezɔli; 'fjezəle(義)〕
Fiévée〔fje've〕
Fife〔faif〕伐夫區(蘇格蘭)
Fifer〔'faifə〕
Fifeshire〔'faif,ʃir〕伐夫郡(蘇格蘭)
Fifi〔'fi'fi〕
Fifield〔'faifild〕
Fifine〔fi'fin〕
Figaro〔'figəro; figa'ro(法)〕
Figg〔fig〕
Figge〔fig〕菲格
Figgis〔'figis〕菲吉斯
Figig〔fi'gig〕
Figl〔'figl̩〕
Figle〔'figl̩〕
Figley〔'figli〕菲格利
Figline Valdarno〔fil'jine val'darno〕
Figner〔'fjignjə〕(俄)
Fignole〔fiŋ'jɔl〕
Figueira〔fi'gerə〕
Figueira da Foz〔fi'gerə ðə 'fɔʃ〕(葡)
Figueiredo〔fige'redu〕(葡)菲格雷多
Figueras y Moragas〔fi'geras ı
mə'ragas〕
Figueres〔fi'geres〕
Figueroa〔,fige'roa〕
Figueroa y de Torres〔,fige'roa ı ðe
'tɔrres〕(西)
Figuhr〔fi'gur〕
Figuier〔fi'gje〕(法)
Figuig〔fi'gig〕
Figy〔'figi〕
Fiji〔'fi'dʒi〕斐濟(西南太平洋)

Filane〔fi'lane〕
Filangieri〔,filan'dʒeri〕
Filarete〔,fila're te〕
Filatov〔fi'latəf〕
Filbey〔'filbi〕菲爾比
Filch〔filtʃ〕
Filchner〔'filhnə〕(德)
Fildes〔faildz〕法爾茲
Filelfo〔fi'lɛlfo〕
Filene〔fi'lin〕法林
Filer〔'failə〕法勒
Filey〔'faili〕
Filgate〔'filget〕菲爾盡特
Filiatra〔filja'tra〕
Filiberto〔fili'bɛrto〕(義)
Filicaia〔,fili'kaja〕
Filida〔'filiða〕(西)
Filinto〔fi'liŋtu〕(葡)
Filioque〔,fili'okwi〕
Filipe〔fi'lipe〕
Filipepi〔,fili'pɛpi〕
Filipescu〔,fili'pesku〕
Filipinas〔,fili'pinas〕
Filipino〔,fili'pino〕
Filipp〔fjir'ljip〕(俄)
Filippi〔fi'lippi〕(義)
Filippino〔filip'pino〕(義)
Filippo del Carmine〔fi'lippo del
'karmine〕(義)
Filkin〔'filkin〕
Fillan〔'filən〕
Filleul〔fi'jəl〕(法)
Filley〔'fili〕菲利
Filliter〔'filitə〕
Fillmore〔'filmɔr〕費爾摩(Millard, 1800-
1874, 美國第十三任總統)
Filmer〔'filmə〕菲爾默
Filocopo〔fi'lɔkopo〕
Filomena〔filə'minə〕菲勒米娜
Filon〔'failən; fi'lɔŋ(法)〕
Filostrato〔filas'trato; fi'lɔstrato〕
Filov〔'filuf; 'filof(保)〕
Fils〔fis〕(法)
Filson〔'filsn̩〕菲爾森
Filumena〔,filju'minə〕
Fimbria〔'fimbriə〕
Financier〔fi'nænsir〕
Finberg〔'finbəg〕
Fincastle〔'fin,kasl̩; -,kæsl̩〕芬卡斯爾
Finch〔fintʃ〕
Finchampsted〔'fintʃəmstɛd〕
Fincher〔'fintʃə〕

Finch-Hatton〔'fintʃ·'hætən〕
Finchley〔'fintʃli〕芬赤利（英格蘭）
Finck〔fiŋk〕
Finckenstein〔'fiŋkənʃtain〕
Finckh〔fiŋk〕
Finden〔'findən〕芬登
Finder〔'faində〕
Findhorn〔'findhɔrn〕
Findlater〔'findletə〕芬勒特
Findlay〔'findle〕芬德雷
Findley〔'findli〕芬德利
Fine〔fain ; fin(法)〕法恩
Fineberg〔'fainbəg〕法恩伯格
Finegan〔'finigən〕法恩根
Fine-ear〔'fain·ˌir〕
Fineman〔'fainmən〕法恩曼
Finer〔'fainə〕芬納
Finerty〔'fainətri〕芬納蒂
Fineshriber〔'fain,ʃraibə〕法恩施賴伯
Finetta〔fi'netə〕
Fineus〔'fainiəs〕
Fingal〔'fingəl〕芬戈爾
Fingall〔fin'gɔl〕
Fingal's Cave〔'fingəlz~〕
Finger〔'fiŋə〕芬格
Fingesten〔fin'gestən〕
Fingest〔'findʒist〕
Fingo〔'fiŋgo〕
Fingoland〔'fiŋgə,lænd〕
Fini〔'fini〕
Finiels〔fin'jɛls〕
Finiguerra〔,fini'gwerra〕（義）
Finis〔'fainis〕菲尼斯
Finison〔'finisn〕
Finistère〔fini'ster〕（法）
Finisterre〔,fini'ster〕菲尼斯太爾（西班牙）
Fink〔fiŋk〕芬克
Finke〔'fiŋkə〕芬基河（澳洲）
Finkelstein〔'fiŋkəlstain ;-ʃtain(德)〕芬克爾斯坦
Finlaison〔'finlisn〕芬利森
Finland〔'finlənd〕芬蘭（歐洲）
Finlay〔fin'lai〕芬萊（Carlos Juan, 1833-1915, 古巴醫生及生物學家）
Finlayson〔'finlisn〕芬利森
Finletter〔'fin,lɛtə〕芬勒特
Finley〔'finli〕芬利
Finmarken〔'fin,markən〕
Finn〔fin ; fidn(冰)〕芬恩
Finne〔'finnə〕（瑞典）
Finnemore〔'finimɔr〕芬尼莫爾

Finnerud〔'finərəd〕芬納勒德
Finney〔'fini〕芬尼
Finnic〔'finik〕
Finnigan〔'finigən〕芬尼根
Finnish〔'finiʃ〕芬蘭語
Finnland〔'finlant〕
Finnloga〔'finlahə〕
Finnmark〔'fin,mark〕芬蘭馬克（芬蘭之貨幣單位）
Finnon〔'finən〕
Finno-Ugrian〔'fino·'jugriən〕
Finno-Ugric〔'fino·'jugrik〕
Finnsburg〔'finzbəg〕
Finnsburh〔'finzburh〕（古英）
Finnson〔'finsən〕
Finnucane〔fi'njukən〕
Finnur〔'finnə〕（冰）
Fino〔'fino〕菲諾
Finsbury〔'finzbəri〕
Finsch〔finʃ〕
Finschhafen〔'fintʃ,hafən ;'finʃ-(德)〕
Finsen〔'finsn〕芬生（Niels Ryberg, 1860-1904, 丹麥醫師）
Finspång〔'finspoŋ〕（瑞典）
Finsteraarhorn〔,finstə'rarhɔrn〕芬斯特瓦山（瑞士）
Finsterer〔'finstərə〕
Finsterwalde〔,finstə'valdə〕
Finta Giardiniera〔'finta dʒardi'njera〕
Finucane〔fi'njukən〕菲紐肯
Finzean〔'finən〕
Finzi〔'finzi〕芬齊
Fiona〔fi'onə〕菲奧納
Fiona Macleod〔fi'onə mək'laud〕
Fionn〔fin〕
Fionn mac Cumhail〔fin mə'kul〕（愛）
Fionnuala〔fia'njuələ〕
Fiordiligi〔fjɔrdi'lidʒi〕
Fiordispina〔fjɔrdi'spina〕
Fiordland〔'fjɔrd,lænd〕
Fiore〔'fjorɛ〕菲奧里
Fiore della Neve〔'fjore ,della 'neve〕（義）
Fiorelli〔fjo'rɛlli〕（義）
Fiorello〔,fia'rɛlo〕菲奧雷洛
Fiorentino〔,fjorɛn'tino〕
Fiorenza〔fjo'rɛndza〕
Fiorenzo〔fjo'rɛntso〕
Fiorillo〔,fia'rilo（德）; fjo'rillo（義）〕
Fiorino〔fjo'rino〕
Fiote〔fi'ote〕
Fiquet〔fi'kɛ〕（法）

Firat〔fɪˈrɑt〕

Firbank〔ˈfɝbæŋk〕弗班克

Firbolgs〔ˈfɪrbolgz; ˈfirbʌləgz(愛)〕

Firdausi〔firˈdausi〕斐爾杜西(940?-?1020, 波斯史詩作家)

Firdousi〔firˈdusi〕

Firdusi〔fɪrˈdusi〕=Firdausi

Firebrace〔ˈfairbres〕

Fire Island〔fair~〕

Fireman〔ˈfairmən〕法爾曼

Firenze〔fiˈrɛndze; fɪˈrɛntse(義)〕

Firenzuola〔ˌfirɛntsˈwɔlɑ〕

Firestone〔ˈfairston〕費爾斯通

Firishtah〔fiˈriʃtɑ; fɪrɪʃˈtæ(波斯)〕

Firkins〔ˈfɝkɪnz〕弗金斯

Firkovich〔fjɪrˈkɔvjɪtʃ〕(俄)

Firkusny〔fɝˈkuʃnɪ〕

Firman〔ˈfɝmən〕

Firmian〔ˈfɪrmiɑn〕

Firmianus Lactantius〔ˌfɝmiˈenəs lækˈtænʃiəs〕

Firmicus Maternus〔ˈfɝmɪkəs məˈtɝnəs〕

Firmilian〔fəˈmɪliən〕

Firmin〔ˈfɝmɪn; firˈmæŋ(法)〕弗明

Firminy〔firmiˈni〕(法)

Firm Island〔fɝm~〕

Firmont〔firˈmɔŋ〕(法)

Firoz〔fiˈroz〕菲羅茲

Firozabad〔fɪˈrozəbæd〕

Firozkhan〔ˈfiroz'kɑn〕菲羅茲海

Firozpur〔fɪˈrozpur〕

Firoz Shah〔fɪˈroz ˈʃɑ〕

Firozshah〔fɪˈrozʃɑ〕

Firsby〔ˈfɝzbɪ〕

Firth〔fɝθ〕弗思

Firuz〔fiˈruz〕

Firuzabad〔fɪˈruzabad〕

Firuzabadi〔fi,ruzaˈbadi〕

Firuz Shah〔fiˈruz ˈʃɑ〕

Fiscamnum〔fɪsˈkæmnəm〕

Fisch〔fiʃ〕菲什

Fischart〔ˈfiʃart〕

Fischbach〔ˈfiʃbah〕(德)菲施巴赫

Fischel〔ˈfɪʃl〕菲謝爾

Fischelis〔fɪˈʃɛlɪs〕菲謝利斯

Fischer〔ˈfiʃɚ〕費雪(❶ Emil, 1852-1919, 德國化學家❷ Hans, 1881-1945, 德國化學家)

Fischoff〔ˈfiʃof〕

Fiset〔fiˈzɛ〕(法)

Fish〔fiʃ〕菲什

Fishback〔ˈfiʃbæk〕

Fishbein〔ˈfiʃbain〕菲什拜因

Fishberg〔ˈfiʃbɝg〕菲什伯格

Fishburne〔ˈfiʃbən〕菲什伯恩

Fishenden〔ˈfiʃəndən〕

Fisher〔ˈfiʃɚ〕費施爾(❶ Dorothy, 1879-1958, 美國女小說家❷ Herbert Albert Laurens, 1865-1940, 英國歷史家)

Fisherrow〔ˈfiʃɚro〕

Fishguard〔ˈfiʃgard〕菲什加德(英國)

Fishkill〔ˈfiʃkɪl〕

Fish Street〔ˈfiʃ ˈstrit〕

Fishta〔ˈfiʃtɑ〕

Fishtown〔ˈfiʃtaun〕

Fishwick〔ˈfiʃwɪk〕

Fisk〔fɪsk〕菲斯克

Fiske〔fɪsk〕費斯克(John, 1842-1901, 美國哲學家及歷史學家)

Fisker〔ˈfɪskɚ〕

Fismes〔fim〕(法)

Fison〔ˈfaisn〕法伊森

Fitch〔fɪtʃ〕費區(John, 1743-1798, 美國發明家)

Fitchburg〔ˈfitʃbɝg〕

Fite〔fait〕

Fitelberg〔ˈfitəlbɛrk〕

Fitger〔ˈfɪtgɚ〕

Fitri〔ˈfitri〕

Fitterer〔ˈfɪtərɚ〕

Fittig〔ˈfɪtɪh〕(德)

Fitting〔ˈfɪtɪŋ〕

Fitton〔ˈfɪtn〕菲頓

Fitts〔fɪts〕菲茨

Fitz〔fɪts〕菲茨

Fitz Alan〔fɪts ˈælən〕

Fitzalan〔fɪˈtsælən〕菲查倫

Fitzalen〔fɪˈtsælən〕

Fitzball〔fɪtsˈbɔl〕

Fitzboodle〔fɪtsˈbudl〕

Fitzcharles〔fɪtsˈtʃɑrlz〕

Fitzclarence〔fɪtsˈklærəns〕

Fitzdottrel〔fɪtsˈdɑtrəl〕

Fitze〔fɪts〕

Fitzedward〔fɪˈtsɛdwəd〕

Fitzgeorge〔fɪtsˈdʒɔrdʒ〕

Fitzgerald〔fɪtsˈdʒɛrəld〕費茲哲羅(Francis Scott Key, 1896-1940, 美國作家)

Fitz-Gerald〔fɪtsˈdʒɛrəld〕費茲哲羅(Edward, 1809-1883, 英國詩人及翻譯家)

Fitzgibbon〔fɪtsˈgibən〕菲茨吉本

Fitz-Greene〔ˈfɪts·grin〕菲茨格林

Fitzhardinge〔fɪtsˈhardɪŋ〕

Fitzharris〔fɪtsˈhærɪs〕菲茨哈里斯

Fitzherbert〔fɪts'hɚbət〕菲茨赫伯特
Fitzhugh〔fɪts'hju〕菲茨休
Fitz-Hugh〔fɪts·'hju〕
Fitz-James〔fɪts·'dʒemz〕菲茨詹姆斯
Fitzjames〔fɪts'dʒemz〕
FitzJohn〔fɪts·'dʒɑn〕菲茨姜
Fitz-John〔fɪts·'dʒɑn〕
Fitzjohn〔fɪts'dʒɑn〕
Fitzjohn's Avenue〔'fɪtsdʒɑnz 'ævɪnju〕
Fitz-Maurice〔fɪts 'mɑrɪs〕
Fitzmaurice〔fɪts'mɑrɪs〕菲茨莫里斯
Fitzmaurice-Kelly〔fɪts'mɑrɪs·'kɛlɪ〕
Fitzneale〔fɪts'nil〕菲茨尼爾
Fitzosbern〔fɪ'tsɑzbən〕
Fitzpatrick〔fɪts'pætrɪk〕菲茨帕特里克
Fitzpeter〔fɪts'pitə〕
Fitzpiers〔fɪts'pɪrz〕
Fitzrandolph〔fɪts'rændɑlf〕菲茨倫道夫
Fitzralph〔fɪts'ref〕
Fitz-Richard〔fɪts·'rɪtʃəd〕
Fitz Roy〔fɪts'rɔɪ〕
Fitzroy〔fɪts'rɔɪ; 'fɪtsrɔɪ〕菲茨羅伊河（澳洲）
FitzRoy〔fɪts'rɔɪ〕
Fitzsimmons〔fɪts·'sɪmənz〕菲茨西蒙斯
Fitzsimons〔fɪts·'saɪmənz〕菲茨西蒙斯
Fitzthomas〔fɪts·'tɑməs〕
Fitzurse〔fɪt'tsɚs〕
Fitzwalter〔fɪts'wɔltə〕菲茨沃爾特
Fitzwater〔'fɪts,wɔtə〕菲茨沃特
Fitzwilliam〔fɪts'wɪljəm〕菲茨威廉
Fitzwygram〔fɪts'waɪgrəm〕
Fiume〔'fjume〕
Fives〔fiv〕
Fivizzano〔,fivɪd'dzano〕（義）
Fix〔fɪks〕菲克斯
Fizeau〔fi'zo〕
Fizzell〔fɪ'zɛl〕菲澤爾
Fjelde〔fi'ɛldɪ〕
Fjort〔fjɔrt〕
Flaccus〔'flækəs〕
Flach〔flaʃ〕（法）
Flachat〔fla'ʃa〕（法）
Flacius Illyricus〔'fleʃɪəs ɪ'lɪrɪkəs〕
Fladgate〔'flædgɪt〕
Flack〔flæk〕弗拉克
Flacourt〔fla'kur〕（法）
Flad〔flæd; flɑt（德）〕弗拉德
Flag〔flæg〕
Flagello〔fla'gɛlo〕
Flaget〔fla'ʒe〕（法）

Flagg〔flæg〕弗拉格
Flagler〔'flæglə〕弗拉格勒
Flagon〔'flægən〕
Flagstad〔'flægstæd〕弗拉格斯塔德
Flagstaff〔'flægstɑf〕
Flagy〔fla'ʒi〕（法）
Flahaut de la Billarderie〔fla'o də la bijar'dri〕（法）
Flaherty〔'flahətɪ; 'flæhətɪ〕弗萊勒蒂
Flaischlen〔'flaɪʃlən〕
Flake〔'flakə〕弗萊克
Flamand〔fla'mɑŋ〕（法）
Flambard〔'flæmbard〕
Flambeau〔'flæmbo〕
Flamenco〔flə'mɛŋko〕
Flamborough〔'flæmbərə〕
Flameng〔fla'mæŋ〕（法）
Flamineo〔flə'mɪnɪo〕
Flaming〔'flemɪŋ〕
Flaminia, Via〔'vaɪə flə'mɪnɪə〕
Flaminian Way〔flə'mɪnɪən~〕
Flamininus〔,flæmɪ'naɪnəs〕
Flaminio〔fla'minjo〕
Flaminius〔flə'mɪnɪəs; flæ'mɪnɪəs; flæ'mɪnjəs〕
Flammarion〔flama'rjɔŋ〕（法）
Flammock〔'flæmək〕
Flammonde〔flə'mand〕
Flamstead〔'flæmstɪd〕
Flamsteed〔'flæmstid〕弗拉姆斯蒂德
Flanagan〔'flænəgən〕弗拉納根
Flanagin〔'flænəgɪn〕
Flanders〔'flændəz〕法蘭德斯區（歐洲）
Flandin〔flɑŋ'dæŋ〕（Pierre Étienne, 1889-1958, 法國律師）
Flandrau〔'flændro〕
Flandre〔'flɑŋdə〕（法）
Flandreau〔'flændru〕
Flandrin〔flɑŋ'dræŋ〕（法）
Flanigan〔'flænɪgən〕弗拉尼根
Flannan〔'flænən〕
Flannery〔'flænərɪ〕弗蘭納里
Flanzer〔'flænzə〕
Flash〔flæʃ〕
Flassan〔fla'sɑŋ〕（法）
Flat〔flæt〕弗萊特
Flatbush〔'flætbuʃ〕
Flath〔flæθ〕弗拉思
Flathead〔'flæthɛd〕蒙大拿州之印第安人
Flather〔'flæðə〕弗拉瑟
Flatland〔'flætlænd〕
Flatman〔'flætmən〕弗拉特曼

Flatow〔'fleto〕弗萊托
Flats〔flæts〕
Flattery, Cape〔'flætərɪ〕夫拉特黎角
（美國）
Flaubert〔flo'bɛr〕福樓拜（Gustave, 1821-1880, 法國小說家）
Flavel〔'flævəl；flə'vɛl〕弗萊維爾
Flavell(e)〔flə'vɛl；'flevəl〕弗拉維爾
Flavia〔'flevjə〕
Flavian〔'flevjən〕
Flavigny〔flavi'nji〕（法）
Flavin〔'flevɪn〕弗萊文
Flavina〔flə'vinə〕
Flavio Biondo〔'flavjo 'bjondo〕
Flavius〔'flevjəs〕弗萊維厄斯
Flaw〔flɔ〕
Flaxman〔'flæksmən〕福萊克斯曼(John, 1755-1826, 英國雕刻家）
Fleance〔'fliəns〕
Fleay〔fle〕弗萊
Flebbe〔'flɛbɪ〕弗萊比
Flèche〔flɛʃ〕
Fléchère〔fle'ʃɛr〕（法）
Fléchier〔fle'ʃje〕（法）
Fleck〔flɛk〕弗萊克
Flecker〔'flɛkə〕福勒喀(Herman James Elroy, 1884-1915, 英國詩人）
Flecknoe〔'flɛkno〕弗萊克諾
Fledgeby〔'flɛdʒbɪ〕弗利ști
Fleece〔flis〕弗利斯
Fleeming〔'flemɪŋ〕弗萊明
Fleener〔'flinə〕弗利納
Fleeson〔'flisŋ〕弗利森
Fleet(e)〔flit〕弗利特
Fleetwood〔'flitwʊd〕弗利特伍德
Flegel〔'flegəl〕弗萊格爾
Fleger〔'flegə〕弗萊格
Flégère〔fle'ʒɛr〕（法）
Fleischer〔'flaɪʃə〕弗萊舍
Fleischmann〔'flaɪʃmən；-man（德）〕
弗萊希曼
Fleisher〔'flaɪʃə〕
Flémal〔fle'mal〕（法）
Flemael〔fle'mal〕（法蘭德斯）
Flémalle〔fle'mal〕（法）
Fleming〔'flɛmɪŋ〕弗萊明（Sir Alexander, 1881-1955, 英國細菌學家）
Flemington〔'flɛmɪŋtən〕弗萊明頓
Flemish〔'flɛmɪʃ〕法蘭德斯人
Flemming〔'flɛmɪŋ〕弗萊明
Flenley〔'flɛnlɪ〕弗倫科
Flensburg〔'flɛnzbɚg〕夫林斯堡（德國）

Flensburger Föhrde〔'flɛns,burgɚ 'fɚdə〕（德）
Flers〔flɛr〕（法）
Flers-de-l'Orne〔flɛr·də·'larn〕（法）
Flesche, La〔lə 'flɛʃ〕
Flessingue〔flɛ'sæŋg〕（法）
Flestrin〔'flestrɪn〕
Fleta〔'flitə〕
Fletchall〔'flɛtʃəl〕
Fletcher〔'flɛtʃɚ〕福萊柴爾（❶ John, 1579-1625, 英國劇作家 ❷ John Gould, 1886-1950, 美國詩人及批評家）
Flete〔flit〕
Fletschhorn〔'flɛtʃ,hɔrn〕
Flett〔flɛt〕弗萊特
Flettner〔'flɛtnɚ〕
Fleuranges〔flə'ranʒ〕（法）
Fleur(e)〔flɚ〕弗勒
Fleur de Lis〔flɚr də 'li〕（法）
Fleurette〔flə'rɛt〕
Fleuriais〔flə'rje〕（法）
Fleurieu〔flə'rjɚ〕（法）
Fleury〔,flə'ri〕福勒利（Claude de, 1640-1723, 法國宗教歷史學家）
Fleury-Husson〔flə'ri·ju'sɔŋ〕（法）
Fleuve〔flɚv〕
Flevo Lacus〔'flivo 'lekəs〕
Flew〔flu〕
Flewelling〔flu'ɛlɪŋ〕
Flex〔flɛks〕
Flick〔flɪk〕弗利克
Flickel〔'flɪkəl〕
Flidner〔'flidnə〕
Fliegende Blätter〔'fligəndə 'blɛtə〕
Fliegende Holländer〔'fligəndə 'halɛndɚ〕
Fliger(s)〔'fligɚz〕
Flight〔flaɪt〕弗萊特
Flimnap〔'flɪmnæp〕
Flinck〔flɪŋk〕
Flinders〔'flɪndɚz〕夫林德斯河（澳洲）
Flin Flon〔'flɪn,flan〕弗林弗郎（加拿大）
Flink〔flɪŋk〕
Flinn〔flɪn〕
Flinsch〔flɪntʃ〕弗林希
Flint〔flɪnt〕夫林特（美國）
Flintshire〔'flɪnt,ʃɪr〕夫林特郡（威爾斯）
Flip〔flɪp〕
Flippant〔'flɪpənt〕
Flippanta〔flɪ'pæntə〕

Flitch〔flɪtʃ〕
Flite〔flaɪt〕
Flittie〔'flɪtɪ〕弗利蒂
Flixton〔'flɪkstən〕
Flo〔flo〕
Flô, Le〔lə 'flo〕
Floberg〔'flobəg〕弗洛伯格
Floberge〔fo'bɛrʒ〕(法)
Flobert〔flɔ'bɛr〕(法)
Floch〔flak〕
Flockhart〔'flakhat〕弗洛克哈特
Flocks〔flaks〕
Flockton〔'flaktən〕
Flodden〔'fladn̩〕
Flodoard〔flɔdɔ'ar〕(法)
Floe〔flo〕弗洛
Floersh〔flɔrʃ〕弗洛什
Floersheimer〔flɔrs'haɪmə〕
Floherty〔'flohətɪ〕弗洛赫蒂
Flois〔'flɔɪs〕
Flood〔flʌd〕弗勒德
Flook〔flʊk〕
Floore〔flɔr〕
Floquet〔flɔ'kɛ〕
Flor〔flɔr〕
Flora〔'flɔrə〕弗洛拉
Florac〔'flarək〕
Florala〔fla'rælə〕
Floral Park〔'flɔrəl～〕
Florance〔'flarəns〕
Flordelis〔'flɔrdəlɪs〕
Flordelise〔'flɔrdəliz〕
Flordespina〔,flɔrdɛs'pinə〕
Flordespine〔,flɔrdɛs'pin〕
Floréal〔flɔre'al〕(法)
Florence〔'flɔrəns〕佛羅倫斯(義大利；美國)
Florencia〔flo'rensja〕
Florencio Varela〔flo'rensjo va'rela〕
Florens〔'flɔrɛns;'florəns(德)；'flɔrɛnz(拉丁)〕
Florent〔'flarənt；flɔ'raŋ(法)；flɔ'rɛnt(荷)〕
Florent et Lyon〔flɔ'raŋ e 'ljɔŋ〕(法)
Florentia〔flo'rɛnʃɪə〕
Florentin〔flɔraŋ'tæŋ〕(法)
Florentine〔'flarɛn,tɪn；'flarəntaɪn〕佛羅倫斯人
Florentino〔,florɛn'tino〕
Florentiola〔flərənʃɪ'olə〕
Florentius〔flə'rɛnʃɪəs；fla'rɛnʃəs〕

Florenty〔flɔ'rɛntɪ〕
Florenz〔'flarənz；fla'rɛnts(德)〕弗洛倫茲
Florer〔'flɔrə〕
Flores〔'florɪz；'florɪʃ(葡)；-rɪs(巴西)；'flores(西)〕弗洛勒斯島(印尼)
Flores, Laguna da〔la'guna ðe 'flores〕(西)
Florestan〔'flɔrəs,tæn；flɔrɛ'staŋ(法)〕
Florestano〔,florɛs'tano〕
Florestine〔flɔrɛs'tin〕
Floresville〔'flɔrɪsvɪl〕
Florey〔'florɪ〕富樂禮(Sir Howard Walter, 1898-1968, 英國病理學家)
Flórez〔'floreθ〕(西)
Florham〔'flɔrəm〕
Floriacensis〔,flɔrɪə'sɛnsɪs〕
Florian〔'flɔrɪən；'florɪan(德)；flɔ'rjaŋ(法)〕弗洛里安
Florián〔flɔ'rjan〕(西)
Floriana〔,flɔrɪ'anə〕
Floriano〔flur'jænu〕(葡)
Florianópolis〔,flɔrɪə'napəlɪs；,flɔrjə'nɔpulɪs(葡)〕
Florian's〔'flɔrɪənz〕
Florianus〔,flɔrɪ'enəs〕
Florida〔'flarɪdə；flɔ'riðə〕佛羅里達(美國)
Florida-Blanca〔flo'riðə·'blaŋkə〕(西)
Floridablanca〔flo,riðə'vlaŋkə〕(西)
Floridia〔flo'ridja〕
Floridor〔flɔri'dɔr〕(法)
Florie〔'flarɪ〕
Florimel〔'flarɪmɛl〕
Florimell〔'flarɪmɛl〕
Florimo〔'flɔrɪmo〕
Florimond〔'florɪmɔnt(德)；flɔrɪ'mɔŋ(法)〕
Florimund〔'florɪmʊnt〕(德)
Florina〔'flɔrɪnə〕
Florinda〔flɔ'rɪndə；flɛ'rɪndæ；flo'rinda(西)〕
Florio〔'flɔrɪʊ〕福羅里歐(John, 1553?-1625, 英國辭典編纂家及翻譯家)
Floripes〔flɔri'pɛs〕(法)
Floris〔'florɪs〕
Florisel〔flori'sɛl〕
Florissant〔'flɔrɪsənt〕
Florizel〔'flarɪzɛl〕
Florrie〔'flarɪ〕
Florus〔'flɔrəs〕
Florvil〔flɔr'vil〕(法)

Flory〔'flɔrɪ〕弗洛里
Flosky〔'flaskɪ〕
Floss〔flas〕
Flossie〔'flasɪ〕
Flotow〔'floto〕
Floud〔flʌd〕弗拉德
Flourens〔flu'ræŋs〕(法)
Flournov〔flur'nwa〕(法)
Flower〔'flauɚ〕弗勞爾
Flowerdew〔'flawɚdju〕弗勞爾迪
Flowers〔'flauɚz〕弗勞爾斯
Floyce〔flɔɪs〕
Floyd〔flɔɪd〕弗洛伊德
Floydada〔flɔɪ'dedə〕
Floyer〔'flɔɪɚ〕弗洛耶
Fluchère〔fljʊ'ʃɛr〕(法)
Fluchthorn〔'fluht,hɔrn〕(德)
Flud(d)〔flʌd〕弗拉德
Fludyer〔'flʌdjɚ〕
Flüe〔'fljʊə〕(德)
Flüelen〔'fljʊələn〕(德)
Fluellen〔flʊ'ɛlɪn〕
Flügel〔'fligl̩〕(德)
Flügge〔'fljʊgə〕(德)
Flüggen〔'fljʊgən〕(德)
Flume〔flum〕
Flumendosa〔,flumen'dosa〕
Flumini Mannu〔'flumɪnɪ 'mannu〕(義)
Flurin〔flu'rin〕
Flürscheim〔'fljurʃaɪm〕(德)
Flush〔flʌʃ〕
Flushing〔'flʌʃɪŋ〕夫拉星(美國)
Flute〔flut〕
Flutter〔'flʌtɚ〕
Fluvanna〔flu'vænə〕
Fly〔flaɪ〕福來河(新幾內亞)
Flygare〔'fljʊgarɛ〕(瑞典)
Flygare-Carlén〔'fljʊgarɛ·kar'len〕
 (瑞典)
Flynn〔flɪn〕弗林
Flynt〔flɪnt〕弗林特
Fjodland〔'fjɔd,lænd〕
Foa〔'fɔə; fɔ'a(法)〕福阿
Foà〔fo'a〕
Foakes〔foks〕
Foard〔fɔrd〕福爾德
Fobes〔fobz〕福布斯
Foça〔fo'tʃa〕
Foch〔fɔʃ〕福煦(Ferdinand,1851-1929,
 法國元帥)
Fock〔fak〕
Fochabers〔'fakəbɚz; 'fahə-(蘇)〕

Focke〔fak; 'fakə(德)〕福克
Focşani〔fɔk'ʃani〕(羅)
Fodor〔fɔ'dɔr〕
Fodor-Mainvielle〔fɔ'dɔr·mæŋ'vjɛl〕
 (法)
Foedera〔'fɛdərə〕
Foerderer〔'fɔrdərɚ〕福德勒
Foerster〔'fɝstɚ〕福斯特
Foerster〔'fɝstɚ〕
Foery〔'fɔrɪ〕福里
Foeth〔fɝt〕
Fogaraş〔'fogɔrɔʃ〕(羅)
Fogarty〔'fogɚtɪ〕福格蒂
Fogazzaro〔,fogat'tsaró〕
Fogelberg〔'fugəl,bærj〕(瑞典)
Fogerty〔'fogɚtɪ〕
Fogg〔fag〕福格
Foggia〔'fɔddʒa〕福查(義大利)
Foggo〔'fago〕福戈
Fogle〔'fogl̩〕
Fogleman〔'foglmən〕福格爾曼
Fogler〔'foglɚ〕福格勒
Fogo〔'fogu; 'fogo〕
Föhr〔fɝ〕
Fohs〔foz〕福斯
Foible〔'fɔɪbl̩〕
Foigard〔fwa'gar〕
Foix〔fwa(法); fɔɪz〕
Foker〔'fokɚ〕
Fokien〔'fuk'jen〕
Fokine〔fɔ'kin; 'fɔkjɪn〕福金
Fokker〔'fakɚ〕佛克式飛機
Fokshani〔fok'ʃani〕
Folard〔fɔ'lar〕(法)
Folco〔'fɔlko〕
Folcroft〔'falkraft〕
Folda〔'faldə〕福爾達
Földes〔'fɝldɛʃ〕(匈)
Folds〔foldz〕福爾茲
Folengo〔fo'lengo〕
Foley〔'folɪ〕福里(John Henry,1818-1874,
 愛爾蘭雕刻家)
Folgate〔'falgɪt〕
Folgefond〔'fɔlgəfun〕
Folger〔'foldʒɚ〕福爾杰
Folies Bergères〔fo'li bɛr'ʒɛr〕(法)
Folinsbee〔'falɪnzbɪ〕福林斯比
Folio〔'folɪo〕
Foliot〔'falɪət〕福利奧特
Foljambe〔'fuldʒəm〕福爾賈姆
Folk〔fok〕福克
Folkard〔'fokəd〕福卡德

Folke ['fɔlkə]
Folkers ['folkəz] 福克斯
Folkes [foks] 福克斯
Folkeston(e) ['fokstən] 福克斯頓港（英格蘭）
Folket(h)ing ['folkə,tɪŋ] 丹麥議會之下議院
Folkmar ['fɑlkmɑr] 福克馬
Folks [foks] 福克斯
Folkston ['fokstən] 福克斯頓
Folkstone ['fokstən] 福克斯頓（英國）
Folkung ['fɔlkʊŋ]
Folkungar ['fɔlkʊŋɑr]
Follansbee ['fɑlənzbɪ]
Follen ['fɑlɪn] 福林
Follenius [fɑ'linɪəs]
Follett ['fɑlɪt] 福利特
Follette ['fɑlɪt] 福利特
Folley ['fɑlɪ] 福利
Folliard ['fɑlɪəd] 福利亞德
Follick ['fɑlɪk] 福利克
Follin ['fɑlɪn] 福林
Folline [fɑ'lin] 福林
Folliott ['fɑlɪət] 福利厄特
Follis ['fɑlɪs] 福利斯
Follman ['fɑlmən] 福爾曼
Follmer ['fɑlmɚ] 福爾默
Follows ['fɑloz] 福洛斯
Folly ['fɑlɪ]
Follywit ['fɑlɪwɪt]
Folmer ['folmɚ]
Folo ['folo]
Folquet [fɔl'kɛ]（法）
Folsom ['folsəm] 福爾瑟姆
Folster ['fɑlstɚ]
Foltz [fɑlts] 福爾茨
Folz [fɑlts] 福爾茨
Fomalhaut ['fomələ]
Fombona [fom'bonɑ]
Fomento [fo'mento]
Fomison ['fɑmɪsn̩]
Fomorian [fə'mɔrɪən]
Fonblanque [fɑn'blæŋk] 方布蘭克
Foncin [fɔŋ'sæŋ]（法）
Fonck [fɔŋk] 方克
Fonda ['fɑndə] 方達
Fondiller [fɑn'dɪlɚ]
Fond, Saint- [sæŋ · 'fɔŋ]（法）
Fonda ['fɑndə]
Fondi ['fɑndɪ]
Fondlove ['fɑndləv]
Fondouk ['fɑndʊk ; 'fʊn-（阿拉伯）]
Fönhus ['fɝnhus]
Fønhus ['fɝnhus]（挪）
Fons [fonz]
Fonsagrada [,fɔnsɑ'grɑðɑ]（西）
Fonseca, Gulf of [fon'sekɑ ; fɔn'sekɑ ; foŋ'sekə] 芬沙加灣（中美洲）
Fontainas [fɔŋte'nɑs]（法）
Fontaine [fɑn'ten] 方丹
Fontaine, La [lə fɑn'ten ; lɑ fɔŋ'tɛn（法）]
Fontainebleau ['fɑntɪnblo ; fɔŋtɛn'blo] 芳丹白露（法國）
Fontaines [fɔn'tɛn]（法）
Fontan [fɔŋ'tɑŋ]
Fontana [fɑn'tænə ; fon'tɑnɑ]
Fontana, Ferrari- [fɛr'rɑrɪ · fon'tɑnɑ]（義）
Fontanals [,fɔntɑ'nɑls]
Fontane [fɑn'tɑne; fɑn'tɑnə（德）; fɔŋ'tɑn（法）; fon'tɑne（義）]
Fontanes [fɔŋ'tɑn]（法）
Fontanet [fɔŋtɑ'nɛ]（法）
Fontanges [fɔŋ'tɑŋʒ]（法）
Fontanna [fɑn'tɑnə]
Fontanne [fɑn'tæn] 方坦
Fontarabie [fɔŋtɑrɑ'bi]（法）
Font-de-Gaume [fɔŋ·də· 'gom]（法）
Fontenay-le-Comte [fɔŋt'ne · lə · 'kɔŋt]（法）
Fontenay-sous-Bois [fɔŋt'ne · su'bwɑ]（法）
Fontenelle [fɔŋt'nɛl]
Fontenoy ['fɑntənɔɪ ; fɔŋt'nwɑ（法）]
Fontes Mattiaci ['fɑntiz mæ'taɪəsi]
Fontestorbe [fontɛs'tɔrbe]
Fontevrault [fɔŋtəv'ro]
Fontevrault-l'Abbaye [fɔŋtəv'ro lɑ'be]（法）
Fonteyn [fɑn'ten] 方廷
Fonthill ['fɑnthɪl]
Fontibell ['fɑntɪbɛl]
Fonua Foo [fɔ'nuə 'fɔo]
Fonuafoō [fɔ'nuə'fɔo]
Fonvizin [fʌn'vjizjɪn]（俄）
Foochow ['fu'dʒo] 福州（福建）
Fooks [fʊks] 富克斯
Foort [fɔrt]
Foose [fuz] 富斯
Foot(e) [fʊt] 富特
Footman ['fʊtmən] 富特曼
Foots Cray [fʊts 'kre]

Footscray 〔'futskre 〕
Foozle 〔'fuzḷ 〕
Fopling Flutter 〔'faplɪŋ 'flʌtə 〕
Foppa 〔'fɔppa 〕(義)
Foppington 〔'fapɪŋtən 〕
Föppl 〔'fæpḷ 〕
Forain 〔fɔ'ræŋ 〕(法)
Foraker, Mount 〔'farəkə 〕福拉克山
(美國)
Forand 〔'fɔrænd 〕福蘭德
Forbach 〔fɔr'bak(法); 'fɔrbah(德)〕
福巴克
Forber 〔'fɔrbə 〕福伯
Forbes 〔'fɔrbɪs 〕(蘇)福布斯
Forbes-Mosse 〔'fɔrbz · 'mɔsə 〕
Forbes-Robertson 〔'fɔrbz·'rabət·sṇ〕
Forbin 〔fɔr'bæŋ 〕(法)
Forbonius 〔fɔr'bonɪəs 〕
Forbus 〔'fɔrbəs 〕福伯斯
Forbush 〔'fɔrbuʃ 〕福布什
Forcados 〔fɔr'sadəs 〕弗卡多斯(奈及利亞)
Force 〔fɔrs 〕福斯
Forcellini 〔,fɔrtʃel'lini 〕(義)
Force Ouvriere 〔fɔrs uvri'ɛr 〕(法)
Forchhammer 〔'fɔr,kamə ; 'farhhamə〕
(德)
Forchheim 〔'fɔrhhəɪm 〕(德)
Forciglioni 〔fotʃil'joni 〕(義)
Forckenbeck 〔'fɔrkənbek 〕
Ford 〔fɔrd 〕福特 (❶ Henry, 1863-1947, 美
國汽車製造商❷ Gerald Rudolph 1913-, 美國
第 38 任總統)
Fordcombe 〔'fɔrdkəm 〕
Forde 〔fɔrd 〕福德
Forder 〔'fɔrdə 〕福德
Fordham 〔'fɔrdəm 〕福德姆
Fordingbridge 〔'fɔrdɪŋbrɪdʒ 〕
Fordlandia 〔fɔrd'lændɪə 〕
Fordney 〔'fɔrdnɪ 〕福德尼
Fordoun 〔'fɔrdən 〕
Fordun 〔'fɔrdṇ 〕福爾登
Fordyce 〔'fɔrdaɪs 〕福代斯
Fore 〔fɔr 〕
Forel 〔fɔ'rɛl 〕
Foreland 〔'fɔrlənd 〕
Foreman 〔'fɔrmən 〕福爾曼
Forepaugh 〔'fɔrpɔ 〕
Forepaw 〔'fɔrpɔ 〕
Fores 〔'farɛs 〕
Foresight 〔'fɔrsaɪt 〕
Foresman 〔'fɔrzmən 〕
Forest 〔fɔ'rɛ 〕(法)

Forester 〔'farɪstə 〕福雷斯特 (Cecil Scott,
1899-1966, 英國小說家)
Forêt 〔fɔ'rɛ 〕(法)
Forey 〔fɔ're 〕
Forez 〔fɔ'rez 〕(法)
Forfar 〔'fɔrfə 〕
Forfarshire 〔'fɔrfəʃɪr 〕
Forgan 〔'fɔrgən 〕福根
Forgash 〔'fɔrgæʃ 〕福加什
Forge 〔fɔrʒ 〕(法)
Forgeron 〔fɔrʒə'rɔŋ 〕(法)
Forington 〔'farɪŋtən 〕
Forio 〔'fɔrɪo 〕
Fork 〔fɔrk 〕
Forkbeard 〔'fɔrkbɪrd 〕
Forked Deer 〔'fɔrkɪd 〕
Forkel 〔'fɔrkəl 〕
Forkner 〔'fɔrknə 〕福克納
Forlanini 〔forla'nini 〕(義)
Forli 〔for'li 〕(義)
Forlì, Melozzo da 〔me'lɔttso da for'li 〕
(義)
Formal 〔'fɔrməl 〕
Forman 〔'fɔrmən 〕福曼
Formby 〔'fɔrmbɪ 〕手比
Formentera 〔,fɔrmen'terɑ 〕
Formentor 〔,fɔrmen'tɔr 〕
Formes 〔'fɔrməs 〕
Formey 〔'fɔrmaɪ 〕
Formigé 〔fɔrmi'ʒe 〕(法)
Formigny 〔fɔrmi'nji 〕(法)
Formorian 〔fɔr'mɔrɪən 〕
Formosa 〔fɔr'mosə 〕臺灣
Formoso 〔fɔr'moso 〕
Formosus 〔fɔr'mosəs 〕
Fornarina 〔fɔrnɑ'rinɑ 〕
Fornax 〔'fɔrnæks 〕
Forncrook 〔'fɔrnkruk 〕
Forner 〔fɔr'nɛr 〕(西)
Fornes 〔fɔrnz 〕福恩斯
Forney 〔'fɔrnɪ 〕福尼
Fornfelt 〔'fɔrnfelt 〕
Fornoff 〔'fɔrnɔf 〕福爾諾夫
Fornovo di Taro 〔for'novo di 'tɑro 〕
(義)
Forobosco 〔,fɔrə'basko 〕
Føroyar 〔'fɜ'rojar 〕(丹)
Forres 〔'farɪs 〕福里斯
Forrest 〔'farɪst 〕福里斯特
Forrestal 〔'farɪstɔl 〕佛萊斯特 (James
Vincent, 1892-1949, 美國金融家)
Forrestel 〔'farɪstəl 〕

Forrester〔'farıstə〕福里斯特
Forrow〔'faro〕福羅
Forsberg〔'fɔrzbəg〕福斯伯格
Fors Clavigera〔'fɔrz kle'vɪdʒərə;
 -'vɪgərə〕
Forseti〔for'sɛtı〕【北歐神話】正義之神
Forsey〔'fɔrsı〕福西
Forshaw〔'fɔrʃɔ〕福肖
Forshew〔'fɔrʃo〕
Forskål〔'furskol〕
Forsman〔'fɔrsmən〕
Forssell〔fɔr'sɛl〕
Forssmann〔'fɔrsmən〕福爾斯曼(Wer-
 ner Theodor Otto,1904-1979, 德國外科醫
 生)
Forst〔fɔrst〕
Forster〔'fɔrstə〕福斯特(Edward
 Morgan, 1879-1970, 英國小說家)
Förster〔'fɜstə〕
Forsyte〔'fɔrsaıt〕
Forstmann〔'fɔrstmən〕福斯特曼
Forsyth(e)〔fɔr'saıθ〕福賽斯
Fort〔fɔr〕(法)福特
Fort, Le〔lə fɔr〕(法)
Fortaleza〔,fɔrtə'lezə〕福塔雷沙(巴西)
Fortas〔'fɔrtəs〕福塔斯
Fort-de-France〔,fɔr·də·'frɑŋs〕
 福得弗蘭(法國)
Forte〔fɔrt〕福特
Forteguerri〔,forte'gwɛrrı〕(義)
Fortenbaugh〔'fɔrtnbɔ〕福滕博
Fortescue〔'fɔrtıskju〕福蒂斯丘
Forth, Firth of〔fɔrθ〕佛斯灣(北海)
Forthright〔'fɔrθraıt〕
Fortier〔fɔr'tje〕(法)福捷
Forties〔'fɔrtız〕
Fortiguerra〔,fortı'gwɛrrɑ〕(義)
Fortin〔fɔr'tæŋ〕(法)福廷
Fortín Boquerón〔fɔr'tim bokɛ'rɔn〕
Fortinbras〔'fɔrtınbræs〕
Fortlage〔'fɔrtlɑgə〕
Fort-Lamy〔fɔr·lɑ'mi〕拉米堡(查德)
Fort-National〔fɔr·nasjɔ'nɑl〕(法)
Fortnightly〔'fɔrt,naıtlı〕
Fortnum〔'fɔrtnəm〕
Fortrose〔fɔrt'roz〕
Fort-Royal〔'fɔrt·'rɔıəl〕
Fortson〔'fɔrt·sn〕福特森
Fortuna〔fɔr'tjunə〕福圖納
Fortunat〔fɔrtju'nɑ〕(法)
Fortunatae〔fɔrtʃ'neti〕
Fortunate〔'fɔrtʃnıt〕

Fortunato〔fortu'nɑto〕(義)
Fortunatus〔,fɔrtju'netəs〕福圖內特斯
Fortune〔'fɔrtjun〕福瓊
Fortuné〔fɔrtjʊ'ne〕(法)
Fortunio〔fɔr'tjunıo〕
Fortuny〔fɔr'tuni〕
Fortuny y Carbo〔fɔr'tunj ı kar'vo〕
 (西)
Forty〔'fɔrtı〕
Fortymile〔'fɔrtımaıl〕
Forum〔'fɔrəm〕
Forward〔'fɔrwəd〕福沃德
Forwood〔'fɔrwʊd〕福伍德
Forza del Destino〔'fɔrtsɑ dɛl
 dɛs'tino〕
Fosbery〔'fazbərı〕
Fosberry〔'faz,bɛrı〕福斯伯里
Fosbroke〔'fazbrʊk〕福斯布羅克
Fosburgh〔'fazbəg〕
Fosbury〔'fazbərı〕
Foscari〔'fɔskari〕
Foscarini〔,foska'rinı〕
Fosco〔'fasko〕
Foscolo〔'fɔskolo〕
Foscue〔'faskju〕福斯丘
Fosdick〔'fazdık〕福斯迪克
Foshay〔'foʃe〕
Foss〔fas〕
Fossa Claudia〔'fasə 'klɔdıə〕
Fossalta〔fa'saltə〕
Fosse〔fas〕福斯
Fossil〔'fasl〕
Fossombrone〔fossom'brone〕(義)
Fossum〔'fasəm〕福薩姆
Fostat〔fʊs'tat〕
Foster〔'fastə〕福斯特
Fostoria〔fɔs'tɔrıə〕福斯托里亞
Fothergill〔'faðəgıl〕福瑟吉爾
Fotheringay〔'faðərıŋ,ge〕
Fotheringhay〔'faðərıŋ,ge〕
Foubert〔'fubət〕
Fouberts〔'fubəts〕
Foucault〔fu'ko〕傅科(Jean Bernard
 Léon, 1819-1868,法國物理學家)
Fouché〔fu'ʃe〕
Foucher de Careil〔fu'ʃe də ka'rɛj〕
 (法)
Foucquet〔fu'kɛ〕(法)
Fougères〔fu'ʒer〕(法)
Foughard〔'fuhard〕(愛)
Fouillée〔fu'je〕(法)
Foula〔'fula〕

Foulbe〔'fulbe〕
Fould〔fuld〕
Foulden〔'foldən〕
Foulds〔foldz〕福爾茲
Foulerton〔'fulətn̩〕
Foulet〔'fulɛ〕
Foulger〔'fuldʒə〕福爾杰
Fou-liang〔'fo·'ljaŋ〕
Foulis〔faʊlz〕
Foulk〔folk〕福克
Foulke〔folk〕福克
Foulkes〔foks〕福克斯
Foullon〔fu'lɔŋ〕福隆
Foulness Point〔'faʊl'nɛs pɔɪnt〕
Foulois〔fu'lɔɪs〕
Foulques〔fulk〕
Foulsham〔'folʃəm〕
Foulwind〔'faʊl,wɪnd〕
Foum Tatahouine〔fʊm ta'tawɪn〕
Foundling〔'faʊndlɪŋ〕
Fountain〔'faʊntɪn〕方丹
Fouqué〔fu'ke〕(法)
Fouques-Duparc〔'fuk·dju'park〕(法)
Fouquet〔fu'kɛ〕(法)
Fouquier-Tinville〔fu'kje·tæŋ'vil〕
    (法)
Fourcroy〔furk'rwa〕(法)
Foure〔fɔ're〕
Foureau〔fu'ro〕
Fourichon〔furi'ʃɔŋ〕
Fourier〔'furɪe〕傅立業(François Marie
    Charles, 1772-1837, 法國社會學家及改革家)
Fourment〔fur'maŋ〕(法)
Fourmies〔fur'mi〕(法)
Fourmigni〔furmi'nji〕(法)
Fourmont〔fur'mɔŋ〕(法)
Fourneau〔fur'no〕(法)
Fourneyron〔furne'rɔŋ〕(法)
Fournier〔fur'nje〕(法)
Fouroughi〔fu'rugi〕
Fourquet〔fur'kɛ〕(法)
Fouta Djallon〔fu'ta dʒa'lɔŋ〕(法)
Foutanke〔fu'taŋkɛ〕
Foux〔fu〕(法)
Foveaux〔'fovo〕
Fowchow〔'fo'dʒo〕(中)
Fowell〔'faʊəl〕福爲爾
Foweraker〔'faʊərekə〕
Fowey〔fɔɪ〕
Fowke〔faʊk〕福克
Fowkes〔foks〕福克斯
Fowle〔faʊl〕福爾

Fowler〔'faʊlə〕福勒(Henry Watson, 1858-
    1933, 英國辭典編纂家)
Fowliang〔'fu'lɪaŋ〕浮梁(江西)
Fowling〔'folɪŋ〕
Fownes〔faʊnz〕福恩斯
Fox〔faks〕福克斯(❶ Charles James, 1749-
    1806, 英國政治家及演說家 ❷ John William,
    1863-1919, 美國小說家)
Foxboro'〔'faksbərə〕
Foxcroft〔'fakskrɔft〕福克斯克羅夫特
Foxe Basin〔faks~〕福克斯海灣(加拿大)
Foxfield〔'faksfild〕
Foxlee〔'faksli〕福克斯利
Foxon〔'faksən〕
Foxwell〔'fakswəl〕福克斯爲爾
Foy〔fwa〕(法)福瓦
Foyatier〔fwaja'tje〕(法)
Foye〔fɔɪ〕福伊
Foyer〔'fɔɪə〕
Foyers〔'fɔɪəz〕
Foyes〔fɔɪz〕
Foyle〔fɔɪl〕福伊爾
Foynes〔fɔɪnz〕
Fra〔fra〕
Fra Angelico〔fra an'dʒɛlɪko〕
Fracastoro〔,fraka'stɔro〕
Frachon〔fra'ʃɔŋ〕(法)
Fracker〔'frækə〕福拉克
Frackville〔'frækvɪl〕
Fra Diavolo〔fra 'djavəlo〕
Fradin〔'fredɪn〕
Fradubio〔frə'djubɪo〕
Fraenkel〔'frɛŋkəl〕弗倫克爾
Fraenken〔'frɛŋkən〕
Fra Filippo〔fra fi'lɪppo〕(義)
Fragmenta Vaticana〔fræg'mɛntə
    ,vætɪ'kenə〕
Fragonard〔frago'nar〕(法)
Fragoso, Matos〔'matos fra'goso〕
Fragoso Carmona〔frə'gozu kə'mona〕
    (葡)
Fragoso Cay〔fra'goso 'ki〕
Frähn〔fren〕
Fraikin〔frɛ'kæŋ〕(法)
Frail〔frel〕
Frain〔fren〕弗雷恩
Fraine〔fen〕
Fraknói〔'fraknoɪ〕(匈)
Fraleigh〔'frelɪ〕弗雷利
Fraley〔'frelɪ〕弗雷利
Fralick〔'frelɪk〕弗雷利克
Fra Lippo Lippi〔'fra 'lɪpo 'lɪpɪ〕

Fram〔fræm〕

Frame〔frem〕弗雷姆

Frameries〔fra'mri〕(法)

Framheim〔'framhem〕

Framingham〔'freminjəm;
'fremin,hæm〕

Framlingham〔'fræmlinjəm〕

Framnes〔'fræmnɛs〕

Frampton〔'fræmptən〕弗蘭普頓

Franca〔'fræŋkə〕

Français〔kraŋ'sɛ〕(法)

Française, Pointe〔,pwæŋt fraŋ'sɛz〕

Francaix〔fran'se〕

Francavilla〔,fraŋka'villa〕(義)

Francavilla Fontana〔,fraŋka'villa
fon'tana〕(義)

France〔fræns〕❶法朗士(Anatole, 1844-
1924, 法國小說家及諷刺文家)❷法國(歐洲)

Frances〔'frænsɪs〕弗朗西絲

Francés〔fran'ses〕

Francesca〔fræn'tʃɛskə〕法朗契斯卡
(Piero della, 1420?-1492, 義大利畫家)

Francescatti〔,frantʃəs'kati ;
,fræntʃə'skætɪ〕

Franceschi, dei〔dei fran'tʃeskɪ〕

Franceschina〔,frantʃes'kinə〕

Franceschini〔,frantʃes'kinɪ〕

Francesco〔fran'tʃesko〕

Frances〔'frænsɪs〕法蘭西絲

Francescotti〔,frantʃes'kɔti〕

Francés Viejo〔fran'ses 'vjeho〕(西)

Franceville〔'frænsvɪl〕弗朗斯維耳
(加蓬)

Francfort-sur-le-Mein〔fræŋk'fɔr·
sjur·lə·'mæŋ〕(法)

Franche-Comté〔franʃ'kɔŋ'te〕(法)

Franchet d'Esperey〔fran'ʃe des'pre〕

Franchetti〔fran'ketti〕(義)　　「(法)

Francheville〔franʃ'vil〕(法)

Franchi〔'fraŋkɪ〕

Franchino〔fran'kino〕

Franchise〔fran'ʃiz〕

Franci〔'frænsaɪ〕

Francia〔'frænʃiə; 'frantʃa(義);
'franθja(西)〕

Franciabigio〔,frantʃa'bidʒo〕

Franciade〔fraŋ'sjad〕(法)

Francie〔'fransɪ〕

Francillon〔fræn'sɪlən〕

Francine〔fran'sin〕弗朗辛

Francis of Assisi〔'frænsɪs əv ə'sizɪ〕
聖芳濟(Saint, 1182-1226, 義大利修道士)

Francisca〔fræn'sɪskə; fræŋ'siʃkə(葡);
fran'θiska(西)〕弗朗西斯科

Francisco〔fræn'sɪsko; fran'sɪsko;
frən'sɪsko; fræŋ'siʃku(葡); fran'θisko
(西)〕弗朗西斯科

Francisco Azize〔fræn'sɪsko a'zaɪz〕

Francisco de Asís〔fran'θisko ðe
a'sis〕(西)

Francisco Morazán〔fræn'sɪsko
,mora'san〕

Franciscus〔fran'sɪskəs〕(荷)

Franciscus Vieta〔fræn'sɪskəs vaɪ'itə〕

Francisque〔fraŋ'sisk〕(法)

Francistown〔'fransɪstaun〕

Francis Xavier〔'fransɪs 'zævɪə〕

Franciszek〔fran'tsɪʃek〕(波)

Franck〔fraŋk〕佛朗克(James, 1882-1964,
美籍德裔物理學家)

Francke〔'fraŋkə〕佛朗柯(Kuno, 1855-
1930, 美國歷史學家及教育家)

Francke, Kuno〔'kuno 'fraŋkə〕

Francken〔'fraŋkən〕

Franckenstein〔'fraŋkənʃtaɪn〕

Franco〔'fræŋko〕佛朗哥(Francisco, 1892-
1975, 西班牙將軍、元首)

Franco, Mello〔'mɛlu 'fræŋku〕(葡)

Franco-American〔'fræŋko·
ə'mɛrɪkən〕

Francoeur〔'fraŋkoə〕

Francofonte〔,fraŋko'fante〕

Francois〔fraŋso'a; fraŋ'swa(法)〕

François〔,fran'swe; fraŋ'swa〕(法)

François-Marsal〔fraŋ'swa·mar'sal〕
(法)　　　　　　　　　　　　　「(法)

François-Poncet〔fraŋ'swa·pɔŋ'sɛ〕

Francoise〔fraŋ'swaz〕(法)

Franconville〔fraŋkɔŋ'vil〕崇拜法國者,
親法份子

Francophobe〔'fræŋkə,fob〕恐懼法國者,
反法份子

Francophobia〔,fræŋkə'fobɪə〕

Franco-Prussian War〔'fræŋko·
'prʌʃən~〕普法戰爭(1870-1871)

Francucci〔fran'kuttʃi〕(義)

Francus〔'fræŋkəs〕

Frands〔frans〕(丹)

Frandsen〔'frændsn̩〕

Frangipani〔,frændʒɪ'pæni; ,frandʒɪ-
'pani〕(義)

Frank〔fræŋk〕佛蘭克(Ilya Mikhailovich,
1908-, 俄國物理學家)

Frankau〔'fræŋko〕弗朗科

Franke〔'frɑŋkə〕(德)
Frankel〔'frɑŋkəl〕弗蘭克爾
Fränkel〔'frɛŋkəl〕
Franken〔'frɑŋkən〕(德)弗蘭肯
Frankena〔'frɑŋkənə〕
Frankenberg〔'fræŋkənbəg;
  'frɑŋkənberk〕(德)
Frankenhausen〔'frɑŋkənhauzən〕
Frankenjura〔,frɑŋkən'jurɑ〕
Frankenstein〔'fræŋkən,stain〕Mary
  Shelly 所著 Frankenstein 中男主角名
Frankenthal〔'frɑŋkəntɑl〕
Frankenthurn〔'frɑŋkənturn〕
Frankenwald〔'frɑŋkənvalt〕(德)
Frankford〔'fræŋkfəd〕弗蘭克福
Frankfort〔'fræŋkfət〕法蘭克佛(美國)
Frankfurt〔'fræŋkfət〕法蘭克福(德國)
Frankfurt am Main〔'frɑŋkfurt am
  'main〕(德)
Frankfurt an der Oder〔'frɑŋkfurt an
  də 'odə〕(德)
Frankfurter〔'fræŋkfətə〕法蘭克福特
Frankie〔'fræŋkɪ〕
Frank Illidge〔fræŋk 'ɪlɪdʒ〕
Frankish〔'fræŋkɪʃ〕日耳曼民族之法蘭克語
Frankl〔'frɑŋkḷ〕
Frankland〔'fræŋklənd〕弗蘭克蘭
Frankley〔'fræŋklɪ〕
Franklin〔'fræŋklɪn〕富蘭克林(❶Benja-
  min, 1706-1790, 美國政治家及哲學家❷Sir
  John, 1786-1847, 英國北極探險家)
Franklin-Bouillon〔frɑŋ'klæn·
  bu'jɔŋ〕(法)
Frankling〔'fræŋklɪŋ〕富蘭克林
Franklinton〔'fræŋklɪntən〕
Frankly〔'fræŋklɪ〕
Franklyn〔'fræŋklɪn〕富蘭克林
Franko〔'fræŋko〕弗蘭科
Franković〔'frɑŋkovɪtʃ; -vitj〕(塞克))
Franks〔fræŋks〕佛蘭克斯(Sir Oliver
  Shewell, 1905-, 英國哲學家及外交家)
Franov〔'frɑnəv〕
Franqueville〔frɑŋk'vil〕
Franqui〔frɑŋ'ki〕
Frans〔frɑns〕
Fransecky〔'frɑnski〕
František〔,frɑntjɪʃek〕(捷)
Františkovy Lázne〔'frɑntjɪʃ,kovi
  'lɑznjɛ〕(捷)
Frants〔frɑnts〕
Frantsevich〔'frɑntsjɪvjɪtʃ〕(俄)
Frantz〔frɑnts〕(法)弗朗茨

Franz〔frɑnts〕(德)弗朗茲
Franzén〔frɑn'sen〕弗蘭岑
Franzensbad〔'frɑntsən,bɑt〕
Franzevich〔'frɑntsjɪvjɪtʃ〕(俄)
Franzheim〔'fræntshaim〕弗蘭茨海姆
Franziska〔frɑn'tsɪska〕
Franziskus〔frɑn'tsɪskus〕
Franzoni〔fræn'tsonɪ〕
Franz Josef Land〔fræents 'dʒozɪf~;
  'frɑnts 'jozəf~〕法蘭士約瑟夫島(蘇聯)
Franz Josef-Spitze〔'frɑnts 'jozəf-
  ,ʃpɪtsə〕(德)
Franzos〔'frɑntsos〕
Frapan-Aunian〔'frɑpɑn·ɑkun'jɑn;
  frɑ'pɑn·ɑkun'jɑn〕
Frapié〔frɑ'pje〕(法)
Frary〔'frɛrɪ〕弗雷里
Frascati〔fræs'kɑtɪ〕
Frasch〔frɑʃ〕
Fraschini〔frɑs'kinɪ〕
Fraser〔'frezə〕夫拉則河(加拿大)
Fraserburgh〔'frezəbərə〕
Frasheri〔'frɑʃəri〕
Frasier〔'frezɪə〕弗雷澤
Frat〔frɑt〕
Fratcher〔'frætʃə〕弗拉切爾
Frate, Il〔il 'frɑtɛ〕
Frater〔'frɑtə〕
Frateretto〔,frætə'reto〕
Fratricelli〔,frætrɪ'sɛlaɪ〕
Frattamaggiore〔,frɑttɑmɑd'dʒore〕
  (義)
Fratton〔'frætṇ〕
Frau〔frau〕
Frauca〔'frauka〕
Frauenlob〔'frauənlop〕
Frauenstädt〔'frauənʃtet〕
Fraknói〔'fraknoi〕
Fraula〔'frɔlə〕
Fraulein〔'frɔilain〕
Fraunce〔frɔns〕弗朗斯
Fraunces〔'frɔnsɪs〕
Fraunhofer〔'fraun,hofə〕佛勞恩和菲
  (Joseph Von, 1787-1826, 德國光學家)
Frawley〔'frɔlɪ〕弗勞利
Fray〔'frɑ·ɪ〕
Fray Gerundio〔'frɑ·ɪ hɛ'rundjo〕
  (西)
Frayne〔fren〕
Fray Marcos〔'frɑɪ 'markos〕
Frayser's Farm〔'frezəz〕
Frayssinous〔fresi'nus〕

Frazar〔'frezə〕

Frazee〔fre'zi〕弗雷齊

Frazer〔'frezə〕佛萊則（Sir James
George,1854-1941,蘇格蘭人類學家）

Frazier〔'freʒə〕弗雷澤

Frea〔'freə〕

Freak(e)〔frik〕

Frean〔'frin〕

Frear〔frɪr〕弗里爾

Freas〔fris〕弗里斯

Frease〔friz〕

Freccia〔'frɛtʃə〕

Fréchet〔fre'ʃɛ〕

Fréchette〔fre'ʃet〕弗雷謝特

Frechie〔'freʃɪ〕

Frecknall〔'frɛknɔl〕

Fred〔frɛd〕弗雷德

Freda〔'fridə〕弗雷達

Freddie〔'frɛdɪ〕弗雷迪

Freddy〔'frɛdɪ〕弗雷迪

Fredegar〔'fredəgar〕(德)

Fredegarius〔,frɛdɪ'gerɪəs〕

Fredegonda〔,fredə'gʌndə〕

Fredeman〔'fredəmən〕

Fredenhall〔'fridnhɔl〕

Fredenholm〔'fredənhɔlm〕

Frederic〔'frɛdrɪk〕(挪)

Frédéric〔frede'rɪk〕

Frederica〔,frɛdə'rikə〕

Fredericia〔,frɛdə'riʃɪə; frɪð'ritsɪɑ〕
（丹）〕

Frederick II〔'frɛdrɪk〕腓特烈大帝
（1712-1782，普魯士國王）

Frédérick〔frede'rɪk〕

Fredericka〔,frɛdə'rɪkə〕

Fredericks〔'frɛdərɪks〕

Frederickson〔'frɛdrɪksn̩〕弗雷德里克森

Frederickstown〔'frɛdrɪks,taun〕

Fredericktown〔'frɛdrɪktaun〕

Frederico〔frede'riko〕

Fredericq〔frede'rik〕

Fredericton〔'frɛdərɪktən〕

Frederik〔'frɪðrɪk(丹); 'fredərɪk
（荷、瑞典）; 'frɛdrɪk(挪)〕

Frederika〔frɪðə'rikɑ(丹); frɛ'drikɑ
（瑞典）〕

Frederik Hendrik〔'fledərɪk 'hɛndrɪk〕

Fredriks〔'frɛdrɪks〕

Fredericksburg〔'frɛdrɪks,bɝg〕菲勒利
克斯堡（丹麥）

Frederiksberg〔'frɛdərɪksbəg;
'frɪðrɪksbærh(丹)〕

Frederiksborg〔'frɪðrɪksbɔrh〕(丹)

Frederikshaab〔'frɪðrɪkshɔp〕腓德烈斯霍
普（格陵蘭）

Frederikshavn〔frɪðrɪks'haun〕(丹)

Frederikstad〔'frɛdrɪkstɑ〕

Frederiksted〔'frɛdrɪkstɛd〕

Fredeswitha〔'fredəs,wɪðə〕

Fredholm〔'fredhɔlm〕

Fredonia〔fri'donɪə; fre'donjə; fre'ðonjɑ
（拉丁美）〕

Fredonian〔frɪ'donɪən〕

Fredric〔'fredrɪk〕（瑞典）弗雷德里克

Fredrica〔frɛ'drikə〕弗雷德里卡

Fredrik〔'frɪðrɪk(丹); 'fredrɪk(挪);
'fredrɪk（荷、芬、瑞典）〕

Fredrika〔frɛ'drikɑ〕

Fredrikshald〔'fredrɪks,hal〕(挪)

Fredrikshall〔'fredrɪks,hal〕

Fredrikstad〔'fredrɪkstɑ〕(挪)

Fredro〔'frɛdrɔ〕

Frédy〔fre'di〕

Free〔fri〕弗里

Freebody〔'fribədɪ〕弗里博迪

Freeborn〔'fribən〕弗里博恩

Freeburg〔'fribəg〕

Freed〔frid〕弗里德

Freeden〔'fredən〕

Freedheim〔'fridhaɪm〕弗里德海姆

Freedlander〔'fridlændə〕弗里德蘭德

Freedley〔'fridlɪ〕弗里德利

Freedman〔'fridmən〕

Freedom〔'fridəm〕

Freehafer〔'fri,hefə〕

Freehill〔'frihɪl〕弗里希爾

Freehling〔'frilɪŋ〕弗里林

Freehof〔'frihɑf〕弗里霍夫

Freehold〔'frihold〕

Freeland〔'frilənd〕弗里蘭

Freeling〔'frilɪŋ〕

Freelove〔'friləv〕

Freels〔flilz〕

Freeman〔'frimən〕佛里門（❶ Douglas
Southali, 1886-1953,美國歷史學家及編輯
❷ Edward Augustus, 1823-1892, 英國歷史學
家）

Freemansburg〔'frimənzbəg〕

Freeman's Farm〔'frimənz~〕

Freemason〔'fri,mesən〕

Freemont〔'frimɑnt〕弗里蒙特

Freeport〔'fripɔrt〕

Freer〔'friə〕弗里爾

Freers〔'friəz〕弗里爾茲

Freese〔friz〕弗里茲

Free-soil〔'fri‧,sɔil〕

Freestone〔'fristən~〕【美史】自由洲
（美國內戰期中禁止奴隸制度的州）

Freetown〔'fritaʊn〕自由城（獅子山）

Freeze〔friz〕

Freeth〔friθ〕弗里思

Frege〔'fregə〕

Fregellae〔frɪ'dʒɛli〕

Fréhel〔fre'ɛl〕

Frei〔fraɪ〕

Frei〔'freɪ〕（葡）

Freia〔'freja〕

Freiberg〔'fraɪbəg〕弗賴伯格

Freiberger〔'fraɪbəgə〕弗賴伯格

Freiburg〔'fraɪbʊrk〕夫來堡（德國）

Freidank〔'fraɪdaŋk〕

Freidel〔'fraɪdəl〕弗賴德爾

Freie Bühne〔'fraɪə 'bjʊnə〕（德）

Freienfels〔'friənfɛls〕

Freies Deutsches Hochstift〔'fraɪəs
'dɔɪtʃəs 'hɑhʃtɪft〕（德）

Freiherr〔'fraɪ,hɛr〕（德）

Freiler〔'fraɪlə〕弗賴勒

Freiligrath〔'fraɪlɪhrɑt〕（德）

Freimütige〔'fraɪm'jutɪgə〕（德）

Freind〔fraɪnd〕弗賴恩德

Freire〔'frere〕

Freischütz〔'fraɪʃjuts〕（德）

Freising〔'fraɪzɪŋ〕

Freistadtl〔'fraɪʃtatl̩〕（德）

Freital〔'fraɪtal〕

Fréjus〔fre'ʒjus〕（法）

Freke〔frik〕   「森

Frelinghuysen〔'frilɪŋ,haɪzn̩〕佛里林海

Fremantle〔fri'mæntl〕弗利曼特港
（澳洲）

Frémiet〔fre'mjɛ〕（法）

Fréminet〔fremi'ne〕（法）

Frémiot〔fre'mjo〕（法）

Fremont〔frɪ'mant〕弗里蒙特

Fremstad〔'frɛmstad〕

Frémy〔fre'mi〕

French〔frɛntʃ〕佛蘭奇（❶ Alice, 1850-
1934, 筆名爲Octave Thanet, 美國女小說家
❷ Daniel Chester, 1850-1931, 美國雕刻家）

French Guiana〔gɪ'ænə〕法屬圭亞那
（南美洲）

Frenchman〔'frɛntʃmən〕

Frenchy〔'frɛntʃɪ〕

Frend〔frɛnd〕弗倫德

Freneau〔frɪ'no〕佛里諾（Philip Morin,
1752-1832, 美國詩人）

Frênes〔frɛn〕（法）

Frenssen〔'frɛnsən〕

Frentani〔frɛn'tenaɪ〕

Frentz〔frɛnts〕

Frenzel〔'frɛntsəl〕

Freppel〔fre'pɛl〕

Frere〔frɪr〕弗星爾

Frère〔frɛr〕（法）

Frère-Orban〔'frɛr‧ɔr'baŋ〕（法）

Fréret〔fre'rɛ〕（法）

Fréron〔fre'rɔŋ〕（法）

Frese〔friz〕弗里斯

Freshfield〔'frɛʃfild〕弗雷什菲爾德

Freshwater〔'frɛʃ,wɔtə〕

Fresnay〔fre'ne〕（法）

Fresnaye〔fre'ne〕（法）

Fresne〔frɛn〕

Fresnel〔fre'nɛl〕佛瑞奈（Augustin Jean,
1788-1827, 法國物理學家）

Fresnillo〔frez'nijo〕（拉丁美）弗雷斯尼洛

Fresnin〔fre'nɛŋ〕（法）

Fresno〔'frɛzno〕夫勒斯諾（美國）

Fresnoy〔fre'nwɑ〕（法）

Freston〔'frɛstən〕弗雷斯頓

Fretts〔frɛts〕

Fretum Gaditanum〔'fritəm ,gædɪ-
'tenəm〕

Fretum Gallicum〔'fritəm 'gælɪkəm〕

Fretwell〔'frɛtwɛl〕

Freud〔frɔɪd〕佛洛伊德（Sigmund, 1856-
1939, 奧國神經病學家）

Freudenstadt〔'frɔɪdənʃtat〕

Freudenthal〔'frɔɪdəntal〕

Freuer〔'frɔɪə〕

Freund〔frɔɪnt〕（德）弗羅因德

Freundlich〔'frɔɪntlɪh〕（德）

Freutel〔'frɔɪtəl〕

Frew〔fru〕弗魯

Frewen〔'fruən〕

Frewer〔'fruə〕弗魯爾

Frey〔fraɪ〕（德）弗雷

Freya〔'freə〕弗雷亞

Freyberg〔'fraɪbəg〕弗賴伯格

Freycinet〔fresi'ne〕（法）

Freyer〔'fraɪə〕

Freyja〔'frejə〕

Freylinghausen〔'fraɪlɪŋ,hauzən〕

Freyr〔frɛr〕

Freyre〔'freɪrɪ〕

Freising〔'fraɪzɪŋ〕

Freytag〔'fraɪtak〕佛萊塔克（1816-1895,
德國小說家及劇作家）

Freytag-Loringhoven 〔 'fraɪtak·
'lorɪŋ,hofən 〕

Fria 〔 'fraɪə 〕

Friant 〔 'fraɪənt ; fri'aŋ (法)〕

Friar 〔 'fraɪr 〕

Friaul 〔 fri'aʊl 〕

Fribble 〔 'frɪbḷ 〕

Fribourg 〔 fri'bur 〕 法里布爾（瑞士）

Frick 〔 frɪk 〕

Fricke 〔 frɪk 〕 弗里克

Fricker 〔 'frɪkɚ 〕 弗里克

Frickthal 〔 'frɪktal 〕

Fricourt 〔 fri'kur 〕 (法)

Frida 〔 'frida (德); 'frɪda (捷)〕

Friday 〔 'fraɪdɪ 〕 魯賓遜漂流記中之忠僕

Fridegård 〔 'fridəgord 〕 （瑞典）

Fridell 〔 fraɪ'dɛl 〕 弗里德爾

Frideman 〔 'fridəmən 〕

Fridericia 〔 ,fridə'rifə 〕 (丹)

Frideswide 〔 'frɪdəs,widə 〕

Fridgern 〔 'frɪdɪgən 〕

Fridland 〔 'frɪdlant 〕

Fridley 〔 'frɪdlɪ 〕

Fridolf 〔 'fridɔlf 〕

Fridolin 〔 'fridəlɪn 〕

Fridthiof 〔 'friðjaf 〕

Fridtjof Nansen Land 〔 'frɪtjɔf
'nænsən lænd〕

Frieberg 〔 'fraɪbəg 〕

Friebolin 〔 'fribolɪn 〕 弗里博林

Fried 〔 frit 〕 富禮德（Alfred Hermann,
1864-1921, 奧地利和平主義者）

Frieda 〔 'frida 〕 弗里達

Friedberg 〔 'fridbəg ; -tbɛrk (德))〕
弗里德伯格

Friedebest 〔 'fridəbɛst 〕 (德)

Friedeck 〔 'fridɛk 〕

Friedek 〔 'fridɛk 〕

Friedel 〔 fri'dɛl 〕 弗里德爾

Friedell 〔 fri'dɛl 〕 弗里德爾

Friedemann 〔 'fridəmən 〕

Friedenau 〔 'fridɔnaʊ 〕

Friedenstein 〔 'fridənʃtaɪn 〕

Friederici 〔 ,fridə'ritsɪ 〕

Friederich 〔 'fridərɪk 〕

Friedericia 〔 ,fridə'rɪfə 〕

Friedericke 〔 ,fridə'rɪkə 〕

Friederike 〔 ,fridə'rikə 〕

Friedewald 〔 'fridəvalt 〕 (德)

Friedheim 〔 'fridhaɪm 〕 弗里德海姆

Friedjung 〔 'fritjʊŋ 〕 (德)

Friedlaender 〔 'frit,lɛndə 〕

Friedland 〔 'fritlant 〕 (德) 弗里德蘭

Friedländer 〔 'frit,lɛndə 〕 弗里德蘭德

Friedlich 〔 'fridlɪk 〕 弗里德利克

Friedlingen 〔 'fritlɪŋən 〕

Friedlieb 〔 'fritlip 〕

Friedman(n) 〔 'fritmən 〕 弗里德曼

Friedreich 〔 'fridraɪk 〕 (德)

Friedrich 〔 'fridrɪh 〕 (德) 弗里德里克

Friedrichroda 〔 'fridrɪhroda 〕 (德)

Friedrichshafen 〔 ,fridrɪhs'hafən 〕(德)

Friedrichsruh 〔 ,fridrɪhs'ru 〕 (德)

Friedrich von Hausen 〔 'fridrɪh fan
'haʊzən 〕 (德)

Friedrich-Wilhelmshafen 〔 'fridrɪh·
,vɪlhɛlms'hafən 〕 (德)

Friedsam 〔 'fritzam 〕 (德)

Friel 〔 fril 〕 弗里爾

Friele 〔 fril 〕

Friend 〔 frɛnd 〕 弗蘭德

Friendly 〔 'frɛndlɪ 〕

Friendly Islands 〔 'frɛndlɪ～〕 東加群島之
別稱

Friendship 〔 'frɛndʃɪp 〕

Friern 〔 'fraɪən 〕

Friern Barnet 〔 'fraɪən 'barnɛt 〕

Frierson 〔 'fraɪəsn 〕 弗賴爾森

Fries 〔 fris 〕 (德) 弗賴斯

Friesche Eilanden 〔 'frisə 'aɪ,landən 〕
(荷)

Friese 〔 'frɪzə 〕

Frieseke 〔 'frizəkə 〕

Friesen 〔 'frizən 〕 弗里森

Friesian Islands 〔 'frizjən～;' frizɪən～;
-ʒən～; -ʒɪən～〕

Friesic 〔 'frizɪk 〕

Friess 〔 fris 〕 弗里斯

Friesz 〔 fri'es 〕

Frietchie 〔 'frɪtʃɪ 〕

Frieze 〔 friz 〕 弗里茲

Friganza 〔 frɪ'gænzə 〕

Frigate 〔 'frɪgɪt 〕

Frigg 〔 frɪg 〕

Frigga 〔 'friga 〕

Frigidus 〔 'frɪdʒɪdəs 〕

Frignano 〔 fri'njano 〕

Friis 〔 fris 〕 弗里斯

Frijoles 〔 fri'holes 〕 (西)

Frilen 〔 'fraɪlɪn 〕

Frimaire 〔 fri'mɛɪ 〕 (法)

Friml 〔 'frɪml̩ 〕

Frimley 〔 'frɪmlɪ 〕

Frimmel 〔 'frɪməl 〕

Frimont〔frɪ'mɔŋ〕（法）
Frings〔frɪŋz〕弗林斯
Frink〔frɪŋk〕弗林克
Frinton〔'frɪntən〕
Frio〔'friu〕（葡）
Fripp〔frɪp〕
Frisbie〔'frɪzbɪ〕弗里斯比
Frisby〔'frɪzbɪ〕弗里斯比
Frisch〔'friʃ〕（丹）弗里希
Frische Nehrung〔'friʃə 'neruŋ〕
Frisches Haff〔'friʃəs haf〕
Frischlin〔'friʃlin〕
Frisco〔'frɪsko〕
Friscobaldo〔frɪskə'bældo〕
Frisches Gaf〔'frjìʃəs 'gaf〕
Frisi〔'frizɪ〕
Frisia〔'frɪʒɪə〕
Frisian Islands〔'frɪʒɪən~〕弗利然羣島
（北歐）
Friso〔'friso〕
Friswell〔'frɪzwəl〕
Fritchey〔'frɪtʃɪ〕弗里奇
Fritsch〔frɪtʃ〕
Fritchie〔'frɪtʃɪ〕
Fritchman〔'frɪtʃmən〕弗里奇曼
Frith〔friθ〕弗里思
Fritheswith〔'frɪðəswɪθ〕
Frithiof〔'frɪtjɔf〕
Frithsden〔'frɪθsdən〕
Fritigern〔'frɪtɪgən〕
Fritiof〔'frɪtjɔf〕
Frits〔frɪts〕
Fritsch〔frɪtʃ〕弗里奇
Fritton〔'frɪtn〕
Fritts〔frɪts〕弗里茨
Fritz〔frɪts〕弗里茨
Fritz, Unser〔'unzə'frɪts〕
Fritzlan〔'frɪtzlən〕
Fritzlar〔'frɪtslar〕
Fritzi〔'frɪtsɪ〕弗里齊
Friuli〔'friulɪ〕
Friuli-Venezia-Giulia〔fri'uli·
ve'netsja·'dʒulja〕
Friz〔friz〕
Frizell〔frɪ'zɛl〕
Frizinghall〔'fraɪzɪŋhɔl〕
Frizington〔'frɪzɪŋtən〕
Frizselle〔frɪ'zɛl〕
Fröbel〔'frəbəl〕
Froben〔'frobən〕
Frobenius〔fro'benɪus〕（德）
Froberger〔'fro,bɛrgə〕

Frobisher〔'frobɪʃə〕佛洛比西爾（Sir
Martin, 1535?-1594, 英國航海家）
Fröding〔'frədɪŋ〕
Frodoard〔frɔdɔ'ar〕（法）
Froebel〔'frəbəl〕福祿貝爾（Friedrich,
1782-1852, 德國教育家）
Froehlich〔'frəlɪh〕（德）弗羅利赫
Froessel〔fro'zɛl〕弗羅塞爾
Frog〔frɑg〕
Frogmore〔'frɑgmɔr〕
Frognal〔'frɑgnəl〕弗羅格納爾
Frognall〔'frɑgnl〕弗羅格納爾
Fröhlich〔'frəlɪh〕（德）
Frohman〔'fromən〕弗羅曼
Frohring〔'frɔrɪŋ〕弗羅林
Frohsdorf〔'frozdɔrf〕
Frohschammer〔'fro,ʃamə〕
Froíla〔fro'ila〕
Froissart〔frwa'sar〕（法）
Frol〔frɔl〕
Frolic〔'frɑlɪk〕
Frolich〔'frolɪk〕弗羅利克
Frollo〔'fralo〕
Froman〔'fromən〕弗羅曼
Fromberg〔'frambəg〕
Frome Lake〔frum~; from~〕弗羅姆湖
（澳洲）
Fromen〔'fromən〕
Froment〔'fromənt〕
Fromental〔fromɑŋ'tal〕（法）
Fromentin〔frɔmɑŋ'tɛŋ〕（法）
Fromm〔fram〕弗羅姆
Frommelt〔'framəlt〕弗羅梅爾特
Frommhold〔'framholt〕
Fronde〔frɔnd〕
Frondel〔'frandəl〕
Frondize〔'frandaɪz〕
Frondizi〔fran'dizi〕
Frondsberg〔'frontsbɛrk〕（德）
Froning〔'fronɪŋ〕弗羅寧
Fronsperg〔'fronspɛrk〕（德）
Front Range〔frʌnt~〕福蘭特山脈（美國）
Front de Boeuf〔frɔŋ də 'bɜf〕（法）
Frontenac〔'frantɪ,næk; frɔŋt'nak（法）〕
Frontier〔'frʌntɪr〕
Frontier Illaqas〔'frʌntɪr ɪ'lakəz;
'frʌntɪr ɪ'lakəz〕
Frontino〔fron'tino〕
Frontinus〔fran'taɪnəs〕
Front National〔frɔŋ nasjɔ'nal〕（法）
Fronto〔'franto〕
Front Royal〔frʌnt 'rɔɪəl〕

Froom〔frum〕

Froriep〔'frorip〕

Fröschweiler〔'frɛʃvaɪlə〕

Fröschwiller〔frɛʃvi'lɛr〕（法）

Frossard〔frɔ'sar〕（法）弗羅薩

Frost〔frɔst〕佛洛斯特（Robert Lee, 1874-1963, 美國詩人）

Frostburg〔'frastbəg〕

Frostproof〔'frast‚pruf〕

Froth〔frɑθ〕

Frothingham〔'frɑðɪŋəm〕弗羅辛厄姆

Froud〔frud〕

Froude〔frud〕佛洛德（James Anthony, 1818-1894, 英國歷史學家）

Froufrou〔fru'fru〕

Froullay〔fru'le〕

Froward〔'frowəd〕

Frowde〔frud〕弗勞德

Fröya〔'frɛɪa〕

Froysard〔frwa'sar〕（法）

Fructidor〔frjukti'dɔr〕（法）

Fructuoso〔frukt'woso〕

Fruela〔fru'ela〕

Frug〔fruk〕弗魯克

Frugal〔'frugəl〕

Frugé〔fru'ʒe〕弗魯熱

Frugi〔'frudʒaɪ〕

Frugoni〔fru'gonɪ〕

Fruin〔frɔɪn〕弗魯因

Fruit〔frut〕弗魯特

Fruitvale〔'frutvel〕

Frumentius〔fru'mɛnʃɪəs〕

Frundsberg〔'fruntsbɛrk〕（德）

Frunze〔'frunzjə〕（俄）伏龍芝

Frusino〔'frusɪno〕

Fruto〔'fruto〕

Frutolf〔'frutalf〕

Fruton〔'frutən〕

Fry〔fraɪ〕弗賴伊

Fryars〔'fraɪrz〕

Fryatt〔'fraɪət〕

Fryderyk〔frɪ'dɛrɪk〕

Frýdlant〔'fridlant〕

Frye〔fraɪ〕

Fryeburg〔'fraɪbəg〕

Fryer〔'fraɪə〕弗賴爾

Fryken〔'frjukən〕（瑞典）

Fryklund〔'frɪklənd〕弗里克隆

Fryling〔'fraɪlɪŋ〕

Fryniwyd〔'frɪnɪwɪd〕弗里尼維德

Fryth〔frɪθ〕

Fryxell〔frjuk'sɛl〕（瑞典）弗里克塞爾

Fthiotis〔fθi'ɔtis〕

Fuad I〔fu'ɑd〕福阿德一世（本名Ahmed Fuad Pasha, 1868-1936, 埃及王）

Fuch〔fuk〕

Fuchau〔'fu'dʒo〕

Fuchow〔'fo'dʒo〕（中）

Fuchs〔fuks〕（德）富克斯

Fu-chü〔'fu-'dʒju〕（中）

Fuchun〔'fu'tʃun〕富春江（浙江）

Fucilla〔fu'sɪlə〕

Fucini〔fu'tʃini〕

Fucino〔'futʃino〕

Fucinus〔'fjusɪnəs〕

Fudge〔fjudʒ〕富奇

Fuegian〔fju'idʒɪən〕

Fuego〔'fwego〕

Fuehrer〔'fjuərə〕

Fuenclara〔fwɛŋk'larɑ〕

Fuenleal〔fwenle'al〕

Fuente〔'fwɛnte〕

Fuente Obejuna〔'fwɛnte ‚ovɛ'hunɑ〕（西）

Fuenteovejuna〔'fwɛnte‚ovɛ'hunɑ〕（西）

Fuentes〔'fwɛntes〕

Fuentes de Oñoro〔'fwɛntes ðe o'njoro〕（西）

Fuerte〔'fwɛrte〕（西）

Fuerte, Río del〔'rio ðɛl 'fwɛrte〕（西）

Fuertes〔'fwɛrtes〕富爾特斯

Fuerteventura〔'fwɛrteven'turɑ〕（西）

Fuess〔fiz〕菲斯

Füessli〔'fjuslɪ〕（德）

Fueter〔'fjutə〕（德）

Fuga〔'fugɑ〕

Füger〔'fjugə〕（德）

Fugard〔'fjugəd〕富加德

Fuge〔fjudʒ〕

Fugère〔fju'ʒer〕（法）

Fugger〔'fʊgə〕

Fuhkien〔'fu kjen〕

Führich〔'fjurɪh〕（德）

Fu Hsi〔'fu 'ʃi〕中國之伏羲

Fuji(yama)〔‚fudʒɪ'jamə〕富士山（日本）

Fuka〔'fukə〕

Fukien〔'fu'kjen〕福建（中國）

Fukuoka〔‚fukə'wokə〕福岡(日本)

Fula(h)〔'fula〕

Fulani〔fu'lani〕

Fulanke〔fu'laŋke〕

Fulbe〔'fulbe〕

Fulbert de Chartres〔fjʊl'bɛr də 'ʃartə〕(法)

Fulbright〔'fʊlbraɪt〕傳爾布萊特（James William, 1905-, 美國政壇人物）

Fulc〔fʊlk〕

Fulcher〔'fʊltʃə〕富爾切爾

Fulco〔'fʌlko〕富爾科

Fulcran〔fjʊl'kraŋ〕(法)

Fuld〔fʊld〕富爾德

Fulda〔'fʊlda〕福爾達（Ludwig, 1862-1932, 德國作家）

Fulford〔'fʊlfəd〕富爾福德

Fulfulde〔fʊl'fʊlde〕

Fulgence〔fjʊl'ʒaŋs〕(法)

Fulgencio〔fʊl'henθjo〕(西)

Fulgens〔'fʌldʒəns〕

Fulgentius〔fʌl'dʒɛnʃɪəs〕

Fulginiae〔fʊl'dʒɪnɪe〕

Fulginium〔fʌl'dʒɪnɪəm〕

Fulham〔'fʊləm〕

Fu Lin〔'fu 'lɪn〕福臨（1638-1661, 中國清朝開國之主，即清世祖）

Fulk〔fʊlk〕

Fulke〔fʊlk〕富爾克

Fullagar〔'fʊləgə〕富拉格

Fullam〔'fʊləm〕富拉姆

Fullard〔'fʊləd〕富拉德

Fuller〔'fʊlə〕富勒

Fullerton〔'fʊlətn〕富勒頓

Fullington〔'fʊlɪŋtən〕富林頓

Fulmer〔'fʊlmə〕富爾默

Fülöp〔'fjʊləp〕(匈)

Fülöp-Miller〔'fjʊləp·'mɪlə〕(匈)

Fulse〔'fʊlsɛ〕

Fulton〔'fʊltn̩〕福爾敦（Robert, 1765-1815, 美國發明家及工程師）

Fults〔fʊlts〕

Fulvia〔'fulvja〕(義)

Fulvius〔'fʌlvɪəs〕

Fulvus〔'fʌlvəs〕

Fultz〔fʊlts〕

Fulvia〔'fʌlvɪə〕

Fulvus〔'fʌlvəs〕

Fulwood〔'fʊlwʊd〕

Fumbina〔fʌm'baɪnə〕

Funafuti〔,funə'futɪ〕富那富提（吐瓦魯）

Funchal〔fuŋ'ʃal〕(葡)豐沙爾（大西洋）

Funck-Brentano〔'fəŋk·brænta'no〕(法)

Fundão〔fuŋn'dauŋ〕(葡)

Fundatissimus〔'fʌndə'tɪsɪməs〕

Fundi〔'fʌndaɪ〕

Fundy, Bay of〔fʌndɪ〕芬地灣（加拿大）

Fünen〔'fjʊnən〕(德)

Funes〔'funes〕

Fünfhaus〔'fjʊnfhaʊs〕(德)

Fünfkirchen〔'fjʊnfkɪrhən〕(德)

Fung〔fuŋ〕

Fungha〔'fuŋha〕

Fungoso〔fʌŋ'goso〕

Fungus〔'fʌŋgəs〕

Fu Niu Shan〔'fu 'nju 'ʃan〕

Funj〔fundʒ〕

Funk〔fʌŋk〕豐克（Casimir, 1884-1967, 美國生物化學家）

Funke〔'fuŋkə〕

Funkhouser〔'fuŋkhaʊzə〕芬克豪澤

Funk's Mill〔fʌŋks～〕

Funkstown〔'fʌŋkstaʊn〕

Funniyeh〔fʌn'nijɛ〕

Funston〔'fʌnstən〕芬斯頓

Funza〔'funsa〕(拉丁美)

Fuorigrotta-Bagnoli〔,fwɔrɪ'grɔtta·ba'njɔlɪ〕(義)

Fuoss〔fus〕富斯

Fuqua〔'fjukwa〕富卡

Furat〔fu'rat〕

Furbay〔'fɝbe〕弗貝

Furbear〔'fɝbɛr〕

Furber〔'fɝbə〕弗伯

Furca Pass〔'furkə～〕

Fürchtegott〔'fjurhtəgat〕(德)

Furcolo〔'fɝkolo〕弗科洛

Furculae Caudinae〔'fɝkjuli kɔ'daɪni〕

Fureadpore〔fə'rɪdpɔr〕

Furer〔'furə〕

Furetière〔fjurə'tjer〕(法)

Furey〔'fjurɪ〕富洛

Furia〔'fjurɪə〕

Furiae〔'fjurɪi〕

Furidpur〔fʌ'rɪdpur〕

Furies〔'fjurɪz〕

Furillo〔fu'rɪlo〕

Furio〔'furjo〕(義)

Furioso〔,fjurɪ'ozo；fjɔrɪ'ozo；,fjurɪ'oso〕

Furius〔'fjurɪəs〕

Furka〔'furka〕弗卡

Fürkelen〔'fjurkələn〕(德)

Furlaud〔'fɝlɔd〕

Furlong(e)〔'fɝlaŋ〕弗朗

Furman〔'fɝmən〕弗曼

Furmanov〔'furmənəf〕

Furnas〔'fɝnɪs〕弗納斯

Furneaux Group〔'fɝno～〕孚諾群島（太平洋）

Furness〔'fɜnɪs〕佛奈斯（Horace Howard, 1833-1912, 美國莎士比亞學者）

Furneux〔'fɜnɪks〕

Furnifold〔'fɜnɪfold〕弗尼福爾德

Furniss〔'fɜnɪs〕弗尼斯

Furnival (1)〔'fɜnɪvḷ〕佛尼法 (Frederick James, 1825-1910, 英國語言學家）

Furor〔'fjuror〕

Furphy〔'fɜfɪ〕弗菲

Furr〔fɜ〕

Furrer〔'furə〕富勒

Furry〔'fɜrɪ〕弗里

Furse〔fɜz〕弗斯

Fürst〔fjurst〕（德）弗斯特

Fürstenau〔'fjurstənau〕（德）

Fürstenberg〔'fjurstənberk〕（德）弗斯滕伯格

Fürstenbund〔'fjurstənbunt〕（德）

Fürstenfeld〔'fjurstənfɛlt〕（德）

Fürstenfeldbruck〔'fjurstənfɛlt,bruk〕（德）

Fürstenstein〔'fjurstənʃtaɪn〕（德）

Fürstenwalde〔,fjurstən'valdə〕（德）

Furstner〔'fɜstnə〕

Furtado〔fur'taðu〕（葡）弗塔多

Furth〔fɜθ〕弗思

Fürth〔fjurt〕孚爾特（德國）

Furtseva〔fur'tsevə〕（俄）

Furtwängler〔'furt,vɛnglə〕

Furuseth〔'fjuruseθ〕

Fury〔'fjurɪ〕

Fury and Hecla Strait〔'fjurɪ, 'heklə~〕

Fusaro〔fu'saro〕富薩羅

Fusberta〔fuz'bɛrtu〕

Fusbos〔'fʌzbas〕

Fuschun〔'fu'ʃun〕

Fuseli〔'fjuzəlɪ〕

Fusée〔fju'ze〕（法）

Fusfeld〔'fʌsfɛld〕富斯菲爾德

Fushan〔'fu'ʃan〕❶福山（山東）❷浮山（山西）

Fushih〔'fu'ʃɪə〕（中）

Fushman〔'fʌʃmən〕富什曼

Fushun〔'fu'fun〕撫順（遼寧）

Fusia〔'fjusɪə〕

Fuson〔'fjusən〕富森

Fussell〔'fʌsɪl〕富塞爾

Fussler〔'fʌslə〕富斯勒

Füssli〔'fjusli〕（德）

Fust〔fust〕

Fustât, al-〔æl·fus'tat〕

Futrell〔'fjutrəl〕富特雷爾

Fustel de Coulanges〔fju'stɛl də ku'lanʒ〕（法）

Futa〔'futa〕

Futa, La〔la 'futa〕

Futa Jallon〔'futa dʒa'lɔŋ〕

Futa Toro〔'futa 'toro〕

Futak〔'futak〕

Futch〔fʌtʃ〕

Futrall〔'fjutrəl〕

Futrelle〔fjut'rɛl〕富特雷爾

Fu-tse, Kung〔'kuŋ 'fu·'dʒʌ〕（中）

Fu Tso-yi〔'fu 'tso·'ji〕

Futteh Ali〔'fʌttɛ 'ali〕

Futtehpur〔'fʌtɪpur〕

Futterman〔'fʌtəmən〕富特曼

Futtigarh〔fʌtɪ'gar〕

Futuna Islands〔fu'tunə〕富土那群島（太平洋）

Fu-tzǔ, K'ung〔'kuŋ 'fu·'dʒʌ〕（中）

Fux〔fuks〕

Fuyu〔'fu'ju〕（中）

Fuzuli〔fuzu'lɪ〕

Fuzzy Wuzzies〔'fʌzɪ ,wʌzɪz〕

Fuzzywuzzies〔'fʌzɪ,wʌzɪz〕

Fuzzy-wuzzy〔'fʌzɪ·,wʌzɪ〕

Fyan〔'faɪən〕法因

Fyen〔fjʊn〕（瑞典）

Fyers〔'faɪəz〕法爾斯

Fyfe〔faɪf〕法伊夫

Fyffe〔faɪf〕法伊夫

Fufield〔'faɪfild〕

Fylde〔faɪld〕

Fyleman〔'faɪlmən〕

Fyn〔fjʊn〕非英島（丹麥）

Fyne〔faɪn〕

Fynes〔faɪnz〕法因斯

Fyodor〔'fjɔdə〕

Fyodorovich〔'fjɔdə,rɔvjtʃ〕

Fyodorovna〔'fjɔdə,rɔvnə〕

Fysh〔fɪʃ〕菲什

Fyson〔'faɪsṇ〕

Fyt〔faɪt〕法伊特

Fyzabad〔,faɪzə'bad；'faɪzəbæd〕

Fyzabad-cum-Ajodhya〔'faɪzə,bæd·,kʌm·ə'jodja〕

G

Ga〔gɑ〕化學元素 gallium 之符號
Gaal〔gɑl〕
Gabaldón〔gɑbɑl'don〕
Gabarus〔'gæbə,rus〕
Gabb〔gæb〕加布
Gabbatha〔'gæbəθə〕
Gabbert〔'gæbət〕加伯特
Gabbiani〔gɑb'bjɑnɪ〕(義)
Gabbitas〔'gæbɪtəs〕
Gabblerachet〔'gæblɪrætʃɪt〕
Gabelentz〔'gɑbələnts〕
Gabelsberger〔'gɑbəls,bɜrgə〕
Gaberlunzie〔gæbə'lʌnzɪ〕
Gaberones〔,gɑbə'ronəs〕嘉柏樓尼斯(非洲)
Gabès〔'gɑbɛs〕加柏斯港(突尼西亞)
Gabhra〔'gɑvrə〕(愛)
Gabii〔'gæbii〕
Gabin〔gɑ'bæŋ〕(法)
Gabinia〔gə'bɪnɪə〕
Gabinius〔gə'bɪnɪəs〕
Gabirol, ibn-〔ɪbn gɑ'birəl〕
Gable〔'gebḷ〕蓋博(William Clark, 1901—1960, 美國電影演員)
Gablenz〔'gɑblɛnts〕
Gabler〔'gɑblə〕加布勒
Gabler, Hedda〔'hɛdə'gɑblə〕
Gablonz〔'gɑblɔnts〕
Gablonz an der Neisse〔'gɑblɔnts ɑn dɚ'naɪsɛ〕
Gabo〔'gɑbə〕
Gabon〔gɑ'bɔn〕加彭(非洲)
Gabonim〔gɑ'bonim〕
Gaboon〔gə'bun〕
Gabor〔'gɑbə ; 'gebə ; 'gɑbor(匈)〕
Gábor〔'gɑbor〕(匈)
Gaboriau〔,gɑ,bɔ'rjo〕伽保里歐(Émile, 1835—1873, 法國偵探小說作家)
Gaborone〔,gɑbə'ron〕嘉柏隆(波札那)
Gabrias〔'gebrɪəs〕
Gabriel〔'gebrɪəl ; 'gɑbrɪəl〕【聖經】加百列(七大天使之一, 上帝傳送好消息給世人的使者)
Gabriela〔,gɑbrɪ'elə〕
Gabriele〔,gɑbrɪ'elə(德) ; ,gɑbrɪ'ele(義)〕
Gabrieli〔,gɑbrɪ'eli〕
Gabriella〔,gebrɪ'ɛlə ; ,gæbrɪ'elə〕

Gabriel Lajeunesse〔'gebrɪəl lə'dʒunɪs〕
Gabrielle〔,gebrɪ'ɛl ; gɑbri'ɛl(法)〕
Gabrielli〔,gɑbrɪ'ɛlli〕(義)
Gabriello〔,gɑbrɪ'ɛllo〕(義)
Gabrielrache〔'gebrɪəl,rætʃ〕
Gabrielsson〔'gɑbrɪɛl,sɔn〕
Gabrilowitsch〔,gɑbrɪ'lʌvɪtʃ ; gʌvrjɪ'lɔvjɪtʃ〕(俄)
Gabrini〔gɑ'brinɪ〕
Gabrjel〔'gɑbrjɛl〕
Gabrjela〔,gɑ'brjɛlɑ〕
Gabryela〔,gɑbrɪ'ɛlɑ〕
Gabun〔gə'bun〕
Gaby〔'gɑbɪ〕
Gachard〔gɑ'ʃɑr〕(法)
Gach Saran〔'gɑtʃ sɑ'rɑn〕
Gacon〔gɑ'kɔŋ〕(法)
Gacrux〔'gekrʌks〕
Gad〔gæd〕
Gadabout〔'gædə,baʊt〕
Gadadhar〔gə'dɑdhɚ〕
Gadag〔gʌdəg〕(印)
Gadames〔gɑ'dɑmɛs〕
Gadara〔'gædərə〕
Gadarene〔,gædə'rin ; 'gædərin〕
Gadarenes〔,gædə'rinz〕
Gaddesdon〔'gædzdən〕
Gaddi〔'gɑddɪ〕(義)
Gaddo〔'gɑddo〕(義)
Gade〔ged ; 'gɑdə〕蓋德
Gaden〔'gedən〕蓋登
Gades〔'gediz〕
Gadhe(a)lic〔gæd'dɛlɪk ; gə'dɛlɪk〕
Gadhel〔'gædɛl〕
Gadhels〔gə'dɛlz〕
Gadiatch〔'gɑdjɑtʃ〕
Gadier〔gə'dɪr〕
Gadir〔'gedɪr〕
Gadire〔gə'daɪr〕
Gaditan〔'gædɪtən〕
Gaditanum, Fretum〔'fritəm,gædɪ'tenəm〕
Gadite〔'gædaɪt〕
Gadow〔'gado〕
Gadsby〔'gædzbɪ〕
Gadsden〔'gædzdən〕加茲敦(美國)
Gadshill〔'gædzhɪl〕
Gadski〔'gɑtskɪ〕(德)

Gadyach〔'gɑdjɑtʃ〕
Gaea〔'dʒiə〕
Gaebelein〔'gebəlaɪn ; 'gɑblaɪn〕
Gaedeal〔gel〕(愛)
Gaedealac〔'gelɪk〕(愛)
Gaedhealic〔gə'delɪk〕
Gaedheals〔gə'delz〕
Gaekwad〔'gaɪkwɑd〕
Gaekwar〔'dʒikwɑr ; 'gaɪk-〕印度Baroda
邦統治者之稱號
Gael〔gel〕蓋爾人(蘇格蘭高地及愛爾蘭人
Celt人)
Gaelic〔'gelɪk〕蓋爾語
Gaels〔gelz〕
Gaertner〔'gɛrtnə〕蓋特納
Gaertringen〔'gɛrtrɪŋən〕
Gaesbeeck〔'gɑsbek〕
Gaeta〔gɑ'eta〕加埃塔(義大利)
Gaétan〔gɑe'tɑŋ〕(法)
Gaetana〔ˌgɑe'tɑnɑ〕
Gaetani〔ˌgɑe'tɑni〕
Gaetano〔ˌgɑe'tɑno〕
Gaète〔gɑ'ɛt〕(法)
Gaetulia〔gi'tjuljə ; dʒi'tjuljə〕
Gafencu〔gɑ'fɛŋku ; gɑ'fɛŋsu〕
Gaffky〔'gɑfkɪ〕
Gaffney〔'gæfnɪ〕加夫尼
Gafford〔'gæfəd〕加福德
Gäfle〔'jevlə〕(瑞典)
Gäfleborg〔'jevləˌbɔrj〕(瑞典)
Gaforio〔gɑ'fɔrjo〕
Gafori〔gɑ'fɔrɪ〕
Gafsa〔'gæfsə〕
Gág〔gɑg〕
Gagarin〔gɑ'gɑrɪn ; gʌ-〕蓋加林(Yuri
Alekseyevich, 1934-1968,蘇聯太空人)
Gagarino〔gɑ'gɑrɪnə〕
Gage〔gedʒ〕蓋奇
Gager〔'gedʒɚ〕蓋杰
Gagern〔'gɑgən〕
Gagetown〔'gedʒtaʊn〕
Gagliano〔gɑ'ljɑno〕(義)
Gagliardi〔gɑ'ljɑrdɪ〕(義)
Gagneur〔gɑ'njɚ〕(法)
Gagra〔'gɑgrɑ〕
Gagu〔gɑ'gu〕
Gaguin〔gɑ'gæŋ〕(法)
Gahagan〔gə'hegən〕
Gahan〔'geən ; gɑn〕加恩
Gahanbar〔ˌgɑhɑn'bɑr〕
Gaheris〔'gehɪrɪs〕
Gahets〔gɑ'ɛ〕(法)

Gahn〔gɑn〕加恩
Gahs〔gɑz〕
Gai〔gaɪ〕
Gaia〔'geə ; 'gaɪə〕
Gaiam〔'gaɪəm〕
Gaidaro〔'gaɪðɑrɔ(古希) ; 'gaɪdɑro(義)〕
Gaidheal〔gel〕
Gaidoz〔ge'do〕
Gaiety〔'geətɪ〕
Gaikwar〔'gaɪkwɑr〕
Gail〔gel ; gɑj(法)〕
Gailenreuther Höhle〔'gaɪlɛnrɔɪtə
'hɜlə〕(德)
Gaillac〔gɑ'jak〕(法) 「蓋拉德
Gaillard〔gɪl'jɑrd ; geləd ; gɑ'jɑr(法)〕
Gaillimh〔'gɔlɪv〕(愛)
Gaillon〔gɑ'jɔŋ〕(法)
Gainas〔'gaɪnəs〕
Gaines〔genz〕蓋恩斯
Gainesboro〔'genzbərə〕
Gainford〔'genfəd〕蓋恩福德
Gainesville〔'genzvɪl〕
Gainsborough〔'genzˌbɹo;- bərə〕根茲博羅
(Thomas, 1727-1788, 英國畫家)
Gainsbrugh〔'genzbrʌg〕根茲博勒
Gairdner, Lake〔'gɛrdnə;'gɑrdnə〕格德納
湖(澳洲)
Gair〔gɛr〕蓋爾
Gairloch〔'gɛrlak ; 'gɛrlɑh〕
Gais〔gaɪs〕
Gaisberg〔'gaɪzbəg〕
Gaiseric〔'gaɪzərɪk〕
Gaisford〔'gesfəd〕蓋斯福德
Gaisin〔'gaɪsɪn〕
Gaitán〔gaɪ'tɑn〕蓋坦
Gaither〔'geθə〕蓋瑟
Gaithersburg〔'geðəzbəg〕
Gaitskel〔'getskəl〕
Gaitskell〔'getskl〕蓋茨克(Hugh Todd
Naylor, 1906-1963, 英國經濟學家及政治家)
Gaius〔'gaɪəs〕蓋阿斯(二世紀時之羅馬法學家)
Gaj〔gaɪ〕
Gajac〔gɑ'ʒak〕
Gal〔gɑl〕(法)
Gál〔gɑl〕蓋爾
Gala〔'gɑlə;'gɑlɑ〕甘拉(四川)
Galabat〔'gæləbæt〕
Galacz〔'gɔlɔts〕(羅)
Galaganze〔ˌgɑlɑ'ganze〕
Galagina〔gə'lædʒɪnə〕
Galahad〔'gæləˌhæd〕加拉哈特(亞瑟王傳說
中之圓桌武士之一)

Galaha(u)lt〔'gæləhɔlt〕

Galaktionovich〔gʌlʌktjɪ'ɔnəvjɪtʃ〕（俄）

Galan〔'gelən〕

Galana〔gə'lɑnə〕

Galánta〔'gɔlɑntɔ〕

Galantha〔gɔ'lɑntɔ；gɑ'lɑntɑ〕

Galantere〔gæ'lɑntɪr〕

Galaor〔'gælɔr〕

Galápagos〔gə'lɑpə,gos〕加拉巴哥群島（太平洋）

Galapas〔'gæləpæs〕

Galashiels〔,gælə'ʃilz〕

Galata〔'gælətə〕

Galatea〔,gælə'tɪə〕

Galatée〔gɑlɑ'te〕（法）

Galathe〔'gæləθɪ〕

Galaţi〔gɑ'lɑtsɪ〕加拉齊（羅馬尼亞）

Galatia〔gə'leʃjə；gə'leʃɪə〕加拉太（小亞細亞）

Galatina〔,gɑlɑ'tinɑ〕

Galatz〔'gɑlɑts〕

Galaup〔gɑ'lo〕（法）

Galax〔'gelæks〕

Galaxias〔gə'læksɪəs〕

Galba〔'gælbə〕蓋爾巴（Servius Sulpicius, 5B.C.?-A.D. 69, 於68-69爲羅馬皇帝）

Galbert〔gɑl'bɛr〕（法）

Galbraith〔gæl'breθ〕蓋伯瑞斯（John Kenneth, 1908-, 美經濟學家, 外交家）

Galdar〔gɑl'dɑr〕

Galdhøpiggen〔'gɑlhə,pɪgən〕（挪）

Galdhöpiggen〔'gɑlhə,pɪgən〕加赫皮根山（挪威）

Galdikas〔gɑl'dikɑs〕

Galdós〔gɑl'dos〕

Gale〔gel〕

Galeazzo〔,gɑle'ɑttso〕（義）

Galecki〔gɑ'lɛtskɪ〕（波）

Galekaland〔gə'lekələnd〕

Galela〔gɑ'lelɑ〕

Galen〔'gelɪn〕伽林（130?-?200, 古希臘醫生及作家）

Galena〔gə'linə〕

Galenstock〔'gɑlənʃ,tɔk〕

Galeotto〔gælɪ'ɑto〕

Galera〔gə'lɪrə〕

Galeria〔gə'lɪrə〕

Galerie du Palais〔gɑl'ri dju pɑ'lɛ〕（法）

Galerius〔gə'lɪrɪəs〕伽勒利（羅馬皇帝, 在位期間305-311）

Gales〔gelz〕

Galesburg〔'gelzbəg〕

Galeswintha〔,gælɪs'wɪnθə〕

Galeton〔'geltən〕

Galgacus〔'gælgəkəs〕

Galgario〔gɑl'gɑrjo〕

Galgócz〔'gɑlgots〕（匈）

Gali〔'gɑli〕

Galia〔'gɑljɑ〕

Galiani〔gɑl'jɑnɪ〕

Galibi〔'gɑlibi；gɑ'libɪ〕

Galich〔'gɑlɪtʃ〕

Galicia〔gə'lɪʃ(ɪ)ə〕加里西亞（波蘭；蘇聯）

Galicja〔gɑ'litsjɑ〕

Galignani〔,gɑlɪn'jɑnɪ〕（義）

Galikwe〔gɑ'likwe〕

Galilee〔'gælɪli〕加里利（以色列）

Galilei〔,gɑlɪ'lei；,gælɪ'le〕

Galileo〔,gælɪ'leo〕伽利略（全名Galileo Galilei, 1564-1642, 義大利物理學家及天文學家）

Galimard〔gɑli'mɑr〕（法）

Galimberti〔,gɑlɪm'bɛrtɪ〕

Galin〔'gɑljɪn；gɑ'læŋ〕（法）

Galina〔gə'linə〕

Galinthias〔gə'lɪnθiəs〕

Galion〔'gælɪən；'gæljən〕

Galissard〔gɑli'sɑr〕（法）

Galitsiya〔gɑʌ'ljitsjɪə〕（俄）

Galitzin〔gʌ'ljitsɪn〕（俄）

Galizien〔gɑ'litsɪən〕

Gall〔gɔl；gɑl（德）〕高爾

Galla〔'gælə〕

Gallacher〔'gæləhə〕加拉赫

Gallaecia〔gə'liʃɪə〕

Gallagher〔'gæləhə；'gæləgə〕加拉格爾

Gallahue〔'gæləhu〕加拉休

Gallait〔gɑ'lɛ〕（法）

Gallaland〔'gælə,lænd〕

Galland〔gɑ'lɑŋ〕伽蘭（Antoine, 1646-1715, 法國東方問題專家及翻譯家）

Galla Placidia〔'gælə plə'sɪdɪə〕

Gallardo〔gɑl'jɑrdo〕

Gallas〔'gɑlɑs〕加拉斯

Gallas, Clam-〔,klɑm·'gɑlɑs〕

Gallatin〔'gælətɪn〕加勒廷（美國）

Gallaudet〔,gælə'dɛt〕

Galle〔'gɑlə；gɑl；gæl〕加爾（斯里蘭卡）

Galle, Point de〔'pɔɪnt də 'gɑl〕

Gallé〔gɑ'le〕（法）

Gallegher〔'gæləgə〕

Gallego〔gɑl'jego〕

Gallegos〔gɑ'jegos〕（西）

Gallegos Freire〔gɑ'jegos 'frere〕

Gallenga〔gɑl'lɛŋgɑ〕(義)
Gallén-Kallela〔gɑl'len‧'kɑllɛlɑ〕(芬)
Galletti〔gɑ'lɛtɪ〕
Galleyhead〔'gælɪhɛd〕
Galli〔'gælaɪ ; 'gɑllɪ(義)〕
Gallia〔'gælɪə ; 'gɑlljɑ(義)〕
Gallia Belgica〔'gælɪə 'bɛldʒɪkə〕
Gallia Cisalpina〔'gælɪə ,sɪsæl'paɪnə〕
Gallia Cispadana〔'gælɪə ,sɪspæ'denə〕
Gallia Lugdunensis〔'gælɪə ,lʌgdju-
  'nɛnsɪs〕
Gallian〔'gælɪən〕
Galliano〔gɑl'ljɑno〕
Galliard〔gɑ'ljɑrd〕
Gallic〔'gælɪk〕
Gallico〔'gælɪko〕加利科
Gallicum〔'gælɪkəm〕
Galli-Curci〔'gɑlɪ‧'kʊrtʃɪ ; 'gælɪ‧'kətʃɪ ;
  gɑllɪ‧'kurtʃɪ(義)〕
Gallicus〔'gælɪkəs〕
Gallien〔'gɑlɪən〕
Galliéni〔gɑlje'ni〕(法)
Gallienne, Le〔lə'gæljən〕
Gallienus〔,gælɪ'inəs〕伽利埃納(Publius
  Licinius Valerianus Egnatius, 死於 268,
  羅馬皇帝)
Gallifet〔gɑli'fɛ〕(法)
Gallim〔'gælɪm〕
Galli-Marie〔gɑli‧mɑ'rje〕(法)
Gallinas〔gɑl'linɑs ; gɑ'jinɑs(西)〕
Gallio〔'gælɪo〕迦流(亞該亞之方伯, 拒絕干
  涉宗教問題)
Gallions〔'gælɪənz〕
Gallipoli〔gə'lɪpəlɪ〕
Gallipolis〔,gæklɪpə'lis〕
Gallissard〔gɑli'sɑr〕(法)
Gallissonnière〔gɑlisɔ'njɛr〕(法)
Gallitzin〔gə'lɪtsɪn ; gæ'lɪtsɪn ;
  gɑ'ljitsɪn(俄)〕
Gallman〔'gɔlmən〕高爾曼
Gallo〔'gɑllo(義) ; 'gɑjo(西)〕
Gallon〔'gælən〕
Galloo〔'gælu〕
Gallo-Romance〔,gælo‧rə'mæns;-rom-〕
Galloway〔'gæləwe ; -luw-〕加羅韋(蘇格蘭)
Gallowglasses〔'gæləg,lɑrɛz〕
Gallo y Goyenechea〔'gɑjo ɪ ,gojene-
  'tʃeɑ〕(西)
Gallup〔'gæləp〕蓋洛普(George Horace,
  1901-1984, 美國統計學家)
Galluppi〔gɑl'luppɪ〕(義)
Gallups〔'gæləps〕

Gallus〔'gæləs ; 'gɑlʊs(德)〕
Gallwitz〔'gɑlvɪts〕
Galo〔'gɑlo〕
Galoenggoeng〔gɑ'lʊŋgʊŋ〕
Galofalo〔gɑ'lɔfɑlo〕
Galois〔gɑ'lwɑ〕伽洛瓦(Évariste, 1811-
  1832, 法國數學家)
Galoshio〔gə'loʃɪo〕
Galpin〔'gælpɪn〕加爾平
Galsham〔'gɑlsəm〕
Galston〔'gælstən〕高爾斯頓
Galsworthy〔'gɔlzwəðɪ〕高爾斯華綏(John,
  1867-1933, 英國小說家及劇作家)
Galt〔gɔlt〕❶高爾特(John, 1779-1839, 蘇
  格蘭小說家)❷果爾特(加拿大)
Galton〔'gɔltn〕高爾頓(Sir Francis, 1822
  -1911, 英國科學家)
Galtee〔'gɔltɪ〕
Galty〔'gɔltɪ〕
Galtymore〔,gɔltɪ'mɔr〕
Galuppi〔gɑ'luppɪ〕
Galusha〔gə'ljuʃə〕
Galva〔'gælvə〕
Galvanauskas〔,gɑlvɑ'nɑuskɑs〕
Galvani〔gæl'vɑnɪ〕伽凡尼(Luigi 或 Aloisio,
  1737-1798, 義大利醫生及物理學家)
Galvao〔gɑl'vɑo〕
Galvarino〔,gɑlvɑ'rino〕
Galveston〔'gælvɪstən〕加爾維斯敦(美國)
Galvestone〔'gælvɪstən〕
Gálvez〔'gɑlveθ(西) ; 'gɑlves(拉丁美)〕
Gálvez y Gallardo〔'gɑlveθ ɪ gɑ'ljɑrðo〕
  (西)
Galway〔'gɔlwe〕哥耳威(愛爾蘭)
Gam〔gæm〕
Gama〔'gɑmə〕伽馬(Vasco da, 1469?-
  1524, 葡萄牙航海家)
Gamage〔'gæmɪdʒ〕加米奇
Gamal〔gə'mɑl〕
Gamala〔'gæmələ〕
Gamaleya〔,gɑmɑ'lejə〕
Gamaliel〔gə'meljəl〕加梅利爾
Gamarra〔gɑ'mɑrɑ〕
Gamba〔'gɑmbɑ〕
Gambarelli〔,gɑmbɑ'rɛllɪ〕(義)
Gambe(i)la〔gæm'belə〕
Gambell〔'gæmbl〕
Gambetta〔gæm'bɛtə〕甘必大(Leon, 1838
  -1882, 法國律師及政治家)
Gambia〔'gæmbɪə〕❶甘比亞(西非)❷甘比亞
  河(西非)
Gambier〔'gæm,bɪr〕岡必爾羣島(法國)

Gamble〔'gæmbḷ〕甘布爾
Gamboa〔gæm'boa；gam'boa（西）〕
Gambrinus〔gæm'brainəs〕
Gamel(l)eira〔,gamə'leirə〕
Gamelin〔gam'læŋ〕（法）蓋米林
Gamelyn〔'gæmɪlɪn〕
Gamillscheg〔'gamɪlʃɛh〕（德）
Gamil-Sin〔'gamɪl·'sɪn〕
Gamjee〔'gæmdʒi〕
Gamka〔'gæmkə〕
Gamlakarleby〔'gamla'karlɛbju〕（瑞典）
Gammage〔'gæmɪdʒ〕甘米奇
Gammell〔'gæməl〕
Gammer Grethel〔'gæmə 'grɛtəl〕
Gammer Gurton〔'gæmə 'gɜtən〕
Gammon〔'gæmən〕甘蒙
Gamon〔'gemən〕蓋蒙
Gamoran〔'gæməræn〕
Gamow〔'gemau；'gemav〕蓋莫
Gamp〔gæmp〕
Gamti〔'gamti〕
Gamtoos〔gæm'tus〕
Gan〔gan〕
Gana〔'ganə〕
Ganale Dorya〔gə'nale 'dorja〕
Gananoque〔,gænə'nok〕
Ganapati〔,gana'pati〕
Gand〔gaŋ〕（法）
Ganda〔'ganda〕
Gandak〔'gʌndʌk〕（印）
Gandalin〔'gændəlɪn〕
Gandamak〔gəndə'mʌk〕
Gándara y Navarro〔'gandara ɪ na'varo〕
Gandarewa〔gan'darɛwa〕
Gandavo〔'gændəvo〕
Gander〔'gændə〕甘德（加拿大）
Gandercleugh〔'gændəklu；'gændəkluh〕
Gandersheim〔'gandəshaɪm〕
Gandhara〔gən'darə；gʌn'darə（印）〕
Gandhari〔gan'dari〕
Gandharva〔gæn'darvə〕
Gandhi〔'gændɪ〕❶甘地（Mohandas Karamchand,世稱Mahatma～, 1869-1948,印度民族獨立運動領袖）❷甘地夫人（Indira Nehru, 1917-1984,印度政治領袖）
Gandía〔gan'dia〕
Gando〔'gando〕
Gandolfo〔gan'dalfo〕
Gandzha〔'gandʒa〕
Ganelon〔'gænələn；gan'lɔŋ（法）〕
Ganesh〔gə'nɛʃ〕

Ganesha Datta Shastri〔gə'neʃə 'dʌtə 'ʃastri〕（印）
Ganev〔'ganɛf〕（保）
Gang〔gaŋ；gʌŋ〕甘
Ganga〔'gʌŋga〕（印）甘加
Gangadhar〔'gʌŋgədər〕
Gangadwara〔,gʌŋgəd'warə〕
Ganganelli〔,gaŋga'nɛlli〕
Ganga Singhji Bahadur〔'gʌŋga 'sɪŋhədʒi bə'hadur〕（印）
Gangel〔'gæŋgəl〕
Ganger〔'gæŋə〕甘杰
Ganges〔'gændʒiz〕恒河（印度）
Gangeticus Sinus〔gæn'dʒitɪkəs 'sainəs〕
Ganghofer〔'gaŋ,hofə〕
Gangi〔'gandʒi〕
Gangotri〔'gʌŋgotri〕（印）
Gangpur〔'gʌŋpur〕（印）
Gangtok〔'gʌŋtak〕干托（錫金）
Gani〔'gani〕
Ganis〔'gænɪs〕
Ganivet〔,ganɪ'vɛt〕
Ganja〔'gandʒa〕
Ganjam〔gan'dʒam〕
Gann〔gæn〕甘恩
Gannal〔ga'nal〕（法）
Gannaway〔'gænəwe〕
Ganne〔gan〕（法）
Ganneau〔ga'no〕
Gannel〔'gænl〕
Gannett Peak〔'gænət～〕干尼峯（美國）
Gannon〔'gænən〕甘農
Gannvalley〔gæn'vælɪ〕
Gano〔ga'no；'geno〕加諾
Ganoe〔'gæno〕
Ganongga〔gə'naŋgə〕
Gans〔gænz；gans（德）〕甘斯
Gänsbacher〔'gɛnsbahə〕（德）
Gansevoort〔'gænsvurt；'gænsvurt；'gænsvɔrt〕
Gansfort〔'gansfət〕
Gans Martinez〔gans ma'tines〕（拉丁美）
Ganson〔'gænsn〕
Gant〔gænt〕甘特
Gantt〔gænt〕
Ganymede〔'gænɪ,mid〕❶【希臘神話】Zeus帶去爲衆神司酒的美少年❷木星最大的衞星
Ganymedes〔,gænɪ'midiz〕
Ganz〔gants〕甘茲
Gao〔ga'o〕高縣（四川）
Gaolers〔'dʒeləz〕
Gaon〔'gaon；ga'on〕

Gapon〔gʌ'pɔn〕(俄)
Gara〔'gærə〕加拉
Garabit〔gɑrɑ'bi〕(法)
Garaet-Achkel〔gə'rɑət·'æʃkɛl〕
Garagantua〔gɑrə'gæntjuə〕
Gara Gorfu〔'gɑrɑ gɔ'fu〕
Garakayo〔,gɑrɑ'kɑjo〕
Garamantes〔gærə'mæntiz〕
Garam〔'gɑrɑm〕(匈)
Garamond〔'gærəmɑnd ; gɑrɑ'mɔŋ(法)〕
Garamont〔'gærəmɑnt〕
Garand〔'gærənd〕伽蘭德(John Cantius,
   1888-1974, 生於加拿大之美國發明家)
Garashanin〔,gɑrɑ'ʃɑnin〕
Garat〔gɑ'rɑ〕(法)
Garay〔gɑ'rɑ·ɪ(西) ; 'gɑrɑji(匈)〕
Garaycoechea〔,gɑrɑɪko·ɛ'tʃe·ɑ〕
Garbe〔'gɑrbə〕加布
Garbee〔gɑr'bi〕加爾比
Garber〔'gɑrbə〕加伯
Garbett〔'gɑrbɪt ; 'gɑrbɛt〕
Garbieh〔gɑr'bijə ; gʌr'bijæ(阿拉伯)〕
Garbo〔'gɑrbo〕嘉寶(Greta, 1906—, 出生
   於瑞典的美國女明星)
Garborg〔'gɑrbɔrg〕
Garbutt〔'gɑrbət〕
Garceau〔gɑr'so〕
Garcia〔'gɑrʃjə; gɑrʃɪə ; 'gɑrsjə(葡)〕
García〔gɑr'θiɑ(西) ; gɑr'siɑ(拉丁美)〕
García Calderòn〔gɑr'siɑ ,kɑlde'ron〕
   (拉丁美)
García de Palacio〔gɑr'θiɑ ðe
   pe'lɑθjo〕(西)
García Gutiérrez〔gɑr'θiɑ gu'tjɛrreθ〕
   (西)
García Lorca〔gɑr'θiɑ 'lɔrkɑ〕(西)
García Pelaez〔gɑr'siɑ pe'lɑes〕(拉丁美)
Garcías〔gɑr'θiɑs〕(西)
García Sarmiento〔gɑr'siɑ sɑr'mjɛnto〕
   (拉丁美)
Garci-Crespo〔'gɑrsɪ·'krespo〕
Garcilaso〔,gɑrsi'lɑso〕
Garcin〔gɑr'sæŋ〕(法)
Gard〔gɑrd ; gɑr(法)〕加德
Garda〔'gɑrdɑ〕加爾達(義大利)
Gard, Du〔djʊ 'gɑr〕(法)
Gardafui〔,gɑrdəf'wi〕
Gardaia〔gɑr'dɑjə〕
Garde Joyeuse, La〔lɑ gɑrd ʒwɑ'jəz〕
   (法)
Gardelegen〔'gɑrdəlegən〕
Garden〔'gɑrdn̩〕加登

Gardena〔gɑr'dinə〕
Gardena, Val di〔'vɑl dɪ gɑr'denɑ〕
Gardener〔'gɑrdnə〕加德納
Gardie〔'gɑrdi〕
Gardin〔'gɑrdɪn〕
Gardinas〔gɑr'dɪnɑs〕
Gard(i)ner〔'gɑrdnə〕伽德納(Samuel
   Rawson, 1829-1902, 英國歷史學者)
Gardiners〔'gɑrdnəz〕
Gardoni〔gɑr'doni〕
Gárdonyi〔'gɑrdonji〕
Gardthausen〔'gɑrt,hɑʊzən〕
Gare〔gɛr〕
Garenganze〔'gærəngɑnz〕
Garenne-Colombes〔gɑ'rɛn·kɔ'lɔŋb〕(法)
Garesché〔'gærɪʃe〕
Garet〔'gærət〕加雷特
Gareth〔'gærɪθ〕加雷思
Garey〔'gɛrɪ〕加里
Garfield〔'gɑr,fild〕伽菲爾德(James
   Abram, 1831-1881)
Garforth〔'gɑrfɔrθ ; 'gɑrfəθ〕
Gargamelle〔gɑrgɑ'mɛl〕(法)
Gargano〔gɑr'gɑno〕加格諾
Gargantua〔gɑr'gæntʃuə〕法國小說
   Gargantua 與 Pantagruel 中之巨人王
Garganus Mons〔gɑr'genəs 'mɑnz〕
Garganwahgah〔,gɑrgən'wɑgɑ〕
Gargaphia〔gɑr'gefiə〕
Gargaron〔'gɑrgərɑn〕
Gargery〔'gɑrdʒərɪ〕
Gargrave〔'gɑrgrev〕加格雷夫
Garhwal〔gʌr'wɑl〕(印)
Gari〔'gɛrɪ〕加里
Garian〔gʌr'jæn〕(阿拉伯)
Garibaldi〔,gærɪ'bɔldɪ〕加里波的(Giuseppe,
   1807-1882, 義大利愛國者及將軍)
Gariboldi〔,gærɪ'bɔldɪ ; ,gɑrɪ'bɔldɪ〕
Garigliano〔,gɑrɪl'jɑno〕(義)
Garin〔'gɑrɪn ; 'gærɪn〕加林
Garioch〔'gærɪɑk ; 'gærɪɑh(蘇)〕
Garis〔'gærɪs〕加里斯
Garland〔'gɑrlənd〕加蘭
Garlanda〔gɑr'lɑndɑ〕
Garlick〔'gɑrlɪk〕
Garmail〔,gɑrmɑ'il〕
Garman〔'gɑrmən〕加曼
Garmisch-Partenkirchen〔'gɑrmɪʃ
   ,pɑrtən'kɪrhən〕(德)
Garmo, De〔də 'gɑrmo〕
Garmo Peak〔gɑr'mo〕
Garmoyle〔gɑr'mɔɪl〕加莫伊爾

Garneau〔gɑr'no〕（法）

Garner〔'gɑrnə〕伽納（John Nance, 1868
  –1967, 美國從政者）

Garnerin〔gɑrnə'ræn〕（法）

Garnet(t)〔'gɑrnɪt〕加尼特

Garnham〔'gɑrnəm〕

Garnier〔gɑr'nje〕（法）加尼爾

Garnier-Pagès〔gɑr'nje·pɑ'ʒɛs〕（法）

Garnsey〔'gɑrnzɪ〕

Garofalo〔gɑ'rɔfɑlo〕

Garonne〔gə'rɑn〕❶加倫河（法國）❷加龍
  低地（法國）

Garonne, Haute-〔ot·gɑ'rɔn〕（法）

Garoza〔gɑ'roθɑ〕（西）

Garrard〔'gærəd〕加勒德

Garrat〔'gærət〕加勒特

Garratt〔'gærət〕加勒特

Garraud〔gɑ'ro〕（法）

Garraway〔'gærəwe〕

Garre〔gɑr〕（法）

Garreau〔gæ'ro〕

Garretson〔'gærət·sən〕

Garret(t)〔'gærət ; 'gærɪt〕加勒特

Garrettson〔'gærət·sən〕

Garrettsville〔'gærɪtsvɪl〕

Garrick〔'gærɪk〕加立克（David, 1717–
  1779, 英國演員、劇場經理及劇作家）

Garriga〔gɑ'rrigɑ〕

Garrigue〔gə'rig〕加里格斯

Garrigues〔'gærigjuz〕

Garrison〔'gærɪsn̩〕加羅

Garro〔'gɑro〕

Garrod〔'gærəd〕加羅德

Garros〔gɑ'rɔs〕加羅斯（Roland, 1888–
  1918, 法國飛行家）

Garro(u)ld〔'gærəld〕

Garrott〔'gærət〕加羅特

Garrotteurs〔gɑrɔ'tɜr〕（法）

Garroway〔'gærəwe〕加羅爲

Garrulous〔'gærələs〕

Garry〔'gærɪ〕加里

Garrould〔'gærəld〕

Garson〔'gɑrsn̩〕加森

Garstang〔'gɑrstæŋ〕

Gartenlaube〔'gɑrtənlaubə〕

Garter〔'gɑrtə〕

Garth〔gɑrθ〕加思

Gärtner〔'gɛrtnə〕加特納

Gartok〔'gɑrtɑk〕

Garuda〔'gærudə〕

Garumna〔gə'rʌmnə〕

Garut〔'gɑrut〕

Garv〔gɑrv〕加夫

Garvagh〔'gɑrvə〕加瓦

Garvan〔'gɑrvən〕加文

Garve〔'gɑrvə〕

Garvelloch〔gɑr'vɛləh〕（蘇）

Garver〔'gɑrvə〕加弗

Garvey〔'gɑrvɪ〕加維

Garvice〔'gɑrvɪs〕

Garvin〔'gɑrvɪn〕加文

Garwood〔'gɑrwud〕加伍德

Gary〔'gɛrɪ〕❶噶里（Elbert Henry, 1846–
  1927, 美國律師及實業家❷蓋瑞（美國）

Garza〔'gɑrzə〕加薩扎

Garzón〔gɑr'son〕（拉丁美）

Gasão〔gɑ'saʊŋ〕（葡）

Gasca〔'gɑskɑ〕

Gas〔gæs〕

Gascogne〔gɑ'skɔnj〕（法）

Gascoigne〔'gæskɔɪn〕蓋斯柯恩（George,
  1525 ?– 1577, 英國詩人）

Gascoin(e)〔'gæskɔɪn〕

Gascon〔'gæskən〕法國 Gascony 人（以好吹噓
  聞名）

Gasconade〔ˌgæskə'ned〕

Gascony〔'gæskənɪ〕卡斯肯尼區（法國）

Gascoyne〔'gæskɔɪn〕加斯科因河（澳洲）

Gascoyne-Cecil〔'gæskɔɪn·'sɛsɪl〕

Gaselee〔'gezlɪ〕

Gash〔gæʃ〕加什

Gasherbrum〔'gʌʃə,brʊm〕加歇布龍山（印度）

Gashiun Nor〔'gaʃjun 'nɔr〕

Gaskell〔'gæskəl〕蓋斯凱爾（Elizabeth
  Cleghorn, 1810–1865, 英國女小說家）

Gaskin〔'gæskɪn〕加斯金

Gasmata〔gæz'mɑtə〕

Gaspar〔'gæspə;'gæspɑr（拉丁）; gəʃ'pɑr
  （葡）; gəs'pɑr（巴西）; gɑs'pɑr（西）〕
  加斯帕

Gaspard〔'gæspɑrd ; gɑs'pɑr（荷）; gɑ'spɑr
  （法）〕加斯帕德

Gaspard-Poussin〔gɑ'spɑr·pu'sæn〕（法）

Gasparilla〔ˌgæspə'rɪlə〕

Gasparin〔gɑspɑ'ræn〕（法）

Gasparo〔'gɑspɑro〕

Gasparri〔gɑs'pɑri〕

Gaspar〔'gæspə〕

Gaspe〔'gæspɪ〕

Gaspé〔gæs'pe ; gɑ'spe（法）〕

Gasperi〔'gɑsperi ; gɑs'pɛrɪ〕

Gaspesian〔gæs'piʒən〕

Gasquet〔gæs'ke ; gɑs'kɛ（法）〕

Gass〔gɑs〕加斯

Gassaway〔'gæsəwe〕加薩爲

Gassend〔ga'sæn〕（法）

Gassendi〔gasæŋ'di〕（法）

Gasser〔'gæsə〕蓋塞（Herbert Spencer,
1888－1963，美國生理學家）

Gasset〔ga'sɛt〕

Gassett〔'gæsɪt〕加西特

Gassion〔ga'sjɔŋ〕（法）

Gassner〔'gasnə〕加斯納

Gasteiner Ache〔gas'taınə,ɑhə〕（德）

Gaster〔'gastə〕

Gasteren〔'gastərən〕

Gastineau〔'gæstɪno〕

Gaston〔'gæstən；ga'stɔŋ（法）〕加斯頓

Gastone〔gas'tone〕

Gastonia〔gas'tonɪə〕

Gastrolaters〔gæstrə'letəz〕

Gaszyński〔ga'ʃɪmjskɪ〕（波）

Gat〔gat〕（阿拉伯）

Gata〔'gatə；'gata（西）〕

Gatacre〔'gætəkə〕加塔克

Gatchina〔'gattʃɪnə〕（俄）

Gate City〔get〕

Gatenby〔'getnbɪ〕蓋滕比

Gater〔'getə〕

Gates〔gets〕蓋茨

Gateshead〔'gets,hɛd〕加茲海得（英格蘭）

Gatesville〔'getsvɪl〕

Gath〔gæθ〕

Gatha〔'gata；'gaθa〕

Gathorne〔'geθɔrn〕蓋索恩

Gathorne-Hardy〔'geθɔrn·'hardɪ〕

Gathrimmon〔gæθ'rɪmən〕

Gâtinais〔gati'nɛ〕（法）

Gatineau〔'gætɪno〕

Gâtinois〔gati'nwa〕（法）

Gatley〔'gætlɪ〕

Gatling gun〔'gætlɪŋ~〕格林式機關鎗

Gatooma〔gə'tumə〕

Gatsby〔'gætsbɪ〕

Gatschet〔'gætʃɪt〕

Gattam〔gat'tam〕

Gattamelata〔,gattame'lata〕（法）

Gatterer〔'gatərə〕

Gatti〔'gætɪ；'gattɪ（義）〕加蒂

Gatti-Casazza〔'gattɪ ka'zattsa〕

Gatty〔'gætɪ〕

Gatukai〔,gatu'ka·ɪ〕

Gatun〔ga'tun〕

Gatuncillo〔,gatun'sijo〕（西）

Gatwick〔'gætwɪk〕

Gaua〔gauə〕

Gaubert〔'gobɛr〕

Gaubil〔go'bil〕

Gaucelme〔,go'sɛlmə〕

Gauches〔goʃ〕

Gaucho〔'gautʃo〕高楚人；高楚牧人（南美）

Gaudeamus Igitur〔,gaudeʹaməs 'ɪgɪtur〕

Gauden〔'gɔdn〕

Gaudens〔'gɔdnz〕

Gaudenz〔'gaudənts〕

Goudenzio〔gau'dɛntsjo〕

Gaudichaud-Beaupré〔godiʹʃo·boʹpre〕（法）

Gaudier-Brzeska〔goʹdje·bʒɛsʹka〕（法）

Gaudin〔go'dæŋ〕（法）

Gaudry〔go'dri〕

Gauermann〔'gauəman〕

Gaugamela〔,gɔgəʹmilə〕

Gauguin〔,go'gæŋ〕高更（（Eugene Henri）
Paul, 1848－1903, 法國畫家）

Gauhati〔gau'hatɪ〕

Gauja〔'gaujə〕

Gaul〔gɔl〕❶高盧（歐洲古國）❷用（Celtic語
的）高盧人；法國人

Gaulanitis〔,gɔlə'naıtıs〕

Gaule〔gol〕

Gauleiter〔'gaulaıtə〕

Gauley〔'gɔlɪ〕

Gaulish〔'gɔlɪʃ〕古高盧之語言

Gaulle〔gol〕高爾

Gaulle, de〔də 'gol〕

Gaulli〔'gaullɪ〕（義）

Gaullist〔'gɔlɪst〕❶戴高樂之支持者❷第二次
大戰期間在納粹占領下從事反抗運動的法國人

Gaulonitis〔,gɔlə'naıtıs〕

Gaulos〔'gɔləs〕

Gauls〔gɔlz〕

Gault〔gɔlt〕高爾特

Gaultier〔,goti'e；go'tje（法）〕

Gaultree〔'gɔltri〕

Gaulus〔'gɔləs〕

Gaumata〔gau'mata〕

Gaumont〔'gomant；go'mɔŋ（法）〕

Gaunt〔gɔnt〕岡特

Gauntlet〔'gɔntlıt〕

Gauntlett〔'gɔntlıt〕岡特利特

Gaur〔gaur；gɔr〕

Gauri Sankar〔,gauri 'sʌŋkə〕（印）

Gaurisankar〔'gauri'sʌŋkə〕

Gaurus〔'gɔrəs〕

Gaus〔gɔs〕高斯

Gauso Azul〔'gauso a'sul〕

Gauss〔gaus〕高斯（Karl Friedrich, 1777－
1855, 德國數學家及天文學家）

Gaussberg〔'gaʊsbəg〕

Gaussen〔go'saŋ〕（法）高森

Gausta〔'gaʊsta〕

Gautae〔'gɔti〕

Gautama〔'gaʊtəmə〕喬答摩（釋迦牟尼，
  563 ? - ? 483 B.C.，印度哲學家，佛教創
  始者）

Gauti〔'gɔtaɪ〕

Gautier〔go'tje〕（法）

Gautier d'Arras〔go'tje da'ras〕（法）

Gautier sans avoir〔go'tje saŋ
  za'vwar〕（法）

Gautsch〔gaʊtʃ〕

Gauya〔'gaʊja〕

Gavam〔ka'wam〕

Gavan〔'gævən〕

Gavarni〔gavar'ni〕（法）

Gavarnie〔gavar'ni〕（法）

Gavazzi〔ga'vattsɪ〕（義）加瓦齊

Gavčos〔'gavðɔs〕（古希）

Gave de Pau〔gav də 'po〕（法）

Gavegan〔'gævɪgən〕

Gaver〔'gevə〕蓋弗

Gaveston〔'gævɪstən〕

Gavey〔'gevɪ〕加維

Gavin〔'gævɪn〕加文

Gavin Dishart〔'gævɪn 'dɪʃət〕

Gaviniès〔gavi'njes〕（法）

Gavius〔'gevɪəs〕

Gävle〔'jevlə〕（瑞典）耶夫勒

Gävleborg〔'jevlə,bɔrj〕（瑞典）

Gavriil〔gʌvrjɪ'il〕（俄）

Gavrilo〔gav'rilo〕

Gavrilovic〔gav'rilovɪtʃ〕

Gavrilovi(t)ch〔gʌv'rjilʌvjɪtʃ〕（俄）

Gavroche〔gav'rɔʃ〕（法）

Gavutu〔gə'vutu〕

Gavre〔'gavə〕

Gawain〔'gawen〕【亞瑟王傳說】加文（圓
  桌武士之一）

Gawaine〔gə'wen〕加爲恩

Gawayne〔'gawen〕

Gawin〔'gawɪn ; 'gaən〕

Gawith〔'gewɪθ ; 'gaʊ·ɪθ〕

Gawd-i-Zirreh〔'gɔd·i·'zɪrə〕

Gawler〔'gɔlə〕

Gawsey〔'gɔzɪ ; 'gɔsɪ〕

Gaxton〔'gækstən〕

Gay〔ge〕蓋伊（John, 1685 - 1732，英國詩人
  及劇作家）

Gaya〔gə'ja ; 'gɑjə ; 'gaɪə ; 'gɑjɑ〕加雅
  （印度）

Gaya Maretan〔'gɑja 'marɛtan〕

Gayangos y Arce〔gɑ'jaŋgos ɪ ,arθe〕
  （西）

Gayarré〔gɑja're（法）; gɑ'jare（西）〕

Gayatri〔'gɑjətri〕

Gayda〔'gɑ·ɪda;'gaɪda〕

Gay-Dombeys〔'ge·'dɑmbɪz〕

Gayer〔'geə〕蓋爾

Gayless〔'gelɪs〕

Gayley〔'gelɪ〕

Gaylord〔'gelɔrd〕蓋洛德

Gay-Lussac〔'ge·lju'sak〕蓋魯撒克（Joseph
  Louis, 1778 - 1850，法國化學家及物理學家）

Gaymar〔'gemɑr〕

Gaynham〔'genəm〕

Gaynor〔'genə〕蓋納

Gayomaretan〔,gɑjo'marɛtan〕

Gayomart〔,gɑjo'mart〕

Gay-Pay-Oo〔'ge·'pe·'u〕格別烏（1922 -
  35 年間蘇聯之特務組織）

Gay Saber〔'gaɪ sɑ'bɛr〕

Gayumart〔,gɑju'mart〕

Gaza〔'gɑzə ; 'gezə〕加薩（埃及）

Gazaca〔'gæzəkə〕

Gazaland〔'gazələænd〕

Gazali〔gɑ'zalɪ〕

Gazelle〔gə'zɛl〕

Gazes〔gɑ'zis〕

Gazette〔gə'zɛt〕

Gazi Antep〔,gazɪ ɑn'tɛp〕

Gaziantep〔,gazɪɑn'tɛp〕加然得普（土耳其）

Gazin〔'gezn〕蓋曾

Gazna〔'gaznɑ〕

Gazza Ladra〔'gaddza 'labra〕

Gazzaniga〔,gɑttsa'niga〕（義）加扎尼加

Gbande〔gə'bande〕

Gbasa〔gə'basa〕

Gbaya〔gə'baja〕

Gbe〔gə'be〕

Gbunde〔gə'bundɛ〕

Gcaleka〔gɑ'leka〕

Gdańsk〔g'danjsk〕（波）格但斯克

Gdingen〔'gdɪŋən〕

Gdynia〔gə'dɪnjə〕格地尼亞港（波蘭）

Ge〔dʒi ; ʒe〕

Gē〔dʒi〕

Geall〔gil〕

Géant, Aiguille du〔egjʊ'ij dju ʒe'aŋ〕
  （法）

Geare〔gɪr〕

Geary〔'gɪərɪ〕吉爾星

Geatas〔'ʒeatas〕

Geating〔'getɪŋ〕吉廷
Geauga〔dʒɪ'ɔgə〕
Geaussent〔'ʒosəŋ〕
Geb〔gɛb〕
Geba〔'gɛbə〕
Gebaert〔gə'bɑrt〕
Gebala〔he'vɑlə〕（西）
Gebauer〔'gɛbɑʊə〕
Gebel Aulia〔'dʒɛbəl 'ɑʊlɪə〕
Gébelin〔ge'blæŋ〕（法）
Gebel〔'dʒɛbəl ; 'gæbæl（阿拉伯）〕
Geber〔'dʒibə〕
Gebhard〔'gɛphɑrt〕（德）格布哈特
Gebhardt〔'gɛphɑrt〕（德）格布哈特
Gebhart〔ge'bɑr〕（法）
Gebir〔'gebɪr〕
Gebler〔'gɛblə〕
Gebweiler〔'gɛpvɑɪlə〕
Gebweiler Belchen〔'gɛpvɑɪlə 'bɛlhən〕
Ged〔gɛd〕   「（德）
Gedalge〔ʒə'dɑlʒ〕（法）
Gédalge〔ʒe'dɑlʒ〕（法）
Gedaliah〔gɛdə'lɑɪə〕
Gedaref〔gə'dɑrəf〕
Gedda〔'dʒɛdə ; 'jɛdə（瑞典）〕杰達
Geddes〔'gɛdɪs〕格廸斯
Geddington〔'gɛdɪŋtən〕
Gede(h)〔'gɛdə〕
Gedeon〔'gɛdɪən〕
Gedike〔'gɛdɪkə〕
Gediminas〔,gɛdɪ'mɪnɑs〕
Gediz〔gɛ'diz〕
Gedney〔'gɛdnɪ〕格德尼
Gedon〔'gɛdən〕
Gedrosia〔dʒɪ'droʒɪə〕
Gedye〔'gɛdɪ〕格廸
Gedymin〔ge'dɪmin〕
Gee〔gi〕吉
Geechee〔'gitʃi〕
Geefs〔hefs〕（法蘭德斯）
Geel〔hel〕（法蘭德斯）
Geelong〔'dʒɪlɔŋ〕季郎（澳洲）
                                  「尼
Geelvink Bay〔'helvɪŋk~〕赫耳文灣（印
Geer〔her（荷）; jer（瑞典）〕
Geeraardsbergen〔'herɑrtsbɛrhən〕
Geering〔'gɪrɪŋ〕   （法蘭德斯）
Geerarts〔'gerɑrts ; 'he-（法蘭德斯）〕
Geerhardus〔ger'hɑrdəs〕
Geerken〔'gɪrkən〕
Geertgen〔'gertgən〕
Geert〔gert〕
Geertruida〔ger'trɔɪdə〕

Geerts〔'gerts ; 'herts（法蘭德斯）〕
Geeson〔'dʒisn〕
Geestemünde〔,gestəm'jundə〕
Geez〔giz〕
Geffcken〔'gɛfkən〕
Geffrard〔ʒɛ'frɑr〕（法）
Geffrey〔'dʒɛfrɪ〕
Geffroy〔ʒɛf'rwɑ〕（法）
Gefjon〔'gevjɑn〕
Gefle〔'jevlə〕（瑞典）
Gefleborg〔'jevlə,borj〕（瑞典）
Gegania〔dʒɪ'genɪə〕
Gegenbaur〔'gegənbaur〕
Gegenschein〔'gegənʃaɪn〕
Gegg〔gɛg〕
Gegs〔gɛgz〕
Gehan〔'gihən〕吉亨   「- 'hɑzi〕
Gehazi〔gɪ'hezɑɪ ; gɛh- ; gəh- ; -'hezɪ ;
Gehenna〔gɪ'hɛnə ; gəh-〕【聖經】Jerusalem
     附近之 Hinnom 谷
Gehlke〔'gɛlkɪ〕格爾基
Gehman〔'gemən〕格曼
Gehrcke〔'gerkə〕
Gehrig〔'gerɪg〕
Gehrkens〔'gɜkɪnz〕格爾肯斯
Geibel〔'gaɪbəl〕
Geier〔'gaɪə〕
Geierstein〔'gaɪəstaɪn ; 'gaɪəʃtaɪn（德）〕
Geiger〔'gaɪgə〕蓋格爾（Hans, 1882－1947,
     德國物理學家）
Geijer〔'jejə〕（瑞典）   「（瑞典）〕
Geijerstam〔'jejə,ʃtam（挪）; 'jejəstam
Geikie〔'gɪki〕格基（Sir Archibald, 1835－
     1924, 蘇格蘭地質學家）
Geilamir〔'gaɪləmir〕
Geiler von Kaisersberg〔'gaɪlə fɔn
     'kaɪzəsbɛrk〕
Geilinger〔'gaɪlɪŋə〕
Geilling〔'gaɪlɪŋ〕
Geinitz〔'gaɪnɪts〕
Geise〔gaɪs〕
Geisel〔'gaɪzl〕蓋澤
Geisen, Van〔væn 'gizn〕
Geisenheim〔'gaɪzənhaɪm〕
Geisler〔'gaɪslə〕蓋斯勒
Geissel〔'gaɪsəl〕
Geissler〔'gaɪslə〕蓋斯勒
Geist〔gaɪst〕【德】精神，時代精神
Geistingen〔'gaɪstɪŋən〕
Geistweit〔'gaɪstwaɪt〕蓋斯特爲特
Geitel〔'gaɪtəl〕
Geitner〔'gaɪtnə〕

Gela ['dʒela]
Gelasio [dʒeˈlazjo]
Gelasius [dʒɪˈleʃəs]
Gelbach ['gɛlbɑ] 蓋爾博
Gelder ['gɛldə;'hɛldə（荷）] 黑爾德
Gelderland ['gɛldələnd;-lænd;'hɛldə'lɑnt]
Gelders ['gɛldəz]   └（荷）」
Geldner ['gɛldnə]
Geldrop ['hɛldrɔp]（荷）
Gelée [ʒəˈle]
Geleen [həˈlen]（荷）
Gelert ['gilət]
Gelett [dʒəˈlɛt] 吉利特
Gelibolu [,gɛlɪboˈlu]
Gelidonya [,gɛlɪˈdɔnjə]
Gelidonya Burun [,gɛlɪdɔnˈja bᵾˈrun]
Gelimer ['gɛlɪmə]
Galipoli [gəˈlɪpəlɪ]
Gell [gɛl] 蓋爾
Gellan ['gɛlən]
Gellatl(e)y ['gɛlətlɪ] 格蘭特利
Gellée [ʒeˈle]
Geller ['gɛlə] 蓋勒
Gellert ['gɛlət]
Gelles ['gɛlɪs]
Gellhorn ['gɛlhɔrn]
Gelli ['dʒɛlɪ]
Gellibrand ['gɛlɪbrænd]
Gelligaer [,gɛlɪˈgaɪr;,gɛhlɪ-（威）]
Gellius ['dʒɛlɪəs]
Gellygaer [,gɛlɪˈgaɪr;,gɛhlɪ-（威）]
Gellone [ʒeˈlɔn]
Gelo ['dʒilo]
Gelon ['dʒilən]
Gelonus [dʒəˈlɔnəs]   「肯(德國)」
Gelsenkirchen [,gɛlzənˈkɪrhən] 蓋森克
Gelves ['hɛlves]（西）
Gelzer ['gɛltsə] 蓋爾澤
Gem [dʒɛm]
Gemara [gɛˈmɑrə;gɪˈmɔrɑ] 猶太教的經典 Talmud 中的註釋篇
Gemella [dʒɪˈmɛlə]
Gémier [ʒeˈmje]（法）
Gemilas Chasodim [gəˈmiləs hɑˈsʌdim]
Gemini ['dʒɛmɪnɪ]【天文】雙子座;雙子宮
Geminiani [,dʒemɪnˈjɑnɪ]
Gemistus ['dʒɛmɪstəs]
Gemlik [gem'lik]
Gemma ['dʒɛmə;'dʒɛmmɑ（義）]
Gemmell ['gɛml] 格默爾
Gemmi ['gɛmɪ] 格米爾
Gemmill ['gɛmɪl]

Gemünder [gəˈmjᵾndə]
Gena ['dʒinə] 吉納
Genadiev [gɛˈnadjɛf]（保）
Genala [dʒeˈnɑlɑ]
Gen(e)k [hɛŋk]（荷）
Gendebien [ʒɑndˈbjæŋ]（法）
Gendringen ['hɛndrɪŋən]（荷）
Gendron [ʒɑŋˈdrɔŋ]（法）
Gene [dʒin] 吉恩
Genée [ʒəˈne（德）;ʃɪˈni(丹）] 吉尼
Genée-Isitt [ʃɪˈni-ˈɪzɪt](丹)
Geneen [dʒɛˈnin] 吉寧
Genelli [dʒeˈnɛlɪ]   「（西）
General Alvarado [,heneˈral ,alvaˈraðo]
General Belgrano [,hɛneˈral vɛlˈgrano]（西）
General J.F. Uriburu ['dʒɛnərəl dʒe ɛf ᵾrɪˈburu;,heneˈral ˈhota efe ,urɪˈvuru（西）]
Generalitat [dʒeneraliˈtat]   「（西）
General Machado [,heneˈral maˈtʃaðo]
Generoso [,dʒeneˈrozo]
Gênes [ʒɛn]（法）
Genesee [,dʒɛnɪˈsi]
Geneseo [,dʒɛnɪˈsio]
Genesius [dʒɪˈnisjəs;dʒɛn-;dʒən-;-sɪəs]
Genest [dʒɪˈnɛst]
Genesta [dʒɪˈnɛstə]
Genêt [ʒəˈnɛ]（法）
Genetyllis [,dʒɛnɪˈtɪlɪs]
Geneva [dʒɪˈnivə] 日內瓦（瑞士）
Genève [ʒəˈnɛv]（法）
Genevese [,dʒɛnəˈviz]
Genevieve [,dʒɛnəˈviv] 吉納維夫
Geneviève [,ʒɛnvɪˈev;ʒənˈvjɛv（法）]
Genevoix [ʒənˈvwa]（法）
Genèvre,Col de [kɔl dɛ ʒəˈnɛvə]（法）
Genf [gɛnf]
Genfer See ['gɛnfə ze]
Genga ['dʒɛngɑ]
Genga, della [,dela 'dʒɛngɑ]
Gengenbach ['geŋənbɑh]（德）
Gengerelli [,dʒendʒəˈrɛlɪ] 金杰雷利
Genghis Khan ['dʒɛŋgɪz 'kɑn;'dʒɛŋgɪz 'kɑn] 成吉思汗（1162－1227, 中國元太祖）
Genil [he'nil]（西）
Génissiat [ʒeniˈsja]（法）
Genitsa [,jɛnjɪtˈsa]
Genk [hɛŋk]（法蘭德斯）
Genlis [ʒɑŋˈlis]（法）
Gennadius [dʒəˈnedɪəs]
Gennargentu [dʒennarˈdʒɛntu]

Gennaro [dʒɛn'naro] (義)

Gennesaret [gɪ'nɛzərɪt;gɛn-;gən-;-rɛt]

Gennesareth [gɪ'nɛzərɪθ]

Gennevilliers [ʒɛnvi'lje] (法)

Genoa ['dʒɛnoə] 熱那瓦 (義大利)

Genoese [ˌdʒɛno'wiz] 熱那亞人

Genoud [ʒə'nu] (法)

Genoude [ʒə'nud] (法)

Genova ['dʒɛnova]

Genovefa [ˌdʒɛno'vifə]

Genovesa [ˌheno'vesa] (西)

Genovesi [ˌdʒɛno'vesɪ]

Genoveva [ˌdʒɛno'viva;geno'fefa(德)]

Gensamer ['gɛnsəmə]

Genseric ['gɛnsərɪk]

Gensichen ['gɛnzɪhən] (德)

Gensing ['gɛnzɪŋ]

Gensonné [ʒæŋsɔ'ne] (法)

Gent [gɛnt] 根特 (比利時)

Genth [gɛnθ;gɛnt (德)]

Gentil [ʒɑŋ'ti] (法)

Gentile ['dʒɛntaɪl] ❶非猶太人❷異教徒，
　基督教徒❸【美】非Mormon教友

Gentile da Fabriano [dʒɛn'tili də
　ˌfabri'ano] 眞蒂利(原名Gentile Massi,
　1370? - ?1427, 義大利畫家) 。

Gentileschi [ˌdʒɛntɪ'lɛskɪ]

Gentilhomme, Le [lə ʒɑŋti'jɔm]

Gentili [dʒɛn'tili]

Gentilis [dʒɛn'tailɪs]

Gentleman ['dʒɛntlmən]

Gentofte ['gɛnˌtʌftə] 金塔夫特(丹麥)

Gentoo [dʒɛn'tu]

Gentry ['dʒɛntrɪ] 金特里

Gentz [gɛnts]

Gentzkow ['gɛntsko] 根茨科

Genua ['dʒɛnjʊə]

Genung [dʒɪ'nʌŋ]

Genz [gɛns]

Genzan ['gɛnˌsan] 元山(北韓)

Geof [dʒɛf]

Geoffr(e)y ['dʒɛfrɪ] 傑佛瑞

Geoffrey of Monmouth ['dʒɛfrɪ əv
　'mʌnməθ]

Geoffrin [ʒɔ'fræŋ] (法)

Geoffroi [ʒɔf'rwa] (法)

Geoffroy [ʒɔf'rwa] (法)

Geoffroy Saint-Hilaire [ʒɔf'rwa sɑŋ-
　ti'lɛr] (法)

Geoghegan ['gegən] 蓋根　　　 「(澳洲)

Geographe Bay [dʒɪ'agrəfɪ ~] 番格臘菲灣

Geohegan [go'higən]

Geok Tepe ['gɜk tɛ'pe]

Géologie [dʒɪ'alədʒɪ;ʒeɔlɔ'ʒi (法)]

Geordie ['dʒɔrdi] 【蘇，北英】21先令

Georg [gɪ'ɔrg (丹) ;ge'ɔrh (德) ;'jɛɔrg
　(芬) ;ge'ɔrg(挪) ;'jeɔrj(瑞典)]

George [dʒɔrdʒ] ❶英國的守護神❷喬治

George I [dʒɔrdʒ] 喬治一世(❶1660-1727,
　英王❷ 1845 - 1913, 希臘國王。)

George, Lloyd ['lɔɪd'dʒɔrdʒ]

George-a'-Green [dʒɔrdʒ·ə·'grin]

George Dandin [ʒɔrʒ dɑŋ'dæŋ] (法)

George Dawson [dʒɔrdʒ 'dɔsn]

George G. Meade [dʒɔrdʒ dʒi 'mid]

Georges ['dʒɔrdʒɛz;ʒɔrʒ (法) ;ge'ɔrgəs]

George Town ['dʒɔrdʒ taʊn]　 「(德)

Georgetown ['dʒɔrdʒˌtaʊn] ❶喬治城(美
　國 ❷佐治敦(蓋亞那)

Georgette [dʒɔr'dʒɛt]

Georgi [gjɪ'ɔrgjəɪ] (俄)

Georgia ['dʒɔrdʒjə] ❶喬治亞(美國) ❷喬
　治亞 (蘇聯一共和國)

Georgian (Bay) ['dʒɔrdʒjən ~] 喬治灣
　(北美洲)

Georgiana [ˌdʒɔrdʒɪ'anə] 喬治亞那

Georgiaville ['dʒɔrdʒəvɪl]

Georgic ['dʒɔrdʒɪk]

Georgie ['dʒɔrdʒɪ]

Georgiev [ge'ɔrgjef] (保)

Georgievich [gjɪ'ɔrgɪjɪvjɪtʃ] (俄)

Georgina [dʒɔr'dʒinə] 喬治娜

Georgios [dʒɪ'ɔrdʒɪas;je'ɔrjɪɔs (希)]

Géorgiques Chrétiennes [ʒeɔr'ʒik
　kre'tjɛn] (法)

Georgium Sidus ['dʒɔrdʒɪəm 'saɪdəs]

Georgius [ge'ɔrgɪʊs(德) ;jɛ'ɔrgɪʌs(瑞
　 典)]

Georgslied ['geɔrkslit]

Georgy [gɪ'ɔrgɪ]

Georgyevich [gjɪ'ɔrgɪjɪvjɪtʃ] (俄)

Gepidae ['dʒɛpɪdi]

Gera ['gera]

Geraert ['gerart]

Gerahty ['gɛrətɪ]

Geraint ['gerɑɪnt]

Gerald ['dʒɛrəld] 杰拉爾德

Gérald [ʒe'rald] (法)　　　　　　「爾汀

Geraldine ['dʒɛrəldin;'dʒɛrəldain] 吉樂

Geraldini [ˌdʒɛral'dini]

G'eraldy [ʒe'ral'di] (法)

Géramb [ʒe'raŋ] (法)

Gérando [ʒeraŋ'do]

Gerard [dʒə'rard;'dʒɛrəd;'dʒɛrard]
　杰勒德

Gérard [dʒɛ'rard; ʒɛ'rar（法）]
Gerard de Narbon [dʒɛ'rard də ,narbən]
Gerardine [dʒə'rardin]
Gerardo [he'rarðo]（西）
Gerards ['gerarts]
Gerardus [ge'rardəs; dʒə'rardəs（拉丁）]
Gerardy [ʒə'rar'di]（法）
Gerasa ['dʒerəsə]
Gerasim [gjɪ'rasjɪm]
Gerasimov [gerə'simaf]
Gerasimovich [gjɪ'rasjɪmɔvjɪtʃ]（俄）
Géraud [ʒe'ro]（法）熱勞
Gérault [ʒe'ro]（法）
Gerber ['gɛrbə]格伯
Gerberon [ʒɛrbə'rɔŋ]（法）
Gerbert ['gɛrbət（德）; ʒɛr'bɛr（法）]
Gerbrand ['gɛrbrɑnt]
Gerbini [dʒɛr'bini]
Gerbosi [gə'bosɪ]格博西
Gerbrandy [gɛr'brɑndɪ]格布蘭迪
Gercke ['gʒkɪ]格爾克
Gerd [gert]（德）格爾德
Gerdes ['gɛrdɪs]格迪斯
Gerdil [ʒɛr'dil]（法）
Gerdy [ʒɛr'di]（法）
Geren ['gɛrən]格倫
Gergely ['gergɛlj]（匈）
Gergen ['gʒgən]
Gergesene ['gʒgisɪn; 'gʒgəsin; 'gʒgɛsin]
Gergonne [ʒɛr'gɔn]（法）
Gergovia [dʒə'goviə]
Gergovie [ʒɛrgɔ'vi]（法）
Gerhard ['gʒhard; 'gɛrhard; 'gerəd; 'gɛrhart（德）]
Gerhardi [dʒɛr'hardɪ; dʒɛr'ardɪ]
Gerhards ['gerharts]
Gerhardsen ['gɛrhart·sən]
Gerhardt ['gɛrhart（德）; ʒɛr'ar（法）]
Gerhardus [dʒə'hardəs]
Gerhart ['gɛrhart]格哈特
Géricault [ʒeri'ko]（法）
Gericke ['gerɪkə]
Gering ['gerɪŋ; 'gɪrɪŋ]格林
Gérin-Lajoie [ʒe'ræŋ·la'dʒwa]（法）
Gerizim [ge'raɪzɪm; gə'r-; -'rizɪm; 'gerɪzɪm]
Gerlach ['gʒlək; 'gɛrlɑh（德）]格拉克
Gerlache [ʒɛr'laʃ]（法）
Gerlache de Gomery [ʒɛr'laʃ də gɔ'mri]（法）

Gerlachovka [,gɛrla'hɔfka]（捷）
Gerland ['gɛrlɑnt]
Gerloff ['gɛrlɔf]
Gerlsdorfer Spitze ['gɛrls,dɔrfə ,ʃpɪtsə]
Germain ['dʒʒmən; -men; ʒɛr'mæŋ（法）]
Germain, Saint- [sæŋ.ʒɛr'mæŋ]（法）
Germaine [dʒə'men; ʒɛr'mɛn（法）]
Germán [her'man]（西）
German(n) ['dʒʒmən] 杰曼
German Democratic Republic ['dʒʒmən 'deməkrætɪk rɪ'pʌblɪk] 德意志民主共和國（即東德）
German Volga ['dʒʒmən 'vɑlgə]
Germania [dʒə'meniə]
Germanicopolis [dʒə,mænɪ'kɑpəlɪs]
Germanicum [dʒə'mænɪkəm]
Germanicus [dʒə'mænɪkəs]
Germanicus Caesar [dʒə'mænɪkəs 'sizə]
Germanos [,jɛrma'nɔs]（古希）
German Jura ['dʒʒmən 'dʒurə]
Germanovich ['gjɛrmʌnʌvjɪtʃ]（俄）
Germantown ['dʒʒməntaun]
Germanus [dʒə'menəs]
Germany ['dʒʒmənɪ] 德國（歐洲）
Germer ['gʒmə] 杰默
Germinal ['dʒʒmɪnl]
Germiston ['dʒʒmɪstən] 吉爾密斯頓（南非）
Germuth ['gʒməθ] 格穆斯
Gernade [ʒə'nad] 熱納德
Gernez [ʒɛr'nɛz, ʒɛr'ne（法）]
Gernons [ʒɛr'nɔn]（法）
Gero ['gero]
Gerok ['gʒro]
Gerolamo [dʒɛ'rɔlamo]
Gerold ['gerɔlt]（德）
Gerolstein ['gerɔlʃtaɪn]
Gérôme [dʒə'rom; ʒe'rom（法）] 杰羅姆
Gerona [he'rona]（西）
Geronimo [dʒə'ranɪmo] 吉拉尼謨（1829–1909, 美國 Apache 印第安人酋長）
Géronte [ʒe'rɔnt]
Gerontius [gə'rantɪəs; gɪr-; gɛr-; -ntjəs; -nʃɪəs]
Geronymo [he'ronimo]（拉丁美）
Gerould ['dʒʒrəld]
Gerot [dʒɛ'ro]（法）杰羅
Gerow [dʒɛ'ro] 杰羅
Gerra ['dʒɛrə]
Gerrans ['gerənz]
Gerrard ['dʒɛrəd; -rard; dʒɛ'rard]

Gerrard's Cross ['dʒɛrədz 'krɑs;
　-rɑrdz-;-'krɔs]
Gerretson ['hɛrət·sɔn](荷)
Gerrha ['dʒɛrə]
Gerrish ['gɛriʃ] 格里什
Gerrit ['gɛrit]
Gerrits(z) ['gɛrits] 格里茨
Gerrold ['dʒɛrəld]
Gerry ['gɛri] 格里
Gers [ʒɛr](法)
Gersau ['gɛrzau]
Gersbacher [gəs'bɑtʃə] 格斯巴切爾
Gershom ['gɜʃəm] 格肖姆
Gershon ['gɜʃən]
Gershwin ['gɜʃwin] 蓋希文（George,
　1898 - 1937, 美國作曲家）
Gerson [ʒɛr'sɔŋ (法);'gɛrzɑn (德);
　'gɛrsɔn (波)]
Gersonides [gə'sɑnidiz]
Gersoppa [dʒə'sɑpə]
Gerstäcker ['gɛrstɛkə]
Gerstenberg ['gɜstənbəg;'gɛrstənbɛrk
　(德)] 格斯滕伯格
Gerster ['gɜstə;'gɛrstə(德)] 格斯特
Gersuny ['gɛrsuni]
Gertie ['gɜti]
Gerty ['gɜti] 格蒂
Gertrud ['gɛrtrut(德);'gɛrtruð(丹)]
Gertrude ['gɜtrud] 葛特璐（德國）
Gertudis [hɛr'truðis] （西）
Gertsen ['gɛrtsin]
Gerty ['gɜti]
Gerunda [dʒi'rɑndə]
Gervais [ʒɛr'vɛ] (法)熱爾爲
Gervaise ['dʒɜvɔs]
Gervase ['dʒɜvɔs] 杰維斯
Gervasi [gə'vɛsi;dʒə'vɔzi] 格維西
Gervasio [hɛr'vɑsjo] （西）
Gervasius [dʒə've3iəs]
Gervex [ʒɛr'vɛks] (法)
Gervinus [gɛr'vinus]
Gervis-Meyrick ['dʒɑrvis ·'mɛrik]
Geryon ['gɛriən]
Geryones [dʒi'raiəniz]
Geryoneo [dʒiriə'nio]
Ges [ʒez]
Geschöpfe des Prometheus [gə'ʃəpfə
　dɛs ,prome'teus]
Gesell [gə'zɛl] 葛素爾（Arnold Lucius,
　1880 - 1961, 美國心理學家）
Gesellius [gɛ'sɛlius] （芬）
Gesellschaft [gə'zɛlʃɑft]

Geselschap [gə'zɛlshɑp;hə'sɛls-(荷)]
Gesenius [gɛ'zenius]
Geserich ['gezərih] （德）
Geshov ['gɛʃuf]
Geshur ['giʃə]
Gesinus [gɛ'sinəs]
Gesner ['gɛsnə] 蓋斯納（Konrad von, 1516-
　1565, 瑞士博物學家）
Gessart ['gɛsɑrt]
Gessi [dʒɛssi] （義）
Gessius ['dʒɛsiəs]
Gessler ['gɛslə] 格斯勒
Gessner ['gɛsnə] 格斯納
Ges(s)oriacum [,dʒɛsə'raiəkəm]
Gest [gɛst]
Gestalt [gəʃ'tɑlt] 【心理】形態（經驗之統
　一的全體）　　　　　　　「秘密警察」
Gestapo [gɛs'tɑpo] 蓋世太保（納粹德國之
Gesta Romanorum ['dʒɛstə ,romə'nɔrəm]
Gesu ['gesu]
Geta ['dʒitə]
Getae ['getai]
Gethin ['gɛθin] 格辛
Gething ['gɛθiŋ] 格辛
Gethsemane [gɛθ'sɛməni] 【聖經】客西馬
　尼（Jerusalem附近之一花園, 耶穌被出賣被捕
　之地）
Getty ['gɛti] 格蒂
Gettysburg ['gɛtiz,bəg] 蓋茨堡（美國）
Getulio [ʒə'tulju]
Geulincx ['gɜliŋks]
Gevaert ['gevɑrt]
Gévaudan [ʒevo'dɑŋ] (法)
Geyer ['gaiə] 蓋耶
Geyik Gaği [gɛ'jik dɑ'i] （土）
Geyl [gail, hail (荷)] 蓋爾
Geymüller ['gaimjulə]
Geyser ['gaizə]
Geysir ['gaizə,'ge-]
Géza ['geza] （匈）
Gezelle [gə'zɛlə,hə-] （法蘭德斯）
Gezer ['gizə]
Gezira [gə'zirə]
Geziret [dʒɛ'zirə] （阿拉伯）
Gfeller [gə'fɛlə]
Gfrörer [gə'frɜrə]
Ghadames [gɑ'dæməs]
Ghaisne [gɛn] (法)
Ghalib [gɑ'lib]
G(h)ana ['gɑnə] 迦納（非洲）
Ghanaian [gɑ'neən]
Ghanshyamdas [gɑn'ʃɑndəs]

Ghansi ['gɑnsɪ]

Ghara ['gʊrə]

Gharapuri [ˌgɑrə'puri; 'gɑrɑ'pʊrɪ]

Gharbìya [gɑr'bijə; gʌr'bijæ(阿拉伯)]

Ghardaïa [gɑr'dajə]

Gharib ['gɑrɪb, 'gærɪb]

Ghârib, Gebel ['gæbæl 'gærɪb]

Ghassanid [gæ'sɑnɪd]

Ghassanids [gə'sænɪdz]

Gha(u)ts [gɔts] 高止山脈 (印度)

Ghavam [gɑ'vɑm]

Ghaza ['gɑzə]

Ghazal [gɑ'zɑl]

Ghazali, al- [æl·gæ'zɑli]

Ghazan [gɑ'zɑn]

Ghazi ['gɑzɪ]

Ghazi, al- [ɪl·gɑ'zi]

Ghaziabad [ˌgɑzia'bɑd]

Ghaznevid ['gʌznəvɪd]

Ghaznevide ['gʌnəvaɪd]

Ghazzali, al- [æl·gæ'zɑli]

Ghazze(h) ['gæzzɪ] (阿拉伯)

Gheber ['gebə; 'gibə]

Ghebre ['gebə; 'gibə]

Gheel [hel]

Gheeraerts ['gerɑrts]

Gheeraert ['gerɑrt]

Ghegs [gɛgz]

Ghelderode [gɛldə'rod]

Ghent [gɛnt] 根特 (比利時)

Ghéon [ge'ɔn]

Gheorghe ['gjɔrgə]

Gheorghiu-Dej ['geɔrgju·'dɛʒ]

Gherardesca, della [ˌdellɑ ˌgerɑ 'deskɑ]

Gherardi [ge'rɑrdɪ]

Gherardi del Testa [ge'rɑrdi dɛl 'tɛstɑ]

Gherardini [ˌgerɑr'dini]

Gherardo [ge'rɑrdo]

Gheriah ['gerɪə]

Ghibelline ['gɪblɪn] 吉伯林黨員

Ghibellino [ˌgibel'lino]

Ghiberti [gi'bɛrtɪ] 吉柏爾蒂 (Lorenzo, 1378 – 1455, 義大利畫家及雕刻家)

Ghica ['gikɑ]

Ghiglione [gɪl'joni]

Ghika ['gikɑ]

Ghil [gil]

Ghilan [gi'lɑn]

Ghirardelli [gɪrɑr'dɛli]

Chiselin ['gɛslɪn]

Ghiraybah [gi'raɪbə]

Ghirlandaio [gɪrlɑn'dajo] 吉爾蘭達尤 (Domenico, 1449 – 1494, 義大利畫家)

Ghislain [gɪ'læŋ] (法)

Ghislandi [giz'lɑndɪ]

Ghislanzoni [ˌgizlɑn'tsonɪ]

Ghislieri [gizl'jɛri]

Ghiyas-ud-din Tughlak [gɪ'jɑθ·ʊd·'din tʌg'læk]

Ghizeh ['gizɛ]

Ghizni ['gizni]

Gholson ['golsn] 戈爾森

Ghon [gon]

Ghoorka ['gʊrkə]

Ghor [gɔr]

Ghorband [gɔr'bɑnd]

Ghori [go'ri]

Ghormley ['gɔrmlɪ] 戈姆利

Ghose [gos] 古斯 (Sri Aurobindo, 1872 – 1950, 印度哲學家)

Ghosh [goʃ]

Ghulam Mohammed ['gʊləm mo'hæməd]

Ghur [gʊr]

Ghuri ['gʊri]

Ghurides ['gʊraɪdz]

Ghurka ['gʊrkə]

Ghuzni ['guzni]

Ghyka ['gikɑ]

Giabril [dʒɑ'bril] 賈布里爾

Giacinto [dʒɑ'tʃinto]

Giacobbi [ʒjɑkɔ'bi] (法)

Giacometti [ˌdʒɑko'mettɪ] (義)

Giacomo ['dʒɑkomo] 「(義)」

Giacomotti [dʒɑkɔmɔ'ti(法);dʒɑkɔ'mɔttɪ

Giacomuzzo [ˌdʒɑkɑ'muttso] (義)

Giacopo ['dʒɑkopo]

Giacosa [dʒɑ'kosɑ]

Giafar ['dʒɑfɑr]

Giaffir ['dʒæfə]

Gialo ['dʒʊlo]

Giambattista [ˌdʒɑmbɑt'tistɑ]

Giambelli [dʒɑm'bɛllɪ]

Giamberti [dʒɑm'bɛrtɪ]

Giammaria [ˌdʒɑmmɑ'ria]

Gian [dʒɑn]

Giancarlo [dʒɑn'kɑrlɔ]

Gianfrancesco [ˌdʒɑnfrɑn'tʃesko]

Giangaleazzo [ˌdʒɑŋgale'attso] (義)

Giangiorgio [dʒɑn'dʒɔrdʒo]

Gianibelli [ˌdʒɑnɪ'bɛllɪ]

Gianicolo [dʒɑ'nikolo]

Gianitsa [ˌjanjɪ'tsa]

Gianmaria [ˌdʒɑmmɑˈriɑ]
Giamantonio [ˌdʒænænˈtonjo]
Gianni [ˈdʒɑnnɪ]
Giannini [dʒɑˈninɪ; dʒɑnˈninɪ(義)]
Gianni Schicchi [ˈdʒɑnnɪ ˈskikkɪ]
Giannone [dʒɑnˈnone]
Giannutri [dʒɑnˈnutrɪ]
Giano [ˈdʒɑno]
Gianoli [dʒɑˈnoli]
Giant [ˈdʒaɪənt]
Giantes [ˈdʒaɪənts]
Giants [ˈdʒaɪənts]
Gianuzzi [dʒɑˈnuttsɪ] (義)
Giao-chi [ˈdʒɑuˈtʃi]
Giaour [ˈdʒɑur]
Giarabub [ˌdʒɑrəˈbub]
Giard [ʒɑr] (法)
Giardini [dʒɑrˈdini]
Giardino [dʒɑˈdino]
Giauque [dʒiˈok] 吉奧克 (William Francis, 1895-1982, 美國化學家)
Gib [gɪb] 吉布
Gibb [gɪb]
Gibbes [gɪbz]
Gibbet [ˈdʒɪbət]
Gibbie [ˈdʒɪbɪ]
Gibbon [ˈgɪbən] 吉朋 (Edward, 1737-1794, 英國歷史學家)
Gibbons [ˈgɪbənz] 吉本斯
Gibbs [gɪbz] 吉布斯 (Josiah Willard, 1839-1903, 美國數學家及物理學家)
Gibbstown [ˈgɪbztaun]
Gibby [ˈgɪbɪ] 吉比
Gibeah [ˈgɪbɪə]
Gibeon [ˈgɪbɪən] 吉比恩 (Palestine 之古都)
Gibil [ˈgɪbɪl]
Giblett [ˈgɪblɪt]
Gibraltar [dʒɪˈbrɔltə] 直布羅陀 (西班牙)
Gibran [dʒɪˈbran]
Gibson [ˈgɪbsn] 吉布生 (Wilfrid Wilson, 1878-1962, 英國詩人)
Gibsonburg [ˈgɪbsnbəg]
Gibsonville [ˈgɪbsnvɪl]
Gichtel [ˈgɪhtəl] (德)
Gick [dʒɪk] 吉克
Giddens [ˈgɪdnz] 吉登斯
Gidding [ˈgɪdɪŋ] 吉丁斯
Giddings [ˈgɪdɪŋz]
Giddy [ˈgɪdɪ] 吉迪
Gide [ʒid] 紀德 (André Paul Guillaume 1869-1951, 法國小說家、批評家及散文家)
Gidea [ˈgɪdɪə]

Gidel [ʒiˈdɛl] 吉德爾 「雄)
Gideon [ˈgɪdɪən] 【聖經】基甸 (以色列之英
Gideonse [ˈgɪdɪənz]
Gié [ʒ je]
Giebel [ˈgibəl]
Gielgud [ˈgilgud] 吉爾果 (Sir Arthur John, 1904-, 英國演員與導演)
Giellerup [ˈgeləˌrʌp] 吉勒拉普
Gielli [giˈeli]
Giemsa [gɪˈɛmzɑ]
Giena [ˈdʒinɑ]
Giens [ʒjæŋ] (法)
Gierke [ˈgɪrkə]
Giers [gɪrs]
Giesberts [ˈgisbəts]
Giese [ˈgizə] 吉斯
Giesecke [ˈgisɛkə] 吉塞克
Giesebrecht [ˈgizəbrɛht] (德)
Gieseking [ˈgizəkɪŋ]
Giesel [ˈgizəl; giˈsɛl] 吉塞爾
Gieseler [ˈgizələ]
Giessbach [ˈgisbɑh] (德)
Giessen [ˈgisən] 吉森
Giesshübl [ˈgishjubl]
Gieve [giv] 「(法)」
Giffard [ˈdʒɪfəd; ˈgɪfəd; ʒifɑr; ʒiˈfɑr]
Giffen [ˈgɪfən; ˈdʒɪfɪn] 吉芬
Gifford [ˈgɪfəd; ˈdʒɪfəd] 吉福德
Gigadibs [ˈgɪgədibz]
Gigantomachy [ˌdʒaɪgænˈtɑməkɪ]
Gigante [hɪˈhɑnte] (西)
Gigantes [dʒɪˈgæntɪz]
Gigantopithecus [dʒaɪˈgæntəpɪˈθikəs]
Gigedo [hɪˈheðo] (西)
Gigha [ˈgiə]
Gight [gɪkt; gɪht(蘇)]
Gigli [ˈdʒilji] 吉利
Giglio [ˈdʒilio]
Gigliotti [ˌdʒiliˈɑti] 吉利奧蒂
Gignoux [ʒiˈnju] (法)
Gigon [ʒiˈgɔŋ] (法)
Gigout [ʒiˈgu] (法)
Gigoux [ʒiˈgu] (法)
Giheina [dʒɪˈheɪə]
Gihon [ˈgaɪhɑn; dʒɪˈhun]
Gihulngan [hɪˈhulŋɑn] (西)
Gijón [hɪˈhɔn] 希洪港 (西班牙)
Gijsbert [ˈgaɪsbət]
Gijsen [ˈhaɪsən] (法蘭德斯)
Gil [ʒɪl] (葡) 吉爾
Gila [ˈhilə, ˈdʒilə] 希拉河 (美國)
Gilaki [gɪˈlɑkɪ]

Gilan〔gi'lɑn〕
Gilarmi〔dʒi'lɑrmi〕
Gilbaden〔'gɪlbadən〕
Gilbart〔'gɪlbət〕
Gilbert〔'gɪlbət〕吉柏特❶ Sir Humphrey, 1539? — 1583, 英國航海家 ❷ Sir William Schwenck, 1836 — 1911, 英國詩人及歌詞與歌劇詞作家）
Gilberta〔gɪl'bɜtə〕
Gilbert and Ellice〔'gɪlbət·n·'ɛlɪs〕
Gilbert Grosvenor〔'gɪlbət 'grovnə〕
Gilbert Islands〔'gɪlbət ~〕吉耳貝特群島（西太平洋）
Gilbert Markham〔'gɪlbət 'mɑrkəm〕
Gilbert Talbot〔'gɪlbət 'tælbət〕
Gilberte〔ˌʒil'bɛrt; ʒil'bɛrt(法)〕
Gilbertian〔gɪl'bɜtɪən〕
Gilbertese〔'gɪlbətiz〕
Gilbertina〔ˌgɪlbə'tinə〕
Gilbertine〔'gɪlbətin〕
Gilbertines〔'gɪlbətɪns〕
Gilberto〔dʒil'bɜrto, ʒil'bɛrtu(葡)〕
Gilberton〔'gɪlbətən〕
Gilbertus〔'gɪlbɜtəs〕
Gilbey〔'gɪlbɪ〕吉爾比
Gil Blas〔ʒil 'blɑs; ʒil 'blɑ(法)〕
Gilboa〔gɪl'boə〕
Gilbreth〔'gɪlbrɛθ〕吉爾布雷思
Gilchrist〔'gɪlkrɪst〕吉爾克里斯特
Gilda〔'gɪldə〕
Gildas〔'gɪldəs〕
Gildemeister〔'gɪldə,maɪstə〕
Gildea〔'gɪldə〕吉爾德
Gilder〔'gɪldə〕吉爾德（Richard Watson, 1844 — 1909, 美國詩人及編輯）
Gilderoy〔'gɪldərɔɪ〕吉爾德羅伊
Gildersleeve〔'gɪldəsliv〕吉爾德斯利夫
Gildersome〔'gɪldəsəm〕
Gilding〔'gɪldɪŋ〕吉爾丁
Gildo〔'dʒɪldo〕
Gildon〔'gɪldən〕
Gildredge〔'gɪldrɪdʒ; -rɛdʒ〕
Gildun〔gɪl'dun〕
Gilead〔'gɪlɪæd〕
Gil Eanes〔ʒil'jænɪʃ〕（葡）
Gilels〔gɪ'lɛlz〕
Giles〔dʒaɪlz〕翟爾斯
Gilesboro〔'dʒaɪlzbərə〕
Gilfil〔'gɪlfɪl〕
Gilfillan〔gɪl'fɪlən〕吉爾菲蘭
Gilford〔'gɪlfəd〕
Gilflory〔gɪl'flɔrɪ〕

Gilg〔gɪlh〕（德）
Gilgal〔'gɪlgæl〕
Gilgit〔'gɪlgɪt〕
Gilham〔'gɪləm〕
Gilheney〔gɪ'lini〕
Gilheny〔gɪl'hini〕
Gilhooley〔gɪl'huli〕
Giliak〔'gɪljæk〕
Gilianes〔ʒi'ljænɪʃ〕（葡）
Gilibert〔ʒili'bɛr〕（法）
Gilij〔'dʒili〕
Gilimer〔'gɪlimə〕
Gilkes〔dʒɪlks〕吉爾克斯
Gilkin〔ʒil'kæn〕（法）
Gill〔dʒɪl〕姬兒
Gillam〔'gɪləm〕吉勒姆
Gillan〔'gɪlən〕吉蘭
Gillard〔gɪ'lɑrd〕吉拉德
Gille〔ʒil〕
Gillem〔'gɪləm〕吉勒姆
Gillen〔'gɪlən〕吉倫
Gilleney〔'gɪləni〕
Gilles〔'gɪlɪs; ʒil(法)〕「（法）
Gilles de la Tourette〔ʒil də lɑ tu'rɛt〕
Gillespie〔gɪ'lɛspɪ〕吉萊斯皮
Gillet〔ʒi'lɛ〕（法）「（法）」
Gillett〔'gɪlɪt; 'gɪlɛt; gɪ'lɛt; dʒɪ'lɛt; ʒi'lɛ
Gillette〔dʒɪ'lɛt〕吉勒特（King Camp, 1855 — 1932, 美國發明家及製造家）
Gilliam〔'gɪlɪəm〕吉列姆
Gilliams〔'gɪlɪəmz〕
Gillian〔'dʒɪlɪən〕姬蓮
Gilliat〔'gɪlɪət〕吉列特
Gillick〔'gɪlɪk〕
Gillie〔'gɪlɪ〕
Gillies〔'gɪlɪs〕吉利斯
Gilliéron〔ʒilje'rɔn〕（法）
Gillies〔'gɪlɪs〕
Gilling〔'gɪlɪŋ〕吉林 「安（英格蘭）
Gillingham〔'dʒɪlɪŋəm; 'gɪl-; 'dʒɪl-〕吉令
Gillis〔'gɪlɪs〕吉利斯
Gillison〔'gɪlɪsn〕
Gilliss〔'gɪlɪs〕
Gillmore〔'gɪlmɔr〕吉爾摩
Gillott〔'gɪlət; ʒi'lo(法)〕
Gillouin〔ʒi'lwæn〕（法）
Gillpatrick〔gɪl'pætrɪk〕
Gillray〔'gɪlre〕
Gills〔gɪlz〕
Gillson〔'dʒɪlsn〕吉爾森
Gilluly〔gɪ'luli〕
Gilly〔'gɪlɪ; ʒi'ji(法)〕

Gilman ['gɪlmən] 吉爾曼（ ❶ Daniel Coit, 1831－1908, 美國教育家 ❷ Arthur, 1837－1909, 美國教育學家）

Gilmary [gɪl'mɛrɪ] 吉爾馬里

Gilmer ['gɪlmə] 吉爾默

Gilmore ['gɪlmɔr] 吉爾摩

Gil Morrice [gɪl'marɪs]

Gilmour ['gɪlmə] 吉爾摩

Gilolo [dʒi'lolo]

Gilpatric [gɪl'pætrɪk]

Gilpatrick [gɪl'pætrɪk] 吉爾帕特里克

Gilpin ['gɪlpɪn] 吉爾平

Gil Polo [hil 'polo]（西）

Gil, Portes ['pɔrtes 'hil]（西）

Gil Robles Quiñones [hil 'rovles kɪ'njones]（西）

Gilroy ['gɪlrɔɪ]

Gil Sánchez Muñoz [hil 'santʃeθ mu'njɔθ]（西）

Gilsland ['gɪlzlənd]

Gilson ['gɪlsn̩; ʒil'sɔŋ（法）]

Gilwhite ['gɪlhwaɪt]

Gilyak [gɪl'jak]

Gil y Lemos [hil ɪ 'lemos]（西）

Gil y Zárate [hil ɪ 'θarate]（西）

Gimbel ['gɪmbəl] 金貝爾

Gimblett ['gɪmblɪt] 金布利特

Gimcrack ['dʒɪmkræk]

Gimini ['gimini]

Gimir [gɪ'mɪr]

Gimma ['dʒɪmə]

Gimo ['dʒaɪmo]

Gimson ['gɪmsn̩; 'dʒɪmsn̩] 吉姆森

Gina ['dʒinə] 吉納

Ginchy [ʒæŋ'ʃi]（法）

Gindely ['gɪndɛli]

Gines de Passamonte ['hines ðe ,pasa'monte]（西）

Ginés [hi'nes]（西）

Ginevra [dʒi'nɛvrə; gi'nɛvrə]

Gingell ['gɪndʒəl]

Ginger ['dʒɪndʒə]

Ginguené[ʒæŋgə'ne]（法）

Ginisty [ʒinis'ti]

Gingrich ['gɪŋrɪtʃ] 金里奇

Ginkel(1) ['gɪŋkəl] 金克爾

Ginn [gɪn; dʒɪn] 吉恩

Ginneken ['gɪnəkən; 'hɪnəkən(荷)]

Ginnungagap ['gɪnnuŋagap]

Ginny ['dʒɪnɪ] 吉妮

Gino ['dʒɪno]

Ginsburg ['gɪnzbəg] 金斯伯格

Ginseng ['dʒɪnsɛŋ]

Gintl ['gɪntl]

Ginx [gɪŋks]

Ginzberg ['gɪnzbəg] 金兹伯格

Ginzkey ['gɪntskaɪ]

Gioacchino [,dʒoak'kino]

Giobert [dʒo'bɛrt]

Gioberti [dʒo'bɛrti]

Gioconda, La [la dʒo'kandə; -dʒo'konda] 【義】蒙娜麗沙（ Leonardo da Vinci 作之著名人像畫）

Giocondo [dʒo'kondo]

Giofra ['dʒɔfra]

Gioia ['dʒɔja]

Gioia del Colle ['dʒɔja del 'kɔlle]（義）

Gioia Tauro ['dʒɔja 'tauro]

Gioielli della Madonna [dʒo'jɛllɪ 'dɛlla ma'danna]（義）

Gioja del Colle ['dʒɔja del 'kɔlle]（義）

Giolitti [dʒo'littɪ]（義）

Giono [dʒo'no]

Giordani [dʒɔr'dani]

Giordano [dʒɔr'dano] 喬達諾

Giorgio [dʒɔrdʒo]

Giorgione, Il [ildʒɔr'dʒone; dʒɔr'dʒoni]

Giornovichi [,dʒɔrno'viki]

Gioseffe [dʒo'zɛffe]

Gioseffo [dʒo'zɛffo]

Giosuè [dʒɔz'we]

Giottino [dʒot'tino]

Giotto ['dʒɔtto] 喬陶（ di Bondone, 1276?－?1337, 義大利 Florence 的畫家及建築家）

Giovan [dʒo'van]

Giovanna [dʒo'vanna]

Giovane [dʒo'vane]

Giovanni [,dʒɪo'vanɪ; dʒo-; dʒə-; -'vænɪ; dʒo'vannɪ（義）]

Giovenazza [,dʒove'nattsa]

Giovi ['dʒovɪ]

Gioviano [dʒov'jano]

Giovio ['dʒovjo]

Gipps [gɪps] 吉普斯

Gippsland ['gɪpslænd] 吉普斯蘭

Gipson ['gɪpsən] 吉普森

Gipsy ['dʒɪpsɪ] 吉普賽人

Giral [hi'ral]（西）

Giralda [dʒɪ'rældə, hi'ralda(西)]

Giraldi [dʒɪ'raldɪ]

Giraldo [dʒɪ'rældo]

Giraldus [dʒɪ'rældəs]

Giraldus De Barri [dʒɪ'rældəs də 'bærɪ]

Girard [dʒɪ'rard; ʒi'rar(法)] 吉拉德

Girardin [ʒirɑr'dæŋ] (法)

Girardine [ʒirɑr'din] (法)

Girardon [ʒirɑr'dɔŋ] (法)

Girardot [,hirɑr'ðot] (西)

Girardville [dʒi'rɑrdvil]

Girart de Rossilho [dʒi'rɑt de ,rossi'ljo]

Giraud [ʒi'ro] 吉羅 (Henri Honoré, 1879– 1949, 法國將軍)

Giraudoux [ʒiro'du] 吉羅都 (Jean, 1882– 1944, 法國小說家、劇作家及外交家)

Girbaden ['girbɑdən]

Girdle Ness ['gɜdl nɛs]

Girdlestone ['gɜdlstən] 格德爾斯通

Giresun [girɛ'sun]

Girga ['gɪrgə; 'gɪrgæ]

Girgashite ['gɜgəʃaɪt]

Girgasite ['gɜgəsaɪt]

Girgeh ['gɪrgə; 'gɪrgæ]

Girishk [gɪ'rɪʃk]

Girja ['gɪrdʒə]

Girlandaio [,gɪrlɑn'dɑjo]

Girling ['gɜlɪŋ] 格林

Girnar [gɪr'nɑr] 「(法)

Girodet-Trioson [ʒiro'dɛ·trio'zɔŋ]

Giroflé Girofla [ʒirɔf'le ʒirɔf'lɑ]

Girolamo [dʒi'rɔlɑmo; ,dʒiro'lɑmo]

Girón [hi'rɔn] (西)

Girona [dʒi'ronɑ]

Gironde [dʒi'rɑnd] ❶吉倫特灣 (法國) ❷吉倫泰黨 (1791 – 1793 法國 大革命時期之 穩健的共和主義的政黨)

Girondine [dʒi'rɑndɪn]

Girondist [dʒi'rɑndɪst]

Girosi [dʒi'rɔsɪ]

Girouettes [ʒi'rwɛt] (法)

Girru [gi'ru]

Girs [gɪrs; 'gjirs (俄)]

Girtin ['gɜtɪn] 格爾丁 (Thomas, 1775 – 1802, 英國風景畫家)

Girton ['gɜtn] 格頓

Girty ['gɜtɪ]

Giryama [gir'jɑmɑ]

Gis [dʒɪs]

Gisander [gi'zɑndə] 「西蘭)

Gisbert ['gɪsbət; -bɜrt] 吉兹博恩 (紐

Gisborne ['gɪzbən]

Gisborough ['gɪzbərə] 吉斯伯勒

Gisbourne ['gɪzbɔrn]

Giscard d'Estaing [ʒɪs,kɑr dɛs'tæŋ] 季斯卡 (Valéry, 1926 –, 於 1974 – 81 任法國 總統)

Gisela ['gizələ] 「(法)

Giselle, ou les Wilis [ʒi'zɛl u le vi'li]

Gisevius [gi'seviəs]

Gish [gɪʃ] 吉什

Giskra ['gɪskrɑ]

Gislason ['gɪslɑsɔn]

Gisle ['gɪslə] (挪)

Gisors [ʒi'zɔr] (法)

Gissing ['gɪsɪŋ] 吉興 (George Robert, 1857– 1903, 英國小說家)

Gist [dʒɪst] 吉斯特

Gita ['gitə]

Gitagovinda [,gitɑgo'vɪndɑ]

Gitichi Manito ['gɪtʃɪ 'mænɪto]

Githa ['giθə] 吉薩

Githens ['gɪðənz] 吉森斯

Gitlow ['gɪtlo]

Gitt [gɪt] 吉特

Gittites ['gɪtaɪts]

Giuba ['dʒubɑ]

Guidecca, La [lɑ dʒu'dɛkkɑ]

Giudice [dʒu'ditʃe]

Giuditta [dʒu'dittɑ]

Giuglini [dʒu'ljinɪ] (義)

Giulia [dʒu'ljɑ]

Giuliani [dʒu'ljɑnɪ] 朱利亞尼

Giuliano [dʒu'ljɑno] 吉烏利亞諾

Giulio [dʒu'ljo]

Giulio de' Medici ['dʒuljo de 'miditʃi]

Giulio Romano ['dʒuljo ro'mɑno]

Giunta ['dʒuntɑ]

Giunta Pisano ['dʒuntɑ pi'sɑno]

Giunti [dʒuntɪ]

Giuramento [,dʒurɑ'mɛnto]

Giurgevo ['ʒurʒevo]

Giurgiu [dʒurdʒu] 朱爾朱 (羅馬尼亞)

Giuriati [dʒur'jɑtɪ]

Giuseppe [dʒu'sɛpɪ, dʒu'zɛppe (義)]

Giuseppina [,dʒuzɛp'pinɑ]

Giuseppino [,dʒuzɛp'pino]

Giusti [dʒustɪ]

Giustiniani [,dʒustɪn'jɑnɪ]

Giusto [dʒusto]

Given ['gɪvən] 吉文

Givenchy [gɪ'vɛntʃɪ]

Givens ['gɪvənz]

Giza ['gizə]

Gizeh ['gize]

Gizengal [gɪ'zɛŋgəl]

Gizhiga ['giʒɪgə] 吉日加 (蘇聯)

Gizo ['gizo]

Gizziello [dʒɪt'tsjɛllo]

Gjallarhorn [ˈjɑllɑrhɔrn]（挪）
Gjalski [ˈdjɑlskɪ]（塞克）
Gjedser [ˈgɛssə]（丹）
Gjellerup [ˈgɛllərup] 蓋萊洛普（Karl，1857 – 1919，丹麥作家）
Gjelsness [ˈdʒɛlsnɛs]
Gjelsteen [ˈdʒɛlstin]
Gjergj [ˈgjɛrgj]
Gjesdal [ˈjɛsdɑl]
Gjinokastër [ˌgjinoˈkɑstə]
Gjøa [ˈdʒɜ,ɑ]（挪）
Glaber [glɑˈbɛr]（法）
Glace [gles]
Glacier [ˈglefə]
Glaciers, Aiguille des [egjuˈij de glɑˈsje]（法）
Glackens [ˈglækənz]
Gladbach-Rheydt [ˈglɑtbɑh·ˈraɪt]（德）
Gladbeck [ˈglɑtbɛk]
Gladden [ˈglædən] 格拉登
Glades [gledz]
Gladewater [ˈgled,wɔtə]
Gladheim [ˈglædhaɪm] 格拉德海姆
Gladieux [ˈglædjo] 格拉迪厄
Gladiolus [gləˈdaɪələs]
Gladkov [glʌtˈkɔf]（俄）
Gladsakse [ˈglɑssɑksə]（丹）
Gladsheim [ˈglɑdshaɪm]
Gladstone [ˈglæd,ston] 格萊斯頓（William Ewart, 1809 – 1898, 英國政治家）
Gladwin [ˈglædwɪn] 葛萊溫
Gladys [ˈglædɪs] 葛萊蒂絲
Glaeser [glezə] 格萊澤
Glaire [glɛr]
Glais-Bizoin [ˈglɛ·biˈzwæŋ]（法）
Glaisdale [ˈglezdel]
Glaize [glɛz]（法）
Glamis [ˈglɑmɪz;ˈglɑmɪs]
Glamorgan [gləˈmɔrgən]
Glamorganshire [gləˈmɔrgənʃɪr] 格拉馬干夏（英國）
Glamujökull [ˈglɑumjujəkjutl]（冰）
Glanely [glæˈnilɪ]
Glansdale [ˈglænzdel]
Glanvil [ˈglænvɪl]
Glanvill(e) [ˈglænvɪl] 格蘭維爾
Glareanus [ˌglareˈɑnus]
Glariden [glɑˈridən]
Glarner [ˈglɑrnə]
Glarus [ˈglɑrəs]
Glas [glɑs]
Glascock [ˈglæskɑk]

Glasenapp [ˈglɑzənɑp]
Glaser [ˈglezə] 格雷色（Donald Arthur, 1926 –，美國物理學家）
Glasgerion [glɑsˈdʒɪrɪən]
Glasgow [ˈglæsgo] ❶格拉斯谷（Ellen Anderson Gholson, 1874 – 1945, 美國女小說家）❷格拉斯哥港（蘇格蘭）
Glasier [ˈglezjə]
Glaspell [ˈglæspɛl]
Glass [glɑs] 格拉斯
Glassboro [ˈglæsbəro]
Glassbrenner [ˈglɑsbrɛnə]
Glasse [glɑs]
Glasser [ˈglɑsə] 格拉瑟
Glassford [ˈglɑsfəd] 格拉斯福德
Glassites [ˈglɑsaɪts]
Glassport [ˈglæsport]
Glasstone [ˈglæston]
Glastenbury [ˈglæstənbəri]
Glastonbury [ˈglæstənbəri;ˈglæsn̩-;ˈglɑs-]
Glaswegian [glæsˈwidʒjən;glɑs-;glæz-;glɑz-]
Glathsheim [ˈglɑtshem]
Glatigny [glɑtinjˈi]（法）
Glatz [glɑts]
Glatzer Neisse [ˈglɑtsə ˈnaɪsə]
Glauce [ˈglɔsɪ]
Glauchau [ˈglɑuhɑu]（德）
Glaucus [ˈglɔkəs]
Glaz [glɑz]
Glazebrook [ˈglezbruk] 格萊茲布魯克
Glazier [ˈglezjə] 格萊齊爾
Glazkov [glɑsˈkɔf]
Glazunov [ˈglɑzunɔf] 格拉蘇諾夫（Alexander Konstantinovitch, 1865-1936, 蘇聯作曲家）
Gleason [ˈglisn] 格利森
Gleaves [glivz]
Gleb [ˈgljep]（俄）
Gleditsch [ˈgledɪtʃ]
Glegg [glɛg] 格萊格
Gleichen [ˈglaɪkən]
Gleim [glaɪm]
Gleiser [ˈglaɪsə] 格萊澤
Gleispach [ˈglaɪspɑh]（德）
Gleizes [glɛz]（法）
Glemsford [ˈglɛmsfəd]
Glen [glɛn] 格倫
Glenallan [glɛˈnælən]
Glenalmond [glɛˈnɑmənd]
Glénard [gleˈnɑr]（法）格萊納德
Glenarvon [glɛˈnɑrvən]

Glenavon ['glɛ'nævən]
Glenavy [glɛ'nevɪ] 格萊納維
Glenbrook ['glɛnbrʊk]
Glencairn [glɛn'kɛrn] 格倫凱恩
Glencoe ['glɛnko;glɛn'ko]
Glenconner [glɛn'kanə] 格倫康納
Glen Cove [glɛn 'kov]
Glendale ['glɛndel] 格倫德耳（美國）
Glendalough ['glɛndə, lɑh]（愛）
Glendive ['glɛndaɪv] 格冷代夫（美國）
Glendora [glɛn'dɔrə]
Glendower [glɛn'daʊə]
Glenelg ['glɛ'nɛlg]
Glen Ellyn [glɛn 'ɛlɪn]
Glenesk [glɛ'nɛsk]
Glenfield ['glɛnfild]
Glenfinnan [glɛn'fɪnən]
Glengarriff [glɛn'gærɪf]
Glengarry [glɛn'gærɪ]
Glenlivet [glɛn'lɪvɪt]
Glenlyon [glɛn'laɪən]
Glenmore [glɛn'mɔr]
Glenn [glɛn] 格倫
Glennville ['glɛnvɪl]
Glenolden [glɛ'noldən]
Glenorchy [glɛ'nɔrkɪ]
Glen Ridge ['glɛn rɪdʒ]
Glenrock ['glɛnrak]
Glenrothes [glɛn'raθɪs]
Glen Roy [,glɛn 'rɔɪ]
Glens [glɛnz]
Glens Falls ['glɛnz 'fɔlz]
Glenshiel [glɛn'ʃil]
Glenside ['glɛnsaɪd]
Glen Tilt [glɛn 'tɪlt]
Glenview ['glɛnvju]
Glenville ['glɛnvɪl] 格倫維爾
Glenway ['glɛnwe] 格倫衛
Glenwood ['glɛnwʊd]
Glerawly [glə'rɔlɪ]
Glessariae [glə'serɪi]
Glevum ['glivəm]
Gleyre [glɛr]
Glicenstein ['glɪtʃɛnsten]
Glichezære ['glihətsɛrə]
Glidden ['glɪdn] 格利登
Glines [glaɪnz] 格蘭斯
Glinka ['glɪŋkə;'gljinkʌ(俄)]
Glisson ['glɪsn̩] 格利森
Glister ['glɪstə]
Glittertind ['glɪtətɪn]（挪）
Gliwice [glɪ'vɪtsə]格利威茲(波蘭)

Gloag [glog] 格洛格
Globe [glob]
Glockner ['glaknə]
Glogau ['glogaʊ]
Gloggnitz ['glagnɪts]
Glomma ['glɑmɑ]
Glooscap ['gluskæp]
Gloria ['glorɪə] 葛羅瑞亞
Gloriana [,glɔrɪ'anə] 葛羅瑞安娜
Gloria Patri ['glorɪə 'pætri]
Glorioso Islands [glɔrɪ'oso] 格洛里奧佐群
  島（印度洋）
Glorreiche ['glɔrraɪhə]（德）
Glos [glɔs] 格洛斯
Glossa ['glasə]（古希）
Glossin ['glasɪn]
Glossop ['glasəp] 格洛索普
Gloster ['glastə]
Glostershire ['glastəʃɪr]
Glotfelty ['glatfɛltɪ] 格洛特費爾蒂
Glotz ['glɔts]
Glotzbach ['glatsbah] 格洛茨巴赫
Gloucester ['glastə] 格洛斯特（英格蘭）
Gloucestershire ['glastə,ʃɪr] 格洛斯特
  郡（英格蘭）
Gloucestor ['glastə] 格洛斯特（英國）
Glouvet [glu've]（法）
Glover ['glʌvə] 格洛威（John, 1732 – 1797,
  美國大革命時代之將軍）
Gloversville ['glʌvəzvɪl]
Głowacki [glɔ'vatskɪ]（波）
Gloxin [glɔksɪn]
Gloxinia [glak'sɪnɪə]【植物】大岩桐屬
Glubbdubbdrib [,glʌb,dʌb'drɪb]
Glub-dub-drib [,glʌb·,dʌb·'drɪb]
Gluck [glʊk]
Glück [gljʊk]
Glücksberg [gljʊks'bɛrg]
Glücksburg ['gljʊksbʊrk]
Glueck [glʊk] 格盧克
Gluhareff [glu'harɛt] 格盧哈雷夫
Glumdalca [glʌm'dælkə]
Glumdalclitch [glʌm'dælklɪtʃ]
Gluskabe ['gluskabi]
Gluyas ['glujəs]
Glycas [glaɪkəs]
Glycera ['glɪsərə]
Glycon ['glaɪkan]
Glyder Fach ['glɪdə vah]（威）
Glyn [glɪn] 格林（Elinor, 1864 – 1943, 本姓
  Sutherland, 英國女小說家）
Glyncorwg [glɪn'kɔrʊg]

Glynde ['glaɪnd]
Glyndebourne ['glaɪndbɔrn]
Glynn(e) [glɪn]
Glynns of Antrim ['glɪnz əv 'æntrɪm]
Glyptothek [,glɪptɑ'tek]
Gmelin ['gmelin]
Gmünd [gmjʊnt]
Gnadenhutten [dʒɪ'nedn,hʌtn]
Gnadenhütten ['gnadən ,hjutən]
Gnaeus ['niəs]
Gnaeus Julius ['niəs 'dʒuljəs]
Gnatho ['neθo]
Gnedich ['gnedɪtʃ]
Gneist [gnaɪst]
Gneius ['niəs]
Gnesen ['gnezən]
Gniezno ['gnjɛznɔ]
Gnigl ['gnigl]
Gnoli ['njɔlɪ] (義)
Gnomic Poets ['nomɪk ～]
Gnossall ['nosl]
Gnossus ['nɑsəs]
Gnostic ['nɑstɪk] 諾斯替教徒
Gnotho ['noθo]
Goa [goə] 果阿(印度)
Goad [god] 戈德
Goa Gadja ['goa 'gaja]
Goagira [gwa'hira] (西)
Goahibo [goa'ibo]
Goajira [gwa'hira] (西)
Goajiro [gwa'hiro] (西)
Goalanda [,goə'lʌndə] (印)
Goalpaia [,goal'parə]
Goatfell ['gotfɛl]
Goathland ['goθlənd]
Goat Island [got ～]
Goatzacoalcos [go,atsako'alkos]
Gob [gab]
Gobannium [go'bænɪəm]
Gobat [gɔ'ba] 戈巴(Charles Albert, 1843－1914, 瑞士政治家)
Gobbi ['gabɪ] 戈比
Gobbel ['gabl] 戈貝爾
Gobbo ['gabo]
Gobel ['gobəl;gɔ'bɛl] 戈貝爾
Gobelin ['gobəlɪn;gɔ'blæŋ(法)]
Göbelsberg ['gəbəlsbɛrk]
Gobert [gɔ'bɛr] (法)
Gobi, Desert of ['gobɪ] 戈壁沙漠(蒙古)
Goble ['gobl] 戈布爾
Goblet [gɔb'lɛ] (法)
Goblot [gɔb'lo] (法)

Gobrecht ['gobrɛht] (德)
Gobryas ['gabrɪəs]
Gobseck [gɔb'sɛk]
Gočar ['gɔtʃar] (捷)
Goch [gɔh] (德)
God [gad] 上帝
Godalming ['gadl͏mɪŋ]
Godard [gɔ'dar] (法)
Godavari [go'davəri] 哥達維利河(印度)
Goddard ['gadəd] 哥大德(Robert Hutchings, 1882－1945, 美國物理學家)
Godde [god]
Godden ['gadn]
Godebski [gɔdɛbs'ki]
Godefried ['godəfrit]
Godefroi [gɔdf'rwa] (法)
Godefroid [gɔdf'rwa] (法)
Godefroy [gɔdf'rwa] (法)
Godefroy de Bouillon [gɔdf'rwa də bu'jɔŋ] (法)
Godegrand ['godəgrænd]
Godeman ['godmæn]
Goderich ['godrɪtʃ]
Godert ['godət]
Godesberg ['godəsbəg]
Godet [go'dɛ] (法)
Godfree ['gadfri]
Godfrey ['gadfrɪ] 戈弗雷
Godfrey of Bouillon [,gadfri əv ,bu'-jɔn] 哥弗雷(1061?－1100, 法國十字軍領袖)
Godfreyson ['gɔðfresən] (丹)
Godfried ['gadfrit]
Godgifu ['gadjɪvʊ]
Godhead ['gadhɛd] 上帝
Godhra ['gadrə]
Godin ['godɪn;gɔ'dæŋ(法)] 戈丁 「婦
Godiva [gə'daɪvə] 哥黛娃(十一世紀英國貴
Godkin ['gadkɪn] 戈德金
Godlee ['gadlɪ]
Godley ['gadlɪ] 戈德利
Godlove ['gadlʌv] 戈德拉夫
Godman ['gadmən] 戈德曼
God-man ['gad·'mæn] 神人
Godmanchester ['gadmən,tʃɛstə]
Godmer ['gadmə]
Godolphin [gə'dalfɪn] 戈多爾芬
Godowsky [go'dɔfskɪ]
Godoy [go'ðɔɪ] (西)戈多伊
Godoy Cruz [godoɪ 'krus] (西)
Godoy de Alcayaga [go'ðɔɪ ðe ,alka-'jaga] (西)
Godske ['gaðskə] (丹)

Gods [gɑdz]
Godspeed ['gɑdspid] 成功；幸運
Godunov [gʌdu'nɔf]（俄）
Godward ['gɑdwəd]
Godwin ['gɑdwɪn] 哥德文（William, 1756 - 1836, 英國哲學家及小說家）
Godwin-Austen ['gɑdwɪn'ɔstɪn] 哥德文奧斯汀（Henry Haversham, 1834 - 1923, 英國探險家、地質學家）
Godwin Austen [,gɑdwə'nɔstən] 哥德文奧斯騰峰（喀什米爾）
Goeb [gɜb] 戈布
Goebbels ['gɜbɛlz] 戈培爾（Joseph Paul, 1897 - 1945, 德國納粹主義宣傳者）
Goebel ['gɜbəl] 戈貝爾
Goeben ['gɜbən]
Goeckel ['gɜkəl]
Goedeckemeyer ['gɜdəkə,maɪə]
Goede Hoop ['hudə 'hop]（荷）
Goedreede [,hudə'redə]（荷）
Goeje [gu'jə; 'hujə]（荷）
Goelet [gə'lɛt; go'lɛt] 戈萊特
Goemot ['gɔɪmət]
Goenoeng ['gunuŋ]
Goenoeng Awoe ['gunuŋ 'awu]
Goenoengsitoli ['gunuŋsɪ'tɔlɪ]
Goentoer [gʊn'tʊr]
Goeree [hu're]（荷）
Goerg [go'ɛrg]（法）
Goering ['gɜrɪŋ]
Goes [gus; 'gɔɪʃ; 'gɔɪs] 古斯（Hugo van der, 1440? - 1482 荷蘭畫家）
Gões ['goəθ]
Goetel ['gɜtɛl]（波）
Goethe ['gɜtə]
Goetschius ['gɜtʃɪəs]
Goette ['gɜtɪ] 戈特
Goetz [gɛts; gɜts（德）] 戈茨
Goetze ['gutsə] 戈策
Goetzenberger ['gɛtsən,bɜgə] 戈岑伯格
Goeze ['gɜtsə]（德）
Goff(e) [gɑf] 戈夫
Goffic, Le [lə gɔ'fik]
Goffredo [gof'fredo]
Goffstown ['gɑfstaʊn]
Gog [gɑg]
Gog and Magog ['gɑg ənd 'megɑg]
Goga ['gɑgɑ]
Gogari ['gɑgərɪ]
Gogarty ['gogətɪ] 戈加蒂
Gogay [gə'ge]
Gogebic [gə'gibɪk]

Gogh [go; gɔh] 梵谷（Vincent van, 1853 - 1890, 荷蘭後期印象派畫家）
Gogha ['gogə]
Gogmagog ['gɑgməgɑg]
Gogo ['gogo]
Gogol ['gogɑl] 果戈里（Nikolai Vasilievich 1809 - 1852, 俄國小說家、劇作家）
Gogolá [gogo'lɑ]
Gogorza, De [de ,gogɔ'θɑ]（西）
Gogra [gɑgrə]
Gohdes ['godɪs] 戈德斯
Goheen ['gohin] 戈欣
Gohier [gɔ'je]（法）
Gohl [gol]
Goiana [gɔɪ'ænə]
Goiânia [gɔɪ'ænɪə]
Goiâs [gɔɪ'ɑs] 果亞斯（巴西）
Goiaz [gɔɪ'ɑs]
Goibniu [gɔɪvnju]（愛）
Goidels ['gɔɪdɛlz]
Goijen ['gɔɪjən]
Goil ['gɔɪl]
Going ['goɪŋ]
Goisern ['gɔɪzən]
Goitacazes [gɔɪtə'kɑzɪs]
Goïto ['goito]
Goj(j)am ['godʒæm; 'gwodjɑm]
Gök [gɜk]
Gökcha [gɜktʃɑ]
Gokhale ['gokɑle]
Göksu [gɜk'su]
Gök-Tépé ['gɜk·te'pe]
Gola ['golɑ] 戈拉
Golagros ['gɑləgrɑs]
Golasanctius [,gælə'sæŋkʃɪəs]
Golasecca [golɑ'sɛkkɑ]
Golatka [go'lætkə]
Golaw ['golɑf]
Golborne ['golbən]
Golby ['golbɪ]
Golcar ['golkə]
Golchika ['gɔltʃɪkə]
Golconda [gɑl'kɑndə] 葛康達（印度之古都）
Gold [gold] 戈爾德
Goldast ['gɑldɑst]
Goldau ['gɑldaʊ]
Goldbeck ['goldbɛk] 戈德貝克
Goldberg ['gold,bɜg] 戈德堡
Goldberger ['goldbɜgə] 戈德伯格
Gold Coast ['gold 'kost] 黃金海岸（西非）
Golden ['goldən] 戈爾登
Golden Chersonese ['goldən 'kɜsəniz]

Golden Gate ['gəldən 'get] 金門灣
（太平洋）

Goldenweiser ['gəldən,vaɪzə] 戈登威澤

Goldet [gol'de] （法）

Goldfield ['goldfild] 戈德菲爾德

Goldfish ['goldfɪʃ]

Goldi ['goldɪ]

Goldie ['goldɪ] 戈爾迪

Goldilocks ['goldɪ,laks]

Golding ['goldɪŋ] 戈爾丁

Goldingen ['gəldɪŋən]

Goldman ['goldmən] 戈德曼　　「戈德曼」

Goldmann ['goldmən; 'galtman(德)]

Goldmark ['goldmark; 'galtmark(德)]
戈德馬克

Goldoni [gol'donɪ]

Goldring ['goldrɪŋ] 戈德林

Goldsboro ['goldzbərə]

Goldsborough ['goldzbərə] 戈德茲伯勒

Goldsmid ['goldsmɪd] 戈德斯米德

Goldschmidt ['goldʃmɪt; galt-(德);
'galʃmɪt (丹)]

Goldsmid-Montefiore ['goldsmɪd·
,mantɪfɪ'orɪ]

Goldschmied ['galtʃmit]

Goldsmith ['goldsmɪθ] 哥德斯密 (Oliver,
1728 — 1774, 英國作家)

Goldstein ['goldstaɪn; 'galtʃtaɪn(德)]
戈爾茨坦

Goldstone ['goldston] 戈德斯通

Goldstücker ['galt·ʃtjukə]

Goldsworthy ['goldzwəðɪ] 戈茲沃西

Goldthwaite ['goldθwet] 戈德思衞特

Goldwin ['goldwɪn] 戈爾德溫

Goldziher ['galt·'tsɪə]

Goléa [go'lea]

Golenpaul ['golənpol]

Goler ['golə]

Golfe [galf]

Golfo ['golfo]

Golgi ['goldʒɪ] 高爾基 (Camillo, 1844 —
1926, 義大利醫生)

Golgotha ['galgəθə] 各各他 (中東)

Goliad [,golɪ'æd]

Goliah Gahagan [gə'laɪə 'gagən]

Golias(s)es [go'laɪəsɛz]　　　「巨人

Goliath [gə'laɪəθ] 聖經所載被大衞殺死之

Golightly [gə'laɪtlɪ] 戈萊特利

Golinkin [go'lɪŋkɪn] 戈林金

Golitsyn [gʌ'ljitsɪn] （俄）

Golius ['golɪəs]

Goll [gal]

Golling ['golɪŋ]

Gollinger ['golɪŋə]

Göllnabanya ['gəlna'banja] （匈）

Göl(l)nitz ['gəlnɪts]　　　　　　「（俄）

Golodnaya Step(pe) [gʌ'lodnəjə 'stjepj]

Golovnin [galəv'njin; gʌlʌf'njin (俄)]

Golschmann ['golʃman]

Goltermann ['galtəman]

Golther ['galtə]

Golton ['galtən]

Goltzius ['galtsɪʋəs]

Golub ['golup] 戈盧布

Goluchowski [,golu'hafskɪ] （波）

Golze ['golzi] 戈爾奇

Gomal [go'mʌl] （印）

Gomar [go'ma]

Gomara [gə'mara]

Gómara ['gomara]

Gomarist ['gomərɪst]

Gomarus [go'marəs]

Gombaud [gɔŋ'bo] （法）

Gomberg ['gambəg] 岡伯格

Gomberville [gɔŋber'vil] （法）

Gömbös ['gəmbəʃ] （匈）

Gomeiza [go'maɪza]

Gomel ['gomal] 哥麥耳 (蘇聯)

Gomera [go'mera]

Gomersal [gaməsəl] 戈默索爾

Gomery [gom'ri] 戈梅里　　「（巴西）」

Gomes ['gomɛz; 'gomɪʃ (葡) ; 'gomɪs

Gomes de Amorim ['gomɪʒ ðɪ əmu'riŋ]
（葡）

Gómez ['gomeθ] （西）戈梅斯

Gómez, Enríquez [en'rikeθ 'gomeθ]

Gomez de la Serna ['gomeθ ðe la
'sɛrna] （西）

Gómez Palacio ['gomeθ pa'lasjo] （西）

Gomillion [go'mɪljən] 戈米利恩

Gomme [gam] 戈姆

Gommer ['gamə]

Gómora ['gomora]

Gomorrah, Gomorrha [gə'marə] 【聖經】
蛾摩拉 (因其居民罪惡重大與其鄰市 Sodom 同被
神毀滅之一古城)

Gompers ['gampəz] 岡珀斯

Gompertz ['gampəts] 岡珀茨

Gomshall ['gamʃəl]

Gomulka [go'mʊlka]

Gomul [gʌ'mʌl]

Gona ['gonə]

Gonaïve [gona'iv]

Gonatas ['ganətəs]

Gonave 〔gɔ'nav〕
Gonçalo 〔goŋ'salu〕 (葡)
Gonçalves 〔goŋ'salvɪz〕 「(葡)
Gonçalves Crespo 〔goŋ'salvɪz 'krespu〕
Gonçalves Dias 〔goŋ'salvɪz 'ðiəs〕 公沙爾威兹 (Antonio, 1823 — 1864, 巴西小說家)
Goncours 〔gɔŋ'kur;-'kur (法)〕
Goncourt 〔gɔŋ'kur;-'kur (法)〕
Gondal 〔'gondəl〕
Gondebaud 〔gɔŋd'bo〕 (法)
Gondemar 〔gɔŋd'mar〕 (法)
Gondéric 〔gɔŋde'rik〕 (法)
Gondi 〔gɔŋ'di;'gondɪ〕
Gondicaire 〔gɔŋdi'kɛr〕 (法)
Gondibert 〔'gandɪbət〕
Gondinet 〔gandi'nɛ〕 (法)
Gondioc 〔gɔŋ'djak〕
Gondo 〔'gando〕
Gondokoro 〔gɔŋ'dɔkəro〕
Gondola 〔'gondola〕
Gondomar 〔,gɔndo'mar (西);gondu-'mar (葡)〕
Gondrin 〔gɔŋ'dræn〕 (法)
Gondwana 〔gand'wanə〕
Gondwanaland 〔gand'wanə,lænd〕
Goneril 〔'ganərɪl〕
Gongarian 〔gan'gerɪən〕
Góngora Marmolejo 〔'gɔŋgora ,marmo'lɛho〕 (西)
Góngora y Argote 〔'gɔŋgora ɪ ar-'gote〕 (西)
Gonin 〔'gonɪn; gɔ'næŋ (法)〕
Gonja 〔'gondʒa〕
Gonne 〔gan〕
Gonneville 〔gɔn'vil〕
Gonsalez 〔gon'saleθ〕 (西)
Gonsalo 〔gon'salo〕
Gonsalvo 〔gon'salvo〕
Gontaut 〔gɔŋ'to〕 (法)
Gontzi 〔'gɔntsɪ〕
Gonville 〔'ganvɪl〕 岡維爾 「(葡)〕
Gonzaga 〔gond'zaga(義);gɔŋd'zagə〕
Gonzago 〔gən'zago〕
Gonzague 〔gɔŋ'zag〕 (法)
Gonzales 〔gən'zalɪs;gon'zaləs (荷); gɔn'θales;-'sal-(西)〕
González 〔gɔn'θaleθ(西);-'sales (拉丁美)〕岡薩雷斯 「(西)
González, Fernán 〔fɛr'nan gɔn'θaleθ〕
González Balcarce 〔gɔn'θaleθ bal-'kase〕(西)

González Bravo 〔gɔn'θaleθ 'bravo〕(西)
González-Carvajal 〔gɔn'θaleθ ,karva-'hal〕(西)
González Dávila 〔gɔn'θaleθ 'davila〕(西)
González de Clavijo 〔gɔn'θaleθ ðe kla-'viho〕(西)
González de Eslava 〔gɔn'sales de ɛs-'lava〕(拉丁美)
González Martínez 〔gɔn'sales mar-'tines〕(拉丁美)
González Prada 〔gɔn'sales 'praða〕
González Videla 〔gɔn'sales vi'dela〕 公沙里斯 (Gabriel, 1898-, 智利律師)
Gonsáléz Vigil 〔gɔn'sales vi'hil〕(拉丁美)
Gonzalo 〔gɔn'θalo(西);gɔn'salo(拉丁美)〕
Gonzalo de Berceo 〔gɔn'θalo ðe bɛr-'θeo〕(西)
Gonzalo de Córdoba 〔gɔn'θalo ðe 'kɔrðova〕 (西)
Gonzalve 〔gɔŋ'zalv〕 (法)
Gooch 〔gutʃ〕 古奇
Goochland 〔'gutʃlənd〕
Good 〔gud〕 古德
Goodale 〔'gudel〕 古德爾
Goodall 〔'gudɔl〕 古多爾
Goodbody 〔'gud,badɪ〕 古德博迪
Goodchild 〔'gudtʃaɪld〕 古德柴爾德
Goode 〔gud〕 古德
Goodell 〔gu'dɛl〕 古德爾
Gooden 〔'gudən〕 古登
Goodenough 〔'gudɪnʌf〕 古迪納夫
Gooderham 〔'gudəhæm〕 古德哈姆
Goodeve 〔'gudiv〕 古迪夫
Goodfellow 〔'gud,fɛlo〕 古德費洛
Goodge 〔gudʒ〕
Goodhart 〔'gudhart〕 古德哈特 「(南非)
Good Hope, Cape of 〔'gud hop〕 好望角
Goodhue 〔'gudhju〕 古得修(Bertram Grosvenor, 1869 — 1924, 美國建築家)
Goodier 〔'gudɪr〕 古迪爾
Gooding 〔'gudɪŋ〕 古丁
Goodland 〔'gudlənd〕 古德蘭
Goodloe 〔'gudlo〕 古德洛
Goodman 〔'gudmən〕 古德曼
Goodnews 〔'gudnjuz〕
Goodnight 〔'gudnaɪt〕 古德奈特
Goodnow 〔'gudno〕 古德諾
Goodrich 〔'gudrɪtʃ〕 古德利奇 (Samuel Griswold, 1793 — 1860, 筆名 Peter Parley, 美國作家)
Goodrig 〔'gudrɪg〕
Goodson 〔'gudsn̩〕 古德森

Goodspeed [ˈɡʊdspid] 古德斯皮德

Goodwell [ˈɡʊdwɛl]

Goodwill [ˈɡʊdwɪl] 古德威爾 「(英格蘭)

Goodwin Sands [ˈɡʊdwɪn ～] 古德文沙洲

Goodwins [ˈɡʊdwɪnz]

Goodwood [ˈɡʊdwʊd]

Goody [ˈɡʊdɪ] 古迪

Goodyear [ˈɡʊd, jɪr] 古德伊爾 (Charles, 1800－1860, 美國發明家)

Goodyer [ˈɡʊdjə]

Goodykoontz [ˈɡʊdɪkunts] 古迪孔茨

Googe [ɡʊdʒ] 古奇

Googie [ˈɡugɪ]

Gookin [ˈɡukɪn] 古金

Goold [ɡuld] 古爾德

Goolden [ˈɡuldən] 古爾登

Goole [ɡul]

Goolrick [ˈɡulrɪk] 古爾里克

Goonhilly [ˈɡun, hɪlɪ] 貢希利

Goop [ɡup]

Goose Bay [ɡus～] 古斯灣 (加拿大)

Goosen [ˈɡusən]

Goosens [ˈɡusəns]

Goosport [ˈɡuspɔrt]

Goossens [ˈɡusənz] 古森斯

Gooty [ˈɡutɪ]

Gopal [ɡoˈpɔl(孟)；ɡoˈpal]

Gophir [ˈɡofə]

Göppert [ˈɡɜpət]

Gor [ɡɔr]

Góra [ˈɡura]

Gorakhpur [ˈɡɔrəkpʊr]

Göran [ˈjɜrɑn] (瑞典) 戈蘭

Gorboduc [ˈɡɔrbədʌk]

Gorch [ɡɔrh] (德)

Gorchakov [ɡɔrtʃɑˈkɔf；ɡʌrtʃʌˈkɔf(俄)]

Gorda, Punta [ˈpuntɑ ˈɡɔrðɑ](西)

Gordian knot [ˈɡɔrdɪən ～]【 希臘神話 】 Phrygia 王 Gordius 之難結

Gordin [ˈɡɔrdin]

Gordium [ˈɡɔrdjəm]

Gordius [ˈɡɔrdjəs]

Gordo [ˈɡɔrdu]

Gordon [ˈɡɔrdn] 戈登 (Charles George, 1833－85, 英國名將)

Gordons [ˈɡɔrdnz]

Gordyene [, ɡɔrdɪˈini]

Gore [ɡɔr] 戈爾

Gore-Booth [ˈɡɔrˈbuθ]

Gorecki [ɡɔˈrɛtskɪ] (波)

Gorée [ɡɔˈre]

Gorelaya [ɡɑˈrɛləjə]

Gorell [ˈɡɑrəl] 戈雷爾

Gore-McLemore [ˈɡɔrˈmækləmər]

Goremykin [ɡʌrjɪˈmikjɪn] (俄)

Gorenko [ɡɑˈrɛnkə]

Gorgan [ɡɔrˈɡɑn]

Gorgas [ˈɡɔrɡəs]

Görgei [ˈɡɜɡe；ˈɡɜɡɛji (匈)]

Gorges [ˈɡɔrdʒɪz]

Görgey [ˈɡɜɡe；ˈɡɜɡɛji (匈)]

Gorgias [ˈɡɔrdʒɪəs]

Gorgibus [ɡɔrʒiˈbjʊs]

Gorgie [ˈɡɔrɡɪ] 「語)

Gorgio [ˈɡɔrdʒɪo] 非吉普賽人 (吉普賽人用

Gorgon [ˈɡɔrɡən] 【希臘神話】三蛇髮女怪 之一

Gorgona [ɡɔrˈɡona]

Gorgonzola [, ɡɔrɡənˈzolə]【 義 】羊乳製 的上等乾酪

Gorham [ˈɡɔrəm] 戈勒姆

Gori [ˈɡɔrɪ]

Gorica [ˈɡɔritsɑ]

Gorinchem [ˈhorɪŋhəm] (荷)

Göring [ˈɡɜrɪŋ] (德) 戈林

Goring [ˈɡɔrɪŋ] 戈林

Göritz [ˈɡɜrɪts]

Gorizia [ɡɑˈritsɪə；ɡoˈritsjɑ]

Gorki [ˈɡɔrkɪ] 高爾基 (蘇聯)

Gorkum [ˈɡɔrkəm；ˈhɔr-(荷)]

Gorky [ˈɡɔrkɪ；ˈɡɔrjkəɪ(俄)]

Gorleston [ˈɡɔrlstən]

Görlitz [ˈɡɜlɪts] 革利茲 (德國)

Görlitzer Neisse [ˈɡɜlɪtsə ˈnaɪsə]

Gorlovka [ɡʌrˈlɔfkə] 哥羅夫卡 (烏克蘭)

Gorlois [ˈɡɔrlɔɪs]

Gorm [ɡɔrm]

Gorman [ˈɡɔrmən] 戈爾曼

Gormanston [ˈɡɔrmənstən]

Gorna Dzhumaya [ˈɡɔrnɑ ˈdʒumɑjɑ]

Gorna Orehovitsa [ˈɡɔrnɑ ɔrɛˈhovitsɑ]

Gorna Orehovitza [ˈɡɔrnɑ ɔrɛˈhɔvitsɑ]

Gorna Oryakhovitsa [ˈɡɔrnɑ ɔrˈjaˈhovitsɑ]

Gorner [ˈɡɔrnə]

Gorner Grat [ˈɡɔrnə ,ɡrɑt]

Gornergrat [ˈɡɔrnəɡræt]

Gorno-Altai [ˈɡɔrnə·alˈtaɪ] 「(俄)

Gorno-Badakhsjan [ˈɡɔrnə·bədʌhˈʃɑn]

Gorodnitzki [ɡɔˈrodnjɪtskɪ]

Gorong [ˈɡɔrɑŋ]

Goronwy [ɡəˈrɑnwɪ] 戈倫衞

Görres [ˈɡɜrəs]

Gorria, Tobio [toˈbio ˈɡɔrrjɑ]

Gorrie ['gɔrrɪ] 戈里
Gorringe ['gɑrɪndʒ] 戈林奇
Gorrondona [goron'dona]
Gorsline ['gɔrzlɪn]
Gorst [gɔrst] 戈斯特
Gort [gɔrt] 戈特
Gortatowsky [gɔrtə'tɑuskɪ] 戈塔托斯基
Gortchakov [gɑrtʃʌ'kɔf] (俄)
Gorter ['gɔrtə] 戈特
Gortho ['gɔrθɔ]
Gorton ['gɔrtn] 戈頓
Gortyna [gɔr'taɪnə]
Gortynian Inscription [gɔr'tɪnɪən~]
Görtz [gɜts]
Goryn ['gɔrɪn]
Görz [gɜts]
Gorzów Wielkopolski ['gɔrʒuf ,vjɛlkɔ-
    'pɔlskɪ] (波)
Gosainthan ['gosaɪn'tɑn] 哥杉塘峯(西藏)
Göschel ['gɜʃəl]
Goschen ['goʃən] 戈申
Goscombe ['gɑskəm] 戈斯科姆
Gosden ['gɑsdən; 'gɑzdən] 戈斯登
Gose [gos] 戈斯
Gosforth ['gɑzfɔθ]
Goshal [go'ʃɔl]
Goshen ['goʃən] 【聖經】歌珊地(出埃及
    以前以色列人所居住之埃及北部之肥沃牧羊地)
Goshenlaud ['goʃənlænd]
Gosia ['goʃə]
Gosiute ['gosɪjut]
Goslar ['gɔslɑr]
Goślicki [gɔʃ'litski] (波)
Gosling ['gɑzlɪŋ] 戈斯林
Gosnold ['gɑznold]
Gosnell ['gɑznəl; gɑz'nɛl] 戈斯內爾
Gospel ['gɑspəl]
Gosper ['gɑspə]
Gosport ['gɑs,pɔrt] 哥斯波(英格蘭)
Gosplan ['gɑsplæn] 蘇聯之國家計畫委員會
Gosport ['gɑspɔrt] 哥斯波(英格蘭)
Goss [gɑs] 戈斯
Gossaert ['gɑsɑrt]
Gossage ['gɑsɪdʒ] 戈西奇
Gossart ['gɑsɑrt]
Gosschalk ['gɑstʃɔk]
Gosse [gɑs] 戈斯 (Sir Edmund William,
    1849－1928, 英國詩人及批評家)
Gossec [gɔ'sɛk]
Gosselin [gɔ'slæŋ] (法)
Gossen ['gɑsən]
Gosset de Guines [gɔ'sɛ də 'gin] (法)

Gosson ['gɑsn]
Gösta ['jɜstɑ]
Gøsta ['jɜstɑ] (挪)
Gostorg ['gɑstɔrg]
Goszczyński [gɔʃ'tʃɪnjskɪ] (波)
Got [go] (法)
Göta ['jɜtɑ] (瑞典)
Gotaas ['gɑtəs] 戈塔斯
Gotama ['gɔtəmə]
Götarike ['jɜtɑrikə] (瑞典)
Gotch [gɑtʃ] 戈齊
Gotchalk ['gɑttʃɔk]
Göteborg [,jɜtə'bɔrj] 越特堡港(瑞典)
Göteborg and Bohus ['jetəbɔrg ɑnd
    'buhus; jɜtə'bɔrj-(瑞典)]
Gotenburg ['gotənburk]
Gotenhafen ['gotənhɑfən]
Gotfried von Viterbo ['gɑtfrit fɑn
    vi'tɛrbo]
Goth [gɔθ] 哥德人
Gotha ['goθə; 'gotɑ (德)]
Götha ['jɜtɑ] (瑞典)
Gothaer ['gotɑə]
Gotham ['goθəm] ❶哥譚縣；愚人村(英國童
    話) ❷紐約市之俗稱
Got(t)hard ['gɑtəd; 'gɑthɑrd (丹)；
    gɔ'tɑr (法)]
Götland ['jɜtɑ,lɑnd] (瑞典)
Gothenburg ['gɑθən,bɜg] 哥森堡(美國)
Gothicus ['gɑθɪkəs]
Gothland ['gɑθlənd] 哥特蘭島(瑞典)
Gothofredus [,gɑθo'fridəs; 'goto'fredus
    (德)]
Goths [gɑθs]
Gotifredo [,gotɪ'fredo]
Gotland ['gɑtlənd] 果特蘭島(瑞典)
Gotobed ['gɑtəbed]
Gött [gɜt] 戈特
Gotter ['gɑtə]
Götterdämmerung [,gɜtə'dɛmərʊŋ]
Gottesberg ['gɑtəsberk]
Gottesfreunde ['gɑtəsfrɔɪndə] (德)
Gottfried ['gɑtfrit] 戈特弗里德 「典)」
Gotthard ['gɑthɑrt(德)；'gɑthɑrd (瑞
Gotthardt ['gɑthɑrt]
Gottheil ['gɑthaɪl]
Gotthelf ['gɑthɛlf]
Gotthilf ['gɑthɪlf]
Gotthold ['gɑthɑlt]
Göttingen ['gɜtɪŋən] 哥丁根(德國)
Göttinger Musenalmanach ['gɜtɪŋə
    'muzənɑlmɑnɑh] (德)

Gottland ['gɑtlənd] 「戈特利布

Gottlieb ['gɑtlip(德); 'gɔtlib(芬、瑞典)]

Gottlob ['gɑtlɑb(丹);'gɑtlop(德)]

Gottl-Ottlilienfeld ['gɑtl·ɑt'liljən,fɛlt]

Gottorp ['gɔtɔrp] 」(德)

Gottreu ['gɑttrɔɪ]

Gottschalk ['gɑt·ʃɔk;'gɑt·ʃalk(德)] 戈特沙爾克

Gottschall ['gɑt·ʃɑl] 戈特沙爾

Gottsched ['gɑt·ʃet]

Gottwald ['gɑtvɑlt] 戈特爾德

Gottwaldov ['gɑtvɑldɔf]

Gottwaltz ['gɑtwɔlts]

Gottwerth ['gɑtvɛrk]

Götz [gɜts]

Goucher ['gɑʊtʃə]

Gouda ['gɑʊdə] 高達（荷蘭）

Goudge [gʊdʒ] 古奇

Goudimel [gudi'mɛl]

Goudriaan [hɑʊdri'ɑn]（荷）

Goudy ['gɑʊdɪ]

Gough Island [gɑf~] 果夫島(大西洋)

Gough-Calthorpe ['gɑf·'kɔlθɔrp]

Gouin ['gwæŋ]（法）

Goujaud [gu'ʒɔ]（法）

Goujet [gu'ʒɛ]（法）

Goujon [gu'ʒɔŋ]

Goulaine [gu'lɛn]（法）

Goulburn ['gʊlbən;'gɔlbən] 古爾本

Gould [guld] 古爾德

Gould,Baring- ['bɛrɪŋ·'guld]

Goulden ['guldən] 古爾登

Gouldin ['gɔldɪn]

Goulding ['guldɪŋ] 古爾丁

Gould Nunatak ['guld 'nʌnətæk]

Gouldesboro ['guldzbərə]

Gouldsborough ['gulzbərə]

Goulette [gu'lɛt]

Goulimine [gulɪ'min]

Goumenitsa [,gumɛ'nitsɑ]

Gounares [gu'nɑrɪs]

Gounaris [gu'nɑrɪs]

Gounod [gu'no] 古諾（Charles François, 1818-1893, 法國作曲家）

Goupil [gu'pi]（法）

Gour [gɑr;'gɑʊr]

Gouraud [gu'ro]（法）

Gourgaud [gur'go]（法）

Gourgues [gurg]（法）

Gouritz ['gɑʊrɪts]

Gourlay ['gʊrlɪ;'gɔrlɪ] 古爾利

Gourley ['gʊrlɪ;'gɔrlɪ] 古爾利

Gourlie ['gʊrlɪ;'gɔrlɪ] 古爾利

Gourmont [,gur'mɔŋ] 古爾孟（Remyde, 1858-1915, 法國小說家、詩人、批評家）

Gournay [gur'ne]（法）

Gournia ['gʊrnɪə]

Gourock ['gʊrək]

Goursat [gur'sɑ]（法）

Gourville [gur'vil]（法）

Gousset [gu'sɛ]（法）

Gouthière [gu'tjɛr]（法）

Gouvé, Le [lə gu've]（法）

Gouverneur [,gʌvə'nʊr;,guvə-]

Gouvion [gu'vjɔŋ]（法）

Gouvy [gu'vi]

Gouyave [gu'jɑv]

Govaert ['govɑrt]

Govan ['gʌvən] 戈萬

Govardhana [go'vɑrdənə]

Gove [gov] 戈夫

Gover ['govə]

Governador [,govənə'ðɔr]（葡）

Government ['gʌvənmənt]

Governors ['gʌvənəz]

Govey ['govɪ]

Govier [govɪr] 戈維爾

Govind [go'vɪnd] 戈文德

Govinda [go'vɪdə]

Govind Singh [go'vɪnd 'sɪŋhə]

Govorov [govərɔf]

Gow [gɑʊ] 高

Gowan ['gɑʊən] 高恩

Gowanda [gə'wɑndə;gə'wɑndə]

Gowanus [gə'wɑnəs]

Gowen ['gɑʊən;'gɑʊɪn] 高恩

Gower ['gɑʊə] 古爾（John, 1325?-1408, 英國詩人）

Gower, Leveson- ['lusn·'gɔr]

Gowers ['gɑʊəz] 高爾斯

Gowing ['gɑʊɪŋ] 高英

Gowland ['gɑʊlənd] 高蘭

Gowrie ['gɑʊrɪ] 高里

Goya ['gojɑ] ❶高耶（Francisco de, 1746-1828, 西班牙畫家）❷果亞（阿根廷）

Goyania [gɔɪ'ʌnjə]（巴西）

Goyan(n)a [gɔɪ'ʌnə]（巴西）

Goyatacá [,gojɑtɑ'kɑ]

Goyau [gɔ'jo;gwɑ'jo(法)]

Goya y Lucientes ['gojɑ ɪ lu'θjentes] 戈耶（Francisco José de, 1746-1828, 西班牙畫家）

Goyaz [gɔɪ'as]（葡）
Goyen ['gɔɪən;'gɔɪjən]
Goyeneche [,goje'netʃe]
Goyon [ga'jɔŋ]
Gozan ['gozən]
Gozlan [gɔz'lɑŋ]
Gozo ['gozo;'gɔtso]
Gozón [go'θon]（西）
Gozzi ['gottsɪ;'gɔttsi]
Gozzo ['gɔttso]
Gozzoli ['gottsoli;'gɔttsoli]
Gqunukhwebe [gunu'kwebe]
Graaf [graf]
Graafeld ['grɔfɛl]（挪）
Graal [grɑl]
Grabar [gra'bar;grʌ'barj（俄）
Grabau ['grebo] 格雷博
Grabbe ['grabə]
Grabów ['grabuf]（波）
Grabham ['græbəm]
Grable ['grebl] 格拉布爾
Grabmann ['grapmɑn]
Grabski ['grapskɪ]
Graça Aranha ['grasə ə'rænjə;
-ə'rʌnjə]
Gracchi ['græki;-kaɪ]
Gracchus ['grækəs] 格拉古（Gaius
Sempronius, 153-121 B.C, 羅馬政治家）
Grace [gres] 葛瑞斯
Gracechurch ['grestʃətʃ]
Graces ['gresɪz]【希臘神話】掌管美麗溫
雅的三女神
Gracht [hrakt;hrɑht（荷）]
Gracia [gre'ʃɪə]
Graciän [gra'θjan]（西）
Gracia Real ['grasja re'al]
Gracias ['grasjas] 格雷西亞斯 ［丁美]
Gracias ā Dios ['grasjas ɑ 'ðjos]（拉
Gracida [gra'sida]
Gracie ['gresɪ] 格雷西
Gracieux [gra'sjɜ]（法）
Gracilano [,grasi'ljano] ［（西）]
Graciosa [gra'sjɔzə;gra'θjosa; -'sjo-
Gracioso [gra'θjoso;-'sjo-（西）
Gradec ['gradɛts]（塞克）
Gradenigo [,gradɛ'nigo]
Gradgrind ['grædgraɪnd]
Gradis, Rodrigues- [rɔd'rig·gra'dis]
Gradle ['gredl]
Grado ['grado（義）; 'graðo（西）]
Gradus ['gredəs] ['næsəm]
Gradus ad Parnassum ['gredəs æd par-

Grady ['gredɪ] 格雷迪
Graeae ['griɪ]
Graebe ['grebə]
Graebner ['grebnə]
Graecia ['griʃə]
Graeco-Bulgar ['griko·'bʌlgə]
Graefe ['grefə]
Graefe, Meier- ['maɪə·'grefə]
Graeff [hraf]（荷）
Graeffe method ['græf ,mɛθəd]
Graeme [grem] 格雷姆
Graener ['grenə]
Graesser ['grezə] 格雷澤
Graevius ['grevɪʊs]
Graf [graf] 德國、奧大利等的伯爵
Grafe [gref]
Gräfe ['grefə]
Grafenberk ['grafɛnbɛrk]
Gräfenberg ['grefənbɛrk]
Graff [graf] 格拉夫
Graf(f)igny [grafi'nji]（法）
Grafly ['greflɪ] 格雷夫利
Graf Spee Incident [graf 'ʃpe]
Grafton ['graftŋ] 格拉夫頓（澳洲）
Graham(e) ['greəm] 格雷姆（ ❶ Thomas,
1805-1869, 蘇格蘭化學家❷ Kenneth, 1859-
1932, 英國作家）
Graham Bell ['greəm 'bɛl]
Grahame-White ['greəm·'hwaɪt]
Graham-Gilbert ['greəm·'gɪlbət]
Graham of Claverhouse ['greəm əv
'klæ vəz]
Grahamston ['greəmstən]
Grahamstown ['greəmztaun]
Graiae ['grei;'graɪɪ]
Graian Alps ['grejən ~] 格瑞安阿爾卑斯
山（歐洲）
Grail [grel]
Grain [gren]
Grainger ['grendʒə] 格蘭杰
Grainne ['granjə]（愛）
Grajaú [,graʒə'u]
Gram [græm] 格拉姆
Gramatky [gre'matkɪ]
Gramercy [græ'mərsɪ]
Grammaticus [grə'mætɪkəs]
Gramme [gram] 格拉姆（Zénobe Théophile,
1826-1901, 比利時電學家）
Gram(m)ont [gra'mɔn]（法）
Gramophone ['græməfon]
Grampian ['græmpɪən] 格蘭屏（蘇格蘭）
Gran [gran;græn]

Granacci [gra'nattʃɪ]

Granada [grə'naðə] 格拉那達（西班牙）

Granados [gra'naðos] （西）

Granadino, El [ɛl ˌgrana'ðino] （西）

Granberry ['grænbɛrɪ] 格蘭伯里

Gran Bretagna [gram bre'tanja]

Granbury ['grænbərɪ]

Granby ['grænbɪ] 格蘭比

Gran Canaria ['graŋ ka'narja]

Gran Capitan, El [ɛl graŋ ˌkapɪ'tan]

Gran Chaco ['gran 'tʃako]

Gran Colombia [ˌgraŋ ko'lɔmbja]

Grand [grænd] 格蘭德

Grand Bassa ['grænd 'bæsə] 大巴薩（賴比瑞亞）

Grand Canary ['grænd kə'nɛrɪ] 大加奈利島（非洲）

Grand Canyon ['grænd 'kænjən] 大峽谷（美國）

Grand-Carteret [graŋ·kar'trɛ] （法）

Grand Cess ['grænd 'sɛs]

Grand Combin [graŋ kɔŋ'bæŋ] （法）

Grand Cornier [graŋ kɔr'nje] （法）

Grand Coulee ['grænd 'kuli]

Grand Couroné [graŋ kurɔ'ne] （法）

Grandcourt ['grændkɔrt; graŋ'kur(法)]

Grande, Ilha ['iljə 'grænndɪ] （葡）

Grande, Rio ['rio 'grændɪ; 'raɪo 'grænd; 'riu 'grænndɪ(葡)]

Grande, Río ['rio 'grande] （西）

Grande Añasco [ˌgrande a'njasko]

Grande Armée [graŋ dar'me]

Grande Baie [ˌgraŋd 'be] 「（法）

Grande Bretagne [graŋd brə'tanj]

Grande Casse [graŋd 'kas] (法）

Grande Chartreuse, La [la graŋd ʃar'trɜz] （法）

Grande Combe-La Pise [graŋd 'kɔŋb-la 'piz]

Grande-Comore [graŋd kɔ'mɔr] （法）

Grande de Arecibo ['grande ðe ˌare-'sivo] （西）   「te]

Grande del Norte ['grande dɛl 'nɔr-

Grande de Loíza ['grande ðe lo'isa] （西）

Grande do Belmonte ['grændɪ du bɛl'montɪ]

Grandella [gran'dɛlla]

Grande Prairie ['grænd 'prɛrɪ]

Grande Ronde ['grænd 'rand]

Grande-Sassière [graŋd sa'sjɛr] (法）

Grandes Jorasses [graŋd ʒɔ'ras] (法）

Grandes Landes [graŋd 'laŋd]

Grande Soufrière [graŋd sufri'ɛr] (法）

Grandet [graŋ'dɛ]   「（法）]

Grande Terre ['græn 'tɛr; graŋd 'tɛr

Grand Forks ['grænd 'fɔrks]

Grand Falls ['grænd 'fɔlz]

Grandgent ['grændʒɛnt]

Grand Guignol [graŋ gi'njɔl] （法）

Grandi ['graŋdɪ]

Grandison ['grændɪsŋ] 格蘭迪森

Grandissimes ['grændɪsimz]

Grandjany [gran'ʒanɪ]

Grand Lac [graŋ 'lak] （法）

Grand Ledge ['grænd 'lɛdʒ]

Grand Liban [graŋ li'baŋ]

Grand Manan ['grænd mə'næn]

Grand Marais ['grænd mə're]

Grand Meaulnes [graŋ 'mon] （法）

Grand'Mère [graŋ'mɛr]

Grand Monarque [graŋ mɔ'nark] （法）

Grandmougin [graŋmu'ʒæŋ] （法）

Grand Paradis [graŋ para'di] （法）

Grand Popo ['grænd 'popo]

Grand Prairie ['grænd 'prɛrɪ] 「（法）

Grand Pré ['grænd 'pre; graŋ 'pre]

Grandpré ['grændpre; graŋ'pre （法）]

Grand Prix [graŋ'pri] 國際長途大賽車

Grand-Quevilly [graŋ·kəvi'ji] （法）

Grand Rapids ['grænd 'ræpɪdz] 大湍城（美國）   「（法）

Grand-Saint-Bernard [graŋ·sæŋbɛr'nar]

Grand, Saint Jaques le [sent 'dʒekwiz lə 'grænd]

Grand Saline ['grænd sə'lin]

Grands Couloirs, Pointe des [ˌpwæŋt de ˌgraŋ ku'lwar] （法）

Grands-Mulets [graŋ·mju'lɛ] （法）

Gran(d)son [graŋ'sɔŋ]

Grand Terre [ˌgrænd 'tɛr]

Grand Teton [~'ti,tan] 大梯頓山（美國）

Grand Traverse ['grænd 'trævəs]

Grandval [graŋ'val]

Grandview ['grændvju]

Grandville ['grændvɪl; graŋ'vil（法）]

Grane [gren] 格雷恩

Granet [gra'ne] （法）   「支機構

Grange [grendʒ] 【美】農人協進會之地方分

Grangemouth ['grendʒməθ] 格蘭吉默斯（英國）

Granger ['grendʒɚ] 格蘭杰

Grangerford ['grendʒɚfəd]

Grangetown ['grendʒtaun]

Grangeville ['grendʒvɪl]
Grangousier [graŋgu'zje] （法）
Granicus [grə'naɪkəs]
Granier [gra'nje] （法） 「（美國）
Granik ['granɪk]
Granite Peak ['grænɪt ～] 格蘭尼峰
Graniteville ['grænɪtvɪl]
Granius ['grenɪəs]
Granjon ['grændʒən;graŋ'ʒɔŋ（法）]
Gran Malindang [gran ,malɪn'daŋ]
Granovsky [gra'nɔfskɪ]
Gran Paradiso [gram ,para'dizo]
Granperra [gram'pɛrra]
Gran Quivira [græn kɪ'vɪrə]
Gran Reunión Americana [gran ,reu-'njon a,meri'kana]
Gran Sasso d'Italia [gran 'sasso dɪ'talja]
Gransee ['granze]
Gran Sirte [gran 'sɪrte]
Granskou ['grænsko] 格蘭斯科
Granson [graŋ'sɔn] （法）
Grant [grænt] 格蘭特（ Ulysses Simpson, 1822-1885, 美國將軍）
Granta ['græntə]
Grant Duff ['grænt 'dʌf]
Gran Téul [gran 'teul]
Granth [grʌnt] 「瑟姆
Grantham ['grænθəm;'grantəm] 格蘭
Grantie [grantɪ]
Grantley ['grantlɪ] 格蘭特利
Grantly ['græntlɪ]
Granton ['grantən;'græn-]
Grantorto [græn'tɔrto]
Grantown ['græntaʊn]
Grants [grants]
Grantsburg ['grantsbəg]
Grantsville ['grantsvɪl]
Granuffo [grə'nʌfo]
Gran Valira [,gram va'lira] （西）
Granvella [gram'velja] （西）
Granvelle [graŋ'vɛl]
Granville ['grænvɪl;graŋ'vil] （法）
格蘭維爾
Granville-Barker ['grænvɪl·'barkə]
Granville-Smith ['grænvɪl·'smɪθ]
Gran Zebrú [,gran dze'bru]
Grape [grep]
Graper ['grepə] 格雷珀
Graphic ['græfɪk]
Grappa ['grappa]
Gras [gra;gras（法）] 格拉斯

Gras, Lac de [,læk də 'gra] （加法）
Graslitz ['graslɪts]
Grasmere ['grasmɪr]
Grasmoor ['grasmʊr]
Gräsö ['gresə] （瑞典）
Grasse [gras]
Grasse, de [də 'gras]
Grässe ['grɛsə]
Grasselli [gra'selɪ]
Grasset [gra'sɛ] （法）
Grasse-Tilly, de [də ,gras·ti'ji] （法）
Grassi ['grassɪ]
Grassias [gra'sɪəs]
Grassini [gras'sini]
Grassmann ['grasman]
Grassmarket ['gras,markɪt]
Grasso ['grasso] 格拉索
Grass Valley [gras ～]
Grassy ['grasɪ] 格拉西
Grata ['greta] 「（法）
Gratet-Duplessis [gra'tɛ·djuplɛ'si]
Gratian ['greʃɪən] 格雷先（ 359-383, 羅馬皇帝）
Gratiano [,graʃɪ'ano;grat'tjano（義）]
Gratianopolis [,greʃɪə'napəlɪs]
Gratianus [,greʃɪ'enəs] = Gratian
Gratien [gra'sjæŋ] （法）
Gratii ['greʃɪaɪ]
Gratiot ['græʃɪət;-ʃjət]
Gratius Faliscus ['greʃɪəs fə'lɪskəs]
Graton ['grætən] 格拉頓
Gratry [gra'tri] （法）
Grattan ['grætṇ] 格萊敦（ Henry, 1746-1820, 愛爾蘭政治家及演說家）
Gratz [grats] 格拉茨
Grätz [græts;grɛts]
Grau [graʊ]
Graubünden [graʊ'bjʊndən]
Graudenz ['graʊdɛnts]
Grauel [grɔl] 格勞爾
Graumann ['graʊman]
Graun [graʊn]
Graunt [grænt]
Graupius ['grɔpɪəs]
Graupner ['graʊpnə]
Grau San Martín ['graʊ san ma'tin]
Graustark ['graʊstark]
Graustein ['graʊstaɪn] 格勞斯坦
Gräve ['grevə]
Graveairs ['grevɛrs]
Gravel ['grævl] 格拉衛爾
Gravelet [grav'lɛ] （法）

Gravelot〔grav'lo〕（法）

Gravelotte〔grav'lɔt〕

Gravenhage, 's〔ˌshraəvn'hahə〕（荷）

Gravenhurst〔'grevənhəst〕

Gravenor〔'grevnɔr〕

Graves〔grevz〕格雷夫斯（Robert Ranke, 1895-1985, 愛爾蘭作家）

Gravesande〔ˌgravə'sandə〕

Gravesend〔'grevz'ɛnd〕

Gravier〔gra'vje〕（法）

Gravier de Vergennes〔gra'vje də vɛr'ʒɛn〕（法）

Gravière〔gra'vjɛr〕（法）

Graville-Sainte Hororine〔gra'vil sæŋt ɔrnɔ'rin〕（法）

Gravina〔gra'vina〕　　　「（義）

Gravina in Pugia〔gra'vina ɪm 'pulja〕

Grävius〔'grevɪus〕（德）

Gravlund〔'gravlun〕（丹）

Grawe〔grɔ〕格勞

Gray〔gre〕格雷（Thomas, 1716-1771, 英國詩人）

Grayfell〔'grefɛl〕

Grayling〔'grelɪŋ〕

Graymalkin〔gre'mɔlkɪn〕

Grays Peak〔grez ~〕格雷斯峰（美國）

Grayson〔'gresn̩〕貝克爾（Ray Stannard, 1870-1946, 美國作家）

Grays Peak〔grez ~〕格雷斯峰（美國）

Grays Thurrock〔grez 'θɜrək〕

Grayville〔'grevɪl〕

Graz〔grats〕格拉次（奧地利）

Grazia〔'gratsja〕　　　「（義）

Graziani〔gratsja'ni（法）; gra'tsjanɪ

Graziadio〔ˌgratsja'dio〕

Grazie, delle〔ˌdɛle'gratsɪe〕

Grazzini〔grat'tsini〕（義）

Greacen〔'grisn̩〕格里森

Grean〔'griən〕格里安

Greaser〔'grisə〕

Great Basin〔'gret'besn̩〕大盆地（美國）

Great Bear Lake〔'gret 'bɛr~〕大熊湖（加拿大）

Great Britain〔'gret 'brɪtn̩〕❶大不列顛島（歐洲）❷英國之別稱

Great Cham〔'gret 'kæm〕

Greater Antilles〔~æn'tɪliz〕大安地列斯群島（西印度群島）

Greatham〔'gritəm; 'grɛtəm〕

Greathead〔'grethɛd〕格雷特黑德

Greatheart〔'grethart〕

Greatorex〔'gretərɛks〕

Great Slave Lake〔'gret 'slev ~〕大奴湖（加拿大）

Great Smoky Mountains〔'gret 'smokɪ~〕大煙山（美國）

Greaves〔grivz〕

Grebe〔'gribɪ〕格里比

Grebo〔'grebo〕

Grechaninov〔grjɪtʃʌ'njinɔf〕（俄）

Grechetto〔gre'ketto〕

Grecian〔'griʃən〕希臘人

Greco〔'griko; 'greko〕格雷科

Greco, El〔ɛl 'greko; -'greko〕艾爾格雷考（1541-1614, 眞名 Doménico Theotokópoulos, 西班牙畫家）

Greco Milanese〔'greko mɪla'nese〕

Grécourt〔gre'kur〕（法）

Greco-Yugoslave〔'griko·jugos'slav〕

Gredos〔'greðos〕（西）

Greece〔gris〕希臘（歐洲）

Greel(e)y〔'grilɪ〕格利列（Adolphus Washington, 1844-1935, 美國將軍及北極探險家）

Greek〔grik〕❶希臘人 ❷希臘文; 希臘語

Greekling〔'griklɪŋ〕

Green〔grin〕格林（❶ John Richard, 1837-1883, 英國歷史學家 ❷ Julian, 1900-, 出生於法國之美國小說家）

Greenall〔'grinɔl〕格里諾爾

Greenaway〔'grinə,we〕格林納維（Catherine, 1846-1901, 英國女畫家及插圖畫家）

Greenback〔'grin,bæk〕

Greenbackers〔'grin,bækəz〕

Greenbelt〔'grinbɛlt〕

Greenbie〔'grinbi〕格林比

Greenbrier〔'grinbraiə〕

Greencastle〔'grin,kasl̩〕

Greendale〔'grindel〕

Greeneville〔'grinvɪl〕

Greenfield〔'grinfild〕格林菲爾德

Greenford〔'grinfəd〕

Greenhalgh〔'grinhælʃ; -hɔl; -hældʒ〕格林哈爾奇

Greenhaulgh〔'grihɔ〕

Greenhill〔'grinhɪl〕格林希爾

Greenhills〔'gri,hɪlz〕

Greenhithe〔'grinhaið〕

Greenhough〔'grinhaf; -nhʌf; -ho; -hau〕

Greenhow〔'grino; 'grinhau〕

Greenish〔'grinɪʃ〕　　　「（丹麥）

Greenland〔'grinlənd; -lænd〕格林蘭島

Greenlander〔'grinləndə; -lændə〕

Greenlawn〔'grinlɔn〕

Greenleaf ['grinlif] 格林利夫

Greenlee ['grinli] 格林利

Greenly ['grinli]

Greenman ['grinmən] 格林曼

Greenock ['grinək] 格陵諾克港(蘇格蘭)

Greenore [gri'nɔr]

Greenough ['grino] 格雷諾(Horatio , 1805-1852, 美國雕刻家)

Greenpoint ['grinpɔint]

Greenport ['grinpɔrt]

Greens [grinz]

Greensboro ['grinzbərə]

Greensburg ['grinzbɚg]

Greensfork ['grinz,fɔrk]

Greenshirt ['grinʃɚt]

Greenslade ['grinsled] 格林斯萊德

Greensleeves ['grinslivz]

Greensville ['grinzvɪl]

Greensward ['grin,swɔrd] 青草;草皮

Greentree ['grin,tri] 格里納普

Greenup ['grinəp] 格臨維耳(美國)

Greenville ['grinvɪl] 格臨維耳(美國)

Greenwater ['grin,wɑtɚ]

Greenwell ['grinwəl; -wɛl] 格林衞爾

Greenwich ['grinidʒ; grɛn-; -nitʃ; 'grinwitʃ; 'grɛnitʃ] 格林尼治(英國; 美國)

Greenwood ['grinwʊd] 格林伍德

Greer [grɪr] 格里爾

Greet [grit] 格里特

Greetland ['gritlənd]

Greffe ['grɛfə]

Gregersen ['grɛgɚsən] 格雷格森

Greg(g) [grɛg] 葛雷格(John Robert, 1864-1948, 美國教育學家)

Gregh [grɛg]

Grégoire [gre'gwɑr] (法)

Gregor ['grɛgɚ;gre'gɔr (德)]格雷戈爾

Gregoras ['grɛgorəs]

Gregorewitch [grɪ'gɔrjɪvitʃ]

Gregorian [grɛ'gorɪən;grɪg-]

Gregorianus [grɪ,gorɪ'enəs]

Gregorio [gre'gɔrjo (義); gre'gorjo (西)]格雷戈里奧

Gregório [gre'gɔrju] (葡)

Gregorius [grɪ'gorɪəs] 格里戈里厄斯

Gregorovius [,grego'rovɪʊs]

Gregorowski [grega'rɔfskɪ]

Gregory I ['grɛgəri] 格列高里一世(Saint, 540?-604, 於 590-604 任教皇)

Gregorypowder ['grɛgəri,paʊdɚ]

Grégr ['gregɚ]

Greiber ['graɪbɚ] 格賴伯

Greidinger ['gredɪngɚ] 格雷丁格

Greierz ['graɪɚts] (德)

Greif [graɪf]

Greifenberg ['graɪfənbɛrk]

Greiffenhagen ['graɪfən,hagən]

Greifswald ['graɪfswɔld; -valt]

Greig [grɛg] 格雷格

Grein [graɪn]

Greiner ['graɪnɚ] 格雷納

Greiz [graɪts]

Greiz, Reuss- [rɔɪs-'graɪts]

Grell [grɛl] 格雷爾

Grellet [grə'lɛt;grɛl'lɛ (法)]

Grelling ['grɛlɪn]

Gremio ['grimɪo;'grɛmio]

Grenada [grə'nedə;grɛ-; grɪ'nadə] 格瑞那達(西印度群島)

Grenadier [,grɛnə'dɪr]

Grenadines [,grɛnə'dinz] 格林那定群島 (西印度群島)

Grenay [grə'ne]

Grenchen ['grɛnhən](德)

Grendel ['grɛndḷ]

Grenelle [grə'nɛl]

Grenfell ['grɛnfɛl] 格倫費爾

Grenfill ['grɛnfɪl] 格倫菲爾

Grenoble [grə'nobḷ] 格勒諾勃(法國)

Grenville ['grɛn,vɪl] 格倫維爾(George, 1712-1770, 英國政治家)

Grenzmark Posen-Westpreussen ['grɛntsmɑrk 'pozən ,vɛst'prɔɪsən]

Gresham ['grɛʃəm] 葛雷賢(Sir Thomas, 1519?-1579, 英國財政家)

Greshoff ['hrɛʃɔf] (荷)

Gresholtz ['grɛʃhɑlts]

Grésinde [gre'zænd] (法)

Gresik ['grisɪk]

Gresley ['grɛzlɪ;grɛ'le (法)] 格雷斯利

Gresset [grɛ'sɛ] (法)

Gressmann ['grɛsman]

Greswell ['grɛzwəl]

Greta ['gritə;'greta (瑞典)] 格里塔

Greta Hall ['gritə 'hɔl]

Gretchaninoff [grʝɪtʃʌ'njinɔf] (俄)

Gretchen ['grɛtʃɪn]

Gretel ['grɛtḷ]

Grethe ['gretə]

Grethel ['gretəl]

Grether ['grɛθɚ] 格雷瑟

Gretna ['grɛtnə]

Gretna Green ['grɛtnə 'grin]

Grétry [gre'tri]
Greulach ['grɔilɑk] 格羅伊拉克
Greulich ['grulɪk] 格羅伊利希
Greuze [grʒz] 格樂茲 (Jean Baptiste,
    1725-1805, 法國畫家)
Grève [grev]
Grevelingen ['hrevəlɪŋən] (荷)
Greville ['grevɪl] 格雷維爾
Gréville [gre'vil]
Grévin [gre'væŋ] (法) 格雷文
Grévy [gre'vi] 格雷維 (François Paul
    Jules, 1807-1891, 法國律師)
Grew [gru] 格魯
Grey [gre] 格雷 (❶ Charles, 1764-1845,
    英國政治家, 於 1830-34 任首相 ❷ Lady Jane,
    1537-1554, 愛德華六世死後任英女王僅九日)
Greybeard ['grebɪrd]
Greybull ['grebʊl]
Greycoat ['grekot]
Greyerz ['graɪəts] (德)
Grey of Fallodon ['gre əv 'fælədən]
Greylock ['grelɑk]
Greymouth ['gremaʊθ]
Greynville ['grenvɪl; 'grɛn-]
Greyslaer ['grezlɛr]
Greys ['grez]
Greys de Ruthin [,grez də 'ruðɪn]
Greys of Groby [,grez əv 'grubɪ]
Greysolon [gresɔ'lɔŋ] (法)
Greyson ['gresn̩]
Greysteel ['grestil]
Greytown ['gretaʊn]
Grib [grɪb]
Gribble ['grɪbl] 格里布爾
Gribeauval [gribo'val] (法)
Gribo(y)edov [,griba'jɛdəf; grjɪbʌ-
Grice [graɪs] 格賴斯 ['jedɔf(俄)]
Gridley ['grɪdlɪ] 格里德利
Grieg [grig] 格雷哥 (Edvard Hagerup,
    1843-1907, 挪威作曲家)
Griego [grɪ'ego]
Grien [grin]
Griepenkerl ['gripənkɛrl]
Grier [grɪr; 'graɪr] 格里爾
Grierson ['grɪəsn̩] 格列爾遜 (Sir Herbert
    John Clifford, 1866-1960, 英國學者)
Gries [gris] 格里斯
Griesbach ['grisbɑh] (德)
Griese ['grizə]
Grieux [gri'ʒ] (法)
Grieve [griv] 格里夫
Griffenfeld ['grɪfənfɛlt]

Griffenfeldt ['grɪfənfɛlt]
Griffenhagen ['grɪfənhegən] 格里芬黑根
Griffes ['grɪfəs]
Griffin ['grɪfɪn] ❶格利芬 (Walter Burley,
    1876-1937, 美國建築家)❷【希臘神話】頭、
    翼、前足似鷹, 身軀、後足、尾似獅之怪物
Griffis ['grɪfɪs] 格里菲斯
Griffith ['grɪfɪθ]
Griffiths ['grɪfɪθs] 格里菲思
Griffon ['grɪfən]
Grigg [grɪg] 格里格
Griggs [grɪgz] 格里格斯
Grigioni [gri'dʒoni]
Grignan [gri'njɑŋ] (法)
Grignard [,grin'jɑr] 格雷尼亞 (Victor,
    1871-1935, 法國化學家)
Grigore [gri'gore]
Grigorevich [grjɪ'gɔrjɪvjɪtʃ] (俄)
Grigori [grjɪ'gɔrjəɪ] (俄)
Grigorievich [grjɪ'gɔrjɪvjɪtʃ] (俄)
Grigorovich [grjɪgʌ'rɔvjɪtʃ] (俄)
Grihastha [gri'hæstə]
Grihyasutras [,grɪhjə'sutrəz]
Grijalva [grɪ'hɑlva] (西)
Grildrig ['grɪldrɪg]
Grile [graɪl]
Grillandajo [,grillɑn'dɑjo]
Grillparzer ['grɪl,pɑrtsə] 格利巴澤
    (Franz, 1791-1872, 奧國戲劇家及詩人)
Grim [grɪm] 格里姆
Grimald ['grɪməld]
Grimalde [grɪ'mɔld]
Grimaldi [grɪ'mɔldi; gri'mɑldi (義)]
Grimani [grɪ'mɑni]
Grimaud [grɪ'mɔ] (法)
Grimbald ['grɪmbɔld]
Grimbert ['grɪmbət]
Grimbold ['grɪmbɔld]
Grime [graɪm]   「(太平洋)
Grimes Island [graɪmz~] 格蘭姆斯島
Grimio ['grimɪo]
Grimké ['grɪmkɪ]
Grimley ['grɪmlɪ]
Grimm [grɪm] 格利姆 (Jacob,1785-1863,
    爲德國語言家及童話故事作家)
Grimma ['grɪmə]
Grimma ['grɪmə]
Grimmelshausen ['grɪməls,hauzən]
Grimoald [grɪm'wald; 'grɪmɔld]
Grimoard [grimo'ar] (法)
Grimod [gri'mo] (法)
Grimsby ['grɪmzbɪ] 格林斯比港 (英格蘭)

Grimsel ['grɪmzl̩]
Grímsey ['grimse]
Grimshaw ['grɪmʃɔ] 格里姆肖
Grimston ['grɪmstən] 格里姆斯頓
Grimthorpe ['grɪmθɔrp] 格里姆索普
Grimwig ['grɪmwɪg]
Grindal ['grɪndəl] 格林德爾
Grindelwald ['grɪndl̩wɔld, -vɑlt（德）]
Grindletonians [,grɪndl̩'tonɪənz]
Grindon ['grɪndən]
Grindstone ['graɪndstən]（英）
Gringolet ['grɪngələt]
Gringoire [græŋ'gwar]（法）
Gringore [græŋ'gor]（法）
Grinius ['grinius]
Grinling ['grɪnlɪŋ]
Grinnell [grɪ'nɛl] 格林內爾
Grinstead ['grɪnstid] 格林斯蒂德
Grip [grɪp]
Gripe [graɪp]
Gripsholm ['grɪpshɔlm]
Griqua ['grikwə]
Griqualand ['grikwəlænd]
Griquatown ['grikwətaʊn]
Gris [gris; grɪs] 格里斯
Grisar [gri'zar(法); 'griza（德）]
Griscom ['grɪskəm] 格里斯科姆
Grise [griz] 格里斯
Grisebach ['grizəbɑh]（德）
Grisee ['grise]
Griselda [grɪ'zɛldə]
Griseldis [gri'sɛldɪs, -'zɛl-]
Griséldis [grizel'dis]
Grisewood ['graɪzwʊd]
Grisi ['grizi]
Grisik ['grisɪk]
Griskinissa [grɪskɪ'nɪsə]
Gris-Nez [,gri'ne] 格利內角（法國）
Grisons ['grizɔŋ;gri'zɔŋ（法）]
Grissee ['grise]
Grisseh ['grɪsɛ]
Grissl [grɪ'sɛl;'grɪsəl]   爾德
Griswold ['grɪzwold,-wəld] 格里斯沃
Gritton ['grɪtn̩]
Grivegnée [griv'nje]（法）
Grizel [grɪ'zɛl;'grɪzl̩] 格里澤爾
Grizzle ['grɪzl̩]
Grizzly ['grɪzlɪ]
Grobian ['grobjən,-bɪən]
Gröben ['grɜbən]
Grocco ['grɔkko]
Grochów ['grɔhuf]（波）

Grocott ['grɑkət]
Grocyn ['grosɪn]
Grodekovo [grʌ'djɛkəvə]（俄）
Gröden ['grɜdən]
Grödnertal ['grɜdnɚ,tɑl]
Grodno ['grɔdnɔ] 格羅德諾（蘇聯）
Groedel ['grɜdəl]
Groen [grun]
Groener ['grɜnɚ]
Groen van Prinsterer [,hrun vɑn
  'prɪnstərə]（荷）
Groesbeck ['grʊsbɛk] 格羅斯貝克
Groesbeek ['hrusbek]（荷）
Groete ['grutə]
Grofé ['grofe]
Grogan ['grogən] 格羅根
Gröger ['grɜgɚ]
Grogger ['grɑgə]
Groix, Ile de [,il də 'grwa]（法）
Grolier [grɔ'lje]（法）格羅利爾
Grolier de Servières [grɔl'je də sɛr-
  'vjer]（法）
Groll [grol]
Grolman ['grolman]
Gromaire [grɔ'mɛr]（法）
Grombach ['grʌmbek] 格朗貝克
Grombalia [grɑm'bæljə]
Gromyko [grə'miko;grʌ'mɪkɔ（俄）]
Gronchi ['grɑŋki]
Grongar ['grɑŋgə]
Groningen ['gronɪŋən; 'hronɪŋən（荷）]
  格羅寧根（荷蘭）
Grønland ['grɜnlɑn]（丹）
Grönland ['grɜnlɑn]（丹）
Gronlund ['grɑnlənd]
Gronna ['grɑnə] 格朗納
Gronov ['gronaʊ]
Gronovius [gro'novɪəs]
Grönsund ['grɜnsʊn]（丹）
Groombridge ['grumbrɪdʒ]
Groome [grum] 格魯姆
Groos [gros] 格魯斯
Groot [grut;grot]
Groot, De [də 'grot]
Groote ['hrotə] 格魯特（Gerhard, 1340-
  1384, 荷蘭宗教改革家）
Groote Eylandt [grut 'aɪlənd] 格魯特島
  （澳洲）
Gropius ['gropɪəs] 格魯比亞斯（Walter,
  1883-1969, 德國建築家）
Gropper ['grɑpə] 格勞波波（William, 1897-,
  美國畫家）

Gros ［gro］葛羅（ Antoine Jean, Baron,
　1771-1835, 法國畫家 ）

Grosart ［'grozart］

Grosclaude ［gro'klod］

Grose ［gros;groz］格羅斯

Groseclose ［'grosklos］

Groseilliers ［groze'je］（ 法 ）

Grosholtz ［'groshalts］

Gros Islet ［gros 'aɪlɪt］

Grosjean ［'grosdʒin］

Grosmont ［'gromənt;-mant;'grasmənt］

Gros Morne ［'gro 'mɔrn］

Grosolé ［groso'le］

Gross ［gras;gros］格羅斯

Grossa, Isola ［'ɪzələ 'grɔssa］

Gross Altvater ［'gros 'alt,fatə］

Grossbritannien ［'grosbri,tanjən］

Grosscup ［'groskʌp］

Grosse ［'grosə］

Grosse Pointe ［'gros 'pɔɪnt］

Grosser Arber ［'grosə 'arbə］

Grosser Belchen ［'grosə 'bɛlhən］（ 德 ）

Grosser Feldberg ［'grosə 'fɛltbɛrk］

Grosseteste ［'grostɛst］

Grosseto ［gros'seto］

Grossetti ［grosɛ'ti］

Gross Glockner ［gros'glaknə］ 大格洛克
　納峰（奧地利 ）

Grossgörschen ［gros'gəʃən］

Grossi ［'grɔssɪ］格羅西

Grosskarol ［'gros'karol］

Grossman ［'grɔsmən］格羅斯曼

Grossmith ［'grosmɪθ］格羅史密斯

Grossmütige, der ［dɛr gros'mjutɪgə］

Gross Rosen ［gros 'rozən］

Gross Venediger ［gros vɛ'nedɪgə ;-və-
　'nedɪjə］

Grosswardein ［,grosvar'daɪn ］

Grossvernor ［'grovnə］格羅斯夫納

Grosvenor ［'grovnə］格洛維諾（ Gilbert
　Hovey, 1875-1966, 美國地理學家及編輯 ）

Gros Ventre ［'gro ,vant;gro 'vantrə］

Grosz ［gros］

Grot ［grɔt］

Grote ［grot］格魯特（ George,1794-1871,
　英國歷史學家 ）

Grotefend ［'grotəfɛnt］

Grotewohl ［'grotəvol ］

Groth ［grot］（ 德 ）格羅斯

Grothaus ［'grothaus］格羅索斯

Grotius ［'groʃɪəs］格魯希阿斯 (Hugo,
　1583-1645, 荷蘭法學家)

Grotta del Cane ［'grɔtta dɛl 'kane］

Grottger ［'grɔtgɛr］（ 波 ）   L（ 義 ）

Grouchy ［gru'ʃi］（ 法 ）

Grouper ［'grupə］

Grouse ［graus］

Grousset ［gru'sɛ］（ 法 ）

Grove ［grov］格羅夫

Groveland ［'grovlənd］

Grover ［'grovə］格羅弗

Groves ［grovz］格羅夫斯

Groveton ［'grovtən］

Grovey ［'grovɪ］

Groyne ［grɔɪn］

Groza ［'groza］

Grozny ［'grɔznɪ］格洛斯尼(蘇聯)

Grua Talamanca y Branciforte ［'grua
　,tala'maŋka ɪ ,branθi'fɔrte］（ 西 ）

Grub ［grʌb］

Grubb ［grʌb］格拉布

Gruber ［'grubə］格魯伯

Grudziądz ［gru'dʒɔŋts］（ 波 ）

Gruelle ［gru'ɛl］

Gruen ［'gruən］格倫

Gruenberg ［'gruənbəg］格倫伯格

Gruening ［'grinɪŋ］格里寧

Gruenther ［'grʌnθə］格倫瑟

Gruffydd ［'grifɪð］（ 威 ）

Gruić ［'gruitʃ］（ 塞克 ）

Guinard ［'grinjəd］（ 蘇 ）

Grumbkow ［'grumpko］

Grumbletonian ［,grʌmbl'toniən］

Grumbo ［'grʌmbo］

Grumentum ［gru'mɛntəm］

Grumio ［'grumɪo］

Grumman ［'grʌmən］

Grün ［grjun］（ 德 ）

Grünberg ［'grjunbɛrk］（ 德 ）格倫伯格

Grundtvig ［'gruntvɪg］（ 丹 ）

Grundy ［'grʌndɪ］格倫迪

Gruner ［'grunə］格魯納

Grunert ［'grunət］

Grunewald ［'grunəvalt］格呂奈瓦德
　（ Matthias or Mathaus, 十六世紀德國畫家 ）

Grunitsky ［grə'nɪtski］

Grünten ［'grjuntən］

Gruppe ［'grupə］格魯普

Grus ［grʌs］

Grusenberg ［,gruzjɪn'bjɛrk］（ 俄 ）

Gruskin ［'grʌskɪn］

Gruson ［'gruzən］格魯森

Gruter ［'grjutə］

Grützmacher ［'grjuts,mahə］（ 德 ）

Grützner ['grjʊtsnə]

Gruyère [gru'jɛr;gri'jɛr] 一種乾酪（瑞士 Gruyère 地方及法國東部出產者）

Gruyères [grjʊ'jɛr]（法）

Gruytère [grjʊi'tɛr]（法）

Gruzia ['grʊzijə]

Gruziya ['grʊzjıjə]

Gryll [grıl]

Grymbert ['grımbət]

Grymbold ['grımbold]

Grynaeus [graı'niəs]

Gryphius ['grıfıəs] 格呂佛（Andreas, 1616-1664, 德國詩人及戲劇家）

Gryphon ['grıfən]

Grypus ['graıpəs]

Grytviken['grjʊt,vikən]

Grzegorz ['gʒɛgorʃ]（波）

Grzesinski [kʃɛ'zinski]

Guacanayabo [,gwakana'javo]（西）

Guachalla [gwa'tʃaja]（拉丁美）

Guacharos ['gwatʃaros]

Guachiría [,gwatʃı'ria] 「（墨西哥）

Guadalajara [,gwadələ'hara] 瓜達拉哈納

Guadalaviar [,gwaðala'vjar]（西）

Guadalcanal [,gwadlkə'næl] 瓜達康納爾島（南太平洋）

Guadalcazar [,gwaðal'kaθar]（西）

Guadalete [,gwaða'lete]（西）

Guadalimar [,gwaðalı'mar]（西）

Guadalquivir [,gwaðəl'kwıvə;,gwaðalkı-'vır]（西）

Guadalupe ['gwadlup] 瓜達鹿白河（美國）

Guadalupe Mountains ['gwadlup ~] 瓜達鹿白山脈（西班牙）

Guadalupe Hidalgo [,gwadl'up hı'dælgo; ,gwaða'lupe i'ðalgo（西）]

Guadarrama [,gwaða'rama]（西）

Guadeloupe [,gwadl'up] 哥德洛普（法國）

Guadelupe [gwaðe'lupe]（西）

Guader ['gwadɛr]（古英）

Guadet [gjʊa'dɛ]（法）

Guadiana [gwa'ðjana] 瓜地亞納河（南歐洲）

Guadiaro [gwa'ðjaro]（西）

Guadiato [gwa'ðjato]（西）

Guadix [gwa'ðis]（西）

Guafo Island ['gwafo ~] 瓜弗島（智利）

Guahibo [gwaı'ibo]

Guáimaro ['gwaımaro]

Guainía [gwaı'nia]

Guaira ['gwaırə]

Guairá [gwaı'ra]

Guaíra ['gwaıra]

Guaitecas [gwaı'tekas]

Guajaba [gwa'hava]（西）

Guajira [gwa'hira]（西）

Gual [gwal]

Gualandi [gwa'landı]

Gualeguay [,gwale'gwaı]

Guallevus [gwɔ'livəs]

Gualtree ['gwɔltri]

Guam [gwam] 關島（美國）

Guana ['gwana]

Guanabacoa [,gwanava'koa]（西）「西」

Guanabara [,gwanə'varə] 瓜那巴納灣（巴）

Guanacaste [,gwana'kaste]

Guanahani [,gwana'hanı]

Guanaja [gwa'naha]（西）

Guanajay [,gwana'haı]（西）

Guanajuato [,gwana'hwato]（西）

Guanal [gwa'nal]

Guanare [gwa'nare]

Guane ['gwane]

Guanés [gwa'nes]

Guang [gu'aŋ]

Guaniquilla [,gwanı'kija]（西）「（古巴）

Guantánamo [gwan'tana,mo] 關達那摩灣

Guanuco [gwanuko]

Guapay [gwa'pa·ı]

Guaporé [,gwapu're] 瓜布河（南美洲）

Guaqui ['gwakı]

Guarani [,gwarə'ni]

Guarapuava [,gwarəp'wavə]

Guarayos [gwa'rajos]

Guard [gard] 格爾德

Guarda ['gwardə]

Guardafui, Cape [,gwardə'fwi;-'fuı] 跨達灰角（非洲）

Guardati [gwar'datı]

Guardhouse ['gardhaʊs]

Guardi ['gwardı]

Guardia ['gwardıə;'gwarðja(西)] 瓜迪亞

Guardian ['gardjən]

Guardiola [gwar'ðjola] 西）

Guardsman ['gardzmən]

Guárico ['gwariko]

Guarini [gwa'rinı] 瓜里尼

Guarino [gwa'rino]

Guarionex [,gwari'onɛs]

Guaritico [,gwarı'tiko]

Guarneri [gwar'nırı]

Guarnerius [gwar'nırıəs]

Guarnieri [gwar'njeri]

Guarrera [gwar'rerə]

Guarujá [,gwaru'ʒa]

Guasconi [gwa'skonɪ]

Guaspre, Le [lə 'gaspə] （法）

Guast [ga]

Guastalla [gwa'stalla]

Guatemala [ˌgwatɪ'malə] 瓜地馬拉（中美洲）

Guatemalan [ˌgwatɪ'malən] 瓜地馬拉人

Guatemotzin [ˌgwatɪ'motsɪn]

Guatemoc [gwa'tɛmək]

Guato [gwa'to]

Guaura [gwaura] 「亞

Guaviare [gwa'vjare] 瓜維亞雷河（哥倫比

Guayama [gwa'jama]

Guayana [gwə'janə] 「多爾）

Guayaquil [ˌgwaɪə'kil] 瓜亞基爾（厄瓜

Guayas ['gwajas]

Guaycuruan [ˌgwaɪku'ruən]

Guaymas ['gwaɪ mas] 瓜馬斯（墨西哥）

Guaymi ['gwaɪmi]

Guayra ['gwaɪrə]

Guban ['guban]

Gubbins ['gʌbɪnz] 格賓斯

Gubbio ['gubbjo]

Guben ['guban]

Gubin ['gubin] 古賓

Gubitz ['gubɪts]

Gubser ['gubsə] 古布澤

Guchkov [gutʃ'kɔf] （俄）

Gudalur ['gʌdə,lur]

Gudbrand ['gɔðbrand] （冰）

Gudbrandr ['gʌdbrandə]

Gudbrandsdal ['gubrans,dal] （挪）

Gudde ['gudi]

Gudden ['gudən]

Gude ['gudə] （挪）古德

Gudea [gu'dea]

Gudehus ['gudəhus]

Gudeman ['gudmən] 古德曼

Guden ['guðən] （丹）

Guderian [gu'derɪan]

Gudger ['gʌdʒə]

Gudin [gju'dæn] （法）

Gudjonssen ['gudjənsən]

Gudmund ['gudmənd;-mʌnd(瑞典)]

Gudmundsson ['gɔðmənts·san] （冰）

Gudmundur ['gɔð,məndə] （冰）

Gudrun ['gudrun]

Gudzy ['gud,zi]

Gue [gju]

Gué [ge]

Guebers ['gebəz]

Guebres ['gebəz]

Guébriant [gebri'aŋ] （法）

Guebwiller, Ballon de [ba'lɔŋ də gebvi'lɛr] （法）

Guedalla [gwɪ'dælə]

Guedel [gu'dɛl] 古德爾

Gueffroy ['gɪfrɔɪ] 格弗羅伊

Guelderland ['gɛldə·lænd]

Guelders ['gɛldəz]

Gueldre ['gɛldə]

Guelf [gwɛlf] 12-15 世紀義大利之教皇黨員

Guelfi ['gwɛlfɪ]

Guelfo ['gwɛlfo]

Guelfic Order ['gwɛlfɪk ~]

Guelfs [gwɛlfs]

Güell y Renté [gwel ɪ rɛn'te]

Guelph [gwɛlf] 12-15 世紀義大利之教皇黨員

Guelphs [gwɛlfs]

Guéméné(e) [geme'ne]

Güemez ['gwemeθ] （西）

Güemez de Horcasitas ['gwemeθ·ðe ɔrka'sitas] （西）

Güemez Pacheco de Padilla Horcasitas ['gwemeθ pa'tʃeko ðe pa'ðilja ɔrka-'sitas] （西）

Guenever ['gwɛnəvə·]

Guenevere ['gwɛnəvɪr]

Guenn [gwɛn]

Guenther ['gjʊntə] （德）岡瑟

Guépratte [ge'prat] （法）

Guéranger [geraŋ'ʒe] （法）

Guérard [ge'rar] 蓋拉得（Albert Léon, 1880-1959, 生於法國之美國教育家及作家）

Guerard [ge'rard;'garard]

Guercino [gwɛr'tʃino]

Guericke ['gerɪkə]

Guerin [ˌge'ræŋ] 蓋樂（Jules, 1866-1946, 美國畫家）

Guérin [ge'ræŋ] （法） 「（法）

Guérin-Mèneville [ge'ræŋ·mɛn'vil]

Guerlac ['gɛrlæk] 格拉克

Guerlain [gɛr'læŋ] （法）

Guermantes [gɛr'maŋt] （法）

Guernica [gɛr'nika]

Guernsey ['gɜnzɪ] 根西島（英吉利海峽）

Guéroult [ge'ru] （法）

Guerra ['gɛrra] 格拉

Guerrant ['gjurənt] 格蘭特

Guerrazzi [gwɛr'rattsɪ]

Guerrero [gɛr'rero] 格雷羅

Guerrero -Mendosa [gɛr'rero·mɛn-'doθa] （西）

Guerrier ['gɛrɪr]

Guerrière [gɛrɪ'ɛr]
Guerrini [gwɛr'rɪnɪ]
Guesde [gɛd] 蓋德(Jules, 1845-1922, 法國社會主義領袖)
Guess [gɛs] 格斯
Guest [gɛst] 格斯特
Guetary [,geta'ri]
Gueux [gɜ]
Guevara [ge'vɑrɑ] 蓋伐拉(Ernesto,"Che", 1928-1967, 阿根廷出生之古巴共黨領袖)
Guevara y de Noroña [ge'vɑrɑ ɪ ðe no'ronjɑ](西)
Gueydan ['gedan]
Güferhorn ['gjʊfəhɔrn]
Guez [gɛz]
Guffens ['gɜfəns]
Gugerni [gju'dʒɜnaɪ]
Guggenhaim ['gʊgənhaɪm]
Guggiari [gud'dʒɑrɪ]
Guggisberg ['gʌgɪsbɛg] 格吉斯伯格
Guglielmi [gul'jɛlmɪ]
Guglielmo [gul'jɛlmo]
Gugu ['gugu]
Guguan [gu'gwɑn]
Guhl [gul]
Gui [gaɪ;gi(法)]
Guiana [gi'ɑnə] 圭亞那(南美洲)
Guiana Massif [gi'ɑnə 'mæsɪf]
Guiart [gjɑr]
Guibert [gi'bɛr](法)吉伯特
Guiberti [gi'bɛrtɪ]
Guicciardini [,gwittʃɑr'dini]
Guiccioli ['gwittʃolɪ](義)
Guichard [gɪtʃəd;gi'ʃɑr(法)]
Guichard Dolphin ['gɪtʃəd 'dɑlfɪn]
Guiche [giʃ]
Guichen [gi'ʃɛŋ](法)
Guiderius [gwɪ'dɪrɪəs]
Guidi ['gwidɪ]
Guidiccioni [,gwidit'tʃoni]
Guido ['gwido(義);gu'ido;'gido(德)]
Guido d'Adamo ['gwido da'damo]
Guido d'Arezzo ['gwido da'rettso]
Guido da Colonna ['gwɪdo dako'lonɑ]
Guido delle Colonne ['gwido ,dele ko'lonne]
Guido di Castello ['gwido di kɑs'tɛllo]
Guido le Gros ['gwido lə gro]
Guido Franceschini ['gwido ,frɑntʃɛs-'kini]
Guido Reni ['gwido 'reni]
Guidubaldo [,gwidu'bɑldo]

Guienne [gjʊi'ɛn;gi'ɛn]
Guiffrey [gi'fre]
Guignard ['ginjɑr]
Guignebert [ginj'bɛr](法)
Guignes [ginj](法)
Guignol [gi'njɔl]
Guija ['gihɑ](西)
Guilbert [gil'bɛr](法)吉伯特
Guild [gɪld]
Guildenstern ['gɪldənstən]
Guilderland ['gɪldəland]
Guildford ['gɪlfəd] 吉爾福德
Guildhall ['gɪld'hɔl]
Guilding ['gɪldɪŋ]
Guilford ['gɪlfəd] 吉爾福德
Guilherme [gil'jɜrmə]
Guiliche [gwi'litʃe]
Guill [gwɪl]
Guillain [gi'jæŋ](法)
Guillamore ['gɪləmɔr] 吉勒莫爾
Guillaumat [gijo'ma](法)
Guillaume [,gi'jom] 吉永(Charles Edouard, 1861-1938, 法國物理學家)
Guillaume de Champeaux [gi'jom də ʃɑŋ'po](法)
Guillaumet [gijo'mɛ](法)
Guillaumin [gijo'mæŋ](法)
Guille [gwɪl] 吉爾
Guillebaud ['gilbo;'gɪlibo] 吉爾博
Guillemard ['gɪlmɑr]
Guillemet [gijə'mɛ](法)
Guillemin [gijə'mæŋ](法)吉耶曼
Guillemont [gijə'mɔn](法)
Guillén [gɪl'jen; hi'ljen(西)] 吉倫
Guillermo [gɪl'jɜrmo]
Guillianes [gil'jænɪʃ](葡)
Guillim ['gwɪlɪm]
Guillotin [gijo'tæŋ](法)
Guilloton [gijo'tɔn](法)
Guilmant [gil'mɑn]
Guiltian ['gɪlʃɪən;'gɪltɪən]
Guimarães [gɪmə'reɪŋʃ(巴西);-'raɪɪŋʃ(葡)]
Guimaråis [gimə'raɪɪŋʃ](葡)
Guimaras [,gimɑ'rɑs] 吉馬臘斯(菲律賓)
Guimard [gi'mɑr](法)
Guimba [gɪm'ba]
Guimerá [gime'ra]
Guimet [gi'mɛ](法)
Guinagh ['gina]
Guinart [gi'nɑrt]
Guiñazú [,ginjɑ'su](拉丁美)

Guinea ['gɪnɪ] 幾內亞 (西非洲)

Guinea-Bissau [ˌɡɪnɪbɪs'aʊ] 幾內亞比索
(西非洲)

Guineaman ['gɪnɪmən]

Guiné [gɪ'ne]

Guinée [gi'ne] 吉尼

Güines ['gwinɛs]

Guines [gin] 吉尼斯

Guinever ['gwɪnəvə]

Guinevere ['gwɪnɪˌvɪr] 傳說中King Arthur
之后，Sir Lancelot 之情婦

Guiney ['gaɪnɪ]

Guinicelli [ˌgwɪnɪ'tʃɛllɪ]

Guinizelli [ˌgwɪnɪ'tsɛllɪ]

Guinn and Beal ['gwɪn ənd 'bil]

Guinness ['gɪnɪs; gɪ'nɛs] 吉尼斯

Guinobatan [ˌgino'batan]

Guinover ['gwɪnəvə]

Guintinua [gin'tinwa]

Guion ['gaɪən] 蓋恩

Guiones ['gjonɛs]

Guipúzcoa [gɪ'puθkoa] (西)

Guir [gɪr] 「(西)

Güira de Melena ['gwira ðe me'lena]

Güiraldes [gwi'raldes]

Guiraud [gi'ro] 「(法)

Guiraut de Bornell [gi'ro də bor'nɛj]

Guiríor [gi'rior]

Guisborough ['gɪzbərə]

Guiscard ['gɪskard; gis'kar (法)]

Guiscard Dauphin ['gɪskard 'dofɪn;
gis'kar do'fæŋ (法)]

Guischard ['gɪʃəd; gi'ʃar (法)]

Guise [giz] (法) 吉斯

Guiseley ['gaɪzlɪ]

Guislain [gi'slæŋ] (法)

Guiteau [gi'to]

Guiteras [gɪ'teras]

Guiterman ['gɪtəmən]

Guitry [gwi'tri]

Guitteau [gɪ'to] 吉托

Guittoncino [ˌgwitɔn'tʃino]

Guittone [gwit'tone]

Guiver ['gaɪvə]

Guizot [ˌgi'zo] 吉佐 (Francois Pierre
Guillaume, 1787-1874, 法國歷史家及政治家)

Gujarat [ˌgudʒə'rat]

Gujarati [ˌgudʒə'ratɪ]

Gujranwala [ˌgudʒrən'walə]

Gujrat ['gudʒrat]

Gujurati [ˌgudʒə'ratɪ]

Gula ['gulə]

Gulbarga ['gulbəˌga]

Gulbeyaz [gʌl'bejæz]

Gulbranson ['gulbransɔn]

Gulbransson ['gulbransɔn] (挪)

Guldberg ['gulbærg (挪); -ærg (丹)]

Guldin ['guldin]

Gülek Bogaz [gju'lɛk bo'gaz] (土)

Gulf [gʌlf]

Gulf Intracoastal [gʌlf ˌɪntrə'kostḷ]

Gulfport ['gʌlfpɔrt]

Gulian ['guliən] 古利安

Gulick ['gjulɪk] 久利克

Gulielmus [ˌgjulɪ'ɛlməs]

Gulistan [ˌgulɪs'tan]

Gulkana [gʌl'kænə]

Gull [gʌl] 格爾

Gullah ['gʌlə] ❶美國 Georgia, South
Carolina 兩州海邊之黑人 ❷其方言

Gullander ['gʌləndə] 格蘭德

Gullberg ['gulbærj] (瑞典)

Gullette [gʌ'lɛt] 格萊特

Gullfoss ['gjutḷˌfɔs] (冰)

Gullians ['gʌliənz]

Gulliver ['gʌlɪvə] 英國 Jonathan Swift所作
格利佛遊記之主人翁

Gullstrand ['gʌlstrand] 伽爾士德蘭 (Al-
lvar, 1862-1930, 瑞典眼科專家)

Gully ['gʌlɪ] 格利

Gulnare [gʌl'nɛr]

Gumal [gʌ'mʌl] (印)

Gumbart ['gʌmbart] 岡巴特

Gumbinnen [gum'bɪnən]

Gumbril [g'ambril]

Gumenek [gumɛ'nɛk]

Gumersindo [ˌgumɛr'sindo] 古默林多

Gumilyov [ˌgumjɪ'ljɔf] (俄)

Gummere [g'amərɪ] 格默里

Gummersbach ['gumɚsbah] (德)

Gummidge ['gʌmɪdʒ]

Gumplowicz [gum'plɔvɪtʃ]

Gumpolds ['gumpalts]

Gumppenberg ['gumpənbɛrk]

Gumri [gu'mri]

Gumti ['gumtɪ]

Gümüljina [gjumjuldʒɪ'na] (土)

Gümüşane [gjumjuʃa'ne] (土)

Gümüsh Khaneh ['gjumjuʃ ha'ne] (土)

Guna ['gunə]

Gunaris [gu'narɪs]

Gunby Hadath ['gʌnbɪ'hædəθ]

Gun Cay ['gʌn ke]

Gundelfinger ['gundəlˌfɪŋə]

Gunderic ['gʌndərɪk]
Günderode ['gjʊndərodə]
Gunderson ['gʌndəsən] 岡德森
Gundibald ['gʌndɪbɔld]
Gundicar ['gʌndɪkar]
Gundimar ['gʌndɪmar]
Gundobad ['gʌndəbæd]
Gundobald ['gʌndəbɔld]
Gundolf ['gʊndalf]
Gunduk ['gʌndək]
Gundulf ['gʌndʌlf]
Gundulić ['gʊndulɪtʃ, - litj (克)]
Gunerius [gu'nerɪʊs]
Gunflint ['gʌnflɪnt]
Gunga Din ['gʌŋgə din]
Gungl ['gʊŋgl]
Gunn [gʌn] 岡恩
Gunnar ['gʊnar; 'gʌnnar (瑞典); 'gʊnnar
   (挪)] 岡納
Gunnarsson ['gʌnnarssən] 甘納生 (Gunnar,
   1889-1975, 冰島詩人及小說家)
Gunner ['gʌnə]
Gunnersbury ['gʌnəzbərɪ]
Gunnerus [gʊ'nerʊs]
Gunness ['gʌnɪs] 岡尼斯
Gunning ['gʌnɪŋ] 岡寧
Gunnison ['gʌnɪsən] 岡尼森
Gunnlaugr ['gʌnlɜɪgə] (冰)
Gunnlaugr Ormstunga ['gʌnlɜɪgə 'ɔrm-
   ,stʊŋgə] (冰)
Gunno ['gʌnno; 'gʊnno]
Gunong Tahan [,gʊnɔŋ 'tahan] 大漢峰
   (馬來西亞)
Gunpowder ['gʌn,paʊdə]
Gunsaulus [gʌn'sɔləs]
Gunsight ['gʌn,saɪt]
Gunter ['gʌntə] 甘特 (Edmund, 1581-1626,
   英國數學家)
Guntersville ['gʌntəzvɪl]
Gunther ['gʌnθə; 'gʊntə] 岡瑟
Günther ['gɪntə; 'gjʊntə (德)]
Guntram ['gʌntrəm] 岡特拉姆
Guntur [gʊn'tʊr]
Günük [gjʊn'jʊk] (土)
Gunung ['gʊnʊŋ]
Gunung Api ['gʊnʊŋ 'apɪ]
Gunung Awu ['gʊnʊŋ 'awu]
Gunung Kawi ['gʊnʊŋ 'kawi]
Günzburg ['gjʊntsbʊrk]
Guppy ['gʌpɪ] 格皮
Gupta ['gʊptə]
Gur ['gʊr]

Gura ['gura]
Gurdaspur [gʊr'daspʊr]
Gur-Ber [gjʊr·'bɛr] (法)
Gurdaspur [gʊr'daspur]
Gurdon ['gɜdn] 格登
Guryev ['gurjɪf]
Gurgan [gʊr'gan]
Gurfein ['gɜfaɪn] 格法因
Gurgaon [gʊr'gaən]
Gurhwal [gʌr'wal] (印)
Guriev ['gurjɛf]
Gurjistan [,gʊrdʒɪ'stan]
Gurk [gʊrk] 格克
Gurkha ['gurkə] 廓爾喀族 (尼泊爾)
Gurkhas ['gurkas]
Gurko ['gurkɔ]
Gurla ['gɜlə]
Gurla Mandhata ['gurlə mand'hata]
Gurley ['gɜlɪ] 格利
Gurlitt ['gurlɪt]
Gurma ['gʊrma]
Gurnall ['gɜnl]
Gurnard ['gɜnəd]
Gurnards ['gɜnədz]
Gurnee ['gɜni]
Gurnet ['gɜnɪt]
Gurney ['gɜni] 格尼
Guro ['guro]
Gurrea [gʊr'rea]
Gurth [gɜθ]
Gürtner ['gjʊrtnə]
Gurton ['gɜtn]
Guru [gʊ'ru]
Gurunsi [gʊr'runsi]
Gurupá [,guru'pa]
Gurupí [,guru'pi]
Gurvich ['gurvjɪtʃ] (俄)
Gury [gju'ri]
Gus [gʌs] 格斯
Gusau [gu'za·ʊ]
Gusdalla [gwə'dælə]
Gusev-Orenburgsky ['gusɪf·ɔrɪn'burkskɪ]
Gusharbrum ['gʊʃəbrʊm]
Gushington ['gʌʃɪŋtən]
Gusii [,gusi'i]
Gusmão [guz'maʊŋ; guʒ- (葡)]
Güssfeldt ['gjʊsfɛlt]
Gussie ['gʌsɪ]
Gussow ['guso]
Gussy ['gʌsɪ]
Gusta ['gʌstə] ['gʊstaf (芬、德)]
Gustaf [gʌ'staf; 'gʌstav (瑞典);

Gustaffson ['gʌstafsən]
Gustafsson ['gʌstavsən]
Gustav ['gustaf(德);'gustɑv(丹、挪);
  'gʌstɑv(瑞典)]
Gustav-Adolf-Stiftung [,gustɑf·'ɑdɑlf·
  'ʃtiftuŋ]
Gustave [gju'stɑv] (法)古斯塔夫
Gustavine [gjustɑ'vin]
Gustavo [guʃ'tɑvu(葡); gus-(巴西)]
  古斯塔沃
Gustavo A. Medero [gus'tɑvo ɑ mɑ-
  'ðero] (西)
Gustavus [gʌs'tɑvəs] 古斯塔夫斯
Gustaw ['gustɑf] (波)
Gusti ['gusti]
Güstrow ['gjustro]
Gusttus ['gʌstəs]
Gutae ['gutɪ]
Gutaland ['gutələnd]
Gutenberg ['gutnbəg] 古騰堡 (Johann,
  1400?-?1468, 德國發明家)
Gutermann ['gutəmɑn]
Gutermuth ['gʌtəmʌθ]
Gütersloh ['gjutəsslo]
Guthbrandur ['gəð,brɑndə]
Guthe ['gutə]
Gutheim ['guthaɪm]
Guthlac ['guθlɑk]
Guthnick ['gutnɪk]
Guthman ['gʌθmən]
Guthmann ['gʌθmən]
Guthorm ['gutɔrn]
Guthrie ['gʌθrɪ] 高斯瑞
Guthrum ['guðrum]
Guthrun ['guðrun]
Gutierre [gu'tjerre]
Gutiérrez [gu'tjerreθ] (西)
Gutium ['gjuʃɪəm]
Gutnic ['gutnɪk]
Gutsch [gutʃ]
Gutschmid ['gut·ʃmit]
Guts Muths ['guts ,muts]
Gut [gut]
Gutt [gjut] 格特
Guttenberg ['gʌtnbəg]
Guttenbrunn ['gutənbrun]
Gutter Lane [' gʌtə 'len]
Guttinguer [gjutæŋ'ger] (法)
Guttorm ['gutɔrn]
Gutzkow ['gutsko] 古斯特考 (Karl, 1811-
  78, 德國新聞記者、小說家及戲劇家)
Gützlaff ['gjutslɑf]

Gutzon ['gʌtsn]
Guy [gaɪ;gi(法)] 蓋伊
Guyana [gaɪ'ænə] 蓋亞納(南美洲)
Guyandot ['gaɪən,dɑt]
Guyandotte ['gaɪən,dɑt]
Guyane Française [gjuɪ'jɑn frɑŋ'sɛz]
Guyard [gi'jɑr] (法)
Guyau [gjuɪ'jo] (法)
Guyda ['gaɪdə]
Guy Denzil [gaɪ 'dɛnzɪl]
Guyenne [gwi'ɛn;gjuɪ'jɛn (法)]
Guyer ['gaɪə] 蓋耶
Guy Fawkes ['gaɪ 'fɔks]
Guy Mannering ['gaɪ 'mænərɪŋ]
Guymon ['gaɪmən]
Guynemer [gin'mɛr] (法)
Guynes [gin]
Guyon ['gaɪən; gjuɪ'jɔŋ (法)]
Guyot ['gijo;gjuɪ'jo(法)]
Guy Rivers [gaɪ 'rɪvəz]
Guys [gɔɪs] (荷)
Guysborough ['gaɪzbərə]
Guysors [dʒɪ'zɔrz;gaɪ'zɔrz]
Guyton ['gaɪtən] 蓋頓
Guyton de Morveau [gi'tɔŋ də mɔr'vo]
  (法)
Guzerat [guzə'rɑt]
Guzman ['gʌzmən;'guθmɑn]
Guzmán [guθ'mɑn;gus-(西)]
Guzman, Luisa de ['lwizə ðə guʒ'mæn
  (葡);'lwisɑ ðe guθ'mɑn(西)]
Gwali ['gwɑli]
Gwalia ['gwɑljə]
Gwalior ['gwɑlɪɔr]
Gwalter ['gwɑltə] 格沃爾特
Gwandu ['gwɑndu]
Gwari ['gwɑri]
Gwatar ['gwɔtə]
Gwathmey ['gwɑθmɪ] 格瓦斯米
Gwatkin ['gwɑtkɪn] 格沃特金
Gwawl [gwɑl]
Gweebarra [gwɪ'bærə]
Gweedore [gwɪ'dɔr]
Gwen [gwɛn] 格溫
Gwendolen ['gwɛndəlɪn] 格溫德林
Gwendoline ['gwɛndəlɪn] 葛雯德琳
Gwendolyn ['gwɛndəlɪn] 格溫德林
Gwent [gwɛnt] 貫特(威爾斯)
Gwilt [gwɪlt] 格威爾特
Gwilym ['gwɪlɪm] 格威利姆
Gwinn [gwɪn]
Gwinnett [gwɪ'nɛt]

Gwinsville ['gwɪnzvɪl]
Gwladys ['glædɪs] 格拉迪斯
Gwrych [guˈrik;guˈrih（威）]
Gwy [gwaɪ]
Gwydion ['gwɪdɪən]
Gwydir ['gwaɪdə]
Gwydyr ['gwɪdɪr]
Gwyer ['gwaɪə] 格懷爾
Gwyn [gwɪn] 貴英（Nell, 1650-87,英國女伶）
Gwynedd ['gwɪneδ] 圭那特（威爾斯）
Gwynn [gwɪn] 格溫
Gwynne [gwɪn] 格溫
Gwynne-Vaughan ['gwɪn·ˈvɔn]
Gwyr ['gur]（威）
Gyaman ['gjaman]
Gyaros ['jiarəs]（希）
Gyas ['dʒiəs]
Gya-Tscho ['gja·ˈtʃo]
Gye [dʒaɪ;gaɪ]
Gyges ['gaɪdʒiz]
Gyfford ['gɪfəd]
Gyges ['dʒaɪdʒiz]【希臘神話】各有五十個
    頭一百個手臂的三巨人（the Hecatonchires）
    之一
Gyldén [jjʊlˈden]（瑞典）
Gyle [gaɪl]
Gylippus [dʒɪˈlɪpəs]

Gyllembourg-Ehrensvärd ['gjʊlənbɔrg·
    ˈirənsvɛr]（丹）
Gyllenberg ['jjʊllənbærj]（瑞典）
Gyllenborg ['jjʊllən,bɔrj]（瑞典）
Gyllenstierna ['jjʊllənˈʃerna]（瑞典）
Gymer ['gaɪmə]
Gymir ['gjʊmir]
Gymnopaediae [,dʒɪmnoˈpidɪi]
Gymnosophists [dʒɪmˈnasəfɪsts]
Gympie ['gɪmpɪ]
Gyneth ['gɪnɪθ]
Gyngell ['gɪndʒəl]
Gyöngyös ['djəndjəʃ]（匈）
Gyöngyösi ['djəndjəʃi]（匈）
Györ [djə] 吉爾（匈牙利）
György ['djədj]（匈）
Gyp [dʒɪp;ʒɪp（法）]
Gy-Parana ['ʒi·,parəˈna]
Gypsy ['dʒɪpsɪ] ❶吉普賽人 ❷吉普賽語
Gyrowetz ['girovɛts]
Gysbertus [dʒɪzˈbətəs;gaɪsˈbɛrtəs]
Gysi ['gizi]
Gysis ['gizɪs]
Gyula ['djʊla]（匈）
Gyulai ['djʊlɔɪ]
Gzhatsk [gʒɑtsk]

H

Haab〔hap〕

Haag〔hag；hak（德）〕哈格

Haabai〔,haa'baı〕

Haake〔'hakı〕哈基

Haakon VII〔'hɔkən〕哈康七世（1872-1957 挪威國王）

Haakonsson〔'hɔkansan〕

Haalegg〔'hɔlɛg〕

Haan〔han〕

Haano〔ha'anɔ〕

Haapai〔,haa'paı〕

Haaparanta〔hapa'ranta〕

Haapsalu〔'hapsalʊ〕（愛沙）

Haar〔har〕哈爾

Haardraade〔'haːrɔdə〕（挪）

Haardt〔hart〕（法）

Haarfager〔'hɔːfagɚ〕（挪）

Haarhoff〔'harhaf〕

Haarlem〔'harləm〕哈倫（荷蘭）

Haarlemmermeer〔'harləmə'mer〕

Haas〔haz；has〕哈斯

Haase〔'hazə〕哈澤

Haast〔hast〕

Hab〔hʌb〕

Hâba〔'haba〕

Habab〔'habab〕

Habacuc〔'hæbəkək；hə'bækək〕

Habakkuk〔'hæbə,kʌk；hə'bækək〕❶哈巴谷（西元前七世紀希伯來之先知❷【聖經】哈巴谷書

Habana〔a'vana〕（西）

Habarovsk〔hʌ'barəfsk〕（俄）

Habas〔'hebəs〕哈巴斯

Habassin〔ha'basın〕

Habbacuc〔'hæbəkək；hə'bækək；'hæbə-kʌk〕

Habbaniya〔hæb'bænıjə〕

Habbema〔'habema〕

Habberton〔'hæbɚtən〕哈伯頓

Habdank〔'habdaŋk〕

Habeck〔'habɛk〕

Habelschwerdt〔'habəlʃ,wɛrt〕

Habeneck〔ab'nɛk〕（法）

Haber〔'habɚ〕哈勃（Fritz，1868-1934，德國化學家）

Haberda〔'habɚda〕

Haberdasher〔'hæbɚ,dæʃɚ〕

Haberer〔'habərɚ〕

Haberl〔'habəl〕

Haberlandt〔'habɚlant〕

Häberlin〔'hebɚlın〕

Habermann〔'habɚman〕哈伯曼

Habersham〔'hæbɚʃæm〕

Habershon〔'hæbɚʃən〕

Habert〔a'bɛr〕（法）

Habesha , El〔æl'hæbæʃə〕

Habib〔ha'bib〕哈比卜

Habib Allah〔hə'bib al'la〕（波斯）

Habibullah Khan〔hə'bibʊl'la han〕（波斯）」

Habich〔'habıh〕（德）

Habicht〔'habıkt〕哈比希特

Habington〔'hæbıŋtən〕

Hablot〔'hæblo；'hæblət〕哈布洛特

Habor〔'hebɔr〕

Habrocomas and Anthia〔,hæbrə-'koməs，'ænθıə〕

Habsburg〔'hæpsbɚg；'hapsbʊrk（德）〕

Hácha〔'haha〕（捷）

Hachette〔a'ʃɛt〕（法）

Hack〔hæk〕哈克

Hackelberg〔'hakəlbɛrk〕（德）

Hackensack〔'hækənsæk〕

Hacker〔'hækɚ；'hakɚ〕哈克

Hackert〔'hakɚt〕

Hacket〔'hækıt〕

Hackett〔'hækıt〕哈克特

Hackesttstown〔'hækıts·taʊn〕

Hackländer〔'haklɛndɚ〕

Hackney〔'hæknı〕哈克尼

Hackum〔'hækəm〕

Hackzell〔'haktsɛl〕

Haco〔'heko〕

Hadad〔'hedæd〕

Hadadezer〔,hædə'dizɚ〕

Hadad-nirari〔,hadad·nı'rarı〕

Hadad-rimmon〔'hedæd·rımən〕

Hadamar〔'hadamar〕

Hadamard〔ada'mar〕（法）

Hadamovsky〔,hada'mɔfskı〕

Hadar〔'hedar〕

Hadarba , Ras〔ras hæ'darbə〕

Hadas〔'hædəs〕

Hadath〔'hædəθ〕

Hadd〔hæd〕

Haddam〔'hædəm〕

Haddington〔'hædıŋtən〕哈丁頓

Haddingtonshire〔'hædɪŋtənʃɪr〕

Haddock〔'hædək〕哈多克

Haddon〔'hædn〕哈登

Haddonfield〔'hædnfild〕

Hadeda〔hə'dedə〕

Hadejia〔hə'dedʒɪə〕

Haden〔'hedn〕黑登

Hadendowa〔,hadɛn'dowa〕

Hadera〔hə'dera〕   〔'vaɪtlɪŋau〕

Hadersdorf-Weitlingau〔'hadəsdɔrf

Hadersleben〔'hadəsleben〕

Haderslev〔'hæðəslɪv〕（丹）

Hades〔'hediz〕【希臘神話】黄泉；地府

Hadfield〔'hæd,fild〕哈德菲德（Sir Robert Abbott，1858-1940，英國礦冶學家）

Hadham〔'hædəm〕哈德姆

Hadhr, Al〔æl 'hadə〕

Hadhramaut〔hadra'mut〕哈達拉毛（亞洲）

Hadibu〔'hædibu〕

Hadik〔'hadik〕

Hading〔a'dænɡ〕（法）

Haditha〔hæ'diθə〕

Hadji〔'hædʒi〕

Hadlaub〔'hatlaup〕

Hadleigh〔'hædlɪ〕

Hadley〔'hædlɪ〕哈德里（Henry Kimball，1871-1937，美國作曲家）

Hadlow〔'hædlo〕哈德洛

Hadow〔'hædo〕哈多

Hadraba〔'hadraba〕哈德拉巴

Hadramaut〔hadra'məut〕

Hadranum〔hə'drenəm〕

Hadria〔'hedrɪə〕   〔帝）

Hadrian〔'hedrɪən〕哈德連（76-138，羅馬皇

Hadriana Mopsuhestia〔,hedrɪ'enə mapsjʊ'hɛstʃə〕

Hadrianopolis〔,hedrɪə'napəlis〕

Hadrianus〔,hedrɪ'enəs；hadrɪ'anəs〕

Hadubrand〔'hædubrænd〕

Haeberle〔'hebəlɪ〕黑伯利

Haebler〔'heplə〕

Haeckel〔'hɛkəl〕赫克爾（Ernst Heinrich，1834-1919，德國生物學家及作家）

Haedui〔'hedjuaɪ〕

Haeju〔'haɪdʒu〕海州（韓國）

Haelen〔'halən〕（法蘭德斯）

Haemus〔'himəs〕

Haenisch〔'henɪʃ〕

Haensel〔'hænsəl〕

Haereticorum〔hɪ,rɛtɪ'korəm〕

Haering〔'herɪŋ〕黑林

Haertlein〔'hartlaɪn〕黑特萊因

Haes〔hez〕黑斯

Haesche〔'heʃɪ〕

Haeseler〔'hezələ〕

Haetzer〔'hɛtsə〕

Haeussler〔'hɔɪslə〕霍伊斯勒

Haffe〔'hæffə〕（阿拉伯）

Haffkine〔'hæfkɪn〕

Hafgan〔'havɡən〕

Hafiz〔ha'fiz〕哈菲兹（爲 Shams ud-din Mohammed 之筆名，14世紀之波斯詩人）

Hafnia〔'hæfnɪə〕

Hafsid〔'hæfsɪd〕

Hafsite〔'hæfsaɪt〕

Hafstein〔'havsten〕

Haft Kel〔'haft'kɛl〕

Haftlang〔'haftlaŋ〕

Haftum〔'haftum〕

Hafun〔hæ'fun〕哈豐（索馬利亞）

Hag Abul Kasen Fuzlul〔hæʒ a'bul 'kasɛm fuz'lul〕

Hagon〔'haɡən〕

Hagannah〔'haɡanɑ〕

Hagar〔'heɡɑ；'heɡar〕【聖經】夏甲（Abraham 之妾）

Hagarene〔'hæɡərin；,heɡa'rin；,hæɡə'rin〕

Hagary〔'hʌɡərɪ〕（印）

Hagberg〔'haɡbærj〕（瑞典）

Hagedorn〔'hæɡədɔrn〕哈蓋道恩（Hermann，1882-1964，美國小說批評家、詩人）

Hageladas〔,hæd3ɪ'ledəs〕

Hagemann〔'haɡəmən〕哈格曼

Hagen〔'haɡən〕哈根（德國）

Hagenau〔'haɡənau〕

Hagenbach〔'heɡɪnbæk；'haɡənbah（德）〕

Hagenbeck〔'haɡənbɛk；'haɡənbɛk（德）〕

Hagen von Tronege〔'haɡən fan 'tronəɡə〕

Hager〔'heɡə〕黑格

Hagerstown〔'heɡəztaun〕

Hagerty〔'hæɡətɪ〕哈格蒂

Hagerup〔'haɡərup〕

Haggada(h)〔hə'ɡadə〕猶太教經典 Talmud 中解釋法律要點的注解寓言等

Haggadoth〔hə'ɡadoθ〕

Haggai〔'hæɡɪaɪ〕❶【聖經】哈基（希伯來之一先知）❷舊約中之哈基書

Haggard〔'hæɡəd〕哈葛德（Sir（Henry）Rider，1856-1925，英國小說家）

Hagger〔'hæɡə〕

Haggerston〔'hæɡəstən〕哈格斯頓

Haggin〔'hæɡɪn〕

Hagia Triada〔a'jia trɪ'aðα〕（希）

Hagiographa〔ˈhægɪˈɑgrəfə〕舊約聖經中預
　言書與律法以外之部分
Hagion Oros〔ˈajɔs ˈɔrɔs〕(希)
Hagios Elias〔Ilias〕〔ˈajɔs ɪlˈjias〕(希)
Hagios Evstratios〔ˈajɔs efsˈtratjɔs〕(希)
Hagios Eystratios〔ˈajɔs efsˈtratjɔs〕(希)
Hagios Georgios〔ˈajɔs jɛˈɔrjɔs〕(希)
Hagondage〔agɔŋˈdaʒ〕(法)
Hagonoy〔ˌhagoˈnɔɪ〕
Hagopian〔hæˈgopɪən〕
Hagthorpe〔ˈhægθɔrp〕
Hague, The〔heg〕海牙(荷蘭)
Hague, La〔lə ˈheg; la ˈag(法)〕
Haguenau〔agˈno〕(法)
Ha! Ha! Bay〔ˈha, ha ∼〕
Hahn〔han〕哈恩(Otto, 1879-1968, 德國物理
　化學家)
Hähnel〔ˈhenəl〕
Hahnemann〔ˈhanəmən〕哈奈曼(Samuel,
　1755-1843, 德國醫生)
Hahnert〔ˈhanət〕哈納特
Hahn-Hahn〔ˈhan·ˈhan〕
Hahnville〔ˈhanvɪl〕
Hai〔haɪ〕
Haicheng〔ˈhaɪˈtʃɛŋ〕海城(遼寧)
Haichow〔ˈhaɪˈdʒo〕(中)
Haida〔ˈhaɪdə〕
Haidarabad〔ˈhaɪdərəbad; ˌhaɪdərəˈbad〕
Haidar Ali〔ˈhaɪdəˈali; ˈhaɪdær æˈlɪ〕(阿
　拉伯)
Haidee〔haɪˈdi; ˈhedi〕
Haidinger〔ˈhaɪdɪŋə〕
Haïdra〔ˈhaɪdrə〕
Haiduk〔ˈhaɪdʊk〕
Haien〔ˈhean〕
Haifa〔ˈhaɪfə〕海法港(以色列)
Haifa-Samaria〔ˈhaɪfə·səˈmɛrɪə〕
Haifong〔ˈhaɪˈfɔŋ; haɪˈfaŋ〕
Haig〔heg〕黑格
Haigh〔heg〕黑格
Haight〔haɪt〕海特
Haigis〔ˈhaɪgɪs〕海吉斯
Hai Ho〔ˈhaɪˈho; ˈhaɪˈhʌ(中)〕
Haiku〔ˈhaɪku; ˌhaˈɪˈku(夏威夷)〕
Hail〔haɪl; ˈhæɪl(阿拉伯)〕
Haïl〔haɪl; ˈhæɪl(阿拉伯)〕
Hailar〔ˈhaɪˈlar〕海拉爾(興安)
Hailes〔helz〕黑爾斯
Haile Selassie〔ˈhaɪlɪ sɪˈlæsɪ〕塞拉西
　(Ras Taf(f)ari, 1892-1975, 衣索比亞國王)
Hailey〔ˈheli〕黑利
Haileybury〔ˈhelɪbərɪ〕

Hailmann〔ˈhaɪlmən〕
Hailsham〔ˈhelʃəm〕黑爾什姆
Hailun〔ˈhaɪˈlun〕海倫縣(黑龍江)
Haim〔haɪˈjɪm; haˈjɪm(希伯來)〕
Haimburg〔ˈhaɪmbʊrk〕(德)
Haimen〔ˈhaɪˈmɛn〕海門(浙江)
Haimon〔ˈhaɪmən〕
Haimonskinder〔ˈhaɪmənsˑˌkɪndə〕
Hain〔haɪn〕海恩
Hainan〔ˈhaɪˈnan〕海南島(中國)
Hainau〔ˈhaɪnau〕
Hainault〔ˈhenɔt〕
Hainaut〔ɛˈno〕(法)
Hainbund〔ˈhaɪnbʊnt〕
Hainburg〔ˈhaɪnbʊrk〕(德)
Haine〔ɛn〕(法)
Haines〔henz〕海恩斯
Hainhault〔ˈhenɔlt〕
Hainichen〔ˈhaɪnɪhən〕(德)
Hainisch〔ˈhaɪnɪʃ〕
Haiphong〔ˈhaɪˈfɔŋ〕海防(越南)
Haïphong〔aiˈfɔŋ〕(法)
Haislip〔ˈhezlɪp〕海斯利普
Haissin〔ˈhaɪsɪn〕
Haiti〔ˈhetɪ〕海地(西印度群島)
Haïti〔aiˈti〕(法)
Haitian〔ˈheʃən〕海地人
Haitzinger〔ˈhaɪtsɪŋə〕
Haiyang〔ˈhaɪˈjaŋ〕海陽(山東)
Haizinger〔ˈhaɪtsɪŋə〕
Hajara, Al〔æl ˈhædʒʌra〕(阿拉伯)
Hajduböszörmény〔ˈhɔɪdʊˌbɜsəˌmenj〕
Hajdudorog〔ˈhɔɪdʊˌdorog〕
Hajduki Nowe〔haɪˈdukɪ ˈnɔvɛ〕
Hajek〔ˈhajɛk〕
Haji Khalfa〔ˈhadʒi ˈhalfa〕(土)
Hajipur〔hadʒiˈpʊr〕
Hajji Baba〔ˈhadʒɪ ˈbabə〕
Hajji Khalfah〔ˈhadʒdʒi ˈhælfæ〕(阿拉
　伯)
ha-Kadosh〔ˌhaˑkaˈdoʃ〕
Hakalau〔ˌhakaˈlaˑʊ〕
Hakam〔hæˈkæm〕
Hakâri〔hakaˈri〕
Hake〔hek〕黑克
Hakim〔haˈkɪm〕
Hakim, al-〔æl ˈhakɪm〕
Hakim ibn-Otta〔hakɪm ɪbnˑˈatə〕
Haking〔ˈhekɪŋ〕
Hakka〔ˈhakˈka〕〔中〕客家; 客家人; 客家
　話
Hakkila〔ˈhɑkkɪlɑ〕(芬)

Hakluyt〔'hæklut〕哈克路特（Richard, 1552?-1616, 英國地理及歷史學家）

Hako〔'hako〕

Hakodate〔,hakə'datɪ〕函館（日本）

Hal〔hæl；al（法）〕哈爾

Hala〔'hʌlə〕（印）

Halaby〔'haləbɪ〕哈拉比

Halacha〔,hala'ha〕（希伯來）

Halah〔'helə〕

Halakah〔,hala'ha〕（希伯來）

Halakwulup〔halakwu'lup〕

Halas〔'hæləs；'halaʃ（匈）〕

Halasz〔'halas〕

Halawa〔ha'lavə〕

Halba〔'hælbə〕

Halbach〔'halbah〕（德）哈爾巴赫

Halban〔'halban〕

Halbe〔'halbə〕

Halberstadt〔'halbɚʃtat〕

Halberstädter〔'halbɚʃ,tɛtɚ〕

Halbert〔'hælbɚt〕哈爾伯特

Halbig〔'halbɪh〕（德）哈爾比希

Halbwachs〔alb'vaks〕（法）

Halcon〔hal'kɔn〕

Halcott〔'hɔlkət〕

Halcyon〔'hælsɪən〕哈爾西恩

Halcyone〔hæl'saɪənɪ〕

Hald〔hald〕哈爾德

Halde〔ald〕（法）

Haldane〔'hɔlden〕哈爾登（❶ John Burdon Sanderson, 1892-1964, 英國科學家❷ John Scott, 1860-1936, 英國生理學家）

Haldeman〔'hɔldəmən〕霍爾德曼

Haldeman-Julius〔'hɔldəmən·'dʒuljəs〕

Halden〔'haldən〕哈耳德恩（挪威）

Halder〔'haldɚ〕

Haldimand〔'hɔldɪmənd〕哈爾廸曼德

Halditjokko〔'haldɪ,tjɔkkɔ〕（芬）

Haldon〔'hɔldən〕

Hale〔hel〕赫爾（❶ George Ellery, 1868-1938, 美國天文學家❷ Sir Matthew, 1609-1676, 英國法學家）

Haldon〔'hɔldən〕 〔夏威夷〕

Haleakala〔,halɛ,aka'la〕哈瓦阿克拉山

Haleb〔'halɛb；'hælæb〕

Haleb-es-Shahba〔'halɛb·ɛʃ·'ʃabə〕

Halecki〔ha'lɛtskɪ〕

Haledon〔'heldən〕

Haleiwa〔,halɛ'ivə〕

Hálek〔'halɛk〕

Halemaumau〔,halɛ'maʊmaʊ〕

Halepa〔ha'lepa〕（德）

Hales〔helz〕

Halesowen〔'helzʊ,oən〕

Halesworth〔'helzwɚθ〕

Halevi〔ha'livaɪ〕

ha-Levi〔ha'livaɪ〕

Halévy〔ale'vi〕哈雷維（❶ Ludovic, 1834-1908, 法國戲劇家及小說家❷ Jacques François Fromental Elie, 1799-1862, 法國作曲家）

Haley〔'helɪ〕黑利

Haleyville〔'helɪvɪl〕

Halfa〔'hælfə〕

Halfaya〔hæl'fæjə〕

Halfcan〔'hafkæn〕

Halfdan〔'halvdan〕哈夫丹

Half-moon〔'hafmun〕

Halford〔'hɔlfɚd〕哈爾福德

Halfpenny〔'hafpɛnɪ〕哈夫彭尼

Halhed〔'hɔlhɛd〕

Haliacmon〔,hælɪ'ækmən〕

Haliartus〔,hælɪ'artəs〕

Haliburton〔'hælɪbɚtn〕

Haliç〔ha'litʃ〕

Halicarnassus〔,hælɪkar'næsəs〕

Halicz〔'halɪtʃ；'galjɪtʃ（俄）〕

Halidé〔hali'de〕

Halidé Edib〔hali'de ɛ'dip〕

Halidon〔'hælɪdən〕 〔大〕

Halifax〔'hælə,fæks〕哈利法克斯港（加拿大）

Haligonian〔,hælɪ'gonɪən〕哈利法克斯之居民

Hali Meidenhad〔'halɪ 'mednhɔd〕

Halir〔'halɪr〕

Halkett〔'hɔlkɪt〕哈爾克特角（美國）

Hall〔hɔl〕賀爾（❶ Charles Francis, 1821-1871, 美國北極探險家❷ Charles Martin, 1863-1914, 美國化學家及製造商）

Halla〔'hʌlə〕（印）

Hallam〔'hæləm〕賀萊姆（Henry, 1777-1859, 英國歷史學家）

Hallamshire〔'hæləmʃɪr〕

Halland〔'halland〕哈蘭（瑞典）

Hall Caine〔hɔl 'ken〕

Halldór〔'haldɔɚ〕

Halldor Laxness〔'haldɔə 'læksnɛs〕

Halle〔'halə〕哈勒（德國）

Halle an der Saale〔'halə an dɚ 'zalə〕

Halleck〔'hælɪk；'hælək〕哈萊克（Fitz-Greene, 1790-1867, 美國詩人）

Hallelujah〔,hælɪ'lujə〕

Haller〔'hælɚ；'hallɛr（波）〕

Hallermund〔'haləmʊnt〕

Hallet〔a'lɛ〕（法）哈利特

Hallett〔'hælɪt〕哈利特

Hallette〔hæ'lɛt〕
Hallett's Cove〔'hælɪts～〕
Hallettsville〔'hælɪtsvɪl〕
Halley〔'hælɪ〕賀莱（Edmund, 1656-1742,
英國天文學家）
Hallgrimsson〔'hadl,grimssan〕（冰）
Halliburton〔'hælɪ,bɚtn〕哈利伯頓
Halliday〔'hælɪde〕哈利廸
Hallidie〔'hælɪdɪ〕
Hallie〔'hælɪ〕哈利
Halligen〔'halɪgən〕哈利根
Hallingdal〔'halɪŋdal〕
Hallisey〔'hælɪsɪ〕
Halliwell〔'hælɪwəl〕哈利衞爾
Halliwell-Phillipps〔'hælɪwəl·'fɪlɪps〕
Hall-Mills〔'hɔl·mɪlz〕
Hallock〔'hælək〕哈洛克
Hallopeau〔alɔ'po〕（法）
Halloween〔,hælo'in；,hal-〕萬聖節（All
Sants' Day）之前夕
Hallowe'en〔'hælo'in〕
Hallowell〔'hælowɛl；'halowɛl〕哈洛衞爾
Hallowes〔'hæloz〕哈洛斯
Hallowmas〔'hælo,mæs；-məs〕萬聖節
Hallows〔'hæloz〕哈洛斯
Halls〔hɔlz〕
Hallstatt〔'hɔlstæt；'halʃtat〕（德）
Hallstätter See〔hal'ʃtɛtɚ 'ze〕
Hallstein〔'halstaɪn〕哈爾斯坦
Hallström〔'halstrəm〕
Hallue〔a'ljʊ〕（法）
Halluin〔alju'æŋ〕（法）
Hallwachs〔'halvaks〕（德）
Hallwil〔'halvɪl〕
Hallwiler See〔'halvɪlɚ ze〕
Halm〔halm〕哈爾姆
Halmahera〔,hælmə'hɛrə；halma'hɛra〕
哈爾馬黑拉島（印尼）
Hamadan〔'hæmədæn〕
Halmand〔'hælmənd〕
Halmstad〔'halmstad〕哈母（瑞典）
Halmyros〔'hælmɪras〕
Halmyròs〔,almɪ'ras〕（希）
Haloander〔halo'andɚ〕
Halonnesus〔hælə'nisəs〕
Halper〔'hælpɚ〕哈爾柏
Halphen〔al'fæŋ〕（法）
Halpin(e)〔'hælpɪn〕哈爾平
Hals〔hæls〕哈爾斯（Frans, 1580？-1666,荷
Halsall〔'hælsəl〕 ‖蘭畫家）
Halsbury〔'hɔlzbərɪ〕霍爾斯伯里
Halse〔hɔls〕哈爾斯

Halsey〔'hɔlzɪ〕海爾賽（William Frederick,
1882-1959,美國海軍上將） 「瑞典〕
Hälsingborg〔'hɛlsɪŋ,bɔrj〕赫耳辛堡（
Halste(a)d〔'hɔlstɪd〕哈爾斯特（William
Stewart, 1852-1922,美國外科醫生）
Haltemprice〔hɔl'tɛmprɪs〕
Haltern〔'haltən〕
Haltia〔'haltja〕
Haltiatunturi〔'haltja,tʊntʊrɪ〕（芬）
Haltom〔'hɔlstəm〕
Halton〔'hɔltən〕霍爾頓
Halvdan〔'halvdan〕
Halver〔'halfə〕
Halyburton〔'hælɪ,bətən〕
Halys〔'helɪs〕
Ham〔hæm；am〕【聖經】Noah之次子
Hama〔'hæmə；hæ'mæ〕哈馬（敍利亞）
Hamad, El〔æl hæ'mæd〕
Hamadan〔'hæmə,dæn〕哈馬丹（伊朗）
Hamadhani, al-〔æl·,hæmæ'dani〕
Hamadryads〔,hæmə,draɪədz〕
Hamakua〔,hama'kua〕
Hamal〔hæ'mal〕
Haman〔'hemən；'hemæn〕哈曼
Hamann〔'haman〕
Hamar〔'hemar〕
Hamasah〔ha'masə〕
Hamath〔'hemæθ〕
Hamaxiki〔a'maksiki〕
Hambach〔'hambah〕（德）
Hamber〔'hæmbə〕漢伯
Hambidge〔'hæmbɪdʒ〕
Hamble〔'hæmbl̩〕
Hamblen〔'hæmblən〕漢布倫
Hambleden〔'hæmbl̩dən〕漢布爾登
Hambledon〔'hæmbl̩dən〕
Hamblet〔'hæmblɛt〕漢布利得
Hambleton〔'hæmbl̩tən〕漢布爾頓
Hambletonian〔,hæanbl̩'tonɪən〕
Hamblin〔'hæmblɪn〕
Hamborn〔ham'bɔrn〕
Hambourg〔'hæmbɚg〕漢伯格
Hambro〔'hæmbro〕漢布羅
Hamburg〔'hæm,bɚg〕漢堡（德國）
Hamburger〔'hæmbɚgɚ〕
Hamden〔'hæmdən〕
Hamdi Bey〔ham'dɪ 'be〕
Hämeenlinna〔'hæmenlɪnna〕（芬）
Hamel〔'hæməl；a'mel（法）〕哈梅爾
Hamele〔'hæməlɪ〕哈梅利
Hamelin〔'hæmɪlɪn〕哈梅林
Hameln〔'hæmɪln；'haməln（德）〕

Hamer〔'hemə〕哈默
Hamerik〔'hamərik〕
Hamerken〔'hamərkən〕
Hamerling〔'haməlɪŋ〕
Hamersley〔'hæməzlɪ〕
Hamerton〔'hæmətən〕
Hames Castle〔hæmz;hemz〕
Hamhung〔'hamhʊŋ〕咸興(韓國)
Hami〔'ha'mi〕哈密(新疆)
Hamid〔ha'mit〕
Hamilcar〔hæ'mɪlkar〕
Hamilcar Barca(s)〔hæ'mɪlkar 'barkə〕
哈密爾加(270?-228 B.C., 迦太基人將)
Hamilton〔'hæməltən〕❶哈密爾敦(Sir
William Rowan, 1805-1865, 英國數學家及天文
學家)❷漢米敦港(加拿大;美國)
Hamirpur〔ha'mɪrpʊr〕
Hamish〔'hemɪʃ〕哈米什
Hamite〔'hæmaɪt〕❶哈姆人(傳爲Noah次
子, Ham之後裔)❷哈姆族人(非洲東部及北
部若干黑種民族之族人)
Hamiter〔'hæmɪtə〕哈米特
Hamitic〔hæ'mɪtɪk;hə'mɪtɪk〕
Hamley〔'hæmlɪ〕哈姆利
Hamlin〔'hæmlɪn〕哈姆林
Hamm〔ham〕哈姆(德國)
Hamma, El〔ɛl 'hæmə〕
Hammad〔hæm'mad〕(阿拉伯)
Hammad al-Raiwiyah〔hæm'mad ær'ra-
wɪjæ〕(阿拉伯)
Hammada el Hamra〔hæm'mædə æl-
'hæmra〕(阿拉伯)
Hammâm, El〔ɛl hæm'mæm〕(阿拉伯)
Hammam-bou-Hadjar〔hæm'mæm·bu-
'hædʒar〕〔(阿拉伯)〕
Hammamet〔,hæmə'nɛt;,hæmmæ'mæt〕
Hammam Meskoutine〔hæm'mæm mɛsku-
'tin〕(阿拉伯)
Hammann〔'haman〕
Hammar, Hor al〔hɔr æl 'hæmə〕
Hammarskjöld〔'hæmə,ʃold〕哈瑪紹(Dag
Hjalmar Agné Carl, 1905-1961, 瑞典政治經濟
Hamme〔'hamə〕   學家)
Hammelburg〔'haməlbʊrk〕(德)
Hammer〔'hæmə;'hamə(德)〕哈默
Hammeren〔'hamərən〕
Hammerfest〔'hæmə,fɛst〕亨墨菲斯(挪威)
Hammerich〔'hamərɪk〕
Hammerklavier〔'haməkla,fir〕
Hämmerling〔'haməlɪŋ〕
Hämmerlein〔'hɛmələin〕〔(德)〕
Hammer-Purgstall〔'hamə·'pʊrhʃtal〕

Hammersmith〔'hæməsmɪθ〕
Hammerstein〔'hæmə,staɪn〕漢莫斯坦
(Oscar, 1895-1960, 美國歌詞作家)
Hammerstein-Equord〔'hamə ʃtaɪn·
'ɛkvɔrt〕(德)
Hammerton〔'hæmətən〕哈默頓
Hammes〔hemz;hæmz〕
Hammett〔'hæmɪt〕哈米特
Hammitt〔'hæmɪt〕
Hammon〔'hæmən;'hammon〕哈蒙
Ham(m)ond〔'hæmənd〕❶漢孟(John
Hays, 1888-1965, 美國電機工程師及發明家)
❷哈蒙德(美國)
Hammonasset〔,hæmə'næsɪt〕
Hammondsport〔'hæməndzpɔrt〕
Hammonton〔'hæməntən〕
Hammurabi〔,hæmʊ'rabi〕❶漢謨拉比(
紀元前廿世紀時之巴比倫王)❷漢謨拉比法典
Hammurapi〔,hæmʊ'rapi〕
Hamo〔'hemo〕哈莫
Hamoaze〔hæ'moz〕
Hamon〔'hæmən;a'mɔn(法)〕哈蒙
Hamor〔'hæmə〕哈默
Hamp〔ɑŋ〕(法)漢普
Hampden〔'hæmpdən〕漢普登
Hampden-Sydney〔'hæmdən·'sɪdnɪ〕
Hampole〔'hæmpol〕
Hampshire〔'hæmp,ʃɪr〕漢普郡(英格蘭)
Hampson〔'hæmpsən〕漢普森   〔敦〕
Hampstead〔'hæmpstəd〕漢普斯特區(倫
Hampton〔'hæmptən〕漢普頓
Hamrun〔ham'run〕哈姆倫
Hamshaw〔'hæmʃɔ〕
Hamsun〔'hæmsn̩〕哈姆遜(Knut, 1859-
1952, 本名Knut Pedersen, 挪威作家)
Hamtramck〔hæm'træmɪk〕
Hamun-i-Helmand〔hæ'mun·ɪ·hɛl'mænd〕
Hamun-i-Lora〔ha'mun·ɪ·lo'ra〕
Hamun-i-Mashkel〔ha'mun·ɪ·maʃ'kɛl〕
Hamy〔a'mi〕(法)
Han〔han〕❶漢水(中國)❷漢朝(中國之一
朝代, 206 B.C—Å.D 220)
Hana〔'hana〕
Hanamanioa〔,hana,manɪ'oa〕
Hanamaulu〔,hana'ma·ʊlu〕
Hanan〔'hænən〕哈南
Hanani〔hə'nenaɪ〕
Hanapepe〔,hana'pepe〕
ha-Nasi〔,ha·na'si〕
Hanau〔'hanaʊ〕哈諾
Hanawalt〔'hænəwəlt〕哈納沃特
Hanbal, ibn-〔ɪbn̩·'hænbæl〕

Hanbury〔'hænbərɪ〕漢伯里

Hanby〔'hænbɪ〕漢比

Hanchung〔'han'dʒʊŋ〕漢川縣（湖北）

Hancock〔'hænkɑk〕漢考克

Hand〔hænd〕漢德

Handasyd〔'hændəsaɪd〕

Handcock〔'hændkɑk〕漢德科克

Handeck〔'handɛk〕

Handegg〔'handɛk〕

Handel〔'hændl〕韓德爾（George Frederick, 1685-1759，生於德國之英國作曲家）

Händel〔'hɛndəl〕

Handel-Mazzetti〔'handəl·mɑ'tsɛti〕

Handerson〔'hændəsn̩〕漢德森

Handies〔'hændɪz〕

Handl〔'hændl〕

Händl〔'hɛndl〕

Handley〔'hændlɪ〕漢德利

Handley Page〔'hændli 'pedʒ〕

Handlin〔'hændlɪn〕漢德林

Handlová〔'handlova〕   「古英語」

Handlyng Synne〔'hændlɪŋ 'sɪnnə〕（中

Handöl〔'handəl〕

Hands〔hændz〕漢茲

Handschuchsheim〔'hant·ʃuhshaɪm〕

Handsel Monday〔'hændzəl〕

Handsworth〔'hændzwəθ〕

Handy〔'hændɪ〕漢廸

Handyside〔'hændɪsaɪd〕漢廸賽德

Haneberg〔'hanəbɛrk〕

Hänel〔'hɛnəl〕

Hanes〔'heniz〕黑尼斯

Haney〔'henɪ〕黑尼

Han Fei〔'han 'fe〕

Han Fei-tzu〔'han 'fe·'dzʌ〕韓非子（?-233 B.C.,中國哲學家與法家）

Hanford〔'hænfəd〕漢福德

Hanfstaengl〔'hanfʃtɛŋl〕

Han Fu-chü〔'han'fu'dʒʊ〕（中）

Hangchow〔'haŋ'dʒo〕杭州（浙江）

Hanger〔'hæŋə〕漢格

Hangklip〔'hæŋklɪp〕

Hangö〔'haŋ,ə〕

Han-hai〔'han'hai〕

Hanifites〔'hænəfaɪts〕

Hanka〔'haŋka〕

Hankamer〔'haŋkamə〕

Han Kan〔'han 'gan〕（中）

Hänke〔'hæŋkə〕漢克

Hankel〔'haŋkəl〕

Hankey〔'hæŋkɪ〕漢基

Hankey, Lee-〔li·'hæŋkɪ〕

Han Kiang〔'han dʒɪ'aŋ〕（中）

Hankin〔'kæŋkɪn〕漢金

Hankins〔'hæŋkɪnz〕漢金斯

Hankinson〔'hæŋkɪnsn̩〕漢金森

Hanko〔'haŋkɔ〕漢科（芬蘭）

Hankow〔'hæŋ'kaʊ〕漢口（中國）

Hanks〔hæŋks〕漢克斯

Hanlan〔'hænlən〕

Hanley〔'hænlɪ〕漢利

Hanlon〔'hænlən〕漢隆

Hanmer〔'hænmə〕漢默

Han-min, Hu〔'hu 'hæn·'mɪn〕

Hann〔hæn; han（德）〕漢恩

Hanna〔'hænə〕漢納

Hanna, Umm al〔,ʊmmæl 'hænnə〕（阿拉伯）

Hannah〔'hænə〕漢納

Hannan〔'hænən〕漢南

Hannastown〔'hænəztaʊn〕

Hannay〔'hæne〕漢內

Hannegan〔'hænɪgən〕漢尼根

Hannen〔'hænən〕漢嫩

Hannes〔'hannɛs〕（冰）

Hannibal〔'hænɪbl̩〕漢尼拔（247-183 B.C., 迦太基大將）

Hanning〔'hænɪŋ〕

Hannington〔'hænɪŋtən〕漢寧頓

Hannis〔'hænɪs〕漢尼斯

Hanno〔'hæno〕飯能（日本）

Hannover〔ha'novə〕

Hanns〔hans〕

Hannum〔'hænəm〕

Hano〔'hano〕

Hanoi〔hæ'nɔɪ〕河內（越南）

Hanoï〔anɔ'i〕（法）

Hanotaux〔a,nɔ'to〕阿諾多（Gabriel, 1853-1944, 法國歷史家及政治家）

Hanover〔'hæ,novə〕漢諾威（德國）

Hans〔hæns; hænz〕德文及荷文中男子名 Johannes（即英文 John）之省略

Hansa〔'hænsə〕漢薩

Hanság〔'hanʃag〕（匈）   「議事錄

Hansard〔'hænsəd; 'hænsard〕英國國會

Hansborough〔'hænz,bʌrə〕漢斯伯勒

Hanseatic League〔,hænsɪ'ætɪk～〕漢撒同盟（14-15 世紀北歐商業都市之政治及商

Hänsel〔'hɛnsəl〕漢塞爾   業同盟）

Hansell〔'hænsl̩〕漢塞爾

Hansen〔'hænsən; 'hansən（丹、德、挪）; 'hanzen（愛沙）〕漢森

Hansen, Helland-〔'hellan·'hansən〕（挪）

Hansen Dam〔'hænsn̩～〕

Hansen Nunatak〔'hænsṇ'nunətek〕
Hansenne〔aŋ'sɛn〕（法）
Hansen's disease〔'hansənz〕
Hansford〔'hænzfəd〕漢斯福德
Hans Frost〔'hæns'frɔst〕
Hans Heiling〔'hɑns 'haılıŋ〕
Hansi〔'hansi ; aŋ'si（法）〕
Hanslick〔'hɑːıslık〕
Hans Lollik Island〔hænz 'lalık〕
Hansom〔'hænsəm〕
Hanson〔'hænsən〕漢森
Hansson〔'hansən〕
Hansteen〔'hansten〕（挪）漢斯廷
Hanstein〔'hanʃtaın〕
Hanswurst〔'hansvʊrst〕（德）
Hanthawaddy〔,hænθə'wadı〕漢塔沃迪縣
Hants〔hænts〕　　　　　　　└（緬甸）
Hantzsch〔hantʃ〕
Hanu(k)kah〔'hanʊka〕
Hanuman〔'hanʊmən ; ,hʌnʊ'man〕
Hanumannataka〔,hanʊmə'natəkə〕
Hanuš〔'hanʊʃ〕（捷）
Hanway〔'hænwe〕漢衞
Hanwell〔'hænwəl〕
Han Wên-Kung〔'han'wʌn'gʊŋ〕
Hanyang〔'han·'jaŋ〕漢陽（湖北）
Han Yü〔'han 'ju〕韓愈（768-824, 中國唐代
　詩人、散文家及哲學家）
Hao〔'hao〕
Hapar〔'hɑpə〕
Hapeville〔'hepvıl〕
Hapgood〔'hæpgʊd〕哈普古德
Hapi〔'hapi〕
Happ〔hæp〕哈普
Happel〔'hæpəl〕哈佩爾
Happisburgh〔'hezbərə〕
Hapsburg〔'hæpsbəg〕哈普斯堡皇族（爲歐
　洲著名之家族）
Hapsburg-Lorraine〔'hæpsbəg·ləren〕
Hapur〔'hapʊr〕
Hapy〔'hapi〕
Har〔har〕
Hara〔'hɑrə〕哈拉
Harahan〔'hærəhæn〕
Harald〔'hɑrɑlt（德）; 'hɑrɑl（丹、挪）;
　'hɑrɑld（瑞典）〕哈拉爾德
Haraldburg〔'hærəldbəg〕
Haraldsson〔'hɑrɑlsɑn（丹、挪）; 'hɑrɑld-
　sɑn（瑞典）〕
Haralson〔'hærəlsṇ〕哈拉爾森
Haramuk〔'hʌrəmʊk〕
Haran〔'herən ; hɑ'ran（土）〕哈倫

Harapha〔'hærəfə〕
Harappa〔hə'ræpə〕
Harar〔'hɑrə〕
Hararese〔hɑrɑ'riz〕
Harari〔hə'rɑrı ; hɑ'rɑrı〕
Haraszthy de Mokcsa〔'hɑrɑstı də
　'moktʃɑ〕（匈）
Haraucourt〔ɑro'kur〕（法）
Harbach〔'hɑrbɑk〕哈巴克
Harbage〔'hɑrbıdʒ〕哈貝奇
Harbaugh〔'hɑrbɔ〕哈博
Harben〔'hɑrbən〕哈本
Harberton〔'hɑrbətən〕哈伯頓
Harbin〔'hɑr'bın〕哈爾濱（中國）
Harbinger〔'hɑrbındʒ∂〕
Harbor〔'hɑrbə〕哈伯
Harbord〔'hɑrbəd〕哈博德
Harborough〔'hɑrbərə〕
Harbou〔'hɑrbo〕
Harbour Grace〔'hɑrbə 'gres〕
Harburg-Wilhelmsburg〔'hɑrbʊrk
　'vılhɛlmsbʊrk〕（德）
Harbutt〔'hɑrbət〕哈伯特
Harcadelt〔'hɑrkɑdɛlt〕
Harcourt〔ɑr'kur〕（法）哈考特
Hardanger Fjord〔hɑr'dɑŋə fjɔrd〕
Hardangervidda〔hɑr'dɑŋə,vıdɑ〕
Hardcastle〔'hɑrd,kɑsl〕哈德卡斯爾
Hardecanute〔,hɑrdıkə'njut〕
Hardee〔'hɑrdı〕哈丁
Hardelot,d'〔dɑrdə'lo〕（法）
Hardeman〔'hɑrdəmən〕哈德曼
Harden〔'hɑrdṇ〕哈登（Sir Arthur, 1865-
　1940, 英國化學家）
Hardenbergh〔'hɑrdṇbəg〕哈登伯格
Hardenberg-Neviges〔'hɑrdənbɛrk
　'nevıgəs〕
Harder〔'hɑrdə〕哈德
Harderwijk〔'hʊrdəvaık〕
Hardicanute〔'hɑrdıkənjut〕
Hardie〔'hɑrdı〕哈廸
Hardin〔'hɑrdın〕哈丁
Harding(e)〔'hɑrdıŋ〕哈定（Warren
　Gamaliel, 1865-1923, 於 1921-23 任美國總統）
Hardinge-Gifford〔'hɑrdıŋ·'dʒıfəd〕
Hardinsburg〔'hɑrdınzbəg〕
Hardit〔'hɑrdıt〕哈廸特
Hardouin〔ɑr'dwæŋ〕（法）
Hardouin-Mansart〔ɑr'dwæŋ·maŋ'sɑr〕
Hardrada〔'hɑrɑdɑ〕　　　　　└（法）
Hardress〔'hɑrdrɛs〕

Hard-Ruler〔'har,drulɚ〕
Hardt〔hart〕哈特
Hardwar〔'hʌrdwar〕（印）
Hardwick(e)〔'hardwɪk〕哈德威克
Hardy〔'hardɪ〕哈代（Thomas, 1840-1928, 英國小說家及詩人）
Hardy, Cathorne-〔'geθɔn·'hardɪ〕
Hardyng〔'hardɪŋ〕
Hare〔hɛr〕黑爾
Haredale〔'hɛrdel〕
Harefoot〔'hɛrfut〕
Harel〔a'rɛl〕（法）
Harelbeke〔'harəlbekə〕
Haremhab〔'harəmhæb〕
Haren〔'harən〕
Harenc〔'hʌraŋ〕
Harewood〔'harwud〕哈伍德
Harfagr〔'harfagɚ〕
Harfleur〔har'flɚ; ar'flɚ（法）〕
Harflew〔'harflu〕
Harford〔'harfəd〕
Ha'rford-west〔'harfəd·,wɛst〕
Hargeisa〔har'gesə〕哈爾格薩（索馬利亞）
Hargrave〔'hargrev〕哈格雷夫
Hargraves〔'hargrevz〕
Hargreave〔'hargriv〕
Hargreaves〔'hargrivz〕哈格里夫（James, ?-1778, 英國發明家）
Hari〔'harɪ〕
Haridvara〔,harid'varə〕
Hariett〔'hærɪət〕哈麗雅特
Harihara〔hari'hara〕 〔'saŋ〕
Harijan Seyak Sangh〔hari'dʒan se'jak
Häring〔'hɛrɪŋ〕哈林
Harington〔'hærɪŋtən〕哈林頓
Haringvliet〔'harɪŋvlit〕
Hariot〔'hærɪət〕
Hari Raya〔'hari 'raja〕
Hariri, al-〔,æl·hæ'riri〕
Hari Rud〔,hærɪ 'rud〕
Harishchandra〔,harɪʃ'tʃandrə〕
Harit〔'harɪt〕
Harivansha〔,hari'vanʃə〕
Härjedalen〔'hɛrjə,dalən〕
Harju〔'harju〕
Harkaway〔'harkəwe〕
Harker〔'harkɚ〕哈克
Harkins〔'harkɪnz〕哈金斯
Harkness〔'harknɪs〕哈克尼斯
Harko〔'harko〕
Harlan〔'harlən〕哈倫
Harland〔'harlənd〕哈蘭

Harlandale〔'harləndel〕
Harlaw〔'harlɔ〕 〔'lɒŋ〕（法）
Harlay de Champvallon〔ar'le də ʃaŋva-
Harlech〔'harlɛk;'harlɛh（威）〕哈萊克
Harleian〔har'liən〕
Harlem〔'harləm〕紐約之黑人區
Harlequin〔'harləkwin〕
Harlesden〔'harlzdən〕
Harless〔'harləs〕哈利斯
Harleth〔'harlɪθ〕
Harleville, d'〔,darlə'vil〕
Harley〔'harlɪ〕哈利（Robert, 1661-1724,
Harlez〔ar'le〕（法） 〔英國政治家〕
Harlingen〔'harlɪŋən〕
Harlock〔'harlak〕
Harlow(e)〔'harlo〕哈洛
Harlowton〔'harlətaun〕
Harmachis〔'harməkis〕
Har-Magedon〔'har·mə'dʒɛdən〕
Harmais〔har'mais〕
Harman〔'harmən〕哈曼
Harmar〔'harmɚ〕
Harmen〔'harmən〕
Harmensen〔'harmənsən〕
Harmensz〔'harməns〕
Harmenszoon〔'harmənsən〕
Harmer〔'harmɚ〕
Harmhab〔'harmhæb〕
Harmodio〔ar'moðjo〕（西）
Harmodius〔har'modɪəs〕
Harmon〔'harmən〕哈蒙
Harmonia〔har'monjə〕【希臘神話】Ares 與 Aphrodite 之女，Cadmus 之妻
Harmonists〔'harmənɪsts〕
Harmony〔'harmənɪ〕哈莫尼
Harmozia〔har'mozɪə〕
Harms〔harms〕哈姆斯
Harmsworth〔'harmzwɚθ〕哈姆斯沃思
Harnack〔'harnæk〕
Harnam〔'harnəm〕哈南
Harnden〔'harnden〕
Harned〔'harnɛd〕哈內德
Harnes〔arn〕（法）哈尼斯
Harness〔'harnɪs〕哈尼斯
Harnett〔'harnɛt〕哈尼特
Harney Peak〔'harnɪ~〕哈尼峰（美國）
Harns〔'harns〕
Haro〔'hɛro; 'aro（西）〕
Harold〔'hærəld〕哈羅德
Harosheth〔'hæroʃeθ〕
Haroun-al-Raschid〔'hærun æl 'ræʃɪd〕
Harpagon〔arpa'gɒŋ〕（法）

Harpagus〔'harpəgəs〕

Harpalus〔'harpələs〕

Harpenden〔'harpəndən〕

Harper〔'harpə〕❶哈潑（William Rainey, 1856-1906, 美國教育家）❷哈佩（賴比瑞亞）

Herpers Ferry〔'harpəz~〕

Harpeth〔'harpəθ〕

Harpertszoon〔'harpət·sən；'harpət· sən；'harpət·son〕

Harpertzoon〔'harpət·sən〕

Harp(e)sfield〔'harpsfild〕

Harpham〔'harpəm〕哈珀姆

Harpier〔'harpɪr〕

Harpies〔'harpɪz〕

Harpignies〔arpi'nji〕（法）

Harpin〔ar'pæn〕（法）哈平

Harpocrates〔har'pakrətiz〕

Harpocration〔,harpo'kreʃən；,har- po'kreʃən〕

Happoncourt, d'〔dapɔŋ'kur〕（法）

Harpswell〔'harpswel〕

Harpur〔'harpə〕

Harpy〔'harpɪ〕【希臘神話】首及身似女人, 而翅膀、尾巴及爪似鳥之怪物

Harpham〔'harpəm〕

Harraden〔'hærədən〕

Harran〔ha'ran〕哈蘭

Harrap〔'hærəp〕

Harrar〔'hærə〕哈拉   〔拉伯〕

Harrat ar Raha〔'hʌrrat ʌr ra'hæ〕（阿

Harrell〔'hærəl〕哈勒爾

Harricanaw〔,hærɪ'kænɔ〕

Harridge〔'hærɪdʒ〕

Harrie〔'hærɪ〕哈里

Harries〔'hærɪs；'haris〕哈里斯

Harriet〔'hærɪət〕海麗特

Harriett(e)〔'hærɪət〕哈麗雅特

Harringan〔'hærɪɡən〕

Harriman〔'hærɪmən〕哈里曼（William Averell, 1891-, 美國商人、外交家及從政者）

Harrington〔'hærɪŋtən〕哈林頓

Harriot(t)〔'hærɪət〕哈里奧特

Harris〔'hærɪs〕哈利斯（William Torrey, 1835-1909, 美國哲學家及教育家）

Harrisburg〔'hærɪs,bɝg〕哈立斯堡（美國）

Harrismith〔'hærɪsmɪθ〕

Harrison〔'hærɪsṇ〕哈利生（❶Benjamin, 1833-1901, 於 1889-93 任美國第二十三任總統 ❷Frederic, 1831-1923, 英國作家及哲學家）

Harrisonburg〔'hærɪsṇbɝg〕

Harrison's Landing〔'hærɪsṇz~〕

Harrison Stickle〔'hærɪsṇ 'stɪkḷ〕

Harrisonville〔'hærɪsṇvɪl〕

Harrisse〔hæ'ris；a'ris（法）〕

Harrisson〔'hærɪsṇ〕哈里森

Harrisville〔'hærɪsvɪl〕

Harro〔'haro〕

Harrod〔'hærəd〕哈羅德

Harrodsburg〔'hærədzbɝg〕

Harrogate〔'hærogɪt；-,get〕哈洛加特

Harrop〔'hærəp〕哈羅普   └（英格蘭）

Harrovian〔hæ'rovɪən；hə-〕Harrow之學 生或校友

Harrow〔'hæro〕哈羅

Harrowby〔'hærobɪ〕

Harrowden〔'hærodən〕

Harrow-on-the-Hill〔'hæro,anð'hɪl〕

Harry〔'hærɪ〕❶海洛❷魔鬼；惡魔

Harry Lorreqer〔'hærɪ ,larəkə〕

Harsant〔'harsent〕哈森特

Harsányi〔'hɔrʃanji〕（匈）

Harsdörffer〔'harsdəfə〕

Harsha〔'harʃə〕（匈）哈沙

Harshavardhana〔'hʌrʃə'vʌrdana〕（印）

Harsnett〔'harsnet〕

Harsprång〔'hars,prɔŋ〕（瑞典）

Hart〔hart〕哈特（Sir Robert, 1835-1911, 英國外交家）

Harte〔hart〕哈特（Francis Brett, 1836- 1902, 美國作家）

Hartel〔'hartəl〕

Hartenau〔'hartənau〕

Hartenstein〔'hartənʃtaɪn〕

Hart Fell〔hart'fɛl〕

Hartfell〔hart'fɛl〕

Hartford〔'hartfəd〕哈特福特（美國）

Harthacnut〔harðək'nut〕

Harthan〔'harðən〕

Hartheim〔'harthaɪm〕

Hartington〔'hartɪŋtən〕哈廷頓

Hartke〔'hartkɪ〕哈特基

Hartland〔'hartlənd〕哈特蘭

Hartle〔'hartḷ〕哈特爾

Hartley〔'hartlɪ〕哈特利

Hartman〔'hartmən〕哈特曼

Hartmann〔'hartmən〕哈特曼（Karl Rob- ert Eduard von, 1842-1906, 德國哲學家）

Hartness〔'hartnɪs〕哈特尼斯

Hartog〔'hartak；'hartah（荷）〕

Hartogszoon〔'hartahsən；-san；-son〕

Hartpole〔'hartpol〕哈特波爾   └（荷）

Hartree〔'hartrɪ〕哈特里

Harts〔harts〕哈茨

Hartselle〔'hart·sɛl〕

Hartseph〔'hart·sɛf〕
Hartshorn〔'hartshɔrn〕
Hartshorne〔'hartshɔrn〕哈茨霍恩
Hartsoeker〔'hart·sukɚ〕
Hartsville〔'hartsvɪl〕
Hartt〔hart〕哈特
Harttung〔'hartʊŋ〕哈通
Hartville〔'hartvɪl〕
Hartwell〔'hartwɛl〕哈特衞爾
Hartwick〔'hartwɪk〕哈特威克
Hartwig〔'hartvɪh〕(德)哈特維希
Harty〔'hartɪ〕哈蒂
Hartz〔harts〕哈茨
Hartzell〔'hartsəl〕哈策爾
Hartzenbusch〔'hartsemvutʃ(西);
'hartsənbuʃ(德)〕
Haru〔'haru〕
Harudes〔hə'rudiz〕
Harum〔'hærəm〕
Harun〔ha'run〕哈倫
Harun-al-Raschid〔hæ'run·æl·ra·ʃid;
ha'run·æl·ra·'ʃid〕
Harun ar-Rashid〔hæ'run·ˌær·ræ'ʃid〕
Harvard〔'harvəd〕哈佛(John, 1607-1638,
英國牧師，為哈佛大學之主要創辦人)
Harvey〔'harvɪ〕哈維(William, 1578-1657,
英國醫生及解剖學家)
Harvout〔'harvo〕哈沃
Harwell〔'harwəl〕哈衞爾
Harwich〔'hærɪdʒ; 'hawɪtʃ〕哈里季(英國)
Harwood〔'harwʊd〕哈伍德
Hary〔'hærɪ〕
Harz〔harts〕哈次山脈(德國)
Harzburg〔'hartsbʊrk〕
Harzer〔'hartsɚ〕
Hasa〔'hæsə; 'hasə〕
Hasa, al-〔æl 'hæsæ〕(阿拉伯)
Hasa, El〔ɛl 'hæsə〕
Hasan〔hə'san; hæ'sæn〕
Hasan Ali Shah〔hə'san 'ali 'ʃa〕
Hasan Daǧ〔ˌhasan 'da〕
Hasan ibn-al-Sabbah〔hæ'sæn ɪbn ˌæs-
sæb'ba〕(波斯)
Hasbeya〔has'bejə; 'hæsbɛjə〕
Hasbrouck〔'hæzbrʊk〕哈斯布魯克
Hasdai ibn-Shaprut〔'hasdaɪ ɪbn ʃa-
'prut〕(阿拉伯)
Hasday ben-Shaprut〔'hasdaɪ bɛn ʃa-
'prut〕(阿拉伯)
Hǎşdeu〔haʃ'dju〕(羅)
Hasdrubal〔'hæzdrubl̩〕哈茲魯勃(?-20,
B.C., 迦太基將軍)

Hase〔'hazə〕
Haselbeech〔'hezəlbitʃ〕
Haselden〔'hæzl̩dən〕哈茲爾登
Haselrig〔'hezl̩rɪg〕
Haseltine〔'hezəltɪn〕哈茲爾廷
Haselwander〔'hazəl,vandə〕
Haseman〔'hezmən〕黑斯曼
Hasemer〔'hezmə〕
Hasenauer〔'hazə,nauə〕哈斯瑙爾
Hasenclever〔'hazənklevə〕
Hasenmatt〔'hazənmat〕
Hasenpflug〔'hazənpfluk〕
Hashem〔'haʃəm〕
Hashemite Kingdom of Jordan〔'hæʃə-
maɪt~〕約旦之正式國名
Hashimite〔'hæʃɪmaɪt〕
Hashmon〔'hæʃman〕
Hasidim〔ha'sidɪm〕
Haskell〔'hæskəl〕
Hasket〔'hæskət〕哈斯克特
Haskin〔'hæskɪn〕哈斯金
Haskins〔'hæskɪnz〕哈斯金斯
Haskovo〔'haskɔvɔ〕(保)
Haslam〔'hæzləm〕哈斯拉姆
Haslbeck〔'hasl̩bɛk〕
Haslemere〔'hezlmɪr〕
Hasler〔'haslə〕哈斯勒
Haslett〔'hezlɪt; 'hæzlɪt〕哈斯利特
Hasli〔'haslɪ〕
Haslingden〔'hæzlɪŋdən〕
Hasluck〔'hæzlʌk〕哈斯勒克
Hasmon〔'hæzman〕
Hasmonaean〔,hæzmə'niən〕
Hasner〔'hasnə〕
Haspe〔'haspə〕
Haspinger〔'haspɪŋə〕
Hass〔has〕哈斯
Hassage〔'hæsɛdʒ〕
Hassall〔'hæsl̩〕哈索爾
Hassam〔'hæsəm; 'hasan〕
Hassan〔'hʌsən; hə'san; 'hæsən; hæ-
'sæn〕
Hassard〔'hæsəd〕哈薩德
Hasse〔'hasə〕
Hasselbacker〔'hæsəlbækə〕
Hasselbeck〔'hasəlbɛk〕
Hasselquist〔'hasəlkvɪst〕
Hasselskog〔'hasəlskug〕(瑞典)
Hasselt〔'hasəlt〕
Hassenpflug〔'hasənpfluk〕
Hassialis〔'hasɪəlɪs〕哈西亞利斯
Hässleholm〔'hɛsləhɔlm〕

Hassler〔'hɑslɚ〕哈斯勒（Hans Leo, 1564-1612, 德國作曲家）

Hassloch〔'hɑslɑh〕（德）

Hassock〔'hæsək〕

Hassuna〔hæs'sunə〕

Hast〔hæst〕

Hasta Colonia〔'hæstə kə'loniə〕

Hasta Pompeia〔'hæstə pɑm'pijə〕

Hastenbeck〔'hɑstənbɛk〕

Hastie〔'hestɪ〕黑斯蒂

Hastinapura〔,kɑstɪnə'purə〕

Hasting〔'hestɪŋ〕

Hastings〔'hestɪŋz〕 ❶哈斯丁斯（Warren, 1732-1818, 英國政治家）❷哈斯丁斯（英格蘭）

Hastings-on-Hudson〔'hestɪŋz·ɑn·'hʌd-sṇ〕

Hasty〔'hestɪ〕黑斯蒂

Haswell〔'hæzwɛl〕哈斯衛爾

Hatasu〔hɑ'tɑsu〕

Hatay〔hɑ'taɪ〕

Hatboro〔'hætbərə〕

Hatch〔hætʃ〕哈奇

Hatcher〔'hætʃɚ〕哈徹

Hatchett〔'hætʃɪt〕哈徹特

Hatchie〔'hætʃɪ〕

Hatchway〔'hætʃwe〕

Hatfield〔'hætfild〕哈特菲爾德

Hathaway〔'hæθəwe〕哈撒衛

Hatherell〔'hæðərəl〕

Hatherleigh〔'hæðəlɪ〕

Hatherley〔'hæðəlɪ〕哈瑟利

Hathersage〔'hæðəsɪdʒ〕

Hatherton〔'hæðətən〕

Hathor〔'hæθɔr〕【埃及神話】愛情及喜悅之女神

Hathorn(e)〔'hɔθɔrn〕

Hathras〔'hɑtrəs〕

Hathway〔'hæθwe〕

Hatia〔'hɑtɪə〕

Hatien〔'hatjɛn〕河仙（越南）

Hatifi〔,hɑtɪ'fi〕

Hatillo〔ɑ'tijo〕（拉丁美）

Hatlo〔'hætlo〕

Hatra〔'hætrə〕

Hatras〔'hatrəs〕

Hatschek〔'hɑtʃɛk〕

Hatshepset〔hæt·'ʃɛpset〕

Hatshepsut〔hæt·'ʃɛpsut〕

Hatshepsowet〔hɑt·'ʃɛpsowɛt〕

Hattenheim〔'kɑtənhaɪm〕

Hatter〔'hætɚ〕

Hatteraick〔'hætərek〕

Hatteras〔'hætərəs〕哈特臘斯角（美國）

Hatti〔'hætti〕

Hattie〔'hætɪ〕哈蒂

Hattiesburg〔'hætɪzbɚg〕

Hattingen〔'hatɪŋən〕

Hatto〔'hæto ; 'hato（德）〕

Hatton〔'hætṇ〕哈頓

Hattushash〔,hɑttu'ʃɑʃ〕（土）

Hatty〔'hætɪ〕哈蒂

Hatuey〔ɑ'twe〕（西）

Hatun Raymi〔'ɑtun 'raɪmi〕

Hatutu〔hɑ'tutu〕

Hatvan〔'hatvan ; 'hatvan（匈）〕

Hatya〔'hɑtɪə〕

Hätzer〔'hɛtsɚ〕

Hatzfeld〔'hɑtsfɛlt（德）; ɑts'fɛld（法）〕

Hatzfeldt, von〔fɑn 'hɑtsfɛlt〕

Hatzidakis〔hɑdzi'ðɑkis〕（希）

Hätzler〔'hɛtslɚ〕

Hauberg〔'hɔbɚg〕豪伯格

Haubiel〔hɑʊ'bil〕豪比爾

Haubourdin〔obur'dæŋ〕（法）

Hauch〔hɑʊk〕

Hauck〔hɑʊk〕豪克

Haucke〔'hɑʊkə〕

Haud〔hɑʊd〕

Haudek〔'hɑʊdɛk〕

Hauer〔hɑʊr〕

Hauerwaas〔'hɑʊrwɑs〕豪爾瓦斯

Hauff〔hɑʊf〕

Haug〔hɑʊh〕（德）豪格

Haugan〔'hɑʊgən〕豪根

Hauge〔'hɑʊgi〕豪格

Haugen〔'hɑʊgən〕豪根

Haugesund〔'hɑʊgə,sʊn〕（挪）

Haugh〔hɔ〕霍

Haught〔hɔt〕霍特

Haughton〔'hɔtṇ〕霍頓

Haugwitz〔'hɑʊkvɪts ; 'vɛntlɔv〕

Haugwitz-Reventlow〔'hɑʊkvɪts·'rɛ-

Hauk〔hɑʊk〕豪克

Hau Kiou Choaan〔'hɑʊ 'kjʊ 'tʃoən〕

Hauksbee〔'hɔksbɪ〕

Haukul, ibn-〔ɪbn·'hɑʊkæl〕

Haulbowline〔hɔl'bolɪn〕

Haupt〔hɑʊpt〕豪普特

Haupt, Lehmann-〔'leman·'hɑʊpt〕

Hauptmann〔'hɑʊpt,man〕霍普曼（Gerhart, 1862-1946, 德國作家）

Hauraki Gulf〔hɑʊ'rækɪ~ ; -'rɑkɪ~〕豪拉啓灣（紐西蘭）

Hauranne〔o'ran〕（法）

Hauréau〔ore'o〕（法）

Hauron, du〔djʊ o'rɔŋ〕（法）

Haury〔'haʊrɪ〕

Hausa〔haʊsə〕❶豪撒人（蘇丹的一個黑人民族）❷豪撒人之語言

Hausaland〔'haʊsə,lænd〕

Hausegger〔'haʊzɛgə〕

Hauseman〔'haʊsmən〕豪斯曼

Hausen〔'haʊzən〕

Hausenstein〔'haʊzənʃtaɪn〕

Hauser〔'haʊzə（德）；o'zɛr（法）〕豪澤

Haushofer〔'haʊs,hofə〕霍斯胡佛（Karl, 1860-1946, 德國將軍及地理學家）

Hausmann〔'haʊsman〕豪斯曼

Hausrath〔'haʊsrat〕豪斯拉思

Hausruck〔'haʊsruk〕

Häusser〔'hɔɪsə〕

Haussmann〔os'man〕（法）豪斯曼

Hausstock〔'haʊsʃtak〕

Haut-Atlas〔ot·at'las〕（法）

Hautecombe〔ot'kɔŋb〕（法）

Hautefeuille〔ot'fɜj〕（法）

Hautefort〔ot'for〕（法）

Haute-Garonne〔ot·ga'ron〕（法）

Haute-Loire〔ot·'lwar〕（法）

Haute-Marne〔ot·'marn〕（法）

Hauterive, d'〔do'triv〕

Hautes-Alpes〔ot·'zalp〕（法）

Haute-Saône〔ot·'son〕（法）

Haute-Savoie〔ot·sa'vwa〕（法）

Hautes-Pyrénées〔ot·pire'ne〕

Haute-Vienne〔ot·'vjɛn〕（法）

Haute-Volta〔ot·'vol'ta〕（法）

Hautlein〔ot'læŋ〕（法）

Hautmont〔o'mɔn〕（法）

Haut-Rhin〔o·'ræŋ〕（法）

Haut-ton〔'hotan〕

Haüy〔aju'i〕（法）

Havaiki〔ha'vaɪkɪ〕

Havana〔hə'vænə〕哈瓦那（古巴）

Havannah〔hə'vænə〕

Havant〔'hævənt〕

Havard〔'hævard；a'var（法）〕

Havas〔a'vas〕（法）

Havasu〔'hævəsu〕

Havasupai〔,hava'supaɪ〕

Havel〔'hafəl〕（德）

Havelberg〔'hafəlbɛrk〕

Havel Borovksi〔'havɛl 'borɔfski〕

Havell〔'hævəl〕哈弗爾

Havelland〔'hafəl,lant〕

Havelock〔'hævlak〕夸美洛（新加坡）

Havelock-Allan〔'hævlak·'ælən〕

Havelok〔'hævlak〕

Havemeyer〔'hæv,maɪə〕哈夫邁耶

Haven〔'hevən〕黑文

Havenstein〔'havənʃtaɪn〕

Haverfield〔'hævəfild〕黑文菲爾德

Haverford〔'hævəfəd〕

Haverford-west〔'hævəfəd·'wɛst〕

Haverfordwest〔'hævəfəd'wɛst〕

Havergal〔'hævəgəl〕哈弗格爾

Haverhill〔'hevərɪl〕

Havers〔'hævəz〕哈弗斯

Haverschimidt〔'havəʃmɪt〕   「姆

Haversham〔'hævəʃəm；'haʃəm〕哈弗沙

Haverstock〔'hævəstak〕

Haverstraw〔'hævəs,trɔ〕

Havet〔a've〕（法）

Havgan〔'havgən〕

Havice〔'hævɪs〕哈維斯

Havighurst〔'hævɪg,hɜst〕哈維格斯特

Havilah〔'hævɪlə〕

Haviland〔'hævɪlənd〕哈維蘭

Havilland, de〔də 'hævɪlənd〕

Havisham〔'hævɪʃəm〕

Havlíček〔'havlitʃɛk〕（捷）哈夫利切克

Havoc〔'hævək〕

Havre〔'havə〕英吉利海峽中之法國海港

Havre, Le〔lə avr〕（法）

Havre de Grace〔'hævə də 'græs；-gres〕

Havre-de-Grâce〔avrə·də·'gras〕（法）

Havrincourt〔avræŋ'kur〕（法）

Haw〔hɔ〕霍

Hawaii〔hə'waɪɪ〕夏威夷（美國）

Hawaiian Islands〔hə'waɪɪən~〕夏威夷群島（美國）

Hawaiki〔ha'waɪkɪ〕

Hawar〔hæ'war〕

Hawara〔hə'warə〕

Haward〔'hewəd；'hɛad〕霍厄德

Hawarden〔'hadn；'he,wardn；'he-,wɔrdn；'hadn〕

Hawash〔'hawaʃ〕哈瓦失河（衣索比亞）

Hawcubites〔'hɔkəbaɪts〕

Hawea〔'hawɪə〕

Haweis〔'hɔɪs〕

Hawera〔'hawərə〕

Hawes〔hɔz〕霍斯

Hawesville〔'hɔzvɪl〕

Haw-Haw〔'hɔhɔ〕

Hawi〔'hawɪ〕

Hawick〔'hɔɪk〕

Hawk〔hɔk〕霍克

Hawkabites〔'hɔkəbaɪts〕

Hawke's Bay〔'hɔks‚be〕和克灣（紐西蘭）
Hawker〔'hɔkə〕霍克
Hawkes〔hɔks〕霍克斯
Hawkesbury〔'hɔks‚bɛrɪ〕
Hawkesworth〔'hɔkswəθ〕「之別稱
Hawkeye State〔'hɔk‚aɪ～〕美國愛阿華州
Hawkins〔'hɔkɪnz〕霍金斯（❶ Sir Anthony
    Hope, 1863-1933, 英國小說家及劇作家 ❷ Sir
    John, 1532-1595, 英國海軍上將）
Hawkinsville〔'hɔkɪnzvɪl〕
Hawks〔hɔks〕霍克斯
Hawksbee〔'hɔksbɪ〕
Hawksbill〔'hɔksbɪl〕
Hawkshaw〔'hɔkʃɔ〕
Hawksley〔'hɔkslɪ〕霍克斯利
Hawksmoor〔'hɔksmʊr〕
Hawkwood〔'hɔkwʊd〕
Hawkyns〔'hɔkɪnz〕
Hawley〔'hɔlɪ〕霍利
Hawley-Smoot〔'hɔlɪ‚'smut〕
Hawleyville〔'hɔlɪvɪl〕
Haworth〔'haʊəθ; harθ〕哈爾斯（Sir
    (Walter) Norman, 1883-1950, 英國化學家）
Hawqal, ibn-〔‚ɪbŋ'haʊkæl〕
Hawthorn〔'hɔθɔrn〕
Hawthornden〔'hɔθɔrndən〕
Hawthorne〔'hɔ‚θɔrn〕霍桑（Nathaniel,
    1804-1864, 美國作家）
Hawtrey〔'hɔtrɪ〕霍特里
Hauwa〔hɔ'wa〕
Haxby's Circus〔'hæksbɪz～〕
Haxo〔ak'so〕（法）
Haxthausen〔'hakst‚haʊzən〕
Haxton〔'hækstən〕哈克斯頓
Hay〔he〕海約翰（John Milton, 1838-1905,
    美國政治家）
Haya〔'haja〕哈雅（甘肅）   「（拉丁美）
Haya de la Torre〔'aja de la ‚tɔrre〕
Hayange〔ɛ'jaŋʒ〕（法）
Hayari〔ha'jarɪ〕
Hayaskan〔hajas'tan〕
Hay-Bunau-Varilla Treaty〔'he·bʊ'naʊ·
    va'rija〕
Haycock〔'hekak〕海科克
Haydarpaşa〔haɪdarpa'ʃa〕
Hayden〔'hedŋ〕海登
Haydn〔'haɪdŋ〕海頓（Franz）Joseph, 1732-
    1809, 奧國作曲家）
Haydock〔'hedak〕
Haydon〔'hedŋ〕海多克
Hayel〔'hajɛl〕
Hayem〔a'jɛm〕（法）

Hayes〔hez〕海斯（❶ Carlton Joseph Hunt-
    ley, 1882-1964, 美國歷史學家及外交家 ❷ Isaac
    Israel, 1832-1881, 美國北極探險家）
Hayes and Harlington〔'hez ənd 'harlɪŋ-
Hayesford〔'hezfəd〕   Ltən〕
Hayesville〔'hezvɪl〕
Hayez〔'ajɛts〕
Hayford〔'hefəd〕
Hay-Herrán Treaty〔'he·ɛr'ran～〕
Hayhow〔'hehaʊ〕海豪
Hayhurst〔'heəst; 'hehəst〕
Hayim〔ha'jɪm〕（希伯來）
Hayles〔helz〕
Hayley〔'helɪ〕海利
Haym〔haɪm〕海姆
Hayman〔'hemən〕海曼
Haymarket〔'he‚markɪt〕
Haymerle〔'haɪmə‚lɪ〕
Haymon〔'hemən〕
Haynau〔'haɪnaʊ〕
Hayne〔hen〕海恩   「美國發明家）
Haynes〔henz〕海恩斯（Elwood, 1857-1925,
Haynesville〔'henzvɪl〕
Hayneville〔'henvɪl〕
Hayo〔'hajo〕
Hays〔hez〕海斯
Haysom〔'hesəm〕
Haystack〔'hes‚tæk〕
Haysville〔'hezvɪl〕
Hayter〔'hetə〕海特
Hayti〔'hetɪ〕
Haytor〔'hetə〕
Hayward(e)〔'hewəd〕海沃德
Haywards〔'hewədz〕
Haywood〔'hewʊd〕海伍德
Hayworth〔'hewəθ〕
Hayyim〔haɪ'jɪm; ha'jɪm(希伯來)〕
Hazael〔'hæzeɛl; hæ'zeɛl; 'hezeɛl;
    hə'zeɛl〕
Hazard〔'hæzəd〕哈沙德（Caroline, 1856-
    1945, 美國女教育家）
Hazebrouch〔azə'bruk〕（法）
Hazel〔'hezḷ〕海柔
Hazelhurst〔'hezḷhəst〕黑茲爾赫斯特
Hazelton〔'hezḷtən〕黑茲爾頓
Hazelwood〔'hezḷwʊd〕黑茲爾伍德
Hazen〔'hezŋ〕海森（Charles Downer, 1868-
    1941, 美國歷史家）
Hazledean〔'hezḷdin〕
Hazlerigg〔'hezḷ‚rɪg〕黑茲爾里格
Hazleton〔'hezḷtən〕
Hazlett〔'hezlɪt; 'hæzlɪt〕黑茲利特

Hazlitt〔'hæzlɪt〕海斯利特（William, 1778-1830, 英國散文家）

Hazm, ibn-〔ɪbn·'hæzm〕

Hazor〔'hezɔr〕

Hazza〔'hæzə〕

H'Doubler〔'doblə〕

Heaberlin〔'hɛbəlɪn〕希伯林

Head〔hɛd〕黑德

Headingley〔'hɛdɪŋlɪ〕

Headingly〔'hɛdɪŋlɪ〕

Headlam〔'hɛdləm〕黑德勒姆

Headlam-Morley〔'hɛdləm·'mɔrlɪ〕

Headland〔'hɛdlənd〕

Headley〔'hɛdlɪ〕黑德利

Headlong〔'hɛdlɒŋ〕

Headsman〔'hɛdzmən〕

Headstone〔'hɛdston〕

Heagerty〔'hɛgətɪ〕

Heal〔hil〕希爾

Heald〔hild〕希爾德

Healdsburg〔'hilzbəg〕

Healdton〔'hildtɑn〕

Healea〔'helɪ〕

Healey〔'hilɪ〕

Healy〔'hilɪ〕希利

Heanor〔'hinə〕

Heaney〔'henɪ〕希尼

Heard〔hɜd〕赫德

Hearn〔hɜn〕小泉八雲（Lafcadio, 1850-1904, 美國作家）

Hearne〔hɜn〕赫恩

Hearsey〔'hɜsɪ〕赫西

Hearst〔hɜst〕赫斯特（William Randolph, 1863-1951, 美國報紙企業家）

Heart〔hɑrt〕

Heart's Content〔'hɑrts kən'tɛnt〕

Heart's ease〔,hɑrts 'iz〕

Heartwell〔'hɑrtwəl〕

Heaslip〔'hislɪp〕希斯利普

Heath〔hiθ〕希思

Heathcliff〔'hiθklɪf〕

Heathcoat〔'hiθkot〕希思科特

Heathcoat-Amory〔'hiθkot·'emərɪ〕

Heathcote〔'hɛθkət; 'hiθkət; 'hiθkot〕希思科特

Heather〔'hɛðə〕荷姿

Heathfield〔'hiθfild〕

Heathman〔'hiθmən〕

Heathrow〔'hiθro〕

Heath-Stubbs〔'hiθ·'stʌbz〕

Heathsville〔'hiθsvɪl〕

Heaton〔'hitn̩〕希頓

Heavener〔'hivnə〕希夫納

Heavenfield〔'hɛvənfild〕

Heavens〔'hɛvənz〕

Heavey〔'hivɪ〕

Heaviside〔'hɛvɪ,saɪd〕海維塞（Oliver, 1850-1925, 英國物理學家及電學家）

Heawood〔'hewʊd〕希伍德

Heaword〔'hewəd〕

Heazell〔'hizəl〕

Hebbel〔'hɛbəl〕海貝爾（Friedrich, 1813-1863, 德國詩人，劇作家）

Hebbronville〔'hɛbrənvɪl〕

Hebburn〔'hɛbən〕

Hebden〔'hɛbdən〕赫布登

Hebden Royd〔'hɛbdən 'rɔɪd〕

Hebe〔'hibɪ〕【希臘神話】青春女神

Hebel〔'hɛbəl〕

Hebent〔'hibɛnt〕

Heber〔'hibə〕希伯

Heberden〔'hɛbədən〕

Hebert〔'hibət〕

Hébert〔e'ber〕（法）

Hebgen〔'hɛbgən〕

Hebra〔'hebrɑ〕

Hebrew〔'hibru〕❶希伯來人❷希伯來語文

Hebrides〔'hɛbrə,diz〕海布里地群島（英國）

Hebron〔'hɛbrɑn; 'hɛbrən; 'hibrən〕

Hebros〔'ɛvrɑs; 'evrɔs〕（希）

Hebrus〔'hibrəs〕

Hebudae〔hɪ'bjudi〕

Hebudes〔hɪ'bjudiz〕

Hecataeus〔,hɛkə'tiəs〕

Hecate Strait〔'hɛkəti~〕赫卡提海峽（加「拿大」）

Hecatompylos〔,hɛkə'tɑmpɪləs〕

Hechinger〔'hɛkɪndʒə〕赫金杰

Hecht〔hɛkt〕赫克特

Hechtenburg〔'hɛhtənbʊrk〕（德）

Heck〔hɛk〕赫克

Heckscher〔'hɛkʃə〕

Heckel〔'hɛkəl〕赫克爾

Heckendorf〔'hɛkəndɔrf〕

Hecker〔'hɛkə〕

Heckewelder〔'hɛkə,vɛldə〕

Heckmondwike〔'hɛkməndwaɪk〕

Hecla〔'hɛklə〕「pə~」

Hecla and Griper Bay〔'hɛklə, 'graɪ-

Hector〔'hɛktə; ɛk'tɔr（法）〕赫克托

Héctor〔'ɛktɔr〕（西）「妻」

Hecuba〔'hɛkjubə〕赫庫巴（Troy 王 Priam 之

Hedberg〔'hedbærj〕（瑞典）

Hedda〔'hɛdə〕赫達

Hedda Gabler〔'hɛdə 'gɑblə〕

Hedemann〔'hedəman〕
Hedemarken〔'hedəmarkən〕
Hedenstierna〔'hedən,ʃɛrna〕
Hedgcock〔'hɛdʒkak〕
Hedge〔hɛdʒ〕
Hedgehope〔'hɛdʒəp〕
Hedgeley〔'hɛdʒlɪ〕
Hedger〔'hɛdʒɚ〕
Hedgerley〔'hɛdʒəlɪ〕
Hedges〔'hɛdʒɪz〕赫奇斯
Hedin〔hɛ'din〕海汀（Sven Anders, 1865-1952, 瑞典之亞洲探險家）
Hedjaz〔hɛ'dʒaz; hi'dʒæz〕
Hedley〔'hɛdlɪ〕赫德利
Hedmark〔'hedmark〕
Hedon〔'hɛdn; 'hidən〕
Hédouin〔e'dwæn〕（法）
Hedtoft〔'hettɔft〕
Hedui〔'hɛdjʊaɪ〕
Hedvig〔'hɛdvɪg〕
Hedwig〔'hɛdwɪg; 'hetvɪh（德）〕
Hedwige〔hɛd'vigə〕
Hedworth〔'hɛdwəθ〕赫德沃思
Hedwige〔hɛd'vigə〕
Hedworth〔'hɛdwəθ〕
Heelas〔'hiləs〕
Heem〔hem〕
Heemskerck〔'hemskɛrk〕
Heemskerk〔'hemskɛrk〕
Heemstede〔'hemstedə〕
Heep〔hip〕
Heer〔her〕希爾
Heeren〔'herən〕
Heerenveen〔'herənven〕
Heeringen〔'herɪŋən〕
Heerlen〔'herlən〕希倫（荷蘭）
Heer Smits〔her 'smɪts〕
Heessen〔'hesən〕
Heever〔'hevɚ〕
Hefele〔'hefələ〕
Heffer〔'hɛfɚ〕赫弗
Heffter〔'hɛftɚ〕
Heflin〔'hɛflɪn〕赫夫林
Hefner〔'hefnɚ〕赫夫納
Hefner-Alteneck〔'hefnɚ·'altɛnɛk〕
Hegan〔'higən〕
Hegar〔'hegar〕
Hegarty〔'hɛgɚtɪ〕赫加蒂
Hegedus〔'hɛgɛdjʊs〕（匈）
Hegel〔'hegl〕黑格爾（Georg Wilhelm Friedrich, 1770-1831, 德國哲學家）
Hegeler〔'hegələ〕

Hegemann〔'hegəman〕
Hegemon〔hɪ'dʒimən〕
Heger〔e'ʒe〕（法）
Hegesias〔hi'dʒizɪəs〕
Hégésippe〔eʒe'sip〕（法）
Hegesippus〔,hɛdʒɪ'sɪpəs〕
Hegeso〔hi'dʒiso〕
Heggen〔'hegən〕赫根
Hegira〔'hɛdʒɪrə〕
Hegius〔'hegɪʊs〕
Hehe〔'hehe〕
Heher〔hɪr〕
Hehn〔hen〕
Heiberg〔'haɪbɛrk（德）; 'haɪbɛrg（丹）; 'hɛ·ɪbær（挪）〕海伯格
Heichware〔he'tʃware〕
Heide〔'haɪdə〕
Heidegger〔'haɪdɛgɚ〕海德格（Martin, 1889-1976, 德國哲學家，作家）
Heidelberg〔'haɪdlbɚg〕海德堡（德國）
Heidelberger〔'haɪdlbɚgɚ〕
Heiden〔'haɪdən〕海登
Heidenau〔'haɪdənaʊ〕
Heidenberg〔'haɪdnbɛrk〕
Heidenhain〔'haɪdənhaɪn〕
Heidenheim〔'haɪdənhaɪm〕
Heidenmauer〔'haɪdənmaʊɚ〕
Heidenstam〔'hedn,stam〕海丹斯坦（Verner von, 1859-1940, 瑞典作家）
Heidenthurm〔'haɪdənturm〕
Heidingsfield〔'haɪdɪŋzfild〕海丁斯菲爾德
Heidsieck〔'haɪdsik〕
Heidt〔hɪt〕海特
Heiduc〔'haɪdʊk〕
Heiduk〔'haɪdʊk〕 「美國小提琴家）
Heifetz〔'haɪfɪts〕海菲茲（Jascha, 1901-,
Heigel〔'haɪgəl〕
Heigerlin〔'haɪgɚlɪn〕
Heigho〔'heo〕
Heighton〔'hetn〕
Heighway〔'haɪwe〕
Heiho〔'he'hʌ〕
Heijermans〔'haɪjəmans〕
Heijn〔haɪn〕
Heijo〔'he,dʒo〕平壤（韓國）
Heike〔'haɪkə〕（荷）
Heikki〔'hekkɪ〕（芬）
Heil〔haɪl〕海爾
Heilands letzte Stunden〔'haɪlants 'lɛtstə 'ʃtʊndən〕
Heilbronn〔haɪl'brɔn〕海爾布倫
Heilgers〔'haɪlgɚz〕

Heilig〔'haɪlɪg〕
Heiligenblut〔'haɪlɪgənblut〕
Heiligenstadt〔'haɪlɪgənʃtat〕
Heiligmann〔'haɪlɪgmɑn〕
Heiling〔'haɪlɪŋ〕
Heilly, d'〔de'li〕
Heilman〔'haɪlmən〕海爾曼
Heilprin〔'haɪlprɪn〕海爾普林
Heilsberg〔'haɪlsbɛrk〕
Heilungkiang〔'he'luŋ'kjɑn〕❶黑龍江（中國）❷黑龍江省（中國）
Heilungkiang-Chen〔'he'luŋ'kjɑn'tʃʌn; -'dʒjɑn-; -dʒɪ'ɑn-〕
Heim〔haɪm（德）; ɛm（法）〕海姆
Heimann〔'haɪmɑn〕海曼
Heimat〔'haɪmat〕
Heimburg〔'haɪmburk〕亨伯格
Heimdall〔'hemdɑl〕
Heimern〔'haɪmən〕
Heiminsfeld〔'haɪmɪnsfɛlt〕
Heimskringla〔'hemskrɪŋlə〕
Heimsoeth〔'haɪmsɛt〕
Heimweh〔'haɪmve〕
Hein〔haɪn〕海因
Heindel〔'haɪndəl〕海因德爾
Heine〔'haɪnə〕海涅（Heinrich, 1797-1856,德國詩人及批評家）
Heineccius〔haɪ'nɛktsɪʊs〕
Heinecken〔'haɪnɛkən〕
Heinekey〔'haɪnɪkɪ〕海內肯
Heineman〔'henəmən〕海涅曼
Heinemann〔'haɪnəmən〕海涅曼
Heinen〔'haɪnən〕海嫩
Heines〔'haɪnəs〕
Heinicke〔'haɪnɪkə〕海尼克
Heinie〔'haɪnɪ〕
Heinkel〔'haɪŋkəl〕海因克爾
Heinlein〔'haɪnlaɪn〕海因萊恩
Heino〔'haɪno〕
Heinola〔'henəlɑ〕
Heinrich〔'haɪnrɪh〕（德、丹）
Heinrichs〔'haɪnrɪks〕
Heins〔haɪnz〕海因斯
Heinse〔'haɪnzə〕
Heinsius〔'haɪnsɪəs〕（荷）
Heintzelman〔'haɪntsəlmən〕海因策爾曼
Heinz〔haɪnts〕海因茨
Heinze〔'haɪnzɪ; -tsə（德）〕海因策
Heiple〔'haɪpl̩〕
Heise〔'haɪsə〕海斯
Heisenberg〔'haɪznbɛrg〕海森堡（Werner,1901-1976,德國物理學家）

Heiser〔'haɪzɚ〕海澤
Heising〔'haɪzɪŋ〕海辛
Heiss〔haɪs〕海斯
Heist〔haɪst〕
Heister〔'haɪstə〕
Heisterbach〔'haɪstəbɑh〕（德）
Heiter〔'haɪtə〕
Heizer〔'haɪzɚ〕海澤
Hejaz〔hɛ'dʒaz〕海志（沙烏地阿拉伯）
Hejira〔'hɛdʒɪrə; hi'dʒaɪrə〕
Hekate〔'hɛkəti; 'hɛkɪt〕
Hekatompathia〔ˌhɛkətəm'peθjə〕
Hekking〔'hɛkɪŋ〕赫金
Hekla〔'hɛklə〕
Hektoen〔'hɛkton〕
Hektor〔'hɛktɔr〕
Hel〔hɛl〕【北歐神話】陰間之女神
Hela〔'hɛla〕
Helbig〔'hɛlbɪh〕（德）
Held〔hɛld; hɛlt〕（德）赫爾德
Heldenbuch〔'hɛldənbuh〕（德）
Helder〔'hɛldə〕
Helderberg〔'hɛldəbɛg〕
Helen〔'hɛlən〕海倫 「（美國）
Helena〔'hɛlɪnə; hɛ'linə; he'lenə〕赫勒拿
Helena, Saint〔snt'hɛlɪnə〕
Helena Landless〔'hɛlɪnə 'lændlɪs〕
Helene〔he'lenə（德）; e'lɛn（羅）〕
Hélène〔e'lɛn〕（法）
Hélène, Sainte〔sænte'lɛn〕（法）
Helensburgh〔'hɛlɪnzbɚg〕
Helenus〔'hɛlɪnəs; hɛ'lenəs〕（瑞典）
Helfert〔'hɛlfət〕
Helfferich〔'hɛlfərɪh〕（德）赫爾弗里布
Helford〔'hɛlfəd〕
Helfrich〔'hɛlfrɪh〕（荷）赫爾弗里希
Helge〔'hɛlgə〕
Helgoland〔'hɛlgoˌlænd〕海姑蘭島（德國）
Helgoländer Bucht〔'hɛlgolɛndɚ 'buht〕（德）
Helheim〔'hɛlhem〕
Heli〔'hilaɪ〕
Heliade〔hɛ'ljadɛ〕
Heliades〔hɛ'laɪədiz〕
Heliand〔'hɛliand〕
Helias〔'hilɪəs〕赫利亞斯
Helicanus〔ˌhɛlɪ'kenəs〕
Helice〔'hɛlɪsi〕
Helicon〔'hɛlɪˌkan〕赫利孔山（希臘）
Hélidore〔eli'dɔr〕（法）
Helier〔'hiljɚ〕
Heligoland〔'hɛligoˌlænd〕

Helikon〔'hɛlɪkən〕
Heliodorus〔,hilɪo'dorəs〕
Héliodore〔eljɔ'dor〕（法）
Heliogabalus〔,hilɪo'gæbələs〕希利伽巴拉
（204-222，羅馬皇帝）
Hélion〔e'ljɔŋ〕（法）
Heliopolis〔,hi'lɪapəlɪs〕「之神〕
Helios〔'hilɪ,as〕【希臘神話】赫利阿斯（太陽
Helius〔'hilɪəs〕
Hell〔hɛl〕
Hellada〔hɛ'lada〕
Helladian〔hɛ'lɛdɪən〕
Helland-Hansen〔'hɛlɑn·'hɑnsən〕（挪）
Hellanicus〔,hɛlə'naɪkəs〕
Hellas〔'hɛləs〕希臘（古名）
Helle〔'hɛlɪ〕
Hellebore〔'hɛlɪbor〕
Hellemmes-lez-Lille〔ɛlɛm·le·'lil〕
Hellemmes-Lille〔ɛlɛm'lil〕（法）
Hellen〔'hɛlən；-ɪn〕【希臘神話】希臘民族之
Hellene〔'hɛlin〕希臘人   └祖先
Hellenore〔'hɛlɪnor〕
Hellens〔e'lɛns〕
Heller〔'hɛlə〕
Hellertown〔'hɛlətaʊn〕
Helles〔'hɛliz；-lɪs〕
Hellespont〔'hɛlɪspant〕
Hellevi〔'hɛləvɪ〕
Hellfire〔'hɛl,faɪr〕
Hellgren〔'hɛlgrən〕
Hellige Land〔'hɛlɪgə lænd〕
Hellín〔e'ljin〕（西）
Hellingly〔'hɛlɪŋlaɪ〕
Helliwell〔'hɛlɪwɛl〕
Hellman〔'hɛlmən〕赫爾曼
Hellmann〔'hɛlmɑn〕
Hellmuth〔'hɛlmut〕赫爾穆特
Hello〔ɛ'lo〕
Hellowes〔'hɛloz〕
Hellpach〔'hɛlpɑh〕（德）
Hellquist〔'hɛlkvɪst〕（瑞典）
Hellriegel〔'hɛlrigəl〕
Hellwald〔'hɛlvalt〕（德）
Helm〔hɛlm〕
Helmand〔'hɛlmənd〕赫爾曼得河（阿富汗）
Helmantica〔hɛl'mæntɪkə〕
Helmbold〔'hɛlmbolt〕
Helmer〔'hɛlmə〕
Helmers〔'hɛlməs〕
Helmholtz, von〔'hɛlm,holts〕赫爾姆霍
茲（Hermann Ludwig Ferdinand, 1821-1894,
德國物理學家、解剖學家及生理學家）

Helmich〔'hɛlmɪk〕
Helmine〔hɛl'minə〕
Helmke〔'hɛlmkɪ〕
Helmold〔'hɛlmolt〕
Helmond〔'hɛlmɔnt〕
Helmont〔'hɛlmɔnt〕
Helmsley〔'hɛlmzlɪ,'hɛmzlɪ〕
Helmstadt〔'hɛlmʃtat〕
Helmstädter〔'hɛlmstɛdə〕赫爾姆斯塔特
Helmstedt〔'hɛlmʃtɛt〕
Helmund〔'hɛlmənd〕
Helmuth〔'hɛlmθ〕
Helmut(h)〔'hɛlmut〕赫爾穆特
Heloise〔,hɛlo'iz〕海爾伊絲
Héloïse〔elɔ'iz〕（法）
Helos〔'hilas〕
Helot〔'hɛlət；'hilət〕古斯巴達之農奴
Help〔hɛlp〕
Helper〔'hɛlpə〕
Helpmann〔'hɛlpmən〕
Helps〔hɛlps〕
Helsel〔'hɛlsɛl〕
Helsingborg〔'hɛlsɪŋborj〕（瑞典）
Helsingfors〔'hɛlsɪŋforz〕
Helsingör〔,hɛlsɪŋ'ɜ〕赫新哥革港（丹麥）
Helsinki〔'hɛl,sɪŋkɪ〕赫爾辛基（芬蘭）
Helst〔hɛlst〕
Helston(e)〔'hɛlstən〕
Heltai〔'hɛltɔɪ〕（匈）
Helton〔'hɛltən〕赫爾頓
Helvellyn〔hɛl'vɛlin〕
Helvetia〔hɛl'viʃɪə〕赫爾維希亞（瑞士）
Helvetian Desert〔hɛl'viʃən~〕
Helvetii〔hɛl'viʃɪ,aɪ〕
Helvetius〔hɛl'viʃjəs〕
Helvétius〔,ɛl,ve'sjʊs〕艾爾維金斯（Claude
Adrien, 1715-1771, 法國哲學家）
Helvick〔'hɛlvɪk〕
Helvidius〔hɛl'vidɪəs〕
Helville〔ɛl'vil〕
Helvius〔'hɛlvɪəs〕
Helwan〔hɛl'wɑn〕
Helwig〔'hɛlwɪg〕赫爾維格
Hely〔'hilz〕希利
Hélyot〔e'ljo〕（法）
Hema〔'himə〕
Hemachandra〔,hemə'tʃɑndrə〕
Hemans〔'hɛmənz〕海曼斯（Felicia Doro-
thea, 1793-1835, 英國女詩人）
Hemel Hempstead〔'hɛməl 'hɛmpstɪd〕
Hemerken〔'hemə˞kən〕
Hemet〔'hɛmɪt〕

Hemina〔hɪ'maɪnə〕

Heming〔'hɛmɪŋ〕赫明

Heminge〔'hɛmɪŋ〕

Heminges〔'hɛmɪŋz〕

Hemingway〔'hɛmɪŋ,we〕海明威（Ernest Miller, 1899-1961, 美國小說家及記者）

Hemixem〔'hɛmɪksəm〕

Hemke〔'hɛmkɪ〕赫姆克

Hemling〔'hɛmlɪŋ〕

Hemlock〔'hɛmlɑk〕赫姆洛克

Hemmer〔'hɛmɚ〕亨默

Hemmeter〔'hɛmɪtɚ〕

Hemmerde〔'hɛmɚdɪ〕

Hemminge〔'hɛmɪŋ〕

Hémon〔,e'mɔŋ〕艾孟（Louis, 1880-1913, 法國小說家）

Hemp(e)l〔'hɛmpəl〕

Hempfield〔'hɛmpfild〕

Hemphill〔'hɛmphɪl〕

Hempl〔'hɛmpl〕

Hempstead〔'hɛmpstɛd〕亨普斯特德

Hems〔hɛms〕

Hemskerk〔'hɛmskɛrk〕

Hemsterhuis〔'hɛmstɚhɔɪs〕

Hemsworth〔'hɛmzwɚθ〕

Hemy〔'hɛmɪ〕

Hen〔hɛn〕

Henares〔e'nɑrɛs〕（法）

Hénault〔e'no〕（法）

Hench〔hɛntʃ〕韓奇（Philip Showalter, 1896-1965, 美國醫生）

Henchard〔'hɛntʃɚd〕

Henckell〔'hɛnkəl〕

Henderson〔'hɛndɚsn̩〕韓德遜（Arthur, 1863-1935, 英國工黨領袖及政治家）

Hendersonville〔'hɛndɚsn̩vɪl〕

Hendon〔'hɛndən〕亨頓（英國）

Hendric〔'hɛndrɪk〕亨德里克

Hendrich〔'hɛndrɪh〕（德）

Hendrick〔'hɛndrɪk〕亨德里克

Hendrickje〔'hɛndrɪkjə〕

Hendricks〔'hɛndrɪks〕

Hendricksburg〔'hɛndrɪks,bɚg〕

Hendricksz〔'hɛndrɪks〕（荷）

Hendricus〔hɛn'drikəs〕

Hendrik〔'hɛndrɪk〕亨德里克

Hendriks〔'hɛndrɪks〕亨德里克斯

Hendry〔'hɛndrɪ〕

Hendrikus〔hɛn'drikəs〕

Heneage〔'hɛnɪdʒ〕赫尼奇

Hen Egg Mountain〔'hɛn ,ɛg~〕

Henegouwen〔hɛnəgɑuwən〕（法蘭德斯）

Heneker〔'hɛnəkɚ〕

Heneti〔'hɛnɪtaɪ〕

Heney〔'hinɪ〕

Heng, Chang〔'dʒɑŋ 'hʌŋ〕（中）

Hengchow〔'hʌŋ'dʒo〕（中）

Hengelo〔'hɛŋəlo〕

Henges〔'hɛŋgiz〕亨吉斯

Hengest〔'hɛŋgɪst〕

Hengfeng〔'hʌŋ'fʌŋ〕橫峰（江西）

Hengist〔'hɛŋgɪst〕亨吉斯特

Heng Shan〔'hʌŋ 'ʃɑn〕（中）衡山（湖南）

Hengstenberg〔'hɛŋstənbɛrk〕

Hengyang〔'hʌŋ'jɑŋ〕衡陽市（湖南）

Henham〔'hɛnəm〕

Henie〔'hɛnɪ〕赫尼 「（法）

Héinin-sur-Cojeul〔e'næŋ sjʊr·kɔ'ʒɜl〕

Henke〔'hɛŋkə〕亨克

Henkel〔'hɛŋkəl〕亨克爾

Henker〔'hɛŋkɚ〕

Henle〔'hɛnli〕亨利

Henlei〔'hɛnlɪ〕

Henleigh〔'hɛnlɪ〕

Henlein〔'hɛnlaɪn〕

Henley〔'hɛnlɪ〕韓里（William Ernest,1849-1903, 英國作家及編輯）

Henley-on-Thames〔'hɛnlɪ·ɑn·'tɛmz〕

Henlopen〔hɛn'lopən〕

Henn〔hɛn〕亨

Henna〔'hɛnə〕

Henne〔'hɛnə〕亨

Henne am Rhyn〔'hɛnə ɑm 'rin〕

Hennebique〔ɛn'bik〕

Hennebont〔ɛn'bɔŋ〕（法）

Henneke〔'hɛnəki〕亨內基

Hennepin〔'hɛnəpɪn; ɛn'pæŋ（法）〕

Hennequin〔ɛn'kæŋ〕（法）

Henner〔ɛ'nɛr〕（法）

Hennessey〔'hɛnɪsɪ〕亨尼西

Hennessy〔'hɛnɪsɪ; ɛnɛ'si（法）〕亨尼西

Henney〔'hɛnɪ〕亨尼

Hennig〔'hɛnɪg, 'hɛnɪh（德）〕

Henniker〔'hɛnɪkɚ〕亨尼克

Henning〔'hɛnɪŋ〕亨寧

Henninger〔'hɛnɪndʒɚ〕亨寧格

Hennique〔ɛ'nik〕（法）

Henoch〔'hinək, 'hɛnɑh（德）〕亨諾克

Henri〔'hɛnrɪ〕亨萊（Robert, 1865-1929, 美國畫家）

Henriade〔ɑŋ'rjɑd〕（法）

Henrich〔'hɛnrɪh〕（德）亨里希

Henrici〔hɛn'ritsɪ〕

Henrick〔'hɛnrɪk〕亨里克

Henrico〔hɛn'raɪko〕
Henricus〔hɛn'raɪkəs；hɛn'rikəs（荷）〕
Henricus de Gandavo〔hɛn'raɪkəs dɪ
  'gændəvo〕
Henrietta〔,hɛrɪ'ɛtə〕堅里耶塔島（美國）
Henrietta, Louisa〔lu'izə,hɛnrɪ'ɛtə〕
Henrietta Maria〔,hɛnrɪ'ɛtə   mə'raɪə〕
Henriette〔ɑŋ'rjɛt（法）；hɛnrɪ'ɛtə（荷
  德）〕
Henrik〔'hɛnrɪk〕亨里克
Henrika〔hɛn'rikə〕
Henriksen〔'hɛnrɪksən〕
Henriod〔'hɛnrɪəd〕亨里厄德
Henriot〔ɑŋ'rjo〕（法）亨里厄特
Henrique〔eŋ'rikə（葡）；en'rike（西）〕
Henriques〔hɛn'rikɪz；eŋ'rikɪʃ（葡）；eŋ-
  'rikɪs（巴西）〕亨里克斯   「丁美〕
Henríquez〔ɛn'rikeθ（西）；ɛn'rikes（拉
Henríquez 'Arias de Saavedra〔en'ri-
  keθ 'arjas ðe saa'veðra〕（西）
Henríquez de Almansa〔en'rikeθ ðe al-
  'mansa〕（西）
Henríquez de Guzmán〔en'rikeθ ðe guθ-
  'man〕（西）   「'vera〕（西）
Henríques de Rivera〔en'rikeθ ðe ri-
Henri-Robert〔ɑŋ'ri·rɔ 'bɛr〕（法）
Henry〔'hɛnrɪ〕亨利（❶Joseph, 1797-1878,
  美國物理學家❷Patrick, 1736-1799, 美國政治
  家及演說家）
Henry Beauclerc〔'hɛnrɪ 'boklɛr〕
Henry Clay〔'hɛnrɪ 'kle〕
Henry Curtmantle〔'hɛnrɪ 'kɝt,mæntl〕
Henry Esmond〔'hɛnrɪ 'ɛzmənd〕
Henryetta〔,hɛnrɪ'ɛtə〕
Henry-Haye〔ɑŋri'ɛ〕（法）
Henryk〔'hɛnrɪk〕
Henry Raspe〔'hɛnrɪ 'raspɪ〕
Henry Ryecroft〔'hɛnrɪ 'raɪkrɔft〕
Henryson〔'hɛnrɪsn〕
Henry Tudor〔'hɛnrɪ 'tjudə〕
Henschel〔'hɛnʃəl〕亨舍爾
Henschke〔'hɛnʃkə〕
Hensel〔'hɛnzəl〕亨塞爾
Henseler〔'hɛnzələ〕
Henselt〔'hɛnzəlt〕
Hensen〔'hɛnsn；-zən（德）〕
Henshaw〔'hɛnʃɔ〕亨肖
Hensleigh〔'hɛnzlɪ〕亨斯利
Hensley〔'hɛnzlɪ〕海斯萊
Henslow(e)〔'hɛnzlo〕亨斯洛
Henson〔'hɛnsn〕亨森
Henton〔'hɛntən〕亨頓
Hentschell〔'hɛntʃəl〕亨切爾

Henty〔'hɛntɪ〕亨蒂（George Alfred, 1832-
  1902, 英國兒童讀物作家）
Hentz〔hɛnts〕
Hentzi〔'hɛntsɪ〕
Henzada〔,hɛnzə'da〕興實達（緬甸）
Henze〔'hɛnzi〕
Henzen〔'hɛntsən〕
Henzi〔'hɛntsɪ〕
Hepburn〔'hɛbən；'hɛpbən〕
Hephaestion〔hɪ'fɛstɪən〕
Hephaestus〔hɪ'fɛstəs〕【希臘神話】火與
  鍛鐵之神
Hephzibah〔'hɛfsɪbə〕
Heppelwhite〔'hɛpl̩waɪt〕
Heppenheim〔'hɛpənhaɪm〕
Heppenstall〔'hɛpn̩stɔl〕
Hepple〔'hɛpl̩〕赫佩爾
Hepplewhite〔'hɛpl̩,hwaɪt〕海普懷特（
  George, ?-1786, 英國細木匠及傢具設計家）
Heppner〔'hɛpnə〕赫普納
Heptameron〔hɛp'tæmɪrən〕
Heptanesus〔,hɛptə'nisəs〕
Heptanomis〔hɛp'tænəmɪs〕
Heptarchy〔'hɛptarkɪ〕
Heptateuch〔'hɛptə,tjuk；-,tuk〕舊約
  聖經之開首七卷
Hepworth〔'hɛpwəθ〕赫普沃思
Hepzibah Pyncheon〔'hɛpzɪbə 'pɪntʃən〕
Hera〔'hɪrə；'hera〕【希臘神話】   嫁之女神
Heraclea〔,hɛrə'kliə〕   嫁之女神
Heraclea Lyncestis〔,hɛrə'kliə lɪn-
  'sɛstɪs〕
Heraclea Minoa〔,hɛrə'kliə maɪ'noə〕
Heraclea Pontica〔,hɛrə'kliə 'pantɪkə〕
Heraclea Sintica〔,hɛrə'kliə 'sɪntɪkə〕
Heraclea Trachinia〔,hɛrə'kliə trə-
  'kɪnɪə〕
Heracleides〔,hɛrə'klaɪdiz〕
Heracleon〔hɪ'ræklɪən〕
Heracleonas〔hɪ,ræklɪ'onəs〕
Heracleopolis〔,hɛrəklɪ'apəlɪs〕
Heracleopolitan〔,hɛrə,kliə'palɪtən〕
Heracles〔'hɛrəkliz〕
Heracleum〔,hɛrə'kliəm〕
Heraclian〔,hɛrə'kliən；hɪ'ræklɪən〕
Heraclid〔'hɛrəklɪd〕
Heraclidae〔,hɛrə'klaɪdi〕
Heraclides〔,hɛrə'klaɪdiz〕
Heraclitus〔,hɛrə'klaɪtəs〕赫拉克賴脫
  （紀元前五世紀之希臘哲學家）
Heraclius〔,hɛrə'klaɪəs〕赫勒克留（575?-
  641, 東羅馬帝國皇帝）

Héraclius〔erɑkli'jus〕(法)

Hérákleion〔ɪ'rɑkliɔn〕

Herakles〔'hɛrəkliz〕

Heraklion〔hɪ'ræklɪən ; ,hɛrə'klɑɪən〕

Heraklid〔'hɛrəklɪd〕

Herald〔'hɛrold〕格拉爾德島(蘇聯)

Herapath〔'hɛrəpɑθ〕

Heras〔'ɛrɑs〕

Herat〔hɛ'rɑt〕赫拉特(阿富汗)

Hérault〔e'ro〕(法) 「(法)

Herault de Séchelles〔e'ro də se'ʃɛl〕

Herbart〔'hɑbɑrt〕赫爾巴特(Johann Friedrich, 1776-1841, 德國哲學及教育家)

Herbeck〔'hɛrbɛk〕

Herbelin〔ɛrbə'læŋ〕(法)赫伯林

Herbelot de Molainville〔ɛrbə'lo də mɔlæŋ'vil〕(法)

Herbelot, d'〔dɛrbə'lo〕(法)

Herberay des Essarts〔ɛrbə're de ze-'sar〕(法)

Herbermann〔'hɑbəmən〕

Herbert〔'hɑbət〕赫伯特(❶George, 1593-1633, 英國牧師及詩人❷Victor, 1859-1924, 美國作曲家及樂隊指揮)

Herbert Hoover Lake〔'hɑbət 'huvə~〕

Herberton〔'hɑbətṇ〕

Herbertshöhe〔'hɛrbɛrts,hɜə〕

Herblock〔'hɑblɑk〕赫布洛克

Herbois, d'〔dɛr'bwɑ〕(法)

Herborn〔'hɛrbɔrn〕

Herbort〔'hɛrbɔrt〕

Herbort von Fritzlar〔'hɛrbɔrt fɑn 'frɪtslɑr〕

Herbst〔hɑpst〕赫布斯特

Hercegovina〔,hɜtsəgo'vinə ; ,hɛrtsɛ-'gɔvinɑ(塞克)〕

Herchheimer〔'hɛrhhɑɪmə〕(德)

Herculaneum〔hɜkjʊ'lenjəm; -nɪəm〕

Herculano de Carvalho e Araújo〔,iəku-'lænu ðə kə'valju i ərə'uʒu; ,ɛrku-lʌnu də kə'valju i ɑrə'uʒu〕(葡)

Hercule〔ɛr'kjʊl〕(法)

Hercules〔'hɜkjʊ,liz〕❶海克力斯(希臘神話中的大力士)❷【天文】武仙座

Herculius〔hə'kjulɪəs〕

Hercyna〔hə'sɑɪnə〕

Hercynian Forest〔hə'sɪnɪən~〕

Herczeg〔'hɛrtsɛg〕

Herd〔hɑd〕赫德

Herdebred〔'hɛrdə,bre〕

Herdecke〔'hɛrdɛkə〕

Herdener〔'hɑdənə〕

Herder〔'hɑdə〕赫德(Johann Gottfried von, 1744-1803, 德國哲學家、神學家及詩人)

Herdman〔'hɑdmən〕赫德曼

Here〔'hiri〕

Héreau〔e'ro〕(法)

Heredia〔e'reðjɑ〕厄雷幾亞(Jose Maria de, 1842-1905, 法國詩人)

Hereford and Worcester〔'hɛrəfəd ən 'wʊstə〕赫勒福與霧斯特(英格蘭)

Herefordshire〔'hɛrəfəd,ʃɪr〕赫勒福郡

Hérelle, d'〔de'rɛl〕(法) 凵(英格蘭)

Heremans〔'herəmans〕(西)

Herencia Ceballos〔e'rɛnsja se'vajos〕

Herennius〔hɪ'rɛnɪəs〕

Hérens, Dent d'〔dɑŋ de'rɑŋ〕(法)

Herentals〔'herəntals〕

Herenthals〔'herənthals〕

Herero〔'hɪrəro〕

Hereward〔'hɛrɪwəd〕

Herford, d'〔'hɑfəd,'hɛrfɔrt(德)〕

Herge〔hɜdʒ〕

Hergenröther〔'hergən,rɜtə〕

Herger〔'hɛrgə〕

Hergesheimer〔'hɑgəs,hɑɪmə〕赫蓋斯海麥(Joseph, 1880-1954, 美國小說家)

Hergest〔'hɑdʒɪst〕

Herget〔'hɑgɛt〕赫格特

Herholdt〔'hærhɔlt〕(丹)

Heribert〔'herɪbɛrt〕

Heriberto〔,erɪ'vɛrto〕(西)

Héricault〔eri'ko〕(法)

Héricourt〔eri'kur〕(法)

Herihor〔,herɪ'hor〕

Hering〔'heriŋ〕赫林(Ewald, 1834-1918, 德國牛理學家及心理學家)

Heriot〔'herɪət〕赫里奧特

Heriri〔hɛ'rɑɪrɑɪ〕

Heri Rud〔,herɪ 'rud〕

Herisau〔'herɪzɑʊ〕

Hérisau〔eri'zo〕(法)

Héristal〔eris'tal〕(法)

Héritier de France〔eri'tje də 'frɑŋs〕(法)

Herjedal〔'hɛrjədal〕

Herjedalen〔'hɛrjə,dalən〕

Herkimer〔'hɑkɪmə〕

Herkomer〔'hɑkəmə〕

Herlein〔'herlɑɪn〕

Herlen〔'hɛrlən〕

Herlichy〔'hɜlɪkɪ〕

Herlihy〔'hɜlɪhɪ,hə'lihɪ〕赫利希

Herlin〔'herlɪn〕

Herm〔hɝm〕

Hermagoras〔hɝˈmægərəs〕

Herman〔ˈhɝmən;ˈhɛrmɑn（德、荷、冰）;ˈhærmɑn（丹、挪）〕

Hermandad〔ˌɛrmɑnˈdɑð〕（西）

Herman Dousterswivel〔ˈhɝmən ˈdustɚˌswivəl〕

Hermann〔ˈhɝmən;ˈhɛrmɑn;（丹、荷、德、芬、挪）〕

Hermann Bamberger〔ˈhɛrmɑn ˈbɑmbɛrgɚ〕

Hermanns〔ˈhɛrmɑns〕

Hermannstadt〔ˈhɛrmɑnʃˌtɑt〕

Hermannus〔hɝˈmænəs〕

Hermann von Reichenau〔ˈhɛrmɑn fɑn ˈraɪhnaʊ〕（德）

Hermanric〔ˈhɝmənrɪk〕「（德）

Hermanrich〔ˈhɝmənrɪk;ˈhɛrmɑnrɪh〕

Hermansz〔ˈhɛrmɑns〕

Hermant〔ɛrˈmɑŋ〕（法）

Hermanus〔hɝˈmænəs;hɛrˈmɑnəs（荷）〕

Hermaphroditus〔hɝˌmæfroˈdaɪtəs〕

Hermas〔ˈhɝməs〕

Hermegyld〔ˈhɝmədʒɪld〕

Hermenegild〔hɝˈmɛnəgɪld;ˈhɛrmɛnəgɪlt（捷）〕

Hermenegildo〔ˌɛrmeneˈhiðo（西）;ˌɛrmənəˈʒɪldu（葡）〕

Hermengyld〔ˈhɝməngɪld〕

Hermes〔ˈhɝmiz〕【希臘神話】漢密士（司道路、科學、發明、口才、幸運之神）

Hermesianax〔hɝmɪˈsaɪənæks〕

Hermes Trismegistus〔ˈhɝmiz ˌtrɪsmɪˈdʒɪstəs〕

Hermeto〔ɛrˈmetu〕（葡）

Hermia〔ˈhɝmjə〕

Hermias〔ˈhɝmɪəs〕赫米亞斯

Hermias Sozomenus〔ˈhɝmɪəs soˈzɑmɪnəs〕

Hermine〔hɛrˈminə〕

Herminie〔ˈhɝmɪnɪ〕

Hermione〔hɝˈmaɪənɪ〕【希臘神話】Menelaus 與 Helen 之女

Hermiones〔ˌhɝmɪˈoniz〕

Hermippus〔hɝˈmɪpəs〕

Hermiston〔ˈhɝmɪstən〕

Hermit〔ˈhɝmɪt〕

Hermitage〔ˈhɝmɪtɪdʒ〕

Hermite〔ɛrˈmit〕（法）

Hermocrates〔hɝˈmɑkrətiz〕

Hermod〔ˈhɝmɑd,ˈhɛrmu〕

Hermodorus〔ˌhɝməˈdorəs〕

Hermogenes〔hɝˈmɑdʒɪniz〕赫莫杰尼斯

Hermon, Mount〔ˈhɝmən〕哈蒙峰（敘利亞）

Hermonthis〔hɝˈmɑnθɪs〕

Hermopolis〔hɝˈmɑpəlɪs〕

Hermopolis Magna〔hɝˈmɑpəlɪs ˈmægnə〕

Hermopolis Parva〔hɝˈmɑpəlɪs ˈpɑrvə〕

Hermosa〔hɝˈmosə〕

Hermosillo〔ˌɛrmoˈsijo〕（拉丁美）

Hermoso, el〔ɛl ɛrˈmoso〕

Hermunduri〔hɝˈmʌndjʊraɪ〕

Hermupolis〔hɝˈmʌpəlɪs〕

Hermus〔ˈhɝməs〕

Hernád〔ˈhɛrnɑd〕

Hernán〔ɛrˈnɑn〕（西）

Hernandarias〔ˌɛrnɑnˈdɑrjɑs〕

Hernández〔ɛrˈnɑndeθ〕（西）

Hernández Girón〔ɛrˈnɑndeθ hiˈron〕（西）

Hernando〔hɝˈnændo;ɛrˈnɑndo〕

Hernani〔ɛrnɑˈni〕（法）

Herndon〔ˈhɝndən〕

Herne〔hɝn〕赫尼（德國）

Heinici〔ˈhɝnɪsaɪ〕

Hero〔ˈhɪro〕希羅（三世紀時之希臘科學家）

Herod〔ˈhɛrəd〕希律王（73?-4 B.C., 猶太之王）

Herod Agrippa〔ˈhɛrəd əˈgrɪpə〕希律王之孫（10? B.C - A.D. 44, 猶太之王）

Herod Antipas〔ˈhɛrəd ˈæntɪpæs〕加利利統治者

Herodas〔hɪˈrodəs〕

Herodes〔hɪˈrodiz〕

Herodes Atticus〔hɪˈrodiz ˈætɪkəs〕

Hérodiade〔erɔˈdjad〕（法）

Herodian〔hɪˈrodɪən〕希律王家的追隨人

Herodianus〔hɪˌrodɪˈenəs〕

Herodias〔hɪˈrodɪæs〕【聖經】希羅底（Salome 之母）

Herodotus〔həˈrɑdətəs〕希羅多德（紀元前五世紀之希臘歷史學家）

Herod Philip〔ˈhɛrəd ˈfɪlɪp〕

Héroët〔erɔˈɛ〕（法）

Heroin〔ˈhɛroɪn〕

Hérold〔eˈrɔld〕（法）赫羅爾德

Heron〔ˈhɛrən;ˈhɪrɑn〕= Hero 赫倫

Herondas〔hɪˈrɑndəs〕

Heroopolis〔ˌhɪroˈɑpəlɪs〕

Heroopolites Sinus〔ˌhɪroəˈpɑlitiz ˈsaɪnəs〕

Herophile〔hɪˈrɑfɪˌli〕

Herophilus〔hɪˈrɑfɪləs〕

Herostratus〔hɪˈrɑstrətəs〕

Héroult〔eˈru〕（法）

Herpin〔ɛr'pæŋ〕（法）

Herr〔hɛr〕

Herrada〔ɛr'raða〕（西）

Herrán〔ɛr'ran〕

Herre〔'hɛrə〕赫爾

Herren〔'hɛrɪn〕赫倫

Herrenhausen〔'hɛrən,hauzən〕

Herrera〔ɛr'rɛra〕艾萊拉（Francisco de, 1576-1656, 西班牙畫家）

Herrero〔ɛr'rɛro〕

Herreroland〔hə'rɛrəlænd〕

Herreros〔ɛr'rɛros〕

Herreshoff〔'hɛrəsɔf〕

Herrick〔'hɛrɪk〕赫里克（❶Myron Timothy, 1854-1929, 美國外交家 ❷ Robert, 1591-1674, 英國詩人）

Herries〔'hɛrɪs〕

Herrin〔'hɛrɪn〕

Herring〔'hɛrɪŋ〕赫林

Herriot〔ɛr'jo〕赫禮歐（Edouard, 1872-1957, 法國政治家）

Herriott〔'hɛrɪət〕

Herrmann〔'hɝmən；'hɛrman（德）〕赫爾曼

Herrnhut〔'hɛrn'hut〕

Herrnhuter〔'hɛrn,hutə〕

Herron〔'hɛrən〕赫倫

Herr Teufelsdröckh〔hɛr 'tɔɪfəlsdrɔk〕

Hersant〔'hɝsn̩t〕

Hersart〔ɛr'sar〕（法）

Herschel(l)〔'hɝʃəl〕赫瑟爾（Sir John Frederick William, 1792-1871, 英國天文學家）

Hersek〔hɛr'sɛk〕

Hersent〔ɛr'saŋ〕（法）

Hersey〔'hɝsɪ〕

Hersfeld〔'hɛrsfɛlt〕

Hershey〔'hɝʃɪ〕赫爾希

Herskovits〔'hɛrskəvɪts〕

Hersleb〔'hærslɪb（丹）；'hærslɛb（挪）〕

Herstal〔'hɛrstal〕

Herstmonceux〔,hɝstmən'sju〕

Hertefeld〔'hɛrtəfɛlt〕

Hertel〔'hɛrtəl〕赫特爾

Herten〔'hɛrtən〕

Herter〔'hɝtə〕赫特（Christian A., 1895-1966 美國政治家）

Hertford〔'hɝtfəd；'harfəd〕赫特福德

Hertfordshire〔'harfəd,ʃɪr〕哈福德郡（英格蘭）

Hertha〔'hɝθə〕赫莎

Hertling〔'hɛrtlɪŋ〕

Hertogenbosch, 's〔'sɛrtohən,bɔs〕（荷）

Herts〔harts；hɝts〕赫茨

Hertseliya〔,hɛrtsə'lijə〕

Hertslet〔'hɝtslɪt〕

Hertwig〔'hɛrtvɪk；'hɛrtvɪh（德）〕

Herty〔'hɝtɪ〕赫蒂（Charles Holmes, 1867-1938, 美國化學家）

Hertz〔hɝts〕赫芝（❶Gustav Ludwig, 1887-1975, 德國物理學家 ❷ Heinrich Rudolf, 1857-1894 德國物理學家）

Hertzberg〔'hɝtsbɝg；'hɛrtsbɛrk（德）〕赫茨伯格

Hertzen〔'hɛrtsən〕

Hertzian〔'hɝtsɪən〕

Hertzka〔'hɛrtska〕

Hertzler〔'hɝtslə〕赫茨勒

Hertzog〔ɛr'tsog；'ɛrsɔg；'hɛr〕艾爾紹格（Enrique, 1897?-, 玻利維亞總統）

Hertzsprung〔'hɛrtsprʊŋ〕（荷）

Heruli〔'hɛrjulaɪ〕

Herval〔ɪr'val〕

Hervás〔ɛr'vas〕

Hervás y Panduro〔ɛr'vas ɪ pan'duro〕

Hervé〔ɛr've〕（法）赫維

Hervé Riel〔'hɝve 'ril〕

Hervey〔'harvɪ, 'hɝvɪ〕

Hervieu〔ɛr'vjɝ〕（法）

Hervilly〔ɛrvi'ji〕（法）

Herwald〔'hɝwəld〕赫沃爾德

Herwarth〔'hɛrvart〕

Herwegh〔'hɛrvɛk〕

Herwerden〔'hɛrvɛrdən〕

Herz〔ɛrts（法）；hɛrts（德）〕赫茨

Herzegovina〔,hɛrtsəgo'vinə〕

Herzen〔'hɛrtsən〕

Herzlia〔hɛrts'liə〕

Herzliya〔,hɛrts'lijə〕

Herzog〔'hɝzag；'hɛrtsok（德）；ɛr'zɔg（法）〕赫佐格

Herzogenberg〔'hɛrtsogənbɛrk〕

Herzogenbucsh〔'hɛrtsogənbuʃ〕

Herzog Ernst〔'hɛrtsok 'ɛrnst〕

Hesba〔'hɛzbə〕赫斯巴

Hesban〔'hɛsban〕

Hesekiel〔hɛ'zekɪɛl〕

Heseltine〔'hɛsəltaɪn〕赫塞爾廷

Heshwan〔'hɛʃwən〕

Hesilrige〔'hɛzɪlrɪg〕

Hesiod〔'hisɪəd〕海希奧德（紀元前八世紀之希臘詩人）

Hesione〔hɪ'saɪənɪ〕

Hesketh〔'hɛskɪθ〕赫思基斯

Heslop〔'hɛzləp〕赫思洛普

Hesper〔'hɛspə〕【詩】=Hesperus

Hesperia〔hɛs'pɪrɪə〕西方之國

Hesperides〔hɛsˈpɛrɪˌdiz〕【希臘神話】看守金蘋果園之三至七個仙女

Hesperus〔ˈhɛspərəs〕黃昏星；長庚星；金星

Hess〔hɛs〕希斯（❶Victor Franz, 1883-1964, 奧國物理學家 ❷Walter Rudolf, 1881-1973, 瑞士生理學家）

Hesse〔ˈhɛsə〕❶赫塞（Hermann, 1877-1962, 德國作家）❷赫斯（德國）

Hesse-Cassel〔ˈhɛsˈkæsl〕

Hesse-Darmstadt〔hɛsˈdɑrmstæt;-ʃtat〕

Hesse-Homburg〔ˈhɛsˈhɑmbɚg〕

Hesselius〔heˈsiliəs〕

Hessels〔ˈhɛsəls〕赫塞爾斯

Hesseltine〔hɛslˈtaɪn; ˈhɛzḷtin〕赫塞爾廷

Hessen〔ˈhɛsṇ〕

Hessen-Nassau〔ˈhɛsˈnæsɔ〕

Hessen-Darmstadt〔ˈhɛsənˈdɑrmʃtat〕

Hessen-Homburg〔ˈhɛsənˈhamburk〕

Hessen-Kassel〔ˈhɛsənˈkasəl〕

Hessen-Nassau〔ˈhɛsənˈnasɑu〕

Hessian〔ˈhɛsɪən〕❶赫斯人 ❷美國獨立戰爭時英國所僱用之 Hesse 傭兵

Hessle〔ˈhɛsḷ; ˈhɛzḷ〕

Hessus〔ˈhɛsəs; ˈhɛsʊs（德）〕

Hester〔ˈhɛstɚ〕海絲塔

Hester Prynne〔ˈhɛstɚˈprɪn〕

Hestia〔ˈhɛstɪə〕【希臘神話】爐、灶之女神

Hestmannöy〔ˈhɛstmɑnəjʊ〕

Heston and Isleworth〔ˈhɛstən ənd ˈaɪzḷ,wɜθ〕赫斯頓艾窩（英格蘭）

Hesychast〔ˈhɛsɪkæst〕

Hetch Hetchy Valley〔ˈhɛtʃ ˈhɛtʃɪ ˈvælɪ〕

Heterooüsian〔ˌhɛtəroˈusɪən;-ˈausɪən〕

Heterousian〔ˌhɛtəˈrusɪən〕

Heth〔hiθ〕

Hetherington〔ˈhɛðərɪŋtən〕赫瑟林頓

Hetruria〔hɪtˈrurɪə〕

Hetter〔ˈhɛtɚ〕赫特

Hettinger〔ˈhɛtɪŋɚ〕赫廷格

Hettner〔ˈhɛtnɚ〕

Hetton〔ˈhɛtn〕赫頓

Hetty〔ˈhɛtɪ〕赫蒂

Hetty Sorrel〔ˈhɛtɪ ˈsɑrəl〕

Hetzel〔ɛtˈsɛl〕（法）赫策爾

Hetzer〔ˈhɛtsə〕

Hetzler〔ˈhɛtslɚ〕赫茨勒

Heuberger〔ˈhɔɪbɛrgə〕

Heubner〔ˈhɔɪbnɚ〕

Heughlin〔ˈhjulɪn〕

Heuglin〔ˈhɔɪhlɪn〕（德）

Heumann〔ˈhɔɪman〕

Heungshan〔ʃɪˈaŋˈʃan〕（中）

Heureaux〔ɝˈro〕（法）

Heurtematte〔ˈhɝtemæt〕

Heus(ch)〔hɝs〕（荷）

Heuser〔ˈhɛvɚ〕

Heusler〔ˈhɔɪslɚ〕

Heuss〔hɔɪs〕霍伊斯

Heussgen〔ˈhɔɪsgən〕

Heussi〔ˈhɔɪsi〕

Heutsz〔hɝts〕（荷）

Heuven Goedhart〔ˈhɝvən hudhart〕（荷）

Hevelius〔hɪˈvilɪəs;heˈvelɪʊs（德）〕

Hevesi〔ˈhɛvɛʃi〕

Hevesy,de〔ˈhɛvəʃi〕海威希（George, 1885-1966, 匈牙利化學家）

Hevros〔ˈevrɔs〕

Hew〔hju〕休

Heward〔ˈhjuəd〕休厄德

Hewart〔ˈhjuɚt〕休厄特

Hewel〔ˈhevəl〕

Hewel(c)ke〔ˈhevəlkə〕

Hewes〔hjuz〕休斯

Hewetson〔ˈhjuɪtˈsṇ〕休伊森

Hewett〔ˈhjuɪt〕

Hewit〔ˈhjuɪt〕休伊特

Hewitt〔ˈhjuɪt〕

Hewette〔hjuˈet〕

Hewke〔hjuk〕

Hewlett〔ˈhjulɪt〕

Hewson〔ˈhjusṇ〕休森

Hexam〔ˈhɛksəm〕

Hexapla〔ˈhɛksəplə〕

Hexapolis〔hɛkˈsæpəlɪs〕

Hexateuch〔ˈhɛksəˌtjuk;-,tuk〕舊約聖經開始之六卷書

Hexham〔ˈhɛksəm〕

Hexhamshire〔ˈhɛksəmʃɪr〕

Hext〔hɛkst〕赫克斯特

Hey〔haɪ〕海伊

Heyck〔haɪk〕

Heycock〔ˈhekɑk〕

Heydebrand und der Lasa〔ˈhaɪdəbrant ʊnt dɚ ˈlaza〕（德）

Heydebreck〔ˈhaɪdəbrɛk〕

Heyden〔ˈhaɪdən〕海登

Heydenau〔ˈhaɪdənau〕

Heydenreich〔ˈhaɪdənraɪh〕（德）

Heydrich〔ˈhaɪdrɪh〕（德）

Heyduc〔ˈhedʊk〕

Heye〔ˈhaɪə〕海伊

Heyel [haɪl]

Heyer ['heə; hɛr] 海爾

Heyerdahl ['haɪədɑl] 海爾達爾

Heygate ['heget] 海蓋特

Heyl [haɪl] 海爾

Heylin ['helɪn]

Heym [haɪm] 海姆

Heymann ['haɪmɑn] 海曼

Heymans [e'mɑns] 海孟茲（Corneille, 1892-1968, 比利時生理學家）

Heyn [haɪn] 海恩

Heyne ['haɪnə]

Heyner ['henə]

Heynlin ['haɪnlɪn]

Heyno ['heno]

Heyns [haɪnz]

Heyrovsky [haɪ'rɔfski] 海洛斯基（Jaroslav, 1890-1967, 捷克化學家）

Heyrovský ['herɔfski]

Heys [hez] 海斯

Heyse ['haɪzə] 海策（Paul Johaun Ludwig von, 1830-1914, 德國小說家、戲劇家及詩人）

Heysham ['hefəm]

Heystesbury ['hetsbəri; 'hɛtsbərɪ]

Heyward ['hewəd] 海沃德

Heywood ['hewud] 海伍德（❶John, 1497?-1580, 英國作家 ❷Thomas, 1570?-1650?, 英國戲劇家、演員及詩人）

Heyworth ['hewəθ] 海沃思

Hezekiah [,hɛzɪ'kaɪə] 赫齊卡亞

Hezlewood ['hɛzlwud]

Hi,Chu ['dʒu'fi]（中）

Hialeah [,haɪə'liə]

Hiang Hun ['fjɑŋ 'hun]（中）

Hiawatha [,haɪ'wɑθə:, hi-] 美國詩人 Longfellow 之敘事詩 "The Song of Hiawatha" 之主角

Hibbard ['hɪbəd] 希巴德

Hibben ['hɪbən] 希班（John Grier, 1861-1933, 美國教育家）

Hibbert ['hɪbət] 希伯特

Hibernia [haɪ'bənɪə]【詩】愛爾蘭

Hibernian [haɪ'bənɪən; hɪ'bənjən] 愛爾蘭

Hibiscus [hɪ'bɪskəs] 人

Hibla ['haɪblə]

Hibocrates [hɪ'bɑkrətiz]

Hibokhibok ['hibɔk'hibɔk]

Hice [haɪs] 海斯

Hicesia [haɪ'siʒə]

Hichens ['hɪtʃɪnz] 希勤茲（Rober Smythe, 1864-1950, 英國小說家）

Hichman ['hɪkmən] 希克曼

Hickam ['hɪkəm] 希卡姆

Hickathrift ['hɪkəθrɪft]

Hickey ['hɪkɪ]

Hickinbotham ['hɪkɪnbɑtəm] 希金博特姆

Hickling ['hɪklɪŋ] 希克林

Hickman ['hɪkmən] 希克曼

Hickok ['hɪkak] 希克科

Hickory ['hɪkərɪ; 'hɪkrɪ]

Hicks [hɪks] 希克斯

Hicks, Joynson- ['dʒɔɪnsn·'hɪks]

Hickstites ['hɪksaɪts]

Hickson ['hɪksn] 希克森

Hicks Pasha ['hɪks 'pɑʃə]

Hicky ['hɪkɪ] 希基

Hicok ['hɪkak] 希科克

Hicpochee ['hɪkpətʃi]

Hidalgo [hɪ'dælgo] 伊達爾戈（墨西哥）

Hidalgo del Parral [ɪ'ðalgo ðɛl par'ral]

Hiddekel ['hɪdɪkɛl] L(西)

Hidden ['hɪdn] 希登

Hiddensee ['hɪdənze]

Hiel [hil]

Hiempsal ['hɪempsæl]

Hiems ['haɪəmz]

Hien, Fa- ['fa·fi'ɛn]（中）

Hienghène [, jɛn'gɛn]

Hiera ['haɪərə]

Hieracas [,haɪə'rekəs]

Hierakonpolis [,haɪə'kɑnpəlɪs]

Hierapolis [,haɪə'ræpəlɪs]

Hierax ['haɪəræks]

Hierizim [hɪ'ɛrɪzɪm]

Hiero ['haɪəro]

Hierocles [haɪ'ɛrəkliz]

Hieron ['haɪərɑn]

Hieronimo [haɪə'ronɪmo]

Hieronymite [,haɪə'rɑnɪmaɪt]

Hieronymus [,haɪə'rɑnɪməs; hiə'ronɪməs (荷）; hie'ronjumus (德、丹）]

Hierosolyma [,haɪəro'salɪmə]

Hierro ['jerɔ] 耶勞島（西班牙）

Hiestand ['histənd]

Higden ['hɪgdən]

Higdon ['hɪgdən] 希格登

Higganum ['hɪgənəm]

Higginbotham ['hɪgɪnbɑtəm] 希金博特姆

Higgin(s) ['hɪgɪnz] 希金斯

Higginson ['hɪgɪnsn] 希金森

Higginsville ['hɪgɪnzvɪl]

Higham ['haɪəm] 海厄姆

Highflyer ['haɪflaɪə]

Highgate ['haɪgɪt]

Highland ['haɪlənd] 高地（蘇格蘭）

Highlands ['haɪləndz]

Highmore ['haɪmɔr] 海默爾

Highspire ['haɪs,paɪr]

High'st [haɪst]

High Street ['haɪ strit]

Highton ['haɪtn] 海頓

Hightower Bald ['haɪ,taʊə'bɔld]

Hightown ['haɪtaʊn]

Hightstown ['haɪtstaʊn]

High Willhays [haɪ'wɪlɪz]

Highwood ['haɪwʊd]

High Wycombe [haɪ'wɪkəm]

Higinbotham ['hɪgɪnbɑðəm]

Higinio [ɪ'hinjo]（西）

Higino [i'ʒinu]

Higuay [i'gwaɪ]

Higuera, La [la ɪ'gera]

Higüey [i'gwe]

Hii ['haɪɪ]

Hiiumaa ['hiumɑ]

Hijaz [hɪ'dʒæz]

Hijaz, al- [,æl·hɪ'dʒæz]

Hika ['hikə]

Hiko ['haɪko]

Hikueru [hɪ'kweru]

Hilaire [hɪ'lɛr;i'lɛr(法)] 希萊爾

Hilaire, Saint- [sæn·ti'lɛr]（法）

Hilar ['hilɑr]

Hilario [i'larjo]（西）

Hilarion [hɪ'lɛrɪən;ɪla'rjɔn(法)]

Hilarión [,ɪla'rjɔn]（西）

Hilarius [hɪ'lɛrɪəs;hɪ'larɪʊs(德)]

Hilarus ['hɪlərəs]

Hilary ['hɪlərɪ] 希拉瑞

Hilbert ['hɪlbət] 希爾伯特

Hilborne ['hɪlbən] 希爾伯恩

Hild ['hɪld]

Hilda ['hɪldə] 希爾達

Hildanus [hɪl'denəs]

Hildebert ['hɪldəbət;ɪldə'bɛr(法)];'hɪldəbɛrt（德）]

Hildebrand ['hɪldəbrænd;'hɪldəbrant（德、荷）] 希爾德布蘭德

Hildebrandslied ['hɪldəbrantslit]

Hildebrandt ['hɪldəbrant] 希爾德布蘭特

Hildegard ['hɪldəgard;-gart（德）]

Hildegarde ['hɪldə,gard] 希爾德加德

Hilden ['hɪldən]

Hildesheim ['hɪldəshaɪm]

Hilditch ['hɪldɪtʃ]

Hildreth ['hɪldrɛθ] 希爾德雷思

Hilferding ['hɪlfədɪŋ]

Hilgard ['hɪlgard;'hɪlgart（德）] 希爾加德

Hilkiah [hɪl'kaɪə]

Hill [hɪl] 希爾（❶ Archibald Vivian, 1886-1977, 英國生理學家❷ Sir Rowland, 1795-1879, 英國郵政改革者）

Hilla ['hɪllə]（阿拉伯）

Hillard ['hɪləd] 希拉德

Hillary ['hɪlərɪ] 希拉里

Hillborn ['hɪlbɔrn]

Hillcrest ['hɪlkrɛst]

Hille ['hɪlə] 希勒

Hilleary ['hɪlərɪ] 希勒里

Hillebrand ['hɪləbrænd;'hɪləbrant（德）]

Hillebrandt ['hɪləbrant]   希勒布蘭德

Hillegas ['hɪləgəs]

Hillegersberg ['hɪləhəsbɛrh]（荷）

Hillegom ['hɪləmɛh]（荷）

Hillel ['hɪlɛl] 希勒爾

Hiller ['hɪlə] 希勒

Hillern ['hɪlən]

Hiller von Gaertringen ['hɪlə fɑn 'gɛrtrɪŋən]

Hillers ['hɪləz]

Hilleviones [hɪlə'vaɪəniz]

Hillgard ['hɪlgard]

Hillhead [hɪl'hɛd]

Hillhouse ['hɪlhaʊs]

Hilliard ['hɪlɪrd] 希利亞德

Hillier ['hɪljə] 希利爾

Hilliers, d' [di'lje]（法）

Hillingdon ['hɪlɪŋdən]

Hillinger ['hɪlɪŋgə]

Hillis ['hɪlɪs] 希利斯

Hillman ['hɪlmən] 希爾曼（Sidney, 1887-1946, 美國勞工領袖）

Hillmend [hɪl'mɛnd]

Hilmi [hɪl'mi]

Hillquit ['hɪlkwɪt]

Hills [hɪlz] 希爾斯

Hillsboro ['hɪlzbərə]

Hillsborough ['hɪlzbrə]

Hillsdale ['hɪlzdel]

Hillside [hɪl'saɪd]

Hillsville ['hɪlzvɪl]

Hilltop ['hɪltɑp]

Hillyard ['hɪljəd]

Hillyer ['hɪljə] 希利爾

Hilmi [hɪl'mi]

Hilo ['hilo] 希洛（太平洋）

Hilonghilong ['hilɒŋ'hilɒŋ]

Hilongos [hɪ'lɔŋəs]

Hilprecht ['hɪlprɛht]（德）

Hiltbrunner ['hɪltbrunə]

Hilton ['hɪltn̩;-tən] 希爾頓（James, 1900-1954, 英國小說家）

Hiltonhead ['hɪltn̩,hɛd]

Hilty ['hɪltɪ]

Hilversum ['hɪlvəsum] 希威散（荷蘭）

Hilwan [hɪl'wɑn]

Hilwân [hɪl'wæn]

Hima ['hima]

Himachal Pradesh [hɪ'mɑtʃəl 'prɑdeʃ]

Himalaya(s), The [,hɪmə'leə(z)] 喜馬拉雅山脈（亞洲）

Himamaylan [,hima'mailɑn]

Himavat ['hɪməvæt]

Himebaugh ['haɪmbɔ] 海博

Himera ['hɪmərə]

Himerius [hɪ'mɪrɪəs]

Himerus ['haɪmərəs]

Himes [haɪmz] 海姆斯

Himilco [hɪ'mɪlko]

Himler ['haɪmlə] 海姆勒

Himmel ['hɪməl]

Himmler ['hɪmlə] 希姆萊（Heinrich, 1900-1945, 德國納粹黨人, 秘密警察頭子）

Himş [hɪmʃ]

Himyarite ['hɪmjəraɪt]

Himyaritic [,hɪmjə'rɪtɪk]

Hina ['hina]

Hinatuan [hina'twɑn]

Hinayana [,hinə'jɑnə] 【佛】小乘

Hinchinbrook ['hɪntʃɪnbruk] 辛欽布魯克島

Hinchliffe ['hɪntʃlɪf] 欣奇克利夫 「（澳洲）

Hinckley ['hɪŋklɪ] 欣克利

Hincks [hɪŋks] 欣克斯

Hincmar ['hɪŋkmɑr]

Hind [haɪnd]

Hinda ['hɪndə;'hinda]

Hinde [haɪnd]

Hindemith ['hɪndəmɪt] 亨德密特（Paul, 1895-1963, 德國中提琴家及作曲家）

Hindenburg ['hɪndən,bəg] 興登堡（Paul, 1847-1934, 德國元帥）

Hindenburg line ['hɪdən,bəg〜] 第一次世界大戰期間德國構築於比法邊界之興登堡防線

Hindersin ['hɪndəzɪn]

Hinderwell ['hɪndəwɛl]

Hindes ['haɪnz]

Hindi ['hɪndi;'hɪn'di] 北印度語

Hindiya [hɪn'dijə]

Hindle ['hɪndl] 欣德爾

Hindley ['haɪndlɪ] 欣德利

Hindman ['haɪndmən] 欣德曼

Hindmarsh ['haɪndmɑrʃ]

Hindol [hɪn'dol]

Hindoo ['hɪndu;'hɪn'du]=Hindu

Hindoostani [,hɪndus'tɑni]

Hindostan [,hɪndʊs'tɑn]=Hindustan

Hindostani [,hɪndo'stɑni]=Hindustani

Hinds [haɪndz] 海因茲

Hindsley ['haɪndzlɪ]

Hindu ['hɪndu;'hɪn'du] 印度人；印度教教徒

Hindu-Kush [,hɪndu·'kuʃ] 興都庫什山脈（阿富汗）

Hindur ['hɪndur]

Hindus ['hɪndəs] 欣德斯

Hindustan [,hɪndu'stæn] 印度斯坦（印度）

Hindustani [,hɪndu'stæni;-'stɑni] 印度之

Hiner [haɪnə] 海納 「普通語言

Hines [haɪnz] 海因斯

Hinganghat ['hɪŋgən,gɑt]

Hingham ['hɪŋəm]

Hingol ['hɪŋgol]

Hingston ['hɪŋkstən] 欣斯頓

Hinigaran [,hini'gɑran]

Hinks [hɪŋks]

Hinkle ['hɪŋkl] 欣克爾

Hinkley ['hɪŋklɪ] 欣克利

Hinkson ['hɪŋksn̩]

Hinkmar ['hɪŋkmɑr]

Hinman ['hɪnmən] 欣曼

Hinmaton-Yalaktit ['hɪnmətɑn-jə'læktɪt]

Hinnöy ['hɪ,nəju] (挪)

Hinojosa [ino'hosɑ] (西)

Hinrich ['hɪnrɪh] (德)

Hinrichs ['hɪnrɪhs] (德) 欣里克斯

Hinschius ['hɪnʃɪus]

Hinsdale ['hɪnzdel]

Hinsey ['hɪnzɪ] 欣西

Hinshaw ['hɪnʃɔ] 欣肖

Hinshelwood ['hɪnʃəl,wud] 興歇伍德（Sir Cyril Norman, 1897-1967, 英國化學家）

Hinsie ['hɪnzi] 欣西

Hinsley ['hɪnzlɪ]

Hinterpommern ['hɪntə,pɔmən]

Hinter Rhein ['hɪntə 'raɪn]

Hinton ['hɪntən] 欣頓

Hintze ['hɪntsə] 欣茨

Hiorns ['haɪənz] 海恩斯

Hiouentang [ʃjuˈɑn·'dzɑŋ] (中)

Hiouen-Tsang [ʃjuˈɑn·'dzɑŋ] (中)

Hipparchus [hɪ'pɑrkəs] 希巴克斯（❶雅典暴君 ❷紀元前二世紀時之希臘天文學家）

Hippel ['hɪpəl]

Hipper ['hɪpɚ]
Hipperholme ['hɪpɚhom]
Hippias ['hɪpɪæs]
Hippius ['hɪpɪəs]
Hipple ['hɪpl] 希普
Hippo ['hɪpo]
Hippocrates [hɪ'pakrətiz]希波克拉底（460?-?377 B.C., 希臘醫生）
Hippocrene ['hɪpo,krin;,hɪpo'krini]【希臘神話】Helicon山之靈泉
Hippodameia [hɪpədə'miə]
Hippodamia [hɪpədə'maɪə]
Hippodamus [hɪ'padəməs]
Hippodrome ['hɪpə,drom]
Hippolita [hɪ'palɪtə]
Hippolyta [hɪ'palɪtə]
Hippolyte [hɪ'palɪti;hɪ'palɪtə;ɪpo'lit]
Hippolytus [hɪ'palɪtəs]   （法）
Hippomedou [hɪ'pamɪdo]
Hippomenes [hɪ'pamənɪz]
Hipponax [hɪ'ponæks]
Hipponiates [hɪ,ponɪ'etɪz]
Hipponium [hɪ'ponɪəm]
Hippo Regius ['hɪpo 'ridʒɪəs]
Hippo Zaritus ['hɪpo zə'raɪtəs]
Hippo Zarytus ['hɪpo zə'raɪtəs]
Hipsch [hɪpʃ]
Hipswell ['hɪpswɛl]
Hira ['hɪrə]
Hîrah, al-[æl·'hirah]
Hiram ['haɪrəm] 海勒姆
Hiranyagarbha [hiranjə'garbə]
Hird [hɜd] 赫德
Hire, La [la ir]（法）
Hiren ['haɪrən]
Hirlas ['hɪrlas]
Hirn [irn]（法）
Hiroshima [,hɪrə'ʃimə] 廣島（日本）
Hirpini [hɜ'paɪnaɪ]
Hirsau ['hɪrzau]
Hirsch [hɜʃ;hɪrʃ（德）] 赫希
Hirschau ['hɪrʃau]
Hirschberg ['hɪrʃberk]
Hirschboeck ['hɜʃbɛk] 赫希貝克
Hirshfeld ['hɜʃfɛld; 'hɪrʃfɛlt（德）]
Hirst [hɜst] 赫斯特
Hirt [hɪrt]
Hirta ['hɜtə]
Hirth [hɪrt]
Hirthals ['hɪrthals]
Hirth du Frênes ['hɪrt dju 'frɛn]
Hirtius ['hɜʃɪəs]

Hisamuddin [hɪsə'mudɪn]
Hisaw ['haɪsɔ]
Hisham [hɪ'ʃam]
Hisham, ibn-[ɪbn·hɪ'ʃam]
Hishem [hɪ'ʃɛm]
Hisinger ['hɪsɪŋɚ]
Hispalensis [hɪspə'lɛnsɪs]
Hispalis ['hɪspəlɪs]
Hispania [hɪs'penɪə] ❶【詩】西班牙 ❷昔羅馬帝國時代西班牙、葡萄牙之拉丁名
Hispanic America [hɪs'pænɪk ə'mɛrɪkə]
Hispanidad [ɪspani'ðað]（西）
Hispaniola [,hɪspə'njolə] 希斯盤紐拉島（西印度群島）
Hispanus [hɪs'penəs]
Hisperia [hɪs'pɪrɪə]
Hiss [hɪs]
Hissar [hɪ'sar]
Hissarlik [hɪsar'lɪk]
Hist [hɪst]
Histiaea [,hɪstɪ'iə]
Histiaeus [,hɪstɪ'iəs]
Histonium [hɪ'stonɪəm]
Historia Miscella [hɪs'torɪə mɪ'sɛlə]
Histriomastix ['hɪstrɪo'mæstɪks]
Hit [hɪt]
Hita ['ita] 日田（日本）
Hitchcock ['hɪtʃkak] 希區考克（❶ Edward, 1793-1864, 美國地質學家 ❷ Alfred Joseph, 1899-1980, 出生美國的電影導演兼製片人）
Hitchendon ['hɪtʃəndən]
Hitchens ['hɪtʃɪnz] 希欽斯
Hitchin ['hɪtʃɪn]
Hithe [haɪð]
Hither ['hɪðɚ]
Hiti ['haɪtɪ]
Hitler ['hɪtlɚ] 希特勒（Adolf, 1889-1945, 德國納粹黨魁）
Hitopadesha [hɪtopə'deʃə]
Hitra ['hɪtrə]
Hitti ['hɪtɪ]
Hittite ['hɪtaɪt]
Hittorf ['hɪtɔrf] 希特奧夫（Johann Wilhelm, 1824-1914, 德國物理學家）
Hittorff [i'tɔrf]（法）
Hitze ['hɪtsə]
Hitzig ['hɪtsɪh]（德）希齊格
Hiu ['hiu]
Hiva Oa ['hivə 'oə]
Hivaoa ['hivə'oə]
Hivite ['haɪvaɪt]
Hivo-Oa ['hivə·'oə]

Hjärne ['jɛrnə]
Hjelle ['jɛli]
Hjelmar ['jɛlmar]
Hjörring ['jərɪŋ]
Hjørring ['jərɪŋ]（丹）
Hjort [jart]（挪）約爾特
Hjorth [jart]
Hjørund ['jərun]（挪）
Hkamti Long ['kamtɪ 'laŋ]
Hladik ['hladjɪk]（捷）
Hlaing [hlaɪŋ]
Hlakpa La ['lakpə 'la]
Hlanganu [hlaŋ'ganu]
Hlavi ['hlavi]
Hlengwe ['hlɛŋgwe]
Hler ['hler]
Hlinka ['hlɪŋka]
Hlond [hlɔnd;hlɔnt]（波）
Hlučín ['hlutʃin]（捷）
Ho [ho]化學元素，holmium之符號
Ho, Cheng ['dʒʌŋ 'hʌ]（中）
Hoad [hod] 霍德
Hoadl(e)y ['hodlɪ] 霍德利
Hoag ['hoeg] 霍艾格
Hoan [hon]
Hoanghai ['hwaŋ'haɪ]
Hoangho ['hwaŋ'ho] 黃河（中國）
Hoar(e) [hor;hɔr] 霍爾
Hob [hab]
Hoban ['hobən] 霍本
Hobart ['ho,bart] 荷巴特（澳洲）
Hobart-Hampden ['hobart·'hæmpdən]
Hobbema ['habɪmə] 霍白瑪（Meindert,
  1638-1709, 荷蘭畫家）
Hobbes [habz] 霍布士（Thomas, 1588-1679,
  英國哲學家）
Hobbididence [,habɪ'dɪdəns;,habɪdɪ'dɛn
Hobbs [habz] 哈布斯 Ls
Hobby ['habɪ] 霍比
Hobday ['habde] 哈布迪
Hobe [hob]
Höber ['həbə]
Hoberecht ['hobraɪt] 霍布賴特
Hobertus [ho'bɛtəs]
Hobgoblin ['hab,gablɪn]
Hobhouse ['habhaus] 哈布豪斯
Hobkirk's Hill ['habkəks~]
Hobler ['hoblə] 霍布勒
Hoblitzelle ['hablɪtzɛl] 哈布斯鮑姆
Hobohm ['hobom]
Hoboken ['ho,bokən] 后波肯（美國）
Hobrecht ['hobrɛht]（荷）

Hobson ['habsn] 哈布森
Hoby ['hobɪ]
Hoccleve ['hakliv] 哈克利夫（Thomas, 1370?
  -?1450, 英國詩人）
Hoch [hok;hoh（德）] 霍克
Hochberg ['hohbɛrk]（德）
Hochdeutsch ['hohdɔɪtʃ]（德）
Hoche [ɔʃ]（法）
Hochelaga [,haʃə'lægə]
Hochenegg ['hohənɛk]（德）
Hocheston ['hakstən]
Hochfeiler ['hohfaɪlə]（德）
Hochheimer ['hakhaɪmə]
Hochih ['hʌ'tʃɪə]（中）
Ho Chi Minh ['ho 'tʃi 'mɪn] 胡志明市（越南）
Hochkirch ['hohkɪrh]（德）
Hochschild ['hokʃɪld] 霍克希爾德
Höchst [həkst;həhst（德）]
Hochstaden ['hohʃ,tadən]（德）
Höchstädt ['həhʃtɛt]（德）
Hochstein ['hakstaɪn;'hohʃtaɪn（德）] 霍克
  斯坦
Hochstetter ['haksttɛtə;'hohʃtɛtə（德）]
Hochstuhl ['hohʃtul]（德）
Hochvogel ['hohfogəl]（德）
Hochwalt ['hakwalt;'hohvalt（德）] 霍克瓦
Hockenheim ['hakənhaɪm] ⌐爾特
Hockin ['hakɪn] 哈金
Hocking ['hakɪŋ] 霍京（William Ernest,
  1873-1966, 美國哲學家）
Hockley ['haklɪ] 哈克利
Hocktide ['haktaɪd]
Hodder ['hadə] 哈德
Hoddesdon ['hadzdən]
Hodding ['hadɪŋ] 哈丁
Hoddinott ['hadɪnat] 哈迪諾特
Hodeida [ho'dedə;hu'dedə] 荷戴達港（葉門）
Hödeken ['hədəkən]
Hödel ['hədəl] 赫德爾
Hoder ['hodə]
Hodes [hods;'hodɪs] 霍茲
Hodgdon ['hadʒdən]
Hodge [hadʒ]
Hodgeman ['hadʒmən]
Hodgenville ['hadʒən,vɪl]
Hodges ['hadʒɪz]
Hodgkin ['hadʒkɪn] 霍治京（❶Sir Alan Lloyd,
  1914-, 英國生理學家 ❷ Dorothy Mary Crowfoot,
  1910-, 英國化學家）
Hodgson ['hadʒsn] 哈奇森
Hödhr ['hədə]
Hodkin ['hadʒkɪn] 哈奇金

Hodler ['hodlə]

Hódmezővásárhely ['hodmɛzə'vaʃarhe]
荷德麥蘇瓦沙赫（匈牙利）

Hodna, Chott el [,ʃat ɛl 'hadnə]

Hodna, Shatt el [,ʃat æl 'hʊdnə]（阿拉
伯）

Hödr ['hɜdə]

Hodson ['hadsn] 韓德森

Hodur ['hodə]

Hödur ['hɜdə]

Hodža ['hɔdʒa]（捷）

Hoe [ho] 何歐（Richard March, 1812-1866,
美國發明家及製造商）

Hoeber ['hobə] 霍伯

Hoecke ['hukə]

Hoedi ['hidaɪ]

Hoefer ['hɜfə] 霍弗

Hoefnagel ['hufnagəl]

Höegh [hɜg]

Höegh-Guldberg ['hɜg· 'gʊlbɛrg]

Hoegner ['hɜgnə]

Hoehne ['hɜnə]

Hoei ['hui]

Hoeksche Waard ['huksə 'vart]（荷）

Hoekschewaard ['huksə'vart]

Hoek van Holland ['huk van 'hɔlant]

Hoek van Mandar ['huk van 'mandar]

Hoel ['hoəl]

Hoene ['hɛnə]

Hoene-Wroński ['hɛnə·'vrɔnjskɪ]（波）

Hoenir ['hɜnir]

Hoensbroech ['hunsbruh;'honsbroh（德）]

Hoepker-Aschoff ['hɜpkə·'aʃaf]

Hoeppner ['hɜpnə]

Hoerbst ['hɜpst]

Hoernes ['hɜnəs]

Hoernle ['hɜnlɪ]

Hoesch [hɜʃ]

Hoesslin ['hɜslɪn]

Hoetzsch [hɜtʃ]

Hoeven ['huvən] 霍文

Hoey ['hɔɪ;'hoɪ] 霍伊

Hof [hof]（德）霍夫

Hofei ['hʌ'fe] 合肥（安徽）

Hofer ['hofə]

Hoff [hɔf] 霍夫

Hoffa ['hafa] 哈法

Höffding ['hɜfdɪŋ]

Hoffe [haf]

Hoffenstein ['hɔfənstaɪn]

Hoffheimer ['hafhaɪmə]

Hoffman ['hafmən] 霍夫曼（Malvina, 1887-
1966, 美國雕刻家）

Hoffmann ['hofman] 霍夫曼（❶August Hein-
rich, 1789-1874, 德國詩人，語言學家及歷史學家
❷Ernst Theodor Wilhelm, 1776-1822, 德國音樂家
、作家及畫家）

Hoffmann-Donner ['hofman·'danə]

Hoffmeister ['hof,maɪstə] 霍夫達斯特

Hof-Gastein ['hof·gas'taɪn]

Hofgeismar ['hof,gaɪsmar]

Hofhaimer ['hof,haɪmə]

Hofmann ['hofman;'hof-] ❶霍夫曼（August
Wilhelm von, 1818-1892, 德國化學家❷Josef,
1876-1957, 生於波蘭之美國鋼琴家及作曲家）

Hofmann, Beer- ['bɛr·'hofman;'bɛr·
'hafman]

Hofmannsthal ['hofmanstal;'hɔf-] 霍夫曼
斯塔（Hugo von, 1874-1929, 奧國詩人及戲劇家）

Hofmannswaldau ['hofmans,valdaʊ;'haf-]

Hofmeister ['hof,maɪstə]

Hofmeyr ['fafmer]

Hofstadter ['haf,stætə] 郝夫斯臺特（❶
Robert, 1915-, 美國物理學家❷Richard,1916-,
美國歷史學家）

Hofstede de Groot ['hafstedə də 'grot]

Hofuf [hʊ'fuf]（荷）

Hofwyl ['hofvil]

Hogan ['hogən]

Hogansville ['hogənzvɪl]

Hogarth ['hogarθ] 霍迦斯（William, 1697-
1764, 英國畫家及雕刻家）

Hogback ['hag,bæk]

Hogben ['hagbən] 霍格班（Lancelot Thomas,
1895-1975, 英國生物學家及作家）

Hoge [hog] 霍格

Hogeboom ['hogəbum]

Hogg [hag] 霍格（James, 1770-1895, 蘇格蘭
詩人）

Hoggar ['hagə;hə'gar] 荷加（阿爾及利亞）

Hoggeston ['hagztən]

Hogget ['hagt]

Hoggins ['hagɪnz] 哈金斯

Hog [hog]

Hoghton, De [də'hɔtn̩]

Hogland ['hɔgland] 霍格蘭

Hogmanay ['hagmənə]

Hogmaney ['hagmənə]

Hogness ['hognɪs] 霍格內斯

Hogoleu ['hogəlu]

Hogolu ['hogəlu]

Hogue [hog] 霍格

Hogue, La [la 'ɔg]（法）

Hohe Acht ['hoə 'aht]（德）

Hoheneck ['hoənɛk]

Hohenelbe [ˌhoəˈnɛlbə]
Hohenheim [ˈhoənhaim]
Hohenlinden [ˌhoənˈlɪndən]
Hohenlohe [ˌhoənˈloə]
Hohenlohe-Ingelfingen [ˌhoənˈloə·ˈɪŋəlfɪŋən]
Hohenlohe-Schillingsfürst [ˌhoənˈloə-ˈʃɪlɪŋsfjurst]
Hohenlohe-Waldenburg-Schillingsfürst [ˌhoənˈloə·ˈvaldənburk·ˈʃɪlɪŋsfjurst]
Hohenmauth [ˈhoənmaut]
Hohensalza [ˌhoənsˈzaltsa]
Hohenstaufen [ˌhoənʃˈtaufən] (德)
Hohentwiel [ˌhoəntˈvil]
Hohenwald [ˈhoənwɔld]
Hohenzollern [ˌhoənˈzalən; ˌhoənˈtsɔlern] (德)
Hohenzollern-Hechingen [ˌhoənˈtsɔlern·ˈhɛhɪŋən] (德)
Hohenzollern-Sigmaringen [ˌhoənˈtsɔlern·ˈzihma,rɪŋən] (德)
Hohes Licht [ˈhoəs lɪht] (德)
Hohe Tauern [ˈhoə ˈtauən]
Hohe Venn [ˈhoə fɛn]
Hohfeld [ˈhofɛld] 霍菲爾德
Hohkirchen [ˈkokɪrhən] (德)
Hohle [ˈholɪ]
Hohlen [ˈholɪn] 霍倫
Hohman [ˈhomən] 霍曼
Hohneck [oˈnɛk]
Hohokam [ˈhohokam]
Hohokus [hoˈhokəs]
Ho Hsiang-ning [ˈhʌ ˈʃjaŋ·ˈnɪŋ] (中)
Hoihow [ˈhɔiˈhau; ˈhaiˈko (中)]
Hoisington [ˈhɔizɪŋtən] 霍伊辛頓
Hojeda [ˈhoˈheða] (西)
Hokan [ˈhokən; hoˈkan]
Hokan-Siouan [ˈhokən·ˈsuən]
Hoke [hok] 霍克
Hokiang [ˈhʌdʒɪˈaŋ] 合江 (中國)
Hokianga [ˌhokɪˈaŋə]
Hokinson [ˈhokɪnsən]
Hokitika [hokɪˈtika; ˌhakɪˈtɪkə]
Hokkaido [haˈkaido] 北海道 (日本)
Hokou [ˈhoˈkau]
Hol [hal]
Holabird [ˈhaləbəd]
Holagu [hoˈlagu; ˌholaˈgu]
Holand [ˈholənd]
Holar [ˈhalar]
Holbach [ɔlˈbak (法); ˈhalbah (德)]
Holbæk [ˈhʌlbɛk]

Holbeach [ˈholbitʃ]
Holbech [ˈholbitʃ] 霍爾比奇
Holbeck [ˈhalbɛk]
Holbein [ˈholbain] 霍爾班 (Hans, the Elder, 1465?-1524, 德國畫家)
Holbel [ˈholbəl] 霍爾貝
Holberg [ˈholberg; ˈhalbærg (丹)] 霍爾伯格
Holborn [ˈholbən] 霍爾本
Holbrook (e) [ˈholbruk] 霍爾布魯克
Holburn [ˈhalbən]
Holburt [ˈhalbət] 霍爾伯特
Holcomb [ˈholkəm] 霍爾庫姆
Holcombe [ˈholkʌm]
Holcroft [ˈholkraft] 霍爾克羅夫特
Holda [ˈhalda]
Holdeman [ˈholdəmən]
Holden [ˈholdən; -dɪn] 霍爾登
Holdenby [ˈhombɪ]
Holdenville [ˈholdənvɪl]
Holder [ˈholdə]
Hölderlin [ˈhɔldəlin] 霍爾德
Holderness [ˌholdəˈnɛs; ˈholdənɪs] 霍爾德「內斯
Holdfast [ˈhold, fast]
Holdheim [ˈhalthaim]
Holdich [ˈholdɪtʃ] 霍爾迪奇
Holding [ˈholdɪŋ] 霍爾丁
Holdrege [ˈholdrɪdʒ]
Holdsworth [ˈholdzwəθ] 霍爾茲沃思
Hole [hol] 霍爾
Holeček [ˈholɛtʃɛk] (捷)
Holenia, Lernet- [ˈlɛrnɛt·hoˈlenia]
Hole's Station [holz~]
Holetschek [ˈholɛtʃɛk]
Holfelder [ˈhalfɛldə]
Holford [ˈholfəd] 霍爾福德
Holgate [ˈholget] 霍爾蓋特
Holger [ˈholgə] 霍爾格
Holger Danske [ˈholgə ˈdanskə]
Holgrave [ˈholgrev]
Holguín [ɔlˈgin] 歐耳京 (古巴)
Holi [ˈholi]
Holič [ˈholitʃ]
Holiday [ˈhalə,de]
Holies [ˈholɪz]
Holifield [ˈhalifild]
Holin [ˈhʌlin]
Holiness [ˈhalɪnɪs]
Holinshed [ˈhalɪnz,hɛd; -ɪn,ʃɛd] 何林塞 (Raphael, ?-1580?, 英國編年史作者)
Ho Liu-hau [ˈhʌ ˈlju·ˈhwa] (中)
Holkam [ˈhokəm]
Holkar [ˈholkə] 霍爾卡

Holl〔hol〕霍爾

Holla〔'halə〕

Holladay〔'haləde〕霍拉迪

Holland〔'halənd〕❶霍蘭（John Philip, 1840-1914, 美國發明家）❷荷蘭（歐洲）

Holland, Dance-〔dɑns·'halənd〕

Hollander〔'halandɚ〕荷蘭人

Holland House〔'halənd 'haus〕

Hollandia〔ha'lændɪə〕

Hollandsch Diep〔'hɔlɑnts 'dip〕

Hollandsche Veld〔'hɔlɑntsə 'vɛlt〕

Hollar〔'halɑr〕霍拉

Holle〔'halɪ〕霍利

Hollebeke〔'hɔlə,bekə〕

Hollenbach〔'halənbak〕

Höllenthal〔'hɔləntal〕

Holler〔'halɛr〕霍勒斯

Holles〔'halɪs〕

Holley〔'halɪ〕霍利

Hollick〔'halɪ〕霍利克

Holliday〔'halɪde〕霍利迪

Hollidaysburg〔'halɪdez,bɚg〕

Hollidays Cove〔'halɪdez〕

Hollingshead〔'halɪŋzhɛd〕

Hollingsworth〔'halɪŋzwɚθ〕

Hollingworth〔'halɪŋwɚθ〕

Hollins〔'halɪnz〕霍林斯

Hollinshead〔'halɪnzhɛd〕

Hollis〔'halɪs〕霍利斯

Hollister〔'halɪstɚ〕霍利斯特

Holliston〔'halɪstən〕

Hollman〔'holmən〕

Hollom〔'haləm〕

Holloman〔'haləmən〕

Hollos〔'hollɔʃ〕

Holloway〔'haləwe〕

Holls〔halz〕

Hollway〔'halwe〕

Hollweg〔'halveh〕（德）

Holly〔'halɪ〕霍利

Hollywood〔'halɪ,wud〕好萊塢（美國）

Holm〔hom; hɔlm（挪）; halm（丹）〕霍爾姆

Holman〔'holmən〕霍爾曼

Holman-Hunt〔'holmən·'hʌnt〕

Holmboe〔'hɔlmbo〕

Holmby〔'hombɪ〕

Holme〔hom〕

Holmer〔'holmɚ〕霍爾默

Holmes〔homz〕❶霍爾茲（Oliver Wendell, 1809-1894, 美國醫生及作家）❷福爾摩斯（Sherlock, 英國 Sir Arshur Conan Doyle 所著偵探小說中之名探）

Holmès〔ɔl'mɛs〕（法）

Holmfirth〔'homfɚθ〕

Holmgren〔'hɔlgren〕霍姆格倫

Holmön〔'hɔl,mɛn〕

Holmpatrick〔hom'pætrɪk〕

Holmsjön〔'hɔlm,ʃən〕

Holnicote〔'halnɪkot〕

Holo〔'holo〕

Holofernes〔,halə'fɚniz〕

Holophernes〔,halə'fɚniz〕

Holon〔ho'lɔn〕

Holroyd〔'halrɔɪd〕霍羅羅伊德

Holsapple〔'hol'sæpl〕霍爾薩普爾

Holschuh〔'holʃu〕

Holst〔holst〕

Holst, von〔fan 'halst〕

Holstein〔'hol,stin〕❶好斯坦（德國）❷好斯坦種乳牛（荷蘭北部及 Friesland 原產）

Holstein-Gottorp〔'halstaɪn·'gatɔrp〕

Holstein-Friesian〔'halstaɪn·'friʒən〕

Holstein-Gottorp-Romanov〔'halstaɪn··'gatɔrp·rʌ'manɔf〕

Holsti〔'halstɪ〕

Holston〔'holstən〕

Holst-van der Schalk〔'hɔlst·van dɚ 'shalk〕（荷）

Holt〔holt〕霍爾特

Holtby〔'holtbɪ〕

Holtei〔'haltaɪ〕

Holtham〔'holθəm〕霍瑟姆

Holthausen〔'halthauzən〕

Holthusen〔'halthuzən〕

Holton〔'holtn̩〕霍爾頓

Holtville〔'holtvɪl〕

Hölty〔'hɔltɪ〕

Holtz〔holts〕

Holtzclaw〔'holtsklɔ〕

Holtzendorff〔'holtsəndɔrf〕

Holtzmann〔'holtsman〕

Holub〔'hɔlup〕霍勒布

Ho Lung〔'ho 'luŋ〕

Holungkiang〔'ho'luŋdʒɪ'aŋ〕（中）

Holworthy〔'hal,wɚðɪ〕

Holy〔'holɪ〕霍利

Holycross〔'holɪkrɔs〕

Holyhead〔'halɪ,hɛd〕荷利赫德（英國）

Holyoake〔'holɪok〕霍利約克

Holyoke〔'hol,jok; 'holɪ,ok〕荷由克（美國）

Holy Roman Empire〔'holɪ 'romən 'ɛmpaɪr〕

Holy See〔'halɪ 'si〕教廷（梵蒂岡）

Holywell〔'halɪwəl〕

Holy Writ ['holɪ rɪt]

Holz [holts] 霍爾兹

Holzknecht ['holtsknɛht] (德)

Holzmeister ['holts‚maɪstə]

Holzschuher ['holts‚ʃuə]

Homalin ['homəlɪn] 侯馬林 (緬甸)

Homan [ho'man]

Homans ['homənz] 霍曼斯

Homberg ['hɑmbəg; 'hɔmbɛrk; 'hɔmbɛrk] 杭伯格

Homburg ['hɑmbəg] 杭堡帽 (男用窄邊凹頂之 氈帽)

Home [hom] 霍姆

Homecourt [ɔme'kur] (法)

Homeland ['homlænd]

Homer ['homə] 荷馬 (❶紀元前九世紀之古希 臘詩人 ❷Winslow, 1836-1910, 美國畫家)

Homeric [ho'mɛrɪk]

Homeridae [ho'mɛrɪdi]

Homeromastix [ho‚mɛro'mæstɪks]

Homerton ['homətn]

Homerville ['homəvɪl]

Homespun ['homspʌn]

Homestead ['homstɛd]

Hometown ['homtaʊn]

Homewood ['homwʊd]

Homfray ['hʌmfrɪ]

Homildon ['homɪldən]

Hominy ['homɪnɪ]

Hommel ['homəl]

Homo ['homo]

Homoiousian [‚homoɪ'ʊsɪən]

Homolka [ho'molkɑ]

Homolle [ɔ'mɔl] (法)

Homonhon [‚homon'hon] 侯蒙洪 (菲律賓)

Homoŏusian [‚homo'ʊsɪən]

Homousian [ho'maʊsɪən]

Hompesch [ʃ]

Homs [homs] 荷母斯 (敍利亞)

Homsey ['homsɪ] 霍姆西

Hon [hon]

Honaman ['honɪmɪn]

Honan ['ho'næn] 河南 (中國)

Honanfu [ho'næn'fu]

Honce [honts] 杭茨

Honda ['ɔnda] (西)

Hondecoeter ['hondə‚kutə]

Hondius ['handɪəs]

Hondo ['hando; 'ondo] 本渡 (日本)

Hondt, de [də 'hont]

Honduran [han'djurən] 宏都拉斯人

Honduras [han'djurəs] 宏都拉斯 (中美洲)

Hone [hon]

Honea Path ['hʌnɪ~]

Honegger ['ho‚nɛgə; 'hanɛgə] 霍奈格 (Arthur, 1892-1955, 法國作曲家)

Honeoye ['hʌnɪɔɪ]

Honesdale ['honzdel]

Honeybourne ['hʌnɪbɔrn]

Honeybubble ['hʌnɪbəbl]

Honeycomb ['hʌnɪkom]

Honey Grove ['hʌnɪ~]

Honeyman ['hʌnɪmən] 霍尼曼

Honeywill ['hʌnɪwɪl]

Honeywood ['hʌnɪwʊd] 霍尼伍德

Honga River ['hɑŋgə~]

Hongkew ['hɑŋ'kju]

Hong (-) Kong ['hɑŋ'kɑŋ] 香港

Hongkong ['hɑŋ'kɑŋ]

Honiara [‚honi'ɑrə] 荷尼阿拉 (所羅門群島)

Honister Hause ['hɑnɪstə'hɔs]

Honegger ['honɛgə]

Honneur Castillan, l' [lɔ'nə kɑsti'jɑŋ]

Honokaa [‚hono'kɑɑ]   L(法)

Honokala [‚hono'kɑlɑ]

Honokaope [‚honokɑ'ope]

Honolulu [‚hɑnə'lulu] 檀香山 (美國)

Honopu [ho'nopu]

Honor ['ɑnə]

Honora [ha'norə] 霍諾拉

Honorat [ɔnɔ'rɑ] (法)

Honoratus [‚hɑnə'retəs]

Honoré [ɔnɔ're] (法)

Honoria [ho'nɔrɪə]

Honorio [u'nɔrju] (葡)

Honorius [ho'nɔrɪəs] 霍諾留斯 (Flavius, 384-423, 西羅馬帝國皇帝)

Honte ['hontə]

Hontheim ['honthaɪm]

Honthorst ['hɔnthɔrst]

Honus ['honəs]

Honyman ['hʌnɪmən]

Honywood ['hʌnɪwʊd]

Hooch [hoh] (荷)

Hoochow ['hu'dʒo] (中)

Hood [hʊd] 胡德 (Thomas, 1799-1845, 英國詩 人)

Hoodoo ['hudu]

Hoofdorp ['hofdɔrp] (荷)

Hooft [hoft] 胡夫特

Hoog [hoh] (荷)

Hooge ['hohə] (荷)

Hoogeveen [‚hohə'ven] (荷)

Hoogezand [‚hohə'zant] (荷)

Hoogh [hoh] (荷)

Hoog(h)ly ['hugl1]

Hooghly Chinsura ['hugl1·'tʃɪnsʊrə]

Hoogstraeten ['hohs,tratən] (荷)

Hook [hʊk] 胡克

Hooke [hʊk] 胡克 (Robert, 1635-1703, 英國實驗主義學家)

Hooker ['hʊkə] 胡克爾 (Sir Joseph Daiton, 1817-1911, 英國植物學家)

Hookham ['hʊkəm] 胡卡姆

Hooksett ['hʊksɛt]

Hoole [hul] 霍爾

Hoolee ['hulɪ]

Hoolehua [ho,olɛ'hua]

Hooley ['hulɪ] 胡利

Hooligan ['hulɪgən]

Hoonah ['hunə]

Hoopa ['hupa]

Hooper ['hupə] 胡珀

Hoopeston ['hupstən]

Hoople ['hupl] 胡普爾

Hoor [hɔr]

Hoorn [hɔrn]

Hoosac ['husək]

Hoosatonic [,husə'tanɪk]

Hoosie(k) ['husɪk]

Hoosier ['huʒə] 【美】印第安納州人之綽號

Hooten ['hutən] 胡滕

Hooton ['hutn] 胡頓 (Earnest Albert, 1887-1954, 美國人類學家)

Hoover ['huvə] 胡佛 (❶ Herbert Clark, 1874-1964, 美國第 31 任總統 ❷ John Edger, 1895-1972, 美國犯罪學家)

Hooverville ['huvəvɪl]

Hop [hap]

Hopalong Cassidy ['hapəlɔŋ 'kæsɪdɪ]

Ho Pa Shan ['ho 'ba 'ʃan] (中)

Hopatcong [ho'pætkaŋ]

Hopcraft ['hapkraft]

Hopdance ['hapdans]

Hope [hop] ❶荷普 (Anthony, 1863-1933, Sir Anthony Hope Hawkins 之筆名, 英小說家 ❷鮑伯霍伯 (Bob, Leslie Townes, 1903- , 美國喜劇演員)

Hopedale ['hopdel] 侯普德爾 (加拿大)

Hopeful ['hopful]

Hopeh ['ho'pe]

Hopei ['ho'pe] 河北 (中國)

Hope-on-High Bomby ['hop·'an·haɪ bambɪ]

Hopes Advance, Cape ['hops əd'vans]

Hopetoun ['hoptən] 霍普頓

Hopewell ['hopwɛl]

Hôpital [ɔpi'tal] (法)

Hopkin ['hapkɪn]

Hopkins ['hapkɪnz] 霍布金斯 (❶ Sir Frederick Gowland, 1861-1947, 英國生化學家 ❷ Gerard Manley, 1844-1889, 英國詩人)

Hopkinson ['hapkɪnsn̩] 霍普金森

Hopkinsville ['hapkɪnzvɪl]

Hopkinton ['hapkɪntən]

Hop-o'-my-thumb ['hapəmɪ'θʌm ;'hapə-Lmɪθʌm]

Hoppe ['hapɪ] 霍庇

Hoppenot ['opno]

Hopper ['hapə] 霍珀

Hoppe-Seyler ['hapə·'zaɪlə]

Hoppin ['hapɪn] 霍平

Hoppner ['hapnə] 霍普納

Hopton ['haptən]

Hoptrough ['haptro]

Hopwood ['hapwʊd] 霍布伍德 (Avery, 1882-1928, 美國劇作家)

Hoquiam ['hokwɪəm]

Hor [hɔr] 和日 (青海)

Hora ['hara]

Horace ['harɪs] 賀瑞斯 (65-8 B.C., 羅馬詩人及諷刺文學家)

Horacio [o'raθjo] (西) 奧拉西奧

Horae ['hɔri]

Hora Kutná ['hɔra 'kutna]

Horan [ha'rɔn] 霍蘭

Horapollo [,harə'palo]

Horapollon [,harə'palən]

Horatia [ha'reʃɪə] 霍雷希亞

Horatian [hə'reʃən;-ʃɪən]

Horatii [ha'reʃɪaɪ]

Horatio [hə'reʃo] 荷雷修

Horatius [ha'reʃɪəs] 霍雷修斯

Horatius Cocles [ha'reʃɪəs 'kaklɪz;hə-'reʃɪəs 'kaklɪz]

Horbury ['hɔrbərɪ]

Horcasitas [,ɔrka'sitas] (拉丁美)

Horcus ['hɔrkəs]

Hnrdaland ['hɔrda,lan]

Hörde ['hɜdə]

Horea ['harja]

Horeb ['hɔrɛb]

Hore-Belisha ['hɔr·bə'liʃə]

Horecker ['harɛkə]

Horemhab ['harəmhæb]

Horemheb ['harəmhɛb]

Horen ['hɔrən]

Hore-Ruthven ['hɔr·'ruθvən]

Horgan ['hɔrgən] 霍根

Hořice ['hɔrʒɪtsɛ] (捷)

Horim［'hɔrɪm］
Höritz［'hɜrɪts］
Horler［'hɔrlə］霍勒
Horlick［'hɔrlɪk］霍利克
Hörlin［'hɜlɪn］
Hormak(h)u［hɔr'maku］
Horman［'hɔrmən］霍爾曼
Hormayr［'hɔrmaɪr］
Hormisdas［hɔr'mɪzdəs］
Hormizd［'hɔrmɪzd］
Hormizdas［hɔr'mɪzdəs］
Hormuz［'hɔrmʌz］荷莫茲島（伊朗）
Hormuzd［hɔr'muzd］
Horn［hɔrn］合恩角（智利·）
Hornaday［'hɔrnəde］賀納代（William Temple, 1854-1937, 美國動物學家）
Hornafjörthur［'hɔrtnaf, jɜðjur］
Hornau［'hɔrnau］
Hornavan［'hur, navan］
Hornblow［'hɔrnblo］霍恩布洛
Hornblower［'hɔrn, blor］霍恩布洛爾
Hornbook［'hɔrn, buk］
Hornbostel［'hɔrnbastəl］
Hornby［'hɔrnbɪ］霍恩比
Horncastle［'hɔrn, kasḷ］
Hornchurch［'hɔrn, tʃɜtʃ］
Horne［hɔrn］霍恩
Hornelen［hɔr'nelən］
Hornell［hɔr'nel］霍內爾
Hornemann［'hɔrnəman］
Horner［'hɔrnə］霍納
Hornes［'hɔrən］（法蘭德斯）
Hörnes［'hɜnɪs］
Hornet［'hɔrnɪt］
Horney［'hɔrnaɪ］霍尼
Hornie［'hɔrnɪ］
Horniman［'hɔrnɪmən］霍尼曼
Hornisgrinde［'hɔrnɪsgrɪndə］
Hornos, Cabo de［'kavo ðe 'ɔrnos］
Hornsby［'hɔrnzbɪ］霍恩斯比 ⌐（西）
Hornsey［'hɔrnzɪ］合恩賽（英格蘭）
Hornsrud［'hɔrnsru］（挪）
Hornsund［'hɔrnsun］（挪）
Hornsundtind［'hɔrnsun, tɪn］（挪）
Hörnum［'hɜnum］
Hornung［'hɔrnən］
Horologium［, harə'lodʒɪəm］【天文】時鐘
Horowitz［'harəwɪts］霍羅威茨 ⌐座
Horqueta［ɔr'keta］（西）
Horrabin［'harəbɪn］
Horrocks［'harəks］
Horrworth［'hɔrwɜθ］霍沃思

Horsa［'hɔrsə］
Horsbrugh［'hɔrzbrə］
Horschelt［'hɔrʃəlt］
Horse［hɔrs］
Horse, Crazy［'krezɪ ,hɔrs］
Horse-guard［'hɔrs·'gard］
Horsehead［'hɔrs, hed］
Horseheads［'hɔrs, hedz］
Horsel［'hɔrsəl］
Hörsel Berge［'hɜzəl ,bergə］
Horseman［'hɔrsmən］
Horse Mesa［'hɔrs 'mesə］
Horsens［'hɔrsəns］
Horsfall［'hɔrsfɔl］霍斯福爾
Horsford［'hɔrsfəd］
Horsforth［'hɔrsfəθ］
Horsham［'hɔrʃəθ］
Horsley［'hɔrslɪ］霍斯利
Horsmonden［, hɔrsmən'dɛn］
Horst［'hɔrst］霍斯特
Horstmann［'hɔrstman］
Horst Wessel［'hɔrst 'vɛsḷ］
Hort［hɔrt］霍特
Horta［'hɔrtə; 'hɔrta］
Horten［'hɔrtṇ］霍爾頓（挪威）
Hortense［ɔr'taŋs］（法）霍滕斯
Hortensia［hɔr'tɛnsɪə］
Hortensian Law［hɔr'tɛnʃɪən~］
Hortensio［hɔr'tɛnsɪo］
Hortensius［hɔr'tɛnsɪəs］
Horthy［'hɔrtɪ］
Horton［'hɔrtṇ］
Hørup［'hɜrup］（丹）
Horus［'hɔrəs］【埃及神話】太陽神（鷹頭之神）
Horváth［'hɔrvat］
Horvátország［'hɔrva'tɔrsag］
Horwich［'harɪdʒ］霍里奇
Hory Kutné［'hɔrɪ 'kutne］
Horyń［'hɔrɪnj］（波）
Hosack［'hasək］
Hosanna［ho'zænə］
Hosäus［ho'zeus］
Hosea［ho'zɪə; -'zeə］❶何西阿（紀元前八世紀之希伯來先知）❷舊約聖經之何西阿書
Hoseason［ho'zɪəsən］
Hosein［hu'saɪn］
Hoselitz［'hozəlɪts］
Hosemann［'hozəman］
Hoseyn［ho'saɪn］
Hosford［'hasfəd］霍斯福德
Hoshangabad［ho'ʃʌngə, bæd］（印）

Hoshea [ho'ʃiə]

Hoshiarpur [ˌhoʃɪ'apʊr]

Hosie ['hozɪ]

Hosier ['hoʒjə] 霍西爾

Hosius ['hoʒɪəs]

Hoskins ['haskɪnz] 霍士金斯 (Roy Graham, 1880-, 美國生理學家)

Hosmer ['hazmə]

Hospenthal ['hɑspəntɑl]

Hospet ['hoʃpet]

Hospital, L' [lɔpi'tal] (法)

Hospitalet [ɔspita'lɛt] 烏斯皮塔列 (西班牙)

Host [hɔst] 【 宗教 】羅馬天主教之彌撒中用的聖餅

Hoste ['oste] 歐斯特島(智利)

Hostetler ['hastetlə]

Hostetter ['hastɛtə]

Hostilius [has'tɪlɪəs]

Hostos ['ostos]

Hostrup ['hastrup]

Hostun, d' [dɔs'tɚŋ] (法)

Hotchkin ['hatʃkɪn] 霍奇金

Hotchkiss ['hatʃkɪs] 哈乞開斯重機關槍

Hôtel des Invalides [otɛl de zæŋva'lid]

Hotelling [ho'tɛlɪŋ] 霍特林   └(法)

Hoth [haθ]

Hotham ['haθəm] 霍瑟姆

Hotho ['hoto]

Hothr ['hoðə]

Hotien ['ho'tjɛn]

Hotin [hɔ'tin]

Hotman [ɔt'man] (法)

Hotmannus [hat'mænəs]

Hotson ['hat·sn]

Hotspur ['hat·spə]

Hotte, Massif de la [ma'sif də la 'ɔt] (法)

Hottentot ['hatn̩ˌtat] ❶南非一蠻族土人 ❷Hottentot 語

Hottinger ['hatɪŋə]

Hottinguer [ɔtæŋ'ger] (法)

Hotz [hots] 霍茨

Hötzendorf ['hətsəndɔrf]

Houana [wa'na] (法)

Houchard [u'ʃar] (法)

Hou-chia Chaung ['ho·'dʒja 'dʒwaŋ] (中)

Houchin ['hautʃɪn] 霍欽

Houck [haʊk] 霍克

Houdan [u'daŋ] (法)

Houdar de La Motte [u'dar də la'mɔt]   ┌(法)

Houde [hut] 霍德

Houdek ['haʊdɪk] 霍迪克

Houdeng-Goegnies [u'daŋ·gə́nji] (法)

Houdetot [udə'to] (法)

Houdin [u'dæn] (法)

Houdini [hu'dini] 霍迪尼

Houdlett ['haʊdlɪt] 霍德利特

Houdon ['hudən] 胡敦 (Jean Antoine, 1741-1828, 法國雕刻家)

Houdry [hu'dri]

Houffalize [ufa'liz] (法)

Hougen ['haʊgɔn] 霍根

Hough [hʌf] 霍夫

Hougham ['hʌfəm]

Houghteling ['hotəlɪŋ]

Houghton ['hotn̩] 霍頓

Houghton-le-Spring ['hotn̩·lɪ·'sprɪŋ; 'haʊtn̩-]

Houghwout ['haʊtəl] 霍沃特

Hougomont [ugɔ'mɔn] (法)

Hougoumont [ugu'mɔn] (法)

Hougue, La [lə 'hug; la 'ug (法)]

Houilles ['uj] (法)

Hou-kang ['ho·'gaŋ] (中)

Houle [hul] 霍爾

Houlgate [ul'gat] (法)

Houltby ['holtbɪ]

Houlton ['holtn̩] 霍爾頓

Houma ['homə] 侯馬 (山西)

Houmayum [hʊ'majun]

Houndsditch ['haʊndzdɪtʃ]

Hounslow ['haʊnzlo]

Hour [aʊr]

Hourn, Loch [lah 'hʊrn] (蘇)

Hourticq [ur'tik] (法)

Housatonic [ˌhusə'tanɪk]

House [haʊs]

Housel ['haʊzl] 豪澤爾

Houser ['haʊzə] 豪澤

Housman ['haʊsmən] 霍斯曼 (Alfred Edward,1859-1936, 英國古典文學家及詩人)

Houssay [u'saɪ] 吳賽 (Bernardo Alberto, 1887-1971, 阿根廷生理學家)

Houssaye [u'se] (法)

Housset [u'sɛ] (法)

Houston ['hjustən] 休斯頓 (❶ Samuel, 1793-1863, 美國政治家及將軍)❷休斯頓(美國)

Houstoun ['hustən] 胡斯頓

Houstoun-Boswall ['hustən·'bazwəl]

Houtman ['haʊtmən]

Houtman Abrolhos ['haʊtmən ə'broljuʃ]

Houville, d' [du'vil]

Houyhnhnm〔'hʊɪhnəm; 'hʊɪn-〕Gulli-
　ver's Travels 中通人性之馬
Houzeau de Lehaye〔u'zo də lə'e〕（法）
Hova〔'hovə〕
Hovde〔'hʌvdi〕霍夫德
Hove〔hov〕荷甫（英格蘭）
Hoveden〔'havdən〕
Hovelacque〔'ɔv'lak〕（法）
Hovell〔'hovəl〕霍維爾
Hoven〔'hofən〕
Hovenden〔'havndən〕
Hovenweep〔'hovənwip〕
Hovey〔'hʌvɪ〕哈維（Richard, 1864-1900,
　美國詩人）
Hovgaard〔'haʊgɔɛ〕（丹）
Hovhaness〔hof'hanɛs〕
Hoving〔'hovɪŋ〕霍溫
Hovis〔'hovɪs〕
Hovland〔'hʌvlənd〕
How〔hau〕豪
Howard〔'haʊəd〕何爾德（❶ Henry, 1517?-
　1547, 英國軍人及詩人 ❷ Sidney Coe, 1891-
　1939, 美國劇作家）
Howarth〔'haʊəθ〕豪沃思
Howden〔'haʊdn̩〕豪登
Howe〔hau〕❶何奧（Elias, 1819-1867, 美國
　發明家）❷豪角（澳洲）
Höwel(c)ke〔'hɜvəlkə〕
Howel(l)〔'haʊəl〕豪厄爾
Howells〔'haʊəlz〕郝爾斯（William Dean,
　1837-1920, 美國作家及批評家）
Hower〔aʊə〕豪爾
Howes Mills〔'haʊz 'mɪlz〕
Howick〔'haʊɪk〕豪伊克
Howie〔'haʊɪ〕豪伊
Howison〔'haʊɪsn̩〕豪伊森
Howitt〔'haʊɪt〕豪伊特
Howland〔'haʊlənd〕豪蘭島（太平洋）
Howley〔'haʊlɪ〕豪利
Howman〔'haʊmən〕豪曼
Howorth〔'haʊəθ〕豪沃思
Howrah〔'haʊrə〕豪拉（印度）
Howrey〔'haʊrɪ〕豪里
Howse〔'haʊz〕豪斯
Howson〔'haʊsn̩〕豪森
Howth〔hoθ〕
Howze〔haʊz〕豪茲
Hoxey〔'haksɪ〕
Hoxha〔'hɔdʒa〕
Hoxie〔'haksɪ〕霍克西
Hoxne〔'haksn̩〕
Hoxton〔'hakstən〕

Hoy〔hɔɪ〕霍伊
Hoyden〔'hɔɪdn̩〕
Ho Ying-chin〔'hʌ 'jɪŋ·'dʒɪn〕（中）
Hoylake〔'hɔɪlek〕
Hoyland Nether〔'hɔɪlənd 'nɛðɚ〕
Hoyle〔hɔɪl〕霍愛爾（Edmond, 1672-1769, 美
　國紙牌遊戲書之著者）
Hoyran〔hɔɪ'ran〕
Hoyran Gölü〔hɔɪ'ran gə'lju〕（土）
Hoyt〔hɔɪt〕霍伊特（Charles Hale, 1860-1900,
　美國戲劇家）
Hoz〔hoθ〕（西）
Hozier, d'〔dɔ'zje〕（法）
Hozjusz〔'hɔzjuʃ〕（波）
Hrabanus Maurus〔ra'banus 'maurus〕
Hradčany〔'hrattʃani〕（捷）
Hradec Králové〔'hradɛts 'kralɔvɛ〕克拉
　羅瓦（捷克）
Hrdlička〔'hɚdlɪtʃka〕（捷）
Hrihor〔hri'hor〕
Hrolf〔ralf〕
Hromádka〔'hrɔmatka〕
Hron〔hrɔn〕
Hrosvitha〔ros'vita〕
Hrothgar〔'hraθgar〕
Hrotsvitha〔hrat·'svita〕
Hrotswitha〔hrat·'svita〕
Hrozný〔'hrɔzni〕
Hrushevski〔hru'ʃefskɪ〕
Hrvatska〔'hɚvatska〕
Hsaikwan〔'saɪk'wan〕
Hsenwi〔'sɛn'wi〕興威（緬甸）
Hsi, Chu〔'dʒu 'ʃi〕（中）
Hsi, Fu〔'fu 'ʃi〕（中）
Hsia〔ʃi'a〕夏朝
Hsiang〔ʃi'aŋ〕
Hsiang-Kiang〔'ʃjaŋ·'dʒjaŋ〕（中）
Hsiang Tang Shan〔'ʃjaŋ 'taŋ 'ʃaŋ〕
Hsiang-t'ang shan〔'ʃjaŋ·'taŋ 'ʃaŋ〕
Hsiao Khingan Shan〔'ʃjau 'ʃɪŋ'an 'ʃan〕
Hsiao Tang Shan〔'ʃjau 'taŋ 'ʃan〕「（中）
Hsiao-t'ang shan〔'ʃjau·'taŋ 'ʃan〕
Hsiao-t'un〔'ʃjau·'tun〕
Hsiaotun〔'ʃjau'tun〕
Hsia Yü〔'ʃja'ju〕夏禹（中國夏朝開國帝王）
Hsieh Ho〔ʃi'ɛ 'hɚ〕
Hsien-Cheng-Fu〔'ʃjɛn·'tʃɛn·'fu〕
Hsin, Chou〔'dʒo 'ʃɪn〕（中）
Hsin-Cheng hsien〔'ʃɪn·'dʒɛŋ 'jɛn〕（中）
Hsienchenghsien〔'ʃɪn'dʒəŋ'ʃjɛn〕（中）
Hsinchiang〔'ʃɪndʒɪ'aŋ〕（中）
Hsinchu〔'ʃɪn'tʃʊ〕新竹（臺灣）

Hsingan〔'ʃɪŋ'an〕興安（中國）
Hsigan Shan〔'ʃɪŋ'an'ʃan〕興安山（熱河）
Hsining〔'ʃi'nɪŋ〕
Hsin Kao Shan〔'ʃɪn 'gau 'ʃan〕（中）
Hsinking〔'ʃɪn'dʒɪŋ〕（中）
Hsinmin〔'ʃɪn'mɪn〕
Hsin-tien〔'ʃɪn·'djɛn〕（中）
Hsipaw〔'si,pɔ〕昔卜（緬甸）
Hsiu-ch'üan,Hung〔'hʊŋ ʃi'u·'tʃwan〕
Hsüan Tsang〔'ʃjʊ'an 'dzaŋ〕玄奘（596-
    664,中國唐朝佛教高僧）
Hsiung-nu〔'ʃjʊŋ·'nu〕
Hsuan-tsang〔'ʃjʊ'an·'dzaŋ〕（中）
Hsüan Tsung〔'ʃjʊ'an 'dzʊŋ〕唐玄宗
    （685-762,中國唐朝皇帝）
Hsüan T'ung〔'ʃjʊ'an 'tʊŋ〕
Hsuchang〔'su'tʃaŋ〕
Hsuchow〔'su'dʒo〕（中）
Hsueh-liang,Chang〔'dʒaŋ 'ʃwe·ljaŋ〕
    （中）
Hsü Hai-tung〔'ʃjʊ 'hai·'dʊŋ〕（中）
Hsu Mo〔ʃu 'mo〕
Hsün Tzŭ〔'ʃjʊn 'dzʌ〕（中）
Hsü Shih-Ch'ang〔'ʃjʊ 'ʃiə·'tʃaŋ〕
Huacas〔'wakas〕
Huachuca〔wa'tʃukə〕
Huahiné〔wai'ne〕（法）
Huai〔hwaɪ〕
Hu ailas〔'waɪlas〕
Huaillas〔'waɪjas〕
Huaina Capac〔'waɪna 'kapak〕
Huaina Potosí〔'waɪna ,poto'si〕
Huai-nan Tzŭ〔'hwaɪ·'nan'dzʌ〕（中）
Huaina-Putina〔'waɪna·pu'tina〕
Hualalai〔,huala'laɪ〕
Hualcán〔wal'kan〕
Huallaga〔wa'jaga〕瓦雅加河（秘魯）
Huallatiri〔,waja'tɪrɪ〕
Hualpa〔'walpa〕
Hualpai〔'walpaɪ〕
Huamanga〔wa'maŋga〕
Huamba〔'hwamba〕
Huamblín〔wam'blin〕
Huambo〔'hwambo〕
Huamina〔wa'mina〕
Huan,I〔i 'hwan〕
Huana〔'hwana〕
Huancas〔'waŋkas〕
Huancavelica〔,waŋkave'lika〕
Huancavilca〔,waŋka'vilka〕
Huancayo〔waŋ'kajo〕萬凱歐（秘魯）
Huanchaca〔wan'tʃaka〕

Huandoy〔wan'dɔi〕
Huang Fu〔'hwaŋ 'fu〕
Huangho〔'hwaŋ'ho〕
Huang Hsing〔'hwaŋ 'ʃɪŋ〕
Huang-pu〔'hwaŋ·'pu〕黃埔（廣東）
Huang-ti〔'hwaŋ·'di〕黃帝（中國上古聖王）
Huang Yen-p'ei〔'hwaŋ' jɛn·'pe〕
Huanta〔'wanta〕
Huánuco〔'wanuko〕
Huánuco Viejo〔'wanuko 'vjɛho〕（西）
Huaqui〔'waki〕
Huara〔'wrrɑ〕
Huarás〔wa'ras〕
Huaraz〔wa'ras〕瓦臘斯（秘魯）
Huard〔war; jʊ'ar（法）〕瓦爾
Huarina〔wa'rina〕
Huart〔jʊ'ar〕（法）
Huascán〔was'kan〕
Huáscar〔'waskar〕瓦斯卡（1495?-1533,秘
    魯Inca族之王）
Huascarán〔,waska'ran〕瓦斯卡爾峰（秘魯）
Hua Shan〔'wa'ʃan〕華山（陝西）
Huastec〔'wastɛk〕
Huatabampo〔,wata'vampo〕（西）
Huatusco〔wa'tusko〕
Huauchinango〔,wautʃi'naŋgo〕
Huaura〔wa'ura〕
Huayhuash〔'waɪwaʃ〕
Huayhuash,Cordillera〔,kɔði'jera
    'waɪwaʃ〕（西）
Huaylas〔'waɪlas〕
Huayna Capac〔'waɪna 'kapak〕
Huback〔'hjubæk〕
Hubald〔'hjubɔld〕
Hubata〔'hjubɛtə〕休貝塔
Hubay〔'hubɔɪ〕（匈）
Hubback〔'hʌbæk〕哈巴克
Hubbard〔'hʌbəd〕哈伯德
Hubbardton〔'hʌbədtən〕
Hubbell〔'hʌbļ〕哈貝爾
Hubbert〔'hʌbət〕哈布特
Hubble〔'hʌbļ〕哈布爾
Huber〔'hubə（德）; jʊ'bɛr（法）〕
Hubermann〔'hubərman〕
Hubert〔'hjubət（荷）; 'hubert（德）; jʊ-
    'bɛr（法）〕休伯
Hubert de Burgh〔'hjubət də 'burg〕
Huberti〔jʊbɛr'ti〕（法）
Hubertsburg〔'hjubətsbəg〕
Hubert Stanley〔'hjubət 'stænlɪ〕
Hubertus〔hjʊ'bɛrtəs（荷）; hu'bɛrtʊs（
    德）〕

Hübner [ˈhjubnə]

Hübsch Martin [hjupʃ ˈmartin]

Hubscher [jʊbˈʃɛr]（法）

Huc [hjuk]

Hucbald [ˈhʌkbɔld]

Huch [ˈhuh]（德）

Hu-chau [ˈhuˑˈdʒo]（中）

Hychet [jʊˈʃɛ]（法）

Huchon [jʊˈʃɔŋ]（法）

Huchoun [ˈhjutʃaʊn]

Huchow [ˈhuˈdʒo]（中）

Huchtenberg [ˈhəhtənbɛrk]（荷）

Huchtenburgh [ˈhəhtənbəh]（荷）

Hucicolhuacán [usi,kolwaˈkɑn]

Huckel [ˈhʌkl̩]

Huckleberry [ˈhʌkl̩,berɪ]

Hucknall [ˈhʌknəl]

Hucks [hʌks]

Hud(d)ersfield [ˈhʌdəz,fild] 哈得兹菲爾（英格蘭）

Huddleston [ˈhʌdl̩stən] 赫德爾斯頓

Hude [ˈhudə]

Hudeide [huˈdedə]

Hudgins [ˈhʌdʒɪnz] 赫金斯

Hudibras [ˈhjudibræs] 英國詩人 Samuel Butler 作之諷刺敍事詩

Hudleston [ˈhʌdl̩stən]

Hudnott [ˈhʌdnɑt]

Hudson [ˈhʌdsn̩] 哈德生（❶ Henry, ?-1611, 英國航海家及探險家❷Manley Ottmer, 1886-1960, 美國法學家）

Hudspeth [ˈhʌdspɪθ] 赫兹佩思

Hudtloff [ˈhɑtlɑf]

Hué [hjuˈe] 順化港（越南）

Hüe [ju]

Huebner [ˈhjubnə] 許布納

Huechucuicui [,wetʃuˈkwikwɪ]

Hueco [weko]

Hueffer [ˈhɛfə]

Huehuetenango [,weweteˈnɑŋgo]

Huejotzingo [,wehoˈtsiŋko]

Huelster [ˈhilstə] 許爾斯特

Huelva [ˈwelvɑ] 威瓦（西班牙）

Hueneme [,waɪˈnimɪ]

Hueper [ˈhupə] 休珀

Hueppe [ˈhjʊpə]

Huércal -Overa [ˈwerkɑlˑoˈverɑ]

Huerfano [ˈɔrfəno]

Huerta [ˈwertə]

Hues [hjuz] 休斯

Huesca [ˈweskɑ] 韋斯卡（西班牙）

Huéscar [ˈweskɑr]

Hueso [ˈweso]

Huet [juˈɛ（法）; hjʊˈwɛt（荷）]

Huey [ˈhjuɪ] 休伊

Hueytown [ˈhjuɪtaʊn]

Huexotzinco [,wehoˈtsiŋko]

Hufeland [ˈhufəlɑnt]

Huff [hʌf] 赫夫

Huffer [ˈhʌfə] 赫弗

Hüffer [ˈhjufə]

Huffines [ˈhʌfaɪnz] 赫法恩斯

Hufnagel [ˈhufnɑgəl]

Hufuf [hʊˈfuf] 胡富夫（沙烏地阿拉伯）

Hug [huk] 胡克

Hugall [ˈhjugəl]

Hugbaldus [hʌgˈbældəs]

Hügel [ˈhjugəl] 休格爾

Hugenberg [ˈhugənbɛrk]

Hugenius [hjuˈdʒinɪəs]

Hugensz [ˈhjugəns]

Huger [juˈdʒi]

Hugesson [ˈhjugɪsn̩]

Huggenberger [ˈhʊgən,bɛrgə]

Huggenvik [ˈhjugɛnvik]

Huggin [ˈhʌgɪn]

Huggins [ˈhʌgɪnz] 赫金斯（Sir William, 1824-1910, 英國天文學家）

Hugh [hju] 休

Hugh Capet [hju ˈkepət; hju ˈkæpət]

Hughe [hju]

Hughenden [ˈhjuədən] 休恩登（澳洲）

Hughes [hjuz] 休斯（❶ Charles Evans, 1862-1948, 美國法學家❷ Thomas, 1822-1896, 英國法學家、改革者及作家）

Hughesovka [ˈhjuzəfkə]

Hughesville [ˈhjuzvɪl]

Hugh Evans [hju ˈevənz]

Hughlings [ˈhjulɪŋz] 休林斯

Hugli [ˈhuglɪ]

Hugo [ˈhjugo] 雨果（Victor Marie, 1802-1885, 法國詩人、小說家及劇作家）

Hugon [ˈhjugən]

Hugoton [ˈhjugətən]

Hugo von Trimberg [ˈhugo fɑn ˈtrim-ˌbɛrk]

Hugo Wast [ˈhugo ˈvast]

Huguenot [ˈhjugə,nɑt] 十六、七世紀間之法國新教徒

Huguenots [ˈhjugənɑts]

Hugues [jug]（法）

Hugues Capet [jug kaˈpɛ]（法）

Hu Han-min [ˈhu ˈhɑnˑˈmɪn]

Huibert [ˈhɔɪbət]（德）

Huidobro [wiˈðovro]（西）

Huig [hɔɪh]（荷）

Huigra [´wigrɑ]

Huila [´wilɑ] 韋拉火山（哥倫比亞）

Huilliche [wi´ljitʃe]

Huish [´hjuiʃ] 休伊什

Hui Tsung [´hwe ´dzʊŋ]（中）

Huitzilihuitl [,witsi´liwitl]

Huitzilipochtli [,witsili´potʃtlɪ]

Huixtla [´wistlɑ]

Hui-yang [´hwe·´jɑŋ] 惠陽（中國）

Huizen [´hɔɪzən]

Huizinga [´hɔɪzɪŋɑ]（荷）

Hukawng [´hu´kɔŋ]

Hukbalahap [hʌk´bæləhæp; ´hukbɑlɑ´hɑp]

Hukong [´hu´kɔŋ] 戶拱（緬甸）

Hukow [´hu,kɑʊ]

Huks [hʌks]

Hukwang [´hug´wɑŋ]（中）

Hukwe [´hukwe]

Hula [´hulɑ]

Hulagu [hu´lɑgu]

Hulbeart [´hʌlbət]

Hulbert [´hʌlbət] 赫爾伯特

Hulburt [´hʌlbət]

Hulcy [´hʌlsɪ] 赫爾西

Hulda [´hʌldə]

Hulde [´hʊldə]

Huldreich [´hʊldraɪh]（德）

Hule, Bahret el [´bæhrɑt æl ´hulɛ]（阿拉伯）

Huleh [´hulɛ]

Hulett [´hjulɪt]

Hulin [´hu´lin; ju´læn] 虎林（黑龍江）

Huilin de Loo [ju´læn də ´lo]（法）

Hull [hʌl] 赫爾（❶ Cordell, 1871-1955, 美國政治家及國務卿 ❷ 赫爾（英格蘭；加拿大）

Hullah [´hʌlə] 赫勒

Hüller [´hjulə]

Hullett [´hʌlɪt] 赫利

Hullin [ju´læn]（法）赫林

Hullinger [´hʌlɪŋə] 赫林格

Hulme [hʌlm] 休姆

Hüls [hjuls]

Hulse [hʌls] 赫爾斯

Hulsean [hʌl´siən]

Hülsen [´hjulzən]

Hülshoff, Droste- [´drɑstə·´hjulshɑf]

Hulton [´hʌltən]

Hultz [hʌlts] 赫爾茨

Hultzén [hʊl´tsen]

Hulun Nor [´hu,lun ´nɔr]

Hulutao [´hu´lu´dɑʊ] 葫蘆島（中國）

Huma [´humɑ] 呼瑪縣（黑龍江）

Humahuacas [,umɑ´wɑkɑs]

Humann [´humɑn]

Humayun [hu´majun]

Humbaba [hum´bɑbɑ]

Humbe [hum´be]

Humber [´hʌmbə] 亨伯

Humbermouth [´hʌmbəməθ]

Humberside [´hʌmbə,saɪd] 韓伯塞郡（英格蘭）

Humberstone [´hʌmbəstən] 亨伯斯東

Humbert [´hʌmbət] 洪伯特

Humberto [um´bɛrtu]

Humbledon [´hʌmbldən]

Humboldt [´hʌmbolt] 洪保德（❶ Baron Friedrich Heinrich）Alexander, 1769-1859, 德國博物學家、旅行家及政治家 ❷ 其兄 Baron Wilhelm, 1767-1835, 德國語言學家及外交家）

Hume [hjum] 休姆（David, 1711-1776, 蘇格蘭哲學家及歷史學家）

Humfrey [´hʌmfrɪ] 海弗萊

Humian [´hjumjən]

Hummason [´hʊməsən] 赫馬森

Hummel [´hʊməl]（德）赫梅爾

Hummell [´hʌməl] 赫爾

Hummelstown [´hʌmələztɑʊn]

Humoresque [,hjumə´rɛsk]

Humpata [hum´pɑtɑ]

Humphery [´hʌmfrɪ] 海弗萊

Humphr(e)y [´hʌmfrɪ] 韓福瑞（Hubert Horatio, 1911-1978, 美國政治家及副總統）

Humphreys [´hʌmfrɪz]

Humpty-dumpty [´hʌmtɪ·´dʌmptɪ]

Hu mun [´hu ´mʊn]

Humuya [u´muja]

Hun [hʌn] 第四、五世紀蹂躪歐洲的匈奴人

Húna [´hunə]

Hunab [u´nɑb]

Hunan [´hu´nɑn] 湖南（中國）

Húnaflói [´hunɑ,flɔɪ]

Huncamunca [´hʌnkə´mʌnkə]

Hunchun [´hun´tʃun] 琿春（吉林）

Hundhammer [´hʊnt,hɑmə]

Hundsrück [´hʊntsrjʊk]

Hunebourg, d' [djʊnə´bur]（法）

Huneker [´hʌnɪkə]

Huneric [´hjunərɪk]

Hungarian [hʌŋ´gɛrɪən] 匈牙利人

Hungary [´hʌŋgərɪ] 匈牙利（歐洲）

Hung-chang, Li [,li ´hʊŋ·´dʒɑŋ]（中）

Hungerford [´hʌŋgəfəd] 亨格福德

Hungjao [´hʊŋtʃi´aʊ]（中）

Hungnam [´hʊŋnɑm] 興南港（北韓）

Hungry Desert [ˈhʌŋgrɪ~]

Hungshui [ˈhuŋˈʃwe] 紅水河（雲南）

Hungtze Hu [ˈhuŋˈdzʌ ˈhu] 洪澤湖（中
Hung Wu [ˈhuŋˈwu]　　　　　　└國）

Hun Ho [ˈhun ˈho]（中）

Huniades [hjuˈnaɪədiz]

Huningue [juˈnæŋg]（法）

Hunkers [ˈhʌŋkəz]

Hunkiar-Skelessi [huŋˈkjar·skɛlɛˈsi]

Hunkyar Iskelesi [huŋˈkjar ˌɪskɛlɛˈsi]

Hunneric [ˈhʌnərɪk]

Hunnic [ˈhʌnɪk]

Hunnish [ˈhʌnɪʃ]

Hunold [ˈhunɑlt]

Huns [hʌnz]

Hunsaker [ˈhʌnsekə] 亨塞克

Hunsdon [ˈhʌnzdən]

Hunse [ˈhənsə]

Hunsrück [ˈhunsrjuk]

Hunstanton [hʌnsˈtæntən; ˈhʌnstən]

Hunsworth [ˈhʌnzwəθ]

Hunt [hʌnt] 韓特（❶（James Henry）Leigh,
1784-1859, 英國散文家及詩人 ❷（William）
Holman, 1827-1910, 英國畫家）

Hunte [ˈhuntə]

Hunter [ˈhʌntə] 韓特爾（ John, 1728-1793,
英國解剖學家及外科醫生）

Hunterdon [ˈhʌntədən]

Hunter's Bay [ˈhʌntəz~]

Hunter-Weston [ˈhʌntə·ˈwɛstən]

Huntingburg [ˈhʌntɪŋbəg]

Huntingdon [ˈhʌntɪŋdən] 亨丁頓（美國）

Huntingdonshire [ˈhʌntɪŋdən·ʃɪr] 亨丁頓
郡（英格蘭）

Huntingford [ˈhʌntɪŋfəd]

Huntington [ˈhʌntɪŋtən] 亨丁頓（美國）

Huntl(e)y [ˈhʌntlɪ] 亨特利

Hunton [ˈhʌntən]

Huntoon [hʌnˈtun] 亨通

Hunts. [hʌnts]

Huntsville [ˈhʌntsvɪl]

Huntziger [əntsiˈʒɛr]（法）

Hunyadi [ˈhunjadɪ] 洪亞底（ János, 1387?-
1456, 匈牙利英雄）

Hunyady [ˈhunjadɪ]

Hunza [ˈhunzə]

Huon [ˈhjuan; juˈɔŋ]（法）

Huon de Bordeaux [juˈɔŋ də bɔrˈdo]（法）

Huonville [ˈhjuɑnvɪl]

Huot [ˈhjuɔ; juˈo]（法）

Hupa [ˈhjupə]

Hupeh [ˈhuˈbɛ]（中）

Hupei [ˈhuˈpe] 湖北（中國）

Hupfeld [ˈhupfɛlt]

Hupih [ˈhupe; ˈhuˈbɛ（中）]

Hurakan [ˈhurə,kan]

Huram [ˈhjurəm]

Hurban [ˈhurban]

Hurban-Vajansky [ˈhurban·vaˈjanski]

Hurd [hɜd] 赫德

Hurdcott [ˈhɜdkat]

Hurdwar [ˈhɜdwar]

Hurford [ˈhɜfəd]

Hurgronje Snouck [huˈrɔnjə ˈsnuk]

Hurlbut [ˈhɜlbət] 赫爾伯特

Hurley [ˈhɜlɪ] 赫爾利

Hurlingham [ˈhɜlɪŋəm]

Hurlothrumbo [ˌhɜloˈθrʌmbo]

Hurlstone [ˈhɜlstən]

Hurok [ˈhjurək]

Huron Lake [ˈhjurən~] 休倫湖（北美洲）

Hurons [ˈhjurənz]

Hurrell [ˈhʌrəl] 赫里爾

Hurricane [ˈhʌrɪken]

Hurrur [ˈhʌrə]

Hurry Harry [ˈhʌrɪ ˈhærɪ]

Hurst [hɜst] 赫斯特（ Fannie, 1889-1968, 美
國女作家）

Hurstmonceux [ˌhɜstmənˈsju]

Hurston [ˈhɜstən]

Hurstpierpoint [ˈhɜstpɪrˈpɔɪnt]

Hurstville [ˈhɜstvɪl]

Hurt [hɜt] 赫特

Hurtado [urˈtaðo]（西）

Hurter [ˈhurtə]

Hürtgen [ˈhjurtgən]

Hurunui [ˌhuruˈnui]

Huruthse [huˈruθse]

Hurwitz [ˈhurvɪts] 赫維茨

Hus [hʌs; hus（德；捷）]

Husa [ˈhjusə] 胡薩

Husain [ˈhjusə]

Husar de Ayacucho [ˈusar ðe ajaˈkutʃo]
（西）

Husavik [ˈhusa,vik]

Husayn ibn-'Ali [huˈsaɪ ˌɪbṇ·æˈlɪ]

Husband [ˈhʌzbənd] 赫斯本德

Husbands [ˈhʌzbəndz] 赫斯本茲

Hüsch [hɪʃ] 胡希

Hus-Desforges [jusˈdeˈfɔrʒ]（法）

Huse [hjus] 休斯

Husein [huˈsæɪn]（波斯）

Husein ibn-Ali [huˈsaɪn ˌɪbṇ·æˈlɪ]

Huseyn [huˈsaɪn]

Hushang〔huˈʃɑn〕
Hushangabad〔huˈʃʌnəbæd〕
Hushiarpur〔ˌhuʃıˈɑrpʊr〕
Hu Shih〔ˈhuˈʃıə〕胡適（ 1891-1962, 中國
　哲學家、外交家及作家 ）
Huşi〔huʃˈ; ˈhuʃı〕
Husinec〔ˈhʊsınɛts〕
Husinetz〔ˈhuzınɛts〕
Husinetz, von〔fɑn ˈhuzınɛts〕
Husing〔ˈhjusıŋ〕
Huskerville〔ˈhʌskəvıl〕
Huskisson〔ˈhʌskısn̩〕
Husky〔ˈhʌskı〕
Husodo〔huˈsodo〕
Huss〔hʌs〕胡斯（ John or Jan, 1374-1415,
　Bohemia 之宗教改革者及殉教者 ）
Hussarek〔ˈhʊsɑrɛk〕
Hussein〔huˈsen〕(土)
Hussein-Dey〔huˈsainˈde〕
Husseini〔hʊˈsenı〕
Hussein Kamil Pasha〔huˈsainˈkɑm-
　ıl ˈpɑʃə〕
Husserl〔ˈhʊsəl〕胡塞爾（ Edmund, 1859-
　1938, 德國哲學家 ）
Hussey〔ˈhʌsı〕赫西
Hüssgen〔ˈhjʊsgən〕
Hussite〔ˈhʌsait〕John Huss 之信徒
Husson〔jʊˈsɔn〕(法)
Hussy〔ˈhʌsı〕
Huston〔ˈhjustən〕休斯頓
Husum〔ˈhuzʊm〕
Husumer Au〔ˈhuzʊmɚ ˈau〕
Huszár〔ˈhʊsɑr〕
Hutch〔hʌtʃ〕
Hutcheson〔ˈhʌtʃısn̩〕
Huthchens〔ˈhʌtʃınz〕赫琴斯
Hutchings〔ˈhʌtʃıŋz〕
Hutchins〔ˈhʌtʃınz〕胡欽斯（ Robert May-
　nard, 1899-1977, 美國教育家 ）
Hutchinson〔ˈhʌtʃınsn̩〕胡欽生（ ❶ Arthr
　Stuart-Menteth, 1879-, 英國小說家 ❷ Ray
　Coryton, 1907-, 英國小說家 ）
Hutchinsons〔ˈhʌtʃınsnz〕
Hutchison〔ˈhʌtʃısn̩〕哈欽森
Huth〔huθ〕胡思
Huthwaite〔ˈhuθwet〕
Hutier〔jʊˈtje〕(法)
Hutin, le〔lə jʊˈtæn〕(法)
Hut〔hʌt〕
Hu-tsên〔ˈkuˈtʃʌn〕(中)
Hu Tsung-nan〔huˈdzuŋˈnɑn〕(中)
Hutten, von〔fɑn ˈhʊtn̩〕

Hutter〔ˈhʊtə〕
Hütter〔ˈhjʊtə〕
Hutterites〔ˈhʌtərɑıts〕
Huttleston〔ˈhʌtl̩stən〕
Hutton〔ˈhʌtən〕赫頓
Hutzler〔ˈhʌtslə〕赫茨勒
Huxley〔ˈhʌkslı〕赫胥黎（ ❶ Aldous Leonard,
　1894-1963, 英國小說家及批評家 ❷ Sir Julian
　Sorell, 1887-1975, 英國生物學家 ❸ Thomas
　Henry, 1825-1895, 英國生物學家 ❹ Andrew
　Fielding, 1917-, 英國生理學家及教育家 ）
Huybrecht〔ˈhɔıbrɛht〕(荷)
Huydecoper〔ˈhɔıdəˌkopə〕
Huyghens〔ˈhaıgənz〕海更斯（ Christian,
　1629-1695, 荷蘭數學家、物理學家及天文學家 ）
Huyghen〔ˈhaıgən〕
Huysman(n)〔ˈhaısmɑn〕
Huysmans〔ˈhɔısmɑns ; juısˈmɑns〕于伊斯曼
　（ Joris Karl, 1848-1907, 法國小說家及藝術批
　評家 ）
Huysum, van〔vɑn ˈhɔısəm〕
Huyton with Roby〔ˈhaıtn̩ wıð ˈrobı〕
Hüyük〔hjʊˈjuk〕
Huzara〔həˈzɑrɑ〕
Huzard〔jʊˈzɑr〕(法)
Hvaler〔ˈvɑlə〕
Hvar〔hvɑ〕(塞克)
Hve(e)n〔ven〕
Hvidovre〔ˈvidɔvrə〕(丹)
Hviezdoslav〔ˈhvjɛzdəslɑf〕
Hvítá〔ˈhwiˌtau〕(冰)
Hwa〔hwa〕
Hwai〔hwaı〕淮河(中國)
Hwai Ho〔ˈhwaıˈho〕
Hwaining〔ˈhwaıˈnıŋ〕懷寧(安徽)
Hwaiyin〔ˈhwaıˈjın〕
Hwajung〔ˈhwaˈrʌŋ〕
Hwalien〔ˈhwaˈljən〕花蓮(臺灣)
Hwang Hai〔ˈhwɑŋˈhaı〕黃海(中國)
Hwang-ho〔ˈhwɑŋˈho〕黃河(中國)
Hwang Pu〔ˈhwɑŋˈpu〕❶黃埔❷黃浦江(中國)
Hwa Shan〔ˈhwaˈʃɑn〕華山(中國)
Hweichow〔ˈhweˈdʒo〕(中)
Hwlffordd〔ˈhulfɔrð〕(威)
Hyacinthe〔jɑˈsæŋt〕(法)
Hyacinthus〔ˌhaıəˈsınθəs〕【希臘神話】
　Apollo 所愛之美少年, 被 Apollo 所擲之鐵餅誤殺
Hyades〔ˈhaıəˌdiz〕
Hyads〔ˈhaıədz〕❶【希臘神話】Atlas 之七個女
　兒❷【天文】金牛座中之五星群
Hyam〔ˈhaıəm〕海厄姆
Hyamson〔ˈhaıəmsn̩〕

Hyannis〔haɪ'ænɪs〕

Hyas〔'haɪəs〕

Hyatt〔'haɪət〕海亞特（Alpheus，1838-
1902，美國博物學家）

Hyattsville〔'haɪətsvɪl〕

Hybla〔'haɪblə〕

Hybla Heraea〔'haɪblə hə'riə〕

Hybrida〔'haɪbrɪdə〕

Hycke Scorner〔'hɪk 'skɔrnə〕

Hydaburg〔'haɪdəbəg〕

Hydaspes〔haɪ'dæspiz〕

Hyde〔haɪd〕海德（❶Douglas，1860-1949，
愛爾蘭作家，於1938-45任愛爾蘭共和國總統
❷Edward，1609-1674，英國政治家及歷史學

Hyden〔'haɪdn̩〕海登   └家）

Hyde Park〔haɪd~〕海德公園（英國）

Hyder〔'haɪdə〕海德

Hyderabad〔'haɪdərə,bɑd〕海得拉巴（印度；
巴基斯坦）

Hyder Ali〔'haɪdə 'ɑlɪ〕

Hydra〔'haɪdrə〕【希臘神話】九頭怪蛇

Hydrabad〔'haɪdrəbæd〕

Hydraotes〔,haɪdre'otɪz〕

Hydrea〔'hɪdrɪə〕

Hydriotaphia〔,haɪdrɪo'tæfɪə〕

Hydrozoan〔,haɪdrə'zoən〕

Hydruntum〔haɪ'drʌntəm〕

Hyer〔'haɪə〕

Hyères〔jɛr〕（法）

Hyères, Îles d'〔il 'djɛr〕（法）

Hygeia〔haɪ'dʒiə〕【希臘神話】司健康之女神

Hygieia〔,haɪdʒɪ'iə〕

Hyginus〔hɪ'dʒaɪnəs〕

Hyko〔'haɪko〕

Hyksos〔'hɪksɑs〕自紀元前18世紀至16世
紀統治埃及之王朝

Hylacomylus〔,haɪlə'kɑmɪləs〕

Hylan〔'haɪlən〕

Hyland〔'haɪlənd〕海蘭

Hylas〔'haɪlæs〕

Hylton〔'hɪltən〕希爾頓

Hyma〔'haɪmə〕

Hyman〔'haɪmən〕海曼

Hymans〔'haɪmɑns〕海曼斯（Paul，1865-
1941，比利時政治家）

Hymen〔'haɪmɛn〕【希臘神話】婚姻之神

Hymen(a)eus〔,haɪmə'niəs〕

Hymettus〔haɪ'mɛtəs〕

Hymir〔'haɪmɪr〕

Hyndhope〔'haɪndhop〕

Hyndley〔'haɪndlɪ〕

Hyndman〔'haɪndmən〕海因德曼

Hyne〔'haɪn〕海因

Hynek〔'hɪnɛk〕海尼克

Hyneman〔'haɪnɪmən〕海尼曼

Hynes〔haɪnz〕

Hynkel〔'hɪŋkəl〕

Hynman〔'hɪnmən〕

Hypanis〔'hɪpənɪs〕

Hypatia〔haɪ'peʃɪə〕

Hyperbolus〔haɪ'pɜbələs〕

Hyperborean〔,haɪpə'borɪən〕【希臘神話】
北方淨土之北方人

Hypereides〔,haɪpə'raɪdiz〕

Hyperides〔,haɪpə'raɪdiz〕

Hyperion〔haɪ'pɪrɪən〕【希臘神話】亥伯龍神

Hypermnestra〔,haɪpəm'nɛstrə〕

Hyphasis〔'hɪfəsɪs〕

Hypnos〔'hɪpnɑs〕

Hypocrite.L〔lipɔ'krit〕（法）

Hypolite〔ipɔ'lit〕（法）

Hyppolite〔ipɔ'lit〕（法）

Hypsas〔'hɪpsəs〕

Hypselantes〔,ipsɪ'lɑndis〕（希）

Hypseloreitēs〔,ipsɪlɔ'ritɪs〕

Hypsilantis〔,ipsɪ'lɑndis〕（希）

Hyrax〔'haɪræks〕

Hyrcan〔'hɜkən〕

Hyrcanum Mare〔hɜ'kenəm 'meri〕

Hyrcanus〔hɜ'kenəs〕

Hyre.La〔lɑ 'ir〕（法）

Hyrie〔'haɪri,i〕

Hyrmina〔hɜ'maɪnə〕

Hyrnetho〔hɜ'niθo〕

Hyrtius〔'hɜʃɪəs〕

Hyrum〔'haɪrəm〕

Hyrtl〔'hɪrtl̩〕

Hysham〔'haɪʃəm〕

Hyslop〔'hɪzləp〕希斯洛普

Hysmene〔'hɪsmini〕

Hysmenias〔hɪs'mɪnɪəs〕

Hystaspes〔hɪ'stæspiz〕

Hystaspis〔hɪ'stæspɪs〕

Hytch〔haɪtʃ〕

Hythe〔haɪð〕

Hythloday〔'hɪθlədɪ〕

I

I〔aɪ〕❶英文字母之第九個字母❷羅馬數字的
1（如 Ⅲ = 3；Ⅸ = 9）

Iacchus〔ɪ'ækəs〕

Iachimo〔ɪ'ækɪmo；i'ɑkimo；aɪ'ækɪmo〕

Iacopo〔'jakopo〕

Iago〔ɪ'ɑgo〕

Iain〔'ɪən〕伊恩

Ialomitsa〔ˌjalɔ'mitsɑ〕

Ialysus〔aɪ'ælɪsəs〕

Iamblichus〔aɪ'æmblɪkəs〕

Iams〔'aɪəmz〕艾姆斯

Ian〔'ɪən〕伊恩

Iancu〔'jaŋku〕

Ian Maclaren〔'ɪən mə'klærən〕

I'Anson〔'aɪənsn〕

Ian Stadish Monteith〔'ɪən 'stændɪʃ
                                       ⌊mɑn'tiθ〕

Ianthe〔aɪ'ænθɪ〕

Iao〔'iau〕

Iapetus〔aɪ'æpətəs〕

Iapygia〔ˌaɪə'pɪdʒɪə〕

Iaşi〔'jaʃɪ〕雅西（羅馬尼亞）

Iasion〔aɪ'ezɪən〕

Iason〔'aɪəsn〕

Iaxartes〔ˌaɪæks'ɑrtiz〕

Iazyges〔'jæzɪdʒiz〕

Iba〔'iba〕伊巴（菲律賓）

Ibadan〔ɪ'bædən〕伊巴丹（奈及利亞）

Ibagué〔ˌiva'ge〕（西）

Ibajay〔ˌiva'haɪ〕（西）

Ibañez〔ɪ'vanjeθ〕（西）

Ibañez del Campo〔ɪ'vanjeθ ðɛl
Ibar〔'ibar〕   ⌊'kampo〕（西）

Ibarbourou〔ˌivar'voro〕（西）

Ibarra〔ɪ'varɑ〕伊巴臘（厄瓜多爾）

Ibarruri〔ˌiva'ruri〕（西）

Ibas〔'aɪbəs〕

Ibbertson〔'ɪbət·sn〕伊伯森

Ibbetson〔'ɪbɪt·sn〕伊博森

Ibbotson〔'ɪbət·sn〕

Ibea〔aɪ'biə〕

Iberia〔aɪ'bɪrɪə〕伊伯利亞半島（歐洲）

Iberian Peninsula〔aɪ'bɪrɪən ～〕伊比利
Ibernia〔aɪ'bɜnɪə〕   ⌊半島（歐洲）

Ibero〔ɪ'bero〕

Ibert〔i'bɛr〕（法）

Iberus〔aɪ'bɪrəs〕

Iberville〔'ibəvɪl〕

Ibex〔'aɪbɛks〕

Ibibio〔i'bibio〕

Ibicuhy〔ˌivɪ'kwi〕（西）

Ibicuí〔ˌivɪ'kwi〕（西）

Ibiza〔ɪ'visa〕（西）

Iblis〔'ɪblɪs〕

ibn〔'ɪbn〕

Ibna〔'ɪbnə〕

ibn-Abd-al-Wahab〔ɪbn·əb,dʊl·wæ'hɑb〕

ibn-Abdullah〔ˌɪbn·əbdʊl'lɑ〕

ibn-abi-Usaybiah〔ɪbn·æ'bi·ʊ'saɪbɪ,æ〕

ibn-Ajurrum〔ɪbn·ˌajur'rum〕

ibn-al-Athir〔ˌɪbn·ʊl·æ'θir〕（阿拉伯）

ibn-al-Baytar〔ˌɪbn·ʊlbaɪ'tar〕（阿拉伯）

ibn-al-Faradi〔ɪbn·ʊl,færæ'di〕（阿拉伯）

ibn-al-Farid〔ˌɪbn·ʊl'farɪd〕（阿拉伯）

ibn-Ali〔ɪbn·'ali〕（阿拉伯）

ibn-al-Khatib〔ˌɪbn·ʊlhæ'tib〕（阿拉伯）

ibn-al-Muquaffa〔ˌɪbn·ʊlmɑ'kaffa〕（阿拉伯）

ibn-al-Sabbah〔ˌɪbn·ˌæssæb'ba〕（阿拉伯）

ibn-Anas〔ɪbn·æ'næs〕

ibn-Arabi〔ˌɪbn·æræ'bi〕

ibn-Arabshah〔ˌɪbn·æræb'ʃa〕

ibn-Athir〔ɪbn·æ'θir〕

ibn-Bajjah〔ˌɪbn·'badʒdʒæ〕（阿拉伯）

ibn-Barmak〔ˌɪbn·'bærmæk〕（阿拉伯）

ibn-Batuta〔ˌɪbn·bæ'tuta〕

ibn-Duraid〔ˌɪbn·dʊ'rəɪd〕

Ibn Ezra〔ˌɪbn 'ɛzra〕

ibn-Fadlan〔ˌɪbn·fæd'lan〕

ibn-Farid〔ˌɪbn·'farɪd〕

ibn-Gabirol〔ˌɪbn·ga'bɪrɔl〕

ibn-Hanbal〔ˌɪbn·'hænbæl〕

ibn-Haukul〔ˌɪbn·'haʊkæl〕

ibn-Hawqal〔ˌɪbn·'haʊkæl〕

ibn-Hazm〔ˌɪbn·'hæzm〕

ibn-Hisham〔ˌɪbn·hɪ'ʃam〕

ibn-Husein〔ˌɪbn·hu'saɪn〕

ibn-Ishaq〔ˌɪbn·ɪs'hak〕

ibn-Janah〔ˌɪbn·dʒæ'na〕

ibn-Jubair〔ˌɪbn·dʒʊ'baɪ·ɑ〕

ibn-Khaldun〔ˌɪbn·ˌhæl'dun〕伊本凱爾東
（1332-1406，阿拉伯歷史學家）

ibn-Khallikan〔ˌɪbn·hælli'kan〕（阿拉伯）

ibn-Kutaiba〔ˌɪbn‧kuˊtaɪbæ〕
ibn-Luqa〔ˌɪbn‧ˊluka〕
ibn-Masawayh〔ˌɪbn‧masæˊwaɪ〕
ibn Mubarak〔ˌɪbn‧muˊbaræk〕
ibn-Muhammed〔ˌɪbn‧muˊhæmməd〕
ibn-Nusayr〔ˌɪbn‧nuˊsaɪr〕
ibn Pakuda〔ˌɪbn‧paˊkuda〕
ibn-Qasim〔ˌɪbn‧ˊkasɪm〕
ibn-Qutaiba〔ˌɪbn‧kuˊtaɪbæ〕
ibn-Roshed〔ˌɪbn‧ˊrɔʃt〕
ibn-Sabin〔ˌɪbn‧sæˊbin〕
ibn-Saraya al-Hilli〔ˌɪbn‧saˊrajə al‧ˊhɪllɪ〕
ibn-Saud〔ˌɪbn‧suˊud〕伊本蘇伍德
（Abdul-Aziz, 1880-1953,沙烏地阿拉伯國王）
ibn-Shaprut〔ˌɪbn‧ʃaˊprut〕
ibn-Thabit〔ˌɪbn‧ˊθabɪt〕
ibn-Tashfin〔ˌɪbn‧taʃˊfin〕
ibn-Tofail〔ˌɪbn‧tuˊfaɪl〕
ibn-Tufail〔ˌɪbn‧tuˊfaɪl〕
ibn-Tumart〔ˌɪbn‧ˊtumært〕（阿拉伯）
ibn-Yasin〔ˌɪbn‧jaˊsin〕
ibn-Zaydun〔ˌɪbn‧zaɪˊdun〕
ibn-Zohr〔ˌɪbn‧ˊzor〕
ibn-Zuhr〔ˌɪbn‧ˊzur〕
Ibo〔ˊibo〕❶伊波族（居於Niger河下游之非洲一黑人種族）❷此族人之語言
Ibrahim〔ˊɪbrahim;ˌɪbrəˊhim;ɪˊbrahim〕阿拉伯）;ɪbraˊhɪm（土）〕
Ibrahim ibn-Daud〔ɪˊbrahim ɪbn‧da‧Ibrail〔ˌɪbraˊil〕Lˊwud〕
Ibrickan〔iˊbrɪkən〕
Ibrox〔ˊaɪbraks〕
Ibsen〔ˊɪbsṇ〕易卜生（Henrik, 1828-1906, 挪威詩人及劇作家）
Ibycus〔ˊɪbɪkəs〕
Ica〔ˊika〕伊卡（秘魯）
Iça〔iˊsa〕
Icacos〔ɪˊkakos〕
Içana〔ɪˊsænə〕
Icaria〔aɪˊkɛrɪə〕
Icarium, Mare〔ˊmeri aɪˊkɛrɪəm〕
Icarius〔aɪˊkɛrɪəs〕
Icarus〔ˊɪkərəs; ˊaɪ-〕【希臘神話】伊卡爾斯（Daedalus之子）
Icaza〔iˊkasa〕（拉丁美）
Ice Bay〔aɪs～〕
Içel〔ɪˊtʃel〕（土）
Iceland〔ˊaɪslənd〕冰島（大西洋）
Icelander〔ˊaɪˌslændə〕冰島人
Iceni〔aɪˊsinaɪ〕
Ichabod〔ˊɪkəbad〕伊卡博德
Ichang〔ˊiˊtʃaŋ〕宜昌（湖北）
Ichili〔ɪtʃɪˊli〕

Ichinskaya Sopka〔ɪˊtʃinskəjə ˊsɔpkə〕
Ichlil〔ɪˊklil〕
Ichnousa〔ɪkˊnusə〕
Ichow〔ˊiˊdʒo〕（中）
I chu〔ˊiˊdʒu〕（中）
Icilius〔ɪtˊsilɪus（德）; isiˊljus（法）〕
Icke〔ɪk〕
Ickes〔ˊɪkɪs〕伊基斯
Icknield〔ˊɪknild〕
Ickornshaw〔ˊɪkɔrnʃɔ〕
Ickworth〔ˊɪkwəθ〕
Icolmkill〔ˊikalmkɪl〕
Iconium〔aɪˊkonjəm〕
Icosium〔aɪˊkosɪəm〕
Ictinus〔ɪkˊtaɪnəs〕
Ictis〔ˊɪktɪs〕
Iculisma〔ˌɪkjuˊlɪzmə〕
Icutú, Mount〔ˌikuˊtu〕
Icy Bay〔ˊaɪsɪ～〕
Ida〔ˊaɪdə〕愛達山（克里特島；土耳其）
Idabel〔ˊaɪdə,bɛl〕
Idah〔ˊidə〕
Idaho〔ˊaɪdə,ho〕愛達荷（美國）
Idalia〔aɪˊdeljə〕
Idalium〔aɪˊdelɪəm〕
Idar〔ˊidə〕
Idar-Oberstein〔ˊidar‧ˊobəʃtaɪn〕
Idda〔ˊɪdə〕
Iddesleigh〔ˊɪdzlɪ〕
Iddhi〔ˊɪddɪ〕
Iddings〔ˊɪdɪŋz〕伊丁斯
Ide〔aɪd〕艾德
Ideler〔ˊidələ〕
Idell〔aɪˊdɛl〕艾德爾
Idelsohn〔ˊidlzon〕
Iden〔ˊaɪdn〕
Idenburg〔ˊidṇbəg〕
Idenburg Toppen〔ˊidənbəh ˊtɔpən〕（荷）
Idenie〔iˊdenje〕
Iden〔iˊdʒɛn〕
Ides〔aɪdz〕
Idfu〔ˊɪdfu〕
Idhra〔ˊiðra〕（希）
Idhunn〔ˊiðun〕（丹）
Idist〔ˊidɪst〕
Idjen〔ɪˊdʒɛn〕
Idle〔ˊaɪdḷ〕
Idlewild〔ˊaɪdḷ,waɪld〕美國紐約市甘迺迪國際機場之舊名
Idlib〔ˊɪdlɪb〕
Ido〔ˊido〕伊多語（Jespersen等將Esperanto簡化而成的一種世界語）
Idomeneo〔i,domɛˊnɛo〕

435

Idomeneus〔aɪ'dɑmɪnjus〕
Idria〔'idrɪɑ〕
Idris〔'ɪdrɪs〕
Idrisi〔ɪ'drisɪ〕
Idrisi, al-〔əlɪ'drisɪ〕
Idrisid〔'ɪdrɪsɪd〕
Idrisite〔'ɪdrɪsaɪt〕
Idro〔'idro〕
Idrocarburi〔ˌɪˌdrokar'burɪ〕
Idum(a)ea〔ˌaɪdju'mɪə〕
Idun〔'ɪdʊn〕
Idutywa〔ˌɪdu'taɪwə〕
Idvorsky〔ɪd'vɔrskɪ〕
Idwal〔'ɪdwəl〕伊德沃爾
Idzo〔'idzo〕
Ieper〔'jepə〕
Ierne〔aɪ'ɜnɪ〕
Ierugena〔jɛ'rudʒənə〕
Iesi〔'jezɪ〕
If〔if〕伊夫島(法國)
If, d'〔dif〕
Ifalik〔'ifɑlik〕
Ife〔aɪf〕艾夫
Iferten〔'ifətən〕
Ifferzheim〔'ɪfətshaɪm〕
Iffland〔'ɪflɑnt〕
Iffley〔'ɪflɪ〕
Ifi〔'ifi〕
Ifni〔'ɪfnɪ〕伊夫尼(非洲)
Ifor〔'aɪvə〕艾弗
Iforas, Adrar des〔ɑ'drɑr de·zifɔ-'ra〕(法)
Ifugao〔ˌifu'gao〕
Igala〔i'gɑlɑ〕
Igarka〔ɪ'gɑrkə〕易加卡(蘇聯)
Igaunija〔'igaunijɑ〕
Igbira〔ig'bira〕
Igbomina〔ig'bomina〕
Igdrasil〔'ɪgdrəsɪl〕
Igerna〔ɪ'gɜnə〕
Iggulden〔'ɪgldən〕
Ightham〔'aɪtəm〕
Igidi, Erg〔'ɛrg igi'di〕
Igigl〔i'gigi〕
Igilgili〔aɪ'dʒɪldʒɪlɪ〕
Igilium〔aɪ'dʒɪlɪəm〕
Iglau〔'iglau〕
Iglesias〔ɪ'glesjɑs〕
Igló〔'ɪglo〕
Ignace〔i'njɑs〕(法)
Ignacio〔ɪg'nɑsju(葡);ɪg'nɑsjo(西);ɪg'naθjo(西)〕
Ignacy〔ɪg'nɑtsɪ〕(波)
Ignatian〔ɪg'neʃjən〕

Ignatieff〔ɪg'nætʃɛf〕
Ignatiev〔ɪg'natjif〕
Ignatius〔ɪg'neʃjəs〕伊格那修(Saint, 西元1-2世紀之安提阿大主教)
Ignaz〔'ɪgnats〕
Ignazio〔ɪ'njɑtsjo〕(義)
Ignico〔'ɪgniko〕伊格尼科
Ignoramus〔ˌɪgno'remɑs〕
Ignotus〔ɪg'notəs〕
Igoe〔'aɪgo〕艾戈
Igor〔'igɔr;'igɔrj(俄)〕
Igorot〔ˌɪgə'rot〕❶伊克魯克族之土人(居住於菲律賓之Luzon島北部之馬來人種)❷伊克魯特語
Igorote〔ˌɪgə'rote〕
Igoumenitsa〔ɪˌgumɛ'nitsɑ〕
Igraine〔ɪg'ren〕
Igridir〔ˌɪrɪ'dɪr〕
Iguaçu Falls〔ɪgwə'su ~〕伊圭蘇瀑布(巴西)
Iguassu〔ɪgwə'su;ˌigwɑ'su〕
Iguazú〔ɪgwɑ'su〕
Iguidi, Erg〔'ɛrg igi'di〕
Iguvium〔ɪ'gjuviəm〕
Ihangiro〔ˌihɑŋ'giro〕
Ihering〔'jerɪŋ〕
Ihing〔'i'hɪŋ〕
Ihle〔'ilə〕
Ihlefeld〔'ɪlfɛld〕
I Hsin〔'i 'ʃɪn〕(中)
Ihne〔'inə〕
Ihno〔'ino〕
Ihre〔'irɛ〕
Ihrig〔'irɪg〕伊里格
I Huan〔'i 'hwɑn〕
Iiams〔'aɪəmz〕
Iinchiquin〔'ɪntʃɪkwɪn〕
Ij〔aɪ〕
Ijams〔'aɪəmz〕艾姆斯
Ijashne〔i'dʒɑʃnɛ〕
Ijaw〔'idʒɔ〕
Ijebu〔ɪ'dʒebu〕
Ijebu-Ode〔ɪ'dʒebu·'ode〕
Ijen〔ɪ'dʒɛn〕
Ijesha〔i'dʒeʃɑ〕
IJmuiden〔aɪ'mɔɪdən〕(荷)
Ijo〔'idʒo〕
IJssel〔'aɪsəl〕
IJssel〔'aɪsəl〕
IJsselmeer〔'aɪsəlmer〕愛塞美爾湖(荷蘭)
IJsselmonde〔'aɪsəlˌmɔndə〕
Ik〔aɪk〕
Ike〔aɪk〕
Ikelemba〔ˌikɛ'lɛmba〕

Iketu〔iˈketu〕

Ikey〔ˈaɪkɪ〕

Ikey Solomons〔ˈaɪkɪ ˈsaləmənz〕

Ikhnaton〔ɪkˈnatn̩〕伊克納頓（埃及國王、宗教改革者）

Ikirun〔ˌikɪˈrun〕

Ikitos〔iˈkitos〕

Ikonion〔aɪˈkonɪan〕

Iktar〔ˈɪktar〕

il〔il〕

Ila〔ˈila〕

Ilacomilus〔aɪləˈkamɪləs〕

Ilagan〔ɪˈlagan〕怡朗岸（菲律賓）

Ilaikipyak〔ˌilaɪˈkɪpjak〕

Ilala〔ɪˈlala〕

Ilamba〔iˈlamba〕

I-lan〔ˈiˈlan〕宜蘭（台灣）

Ilarionovich〔ɪlʌrjɪˈɔnəvjɪtʃ〕（俄）

Ilawa〔ɪˈlava〕

Il Bachiacca〔il baˈkjakka〕（義）

Il Bamboccio〔il bamˈbɔttʃo〕（義）

Il Barbiere di Siviglia〔il barˈbjɛre di siˈvilja〕

Il Boemo〔il boˈɛmo〕

Il Bolognese〔il ˌboloˈnjese〕

Il Braccatone〔il ˌbrakkaˈtone〕

Il Bramantino〔il ˌbramanˈtino〕

Il Buranello〔il ˌburaˈnello〕（義）

Il Capuccino〔il ˌkaputˈtʃino〕（義）

Il Cavaliere Aretino〔il ˌkaˈvaljɛre ˌareˈtino〕

Il Cavazzola〔il ˌkavatˈtsɔla〕

Il Cavazzuola〔il ˌkavatˈtswɔla〕

Ilchester〔ˈɪltʃɪstə〕

Ilchi〔ˈiltʃi〕

Ildebrando〔ˌildeˈbrando〕

Ildefonso〔ˈildɛˈfɔnso〕

Ilderim〔ˈɪldərɪm〕

Ilderim〔ˌjɪldɪˈrɪm〕

Il Domenichino〔il ˌdomɛnɪˈkino〕

Ildorobo〔ˌildoˈrobo〕

Il Duce〔ɪlˈdutʃɪ〕（義）元首（義大利法西斯黨首領 Mussolini 之稱號）

Ileana〔ileˈana〕

Île-aux-Noix〔ilˈoˈnwa〕（法）

Îlebo〔ɪˈlebo〕

Île-de-France〔ˈilˈdəˈfrɑŋs〕

Île de la Cité〔il də la siˈte〕（法）

Île d'Orléans〔il dɔrleˈaŋ〕（法）

Île du Levant〔il djʊ ˈlvaŋ〕（法）

Ileo〔ˈɪlɪo〕

Ile Perrot〔ˌil pɛˈro〕

Ilerda〔ɪˈlədə〕

Île Rouad〔il ˈrwad〕（法）

Iles, Francis〔ˈfransɪs ˈaɪlz〕

Îles de la Madeleine〔il də la madˈlɛn〕（法）　　　　　　　　　「（法）

Îles de la Société〔il də la sɔsjeˈte〕

Îles de Loos〔il də lɔˈɔs〕（法）

Îles du Salut〔il djʊ saˈljʊ〕（法）

Îles du Vent〔il djʊ ˈvaŋ〕（法）

Îles Loyauté〔il lwajoˈte〕（法）

Îles Marquises〔il marˈkiz〕（法）

Îles Scilly〔il siˈli〕

Îles sous le Vent〔il sul ˈvaŋ〕（法）

Ilf〔ilf〕

Il Fattore〔ˌil fatˈtore〕

Il Ferrarese〔ˌil ˌferraˈrese〕

Il Flauto Magico〔il ˈflaʊto ˈmadʒɪko〕

Ilford〔ˈɪlfəd〕伊福（英格蘭）

Il Frare〔il ˈfrarɛ〕

Ilg〔ɪlk；ɪlh（德）〕

Il Giovane〔il ˈdʒovane〕

Il Giuseppino〔il ˌdʒuzɛpˈpino〕（義）

Ilha Grande Bay〔ˈiljə ˈgrændə ～〕

Ilhas do Cabo Verde〔ˈiljəʒ ðu ˈkavu ˈverdə〕（葡）

Ilhuicamina〔il ˌwikaˈmina〕

Ili〔ˈiˈli〕❶伊犁（新疆）❷伊犁河（新疆）

Ilia〔ˈɪlɪə〕

Iliad〔ˈɪlɪəd〕伊里亞特（希臘著名史詩，相傳爲荷馬 Homer 所作）

Iliamna〔ˌɪlɪˈæmnə〕伊利阿姆納湖（美國）

Ilias〔iˈlias；ˈɪlɪəs〕

Ilić〔ˈilɪtʃ；ˈilɪtj（塞克）〕

Ilich〔ɪˈljitʃ〕

Ilici〔ˈɪlɪsaɪ〕

Iliescu〔ˌilɪˈjesku〕

Iliffe〔ˈaɪlɪf〕艾利夫

Iligan〔ɪˈligan〕

Iliin〔ɪˈlin〕

Ilim〔ɪˈljim〕（俄）

Ilimsk〔ɪˈljimsk〕（俄）

Ilin〔ɪˈlin〕

Iline〔ˈaɪlaɪn〕

Iliniza〔ˌilɪˈnisa〕（拉丁美）

Ilio〔ɪˈlio〕

Iliodhromia〔ˌiljɔˈðrɔmja〕（希）

Ilion〔ˈɪlɪən〕

Ilipa ['ɪlɪpə]

Ilir ['ilɪr]

Ilissus [ɪ'lɪsəs]

Ilithyia [ˌɪlɪ'θaɪjə]

Ilium ['aɪlɪəm; 'ɪlɪəm; 'aɪljəm] 古代 Troy 之拉丁名

Iliushin [ɪ'ljuʃɪn]

Ilkeston ['ɪlkɪstən]

Ilkestone ['ɪlkɪstən]

Il-Khan [il·'han]

Ilkisongo [ˌɪlki'sɔŋgo]

Ilkley ['ɪlklɪ]

Ilkshidites ['ɪlkʃɪdaɪts]

Ilkuri Shan ['ɪlkurɪ ˌ'ʃan]

Ill [ɪl; il (法)]

Iłakowicz [ˌila'kɔvitʃ]（波）

Illampu [ɪ'jampu] 伊雅浦山（玻利維亞）

Illampú [ˌijam'pu]

Illana Bay [ɪ'jana ~]（西）

Il Lasca [il 'laska]

Illa-Ticsi ['ilja·'tiksi]

Illawarra [ˌɪlə'warə]

Ille [il]

Illecillewaet [ˌilə'sɪləwɪt]

Ille-et-Vilaine [il·e·vi'lɛn]

Iller ['ɪlə]

Illiberis [ɪ'lɪbərɪs]

il Libertino [il ˌlibɛr'tino]

Illidge ['ɪlɪdʒ]

Illig ['ɪlɪg] 伊利格

Illiger ['ɪlɪgə]

Illilouette [ˌɪlɪlu'ɛt]

Illimani [ˌiji'manɪ] 伊宜馬尼峯（玻利維亞）

Illington ['ɪlɪŋtən]

Illingworth ['ɪlɪŋwəθ] 伊林沃思

Illiniza [ˌiji'nisa]（拉丁美）

Illinoi [ˌɪlɪ'nɔɪ]

Illinois [ˌɪlə'nɔɪ] 伊利諾（美國）

Illinoisan [ˌɪlɪ'nɔɪzən]

Illiturgis [ˌɪlɪ'tədʒɪs]

Illkirch-Graffenstaden ['ɪlkɪrh·ˌgrafənʃ'tadən]（德）

Illogan [ɪ'logən]

Illsley ['ɪlzlɪ] 伊爾斯利

Illuminati [ɪˌlumɪ'nati]

Illyés ['ijeʃ]（匈）

Illyria [ɪ'lɪrɪə]

Illyricum [ɪ'lɪrɪkəm]

Ilm [ɪlm]

Ilmaasai [ˌɪlma'saɪ]

Ilmari ['ɪlmarɪ]

Ilmarinen ['ilmarinɛn]

Ilmatar ['ilmatar]

Il Meccherino [il ˌmekkɛ'rino]

Ilmen ['ɪlmən] 伊耳曼湖（蘇聯）

Ilmenau ['ɪlmənau]

Ilminster ['ɪlmɪnstə]

Il Modanino [il ˌmoda'nino]

Il Moretto [il mo'retto]（義）

Ilm Orma ['ɪlm 'ɔrmə]

Ilo ['ilo] 伊洛（秘魯）

Ilocano [ilo'kano]   「（菲律賓）

Ilocos Norte [ɪ'lokos 'nɔrte] 北伊洛科斯

Ilocos Sur [ɪ'lokos 'sur] 南伊洛科斯（菲

Ilog ['ilɔg]   律賓）」

Iloilo [ˌilo'ilo] 怡朗（菲律賓）

Ilokano [ilo'kano]

Iloko [i'loko]

Ilona ['ɪlona]（匈）伊洛娜

Ilopango [ˌilo'paŋgo]

Ilorin [ilo'rin; ɪ'lɔrin]

Il Penseroso [il ˌpense'roso]

Il Perugino [il ˌperu'dʒino]

Il Pesarese [il ˌpeza'rese]

Il Pesellino [il ˌpesɛl'lino]

Il Piovano [il pjo'vano]

Il Prete Genovese [il 'prete ˌdʒeno'vese]（義）

Il Ragazzo [il ra'gattso]（義）

Il Romanino [il ˌroma'nino]

Il Rosso [il 'rosso]

Ilse ['ɪlzə]   「'zana]

Il Segreto Susanna [il sɛ'greto di su-

Ilsenburg ['ɪlzənburk]

Ilsley ['ɪlzlɪ] 伊爾斯利

il Tedesco [il tɛ'desko]

Il Tizianello [il ˌtitsja'nɛllo]（義）

Il Trovatore [il ˌtrova'tore]

Iluasin Gishu [il'wasin 'giʃu]

Iluilek [il'wilek]

Iluko [i'luko]

Ilus ['aɪləs]

Ilva ['ɪlvə]

Il Vecchio [il 'vekjo]（義）

Ilya ['ɪljə; ɪ'lja (俄)]

Ilya Aronoldovich ['ɪljə ərə'naldəvitʃ]

Ilyich [ɪl'jitʃ]

Ilyin [il'jin]

Imad-al-Din [ɪ'mad·ud·'din]（阿拉伯）

Imandra [ɪ'mandrə] 伊曼德臘湖（蘇聯）

Imatra ['imatrɑ]
Imaus ['imeəs]
Imaus Scythicus ['imeəs 'siθikəs ; 'imeəs 'siðikəs]
Imbabura [, imbɑ'vurɑ] (西)
Imbangala [, imbaŋ'gɑlɑ]
Imbault [æŋ'bo] (法)
Imber ['imbə]
Imbert [æŋ'bɛr] (法) 英伯
Imboden ['imbodn] 英伯登
Imbros ['imbrəs] 印布洛斯島 (土耳其)
Imbusch ['imbuʃ]
Imeretia [, imə'riʃiə]
Imeritia [, imə'riʃiə]
Imeson ['aimisn] 艾米森
Imhotep [im'hotɛp]
Imi ['imi]
Imidange [, imi'daŋge]
Iminovici [, imi'nɔvitsi]
Imlac ['imlək]
Immaculata [i ,mækjʊ'lɑtə]
Immanuel [i'mænjuəl ; -njwəl ;-njʊl ; i'mɑnuəl ; i'mɑnuɛl] 以馬內利 (救主基督之別稱)
Immelmann ['imɛlmən] 伊麥爾曼 (Max, 1890-1916 , 德國飛行家)
Immermann ['imərmɑn]
Immisch ['imiʃ]
Imnaha [im'nɔhɔ ; 'imnəhə]
Imoden [i'modən]
Imogen ['imodʒən] 伊麥琴 (莎士比亞名著 "Cymbeline" 中之女主角，爲貞婦之典型)
Imogene ['imədʒin]
Imola ['imolɑ]
Imola, da [dɑ 'imolɑ]
Imoschi [i'mɔski]
Imotski [i'mətski]
Imouthes [i'muθiz]
Impelliteri [, impɛli'tɛri]
Imperia [im'pɛrjɑ]
Imperial Valley [im'piriəl ~] 帝王谷 (美國)
Imperiosus [im,piri'osəs]
Impey ['impi] 英庇
Imphal ['imphʌl] ❶印普哈耳 (印度) ❷因帕爾 (緬甸) [(法)
Importants [im'pɔrtənts ; æŋpor'tɑŋ]
Impulsia [im'pʌlsiə]
Imray ['imre]
Imre ['imri ; 'imrɛ (匈)]
Imrie ['imri] 伊姆里
Imroz [im'rɔz] 印布洛斯島 (土耳其)
Imru'-al-Qays [im,rʊ·ʊl·'kais]
Imus ['imus]

Ina ['ainə] 艾娜
Inabanga [, inɑ'baŋɑ]
Inachus ['inəkəs]
Inadu ['inədu]
Inagua [i'nɑgwə]
Inakhos ['inɑhɔs] (希)
Inari ['inɑri] 伊納里湖 (芬蘭)
Inasi [i'nɑsi]
Inato [i'nɑto]
Inaya [i'nɑjɑ]
Inber ['inbɛr]
Inbhear Mor ['inir 'mɔr] (蓋爾)
Inca ['iŋkə] ❶印加族人 (昔居於南美秘魯 Andes 山脈地方之印第安人) ❷印加皇帝
Inca, el [ɛl 'iŋka]
Inca, Paso del ['paso ðɛl 'iŋka] (西)
Incaguassi [, iŋkɑg'wɑsi]
Incahuasi [, iŋ'kɑwɑsi] 英加瓦錫山 (阿根廷)
Inca Manco ['iŋka 'maŋko]
Incan ['iŋkən]
Incarnation [, iŋkɑr'neʃən]
Ince [ins] 英斯
Ince, Cape [in'dʒɛ] (土)
Inceburun [, indʒɛbʊ'run] (土)
Ince-in-Makerfield ['ins·in·'mekəfild]
Inceptor [in'sɛptor]
Inch, Saint Colme's ['kalmiz inʃ]
Inchbald ['intʃbɔld]
Inchcape ['intʃkep] 英奇凱普
Inchcolm ['intʃkəm]
Inchiquin ['intʃiwin] 英奇昆
Inchkeith ['intʃkiθ]
Inchon ['in'tʃɑn] 仁川 (韓國)
Inchrye [intʃ'rai]
Incledon ['iŋkldən]
Incoul ['iŋkəl]
Increase ['inkris]
Incudine, Mont l' [mɔn læŋkjʊ'din] (法)
Inculisma [, iŋkjʊ'lizmə]
Ind [ind] 【詩,古】= India
Indaal [in'del]
Indail [in'del]
Indal ['indal]
Indalecio [, indɑ'leθjʊ ; , indɑ'lesjo] (西)
Indalsälv ['indal,sɛlv]
Indaur [in'dor]
Indaw ['indɔ] 英多 (緬甸)
Indawgyi ['indɔ,dʒi]
Independence [, indi'pɛndəns]
Inderab [, ində'ræb]
Inderagiri [, indərɑ'giri]
Inderwick ['indəwik]

Index ['ındeks]
Index Librorum Prohíbitorum ['ın-dɛks laı'brorəm pro,hıbı'torəm] 【拉】天主教會所頒布，非經刪改不得閱讀之禁書目錄
India ['ındıə] 印度（亞洲）　　　「（葡）
India, Bassas da ['basəʒ ðə 'ınndjə]
Indiaman ['ındıəmən] 從事印度貿易的大商船
Indiana [,ındı'anə; ændjə'na; ,ındı-'ænə] 印第安納（美國）
Indianapolis [,ındıə'næpəlıs; -djən-; -pʊl-] 印第安納波里（美國）
Indianian [,ındı'ænıən]
Indian Ocean ['ındıən 'oʃəıı] 印度洋
Indianola [,ındıə'nolə]
Indic ['ındık]
Indicopleustes [,ındıko'plustız]
Indicus, Oceanus [o'sıənəs 'ındıkəs]
Indies ['ındız] ❶東印度群島（= the East Indies）❷西印度群島（= the West Indies）
Indigirka [,ındı'gırkə] 茵地格卡河（蘇聯）
Indio ['ındıo]　　　　　　　「〜]
Indispensable Reefs [,ındıs'pɛnsəbḷ-]
Indo-Aryan ['ındo'ɛrıən]
Indo-Australoid ['ındo'ɔstrəloıd]
Indo-China ['ındo·'tʃaınə] ❶中南半島（亞洲）❷前法屬印度支那（亞洲）
Indo-European ['ındo·,jurə'pıən] 印歐語系（包括印度、西亞和歐洲之語言）
Indonesia [,ındo'nıʒə] ❶馬來群島❷印度尼西亞（亞洲）
Indore [ın'dɔr] 茵多爾（印度）
Indoscythia [,ındo'sıθıə]
Indostan [,ındos'tæn]
Indra ['ındrə] 【早期印度教】因陀羅（吠陀經中之主神，司雷雨及戰爭）
Indragiri [,ındra'gıərı]
Indrapoera [,ındrə'purə]
Indraprastha [,ındrə'prʌstə] （印）
Indrapura [,ındrə'purə]
Indravati [ın'dravəti]
Indre ['ændrə] （法）
Indre-et-Loire [ændrə·e·'lwar] （法）
Indreville [ændrə'vil] （法）
Indus ['ındəs] 印度河（印度）
Indy [æŋ'di] （法）因迪
Inés [ı'nes]　　　　　「（西）艾內茲
Inez [ı'nɛz; 'aınez; ı'neθ（西）; ı'nes
Infanta [ın'fæntə; ım'fantɑ（西）]
Infante [in'fante]
Infarinato [,ınfarı'nato]
Infeld ['ınfɛlt]
Inferno [ın'fəno]
Inferum Mare ['ınfərəm 'meri]

Infinite ['ınfınıt]
Ingaevones [,ındʒı'vonız]
Ingall ['ıŋɔl] 英戈爾
Ingalls ['ıŋɔlz] 英戈爾斯
Ingatestone ['ıŋget·ston; 'ıŋget·ston; 'ıŋgət·stən]
Ingauni [ın'gɔnaı]
Ingaví [,ıŋga'vi]
Inge [ıŋ; ındʒ] 英奇
Ingeborg ['ıŋəbɔrg（丹）; 'ıŋəbɔrh（德）] 英格堡
Ingebretsen ['ıŋəbrɛt·sən] 英格布雷森
Ingeburge [æŋʒə'bjʊrʒ] （法）
Ingegneri [,ındʒe'njeri]
Ingelburge [æŋʒɛl'bjʊrʒ] （法）
Ingelo ['ındʒılo]
Ingelow ['ındʒılo]
Ingemann ['ıŋəman]
Ingenhousz ['ıŋənhaʊs]
Ingenieros [,ıŋhe'njeros] （西）
Ingenohl ['ıŋənol]
Ingerina [,ındʒı'raınə]
Ingermanland ['ıŋgəmən,lænd]
Ingersoll ['ıŋgəsɔl] 殷格索（Robert Green, 1833-1899, 美國律師及不可知論者）
Ingerson ['ıŋgəsən] 英格森
Ingestre ['ıŋgəstrı] 英格斯特里
Ingham ['ıŋm] 英厄姆
Inghamites ['ıŋəmaıts]
Inghelbrecht [æŋgɛl'breʃt] （法）
Inghen ['ıŋən]
Inghilterra [,ıŋgil'tɛrrə]
Inghirami [,ıŋgı'ramı]
Ingle ['ıŋgḷ] 英格爾
Ingleborough ['ıŋgḷbərə]
Ingleby ['ıŋgḷbı] 英格爾比
Inglefield ['ıŋgḷfild]
Ingles ['ıŋgḷz]
Inglesa [ıŋ'lesa]
Inglesant ['ıŋgḷsænt]
Inglês de Sousa [ıŋ'leʃ ðə 'sozə] （葡）
Inglewood ['ıŋgḷwʊd]
Inglin ['ıŋglın]
Inglis ['ıŋgḷz; 'ıŋglıs] 英格利斯
Ingoda ['ıŋgoda] 音果達河（蘇聯）
Ingold ['ıŋgold] 英戈爾德
Ingoldsby ['ıŋgɔldzbı] 英戈爾茲比
Ingolstadt ['ıŋgəlstæt; 'ıŋɔlʃtat] （德）
Ingomar ['ıŋgomar]
Ingpen ['ıŋpen]
Ingraham ['ıŋgrəhəm] 英格拉哈姆
Ingram ['ıŋgrəm] 英格拉姆
Ingrassia [ıŋ'grassja] （義）英格拉西亞
Ingrebourne ['ıŋgrıbɔrn]

Ingres [ˈæŋgə] 安格爾 (Jean Auguste Dominique, 1780-1867, 法國畫家)

Ingria [ˈɪŋgrɪə]

Ingrid [ˈɪŋgrɪd] 英格麗

Ingrid Christensen [ˈɪŋgrɪd ˈkrɪstənsn̩]

Ingul [ɪŋˈgul]

Ingulets [ˌɪŋguˈlʲjets]

Ingunthis [ɪŋˈgʌnθɪs]

Ingur [ɪnˈgur]

Ingush [ɪnˈguʃ]

Ingushetia [ˌɪŋgəˈʃiʃɪə]

Ingvaeones [ɪŋˈvioniz]

Ingvoldstad [ˈɪŋvolstad]   「比克」

Inhambane [ˌɪnjəmˈbænə] 因延巴內(莫三

Inhampura [ˌɪnjəmˈpurə]

Inhauma [ɪnˈjaumə]

Ini [ˈɪnɪ]

Inigo [ˈɪnɪgo] 伊尼戈

Íñigo [ˈɪnjɪgo] (西)

Íñiguez [ˈɪnjɪgeθ (西); ˈɪnjɪges (拉丁美)]

Ining [ˈɪnɪŋ]

Inini [ɪnɪˈni]

Inírida [ɪˈnirɪðə] (西)

Inis Córtha [ˈɪnɪʃ ˈkorə] (愛)

Inisfail [ˈɪnɪsfel]

Inisheer [ˌɪnɪˈʃɪr]

Inishere [ˌɪnɪˈʃɪr]

Inishmaan [ˌɪnɪʃˈman]

Inishmore [ˌɪnɪʃˈmor]

Inishowen [ˌɪnɪˈʃoən]

Inishtrahull [ˌɪnɪʃtrəˈhʌl]

Injalbert [æɲʒalˈber] (法)

Injun [ˈɪndʒən] 印第安人

Injun Joe [ˈɪndʒən ˈdʒo]

Inkerman [ˈɪŋkəmən]

Inkle and Yarico [ˈɪŋkl̩, ˈjærɪko]

Inkster [ˈɪŋkstə] 英克斯特

Inland [ˈɪnlənd]

Inle [ˈɪnle]

Inman [ˈɪnmən] 英曼

Inn [ɪn]

Inner Hebrides [ˈɪnə ˈhɛbrɪdiz]

Innerleithen [ˌɪnəˈliðən]

Inner Mongolia [ˈɪnə mɑnˈgolɪə] 內蒙古
(中國)

Inner Rhodes [ˈɪnə ˈrodz]

Innes(s) [ˈɪnɪs] 股奈斯 (George, 1825-1894, 爲美國畫家)

Innesdale [ˈɪnɪsdel]

Innes-ker [ˈɪnɪs·ˈkar]

Innisfail [ˌɪnɪsˈfel]

Innisfree [ˌɪnɪsˈfri]

Inniskilling [ˌɪnɪsˈkɪlɪŋ]

Innitzer [ˈɪnɪtsə]

Innocent II [ˈɪnəsn̩t] 英諾森二世 (?-1143, 於 1130-43 爲教皇)

Innocenzo [ˌɪnoˈtʃɛntso]

Innocenzo da Jmola [ˌɪnnoˈtʃɛntso da ˈimola]

Innokenty [ˌɪnakˈjentjɪ]

Innoko [ˈɪnəko]

Innous [ˈɪnəs]

Innsbruck [ˈɪnzˌbruk] 因斯布魯克 (奧地利)

Innuit [ˈɪnjuɪt]

Innviertel [ˈɪn ˌfiətəl]

Inny [ˈɪnɪ]

Ino [ˈaɪno]

Inocêncio [ˌɪnuˈseŋsju] (葡)

İnönü [ɪnəˈnju] (土)

Inowrazlaw [ˌɪnoˈvratslaf]

Inowrocław [ˌɪnɔˈvrɔtslaf] (波)

Inregillensis [ɪnˌrɛdʒɪˈlensɪs]

In Salah [ɪn saˈlah]

Insco [ˈɪnsko] 英斯科

Insein [ˈɪnsen] 永盛 (緬甸)

Insel [ˈɪnzəl]

Inselsberg [ˈɪnsəlsberk]

Inskip [ˈɪnskɪp]

Insley [ˈɪnzlɪ] 英斯利   「nə」

Instauratio Magna [ˌɪnstɔˈreʃɪo ˈmæg-

Instone [ˈɪnston]

Insubres [ˈɪnsjubriz]

Insula [ˈɪnsjulə]

Insulinde [ˈɪnsl̩·ɪnd; ɪnsˈlɪndə]

Insull [ˈɪnsl̩] 英薩爾

Interamna [ˌɪntəˈræmnə]

Interamnia [ˌɪntəˈræmnɪə]

Interglossa [ˌɪntəˈglasə]

Interim [ˈɪntərɪm]

Interior [ɪnˈtɪrɪə]

Interlaken [ˈɪntəˌlakən]

Internum, Mare [ˈmerɪ ɪnˈtənəm]

Intervale [ˈɪntəˌvel]

Inti [ˈɪnti]

Intibuca [ˌɪntɪvuˈka] (西)

Inti Cusi Hualpa [ˈinti ˈkusi ˈwalpa]

Intracoastal Waterway [ˌɪntrəˈkostḷ ~]

Intrépide, l' [læ̃treˈpid] (法)

Intrigo [ɪnˈtrigo]

Intronati [ˌɪntroˈnati]

Inugsuk〔i'nugsuk〕

Inútil〔i'nutil〕

Invalides, des〔de zæŋva'lid〕(法)

Inverary〔,ɪnvə'rɛrɪ〕

Inverarity〔,ɪnvə'rærɪtɪ〕

Invercargill〔,ɪnvəkar'gɪl;,ɪnvə'kar-gɪl〕因佛卡古耳(紐西蘭)

Inverell〔,ɪnvə'rɛl〕

Invergordon〔,ɪnvə'gɔrdn̩〕

Inverkeithing〔,ɪnvə'kiðɪŋ〕

Inverlochy〔,ɪnvə'lakɪ;-lahɪ〕(蘇)

Inverness〔,ɪnvə'nɛs〕

Invernessshire〔,ɪnvə'nɛʃʃɪr〕印威內斯郡(蘇格蘭)

Inverurie〔,ɪnvə'rurɪ〕

Investigator〔ɪn'vɛstɪgetə〕因佛斯提格特海峽(澳洲)

Invictus〔ɪn'vɪktəs〕

Invincibilis〔,ɪnvɪn'sɪbɪlɪs〕

Invoice〔'ɪnvɔɪs〕

Inwards〔'ɪnwədz〕

Inwood〔'ɪnwud〕

Inyo〔'ɪnjo〕

Inyokern〔'ɪnjo'kɜn〕

Io〔'aɪo〕化學元素 ionium 之符號

Ioan〔jwan〕(羅)

Ioann〔jo'an〕(俄)

Ioannes〔jɔ'anjɪs〕

Ioannina〔jɔ'anjɪna〕

Ioannovna〔ɪɔ'anɔvnə〕

Ioffe〔'jɔfjɪ〕(俄)

Iola〔aɪ'olə〕

Iolanthe〔,aɪə'lænθɪ〕

Iolaus〔,aɪo'leəs〕

Iolcus〔ɪ'alkəs;aɪ'alkəs〕

Iole〔'aɪolɪ〕

Iolo〔'jolo〕

Iolo Morgannwg〔'jolo mɔr'ganug〕

Ion〔'aɪən;'aɪɑn;jon(羅)〕

Iona〔aɪ'onə〕愛奧那島(蘇格蘭)

Ionache〔ja'nakɛ〕

Ionc〔aɪ'onɪ〕

Ionescu〔ja'nɛsku〕

Ionia〔aɪ'onɪə〕愛奧尼亞(愛琴海)

Ionian Islands〔aɪ'onjən~〕愛奧尼亞群島(希臘)

Ionica〔aɪ'onɪkə〕

Ionio〔'jɔnjo〕

Iophon〔'aɪofan〕

Iorga〔'jɔrga〕

Ioribaiwa〔,jɔrɪ'baɪwə〕

Ioris〔'jɔris;'joris〕

Iorwerth, ab〔ab 'jɔrwəθ〕

Ios〔'aɪas;'iɔs〕

Iosco〔aɪ'asko〕

Ioshkar-Ola〔jɔʃ'kar·ʌ'la〕約什卡奧拉(蘇聯)

Iosif〔'jɔsjɪf〕(俄)

Iosifovich〔'jɔsjɪfɔvjɪtʃ〕

Ioua〔'iəwə〕

Iovchev〔'jɔftʃɛf〕(俄)

Iowa〔'aɪəwə〕愛俄華(美國)

I Pagliacci〔,ipa'ljatʃi〕

Ipatieff〔ɪ'patjɪf〕伊巴提夫(Vladimir Ni-kolaevich, 1867-1952, 俄國化學家)

Ipatiev〔ɪ'patjɪf〕= Ipatieff

Ipe'l〔'ɪpɛlj〕

Iphicles〔'ɪfɪkliz〕

Iphicrates〔ɪ'fɪkrətiz〕

Iphigenia〔ɪ,fɪdʒɪ'naɪə〕

Iphigénie〔ifiʒe'ni〕

Ipin〔'i'pɪn〕宜賓(四川)

Ipiranga〔,ɪpɪ'ræŋgə〕

Ipiros〔'ipirɔs〕

Ipiutak〔ɪ'pjutæk〕

Ipoh〔'ɪpo〕怡保(馬來西亞)

Ipomedon〔ɪpə'mɛdn̩〕

Ipoly〔'ɪpɔɪ〕(匈)

Ippen〔'ɪpən〕

Ippolit〔ippʌ'ljit〕(俄)

Ippolito〔ip'pɔlito〕

Ippolitov-Ivanov〔,ipa'litəf·ɪ'vanəf;,ɪppʌ'ljitɔf·ɪ'vanɔf(俄)〕

I Promessi Sposi〔,i pro'messi 'spozi〕

Ipsambul〔,ɪpsæm'bul〕

Ipsara〔,ipsa'ra〕

Ipsen〔'ɪpsn̩〕伊普森

Ipsus〔'ɪpsəs〕

Ipswich〔'ɪpswɪtʃ〕易普威治(英格蘭)

Iqbal〔ɪk'bal〕

Iquichanos〔,iki'tʃanos〕

Iquique〔i'kike〕(智利)

Iquitos〔ɪ'kitos〕伊基托斯(秘魯)

Ira〔'aɪrə〕艾拉

Iraan〔,aɪrə'æn〕

Iracema〔,irə'semə〕

Iradier〔,ira'ðjer〕(西)

Irae〔'ire;'airi〕

Irgun〔'ɪrgun〕

Iraj〔ɪ'radʒ〕

Iraja〔ɪrə'ʒa〕

Irak〔ɪ'rak〕伊拉克(亞洲)

Irak A(d)jemi〔irak,adʒɛ'mi〕

Iraki〔ɪ'rakɪ〕

Iraklion〔ɪ'raklɪɔn〕

Irala〔ɪ'rala〕

Iran〔ɪ'ræn〕伊朗(亞洲)

Irapuato〔,irap'wato〕

Iraq [ɪˈrɑk] 伊拉克（亞洲）
Iraq A(d)jemi [ɪˈrɑk ˌɑdʒeˈmi]
ˈIraq ˈArabi [ɪˈrɑk ˈʌrɑbi]（阿拉伯）
Iraqi [ɪˈrɑkɪ] ❶伊拉克人❷伊拉克語
ˈIraq-i-ˈAjam [ɪˈrɑk·ɪ·ˈɑdʒɑm]
Iras [ˈaɪrəs]
Irawaddy [ɪrəˈwɑdɪ]
Irawadi [ˌɪrəˈwɑdɪ]
Irazú [ˌirɑˈsu]（拉丁美）
Irbid [ˈɪrbɪd]
Iredale [ˈaɪrdel] 艾爾代爾
Iredell [ˈaɪrdel] 艾代爾（James, 1751-1799, 美國法學家）
Ireland [ˈaɪrlənd] ❶愛爾蘭島（不列顛群島）❷愛爾蘭共和國（歐洲）
Iremonger [ˈaɪrˌmʌŋgə] 艾爾芒格
Irena [aɪˈrinə]
Irenaeus [ˌaɪrəˈniəs]
Irenäus [ˌireˈneus]（德）
Irene [aɪˈrinɪ; ɪˈrenɪ; ˈaɪrin]【希臘神話】和平之女神
Irène [iˈren]（法）艾琳
Irénée [ireˈne] 艾琳妮
Ireng [aɪˈreŋ]
Ireson [ˈaɪrsən]
Ireton [ˈaɪrtṇ] 艾爾頓
Irgiz [ɪrˈgiz; ɪrˈgis]
Irgun [ɪrˈgun] 英國統治 Palestine 時活躍而好戰的 Zionist 地下組織
Irgun Zvai Leumi [ˈɪrgun ˈtsvaɪ liˈumi]
Iri [ˈiri]
Irian [ˌiriˈan] 伊里安（印尼）
Iriarte [ɪrˈjate]
Iriga [ɪˈrigɑ] 伊里加（菲律賓）
Irina [aɪˈrinə]
Irigoyen [ɪrɪˈgojen] 伊雷哥因（Hipolito, 1850-1933, 阿根廷總統）
Iringa [ɪˈrɪŋgə]
Irion [ˈɪrɪən]
Iriri [ɪrɪˈri]
Iris [ˈaɪrɪs] 艾莉絲
Irisarri [ˌiriˈsari]
Irish Republic [ˈaɪrɪʃ~] 愛爾蘭共和國（歐洲）
Irishry [ˈaɪrɪʃrɪ] ❶愛爾蘭土著❷愛爾蘭性格
Irita [aɪˈritə] 艾里塔
Irizar [ˌiriˈsar]
Irkutsk [ɪrˈkutsk] 伊爾庫次克（蘇聯）
Irlam [ˈɹləm]
Irland [ˈɹlənd]
Irma [ˈɹmə]
Irmin [ˈɹmɪn]
Irminones [ɹmɪˈnoniz]

Irminsul [ˈɹmɪnsul]
Irnerius [ɪrˈnɪriəs; ɹˈnɪriəs]
Iron [ˈaɪən] 艾恩
Irondequoit [ɪˈrɑndəkwɔɪt]
Ironquill [ˈaɪənkwɪl]
Irons [ˈaɪənz]
Ironside [ˈaɪən,saɪd] 艾恩賽德
Ironsides [ˈaɪənsaɪdz]
Ironton [ˈaɪəntən]
Ironwood [ˈaɪən,wud]
Iroquoian [ˌɪrəˈkwɔɪən] Iroquois 人；Iroquois 諸語言（集合稱）
Iroquois [ˈɪrə,kwɔɪ] 依洛郭亦族之人
Irpino [ɪrˈpino]
Irrawaddy [ˌɪrəˈwɑdɪ] 伊洛瓦底江（緬甸）
Irrefragabilis [ɪˌrɛfrəˈgæbɪlɪs]
Ir-shemesh [ɪr·ˈʃimeʃ]
Irtish [ɪrˈtɪʃ] 額爾濟斯河（蘇聯）
Irtysh [ɪrˈtɪʃ] =（Irtish）
Iruchulo [ˌiruˈtʃulo]
Iruna [iˈrunɑ]
Irus [ˈaɪrəs]
Irvin [ˈɹvɪn] 歐文
Irvine [ˈɹvɪn] 歐文
Irving [ˈɹvɪŋ] 歐文（Washington, 1783-1859, 美國散文家、小說家及歷史學家）
Irvington [ˈɹvɪŋtən] 阿文頓（美國）
Irwell [ˈɹwɛl]
Irwin [ˈɹwɪn] 歐文
Irwine [ˈɹwɪn]
Irwinton [ˈɹwɪntən]
Is [ɪs]
Isa [ˈisə] 即 Isaiah
Isaac [ˈaɪzək; -zɪk; ˈizɑɑk; ˈizak; ˈisak; iˈzak; ɪˈsak]【聖經】以撒（希伯來之族長, Abraham 與 Sarah 之子，Jacob 之父）
Isaacs [ˈaɪzəks] 艾薩克斯（Sir Isaac Alfred, 1855-1948, 澳大利亞法學家及政治家）
Isaak [ˈizɑɑk; ˈisak（荷）; ˈizak（德）]
Isaakovich [ˌisɑˈɑkəvɪtʃ; iˈsakəvɪtʃ]
Isabeau [izɑˈbo; izɑˈbo（法）]
Isabel [ˈɪzəbɛl; isɑˈbɛl（西）; izəˈbɛl（葡）] 伊莎貝
Isabela [ˌizəˈbɛlɑ; ˌisɑˈvelɑ（西）]
Isabel Archer [ˈɪzəbɛl ˈartʃə]
Isabella I [ˌizəˈbɛlɑ] 伊薩伯拉一世（1451-1504, Castile 女王, 哥倫布的贊助人）
Isabella of Angoulême [izəˈbɛlə, ɑŋguˈlem]
Isabelle [ˈɪzəbɛl; ˌizɑˈbɛlə（德）; izɑˈbɛl（法）] 伊莎貝爾
Isabey [izɑˈbe]（法）
Isabinda [ˌisəˈbɪndə]
Isachsen [ˈaɪzəksṇ]

Isack ['isak]

Isacke ['aizak]

Isador ['izədɔr] 伊薩多

Isadora [,izə'dorə] 伊莎多拉

Isadore ['izədɔr] 伊薩多

Isaeus [ai'siəs; ai'ziəs]

Isagoras [ai'sægərəs]

Isai ['aisai; 'aiseai]

Isaia [,iza'ia]

Isaiah [ai'zeə; ai'zaiə] ❶以賽亞
（希伯來之大先知）❷以賽亞書（舊約
聖經之一卷）

Isaias [,isa'ias]

Isaias [ai'zejəs; ai'zaiəs]

Isak ['isak]

Isakovksi [,isə'kafski]

Isala [i'sala; ai'selə]

Isambard ['izəmbard] 伊桑巴德

Isana [i'sana]

Isandlana [isand'lanə]

Isandula [,isan'dulə]

Isanti [i'sænti]

Isar ['izar] 伊撒河（歐洲）

Isara [ai'sarə]

Isarco [i'zarko]

Isard ['izard]

Isarog [,isa'rɔg]

Isaure [i'zor]（法）

Isauria [ai'sariə]

Isaurian [ai'sɔriən]

Isbarta [isbar'ta]

Isbel ['izbel]

Isbister ['aizbistə] 伊斯比斯特

Isbrandtsen [is'brant·sən]

Isca Damnoniorum ['iskə dæm,noni-
'ɔrəm]

Iscanus [is'kenəs]

Iscariot [is'kæriət] 以色略加（出賣耶穌
者 Judas 之姓）

Isca Silurum ['iskə 'siljurəm]

Ischalis ['iskəlis]

Ischia ['iskiə] 伊斯其亞島（義大利）

Ischl ['iʃl]

Iscla ['isklə]

Isdebsky [iz'djɛpski]

Isdigerd ['izdigəd]

Isdigird ['izdigəd]

Isdud [is'dud]

Ise Fjord ['isə~]

Isegrym ['aizəgrim]

Iselin ['aislin; 'izəlin(德); iz'læŋ(法)]
艾斯林

Iselle [i'zɛlle]（義）

Isenbras ['aizənbræs]

Isenburger ['isənbɚgɚ]

Isengrim ['aizəngrim]

Iseo [i'zɛo]

Iser ['izə]

Iseran, d'. [diz'raŋ]（法）

Iseran, l' [liz'raŋ]（法）

Isère [i'zɛr]（法）

Iserlohn [,izɚ'lon]

Iseult [i'zult]

Iseyin ['ise'jin; i'sejin]   「朗」

Isfahan [,isfə'han; -'hæn] 伊斯法漢（伊

Isfendiyar [is'fɛndijar]

Isgren ['izgrən] 伊斯格倫

Ishaq, ibn- [ibn·is'hak]

Isham ['aiʃəm] 艾莎姆

Ishan [iʃan]

Ishawooa ['iʃəwa]

Ishbel ['iʃbɛl]

Ishbosheth ['iʃbəʃɛθ; -baʃ-; iʃ'baʃ-;
-'boʃ-]

Isherwood ['iʃəwud] 伊塞伍德（Christopher
William Bradshaw, 1904-1986, 美國作家）

Ishim [i'ʃim] 易信河（蘇聯）

Ish-Kishor [iʃ·ki'ʃor]

Ishkov ['iʃkɔf]

Ishmael ['iʃmiəl]【聖經】以實瑪利（Abraham
與其侍女 Hagar 所生之子）

Ishpeming ['iʃpəmiŋ]

Ishtar ['iʃtar] 伊師塔（巴比倫及亞述神話中
司愛情、戰爭及豐饒之女神）

Isidor ['izidɔr] 伊西多

Isidore ['izi,dɔr; izi'dɔr (法)] 伊澤多

Isidore of Charax ['izidɔr, 'kɛræks]

Isidoro [isi'ðoro]（西）

Isidorus [izi'dorəs]   「lɛnsis」

Isidorus Hispalensis [izi'dorəs hispə-

Isidro [i'siðro]（西）

Isin ['isin]

Isiolo [i'zjɔlo]

Isis ['aisis]【埃及神話】愛色斯（司豐饒之女神）

Iskandarîyah, al- [æl·iskændæ'rijə]

Iskander [iskan'dɚ]

Iskanderiyeh [is,kandɛ'rijə]

Iskelib [iski'lip]

Iskender Bey [iskɛn'dɚ 'be]

İskenderun [iskɛndɛ'run]（土）

Isker ['iskə]

Iskimid [iski'mit]

Iskr ['iskə]

Isla ['ailə; 'izla（西）]

Isla de León ['izla ðe le'ɔn; 'izlə de
le'ɔn]（西）   「ðəs」（西）

Isla de los Estados [izla ðe las e'sta-

Isla de Pinos ['izla ðe 'pinos]（西）

Islam ['ɪzləm;'ɪzlɑm] ❶伊斯蘭教；回教
❷回教徒（集合稱）

Islamabad [ɪs'lɑmɑbɑd]伊斯蘭馬巴德
（巴基斯坦）

Island ['aɪlənd]

Island ['islɑnt]（冰）

Islandshire ['aɪləndʃɪr]

Islas de Oriente ['iʒləʒ ðɪ ˌori-
'entə]（葡）

Islas de Poniente ['izlaz ðe po-
'njente;'izlaz de po'njente]（西）

Islas Filipinas ['izlas filɪ'pinas]

Islay ['aɪle]

Isle [il]

Islebius [ɪs'lebɪʊs]

Isle, De L' [də 'laɪl]

Isle, L' [lil；laɪl]

Isle au Haut ['aɪl o 'ho]

Isle-de-France [il·də·'fraŋs]

Isle Jesus ['aɪl dʒizəs]

Isle La Motte ['aɪl lə 'mɑt]

Isle of Man ['aɪl əv 'mæn]

Isle of Pines ['aɪl əv 'paɪnz]派恩斯島
（古巴）

Isle of Portland ['aɪl əv 'pɔrtlənd]

Isle of Purbeck ['aɪl əv 'pɜbɛk]

Isle of Sheppy ['aɪl əv 'ʃɛpɪ]

Isle of Thanet ['aɪl əv 'θænɪt]

Isle of Wight ['aɪl əv 'waɪt]威特島
（英格蘭）

Isle Perrot ['aɪl pɛ'ro]

Isle Royale ['aɪl 'rɔɪəl]

Isles Dernieres [il dɛr'njɛr]

Isles of Shoals ['aɪlz əv 'ʃolz]

Islet, L' [li'lɛ]（法）

Isleta [ɪz'letə；ɪs'letə]

Isleton ['aɪltən]

Isleworth ['aɪzlˌwəθ]

Islington ['ɪzlɪŋtən]

Islip ['ɪzlɪp；'aɪslɪp]

Isly [is'li]   ['ɛl（西）]

Ismael ['ɪsmel；'ɪsmaɛl]（德）；ˌisma-

Ismaël [isma'ɛl]（法）

Ismail [ɪzma'il；'ɪzmaɪl；isma'il（羅、
波斯）]伊斯梅爾

Ismailia [ˌizmaɪ'liə]

Ismail Pasha [ɪs'mail 'paʃə]

Ismar ['ismɑr]

Ismene [ɪs'mini]

Ismay ['ɪzme]伊斯梅

İsmet ['ɪsmet]（土）

Ismid [ɪz'mɪt]

Ismir [iz'mir]

Isna ['ɪsnə]

Isnard [iz'nɑr；i'snɑr（法）]

Isnik [iz'nik]

Isoard [izɔ'ɑr]（法）

Isobel ['ɪzəbel]

Isocrates [aɪ'sɑkrətiz]艾索克拉底（436-
338 B.C.，雅典演說家）

Isodorus of Miletus [izə'dorəs əv
maɪ'litəs；izə'dorəs əv mɪ'litəs]

Isoko [i'soko]

Isola Lunga ['izola 'luŋga]

Isolda [ɪ'zaldə]

Isolde [ɪ'zaldə]【亞瑟王傳說】❶愛爾蘭王之女
❷Brittany 王之女

Isole Egadi ['izole 'ɛgadɪ]

Isole Egee ['izole e'dʒee]

Isole Eolie ['izole e'ɔlje]

Isolt [ɪ'solt]

Isom ['aɪsəm]

Isonzo [ɪ'zɔntso]

Isouard [i'zwar]（法）

Ispahan [ˌispə'han]

Isparta [ɪs'parta]

Israel ['ɪzrɪəl；'ɪzreəl；'ɪzreɛl；'ɪsraɛl；
'isra·ɪl]以色列（亞洲）

Israelevich [ɪs'rɑ·ɪljɪvjɪtʃ]

Israeli [ɪz'reli]以色列人

Israeli, D' [dɪz'reli]

Israëls ['israɛls]

Israfel ['ɪzrafɛl]

Israfeel [isra'fil]

Israfil [isra'fil]

Israhel ['israɛl]（荷）

Issa ['ɪsə]

Issachar ['ɪsəkə]伊薩卡

Issaquena [ɪsə'kwinə]

Issenman ['isəmən]伊森曼

Issembourg, d' [disaŋ'bur]（法）

Isserman ['aɪsəmən]艾澤曼

Isserville [ˌisɛr'vil]

Is(s)in ['ɪsɪn]

Issig Köl ['ɪsɪk 'kɜl]

Issus ['ɪsəs]

Issyk Kul ['ɪsɪk 'kɜl]伊息庫爾湖（蘇聯）

Issy [i'si]

Issyk-kul ['ɪsɪk·kʊl]   [法]

Issy-les-Moulineaux [i'si·le·muli'no]（

Istakhri, al- [ˌæl·ɪs'tæhrɪ]（阿拉伯）

Istanbul [ˌɪstæn'bul]伊斯坦堡（土耳其）

İstanbul [ɪstam'bul]（土）

Istankoei [ɪstan'kɜɪ]

Istar ['ɪstar]

Istel ['ɪstəl]

Isthmian ['ɪsθmɪən；'ɪstmɪən；-sm-；
'ɪsθmjən]

Istiqlal ['ɪstɪklǝl]
Istokpoga [ɪstok'pogǝ]
Istomin [ɪs'tomɪn]伊斯托明
Istranca [ɪs'trandʒa]（土）
Istranca Dağlari [ɪs'trandʒa ,dala'ri]（土）
Istrati [ɪs'tratɪ]
Istria ['ɪstrɪǝ; 'ɪstrɪǝ]
Istria, Dora d' ['dɔra 'dɪstrɪa]
Istrie, d' [dɪs'tri]
Istrien ['ɪstrɪǝn]
Istropolis [ɪs'trapǝlɪs]
Istrouma [ɪs'trumǝ]
Istúriz [i'sturiθ]（西）
Istvaeones [ɪst'vɪǝnɪz]
István ['ɪʃtvan]（匈）
Isumbras ['ɪzǝmbræs]
Isurium [ɪ'surɪǝm]
Iswar ['ɪʃvɔr]
Iswolsky [ɪz'wɔlskɪ]
Isyllus [aɪ'sɪlǝs]
Itabira [ɪtǝ'virǝ]（葡）
Itaborahy [ɪtǝbɔrǝ'i]
Itajaí [itǝʒǝ'i]
Italia [ɪ'tælɪǝ; -jǝ]義大利（歐洲）
Italia irredenta [i'talja ɪrrɪ'dɛnta]
Italiana in Algeri, L'. [lita'ljana in al'dʒeri]
Italica [ɪ'tælɪkǝ]
Italiens [ita'ljæŋ]（法）
Italiot [ɪ'tælɪat]
Italiote [ɪ'tælɪot]
Italiski [ita'liski]
Italo ['italo]
Italy ['ɪtǝlɪ]義大利（歐洲）
Itany [ita'ni]
Itaparica [,itǝpǝ'rikǝ]
Itapecurú [itǝ,peku'ru]
Itapemirim [itǝpɛmɪ'rɪŋ]
Itaperuna [,itǝpǝ'runǝ]
Itapicurú [itǝpiku'ru]
Itapúa [ita'pua]
Itasca [aɪ'tæskǝ]
Itata [ɪ'tata]
Itatiaía [,itǝtʃǝ'iǝ]
Itawamba [ɪtǝ'wambǝ]
Itbayat [ɪt'bajat]
Itchen ['ɪtʃɪn]
Itene [i'tene]
Iténez [ɪ'tenes]（拉丁美）
Itesyo [i'tesjo]
Ithaca ['ɪθǝkǝ] ❶綺色佳島（希臘）❷綺色佳（美國）
Ithakē [ɪ'θakjɪ]

Ithamar ['ɪθǝmar]伊薩馬爾
Ithamore ['ɪθǝmɔr]
Ithiel ['ɪθɪǝl]伊錫爾
Ithobalus [ɪ'θabǝlǝs]
Ithome [ɪ'θomɪ; ɪ'θɔmɪ]（希）
Ithuel ['ɪθjuǝl]
Ithuel Bolt ['ɪθjuǝl 'bolt]
Ithun(n) ['iðʊn]
Ithuriel [ɪ'θjurɪǝl] Milton所著“失樂園”中一天使之名
Itius Portus ['ɪʃɪǝs 'pɔrtǝs]
Itma ['ɪtmǝ]
Itneg ['itnɛg]
Itogon [ɪ'togɔn]
Itonama [ɪtɔ'nama]
Itsekiri [it'sekiri]
Itta Bena [,itǝ 'binǝ]
Itten ['ɪtǝn]
Itur(a)ea [ɪtʃʊ'riǝ]
Iturbi [ɪ'turbi]
Iturbide [,itur'viðe]（西）
Ituri [ɪ'turɪ; i'turɪ]
Iturup ['itǝrǝp]
Ituzaingó [,itusaɪŋ'go]
Itylus ['ɪtɪlǝs]
Ityopya [i'tjɔpjǝ]
Itys ['aɪtɪs]
Itzamna [it'samna]
Itzcoatl [ɪʃ'koatḷ]
Iuba ['jubǝ]
Iuca [aɪ'jukǝ]
Iugurtha [ju'gɝθǝ]
Iuka [aɪ'jukǝ]
Iuliu ['julju]
Iulius ['juljǝs]
Iulus [aɪ'julǝs]
Iuvara [ju'vara]
Ivah ['ivǝ]艾瓦
Ivaí [ɪvǝ'i]
Ivan III [ɪ'van]伊凡三世（1440-1505，世稱Ivan the Great，俄國大公，在位期間1462-1505）
Ivan IV [ɪ'van]伊凡四世（1530-1584，世稱Ivan the Terrible，於1533-1584統治俄國，於1547-84任俄國第一位沙皇）
Ivan Belkin [ɪ'van 'bjɛlkɪn]
Ivangorod [ɪ'væŋgǝrad; ɪ'vangǝrǝt]（俄）
Ivanhoe ['aɪvǝnho]
Ivanissevich [ɪ'vaniʃevɪtʃ]
Ivanoe [iva'noɛ]
Ivanoff [ɪ'vanǝf; ɪ'vanaf]
Ivanov [ɪ'vanǝf; ɪ'vanʊf（保）; -nɔf（俄）]

Ivanovi(t)ch [ɪˈvɑnʌvjɪtʃ]（俄）
Ivanovna [ɪˈvɑnəvnə]
Ivanovo [ɪˈvɑnəvə] 伊凡諾弗（蘇聯）
Ivanovo Voznesensk [ɪˈvɑnəvə vəz-njɪsˈjɛnsk]
Ivar [ˈaɪvə ; ˈivɑr（挪、瑞典）]
Ivara [ɪˈvɑrɑ]
Ivashchenkovo [ɪˈvɑʃtʃɪnkəvə]
Ivatt [ˈaɪvət] 艾瓦特
Iveagh [ˈaɪvə]
Ivel [ˈaɪvəl]
Ivelchester [ˈɪvəltʃɪstə]
Iven [ˈaɪvən] 艾文
Ivens [ˈaɪvənz]
Iver [ˈaɪvə] 艾弗
Iverna [aɪˈvɜnə]
Ivernia [aɪˈvɜnɪə]
Iversen [ˈaɪvəsən]
Ives [aɪvz] 艾伍兹（James Merritt, 1824–1895，美國平版印刷家）
Ivey [ˈaɪvɪ] 艾維
Iveça [iˈvisɑ]
Ivigtut [ˈivɪgtut]
Ivimey [ˈaɪvɪmɪ]
Ivison [ˈaɪvɪsɪn] 艾維森
Iviza [ɪˈviθɑ ; -sɑ（西）]
Ivogün [ˈivogjun]
Ivoire, d' [diˈvwɑr]（法）
Ivone [ˈaɪvən] 艾馮
Ivor [ˈaɪvə] 艾弗
Ivory Coast [ˈaɪvərɪ kost] 象牙海岸（非洲）
Ivry-sur-Seine [iˈvri·sjur·ˈsɛŋ]（法）
Ivy [ˈaɪvɪ] 艾薇
Ivywild [ˈaɪvɪwaɪld]
Iwan [ɪˈvɑn]（德）
Iwanowitsch [iˈwɑnovɪtʃ]
Iwaszkiewicz [ɪvɑʃˈkjɛvɪtʃ]
Iwo [ˈiwo] 伊屋（奈及利亞）
Ixchel [iʃˈtʃɛl]
Ixia [ˈɪksɪə]
Ixelles [ikˈsɛl] 伊克塞爾（比利時）
Ixil [iˈʃil]

Iximché [iʃimˈtʃe]
Ixion [ɪksˈaɪən ; ˈɪksɪən]
Ixlilxochitl [iʃlilˈʃotʃitl̩]
Ixtab [iksˈtab]
Ixtaccihuatl [istakˈsiwatl̩]
Ixtacihuatl [istaˈsiwatl̩]
Ixtepec [isteˈpek]
Ixtla [ˈistla]
Ixtlilxochitl [ˌiʃtlilˈʃotʃitl̩]
Iyyar [ˈijar]
Iza [ˈaɪzə ; iˈza]　　　　[克
Izaak [ˈaɪzək ; ˈaɪzɪk ; ˈizak（荷）] 艾薩
Izabel de Bragança [izəˈbɛl də brəˈgɑŋsə]
Izabel de Braganza [izəˈbɛl də brəˈgɑŋsə]（葡）
Izaby [ˈizəbɪ]
Izac [ˈizak]
Izalco [ɪˈsalko]
Izamal [isaˈmal]
Izar [ˈaɪzar]
Izard [ˈizəd]
Izcohuatl [iʃˈkowatl̩]
Izhevsk [ˈizəfsk] 伊塞弗斯克（蘇聯）
Izhma [ˈiʒmə]
Izicoatl [isiˈkoatl̩]
Izler [ˈaɪzlə]
Izmail [ˈɪzmel] 伊兹馬伊耳（蘇聯）
İzmir [ɪzˈmɪr] 伊士麥港（土耳其）
İzmit [ɪzˈmɪt]
İznik Gölü [ɪzˈnɪk gɜˈlju]（土）
Izod [ˈɪzəd]
Iztaccihuatl [ˌistakˈsi,watl̩] 伊斯塔西瓦脫山（墨西哥）
Izvestia [ɪzˈvjɛtɪə ; ɪzˈvɛstɪə] 消息報（蘇聯政府機關報）
Izvolski [ɪzˈvalskɪ ; ɪzˈvɔljskəɪ（俄）]
'Izz-al-Dîn ibn-al-Athîr [ˌɪzzʊdˈdin ɪbnɪlˈæˈθir]（阿拉伯）
Izzard [ˈɪzəd] 伊澤德
Izzett [ˈaɪzɪt]
İzzet Paşha [ɪzˈzɛt pɑˈʃɑ]（土）

J

Jaakko〔'jɑkkɔ〕(芬)
Jaan〔jɑn〕
Jabal〔'dʒæbæl; 'gæbæl; 'ʒæbæl;
　'djæbæl〕
Jabalpur〔'dʒʌbəl'puːr〕(印)
Jabary〔,ʒɑbə'ri〕
Jabbah〔'dʒæbə〕
Jabberwock〔'dʒæbəˌwɑk〕
Jabberwocky〔'dʒæbəˌwɑki〕
Jabbok〔'dʒæbək〕
Jabesh-gilead〔'dʒebeʃ·'gɪlɪæd;
　'dʒebeʃ·'gɪlɪəd〕
Jabez〔'dʒebez〕杰貝茲
Jabin〔'dʒebɪn〕杰賓
Jabir〔'dʒebə; 'dʒɑbɪr〕
Jablochkov〔'jɑblʌtʃkɔf〕
Jablonec〔'jɑblɔnɛts〕
Jablonec nad Nisou〔'jɑblɔnɛts
　nɑd 'niso〕
Jablonica Pass〔'jɑblɔˌnjɪtsɑ;
　ˌjɑblɔ'nitsɑ〕
Jablonski〔jɑ'blɔnskɪ〕雅布隆斯基
Jablonskis〔jɑ'blɔnskis〕
Jablunka〔jɑ'blunkɑ〕
Jabne〔'dʒæbnɛ〕
Jabo〔'dʒɑbo〕
Jaboatão〔ˌʒɑvwə'tɑuŋ〕(葡)
Jabor〔'dʒɑbɔr〕
Jabotinsky〔ˌjæbə'tɪnskɪ〕
Jabłonowski〔ˌjɑblɔ'nɔfskɪ〕(波)
Jac〔dʒæk〕
Jaca〔'jɑkɑ; 'hɑkɑ(西)〕
Jacarépaguá〔ʒɑkə'repə'gwɑ〕
Jacatra〔ˌdʒɑkɑ'trɑ〕
Jacchino〔jɑk'kino〕(義)
Jachin〔'dʒekɪn〕
Jachmann〔'jɑhmɑn〕(德)　　「(德)
Jachmann-Wagner〔'jɑhmɑn·'vɑgnə〕
Jachymov〔'jɑhɪmɔf〕(捷)
Jacinto〔dʒə'sɪnto; hɑ'θinto(西)〕
Jack〔dʒæk〕杰克
Jackey〔'dʒækɪ〕杰基
Jackfield〔'dʒækfild〕
Jäckh〔jɛk〕
Jack Horner〔'dʒæk 'hɔrnə〕
Jackie〔'dʒækɪ〕賈姬
Jackman〔'dʒækmən〕杰克曼
Jacks〔dʒæks〕杰克斯

Jacksboro〔'dʒæksbərə〕
Jackson〔'dʒæksŋ〕傑克生(❶Andrew,
　1767-1845,美國將軍❷Helen Maria Hunt,
　1830-1885,美國女小說家)
Jackson, Foakes-〔'foks·'dʒæksŋ〕
Jacksonville〔'dʒæksŋvɪl〕傑克遜維港
Jack Sprat〔'dʒæk 'spræt〕「(美國)
Jackwood〔'dʒækwud〕
Jacmel〔ʒɑk'mɛl〕(法)
Jacob〔'dʒekəb〕❶【聖經】雅各(Abraham
　之孫, Issac 之次子, 猶太人之祖先)❷雅各(
　François, 1920-,法國遺傳學家)
Jacobberger〔'dʒekəˌbɜgə〕
Jacob Epstein〔'dʒekəb 'ɛpstaɪn〕
Jacob Faithful〔'dʒekəb 'feθfəl〕
Jacobi〔dʒə'kobɪ; jɑ'kobɪ(德)〕雅各比
Jacobian〔dʒə'kobjən〕
Jacobin〔'dʒækəbɪn〕❶法國大革命時代之
　激進民主主義者❷【宗教】Dominican 派之修道僧
Jacobina〔ˌjɑko'binɑ〕
Jacobini〔ˌjɑko'binɪ〕　　　「護者
Jacobite〔'dʒækəbaɪt〕英王 James Ⅱ之擁
Jacobo〔hɑ'kovo〕(西)
Jacob of Edessa〔'dʒekəb əv ɪ'dɛsə〕
Jacobs〔'dʒekəbz〕傑各卜斯(William
　Wymark, 1863-1943, 英國作家)
Jacobsen〔'jɑkɑpsŋ〕(丹)雅各布森
Jacob's Ladder〔'dʒekəbz 'lædə〕【聖
　經】Jacob 於夢中所見之登天梯子
Jacobsohn〔'jɑkɑpzon〕
Jacobson〔'dʒekəbsŋ〕雅各布森
Jacob's Staff〔'dʒekəbz 'stæf〕
Jacob Stahl〔'jɑkɑp 'ʃtɑl〕
Jacobsz〔'jɑkɑps〕(荷)
Jacobus〔dʒə'kobəs; jɑ'kobəs(荷);
　jɑ'kobus(德)〕雅各布斯
Jacobus Baradaeus〔'dʒə'kobəs
　ˌbærə'diəs〕
Jacobus de Benedictis〔dʒə'kobəs
　di benɪ'dɪktɪs〕
Jacobus de Varagine〔dʒə'kobəs di
　və'rædʒɪni〕
Jacoby〔dʒə'kobɪ; 'dʒækəbɪ; jɑ'kobɪ
　(德)〕雅各比
Jacomb〔'dʒekəm〕杰科姆
Jacopo〔'jɑkopo〕
Jacopo dei Benedetti〔'jɑkopo deɪ
　ˌbene'dettɪ〕(義)

Jacopo de Voragine〔'jakopo de vo'radʒine〕

Jacopone da Todi〔,jako'pone da 'tɔdɪ〕

Jacotot〔ʒakɔ'to〕(法)

Jacquard〔dʒə'kard〕查卡(Joseph Marie, 1752-1834, 法國發明家)

Jacque〔'ʒak〕

Jacqueline〔'dʒæklin; 'dʒækwɪlin; ʒa'klin(法)〕賈桂琳

Jacquemart〔ʒak'mar〕(法)

Jacqueminot〔'dʒækmɪno〕一種四季開花的深紅色雜種薔薇

Jacquemont〔ʒak'mɔŋ〕(法)　　「動

Jacquerie〔ʒak'ri〕1357-58年法國之農民暴

Jacques〔'dʒekwiz; dʒæk; ʒak(法、德、荷)〕雅克

Jacques Bonhomme〔ʒakbɔ'nɔm〕好人傑克(Jacquerie 暴動時,貴族給農民的含有輕視的綽號)

Jacques Cartier〔,ʒak kar'tje〕(法)

Jacques d'Euse〔ʒak 'dɚ〕(法)

Jacquet〔ʒa'kɛ〕(法)

Jacquette〔dʒa'kɛt〕(法)

Jacquin〔ʒa'kæŋ〕(法)

Jacquot〔ʒa'ko〕(法)

Jacuí〔ʒə'kwi〕

Jacundas〔ʒə'kʊndəz〕

Jadar〔'jadar〕

Jadassohn〔'jadaszon〕

Jade〔'jadə〕

Jadin〔ʒa'dæŋ〕(法)

Jadot〔ʒa'do〕(法)

Jadotville〔ʒado'vil〕查多市(薩依)

Jadunath〔dʒadu'næt〕

Jadwiga〔jad'viga〕

Jadwin〔'dʒædwɪn〕

Jaeckle〔'dʒekəl〕杰克爾

Jaeger〔'jegɚ; 'dʒegɚ〕耶格

Jaekkevarre〔'dʒɛkkə,varrə〕(挪)

Jaëll〔'jæl〕(德)

Jaén〔ha'en〕哈安(西班牙)

Jaensch〔jenʃ〕

Ja'far〔'dʒæfær〕(阿拉伯)

Jafar, Mir〔mɪr 'dʒafɚ〕　「(阿拉伯)

Jafar al-Sadiq〔'dʒæfær æs'sadɪk〕

Jaffa〔'dʒæfə〕雅法(以色列)

Jaffe〔'dʒæfɪ〕賈菲

Jaffé〔'jafe〕(德)

Jaffier〔'dʒæfjɚ; 'dʒæfair〕賈弗

Jaffna〔'dʒafnə〕查夫納港(錫蘭)

Jaffray〔'dʒæfre〕賈弗雷

Jaffrey〔'dʒæfrɪ〕賈弗里

Jagadguru〔'dʒʌgəd'guru〕(梵)

Jagadis〔dʒəgə'dis〕杰加迪斯

Jagannath〔,dʒʌgən'nath〕(印)

Jagannatha〔,dʒʌgən'natə〕(印)

Jagatai〔,dʒægə'tai〕

Jagello〔ja'gɛlo〕

Jagellon〔ja'gɛlən〕

Jagemann〔'jagəman〕

Jäger〔'jegɚ〕昔時奧國或德國軍中的槍手

Jagga〔'dʒaga〕

Jaggar〔'dʒægɚ〕

Jaggard〔'dʒægəd〕

Jagged Mountain〔'dʒægɪd ∼〕

Jagger〔'dʒægɚ〕賈格爾

Jaghbud〔dʒʌg'bub〕(阿拉伯)

Jagić〔'jagɪtʃ; 'jagɪtj〕(塞克)

Jagjakarta〔,dʒagjə'kartə〕

Jago〔'dʒego〕杰戈

Jagow〔'jago〕

Jagraon〔'dʒʌgraun〕(印)

Jagst〔jakst〕(德)

Jaguarão〔,ʒagwə'rauŋ〕(葡)

Jaguaribe〔,ʒagwə'rivə〕(葡)

Jagüey Grande〔'hagwe 'grande〕(西)

Jah〔dʒa〕= Jehovah

Jahan〔dʒə'han〕

Jahangir〔dʒə'hangɪr〕加罕格(1569-1627, 印度斯坦皇帝)

Jahaz〔'dʒehæz〕

Jahde〔'jadə〕

Jahel〔'dʒeəl〕

Jahistan〔dʒahɪs'tan〕

Jahn〔jan〕揚

Jahncke〔'janka〕(德)揚克

Jähns〔jens〕揚斯

Jahreszeiten〔'jarəs,tsaitən〕

Jahveh〔'jave〕

Jahverbhai〔dʒə'vɛrbai〕

Jahvist〔'javɪst〕

Jahweh〔'jawɛ〕

Jahwist〔'jawɪst〕

Jaihun〔dʒai'hun〕

Jailolo〔dʒai'lolo〕

Jaime〔'haime〕(西)

Jaimes〔'haimes〕(西)

Jaimimi〔'dʒaimɪmɪ〕

Jain〔dʒain〕【宗教】耆那教徒

Jainat〔'tʃai'nat〕(暹羅)

Jaintia〔'dʒaintiə〕

Jaipur〔dʒai'pur〕齋浦爾(印度)

Jairus〔dʒe'airəs〕傑爾羅斯

Jais〔'dʒeɪs〕
Jaisalmer〔'dʒaɪsəlmɛr〕
Jaitza〔'jaɪtsa〕
Jajali〔'dʒadʒəli〕
Jajpur〔'dʒadʒpʊr〕
Jakarta〔dʒə'kartə〕雅加達（印尼）
Jake〔dʒek〕杰克　　　　　　　「（瑞典）
Jakob〔'jakap（丹、荷、德、挪）; 'jakɔp
Jakób〔'jakup〕（波）
Jakoba〔dʒə'kobə〕
Jakobäa of Bavaria〔jako'bea əv
　　bə'vɛrɪə〕
Jakobshavn〔,jakɔps'haʊn〕（丹）
Jakobson〔'jakəbsn̩〕雅各布森
Jakobstad〔'jakɔps,tad〕（瑞典）
Jakosky〔dʒə'kaskɪ〕賈科斯基
Jakštas〔'jakʃtas〕
Jakun〔'dʒakun〕
Jal〔dʒæl〕
Jalalabad〔dʒə,lalə'bad〕
Jalal-ad-Din〔dʒæ'lal·ʊd·'din〕
Jalal-al-Din〔dʒæ'lal·ʊd·din〕
Jalal-ud-din〔dʒæ,lal·ʊd·'din〕
Jalal-ud-Din Muhammad〔dʒæ'lal·-
　　ʊd·'din mu'hæmməd〕
Jalal-ud-din Rumi〔dʒæ'lal·ʊd·'din
　　'rumi〕加拉路汀（1207-1273, 波斯詩人）
Jalandhar〔'dʒalʌndhʌr〕（印）
Jalapa〔ha'lapa〕
Jalapa Enríquez〔ha'lapa en'rikes〕
　　（拉丁美）
Jalapahar〔,dʒʌləpə'har〕
Jalaun〔dʒa'laʊn〕
Jalaur〔ha'laʊr〕（西）
Jalgaon〔'dʒalgaʊn〕
Jalisco〔ha'lɪsko〕（西）
Jalbert〔'dʒælbət〕
Jalna〔'dʒalnə〕
Jalofe〔dʒa'lofe〕
Jalón〔ha'lɔn〕（西）
Jalonick〔dʒæ'lanɪk〕賈洛尼克
Jalostotitlán〔ha,lostotɪt'lan〕（西）
Jaloux〔ʒa'lu〕（法）
Jalpaiguri〔'dʒʌlpaɪ'gʊrɪ〕（印）
Jaltepec〔,haltɛ'pɛk〕（西）
Jalud〔dʒæ'lud〕　　　　　　　「島）
Jaluit〔'dʒæl,ʊɪt〕傑路依特島（馬紹爾群
Jaluo〔dʒa'luo〕
Jam〔dʒam〕
Jama〔'jamə〕
Jamadagni〔,dʒama'dagnɪ〕
Jamagorod〔'jaməgərət〕

Jamaica〔dʒə'mekə〕牙買加（西印度群島）
Jamal Bariz〔dʒa'mal ba'riz〕
Jamali〔dʒa'mælɪ〕
Jamal-ud-Din al-Afghani〔dʒæ-
　　'mal·ʊd·'din ,æl·æf'gani〕
Jaman〔ʒa'maŋ〕（法）
Jamany〔'dʒamənɪ〕
Jambavat〔'dʒambəvat〕
Jambi〔'dʒambɪ〕
Jambres〔'dʒæmbriz〕
Jambudvipa〔,dʒambud'vipə〕
Jamburg〔jam'burk〕
Jamdena〔jam'dena〕
James〔dʒemz〕詹姆斯（❶Henry, 1811-
　　1882, 美國哲學家 ❷其子 Henry, 1843-1916, 生於
Jamesburg〔'dʒemsbəg〕「美國之英國作家）
Jamesis〔'dʒemə sɪs〕
Jameson〔'dʒemsn̩〕詹姆森
Jamesone〔'dʒemsən〕
Jamestown〔'dʒemztaʊn〕詹姆斯敦（美國）
Jamestown weed〔'dʒɪmsn̩ ,wid〕
Jamet〔ʒa'mɛ〕（法）
Jami〔'dʒami〕
Jamia〔'dʒamɪə〕
Jami Musjid〔'dʒami mʌs'dʒid〕（印）
Jamieson〔'dʒemɪsn̩〕賈米森
Jamin〔ʒa'mæŋ〕（法）
Jamison〔'dʒæmɪsn̩〕賈米森
Jamitzer〔'jamɪtsə〕
Jamkhandi〔dʒʌm'kʌndɪ〕（印）
Jammes〔ʒæm〕雅姆
Jummoo〔'dʒʌmu〕（印）
Jammu〔'dʒʌmu〕（印）
Jamnagar〔dʒam'nʌgə〕（印）
Jamnia〔'dʒæmnɪə〕
Jamnitzer〔'jamnɪtsə〕
Jamrach〔'dʒæmræk; 'jamrah（德）〕
Jamrud〔dʒʌm'rud〕（印）
Jam Saheb of Navanagar〔'dʒam
　　sa'hib əv ,nʌvə'nʌgə〕
Jamsetjee〔dʒʌm'setdʒi〕（印）
Jamsetji〔dʒəm'setdʒi〕　　　　「度）
Jamshedpur〔'dʒamʃed,pʊr〕哲雪鋪（印
Jamshid〔'dʒæmʃid〕
Jämtland〔'jɛmtland〕（瑞典）
Jamu〔'dʒʌmu〕（印）
Jamuna〔'dʒʌmuna〕（印）
Jamundá〔,ʒamuŋn'da〕
Jamy〔'dʒemɪ〕
Jan〔dʒæn; jan（德、荷、拉托維亞、波、捷）〕
Jana〔'dʒenə〕
Janáček〔'janatʃɛk〕（捷）

Janaka〔'dʒanəkə〕

Janamejaya〔,dʒanəme'dʒajə〕

Janaucu〔ʒə'naʊku〕

Janauschek〔'janaʊʃɛk〕

Jandal〔dʒan'dal〕

Jane〔dʒen; ʒan(法)〕珍

Jane Clegg〔'dʒen 'klɛg〕

Jane Eyre〔'dʒen 'ɛr〕

Jane Fairfax〔dʒen 'fɛrfæks〕

Janeiro〔dʒə'nɪəro〕

Janequin〔ʒan'kæŋ〕(法)

Janes〔dʒenz〕

Janesville〔'dʒenzvɪl〕

Janet〔'dʒænɪt; dʒə'nɛt; ʒə'ne; ʒa'ne(法)〕珍尼特

Janeway〔'dʒenwe〕詹衛

Janice〔'dʒænɪs〕珍尼絲

Janicula〔dʒæ'nɪkjʊlə〕

Janiculum〔dʒæ'nɪkjʊləm〕(法)買寧

Janin〔ʒa'næŋ〕買寧

Janis〔'dʒænɪs〕賈尼斯

Jānis〔'janɪs〕(列特)

Jänisjärvi〔'jænɪs,dʒærvɪ〕(芬)

Janissary〔'dʒænə,sɛrɪ〕=Janizary

Janitschek〔'janɪtʃɛk〕

Janiuay〔,hanɪ'waɪ〕(西)

Janizary〔'dʒænɪzɛrɪ〕❶古土耳其王之近衛步兵 ❷土耳其兵

Janjira〔'dʒʌndʒɪrə〕(印)

Jank〔jaŋk〕

Jankiew〔'jankjɛf〕(波)

Jankó〔'janko〕(匈)

Jankov〔'jaŋkɔf〕   「島(挪威)

Jan Mayen Island〔jan'maɪən ～〕央棉

Jannabatain〔,dʒænəbə'teɪn〕

Jannaeus〔dʒæ'niəs〕

Jannai〔'dʒænaɪ〕

Jannequin〔ʒan'kæŋ〕(法)

Jannes〔'dʒæniz〕

Janney〔'dʒænɪ〕詹尼   「寧斯

Jannings〔'dʒænɪŋz; 'janɪŋz(德)〕詹

János Hollós〔'janoʃ 'halloʃ〕(匈)

Janotus〔dʒə'notəs; ʒanɔ'tjus(法)〕

Janotus de Bragmardo〔dʒə'notəs də'brægmədo; ʒanɔ'tjus də bragmar'do(法)〕

Janowski〔ja'nɔfskɪ〕「荷蘭天主教神學家」

Jansen〔'dʒænsŋ〕詹生(Cornelis, 1585-1638,

Jansenist〔'dʒænsŋɪst〕Jansen派教徒

Jansenius〔dʒænˈsiniəs〕

Janson〔'jansan(挪); 'jansɔn(荷); ʒaŋ'sɔŋ(法)〕詹森

Janssen〔'jansən(德); ʒaŋ'sɛn(法)〕

Janssens〔'jansəns〕

Janssen van Ceulen〔'jansən van 'kələn〕

Janszen〔'jansən〕

Janszoon〔'jansən〕

Janta〔'janta〕

Januário〔ʒə'nwarju〕(葡)

Januarius〔,dʒænjʊ'ɛrɪəs; janu'a-rɪʊs(德)〕

January〔'dʒænjʊərɪ〕

Janus〔'dʒenəs〕【羅馬神話】門神(有前後兩副面孔,一往前看,一往後看)

Janus Quadrifrons〔'dʒenəs 'kwadrɪfrɔns〕

Janusz〔'januʃ〕(波)

Janvier〔'dʒænvɪr〕詹維爾

Janville〔ʒaŋ'vil〕

Jaora〔'dʒaʊra〕

Janzen〔'jænsən〕詹曾

Jao Sh(o)u-shih〔'jaʊ 'ʃu·'ʃɚ〕

Jao Sou-shih〔jaʊ 'ʃu·'ʃɚ〕

Jap〔dʒæp〕【俗】即Japanese(輕蔑或敵意之

Japalac〔'dʒæpəlæk〕   「用語)

Japan〔dʒə'pæn〕日本(亞洲)

Japara-Rembang〔dʒa'para·'rɛmbaŋ〕

Japen〔'japən〕

Japetus〔dʒə'pitəs; ja'pitus(丹)〕

Japhet〔'dʒefɛt〕

Japheth〔'dʒefɪθ〕【聖經】雅弗(Noah之第三子)

Japhetic〔dʒe'fɛtɪk〕

Japho〔'jafo〕

Japikse〔'japɪksə〕

Japp〔dʒæp〕

Jappen〔'japən〕

Japurá〔,ʒapu'ra〕甲浦拉河(南美洲)

Japvo〔'dʒʌpvo〕(葡)

Jaqua〔'dʒekwə〕賈卡

Jaqueline〔'dʒækwəlɪn〕

Jaquenetta〔,dʒækwə'nɛtə〕

Jaques〔'dʒekwiz〕莎士比亞戲劇"As You like it"中之人物

Jaques-Dalcroze〔'ʒak·dalk'roz〕(法)

Jaques De Prie〔'dʒeks də 'pri; 'dʒekwiz də 'pri〕

Jaquirana〔,ʒakɪ'rænə〕

Jarabub〔,dʒarə'bub〕

Jaraes〔ha'raes〕(西)

Jarai〔dʒar'aɪ〕

Jarama〔ha'rama〕(西)

Jarasandha〔,dʒarə'sandə〕

Jarava〔haˈrava〕(西)
Jardine〔ˈdʒɑrdin〕賈丁
Jardines de la Reina〔haˈðines ðe la ˈrena〕(西)
Jared〔ˈdʒɛrɪd〕賈里德
Jarí〔ʒəˈri〕「詩人」
Jarir〔dʒæˈrir〕加利爾 (約死於 729, 阿拉伯
Jarita〔ˈdʒɑrɪtə〕
Jarl〔jɑrl〕
Jarley〔ˈdʒɑrlɪ〕
Jarlsberg〔ˈjɑrlsbær〕(挪)
Jarlsberg og Larvik〔ˈjɑrlsbær ɔ ˈlarvik〕(挪)
Jarman〔ˈdʒɑrmən〕賈曼
Jarmila〔ˈjɑrmɪlɑ〕
Jarnac〔ʒɑrˈnɑk〕(法)
Jarnach〔dʒɑrˈnɑk〕
Jarndyce〔ˈdʒɑrndɪs〕
Järnefelt〔ˈjærnɛfɛlt〕(芬)
Jarnegan〔ˈdʒɑrnɪgən〕
Jarnowick〔ˈjɑrnovɪk〕
Jaro〔ˈhɑro〕(西)
Jaromír〔ˈjɑrɔmɪr〕
Jaroslau〔jɑroslɑu〕
Jaroslav〔ˈjɑrɔslaf〕
Jarosław〔ˈjɑroslaf〕(波)
Jarpa〔ˈhɑrpɑ〕(西)
Jarrahi〔ˌdʒɑrɑˈhi〕
Jarratt〔ˈdʒærət〕賈勒特
Jarrett〔ˈdʒærət〕賈勒特
Jarric〔ʒɑˈrik〕(法)
Jarrold〔ˈdʒærəld〕
Jarrow〔ˈdʒæro〕
Jarry〔ʒɑˈri〕(法)
Jarteer〔ˌʒɑrˈtir〕
Jarterre〔ˌʒɑrˈtir〕
Jaruco〔hɑˈruko〕(西)
Järva〔ˈjærva〕(愛沙)
Jarves〔ˈdʒɑrvəs〕賈夫斯
Jarvie〔ˈdʒɑrvɪ〕賈維
Jarvis Island〔ˈdʒɑrvɪs ～〕查維斯島(中 「太平洋)
Jary〔ʒəˈri〕
Jas.〔dʒæs〕【聖經】James
Jascha〔ˈjɑʃə〕
Jasher〔ˈdʒæʃə〕
Jashpur〔ˈdʒʌʃpur〕(印)
Jashpurnagar〔ˈdʒʌʃpur,nʌgə〕(印)
Jasin〔ˈdʒɑsɪn〕
Jasiołda〔jɑˈʃɔldɑ〕(波)
Jask〔ˈdʒɑsk〕賈斯克(伊朗)
Jasmin〔jɑsˈmin; ʒɑsˈmæn(法)〕
Jasmin d'Agen〔ʒɑsˈmæn dɑˈʒæŋ〕(法)

Jasmund〔ˈjɑsmʊnt〕
Jasomirgott〔jɑˈzomɪrgɑt〕
Jason〔ˈdʒesn̩〕【希臘神話】吉生 (率領 Argonauts 前往 Colchis 國尋得金羊毛)
Jason of Cyrene〔ˈdʒesn̩ əv saɪˈrinɪ〕
Jasonville〔ˈdʒesn̩vɪl〕
Jaspar〔ˈdʒæspə; ʒɑsˈpɑr(法)〕賈斯珀
Jasper〔ˈdʒæspə〕賈斯珀 「珀斯
Jaspers〔ˈdʒæspəz; jɑspəs(德)〕賈斯
Jassy〔ˈjɑsɪ〕雅西 (羅馬尼亞)
Jastrow〔ˈdʒæstro; ˈjɑstro(德)〕賈特羅
Jastrowie〔jɑstˈrɔvjɛ〕
Jaswant〔ˈdʒʌsvənt〕
Jászberény〔jɑsˈbɛrenj〕(匈)
Jat〔dʒɑt〕印度西北部地方之一褐色種族之人
Jataka〔ˈdʒɑtəkə〕闍陀伽本生經 (講述佛陀前生之故事之經典)
Jatayu〔ˈdʒɑtəju〕
Jath〔dʒʌt〕(印)
Jatho〔ˈjɑto〕
Jatibonico〔ˌhɑtivoˈniko〕(西)
Jauaperí〔ˌʒɑuəpəˈri〕
Jaubert〔ʒoˈber〕(法)
Jaucourt〔ʒoˈkur〕(法)
Jaujard〔ʒoˈʒɑr〕(法)
Jaunde〔ˈjɑundə〕
Jaunjelgava〔ˈjɑuˈnjelgɑvɑ〕
Jaunlatgale〔ˈjɑunˈlɑtˈgɑle〕
Jaun〔jɑun〕
Jaunerthal〔ˈjɑunətɑl〕
Jaunthal〔ˈjɑuntɑl〕
Jauregg〔ˈjɑurɛk〕
Jauréguiberry〔ʒoregibɛˈri〕(法)
Jáuregui y Aguilar〔ˈhɑurɛgi ɪ ,ɑgiˈlɑr〕(西)
Jáuregui y Aldecoa〔ˈhɑurɛgi ɪ aldɛˈkoɑ〕(西)
Jaurès〔ˌʒoˈrɛs〕焦萊斯 (Jean Léon, 1859-1941, 法國社會主義者及作家)
Java〔ˈdʒɑvə〕爪哇 (南洋群島)
Java Head〔ˈdʒɑvə ˈhɛd〕
Javan〔ˈdʒɑvən; ˈdʒevæn〕爪哇人
Javarí〔ʒʌvəˈri〕查哇利河 (南美)
Javary〔ˌʒɑvəˈri〕= Javarí
Javercy〔ʒɑverˈsi〕(法)
Javert〔ʒɑˈver〕(法)
Javier〔hɑˈvjɛr〕(西)
Jawaharlal〔dʒəˈwɑhə,lɑl〕
Jawbone〔ˈdʒɔˈbon; ˈdʒɔ,bon〕
Jaxartes〔dʒækˈsɑrtiz〕
Jaxt〔ˈjɑkst〕 「及政治家)
Jay〔dʒe〕傑伊 (John, 1745-1829, 美國法學家

Jayabum〔'tʃaɪ'jap'hum〕（暹羅）
Jayadeva〔'dʒʌjə'devə〕
Jayanath〔tʃaɪnɑt〕（暹羅）
Jayaprakash〔'dʒʌjəprə'kaʃ〕
Jayce〔'jaɪtsə〕　　　「或居民之綽號
Jayhawker〔'dʒehɔkə〕美國 Kansas 州人
Jayhun〔dʒaɪ'hun〕
Jayne〔dʒen〕杰恩
Jaysalmir〔dʒaɪ'salmɪr〕
Jazira, Al〔æl dʒæ'zira〕
Jazirat as-Sitrah〔dʒa'zirɑt as-'sɪtrə〕
Jazyges〔dʒə'zaɪdʒiz〕
Jazz〔dʒæz〕　　　　　「（義）
Jazzi, Cima di〔'tʃima dɪ 'jattsɪ〕
Jeaffreson〔'dʒɛfrɪsn〕太斐遜
Jeager〔'jegə〕
Jeakes〔dʒeks〕
Jeames〔dʒimz〕杰姆斯　　　　「琴
Jean〔dʒin; ʒɑn（荷、德、芬）; ʒɑŋ（法）
Jean-Aubry〔ʒɑŋ·o'bri〕（法）
Jean Baptiste de la Salle〔ʒɑŋ ba'tist də la 'sal〕（法）
Jean Barois〔ʒɑŋ ba'rwa〕（法）
Jean Charles〔ʒɑŋ 'ʃarl〕（法）
Jean Christophe〔ʒɑŋ ,kris'tɔf〕（法）
Jean de Matha〔'ʒɑŋ də mɑ'ta〕（法）
Jean de Meun(g)〔'ʒɑŋ də 'mjun〕
Jeaner〔'dʒɛnə〕　　　　　「（法）
Jeanerette〔,dʒɛnə'rɛt〕
Jeanette〔dʒɪn'ɛt〕珍妮特
Jeanie Deans〔'dʒini 'dinz〕
Jean Jacques〔ʒɑŋ 'ʒak〕（法）
Jean le Bon〔ʒɑŋ lə 'bɔn〕（法）
Jean Léon〔ʒɑŋ le'ɔŋ〕（法）
Jean le Rond〔'ʒɑŋ lə 'rɔŋ〕（法）
Jeanmaire〔ʒɑŋ'mɛr〕（法）
Jeanne〔dʒin; ʒɑn（法）〕珍妮
Jeanne d'Arc〔ʒɑn 'dark（法）〕
Jeanne de Bourgogne〔'ʒɑn də bur'gɔnj〕（法）
Jeanneret〔ʒɑ'nrɛ〕（法）
Jeannette〔dʒə'nɛt〕珍妮特
Jeannie〔'dʒini〕珍妮
Jeannin〔ʒɑ'næŋ〕（法）
Jeannot〔ʒɑ'no〕（法）
Jeanron〔ʒɑŋ'rɔŋ〕（法）
Jeanroy〔ʒɑŋ'rwa〕（法）
Jeans〔dʒinz〕金斯（Sir James Hopwood, 1877-1946, 英國物理學家、天文學家及作家）
Jean sans Peur〔'ʒɑŋ sɑŋ 'pɝ〕（法）

Jean Valjean〔ʒɑŋ val'ʒɑŋ〕（法）
Jeaurat〔ʒɔ'ra〕（法）
Jeb〔dʒeb〕
Jebail〔dʒe'baɪl〕
Jebavý〔'jebavi〕
Jebb〔dʒeb〕傑卜（Sir Richard Claverhouse, 1841-1905, 蘇格蘭古典學者）
Jebba〔'dʒɛbə〕杰巴（奈及利亞）
Jebeil〔dʒe'baɪl〕
Jebel〔'dʒɛbəl〕
Jebel Aulia〔'dʒɛbəl 'aʊlɪə; 'dʒæbæl 'aʊljə（阿拉伯）〕
Jebel ed Druz〔'dʒɛbəl ɛd 'druz〕
Jebel Musa〔'dʒɛbəl 'musə〕傑抱木薩山（摩洛哥）
Jebel Shammar〔'dʒɛbəl 'ʃæmə〕
Jebel Shelia〔'dʒæbæl ʃæ'lɪjə〕（阿拉
"Jeb" Stuart〔'dʒeb 'stjurt〕　「伯
Jebu〔'dʒebu〕
Jebusa〔dʒə'bjusə〕杰布薩
Jebusite〔'dʒɛbjuzaɪt〕
Jece Tatú〔'ʒɛkə tə'tu〕（葡）
Jechoniah〔,dʒɛko'naɪə〕
Jechonias〔,dʒɛko'naɪəs〕
Jed〔jɛd〕
Jedburgh〔'dʒɛdbərə〕
Jedda〔'dʒɛdə〕
Jeddah〔'dʒɛdə〕
Jeddart〔'dʒɛdət〕
Jedediah〔,dʒɛdɪ'daɪə〕杰迪代亞
Jedediah Cleishbotham〔,dʒɛdɪ'daɪə 'kliʃbaθəm〕
Jedidiah〔,dʒɛdɪ'daɪə〕杰迪代亞
Jedlitzka〔'jɛdlɪtska〕
Jedor〔ʒə'dɔr〕
Jedwood〔'dʒɛdwud〕
Jeejeebhoy〔'dʒidʒi'ba·ɪ〕（印）
Jeeter〔'dʒitə〕吉特
Jeeves〔dʒivz〕吉夫斯
Jef〔ʒɛf〕
Jeff〔dʒɛf〕杰夫
Jeffares〔'dʒɛfəs〕杰弗斯
Jeff Davis〔,dʒɛf 'devɪs〕
Jaffe〔'dʒæfɪ〕杰夫
Jefferey〔'dʒɛfri〕
Jeffers〔'dʒɛfəz〕傑佛斯（John Robinson, 1887-1962, 美國詩人）
Jefferson〔'dʒɛfəsn̩〕傑佛遜（Thomas, 1743-1826, 美國政治家）
Jefferson Davis〔'dʒɛfəsn̩ 'devɪs〕
Jeffersonville〔'dʒɛfəsnvɪl〕
Jeffery〔'dʒɛfrɪ〕

Jefferys〔'dʒɛfrɪz〕
Jeffrey〔'dʒɛfrɪ〕傑佛利（Lord Francis, 1773-1850, 蘇格蘭批評家及法學家）
Jeffreys〔'dʒɛfrɪz〕傑佛利斯（George, 1648-1689, 英國法學家）
Jeffries〔'dʒɛfrɪz〕
Jeffry〔'dʒɛfrɪ〕
Jeger〔'dʒɛgə〕杰格
Jeghers〔'dʒɛghəz〕
Jehan〔dʒɪ'han; ʒaŋ(法)〕 「(法)
Jehane Saint-Pol〔ʒan sæŋ·'pɔl〕
Jehan Frollo〔ʒan frɔ'lo〕(法)
Jehangir〔dʒə'hangir〕= Jahangir
Jehanne d'Arc〔ʒan 'dark〕(法)
Jehanne Darc〔ʒan 'dark〕(法)
Jehoahaz〔dʒɪ'hoəhæz〕
Jehoash〔dʒɪ'hoæʃ〕
Jehoiada〔dʒɪ'hɔɪədə〕
Jehoiakim〔dʒɪ'hɔɪəkɪm〕
Jehol〔dʒə'hol〕熱河（中國）
Jehonadab〔dʒɪ'hanədæb〕
Jehoram〔dʒɪ'hɔrəm〕
Jehoshaphat〔dʒɪhaʃəfæt〕杰霍沙法特
Jehosheba〔dʒɪ'haʃɪbə〕 「帝的稱呼）
Jehovah〔dʒɪ'hovə〕耶和華（舊約聖經中對上
Jehu〔'dʒɪhju〕❶【聖經】耶戶（紀元前九世紀
    猶太之先知❷【聖經】耶和（以色列第十代之王，在
    位期間 843?-815 B.C., 傳為一勇猛之御車者）
Jehuda(h)〔dʒɪ'hjudə〕杰胡達
Jehudi〔dʒɪ'hjudaɪ〕杰胡迪
Jeisk〔'jeɪsk〕
Jejuí〔hɛ'hwi〕(西)
Jejuy〔hɛ'hwi〕(西)
Jekyakartu〔,dʒɛkjə'kartə〕
Jekyll〔'dʒikɪl; 'dʒɛkɪl〕吉柯醫生（Ro-
    bert Louis Stevenson 之名著 Dr. Jekyll and
    Mr. Hyde 中之主角）
Jelačić od Bužima〔'jɛlatʃɪtʃ ad
    'buʒɪ'ma〕(塞克)
Jelai〔'dʒelaɪ〕 「伯)
Jelal ad-Din〔dʒæ'lal ʊd·'din〕(阿拉
Jelbon〔'dʒɛlban〕
Jelep-la〔'dʒɛlɛp·'la〕
Jeletz〔jɪ'ljɛts〕
Jelf〔dʒɛlf〕杰爾夫
Jelgava〔'jɛlgava〕
Jelinek〔'jɛlinɛk〕杰利內克
Jelles〔'jɛləs〕
Jellico〔'dʒɛlɪko〕
Jellicoe〔'dʒɛlɪko〕杰利科
Jellinek〔'jɛlɪnɛk〕杰利內克
Jellyby〔'dʒɛlɪbɪ〕

Jelusich〔jɛ'luzih〕(德)
Jem〔dʒɛm〕杰姆
Jember〔'dʒɛmbə〕
Jameson〔'dʒɛmsn〕
Jemez〔'hemes〕(拉丁美)
Jemez Springs〔'heməs ~〕
Jemima〔dʒə'maɪmə〕杰邁瑪
Jemison〔'dʒɛmɪsn〕杰米森
Jemmy〔'dʒɛmɪ〕
Jemtland〔'jɛmtland〕
Jen〔dʒɛn〕
Jena〔'jenə〕耶拿（德國）
Jenatsch〔'jenatʃ〕
Jenghiz〔'dʒɛŋgɪz〕
Jenghiz Khan〔'dʒɛŋgɪz 'kan; 'dʒɛŋ-
    gɪz 'kan〕成吉思开（元太祖）
Jenice〔'dʒɛnɪs〕
Jenil〔he'nil〕(西)
Jenings〔'dʒɛnɪŋz〕詹寧斯
Jenkin〔'dʒɛŋkɪn〕詹金
Jenkins〔'dʒɛŋkɪnz〕詹金斯
Jenkinson〔'dʒɛŋkɪnsn〕詹金森
Jenkintown〔'dʒɛŋkɪntaʊn〕
Jenks〔dʒɛŋks〕詹克斯
Jenkyns〔'dʒɛŋkɪns〕
Jenné〔dʒɛ'ne〕(法)
Jenner〔'dʒɛnə〕金納（❶ Edward, 1749-1823,
    英國醫生❷ Sir William, 1815-1898, 英國醫生）
Jenners〔'dʒɛnəz〕詹納斯
Jenne〔'dʒɛni〕
Jenness〔'dʒɛnɪs〕詹內斯
Jennette〔dʒə'net〕詹妮特
Jenneval〔ʒɛn'val〕(法)
Jennewein〔'dʒɛnɪwaɪn〕詹內懷恩
Jenney〔'dʒɛnɪ〕珍妮
Jennie〔'dʒɪnɪ〕珍妮
Jennie Gerhardt〔'dʒɛnɪ 'gɛrhart〕
Jennifer〔'dʒɛnɪfə〕珍尼佛
Jennings〔'dʒɛnɪŋz〕詹寧斯
Jenny〔'dʒɛnɪ〕珍妮
Jenő〔'jenə〕(匈)
Jens〔jɛns〕
Jensen〔'jɛnsn; 'jɛnzn〕顏生（❶ Johan-
    nes Vilhelm, 1873-1950, 丹麥詩人及小說家❷(
    Johannes) Hans (Daniel), 1906-1973, 德國物
    理學家）
Jenson〔'dʒɛnsn; ʒaŋ'sɔŋ(法)〕詹森
Jephson〔'dʒɛfsn〕杰夫森
Jephthah〔'dʒɛfθə〕
Jephte〔'dʒɛfte〕
Jephtha〔'dʒɛfθə〕
Jephthes〔'dʒɛfθiz〕

Jeppe〔'jɛpə〕

Jepson〔'dʒɛpsn̩〕杰普森

Jeptha〔'dʒɛpθə〕杰普撒

Jequié〔ʒə'kje〕

Jequitinhonha〔ʒə,kitɪn'jonjə〕

Jeřábek〔'jɛrʒabɛk〕(捷)

Jerablus〔dʒʌrɑ'blus〕

Jerash〔'dʒʌraʃ〕

Jerauld〔dʒə'rɔːld〕杰羅爾德

Jerba〔'dʒɛrbə〕

Jerdan〔'dʒɛdən〕

Jeremiah〔,dʒɛrɪ'maɪə〕❶【聖經】耶利米
(希伯來一先知)❷【聖經】舊約中之耶利米書

Jeremiah Flintwinch〔,dʒɛrɪ'maɪə
'flɪntwɪntʃ〕   「(荷·德)」

Jeremias〔,dʒɛrɪ'maɪəs; jere'miɑs〕

Jérémie〔ʒere'mi〕(法)

Jeremy〔'dʒɛrəmɪ〕杰里米

Jeres〔'heres〕(西)

Jerez〔he'reθ〕黑瑞斯(西班牙)

Jérez〔'hereθ〕(西)

Jerez de la Frontera〔he'reθ ðe
la frɔn'terɑ〕(西)

Jerichau〔'jɪrɪkhau〕(丹)

Jericho〔'dʒɛrɪ,ko〕Palestine 之一古城

Jericó〔,herɪ'ko〕(西)   「拉伯)」

Jerid, Shatt el〔'ʃat æl dʒʌ'rid〕(阿

Jerimoth〔dʒə'raɪməθ〕

Jeritza〔'jɛrɪtsə〕

Jermain〔dʒə'men〕

Jermyn〔'dʒɜːmɪn〕杰明

Jernej〔'jɛrne〕

Jerningham〔'dʒɜːnɪŋhæm〕杰寧漢

Jerobaal〔,dʒɛrə'beəl〕

Jeroboam〔,dʒɛrə'boəm〕【聖經】耶羅波
安(❶所羅門王死後,以色列第一代之王❷以色列
「之一富有之王)」

Jeroen〔jə'run〕

Jerom〔jə'rom〕   「杰羅姆」

Jerome〔'dʒɛrəm; dʒɪ'rom; dʒə'rom〕

Jérôme〔ʒe'rom〕(法)

Jerome Emiliani〔dʒə'rom ,emɪ'ljanɪ;
'dʒɛrəm ,emi'ljanɪ〕

Jerónimo〔he'ronɪmo〕(西)

Jerónimo〔ʒə'ronɪmu〕(葡)

Jeronimy〔dʒə'ranɪmɪ〕

Jeronymo〔ʒə'runimu〕(葡)

Jeroom〔jə'rom〕

Jeroschin〔je'roʃɪn〕

Jerphanion〔ʒɛrfa'njɔ̃〕(法)

Jerram〔'dʒɛrəm〕杰拉姆

Jerre〔'dʒɛ‑ɪ〕杰爾

Jerrold〔'dʒɛrəld〕杰羅爾德

Jerry〔'dʒɛrɪ〕杰里

Jersey〔'dʒɜːzɪ〕澤西島(英國)

Jerseyville〔'dʒɜːzɪvɪl〕   「(猶)」

Jerubbaal〔'dʒɛrəb'beəl; 'dʒɛsə'bɑl〕

Jerusalem〔dʒə'rus(ə)ləm〕耶路撒冷(以
「色列)」

Jervaulx〔'dʒɜːvo〕

Jervis Bay〔'dʒɑrvɪs〕查維斯灣(澳洲)

Jerviswood〔'dʒɑrvɪswud〕

Jervois〔'dʒɜːvɪs〕

Jervueren〔jɛr'vjurən〕

Jerzy〔'jɛʒɪ〕(波)

Jesalmir〔dʒə'salmɪr〕

Jeserich〔'dʒɛsərɪk〕杰塞里克

Jesha〔'dʒɛʃə〕

Jeshu〔'dʒiʃju〕

Jeshurun〔'dʒɛʃjurən〕

Jesi〔'jɛzi〕

Jespersen〔'jɛspəsn̩〕耶斯波生(Jens
Otto (Harry), 1860-1943, 丹麥語言學家)

Jess〔dʒɛs〕杰斯

Jessamine〔'dʒɛsəmɪn〕

Jessamy Bride〔'dʒɛsəmɪ 'braɪd〕

Jesse〔'dʒɛsɪ〕❶杰西❷【聖經】耶西(David
「之父)」

Jessel〔'dʒɛsl̩〕杰塞爾

Jesselton〔'dʒɛsltən〕亞庇(馬來西亞)

Jessica〔'dʒɛsɪkə〕傑西嘉

Jessie〔'dʒɛsɪ〕杰西

Jessner〔'jɛsnə〕

Jessop〔'dʒɛsəp〕杰索普

Jessore〔dʒɛ'sɔr〕

Jessup〔'dʒɛsəp〕杰瑟普

Jeston〔'dʒɛstən〕

Jestyn〔'dʒɛstɪn〕杰斯廷

Jesu〔'dʒizju〕

Jesuit〔'dʒɛzjuɪt; 'dʒɛzuɪt〕耶穌會會員

Jesup〔'dʒɛsəp〕杰瑟普

Jesus (Christ)〔'dʒizəs(kraɪst)〕耶穌
(基督) 4-8? B.C. -A.D. ?29, 基督教之創始人)

Jesús〔he'sus〕(西)

Jésus〔ʒe'zju〕(法)

Jeter〔'dʒitə〕杰特

Jetexas〔dʒɛ'tɛksəs〕

Jethou〔ʒə'tu〕

Jethro〔'dʒɛθro〕杰思羅

Jetmore〔'dʒɛtmɔr〕

Jetpur〔'dʒɛtpur〕

Jette〔ʒɛt〕

Jeuck〔jɔɪk〕約伊克

Jeude〔'jɜdə〕

Jeu de Paume〔'ʒɜ də 'pom〕

Jeudwine〔'dʒudwaɪn〕

Jeune〔dʒun; ʒɜn (法)〕

Jeune, le〔lə ˈʒɜn〕(法)

Jeune Claude〔ʒɜn ˈklod〕(法)

Jeune Fille Violaine〔ʒɜn ˈfij vjɔˈlɛn〕(法)

Jeune Parque〔ʒɜn ˈpark〕(法)

Jeunesse Dorée〔ʒəˈnɛs dɔˈre〕(法)

Jeunesses Patriotes〔ʒəˈnɛs patriˈɔt(法)〕

Jevons〔ˈdʒɛvənz〕傑文茲(William Stanley, 1835-1882, 英國經濟學家及邏輯學家)

Jevtić〔ˈjɛftitʃ〕(塞克)

Jew〔dʒu〕❶ 猶太人 ❷ 信猶太教者；希伯來人

Jewel〔ˈdʒuəl〕

Jewell〔ˈdʒuəl〕朱厄爾

Jewess〔ˈdʒuɪs〕【度】猶太女人

Jewett〔ˈdʒuɪt〕朱艾特(Sarah Orne, 1849-〔 -1909, 美國女小說家〕

Jewin〔ˈdʒuɪn〕

Jew of Malta〔dʒu ˈmɔltə〕

Jewry〔ˈdʒurɪ; ˈdʒurɪ〕❶ 猶太民族 ❷ 猶太人居住區；猶太人街

Jewsbury〔ˈdʒuzbərɪ〕朱斯伯里

Jex-Blake〔ˈdʒɛks·ˈblek〕

Jeyes〔dʒez〕

Jeypore〔ˈdʒaɪpɔr〕

Jeż〔jɛʃ〕(波)

Jezabel〔ˈdʒɛzəbɛl〕

Jezair〔dʒɛˈzair〕

Jezebel〔ˈdʒɛzəbl〕【聖經】猶太王 Ahab 之妻

Jezira, El〔æl dʒæˈzira〕(阿拉伯)

Jezireh〔dʒɛˈzirə〕

Jezreel〔dʒɛzˈril〕

Jhabua〔ˈdʒabuə〕

Jhalawan〔ˈdʒʌləwɑn〕

Jhalawar〔ˈdʒɑləwar〕

Jhang〔dʒʌŋ〕   〔(印)

Jhang-Maghiana〔ˈdʒʌŋ·mʌgiˈɑna〕

Jhansi〔ˈdʒɑnsɪ〕占夕(印度)

Jhelum〔ˈdʒiləm〕

Jhering〔ˈjerɪŋ〕

Jhind〔dʒɪnd〕

Jhylum〔ˈdʒaɪləm〕

Jibana〔dʒiˈbana〕

Jibuti〔dʒiˈbutɪ〕

Jicaque〔hiˈkɑke〕(西)

Jicarilla〔ˌhikɑˈrija〕(拉丁美)

Jicarón〔ˌhikɑˈrɔn〕(西)

Jidda〔ˈdʒɪdə〕吉達港(沙烏地阿拉伯)

Jiddu〔ˈdʒɪdu〕吉杜港

Jieng〔dʒjɛŋ〕

Jigiley〔ˌhihɪˈle〕(拉丁美)

Jiguaní〔ˌhigwɑˈni〕(拉丁美)

Jiguero〔hiˈgero〕(拉丁美)

Jigüey〔hɪˈgwe〕(拉丁美)

Jihlava〔ˈjihlava〕

Jihpen〔ˈrɪəˈbʌn〕(中)

Jihun〔dʒaɪˈhun〕

Jijiga〔ˈdʒidʒɪgɑ〕

Jikany〔dʒiˈkani〕

Jill〔dʒɪl〕姬兒

Jillet〔ˈdʒɪlɪt〕

Jilolo〔dʒaɪˈlolo〕

Jim〔dʒɪm〕吉恩

Jim Bludso〔ˈdʒɪm ˈblʌdso〕

Jim Crow〔ˈdʒɪm ˈkro〕

Jimenes〔hɪˈmenes〕(西)

Jimenez〔hɪˈmenes〕希梅內斯(Juan Ramon, 1881-1958, 西班牙人曾獲 1956 年諾貝爾文學獎)   〔美)〕

Jiménez〔hɪˈmeneθ(西); hɪˈmenes(拉丁

Jiménez de Cisneros〔hɪ ˈmeneθ ðe θisˈneros〕(西)

Jiménez de Quesada〔hɪˈmeneθ ðe keˈsaðɑ〕(西)

Jiménez de Rada〔hɪˈmeneθ ðe ˈraðɑ〕(西)

Jiménez Diaz〔hɪˈmeneθ ˈdiɑθ〕(西)

Jiménez Oreamuno〔hɪˈmenes ˌoreaˈmuno〕(拉丁美)

Jim Hogg〔ˈdʒɪm ˈhɑg〕

Jimma〔ˈdʒɪmə〕

Jimmy〔ˈdʒɪmɪ〕吉米

Jimson〔ˈdʒɪmsn̩〕

Jimtown〔ˈdʒɪmtaun〕

Jim Wells〔ˈdʒɪm ˈwɛlz〕

Jind〔dʒɪnd〕

Jinghis Khan〔ˈdʒɪŋgɪz ˈkɑn〕

Jinghpaw〔dʒɪŋˈpɔ〕

Jingle〔ˈdʒɪŋgl〕靜樂(山西)

Jingo〔ˈdʒɪŋgo〕

Jinja〔ˈdʒɪndʒɑ〕

Jinks〔dʒɪŋks〕

Jinnah〔ˈdʒɪnæ〕

Jinne〔ˈdʒɪnɛ〕

Jinny〔ˈdʒɪnɪ〕吉尼

Jinotega〔ˌhinoˈtegɑ〕(西)

Jinotepe〔ˌhinoˈtepe〕(西)

Jintotolo〔ˌhintoˈtolo〕(西)

Jiran〔ˈdʒirən〕

Jirásek〔ˈjirasɛk〕

Jireček〔ˈjirɛtʃɛk〕(捷)

Jiren〔ˈdʒirən〕

Jiři〔ˈjiəʒi〕(捷)

Jisdra〔ˈʒisdrə〕

Jisera〔ˈjisɛra〕

Jitomir〔ʒɪˈtɔmjɪr〕

Jiu〔ˈʒiu〕

Jiunri〔dʒɪˈʊnrɪ〕

Jívaro〔ˈhivaro〕（西）

Jiwani〔dʒɪˈwanɪ〕

Jix〔dʒɪks〕

Jizdra〔ˈʒizdrə〕

Jnan〔ˈdʒnan〕

Jñātiputra〔ˈdʒnjati'putrə〕

Jno.〔dʒan〕

Jo〔dʒo; jo（丹）〕喬

Joab〔ˈdʒoæb〕【聖經】約押（David 之軍隊之司令官）

Joachaz〔ˈdʒoækæz〕

Joachim〔ˈjoə,kɪm; joˈahɪm; ˈjoahɪm〕約阿欣（ Joseph, 1831-1907, 德國小提琴家及作曲家）

Joachim of Floris〔ˈdʒoəkɪm əv ˈflorɪs〕

Joachimite〔ˈdʒoəkɪmaɪt〕

Joachimsen〔ˌjoaˈhɪmzən〕（德）

Joachimsohn〔ˌjoaˈhɪmzon〕（德）

Joachimsthal〔ˈjoahɪms,tal; joˈahɪm-〕（德）

Joachin〔ˈdʒoəkɪn〕

Joad〔dʒod〕喬德

Joakim〔ˈdʒoəkɪm; ˈjoakim（塞克）〕

Jo Alur〔ˈdʒoaˈlur〕

Joan〔dʒon; ˈdʒoən; dʒoˈæn; hwan（西）〕覆

Joan la Pucelle〔dʒon la puˈsɛl〕

Joan Manritz〔joˈan ˈmaʊrɪts〕（荷）

Joanes〔ˈhwanes〕（西）

Joann〔joˈan〕（俄）

Joanna〔dʒoˈænə〕覆安娜

Joanne〔dʒoˈæn〕喬安妮

Joannes〔dʒoˈæniz; jɔˈanjɪs（希）; joˈanəs（荷）〕

Joannite〔dʒoˈænaɪt〕

Joan of Arc〔ˌdʒon əv ˈark〕貞德（ Saint, 1412-1431, 法國民族女英雄）

João〔ˈʒwaʊŋ〕（葡）

João Pessoa〔ˈʒwaʊŋ pəˈsoə〕川派索

Joaquim〔ʒwəˈkiŋ〕（葡）

Joaquín〔hwaˈkin〕（西）　　　　（巴西）

Joaquina〔hwaˈkina〕（西）

Joas〔ˈdʒoæs〕喬阿斯

Joasaph Christodulus〔ˈdʒoəsæf krɪsˈtadjuləs〕

Joash〔ˈdʒoæʃ〕【聖經】約阿施（猶太王）

Joatham〔ˈdʒoəθəm〕

Job〔dʒob〕【聖經】約伯（希伯來之族長）

Job Trotter〔ˈdʒob ˈtratə〕

Jobe〔dʒob〕喬布

Jobim〔ˈjobim〕

Jobin〔ʒoˈbæŋ〕（法）喬賓

Jobson〔ˈdʒabsn〕

Jobst〔japst; jopst（德）〕

Jocasta〔dʒoˈkæstə〕【希臘神話】Laius 王之后，Oedipus 之母

Jocaste〔dʒoˈkæstɪ〕

Jocelin(e)〔ˈdʒaslɪn〕

Jocelin de Brakelond〔ˌdʒaslɪn də ˈbrækland〕

Jocelyn〔ˈdʒaslɪn〕買思琳

Jochanan〔dʒoˈhænən〕

Jochanan ben Zakkai〔dʒoˈhænən bɛn ˈzækeaɪ〕

Jochebed〔ˈdʒakəbɛd〕

Jochems〔ˈjokəmz〕

Jocher〔ˈjakə〕

Jochim〔ˈjokɪm〕約基姆

Jochmus〔ˈjohmʊs〕（德）

Jochum〔ˈjohʊm〕（德）約胡姆

Jochumsson〔ˈjakəmssan〕（冰）

Jock〔dʒak〕【俚】蘇格蘭人或兵

Jockers〔ˈjakəz〕　　　　　　「馬總會

Jockey Club〔ˈdʒakɪ ～〕賽馬俱樂部，賽

Jo Daviess〔dʒo ˈdevɪs〕

Jodelle〔ʒɔˈdɛl〕　　　　　　「（印度）

Jodhpur〔dʒodˈpʊr; ˈdʒadpə〕久德浦

Jodl〔ˈjodl〕

Jodocus〔dʒəˈdokəs; ˈdʒadəkəs; joˈdokus（德）〕

Jodocus Pratensis〔dʒəˈdokəs prəˈtensɪs〕

Jodoin〔ˈdʒodwə〕

Jodor〔ʒɔˈdɔr〕（荷）

Jodrell Bank〔ˈdʒodrəl ～〕英國 Cheshire 東北之一地名，有世界最大之無線電天文望
　　　　　　　　　　　　　　　　「眼鏡

Joe〔dʒo〕喬

Joekes〔ˈjukəs〕

Joel〔ˈdʒoɛl; ˈjoəl（德）〕喬爾

Joël〔ʒɔˈɛl〕（法）

Joe Magarac〔ˈdʒo ˈmægəræk〕

Joensuu〔ˈjɔɛnsu〕

Joerg〔dʒɔrg〕

Joest〔just〕（荷）

Joest van Calcar〔ˈjust van ˈkalkar〕（荷）

Joesten〔ˈjustɛn〕喬斯頓

Joetta〔dʒoˈɛtə〕

Joey〔ˈdʒoɪ〕馬戲團，啞劇或木偶戲中之小丑

Joffe〔ˈjɔfjɪ〕約菲

Joffre〔'ʒɔfrə〕霞飛（Joseph Jacques Césaire, 1852-1931，法國元帥）

Joggins〔'dʒɑgɪnz〕

Jogjakarta〔,dʒogjɑ'kɑrtə〕日惹（爪哇）

Jogues〔ʒog〕

Johan〔ju'hɑn(丹); jo'hɑn(丹、挪); 'juhɑn(瑞典); 'johɑn(芬、愛沙)〕約翰

Johanan ben Zakkai〔dʒo'hænən bən'zækeaɪ〕

Johann〔johɑn(德); ju'hɑn(丹); jo'hɑn(德、丹); 'juhɑn(瑞典、芬)〕

Jóhann〔johɑn〕(冰)

Johanna〔dʒo'hænə; jo'hɑnɑ(德、丹); jo'hɑnnɑ(瑞典)〕

Johanne〔jo'hɑnə(德); ju'hɑnə(丹)〕

Johannes〔jo'hænɪs; dʒo'hæniz; jo'hɑnəs(丹、德); ju'hɑnɛs(丹); jo'hɑnnəs(瑞典)〕

Johannesburg〔dʒo'hænɪs,bɜg〕約翰尼斯堡（南非）

Johannes Damascenus〔jo'hænɪs ,dæmə'sinəs〕

Johannes Hispalensis〔dʒo'hæniz ,hɪspə'lɛnsɪs〕

Johannes von Goch〔jo'hɑnəs fɑn 'gɔh〕(德)

Johannes Scholasticus〔dʒo'hæniz sko'læstɪkəs〕

Johannesen〔jə'hɑnəsən〕

Johannisberger〔dʒə'hænɪz,bɜg〕一種白葡萄酒

Johannine〔dʒo'hænɪn〕【聖經】使徒約翰 「的;約翰福音書的

Johannitsa〔'joɑn,nitsɑ〕

Johannot〔ʒɔɑ'no〕(法) 「(挪、丹)〕

Johannsen〔dʒo'hænsən; jo'hɑnsən〕

Johann von Neumarkt〔jo'hɑn fɑn 'nɔɪmɑrkt〕

Johansson〔jo'hɑnsɔn〕

John〔dʒɑn〕❶（新約聖經中的）約翰福音 ❷約翰（耶穌的門徒之一）

John Baptist〔dʒɑn 'bæptɪst〕

John Barleycorn〔'dʒɑn 'bɑrlɪkɔrn〕

John Barsad〔dʒɑn 'bɑrsæd〕

John Brent〔'dʒɑn 'brɛnt〕

John Bull〔'dʒɑn 'bul〕英國人

John Buncle〔'dʒɑn 'bʌŋkḷ〕

John Bushy〔'dʒɑn 'buʃɪ〕

John Capistran〔'dʒɑn kə'pɪstrən〕

John Casimir〔'dʒɑn 'kæzɪmɪr〕

John Chrysostom〔'dʒɑn 'krɪsəstəm〕

John Damascene〔'dʒɑn 'dæməsin〕

John Day〔'dʒɑn 'de〕

John Dory〔'dʒɑn 'dorɪ〕【動物】魴（一種 「海魚）

Johne〔'jonə〕(德)

Johnes〔dʒonz〕

John Falstaff〔'dʒɑn 'fɔlstɑf〕

John Fanning〔'dʒɑn 'fænɪŋ〕

John Ferguson〔'dʒɑn 'fɜgʌsən〕

John Fisher〔'dʒɑn 'fɪʃə〕

John Gilpin〔'dʒɑn 'gɪlpɪn〕

John Halifax〔'dʒɑn 'hælɪfæks〕

John Hyrcanus〔'dʒɑn hə'kenəs〕

Johnian〔'dʒonjən〕

John Inglesant〔'dʒɑn 'ɪŋgḷsænt; -sənt〕

John Lackland〔'dʒɑn 'læklənd〕

John Lascaris〔'dʒɑn 'læskərɪs〕

John March〔'dʒɑn 'mɑrtʃ〕

John Mark〔'dʒɑn 'mɑrk〕

John Marr〔'dʒɑn 'mɑr〕

John Maurice〔'dʒɑn 'mɔrɪs〕

Johnnie〔'dʒɑnɪ〕強尼

Johnny〔'dʒɑnɪ〕強尼

Johnny Appleseed〔'dʒɑnɪ 'æpḷsid〕

Johnny-jump-up〔'dʒɑnɪ·'dʒʌmp,ʌp〕【植物】❶紫羅蘭❷【美】野生三色紫羅蘭

Johnny Reb〔'dʒɑnɪ 'rɛb〕❶【美史】南北戰爭時南軍士兵❷美南部之居民

John o'Groat's〔'dʒɑn ə'grots〕蘇格蘭 「之最北端

Johns〔dʒɑnz〕

Johnsen〔'dʒɑnsṇ〕強生

John Sherwood〔'dʒɑn 'ʃɜwud〕

Johns Hopkins〔'dʒɑnz 'hɑpkɪnz〕

John Sigismund〔'dʒɑn 'sɪdʒɪsmənd; ~'zigɪsmunt（德）〕

John Sobieski〔'dʒɑn sɔ'bjeski〕

Johnson〔'dʒɑnsṇ〕強生（❶ Andrew, 1808-1875，美國第十七任總統❷ Samuel, 1709-1784，英國辭典編纂者及作家）

Johnsonburg〔'dʒɑnsṇbɜg〕

Johnston(e)〔'dʒɑnstən〕約翰斯頓（Mary, 1870-1936，美國小說家）

Johnstown〔'dʒɑnz,taun〕約翰鎮（美國）

John Ward〔'dʒɑn 'wɔrd〕

John Zimisces〔'dʒɑn zɪ'mɪskiz〕

Johore〔dʒə'hor〕柔佛（馬來西亞）

Johore Bahru〔dʒə'hɔ bɑ'ru〕

Johst〔jost〕(德)

Joinville〔ʒwæŋ'vil(法); ʒɔɪn'vilɪ〕

Joinville Island〔'dʒɔɪnvɪl〕

Jókai〔'jokɔɪ〕(匈)

Jokjakarta〔,dʒokjə'kɑrtə; ,dʒokjɑ'kɑrtə〕日惹（印尼）

Joktan〔'dʒɑktæn〕

Jökulsá〔'jəkjul,sau〕(冰)

Jokyakarta〔,dʒokjə'kɑrtə〕

Jolán〔'jolan〕(匈)

Jolas〔'dʒoləs; ʒɔ'la(法)〕

Joliba〔'dʒɑlɪbə〕

Joliet〔'dʒolɪ,et〕❶久利特(美國)❷若利厄(Louis, 1645-1700, 法國籍之 Mississippi 河探險家)

Joliette〔ʒɔ'ljet〕(法)

Jolin〔ju'lin〕(瑞典)

Joliot-Curie〔ʒɔ'ljo,kju'ri〕若利歐居里(❶ Frédéric, 1900-1958, 法國物理學家 ❷ Iréne, 1897-1956, 法國物理學家)

Jolley〔'dʒɑlɪ〕喬利

Jorgaki〔dʒɔ'gakɪ〕

Jolliet〔'dʒɑlɪet〕= Joliet

Jolliffe〔'dʒɑlɪf〕喬利夫

Jollivet〔ʒɔli've〕

Jolloff〔'dʒɔlɔf〕

Jolly〔'dʒɑlɪ; jali (德)〕喬利「髏旗)

Jolly Roger〔'dʒɑlɪ 'rɑdʒə〕海盜旗(骷

Jolo〔hɔ'lo〕和魯島(菲律賓)

Jolof〔'dʒɔlɔf〕

Jolson〔'dʒɑlsn̩〕

Joly〔'dʒɑlɪ〕

Jolyon〔'dʒɑljən〕

Jolyot〔ʒɔ'ljo〕(法)

Jomada〔dʒo'mada〕

Jomalig〔hɔ'malɪg〕(西)

Jomanes〔'dʒɑmənɪz〕

Jomard〔ʒɔ'mar〕(法)

Jomelli〔jo'mɛllɪ〕(義)

Jomini〔,ʒɔ,mi'ni〕若米尼(Baron Henri, 1779-1869, 瑞士軍人及軍事作家)

Jommelli〔jo'mmɛllɪ〕(義)

Jomsborg〔'jɔmsbɔrg〕

Jon〔dʒɑn; jɔn(挪、羅)〕

Jón〔jon〕(冰)

Jonah〔'dʒonə〕❶【聖經】約拿(希伯來的先知)❷約拿書(舊約聖經之一卷)

Jonas〔'dʒonəs; 'jonas(德、荷、丹、挪); 'jɔnas(立陶宛); ʒɔ'nas(法); 'junas〕

Jónas〔'jonas〕(冰) 喬納斯 L(瑞典)

Jónasson〔'jonɑssɑn〕(冰)

Jonathan〔'dʒɑnəθən; 'jonɑtɑn〕【聖經】約拿卓(Saul 之子, David 之友)

Jonathan Maccabaeus〔'dʒɑnəθən mækə'biəs〕

Jonckbloet〔'jɔŋkblut〕

Jones〔dʒonz〕仲斯(❶ Daniel, 1881-1968, 英國語音學家 ❷ Henry Arthur, 1851-1929, 英國戲

Jonesboro〔'dʒonzbərə〕 L劇家)

Jonescu〔ja'nɛsku〕

Jonesport〔'dʒonzpɔrt〕

Jonesville〔'dʒonzvɪl〕

Jonge〔'jɔŋə〕

Jongen〔'jɔŋən〕

Jongkind〔'jɔŋkɪnt〕

Jongleur de Notre-Dame〔ʒɔŋg'lə də nɔtə'dam〕【法】(中世紀法國及英國之)吟遊詩人

Jongo〔'dʒɔŋgo〕

Jonker Diamond〔'dʒɔŋkə 'daɪəmənd〕

Jonkheer〔'jɔŋkher〕(荷)

Jönköping〔'jən,tʃəpɪŋ〕顏哥平(瑞典)

Jonnart〔ʒɔ'nar〕(法)

Jonnesco〔ja'nesko〕

Jonniaux〔dʒɑnɪo〕

Jonquière〔ʒɔŋ'kjer〕(法)

Jöns〔jəns〕(瑞典) 「英國戲劇家及詩人)

Jonson〔'dʒɑnsn̩〕章孫(Ben, 1573?-1637,

Jónsson〔'jonssɔn〕(冰)覆森

Jönsson〔'jənsɔn〕(瑞典)

Joos〔jos〕(荷)朱斯

Jooss〔jos〕

Joost〔jost〕(荷、德)

Joplin〔'dʒɑplɪn〕

Joppa〔'dʒɑpə〕

Joppolo〔'dʒɑpəlo〕

Jopson〔'dʒɑpsn̩〕喬普森

Joram〔'dʒɔrəm〕

Jorat〔ʒɔ'ra〕(法)

Jörd〔jəd〕

Jordaens〔'jɔrdɑns〕

Jordan〔'dʒɔrdn̩〕❶約旦(亞洲)❷朱爾敦(David Starr, 1851-1931, 美國生物學家及教育

Jordanes〔dʒɔr'deniz〕 L家)

Jordanis〔dʒɔr'denɪs〕

Jordanoff〔'dʒɔrdənɔf〕

Jordanus Nemorarius〔dʒɔr'denəs ,nemo'rerɪəs〕

Jörg〔jəh〕(德)

Jorge〔'ʒɔrʒɪ(葡); 'hɔrhe(西)〕

Jorge Montt〔'hɔrhe 'mɔnt〕(西)

Jörgen〔'jəgən〕

Jørgen〔'jəgən〕(丹)

Jörgensen〔'jəgənsən〕喬根森

Jørgensen〔'jəgənsn̩〕(丹)喬根森

Jorgenson〔'dʒɔrgənsn̩〕

Joris〔'jɔris〕

Jorisz〔'jorɪs〕(荷)

Joriszoon〔'jorɪsən〕(荷)

Jörmungand〔'jəmuŋand〕

Jormunrek〔'jɔrmuŋrek〕

Jornandes〔dʒɔr'næ ndiz〕

Jorrocks〔'dʒɑrəks〕
Jorstadt〔'dʒɔrstɑd〕
Jörth〔jɜð〕
Jortin〔'dʒɔrtɪn〕
Jorullo〔ho'rujo〕(西)
Jørund〔'jɜrʊn〕(挪)
Jos〔dʒɔs〕
Josaba〔'dʒɑsəbə〕
Josaphat〔'dʒɑsəfæt; 'jozafɑt (德);
jɔ'safɑt (立陶宛)〕
Josaphat Kuncewicz〔'dʒɑsəfæt
kun'tsevɪtʃ; jɔ'safɑt ~ (波)〕
Joscelyn〔'dʒɑsəlɪn〕喬斯林
José〔'dʒɔzɪ; ʒo'ze; ʒu'ze(葡);
ho'se(西)〕喬斯
Josef〔'dʒozɪf; 'josɛf (荷); 'jozɛf
(德); 'jusɛf (瑞典)〕約瑟夫
Josefa〔ho'sefɑ〕(西)
Joseffy〔dʒo'zɛfɪ; 'joʃɛffɪ (匈)〕
Joseph〔'dʒozɪf; 'jozef (德); 'josɛf
(荷); 'jusɛf (瑞典)〕約瑟夫
Josepha〔dʒo'sifə〕約瑟法
Joseph Andrews〔'dʒozɪf 'ændruz〕
Joseph Bagnet〔'dʒozɪf 'bægnɛt〕
Joseph ben Matthias〔'dʒozɪf bɛn
mə'θaɪəs〕
Joseph Bonaparte〔'dʒozɪf 'bonə-
pɑrt〕
Joseph Calasanctius〔'dʒozɪf ,kælə-
'sæŋkʃɪəs〕
Josèphe〔ʒo'zɛf〕(法)
Joseph Haag〔'dʒozɪf 'hɑg〕
Joséphin〔ʒoze'fæŋ〕(法)
Josephina〔,dʒozə'finə〕約瑟芬
Josephine〔'dʒozɪfin〕約瑟芬 (1763-1814,
拿破崙一世最初之皇后)
Joséphine〔ʒoze'fin〕(法)
Joséphine de Beauharnais〔ʒoze'fin
də boɑr'nɛ〕(法)
Joseph Louis〔ʒo'zɛʃ 'lwi〕
Joseph of Arimathea〔'dʒozəf əv
,ærɪmə'θiə〕【聖經】亞利馬太城之約瑟
Josephson〔'dʒozɪfsn̩; 'jusef,sɔn (瑞
典)〕約瑟夫森
Josephszoon〔'josɛfsən〕
Josephus〔dʒo'sifəs〕約瑟法斯 (Flavius,
37?-95, 猶太歷史家)
Josephy〔'dʒosəfɪ〕
Joseph Vance〔'dʒozɪf 'væns〕
Joses〔'dʒosiz〕
Josh〔dʒɑʃ〕喬希
Josh Billings〔'dʒɑʃ 'bɪlɪŋz〕

Joshi〔'dʒoʃɪ〕
Johnstone〔'dʒɑnstən〕
Joshua〔'dʒɑʃwə〕❶【聖經】約書亞 (以色
列民族之領導者)❷約書亞書 (舊約)
Josiah〔dʒo'saɪə〕約賽亞
Josias〔dʒo'saɪəs; jo'zias (德);
ʒo'zjas (法)〕喬賽亞斯
Jósika〔'joʃɪkɑ〕(匈)
Josip〔'josɪp〕
Josippon〔dʒo'sɪpən〕
Joslin〔'dʒɑslɪn〕喬斯林
Josquin〔ʒɔs'kæŋ〕(法)
Josse〔ʒɔs (法); 'jɔsə (荷)〕
Josselin〔'dʒɑsəlɪn; ʒɔs'læŋ (法)〕
Josselyn〔'dʒɑsəlɪn〕喬斯林
Josslyn〔'dʒɑslɪn〕喬斯林
Jost〔jost〕(德) 約斯特
Jostedalsbreen〔'jostədɑls,breən〕
Jost Van Dyke〔'jost væn 'daɪk〕
Josuah〔'dʒɑsjuə〕
Josué〔ʒozju'e〕(法)
Jotapata〔dʒo'tæpətə〕
Jotham〔'dʒoθəm〕
Jotun〔'jotun〕
Jotunfjell〔'jotun,fjɛl〕
Jotunheim〔'jotun,hem〕
Jotunn〔'jotun〕
Jotunnheim〔'jotun,hem〕
Joubert〔,ʒu'bɛr〕朱貝爾 (Joseph, 1754-
1824, 法國散文家及道德家)
Jouett〔'dʒuɪt〕朱厄特
Joueur〔ʒu'ɜ〕
Jouffroy〔ʒuf'rwɑ〕(法)
Jouffroy d'Abbans〔ʒuf'rwɑ dɑ-
'bɑŋs〕(法)
Jougne〔ʒunj〕(法)
Jouhandeau〔ʒuɑŋ'do〕(法)
Jouhaux〔ʒu'o〕(法)
Joule〔dʒaul〕焦耳 (James Prescott,
1818-1889, 英國物理學家) 〔(法)〕
Jourdain〔'ʒurden; 'ʒɔrden; ʒur'dæŋ
Jourdan〔ʒur'dɑŋ〕朱爾丹 (Jean Baptiste
Count, 1762-1833, 法國元帥)
Jourdanton〔'dʒɜdn̩tən〕
Jouve〔ʒuv〕
Jouvenel〔ʒuv'nɛl〕
Jouvenet〔ʒuv'nɛ〕(法)
Jouvet〔ʒu've〕(法)
Joux〔ʒu〕(法)
Jouy〔ʒwi〕(法)
Jovan〔'jovɑn〕
Jovanović〔jə'vanəvɪtʃ; -,vitj (塞克)〕

Jove〔dʒov〕❶古羅馬的主神❷【詩】木星

Jove-Llanos〔,hove·'ljanos〕(西)

Jovellanos〔,hove'ljanos〕(西)

Jovellar y Soler〔,hove'lja ri so'lɛr〕(西)

Jovem〔'dʒovɛm〕

Jovet〔ʒɔ've〕(法) 「皇帝〕

Jovian〔'dʒoviən〕朱維安(331?-364, 羅馬

Jovianus〔,dʒovi'enəs〕

Jovinian〔dʒo'viniən〕

Jovius〔'dʒoviəs〕

Jowett〔'dʒauit〕喬厄特 (Benjamin, 1817-1893, 英國研究希臘學術之學者)

Jowf〔dʒauf〕

Jowitt〔'dʒauit〕喬伊特 (William Allen, 1885-, 英國法學家)

Jowle〔dʒaul〕

Joy〔dʒɔi〕喬伊

Joyal〔'dʒɔiəl〕 「愛爾蘭作家〕

Joyce〔dʒɔis〕喬伊斯 (James, 1882-1941,

Joyeuse〔zwa'jɜz〕(法)

Joyeuse Garde〔ʒwa'jɜz 'gard〕(法)

Joynson-Hicks〔'dʒɔinsn̩·'hiks〕

Jozef〔'jozɛf〕

Józef〔'juzɛf〕(波)

József〔'jozɛf〕(匈)

Juab〔'dʒuæb〕

Juan〔'dʒuən; ʒju'aŋ(法); hwan(西)〕

Juana〔'hwana(西); 'ʒwænɑ(葡)〕

Juanacatlán〔,hwanakat'lan〕(西)

Juana Díaz〔'hwana 'ðias〕(西)

Juan Ciudad〔'hwan θju'ðað〕(西)

Juan de Austria〔'hwan de 'austriɑ〕(西)

Juan de Fuca Strait〔'hwan də 'fuka ~〕胡安海峽 (美國)

Juan de la Cruz, San〔,san 'hwan de la 'kruθ〕(西)

Juan de Nova〔'hwan de 'nova〕(西)

Juanes〔'hwanes〕 「斐南得群島(智利)〕

Juan Fernandez〔'dʒuan fə'nændez〕

Juanita〔dʒuə'nitə〕朱厄尼塔

Juan-les-Pins〔'ʒwaŋ·le'pæŋ〕(法)

Juan Manuel〔'hwan ma'nwɛl〕(西)

Joanna〔dʒo'ænə〕

Juan y Santacilla〔'hwan i santa-'θilja〕(西)

Juarez〔'hwares〕(拉丁美)

Juárez〔'hwares〕(拉丁美)

Juázeiro〔'ʒwazeru〕(葡)

Juba〔'dʒubə〕久巴河(東非)

Jubail〔dʒu'bail〕

Jubainville〔ʒjubæŋ'vil〕(法)

Jubair, ibn-〔,ibn·dʒu'bair〕

Jubal〔'dʒubəl〕朱巴爾

Jubaland〔'dʒubə,lænd〕

Jubayl〔dʒu'bail〕

Jubayr, ibn-〔,ibn·dʒu'bair〕

Jubbal〔'dʒubəl〕

Jubbulpore〔'dʒʌbəl,pɔr〕捷布坡(印度)

Jube〔jub〕朱布

Jubeil〔dʒu'bail〕

Jubilate〔,dʒubi'leti; -'lati〕❶【聖經】詩篇第一百篇❷【天主教】復活節後之第三禮拜日

Jubilee〔'jubili〕猶太之五十年 「拉〕

Juby〔'dʒubi; 'huvi(西)〕朱比角 (撒哈

Júcar〔'hukar〕(西)

Juch〔juh〕(德)

Juchault〔ʒju'ʃo〕(法)

Juchi〔'dʒutʃi〕

Juchitán de Zaragoza〔,hutʃi'tan de ,sara'gosa〕(拉丁美)

Jud〔jut〕(德) 「四子〕

Judah〔'dʒudə〕【聖經】猶太 (Jocab 之第

Judaea〔dʒu 'diə〕=Judea

Judaeo〔dʒu'dio〕

Judaeus〔dʒu'diəs〕

Judah ben Samuel〔'dʒudə bɛn 'sæmjuəl〕

Judah ha-Levi〔'dʒudə ha·'livai〕

Judah Loeb ben Asher〔'dʒudə lɔb ben 'æʃə〕

Judas〔'dʒudəs〕聖經中之猶太

Judas Iscariot〔'dʒudəs is'kæriət〕

Judd〔dʒʌd〕賈德 (Charles Hubbard, 1873-1946, 美國心理學家及教育家)

Judd, Amos〔'eməs 'dʒʌd〕 「書〕

Jude〔dʒud〕【聖經】❶耶穌十二門徒之一❷猶大

Judea〔dʒu'diə〕昔巴勒斯坦南部

Judeo-Spanish〔dʒu'dio·'spæniʃ〕

Judeu〔ʒu'deu〕

Judge〔dʒʌdʒ〕

Judges〔'dʒʌdʒiz〕【聖經】士師記

Judith〔'dʒudiθ; 'judit(德、荷); ʒju-'dit(法)〕【聖經】舊約經外書之一篇

Judson〔'dʒʌdsn̩〕賈德森

Judy〔'dʒudi〕朱蒂

Juel〔jul〕

Juf, El〔æl 'dʒuf〕

Jug〔dʒʌg〕

Jugend〔'jugənt〕 「Krishna 神像

Juggernaut〔'dʒʌgə,nɔt〕【印度教】

Juggins〔'dʒʌginz〕

Juglar〔ʒjug'lar〕(法)

Jugoslav〔'jugo'slɑv; -'slæv〕南斯拉 夫人 「洲〕

Jugoslavia〔'jugo'slɑvɪə〕南斯拉夫（歐

Jugoslavic〔,jugos'lɑvɪk〕

Jugoslavija〔,jugos'lɑvɪjɑ〕

Jugurtha〔dʒu'gɜθə〕朱古達（？-104B.C., 努米底亞，Numidia, 國王）

Juhani〔'juhɑnɪ〕（芬）

Juho〔'juhɑ〕

Juif Errant〔ʒwif ɛ'rɑŋ〕（法）

Juilliard〔'dʒulɪɑrd〕

Juin〔ʒwæŋ〕（法）

Juist〔jusɪ〕

Juive〔ʒwiv〕 「福拉（巴西）

Juiz de Fora〔'ʒwiʒ ðə 'fɔrə〕茲灰

Juji〔'dʒudʒi〕

Jujuy〔hu'hwi〕（西）

Jukao〔'dʒu'kau〕（中）

Jukes〔dʒuks〕朱克斯

Jukka〔'jukkɑ〕（芬）

Jukon〔'dʒukon〕

Jule〔dʒul〕朱爾

Jules〔dʒulz; ʒul（法）〕朱爾斯

Julesburg〔'dʒulzbɜg〕

Julfa〔dʒul'fɑ〕

Jülg〔julh〕（德）

Juli〔'huli〕（西） 「（芬、荷）朱麗亞

Julia〔'dʒuljə; ʒu'ljɑ(法); 'julɪɑ〕

Julia Domna〔'dʒuljə 'dɑmnə〕

Julian〔'dʒuljən〕朱利安（A.D 331-363, 羅 馬政治家，將軍及羅馬皇帝）「山（南斯拉夫）

Julian Alps〔'dʒuljən ～〕侏利安阿爾卑斯

Julián〔hu'ljɑn〕（西） 「蘭女王）

Juliana〔,dʒulɪ'ænə〕朱利安娜（1909-, 荷

Juliane〔'dʒulɪ'ɑnə〕（格陵蘭）

Julianehaab〔,julɪ'ɑnə,hɔp〕猶連哈港

Julian March〔'dʒuljən 'mɑrtʃ〕

Julian Venetia〔'dʒuljən vɪ'niʃɪə〕

Julianist〔'dʒuljənɪst〕

Julianus〔,dʒulɪ'enəs〕

Julich〔'julɪh〕（德）

Julie〔'dʒulɪ; ʒju'li(法); 'julɪə(德); 'juli（瑞典）〕朱莉

Julien〔'dʒuljən; ʒju'ljæŋ(法)〕朱利恩

Julier〔ʒju'lje〕（法）

Julier, Col du〔,kɔl dju ʒju'lje〕（法）

Juliet〔'dʒuljət〕朱麗葉（Shakespeare 所 作 Romeo and Juliet 中之女主角）

Julietta〔dʒu'ljɛtə〕 「葉

Juliette〔,dʒulɪ'ɛt; ʒju'ljɛt(法)〕朱麗

Julii, Forum〔'fɔrəm 'dʒulɪɑɪ〕

Julin〔ju'lin〕

Julio〔'dʒuljo; 'huljo(西)〕

Júlio〔'ʒulju〕（葡）

Juliobriga〔,dʒulɪ'ɑbrɪgə〕

Juliomagus〔,dʒulɪ'ɑməgəs〕

Julio Romano〔'dʒulio ro'mɑno〕

Julische Alpen〔'juliʃə 'ɑlpən〕

Julius〔'dʒuljəs; julɪus(捷); 'julɪus (丹、德、瑞典); 'julɪəs(丹); 'julɪʌs(瑞 典)〕朱利葉斯

Julius, Haldeman-〔'hɔldəmən- 'dʒuljəs〕

Juliusz〔'juljuʃ〕（波）

Juljan〔'juljɑn〕

Juljusz〔'juljuʃ〕（波）'

Julleville〔ʒjul'vil〕

Jullian〔ʒju'ljɑŋ〕（法）

Julliard〔'julɪɑrd〕

Jullien〔ʒju'ljɛŋ〕（法）

Jullundur〔'dʒʌləndə〕查蘭得（印度）

Julpigori〔dʒəlpɪ'gorɪ〕

July〔dʒu'laɪ〕七月

Julyan〔'dʒuljən〕朱利安

Jumada〔dʒu'mɑdə〕回教曆中之五月 （Jumada Ⅰ）或六月（Jumada Ⅱ）

Jumala〔'jumɑlɑ〕

Jumbly〔'dʒʌmblɪ〕

Jumbor〔tʃʊmphɔrn〕（暹羅）

Jumel〔ʒju'mɛl〕

Jumet〔ʒju'mɛ〕（法）

Jumilla〔hu'mi'ljɑ〕（西）

Jummoo〔'dʒʌmu〕

Jumna〔'dʒʌmnə〕朱木納河（印度）

Jump〔dʒʌmp〕江普

Jampoff〔'dʒʌm,pɑf〕

Jumporn〔tʃʊmphɔrn〕（暹羅）

Junagadh〔dʒu'nɑgʌd〕（印）

Junagarh〔dʒu'nɑgə〕

Junaluska〔,dʒunə'lʌskə〕

Juncal〔huŋ'kɑl〕（西）

Junction〔'dʒʌŋkʃən〕

Jundiaí〔ʒundjɑ'i〕

June〔dʒun〕六月

Juneau〔'dʒuno〕朱諾（美國）

Jung〔juŋ〕容（Carl Gustav, 1875-1961, 瑞 士心理學家及心理治療學家）

Jungaria〔dʒuŋ'gɛrɪə〕

Jungbohn〔'juŋbon〕

Jungeblut〔'jʌŋblət〕瓊格布拉特

Jünger〔'juŋə〕

Junges Deutschland〔'juŋəs 'dɔɪtʃ- lɑnt〕（德）

Jungfleisch〔ʒjuŋ'fleʃ〕（法）

Jungfrau〔'juŋ,frau〕少女峯（瑞士）
Jungfraujoch〔'juŋfraujah〕（德）
Junghans〔'juŋhans〕
Junghuhn〔'juŋhun〕
Jungius〔'juŋıus〕
Jungmann〔'juŋman〕
Jungnickel〔'juŋ,nıkəl〕
Jung-Wien〔'juŋ·'vin〕
Junianus〔,dʒunı'enəs〕
Juniata〔,dʒunı'ætə〕
Junín〔hu'nin〕（西）
Junípero〔hu'nipero〕（西）
Junius〔'dʒunjəs〕朱尼亞斯（Franciscus,
    1589-1677, 英國語言學家）   「士貴族
Junker〔'juŋkə〕【德】德國的年輕貴族；普魯
Junkers〔'juŋkəs〕容克斯（Hugo, 1859-
    1935, 德國飛機工程師）
Junkin〔'dʒʌŋkın〕覆金
Junkun〔'dʒuŋkun〕
Juno〔'dʒuno〕【羅馬神話】羅馬女神（Jupiter
    之妻,專司婚姻、生育及婦女者）
Junot〔,ʒu'no〕居諾（Andoche, 1771-1813,
    法國拿破崙麾下之陸軍元帥）
Junqueiro〔ʒuŋ'keıru〕（葡）
Junta〔'hunta〕（西）
Junte〔ʒɔŋt〕（法）
Junti〔'hunti〕（西）
Junto〔'dʒʌnto〕
Juon〔ʒu'ɔn〕
Juozapas〔ju'ozapas〕
Jupien〔ʒju'pjæŋ〕（法）
Jupiter〔'dʒupıtə〕❶【羅馬神話】邱比特
Jur〔dʒur〕   「❷【天文】木星
Jura〔'dʒuərə; ʒju'ra（法）〕
Juraj〔'juraı〕
Juramento, Río del〔'rio ðɛl
    hura'mento〕（西）
Jurassic〔dʒu'ræsık〕
Jurchen〔'dʒurhən〕（德）
Jürg〔jwurk; jurh（德）〕
Jurgen〔'dʒ3gən〕
Jürgensburg〔'jurgənsburk〕
Jurgutis〔jur'gutis〕
Juriaen〔jʒrıan〕（荷）
Jurie〔'dʒurı〕
Jurian〔'jʒrıan〕
Jurien de la Gravière〔ʒjur'jæŋ
    də la gra'vjɛr〕（法）
Jurieu〔ʒju'rjʒ〕（法）
Jurjans〔'jurjans〕
Jurji〔'dʒ3dʒı〕
Jurm〔dʒurm〕

Jurten〔'jurtən〕
Juruá〔ʒu'rwa〕佐魯亞河（南美洲）
Juruena〔ʒur'wenə〕
Juruna〔ʒu'runə〕
Juruparí〔,ʒurupə'ri〕
Jury〔'dʒurı〕朱里
Juscelino〔,ʒusə'linu〕
Jusepe〔hu'sepe〕（西）
Jusserand〔ʒju'sraŋ〕居斯蘭（Jean Jules,
    1855-1932, 法國作家及外交家）
Jussi〔'jʌssı〕（瑞典）
Jussieu, de〔də ʒju'sjʒ〕（法）
Just〔'dʒʌst; ʒust（法）〕賈斯特
Justa〔'dʒʌstə〕
Juste〔ʒust〕（法）
Justeius〔dʒʌs'tıəs〕
Justice〔'dʒʌstıs〕賈斯蒂斯
Justi〔'justı〕   「斯廷
Justin〔ʒus'tæŋ（法）; jus'tin（德）〕賈
Justine〔ʒus'tin〕（法）
Justina〔dʒʌs'taınə〕賈斯泰娜
Justinian〔dʒʌs'tınıən〕賈斯蒂尼安
Justiniano〔,hustı'njano（西）;
    ,ʒuʃti'njʌnu（葡）; ,ʒus-（巴西）〕
Justinianus〔,dʒʌstını'enəs〕
Justin Morgan〔'dʒʌstın 'mɔrgən〕
Justin Martyr〔'dʒʌstın 'matʒ〕
Justinopolitanus〔dʒʌstaınə,palı'te-
    nəs〕
Justinus〔dʒʌs'taınəs; jus'tinus（德）〕
Justo〔'husto〕（西）
Juta〔'dʒutə〕   「（德）賈斯特斯
Justus〔'dʒʌtəs; 'jʒstəs（荷）; 'justus
Jutahy〔,ʒutə'i〕
Jutaí〔,ʒutə'i〕
Jutes〔dʒuts〕
Juthia〔'jutıə〕
Juthungi〔dʒu'θʌŋgaı〕
Jutiapa〔hu'tjapa〕（西）
Jutila〔'jutila〕
Jutland〔'dʒʌtlənd〕日德蘭半島（丹麥）
Juturna〔dʒu't3nə〕
Juvara〔ju'vara〕
Juvavum〔dʒu'vevəm〕   「羅馬諷刺詩人）
Juvenal〔'dʒuvınl〕朱文諾爾（60?-?140,
Juvenalis〔,dʒuvı'nelıs〕
Juventas〔dʒu'ventəs〕
Juventius〔dʒu'venʃıəs〕
Juxon〔'dʒʌksn〕
Juza〔'dʒuzə〕
Jylland〔'julan〕（丹）
Jyotisha〔'dʒjotıʃə〕

K

K₂〔'ke'tu〕

Ka〔ka〕

Kaaba〔'kabə〕建於麥加之回教大寺院中的石造聖堂

Kaahumanu〔ka,ahu'manu〕

Kaala〔ka'ala〕

Kaalund〔'kɔlun〕（丹）

Kaap〔kap〕

Kaapland〔'kaplant〕（南非荷）

Kaapstad〔'kapstat〕（南非荷）

Kaarlo〔'karlɔ〕

Kaarta〔'karta〕

Kaas〔kas〕

Kaaterskill〔'kɔtəzkɪl ; 'kat-〕

Kab〔kab〕

Kabaena〔,kaba'ena〕

Kabail〔kə'baɪl〕

Kabaka〔kə'bakə〕

Kabala〔kæ'balə ; kə'balə〕

Kabale〔ka'balə〕

Kabalevski〔,kabə'lɛfskɪ〕

Kabalo〔ka'balo〕卡巴洛（剛果）

Kabandha〔kə'bandə〕

Kabardia〔kə'bardɪə〕

Kabardino〔kə'bardino; ,kæbə'dino〕

Kabardino-Balkar〔kə'bardino·bal-'kar ; ,kæbə'dino-〕

Kabardino-Balkarian Republic〔kə'bardino·bæl'kɛrɪən~〕

Kabba〔'kæbə〕

Kabbala〔kə'balə〕

Kabeiri〔kə'baɪraɪ〕

Ka'b ibn-Zuhair〔'kæb ɪbn·zʊ,haɪr〕

Kabinda〔kə'bɪndə〕

Kabir〔kə'bir〕

Kabirpanthis〔kə,bir'pʌntiz〕

Kablac〔'kæblæk〕

Kaboudia〔kə'budɪə〕

Kaboeroeang〔,kabu'ruaŋ〕

Kabul〔'kabul〕喀布爾（阿富汗）

Kabushia〔kə'buʃɪə〕

Kabyle〔kə'baɪl〕❶卡拜耳人（居於北非之Berber 族之一支族）❷卡拜耳語

Kabylia〔kæ'bɪlɪə〕

Kacha〔'katʃə〕

Kachalov〔ka'tʃaləf〕

Kach Gandava〔,katʃ gən'davə〕

Kachh〔kʌtʃ〕（印）

Kachhi〔'katʃhi〕

Kachin〔kə'tʃɪn〕

Kachug〔'katʃuk〕

Kaczkowski〔katʃ'kɔfskɪ〕（波）

Kadai〔'kadaɪ〕

Kadapa〔'kʌdəpə〕（印）

Kadar〔ka'dar〕卡達（ Janos,1912- ,匈牙利政治家）

Kadavu〔ka'davu〕

Kaddish〔'kadɪʃ〕

Kade〔ked〕

Kadelburg〔'kadɛlburk〕（德）

Kaden-Bandrowski〔'kadɛn'ban'drɔfskɪ〕（波）

Kades〔'kediz〕凱廸斯

Kadesh〔'kedɛʃ〕

Kadesh-barnea〔'kedɛʃ·bar'nɪə ; 'kedɛʃ·'barnɪə〕

Kadesia〔,kadə'sɪə〕

Kadhimain , Al〔æl,kaðɪ'maɪn〕（波斯）

Kadi〔'kʌdɪ〕（印）

Kadiak〔'kadɪæk ; 'kædɪæk ; kʌ'djak〕（俄）

Kadiköy〔,kadɪ'kɔɪ〕（土）

Kadisiya〔,kadɪ'sijə〕

Kadiyevka〔kʌ'djijɪfkə〕（俄）

Kadmonite〔'kædmənaɪt〕

Kado〔'kado〕河東（日本）

Kadoka〔kə'dokə〕

Kadosh,ha-〔 , ha'kadoʃ〕

Kadur〔ka'dur〕

Kadzand〔'kædzænd〕

Kaempfer〔'kɛmpfə〕

Kaempffert〔'kɛmpfət〕肯普弗特

Kaena〔ka'ena〕

Kaeso〔'kiso〕

Kaesong〔'kæ'sɔŋ〕開城（韓國）

Kaess〔kes〕凱斯

Kaewieng〔 , kævɪ'ɛŋ〕

Kaf〔kaf〕

Kafa〔'kæfə〕

Kaffa〔'kaffə; 'kæfə〕

Kaffir〔'kæfir〕

Kaffraria〔kə'frɛrɪə〕

Kafir〔'kæfə〕❶左道者（回教徒給與非回教徒的稱呼）❷南非洲Bantu 族之一種黑人

Kafiristan〔,kafɪrɪ'stan〕卡非列斯坦(阿富汗)

Kafirnigan〔 , kafɪrnɪ'han〕

Kafka〔'kafka〕卡夫卡

Kagaba〔ka'gaba〕
Kaganovich〔kaga'nɔvɪtʃ；kʌgʌ'nɔvjɪtʃ（俄）〕
Kagen〔'kagɛn〕卡根
Kagera〔ka'gera〕
Kagoro〔ka'goro〕
Kahajan〔ka'hajan〕
Kahakuloa〔ka,haku'loa〕
Kahala〔ka'hala〕
Kahana〔ka'hana〕
Kahe Junction〔'kahe'dʒʌŋkʃən〕
Kahili〔ka'hilɪ〕
Kahin〔'kehɪn〕卡欣
Kahirah〔'kahɪrə〕
Kahl〔kal〕
Kahlamba〔ka'lambə〕
Kahle〔kel〕卡爾
Kahlenberg〔'kalənbɛrk〕（德）
Kahler〔'kelə〕卡勒
Kahlil〔ka'lil〕
Kahlur〔ka'lur〕
Kahn test〔kan～〕康氏試驗（爲檢查梅毒的
一種沈澱反應）
Kahnis〔'kanɪs〕
Kahoda〔ka'hodə〕
Kahoka〔kə'hokə〕
Kahoolawe〔kahu'lawi；ka,hoo'lave〕
Kahr〔kar〕
Kahuku〔ka'huku〕
Kahului〔,kahu'lui〕
Kai〔kaɪ〕甲斐（日本）
Kaiaka〔'kaɪa'ka〕
Kaibab〔'kaɪbæb〕
Kaibito〔kaɪ'bito〕
Kaidu〔'kaɪdu〕開都河（新疆）
Kaieteur〔,kaɪə'tur〕
Kaieiewaho〔ka,iɛ,ie'waho〕
Kaifeng〔'kaɪ'fʌŋ〕開封（河南）
Kai Gariep〔'kaɪ ga'rip〕
Kaikawus〔,kaɪka'wus〕
Kaikeyi〔kaɪ'keji〕（印）
Kaikhusrau〔,kaɪkʌ'srau〕（波斯）
Kaikoura〔kaɪ'korə〕
Kailas〔kaɪ'las〕
Kailua〔kaɪ'lua〕
Kailyal〔'keljəl〕
Kailyard〔'keljard〕
Kaim〔kaɪm〕凱姆
Kaimana〔kaɪ'mana〕
Kaimanawa〔kaɪ'manəwa〕
Kain〔ken〕
Kainozoic Era〔kaɪno'zoɪk～〕

Kainen〔'keɪnən〕
Kaingang〔,ka·ɪn'gaŋ〕
Kainz〔kaɪnts〕
Kaipara〔'kaɪpərə〕
Kaiping〔'kaɪ'pɪŋ〕開平（廣東）
Kaiqubad〔,kaɪku'bad〕
Kairouan〔ke'rwaŋ〕（法）
Kairys〔'kaɪris〕
Kais〔kaɪs〕
Kaisargarh〔'kaɪsə,gar〕
Kaisaria〔,kaɪsærɪ'jæ〕
Kaisarieh〔,kaɪsa'rijɛ〕
Kaiser〔'kaɪzə〕德國、奧國、神聖羅馬帝國皇
帝之尊稱
Kaiserin〔'kaɪzərɪn〕德國之皇后
Kaiserin Augusta〔'kaɪzərɪn au'gusta〕
Kaiser-Karlsbad〔'kaɪzə·'karlsbat〕
Kaiserslautern〔,kaɪzəs'lautən〕凱撒勞坦
（德國）
Kaiserstuhl〔'kaɪzəʃ,tul〕
Kaiserswerth〔'kaɪzəzvɛrt〕
Kaiser Wilhelm〔'kaɪzə·'vɪlhɛlm〕
Kaiser Willhelm II〔'kaɪzə·'vɪlhɛlm
ðə 'sɛkənd〕
Kaiser-Wilhelmsland〔'kaɪzə·
'vɪlhɛlm,slant〕
Kaishadoris〔'kaɪʃədɔris〕
Kai-shek,Chiang〔dʒɪ'aŋ 'kaɪ'ʃɛk〕蔣介石
（1887-1975，即蔣中正，中國大軍事家，政治家
及總統）
Kaiv〔'kaiv〕
Kaiwi〔'kaɪwi〕
Kaiyuan〔'kaɪju'an〕開遠（雲南）
Kaj〔kaɪ〕
Kajan〔'kajan〕
Kajanus〔ku'janus〕
Kajar〔ka'dʒar〕
Kajeli〔ka'jeli〕
Kakabanga〔,kækə'baŋgə〕
Kakhetia〔kə'kiʃə〕
Kakhovka〔kʌ'hɔfkə〕（俄）
Kakonda〔ka'konda〕
Kakongo〔ka'koŋgo〕
Kakowski〔ka'kɔfski〕（波）
Kaku〔'kaku〕
Kalaat Saman〔'kalæt sæ'mæn〕
Kalabahi〔,kala'bahi〕
Kalach〔kʌ'latʃ〕卡拉奇（蘇聯）
Kaladan〔,kʌlə'dʌn〕卡拉丹（緬甸）
Kalahandi〔,kala'hʌndi〕（印）
Kalahari Desert〔,kala'harɪ～〕喀拉哈利
沙漠（非洲）

Kalakh〔'kɑlɑh〕

Kalam〔kə'lɑm〕

Kalamantin〔,kɑlɑ'mɑntɪn〕

Kalamas〔,kɑlɑ'mɑs〕

Kalamazoo〔,kæləmə'zu〕

Kalanemi〔,kɑlə'nemi〕

Kalanos〔'kælənɑs〕

Kalapuya〔,kælə'pujə〕

Kalasan〔,kɑlɑ'sɑn〕

Kalashar〔kʌ'lɑ'ʃɑr〕

Kalashnikoff〔ka'lɑʃnɪkɔf〕

Kalat〔kə'lɑt〕

Kalat-i-Nadiri〔ka'lɑt·i·nɑ'diri〕

Kalaupapa〔ka'lɑ·ʊ'pɑpɑ〕

Kalauria〔kə'lɔrɪə〕

Kalawao〔,kɑlɑ'wɑo〕

Kalayavana〔,kɑlə'jɑvənə〕

Kalb〔kælb；kɑlp（德）〕卡爾布

Kalbe ,Loewe-〔'lɜvə・'kɑlbə〕

Kalbeck〔'kɑlbɛk〕

Kalcker〔'kɑlkə〕

Kalckreuth〔'kɑlkrɔɪt〕（德）

Kaldu〔'kɑldu〕

Kaled〔'kɑlɛd〕

Kaledin〔kʌ'ljedjɪn〕（俄）

Kalenberg〔'kɑlənbɜrk〕

Kalends〔'kælɛndz〕

Kaler〔'kelə〕

Kalerges〔ka'lɛrjɪs〕（希）

Kalergis〔ka'lɛrjɪs〕（希）

Kale Sultanie〔ka'lɛ,sultani'jɛ〕

Kaleva〔'kɑlɛvə〕

Kalevala〔,kɑlɪ'vɑlə〕Elias Lönnrot 於
十九世紀初葉所收集古詩，神話，英雄事蹟等而
編成之芬蘭民族史詩

Kalewa〔ka'lewa〕卡累瓦（緬甸）

Kalgan〔'kɑl'gɑn〕

Kalgoorlie〔kæl'gurlɪ〕卡谷力（澳洲）

Kalhana〔'kɑlhɑnɑ〕

Kali〔'kɑlɪ；dʒɪ'ɑ'li（中）〕

Kali Bay〔'kuli～〕

Kaliakra〔ka'ljɑkrɑ〕

Kalian〔,kɑlɪ'ɑn〕

Kaliana〔,kɑlɪ'ɑnə〕

Kalidasa〔,kɑlɪ'dɑsə〕卡里達沙（第五世紀
之印度戲劇家及詩人）

Kalighat〔,kɑlɪ'gɑt〕

Kalijarvi〔'kælɪdʒɑrvɪ〕卡利賈維

Kalika〔'kɑlɪkɑ〕

Kalikapurana〔,kɑlɪkɑpu'rɑnə〕

Kalikata〔,kɑlɪ'kɑtɑ〕   「næg

Kalilag and Damnag〔kə'lilæg,'dæm-

Kalilah and Dimnah〔kə'lilə,'dɪmnə〕

Kaliman〔ka'limɑn〕

Kalimantan〔,kɑlɪ'mɑntɑn〕卡里曼坦（南婆
羅洲之印尼名稱）

Kali Mas〔'kɑlɪ 'mɑs〕

Kali Nadi〔'kɑlɪ 'nʌdɪ〕（印）

Kalindi〔ka'lɪndi〕

Kaline〔'kælɪn〕

Kalinin〔kʌ'ljinjɪn〕❶加里寧（Mikhail Iva-
novich,1875-1946,俄國政治領袖）❷加里寧
（蘇聯）

Kaliningrad〔kə'linɪŋgræd；kə'linɪŋgrɑd〕
加里寧格勒港（蘇聯）

Kaliningradsk〔kə'linɪŋgrætsk；kʌ,lji-
njɪn'grɑtsk〕（俄）

Kalininsk〔kə'linɪnsk；kʌ'ljinjɪnsk（俄）〕

Kalinnikov〔kʌ'ljinnɪkɔf〕（俄）

Kalir〔ka'lir〕

Kalisch〔'keliʃ；'kɑlɪʃ（德）〕

Kalispel〔'kælɪspɛl〕

Kalispell〔'kælɪspɛl〕

Kalisz〔'kɑliʃ〕卡利士（波蘭）

Kalita〔,kɑlɪ'tɑ〕

Kalix〔'kɑlɪks〕

Kaliya〔'kɑlɪjə〕

Kaliyuga〔,kɑlɪ'jugə〕

Kalk〔kɑlk；kɔk〕

Kalkar〔'kɑlkɑr〕

Kalkaska〔kæl'kæskə〕

Kalkbrenner〔'kɑlkbrɛnə〕

Kalkfontein〔'kɑlkfɔn'ten〕

Kalki〔'kɑlki〕

Kallas〔'kɑllɑs〕卡拉斯

Kallavesi〔'kɑllɑ,vɛsɪ〕

Kállay〔'kɑllɔɪ〕（匈）

Kallela, Gallén-〔gɑl'len・'kɑllɛlɑ〕

Kallen〔'kælən〕卡倫

Kallet〔'kelɛt〕卡萊特

Kallikak〔'kælɪkæk〕

Kalli-Nuddi〔'kɑlɪ・'nʌdɪ〕

Kallio〔'kɑlljɑ〕（芬蘭）

Kallipoli〔kə'lɪpəli〕

Kalliwoda〔,kɑlɪ'vodɑ（德）；'kɑlɪ,vɔdɑ

Kalloní, Gulf of〔,kɑlɔn'ji〕

Kallonis〔,kɑlɔn'jis〕

Kallwitz〔'kɑlvɪts〕（德）

Kallyope〔'kælɪ,op〕

Kalm〔kɑlm〕

Kalman〔'kɔlmən〕卡爾曼

Kálmán〔'kɑlmɑn〕（匈）

Kalmar〔'kælmɑr〕

Kalmarsund〔'kælmɑr'sʌnd〕

Kalmbach〔'kɑmbæk〕卡姆巴克
Kalmu(c)k〔'kælmʌk〕
Kalmyk〔'kælmɪk；kɑl'mɪk（俄）〕
Kalmykia〔kæl'mɪkɪə〕
Kālnoky〔'kɑlnoki〕
Kalodner〔kə'lɑdnə〕卡洛德納
Kalohi〔kɑ'lohi〕
Kalojoannes〔,kælodʒo'æniz〕
Kalonji〔kɑ'lɑndʒi〕
Kalonymus〔kə'lɑnɪməs〕
Kaloupek〔'kælopek〕卡洛佩克
Kalou vu〔'kɑlɑu 'vu〕
Kaloyan〔'kɑlojɑn〕（保）
Kalpa〔'kɑlpə〕
Kalpasutras〔,kɑlpə'sutrəz〕
Kalpeny〔'kælpəni〕
Kaltenborn〔'kæltənbɔrn〕卡滕伯恩
Kaltneker〔'kɑltnekə〕
Kaluga〔kə'lugə；kʌl-（俄）〕
Kalukembe〔,kɑlu'kembe〕
Kalundborg〔'kælənbɔrg〕
Kalusz〔'kɑluʃ〕
Kaluwawa〔,kɑlu'wɑwɑ〕
Kalvarija〔kɑl'vɑrijə〕
Kalyan〔kəl'jɑn〕
Kalyani〔kəl'jɑni〕
Kalymnos〔'kɑljɪmnɑs〕
Kama〔'kɑmə〕卡馬河（蘇聯）
Kamadhenu〔,kɑmə'denu〕
Kamadhuk〔,kɑmə'duk〕
Kamaiki〔kɑ'mɑɪki〕
Kamaing〔'kɑmɑɪŋ〕甘馬因（緬甸）
Kamakou〔,kɑmɑ'kou〕
Kamal-ud-din Isma'il Isfahani
　〔kæ'mɑl·ud·'din ,ɪsmɑ'il ,ɪsfɑhɑ-
　'ni〕（波斯）
Kamar〔'kɑmə〕（阿拉伯）
Kamaran〔,kæmə'rɑn〕
Kamarhati〔,kɑmɑr'hɑti〕
Kamba〔'kɑmbɑ〕
Kamba Dzong〔'kʌmbə 'dʒɑŋ；'kæm-；
　-'dʒɑŋ〕
Kambaengbeijra〔kɑmphæŋhpet〕
　（暹羅）
Kambaeng Petch〔kɑmphæŋ phet〕
　（暹羅）
Kamban〔'kɑmbɑn〕
Kambay〔kæm'be〕
Kambe〔'kɑmbe〕
Kambodja〔kɑm'bodʒɑ〕
Kamchadal〔'kæmtʃədæl〕
Kamchadele〔'kæmtʃədil〕

Kamchatka Peninsula〔kæm'tʃætkə～〕
　堪察加半島（蘇聯）
Kamehameha I〔kɑ'mehɑ'mehɑ～〕卡美哈美哈
　一世（1737?-1819，夏威夷群島的第一個國王）
Kamekeha〔,kɑmɛ'kehɑ〕
Kamel〔'kæml〕
Kamen〔'kɑmjən；'kɑmən〕卡門河（西藏）
Kamenets-Podolski〔kəmji'njɛts
　pʌ'dɔljski〕
Kamenev〔'kɑmjinjif〕（俄）
Kamenjak〔'kɑmɛnjɑk〕
Kamenskoye〔'kɑmjinskəjə〕卡明斯科耶
　（蘇聯）
Kamensk Shakhtinski〔'kɑmjinsk ʃɑh-
　'tjinskəi〕（俄）
Kamensk Uralski〔'kɑmjinsk u'rɑljski〕
Kamerlingh〔'kɑmələŋ〕
Kamerlingh Onnes〔'kɑmələŋ'ɔnəs〕
　卡麥琳翁奈（Heike,1853-1926，荷蘭物理學家）
Kamerny Teatr〔'kɑmɪrnɪ 'teɑtə〕
Kames〔kemz〕凱姆斯
Kamet〔'kʌmet〕喀美特峯（亞洲）
Kamichev〔'kæmɪtʃɛv〕
Kamieński〔kɑ'mjɛnjski〕（波）
Kamil, Hussein〔hu'sɑɪn 'kɑmɪl〕
Kamina〔kɑ'minɑ〕
Kaminski〔kɑ'mɪnski〕（德）
Kaminsky〔kɑ'mɪnski〕卡明斯基
Kamiri〔kə'mɪrɪ〕
Kamloops〔'kæmlups〕
Kamm〔kɑm〕卡姆
Kammer〔'kɑmə〕坎默
Kammermeister〔'kɑmə,mɑɪstə〕
Kammersee〔'kɑməze〕
Kammerspielhaus〔'kɑməʃ'pilhɑus〕
Kamouraska〔,kæmu'ræskə〕
Kampala〔kɑm'pɑlɑ〕坎帕拉（烏干達）
Kamperduin〔'kɑmpədɔɪn〕（荷）
Kampfe〔'kɛmpfə〕
Kämpfer〔'kɛmpfə〕（德）
Kamphaeng Phet〔kɑmphæŋ 'phet〕（暹羅）
Kamphausen〔'kɑmphɑuzən〕
Kamphoefner〔kæmp'hɛfnə〕坎普赫夫納
Kampo〔'kɑmpo〕
Kamptz〔kɑmpts〕
Kam-ranh〔'kæm,ræŋ；'kɑm'rɑnj（越）〕
Kamrup〔kɑm'rup〕
Kamsa〔'kɑmsə〕
Kamtchatka〔kɑmtʃɑt'kɑ〕（法）
Kamtschatka〔kɑm'tʃɑtkɑ〕（德）
Kamuela〔,kɑmu'e'lɑ〕
Kan〔gɑn〕贛江（江西）

Kanab〔kə'næb〕
Kanab〔'kenæb〕
Kanabec〔kə'nɛbɛk〕
Kanada〔ka'nadə〕
Kana-el-Jelil〔'kanə·ɛl·dʒɛ'lil〕
Kanaga〔kə'nagə〕
Kanaka〔kə'nækə;'kænəkə〕
Kanal〔ka'nal〕
Kanaloa〔,kanɑ'loɑ〕
Kananur〔,kʌnə'nur〕
Kanara〔'kanərə〕
Kanarak〔kə'narək〕
Kanares〔ka'narıs〕
Kanarese〔,kænə'riz〕
Kanaris〔ka'narıs〕
Kanatak〔'kanətak〕
Kanavel〔kə'nevəl〕
Kanawha〔kə'nɔwə〕
Kanachanaburi〔kanburi〕北碧（干差那武里）（泰國）
Kanchanjanga〔,kæntʃæn'dʒʌngə;,kantʃən'dʒʌngə〕
Kanchenjunga〔,kæntʃɛn'dʒʌngə;,kantʃən'dʒʌngə;,kʌntʃən'dʒʌngə〕肯欽真加山（亞洲）
Kanchipuram〔kan'tʃipurəm〕
Kanchow〔'gan'dʒo〕（中）
Kandagach〔kəndʌ'gatʃ〕（俄）
Kandahar〔,kændə'har〕肯德哈（阿富汗）
Kandarv〔kan'darv〕
Kandavu〔kan'davu〕
Kander〔'kandə〕
Kanderthal〔'kandətal〕
Kandiaga〔,kandi'agɑ〕
Kandinski〔kæn'dınskı;kʌn'djinskəi〕（俄）
Kandiyohi〔,kændı jo'hai〕
Kandu〔'kandu〕
Kandy〔'kændı〕坎第（斯里蘭卡）
Kane〔ken〕克恩（Elisha Kent,1820-1857,美國北極探險家）
Kanea〔kə'niə〕
Kanellopoulos〔,kanɛ'lɔpulɔs;-'lopulɔs〕
Kanem〔'kanɛm〕
Kaneohe〔,kane'ohe〕
Kanesh〔,kanɛʃ〕
Kanesville〔'kenzvıl〕
Kanga〔'kangɑ〕
Kangar〔'kangɑr〕
Kangaroo〔'kængə,ru〕
Kangavar〔,kangɑ'var〕

Kangchenjunga〔,kæntʃɛn'dʒʌngə;,kantʃən'dʒangə〕
Kangean〔'kanɛan〕
K'ang Hsi〔'kaŋ'ʃi〕康熙（1654-1722,中國清朝皇帝,原爲年號名,即清聖祖）
Kanghwa〔'kaŋ'hwa〕（韓）
Kangleon〔kaŋgle'on〕
Kangra〔'kaŋgrə〕
Kangro〔'kaŋrɔ〕
K'ang Tê〔'kaŋ'dʌ〕（中）
Kang Teh〔'kaŋ'dʌ〕（中）
Kangting〔'kaŋ'dıŋ〕康定（西康）
Kangto〔'kaŋto〕康托（西藏）
K'ang Yu-wei〔'kaŋ'jo·we〕
Kan,Han〔'han'gan〕（中）
Kanhsien〔'ganʃı'ɛn〕（中）
Kaniapiskau〔,kænjə'pıskau〕
Kaniguram〔,kʌnı'gurəm〕
Kanin〔'kænın〕（俄）卡寧
Kanishka〔kə'nıʃkə〕
Kanitz〔'kanıts〕（匈）
Kanjat〔kan'dʒat〕
Kankakee〔,kænkə'ki〕
Kankan〔,kaŋ'kan〕
Kankanai〔kan'kanai〕
Kankrin〔kan'krin〕
Kannada〔'kanada〕
Kannapolis〔kə'næpəlıs〕
Kano〔'kano〕卡諾（奈及利亞）
Kannstatt〔'kanʃtat〕（德）
Kanpur〔kan'pur〕康浦耳（印度）
Kansa〔'kansə;'kænsə〕關西（日本）
Kansan〔'kænzən〕堪薩斯人
Kansanshi〔kan'sanʃı〕
Kansas〔'kænzəs〕堪薩斯（美國）
Kansu〔'kæn'su〕甘肅（中國）
Kant〔kænt〕康德（Immanuel,1724-1804,德國哲學家）
Kantang〔'kan'taŋ〕（阿拉伯）
Kantara,El〔ɛl'kæntərə;æl'kantʌra（阿拉伯）〕
Kantarawadi〔'kantərɑ'wɑdi〕甘打拉哇底（緬甸）
Kantemir〔kʌntji'mjir〕（俄）
Kantian〔'kæntıən〕康德派的學者
Kantishna〔kæn'tıʃnə〕
Kantor〔'kæntə〕坎特
Kantorowicz〔,kantə'rovıtʃ〕
Kanuk〔kə'nʌk〕
Kanva〔'kanvə〕
Kaohsiung〔'gau'ʃjuŋ〕高雄（台灣）
Kao Kang〔'gau'gaŋ〕（中）

Kaokoveld〔'kauko,fɛlt〕
Kaolan〔'kau'lan ; gau'lan（中）〕
Kao Luang〔khau 'luaŋ〕（暹羅）
Kao-li〔'kau‧'li〕
Kaomi〔'kau'mi〕（中）
Kaonde〔'kaonde〕
Kaoses〔ke'osis〕
Kao Tsu〔'gau 'dzu〕（中）
Kao, Tsung〔'dzuŋ 'gau〕（中）
Kap〔kap〕
Kapaa〔ka'paa〕
Kapaau-Halaula〔ka'paau‧ha'laula〕
Kapchak〔kap'tʃak〕
Kapela〔ka'pɛla〕
Kápela Cape〔'kapɛla~〕
Kapellmeister〔ka'pɛl,maistə〕
Kapelner〔ka'pɛlnə〕
Kapenguria〔,kapən'guriə〕
Kaphērevs〔kafi'rɛfs〕
Kapidaği〔,kapɪda'gɪ〕（土）
Kapila〔'kʌpɪlə〕（印）
Kapilavastu〔'kʌpɪlə'vʌstu〕（印）
Kapital〔'kapɪtal〕
Kapiti〔'kapɪti〕
Kapitsa〔'kapɪtsə〕
Kapitza〔'kapitsə ; 'kapjɪtsʌ（俄）〕
Kaplan〔'kæplən〕卡普蘭
Kapnist〔kap'nist〕（俄）
Kapodistrias〔kapo'ðistrias〕（希）
Kapoeas〔'kapuas〕
Kapp〔kap〕（德）卡普
Kappel〔'kæpəl ; 'kapəl〕
Kapp Putsch〔'kap 'putʃ〕（德）
Kaprun〔'kaprun〕
Kapteyn〔kap'taɪn〕
Kapuas〔'kapuas〕
Kapudzhikh〔,kapu'dʒɪk〕
Kapurthala〔kə'purtələ〕
Kapuskasing〔,kæpəs'kesɪŋ〕
Kaputiei〔ka'putiei〕
Kaputt〔'kaput〕
Kara〔'kærə ; 'kara〕
Karabakh〔kərʌ'bah〕（俄）
Kara Bogaz Göl〔ka,ra bo'az gəl〕
卡臘博加兹一哥耳
Karabug(h)az〔,ka'rabu'gaz〕
Kara Burun〔ka,ra bu'run〕
Karaburum〔ka,rabu'run〕
Karacadoğ〔,kara,dʒa'da〕（土）
Karachaev〔kərʌ'tʃajif〕（俄）
Karachai〔,kara'tʃai ; kərʌ'tʃai（俄）〕

Karacharovo〔,kara'tʃarəvə〕
Karachi〔kə'ratʃi〕喀拉蚩港（巴基斯坦）
Karadağ〔,kara'da〕（土）
Kara Dağ〔,kara 'da〕（土）
Kara Dagh〔ka'ra 'dag〕
Karadeniz〔,karadɛŋ'iz〕「（土）
Karadeniz Boğzai〔,karadɛŋ'iz ,boga'zɪ〕
Karadjordje〔,kara'djərdjɛ〕（塞克）
Karadjordjević〔ka,ra'djərdjɛvitj〕
（塞克）
Karadzić〔ka'radʒɪtʃ ; -dʒɪtj〕（塞克）
Karagach〔,kara'gatʃ〕
Karaganda〔,karagan'da〕加拉干達（蘇俄）
Karageorge〔,kærə'dʒɔrdʒ〕
Karageorgevich〔,kærə'dʒɔrdʒɪvitʃ〕
Karagin〔kʌ'ragɪn〕卡拉琴島（蘇聯）
Karagwe〔ka'ragwe〕
Karaïskakes〔,kara‧ɪs'kakjɪs〕（希）
Karaïskakis〔,kara‧ɪs'kakjɪs〕（希）
Karajan〔'karajan〕
Karajich〔ka'radʒɪtʃ〕
Karak〔ka'rak〕
Karakal〔,kara'kal〕
Kara-Kalpak〔,karakal'pak〕❶喀拉克帕人
（居於蘇聯 Uzbek 共和國之一支土耳其語系的
民族）❷喀拉克帕語
Karakalpak〔,karakal'pak〕
Karakash〔,kara'kaʃ〕
Karakelong〔,kara'kelɔŋ〕
Karakhan〔kʌrʌ'han〕（俄）
Karakhoto〔,kara'hoto〕（蒙古）
Khara Khoto〔,kara 'hoto〕（蒙古）
Kara-Kirgiz〔,karə‧kɪr'giz〕
Karakol〔,kara'kəl〕
Karakoram Range〔'kærəkarəm~ ;
,kærə'kɔrəm~〕喀拉崑崙山脈（亞洲）
Karakorum〔,kærə'kɔrəm〕
Karaköse〔ka,rakə'sɛ〕（土）
Kara Kul〔,kara 'kul〕
Kara Kum〔,kara 'kum〕
Karakye〔ka'rakje〕
Karamania〔,kærə'meniə〕
Karamchand〔'karəmtʃɔnd〕
Karamea〔,karə'meə〕
Kara Mustafa〔ka'ra ,musta'fa〕
Kara Mnstapha〔ka'ra ,musta'fa〕
Karami〔ka'ramɪ〕
Karamzin〔karam'zin ; kʌrʌm'zjin（俄）〕
Karan〔'karan〕
Karang〔'karaŋ〕
Karanga〔ka'raŋga〕
Karanja〔ka'rʌndʒa〕（印）

Karankawa〔‚kærən'kawə〕

Karashahr〔‚kara'ʃahr〕

Karasi〔‚kara'si〕

Kara Su〔‚kara 'su〕

Karasz〔'karas〕

Karatala〔‚karə'talə〕

Karategin〔karate'gin〕

Karatheodori Pasha〔karateada'rı pa'ʃa〕

Karauli〔kə'raulı〕

Kara Usu Nur〔'kara 'usu 'nur〕(蒙古)

Karavelov〔‚kara'vɛləf〕(保)

Karavayeva〔‚kara'vajıvə〕

Karawanken〔‚kara'vaŋkən〕

Karbala〔'karbələ〕喀巴拉(伊拉克)

Kardelj〔'kardɛlj〕(塞克)

Kardis〔'kardıs〕

Kareima〔kə'remə〕卡雷馬(蘇丹)

Karel〔'karɛl〕卡雷爾

Karel Doorman〔'karel 'dɔrman〕

Karelia〔kə'rilıə〕卡累里亞(蘇聯)

Karen〔'kɛrən ; kə'rɛn ; 'karən(丹,德,挪)〕凱琳

Karenina〔kə'rɛnınə ; ka'renjınə(俄)〕

Karenni〔kə'rɛnı〕加林尼(緬甸)

Karg-Elert〔'kah·'elət〕(德)

Kargere〔kar'ʒɛr〕

Kargil〔'kʌrgıl〕

Kargle〔'karg̩〕

Kariba〔kə'ribə〕加里巴湖(非洲)

Karig〔'kɛrıg〕凱里格

Karikal〔‚karı'kal〕卡立卡(印度)

Karimata〔‚karı'mata〕

Karim Khan〔kæ'rim ‚han〕(波斯)

Karimoen〔'karımun〕

Karimoendjowo〔‚karımun'dʒovo〕

Karin〔'karın〕(丹)卡林

Karinthy〔'kɔrınti〕(匈)

Kariot〔‚karı'ɔt〕

Karisimbi〔‚kærı'sımbı〕

Karkar〔'karkar〕

Karkaralinsk〔kar'karəljınsk〕(俄)

Karkenah〔kar'kɛnə〕

Karker〔'karkə〕卡克

Karkheh〔kar'hæ〕(波斯)

Karkinit〔kar'kjinjıt〕(俄)

Karl〔karl〕卡爾

Karl August Fagerholm〔'karl 'august 'fagəhalm〕

Karl der Dicke〔'karl də 'dıkə〕

Karl der Grosse〔'karl də 'grosə〕

Karl der Kahle〔'karl də 'kalə〕

Karlfeldt〔'karl‚fɛlt〕喀爾菲爾特(Erik Axel, 1864-1931, 瑞典詩人)

Karl Franz Josef〔'karl 'frants 'jozɛf〕

Karlgren〔'karlgren〕高本漢(Klas Bernhard(Johannes), 1889-1978, 瑞典漢學家)

Karlheinz〔'kalhaınts〕

Karli〔'kalı〕

Karlin〔'karlin〕(捷)卡林

Karlings〔'karlıŋz〕

Karlis〔'karlıs〕

Karl Knutsson〔'karl 'knutssɔn〕

Karl Ludwig〔'karl 'lutvıh〕(德)

Karlmann〔'karlman〕

Karl Martell〔'karl mar'tɛl〕

Karlö〔'karlə〕(芬)

Karloff〔'karlɔf〕卡洛夫

Karlos〔'karlos〕

Karlovac〔'karlɔvats〕(塞克)

Karlova Universita〔'karlɔva 'unıvɜrsıta〕(捷)

Karlovich〔'karlʌvjıtʃ〕(俄)

Karlovna〔'karləvnə〕　　　　　　〔bad

Karlovy Vary〔'karlɔvı 'varı〕=Karls-

Karłowicz〔kar'lɔvıtʃ〕(波)　　　〔(德)

Karl Peter Ulrich〔'karl 'petə 'ulrıh〕

Karlsbad〔'karlzbæd〕喀爾斯巴德(捷克)

Karlsruhe〔'karls‚ruə ; 'karlz‚ruə〕喀爾斯魯(德國)　　　　　　　　〔(瑞典)〕

Karlstadt〔'karlʃtat(德);'karl'stad〕

Karlweis(s)〔'karlvaıs〕(德)

Karmamimansa〔‚karməmi 'mansə〕

Kármán〔'karman〕卡曼

Karmat〔'karmat〕

Karna〔'karnə〕卡娜

Karnak〔'karnæk〕

Karnali〔kar'nalı〕

Karnaphuli〔‚karnə'pulı〕

Karnata〔kar'natə〕

Karnatic〔kar'nætık〕

Karnatik〔kə'natık〕

Karnattah〔kar'nattə〕

Karnebeek〔'karnəbek〕(荷)

Karnes〔karnz〕卡恩斯

Kar Nicobar〔'kar'nıkobar〕

Karnische Alpen〔'karnıʃə 'alpən〕

Kärnten〔'kɛrntən〕(德)

Karo〔'karo〕卡羅

Karol〔'karɔl〕卡羅爾

Karolina〔‚karɔ'lina〕

Karoline〔'kærəlaın ; ‚karo'linə(德)〕

Karolinen〔‚karo'linən〕

Karolinenthal〔‚karo'linəntal〕

Karolinger〔'kɑrolɪŋə〕
Karolingia〔ˌkærəˈlɪndʒɪə〕
Karolsfeld〔'kɑrolsfɛlt〕
Karolstadt〔'kɑrolʃtat〕
Károly〔'kɑrolj〕(匈)
Karolyi〔'kɑroljɪ〕
Karond〔kəˈrond〕
Karonga〔kəˈrɔŋɡə〕
Karoo〔kəˈru；kæˈru〕
Karpathen〔kɑrˈpatən〕
Karpathos〔'kɑrpəθɑs〕喀帕蘇斯島(希臘)
Karpaten〔kɑrˈpatən〕
Kárpátok〔'kɔrpatok〕(匈)
Karpaty〔'kɑrpatɪ(捷)；kɑrˈpatɪ(波)〕
Karpeles〔'kɑrpeles〕
Karpenision〔ˌkɑrpɛnˈjisjən〕(希)
Karpiński〔kɑrˈpinjski〕(波)
Karpovich〔'kɑrpovɪtʃ〕卡波維奇
Karr〔kɑr〕卡爾
Karrer〔'kɑrə〕喀拉(Paul, 1889-1971, 瑞
　士化學家)
Karroo〔kəˈru〕
Kars〔kɑrz〕　　　　　　　　「(俄)〕
Karsavina〔kɑrˈsavinə；kʌˈsavjɪnə
Karsch〔kɑrʃ〕
Karschin〔'kɑrʃɪn〕
Karsh〔kɑrʃ〕卡什
Karshvan〔kɑrʃˈvan〕
Karshvar〔kɑrʃˈvar〕
Karskoe More〔'kɑrskəjə 'mɔrjə〕(俄)
Karsner〔'kɑrznə〕卡斯納
Karst〔kɑrst〕卡斯特
Karsten〔'kɑrstən〕卡斯滕
Karta〔'kɑrta〕
Kartabo〔kɑrˈtabo〕
Karta-tuba〔'kɑrtə・'tjubə〕
Karthadasht〔kɑrtəˈdaʃt〕
Karthala〔'kɑrtələ〕
Karttikeya〔ˌkɑrttɪˈkejə〕
Kartveli〔'kɑrtvɛlɪ〕卡特維利
Kartzke〔'kɑrtski〕卡茨基
Karun〔kɑˈrun〕
Kasa〔'kɑsa〕加西(日本)
Kasaan〔kəˈsæn〕
Kasai〔kɑˈsai〕卡塞河(非洲)
Kasala〔'kæsələ〕
Kasamansa〔ˌkɑsaˈmansa〕
Kasan〔kɑˈzan〕
Kasanga〔kəˈsaŋɡə〕卡桑加(坦尚尼亞)
Kasanpass〔kɑˈzanpas〕
Kasar〔kɑˈsar〕
Kasari〔'kɑsarɪ〕

Kasavubu〔kɑsəˈvubu〕
Kasbah〔'kɑsba〕阿爾及爾之古老之土人區
Kasbek〔kɑzˈbɛk；kʌzˈbjɛk(俄)〕
Kasbin〔kɑzˈbin〕
Kaschau〔'kɑʃau〕
Kasdim〔'kæzdɪm〕
Käse〔'kezə〕凱斯
Kasem〔'kɑsɛm〕卡塞姆
Kasempa〔kəˈsɛmpə〕
Kasena〔kɑˈsena〕
Kasenkina〔kɑˈsjɛnkina〕
Kasgil〔'kæzgɪl〕
Kashan〔kɑˈʃan〕卡善(伊朗)
Kashgar〔'kæʃgar〕喀什噶爾(新疆)
Kashgaria〔kæʃˈgɛrɪə〕
Kashgil〔'kæʃgɪl〕
Kashi〔'kɑʃi〕喀什市(新疆)
Kashing〔'kɑʃɪŋ〕
Kashira〔kʌˈʃɪrə〕(俄)
Kashka-Darya〔'kɑʃkɑ・dʌˈrjɑ〕(俄)
Kashk-i-Nakhud〔'kɑʃk・i・naˈhud〕
Kashmir〔kæʃˈmɪr；kæʃˈmɪr〕喀什米爾
　(印度)
Kashmiri〔kæʃˈmɪrɪ〕❶喀什米爾之居民❷喀
　什米爾語
Kashoubish〔kəˈʃubɪʃ〕
Kashperov〔'kɑʃpɪrəf；'kɑʃpjɪrɔf(俄)〕
Kashypa〔'kɑʃjəpə〕
Kasi〔'kɑsi〕
Kasim〔'kɑsɪm〕
Kasimbazar〔'kɑsɪmbazə〕
Kasimir〔'kɑzɪmɪr〕卡西米爾
Kasimov〔kɑˈsiməf〕
Kasiroeta〔ˌkɑsɪˈruta〕
Kaska〔'kæskə〕
Kaskaskia〔kæsˈkæskɪə〕
Kasner〔'kæsnə〕卡斯納
Kason〔'kɑson〕
Kasonboura〔ˌkɑsonˈbura〕
Kasos〔'kɑsɔs〕
Kaspar〔'kæspə；'kɑspar(丹, 荷, 德)；
　'kɑʃpɔr(匈)〕卡斯帕
Kasper〔'kæspə；'kɑspɛr(波)〕卡斯帕
Kasprowicz〔kɑsˈprɔvɪtʃ〕(波)
Kassa〔'kɑssa；'kɑʃʃa〕
Kassai〔kɑˈsai〕
Kassák〔'kɑʃʃɑk〕(匈)
Kassala〔'kæsələ〕卡薩拉(蘇丹)
Kassandra〔kɑˈsændrə〕
Kassel〔'kɑsəl；'kæsļ〕卡塞耳(德國)
Kassel, Hessen-〔'hɛsən・'kɑsəl〕
Kassem〔'kɑsɪm〕

Kassen〔'kɑsən〕

Kassites〔'kæsaɪts〕

Kassler〔'kæslə〕卡斯勒

Kassouna〔kɑ'suna〕

Kassy〔'kæsɪ〕

Kastalski〔kəs'tælskɪ ; kʌs'taljskəɪ（俄）〕

Kastamuni〔,kɑstamu'ni〕

Kastamonu〔,kɑstamo'nu〕

Kastelorrizon〔,kɑstɛ'lɔrɪzɔn〕卡斯特勞利松島

Kastendieck〔'kæstɪndik〕卡斯滕廸克

Kastle〔'kastļ〕

Kastner〔'kɑstnə〕卡斯特納

Kästner〔'kɛstnə〕（德）

Kastri〔'kastri〕

Kastril〔'kæstrɪl〕

Kastrop-Rauxel〔'kɑstrɔp· 'raʊksəl〕

Kasubian〔kə'subɪən〕

Kasur〔kə'sur〕

Kasvin〔kaz'vin〕

Kasyapa〔kaʃ'jʌpə〕（梵）

Kataghan〔,kata'gɑn〕

Kataghan-Badakhshan〔,kata'gɑn· ,badah'ʃan〕

Katagum〔kə'tagʊm〕　　「（美國）

Katahdin, Mount〔kə'tɑdn〕克大定山

Katak〔'kɑtək〕（印）

Katakolon〔ka'takɔlɔn〕

Katanae〔'kætəni〕

Katanga〔kə'taŋgə〕喀坦加（薩伊）

Kat Angelino〔'kat anhɛ'lino〕（荷）

Katanglad〔ka'taŋlad〕

Katar〔'katar ; 'katɔr（阿拉伯）〕

Katarina〔,kata'rinə〕

Katavothra〔,kata'vɔθra〕

Katayev〔kʌ'tajɪf〕（俄）

Katchall〔'kætʃļ〕

Kate〔ket ; 'katə（荷）〕凱特

Kate Croy〔'ket 'krɔɪ〕

Kate Hardcastle〔'ket 'hard,kasļ〕

Kater〔'ketə〕凱特

Kates Needle〔'kets 'nidļ〕

Katha〔kə'θɑ ; 'katə〕開泰（緬甸）

Katharevousa〔,kaθa'rɛvusa〕

Katharina〔,kæθə'rinə ; ,kata'rina（德）〕

Katharine〔'kæθərɪn ; ,kata'rinə（德）〕凱瑟琳

Katharinenburg〔,kata'rinənburk〕

Kathasaritsagara〔,katəsərɪt·'sagərə〕

Käthe〔'ketə〕（德）

Katherina〔,kæθə'rinə〕

Katherina, Gebel〔'dʒɛbəl ,kæθə'rinə〕

Katherine〔'kæθərɪn〕凱瑟琳

Kathiawar〔'katɪə,war〕

Kathie〔'kæθɪ〕

Kathlamba〔kat'lambə〕

Kathleen〔'kæθlin ; kæθ'lin〕凱瑟琳

Kathleen Mavourneen〔kæθ'lin ,mævʊr-　　L'nin〕

Kathmandu〔'katmɑn'du〕加德滿都（尼泊爾）

Kathrine〔'kæθrɪn〕

Kathryn〔'kæθrɪn〕凱瑟琳

Kathy〔'kæθɪ〕凱西

Kateri〔'katərɪ〕

Katia〔kɑ'tijə〕（阿拉伯）

Katib Tchelebi〔'katɪb ,tʃɛlɛ'bi〕（土）

Katie〔'ketɪ〕凱萊

Katims〔'ketɪmz〕凱蒂姆斯

Katin〔'ketɪn〕

Katipunan〔,katɪpu'nan〕

Katisha〔'kætɪʃa〕

Katinka〔kə'tɪnkə〕

Katkov〔kat'kɔf ; kʌt'kɔf（俄）〕

Katmai〔'kætmaɪ〕

Katmandu〔,katmɑn'du〕加德滿都（尼泊爾）

Katona〔ka'tɔnə〕

Katoomba〔kə'tumbə〕

Katowice〔,katə'vitsɛ〕卡托維治（波蘭）

Katrina〔kə'trinə〕卡特里娜

Katrine, Loch〔lɑk 'kætrɪn〕卡春湖（蘇格蘭）

Kattegat〔,kætɪ'gæt〕喀得加特海峽（歐洲）

Kattegatt〔'katəgat〕（瑞典）

Kattowitz〔'katovɪts〕

Katty〔'kætɪ〕

Kattywar〔'kætɪwar〕

Katukina〔,katu'kina〕

Katun〔kʌ'tun〕（俄）　　　　「（俄）

Katunskie Belki〔kʌ'tunskɪjɪ bjɪl'ki〕

Katunga〔,ka'tuŋga〕

Katy〔'ketɪ〕

Katyn〔ka'tɪn〕

Katz〔kats〕卡茨

Katzbach〔'katsbah〕（德）

Katzbergs〔'kætsbəgz〕

Katzenbach〔'kætsənbæk〕卡曾巴赫

Katzenbuckel〔'katsən,bʊkəl〕（德）

Katz-Suchy〔kats· 'sukhɪ〕

Katzimo〔'kætsɪmo〕

Katzentine〔'katzɛntaɪn〕卡曾坦

Kau〔ka'u〕

Kauai〔,ka·ʊ'a·i〕考艾島（夏威夷群島）

Kaub〔kaʊp〕

Kauen〔'kaʊən〕 「考夫曼
Kauffman〔'kɔfmən ; 'kaʊfmən（德）〕
Kauffmann〔'kɔfmən ; 'kaʊfmən（德）〕
Kaufman〔'kɔfmən〕考夫曼 └考夫曼
Kaufmann〔'kaʊfmən（德）; 'kaʊfmʌn
 （俄）〕
Kauikeaouli〔'kaʊike'aʊuli〕
Kauiki〔'kaʊ'iki〕
Kau Kau〔'kaʊ , kaʊ〕
Kaukauna〔kɔ'kɔnə〕
Kaukau Veld〔'kaʊkaʊ fɛlt〕
Kaukenau〔'kaʊkənaʊ〕
Kaula〔ka'ula〕
Kaulakahi〔,kaʊla'kahi〕
Kaulbach〔'haʊlbah〕（德）
Kaulbars〔'haʊlbʌrs〕（俄）
Kaulun〔'kaʊ'lun〕
Kaulung〔dʒi'o'luŋ〕
Kauma〔'kaʊma〕
Kaumalapau〔,kaʊma'lapaʊ〕
Kaun〔kaʊn〕
Kaunakakai〔,kaʊna'kakaɪ〕
Kaunas〔'kaʊnas〕考那斯（美國）
Kaunitz〔'kaʊnɪts〕
Kaunitz-Rietberg〔'kaʊnɪts·'ritbɛrk〕
Kauper〔'kɔɪpɚ〕考珀
Kaupert〔'kaʊpət〕
Kaurin〔'kaʊrɪn〕
Kaus〔kɔs〕考斯
Kaus Australis〔kɔs ɔs'trelɪs〕
Kaus Borealis〔kɔs bɔri'elɪs〕
Kaushambi〔kaʊ 'ʃambi〕
Kaus Media〔kɔs 'midiə〕
Kautilya〔'kaʊtɪljə〕
Kautsky〔'kaʊtski〕
Kautzsch〔kaʊtʃ〕
Kauvar〔kɔ'var〕
Kauwa〔'kaʊwa〕
Kavadh〔kæ'vad〕
Kavalam〔ka'valəm〕卡瓦拉姆
Kavalla〔kə'vælə ; ka'vala（古希）〕
Kavalli〔kə'væli〕
Kavallo〔ka'valɔ〕 「卡瓦納
Kavanagh〔'kævənə ; kə'vænə（愛）〕
Kavanaugh〔'kævə,nɔ〕卡瓦諾
Kavelin〔kʌ'vjeljɪn〕（俄）
Kaveri〔'kavəri〕
Kaverin〔ka'verɪn〕
Kavi〔'kavi〕
Kavieng〔,kævi'ɛŋ〕卡維恩（澳洲）
Kavinoky〔,kævi'noki〕
Kavir〔ka'vɪr〕

Kavirondo〔,kavi'rondo〕
Kavkaz〔kʌf'kas〕（俄）
Kavkazski Khrebet〔kʌf'kasskə
 hrjɪ'bjet〕（俄）
Kavo〔'kavo〕
Kavyani〔kav'jani〕
Kaw〔kɔ〕
Kawabata〔,kawə'batə〕川端康成
 （Yasunari, 1899-1972 , 日本作家）
Kawaihau〔,kawaɪ'ha·u〕
Kawaihoa〔,kawaɪ'hoa〕 「島）
Kawaikini〔,kawaɪ'kini〕加外基尼山（考艾
Kawakawa〔,kawa'kawa〕
Kawardha〔kə'wardha〕（印）
Kawartha〔kə'wɔrθə〕
Kaweah〔kə'wiə〕
Kawelikoa〔ka,welɪ'koa〕
Kawhia〔'kahwɪa〕
Kawi〔'kawi〕
Kawich〔'kawɪtʃ〕
Kaw Yai〔'kɔ 'jaɪ〕
Kay〔ke〕凱伊
Kay, de〔də 'ke〕
Kayah〔'kaɪə〕
Kayak〔'kaɪæk〕
Kayan〔'kajən〕卡揚
Kayanush〔,kaja'nuʃ〕
Kayapó〔,kaja'po〕
Kaye〔ke〕凱
Kayenbergh〔'kajəmbɛrh〕（法蘭德斯）
Kayenta〔kə'jɛntə〕
Kayes〔kez〕克茲（西非洲）
Kaye-Smith〔'ke·'smɪθ〕
Kayibanda〔,kaji'bandə〕
Kaylor〔'kelə〕
Kayne〔ken〕
Kayrawan〔,kaɪrə'wan〕
Kayser〔'kaɪzɚ〕凱澤
Kayseri〔,kaɪsɛ'ri〕開塞里（土耳其）
Kayssler〔'kaɪslə〕
Kaysville〔'kezvɪl〕
Kayumarth〔,kaju'mart〕
Kazak(h)〔ka'zak〕哈薩克人
Kazakhstan〔,kazak'stan ; kəzʌh'stan〕
 哈薩克（蘇聯）
Kazakstan〔,kazak'stan〕= Kazakhstan
Kazan〔kə'zan〕喀山（蘇聯）
Kazbek〔kaz'bɛk〕剋茲柏克峯（蘇聯）
Kaz Dagh〔kaz 'dag〕（土）
Kazdaği〔,kazda'ı〕（土）
Kazemain〔,kazɛ 'maɪn〕
Kazimiera〔,kaʒi'mjɛra〕

Kazimieras〔ˌkɑziˈmjɛrɑs〕
Kazimierz〔kɑˈzimjɛʃ〕（波）
Kazimir〔kʌzjiˈmjir〕（俄）
Kazin〔ˈkezin〕卡津
Kazinczy〔ˈkɑzintsi〕（匈）
Kázmér〔ˈkɑzmer〕卡茲默
Kazvin〔kɑzˈvin〕卡茲文（伊朗）
Kea〔ˈkɛɑ〕
Keaau〔ˌkeɑˈɑ·ʊ〕
Keable〔ˈkibḷ〕
Keady〔ˈkidi〕基廸
Keahole〔ˌkeɑˈholɛ〕
Kealaikahiki〔keˌɑlɑɪkɑˈhiki〕
Kealakekua〔keˌɑlɑkeˈkuɑ〕
Keally〔ˈkili〕基利
Kean〔kin〕基恩
Keane〔kin〕基恩
Keansburg〔ˈkinzbəg〕
Kear〔kɛr〕
Kearley〔ˈkirli〕
Kearn〔kɜn〕
Kearney〔ˈkɑrni〕卡尼
Kearns〔kɜnz〕卡恩斯
Kearnsey〔ˈkɜnzi〕
Kearny〔ˈkɜni〕卡尼
Kearsarge〔ˈkirsɑrdʒ〕
Kearsey〔ˈkɜzi〕
Kearsley〔ˈkirzli〕基爾斯利
Kearton〔ˈkirtṇ〕基爾頓
Keary〔ˈkiɑri〕基爾里
Keate〔kit〕
Keating(e)〔ˈkitiŋ〕基廷
Keaton〔ˈkitən〕基頓
Keator〔ˈketə〕基特　　　　　「詩人」
Keats〔kits〕濟慈（John, 1795-1821,英國）
Keawaiki〔ˌkeɑˈwaɪki〕
Keb〔kɛb〕
Kebbon〔ˈkɛbən〕凱本
Kebilli〔kəˈbili〕
Kebir, Wadi el〔ˌwædil kæˈbir〕
Keble〔ˈkibḷ〕吉卜爾（John, 1792-1866,
　英國牧師及詩人）　　　　　　「（瑞典）
Kebnekaise〔ˌkɛbnəˈkaɪsə〕剎奈啓塞峯
Kebreau〔kəˈbro〕
Kechua〔ˈkɛtʃwə〕
Keck〔kɛk〕凱克　　　　　　　　「利〕
Kecskemét〔ˈkɛtʃkɛˌmet〕奇剢美（匈牙
Kedah〔ˈkedɑ〕吉打邦（馬來西亞）
Kedainyai〔kɛˈdaɪnjaɪ〕
Kedar〔ˈkidɑr〕
Kedarnath〔kɛˈdɑrnɑt〕
Kedesh〔ˈkidɛʃ〕

Kedesh-naphtali〔ˈkidɛʃ·ˈnæftəlaɪ〕
Kedges〔ˈkɛdʒɛz〕
Kediri〔keˈdiri〕
Kedleston〔ˈkɛdḷstən〕
Kedoe〔ˈkedu〕
Kedron〔ˈkɛdrən〕
Kedu〔ˈkedu〕
Kee〔ki〕基
Kedungwuni〔ˌkeduŋˈwuni〕
Keeble〔ˈkibḷ〕基布爾
Keech〔kitʃ〕基奇
Keefe〔kif〕基夫
Keel〔kil〕基爾
Keele〔kil〕基爾
Keeler〔ˈkilə〕基勒
Keeley〔ˈkili〕基利
Keeling〔ˈkiliŋ〕基林
Keelung〔ˈkiˈluŋ〕基隆港（臺灣）
Keemle〔ˈkimli〕
Keen〔kin〕基娜
Keenan〔ˈkinən〕基南
Keene〔kin〕基恩
Keener〔ˈkinə〕基納
Keenleyside〔ˈkinlisaɪd〕
Keepdown〔ˈkipdaʊn〕
Keeper〔ˈkipə〕
Kees〔kes〕
Keeseville〔ˈkizvil〕
Keewatin〔kiˈwɑtin ; kiˈwetin〕基威丁區
　（加拿大）
Keez〔kez〕
Kefallinia〔ˌkɛfɑliˈniə〕
Kefauver〔ˈkifovə〕基福弗
Kegan〔ˈkigən〕基根
Kegie〔ˈkigi〕
Kehama〔kiˈhɑmə〕
Kehoe〔kjo〕基歐
Kei〔kaɪ ; ke〕怯義群島（印尼）
Keifer〔ˈkaɪfə〕凱弗
Keig〔kig〕
Keighley〔ˈkiθli ; ˈkili ; ˈkaɪli〕奇利
　（英格蘭）
Keightley〔ˈkitli ; ˈkaɪtli（愛）〕
Keightly〔ˈkitli〕
Keigwin〔ˈkɛgwin〕凱格溫
Keilberg〔ˈkaɪlbɛrk〕（德）
Keill〔kil〕
Keiller〔ˈkilə〕
Keim〔kaɪm〕凱姆
Keir〔kir〕基爾
Keisar〔ˈkaɪzə〕
Keiser〔ˈkaɪzə〕凱澤

Keisler〔'kizlə〕基斯勒

Keitel〔'kaɪtəl〕

Keitele〔'ketɛlɛ〕

Keith〔kiθ〕吉斯（Sir Arthur, 1866-1955, 英國人類學家）

Keitt〔kɪt〕基特

Keizer〔'kaɪzə〕

Kejser Franz Josephs Fjord〔'kaɪsə frɑnts 'jɔsɛfs fjɔr〕

Kekaha〔kə'kɑhɑ〕

Kekewich〔'kɛkɪwɪtʃ〕凱克威奇

Kékkő and Gyarmat〔'kɛkkə ənd 'djɔr- [mɔt〕

Kekkonen〔'kɛkkɔnɛn〕（芬）

Kekule von Stradonitz〔'kekule fɑn 'ʃtradɔnɪts〕（德）

Kelani〔'kɛlɑni〕

Kelani Ganga〔'kɛlɑni 'gʌŋgɑ〕（印）

Kelantan〔kɛ'læntən〕吉蘭丹（馬來西亞）

Kelat〔kɪ'læt〕

Kelat-i-Nadir〔kɛ'lɑt·i·nɑ'dɪr〕

Kelayres〔kɛ'lɛrz〕

Keleher〔'kɛləhə〕

Kēler〔'kelɛr〕（匈）

Kelhead〔'kɛlhɛd〕

Kelibia〔kɛ'libɪə〕

Kelkit〔kɛl'kit〕

Kelland〔'kɛlənd〕凱蘭德（Clarence Budington, 1881-1964, 美國小說家）

Kellar〔'kɛlə〕凱勒

Kellas〔'kɛlæs〕

Kelleher〔'kɛləhə〕

Keller〔'kɛlə〕凱勒（Helen Adams, 1880-1968, 美國盲聾女教師及作家）

Keller, von〔fɑn 'kɛlə〕

Kellermann〔'kɛləmɑn（德）; kɛlɛr-'mɑn（法）〕凱勒曼

Kellerwand〔'kɛləvɑnt〕

Kellett〔'kɛlɪt〕凱利特

Kelley〔'kɛlɪ〕凱利

Kelleys〔'kɛlɪz〕

Kellgren〔'tʃɛlgrɛn〕（瑞典）凱爾格倫

Kellner〔'kɛlnə〕凱爾納

Kellogg〔'kɛlɑg〕凱洛格（Frank Billings, 1856-1937, 美國政治家）

Kellog-Briand〔'kɛlɑg·bri'ɑŋ〕

Kells〔kɛlz〕凱爾斯

Kellstadt〔'kɛlstæt〕凱爾斯塔特

Kelly〔'kɛlɪ〕凱利（James Edward, 1855-1933, 美國雕刻家）

Kelmscot〔'kɛlmskət〕

Kelowna〔kɪ'lonə〕

Kelpie〔'kɛlpɪ〕

Kelpius〔'kɛlpɪ·us〕

Kelpy〔'kɛlpɪ〕

Kelsea〔'kɛlsɪ〕

Kelsen〔'kɛlzən〕凱爾森

Kelsey〔'kɛlsɪ〕凱爾西

Kelso〔'kɛlso〕凱爾索

Keltie〔'kɛltɪ〕

Keltsy〔'kjɛltsɪ〕（俄）

Kelung〔ki'luŋ〕（中）

Kelvey〔'kɛlvɪ〕凱爾維

Kelvin〔'kɛlvɪn〕克爾文（William Thomson, 1824-1907, 英國數學家及物理學家）

Kelway〔'kɛlwɪ〕凱爾爲

Kem〔kɛm〕克姆

Kemal Atatürk〔kɛ'mɑl 'ætətək〕凱末爾（1881-1938, 原名 Mustafa Kemal, 土耳其將軍、

Kemal Bey〔kɛ'mɑl 'be〕 [第一任總統）

Kemal Pasha〔kɛ'mɑl pa'ʃɑ〕

Kemarat〔'kɛməræt〕

Kemble〔'kɛmbl̩〕肯布爾

Kemény〔'kɛmenj〕（匈）凱梅尼

Kemerovo〔'kɛmə,rovo〕刻麥洛夫（蘇俄）

Kemeys-Tynte〔'kɛmɪs·'tɪnt〕

Kemi〔'kemɪ〕克米（芬蘭）

Kemijärvi〔'kɛmɪjærvɪ〕（芬）

Kemijoki〔'kɛmɪjɔki〕

Kemiö〔'kɛmɪə〕

Kemmel, Mont〔mɔŋ kɛ'mɛl〕（法）

Kemmerer〔'kɛmərə〕凱默勒

Kemnitz〔'kɛmnɪts〕（德）

Kemp(e)〔kɛmp〕肯普

Kempelen〔'kɛmpələn〕

Kempeneer〔'kɛmpəner〕

Kempenfelt〔'kɛmpənfɛlt〕肯彭費爾特

Kemper〔'kɛmpə〕肯珀

Kempf〔kɛmpf〕肯普夫 [鋼琴家）

Kempff〔kɛmpf〕肯普（Wihelm, 1895-, 德國

Kempis〔'kɛmpɪs〕肯比斯（Thomas à, 1379?-1471, 德國神學家，作家）

Kempner〔'kɛmpnə〕肯普納

Kemp Owyne〔kɛmp 'owɪn〕

Kempston〔'kɛmpstən〕

Kempten〔'kɛmptən〕

Kemp-Welch〔'kɛmp·wɛltʃ〕

Kemys〔'kimɪs〕基米斯

Ken〔kɛn〕肯 [斯加）

Kenai Peninsula〔'kinaɪ ～〕奇奈半島（阿拉

Kenan〔'kinən〕肯南

Kenansville〔'kinənzvɪl〕

Kendal(l)〔'kɛndl̩〕甘德爾（❶ Edward Calvin, 1886-1972, 美國生物化學家）❷（William Sergeant, 1869-1938, 美國畫家及雕刻家）

Kendal(l)ville〔ˈkɛndl̩vɪl〕
Kendari〔kɛnˈdɑrɪ〕
Kendeigh〔ˈkɛndɪ〕肯廸
Kendler〔ˈkɛndlə〕肯德勒
Kendrake〔ˈkɛndrek〕
Kendrew〔ˈkɛndru〕甘諸（Sir John Cow-dery,1917- ，英國科學家）
Kenealy〔kɪˈnilɪ〕
Kenedy〔ˈkɛnɪdɪ〕
Keneh〔ˈkɛnə ; ˈkinə(阿拉伯)〕
Kenelm〔ˈkɛnɛlm〕凱內爾姆
Kenelm Chillingly〔ˈkɛnɛlm ˈtʃɪlɪŋlɪ〕
Kenelworth〔ˈkɛnəlwɜθ〕
Kenerson〔ˈkɛnəsən〕凱納森
Kenesaw〔ˈkɛnɪsɔ〕
Kengtung〔ˈkɛŋtʊŋ〕景棟（緬甸）
Kenhorst〔ˈkɛnhɔrst〕
Kenia〔ˈkɛnjə〕
Kenigsberg〔ˈkjɔnɪksbjɜrk〕（俄）
Kenilworth〔ˈkɛnɪlwəθ〕
Kenite〔ˈkinaɪt〕
Kenmare〔kɛnˈmɛr ; ˈkɛnmɛr〕
Kenmore〔ˈkɛnmɔr〕肯莫爾
Kenmure〔ˈkɛn,mjur〕
Kem〔kɛn〕
Kennair〔kɛˈnɛr〕
Kennaird〔kɛˈnɛrd〕
Kennan〔ˈkɛnən〕凱南
Kennard〔kɛˈnard〕肯納德
Kennaway〔ˈkɛnəwe〕肯納爲
Kennebec〔ˌkɛnɪˈbɛk〕
Kennebunk〔ˈkɛnəbʌŋk〕
Kennebunkport〔ˌbɛnəbʌŋkˈpɔrt〕
Kennedy〔ˈkɛnɪdɪ〕甘迺廸（John Fitzger-ald, 1917-1963, 美國從政者，美國第三十五任總統）
Kenneh〔ˈkɛnə〕
Kennel〔ˈkɛnl̩〕
Kennelly〔ˈkɛnəlɪ〕肯內利
Kennelly-Heaviside〔ˈkɛnəlɪ·ˈhɛvɪ-
Kenner〔ˈkɛnə〕肯納
Kennerley〔ˈkɛnəlɪ〕
Kennerly〔ˈkɛnəlɪ〕肯納利
Kennesaw〔ˈkɛnɪˌsɔ〕
Kennet〔ˈkɛnɪt〕肯尼特
Kenneth〔ˈkɛnɪθ〕肯尼思
Kennett〔ˈkɛnɪt〕
Kennewick〔ˈkɛnɪwɪk〕
Kenney〔ˈkɛnɪ〕肯尼
Kennicot(t)〔ˈkɛnɪkət〕肯尼科特
Kennington〔ˈkɛnɪŋtən〕肯寧頓
Kennish〔ˈkɛnɪʃ〕
Kenny〔ˈkɛnɪ〕肯尼

Kenogami〔kəˈnagəmɪ〕
Kenora〔kɪˈnorə〕
Kenosha〔kəˈnoʃə〕克諾沙（美國）
Kenova〔kɪˈnovə〕
Kenrick〔ˈkɛnrɪk〕肯里克
Kenry〔ˈkɛnrɪ〕
Kensal〔ˈkɛnsl̩〕
Kensett〔ˈkɛnsɪt〕肯西特
Kensico〔ˈkɛnsɪko〕　　　　「肯辛頓
Kensington〔ˈkɛnzɪŋtən ; ˈkɛnsɪŋtən〕
Kensit〔ˈkɛnzɪt〕
Kent〔kɛnt〕❶甘特（James, 1763-1847, 美國法學家）❷肯特（英格蘭）
Kentei Shan〔ˈgɛnˈte ˈʃɑn〕（蒙古）
Kentigern〔ˈkɛntɪgɜn〕
Kentish Fire〔ˈkɛntɪʃ ～〕【英】觀（聽）衆表示不耐煩或不贊成時所作的有節奏的持續性鼓掌
Kentland〔ˈkɛntlənd〕
Kenton〔ˈkɛntən〕肯頓
Kentucky〔kənˈtʌkɪ〕肯塔基（美國）
Kentville〔ˈkɛntvɪl〕
Kentwood〔ˈkɛntwʊd〕
Kenvir〔ˈkɛnvə〕
Kenwigs〔ˈkɛnwɪgz〕
Kenwood〔ˈkɛnwʊd〕
Kenworthy〔ˈkɛnwəðɪ〕　　　「一死火山」
Kenya〔ˈkɛnjə〕肯亞（❶東非一共和國❷肯亞
Kenyet-el-'Enat〔ˈkɛnjɛt·ɛl·ɛˈnat〕
Kenyon〔ˈkɛnjən〕甘延（John Samuel, 1874-1959, 美國教育家及語音學家）
Ken-zan-fu〔ˈkɛn·ˈzan·ˈfu〕
Keogh〔kjo〕基奧
Keohane〔kiˈon〕基奧恩
Keokuk〔ˈkiə,kʌk〕
Keonjhar〔kɛˈondʒə〕
Keonthal〔kɛˈonthəl〕
Keos〔ˈkias〕奇阿斯島（希臘）
Kéos〔ˈkjɛɔs〕（希）
Keosauqua〔kiɑˈsɔkwə〕
Keough〔kjo〕基奧
Keowee〔ˈkiˈowi〕
Keown〔kjun〕基翁
Kephallenia〔ˌkjɛfaljɪnˈjia〕（希）
Kephart〔ˈkɛphart〕
Kephisos〔kifiˈsɔs〕　　「1630, 德國天文學家）
Kepler〔ˈkɛplə〕開普勒（Johannes, 1571-
Keppel〔ˈkɛpl̩〕凱佩爾
Keppler〔ˈkɛplə〕刊普勒
Ker〔kɑr〕克爾
Kerak〔ˈkɛrak ; ˈkʌrak(阿拉伯)〕
Kerala〔ˈkerələ〕
Kerandi〔kɛˈrandɪ〕

Kerans〔'kɛrənz〕

Kératry〔kera'tri〕（法）

Kerauli〔kə'rɑulı〕

Keraunos〔kı'rɔnəs〕

Kerbau, Gunong〔'gunoŋ kə'bɑu〕

Kerbela〔'kəbələ〕

Kerch〔kɛrtʃ〕克赤港（蘇聯）

Kerchever〔'kɛtʃəvə〕克切弗

Kerckhoff〔'kəkhɑf〕

Kerempe〔,kɛrɛm'pe〕

Kerenhappuch〔'kɪrɛn'hæpʊk ; 'kɛr- ; -rən- ; pək〕

Kerenski〔kɛ'rɛnskı〕

Kerensky〔kɛ'rɛnskı ; kjı'rjenskəı（俄）〕

Keres〔'kɛrɛs ; 'kiriz ; 'kerıs（俄）〕

Keresan〔kı'risən ; 'kɛrəsən〕

Keresaspa〔,kɛrɛ'sɑspa〕

Keresztes, Komlós-〔'komloʃ 'kɛrɛ- stɛʃ〕

Kerethim〔'kɛrıθım〕

Kergenwen〔kə'gɛnwən〕

Kerguelen〔'kəgılın〕克革倫羣島（法國）

Kerguélen〔kɛrge'lɛn〕（法）

Kerguélen-Trémarec〔kɛrge'lɛn · trema'rɛk〕（法）

Kerhouel〔kɛr'rwɛl〕（法）

Kerim Khan〔kæ'rim hɑn〕（波斯）

Kérillis〔keri'lis〕（法）

Kerintji〔kə'rıntʃı〕克令奇峯（印尼）

Kerioth〔'kɪrɪɑθ〕

Kerith〔'kɪrıθ〕

Keriya〔'kʌ'li'ja〕克里雅河（新疆）

Kerka〔'kəkə〕

Kerkenna(h)〔kə'kɛnə〕

Kerkheh〔'kɛrkɛ〕

Kerkinitis〔kəkı'nɑıtıs〕

Kerkrade〔'kɛr,krɑdə〕

Kerkyra〔'kɛrkjɪrɑ〕

Kerl〔kɛrl〕

Kerle〔'kɛrlə〕

Kerlio〔kəl'jo〕

Kerll〔kɛrl〕

Kermadec Islands〔kə'mædək～〕克馬得群島（紐西蘭）

Kerman〔kɛr'mɑn〕克爾曼（伊朗）

Kermanshah〔kɛr,mɑn'ʃɑ〕克曼沙（伊朗）

Kermian〔,kɛrmı'ɑn〕

Kermit〔'kəmıt〕克米特

Kermode〔'kəməd〕克莫德

Kern〔kən〕克恩（Jerome David, 1885- 1945, 美國作曲家）

Kernahan〔'kənəhən〕克納亨

Kerner〔'kɛrnə〕克南

Kernersville〔'kənəzvıl〕

Kerno〔'kɛrno〕

Kernoghan〔'kənəhən〕

Kernstown〔'kənztɑun〕

Kéroman〔kero'mɑn〕（法）

Kerouac〔,kɛru'æk〕

Kéroualle〔ke'rwɑl〕（法）

Kerpe〔'kɛrpɛ〕

Kerr〔kɑr ; kə〕

Kerrl〔kɛrl〕（德）

Kerr of Cessford〔Cessfurd〕〔'kɑ rəv 'sɛsfəd〕

Kerr of Ferniehurst〔'kɑrəv 'fənıhəst ;'kɛr rəv 'fənıhəst〕

Kerrville〔'kəvıl〕

Kerry〔'kɛrı〕克立郡（愛爾蘭）

Kersa〔'kəsɑ〕

Kersaint〔kɛr'sæŋ〕（法）

Kerschner〔'kəʃnə〕

Kerse〔kəs〕

Kersey〔'kəzı〕克西

Kershaw〔kə'ʃɔ〕克肖

Kerstin〔'tʃærstın〕（瑞典）克斯廷

Kerulen〔'kɛrulɛn〕克魯倫河（蒙古）

Kerun〔kə'run〕

Kervyn〔'kɛrvaın〕

Kervyn de Lettenhove〔'kɛrvaın də 'lɛtən,hove〕

Kesel〔'kizəl〕基澤爾

Keshab〔'kɛʃɑb〕

Keshko〔kjəʃ'kɔ〕

Kesho〔'kɛʃo〕

Keshua〔'kɛʃwə〕

Keshub〔'kɛʃɑb〕（印）

Keskeskeck〔kɛs'kɛskɛk〕

Kessel〔'kɛsəl ; kɛ'sɛl（法）〕凱塞爾

Kesselring〔'kɛsəlrıŋ〕凱塞林

Kessels〔'kɛsəls〕

Kesselsdorf〔'kɛsəlsdɔrf〕

Kessler〔'kɛslə〕凱斯勒

Kesten〔'kɛstən〕凱斯滕

Kester〔'kɛstə〕凱斯特

Kesteven〔kɛs'tivən ; 'kɛstəvən〕

Kestnbaum〔'kɛstnbɑum〕凱斯滕鮑姆

Kestner〔'kɛstnə〕

Keswick〔'kɛzık〕凱瑟克

Ket〔kɛt〕

Ketch〔kɛtʃ〕凱奇

Ketchikan〔'kɛtʃı,kæn〕克奇坎（阿拉斯加）

Ketchum〔'kɛtʃəm〕

Ketchwayo〔kɛtʃ'wajo〕

Ketel〔'ketəl〕

Keteltas〔kə'tɛltəs〕凱特爾塔斯

Ketl(e)y〔'kɛtlɪ〕

Ketou〔'ketu〕

Ketshwayo〔kɛtʃ'wajo〕

Kettaneh〔'kɛtəne〕

Ketteler〔'ketələ〕

Ketteman〔'kɛtɪmæn〕

Kettenfeier〔'ketənfaɪə〕

Kettering〔'kɛtərɪŋ〕克德林（Charles Franklin, 1876-1958, 美國電機工程師及發明家）

Kettle〔'ketl〕凱特爾

Ketu〔'kɛtu〕

Ketubim〔,ketu'bim〕

Keturah〔kɛ'tjurə ; kə'turə ; kɪ'tjurə〕

Kety〔'kitɪ〕凱蒂　　　　「（美國）

Keuka, Lake〔'kjukə ; kɪ'jukə〕奋卡湖

Keulen〔'kɜlən〕（荷）

Keuning〔'kɜnɪŋ〕（荷）

Keussler〔'kɔɪslə〕（德）

Keutgen〔'kɔɪtgən〕

Keux〔kju〕

Kevelioc〔kə'veljok〕

Kevin〔'kevɪn〕凱文

Kew〔kju〕克佑（澳洲；倫敦）

Kewanee〔kə'wani〕

Kewaunee〔kə'wɔni〕　　「諾半島（美國）

Keweenaw Peninsula〔'kiwɪ,nɔ ~〕奇韋

Kewer〔'kjuə〕丘爾

Kew Gardens〔'kju ~〕　　　　「（中）

Kew-Kiang〔'kju·'kjæŋ ; 'dʒju·'dʒaŋ〕

Kewley〔'kjulɪ〕丘利

Key〔ke〕凱（Ellen, 1849-1926, 瑞典之婦女運動家及作家）

Keya Paha〔'kiə 'paha〕

Key Biscayne〔'ki bɪs'ken〕

Keyes〔kiz ; kaɪz〕凱斯

Key Largo〔'ki 'largo〕

Keymer〔'kimə〕

Keymis〔'kimɪs〕基米斯

Keymour〔'kimə〕

Keyne〔kin〕

Keynes〔kenz〕凱因斯（John Maynard, 1883-1946, 英國經濟學家）

Keynsham〔'kenʃəm〕

Keyport〔'kipɔrt〕

Keys〔kiz〕　　　　　　　　「'zɛr（法）

Keyser〔'kizə ; 'kaɪzə ; -sə（荷）; kaɪ-

Keyserling〔'kaɪ zəlɪŋ〕凱塞林（Count Hermann Alexander, 1880-1946, 德國哲學家）

Keyston〔'kistən〕基斯頓

Keystone〔'kiston〕

Keyte〔kit〕基特

Keytesville〔'kitsvɪl〕

Key Vaca〔'ki 'vækə〕

Key West〔'ki 'wɛst〕基維斯（美國）

Kezia〔kɪ'zaɪə〕

Kgatla〔'gatla〕

Kha〔'ka〕

Khabarovka〔hʌ'barəfkə〕伯力（蘇聯）

Khavarovsk〔hʌ'barəfsk〕伯力（蘇聯）

Khabour〔ha'bur〕（土）

Khabur〔ha'bur〕（土）

Khabura〔ha'burə〕（阿拉伯）

Khachaturian〔,kætʃə'tu·rɪən ; ,hatʃa-tu'rjan（俄）〕

Khaf〔'haf〕（波斯）

Khafaje〔'hafaje〕（阿拉伯）

Khafra〔'kafra〕

Khafre〔'kafre〕

Khaibar〔'kaɪbə〕

Khairagarh〔'haɪra,gar〕

Khairpur〔'haɪrpur〕

Khakass〔kə'kæs〕卡開斯（蘇聯）

Khaldun, ibn-〔ɪbn hæl'dun〕（阿拉伯）

Khaled〔'halɪd〕（阿拉伯）

Khaled ibn-Barmak〔'halɪd ɪbn·'bærmæk〕（阿拉伯）

Khalepa〔ha'lɛpa〕（古希）

Khalepion〔ha'lɛpɪan〕（古希）

Khalid〔'halɪd〕（阿拉伯）

Khalif〔ka'lif〕

Khalifa〔ka'lifə ; ha-（阿拉伯）

Khalifat〔'kʌlɪfət〕

Khalil〔hæ'lil〕（阿拉伯）

Khalil, El〔æl ha'lil〕（阿拉伯）

Khalji〔hæl'dʒi〕（阿拉伯）

Khalka〔'halha〕

Khalkidhiki〔,halkiði'ki〕（古希）

Khalkidikē〔,halkiði'ki〕（古希）

Khalkidiki〔,halkiði'ki〕（古希）

Khallikan, ibn-〔ɪbn ,hælli'kan〕（阿拉伯）

Khama〔'hamæ〕（非）

Khambalu〔,hamba'lu〕（蒙古）

Khambhat〔kʌm'bat〕（印）

Khammurabi〔,hamu'rabɪ〕

Khamphan〔'kampan〕

Khamse(h)〔ham'sa〕（波斯）

Kahn〔kan ; kæn ; han（阿富汗、阿拉伯、波斯、土）〕

Khanabad〔,hana'bad〕

Khanaqin〔'kana'kin〕

Khan Baghdadi〔,han bʌg'dædi〕（波斯）

Khan Baghdadi〔ˌhɑn bʌɡˈdædi〕
（波斯）
Khan baligh〔ˈhɑn baˈlik〕（阿拉伯）
Khanbalik〔ˈhɑnbaˈlik〕（蒙古）
Khanbaliq〔ˈhɑnbaˈlik〕（蒙古）
Khandesh〔ˈkændɛʃ; kanˈdɛʃ〕
Khandpara〔kʌndˈpɑrə〕（印）
Khandwa〔ˈkʌndwɑ〕（印）
Khanh, Nguyen〔ˈŋgujen ˈkɑn〕
Khanhhoa〔ˈkɑnjˈhwɑ〕慶和（越南）
Khania〔hɑˈnjɑ〕卡尼亞（希臘）
Khanka〔ˈkæŋkə〕興凱湖（中國）
Khan Minyeh〔ˈhɑn ˈmɪnjɛ〕（阿拉伯）
Khanpur〔kɑnˈpur〕
Khansa, al-〔æl·hænˈsɑ〕（阿拉伯）
Khante〔ˈhɑntɛ〕
Khan-Tengri〔ˈhɑn-ˈtɛŋɾi〕
Khanty-Mansi〔ˈhɑntɪ·ˈmɑnsɪ〕
Khanty-Mansisk〔ˈhɑntɪ·ˈmɑnsɪsk〕
漢特曼西斯克（蘇聯）
Khan Yunis〔ˈhɑnˈjunɪs〕（阿拉伯）
Khanzi〔ˈhɑnzɪ〕（阿拉伯）
Khao Luang〔kɑʊˈluɑŋ〕
Kharagpur〔ˈkʌrəɡpur〕（印）
Khara Khoto〔ˌhɑrɑˈhoto〕（蒙古）
Kharakpur〔ˈkʌrəkpur〕
Kharan〔ˈkɑrɑn〕
Khara Nur〔ˈhɑrɑˈnur〕（蒙古）
Khara Usu Nur〔ˈhɑrɑˈusuˈnur〕（蒙古）
Khareeb〔ˈkɑrib〕
Khareitun〔ˌhɑreˈtun〕（阿拉伯）
Kharezm〔kəˈrezəm〕
Kharg〔hɑrɡ〕（波斯）
Khârga〔ˈkɑrɡə; ˈhɑrɡæ〕（阿拉伯）
Kharilaos〔hɑˈrilɑɔs〕（希）
Kharkiv〔ˈhɑrkɪf〕（俄）
Kharkov〔ˈkɑrˌkɔf〕卡爾可夫（蘇聯）
Kharsawan〔həˈsɑwən〕
Khartaphu〔ˈkɑrtə,pu〕
Khartichangri〔ˈkɑrtɪˈtʃɑŋɾi〕
Khartoum〔kɑrˈtum〕卡土穆（蘇丹）
Khartum〔kɑrˈtum〕
Kharuf, Jebel〔ˈdʒæbæl hɑˈruf〕
（阿拉伯）
Khasi〔ˈkɑsɪ〕
Khasi and Jaintia〔ˈkɑsɪ ənd ˈdʒɑɪntɪə〕
Khaskura〔ˈkɑsˈkurɑ〕
Khasonke〔kɑˈsonke〕
Khatanga〔kəˈtæŋɡə〕
卡丹加河（蘇聯）
Khatib, ibn-al-〔ˈɪbnʊl hæˈtib〕
（阿拉伯）

Khatmandu〔ˈkɑtmanˈdu〕
Khattab〔hɑtˈtɑb〕（阿拉伯）
Khatti〔ˈhɑttɪ〕（土）
Khawak〔hɑˈwɑk〕（波斯）
Khayyam〔kaɪˈjɑm〕
Khazar〔kɑˈzɑr〕
Khazaria〔kəˈzɛrɪə〕
Khedive〔kəˈdɪv〕
Khelat〔kəˈlɑt〕
Khem〔kɛm〕
Kemarat〔ˈkɛməræt〕
Khemmarat〔ˈkɛməræt〕
Khemnitser〔hjɪmˈnjɪtsə〕（俄）
Khensu〔ˈkɛnsu〕
Kheops〔ˈkiɑps〕
Khepera〔ˈkɛpərə〕
Khephren〔ˈkɛfrɛn〕
Kheraskov〔hjɪˈrɑskɔf〕克拉斯考夫（Mik-
hail Matveevich, 1733-1807, 俄國詩人）
Kherl〔kɛrl〕
Kherson〔hɛrˈsɔn〕克森港（蘇聯）
Khersones〔hɪrsɑˈnjes〕（俄）
Kheta〔ˈhɛtə〕（俄）
Khevenhüller〔ˈkevən,hjʊlə〕
Khevenhüller-Frankenburg
〔ˈkevən,hjʊlə·ˈfrɑŋkənburk〕
Khibinogorsk〔hjɪˈbinəɡɔrsk〕（俄）
Khilafat〔hɪˈlɑfət〕（阿拉伯）
Khiliod(h)romai〔hiljɔˈðrɔmjɑ〕（希）
Khilidromi〔hiliˈðrɔmi〕（希）
Khilji〔hilˈdʒi〕（阿拉伯）
Khilkov〔ˈhilkɔf〕
Khilok〔hɪˈlɔk〕（蒙古）
Khingan〔ˈʃɪnˈɑn〕興安嶺（中國）
Khios〔ˈhiɔs〕（古）
Khirbat Qumran〔kɪrˈbɑt kumˈrɑn〕
Khirgis Nur〔ˈhɪrɡɪsˈnur〕（蒙古）
Khitai〔hɪˈtaɪ〕（波斯）
Khiuma〔ˈhiʊmɑ〕（俄）
Khiva〔ˈkivə〕基發（蘇聯）
Khlebnikov〔hlˈjebnjɪkɔf〕（俄）
Khmelnitski〔hmjɪljˈnjitskə〕（俄）
Khmelyov〔hmjɪˈljɔf〕（俄）
Khmer〔kmɛr〕❶高棉（中南半島）❷高棉
人 ❸高棉語
Khobdo〔ˈhɔbdo〕（蒙古）
Khodasevich〔hɑdɑˈsevɪtʃ〕
Khodjend〔koˈdʒɛnd〕
Khodzhent〔koˈdʒɛnt; hʌ-（俄）〕
Khoi〔ˈhoi; hɔɪ（波斯）〕
Khoi-khoin〔ˈkɔɪ·ˈkɔɪn〕
Khoisan〔ˈkɔɪsɑn〕

Khojak〔'kodʒək〕
Khojend〔ko'dʒɛnd〕
Khoka〔'koka〕
Khokand〔ko'kænd〕
Khoman〔'komən〕
Khomyakov〔homjʌ'kɔf〕（俄）
Khonde〔'konde〕
Khong〔kɔŋ〕康埠（老撾）
Khon Kaen〔khɔm kæn〕（暹羅）
Khons〔kons〕
Khoper〔hʌ'pjɔr〕霍標爾河（蘇聯）
Khora〔'hɔra〕（古希）
Khoras(s)an〔'kɔrəsan〕
Khorat〔khorat〕（暹羅）
Khoravesmia〔ˌkɔrə'vɛzmɪə〕
Khorene〔ko'rinɪ〕
Khoresm〔kə'rɛzəm〕
Khorezm〔kə'rɛzəm〕
Khorsabad〔'kɔrsəbæd ; ˌhɔrsæ'bæd〕
Khortitsa〔'hɔrtɪt·sə〕（俄）
Khorvat〔'hɔrvat〕（俄）
Khosa〔'kosa〕
Khosrau〔has'rau〕（波斯）
Khosru〔has'ru〕（波斯）
Khosru Nushirvan〔has'ru ˌnuʃɪr'van〕
　（波斯）
Khosru Parveez〔has'ru par'viz〕
　（波斯）
Khosru Parviz〔has'ru par'viz〕（波斯）
Khotan〔'ko'tan〕和闐（新疆）
Khotana〔ko'tenə〕
Khouribga〔hu'ribga〕（阿拉伯）
Khoury〔'kuri〕庫利
Khovantchina〔hɔ'vanʃtʃɪnə〕（俄）
Khowarizmi, al-〔ˌæl·hu'warɪzmi〕
　（阿拉伯）
Khremikov〔'hrɛnɪkɔf〕（俄）
Khristian〔hrjistjɪ'an〕（俄）
Khristianovich〔hrjistjɪ'anʌvjɪtʃ〕（俄）
Khristo〔'hrɪsto〕（保）　　　〔（俄）
Khristoforovich〔hrjistʌ'fɔrʌvjɪtʃ〕
Khristoforovna〔hrjistʌ'fɔrʌvnʌ〕
　（俄）
Khrushchev〔'kruʃtʃɔf〕赫魯雪夫（Niki-
　ta Sergeevich, 1894-1971, 蘇共總書記,
Khshayārshā〔hʃa'jarʃa〕　　　　〔總理）
Khua Kem〔'huwa 'kɛm〕（蒙古）
Khubilai Khan〔'kubɪlaɪ 'kan〕
Khubur〔'kubur〕　　　　　　　〔（匈）
Khuen-Héderváry〔'kuɛn·'hedɛrˌvari〕
Khufu〔'kufu〕古夫（埃及國王最大之金字塔
　的建造者）

Khu Khan〔ku kan〕
Khulm〔hulm〕
Khulna〔'kulna〕
Khumbaba〔kum'babə〕
Khundwa〔'kʌndwa〕
Khuns〔kuns〕
Khurasan〔'kurəsan ; hura'san（波斯）〕
Khuri〔'huri〕（阿拉伯）
Khurja〔'kurdʒə〕
Khushiram〔ku'ʃiram〕
Khusrau〔hu'srau〕（波斯）
Khuwarizm〔kwa'rɪzəm〕
Khuwarizmi, al-〔ˌæl·hu'warɪzmi〕
　（阿拉伯）
Khuzistan〔ˌhuzɪs'tan〕（波斯）
Khwaja〔'kwadʒə〕
Khwarazm〔kwa'ræzəm〕
Khwarezm〔kwa'rɛzəm〕
Khwarizm〔kwa'rɪzəm〕
Khwarizmi, al-〔æl·'hwarɪzmi〕
　（阿拉伯）
Khyber Pass〔'kaɪbɚ~〕開伯爾山口（亞洲）
Khyrim〔'kaɪrɪm〕
Khyrpur〔'kaɪrpur〕
Kia〔'kiə〕
Kiachta〔'kjahta〕（蒙古）
Kiakhta〔'kjahta〕（蒙古）
Kialing〔dʒɪ'a'lɪŋ〕（中）
Kiam〔kaɪ'am〕
Kiama〔kaɪ'amə〕
Kiamichi〔ˌkaɪə'mɪʃɪ〕
Kiamil Pasha〔kja'mɪl pa'ʃa〕
Kiamtwara〔kiamt'wara〕
Kiamusze〔dʒɪ'a'mu'su〕佳木斯（合江）
Kian〔ki'an ; 'dʒi'an〕
Kiangmai〔tʃɪ'aŋ·'maɪ〕（暹羅）
Kiang-nan〔dʒɪ'aŋ·'nan〕（中）
Kiang-ning〔dʒɪ'aŋ·'nɪŋ〕（中）
Kiangning-fu〔dʒɪ'aŋ'nɪŋ'fu〕（中）
Kiangsi〔dʒɪ'aŋ'si〕江西（中國）
Kiangsu〔dʒɪ'aŋ'su〕江蘇（中國）
Kiangtu〔'kjæŋ'tu ; dʒɪ'aŋ'da（中）〕
Kianja〔ki'andʒa〕
Kiao-chau〔'kjau·'tʃau〕
Kiaochow Bay〔dʒɪ'au'dʒo~〕膠州灣
　（山東）
Kiaohsien〔dʒɪ'auʃ'jɛn〕（中）
Kia Ora〔kɪə 'ɔrə〕
Kiarsarge〔'kɪrsardʒ〕
Kiashi〔'kjaʃi〕
Kiating〔dʒɪ'a'dɪŋ〕（中）
Kiawa〔'kaɪəwə〕

Kiawah Island〔'kiwɔ~〕
Kiayukwan〔dʒɪ'a'juŋ'wan〕(中)
Kibble〔'kɪbl〕基布爾
Kibei〔'ki'be〕【日】父母為日僑且在日本受
　教育之美國公民
Kibo〔'kibo〕
Kibris〔ki'bris〕
Kichua〔'kitʃwə〕
Kickapoo〔'kikəpu〕
Kicking Horse〔'kɪkɪŋ ,hɔrs〕
Kid〔kɪd〕
Kidd〔kɪd〕基德
Kidde〔'kɪdə ; 'kɪðə(丹)〕
Kidder〔'kɪdə〕基德爾
Kidderminster〔'kɪdə,mɪnstə〕英國
　Kidderminster 市產之一種毛絨編織之地毯
Kiddle〔'kɪdl〕
Kiderlen-Waechter〔'kidəlan'vɛhtə〕(德)
Kidnappers〔'kɪd,næpəz〕
Kidneigh〔'kɪdnaɪ〕
Kidron〔'kaɪdran〕
Kidsgrove〔'kɪdz,grov〕
Kidwelly〔kɪd'wɛlɪ〕
Kiefer〔'kifə〕
Kieff〔'kief〕
Kieffer〔ki'ifə ; 'kifə〕基弗
Kieft〔kift〕基夫特
Kiel〔kil〕❶基爾港(德國)❷基爾運河(德國)
Kielce〔'kjɛltsə〕開耳策(波蘭)
Kielhorn〔'kilhɔrn〕基爾霍恩
Kielland〔'tʃɛllan〕(挪)
Kielmeyer〔'kil,maɪə〕
Kiely〔'kaɪlɪ〕凱利
Kienitz〔'kintts〕基尼茨
Kien Lung〔tʃɪ'ɛn'luŋ〕乾隆皇帝
Kiangyin〔dʒɪ'aŋ'jin〕(中)
Kienning〔dʒɪ'ɛn'nɪŋ〕(中)
Kienow〔dʒɪ'ɛ'no〕(中)
Kienthal〔'kintal〕
Kienzl〔'kintsl〕
Kiepert〔'kipət〕
Kiepura〔ki'pʊrə ; kɪɛ'pura〕
Kier〔kɪr〕基爾
Kieran〔'kɪərən〕基蘭
Kierkegaard〔'kɪrkə,gard〕齊克果(Sören
　Aabye, 1813-1855, 丹麥哲學家及神學家)
Kiernan〔'kənən〕基爾南
Kiesewetter〔'kizə,tsvtə〕
Kiesler〔'kislə〕
Kiess〔kis〕基斯
Kiessling〔'kizlɪŋ〕基斯林
Kieta〔kɪ'eta〕

Kiev〔'ki,ɛf〕基輔(蘇聯)
Kiewit〔'kiwɪt〕基威特
Kiffa〔'kɪfə〕
Kiffin〔'kɪfɪn〕
Kigali〔kɪ'galɪ〕吉佳利(盧安達)
Kigoma〔kɪ'gomə〕基果瑪(坦尚尼亞)
Kiholo〔kɪ'holo〕
Ki'i〔'kii〕紀伊
Kiik-koba〔kik'kobə〕
Kikepa〔kɪ'kepa〕
Kikladhes〔'kiklaðɛs〕(希)
Kikoa〔kɪ'koa〕
Kikori〔kɪ'kɔrɪ〕基科里(澳洲)
Kikwit〔'kikwit〕
Kilauea〔,kilaʊ'ea〕
Kilbrannan〔kɪl'brænən〕
Kilbowie〔kɪl'boɪ〕
Kilburn〔'kɪlbən〕基爾伯恩
Kilchurn〔kɪl'hən〕
Kilcolman〔kɪl'kʌlmən〕(愛)
Kildale〔'kɪldel〕
Kildar〔kɪl'der〕
Kildare〔kɪl'dɛr〕啓耳達郡(愛爾蘭)
Kilday〔kɪl'de〕基爾德
Kilenyi〔kɪ'lenji〕
Kilgallen〔kɪl'gælɪn〕基爾加倫
Kilgore〔'kɪlgɔr〕基高戈
Kilham〔'kɪləm〕基勒姆
Kilhamites〔'kɪləmaɪts〕
Kilhwch〔ki'luk〕
Kilia〔'kiliə〕
Kiliaen〔'kɪlɪan〕
Kil(l)ian〔'kɪlɪən ; 'kɪlɪan(德)〕基利恩
Kilid Bahr〔kɪ'lid 'bahə〕
Kilidibahir〔kɪ'lidɪba'hɪr〕
Kilifi〔kɪ'lifɪ〕
Kilij Arslan〔kɪ'lidʒ ars'lan〕
Kilik〔'kɪlɪk〕
Kilimane〔kɪlɪ'manə〕
Kilimanjaro〔kɪlɪmən'dʒaro〕吉力曼札
　羅山(坦尚尼亞)
Kilinailan〔kɪlɪ,naɪ'la·ʊ〕
Kilindini〔kɪlɪn'dinɪ〕
Kiljan〔'kjɪljan〕(冰)
Kilkenny〔kɪl'kɛnɪ〕啓耳肯尼(愛爾蘭)
Kilkieran〔kɪl'kɪərən〕
Killala〔kɪ'lælə〕
Killaloe〔,kɪlə'lu ; kɪ'lælo(愛)〕
Killanin〔kɪ'lænɪn〕基拉寧
Killarney〔kɪ'larnɪ〕
Killary〔'kɪlərɪ〕
Kill Devil〔'kɪl ,dɛvl〕

Killaern〔kɪˈlɚn〕
Kille〔ˈkɪlɪ〕基利
Killebrew〔ˈkɪlbru〕
Killeen〔kɪˈlin〕基利恩
Killian〔ˈkɪlɪən ; ˈkɪljan ; ˈkɪlɑɪn（德）〕
Killick〔ˈkɪlɪk〕
Killiecrankie〔ˌkɪlɪkˈræŋkɪ〕
Killigrew〔ˈkɪlɪgru〕
Killin〔kɪˈlɪn〕基林
Killinek〔ˈkɪlɪnɛk〕
Killinger〔ˈkɪlɪŋɚ〕基林格
Killingly〔ˈkɪlɪŋlɪ〕
Killington〔ˈkɪlɪŋtən〕
Killingworth〔ˈkɪlɪŋwɚθ〕
Killinik〔ˈkɪlɪnɪk〕
Killoran〔kɪˈlɔrən〕基洛蘭
Killough〔kɪˈlo〕
Killowen〔kɪˈloən〕
Kill van Kull〔ˈkɪl væn ˈkʌl〕
Killwick〔ˈkɪlwɪk〕
Kilmacolm〔ˌkɪlməˈkom〕
Kilmain〔kɪlˈmen〕
Kilmainham〔kɪlˈmenəm〕
Kilmansegg〔ˈkɪlmənsɛg〕
Kilmarnock〔kɪlˈmɑrnək〕
Kilmeny〔ˈkɪlmənɪ〕
Kilmer〔ˈkɪlmə〕克爾麥（Joyce, 1886-1918, 美國詩人）
Kilmorey〔kɪlˈmʌrɪ〕
Kilmuir〔ˈkɪlmjʊr〕基爾穆爾
Kilpatrick〔kɪlˈpætrɪk〕
Kilrenny〔kɪlˈrɛnɪ〕
Kilronan〔kɪlˈronən〕
Kilrush〔kɪlˈrʌʃ〕
Kilsyth〔kɪlˈsaɪθ〕
Kilung〔ˈkiˈlʊŋ〕
Kilverstone〔ˈkɪlvəstən〕
Kilvert〔ˈkɪlvət〕
Kilvey〔ˈkɪlvɪ〕
Kilwarden〔kɪlˈwɔrdn〕
Kilwich〔ˈkɪlwɪh〕（威）
Kilwinning〔kɪlˈwɪnɪŋ〕
Kim〔kɪm〕金
Kimball〔ˈkɪmbl〕金博爾
Kimbe〔ˈkɪmbɪ〕
Kimberley〔ˈkɪmbəlɪ〕慶伯利（南非）
Kimberleys〔ˈkɪmbəlɪz〕
Kimberly〔ˈkɪmbəlɪ〕金伯利
Kimble〔ˈkɪmbl〕金布爾
Kimbolton〔kɪmˈboltən ;ˈkɪmˌboltən〕
Kimbrough〔ˈkɪmbro〕金布羅

Kimbu〔ˈkɪmbu〕
Kimchi〔ˈkɪmhɪ〕（希伯萊）
Kim Il Sung〔ˈkɪm ˈil ˈsʊŋ〕（韓）
Kimito〔ˈtʃɪmɪtɔ〕（芬）
Kimmel〔ˈkɪml〕金梅爾
Kimmeridge〔ˈkɪmərɪdʒ〕
Kim-mien〔ˈkɪmˑˈmjɛn〕
Kimmins〔ˈkɪmɪnz〕基明斯
Kímolos〔ˈkjimɔlɔs〕（希）
Kimon〔ˈkimɔn〕基蒙
Kimpton〔ˈkɪmptən〕金普頓
Kin〔kɪn〕
Kinabalu〔ˌkɪnəbəˈlu〕金乃巴羅山（沙巴）
Kinabatangan〔ˌkɪnəbəˈtaŋan〕
Kinabulu〔ˌkɪnəbəˈlu〕金乃巴洛山（婆羅洲）
Kinakk〔kɪˈnak〕
Kinard〔ˈkaɪnard〕基納德
Kinau〔ˈkinau ; kɪˈnau〕
Kinburn〔kɪnˈbʊrn〕
Kincaid〔kɪnˈked〕金凱德
Kincairney〔kɪnˈkɛrnɪ〕
Kincardine〔kɪnˈkɑrdɪn〕「郡（蘇格蘭）
Kincardineshire〔kɪnˈkɑrdɪnˌʃɪr〕琴喀丁
Kinchau〔ˈkɪnˈtʃau ; ˈdʒɪnˈdʒo（中）〕
Kincheloe〔ˈkɪntʃəlo〕
Kinchinjinga〔ˌkɪntʃɪnˈdʒɪŋə〕
Kinchinjunga〔ˌkɪntʃɪnˈdʒʌŋgə〕
Kinck〔kɪŋk ; tʃɪŋk（挪）〕
Kind〔kɪnt〕（德）
Kindelberger〔ˈkɪndəlbɚgə〕金德爾伯格
Kinderhook〔ˈkɪndəhuk〕
Kindermann〔ˈkɪndəman〕
Kinder Scout〔ˈkɪndə skaut〕
Kind-Hart〔ˈkaɪndˑhart〕
Kindi, al-〔ælˈkɪndi〕阿爾金第（九世紀時之阿拉伯哲學家）
Kindlemarsh〔ˈkɪndlˌmarʃ〕
Kindler〔ˈkɪndlə〕
Kindsvater〔ˈkɪndzfatə〕
Kinealy〔kɪˈnilɪ〕基尼利
Kinel〔kɪˈnɛl ; kɪˈnjɛlj（俄）〕
Kineo〔ˈkɪnɪo〕
Kineshma〔ˈkɪnɪʃmə〕（俄）
King〔kɪŋ〕金（❶ Rufus, 1755-1827, 美國從政者及外交家 ❷ Martin Luther, 1929-1968, 美國牧師，黑人民權運動領袖）
Kingchow〔ˈdʒɪŋˈdʒo〕（中）
Kingdon〔ˈkɪŋdən〕金登
Kingfisher〔ˈkɪŋˌfɪʃə〕
King Frederik VIII Land〔ˈfrɛdərɪk～;ˈfriðrɪk～（丹）〕
King George〔ˈkɪŋ ˈdʒɔrdʒ〕

King George's Falls〔'dʒɔrdʒɪz～〕
Kinghorn〔'kɪŋhɔrn〕
Kingisepp〔kɪŋgi'sep；-'sjɛp（俄）〕
Kinglake〔'kɪŋlek〕金雷克（Alexander
　William, 1809-1891, 英國歷史家）
King Leopold Ranges〔'liəpold～〕
King-maker〔'kɪŋ,mekə〕
Kingman〔'kɪŋmən〕金曼（美國）
Kingo〔'kɪŋo〕
Kings〔kɪŋz〕舊約聖經之列王紀（分上，下）
Kingsale〔kɪn'sel〕
King's Bench〔'kɪŋz 'bɛntʃ〕
Kingsborough〔'kɪnzbərə〕
Kingsburg〔'kɪŋzbəg〕
Kingsbury〔'kɪŋzbərɪ〕金斯伯里
Kingscote〔'kɪŋzkət〕
Kingsford〔'kɪŋzfəd〕金斯福德
Kingsford-Smith〔'kɪŋzfəd・'smɪθ〕
Kingsport〔'kɪŋzpɔrt〕
Kingsley〔'kɪŋzlɪ〕金斯利（Charles,
　1819-1875, 英國牧師及小說家）
King's Lynn〔'kɪŋz lɪn〕
Kingsman, men〔'kɪŋzmən〕
Kingzmen〔'kɪŋzmən〕
Kings Peak〔kɪŋz～〕京斯峰（在美國猶他
　州東北部）
Kingston(e)〔'kɪŋstən〕京斯敦（牙買加）
Kingston on Thames〔'kɪŋstən ɑn
　'tɛmz〕
Kingston-upon-Hull〔'kɪŋstən・
　ə,pɑn'hʌl〕
Kingstown〔'kɪŋ,staun〕京斯頓（加拿大）
Kingstree〔'kɪŋztri〕
Kingsville〔'kɪŋzvɪl〕
Kingsway〔'kɪŋzwe〕
Kingswood〔'kɪŋzwud〕
Kingtehchen〔'dʒɪŋ'dʌ'dʒʌn〕（中）
Kingu〔'kɪŋgu〕
Kingussie〔kɪŋ'jusɪ〕
King Wilhelms Land〔'vɪlhɛlmz～〕
Kingwood〔'kɪŋwud〕
Kinhwa〔'dʒɪnh'wɑ〕（中）
Kinibalu〔kɪnibə'lu〕
Kinkaid〔kɪn'ked；kɪŋ'ked〕金凱德
Kinley〔'kɪnlɪ〕金利
Kinling〔'dʒɪn'lɪŋ〕（中）
Kinloch〔'kɪnlɑk；kɪn'lɑh（蘇）〕金洛克
Kinmen〔'dʒɪn'mən〕金門（中國）
Kinnairds〔kɪ'nɛrdz〕
Kinnear〔kɪ'nɪr〕金尼爾
Kinney〔'kɪnɪ〕金尼
Kinnicut(t)〔'kɪnɪkət〕金尼卡特

Kinnier〔kɪ'nɪr〕金尼爾
Kinnikinnick〔kɪ'nɪkɪnɪk〕
Kino〔'kino〕
Kinnoull〔kɪ'nul〕金諾爾
Kinross〔kɪn'rɑs〕❶琴洛斯❷Kinross-shire
Kinross-shire〔kɪn'rɑsʃɪr〕琴洛斯郡（蘇
　格蘭）
Kinsah〔'kɪn'ʃɑ〕
Kinsai〔'kɪn'se；'dʒɪŋ'ʃɪə〕（中）
Kinsale〔kɪn'sel〕
Kinsayder〔kɪn'sedə〕
Kinsey〔'kɪnzɪ〕金賽（Alfred Charles,1894-
　1956,美國動物學家及生理學家）
Kinsha〔'dʒɪn'ʃɑ〕（中）
Kinsha-Kiang〔'dʒɪn'ʃɑ・'dʒjɑŋ〕（中）
Kinshasa〔kɪn'ʃɑsə〕金夏沙（薩伊）
Kinsky〔'kɪnskɪ〕
Kinsley〔'kɪnzlɪ〕金斯利
Kinston〔'kɪnstən〕
Kinta〔'kɪntɑ〕
Kin Tatar〔'dʒɪn 'tɑtə〕（中）
Kintla〔'kɪntlə〕
Kintner〔'kɪntnə〕金特納
Kintore〔kɪn'tɔr〕
Kintyre〔kɪn'taɪr〕琴泰半島（蘇格蘭）
Kinvig〔'kɪnvɪg〕金維格
Kinwelmersh〔'kɪnwəlməʃ〕
Kinzie〔'kɪnzɪ〕
Kinzig〔'kɪntsɪh〕（德）
Kiochow〔'kjɑu'tʃɑu〕
Kioga〔'kjogə〕
Kioko〔'kjoko〕
Kiölen〔'tʃʃələn〕（瑞典）
Kionga〔'kjɔŋgə〕
Kiosseivanov〔,kjɑsɛi'vɑnuf〕
Kiowa〔'kaɪəwə；'kaɪəwə〕
Kioway〔'kaɪəwe〕
Kipawa〔'kɪpɑwə〕
Kipchak〔kɪp'tʃɑk〕
Kiper〔'kaɪpə〕
Kiphuth〔'kɪpəθ〕
Kipling〔'kɪplɪŋ〕吉普林（Rudyard, 1865-
　1936, 英國作家）
Kiplinger〔'kɪplɪŋgə〕基普林格
Kipnis〔'kɪpnɪs；kjɪ'pnjis（俄）〕
Kipp〔kɪp〕基普
Kippure〔'kɪp'jur〕
Kipsigis〔kɪp'sɪgis〕
Kipsikis〔kɪp'sɪkis〕
Kipsikisi〔kɪp'sɪkisi〕
Kira Kira〔'kɪrə 'kɪrə〕
Kirby〔'kəbɪ〕柯比
Kirby-Smith〔'kəbɪ・'smɪθ〕

Kircaldie〔kəˈkɔldɪ〕

Kirchbach〔ˈkɪrhbɑh〕（德）

Kirchberg〔ˈkɪrhbɛrk〕（德）

Kircheisen〔ˈkɪrhaɪzən〕（德）

Kircher〔ˈkɪrhə〕（德）基爾舍

Kirchhofer〔ˈkəkhofə〕

Kirchhoff〔ˈkɪrhhɑf〕科克霍夫（Gustav Robert, 1824-1887, 德國物理學家及天文學家）

Kirchmaier〔ˈkəkmaɪə ; ˈkɪrhmaɪə（德）〕

Kirchmann〔ˈkəkmən ; ˈkɪrhmɑn（德）〕

Kirchner〔ˈkəknə ; ˈkɪrsʃnə ; ˈkɪrhnə（德）〕柯克納

Kirchwey〔ˈkətʃwe〕柯奇爲

Kirdorf〔ˈkɪrdɔrf〕

Kireev〔kjɪrˈjejɪf〕   「（蘇聯）

Kirensk〔kɪˈrensk ; kjɪˈrjensk〕基壘斯克

Kirghiz Republic〔kɪrˈgiz～〕吉爾吉斯共和國（蘇聯）

Kirgiz〔kɪrˈgiz〕= Kirghiz Republic

Kirgiz Steppe〔kɪrˈgiz step〕

Kiriath Arba〔ˈkɪrɪæθ ˈɑrbə〕   「洋）

Kiribati〔ˈkɪrə,bæs〕吉里巴斯群島（西太平

Kiril〔kɪˈrɪl〕

Kirilenko〔kɪrɪˈlenkɑ〕

Kirill〔kjɪˈrjil〕（俄）

Kirin〔ˈkiˈrin〕吉林（中國）

Kiriwina〔,kɪrɪˈwinə〕

Kirjathjearim〔ˈkədʒæθˈdʒɪərɪm ; ˈkɪrɪæθ- ; -dʒɪˈarɪm〕

Kirk〔kək〕柯克

Kirkaldy〔kəˈkɔldɪ〕柯卡爾迪

Kirkbride〔ˈkəkbraɪd〕柯克布賴德

Kirkburton〔ˈkəkbətən〕

Kirkby-in-Ashfield〔ˈkəbɪ·ɪn·ˈæʃfild〕

Kirkcaldy〔kəˈkɔldɪ ; -ˈkɔdɪ〕克科底落（蘇格蘭）

Kirkconnell〔kəˈkɑnəl〕柯康奈爾

Kirkcudbright〔kəˈkubrɪ〕柯克伯

Kirkcudbrightshire〔kəˈkubrɪ,ʃɪr〕刻古

Kirkdale〔ˈkəkdel〕   └布立郡（蘇格蘭）

Kirke〔kək〕柯克

Kirkenes〔ˈhɪrkə,nes〕基爾克內斯（挪威）

Kirkham〔ˈkəkəm〕柯卡姆

Kirkintilloch〔,kəkɪnˈtɪləh〕（蘇）

Kirk-Kilissa〔kɪrk·kiliˈsɑ〕

Kirk-Kilisseh〔kɪrk·kiliˈsɛ〕

Kirk-Kilissia〔kɪrk·kɪˈlɪʃə〕

Kirkland〔ˈkəklənd〕柯克蘭

Kirklareli〔,kɪrklɑrɛˈli〕

Kirkman〔ˈkəkmən〕柯克曼

Kirkpatrick, Mount〔,kəkˈpætrɪk〕寇克帕特雷克峰（南極洲）

Kirkrapine〔ˈkəkræpɪn〕

Kirkstall〔ˈkəkstɔl〕

Kirksville〔ˈkəksvɪl〕

Kirkuk〔kɪrˈkuk〕吉爾庫克（伊拉克）

Kirkup〔ˈkəkəp〕柯柯普

Kirkwall〔ˈkəkwɔl〕

Kirkwood〔ˈkəkwud〕柯克伍德

Kirlibaba〔kɪrlɪˈbaba〕   「地毯

Kirman〔kɪrˈmɑn〕一種花飾極其考究的伊朗

Kirmanshah〔kɪr,mɑnˈʃa〕

Kirn〔kɪrn〕

Kirnberger〔ˈkɪrnbɛrgə〕

Kirov〔ˈkirɔf〕❶吉羅夫（Sergei Mironovich, 1888-1934, 俄國革命家）❷基羅夫（蘇聯）

Kirovabad〔kɪˈrovəbæd ; kɪrəvʌˈbat（俄）〕

Kirovograd〔kɪˈrovəgræd ; kɪrəvʌˈgrat〕吉羅夫格勒（蘇聯）

Kirovsk〔ˈkirəfsk〕

Kirpalani〔kɪrpaˈlanɪ〕

Kirriemuir〔kɪrɪˈmjur〕

Kirrimuir〔kɪrɪˈmjur ; -ˈmjɔr〕

Kirschner〔ˈkɪrʃnə〕

Kirşehir〔kɪrʃɛˈhɪr〕（土）

Kirshen〔ˈkəʃɪn〕柯申

Kirshman〔ˈkəʃmən〕柯什曼

Kirshon〔kɪrˈʃɔn〕

Kirsopp〔ˈkəsəp〕柯索普

Kirstein〔ˈkəstin〕

Kirsten〔ˈkɪrstɛn ; ˈhɪrʃtn̩ ; hɪrstn̩（挪）〕柯爾斯騰

Kirthar〔kɪrˈtɑr〕

Kirtland〔ˈkətlənd〕柯特蘭

Kirtley〔ˈkətlɪ〕柯特利

Kirunga〔kɪˈrʌŋgɑ〕

Kirwan〔ˈkəwən ; kəˈwɑn〕柯萬

Kisa〔ˈkisa〕

Kis-Alföld〔kɪʃ·ˈalfəld〕（匈）

Kisalföld〔kɪˈʃalfəld〕（匈）

Kisar〔kɪˈsar〕

Kisch〔kɪʃ〕基希

Kiselevsk〔kɪsɛˈljɔfsk〕（俄）

Kiselewski〔kɪʃɛˈlɛfski〕

Kisfaludy〔ˈkɪʃfaludɪ〕（匈）

Kish〔kɪʃ〕基什

Kishangarh〔ˈkɪʃəngar〕

Kishar〔ˈkɪʃar〕

Kishenganga〔kɪˈʃen,gʌŋgɑ〕

Kishengarh〔ˈkɪʃənˈgar〕

Kishinef〔ˈkɪʃɪnef ; kɪʃɪˈnjɔf（俄）〕

Kishinev〔ˈkɪʃɪ,nef〕啓西內夫（蘇聯）

Kishinëv〔ˈkɪʃɪnɛf ; kɪʃɪˈnjɔf（俄）〕

Kishiniv〔kiʃiˈniw〕（俄）

Kishlanou〔kiʃlɑˈnu〕
Kishm〔ˈkiʃm〕
Kishnugur〔ˈkiʃnʌgə〕
Kishon〔ˈkaiʃən〕
Kishvar〔ˈkiʃvɑr〕
Kisi〔ˈkisi〕
Kisii〔ˈkisii〕
Kiska〔ˈkiskə〕吉斯卡（阿留申群島）
Kiskadden〔kisˈkædn̩〕基斯卡登
Kiskaddon〔kisˈkædən〕基斯卡登
Kiskiminetas〔ˌkiskiˈminətəs〕「（匈）
Kiskunfélegyháza〔ˈkiʃkunˈfelɛdjˌhɑzɑ〕
Kislev〔ˈkislɛf〕
Kisling〔ˈkisliŋ〕   「（俄）
Kislovodsk〔ˈkislɑvɑtsk；kislʌˈvɔtsk
Kisongo〔kiˈsɔŋgɔ〕
Kispest〔ˈkiʃ,pɛʃt〕啓士派斯（匈牙利）
Kiss〔kis；kiʃ（匈）〕基佛
Kissam〔ˈkisəm〕基薩姆
Kissane〔ˈkisen〕基桑
Kisselve〔ˈkisəˈlɔv〕
Kisseraing〔ˈkisərɑiŋ〕
Kissimmee〔kiˈsimi〕
Kissinger〔ˈkisṇdʒə〕季辛吉（Henry
  Alfred, 1923-, 美國政治學家, 美國國務卿）
Kistemaekers〔ˈkistəˌmɑkəs〕
Kistiakowsky〔kistɑˈkɑfski〕基斯塔科
  夫斯基
Kistler〔ˈkistlə〕基斯特勒
Kistna〔ˈkistnə〕基斯特那河（印度）
Kiswahili〔kiswɑˈhili〕
Kit〔kit〕基特
Kitab〔kiˈtɑb〕
Kitai〔kiˈtɑi；tʃiˈtɑi（中）〕
Kitale〔kiˈtɑle〕
Kitara〔kiˈtɑrɑ〕
Kit Carson〔kit ˈkɑrsn̩〕
Kitcat〔ˈkit,kæt〕倫敦的Whig黨員，文人
  等所組織之俱樂部
Kitchell〔ˈkitʃəl〕基切爾
Kitchen〔ˈkitʃin；-ən〕基欽
Kitchener〔ˈkitʃənə〕❶吉青納（Horatio
  Herbert, 1850-1916, 英國陸軍元帥❷啓赤奈
Kitchin〔ˈkitʃin〕基欽   L（加拿大）
Kitely〔ˈkaitli〕
Kithairōn〔kjiθeˈrɔn〕
Kithareng〔kiθərɛŋ〕
Kithira〔ˈkiθirɑ〕
Kitikhachon〔ˈkitjɑkɑn〕
Kitlowsky〔ˈkitləski〕
Kit Nubbles〔kit ˈnʌbl̩z〕
Kitosh〔ˈkitɔʃ〕

Kitsap〔ˈkitsəp〕
Ki Tse〔ˈdʒi ˈdzʌ〕（中）
Kitson〔ˈkit·sn̩〕基特森
Kitt〔kit〕
Kittanning〔kiˈtæniŋ〕
Kittatinny〔kitəˈtini〕
Kittel〔ˈkitəl〕
Kittery〔ˈkitəri〕
Kittim〔ˈkitim〕
Kittitas〔ˈkitiˌtæs〕
Kittl〔ˈkitl̩〕
Kittlitz〔ˈkitlits〕
Kitto〔ˈkito〕基托
Kittredge〔ˈkitridʒ〕吉特律幾（George
  Lyman, 1860-1941, 美國語言學家及教育家）
Kittson〔ˈkit·sn̩〕
Kitty〔ˈkiti〕基蒂
Kitty Crocodile〔ˈkiti ˈkrɑkədail〕
Kitty Hawk〔ˈkiti ,hɔk〕
Kittyhawk〔ˈkiti ,hɔk〕
Kitty Tailleur〔ˈkiti ˈtelə〕
Kitwe〔ˈkitwe〕
Kityang〔ˈkitˈjɑŋ〕
Kitzbühler〔ˈkitsbjulə〕
Kiukiang〔ˈdʒuˈdʒɑŋ〕九江（江西）
Kiungchow〔ˈtʃiuŋˈdʒo〕（中）
Kiungshan〔ˈtʃiuŋˈʃɑn〕（中）
Kiuprili〔ˌkjupriˈli〕
Kivi〔ˈkivi〕
Kivijärvi〔ˈkivi,jærvi〕（芬）
Kivu, Lake〔ˈkivu～〕基伏湖（非洲）
Kiwai Papuan〔kiˈwei ˈpæpjuən〕
Kiwanian〔kəˈwɑniən〕Kiwanis俱樂部的會員
Kiwanis Clubs〔kiˈwɑnis～〕吉瓦尼斯俱樂
  部（美國及加拿大的一種社交團體）
Kiyang〔ˈkiˈjɑŋ〕
Kiyiv〔ˈkijif〕
Kizer〔ˈkaizə〕凱澤
Kiziba〔kiˈzibɑ〕
Kizil〔kiˈzil〕黑若爾（新疆）
Kizil Adalar〔kiˈzil ɑdɑˈlɑr〕「土耳其）
Kizil Irmak〔kiˈzil irˈmɑk〕吉希伊馬河（
Kizil Kum〔kiˈzil ˈkum〕
Kizil Uzen〔ˈkizil juˈzɛn〕
Kjartansson〔ˈkjɑrtənsən〕
Kjeid〔kɛl〕
Kjeldahl〔ˈkɛldɑl〕（丹）
Kjerulf〔ˈhærulf〕（挪）
Kjerschow〔ˈhærskɑv〕（挪）
Kjerstin-Gorranson Ljungman
  〔ˈkɛrstən·ˈgorrɑnsən ˈjʌŋmɑn〕
Kjöbenhavn〔ˈkəpnˈhɑun〕（丹）

Kjöge〔'kɔ̃gə〕（丹）
Kjölen Mts.〔'høːlən～〕基阿連山脈（歐洲）
Klaasz〔klɑs〕
Klabat〔'klɑbɑt〕
Klabund〔klɑ'bunt〕
Kladno〔'klædno〕
Klaeber〔'klɛbə〕
Klaestad〔'klɛəstɑ〕
Klafsky〔'klɑfskɪ〕　　　　「地利）
Klagenfurt〔'klɑgən,furt〕克拉根福（奧
Klagsbrunn〔'klɑgzbrʌn〕
Klaipeda〔'klɑɪpɪdə; -pedə〕
Klaj〔klɑɪ〕
Klamath-Modoc〔'klæməθ・'modɑk〕
Klan〔klæn〕三K黨（=Ku Klux Klan）
Klansman〔'klænzmən〕三K黨之一員
Klapka〔'klæpkə; 'klɑpkɑ（匈）〕克拉普卡
Klaproth〔'klæprɔθ; 'klɑprot（德）〕
Klar〔klɑr〕克拉爾河（歐洲）
Klara〔'krɛrə; 'klɑrɑ（德）〕
Klasen〔'klɑsṇ〕
Klattau〔'klɑtɑu〕
Klauber〔'klɔbə〕克勞伯
Klaus〔klɑus〕克勞斯
Klausen〔'klɑuzən〕
Klausenburg〔'klɑuzənburk〕
Klausner〔'klɑusnə〕克勞斯納
Klausthal-Zellerfeld〔'klɑustɑl・
　'tsɛləfɛlt〕
Klauwell〔'klɑuvɛl〕（德）
Klavdiya〔'klɑvdjɪʌ〕（俄）
Klaver〔'klevə〕
Klaw〔klɔ〕
Kléber〔kle'bɛr〕克雷拜爾（Jean Baptiste,
　1753-1800, 法國革命時期之將軍）
Kleberg〔'klebəg〕克萊伯格
Klebs〔klɛbz; kleps（德）〕
Klee〔kle〕克雷（Paul, 1879-1940, 瑞士抽象
　派畫家）
Kleffens〔'klɛfəns〕克萊芬斯
Kleiber〔'klaɪbə〕　　　　「國數學家）
Klein〔klaɪn〕克萊恩（Felix, 1849-1925, 德
Kleine Planeten〔'klaɪnə plɑ'netən〕
Kleine Scheidegg〔'klaɪnə 'ʃaɪdɛk〕
Kleines Theater〔'klaɪnəs te'ɑtə〕
Kleinewaechler〔'klaɪnvɛklə〕
Kleinpell〔'klaɪnpɛl〕
Klein-Pest〔'klaɪn・'pɛst〕
Kleinschmidt〔'klaɪnʃmɪt〕
KleinSmid〔'klaɪns,mɪd〕克蘭斯米德
KleinSmid, von〔fɑn 'klaɪns,mɪd〕
Kleisner〔'klaɪsnə〕

Kleist〔klaɪst〕克萊斯特（Heinrick von,
　1777-1811, 德國戲劇家）
Kleist-Retzow〔klaɪst・'rɛtso〕
Kleist von Nollendorf〔'klaɪst fɑn
　'nɑləndɔrf〕
Kleitman〔'klɪtmən〕　　　　「克萊門斯
Klemens〔'klemɛns（德）; 'klɛmɛns（波）〕
Klement〔'klɛmɛnt〕
Klementi〔klɪ'mjentjəɪ〕（俄）
Klemm〔klɛm〕
Klemperer〔'klɛmpərə〕
Klenau〔'klenɑu〕
Klencke〔'klɛŋkə〕
Klencke, von〔fɑn 'klɛŋkə〕
Klengel〔'klɛŋəl〕
Klenke〔'klɛŋkə〕
Klenze〔'klɛntsə〕
Kleofas〔klɛ'ɔfɑs〕
Klesel〔'klesḷ〕
Klettenberg〔'klɛtənberk〕
Klettgau〔'klɛtgɑu〕
Klickitat〔'klɪkɪtæt〕
Klieforth〔'klifɔrθ〕克利福思
Kliefoth〔'klifot〕
Kliegl〔'kligl/〕
Klikitat〔'klɪkɪtæt〕
Kliment〔'klɪment; 'kljimjent（俄）〕
Klimenti〔kli'mjentjɪ〕
Klimenty〔kli'mjɛntjɪ〕
Klimsch〔'klɪmʃ〕
Klimt〔klɪmt〕
Klinck〔klɪŋk〕
Klindworth〔'klɪntvɔrt〕（德）
Kline〔klaɪn〕克蘭
Klinewaechler〔'klaɪnvɛklər〕
Klinger〔'klɪŋə〕克林歌（Friedrich Maxi-
　milian von, 1751-1831, 德國浪漫派劇作家及
　小說家）
Klingsor〔'klɪŋzɔr; klæŋ'sɔr（法）〕
Klintsi〔'klɪntsɪ; klin'tsɪ〕
Klipheuvel〔'klɪp,høvəl〕
Klipping〔'klɪpɪŋ〕
Klisiow〔'kliso〕
Klisura〔klɪ'surɑ〕
Kliuchevskaya Sopka〔klju'tʃɛfskəjə
　'sɔpkə〕（俄）
Kloeb〔klob〕
Kloeffler〔'klɛflə〕
Klondike〔'klɑn,daɪk〕❶克侖代克（加拿大）
Klong〔klɔŋ〕　　　　❷克倫代克河（加拿大）
Klonower〔'klɑnəwə〕克洛諾沃
Klonowic〔klɔ'nɔvɪts〕（波）

Klonowski〔klɑˈnɑʊskɪ〕克洛諾夫斯基
Klöntal〔ˈklɘntal〕(德)
Kloos〔klos〕
Klopp〔klɑp〕
Klopsteg〔ˈklɑpstɛg〕
Klopstock〔ˈklɑpstɑk〕克勞普斯多克(
   Friedrich Gottlieb, 1724-1803, 德國詩人)
Klossner〔ˈklɑsnɚ〕克洛斯納
Klosterman〔ˈklɑstɚman〕
Klostermann〔ˈklɑstɚman〕
Kloster-Zeven〔ˌklɑstɚˈzevɘn;
   ˌklɑstɚˈtsefɘn〕(德)
Klo(t)z〔klɑts〕克洛茨
Kluane〔kluˈen〕克盧安湖(加拿大)
Klüber〔ˈkljubɚ〕(德)
Kluck〔klʊk〕
Kluckhohn〔ˈklʌkhon〕克拉克洪
Kluyeva〔ˈklujɘvə〕
Klug〔klug〕克戶格
Kluge〔kludʒ;ˈklugə〕(德)〕
Klugh〔klu〕克戶
Klughardt〔ˈkluhhɑt〕(德)
Klukhor〔klʊˈhɔr〕(俄)
Klukhori〔klʊˈhɔrjɪ〕(俄)
Klumpke〔ˈklʌmpkɪ〕
Kluszewski〔kluˈsɛfskɪ〕
Klutznick〔ˈklʌtsnɪk〕
Kluxer〔ˈklʌksɚ〕
Kluyeva〔ˈklujɘvə〕
Klyazma〔klɪˈæzmə;ˈkljɑsjmə〕(俄)
Klyuchevskaya〔kljuˈtʃɛfskəjə〕克羅契
Kmer〔kmɛr〕   └夫山(蘇聯)
Kmety〔ˈkmɛtj〕(匈)
Kmieck〔kmik〕
Knabe〔ˈknɑbə〕
Knabl〔ˈknɑbḷ〕
Knackfuss〔ˈknɑkfus〕
Knaebel〔ˈnebəl〕
Knaplund〔ˈnæplənd〕
Knapp〔næp;knɑp〕(德)〕納普
Knäred〔ˈknɛrɛd〕
Knaresborough〔ˈnɛrzbərə〕
Knatchbull〔ˈnætʃbʊl〕納奇布爾
Knatchbull-Hugessen〔ˈnætʃbʊl ˈhjuː
   gɪsn〕
Knaths〔ˈknɑθs〕克納思
Knaus〔knɑʊs〕
Knauss〔nɑʊs〕瑙斯
Knauth〔knɑʊt〕克瑙特
Knaysi〔ˈknesɪ〕
Knebel〔ˈknebəl〕克內布爾
Knebworth〔ˈnɛbwɚθ〕

Knecht〔knɛht〕(德)克內克特
Knecht Ruprecht〔knɛht ˈruprɛht〕(德)
Knedler〔ˈnidlɚ〕尼德勒
Kneen〔nin〕
Kneip〔knɑɪp〕奈普
Kneier〔nɪr〕尼爾
Kneipp〔knɑɪp〕
Kneisel〔ˈnɑɪzəl〕
Kneiss〔nis〕
Kneller〔ˈnɛlɚ;ˈknɛlɚ〕(德)〕
Knepper〔ˈnɛpɚ〕內珀
Knesebeck〔ˈknɛzəbek〕
Knesset〔ˈknɛsɪt〕以色列之國會
Knevett〔ˈnevɪt〕
Kniaźnin〔ˈknjɑznjin〕(匈)
Knibbs〔nɪbz〕尼布斯
Knickerbocker〔ˈnɪkɚˌbɑkɚ〕❶紐約之荷蘭
   人後裔❷居住在紐約之人
Kniebis〔ˈknibɪs〕
Knies〔knis〕
Knife〔nɑɪf〕
Knigge〔ˈknɪgə〕
Knight〔nɑɪt〕奈特
Knighton〔ˈnɑɪtṇ〕奈頓
Knightsbridge〔ˈnɑɪtsbrɪdʒ〕
Knightstown〔ˈnɑɪtstɑʊn〕
Kniller〔ˈknɪlɚ〕
Knin〔knin〕
Knipp〔nɪp〕
Knipper〔ˈknɪpɚ〕
Knipperdolling〔ˈnɪpɚˌdɑlɪŋ;ˈknɪp-(德)〕
Knipperdollink〔knɪpɚˈdɑlɪŋk〕
Kniskern〔ˈnɪskən〕
Knittel〔ˈnɪtəl;ˈknɪtəl〕(德)〕尼特爾
Knivskijælodden〔knifˈʃɚlɔdən〕(挪)
Knobel〔ˈknobəl〕
Knobelsdorff〔ˈknobəlsdɔrf〕
Knoblock〔ˈnɑblɑk〕諾卜勞克(Edward, 1874-
   1945, 英國之戲劇家及小說家)
Knockadoon〔ˈnɑkəˌdun〕
Knockanaffrin〔ˌnɑkəˈnæfrɪn〕
Knockbreda〔nɑkˈbridə〕
Knockdow〔nɑkˈdu〕
Knockmealdown〔nɑkˈmildɑʊn〕
Knoff〔nɔf〕諾夫
Knoles〔nolz〕諾爾斯
Knollenberg〔ˈnolənbɚg〕諾倫格伯
Knolles〔nolz〕諾爾斯
Knollys〔nolz〕
Knopf〔knʌpf;knɑpf〕(德)〕克諾夫
Knorpp〔nɔrp〕諾爾普
Knorr〔knɔr〕諾爾

Knossos〔'knosɑs；'nɑsəs〕

Knott〔nɑt〕諾特（Thomas Albert, 1880-1945, 美國語言學家）

Knottingley〔'nɑtɪŋlɪ〕

Knouff〔nauf〕諾夫

Knous〔naus〕諾斯

Knowell〔'noəl；'nowɛl〕

Knower〔'noə〕

Knowland〔'noländ〕

Knowles〔nolz〕諾爾斯

Knowlton〔'noltən〕諾爾頓

Knox〔naks〕諾克斯（John, 1505-1572, 蘇格蘭宗教改革家，政治家及歷史家）

Knoxville〔'nɑksvɪl〕諾克斯維（美國）

Knubel〔'nubəl〕努貝爾

Knud〔knuð（丹）；knut（挪）〕

Knudsen〔'njudsṇ；'knusṇ（丹）；'knutsṇ（挪）〕克努森

Knudson〔'njudsʌn；'knudsʌn〕克努森

Knut〔kə'nut〕喀奴特（994-1035, The Great, 英王兼丹麥國王）

Knutsford〔'nʌtsfəd〕

Knutsson〔'knutsɔn〕（瑞典）

Knutzen〔'knutsən〕

Knyphausen〔'knɪphauzən〕

Knysna〔'knɪsnə〕克尼斯納（南非）

Knyvet〔'nɪvɪt〕尼維特

Knyvett〔'nɪvɪt〕

Koa〔'koɑ〕

Koasati〔ˌkoə'sɑtɪ〕

Kobädh〔kɑ'bad〕

Kobak〔'kobæk〕科巴克

Kobalevsky〔ˌkobɑl'jɛfski〕

Koban〔ko'ban〕

Kobbe〔'kobe〕科比

Kobdo〔'kɔbdo〕科布多（蒙古）

Kobe〔'kobi〕神戶巷（日本）

Kobell〔'kobəl〕科貝爾

København〔ˌkəpṇ'haun〕（丹）

Kober〔'kobə〕科伯

Koberstein〔'kobəʃtaɪn〕

Koblenz〔'koblɛnts〕科布林士（德國）

Kobroör〔'kobro,ɚ〕

Kobuk〔'ko'bʊk〕科伯克河（美國）

Koburg〔'kobʊrk〕

Koca〔ko'dʒɑ〕（土）

Kocaba〔kɔ'tsabɑ〕（波）

Kocaeli〔ˌkɔdʒaɛ'li〕（土）

Koch〔kɔk〕高珂（Robert, 1843-1910, 德國醫生及細菌學家）

Kochab〔ko'kab〕

Kochanowski〔ˌkɔhɑ'nɔfskɪ〕（波）

Kochańska〔kɔ'hɑnjskɑ〕

Köchel〔'kʌkəl；'kʌtʃəl〕

Kocher〔'kokɚ〕考克爾（Emil Theodor, 1841-1917, 瑞士外科醫生）

Koch-Grünberg〔kɑh·'grjunbɛrk〕（德）

Köchly〔'kɚhlɪ〕（德）

Kochob〔'kokab〕

Koch Peak〔kɑtʃ～〕

Kochs〔kɑks〕

Koch-Weser〔'kɑh·'vezɚ〕（德）

Kock〔kɔk〕考克（Paul de, 1794-1871, 法國小說家及戲劇家）

Kocs〔kotʃ〕（匈）

Kodak〔'kodæk〕

Kodály〔ko'daɪ；ko'da·ɪ;'kodaj（匈）〕

Koddiyar〔'kadɪjar〕

Kodiak〔'kodɪ,æk〕科的阿克島（阿拉斯加）

Kodolányi〔'kodolɑnji〕（匈）

Koeber〔'kɚbə〕

Koechlin〔kek'lɛŋ〕（法）

Koechlin-Schlumberger〔kek'lɛŋ·ʃləŋbɛr'ʒe〕

Koedoes〔'kudus〕

Koegel〔'kegəl〕凱格爾

Koehl〔kel〕

Koehler〔'kɚlə〕（德）

Koekeritz〔'kekərɪts〕

Koekkoek〔'kukkuk〕（荷）

Koelsch〔kɛltʃ〕凱爾奇

Koenig〔ke'nig〕（法）凱尼格

Koenigs〔ke'nigz〕

Koenigsberg〔'kenɪgzbəg〕

Koepfli〔'kɛflɪ〕凱夫利

Koerber〔'kɚbə〕柯伯

Koerner〔'kɚnə〕（德）

Koester〔'kɛstə〕凱斯特

Koestler〔'kɛstlə〕凱斯特勒

Koetai〔ku'taɪ〕

Köfering, Lerchenfeld-〔'lɛrhənfɛlt·'kəfərɪŋ〕（德）

Koffka〔'kɑfkə；'kɑfka（德）〕

Koffolt〔'kofəlt〕科弗爾特

Kofoid〔'kofɔid〕

Kofu〔'kofu〕甲府（日本）

Kogälniceanu〔ˌkɑgʌlni'tʃanu〕（羅）

Kogarah〔'kagərə〕

Köge〔'kɔgə〕（丹）

Koguryu〔'kogu'rju〕（韓）

Koh〔koh；kɔ〕

Kohala〔ko'halɑ〕

Kohat〔ko'hat〕

Kohathite〔'kohəθaɪt〕

Koheleth〔koˈhɛlɪθ〕
Kohima〔ˈkohɪmɑ〕
Koh-i-noor〔ˈkoɪnur；-nɔr〕
Kohinoor〔ˈkoɪˌnur；ˈkoɪˌnɔr〕英王室所
　藏之一顆 106 克拉之印度產大鑽石
Koh-i-nuh〔ˌkoˈɪˈnu〕（波斯）
Koh-i-nur〔ˈkoɪnur〕
Kohinur〔ˈkoɪnur〕
Kohistan〔ˌkohɪsˈtan〕
Kohl〔kol〕科爾
Kohler〔ˈkolɚ〕科勒
Köhler〔ˈkɝlɚ〕
Kohlmann〔ˈkolmən〕科爾曼
Kohloss〔ˈkolɑs〕
Kohlrausch〔ˈkolrauʃ〕
Kohlstedt〔ˈkolstɛd〕
Kohn〔kon〕科恩
Kohnstamm〔ˈkonstɑm〕科恩斯塔姆
Ko Ho〔ˈko ˈhu；ˈgʌˈhu（中）〕
Kohsan〔koˈsan〕
Koht〔kot〕
Kohut〔ˈkohut〕科胡特
Koil〔ˈkoɪl〕
Koil-Aligarh〔ˈkoɪlˈælɪgar〕
Koimbatur〔ˌkɔɪmbəˈtur〕
Koine〔ˈkɔɪnɪ〕
Koirala〔kɔɪˈrɑlɑ〕
Koji〔ˈkodʒɪ〕（韓）
Kokand〔koˈkænd〕浩罕（蘇聯）
Kokchetav〔kəktʃɛˈtaf〕（俄）
Kökeritz〔ˈkɝkɛrɪts〕
Koko〔ˈkoko〕
Kokoda〔koˈkodə〕
Kokole〔koˈkolɛ〕
Kokomo〔ˈkokəmo〕
Kokomoor〔ˈkokəmɔr〕
Koko Nor〔ˈkokoˈnɔr〕青海（中國）
Kokopo〔ˈkokəpo〕
Kokoschka〔koˈkɑʃkɑ〕
Koksoak〔ˈkaksoæk〕
Kokumbona〔ˌkokəmˈbonə〕
Kol〔kol〕
Kola〔ˈkolə〕可拉牛島（蘇聯）
Kolaba〔kəˈlɑbə〕
Kolambugan〔ˌkolɑmˈbugɑn〕
Kolano〔koˈlɑno〕
Kolar〔ˈkolɑr〕科拉爾（印度）
Kolarian〔koˈlɛrɪən〕
Kolarov〔kɔˈlɑruf〕（保）
Kolarovgrad〔kəˈlɑrəfgræd；
　kɔˈlɑruvgrat（保）〕
Kolb〔kɑlp〕（德）科爾布

Kolbe〔ˈkɑlbə〕科爾比
Kolbenheyer〔ˈkɑlbənhaɪr〕
Kolberg〔ˈkɔlbɛrk〕科爾伯格
Kolchak〔kɔlˈtʃak〕
Kolchugino〔kʌlˈtʃugɪnə〕（俄）
Kölcsey〔ˈkɝltʃɛ；ˈkɝltʃɛji（匈）〕
Koldewey〔ˈkɑldəvaɪ〕（德）
Kolguev〔kəlˈgujʃf〕科耳古耶夫島
Kolhapur〔ˈkoləpur〕科拉舖（印度）
Koli〔ˈkolɪ〕
Kolikod(u)〔ˌkolɪˈkod〕
Kolima〔kʌˈlɪmə〕（俄）
Kolimski〔kʌˈlɪmskɪ〕（俄）
Kolisko〔kaˈlɪsko〕
Kollam〔ˈkaləm〕
Kollár〔ˈkɑllɑr〕科拉爾
Kołłataj〔kɔlˈlɔntaɪ〕（波）
Koller〔ˈkɑlɚ〕科勒
Kölliker〔ˈkɝlɪkɚ〕
Kollmar〔ˈkɑlmə〕
Kölln〔ˈkɝln〕
Kollontai〔kɑlɑnˈtaɪ；kʌllʌnˈtaɪ（俄）〕
Kołłontaj〔kɔlˈlɔntaɪ〕（波）
Kollontay〔kɑlɑnˈtaɪ；kʌllʌnˈtaɪ（俄）〕
Kollwitz〔ˈkɑlvɪts〕
Kolmar〔ˈkɑlmɑr〕
Kolmer〔ˈkɑlmə〕
Köln〔kɝln〕科隆（德國）
Kolnai〔ˈkɑlnaɪ〕
Kol Nidre〔ˈkolˈnɪdre〕
Koloa〔koˈloa〕
Kołobrzeg〔kɔˈlɔbʒɛk〕科洛貝克（波蘭）
Kolodin〔koˈlodɪn〕
Kolokotrones〔ˌkɔlɔkɔˈtronɪs〕
Kolokotronis〔ˌkɔlɔkɔˈtronɪs〕
Kololo〔koˈlolo〕
Koloman〔ˈkolomɑn〕
Kolombangara〔ˌkolɑmˈbæŋərə〕
Kolomea〔ˌkoloˈmea〕
Kolomna〔kəˈlɔmnə〕科洛姆納（蘇聯）
Kołomyja〔ˌkɔlɔˈmɪja〕（波）
Kolomyya〔kəlʌˈmɪjə〕（俄）
Kolonos Hippios〔kəˈlonəsˈhɪpɪəs〕
Koloshan〔ˈkoˈloˈʃun〕
Kolowrat-Liebsteinsky〔ˈkɔlɔvrat
　ˈlibstenksɪ〕
Kolozsvár〔ˈkolɔʒˌvar〕（羅）
Kolpashevo〔kəlpʌˈʃovə〕（俄）
Kölreuter〔ˈkɝlˌrɔɪtə〕
Kolski Poluostrov〔ˈkɔlskɪ pəluˈɔ-
　strəf〕
Kolthoff〔ˈkɑlthɑf〕

Koltanowski〔kɔltɑ'nɔfskɪ〕

Koltsov〔kʌlj'tsɔf〕加耶曹夫（Aleksei Vasilievich, 1808-1842, 俄國詩人）

Koltzoff Massa‘sky〔kɑlt'sɔf mɑ'sɑl-

Koluschan〔kə'lʌʃən〕└skɪ〕（羅）

Kolyma〔kʌ'lɪmə〕科力馬河（蘇聯）

Kolymski Khrebet〔kʌ'lɪmskəɪ hrjɪ-'bjɛt〕（俄）

Komandorskie〔, kɑmən'dɔrskɪ；kəmʌn'dɔrskɪjə〕科曼多爾群島（蘇聯）

Komandorskiye〔kəmʌn'dɔrskɪjə〕

Komati〔ko'mɑtɪ〕科馬提河（非洲）

Komati Poort〔ko'mɑtɪ 'purt〕

Komba〔'kɑmbə〕

Komeichuk〔kɑme'tʃuk〕

Komenský〔'kɔmɛnski〕（捷）

Komi〔'komi〕科密（蘇聯）

Kominform〔'kɑmɪnfɔrm〕

Komintern〔, kɑmɪn'tɜn〕 ┌（俄）

Komi-Perm〔'komɪ'pɜm；'kɔmjɪ'pjɜrm〕

Komi-Permiak〔'komɪ‧'pɜmjæk；'kɔmjɪ‧'pjɜrmjək（俄）〕

Komi-Permyak〔'komɪ‧'pɜmjæk；'kɔmjɪ‧'pjɜrmjək（俄）〕

Komisarjevskaya〔, kɑmɪsɑr'ʒɛfskəjə〕

Komisarjevsky〔, kɑmɪsɑr'ʒɛfskɪ〕

Komlós-Keresztes〔'kɑmlɔʃ‧'kɛrɛs-tɛʃ〕（匈）

Komnenos〔kɑm'ninəs〕

Komodo〔ko'mɔdo〕 ┌（波）

Komorowski-Bor〔, kɔmɔ'rɔfskɪ‧'bɔr〕

Komotau〔'komotɑu〕

Komotinē〔, kɔmɔtɪn'ji〕（希）

Komotini〔, kɔmɔti'ni〕

Kompert〔'kɑmpert〕

Komroff〔'kɑmrɔf；-rəf〕科姆羅夫

Komsomolets〔, kɑmsɑ'mɔlɛts；kəm-sʌ'mɔljəts〕（俄）

Komsomolsk〔, kɑmsɛ'mɔlsk〕（蘇聯）

Kona〔'konə〕

Konahuanui〔, konɑ, huɑ'nuɪ〕

Konakry〔'kɑnəkrɪ〕康納克雷（幾內亞）

Konarak〔ko'nɑrək；'konərək〕

Konawa〔'kɑnəwɑ〕

Konde〔'kɔndɛ〕

Kondoa Irangi〔kɑn'doə ɪ'ræŋɪ〕

Kondouriotes〔, kɔndu'rjɔtɪs〕

Kondouriotis〔, kɔndu'rjɔtɪs〕

Kondrati〔kʌn'drɑtjəɪ〕

Kondratowicz〔, kɔndrɑ'tɔvɪtʃ〕（波）

Kondyles〔kɔn'ðilis〕（希）

Kondylis〔kɔn'ðilis〕（希）

Konev〔'kɔnjɪf〕（俄）

Kong〔kɑŋ〕

Kong Le〔'kɑŋ'le〕

Köngämä〔'kɜŋɛ, mɛ〕（瑞典）

Kongmoon〔'kɑŋ'mun〕

Kongmoonfow〔'kɑŋ'mun'fo〕

Kongo〔'kɑŋgo〕金剛（日本）

Kongolo〔kɑŋ'golo〕

Kongsfjord〔'kɔŋsfjɔr〕（挪）

Konia〔kɔŋ'jɑ〕

Koniag〔'konɪɑg〕

Koniah〔'kɔnjɑ〕

Konieh〔'kɔnjɛ〕

König〔'kɜnɪh〕月球表面第三象限內的一個坑

Königinhof〔'kɜnɪgɪnhof〕（德）

Königinhofer〔'kɜnɪgɪn, hofə〕

Königin von Saba〔'kɜnɪgɪn fɑn 'zɑbɑ〕

Königreich Sachsen〔'kɜnɪhrɑɪh 'zɑk-sən〕（德）

König Rother〔'kɜnɪh 'rotə〕（德）

Königsberg〔'kenɪgzbɜg；'kɜnɪhsbɛrk〕（德）

Königsberger〔'kɜnɪhs, bɛrgə〕（德）

Königsegg-Rothenfels〔'kɜnɪhs 'rɑ-tənfɛls〕（德）

Königshütte〔'kɜnɪhs, hjutə〕（德）

Königsmark〔'kɜnɪhsmɑrk〕（德）

Königspitze〔'kɜnɪhʃ, pɪtsə〕（德）

Königssee〔'kɜnɪhs, ze〕（德）

Königsstuhl〔'kɜnɪhsʃtul〕（德）

Königswinter〔'kɜnɪhs, vɪntə〕（德）

Koninck〔'konɪŋk〕

Koning〔'konɪŋ〕

Koninginne〔, konɪŋ'ɪnə〕

Koningsmarke〔'konɪŋzmɑrk〕

Koninksloo〔'konɪŋkslo〕

Konitsa〔'kɔnjɪtsɑ〕

Könkamä〔'kɜnkɛ, mɛ〕

Konkan〔'kɑŋkən〕

Konkomba〔kɔn'kombɑ〕

Konkouré〔kɔŋku're〕

Kono〔'kono〕

Konongo〔ko'noŋgo〕

Konopnicka〔, kɔnɔp'nitskɑ〕（波）

Konotop〔, kɑnə'tɑp；kəntʌ'ɔp（俄）〕

Konow〔kɑ'nɔv〕（挪）

Konrad〔'kɑnræd；'kɑnrɑt（丹、德）；'kɔnrɑt（波）；'kɔnrɑt（羅）；'kɔnrɑud（冰）〕康諾德

Konrád〔'kɔnrɑud〕（冰）

Konrad der Pfaffe〔'kɑnrɑt dǝ
  'pfɑfǝ〕
Konradin〔'kɑnrɑdin〕
Konrad von Hochstaden〔'kɑnrɑt fɑn
  'hɑhʃ,tɑdǝn〕（德）
Konrad von Marburg〔'kɑnrɑt fɑn
  'mɑrburk〕
Konrad von Megenberg〔'kɑnrɑt fɑn
  'megǝnberk〕
Konrad von Würzburg〔'kɑnrɑt fɑn
  'vjurtsburk〕（德）
Konsbruck〔'kɑnsbruk〕
Konstantin〔,kɑnstɑ'tjin（捷）；
  'kɔnstɑntjin（愛沙）；kɑnstɑ'tin（丹、
  德）；'kɔnstɑntɪn（愛沙）；kʌnstʌn-
  'tjin（俄）〕
Konstantinos〔,kɔnstɑn'dinɔs〕（希）
Konstantinovich〔,kɑnstɑn'tjinǝvitʃ〕
Konstantinovka〔,kɑnstǝn'tinǝfkǝ；
  kʌnstʌn'tjinʌfkʌ（俄）〕
Konstantinovna〔kʌnstɑ'tjinɔvnʌ〕
Konstantin Pavlovich〔,kɑnstɑn'tjin
  'pɑvlǝvitʃ〕
Konstanty〔kɔns'tæntɪ〕
Konstanz〔'kɑnstɑnts〕（德）
Konti〔'kɑntɪ〕
Kon-Tiki〔kɑn·'tiki〕
Kony〔'kɔni〕
Konya〔'kɔnjɑ〕康雅（土耳其）
Koo〔ku〕顧維鈞（Wellington，Vikyuin，
  1887-1985，中國外交家，政治家）
Koochiching〔'kutʃɪtʃɪŋ〕
Koolau〔,koo'lau〕
Koolauloa〔,koo,lɑ·u'loɑ〕
Koolaupoko〔,koo,lɑ·u'poko〕
Koontz〔kunts〕
Koopen〔'kopǝn〕
Koopman〔'kupmǝn〕庫普曼
Koos〔kus；kos（南非荷）〕庫斯
Kootenai〔'kutǝne〕
Kootenay〔'kutǝne〕
Kooweskoowe〔,kuwɛsku'wi〕
Kopac〔ko'pæk〕科帕克
Kopais〔,kɔpɑ'is〕（希）
Kopaonik〔'kopɑo,nik〕
Kopenhagen〔,kopǝn'hɑgǝn〕
Köpenick〔'kǝpǝnik〕
Kopernik〔kǝ'pernik〕
Kopet Dagh〔,kɔpet 'dɑ〕（土）
Köpfel〔'kǝpfǝl〕
Kopisch〔'kopiʃ〕
Kopitar〔'kɔpitɑr；ko'pitɑr〕

Koplik's spots〔'kɑplɪks～〕【醫】科發力
  氏斑點（麻疹發作前出現在唇上及身體其他部位之斑
  點）
Kopp〔kɑp〕科普
Köpp〔kɔp〕
Koppang〔'kopæŋ〕科庬
Koppanyi〔kɔ'pɑnjɪ〕
Kopparberg〔'kɔppɑr,bærj〕（瑞典）
Köppen〔'kǝpǝn〕
Koppenberg〔'kɑpǝnberk〕
Koppenhaver〔'kopǝn,hevǝ〕科彭哈弗
Koppernigk〔'kɑpǝnik〕
Köpping〔'kǝpɪŋ〕
Koppius〔'kopɪǝs〕
Kopreinitz〔ko'prɑɪnits〕
Köprü〔kǝ'prju〕（土）
Köprülü〔,kǝprju'lju〕（土）
Kops〔kɑps〕
Kopurthella〔kɑ'purtǝlǝ〕
Koque〔'kokwɛ〕
Kora〔ko'rɑ〕
Koraës〔kɔrɑ'is〕
Koraïs〔kɔrɑ'is〕
Korah〔'kɔrǝ〕
Koran〔kɑ'rɑn〕可蘭經（回敎的經典）
Korana〔ko'rɑnɑ〕
Koranko〔ko'rɑŋko〕
Koranza〔ko'rɑnzɑ〕
Korat〔ko'rɑt〕
Korbel〔'kɔrbǝl〕
Korçë〔'kɔrtʃǝ〕（阿爾巴）
Korda〔'kɔrdǝ〕科達
Kordofan〔,kɔrdo'fæn；,kɔrdo'fɑn〕
Kore〔'korǝ〕   「南韓與北韓」
Korea〔kǝ'rɪǝ；kǝre'ɑ〕韓國（1948年分爲
Korée〔kǝ're〕
Koregaon〔,kɔrɪ'geɑn〕
Koreish〔'kɔrɑɪʃ；ko'reʃ〕
Korekore〔,kore'kore〕
Koresh〔'koreʃ〕
Korfanty〔kɔr'fɑntɪ〕
Korff〔kɔrf〕
Korfmacher〔kɔrf'mɑkǝ〕科夫馬克
Korinchi〔kɑ'rɪntʃɪ〕
Kórinthos〔'kɔrɪnθɔs〕（古希）
Korintji〔kɑ'rɪntʃɪ〕
Kořistka〔'kɔrʒɪstkǝ〕（捷）
Koritsa〔,kɔrɪ'tsɑ〕
Koritza〔,kɔrɪ'tsɑ〕
Korizes〔,kɔrɪ'ziz〕考雷吉斯（Alexandros，
  1885-1941，於1941年任希臘首相）
Korizis〔,kɔrɪ'ziz〕
Kormakiti〔,kɔrmɑkɪ'ti〕

Kormantine〔'kɔrməntaɪn〕
Körmendi〔'kɜːmɛndi〕（匈）
Korn〔kɔrn〕
Kornberg〔'kɔrn,bɜːg〕考恩柏格（Arthur, 1918-, 美國生物化學家）
Korneforos〔,kɔrnɪ'fɔrəs ; kɔr'nɛ-fərəs〕
Kornel〔'kɔrnɛl〕
Kornelis〔kɔrhelɪs〕
Kornemann〔'kɔrnəman〕
Körner〔'kɜːnɚ〕（德）科納
Korney〔kɔrn'je〕
Kornfeld〔'kɔrnfɛlt〕科恩菲爾德
Korngold〔'kɔrngɑld〕科恩戈爾德
Kornhauser〔'kɔrnhauzɚ〕科恩豪澤
Kornilov〔kɔrn'jiləf ; kʌr'njilɔf（俄）〕
Koro〔'kɔro〕
Korobkov〔kʌrʌp'kɔf〕（俄）〔（俄）〕
Korolenko〔,kɑrə'lɛŋko ; kʌrʌ'ljenkɔ〕
Koroli〔ko'rolɪ〕
Koromba〔kə'rambə〕
Korónē〔kɔ'rɔnjɪ〕（古希）
Koror〔'kɔ,rɔr〕高羅（帛琉群島）
Kőrös〔'kɜːrəʃ〕（匈）
Korošec〔'kɔrɔʒɛts〕（塞克）
Kőrösi Csoma〔'kɜːrɔʃɪ 'tʃomɑ〕（匈）
Korosko〔kə'rɔsko〕庫魯斯庫（埃及）
Kőrös-Patak, von〔fɑn 'kɜːrɔʃ•'pɑtɑk〕（匈）
Korovin〔kə'rovɪn〕
Korrçë〔'kɔrtʃə〕（阿爾巴）
Kor(r)or〔'kɔrɔr〕
Korsak〔'kɔrsɑk〕
Korsakov〔'kɔrsəkɑf ; kʌrsʌ'kɔf〕科爾薩科夫（蘇聯）
Korsch〔kɔrʃ〕
Korsun〔kʌr'sunj ; 'kɔrsunj（俄）〕
Kortetz〔'kɔrtɛts〕
Körting〔'kɜːtɪŋ〕
Kortner〔'kɔrtnɚ〕
Kortright〔'kɔrtraɪt〕
Kortrijk〔'kɔrtraɪk〕
Kortryk〔'kɔrtraɪk〕
Kortum〔'kɔrtum〕
Kortum〔'kɔrtjum〕
Koryak〔kər'jak〕
Koryakskaya Sopka〔kʌ'rjakskəjə 'sɔpkə〕（俄）
Korytsa〔,kɔrɪ'tsa〕
Korzeniowski〔kɔrʒɛ'njɔfski〕（波）
Korzybski〔kɔr'zɪpskɪ〕
Kos〔kɑs ; kɔs〕考斯島（希臘）
Kósa〔'koʃa〕（匈）

Kosala〔'kosələ〕
Kosam〔ko'sam〕
Kosanović〔kɔ'sɑnɔvitʃ〕（塞克）
Koschei〔kɑʃ'tʃe〕
Koschwitz〔'kɑʃvits〕
Kosciusko〔kɔʃ'tʃuʃkɔ ; ,kɑsɪ'ʌsko ; ,kɑzɪ'ʌsko〕科修阿斯科峯（澳洲）
Kościuszko〔kɔʃ'tʃuʃkɔ〕（·波）
Kosegarten〔'kozə,gɑrtən〕
Koselsk〔kɑ'zɛlsk〕
Koser〔'kozɚ〕科澤
Koshtan Tau〔'kɔʃtɑn 'tau〕
Kosi〔'kosi〕
Kosic〔'kɔsitʃ〕
Košice〔'kɔʃitsɛ〕科西斯（捷克）
Koskenniemi〔'kɑskɛn,njɛmɪ〕（芬）
Koskinen, Yrjö-〔'jurjə•'kɑskɪnɛn〕
Köslin〔'kɜːslɪn ; kɜːs'lin〕
Kosloff〔kʌz'lɔf〕（俄）
Koslov〔kʌz'lɔf〕（俄）
Kosma〔'kɑzmə〕
Kosmos〔'kɑzməs〕
Koso Gol〔'kɔsɔ 'gɜːl〕（蒙古）
Koso-gol〔'kɔsɔ•'gɜːl〕庫蘇泊（蒙古）
Kosova〔'kɔsɔvɑ〕
Kosovo〔'kɔsɔvɔ〕
Kosovo-Metohija〔'kɔsɔvɔ•mɛ'tohɪjɑ〕
Kosovo Polje〔'kɔsɔvɔ 'pɔljɛ〕
Kosovska Mitrovica〔'kosəvskɑ•'mitrəvitsɑ〕（塞克）
Kossaeans〔kɑ'siənz〕
Kossak〔'kɑsæk〕
Kossak-Szczucka〔'kɔssɑk•'ʃtʃutskɑ〕（波）
Kossamak〔'kɑsəmək〕
Kossel〔'kɑsəl〕考塞爾（Albrecht, 1853-1927, 德國生理化學家）
Kossinna〔'kɑsɪnɑ〕
Kosso-gol〔'kɔsɔ'gɜːl〕（蒙古）
Kossovo〔'kɔsɔvɔ〕
Kossuth〔'kɑsuθ〕嘎蘇士（Ferenc, 1841-1914, 匈牙利愛國志士及政治家）
Kost〔kɔst〕科斯特
Kostelanetz〔,kɑstələ'nɛts〕
Koster〔'kɑstɚ〕
Köster〔'kɜːstɚ〕（德）科斯特
Kosters〔'kɔstɚs〕科斯特斯
Kostes〔kɔs'tis〕
Kostka〔'kɔstkɑ〕
Köstlin〔'kɜːstlɪn〕
Kostnitz〔'kɔstnɪts〕
Kostomarov〔kʌstʌ'mɑrɔf〕（俄）

Kostroma〔kɔstrʌ'ma〕科斯屈馬（蘇聯）

Kostrowitsky〔,kɔstrɔ'vitskɪ〕（波）

Kosygin〔kɔ'sjigɪn〕柯錫金（Aleksei
Nikolayevich, 1904-1980, 蘇聯政治家，自
1964-80 任總理 ）

Koszalin〔kɔ'ʃalin〕（波）

Kosztolányi〔'kɔstolanji〕（匈）

Kota〔'kɔtə〕

Kota Bahru〔'kɔtə 'baru〕

Kota Bharu〔'kɔtə 'baru〕哥打峇汝（馬

Kotah〔'kɔtə〕 └ 拉西亞）

Kota Kota〔'kɔtə 'kɔtə〕

Kotelawala〔kɔtələ'wala〕

Kotelni〔kʌ'tjɛlnɪ〕（俄）

Kotelnikovski〔kʌ'tɛlnɪ,kɔfskɪ ;
kʌ'tjɛlnjɪkəfskəɪ（俄）〕

Kotelny〔kʌ'tjɛlnjɪ〕科帖爾內島（蘇聯）

Kotka〔'katkə〕科特卡（芬蘭）

Kotlik〔'katlɪk〕科特利克（美國）

Kotlin〔'katlɪn ; 'kɔtljɪn（俄）〕

Kotonu〔,kɔto'nu〕

Kotovsk〔kʌ'tɔfsk〕（俄）

Kotschnig〔'katʃnɪk〕

Kotta〔'kɔtta〕（阿薾巴）

Kottbus〔'katbəs ; 'kɔtbus（德）〕

Kottke〔'katki〕科特基

Kotto〔'kato〕

Kotzebue〔'katsə,bju〕考塞卜（August
Friedrich Ferdinand von, 1761-1819, 德
國戲劇家）

Kotzschmar〔'katʃmar〕科奇馬薾

Kouang-Tchéou-Wan〔'kwaŋn・tʃe'u・
Kouchakji〔ku'tʃadʒɪ〕 └'wan〕

Koues〔kjuz〕庫斯

Kough〔kjo〕

Koulikoro〔,kulɪ'kɔro〕

Koulouri〔ku'lurɪ〕

Koumoundouros〔,kumun'ðurɔs〕（古希）

Koundouriotes〔,kundu'rjɔtɪs〕

Koundouriotis〔,kundu'rjɔtɪs〕

Kounradski〔kun'ratskɪ〕

Kountouriotes〔,kundu'rjɔtɪs〕（古希）

Kountouriotis〔,kundu'rjɔtɪs〕

Kountze〔kunts〕孔策

Kournine, Jebel〔'dʒɛbəl kur'nin〕

Kouroussa〔ku'rusə〕

Koussevitzky〔,kusə'vɪtskɪ〕庫塞維茲基
（Serge, 1874-1951, 美國管弦樂指揮家）

Kouwenhoven〔'kauwən,hovən〕考恩霍文

Kouyoumdjian〔ku'jumdʒjan ; kujumdʒ-
'jan〕

Kovacs〔'kɔvæks〕科瓦克斯

Kovalevskaya〔kʌvʌ'ljɛfskʌjʌ〕（俄）

Kovalevski〔,kavə'lɛfskɪ ; kʌvʌ'ljɛfskəɪ〕

Kovanznay〔ko'vasnɔɪ〕 └（俄）

Kovařovic〔'kɔvar,ʒɔvɪts〕（捷）

Kovel〔'kɔvəl ; 'kɔvjɪlj（俄）〕

Koven, De〔də'kovən〕

Kövess von Kövessháza〔'kɜvɪʃ fan
'kɜvɪʃ,haza〕

Kovno〔'kɔvnə〕

Kovrov〔kʌ'vrɔf〕（俄）

Kovzha〔'kɔvʒə〕

Koweit〔ko'wet〕

Kowel〔'kɔvɛl〕（波）

Koweyt〔ko'wet〕

Kowie〔ko'vi〕

Kowloon〔'kau'lun〕九龍半島（香港）

Kowno〔'kɔvnɔ〕（波）

Koxinga〔ka'ksɪŋə〕

Koyukuk〔kə'jukuk〕科尤庫克河（美國）

Kozakov〔,kaza'kɔf〕

Kozani〔kɔ'zani〕

Kozánē〔kɔ'zanji〕

Kozloff〔kaz'lɔf〕

Kozlov〔'kazlɔf ; kʌz'lɔf（俄）〕

Kpalara〔kəpa'lara〕

Kpelle〔kə'pɛle〕

Kra〔kra〕克拉地峽（泰國）

Krabi〔'krabi〕克拉比（泰國）

Krachi〔'kratʃi〕

Kraeling〔'krelɪŋ〕克雷林

Kraepelin〔,krɛpə'lin〕

Krafft〔kraft ; kræft〕

Krafft-Ebing〔'kraft・'ebɪŋ〕克拉夫特
（Baron Richard von, 1840-1902, 德國精神
病學家）

Kraft〔kraft〕克拉夫特

Krag〔krag ; kræg〕

Krahl〔krel〕

Krahulik〔krə'hulɪk〕

Krain〔kraɪn〕

Krajova〔kra'jɔva〕

Krakau〔'krakau〕

Krakatao〔,krakə'tau ; ,krakə'tao ;
,krakə'tau〕

Kraków〔'kreko ; 'krakuf〕
科拉科（波蘭）

Krakowska〔kra'kɔfska〕

Kralendijk〔'kraləndaɪk〕

Králická〔'kralɪts,ka〕（捷）

Kralik〔'kralɪk〕

Kralitz〔'kralɪts〕

Kraljević〔'kraljɛvɪtʃ ; -,vitj（塞克）〕

Kraljevina Srba [ˈkrɑljɛ͵vinɑ ˈsɝbɑ]

Krámář [ˈkrɑmɑrʃ] (捷)

Kramatorsk [krəmʌˈtɔrsk] (俄)

Kramer [ˈkremə ; ˈkrɑmə] 克雷默

Kranach [ˈkrɑnɑh] (德)

Kranenburg [ˈkrɑnənburk]

Kranewitter [ˈkrɑnəvitə] (德)

Kranich [ˈkrɛnɪk ; ˈkrɑnɪh (德)] 克拉尼奇

Krantz [krɑnts] (德) 克蘭茨

Krapf [krɑpf]

Krapotkin [krəˈpɑtkɪn ; krɑˈpɔt- ; krəˈpɔt-]

Krapp [kræp] 克拉普 (George Philip, 1872-1934, 美國語言學家)

Kras [ˈkrɑs]

Krasicki [krɑˈsitskɪ] (波)

Krasiński [krɑˈsinjski] (波)

Krasnodar [krɑsnoˈdɑr ; krəsnʌˈdɑr] 克拉斯諾達 (蘇俄) 「夫斯克港 (蘇聯)

Krasnovodsk [͵kræsnəˈvɔtsk] 克拉斯諾

Krasnoyarsk [ˈkræsnəjɑrsk ; krəsnʌˈjɑrsk] 克拉斯諾雅斯克 (蘇聯)

Krasnoye Selo [ˈkrɑsnəjə sjɪˈlɔ] (俄)

Krasny Luch [ˈkrɑsnɪ ˈlutʃ] (波)

Krasnystaw [krɑsˈnɪstɑf] (波)

Krassin [ˈkrɑsjɪn]

Kraszewski [krɑˈʃɛfskɪ] (波)

Kratié [͵krɑtˈje] 桔井 (柬埔寨)

Kratim [krɑˈtim]

Kratye [ˈkrɑtjɛ]

Krauch [krɑutʃ]

Kraus-Boelté [ˈkrɑus·ˈboltɪ ; ˈkrɑus-ˈbɛltɪ]

Krause [ˈkrɑuzə]

Kraushaar [krɑusˈhɑr]

Krauskopf [ˈkrɑuskɑpf]

Krauss [krɑus]

Krauth [krɔθ] 克勞思

Kravchenko [ˈkrɑvtʃɛŋko]

Kravchinski [krʌfˈtʃinəkɪ, -skəɪ (俄)]

Krayova [krɑˈjɔvɑ]

Kray von Krajowa [krɑɪ fɑn ˈkrɑjɔvɑ] (德)

Krebs [krɛbz] 克萊普斯 (Sir Hans Adolf, 1900-1981, 英籍德裔生物化學家)

Krefeld [ˈkrefɛlt] 克雷菲爾德

Krefeld-Uerdingen [ˈkrefɛlt·ˈjurdɪŋən] 克累非德 (德國)

Kresge [ˈkrɛsgɪ]

Kreger [ˈkrigə]

Krehbiel [ˈkrebil]

Kreidl [ˈkrɑɪdl]

Kreis [krɑɪs]

Kreisler [ˈkrɑɪslə] 克萊斯勒 (Fritz, 1875-1962, 生於奧地利之美國小提琴家及作曲家)

Krejci [ˈkretʃi] 克雷奇

Kreling [ˈkrɛlɪŋ]

Krell [krɛl]

Kremenchug [ˈkrɛməntʃug ; krjɪmjɪnˈtʃuk (俄)]

Kremer [ˈkremə] 克雷默

Kreml [krɛml] 克雷姆爾 「外交部」

Kremlin [ˈkrɛmlɪn] 蘇俄政府之行政部門 (尤指

Kremlin, the [ˈkremlɪn] 克里姆林宮

Křenek [ˈkrʒɛnɛk] (捷) 「(德)

Kremshohenstein [ˈkrɛmsˈhoənʃtaɪn]

Kreps [krɛps] 克雷普斯

Kresge [ˈkrɛsgɪ ; ˈkrɛskɪ] 克雷斯吉

Kress [krɛs] 克雷斯

Krete [ˈkriti]

Krētē [ˈkriti] (古希) 「(古希)

Krētikòn Pélagos [͵kritɪˈkɔn ˈpɛlagɔs]

Kretinga [ˈkrɛtɪŋɑ]

Kretschmann [ˈkrɛtʃmɑn]

Kretschmer [ˈkrɛtʃmə]

Kretzer [ˈkretsə]

Kretzmann [ˈkrɛtsmɑn] 克雷茨曼

Kretzschmar [ˈkrɛtsjmɑr]

Kreuger [ˈkrjugə] (瑞典) 克羅伊格

Kreuser [ˈkrɔɪsə] 克羅伊瑟

Kreutzberg [ˈkrɔɪtsbəg] 「克羅伊策

Kreutzer [ˈkrɔɪtsə (德); krɜˈtsɛr (法)]

Kreuzburg [ˈkrɔɪtsburk]

Kreuzer [ˈkrɔɪtsə]

Kreuzjoch [ˈkrɔɪtsjɑh] (德)

Kreve-Mickevičius [ˈkrevɛ·͵mitskɛˈvitʃius] (立陶宛)

Krey [kre] 克雷

Kreymborg [ˈkremborg] 克雷姆堡 (Alfred, 1883-, 美國詩人)

Kreyssig [ˈkrɑɪsɪh] (德)

Krian [ˈkrɪɑn]

Kribi [ˈkribɪ] 克里比 (喀麥隆)

Krida [ˈkrɪdə]

Kriemhild [ˈkrimhɪld] 【北歐傳說】史詩 Nibelungenlied 中之女主角

Kriloff [krɪˈlɔf]

Krim [krɪm] 克里姆

Krimendahl [ˈkrɪməndɑl]

Krimhild [ˈkrɪmhɪld]

Krimmler [ˈkrɪmlə]

Krios [krɪˈɔs]

Krioú Metopon [krɪˈu ˈmɛtɔpɔn] 「八化身

Krishna [ˈkrɪʃnə] 【印度神話】Vishnu 之第

Krishnalai〔,krıʃnəˈlaı〕
Krishnalal〔,krıʃnəˈlɑl〕
Krishnamurti〔,krıʃnəˈmʊrti〕
Krisjanis〔ˈkrisjanıs〕
Kriss Kringle〔ˈkrıs ˈkrıŋgḷ〕
聖誕老人(＝Santa Claus)
Kristensen〔ˈkrıstənsən〕克里斯滕森
Kristian〔ˈkrıstjan(丹);ˈkrıstıan
(荷、芬)〕 〔ˈanıa〕
Kristiania〔,krıstʃıˈænıə;,krıstı-
Kristiansand〔ˈkrıstʃən,sænd〕
克欣桑港(挪威)
Kristianstad〔ˈkrıstʃəns,tæd;
,krıstjansˈtad(瑞典)〕
Kristijonas〔,krıstıˈjɔnɑs〕
Kristjan〔ˈkrıstjan〕
Kristmann〔ˈkrıstman〕 〔(瑞典)〕
Kristofer〔krısˈtafə(挪);krısˈtɔfə
Kristoffer〔krısˈtafə(丹);krıs-
ˈtaffə(挪);krısˈtɔffə(瑞典)〕
Kritayuga〔krıtəˈjugə〕
Krita Yuge〔ˈkrıtə ˈjugə〕
Kriti〔ˈkriti〕
Krivoi Rog〔ˈkrıvɔı ˈrog;krjıˈvɔı
ˈrɔk〕克利福洛格(蘇聯)
Krk〔kɜk〕(塞克)
Krka〔ˈkɜkə;ˈkɜkɑ〕(塞克)
Krnov〔ˈkɜnov〕
Kroatien〔kroˈatjən〕
Krobatin〔ˈkrobatın〕
Krobo〔ˈkrobo〕
Krock〔krak〕克羅克
Kroeber〔ˈkrobə〕克羅伯
Kroehler〔ˈkrelə〕
Krofta〔ˈkrɔftə〕
Kröger〔ˈkrɜgə〕(德)克勒格爾
Krogh〔krɔg〕格勞格(August,1874-1949,
Krogman〔ˈkrogmən〕 丹麥生理學家)
Kroh〔kro〕克羅
Krohg〔krɔg;krog〕
Krohn〔krun〕
Krokodil〔ˈkrakədaıl;ˈkrakədıl〕
Krokodil, Das〔das ,krokoˈdilʼ〕
Królewiec〔kruˈlɛvjɛts〕(波)〔(波)
Królewska Huta〔kruˈlɛfska ˈhuta〕
Kroll〔krol〕克羅爾(Leon,1884-,美國畫
Krom〔kram〕克羅姆 家)
Kromayer〔ˈkromaıə〕
Kron〔kron〕克朗
Kronach〔ˈkronah〕(德)
Kronberg〔ˈkranbəg〕克朗伯格
Kronberg〔ˈkronbɔrg〕

Krone〔ˈkron〕
Kronecker〔ˈkro,nɛkə〕
Kroner〔ˈkronə〕
Krones〔ˈkronıs;kronz〕
Kronin〔ˈkronın〕
Krönlein〔ˈkrənlaın〕
Kronoberg〔ˈkrunu,bærj〕(瑞典)
Kronos〔ˈkronɑs〕 〔pkə〕
Kronotskaya Sopka〔krəˈnɔtskəjə ˈsɔ-
Kronotski〔krəˈnɔtski〕
Krons(h)tadt〔ˈkron,stæt〕克倫斯塔(蘇
聯列寧格勒以西一海島要塞)
Kroo〔kru〕克魯族(西非)
Krook〔kruk〕
Krooth〔kruθ〕克魯思
Kropotkin〔krəˈpatkın〕克魯泡特金(Prince
Pëter Alekseevich, 1842-1921, 俄國地理學家
Kröyer〔ˈkrɜır〕(挪) 〔和無政府主義者)
Krozet〔kroˈzɛt〕
Kruboy〔ˈkrubɔı〕
Kruczkowski〔krutʃˈkɔfski〕
Krüdener〔krˈjudənə〕
Krúdy〔ˈkrudi〕(匈)
Krueger〔ˈkrugə;ˈkrjugə(德)〕
Kruesi〔ˈkruzı〕克魯齊
Krug〔krug〕克魯格(Julius Albert, 1907-,
美國電力工程師)
Kruger〔ˈkrugə〕
Krüger〔ˈkrjugə〕柯魯格(Stephanus Jo-
hannes Paulus, 1825-1904, 南非政治家)
Krugersdorp〔ˈkrugəzdɔrp;ˈkrjugəs-
dɔrp〕克魯格斯多普(南非)
Kruif〔ˈkrʊıf〕
Kruif, de〔də ˈkraıf〕
Kruisinga〔ˈkraısıŋə;ˈkrɔısınhə(荷)〕
Kruithof〔ˈkraıthəf〕
Kruja〔ˈkruja〕
Krukowiecki〔,krukɔˈvjɛtski〕(波)
Krum〔krʌm;krum〕克魯姆
Krumbacher〔ˈkrʊm,bahə〕(德)
Krumbeigel〔ˈkrʌmbıgɛl〕
Krumm〔krʌm〕克魯姆
Krummacher〔ˈkrʊmahə〕(德)
Krümmel〔ˈkrjuməl〕
Krung Thep〔ˈkrʊŋ·ˈthep〕(暹羅)
Krupa〔ˈkrupə;ˈkrupa〕
Krupp〔krʌp〕克魯伯(Alfred, 1812-1887,
德國軍火製造商)
Krupp von Bohlen und Halbach
〔,krʊp fan ˈbolən ʊnt ˈhalbah〕(德)
Krupsaw〔ˈkrʌpsɔ〕
Krupskaya〔ˈkrupskʌjʌ〕(俄)

Kruse ['kruzə] 克魯澤
Krusé [kru'se]
Kruseman van Elten ['krusəman van
  'ɛltən] (荷)
Krusen ['kruzən] 克魯森
Krusenstern ['kruzəns,tən]
Krusenstjerna['krusənʃɛrna] (瑞典)
Kruševac ['kruʃevats] (塞克)
Krushchev [kruʃ'tʃaf]
Krušne Hory ['kruʃnjɛ 'hɔrɪ] (捷)
Krutch [krutʃ] 克魯芝 (Joseph Wood,
  1893-1970, 美國作家及批評家)
Krutown ['krutaun]
Kruzof ['kruzɔf] 克魯索夫島 (美國)
Kryeziu ['krjɛzju]
Krylenko [krɪ'lɛŋko]
Krylov [krɪ'lɔf ; krɪ'lɔv]
Krym [krɪm]
Krymski ['krɪmskɪ]
Krzemieniec [kʃɛm'jɛnjɛts] (波)
Ksar-el-Kebir, El [æl'ksar · æl ·
  kæbɪr] (阿拉伯)
Ksaver ['ksaver]
Ksawery [ksa'vɛrɪ]
Kshatriya ['kʃætrɪjə]
Ksour ['ksur]
Ktaadn [kə'tadn]
Ktima ['ktima]
Ku, Pan ['ban 'gu] (中)
Kua ['ku'a]
Kuala Kangsar ['kwalə 'kʌŋsa ;
  'kwalə 'kæŋsa]
Kuala Lumpur ['kwalə 'lumpur]
  吉隆坡 (馬來西亞)
Kuala Selangor ['kwalə sə'laŋɔr]
Kuangchou ['kwæŋ'tʃo]
Kuanghsi ['hwæŋ'si]
Kuang Hsü ['gwaŋ 'sju] (中)
Kuangtung ['kwæŋ'tuŋ]
Kuang Wn-ti ['gwaŋ 'wu'di] (中)
Kuanjama [kwan'jama]
Kuan-ti ['gwan'di] (中)
Kuan-yin ['kwan · 'jɪn]
Kuan Yin ['kwan 'jɪn] 【中】觀音菩薩
Kuanza ['kwanzə]
Kubacki [ku'bækɪ]
Kubala [ku'bala]
Kuban [ku'bæn] 庫斑河 (蘇聯)
Kubango [ku'bæŋgo] 「hrə] (阿拉伯)
Kubbet-es-Sakhra ['kubbet · ɛs 'sa-
Kubelik ['kubəlɪk] 庫布利克

Kubenskoe ['kubjənskəjə] (俄)
Kubera [ku'berə]
Kubie ['kjubɪ] 庫比
Kubin ['kubɪn]
Kubitschek ['kubɪtʃɛk] (葡)
Kublai Khan ['kublaɪ 'kan] 忽必烈汗
  (1216-1294, 中國元朝開國者)
Kubla Kahn ['kublə 'kan]
Kubu ['kubu]
Kuchai [ku'ʃe]
Kuchrazewski [,kuha'zɛfskɪ] (波)
Kuch Behar ['kutʃ bɪ'har]
Kuchel ['kɪkl] 基克爾
Kuchengtze ['ku'tʃʌŋ'dʑʊ] (中)
Küchenmeister ['kjuhən,maɪstə] (德)
Kucher ['kutʃə]
Kuching ['kutʃɪŋ] 古晉 (馬來西亞)
Küchler ['kjuhlə] (德) 庫赫勒
Kuchuk Kainarji [ku'tʃuk kaɪ'nardʑɪ]
Ku Chu-tung ['ku 'dʑu · 'tuŋ] (中)
Kücken ['kjukən] (德)
Küçük Menderes [kjutʃ'juk ,mɛndɛ-
  'rɛs] (希)
Kudalur [,kʌdə'lur]
Kudat ['kudat] 古達 (馬拉西亞)
Kudimkar [ku'dɪmkɚ]
Kudrun ['kudrun]
Kudus ['kudus]
Kudymkar [ku'dɪmkɚ]
Kudzu ['kudzu]
Kuebler ['kjublə] 庫布勒
Kuechle ['kikl]
Kuehl [kjul] (德)
Kuehn [kun] 庫恩
Kueichou ['kwe'tʃo]
Kuekes ['kikəs]
Kuenen ['kjunən] (荷)
Kuelun Shan ['kun'lun'ʃan]
Kuenn ['kjuən]
Kuenzel ['kɪnzɛl] 金澤爾
Kuersteiner [kəs'taɪnə]
Kuethe ['kiθɪ] 基西
Kufa, Al [æl 'kufə]
Kufic ['kjufɪk]
Kufow ['tʃju'fu] (中)
Kufstein ['kufstaɪn]
Kugeler ['kuglə] 庫格勒
Kügelgen, von [fan 'kjugəlgən] (德)
Kugelmass ['kugəlmas]
Kugler ['kuglə] 庫格勒
Kuh [ku ; 'kuh (波斯)] 庫
Kuhfeld ['kufɛld] 庫菲爾德

Kuhhorn〔'kuhɔrn〕

Kuh-i-Alwand〔'kuh‧ɪ‧al'vand〕(波斯)

Kuhistan〔͵kuhɪs'tan〕

Kuhlau〔'kulaʊ〕

Kuhlman〔'kulmən〕庫爾曼 「(德)」

Kühlmann〔kul'man (法);'kulman〕

Kuhn〔kun〕庫恩(Richard, 1900-1967, 奧國 化學家)

Kuhnau〔'kunaʊ〕

Kühne〔'kjʊnə〕(德)

Kühnemann〔'kjʊnəman〕

Kühner〔'kjʊnə〕

Kuhns〔kunz〕

Kuibyshev〔'kwɪbɪ͵ʃɛf〕古比雪夫(蘇聯)

Kuibyshevka〔'kwib͵ʃɛfkə ; 'kuɪbɪʃəf kə (俄)〕

Kühnenfeld〔'kjʊnənfɛlt〕

Kui-chau〔'kwi‧'tʃaʊ〕

Kuilu〔'kwilu〕

Kuiper〔'kaɪpə ; 'kʌpə〕凱珀

Kuist〔kɪst〕基斯特

Kuiu〔'kuju〕

Kuka〔'kukə〕

Ku Kai-chih〔'gu 'kaɪ‧'dʒɪə〕(中)

Kukana〔'kukənə〕

Kukawa〔'kukəwə〕

Kukenaäm〔'kukənaɑn〕

Kukës〔'kukəs〕

Kuki-Chin〔'kuki‧'tʃɪn〕

Ku-Klux〔'kju͵klʌks〕❶三K黨❷三K黨 黨員

Kuklux〔'kju͵klʌks〕❶三K黨❷三K黨黨員

Ku Klux Klan〔'kju‧klʌks‧'klæn〕三K 黨(1915年由於美國之白人新教徒組成之祕密 團體,以反猶太人舊教徒,黑人及東方人為宗旨)

Kukolnik〔'kukəlnɪk〕

Kukong〔'ku'kɔŋ ; 'tʃjudʒɪ'aŋ (中)〕

Kuku-Khoto〔'kjukjuhɔtə〕(蒙古)

Kukuljević-Sakcinski〔ku'kuljɛvɪtʃ‧ sak'tsinski ; -͵vitj (塞克)〕

Kukulkán〔͵kukul'kan〕

Kuku Nor〔'kuku 'nɔr〕

Kukuruku〔'kuku'ruku〕

Kula〔ku'la ; 'kulə〕

Kulamadau〔͵kulə'madaʊ〕

Kulambangara〔͵kulæm'bæŋərə〕

Kulanapa〔ku'lɑnapə〕

Kulango〔ku'lɑŋgo〕

Kulangsu〔'ku'lɑŋʃ'jʊ〕

Kulcinski〔kʌl'sɪnskɪ〕

Kuldiga〔'kʊldɪga〕

Kulen Kampff〔'kulən kɑmf〕(德)

Kulhwch〔ki'luk〕

Kulia〔'kulɪɑ〕

Kulik〔kul'jɪk〕庫利克

Kuli Khan〔'kulɪ 'han〕(波斯)

Kulikovo〔͵kulɪ'kovo〕

Kulingchun〔'ku'lɪŋ'tʃʌn〕(中)

Kuljian〔'kʌldʒən〕庫爾金

Kullak〔'kʊlak〕

Kullman〔'kʌlmən〕

Kullu〔'kulu〕

Kulmbach〔'kʊlmbah〕(德)

Kulmbach-Bayreuth〔'kʊlmbah baɪ-'rɔɪt〕(德)

Kulpa〔'kʊlpa〕

Külpe〔'kjʊlpə〕

Kulpmont〔'kʌlpmant〕

Kultepe〔͵kʊltɛ'pɛ〕

Kultur〔kʊl'tur〕

Kultura〔kul'tura〕

Kulu〔'kulu〕

Kulun〔'ku'lʊn〕庫倫(蒙古)

Kulun Shan〔'ku'lun 'ʃan〕

Kulyab〔kʊl'jab〕

Kum〔kʊm〕

Kuma〔ku'ma〕

Kuman〔ku'man ; 'kjumən〕

Kumania〔kju'menɪə〕

Kumaon〔ku'maʊn〕(印)

Kumar〔ku'mar〕

Kumara〔ku'marə〕

Kumaragupta〔kʊ'marə'guptə〕

Kumarila〔kʊ'marɪlə〕 「(印)」

Kumarila Bhatta〔ku'marɪlə 'bʌttə〕

Kumasi〔ku'masɪ〕

Kumassie〔kʊ'mæsɪ〕

Kumaun〔ku'maʊn〕

Kumbakonam〔͵kumbə'konən〕

Kumgang〔kʊm'gaŋ〕金剛山(韓國)

Kumilla〔kʊ'mɪlla〕

Kum Kale〔͵kum ka'lɛ〕

Kumm〔kʊm〕

Kümmel〔'kjuməl〕(德)

Kummer〔'kʊmə〕

Kummuh〔kʊm'mu〕

Kumon〔'kumon〕

Kumri〔kum'ri〕

Kumukahi〔͵kumu'kahɪ〕

Kun〔kʊn〕庫恩

Kuna〔'kunə〕

Kunar〔ku'nar〕

Kunch〔kuntʃ〕

Kunchinjinga〔ˌkʌntʃɪnˈdʒɪŋə〕
Kunchinjunga〔ˌkʌntʃɪnˈdʒʌŋɡə〕
Kuncewicz〔kunˈtsɛvɪtʃ〕（波）
Kunckel〔ˈkuŋkəl〕
Kuncz〔kunts〕（匈）
Kundar〔ˈkundɑr〕
Kundrav〔kunˈdrɑv〕
Kundry〔ˈkundrɪ〕
Kundt〔kunt〕
Kunduk〔kunˈduk〕
Kunduz〔kunˈduz〕
Kuneau〔ˈkjuno〕丘諾
Kuneitra, El〔ɛl kuˈnetrə；
  æl kuˈnetrɑ（阿拉伯）〕
Kunen〔ˈkjunən〕丘嫩
Kunene〔kuˈnenə〕庫內內河（安哥拉）
Kunersdorf〔ˈkunəsdɔrf〕
Kung〔kuŋ；ɡuŋ（中）〕
Kung, Chou〔ˈdʒo ˈɡuŋ〕（中）
K'ung〔kuŋ〕（中）   「（中）
Kung Ch'in wang〔ˈɡuŋ ˈtʃɪn ˈwaŋ〕
K'ung Ch'iu〔ˈkuŋ ˈtʃju〕
Kung Fu-tse〔ˈkuŋ ˌfuˈtsɛ；ˈkuŋ fu-
  ˈdzʌ（中）〕
K'ung Fu-tzŭ〔ˈkuŋ ˈfuˌdzʌ〕（中）
Kunghit〔ˈkʌŋhɪt〕
K'ung Hsiang-hsi〔ˈkuŋ ʃɪˈaŋˌʃi〕
Kunghsien〔ˈɡuŋʃˈjen〕（中）
Kung-lin, Li〔ˈli ˈɡuŋˌˈlɪn〕（中）
Kunie〔ˈkunje〕
Kunigunde〔ˌkunɪˈɡundə〕
Kuniholm〔ˈkʌnɪhom〕
Kunkel〔ˈkʌŋkəl〕孔克爾
Kunlun〔ˈkunˈlun〕崑崙山脈（中國）
Kunlun Shan〔ˈkunˈlun ˈʃan〕
Kunming〔ˈkunˈmɪŋ〕昆明（雲南）
Kuno〔ˈkuno〕
Kurt〔kurt〕
Kusch〔kuʃ〕
Kunowice〔ˌkunəˈvitsɛ〕
Kunsan〔ˈkunˈsan〕群山（韓國）
Kunst〔kunst〕
Kunstmann〔ˈkunstman〕
Kunth〔kunt〕
Kunto〔ˈkuntə〕
Kuntsevo〔ˈkuntsɪvə〕
Kuntze〔ˈkuntsə〕
Kunua〔kuˈnua〕
Kunwald〔ˈkunvalt〕
Kunz〔kunts〕孔茲
Kunza〔ˈkʌnzə〕   「（中）
Kuo-chang, Fêng〔ˈfʌŋ ˈɡwɔ ˈdʒaŋ〕

Kuomintang〔ˈkwomɪnˈtæŋ〕中國國民黨
Kuo Mo-jo〔ˈkwo ˈmo ˈdʒo〕（中）
Kuopio〔ˈkwɔpjo〕庫奧皮歐（芬蘭）
Kuo T'ai-ch'i〔ˈɡwɔ ˈtaɪˌˈtʃi〕（中）
Kup〔kʌp〕
Kupa〔ˈkupa〕
Kupang〔ˈkupaŋ〕古邦（印尼）
Kupcinet〔ˈkʌpsɪnɛt〕庫普西內特
Kupers〔ˈkjupəs〕
Kupka〔ˈkupka〕庫普卡
Kupper〔ˈkupə〕
Kupreanof〔ˌkuprɪˈanɔf〕
Kuprili〔ˌkupriˈli〕
Kuprin〔ˈkuprjɪn；kupˈrʃin（俄）〕
Kupyansk〔kupˈjansk〕
Kura〔kuˈra〕庫那河（蘇聯）
Kurakin〔kuˈrakjɪn〕（俄）
Kuramba〔kuˈrambə〕
Kuranko〔kuˈraŋko〕
Kurath〔ˈkjurˌæθ〕
Kurbski〔ˈkurpskɪ〕
Kurchatov〔kurˈtʃataf〕
Kurd〔kɜd〕庫德人（居於 Kurdistan 之游牧
  回教徒）
Kurdish〔ˈkɜdɪʃ〕庫德語
Kurdistan〔ˌkɜdɪˈstan；-ˈstæn〕
Kürenberg, der（von）〔dɛr fɑn
  ˈkjurənbɛrk〕（德）
Kurg〔kurg〕
Kurgan〔kurˈɡan〕
Kurgan Tyube〔kurˈɡan tjuˈbɛ〕
Kurhessen〔kurˈhɛsən〕
Kuril〔kuˈril〕
Kurile〔kuˈril〕千島羣島（蘇聯）
Ku-ring-gai〔kuˌˈrɪŋˌɡaɪ〕
Kurische Nehrung〔ˈkurɪʃə ˈnerun〕
Kurisches Haff〔ˈkurɪʃəs haf〕
Kurishes Gaf〔ˈkurjɪʃəs haf〕
  （立陶宛）
Kurla〔ˈkurlə；ˈkurˈla〕
Kurland Gulf〔ˈkurlənd ～〕庫爾蘭灣
Kurmark〔ˈkurmark〕
Kurnool〔kəˈnul〕
Kuropatkin〔kurʌˈpatkjɪn〕（俄）
Kurrachee〔kʌˈratʃi〕
Kurram〔ˈkurəm〕
Kursaal〔ˈkurˌzal〕【德】（海水浴場，溫
  泉等之）大娛樂廳
Kurschev〔kurˈʃɛf〕
Kürschner〔ˈkjuʃnə〕（德）
Kursk〔kursk〕庫斯克（蘇聯）
Kurski Zaliv〔ˈkurskɪ zalˈjif〕

Kurt〔kɜt；kurt（德）〕庫爾特

Kurth〔'kjurt〕庫爾思

Kurtz〔kurts〕（德）庫爾茨

Kurukshetra〔,kuru'ʃetrə〕

Kuruma〔ku'rumɑ〕

Kurusku〔ku'rusku〕

Kurya〔'kurjɑ〕

Kurz〔kurts〕（德）

Kurzeme〔'kurzɛmɛ〕

Kus〔kus〕

Kusae〔ku'sɑɛ〕

Kusaie〔ku'saıɛ〕

Kusasi〔ku'sasi〕 「物理學家」

Kusch〔kuʃ〕庫士（Polykarp, 1911-，美國

Kush〔kʌʃ〕

Kushan〔ku'ʃan〕

Kushana〔ku'ʃanə〕

Kushitic〔ku'ʃıtık〕

Kushk〔kuʃk〕

Kushka〔'kuʃkə〕 「伯」

Kushk-i-Nakhud〔'kuʃkinɑ'hud〕（阿拉

Kusi〔'kusi〕

Kusinagara〔,kusı'nɑgərə〕

Kusiyara〔,kusı'jɑrɑ〕

Kuskokwim〔'kʌskə,kwım〕卡斯寇魁河
（美國）

Kusmanek von Burgneustädten
〔'kusmɑnɛk fɑn ,burh'nɪzn,tɛtən〕

Kusnets Alatau〔kuzn'jɛts ,alɑ'tɑu〕

Kusnetsk〔kuzn'jɛtsk〕

Kusser〔'kusə〕

Kussi〔'kusi〕

Küssnach〔'kjusnɑh〕（德）

Küssner〔'kjusnə〕

Kustanai〔kustʌ'naı〕庫斯塔乃（蘇聯）

Küstendje〔kjus'tɛndʒɛ〕（羅馬）

Küstenja〔,kjustɛn'dʒɑ〕（羅馬）

Küstenland〔'kjustən,lɑnt〕

Küster〔'kjustə〕庫斯特

Kusti〔'kustı〕

Kut〔kut〕

Kut, Ko〔ko kut〕

Kutab-ud-din〔,kutbud'din〕

Kütahya〔,kjutɑ'ja〕（土）

Kutaiah〔,kjutɑ'ja〕

Kutaiba, ibn-〔,ıbn·ku'taıbæ〕

Kutais〔kutʌ'is〕（俄）

Kutaisi〔ku'ta·ısı〕

Kutak〔'kjutak；kju'tak〕庫塔克

Kutaraja〔'kutɑ'rɑdʒɑ〕

Kuta Raja〔'kutɑ 'rɑdʒɑ〕

Kutaya〔kjutɑ'ja〕

Kut(a)b-ud-din〔,kutbud'din〕

Kutch〔kʌtʃ；kutʃ〕

Kutchin〔kʌ'tʃɪn〕 「(保)

Kutchuk-Kainardji〔ku'tʃuk·kaı'nɑdʒi〕

Kut el Amara〔'kut ɛl ə'mɑrə；'kut
æl æ'mɑrɑ（阿拉伯）〕

Kutenai〔'kutənɛ〕

Kuter〔'kjutə〕庫特

Kuttack〔'kʌtək〕

Kuttner〔'kutnə〕庫特納

Kutuzov〔ku'tuzɔf〕

Kützing〔'kjutsıŋ〕（德）

Kutztown〔'kutstaun〕

Kuusinen〔'kusınɛn〕

Kuusinin〔'kusʃnın〕（芬）

Kuvera〔ku'verə〕

Kuwait〔ku'wet〕科威特（亞洲）

Ku Wei-chün〔'gu 'we·'dʒjun〕（中）

Kuweit〔ku'wet〕=kuwait

Kuxhaven〔kuks'hafən〕（德）

Kuybyshev〔'kwibıʃev；kuıbıʃif（俄）〕

Kuykendall〔'kaı kəndal；'kikəndal〕
凱肯德爾

Kuyp〔kɔıd〕（荷）

Kuyper〔'kaıpə；'kɔıpə（荷）〕凱珀

Kuyuk〔'kujok〕

Kuyunjik〔,kujon'dʒık〕

Kuzbass〔'kuzbæs〕

Kuzma〔kuz'mɑ〕

Kuzmich〔kuzj'mitʃ〕（俄）

Kuzmin〔kuz'min〕

Kuzminskaya〔,kuzmıns'kaıɑ〕

Kuznets〔'kʌznıts〕

Kuznetsk〔kuz'njɛtsk〕
庫斯内次（蘇聯）

Kuznetsk Alatau〔kuz'njɛtsk ,alɑ-
'tɑu〕

Kuznetsk Sibirski〔kuz'njɛtsk sı-
'bjırskı〕

Kuznetsov〔kusnji'tsɔf；kuz'njɛtsof〕
（俄）

Kvaenangen〔'kvenɑŋən〕

Kvapil〔'kvapil〕

Kvarner〔'kvɑnɛr〕

Kvieses〔'kvjɛsıs〕

Kvitka〔'kvjıtkʌ〕（俄）

Kwa〔kwɑ〕

Kwadjalin〔'kwadʒəlın〕

Kwafi〔'kwafi〕

Kwahu〔'kwahu〕

Kwajalein〔'kwadʒəlın；'kwadʒ-〕
瓜加林島（美國）

Kwakiutl [‚kwakɪ'utl̩]
Kwakoegron ['kwakuhrɔn]
（南非荷）
Kwak Song Hoon ['kwak 'saŋ 'hun]
Kwakwa ['kwakwa]
Kwaluthi [kwa'luθi]
Kwalwasser [kwal'wasə]
Kwambi ['kwambi]
Kwame Nkrumah ['kwamɪ 'ŋkrumə]
Kwamouth ['kwamaʊθ]
Kwanchengtze ['kwan'tʃɛŋ'tsɛ]
Kwando ['kwando] 寬渡河（安古拉）
Kwanga ['kwaŋga]
Kwangchow ['gwaŋ'dʒo] 廣州（廣東）
Kwangchowan ['gwaŋ'tʃo'wan]
廣州灣（廣東）
Kwan-chowfu ['kwaŋ'dʒo'fu]
Kwang Hsu ['gwaŋ 'ʃu]（中）
Kwang-hsü ['gwaŋ·'ʃu]（中）
Kwangju ['gwaŋ'dʒu] 廣州（韓國）
Kwango ['kwaŋgo]
Kwangsi ['gwaŋ'sɪ] 廣西（中國）
Kwangteh ['gwan'dɛ]
Kwangtung ['gwan'dʊŋ] 廣東（中國）
Kwannui ['kwa'nuɪ]
Kwanto ['gwan'dɔ]（中）
Kwantung [kwæn'tʌŋ ; 'gwan'dʊŋ
（中）]
Kwanyama ['kwanjama]
Kwanza ['kwanzə]
Kwapa ['kwapa]
Kwathlamba [kwat'lambə]
Kwawu ['kwawu]
Kwei [gwe]（中）
Kweichow ['gwe'dʒo] 貴州（中國）
Kweichowfu ['kwe'tʃo'fu]（中）
Kweichu ['gwe'dʒu]（中）
Kweihwa ['kwe'hwa ; 'gwe'hwe]
（中）
Kweihwacheng ['gwe'hwa'tʃʌŋ]
Kweihwa-Suiyuan ['gwe'hwa·'sweju-
'an]（中）
Kweihwating ['gwe'hwa'tɪŋ]（中）
Kweilin ['gwe'lɪn] 桂林（廣西）
Kweiping ['gwe'pɪŋ]（中）
Kweisui ['gwe'swe] 歸綏（綏遠）
Kweiyang ['gwe'jaŋ] 貴陽（貴州）
Kwena ['kwena]
Kwenlun Shan ['kʊn'lʊn 'ʃan]
Kwilu ['kwilu]
Kwoka ['kwokə]
Kwororofa [‚kworo'rofa]

Kworra ['kwarə]
Kwoyu ['kwo'ju ; kwo'ju]
Kxalxadi [ka'ladi]
Kyaring Tso ['kjarɪŋ 'tsɔ]
Kyaukpadaung ['tʃaʊkpə'daʊŋ]
Kyaukse ['tʃaʊksɛ] 皎西（緬甸）
Kyauktaw ['tʃaʊktɔ] 皎托（緬甸）
Kyd [kɪd] 吉德（Thomas, 1558-1594, 英國
劇作家）
Kyefo ['kjefo]
Kyes [kaɪz] 凱斯
Kyffhäuser ['kɪfhɔɪzə] （德）
Kyffin ['kʌfɪn] 凱芬
Kyger ['kaɪgə] 凱格
Kyi [kji]
Kyichu ['kji'tʃu]
Kyklades [kjɪk'laðɛs] （希）
Kykladon Nesoi [kik'laðɔn 'nisi]（希）
Kyle [kaɪl] 凱爾
Kyles of Bute ['kaɪlz əv 'bjut]
Kyllachy ['kaɪləkɪ ; -əhɪ]
Kyllēnē [kɪ'lini]
Kylsant [kɪl'sænt]
Kymi ['kjumi] （芬）
Kymric ['kɪmrɪk]
Kymrie ['kɪmrɪ]
Kymry ['kɪmrɪ]
Kynance ['kaɪnæns]
Kynaston ['kɪnəstən] 基納斯頓
Kyne [kaɪn] 凱恩（Peter Bernard, 1880-
1957, 美國作家）
Kynewulf ['kɪnəwulf]
Kyng Johan [kɪŋ 'dʒohæn]
Kynosura [‚kɪnə'sʊrə ; ‚kaɪnə-]
Kynsey ['kɪnzɪ]
Kyösti ['kjʊɜstɪ]
Kyrillos ['kɪrilɔs]
Kyte [kaɪt]
Kynynmond [kɪ'nɪnmənd] 基寧蒙德
Kyoga ['kjogə] 考加湖（烏干達）
Kyomon ['kjo'mɔn]
Kyong Boc [kjaŋ bak]
Kyonggi ['kjɔŋ'gi]
Kyongsang ['kjɔŋ'saŋ]
Kyongsong [kjɔŋsɔŋ]（韓）
Kyosai [kjosaɪ]（韓）
Kyoshi Gisors [kjo'ʃi ʒi'zɔr]
Kyoto [ki'oto] 京都（日本）
Kypros ['kiprɔs]
Kyra Panagia [kjɪ'ra ‚pana'ja]
（希）
Kyriakides [kɪrɪa'kɪdɪs]

Kyriakos〔,kjirjaˊkɔs〕
Kyrie eleison〔ˊkɪri,eɪ εˊleǝsɑn〕【希】
　啓應禱文；啓應禱告
Kyrillos〔ˊkjirɪlɔs〕
Kyrle〔kɜl ; ˊkɪrlǝ（德）〕克爾
Kyrou〔ˊkɪru〕
Kysibl〔ˊkisɪbl〕
Kythairon〔,kiθεˊrɔn〕
Kythe〔ˊkaɪθɪ〕
Kythera〔ˊkɪθǝrǝ ; ˊkiθirɑ〕
Kyushu〔kiˊuʃu〕九州島（日本）

Kýthēra〔ˊkjiθɪrɑ〕（希臘）
Kytherion〔kiˊθiriɔn〕
Kythul〔ˊkaɪtǝl〕
Kyui〔kjuˊi〕
Kyunghyang〔ˊkjʊŋˊhjaŋ〕
Kyung Mu Dai〔ˊkjʊŋ ˊmu ˊdæ〕
Kyurinish〔ˊkjurɪnɪʃ〕
Kyurins〔kjuˊrɪnz〕
Kyzyl Kum〔kɪˊzɪl ˊkum〕
Kzyl-Orda〔kǝˊzɪl·ɔrˊdɑ〕

L

Laach〔lɑh〕(德)
Laacher See〔'lɑhə ze〕(德)
Laafelt〔'lɑfɛlt〕
Laagen〔'lɔgən〕
La Aguera〔lɑ ɑ'gerɑ〕
Laaland〔'lɔlɑn〕(丹)
La Albuera〔'lɑ ɑlv'werɑ〕
Lääne〔'lenɛ〕(愛沙)
La Antigua〔lɑ ɑn'tigwɑ〕
Laar〔'lɑr〕
La Araucana〔lɑ ɑrɑu'kɑnɑ〕
La Argentina〔lɑ ˌɑrdʒən'tinə ;
    ɑrhɛ-〕(西)
Laas〔lɑs〕
Laatokka〔'lɑtɔk,kɑ〕(芬)
Laau〔lɑ'ɑ·u〕
La Badie〔lɑ bɑ'di〕(法)
Labadie〔lɑbɑ'di〕(法)
Labadist〔'læbədɪst〕
Labaigt〔lɑ'bɛ〕(法)
Labalmondiere〔lə'bælməndɪr〕
Laban〔'lebən〕雷本
Laband〔'lɑbɑnt〕
La Barca〔lɑ 'bɑrkɑ ; vɑr-(西)〕
Labaree〔'læbəri〕
La Barra, De〔de lɑ 'vɑrɑ〕(西)
Labarraque〔lɑbɑ'rɑk〕(法)
La Bastardella〔lɑ ˌbɑstɑ'dɛllɑ〕(義)
Labastida y Dávalos〔lɑvɑs'tiðɑ i
    dɑ'vɑlos〕(西)
Labat〔lɑ'bɑ〕(法)
La Baule〔lɑ 'bol〕(法)
La Beaume〔lə 'bom〕
La Baye〔lɑ 'be〕(法)
Labdacus〔'læbdɔkəs〕
Labazares〔lɑvɑ'θɑres〕(西)
Labe〔'lɑbɛ〕
Labé〔lɑ'be〕(法)
Labeatis Lacus〔ˌlebɪ'etɪs 'lekəs〕
la Beche, De〔'delɑbɛʃ〕
La Bédoyère〔lɑ bedwɑ'jɛr〕(法)
La Bella〔lɑ 'bɛllɑ〕(義)
La Belle〔lɑ 'bɛl〕拉貝爾   「(法)
La Belle Alliance〔lɑ ˌbɛl ɑ'ljɑɲs〕
La Belle Cordière〔lɑ ˌbɛl kɔr'djɛr〕
Labelye〔lɑb'lɪ〕   ∟(法)
Laberge〔lə'bɛrʒ〕拉貝日湖(加拿大)

Laberius〔lə'bɪrɪəs〕
Laberthonnière〔lɑbɛrtɔ'njɛr〕(法)
Labette〔le'bɛt〕
Labeyrie〔lɑbe'li〕(法)
Labezares〔lɑve'ðɑres〕(西)
Labiau〔'lɑbɪɑu〕
La Biche〔lə 'bɪʃ〕
Labiche〔ˌlɑ'biʃ〕拉比希(Eugene Marin,
    1815-1888, 法國戲劇家)
La Bicocca〔'lɑ bi'kɔkkɑ〕(義)
Labid〔læ'bid〕
Labienus〔ˌlæbɪ'inəs〕
Labillardière〔lɑbijɑr'djɛr〕(法)
Labine〔'lebɪn ; lə'bin〕
Labinskaya〔'læbɪns,kɑjə〕
Labitzky〔lɑ'bɪtskɪ〕
Lablache〔lɑb'lɑʃ〕(法)
Labo〔lɑ'bo〕
La Boca〔lə 'bokə ; lɑ 'vokɑ(西)〕
La Boétie〔lɑ bɔe'si〕(法)
La Bohème〔lɑ bo'ɛm〕
La Bonninière〔lɑ bonɪ'njɛr〕(法)
Labor〔'lɑbɔr〕拉博
Laboras de Mézières〔lɑbɔ'rɑ də
    me'zjɛr〕(法)
Laborde〔lɑ'bɔrd〕(法)
Labori〔lɑbɔ'ri〕(法)
Labouchere〔ˌlæbu'ʃɛr〕
Labouchère〔ˌlæbu'ʃɛr〕拉布謝爾
Laboulaye〔lɑbu'le ; ˌlɑbo'lɑje〕
Labourdan〔lɑbur'dɑŋ〕(法)
La Bourdonnaie〔lɑ burdɔ'nɛ〕(法)
Labourdonnaie〔lɑburdɔ'nɛ〕(法)
La Bourdonnais〔lɑ burdɔ'nɛ〕(法)
Labourdonnais〔lɑburdɔ'nɛ〕(法)
Labrador〔'læbrə,dɔr〕拉布拉多(加拿大)
La Brea〔lɑ 'vreə〕(西)
Lábrea〔'lɑvrɪə〕(葡)
La Brède〔lɑ 'brɛd〕(法)
La Bretonne〔lɑ brə'tɔn〕(法)
Labrofoso〔'lɑbro,fɔs〕
Labronio〔lɑ'brɔnjo〕
La Brooy〔lɑ'brɔɪ〕
Labrouste〔lɑ'brust〕(法)
La Brunerie, de〔də lɑ brjun'ri〕(法)
Labrunie〔lɑbrju'ni〕(法)
La Bruyère〔lɑ brju'jɛr〕(法)

Labuan〔, ləˈbuən 〕納閩島（馬來西亞）

Labuk〔laˈbuk〕

Labyrinth〔ˈlæbɪ,rɪnθ〕【希臘神話】
　Daedalus 為克里底斯王Minos 所建迷宮

La Caille〔la ˈkaj〕（法）

Lacaille〔laˈkaj〕（法）

La Calera〔la kaˈlera〕

La Calprenède〔la kalprəˈnɛd〕（法）

La Camargue〔la kaˈmarg〕（法）

La Canada〔la kəˈnjædə〕

Lacanal〔laka'nal〕

Lacandon〔la'kandon〕

Lacandones〔, lakan'donɛs〕

la Católica〔la ka'tolɪka〕

La Cava〔la ˈkava〕

Lacaze〔la'kaz〕（法）

Lacayo-Sacasa〔la'kajo·sa'kasa〕

Lacaze-Duthiers〔la'kaz·dju'tje〕
　（法）

Laccadive Islands〔'lækə,daɪv~〕
　拉克代夫羣島（印度洋）

Lac du Flambeau〔'lak də 'flæmbo〕

Lacedaemon〔, læsɪ'dimən〕古斯巴達

Lacépède〔lase'pɛd〕（法）

la Cerda〔lə 'tsɛrdə〕

La Cerda〔la 'θɛrðə〕（西）

Lacerda e Almeida〔lə'sɛrdə i al-
　'medə〕

La Cerdaña〔'la θɛr'ðanja〕（西）

Lacerta〔lə'sɜtə〕【天文】蜥蜴座

Lacha〔'latʃə〕

La Chaise〔la 'ʃez〕（法）

Lachaise〔la'ʃɛz〕（法）

La Chaize〔la 'ʃez〕（法）

La Chalotais〔la ʃalo'te〕（法）

La Chambre〔la 'ʃaŋbə〕（法）

La Chaussée〔la ʃo'se〕（法）〔（法）

La Chaux-de-Fonds〔la ʃo·d·'fon〕

La Chavanne〔la ʃa'van〕（法）

Lach Dera〔lak 'dera〕

Lachelier〔laʃə'lje〕（法）

Lacher〔la'ʃɛr〕（法）

Laches〔'lekiz〕

Lachesis〔'lækɪsɪs〕【希臘神話】掌握生
　命線長短的命運之神

Lacheur, Le〔lə 'læʃə〕

La Chiaja〔la 'kjaja〕

Lachish〔'lekɪʃ〕

Lachlan〔'laklən〕拉克蘭河（澳洲）

Lachmann〔'lahman〕（德）

Lachner〔'lahnə〕（德）

Lachs〔laks〕

Lacies〔'lesɪz〕

La Cisa〔la 'tʃiza〕

Lackawanna〔, lækə'wanə〕

Lackbeard〔'lækbɪrd〕

Lackington〔'lækɪŋtən〕

Lackland〔'læklænd〕

Lacklearning Parliament〔'læklənɪŋ~〕

Laclede〔lək'lid〕

Laclède〔lək'lid ; la'kɛd（法）〕

La Cloche〔la 'kloʃ〕（法）

Laclos〔la'klo〕（法）

Lacombe〔lə'kom; la'kɔŋb〕

Lacon〔'lekən〕萊肯

La Concepción〔la ,kɔnsɛp'sjon〕

la Concha〔la 'kɔntʃa〕

La Condamine〔la kɔŋda'min〕（法）

Laconia〔lə'konjə ; -nɪə〕

Laconic〔lə'kanɪk〕

Laconica〔lə'kanɪkə〕

Laconicus Sinus〔lə'kanɪkəs 'saɪnəs〕

La Conquista〔la koŋ'kɪsta〕

Lacordaire〔lakɔr'dɛr〕（法）

La Corniche〔la kɔr'niʃ〕（法）

La Coruña〔la ko'runja〕拉寇隆亞港（西

Lacosta〔lə'kastə〕　　　　　班牙）

Lacoste〔la'kost〕（法）

Lacour〔la'kur〕（法）　　　　　〔（法）

Lacour, Challemel-〔ʃal'mɛl·la'kur〕

Lacqui Parle〔, lakɪ 'parl〕

La Creevy〔lə 'krivi〕

Lacressonière〔lakrɛso'njɛr〕（法）

Lacretelle〔lakrə'tɛl〕（法）

Lacroix〔lak'rwa〕（法）

La Crosse〔lə'krɔs〕拉克羅斯

Lac-Saint-Jean〔lak·sæŋ·'ʒaŋ〕（法）

Lactantius Firmianus〔læk'tænʃɪəs
　,fɜmɪ'enəs〕

la Cueva〔la 'kweva〕

La Cumbre〔la 'kumbre〕

Lacunza〔la'kunsa〕（拉丁美）

Lacus Asphaltites〔'lekəs ,æsfæl-
　'taɪtiz〕

Lacus Avernus〔'lekəs ə'vɜnəs〕

Lac Vieux Desert〔lak 'vju də'zɜr〕

Lacy〔'lesɪ ; 'lasi（愛、德)〕萊西

Ladak(h)〔lə'dak〕

Ladbroke〔'lædbrʊk〕拉德布魯克

Ladd〔læd〕

Ladd-Franklin〔'læd·'fræŋklɪn〕

Lade〔ledi〕

Ladefoged〔'lædɪfogɪd〕

Ladegast〔'ladəgast〕

Ladenburg〔'ladənburk〕
Ladeuil, Morel-〔mɔ'rɛl·la'dɜj〕（法）
Ladhiqiya〔, lada'kija〕
Ladikieh〔, ladɪ'kiə〕
Ladin〔la'din ; lə'din〕
Ladino〔lə'dino〕
Ladislas〔'lædɪsləs〕拉迪格
Ladislaus〔'lædɪslɔs ; 'ladɪslaus（德〕
Ladislav〔'ladjɪslaf〕
Ladislaw〔'lædɪslɔ〕
Ladmirault〔ladmi'ro〕（法）
Lado Enclave〔'lado 'ɛnklev〕
Ladoga〔'lædəgə ; 'ladəgə ; lə'dogə〕
拉多加湖（蘇俄）
La Dôle〔la 'dol〕（法）
La Dominique〔la dɔmi'nik〕（法）
Ladon〔'ledən〕
La Dorada〔la ðo'raða〕（西）
Ladozhsko(y)e Ozero〔'ladəʃskəjə
'ɔzjɪrə〕（俄）
Ladré〔la'dre〕（法）
Ladrillero〔,ladrɪ'jero〕（西）
Ladrón de Guevara〔la'ðron ðe(de)
ge'vara〕（西）
Ladrone〔la'dron〕
Ladrones〔lə'dronz ; la'ðrones（西〕
Ladue〔lə'dju〕
La Due〔lə'du〕拉杜
Ladurlad〔lɔ'dəlɔd〕
Lady Baltimore〔'bɔtɪmɔr〕
Ladybrand〔'ledɪbrænd〕
Ladyday〔'ledɪde〕
Lady Chatterley's Lover〔'tʃætəliz〕
Lady of Shalott, the〔ʃə'lɔt〕
Ladysmith〔'ledɪsmɪθ〕累迪斯米思（南非）
Lae〔'lae〕來城（新幾內亞）
Laeken〔'lakən〕
Laelius〔'liliəs〕
Laemmle〔'lɛmlɪ〕
Laënnec〔le'nɛk〕（法）
La Época〔la 'epoka〕
Laer〔lar〕
Laeri〔'lɛrɪ〕萊里
Laermans〔'larmans〕
Laertes〔le'ɜtiz〕
Laërtius〔le'ɜʃəs〕
Læsö〔'lɛ,sɜ〕
Læsø〔'lɛ,sɜ〕（丹）
Laessle〔'lɛslɪ〕萊斯利
La Estrada〔la es'traða〕（西）
Laestrygones〔lis'traɪgəniz ; lɛs'trg-〕
Laestrygonians〔listrɪ'gonɪənz〕

Laet〔lat〕（荷）
Laetare〔le'tarɪ〕
Laetitia〔lɪ'tɪʃɪə〕利蒂希亞
Lafaist〔la'fe〕（法）
La Far〔lə 'far〕
La Farge〔lə'farʒ〕拉法吉（ John, 1835-1910, 美國畫家）
Lafarge〔la'farʒ〕（法）
Lafargue〔la'farg〕（法）
La Farina〔la fa'rina〕
La Favorita〔la ,favo'rita〕
Lafaye〔la'fe〕
La Fayette〔, lafe'ɛt ; lafaɪ'ɛt ; la
fa'jɛt（法）〕拉斐特
LaFayette〔,lafe'ɛt ;,lafaɪ'ɛt ; lafa'jɛt
（法）〕
Lafayette, de〔,lafaɪ'ɛt〕拉法埃脫（ Marquis, 1757-1834, 法國將軍與政治家）
Lafcadio〔'læf'kadɪo ; laf-〕拉夫卡迪奧
Lafe〔lef〕萊夫
Lafenestre〔lafə'nɛtə〕（法）
La Fère〔la 'fer〕（法）
La Feria〔lə 'fɪrɪə〕
Laferrière〔lafe'rjer〕（法）
La Ferté〔la fɛr'te〕（法） 「（法）
La Ferté-Bernard〔la fɛr'te·bɜr'nar〕
Lafeu〔lə'fju〕
Lafew〔lə'fju〕
Laffan〔'læfən ; lə'fæn〕拉芬
Laffer〔'læfə〕拉弗
Laffite〔la'fit〕（法）
Laf(f)itte〔læ'fit ; la'fit（法）〕拉菲特
Lafitau〔lafi'to〕（法）
la Fléchère, de〔də la fle'ʃɛr〕（法）
La Flesche〔lə 'flɛʃ〕
Lafleur〔la'flɜ〕（法）拉弗勒
La Follette〔lə 'falɪt〕拉福萊特
Lafond〔la'fɔŋ〕（法）
La Fontaine〔lə'fanten〕拉豐田（ Jeande, 1621-1695, 法國寓言作家）
Lafontaine〔lə'fan,ten〕拉豐田（ Henri, 1854-1943, 比利時律師及政治家）
La Foole〔la'ful〕
La Force〔la'fɔrs〕（法）拉福斯
La Forêt〔la fɔ're〕（法）
La Forge〔lə 'fɔrʒ〕（法）
Laforgue〔la'fɔrg〕（法）
La Fortuna〔la fɔr'tuna〕
La Forza del Destino〔la 'fortza dɛl
dɛs'tino〕
La Fosse〔la'fɔs〕（法）
Lafosse〔la'fɔs〕（法）

Lafourche〔lə'furʃ〕
Lafrensen〔'lafrɛnsən〕
L'Africaine〔læfri'kɛn〕
L'Africana〔ˌlafri'kana〕
La Fuente〔la 'fwɛnte〕
Lafuente〔la'fwɛnte〕
La Futa〔la 'futa〕
Lagaböter〔'laga,bɐtɐ〕
Lagado〔lə'gado〕
Lagae〔la'ga〕
Lagamaru〔ˌlaga'maru〕
Lagan〔'lægən; 'lagan〕拉根
La Gandara〔la gaŋda'ra〕(法)
Lagarde〔la'gard〕
la Garde, de〔də la 'gard〕(法)
La Garenne-Colombes〔la ga'rɛn·
  kɔ'lɔŋb〕(法)
Lagarina〔ˌlaga'rina〕
Lagarto〔la'garto〕
Lagash〔'legæʃ〕
Lag b'Omer〔lag'bomə〕【猶太教】三十
  三日節（在踰越節次日起之第 33 天）
Lagemann〔'lagəmən〕拉格曼
Lågen〔'lɔgən〕(挪)
Lagenevais〔laʒnə've〕(法)
Lager〔'legæ〕一種啤酒（釀成後儲藏六星
  期至六個月）
Lagerkvist〔'lagæˌkvɪst〕拉格維斯（Pär
  Fabian, 1891-1974, 瑞典劇作家、詩人及小說
  家）
Lagerlöf〔'lagæˌləv〕拉格勒夫（Selma
  Ottiliana Lovisa, 1858-1940, 瑞典女小說家
  及詩人）
Laggan〔'lægən〕
Laghouat〔lag'wat〕
Laging〔'legɪŋ〕
La Giudecca〔la dʒu'dɛkka〕(義)
Lagnier〔la'nje〕(法)
Lago〔'lagu (葡); 'lago (西)〕
Lagoa〔la'goə〕
Lago d'Averno〔'lago da'vɛrno〕
La Goletta〔la go'lɛtta〕(義)
La Gonaïve〔la gɔna'iv〕(法)
Lagonoy〔ˌlago'nɔɪ〕
Lagoon〔lə'gun〕
La Gorce〔la gɔrs〕(法)
Lagos〔'lagos; 'legas〕拉哥斯（奈及利亞）
Lagos de Moreno〔'lagoz ðe mo'reno〕
Lagosta〔lə'gastə; la'gosta (義)〕 「(西)
La Grande〔lə 'grænd〕
la Grande Mademoiselle〔la grand
  madmwa'zɛl〕(法)

La Grange〔lə 'grendʒ; la 'graŋʒ〕
  拉格蘭奇
Lagrange〔la'graŋʒ〕拉格蘭吉（Joseph
  Louis, 1736-1813, 法國幾何學家及天文學家）
Lagrange-Chancel〔la'graŋʒ·ʃaŋ'sɛl〕
  (法)   「(西)
La Gran Piedra〔la ˌgram 'pjeðra〕
la Grye〔la 'grij〕(法)
Lagthing〔'lagtɪŋ〕挪威國會之上院
Lagting〔'lagtɪŋ〕挪威國會之上院
La Guaira〔la 'gwaira〕拉瓜伊拉（委內
  瑞拉）
La Guardia Airport〔la 'gwardɪə~〕
  紐約城之國際機場
Lague〔leg〕
La guerre〔la 'ger〕(法)
Laguna〔lə'gunə; la'guna (西)〕內湖（菲
  律賓）
Laguna de Flores〔la'guna ðe(de)
  'flɔres〕(西)
la Gurdia〔la 'gwaðja〕(西)
La Habana〔la a'vana〕(西)
La Hague〔lə 'heg〕
La Halle〔la 'al〕(法)
Laharpe〔la'arp〕(法)
Lahaur〔la'haur〕
La Haye〔la 'e〕(法)
Lahaye〔la'e〕
Lahee〔lə'hi〕萊希
Lahey〔'lehɪ〕萊希
La Higuera〔la ɪ'gera〕
Lahilahi〔ˌlahɪ'lahɪ〕
La Hire〔la 'ir〕(法)
Lahm〔lam〕
Lahme〔'lamə〕
Lahn〔lan〕
Lahnda〔'landa〕
La Hogue〔lə 'hog; la 'og (法)〕
Lahontan〔lə'hantən; laɔŋ'taŋ (法)〕
Lahor〔la'ɔr〕(法)
Lahore〔lə'hɔr〕拉合爾（巴基斯坦）
La Hougue〔la 'ug〕(法)
La Houssaye〔la u'se〕(法)
Lahr〔lar〕拉爾
La Huerta〔la 'wɛrta〕
La Hyre〔la 'ir〕(法)
Lai〔laɪ〕
Laibach〔'laɪbah〕(德)
Laichow〔'laɪ'dʒo〕(中)
Laidlaw〔'ledlɔ〕萊德勞
Laidler〔'ledlæ〕
Laidoner〔'laɪdɔnɛr〕

Laighin〔ˈlaɪɪn〕

Laighton〔ˈletn〕

L'Aiglon〔lɛgˈlɔŋ〕(法)

Laigue, Forêt de〔fɔˈrɛ ˈdlɛg〕

Laikipia〔laɪˈkɪpɪə〕

Laila〔ˈlaɪlə〕

Laillahue〔laɪˈjawe〕

Laine〔len〕

Lainé〔lɛˈne〕(法)

Lainez〔laɪˈneθ〕(西)

Laing〔læŋ〕

Lainsitz〔ˈlaɪnzɪts〕

Laird〔lɛrd〕萊爾德

Lairesse〔lɛˈrɛs〕

Lais〔ˈleɪs; laɪz〕

Laïs〔ˈleɪs〕(古希)

La Isabela〔ˈla isaˈvela〕(西)

Laise〔les〕萊斯

Laish〔ˈleɪʃ〕

Laisné〔lɛˈne〕

Laitinen〔ˈlaɪtɪnən〕

Laius〔ˈlaɪəs〕

Laiyang〔laɪˈjaŋ〕萊陽縣(山東)

Laja〔ˈlahɑ〕(西)

Lajatico〔laˈjatɪko〕

Lajemmerais〔laʒaŋˈmrɛ〕(法)

Lajeunesse〔laʒəˈnɛs〕(法)

Lajoie〔ˈlæʃəwe〕

Lajoie, Gérin-〔ʒeˈræŋ·laˈdʒwa〕(法)

La Jolla〔lə ˈhɔɪə〕

Lajos〔ˈlajoʃ〕(匈)

Lajpat Rai〔ˈladʒpət ˈraɪ〕

La Junta〔lə ˈhʌntə〕

Lakanal〔lakaˈnal〕(法)

Lakavitch〔laˈkavɪtʃ〕

Lake〔lek〕萊克

Lakefield〔ˈlekfild〕

Lakehurst〔ˈlekhəst〕

Lakeland〔ˈlek·lænd〕

Lakemba〔ləˈkembə〕

Lakemore〔ˈlekmɔr〕

Laken〔ˈlakən〕

Lakenheath〔ˈlekənhiθ〕

Lakeport〔ˈlekpɔrt〕

Laker〔ˈlekə〕萊克

Lakeside〔ˈleksaɪd〕

Lakeview〔ˈlek,vju〕

Lakeville〔ˈlekvɪl〕

Lakewood〔ˈlek,wud〕雷克伍德(美國)

Lakhimpur〔ˈlʌkhimpur〕(印)

Lakhnau〔ˈlʌknau〕(印)

Lakhnauti〔lʌhˈnautɪ〕(孟)

Lakhon〔lakhɔn〕(暹羅)

Lakin〔ˈlekɪn〕萊金

Lakkadiv〔ˈlækədaɪv〕

Lakmé〔ˈlækmi; lakˈme(法)〕

Lakonia〔,lakɔˈnjiɑ〕

Lakor〔ˈlakɔr〕

Lakota〔ləˈkotə〕

Lakse〔ˈlaksə〕

Lakshmana〔ˈlakʃmənə〕

Lakshmi〔ˈlakʃmi〕

Lal〔lal〕

Lala〔ˈlalə; ˈlala〕蕾菈

Lalage〔ˈlælədʒi〕

La Laguna〔la laˈguna〕

Lalaing〔laˈlæŋ〕(法)

Lalande〔laˈlaŋd〕(法)

La Landelle〔la laŋˈdɛl〕(法)

Lanlanne〔laˈlan〕(法)

Lalawethika〔,lala'wɛθɪkə〕

Lalemant〔lalˈmaŋ〕(法)

La Libertad〔la ,liverˈtað〕(西)

Lalin〔ˈlaˈlɪn〕拉林(黑龍江)

La Línea〔la ˈlinea〕

Lalique glass〔ləˈlik~〕有花卉浮雕圖案之「玻璃

Lalitpur〔ˈlʌlɪtpur〕(印)

Lalla Rookh〔ˈlælə ˈruk〕

Lallan〔ˈlælən〕

L'Allegro〔læˈlegro〕

Lalley〔ˈlælɪ〕

Lallemand〔lalˈmaŋ〕(法)

Lally〔ˈlælɪ; laˈli(法)〕拉利

Lally-Tollendal〔laˈli·tɔlaŋˈdal〕(法)

Lalo〔laˈlo〕拉羅(Edoward Victor Antoine, 1832-92，法國作曲家)

La Loche〔lə ˈloʃ〕

Lalo Point〔ˈlalo〕

Lalor〔ˈlelə〕萊勒

Lalou〔laˈlu〕(法)

Lalu〔ˈlælu〕

Lama〔ˈlamə〕

Lamachus〔ˈlæməkəs〕

Lamade〔ˈlæmədi〕拉馬迪

La Madeleine〔la madˈlen〕(法)

La Magdalena Contreras〔la ,magðaˈlena kɔnˈtreras〕(西)

Lamaism〔ˈlamaɪzəm〕喇嘛敎

Laman〔ˈlemən〕拉曼

La Mancha〔la ˈmantʃa〕

La manche〔la ˈmaŋʃ〕(法)

Lamar〔ləˈmar〕拉馬爾

La Mara〔la 'mara〕
La Marche〔la 'marʃ〕(法)
La Marck〔la 'mark〕(法)
Lamarck〔,la'mark〕拉馬克 (Chevalier
　de,1744-1829, 法國博物學家)
la Mare, de〔də lə 'mɛr〕
La Marmora〔la 'marmərə〕
Lamarmora〔la'marmora〕
La Marque〔lə 'mark〕
Lamarque〔la'mark〕(法)
La Marseillaise〔la marsɛ'jɛz〕(法)
Lamartine〔,la,mar'tin〕拉馬丁
　(Alphonse Marie Louis de, 1790-1869, 法
　國詩人、歷史家及政治家)
Lamas〔'lamas〕
Lamasery〔'lamə,sərɪ ; 'læməs-;
　lə'mæs-〕喇嘛寺院
l'Amaury〔lamo'ri〕(法)
Lamaze〔lə'maz〕
Lamb〔læm〕蘭姆 (❶ Charles, 1775-1834,
　英國散文家及批評家❷ Willis Eugene, 1913-,
　美國物理學家)
Lamba〔'lamba〕
Lamballe〔laŋ'bal〕(法)
Lambaréné〔laŋbaréne〕(法)
Lambart〔'læmbart〕蘭巴特
Lambayeque〔,lamba'jeke〕
Lambe〔læm〕
Lambeaux〔laŋ'bo〕(法)
Lambel〔'læmbɛl〕
Lamber〔laŋ'ber〕(法)
Lambert〔'læmbət; 'lambət(荷、德);
　laŋ'ber(法)〕藍伯特
Lambertini〔,lamber'tinɪ〕
Lamberto〔lum'berto〕
Lamberton〔'læmbətən〕蘭伯頓
Lambertus〔lam'bertəs〕
Lambertville〔'læmbəvɪl〕
Lambert von Hersfeld〔'lambert fɑn
　'hersfɛlt〕(德)
Lambèse〔laŋ'bɛz〕(法)
Lambeth〔'læmbəθ〕蘭貝思
Lambin〔laŋ'bæŋ〕(法)
Lambinet〔laŋbi'nɛ〕(法)
Lambourne〔'læmbɔrn〕蘭伯恩
Lambrix〔'læmbrɪks〕
Lambron〔'læmbran〕
Lambton〔'læmptən〕蘭布頓
Lambunao〔lam'bunaʊ〕
Lamburn〔'læmbən〕蘭伯恩
Lamé〔la'me〕(法)
Lamego〔lə'megu〕

Lameng〔'la'mɛŋ〕
La Mennais〔la mɛ'nɛ〕(法)
Lamennais〔la mɛ'nɛ〕(法)
Lamentation〔,læmən'teʃən〕舊約中的
　"哀歌" (相傳爲 Jeremiah 所做)
La Mer〔lə 'mɛr〕
la Mer, de〔'dɛ lə,ma〕
Lamerocke〔'læmərak〕
Lamers〔'læmə z〕
La Mesa〔lə 'mesə〕
Lamesa〔lə'misə〕
La Mesilla〔la me'sija〕(拉丁美)
La Messine〔la mɛ'sin〕(法)
Lameth〔la'mɛt〕(法)
La Mettrie〔la mɛ'tri〕(法)
Lamettrie〔lamɛ'tri〕(法)
La Meurthe〔la 'mərt〕(法)
Lamey〔'lemɪ〕萊米
Lamfrid〔'læmfrɪd〕
Lami〔la'mi〕(法)
Lamia〔'lemɪə〕【希臘、羅馬神話】女首蛇
　身之妖魔
Lamian War〔'lemɪən~〕
Laming〔'læmɪŋ〕拉明
Lamington〔'læmɪŋtən〕
Lamism〔'lamɪzəm〕
Lamlash〔ləm'læʃ〕
Lamma〔'la'ma〕
Lammas〔'læməs〕收穫節 (天主教節日之
　一, 在八月一日)
Lammasch〔'lamaʃ〕拉馬西 (Heinrich,
　1853-1920, 奧國法學家及政治家)
Lammas-eve〔'laməs‧'iv〕
Lammastide〔'læməs,taɪd〕收穫節前後
Lamme〔'læmɪ〕
Lammermuir〔,læmə'mjur〕
Lammers〔'laməs〕
Lammle〔'læml〕
Lammot〔lə'mat〕
Lamoignon〔lamwa'njɔŋ〕(法)
Lamoignon de Malesherbes〔lamwa'njɔŋ
　də mal'zɛrb〕(法)
Lamoille〔lə'mɔɪl〕
Lamoka〔lə'mokə〕
Lamon〔'læmən〕拉蒙
Lamond〔'læmənd; lə'mand〕拉蒙德
Lamoni〔lə'monaɪ〕
La Monja〔la 'mɔnha〕(西)
Lamont〔'læmənt; lə'mant ; 'lamant(德)〕
　拉蒙特
Lamonte〔lə'mant〕
Lamontjong〔lamɔn'tʃɔŋ〕

Lamoral〔lɑmɔ'rɑl〕(法)
Lamord〔lə'mɔrd〕
Lamoricière〔lɑmɔri'sjɛr〕(法)
Lamorinière〔lɑmɔri'njɛr〕(法)
La Moskova〔lɑ mɔskɔ'vɑ〕
La Mothe〔lɑ 'mɔt〕(法)
Lamothe〔lə'mɔt〕
la Mothe, de〔'dɛ lə ,mɑt〕
La Mothe Le Vayer〔lɑ 'mɔt lə vɑ'je〕
(法)
La Motte〔lɑ 'mɔt〕(法)
Lamotte Peak〔lə'mɑt~〕
La Motte-Ango〔lɑ mɔt·ɑŋ'go〕(法)
La Motte-Fouqué〔lɑ 'mɔt·fu'ke〕拉摩特
福凱(Baron Friedrich Heinrich Karl,
1777-1843, 德國小說家)
La Motte-Guyon〔lɑ 'mɔt·gwi'jɔŋ〕
Lamotte-Houdar〔lamɔt·u'dɑr〕(法)
Lamour〔lə'mur〕
La Moure〔lə 'mur〕拉穆爾
Lamoureux〔lɑmu'rɝ〕(法) 拉穆魯
Lampadion〔lɑm'pedɪən〕
Lampadius〔lɑm'pɑdɪus〕
Lampang〔'lɑm'pɑŋ〕 喃邦府(泰國)
Lampard-Vachell〔'læmpɑrd·'vetʃəl〕
Lampasas〔læm'pæsəs〕
Lampatho〔læm'pɑθo〕
Lampe〔'lɑmpə〕蘭普
Lampe〔'læmpɪ〕
Lampedusa〔,læmpə'dusə; ,lɑmpɛ-
'duzɑ〕蘭帕杜沙島(義大利)
Lamperti〔lɑm'pɛrti〕
Lampet〔'læmpɪt〕
Lampeter〔'læmpɪtɚ〕
Lampetia〔læm'piʃɪə〕
Lampetie〔læm'petɪi〕
Lamp(h)un〔'lamphun〕
Lamplough〔'læmplu〕蘭普戶
Lamplugh〔'læmplu〕
Lampman〔'læmpmən〕蘭普曼
Lampoeng〔'lɑmpuŋ〕
Lampong〔'lɑmpɔŋ〕
Lamprecht〔'læmprɛkt, 'lɑmprɛht
(德)〕蘭普雷克特
Lampridius〔læm'prɪdɪəs〕
Lampros〔'lɑmbrɔs〕
Lampsacus〔'læmpsəkəs〕
Lampson〔'læmpsn̩〕藍普生(Sir Miles
Wedderburn, 1880-1964, 英國外交家)
Lampson, Locker-〔'lɑkɚ·'læmpsn̩〕
Lampun〔'lɑm'pun〕 (暹羅)
Lamsdorf〔'lɑmsdɔrf〕

Lamson〔'læmsən〕拉姆森
Lamta〔'læmtə〕
Lamu〔'lɑmu〕
Lamus〔'lɛməs〕
Lamut〔lə'mut〕
Lamy〔lɑ'mi〕(法)
Lanagan〔'lænəgən〕
Lana〔'lænə; 'lɑnə〕拉那
Lanai〔lɑ'nɑ·ɪ; lɑ'nɑɪ〕拉那伊島(夏威夷)
Lanalhue〔lɑ'nɑlwe〕
Lanao〔lɑ'nɑo; -'nɑu〕 拉腦(菲律賓)
Lanark〔'lænɚk; -nɑrk〕
Lanarkshire〔'lænɚkʃɪr; -nɑrk-〕拉那克
郡(英國)
La Navidad〔lɑ ,nɑvi'ðɑð〕(西)
Lancashire〔'læŋkə,ʃɪr; 'læŋkə,ʃə〕蘭開
郡(英國)
Lancaster〔'læŋkəstɚ; 'læŋ,kɪstɚ〕蘭卡
斯忒(美國;英格蘭)
Lance〔lɑns〕蘭斯
Lancelot〔'lɑnslənt; lɑns'lo(法)〕【亞瑟
王傳說】蘭斯洛持(圓桌武士中之第一勇士)
Lancereaux〔lɑns'ro〕
Lancey, De〔də 'lɑnsɪ〕
Lanchester〔'læntʃɪstɚ; -tʃɛs-〕蘭切斯特
Lanchi〔'lɑn'tʃi〕
Lanchow〔'lɑn'dʒo〕蘭州(甘肅)
Lanciani〔lɑn'tʃɑni〕
Lanciano〔lɑn'tʃɑno〕
Lancing〔'lɑnsɪŋ〕
Lancour〔lɑn'kur〕蘭庫爾
Lancret〔lɑŋ'krɛ〕(法)
Lancy〔'lɑnsɪ; 'læn-〕蘭西
Land〔lænd〕蘭德
Landa〔'lɑndɑ; 'lændə〕蘭達
Landacre〔'lændɑkɚ〕蘭德克
Landau〔lɑn'dɑu〕 藍道(Lev Davidovich,
1908-1968, 俄國物理學家)
Landberg〔'lɑndbærj〕 (瑞典)
Landé〔'lɑndə〕蘭德
Landeck〔'lɑndɛk〕蘭德克
Landelle, La〔lɑ lɑŋ'dɛl〕(法)
Lander〔'lændɚ〕蘭德
Länderrat〔'lɛndɚɑt〕
Landes〔'lɑŋd〕(法)蘭德斯 「(法)
Landes de Lanvaux〔lɑŋd də lɑŋ'vo〕
Landesmann〔'lɑndəsmən〕蘭德斯曼
Landey〔'lændɪ〕蘭迪
Landi〔'lɑndz〕蘭迪
Landi Kotal〔'lɑndɪ 'kotʌl〕(印)
Landino〔lɑn'dino〕

Landis〔'lændɪs〕

Landless〔'lædlɪs〕

Landnama Bók〔'landnama bok〕

Lando〔'lando〕

Landolin〔'landolin〕

Landolt〔'landəlt〕蘭多爾特

London〔'lændən〕蘭登

Landor〔'lændə, -dɔr〕蘭道爾（Walter Savage, 1775-1864, 英國詩人及散文家）

Landouzy〔landu'zi〕

Landowska〔lan'dɔfska〕

Landowski〔landɔf'ski〕

Landreth〔'lændrɪθ〕蘭德雷思

Landsberg〔'lantsbɛrk〕蘭茲伯格

Landsberg an der Warthe〔'lants berk an də 'vartə〕（德）

Landseer〔'lænsɪr〕藍塞爾（Sir Edwin Henry, 1802-1873, 英國畫家）

Land's End〔'lændz 'ɛnd〕地角（英格蘭）

Landshut〔'lantshut〕

Landskrona〔lants'kruna〕（瑞典）

Landsmaal〔'lansmɔl〕

Landsteiner〔'lænd,staɪnə〕藍士台納（Karl, 1868-1943, 美國病理學家）

Landst(h)ing〔'lans,tɪŋ〕丹麥國會之上議院

Landus〔'lændəs〕

Landuyt〔'lændit〕蘭代特

Landwehr〔'lant,wɛr〕（德）德國、瑞士、奧地利之後備軍

Landy〔'lændɪ〕蘭迪

Lane〔len〕雷恩（Edward William, 1801-1876, 英國東方學者）

Lane-Poole〔'len·'pul〕

Lanessan〔lanɛ'saŋ〕（法）

Lanett〔lə'net〕

Lanfranco〔lan'franko〕

Lanfrey〔laŋ'fre〕

Lang〔læŋ〕藍恩（Andrew, 1844-1912, 蘇格蘭學者及作家）

Langana〔laŋ'gana〕

Langanes〔'lauŋga,nes〕

Langbaine〔'læŋben〕

Langbourne〔'læŋbɔrn〕

Langchung〔'laŋ'dʒuŋ〕（中）

Langdale〔'lændel〕蘭代爾

Langdell〔'lændl〕

Langdon〔'lændən〕蘭登

Lange〔'laŋə〕藍格（Christian Louis, 1869-1938, 挪威歷史學家及和平主義者）

Langeland〔'laŋə,lan〕（丹）

Langen〔'laŋən〕

Langenbeck〔'læŋənbɛk; 'laŋən-〕

Langendijk〔'laŋəndaɪk〕（荷）

Langenhoven〔'laŋən,hufən〕

Langeoog〔'laŋəoh〕（德）

Langer〔'læŋgə; 'laŋə（德）〕蘭格

Langerhans〔'laŋəhans〕

Langeron〔laŋ3'rɔŋ〕（法）

Langevin〔laŋ3'væŋ〕（法）

Langey〔laŋ'ʒe〕

Langfeld〔'læŋfɛld〕蘭菲爾德

Langford〔'læŋfəd〕蘭福德

Langgo〔'laŋgo〕

Langham〔'læŋəm〕蘭厄姆

Langhans〔,'laŋhans〕

Langholm〔'læŋəm; 'læŋholm〕

Langhorne〔'læŋhɔrn〕蘭霍恩

Langiewicz〔laŋ'gjevitʃ〕

Langlade〔'læŋled; laŋ'glad（法）〕

Langland〔'læŋlənd〕朗蘭（William, 1332?-?1400, 英國詩人）

Langle de Cary〔'laŋl də ka'ri〕（法）

Langlès〔laŋ'glɛs〕

Langley〔'læŋlɪ〕藍利（Samuel Pierpont, 1834-1906, 美國天文學家）

Langlois〔'læŋlɔɪz; 'læŋlɔɪz; 'laŋlwa; laŋ'lwa（法）〕

Langlois de Motteville〔laŋ'lwa də mɔt'vil〕（法）

Langmann〔'laŋman〕

Langmere〔'læŋmɪr〕

Langmuir〔'læŋ,mjuə〕藍穆爾（Irving, 1881-1957, 美國化學家）

Langnau〔'laŋnau〕

Langner〔'læŋnə〕蘭納

Lango〔'laŋgu〕

Langobard〔'læŋgəbard〕

Langobardi〔,læŋgə'bardaɪ〕

Langöy〔'laŋ,əju〕（挪）

Langrenus〔laŋ'grinəs〕

Langreo〔laŋ'greo〕朗格累歐（西班牙）

Langridge〔'læŋgrɪdʒ〕

Langrish(e)〔'læŋgrɪʃ〕蘭格里什

Langs〔læŋz〕

Langsam〔'læŋsəm〕蘭薩姆

Langside〔'læŋ'said; 'læŋsaɪd〕

Lang's Nek〔'læŋz 'nɛk〕

Langsnek〔'læŋz'nɛk〕

Langson〔'læŋ'san; laŋ'sɔŋ（法）〕諒山（越南）

Langstein〔'laŋʃtaɪn〕

Langston〔'læŋstən〕蘭斯頓

Langstone Harbour〔'læŋstən 'harbə〕

Langstroth〔'læŋstrɑθ〕
Lang Suan〔lɑŋ 'suɑn〕
Langsuan〔lɑŋ'suɑn〕
Langtang〔lɑŋ'tɑŋ〕
Langtoft〔'læntɑft〕
Langton〔'læŋtən〕藍敦（Stephen,?-1228,英國神學家、歷史學家及詩人）
Lang Toun〔'læŋ,tun〕
Langtree〔'læŋtrɪ〕
Langtry〔'læŋtrɪ〕
Languard〔'læŋgɑrd〕
Languedoc〔,læŋ'dɑk;,læŋgwɪ'dɑk; lɑŋg'dɔk(法)〕
Languet〔lɑŋ'gɛ〕（法）
Languish〔'læŋgwɪʃ〕
Lanham〔'lænəm〕拉納姆
Lanier〔lə'nɪr〕拉尼爾（Sidney, 1842-1881,美國詩人）
Lanigan〔'lænɪgən〕拉尼根
Lanikai〔'lɑni'kaɪ〕
Lanín〔lɑ'nin〕
Laning〔'lænɪŋ〕拉寧
Lanjuinais〔lɑnʒjui'nɛ〕（法）
Lankada〔,lɑŋgɑ'ðɑ〕（希）
Lankes〔'lenkɪs〕蘭克斯
Lankester〔'læŋkəstə; 'læŋkɪstə〕蘭凱斯特（Sir Edwin Ray, 1847-1929, 英國動物學家）
Lanman〔'lænmən〕蘭曼
Lanneau〔'læno〕
Lanner〔'lɑnə〕（法）
Lannes〔lɑn〕（法）
Lannung〔lɑ'nuŋ〕
Lanny〔'lænɪ〕蘭尼
La Noue〔lɑ 'nu〕（法）
Lanrezac〔lɑŋr'zak〕（法）
Lansbury〔'lænzbərɪ〕蘭斯伯里
Lansdale〔'lænsdel〕蘭斯代爾
Lansdown(e)〔'lænzdaun〕蘭斯多恩
Lansfeld〔'lɑnsfeld〕
Lansford〔'lænsfəd;'lænz-〕蘭斯福德
Lansing〔'lænsɪŋ〕❶藍辛（Robert, 1864-1928, 美國律師及政治家）❷蘭辛（美國）
Lanson〔lɑŋ'sɔŋ〕朗松（Gustave, 1857-1934,法國文學史家及批評家）
Lanston〔'lænstən〕蘭斯頓
Lansyer〔lɑŋ'sje〕（法）
Lant〔lænt〕蘭特
Lantao〔'lɑn'dau〕（中）
Lanthorn Leatherhead〔'lænθɔrn 'leðəhed〕蘭索恩
Lantsang〔'lɑn'tsɑŋ〕瀾滄江

Lanus〔lɑ'nus〕
Lanuvium〔lə'njuvɪəm〕
Lanuvio〔lɑ'nuvjo〕
Lanuza〔lɑ'nusɑ〕（拉丁美）
Lanyon〔'lænjən〕蘭扎
Lanza〔'lɑntsɑ〕蘭扎
Lanzarote〔,lɑnθɑ'rote;,lɑnsɑ-(西)〕
Lanzi〔'lɑntsɪ〕
Lanzol〔lɑn'θɔl〕（西）
Lao〔'lɑo〕寮國和泰國北部所用之語言（屬於泰語系）
Laoag〔lɑ'wɑg〕拉瓦格（菲律賓）
Laoang〔lɑ'wɑŋ〕
Laocoön〔le'ɑkoɑn〕【希臘神話】Troy 城 Apollo 神殿之一祭司
Laodamas〔le'ɑdəmɑs〕
Laodice〔le'ɑdɪsi〕
Laodicea〔,leodɪ'sɪə〕古代希臘之一海港
Laodicea ad Mare〔,leodɪ'sɪə æd 'meri; 'leəd-〕
Laodicean〔le,ɑdɪ'sɪən〕Laodicea 人
Laodogant〔le'ɑdəgænt〕
Laoet, Poelau〔'pulau 'laut〕
Laohokow〔'lɑu'hoko〕
Laoigh, Ben〔ben 'lɪʒɪ〕（蘇）
Laoighis〔liʃ〕（愛）
Laoighise〔'liʃə〕（愛）
Laokay〔'lau'kaɪ〕
Laokoön〔le'ɑkoɑn; le'ɑkoən;lɑ'okɔɑn〕（德）
Laomedon〔le'ɑmɪdən〕
Laon〔lɑŋ〕
Laonicus〔,leə'naɪkəs; le'ɑnɪ-〕
La Orotava〔lɑ,oro'tɑvɑ〕
Laos〔lauz〕寮國（中南半島）
Laoshan〔'lau'ʃɑn〕勞山（山東）
Laotian〔le'oʃən; 'lauʃɪən〕寮國人
Lao-tse〔'lau 'dzʌ〕老子（604?-531 B.C., 中國哲學家）
Lao-tsze〔'lɑo·'tse; 'lauo·'tse; 'lau·-'dzʌ〕（中）
Laoyao〔'lau'jau〕
Lapac〔lɑ'pak〕
La Pailleterie〔lɑ paj'tri〕（法）
La Palata〔lɑ pɑ'lɑtɑ〕
La Pallice〔lɑ pɑ'lis〕（法）
La Palma〔lɑ 'pɑlmɑ; lə 'pælmə〕拉帕耳馬島（西班牙）
Laparra〔lɑpɑ'rɑ〕（法）
La Pasionaria〔lɑ,pɑsjo'nɑrjɑ〕
La Pasture, de〔də 'læpətə〕
Lapauze〔lɑ'poz〕（法）

La Paz〔la 'paz; la 'pæz〕拉巴斯
（玻利維亞）

Lapaz〔lə'paz〕

La Paz de Ayacucho〔la 'paz ðe;
,aja'kutʃo（西）〕

Lapeer〔lə'pɪr〕

La Pena〔la pe'nja〕（法）

La Pérouse〔la pe'ruz〕拉佩路易（Jean
François de Galaup, Count de, 1741-1789,
法國海軍軍官及太平洋探險家）

Lapeyrere〔lape'rɛr〕（法）

Lapham〔'læphəm〕拉帕姆

Lapham, Silas〔'saɪləs 'læpəm〕

La Piaf〔la pi'af〕

La Piconnerie〔la pikɔn'ri〕（法）

Lapidanus〔læpɪ'denəs〕

Lapide〔'læpɪdi〕

Lapidoth-Swarth〔'lapɪdat·'swart〕
（荷）

Lapie〔la'pi〕（法）

La Piedad Cavadas〔la pje'ðað
ka'vaðas〕（西）

La Pierre〔la 'pjɛr〕（法）

Lapin〔'lapɪn〕拉平

Lapinin〔,lapɪ'nin〕

Lapithae〔'læpɪθi〕

Lapithe〔'læpɪˌθi〕

Lapito〔lapi'to〕（法）

Laplace〔la'plas〕拉普拉斯（Pierre
Simon, Morguis de, 1749-1827, 法國天文學
家及數學家）

La Place〔lə 'ples; la 'plas（法）〕

Lapland〔'læp,lænd〕拉布蘭（北歐）

Laplander〔'læp,læudə〕拉布蘭人

La Plata〔lə 'platə〕拉普拉塔港（阿根廷）

La Platiere〔la pla'tjɛr〕（法）

Lapo〔'lapo〕

La pointe〔lə 'pɔɪnt〕

Lapointe〔la'pwaɛŋt〕（法）拉普安特

Lapommeraye〔lapɔm're〕（法）

La Porte〔lə 'pɔrt〕拉波特

Laporte〔la'pɔrt〕

Lapouge〔la'puʒ〕（法）

Lapp〔læp〕拉布蘭人；拉布蘭語

Lappa〔'lap'pa〕（中）

Lapparent〔lapa'raŋ〕（法）

Lappi〔'lappɪ〕（芬）

Lappish〔'læpɪʃ〕拉布蘭語

Lappland〔'lapland〕

Lapps〔læps〕

Laprade〔la'prad〕（法）拉普拉德

Lapseki〔,lapsɛ'ki〕

Laptev Sea〔'laptjif～〕拉普提夫海（蘇聯）

Lapteva〔'laptjɪvə〕

Laptevykh〔'laptjɪvɪh〕（俄）

Lapuan〔'lapwan〕

La Pucelle〔lə pu'sɛl; læ-〕

La Puente〔la pwɛnti〕

La Puntilla〔la pun'tija〕

Lapurdum〔lə'pədəm〕

Laputa〔lə'pjutə〕Swift 作 "Gulliver's
Travels"中之一飛行的浮島

Lapwai〔'læpwe〕

Laqueur〔'lakə〕

La Quiaca〔la 'kjaka〕

L'Aquila〔'lakwila〕

Laquinhorn〔lak'vinhɔrn〕

Lara〔'lara; 'larə〕

La Rábida〔la 'raviða〕（西）

Larache〔la'raʃ（法）; la'ratʃɛ（西）〕

Laraish〔lʌ'raɪʃ〕（阿拉伯）

Lara Jongrang〔'larɑ 'dʒɔŋraŋ〕

Laramanik〔la,rama'nik〕

La Ramée〔la ra'me〕（法）

Laramie〔'lærəmɪ〕

Laranda〔lə'rændə〕

Larantoeka〔,laran'tuka〕

Larat〔'larat〕

La Ravardière〔la ravar'djɛr〕（法）

Larbaud〔lar'bo〕（法）

Larbert〔'larbət〕

Larch〔lartʃ〕

Larcher〔lar'ʃe〕（法）

Larchmont〔'lartʃmant〕

Larcom〔'larkəm〕拉科姆

Lardner〔'lardnə〕拉得諾（Ring, 1885-1933,
美國幽默家及作家）

Lardy〔lar'di〕（法）拉迪

Laredo〔lə'redo〕拉里多（美國）

Laredo Bru〔la'reðo 'bru〕（西）

Larentalia〔læren'telɪə〕

Larentia〔lə'rɛnʃɪə〕

Lares〔'leriz〕

Laret〔la'rɛt〕

Larevellière-Lépeaux〔larve'ljɛr
le'po〕（法）

La Reynière〔la re'njɛr〕（法）

Largen〔'lardʒən〕

Largilierre〔larʒi'ljɛr〕（法）

Largillière〔larʒi'ljɛr〕（法）

Largo〔'largo〕　　　　　　　　「（西）

Largo Caballero〔'largo ,kava'ljero〕

Lariar〔'lærɪar〕拉里亞賓

La Riège〔la 'rjɛʒ〕（法）

Larimer〔'lærɪmə〕拉里默
Larimore〔'lærɪmɔr〕拉里默爾
Larine〔lə'rɪn〕
La Rioja〔la 'rjɔha〕(西)
Larionov〔larɪ'ɔnəf; lʌrjɪ'ɔnɔf (俄)〕
Larisa〔'larɪsa〕
Larissa〔lə'rɪsə〕
Larissa Cremaste〔lə'rɪsə kri'mæsti〕
Laristan〔,larɪs'tan; -stæn〕
Larius, Lacus〔'lekəs 'lerɪəs〕
La Rive〔la 'riv〕(法)
Larivey〔lari've〕(法)
Lark〔lark〕
Larke〔lark〕拉克
Lark(h)ana〔lar'kanə〕
Larkin〔'larkɪn〕
Larkmeadow〔'lark,mɛdo〕
Larkspur〔'lark,spə〕
Larksville〔'larksvɪl〕
L'Arlésienne〔larle'zjen〕(法)
Larminat〔larmi'na〕(法)
Larminie〔'larmɪnɪ〕拉米尼
Larmor〔'larmɔr〕拉莫爾 (Sir Joseph,
    1857-1942, 英國數學家)
Larnaca〔'larnəkə〕拉爾納卡 (塞普勒斯)
Larne〔larn〕
Larned〔'larnɪd〕
Laro〔lə'ro〕
La Roche〔la 'rɔʃ (德); la 'rɔʃ (法)〕
    拉勞士
Laroche〔lə'rɔʃ〕
La Roche du Maine〔la 'rɔʃ djʊ
    'mɛn〕(法)
La Rochefoucauld〔la rɔʃfu'ko〕(法)
La Rochefoucauld-Liancourt〔la
    rɔʃfu'ko· ljɑŋ'kur〕(法)
La Rocheja(c)quelein〔la rɔʃʒak'læŋ〕
    (法)
La Rochelle〔la rɔ'ʃɛl〕(法)
Larom〔'lærəm〕拉勒姆
Laromiguiere〔larɔmi'gjer〕(法)
La Rothiere〔la rɔ'tjer〕(法)
Larousse〔,la'rus〕拉路斯 (Pierre
    Athanase, 1817-1875, 法國文法家及辭典
    編纂家)
Laroy〔lə'rɔɪ〕拉羅伊
Larpent〔'lapent〕
Larra〔'lara〕
Larrabee〔'lærəbi〕拉臘比
Larreta〔la'reta〕
Larrey〔'lærɪ; la're (法)〕
L'Arronge〔la'rɔnʒ〕(法)

Lars〔larz; lars〕拉茲
Larsa〔'larsə〕
Lars Christensen〔larz 'krɪstənsn̩〕
Larsen〔'larsən〕拉森
Lars Porsena〔'larz 'pɔsɪnə〕
Larson〔'larsn̩〕拉森
Larsson〔'larssɔn〕(瑞典)
Lartet〔,lar'te〕拉爾太 (Édouard Armand
    Isidore Hippolyte, 1801-1871, 法國考古學家)
Lartius〔'larʃəs〕
La Rue〔la 'rju〕(法) 拉呂
Larue〔lə'ru〕
la Rue, de〔'dɛ lə 'ru〕
Larz〔larz〕拉茲
las〔las〕
Lasa〔'laza〕
La Sagra〔la 'sagra〕
La Saisiaz〔la sɛsi'az〕(法)
La Sal〔lə 'sæl〕
La Sale〔la 'sal〕(法)
La Salle〔lə' sæl〕拉薩爾 (Rene Robert
    Cavelier, Sieut de, 1643-1687, 法國探險家)
Lasalle〔la'sal〕(法)
Las Alpujarras〔las ,alpu'haras〕(西)
Las Animas〔læs 'ænɪməs; las-〕
Lasaulx〔la'so〕
Las Bela〔lʌs 'belə〕
Lasca, Il〔il 'laska〕
La Scala〔la 'skala〕
Lascar〔'læskə〕
Lascär〔'laskə〕(羅)
Lascaris〔'læskərɪs〕
Las Casas〔las 'kasas〕
Las Cases〔las 'kaz〕(法)
Lascaux〔las'ko〕(法)
Lascelles〔'læsəlz〕拉塞爾斯
Lasco〔'læsko〕
Las Cruces〔las 'krusɪs〕
Lascy〔'lasɪ〕
Las Desertas〔las de'sertas〕
La Selle〔la 'sɛl〕(法) 拉賽山脈 (西印度
    群島)
La Serna y Hinojosa〔la 'sɛrna i
    ,inɔ'hosa〕(西)
La Seyne-sur-Mer〔la 'sɛn·sjur·
    'mɛr〕(法)
Lashkar〔'lʌʃkə〕拉士卡爾 (印度)
La Sibylle du Faubourg Saint-
    Germain〔la si'bil djʊ fo'bur
    sæŋʒɛr'mæŋ〕(法)
La Sila〔la 'sila〕
Lasithi〔la'siθɪ〕

Lasithion 〔la'siθjɔn〕
Laskarina 〔,laska'rina〕
Laskaris 〔'laskaris〕
Lasker 〔'laskə〕
Lasker-Schüler 〔'laskə·'ʃjulə〕
Laski 〔'læskɪ〕 拉斯基（Harold Joseph, 1893-1950, 英國政治學家及社會主義領袖）
Łaski 〔'laskɪ〕（波）
Łaskowski 〔las'kɔfski〕（波）
Lasky 〔'læskɪ〕 拉斯基
Las Navas de Tolosa 〔laz 'navaz de to'losa〕（西）
Laso de la Vega 〔'laso de la 'vega〕（西）
La Soufière 〔la sufri'ɛr〕（法）
Las Palmas 〔læs 'pælməs;las 'palmas〕 拉斯帕馬港（西班牙）
La Spezia 〔la 'spetsja〕 拉斯帕恰港（義大利）
Las Pilas 〔las 'pilas〕
Lassa 〔'læsa ; 'lasə〕
Las Salinas 〔las sa'linas〕
Lassalle 〔la'sal〕 拉薩爾（Ferdinad, 1825-1864, 德國社會主義者）
Lassell 〔læ'sɛl〕 月球表面第三象限內之一坑
Lassen Peak 〔'lasn～〕 拉孫峯（美國）
Lasser 〔'læsə〕 拉瑟
Lasseran-Massencome 〔las'raŋ·masaŋ'kɔm〕（法）
Lasserre 〔la'sɛr〕（法）
Lassithion 〔la'siθjɔn〕
Lasso 〔'laso〕
Lasso, di 〔di 'lasso〕（義）
L'Assomption 〔lasɔŋp'sjɔŋ〕（法）
Lasson 〔'lasɑn〕 拉森
Lassus 〔'læsəs〕
Lasswade 〔læs'wed〕
Lasswitz 〔'lasvɪts〕
Last 〔last〕
Lastarría 〔,lasta'ria〕（西）
Lasteyrie du Saillant 〔lastɛ'ri djʊ sa'jaŋ〕（法）
Lastman 〔'lastman〕
Lastovo 〔'lastovo〕
Lastres 〔'lastres〕
Las Tres Marias 〔las tres ma'rias〕
Las Tres Vírgenes 〔las trez 'virhenes〕（西）
Lasus of Hermione 〔'lesəs ,hə'maɪənɪ〕
Las Vegas 〔las'vegəs〕
Las Villas 〔laz 'vijas〕（拉丁美）
Laswari 〔ləs'warɪ〕

László 〔'laslo〕（匈）
László de Lombos 〔'laslo də 'lombɔʃ〕（匈）
Latah 〔'letə〕
La Taille 〔la 'taj〕（法）
Latakia 〔,lætə'kiə〕 拉塔基亞（敍利亞）
Latané 〔'lætəne〕
La Tène 〔la 'tɛn〕（法）
Lateran 〔'lætərən〕 羅馬的拉特蘭大聖堂
La Terriere 〔la 'tɛrɪɛr〕
Laterza 〔la'tertsa〕
Lateur 〔la'tɜr〕（法）
Latgale 〔'latgalɛ〕
Latgalia 〔læt'galjə;-lɪə〕
Latgaliya 〔lʌt'galjɪjə〕（俄）
Latham 〔'leθəm; la'tam〕（法）萊瑟姆
Lathan 〔'leθən〕
Lathbury 〔'læθbərɪ〕 拉思伯里
Lathom and Burscough 〔'leθəm, 'bəsko〕
Lathrippa 〔lə'θrɪpə〕
Lathrop 〔'leθrəp〕 萊思羅普
La Thuile 〔la tju'il〕（法）
Lathyrus 〔lə'θaɪrəs〕
Lätimaa 〔'lætɪma〕
Latimer 〔'lætɪmə〕 拉蒂默
Latin 〔'lætɪn〕 ❶拉丁文❷拉丁民族之人
Latina 〔la'tina〕
Latin America 〔'lætɪn ə'mɛrɪkə〕 拉丁美洲
Latini 〔la'tinɪ ; lə'taɪnaɪ〕
Latinity 〔læ'tɪnɪtɪ〕 ❶拉丁語之使用❷拉丁語法
Latin Quarter 〔'lætɪn 'kwɔrtə〕 拉丁地區（巴黎）
Latinus 〔lə'taɪnəs〕
Latium 〔'leʃjəm; -ʃɪəm〕 拉丁姆（義大利）
Latmus 〔'lætməs〕
Lato 〔'leto〕
Latona 〔lə'tonə; 'le-〕
Latorre 〔la'tore〕
La Tortuga 〔la tɔr'tuga〕
La Touche 〔la 'tuʃ〕
Latouche 〔la'tuʃ〕（法）
La Tour 〔la 'tur〕（法）拉圖爾
Latour 〔la 'tur〕（法）拉圖爾
La Tour d'Auvergne 〔la 'tur do'vɛrnj〕（法）
La Tour du Pin 〔la 'tur djʊ 'pæŋ〕（法）
Latourette 〔,latʊ'rɛt〕 拉圖雷特
La Trappe 〔la 'trap〕（法）
La Traviata 〔la tra'vjata〕（義）
Latreille 〔lə'trel; la'trɛj〕（法）

La Trémoille〔la tre'muj〕(法)
Latrille〔la'trij〕(法)
La Trinité〔la trini'te〕(法)
Latro〔'letro〕
Latrobe〔lə'trob〕
Latrun〔lə'trun〕
Latta〔'lætə〕拉塔
Lattakieh〔latta'kiɛ〕
Lattaquié〔lata'kje〕(法)
Lattas〔'lattas〕拉塔斯
Lattimer〔'lætɪmə〕
Lattimore〔'lætɪ,mɔr〕拉鐵摩爾(Owen,
  1900-,美國東方問題專家)
Lattin〔'lætɪn〕拉廷
Lattre de Tassigny〔latə də tasi'nji〕
  (法)
Latude〔la'tjud〕(法)
Latuka〔la'tuka〕
Latukan〔,latu'kan〕
La Tuque〔la 'tjuk〕(法)
Latur〔la'tur〕
La Turbie〔la tjur'bi〕(法)
Latvia〔'lætvɪə〕拉脫維亞(波羅的海)
Latvija〔'latvija〕
Latzko〔'latsko〕
Lau〔lau〕勞
Laubat, Chasseloup-〔ʃa'slu·lo'ba〕
  (法)
Laube〔'laubə〕
Lauber〔'laubə〕勞伯
L'Auberge Rouge〔lobɛrʒ 'ruʒ〕(法)
Lauck〔lak; lauk〕勞克
Lauckner〔'laukna〕
Laud〔lɔd〕勞德
Laudelino〔,laudə'linu〕
Laudenbach〔'laudənbah〕(德)
Lauder〔'lɔdə〕勞德
Lauderdale〔'lɔdədel〕
Laudon〔'laudn; 'laudan (德)〕
Laudonnière〔lodo'njɛr〕(法)
Laue〔'lauə〕勞厄(Max von, 1879-1960,德
  國物理學家)
Lauenburg〔'lauənburk〕
Lauer〔'lauə〕勞爾
Lauesen〔'lauəsən〕
Laufer〔'laufə〕勞弗
Lauff〔lauf〕
Lauffeld(t)〔'laufɛlt〕
Laufman〔'laufmən〕勞夫曼
Lauge〔'laugə〕
Laugier〔'loʒɪə; lo'ʒje (法)〕
Laukhuff〔'lakhʌf〕勞卡夫

Laumont〔lo'mɔŋ〕(法)
Launay〔lo'ne〕
Launce〔lans〕
Launcelot〔'lanslət〕朗斯洛特
Launcelot Gobbo〔'lanslət 'gabbo〕
Launceston〔'lɔnstən; 'lanstən;
  'lɔnsəstən〕
Laundy〔'lɔndɪ〕
Launey〔lo'ne〕
Launfal〔'lɔnfəl〕
La Union〔la u'njɔn; -u'njon〕允良(菲律
  賓)
La Unión〔la u'njɔn; -'njon〕
Launitz〔'launɪts〕
Launt〔lɔnt; lant〕朗特
Laupahoehoe〔,laupahoe'hoe〕
Laupen〔'laupən〕
Laupepa〔lau'pepa〕
Laura〔'lɔrə〕(德、義、瑞典)勞拉
Laura Bell〔'lɔrə 'bɛl〕
Lauraguais〔lora'gɛ〕(法)
Laura Matilda〔'lɔrə mə'tɪldə〕
Laurana〔lau'rana〕
Laurati〔lau'ratɪ〕
Laure〔lɔr〕(法)
Laurel〔'lɔrəl; 'larəl〕勞雷爾
Laureldale〔'lɔrəldel〕
Lauremberg〔'laurəmbɛrk〕
Laurence〔'lɔrəns〕勞倫斯
Laurencin〔lɔraŋ'sɛŋ〕(法)
Laurens〔'lɔrənz; 'lauləns (荷); lɔ'raŋs
  (法)〕勞倫斯
Lauren〔'lɔrənt; lɔ'rɛnt; lɔ'raŋ (法)〕
Laurentia〔lɔ'rɛnʃɪə〕
Laurentian〔lɔ'rɛnʃɪən〕
Laurentides〔'lɔrəntaɪdz; lɔraŋ'tid
  (法)〕
Laurentie〔lɔraŋ'ti〕(法)
Laurentine〔'lɔrəntaɪn; -tin〕勞倫廷
Laurentius〔lɔ'rɛnʃɪəs; lau'rɛntsɪəs
  (瑞典)〕
Laurentius Justinianus〔lɔ'rɛnʃɪəs
  ,dʒʌstɪnɪ'enəs〕
Laurents〔'lɔrənts〕勞倫茨
Laurentum〔lɔ'rɛntəm〕
Laurenus〔lɔ'rinəs〕勞里納斯
Laurenzana〔,lauren'tsana〕
Laurette〔lɔ'rɛt〕勞雷特
Lauri〔'laurɪ〕勞里
Laurie〔'lɔrɪ〕勞拉
Laurier〔'lɔrɪɛ; rɔ'rje (法)〕勞里埃 〔法〕
Laurier-Outremont〔lɔ'rje·utrə'mɔŋ〕

Laurinburg〔'lɔrɪnbəg〕
Laurion〔'lɔrɪən〕
Lauris〔'larɪs〕勞里斯
Lauriston〔'larɪstən; rɔris'tɔŋ（法）〕
Laurits〔'laurɪts〕
Lauritsen〔'laurɪt·sn〕勞里森
Lauritz〔'laurɪts〕勞里茨
Laurium〔'lɔrɪəm〕
Lauro〔'lauro〕
Laus〔lɔs〕
Lausanne〔lo'zæn; lo'zan〕洛桑（瑞士）
Lausche〔'lɔʃɪ〕勞希
Laus Deo〔lɔs 'dio〕
Lausitz〔'lauzɪts〕
Lausitzer Gebirge〔'lauzɪtsə gə'bɪrgə〕
Lausitzer Neisse〔'lauzɪtsə 'naɪsə〕
Laus Pompeia〔lɔs pam'piə〕
Laussedat〔los'da〕（法）
Laus Veneris〔'laus vɛ'nerɪs〕
Laut〔lɔt〕
Lautaro〔lau'taro〕
Lauter〔'lautə〕勞特
Lauterbrunnen〔'lautəbrunən〕
Lautoka〔lau'tokə〕
Lautréamont〔lotrea'mɔn〕（法）
Lautrec〔lo'trɛk〕
l'Autrichienne〔lotriʃ'jɛn〕
Lauwers Zee〔'lauvəs ,ze〕
Lauzon〔lo'zɔŋ〕（法）
Lauzun〔lo'zɛŋ〕（法）
Lava〔'lavə; 'lævə〕
Lavaca〔lə'vækə〕
Lavache〔la'vaʃ〕
Lavada〔lə'vedə〕拉維達
Lavadores〔,lava'ðores〕（西）
Lavagna〔la'vanja〕（義）
Laval〔lə'væl〕拉瓦爾（Pierre, 1883-1945, 法國律師及政客）
La Valette〔la va'lɛt〕（法）
Lavalette〔lava'lɛt〕（法）
Lavalle〔la'vaje〕（西）拉瓦列
La Vallée Poussin〔la va'le pu'sæŋ〕（法）
Lavalleja〔,lava'jɛha〕（西）
La Vallière〔la va'ljer〕（法）
Laval-Montmorency〔la'val·mɔŋmɔraŋ'si〕（法）
Lavarack〔'lævərək〕拉瓦拉克
La Varre〔lə 'var〕
Lavater〔la'vatə〕（法）
Lavaux〔la'vo〕（法）

Lavedan〔lav'daŋ〕（法）
La Vega〔la 'vega〕
Laveleye〔lav'le〕（法）
Lavelle〔'lævl̩; lə'vel〕拉爲爾
Lavendar〔'lævɪndə〕
La Vendée〔la vaŋ'de〕（法）
Lavengro〔lə'vengro〕
La Venta〔la 'venta〕
Laver〔'levə〕
Laveran〔lav'raŋ〕拉佛蘭（Charles Louis Alphonse, 1845-1922, 法國生理學家及細菌學家）
La Vérendrye〔la veraŋ'dri〕（法）
La Vergne〔la 'vɛrnj〕（法）
La Verne〔lə 'vɜn〕
Lavery〔'levərɪ〕拉威利（Sir John, 1856-1941, 英國畫家）
Lavigerie〔laviʒ'ri〕（法）
Lavignac〔lavi'njak〕（法）
La Villemarqué〔la vilmar'ke〕（法）
Lavington〔'lævɪŋtən〕
Lavinia〔lə'vɪnɪə; la'vinja（義）〕拉維尼婭
Lavinium〔lə'vɪnɪəm〕
La Violette〔lə vio'lɛt〕
Lavisse〔la'vis〕（法）
Lavochkin〔'lavʌtʃkɪn〕
Lavoisier〔lavwa'zje〕拉瓦澤（Antoine Laurent, 1743-1794, 法國化學家）
Lavongai〔lə'vɔŋgaɪ〕
Lavonia〔lə'vonɪə〕
Lavr〔'lavə〕
Lavradores〔,lavrə'ðorɪʃ〕（葡）
Lavras〔'lavrəs〕
Lavreince〔lav'ræŋs〕（法）
Lavrentievich〔lav'rentjəvjɪtʃ; lʌv'rjentjɪvjitʃ〕（俄）
Lavrenti〔lav'rentjɪ; lʌv'rjentjəɪ〕（俄）
Lavrin〔'lævrɪn〕
Lavrion〔'lavrjɔn〕
Lavrov〔lʌv'rɔf〕（俄）
Lavrovich〔'lavrəvjɪtʃ〕
Law〔lɔ; lo（法）〕勞
Lawa〔'lawa〕
Lawai〔la'wa·ɪ〕
Lawall〔'læwəl〕拉沃爾
La Warr, De〔'dɛ ləwə〕
Lawers, Ben〔bɛn 'lɔɛz〕
Lawes〔lɔz〕勞斯（Henry, 1596-1662, 英國作曲家）
Lawfeld〔'laufɛlt〕
Lawford〔'lɔfəd〕勞福德
Lawksawk〔'lɔk,sɔk〕羅梳（緬甸）

Lawlah〔'lɔlə〕

Lawless〔'lɔlɪs〕勞利斯

Lawman〔'lɔmən〕

Lawndale〔'lɔndel〕

Lawnside〔'lɔnsaɪd〕

Lawnsville〔'lɔnzvɪl〕

Lawoe〔'lawu〕

Lawra〔'lɔrə〕

Lawrance〔'lɔrəns〕勞倫斯

Lawrence〔'lɔrəns〕勞倫斯（❶ David Herbert, 1885-1930, 英國小說家 ❷ Ernest Orlando, 1901-1958, 美國物理學家）

Lawrenceburg〔'lɔrənsbɜg〕

Lawrenceville〔'lɔrənsvɪl〕

Lawrenson〔'lɑrənsn〕

Lawrie〔'lɔrɪ; 'larɪ〕勞雷（Lee, 1877-1963, 美國雕刻家）

Lawry〔'lɔrɪ〕

Laws〔lɔz〕勞斯

Lawson〔'lɔsn〕勞森

Lawton〔'lɔtn〕勞頓

Lawtonka〔'lɔ'taŋkə〕

Lawu〔'lawu〕

Lawyer〔'lɔjə〕勞耶

Laxness〔'laksnɛs〕拉克斯內斯(Halldor Kiljan, 1902-, 冰島作家)

Layamon〔'leəmən〕雷亞孟（十三世紀之英國詩人）

Layard〔'leəd〕賴爾德（Sir Austen Henry, 1817-1894, 英國考古學家及外交家）

Laybach〔'laɪbah〕（德）

Laycock〔'lekok〕萊科克

Laylin〔'lelɪn〕萊林

Layman〔'lemən〕萊曼

Laynez〔laɪ'neθ〕（西）

Laysan〔'laɪsan〕累散島（太平洋）

Layton〔'letən〕萊頓

Laza〔'laza〕

Lazan〔lə'zan〕

Lazar〔'lazar; lazʌrj(俄)〕拉扎爾

Lázár〔'lázár〕

Lazare〔la'zar〕（法）拉扎爾

Lazarević〔la'zarevitʃ; -'vitj（塞克）〕

Lazarillo〔,læzə'rɪlo〕

Lazarillo de Tormes〔,laθa'riljo de 'tɔrmes〕(西)

Lázaro〔'laθaro〕（西）拉扎羅

Lazarus〔'læzərəs〕【聖經】拉撒路（一患癩病的乞丐，在世間受盡苦難，死後進入天堂）

Lazear〔lə'zɪr〕拉齊爾

Lazelle〔lə'zɛl〕拉澤爾

Lazenby〔'lezŋbɪ〕

Lazhechnikov〔lʌ'ʒetʃnjɪkɔf〕（俄）

Lazio〔'latsjo〕

Lazzari〔'laddzarɪ〕（義）拉扎里

Lazzaro〔'laddzaro〕（義）拉扎羅

le〔lɪ; lə(法)〕

Lea〔li〕利

Leabhar Gabhala〔'laur 'gwalə〕（愛）

Leach〔litʃ〕利奇

Leachman〔'litʃmən〕利奇曼

Leacock〔'likak〕李科克（Stephen Butler, 1869-1944, 加拿大經濟學家及幽默作家）

Lead〔lid〕

Leadbeater〔'lɛdbitə; -bɪtə〕利德比特

Leadbetter〔'lɛdbɛtə〕利德貝特

Leadbitter〔'lɛdbɪtə〕

Leade〔lid〕

Leader〔'lidə〕利德

Leadhills〔lɛ'ædhɪlz〕

Leadsville〔'lidzvɪl〕

Leadville〔'lɛdvɪl〕

Leaf〔lif〕利夫

League〔lig〕利格

Leaguer〔'ligə〕

Leah〔liə〕【聖經】利亞（雅各之原配）

Leahy〔'lii; 'lehi〕萊希

Leake〔lik〕利克

Leakesville〔'liksvɪl〕

Leakey〔'likɪ〕利基

Leaksville〔'liksvɪl〕

Lealui〔,liə'lui〕

Leam(e)〔lɛm〕

Leame〔lɛm〕

Leamington〔'lɛmɪŋtən〕利明頓

Lean〔lin〕利恩

Leander〔li'ændə〕【希臘神話】黎安德（Hero 之情郎）

Léandre〔le'ɑndə〕（法）

Leandro〔le'ɑndro〕

Leane Lough〔lah 'len〕（蘇）

Leaning〔'linɪŋ〕

Leanna〔li'ænə〕

Leão〔lɪ'auŋ〕（葡）

Lear〔lɪr〕李爾（❶ Edward, 1812-1888, 英國畫家及胡謅詩人 ❷ 沙翁戲劇中的李爾王（King Lear））

Learmont〔'lɪrmənt〕利爾蒙特

Learmonth〔'lɜmənt; 'lɪrmanθ〕利爾茅斯

Learned〔'lɜnɪd〕勒尼德

Learoyd〔'lɪrɔɪd〕利羅伊德

Leary〔'lɪərɪ〕利里

Leaside〔'lisaɪd〕
Leasowes〔'lɛzəz; 'lisoz〕
Leatham〔'liθəm〕利瑟姆
Leathart〔'liθɑrt〕利瑟特
Leatherhead〔'lɛðəhɛd〕
Leatherstocking〔'lɛðəs,takɪŋ〕
Leathes〔'liðz〕利斯
Leathley〔'liθlɪ〕利思利
Léau〔le'o〕
Leavell〔'lɛvɪl; -vəl〕萊維爾
Leavenworth〔'lɛvŋwəθ〕
Leavis〔'livɪs〕利維斯
Leavit〔'lɛvɪt〕
Leavitt〔'lɛvɪt〕萊維特
Leavittsburg〔'lɛvɪtsbəg〕
Leawood〔'liwud〕
Leb〔leb〕
le Balafré〔lə bala'fre〕(法)
Lebanese〔,lɛbə'niz〕
Lebanon〔'lɛbənən〕黎巴嫩（西亞）
Le Bargy〔lə bar'ʒi〕(法)
Le Baron〔lə 'bærən〕
Le Bas〔lə 'ba〕(法)
Lebaudy〔ləbo'di〕
Lebbaeus〔lɛ'biəs〕
Lebby〔'lɛbɪ〕萊比
Lebda〔'lɛbdə〕
Le Beau〔lə 'bo〕勒博
Lebeau〔lə'bo〕
Lebedev〔'lɛbɪdɪf; 'ljebjɪdjɪf〕(俄)〕
Lebedos〔'lɛbədas〕
le Bègue〔lə 'beg〕
Le Bel〔lə 'bɛl〕
Lebel〔lə'bɛl〕
Lebensraum〔'lebəns,raum〕【德】生存空
間（納粹德國觀念中認爲滿足一國生存所需資
源的領土）
Leber〔'libə; 'lebə（德）〕萊伯
Leberecht〔'lebərɛht〕(德)
Lebert〔'lebət〕
Lebesgue〔lə'beg〕(法)
Lebhar〔lɛb'lar〕萊布哈爾
Lebherz〔'lɛbhəts〕萊布赫茨
le Bien-Aimé〔lə 'bjæŋ·nɛ'me〕(法)
Le Blanc〔lə 'blaŋ〕勒布朗
LeBlanc〔lə'blaŋ〕(法)
Le Blanc-Mesnil〔lə 'blaŋ·me'nil〕
Le Blant〔lə 'blaŋ〕(法)
Leblich〔'lɛ'blik〕
Le Blon〔lə 'blɔŋ〕
Le Blond〔lə 'blɔŋ〕(法)

Leblond〔lə'blɔŋ〕(法)
Le Bocage〔lə bɔ'kaʒ〕
Leboeuf〔lə'bʌf; -'buf〕
Leboeuf〔lə'bəf〕(法)
Le Boiteux〔lə bwa'tɚ〕(法)
le Bon〔lə 'bɔŋ〕
Le Bon〔lə 'bɔŋ〕
Lebon〔lə'bɔŋ〕
Lebor〔lɛ'bɔr〕萊博爾
Le Bossu〔lə bɔ'sju〕
Le Boulanger de Nîmes〔lə bulaŋ'ʒe
də 'nim〕(法)
Le Boulengé〔lə bulaŋ'ʒe〕(法)
Lebourg〔lə'bur〕(法)
Le Bourget〔lə bur'ʒe; lə bur'ʒɛ〕(法)
Le Bouthillier〔lə buti'je〕(法)勒布蒂耶
LeBoutillier〔lə'botɪje〕
Le Bovier〔lə bɔ'vje〕(法)
Le Braz〔lə 'bra〕(法)
Lebrecht〔'leprɛht; 'lebrɛht（德）; 'lɪb-
（丹）〕
L'Ebreo〔le'brɛo〕
Le Breton〔lə 'brɛtŋ〕勒布雷頓
Lebrija〔lev'rɪha〕(西)
Le Brun〔lə 'brɚŋ〕勒布倫（Charles, 1619-
1690, 法國歷史畫家）
Lebrun〔lə'brʌn; lə'brɚŋ〕(法)〕
Lebrun, Pigault-〔pi'go·lə'brɚŋ〕(法)
Leburn〔'libən〕
Lebus〔'libəs〕利伯斯
Lebwin〔'lɛbwɪn〕
Le Calabrie〔lɛ ka'labrɪe〕
Le Cap〔lə 'kap〕(法)
Lecapenus〔,lɛkə'pinəs〕
Le Cardonnel〔lə kardɔ'nɛl〕(法)
le Caron〔lə 'kærən〕
Le Caron〔lə ka'rɔŋ〕(法)
Le Cateau〔lə ka'to〕(法)
Le Cateau-Cambresis〔lə ka'to-
kaŋbre'zi〕(法)
Lécavelé〔lekav'le〕(法)
Lecce〔'lɛttʃe〕拉察（義大利）
Lecco〔'lekko〕(義)
Lech〔lɛh〕(德)
Lecha-Marzo〔'letʃa·'marθo〕(西)
Le Chapelier〔lə ʃapə'lje〕(法)
Le Châtelier〔lə ʃatə'lje〕(法)
Leche〔lɛʃ〕
Lecher〔'letʃə〕
Le Chavalier〔lə ʃava'lje〕(法)
Lechfeld〔'lɛhfɛlt〕(德)

Lechitski〔lə'tʃɪtskɪ;ljɪ'tʃiskəɪ（俄）〕
Lechlade〔'letʃled〕
Lechler〔'lɛhlə〕（德）
Lechmere〔'lɛʃmɪr;'letʃ-〕萊奇米爾
Lechoń〔lɛ'hɔnj〕（波）
Lechthal〔'lɛhtal〕（德）
Le Cid〔lə 'sid〕
Leckhampton〔'lɛk,hæmptən〕
Lockhart〔'lakət;-hart〕
Lecky〔'lɛkɪ〕賴基（William Edward
  Hartpole, 1838-1903, 愛爾蘭歷史學家及散文
Le Clair〔lə 'klɛr〕勒克萊爾   「家〕
Leclair〔lək'lɛr〕（法）
Leclanché〔ləklɑn'ʃe〕（法）
Le Clear〔lə 'klɪr〕
Le Clerc〔lə 'klɛr〕（法）
Leclerc〔lək'lɛr〕（法）
Le Clerc du Tremblay〔lə 'klɛr djʊ
  trɑnb'le〕（法）
Leclercq〔lək'lɛr〕（法）
Leclercq, Bouché〔bu'ʃe lək'lɛr〕（法）
Leclère〔lək'lɛr〕（法）
Lécluse〔lek'ljuz〕（法）
Lecocq〔lə'kɔk〕
Lecomte〔lə'kɔnt〕（法）
Le Conte〔lə 'kant〕
Leconte〔lə'kɔnt〕（法）
Leconte de Lisle〔lə'kɔnt də 'lil〕
  萊康特（Charles Marie, 1818-1894, 法國詩
  人及古典學者）
Lecoq de Boisbaudran〔lə'kɔk də
  bwabo'drɑn〕（法）
Le Corbusier〔lə,kɔrbju'zje〕柯勃西埃
  （1887-1965, 本名 Charles Édouard Jean-
  neret, 瑞士出生的法國建築師）
Lecourt〔lə'kur〕（法）
Lecouvreur〔ləkuv'rɚr〕（法）
Le Creusot〔lə krə'zo〕（法）
Lectum〔'lɛktəm〕
Leczinska〔lɛkzæŋs'ka〕（法）
Leczkinski〔lɛkzæŋs'ki〕（法）
Leda〔'lidə〕【希臘神話】莉達（斯巴達之
  一女王）
le Daim〔lə 'dæŋ〕（法）
le Dain〔lə 'dæŋ〕（法）
Ledan〔lə 'dɑŋ〕（法）
Ledbetter〔'lɛd,bɛtə〕萊德貝特
Ledbury〔'lɛdbərɪ〕
Ledebour〔'ledəbur〕
Ledenburg〔'ledənburk〕
Lederberg〔'ledə,bəg〕雷德柏格
  （Joshua, 1925-, 美國遺傳學家）

Lederer〔'lɛdərɚ;'ledərɚ（德）〕萊德勒
Lederle〔'lɛdədɪ;-le〕萊德利
le Désiré〔lə dezi're〕（法）
Ledesma Buitrago〔le'ðesma
  bwɪ'trago〕（西）
Ledi〔'lɛdɪ〕
le Diable〔lə 'djabl〕（法）
Ledja〔'lɛdʒə;'lædʒə（阿拉伯））
Ledo〔'lido;'le〕
Ledóchowski〔,lɛdu'hɔfskɪ〕（波）
Le Doulcet〔lə du'sɛ〕（法）
Ledoux〔lə'du〕
Ledru〔lə'drjʊ〕
Ledru-Rollin〔lə'drjʊ·rɔ'læŋ〕（法）
le Duc〔lə 'djʊk〕
Leduc〔lə'djʊk〕勒迪克
Ledward〔'lɛdwəd〕萊德沃德
Ledwidge〔'lɛdwɪdʒ〕萊德威奇
Ledyard〔'lɛdjəd〕萊迪亞德
Lee〔li〕李（Robert Edward, 1807-1870, 美
  國將軍）
Lee, De〔də 'li〕
Leeb〔lep〕利布
Leebrick〔'librɪk〕利布里客
Leech〔litʃ〕利奇
Leechburg〔'litʃbəg〕
Leedell〔li'del〕
Leedom〔'lidəm〕利德姆
Leeds〔lidz〕里芝（英格蘭）
Leedy〔'lidɪ〕利迪
Lee-Hamilton〔'li·'hæmɪltən〕
Lee-Hankey〔'li·'hæŋkɪ〕
Leek〔lik〕
Lee ki Poong〔'li 'kɪ 'pʊŋ〕
Leelanau〔'lilənɔ〕
Leendert〔'lendət〕
Leeper〔'lipɚ〕利珀
Lees〔liz〕利斯
Leesburg〔'lizbəg〕
Leeser〔'lisɚ〕
Leesville〔'lizvɪl〕
Leete〔lit〕利特
Leetonia〔lɪ'tonɪə;-njə〕
Leatsdale〔'litsdel〕
Lee Tsung-Dao〔'li'dʒʌŋ'dau〕李政道
  （1926-, 中國物理學家）
Leeuwarden〔'le,vardən〕雷瓦登（荷蘭）
Leeuwen〔'lewən;'levən〕（荷）
Leeuwenhoek〔'levən,huk〕雷汶胡克
  （Antonvan, 1632-1723, 荷蘭博物學家）
Leeuwin〔'luɪn〕盧溫角（澳洲）
Leevi〔'levɪ〕

Leeward〔'liwəd〕利華德群島（西印度洋群島）

le Fainéant〔lə fene'aŋ〕(法)

Lefanu〔'lɛfənju; lə'fæn-〕

Lefébure-Wély〔ləfe'bjur·ve'li〕

Lefebvre〔lə'fɛvə〕(法)

Lefebvre-Desnouettes〔lə'fɛvə·den-'wɛt〕(法)

Le Fer〔lə 'fɛr〕

Le Feurial〔lə fə'rjal〕(法)

Lefever〔lə'fivə〕

Le Fevre〔lə 'fivə; lə 'fɛvə (法)〕

Lefevre〔lə'fivə; -'fe-〕

Le Fèvre〔lə 'fɛvə〕(法)

Lefèvre〔lə'fɛvə〕(法)

Lefèvre d'Étaples〔lə'fɛvə de'tɑpḷ〕(法)

Le Fèvre d'Ormesson〔lə 'fɛvə dɔrme'sɔŋ〕(法)

Leffert〔'lɛfət〕萊弗特

Lefferts〔'lɛfəts〕萊弗茨

Leffingwell〔'lɛfiŋwɛl; -wəl〕萊芬爲爾

Leffler〔'lɛflə〕萊弗勒

Leflar〔'lɛflə〕萊弗拉爾

Le Flô〔lə'flo〕

Le Flore〔lə 'flɔr〕

Leflore〔lə 'flɔr〕

Le Fort〔lə 'fɔr〕

Lefort〔lə'fɔr〕(法)

Lefranc〔lə'fraŋ〕(法)

Le Français〔lə fraŋ'sɛ〕(法)

Lefroy〔lə 'frɔɪ〕勒弗羅伊

Lefschetz〔'lɛfʃɛts〕萊夫謝茨

Lefuel〔ləfju'ɛl〕

Legard〔'lɛdʒəd〕萊加德

Legaré〔lə'gri〕

Legaspi〔lə'gæspɪ; lɛ'gɑspɪ〕黎牙實比（菲律賓）

Legate〔'lɛgɪt〕萊盡特

Legatt〔'lɛgət〕萊格特

Legazpe〔lɛ'gɑspe〕

Legazpi〔lɛ'gɑspɪ〕

Legend〔'lɛdʒənd〕

Legendre〔lə'ʒɑndə〕李讓德（Adrien Marie, 1752-?1833, 法國數學家）

Le Gentilhomme〔lə ʒɑŋti'jɔm〕(法)

Leger〔'lɛdʒə; lə'ʒe (法)〕萊杰

Léger〔le'ʒe〕雷傑（Alexis Saint-Léger, 1887-1975, 筆名 St. John Perse, 法國外交家及詩人）

Legge〔'lɛg〕萊格

Leggett〔'lɛgɪt〕萊格特

Leggetter〔'lɛgɪtə〕

Leggo〔'lɛgo〕萊戈

Legh〔li〕利

Leghorn〔'lɛg,hɔrn〕來亨港（義大利）

Legien〔le'gin〕

Legier〔le'ʒe〕萊熱

Légier〔le'ʒe〕(法)萊熱

Leginska〔lɪ'gɪnskə〕

Legio〔'lidʒɪo〕

Legion〔'lidʒən〕

Légion Étrangère〔le'ʒɔŋ etraŋ'ʒɛr〕(法)

Legionnaire〔,lidʒən'ɛr〕❶【美】退伍軍人協會會員❷法國外籍兵團團員

Legionum〔lidʒɪ'onəm〕

Legnano〔len'jano〕

Legnica〔lɛg'nitsa〕(波)

Le Goffic〔lə gɔ'fik〕

Legouis〔ləg'wi〕

Le Gouvé〔lə gu've〕

Legouvé〔ləgu've〕

Legrain〔lə'grɛŋ〕(法)

Le Grand〔lə 'grænd; lə'graŋ (法)〕

Legrand〔lə'grænd; lə'graŋ (法)〕

le Grand Dauphin〔lə 'graŋ do'fæŋ〕

Legrand du Saule〔lə'graŋ dju 'sol〕(法)

le Grand Monarque〔lə 'graŋ mɔ'nark〕(法)

Le Grand-Montrouge〔lə graŋ·mɔŋ'ruʒ〕(法)

Legree〔lɪ'gri〕

Legrenzi〔lɛ'grɛntsɪ〕

le Gros〔lə 'gro〕勒格羅

Legros〔lə'gro〕(法)勒格羅

Leguan〔'lɛgwan〕

Le Guaspre〔lə 'gɑspə〕(法)「(西)

Leguía y Salcedo〔le'gia i sa'seðo〕

Leguizamón〔le,gisa'mon〕〔拉丁美〕

Leh〔le〕

Lehár〔'lehar; 'lɛhar (匈)〕

le Hardi〔lə ar'di〕

Le Havre〔lə 'havə〕哈佛港（法國）

Lehaye〔lə'e〕

Lehe〔'leə〕

Lehi〔'lihaɪ〕

Lehigh〔'lihaɪ〕

Lehighton〔li'haɪtn〕

Lehman〔'limən; 'le-〕萊曼

Lehmann〔'lemən; leman〕雷曼（Rosamond, 1903-, 英國女小說家）

Lehmbruck〔'lembrʊk〕

Lehmer〔'lemɚ〕

Lehoczky〔lɛ'hɑskɪ〕

Lehrbas〔'lɜbəs〕

Lehrs〔'lers〕

Lehua〔lɛ'hua〕

le Hutin〔lə ju'tæŋ〕(法)

Lei〔'leɪ〕

Leib〔laɪb; leb (意第緒)〕

Leiberich〔'laɪbɚɪh〕(德)

Leibl〔'laɪbl〕

Leibni(t)z〔'laɪpnɪts〕萊布尼茲
   (Gottfried Wilhelm von, 1646-1716, 德國
   哲學家及數學家)

Leibowicz〔le'bɔvɪtʃ〕

Leica〔'laɪkə〕

Leicester〔'lɛstɚ〕列斯特 (英格蘭)

Leicestershire〔'lɛstɚ,ʃɪr〕列斯特郡
   (英格蘭)

Leich〔laɪk〕萊克

Leichhardt〔'laɪkɑrt;'laɪhkɑrt (德)〕

Leichtentritt〔'laɪhtəntrɪt〕(德)

Leichliter〔'lɪklaɪtɚ〕利克萊特

Leics.〔'lɛstɚʃɪr〕

Leiden〔'laɪdn〕來登 (荷蘭)

Leidy〔'laɪdɪ〕萊迪

Leie〔'laɪə〕

Leif〔lif; lef〕利夫

Leif Erics(s)on〔'lif 'erɪksn〕

Leiffer〔'lifɚ〕利弗

Leifs〔lefs〕

Leigh〔li; laɪ〕利

Leighlin〔'lilɪn〕

Leighton〔'letn〕雷頓 (Frederick, 1830-
   1896, 英國畫家)

Leighton Buzzard〔'letn 'bʌzɚd〕

Leighty〔'laɪtɪ〕萊蒂

Leila〔'lilə〕利拉

Lein〔'len〕

Leinbach〔'laɪmbɔ〕萊因巴克

Leinberger〔'laɪmbɝgɚ〕

Leine〔'laɪnə〕

Leinert〔'laɪnɚt〕

Leino〔'leno〕

Leinsdorf〔'laɪnsdɔrf〕萊因斯多夫

Leinster〔'lɛnstɚ〕倫斯特 (愛爾蘭)

Leip〔laɪp〕

Leiper〔'lipɚ〕利珀

Leipper〔'lipɚ〕

Leipsic〔'laɪpsɪk〕

Leipzig〔'laɪpsɪg; 'laɪptsɪh〕來比錫 (東
   德)

Leir〔lɪr〕利爾

Leiria〔'leriə〕

Leisegang〔'laɪzəgaŋ〕

Leisen〔'laɪsən〕

Leiserson〔'laɪsɚsən〕萊瑟森

Leisewitz〔'laɪzəvɪts〕

Leishman〔'liʃmən〕利什曼

Leisler〔'laɪslɚ〕

Leisten〔'listən〕

Leister〔'lɛstɚ〕萊斯特

Leiston〔'lestən〕

Leitão〔leɪ'taʊŋ〕(葡)

Leitch〔litʃ〕利奇

Leitchfield〔'lɪtʃfild〕

Leiter〔'laɪtɚ〕萊特

Leith〔liθ〕利思

Leitha〔'laɪtɑ〕

Leith-Ross〔'liθ·'rɑs〕

Leitman〔'litmən〕

Leitmotif〔'laɪtmo,tif〕

Leitmotiv〔'laɪtmo,tif〕

Leitner〔'laɪtnɚ〕

Leitrim〔'litrɪm〕利特令 (愛爾蘭)

Leitz〔laɪts〕

Leiva y de la Cerda〔'leva i ðe la
   'θerðɑ〕(西)

Leivick〔'levɪk〕

Leix〔'leks〕雷克斯 (愛爾蘭)

Leixões〔le'ʃɔnɪʃ〕(葡)

le Jeune〔lə 'ʒɜn〕

Lejeune〔lə'ʒɜn〕勒瓊

Le Jeune Aventureux〔lə 'ʒɜn
   avɑntju'rɜ〕(法)

Lek〔lɛk〕

Lekain〔lə'kæŋ〕(法)

Leker〔'lekɚ〕

Lekeu〔'lekɜ〕

Le Lacheur〔lə 'læʃɚ〕

Leland〔'lilənd〕利蘭

Lele〔lə'lɜ; -'le〕

Lelean〔lə'lin〕勒林

Leleges〔'lɛlɪdʒiz〕

Leleiwi〔,le'lewɪ〕

Leles〔'lelɛs〕

Leleux〔lə'lɝ〕

Lelewel〔lɛ'level〕(波)

Lelia〔'lilɪə〕莉莉兒

Lélie〔le'li〕

Lelio〔'leljo〕

le Lion〔lə 'ljɔŋ〕

L'Elisir d'Amore〔,leli'zɪr dɑ'more〕

le Long〔lə 'lɔŋ〕

Le Lorrain〔lə lɔ'ræŋ〕(法)

Lelorrain〔lɔlɔˈræŋ〕（法）

Lely〔ˈlili〕李里（Sir Peter, 1618-1680, 旅居英國之荷蘭畫家）

Lelyveld〔ˈlɛliveˈled〕萊利維爾德

Le Maine〔lə ˈmen〕

Le Mair〔lə ˈmer〕（法）

le Maire〔lə ˈmer〕

Lemaire〔ləˈmer〕（法）

Lemaire de Belges〔ləˈmer də ˈbɛlʒ〕（法）

Le Maitre〔lə ˈmetə〕（法）勒梅特

Lemaitre〔ləˈmetə〕萊麥德（❶ François Élie Jules, 1853-1914 法國作家及批評家 ❷ Abbé Georges Edouard, 1894-1966, 比利時天文物理學家及數學家）

Leman〔ˈlemən; ˈlimən; liˈmæn; ləˈmaŋ（法）〕萊曼

Lemann〔ˈlemən〕

Lemannus〔liˈmænəs〕

Le Mans〔lə ˈmaŋ〕勒曼（法國）

Lemanus〔liˈmenəs〕

Le Marchant〔lə ˈmartʃənt〕

Le Marche〔lə ˈmarʃ〕（法）

Le mare〔ləˈmer〕

Le Mars〔lə ˈmarz〕

Lemass〔ləˈmæs〕勒馬斯

Le May〔lə ˈme〕勒梅

Lemay〔ləˈme〕

Lemba〔ˈlembɑ〕

Lemberg〔ˈlembəg〕倫伯格

Lemcke〔ˈlemki〕

Le Meingre〔lə ˈmæ ŋgə〕（法）

Lemercier〔ləmerˈsje〕（法）

Lemerre〔ləˈmer〕（法）

Lémery〔ˈlemɔri; leˈmri（法）〕

Lemessos〔liˈmesɑs〕

Le Mesurier〔lə ˈmeʒərə〕勒梅熱勒

Le Métel〔lə meˈtɛl〕

Lemhi〔ˈlemhaɪ〕

Lemieux〔ləˈmjə〕勒米厄

Lemington〔ˈlemɪŋtən〕

Lemkau〔ˈlemkau〕

Lemke〔ˈlemki〕萊姆基

Lemmens〔ˈlemɔns〕萊姆尼斯

Lemmon〔ˈlemən〕萊蒙

Lemnian〔ˈlemnɪən〕

Lemnius〔ˈlemnɪəs〕

Lemnos〔ˈlemnɑs〕蘭諾斯島（希臘）

Lēmnos〔ˈljimnɔs〕（希）

Le Moine〔lə ˈmwan〕（法）

Lemoine〔ləˈmɔɪn; ləˈmwan（法）〕

Lemoinne〔ləˈmwan〕（法）

Lemon〔ˈlemən〕

Lemonnier〔ləmɔˈnje〕（法）

Lemont〔ləˈmant; ɪɛ-〕萊蒙特

Le Mont-Dore〔lə mɔŋ·ˈrɔr〕（法）

Lemoore〔ləˈmɔr〕

Le Morte d'Arthur〔lə ˈmɔrt ˈdaθə〕

Le Mort-Homme〔lə mɔr·ˈɔm〕（法）

Le Morvan〔lə mɔrˈvaŋ〕（法）

Lemos, de〔de ˈlemos〕

Lemot〔ləˈmo〕（法）

Le Moule〔lə ˈmul〕

Le Moustier〔lə musˈtje〕（法）

Lemovices〔ˌlemɔˈvaɪsiz〕

Le Moyne〔lə ˈmwan〕（法）

le Moyne〔lə ˈmwan〕（法）

Lemoyne〔ləˈmɔɪn; ləmˈwan（法）〕

Lempa〔ˈlempa〕

Lempira〔lemˈpira〕

Lemprière〔lempˈrɪr; ˈlemprɪə; laŋpriˈer（法）〕

Lemro〔ˈlemro〕

Lemuel〔ˈlemjʋəl〕萊繆爾

Lemuria〔liˈmjurɪə〕傳說中沈入印度洋底的一個大陸

Lena〔ˈlinə; ˈlenə; ˈljenə〕勒那河（蘇聯）

Lenaea〔lɛˈniə〕

Le Nain〔lə ˈnæŋ〕（法）

Lenanton〔ləˈnæntən〕

Lenape〔ˈlenəpe〕

Lenard〔ˈle, nart〕雷納德（Philipp, 1862-1947; 德國物理學家）

Lenartowicz〔ˌlenarˈtɔvitʃ〕

Lenau〔ˈlenau〕

Lenawee〔ˈlenəwi〕

Lenbach〔ˈlenbah〕（德）

Lenca〔ˈleŋkə〕

Lenclos〔laŋˈklo〕（法）

Lenczowski〔lenkˈzaʋskɪ〕倫喬斯基

Lendum〔ˈlendəm〕

Lenepveu〔lənˈvə〕（法）

Lenéru〔leneˈrju〕

Le Neve〔lə ˈniv〕

Lenfant〔laŋˈfaŋ〕（法）朗方

L'Enfant〔laŋfant; laŋˈfaŋ（法）〕

Lenge〔ˈlenge〕

Lengefeld〔ˈleŋgəfelt〕

Lengerke〔ˈleŋəkə〕

Lenglen〔ˈleŋglən; laŋˈglaŋ（法）〕

Lengua de Vaca〔ˈleŋgwa ðe ˈvaka（西）〕

Lengyel〔ˈlendjɛl〕倫吉爾

Leni-Lenape〔ˈlɛnɪ·ˈlɛnəpɪ〕

Lenin〔ˈlɛnɪn〕列寧(Nikolai,本名Vladi-mir Ilyich Ulyanov, 1870-1924, 蘇俄共產黨領袖)

Leninabad〔ˌlɛnɪnəˈbæd;ˌljenjɪnʌˈbat(俄)〕

Leninakan〔ˌljenjɪnaˈhan〕(俄)

Leningrad〔ˈlɛnɪngræd;ˌljenjɪnˈgrat〕列寧格勒(蘇聯)

Lenino〔ˈlɛnɪnə〕

Leninogorsk〔ˌljenjɪnəˈgɔrsk〕列寧諾哥爾斯克(蘇聯)

Leninsk-Kuznetski〔ˈlɛnɪnsk·kuzˈnɛtskɪ;ˌljenjɪnsk·kusˈnjɛtskɪ(俄)〕列寧斯克庫茲涅茨基

Leninsk-Turkmenskii〔ˈlɛnɪnsk·turkˈmɛnskɪ〕

Lenje〔ˈlenje〕

Lenk〔lɛŋk〕

Lennart〔ˈlɛnnart〕(瑞典)

Lennartson〔ˈlɛnʌt·sn̩〕倫納森

Lenné〔ləˈne〕

Lennep〔ˈlɛnəp〕

Lenngren〔ˈlɛngren〕

Lennon〔ˈlɛnən〕倫農

Lennox〔ˈlɛnəks〕倫諾克斯

Lennox-Boyd〔ˈlɛnəks·ˈbɔɪd〕

Lennoxville〔ˈlɛnəksvɪl〕

Leno〔ˈlino〕

Le Noir〔lə ˈnwar〕(法)勒努瓦

Lenoir〔lənˈwar(法);ləˈnɔr〕勒努瓦

le Nord〔lə ˈnɔr〕(法)

Lenore〔ləˈnɔr;lɛˈnɔrə(德)〕勒諾

Lenormand〔lənɔrˈmaŋ〕(法)

Lenormant〔lənɔrˈmaŋ〕(法)

Lenôtre〔ləˈnotə〕(法)

Lenox〔ˈlɛnəks〕

Lenroot〔ˈlɛnrut〕倫魯特

Lens〔laŋs〕(法)倫斯

Lent〔lɛnt〕倫特

Lentelli〔lɛnˈtɛlɪ〕

Lenten Stuffe〔ˈlɛntən stʌf〕

Lenthall〔ˈlɛntɔl;ˈlɛnθɔl〕倫索爾

Lentia〔ˈlɛnʃɪə〕

Lentienses〔lɛnʃɪˈɛnsiz〕

Lentulus〔ˈlɛntjuləs〕

Lenz〔lɛnz,lɛnts(德)〕倫茲

Leo I〔ˈlio〕利奧一世(Saint,390?-461,羅馬教皇)

Léo〔ˈleo〕利奧

Leoben〔leˈobən〕

Léocadie〔leɔkaˈdi〕(法)

Leochares〔lɪˈakəriz〕

Leodegrance〔lɪˈadəgrəns〕(中古英語)

Leo Diaconus〔ˈlio daɪˈækənəs〕

Leodikeia〔ˌleodɪˈkaɪə〕

Leodium〔lɪˈodɪəm〕

Leofric〔lɪˈafrɪk〕利奧弗里克

Leofwine〔lɪˈafwɪnɪ〕

Leo Hebraeus〔ˈlio hɪˈbriəs〕

Leokum〔liˈokəm〕

Leola〔lɪˈolə〕

Leoline〔ˈlialaɪn〕利奧蘭

Leo Minor〔ˈlio ˈmaɪnɚ〕

Leominster〔ˈlɛmstɚ;ˈlɛmɪn-〕萊姆斯特

Leon〔ˈliən;leˈon(義);ˈlɛɔn(波)〕利昂

León〔leˈɔn〕利昂(西班牙)

Léon〔leˈɔŋ〕(法)

León, Isla de〔ˈizla ðe leˈɔn〕(西)

Leona〔liˈoən〕莉昂娜

Leonard〔ˈlɛnəd〕藍納德(William Ellery, 1876-1944, 美國教育家及詩人)

Léonard〔leɔˈnar〕(法)雷歐納

Leonardo〔ˌliənˈardo,ˌleoˈnardo(義);-ˈnarðo(西)〕

Leonardo da Pisa〔liəˈnardo də ˈpisa〕

Leonardo da Vinci〔ˌliəˈnardo də ˈvɪntʃɪ〕達文西(1452-1519,義大利畫家、雕刻家、建築家及工程師)

Leonardo de Argensola〔ˌleo ˈnarðo ðe ˌahɛnˈsola〕(西)

Leonards〔ˈlɛnədz〕

Leonardtown〔ˈlɛnədtaun〕

Leonardus〔ˌleoˈnardəs〕

Leonardus Pisanus〔ˌleoˈnardəs paɪˈsenəs〕

Leonarz〔ləˈnarz〕

Leonati〔liəˈnetaɪ〕

Leonato〔ˌliəˈnato〕

Leonatus〔ˌliəˈnetəs〕

Leoncavallo〔leˌonkaˈvallo〕利恩卡瓦羅(Ruggiero, 1858-1919, 義大利歌劇作曲家)

Léonce〔leˈɔŋs〕(法)

Leone〔leˈone〕萊昂內

Leonello〔ˌleoˈnɛllo〕(義)

Leonhard〔ˈleanhart(德);ˈleɔnard(瑞典)〕

Leonhart〔ˈlɛnhart〕倫哈特

León Hebreo〔leˈɔn evˈreo〕(西)

Leoni〔leˈonɪ〕

Leonid〔ˈliənɪd;ˈlionɪd;ljɪɔˈnjit(俄)〕利奧尼德

Léonid〔ˈliənɪd〕

Leonida〔leˈɔnida〕(義)

Leonidas〔lɪˈɑnɪdəs〕李奥尼大（紀元前五世紀之希臘英雄及斯巴達國王）

Leonid Brezhnev〔ˈliənɪd ˈbrɛʒnəv〕

Léonide〔leɔˈnid〕

Leonidovich〔ljɪɔˈnjidʌvjtʃ〕（俄）

Leonie〔leˈonɪ〕利奥尼

Léonie〔ˈliənɪ; leɔˈni〕利奥尼

Leonilde Jotti〔leoˈnɪlde ˈdʒɑtɪ〕

Leonine〔ˈliənaɪn〕

Leonis〔liˈonɪs〕

Leonist〔ˈliənɪst〕

Leonnatus〔ˌliəˈnetəs〕

Leonne〔lɛˈɑn〕

Leonor〔ˈliənɔr〕利奥諾

Leonora〔ˌliəˈnɔrə〕莉奥諾拉

Leonora Telles de Meneses〔ljoˈnɔrə ˈtɛljɪʒ ðə məˈnezɪʃ〕（葡）

Leonore〔ˈliəˌnɔr〕莉奥諾

Léonore〔leɔˈnɔr〕（法）

Leonov〔lɪˈɔnɑf ljɪˈɔnɔf〕（俄）

Leonowens〔ˈlɛnəwənz〕

Leontes〔liˈantiz〕

Leonteus〔liˈantiəs〕

Leontief〔lɪˈɔntif〕

Leontiev〔ljiˈɔntjif〕（俄）

Leontini〔ˌliənˈtaɪnaɪ〕

Leontius〔lɪˈɑnʃiəs〕

Leontopolis〔ˌliənˈtɑpəlɪs〕

Leony, de〔ðe leˈɔnɪ〕

Leon y Gama〔leˈon i ˈgɑmə〕

Leopardi〔liəˈpɑrdɪ; ˌleoˈpɑrdi〕

Leopold I〔ˈliəˌpold〕利奥波德一世（❶ 1640-1705, 匈牙利國王及神聖羅馬帝國皇帝❷ 1790-1865, 比利時國王）

Leopold and Astrid Coast〔ˈliəpold, ˈæstrɪd~〕

Leopold Figl〔ˈliəpold figl〕

Leopold George Duncan Albert〔ˈliəpold dʒɔrdʒ ˈdʌŋkən ˈælbət〕

Leopoldine〔ˌleapəlˈdinə〕

Léopoldine〔leɔpɔlˈdin〕

Leopoldo〔leɔˈpoldo〕（義、西）

Leopoldo, São〔sauŋ ˌlɛuˈpɔldu〕（葡）

Leopoldovna〔lɪɑˈpɔldəvnə〕

Leopoldsberg〔ˈliəpoldz,bɜg〕

Leopoldville〔ˈliəpold,vɪl〕利奥波德維（薩伊）

Leopolis〔liˈɑpəlɪs〕

Leos〔ˈliəs〕

Leoš〔ˈlɛɔʃ〕（捷）

Leosthenes〔lɪˈɑsθɪniz〕

Leoti〔lɪˈotaɪ〕

Leotine〔ˈliətaɪn〕

Leotychides〔ˌliəˈtɪkɪdiz〕

Leovigild〔lɪˈɔvɪgɪld〕

le Page〔lə ˈpɑʒ〕（法）

Lepage, Bastien-〔bɑsˈtjæŋ‧ləˈpɑʒ〕（法）

Lepanto〔lɪˈpænto; leˈpanto（西）; ˈlɛpanto〕（義）

Lepanto Igorot〔lɪˈpænto ˌigoˈrot〕

Lepautre〔ləˈpotə〕（法）

Lepaya〔ˈljɛpaja〕

Lepe〔ˈlepe〕

Lepel〔ləˈpɛl〕

Lepeletier de Saint-Fargeau〔lə pɛlˈtje də sæŋˈfarˈʒo〕（法）

Lepelletier〔ləpɛlˈtje〕（法）

Le Père〔lə ˈpɛr〕（法）

Lepère〔ləˈpɛr〕（法）

Le Père Hippolyte〔lə ˈpɛr ipɔˈlit〕（法）

Le Pesant〔lə pəˈzaŋ〕

Lepeshinskaya〔ˌlɛpəˈʃinskəjə〕

le Petit Caporal〔lə pˈti kapɔˈral〕（法）

Lepidus〔ˈlɛpɪdəs〕雷比達（Marcus Aemilius,?-13 B.C., 古羅馬三執政之一）

le Pieux〔lə pjuˈæ〕

L'Épine〔leˈpin〕

Lépine〔leˈpin〕

L'Épiney〔lepiˈne〕

Lepini〔leˈpini〕

Le Play〔lə ˈple〕

Le Poer〔lə ˈpɔr〕

Lepontii〔lɪˈpanʃiaɪ〕

Lepontine〔lɪˈpantaɪn〕利旁廷阿爾卑斯山（義大利）

Leporello〔ˌlɛpəˈrɛlo〕

Leporis〔ˈlɛpərɪs〕

Lépreux〔leˈprœ〕（法）

Le Primatice〔lə primaˈtis〕（法）

Le Prince〔lə ˈpræŋs〕（法）

Lepsius〔ˈlɛpsiəs; ˈlɛpsɪus〕（德）

Leptis Magna〔ˈlɛptɪs ˈmægnə〕

Leptis Minor〔ˈlɛptɪs ˈmaɪnə〕

Leptis Parva〔ˈlɛptɪs ˈparvə〕

Le Puglie〔lɛ ˈpulje〕（義）

Lepus〔ˈlipəs〕❶【動物】兔屬❷【天文】天兔座

Le Quesne〔lə ˈkɛn〕萊普森

Le Queux〔lə ˈkju〕

Ler〔lɛr〕

Lera〔ˈlirə〕

Lerchenfeld〔ˈlɛrhənfɛlt〕（德）

Lerchenfeld-Köfering〔ˈlɛrhənfɛlt‧ˈkəfərɪŋ〕

Lerdo de Tejada〔'lɛrðo ðe te'haða〕
（西）

Lereculey〔,lɛrı'kjulı〕

Lérida〔'lerıða〕（西）

Lerinae Insulae〔lı'raını 'ınsjulı〕

Lerins〔le'ræns〕

Léris〔le'ris〕

Lerma〔'lɛrmɑ〕

Lermina〔lɛrmi'nɑ〕（法）

Lermoliev〔lja'mɔ'ljıf〕

Lermontov〔'ljermʌntɔf〕萊孟塔夫
（Mikhail Yurievich, 1814-41, 俄國詩人及小
說家）

Lerna〔'lɜnə〕

Lerne〔'lɜni〕

Lerner〔'lɜnə〕勒納

Lernet-Holenia〔'lɛrnɛt·hɑ'lenıɑ〕

Lero〔'lɛro〕

le Roi Soleil〔lə 'rwɑ sɔ'lɛj〕（法）

Le Rond〔lə 'rɔn〕（法）

Leros〔'liras〕

Le Rossignol〔lə 'rasıgnɑl；rɔsi'njɔl
（法）

Le Roux〔lə 'ru〕勒魯

Leroux〔lə'ru〕（法）

Le Roy〔lə 'rwɑ〕（法）

Leroy〔lə'rɔı；lə'rwɑ（法）〕

Leroy-Beaulieu〔lə'rwɑ·bo'ljɜ（法）〕

Lerroux〔lɛ'ru〕（西）

Lersch〔lɛrʃ〕

Lersner〔'lɛrsnə〕

Lerwick〔'lɜwık；'lɛrwık〕勒維克
（英國）

Léry〔le'ri〕

Le Sage〔lə 'saʒ〕（法）

Lesage〔lə'saʒ〕雷薩吉（Alain, René,
1668-1747, 法國小說家及戲劇家）

Le Sars〔lə 'sar〕（法）

Lesath〔lı'sæθ〕

Les Bauges〔le 'boʒ〕（法）

Lesbia〔'lɛzbıə〕

Lesbiaca〔'lɛzbıəkə〕

Lesbian〔'lɛzbıən〕Lesbos 人

Lesbos〔'lɛzbas〕來茲波斯島（希臘）

Lescaut〔lɛs'ko〕

Lescaze〔lɛs'kaz〕萊斯卡茲

Les Cévennes〔le se'vɛn〕（法）

Lesches〔'lɛskiz〕

Lescheus〔'lɛskjuz〕

Lescot〔lɛs'ko〕（法）

Les Cousins〔le kʊ'zæn〕（法）

Lescure〔lɛs'kjʊr〕（法）

Lesdiguières〔lɛsdi'gjɛr〕（法）

Les Éboulements〔le zebul'mɑn〕（法）

Le Seelleur〔lə 'selə〕

Les Éparges〔le·ze'parʒ〕（法）

Lesesne〔lə'sen〕勒塞納

Lesghians〔'lɛzgıənz〕

Lesina〔lɛ'zinɑ；'lɛzınɑ〕

Leskien〔lɛs'kin〕

Leskov〔lji'skɔf〕（俄）

Leskovik〔'lɛskəvik〕

Les Landes〔le 'lɑnd〕

Lesley〔'lɛslı〕萊斯利

Leslie〔'lɛslı〕萊斯利

Leslie Satie〔lɛs'li sa'ti〕（法）

Lesly〔'lɛzlı；'lɛslı〕萊斯利

Lesmahagow〔,lɛsmə'hego〕

Les Misérables〔le mıze'rabl〕（法）

Lesnevich〔'lɛznəvıtʃ〕

Lesot de la Penneterie〔lə'so də lɑ
penə'tri〕（法）

LeSourd〔lɛ'sʊrd〕

Lesowes〔'lɛzəz〕

Lespinasse〔lɛspi'nas〕（法）

Lesquereux〔leke'rɜ〕

les Rois Fainéants〔le 'rwa fene'ɑn〕
（法）

Les Saintes〔le 'sænt〕（法）

Lesse〔'lɛsə〕

Lessells〔lə'sɛlz〕

Lesseps, de〔lɛ'sɛps〕雷賽（Vicomte Ferdinand Marie, 1805-1894, 法國外交家）

Lesser Antilles〔'lɛsə æn'tıliz〕小安
地列羣島（西印度羣島）

Lesser Slave〔'lɛsə 'slev〕

Lesser Sunda〔'lɛsə 'sʌndə〕小巽他羣
島（印尼）

Lessing〔'lɛsıŋ〕萊興（Gotthold Ephraim,
1729-1781, 德國批評家及劇作家）

Lessington〔'lɛsıŋtən〕

Lessini〔lɛs'sinı〕（義）

Lessinian Alps〔lı'sınıən～〕

Lessius〔'lɛsıəs〕

Lesslie〔'lɛslı〕萊斯利

Lessö〔'lɛsə〕（丹）

Lessways〔'lɛswez〕

Lester〔'lɛstə〕萊斯特

Lestocq〔lɛs'tak〕

Leston〔lɛs'tən〕萊斯頓

Lestrade〔lɛ'stred〕萊斯特雷德

Lestrale〔lɛs'tral〕

L'Estrange〔ləs'trendʒ〕〔（法）

Les Trois-Évêchés〔le ,trwa·zeve'ʃe〕

Le Sueur〔lə ˈsɔr;lə ˈsjɔr（法）〕
萊蘇爾

Lesueur〔lə'sɔr;ləsjuˈɜ（法）〕

Leszczyńska〔leʃˈtʃɪnska〕（波）

Leszczyński〔lɛʃˈtʃɪnjskɪ〕（波）

Leszetycki〔ˌleʃeˈtɪtskɪ〕

Leta〔ˈlitə〕利塔

l'Étang〔leˈtɑŋ〕

Letcher〔ˈletʃɚ〕

Letchworth〔ˈletʃwəθ〕萊奇沃思

Letea〔ˈletja〕

Le Tellier〔lə teˈlje〕（法）

Lethaby〔ˈlɛθəbɪ〕

Lethbridge〔ˈlɛθbrɪdʒ〕勒斯布里治（
　加拿大）

Lethe〔ˈliθi〕【希臘神話】遺忘川（冥府中
　一河流，死者飲其水，則忘盡前生之事）

Lethean〔liˈθiən〕

Letheby〔ˈlɛθəbɪ〕

Lethem〔ˈlɛθəm〕萊瑟姆

Lethington〔ˈlɛθɪŋtən〕

Leti〔ˈletɪ〕

Letitia〔lɪˈtɪʃɪə〕莉蒂希亞

Letizia〔leˈtitsja〕

Letnor〔ˈlɔɪtnə〕

Le Tonnelier de Breteuil〔lə tɔnəˈlje
　də brəˈtɜj〕（法）

L'Étourdi〔leturˈdi〕（法）

Le Tourneau〔lə ˈturno〕

Lett〔lɛt〕列特族人（居於波羅的海東岸）;
　列特語

Lette〔lɛt〕

Lettenhove〔ˌlɛtənˈhove〕

Letterhaus〔ˈlɛtəhaus〕

Letterkenny〔ˌlɛtəˈkɛnɪ〕

Letterman〔ˈlɛtəmən〕

Letti〔ˈletɪ〕

Lettic〔ˈletɪk〕列特語

Lettice〔ˈletɪs〕萊蒂絲

Lettie〔ˈletɪ〕萊蒂

Lettish〔ˈletɪʃ〕列特語

Lettland〔ˈlɛtlænd;ˈlɛtlɑnt（德）;
　ˈlɛtlɑnd（瑞典）〕

Letton〔ˈletən〕

Lettonian〔lɛˈtonjən〕

Lettonie〔lɛtɔˈni〕

Lettrick〔ˈletrɪk〕

Letts〔lɛts〕萊茨

Letty〔ˈletɪ〕

Letzeburg〔ˈletsburk〕

Leuallen〔ljuˈælən〕勒阿倫

Leuca〔ˈlɛukə〕

Leucadia〔ljuˈkedɪə〕

Leucas〔ˈljukəs〕

Leucates〔ljuˈketiz〕

Leucayec〔ˌleukaˈjɛk〕

Leuchars〔ˈljuʃɑrz;ˈljukəz;ˈluhəz（蘇）〕

Leuchtenberg〔ˈlɔɪçtənberk〕（德）

Leucippe〔ljuˈsɪpi〕

Leucippus〔ljuˈsɪpəs〕

Leuckart〔ˈlɔɪkɑrt〕

Leucopetra〔ljuˈkɑpɪtrə〕

Leucosia〔ˌljukəˈsɪə;ˌlɛfkɔˈsia（古希）〕

Leucothea〔ljuˈkɑθɪə〕

Leucothoe〔ljuˈkɑθəi〕

Leuctra〔ˈljuktrə〕

Leukados〔ljuˈkedas〕

Leukas〔ˈljukəs〕

Leukerbad〔ˈlɔɪkəbat〕

Leumann〔ˈlɔɪmɑn〕

L'Eure〔lɜ〕

Leuricus〔ljuˈraɪkəs〕

Leuschner〔ˈlɔɪʃnə〕

Leuterio〔ljuˈtɪrɪo〕

Leuthen〔ˈlɔɪtən〕

Leuthold〔ˈlɔɪthalt〕

Leutze〔ˈlɔɪtsə〕勞以柴（Emanuel,1816-
　1868, 美國歷史畫家）

Leuven〔ˈlɜvən〕（法蘭德斯）

Leuwenhoek〔ˈlewənhuk〕

Lev〔lɛf;ljef（俄）〕

Leva〔ˈlivə〕利瓦

Levaditi〔ˌlɛvəˈditi;levadiˈti（法）〕

Levaillant〔ləvaˈjɑŋ〕（法）

Levallois-Perret〔ləvaˈlwaˑpeˈre〕（法）

Le Valois de Villette de Murcay〔lə
　valˈwa də viˈlɛ də mjurˈse〕（法）

Levana〔ləˈvenə〕

Levand〔liˈvænd〕利萬懲

Levanna〔leˈvɑnnɑ〕（義）

Levant〔ləˈvænt〕地中海中部及愛琴海沿岸的
　的國家和島嶼

Levanter〔lɪˈvæntə〕

Levantine〔ˈlɛvəntaɪn〕

Levasseur〔ləvaˈsɜ〕列瓦舍（Pierre
　Emile, 1828-1911, 法國經濟學家）

Levassor〔ləvaˈsɔr〕（法）

Le Vau〔lə ˈvo〕

Leveck〔ˈlevɪk〕萊爲克

Levelers〔ˈlevələz〕

Levelland〔ˈlevəllænd〕

Leven〔ˈlɛvən;ˈlivən〕利文島（馬達加斯加）

Levene〔lə'vin〕萊文
Levens〔'lɛvənz〕
Leventhal〔'lɛvɪnθəl〕
Leveque〔lə'vɛk〕勒佛克角（澳洲）
Lever〔'livə〕利威爾（Charles James, 1806-1872, 英國小說家）
Leverett〔'lɛvərɪt〕萊弗里特
Leverhulme〔'livəhjum〕
Leveridge〔'lɛvərɪdʒ〕
Leverkes〔'lɛvəkəs〕
Leverkusen〔,levə'kuzən〕
Levermore〔'lɛvəmɔr〕
Leverrier〔lə'vɛ'rje〕（法）
Levertin〔'levətin〕
Le Vésinet〔lə vezi'nɛ〕（法）
Leveson〔'lɛvɪsn̩; 'ljusn̩〕利文森
Levett〔'lɛvɪt〕
Levey〔'livɪ; 'lɛvɪ〕
Levi〔'livaɪ〕【聖經】利未（Jacob 之第三子）
Lévi〔le'vi〕（法）
Levi, ha-〔ha'livaɪ〕
Leviathan〔lɪ'vaɪəθən〕
Léviathan〔levja'tɑn〕（法）
Levi ben Gershon〔'livaɪ ben 'gɜʃən〕
Levi-Civita〔'lɛvi·'tʃivɪta〕
Levien〔lɛ'vin〕萊維恩
Levin〔'lɛvɪn; lə'vɪn; lə'vin〕
Levine〔lə'vaɪn〕
Leviné〔levi'ne〕
Levinge〔'lɛvɪŋ〕萊文奇
Levington〔'lɛvɪŋtən〕萊文頓
Levinthal〔'lɛvɪnθɔl〕利文索爾
Lévis〔'lɛvɪ; 'livɪs〕累維（加拿大）
Levisa〔lɪ'vaɪsə; lɛ'visa〕
Levita〔lə'vitə; lɪ'vaɪtə〕
Levite〔'livaɪt〕【聖經】利未人
Levitic〔lə'vɪtɪk〕
Leviticus〔lə'vɪtɪkəs〕利未記（舊約聖經之第三書）
Levitof〔lji'vjitɔf〕
Levitski〔lə'vɪtskɪ〕
Levittown〔'lɛvɪt·taun〕
Levitzki〔lɪ'vɪtskɪ; lji'vjitskəɪ〕（俄）
Levka〔'lɛfka〕
Levkas〔lɛf'kas〕來夫卡斯島（希）
Levkosia〔lɛfkə'sia; lɛfkɔ'sia〕（希）
Levorsen〔'lɛvəsən〕萊沃森
Le Vouvray〔lə vuv're〕
Lévrier〔levri'e〕（法）
Levshin〔'ljɪf'ʃin〕（俄）
Levy〔'livɪ〕利維

Lévy〔le'vi〕
Lévy-Bruhl〔le'vi·'brjul〕（法）
Levy-Dorn〔'levi·'dɔrn〕
Levy-Lawson〔'livɪ·'bsn̩〕
Lew〔'lju〕
Lewal〔lə'val〕（法）
Lewald〔'levalt〕（德）萊瓦爾德
Lewel(1)yn〔lu'ɛlɪn〕路埃林
Lewellys〔lu'ɛlɪs〕路埃利斯
Lewenhaupt〔'levənhaupt〕
Lewenthal〔'luənθɔl〕
Lewes〔'ljuɪs〕劉易斯（George Henry, 1817-1878, 英國哲學家及批評家）
Lewey〔'ljuɪ〕
Lewin〔'ljuɪn〕路因
Lewinski, von〔fən lɛ'vɪnskɪ〕
Lewis〔'ljuɪs〕劉易士❶ Isaac Newton, 1858-1931, 美國陸軍軍官及發明家❷ Matthew Gregory, 1775-1818, 別稱 Monk Lewis, 英國作家）
Lewisburg〔'ljuɪsbəg〕
Lewisohn〔'ljuɪ,zon〕劉易生（Ludwig, 1882-1955, 美國小說家及批評家）
Lewison〔'ljuɪsn̩〕
Lewiston〔'ljuɪstən〕琉易斯敦（美國）
Lewistown〔'ljuɪstaun〕
Lewis with Harris〔'ljuɪs wɪð 'hærɪs〕琉易哈利島（蘇格蘭）
Lewisville〔'ljuɪsvɪl〕
Lews〔ljuz〕
Lewsey〔'ljusɪ〕
Lewyt〔'ljuɪt〕路伊特
Lexell〔'lɛksəl〕
Lexer〔'lɛksə〕
Lexington〔'lɛksɪŋtən〕勒星頓（美國）
Lexis〔'lɛksɪs〕
Lexow〔'lɛkso〕
Ley〔li; laɪ（德）〕利
Leybourn〔'libən〕利伯恩
Leybourne〔'lebɔrn〕利伯恩
Leyburn〔'lebən〕
Leycester〔'lɛstə〕萊斯特
Leyden〔'laɪdn̩〕來登（荷蘭）
Leydig〔'laɪdɪh〕（德）
Leye〔'laɪə〕業象（廣西）
Leyen〔'laɪən〕
Leygues〔leg〕
Leyland〔'lilənd; 'lelənd〕萊蘭
Leymaster〔'lemastə〕
Leypoldt〔'laɪpolt〕
Leyr〔lɪr〕
Leys〔liz; laɪs（荷）〕利斯

Leyshon ['leʃn; 'laɪʃən] 萊申
Leyte ['leɪt] 雷伊泰島 (菲律賓)
Leyton ['letn] 雷敦 (英格蘭)
Lezghian ['lɛzgɪən]
Lhariguo ['hlɑ'rig'wɔ]
Lhasa ['læsə] 拉薩 (西藏)
Lhassa ['læsə]
L'Hermite [lɛr'mit]
Lhermitte [lɛr'mit]
Lhévinne [le'vin]
L'Hommedieu [lə ,hɑm'dju]
L'Hô(s)pital [lɔ pi'tal] (法)
Lhopital [lɔpi'tal] (法)
Lhote [lot]
Lhotse ['hlɔtsɛ]
Lhungen ['lungən]
Lhut [ljʊt]
Lhuyd [bɪd]
Lhuys [lju'is]
L'Hypocrite [lipɔ'krit]
Li [li] 化學元素 lithium 之符號
Lia ['laɪə]
Liadov ['ljadəf; -dɔf]
Liais [lje] (法)
Liákoura ['ljakura]
Liam ['liəm] 利亞姆
Lian [lɪ'an]
Liancourt [ljaŋ'kur] (法)
Liang [lɪ'aŋ]
Liang Ch'i-ch'ao ['ljaŋ 'tʃi ·'tʃao] 梁啓超 (1873-1929, 中國近代學者)
Liang, Chu-ko ['dʒu'gʌ lɪ'aŋ] (中)
Lianga [lja'ŋa] 梁加 (菲律賓)
Liangchow [lɪ'aŋ'dʒo] (中)
Liang Shan [lɪ'aŋ 'ʃan] 梁山 (山東)
Liang Shih-yi [lɪ'aŋ 'ʃɪ'ri] (中)
Liao [ljau] 遼河 (遼寧省)
Liao Cheng-chih [lɪ'au 'dʒʌŋ·'dʒɚ] (中)   「(中)
Liao Chung-k'ai [lɪ'au 'dʒʊŋ'kaɪ]
Liaoning ['ljau'nɪŋ] 遼寧 (中國)
Liaopeh [lɪ'au'be] (中)
Liaopei ['ljau'be] 遼北 (中國)
Liaotung [lɪ'au'duŋ] (中)
Liaoyang ['lɪau'jaŋ] 遼陽 (遼寧省)
Liaoyuan [lɪ'auju'an] 遼源 (吉林)
Liapchev ['ljapʃɛf]
Liapunov [ljʌpu'nɔf] (俄)
Liaq(u)at Ali Khan [lɪ'akət 'ali 'kan]
Liard [ljar ; 'liard] 利阿德河 (加拿大)
Liardet [lɪ'ardɛt]
Liat ['lɪat]

Liathdruim ['lidrɪm] (愛)
Liban [li'baŋ]
Libanius [lɪ'benɪəs; laɪ-]
Libanus ['lɪbənəs]
Libau ['lɪbau]
Libava [ljɪ'bavə]
Libavius [lɪ'bevɪəs]
Libbey ['lɪbɪ] 利比
Libby ['lɪbɪ] 李比 (Willard Frank, 1908-1980, 美國化學家)
Libedinsky [,libjɪ'djinskɪ] (俄)
Libelt ['libɛlt]
Libenge [li'baŋʒ] (法)
Liber ['laɪbə]
Libera ['lɪbərə]
Liberace ['lɪbərɪs]
Liberal ['lɪbərəl]
Libéral [libe'ral] (法)
Liberale da Verona [,libɛ'ralɛ da vɛ'rona]
Liberalia [lɪbə'relɪə]
Liberalis [,lɪbə'relɪs]
Liberati [,lɪbe'rati]
Libération [libera'sjɔŋ] (法)
Liberato [,libe'rato] (西)
Liberatore [,libera'tore]
Liber de Hyda ['laɪbə di 'haɪdə]
Liberec ['libɛrɛts] (捷)
Liberi ['liberi]
Liberia [laɪ'bɪrɪə ; li'verja] 賴比瑞亞 (非洲)
Liberian [laɪ'bɪrɪən]
Liberius [laɪ'bɪrɪəs]
Libertad [livɛr'tað] (西)
Libertador [,livɛrta'ðɔr] (西)
Libertino, il [il ,libɛr'tino]
Liberton ['lɪbətŋ]
Liberty ['lɪbətɪ]
Libertyville ['lɪbətɪvɪl]
Liber Veritatis ['laɪbə ,vɛrɪ'tetɪs]
Libia ['lɪbɪə ; 'libja (義)
Libian Desert ['lɪbɪən～]
Libitina [lɪbɪ'taɪnə]
Libius Severius ['lɪbɪəs sɪ'vɪrɪəs]
Libnan [lib'nan]
Libohova [,libo'hova]
Libra ['laɪbrə] 【 天文 】❶ 天秤座 ❷ 天秤宮 (黃道之第七宮)
Libri-Carrucci della Sommaia ['librɪ·ka'ruttʃi della som'maja] (義)
Libro d'Oro ['libro 'doro]

Liburnum〔laɪ'bənəm〕

Libya〔'lɪbɪə〕利比亞（非洲）

Libyan〔'lɪbɪən〕❶利比亞人❷古利比亞語

Libyssa〔lɪ'bɪsə〕

Licancábur〔ˌlikaŋ'kavur〕（西）

Licancaur〔ˌlikaŋ'kaur〕

Licata〔lɪ'kata〕

Lic. Blas Urrea〔lisɛn'sjaðo blas ur'rea〕（拉丁美）

Li Chai-sum〔'li 'tʃaɪ ·'sum〕

Lichas〔'laɪkəs〕

Licheng〔'li'tʃəŋ〕歷城（山東）

Li Ch'ing-chao〔'li 'tʃɪŋ·'dʒau〕李清照（1081-?,中國宋朝女詞人）

Li Chi-shen〔'li 'tʃi·'ʃen〕

Lichnowsky〔lɪh'nɔfskɪ〕（德）

Licht〔lɪkt〕利希特

Lichtenau〔'lɪhtənau〕（德）

Lichtenauer〔'lɪtʃtɛnauər〕利希特瑙爾

Lichtenberg〔'lɪhtənberk〕（德）

Lichtenberger〔liʃtaŋber'ʒe〕（法）利希滕伯格

Lichtenburg〔'lɪktənbəg; 'lɪhtənburk〕（德）

Lichtenstein〔'lɪhtənʃtaɪn〕（德）利希滕斯坦

Lichtwark〔'lɪhtvark〕（德）

Lichtwer〔'lɪhtvə〕（德）

Lichtwitz〔'lɪhtvɪts〕（德）

Lichty〔'lɪktɪ〕

Licinius〔lɪ'sɪnɪəs〕李西尼（270?-325,羅馬皇帝）

Licinia〔laɪ'sɪnɪə〕

Licinianus〔lɪsɪnɪ'enəs〕

Licinio〔lɪ'tʃɪnjo〕

Licinius〔laɪ'sɪnɪəs〕

Licio〔'lɪʃɪo〕

Lick〔lɪk〕利克

Licking〔'lɪkɪŋ〕

Lickis(s)〔'lɪkɪs〕

Licks〔'lɪks〕

Licosa〔lɪ'kosa〕

Lictors〔'lɪktɔrz〕

Licus〔'laɪkəs〕

Lidd〔lɪd〕

Liddel (1)〔'lɪdl〕利德爾

Liddell Hart〔'lɪdl̩ 'hart〕李德哈特（Basil Henry, 1895-1970,英國軍事科學家）

Lidderdale〔'lɪdədel〕利德代爾

Liddon〔'lɪdn̩〕利登

Lidell〔lɪ'dɛl〕

Lidgerwood〔'lɪdʒəwud〕

Lidice〔'lidɪtsɪ; -tse〕

Lidin〔'lidjɪn〕

Lidiya〔'ljidjɪjə〕

Lidner〔'lidnə〕

Lido〔'lido〕里度島（義大利）

Lidstone〔'lɪdstən〕

Lidth de Jeude〔'lit də 'jədə〕（荷）

Lie〔li〕賴伊（❶ Jonas, 1833-1909, 挪威小說家及劇作家❷ Trygve, 1896-1968, 挪威律師及政治家）

Lieb〔lib; lɪp（匈）〕利布

Lieber〔'libə〕利伯

Lieberkühn〔'libəkjun〕

Lieberman〔'libəmən〕利伯曼

Liebermann〔'libəmən〕

Liebert〔'libət〕利伯特

Liebesverbot〔'libəsfə,bot〕

Liebhard〔'liphart〕

Liebig, von〔'libɪg〕利比克（Baron Justus, 1803-1873, 德國化學家）

Liebknecht〔'lipknɛht〕（德）

Liebler〔'liblə〕

Liebling〔'liblɪŋ〕利布林

Liebmann〔'lipmən〕利布曼

Liebson〔'libsn̩〕

Liechtenstein〔'lɪktən,staɪn〕列支敦士敦（歐洲）

Liefland〔'liflænd〕

Lieftinck〔'liftɪŋk〕

Liége〔lɪ'eʒ; lɪ'ɛʒ〕列日（比利時）

Lieh-Tzŭ〔'li'ɛ·'dzʌ〕（中）

Lielupe〔'ljɛlupe〕

Lien〔'lian〕利恩

Lienert〔'linət〕

Lienhard〔'linhart〕

Lientz〔lɛnts〕

Lienyun〔lɪ'e'njun〕

Lienyunkang〔lɪ'e'njun'kaŋ〕

Lienz〔'liɛnts〕

Liepäja〔'ljɛpaja〕

Lier〔'laɪə〕

Lierle〔'laɪ'əlɪ〕萊厄利

Lierre〔'ljɛr〕

Lietuva〔'lje'tuva〕

Lietzmann〔'lɪtsman〕

Lieven〔'livən〕

Lievens〔'livəns〕

Lievens(z)〔'livəns〕

Lievenz〔'livəns〕

Lièvre〔'ljɛvə〕（法）

Lif〔lif〕

Lifar〔lji'farj〕(俄)

Lifebuoy〔'laifbɔi〕

Liffey〔'lifi〕

Lifford〔'lifəd〕

Lifou〔,li'fu〕

Lifschey〔'lifʃe〕利夫謝

Lifthrasir〔lifθ'razir〕

Lifu〔li'fu〕

Lifuka〔li'fukə〕

Ligarius〔li'gεriəs〕

Ligea〔lai'dʒiə〕

Ligeia〔lai'dʒiə〕

Liger〔'laidʒɚ〕

Ligertwood〔'lidʒɚtwud〕

Liggett〔'ligit〕利格特

Liggins〔'liginz〕

Light〔lait〕萊特

Lightfoot〔'laitfut〕

Light-Horse〔'lait·,hɔrs〕

Lighthouse〔'laithaus〕

Lightner〔'laitnɚ〕萊特納

Ligier〔li'ʒje〕(法)

Ligne〔linj〕

Ligo〔'laigo〕

Ligon〔'ligən〕利根

Ligonier〔,ligə'nir;ligɔ'nje(法)〕

Liguest〔li'ge〕

Liguori〔li'gwɔri〕

Liguria〔li'gjuriə;li'gjoriə;
li'gjɔriə〕

Ligurian Alps〔li'gjuriən 'ælps;
li'gjɔriən 'ælps〕

Lihir〔'lihir〕

Liholiho〔'liho'liho〕

Lihou〔'lihu;'liho〕

Lihue〔li'hue〕

Li Hung Chang〔'li huŋ 'tʃæŋ;'lai
hʌŋ 'tʃæŋ〕

Li Hung-chang〔'li 'huŋ·'dʒaŋ〕李鴻章
(1823-1901,中國清朝政治家)

Liim〔lim〕

Lij Yasu〔lidʒ 'jasu〕

Likhvin〔'likvin〕

Likiang〔'lidʒi'aŋ〕(中)

Likiep〔'likep〕

Likoma〔li'komə〕

Likova〔li'kova〕

Lilburne〔'lilbən〕利爾伯恩

L'Île de Yeu〔lil 'djɚ〕(法)

Lili〔li'li(法);'lili(德)〕莉莉

Lilian〔'liliən〕莉蓮

Lilias〔'liliəs;-ljəs〕

Lilibeo〔lili'bεo〕

Liliencron〔'liliən,kron;-ljən-〕

Lilienstein〔'liljənʃtain〕

Lilienthal〔'liliən,tal〕李連塔爾(Otto,
1848-1896,德國航空工程師及發明家)

Lilio〔'liljo〕

Li Li-san〔li 'li·'san〕

Lilith〔'liliθ〕

Liliuokalani〔li,livoka'lani〕李麗渥卡拉尼
(Lydia Kamekeha, 1838-1917,夏威夷群島女王)

Lilje〔'liljə〕

Lilla(h)〔'lilə〕利拉

Lillard〔'lilard〕利拉德

Lillburn〔'lilbən〕利爾本

Lille〔lil〕里耳(法國)

Lillebælt〔'liləbælt〕

Lillebonne〔lil'bɔn〕

Lillehammer〔,lilə'hamɚ〕

Lillevand〔'lilivænd〕利勒萬德

Lilley〔'lili〕

Lilli〔'lili〕

Lillian〔'liliən〕莉蓮

Lillibullero〔,liliba'liro〕

Lilliburlero〔,lilibə'liro〕

Lillie〔'lili〕利利

Lillington〔'liliŋtən〕利林頓

Lilliput〔'lilipʌt;-pət〕小人國(Swift著
Gulliver's Travels中所想像之一國家)

Lilliputian〔,lili'pjuʃən〕Lilliput人

Lillo〔'lilo〕李羅(George,1693?-1739,英國
戲劇家)

Lillooet〔'liluet〕

Lilly〔'lili〕莉莉

Lillyvick〔'lilivik〕

Lillywhite〔'lilihwait〕利利懷特

Lilongwe〔li'lɔŋwe〕

Lily〔'lili;li'li(法)〕莉莉

Lilye〔'lili〕

Lilybaeum〔,lili'biəm〕

Lily Bart〔'lili bart〕

Lim〔lim〕利姆

Lima❶〔'limə〕利瑪(秘魯)❷〔'laimə〕
賴馬(美國)

Lima e Silva〔'limə i 'silvə〕

Limagne〔li'manj〕(法)

Liman〔'liman〕

Limander〔li'mændɚ〕

Limanowski〔,lima'nɔfski〕

Limantour〔liman'tur〕

Limasawa〔,lima'sawa〕

Lima(s)sol〔,limə'sɔl;,lima'sɔl〕

Limay〔li'mai〕

Limba〔'limba〕

Limbang〔'limbaŋ〕

Limbdi〔'limdi〕

Limbe〔'limbe〕

Limberham〔'limbərəm〕

Limberlost〔'limbəlɔst〕

Limbert〔'limbət〕林伯特

Limbo〔'limbo〕

Limbo Patrum〔'limbo 'petrəm〕

Limborch〔'limbɔrh〕（荷）

Limboto〔lim'boto〕

Limbourg〔'limburg; læŋ'bur（法）〕

Limburg〔'limbɜg; læŋ'bur（法）; 'limbɜʔh（荷、法蘭德斯）〕

Limburger〔'limbɜgə〕林堡乾酪（比利時 Limburg 地方原產）

Limehouse〔'laimhaus; 'liməs〕

Limeira〔li'merə〕

Limera〔lai'mirə〕

Limerick〔'limərik; 'limrik〕利默里克（愛爾蘭）

Limes Germanicus〔'laimiz dʒə'mænikəs〕

Limestone〔'laims,ton〕

Limit〔'limit〕

Limmat〔'limat〕

Limmen〔'limən〕

Limnae〔'limni〕

Limne Kerkinitis〔'limni ,kɜki'nai-Ltis〕

Limni〔'limni〕

Limno〔'limnɔ〕

Limnos〔'limnɔs〕

Limoeiro〔li'mweiru〕（葡）

Limoges〔li'moʒ〕里摩日（法國）

Limon〔li'mɔn〕利蒙（哥斯大黎加）

Limón〔li'mon〕

Limonum〔li'monəm; lai-〕

Limosin〔limɔ'zæŋ〕（法）

Limousin〔limə'zin; limu'zæŋ（法）〕

Limoux〔li'mu〕

Limp〔limp〕林普

Limper〔'limpə〕

Limpo〔'liŋmpu〕（葡）

Limpopo〔lim'popo〕林波波河（非洲）

Lim Yew-hock〔'lim 'ju‧'hak〕

Lin〔lin〕林縣（河南）

Lina〔'lina〕

Linacre〔'linəkə〕林納克（Thomas, 1460?-1524, 英國人文學家及醫生）

Linapacan〔,lina'pakan〕林納伯康（菲律賓）

Linard, Piz〔'pits lz'nart〕

Linares〔li'nares〕利那瑞斯（西班牙）

Lincei〔lin'tʃei〕

Linchwan〔'lintʃ'wan〕

Linck〔liŋk〕

Pincke〔'liŋkə〕

Lincoln〔'liŋkən〕林肯（Abraham, 1809-1865, 美國第十六任總統）

Lincolniana〔,liŋkəni'enə〕有關林肯之物件、書籍、文件等之收集

Lincolnshire〔'liŋkənʃir〕林肯郡（英格蘭）

Lincolnton〔'liŋkəntən〕

Lincolnwood〔'liŋkənwud〕

Lincs.〔liŋks〕

Lind〔lind〕林德（Jenny, 1820-1887, 瑞典女高音歌唱家）

Linda〔'lində〕琳達

Lindabrides〔'lindəbraidz〕

Linda Condon〔'lində 'kandən〕

Linda di Chamouni〔'linda di ʃamu'ni〕

Lindale〔'lindel〕

Lindau〔'lindau〕

Lindauer〔'lin,dauə〕林道爾

Lindberg〔'lindbɜg; 'lindbærj（瑞典）〕

Lindbergh〔'lin (d) bɜg〕林白（Charles Augustus, 1902-1974, 美國飛行家）

Linde〔'lində; 'lində（波）〕林德

Lindegren〔'lindəgrɛn〕

Lindeman〔'lindəman〕

Lindemann〔'lindəmən; 'lindəman（德）〕林德曼

Linden〔'lindən; læŋ'daŋ（法）〕林登

Lindenberg〔'lindənbɜg〕林登堡

Lindenschmit〔'lindənʃmit〕

Lindenthal〔'lindənθɔl〕

Lindesnes〔'lindəs,nes〕林德斯內斯角（挪威）

Lindsay〔'linzi〕林賽

Lindet〔læŋ'de〕（法）

Lindfors〔'lindforʃ〕

Lindi〔'lindi〕

Lindisfarne〔'lindisfarn〕

Lindley〔'lindli〕林黎（John, 1799-1865, 英國植物學家）

Lindman〔'lindman〕

Lindner〔'lindnə〕林德納

Lindo〔'lindo〕

Lindon〔'lindən〕林登

Lindor〔'lindɔr〕

Lindquist〔'lindkwist〕林奎斯特

Lindsay〔'lindzi〕林賽（❶ Nicholas Vachel, 1879-1931, 美國詩人 ❷ Sir Ronald Charles, 1877-1945, 英國外交家）

Lindsborg〔'lɪnzbəg〕

Lindsell〔'lɪnsəl〕林塞爾

Lindsey〔'lɪndzɪ〕林賽

Lindum〔'lɪndəm〕

Lindus〔'lɪndəs〕

Lindvall〔'lɪndvəl〕林德瓦爾

Line〔laɪn〕

Línea〔'linea〕

Lines〔laɪnz〕萊恩斯

Linet〔lɪ'net；'lɪnɪt〕

Linevich〔ljɪ'njevjɪtʃ〕

Lineweaver〔'laɪnwivə〕萊恩威弗

Linfen〔'lɪn'fʌn〕臨汾（山西）

Linford〔'lɪnfəd〕林福德

Ling〔lɪŋ〕❶郿縣（湖南）❷陵縣（山東）

Lingard〔'lɪngard；'lɪŋgard〕林加德

Lingay〔'lɪŋgɪ〕

Lingayen Gulf〔ˌlɪŋga'jen～〕仁牙因灣
（菲律賓）

Lingelbach〔'lɪŋəlbah〕（荷）林格爾巴克

Lingen〔'lɪŋən〕

Lingenthal〔'lɪŋəntal〕

Lingg〔lɪŋk〕

Linggadjati〔ˌlɪŋga'dʒati〕

Lingling〔'lɪŋ'lɪŋ〕零陵（湖南）

Lingmell〔'lɪŋmel〕

Lingo〔'lɪŋgo〕

Lingones〔'lɪŋgəniz；lɪŋ'goniz〕

Linguaphone〔'lɪŋgwəfon〕【商標名】
靈格風（學習語言用之唱片）

Linguet〔læŋ'gɛ〕（法）

Linguetta〔lɪŋ'wetə〕

Linhai〔'lɪn'haɪ〕臨海（浙江）

Linhares〔lin'jarɪs〕林哈雷斯

Lini〔'lɪ'ni〕

Liniers〔li'nje（法）；lɪ'njers（西）〕

Liniers y Bremont〔li'njers ɪ
vre'mont〕（西）

Linievitch〔'linjɪvɪtʃ〕

Link〔lɪŋk〕林克

Linke〔'lɪŋkə〕

Linkinwater〔'lɪŋkɪnwatə〕

Linklater〔'lɪŋkˌletə〕林克萊特

Linkletter〔'lɪŋkletə〕林克萊特

Linkomies〔'lɪŋkomis〕

Linköping〔'lɪŋˌtʃəpɪŋ〕林却平（瑞典）

Linkville〔'lɪŋkvɪl〕

Linlathen〔lɪn'leðən〕

Linley〔'lɪnlɪ〕林利

Linlithgow〔lɪn'lɪθgo〕林利思戈

Linlithgowshire〔lɪn'lɪθgoʃɪr；-ʃə〕

Linn〔lɪn〕林

Linn(a)eus〔lɪ'niəs〕林奈（Carolus，1707-
1778，瑞典植物學家）

Linnankoski〔'lɪnnan,kaskɪ〕（芬）

Linne〔lɪn〕

Linné〔li'ne〕

Linné，von〔fon lɪn'ne〕（瑞典）

Linnet〔'lɪnɪt〕

Linnell〔lɪ'nel〕

Linnhe，Loch〔lah 'lɪnɪ〕林尼湖（蘇格蘭）

Linosa〔lɪ'nosa〕

Linotype〔'laɪnə,taɪp〕【印刷、商標名】
鑄造排字機（將一行活字鑄爲一條者）

Lin Pai-Ch'ü〔'lɪn 'baɪ·'tʃju〕（中）

Lin Pei-ch'ü〔'lɪn 'be·'tʃju〕（中）

Lin Piao〔lɪn bɪ'ao；-'bjau〕（中）

Lin Po-ch'ü〔lɪn 'bʌ'tʃju〕（中）

Linschoten〔'lɪnshotən〕（荷）

Lins De Barros〔ˌlins de 'baros〕

Lin Sen〔'lɪn 'sʌn〕林森（1867?-1943，中
國政治家）

Lin Sên〔'lɪn 'sen〕

Lin Shen〔'lɪn 'ʃen〕

Linsi〔'lɪn'si〕

Linsingen〔'lɪnziŋən〕

Linskill〔'lɪnskɪl〕林斯基爾

Linsly〔'lɪnzlɪ〕林斯利

Lin Taiyi〔lɪn 'taɪjɪ〕

Linth〔lɪnt〕

Linthicum〔'lɪnθɪkəm〕林西克姆

Linthwaite〔'lɪnθwet〕林思爲特

Linton〔'lɪntən〕林頓

Lintons〔'lɪntənz〕

Lintot(t)〔'lɪntat〕林托特

l'Intrépide〔læntre'pid〕（法）

Lintsang〔'lɪn'tsan〕

Lin Tsê-hsü〔'lɪn 'dzɛ·'ʃju〕（中）

Lintsing〔'lɪn'tsɪŋ〕

Lintsingchow〔'lɪn'tsɪŋ'tʃau〕

Lin Tsu-han〔'lɪn 'dzʌ·'han〕（中）

Linus〔'laɪnəs〕萊納斯

Linwood〔'lɪnwud〕

Linyevich〔'linjɪvɪtʃ〕

Lin Yutang〔'lɪn 'ju'taŋ〕林語堂（1895-
1976，中國作家及語言學家）

Linz〔lɪnts〕林茲（奧地利）

Linza〔'lɪnzə〕林扎

Lion〔'laɪən〕❶【天文】獅子星；獅子座
❷國際獅子會會員

Lion，le〔lə 'ljɔŋ〕

Lionardo〔ljo'nardo〕

Lionel〔'laɪənl〕萊昂內爾

Liones〔'laɪənɪs〕

Lion-heart〔'laɪən·hɑrt〕獅心理查（英王 Richard I）

Lionne〔ljɔn〕

Lions, Gulf of〔'laɪənz〕里昂灣（法國）

Liotard〔ljɔ'tar〕（法）

Lioult〔ljut〕

Liouville〔lju'vil〕

Liouwert〔'liuwɵt〕

Lipa〔li'pɑ〕利帕（菲律賓）

Li-Pai〔'li·'baɪ〕李白（701?-762, 中國唐代 詩人）

Lipan〔lɪ'pæn〕

Lipany〔li'pɑni〕

Lipchitz〔'lɪptʃɪts〕

Lipetsk〔'lipetsk; 'ljipjɪtsk（俄）〕

Lipinski〔lɪ'pinjskɪ〕（波）

Lipmann〔'lipmən〕李普曼（Fritz Albert, 1899 - 1986, 美國生物化學家）

Lipona〔lɪ'ponɑ〕

Lippard〔'lɪpəd; lɪ'pard〕利帕德

Lippe〔'lɪpə〕利普

Lippe-Detmold〔'lɪpə·'dɛtmalt〕

Lippershey〔'lipɵʃe〕

Lippert〔'lɪpɵt〕利珀特

Lippe-Weissenfeld〔'lɪpə·'vaɪsənfɛlt〕

Lipphard〔lɪp'hard〕

Lippi〔'lɪpɪ〕李比（Fra Filippo,1406-1469, 義大利畫家）

Lippincott〔'lɪpɪŋkət; -kɑt〕利平科特

Lippino〔lɪp'pino〕（義）

Lippmann〔'lipmɑn〕李普曼（Gabriel, 1845-1921, 法國物理學家）

Lippo〔'lippo〕（義）

Lipps〔lɪps〕

Lippspringe〔'lɪpʃprɪŋə〕

Lips〔lɪps〕

Lipsbury〔'lɪpsbərɪ〕

Lipschitz〔'lɪpʃits〕

Lipscomb(e)〔'lɪpskəm〕利普斯科姆

Lipsia〔'lɪpsɪə〕

Lipsiae〔'lɪpsɪi〕

Lipsius〔'lɪpsɪəs; -sɪus（德）〕

Lipsky〔'lɪpskɪ〕利普斯基

Lipton〔'lɪptən〕利普頓

Liptrot〔'lɪptrɑt〕利普特羅特

Lipu〔'lipu〕荔浦（廣西）

Lir〔lɪr〕

Lira〔'lɪrə; 'lira〕里拉

Liri〔'lirɪ〕

Liris〔'laɪrɪs〕

Lirriper〔'lɪrɪpə〕

Lirung〔li'ruŋ〕

Lis〔liʃ〕（波）利斯

Lisa〔'lizə; 'lizɑ（義）〕莉薩

Lisa, Mona〔'monə 'lizə; 'mɔnɑ 'liza（義）〕

Lisa, Monna〔'mɑnə 'lizə; 'mɔnnɑ 'liza（義）〕

Lisaine〔li'zɛn〕

Lisam〔'laɪsəm〕

Lisandro〔lɪ'sɑndro〕

Lisardo〔lɪ'sɑrðo〕（西）

Lisbet〔'lɪzbɪt; -ɛt〕

Lisbeth〔'lɪzbəθ; 'lɪsbet（德）〕利斯貝斯

Lisbeth Bede〔'lɪzbəθ 'bid〕

Lisboa〔liʒ'boɑ; lɪʒ'voə; liz'boə〕

Lisbon〔'lɪzbən〕里斯本（葡）

Lisburn〔'lɪzbərn〕

Lisburne, Cape〔'lɪzbən〕利斯邦角（阿拉斯加）

Liscannor〔lɪ'skænə〕

Liscow〔'lɪsko〕

Lise〔'lizə〕

Lis(s)enko〔'ljisjɪnkɔ〕

Liselotte〔,lisə'latɪ; -zə-〕

Lisette〔lɪ'zetə〕

Lisfranc de Saint-Martin〔lis'frɑŋ də sæŋ·mar'tæŋ〕（法）

Lisgar〔'lɪsgar〕

Li Shih-min〔'li 'ʃɪ·'min〕李世民（597-649, 中國唐朝皇帝，即唐太宗）

Lishui〔'li'ʃwe〕（中）

Lisianski〔,lɪsɪ'ænskɪ; -'jæn-〕

Lisideius〔laɪzɪ'diɪəs〕

Liskeard〔lɪs'kard〕

Lisle〔lil; laɪl〕法國里耳城之舊名

l'Isle〔'lil〕

L'Islet〔li'lɛ〕（法）

Lismahago〔lismə'hego〕

Lismore〔liz'mɔr; 'lɪzmɔr〕

Lisola〔'lɪzolɑ〕

Lissa〔'lɪsə; 'lɪsɑ（義）〕

Lissabon〔'lɪsəbon〕

Lissajous〔lisa'ʒu〕（法）

Lissandrino〔,lissan'drino〕（義）

Lissardo〔lɪ'sardo〕

Lissauer〔'lɪsaur〕

Lissenko〔'lisɛŋko〕

Lissitzky〔lɪ'sɪtskɪ; ljɪ'sjitskəɪ（俄）〕

Lisson〔'lɪsn〕

Lissu〔'lisu〕

Li Ssu〔'li 'su〕（中）

Li Ssu-kuang〔'li 'su·'kwɑŋ〕

Lissus〔'lɪsəs〕

List〔lɪst〕利斯特
Lista y Aragó〔'lista i ,ara'gɔŋ〕
Listemann〔'lɪstəman〕
Lister〔'lɪstə〕李斯特（Joseph, 1827-1912,
英國外科醫生）
Listerine〔'lɪstə,rin〕
Lister og Mandals〔'lɪstə ɔ
'mandals〕(挪)
List Land〔'lɪst ,lant〕
Liston〔'lɪstn〕利斯頓
Listowel〔lɪ'stoəl〕利斯托爲爾
Lisu〔'lisu〕
Lisuarte〔lis'warte〕
Lisuland〔'lisu,lænd〕
Liszt〔lɪst〕李斯特（Franz, 1811-1886, 匈
牙利鋼琴家及作曲家）
Li Tai-peh〔'li 'taɪ‧'bɔ〕(中)
Li T'ai-po〔'li 'taɪ‧'bɔ〕(中) 李太白
Litani〔li'tanɪ〕
Litany〔'lɪtnɪ〕
Litauen〔'litauən〕
Litchfield〔'lɪtʃfild〕利奇菲爾德
Liternum〔lɪ'tɜnəm〕
Litheby〔'lɪðɪbɪ ; -ðəb-〕
Litellus〔lɪ'tɛləs; laɪ-〕利特勒斯
Litherland〔'lɪðəlænd〕利瑟蘭
Lithgow〔'lɪθgo〕利思果（澳洲）
Lithonia〔lɪ'θonjə〕
Lithotomus〔lɪ'θɑtəməs〕
Lithuania〔,lɪθju'enɪə ; ,lɪθju'enjə ;
,lɪθu'enjə〕立陶宛（歐洲）
Lititz〔'lɪtɪts〕
Litolff〔'litalf〕
Li Tsung-jên〔'li 'dzʊŋ‧'rɛn〕(中)
Litie〔'lɪtʃɪts〕
Lititz〔'lɪtɪts〕
Litt〔lɪt〕利特
Litta〔'litta〕(義)
Littauer〔lɪ'taʊr〕利陶爾
Littell〔lɪ'tɛl〕利特爾
Littimer〔'lɪtɪmə〕
Little〔'lɪtḷ〕利特爾
Littleborough〔'lɪtḷbərə〕
Littlechild〔'lɪtḷ‧tʃaɪld〕
Little-endian〔'lɪtḷ‧'ɛndɪən〕
Littlefield〔'lɪtḷfild〕利特菲爾德
Littlehale〔'lɪtḷhel〕
Littlehampton〔'lɪtḷ,hæmptən〕
Littlejohn〔'lɪtḷdʒɑn〕利特爾約翰
Littlepage〔'lɪtḷpedʒ〕利特爾佩奇
Littler〔'lɪtḷə〕利特勒
Little Rock〔'lɪtḷ ,rɑk〕小巖（美國）

Littlestown〔'lɪtḷztaʊn〕
Littleton〔'lɪtḷtən〕李特爾頓（Sir Thomas,
1407?-1481, 英國法學家）
Littlewit〔'lɪtḷwɪt〕
Littmann〔'lɪtman〕利特曼
Litton〔'lɪtṇ〕利頓
Littoral〔'lɪtərəl〕
Littoria〔lɪ'tɔrɪə; lɪt'tɔrja (義)〕
Littre〔lita〕(法)
Littré〔li'tre〕李特雷（Maximilien Paul
Émile, 1801-1881, 法國語言學家及哲學家）
Littrow〔'litro〕
Lituania〔lɪtju'enɪə〕
Litva〔ljɪt'va〕(俄)
Litvak〔'lɪtvak〕
Litvinov〔lɪt'vinɔf; ljɪt'vji-(俄)〕
Litwa〔'litva〕(波)
Litzmann〔'lɪtsman〕
Li Tzu-ch'êng〔li 'dzʌ‧'tʃʌŋ〕(中)
Liu An〔lɪ'u 'an〕
Liu Chi〔lɪ'u 'dʒi〕(中)
Liuchiu〔'lju'tʃju〕
Liuchow〔lɪ'u'dʒo〕(中)
Liudprand〔'liʊtprant〕
Liu Hsiang〔lɪ'u 'ʃjaŋ〕
Liu Hsiu〔'lju 'ʃju〕劉秀（6 B.C.-A.D.
57, 中國東漢中興之君主，即漢光武帝）
Liu Ning-i〔lɪ'u 'nɪŋ‧'ɪ〕
Liu Pang〔'lju 'baŋ〕劉邦（247-195 B.C.,
中國漢朝開國之主，即漢高祖）
Liu Pei〔lɪ'u 'be〕
Liu Po-ch'eng〔lɪ'u 'bɔ‧'tʃʌŋ〕(中)
Liu Sung〔lɪ'u 'sʊŋ〕
Liutprand〔'liʊtprand〕
Livadia〔lɪ'vædɪə; ljɪ'vudjɪə (俄)〕
Livadiya〔li'vadijə〕
Live〔lɪv; liv (法)〕
Live, de la〔də la 'liv〕(法)
Liveing〔'lɪvɪŋ〕利文
Livenbaum〔'lɪvənbaum〕
Livens〔'lɪvəns〕
Livenza〔lɪ'vɛntsa〕
Live Oak〔'laɪv~〕
Liveright〔'lɪvraɪt〕利夫萊特
Livermore〔'lɪvəˌmɔr〕利弗莫爾
Liverpool〔'lɪvəpul〕利物浦（英國）
Liverpudlian〔,lɪvə'pʌdlɪən〕利物浦之市
Livesay〔'lɪvəse〕利夫賽   L 民
Livesey〔'lɪvsɪ ; -zɪ〕利夫西
Livesy〔'lɪvsɪ〕
Livia〔'lɪvɪə; -vjə〕利維亞
Livigno〔li'vinjo〕

Living〔'lɪvɪŋ〕
Livingston〔'lɪvɪŋstən〕李文斯頓
Livingstone〔'lɪvɪŋstən〕李文斯頓（
　(David, 1813-1873, 旅居非洲之蘇格蘭探險
Livingstonia〔,lɪvɪŋ'tonɪə〕　　　家〕
Livinus〔lɪ'vaɪnəs〕
Liviu〔'lɪvju〕
Livius〔'lɪvɪəs〕
Livius Andronicus〔'lɪvɪəs
　,ændrə'naɪkəs〕
Livius Drusus〔'lɪvɪəs 'drusəs〕
Livius Salinator〔'lɪvɪəs ,sælɪ'netɔr;
　'lɪvɪəs ,sælɪ'netə〕
Livland〔'lɪvlænd; 'lɪflɑnt（德）〕
Livonia〔lɪ'vonjə〕
Livoniya〔ljɪ'vɔnjɪjə〕（俄）
Livorno〔lɪ'vɔrno〕
Livramento〔lɪvrə'meɳntu〕利夫拉門圖
　（巴西）
Livs〔lɪvs〕
Livy〔'lɪvɪ〕李維（原名Titus Livius, 59
　B.C.-A.D. 17, 羅馬歷史學家）
Li Yüan〔'li 'juɑn〕李淵（565-635,中國唐
　朝開國之主，即唐高祖）
Li Yüan-hung〔'li jʊ'ɑn·'huɳ〕（中）
Liz〔lɪʃ〕（葡）利茲
Liza〔'laɪzə〕莉莎
Lizard〔'lɪzəd〕利沙半島（英格蘭）
Lizardi〔lɪ'sɑrðɪ〕（拉丁美）
Lizardo〔lɪ'θɑrðo〕（西）
Lizars〔lɪ'zɑrz〕利扎斯
Lizbeth〔'lɪzbəθ〕
Lizette〔lɪ'zɛt〕利澤特
Lizinka〔'lɪzæ ɳ'ka〕（法）
Lizzie〔'lɪzɪ〕利齊
Lizzy〔'lɪzɪ〕莉茲　　　　　　　「拉夫」
Ljubljana〔'ljubljɑna〕盧布拉納（南斯
Ljubomir〔'ljubəmir〕
Ljudevit〔'ljudevit〕
Ljung〔jʌɳ〕揚
Ljungan〔'jʌɳɑn〕（瑞典）
Ljungberg〔'jʌɳbəg〕
Ljunggren〔'jʌɳgren〕（瑞典）
Ljusnan〔'jusnɑn〕盧斯諾（瑞典）
Llama〔'lɑmə〕【動物】駱馬（南美產之一
　種駱駝）
Llameos〔lja'meos〕
Llanarmon〔læ'nɑrən〕
Llanberis〔læn'bɛrɪs〕
Llandaff〔'lændæf〕
Landilo〔læn'daɪlo〕
Landovery〔læn'dʌvərɪ〕

Llanelly〔læ'nɛlɪ〕
Llanelwy〔læ'nelwɪ〕
Llanerch〔'lænək〕
Llaneros〔lja'neroz〕（西）
Llanfair〔'lænfer; θ1-〕
Llanfairfelchan〔,lænfer'fɛkən;
　-vair'vɛ-; -hən〕
Llanfairpwllgwynghll〔'lænvair-
　,puhlg'wɪɳɪnl〕
Llangattock〔læn'gætək〕
Llangefni〔læn'gɛvnɪ〕
Llangollen〔læn'gɑθlən〕
Llanidloes〔læ'nɪdlɔɪs〕
Llano〔'lɑno; 'læno; 'ljano（西）〕
Llano de la Magdalena〔'jano ðe la
　,magðɑ'lena〕（拉丁美）
Llano Estacado〔'lɑno ,ɛstə'kɑdo;
　'leno ,ɛstə'kedo〕
Llanos〔'lɑnoz; 'janos（拉丁美）〕
Llanos, Jove〔,hove·'ljanos〕（西）
Llanquihue〔jɑɳ'kiwe〕（拉丁美）
Llanrwst〔læn'rust〕
Llantarnam〔læn'tɑrnəm〕
Llantwit〔'læntwɪt〕
Llanuwchllyn〔læ'njuklɪn; -hlɪn〕
Lleras〔'ljɪrɑs〕
Lleras Camargo〔'jerɑs kɑ'mɑrgo〕
　（拉丁美）
Llerena〔je'rena〕（拉丁美）
Llewel(l)yn〔lʊ'ɛlɪn; lʊ'wɛlɪn〕路埃林
Llewel(l)yn ab Gruffydd〔lʊ'wɛlɪn
　ab 'grɪfɪð〕（威）
Llewel(l)yn ab Iorwerth〔lʊ'wɛlɪn
　'jɔrwəθ〕（威）
Lleyn〔lain〕
Llivia〔'ljivjɑ〕
Llobregat〔,ljovrɛ'gat〕（西）
Llorente〔ljo'rente〕（西）
Llorente y Matos〔ljo'rente ɪ 'matos〕
Lloyd〔lɔɪd〕勞埃德
Lloyd George〔'lɔɪd 'dʒɔrdʒ〕勞埃喬治
　（David, 1863-1945, 英國政治家及首相）
Lloyd-Greame〔'lɔɪd'grem〕
Lloyd James〔'lɔɪd 'dʒemz〕
Lloydminster〔'lɔɪd,mɪnstə〕
Lloyd of Dolobran〔lɔɪd əv də'labrən〕
Lloyd Shoals〔'lɔɪd 'ʃolz〕
Lloyd's〔lɔɪdz〕勞埃船舶協會（倫敦皇家交
　易所內之一促進商業組織）
Lludd〔lʌd〕
Llullaillaco〔,ljujai'jako〕（西）
Llusa〔'lusɑ〕

Llwchwr〔'luhʊr〕(威)

Llwyd〔lɔɪd〕

Llyr〔lɪr;'lir〕

Llywarch Hen〔lɪ'warh 'hɛn〕(古英)

Llywelyn〔lə'wɛlɪn〕

Llywelyn ab Gruffydd〔lə'wɛlɪn ab 'grɪfɪð〕(威)

Lo〔lo〕【譜】北美印地安人

Loa〔'loə〕

Loadstone〔'lodston〕

Loaisa〔lo'aɪsa〕

Loammi〔lo'æmaɪ〕

Loanda〔lo'ændə;'lwʌndə(葡)〕

Loange〔lo'æŋgə;-ga〕

Loango〔lo'æŋgo〕盧安果(剛果)

Loangwa〔lo'aŋwa〕

Loaysa〔lo'aɪsa〕

Loayza〔lo'aɪθa〕(西)

Lob〔lab〕

Löb〔ləp〕(德)

Lobachevski〔,lobə'tʃɛfskɪ〕羅巴柴夫斯基(Nikolai Ivanovichi, 1793-1856,俄國數學家)

Lobanov-Rostovski〔lʌ'banɔf·rʌs'tɔfskəɪ〕(俄)

Lobato〔lo'batu〕

Lobau〔lɔ'bo(法);'loudau(德)〕

Lobe〔'lobə〕❶

Löbe〔'ləbə〕

Lobeck〔'lobɛk〕

Lobedu〔lo'bedu〕

Lobegott〔'lobəgɔt〕

Lobeira〔lu'berə〕

Lobel〔'lobəl〕

Lobengula〔,lobən'gjulə;,lobəŋ'gjulə;-beng-;-bɛŋ-〕

Lober〔'lobə〕洛伯

Loberu〔lo'beru〕

Lobetola〔,lobə'tolə〕

Lobgesang〔'lopgə,zaŋ〕

Lobi〔'lobi〕

Lobkowitz〔'lopkovɪts〕

Lobley〔'lablɪ〕

Lob Nor〔lɔp nɔr〕

Lobo〔'lovu〕(葡)

Lobodowski〔,lɔbɔ'dɔfskɪ〕(波)

Lobos〔'lobos;'lovos(西)〕

Lobos, Cay〔'ki 'lobəs〕

Lobsang〔'lab'saŋ〕

Lobstick〔'labstɪk〕

Loburi〔ləpburi〕(暹羅)

Loca, la〔la 'loka〕

L'Oca del Cairo〔'loka dɛl 'kaɪro〕

Locarno〔lo'karno〕❶羅加諾(瑞士)❷羅加諾條約

Locatelli〔,loka'tɛllɪ〕(義)

Loch〔lak;lah〕

Lochaber〔la'kabə〕(蘇)

Lochar Moss〔'lahə mɔs〕(蘇)

Loch Broom〔lah 'brum〕(蘇)

Locher〔'lɔkə〕洛克

Lochfyne〔lah'faɪn〕(蘇)

Loch Garman〔lah 'garmən〕(愛)

Lochgelly〔lah'gɛlɪ〕(蘇)

Lochgilphead〔lah'gɪlphɛd〕(蘇)

Lochhead〔'lakhɛd;lah'hɛd〕

Lochiel〔la'kil〕(蘇)

Lochinvar〔,lakɪn'var〕(蘇)

Lochleven〔lak'livən〕(蘇)

Lochmaben〔lah'mebən〕(蘇)

Lochmoor〔'lakmʊr〕

Lochnager〔,lakna'gar〕(蘇)

Lochner〔'lahnə〕(德)洛克納

Loch Raven〔lak 'revən〕

Lochy〔'lahɪ〕(蘇)

Lock(e)〔lak〕❶John,1632-1704,英國哲學家❷William John, 1863-1930,英國小說家)

Locker〔'lakə〕洛克

Lnckerbie〔'lakəbɪ〕

Locker-Lampson〔'lakə 'læmpsn̩〕洛克蘭生(Frederick,1821-1895,英國詩人)

Lockey〔'lakɪ〕洛基

Lockhart〔'lakət〕洛克哈特(John Gibson, 1794-1854, 蘇格蘭小說家及傳記作家)

Locket's〔'lakɪts〕

Lock Haven〔lak 'hevn̩〕

Lockie〔'lakɪ〕

Lockit〔'lakɪt〕

Lockland〔'lakländ〕

Lockman〔'lakmən〕洛克曼

Lockport〔'lakpɔrt〕

Lockroy〔lɔk'rwa〕(法)

Locksley〔'lakslɪ〕

Lockwood〔'lakwʊd〕洛克伍德

Lockyer〔'lakjə〕洛克伊爾(Sir Joseph Norman, 1836-1920, 英國天文學家)

Locofoco〔,loko'foko〕【美史】1835年在右之民主黨急進派

Locraft〔'lokraft〕洛克拉夫特

Locria〔'lokrɪə〕

Locri Epicnemidii〔'lokraɪ ,ɛpɪknɪ'mɪdɪaɪ〕

Locrine〔lo'kraɪn〕

Locri Ozalae〔'lokrɪ 'azəli〕

Locris〔'lɔkrɪs〕

Locris Epicnemidia〔'lɔkrɪs ,ɛpɪknɪ-'mɪdɪə〕

Locris Opuntia〔'lɔkrɪs ə'pʌnʃɪə〕

Locris Ozolis〔'lɔkrɪs 'ɑzolɪs〕

Locust〔'lokəst〕

Locusta〔lo'kʌstə〕

Lod〔lod〕

Loder〔'lodə〕洛德

Lodewijk〔'lodəvaɪk〕

Lodewyck〔'lodəvaɪk〕

Lodge〔lɑdʒ〕洛吉（❶ Sir Oliver Joseph, 1851-1940, 英國物理學家 ❷ Thomas, 1558-1625, 英國詩人及劇作家）

Lodgepole〔'lɑdʒ,pol〕

Lodoletta〔,lodo'letta〕（義）

Lodomeria〔,lɑdə'mɪrɪə〕

Lodore〔lo'dɔr〕

Lodovico〔,lɑdo'viko〕

Lodowic〔'lɑdəwɪk〕   〔克

Lodowick(e)〔'lɑdəwɪk, -doɪk〕洛多威

Lodur〔'lodə〕

Lodwick〔'lɑdwɪk〕洛德威克

Lodz〔lɔtsj〕羅茲（波蘭）

Łódź〔ludʒ ; lodʒ; lɑdʒ; ludzj〕洛次（波蘭）

Loe〔lu〕洛

Loeb〔lɜb; lob〕羅卜（Jacques,1859-1924, 生於德國之美國生理學家及生物學家）

Loèche〔lɔ'ɛʃ〕

Loèche-la-Ville〔lɔ'ɛʃ·lɑ'vil〕（法）

Loeffel〔'lɛf1〕萊弗爾

Loeffler〔'lɛflə; 'lɜflə（德)〕萊夫勒

Loegres〔'logriz〕

Logria〔'logrɪə〕

Loehwing〔'lowɪŋ〕

Loei〔'lɜi〕

Loeland〔'lɜlɑn〕（挪）

Loening〔'lonɪŋ〕洛寧

Loerke〔'lɜkə〕

Loeschcke〔'lɜʃkə〕

Loesche〔lɛʃ〕

Loesser〔'lʌsə〕萊塞

Loew〔lo〕洛

Loewe〔'lɜvə〕（德）洛伊

Loewenstein〔'loənstaɪn; 'lɜvənʃtaɪn〕（德)〕

Loewenthal〔'lɜvəntɑl〕

Loewi〔'loɪ〕羅威（Otto,1873-1961,生於德國之美國藥物學家）

Loewinson-Lessing〔'lɜvɪnsən·'lɛsɪŋ; ljɪvjɪn'sɔn·'ljessɪnk〕（俄）

Loewy〔'loi ; lɜ'vi（法)〕洛伊

Loey〔'lɜi〕萊府（泰國）

Löffler〔'lɜflə〕羅夫勒（Friedrich August Johannes, 1852-1915, 德國細菌學家）

Löfftz〔lɜfts〕

Löfling〔'lɜflɪŋ〕

Lofn〔'lɜvən〕

Lofoten〔lo'fotn ; 'lo,fotn〕羅佛敦群島（挪威）

Lofthouse〔'lɑftəs〕洛夫特豪斯

Lofthus〔'lɑftəs〕洛夫特斯

Loftin〔'lɑftɪn〕洛夫廷

Lofting〔'lɔftɪŋ〕

Loftus〔'lɑftəs〕洛夫特斯

Logan〔'logən〕

Logau〔'logau〕

Logelin〔'lodʒəlɪn〕

Loggan〔'lagən〕

Loghem〔'lɑhəm〕（荷）

Logia〔'lɑgɪə〕未記載於新約四福音中之基督語錄

Logie〔'logɪ〕

Logistilla〔,lodʒis'tilla〕（義）

Logo〔'logo〕洛戈

Logoi〔'lagɔɪ〕

Logoli〔lo'goli〕

Logone〔lɔ'gɔn〕

Logos〔'lagɑs〕【神學】三位一體中第二位的基督

Logres〔'logriz〕

Logris〔'logrɪs〕

Logroño〔lo'gronjo〕羅格洛紐（西班牙）

Lögstör Bredning〔'lɜgstə 'brɛdnɪŋ〕

Logue〔log〕洛格

Loguno〔lu'gunu〕

Lohan〔'lohɑn〕

Lohardga〔,lohɑr'dgə〕

Lohengrin〔'loəngrɪn〕羅安格林（德國傳說中之一聖杯武士）

Lohenstein〔'loənʃtaɪn〕

Loibl〔'lɔɪbl〕

Loi Dakka〔'lɔɪ 'dækə〕

Loie〔'loɪ〕洛伊

Loikaw〔'lɔɪkɔ〕

Loinaz〔lɔɪ'nas〕

Loir〔lwar〕（法）

Loire〔lwɑr〕羅亞爾河（法國）

Loire-Inférieure〔lwɑræŋfe'rjə〕（法）

Loiret〔lwɑ'rɛ〕（法）

Loir-et-Cher〔lwar·e·'ʃɛr〕（法）

Lois〔'loɪs〕洛伊絲

l'Oise〔lwaz〕（法）

Loiseau〔lwa′zo〕（法）

Loiseleur-Deslongchamps〔lwaz′lɚ·delɔŋ′ʃɑŋ〕（法）

Loisy〔lwa′zi〕（法）

Loíza〔lo′isa〕（拉丁美）

Loja〔′lɔha〕（西）

Lo-Johansson〔′lo·jo′hɑnssɔn〕（瑞典）

Lok〔lak〕

Loka〔′lokə〕

Lokapalas〔‚lokə′paləz〕

Lokey〔′lokɪ〕

Loki〔′lokɪ〕【北歐神話】破壞及災難之神

Lokietek〔lɔ′kjetɛk〕

Lokman〔′lakmən；luk′man〔阿拉伯）〕

Loko〔′loko〕

Loktak〔′laktæk〕

Lokuto〔lo′kuto〕

Lola〔′lolə〕洛拉

Lolah〔′lalə〕

Lôland〔′lɚlan〕

Løland〔′lɚlan〕（挪）

Lolita〔lo′litə〕

Lolland〔′laland；′lɔlan〕羅蘭島（丹麥）

Lollard〔′laləd〕【英宗教史】14-15 世紀 John Wycliffe 派之信徒

Lollards〔′lalədz〕

Lolli〔′lɔllɪ〕（義）

Lollius〔′laljəs〕

Lolly〔′lalɪ〕

Lolly Willowes〔′lalɪ ′wɪloz〕

Lolo〔′lolo〕

Lolobau〔′lolobau〕

L'Olonnois〔lɔlɔ′nwa〕（法）

Lo Lung-Chi〔′lɔ ′luŋ·′dʒi〕（中）

Lom〔′lɔm〕洛姆

Loma〔′loma〕

Lomai Viti〔′lomaɪ ′vitɪ〕

Lomakiu〔lo′makɪu〕

Lomaloma〔′lomə′lomə〕

Lomami〔lo′mamɪ〕洛馬米河（剛果）

Loman〔′lomən〕洛曼

Lomas〔′lomas〕洛馬斯（阿根廷）

Lomas de Zamora〔′lomaz ðe(de) sa′mora〕（西）

Loma Tina〔′loma ′tina〕

Lomax〔′lomæks〕洛馬克斯

Lomb〔lam〕

Lombard〔′lambɚd；′lambart；′lambard〕郎巴德（Peter，1100?-1160 或 1164，義大利神學家）

Lombardi〔lom′bardi〕隆巴迪

Lombardia〔‚lombar′dia〕

Lombardic〔lam′bardɪk〕

Lombardo〔lom′bardo〕隆巴多

Lombardo-Venetian Kingdom〔lom′bardo·vɪ′niʃən~〕

Lombards〔′lambɚdz〕

Lombardus〔lam′bardəs〕

Lombardy〔′lambɚdɪ；′lʌm-〕倫巴底（義大利）

Lomblen〔lam′blɛn〕龍白蘭島（印尼）

Lombok〔lam′bak〕龍目島（印尼）

Lombos〔′lombɔʃ〕

Lombroso〔lom′broso〕龍蒲梭（Cesare, 1836-1909, 義大利醫師及犯罪學家）

Lom d'Arce〔lɔŋ ′dars〕（法）

Lomé〔lɔ′me〕勞梅（多哥）

Lôme〔lom〕

Lomela〔lo′melə〕

Loménie〔lɔme′ni〕

Lomenie de Brienne〔lɔme′ni də bri′en〕

Lomer〔lɔ′mɛr〕（法）

Lomi〔′lomi〕

Lomié〔lɔ′mje〕

Lomita〔lo′mita〕

Lomoe〔la′mo〕洛莫

Lomond〔′lomənd〕羅蒙湖（蘇格蘭）

Lomonosov〔lʌmʌ′nɔsɔf〕（俄）

Lompoc〔′lampok〕

Łomża〔′lɔmza〕（波）

Lomzha〔′lɔmʒə〕

Lon〔lan〕朗

Lonaconing〔‚lonə′konɪŋ〕

Lonardi〔lo′nardɪ〕

Londesborough〔′lanzbɚə〕

Londinium〔lan′dɪnɪəm〕

London〔′lʌndən〕❶倫敦（Jack, 全名 John Griffith~, 1876-1916, 美國小說家）❷倫敦（英國；加拿大）

Londoner〔′lʌndənɚ〕倫敦人、倫敦居民

Londonderry〔‚lʌndən′dɛrɪ；′lʌndəndərɪ〕倫敦德里（北愛爾蘭）

Londoño〔lon′donjo〕

London-stone〔′lʌndən·‚ston〕

Londra〔′lɔndra〕

Londrès〔′landres；lɔŋ′dres（法）；′londres（西）〕

Lone〔lon〕

Long〔lɔŋ；laŋ〕隴縣（陝西）

Long, De〔də ′lɔŋ〕

Long Island〔lɔŋ~〕長島（美國）

Longacre〔′laŋ‚ekɚ〕

Longaví〔‚lɔŋɑ′vi〕

Longaville〔'laŋgə,vɪl〕
Longbenton〔laŋ'bentən〕
Longbourne〔'laŋbən〕朗伯恩
Long-bow〔'laŋbo〕
Longchamp〔lɔŋ'ʃɑŋ〕(法)朗香
Longdon〔'laŋdən〕
Long Eaton〔laŋ 'itŋ〕
Longenecker〔'laŋənɛkə〕朗格內克
Longespée〔'lɔŋgeʹpe〕
Longfellow〔'laŋ,fɛlo〕朗非羅(Henry Wadsworth, 1807-1882, 美國詩人)
Longford〔'laŋfəd〕朗福德
Longhena〔lɔŋ'gena〕
Longhi〔'lɔŋgɪ〕
Longimanus〔lan'dʒɪmənəs〕
Longinovich〔'lɔŋgjɪnʌvjɪtʃ〕(俄)
Longinus〔lan'dʒaɪnəs〕朗吉納斯
　(Dionysius Cassius, 213?-273 希臘哲學家及修辭學家)
Longis〔'landʒɪs〕
Longland〔'laŋlənd〕朗蘭
Long Lane〔'laŋ 'len〕
Longman〔'laŋmən〕朗曼
Longmeadow〔'laŋ'mɛdo〕
Long Meg〔'laŋ 'mɛg〕
Longmont〔'laŋmant〕
Longmore〔'laŋmɔr〕朗莫爾
Longnon〔lɔŋ'njɔŋ〕(法)
Longomontanus〔,laŋgəman'tenəs〕
Longos〔'lɔŋgəs〕
Longphort〔'laŋfət〕
Longridge〔'laŋgrɪdʒ〕
Longs〔laŋz〕
Longsden〔'lɔŋzdən〕朗斯登
Longsdon〔'laŋzdən〕
Longshanks〔'laŋʃæŋks〕
Longships〔'laŋʃɪps〕
Longstaff〔'laŋstaf〕朗斯塔夫
Longstreet〔'laŋs,trit〕朗斯特里特
Longstreth〔'lɔŋstrɛθ〕朗斯特雷斯
Longsword〔'laŋsɔrd〕
Long Tom〔'laŋ 'tam〕(昔日軍艦上用的一種)長射程砲
Longton〔'laŋtən〕
Longue-Épée〔lɔŋge'pe〕
Longueuil〔lɔŋ'gɝj〕(法)
Longueval〔lɔŋg'val〕(法)
Longueville〔lɔŋg'vil〕(法)朗格維爾
Longus〔'laŋgəs〕
Longview〔'laŋvju〕
Longwood〔'laŋwʊd〕
Longworth〔'laŋwəθ〕朗沃思

Longxuyên〔'lauŋ'swiən; lʌm'swɪn; laum'swɪn〕東川(越南)
Lonicer〔'lɔnɪtsə〕
Lonitzer〔'lɔnɪtsə〕
Lönnbohm〔'lɛnbom〕
Lonneker〔'lɔnəkə〕
Lönnrot〔'lɜnrat〕倫羅特(Elias, 1802-1884, 芬蘭學者)
Lono〔'lono〕
Lonoke〔'lonok〕
Löns〔lɜns〕(德)
Lonsbury〔'lanzbərɪ〕朗斯伯甲
Lonsdale〔'lanzdel〕朗斯代爾
Lontor〔'lɔntɔr〕
Lónyay〔'lɔnjɔɪ〕(匈)
Loo〔lu〕
Looe〔lu〕
Loogootee〔lo'gotɪ〕
Lookout〔'lukaut〕
Lookstein〔'lukstin〕路克斯坦
Loomis〔'lumɪs〕路米斯
Loon〔lo'ɔn〕
Loon, van〔væn 'lon〕
Loonois〔'loənɪs〕
Loon-op-Zand〔'lonɔp'zant〕
Loop〔lup〕
Loorits〔'lorɪts〕
Loos〔los; lus; lɔ'ɔs(法)〕路斯
Loos, Îles de〔il də lɔ'ɔs〕
Loosanoff〔lu'sanaf〕
Loosjes〔'losjəs〕(荷)
Loosli〔'lusli〕路斯利
Looy〔'loi〕
Lopatka, Cape〔lʌ'patkə〕洛帕特卡角(蘇聯)
Lop Buri〔lʌp burɪ〕華富里(泰國)
Lope〔'lope〕
Lope de Vega〔'lope ðe 'vega〕(西)
Loper〔'lopə〕洛珀
Lopes〔'lɔpɪʃ; 'lopɪʒ〕(葡)
Lopes de Castanheda〔'lopɪʒ də kəʃtə'njeðə〕(葡)
Loupevi〔lo'pevɪ〕
Lopez, Cape〔lɔ'pɛz; 'lopɪʃ; 'lopes〕勒佩茲角(加蓬)
López〔'lopes〕羅培斯(❶ Carlos Antonio, 1790-1862, 爲巴拉圭總統 ❷ 其子 Francisco Solano, 1827-1870, 爲巴拉圭總統)
López Albújar〔'lopes al'vuhar〕(拉丁美)
López Contreras〔'lopes kɔn'treras〕(拉丁美)　　　　　　　　　「(西)
López de Ayala〔'lopeθ ðe a'jala〕

López de Legazpe〔 'lopes ðe
le'gaspe〕（拉丁美）

López Domínguez〔 'lopeθ ðo
'miŋgeθ〕（西）

López Pacheco Cabrera y Bobadilla
〔 'lopeθ pa'tʃeko kav'rera i
ˌvova'ðilja〕（西）

López-Portillo y Rojas〔 'lopes-
pɔr'tijo i 'rohas〕（拉丁美）

López Pumarejo〔 'lopes ˌpuma'reho〕
（拉丁美）

López Velarde〔 'lopes ve'larðe〕
（拉丁美）

López y Fuentes〔 'lopes i 'fwentes〕
（拉丁美）   Ｆ（拉丁美）

López y Planes〔 'lopes i 'planes〕

López y Portaña〔 'lopeθ i pɔr'tanja〕
（西）

Lopori〔 lo'pɔrɪ〕

Lopukhnina〔 lə'puhjɪnə〕（俄）

Lora〔 'lorə; 'lɔrə〕

L'Oracolo〔 lɔ'rakolo〕

Lorado〔 lɔ'redo〕

Lorain〔 lo'ren〕羅藍（美國）

Loraine〔 lɑ'ren〕

Loralai〔 'lɔrəlaɪ〕

Loram〔 'lɔrəm〕

Loránt〔 'lorant〕洛倫特

Lorca〔 'lɔrka〕羅卡（西班牙）

Lord〔 lɔrd〕洛德

Lord's-day〔 'lɔrdz·'de〕【基督教】主日
（即星期日）

Lordship〔 'lɔrdʃɪp〕

Lore〔 lɔr〕洛爾

Loreburn〔 'lɔrbən〕

Loree〔 'lorɪ〕洛里

Lorel〔 'lorəl; 'lɔrəl〕

Lorelei〔 'lɔrəlaɪ〕【德國傳說】萊茵河女妖
（出沒於萊茵河右岸岩石上以其美及歌聲誘惑
水手致令其船觸礁）

Loren〔 'lɔrən〕洛倫

Lorencez〔 lɔraŋ'se〕（法）

Lorengau〔 ˌlorəŋ'au〕

Lorente〔 lo'rɛnte〕洛倫特

Lorentz〔 'lorɛnts〕勞倫茨（Hendrik An-
toon, 1853-1928, 荷蘭物理學家）

Lorentzen〔 lo'rɛntsən〕洛倫岑

Lorenz〔 'lorents〕勞倫茨（Adolf, 1854-
1946, 奧國整形外科醫生）

Lorenzana y Butrón〔 ˌlorɛn'θana i
bu'trɔn〕（西）

Lorenzetti〔 ˌlorɛn'tsettɪ〕（義）

Lorenzini〔 ˌlorɛn'tsinɪ〕

Lorenzino〔 ˌlorɛn'tsino〕

Lorenzio〔 lo'rɛntsjo〕

Lorenzo〔 la'rɛnzo; lɔ'rɛnzo; lo'rɛntso
（義）; lo'renθo; lo'renso（西）;
lɔ'rɛntso（瑞典）〕洛倫佐

Lorenzo Filippi〔 lo'rɛntso fɪ'lippɪ〕
（義）

Lorenzo Marques〔 la'rɛnzo 'markɪs〕

Loret(t)o〔 lə'rɛto〕

Lorey〔 'lorɪ; lɔ're〕洛里

Lorge〔 lɔrdʒ〕洛奇

Lorges〔 lɔrʒ〕（法）

Lorhon〔 'lɔrhon〕

Lori〔 'larɪ〕

Loria〔 'lɔrja〕洛里亞

Lorian Swamp〔 'lɔrɪən~〕

Lorie〔 'larɪ〕洛里

L'Orient〔 lɔ'rjaŋ〕（法）

Lorient〔 lɔ'rjaŋ〕（法）洛里昂

Lorimer〔 'larɪmə〕洛里默

Lorin〔 'larɪn〕洛林

Lorine〔 lo'rin〕洛林

Loring〔 'lɔrɪŋ〕

Loringhoven〔 'lorɪŋˌhofən〕

Lorinser〔 'lorɪnzə〕

Loris〔 'lɔrɪs〕洛里斯

Loris-Melikov〔 'lɔrjɪs·'mjeljɪkɔf〕（俄）

Loriti〔 lo'riti〕

Lorka〔 'lɔrka〕

Lorm〔 lɔrm〕

l'Orme〔 lɔrm〕

Lorme, de〔 də 'ɔrm〕

Lormian〔 lɔr'mjaŋ〕

Lorna〔 'lɔrnə〕洛娜

Lorna Doone〔 'lɔrnə 'dun〕

Lorne, Firth of〔 lɔrn〕羅恩海峽（蘇格蘭）

Loron〔 'lɔron〕

Lorrain〔 lo'ren〕勞倫（Claude, 1600-1682,
法國風景畫家）

Lorraine〔 lo'ren; lə-; lɔ'rɛn〕洛林（法國）

Lorre〔 lɔr〕

Lorrin〔 'larɪn〕洛林

Lorris〔 lɔr'ris〕

Lorris, Guillaume de〔 gi'jom də
lɔr'ris〕（法）

Lorry〔 'larɪ〕

Lortzing〔 'lɔrtsɪŋ〕

Lory〔 'lɔrɪ〕

Los〔 las; los（西）〕

Losada〔lo'saδa〕(西)洛薩達
Los Alamos〔las 'æləmos〕洛塞勒摩斯
　(美國)
Los Alisos〔los a'lisos〕
Los Altos〔las 'altos〕
Los Andes〔los 'andes〕
Los Angeles〔los 'ænd͡ʒələs;las-
　'ænd͡ʒiliz;las 'ænd͡ʒɪlɪz〕洛杉磯(美國)
Los Ángeles〔los 'aŋheles〕(西)
Losanna〔lo'zanna〕(義)
Losantiville〔la'sæntɪvɪl〕
Los Banos〔loz 'vanos〕(西)
Los Barrios〔loz 'barrjos〕
Losch〔loʃ〕
Los Chiquitos〔los tʃi'kitos〕
Los Dolores〔loz δo'lores〕(西)
Los Duranes〔loz du'ranes〕
Losecoat〔'luzkot〕
Loser〔'losə〕洛瑟
Loserth〔'lozərt〕
Los Estados, Isla de〔'izla δe los
　es'taδos〕(西)
Los Gatos〔las 'gatos〕
Loshan〔'lo'ʃan〕
Los Hermanos〔los ɛr'manos〕
los Herreros〔los ɛr'reros〕
Lošinj〔'loʃinj〕(塞克)
Losinoostrovsk〔,losɪnə'ɔstrəfsk;
　lʌsjɪnəʌs'trɔfsk(俄)〕
Los Islands〔lɔs~〕
Los Llanitos〔los ja'nitos〕(西)
Los Lunas〔las 'lunəs〕
Los Negros〔loz 'negros〕
Lo Spagna〔lo 'spanja〕
Lo Spagnoletto〔lo ,spanjo'letto〕
　(義)
Lo Spagnuolo〔lo spa'njwɔlo〕
Los Patos〔los 'patos〕
Los Reyes de Salgado〔lɔ 'rɛjez δe
　sal'gaδo〕(拉丁美)
Los Ríos〔lɔ 'rios〕(拉丁美)
Los Roques〔lɔ 'rɔkes〕(拉丁美)
Los Santos〔los 'santos〕
Lossiemouth〔'lasɪmauθ〕洛西默思
　(英國)
Lossing〔'lasɪŋ〕洛辛
Lost City〔lɔst~〕
Lost Mine〔'lɔst 'maɪn〕
Losuia〔lo'sujə〕
Lot〔lat〕
Lota〔'lota〕洛塔(智利)
Lotario〔lo'tarjo〕

Lotaryov〔lata'rjɔf〕
Lotbinière〔lobi'njɛr〕(法)
Lot-et-Garonne〔lɔte·ga'rɔn〕(法)
Loth〔lat〕洛特
Lothair I〔lo'θeɪr〕羅塞爾一世(795?-855,德
　國國王及神聖羅馬帝國皇帝)
Lothaire〔lo'θɛr;lɔ'ter〕(法)
Lothar〔'loθar;'lotar〕(德)
Lotharingia〔,loθə'rɪnd͡ʒiə〕
Lothario〔lo'θarɪo〕
Lothbury〔'loθbərɪ;'laθ-〕
Lother〔'lotə〕
Lothian〔'loδjən;-δɪən〕洛西恩
Lothringen〔'lotrɪŋən〕
Lothrop〔'loθrəp〕洛思羅普
Lothur〔'loδə〕
Loti〔lɔ'ti〕洛蒂(Pierre,1850-1923,法國小
　說家)
Lotichius〔lo'tɪkɪəs〕
Lot Kamehameha〔lat ka'meha'meha〕
Lotos-Eaters〔'lotəs·'itəz〕
Lötschberg〔'lətʃberk〕
Lötschen〔'lət·ʃən〕
Lotspeich〔'latspitʃ〕洛茨皮奇
Lott〔lat〕洛特
Lotta〔'lata;'latta(芬)〕洛塔
Lotte〔'latə〕
Lotti〔'lɔttɪ〕(義)
Lottie〔'latɪ〕
Lotto〔'latto〕(義)洛托
Lotuho〔lo'tuho〕
Lotus〔'lotəs〕洛特斯
Lotz〔lats〕洛茨
Lotze〔'latsə〕
Lou〔lu〕
Loualaba〔lwala'ba〕(法)
Louba〔lu'ba〕(法)
Loube〔lub〕
Loubet〔lu'bɛ〕盧拜(Émile,1838-1929,法
　國政治家及總統)
Loucheur〔lu'ʃɚ〕(法)
Loucheux〔lu'ʃɚ〕(法)
Loucks〔lauks〕勞克斯
Louden〔'laudn〕勞登
Louderback〔'laudəbæk〕勞德巴克
Loudon〔'laudən〕勞登
Loudoun〔'laudən〕
Loudwater〔'laudwɔtə〕
Lough〔lʌf;lɔ;lah(愛)〕洛
Loughborough〔'lʌfbərə〕拉夫伯勒
Loughlin〔'laklɪn〕洛克林
Loughman〔'lʌfmən〕

Loughor〔'lɔhəː; 'lʌhəː(威))

Loughran〔'lakrən〕洛克倫

Loughrea〔la'kre; lah-(愛))

Loughridge〔'lakrɪdʒ〕洛克里奇

Loughrig〔'lʌfrɪg〕

Loughton〔'lautn〕勞頓

Louiche〔lwiʃ〕(法)

Louie〔'luɪ〕

Louis I〔'luɪ〕路易一世(778-840, 法國
國王及神聖羅馬帝國皇帝)

Louis XIV〔'luɪ〕路易十四世(1638-
1715, 法國國王)

Louis XVI〔'luɪ〕路易十六世(1754-
1793, 大革命時之法國國王)

Louisa〔lu'izə; lu'isa(荷))露薏莎

Louise〔lu'iz; lwiz(法); lu'izə(德);
lʊ'isə(丹); lu'isə(荷))露意絲

Louise d'Orléans〔'lwiz dɔrle'ɑŋ〕
(法)   「(法)

Louise de Savoie〔'lwiz də sa'vwa〕

Louiseville〔lu'izvɪl〕

Louis Gentil〔'lwi ʒaŋ'ti〕(法)

Louisiade Islands〔lu,izi'ad~〕盧伊西
阿德群島(澳洲)

Louisiana〔,luɪzi'ænə〕

Louis Pasteur〔lwi pa'tɜː〕(法)

Louis Philippe〔'luɪ fɪ'lip; lwi fi'lip〕
路易菲力普(1773-1850, 法國國王)

Louis Salvator〔'luɪ sæl'vetəː;
zal'vatɔr(德))

Louisville〔'luɪsvɪl; 'lʊɪvɪl〕路易斯威爾
(美國)

Loukaris〔'lukaris〕

Loukouchiao〔'lu'ku'tʃau〕

Loulé〔lo'lɛ〕

Lounsberry〔'launzberɪ〕勞恩斯伯里

Lounsbury〔'launzbərɪ〕朗茲伯里
(Thomas Raynesford, 1838-1915, 美國學者
及教育家)

Loup〔lup〕

Loupgarou〔luga'ru〕

Lourdes〔lʊrd; lurd(法))

Lourenço Marques〔lo'rensu 'markeʃ〕
洛朗索馬克(莫三比克)

Lousada〔lu'sadə〕

Lousiad〔'lausiæd〕

Louth〔lauθ〕勞思(愛爾蘭)

Loutherbourg〔luter'bur〕(法)

Louvain〔'luven; lu'væn(法))

L'Ouverture, Toussaint〔tu'sæŋ
luver'tjur〕   「(法)

Louvet de Couvrai〔lu'vɛ də kuv're〕

Louviere〔lau'vɛr〕

Louvois〔lu'vwa〕(法)

Louvre〔'luvrə〕羅浮宮(法國)

Louw〔lo〕洛   「家)

Louÿs〔lwi〕勒威(Pierre, 1870-1925, 法國作

Lovat〔'lʌvət; lo'væt〕洛瓦特河(蘇聯)

Love〔lʌv〕洛夫

Loveby〔'lʌvbɪ〕

Loveday〔'lʌvde〕洛夫迪

Lovegood〔'lʌvgud〕洛夫古德

Loveira〔lo'vera(拉丁美); lu'verə
(葡))

Lovejoy〔'lʌvdʒɔɪ〕洛夫喬伊

Lovel〔'lʌvəl〕

Lovelace〔'lʌvles〕拉夫累斯(Richard,
1618-1658, 英國詩人)

Loveland〔'lʌvlənd〕洛夫蘭

Loveless〔'lʌvlɪs〕洛夫萊斯

Lovell〔'lʌvəl〕洛弗爾

Lovelock〔'lʌvlak〕

Lovely〔'lʌvlɪ〕洛夫利

Loven〔'lovən〕

Lovén〔lʊ'ven〕

Lovenia〔lo'vɪnɪə〕

Lover〔'lʌvəː〕拉夫爾(Samuel, 1797-1868,
愛爾蘭歌謠作家、小說家及畫家)

Lovett〔'lʌvɪt〕

Lovewell〔'lʌvwəl〕

Loveys〔'lʌvɪs〕

Lovhedu〔lo'vedu〕

Lovibond〔'lʌvɪband〕

Lovick〔'lʌvɪk〕洛維克

Lovinger〔'lʌvɪndʒəː〕

Lovingston〔'lʌvɪŋstən〕

Lovington〔'lʌvɪŋtən〕

Lovins〔'lʌvɪnz〕洛文斯

Lovis〔'lovɪs〕

Lovisa〔'luvɪ,sa〕(瑞典)

Løvland〔'lɜːvlɑn〕(挪)

Lovongai〔lo'vɔŋgaɪ〕

Low〔lo〕洛

Lowden〔'laudn〕洛登

Lowdermilk〔'laudəmɪlk〕

Lowe〔lo; lau〕洛

Löwe〔'lɜːvə〕(德)

Lowein〔'loɪn〕洛因

Lowell〔'loəl〕羅厄爾(❶ Amy, 1874-1925,
美國女詩人及批評家❷ James Russell, 1819-
1891, 美國詩人、散文家及劇作家)

Lowellville〔'loəlvɪl〕

Löwenberg〔'lɜːvənberk〕(德)

Lowenbrugger〔'lɜːvənbrugəː〕

Löwenburg〔'lɜvənburk〕(德)
Löwendal〔'lɜvəndal〕(德)
Lowendahl〔lɔvæŋ'dal〕(法)
Löwenthal〔'lɜvəntal〕洛溫塔爾
Lower〔'loə〕洛厄
Lowery〔'lauərɪ〕洛厄里
Lowerz〔'lovəts〕
Lowes〔loz〕羅茲(John Livingston, 1867-
    1945, 美國教育家)
Lowestoft〔'lostaft〕
Lowick〔'loɪk〕
Lowie〔'loɪ〕洛伊
Lowin〔'loɪn〕洛因
Lowis〔'loɪs ; 'lauɪs〕洛伊斯
Lowland〔'loland〕
Lowman〔'lomən〕洛曼
Lown〔laun〕勞恩
Lowndes〔laundz〕朗茲
Lowood〔'lowud〕
Lowrey〔'lauərɪ〕勞里
Lowrie〔'lauərɪ〕
Lowries〔'lauərɪz〕
Lowry〔'lauərɪ〕勞里
Lowsley〔'lozlɪ〕洛斯利
Lowson〔'losn〕洛森
Lowth〔lauθ〕
Lowther〔'lauðə〕勞瑟
Lowthers〔'lauðəz〕
Lowthian〔'loðɪən〕洛西恩
Lowton〔'lotn〕
Lowville〔'lauvɪl〕
Lowy〔'loɪ〕洛伊
Loxley〔'lakslɪ〕
Loy〔lɔɪ〕洛伊
Loyal〔lwa'jal〕(法)
Loyall〔'lɔɪəl〕
Loyalties〔'lɔɪəltɪz〕
Loyalty Islands〔'lɔɪəltɪ ～〕羅亞爾特
    群島(法國)
Loyang〔'lo'jaŋ〕洛陽(河南)
Loyauté, Îles〔il lwajo'te〕(法)
Loyd〔lɔɪd〕勞埃德
Loyola〔lɔɪ'olə〕聖·羅耀拉(St. Ignatius
    of, 1491-1556, 西班牙軍人及天主教教士)
Loyolite〔'lɔɪo,laɪt〕
Loyset〔lwa'zɛ〕(法)
Loyson〔lwa'zɔn〕(法)
Lozada〔lo'saða〕(西)
Lozère〔lɔ'zɛr〕(法)
Lozi〔'lozi〕
Lozier〔'lozɪə〕洛齊爾

Lozowick〔'lozowɪk〕
Lu〔lu〕❶【化】lutetium 或 lutecium 之符號
    ❷瀘縣(四川)
Lualaba〔,lua'laba〕
Luan〔lu'an〕灤河(河北)
Luanda〔lu'ændə〕羅安達(安哥拉)
Luang〔'lwaŋ〕
Luang Prabang〔'lwaŋ pra'baŋ〕鑾巴拉
    邦(寮國)
Luangprabang〔'lwaŋpra'baŋ〕
Luangue〔'lwʌŋgə ; 'lwæŋgə〕
Luangwa〔lu'aŋwa〕
Luapula〔,lua'pulə〕
Luath〔'ljuəθ〕
Luba〔'luba〕
Lubaantun〔,luva'antun〕(西)
Lubang〔lu'baŋ〕盧邦(菲律賓)
Lubao〔lu'bao〕
Lubbe〔'lɜbə〕(荷)
Lubberland〔'lʌbəlænd〕
Lubbers〔'lʌbəz〕
Lubbock〔'lʌbək〕拉布克(❶ Sir John,
    1834-1913, 英國財政學家及作家❷ Sir John
    William, 1803-1865, 英國天文學家及數學家)
Lubec〔'ljubɛk〕
Lübeck〔'ljubɛk〕盧比克(西德)
Lubefu〔lu'befu〕
Lubek〔'lubɛk〕
Lubell〔'lubɛl〕盧貝爾
Lubiana〔lu'bjana〕
Lubilash〔lu'bilæʃ〕
Lubin〔'lubɪn〕盧賓
Lubish〔'lubɪʃ〕
Lubitsch〔'lubɪtʃ〕
Lübke〔'ljupkə〕(德)
Lubker〔'ljubkə〕
Lublin〔'lublɪn〕盧布林(波蘭)
Lubliner〔lub'linə〕
Lublinski〔lub'lɪnski〕
Lubnan〔lub'nan〕
Lubomirski〔,lubɔ'mirskɪ〕
Lubor〔'lubɔr〕
Lubowski〔lu'bɔfskɪ〕
Lubs〔lubz〕
Lubungan〔lu'buŋan〕
Luc〔ljuk〕
Luca〔'ljukə ; 'luka(義、羅)〕盧卡
Luca, De〔de 'luka〕(義)
Lucan〔'ljukən〕魯堪(39-65, 本名 Marcus
    Annaeus Lucanus, 羅馬詩人)
Lucanus〔lju'kenəs〕
Lucaris〔'lukərɪs〕

Lucas〔'ljukəs；'ljukɑs（荷）；'lukɑs（德、西）；ljʊ'kɑ（法）〕盧卡斯

Lucasta〔lu'kɑstə〕

Lucas van Leyden〔'ljukɑs vɑn 'laɪdən〕（荷）

Lucçay〔ljʊ'se〕

Lucayans〔lu'keənz〕

Lucayas〔lu'kɑjas〕

Lucayos〔lu'kɑjos〕

Lucca〔'lukkɑ〕盧卡（義大利）

Lucchese〔luk'kezə〕

Lucchesini〔,lukke'sinɪ〕（義）

Lucchetto da Genova〔luk'ketto dɑ 'dʒenovɑ〕（義）

Lucchino〔luk'kino〕（義）

Luccicos〔lut'tʃikos〕

Luccock〔'lʌkɑk〕勒科克

Luce〔ljus〕魯斯（❶ Henry Robinson, 1898-1967, 美國編輯及出版家❷其妻Clare 1903-, 美國劇作家、從政者及外交家）

Lucedale〔'ljusdel〕

Lucena〔lu'θenɑ〕盧塞納（菲律賓）

Lucentio〔lju'sɛnʃɪo〕

Lucentum〔lju'sɛntəm〕

Lucera〔lu'tʃerɑ〕

Lucerne〔lju'sɜn〕琉森（瑞士）

Lucernemines〔lju'sɜnmaɪnz〕

Lucetta〔lju'sɛtə〕

Luchaire〔ljʊ'ʃɛr〕（法）

Luchana〔lu'tʃɑnɑ〕

Luchazi〔lu'tʃɑzi〕

Luchet〔ljʊ'ʃɛ〕（法）

Luchino〔lu'kino〕

Luchow〔'lu'dʒo〕（中）

Luchs〔luks〕

Luchu〔'lu'tʃu〕

Luchuan〔lu'tʃuɑn〕琉球人

Lucia〔'lusjə；'lutsɪɑ（德）；lu'tʃiɑ（義）〕露西亞

Lucian〔'lusjən；'luʃɪən；'lutsɪɑn；,lutsɪ'ɑn（德）；'ljuʃən（古希）；'lutsjɑn（波）；lu'tʃɑn（羅）〕盧西恩

Luciana〔,lusɪ'ɑnə〕

Luciani〔lu'tʃɑni〕

Lucianee〔,lusi'æn〕

Luciano〔lusɪ'ɑno；lu'tʃɑno（義）；lu'sjænu（葡）；lu'θjɑno（西）；lu'sjɑno（拉丁美）〕

Lucianus〔,ljusɪ'ɑnəs〕

Lucie〔'ljusɪ〕露西

Lucie Manette〔ljʊ'si mɑ'nɛt〕（法）

Lucien〔'ljuʃən；ljʊ'sjæn（法）〕盧西恩

Lucienne〔lju'sjɛn〕

Lucientes〔lu'θjentes〕（西）

Lucifer〔'ljusɪfə〕【天文】❶金星❷【宗教】惡魔；撒但

Lucifera〔lʊ'sɪfərə〕

Lucila〔lu'θilɑ〕（西）

Lucile〔lju'sil〕露西爾

Lucilio〔lu'tʃiljo〕

Lucilius〔lu'sɪlɪəs；lu'sɪljəs；lju'sɪlɪəs〕

Lucille〔lju'sil〕露西爾

Lucin〔'ljusɪn〕

Lucina〔lju'saɪnə〕

Lucinda〔lju'sɪndə〕露辛達

Lucinde〔ljʊ'sæŋd〕（法）

Lucio〔'ljusɪo〕

Lucioni〔lu'tʃonɪ〕

Lucius〔'ljuʃɪəs〕盧修斯

Lucjan〔'lutsjɑn〕

Luck〔lʌk〕勒克

Łuck〔lutsk〕（波）

Lucke〔'lʌkɪ〕勒克

Lücke〔'ljukə〕（德）

Luckiesh〔'lukiʃ〕盧斯什

Luckimpur〔'lʌkɪmpʊr〕

Luckner〔'lʊknə；ljuk'nɛr（法）〕勒克納

Lucknow〔'lʌknaʊ〕勒克瑙（印度）

Luco〔'luko〕

Lucock〔'lʌkɑk〕勒科克

Lucques〔ljʊk〕

Lucrece〔lju'kris〕

Lucrecia〔lju'kriʃɪə；lu'kresjɑ（西）〕

Lucretia〔lju'kriʃɪə〕

Lucretia Mott〔lju'kriʃɪə mɑt〕

Lucretius〔lju'kriʃjəs〕留克利希阿斯（99?-55 B.C. 羅馬哲學家及詩人）

Lucrezia〔lu'kretsjɑ〕

Lucrezia Borgia〔lu'kretsjɑ 'bɔrdʒɑ〕

Lucrezia Floriani〔lu'kretsjɑ flɔrɪ'ɑni〕

Lucrine〔'ljukrɪn〕

Lucrino〔luk'rino〕

Lucullum〔lu'kʌlɑn〕

Lucullian〔lju'kʌlɪən〕

Lucullus〔lju'kʌləs〕盧加拉斯（Lucius Licinius, 公元前一世紀之羅馬將軍及美食主義者）

Lucus Augusti〔'ljukəs ɔ'gʌstaɪ〕

Lucusta〔lju'kʌstə〕

Lucy〔'lusɪ〕露西

Lucy Gayheart〔'lusɪ 'gehɑrt〕

Lud〔lʌd〕

Ludden〔'lʌdən〕勒登

Luddites〔'lʌdaɪts〕

Luddy〔'lʌdɪ〕勒迪
Luden〔'ludən〕
Ludendorf〔'ludṇˌdɔrf〕
Ludendorff〔'ludṇˌdɔrf〕魯登道夫(Erich Friedrich, 1865-1937, 德國將軍)
Lüdenscheid〔'ljudənʃaɪt〕(德)
Lüderitz〔'ljudərɪts〕呂德里次(非洲)
Lüderitzland〔'ljudərɪtslant〕(德)
Lüders〔'ljudjəs〕(俄)
Ludgate〔'lʌdgɪt〕
Ludhiana〔ˌludɪ'anə; ˌlʊdhɪ'anə〕
Ludington〔'lʌdɪŋtən〕勒丁頓
Ludlow〔'lʌdlo〕勒德洛
Ludmilla〔lut'mɪla〕盧德米拉
Ludo〔'ludo〕
Ludolf〔'ludalf (丹、德); 'ljʊdɔlf (荷)〕
Ludolph〔'ludɔlf (德); 'ljʊdɔlf (荷)〕
Ludovica〔ˌludo'vika〕
Ludovick〔'ljudovɪk〕盧多維克
Ludovico〔ˌludo'viko〕
Ludovicus〔ˌljudo'vaɪkəs〕盧多維克斯
Ludovisi〔ˌludo'vizɪ〕
Ludowici〔ˌludo'wɪsɪ〕
Ludowick〔'ludəwɪk〕
Ludvig〔'lʊdvɪg; lutvɪh (德); 'lʊðvɪ (丹); 'lʌdvɪg (瑞典); 'lʊdvɪg (挪)〕
Ludwell〔'lʌdwɛl〕勒德爲爾
Ludwich〔'lutvɪh〕(德)
Ludwig〔'lʌdwɪg; 'lʌdvɪg; 'lʊdvɪg; 'luðvɪ; lutvɪh〕魯特衞克(Emil, 1881-1948, 瑞士傳記作家)
Ludwig Erhard〔'lutvɪh 'ɛrhart〕(德)
Ludwigs〔'lutvɪhs〕(德)
Ludwigsburg〔'lutvɪhsburk〕(德)
Ludwigshafen〔ˌlutvɪhs'hafən〕盧特微克斯哈芬(西德)
Ludwigs-Kanal〔'lutvɪhs-kaˌnal〕(德)
Ludwigslied〔'lutvɪhslit〕(德)
Ludwigslust〔'lutvɪhslust〕(德)
Ludwik〔'ludvik〕
Ludza〔'lʊdza〕
Luebbe〔'lubɪ〕利比
Luebke〔'ljʊpkə〕利布基
Luebo〔lu'ebo〕
Lueck〔lik〕利克
Luedemann〔'ljudəmən〕
Luehman〔'lemən〕
Luel〔'luəl〕
Luella〔lu'ɛla〕
Luembe〔lu'ɛmbe〕
Luening〔'lunɪŋ〕
Luère〔lju'ɛr〕

Lufbery〔'lʌfbərɪ; -berɪ〕
Lufeng〔lu'fʌŋ〕❶陸豐(廣東)❷祿豐(雲南)
Luff〔lʌf〕勒夫
Lufft〔luft〕
Lufkin〔'lʌfkɪn〕勒夫金
Luftwaffe〔'luftvafə〕(德)(納粹時代之德國空軍)
Lug〔lu; lʌg〕
Lugano〔lu'gano〕
Lugansk〔lu'gansk〕
Lugansky〔lu'ganskɪ〕
Luganville〔'lugənvɪl〕
Lugard〔lu'gard〕盧格德
Lugdunensis〔ˌlʌgdju'nɛnsɪs〕
Lugdunum〔lʌg'djunəm〕
Lugdunum Batavorum〔lʌg'djunəmˌbætə'vɔrəm〕
Lugenda〔lu'dʒɛndə〕
Lügenfeld〔'ljugənfelt〕(德)
Lugg〔lʌg〕勒格
Luggnagg〔'lʌgnæg〕
Lughmhaighe〔'lʊvəh〕(愛)
Lugii〔'ludʒɪaɪ〕
Luguaquilla〔ˌlʌgnə'kʌljə〕(愛)
Lugnasad〔'lunəsə〕(愛)
Lugné-Poë〔lu'nje·pɔ'e〕(法)
Lugnetz〔'lugnɛts〕
Lugo〔'lugo〕盧哥(西班牙)
Lugones〔lu'gones〕
Luguballia〔ˌljugju'bælɪə〕
Luguvallium〔ˌljugjʊ'vælɪəm〕
Lumbwa〔'lumbwa〕
Lu Han〔'lu 'han〕
Luhan〔'luhan〕盧海
Luhit〔'luhɪt〕
Luhman〔'lumən〕
Luhnow〔'luno〕
Luhrasp〔lu'rasp〕
Luhrs〔lurz〕呂爾斯
Luhsien〔'luʃɪ'ɛn〕
Luia〔'lujə; -ɪə〕
Luian〔'lujən〕
Luicci, de〔dɛ 'lwittʃɪ〕(義)
Luichow〔'lwe'dʒo〕(中)
Luigi〔lu'idʒɪ〕
Luik〔lɔɪk〕(法蘭德斯)
Luikart〔'lukart〕盧卡特
Luimneach〔'lɪmnəh〕(愛)
Luimnigh〔'lɪmnɪh〕(愛)
Luineach〔'lɪnəh〕(愛)

Luini〔lu'inı〕
Luis〔'luıs; lwis; lu'iʃ(葡); lu'is(西)〕
Luís〔lu'iʃ(葡); -'is(西)〕
Luisa〔lu'iza(義); 'lwizə(葡); 'lwisa(西)〕
Luisa de Guzman〔'lwizə ðə guȝ'mæŋ(葡); 'lwisa ðe guθ'man(西)〕
Luise〔lu'izə(德); lʊ'isə(丹)〕
Luitpold〔'luıtpalt〕
Luitprand〔'luıtprant〕
Luitzen〔'lɔıtsən〕
Luiz〔lwis; lu'iʃ(葡)〕
Luján〔lu'han〕(西)盧海
Lujo〔'lujo〕
Luk〔luk〕
Lukac〔'lukatʃ〕
Lukanga〔lu'kaŋgə〕
Lukaris〔'lukərıs〕
Lukas〔'lukəs; 'lukas(德)〕
Lukasz〔'lukaʃ〕(波)
Lukchun〔'lʊk'tʃʊn〕
Luke〔ljuk〕【聖經】❶路加(耶穌之門徒、聖保羅之同伴❷路加福音(新約聖經第三卷)
Lukeman〔'ljukmən〕盧克曼
Lukenie〔lu'kenje〕
Lukens〔'ljukənz〕盧肯斯
Luker〔'lukə〕盧克
Lu Kiang〔'lu dȝı'aŋ〕(中)
Lukich〔'lukjıtʃ〕(俄)
Lukin〔'ljukın〕盧金
Lukki〔'lʌkaı〕
Lukl〔'lukḷ〕
Lukmanier〔lʊk'manjə〕
Lukouchiao〔'lu'gotʃı'au〕(中)
Luks〔lʌks〕
Lukshun〔'lʊk'ʃʊn〕
Lukuga〔lu'kugə〕
Lukula〔lu'kulə〕
Lula〔'ljulə〕盧拉
Lulag〔'lulæg; 'lulak(德)〕
Lule〔'lulə〕
Luleälv〔'lulə,ɛlv〕
Lüleburgaz〔,ljulɛbʊr'gaz〕
Lules〔'lules〕
Lule-Vilela〔'lule·vı'lelə〕
Luling〔'lulıŋ; 'lu'lıŋ〕
Lulio〔'luljo〕
Lull〔lʌl〕勒爾
Lulle〔ljul〕
Lulli〔'lullı〕(義)

Lullitpur〔'lʌlıtpur〕
Lullus〔'lʌləs〕
Lully〔'lʌlı; ljʊ'li(法); 'lʊlı(西)〕
Lulonga〔lu'lɔŋgə〕
Lulu〔'lulu(德)〕露露
Lulua〔lu'luə〕
Luluabourg〔lʊ'luəbur〕
Lulu Bett〔'lulə 'bɛt〕
Lumber〔'lʌmbə〕
Lumbert〔'lʌmbət〕
Lumberton〔'lʌmbətən〕
Lumbwa〔'lumbwa〕
Lumholtz〔'lʌmholts; 'lʊmhalts(挪)〕
Lumiansky〔lu'mjanskı〕
Lumière〔,ljʊ'mjɛr〕彩色照相術(語出發明者名)
Lumley〔'lʌmlı〕拉姆利
Lummer〔'lumə〕
Lummi〔'lʌmı〕
Lummis〔'lʌmıs〕拉米斯
Lummox〔'lʌməks〕
Lummus〔'lʌməs〕拉默斯
Lumphanan〔lʌm'fænən〕
Lumpkin〔'lʌmpkin〕倫普金
Lumpur〔lʊm'pur〕
Lumumba〔lu'mumba〕盧姆巴(Patrice Emergy, 1925-61 非洲政治領袖及薩伊總理)
Lumumbist〔lu'mumbıst〕盧姆巴擁護者
Luna〔'ljunə〕【羅馬神話】露娜(月之女神)
Lunacharski〔lunʌ'tʃarskı; lunʌ-'tʃarskəı(俄)〕
Lunalilo〔'luna'lilo〕
Lunavada〔,lunə'vada〕
Lumawada〔,lʊnə'vada〕
Luna y Arellano〔'luna ı ,are'ljano〕(西)
Luncarty〔'lʌŋkətı〕
Lund〔lʌnd; lʊn(丹); lʊnd(瑞典)〕倫德
Lund, Troels-〔'trols·'lʊn〕(丹)
Lunda〔'lunda〕
Lunde〔'lʊndə〕倫德
Lundeberg〔'lʌndəbærj〕(瑞典)
Lundegård〔'lʌndəgord〕(瑞典)倫德加德
Lundell〔lʌn'dɛl〕倫德爾
Lunden〔lʌn'din〕倫丁
Lundgren〔'lʌndgren〕倫德格倫
Lundi〔'lʌndı〕
Lundkvist〔'lʊndkvıst〕
Lundmark〔'lʊndmark〕
Lundy〔'lʌndı〕倫迪
Lundy's Lane〔'lʌndız〕
Lüneburg〔'ljunəburk〕

Lüneburger Heide ['ljʊnə,burgə
  ,haɪdə]
Lunenburg ['lunən,bəg]
Lunéville [ljune'vil]
Lunga ['lʊŋgə ; 'lʊŋgɑ (義)]
Lungchi ['lʊŋ'tʃi]
Lungchuan ['lʊŋ'tʃwan]
Lunge ['lʊŋə]
Lunger ['lʌŋə] 倫格
Lungern ['lʊŋən]
Lunghai ['lʊŋ'haɪ]
Lungki ['lʊŋ'ki]
Lungkiang ['lʊŋdʒi'aŋ] 龍江 (嫩江)
Lungkow ['lʊŋ'ko]
Lungling ['lʊŋ'lɪŋ]
Lungmen ['lʊŋ'mʌn]
Lung-mien, Li ['li 'lʊŋ·mɪ'ɛn]
Lungshan ['lʊŋ'ʃan]
Lung Yün ['lʊŋ 'jun]
Luni ['lunɪ]
Lunigiana [ljʊ,nɪdʒi'enə]
Lunik ['lunɪk] 蘇聯之無人駕駛的探月太空
Luminiec [lu'ninjɛts]   「船
Lunn [lʌn] 倫恩
Lunsford ['lʌnsfəd] 倫斯福德
Lunt [lʌnt] 倫特
Lun Tha [lʊn ta]
Luo ['luo]
Luoravetlany ['luɔrɑ,vɛtlanɪ]
Lupacá [lupa'ka]
Lupercal ['ljupəkæl]
Lupercalia [,ljupə'keljə]
Luperci [lju'pɜsaɪ]
Lupercio [lu'pɛrθjo] (西)
Lupercus [lju'pɜkəs ; 'ljupə-]
Lupescu [lu'pɛsku]
Lupiae ['lupɪi]
Lupin ['lu'pɪn]
Lupino [lʊ'pino] 盧皮諾
Lupków ['lupkuf] (波)
Lupot [ljʊ'po] (法)
Lupset ['lupset]
Lupton ['lʌptən]
Lupus ['lupəs] 【天文】天狼座
Luqmān [lʊk'man] (阿拉伯)
Luquiens [lju'kæn ; ljʊ'kjæŋ (法)]
Lur [lʊr]
Luray [lju're]
Lurçat [ljʊr'sa] (法)
Lurcy [ljʊr'si]
Lurewell ['lʊrwɛl]
Lurgan ['lɜgən]

Luria ['lʊrja] 盧里亞
Larie ['lʊrɪ] 盧里
Luristan [,lurɪs'tan]
Lurlei ['lʊrlaɪ]
Lurline [lɜ'lin]
Lurton ['lɜtn] 勒頓
Lusambo [lu'sambo]
Lusasavoritch [,lusa'savɔrɪtʃ]
Lusatia [lu'seʃjə ; -ʃɪə]
Lusatian [lu'seʃjən ; -ʃɪən]
Luschan ['luʃan]
Luscinus [lʌ'saɪnəs]
Lush [lʌʃ] 勒什
Lushai ['luʃaɪ]
Lushais [lu'ʃez]
Lushington ['lʌʃɪŋtən] 勒欣頓
Lüshun ['lju'ʃʊn] 旅順 (遼寧)
Lüshunkow ['lju'ʃʊn'ko]
Lusiad ['ljusɪæd]
Lusignan [ljʊzi'njaŋ (法)]
Lusignan d'Outre-mer [ljʊzi'njaŋ
  ,dutrə'mer (法)]
Lusine [lju'zin]
Lusitania [,ljusi'tenjə]
Lusitano [,lusi'tano]
Lusk [lʌsk] 勒斯克
Luska ['lʌskə]
Lussac, Gay- ['ge· lju'sak] (法)
Lussigny [ljʊsi'nji] (法)
Lust [lust]
Luster ['ljustə]
Lut ['lut]
Lutatius [lju'teʃəs]
Lutcher ['lʌtʃə]
Lutennu [lu'tennu]
Lutero [lu'tero]
Lutetia [lju'tiʃɪə]
Lutetia-Paris [lju'tiʃɪə·'pærɪs]
Lutetia Parisiorum [lju'tiʃɪə
  pə,rɪzi'ɔrəm]
Luther ['lutə] 路德 (Martin, 1483-1546, 德
  國宗教改革領袖)
Lutheran ['ljuθərən] 路德教徒
Lutherville ['ljuθəvɪl]
Luthringer ['ljuθrɪgə] 盧思林格
Luthuli ['luθəlɪ] 魯吐黎 (Albert John,
  1898-1967, 南非改革者及組魯族酋長)
Lutine [lu'tin]
Lütke ['ljutkə]
Luton ['lutn] 琉頓 (英格蘭)
Lutosławski [,lutɔs'lafskɪ] (波)
Lutrin [lju'træŋ] (法)

Lutterworth〔'lʌtəwɜθ〕
Lüttich〔'ljutɪh〕(德)
Luttrell〔'lʌtrəl〕
Lüttwitz〔'ljutvɪts〕
Lutuamian〔lutu'æmɪən〕
Lutwidge〔'lʌtwɪdʒ〕勒特威奇
Lutwyche〔'lʌtwɪtʃ〕
Lutyens〔'lʌtʃənz〕勒琴斯
Lutynia〔lu'tɪnja〕
Lutz〔luts ; lʌts〕盧茨
Lützelburg〔'ljutsəlburk〕(德)
Lutzk〔lutsk〕
Lutzow〔'ljutso〕
Luuk〔lu'uk〕
Luverne〔lju'vɜn〕
Luve Ron〔'luvɛ run〕(中古英語)
Luvini〔lu'vini〕
Luvino〔lu'vino〕
Luvua〔lu'vuə〕
Luwian〔'luɪən〕
Luwo〔'luwo〕
Lux〔luks〕
Luxamburg〔'lʌksəmbɜg〕
Luxembourg〔'lʌksəmbɜg ; ljuksaŋ-
 'bur〕盧森堡 (歐洲)
Luxemburg〔'lʌksəm,bɜg ;
 'luksəmburk〕盧森堡 (歐洲)
Luxor〔'lʌksɔr〕
Luyi〔'luji〕鹿邑 (河南)
Luynes, de〔də lju'in〕(法)
Luzán Claramunt de Suelves y
 Gurrea〔lu'θɑn ,klɑrɑ'munt ðe(de)
 'swelves ɪ gur'rea(西))〕
Luzern〔lu'tsɛrn〕
Luzerne〔lju'zɜn〕
Lužnice〔'luʒnjitsɛ〕(捷)
Luzon〔lu'zɑn〕呂宋 (菲律賓)
Luzzatti〔lut'tsɑttɪ〕(義)
Luzzi, de'〔dɛ 'luttsɪ〕(義)
Lvov〔lə'vɔf〕耳弗夫 (蘇聯)
Lvovich〔'ljvɔvjɪtʃ〕(俄)
Lwan〔lə'wan〕
Lwiw〔ljvif〕
Lwo〔'luo〕
Lwów〔lə'vuf〕(波)
Lxor〔əlk'sɔr〕
Lyadov〔'ljadɔf〕
Lyaeus〔laɪ'iəs〕
Lyakhov〔'ljɑhɔf〕(俄)
Lyall〔'laɪəl〕萊爾
Lyallpur〔'laɪəlpur〕
Lyapchev〔'ljɑptʃef〕(保)

Lyapunov〔,ljɑpu'nɔf〕
Lyautey〔ljo'te〕
Lybarger〔'laɪbɑrgə〕
Lybyssa〔lɪ'bɪsə〕
Lucabettus〔,lɪkə'betəs〕
Lycaeus〔laɪ'siəs〕
Lycan〔'laɪkən〕萊肯
Lycaon〔laɪ'keɑn〕
Lycaonia〔,lɪke'onɪə ; ,laɪke- ; -njə ;
 lɪkə'onɪə〕
Lyceius〔laɪ'siəs〕
Lycett〔'laɪsɪt ;-set〕萊西特
Lyceum〔laɪ'siəm ; 'laɪsɪəm〕古代希臘學者
 亞里斯多德教授生徒之處；亞里斯多德哲學及其
 門徒.
Lychnidus〔'lɪknɪdəs〕
Lychnitis〔lɪk'naɪtɪs〕
Lychorida〔laɪ'kɔrɪdə〕
Lycia〔'lɪsɪə〕
Lycia et Pamphylia〔'lɪʃɪə ɛt
 pæm'fɪlɪə ;-ljə〕
Lycidas〔'lɪsɪdæs〕
Lyck〔lɪk〕
Lycomedes〔,laɪkə'midɪz〕
Lycoming〔laɪ'kɑmɪŋ ; -'kʌmɪŋ〕
Lycon〔'laɪkɑn〕
Lycophron〔'laɪkəfrɑn〕
Lycopolis〔laɪ'kɑpəlɪs〕
Lycorea〔,lɪkə'riə ; ,laɪkə-〕
Lycosura〔,lɪkə'surə ; ,laɪkə-〕
Lycurgus〔laɪ'kɜgəs〕萊克爾加斯 (紀元前
 九世紀之斯巴達政治家)
Lydd〔lɪd〕
Lydda〔'lɪdə〕利達 (以色列)
Lydekker〔laɪ'dekə〕
Lydenberg〔'laɪdn,bɜg〕萊登伯格
Lydgate〔'lɪdget ;-gɪt〕利得蓋得 (John,
 1370?-?1451,英國詩人及翻譯家)
Lydia〔'lɪdɪə ; 'ljudɪɑ(德)〕莉迪亞
Lydon〔'laɪdn〕
Lye〔laɪ〕
Lyeemoon〔'lij'wu'mʌn〕
Lyell〔'laɪəl〕萊伊爾 (Sir Charles, 1797-
 1875,英國地質學家)
Lyemun〔'lij'wu'mʌn〕
Lyer〔'laɪə〕
Lyfing〔'ljuvɪŋ〕
Lygdamis〔'lɪgdəmɪs〕
Lyghe〔laɪ〕
Lygon〔'lɪgən〕
Lykabettos〔,ljikɑvɪ'tɔs〕(希)
Lykens〔'laɪkɪnz ;-kənz〕

Lyle〔laɪl〕萊爾

Lyly〔ˈlɪlɪ〕李里（John, 1554?-1606, 英國作家）

Lyman〔ˈlaɪmən〕萊曼

Lyme〔laɪm〕

Lyme Regis〔ˈlaɪm ˈriːdʒɪs〕

Lymington〔ˈlɪmɪŋtən〕

Lymm〔lɪm〕

Lymodin〔limɔˈdæŋ〕（法）

Lymoges〔lɪˈmoʒ〕

Lympany〔ˈlɪmpənɪ〕林帕尼

Lympne〔lɪm〕

Lynam〔ˈlaɪnəm〕

Lynbrook〔ˈlɪnbruk〕

Lyncestes〔lɪnˈsɛstiz〕

Lynceus〔ˈlɪnsɪəs〕

Lynch〔lɪntʃ〕林奇

Lynchburg〔ˈlɪntʃbəg〕林赤堡（美國）

Lynches〔ˈlɪntʃez; -ɪz〕

Lynd(e)〔lɪnd〕林德

Lynden〔ˈlɪndən〕林登

Lyndhurst〔ˈlɪndhəst〕林德赫斯特

Lyndon〔ˈlɪndən〕林登

Lindonville〔ˈlɪndənvɪl〕

Lyndora〔lɪnˈdɔrə〕

Lyndsay〔ˈlɪndzɪ〕林賽

Lyne〔laɪn; ˈljunə（丹）〕萊恩

Lynedoch〔ˈlɪndɑh〕

Lynett〔ˈlaɪnɪt〕萊內特

Lynette〔lɪˈnet〕

Lyngby-Taarbæk〔ˈljuŋbju·ˈtɔrbɛk〕（丹）

Lyngen〔ˈljʊŋən〕

Lyngs〔ljʊŋs〕

Lynley〔ˈlɪnlɪ〕

Lynmouth〔ˈlɪnməθ〕

Lynn〔lɪn〕林城（美國）

Lynne〔lɪn〕林恩

Lynnfield〔ˈiɪnfild〕

Lynn Regis〔lɪn ˈriːdʒɪs〕

Lynton〔ˈlɪntən〕

Lynwood〔ˈlɪnwud〕林伍德

Lynx〔lɪŋks〕【天文】天貓座

Lyon〔ˈlaɪən〕萊昂（Mary, 1797-1849, 美國女教育家）

Lyon, Bowes-〔ˈboz·ˈlaɪən〕

Lyonais〔ˌlioˈne; ljɔˈnɛ（法）〕

Lyonel〔ˈlaɪənəl〕

Lyones〔ˈlaɪənɪs〕

Lyoness〔ˌlaɪəˈnɛs〕

Lyonesse〔ˌlaɪəˈnɛs〕

Lyonnais〔lioˈne; ljɔˈnɛ（法）〕

Lyonnet〔ljɔˈne〕

Lyonors〔ˈlaɪənɔrz〕

Lyons〔ˈlaɪənz〕萊昂茲（Joseph Aloysius, 1879-1939, 澳大利亞政治家及首相）

Lyot〔ljo〕（法）

Lyra〔ˈlaɪrə〕【天文】天琴座

Lyra Apostolica〔ˈlaɪrə æpəsˈtɑlɪkə〕

Lyranus〔ˌlaɪˈrenəs; lɪr-〕

Lyre〔laɪr〕

Lyric〔ˈlɪrɪk〕

Lyrid〔ˈlaɪrɪd〕

Lyra〔ˈlaɪrə〕

Lyrae〔ˈlaɪri〕

Lys〔lis〕

Lysaght〔ˈlaɪsət; -sɑt〕萊薩特

Lysander〔laɪˈsændə〕賴山德（?-395 B.C., 斯巴達將軍及政治家）

Lyse〔ˈljusə〕

Lysenko〔lɪˈsɛŋko〕李森科（Trofim Denisovich, 1898-1976, 俄國育種學家）

Lysicrates〔laɪˈsɪkrətiz〕

Lysimachus〔laɪˈsɪmɪkəs〕

Lysippus〔laɪˈsɪpəs〕賴西帕斯（紀元前四世紀之希臘雕刻家）

Lysis〔ˈlaɪsɪs〕

Lysistrata〔laɪˈsɪstrətə〕

Lysistratus〔laɪˈsɪstrətəs〕

Lyskamm〔ˈlis, kɑm〕

Lyso Góry〔ˈlɪsɔ ˈgurɪ〕（波）

Lysol〔ˈlaɪsɔl〕

Lysons〔ˈlaɪsnz〕

Lyster〔ˈlɪstə〕利斯特

Lystra〔ˈlɪstrə〕

Lysva〔ˈlɪsvə〕

Lyte〔laɪt〕萊特

Lytell〔ˈlaɪtl̩〕

Lytham〔ˈlɪðəm〕

Lytham St. Annes〔ˈlɪðəm sent ˈænz〕

Lythe〔laɪð〕

Lytle〔ˈlaɪtl̩; ˈlɪtl̩〕萊特爾

Lytler〔ˈlɪtlə〕利特勒

Lyttelton〔ˈlɪtl̩tən〕利特爾頓（紐西蘭）

Lyttleton〔ˈlɪtl̩tən〕

Lytton〔ˈlɪtn̩〕李頓（❶全名 Edward Robert Bulwer-Lytton, 1831-1891, 筆名 Owen Meredith, 英國政治家及詩人❷其父, 全名Edward George Earle Lytton Bulwer-Lytton, 1803-1873, 英國小說家及劇作家）

Lyublin〔ˈljubljɪn〕（俄）

Lyublino〔ˈljublɪnə〕

Lyulph〔ˈlaɪəlf〕萊爾夫

Lyveden〔ˈlɪvdən〕

M

Ma 〔mɑ〕【化】元素 masurium 之符號

Maag 〔mɑg〕馬格

Maalaea 〔mɑ,ɑlɑ'eɑ〕

Maan 〔mə'ɑn〕

Ma'an 〔mæ'æn〕

Ma-ao 〔mɑ'ɑu〕

Maarseveen 〔'mɑrsəven〕（荷）

Maarten 〔'mɑrtɪn〕

Maartens 〔'mɑrtɪns〕

Maartman 〔'mɑrtmɑn〕

Mass 〔mɑs;mɑz〕馬士河（比利時）

Maass 〔mɔs〕馬斯

Maastricht 〔'mɑstrɪht〕（荷）

Maat 〔mɑ'ɑt〕

Mab, Queen 〔mæb〕

Mabalacat 〔,mɑbɑ'lɑkɑt〕

Mabayn 〔mə'ben〕

Mabbe 〔mæb〕

Mabel 〔'mebl〕梅伯兒

Mabery 〔'mebərɪ〕

Mabie 〔'mebɪ〕梅比

Mabiha 〔mɑ'bihɑ〕

Mabillier 〔mɑbil'je〕（法）

Mabillon 〔mɑbi'jɔŋ〕（法）

Mabinogion 〔,mæbɪ'nɔgɪən〕

Mabiri 〔mɑ'birɪ〕

Mablethorpe 〔'meblθɔrp〕

Mableton 〔'mebltn〕

Mabley 〔'mæblɪ〕

Mably 〔mɑb'li〕（法）

Mabs 〔mæbz〕

Mabry 〔'mebrɪ〕

Mabui 〔mɑ'bui〕

Mabuse 〔mɑ'bjuz〕（法）

Mac 〔mæk〕

Maca 〔'mɑkə〕

Macá 〔mɑ'kɑ〕（西）

Macaca 〔mɑ'kɑkɑ〕

MacAdam 〔mə'kædəm〕麥克亞當

McAdam 〔mə'kædəm〕麥克亞當

Macadie 〔mə'dækɪ〕

MacAdoo 〔,mækə'du〕

McAdoo 〔'mækədu〕麥卡杜

McAfee 〔'mækəfi〕麥卡菲

MacAgy 〔mə'kedʒɪ〕麥卡吉

Macaire 〔mɑ'kɛr〕（法）

Macajalar 〔,mɑkɑhɑ'lɑr〕

McAlester 〔mə'kælɪstə〕麥卡萊斯特

Macalister 〔mə'kælɪstə〕

McAll 〔mə'lɔl〕

Macallan 〔mə'kælən〕

McAllen 〔mə'kælɪn〕麥卡倫

McAl(l)ister 〔mə'kælɪstə〕麥卡利斯特

Macallum 〔mə'kæləm〕

McAlmon 〔mə'kɑlmɔn〕

McAloren 〔,mækə'lɔrən〕

McAlpine 〔mə'kælpɪn〕麥卡爾平

Macan 〔mə'kæn〕

McAneny 〔'mækə,nenɪ〕麥卡內尼

MacAnnaly 〔,mækə'nælɪ〕

McAnney 〔mə'kænɪ〕麥坎尼

Macao 〔mə'kɑu〕澳門（中國）

McAra 〔mə'kɑrə〕麥卡拉

Macara 〔mə'kɑrə〕

McArone 〔,mækə'ron〕

Macaroni 〔,mækə'ronɪ〕

Macarthur 〔mə'kɑrθə〕

MacArthur 〔mək'ɑrθə〕麥克阿瑟（❶ Arthur, 1845-1912, 美國將軍 ❷ Douglas, 1880-1964, 美國五星上將）

McArthur 〔mək'ɑrθə〕麥克阿瑟

Macartney 〔mə'kɑrtnɪ〕麥卡特尼

Macas 〔'mɑkɑs〕

Macassar 〔mə'kæsə〕馬加撒（印尼）

Macassarese 〔mə,kæsə'riz〕

Macanlay 〔mə'kɔlɪ〕麥考萊（❶ Dame Rose, 1881-1958, 英國女小說家 ❷ Thomas Babington, 1800-1859 英國歷史學家、作家及政治家）

Macauley 〔mə'kɔlɪ〕麥考利

McAuley 〔mə'kɔlɪ〕

McAuliffe 〔mə'kɔlɪf〕麥考利夫

McAvoy 〔'mækəvɔɪ〕麥卡沃伊

McBain 〔mək'ben〕麥克貝爾

Macbain 〔mək'ben〕

McBean 〔mək'ben〕麥克貝恩

Macbeth 〔mæk'bɛθ; mək'bɛθ〕馬克白（?-1057, 蘇格蘭國王）

McBey 〔mək'be〕麥克貝

MacBride 〔mək'braɪd〕麥克布賴德

McBride 〔mək'braɪd〕麥克布賴德

McBurney 〔mək'bənɪ〕麥克伯尼

Maccabaeus 〔,mækə'biəs〕麥克比阿斯（Judas, ?-161 B.C., 猶太之愛國者）

McCabe 〔mə'keb〕麥凱布

Maccabees [ˈmækəˌbiz] ❶紀元前二世紀
猶太愛國者之一族❷聖經偽經（Apocrypha）
之後二書

Maccabeus [ˌmækəˈbiəs] 麥克比阿斯
（Judas, ?-161 B.C., 猶太之愛國者）

McCafferty [məˈkæfətɪ]麥卡弗蒂

McCahill [məˈkeɪl] 麥卡希爾

McCaig [məˈkeg] 麥凱格

McCain [məˈken] 麥凱恩

MacCalain More [məˈkælən ˈmɔr]

McCaleb [məˈkelɪb] 麥凱萊布

MacCall [məˈkɔl]

McCall [məˈkɔl]

McCallie [məˈkɔlɪ] 麥科利

MacCallum [məˈkæləm]麥卡勒姆

McCallum [məˈkæləm] 麥卡勒姆

McCalmont [məˈkælmɑnt]麥卡爾蒙特

Maccaluba [ˌmɑkkaˈluba]（義）

McCamey [məˈkemɪ]

McCammon [məˈkæmən] 麥卡蒙

McCann [məˈkæn] 麥卡恩

McCarey [məˈkerɪ] 麥凱里

McCarran [məˈkærən]

McCartan [məˈkɑrtn] 麥卡坦

McCarter [məˈkɑrtə] 麥卡特

MacCarthy [məˈkɑrθɪ] 麥卡錫

McCarthy [məˈkɑrθɪ] 麥卡錫（Joseph
Raymond, 1908-1957, 美國從政者）

M'Carthy [məˈkɑrθɪ]

Macartney [məˈkɑrtnɪ]

McCasland [məˈkæslənd]

McCaughey [məˈkæhɪ]麥考伊

McCauley [məˈkɔlɪ]麥考利

McCaysville [məˈkezvɪl]

McChesney [məkˈtʃɛsnɪ]

Macchiavelli [ˌmækɪəˈvɛlɪ]

McChord [məˈkɔrd] 麥科德

Maccius [ˈmæksɪəs]

McClain [məkˈlen] 麥克萊恩

McClean [məkˈlen] 麥克林

McClellan [məkˈlɛlən] 麥克萊倫

McClelland [məkˈlɛlənd] 麥克萊蘭

McClendon [məkˈlɛndən] 麥克倫登

Macclenny [məkˈlɛnɪ]

McClernand [məkˈlɜrnənd]

Macclesfield [ˈmæklzfɪld] 麥克爾斯菲爾德

McClintic [məkˈlɪntɪk] 麥克林蒂克

McClintock [məkˈlɪntək] 麥克林托克

M'Clintock [məkˈlɪntək] 麥克林托克

McCloskey [məkˈlɑskɪ] 麥克洛斯基

McCloughin [məkˈlʊɪn]

McCloughry [məˈklɑrɪ] 麥克勞里

McCloy [məkˈlɔɪ] 麥克洛伊

McCluer Gulf [məˈklʊr ~] 馬克盧灣（新
幾內亞）

McClung [məkˈlʌŋ] 麥克朗

McClure [məkˈlʊr] 麥克路爾

M'Clure [məkˈlʊr] 麥克路爾

McClurg [məkˈlɜrg] 麥克勒爾

McClusky [məkˈlʌskɪ] 麥克拉斯基

McColl [məˈkɔl] 麥科爾

McColloch [məˈkʌlək] 麥科洛克

McCollough [məˈkʌlə] 麥科洛

McCollum [məˈkɑləm] 麥科勒姆

McComas [məˈkoməs] 麥科馬斯

McComb [məˈkum; məˈkom] 麥庫姆

McConaghy [məˈkɑnəhɪ]

McConalogue [məˈkɑnəlɔg]

McCone [məˈkon] 麥科恩

McConihe [məˈkɑnɪ] 麥科尼

McConnaughey [məˈkɑnəhe] 麥康瑞希

McConnell [məˈkɑnl] 麥康奈爾

McConnellsburg [məˈkɑnlzbɜg]

McConochie [məˈkɑnəkɪ]

McCook [məˈkʊk] 麥庫克

Mac Cool [məkˈkul] 麥庫爾

McCord [məˈkɔrd] 麥科德

MacCorkle [məˈkɔrkl]麥科克爾

McCormack [məˈkɔrmək] 麥科馬克

MacCormick [məˈkɔrmɪk]

McCormick [məˈkɔrmɪk] 馬受米克(Cyrus
Hall, 1809-1884, 美國刈木機發明者)

McCorquodale [məˈkɔrkədel]

McCosh [məˈkɑʃ] 馬考施（Tames, 1811-
1894, 美國教育家）

Mcostrich [məˈkɑstrɪtʃ]

McCoy [məˈkɔɪ] 麥科伊

MacCracken [məˈkrækən] 馬克萊肯(Henry
Noble, 1880-, 美國教育家)

McCrae [məˈkre] 馬克雷（John,1872-1918,
加拿大醫生及詩人）

McCrary [məkˈrɛrɪ] 麥克拉里

McCray [məˈkre]

McCrea [məkˈre] 麥克雷

McCreadie [məkˈrɪdɪ]

McCready [məkˈrɪdɪ]麥克里迪

McCreary [məkˈrɪrɪ] 麥克里里

McCreery [məkˈrɜrɪ] 麥克里里

McCrie [məkˈri]麥克里

McCrone [məkˈron] 麥克倫

McCrory [məkˈrɔrɪ] 麥克羅里

McCue [məˈkju] 麥丘

McCullagh [məˈkʌlə] 麥卡拉

McCullers [məˈkʌləz] 麥卡勒斯

Macculloch [məˈkʌlək; məˈkʌləh（蘇）]

McCulloch 〔mə'kʌlək; mə'kʌləh（蘇）；
　mə'kʌlə〕麥卡洛克
McCullough 〔mə'kʌlək〕麥卡洛
McCumber 〔mə'kʌmbə〕麥坎伯
MacCumhail 〔mə'kul〕麥庫爾
McCune 〔mə'kjun〕麥丘恩
MacCunn 〔mə'kʌn〕麥康
MacCurdy 〔mə'kɜdɪ〕麥柯迪
McCurdy 〔mə'kɜdɪ〕麥柯迪
McCutchan 〔mə'kʌtʃən〕麥卡琴
McCutcheon 〔mə'kʌtʃən〕馬卡勤（George
　Barr, 1866-1928, 美國小說家）
MacDaire 〔mək'dərə〕麥克達勒
McDermot 〔mək'dɜmət〕麥克德莫特
McDiarmid 〔mək'dɜmɪd〕麥克迪爾米德
MacDona(gh) 〔mək'dʌnə〕麥克多納
Macdonald 〔mək'dɒnəld〕麥克唐納
　(George, 1824-1905, 蘇格蘭小說家及詩人)
MacDonald 〔mək'dɒnəld〕麥克唐納(James
　Ramsay, 1866-1937, 英國政治家)
McDonald 〔mək'dɒnəld〕麥當勞
Macdonell 〔,mækdə'nel〕麥克唐奈
MacDonnell 〔,mækdə'nel〕麥克唐奈
McDonnell 〔mək'dɒnəl〕麥克唐奈
Macdonough 〔mək'dʌnə〕麥克多諾
MacDonough 〔mək'dʌnə〕麥克多諾
McDonough 〔mək'dʌnə; mək'dɒnə〕
　麥克多諾
Macdonwald 〔mək'dɒnəld〕
McDouall 〔mək'dauəl〕
Macdougal 〔mək'dugəl〕
MacDougal 〔mək'dugəl〕
McDowall 〔mək'dauəl〕麥克道爾
Macdowell 〔mək'dauəl〕麥克道爾
MacDowell 〔mək'dauəl〕麥克道艾爾
　(Edward Alexander, 1861-1908, 美國作曲
　家及鋼琴家)
McDowell 〔mək'dauəl〕麥克道爾
Macduff 〔mæk'dʌf〕麥克達夫
MacDuff 〔mək'dʌf〕麥克達夫
McDuffie 〔mək'dʌfɪ〕麥克達菲
MacDuncan 〔mək'dʌŋkən〕
Macé 〔ma'se〕（法）梅斯　　　「(蘇)〕
McEachran 〔mə'kɛkrən; mə'kɛhrən
McEachren 〔mə'kɛkrɛn; mə'kɛhrən
　(蘇)〕麥凱克倫
Macedo 〔ma'sedo(義);mə'seðu(葡)〕
Macedon 〔'mæsɪ,dɒn〕馬其頓王國
Macedonia〔,mæsɪ'dɒnɪə; -'dɒnjən〕
　❶馬其頓王國 ❷馬其頓地區(希臘)
Macedonio 〔,matʃe'dɒnjo〕
Macedonius 〔,mæsɪ'dɒnɪəs〕

Maceió 〔,mase'ɔ〕馬沙約港（巴西）
Maček 〔'matʃek〕（塞克）
McElderry 〔'mækḷderɪ〕麥克爾德里
McEldowney 〔'mækḷdaunɪ〕
McElhenney 〔'mækəlhenɪ〕麥克爾希尼
McElhiney 〔mə'kelhənɪ〕麥克爾希尼
McElroy 〔'mækəlrɔɪ〕麥克爾羅伊
McElvaney 〔'mækəlvenɪ〕
MacElwain 〔mə'kelwen〕麥克爾維恩
McElwin 〔mə'kelwɪn〕
McEnery 〔mə'kenərɪ〕麥克內里
McEntee 〔,mækən'ti〕麥肯蒂
McEntegart 〔,mækɪn'tɛgət〕麥肯特加特
Maceo 〔ma'seo〕
Macer 〔'mesə〕梅瑟
Macerata 〔,matʃe'rata〕
Mac Erc 〔mæk'ɛrk〕
McErlain 〔'mækələn〕
Maceroni 〔,matʃe'roni〕
MacEvoy 〔'mækəvɔɪ〕
McEvoy 〔'mækəvɔɪ〕麥克沃伊
Macewen 〔mə'kjuən〕麥克尤恩
MacEwen 〔mə'kjuən〕麥克尤恩
McEwen 〔mə'kjuən〕麥克尤恩
McFadden 〔mək'fædən〕麥克恩登
Macfadyen 〔mək'fædjən〕麥克法迪恩
McFall 〔mək'fɔl〕麥克福爾
M'Fall 〔mək'fɔl〕
McFarlan 〔mək'farlən〕麥克法倫
McFarland 〔mək'farlənd〕麥克法蘭
Macfarlane 〔mək'farlɪn〕麥克法蘭
McFarlane 〔mək'farlɪn〕麥克法蘭
Macfarren 〔mək'færən〕
McFaul 〔mək'fɔl〕
McFeatters 〔mək'fitəz〕
McFee 〔mək'fi〕麥克菲
Macfie 〔mək'fi〕麥克菲
McFingal 〔mək'fɪŋgəl〕
Macfirbis 〔mək'fɜbɪs〕
MacFlecknoe 〔mək'flɛkno〕
McFlimsey 〔mək'flɪmzɪ〕
MacGahan 〔mə'gæn〕
McGahey 〔mə'gæhɪ;mə'geɪ（蘇）〕麥加希
McGarel 〔mə'gærəl〕
McGarrah 〔mə'gærə〕
McGaughey 〔mə'gɔɪ〕麥戈伊
McGavock 〔mə'gævək〕麥加沃克
McGeagh 〔mə'ge〕麥蓋
McGee 〔mə'gi〕麥吉
McGehee 〔mə'gihɪ〕麥吉
McGeough 〔mə'go〕
McG(h)ee 〔mə'gi〕麥吉

McGiffert〔məˈgɪfət〕麥吉弗特
McGiffin〔məˈgɪfɪn〕麥吉芬
McGill〔məˈgɪl〕麥吉爾
MacGill〔məˈgɪl〕麥吉爾
McGillewie〔məˈgɪləwɪ〕
MacGillicuddy〔ˈmæglkʌdɪ;ˈmægɪlɪ-
   ‚kʌdɪ〕麥吉利卡迪
McGillicuddy〔məˈgɪlɪkʌdɪ〕麥吉利卡迪
Macgillicuddy's Reeks〔məˈgɪlɪkʌdɪz
   ˈriks〕(愛)
McGillivray〔məˈgɪlɪvre〕麥吉利夫雷
MacGillivray〔məˈgɪlɪvre〕麥吉利夫雷
Macgillycuddy's Reeks〔məˈgɪlɪkʌdɪz
   ˈriks〕(愛)麥吉利卡迪
McGinty〔məˈgɪntɪ〕麥金蒂
McGivney〔məˈgɪvnɪ〕麥吉夫尼
McGlachlin〔məˈglahlɪn〕
McGlynn〔məˈglɪn〕
McGougan〔məˈgugən〕麥高根
McGoughran〔məˈgɔfrən〕
McGovern〔məˈgʌvən〕麥戈文
Macgowan〔məˈgauən〕
MacGowan〔məˈgauən〕麥高恩
McGranery〔məˈgrænərɪ〕麥格雷納里
MacGrath〔məˈgraθ〕麥格拉斯
McGrath〔məˈgra;məˈgræθ〕麥格拉斯
McGraw〔məˈgrɔ〕麥格勞
McGready〔məˈgredɪ〕
Macgreegor〔məˈgregə〕
MacGregor〔məˈgregə〕麥格雷戈
Macgregor〔məˈgregə〕
McGregor〔məˈgregə〕麥格雷戈
M'Gregor〔məˈgregə〕
McGrigor〔məˈgrɪgə〕
McGroarty〔məˈgrɔrtɪ〕
McGuffey〔məˈgʌfɪ〕馬戛菲(William
   Holmes, 1800-1873, 美國教育家)
McGuigan〔məˈgwɪgən〕麥圭根
McGuire〔məˈgwaɪə〕麥圭爾
Mach〔mah〕(德)馬赫
Macha〔ˈmahə〕
Mácha〔ˈmaha〕(捷)
Machabees〔ˈmækəbiz〕
Machado〔maˈtʃado〕馬查多(Gerardo,
   1871-1939, 古巴政治家)   「(葡)
Machado de Assis〔məˈʃaðu ðɪ əˈsis〕
Machado Ruiz〔maˈtʃaðo ruˈiθ〕(西)
Machado y Morales〔maˈtʃaðo ɪ mo-
   ˈrales〕(西)
Machaerus〔məˈkɪərəs〕
Macham〔ˈmekəm〕
Ma Chan-Shan〔ˈma ˈdʒan·ˈʃan〕(中)

Machar〔ˈmɑhar〕(捷)
Machault〔maˈʃo〕(法)
Machault d'Arnouville〔maˈʃo dɑrnu-
   ˈvil〕(法)
Machaut〔maˈʃo〕(法)
Macheath〔mækˈhiθ〕
Machecourt〔maʃˈkur〕(法)
Machell〔ˈmetʃəl〕
Machen〔ˈmetʃən〕梅琴
McHenry〔məkˈhɛnrɪ〕麥克亨利
Machgielis〔mahˈilɪs〕(荷)
Machias〔məˈtʃaɪəs〕
Machiavel〔‚mækɪəˈvɛl〕
Machiavelli〔‚mækɪəˈvɛlɪ〕馬基亞維利
   (Niccolò, 1469-1527, 義大利政治家及政治哲
   學家)
Machichaco〔‚matʃɪˈtʃako〕
Machin〔ˈmetʃɪn〕梅琴
Machinjiri〔matʃɪnˈdʒiri〕
Machlup〔ˈmaklup〕馬克盧布
Machmal〔mahˈmal〕(阿拉伯)
Machold〔məkˈhold〕麥克霍爾德
Machpelah〔mækˈpilə〕
Machrowicz〔mæˈkrovɪtʃ〕馬克羅維奇
Machu〔ˈmatʃu〕
McHugh〔məkˈhju〕麥克休
Machu Picchu〔ˈmatʃu ˈpiktʃu〕
Machynlleth〔maˈhənhlɛθ〕(威)
Macias el Enamorado〔maˈθias ɛl
   e‚namoˈraðo〕(西)
Macía y Llusa〔maˈθia ɪ ˈljusa; maˈsia
   ɪ ˈljusa〕(西)
Macie〔ˈmesɪ〕
Maciej〔ˈmatʃe〕(波)
Maciejowice〔‚matsjɛjɔˈvitsɛ〕(波)
Maciejowski〔‚matsjɛˈjɔfskɪ〕(波)
Maciel Parente〔məsˈjɛl pəˈrentɪ〕
McIldowie〔‚mækɪlˈdauɪ〕
McIlhenney〔ˈmækɪlhɛnɪ〕
McIlrath〔ˈmækɪlraθ〕
McIlroy〔ˈmækɪlrɔɪ〕麥基爾羅伊
MacIlwain〔ˈmækɪlwen〕
McIlwain〔ˈmækɪlwen〕麥基爾維恩
MacIlwraith〔ˈmækɪlrɛθ〕
Macindoe〔ˈmækɪndu〕
McInerny〔məˈkɪnənɪ〕
MacInnes〔məˈkɪnɪs〕
MacInnis〔məˈkɪnɪs〕
McIntire〔ˈmækɪntaɪr〕麥金太爾
Macintosh〔ˈmækɪntaʃ〕
McIntosh〔ˈmækɪntaʃ〕麥金托什
Macintyre〔ˈmækɪntaɪr〕

MacIntyre ['mækɪntaɪr] 麥金太爾
McIntyre ['mækɪntaɪr] 麥金太爾
Macip [ma'sip] （西）
Macirone [,mætʃɪ'ronɪ]
Mačiulis [mɑ'tʃulɪs] （立陶宛）
McIver [mə'kɪvə]
McIvor [mə'kɪvə] 麥基弗
Mack [mæk] 麥克
Mackail [mə'kel] 麥凱爾
Mackall [mekɔl] 麥考爾
Mckarness ['mækəsnəs] 麥卡尼斯
Mackay [mə'kaɪ;'mækə] 馬凱（澳洲）
Mckay [mə'ke] 麥凱
MacKaye [mə'kaɪ] 馬凱（Percy, 1875-1896, 美國詩人及戲劇家）
Macke ['makə]
Mckeag [mə'kig] 麥基格
McKean [mə'kin] 麥基恩
Mckeand [mə'kind]
McKee [mə'ki] 麥基
McKeen [mə'kin] 麥基恩
Mckees [mə'kiz]
McKeesport [mə'kizport] 馬基斯浦（美國）
Mckeith [mə'kiθ] 麥基思
Mackellar [mə'kelə]
McKellar [mə'kelə] 麥凱勒
McKelway [mə'kelwe]
McKendree [mə'kendrɪ] 麥肯德里
MacKendrick [mə'kendrɪk]
McKenna [mə'kenə] 麥肯納
Mackennal [mə'kenl]
Mackenneth [mə'kenɪθ]
McKenney [mə'kenɪ] 麥肯尼
Mackenzie [mə'kenzɪ] 馬坎茲（❶ Alexander, 1822-1892, 加拿大政治家 ❷ Sir Compton, 1883-1972, 英國小說家）
Mackenzie [mə'kenzɪ] ❶馬更些河（加拿大）❷馬更些（加拿大）
McKeon [mə'kiɑn] 麥基翁
McKeown [mə'kjun] 麥基翁
Mackesey ['mækəsɪ] 麥克西
McKerrow [mə'kero]
Mackey ['mækɪ] 麥基
Mckey [mə'kaɪ]
McKichan [mə'kɪkən]
Mackie ['mækɪ] 麥凱
McKie [mə'kaɪ] 麥凱
McKim [mə'kɪm] 馬吉姆（Charles Follen, 1847-1909, 美國建築家）
Mackin ['mækɪn]
Mackinaw blanket ['mækə,nɔ ~]一種方格紋厚毛毯

Mackinlay [mə'kɪnlɪ] 麥金利
McKinlay [mə'kɪnlɪ] 麥金利
Mackinley [mə'kɪnlɪ]
McKinley [mə'kɪnlɪ] 馬京利（William, 1843-1901, 美國第 25 任總統）「國）
McKinley, Mount [mə'kɪnlɪ] 馬金利山（美
McKinney [mə'kɪnɪ] 麥金尼
Mackinnon [mə'kɪnən]
MacKinnon [mə'kɪnən] 麥金農
Mackintosh ['mækɪn,taʃ] 麥金陶西（Sir James, 1765-1832, 蘇格蘭哲學家及歷史學家）
MacKintosh ['mækɪntaʃ] 麥金托什
Macklin ['mæklɪn] 麥克林
Mackmurdo [mæk'mɜdo]
MacKnight [mæk'naɪt] 麥克奈特
McKnight [mək'naɪt] 麥克奈特
McKone [mə'kon] 麥科恩
Mackonochie [mə'kanəkɪ]
Mackowie [mə'kauɪ]
McKowie [mə'kauɪ]
McKready [mək'ridɪ]
Mackrill [mæk'rɪl]
Mackubin [mə'kʌbɪn]
MacKubin [mə'kʌbɪn]
Mack von Leiberich ['mɑk fɑn 'laɪbərɪh]（德）
Mackworth ['mækwəθ]
MacLachlan [mək'lɑklən;mək'læklən] 麥克拉克倫
McLagan [mək'lægən] 麥克拉根
MacLaglan [mək'læglən] 麥克拉根
McLain(e) [mək'len] 麥克萊恩
McLane [mək'len] 麥克萊恩
Maclaren [mək'lærən] 麥克拉倫
McLaren [mək'lærən] 麥克拉倫
McLa(u)chlan [mək'lɑklən]
McLauchlin [mək'lɑklɪn]
McLaughlin [mə'klɑklɪn;-'klɑf-]麥克拉夫林（Andrew Cunningham, 1861-1947, 美國歷史家）
Maclaurin [mək'lɑrɪn] 麥克勞林
McLaurin [mək'lɑrɪn] 麥克勞林
McLaverty [mək'levətɪ]
McLaws [mək'lɔz]
Maclay [mək'le]
McLay [mək'le]
McLea [mək'le]
Maclean [mək'len] 麥克萊恩
MacLean [mək'len;mək'lin] 麥克萊恩
McLean [mək'len;mək'lin] 麥克萊恩
Macleane [mək'len]
McLeansboro [mək'lenz,bʌrə]

Maclear [mək'lɪr] 麥克利爾
MacLeary [mək'lɛrɪ] 麥克利里
McLeay [mək'le]
Maclehose ['mæklhoz] 麥克爾霍斯
MacLehose ['mæklhoz] 麥克爾霍斯
M'Lehose ['mæklhoz]
MacLeish [mək'liʃ] 麥克利施 (Archibald, 1892-1982, 美國詩人)
McLelland [mək'lɛlənd] 麥克萊倫
McLendall [mək'lɛndəl]
McLendell [mək'lɛndl] 麥克倫德爾
MacLennan [mək'lɛnən] 麥克倫南
Maclennan [mək'lɛnən] 麥克倫南
McLennan [mək'lɛnən] 麥克倫南
Macleod [mə'klaud] 麥克勞德 (John James Rickard, 1876-1935, 蘇格蘭生理學家)
MacLeod [mə'klaud] 麥克勞德
McLeod [mək'laud] 麥克勞德
McLevy [mək'livɪ] 麥克利維
MacLiammóir [mək'læmɔ] (愛)
McLiammoir [mək'liəmɔr]
Maclise [mək'lis]
Macliver [mək'livə]
Maclure [mək'lur] 麥克盧爾
McClurke [mək'lur]
M'Clure Strait [mə'klur ~] 馬克盧海峽 (加拿大)
Macmahon [mək'man] 麥克馬洪
MacMahon, de [mək'maən] 麥馬韓 (Comte Marie Edme Patrice Maurice, 1808-1893, 法國元帥及政治家)
McMahon [mək'maən; mək'meən]
McManaway [mək'mænəwe] 麥克馬納維
Macmanus [mək'mænəs; mək'manəs; mək'menəs] 麥克馬納斯
MacManus [mək'mænəs; mək'manəs; mək'menəs] 麥克馬納斯
McManus [mək'mænəs] 麥克馬納斯
McMaster(s) [mək'mæstə(z);-'mas-] 麥克馬斯特 (John Bach, 1852-1932, 美國歷史家)
McMechan [mək'mɛkən]
McMein [mək'min]
Macmillan [mək'mɪlən] 麥米倫 (Harold, 1894-, 英國從政者及首相)
MacMillan [mək'mɪlən] 麥米倫 (Donald Baxter, 1874-1970, 美國北極探險家)
McMillan [mək'mɪlən] 麥克米倫 (Edwin Mattison, 1907-, 美國化學家)
McMinn [mək'mɪn] 麥克明
MacMonnies [mək'mʌniz;-'man-] 麥克孟尼茲 (Frederick William, 1863-1937, 美國雕刻家)

Macmorran [mək'marən] 麥克莫倫
Macmorris [mək'marɪs]
MacMullan [mək'mʌlən]
McMullen [mək'mʌlən] 麥克馬倫
McMunn [mək'mʌn]
Macmurchada [mək'mɜhəgə] (愛)
McMurdo [mək'mɜdo]
MacMurray [mək'marɪ] 麥克默里
McMurray [mək'marɪ] 麥克默里
McMurrich [mək'marɪk]
MacMurrough [mək'maro; 'məkmaro] 麥克默羅
McMurry [mək'marɪ] 麥克默里
McMurtrie [mək'mɜtrɪ] 麥克默特里
MacNab [mək'næb] 麥克納布
McNab [mək'næb] 麥克納布
McNabb [mək'næb] 麥克納布
Macnaghten [mək'nɔtn]
McNair [mək'nɛr] 麥克奈爾
M'Nair [mək'nɛr]
McNairy [mək'nɛrɪ]
MacNally [mək'næli] 麥克納利
MacNamara [,mækna'marə] 麥克納馬拉
Macnamara [,mækna'marə] 麥克納馬拉
McNamee [mækna'mi] 麥克納米
McNarney [mək'nanɪ] 麥克納尼
McNary [mək'nɛrɪ] 麥克納里
MacNaught [mək'nɔt] 麥克諾特
McNa(u)ght [mək'nɔt] 麥克諾特
MacNaughton [mək'nɔtn] 麥克諾頓
McNeal [mək'nil] 麥克尼爾
Macnean [mək'nin]
McNeely [mək'nili] 麥克尼利
MacNeice [mək'nis] 麥克尼斯 (Louis, 1907-1963, 英國詩人)
MacNeil [mək'nil] 麥克尼爾 (Hermon Atkins, 1866-1947, 美國雕刻家)
McNeile [mək'nil]
Macneill [mək'nil] 麥克尼爾
MacNeill [mək'nil] 麥克尼爾
McNeil(l) [mək'nil] 麥克尼爾
M'Neill [mək'nil]
Macneish [mək'niʃ] 麥克尼什
McNemar ['mækni,mar] 麥克尼馬爾
Macneven [mək'nɛvən]
McNew [mək'nju]
McNichol [mək'nɪkl] 麥克尼科爾
MacNider [mək'naɪdə]
Macnish [mək'nɪʃ]
McNutt [mək'nʌt]
Macomb [mə'kom] 麥科姆
Macon ['mekən] 美肯 (美國)

Maçon [ma'sɔŋ]

Mâcon ['makɔŋ;ma'kɔŋ(法)] 梅肯

Maconachie [mə'kanəkɪ] 麥科納基

Maconaquah [,mekə'nakwə] （印第安）

Maconchy [mə'kaŋkɪ] 麥康基

M'Connachie [mə'kanəkɪ]

Mâconnais [makɔ'nɛ] （法）

Maconochie [mə'kanəkɪ]

Macoraba [,mækə'rebə]

Macorís [,mako'ris]

Macorix [,mako'riks]

Mac Orlan [mak ɔr'laŋ] （法） 麥克奧倫

McOstrich [mə'kastrɪtʃ]

MacOuart [mə'kjuət]

Macoupin [mə'kupɪn]

McOutra [mə'kutrə]

McPartland [mək'partlənd] 麥克帕蘭

Macpelah [mæk'pilə]

Macphail [mək'fel]

MacPhail [mək'fel] 麥克費爾

Mcphail [mək'fel] 麥克費爾

Macpherson [mək'fɚsn] 麥克佛生 (James, 1736-1796, 蘇格蘭作家)

MacPherson [mək'fɚsn] 麥克弗生

McPherson [mək'fɚsn] 麥克弗生

Mc Quaid [mək'wed] 麥圭德

Macquarie [mə'kwarɪ] 麥加利河 (澳洲)

Mac Queen [mək'win] 麥圭因

Macqueen-Pope [mək'win·'pop]

Macquer [ma'kɛr] （法）

McQuisten [mək'wɪstən]

Macquoid [mək'wɔɪd] 麥濶伊德

Macquorn [mək'wɔrn] 麥夸恩

Macrae [mæk're] 麥克雷

McRae [mək're] 麥克雷

Macready [mək'ridɪ] 麥克雷迪

MacReady [mək'ridɪ] 麥克雷迪

McReady [mək'ridɪ] 麥克雷迪

McReay [mək're]

Macrembolires [,mækrəmbə'laɪtiz]

Macrembolitissa [,mækrəm,balɪ'tɪsə]

McReynolds [mək'rɛnldz]

M'Crie [mək'ri]

Macrinus [mək'raɪnəs]

Macro ['mekro]

Mac-Robertson [mæk'rabɚt·sn]

Macrobius [mək'robɪəs]

Macro-Chibchan ['mækrə·'tʃɪbtʃən]

Macro-Guaicuruan ['mækrə·gwaɪku-'ruən]

Macro-Otomanguean ['mækrə otə-'mæŋgɪən]

Macro-Penutian ['mækrə·pɪ'nuʃən]

McRorie [mək'rɔrɪ] 麥克羅里

McRory [mək'rɔrɪ]

Macrow [mək'ro]

McSherrystown [mək'ʃɛrɪztaun]

MacSwiney [məks'wini] 麥克斯威尼

Macsycophant [mæk'sɪkofənt]

MacTab [mæk'tæb]

McTaggart [mək'tægət] 麥克塔格特

M'Taggart [mək'tægət]

Mactan [mak'tan]

Mactaris [mæk'tərɪs]

MacTavish [mək'tævɪʃ]

McTeague [mək'tig]

McTyeire [mək'tɪr]

Macuira [mak'wira]

Maculla [mə'kʊlə]

M'Culloch [mə'kʌlək]

Macumba [ma'kumba]

Macurijes [,maku'rihes] (拉丁美)

Macusis [maku'siz]

Macuto [ma'kuto]

McVay [mək've]

McVeagh [mək've] 麥克維

MacVeagh [mək've] 麥克維

McVean [mək'ven] 麥克弗恩

Macvey [mək've] 麥克維伊

Macvicar [mək'vɪkə] 麥克維卡

McVitie [mək'vɪtɪ]

McVittie [mək'vɪtɪ] 麥克維蒂

MacWhirter [mək'wɚtə] 麥克沃特

Macy ['mesɪ] 梅西

Mad [mæd]

Madaba ['mædəbə]

Madách ['madatʃ] (匈)

Madagascar [,mædə'gæskɚ] 馬達加斯加(非洲)

Madai ['mædeaɪ]

Madame Bovary [ma'dam bɔva'ri] (法)

Madan ['mædn] 馬登

Madang ['madaŋ] 馬丹 (新幾內亞)

Madaras [ma'ðaras] （西）

Madariaga y Rojo [,maða'rjaga ɪ 'rɔ-ho] （西）

Madaripur [ma'darɪpur]

Mad'arsko ['madjaskɔ] (捷克)

Madauros [mə'dɔrəs]

Madava ['madəvə]

Madawaska [,mædə'waskə]

Maddalena [,madda'lena] (義)

Maddalo ['mædəlo]

Maddaloni [,madda'loni] (義)

Madden ['mædn] 馬登

Maddern〔'mædən〕馬登
Maddison〔'mædɪsn〕馬迪遜
Maddock〔'mædək〕馬多克
Maddox〔'mædəks〕馬多克斯
Madeba〔'mædəbə;'mædæbə〕(阿拉伯)
Madec〔ma'dɛk〕(法)
Madeira〔mə'dɪrə〕❶馬得拉群島(葡萄牙)
   ❷馬得拉河(巴西)
Mädelegabel〔'mɛdələ,gabəl〕
Madeleine〔'mædəlɪn;mad'lɛn(法)〕瑪德
Madeley〔'medlɪ〕梅德利   L琳
Madelia〔mə'diljə〕
Madelin〔,ma'dlæŋ〕馬德蘭(Louis,1871-
   1956,法國歷史家)
Madeline〔'mædlɪn〕瑪德琳
Madeline Bray〔'mædəlɪn 'bre〕
Madelung〔'madəluŋ〕
Mademoiselle〔,mædəmə'zɛl;mad-
   mwa'zɛl(法)〕
Mademoiselle de Maupin〔madmwa-
   'zɛl də mo'pæŋ〕(法)
Maden〔'mædn〕
Madennassena〔,madɛna'sena〕
Madera〔mə'dɛrə〕
Maderna〔ma'dɛrna〕
Maderni〔ma'dɛrni〕
Maderno〔ma'dɛrno〕
Madero〔ma'dɛra;ma'ðero(西)〕
Madetoja〔'madɛ,tɔja〕(芬)
Madge〔mædʒ〕瑪琪
Madgearu〔'maddʒaru〕(羅)
Madge Wildfire〔mædʒ 'waɪldfaɪr〕
Madhao〔ma'dao〕
Mad Hatter〔'mæd 'hætə〕
Madhava〔'madəva〕
Madhavacharya〔'madəva'tʃarjə〕
Madhumati〔,mʌdhu'mʌtɪ〕(印)
Madhu Rao〔'madʊ 'ra·ʊ〕
Madhya Bharat〔'mʌdjə 'barət〕(印)
Madhya Pradesh〔'mʌdjə pra'deʃ〕(印)
Madi〔'madi〕
Madidi〔ma'ðiðɪ〕(西)
Madill〔mə'dɪl〕馬迪爾
Madina, al-〔'æl·mæ'dinə〕
Madingley〔'mædɪŋlɪ〕
Madioen〔,madɪ'jun〕
Madison〔'mædɪsn〕麥迪生(James, 1751-
   1836,美國第四任總統)
Madisonville〔'mædɪsɱvil〕
Madiun〔,madɪ'jun〕
Madjapahit〔,madʒa'pɑ·ɪt〕
Mädler〔'mædlə;'medlə(德)〕

Madoc〔'mædək〕
Madoera〔mə'durə〕
Madog〔'mædəg〕
Madog ab Owain Gwynedd〔'mædəg əb
   'owen 'guɪneð〕(威)
Madona〔'madwəna〕
Madonella〔,mædə'nɛlə〕
Madonie〔,madoʹnie〕
Madonna〔mə'danə〕❶聖母瑪利亞❷聖母的畫像
   或雕像
Mador〔'mædə〕
Madou〔ma'du〕(法)
Madox〔'mædəks〕
Madoz〔ma'ðoθ〕(西)
Madraka〔'mædrəkə〕
Madras〔mə'dræs;mə'dras〕馬德拉斯(印
   度)
Madrasi〔məd'ræsɪ〕
Madrazo〔mɑð'raθo〕(西)
Madrazo y Kunt〔mɑð'raθo ɪ 'kunt〕(西)
Madre〔'mædrɪ;'madre(義);'maðre(西)〕
Madre, Laguna〔lə'gunə 'mædrɪ;la-
   gunɑ 'maðre(西)〕
Madre de Deus〔'madrɪ dɪ 'deus〕
Madre de Dios〔'maðre ðe 'ðjos〕馬瑞退
   秀河(南美洲)
Madrid〔mə'drɪd〕馬德里(西班牙)
Madrid, Fernández〔fɛr'nandes mað-
   'rɪð〕(西)
Madriz〔mɑð'ris〕(拉丁美)
Madura〔mə'durə;'mædjurə〕馬杜拉島(印
   尼)
Madurese〔mə'duriz〕
Madvig〔'madvɪg〕(丹)
Mae〔me〕
Maeander〔mɪ'ændə〕
Maeatae〔mɪ'eti〕
Maebashi〔,majə'baʃɪ〕前橋(日本)
Maecenas〔mɪ'sinəs〕米西奈斯(Gaius, 70?-
   8 B.C.,羅馬政治家及文藝支持者)
Maecilius〔mɪ'sɪliəs〕
Maeder〔'maɪdə〕
Mae Hong Son〔'mæ 'hɔŋ 'sɔn〕(暹羅)
Maehongson〔'mæ'hɔŋ'sɔn〕(暹羅)
Mae Klong〔'mæ 'klɔŋ〕(暹羅)
Maël〔ma'ɛl〕(法)
Maelstrom〔'melstrom〕
Maelzel〔'meltsəl〕
Maenads〔'minædz〕
Maeonia〔mi'oniə〕
Maeotis, Palus〔'peləs mi'otɪs〕
Maercker〔'mɛrkə〕(德)

Maerlant ['marlɑnt] (荷)

Maes [mɑs] 馬斯 (Nicolase, 1632- 1693, 荷蘭畫家)

Maeshowe ['meʃo]

Maesteg [mais'teg] (威)

Maestra [mɑ'estrɑ]

Maestre ['mestri] 梅斯特里

Maestricht [mas'triht] (荷)

Maeterlinck ['metəlɪŋk] 梅特林克 (Count Maurice, 1862-1949, 比利時詩人、劇作家及散文家)

Maeviad ['miviəd]

Mae West ['me 'west] 第二次世界大戰時飛行人員用的一種救生背心

Maewo [mɑ'ewo]

Mafeking ['mæfɪkɪŋ] 馬菲金 (南非)

Maffei [mɑf'fei] (義)

Maffeo [mɑf'feo] (義)

Maffia ['mɑfɪɑ]

Maffitt ['mæfɪt]

Maffry ['mæfrɪ] 馬弗里

Mafia ['mɑfɪə;mɑ'fiɑ] 馬菲亞

Mafra ['mɑfrə]

Mafrak ['mæfrək]

Mafraq ['mæfrək]

Mag [mæg] 瑪格

Magadan ['mægədæn;məgʌ'dɑn] 馬加丹 (蘇聯)

Magada ['mægədə]

Magadha ['mægədə]

Magadhi [mɑgədi]

Magadi [mə'gɑdi]

Magadoxo [mægə'dɑkso]

Magalakwin ['mægələk,win]

Magalaqueen ['mægələk,win]

Magalhaens [məgəljæ'iŋ] (葡)

Magalhães [məgəlje'iŋs] (巴西)

Magallanes [,mɑgɑ'jɑnes] (西)

Magallanes Moure [,mɑgɑ'jɑnes 'more]

Magaloff [mɑ'gɑlɔf]

Magan ['megən] 馬根

Magarac ['mægɔræk]

Magaret ['mɑgərɛt] 馬格雷特

Mag-Asawang-Tubig ['mɑg·ɑ'sɑwɑŋ·- 'tubɪg]

Magazine Mountain ['mægəzin~]

Magda ['mægdə; 'mɑgdɑ (羅)

Magdala ['mægdələ]

Magdalen ['mægdəlɪn] 馬達蘭群島 (加拿)

Magdalena [,mægdə'lenə] 馬格達琳那河 (哥倫比亞)

Magdalene [,mægdə'lini; 'mægdəlin; 'mægdəlin; 'mɔdlin]

Magdaleno [,mɑgdɑ'leno]

Magdeburg ['mægdə,bəg] 馬德堡 (德國)

Magdeleine [mɑgdə'len] (法)

Magee [mə'gi] 馬吉

Magelang [,mɑgə'lɑŋ]

Magellan [mə'dʒɛlən] 麥哲倫 (Ferdinand, 1480?-1521, 葡萄牙航海家)

Magellan' Strait of [mə'dʒɛlən] 麥哲倫海峽 (智利)

Magellanic clouds [,mædʒə'lænɪk] 赤道以南之暗淡星雲 (爲與銀河系最接近之星系)

Magendie [mɑʒæŋ'di] (法)

Magens Bay ['megənz~]

Magenta [mə'dʒɛntə;mɑ'dʒɛntɑ] (義)

Mageröy ['mɑgərəju] (挪)

Magerøy ['mɑgərəju] (挪)

Magersfontein ['mɑgəz,fɑnten]

Maggia ['mɑddʒɑ] (義)

Maggie ['mægɪ] 瑪姬

Maggie Tulliver ['mægɪ 'tʌlɪvə]

Maggini [mɑd'dʒinɪ] (義)

Maggiorasca [,mɑddʒo'rɑskɑ] (義)

Maggiore, Lake [mə'dʒorɪ] 馬泰列湖 (歐洲)

Maggy ['mægɪ]

Magheramorne [mɑrə'mɔrn]

Maghiana [,mʌgɪ'ɑnɑ] (印)

Maghreb ['mɑgrɛb;'mɑgrɪb] (阿拉伯)

Maghreb el Aqsa, El [æl 'mɑgrɪb æl 'ʌksɑ] (阿拉伯)

Maghrib ['mʌgrɪb]

Maghull [mə'gʌl]

Magi ['medʒɑi] ❶【聖經】東方賢人 (the three Magi, 爲由東方趕來對初生聖嬰禮拜的三賢人)

Magicienne Bay [mə'dʒɪsɪən~]

Magill [mə'gɪl] 馬吉爾

Magilligan [mə'gɪlɪgən]

Magindanao [mɑgindɑ'nɑo] (西)

Maginn [mə'gɪn] 馬金

Maginnis [mə'gɪnɪs] 馬金尼斯

Maginot [,mæʒɪ'no] 馬奇諾 (André, 1877- 1932, 法國從政者)

Maginulf ['mɑgɪnʊlf]

Magister [mə'dʒɪstə] 馬吉斯塔德

Magister Islebius [mɑ'gɪstə ɪs'lebiʊs]

Maglemose ['mæglɪmosi]

Maglemosian [,mægle'mozɪən; 'mɑglɪ- mozɪən]

Magliabecchi [,mɑljɑ'bekkɪ] (義)

Magliabechi [,mɑljɑ'bekɪ]

Maglione [mɑl'jone] (義) 馬利奧內

Magloire〔mag'lwuːr〕（法）

Magna〔'mægnə〕馬格納

Magna Britannia〔'mægnə bri'tæniə〕

Magniac〔'mænjæk〕

Magna Carta〔'mægnə 'kɑrtə〕英國

大憲章，為 1215 年英王 John 為貴族等挾迫而
承認之自由特書

Magna Charta〔'mægnə 'kɑrtə〕英國

Magna Graecia〔'mægnə 'griʃiə〕義大
利之古代希臘殖民地

Magnalia Christi Americana〔mæg'ne-
liə 'kristai ə,mɪrɪ'kenə〕

Magnan〔mɑn'jɑŋ〕（法）

Magnani〔mɑn'jɑni〕

Magnano〔mɑg'nɑno〕

Magnard〔mɑn'jɑr〕（法）

Magnasco〔mɑn'jɑsko〕（義）

Magnavilla〔,mægnə'viːə〕

Magnavox〔'mægnəvɑks〕

Magnay〔mæg'ne〕馬格內

Magnentius〔mæg'nenʃiəs〕

Magnes〔'mægnis;'mægniz〕

Magnesia〔mæg'niːzjə;mæg'niʒə;mæg-
'niʃjə〕

Magnesia ad Maeandrum〔mæg'niːzjə æd
mi'ændrəm〕

Magnesia ad Sipylum〔mæg'niːzjə æd
'sipiləm〕

Magnetic Pole〔mæg'netik〕

Magn(i)ac〔'mænjæk〕

Magnificat〔mæg'ənifi,kæt〕【天主教】
聖母頌；聖瑪利亞頌（聖經路加 1：46-55 之
聖母頌歌）

Magnificence〔mæg'nifisns〕

Magnificoes〔mæg'nifikoz〕

Magnin〔'mægnin;mɑ'njæŋ（法）〕馬格寧

Magnitnaya〔məgn'jitnəjə〕

Magnitogorsk〔mæg'nito,gɔrsk〕馬克尼
士哥斯克（蘇聯）

Magno.el〔ɛl 'mɑgno〕

Magnol〔mɑn'jɔl〕（法）

Magnolia State〔mæg'nɔljə stets〕密西
西比州（美國）

Magnus〔'mægnəs;'mɑgnʊs（丹、德·挪）〕
馬格努斯

Magnúsen〔'mɑgnʊsən〕

Magnus-Levy〔'mɑgnʊs·'levi〕

Magnuson〔'mægnəsən〕馬格努森

Magnússen〔'mɑgnʊssən〕（冰）

Magnusson〔'mɑgnʊsən〕

Magnússon〔'mɑgnʊssən〕（冰）

Magnus Troil〔'mægnəs trɔil〕

Magny〔mɑ'nji〕（法）

Mago〔'mego〕

Magog〔'megɑg〕梅戈格

Magonigle〔mə'gɑnigl〕

Magontiacum〔,megən'taiəkəm〕

Magoon〔mə'gun〕

Magor〔mɑ'gɔr〕（法）馬戈爾

Magoun〔mə'gun〕馬古恩

Magra〔'mɑgrə〕

Magrath〔mə'grɑ〕馬格拉思

Magre〔'mɑgə〕（法）

Magrish〔'mægriʃ〕

Magritte〔mɑ'grit〕（法）

Magruder〔məg'rudə〕

Magsaysay〔mæg'sai,sai〕麥格塞塞（Ra-
món, 1907-1957, 曾任菲律賓總統）

Mag Tured〔mɑ 'turə〕（愛）

Magua〔'mɑgwə〕

Maguaque〔mɑg'wake〕

Maguarí〔,mɑgwə'ri〕

Maguire〔mə'gwair〕馬奎爾

Maguntchi〔mə'gɑntʃi〕

Maguntiacum〔,megʌn'taiəkəm〕

Magus〔'megəs〕❶古波斯之僧侶❷【聖經】東
方三賢之一

Magwe〔mə'gwe〕馬圭（緬甸）

Magwitch〔'mægwitʃ〕

Magyar〔'mægjɑr〕❶匈牙利之馬札兒人❷馬札
兒語

Magyar Köztársaság〔'mɑdjɔr 'kəs-
'tɑʃɑʃɑg〕（匈）

Magyaroszág〔'mɑdjɑ,rɔsɑg〕（匈）

Magyárovár〔'mɑdja,rova〕（匈）

Mahabharata〔mə'hɑ 'bɑrətə〕摩訶婆羅多
（印度古代二大敘事詩之一）

Maha Chai〔'mɑhɑ 'tʃai〕

Maha Chulalongkorn〔mɑ'hɑ tʃulɑ'lɔŋ-
kɔrn〕

Mahadeo〔'mʌhɑ'deo〕

Mahadeva〔,mɑhɑ'devə〕

Mahadevi〔,mɑhɑ'devi〕

Mahaffy〔mə'hæfi〕

Mahajamba〔,mɑhɑ'dʒɑmbɑ〕

Mahal Taj〔mə'hɑl tɑdʒ〕

Mahalla el Kubra〔mə'hælə ɛl 'kubrə〕馬
哈拉厄爾庫布拉（埃及）

Mahamankut〔mɑ,hɑmɑn'kut〕

Mahamaya〔mɑhɑ'majə〕

Mahammed Ali〔mɑ'hɑmmæd ɑ'li〕（波斯）

Mahan〔mə'hæn〕馬漢（Alfred Thayer, 1840-
1914, 美國海軍少將及歷史學家）

Mahanadi〔mə'hɑnədi〕馬哈納迪河（印度）

Mahanaim〔,meə'neim;,mɑhɑ'na·im〕

Mahanoy〔,mɑhə'nɔɪ〕

Mahany〔'mɑnɪ〕

Mahapralaya〔,mɑhɑp'rɑləjə〕

Mahapuranas〔ma,hɑpu'rɑnəz〕

Maharajpur〔,mɑhɑ'rɑdʒpur〕

Maharani〔,mɑhɑ'rɑnɪ〕

Maharashtra〔mə'hɑ'rɑʃtrə;,mɑhə-'rɑʃtrə〕

Maharbanji〔,mʌhə'bɑndʒɪ〕

Maharès〔mɑhɑ'rɛs(法);mæ'hærɪs(阿拉伯)〕

Mahasabha〔,mɑhɑ'sɑbɑ〕

Mahasaragam〔'mɑhɑsɑrɑkhɑm〕

Maha Sarakham〔mɑhɑ sɑrɑkhɑm〕馬哈薩臘坎(泰國)

Mahaska〔mə'hæskə〕

Mahatma〔mə'hɑtmə〕

Mahatma Gandhi〔mə'hɑtmə 'gɑndi〕聖雄甘地

Maha Vajiravudh〔mɑ'hɑ vɑdʒirɑ'vud〕

Mahavira〔,mɑhɑ'virə〕

Mahāvīra〔mə,hɑ'virə〕

Mahaweli Ganga〔mə'hɑ'wɛlɪ gʌngɑ〕

Mahayana〔,mɑhɑ'jɑnə;mə'hɑ'jɑnə〕【佛教】大乘;摩訶衍

Maha Yuga〔mə'hɑ 'jugə〕

Mahdi〔'mɑdi〕【回教】救世主

Mahdi,al-〔æl 'mædi〕

Mahdia〔mə'diə〕

Mahe〔mɑ'e〕馬埃(印度)

mahé〔,mɑ'he〕馬赫(印度)

Mahebourg〔mɑe'bur〕(法)

Mahendra-varman〔mə'hendrə·'vɜmə〕

Mahenge〔mɑ'hɛngə〕

Maher〔'mɑɚ〕馬厄

Maher Pasha〔mɑ'hɛr 'pɑʃə〕

Mahi〔'mɑhi;'mʌhi〕

Mahia〔'mɑhiə〕

Mahican〔mə'hikən〕

Mahidol〔mɑhɪ'dɔl〕

Mahidpore〔mɑ'hidpɔr〕

Mahieu〔mɑ'jɚ〕(法)

Mahi Kantha〔'mɑhi 'kɑntə;'mʌhɪ 'kɑnthə〕

Mahillon〔mɑi'jɔŋ〕(法)

Mahler〔'mɑlə〕馬勒

Mahler,Courths-〔'kurts·'mɑlə〕(德)

Mahlern〔'mɑlən〕

Mahlmann〔'mɑlmɑn〕

Mahlon〔'melən〕馬倫

Māhly〔'mɛli〕

Mahmoud〔mɑ'mud〕

Mahmud II〔mɑ'mud〕馬穆德二世(1785-1839,土耳其國王)

Mahmud Nedim Pasha〔mɑ'mud nɛ'dim pɑ'ʃɑ〕

Mahmud of Ghazni〔mə'mud, 'gʌznɪ〕

Mahmud Shah〔mə'mud ʃɑ〕

Mahmud Shevket Pasha〔mɑ'mud ʃɛf-'kɛt pɑ'ʃɑ〕

Mahnomen〔mɔ'nomən〕

Mahomed〔mə'hɑmɪd〕

Mahomet〔'meəmɪt;mə'hɑmɪt〕穆罕默德(570?-632,回教教主)

Mahommed〔mə'hɑmɪd〕

Mahon〔mɑn;mə'hun;mɛ'hon;'meən;mɑ-'ɔŋ(法)〕馬漢

Mahopac〔'meəpæk〕

Mahone〔mə'hon〕

Mahoney〔'mɑnɪ〕馬奧尼

Mahoning〔mə'honɪŋ〕

Mahonri〔mə'hɑnrɪ〕馬洪里

Mahony〔'mɑnɪ〕馬奧尼

Mahound〔mə'hɑund;-'hund〕【蘇】撒旦;魔鬼

Mahra〔'mɑrə;'mæhrɑ(阿拉伯)〕

Mahratta〔mə'rætə〕馬拉塔人

Mahratti〔mə'rætɪ〕

Mähren〔'merən〕

Mähren-Schlesien〔'merən·'ʃlezjən〕

Mahu〔'mɑhu〕

Mahukona〔,mɑhu'konɑ〕

Ma Hung-K'uei〔'mɑ 'huŋ·'kwe〕

Mahy〔mɑ'i〕(法)瑪伊

Mai〔'mɑ·ɪ〕

Maia〔'mejə〕

Maiano〔mɑ'jɑno〕

Maiao〔mɑɪ'ɑo〕

Maida〔'medə;'mɑɪdə;'mɑɪdɑ(義);'mæ-ɪdə(阿拉伯)〕

Maidan〔mɑɪ'dɑn〕

Maidanek〔mɑɪ'dɑnɛk〕

Maida Vale〔'medə〕

Maidan-i-Naftun〔mɑɪ'dɑn·ɪ·nɑf'tɑn〕

Maiden〔'medn〕

Maidenek〔mɑɪ'dɛnɛk〕

Maidenhead〔'mednhɛd〕

Maidens〔'mednz〕

Maid Marian〔'med 'mɛrɪən〕

Maidstone〔'medstən〕美斯頓(英格蘭)

Maidu〔'mɑɪdu〕

Maiduguri〔mɑɪ'dugurɪ〕

Maiella〔mɑ'jɛllɑ〕(義)

Maier〔mɛr〕梅爾

Maignan〔mɛ'njɑŋ〕(法)

Maigret〔mɛg'rɛ〕(法)

Maigrot〔mɛg'ro〕(法)

Maihar〔'maihə〕

Maikala〔'maɪkələ〕

Maikop〔maɪ'kɔp〕邁科普(蘇聯)

Maikov〔'maɪkɔf〕(俄)

Mailand〔'maɪlɑnt〕

Mailáth〔'mɔɪlɑt〕(匈)

Mailer〔'melə〕梅樂(Norman, 1923-, 美國作家)

Maillard〔'melǝd〕梅拉德

Maillart〔ma'jar〕(法)

Maillaud〔ma'jo〕(法)

Maillebois〔maj'bwa〕(法)

Maillet〔ma'jɛ〕(法)馬耶

Mailliard〔'maɪjard〕梅利亞德

Maillol〔ma'jɔl〕(法)

Mailly〔'melɪ; ma'ji (法)〕

Mailyn〔me'lɪn〕

Maimachin〔maɪ'ma'tʃin〕

Maimaichin〔maɪma'tʃin〕

Maimansingh〔'maɪmɛnsɪŋ〕

Maimatchin〔maɪma'tʃin〕

Maimbourg〔mæŋ'bur〕(法)

Maimene〔maɪ'mini〕

Maimon〔'maɪmɑn〕

Maimonides〔maɪ'mɑnɪ,diz〕麥孟尼底(1135-1204, 西班牙之猶太教律法家、神學家及哲學家)

Maimuni〔maɪ'muni〕

Main〔men; maɪn (德)〕梅因

Maina〔'maɪnə〕

Mainacht〔'maɪnɑkt〕

Mainardi〔maɪ'nɑrdɪ〕

Mainardini〔,maɪna'dini〕

Mainbocher〔'mæŋbɔʃer〕

Maine〔men〕❶梅恩(Sir Henry James Sumner, 1822-1888, 英國法學家)❷緬因(美國)

Maine,du〔djʊ 'men〕

Maine de Biran〔'mɛn də bi'rɑŋ〕(法)

Maine-et-Loire〔'mene'lwa; 'mene·-'lwar (法)〕

Main Franconia〔'men fræŋ'konɪə〕

Maingkwan〔'maɪŋk'wan〕

Mainistir na Coran〔'mɑnɪstɪr nə 'korən〕(愛)

Mainit〔ma'inɪt〕

Mainland〔'men,lænd〕梅因蘭

Maintenon〔mæŋt'nɔŋ〕(法)

Maintirano〔,maɪntɪ'rɑno〕門提臘努(馬達加斯加)

Mainwaring〔'mænərɪŋ; 'menwərɪŋ〕

Mainz〔maɪn(t)s〕梅恩斯(德國)

Mainzer〔'maɪntsə〕

Maioli〔ma'jɔli〕

Maiobanex〔,maɪoba'nɛks〕

Maipo〔'maɪpo〕

Maipú〔maɪ'pu〕

Maipuré〔maɪpu're〕

Mair〔'mer〕梅爾

Maire,Le〔lə 'mer〕(法)

Mairet〔mɛ'rɛ〕(法)

Maironis〔maɪ'rɔnɪs〕

Mais〔mez〕梅斯

Maisí〔maɪ'si〕

Maisie〔'me zɪ〕

Maisie Farrange〔'mezɪ 'færəndʒ〕

Maisières〔me'zjɛr〕(法)

Maiskhal〔'maɪskhal〕

Maisky〔'maɪskɪ〕

Maison〔mɛ'zɔŋ〕(法)

Maisonneuve〔mɛzɔ'nɜv〕

Maisons-Alfort〔mɛ'zɔŋ·al'fɔr〕(法)

Maistre〔'mɛstə〕(法)

Maisur〔maɪ'sur〕

Maitland〔'metlənd〕梅特蘭(Frederic William, 1850-1906, 英國法學家及歷史學家)

Maitland,Fuller-〔fʊlə·'metlənd〕

Maître de Santiago〔mɛtə də sɑntja'go〕(法)

Maittaire〔mɛ'tɛə〕(法)

Maizeroy〔mɛz'rwa〕(法)

Maja〔'maja〕

Majacca〔ma'jakka〕(義)

Majagua〔ma'hagwa〕(西)

Majali〔mə'dʒalɪ〕

Majano〔ma'jano〕

Majapahit〔madʒa'pahit〕

Majdal,El-〔æl·'mædʒdæl〕

Majd-al-Din〔,mædʒd·ʊd·'din〕(阿拉伯)

Majdalany〔maʒ'dalanɪ〕

Majdanek〔maɪ'danɛk〕(波)

Majendie〔'mædʒəndɪ〕馬金迪

Majestic〔mə'dʒɛstɪk〕

Majesty〔'mædʒɪstɪ〕

Majeur〔ma'ʒɜr〕(法)

Maji〔'ma'dʒi〕

Majlis〔mædʒ'lɪs〕伊朗或伊拉克之議會

Majnun〔madʒ'nun〕

Major〔'medʒə; 'major (德)〕梅杰

Majorano〔,majo'rano〕
Majorca〔mə'dʒɔrkə〕馬約卡島（西班牙）
Majorian〔mə'dʒɔrɪən〕
Majorianus〔mə,dʒɔrɪ'enəs〕
Majoritum〔,medʒə'raɪtəm〕
Majrit〔madʒ'rit〕（阿拉伯）
Majuba〔mə'dʒubə〕
Majuli〔'madʒʊlɪ〕
Majuro〔mə'dʒʊro〕
Makah〔ma'kɔ〕
Makahiki〔maka'hiki〕
Makahuena〔ma,kahu'ena〕
Makalaka〔maka'laka〕
Makalakari〔ma,kala'karɪ〕
Makale〔'makəle〕
Makallah〔mə'kælə〕
Makalu〔'mʌkə,lu〕麥卡魯山（尼泊爾）
Makan〔mə'kæn〕
Makanalua〔ma,kana'lua〕
Makanga〔ma'kaŋga〕
Makapuu〔,maka'puu〕
Makaranga〔,maka'raŋga〕
Makarikari〔ma,karɪ'karɪ〕
Makarios III〔mə'karɪəs;-,os〕馬卡里奧斯（
   Michael Christedoulos Mouskos, 1913-, 塞普勒
   斯希裔政治家與宗教領袖）
Makarov〔ma'karəf;mʌ'karəf（俄）〕
Makart〔'makart〕
Makas(s)ar〔mə'kæsə〕馬加撒（印尼）
Makatéa〔,maka'tea〕
Makati〔,maka'ti〕
Makaturing〔,makatu'riŋ〕
Makawao〔,maka'wao〕
Makaweli〔,maka'welɪ〕
Makadala〔'mækdələ〕
Makdougall〔mək'dugəl〕麥克杜格爾
Makechnie〔mə'kɛknɪ〕
Makedonia〔makeðɔ'njia〕（希）
Makedonija〔,makɛ'dɔnija〕
Makeevka〔mʌ'kejɪfkə〕馬基也夫卡（蘇聯）
Makeham〔'mekəm〕
Makelles〔mə'kɛliz〕
Makemie〔mə'kemɪ〕
Makemo〔ma'kemo〕
Makepeace〔'mekpis〕梅克皮斯
Makerere〔mə'kerərɪ〕
Makeyevka〔mʌ'kejɪfkə〕（俄）
Makgill〔mə'gɪl〕
Makhach-Kala〔ma'katʃ·ka'la;,mahatʃ-
   ka'la（俄）〕
Makhachkala〔,mahatʃka'la〕（俄）
Makhoca〔ma'kosa〕

Makhosa〔ma'kosa〕
Makian〔'makjan〕
Makin〔'makɪn〕梅金
Makins〔'mekɪnz〕
Makira〔ma'kira〕
Makiritari〔makiri'tari〕
Makka〔'mækkə〕（阿拉伯）
Makkabäer〔'makabeə〕
Makkah〔'mækkə;'mækkæ（阿拉伯）〕
Mak Khaeng〔'mak 'khæŋ〕（暹羅）
Makmorrice〔mæk'marɪs〕
Maknassy〔mæk'næsɪ〕
Makó〔'mako〕（匈）
Makogai〔,makɔŋ'a·ɪ〕
Makololo〔,mako'lolo〕
Makonde〔ma'konde〕
Makongai〔,makɔŋ'a·ɪ〕
Makonnen〔ma'kɔnən〕
Makorekore〔ma'kore'kore〕
Makower〔mə'kauə〕
Makrakra〔ma'krakra〕
Makran〔mə'kran〕
Makrisi〔mæ'krizi〕
Makronēsi〔ma'krɔjɪsɪ〕（古希）
Makro Teikho〔'makrɔ 'tiho〕（希）
Maksim〔'mæksɪm mak'sin;mʌk'sjim
Maksimilian〔maksimiljɪ'an〕 ＿（俄）〕
Maksimovich〔mæk'simɔvɪtʃ;mʌk'sjim-
   əvɪtʃ（俄）〕
Makua〔'makuɑ〕
Makumma〔ma'kuma〕
Makun(g)〔'ma'guŋ〕馬公（澎湖）
Makurdi〔ma'kurdɪ〕
Makushin〔mə'kuʃɪn〕
Makuszynski〔,maku'ʃɪnjskɪ〕（波）
Nakwar〔mæk'war〕
Makwengo〔mak'weŋgo〕
Makyn〔'mokɪn〕
Makyu〔'makju〕
Mala〔'mala〕
Malabar Coast〔'mælə,bar~〕馬拉巴海岸（
Malabari〔mələ'bari〕 ＿（印度）
Malabata〔,mælə'batə〕
Malabo〔ma'labo〕馬拉博（赤道幾內亞）
Malaby〔'mæləbɪ〕馬拉比
Malaca〔'mæləkə〕
Malacca〔mə'lækə〕麻六甲（馬來西亞）
Malachi〔'mælə,kaɪ〕❶瑪拉基（紀元前5世
   紀猶太之先知）❷瑪拉基書（舊約聖經之一卷）
Malachias〔,mælə'kaɪəs〕
Malachy〔'mæləkɪ〕
Malad〔mə'læd〕

Malade [mə'læd]

Malade(t)ta [,malu'deta]

Malaga ['mæləgə] ❶西班牙 Malaga 產之白
葡萄酒 ❷加利福尼亞與西班牙所產的一種白葡
萄

Málaga ['mæləgə]馬拉加 (西班牙)

Malagache [,mælə'gæf]

Malagarasi [ma, lagə'rasɪ]

Malagasy Republic [,mælə'gæsɪ-]馬拉
加西共和國

Malagigi [,malə'dʒidʒi]

Malagrowther ['mæləgrauθə]

Malahide ['mæləhaɪd]馬拉海德

Malaita [mə'letə]馬賴塔島 (所羅門群島)

Malaka [ma'laka]

Malakal ['mælækæl]

Malakand ['mʌlək ʌnd] (印)

Malakhov ['mæləkaf]

Malakoff ['mæləkaf;mala'kɔf (法)]

Malalas [mə'leləs]

Malamute ['mæləmjut]

Malan ['mælən;mə'læn;mə'lɑn]

Malancourt [malaŋ'kur] (法)

Malang [ma'laŋ]馬朗 (爪哇)

Malange [mə'lændʒɪ]

Malania [mala'nia]

Malaparte [mala'parte]

Malaquais [mala'ke] (波)

Malanje [mə'lændʒɪ]

Mala Pascua ['mala 'paskwa]

Mala Prespa ['mala 'prɛspa]

Malaprop ['mælə,prap] Sheridan 喜劇
The Rivals 之劇中人

Mälar ['mɛlər]

Mälaren ['mɛlarən]馬拉倫湖 (瑞典)

Malashkin [ma'laʃkɪn]

Malasiqui [,mala'sikɪ]

Malaspina [,malas'pina]

Malatesta [,mala'tɛsta]

Malatya [,malat'ja]馬拉提亞 (土耳其)

Malaviya [,mala'vɪja]

Malay [mə'le]馬來人

Malaya [mə'leə]馬來半島 (亞洲)

Malay Archipelago [mə'le~]馬來群島 (
亞洲)

Malayalam [,mælɪ'jalam]印度Malabar
濱海之 Dravidian 土語之一

Malay-Mongoloid [mə'le· 'maŋgəlɔɪd]

Malayo-Polynesian [mə'leo·palɪ'niʒən]

Malaysia.(Federation of) [mə'leʒə]
馬來西亞 (東南亞)

Malbaie [mal'be] (法)

Malbodius [mæl 'bodɪəs]

Malbone ['mɔlbon]莫爾博恩

Malbrook [mal'bruk] (法)

Malbrough [malb'ruk] (法)

Malchus ['mælkəs]

Malcolm ['mælkəm]麥爾肯

Malcontent ['mælkən,tɛnt]

Malczeski [mal'tʃɛskɪ]

Malden ['mɔldən]莫登 (美國)

Maldens and Coombe ['mɔldənz, kum]

Malditos [mal'ditos]

Maldiva [mal'diva]

Maldive Islands ['mældaɪv~]馬爾地夫群島
(印度洋)

Maldives ['mɔl,divz]=Maldive Islands

Maldon ['mɔldən]

Maldonado [,maldo'naðo] (西)馬爾多納多

Male ['malɪ]瑪律 (馬爾地夫)

Mâle [mal] (法)

Malea [mə'liə;ma'lɛa]

Malebolge [male'boldʒe]

Malebranche [,mal'braŋʃ]馬爾卜蘭西
(Nicolas de, 1638-1715, 法國哲學家)

Malecasta [mælɪ'kastə]

Malecite ['mælɪsaɪt]

Maleger ['meldʒə]

Malekula [,mælɪ'kulə]

Maleme ['malɛme]

Malemute ['mælɪmjut]

Malengin [mə'lɛndʒɪn]

Malenkaia [mʌ ljenʃkaɪə]

Malenkov [mʌ 'ljenkəf]馬林可夫 (Georgi Maxi-
milianovich, 1902-, 俄國共黨領袖)

Maler ['malə]

Maler Kotla ['malɛr 'kotlə]

Malerkotla ['malɛr'kotlə]

Maler Müller ['malə 'mjulə] (德)

Malesherbes [mal'zɛrb] (法)

Maleshova [,malɛ'ʃova]

Malet ['mælɪt;ma'lɛ (法)]馬利特

Maletsunyane [,malɛtsu'njane]

Maleventum [,mælɪ'ɛntəm]

Malevich [ma'levɪtʃ;mʌ'ljevjɪtʃ (俄)]

Malevole [ma'levole]

Malevy [,mælə'vɪ]

Malfa ['malfa]

Malfatti [mal'fattɪ] (義)

Malfi ['mælfɪ]

Malfilâtre [malfi'latə] (法)

Malgaigne [mal'genj] (法)

Malgi ['meldʒaɪ]

Malgus ['melgəs]

Malham Tarn〔'mæləm 'tɑrn〕

Malhar〔mal'har〕

Malherbe〔,ma'lɛrb〕馬萊卜（François de, 1555-1628, 法國詩人及批評家）

Malheur〔'mælhjur〕

Malhon〔mal'hɔn〕

Mali〔'malɪ〕馬利（非洲）

Maliacus Sinus〔mə'laɪnəs 'saɪnəs〕

Malian Gulf〔'melɪən〕

Malibran〔mali'braŋ〕（法）

Malietoa〔,malɪe'toa〕

Maligne〔mə'lin〕

Maligne, Isle〔'il ma'linj〕（法）

Malik〔'mælɪk；'malɪk；'malɪk（俄）〕

Mali Kha〔'malɪ 'kha〕

Malik ibn-Anas〔'malɪk ɪbn·æ'næs〕

Malik Shāh〔mæ, lɪk 'ʃa〕

Malikshāh〔mæ, lɪk'ʃa〕

Malik-Siah, Koh-i-〔'kohɪ·, malɪksɪ'ja〕

Mali Kvarner〔'malɪ 'kvarnɛr〕

Malimbiu〔ma'lɪmbju〕

Malin〔'mælɪn〕馬林

Malinche〔ma'lintʃe〕

Malinda〔mə'lɪndə〕

Malindang〔,malɪn'daŋ〕

Malindine〔'mælɪndaɪn〕

Malines〔mæ'lin；ma'lin（法）〕

Malines, de〔də mæ'lin〕

Malin Head〔'mælɪn〕

Malinke〔ma'liŋke〕

Malinov〔ma'linɔf；ma'linuf（保）〕

Malinovsky〔,mælɪ'nafski〕

Malinowski〔,malɪ'nɔfski〕馬里諾夫斯基（Bronislaw Kasper, 1884-1942, 波蘭人類學家）

Malins〔'melɪnz〕

Malintzi〔ma'lintʃɪ〕

Malintzin〔ma'lɪntsɪn〕

Malinzín〔malɪn'sin〕（拉丁美）

Malipiero〔,malɪ'pjero〕（義）

Malis〔'melɪs〕

Malise〔mə'liz〕馬利茲

Malita〔mə'lita〕馬利塔（菲律賓）

Malkin〔'mælkɪn〕

Mall〔mæl；mɔl〕

Mall, Pall〔'pɛl'mɛl〕

Malla〔'mælə〕

Mallahan〔'mæləhæn〕馬拉奴

Mallalieu〔'mæləl ju〕馬拉柳

Mallarino〔maja'rino〕（拉丁美）

Mallarmé〔'malarme〕馬拉梅（Stéphane, 1842-1898, 法國象徵派詩人）

Malleco〔ma'jeko〕（拉丁美）

Mallee〔'mæli〕

Mallery〔'mæləri〕馬勒里

Malleson〔'mælɪsn〕馬勒森

Mallet〔'mælɪt；ma'lɛ（法）〕馬利特

Mallet du Pan〔ma'lɛ dju 'paŋ〕（法）

Malleus〔'mælɪəs〕

Melleus Haereticorum〔'mælɪəs hɪ,retɪ'korəm〕

Malleus Maleficarum〔'mælɪəs ,mælɪfɪ'kɛrəm〕

Mallicolo〔,mælɪ'kolo〕

Mallinckrodt〔'malɪŋkrɔt〕（德）馬林克羅德

Malling〔'mɔlɪŋ〕莫林

Mallinger〔'mælɪndʒə〕馬林杰

Malloch〔'mælək；'mælah（蘇）〕

Mallock〔'mælək〕馬洛克

Mallon〔'mælən〕馬倫

Mallorca〔məl'jɔrkə；ma'ljɔrka（西）〕

Mallord〔'mæləd〕馬洛德

Mallory〔'mæləri〕馬洛里

Mallos〔'mælas〕

Mallus〔'mæləs〕

Malmaison〔mæl'mezɔn；mal'mɛzɔn（法）〕

Malmberg〔'malmbærj〕（瑞典）馬姆伯格

Malmédy〔malme'di〕（法）

Malmesbury〔'mamzbəri〕馬姆斯伯里

Malmgren〔'malmgrɛn〕馬爾姆格倫

Malmö〔'mæl, mə〕馬耳摩港（瑞典）

Malmöhus〔'malmə, hus〕

Malmquist〔'malmkvɪst〕（瑞典）馬姆奎斯特

Malmsey〔'mamzɪ〕

Malmstedt〔'malmstɛt〕

Malmström〔'malmstrəm〕（瑞典）

Malo〔ma'lo〕（法）

Maloelap〔'maloe'lap〕

Maloggia〔ma'lɔddʒa〕（義）

Maloja〔ma'loja〕

Malojaroslavetz〔,malojarəs'lavɪts〕

Malolos〔ma'lolos〕馬洛洛斯（菲律賓）

Malon〔ma'lɔŋ〕（法）

Malone〔mə'lon〕馬倫（Edmund, 1741-1812, 愛爾蘭研究莎士比亞的學者）

Malory〔'mæləri〕馬羅萊（Sir Thomas, 15 世紀之英國作家及翻譯家）

Malot〔ma'lo〕（法）

Malott〔mə'lat〕馬洛特

Malou〔ma'lu〕（法）

Malouet〔ma'lwɛ〕（法）

Malouines〔ma'lwin〕（法）

Malojaroslavets〔,malajarʌs'lavjits〕（俄

Malpas〔'mɔpəs；'mɔlpəs；'mɔpəs；'mælpəs〕

Malpelo〔mal'pelo〕

Malpeque〔'mɔlpɛk〕

Malperdy〔'mæl,pədɪ〕

Malpighi〔mal'pigɪ〕馬爾必基（Marcello, 1628-1694, 義大利解剖學家）

Malplaquet〔'mælpləke; malpla'ke（法）〕

Malraux〔mal'ro〕馬羅（André, 1901-, 法國小說家）

Malstatt-Burbach〔'malʃtat·'burbah〕

Melstöm〔'malstrəm〕（挪）

Malstrøm〔'malstəm〕（挪）

Malta〔'mɔltə〕馬爾他（地中海）

Maltibe〔'mɔltbɪ〕

Maltby〔'mɔltbɪ〕莫爾特比

Malte-Brun〔maltə·'brɜŋ〕（法）

Maltebrun〔maltə'brɜŋ〕（法）

Malten〔'maltən〕

Maltese〔mɔl'tiz〕馬爾他人

Malthus〔'mælθəs〕馬爾薩斯（Thomas Robert, 1766-1834, 英國經濟學家）

Maltitz〔'maltɪts〕

Malton〔'maltŋ〕

Maltravers〔mæl'trævəz〕

Maltz〔mɔlts〕馬爾茨

Maltzan〔'maltsan〕

Malujowice〔malujɔ'vitse〕（波）

Malus〔ma'ljʊs〕（法）

Malvan〔'malvən〕

Malvern Hills〔'mælvən~; 'mɔlvən~〕馬耳威恩丘陵（英格蘭）

Malverne〔'mælvən〕

Malvida〔mal'vida〕

Malvin〔'mælvɪn〕馬爾文

Malvina〔mæl'vinə〕

Malvinas〔mal'vinas〕

Malvolio〔mæl'voljo〕

Malvy〔mal'vi〕（法）

Malwa〔'malwa〕

Maly〔'malɪ〕

Malynes〔mæ'lin〕

Malyon〔'mæljən〕

Maly Teatr〔'malɪ tjɪ'utə〕

Malzberg〔'malzbəg〕馬爾茲伯格

Mälzel〔'meltsəl〕（德）

Mam〔mæm〕

Mama〔'mamə〕

Mamaea〔mə'miə〕

Mamai Kurgan〔mʌ'maɪ 'kurgən〕（俄）

Maman Colibri〔ma'maŋ kɔli'bri〕（法）

Mamaroneck〔mə'mærə,nek〕

Mamberamo〔,mambe'ramo〕

Mambetto〔mam'beto〕

Mambrino〔mʌm'brino〕

Mameli〔ma'mɛlɪ〕

Mamelucos〔,mʌmɪ'lukus〕

Mameluke〔'mæmɪljuk〕

Mamers〔ma'mɛr〕（法）

Mamertine〔'mæmətaɪn〕

Mamertus〔mə'mətəs〕

Mames〔'mames〕

Mametz〔ma'mɛts〕（法）

Mamiani〔ma'mjanɪ〕（義）

Mamiani della Rovere〔ma'mjanɪ 'dɛlla 'rovere〕（義）

Mamie〔'memɪ〕梅密

Mamilia〔mə'mɪliə〕

Mamil(l)ius〔mə'mɪliəs〕

Mamison〔mami'zɔn〕

Mammaea〔mə'miə〕

Mammon〔'mæmən〕財神

Mammoth〔'mæməθ〕

Mamoré〔,mamo're〕馬木瑞河（玻利維亞）

Mamoulian〔ma'muliən〕馬穆利安

Mamoun, al-〔al·ma'mun〕

Mamprusi〔mam'prusi〕

Mampuru〔mam'puru〕

Mamre〔mæm'ri〕

Mamry〔'mamrɪ〕

Mams〔mæmz〕

Mam Soul〔mam 'saul〕（蘇）

Mamun, al-〔al·ma'mun; æl·mæ'mun〕

Man, Isle of〔'mæn〕曼島（愛爾蘭海）

Mana〔'mana〕❶馬納河（法屬蓋亞納）❷馬納（法國）

Mana, Webbe〔'wɛbe 'mana〕

Manaar〔ma'nar〕

Manabendre〔,mana'bendre〕

Manabí〔,mana'bi; ,mana'vi（西）〕

Manabozho〔,mænə'boʒo〕

Manacicas〔,mana'sikas〕

Manado〔ma'nado〕

Managua〔mə'nagwə〕馬拿瓜（尼加拉瓜）

Manahan〔'mænəhæn〕

Manakara〔,mana'kara〕馬納卡臘（馬達加斯加）

Manakha〔mæ'naha〕（阿拉伯）

Manama〔mə'næmə〕麥納瑪（巴林）

Mananjary〔,manan'ʒarɪ〕馬南賈里（馬達加斯加）

Manannan〔mænə'næn〕

Manannan Mac Lir〔mænə'næn mæk'lir〕

Manaoag〔ma'nawag〕（愛）

Manaos〔ma'naos〕

Manapiari〔,mana'pjarɪ〕

Manapouri〔,manə'purɪ〕

Manar〔mə'nɑr〕

Mañara〔mɑ'njɑrɑ〕

Manas〔mə'ʌns〕瑪納斯河（新疆）

Manasarowar〔,mænəsə'roə〕

Manasco〔mə'næsko〕馬納斯科

Manasi〔mɑnɑ'si〕

Manaslu〔'mænəslu〕

Manasquan〔'mænəs,kwɑn〕

Manassa〔mə'næsə〕

Manassas〔mə'næsəs〕

Manasseh〔mə'næsə;-sɪ〕【聖經】瑪拿西
  （❶ Joseph之子 ❷ 697?-?642 B.C.，猶太之王）

Manasseh ben Israel〔mə'næsɪ bən
  'ɪzreəl〕

Manasses〔mə'næsɪz〕

Manatara〔,mɑnɑ'tɑrɑ〕

Manatee〔,mænə'ti〕

Manatí〔,mɑnɑ'ti〕（西）

Man-Aung〔'mɑn·'aʊŋ〕

Manaus〔mə'naʊs〕瑪瑙斯（巴西）

Manawatu〔,mɑnɑ'wɑtu〕

Manawyddan fab Llyr〔,mænə'wʊdən
  fæb 'lir〕（愛）

Manayunk〔'mænə,jʌŋk〕

Mana-Zucca〔'mɑnɑ·tsukɑ〕

Manbhum〔'mɑnbum〕

Mance〔mæns;mɑŋs（法）〕曼斯

Mancera〔mɑn'θerɑ〕（西）

Mancha〔'mɑntʃɑ〕曼查

Manchac〔'mæntʃæk〕

Manche〔'mɑnʃ〕（法）

Manchée〔mæn'ʃi〕

Mancheno〔mɑn'tʃeno〕

Manchester〔'mæn,tʃɛstɚ;'mæn,tʃɪs-
  tɚ〕曼徹斯特（英國；美國）

Manchoukuo〔'mæntʃu'kwo;'mɑn'dʒo-
  'kwo〕（中）

Manchouli〔'mɑn'tʃu'li〕

Manchow〔'mɑn'dʒo〕（中）

Manchu〔mæn'tʃu〕❶中國的滿族人 ❷滿族
  人所通用之通古斯（Tungus）語言

Manchukuo〔'mæn'tʃu'kwo〕滿州國（日本
  占領東北後於 1932 所創之僞政權）

Manchukuoan〔,mæntʃu'kwoən〕

Manchuria〔mæn'tʃʊrɪə;mæn'tʃʊrɪə〕中
  國東北九省

Manchus〔'mæntʃuz〕

Manchutikuo〔'mɑntjutɪ'kwo〕

Mancini〔mɑn'tʃini〕曼西尼

Manco〔'mɑŋko〕

Manco Capac〔'mɑŋko 'kɑpɑk〕

Manco Inca〔'mɑŋko 'iŋkɑ〕

Mancunian〔mæn'kjunɪən〕英國 Manchester
  城人

Mand〔mɑnd〕

Mandaean〔mæn'diən〕

Mandalagan〔,mɑndɑ'lɑgɑn〕

Mandalay〔,mændə'le〕曼德勒（緬甸）

Mandan〔'mændən〕

Mandane〔'mænden〕

Mandar〔'mɑndɑr〕

Mandarin〔'mændərɪn〕中國官話；國語

Mandavi〔'mʌndəvi〕曼德維（印度）

Mande〔'mɑnde〕

Mandé〔mɑŋ'de〕（法）

Mandean〔mæn'diən〕

Mandeb〔'mændəb〕

Mandel〔,mɑŋ'dɛl〕曼德爾（Georges, 1885-
  1943, 法國從政者）

Mandelay〔,mændə'le〕

Mandell〔'mændl〕

Mandenga〔mɑn'deŋgɑ〕

Mander〔'mɑndɚ〕曼德

Manderson〔'mændəsn〕

Mandeure〔mɑŋ'dɚr〕（法）

Mandeville〔'mændəvɪl〕

Mandi〔'mʌndɪ〕（印）

Manding〔mæn'dɪŋ〕

Mandinga〔mæn'dɪŋgɑ〕=Mandingo

Mandingo〔mæn'dɪŋgo〕❶曼丁果人 ❷曼丁果語

Mandinka〔mɑn'dɪŋkɑ〕

Mandinke〔mɑn'dɪŋke〕

Mandioli〔mɑn'djolɪ〕

Mandja〔'mɑndʒɑ〕

Mandla〔'mʌndlə〕（印）

Mandogarh〔'mʌndogɑ〕（印）

Mandor〔'mʌndɔr〕（印）

Mandricardo〔,mɑndri'kɑrdo〕

Mandu〔'mʌndu〕

Mandubii〔mæn'djubɪaɪ〕

Manduce〔'mændjus〕

Mandugarh〔'mʌndugɚ〕

Mandy〔'mændɪ〕曼蒂

Mane〔'mɑnɛ〕

Manes〔'meniz〕摩尼斯（亦稱 Manichaeus,
  216?-?276, 摩尼教之創始人）

Mánes〔'mɑnɛs〕（捷）

Manessier〔mɑnɛ'sje〕（法）

Manet〔mɑ'ne〕馬奈（Edouard, 1832-1883
  法國畫家）

Manetho〔'mænɪθo〕

Maney〔'menɪ〕梅尼

Manford〔'mænfəd〕曼福德

Manfred〔'mænfrɛd;'mɑnfret（德）〕曼弗
  雷德

Manfredi〔mɑn'fredi〕曼弗雷德

Manfredo [man'fredo] 曼弗雷多
Mangabeira [maŋga'bera]
Mangaia [maŋ'aja]
Mangalore ['mæŋɡələr] 芒格洛爾 (印度)
Mangan ['mæŋɡən; 'maŋ'ɡan] 曼根
Manganga [man'ɡaŋɡa]
Mangano [maŋ'ɡano]
Mangareva [,maŋa'reva]
Mangarin [,maŋɡa'rin]
Mangbetu [maŋ'betu]
Mangelsdorf ['mæŋɡəlzdɔrf] 曼格爾斯多
Manger ['maŋɡə] 曼格　　　　 上夫
Mangerai [maŋə'raɪ]
Mangerton ['mæŋɡətṇ]
Manges ['mændʒɪz]
Manget ['manʒe] 芒熟
Mangi ['mandʒi]
Mangin [maŋ'ʒæŋ] (法)
Mangione [mæn'dʒonɪ]
Mangkalihat [,maŋkalɪ'hat]
Manglares [maŋ'ɡlares]
Mangles ['maŋɡlɛs]
Manglun ['maŋlun]
Mango ['maŋo]
Mangoio [maŋ'ɡojo]
Mangoky [mæŋ'ɡokɪ] 曼果基河 (馬達加斯加)
Mangole [maŋ'ɔle]
Mangone [man'ɡonɪ]
Mangonui [,maŋo'nui]
Mangotsfield ['mæŋɡətsfild]
Mangrove ['mæŋɡrov]
Mangrum ['mæŋɡrəm]
Mangshih ['maŋ'ʃɪ]
Mangu ['maŋɡu]
Mangueira [mæŋ'ɡeɪrə; mʌŋ'ɡeɪrə]
Mangueni [maŋɡə'ni]
Mangues ['maŋɡes]
Mangu Khan ['maŋɡu'kan ; 'mæŋɡu 'kæn]
Mangum ['mæŋɡəm]
Mangunça [mæŋ'ɡuŋsə] (葡)
Mangyan ['maŋjan]
Mangyshlak [,maŋɡɪʃ'lak]
Manhasset [mæn'hæsɪt]
Manhattan [mæn'hætn] ❶曼哈坦島 (美國)
　❷曼哈坦區 (美國)
Manheim ['mænhaɪm; 'manhaɪm(德)]
　曼海姆
Manhood ['mænhud] 曼胡德
Mani ['manɪ] =Manes
Maní [ma'ni]
Mania ['menɪə]

Manica [mə'nikə]
Manicaland [mə'nikə,lænd]
Manichaean [,mænɪ'kiən]
Manichaeus [,mænɪ'kiəs]
Manichean [,mænɪ'kiən]
Manichee [,mænɪ'ki]
Manigault ['mænɪɡo]
Manihiki Islands [,manɪ'hikɪ ~] 馬巴希基
　群島 (紐西蘭)
Manikuagan [,mænɪ'kwaɡən]
Manila [mə'nɪlə] 馬尼拉 (菲律賓)
Manilius [mə'nɪlɪəs] 馬尼利亞斯 (Gaius, 紀
　元前一世紀時之羅馬從政者)
Manilla [mə'nɪlə]
Manin [ma'nin]
Manindjau [ma'nɪndʒau]
Maning ['mænɪŋ]
Manion ['mænjən] 馬尼恩
Manipa [mə'nipə]
Manipur ['manɪpur]
Manis(s)a [,manɪ'sa]
Manisees ['mænɪsiz]
Manistee [,mænɪs'ti]
Manistique [,mænɪs'tik]
Manitoba [,mænɪ'tobə] 曼尼托巴 (加拿大)
Manitou ['mænɪ,tu]
Manitoulin Island [,mænɪ'tulɪn~] 曼尼土
　林島 (加拿大)
Manitowoc [,mænɪtə'wak]
Maniu [ma'nju]
Manius ['menɪəs]
Maniwaki [,mænɪ'wɔkɪ]
Manizales [,mænɪ'zaləs;-'zæləs] 曼尼札
　來 (哥倫比亞)
Manjia ['mandʒia]
Manjra ['mʌndʒra] (印)
Mankato [mæn'keto]
Mankey ['mæŋkɪ] 曼基
Mankiewicz [,mænkjə'vɪtʃ] 曼凱維奇
Manley ['mænlɪ] 曼利
Manlius ['mænlɪəs] 曼利厄斯
Manly ['mænlɪ] 曼利
Mann [mæn] 麥恩 (❶Horace, 1796-1859, 美
　國教育家 ❷Thomas, 1875-1955, 美籍德裔作家)
Mannar , Gulf of [mə'nar] 馬納灣 (印度洋)
Manne ['man,ne] (瑞典)
Mannerheim ['mænə,haɪm] 孟納亥姆 (Bar-
　on Carl Gustaf Emil Von, 1867-1951, 芬蘭軍人
Mannes ['mænɪs] 曼內斯　　　　上及政治家)
Mannhardt ['manhart] (德)
Mannheim ['mæn,haɪm] 曼漢 (西德)
Mannin ['mænɪn] 曼寧

Manninen〔'mænnɪnɛn〕(芬)
Manning〔'mænɪŋ〕曼寧海峽(澳洲)
Manningtree〔'mænɪŋtri〕
Mannington〔'mænɪŋtən〕
Mannipur〔'mɑnɪpʊr〕
Mannlicher〔'manlɪhəɾ〕(德)
Manns〔mænz〕
Mannstein〔'manʃtaɪn〕
Mannucci〔man'nuttʃɪ〕(義)
Mannus〔'mænəs〕
Mannuzzi〔man'nuttsɪ〕(義)
Manny〔'mænɪ〕曼尼
Manny, de〔də 'mænɪ〕
Mannyng〔'mænɪŋ〕
Mano〔'mano〕
Manö〔'manə〕(丹)
Manoa〔mə'noə; ma'noɑ〕
Manoah〔mə'noə〕
Manoel〔mən'wɛl〕(葡)
Manoilescue〔,manoi'lɛsku〕(羅)
Manokin〔mə'nokɪn〕
Manokwari〔'manɔ'kwarɪ〕
Manolete〔mano'lete〕
Manolin〔ma'nɔlɪn〕
Manombo〔ma'nambo〕
Manon〔ma'nɔŋ〕(法)
Manon Lescaut〔ma'nɔŋ lɛs'ko〕(法)
Manorbier〔,mænə'bɪr〕
Manosque〔ma'nɔsk〕(法)
Manouvrier〔manuri'e〕(法)
Manresa〔mæn'resə;mæn'rezə;mæn-
   'rizə;mæn'risə〕
Manrique〔man'rike〕
Manru〔'manru〕
Mans, Le〔lə 'mɑŋ〕(法)
Mansa〔'mænsə〕
Mansard〔'mænsard;maŋ'sar (法)〕
Mansart〔'mænsart;maŋ'sar (法)〕
Mansbridge〔'mænsbrɪdʒ〕
Mansel(l)〔'mænsl〕曼塞耳島(加拿大)
Mansergh〔'mænsə〕曼瑟
Mansfield〔'mænsfild〕❶曼斯菲爾(Kath-
   erine, 1888-1923, 英國女作家)❷曼斯菲爾
   (美國;英格蘭)
Manship〔'mænʃɪp〕曼希普
Mansi〔'mansɪ〕
Mansion〔'mænʃn〕
Mansion-house〔'mænʃn·haʊs〕
Manso〔'manso〕
Manso de Velasco〔'manso ðe 've'la-
   sko〕(西)

Manson〔'mænsn〕曼生(Sir Patrick, 1844-
   1922, 英國醫師及寄生蟲學家)
Mansoul〔'mænsol〕
Mansour, al-〔,ælmæn'sur〕(阿拉伯)
Mansour, Jebel〔'dʒebəl mæn'sur;'dʒæ-
   bæl man'sur (阿拉伯)〕
Mansuète〔maŋsju'et〕(法)
Mansur, Al-〔,ælmæn'sur〕(阿拉伯)
Mansura〔man'surə〕(阿拉伯)
Mansûra, El〔ɛl mæn'surə; æl man'su-
   ra (阿拉伯)〕
Mansy〔'man sɪ〕
Mant〔mænt〕曼特
Mantalingajan〔,mantalɪŋ'ɑhan〕
Mantalini〔,mæntə'linɪ〕
Mantaro〔man'taro〕
Mante, El〔ɛl 'mantɪ〕
Manteca〔mæn'tikə〕
Mantegazza〔,mante'gattsa〕(義)
Mantegna〔man'tenja〕曼太尼亞(Andrea,
   1431-1506, 義大利畫家及雕刻家)
Mantell〔mæn'tɛl〕
Mantelli〔mæn'tɛlɪ〕
Manteno〔mæn'tino〕
Manteo〔mæ'nito〕
Manteuffel〔'mantɔɪfəl〕(德)
Manti〔'mæntaɪ〕
Mantianus〔,mæntɪ'enəs〕
Mantillas〔man'tijas〕(西)
Mantinea〔,mæntɪ'niə〕
Mantineia〔,mænt'naɪə〕
Mantinino〔,manti'nino〕
Mantle〔'mæntl〕曼特爾
Manton〔'mæntn〕曼頓
Mantorville〔'mæntəvɪl〕
Mantoux〔maŋ'tu〕(法)
Mantova〔'mantova〕
Mantovani〔,mæntə'vanɪ〕
Mantua〔'mæntʃʊə ;'muntwa〕曼求亞(
   義大利)
Mantuan〔'mæntʃʊən〕
Mantynband〔'mæntɪnbænd〕
Manua Islands〔mə'nuə~〕馬奴亞群島(太
   平洋)
Manuae〔,manu'ae〕
Manubhai〔manu'baɪ〕
Manucci〔ma'nuttʃɪ〕(義)
Manuel〔'mænjʊɛl;'manjuɛl (德);manju-
   'ɛl (法);mə'nwɛl (葡);ma'nwɛl (西)〕
   曼紐爾   〔nəs〕
Manuel I Comnenus〔'mænjʊɛl;kam'ni-
Manuela〔man'wela;manjuɛ'la (法)〕

Manuilsky〔mænu'ilskɪ〕馬努伊爾斯基

Manukau〔'manu,ka·ʊ〕

Manukosi〔manu'kosi〕

Manus〔'manʊs〕馬奴斯（澳洲）

Manutius〔mə'n(j)uʃəs〕馬紐夏斯（Aldus, 1450-1515, 義大利印刷家及古典學者）

Manuzio〔ma'nutsjo〕

Manuzzi〔ma'nuttsɪ〕（義）

Manville〔'mænvɪl〕

Manwaring〔'mænərɪŋ〕曼納林

Manx〔mæŋks〕曼島話

Manxman〔'mæŋksmən〕

Manxmen〔'mæŋksmən〕

Manyara〔ma'njarə〕

Manyas〔ma'njas〕

Manych〔mʌ'nɪtʃ〕馬內奇運河（蘇聯）

Manyika〔ma'njika〕

Manyuema〔,mænjʊ'emə〕

Manzala〔mæn'zalə〕

Manzanar〔mæn'zanə〕

Manzanares〔,manθa'nares;,mansa-'nares〕（西）

Manzanillo〔,mansa'ni jo〕曼薩尼尤（古巴）

Manzano〔mæn'zæno〕

Manzo〔'manso〕（拉丁美）

Manzoni〔man'dzoni〕曼朱尼（Alessandro, 1785-1873, 義大利小說家及詩人）

Maori〔'maʊrɪ;'marɪ〕毛利人（紐西蘭之土人）；毛利語

Mao Tse-tung〔'maʊ tsɛ'tʊŋ;'maʊ 'dzʌ'dʊŋ〕（中）

Map〔mæp〕

Mapai〔ma'paɪ〕

Mapam〔ma'pam〕

Mapes〔meps〕梅普斯

Mapheus〔mə'fiəs〕

Mapia〔'mapɪə〕

Mapimi,Bolsón de〔bɔl'sɔn ðe ,mapi-'mi〕（西）

Maping〔'ma'pɪŋ〕（中）

Maple〔'mepl〕梅普爾

Maples〔'meplz〕梅普爾斯

Mapleton〔'mepltən〕梅普爾頓

Maplewood〔'meplwʊd〕

Mapocho〔ma'potʃo〕

Mapother〔'mepaðɚ〕

Mappa〔'mapa〕

Mappa Mundi〔'mæpə 'mʌndaɪ〕

Mappin〔'mæpɪn〕馬平

Mapple〔'mæpl〕

Mappleton〔'mæpltən〕

Mapuche〔ma'putʃe〕

Ma Pu-fang〔'ma'bu'faŋ〕（中）

Maputo〔ma'puto〕馬布多（莫三比克）

Maqdisi,al-〔æl 'mækdisi〕（阿拉伯）

Maqqari,al-〔æl'mækkæri〕（阿拉伯）

Maqrizi,al-〔æl mæ'krizi〕（阿拉伯）

Maqueda〔ma'keðə〕（西）

Maquet〔ma'kɛ〕（法）

Maquiling〔ma'kilɪŋ〕

Maquiritari〔ma,kiri'tari〕

Maquis〔,ma'ki〕第二次世界大戰中抵抗德軍之法國游擊隊或其隊員

Maquoketa〔mə'kʊkɪtə〕

Mar〔mar〕馬爾

Mar,Del〔'dɛl mar〕

Mar,Serra do〔'sɛrrə ðu mar〕（葡）

Mara〔'mara;'marə〕

Mara,La〔la 'mara〕

Marabout〔'mærə,but〕❶（北非之）回教隱士或聖者❷回教隱士或聖者之墓

Maracá〔'mara'ka〕馬臘卡島（巴西）

Maracaibo〔,mærə'kaibo〕❶馬拉開波湖（委內瑞拉）❷馬拉開波（委內瑞拉）

Maracanda〔,mærə'kændə〕

Maracay〔,mara'kai〕馬拉開（委內瑞拉）

Marach〔ma'ratʃ〕

Maradalsfos〔'maradals,fɔs〕

Maragoli〔,mara'goli〕

Marah〔'merə;'mɛrə〕苦水井；苦水河

Márai〔'maraji〕（匈）

Marais〔mæ're;ma'rɛ（法）〕馬雷

Marais des Cygnes〔,mɛrɪ də 'sin〕

Marais-Poitevin,Le〔lə ma'rɛ pwat-'væŋ〕（法）

Marajó〔,marə'ʒo〕（葡）

Maraldi〔ma'raldɪ〕

Maralinga〔mɛrə'lɪŋgə〕

Marama〔ma'rama〕

Máramaros〔'mara,maroʃ〕（匈）

Maramasike〔,maramu'sike〕

Maran〔ma'raŋ〕（法）

Maranhão〔,marən'jaʊŋ〕（葡）

Maranoa〔,mærə'noə〕

Marañón〔,mara'njɔn〕馬藍雲河（秘魯）

Marapí〔,marə'pi〕

Maraş〔ma'raʃ〕馬拉什（土耳其）

Maraschino〔,mærəs'kino〕

Mărăşeşti〔mərə'ʃɛstɪ〕（羅）

Marat〔,ma'ra〕馬拉（Jean Paul, 1743-1793, 法國革命領袖）

Maratha〔mə'ratə〕

Marathon〔'mærə,θan;-θən〕馬拉松（希臘）

Marathonian〔﹐mærə'θonɪən〕馬拉松人
Marathus〔'mærəθəs〕
Maratta〔mɑ'rɑttɑ〕（義）
Maratti〔mɑ'rɑttɪ〕（義）
Maravi〔mɑ'rɑvi〕
Marazion〔﹐mærə'zaɪən〕
Marbach〔'mɑrbɑh〕（德）馬巴赫
Marbe〔'mɑrbə〕
Marbeau〔mɑr'bo〕（法）
Marbeck〔'mɑrbɛk〕
Marble〔'mɑrbl〕馬布爾
Marblehead〔'mɑrbl͵hɛd〕
Marbo〔'mɑrbo〕
Marbois, Barbe-〔bɑr'be·mɑr'bwɑ〕
（法）
Marbot〔'mɑrbo〕（法）
Marburg〔'mɑrbəg; 'mɑrburk（德）〕馬伯
格
Marburg an der Lahn〔'mɑrbəg ɑn də
'lɑn〕
Marburgo〔mɑr'burgo〕
Marbury〔'mɑrbərɪ〕馬伯里
Marbut〔'mɑrbət〕
Marc〔mɑrk〕（法）馬克
Marca〔mɑr'kɑ〕（法）
Marcabru〔mɑrkɑb'rju〕（法）
Marcade〔'mɑrkə͵di〕
Marc Antonio〔﹐mɑrk ɑn'tɔnjo〕
Marcantonio〔﹐mɑrkæn'tonɪo〕
Marc'Antonio〔﹐mɑrkɑn'tɔnjo〕
Marceau〔mɑr'so〕（法）馬索
Marceau-Desgraviers〔mɑr'so·degrɑ-
'vje〕（法）
Marcel〔mɑr'sɛl〕（法）馬塞爾
Marcele〔mɑr'sɛl〕
Marcelia〔mɑr'sɪlɪə〕
Marcelin〔mɑrsə'læŋ〕（法）
Marceline〔﹐mɑrsə'lin; mɑrsə'lin（法）〕
Marcelino〔﹐mɑrθe'lino〕（西）
Marcella〔mɑr'sɛlə〕
Marcelle〔mɑr'sɛl〕（法）
Marcellian〔mɑr'sɛlɪən〕
Marcellin〔mɑrsə'læŋ〕（法）馬塞爾
Marcelline〔﹐mɑrsɛ'linə〕
Marcellinus〔﹐mɑrsɪ'linəs〕
Marcello〔mɑr'tʃello〕（義）
Marcellus〔mɑr'sɛləs〕馬塞拉斯（Marcus
Claudius, 268?-208 B.C., 羅馬大將）
Marcelo〔mɑr'θelo〕（西）
March〔mɑrtʃ〕三月
Marchand〔mɑr'ʃɑŋ〕（法）馬契德
Marchant〔'mɑrtʃənt〕馬契特

Marchbank〔'mɑrtʃbæŋk〕馬奇班克
March-chick〔'mɑrtʃ·'tʃɪk〕
Marche〔mɑrʃ〕（法）
Marche, La〔lɑ 'mɑrʃ〕（法）
Marchena〔mɑr'tʃenɑ〕
Marchesa〔mɑr'kezɑ〕
Marchesi〔mɑr'kezɪ〕
Marchesi de Castrone〔mɑr'kezɪ de
kɑs'trone〕（義）
Marchetti〔mɑr'kettɪ〕（義）馬凱蒂
Marchfeld〔'mɑrhfɛlt〕（德）
Marchi〔'mɑrki〕
Marchia〔'mɑrkɪə〕
Marchiafava〔﹐mɑrkjɑ'fɑvɑ〕（義）
Marchildon〔'mɑrʃɪldən〕
Mar Chiquita〔'mɑr tʃɪ'kitɑ〕（西）
Marchmont〔'mɑrtʃmənt〕
March Ordinas〔mɑrtʃ ɔr'dinɑs〕
Marcia〔mɑrʃə〕馬莎
Marcial〔mɑr'θjɑl〕（西）
Marcian〔'mɑrʃən〕
Marciano〔﹐mɑrsɪ'ɑno;-'æno〕馬西亞諾（
Rocky, 1924-1969, 美拳王）
Marcianus〔﹐mɑrʃɪ'enəs〕
Marcien〔mɑr'sjæŋ〕（法）
Marcillac〔mɑrsɪ'jɑk〕（法）
Marcin〔'mɑrsɪn; 'mɑrtsin（波）〕
Marcinelle〔mɑrsi'nɛl〕（法）
Marcion〔'mɑrʃɪɑn〕
Marcionite〔'mɑrʃənɑɪt〕
Marcius〔'mɑrʃɪəs〕
Marck〔'mɑrk〕馬克斯
Marck, La〔lɑ'mɑrk〕（法）
Marcke〔mɑrk〕
Marckwardt〔'mɑrkwɑrt〕
Marckworth〔'mɑrkwəθ〕
Marcobrunner〔'mɑrko'brunə〕
Marcomanni〔mɑrkə'mænɑɪ〕
Marconi〔mɑr'konɪ〕馬可尼（Marchese Gu-
glielmo, 1874-1937, 義大利電機學家）
Marco Polo〔'mɑrko 'polo〕馬哥孛羅（
1254?-1324?, 義大利商人）
Marcos〔'mɑrkuʃ（葡）; 'mɑrkos（西）〕
Marcos Paz〔'mɑrkos 'pas〕（拉丁美）
Marcosson〔'mɑrkəsṇ〕馬科森
Marcou〔mɑr'ku〕（法）
Marcoussis〔mɑrku'si〕（法）
Marcoux〔mɑr'ku〕（法）
Marculf〔'mɑrkʌlf〕
Marcus Island〔'mɑrkəs~〕馬卡斯島（日本）
Marcus Annaeus Lucanus〔'mɑrkəs
ə'niəs lu'kenəs〕

Marcus Aurelius〔'mɑrkəs ɔ'riljəs〕
馬卡斯‧奧里留斯(121-180, 斯多噶派哲學家)
Marcuse〔mɑr'kusə〕馬庫塞
Marcy, Mount〔'mɑrsɪ〕馬西峰(美國)
Marczali〔'mɔrtsɑli〕(匈)
Mardan〔'mɑrdæn〕
Mar del Plata〔'mɑrðɛl'plɑtə〕馬普拉塔(阿根廷)
Marden〔'mɑrdən〕馬登
Mardi〔'mɑrdɪ〕
Mardian〔'mɑrdɪən〕馬迪安
Mardi Gras〔'mɑrdɪ 'grɑ; mɑrdi 'grɑ〕
四旬齋前一日(在紐奧連,巴黎等地為尋樂之日)
Mardikian〔mɑr'dɪkɪən〕
Mardin〔mɑr'din〕
Mardochai〔'mɑrdəkaɪ〕
Mardonius〔mɑr'donɪəs〕
Marduk〔'mɑrduk〕古代巴比倫之主神(原為一地方之太陽神)
Marduk, Amel-〔'amɛl‧'mɑrduk〕
Mare〔mɛr; 'mɑre; 'merɪ; 'mɑrɛ〕
Mare, de la〔də lə 'mɛr〕
Maré〔mɑ're〕
Mare Adriatico〔'mɑre , ɑdrɪ'ɑtɪko〕
Mare Adriaticum〔'mɑre; 'merɪ; 'mɑrɛ〕
Maréchal〔mɑre'ʃɑl〕(法)
Maree〔mə'ri〕
Marées〔mɑ're〕
Mare Germanicum〔'merɪ dʒə'mænɪkəm〕
Mare Internum〔'merɪ ɪn'tɛnəm〕
Maremma〔mə'rɛmə; mɑ'remmɑ(義)〕
Marenco〔mɑ'rɛnko〕
Marengo〔mə'rɛngo; mɑ'rɛngo〕
Mare Nostrum〔'merɪ 'nɑstrəm〕
Marenzio〔mɑ'rɛntsjo〕
Mareotis〔, mærɪ'otɪs〕
Mare Rubrum〔'merɪ 'rubrəm〕
Marescot〔mə'rɛskət〕
Mare Suevicum〔'merɪ 'swivɪkəm〕
Maret〔mɑ'rɛ〕(法)
Mareth〔'mærəθ; 'mɑrʌθ(阿拉伯)〕
Mare Tirreno〔'mɑrɛ tɪr'reno〕
Marets〔mɑ're〕(法)
Marett〔'mærɪt〕
Marettimo〔mɑ'rɛttimo〕(義)
Mare Tyrrhenum〔'merɪ tɪ'rinəm〕
Maretzek〔'mɑrɛtsɛk〕
Mareuil〔mɑ'rɜj〕(法)
Marey〔mɑ're〕(法)
Marfa〔'mɑrfə〕

Marfak〔'mɑrfæk〕
Marfik〔'mɑrfɪk〕
Margarelon〔mɑr'gærɛlən〕
Margaret of Anjou〔'mɑrgrɪt əv 'ændʒu〕安珠瑪格麗特(1430-1482, 英王亨利六世之后)
Margareta〔, mɑrgɑ'retɑ〕
Margarete〔, mɑrgɑ'retə〕(德)馬格雷特
Margarete von Österreich〔, mɑrgɑ'retə fɑn 'ɜstərraɪh〕(德)
Margaretha〔, mɑrgɑ'retɑ〕
Margaretta〔, mɑrgɑ'retɑ〕
Margaret Theresa〔'mɑrgərɪt tə'risə〕
Margaret Tudor〔'mɑrgərɪt 't judə〕
Margarita〔, mɑrgə'ritə〕馬格雷特
Margate〔'mɑrgɪt; 'mɑrget〕
Margaux〔mɑr'go〕(法)
Marge〔mɑrdʒ〕馬吉
Margelan〔, mɑrgɪ'lɑn〕
Margerison〔mɑr'dʒerɪsən〕
Margery〔'mɑrdʒərɪ〕瑪芝莉
Margesson〔'mɑrdʒɪsən〕馬杰森
Marget〔'mɑrgɪt〕馬吉特
Margetson〔'mɑrdʒɪt‧sn〕馬吉特森
Margetts〔'mɑrgɪts〕馬吉茨
Marggraf〔'mɑrkgrɑf〕(德)
Margherita〔, mɑrge'ritɑ〕(義)
Marghilan〔, mɑrgɪ'lɑn〕
Marghiloman〔, mɑrgɪlɑ'mɑn〕(羅)
Margiana〔, mɑrdʒɪ'enə〕
Margie〔'mɑrdʒɪ〕馬吉
Margilan〔mɑrgɪ'lɑn〕
Margites〔mɑr'dʒaɪtiz〕
Margolies〔mɑr'golɪz〕
Margolious〔'mɑrgəljus〕
Margoliouth〔'mɑrgəljuθ; mɑr'golɪθ〕馬戈利斯
Margolis〔mɑr'golɪs〕馬戈利斯
Margot〔'mɑrgo; -gət〕瑪爾格
Margraten〔'mɑr, grɑtən〕(荷)
Margrave〔'mɑrgrev〕馬格雷夫
Margret〔'mɑrgərɪt〕
Margrete〔mɑr'gretə〕
Marguerite〔mɑrgə'rit〕(法)瑪格麗特
Marguerite de Flandre〔mɑrgə'rit də 'flɑndə〕(法)
Marguerite Gautier〔mɑrgə'rit got'je〕(法)
Margueritte〔mɑrgə'rit〕(法)
Marguetel de Saint-Denis〔mɑrgə'tɛl də sæŋ‧də'ni〕(法)
Margulies〔'mɑrgulɪs〕馬吉利斯

Margum [ˈmɑrgəm]

Margus [ˈmɑrgəs]

Marham [ˈmærəm]

Marhamchurch [ˈmærəmtʃətʃ]

Marhattas [məˈratəz]

Marhaus [ˈmɑrhɔs]

Marheineke [mɑrˈhaɪnəkə]

Mar-heshvan [ˈmɑr·ˈheʃvæn]

Marholm [ˈmɑrhɔlm]

Mari [ˈmɑrɪ]

Maria [məˈraɪə; məˈrɪə; mɑˈrɪə] （德、荷、芬、義、瑞典、羅）；məˈrɪə（葡）；mʌˈrjiɪʌ（俄）；ˈmɑrjɑ（波）瑪麗亞

Maria [mɑˈriɑ] （西）瑪麗亞

Mariamma [ˌmɛrɪˈæmə]

Mariamne [ˌmɛrɪˈæmnɪ]

Marian, Marion [ˈmɛrɪən] 瑪麗安

Mariana Islands [ˌmɛrɪˈænə〜; mɑˈrjɑ-nɑ〜; məˈrjʌnə〜; mɑriˈɑnə〜] 馬里亞納群島（西太平洋）

Marianao [ˌmɑrjɑˈnɑo] 馬利亞那歐（巴西）

Mariana's Trench [ˌmɑriˈɑnɑz〜] 馬里亞納海溝（太平洋）

Mariangelo [ˌmɑriˈɑndʒelo]

Marianna [ˌmɛrɪˈænə ; məriˈænə（葡）] 瑪麗安娜

Marianne [ˌmɛrɪˈæn; mɑˈrjɑn] 法國（擬人稱）

Mariano [mɑˈrjɑno] （義、西）

Mariánské Lázné [ˈmɑrjɑnske ˈlaznjɛ] （捷）

Marias [məˈraɪəs]

Marías [mɑˈrias] （西）

Maria Theresa [məˈraɪə tɪˈrizə; -təˈrɛsə] 瑪利亞德利莎（1717-1780, 匈牙利及波希米亞女王）

Maria Theresia [mɑˈriɑ teˈrezɪɑ] （德）

Maria-Theresiopel [mɑˈriɑ·tɛ, rezɪˈopəl]

Mariato [mɑˈrjɑto]

Maria van Diemen [məˈriə væn ˈdimən]

Marib [ˈmærɪb]

Ma'rib [ˈmærɪb] （阿拉伯）

Maribio [məˈrɪbɪo]

Maribo [ˈmɑrɪˌbo]

Maribor [ˈmɑrɪbor] 馬里包（南斯拉夫）

Marica [mɑˈritsɑ]

Maricaban [ˌmɑrɪkɑˈbɑn]

Marico [məˈriko]

Maricopa [ˌmærɪˈkopə]

Maricourt [mɑriˈkur] （法）

Maridunum [ˌmærɪˈdjunəm]

Marie [məˈrɪ] 瑪利（1875-1938, 羅馬尼亞女王）

Marie Antoinette [məˈri, æntwəˈnɛt] 瑪利安唐妮（1755-93, 法皇路易十六之妻）

Marie-Bernard [mɑˈri·bərˈnɑr] （法）

Marie Byrd Land [mə, riˈbəd〜] 馬利博德地（南極洲）

Marie-Claire [mɑˈri·ˈklɛr] （法）

Marie Galante [mɑˈri gɑˈlɑ̃t] （法）

Marie-Galante [mɑˈri·gɑˈlɑ̃t] （法）

Marie Henriette [mɑˈri ɑ̃ˈrjɛt] （法）

Marie Louise [mɑˈriluiz] 瑪利路意薏絲（1791-1847, 拿破崙一世之第二位皇后）

Mariemont [məˈrimɑnt]

Marien [mɑriˈɛn]

Marienbad [məˈrɪənbɑd]

Marienburg [məˈrɪənbəg; mɑˈrɪənburk（德）]

Mariendorf [mɑˈrɪəndɔrf]

Mariental [məˈrɪəntɑl]

Marienwerder [mɑ, rɪənˈvɛrdə] （德）

Maries [ˈmærɪz]

Marie Thérèse [mɑˈri teˈrɛz] （法）

Mariéton [mɑrjeˈtɔn] （法）

Marietta [ˌmɛrɪˈɛtə] 瑪麗艾塔

Mariette [ˌmɑˈrjɛt] （法）

Marieville [məˈrivɪl]

Marignac [mɑriˈnjɑk] （法）

Marignolli [mɑriˈnjolɪ] （義）

Marigny [mɑriˈnji] （法）

Marigold [ˈmærɪgold]

Marigot [mɑriˈgo] （法）

Mariguana [ˌmærɪˈgwɑnə]

Marihueno [, mɑriˈweno]

Mariinsk [mɑˈriinsk]

Marikina [ˌmɑriˈkinɑ]

Marilaun, von [fɑn ˈmɑrɪlaun]

Marilla [məˈrɪlə]

Marillac [mɑriˈjɑk] （法）

Marillier [məˈrɪljə]

Marilyn [ˈmærɪlɪn] 瑪麗琳

Marin [məˈrɪn; ˈmɑrɪn; mɑˈræŋ（法）] 馬林

Marina [məˈrinə; mɑˈrɑinə; mɑˈrinɑ] 瑪麗娜

Marindin [məˈrɪndɪn]

Marinduque [ˌmɑrɪnˈduke] 馬倫杜克島（菲律賓）

Marine Corps [məˈrin〜] 【美】海軍陸戰隊

Marinette [ˌmærɪˈnɛt]

Marinetti [ˌmɑrɪˈnetti] 瑪利奈蒂（Emilio Filippo Tommaso, 1876-1944, 義大利詩人及小說家）

Maringa [məˈrɪŋgə]

Marini〔mɑ'rini〕

Marinković〔mɑ'rinkəvitʃ; mɑ'rinkəvi-
tj〕(塞克)

Mariño〔mɑ'rinjo〕馬里尼（Giambattista,
1569-1625, 義大利詩人）

Marino Faliero〔mə'rino fɑl'jɛro〕

Marinoff〔'mɑrinɑf〕馬里諾夫

Marinoni〔mɑrinə'ni〕(法)

Marinus〔mə'rɑinəs〕馬里納斯

Mario〔'mɛrio; 'mɑrjo（義、西）〕馬里奧

Mário〔'mɑrju〕

Mariolatry〔,mɛri'ɑlətri〕❶聖母瑪利亞
之崇拜（輕蔑語）❷崇拜女人

Marion〔'mɛriən; 'mæ-〕馬里恩

Marion Delorme〔mɑ'rjɔŋ də'lɔrm〕
(法)

Mariotte's Law〔,mɑ'rjɔts~; 'mæri-
,ɑts~〕【物理】波以耳定律

Mariotti〔,mɑri'ɔtti〕(義)

Mariotto〔,mɑri'ɔtto〕(義)

Mariposa lily (or tulip)〔,mæri'posə
~〕【植物】蝴蝶百合（美國西部及墨西哥產）

Mariposan〔,mæri'posən〕

Mariquina〔,mɑri'kinɑ〕

Mari Republic〔'mɑri~〕馬利共和國（蘇
聯）

Maris〔'mæris; 'mɑris〕馬里斯

Mariscal Estigarribia〔,mɑris'kɑl
,estigɑr'rivjɑ〕(西)

Mariscal mountain〔'mɑriskɔl~〕

Marischal〔'mɑʃəl〕

Marisco〔mə'risko〕

Marishes〔'mæriʃiz〕

Marismas, de las〔ðe lɑs mɑ'ris-
mɑs〕(西)

Marissa〔mə'risə〕

Marist〔'mɛrist〕（天主教之）瑪利亞修道
會（Society of Mary）之會友

Maristan〔'mɛris,tæn〕

Marisus〔mə'rɑisəs〕

Maritain〔mɑri'tæŋ〕馬利坦（Jacques,
1882-1973, 法國哲學家及外交家）

Maritana〔mæri'tenə; mɑri'tɑnɑ（西）〕

Marítima, Cordillera〔,kɔði'jerɑ
mɑ'ritimɑ〕（拉丁美）

Maritime Territory〔'mæritɑim~〕沿
海州（蘇聯）

Maritime Alps〔'mæritɑim 'ælps〕濱
海阿爾卑斯山

Mariupol〔,mæri'upɔl; mʌrjí'upəl〕(俄)〕

Marius〔'mɛriəs〕馬留（Gaius, 155?-86
B.C., 羅馬將軍）

Marivaux〔mɑri'vo〕(法)

Mariya〔mɑ'rijə; mʌ'rjijʌ（俄）〕

Mariyampole〔,mɑri'jɑmpolɛ〕

Marja〔'mɑrjɑ〕

Marjoribanks〔'mɑrtʃbæŋks〕馬奇班克斯

Marjorie〔'mɑrdʒəri〕瑪芝麗

Marjory〔'mɑrdʒəri〕馬奇里

Mark〔mɑrk〕馬克

Markab〔'mɑrkæb〕

Markagunt〔'mɑrkəgʌnt〕

Markby〔'mɑrkbi〕

Marked Tree〔'mɑrkt tri〕

Marken〔'mɑrkin〕(荷)

Markens gröde〔'mɑrkənz 'grɜdə〕(挪)

Market〔'mɑrkit〕

Market Bosworth〔'mɑrkit 'bɑzwəθ〕

Market Drayton〔'mɑrkit 'dretn̩〕

Market Harborough〔'mɑrkit 'hɑrbərə〕

Markham〔'mɑrkəm〕馬爾侃（（Charles）
Edwin, 1852-1940, 英國詩人）

Markievicz〔mɑr'kjevitʃ〕(波)

Markle〔'mɑrkl〕馬克爾

Markleeville〔'mɑrkl,ivil〕

Markleham〔'mɑrkləm〕

Marklew〔'mɑrklju〕

Markoe〔'mɑrko〕

Marko Kraljević〔'mɑrko 'krɑljevitj〕(
塞克)

Markos〔'mɑrkɔs〕

Marhova〔mɑr'kovə〕馬爾科沃（蘇聯）

Markovich〔'mɑrkʌvitʃ〕(俄)

Markovitch〔'mɑrkovitʃ〕

Mark Rutherford〔'mɑrk 'rʌðəfəd〕

Marks〔mɑrks〕

Marksville〔'mɑrksvil〕

Mark Tapley〔'mɑrk 'tæpli〕極快活的人
（原爲 Dickens 之小說 Martin Chuzzlewit 中之人
物）

Mark Twain〔'mɑrk'twen〕馬克吐溫
（1835-1910, 眞名 Samuel Langhorne Clemens,
美國幽默作家）

Markus〔'mɑrkus〕馬克斯

Markwardt〔'mɑrkwɔrt〕

Marland〔'mɑrlənd〕

Marlais〔'mɑrle〕

Marlatt〔'mɑrlæt〕馬蘭

Marlboro〔'mɔrlbərə; 'mɑrlbərə〕

Marlborough〔'mɑrlbərə〕馬堡（美國；紐
西蘭）

Marleberge〔'mɑrlbəg〕　　　　L西蘭）

Marlene〔mɑr'lin〕瑪琳

Marler〔'mɑrlə〕馬勒

Marlett〔'mɑrlit〕馬利特

Marley〔'marlı〕馬利
Marlin〔'marlın〕馬林
Marling〔'marlıŋ〕馬林
Marlinski〔mar'lınskı;mʌr'ljinskəı〕(俄)
Marlinton〔'marlıntən〕 └,)」
Marlio〔'marlıo;mar'ljo(法)〕
Marlon〔'marlən〕馬倫
Marlow(e)〔'marlo〕馬婁(Christopher,
 1564-1593, 英國劇作家)
Marly,Plessis-〔plɛ'si·mar'li〕(法)
Marly-la-Machine〔mar'l·la·maʃin〕(法)
Marmaduke〔'marmədjuk〕 └,(法)
Marmara, Sea of〔'marmərə〕瑪摩拉海
 (土耳其)
Marmara Denizi〔,marma'ra ,dɛni-
Marmarica〔mar'mærıkə〕 └'zi
Mar Menor〔,mar me'nɔr〕
Marmenor〔,marme'nɔr〕
Marmet〔'marmıt;mar'mɛt〕
Marmier〔mar'mje〕(法)
Marmion〔'marmjən〕
Marmite〔'marmaıt〕
Mármol〔'marmɔl〕(西) 「(義大利)
Marmolada〔,marmo'lada〕馬模拉達山
Marmolejo〔,marmo'lɛho〕(西)
Marmont〔mar'mɔŋ〕(法)
Marmontel〔,mar,mɔŋ'tɛl〕馬孟泰爾
 (Jean François, 1723-1799, 法國作家)
Marmora〔'marmərə;mar'mora〕
Marmora,La〔la mar'mora〕
Marnau〔'marno〕
Marne〔marn〕
Marner〔'marnə〕
Marnix〔'marnıks〕
Marno〔'marno〕
Maro〔'maro; 'mero〕
Maroboduus〔,mærbo'badʒəs〕
Maroc〔ma'rɔk〕(法)
Marocco〔mə'rako〕
Marochetti〔,maro'kɛtti〕(義)
Maróczy〔'marotsı〕(匈)
Maroni〔mɔ'ronı〕馬羅尼
Maronite〔'mærənaıt〕
Maros〔'marɔʃ〕(匈)
Maros-Németh〔'marɔʃ·'nemɛt〕
Maros-Vásárhely〔'marɔʃ·'vaʃa,he〕
 (匈)
Marot〔,ma'ro〕麥羅(Clément, 1495?=
 1544, 法國詩人)
Maroua〔mə'ruə〕
Marovo〔mə'rovo〕
Marovoay〔,maro'voaı〕

Marowijne〔,maro'vaınə〕(荷)
Marozia〔mə'rozıə;ma'rɔtsja〕(義)
Marpi〔'marpı〕
Marple〔'marpl〕
Marprelate〔'marp,rɛlıt〕
Marpriest〔'marprist〕
Marquand〔mar'kwand〕馬匡德(John Phil-
 lips, 1893-1961, 美國小說家)
Marquardt〔'markward;'markvart(德)〕
 馬夸特
Marquat〔'market〕
Marqués〔mar'kes〕
Marquês〔mə'keʃ(葡);mə'kes(巴西)〕
Marquesan〔mar'kezən;-sən〕馬貴斯群島之
 居民
Marquesans〔mar'kesənz〕
Marquesas Islands〔'mar'kesæs~〕馬貴斯
 群島 (南太平洋)
Marquesas Keys〔mar'kiz~〕
Marquet〔mar'kɛ〕(法)
Marquette〔mar'kɛt〕馬凱特(Jacques,1637-
 1675, 法國教士及探險家)
Márquez〔'markes〕馬貴格思(Gabriel Gar-
 cía, 1928-, 哥倫比亞作家)
Márquez Rodríguez〔'markeθ roð'rigeθ〕
 (西)
Marquezas〔mar'kezəs〕
Marquis〔'markwıs〕馬貴斯(Donald Robert
 Perry, 1878-1937, 美國幽默家及新聞記者)
Marquis au court nez〔mar'ki o kur
 Marquise〔mar'kiz〕(法) └'ne〕(法)
Marr〔mar〕馬爾
Marracci〔'mar'rattʃı〕(義)
Marrakech〔mə'rakɛʃ〕馬拉喀什(摩洛哥)
Marrakesh〔mə'rækɛʃ;mʌr'rakuʃ(阿拉伯)〕
Marrast〔ma'ra〕(法)
Marree〔'mari〕
Marretie's Hoeck〔ma'retis huk〕
Marri〔'mɛrrı〕瑪利
Marriner〔'mærınə〕馬里納
Marriot(t)〔'mærıət〕馬里奧特
Marroquí〔,maro'ki〕(西)
Marrow〔'mæro〕馬羅
Marrucini〔,mærə'saınaı〕
Marruecos〔mar'rwekos〕(西)
Marryat〔'mærıət〕馬利埃特(Frederick,
 1792-1848, 英國小說家及海軍上校)
Mars〔marz〕❶馬爾斯❷【 羅馬神話 】戰神
Marsa Ali〔'marsə a'li〕
Marsal〔mar'sal〕
Marsala〔mar'salə〕馬沙拉 (西西里島)
Marsa Susa〔'marsə 'suzə〕

Marschalk von Ostheim['marʃalk
fan 'asthaim]

Marschall ['marʃal]馬歇爾

Marschall von Bieberstein['marʃal
fan 'bibəʃtain](德)

Marschner ['marʃnə]

Marsden ['marzdən]馬斯登

Mars Diep['mars 'dip]

Marsdiep['mars'dip]

Marseillaise [,marsḷ'ez]馬賽進行曲(法
國國歌)

Marseille[mar'sɛj](法)

Marseilles [mar'selz]馬賽(法國)

Marsh[marʃ]馬什

Marshal ['marʃəl]馬修

Marshall ['marʃəl]馬歇爾(❶ George
Catlett, 1880-1959, 美國將軍及外交家
❷ John, 1755-1835, 美國法學家)

Marshall-Cornwall ['marʃəl·'kɔrnwəl]

Marshallton['marʃəltən]

Marshalltown['marʃəltaun]

Marshalsea ['marʃəlsi]

Marshfield['marʃfild]

Marshman['marʃmən]馬什曼

Marsi ['marsai]

Marsic ['marsik]

Marsigli [mar'siljɪ](義)

Marsiglio[mar'siljo]

Marsiglio dei Mainardini [mar'siljo
, dei , mainar'dini]

Marsilio[mar'siljo]

Marsilius [mar'sɪlɪəs]

Marsilius von Inghen[mar'zilɪus fan
'iŋən](德)

Marsin[mer'sin]

Marsirio[mar'sɪrɪo]

Marske ['marsk]

Marsland ['marzlənd]

Marsman['marsmən]

Marston['marstən]馬斯敦(John, 1575?-
1634, 英國劇作家)

Marstrand ['marstrand](丹)

Marsus ['marsəs]

Marsyas ['marsɪəs]

Mart [mart]

Marta ['marta]

Martaban [,martə'ban]馬塔班灣(緬甸)

Martano[mar'tano]

Marteau[mar'to](法)

Martel [mar'tel]馬特爾

Martel de Janville [mar'tel də ʒaŋ-
'vil](法)

Martell [mar'tɛl]馬特爾

Martelli [mar'tɛlli](義)馬特利

Martello[mar'tɛllo](義)

Martem['martɛm]

Marten['martɪn]馬騰

Martens ['martɪnz]馬騰斯

Martensen['martənsən]馬騰森

Martext ['martɛkst]

Martha ['marθə]瑪莎

Martha's Vineyard['marθəz 'vɪnjəd]漫
沙艾雅島(大西洋)

Marthe [mart]

Marthinus [mar'tinəs]

Martí [mar'ti]

Martial ['marʃəl]馬休爾(40?-102?, 羅馬諷刺
詩人)

Martialis [,marʃɪ'elɪs](義)

Martian['marʃɪən]火星人

Martianus Capella [,marʃɪ'enəs kə'pɛ-
lə]

Martignac [marti'njak](法)

Martigny [marti'nji](法)

Martim[mar'tiŋ](葡)

Martin ['martɪn]馬丁(❶ Homer Dodge,
1836-1897, 美國畫家 ❷ Sir Theodore, 1816-
1909, 英國詩人、翻譯家及散文家)

Martín[mar'tin](西)

Martín, Grau San['grau san mar'tin]

Martinach ['martɪnah](德)

Martina Frenca [mar'tina 'fraŋka]

Martin Chuzzlewit ['martɪn 'tʃʌzlwɪt]

Martin de Moussy[mar'tæŋ də mu'si]
(法)

Martin du Gard, Roger ['martæŋ du
'gar]杜嘉(Roger Martin, 1881-1958, 法國小說
家)

Martine['martaɪn ; mar'tin(法)]

Martineau ['martino]馬蒂諾(❶ Harriet,
1802-1876, 英國小說家及經濟學家 ❷其弟 James,
1805-1900, 英國神學家及哲學家)

Martin Eden ['martɪn 'idŋ]

Martinek ['martɪnɛk]馬蒂內克

Martinelli [,marti'nɛlɪ ; ,marti'nɛllɪ
(義)]馬蒂內利

Martinet [,marti'net ; marti'nɛ(法)]

Martinez [mar'tiniz]馬丁內斯

Martínez [mar'tineθ](西)馬丁內斯

Martínez Barrio[mar'tineθ 'barjo](西)

Martínez de Campos[mar'tineθ ðɛ
'kampos](西)   'rava(西)

Martínez de Jarava [mar'tineθ ðɛ ha-

Martínez de la Rosa[mar'tineθ ðɛ la
'rosa](西)

Martínez Pasqualis [mə'tinɪʃ pəʃ-
'kwa lɪʃ] (葡)
Martínez Sierra [mar'tineθ 'sjɛrra]
(西)
Martínez Trueba [mar'tines tru'eva]
(拉丁美)
Martínez Zuviría [mar'tines suvi'ria]
(拉丁美)
Martin Faber ['martɪn 'febə]
Martín García [mar'tiŋ gar'sia] (拉丁)
Martin Hyde ['martɪn haɪd] (美)
Martini [mar'tini] 馬蒂尼 (Simone,
1283?-1344, 義大利畫家)
Martiniano [mətɪn'jænu] (葡)
Martinic, Clam- [, klam·'martɪnɪts]
Martinique [, martɪ'nik] 馬丁尼克島 (西
印度群島)
Martinitz ['martɪnɪts]
Martin Marplot ['martɪn 'marplat]
Martin Marprelate ['martɪn mar-
,prelɪt]
Martinmas ['martɪnməs] 聖馬丁節 (十
一月十一日)
Martino [mar'tino] 馬蒂諾
Martin of Tours ['martɪn, tʊr]
Martin of Troppau ['martɪn, tra-
paʊ]
Martinpuich [martænpjʊ'iʃ] (法)
Martins [mar'tiŋs] 馬丁斯
Martins Ferry ['martɪnz 'fɛrɪ]
Martinson ['martɪnsɒn] 馬汀生 (Harry
Edmund, 1904-1978, 瑞典作家及詩人)
Martinsville ['martɪnzvɪl]
Martinů ['martɪnu] (捷)
Martinus [mar'taɪnəs; mar'tinəs (荷)]
馬蒂納斯
Martinus Gosia [marp'taɪnəs 'goʃə]
Martinus Polonus [mar'taɪnəs pə'lo-
nəs]
Martinus Scriblerus [mar'taɪnəs
skrɪb'lirəs]
Martinuzzi [, martɪ'nuttsɪ] (義)
Martin Valliant ['martɪn 'væljənt]
Martin Vas ['martɪn vaz]
Martiny [mar'tini] 馬蒂尼
Martín y Solar [mar'tin ɪ so'lar]
Martius ['marʃɪəs; 'martsɪus (德)]
Marton ['martn] 馬頓
Martre, Lac la [lak la 'martə] (法)
Martucci [mar'tuttʃɪ] (義)
Marty ['martɪ; mar'ti (法)] 馬提
Martyn ['martɪn] 瑪蒂

Martyr ['martə] 馬特
Martyrs [mar'tir] (法)
Marucchi [ma'rukkɪ] (義)
Marullus [mə'rʌləs]
Marutéa [, maru'tea]
Marvel ['marvəl] 馬弗爾
Marvell ['marvəl; -vɪ] 馬威爾 (Andrew,
1621-1678, 英國詩人及諷刺家)
Marvin ['marvɪn] 馬文
Marwan [mær'wan] (阿拉伯)
Marwitz ['marvɪts] (德)
Marwood ['marwʊd] 馬伍德
Marx [marks] 馬克斯 (Karl, 1818-1883, 德
國政治哲學家、經濟學家及社會主義者)
Mary [mɛrɪ] 瑪利 (1867-1953, 全稱爲 Prin-
cess Victoria Mary of Teck, 英國喬治五世之后)
Marya ['marjə (波); 'marjʌ (俄)]
Mary Barton ['mɛrɪ 'bartən]
Mary Beatrice ['mɛrɪ 'biətrɪs]
Marybelle ['mɛrɪ,bɛl]
Marybeth [, mɛrɪ'beθ] 瑪麗貝思
Maryborough ['mɛrɪbərə]
Maryculter [mɛrɪ'kutə]
Maryellen [, mɛrɪ'ɛlən]
Maryfrances [, mɛrɪ'fransɪs]
Mary Ghaham ['mɛrɪ 'greəm]
Maryland ['mɛrɪlənd; 'mɛrɪlænd] 馬里蘭
(美國)
Mary - le-Bone ['mɛrɪ·lə·'bon]
Marylebone ['mærələbən; 'mærəbən;
'mærɪbən; 'malɪbən; mɛrɪlə'bon]
Marylhurst ['mærɪlhəst]
Marylin ['mærɪlɪn]
Mary Magdalen ['mɛrɪ 'mægdələn]
Mary Magdalene ['mɛrɪ mægdə'lini]
【聖經】抹大拉的馬利亞
Marymass ['mɛrɪməs] 聖母瑪利亞節；(尤
指)通告節 (3月25日)
Mary Morison ['mɛrɪ 'marɪsn̩]
Maryport ['mɛrɪport]
Mary Rose ['mɛrɪ 'roz]
Mary Stuart ['mɛrɪ·'stjʊət] 瑪利·斯圖亞
特 (1542-1587, 蘇格蘭女王)
Marysville ['mɛrɪzvɪl]
Marysvale ['mɛrɪzvel]
Maryût [mʌr'jut] (阿拉伯)
Maryville ['mɛrɪvɪl]
Marziale [marts'jale]
Marzials ['marzjəlz]
Mas [mas] 馬斯
Masaccio [ma'zattʃo] 馬查特秋 (1401-1428,
眞名爲 Tommaso Guidi, 義大利畫家)

Masada〔məˈsedə〕

Más Afuera〔mas afˈwera〕

Masai〔maˈsaɪ〕馬塞族（東非的一個善戰的
部落民族）

Masandam, Ras〔ras mæˈsændʊm〕

Masaniello〔ˌmazaˈnjello〕（義）

Masanutton〔ˌmæsəˈnʌtṇ〕

Masaryk〔ˈmasəˌrik〕馬薩利克（Tomraš
Garrigue, 1850-1937, 捷克斯拉夫哲學家及政
治家）

Más a Tierra〔mas a ˈtjerra〕（西）

Masawagh, ibn-〔ibn·masæˈwaɪ〕

Masaya〔maˈsaja〕

Masbate〔masˈbate〕馬斯巴退島（菲
律賓）

Mascagni〔mæsˈkanjɪ〕馬斯卡尼（Pietro,
1863-1945, 義大利作曲家）

Mascara〔ˈmæskərə; ˈmæskʌra〔阿拉伯〕〕

Mascaréignes〔maskareˈin〕（法）

Mascarene〔ˈmæskərin〕

Mascarenhas〔ˌmaʃkəˈrenjəʃ〕（葡）馬
什卡雷尼什

Mascarille〔maskaˈrij〕（法）

Mascaron〔mæskaˈrɔŋ〕（法）

Mascart〔masˈkar〕（法）

Mascherini〔maskeˈrini〕

Mascheroni〔ˌmaskeˈroni〕（義）

Masci d'Ascoli〔ˈmaʃi ˈdaskolɪ〕（義）

Mascoi〔maskoɪ〕

Mascoma〔mæsˈkomə〕

Mascot〔ˈmæskət,-kat〕

Mascoutah〔mæsˈkutə〕

Mascov〔ˈmasko〕

Masdeu〔masˈðeu〕（西）

Mase〔mes〕梅斯

Masefield〔ˈmesfild〕梅斯菲爾德（John,
1878-1967, 英國詩人及作家）

Masereel〔ˈmazərel〕

Masères〔maˈzɛr; maˈzɛr（法）〕

Maserfeld〔ˈmasəfeld〕

Masers d'Aubrespy〔maˈsɛr dobreˈpi〕

Mash〔mæʃ〕   L（法）

Mashad-i-Murghab〔maʃˈhad ɪmʊrˈgab〕
（波斯）

Masham〔ˈmæsəm; ˈmæʃəm〕

Masharbrum〔ˈmʌʃəbrʊm〕（印）

Mashita〔məˈʃita〕

Mashkel〔maʃˈkɛl〕

Mashona〔məˈʃanə〕

Mashonaland〔məˈʃanəlænd〕

Mashtotz〔maʃˈtots〕

Mashukulumbwe〔maˌʃukuˈlumbwɛ〕

Masie〔ˈmezɪ〕

Masikesi〔ˌmasɪˈkesɪ〕

Masindi〔məˈsɪndɪ〕

Masinissa〔ˌmæsɪˈnɪsə〕麥西尼沙（238?-149
B.C., Numidia 國王）

Masinloc〔ˌmasɪnˈlɔk〕

Masirah〔məˈsirɔ〕

Masjid-i-Sulaiman〔masˈdʒɪdɪ·ˌsʊlaɪ
Mask〔mæsk; mask〕   L·ˈman〕

Maskara〔ˈmæskərə〕

Maskat〔ˈmʌskæt; ˈmaskat〕

Maskell〔ˈmaskəl〕馬斯克爾

Maskelyne〔ˈmæskɪlɪn〕馬斯基林

Maskers〔ˈmaskəz〕

Maskinongé〔maskinɔŋˈʒe〕（加法）

Maskoi〔ˈmaskɔɪ〕

Maskwell〔ˈmaskwəl〕

Masland〔ˈmæslənd〕

Maslin〔ˈmæzlɪn〕馬斯林

Masnadieri〔ˌmaznadˈjeri〕

Maso〔ˈmazo〕

Masolino da Panicale〔ˌmazoˈlino da
ˌpanɪˈkale〕（義）

Mason〔ˈmesṇ〕梅遜（Charles, 1730-1787,
英國天文學家及測量家）

Mason-Dixon Line〔ˈmesṇ·ˈdɪksṇ laɪn〕美
國昔日之南北分界線

Masongo〔maˈsongo〕

Masontown〔ˈmesṇtaun〕

Masora(h)〔məˈsorə〕

Masorete〔ˈmæsɔrit〕

Masorite〔ˈmæsəraɪt〕

Masovia〔məˈsovɪə〕

Masó y Márquez〔maˈso ɪ ˈmarke〕（拉
丁美）

Maspero〔ˌmaspəˈro〕馬伯樂（Sir Gaston
Camille Charles, 1846-1916, 法國學者、埃及
問題專家）

Masqat〔ˈmʌskæt; ˈmaskat（阿拉伯）〕

Mass〔mæs; mas〕❶天主教的彌撒❷奠祭

Massac〔ˈmæsək〕馬薩克

Massachuset〔ˌmæsəˈtʃusɪt〕

Massachusetts〔ˌmæsəˈtʃusɛts〕麻薩諸塞
州（美國）

Masscre〔ˈmæsəkə〕

Massa e Carrara〔ˈmassa e kaˈrara〕（
Massai〔məˈsai〕   L義）

Massalia〔məˈselɪə〕

Massalian〔məˈselɪən〕

Massalsky〔maˈsalskɪ〕（羅）

Massanutten〔ˌmæsəˈnʌtṇ〕

Massapequa〔ˌmæsəˈpikwə〕

Massart〔ma'sar〕(法)
Massary〔'masari〕
Massasoit〔'mæsə,sɔɪt〕
Massé〔ma'se〕(法)
Massee〔'mæsɪ〕馬西
Massena〔mə'sinə〕
Masséna〔mə'sinə;mase'na〕馬塞那(André, 1758-1817, 法國拿破崙麾下大將)
Massenbach〔'masəbah〕(德)
Massencome, Lasseran-〔lasraŋ·masaŋ'kɔm〕(法)
Massenet〔mæs'ne〕馬斯奈(Jules Emile Frédéric, 1842-1912, 法國作曲家)
Massénya〔ma'senjə〕
Massey〔'mæsɪ〕馬西(Vincent, 1887-1967, 加拿大政治家)
Massi〔'massɪ〕(義)
Massicault〔masi'ko〕(法)
Massico〔'massɪko〕(義)
Massicus〔'mæsɪkəs〕
Massie〔'mæsɪ〕馬西
Massif Central〔ma'sif saŋ'tral〕(法)
Massigli〔masi'lji〕(法)
Massilian〔mə'sɪlɪən〕
Massiliensis〔mə,sɪlɪ'ɛnsɪs〕
Massillon〔'mæsɪlən;masi'jɔŋ(法)〕
Massimilliano〔,masɪmɪ'ljano〕
Massimo〔'massɪmo〕(義)
Massine〔ma'sin;mʌ'sjin(俄)〕馬辛
Massinger〔'mæsɪndʒə〕馬新基爾(Philip, 1583-1640, 英國劇作家)
Massingberd, Montgomery-〔mənt-'gʌmərɪ·'mæsɪŋbəd〕
Massingham〔'mæsɪŋəm〕
Massinissa〔,mæsɪ'nɪsə〕
Massis〔ma'sis〕(法)
Massive, Mount〔'mæsɪv〕馬西梧山(美國)
Massmann〔'masman〕
Masson〔'mæsn;ma'sɔn(法)〕馬森
Massorah〔mə'sorə〕
Massorete〔'mæsərɪt〕
Massowa(h)〔mə'soə〕
Massu〔ma'sju〕(法)
Massue〔ma'sju〕(法)
Massurius〔mə'sjurɪəs〕
Massy〔'mæsɪ〕馬
Mast〔'mast〕(法)馬斯特(義)
Mastai-Ferretti〔ma'sta·ɪ·fer'rettɪ〕
Masterman〔'mæstəmən;'mas-〕
Masters〔'mæstəz〕馬斯特茲(Edgar Lee, 1869-1950, 美國作家)

Master Skylark〔'mastə 'skaɪlark〕
Masterson〔'mastəsn〕馬斯特森
Mastino〔mas'tino〕
Maston〔'mastən〕馬斯頓
Mastriani〔,mastri'ani〕
Mastricht〔mast'rɪht〕(德)
Masuccio di〔da〕Salerno〔ma'zut tʃo dɪ sa'lɛrno〕
Masulipatam〔,mʌsəlɪ'pʌtəm〕馬蘇利帕塔姆(印度)
Masur〔'mæzjur〕
Masuren〔ma'zurən〕
Masuria〔mə'zurɪə〕馬蘇利亞區(波蘭)
Masurian Lake〔mə'zurɪən ~〕
Masyaf〔mæs'jæf〕
Masym〔'mesɪm〕
Mat〔mæt〕
Mataafa〔,mata'afa〕
Matabele〔,mætə'bilɪ〕
Matabeleland〔,mætə'bilɪlænd〕
Mata Bia〔'mætə 'biə〕
Matacos〔ma'takoz〕
Matadi〔mə'tadɪ〕馬塔迪(剛果)
Matador〔'mætə,dor;-,dɔr〕
Matafao〔,matə'fao〕
Matagalpa〔,mætə'gælpə;'mata'galpa〕
Matagalpan〔mætə'gælpən〕(西)
Matagamon〔,mætə'gamən〕
Matagorda〔,mætə'gordə〕
Mata Hari〔'matə 'harɪ;'mætə ,hærɪ〕馬特哈利(Gertrud Margarete Zelle, 1876-1917, 在法國之荷蘭籍舞師)
Mataincourt〔matəŋ'kur〕(法)
Matamora〔,mætə'morəs〕
Matamoros〔,mætə'morəs〕
Matana〔mə'tanə〕
Matane〔mə'tæn〕
Matanikau〔ma,tanɪ'kau〕
Matanuska〔,mætə'nuskə〕
Matanza〔mə'tænzə;ma'tansa(拉丁美)〕
Matanzas〔mə'tænzəs〕馬湯薩斯(古巴)
Matapalo〔,mætə'palo〕
Matapan〔'mætə,pæn〕馬塔班角(希臘)
Matape〔ma'tape〕
Matapedia〔,mætə'pidɪə〕
Matapédia〔,mætə'pidɪə;matape'dja〕(法)
Mataram〔ma'taram〕
Matarieh〔mata'rɪə〕
Matarîya〔,mætə'riə〕(阿拉伯)
Mataró〔,matə'ro〕(西)
Matata〔ma'tata〕
Mataura〔mə'taurə〕

Matawan〔,mætə'wɑn〕
Matchless Orinda〔'mætʃlɪs o'rɪndə〕
Maté〔'mate;'mæte〕
Matejko〔mɑ'teɪkɔ〕(波)
Matembe〔mɑ'tembe〕
Mateo〔mɑ'teo〕
Matera〔mɑ'terɑ〕
Mater Dolorosa〔'metə,dolə'rosə〕(拉
丁美)
Mater Matuta〔'metə mə'tjutə〕
Materna〔mɑ'ternɑ〕
Maternus〔mə'tɜrnəs〕
Maternus, Firmicus〔'fɜrmɪkəs mə-
'tɜrnəs〕
Mates〔'matɪz〕
Matese〔mɑ'tesɛ〕
Matesian〔mə'tiʒən〕
Mateur〔mɑ'tɜr〕(法)
Matha, de〔də mɑ'tɑ〕(法)
Mathäus〔'mɑ'teʊs〕(德)
Mather〔'mæðəɪ;'meðəɪ〕馬瑟
Mathers〔'meðəɪz;'mæðəɪz〕馬瑟斯
Matheson〔'mæθɪsn〕馬西森
Matheus〔'mæθəs〕馬瑟斯
Mathew〔'mæθju〕馬修
Mathews〔'mæθjuz〕馬修斯
Mathewson〔'mæθjusən〕馬修森
Mathey〔'mæte〕馬太
Mathias〔mə'θaɪəs;mɑ'tias(德、撇);
mə'tiəʃ(葡);mə'tiəs(巴西);mɑ'tjɑs-
(法)〕
Mathiassen〔mɑ'tiasn〕(丹)
Mathieson〔'mæθɪsən〕馬賽厄森
Mathieu〔mɑ'tjə〕(法)馬蒂厄
Mathiez〔mɑ'tje〕(法)
Mathilda〔mə'tɪldə〕
Mathilde〔mɑ'tɪldə(德);mɑ'tild(法);
mɑ'tilde(義)〕
Mathilde di Shabran〔mɑ'tilde di ʃɑ
'brɑn〕(義)
Matlis〔'mæθɪs〕馬西斯
Mathura〔'mʌturɑ〕(印)
Mathurin〔mɑtju'ræŋ〕(法)
Mathys〔mɑ'taɪs〕
Matianus〔,mætɪ'enəs〕
Matias〔mə'tiəʃ〕
Matías〔mɑ'tias〕
Matienzo〔,matɪ'enso〕(拉丁美)
Matija〔mɑ'tijɑ;'matɪjɑ(塞克)〕
Matilda〔mə'tɪldə;mɑ'tildɑ(義)〕馬蒂
爾達
Matilda Price〔mə'tɪldə praɪs〕

Matilde〔mɑ'tilde(義);mɑ'tild(法)〕
Matin, Le〔lə mɑ'tæŋ〕(法)
Matinicus〔mə'tɪnɪkəs〕
Matisse〔,mɑ'tis〕馬蒂斯(Henri,1869-
1954,法國後期印象畫派畫家及雕刻家)
Matlalcueyatl〔,matlɑ'kwejatl〕
Matlatzinca〔,matlɑ'tsɪŋkɑ〕
Matlock〔'mætlɑk〕馬特洛克
Matlocks〔'mætlɑks〕   「伯」
Matmata〔mæt'matə;mɪt'matæh(阿拉
Matochkin Shar〔'matətʃkɪn ʃɑr〕馬托奇
金沙爾(蘇聯)
Mato Grosso〔'mætə'groso;'matʊ'grɔ-
su〕馬特格羅梭高原(巴西)
Maton〔'metn〕
Matop(p)o〔mə'tɔpo〕
Matos〔'matos(西);'matus(葡)〕
Matos Fragoso〔'matos frɑ'goso〕
Matozinhos〔matu'zinjuʃ〕(葡)
Matrah〔mɑ'trɑ;'matrɑh(阿拉伯)〕
Matralia〔mə'treliə〕
Matravers〔mə'trævəɪz〕
Matris〔'matrɪs〕
Matrona〔'mætrənə〕
Matrûh〔mə'tru;mɑ'truh〕麥特魯(埃及)
Matsang〔'ma'tsɑŋ〕
Matsch〔matʃ〕
Matshangana〔mat·ʃɑŋ'gɑnɑ〕
Matsner〔'matsnə〕
Matsu〔'mɑ'tsu〕馬祖(福建)
Matsys〔'mat·saɪs〕
Matt〔mæt〕馬特
Matta〔'matɑ〕馬塔
Mattagami〔,mætə'gæmɪ〕
Mattamuskeet〔,mætə'mʌskit〕
Mattancheri〔mət'tantʃerɪ〕
Mattaniah〔,mætə'naɪə〕
Mattapan〔'mætəpæn〕
Mattapoisett〔,mætə'pɔɪsɛt〕
Mattaponi〔,mætəpə'naɪ〕
Mattathiah〔,mætə'θaɪə〕
Mattathias〔,mætə'θaɪəs〕
Mattäus〔mɑ'teus〕
Mattawa〔'mætəwɔ〕
Mattawamkeag〔,mætə'wamkɛg〕
Mattawin〔'mætəwɪn〕
Matteawan〔,mætə'wan〕
Matteo〔mat'teo〕(義)   「(義)
Matteo da Bascio〔mat'teo da 'baʃo〕
Matteo Ricci〔mɑ'teo 'rɪtʃi〕
Matteotti〔,matte'ɔtti〕(義)
Matter〔mɑ'tɛr〕(法)馬特

Matterhorn〔'mætə,hɔrn〕馬特合恩峰（
歐洲）

Matterjoch〔'matəjɔh〕（德）

Matteson〔'mætɪsn〕馬特森

Matteucci〔,mɑtte'uttʃɪ〕（義）

Matthaei〔mæ'θaɪ〕

Matthäus〔ma'teus〕

Matthes〔'mæθəs; 'matəs（德）〕馬瑟斯

Mattheson〔'matəzɔn〕

Matthew〔'mæθju〕❶馬修❷馬太（耶穌十二
門徒之一，一般認係馬太福音之作者）

Matthews〔'mæθjuz〕馬休茲（(James)
Brander, 1852-1929, 美國教育家及作家）

Matthias〔mə'θaɪəs〕【聖經】馬提亞（替
代 Judas Iscariot 成爲基督第十二使徒之一）

Matthías〔'mattɪas〕(冰)馬賽厄斯

Matthies〔'mæθɪz〕

Matthiesen〔'mæθɪsn〕

Matthiessen〔'mæθɪsn〕馬西森

Matthieu〔ma'tjə〕（法）

Matthijs〔ma'taɪs〕

Matthison〔'mæθɪsn〕

Matthisson〔'matɪsan〕（德）

Mattia〔mat'tia〕（義）

Mattiaci〔mə'taɪəsaɪ〕

Mattingly〔'mætɪŋlɪ〕馬丁利

Mattioli〔,mattɪ'ɔlɪ〕（義）

Mattison〔'mætɪsn〕馬蒂森

Mattituck〔'mætɪtʌk〕

Mattocks〔'mætəks〕

Matto de Turner〔'mato de 'turnɛr〕

Matto Grosso〔'mætə 'grosɔ; 'matu
'grosu〕（葡）

Mattoon〔mæ'tun〕馬頓

Mattson〔'mæt·sn〕馬特森

Matty〔'mætɪ〕馬蒂

Matupi〔mə'tupɪ〕

Mature〔mə'tjur〕

Maturin〔'mætjurɪn; mə'tjurɪn〕馬圖林

Matuta〔ma'cjutə〕

Matutum〔ma'tutum〕

Matveevich〔mʌt'vjejəvjɪtʃ〕（俄）

Matvei〔mʌt'vjeɪ〕（俄）

Matveyevich〔mʌt'vjejɪvjɪtʃ〕（俄）

Mátyás〔'matjaʃ〕（匈）

Matz,Battle of〔mats~〕馬茨

Matzenauer〔'matsənaʊə〕

Matzke〔'mætskɪ〕馬茨克

Matzner〔'matsnə〕

Mätzner〔'mɛtsnə〕（德）

Maubeuge〔mo'bɜʒ〕（法）

Maubin〔mə'ubɪn〕毛賓（緬甸）

Mauch〔maʊh〕（德）

Mauchberg〔'maʊhbɛrk〕（德）

Mauch Chunk〔mɔk 'tʃʌŋk〕

Mauchline〔'mɔhlɪn〕（蘇）

Mauchus〔'mɔkəs〕

Maucker〔'mɔkə〕

Mauclair〔mo'klɛr〕（法）

Maud〔mɔd〕穆德

Maud Charlotte Mary Victoria〔mɔd
'ʃarlət 'mɛrɪ vɪk'tɔrɪə〕

Maud(e)〔mɔd〕莫德

Maudits〔mo'di〕（法）

Maudlin〔'mɔdlɪn〕莫德林

Maud Muller〔mɔd 'mʌlə〕

Maudslay〔'mɔdzlɪ〕莫茲利

Maudsley〔'mɔdzlɪ〕莫茲利

Mauduit〔'mɔdwi〕

Maudye〔'mɔdɪ〕

Mauer〔'maʊə〕莫爾

Maug〔maʊg〕

Mauga Sili〔,maʊgə 'silɪ〕莫加希里山（薩
瓦伊島）

Mauger〔'mɛdʒə〕

Maugham〔mɔm〕毛姆（William Somerset,
1874-1965, 英國小說家及劇作家）

Maughan〔mɔn〕

Mauhes〔'maʊɪz〕

Maui〔'maʊɪ〕茂伊島（夏威夷）

Mauke〔'ma·u·ke〕

Maul〔mɔl〕

M'Aulay〔'mɔlɪ〕

Mauldin〔'mɔldɪn〕

Maule〔mɔl; 'maʊle〕莫爾

Mauley〔'mɔlɪ〕

Maulín〔maʊ'jin〕（西）

Maull〔mɔl〕莫爾

Maulmein〔maʊl'men〕

Maultasch〔'ma ʊltaʃ〕

Mau-Mau〔'maʊ·'maʊ〕毛毛黨人（1950 年代
初期成立於肯亞的革命黨）

Maumbury〔'mɔmbərɪ〕

Maumee〔mɔ'mi〕

Mauna Kea〔,maʊnə 'keə〕冒納開亞山（夏
威夷）

Mauna Loa〔,maʊnə 'loə〕冒納羅亞山（夏
威夷）

Maunalua〔,maʊnə'lua〕

Maunde〔mɔnd〕蒙德

Maundevyle〔'mændəvɪl〕

Maundrell〔'mɔndrɛl〕蒙德雷爾

Maundy〔'mɔndɪ〕

Maungdaw〔'maʊŋdɔ〕

Maunoury〔monuʹriʴ〕
Maunsel〔ʹmænsəl〕蒙塞爾
Maunsell〔ʹmænsəl〕
Mauny〔ʹmoniʴ〕
Maupassant〔ʹmopə,santʴ〕莫泊桑((Henri René Albert) Guy de, 1850-1893, 法國短篇小說作家)
Maupeou〔moʹpuʴ〕(法)
Maupertuis〔mopertjuʹiʴ〕(法)
Maupin〔moʹpæŋʴ〕(法)莫平
Maupiti〔mauʹpitɪ〕
Mauprat〔moʹpraʴ〕(法)
Maur〔mɔr〕莫爾
Maura〔ʹmɔrə〕莫柔
Maura y Montaner〔ʹmaura ɪ ,monta-ʹnɛr〕
Maure, Sainte-〔sæŋtʹmɔr〕(法)
Maureen〔moʹrin〕穆琳
Maurel〔mɔʹrɛl〕
Maurenbrecher〔ʹma urənbrɛhəʴ〕(古希)
Maurepas〔morəʹpɑ;mɔrʹpa(法)〕
Maurer〔ʹmaurəʴ〕
Mauretania〔,mɔriʹteniə;-ʹtenjə〕❶
   茅利塔尼亞(北非之一古國)❷= Mauritania
Mauretania Caesariensis〔,mɔriʹtenjə sɪ,zɛriʹensɪs〕
Mauretania Tingitana〔,mɔriʹtenjə ,tɪndʒiʹtenə〕
Mauri〔ʹmɔriʴ〕
Mauriac〔,mɔriʹakʴ〕摩里亞克(François 1885-1970, 法國詩人及小說家)
Maurice〔ʹmɔrɪs〕摩里斯
Mauricius〔mɔʹriʃiəs〕
Maurienne〔morʹjɛn〕
Maurier, du〔dju ʹmɔrieʴ〕
Mauris〔ʹmɔrɪs〕莫里斯
Mauritania〔,mɔriʹteniə〕茅利塔尼亞(非洲)
Mauritanie〔mɔritaʹniʴ〕(法)
Mauritius〔mɔʹriʃiəs〕模里西斯島(印度洋)
Mauritz〔ʹmauritsʴ〕
Mauritz van Nassau-Siegen〔ʹmauritsvæn ʹnasau ʹzigən〕(荷)
Maurizio〔mauʹritsjoʴ〕   〔
Maurocordatos〔,mavrɔkɔrʹðatɔsʴ〕(希)
Maurois〔ʹmorwa;moʹrwaʴ〕摩路瓦(André, 1885-1967, 法國傳記作家及小說家)
Maurokordatos〔,mavrɔkɔrʹðatɔsʴ〕(希)
Mauromichalis〔,mavrɔmiʹhaljisʴ〕(希)
Maurras〔maʹras;mɔʹra(法)〕
Maurus〔ʹmɔrəs;ʹmauru̇s(德)〕

Maurus, Rabanus〔raʹbanu̇s ʹmauru̇s〕
Maury〔ʹmɔriʴ〕摩利(Matthew Fontaine, 1806-1873, 美國海軍軍官及海洋地理學家)
Maurya〔ʹmɔrjə;ʹma·u̇rjə(印)〕
Maurya, Chandragnpta〔,tʃʌndrəʹgu̇ptə ʹma·u̇rjə〕
Maurycy〔mauʹritsiʴ〕
Mauser〔ʹmauzəʴ〕毛瑟(Peter Paul, 1838-1914, 其兄Wilhelm, 1834-1882, 德國槍砲發明家)
Mausoleum〔,mɔsəʹliəm〕
Mausolus〔mɔʹsoləs〕
Mauss〔mos〕
Mauston〔ʹmɔstən〕
Mauthner〔ʹmautnəʴ〕
Mauvais, le〔lə moʹveʴ〕(法)
Mauvaises Terres〔moʹvɛz ʹtɛr〕(法)
Mauve〔ʹmauvəʴ〕
Mauvillon〔moviʹjɔŋʴ〕(法)
Mauzey〔ʹmoseʴ〕莫齊
Maverick〔ʹmævrɪk〕馬弗里克
Mavia〔maʹviaʴ〕
Mavis〔ʹmevɪs〕梅薇思
Maviti〔maʹvitiʴ〕
Má Vlast〔ma vlast〕
Mavor〔ʹmevəʴ〕梅弗
Mavourneen〔məʹvurnin;məʹvɔrninʴ〕
Mavrogordato〔mævrogɔrʹdatoʴ〕
Mavrokordatos〔,mavrɔkɔrʹðatɔsʴ〕(希)
Mavromati〔,mavrɔʹmatiʴ〕
Mavromichalis〔,mavrɔmiʹhaljisʴ〕(希)
Mawardi, al-〔,æl·maʹwærdiʴ〕(阿拉伯)
Mawdesley〔ʹmɔdzliʴ〕
Mawenzi〔maʹwɛnziʴ〕
Mawer〔ʹmɔəʴ〕
Mawhinny〔məʹwiniʴ〕
Mawicke〔ʹmawikʴ〕
Mawson〔ʹmɔsənʴ〕摩生(Sir Douglas, 1882-1958, 英國南極探險家、地質學家、及礦物學家)
Max〔mæks〕麥克斯
Maxcy〔ʹmæksɪ〕馬克西
Maxence〔makʹsaŋsʴ〕(法)
Maxentius〔mækʹsɛnʃiəs〕
Maxey〔ʹmæksɪ〕馬克西
Maxfield〔ʹmæksfild〕馬克斯菲爾德
Maxglan〔ʹmæksglanʴ〕
Maxim〔ʹmæksɪm〕馬克秘(❶ Sir Hiram Stevens, 1840-1916, 英國發明家 ❷ Hudson, 1853-1927, 美國發明家及火藥專家)
Maxima Caesariensis〔ʹmæksimə sizɛ-ʹrensɪs〕
Maxime〔ʹmæksim;makʹsim(法)〕

Maximes〔mɑk'sim〕(法)
Maxim Gorki〔'mæksɪm 'gɔrkɪ〕
Maximian〔mæk'sɪmɪən〕
Maximiana〔mæk,sɪmɪ'enə〕
Maximianus〔mæk,sɪmɪ'enəs〕
Maximilian I〔,mæksɪ'mɪljən〕馬克西
　米連一世（1459-1519, 神聖羅馬帝國皇帝）
Maximiliana〔,mɑksɪmɪlɪ'ɑnɑ〕
Maximiliane〔,mɑksɪmɪlɪ'ɑnə〕
Maximilian Joseph〔,mæksɪ'mɪljən
　'dʒozɪf〕
Maximiliano〔,mɑksɪmɪl'jɑno〕
Maximilianovich〔mɑksɪmɪljɪ'ɑnəvɪtʃ〕
Maximilien〔mɑksimi'ljæŋ〕(法)
Maximin〔'mæksɪmɪn; mɑksi'mæŋ(法)〕
Maximinus〔,mæskɪ'mɑɪnəs〕
Máximo〔'mɑksɪmo〕
Maximos〔'mɑksɪmɔs〕馬克西莫斯
Maximovitch〔mæk'sɪməvɪtʃ〕
Maximus〔'mæksɪməs〕
Maxine〔mæk'sin〕麥可馨
Max Müller〔'mæks 'mʌlə; 'mɑks
　'mjulə〕
Maxse〔'mæksɪ〕馬克西
Maxton〔'mækstən〕馬克斯通
Maxtone Graham〔'mækstən 'greəm〕
Maxwell〔'mækswel〕馬克士威（James
　Clerk, 1831-1879, 蘇格蘭物理學家）
Maxwelltown〔'mækswəl,taʊn〕
May〔me; mɑɪ〕(德)·
Maya〔'mɑjə; 'mɑɪə〕摩耶夫人（釋迦之生
　母）
Mayaguana〔,meə'gwɑnə;-'gwɑnɑ〕馬亞
　瓜那島（巴哈馬群島）
Mayagüez〔,mɑjɑ'gwes〕馬雅奎（波多黎克）
Mayakovski〔,mɑjə'kɑfskɪ; mʌjʌ'kɔf-
　skɪ（俄）〕
Mayall〔'meɔl〕梅奧爾
Mayan〔'mɑjən; 'mɑɪən〕❶馬牙（印第安
　）人❷馬牙語系
Mayapán〔,mɑjɑ'pɑn〕
Mayarí〔,mɑjɑ'ri〕
Mayavaram〔mɑ'jʌvərəm〕(印)
Maybach〔'mɑɪbɑh〕(德)
Maybelle〔me'bɛl〕
Mayberry〔'me,berɪ〕
Maybeury〔'me,berɪ〕
Maybole〔me'bol〕
Mayday〔'me,de〕國際無線電求救信號
Mayelle〔me'ɛl〕
Mayence〔mɑ'jɑŋs〕(法)
Mayenne〔mɑ'jen〕(法)

Mayer〔'mɑɪə〕麥爾（Maria Goeppert 1906-
　1972, 生於德國之美國物理學家）
Mayers〔'meəz〕梅斯
Mayersville〔'meəzvɪl〕
Mayes〔mez〕梅斯
Mayfair〔,me'fɛr〕倫敦西端上流社會住宅區;
　倫敦社交界
May Fleming〔me 'flemɪŋ〕
May-flower〔'me·,flaʊə〕
Mayflower〔'me,flaʊə'-,flaʊr〕五月花號
　船（1620年清教徒自英渡美所乘者）
Mayhew〔'mehju〕梅休
Ma Yin-ch'u〔ma 'jɪn·'tʃu〕(中)
Maying〔'meɪŋ〕五朔節之慶祝
Maykop〔mɑɪ'kɔp〕
Maylie〔'melɪ〕
Mayna〔'mɑɪnɑ〕
Maynard〔'menəd; me'nɑr(法)〕梅納德
Maynardville〔'menədvɪl〕
Maynas y Quijos〔'mɑɪnɑs ɪ 'kihos〕(西)
Mayne〔men〕梅恩
Maynooth〔me'nuθ〕
Maynor〔'menɔr〕梅諾
Maynwaring〔'mænərɪŋ〕
Mayo〔'meo〕❶梅歐（Charles Horace, 1865-
　1939, 美國外科醫生）❷馬由（愛爾蘭）
Mayobanex〔,mɑɪobɑ'neks〕
Mayodan〔me'odæn〕
Mayombe〔mɑ'jɔmbe〕
Mayon〔mɑ'jɔn〕
Mayor〔'meə; mɛr〕梅厄
Mayor, Isla〔'izla mɑ'jɔr〕
Mayorga〔mɑ'jɔrgɑ〕
Mayorunas〔mɑjo'runəz〕
Mayo-Smith〔'meo·'smɪθ〕
Mayou〔'meu〕
Mayoumba〔mə'jumbə〕
Mayouwe〔'meo〕
Mayow〔'meo〕梅奧
Maypole〔'me,pol〕五月柱（慶祝五朔節時飾有
　花及彩條之柱）
Maypuré〔mɑɪpu're〕
Mayr〔mɑɪr〕
Mayraira〔,mɑɪrɑ'irɑ〕
Mays〔mez〕梅斯
Maysey-Wigley〔'mezɪ·'wɪglɪ〕
Maysí〔mɑɪ'si〕
Mays Landing〔mez~〕
Maysville〔'mezvɪl〕
Mayta Ccapac〔'mɑɪta 'kɑpak〕
Maytide〔'me,tɑɪd〕五月之季節; 五月
Mayu〔mə'ju〕

Mayumba〔ma'jumba〕馬榮巴（剛果）
Mayurbhanj〔mə'jurbhʌndʒ〕（印）
Mayville〔'mevɪl〕
Maywood〔'mewud〕
Mazaca〔'mæzəkə〕
Mazade〔ma'zad〕（法）
Mazama〔mə'zamə〕
Mazanderan〔,mazandɛ'ran〕
Mazanderani〔,mazandɛ'rani〕
Mazar〔ma'zar〕麻札（新疆）
Mazarin〔'mæzərɪn; ,mæzə'rin〕馬薩林
  （Jules, 1602-1661, 法國政治家）
Mazarini〔,madza'rini〕
Mazaruni〔,mæzə'runi〕
Mazas〔ma'za〕（法）
Mazatlán〔,mazə'tlan; ,masa'tlan（拉
  丁美）〕
Mazatzal〔,masa'tsal〕
Mazda〔'mæzdə〕波斯神話之善神
Mazdak〔'mæzdæk〕
Maze〔maz〕（法）梅茲
Mazedonien〔,matsɪ'doniən〕
Mazeline〔maz'lin〕（法）
Mazenod〔'meznad〕
Mazepa〔mə'zɛpə; mʌ'zjepʌ（俄）〕
Mazeppa〔mə'zɛpə〕
Mazer〔'mezə〕
Mazheikyai〔ma'ʒeke〕（立陶宛）
Mazia〔'mezɪə〕梅齊亞
Mazillier〔mazi'je〕（法）
Mazin〔'mezɪn〕
Mazitu〔ma'zitu〕
Mazlum Pasha〔'mazlum 'paʃə〕
Mazo〔'mezo; 'maθo（西）〕
Mazo de la Roche〔'mezo də la 'raʃ〕
Mazoe〔ma'zu〕
Mazovia〔mə'zovɪə〕
Mazur〔'meʒə〕梅熟
Mazuranić〔ma'ʒuranɪtʃ; ma'ʒura-
  ,nitj（塞克）〕
Mazuria〔mə'zurɪə〕
Mazurov〔ma'zuraf〕
Mazury〔ma'zuri〕
Mazzei〔mat'tsei〕（義）
Mazzetti, Handel-〔'handəl·ma'tsɛ-
Mazzinghi〔ma'tsɪŋgi〕   Ltɪ〕
Mazzini〔mat'tsini〕馬志尼（Giuseppe,
  1805-1872, 義大利愛國者及革命家）
Mazzola〔mat'tɔla〕（義）馬佐拉
Mazzoli〔mat'tsɔlɪ〕（義）馬佐利
Mazzolini〔,mattso'lini〕（義）
Mazzolino〔,mattso'lino〕

Mazzoni〔mat'tsonɪ〕（義）
Mazzuchelli〔,mattsu'kɛllɪ〕（義）
Mazzuola〔mat'twɔla〕（義）
Mazzuoli〔mat'tswɔlɪ〕（義）
M' Ba〔m'ba〕
Mbabane〔,ɛmbə'ban〕墨巴本（史瓦濟蘭）
Mbala〔m'bala〕
Mbalantu〔mba'lantu〕
Mbalu〔m'balu〕
Mbamba〔m'bamba〕
Mbangala〔mbaŋ'gala〕
Mbanja〔m'bandʒa〕
Mbanjeru〔mban'dʒeru〕
Mbata〔m'bata〕
Mbau〔m'bau〕
Mbaya〔mba'ja〕
Mbo〔m'bo〕
Mbomu〔m'bomu〕
Mbonu〔mbʌ'nu〕
Mbouti〔mbu'ti〕
Mbuin〔m'buin〕
Mbunda〔m'bunda〕
Mbundu〔m'bundu〕
Mbuti〔m'buti〕
Mbwela〔mb'wela〕
Mdange〔m'daŋge〕
Mdaourouch〔mdau'ruʃ〕
Mdina〔m'dinə〕
Mdivani〔mdi'vanɪ〕
Meacham〔'mitʃəm〕
Mead(e)〔mid〕米德
Meaden〔'midn̩〕
Meadow〔'mɛdo〕梅多
Meadows〔'mɛdoz〕梅多斯
Meadville〔'midvɪl〕
Meaford〔'mifəd〕
Meagher〔'maə〕（愛）馬爾
Meaker〔'mikə〕米克
Meander〔mɪ'ændə〕
Meanee〔ma'ani〕
Meansville〔'minzvɪl〕
Meany〔'mini〕米尼
Mearim〔,mea'riŋ〕米阿林河（巴西）
Mearns〔mɛnz〕默恩斯
Mears〔mɪrz〕米爾斯
Meates〔mits〕
Meath〔miθ; miθ〕米司（愛爾蘭）
Meaulnes〔mon〕（法）
Meaulte〔molt〕
Meaux〔mo〕（法）
Mebane〔'mɛbən〕梅班
Mebe〔'mebe〕

Meboula〔mɪ'bulə〕
Mebsuta〔mɛb'sutə〕
Mecatina〔,mɛkə'tinə〕
Macænas〔mi'sinəs〕
Mecca〔'mɛkə〕麥加（沙烏地阿拉伯）
Meccano〔mɛ'kano〕
Meccatina〔,mɛkə'tinə〕
Meccherino, Il〔il mekkɛ'rino〕（義）
Mecenas〔mɪ'sinəs〕
Méchain〔me'ʃɛŋ〕（法）
Mecham〔'mitʃəm〕米查姆
Mechanic Falls〔mɪ'kænɪk~〕
Mechanicsburg〔mɪ'kænɪksbəg〕
Mechanicsville〔mɪ'kænɪksvɪl〕
Mechanicville〔mɪ'kænɪkvɪl〕
Mechant〔mɛ'ʃɑn; me'ʃɑŋ（法）〕
Mechelen〔'mɛhələn〕美克林（比利時）
Mechelin〔,mɛkɛ'lin〕= Mechelen
Mecheln〔'mɛhəln〕（德）
Mechem〔'mitʃəm〕米契姆
Mechin〔'mitʃɪn〕米亨
Mechitar〔mehɪ'tar〕（亞美尼亞）
Mechlin〔'mɛklɪn〕
Mechnikov〔mɛtʃnɪ'kɔf;'mjetʃnjɪkɔf〕
（俄）
Mechow〔'meho〕（德）
Mechs〔mɛks〕【軍俚】機械化部隊
Mechta〔mɛtʃ'ta〕【蘇聯】探月太空船
Mechtilde〔mɛh'tɪldə〕（德）
Mechtilde von Magdeburg〔mɛh·'tɪldə
fɑn 'mɑgdəburk〕（德）
Mechum〔'mitʃəm〕
Mecisteus〔mɪ'sɪstiəs〕
Meckel〔'mɛkəl〕
Mecklenburg〔'mɛklɪnbəg〕梅克倫伯格
Mecklenburg-Schwerin〔'mɛklənburk·-
ʃvɛ'rin〕（德）
Mecklenburg-Strelitz〔'mɛklənburk·-
'ʃtrelɪts〕（德）
Meckstroth〔'mɛkstraθ〕
Mecosta〔mɪ'kɑstə〕
Medaglia d'Oro〔me'dalia 'doro〕
Medamothi〔mədamɔ'ti〕（法）
Medan〔me'dan〕棉蘭（印尼）
Medanosa〔,meðɑ'nosa〕（西）
Medardus〔mɪ'dardəs〕
Medaris〔mɪ'dɛrɪs〕梅達里斯
Médart〔me'dar〕（法）
Medary〔mɪ'dɛrɪ〕
Medawar〔'mɛdəwə〕梅德瓦（Peter Bri-
an, 1915-，英國動物學家及解剖學家）
Medb〔mev〕（愛）

Meddle〔'mɛdl〕
Meddybemps〔'mɛdɪbɛmps〕
Mede〔mid〕米底亞人
Medea〔mɪ'diə;mə-〕
Medeba〔'mɛdɪbə〕
Médée〔me'de〕（法）
Medeiros e Albuquerque〔mə'deruʃ i al-
bu'kɛrkə〕（葡）
Medelicke〔'medəlɪkə〕
Medellín〔,medɪ'lin;'mɛdlɪn〕美塞顏（哥
倫比亞）
Médenine〔,med'nin;mædæ'nin（阿拉伯）〕
Meder〔'midə〕米德爾
Médéric〔mede'rik〕（法）
Medes〔midz〕
Medfield〔'mɛdfild〕
Medford〔'mɛdfəd〕麥德福特（美國）
Medhurst〔'mɛdhəst〕梅德赫斯特
Media〔'midiə〕米底亞（古代之王國，位於今
伊朗）
Media Atropatene〔'midiə ,ætrope'tini〕
Media Magna〔'midiə 'mægnə〕
Median Wall〔'midiən~〕
Mediator, the〔'midɪ,etə〕耶穌基督
Medical Lake〔'midɪkəl'lek〕
Medicean〔,medɪ'tʃiən〕
Medici〔'medɪ,tʃɪ〕麥第奇（15-16 世紀中義大
利 Florence 城之一有錢有勢之家族）
Medicine Bow〔'medɪsɪn bo〕
Médicis〔medi'sis〕（法）
Medicis-Jodoigne〔medi'sis·ʒɔd'wanj〕（
法）
Medill〔mə'dɪl〕梅迪爾
Medina〔mɛ'dinə〕❶麥地那（沙烏地阿拉伯）
❷摩洛哥都市中之阿拉伯人集中區
Medina Angarita〔me'ðinɑ ,ɑŋgɑ'rita〕
（西）
Medina-Sidonia〔me'ðinɑ·sɪ'ðonja〕（西）
Medinat-el-Rabi〔mɪ'dinət·ɛl·'rabi〕
Medinat Mursya〔mɪ'dinə 'mursjə〕
Medinat-Rasul-Allah〔mɪ'dinə·ra'sul·-
al'la〕（阿拉伯）
Médine〔me'din〕
Medinet-el-Fayum〔mɪ'dinɪt·ɛl·fe'jum;
mɪ'dinɪt·ɛl·faɪ'jum〕
Meding〔'medɪŋ〕
Mediomatrica〔,midɪo'mætrɪkə〕
Mediomatrici〔,midɪo'mætrɪsaɪ〕
Mediomatricum〔,midɪo'mætrɪkəm〕
Mediterranean (Sea)〔,mɛdɪtə'reniən〕
地中海（大西洋）
Mediterraneum〔,mɛdɪtə'reniəm〕

Medium〔'midɪəm〕
Medjerda〔mə'dʒɛrdə〕
Medjez-el-Bab〔mæ'dʒæz·æl·'bæb〕
（阿拉伯）
Medley〔'mɛdlɪ〕梅德利
Medlock〔'mɛdlɑk〕梅德洛克
Medmenham〔'mɛdmɪnəm; 'mɛdnəm〕
Medny〔'mɛdnɪ; 'mjɛdnɪ〕（俄）
Medoacus Major〔mɪ'doəkəs 'mɛdʒɚ〕
Médoc〔'medɑk; me'dɑk〕❶梅達克區（法國）
❷ Médoc 產之紅葡萄酒
Medolla〔me'dollɑ〕（義）
Medora〔mɪ'dɔrə〕
Medresco〔'mɛdrɛsko〕
Medtner〔'mɛtnɚ〕
Mduana〔mɛdju'enə〕
Medudda〔me'dudə〕
Medum〔mɛ'dum〕
Medûm〔mɛ'dum〕
Medusa〔mə'djuzə〕【希臘神話】蛇髮而恐怖之女妖
Medveditsa〔mɛd'vɛdɪtsɚ; mjɪd'vjedjɪtsə〕（俄）〕
Medvezhegorsk〔,mɛdvɛʒɪ'gɔrsk; mjɪd-vjɪʒe'gɔrsk〕
Medvezhi Ostrova〔mjɪd'vjeʒɪ ʌstrʌ-'va〕美德韋日群島（蘇聯）
Medwall〔'mɛdwɔl; -wəl〕
Medway〔'mɛdwe〕梅德雜
Medwin〔'mɛdwɪn〕梅德溫
Mee〔mi〕米
Meeanee〔mi'ɑnɪ〕
Meean Meer〔'miən mɪr〕
Meeber〔'mibɚ〕
Meegeren〔'mehərən〕（西）
Meehan〔'miən〕
Meehl〔mil〕
Meek〔mik〕米克
Meeker〔'mikɚ〕
Meekins〔'mikɪnz〕
Meeks〔miks〕
Meel〔mel〕（法蘭德斯）
Meer〔'mer; mer〕
Meeraugen Spitze〔'mɛraugən 'ʃpɪtsə〕（德）
Meeraugspitze〔'mɛraukʃpɪtsə〕（德）
Meercraft〔'mɪrkrɑft〕
Meersch〔mers〕
Meerut〔'merʌt〕美克特（印度）
Mees〔miz; mes〕（荷）米斯
Meessen〔'mesn̩〕
Meester〔'mestə〕（荷）

Meewoc〔'miwak〕
Mefistofele〔mefis'tɔfele〕（義）
Meg〔mɛg〕梅格
Mega〔mɪ'ga〕
Megacles〔'mɛgəkliz〕
Megaera〔mɪ'dʒɪrə〕
Megalesian Games〔,mɛgə'liʒən~〕
Megalokastron〔,mɛgələ'kɑstrən〕
Megan〔'mɛgən〕
Meganthropus〔mɛ'gænθrəpəs; ,mɛg-ən'θropəs〕
Megantic〔mɪ'gæntɪk〕
Mégantic〔megaŋ'tik〕
Megara〔'mɛgərə〕麥加拉（古希臘）
Megara Hyblaea〔'mɛgərə haɪ'bliə〕
Megarics〔mɪ'gærɪks〕
Megaris〔'mɛgərɪs〕麥加利斯（古希臘之一地區）
Megasthenes〔mɪ'gæsθɪniz〕
Megatherium〔,mɛgə'θɪrɪəm〕
Megaw〔mə'gɔ〕梅高
Meg Dods〔mɛg 'dɑdz〕
Megenberg〔'mɛgənbɛrk〕
Megerle〔'megələ〕梅格斯
Megger〔'mɛgɚ〕
Meggido〔mɪ'gɪdo〕
Meggott〔'mɛgət〕
Meghna〔'mɛgnə; 'megna〕
Meghnad〔meg'nad〕梅格納德
Megiddo〔mə'gɪdo〕
Megiste〔mɪ'dʒɪstɪ〕
Meg Merrilies〔mɛg 'mɛrɪlɪz〕
Megna〔'mɛgnə〕
Megnum〔mɛg'num〕
Megreliya〔mɪ'grelɪjə〕
Megrez〔'mi grɛz〕
Megrue〔mə'gru〕
Mehadpur〔,mɛhəd'pʊr〕
Mehdee〔'mɛdi〕
Mehdia〔mə'diə〕
Mehedinţi〔,mɛhɛ'dɪntsɪ〕（羅）
Mehemed〔mɛ'met〕
Mehemet〔mɪ'hɛmɪt; mɛ'tɛm〕
Mehemet Aali Pasha〔mɪ'hɛmɪt 'ɑli 'paʃɑ〕（土）
Meherrin〔mɪ'he rɪn〕
Mehetable〔mə'hɛtəbl̩〕
Mehew〔'mihju; 'miu〕
Mehidpur〔,mɛhɪd'pʊr〕
Mehitable〔mə'hɪtəbl̩〕
Meh Klong〔'mæ 'klɔŋ〕（暹羅）
Mehl〔mel〕梅爾

Mehlenbacher [ˈmɛlənˌbakɚ] 梅倫巴克
Mehling [ˈmɛlɪŋ] 梅林
Mehmed [ˈmɛmɛd; mɛˈmɛt]
Mehmet Namik [mɛ ˈmɛt nɑˈmɪk]
Mehmet [mɛ ˈmɛt]
Mehrbach [ˈmɛrbæk]
Mehrhof [ˈmɛrɪf]
Mehring [ˈmerɪŋ]
Mehsana [meˈsɑnə]
Mehta [ˈmetə]
Meh-tzu [ˈmɔ·ˈdzʌ] (中)
Méhul [meˈjul] (法)
Mei [ˈmeɪ]
Meibom [ˈmaɪbom]
Meiderich [ˈmaɪdərɪh] (德)
Meidum [meˈdum]
Meier [ˈmaɪɚ] 邁耶
Meière [mɪˈɛr] 米埃爾
Meier-Graefe [maɪrˈgrefə]
Meier Helmbrecht [ˈmaɪɚ ˈhɛlmbrɛht] (德)
Meierhold [ˈmaɪɚholt]
Meierovics [ˌmeˈɛrɔvɪts] (列特)
Meiggs [mɛgz]
Meighan [ˈmigən; ˈmiən]
Meighen [ˈmiən] 米恩 (Arthur, 1874-1960, 加拿大政治家)
Meigs [mɛgz] 梅格斯
Meije [mɛʒ] (法)
Meijer-Ranneft [ˈmaɪɚˈranəft] (荷)
Meijers [ˈmaɪɚs] (荷)
Meikle [ˈmɪkl] 米克爾
Meiklejohn [ˈmɪkldʒən] 密克爾江 (Alexander, 1872-1964, 美國教育家)
Meikle Says Law [ˈmɪkəl ses lɔ]
Mei Lan-fan [me ˈlɑnˈfɑn]
Mei Lang-fang [me ˈlɑŋˈfɑŋ]
Meilhac [ˌmɛˈjak] 梅亞克 (Henri, 1831-97, 法國戲劇家)
Meili [ˈmaɪlɪ]
Meiling [ˌmeˈlɪŋ] 邁林
Mei-ling Soong [ˈmeˈlɪŋ ˈsuŋ] 邁林遜
Meilink [ˈmaɪlɪŋk]
Meillet [meˈje; mɛˈjɛ(法)]
Mein [ˈmin; mæŋ (法)] 米恩
Meinecke [ˈmaɪnɛkə] 邁內克
Meiners [ˈmaɪnɚs; ˈmaɪnɚz]
Meingre, Le [lə ˈmæŋgɚ] (法)
Meinhard [ˈmaɪnhart] (德)
Meinhof [ˈmaɪnhof]
Meinhold [ˈmaɪnhalt] (德)
Meiningen [ˈmaɪnɪŋən]

Meininger [ˈmaɪnɪŋɚ]
Meinrad [ˈmaɪnrat] (德)
Meir [maɪr] 梅爾夫人 (Golda, 1898-1978, 以色列女政治家)
Meisen [ˈmaɪsən]
Mei Shêng [ˈme ˈʃʌŋ] (中)
Meisle [ˈmaɪslɪ] 邁斯利
Meiss [mis; maɪs]
Meissen [ˈmaɪsən] 一種東德製造之瓷器
Meissner [ˈmaɪsnə] 邁斯納
Meissonier [ˌmeˌsɔˈnje] 梅梭涅 (Jean Louis Ernest, 1815-91, 法國畫家)
Meister [ˈmaɪstɚ]
Meistermann [ˈmaɪstəman]
Meistersinger [ˈmaɪstɚˌsɪŋɚ; -ˌzɪŋɚ] 【德】詩樂會會員 (14-16世紀德國主要都市中之一詩歌會)
Meitner [ˈmaɪtnɚ] 麥特納 (Lise, 1878-1968, 奧國物理學家)
Meitzen [ˈmaɪtsən]
Mejdel [ˈmɛdʒdɛl]
Mejerda [mɪˈdʒɛrdə]
Mejía [mɛˈhia] (西)
Mejicanos [ˌmɛhɪˈkanos] (西)
Mejillones del Sur [ˌmɛhɪˈjonɛz ðɛl ˈsur] (西)
Mekbuda [mɛkˈbjudə]
Mekhitar [mɛkɪˈta; mɛhɪˈtar (亞美尼亞)]
Mekhong [meˈkɑŋ]
Mekinez [mekiˈneθ] (西)
Meklong [mæˈklɔŋ] (暹羅)
Meknes [mɛkˈnes] 麥克內斯 (摩洛哥)
Mekong [meˈkɔŋ] 湄公河 (亞洲)
Mekran [mɪˈkran; mɛ-]
Mekum [ˈmekʊm] (德)
Mela [ˈmilə]
Melampus [mɛˈlæmpəs]
Melanchthon [məˈlæŋkθən] 米郎克蓁 (本名 Philipp Schwarzert, 1497-1560, 德國學者及宗教改革家)
Malançon [melɑŋˈsɔŋ] (法)
Melancthon [mɛˈlæŋkθən; mɪ-] 梅蘭克森
Melancton [mɪˈlæŋktən] 梅蘭克頓
Meland [ˈmelənd] 梅蘭
Melander [mɪˈlændɚ] 梅蘭德
Melanesia [ˌmɛləˈniʒə; ˌmɛləˈniʒjə] 美拉尼西亞 (太平洋)
Melanie [ˈmɛlənɪ] 梅拉尼
Melanochroi [ˌmɛləˈnakro͡ɪ] 【人種】淡黑白色人種 (高加索人種中黑髮蒼顏之種族)
Melantha [mɪˈlænθə]
Melanthios [mɛˈlænθɪəs]

Melanthius [mɪ'lænθɪəs]

Melanthon [mɪ'lænθən; mɛ'lantan (德)]

Melanthus [mɪ'lænθəs]

Melantius [mɛ'læntɪəs]

Melartin ['mɛlartɪn]

Melas ['mɛləs; 'miləs; 'melas] 梅拉斯

Melba ['mɛlbə] 梅爾巴(Dame Nellie, 1861-1931, 澳洲歌劇女高音)

Melbo ['mɛlbo]

Melbourne ['mɛlbən] ❶梅爾波恩(William Lamb, 1779-1848, 英國政治家 ❷新金山(澳洲)

Melbury ['mɛlbərɪ]

Melcarth ['mɛlkarθ]

Melcher ['mɛltʃə] 梅契爾

Melchers ['mɛltʃəz] 梅爾卻茲(Gaṛi, 1860-1932, 美國畫家)

Melchett ['mɛltʃɪt] 梅爾契特

Melchiades [mɛl'kaɪədɪz]

Melchior ['mɛlkjɔr; 'mɛlhɪɔr (德、荷); mɛl'kjɔr (法)] 梅爾基奧爾

Melchiore [mɛl'kjɔre] 梅爾基奧爾

Melchiorre [mɛl'kjɔrre](義)

Melchisedec(h) [mɛl'kɪzədɛk]

Melchissédech [mɛlkise'dɛk](法)

Melchite ['mɛlkaɪt]

Melchizedek [mɛl'kɪzədɛk]

Melchor [mɛl'tʃɔr] 梅爾齊

Melchthal ['mɛlhtal](德)

Melcombe ['mɛlkəm]

Meldola ['mɛldola]

Meldolla [mɛl'dolla](義)

Meldrum ['mɛldrəm] 梅爾德倫

Meleager [,mɛlɪ'egə; ,mɛlɪ'edɡə]

Meleda ['mɛleda]

Melema [mɛ'lema]

Meléndez Valdes [me'lɛndeθ val'des](西)

Meleney ['mɛlənɪ] 梅勒尼

Melesina [,mɛlə'sinə]

Mélesville [melɛs'vil](法)

Meletian [mɪ'liʃən]

Meletius [mɪ'liʃ(ɪ)əs]

Melfi ['mɛlfɪ] 梅爾菲

Melford ['mɛlfəd]

Melfort ['mɛlfət]

Melgar [mɛl'ɡar]

Melgarejo [melɡa'rɛho](西)

Melghir, Shatt el ['ʃat æl mɛl'ɡɪr](阿拉伯)

Melhuish ['mɛlɪʃ; 'mɛlhjuɪʃ]

Meliadus [mɪ'lɪədəs]

Meliagraunce ['mɛlɪəɡrɑns]

Melibeus [,mɛlɪ'biəs]

Melibocus [mɪ'lɪbəkəs]

Meliboea [,mɛlɪ'biə]

Meliboeus [mɛlɪ'biəs]

Melicent ['mɛləsnt] 梅勒森

Mélicerte [meli'sɛrt](法)

Melicertes [,mɛlɪ'sətiz]

Melik ['melɪk]

Melik, Wadi el ['wædɪ æl 'mælɪk](阿拉伯)

Melilla [me'lilja] 梅利亞(摩洛哥)

Melimoyu [,mɛlɪ'moju]

Melinat ['mɛlɪnat]

Méline [me'lin](法)

Meliodas [mɛ'lɪədæs]

Melisande [mɛlɪsænd]

Melish ['mɛlɪʃ] 梅利什

Melisinda ['mɛlɪsɪndə]

Melissa [mə'lɪsə] 梅利莎

Melissus [mɪ'lɪsəs]

Melita ['mɛlɪtə]

Mélite [me'lit]

Melitene [,mɛlɪ'tini]

Melito ['mɛlɪto; meli'to]

Melitón [meli'ton]

Melitón Sarasate y Navascues [meli'ton sara'sate ɪ na'vaskwes](西)

Melitopol [,mɛlɪ'tɔpəl]

Melius ['miljəs]

Melkarth ['mɛlkarθ]

Mell [mɛl] 梅爾

Mellaha [mɪ'lɑhə]

Melle ['mɛlə]

Mellefont ['mɛlɪfant]

Mellen ['mɛlɪn]

Mellette [mɪ'lɛt] 梅利特

Mellichampe ['mɛlɪtʃæmp]

Mellida ['mɛlɪdə]

Mellin ['mɛlɪn; me'lin (瑞典); mɛ'læŋ (法)]

Mellitus ['mɛlɪtəs]

Mello ['melu](葡)梅洛

Mello Franco ['melu 'frʌŋku](葡)

Mellon ['mɛlən] 梅隆

Melloni [mel'loni](義)

Mellor ['mɛlə; -lɔ] 梅勒

Mellors ['mɛləz] 梅勒斯

Melmoth ['mɛlməθ]

Melo ['melo (西); 'melu (葡)]

Meloche [mɛ'lɔʃ] 梅洛希

Melo de Portugal y Villena ['melo ðe pɔrtu'ɡal ɪ vi'ljna](西)

Melo Franco〔'mɛlu·'frʌŋku〕（葡）

Melones〔mɪ'lonɪz〕

Meloney〔mɪ'lonɪ〕梅洛尼

Meloria〔me'lɔrja〕

Melos〔'milɑs〕米洛斯島（希臘）

Melozzo〔me'lɔttso〕（義）

Melozzo da Forli〔me'lɔttso da fɔr-'li〕（義）

Melpomene〔mɛl'pɑmɪnɪ;-,ni〕【希臘神話】司悲劇之女神

Melquíades Álvarez〔mɛl'kiɑðes 'alvareθ〕（西）

Melrir, Chott〔ʃat mɛl'rɪr〕

Melrose〔'mɛlroz〕

Melsted〔'mɛlsted〕（瑞典）

Mels-Waldsee〔'mɛls·'valtze〕

Meltham〔'mɛlθəm〕

Melton〔'mɛltn̩〕梅爾頓

Melton Mowbray〔'mɛltən 'mobrɪ〕

Meltzer〔'mɛltsə〕梅爾策

Melun〔mə'lʌŋ;mɛ'lun;mə'lɜŋ（法）〕

Melusa〔me'lusɑ〕

Melusina〔mɛlju'sinə〕（德）

Mélusine〔mɛlju'zin〕（法）

Melvil(l)〔'mɛlvɪl〕梅爾維爾

Melville〔'mɛlvɪl〕梅威爾（Herman, 1819-1891, 美國小說家）

Melvill van Carnbee〔'mɛlvɪl van 'karnbe〕（荷）

Melvin〔'mɛlvɪn〕梅爾文

Melvindale〔'mɛlvɪndel〕

Melzi〔'mɛltsɪ（義）; 'mɛlθi（西）〕

Mem〔'mæɪŋ（葡）; 'meɪŋ（巴西）〕

Me Maoya〔me ma'oja〕

Memba〔'mɛmbɑ〕

Membij〔'mɛmbɪdʒ〕

Membré〔mɑŋ'bre〕（法）

Memel〔'meməl〕

Memelburg〔'meməlburk〕

Memelgebiet〔'meməlgə,bit〕

Memelland〔'meməl·lant〕（德）

Memling〔'mɛmlɪŋ〕=Memlinc

Memlinc〔'mɛmlɪŋk〕孟陵（Hans, 1430?-95,Flanders 之畫家）

Memmi〔'mɛmmɪ〕（義）

Memminger〔'mɛmɪndʒə〕

Memnon〔'mɛmnɑn〕

Memnonion〔mɛm'nonɪɑn〕

Memorabilia〔,mɛmərə'bɪlɪə〕

Memphis〔'mɛmfɪs〕孟斐斯（埃及；美國）

Memphite〔'mɛmfaɪt〕古埃及孟斐斯城人

Memphremagog〔,mɛmfrɪ'megɑg〕

Men〔'mæɪŋ（葡）; 'meɪŋ（巴西）〕

Menabrea〔menɑ'brɛɑ〕

Menado〔me'nado〕

Menaechmi〔mɪ'nɛkmaɪ〕

Menaechmus〔mi'nɛkməs〕

Ménage〔me'naʒ〕（法）

Menahem〔'mɛnɑhɛm; 'menɑhɛm〕梅納漢

Menai Strait〔'men,aɪ~〕麥奈海峽（大西洋）

Me Nam〔me'nam〕湄南河（泰國）

Menam〔menam〕（暹羅）

Menama〔me'namə〕

Menan〔mɪ'næn〕

Menander〔mɪ'nændə〕米南德（343?-?291 B.C., 希臘劇作家）

Menands〔mɪ'nændz〕

Menangkabau〔,menaŋ'kabaʊ〕

Menant〔me'nant〕

Ménant〔me'naŋ〕（法）

Menantes〔me'nantɛs〕

Menaphon〔'mɛnəfən〕

Menapii〔mə'nepiaɪ〕

Menard〔mə'nard〕梅納德

Ménard〔me'nar〕（法）梅納德

Menas〔'minəs〕

Menasha〔mə'næʃə〕

Mencheres〔'mɛnkəriz;mɛn'kɪriz〕

Mencius〔'mɛntʃəs〕孟子（372?-289 B.C., 中國哲學家）

Mencke〔'mɛnkə〕

Mencken〔'mɛnkn̩〕孟肯（Henry Louis,1880-1956, 美國作家及評論家）

Mendaites〔'mɛndə,aɪts〕

Mendaña da Neyra〔men'danja ðe 'nera

Mende〔maŋd〕（西）

Mendel〔'mɛndl̩〕孟德爾（Gregor Johann, 1822-1884, 奧國植物學家）

Mendeleev〔,mɛndə'lejəf; ,mɛndjɛ'ljeɛf〕門德列夫（Dmitri Ivanovich, 1834-1907, 俄國化學家）

Mendeli〔mɛn'dilɪ; 'mɛndɛlɪ〕

Mendelsohn〔'mɛndlsn̩〕

Mendelssohn〔'mɛndlsn̩;-,son〕孟德爾頌（❶Moses, 1729-1786, 德國哲學家❷Felix, 1809-1847, 德國作曲家、鋼琴家及音樂指揮）

Mendelssohn-Bartholdy〔'mɛndəlson·-bar'taldɪ〕

Mendelyeev〔,mɛdə'leɛf〕

Menderes〔,mɛndɛ'rɛs〕

Mendes〔'mɛndɪs;'mɛndiz; 'mɛndɪʃ（葡）; 'mɛndɪs（巴西）〕

Mendès〔maŋ'dɛs〕（法）   「門德斯

Méndez〔'mɛndeθ（西）; 'mɛndes（拉丁美）〕

Mendieta〔mɛn'djetɑ〕
Mendinueta y Musquiz〔mendi 'nweta
ɪ musʼkiθ〕(西)
Mendip〔'mɛndɪp〕
Mendive〔mɛn'dive〕
Mendocino〔,mɛndə'sino〕曼多細諾角（美
國）
Mendoet〔mən'dut〕
Mendota〔mɛn'dotə〕
Mendoza〔mɛn'dozə;men'doθɑ〕門多薩
（阿根廷）
Mendoza Caamaño〔men'doθɑ kɑɑ'mɑ-
njo〕(西)
Mendoza Codex〔mɛn'dosɑ 'kodɛks〕
（拉丁美）　　　　　　　 「（西）
Mendoza y Luna〔men'doθɑ ɪ 'lunɑ〕
Mendoza y Pimentel〔men'dɑθɑ ɪ
,pimɛn'tɛl〕(西)
Menecrates〔mə'nɛkrətiz〕
Menedemus〔,mɛnɪ'diməs〕
Meneely〔mɪ'nilɪ〕
Meneer〔mə'nɪr〕梅尼利
Menelaus〔,mɛnə'leəs〕【希臘神話】梅納
雷阿斯（斯巴達之王）
Menelek〔'mɛnɪlɛk〕
Menelik II〔'mɛnɪlɪk〕門奈里克二世（1844-
1913, 阿比西尼亞皇帝）
Menéndez〔me'nɛndes〕（拉丁美）
Menéndez de Aviles〔me'nɛndeθ ðe
,ɑvɪ'les〕(西)　　　　　「（西）
Menéndez Pidal〔me'nɛndeθ pɪ'ðɑl〕
Menéndez y Pelayo〔me'nɛndeθ ɪ pe-
'lɑjo〕(西)
Menenius〔me'niniəs〕
Menenius Agrippa〔mə'niniəs ə'grɪpə〕
Meneptah〔'mɛnɛptɑ;mə'nɛptɑ〕
Menes〔'mîniz〕米尼茲（紀元前約 3400 年,
埃及第一個王朝之始祖）
Meneses,de〔ðe mə'nezɪʃ〕（葡）
Menevia〔mɪ'nɪvɪə;-vjə〕
Meng Chiang〔'mʌŋ dʒɪ'ɑŋ〕(中)
Mengelberg〔'mɛŋɡəlbɛɡ;'mɛŋəlbɛrh〕
(荷)
Menger〔'mɛŋə〕門格
Mengku〔'mʌŋ'ku〕(中)
Mêng T'ien〔'mʌŋ tɪ'ɛn〕(中)
Mengting〔'mʌŋ'dɪŋ〕(中)
Meng-tseu〔'mʌŋ·'dzʌ〕(中)
Mengtsz〔'mʌŋ'dzʌ〕(中)
Mengtze〔'mʌŋ·'dzʌ〕蒙自（雲南）
Méng-tzŭ〔'mʌŋ·'dzʌ〕(中)
Meni〔'minɪ〕

Menier〔mə'nje〕(法)
Ménière〔me'njɛr〕(法)
Menifee〔'mɛnɪ,fi〕梅尼菲
Meninsky〔mɪ'nɪnskɪ〕
Meninx〔'minɪŋks〕
Menippus〔mɪ'nɪpəs〕
Menjou〔'mɛndʒu;mɑŋ'ʒu〕(法)
Menkab〔'mɛnkab〕
Menkalinan〔,mɛnkəlɪ'næn;mɛn'kælɪnæn〕
Menkar〔'mɛnkɑr〕
Menkaura〔mɛn'kaurə〕
Menkaure〔mɛn'kaurə〕
Menkawra〔mɛn'kaurə〕
Menken〔'mɛŋkɪn〕門肯
Menkib〔mɛn'kɪb〕
Menkure〔mɛn'kure〕
Menlo〔'mɛnlo〕
Mennais,La〔lɑ mɛ'nɛ〕(法)
Menninger〔'mɛnɪŋə〕門寧格
Menno〔'mɛno〕
Mennonite〔'mɛnə,naɪt〕孟諾（Menno）派敎
徒（1523 年起於瑞士之基督敎新派）
Menno Simonis〔'mɛno 'simonɪs〕
Menno Simons〔'mɛno 'simɔns〕
Menno Symons〔'mɛno 'simɔns〕
Meno〔'meno〕
Menocal〔,menə'kɑl;,meno'kɑl〕
Menoher〔mɪ'nɔə〕梅諾爾
Menominee〔mɪ 'nɑmɪ,ni〕
Menomini〔mɪ'nɑminɪ〕
Minominie〔mɪ'nɑmɪ,ni〕
Menomonie〔mɪ'nɑmənɪ〕
Menon〔'minɑn;'mɛnɑn;'mɛnon〕
Menorca〔mɛ'nɔrkɑ〕
Menotti〔mɪ'nɑtɪ;me'nɔtti〕(義)梅諾蒂
Menou〔mə'nu〕(法)
Menpes〔'mɛmpɪs;'mɛn-〕
Menschutkin〔mɛn'ʃutkɪn〕
Mensdorff-Pouilly〔'mɛnsdɔrf·pu'ji〕
Mensdorff-Pouilly-Dietrichstein〔'mɛns-
dɔrf·pu'ji·'ditrɪhʃtaɪn〕
Menshevik〔'mɛnʃəvɪk〕【俄】少數緩進派之社
會民主黨員
Menshikov〔'mɛnʃɪkəf; 'mjenjʃɪkɔf〕(俄)〕
Ment〔mɛnt〕
Mentawai〔mɛn'tɑwaɪ〕民大威群島（印尼）
Menteith〔mɛn'tiθ〕
Mentel〔'mɛntəl〕
Mentelin〔'mɛntəlɪn〕
Menten〔'mɛntən〕
Menteith〔mɛn'tiθ〕門蒂恩
Menteur〔mɑŋ'tɜr〕(法)

Menteur [mɑŋ'tɜr] (法)
Menthon [mɑŋ'tɔŋ] (法)
Mentone ['mɛnton;mɛn'tonɪ]
Mentor ['mɛntɚ;-tɔr]【希臘神話】Ulysses之忠實良友，且爲其子Telemachus之師傅
Mentu ['mɛntu]
Mentuhotep ['mɛntu'hotɛp]
Mentzer ['mɛntsɚ]
Ménu ['menu]
Menuhin ['mɛnjuɪn] 孟紐音（Yehudi, 1916-, 美國小提琴家）
Menu von Minutoli ['menu fɑn mɪ'nutolɪ] (德)
Menved ['menveð] (西)
Menzaleh [mɛn'zɑlə]
Menzel ['mɛnzəl;'mɛntsəl (德)] 門澤爾
Menzies ['mɛnzɪz] 孟席斯（Robert Gordon, 1894-1978, 澳洲政治家）
Meo ['meo]
Meola [mi'olə] 米奧拉
Meolse [mɛls]
Meopham ['mɛpəm]
Mepeham ['mɛpəm]
Mepham ['mɛfəm]
Mephibosheth [mɛ'fɪbəʃɛθ;mɪ'fɪbəʃɛθ;,mɛfɪ'boʃɛθ]
Mephisto [mɪ'fɪsto]=Mephistopheles
Mephistopheles [,mɛfɪs'tɑfɪ,liz] 哥德所著"浮士德"中之魔鬼
Mephostophilus [,mɛfəs'tɑfɪləs]
Meping [mæpɪŋ] (暹羅)
Mequinez [,mekɪ'nes (西)]
Merak ['miræk]
Mera ['merɑ]
Merahn ['mɛrɪn] 梅林
Meramec ['mɛrə,mɛk]
Merampelou, Kólpos ['kɔlpɔs ,mɛrɑ-'bɛlu]
Merauke [mɪ'raukɪ]
Méray [me're] (法)
Merbaboe [mɚ'bɑbu]
Merbabu [mɚ'bɑbu]
Merbal ['mɝbəl]
Merbeck(e) ['mɑrbɛk]
Mercadante [,mɛrkɑ'dɑnte]
Mercade [mɚ'kɑd;-'ked]
Mercadet [mɛrkɑ'dɛ] (法)
Mercadi [mɚ'kɑdɪ]
Mercadier [mɛrkɑ'dje] (法)
Mercala [mɛr'kɑla]
Mercalli [mɛr'kɑllɪ] (義)
Mercan Dağlari [mɛr'dʒɑn ,dɑlɑ'rɪ] (土)
Mercatio [mɚ'keʃɪo;-'kɑ-]
Mercator [mɚ'ketɚ] 麥卡托（Gerhardus, 1512-1594, 法蘭德斯之地理學家）
Mercé [mɛr'se]
Merced [mɚ'sɛd]
Mercedario [,mɛrse'dɑrio] 厤塞達里歐山（阿根廷）
Mercedes [mɚ'sidɪz;mɛr'seðes] 梅塞德斯（阿根廷）
Mercedonius [,mɝsɪ'donɪəs]
Mercein [mɛr'sin]
Mercer ['mɝsɚ] 默瑟
Mercersburg ['mɝsɚzbɝg]
Merchantville ['mɝtʃəntvɪl]
Merchison ['mɝkɪsn̩]
Merchiston ['mɝkɪstən]
Mercia ['mɝʃɪə;-ʃə] 麥西亞（古代英格蘭）
Mercié [mɛn'sje] (法)
Mercier ['mɝsɪr;mɛr'sje (法)] 默西埃
Mercilla [mɚ'sɪlə]
Merck [mɛrk]
Mercœur [mɛr'kɝr] (法)默克
Mercurius [mɚ'kjʊrɪəs;mɛr'kjʊrɪəs (荷)]
Mercurius Aulicius [mɚ'kjʊrɪəs ɔ'lɪʃəs]
Mercury ['mɝkjʊrɪ] ❶水星；羅馬神話中之使者或商業之神 ❷【美】水星計畫之單人太空船
Mercutio [mɚ'kjuʃjo;-ʃɪo]
Mercy ['mɝsɪ] 默西
Mer de Glace [mɛr də 'glɑs] (法)
Merdle ['mɝdl̩]
Mere [mɛr]
Mère Angelique [mɛr ɑŋʒe'lik]
Mère des Pauvres [mɛr de 'povɚ] (法)
Meredith ['mɛrədɪθ] 麥芮狄士（❶ George, 1828-1909, 英國小說家，詩人，及批評家 ❷ Owen, 1839-1891, 英國政治家及詩人）
Merenptah [,mɛrɛn'tɑ]
Meres [mɪrz]
Merevari [,merɛ'vɑrɪ]
Merewether ['mɛrə,wɛðɚ]
Mereworth ['mɛrɪwɚθ]
Merezhkovskaya [,mɛrɪʃ'kɔfskəjə; mjɪrjɪʃ'kɔfskʌjʌ (俄)]
Merezhkovski [,mɛrɪʃ'kɔfskɪ;,mɛrɪʃ-'kɑvskɪ (俄)]
Mergen ['mɛr'gɛn] (中)
Mergenthaler ['mɛrgən,tɑlɚ;'mɝ-] 梅爾甘塔勒（Ottmar, 1854-1899, 美國發明家）
Mergui [mɚ'gwi] 丹著（緬甸）
Mériadec [merjɑ'dɛk] (法)
Meriam ['mɛrɪəm] 梅里亞姆

Merian〔'mɛrɪən;'merɪɑn(德)〕梅里安
Meribah〔'mɛrɪbə〕
Meriç〔mɛ'ritʃ〕(土)
Merici〔me'ritʃɪ〕(義)
Méricourt〔meri'kur〕(法)
Mérida〔'merɪðɑ〕美里達(墨西哥)
Meriden〔'mɛrɪdn〕
Meridian〔mə'rɪdɪən, mɪ-〕
Merighi〔me'rigɪ〕(義)
Merigi〔me'rɪdʒɪ〕
Merigreek〔'mɛrɪgrik〕
Merikanto〔'mɛrɪˌkɑntɔ〕
Mérimée〔ˌme,ri'me〕梅里美(Prosper,
 1803-70, 法國小說家及歷史學家)
Merín〔mɛ'rin〕(西)
Merino〔mə'rino, mɪ-〕
Merion〔'mɪrɪən;'mer-〕   厂思
Merioneth〔ˌmɛrɪ'ɑnɪθ;-nəθ〕梅里奧尼
Merionethshire〔ˌmɛrɪ'ɑnɪθ,ʃɪr〕麥立
昂斯郡(威爾斯)
Merire〔'mɛrɪre〕
Merisi〔me'rizɪ〕
Merisio〔me'rizjo〕
Meriti〔'mɛrɪ'ti〕
Merivale〔'mɛrɪvel〕梅里維爾
Meriwether〔'mɛrɪˌwɛðə〕梅里維瑟
Merkel〔'mɝkəl;'mɛrkəl〕默克爾
Merker〔'mɛrkə〕
Merkus〔'mɝkəs〕
Merle〔mɝl〕默爾
Merle d'Aubigne〔'mɛrl dobin'je〕
Merlika〔mer'likɑ〕
Merlin〔'mɝlɪn〕【中古傳說】麥林(有名
之預言家及魔術家)
Merlin de Douai〔mer'læŋ də 'dwe〕
Merlin de Thionville〔mer'læŋ də
 tjɔŋ'vil〕
Merlino〔mer'lino〕
Merlinus〔mə'laɪnəs〕
Merlo〔'mɛrlo〕
Merlotti〔mer'lɔttɪ〕(義)
Mermaid Tavern〔'mɝˌmed 'tævən〕
Merman〔'mɝmən〕默爾曼
Mermillod〔mermi'jo〕(法)
Mermnadae〔'mɝmnədi〕
Merneptah〔'mɛrnɛptɑ〕
Merodach〔mɪ'rodæk;'mɛrə-〕
Merodach-baladan〔mɪ'rodæk·'bælə-
dæn;'mɛrə-〕
Merodach,Evil-〔'ivɪl·mɪ'rodæk〕
Mérode〔me'rod〕
Meroe〔'mɛroɪ〕

Mcroë〔'mɛroi〕梅羅伊(蘇且)
Merom〔'mirəm〕
Merope〔'mɛrəpɪ〕
Mérope〔me'rɔp〕
Meropius〔mɪ'ropɪəs〕
Merops〔'mirəps;'mɛrops〕
Merovaeus〔ˌmɛrə'viəs;mɪ'rovɪəs〕
Mérovée〔mero've〕(法)
Merovingian〔ˌmɛro'vɪndʒɪən;ˌmɛro-
 'vɪndʒɪən〕法國梅羅文加王朝之王
Merowe〔mero'we〕
Merowig〔'merəvɪh〕(德)
Merrell〔'mɛrɪl〕梅里爾
Merriam〔'mɛrɪəm〕梅里亞姆
Merrick〔'mɛrɪk〕梅里克
Merrifield〔'merɪfild〕梅里菲爾德
Merrild〔'merɪl〕
Merrilies〔'mɛrɪlɪz〕
Merrill〔'mɛrɪl〕梅里爾
Merrimac〔'mɛrɪmæk〕
Merrimack〔'mɛrɪmæk〕
Merriman〔'mɛrɪmən〕
Merriott〔'mɛrɪət〕梅里奧特
Merrit(t)〔'mɛrɪt〕梅里特
Merritton〔'mɛrɪtən〕
Merrivale〔'mɛrɪvel〕梅里維爾
Merriwell〔'mɛrɪwel〕
Merry〔'mɛrɪ〕梅里
Merry-Andrew〔'mɛrɪ·'ændru〕
Merry del Val〔〔'mɛrɪ ðel 'vɑl〕(西)
Merrygreek〔'mɛrɪgrik〕
Merrymount〔'mɛrɪmaunt〕
Merryweather〔'mɛrɪˌwɛðə〕
Mers〔mɛrs〕(法)
Mersa Matrûh〔mə'sæ mə'tru;
 mʌr'sæ mɑ'truh(阿拉伯)〕
Merscheid〔'merʃaɪt〕(德)
Merse〔mɝz〕
Merseburger Zauberspruche
 〔'mɛrzəburgə 'tsaubəʃprjuhə〕(德)
Mers-el-Kabir〔'mɛrsɛl·kə'bɪr〕
Mers-el-Kebir〔'mɛrsɛl·kə'bɪr〕
Mersenne〔mer'sɛn〕(法)
Mersey〔'mɝzɪ〕默塞爾
Merseyside〔'mɝzɪˌsaɪd〕莫日塞德(英格蘭)
Mershon〔'mɝʃən〕
Merson〔mer'sɔŋ〕(法)默森
Merswin〔'mɛrsvɪn〕
Merten Pasha〔'mɛrtən 'pɑʃə〕
Merthyr〔'mɝθə〕默瑟
Merthyr Tydfil〔ˌmɝθə 'tɪd,vɪl〕莫色提維
Merton〔'mɝtn〕默頓   L(威爾斯)

Merton and Morden〔'mɝtn, 'mɔrdn̩〕

Meru〔'meru〕

Merulo〔'merulo〕

Merven〔'mɝvən〕默文

Mervil〔'mɝvɪl〕默維爾

Mervin〔'mɝvɪn〕默文

Mervyn〔'mɝvɪn〕默文

Merwan〔mɛr'wan〕

Merwangi〔mɛr'wandʒɪ〕

Merwanji〔mɛr'wandʒɪ〕

Merwara〔mɛr'warə〕

Merwede〔'mɛr,vedɪ〕

Merwig〔'mɝwɪg〕

Merwin〔'mɝwɪn〕默溫

Merwyn〔'mɝwɪn〕

Merx〔mɛrks〕

Méry〔me'ri〕

Méry, Saint-〔sæŋ·me'ri〕(法)

Merygreek〔'mɛrɪgrik〕

Méryon〔me'rjɔŋ〕(法)

Mesa〔'mizə; 'mesa(西)〕

Mesaba〔mɪ'sabə〕

Mesabi〔mɪ'sabi〕

Mesa Encantada〔'mesa ,ɛŋkan-'taðɑ〕(西)

Mesartim〔mɪ'sartɪm〕

Mesa Verde〔,mesə 'vɝd〕

Mescala〔mɛs'kala〕

Mescalero〔,mɛskə'lero〕

Meschino〔mes'kino〕

Mescua〔'mɛskwa〕

Mesdag〔'mɛsdah〕(荷)

Mesdag-Van Houten〔'mɛsdah·van 'hautən〕(荷)

Mesha〔'miʃə〕

Meshach〔'miʃæk〕朱沙克

Meshak〔'miʃæk〕

Meshech〔'miʃɛk〕

Meshed〔mɪ'ʃɛd〕麥什德(伊朗)

Meshed-i-Sar〔mɪ'ʃɛd·ɪ·'sar〕

Mesheech〔'miʃɛk〕

Meshek〔'miʃɛk〕

Meshhed-Hussein〔mɛʃ'hɛd·hu'sen〕

Meshhed-Murghab〔mɛʃ'hɛd·mur'gab〕

Meshou Dagh〔'mɛʃu 'da〕

Mesick〔'misɪk〕

Mesilla〔me'sijə〕

Mesjid-i Sulaiman〔mɛs'dʒɪd·i·su-lai'man〕

Mesmer〔'mɛzmə〕梅斯美爾(Franz 或 Friedrich Anton, 1734-1815, 奧國醫生)

Mesmin, Saint-〔sæŋ·me'mæŋ〕(法)

Meso-American〔,miso·ə'mɛrɪkən〕

Meso-Gothic〔,miso·'gɑθɪk〕

Mesogothic〔,miso'gɑθɪk〕

Mesolithic Period〔,mɛsə'lɪθɪk 'pɪrɪəd〕

Mesolonghi〔,mɛsə'lɔŋgɪ; mɛsɔ'lɔŋgi〕

Mesolóngion〔,mɛsɔ'lɔŋgjɔn〕

Mesonero y Romanos〔,meso'nero ɪ ro'manos〕

Mesopotamia〔,mɛsəpə'temɪə〕美索不達米亞(亞洲)

Mesozoic〔,mɛso'zo·ɪk〕【地質】中生代;中生代岩石

Mespot〔'mɛspɑt〕=Mesopotamia

Mesquito〔'mɛskit〕

Mesrob〔mɛs'rop〕

Messager〔mɛsa'ʒe〕(法)

Messala〔mɛ'salə; mɛ'selə; mɛ'sælə〕

Messala Corvinus〔mɛ'salə kɔr'vainəs〕

Messalians〔mɛ'selɪənz〕

Messali Hadj〔,mɛsa'li 'hadʒ〕

Messalina〔,mɛsə'lainə; ,mɛsə'linə〕

Messaline〔,mɛsə'lin; ,mɛsə,lin〕

Messalla〔mɛ'salə〕

Messallina〔mɛsə'lainə〕

Messana〔mɪ'senə〕

Messapia〔mɪ'sepɪə〕

Messara〔,mɛsə'ra〕

Messe〔'mɛsse〕(義)

Messeigneurs〔,mɛsen'jɝz〕

Messel〔'mɛsəl〕梅塞爾

Messënë〔mɛ'sinjɪ〕

Messenia〔mɪ'sinɪə; mɪ'sinjə; mɛsɪn'jia(希)〕

Messenius〔mɛs'senɪəs〕(瑞典)

Messer〔'mɛsə〕梅瑟

Messer Marco Polo〔'mɛsə 'marko 'polo〕

Messerschmitt〔'mɛsəʃmɪt〕梅塞希密特(Wilhelm, 1898-1978, 德國飛機設計者及製造者)

Messersmith〔'mɛsəsmɪθ〕

Messiaen〔mɛs'jaɑ〕

Messiah〔mɪ'saɪə〕❶彌賽亞(猶太人所期待之救主)❷基督

Messias〔mɪ'saɪəs〕=Messiah

Messick〔'mɛsɪk〕梅西克

Messidor〔mɛsi'dɔr〕法國革命曆中之十月

Messier〔,mɛ'sje〕梅斯耶(Charles, 1730-1817, 法國天文學家)

Messin〔mɛ'sæŋ〕(法)

Messina〔mə'sinə〕墨西拿(義大利)

Messine〔mɛ'sin〕(法)

Messines〔mɛˈsin〕
Messinger〔ˈmɛsɪndʒə〕梅辛杰
Messinia〔mɪˈsɪnɪə〕
Messius〔ˈmɛsɪəs〕
Messkirch〔ˈmɛskɪrh〕(德)
Messys〔ˈmɛsaɪs〕
Mesta〔ˈmɛstə〕梅斯塔
Meston〔ˈmɛstən〕梅斯頓
Mestre〔ˈmɛstrɪ〕
Mestres〔ˈmɛstrɪs〕
Meštrovič〔ˈmɛʃtrə,vitj;-vɪtʃ〕梅斯特羅維契 (Ivan, 1883-1962, 南斯拉夫雕刻家)
Mesurado〔mɛsəˈrɑdo〕
Mesurier, le〔lə ˈmɛʒərə〕梅熟勒
Mészáros〔ˈmesɑroʃ〕(匈)
Met〔mɛt〕
Metacomet〔,mɛtəˈkɑmɪt〕
Metagenes〔mɪˈtædʒəniz〕
Meta Incognita〔ˈmitə ɪnˈkɑgnɪtə〕
Metairie〔ˈmɛtərɪ〕
Metalious〔mɪˈtelɪəs〕
Metamneh〔mɛˈtɑmnɛ〕
Metamora〔,mɛtəˈmorə〕
Metamorphoses〔,mɛtəˈmɔrfə,siz〕
Metapona〔,mɛtəˈponə〕
Metapontum〔mɛtəˈpɑntəm〕
Metascouac〔mɛtəsˈkwæk〕
Metastasio〔,mɛtasˈtɑzjo〕(義)
Metauro〔meˈtɑuro〕
Metaurus〔meˈtɔrəs〕
Metaxas〔mɪˈtæksəs;,mɛtɑkˈsɑs〕(希)
Metayers〔mɪˈterz〕
Metazoa〔,mɛtəˈzoə〕【動物】複細胞動物；後生動物
Metcalf(e)〔ˈmɛtkɑf〕梅特卡夫
Metchnikoff〔ˈmɛtʃnɪ,kɔf〕梅奇尼可夫 (Elie, 1845-1916, 俄國動物學家及細菌學家)
Met de Bles〔mɛt də ˈblɛs〕
Metelino〔,meteˈlino〕
Metellus〔mɪˈtɛləs〕
Metellus Celer〔mɪˈtɛləs ˈsilə〕
Metellus Cimbes〔mɪˈtɛləs ˈsɪmbə〕
Metellus Nepos〔mɪˈtɛləs ˈnipɑs〕
Metellus Pius Scipio〔mɪˈtɛləs ˈpaɪəs ˈsɪpɪo〕
Metemmeh〔mɛˈtɛmmɛ〕
Metemneh〔mɛˈtɛmnɛ〕
Méténier〔meteˈnje〕(法)
Meteor Crater〔ˈmitɪr~〕
Meteyard〔ˈmɛtjɑrd〕
Metford〔ˈmɛtfəd〕
Methel〔ˈmɛθəl〕

Methfessel〔ˈmɛt,fɛsəl〕
Methil〔ˈmɛθɪl〕
Methodism〔ˈmɛθəd,ɪzəm〕【基督教】美以美教派
Methodist〔ˈmɛθədɪst〕【基督教】美以美教徒
Methow〔ˈmɛθau〕
Methuen〔ˈmɛθjuɪn;ˈmɛθjuən;ˈmɛθjwən〕梅休因
Methusael〔mɪˈθjuse,ɛl〕
Methuselah〔mɪˈθjuzələ〕
Methven〔ˈmɛθvən〕梅思文
Methymna〔mɪˈθɪmnə〕
Metinic〔mɪˈtɪnɪk〕
Metis〔meˈtɪs〕
Metius〔ˈmetɪəs〕
Metlakahtla〔,mɛtləˈkætlə〕
Metlakatla〔,mɛtləˈkætlə〕
Meton〔ˈmitɑn〕
Metro〔ˈmitro;ˈmɛt-〕大都會市政 (市政府權力擴及郊區市鎮)
Metrodorus〔,mɛtroˈdorəs〕
Metroland〔ˈmɛtrolænd〕
Metropole〔ˈmɛtrəpol〕
Metropolis〔məˈtrɑplɪs〕
Metsu(e)〔meˈtsju〕
Metsys〔ˈmɛt·saɪs〕(法蘭德斯)
Mettauer〔meˈtɔə〕
Metter〔ˈmɛtə〕
Metternich, von〔ˈmɛtənɪk〕梅特涅 (Prince Klemens Wenzel Nepomuk Lothar, 1773-1859, 奧國政治家)
Metternich-Winneburg〔ˈmɛtənɪk ˈvɪnəˌburk〕(德)
Mettus〔ˈmɛtəs〕
Metuchen〔məˈtʌtʃɪn〕
Metz〔mɛts〕麥次 (法國)
Metzger〔ˈmɛtsgə〕梅茨格
Metzinger〔met·sænˈʒe〕(法)
Metzler〔ˈmɛtslə〕梅茨勒
Metzner〔ˈmɛtsnə〕(德)
Metzu〔meˈtsju〕(荷)
Meulan〔məˈlɑŋ〕(英、法)
Meulen〔ˈmələn〕
Meulendyke〔ˈmjuləndaɪk〕
Meumann〔ˈmɔmɑn〕
Meun(g)〔mjun〕(法)
Meun(g), Jean de〔ʒɑŋ də ˈmjun〕(法)
Meunier〔məˈnje〕(法)
Meurant〔mjuˈrænt〕
Meurice〔məˈris〕
Meurs, de〔də ˈmɛs〕
Meursault〔mɚˈso〕

Meurthe〔mɜrt〕（法）
Meurthe,de la〔də la ˈmɜrt〕（法）
Meurthe-et-Moselle〔mɜ t·emɔˈzɛl〕
　（法）
Meuse〔mɜz;mjuz〕❶繆士河（歐洲）❷繆
　士省（法國）
Meuse-Argonne〔m juz·arˈgan〕
Meusnier〔mɜˈnje〕（法）
Meux〔mjuz;mjuks〕
Mew〔mju〕
Mewar〔meˈwar〕
Mewhort〔ˈmjuhart〕
Mews〔mjuz〕
Mex〔mɛks〕
Mexborough〔ˈmɛksbərə〕
Mexcala〔mesˈkala〕
Mexia〔məˈhiə〕
Mexiana〔ˌmeʃiˈænə〕
Mexicali〔ˌmɛksiˈkali〕
Mexican〔ˈmɛksikən〕墨西哥人
Mexican Nun〔ˈmɛksikən~〕
Mexicanos,Estados Unidos〔ɛsˈtaðos
　uˈniðos mehiˈkanos〕
Mexico〔ˈmɛksiˌko〕❶墨西哥（北美洲）
　❷墨西哥城（墨西哥）
Mexico,Gulf of〔ˈmɛksiˌko〕墨西哥灣
　（中美洲）
Meyendorff〔ˈmaiəndɔrf〕
Meyer〔ˈmaiə〕梅爾（Annie, 1867-1951, 本
　姓 Nathan，美國女教育家及作家）
Meyerbeer〔ˈmaiəˌbir〕梅爾貝亞（Giaco-
　mo, 1791-1864, 德國作曲家）
Meyerding〔ˈmaiədiŋ〕邁耶丁
Meyer-Förster〔ˈmaiə·ˈfɜstə〕
Meyerheim〔ˈmaiəhaim〕
Meyer-Helmund〔ˈmaiə·ˈhɛlmunt〕
Meyerhof〔ˈmaiəˌhof〕梅爾霍夫（Otto,
　1884-1951, 德國生理學家）
Meyerhold〔ˈmaiəhalt〕
Meyer-Lübke〔ˈmaiə·ˈljupkə〕
Meyerowitz〔maiˈɛrowits〕邁耶羅維茨
Meyersdale〔ˈmaiəzdel〕
Meyerson〔mejerˈsɔŋ〕（法）邁耶森
Meyerstein〔ˈmaiəstain〕
Meyer-Zigler〔ˈmaiə·ˈtsiglə〕
Meynell〔ˈmɛnḷ;ˈmɛnḷ〕門諾爾（Alice
　Christiana Gertrude, 1847-1922, 英國女詩
　人及散文家）
Meyrick〔ˈmɛrik〕
Meyrink〔ˈmairiŋk〕梅里克
Meyrswalden〔ˈmairsˌvaldən〕（德）
Meysey〔ˈmezi〕梅西

Meywar〔meˈwar〕
Mezen〔ˈmezin;ˈmjezjinj〕美晉河（蘇聯）
Mézenc〔meˈzæŋk〕（法）
Mézeray〔mezˈre〕（法）
Mezes〔ˈmeziz〕
Mezger〔ˈmɛtsgə〕
Mézières〔meˈzjɛr〕（法）
Mezio〔ˈmetsjo〕
Meztli〔ˈmɛstli〕
Mezzofanti〔mɛddzoˈfanti〕（義）
Mfan〔ˈmfan〕
Mfini〔ˈmfini〕
Mfumbiro〔mfumˈbiro〕
Mhow〔mau〕
Miago〔mjaˈgoo〕
Miaja Menant〔ˈmjaha meˈnant〕（西）
Mialaret〔mjalaˈrɛ〕（法）
Miall〔ˈmaiəl〕
Miami〔maiˈæmi〕邁阿密（美國）
Miamisburg〔maiˈæmizbəg〕
Miangas〔miˈaŋas〕
Mi ani〔miˈani〕
Mian Mir〔ˈmiən mir〕
Miantonomo(h)〔maiˌæntoˈnomo〕
Mianus〔maiˈænəs〕
Miao〔mjau〕
Miaoli〔ˈmjauˈli〕苗栗（台灣）
Miao-tzu〔ˈmjau·ˈdzʌ〕（中）
Miaoules〔miˈauljis〕（希）
Miao-Yao〔ˈmjau·ˈjau〕
Miass〔mjas〕
Miaulis〔miˈauljis〕（希）
Mica〔ˈmaikə〕邁卡
Micah〔ˈmaikə〕❶彌迦（紀元前八世紀之一希
　伯來先知）❷【聖經】彌迦書（舊約中之一書）
Micaiah〔maiˈkaiə〕邁凱亞
Micajah〔maiˈkejə〕邁凱亞
Micali〔miˈkali〕米塞利
Micanor〔mikaˈnɔr〕
Micawber〔miˈkɔbə〕
Michabo〔ˈmitʃəbə〕
Michael〔ˈmaikḷ〕邁克爾（本名Hohenzollern,
　1921-, 羅馬尼亞國王）
Michael Angelo〔ˌmaikəl ˈændʒilo〕
Michael Angelo Titmarsh〔ˌmaikəl
　ˈænʒilo ˈtitmarʃ〕
Michael Attaliates〔ˈmaikḷ ˌætaliˈetiz〕
Michael Balbus〔ˈmaikḷ ˈbælbəs〕
Michael Calaphates〔ˈmaikḷ ˌkæləˈfetiz〕
Michael Ducas〔ˈmaikḷ ˈdjukəs〕
Michaelann〔ˌmaikəˈlæn〕
Michaelene〔ˌmaikəˈlin〕

Michaelis〔，miha'elɪs（德）；mɪka'ilɪs
（丹）〕米凱利斯

Michaelis-Stangeland〔，mika'elɪs·-
'staŋəlan〕

Michael James Flaherty〔'maɪkḷ
dʒemz 'flæælɪ〕

Michaelmas〔'mɪklməs〕❶米迦勒節（九月
二十九日）❷英國四結帳日之一）

Michael Obrenovich〔'maɪkḷ
ə'brenəvɪtʃ〕

Michael Palaeologus〔'maɪkḷ，pælɪ-
'alagəs〕

Michael Parapinaces〔'maɪkḷ
，pærəpɪ'nesɪz〕

Michael Rhagabe〔'maɪkḷ 'rægəbɪ〕

Michael Rhangabe〔'maɪkḷ 'ræŋgəbɪ〕

Michael the Paphlagonian〔'maɪkḷ，
，pæflə'gonɪən〕

Michah〔'maɪkə〕

Mi Chai〔mi tʃaɪ〕

Michaiah〔maɪ'kaɪə〕

Michal〔'maɪkəl；'maɪkæl；'mikɑl〕

Michal〔'mihɑl〕（波）

Michalakopoulos〔，mihɑlɑ'kɔpuləs〕（古
L希）

Michalis〔mɪ'kelɪs〕米凱利斯

Michalos〔'maɪkələs〕

Michalski〔mɪ'kalskɪ〕米卡爾斯基

Michaud〔mi'ʃo〕（法）

Michault〔mi'ʃo〕（法）

Michaut〔mi'ʃo〕（法）

Michaux〔mi'ʃo〕（法）

Micheas〔maɪ'kiəs〕

Micheels〔'maɪkḷz〕

Michel〔'maɪkəl；'mɪtʃɪl；'mihɛl（德）；
mi'ʃɛl（法）〕

Michel Angelo〔，maɪkəl 'ændʒɪlo；
，mikɛl 'andʒelo〕

Michelangelo〔，maɪkə'lændʒɪlo；，mi-
kɛ'landʒelo〕（義）

Michelangelo Buonarroti〔，maɪkḷ'æn-
dʒə,lo，bwɑnɑr'rɪtɪ〕米開蘭基羅（1475-
1564，義大利雕刻家、畫家、建築家及詩人）

Michel de Bay〔mi'ʃɛl də 'be〕

Micheldever〔'mɪtʃəldɛvə〕

Michele〔mi'kele〕

Michele Cione〔mi'kele tʃone〕

Michelet〔miʃ'lɛ〕米西萊（Jules，1789-
1874，法國歷史家）

Michelham〔'mɪtʃələm〕

Micheli〔mi'kelɪ〕（義）

Michelin〔'mɪʃlɪn；mɪʃ'læŋ（法）〕米什林

Michelis〔mi'helɪs〕（德）

Michell〔'mɪtʃəl〕

Michelle〔mɪ'ʃɛl〕蜜筱

Michelozzi〔，mikɛ'lɔttsɪ〕（義）

Michelozzo〔，mikɛ'lɔttso〕（義）

Michels〔'mihəls〕（德）米歇爾斯

Michelsen〔'mikkəlsən〕（挪）米歇爾森

Michelson〔'maɪkḷsn〕邁克爾生（Albert
Abraham, 1852-1931, 美國物理學家）

Michener〔'mɪtʃɪnə〕米歇納

Michetti〔mɪ'kettɪ〕（義）

Michie〔'mɪtʃɪ'；mihɪ（蘇）〕米基

Michiel〔mɪ'hil〕（荷）

Michigamme〔，miʃɪ'gamɪ〕

Michigan〔'mɪʃɪgən〕密西根（美國）

Michigander〔mɪʃɪ'gændə〕=Michiganite

Michiganite〔'mɪʃɪgən,aɪt〕（美國）
Michigan 州人

Michikamau〔'mɪʃɪkə,mɔ〕米契卡莫湖（加
拿大）

Michilimackinac〔，mɪʃɪlɪ'mækɪnɔ〕

Michinmáhuida〔，mitʃɪn'mawɪðɑ〕（西）

Michipicoten〔，mɪʃɪpɪ'kotṇ〕

Mochler〔'mɪklə〕米克勒

Michmash〔'mɪkmæʃ〕

Michoacán〔，mitʃoɑ'kan〕

Michon〔mi'ʃɔŋ〕（法）米奇

Michurin〔mɪ'tʃurɪn；mjɪ'tʃurjin（俄）〕

Michurinsk〔mɪ'tʃurɪnsk；mjɪ'tʃurjinsk
（俄）〕

Mick〔mɪk〕米克

Mickelson〔'mɪkəlsṇ〕米克爾森

Mickey〔'mɪkɪ〕米基

Mickiewicz〔mɪts'kjɛvɪtʃ〕米茲開維契（
Adam, 1798-1855, 波蘭詩人）

Mickle〔'mɪkḷ〕米克爾

Micky〔'mɪkɪ〕男子名

Micmac〔'mɪkmæk〕

Micromégas〔mikrɔme'gas〕（法）

Micronesia〔，maɪkrə'niʒə〕密克羅尼西亞
（西太平洋）

Microscopium〔，maɪkrəs'kɔpɪəm〕

Microtechnum〔，maɪkrə'tɛknəm〕

Microtegnum〔，maɪkrə'tɛgnəm〕

Midas〔'maɪdəs〕麥得斯（希臘傳說中Phrygia
之王，能點物成金）

Middelschulte〔'mɪdəl,ʃultə〕

Midden-Java〔'mɪdən·'java〕（荷）

Midden-Preanger〔'mɪdən·prɛ'aŋə〕

Middleboro〔'mɪdḷbərə〕

Middleborough〔'mɪdḷbərə〕

Middlebourne〔'mɪdḷbɔrn〕

Middlebury〔'mɪdḷbərɪ〕

Middlecoff〔'mɪdl̩kaf〕
Middleham〔'mɪdləm〕
Middlemarch〔'mɪdl̩mɑrtʃ〕
Middlemas〔'mɪdl̩məs〕
Middlemast〔'mɪdl̩mæst〕
Middleport〔'mɪdl̩pɔrt〕
Middlesboro〔'mɪdl̩zbərə〕
Middlesborough〔'mɪdl̩zbərə〕
Middlesbrough〔'mɪdl̩zbrə〕密得耳布洛
　（英格蘭）
Middlesex〔'mɪdl̩,sɛks〕密得塞斯郡（英
　格蘭）
Middle Temple〔'mɪdl̩ 'tɛmpl̩〕
Middleton〔'mɪdl̩tən〕梅得爾敦（Thomas,
　1570?-1627, 英國劇作家）
Middletown〔'mɪdl̩taun〕
Middlewich〔'mɪdlwɪtʃ〕
Midgard〔'mɪd,gɑrd〕【北歐神話】塵世；
　人世間（在天堂與地獄之間，並爲一巨蟒所纏
Midgardsorm〔'mɪdgɑrdsɔrm〕　し繞）
Midgley〔'mɪdʒlɪ〕米奇利
Midhat〔mɪd'at〕
Midhurst〔'mɪdhəst〕
Midi〔mi'di〕【法】❶南方❷法國南部
Midian〔'mɪdɪən〕
Midillü〔mɪdɪl'lju〕(土)
Midkiff〔'mɪdkɪf〕米德基夫
Midland〔'mɪdlənd〕
Midlands〔'mɪdləndz〕米德蘭茲
Midleton〔'mɪdl̩tən〕米德爾頓
Midlothian〔mɪd'loðɪən〕中樓甸郡（蘇格
Midnapore〔'mɪdnəpɔr〕　　し蘭）
Midnapur〔'mɪdnəpur〕
Midrash〔'mɪdræʃ〕
Midrashim〔mɪ'draʃɪm〕
Midrashoth〔mɪ'draʃoθ〕
Midsomer Norton〔'mɪd,sʌmə 'nɔrtn̩〕
Midsummer〔'mɪd'sʌmə〕
Midvale〔'mɪdvel〕
Midway〔'mɪd,we〕中途島（美國）
Midwest〔'mɪd'wɛst〕美國中西部
Midwout〔'mɪdwaut〕
Midye〔mɪd'jɛ〕
Mie〔mi〕三重（日本）
Mieczislaw〔mje'tʃɪslaf〕
Miechowitz〔'mihovɪts〕(德)
Miechowice〔mjɛhɔ'vitsɛ〕(波)
Mieczyslaw〔mje'tʃɪslaf〕(波)
Miedel〔'midəl〕
Miegel〔'migəl〕
Miehls〔milz〕
Mielatz〔'milats〕米拉茨

Mielziner〔'milzinə;mɛl'zinə〕
Miense〔'minsə〕
Mieres〔'mjɛrɛs〕美雷斯（西班牙）
Miereveld〔'mirəvɛlt〕
Mierevelt〔'mirəvɛlt〕
Mieris〔'mirɪs〕
Mierisch〔'miriʃ〕
Mierostawski〔mjɛrɔs'lafskɪ〕(波)
Mierow〔'miero〕
Miers〔'maɪrz〕邁爾斯
Mierzeja Wislana〔mjɛ'ʒeja viʃ'lana〕
　(波)
Mieses〔'mizɛs〕
Miessner〔'misnə〕
Miës van der Rohe〔'miəs van də 'roə〕
　(德)
Mieszko〔'mjɛʃkɔ〕(波)
Mifflin〔'mɪflɪn〕米夫林
Mifflinburg〔'mɪflɪnbəg〕
Mifjir, Nahr el〔' næhə æl 'mɪfdʒɪr〕
　(阿拉伯)
Migdal〔mɪg'dal〕
Migdol〔'mɪgdal〕
Mighall〔'maɪəl〕
Mighell〔'maɪəl〕邁厄爾
Migiurtini〔mɪdʒur'tini〕
Migliorati〔,miljo'rati〕(義)
Mignard〔mi'njar〕(法)
Migne〔minj〕(法)
Mignerot〔minjə'ro〕(法)
Mignet〔mi'njɛ〕(法)
Mignon〔'mɪnjən〕
Miguel〔mɪ'gel〕
Mihai〔mi'haɪ〕
Mihail〔,miha'il〕
Mihailov〔mi'haɪluf〕(保)
Mihailović〔mi'haɪləvɪtʃ〕
Mihajlović〔mi'haɪləvɪtʃ〕(塞克)
Mihailovitch〔mi'haɪlovɪtʃ〕
Mihalache〔,miha'lake〕
Mihály〔'mihalj〕
Mihov〔'mihuf〕(保)
Mihrgan〔mir'gan〕
Mijares〔mi'harɛs〕(西)
Mijatović〔mi'jatəvɪtʃ;mi'jatəvitj〕(塞克)
Mijertins〔'mɪdʒətɪnz〕
Mikael〔'mikaɪl〕
Mikal〔'mikal〕
Mikardo〔mɪ'kardo〕米卡多
Mike〔maɪk〕邁克
Mikes,George〔'dʒɔrdʒ·'mikɛʃ〕
Mikes,Bláha-〔'blaha·'mikɛʃ〕(捷)

Mikhail〔mi'kaɪl;'mihaɪl;mjɪhʌ'il;mɪha-'il（保）〕
Mikhail Fëdorovich〔mjɪhʌ'il 'fjɛdərəvjɪtʃ〕（俄）
Mikhailov〔mi'haɪləf〕（俄）
Mikhailovich〔mɪ'haɪləvɪtʃ〕（塞克）
Mikhailovna〔mɪ'haɪləvnə〕（俄）
Mikhalkov〔mi'halkəf〕（俄）
Mikkel〔'mɪkkəl〕（丹）
Mikkeli〔'mɪkkɛlɪ〕（芬）
Mikkelsen〔'mɪkəlsn〕
Mikkjel〔'mɪhhəl〕（挪）
Miklas〔'mɪklɑs〕米克拉斯（Wilhelm, 1872-1956, 奧國從政者）
Miklós〔'mɪkloʃ〕（匈）米克洛斯
Miklošič〔'mikloʃitʃ〕（塞克）
Mikołaj〔mɪ'kɔlaɪ〕（波）
Mikołajczyk〔mikə'laɪtʃɪk〕（波）
Mikonos〔'mɪkənɑs〕
Mikoyan〔miko'jan〕米高揚（Anastas Ivanovich, 1895-1978, 蘇聯政壇人物）
Mikoyan Shakhar〔mjɪkʌ'jan ʃə'har〕（俄）
Mikra Dilos〔mi'krɑ 'ðilɔs〕（希）
Mikszáth〔'miksat〕（匈）
Mikulicz-Radecki〔mi'kulitʃ ra'dɛtski〕
Mil〔mɪl〕
Milaca〔mɪ'lækə〕
Milagro〔mɪ'lɑgro〕
Milagros〔mɪ'lɑgros〕
Milam〔'maɪləm〕
Milan〔mɪ'læn;'milən;'milən;milan;'mɪlan〕米蘭（義大利）
Milanesi〔,mila'nesɪ〕
Milanés y Fuentes〔,mila'nes ɪ 'fwentes〕（西）
Milano〔mi'lano〕
Milanov〔mɪ'lanəf〕
Milá y Fontanals〔mɪ'la ɪ ,fɔnta'nals〕（西）
Milazzo〔mɪ'lattsɔ〕（義）
Milbank〔'mɪlbæŋk〕米爾班克
Milbanke〔'mɪlbæŋk〕米爾班克
Milesian〔maɪ'lizjən〕
Milbry〔'mɪlbrɪ〕米爾布里
Milburn(e)〔'mɪlbən〕米爾本
Milch〔mɪlh〕（德）
Mildmay〔'maɪldme〕邁爾德梅
Mildred〔'mɪldrɪd〕繆德莉
Mile〔maɪl〕彌勒（雲南）
Milé〔mɪ'le;'mile〕
Mile-end Green〔'maɪlɛnd 'grin〕

Miles〔maɪlz〕麥爾斯
Miles Standish〔'maɪlz 'stændɪʃ〕
Milestone〔'maɪls,ton〕
Miles Wallingford〔'maɪlz 'walɪŋfəd〕
Miletto Monte〔mɪ'lɛtto ,montɪ〕（義）
Miletus〔maɪ'litəs;mə-〕美里塔司城（小亞細亞）
Miley〔'maɪlɪ〕米利
Milford〔'mɪlfəd〕米爾福德
Milford Haven〔'mɪlfəd 'hevn〕
Milfort〔'mɪlfət;mɪl'fɔr（法）〕
Milguy〔mɪl'gaɪ〕
Milh〔mɪl;mɪlh（阿拉伯）〕
Milhaud〔,mi'jo〕米堯（Darius, 1892-1974, 法國作曲家）
Milhous〔'mɪlhɑus〕米爾豪斯
Mili〔'milɪ;'miljɪ〕邁利
Miliana〔mɪ'ljænə〕
Miliane〔mi'ljan〕（法）
Milič〔'mɪlitʃ;'mɪlitʃ（捷）〕
Milicent〔'mɪləsnt〕米利森特
Milićević〔mɪ'litʃəvitʃ;-tjevitj（塞克）〕
Milič of Kremsier〔'mɪlitʃ əv 'kremzə〕
Milicz〔'mɪlitʃ;'mɪlitʃ〕
Militärgrenze〔mili'tɛrgrɛntsə〕
Militsch〔'mɪlitʃ;'mɪlɪtʃ〕
Milivoje〔'milivəje〕
Milk〔mɪlk〕密耳克河（北美洲）
Milka〔'milka〕
Milkbosch〔'mɪlkbɔs〕
Miłkowski〔mɪl'kɔfskɪ〕（波）
Mill〔mɪl〕米爾（❶James, 1773-1836, 蘇格蘭哲學家、歷史家及經濟學家❷John Stuart, 1806-1873, 英國哲學家及經濟學家）
Millais〔mɪ'le〕米雷（Sir John Everett, 1829-1896, 英國畫家）
Millamant〔'mɪləmænt〕
Milland〔'mɪlənd〕
Millar〔'mɪlə〕米勒
Millard〔'mɪləd〕米勒德
Millardet〔mijar'de〕（法）
Millares〔mɪ'ljares〕（西）
Millay〔mɪ'le〕米蕾（Edna St. Vincent, 1892-1950, 美國女詩人）
Millbank〔'mɪlbæŋk〕
Millbourne〔'mɪlbən〕米爾本
Millbrae〔'mɪlbre〕
Millbrook〔'mɪlbruk〕
Millburn〔'mɪlbən〕
Millbury〔'mɪlbərɪ〕
Mille〔'mɪl〕米爾

Mille,De〔də ′mɪl〕
Milledgeville〔′mɪlɪdʒ,vɪl〕
Mille Lacs〔,mɪl ′læks〕
Millen〔′mɪlən〕米倫
Miller〔′mɪlə〕米勒（❶Alice, 1874-1942, 美國女小說家❷Arthur, 1915-, 美國劇作家）
Miller, Fülöp-〔′flʊləp·′mɪlə〕
Millerand〔mil′rɑŋ〕米勒蘭（Alexandre, 1859-1943, 法國政治家）
Millerovo〔mɪlə′rovo〕
Millers〔′mɪləz〕
Millersburg〔′mɪləzbəg〕
Millersville〔′mɪləzvɪl〕
Millerton〔′mɪlətŋ〕
Milles〔′mɪləs〕米勒斯
Millesimo〔mɪl′lesɪmo〕（義）
Millet〔mɪ′le〕米列（Jean François, 1814-1875, 法國畫家）
Millett〔′mɪlɪt;mɪ′lɛt〕
Millevoye〔mil′vwa〕（法）
Millicent〔′mɪlɪsŋt〕蜜莉生
Milligan〔′mɪlɪgən〕米利根
Millikan〔′mɪlɪkən〕米里坎（Robert Andrew, 1868-1953, 美國物理學家）
Millin〔′mɪlɪn〕米林
Millington〔′mɪlɪŋtən〕米林頓
Millinocket〔mɪlɪ′nɑkɪt〕
Millis〔′mɪlɪs〕米利斯
Millöcker〔′mɪləkə〕
Millom〔′mɪləm〕
Millot〔mi′jo〕（法）
Milloy〔mɪ′lɔɪ〕米洛伊
Millport〔′mɪlpɔrt〕
Mills〔mɪlz〕米爾斯
Mill Spring〔mɪl~〕
Millspaugh〔′mɪlzpɔ〕米爾斯波
Milltimber〔′mɪl,tɪmbə〕
Milltown〔′mɪltaʊn〕
Millvale〔′mɪlvel〕
Milly〔′mɪlɪ〕米莉
Milman〔′mɪlmən〕米爾曼（Henry Hart, 1791-1868, 英國詩人及歷史家）
Milmore〔′mɪlmɔr〕米爾莫爾
Miln〔mɪl〕米爾
Milne〔mɪl(n)〕米爾恩（Alan Alexander, 1882-1956, 英國詩人及劇作家）
Milne-Edwards〔′mɪln ′ɛdwədz;′mil-ne′dwɑrs（法）〕
Milne-Home〔′mɪln·′hjum〕
Milner〔′mɪlnə〕
Milner-Gibson〔′mɪlnə·′gɪbsŋ〕
Milnerton〔′mɪlnətŋ〕

Milnes〔mɪlnz〕米爾恩斯
Milngavie〔mɪl′gaɪ〕（蘇）
Milnor〔′mɪlnə〕米爾諾
Milnrow〔′mɪlnro〕
Milo〔′maɪlo〕米洛
Milon〔′maɪlɑn〕
Miloradovich〔mjɪlʌ′rɑdʌvjɪtʃ〕（俄）
Milor〔′maɪlɔr〕
Miloš〔′milɔʃ〕（塞克）
Milosh〔′milɔʃ〕
Milosh Obrenovich〔′milɔʃ ə′brɛnəvɪtʃ; ′milɔʃ ə′brɛnəvitj（塞克）〕
Miloslav〔′mɪlɔslɑf〕
Milosz〔′milɔʃ〕密瓦時（Czeslaw, 1911-, 波蘭作家）
Milovanovič〔milə′vɑnəvɪtʃ;milə′vɑnəvitj（塞克）〕
Milstein〔′mɪlstaɪn〕米爾斯坦
Milt〔mɪlt〕米爾特
Miltenberg〔′mɪltənbɛrk〕
Miltiades〔mɪl′taɪə,diz〕米爾泰底（540?-?489 B.C., 雅典將軍及政治家）
Miltitz〔′mɪltɪts〕
Milton〔′mɪltŋ〕密爾頓（John, 1608-1674, 英國詩人）
Milvian〔′mɪlvɪən〕
Milward〔′mɪlwəd〕米爾沃德
Milwaukee〔mɪl′wɔkɪ〕密耳瓦基（美國）
Milwaukie〔mɪl′wɔkɪ〕
Milyas〔′mɪlɪəs〕
Milyukov〔mjɪlju′kɔf〕米路考夫（Pavel Nikolaevich, 1859-1943, 俄國政治家及歷史家）
Milyutin〔mjɪ′ljutjɪn〕（俄）
Mimas〔′maɪməs〕
Mimbres〔′mɪmbrəs〕
Mimeograph〔′mɪmɪə,grɑf〕油印機之商標
Mimer〔′mɪmə〕
Mimi〔mi′mi〕
Mimico〔′mɪmɪko〕
Mimir〔′mimɪr〕【北歐神話】守衛智慧泉之巨人
Mimnermus〔mɪm′nəməs〕
Mimosa〔mɪ′mosə;-zə〕
Mims〔mɪmz〕米姆斯
Min〔mɪn〕❶【中國】閩語；閩省方言❷岷縣（甘肅）
Mina〔′minɑ〕（西）蜜娜
Mina,El〔ɛl ′minə〕
Minahasa〔,minə′hɑsə〕
Minahassa〔,minə′hɑsə〕
Minangkabau〔,minɑŋkɑ′baʊ〕
Minar〔′maɪnə〕
Minard〔′maɪnəd〕米納德
Minas〔′maɪnəs;′minɑs〕

Minas Gerais〔'minə ʒe'raɪs〕

Minbu〔'mɪn'bu〕緬補(緬甸)

Minc〔mɪnts〕(波)

Minch〔mɪntʃ〕

Min-chia〔'mɪn·'tʃja〕

Minchin〔'mɪntʃɪn〕明欽

Minchoff〔'mɪntʃuf〕

Minchof〔'mɪntʃuf〕

Mincing〔'mɪnsɪŋ〕

Mincio〔'mɪntʃo〕

Mincius〔'mɪnʃɪəs〕

Mincopies〔'mɪŋkəpiz〕

Mind〔mɪnt〕

Mindanao〔,mɪndə'na,o;,minda'nao〕民答那峨島(菲律賓)

Mindello〔mɪn'delu〕

Minden〔'mɪndən〕明登

Minderhout〔'mɪndəhaut〕

Mindoro〔mɪn'doro;-'dɔro〕民多羅島(菲律賓)

Mindszenty〔'mɪndsentɪ;mɪn'dʒentɪ〕

Minear〔maɪ'nɪr〕邁尼爾

Minehead〔'maɪnhed〕

Minelli〔mɪ'nelɪ〕

Mineola〔,mɪnɪ'olə〕

Miner〔'maɪnə〕邁納

Mineral〔'mɪnərəl〕

Minersville〔'maɪnəzvɪl〕

Minerva〔mɪ'nɜvə〕【羅馬神話】司智慧,工藝及戰爭之女神

Minervius〔mɪ'nɜvɪəs〕

Mines〔maɪnz〕

Minetta〔mɪ'netə〕

Minety〔'maɪntɪ〕

Mineur〔mɪ'nɜ〕(法)

Ming〔mɪŋ〕❶中國之明朝(1368-1644)❷明朝製之瓷器

Mingan〔'mɪŋgən〕明甘群島(加拿大)

Minge〔mɪndʒ〕明奇

Minger〔'mɪŋə〕

Minghetti〔mɪŋ'gettɪ〕(義)

Mingin〔'mɪn'gɪn〕緬仁(緬甸)

Mingo〔'mɪŋgo〕

Mingotti〔mɪŋ'gɔttɪ〕(義)

Mingrelia〔mɪn'grilɪə〕

Ming Ti〔'mɪŋ 'di〕(中)

Minh-huong〔'mɪn·'hwɒŋ〕

Minho〔'minju〕(葡)

Minhow〔'mɪn'ho〕閩侯(即福州)

Minia〔'mɪnjə〕

Minianka〔,mini'aŋkə〕

Minicoy〔'mɪnɪkɔɪ〕

Minidoka〔,mɪnɪ'dokə〕

Minié〔mi'nje〕米尼(Claude Étienne,1814-79,法國陸軍軍官及發明家)

Minie ball〔'mɪnɪ ,bɔl〕

Minifon〔'mɪnɪfɑn〕

Minim〔〔'mɪnɪm〕

Minimo〔'minimo〕

Minion〔'mɪnjən〕

Minissais〔mɪnɪ'seɪs〕

Minius〔'mɪnɪəs〕

Miniver〔'mɪnɪvə〕米尼弗

Miniver Cheevy〔'mɪnɪvə 'tʃivɪ〕

Mink〔mɪŋk〕明克

Min-kiang〔'mɪn·dʒɪ'aŋ〕(中)

Min-kong〔'mɪn'kɔŋ〕閩江(福建)

Minkowski〔mɪŋ'kɔfskɪ〕

Minna〔'mɪnə;'mɪnə〕明娜

Minna von Barnhelm〔'mɪnə fɑn 'barnhelm〕

Minneapolis〔,mɪnɪ'æp(ə)lɪs〕明尼亞波利斯(美國)

Minnedosa〔mɪnɪ'dosə〕

Minnehaha〔,mɪnɪ'hahə〕

Minnei〔'mɪne〕

Minnelli〔mɪ'nelɪ〕

Minneman〔'mɪnɪmən〕

Minnesinger〔'mɪnɪ,sɪŋə〕

Minnesota〔,mɪnɪ'sotə〕明尼蘇達(美國)

Minnetonka〔,mɪnɪ'tɑŋkə〕

Minnewaska〔,mɪnɪ'waskə〕

Minnewit〔'mɪnjuɪt;'mɪnəwɪt〕米紐伊特

Minnie〔'mɪnɪ〕明妮

Minnigerode〔'mɪnɪgərod〕明尼格羅德

Minny〔'mɪnɪ〕明尼

Miño〔'minjo〕(西)

Mino〔'mino〕美濃(日本)

Minoan〔mɪ'noən〕邁諾斯人(太古之克里特島人)

Minocheter〔,mino'tʃetə〕米諾切特〔人〕

Minol〔'maɪnɑl〕

Minola〔'mɪnələ〕

Minonk〔mɪ'nɑŋk〕

Minooka〔mɪ'nukə〕

Minor〔'maɪnə;'minɔr(德)〕邁納

Minorca〔mɪ'nɔrkə〕米諾卡島(西班牙)

Minories〔'mɪnərɪz〕

Minorite〔'maɪnə,raɪt〕

Minos〔'maɪnɑs〕【希臘神話】❶邁諾斯(Crete島之王)❷邁諾斯王之孫

Minot〔'maɪnət〕邁諾德(George Richards,1885-1950,美國醫生)

Minotaur〔'maɪnə,tɔr〕【希臘神話】人身牛頭怪物

Min Shan〔'mɪn 'ʃan〕岷山（四川）
Minsheu〔'mɪnʃu〕
Minsi〔'mɪnsɪ〕
Minsk〔mɪnsk〕明斯克（蘇聯）
Mińsk, Nowo-〔'nɔvɔ·'mɪnjsk〕（波）
Minsky〔'mɪnskɪ〕明斯基
Minster〔'mɪnstə〕
Mintaka〔'mɪntəkə〕
Minthun〔'mɪnθən〕
Minto〔'mɪnto〕明托
Minton〔'mɪntən〕明頓
Minturn〔'mɪntən〕明特恩
Minturnae〔mɪn'tɜnɪ〕
Minucius Felix〔mɪ'njuʃɪəs filɪks〕
Minûfîya〔minu'fijə〕
Minuit〔'mɪnjuɪt;min'wi〕明紐伊特
Minuteman〔'mɪnɪt,mæn〕美國之義勇兵飛
Minutoli〔mɪ'nutoli〕   ⌐彈
Minya〔'mɪnjə〕
Minyae〔'mɪnji;'mɪnɪi〕
Minya Gongkar〔'mɪnjə'gɔŋkar;-'gankə〕
Minya Konka〔'mɪnjə 'kɑŋkə〕
Minyas〔'mɪnɪəs〕
Mio〔'maɪo〕
Miocene, the〔'maɪə,sin〕中新世（第三
    紀之中期）
Miolan〔mjɔ'lɑŋ〕
Miomandre〔mjɔ'mɑŋdə〕（法）
Miomba〔mɪ'omba〕
Mionnet〔mjɔ'nɛ〕（法）
Miot de Melito〔'mjo də mɛ'lito〕
Miquel〔'mikɛl〕
Miquelon Island〔,mɪkə'lɑn~〕密啓崙島
    （法國）
Mira〔'maɪrə;'mirə;'mira〕
Mirabeau〔'mɪrə bo;mi,ra'bo〕米拉波
    （Comte de, 1740-91, 法國演說家、革命家及
    政治家）
Mirabel(l)〔'mɪrəbɛl〕米拉貝爾
Mirabella〔mɪrə'bɛlə〕
Mirabilis〔mɪ'ræbɪlɪs〕
Mirach〔'maɪræk〕
Mira de Amescua〔'mira ðe
    a'meskwa〕（西）
Miraflores〔,mɪrə'flores〕
Miragoâne〔mɪragɔ'an〕
Miraj〔mɪ'rʌdʒ〕（印）
Miramar〔,mira'mar〕
Miramichi〔mɪrəmɪ'ʃi〕（荷）
Miramion〔mira'mjɔŋ〕（法）
Miranda〔mɪ'rændə;mɪ'randa（西）;mɪ-
    'ræŋdə（葡）〕米蘭達

Mirandola〔mɪ'radola〕
Mirano〔mɪ'rano〕
Miraszewski〔mira'zɛfskɪ〕
Mirat(h)〔'mirət〕
Mirbeau〔mir'bo〕（法）
Mirbel〔mir'bɛl〕（法）
Mircea〔'mirtʃa〕
Mirebalais〔mirba'lɛ〕（法）
Mirecourt〔mir'kur〕（法）
Mireille〔mi'rɛj〕（法）
Miréio〔mi'rejo〕
Mirfak〔'mɜfæk〕
Mirfield〔'mɜfild〕
Mirgain〔'mɜgen〕
Miriam〔'mɪrɪəm;'mirjam（波）〕米瑞安
Mirim, Lake〔mi'riŋ〕米倫湖（烏拉圭）
Mir Jafar〔mir 'dʒafə〕
Mirjawa〔,mɪrdʒa'wa〕
Mir Kasim〔mir 'kasɪm〕
Mirkhond〔mir'hand〕（波斯）
Mirkhvand〔mirh'vand〕（波斯）
Mirko〔'mɪrko〕
Miro〔'miro〕
Miró〔mɪ'ro〕（西）
Miron〔'maɪrən〕邁倫
Mirón〔mi'ron〕
Mironescu〔,mira'nɛsku〕
Mironovich〔mji'rɔnʌjitʃ〕（俄）
Miroyiannis〔,miro'janɪs〕
Mirpur Khas〔'mɪrpur 'has〕
Mirs Bay〔mɪrz~〕
Miryam〔'mɪrjəm〕
Mirza〔'mɜzə;mir'za（波斯）〕
Mirzam〔mə'zam;'mɪrzæm〕
Mirzapur〔'mɪrzapur〕
Mirza-Schaffy〔mɪə'za ʃa'fi〕
Misach〔'maɪsæk〕
Misamis〔mɪ'samɪs〕
Misamis Occidental〔mɪ'samɪs ,aksɪ-
    ðɛn'tal〕西米薩米斯（菲律賓）
Misamis Oriental〔mɪ'samɪs ,orjen-
    'tal〕東米薩米斯（菲律賓）
Misanthrope, Le〔lə mizaŋtr'ɔp〕（法）
Misanthropos〔mɪ'sænθrəpɑs〕
Misch〔mɪʃ〕米施
Mischa〔'miʃə;'mjiʃʌ〕（俄）
Mischabelhörner〔'mɪ,ʃabəl,hɜnə〕
Mischakoff〔'mɪʃəkaf〕
Miscou〔'mɪsku〕
Misena〔mɪ'sinə〕
Misenium〔maɪ'sinɪəm〕

Misenum〔maı'sinəm〕

Misenus〔maı'sinəs〕

Mise of Lewes〔maız , 'luıs〕

Miser〔'maızə〕遇澤

Misérables, Les〔le mize'rabl〕(法)

Miserere〔 mizə'rırı〕【拉】詩篇第五十一
篇

Misery, Mount〔'mızərı〕

Mises〔'mizɛs〕

Misgar〔'mısgar〕

Mishaum〔mı'ʃɔm〕

Mishawaka〔 mıʃə'wɔkə〕

Mishikamau〔'mıʃıkə mɔ〕

Mishnayoth〔 mıʃna'joθ〕

Mišić〔'miʃıtʃ; miʃitʃ〕(塞克))

Misima〔mı'simə〕米西馬島(澳洲)

Misiones〔mıs'jonɛs〕

Misis〔mi'sis〕

Misitheus〔maı'sıθıəs〕

Misithra〔mısı'θrə〕

Miskey〔'mıskı〕米斯基

Miskito〔mıs'kito〕

Miskolc〔'mıʃkolts〕米士科茲(匈牙利)

Misner〔'mıznə〕

Misnia〔'mısnıə〕

Misogonus〔mı'sagənəs〕

Misol〔'misɔl〕

Misoöl〔'misɔl〕

Misore〔mı'sɔre〕

Misquah〔'mıðgarðə〕

Misquito〔mıs'kito〕

Misquitoan〔mıs'kitoən〕

Misr〔'mısə〕

Missaukee〔mı'sɔkı〕

Missenden〔'mısṇdən〕米森登

Missenyi〔mı'sɛnji〕

Missinaibi〔 mısı'naıbı〕米西納內比河(加
拿大)

Missinipi〔 mısı'nıpı〕

Missinnippi〔mısı'nıpı〕

Mission〔'mıʃən〕

Missionary Ridge〔'mıʃənərı〕

Missiones〔mi'sjonıs〕(巴西)

Missisquoi〔mı'sıskwɔı〕

Mississagi〔 mısı'sagı〕

Mississippi〔 mısı'sıpı〕❶密西西比州
(美國)❷密西西比河(美國)

Missolonghi〔 mısə'loŋgı〕

Missoula〔mı'zulə〕

Missouri〔mı'zurı〕❶密蘇里州(美國)
❷密蘇里河(美國)

Missunde〔mı'sundə〕   「(加拿大)

Mistassini〔 mıstə'sinı〕密斯塔西尼湖

Mister〔'mıstə〕❶冠於人名或其職務名前

Misti〔'mıstı〕

Mistinguett〔mıstæŋ'gwɛt〕(法)

Mistra〔mıs'tra; 'mistra〕

Mistral〔mı'stral〕米斯特拉爾(❶ Frédéric,
1830-1914, 法國 Provençal 語詩人 ❷ Gabriela,
1889-1957, 智利女詩人及教育家)

Misumalpan〔 mısə'mælpan〕

Misurata〔mizu'rata; mısu'ratə; mısu-
'ratæ〕

Mita〔'mitə〕

Mitanni〔mı'tænı〕

Mitarka〔mitar'ka〕(法)

Mitau〔'mitau〕

Mitcham〔'mıtʃəm〕

Mitchel(l)〔'mıtʃəl〕米契爾(❶ Maria, 1818-
1889, 美國女天文學家 ❷ Donald Grant, 1822-
1908, 美國作家)

Mitchell, Mount〔'mıtʃəl〕密契耳山(美國)

Mitchell-Thomson〔'mıtʃəl·'tamsṇ〕

Michelstown〔'mıtʃəlz taun〕

Mitchill〔'mıtʃıl〕米奇爾

Mitchinson〔'mıtʃınsṇ〕米奇森

Mitchison〔'mıtʃısṇ〕米奇森

Mitchum〔'mıtʃəm〕米奇姆

Mite〔maıt〕

Mitford〔'mıtfəd〕米特福德(❶ Mary Russell,
1787-1855, 英國女小說家及劇作家 ❷ William,
1744-1827, 英國歷史家)

Mithgarthr〔'mıðgarðə〕

Mithra〔'mıθrə〕【波斯神話】密斯拉(光與
真理之神, 後成為太陽神)

Mithradates〔 mıθrə'detiz〕

Mithras〔'mıθræs〕=Mithra

Mithridate〔mıtri'dat〕(法)

Mithridates〔 mıθrı'detiz〕

Mithridates Eupator〔 mıθrı'detiz
'jupətɔr〕

Mithridatic Wars〔 mıθrı'dætık~〕

Mithridatidae〔 mıθrı'dætıdi〕

Mithridatids〔 mıθrı'detıdz〕

Mitidja〔mı'tidʒə〕

Mitigation〔 mıtı'geʃṇ〕

Mitishchi〔mitıʃ'tʃi〕

Mitke〔'mıtkı〕米特克

Mitra〔'mıtrə〕

Mit Rahina〔mit rə'hinə〕

Mitre〔'maıtə; 'mitre〕遇特

Mitrofan〔mjıtrʌ'fan〕(俄)

Mitropoulos〔mı'trapələs; mı'trɔpulɔs
(希)〕

Mitscher〔'mıtʃə〕米契爾

Mitscherlich〔'mıtʃəlıh〕(德)

Mittag-Leffler〔'mıttag·'lɛflə〕(瑞典)

Mitteleuropa〔'mɪtəlɔɪ'ropa〕
Mittelfranken〔'mɪtəl'fraŋkən〕
Mittelhauser〔mitɛlɔ'zɛr〕
Mittelländisches Meer〔'mɪtəl‧‧ 'lɛndɪʃəs mer〕(德)
Mittelmark〔'mɪtəlmark〕
Mittelmeer〔'mɪtəlmer〕(德)
Mitten〔'mɪtṇ〕
Mitterer〔'mɪtərə〕
Mittermaier〔'mɪtə‚maɪr〕
Mittu〔'mɪtu〕
Mitú〔mi'tu〕
Mitylene〔‚mɪtɪ'lini〕
Mivart〔'maɪvət;'mɪvət〕
Miwok〔'miwak〕
Mix〔mɪks〕米克斯
Mixco〔'misko〕
Mixcoac〔‚misko'ak〕
Mixcoatl〔‚miksko'atḷ〕
Mixe〔'mikse〕
Mixtec〔'mɪkstɛk〕
Mizar〔'maɪzar〕
Mizda〔'mɪzdə〕
Mizen〔'mɪzṇ〕
Mizener〔'maɪznə〕
Mizler〔'mɪzlə〕
Mizpah〔'mɪzpə〕
Mizpeh〔'mɪzpə〕
Mizraim〔'mɪzrem;mɪz'reɪm;mɪts- 'rajɪm〕(希伯來)〕
Mjöen〔'mjɜən〕(挪)
Mjöllnir〔'mjəlnɪr〕
Mjösa〔'mjɜsa〕(挪)
Mjøsa〔'mjɜsa〕(挪)
Mkoani〔mko'ɑnɪ〕
Mladek〔'mlɑdɛk〕姆拉德克
Mlawa〔mə'lava〕
Mljet〔mljɛt〕
M'Lehose〔'mæklhoz〕
Mnemon〔'niman〕
Mnemosyne〔nɪ'masəni〕古希臘司記憶之女神
Mnesicles〔'nɛsɪkliz〕
Mnevis〔'nivis〕
Mnong〔mnɔŋ〕
Mo〔mo〕
Moa〔'moə〕
Moab〔'moæb〕❶【聖經】默阿布(Lot 之 子)❷默阿布(死海東方一古國)
Moabite〔'moə baɪt〕【聖經】默阿布人
Moala〔mo'ala〕
Moallakat〔mualla'kat〕(阿拉伯)
Moapa〔mo'æpə〕

Moaria〔mo'ɛrɪə〕
Moase〔moz〕
Moat〔mot〕
Moawiyah〔mu'awɪjə〕
Mobangi〔mo'bæŋgɪ〕
Moberg〔'mubɛrj;'mubærj〕(瑞典)〕
Moberly〔'mobəlɪ〕
Moblie〔mo'bil〕木比耳港(美國)
Mobillier〔mɔbɪ'lje〕(法)
Möbius〔'mɜbius〕(德)
Mobley〔'mablɪ〕
Mobridge〔'mobrɪdʒ〕
Mobutu〔mo'butu〕
Moby Dick〔'mobɪ 'dɪk〕
Moca〔'mokə〕
Moçambique〔musʌm'bikə〕(葡)
Mocapra〔mo'kapra〕
Moch〔mak〕
Mocha〔'mokə;'motʃa〕摩加港(阿拉伯)
Mochicas〔mo'tʃikas〕
Mochlos〔'maklas〕
Mochnacki〔mɔh'natskɪ〕(波)
Mocho〔'motʃo〕
Mockel〔mɔ'kel〕
Mockett〔'makɪt〕莫克特
Mocksville〔'maksvɪl〕
Mock-water〔'mak‧‚wɔtə〕
Mocoas〔mo'koəz〕
Mocquard〔mɔ'kar〕(法)
Mocquereau〔mɔ'kro〕(法)
Moctezuma〔‚mɔkte'suma〕
Modanino, Il〔il‚moda'nino〕
Modder〔'madə〕
Model〔'madḷ〕
Modena〔'madɪnə;mo'dinə〕摩德拿(義大利)
Moderatus〔‚madə'retəs〕
Modersohn〔'madəzon〕(德)
Modest〔mʌ'djest〕(俄)
Modeste〔mɔ'dɛst〕
Modestinus〔‚madɪs'taɪnəs〕
Modesto〔mo'dɛsto;mo'ðesto〕(西)
Modica〔'mɔdɪka〕莫迪卡
Modicia〔mə'dɪʃə〕
Modigliani〔‚modi'ljanɪ〕
Modish〔'madɪʃ〕
Modjelewski〔ma'dʒɛlɛvskɪ〕
Modjeska〔mə'dʒɛskə〕
Modjeski〔mə'dʒɛskɪ〕
Modjopahit〔‚madʒə'pahɪt〕
Modlin〔'madlɪn〕
Modo〔'modo〕
Modoc〔'modak〕

Modoura〔mo'durə〕
Modred〔'modrɪd〕
Modrzejewska〔,modʒɛ'jɛfska〕(波)
Modrzejewski〔,modʒɛ'jɛfskɪ〕(波)
Moe〔mo〕莫
Moehne〔'mɜnɪ〕
Moeliades〔mi'laɪədiz〕
Moeller〔'mʌlɜ;'mɜlə〕莫勒
Moeller van den Bruck〔'mɜlə van dən 'bruk〕(德)
Moel Sych〔'moɪl 'sɪh〕(威)
Moelwyn-Hughes〔'moɪlwɪn-'hjuz〕
Moen〔'moɪn〕莫恩
Möen〔'mɜɪn〕莫恩
Møen〔'mɜɪn〕(丹)
Moena〔'munə〕
Moench〔mɜnʃ〕莫什
Mœndved〔'mɛnvɪð〕
Moenkopi〔,moən'kopɪ〕
Moenus〔'minəs〕
Moerae〔'miri〕
Moeran〔'morən〕
Moerdijk〔mur'daɪk〕(荷)
Moeris〔'mirɪs〕
Moero〔mo'ero〕
Moëro〔mo'ero〕
Moersch〔mɜʃ〕
Moeschlin〔'mɜʃlɪn〕
Moesi〔'musi〕
Moesia〔'misjə;'miʃjə;'mizjə;'miʒjə; 'miʒɪə〕
Moeskroen〔'muskrun〕(法蘭德斯)
Moeso Goth〔'miso gaθ〕
Moesogoth〔'misogaθ〕
Mofadhdhal〔mo'faddal〕(阿拉伯)
Moffat〔'mafət〕莫法特
Moffatt〔'mafət〕莫法特
Moffett〔'mafɪt〕
Mogadiscio〔,magə'diʃɪo〕莫格迪紹(索馬利亞)
Mogadishu〔,magə'diʃu〕摩加迪休(索馬「利亞」)
Mogador〔'magədɔr;,ogə'dɔr〕摩加多爾(摩洛哥)
Mogadore〔'magədɔr〕
Mogaung〔'mo'gauŋ〕孟洪(緬甸)
Moghrel el Aksa〔'mʌgrɪb æl 'ʌksə〕(阿拉伯)
Moghul〔'magul〕
Mogila〔ma'gilə;mʌ'gjilʌ(俄)〕
Mogilev〔'magɪlɛf;məgɪ'ljɔf〕莫吉廖夫(蘇聯)
Mogilnitsky〔mo'gɪlnɪtskɪ〕

Mogi Mirim〔mu'ʒi mɪ'rɪŋ〕(巴西)
Mogk〔mak〕
Mogmog〔'magmag〕
Mogocha〔mʌ'gɔtʃə〕莫哥查(蘇聯)
Mogok〔'mogok〕摩谷(緬甸)
Mogollon〔,ogə'jon;,mʌgɪ'on〕
Mogontiacum〔,mogən'taɪəkəm〕
Mogridge〔'magrɪdʒ〕
Mogul〔'mogʌl;mo'gʌl〕❶蒙古人❷莫俄兒人(十六世紀征服並統治印度者或其後裔)
Mohall〔'mohɔl〕
Mohamed〔mo'hæmɛd〕
Mohammed〔mo'hæmmɪd〕穆罕默德(570?-632 A.D.)
Mohammed Ahmed〔mo'hammɛd 'æmmɛd〕(阿拉伯)
Mohammed ibn-Abdullah〔mʊ'hæmmɛd ɪbn-əbdʊl'la〕(阿拉伯)
Mohammed ibn-Daud〔mo'hæmmɛd 'ɪbn-da'ud〕(阿拉伯)
Muhammed ibn-Kassim〔mʊ'hæmmɛd ɪbn-'kasɪm〕(阿拉伯)
Mohammed ibn-Qasim〔mʊ'hæmmɛd ɪbn-'kasɪm〕(阿拉伯)
Mohammed Khan, Dost〔dost mo-'hʌmmɛd han〕(阿富汗)
Mohammed Nadir Khan〔mo'hʌmmɛd 'nadɜ 'han〕(阿富汗)
Mohammed Nadir Shah〔mo'hʌmmɛd 'nadɪr ʃa〕(阿富汗)
Mohammed Riza Pahlavi〔ma'hɑmmæd ri'za 'pæləvi〕(波斯)
Mohammed Shah〔mo'hæmɛd 'ʃa;ma-'hammæd-〕(波斯)
Mohammed Tughlak〔mʊ'hæmmɛd tæg-'læk〕(阿拉伯)
Mohammed Zahir Shah〔mo'hʌmmɛd 'zahɜ 'ʃa〕(阿富汗)
Mohan〔mo'han〕莫漢
Muharek〔mo'harɛk〕
Moharram〔mo'harəm〕(阿拉伯)
Moharraq〔mo'harɛk〕
Mohave〔mo'havɪ〕摩哈比族(北美沿Colorado河居住之印第安人)之人
Mohawk〔'mohɔk〕❶摩和克族(北美印第安族之一支,早先沿Mohawk河而居)❷摩和克河(美國)
Mohee〔'mohi〕
Mohegan〔mo'higən〕
Mohenjo-Daro〔mo'hɛndʒo-'daro〕
Mohican〔mo'hikən〕摩希根族(北美印第安之一族,昔居Hudson河上游)

Mohl〔mol〕

Mohler〔'molə〕

Möhler〔'mələ〕(德)

Mohmand〔mo'mænd〕

Mohn〔mon〕莫恩

Möhne〔'mɛnɪ〕

Mohnton〔'montən〕

Mohock〔'mohak;-hɔk〕【史】魔幅克除員
（十八世紀初夜間騷擾倫敦市街之盜匪黨員）

Moholy-Nayg〔moho'li·nɔdʒ;'mohɔi.-
'nadj〕(匈)

Mohonk〔mo'haŋk〕

Mohorter〔mə'hɔtə〕

Mohr〔mɔ;'mor〕莫爾

Mohrhardt〔'mɔrhart〕

Mohs〔mos;moz〕莫斯

Mohun〔'moən;'mohən;mun;mə'hʌn〕
莫恩

Moi〔mɔɪ〕

Moigno〔mwa'njo〕(法)

Moine, Le〔lə 'mwan〕(法)

Moineaux〔mwa'no〕(法)

Moir〔'mɔɪr〕莫伊爾

Moira〔'mɔɪrə〕莱怡拉

Moisant〔'mɔɪsənt〕

Moise〔'mɔɪsə〕

Moïse〔mɔ'iz〕(法)

Moiseevich〔mʌɪ'sejɪjɪvjɪtʃ〕(俄)

Moisei〔mʌɪ'sjeɪɪ〕

Moiseivich〔mɔɪ'seɪvɪtʃ〕

Moiseiwitsch〔mɔɪ'seɪvɪtʃ;
mʌɪ'sjejɪvjɪtʃ〕(俄)

Moisewitch〔mɔɪ'sevɪtʃ〕

Moisie〔mwa'zi〕(法)

Moissi〔'mɔɪsi〕

Moissan〔mwa'san〕莫瓦桑（Henri,1852-
1907, 法國化學家）

Moivre〔'mɔɪvə;'mwavə〕(法)

Mojave〔mo'havɪ〕摩哈比族（北美沿
Colorado 河居住之印第安人）之人

Mojib〔'modʒɪb〕

Mojonnier〔mo'dʒanjə〕莫奇尼爾

Mojos〔'mohoz〕

Mojsisovics von Mojsvár〔'mɔɪʃɪ
ʃovɪtʃ fan 'mɔɪʃvar〕

Mókai〔'mokaɪ〕

Mokanna, al-〔æl·mæ'kænə〕(阿拉伯)

Mokattam〔mo'katəm〕

Mokau〔'mokau〕

Mokcsa〔'moktʃa〕(匈)

Mokelumne〔mo'kɛləmɪ〕

Mokenna〔mo'kɛnə〕

Mokha〔'mokə〕

Moki〔'mokɪ〕

Mokmer〔'makmə〕

Mokpo〔'mɔkpo〕木浦（韓國）

Moksha〔'mɔkʃə〕

Mokuaweoweo〔mo'kua‚weo'weo〕

Mokuk〔'mokuk〕

Mola〔'mola(西);'mɔla(義)〕

Mola di Roma〔'mɔla dɪ 'roma〕

Molai〔mɔ'le〕

Molainville〔mɔlæŋ'vil〕(法)

Molala〔mə'lalə〕

Molay, de〔di mo'le;də mɔ'le〕

Molbech〔'mɔlbɛk〕(荷)

Mold〔mold〕莫爾德

Moldau〔'maldau〕

Moldavia〔mal'devɪə〕摩爾達維亞共和國（蘇
聯）

Moldova〔mɔl'dova〕

Mole〔'mole;mol〕

Molé〔mɔ'le〕(法)

Molech〔'molɛk〕

Mole-Dagbane〔'mole·dag'bane〕

Molen〔'molin〕

Molenaar〔'molənar〕(荷)

Molenaer〔'molənar〕(荷)

Molenbeek-Saint-Jean〔'molɪnbek·-
sæn'ʒaŋ〕

Môle Saint Nicolas〔'mol ‚sæn
niko'la〕

Moleschott〔'moləshat〕(法蘭德斯)

Molesey〔'molzɪ〕

Molesme, de〔də mo'lɛm〕

Moléson〔mɔle'zɔŋ〕

Molesworth〔'molzwəθ〕莫爾斯沃思

Moley〔'molɪ〕莫利

Moleyns〔'mʌlɪnz;'molɪnz〕莫林思

Moleyns, De〔'dɛmələnz〕

Molfetta〔mol'fetta〕(義)

Molière〔‚molɪ'ɛr〕莫里哀（1622-1673, 本
名 Jean Baptiste Poquelin, 法國演員及劇作家）

Molijn〔'molaɪn〕

Molina〔mo'lina〕莫利納

Molinari〔‚moli'narɪ〕(義)

Molinari, de〔də mɔlina'ri〕(法)

Molinary〔‚molɪ'narɪ〕

Molina y Salazar〔mo'lina ɪ ‚sala'θa〕

Moline〔mo'lin〕莫林　　　　L(西)

Molinel〔'malɪnɛl〕

Molinet〔'mɔlɪ'ne〕

Molino de Rey〔mo'lino ðe 're〕(西)

Molinos〔mo'linos〕

Molins〔'molɪnz〕

Molique〔ma'lik〕

Molisch〔'molɪʃ〕

Molise〔'mɔlize〕

Molitor〔mɔli'tɔr(法);'molɪtɔr(德)〕莫利托

Moll〔mal;mol〕莫爾

Moll Cutpurse〔mal 'kʌtpɚs〕

Molle, Ponte〔,ponte 'mɔlle〕(義)

Möllendorff〔'mɛləndɔrf〕

Mollenhauer〔'malən,hauɚ〕莫倫豪爾

Moller〔'malɚ〕莫勒

Müller〔'mɚlɚ〕(德)莫勒

Møller〔'mɚlɚ〕(丹)

Mollet〔ma'le;mɔ'lɛ(法)〕

Moll Flagon〔mal 'flægən〕

Moll Flanders〔mal 'flændɚz〕

Möllhausen〔'mɛlhauzən〕

Mollien〔mɔ'ljæŋ〕(法)

Mollinedo y Saravia〔,molji'neðo ɪ sa'ravja〕(西)

Mllison〔'malɪsn〕莫利森

Molloy〔'malɔɪ〕莫洛伊

Mollweide〔'mɔlvaɪdə〕

Molly〔'malɪ〕茉莉

Molly Bloom〔'malɪ 'blum〕

Molly Maguires〔'malɪ mə'gwaɪrz〕

Molly Mog〔'malɪ 'mag〕

Molly Pitcher〔'malɪ 'pɪtʃɚ〕

Molmenti〔mol 'mɛntɪ〕

Molnár〔'mɔlnar〕(匈)

Molo〔'molo〕莫羅納

Moloch〔'malak〕古代火神

Molodechno〔məlʌ'djetʃnə〕(俄)

Mologa〔mʌ'lɔgə〕莫洛加河(蘇聯)

Molohon〔'malohan〕

Molokai〔,malə'kaɪ〕毛洛開島(夏威夷)

Molon〔'molan〕

Molonev〔mə'lonɪ〕

Molony〔mə'lonɪ〕莫洛尼

Molopo〔mo'lopo〕

Molossia〔mə'lasɪə〕

Molossian〔mə'lasɪən〕

Molossis〔mə'lasɪs〕

Molossus〔mə'lasəs〕

Molotov〔'malətaf;'mɑlɔfctʌ(俄)〕莫洛 ⌐托夫

Molotovsk〔'mɔlətəfsk〕

Molson〔'molsn〕莫爾森

Molteno〔mal'tino;mɔl'teno〕

Moltke〔'mɔltkə〕毛奇(❶Helmuth Karl, 1800-91, 普魯士元帥 ❷Helmuth Johannes, Count Von, 1846-1916, 德國將軍)

Molucca〔mə'lʌkə〕

Moluccas〔mə'lʌkəz〕摩鹿加群島(印尼)

Molukken〔mo'lɔkən〕(荷)

Moluksche Zee〔mo'lɔskɪ ze〕(荷)

Molwitz〔'malvɪts〕

Moly〔'molɪ〕

Mclyneaux〔'molɪno〕

Molyneux〔'malɪnjuks〕莫利紐克斯

Molza〔'mɔltsa〕

Mombasa〔mam'basə〕蒙巴薩島(肯亞)

Mombattou〔mam'batu〕

Mombello〔mom'bɛllo〕(義)

Mombert〔'mambɛrt〕

Momčilo〔'momtʃɪlo〕(塞克)

Momence〔mo'mɛns〕

Momerie〔'mʌmərɪ〕

Moming〔'momɪŋ〕

Mommsen〔'momzŋ〕牟姆森(Theodor, 1817-1903, 德國古典學者及歷史學家)

Momote〔mo'mote〕

Momotombo〔,momo'tombo〕

Mompog〔mom'pɔg〕

Mompós〔mɔm'pos〕

Momsen〔'mʌmsən〕莫姆森

Momus〔'moməs〕【希臘神話】嘲弄之神

Mon〔mon〕

Møn〔mɚn〕(丹)

Mona〔'monə〕莫娜

Monaca〔'manəkə〕

Monaci〔mɔnatʃi〕

Monaco〔'manə,ko〕摩納哥(歐洲)

Monadhliath〔'monə'liə〕(蘇)

Monadnoc〔mə'nædnak〕

Monadnock〔mə'nædnak〕

Monagas〔mo'nagas〕

Monaghan〔'manəhən〕蒙納干郡(愛爾蘭)

Monagh Lea〔'monə 'liə〕

Monahans〔'manəhænz〕

Monaldeschi〔mɔnal'deskɪ〕(義)

Mona Lisa〔'monə 'lizə〕蒙娜麗莎 (Leonardo da Vinci 作之著名美人像畫)

Mon-Annam〔'mon·an'nam〕

Monapia〔mə'nepɪə〕

Monarcho〔ma'narko〕

Monash〔'monæʃ〕莫納什

Monashee〔mo'næʃɪ〕

Monasterion〔,monas'tɪərjɔn〕(古希)

Monastir-Doiran〔,manəs'tɪr-'dɔɪran〕

Monbazon, Rohan-〔rɔaŋ mɔŋba'zɔŋ〕 ⌐(法)

Monboddo〔man'bado〕

Monbutu〔mon'butu〕

Moncada〔mɔŋ'kaðə〕(西)莫卡達

Moncay〔mɔŋ'ke〕(法)
Moncayo〔mɔŋ'kajo〕
Monceaux〔mɔŋ'so〕(法)
Moncenisio〔‚mɔntʃe'nizjo〕(義)
Moncey〔mɔŋ'se〕(法)
Mönch〔mœnh〕(德)
Monchéri〔mɔŋʃe'ri〕(法)
Monchy〔'mɔnhi〕(荷)
Monchy-le-Preux〔mɔŋ'ʃi·lə·'prɝ〕(法)
Monck〔mʌŋk〕蒙克
Moncks〔mʌŋks〕
Monckton〔'mʌŋktən〕蒙克頓
Monckton-Arundell〔'mʌŋktən·‑'ærəndel〕
Mon Coeur S'ouvre a ta Voix〔mɔŋ 'kɝ 'suvra ta 'vwa〕
Monclova〔mɔŋk'lova〕
Moncontour〔mɔŋkɔŋ'tur〕(法)
Moncontour-de-Poitou〔mɔŋkɔŋ'tur·də·pwa'tu〕(法)
Moncrieff〔mən'krif〕蒙克里夫
Moncton〔'mʌŋktən〕蒙克敦(加拿大)
Moncure〔man'kjur〕蒙丘爾
Mond〔mand〕蒙德
Monday〔'mʌndɪ〕星期一
Monde,Le〔lə 'mɔŋd〕
Mondego〔mon'degu〕(葡)
Mondestin〔mɔŋdəs'tæŋ〕(法)
Mondino de' Luzzi〔mon'dino de 'luttsɪ〕(義)
Mondovi〔man'dovɪ〕
Mondriaan〔'mɔndrɪɑn〕孟德律昂(Pieter Cornelis, 1872-1944, 荷蘭畫家)
Mondsee〔'mantze〕(德)
Mone〔'monə〕
Monel〔mo'nel〕
Monell〔mo'nel〕莫內爾
Monemuji〔‚monɛ'muʒi〕
Monessen〔mə'nɛsn〕
Monet〔mo'ne〕莫內(Claude, 1840-1926, 法國畫家)
Moneta〔mo'neta〕莫納達(Ernesto Teodore, 1833-1918, 義大利新聞記者及和平主義者)
Monet de Lamarck〔mɔ'nɛ də la'mark〕
Monett〔mo'nɛt〕(法)
Moneypenny〔'mʌnɪ‚penɪ〕
Monferrato〔‚monfɛr'rato〕
Mongala〔maŋ'gælə〕
Mongalla〔maŋ'gælə〕
Mongarh〔maŋ'gʌr〕(印)
Monge〔mɔŋʒ〕(法)

Monghyr〔maŋ'gɪr〕
Mongibello〔‚mandʒɪ'bɛlo; mondʒɪ'bello〕
Mongkut〔'mɔŋkut〕(義)
Mongon〔'maŋlan〕摩隆(緬甸)
Mongnai〔'maŋnaɪ〕摩乃(緬甸)
Mongol〔'maŋgəl;‑gal;‑gol〕蒙古人；蒙古語
Mongolia〔maŋ'golɪə〕蒙古(亞洲)
Mongolo-Buryat Republic〔'maŋgəlo‑‑·bur'jat~〕
Mongpan〔'maŋpæn〕摩邦(緬甸)
Mong-tseu〔'mʌŋ·'dzʌ〕(中)
Mongyu〔'mɔŋ'ju〕
Monhegan〔man'higən〕
Monica〔'manɪkə〕茉妮卡
Monick〔mɔ'nik〕莫尼克
Monier〔'mʌnɪr; mɔ'nje〕(法)莫尼爾
Monier-Williams〔'mʌnɪə·'wɪljəmz; 'manɪə·'wɪljəmz〕
Monikins〔'manɪkɪnz〕
Monime〔mo'nim〕
Moñino y Redondo〔mo'njino ɪ re'ðondo〕
Moniteau〔'manɪto〕(西)
Moniteur〔moni'tɝ〕
Monitor〔'manɪtɚ〕
Moniuszko〔mɔ'njuʃkɔ〕(波)
Moniz〔mo'niʃ〕莫尼慈(Antonio Caetano de Abrere Freire Egas, 1874-1955, 葡萄牙神經外科醫生)
Monjas〔'monhas〕(西)
Monje〔'monhe〕(西)
Monk〔mʌŋk〕蒙克
Monkbarns〔'mʌŋkbənz〕
Monk Bretton〔‚mʌŋk 'bretn〕
Monkchester〔'mʌŋk‚tʃɛstə〕
Monkey〔'mʌŋkɪ〕
Mon-Khmer〔'mon·'kmer〕
Monkhouse〔'mʌŋkhaus〕
Monks〔mʌŋks〕蒙克斯
Monkswell〔'mʌŋkswəl;‑wel〕蒙克斯維爾
Monkton〔'mʌŋktən〕
Monkwearmouth〔mʌŋk'wɪrmauθ〕
Monluc〔mɔŋ'ljuk〕(法)
Monmousseau〔mɔŋmu'so〕(去)
Monmouth〔'mʌnməθ〕
Monmouthshire〔'manməθ‚ʃɪr〕蒙茅斯郡(威爾斯)
Monna Lisa〔'manə 'lizə〕
Monnerville〔mɔnɛr'vil〕(法)
Monnet〔mɔ'nɛ〕(法)莫內
Monnica〔'manɪkə〕莫妮卡
Monnier〔mɔ'nje〕(法)
Monnow〔'mano〕
Mono〔'mono〕

Monocacy〔məˈnakəsɪ〕
Monoceros〔məˈnasərəs〕
Monod〔mɔˈno〕(法)
Monomachus〔məˈnaməkəs〕
Monomakh〔mənəˈmɑh〕
Monomotapa〔ˌmonomoˈtɑpa〕
Monomoy〔ˈmɑnəmɔɪ〕
Monona〔məˈnonə〕
Monongah〔məˈnaŋgə〕
Monongahela〔məˌnaŋgəˈhilə〕
Monongalia〔ˌmonənˈgeliə〕
Monophthalmos〔ˌmanafˈθælməs〕
Monophysitism〔məˈnafɪˌsaɪtɪzəm〕
Monopole〔ˈmanəpol〕
Monopoli〔moˈnɔpoli〕
Monotheletism〔məˈnaθəˌlɛtɪzəm〕
Monpalau〔ˌmɔmpaˈlau〕
Monrad〔ˈmanrɑð〕(丹) ;ˈmonrɑd〕(挪)
Monro(e)〔mənˈro〕門羅 (James, 1758-
1831, 於 1817-25 任美國第五任總統)
Monroeville〔mənˈrovɪl〕
Monroney〔mʌnˈronɪ〕蒙羅尼
Monrovia〔mənˈroviə〕蒙羅維亞(利比亞)
Mons〔manz;mɔns(法)〕
Monsarrat〔ˌmansəˈræt〕蒙薩拉特
Mons Aureus〔manz ˈɔriəs〕
Monschau〔ˈmɔnʃau〕
Monseigneur〔ˌmansenˈjɝ〕殿下;閣下
Monsell〔manˈsɛl;ˈmʌnsəl〕蒙森
Monseñor de Meriño〔ˌmɔnseˈnjɔr
ðe meˈrinjo〕(西)
Mons-en-Pévèle〔mɔnzɑnpeˈvɛl〕(法)
Monserrat〔ˌmansɛˈrat〕
Monsey〔ˈmʌnzɪ〕
Monsieur〔məˈsjɝ〕
Monsignor〔manˈsinjə〕
Monsigny〔mɔnsiˈnji〕(法)
Mons Jovis〔manz ˈdʒovɪs〕
Monson〔ˈmʌnsŋ〕蒙森
Mons Pessulus〔manz ˈpɛsjuləs〕
Mons Rubicus〔manz ˈrubɪkəs〕
Monstrelet〔mɔnstrəˈlɛ〕(法)
Montacute〔ˈmantəkjut〕蒙塔丘特
Montagna〔monˈtanja〕(義)
Montagnais〔ˌmantəˈnje〕
Montagnana〔ˌmontaˈnjana〕(義)
Montagnards〔mɔntaˈnjar〕(法)
Montagney〔mɔntaˈnje〕(法)
Montagu(e)〔ˈmantəgju〕孟塔古 (Lady
Mary Wortley, 1689-1762,英國女作家)
Montagu-Chelmsford〔ˈmantəgju·
ˈtʃɛmzfəd〕

Montaiglon〔mɔntɛgˈlɔn〕(法)
Montaigne〔manˈten〕蒙田 (Michel Eyquem,
1533-1592, 法國散文家)
Montalba〔manˈtælbə〕
Montalban〔manˈtælbən;ˌmɔntalˈvan
(西)〕蒙特爾班
Montalcino〔montalˈtʃino〕
Montale〔monˈtale〕蒙太雷 (Eugenio, 1896-
1981, 義大利詩人)
Montalt, de〔de mənˈtælt〕
Montalto〔monˈtalto〕
Montalván〔ˌmontalˈvan〕
Montalvo〔monˈtalvo〕
Montan〔mɔnˈtaŋ〕(法)
Montana〔manˈtænə〕蒙大拿 (美國)
Montaña〔monˈtanja〕
Montana-Vermala〔monˈtana verˈmala〕
Montand〔mɔnˈtaŋ〕(法)
Montanelli〔ˌmontaˈnɛllɪ〕(義)
Montanist〔ˈmantənist〕
Montano〔manˈtano〕蒙塔諾
Montanto〔monˈtanto〕
Montanus〔manˈtenəs〕
Montauban〔mɔntoˈbaŋ〕(法)
Montauk〔manˈtɔk〕
Montausier〔mɔntoˈzje〕(法)
Mont Aux Sources〔ˌmɔŋ to ˈsurs〕
(法)
Montbars〔mɔŋˈbar〕(法)
Montbazon〔mɔŋbaˈzɔŋ〕(法)
Mont Beuvray〔mɔŋ bɝvˈre〕(法)
Mont Blanc〔mɔmˈblaŋ;mɔŋˈblaŋ〕勃朗
山 (歐洲)
Montboissier〔mɔŋbwaˈsje〕(法)
Montcalm〔mantˈkam;mɔŋˈkalm〕(法)
Montcalm de Candiac〔mɔŋˈkalm də
kaŋˈdjak〕(法)
Montcalm de Saint-Véran〔mɔŋˈkalm
də sæŋ·veˈraŋ〕(法)
Mont Cenis〔mɔŋ səˈni〕(法)
Mont Cervin〔mɔŋ sɛrˈvæŋ〕(法)
Montchrétien〔mɔŋkreˈtjæŋ〕(法)
Montclair〔mantˈklɛr〕
Montcorbier〔mɔŋkɔrˈbje〕(法)
Monte〔ˈmantɪ〕
Monteagle〔manˈtigḷ〕蒙蒂格爾
Monteagudo〔ˌmonteaˈguðo〕(西)
Monte Albán〔ˈmantɪ alˈban〕
Monte Alegre〔ˈmantɪ əˈlegrɪ〕
Montealegre〔ˌmonteaˈlegre〕
Montebello〔ˌmantɪˈbɛlo〕
Montebourg〔mɔŋtˈbur〕(法)

Monte Carlo〔,mɑntɪ'kɑrlo〕蒙地卡羅
（摩納哥）
Monte-Caseros〔'mɔnte·kɑ'seros〕
Monte Cassino〔,mɑntɪ kə'sino〕
Montecerboli〔,monte'tʃɛrbolɪ〕
Monte Cristo〔,mɑntɪ 'krɪsto〕
Montecristo〔,mɑntɪ'krɪsto〕
Monte Croce〔,monte 'krotʃe〕
Monte Cristi〔,mɑntɪ 'krɪstɪ〕
Montecristi〔,mɑntɪ'krɪstɪ〕
Montecuccoli〔,monte'kukolɪ〕
Montecucculi〔,monte'kukulɪ〕
Montefeltre〔,montɛ'feltre〕
Montefeltro〔,montɛ'feltro〕
Montefiore〔,mɑntɪfɪ'ɔrɪ〕蒙蒂菲奧里
Montégut〔mɔnte'gju〕（法）
Monteiro〔mon'teru〕蒙蒂羅
Monteiro Lobato〔mon'teru lo'bɑtu〕
（葡）
Monteith〔mən'tiθ〕蒙蒂思
Montejo〔mon'teho〕（西）
Monte Leone〔,mɑntɪ le'one〕
Montelius〔mɔn'telɪus〕
Montello〔mɑn'tɛlo〕
Montemarciano〔,montɛmɑr'tʃɑno〕
Montemayor〔,mɑntɪ'mer; ,mon-
tema'jɔr（西）〕
Montemezzi〔,monte'mɛddzɪ〕（義）
Montemolín〔,montemo'lin〕（西）
Montemôr〔,mɑntə'mɔr〕（葡）
Monten〔'mɑntən〕
Montenegro〔,mɑntɪ'nigro〕蒙特尼哥羅
（南斯拉夫）
Monte Nero〔'monte 'nero〕
Monte Nevoso〔'monte ne'voso〕
Montenotte〔,monte'nɔtte〕（義）
Montenoy〔mɔnt'nwɑ〕（法）
Monte Perdido〔,mɑntɪ per'dido〕
Montépin〔mɔnte'pæŋ〕（法）
Montereau〔mɔŋ'tro〕（法）
Montereau-faut-Yonne〔mɔŋ'tro·fo-
'jɔn〕（法）
Monterey〔,mɑntə're〕蒙特雷（墨西哥）
Montero〔mon'tero〕蒙特羅
Montero Ríos〔mɔn'tero 'rios〕
Montero Rodríguez〔mɔn'tero ro-
'ðriges〕（西）
Monte Rosa〔,mɑntɪ 'rozə〕
Monte Rotondo〔'monte ro'tondo〕
Monterrey〔,mɑntə're; 'mɑntə,re〕
蒙得勒（墨西哥）
Montes〔'mɔntes〕

Monte San Guiliano〔'monte ,sɑndʒu-
'ljɑno〕
Montesano〔,mɑntɪ'seno〕
Montesino〔,monte'sino〕
Montesinos〔,monte'sinos〕
Montespan〔,mɑntɪs'pæn; mɔŋtɛs'pɑŋ
（法）〕
Montespertoli〔,montes'pɛrtolɪ〕
Montesquieu,de〔,mɑntɛ'skju〕孟德斯鳩
（本名Charles de Secondat, 1689-1755, 法
國律師及政治哲學家）
Montesquiou-Fezensac〔mɔŋtɛs'kju·
fəzaŋ'sak〕（法）
Montessori〔,mɑntɪ'sorɪ〕蒙臺梭利（
Maria, 1870-1952, 義大利女醫師及教育家）
Montet〔mɔŋ'tɛ〕（法）
Monteux〔mɔŋ'tɜ〕（法）蒙特
Montevallo〔,mɑntɪ'vælo〕
Monteverde〔monte'verde（義）; ,monte-
'verðe（西）〕
Monteverdi〔,montɛ'verdɪ〕
Montevideo〔,mɑntɪvɪ'deo〕孟特維得亞（烏
拉圭）
Monte Vista〔,mɑntɪ 'vɪstə〕
Montez〔'mɑntɛz〕蒙特茲
Montezuma〔,mɑntɪ'zumə; ,monte-
'sumɑ（西）〕
Montfaucon〔mɔɲfo'kɔn〕（法）
Montferrand〔mɔɲfɛ'rɑŋ〕（法）
Montferrat〔mɔɲfɛ'rɑ〕（法）
Montfleuri〔mɔɲflɜ'ri〕（法）
Montfleury〔mɔɲflɜ'ri〕（法）
Montford Report〔'mɑntfəd~〕
Montfort, de〔'mɑntfət〕孟德福（Simon,
1208?-1265, 英國軍人及政治家）
Montfort-l'Amaury〔mɔn'fɔr·lɑmo'ri〕
Montgaillard〔mɔŋgɑ'jɑr〕（法）   L（法）
Montgelas〔mɔŋ'lɑ〕（法）
Montgenevre〔mɔŋʒə'nɛvə〕（法）
Montgolfier〔mɑnt'gɑlfɪr〕孟高爾費（
Joseph Michel, 1740-1810, 爲法國發明家及
航空界先驅）
Montgomerie〔mənt'gʌmərɪ; mɑnt-
'gɑmərɪ〕蒙哥馬利
Montgomery〔mɑnt'gʌmrɪ〕蒙哥馬利（
Bernard law, 1887-1976, 英國陸軍元帥）
Montgomery-Massingberd〔mənt-
'gʌmərɪ·'mæsɪŋbəd; mənt'gɑmərɪ·-
'mæsɪŋbəd〕
Montgomeryshire〔mənt'gʌmərɪˌʃɪr〕
蒙哥馬利郡（威爾斯）
Montherlant〔mɔŋtɛr'lɑŋ〕（法）

Montholon〔mɔ̃tͻ'lͻŋ〕(法)

Monticelli〔mͻŋtisε'li〕

Monticello〔,mantɪ'sεlo〕

Montignac〔mͻŋti'njak〕(法)

Montijo〔mͻn'tiʒu(葡);mͻn'tiho(西)〕

Mont-Iseran〔mͻŋ·tiz'raŋ〕

Montjoie〔mͻŋ'ʒwa〕(法)

Mont Joli〔mͻŋ ʒͻ'li〕

Montjoy〔'mantdʒͻɪ〕

Mont Laurier〔mͻŋ 'lͻrıer〕

Montlosier〔mͻŋlͻ'zjer〕

Montluc〔mͻŋ'ljuk〕(法)

Montluçon〔mͻŋlju'sͻŋ〕(法)

Montmagny〔mͻŋma'nji〕(法)

Montmartre〔mͻŋ'martə〕蒙馬特區 (法國)

Montmirail〔mͻŋmi'raj〕(法)

Montmorency〔,mantmə'rεnsɪ; mͻŋmͻraŋ'si (法)〕

Montmorency, Laval-〔la'val mͻŋmͻraŋ'si〕(法)

Montmorency-Bouteville〔mͻŋmͻraŋ-'si·but'vil〕(法)

Montone〔mon'tone〕

Montorsoli〔mon'tͻrsoli〕

Montour〔man'tur〕

Montoursville〔man'turzvɪl〕

Montoya〔mͻn'toja〕蒙托亞

Montparnasse〔mͻŋpar'nas〕(法)

Montpelier〔mant'piljə〕蒙皮立 (美國)

Montpellier〔mͻm'pεlie ; mͻŋpε'lje; mənt'pεlɪə〕蒙彼利埃 (美國)

Montpellier-le-Vieux〔mͻŋpε'lje·lə-'vjə〕(法)

Montpensier〔mͻŋpaŋ'sje〕(法)

Montrachet〔mͻŋtra'ʃε〕(法)

Montreal〔,mantrɪ'ͻl〕蒙特利爾 (加拿大)

Montréal〔mͻŋre'al〕(法)

Montréal-Est〔mͻŋreal·'εst〕(法)

Montréal Nord〔mͻŋreal·'nͻr〕(法)

Montréal-Ouest〔mͻŋreal·'wεst〕(法)

Montréal-Sud〔mͻŋreal·'sju〕(法)

Montresor〔'mantrεzə〕蒙特雷素

Montrésor〔'mantrɪsͻr〕蒙特雷素

Montreuil〔,mͻŋ'trəj〕蒙特累厄 (法國)

Montreuil-sous-Bois〔mͻŋ'trəj·su·'bwa〕(法)

Montreux〔man'trɜ;-'tru〕

Montrose〔man'troz〕蒙特羅斯

Montross〔man'tras〕蒙特羅斯

Montrouge〔mͻ 'uʒ〕

Mont Royal〔m: rwa'jal〕

Monts〔mͻŋ〕

Mont-Saint-Michel〔mͻŋ'sæŋ·mi'ʃεl〕

Mont-St.Michel〔mͻŋ·sæŋmi'ʃεl〕

Montsec〔mͻŋ'sεk〕

Montseny〔mͻnt·'senj〕

Montserrado〔,mant·se'rado〕

Montserrat〔,man(t)sə'rætɪmant·sə-'rat〕蒙特色拉島 (西印度群島)

Monts-Maudits〔mͻŋ·mo'di〕

Montt〔mͻnt〕芒特 (智利)

Mont Tremblant〔mͻŋ traŋ'blaŋ〕

Montucla〔mͻŋtju'kla〕(法)

Montúfar〔mͻn'tufar〕(拉丁美)

Montuosa〔mͻn'twosa〕

Montville〔'mantvɪl〕

Monty〔'mantɪ〕蒙蒂

Montyon〔mͻŋ'tjͻŋ〕(法)

Monument Peak〔'manjumənt~〕

Monvel〔mͻŋ'vεl〕

Monviso〔mom'vizo〕

Monypenny〔'mʌnɪpεnɪ〕蒙尼彭尼

Monza〔'mͻntsa〕蒙察 (義大利)

Monzambano〔,montsam'bano〕

Monze〔'mͻnze〕

Monzie〔mə'niɪmͻn'zi (法)〕

Monzie, Campbell of〔'kæmbḷ əv mə'ni〕

Moodkee〔mudki〕

Moodus〔'mudəs〕

Moody〔'mudɪ〕穆地 (William Vaughn, 1869-1910, 美國詩人及劇作家)

Moog〔mug〕穆格

Mook〔mok〕穆克

Mooker〔'mokə〕

Mookerji〔'mukədʒi〕(印)

Mooltan〔mul'tan〕

Moon〔mun〕蒙迪

Moonachie〔mu'nætʃɪ〕

Mooney〔'munɪ〕穆尼

Moonshine〔'munʃaın〕

Moor〔mur〕摩爾人 (Berber 與阿拉伯人所生之回教人種)

Moorcroft〔'murkraft〕莫爾克羅夫特

Moorditch〔'murdıtʃ〕

Moore〔mur〕摩爾 (❶ George, 1852-1933, 愛爾蘭作家 ❷ John Bassett, 1860-1947, 美國法學家)

Moore-Brabazon〔'mur·'bræbəzŋ〕

Moorefield〔'mͻrfild〕

Moorehead〔'murhεd;'mͻr-〕穆爾黑德

Moorestown〔'mͻrztaun;'murztaun〕

Moorfield〔'mͻrfild〕穆爾菲爾德

Moorfields ['murfildz]
Moorfoot ['morfut;'mur-]
Moorgate ['murgit;'mor-]
Moorhead ['morhɛd;'mur-] 穆爾黑德
Moorish ['muriʃ]
Moors [murz;morz]
Moorshedabad [,murʃɛdə'bad]
Moorship ['murʃip]
Moose [mus]
Moose Factory ['mus ,fæktəri]
Moosehead ['mushɛd]
Moose Jaw ['mus ,dʒɔ]
Mooselookmeguntic [,muslʊkmɪ-'gʌntik]
Moosic ['musik]
Moosilauke ['mus ,lɔkɪ]
Moosonee ['musni] 木塞尼 (加拿大)
Moosup ['musəp]
Mop(p) [map]
Mopsa ['mapsə]
Mopsuestia [,mapsjʊ 'ɛstʃiə]
Mopsus ['mapsəs]
Moquegua [mo'kegwa]
Moqui ['moki]
Mor [mɔr] 莫爾
Mór [mor] (匈)
Mora ['morə;'mora (西)] 莫拉
Móra ['mora] (匈)
Morača ['moratʃa] (塞克)
Moradabad [mu'radəbad;mo'rædəbæd] 摩勒達巴 (印度)
Moraes [mu'raiʃ (葡);mu'rais (巴西)]
Moraes Barros [mu'rais 'barus] (巴西)
Moraes e Silva [mu'raizi i 'silvə] (巴西)
Morag ['mɔræg]
Moragas [mo'ragas]
Morais [mo'reis;mu'rais] 莫雷斯
Morakanabad [,morə'kænəbæd]
Moraleda [mora'leðə] (西)
Morales [mo'rales] 莫拉萊斯
Morales Bermúdez [mo'rales vɛr 'muðes] (西)
Moramanga [mora'maŋga]
Moran ['marən;mə'ræn;mo'raŋ (法)] 莫蘭
Morando [mo'rando]
Morant [mə'rænt;ma-] 莫蘭特
Moranzoni [,moran'tsoni]
Morar ['mɔrə] 莫勒
Morata [mo'rata]
Moratín [,mora'tin]

Moratuwa [mo'ratuwə] 木拉土瓦 (斯里蘭卡)
Moraunt [mo'rant]
Morava ['morava;'morava] 摩拉瓦河 (捷克)
Morava a Slezsko ['morava a 'slɛsko]
Morava-Slezska ['morava-'slɛska]
Moravia [mə'revjə;mo'revjə;mo'ravja] 摩拉維亞 (美國)
Moravia-Silesia [mə'revjə-sai 'liʒə;mə-'revjə-sɪ'liʒə]
Moravie-Silésie [mora'vi·sile'zi] (法)
Moravska ['moravska] (塞克)
Moravská Ostrava ['morafska 'ostrava] 摩拉夫斯卡奧斯垂瓦 (捷克)
Morawetz ['marəwɛts] 莫拉維茨
Morawhanna [,morəh'wænə]
Morax [mo'raks]
Moray ['mʌri] 莫里
Morayshire ['mʌriʃir] 莫立郡 (蘇格蘭)
Morazán [,mora'san] (拉丁美)
Morbihan [morbi'aŋ] (法)
Morcar ['morkar] 莫卡
Mörch [mək]
Morcillo Rubio de Auñon [mor'siljo 'ruvjo ðe au'njon] (西)
Mordacq [mor'dak] (法)
Mordake ['mordək;'mordek]
Mordaunt ['mordnt;-dornt]
Morddure [mor'djur]
Mordecai [,mɔrdɪ'keai;'mordikai] 莫迪凱
Mordey ['mordi] 莫迪
Mordkin ['mortkjin] (俄)
Mordovia [mor'doviə]
Mordovian Republic [mor'doviən~]
Mordred ['mordrɛd]
Mordue ['mordju]
Mordure [mor'djur]
Mordvin ['mordvin]
Mordvinian Republic [mord'viniən~]
Mordi ['mordi]
More [mor] 摩爾 (❶ Hannah, 1745-1833, 英國宗教方面之女作家 ❷ Henry, 1614-1687, 英國哲學家)
Möre ['mʌrɛ] (挪)
Morea [ma'riə] 摩里亞島 (希臘)
Moréas [more'as] (法)
Moreau [,mo'ro] 摩洛 (Jean Victor, 1763-1813, 法國將軍)
Morecambe ['morkəm] 莫克姆
Morecambe and Heysham ['morkəm; 'heʃəm]
Moree [mə'ri]

Moreell 〔moˈril〕

Moreelse 〔moˈrelsə〕

Moreen 〔mɔˈrin〕

Morehead 〔ˈmɔrhɛd〕莫爾黑德

Morehouse 〔ˈmɔrhaus〕莫爾豪斯

Moreing 〔ˈmɔriŋ〕莫林

Moreira 〔muˈrerə〕

Morel 〔maˈrɛl〕

Moreland 〔ˈmɔrlənd〕莫蘭

More Laptevykh 〔ˈmɔrjɪ ˈlɑptjɪvɪh〕
（俄）

Morelia 〔moˈreljə〕

Morel-Journel 〔mɔˈrɛl·ʒurˈnɛl〕（法）
莫雷爾

Morell 〔mɑˈrɛl；mə-〕

Morella 〔moˈrɛlə；moˈreljə（西）〕

Morel-Ladeuil 〔mɔˈrɛl·laˈdəj〕（法）

Morellet 〔mɔrɛˈlɛ〕（法）

Morelli 〔moˈrɛllɪ〕（義）莫雷利

Morelos 〔moˈrelos〕

Morelos y Pavón 〔moˈrelos ɪ paˈvɔn〕

Morelove 〔ˈmɔrlʌv〕

Morena 〔məˈrinə；moˈrena（西）〕

Morenci 〔məˈrɛnsɪ〕

Moreno 〔məˈrino；məˈreno（西）〕莫雷諾

Morenou 〔moˈrenu〕

Möre og Romsdal 〔ˈmɛrɪ ɔ ˈromsdal；
ˈmɛrɪ ɔ ˈrʊms-（挪）〕

Moreri 〔mɔreˈri〕

More, Sainte- 〔sæ̃tˈmɔr〕（法）

Moresby 〔ˈmɔrzbɪ〕

Moret 〔mɔˈrɛ〕（法）

Moreton 〔ˈmɔrtn̩〕莫爾頓島（澳洲）

Moreto y Cavaña 〔moˈreto ɪ kaˈvanja〕（西）

Moretti 〔moˈrettɪ〕（義）莫雷蒂

Moretto, Il 〔il moˈretto〕（義）

Moreux 〔mɔˈrɜ〕（法）

Morey 〔ˈmɔrɪ〕

Morfill 〔ˈmɔrfɪl〕莫菲爾

Morford 〔ˈmɔrfəd〕

Morgagni 〔mɔrˈganji〕

Morgaine 〔mɔrˈgɛn〕

Morgan 〔ˈmɔrgən〕摩爾根（❶ Conway
Lloyd, 1852-1913, 英國動物學家及心理學家
❷ John Pierpont, 1837-1913, 美國財政家）

Morgan, De 〔də ˈmɔrgən〕

Morgana 〔mɔrˈgənə〕

Morgana, Fata 〔ˈfata mɔrˈgana〕

Morganfield 〔ˈmɔrgənfild〕

Morgan le Fay 〔ˈmɔrgən lə ˈfe〕

Morgann 〔ˈmɔrgən〕

Morgannwg 〔mɔrˈganug〕（威）

Morganton 〔ˈmɔrgətn̩〕

Morgantown 〔ˈmɔrgənˈtaun〕

Morgarten 〔ˈmɔrˌgartən〕

Morgawse 〔ˈmɔrgɔz〕

Morgenroth 〔ˈmɔrgənrot〕（德）

Morgenstern 〔ˈmɔrgənstən；ˈmɔrgənʃtɛrn〕

Morgenstierne 〔ˈmɔrgənstjernə〕（挪）

Morgenthau 〔ˈmɔrgənˌθɔ；ˈmɔrgəntau〕
（德）〕

Morghen 〔ˈmɔrgən〕

Morgiana 〔mɔrgiˈanə〕

Morglay 〔ˈmɔrglɪ〕

Morhange 〔mɔˈrɑ̃ʒ〕（法）

Morhault 〔ˈmɔrhɔlt〕

Morhof 〔ˈmɔrhof〕

Moria 〔ˈmɔrɪə〕

Moriah 〔mɔˈraɪə〕

Moriarty 〔ˌmɔrɪˈartɪ〕

Morice 〔ˈmarɪs；mɔˈris（法）〕

Móricz 〔ˈmorɪts〕（匈）

Morier 〔ˈmɔrɪə；ˈmarɪe〕莫里爾

Morigi 〔moˈridʒɪ〕

Mörike 〔ˈmɜrɪkə〕（德）

Morillo 〔moˈriljo〕（西）

Morin 〔məˈrɪn；moˈræŋ（法）〕莫林

Moringen 〔ˈmorɪŋən〕

Moringo 〔mɔˈriŋgo〕

Morini 〔moˈrini；ˈmɔrɪnaɪ〕

Morínigo 〔moˈrinigo〕

Morinus 〔məˈraɪnəs〕

Morisco 〔məˈrɪsko〕特指在西班牙之摩爾人

Morison 〔ˈmɔrɪsn̩〕摩禮遜（Samuel Eliot,
1887-1976, 美國歷史學家）

Morisot 〔mɔriˈzo〕（法）

Morits 〔ˈmorɪts〕

Morituri Salutamus 〔ˌmɔrɪˈtjuraɪ ˌsæljʊ-
ˈteməs；mɔrɪˈturi ˌsaluˈtamus〕

Moritz 〔ˈmɔrɪts〕（德）莫里茲

Moritzovich 〔ˈmɔrjɪtsʌvɪtʃ〕（俄）

Moriz 〔ˈmorɪts〕

Morkere 〔ˈmɔrˈkerɛ〕（古英）莫凱雷

Morlacca 〔mɔrˈlækə〕

Morlacchi 〔mɔrˈlakkɪ〕（義）

Morland 〔ˈmɔrlənd〕莫蘭

Morleena 〔mɔrˈlinə〕

Morleena Kenwigs 〔mɔrˈlinə ˈkɛnwɪgz〕

Morley 〔ˈmɔrlɪ〕摩爾利（❶ Christopher
Darlington, 1890-1957, 美國作家 ❷ John,
1838-1923, 英國政治家及作家）

Mormal 〔mɔrˈmal〕（法）「Joseph Smith 所創」

Mormon 〔ˈmɔrmən〕摩門教教友（1830 年由

Marna〔'mɔrnə〕
Mörne〔'mɜnə〕(芬)
Mornet〔mɔr'nɛ〕(法)
Mornington〔'mɔrnɪŋtən〕
Moro〔'moro〕❶摩洛族土人（菲律賓）❷摩
Morobe〔mə'robɪ〕　　　　 └洛語
Morocco〔mə'rako〕摩洛哥王國（非洲）
Morococala〔moroko'kala〕
Moro-Giafferi〔mɔ'ro‧ʒjafɛ'ri〕
Morohashi〔,mɔrɔ'haʃɪ〕諸橋轍次
　（Tetsuji, 1883-1982, 日本著名漢學家）
Morona〔mo'rona〕
Moroney〔ma'ronɪ〕莫羅尼
Morong〔'morɔŋ〕莫羅
Moroni〔mo'ronɪ〕莫洛尼（科摩羅）
Moronvilliers〔mɔrɔŋvi'lje〕(法)
Moros〔'moroz〕
Morosini〔,moro'sini〕
Morot〔mɔ'ro〕(法)
Morotai〔,moro'taɪ〕
Morpeth〔'mɔrpεθ;-pəθ〕莫佩思
Morpheus〔'mɔrfɪəs;-fjus〕【希臘神話】
　夢之神；睡之神
Morphou〔'mɔrfu〕
Morphy〔'mɔrfɪ〕
Morra〔'mɔra〕
Morrell〔'mʌrḷ;mə'rεl〕莫雷爾
Morrice〔'marɪs〕莫里斯
Morrigan〔'mɔrɪən〕(愛)
Morrigu〔'mɔrɪju〕(愛)
Morrill〔'marɪl〕莫里爾
Morrilton〔'marɪltn̩〕
Morris〔'mɔrɪs〕毛禮斯（❶ Gouverneur,
　1752-1816, 美國政治家及外交家❷William,
　1834-1896, 英國詩人、藝術家及社會主義者）
Morrisburg〔'mɔrɪsbəg〕
Morris Jesup, Cape〔'mɔrɪs
　'dʒɛsəp〕摩利斯傑沙角（格陵蘭）
Morris-Jones〔'mɔrɪs‧'dʒonz〕
Morrison〔'mɔrɪsn̩;'mar-〕馬禮遜
　（Robert, 1782-1834, 蘇格蘭傳教士）
Morrissett〔mɔrɪ'sɛt〕莫里塞特
Morristown〔'mɔrɪs‚taun〕
Morrisville〔'mɔrɪsvɪl〕
Morro〔'maro〕
Morrosquillo〔,mɔrɔs'kijo〕(拉丁美)
Morrow〔'moro〕莫羅
Morry〔'mɔrɪ〕
Mors〔mɔrs〕
Mörs〔mɜs〕
Morsain〔mɔr'sæŋ〕(法)
Morsbach〔'mɔrsbah〕(德)

Morse〔mɔrs〕摩爾斯（Samuel Finley
　Breese, 1791-1872, 美國藝術家及發明家）
Morshead〔'mɔrzhɛd〕
Morsö〔'mɔrsə〕(丹)
Morss〔mɔrs〕莫爾斯
Mort〔mɔrt〕莫特
Mortality〔mɔr'tælɪtɪ〕
Mortara〔mɔr'tara〕
Morte Darthur〔'mɔrt'darθə〕
Morte d'Arthur〔'mɔrt'darθə〕
Mort de Pompée〔mɔr də pɔŋ'pe〕(法)
Mortemar〔'mɔrtɪmə〕
Mortemart〔mɔrtə'mar〕(法)
Mortensson-Egnund〔'mɔrtənsan‧
　'ɛŋnʊn〕(挪)
Morteratsch〔'mɔrtɪratʃ〕
Mort-Homme, Le〔lə mɔr'tɔm〕(法)
Mortier〔mɔr'tje〕(法)
Mortillet〔mɔrti'jɛ〕(法)
Mortimer〔'mɔrtɪmə〕莫蒂默
Mortimer's Cross〔'mɔrtɪmə~〕
Mortlake〔'mɔrtlek〕
Mortlock〔'mɔrtlak〕莫特洛克
Mortmain〔'mɔrtmen〕
Mort McPherson〔,mɔrt mək'fɜsn̩〕
Mortola〔mɔr'tolə〕
Morton〔'mɔrtn̩〕摩頓（William Thomas
　Green, 1819-1868, 美國牙科醫生）
Mortvedt〔'mɔrtvɛt〕莫特維特
Morungen〔'morʊŋən〕
Morvan〔mɔr'van〕(法)
Morveau〔mɔr'vo〕
Morven〔'mɔrvn̩〕
Morvern〔'mɔrvən〕
Morvi〔'mɔrvi〕
Morwitz〔'mɔrwɪts〕
Moryson〔'marɪsn̩〕莫里森
Mosander〔mu'sandə〕
Mosbach〔'mosbah〕(德)
Mosbaugh〔'mozbɔ〕莫斯博
Mosby〔'mazbɪ〕莫斯比
Mosca〔'moska〕
moscheles〔'maʃlɪz〕
Moscherosch〔'maʃərəʃ〕
Moschion〔'maskɪan〕
Moschoi〔'maskɔɪ〕
Moschus〔'maskəs〕
Mościcki〔mɔʃ'tʃɪtskɪ〕摩西斯期基
　（Ignacy, 1867-1946, 波蘭化學家）
Moscoço de Alvarado〔mos'koso ðε
　‚alva'raðo〕
Moscoso〔mos'koso〕莫斯科索

Moscow〔'mɑsko〕莫斯科（蘇聯）

Moscow-Peking Peak〔'mɑsko·piːˈkɪŋ~〕

Mose〔moz〕

Mosel〔'mozəl〕

Moselekatse〔məzɪˌli'katsɪ〕

Moseley〔'mozlɪ〕莫斯利

Mosella〔mo'zɛlə〕

Moselle〔mo'zɛl〕莫色耳河（法國）

Moselly〔mozɛ'li〕

Mosen〔'mozən〕

Mosenrosh〔'mozənraʃ〕

Mosenthal〔'mozəntal〕

Moser〔'mozɚ〕莫澤

Möser〔'mɝzɚ〕

Moses〔'mozɪz〕摩西（古代希伯來人之先「知」

Moses of Chorene〔'mozɪz, ko'rini〕

Mosessohn〔'mozɪz·zon〕

Mosetene〔ˌmosɪ'teni〕

Moshe〔'moʃə〕

Mosheim〔'mashaɪm〕

Mosher〔'mozɚ〕莫金

Moshesh〔mo'ʃɛʃ〕

Moshi〔'moʃɪ〕

Moshi-Dagomba〔'moʃɪ·də'gambə〕

Mosier〔'mozɚ〕莫熱

Mosilikatze〔məzɪˌli'katsɪ〕

Mosiro〔mo'siro〕

Moskalvo〔'mɔskəlvɔ〕

Moskenes〔'maskɪnes〕

Moskenström〔'mɔskənstrəm〕

Moskhi〔'mɔshi〕（俄）

Moskito〔məs'kito〕

Moskowa〔mɔskɔ'va〕（法）

Moskowitz〔'maskəwɪts〕莫斯科維茨

Moskva〔mʌsk'va〕（俄）

Moskvin〔mask'vin〕

Moslem〔'mazləm; 'mas-〕回教徒

Mosler〔'mozlə〕莫斯勒

Mosley〔'mozlɪ〕摩茲利（Sir Oswald Ernald, 1896-1980, 英國從政者）

Mosman〔'masmən〕

Moso〔'moso〕

Moson〔'moʃon〕

Mosquera〔mas'kera〕

Mosquero〔mas'kɛro〕

Mosquitia〔mos'kitja〕（西）

Mosquito〔mə'skito〕莫斯基托海岸（尼加拉瓜）

Mosquitoan〔məs'kitoən〕

Moss〔mɑs〕莫斯（挪威）

Mossadegh〔'mosəˌdɛk〕慕沙德（Mohammed, 1880-1967, 伊朗政治家，1951-53 為首相）

Mössbauer〔'mɝsbauɚ〕摩斯包爾（Rudolf Ludwig, 1929-, 德國物理學家）

Mossel〔'mɔsl̩〕

Mossigiel〔mas'gil〕

Mossi〔'mɔsi〕

Mösskirch〔'mɝskɪrh〕（德）

Mossley〔'maslɪ〕

Mossman〔'masmən〕莫斯曼

Mosso〔'mɔsso〕（義）莫索

Mossop〔'masəp〕莫索普

Mossuril〔ˌmɔsuˈril〕

Mossy Greek〔'mɔsɪ~〕

Most〔most; mɔst〕

Msotaert〔'mastart〕（荷）

Mostaganem〔mas'tægənem; ˌmɔstaga-〕

Mostar〔'mostar〕　　　　　　　　〔'nɛm〕

Mosterller〔mas'tɛlɚ〕

Mosto, Ca da〔ˌka dɑ 'mosto〕

Mostyn〔'mastɪn〕莫斯廷

Mosul〔'mosl̩〕摩蘇爾（伊拉克）

Moszkowski〔mɔʃ'kɔfskɪ〕摩西考斯基（Moritz, 1854-1925, 波蘭鋼琴家及作曲家）

Motagua〔mo'tɑgwɑ〕

Motanebbi〔ˌmotəˈnɛbɪ〕

Mota Padilla〔'mota paðija〕（拉丁美）

Motecuhzoma〔ˌmotɛkwa'soma; ˌmoteku'soma〕

Moteczuma〔ˌmotɛ'suma〕

Motezuma〔ˌmotɛ'suma〕

Moth〔maθ; mɔt〕

Mothe, de la〔'dɛ lə ˌmɔt〕

Mothe-Fénelon〔mɔt·fenə'lɔŋ〕（法）

Mother Hubbard〔'mʌðɚ 'hʌbəd〕

Motherwell〔'mʌðəwɛl〕

Mo Ti〔'mo 'di〕墨翟（公元前五至四世紀之中國哲學家）

Motien〔'motɪen〕

Motier〔mɔ'tje〕（法）

Motilones〔ˌmotɪ'lonɛs〕

Motiti〔mo'titɪ〕

Motley〔'matlɪ〕馬特利（John Lothrop, 1814-1877, 美國歷史學家）

Motolinia〔ˌmoto'linja〕

Moton〔'motn̩〕

Motovilikha〔mətʌˈvjiljɪhə〕（俄）

Motril〔mo'tril〕

Mott〔mat〕馬特（❶ Lucretia, 1793-1880, 美國女社會改革者❷ John Raleigh, 1865-1955, 美國基督教青年會領袖）

Motta〔'mɔtta〕摩塔（Giuseppe, 1871-1940, 瑞士律師及政治家）

Mottarone〔motta'rone〕（義）

Motte〔mat〕

Motte-Ango〔mɔt·aŋ'go〕(法)
Motte-Fouqué〔mɔt·fu'ke〕(法)
Motte-Guyon〔mɔt·gjui'jɔŋ〕(法)
Motterone〔mɔttɛ'rone〕(義)
Motteux〔ma'tju〕
Motteville〔mɔt'vil〕
Mottistone〔'mɑtɪstən〕莫特斯通
Mottl〔'mɑtl〕莫特爾
Mottlau〔'mɔtlau〕(波)
Mottley〔'mɑtlɪ〕莫特利
Mottram〔'mɑtrəm〕莫特拉姆
Motu-ari〔'motu·arɪ〕
Motusa〔mo'tusə〕
Motya〔'motɪə〕
Motyca〔'motɪkə〕
Mo-tzŭ〔'mɔ·'dzʌ〕(中)
Mouat〔'mɔət;'muət〕莫阿特
Moucheron〔mu'ʃrɔŋ〕
Mouchez〔mu'ʃɛz〕(法)
Mouchoir〔'muʃwar〕
Mouchot〔mu'ʃo〕(法)
Mouchy〔mu'ʃi〕
Moughton〔'motn〕
Moukden〔,muk'dɛn; ,muk'dɛn〕
Moulana〔mau'lɑnə〕
Mouland〔mu'lænd〕
Moulay〔mu'le〕
Moulden〔'moldən〕莫爾登
Mouldy〔'moldɪ〕
Moule〔mol;mul〕莫爾
Moulié〔mu'lje〕(法)
Moulinet〔muli'nɛ〕
Moulin Rouge〔mulæŋ'ruʒ〕(法)
Moulins〔mu'læŋ〕(法)
Moulmein〔mul'men〕毛淡棉(緬甸)
Moulouya〔mu'lujə〕
Moulsford〔'molsfəd〕
Moult〔molt〕莫爾特
Moulton〔'moltn〕摩爾頓(Forest Ray,
    1872-1952, 美國天文學家)
Moultrie〔'moltrɪ;'multrɪ〕
Mound〔maund〕
Moundsville〔'maundzvɪl〕
Mounet〔mu'nɛ〕(法)
Mounet-Sully〔mu'nɛ·sju'li〕(法)
Mounier〔mu'nje〕(法)
Mounsey〔'maunzɪ〕芒西
Mount〔maunt〕芒特
Mountagu〔'mɑntəgju〕
Mountague〔'mɑntəgju;'mʌntəgju;
    mɑn'teg〕蒙塔古
Mountain〔'mauntn;-tən;-tɪn〕

Mountainair〔mauntn'ɛr〕
Mountain-Altai〔'mauntɪn·al'tai〕
Mountain-Badakhsan〔'mauntɪn·bədah-
    'ʃan〕
Mountain-Karabakh〔'mauntɪn·'kara-
Mountany〔'mauntanɪ〕 L'bah〕
Mount Athos〔'maunt 'eθas〕
Mountanto〔maun'tanto〕
Mount Ayr〔'maunt'ɛr〕
Mountbatten〔maunt'bætn〕蒙巴頓(Louis,
    1st Earl Mountbatten of Burma, 1900-1979,
    爲印度總督)
Mount Desert〔'dɛzət;dɪ'zɝt〕第索特峰
Mount-Earl〔maunt·'ɝl〕 L(美國)
Mountfort〔'mauntfət〕
Mountjoy〔maunt'dʒɔɪ〕
Mount Laurier-Senneterre〔'lɔrɪe·
    sɛn'tɛr〕
Mount Royal〔'rɔɪəl〕
Mountstuart〔maunt·'stjuət〕
Mount Vernon〔'vɝnən〕佛南山(美國)
Mounty〔'mauntɪ〕
Moura〔'murə;'morɑ(葡)〕
Moure〔'murə;'more(西)〕
Mourey〔mu're〕(法)
Mourne〔mɔrn〕
Moursund〔'mɔrsʌnd〕穆森德
Mount's Relation〔mɔts~〕
Mourtzuphlos〔'murtsuflɔs〕
Mouscron〔mu'skrɔŋ〕(法)
Mouse〔maus〕
Mousehole〔'mauzl〕
Mousinho〔mo'zinju〕
Mousir〔mu'sɪə〕
Mouskès〔mus'kɛs〕(法蘭德斯)
Mousouros〔mu'surɑs〕
Mousqueton〔muskə'tɔŋ〕(法)
Moussorgsky〔mu'sɔrgskɪ〕穆梭斯基
    (Modest Petrovich, 1839-81, 俄國作曲家)
Moussy〔mu'si〕(法)
Mousterian〔mus'tɪrɪən〕
Moutet〔mu'tɛ〕(法)
Mouton〔mu'tan;mu'tɔŋ(法)〕穆頓
Mouzon〔'mauzan〕穆宗
Movers〔'mofəs〕(德)
Movimas〔mə'viməz〕
Movshovitz〔maf'ʃovɪts〕
Mowatt〔'mauət;'moat〕莫厄特
Mowbray〔'mobre;-brɪ〕
Mowcher〔'mautʃə〕
Mowee〔'maui〕
Mower〔'mauə〕莫厄爾

Mowgli ['maʊglɪ]
Mowinckel ['mo͵vɪŋkəl] (挪)
Mowll [mol；mul] 莫爾
Mow Pong-tsu ['maʊ 'pɔŋ·'tsu]
Mowrer ['maʊrə] 莫勒
Moxon ['maksn̩] 莫克森
Moxos ['maksoz]
Moy [mɔɪ] 莫伊
Moya ['mɔɪə；'moja (西)] 莫亞
Moyale [mo'jale]
Moyano [mo'jano]
Moya y Contreras ['moja ɪ kon-'treras] (西)
Moyen Atlas [nwa'jæŋ nat'las] (法)
Moyes [mɔɪz] 莫伊斯
Moygashel [mɔɪ'gæʃl；'mɔɪgəʃəl]
Moyne [mɔɪn] 莫因
Moyne, le [lə 'mwan] (法)
Moynihan ['mɔɪnjən；-nɪən]
Moyra ['mɔɪərə]
Moyses ['mɔɪzez]
Moytura [mɔɪ'tʊrə]
Moyun-Kum [mo'jʊn·'kʊm]
Moza ['moθa]
Mozambique [͵mozəm'bik] 莫三比克 (非洲)
Mozarabs [mo'zærəbz]
Mozart ['motsart] 莫札特 (Wolfgang Amadeus, 1756-1791, 奧國作曲家)
Mozee ['mozi] 莫澤
Mozhaisk [mʌ'zaɪsk] (俄)
Mozier ['moʒə] 莫齊爾
Mozis ['mozɪs]
Mozley ['mozlɪ] 莫茲利
Mozo ['moso；'moθo (西)]
Mozuffernugger [mə'zʌfə͵nʌgə]
Mozufferpore [mə'zʌfə͵pʊr]
Mpanda [m'pandə]
Mpangu [m'paŋgu]
Mpangwe [m'paŋgwe]
Mpemba [m'pemba]
Mponda [m'pɔndə]
Mpondomise [m͵pɔndo'mise]
Mpongwe [m'pɔŋgwe]
Mpret [brɛt]
Mrichchhakatika [͵mɝtʃ·tʃə'katɪka]
Msta [ms'ta] 姆斯塔河 (蘇聯)
Msus [ms'us]
Mswati [ms'wati]
Mtesa [m'tesa]
Mu [mju；mu]
Muai To [muaɪ to]

Muallaqat [mu͵alla'kat] (阿)
Muang-Thai ['muaŋ·'thai]
Muanivatu [͵mwanɪ'vatu]
Muar [mwar；mu'war]
Muari, Ras [ras mu'arɪ]
Muata-Yamvo ['mwata·'jamvo]
Muawiyah [mu'awɪjə；mu'awɪjæ]
Mubo ['mubo] 木鉢 (甘肅)
Muccio ['mutʃɪo]
Mucedorus [͵mjusɪ'dorəs]
Much [mʌtʃ；muh (德)]
Mucha ['muha] (捷)
Muchalls ['mʌkl̩z]
Mucius ['mjuʃɪəs]
Muck [mʌk；mʊk (德)]
Mücke ['mjukə] (德)
Muckenhoupt ['mʌkənhaʊpt]
Muckermann ['mʊkəman]
Muckish ['mʌkɪʃ]
Muckle Flugga ['mʌkl̩ 'flʌgə]
Mucklewarath ['mʌkl̩raθ]
Muckraker ['mʌkrekə]
Muckross ['mʌkras]
Mucuripe [͵muku'rɪpɪ]
Mud [mʌd]
Mudaliar [mu'dalɪar] 馬達利爾
Mu(d)deford ['mʌdɪfəd]
Muddiman ['mʌdɪmən]
Muddock ['mʌdək]
Muddy ['mʌdɪ]
Muddy Boggy ['mʌdɪ 'bagɪ]
Mudeford ['mʌdɪfəd]
Mudfog ['mʌdfag]
Mudge [mʌdʒ] 馬奇
Mudhol ['mʊdhal]
Mudie ['mjudɪ] 馬迪
Mudjekeewis [͵mʌdʒɪ'kiwɪs]
Mudo, El [ɛl 'muðo] (西)
Mudra ['mudra]
Mudrarakshasa [͵mudrə'rakʃəsə]
Mudros ['muðrɔs]
Muecke ['mɪkə] 米克
Muehlberger ['mjulbəgə] 米爾鮑爾
Muelder ['mɪldə]
Mueller ['mɪlə；'mʌlə；'mjulə (德)]
Mueller-Ottfried ['mjulə·'atfrit]
Muench [mentʃ] 明奇
Muennich ['mjunɪh] (德)
Muerto ['mwerto]
Müffling ['mjufrɪŋ] (德)
Mufumbiro [mʊ'fumbɪro]
Mug [mʌg]

Muganda〔mu'gɑndə〕

Mugby〔'mʌgbɪ〕

Mügeln〔'mjʊgəln〕（德）

Mügge〔'mjʊgə〕（德）馬格

Muggeridge〔'mʌgərɪdʒ〕馬格里奇

Muggins〔'mʌgɪnz〕

Muggleton〔'mʌgl̩tən〕馬格爾頓

Mughals〔mu'gɑlz〕

Mughla〔mu'lɑ〕（土）

Mughouse〔'mʌghaʊs〕

Mughul〔'mʊgʊl〕

Muğla〔mu'lɑ〕（土）

Mugler〔'mʌglə〕

Mugnone〔mu'njone〕（義）

Mugodzhar〔muga'dʒar〕

Mugs〔mʌgz〕

Mugwumps〔'mʌgwʌmps〕

Mnhammad〔mʊ'hæməd〕穆罕默德（570–632, 阿拉伯先知及回教創始者）

Muhammad, Ras〔ras mʊ'hæmməd〕（阿拉伯）

Muhammad Ghori〔ma'hammæd go'ri〕

Muhammadiyah〔mu,hamə'dijə〕

Muharram〔mʊ'hærəm〕❶回教曆之元月 ❷該月內的一個節日

Muharrem〔mu'harəm〕

Muharraq〔mʊ'hʌrrʌk〕

Muhasibi, al-〔,ælmʊ'hasɪbɪ〕

Mühlbach〔'mjʊlbɑh〕（德）

Mühlberg〔'mjʊlbɛrk〕（德）米爾伯格

Muhleman〔'mulmən〕米勒曼

Muhlenberg〔'mjulənbəg〕米倫伯格

Mühlenberg〔'mjulənbəg ; 'mjulənbɛrk〕

Muhlenfels〔'mjulənfɛlz〕（德）

Mühlhausen〔'mjʊlhaʊzən〕

Mühlhausen in Thüringen〔,mjʊl'haʊzən ɪn 'tjurɪŋən〕（德）

Mühlviertel〔'mjʊl,fɪətəl〕（德）

Muhtar Bey〔mʊh'tar 'be〕（土）

Muhumaa〔'muhuma〕

Miuch-dhui, Ben〔,bɛn mək'duɪ〕（蘇）

Muichdhui, Ben〔,bɛn mək'duɪ〕

Muigheo〔'mwio〕（愛）

Muilrea〔mwil're〕（愛）

Muineachán〔,muɪnə'hɔn〕（愛）

Muiopotmos〔mjʊl'patmas〕

Muir〔mjʊr〕繆爾（John, 1838-1914, 美國博物學家）

Muirden〔mjʊr'dɛn〕

Muirhead〔'mjʊrhɛd〕穆爾黑德

Muisca〔'mwiska〕

Muizhel〔'muɪʒɪl〕

Mujeres〔mu'heres〕（拉丁美）

Mukačevo〔'muka,tʃʊʒʊ〕（捷）

Mukachevo〔'muka,tʃɛvʊ〕

Mukah〔'muka〕

Mukalla〔mu'kælə ; mu'kalə〕

Mukatta〔mu'kattə〕（阿拉伯）

Mukden〔'mʊkdəm〕瀋陽（遼寧）

Mukerji〔'mukɜdʒɪ ; 'mukə'dʒi〕

Mukharji〔'mukədʒi〕

Mukhitdinov〔mu'hɪdɪnəf〕

Mukhmas〔mʊh'mæs〕（阿拉伯）

Mukhtar Pasha〔mʊh'tar pa'ʃa〕（土）

Mukhu〔'muhu〕（俄）

Mukle〔'mjuklɪ〕米克利

Muku〔'muku〕

Mukunda Ram〔mʊ'kunda 'ram〕

Mulai〔maʊ'laɪ〕（阿拉伯）

Mulatier〔mu'lætjə〕

Mulcahy〔mʌl'kæhɪ ; -'ke-〕馬爾卡希

Mulcaster〔'mʌl,kæstə〕馬爾卡斯特

Mulciber〔'mʌlsɪbə〕

Mulde〔'muldə〕

Mulder〔'mʌldə ; 'mɜldə〕（荷）馬爾德

Muldor, De〔də 'mʌldɔr〕馬爾多

Muldrup〔'mʌldrəp〕馬爾德勒普

Mülertz〔'mjulɑts〕

Muleshoe〔'mjul,ʃu〕

Mulets〔mjʊ'lɛ〕

Muley-Hacén〔mu'le·a'θen〕（西）

Mulford〔'mʌlfəd〕馬爾福德

Mulgrave〔'mʌlgrev〕馬爾格雷夫

Mulhacén〔,mula'sen〕木拉森山（西班牙）

Mulhall〔'mʌlhɔl〕馬爾霍爾

Mülhausen〔mjʊl'haʊzən〕

Mülheim am Rhein〔'mjulhaɪm ɑm 'raɪn〕

Mülheim an der Ruhr〔'mjulhaɪm an də 'rur〕木罕（德國）

Mulholland〔'mʌl,halənd〕馬爾霍蘭

Mulhouse〔mjʊ'luz〕木路斯（法國）

Muli〔'mjulɪ〕

Muliama〔,mulɪ'amə〕

Mulier〔mjʊ'liə〕

Muling〔'mu'lɪŋ〕穆陵（黑龍江）

Muliteus〔mjulɪ'tiəs〕

Mulk〔mʌlk ; mʊlk〕馬爾克

Mulk, Nizam-al-〔nɪ'zamʊl·æl'mʊlk〕

Mull〔mʌl〕莫爾島（蘇格蘭）

Mullaghmore〔,mʌlə'mɔr〕

Mullah〔'mʌlə〕

Mullahy〔mʌ'læhɪ〕

Mullan〔'mʌlən〕馬倫

Mullany〔mʌ'lenɪ〕

Mullbuie〔mʌl'bjuɪ〕

Mullen〔'mʌlɪn〕馬倫

Mullens〔'mʌlɪnz〕馬倫斯

Mullendore〔'mʌlɪndɔr〕馬倫多爾

Müllenhoff〔'mjʊlənhaf〕

Mullens〔'mʌlɪnz〕

Muller〔'mʌlɚ〕墨勒（Hermann Joseph, 1890-1967, 美國遺傳學家）

Müller〔'mjʊlɚ〕穆勒（Paul Hermann, 1899-1965, 瑞士化學家）

Müller, Max〔'mæks 'mɪlɚ; maks 'mjʊlɚ（德）〕

Muller de Paris〔mjʊ'lɛr də pa'ri（法）〕

Müller-Erzbach〔'mjʊlɚ·'rɛrtsbah（德）〕

Müller-Franken〔'mjʊlɚ·'fraŋkən（德）〕

Müller-Guttenbrunn〔'mjʊlɚ·'gʊtən-brʊn〕（德）

Müller-Lyer〔'mjʊlɚ·'liɚ〕（德）

Muller-Ury〔'mʊlɚ·'jʊri〕

Müller von Itzehoe〔'mjʊlɚ fan 'ɪtsəho〕

Müller von Königswinter〔'mjʊlɚ fan 'kɜnɪksvɪntɚ〕

Mullet〔'mʌlɪt〕

Mullica〔'mʌlɪkə〕

Mulligan〔'mʌlɪgən〕馬利根

Mullinar〔'mʌlɪnɚ〕

Mulliner〔'mʌlɪnɚ〕馬利納

Mullingar〔ˌmʌlɪn'gar〕

Mullinger〔'mʌlɪndʒɚ〕馬林杰

Mullins〔'mʌlɪnz〕馬林斯

Mullion〔'mʌlɪən; -ljən〕

Müllner〔'mjʊlnɚ〕（德）

Mulmutius〔mʌl'mjuʃəs〕

Mulock〔'mjʊlək; -lak; 'mʌlak〕馬洛克

Mulqueen〔məl'kwin〕

Mulready〔mʌl'rɛdɪ〕

Mulroy〔mʌl'rɔɪ〕

Mulso〔'mʌlso〕

Multan〔mʊl'tan〕摩耳坦

Multatuli〔ˌmʌltə'tjulaɪ; ˌmɜltɑ'tjuli〕

Multnomah〔mʌlt'nomə〕

Mulucha〔'mjʊləkə〕

Mulvaney〔mʌl'venɪ〕馬爾瓦尼

Mulvian Bridge〔'mʌlvɪən～〕

Mulvius, Pons〔panz 'mʌlvɪəs〕

Mumbo Jumbo〔'mʌmbo 'dʒʌmbo〕非洲 Sudan 西部黑人部落之術士

Mumford〔'mʌmfɚd〕芒福德

Mumha〔'muvə〕（愛）

Mumm〔mʌm〕

Mummius〔'mʌmɪəs〕

Mum, Sothsegger〔mʌm 'saθsɛgɚ〕

Mumtaz Mahall〔mʊm'taz ma'hal〕

Mun〔mʌn; mɜŋ（法）〕

Muna〔'munə〕

Munatius〔mjʊ'neʃəs〕

Munby〔'mʌnbɪ〕芒比

Muncaczy〔'munkatʃi〕（匈）

Muncaster〔'mʌnkəstɚ〕芒卡斯特

Munch〔mʊŋk〕（挪）芒奇

Münch〔mɪnʃ; mjʊnʃ; mjʊnh（德）〕

Munchausen〔mʌn'tʃɔzn〕孟橋生（Karl Friedrich Hieronymus, Baron von, 1720-1797, 德國軍人及冒險家）

Münch-Bellinghausen〔'mjʊnh·'bɛlɪŋ-hauzən（德）〕

München〔'mjʊnhən〕（德）

München-Gladbach〔'mjʊnhən·'glatbah〕明興格拉巴（西德）

Münchhausen〔'mjʊnh,hauzən〕（德）

Münchinger〔'mɪŋkɪŋɚ〕

Muncie〔'mʌnsɪ〕蒙夕（美國）

Muncker〔'mʊŋkɚ〕

Muncy〔'mʌnsɪ〕

Munda〔'mʌndə; 'mʊndə〕

Mundaka Upanishad〔'mundəkə u'pænɪʃəd〕

Munday〔'mʌndɪ〕芒廸

Mundelein〔'mʌndəlaɪn〕

Mundella〔mʌn'dɛlə〕

Munden〔'mʌndən〕芒登

Mundequetes〔ˌmunde'ketes〕

Mundlah〔'mʌndlɑ〕　　　　　〔女小說家〕

Mundt〔mʊnt〕蒙恩特（Klara,1814-1873, 德國

Mundurucus〔ˌmunduru'kus〕

Mundy〔'mʌndɪ〕

Munera〔'mjunɪrə〕

Munford〔'mʌnfəd〕芒福德

Munfordville〔'mʌnfədvɪl〕

Mungir〔mʌn'gɪr〕

Mungo〔'mʌngo〕芒戈

Munhall〔'mʌnhɔl〕

Muni〔'mjunɪ; 'munɪ〕穆尼

Munich〔'mjunɪk〕慕尼黑（德國）

Munising〔'mjunɪsɪŋ〕

Muniz〔mu'nis〕穆尼茲

Munk〔mʊŋk〕芒克

Munkács〔'munkatʃ〕（匈）

Munkácsy〔'munkatʃɪ〕蒙恩卡契（Mihály von, 1844-1900, 匈牙利畫家）

Munko Sardik〔'mʌŋko 'sardɪk〕門科薩地克峯（亞洲）

Munn〔mʌn〕芒恩
Münnich〔'mjunɪh〕(德)
Munnik〔'mʌnɪk〕
Munnings〔'mʌnɪŋz〕芒寧思
Munnoch〔'mʌnak〕芒諾克
Munnow〔'mʌno〕
Muñoz〔mu'njoθ(西);mu'njos(拉丁美)〕穆尼奧斯
Muñoz-Marin〔mu'njos·ma'rin〕(拉丁美)
Munro〔mʌn'ro;mən'ro〕穆羅
Munroe〔mʌn'ro〕穆羅
Munro-Ferguson〔mʌn'ro·'fəgəsn〕
Munsel〔mʌn'sɛl〕穆塞爾
Munsell〔mʌn'sɛl〕穆塞爾
Munsey〔'mʌnzɪ〕芒西
Munshi〔'munʃi〕
Munson〔'mʌnsn〕芒森
Munster〔'mʌnstə;mjuns'tɛr〕蒙斯特省(愛爾蘭)
Münster〔'mɪnstə;'mjunstə(德)〕
Münsterberg〔'mɪnstə,bəg;'mjunstə,bɛrk〕繆因斯特堡(Hugo,1863-1916,德國心理學家及哲學家)
Münster in Westfalen〔'mjunstə ɪn vɛst'falən〕(德)
Münstertal〔'mjunstətal〕(德)
Muntafiq〔'muntæfɪk〕
Muntaner〔,munta'nɛr〕
Muntenia〔mʌn'tɪnɪə;mun'tɛnja(羅)〕
Münter〔'mjuntə〕
Munthe〔'mʌn,tɛ(瑞典);'muntə(挪)〕
Muntz〔'mʌnts〕芒茨
Müntz〔mjunts〕芒茨
Müntzer〔'mjuntsə(德)〕
Munychia〔mju'nɪkɪə〕(希)
Münzer〔'mjuntsə〕(德)
Munzinger〔'muntsɪŋə〕
Mu'o'ng〔mu'aŋ〕
Muong〔mu'aŋ〕
Müöng〔mu'aŋ〕
Muongsing〔'mwɔŋ'sɪŋ〕芒新(老撾)
Muonio〔'mwɔnjo〕木夫尼歐(歐洲)
Muphrid〔'mjufrɪd〕
Muqaiyir〔mu'kaɪjɪə〕
Muquaddasi,al-〔æl·'mækdɪsɪ〕
Muquaffa,ibn-al-〔ɪbnul·ma'kaffa〕(阿拉伯)
Mur〔mur〕
Mura〔'mura〕
Murad〔mu'rat;-rad〕
Muradabad〔murada'bad〕
Murad Bey〔mu'rat 'be〕

Murad Efendi〔mu'rad ɛfɛn'di〕
Murad Su〔mu'rat 'su〕
Muralt〔'muralt〕
Muralto〔mju'rælto〕
Murano〔mu'rano〕
Muras〔'muraz〕
Murat〔,mju'ra〕摩拉(Joachim,1767?-1815,法國將軍)
Murat Daği〔mu'rat da'i〕(土)
Muratore〔mjura'tor〕(法)
Muratori〔,mura'tori〕
Muratorian Fragment〔,mjurə'torɪən~〕
Muraviev〔,mura'vjaf〕
Muraviëv〔murʌ'fjof〕(俄)
Murçay〔mjur'se〕
Murchie〔'məkɪ;(南英)'mətʃɪ〕穆基
Murchison〔'mətʃɪsn〕莫契生河(澳洲)
Murcia〔'məʃɪə;'murθja〕莫夕亞(西班牙)
Murciélagos〔mur'sjelagos〕
Murcott〔'məkət〕默科特
Murdo〔'mədo〕默多
Murdoch〔'mədak〕默多克
Murdock〔'mədak〕默多克
Murdstone〔'mədstən〕
Mure〔'mjuə;mjor〕繆爾
Muree〔mʌ'ri〕
Murel〔mə'rɛl〕穆雷爾
Murena〔mju'rinə〕
Mureş〔'murɛʃ〕(羅)
Mureš〔'murɛʃ〕
Muresh〔'murɛʃ〕
Muret〔mju'rɛ〕(法)
Murex〔'mjurɛks〕
Murfree〔'məfri〕默弗里
Murfreesboro〔'məfrɪzbərə〕
Murgab〔mur'gap;-'gab〕
Murger〔mjur'ʒe〕(法)
Murgh〔murg〕
Murghab〔mur'gab〕
Muriaé〔,murjə'e〕
Muricitandeua〔,murɪsɪtæn'dɛuə〕
Muriel〔'mjurɪəl〕繆麗兒
Murieta〔,mjurɪ'ɛtə〕
Murietta〔,mjurɪ'ɛtə〕
Murillo〔mju'rɪlo〕穆律羅(Bartolome Esteban,1617-1682,西班牙畫家)
Murillo Toro〔mu'rijo 'toro〕(拉丁美)
Muris〔'mjurɪs〕繆里斯
Murison〔'mjurɪsn;'mjorɪsn〕繆里森
Muritz〔'mjurɪts〕
Murlin〔'məlɪn〕默林

Murman [mʊrˈman] 「(蘇聯)

Murmansk [mʊrˈmɑnsk] 莫曼斯克港

Murnaghan [ˈmɜnəhæn] 默納漢

Murnane [ˈmɜnen; mʊrn-] 默南

Murner [ˈmʊrnə]

Murom [ˈmurəm] 木羅姆 (蘇聯)

Muromtsev [ˈmurəmtsjif] (俄)

Muro y Salazar [ˈmuro ɪ salaˈθɑr(西)]

Murphy [ˈmɜfɪ] 摩菲 (❶ Frank, 1890-1949,
    美國法學家❷ William Parry, 1892-, 美國醫生)

Murphysboro [ˈmɜfɪzbərə]

Murrah [ˈmʌrə] 默拉

Murray [ˈmʌrɪ] 摩雷 (❶ George Gilbert
    (Aimé), 1866-1957, 英國古典學者❷ Sir James
    Augustus Henry, 1837-1915, 英國辭典編纂家)

Murree [ˈmʌrɪ]

Murrel [ˈmʌrl; mʌˈrɛl]

Murrell [ˈmʌrl; mʌˈrɛl] 默里

Mürren [ˈmjurən] (德)

Murrey [ˈmʌrɪ]

Murrhone [mʊrˈrone]

Murrie [ˈmjurrɪ]   「默里

Murrieta [ˌmjurrɪˈɛtə; ˌmʊrˈrjetɑ]

Murrone [mʊrˈrone]

Murrough [ˈmʌro] 默羅

Murrow [ˈmʌro] 默羅

Murrumbidgee [ˌmʌrʌmˈbɪdʒɪ; -rəm-]
    默倫比季河 (澳洲)

Murry [ˈmʌrɪ] 摩雷 (John Middleton,
    1889-1957, 英國批評家)

Mursa [ˈmɜsə]

Murshidabad [ˌmʊrʃɪdɑˈbad]

Murtagh [ˈmɜtə]

Murtana [ˌmʊrtɑˈna]

Murtensee [ˈmʊrtənze]

Murtle [ˈmɜtl]

Murton [ˈmɜtn] 默頓

Murua [ˈmurʊa]

Mururoa [ˌmuruˈroə]

Mürz [ˈmjuəts] (德)

Mus [mjus]

Muş [muʃ] (土)

Musa [ˈmusə (阿拉伯), ˈmuzɑ (義)]

Musa, Gebel [ˈdʒɛbəl ˈmusə]

Musa, Jebel [ˈdʒɛbəl ˈmusə]

Musa Doğ [ˈmusɑ dag(土)]

Musa Dagh [ˈmusɑ dag]

Musaeus [mjuˈziəs]

Musa ibn-Nusayr [ˈmusa ˌɪbn•nʊsair
    (阿拉伯)]

Musala [ˌmusɑˈla] 摩沙拉峯 (保加利亞)

Musandam [məˈsændəm]

Musäus [muˈzɛus] (德)

Mus. Bac. [ˈmʌzˈbæk]

Musca [ˈmʌskə]

Muscat [ˈmʌs,kæt] 馬斯喀特 (阿曼)

Muscatine [ˌmʌskəˈtin]

Muschamp [ˈmʌskəm] 馬斯卡姆

Muscida [ˈmjusɪdə]

Muscle [ˈmʌsl]

Musco [ˈmusko]

Mascoço de Alvarado [musˈkoso ðe
    alvaˈraðo] (西)

Muscoda [ˌmʌskəˈde]

Muscogee [mʌsˈkogɪ]

Musconetcong [ˌmʌskəˈnɛtkɑŋ]

Muscongus [mʌsˈkɑŋɡəs]   「❷俄國人

Muscovite [ˈmʌskə,vait] ❶ 莫斯科人;

Muscovy [ˈmʌskəvɪ] 莫斯科維 (古俄羅斯之名)

Muse [mjuz] 【希臘神話】司文學, 藝術,
    科學等的九位女神之一

Muselier [mjʊzəˈlje] (法)

Museum [mjuˈziəm]   「雷夫

Musgrave [ˈmʌzɡrev; ˈmʌsɡrev] 馬斯格

Mush [muʃ]

Mushanov [muˈʃɑnuf] (保)

Mushet [ˈmʌʃɪt]

Musi [ˈmuzɪ; ˈmusɪ]

Musial [ˈmjusəl; -ziəl]

Musica Antiqua [ˈmjusɪkə ænˈtikwə]

Musick [ˈmjuzɪk]

Musidora [ˌmjuzɪˈdɔrə]

Musidorus [ˌmjusɪˈdɔrəs]

Musignano [ˌmuzɪˈnjano]

Musigny [muziˈnji; mjuziˈnji (法)]

Musil [ˈmusɪl; -zɪl]

Musin [mjuˈzæŋ]

Munsingwear [ˈmʌnzɪŋwɛr]

Muskau [ˈmʊskau]

Muskeg [ˈmʌskɛɡ]

Muskeget [mʌsˈkigɪt]

Muskegon [mʌsˈkigən] 摩斯奇更 (美國)

Muskett [ˈmʌskɪt]

Muskhogean [mʌsˈkogiən]

Muski [ˈmuskɪ]

Muskingum [mʌsˈkɪŋəm]

Muskogean [mʌsˈkogiən]

Muskogee [mʌsˈkogɪ]

Muskoka [mʌsˈkokə]

Muslem [ˈmʌzləm; ˈmus-]

Muslim [ˈmʊslɪm; ˈmuz; ˈmʌz-]

Muslimiya [ˌmʊslɪˈmijə; -jæ]

Musonius [mjuˈsoniəs]

Musorgski [mʊˈsɔrgskɪ]

Musos 〔'musoz〕
Muspelheim 〔'mʊspəl, hem〕
Muspellsheim 〔'mʊspɛlshem〕
Muspilli 〔mus'pɪlli〕
Muspratt 〔'mʌspræt〕
Musquiz 〔mu'skiθ〕（西）
Mussafia 〔mus'safja〕（義）
Mussau 〔mus'sau〕
Musschenbroek 〔'mɜsənbrʊk〕（荷）
Mussel Aa 〔'mʌsəl a〕
Musselburgh 〔'mʌsḷbərə〕
Musselman 〔'mʌsḷmən〕馬塞爾曼
Musselshell 〔'mʌsḷˌʃɛl〕
Musser 〔'mʌsɚ〕馬瑟
Mussert 〔'mɜsɚt〕（荷）
Musset 〔mju'sɛ〕繆塞（Louis Charies
  Alfred de, 1810-1857, 法國詩人、劇作家
  及小說家）
Mussolini 〔ˌmʊsə'lini〕墨索里尼（Benito,
  1883-1945, 義大利法西斯首相及獨裁者）
Mussolinia 〔ˌmusso'linja〕（義）
Mussorgsky 〔mʊ'sɔrgski〕
Mussulman 〔'mʌsḷmən〕回教徒
Mustafa 〔'mʌstəfə; 'mʊstafa〕（阿拉伯）;
  'mʊstəfə（土）; mʊs'tafa（埃）
Mustafa Kamel 〔mʊs'tafa ka'mɛl〕
Mustafa Kemal 〔'mʊstəfə kɛ'mal;
  'mʌs-（土）〕
Mustagh 〔mus'ta〕
Mustang 〔'mʌstæŋ; mus'taŋ〕
Mustapha 〔'mʌstəfə; 'mustafa;
  'mʊstəfə（土）; mʊs'tafa（埃）〕
Mustapha Kemal 〔'mʊstəfə kɛ'mal〕
Mustard 〔'mʌstəd〕馬斯塔德 （土）
Mustardseed 〔'mʌstɚd, sid〕
Mustasim 〔mustæ'sim〕
Mustel 〔'mʌstḷ; mjʊs'tɛl（法）〕
Mustèr 〔mus'tɛr〕（羅曼斯）
Musters 〔'mʌstɚz; 'mustɛrs〕馬斯特斯
Musurus 〔mju'surəs〕
Musy 〔mju'zi〕
Mut 〔mut〕
Muta 〔'mutə〕
Mutamid, al- 〔al·'mutamɪd; æl·
  'mutæmɪd〕
Mutan 〔'mu'dan〕（中）
Mutanabbi, al- 〔ˌal·muta'nabbi; æl·
  mʊtæ'næbbɪ（阿拉伯）〕
Mutankiang 〔'mu'dan'dʒjaŋ〕牡丹江
  （松江）
Mutano 〔mu'tano〕
Muta Nzige 〔'mutan 'zige〕

Mutasim, al- 〔æl·'mutæsɪm〕
Muteczuma 〔ˌmute'suma〕
Muth 〔mut〕（德）穆特
Muths 〔muts〕（德）
Mutian 〔'mjʊʃən; ˌmutsɪ'an〕
Mutianus Rufus 〔ˌmjuʃi'enəs 'rufəs;
  ˌmutsɪ'anʊs 'rufʊs（德）〕
Mutina 〔'mjutnə〕
Mutinensian War 〔ˌmjutɪ'nɛnʃən ～〕
Mution 〔'mutsjo〕
Mutis 〔'mutis〕
Mutius 〔'mjuʃɪəs〕
Mutius Justinopolitanus 〔'mjuʃɪəs
  dʒʌs, taɪnə, palɪ'tenəs〕
Mutondo 〔mu'tondu〕
Mutton 〔'mʌtn̩〕
Muttra 〔'mʌtrə〕
Mutunus 〔mju'tunəs〕
Muwahhidūn 〔muwæhɪ'dun〕 「伯」）
Muwailih, al- 〔ˌæl·mʊ'waɪlɪ; -lɪh〕（阿拉
Muybridge 〔'maɪbrɪdʒ〕邁布里奇
Muysca 〔'mwiskə〕
Muyun Kum 〔mu'jun 'kum〕「（波斯）
Muzaffar-ed-Din 〔mʊ'zæffɑ· ɛd·'din〕
Muzaffargarh 〔mʊ'zʌfəgar〕（印）
Muzaffarnagar 〔mʊ'zʌfɚˌnʌgə〕（印）
Muzaffarpur 〔mʊ'zʌfəpʊr〕（印）
Muziano 〔mu'tsjano〕（義）
Muzio 〔'mutsjo〕
Muzon 〔'muz'an〕
Muzos 〔'musoz〕
Muztagh Ata 〔mus'ta a'ta〕木斯塔阿塔
  山（新疆）
Muzzey 〔'mʌzɪ〕墨塞（David Saville, 1870-
  1965, 美國歷史學家）
Mvae 〔'mvae〕
Mvele 〔'mvele〕
Mwai 〔mwaɪ〕
Mwanza 〔'mwanzə; -za〕姆萬扎（坦向尼亞）
Mweelrea 〔mwil're〕（愛）
Mwei 〔mwe〕
Mwele 〔'mwele〕
Mwera 〔'mwera〕
Mweru 〔'mweru〕梅魯湖（非洲）
Mya, Wadi 〔'wædɪ 'mjæ〕
Myaungmya 〔'mjauŋ'mja〕淼名（緬甸）
Mycale 〔'mɪkəlɪ〕
Mycenae 〔maɪ'sini〕美錫尼（希臘）
Mycerinus 〔ˌmɪsə'raɪnəs〕
Myconius 〔mju'konɪus〕
Myddelton 〔'mɪdḷtən〕米德爾頓
Myddleton 〔'mɪdḷtən〕米德爾頓

Myer ［'maɪə］邁爾
Myers ［'maɪəz］麥爾滋（Frederic William Henry, 1843-1901, 英國詩人及散文家）
Myerscough ［'maɪəsko］
Myerstown ［'maɪəztaun］
Myingyan ［'mjɪndʒan］敏建（緬甸）
Myitkyina ［'mjɪ'tʃi'na］密支那（緬甸）
Myitnge ［'mjɪtŋ,ɛ］（緬甸）
Mykerinos ［,mɪkə'raɪnəs;-nas］
Mykolas ［'mikolas］
Mykonius ［mju'koniʊs］
Mykonos ［'mɪkənəs; 'maɪ-］
Mýkonos ［'mɪkɔnɔs］（希）
Mylassa ［maɪ'læsa］
Myles ［maɪlz］邁爾斯
Mylitta ［maɪ'lɪtə］   「（丹）
Mylius-Erichsen ［'mjulɪʊs·'ɪrɪksən］
Mylliem ［maɪl'lim］
Mymensingh ［'maɪmɛnsɪŋ;-sɪŋh］
Mynett ［'maɪnɛt］
Mynheer ［maɪn'her;-'hɪr］先生（荷蘭人對男子之尊稱）
Mynn ［mɪn］米恩
Mynors ［'maɪnəz;-nɔrz］
Mynott ［'maɪnət］
Mynpuri ［'maɪnpuri］
Mynster ［'mjunstə］
Mynyddislwyn ［mə,nɪ'ɪslʊən］（威）
Mynydd Tarw ［mə'nɪð 'taru］（威）
Myra ［'maɪrə］瑪伊拉
Myrdal ［'mɝdal; 'mjurdal（瑞典）］
Mýrdalsjökull ［'mirdal'sjɝkjʊtl］（冰）
Myrddhin ［'mɪrðɪn］（威）

Myres ［maɪəz］
Myrick ［'maɪərɪk; 'mɛr-］邁里克
Myrina ［mɪ'raɪnə］
Myrmidon ［'mɝmə,dɑn;-dən］【希臘神話】隨 Achilles 出征 Troy 之好戰的 Thessaly 人
Myrna ［'mɝnə］默納
Myron ［'maɪrən］麥隆（紀元前五世紀之希臘雕刻家）
Myrrha ［'mɪrə］
Myrsilus ［mə'saɪləs］
Myrtilla ［mə'tɪlə］默蒂拉
Myrtilus ［'mɝtɪləs］
Myrtle ［'mɝtl］默特爾
Myrtoan ［mə'toən］
Mys ［mɪs］
Myshkin ［'mjuʃkɪn］
Mysia ［'mɪʃ(ɪ)ə］米西亞國（小亞細亞）
Myslachowice ［,mɪslɑhɔ'vitsə］米斯拉考維茲（波蘭）
Myslbek ［'mɪslˌbɛk］
Mysliveček ［'mɪslɪ,vɛtʃɛk］（捷）
Mysliweczek ［'mɪslɪ,vɛtʃɛk］
Mysol ［'mɪsɔl］
Mysool ［'misɔɔl］
Mysore ［maɪ'sɔr］邁所（印度）
Mystic ［'mɪstɪk］
Mythen ［'mitən］
Mytho ［,mi'to］美萩（越南）
Mytilene ［,mɪtl'ini］密特里尼
Mytilini ［,mitɪ'ljinji］
Mytishchi ［mɪtɪʃ'tʃi］
Myus ［'maɪəs］
Mzab ［m'zɑb］

N

Naab〔nɑp〕
Naaldwijk〔'nɑltvaɪk〕
Naalehu〔,nɑɑ'lehu〕
Naaman〔'neəmən〕
Naamathite〔'neəmə,θaɪt〕
Naarden〔'nɑrdən〕（荷）
Naarden-Bussum〔'nɑrdən•'bʌsəm〕
Naas〔nes〕納斯
Naassenes〔'neəsinz〕
Nab〔nɑp〕納布
Nabadwip〔,nʌbəd'wip〕（印）
Naband〔nɑ'bɑnd〕
Nabarro〔nə'bɑro〕納巴羅
Nabataean〔,næbə'tiən〕
Nabatean〔,næbə'tiən〕
Nabberu〔,næbə'ru〕
Nabbes〔'næbz〕納布斯
Nabel〔'næbæl〕（阿拉伯）
Nabers〔'nebəz〕內伯斯
Nabeul〔nɑ'bəl〕（法）
Nabha〔'nɑbə〕
Nabi〔'nɑbi〕【回教】先知
Nabigha, al-〔æl•'nɑbɪgæ〕
Nabis〔'nebɪs〕
Nablus〔'nɑbləs〕
Nabob〔'nebɑb〕（莫俄兒帝國時代印度之）
  土着總督
Nabokov〔nɑ'bɔkəf〕納伯可夫（Vladimir
  Vladimirovich, 1899-1977，出生於俄國的美
  國小說家及詩人）
Nabonassar〔,næbo'næsə〕
Nabonidus〔,næbo'naɪdəs〕
Nabopolassar〔,næbopə'læsə〕
Naboth〔'nebɑθ〕【聖經】拿伯(耶斯列人，
  Ahab 王所羨慕之葡萄園主人）
Nabrissa〔nə'brɪsə〕
Nabua〔'nɑbwɑ〕
Nabucco〔'nɑbukko〕（義）
Nabuchodonosor〔,næbjukə'dɑnəsɔr〕
Nabuco〔nə'buku〕
Nabugodonosor〔,næbjugə'dɑnəsɔr〕
Nabulsi〔nɑ'bulsɪ〕
Nabulus〔,nɑbu'lus〕
Nacera〔nɑ'θerɑ〕（西）
Nacham〔'nɑtʃɑm〕
Nachbaur〔'nɑhbaur〕（德）
Nachen〔'nɑkən〕
Nachiketa(s)〔,nɑtʃɪ'ketə(s)〕

Nachitoches〔,nætʃɪ'tɑtʃɪz〕
Nachman〔nɑh'mɑn〕（希伯來）
Nachmani〔nɑh'mɑni〕（希伯來）
Náchod〔'nɑhɔt〕（捷）
Nachtigal〔'nɑhtɪgɑl〕（德）
Nachvak〔'nætʃvæk〕
Nacimiento〔,nɑsɪm'jento〕
Nacka〔'nɑkkɑ〕（瑞典）
Nacogdoches〔,nækə'dotʃɪz〕
Nacoleia〔,næko'liə〕
Nacosari〔,nɑko'sɑri〕
Nacozari〔,nɑko'sɑri〕（拉丁美）
Nacozari de García〔,nɑko'sɑri ðe
  gɑr'siɑ〕（拉丁美）
Nadaaku〔nɑ'dɑɑku〕
Nadai〔'nɑdaɪ〕
Nadaillac〔nɑdɑ'jɑk〕（法）
Nadal〔nə'dɔl〕
Nadar〔nɑ'dɑr〕（法）
Nádaska〔'nɑdɑʃkɑ〕（匈）
Nadaud〔nɑ'do〕（法）
Nadbam〔'nɑdbɑm〕
Nadelman〔'nɑdl̩mən〕納德爾曼
Naden〔'nedn̩〕內登
Nadeshda〔nə'deʃdə〕
Nadezhda〔nʌ'djeʒdʌ〕（俄）
Nadezhdinsk〔nə'deʒdɪnsk；nʌ'djeʒdjɪnsk〕
Nadi〔'nɑdɪ〕   （俄）
Nadia〔'nɑdjə〕（印）納廸亞
Nadiad〔,nɑdɪ'ɑd〕（印）
Nadine〔ne'din〕內丁
Nadintu-Bel〔nɑ'dintu•'bɛl〕
Nadir〔'nedə〕
Nadir Khan〔'nɑdə 'hɑn〕（阿富汗）
Nadir Shah〔'nɑdə 'ʃɑ〕
Nădlac〔'nʌdlɑk〕
Nadler〔'nɑdlə〕納德勒
Nadolny〔nɑ'dɑlni〕
Nador〔nɑ'ðɔr〕（西）
Nadvornaya〔nə'dvɔrnəjə〕
Nadwórna〔nɑ'dvurnɑ〕（波）
Nadworny〔nɑ'dvɔrni〕
Nadzab〔'nɑdzɑb〕
Naęcz〔'nɑɛntʃ〕（波）
Naeff〔nɑf〕
Naegele〔'negələ〕內格勒
Naegelen〔negɛ'lɛn〕
Naegeli〔'negəlɪ〕

Naesmith〔'nesmıθ〕丙史密斯
Næstved〔'nɛstveð〕（丹）
Nætzker〔'nɛtskɚ〕
Naevius〔'nivıəs〕
Nafada〔nə'fadə〕
Nafana〔na'fana〕
Nafara〔na'fara〕
Nafarha〔na'fara〕
Nafew〔'nefju〕內菲尤
Naffziger〔'næfzıgɚ〕納夫齊格
Nafplion〔'nafpliɔn〕
Naftali〔naf'tɔlı；nafta'li（法）〕
Naft-i-Shah〔'naftı'ʃah〕
Naft Khaneh〔,naft ha'nɛ〕（阿拉伯）
Nafud〔næ'fud〕
Nag〔næg〕
Naga〔'nagə〕❶納加（日本）❷那呀（菲律賓）
Nagaina〔nə'gaınə〕
Nagar〔'nʌgɚ〕（印）
Nagara〔nə'kɔrn；nak'hɔrn〕
Nagari〔'nagərı〕
Nagarijuna〔na'gardʒunə〕
Nagasena〔,nagə'senə〕
Nagel〔'negəl〕內格爾
Nägeli〔'negəlı〕
Nagercoil〔'nagəkɔıl〕
Naggleton〔'nægltən〕
Nagle〔'negl〕內格爾
Naglee〔'næglı〕
Nagler〔'naglɚ〕納格勒
Naglfar〔'naglfar〕
Nagod〔nə'gɔd〕
Nagor〔nak'hɔrn〕（暹羅）
Nagore〔nə'gɔr〕
Nagorno-Karabakh〔nʌ'gɔrnə·karʌ'bah〕
Nagot〔'nagɔt〕（俄）
Nagpur〔'nagpur〕那格坡爾（印度）
Naguib〔'nagib〕納吉布（Mohammed, 1901-,
埃及將軍及政治領袖）
Nagy〔nadj〕納奇（Imre, 1896-1958, 匈牙
利政治領袖）
Nagybánya〔'nadj'banja〕（匈）
Nagybecskerek〔'nadj'bɛtʃkɛrɛk〕（匈）
Nagy-Győr〔'nadj·'djɚ〕（匈）
Nagykanizsa〔'nadj,kanıʒa〕（匈）
Nagykőrös〔'nadj'kɚəʃ〕（匈）
Nagyszaben〔'nadj'sɛben〕（匈）
Nagyvárad〔'nadj,varad〕（匈）
Nahane〔nə'hanı〕
Nahant〔nə'hænt〕
Nahas, el-〔,ænnæ'has〕（阿拉伯）
Nahawendi〔,naha'vɛndı〕

Nahe〔'naə〕
Nahl〔nal〕
Nahmani〔nah'mani〕
Nahr〔nar〕
Nahrwan〔nar'wan〕
Nahua〔'nawa〕
Nahuatl〔'nawatl̩〕
Nahuatlan〔'nawatlən〕
Nahuatleca〔,nawat'leka〕
Nahuel Huapí〔na'wɛl wa'pi〕那威瓦皮
（阿根廷）
Nahum〔'nehʌm〕【聖經】❶那鴻（紀元前七
世紀之一希伯來預言家）❷舊約中之那鴻書
Naiad〔'naıæd〕【希臘羅馬神話】保護河泉之
女神；水精
Naiades〔'naıədiz〕
Naidu〔'naıdu〕納伊杜（Sarojini, 1879-1949,
印度詩人及改革者）
Naihati〔naı'hatı〕
Nailor〔'nelɚ〕
Nain〔'nen；'neın；naın〕
Nain, Le〔lə 'næŋ〕（法）
Nair〔nɛr〕奈爾
Nairn〔nɛrn〕奈恩
Nairne〔nɛrn〕奈恩
Nairnshire〔'nɛrnʃır〕納恩什爾（英國）
Nairobi〔naı'robı〕奈洛比（肯亞）
Naish〔næʃ〕奈什
Naishadhacarita〔,naıʃəda'tʃarıta〕
Naisi〔'neʃı〕
Naismith〔'nesmıθ〕奈史密斯
Naissaar〔'naıssar〕（愛沙）
Naissar〔'naısɚ〕
Naissus〔ne'ısəs〕
Naissus〔ne'ısəs〕
Naivasha〔naı'vaʃə〕
Najaf〔'nadʒaf〕
Najara〔na'dʒara〕
Najasa〔na'hasa〕（西）
Nájera〔'nahera〕（西）納杰拉
Najibabad〔nə'dʒibabad〕
Najin〔na'dʒin〕
Nakalele〔,naka'lele〕
Nakansi〔na'kansi〕
Nakawn〔nə'kɔn〕
Na-khi〔'na·'ki〕
Nakhichevan〔,nahıtʃɛ'van〕（俄）
Nakhodka〔na'katka；nʌ'hɔtkə（俄）〕
Nakhon〔nək'hɔn〕
Nakhon Nayok〔nək'hɔn najʌk〕
Nakhon Pathom〔nək'hɔn pathʌm〕
Nakhon Phanom〔nək'hɔn phanʌm〕

Nakhon Ratchasima〔nək'hɔn rattʃa-'sima〕

Nakhon Rajasima〔nək'hɔn radʒa-'sima〕

Nakhon Sawan〔nək'hɔn sawan〕

Nakhon Si Thammarat〔nək'hɔn si thamarat〕

Nakhon Vat〔nək'hɔn vat〕

Nakhon Wat〔nək'hɔn wɔt〕

Nakkar〔'nækə〕

Naklérov〔'naklerɔf〕

Naknek〔'næknɛk〕納克內克（美國）

Nakon〔nak'hɔn〕

Naksh-i-Rustam〔'nakʃ·i·rʊs'tam〕

Nal〔nʌl〕

Nala〔'nalə〕

Nalagarh〔'naləgar〕

Nalchik〔'naltʃik〕

Nalder〔'nɔldə〕納爾德

Naldera〔nʌl'dɛrə〕

Nalèche〔na'lɛʃ〕（法）

Nalkowska〔nal'kɔfska〕

Nall〔nɔl〕諾爾

Nalodaya〔na'lodəjə〕

Nalty〔'næltɪ〕納爾蒂

Nama〔'nama〕

Namak, Darya yi〔dar'ja jɪ na'mak〕

Namakagon〔,næmə'kagən〕

Namakzar〔namak'zar〕

Namaland〔'naməlænd〕

Namangan〔,namaŋ'gan〕納曼甘（蘇聯）

Namaqua〔nə'makwə〕

Namaqualand〔nə'makwə,lænd〕

Namatianus〔nəmeʃɪ'enəs〕

Namber〔'nambə〕

Namby-Pamby〔'næmbɪ·'pæmbɪ〕

Namcha Barwa〔'namtʃa 'barwa〕

Namdinh〔'nam'dinj〕

Namen〔'namən〕

Nameoki〔,næmɪ'okɪ〕

Namhkam〔'namkam〕

Namhoi〔'nam'hɔɪ〕南海（廣東）

Namias〔nɔ'maɪ·əs〕納米亞斯

Namibia〔nə'mɪbɪə〕那米比亞（非洲）

Namier〔'nemjə〕

Nam Il〔'nam'il〕

Namnam〔'namnam〕

Namnetes〔næm'nitiz〕

Namni〔'namni〕

Namoi〔'næmɔɪ〕

Namone〔nə'monə〕

Namonuito〔,namonu'ito〕

Namosi〔na'mosɪ〕

Namouna〔,namu'na〕

Nampa〔'næmpə〕

Nam Pawn〔'nam 'pɔn〕

Nam-quan〔'nam·kwan〕

Namsen〔'namsən〕

Namtaru〔nam'taru〕

Nam Teng〔'nam 'tɛŋ〕

Nam Tso〔'nam 'tsɔ〕

Namtu-Panghai〔'namtu·'paŋhaɪ〕

Namuchi〔na'mutʃi〕

Namuli〔nə'mulɪ〕

Namur〔'nemʊr; 'namʊr; na'mʊr〕納繆爾（比利時）

Namyung〔'na'mjʊŋ〕

Nan〔næn〕難府（泰國）

Nanaa〔nə'neə〕

Nanabozho〔,nænə'bozo〕

Nanai〔'nanaɪ〕

Nanak〔'nanək〕

Nana Sahib〔'nana 'sahɪb〕

Nance〔næns〕南斯

Nanchang〔næn'tʃæŋ〕南昌（江西）

Nancheng〔'nan'dʒʌŋ〕南城縣（江西）

Nancowry〔næn'kaʊrɪ〕

Nancrède〔næn'krɛd〕

Nancy〔'nænsɪ〕南希

Nanda〔'nʌndə〕南達

Nanda Devi〔'nʌnda 'devi〕楠達代未峯（印度）

Nanda Kumar〔'nʌndə kʊ'mar〕

Nandarua〔,nændə'ruə〕

Nander〔'nandə〕

Nandgaon〔'nandgaʊn〕

Nandi〔'nandi〕

Nandina〔næn'daɪnə〕

Nandidroog〔'nʌndɪdrʊg〕（印）

Nanga Parbat〔'nʌŋgə 'pʌrbət〕楠加帕巴峯（印度）

Nangtud〔naŋ'tud〕

Nanhai〔'nan'haɪ〕南海（廣東）

Nan Hardwick〔'næn 'hardwɪk〕

Nani〔'nanɪ〕

Nanine〔na'nin〕

Nanini〔na'nini〕

Nanino〔na'nino〕

Nankana〔naŋ'kana〕

Nankauri〔næn'kaʊrɪ〕

Nankin〔næn'kɪn〕

Nanking〔næn'kɪŋ〕南京（江蘇）

Nankivell〔næn'kɪvəl〕南基衛爾

Nankow〔'nan'ko〕

Nan Ling〔'nan 'lɪŋ〕南嶺（中國）
Nan Matal〔nɑn mɑ'tɑl〕
Nanna〔'nɑnɑ〕
Nannar〔'nænə〕
Nannerl〔'nɑnəl〕
Nannette〔næ'nɛt〕乃雷特
Nanni〔'nɑnnɪ〕（義）
Nannie〔'nænɪ〕
Nanning〔'nɑn'nɪŋ〕南寧（廣西）
Nanny〔'nænɪ〕南尼
Nano〔'neno〕內諾
Nanping〔'nɑn'pɪŋ〕南平（福建）
Nansemond〔'nænsɪmənd〕
Nansen〔'nænsən〕南森（Fridtjof, 1861–
    1930，挪威北極探險家、動物學家及政治家）
Nan Shan〔'nɑn 'ʃɑn〕❶南山（中國）
    ❷ = Nan Ling
Nanshan〔'nɑn'ʃɑn〕
Nansouty〔nɑŋsu'ti〕
Nantahala〔ˌnænɑ'helə〕
Nantai〔nɑn'taɪ〕
Nantao〔'nɑn'to〕
Nantasket〔næn'tæskɪt〕
Nante〔'nɑntɛ〕
Nanterre〔nɑn'tɛr〕（法）
Nantes〔nænts〕南次（法國）
Nanteuil〔nɑŋ'tɜj〕（法）
Nanticoke〔'næntɪkok〕
Nanti-Glo〔'næntɪ·'glo〕
Nantou〔'nɑn'to〕南投（台灣）
Nantucket〔næn'tʌkɪt〕南塔克特島（美國）
Nantung〔'nɑn'tuŋ〕南通（江蘇）
Nantwich〔'næntwɪtʃ〕
Nanty-Glo〔'næntɪ·'glo〕
Nantyglo and Blaina〔'næntɪ'glo,
    'blaɪnə〕
Nanumba〔nɑ'numbɑ〕
Nanyang〔'nɑn'jɑŋ〕
Nan Yo〔'nɑn 'jɔ〕
Nanyuki〔nɑn'jukɪ〕
Nao〔'nɑo〕
Naogeorgus〔neɑ'dʒɔrgəs〕
Naoise〔'niʃɪə〕
Naomi〔'neɑmɪ; 'neomɪ; ne'omɪ〕【聖
    經】拿俄米（路得，Ruth,的婆婆）
Naoroji〔nɑu'rodʒi〕
Naos〔'nɑos ; 'neɑs〕
Naoua〔nɑ'wɑ〕
Napa〔'næpə〕
Napaloni〔næpə'lonɪ〕
Napanee〔'næpə,ni〕
Napata〔'næpətə;nə'petə〕

Napatree〔'næpə,tri〕
Naperville〔'nepə,vɪl〕
Naphtali〔'næftəlaɪ〕納夫塔利
Napier〔'nepɪə〕❶納皮爾（John, 1550–1617,
    蘇格蘭數學家）❷納皮爾（紐西蘭）
Napierville〔'nepɪə,vɪl〕
Naples〔'neplz〕拿坡里（義大利）
Napo〔'nɑpo〕
Napoleon I〔nə'poljən〕拿破崙一世（全名
    Napoleon Bonaparte, 1769–1821,法國皇帝）
Napoléon〔nɑpole'ɔŋ〕（法）
Napoleone〔ˌnɑpole'one〕（義）
Napoléon le Petit〔nɑpole'ɔŋ lə p'ti〕
Napoléon-Vendée〔nɑpole'ɔŋ vɑŋ'de〕（法）
Napoleonville〔nə'poljənvɪl〕
Napoli〔'nɑpolɪ〕
Napoli di Malvasia〔'nɑpolɪ dɪ ˌmɑlvɑ'zɪɑ〕
Napo-Pastaza〔'nɑpo·pɑs'tɑsɑ〕（拉丁美）
Nappanee〔'næpə,ni〕
Nappeckamack〔ˌnæpɛk·kə'mæk〕
Napper〔'næpə〕納珀
Nápravník〔'nɑprɑvnɪk〕
Naps〔næps〕
Naquet〔nɑ'kɛ〕（法）
Nar〔nɑr〕
Nara〔'nɑrə〕奈良（日本）
Narada〔nə'rædə〕
Naradhivas〔nɑrɑthɪwɑt〕那拉特越府（泰國）
Naram-Sin〔nɑ'rɑm·'sɪn〕
Narasimha-varman〔nʌrə'sɪŋhə'vʌrmə〕
Narasinha〔ˌnɑrə'sɪnhə〕   L（印）
Narathiwat〔nɑrɑthɪwɑt〕
Narayan〔nɑ'rɑjən〕
Narayanganj〔nɑ'rɑjən,gʌndʒ〕
Narayan Rao〔nɑ'rɑjən 'rɑu〕
Narba〔'nɑrbə〕
Narbada〔nə'bʌdə〕那巴達河（印度）
Narberth〔'nɑrbəθ〕
Narbo〔'nɑrbo〕
Narbo Martius〔'nɑrbo 'mɑrʃɪəs〕
Narbon〔'nɑrbən〕
Narbonensis〔ˌnɑrbə'nɛnsɪs〕
Narbonensis, Gallia〔'gælɪə ˌnɑrbə-
    'nɛnsɪs〕
Narbonne〔nɑr'bɑn〕
Narbonne-Lara〔nɑr'bɔn·lɑ'rɑ〕（法）
Narborough〔'nɑrbərə〕納伯勒
Narbrough〔'nɑrbrə〕納伯勒
Narciso〔nɑr'θiso〕（西）
Narcissus〔nɑr'sɪsəs〕【希臘神話】那西塞斯
    （一美少年，自戀其水中之影，卒致憔悴而化爲
    水仙花）

Narda〔'nɑrdɑ〕

Narden〔'nɑrdən〕

Nardini〔nɑr'dini〕

Nardò〔nɑr'dɔ〕

Narenta〔nɑ'rɛntɑ〕

Nares〔nɛrz〕內爾斯

Narev〔nər'jɔf〕

Narew〔'nɑrɛf〕

Nariman〔nʌrjɪ'mɑn;nɑrɪ'mɑn〕

Narimanov〔nərjɪ'mɑnɔf〕

Narinda〔nə'rɪndə〕

Nariño〔nɑ'rinjo〕

Narkunda〔nɑr'kʌndə〕

Narmada〔nɑ'mʌdə〕(印)

Narni, de'〔dɛ'nɑrnɪ〕

Narnia〔'nɑrnɪə〕

Naro〔'nero;'nɛro;'nɑro〕

Naroch〔'nɑrɔtʃ〕

Narocz〔'nɑrɔtʃ〕

Naroda〔'nɑrədə〕

Narodnaya〔'nɑrədnəjə〕

Naro Fominsk〔'nɑrə 'fɔmjɪnsk〕

Narova〔nɑ'rovə;nʌ'rɔvə〕(俄)

Narrabeen〔'nærəbin〕

Narragansett〔,nærə'gænsɪt〕

Narrenschiff〔'nɑrənʃif〕

Narrows, the〔'næroz〕奈洛斯海峽(美國)

Narsinghgarh〔'nɑrsɪŋgɑr〕

Narsah〔'nɑrsə〕

Narses〔'nɑrsiz〕

Narsinghpur〔'nɑrsɪŋpur〕

Naruszewicz〔,nɑru'ʃɛvɪtʃ〕(波)

Narutowicz〔,nɑru'tɔvɪtʃ〕

Narva〔'nɑrvə〕納爾瓦(蘇聯)

Narváez〔nɑr'vɑeθ〕(西)

Narveson〔'nɑrvɪsn〕納維森

Narvik〔'nɑrvɪk〕那維克(挪威)

Narym〔nʌ'rɪm〕(俄)

Naryn〔nɑ'rɪn;nʌ'rɪn〕(俄)

Narziss〔nɑr'tsɪs〕

Nasby〔'næzbɪ〕納斯比

Nasca〔'nɑskɑ〕

Nascapi〔næs'kɑpɪ〕

Nascimento〔nəʃsɪ'mɛŋntu〕(葡)

Naseby〔'nezbɪ〕

Nash〔næʃ〕納西(Ogden, 1902-1971,
美國詩人)

Nashawena〔,næʃə'winə〕

Nashchokin〔nəʃ'tʃɔkjin〕

Nashe〔næʃ〕

Nashua〔'næʃuə〕

Nashville〔'næʃvɪl〕那士維(美國)

Nashwauk〔'næʃwɔk〕

Nasi, ha-〔,hɑ·nɑ'si〕

Nasier〔nɑ'zje〕(法)

Näsijärvi〔'næsɪ,jærvɪ〕(芬)

Nasik〔'nɑsɪk〕

Nasir ed-din al-Tusi〔nɑ'sɪr ɛd·'din
al·tu'si〕(阿拉伯)

Nasirabad〔nə'sɪrɑbɑd〕

Nasiriya〔,nɑsi'rijə〕

Nasmith〔'nesmɪθ〕內史密斯

Nasmyth〔'nezmɪθ〕納絲米(Alexander,
1758-1840, 蘇格蘭畫家)

Nás na Ríogh〔'nɔs nə 'rio〕(愛)

Naso〔'neso;'nɑso〕

Nason〔'nesən〕內森

Nasoreans〔,næsə'riənz〕

Nasratabad〔nɑs,rɑtɑ'bɑd〕

Nasr-ed-Din〔'nɑ·sə·ɛd·'din〕

Nass〔næs〕　　　　　　　「哈馬」

Nassau〔'næsɑu;'nɑsɑu;'næsɔ〕拿索(巴

Nassau-Dillenburg〔'nɑsɑu·'dɪlənburk〕

Nassau-Siegen〔'nɑsɑu·'zigən〕

Nasser〔'næsɚ〕納瑟(Gamal Abdel, 1918-
1970, 埃及軍事領袖)

Nassica〔'næsɪkə〕

Nassick〔'næsɪk〕

Nässjö〔'nɛʃɚ〕

Nassr-ed-Dim〔'nɑsɚ·ɛd·'din〕

Nast〔næst〕納斯特(Thomas, 1840-1902,
美國卡通畫家)

Naströnd〔'nɑstrənd〕

Nasugbu〔,nɑsʊg'bu〕

Nat〔næt〕納特

Natal〔nə'tæl〕納塔耳(巴西;南非)

Natalie〔'nætlɪ〕娜特莉

Natalio〔nɑ'tɑljo〕

Natalya〔nʌ'tɑljə〕(俄)

Natanya〔næ'tɑnjɑ〕

Natashkwan〔nə'tæʃkwən〕

Natashquan〔nə'tæʃkwən〕

Natchaug〔nə'tʃɔg〕

Natcher〔'nætʃɚ〕納察

Natches〔'nætʃɪz〕

Natchez〔'nætʃɪz〕納切茲

Natchez-Muskogean〔'nætʃɪz·,mʌs-
'kogɪən〕

Natchitoches〔'nækɪ,tɑʃ〕

Natesan〔,natɛ'sɑn〕

Natewa〔nɑ'tewa〕

Nath〔næθ〕

Nath, El〔ɛl'næθ〕

Nathalia〔nə'θeljə〕

Nathan〔'neθən〕納森（ ❶ George Jean,
1882-1958，美國編輯及戲劇批評家 ❷ Robert,
1894-，美國小說家）

Nathanael〔nə'θæneəl〕（德、瑞典）
納撒內爾

Nathan der Weise〔'nɑtɑn də 'vaɪzə〕

Nathaniel〔nə'θænjəl ; nɑ'tɑnɪɛl（德）〕
納旦尼爾

Nathanson〔'neθɑnsn〕內桑森

Nathanya〔nɑ'tɑnjə〕

Nathia Gali〔'nɑthɪə 'gɑlɪ〕

Nathorst〔'nɑthɔrst〕

Natib〔nɑ'tɪb〕

Natick〔'netɪk〕

Nation〔'neʃən〕內申

Natoena〔nə'tunə〕

Natoma〔nə'tomə〕

Natorp〔'nɑtɔrp〕

Natron〔'netrən〕

Natrona〔nə'tronə〕

Natta〔'nɑtɑ〕納塔（ Giulio, 1903-1979,
義大利化學家及工程師）

Natter〔'nɑtə〕

Nattier〔nɑ'tje〕（法）

Natty〔'nætɪ〕納蒂

Natty Bumppo〔'nætɪ 'bʌmpo〕

Natu La〔'nɑtu 'lɑ〕

Natuna〔nə'tunə〕

Naturaliste〔'nætʃurəlɪst〕

Natwick〔'nætwɪk〕納特威克

Nau〔ɪɪʊ〕瑙

Nauchampatepetl〔,nɑutʃɑmpɑ'tepɛtl〕

Nauck〔nɑʊk〕

Naucratis〔'nɔkrətɪs〕

Naudé〔no'de〕

Naudet〔no'dɛ〕（法）

Nauen〔'nɑʊən〕

Naufragium Joculare〔nɔ'fredʒɪəm
dʒɑkjʊ'lɛrɪ〕

Naugatuck〔'nɔgə,tʌk〕

Naughton〔'nɔtən〕諾頓

Nauhcampatepetl〔,nɑʊkɑmpɑ'tepɛtl〕

Naulilaa〔'nɑʊlɪlɑ〕

Naulin〔no'læŋ〕（法）

Naulochus〔'nɔləkəs〕

Naum〔nɑ'um〕瑙姆

Nauman〔'nɑʊmən〕瑙曼

Naumann〔'nɑʊmɑn〕瑙曼

Naumburg〔'nɑʊmburk〕瑙伯格

Naundorf(f)〔'nɑʊndɔrf〕

Naunton〔'nɔntən〕瑙頓

Naunyn〔'nɑʊnɪn〕

Nauruan〔,neə'ruən〕諾魯人

Nausari〔nɑʊ'sɑrɪ〕

Nausée, La〔lɑ no'ze〕（法）

Nauset〔'nɔsɛt〕

Naushon〔nɔ'ʃɑn〕

Nausicaä〔nɔ'sɪkɪə〕

Nautilus〔'nɔtɪlʌs〕鸚鵡螺號原子潛艇

Nauvoo〔nɔ'vu〕

Nava〔'nevə〕

Navacerrada〔,nɑvɑθɛr'rɑðɑ〕（西）

Navaho〔'nævə,ho〕拿佛和人（美國印第安人）

Navajo〔'nævə,ho〕

Navan〔'nævən〕

Navanagar〔nə'wɑnəgə ; nʌvɑ'nʌgə〕

Navaraise, La〔lɑ nɑvɑ'rɛz〕（法）

Navarin〔'nævərɪn〕

Navarino〔,nævə'rino〕

Navarra〔nɑ'vɑrrɑ〕   〔'ful〕

Navarra y Rocafull〔nɑ'vɑrrɑ ɪ ,rokɑ-

Navarre〔nə'vɑr〕那瓦爾（西班牙）

Navarro〔nə'væro ; nɑ'vɑrro（西）〕

Navasota〔,nævə'sotə〕

Navassa〔nə'væsə〕

Nave〔nev〕內夫

Navegador〔,nævɪgə'dɔr〕

Navero〔nɑ'vero〕

Naves〔nevz〕

Navesink〔'nævə,sɪŋk〕

Navez〔nɑ'vez ; nɑ've(法)〕

Navicert〔'nævɪsət〕

Navigators Islands〔'nævɪ,getəz ~〕

Naville〔nɑ'vil〕（法）

Navius〔'neviəs〕

Navojoa〔,nɑvo'hoɑ〕（西）

Návpaktos〔'nɑfpɑktɔs〕

Návplion〔'nɑfpljɪɔn〕

Navrongo〔nə'vrɔŋgo〕

Nawa〔'nɑwə ; 'næwæ（阿拉伯）〕

Nawanagar〔nə'wɑnəgə ; ,nʌvɑ'nʌgə(印)〕

Nawiliwili〔nɑ,wilɪ'wilɪ〕

Naxos〔'næksɔs〕那克蘇絲島（希臘）

Náxos〔'nɑksɔs〕

Naxuana〔,nækʃʊ'enɑ〕

Naxus〔'næksɔs〕

Nāyadu〔'nɑjədʊ〕

Nayagarh〔nə'jɑgə〕

Nayarit〔,nɑjɑ'rit〕

Nayler〔'nelə〕內勒
Naylon〔'nelən〕
Naylor〔'nelə〕內勒
Nazaire〔na'zɛr〕
Nazan〔nə'zæn〕
Nazarene〔,næzə'rin〕
Nazareth〔'næzərəθ〕拿撒勒（以色列）
Nazaribagh〔nʌ'zarɪbag〕（印）
Nazarite〔'næzə,raɪt〕古代希伯來之虔信者
Nazas〔'nasas〕
Nazca〔'naskə〕那斯克人（耶穌時代居於秘魯的一個以製陶器聞名的民族）
Naze〔nez〕名瀨（日本）
Nazeing〔'nezɪŋ〕
Nazhivin〔na'ʒivɪn〕
Nazi〔'natsɪ;'nætsɪ〕納粹黨人
Nazianzus〔,næzɪ'ænzəs〕
Nazimova〔na'zimo,va〕
Nazimuddin〔nazimʊd'din〕
Nazirite〔'næzə,raɪt〕= Nazarite
Nchumburu〔əntʃum'buru〕
Ndau〔ən'dau〕
Ndebele〔əndɪ'bili;ən'debele〕
Ndenge〔ən'dɛnge〕
Ndengi〔ən'dɛngi〕
Ndeni〔ən'deni〕
Ndenie〔ən'denie〕
Ndlambe〔ənd'lambe〕
Ndonde〔ən'donde〕
Ndorobo〔əndo'robo〕
Ndreketi〔əndrɛ'kɛtɪ〕
Ndulu〔ən'dulu〕
Ndundulu〔əndun'dulu〕
Neaera〔nɪ'ɪərə〕
Neagh〔ne〕
Neagh, Lough〔lɑh 'ne〕（愛）
Neagle〔'nigl;'negəl〕尼格爾
Neah Bay〔'niə〕
Neale〔nil〕尼爾
Neaman〔'nemɑn〕
Neander〔nɪ'ændə〕
Neanderthaler〔nɪ'ændə,talə〕尼安德塔人（舊石器時代廣布歐洲之猿人）
Neapolis〔nɪ'æpəlɪs〕
Neapolitan〔niə'palətn〕義大利那不斯勒人
Nearchus〔nɪ'arkəs〕
Near East〔nɪr ~〕近東（歐亞之間）
Nearer Tibet〔'nɪərə tɪ'bɛt〕西藏東部
Nearing〔'nɪrɪŋ〕尼爾林   └（中國）
Neasden〔'nizdən〕
Neave〔niv〕尼夫
Neaverson〔'nɛvəsn̩〕

Nebat〔'nibæt〕
Nebbia〔'nɛbɪə〕
Nebek〔'nɛbek〕
Nebhapetre〔nɛb'hapətre〕
Nebiim〔nɛbɪ'im;nə'vɪɪm〕
Nebo〔'nibo〕
Nebraska〔nə'bræskə〕內布拉斯加（美國）
Nebrija〔ne'vriha〕（西）
Nebrissa〔nɪ'brɪsə〕
Nebrissensis〔nɛbrɪ'sɛnsɪs〕
Nebrixa〔ne'vriʃa〕（西）
Nebuchadnezzar〔,nɛbjukəd'nɛzə〕尼布加尼撒（? -562 B.C., 巴比倫國王）
Nebuchadrezzar〔,nɛbjukə'drɛzə〕
Nebushazban〔,nɛbju'ʃæzbæn〕
Nebuzaradan〔,nɛbjʊ'zærədæn〕
Necaxa〔nɛ'kaha〕
Nechako〔nɪ'tʃæko〕
Necham〔'nɛkəm〕
Nechao〔'nɛkeo〕
Neches〔'nɛtʃɪz〕
Necho〔'niko〕
Nechtansmere〔'nɛhtənzmɪr〕（蘇）
Neck〔nɛk〕
Neckam〔'nɛkəm〕尼卡姆
Neckar〔'nɛkə;'nɛkar（德）〕
Neckau〔'nɛkau〕
Neckel〔'nɛkəl〕
Necker〔'nɛkə〕尼克爾（Jacques, 1732-1804, 法國財政家及政治家）
Neckers〔'nɛkəz〕
Neckett〔'nɛkɪt〕
Neco〔'niko〕
Necochea〔,neko'tʃea〕訥科切亞（阿根廷）
Nectabanus〔,nɛktə'benəs〕
Nectanebo〔nɛk'tænɪbo〕
Ned〔nɛd〕奈德
Nedar〔'nedə〕
Nedbal〔'nɛdbal〕
Ned Bratts〔'nɛd 'bræts〕
Neddy〔'nɛdɪ〕
Nedelen〔nedə'lɛn〕
Neden〔'nidn〕尼登
Nederland〔'nidə,lənd;'nedərlant（荷）〕
Nederlanden〔'nedə,landən〕
Nederlandsch-Indië〔'nedə,lants·'ɪndɪə〕
Neder Rijn〔'nedə,raɪn〕   └（荷）
Nedham〔'nɛdəm〕
Nedić〔'nɛdɪtʃ〕
Nedim〔nɛ'dim〕
Nedjed〔'nɛdʒəd〕
Nedjef〔'nɛdʒəf〕

Ned McCobb's Daughter ['nɛd mə-'kabz ~]

Ned Myers ['nɛd 'maɪrz]

Neebish Island ['nibɪʃ ~]

Needham ['nidəm] 尼達姆

Needle ['nidl]

Needles ['nidlz] 尼德爾斯

Needy ['nidɪ] 尼廸

Neef [nef] 尼夫

Neefe ['nefə]

Neeffs [nefs]

Neefs [nefs]

Neel [nil] 尼爾

Neelley ['nilɪ]

Neely ['nilɪ] 尼利

Neembucú [,neembu'ku]

Neenah ['ninə]

Neepawa ['nipawɔ]

Neer ['ner]

Neergaard ['nɪrgɔr] (丹)

Nees von Esenbeck ['nes fɑn 'ezənbɛk]

Neeve [niv] 尼夫

Nef [nef]

Nefertiti [,nefə'titɪ]

Neferti-it [,nefə'ti·ɪt]

Neff [nɛf] 內夫

Nefftzer [nɛf'tsɛr]

Nefi [nɛ'fi]

Nefretiri [,nefrə'tirɪ]

Nefs [nefs]

Nefta ['nɛftə]

Neftalí [nefta'li]

Nefud [nɛ'fud]

Negapatam [,nɛgə'pʌtəm]

Negaunee [nɪ'gɔnɪ]

Negeb ['nɛgɛb]

Negev ['nɛgɛv]

Neghelli [ne'gɛllɪ] (義)

Negley ['nɛglɪ] 尼格利

Negoi [nɛ'gɔɪ]

Negra ['negrɑ]

Negrais Island [nɪ'graɪs~] 納格雷斯島
                                        (緬甸)

Negress ['nigrɪs]

Negri ['negrɪ] 內格里

Negrillo [nɪ'grɪlo] 非洲中南部之小黑人

Negrin [ne'grin]

Negri Sembilan ['negrɪ sɛm'bilən]
森美蘭 (馬來西亞)   「之小黑人

Negrito [nɪ'grito] 南洋地方或非洲中南部

Negro ['nigro ; 'negro; 'negru] 內革羅河

Negro, el [ɛl 'negro]   「(南美洲)

Negro, Rio ['riu'negru] 內革羅河 (巴西;
阿根廷)   「(葡)

Negro brasileiro ['negru brazi'leru]

Negroid ['nigrɔɪd] 準黑人 (如 Ethiopia 或 Bantu
族人)

Negroland ['nigrolænd] 非洲之黑人地方

Negro Overo ['negro o'vero]

Negropont ['negrəpɑnt]

Negroponte [negro'ponte] 內格羅蓬特

Negros ['negros] 內革羅島 (菲律賓)

Negros Occedantal ['negros ,ɔksɪðen'tal]
(西)

Negros Oriental ['negros ,orjen'tal] 東
尼格羅 (菲律賓)

Negruzzi [ne'grutsɪ]

Negus ['nigəs] Ethiopia 皇帝之尊稱

Nehavend [,næhɑ'vænd]

Neheim-Hüsten ['nehaɪm·'hjustən]

Nehemiah [,niə'maɪə] 【聖經】❶尼希米 (西
元前 5 世紀之希伯來領導者)❷尼希米記 (舊約聖
經之書)

Nehemias [nihɪ'maɪəs] 尼赫邁亞斯

Neher ['neə] 內爾

Nehru ['neru] 尼赫魯 (❶Motilal, 1861-1931,
印度民族主義者及律師❷其子 Jawaharlal, 1889-
1964, 曾任印度總理)

Neiba ['neva] (西)

Neidhart von Reuenthal ['naɪthart fɑn
'rɔɪəntal]

Neidlinger ['naɪdlɪŋə] 奈德林格

Neiges, Piton des [pɪ,tonde'nɛʒ] 納士峯
(印度洋)

Neihardt ['naɪhart] 奈哈特

Neil(1) [nil] 尼爾

Neilan ['nilən] 尼蘭

Neile [nil] 尼爾

Neiley ['nilɪ] 尼利

Neilgherry ['nil,gerɪ]

Neillsville ['nilzvɪl]

Neilson ['nilsn] 尼爾遜 (William Allan, 1869-
1946, 美國教育家)

Neipperg ['naɪpɛrk]

Neisner ['naɪznə]

Neisse ['naɪsə] 奈塞河 (捷克)

Neisser ['naɪsə]

Neiswanger ['naɪswaŋə]

Neith [niθ] 尼思

Neithardt ['naɪthart]

Neitzel ['naɪtsəl]

Neiva ['neva]

Nejd [nɛdʒd] 內志 (阿拉伯半島)

Nejedlý ['nɛjedli]

Nejef ['nɛdʒəf]
Nejin ['njeʒɪn]
Nekau ['nɛko]
Nekaw ['nɛko]
Nekayah ['nɛkəjə]
Nekhbet ['nɛhbɛt]
Nekkar ['nɛkə]
Nekoosa [nə'kusə]
Nekrasov [njɛk'rɑsɑf]
Neku ['nɛku]
Nelan ['nilən]
Nélaton [nelɑ'tɔŋ] (法)
Neleus ['niliəs]
Nelidov [njɛ'ljidɔf]
Nélie ['ne'li]
Nell [nɛl] 內爾
Nellen ['nɛlɪn] 內倫
Nelles [nɛlz]
Nellie ['nɛlɪ] 內利
Nellore [nɛ'lɔr]
Nell Trent ['nɛl 'trɛnt]
Nelly ['nɛlɪ] 乃麗
Nel Polesine [nɛl po'lezine]
Nels [nɛls ; nɛlz] 內爾斯
Nelson ['nɛlsn] ❶納爾遜 (Horatio, 1758-1805, 英國海軍大將) ❷納爾遜 (紐西蘭)
Nelsonville ['nɛlsnvɪl]
Neltje ['nɛltjə]
Neltje de Graff ['nɛltjə də 'grɑf]
Nemaha ['nɛməhɔ]
Neman ['nɛmən]
Nemanja ['nɛmɑnjɑ]
Nemanya ['nɛmɑnjɑ]
Nemausensis [,nɛmɔ'sɛnsɪs]
Nemausus [nɪ'mɔsəs]
Nemby ['nɛmbɪ]
Nemea ['nimiə] 尼米亞 (希臘)
Nemean [nɪ'miən]
Nemedians [nɪ'mɛdɪənz]
Nemerov ['nɛmərɔf] 內梅羅夫
Nemencha [nə'mɛntʃə]
Nemesianus [,nimɛsɪ'enəs]   「女神
Nemesis ['nɛmɪsɪs] 【 希臘神話 】 司復讎的
Nemeisus [nɪ'miʒɪəs]
Nemetacum [,nɛmə'tekəm]
Nemetes [ni'mitɪz]
Németh ['nemɛt] (匈)
Nemetocenna [,nɛmɪtə'sɛnə]
Nemetum [nɪ'mitəm]
Nemi ['nemɪ]
Nemirovich-Danchenko [nɛmi'rɔvɪtʃ·'dɑntʃɪŋkə]

Nemiskam [nɪ'mɪskəm]
Nemo ['nimo]
Nemorensis Lacus [,nɛmə'rɛnsɪs 'lekəs]
Nemorarius [,nɛmə'rɛrɪəs]
Nemours [nə'mur] (法)
Nemunas ['næmunɑs]
Nen [nɛn]
Nenadović [nɛ'nɑdəvɪtʃ]
Nenagh ['ninə] (愛)
Nenana [ni'nænə]
Nencioni [nɛn'tʃonɪ]
Nene [nɛn ; nin]
Nenets [njɪ'njɛts] (俄)
Nenni ['nɛnɪ] (義)
Nennius ['nɛnɪəs] 南尼厄斯
Nenoesa [nɛ'nusə]
Neocaesarea [,niə,sɛsə'riə ;,niə,sɛzə'riə; ,niə,sizə'ri ə]
Neocene ['niə,sin] 【 地質 】 新第三紀
Néoclès [neə'kles]
Neodesha [nɪ,odə'ʃe]
Neo-Hebraic ['nio·hɪ'breɪk] 近代希伯來語
Neo-Indians ['nio·'ɪndɪənz]
Neo-Latin ['nio·lætɪn] 新拉丁語
Neolithic [,nio'lɪθɪk] 新石器時代之人
Neoplatonism [nio'pletn̩,ɪz əm] 【 哲學 】 新柏拉圖學派 (綜合 Plato 之思想與東方神秘主義者)
Neoptolemus [,niəp'talɪməs]
Neos ['niɑs]
Neos Dionysus ['niɑs ,daɪo'naɪsəs]
Neosho [nɪ'oʃo]
Neot ['niɑt]
Neozoic [niə'zoɪk] 【 地質 】 新生代
Nepa(u)l [nə'pɔl] 尼泊爾 (亞洲)
Nepa(u)lese [,nɛpɔ'liz] 尼泊爾人
Nepali [nɪ'pɔlɪ]
Nepaug ['nipɔg]
Nepean [nə'pin] 內皮恩
Nepenthe [nɛ'pɛnθɪ]
Neper ['nepə· ; 'nipə] 在地球表面第一象限內
Nephele ['nɛfəlɪ]   ᒧ 之坑名
Nephi ['nifaɪ]
Nephin ['nɛfɪn]
Nephinbeg [,nɛfɪn'bɛg]
Nephtali ['nɛftəlaɪ]
Nephthys ['nɛfθɪs]
Nepigon ['nɛpɪgɑn]
Nepisiguit [nɪ'pɪzɪgwɪt]
Nepissing ['nɛpɪsɪŋ]
Nepman ['nɛpmən]
Nepomucene ['nɛpəmju,sin]
Népomucène [nepɔmju'sen]

Nepomuceno〔͵nepomu'θeno〕(西)
Nepomuk〔'nɛpɔmuk〕
Nepos〔'nipɑs〕尼波斯(Cornelius,紀元前一
　世紀之羅馬歷史學家)
Neptune〔'nɛptʃun;'nɛptjun〕❶【羅馬
　神話】海神(猶希臘神話之 Poseidon)
　❷【天文】海王星
Neptunia〔nɛp'tjuniə〕
Nepveu〔nə'vɜ〕
Nequam〔'nikwæm〕
Nera〔'nɛrɑ〕
Nérac〔ne'ræk〕
Nerbudda〔nə'bʌdə〕
Nerchinsk〔nɛr'tʃinsk〕
Nereid〔'niriid〕❶【希臘神話】海的女神;
　海神 Nereus 的五十個女兒之一
Nereis〔'niriis〕= Nereid
Neretum〔ni'ritəm〕
Neretva〔'nɛrɛtvɑ〕
Nereus〔'nirjus〕
Nergal〔'nɜgɑl〕
Nergalsharezer〔͵nɜgəlʃə'rizə〕
Nergilos〔'nɜgilɑs〕
Neri〔'niri;'nɛri〕(義)
Néricault〔neri'ko〕(法)
Neries〔ne'ris〕
Nerio〔'nerjo〕
Neris〔ni'riz;ne'ris;nji'rjis〕
Ner(r)issa〔ni'risə〕
Nerium Promontorium〔'niriəm
　͵prɑmən'tɔriəm〕
Nernst〔nɛrnst〕納恩斯德(Walther
　Hermann,1864-1941,德國物理學家及化學家)
Nero〔'niro〕尼祿(37-68,羅馬暴君)
Nerone〔ne'rone〕
Nerses〔'nɜsiz〕
Nerthus〔'nɜθəs〕
Neruda〔ne'ruðɑ; -'rudə〕涅魯達(Pablo,
　1904-1973,智利詩人及外交家)
Nerva〔'nɜvə〕諾爾瓦(Marcus Cocceius,
　32 ?-98,羅馬皇帝)
Nerval〔nɛr'val〕(法)
Nervii〔'nɜviai〕
Nervo〔'nɛrvo〕
Nes〔nɛs〕內斯
Nesbit(t)〔'nɛzbit〕內斯比特
Nesfield〔'nɛsfild〕內斯菲爾德
Nesiotes〔͵nɛsi'otiz〕
Nēsoi Aigaiou〔'njisi e'jeu〕
Nesqually〔nisk'wali〕
Nesquehoning〔͵nɛskwə'honiŋ〕
Ness〔nɛs〕內斯

Nesselrode〔'nɛslrod〕內塞爾羅德
Nessie〔'nɛsi〕
Nessler〔'nɛslə〕
Nessus〔'nɛsəs〕
Nest〔nɛst〕內斯特
Nesta〔'nɛstə〕內斯塔
Nestlé〔'nɛsli;nɛs'le(法);'nɛstlə(德)〕
Neston〔'nɛstən〕內斯頓
Nestor〔'nɛstə〕【希臘神話】木馬屠城記中最
　年長而最賢明的老人
Néstor〔'nɛstɔr〕
Nestorius〔nɛs'tɔriəs〕聶斯托里(? -?451,
　景教(Nestorianism)之創始人)
Nestos〔'nɛstəs〕
Nesty〔'nɛsti〕
Nestus〔'nɛstəs〕
Neswadba〔'nɛsvɑdbɑ〕
Net〔nɛt〕
Netcong〔'nɛtkɑŋ〕
Nethe〔'nɛθ〕
Netherlands, The〔'nɛðələndz〕荷蘭(歐洲)
Nethersole〔'nɛðəsol〕內瑟索爾
Nether Stowey〔'nɛðə 'stoi〕
Néthou, Pic de〔͵pik də ne'tu〕納圖峯(西
　　　　　　　　　　　　　　　　　〔班牙〕
Netley〔'nɛtli〕
Neto〔'nɛtu〕
Netsch〔nɛtʃ〕內奇
Netscher〔'nɛtʃə〕
Nettlels〔'nɛtlz〕
Nettement〔nɛt'mɑŋ〕(法)
Nettesheim〔'nɛtəshaim〕
Nettie〔'nɛti〕
Nettilling〔'nɛtʃiliŋ〕
Nettlefold〔'nɛtlfold〕內特爾福德
Nettleship〔'nɛtlʃip〕內特爾希普
Nettleton〔'nɛtltən〕內特爾頓
Netto〔'nɛtu〕
Nettuno〔nɛt'tuno〕(義)
Netty〔'nɛti〕
Netum〔'nitəm〕
Netz〔nɛts〕內茨
Netzahualcoyotl〔nɛtsɑwalko'jotl〕
Netze〔'nɛtsi〕
Netzer〔'nɛtsə〕
Neua〔nuə〕
Neubauer〔'nɔi͵bauə〕紐鮑爾
Neuber〔'nɔibə〕
Neuberg〔'nɔiberk〕紐伯格
Neuburger〔'nɔi͵burgə〕紐伯格
Neuchâtel〔͵nɜʃæ'tɛl〕
Neue Freie Volksbühne〔'nɔiə 'fraiə
　'falks͵bjunə〕

Neuenburg〔'nɔɪənburk〕
Neuenburgersee〔'nɔɪənburgɚ,ze〕
Neuendorff〔'nɔɪəndɔrf〕
Neuenschwander〔'naɪnʃwandɚ〕
Neue Rundschau〔'nɔɪə 'runtʃau〕
Neufahrwasser〔,nɔɪ'fa,vasɚ〕
Neufchâteau〔nɔʃa'to〕（法）
Neufchâtel〔,njuʃə'tɛl〕
Neufeld〔'nɔɪfɛlt〕諾伊菲爾德
Neuffer〔'nɔɪfɚ〕諾伊弗
Neufville〔nə'vil〕（法）
Neugebauer〔'nɔɪgəbauɚ〕
Neu-Hannover〔,nɔɪ·ha'novɚ〕
Neuheiduk〔,nɔɪ'haɪduk〕
Neuhof〔'nɔɪhof〕
Neuhuys〔'nɜhɔɪs〕
Neukom〔'nɔɪkəm〕諾伊康
Neuilly〔nə'ji〕（法）
Neuilly-sur-Seine〔,nə'ji·sjur·'sɛn〕納懿蘇爾（法國）
Neukölln〔,nɔɪ'kɚln〕
Neukomm〔'nɔɪkom〕
Neu-Langenburg〔,nɔɪ·'laŋɪnburk〕
Neu-Lauenburg〔,nɔɪ·'lauənburk〕
Neuman〔'njumən〕紐曼
Neumann〔'nɔɪman(德); 'nɜɪman(挪)〕諾伊曼
Neumark〔'nɔɪmark〕
Neumayer〔'nɔɪmaɪɚ〕
Neu-Mecklenburg〔,nɔɪ·'mɛklənburk〕
Neumeister〔'nɔɪ,maɪstɚ〕諾伊邁耶
Neumeyer〔'nɔɪ,maɪɚ〕
Neumünster〔'nɔɪmjunstɚ〕
Neupert〔'njupɚt〕紐珀特
Neupest〔'nɔɪpɛst〕
Neu-Pommern〔,nɔɪ·'pomən〕
Neuquén〔,neu'ken〕訥烏肯（阿根廷）
Neurath〔'nɔɪrat〕
Neureuther〔'nɔɪ,rɔɪtɚ〕
Neurin〔'nɔɪrɪn〕
Neusandez〔,nɔɪ'zandɛts〕
Neusatz〔'nɔɪzats〕
Neuse〔njus〕
Neusiedler〔'nɔɪ,zidlɚ〕
Neuss〔nɔɪs〕
Neustadt〔'nɔɪʃtat〕諾伊施塔特
Neustria〔'njustrɪə〕
Neutra〔'nɔɪtra〕
Neutral Zone〔'njutrəl~〕中立地（亞洲）
Neuve-Chapelle〔nɜv·ʃa'pɛl〕（法）
Neuville〔nɜ'vil〕
Neuwert〔'nɔɪvɛrt〕
Neva〔'nɛvə〕尼瓦河（蘇聯）

Nevada〔nə'vadə; nɪ'vadə; nɛ'vadə〕內華達（美國）〔(西)
Nevada de Mérida〔ne'vaðə ðe 'merɪðə〕
Nevada de Santa Marta〔ne'vaðə ðe 'santa 'marta〕（西）
Nevado〔ne'vaðo〕（西）
Nevado de Famatina〔ne'vaðo ðe ,fama-'tina〕（西）
Neve〔niv〕尼夫
Nevel〔'nevəl〕
Nevelson〔'nevəlsn〕
Neven-Spence〔'nɛvn·'spɛns〕
Nevers〔nə'ver〕（法）
Neversink〔'nɛvɚsɪŋk〕
Neves〔'nɛvəs〕尼夫斯
Neveux〔nə'vɜ〕
Nevey〔'nɛvɪ〕
Nevil(e)〔'nevɪl〕內維爾
Nevill(e)〔'nɛvɪl〕內維爾
Neville Landless〔'nevɪl 'lændlɪs〕
Neville's Cross〔'nevɪlz~〕
Nevin〔'nevɪn〕尼文（Ethelbert Woodbridg 1862-1901, 美國作曲家）
Nevinson〔'nevɪnsn〕內文森
Nevis〔'nevɪs; 'nivɪs〕尼維斯島（英國）
Nevitte〔'nɛvɪt〕內維特
Nevoso〔nɛ'voso〕
Nevsehir〔,nɛfʃɛ'hɪr〕
Nevshehr〔nɛf'ʃɛhɚ〕
Nevski〔'nɛfskɪ〕
New〔nju〕
New Aberdeen〔'æbɚdin〕
New Albany〔'ɔlbənɪ〕
Newall〔'njuəl〕紐沃爾
New Almaden〔'ælmədən〕
New Amsterdam〔'æmstɚdæm〕新阿姆斯特丹（紐約市）
Newark〔'njuɚk〕紐華克（美國）
New Atlantis〔æt'læntɪs〕
Newaygo〔nɪ'wego〕
New Barbadoes〔bar'bedoz〕
New Bedford〔'bɛdfɚd〕紐柏德福特港（美國）
Newbegin〔'njubɪgɪn〕紐比金
Newberg〔'njubɚg〕紐伯格
Newbern〔'njubən〕
Newber(r)y〔'njubəri〕紐伯里
Newbiggar〔'nju,bɪgɪn〕
Newbigging〔'njubɪgɪŋ〕紐比金
Newbigin〔'njubɪgɪn〕
Newbold〔'njubold〕紐伯爾德
Newbolt〔'njubolt〕牛波特（Sir Henry John, 1862-1938, 英國作家）

New Boston〔'bɔstən〕
New Braunfels〔'braunfəlz〕
Newbridge〔'njubrɪdʒ〕
New Brighton〔'braɪtən〕
New Britain〔'brɪtən〕新不列顛（美國）
New Brunswick〔'brʌnzwɪk〕新伯倫瑞克
Newburg〔'njubəg〕紐伯格 （加拿大）」
Newburger〔'njubəgə〕紐伯格
Newburgh〔'njubərə〕
Newburn〔'njubən〕紐伯恩
Newbury〔'njubərɪ〕紐伯里
Newburyport〔'njubərɪ,port〕
Newby〔'njubɪ〕紐比 「（法國）
New Caledonia〔,kælɪ'donjə〕新喀里多尼亞島
New Canaan〔'kenən〕
New Castile〔kæs'til〕
New Castle〔'nju,kasl〕紐塞（美國）「國）
Newcastle〔'nju,kasl；nju'kæsl〕紐加塞耳（英
New Castle-under-Lyme〔'nju kasl·ʌndə-
Newchwang〔'njutʃ'waŋ〕 L'laɪm〕
Newcomb(e)〔'njukəm〕牛康（Simon, 1835-
1909 美國天文學家及經濟學家）
Newcome〔'njukəm〕紐科姆
Newcomen〔'njukomən〕
Newcomer〔'njukʌmə〕紐科默
Newcomerstown〔'njukʌməz,taun〕
Newcomes〔'njukʌmz〕
New Cumberland〔'kʌmbələnd〕
New Decatur〔dɪ'ketə〕
New Delhi〔'dɛlɪ〕新德里（印度）
Newdigate〔'njudɪgɪt〕紐迪蓋特
New Dongola〔'daŋgələ〕
New Dorp〔'nju,dɔrp〕
New Durham〔'dʌrəm〕
Newe〔nju〕
New Echota〔ɪ'kotə〕
Newell〔'njuəl〕紐厄爾 「諸州之總名）
New England〔'ɪŋglənd〕新英格蘭（美國東北
Newenham〔'njuənəm〕紐厄納姆
Newenham Cape〔'njunhæm~〕努恩赫姆角
Newfield〔'njufild〕 （美國）」
New Forest〔'fɑrɪst〕新森林（英國）
Newfoundland〔,njufənd'lænd；nju'faund-
lənd〕紐芬蘭（加拿大）
Newgate〔'njugɪt；'njuget〕昔日倫敦之一牢獄
New Georgia〔'dʒɔrdʒə〕新喬治亞群島（太平
New Glasgow〔'glasgo〕 L洋）
New Goa〔'goə〕
New Granada〔grə'nadə〕❶新格拉那達（Pan-
ama 及 Lolmbia 屬西班牙時之舊稱）❷南美西北
部及中美之西班牙舊領土
Newgrange〔nju'grendʒ〕

New Guatemala〔,gwatə'mala〕
New Guinea〔'gɪnɪ〕新幾內亞島（印尼；巴布
亞紐幾內亞）
Newgulf〔'njugʌlf〕
Newhall〔'njubɔl〕紐霍爾
New Hampshire〔'hæmpʃɪr〕新罕布夏（美國）
New Hampton〔'hæmptən〕
New Hanover〔'hænovə〕
Newhard〔'njuhard〕
New Harmony〔'harmənɪ〕
New Haven〔'hevn〕新哈芬港（美國）
Newhaven〔nju'hevn〕
New Hebridges〔'hebrɪdɪz〕新赫布里底群島
New Helvetia〔hɛl'viʃə〕 （南太平洋）」
New Holland〔'halənd〕
Newhouse〔'nju,haus〕紐豪斯（Samuel Ir-
ving, 1895-, 美國報業鉅子）
New Iberia〔aɪ'bɪrɪə〕
Newick〔'njuɪk〕
Ne Win〔'ne'wɪn〕尼溫（1911-, 曾任緬甸總統）
Newington〔'njuɪŋtən〕紐因頓
New Ireland〔'aɪrlənd〕新愛爾蘭（南太平洋）
New Israelites〔'ɪzrəəlaɪts〕
New Jersey〔'dʒɜzɪ〕新澤西（美國）
New Kensington〔'kensɪŋtən〕
New Kilmainham〔kɪl'menəm〕
Newkirk〔'njukək〕紐柯克
New Lanark〔'lænək〕
New Lancaster〔'læŋkəstə〕
Newland〔'niulənd〕紐蘭
Newland Archer〔'njulənd 'artʃə〕
Newlands〔'njulədz〕
New Lexington〔'leksɪŋtən〕
Newlin〔'njulɪn〕紐林
New Lisbon〔'lɪzbən〕
New Liskeard〔ɪs'kard〕
New Liverpool〔'lɪvəpul〕
New London〔'lʌndən〕新倫敦（美國）
Newlove〔'njulʌv〕紐洛夫
New Machiavelli〔,mækɪo'vɛlɪ〕
New Madrid〔'mædrɪd〕
New Malton〔'mɔltən〕
Newman〔'njumən〕牛曼（John Henry, 1801-
1890, 英國紅衣主教及作家）
Newmarket〔'nju,markɪt〕紐馬可（英格蘭）
New Martinsville〔'martɪnzvɪl〕
New Mexico〔'mɛksɪko〕新墨西哥（美國）
New Milford〔'mɪlfəd〕
New Mills〔nju 'mɪlz〕
New Munster〔'mʌnstə〕
Newmyer〔'njumaɪə〕紐邁耶
Newnes〔njunz〕紐恩斯

New Netherland [ˈnɛðəˌlənd] 新尼德蘭
（荷蘭 1613-1664 在北美之殖民地）
Newnham [ˈnjunəm]
New Norwegian [ˈnju nɔrˈwidʒən]
New Orkney [nju ˈɔrknɪ]
New Orleans [ˈɔrlɪənz] 新奧爾良（美國）
New Paltz [ˈpɔlts]
Newport [ˈnjuˌport, ˈnuˌport] 紐波特
（英格蘭；美國）   「（巴哈馬）
New Providence [ˈprɑvɪdəns] 新普洛維頓
New Quay [ˈnju ˈki]
Newquay [ˈnjukɪ]
New Quebec [nju kwɪˈbɛk]
Newquist [ˈnjukwɪst] 紐奎斯特
New Rochelle [roˈʃɛl] 新洛射耳（美國）
New Romney [ˈramɪ]
Newry [ˈnjurɪ]
New Salem [ˈseləm]
New Sallee [səˈli]
New Siberian Islands [saɪˈbɪrɪən ~]
新西伯利亞群島（北極海）
New Smyrna Beach [ˈsmɜnə bitʃ]
Newsome [ˈnjusəm] 紐瑟姆
New South Wales [sauθ ˈwelz] 新南威
爾士（澳洲）
Newstead [ˈnjustɪd]
Newton [ˈnjutn̩] ❶牛頓（Sir Isaac, 1642-
1727, 英國數學家及自然哲學家）❷紐敦(美國)
Newton Abbot [ˈnjutn̩ ˈæbət]
Newton-le-Willows [ˈnjutn̩·lə·ˈwɪloz]
Newtown [ˈnjutaʊn]
Newtown and Llanllwchaiarn
[ˈnjutaʊn, hlænhluhˈhaɪarn]（威）
Newtownards [ˌnjutˈnardz]
Newtown Butler [ˈnjutn̩ ˈbʌtlə]
New Towne [taʊn]
Newtown-Stewart [ˈnjutaʊn·ˈstjuət]
New Ulm [ʌlm]
Newville [ˈnjuvɪl]
New York [jɔrk] 紐約（美國）
New Yorker [ˈjɔrkə] 紐約市人或居民
Newzam [ˈnjuzəm] 紐扎姆   （洋）
New Zealand [ˈzilənd] 紐西蘭（西南太平
Nexö [ˈnɪksə]
Nexø [ˈnɪksə]（丹）
Ney [ne] 奈伊
Neyba [ˈneva]（西）
Neylan [ˈnaɪlən] 尼蘭
Neyman [ˈnemən] 內曼
Neymarck [neˈmark]   「ˈnera]
Neyra, Mendaña de [mɛnˈdanja ðe
Neyroud [ˈnerud]

Nezahualcoyotl [nɛtsawalkoˈjotl̩]
Nezhin [ˈnjeʒɪn]
Nez Perce [ˈnɛz ˈpɝs]
Nez Percé [nɛzˈpɝs] 內坡舍人（印第安人）
Nezperce [ˈnɛzˈpɝs]   「ˈsan]
Ngag-Wang Lobsang [ˈŋag·ˈwaŋ ˈlob-
Ngag-Wang Lobsang Thubden Gya-
Tsho [ˈŋag·ˈwaŋ ˈlobˈsaŋ ˈtubˈdɛn
ˈgjaˈtʃo]
Ngaio [ˈnaɪo]
Ngala [ˈŋgala]
Ngalangi [ŋgaˈlaŋgi]
Ngami [ˈŋgamɪ]
Ngandijoek [ˈŋgandʒuk]
Ngangela [ŋganˈgeˈla]
Nganhui [ˈŋanhwe]
Nganhwei [ˈŋanhwe]
Nganjera [ŋganˈdʒera]
Nganking [ˈŋaŋˈkɪŋ]
Ngaoundere [ˌŋgaʊndeˈre]
Ngaruroro [ˌŋgaruˈroro]
Ngatik [ˈŋgatɪk]
Ngau [ˈŋgaʊ]
Ngauruhoe [ˌŋgaʊruˈhoe]
Ngbanye [ˈŋbanje]
N'Gela [ˈŋgela]
Ngere [ˈŋgere]
Ngesebus [ˈŋgesebus]
Ngindo [ˈŋgindo]
Ngo [ˈno]
Ngoc Hoang Thuong De [ˈŋʌk ˈhwaŋ
ˈtwɔŋ ˈde]
Ngo Dinh Diem [ˈŋoˈdɪnˈdjɛm] 吳廷琰
（1901-1963, 越南政治家）
Ngog Pa [ˈŋɔk ˈpa]
Ngola [ˈŋgo la]
Ngonde [ˈŋgonde]
Ngong [ˈŋgɔŋ]
Ngoni [ˈŋgoni]
Ngornu [ˈŋgɔrnu]
Ngoyo [ˈŋgojo]
Ng Poon Chew [ˈwu ˈpan ˈdʒaʊ]
Ngqika [ˈŋgika]
Nguni [ˈŋguni]
Nguru [ˈŋguru]
Nguyen [ˈnjʊɪən]
Ngwaketse [ŋgwaˈketse]
Ngwato [ˈŋgwato]
Nhatrang [ˈnjaˈtraŋ] 芽莊（越南）
Nhlanganu [ˈnlaŋˈganu]
Niagara [naɪˈægərə] 尼加拉河（北美洲）
Niall [nil]（愛）尼爾

Niantic [naɪ'æntɪk]
Nias ['naɪəs] 尼亞斯
Niassa [nɪ'æsə]
Nibelung ['nibəluŋ]
Nibelungen ['nibəluŋən]
Nibelungenlied ['nibəluŋən, lit] 尼白龍
根之歌（德國中世紀之敘事詩）
Nibelungs ['nibəluŋz]
Nibhapetre [nib'hɑpɪtre]
Nibhepetre [nib'hɛpɪtre]
Niblack ['nɪblæk] 尼布拉克
Niblo ['nɪblo] 尼布洛
Nibong Tebal [nɪ'bɔŋ tɛ'bal]
Nicaea [naɪ'sɪə] 尼西亞（小亞細亞）
Nicaise [ni'kez]
Nicander [nɪ'kændə; naɪ'kændə]
Nicanor [nɪ'kenə; naɪ-; -nɔr]
Nicaragua [nɪkə'rægjuə]
尼加拉瓜（中美）
Nicarao [, nika'rao]
Nicasio [nɪ'kasjo]
Nicator [naɪ'ketɔr]
Nicatous ['nɪkətaus]
Niccola [nɪ'kɑlɑ]（義）
Niccolini [, nikko'lini]（義）
Niccolino [, nikko'lino]（義）
Niccolo ['nikkolo]（義）
Niccolò [, nikko'lɔ]（義）
Niccolò de' Lapi [, nikko'lɔ de 'lapi]
（義）
Niccols ['nɪkəlz]
Nice [nis; naɪs] 尼斯港（法國）
Nicely ['naɪslɪ] 尼斯利
Nicene [naɪ'sin; 'naɪ'sin]
Nicéphore [nise'fɔr]（法）
Nicephorus [naɪ'sɛfərəs]
Nicephorus Bryennius [naɪ'sɛfərəs
braɪ'ɛnɪəs]
Nicer ['naɪsə]
Nicetas [naɪ'sitəs]
Nicetas Acominatus [naɪ'sitəs
, ækomɪ'netəs]
Nicetius [naɪ'siʃɪəs]
Niceto [nɪ'θeto]（西）
Nichault [ni'ʃo]（法）
Nichol ['nɪkəl] 尼科爾
Nicholas ['nɪkləs] 尼古拉斯
Nicholas Nickleby ['nɪkləs 'nɪk̩lbɪ]
Nicholasville ['nɪkləsvɪl]
Nicholas Vaux ['nɪkləs 'vɔks]
Nicholson ['nɪkəlsn̩] 尼科爾森

Nicias ['nɪʃəs]
Nick(e) [nɪk] 尼克
Nickalls ['nɪkəlz] 尼克爾斯
Nick Carter ['nɪk 'kɑrtə]
Nickell ['nɪkəl] 尼克爾
Nickerie ['nɪkəri]
Nickerson ['nɪkəsn̩] 尼克森
Nickleby ['nɪk̩lbɪ]
Nicobar Islands ['nɪko, bɑr~]
尼古巴羣島（印度）
Nicobarese [, nɪkobə'riz]
Nicode [, nɪkɔ'de]
Nicodemi [, niko'dɛmi]
Nicodemus [, nɪkə'diməs; nɪko'demus
（瑞典）尼科迪默斯
Nicodemus Boffin [, nɪkə'diməs 'bɑfɪn]
Nicol ['nɪk̩l] 尼科耳稜鏡
Nicola ['nɪkola; ni'kɔla（義）]
Nicolaas ['nikolas]（荷）
Nicolae [nika'laɪ]（羅）
Nicolaes ['nikolas]（荷）
Nicolaev [, nikə'lajɪf]
Nicolai [, niko'laɪ]（德，荷，丹）尼古萊
Nicolaie [nikɔ'le]
Nicolaier [, niko'laɪə]
Nicoláo [nɪku'lau]（葡）
Nicolas ['nɪkələs; 'nikolas（丹、荷）;
nikɔ'la（法）]
Nicolas [nɪkɔ'las]（西）
Nicolau [niku'lau]
Nicolaus [, nɪkə'leəs; niko'la·us（德、荷）]
Nicolay [, nɪko'le] 尼科萊（John George,
1832-1901, 美國傳記作家）
Nicolayevich [nika'lajɪvɪtʃ]
Nicole [ni'kɔl]
Nicolet [, nɪkɔ'le; nikɔ'lɛ]
Nicolette [nika'lɛt]
Nicolini [, niko'lini] 尼科利尼
Nicol(1) ['nɪkəl] 尼科爾
Nicolle [ni'kɔl] 尼考爾（Charles Jean
Henri, 1866-1936, 法國醫生及細菌學家）
Nicollet ['nɪkəlɛt]（法）
Nicolls ['nɪkəlz] 尼科爾斯
Nicolò [niko'lɔ]（義）
Nicolosi [, niko'losi]
Nicols ['nɪkəlz]
Nicolson ['nɪkəlsn̩] 尼考爾生（Sir Harold
George, 1886-1961, 英國外交家，作家及新聞
記者） ['kɪən]
Nicomachean [, naɪkəmə'kɪən; naɪ, kamə-
Nicomachus [naɪ'kaməkəs]
Nicomede [, niko'mede]（義）

Nicomède〔nikɔ'mɛd〕
Nicomedia〔ˌnɪko'midɪə〕
Nicomedes〔ˌnɪko'midiz〕
Nicopolis〔nɪ'kɑpəlɪs〕
Nicosia〔ˌnɪko'siə〕尼古西亞(塞普勒斯)
Nicot〔ni'ko〕
Nicotera〔nɪ'kɔtera〕
Nicoya〔nɪ'koja〕
Nictheroy〔ˌnitə'rɔɪ〕尼特羅伊(巴西)
Nicuesa〔ni'kwesa〕
Nida〔'nɪdə ; 'nida〕
Nidaros〔'nidaˌros〕
Nidd〔nɪd〕
Nidhogg〔'nidhɔg〕
Nidhug〔'nidhug〕
Nidwalden〔'nit,valdən〕
Niebuhr〔'nibʊr〕尼布爾(Barthold Georg,
    1776-1831, 德國歷史家、政治家及語言學家)
Niecks〔niks〕尼克斯
Niederbayern〔'nidə'baɪən〕
Niederdeutschland〔'nidə'dɔɪtʃlant〕
Niedere Tauern〔'nidərə 'tauən〕
Niederlande〔'nidəlandə〕
Niederle〔'nidələ〕
Niederlehner〔'nidəˌlenə〕尼德爾來納
Niedermendig〔'nidəˌmɛndɪh〕(德)
Niedermeyer〔'nidəˌmaɪə〕尼德邁耶
Niederösterreich〔'nidə'rəstəraɪh〕(德)
Niederrhein〔'nidəˌraɪn〕
Niedersachsen〔'nidə'zaksən〕
Niederschlesien〔'nidəʃ'lezɪən〕
Niederwald〔'nidəvalt〕
Niehaus〔'nihaʊs〕尼豪斯
Nieheim〔'nihaɪm〕
Nieh Jung-chen〔'njɛ 'dʒʊŋ•'tʃɛn〕
Niehuss〔'nihəs〕尼赫斯
Niel〔nil〕(法)尼爾
Niels〔nils〕尼爾斯
Nielsen〔'nilsṇ〕尼爾森
Niem〔'niəm〕
Nieman〔'nimən〕
Niemann〔'nimən〕尼曼
Niembsch von Strehlenau〔'nimpʃ fən
    'ʃtrelənaʊ〕
Niemcewicz〔njɛm'tsɛvɪtʃ〕
Niemen〔'nimən ; 'njɛmən〕(波)
Niemeyer〔'nimaɪə〕尼邁耶
Niemi〔'nimɪ〕尼米
Niemoeller〔'nimələ〕尼默勒
Niemöller〔'nimələ〕
Niemzowitch〔njɛm'tsɔvɪtʃ〕
Nienige〔ni'enige〕

Niepce〔njɛps〕(法)
Nieporte〔'nipɔrtɪ〕尼波蒂
Nieremberg〔'nirəmbəg〕
Niese〔'nizə〕尼斯				「之白葡萄酒
Niersteiner〔'nɪrstaɪnə〕產於德國萊茵河畔
Niesen〔'nizən〕尼森
Niessel〔'njɛ'sɛl〕
Nietzsche〔'nitʃə〕尼采(Friedrich
    Wilhelm, 1844-1900, 德國哲學家)
Nies〔nis〕
Nieuhof〔'nɔɪhof〕
Nieuport〔njɔ'pɔr〕(法)
Nieuwe Maas〔'nivə 'mas〕
Nieuwenhove, Limnander de
    〔lɪm'nɑndə də 'niwən,hovə〕
Nieuwenhuis〔'niwənhɔɪs〕
Nieuwe Republiek〔'niwə ,repjʊ'blik〕
Nieuw Guinee〔'niʊ gɪ'ne〕
Nieuw Haarlem〔'niʊ ,harləm〕
Nieuwkerke〔ˌniʊ'kɛrkə〕
Nieuwland〔'njulənd〕紐蘭
Nieuw Nickrie〔'niʊ 'nɪkəri〕
Nieuwveld〔'niʊfɛlt〕
Nievo〔'njevo〕
Nièvre〔'njɛvə〕(法)
Niewenstat〔'nivɪnʃtat〕
Nifelheim〔'nɪvl̩hem〕
Niffer〔'nɪfə〕
Niflheim〔'nɪvl̩hem〕
Niflhel〔'nɪvl̩hɛl〕
Nifo〔'nifo〕
Nigde〔ni j'dɛ〕(捷)
Nigel〔'naɪdʒəl〕奈杰爾			「洲)
Niger〔'naɪdʒə〕❶尼日(西非)❷尼日河(非
Nigeria〔naɪ'dʒɪrɪə〕奈及利亞(西非)
Nightingale〔'naɪtɪŋgel〕南丁格爾(Flor-
    ence, 1820-1910, 英國女護士)
Nightwork〔'naɪtwək〕
Nigra〔'naɪgrə〕
Nigritia〔nɪ'grɪʃɪə〕
Nihawand〔ˌniha'vand〕
Nihoa〔nɪ'hoa〕
Nijar〔'nihur〕(西)
Nijhoff〔'naɪhɔf〕
Nijinsky〔ni'ʒɪnskɪ〕
Nijmegen〔'naɪˌmegən〕奈美根(荷蘭)
Nijni〔'nɪʒnɪ〕
Nika〔'nika〕
Nikaia〔'nikɛa〕
Nikanorovich〔ni'kanərəvitʃ〕
Nikaria〔ˌnika'ria〕			「❷美國地對空飛彈名
Nike〔'naɪki ; 'nike〕❶【希臘神話】勝利女神

Nike Apteros〔'naɪki 'æptərɑs 〕
Nikias〔'nɪkɪəs 〕
Nikiforovich〔ni'kifərəvɪtʃ ;
　njɪ'kjifərɔvjɪtʃ（俄）〕
Nikisch〔'nikɪʃ 〕
Nikita〔njɪ'kjitʌ 〕（俄）
Nikitich〔ni'kitjɪtʃ ; njɪ'kjitjɪtʃ（俄）〕
Nikitin〔ni'kitɪn ; njɪ'kjitjɪn（俄）〕
Niklaas〔'niklɑs 〕（荷）
Niklas〔'niklɑs（德）; 'nɪklɑs（瑞典）〕
Nikodem〔niko'dem 〕
Nikodemus〔niko'demʊs 〕
Nikola〔'nikolɑ 〕
Nikolaas〔'nikolɑs 〕（荷）
Nikolaev〔,niko'lɑjɛf ; njɪkʌ'lɑjɪf 〕
　尼科拉耶夫港（蘇聯）
Nikolaevich〔nikɑ'lɑjɪvɪtʃ ;
　njɪkʌ'lɑjɪvjɪtʃ（俄）〕
Nikolaevna〔nikɑ'lɑjɪvnə ;
　njɪkʌ'lɑjɪvnʌ（俄）〕
Nikolaevsk〔,niko'lɑjɛfsk ; nikɑ'lɑjɪfsk ;
　njɪkʌ'lɑjɪfsk 尼古拉耶夫斯克（蘇聯）
Nikolaevski〔nikɑ'lɑjɪfski ;
　njɪkʌ'lɑjɪfski（俄）〕
Nikolai〔'niko,laɪ（德）; nɪko'laɪ（丹）;
　njɪkʌ'laɪ（俄）〕
Nikolaievsk〔nikɑ'lɑjɪfsk 〕
Nikolainkaupunki〔'nɪkɔlaɪn-
　'kaʊpʊŋkɪ 〕
Nikolaistadt〔nɪkʊ'laɪstɑd 〕
Nikolaj〔niko'laɪ 〕（丹）
Nikolaos〔ni'kɔlɑɔs 〕（希）
Nikolas〔'nikolɑs 〕
Nikolaus〔'nikolaʊs ; ,niko'lɑ·ʊs（德）〕
Nikolay〔'nɪkəlɪ 〕
Nikolayevich〔nikɑ'lɑjɪvɪtʃ 〕
Nikolayevna〔nikɑ'lɑjɪvnə 〕
Nikolsburg〔'nikɔlsbʊrk 〕
Nikolsk〔nɪ'kɔlsk ; njɪ'kɔljsk（俄）〕
Nikolskoe〔ni'kɔlskəjə ; njɪ'kɔljskəjə
　（俄）〕
Nikolskoye〔ni'kɔlskəjə 〕
Nikolsk-Ussuriiski〔ni'kɔlsk·usu'riskɪ ;
　njɪ'kɔljsk·ussu'riskəɪ（俄）〕
Nikomedia〔nɪkomɪ'diə 〕
Nikon〔'njikɔn 〕
Nikopol〔ni'kɔpəl 〕
Nikšić〔'nɪkʃɪtʃ 〕（塞克）
Niku〔'niku 〕
Nile〔naɪl 〕尼羅河（非洲）
Niles〔naɪlz 〕奈爾斯

Nilestown〔'naɪlztaʊn 〕
Nilgiri〔'nɪlgɪrɪ 〕
Nilles〔'nɪləs 〕
Nilo〔'nilu 〕（葡）
Nilo-Hamitic〔'naɪlo·hæ'mɪtɪk 〕
Nilópolis〔nɪ'lɔpulɪs 〕
Nilotic〔naɪ'lɑtɪk 〕　　　　〔'rondo 〕
Nilotic Kavirondo〔naɪ'lɑtɪk kɑvi-
Nilovich〔'njiləvɪtʃ 〕
Nils〔nils（丹,挪）; nɪls（瑞典）〕尼爾斯
Nilsen〔'nɪlsən 〕尼爾森
Nilson〔'nɪlsɔn 〕
Nilsson〔'nɪlssɔn 〕（瑞典）尼爾森
Nilus〔'naɪləs 〕
Nim〔nɪm 〕
Niminger〔'naɪmɪŋə 〕
Nimar〔ni'mɑr 〕
Nimbus〔'nɪmbəs 〕
Nimeguen〔'naɪmegən 〕（荷）
Nîmes〔nim 〕尼姆（法國）
Nimitz〔'nɪmɪts 〕尼米兹（Chester William,
　1885-1966 ,美國海軍元帥）
Nimmons〔'nɪmənz 〕尼蒙斯
Nimrod〔'nɪmrɑd 〕【聖經】寧錄（大狩獵家,
　Noah 之曾孫）
Nimrud〔nɪm'rud 〕
Nimrud-Kalessi〔nɪm'rud·kɑlɛs'si 〕
Nims〔'nɪmz 〕尼姆斯
Nimule〔'nimule 〕
Nimwegen〔'nɪm,vegən 〕
Nimzovitch〔nɪm'tsɔvɪtʃ 〕
Nimzowitsch〔nɪm'tsɔvɪtʃ 〕
Nin〔nɪn 〕
Nina〔ninə ; 'naɪnə ; 'njinʌ（俄）〕尼娜
Niňa〔'ninja 〕
Ninčič〔'nintʃɪtʃ 〕
Nindemann〔'nɪndəmən 〕
Ninety-mile Beach〔'naɪntɪ,maɪl～〕
Nineveh〔'nɪnɪvɪ 〕尼尼微（伊拉克）
Ninfas〔'nimfɑs 〕
Ningan〔'nɪŋ'ɑn 〕
Ninghsia〔'nɪŋ'ʃjɑ 〕寧夏（中國）
Ningishzida〔,nɪŋgɪʃ'zidə 〕
Ningpo〔'nɪŋ'po 〕寧波（浙江）
Ningsia〔'nɪŋ'ʃɪɑ 〕寧夏（中國）
Ninguta〔'nɪŋ'u'tɑ 〕
Ningyuan〔'nɪŋj'wɑn 〕
Ningyüan〔'nɪŋj'wɑn 〕
Ninian〔'nɪnɪən 〕尼尼安
Ninias〔'nɪnɪəs 〕
Ninigo〔'ninɪgo 〕
Ninini〔nɪ'ninɪ 〕

Ninny〔'nɪnɪ〕
Nino〔'nino〕
Niño〔'ninjo〕
Ninon〔ni'nɔn〕（法）
Ninotchka〔nɪ'nʌtʃkə〕
Ninove〔ni'nɔv〕
Ninus〔'naɪnəs〕
Nin y Castellano〔'nin i ˌkɑste'ljɑno〕
Nio〔'naɪo〕（希）
Niobe〔'naɪəbɪ；'naɪo,bi〕尼奧比【希臘神話】（Thebes 王 Amphion 之妻）
Niobites〔'naɪəbaɪts〕
Niobrara〔ˌnaɪə'brɛrə；-'bræərə；-'brerə〕
Nioniosse〔ˌnioni'osse〕
Niord〔njɔrd〕
Nioro〔nɪ'oro〕
Nipal〔nɪ'pɔl〕
Nipe〔'nipe〕
Niphates〔naɪ'fætiz〕
Nipher〔'naɪfə〕奈弗
Niphus〔'naɪfəs〕
Nipigon〔'nɪpəˌgɑn〕尼匹岡湖（加拿大）
Nipisiguit〔nɪ'pɪzɪgwɪt〕
Nipissing〔'nɪpɪsɪŋ〕
Nipkow〔'nɪpko〕
Nipmuc〔'nɪpmʌk〕
Nipper〔'nɪpə〕
Nippletop〔'nɪpḷˌtɑp〕
Nippold〔'nɪpolt〕
Nippur〔nɪ'pur〕
Niquero〔nɪ'kero〕
Nirenstein〔'nirənstaɪn〕尼倫斯坦
Niriz〔ni'riz〕
Nirvana〔nɪr'vɑnə〕
Niš〔nɪʃ〕尼士（南斯拉夫）
Nisaea〔naɪ'siə〕
Nisan〔'naɪsæn〕猶太曆之七月
Nisard〔ni'zɑr〕（法）
Nišava〔'niʃava〕（塞克）
Nisbet(t)〔'nɪzbɪt〕尼斯比特
Nish〔nɪʃ〕
Nishadha〔'niʃədə〕
Nishava〔'niʃava〕
Nishnabotna〔ˌnɪʃnə'bɑtnə〕
Nisi〔'nisi〕
Nisib〔nɪ'sib〕
Nisibin〔nɪsɪ'bin〕
Nisibis〔'nɪsɪbɪs〕
Nisida〔'nizɪdə〕
Nisinan〔'naɪsɪnæn〕
Nismes〔'nim〕（法）

Nisqually〔nɪs'kwɑlɪ〕
Nisroch〔'nɪsrak〕
Nissa〔'nɪsə〕
Nissan〔nɪ'san；'nɪsan〕
Nissel〔'nɪsəl〕尼塞爾
Nissen〔'nɪsən〕尼森
Nissl〔'nɪsl〕
Nistru〔'nistru〕
Nisus〔'naɪsəs〕
Nita〔'nita〕仁多（日本）
Niterói〔ˌnitə'rɔɪ〕尼特洛伊（巴西）
Nitersdorf〔'nitəsdɔrf〕
Nith〔nɪθ〕
Nithard〔'nithɑrt〕
Nitherohi〔nitə'rɔɪ〕
Nithhogg〔'niθhag〕
Nithsdale〔'nɪθsdel〕尼斯代爾
Niti-Ghaut〔'niti'gɔt〕
Nitocris〔naɪ'tokrɪs〕
Nitra〔'njɪtrɑ〕尼特臘（捷克）
Nitria〔'nɪtrɪə〕
Nitriae〔'nɪtri〕
Nitro〔'naɪtro〕
Nittany〔'nɪtnɪ〕
Nitti〔'nɪtti〕尼蒂（Francesco Saverio，1868-1953，義大利經濟學家及政治家）
Nittis〔'nittis〕（義）
Nityananda〔ˌnɪtjə'nændə〕
Nitze〔'nɪtsə〕（德）尼采
Nitzsch〔nɪtʃ〕
Niuafoo〔nɪ'uəˌfoo〕
Niuatobutabu〔nɪ'uə'tɔbu'tabu〕
Niue〔nɪ'ue〕
Niu-tau〔'nju·'tau〕
Niva〔'nivə〕
Nivardus〔naɪ'vardəs〕
Nive〔niv〕
Nivelle〔ni'vɛl〕
Nivelles〔ni'vɛl〕
Niven〔'nɪvən〕尼文
Nivernais〔nivɛr'ne〕（法）
Nivernois〔nivɛr'nwa〕（法）
Nivôse〔ni'voz〕（法）
Nix〔nɪks〕尼克斯
Nixey〔'nɪksɪ〕
Nixon〔'nɪksən〕尼克森（Richard Milhous，1913-，美國律師）
Niza〔'nisa〕（拉丁美）
Nizami〔nɪ'zami〕
Nizamabad〔nɪ'zamabad〕
Nizam-al-Mulk〔nɪ'zam·ʊl·'mʊlk〕（波斯）

Nizami〔nɪza'mi〕

Nizhne Kamchatsk〔'nɪʒnə kæm-
'tʃætsk；'njɪʃnjɪ kʌm'tʃatsk（俄）〕

Nizhne Kolymsk〔'nɪʒnə ko'lɪmsk；
'njɪʃnjɪ kʌ'lɪmsk（俄）〕

Nizhni〔'njɪʒnɪ〕

Nizhni Novkorod〔'nɪʒnɪ 'navgərad；
'njɪʃnjɪ 'nɔfgərət（俄）〕

Nizhni Tagil〔'nɪʒnɪ tə'gɪl；'njɪʃnjɪ
tʌ'gil〕下塔吉爾（蘇聯）

Nizhnyaya Tunguska〔'njɪʃnjəjə tʊn-
'guskə〕（俄）

Nizolius〔nɪ'zolɪəs〕

Nizovoy〔nizɔ'vɔɪ〕

Nizwa, Kuh-i-〔'kuh·ɪ·nɪz'wa〕

Nizza〔'nittsa〕（義）

Nizza Montferrato〔'nittsa montfɛr-
'rato〕（義）

Nizzoli〔'nittsolɪ〕（義）

Njamus〔'ndʒamus〕

Njassa〔'ndʒasa〕

Njegoš〔'njɛgaʃ〕

Njemps〔'ndʒɛmps〕

Njenji〔'ndʒɛndʒi〕

Njommelsaska〔'njɔmmɛl,saska〕（瑞典）

Njord〔njɔrd〕

Njorth〔'njɔrθ〕

Nkata〔'ŋkatə〕

Nkole〔'ŋkole〕

Nkolonkathi〔,ŋkolon'kaθi〕

Nkonya〔'ŋkonja〕

Nkoransa〔ŋko'ransa〕

Nkrumah〔'ŋkrumə；ən'krumə〕恩克魯
瑪（Kwame，1909-1972，迦納總統）

Nkuna〔'ŋkuna〕

Nkunya〔'ŋkunja〕

N'mai Kha〔nə'maɪ,kha〕

Nmai Kha〔nə'maɪ,kha〕

No, Lake〔no〕奴湖（蘇丹）

Noacolly〔,noə'kalɪ〕

Noah〔'noə〕【聖經】諾亞（希伯來之一族長，
上帝啓示其製一方舟）

Noailles〔no'aɪ；nɔ'aj（法）〕

Noakes〔noks〕諾克斯

Noakhali〔,noak'halɪ〕

Noank〔'noæŋk〕

Noatak〔ro'atak〕延岡（日本）

Noatak-Kobuk〔no'atak·ko'buk〕

Nobbs〔nabz〕諾布斯

Nobel〔no'bɛl〕諾貝爾（Alfred Bernhard,
1833-1896, 瑞典製造家、發明家及慈善家）

Nobile〔'nɔbɪle〕

Nobili〔'nɔbɪli〕

Noble〔'nobl̩〕

Nobleboro〔'nobl̩,barə〕

Nobles〔'nobl̩z〕諾布爾斯

Noblesville〔'nobl̩zvɪl〕

Nobre〔'nɔbrə〕

Nobrega〔nu'brɛgə〕

Noc〔nak〕

Nocard〔nɔ'kar〕（法）

Nocera Inferiore〔no'tʃɛra ɪnferɪ'ore；
no'tʃɛra ɪmferɪ'ore〕

Noceto〔no'tʃeto〕

Noche Triste〔'notʃe 'triste〕

Nock〔nak〕諾克

Nocona〔no'konə〕

Nocquet〔nɔ'kɛ〕（法） 〔'eni〕

Noctes Ambrosianae〔'naktiz æm,brosɪ-

Nod〔nad〕

Nodaway〔'nadəwe〕

Noddack〔'nadak〕

Noddy〔'nadɪ〕

Nodier〔nɔ'dje〕（法）

Noe〔no〕諾埃

Noé〔nɔ'e〕

Noehoerowa〔'nuhu'rowa〕

Noehoetijoet〔'nuhu'tʃut〕

Noel〔no'ɛl〕❶聖誕節❷聖誕詩歌

Noel-Baker〔,noəl'bekə〕諾爾貝克（Philip
John, 1889-1982, 英國政治家及作家）

Noel-Buxton〔'noəl·'bʌkstən〕

Noemfoor〔'numfor〕

Noemi〔'noəmaɪ〕

Noémi〔nɔe'mi〕（法）

Noether〔'nətə〕

Noetzel〔'nɛtzəl〕內策爾

Nœud de vipères〔'nɝ də vi'pɛr〕（法）

Nofilia〔no'fɪljə〕

Nofilia, En〔ɛn no'fɪljə〕

Nofretete〔,nafrə'titɪ〕

Nogaevo〔nʌ'gajəvə〕（俄）

Nogaians〔no'gaɪənz〕

Nogal〔no'gæl〕

Nogaret〔nɔga'rɛ〕（法）

Nogat〔nogat〕

Nogent〔nɔ'ʒaŋ〕（法）

Nöggerath〔'nɝgərat〕（德）

Noggs〔nagz〕

Noginsk〔no'gɪnsk〕

Nógrád és Hont〔'nograd eʃ 'hont〕（匈）

Noguera Pallaresa〔no'gera ,palja-
'resa〕（西） 〔'ranθo〕（西）

Noguera Rivagoranzo〔no'gera ,rivago-

Noguès〔nɔ'gɛs〕
Nohili〔no'hilɪ〕
Noh〔no〕
Nohavec〔no'havɛk〕諾哈維克
Nohl〔nol〕
Noir〔nwar〕（法）
Noir, Le〔lə'nwar〕（法）
Noire〔nwar〕（法）
Noir Fainéant〔nwar fɛne'aŋ〕（法）
Noirmoutier〔nwarmu'tje〕（法）
Noise〔'nɔɪʃi〕（愛）諾伊斯
Noisseville〔nwas'vil〕（法）
Nokes〔noks〕諾克斯
Nokilalaki〔,nokɪla'lakɪ〕
Nokomis〔no'komɪs〕
Nokuhiva〔'nokʊ'hivə〕
Nolan〔'nolən〕諾蘭
Noland〔'noländ〕諾蘭
Nolansville〔'nolänzvɪl〕
Nolasco〔no'læsko〕
Nolde〔'noldə〕諾爾迪
Nöldeke〔'nəldəkə〕
Nolhac〔nɔ'lak〕（法）
Noli〔'nolɪ〕
Nolichucky〔'nalɪ,tʃʌkɪ〕
Noll〔nal；nol〕諾爾
Nolla〔'nala〕諾拉
Nollekens〔'naläkənz〕諾勒肯斯
Nollendorf〔'noländorf〕
Nollet〔nɔ'lɛ〕（法）
Noller〔'nalə〕諾勒
Nolte〔'noltɪ〕諾爾蒂
No Mans Land〔'no ,mænz ,lænd〕
Nombre do Dios〔'nɔmbre ðe 'ðjos〕
（西）
Nome〔nom〕諾母（美國）
Nomentack〔no'mɛntæk〕
Nomentanus〔,nomən'tenəs〕
Nomoi〔'nomɔɪ〕
Nomonhan〔'no'mɔn'han〕
Nompar de Caumont〔nɔŋ'par də
ko'mɔŋ〕（法）
Nompère〔nɔŋ'pɛr〕（法）
Nompère de Champagny〔nɔŋ'pɛr
də ʃaŋpa'nji〕（法）
Nona〔'nonə；'nona〕
Nondaburi〔nʌnbʊri〕（暹羅）
Nongkaya〔nɔŋkhaɪ〕（暹羅）
Nong Khai〔nɔŋ khaɪ〕廊開府（泰國）
Nonius〔'nonɪəs〕
Nonna〔'nana；'nonna（羅）〕
Nonne〔'nanə〕

Nonni〔'nʌn'nɪ〕
Non Nobis Domine〔nan 'nobɪs
'damɪni〕
Nonnus〔'nanəs〕
Nonouti〔nono'utɪ〕
Nonsuch〔'nʌn,sʌtʃ〕
Nontha Buri〔nʌn bʊri〕（暹羅）
Noon〔nun〕努恩
Noonan〔'nunən〕努南
Nooner〔'nunə〕努納
Noonmark〔'nun,mark〕
Noord〔nɔrt〕
Noord-Beveland〔nɔrt・'bevɪlant〕
Noord Brabant〔,nɔrt bra'bant〕
Noordbrabant〔,nɔrtbra'bant〕
Noorden〔'nɔrdən〕
Noordholland〔,nɔrt'holant〕
Noordoostelijke Polder〔nɔr'tostəlaɪkə
'paldə〕
Noordsee〔'nɔrtze〕
Noordwestelijke Polder〔nɔrt'wɛstə-
laɪkə 'paldə〕
Noort〔'nort〕
Nootka〔'nutkə〕
Noph〔naf〕
Nora(h)〔'nɔrə〕諾拉
Norba〔'nɔrbə〕
Norbert〔'nɔrbət；nɔr'bɛr〕（法）諾伯特
Norbery〔'nɔrbɛrɪ〕
Norborne〔'nɔrbən〕諾伯恩
Norcliffe〔'nɔrklɪf〕諾克利夫
Norco〔'nɔrko〕
Nord〔nɔrd〕諾德
Nordahl〔'nɔrdal〕
Nordal〔'nɔrdal〕
Nordalbingi〔,nɔrdæl'bɪndʒaɪ〕
Nordalbingia〔,nɔrdæl'bɪndʒɪə〕
Nord Alexis〔nɔr alɛk'si〕（法）
Nordau〔'nɔrdaʊ〕
Nordberg〔'nɔrdbəg〕諾德伯格
Nordbye〔'nɔrdbɪ〕諾德比   〔'lɔɪt〕
Norddeutscher Lloyd〔'nɔrt,dɔɪtʃə
Norden〔'nɔrdn̩〕諾登
Nordenfelt〔'nɔrdn̩fɛlt〕
Nordenberg〔'nurdən,bærj〕（瑞典）
Nordenflycht〔'nurdənfljkt〕
Nordenham〔'nɔrdənham〕
Nordenskjöld〔'nurdənʃəld〕奴爾丹紹（❶
Baron Nils Adolf Erik,1832-1901,瑞典地質
學家及北極探險家❷Nils Otto Gustaf, 1869-
1928, 瑞典南極探險家）
Nordenson〔'nɔrdənsn̩〕諾登森

Norderney [,nɔrdəˈnaɪ]
Nord Fjord [nɔr ~]
Nordgren [ˈnʊrdgren] 諾格倫
Nordhausen [ˈnɔrthauzən]
Nordheim [ˈnɔrthaɪm]
Nordhoff [ˈnɔrdhɑf] 諾德霍夫
Nordhorn [ˈnɔrthɔrn]
Nordic [ˈnɔrdɪk] 北歐人
Nordica [ˈnɔrdɪkə] 諾迪卡
Nordin [ˈnɔrdɪn]
Nordkapp [ˈnɔr,kɑp]
Nordkyn, Cape [ˈnɔrkjun;ˈnʊr,kjun]
    諾爾康角 (挪威)
Nordland [ˈnɔrdlənd;ˈnɔrlɑn (挪)]
Nordlund [ˈnɔrdlənd]
Nordmark [ˈnɔrtmɑrk]
Nordmeyer [ˈnɔrdmaɪə] 諾德邁耶
Nordoff [ˈnɔrdɔf] 諾爾多夫
Nord-Ostsee [ˈnɔrt·ˈostze]
Nordraak [ˈnɔrdrɔk] (挪)
Nordre Bergenhus [ˈnɔrdrɪ ˈbɛrgən-
    ,hus;ˈnʊr-]
Nordre Trondhjem [ˈnɔrdrɪ ˈtrɔn-
    jɛm; ˈnʊr-]
Nordrhein-Westfalen [ˈnɔrdəhaɪnvɛst-
    ˈfɑlən]
Nordsee [ˈnɔrtze]
Nordsjø [ˈnɔrʃə] (挪)
Nord Slesvig [ˈnɔrˈslɛsvɪ] (丹)
Nordsø [ˈnɔrʃə] (丹)
Nordstrand [ˈnɔrt·ˈʃtrant]
Nord-Tröndelag [ˈnɔr·ˈtrɛndəlɑg;
    ˈnʊr-] (挪)
Nord und Süd [ˈnɔrt unt ˈzjut] (德)
Nordvik [ˈnɔrdvɪk] 諾德維克 (蘇聯)
Nore [nɔr] 諾爾河 (愛爾蘭)
Noreen [ˈnɔrɪn;nʊˈren (瑞典)]
Norfolk [ˈnɔrfək] 諾福克郡 (英格蘭)
Norgate [ˈnɔrget]
Norge [ˈnɔrgə]
Norham [ˈnɑrəm]
Noric Alps [ˈnɑrɪk ælps]
Noricum [ˈnɑrɪkəm]
Norische Alpen [ˈnɔrɪʃə ˈɑlpən] 諾蘭
Norland [ˈnɔrlənd]
Norlie [ˈnɔrlɪ] 諾利
Norlund [ˈnɔrlənd] 諾倫德
Norma [ˈnɔrmə] 諾爾馬
Normal [ˈnɔrməl]
Norman [ˈnɔrmən] ❶法國諾曼第人 ❷諾
    曼 (Montagu Collet, 1871-1950, 英國銀行家)
Normanby [ˈnɔrmənbɪ] 諾曼比
Normandie [,nɔrmɑŋˈdi]
Normandy [ˈnɔrməndɪ] 諾曼第 (法國)

Normann [ˈnɔrmɑn]
Normanton [ˈnɔrməntən] 諾曼敦 (澳洲)
Normanus [nɔrˈmenəs]
Norn [nɔrn] 【北歐神話】司命運之三女神之一
Norna [ˈnɔrnə]
Norns [ˈnɔrnz]
Noroña [noˈronja]
Noroton [noˈrotn]
Norouma [nuˈrumɑ]
Norrbotten [ˈnɔr,bɔtən]
Norrell [ˈnɔrrəl] 諾雷爾
Norreys [ˈnarɪs] 諾里斯
Norridge [ˈnarɪdʒ]
Norridgewock [ˈnarɪdʒ,wɑk]
Norrie [ˈnarɪ] 諾里
Norrington [ˈnarɪŋtən] 諾林頓
Norris [ˈnɔrɪs] 諾利斯 (❶ Charles Gilman,
    1881-1945, 美國小說家 ❷其兄 Benjamin-Frank-
    lin, 簡稱 Frank, 1870-1902, 美國小說家)
Norristown [ˈnarɪstaun]
Norriton [ˈnarɪtən]
Norrköping [ˈnɔr,tʃəpɪŋ] 諾澤平 (瑞典)
Norrland [ˈnɔrlənd]
Norroy [ˈnarɔɪ]
Norse [nɔrs] ❶古代斯堪地那維亞人 (語)
    ❷挪威人 (語)
Norseland [ˈnɔrslənd]
Norseman [ˈnɔrsmən]
Norsemen [ˈnɔrsmən]
Norsey Woods [ˈnɔrsɪ]
Norstadt [ˈnɔrstæd]
Norte [ˈnɔrte]
Norte de Santander [ˈnɔrte ðe ,san-
    tanˈder] (西)
North [ˈnɔrθ] 諾斯 (Frederick, 1732-1792,
    英國政治家)
Northallerton [nɔrˈθælətn]
Northam [ˈnɔrθəm]
North America [,nɔrθ əˈmɛrɪkə] 北美洲
Northampton [nɔrθˈhæmptən] 諾坦普
    頓 (英國;美國)
Northamptonshire [nɔrθˈhæmptən-
    ,ʃɪr] 諾坦普頓郡 (英格蘭)
North Andover [nɔrθ ˈændovə]
Northanger [nɔrˈθæŋgə]
Northanger Abbey [nɔrˈθæŋgə ˈæbɪ]
North Anna [nɔrθ ˈænə]
Northants. [nɔrˈθænts]
North Arcot [nɔrθ ˈɑrkɑt]
North Arlington [nɔrθ ˈɑrlɪŋtən]
North Augusta [,nɔrθ ɔˈgʌstə]
North Attleboro [nɔrθ ˈætl,bʌro]
North Bellevernon [,nɔrθ bɛlˈvɛnən]
North Bellmore [nɔrθ ˈbɛlmɔr]

North Berwick〔'bɛrɪk〕
North Bierley〔'baɪəlɪ〕
North Borneo〔'bɔrnɪ,o〕北婆羅州（太平洋）
Northborough〔'nɔrθ,bɜo〕
North Brabant〔brə'bænt；'brabant〕
Northbridge〔'nɔrθbrɪdʒ〕（荷）
North Bromsgrove〔nɔrθ 'bramzgrov〕
Northbrook〔'nɔrθbruk〕諾思布魯克
North Carolina〔kærə'laɪnə〕北卡羅來納（美國）
Northcliffe〔'nɔrθklɪf〕諾思克利夫
Northcote〔'nɔrθkət〕諾思科特
North Dakota〔də'kotə〕北達科他（美國）
Northe〔'nɔrtə〕
Northeast〔,nɔrθ'ist〕
Northen〔'nɔrðən〕諾森
Northern Circars〔'nɔrðən sə'karz〕
Northern Ireland〔'aɪrlənd〕北愛爾蘭（愛爾蘭）
Northern Territory〔'tɛrə,tɔrɪ〕北領土（澳洲）
Northerton〔'nɔrðətn〕
Northey〔'nɔrθɪ〕諾西
Northfield〔'nɔrθfild〕諾思菲爾德
Northfleet〔'nɔrθflit〕
Northgate〔'nɔrθget〕
North Hero〔'hɪro〕
North Holland〔'halənd〕
Northington〔'nɔrðɪŋtən〕
North Island〔'aɪlənd〕北島（紐西蘭）
North Korea〔kə'rɪə〕北韓（亞洲）
Northland〔'nɔrθlənd；'nɔrθ,lænd〕
Northman〔'nɔrθmən〕古代斯堪地那維亞人
Northmore〔'nɔrθmɔr〕諾思莫爾
North Negril〔nə'grɪl〕
North Ockendon〔'akəndən〕
Northop〔'nɔrθəp〕
North Ossetia〔a'sɪʃɪə〕
North Platte〔plæt〕北普拉特河（美國）
Northport〔'nɔrθpɔrt〕
North Riding〔'raɪdɪŋ〕
Northrop〔'nɔrθrəp〕諾斯洛普（John Howard, 1891-, 美國科學家）
Northrup〔'nɔrθrəp〕諾斯拉普
North Sea〔nɔrθ～〕北海（大西洋）
Northumberland〔nɔr'θʌmbələnd〕諾森伯蘭郡（英格蘭）
Northumbria〔nɔr'θʌmbrɪə〕英國 Anglo-Saxon 時代之古王國
Northup〔'nɔrθəp〕諾瑟普
North Vietnam〔'vjɛt'næm〕北越（亞洲）

Northville〔'nɔrθvɪl〕
Northwest〔,nɔrθ'wɛst〕
North West Frontier〔'nɔrθ wɛst 'frʌntɪə〕西北邊區（加拿大）
Northwich〔'nɔrθwɪtʃ〕
Northwood〔'nɔrθwud〕諾思伍德
Norton〔'nɔrtn〕諾頓（❶ Charles Eliot, 1827-1908, 美國作家及教育家 ❷ Thomas, 1532-1584, 英國律師及詩人）
Norton-Taylor〔'nɔrtn·'telə〕
Norumbega〔,nɔrəm'bigə〕
Norval〔'nɔrvəl〕諾弗爾
Norvegia〔nɔr'vidʒɪə〕
Norvelt〔'nɔrvɛlt〕
Norvin〔'nɔrvɪn〕諾文
Norwalk〔'nɔrwɔk〕挪瓦克（美國）
Norway〔'nɔrwe〕挪威（歐洲）
Norwegian Sea〔nɔr'widʒən～〕挪威海（北大西洋）
Norweyan〔nɔr'wean〕
Norwich〔'narɪdʒ；'narɪtʃ；'nɔrwɪtʃ〕挪利其（英格蘭；美國）
Norwichtown〔'nɔrwɪtʃtaun〕
Norwid〔'nɔrvɪt〕
Norwood〔'nɔrwud〕諾伍德
Nosey Parker〔'nozɪ 'parkə〕
Nosi Be〔'nɔrsɪ 'be〕
Noske〔'naskə〕
Noskowski〔nɔs'kɔfskɪ〕
Nosop〔'nosap〕
Noss〔nas〕
Nossarii〔na'sɛrɪaɪ〕
Nossi-Bé〔'nɔsi·'be〕
Nostradamus〔,nastrə'deməs〕拿斯特拉得馬斯（1503-1566, 法國星相學家）
Nostrand〔'nostrənd〕
Nostredame〔nɔtrə'dam〕（法）
Nostromo〔nas'tromo〕
Nosy-Bé〔'nɔsi·'be〕
Notabile〔no'tabile〕
Nöteborg〔'nɜtə,bɔrj〕（瑞典）
Noteć〔'nɔtɛtʃ〕（波）
Notestein〔'not·staɪn〕諾特斯坦
Nothnagel〔'notnagəl〕
Nothomb〔nɔ'tɔmb〕
Nothus〔'noθʌs〕
Notium〔'noʃɪəm〕
Notker Labeo〔'notkə 'lebɪo〕
Noto〔'noto〕（義）
Notodden〔'no,tɔdn〕
Notopoulos〔'notəpulos〕諾托普洛斯

Notowidigdo〔natəˈwidɪgdo〕

Notre Dame〔ˌnotəˈdem; ˌnotrəˈdam〕
❶聖母瑪利亞❷聖母院（巴黎之一著名教堂）

Notredame〔nɔtrəˈdam〕（法）

Notre Dame de Brou〔ˌnɔtrə ˈdam də ˈbru〕（法）

Notre-Dame-de-la-Salette〔ˌnɔtrə-ˈdam·də·la·saˈlɛt〕（法）

Notre-Dame-de-Lorette〔ˌnɔtrə·ˈdam·də·lɔˈret〕（法）

Notre Dame de Paris〔ˌnɔtrə ˈdam də paˈri〕（法）

Notre Dame des Vertus〔ˌnɔtrə ˈdam de verˈtju〕（法）

Notre Dame du Lac〔ˌnɔtrə ˈdam dju ˈlak〕（法）

Nott〔nat〕諾特

Nottawasaga〔ˌnatəwəˈsɔgə〕

Nottaway〔ˈnatəˌwe〕

Nottebohm〔ˈnatəbom〕

Nottely〔ˈnatlɪ〕

Nötteröy〔ˈnɜtəˌrɜju〕（撾）

Nottidge〔ˈnatɪdʒ〕諾蒂奇

Nottingham〔ˈnatɪŋəm; ˈnatɪŋˌhæm〕諾丁安（英格蘭）

Nottinghamshire〔ˈnatɪŋəmˌʃɪr〕諾丁安郡（英格蘭）

Notting Hill〔ˈnatɪŋ ˈhɪl〕

Nottoway〔ˈnatəwe〕

Notts.〔nats〕

Notus〔ˈnotəs〕古希臘時南風之擬人化

Nouakchott〔nʊˈakˌʃat〕諾克少（毛里塔尼亞）

Noue, La〔la ˈnu〕（法）

Nouguès〔nuˈgɛs〕（法）

Noureddin〔ˈnuredˈdin〕（阿拉伯）

Nourjahad〔ˌnurdʒəˈhad〕

Nourmahal〔ˌnurməˈhal〕

Nouronihar〔ˌnuranɪˈhar〕

Nourrit〔nuˈri〕（法）

Nourse〔nɜs〕諾斯

Nouveau〔nuˈvo〕

Nouveau-Québec〔nuˈvo·keˈbɛk〕

Nouvelle Calédonie〔nuˈvɛl kaledɔˈni〕（法）

Nouvelle Héloïse〔nuˈvɛl elɔˈiz〕

Nouvelle Idole〔nuˈvɛl iˈdɔl〕

Nouvelles Hébrides〔nuˈvɛl zeˈbrid〕

Nova Acta Eruditorum〔ˈnovə ˈæktə ˌɛrˌjʊdiˈtɔrəm〕

Nova Caesarea〔ˈnovə ˌsizəˈriə; ˈnovə ˌsɛsəˈriə〕

Novachovitch〔ˌnɔvaˈhɔvitʃ〕（立陶宛）

Novaes〔noˈvais〕

Novaës〔ˌnovaˈɛs〕

Novaesium〔noˈviʒɪəm〕

Nova Friburgo〔ˈnovə friˈburgu〕

Novak〔ˈnovæk〕諾瓦克

Novák〔ˈnɔvak〕

Novaković〔ˌnɔˈvakɔvitʃ; noˈvakovitj〕（塞克）

Novaliches〔ˌnovaˈlitʃes〕

Novalis〔noˈvalɪs〕

Nova Lisboa〔ˈnovə lɪʒˈvoə〕（葡）

Novar〔noˈvar〕諾瓦爾

Novara〔noˈvara〕諾瓦拉（義大利）

Novaria〔noˈvɛrɪə〕

Nova Scotia〔ˈnovə ˈskoʃə〕新斯科（加拿大）

Nova Sofala〔ˈnovə soˈfalə〕

Novati〔noˈvatɪ〕

Novatian〔noˈveʃən〕

Novatianus〔noˌveʃɪˈenəs〕

Novato〔noˈvato〕

Novaya Ladoga〔ˈnɔvəjə ˈladəgə〕

Novaya Sibir〔ˈnɔvəjə sjiˈbjir〕（俄）

Novaya Zemlya〔ˈnɔvəjə zɪmˈlja〕新地（蘇聯）

Nova Zeelandia〔ˈnovə ziˈlændɪə〕

Nova Zembla〔ˈnovə ˈzemblə〕

Novel〔ˈnavl̩〕

Noveleta〔ˌnoveˈleta〕

Novello〔noˈvɛlo〕諾衞洛

Novelty Fashion〔ˈnavəltɪ ˈfæʃən〕

November〔noˈvɛmbɚ〕十一月

Novempopulana〔ˈnovəmˌpapjuˈlenə〕

Novempopulania〔ˈnovəmˌpapjuˈlenɪə〕

Novelli〔noˈvelli〕（義）

Novello〔noˈvɛlo〕（義）

Noverre〔nɔˈver〕（法）

Noves〔nav〕

Novgorod〔ˈnavgəˌrad〕諾夫哥羅德（蘇聯）

Novial〔ˈnovjəl〕

Novibazar〔ˌnɔvɪbaˈzar〕

Novicow〔nɔviˈkɔf〕

Novikov〔ˈnɔvikəf; ˈnɔvjɪkɔf〕（俄）

Novikov-Priboy〔ˈnɔvikəf·priˈbɔɪ〕

Noviodunum〔ˌnovɪoˈdjunəm〕

Noviomagus〔ˌnovɪˈaməgəs〕

Novi Pazar〔ˌnovi paˈzar〕

Novi Sad〔ˌnovi ˈsad〕諾微沙德（南斯拉夫）

Novius ['novɪəs] 諾維厄斯

Novocain ['novə,ken]

Novocherkassk [,novətʃɛr'kask]

Novokazalinsk [,nɔvəkʌ'zaljɪnsk] (俄)

Novo Kuznetsk [,novo kʊz'nɛtsk; ,novə kʊz'njɛtsk (俄)]

Novo Mariinsk [,nɔvə mə'rjiinsk] (俄)

Novomoskovsk [,nɔvəmʌs'kɔfsk] (俄)

Novonikolaevsk [,nɔvənjɪkʌ'lajɛfsk] (俄)

Novorossisk [,nɔvərʌ'sjisk] (俄)

Novorossiya [,nɔvə'rɔssɪjə] (俄)

Novosibirsk [,novəsɪ'bɪrsk; ,nɔvəsjɪ'bjɪrsk] 新西伯利亞 (蘇聯)

Novo Sibirskie Ostrova [,nɔvə sjɪ'bjɪrskɪjə ʌstrʌ'va] (俄)

Novo-Tcherkask [,nɔvə·tʃɛr'kask] (俄)

Novotna ['nɔvɔtna] 諾沃特納

Novouzensk [,novə'uzɛnsk; ,nɔvə'uzjɪnsk (俄)]

Novozybkov [,nɔvə'zɪpkɔf] (俄)

Novum Organum ['novəm 'ɔrgənəm]

Novy ['novi] 諾維

Novy Margelan ['novi margɛ'lan]

Novy Port [,novɪ 'pɔrt] 諾維港 (蘇聯)

Nowaczyński [,nɔvə'tʃinski]

Nowanagar [,navə'nʌgə] (印)

Nowanuggur [,navə'nʌgə] (印)

Nowata [no'watə]

Now Barabbas [nau bə'ræbəs]

Nowel ['noəl]

Nowell [no'ɛl] 諾埃爾

Noweta [noʌ'witə]

Nowotny [no'watnɪ] 諾沃特尼

Nowowiejski [,nɔvɔ'vjeski] (波)

Nowy Sącz [,nɔvɪ 'sɔntʃ] (波)

Nox [naks] 【羅馬神話】夜之女神 (相當於希臘神話之 Nyx)

Noxubee ['nakʃəbɪ]

Noy [nɔɪ] 諾伊

Noyades [nwa'jad] (法)

Noyers [nwa'je] (法)

Noyers de l'Altenburg [nwa'je də laltaŋ'bʊrg] (法)

Noyes [nɔɪz] 諾伊斯 (Alfred, 1880-1958, 英國詩人)

Noyil ['nɔɪəl]

Noyon [nwa'jɔŋ] (法)

Noyseau [nwa'zo] (法)

Nozze di Figaro ['nottse di 'figaro] (義)

Nquabe ['ŋkwabe]

Ntakima ['ntakima]

Ntinde ['ntinda]

Ntum ['ntum]

Ntwumuru [ntwu'muru]

Nu [nu] 字奴 (U, 1907-, 緬甸政治家)

Nuba ['nubə]

Nubar Pasha [nu'bar 'paʃa]

Nubbles ['nʌblz]

Nubi ['nubɪ]

Nubia ['njubɪə] 努比亞 (非洲)

Ñuble ['njuvle] (西)

Nuce [njus]

Nuceria Alfaterna [nju'sɪrɪə ,ælfə'tɜnə]

Nü-chih ['nju·'tʃɚ] (蒙古)

Nucker ['nʌkə]

Nuckles ['nʌklz] 納克爾斯

Nuckolls ['nʌkəlz] 納科爾斯

Nukols ['nʌkəlz] 納科爾斯

Nudd [nuð] (威)

Nudo Ausangate ['nuðo ,ausaŋ'gate] (西)

Nueces [nu'eses] 努埃塞斯河 (美國)

Nuelle ['njulɪ] 紐利

Nuer ['nuɛr]

Nuestra Señora ['nwestra se'njora] (西)

Nuestra Señora de la Asunción ['nwestra se'njora ðe la ,asun'sjɔn] (西)

Nuestra Señora de los Dolores de Las Vegas ['nwestra se'njora ðe los do'lores ðe laz 'vegas] (西)

Neuva Andalucía ['nweva ,andalu'sia] (西)

Nueva Ecija ['nweva 'esɪha] 新埃西哈 (菲律賓)

Nueva Gerona ['nweva he'rona] (西)

Nueva Granada ['nweva gra'naða] (西)

Nueva Palmira ['nweva pal'mira]

Nueva Paz ['nweva 'pas] (拉丁美)

Nuevas Ordenanzas ['nwevas ,ɔðe'nanθas] (西)

Nueva Toledo [ˈnweva toˈleðo] (西)

Nueva Veracruz [ˈnweva ˌveraˈkrus] (西)

Nueva Vizcaya [ˈnweva vɪsˈkaja] 新維斯卡亞 (菲律賓)

Nuevo, Golfo [ˈgɔlfo ˈnwevo]

Nuevo Laredo [ˈnwevo laˈreðo] (西)

Nuevo León [ˈnwevo leˈɔn] 內佛里昂 (墨西哥)

Nuevo Santander [ˈnwevo ˌsantanˈder] (西)

Nufawa [nuˈfawa]

Nufe [ˈnufe]

Nuffield [ˈnʌfild] 納菲爾德

Nuflo [ˈnuflo]

Nugent [ˈnjudʒənt] 紐金特

Nugent-Temple-Grenville [ˈnjudʒənt·ˈtempl·ˈgrɛnvɪl]

Nuginah [ˈnʌginə]

Nûgssuaq [ˈnugsuak] (丹)

Nuhum [ˈnuhum]

Nuhuma [nuˈhuma]

Nui [ˈnuɪ]

Nuits [nwi]

Nuits Blanches [nwi ˈblɑŋʃ] (法)

Nuitter [njuiˈtɛr] (法)

Nu Kiang [ˈnu dʒɪˈaŋ] (中)

Nukualofa [ˌnukuəˈlɔfə] 努瓜婁發 (東加王國)

Nukufetau [ˌnukufɪˈtau]

Nuku Hiva [ˈnuku ˈhivə]

Nukulaelae [ˌnuku, laeˈlae]

Nukunau [ˈnukunau]

Nuku Nono [ˈnuku ˈnono]

Nukunono [ˈnuku ˈnono]

Nukus [nuˈkus] 努庫斯 (蘇聯)

Nulato [nuˈlato] 努拉托 (美國)

Nüll [njul]

Nullarbor [ˈnʌləbɔr]

Numa [ˈnjumə; njuˈma (法); ˈnuma (西)]

Numantia [njuˈmæntɪə; -tjə; -ʃɪə; -ʃjə]

Numantine [ˈnjuməntɪn]   [-ljəs]

Numa Pompilius [ˈnjumə pamˈpɪlɪəs;

Numedalslågen [ˈnumɪdals,lɔgən] (挪)

Numenius [njuˈminɪəs]

Numerianus [nju,mɪrɪˈenəs]

Numfor [ˈnumfɔr]

Numidia [njuˈmɪdɪə]

Numidicus [njuˈmɪdɪkəs]

Numitor [ˈnjumɪtɔr]

Nun [nʌn]

Nunatak, Gould [ˈguld ˈnʌnətæk]

Nunburnholme [nʌnˈbɜnəm]

Nunc Dimittis [ˈnʌŋk dɪˈmɪtɪs] Simeon 之頌 (以 "主啊,如今可以照你的話釋放僕人安然去世" 句開始)

Nuncomar [ˈnʌnkomar]

Nuneaton [nʌˈnitn] 努尼頓 (英格蘭)

Nuneham [ˈnjunəm]

Nunes [ˈnunɪʃ] (葡) 努涅斯

Nunez [ˈnunes; ˈnunɪʃ (葡)] 努涅斯

Núñez [ˈnunjeθ] (西)

Núñez de Arce [ˈnunjeθ ðe ˈarθe] (西)

Núñez de Haro y Peralta [ˈnunjeθ ðe ˈaro ɪ peˈralta] (西)

Nungesser [nɜŋʒeˈsɛr] (法)

Nunho [ˈnunju] (葡)

Nunivak [ˈnunɪ,væk] 努尼瓦克島 (美國)

Nunkiang [ˈnundʒɪˈaŋ] 嫩江 (中國)

Nunn [nʌn] 納恩

Nuno [ˈnunu] (葡)

Nunó [nuˈno] (西)

Nuño [ˈnunjo] (西)

Nuño de Guzmán [ˈnunjo ðe guθˈman] (西)

Nuovo [ˈnwɔvo]

Nupe [ˈnupe]

Nu-pieds [nju·ˈpje] (法)

Nupkins [ˈnʌpkɪnz]

Nureddin [nurɛdˈdin]

Nuremberg [ˈnjurəmbəg; ˈnjɔr-; -rɪm-]

Nurhak Daği [nurˈhak daˈɪ] (土)

Nuri as-Said [ˈnuri as·saˈid]

Nur Jahan [ˈnur dʒəˈhan]

Nurmahal [nurməˈhal]

Nurmes [ˈnurmes]

Nurmi [ˈnurmɪ]

Nürnberg [ˈnjurnbɛrk] 紐倫堡 (德國)

"Nurse Nokes" [nɜs noks]

Nursia [ˈnɜʃɪə]

Nur ud-din Abd-ur-Rahman [nu rud·ˈdin abd·ur·ˈraman] (波斯)

Nuruma [nuˈruma]

Nusa Besar [ˈnusa beˈsar]

Nusantara [ˌnusanˈtara]

Nusku [ˈnʌsku]

Nusle [ˈnusle]

Nut [nʌt]

Nuthall [ˈnʌtɔl] 納托爾

Nutka [ˈnutkə]

Nutley [ˈnʌtlɪ]
Nuttall [ˈnʌtɔl] 納托爾
Nutten [ˈnʌtən]
Nutter [ˈnʌtə] 納特
Nutting [ˈnʌtɪŋ] 納丁
Nuuanu [ˌnuuˈanu]
Nuuanu Pali [ˌnuuˈanu ˈpalɪ]
Nuwara Eliya [njuˈreljə; ˌnuwərəˈelɪjə]
Nuyssen, van [van ˈnɔɪsən]
Nuzi [ˈnuzi]
Nuzio [ˈnutsjo]
Nwalungu [nwaˈluŋgu]
Nwanati [nwaˈnati]
Nyack [ˈnaɪæk]
Nyai [njaɪ]
Nyaktse [ˈnjaktse]
Nyakyusa [njaˈkjusa]
Nyala [ˈnjala]
Nyamlagira [ˌnjamlaˈgɪrə]
Nyam-nyam [ˈnjam·ˈnjam]
Nyamwezi [njamˈwezi]
Nyaneka [njaˈneka]
Nyanja [ˈnjændʒə]
Nyankole [njaŋˈkole]
Nyanyembe [njaˈnjembe]
Nyanza [nɪˈænzə; naɪˈænzə]
Nyaradi [njaˈradɪ]
Nyasa, Lake [naɪˈæsə] 尼亞沙湖（非洲）
Nyasaland [naɪˈæsəlænd] 尼亞沙蘭
Nyassa [nɪˈæsə]
Nyaya [ˈnjajə]
Nyblom [ˈnjublum]
Nyborg [ˈnjubɔr] 紐伯格
Nydia [ˈnɪdɪə]
Nye [naɪ] 奈

Nyem [ˈniəm]
Nyenchentanglha [ˌnjɛntʃɛnˈtaŋla]
Nyeri [ˈnjerɪ]
Nyerup [ˈnjʊərup]
Nygaardsvold [ˈnjugɔːsvɔl]（挪）
Nyifwa [ˈnjifwa]
Nyika [ˈnjika]
Nyiragongo [ˌnjirəˈgaŋgo]
Nyíregyháza [ˈnjirɛdjˌhaza] 尼勒代哈沙（匈牙利）
Nyiri [ˈnjirɪ]
Nyírő [ˈnjirə]（匈）
Nyitrabánya [ˈnjitraˌbanja]（匈）
Nyland [ˈnjʊˌland]
Nylander [naɪˈlændə] 尼蘭德
Nym [nɪm]
Nymegen [ˈnaɪmehən]（荷）
Nymphaeum [nɪmˈfiəm]
Nymphaion [nɪmˈfaɪən]
Nymphenburg [ˈnjumfənburk]（德）
Nymphidia [nɪmˈfɪdɪə]
Nymyllany [ˌnɪmɪˈlanɪ]
Nyong [njɔŋ]
Nyore [ˈnjore]
Nyoro [ˈnjoro]
Nyren [ˈnaɪrɪn] 奈倫
Nyrop [ˈnjurʊp]（丹）
Nys [nis]
Nysa [ˈnaɪsə; ˈnisa]
Nysa Łużycka [ˈnɪsa luˈʒɪtska]（波）
Nyssa [ˈnɪsə]
Nystadt [ˈnjusˌtad]
Nystrom [ˈnaɪstrəm] 奈斯特倫
Nyungwe [ˈnjuŋwe]
Nyx [nɪks]【希臘神話】夜之女神
Nzima [ˈnzima]

O

Oa, Mull of 〔 mʌl , o 〕

Oadby 〔'odbɪ〕

Oahu 〔 o'ahu 〕歐胡島（夏威夷群島）

Oajaca 〔wɑ'hɑkɑ〕（西）

Oak 〔ok〕奧克

Oakboys 〔'okbɔɪz〕

Oakdale 〔'okdel〕

Oakeley 〔'oklɪ〕奧克利

Oakengates 〔'okən,gets〕

Oakes 〔oks〕奧克斯

Oakey 〔'okɪ〕奧基

Oakfield 〔'okfild〕

Oakham 〔'okhəm〕

Oakhampton 〔'ok'hæmptən〕

Oakland 〔'oklənd〕奧克蘭（美國）

Oakleigh 〔'oklɪ〕

Oakley 〔'oklɪ〕奧克利

Oaklyn 〔'oklɪn〕

Oakmont 〔'okmant〕

Oak Ridge 〔'ok rɪdʒ〕

Oaks 〔oks〕奧克斯

Oakville 〔'okvɪl〕

Oakwood 〔'okwʊd〕

Oakworth 〔'okwəθ〕

Oannes 〔o'ænəs〕

Oaracta 〔,oə'ræktə〕

Oare 〔ɔr〕

Oas 〔o'as〕

Oasis Butte 〔o'esɪs bjut〕

Oasis Sahariennes 〔oɑ'zis sɑhɑ'rjɛn〕
（法）

Oastler 〔'ostlə〕奧斯特勒

Oatcake 〔'otkek〕

O Ateneu 〔u ,atə'neu〕

Oates 〔ots〕歐次（Lawrence Edward
Grace，1880-1912，英國南極探險家）

Oatis 〔'otɪs〕奧蒂斯

Oatlands 〔'otləndz〕

Oatway 〔'otwe〕奧特衛

Oaxaca 〔wɑ'hɑkɑ〕瓦哈卡（墨西哥）

Oaxaca de Juárez 〔wɑ'hɑkɑ ðe
'hwɑres〕（西）

Ob 〔ab〕鄂畢河（蘇聯）

Oba 〔'obɑ〕

Obadiah 〔,obə'daɪə〕❶【聖經】俄巴底亞書
（舊約之一卷）❷【聖經】俄巴底亞（小預言家
之一）

Obaldia 〔o'vɑldjɑ〕（西）

Oban 〔'obən〕歐班（英國）

Obando 〔o'vɑndo〕（西）

Obbard 〔'abard〕

Obbia 〔'ɔbbjɑ〕歐比亞（索馬利亞）

Obdorsk 〔ʌb'dɔrsk〕（俄）

Obeah 〔'obɪə〕

Obed 〔'obɛd〕奧貝德

Obededom 〔,obɛ'didəm〕

Obedience 〔ə'bidjəns〕

Obeid 〔o'bed〕

O'Beirne 〔o'bɛrn〕奧貝恩

Obelisk 〔'abɪlɪsk〕

Ober 〔'obə〕奧伯

Oberalp 〔'obə,rɑlp〕

Oberalpstock 〔,obə'rɑlpʃtɔk〕

Ober-Ammergau 〔,obə'ræməgau ; ,obə-
'æmə,gau〕

Oberammergau 〔,obə'æmə,gau〕奧倍阿馬
高（西德）

Oberbaden 〔,obə'badən〕

Oberbayern 〔,obə'baɪən〕

Obercassel 〔,obə'kɑsəl〕

Oberdonau 〔,obə'dɔnau〕

Ober-Elsass 〔'obə·'ɛlzɑs〕

Oberfranken 〔'obə'frɑnkən〕

Oberg 〔'obəg〕奧伯格

Ober-Gabelhorn 〔'obə·'gɑbɪlhɔrn〕

Oberge 〔'obergə〕（德）

Oberhalbstein 〔,obə'hɑlpʃtaɪn〕

Oberhardt 〔'obə·hɑrd〕奧伯哈特

Oberhausen 〔'obə,hauzən〕奧伯豪森（德）

Oberhelman 〔'obəhɛlmən〕奧伯黑爾曼

Oberhessen 〔'obə'hɛsən〕

Oberhoffer 〔'obə,hɑfə〕

Oberholtzer 〔'obə,hɔltsə〕歐勃霍特賽
（Ellis Paxson，1868-1936，美國歷史家）

Oberkampf 〔'obəkɑmpf〕

Oberland 〔'obələnd〕

Oberländer 〔'obə,lɛndə〕（德）奧伯蘭德

Oberlin 〔'obə·lɪn; ɔbɛr'læŋ(法)〕奧伯林

Oberlink 〔'obə·lɪŋk〕奧伯林克

Oberly 〔'obə·lɪ〕奧伯利

Obermann 〔'obəmɑn ; ɔbɛr'man(法)〕
奧伯曼

Obermayer 〔'obə·,meə〕奧伯邁耶

Obermeyer 〔'obə,maɪə〕

Oberon 〔'obərɑn; 'obərən〕❶【中古傳說】
小神仙（fairies）之王（爲莎士比亞"仲夏夜之
夢"中之一角色）❷【天文】天王星之第四衛星

Oberösterreich 〔'obə'rəstə,raɪh〕（德）

Oberpfälzerwald 〔'obəpfɛltsə,valt〕

Oberschlesien 〔'obə'ʃlɛzɪən〕

Obert 〔'obət〕
Obertus 〔o'bətəs〕
Oberwarth 〔'obəwaθ〕奧伯沃思
Obi 〔'obɪ〕
Obidicut 〔o'bɪdɪkət〕
Obion 〔o'baɪən〕
Obizzo 〔'ɔbɪttso；o'bittso（義）〕
Oblatos, Barranca de 〔ba'raŋka ðe
    ov'latos；ba'raŋka de ov'latos〕
    （西）
Obligado 〔ˌobli'gaðo〕（西）
Oblong 〔'ablaŋ〕
Oblock 〔o'bak〕
Obolenski 〔ˌabə'lɛnskɪ〕
Obolensky 〔ˌabə'lɛnskɪ〕
Oboler 〔'obolə〕奧博勒
Obong 〔'oboŋ〕
Obookiah 〔ˌabu'kaɪə〕
Oborin 〔o'bɔrɪn〕
Obradović 〔ə'bradəvɪtʃ；o'bradəˌvitj〕
    （塞克）
Obrdlik 〔'ɔbəd,lik〕（捷）
Obrecht 〔'obrɛht〕（荷）
Obregón 〔ˌobre'gɔn〕
Obrenović 〔o'brɛnəˌvitj〕（塞克）
Obrenovich 〔o'brɛnəvɪtʃ〕
O'Brien 〔o'braɪən〕奧布賴恩
Obringa 〔o'brɪŋgə〕
Obruchev 〔'ɔbrutʃif〕
O'Bryan 〔o'braɪən〕奧布賴恩
Observantine 〔əb'zɜvəntɪn；-tin〕
Observator 〔ˌabzə'vetə〕
Obsidian 〔əb'sɪdɪən〕
Obstfelder 〔'ɔpstfɛldə〕（挪）
Obuda 〔'obuda〕（匈）
O'Byrne 〔o'bɜn〕奧伯恩
O Cabeleira 〔u ˌkavə'lerə〕（葡）
Oca del Cairo, L' 〔'lɔka dɛl 'kaɪro〕
Ocala 〔o'kælə〕
O'Callaghan 〔o'kæləhəngən〕
Ocampo 〔o'kampo〕
Ocampo, de 〔de o'kampo〕
Ocantos 〔o'kantos〕
O'Carolan 〔o'kærələn〕
O'Casey 〔o'kesɪ〕歐凱西（Sean, 1880-
    1964, 愛爾蘭劇作家）
Occam 〔'akəm〕奧坎（William of, 1300?-
    ?1349, 英國哲學家）
Occam's Razor 〔'akəmz 'rezə〕
Occhialà 〔ˌokkja'la〕
Occhialini 〔ˌokkja'lini〕（義）
Occhino 〔ok'kino〕（義）
Occident 〔'aksɪdənt〕歐美國家；西方國家
Occidente 〔ˌɔksɪ'ðɛnte〕（西）

Occleve 〔'aklɪv〕奧克利夫
Occom 〔'akəm〕
Occonostota 〔ˌokənəs'totə〕
Occum 〔'akəm〕
Occusi Ambeno 〔o'kusɪ am'beno〕
Ocean 〔'oʃən〕
Oceana 〔o'sɪənə；oʃɪ'enə；ˌoʃɪ'ænə〕
Oceani 〔o'sɪənaɪ〕
Oceania 〔ˌoʃɪ'enɪə〕大洋洲（太平洋）
Oceanica 〔ˌoʃɪ'ænɪkə〕
Oceanid 〔o'sɪənɪd〕【希臘神話】海洋之女神
    （海洋之女神凡三千，均爲Oceanus與Tethys
    之女兒）
Oceano 〔oʃɪ'æno〕
Oceanport 〔'oʃən,pɔrt〕
Oceanside 〔'oʃən,saɪd〕
Oceanus 〔o'sɪənəs〕
Oceanus Atlanticus 〔o'sɪənəs
    ət'læntɪkəs〕
Oceanus Britannicus 〔o'sɪənəs
    brɪ'tænɪkəs〕
Oceanus Cantabrius 〔o'sɪənəs
    kæn'tebrɪəs〕
Oceanus Hibernicus 〔o'sɪənəs
    haɪ'bənɪkəs〕
Oceanville 〔'oʃənvɪl〕
Ocha 〔'okə〕
Ocheltree 〔'okɪltri〕
Ochil(l) 〔'okɪl；'ohɪl（蘇）〕
Ochiltree 〔'okɪltri；-hɪl（蘇）〕奧基爾特里
Ochino 〔o'kino〕
Ochlockonee 〔ak'lakənɪ〕
Ochoa 〔o'tʃoa〕歐綢亞（Severo, 1905-, 美
    國生物化學家）
Ochozias 〔ako'zaɪəs〕
Ochrida 〔'akrɪdə〕
Ochs 〔aks〕奧克斯
Ochsenbein 〔'aksənbaɪn〕
Ochsenkopf 〔'aksənkapf〕
Ochsner 〔'aksnə〕奧克斯納
Ochterlony 〔ˌaktə'lonɪ；ˌahtə'lonɪ
    （蘇）〕奧克特洛尼
Ochtman 〔'aktmən〕奧克特曼
Ochus 〔'okəs〕
Ocilla 〔o'sɪlə〕
Ock(h)am 〔'akəm〕
Ockenga 〔'akəngə〕奧肯加
Ockeghem 〔'akəgem〕
Ockenfuss 〔'akənfus〕
Ockerson 〔'akəsən〕
Ocklawaha 〔ˌaklə'wɔhɔ〕
Ockley 〔'aklɪ〕奧克利
Ocklynge 〔'aklɪndʒ〕
O'Clery 〔o'klɪrɪ〕奧克利里

Ocmulgee〔ok'mʌlgɪ〕
Ocnus〔'aknəs〕
Ocoa〔o'koɑ〕
Ocoee〔o'koɪ〕
Ocompo, de〔de o'kompo〕
Oconee〔o'konɪ〕
O'Connell〔o'kanḷ〕
O'Connor〔o'kanə〕奧康納
Oconomowoc〔ə'kanəmə,wɔk〕
O'Conor〔o'kanə〕奧康納
Oconostota〔,okənəs'totə〕
Oconto〔o'kanto〕
O Cortiço〔u kɔr'tisu〕(葡)
Ocotepeque〔o,kote'peke〕
Ocracoke〔'okrəkok〕
Octateuch〔'aktətjuk〕【聖經】舊約之最
初八卷
Octave〔'aktev; ɔk'tav〕奧克塔夫
Octavia〔ak'tevɪə〕奧克塔維亞
Octavian〔ak'tevjən; ak'tevɪən;
,aktɑ'vjan〕奧克塔維恩
Octavianum〔ak,tevɪ'enəm〕
Octavianus〔ak,tevɪ'enəs〕
Octavio〔ak'tavɪo (德); ɔk'tavjo
(西)〕
Octavius〔ak'tevɪəs〕奧克塔維厄斯
Octavus〔ak'tevəs〕奧克塔沃斯
Octobrist〔ak'tobrɪst〕❶十月黨員 (俄國
溫和派自由黨員)❷蘇聯少年共產主義組織的
會員
Octon d'〔dɔk'tɔŋ〕(法)
Octoteuch〔'aktətjuk〕
Ocumare〔,oku'mare〕
O'Curry〔o'kʌrɪ〕奧柯里
Ocussi〔o'kusɪ〕
Ocypete〔o'sɪpətɪ〕
Od〔ad〕奧德
Odaenathus〔,adɪ'neθəs〕
O'Daly〔o'delɪ〕
Odam〔'odəm〕
O'Day〔o'de〕奧戴
Odd〔ad〕奧德
Odd-Fellow〔'ad·,fɛlo〕
Oddfellow〔'ad,fɛlo〕十八世紀創立於英國
之一種秘密共濟協會之會員
Oddie〔'adɪ〕奧迪
Oddone〔od'done〕(義)
Oddone Colonna〔od'done ko'lonna〕
(義)
Oddy〔'adɪ〕奧迪
Odea〔'odjə〕
O'dea〔o'de〕奧戴
Odegaard〔'odɪgard〕奧迪加德
Odell〔o'dɛl〕奧德爾

Odelle〔o'dɛl〕奧德爾
Odelst(h)ing〔'odəlstɪŋŋ〕
Odenathus〔,adɪ'neθəs〕
Ödenburg〔'ɝdɪnburk〕(匈)
Odenkirchen〔'odɪn,kɪrhən〕(德)
Odense〔'odənse〕奧登色 (丹麥)
Odenwald〔'odɪn,valt〕
Odeon〔'odjən〕
Odéon〔'ode'ɔ̃〕(法)
Oder〔'odə〕奧德河 (歐洲)
Oder Haff〔'odə ,haf〕
Oderic〔'adərɪk〕
Oderico〔,ode'riko〕
Oderigi〔,ode'rɪdʒɪ〕
Oderisi〔,ode'rɪzɪ〕
Oder-Neisse〔'odə·'naɪsɪ〕
Odescalchi〔,odes'kalkɪ〕
Odessa〔o'desə〕敖得薩 (美國；蘇聯)
Odessus〔o'desəs〕
Odet〔o'dɛ〕(法)
Odets〔o'dɛts〕奧德茨
Odette〔o'dɛt〕奧德特
Odeum〔'odjəm〕
Odgers〔'adʒəz〕奧杰斯
Odham〔'adəm〕
Odiel〔o'ðjɛl〕(西)
Odiham〔'odɪhəm〕
Odilienberg〔o'dɪljənberk〕
Odilon〔ɔdɪ'lɔ̃〕(法)
Odin〔'odɪn〕【北歐神話】歐丁 (司知識、文
化、詩歌、戰爭等之主神)
Odington〔'adɪŋtən〕
Odle〔'odḷ〕奧德爾
Odlin〔'adlɪn〕奧德林
Odling〔'adlɪŋ〕
Odlum〔'adləm〕奧德倫
Odnoposoff〔,ɔdnɔ'pɔsɔf〕
Odo〔'odo〕奧多
Odoacer〔,ado'esə〕
Odoardo〔,odo'ardo〕
Odoervzev〔'odefɪsɛf〕
O'Doherty〔o'doətɪ〕奧多爾蒂
Odon〔ɔ'dɔŋ〕
Ödön〔'ɝdøn〕(匈)
Odonais〔ɔdo'nɛ〕(法)
O'Donnell〔o'danḷ〕奧唐納
O'Dónnell〔o'donɛl〕(西)
O'Donoghue〔o'danəhju〕奧多諾休
O'Donojú〔o,ðono'hu〕(西)
O'Donovan〔o'danəvən〕奧多諾萬
Odo of Bayeux〔'odo ,ba'jə〕
Odo of Cluny〔'odo ,'klunɪ〕
Odo of Lagery〔'odo ,laʒə'ri〕
Odoric〔'adorɪk〕

Odorico 〔﹐odoˈriko〕
Odotheus 〔oˈdoθɪəs〕
Odovakar 〔﹐odəˈvekɚ〕
O'Dowd 〔oˈdaud〕奧多德
Odra 〔ˈɔdra〕
Odría 〔oˈðria〕(西)
Od's bodikins 〔ˈadz ˈbadɪkɪnz〕
O'Duffy 〔oˈdʌfɪ〕奧達菲
Oduly 〔aˈdulɪ〕
O'Dwyer 〔odˈwaɪɚ〕奧德懷爾
Ody 〔ˈodɪ〕
Odysseus 〔oˈdɪsjus〕【希臘神話】Ithaca 國王,爲荷馬(Homor)史詩奧德賽(Odyssey)之主角
Odyssey 〔ˈadɪsɪ〕奧德賽(荷馬之史詩,描述希臘英雄 Odysseus 十年流浪生活及最後還鄉之事)
Oechelhäuser 〔ˈɝhəl﹐hɔɪzɚ〕(德)
Oecolampadius 〔﹐ikəlæmˈpediəs〕
Oedanes 〔əˈdeniz〕
Œdipe 〔ɝˈdip〕
Oedipus 〔ˈɛdəpəs〕【希臘傳說】埃迪帕斯(Thebes 王 Laius 與后 Jocasta 之子;爲命運播弄而弑父娶母)
Oehlenschläger 〔ˈɝlən﹐ʃlegɚ〕額侖希拉蓋(Adam Gottlob, 1779-1850,丹麥詩人及劇作家)
Oehlert 〔ˈolɚt〕奧勒特
Oeland 〔ˈɝland〕
Oelke 〔ˈolkɪ〕奧爾基
Oelwein 〔ˈolwaɪn〕
Oeneus 〔ˈinjus〕
Oeniopntum 〔﹐inɪˈpantəm〕
Oeno 〔oˈeno〕
Oenomaus 〔﹐inoˈmɛəs〕
Oenone 〔iˈnonɪ〕【希臘神話】伊諾妮(住於 Mount Ida 之女神,爲 Paris 之妻,後因其夫拐得 Helen 而遭遺棄)
Oenophyta 〔ɪˈnafɪtə〕
Oenopides 〔ɪˈnapɪdiz〕
Oenothera 〔﹐inoˈθɪrə〕
Oenotria 〔ɪˈnotrɪə〕
Oenslager 〔ˈoɛnslegɚ〕奧恩斯萊格
Oersted 〔ˈɝstɛð〕(丹)
Oertel 〔ˈurtəl (法蘭德斯); ˈɝtəl (德)〕
Oertling 〔ˈɝtlɪŋ〕
Oesel 〔ˈɝzɪl〕
Oeser 〔ˈɝzɚ〕
Oesterley 〔ˈɝstələɪ〕(德)
Oesterreich 〔ˈɝstəraɪh〕(德)
Oestreich 〔ˈostraɪk〕奧斯特賴克
Oetinger 〔ˈɝtɪŋə〕(德)
Oettinger 〔ˈɛtɪŋə〕奧廷格
Oettle 〔ˈɝtlɪ〕

Oetzmann 〔ˈotsmən〕
Oetzthaler Alps 〔ˈɝts﹐talɚ～〕
Oexmelin 〔﹐ɛksməˈlæŋ〕
O'Fallon 〔oˈfælən〕
Ofanto 〔ˈɔfanto〕
O'Faoláin 〔oˈfælən; oˈfwelən (愛)〕
O'Feeney 〔oˈfini〕
Ofen 〔ˈofən〕
Offa 〔ˈafə〕奧法
Offaly 〔ˈafəlɪ〕奧法利郡(愛爾蘭)
Offa's Dyke 〔ˈafəz daɪk〕
Offenbach 〔ˈafənbak〕奧芬巴克(德國)
Offenburg 〔ˈafənburk〕奧芬堡(德國)
Offley 〔ˈɔflɪ〕奧夫利
Offner 〔ˈafnɚ〕奧夫納
Offor 〔ˈafɚ〕奧佛
Offray de La Mettrie 〔ɔˈfre də la mɛˈtri〕(法)
O'Flahertie 〔oˈflɝtɪ; oˈflæhətɪ; oˈflahətɪ〕奧佛萊厄蒂
O'Flaherty 〔oˈflɝtɪ〕歐福拉赫蒂(Liam, 1896-1984,愛爾蘭小說家)
O'Flanagan 〔oˈflænəgæn〕
O'Flynn 〔oˈflɪn〕奧弗林
Ofonius 〔oˈfonɪəs〕
Ofoten Fjord 〔ˈofətn̩ fjɔrd; ˈufʊtn̩ ˈfjur (挪)〕
Ofot Fjord 〔ˈofot fjɔrd〕
Ofterdingen 〔ˈaftədɪŋən〕
Ofu 〔ˈɔfu〕
Og 〔ag〕
Ogadai 〔﹐agəˈdaɪ〕窩闊台(1185-1241,即元太宗)
Ogaden 〔oˈgaden; wugaden〕
Ogallala 〔﹐ogəˈlalə〕
Og(h)am 〔ˈagəm〕
Ogbomosho 〔﹐agboˈmoʃo〕奧格布木休(奈及利亞)
Ogburn 〔ˈagbɚn〕奧格本
Ogburntown 〔ˈagbəntaun〕
Ogdai 〔ˈagdaɪ〕
Ogden 〔ˈagdən〕歐格登(Charles Kay, 1889-1957,英國心理學家及教育家)
Ogdensburg 〔ˈagdənzbɚg〕
Ogé 〔ɔˈʒe〕(法)
Ogeechee 〔oˈgitʃɪ〕
Ogemaw 〔ˈogɪmɔ〕
Ogéron 〔ogeˈrɔŋ〕(法)奧熱榮
Ogg 〔ag〕奧格
Oggione 〔odˈdʒone〕(義)
Oggiono 〔odˈdʒono〕(義)
Ogier 〔ˈodʒɪr〕奧吉爾
Ogilby 〔ˈoglbɪ〕奧格爾比
Ogilvie 〔ˈoglvɪ〕奧格爾維

Ogilvy〔'oglvɪ〕奧格爾維
Ogiński〔ɔ'ginjskɪ〕(立陶宛)
Ogle〔'ogl〕奧格爾
Ogleby〔'oglbɪ〕
Oglesby〔'oglzbɪ〕奧格爾斯比
Oglethorpe〔'oglθɔrp〕歐格紹普（James Edward, 1696-1785, 英國將軍及慈善家）
Oglio〔'oljo〕(義)
Oglou〔o'glu〕
Ogma〔'agmə〕
Ogmios〔'agmɪos〕
Ogmore and Garw〔'agmɔr , 'garʊ〕奧格莫爾
Ognev〔ag'njɛf〕(俄)
Ognibene〔,onjɪ'bene〕
Ognon〔ɔ'njoŋ〕(法)
Ognyov〔ag'njɔf〕(俄)
Ogoni〔o'goni〕
Ogooué〔,ogo'we〕
O'Gorman〔o'gɔrmən〕奧戈爾曼
O'Gorman Mahon〔o'gɔrmən mə'hun〕
Ogotai〔,aɡə'taɪ〕
Ogoway〔ogo'we〕
Ogowe〔ogo'we〕奧果韋河（剛果）
Ogpu〔'agpu〕
O'Grady〔o'gredɪ〕奧格雷迪
O'Groat〔ə'grot〕
O Guaraní〔u gwarə'ni〕
Ogulin〔o'gulɪn〕
Ogunquit〔o'gʌnkwɪt〕
Ogyges〔'adʒɪdʒiz〕
Ogygia〔o'dʒɪdʒɪə〕
Ogyiek〔o'gjiɛk〕
O'Hagan〔o'hegən〕奧黑根
O'Halloran〔o'hælərən〕奧哈洛倫
O'Hara〔o'harə〕大阪（日本）
O'Hare〔o'hɛr〕奧黑爾
Ohau〔'ohaʊ〕
O'Hea〔o'he〕奧黑
O'Hearn〔o'hɜn〕奧赫恩
O. Henry〔o'hɛnrɪ〕歐亨利（William S. Porter之筆名）
Ohier〔ɔ'je〕(法)
O'Higgins〔o'hɪgɪnz; o'igɪns〕
Ohio〔o'haɪo〕❶俄亥俄（美國）❷俄亥俄河（美國）
Ohiyesa〔o'hije,sa〕
Öhlenschläger〔'ɜlənʃlegə〕
Ohligs〔'olɪks〕
Ohlin〔'olin〕
Ohlinger〔'olɪŋə〕奧林格
Ohm〔om〕歐姆（Georg Simon, 1787-1854, 德國物理學家）
Ohmacht〔'omaht〕(德)

Ohnet〔ɔ'nɛ〕(法)
Ohod〔o'hod〕
Ohoopee〔o'hupɪ〕
Ohori〔ɔ'hɔri〕
Ohrbach〔'ɔrbak〕奧爾巴克
Ohře〔'ɔhrʒɛ〕(捷)
Ohrid〔'ohrid〕(塞克)
Ohud〔o'hud〕
Oich〔'ɔɪh〕(蘇)
Oignon〔wa'njoŋ〕(法)
Oil〔ɔɪl〕
Oildale〔'ɔɪldel〕
Oilton〔'ɔɪltṇ〕
Oily Gammon〔'ɔɪlɪ 'gæmən〕
Oimekon〔'ɔɪmɪmjikən〕(俄)
Oimyakon〔'ɔɪmjəkən〕奧伊米亞康（蘇聯）
Oinopides〔ɔɪ'napɪdiz〕
Oireachtas〔'ɛrəhtəs〕(愛)
Oirot〔'ɔɪrɛt〕
Oise〔waz〕(法)
Oise-Aisne〔'wa'zen〕
Oisin〔'ɔɪzɪn; ʌ'ʃin〕
Oistrakh〔'ɔɪstrak; 'ɔjstrəh (俄)〕
Ojai〔'ohaɪ〕
Ojé〔ɔ'ʒe〕
Ojeda〔ɔ'heðə〕(西)
Ojemann〔'odʒɪmən〕奧杰曼
Ojetti〔o'jettɪ〕(義)
Ojibwa〔o'dʒɪbwə; adʒ-〕
Ojo de Liebre, Laguna〔la'guna 'oho ðe 'ljevre〕(西)
Ojos del Salado〔'ohoz del sa'laðo〕歐霍士德而塞拉多山（阿根廷）
"O Judeu"〔u ʒu'ðeu〕(葡)
O.K.〔'o'ke; 'o'ka〕(俄)
Oka〔ʌ'ka〕俄喀河（蘇聯）
Okabena〔,okə'binə〕
Okak〔'okak〕
Okaloacoochee〔,okə,loə'kutʃɪ〕
Okaloosa〔,okə'lusə〕
Okanagan〔,okə'nagən〕
Okanogan〔,okə'nagən〕
Okanoxubee〔,okə'nakʃəbɪ〕
Okavango〔,okə'væŋgo〕
Okba〔'akbə; 'ʊkbæ (阿拉伯)〕
Okdah〔'akdə〕
Okeechobee, Lake〔,okɪ'tʃobɪ〕歐基求碧湖（美國）
O'Keef〔o'kif〕
O'Keef(f)e〔o'kif〕奧基夫
Okefenokee〔,okəfɪ'noki〕
Okefinokee〔,okəfɪ'noki〕
Okeghem〔'okəʒɛm〕
Okehampton〔'ok,hæmptən〕

O'Kelly〔o'kɛlɪ〕奧凱利
Okely〔'oklɪ〕
Okemah〔o'kimə〕
Oken〔'okən〕奧肯
Oker〔'okə〕
Okfuskee〔ok'fʌskɪ〕
Okha〔ʌ'ha〕奧哈（蘇聯）
Okhamandal〔,okha'mʌndl〕（印）
Okhlopkov〔ʌh'lɔpkəf; -kɔf〕（俄）
Okhotsk, Sea of〔o'katsk; ʌ'hɔtsk〕
　鄂霍次克海（太平洋）
Okhrida〔a'krɪdə; 'akrɪdə〕
Okie〔'okɪ〕【俗】❶美國俄克拉荷馬州人 ❷因
　旱災等自該州移出之農民
Okiek〔o'kiɛk〕
Okinawa〔,okɪ'nawə〕沖繩島（琉球群島）
Oklahoma〔,oklə'homə〕俄克拉荷馬州（美國）
Oklawaha〔,aklə'wɔhɔ〕
Okmulgee〔ok'mʌlgɪ〕
Okoboji〔,okə'bodʒɪ〕
Okobojo〔,okə'bodʒo〕
Okolona〔,okə'lonə〕
O'Konski〔o'kanskɪ〕奧康斯基
Okovanggo〔,oko'væŋgo〕歐寇枉構河（中
　非洲）
Okstindene〔'oks,tɪndənə; 'uks-〕
Oktibbeho〔ak'tɪbəhɔ〕
O Kung〔o kuŋ〕
Okusi〔o'kusɪ〕
Okusi Ambeno〔o'kusɪ am'beno〕
Okwawu〔ok'wawu〕
Ola〔'ula〕
Olaf I〔'oləf; 'olaf; 'ulav; 'ulaf〕奧拉
　夫一世（969 – 1000, 挪威國王）
Olafr〔'olavə〕
Olafsson〔'olafsan〕
Ólafsvík〔'olafs,vik〕
Olaf Tryggvesson〔'olaf 'trjugves-
　san〕（挪）
Olai〔u'la·ɪ〕（瑞典）
Olancho〔o'lantʃo〕
Öland〔'ɜland〕奧蘭島（瑞典）
Olanda, d'〔do'landa〕
Olañeta〔,ola'njeta〕
Olathe〔o'leθɪ〕
Olaus〔o'laus（德、丹）; o'leəs（拉
　丁）; u'laʌs（瑞典）〕
Olav〔'oləf〕（挪）
Olave〔'alɪv; -ləv〕
Olavo〔u'lavu〕
Olaya Herrera〔o'laja ɛr'rera〕（西）
Ölberg〔'ɜlberk〕（德）
Olbers〔'albəs〕
Olbia〔'albɪə; 'ɔlbja〕

Olbrich〔'albrɪh〕（德）
Olcott〔'alkət〕奧爾科特
Old〔old〕奧爾德
Old Bailey〔'old 'belɪ〕在倫敦之中央刑事
　法院之俗稱
Oldberg〔'oldbəg〕奧爾德博格
Oldboy〔'oldbɔɪ〕
Oldbuck〔'oldbʌk〕
Old Bullion〔'old 'boljən〕
Oldbury〔'oldbərɪ〕歐德伯利（英格蘭）
Oldcastle〔'old,kasl̩〕奧爾德卡斯爾
Oldcraft〔'oldkraft〕
Olden〔'aldən〕奧爾登
Olden Barneveldt〔,aldən 'barnəvelt〕
Oldenberg〔'aldənberk〕（德）奧爾登伯格
Oldenburg〔'oldənbəg〕奧登堡（德國）
Older〔'oldə〕
Oldfield〔'oldfild〕奧德菲爾德
Old Fletton〔'old 'flɛtn̩〕
Old Forge〔'old 'fɔrdʒ〕
Old Fortunatus〔'old 'fɔrtju'netəs〕
Old Grimes〔'old 'graɪmz〕
Oldham〔'oldəm〕奧耳丹（英格蘭）
Old Harry〔'old 'hærɪ〕魔鬼；撒旦
Old Hickory〔'old 'hɪkərɪ〕
Old Lyme〔'old 'laɪm〕
Old Jolyon〔'old 'dʒaljən〕
Oldman〔'oldmən〕奧爾德曼
Oldmixon〔'old,mɪksn̩〕奧爾德米克森
Oldrey〔'oldrɪ〕
Olds〔oldz〕奧爾茲
Old Sarum〔'old 'sɛrəm〕
Oldstyle〔'oldstaɪl〕奧德爾斯泰爾
Old Town〔'old 'taun〕
Oldys〔'oldɪs; oldz〕奧爾迪斯
Ole〔'olɪ; -lə〕奧利
Olean〔'olɪæn〕
Oleander〔,olɪ'ændə〕
Olearius〔olɪ'ɛrɪəs; ole'arɪus（德）〕
O'Leary〔o'lɪərɪ〕奧利里
Oleg〔'olɛg; a'lɛk（俄）〕
Olegario〔,ole'garjo〕
Olekma〔ʌ'ljekmə; ,ʌljɛk'ma〕阿來克馬
　河（蘇聯）
Olenek〔,ʌljɪ'njɔk〕阿利諾克河（蘇聯）
Oléron, Ile d'〔il dɔle 'rɔn〕奧列倫島
　（法國）
Olert〔'olət〕
Olesha〔al'jɔʃə〕
Olevianus〔ə,livɪ'enəs; olevɪ'anus
　（德）〕
Olevuga〔,ole'vugə〕
Oley〔'olɪ〕奧利
Olga〔'algə〕奧耳加（蘇聯）

Olgerd〔'ɔljgjəɫ〕(俄)
Olger Dansk〔'ɔlgə 'dansk〕
Olgierd〔'ɔlgjert〕(葡)
Oliaros〔olɪ'ɛras〕
Olicana〔alɪ'kenə〕
Olid〔o'lið〕(西)
Olier〔ɔ'lje〕(法)
Olier, d'〔da'lɪr; 'dolje〕
Olifant〔'alɪfənt〕
Olifants〔'alɪfənts〕
Olifaunt〔'alɪfənt〕
Oliff〔'alɪf〕
Oliffe〔'alɪf〕
Oligocene〔a'lɪgo,sin〕
Olimar〔,olɪ'mar〕
Olimpia〔o'lɪmpja〕
Olímpia〔o'lɪmpɪə; u'liŋmpjə(葡)〕
Olímpio〔u'liŋmpju〕(葡)
Olimpo〔o'limpo〕
Olin〔'olɪn〕奧林
Olinda〔o'lɪndə; u'lində(葡)〕
Olindo〔o'lindo〕
Olinger〔'alɪndʒə; ,alɪŋ'ʒə〕奧林杰
Olinsky〔o'lɪnskɪ; ʌ'ljinskəɪ(俄)〕
Olinthus〔o'lɪnθəs〕奧林瑟斯
Olinto〔o'linto〕
Oliphant〔'alɪfənt〕奧林芬特
Olisipo〔o'lɪsɪpo〕
Olita〔ʌ'ljitə〕(俄)
Olitsky〔o'lɪtskɪ〕奧利茨基
Olivant〔'alɪvənt〕
Olivares〔,olɪ'vares〕奧利瓦雷斯
Olive〔'alɪv〕奧麗芙
Olive Chancellor〔alɪv 'tʃansələ〕
Olivehurst〔'alɪvhəst〕
Oliverian〔,alɪ'vɪrɪən〕
Oliveira〔,olɪ'verə〕
Oliveira e Daun〔,olɪ'verə i dʌ'uŋ〕
  (葡)
Oliver〔'alɪvə〕Charlemagne 大帝麾下之十
  二勇將之一
Oliver le Dain〔'alɪvə lə 'dɛn〕
Oliver Twist〔'alɪvə 'twɪst〕
Olives〔'alɪvz〕
Olivet〔'alɪvet; -vɪt〕【聖經】橄欖山
Olivétan〔olɪve'taŋ〕(法)
Olivetto〔'olɪvetto〕(義)
Olivia〔o'lɪvɪə〕歐莉薇亞
Olivier〔'olɪvɪə(荷); ɔli'vje(法)〕
  奧利維爾
Olivos〔o'livəs〕奧利沃斯
Ollagüe〔o'jagwe〕
Ollanta〔ol'janta〕
Ollapod〔'aləpad〕

Ollendorf〔'aləndɔrf; -lɪn-〕
Ollenhauer〔'alən,hauə〕
Ollerton〔'alətn̩〕
Olley〔'alɪ〕
Ollie〔'alɪ〕
Ollier〔ɔ'lje〕(法)
Olliffe〔'alɪf〕
Ollius〔'alɪəs〕
Ollivant〔'alɪvənt〕奧利凡特(Alfred,
  1874-1927, 英國小說家)
Ollivier〔ɔ li'vje〕(法)
Olmec〔al'mɛk〕
Olmedilla〔,ɔlme'ðilju〕(西)
Olmedo〔ɔl'meðo〕(西),
Olmos〔'alməs〕奧爾莫斯
Olmstead〔'amstɛd〕奧姆斯特德
Olmsted〔'amstɛd; 'ʌm-〕奧姆斯特德
Olmütz〔'almjuts〕
Olney〔'olnɪ; 'alnɪ; 'onɪ〕奧爾尼
Olof〔'oləf; 'ulɔv(瑞典)〕
Olofat〔'olofat〕
Oloff〔'olɔf〕
O'loghlen〔o'lahlən〕奧洛克倫
Oloikop〔o'lɔɪkop〕
Olomouc〔'ɔlɔ,mots〕奧洛摩茲(捷克)
Olonets〔ʌ'lɔnjɪts〕(俄)
Olongapo〔o,lɔŋga'po〕
Olonnois, L'〔olɔ'nwa〕(法)
Olonos〔o'lonas; ,ɔlɔ'nɔs〕
Olor Iscanus〔'alər 'ɪskənəs〕
Oloron〔ɔlɔ'rɔŋ〕(法)
Oloron-Sainte-Marie〔ɔlɔ'rɔŋ·sæŋt·
  ma'ri〕(法)
Olosega〔,olo'segə〕
O'Loughlin〔o'laklɪn〕
Olózaga〔o'loθaga〕(西)
Olpin〔'alpɪn〕奧爾平
Olrik〔'alrɪk〕
Olsa〔'ɔlza〕
Olschläger〔'alʃlegə〕
Olsen〔'olsən〕
Olshausen〔'alshauzən〕
Ölsnitz〔'əlsnɪts〕
Olson〔'olsən〕奧爾森
Olsztyn〔'ɔlʃtɪn〕(波)
Olt〔ɔlt〕奧爾特
Olten〔'ɔltn̩〕
Oltenia〔al'tɪnɪə; ɔl'tɛnjə(羅)〕
Olti〔ɔl'ti〕
Oltis〔'altɪs〕
Olton〔'oltn̩〕
Oltre Giuba〔,oltre 'dʒuba〕
Oltu〔'ɔltu; ɔl'tu〕
Oltul〔'ɔltul〕

Oluf〔'oluf〕

Olustee〔o'lʌstɪ〕

Olutanga〔ˌolu'taŋa〕歐盧坦加（菲律賓）

Olver〔'alvɚ〕奧爾弗

Olviopol〔ˌalvɪ'opɔl; ʌl'vjɔpəlj〕（俄）

Olybrius〔o'lɪbrɪəs〕

Olympe〔ɔ'læŋp〕（法）

Olympia〔o'lɪmpɪə; -pjə〕奧林匹亞平原（希臘）

Olympiad〔o'lɪmpɪˌæd〕❶四年期間（兩次奧林匹克競技會間的一段時期）❷現代之世界運動會（每四年舉行一次）

Olympian〔o'lɪmpɪən〕

Olympias〔o'lɪmpɪəs〕

Olympic Peninsula〔o'lɪmpɪk ～〕奧林匹克半島（美國）

Olympiodorus〔o,lɪmpɪə'dorəs; ə-〕

Olympus〔ə'lɪmpəs〕奧林帕斯山（希臘；美國）

Olynthiac〔o'lɪnθɪæk; ə-〕

Olynthus〔o'lɪnθəs; ə-〕

Olyphant〔'alɪfənt〕奧林芬特

Olyutorsk〔əljʊ'tɔrsk〕（俄）

Om〔ɔm〕

Omagh〔'omə〕俄馬哈（美國）

Omaguaca〔ˌomaɡ'waka〕

Omaguas〔o'maɡwas〕

Omaha〔'omə,hɔ〕俄馬哈（美國）

O'Mahony〔o'mæhənɪ〕奧馬霍尼

Omak〔'omæk〕

Omakalanga〔ˌomaka'laŋɡa〕

O'Malley〔o'mælɪ; -'melɪ〕

Oman〔o'mɑn〕阿曼（阿拉伯半島）

Omar〔'omɑr〕奧馬爾

O'mara〔o'mɑrə〕奧馬拉

Omar Khayyám〔'omar kaɪ'jam〕奧瑪開陽（1025?-?1123, 波斯詩人及天文學家）

Omatako〔ˌomɑ'tako〕

Omate〔o'mate〕

Omayya〔o'maɪjə〕

Omayyad〔o'maɪjæd〕

Ombai〔ɔm'baɪ〕

Ombalantu〔ˌamba'lantu〕

Ombalundu〔ˌamba'lundu〕

Ombandja〔am'bandʒa〕

Ombre〔'ambɚ〕

Ombrone〔am'brone〕

Omdurman〔ˌamdɚ'man〕恩圖曼（蘇丹）

O'Meara〔o'mɑrə; o'mɪərə〕奧馬拉

Omega〔'omɪɡə; 'omɛɡə〕

Omei〔o'me〕峨眉山（四川）

Omei Shan〔'o'me 'ʃan〕= Omei

Omer〔'omɚ〕

Omer Pasha〔'omɚ 'paʃə〕

Ometepe〔ˌome'tepɛ〕

Omi〔o'mi〕近江（日本）

Omichund〔o'mitʃənd〕

Ommaney〔'amənɪ〕翁曼尼

Omme〔'ʌmɛ〕（丹）

Ommiad〔ə'maɪæd; o-〕

Omnium〔'amnjəm〕

Omo〔'omo〕

Omobono〔ˌomo'bɔno〕

Omodeo〔ˌomo'dɛo〕

Omoka〔o'mokə〕

Omoloi〔ʌmʌ'lɔɪ〕（俄）

Omolon〔ʌmʌ'lɔn〕奧莫郎河（蘇聯）

Omond〔'omənd〕

Omont〔ɔ'mɔn〕（法）

Omoo〔o'mu; 'amu〕

O'Moore〔o'mʊr; -'mɔr〕奧穆爾

O'Morchoe〔o'mʌro〕奧馬羅

O'More〔o'mɔr〕奧莫爾

Omphale〔'amfəli; am'feli〕

Ompompanoosuc〔am,pampə'nusək〕

Ompteda〔'ampteda〕

Omr(a)i〔'amraɪ〕

Oms de Santa Pau〔'oms ðe 'santa 'paʊ〕（西）

Omsk〔ɔmsk〕鄂木斯克（蘇聯）

Omteda〔am'teda〕

Omuramba〔ˌomə'ræmbə〕

On〔an〕

Ona〔'ona〕

Oña〔'onja〕

Onalaska〔ˌana'læskə〕

Onan〔'onæn; -nən〕

Onatas〔o'netəs〕

Oñate〔o'njate〕（西）

Onawa〔'anəwə; -wɔ〕

Onaway〔'anəwe〕

Onca〔'aŋkə〕

Oncken〔'aŋkən〕

Oncley〔'aŋkli〕

Ondegardo〔ˌonde'garðo〕（西）

Ondo〔'ando〕

Ondonga〔an'doŋɡa〕

Ondulu〔an'dulu〕

Ondura〔an'dura〕

O'Neal〔o'nil〕奧尼爾

O'Neale〔o'nil〕奧尼爾

Onega〔'onɪgə；ɑ'njɛgə；o'negə〕阿尼加湖（蘇聯）

Onegin〔ʌ'njegjɪn〕額尼金（Evgeni B., 1883-1919, 俄國作曲家）

O Negro brasileiro〔u 'negru ,brazi'leru〕（葡）

Oneida〔o'naɪdə；o'nidə〕

O'Neil(1)〔o'nil〕歐尼爾（Eugene Gladstone, 1888-1953, 美國劇作家）

Oneiza〔o'naɪzə〕

Oneonta〔,onɪ'antə〕

Oneota〔o'niotə〕

One Pusu〔'one 'pusu〕

Onerva〔'anɛrvɑ〕

Onesander〔,anɪ's ændə〕

Onesimus〔o'nɛsɪməs〕

Onesiorum Thermae〔onisɪ'orəm 'θəmi〕

Oñez de Loyola〔o'njeθ ðe lo'jolɑ〕（西）

Ong〔aŋ〕

Ongandjera〔,aŋgɑn'dʒerɑ〕

Ong Tao Quan〔'ɔŋ 'tɑu 'kwɑn〕

Onians〔ə'naɪənz；on-〕奧奈恩斯

Onias〔o'naɪəs〕

Onias Menelaus〔o'naɪəs ,mɛnɪ'leəs〕

Onich〔'onɪk；-nɪh〕

Onida〔o'naɪdə〕

Onion〔'ʌnjən〕

Onions〔'ʌnjənz〕安年思（Charles Talbut, 1873-1965, 英國語言學家及辭典編纂家）

Onkel Adam〔'ɔŋkəl 'adɑm〕（瑞典）

Onkelos〔'aŋkələs〕

Onkel Tom〔'ɔŋkəl 'tom〕

Onkolonkathi〔aŋkolon'kɑθi〕

Onnes〔'ɔnəs〕

Onno〔ɑ'no〕

'Ono〔'ono〕

Onodi〔'onodi〕

Onomacritus〔,ano'mækrɪtəs〕

Onon〔'onɑn〕鄂嫩河（蘇聯）

Onondaga〔,anən'dɔgə；-'dɑ-〕安倫達加族（北美印第安一部落）之一員

Onorato〔,ono'rɑto〕奧洛拉托

Onosander〔,anə'sændə〕

Onoto〔o'noto；an-〕

Onslow〔'anzlo〕昂茲洛（澳洲）

Ontario〔an'tɛrɪo〕❶安大略湖（北美洲）❷安大略省（加拿大）

Onuba Aestuaria〔ɑ'njuvə ɛstjuˈɛrɪə〕（西）

Onufrievich〔ʌ'nufrjɪtjɪvjɪtʃ〕（俄）

Onufrio〔o'nufrɪo〕

Oodeypore〔u'daɪpɔr〕

Oodnadatta〔udnə'dætə〕

Ooge, D'〔'dogɪ〕

O'okiep〔o'kip〕

Oolong〔'ulaŋ〕

Oom Koos〔om 'kos〕

Oom Paul〔om 'poul〕

Ooms〔umz〕烏姆斯

Oona〔'unə〕

Oort〔ort〕（荷）

Oost〔ost〕奧斯特（Jacob van, 1600-1671, 為 Flanders 畫家）

Oostanaula〔,ustə'nɔlə〕

Oostelijke Polder〔'ostəlaɪkə 'pɔldə〕

Oostende〔os'tɛndɪ〕

Oostermeyer〔'ostəmaɪə〕

Oosterwyck〔'ostəvaɪk〕

Oost-Java〔'ost·'javɑ〕

Ooston〔'ustən〕

Oost Vlaanderen〔'ost v'landərən〕

Ootacamund〔'utəkə,mʌnd〕

Opal〔'opəl〕

Opalocka〔'opə'lɑkə〕

Oparin〔o'parɪn〕

Opata〔'opɑtɑ〕

Opava〔'ɔpɑvɑ〕

Opdycke〔'apdaɪk〕

Opelika〔,opə'laɪkə〕

Opelius〔o'piliəs；-ljəs〕

Opelousas〔,apə'lusəs〕

Openshaw〔'openʃɔ〕奧彭肖

Opequan〔o'pekən〕

Opequon〔o'pɛkən〕

Opéra〔ope'ra〕（法）

Operti〔o'pɛrti〕

Ophelia〔ə'filjə〕奧菲莉亞（莎士比亞所作 "Hamlet" 之劇中人，Polonius 之女，因 Hamlet 待之冷熱不定而瘋狂自殺）

Ophion〔o'faɪən〕

Ophir〔'ofə〕【聖經】俄斐（產金之地）

Ophites〔'ofaɪts〕

Ophiuchus〔o'fjukəs〕

Ophiusa〔,afɪ'jusə〕

Ophni〔'afnaɪ〕

Opid〔'ɔpɪt〕（波）

Opie〔'opɪ〕奧佩

Opik〔'əpik〕

Opimius〔o'pɪmɪəs〕

Opinaka〔o'pɪnɑkə〕

Opis〔'opɪs〕

Opitz〔'opɪts〕奧皮茨

Opland〔'op,lɑn〕（挪）

Opler〔'oplə〕奧普勒

Opole〔ɔ'pɔlɛ〕奧波雷（波蘭）

Opon〔'ɔpɔn〕

Oporto〔o'pɔrto〕奧波多（葡萄牙）

Opp〔ap〕奧普

Oppa〔'ɔpa〕

Oppeln〔'ɔpəln〕

Oppeln-Bronikowski〔'ɔpəln‧'brɔnɪ
'kɔfskɪ〕

Oppenheim〔'apənhaɪm〕歐本海姆（Ed-
ward Phillips, 1866-1946, 英國小說家）

Oppenheimer〔'apənhaɪmə〕歐本海根
（Julius Robert, 1904-1967, 美國物理學家）

Opper〔'apə〕奧珀

Oppermann〔'apəmən〕

Oppert〔'apət；ɔ'pɛr（法）〕

Oppian〔'apɪən〕〔'orəm〕

Oppidum Ubiorum〔'apɪdəm , jubɪ-

Oppius〔'apɪəs〕

Oppolzer〔'apaltsə〕

Oppy〔,ɔ'pi〕

Ops〔aps〕

Opsomer〔ɔpsɔ'mɛr〕（法）

Optatianus〔ap,teʃɪ'enəs〕

Optic〔'aptɪk〕奧普蒂克

Opukahaia〔o,puka'haja〕（夏）

Opus〔'opəs〕

Opzoomer〔'apsomə〕

Oqair〔o'kaɪr；o'ker〕

Oqba〔'ʊkbæ〕（阿拉伯）

Oquawka〔ok'wɔkə〕

Orace〔'arɪs〕奧雷斯

Oracle〔'arəkl̩〕

Oracolo, L'〔lo'rakolo〕

Oradea〔ɔ'radja〕奧拉達（羅馬尼亞）

Oradea Mare〔ɔ'radja 'marɛ〕（羅）

Oradell〔'ɔrə,del〕

Öraefajökull〔'ʒ,raɪvə,jəkjutl̩〕奧來瓦
峯（冰島）

Orage〔'aredʒ〕

Oraibi〔o'raɪbi〕

Oran〔ɔ'ran〕奧倫港（阿爾及利亞）

Orange〔'ɔrɪndʒ〕奧倫治河（南非）

Orangeburg〔'ɔrɪndʒbəg〕

Orangeman〔'ɔrɪndʒmən〕奧蘭治黨員
（1795 年成立於北愛爾蘭之擁護新教及英國王
權之秘密社團黨員）

Orangeville〔'ɔrɪndʒvɪl〕

Orang Laut〔'oraŋ laut〕

Orang Rayat〔'oraŋ 'rajat〕

Orang Sekah〔'oraŋ 'seka〕

Oran Haut-ton〔ɔ'ræn 'hɔtan〕

Oranje〔o'ranjə〕〔（荷）

Oranje Gebergte〔o'ranjə hə'bɛrhtə〕

Oranjestad〔o'ranjəstat〕〔（南非荷）

Oranje Vrystaat〔o'ranjə 'frestat〕

Oratory〔'arətərɪ〕

Orazio〔o'ratsjo〕

Orb〔ɔrp〕

Orban, Frère-〔frɛr‧ɔr'baŋ〕（法）

Orbe〔ɔrb〕

Orbigny d'〔dɔrbi'nji〕（法）

Orbigo〔ɔr'vigo〕

Orbilius Pupillus〔ɔr'bɪlɪəs pju'pɪləs〕

Orbis〔'ɔrbɪs〕

Orc〔ɔrk〕〔（西）

Orcadas del Sur〔ɔr'kaðaz ðɛl 'sur〕

Orcadian〔ɔr'kedɪən〕

Orcades〔'ɔrkədiz〕

Orcagna〔or'kanja〕奧卡娜（Andrea di
Cione, 1308?-?1368, 義大利畫家，雕刻家及建築
〔家）

Orcas〔'ɔrkəs〕

Orcha〔'ɔrtʃə〕

Orchan〔ɔr'han〕（土）

Orchard〔'ɔrtʃəd〕奧查德

Orchardson〔'ɔrtʃədsn̩〕奧查森

Orchehill〔'ɔrtʃɪl〕

Orchha〔'ɔrtʃha〕

Orchies〔ɔr'ʃi〕（法）

Orchila〔ɔr'tʃila〕奧奇拉

Orchilla〔ɔr'tʃija〕（拉丁美）

Orchoë〔'ɔrkoi〕

Orchomenus〔ɔr'kaminəs〕

Orchy〔'ɔrkɪ；'ɔrhɪ〕（蘇）

Orcus〔'ɔrkəs〕【羅馬神話】❶死人之國；冥府
❷冥府之主神

Orcutt〔'ɔrkət〕奧克特

Orczy〔'ɔrtsɪ〕奧特西（Baroness Emmuska,
1865-1947, 英國女小說家及劇作家）

Ord〔ɔrd〕奧德

Orde, El〔ɛl 'ɔrd〕

Ordeh〔'ɔrdə〕

Orde-Powlett〔'ɔrd‧'pɔlɪt〕

Orderic Vital〔'ɔrdərɪk vi'tal〕

Ordericus Vitalis〔,ɔrdə'raɪkəs vaɪ-
〔'telɪs〕

Ordinas〔ɔr'dinas〕

Ordin-Nachschokin〔'ɔrdjɪn‧nʌʃ'tʃɔkjɪn〕
（俄）

Ordjonikidze〔,ɔrdʒanɪ'kɪdzə〕

Ordóñez〔ɔr'ðonjes〕（西）

Ordoño〔ɔr'ðonjo〕（西）

Ordos〔'ɔrdas〕

Ordovician〔͵ɔrdə'vɪʃən〕奧陶紀（系）

Ordu〔ɔr'du〕

Ordway〔'ɔrdwe〕奧德衞

Ordzhonikidze〔͵ɔrdʒɑnı'kɪdzı〕

Ordzhonikidzegrad〔͵ɔrdʒɑnı'kɪdzı-græd〕

Ore〔ɔr; or〕

Oreads〔'ɔriædz〕

Oreamuno, Jiménez〔hı'menes ͵oreɑ-'muno〕（西）

Oreamuno Flores〔͵oreɑ'muno 'flores〕

O'Rear〔o'rɪr〕

Oreb〔'ɔreb〕

Orebaugh〔'ɔrbɔ〕

Örebro〔͵ʒeə'bru〕奧勒布魯（瑞典）

O'Regan〔o'rigən〕

Oregon〔'ɔrigən〕俄勒岡（美國）

O'Reilly〔o'raɪlı〕

Orejones〔ore'hones〕（西）

Orekhovo-Zuevo〔ʌr'jɛhəvə·'zujɪvə〕（俄）

Orel〔o'rɛl〕奧勒耳（蘇聯）

O'Rell〔o'rɛl〕

Orellana〔͵ɑre'lɑnə; ͵ɑrı'lɑnə; ͵ore-'ljɑnɑ（西）〕

Orelli〔o'rɛli〕

Orem〔'ɔrem〕

Oremus〔o'riməs〕

Oren〔'orən〕奧倫

Orenburg〔'ɔrənbəg; ʌrjen'burk（俄）〕

Orens〔'orənz〕

Orense〔o'rɛnse〕奧藍沙（西班牙）

Oresme〔ɔ'rɛm〕（法）

Orest〔ʌ'rjest〕（俄）

Oreste〔o'rɛste〕奧雷斯蒂

Oresteia〔͵ores'tiə〕

Orestes〔ɔ'restiz〕【希臘神話】奧倫斯蒂斯（Agamemnon 與 Clytemnestra 之子, 殺母及其情夫以報父仇）

O Resto é silêncio〔u 'restu ɛ si-'leŋsju〕（葡）

Øresund〔'ʒe͵sʌn〕（挪）

Oretani〔͵ɑrə'tenaı〕

Oreus〔'orıəs〕

Orfani〔ɔr'fɑnji〕

Orfeo〔ɔr'feo〕

Orff〔ɔrf〕

Orfila〔ɔrfi'la〕（法）奧菲拉

Orford〔'ɔrfəd〕奧福德

Orford Ness〔'ɔrfəd 'nɛs〕

Orgain〔'ɔrgen〕奧根

Organ〔'ɔrgən〕奧根

Organi〔'ɔrgɑni〕

Organon〔'ɔrgənɑn〕

Organos〔'ɔrgɑnos〕

Orgãos〔ɔr'gɑuŋs〕（巴西）

Orgetorix〔ɔr'dʒetorıks〕

Orgilus〔'ɔrgıləs〕

Orgoglio〔ɔr'goljo〕

Orgon〔ɔr'gɔŋ〕（法）

Orhei〔ɔr'he〕

Oriana〔͵ɑrı'ɑnə〕

Oriani〔or'jɑnı〕

Orians〔'ɑrjənz〕奧里恩斯

Oribasius〔͵ɑrı'beʒıəs〕

Oribe〔o'rive〕（西）

Orichovius〔͵ɔrı'kovıəs〕

Oriel〔'ɔrıəl〕奧里爾

Orient〔'ɔrıənt〕

Oriental〔͵ɔrı'ɛntḷ〕❶東方人；亞洲人❷受過東方文化薰陶的人

Oriente〔͵ɔr'jente〕

Origen〔'ɑrıdʒen〕

Origenes〔o'rıdʒeniz〕

Origenists〔'ɑrıdʒınısts〕

Orihuela〔͵ɔrı'welɑ〕

Orillia〔o'rılıə; -ljə〕

Orinda〔o'rındə〕奧林達

Orinoco〔͵ɔrı'noko〕奧利諾科河（委內瑞拉）

Orion〔ɔ'raıən〕【天文】獵戶星座

O'Riordan〔o'rɑıədən〕奧賴爾登

Oriskany〔o'rıskənı〕

Orison〔'ɑrızŋ〕奧里森

Orissa〔ɔ'rısə〕奧立沙（印度）

Orivesi〔'ɔrı͵vesı〕

Oriya〔o'rijə〕

Orizaba〔͵ɔrı'zɑbə〕俄利薩巴山（墨西哥）

Orizu〔'orizu〕

Orizzonte〔orıd'dzonte〕（義）

Orkan〔'ɔrkɑn〕

Orkhan〔ɔr'hɑn〕（土）

Orkhon〔'ɔrkɑn〕鄂爾渾河（亞洲）

Orkney(s)〔'ɔrknı〕奧克尼群島（蘇格蘭）

Orla〔'ɔrlɑ〕

Orlan〔ɔr'lɑŋ〕（法）奧倫

Orlando〔ɔr'lændo〕奧蘭多（Vittorio Emanuele, 1860-1952, 義大利政治家）

Orlando Furioso〔ɔr'lændo ͵fjurı-'ozo〕

Orléanais〔ɔrleɑ'ne〕（法）

Orleanist〔ɔr'lıənıst〕　　　　　　「國）

Orleans〔ɔr'lıənz; 'ɔrljənz〕奧爾良（法

Orléans〔ɔrle'ɑŋ〕奧爾良（法國）

Orley〔'ɔrlı; 'ɔrlaı（法蘭德斯）〕奧利

Orlici〔'ɔrlitsı〕

Orlik ['ɔrlɪk]
Orlo ['ɔrlo]
Orlov [ɔr'lɔf ; ʌr'lɔf (俄)]
Orlovski [ɜ'lɔfskɪ ; ʌr'lɔfskər (俄)]
Orly [,ɔr'li]
Orm [ɔrm] 奧姆
Ormandy ['ɔrməndɪ] 歐門達 (Eugene, 1899-1985, 美國小提琴家兼音樂指揮者)
Ormara [ɔr'marə]
Ormazd ['ɔrmæzd] 【祆教】善之神;光之神
Orme [ɔrm] 奧姆
Orme, de l' [də 'lɔrm]
Ormelie ['ɔrmɪlɪ]
Ormerod ['ɔrmrad] 奧米羅德
Ormes [ɔrmz] 奧姆茲
Ormesby ['ɔrmzbɪ]
Ormesson, d' [dɔrme'sɔŋ] (法)
Ormin ['ɔrmɪn]
Ormiston ['ɔrmɪstən] 奧米斯頓
Ormizd ['ɔrmɪzd]
Ormoc [ɔr'mɔk] 澳謀克 (菲律賓)
Ormond ['ɔrmənd] 奧蒙德
Ormonde ['ɔrmənd] 奧蒙德
Ormondroyd ['ɔrməndrɔɪd] 奧蒙德羅伊德
Ormsbee ['ɔrmzbɪ] 奧姆斯比
Ormsby ['ɔrmzbɪ] 奧姆斯比
Ormsby-Gore ['ɔrmzbɪ·'gɔr]
Ormskirk ['ɔrmzkək]
Ormstunga ['ɔrms,tuŋə]
Ormulum ['ɔrmjʊləm]
Ormus [ɔr'mus]
Ormuz ['ɔrmʌz]
Ormuzd ['ɔrmʌzd]
Ornan ['ɔrnæn]
Ornano [ɔr'nano]
Orndoff ['ɔrndaf]
Orne [ɔrn] 奧恩
Orner ['ɔrnə]
Ornes [ɔrn] (法)
Ornstein ['ɔrnstaɪn] 奧恩斯坦
Oro, El [ɛl 'oro]
Orochen [oro'ken]
Orochi [oro'ki]
Orodes [o'rodiz]
Orofino [,orə'fino]
Orohena, Mount [,orə'henə] 歐拉赫那
Orolaunum [,arə'lɔnəm]
Oromo [o'romo]
Oronce [ɔ'rɔ̃s] (法)
Oronn ['orɔn]
Orono [orə,no]
Oronsay ['arənse ; -ze]

Oronte [ɔ'rɔ̃t] (法)
Orontes [a'rantiz ; ə-]
Orontius [a'ranʃɪəs ; o-]
Oronzo [o'rɔntso]
Oroonoko [,aru'noko]
Oropesa [,oro'pesa]
Oropeza [,oro'pesa] (拉丁美)
Oropo [ɔ'rɔpɔ]
Oropus [o'ropəs]
Oroquieta [,orakjʊ'eta] 歐羅基埃塔 (菲律賓)
Orosei [,oro'ze]
Orosius [ə'rosjəs]
Orote [o'rotɛ]
O'Rourke [o'rɔrk ; o'rurk (愛)]
Oroville ['orəvɪl]
Orozco [o'rosko ; -'rɔ-] (西)
Orpah ['ɔrpə]
Orpen ['ɔrpən] 奧賓 (Sir William Newenham Montague, 1878-1931, 愛爾蘭畫家)
Orphean [ɔr'fiən]
Orphée [ɔr'fe]
Orpheus ['ɔrfjus] 【希臘神話】阿波羅 (Apollo) 之子,喜彈琴,爲音樂之鼻祖
Orpheus Brittanicus ['ɔrfjus brɪ'tænɪkəs]
Orpheus Caledonius ['ɔrfjus ,kælɪ'donɪəs]
Orphic ['ɔrfɪk]
Orpington ['ɔrpɪŋtən] 奧屏頓 (英格蘭)
Orr [ɔr] 奧爾
Orr Ewing ['ɔr 'juɪŋ]
Orrefors [,ɔrɪ'fɔrs ; -'fɔrʃ]
Orrell ['arəl]
Orren ['arən] 奧倫
Orrente [ɔr'rente]
Orrery ['arərɪ] 奧雷里
Orrhoene [,ar'rini]
Orrick ['arɪk] 奧里克
Orridge ['arɪdʒ] 奧里奇
Orrington ['arɪŋtən]
Orris ['arɪs] 奧里斯
Orrm [ɔrm]
Orrmin ['ɔrmɪn]
Orrmuhm ['ɔrmjʊləm]
Orrock ['arək]
Orrs [ɔrz]
Orsay d' [dɔr'se]
Orseolo [ɔr'zɛolo]
Orsera [ɔr'sɛra]
Orsha ['ɔrʃə]
Orsini [ɔr'sini] 奧西尼
Orsino [ɔr'sino]
Orsk [ɔrsk] 奧爾斯克 (蘇聯)

Orso [ˈɔrso]

Orson [ˈɔrsn̩] 奧森

Örsted [ˈɜstið] (丹)

Ørsted [ˈɜstið] (丹)

Orsua [ɔrˈsua]

Országh [ˈɔrsag]

Orta [ˈɔrta]

Ortala [urˈtala] (瑞典)

Ortega [ɔrˈtega] 奧爾特加

Ortega y Gasset [ɔrˈtega ɪ gaˈsɛt] 奧鐵加伊加賽 (José, 1883-1955, 西班牙哲學家, 作家及政治家)

Ortegal [ˌɔrteˈgal]

Orteig [ˈɔrteg; -tig] 奧泰格

Örtel [ˈɜtəl] (德)

Ortelius [ɔrˈtiliəs]

Ortell [ˈɔrtəl]

Ortelsburg [ˈɔrtl̩zbəg]

Ortenau [ˈɔrtɛnau]

Ortenburg [ˈɔrtənburk]

Orth [ɔrθ] 奧恩

Ortheris [ˈɔrθərɪs]

Ortiz [ɔrˈtis] 奧蒂斯

Ortiz Rubio [ɔrˈtis ˈruvjo] (拉丁美)

Ortler [ˈɔrtlə]

Ortlerspitze [ˈɔrtləʃˌpɪtsə]

Ortles [ˈɔrtles]

Ortner [ˈɔrtnə] 奧特納

Orton [ˈɔrtn̩] 奧頓

Ortonville [ˈɔrtn̩vɪl]

Ortospana [ɔrtəsˈpenə]

Ortygia [ɔrˈtɪdʒiə]

Oruba [ɔˈruba]

Oruro [oˈruro] 奧魯洛 (玻利維亞)

Orust [ˈurʌst] (瑞典)

Orvieto [ɔrˈvjeto]

Orville [ˈɔrvɪl] 奧維弗

Orvis [ˈɔrvɪs]

Orwell [ˈɔrˌwel] 歐威爾 (George, 1903-1950, 本名 Eric Blair, 英國作家)

Orwigsburg [ˈɔrwɪgzbəg]

O'Ryan [oˈraiən]

Oryod [bɔrjod]

Oryx [ˈarɪks]

Orzechowski [ˌɔrʒɛˈhɔfski] (波)

Orzeszkowa [ˌɔrʒɛʃˈkɔva] (波)

Osa [ˈosə] 奧薩

Osage [oˈsedʒ] 奧撒奇河 (美國)

Osaka [oˈsakə] 大阪 (日本)

Osakis [oˈsekɪs]

Osai Tutu [oˈsai ˈtutu]

Osann [ˈozan]

Osawatomie [ˌosəˈwatəmɪ; ˌasə-]

Osbaldiston(e) [ˌazbəlˈdɪstən]

Osbern [ˈazbən] 奧斯本

Osbert [ˈazbət] 奧斯伯特

Osborn [ˈazbən] 奧斯本 (Henry Fairfield, 1857-1935, 美國古生物學家)

Osbourne [ˈazbən; -bɔrn] 奧斯本

Oscan [ˈaskən]

Oscar II [ˈaskə; ˈaskar; ˈɔskar] 奧斯卡二世 (1829-1907, 於 1872-1907 為瑞典國王, 於 1872-1905 兼挪威國王)

Oscar [ˈoskar] (西)

Osceola [ˌasiˈolə; ˌo-] 奧西奧拉

Oscoda [asˈkodə]

Osee [ˈozi]

Osei Tutu [oˈsai ˈtutu]

Ösel [ˈɜzəl]

Öser [ˈɜzə] 奧澤

Oseras [oˈseras]

Osgood [ˈazgud] 奧斯古德

Osh [ɔʃ] 奧什 (蘇聯)

Osha [ˈoʃə]

O'Shaughnessy [oˈʃɛnɪsi; -nəsɪ] 奧肖內西

Oshawa [ˈaʃəwə; -wɔ]

O'Shea [oˈʃe] 奧謝

O'Sheel [oˈʃil]

Oshiba [oˈʃiba]

Oshkosh [ˈaʃkaʃ] 奧士科士 (美國)

Oshogbo [oˈʃagbo]

Oshyeba [oˈʃjeba]

Osiander [oziˈandə]

Osijek [ˈosijɛk] 奧細葉克 (南斯拉夫)

Osip [ˈɔsjip] (俄)

Osipenko [asiˈpɛŋko] 奧西平科 (蘇聯)

Osipovich [ˈɔsɪjɪˌpɔvjitʃ] (俄)

Osirian [oˈsairiən]

Osiris [oˈsairɪs] 古代埃及之主神之一

Osius [ˈozias]

Oskaloosa [ˌaskəˈlusə]

Oskar [ˈaskə (芬、德、挪); ˈɔskar (瑞典)] 奧斯卡

Oskol [ʌsˈkɔl] (俄)

Osler [ˈozlə] 奧斯勒 (Sir William, 1849-1919, 加拿大醫生)

Oslo [ˈazlo] 奧斯陸 (挪威)

Os Lusíadas [uʒ luˈziədəʃ] (葡)

Osma [ˈɔsma]

Osman [azˈman; usˈman] 奧斯曼 (1259-1326, Ottoman 帝國開國者)

Osman Digna [usˈman ˈdɪgnə] (阿拉伯)

Osmanli [azˈmænli; as-] ❶ 土耳其人 ❷ 土耳其語

Osmanlis [azˈmænliz; as-] 「paʃə]

Osman Nuri Pasha [azˈman ˈnuri

Osmeña [osˈmenja]

Osmer [ˈazmə] 奧斯默

Osmers〔'azməz;'am-〕奧斯默斯

Osmon〔'azmən〕

Osmond〔'azmənd〕奧斯蒙

Osmun〔'azmən〕

Osmund〔'azmənd〕

Osnabrück〔'aznəbrjʊk〕奧斯那布魯克
（德國）

Osnaburg(h)〔'aznə,bɜg〕德國 Osnaburg
市製的一種粗布（用於製穀類之袋、工作服）

Osnovyanenko〔əsnə'njanjɪnkɔ〕

Oso〔'oso〕

Osol〔'asəl〕

Osorgin〔a'sɔrgɪn〕

Osorhei〔,ɔsɔr'he〕

Osorio〔o'sorjo（西）;u'zorju（葡）〕

Osorius〔o'sɔrɪəs〕

Osorkon〔o'sɔrkɑn〕

Osorno〔o'sɔrno〕

Osovets〔ə'sɔvjɛts〕

Osowiec〔ɔ'sɔvjɛts〕

Osoyoos〔o'sujɑs〕

Ospina Pérez〔os'pina 'peres〕（拉丁
美）

Ospina Rodriguez〔o'spina ro'ðriges〕
（拉丁美）

Osprey〔'asprɪ〕

Ospringe〔'asprɪndʒ〕

Osrhoene〔azrə'ini〕

Osric(k)〔'azrɪk〕

Osroene〔,azrə'ini〕

Ossa〔'asə〕奧塞山（希臘）

Ossabaw〔'asəbɔ〕

Ossau, d'〔dɔ'so〕

Ossawa〔'asəwə〕

Ossendowski〔,ɔssɛn'dɔfskɪ〕（波）

Ossenfort〔'asənfɔrt〕

Os Sertões〔us sə'tɔɪŋs〕（巴西）

Ossetia〔a'siʃɪə〕

Ossett〔'asɪt〕

Ossian〔'aʃən;ɔ'sjaŋ〕奧西恩，傳說中
三世紀中左右之愛爾蘭及蘇格蘭高地之英雄及
詩人

Ossianic〔,asɪ'ænɪk〕

Ossiannilsson〔'uʃan'nɪlssɔn〕（瑞典）

Ossietzky, von〔,asɪ'ɛtskɪ〕奧錫厄慈吉
（Carl, 1889-1938, 德國作家及和平主義者）

Ossining〔'asɪ,nɪŋ〕

Ossip〔'ɔsjɪp〕

Ossoli〔'asəlɪ;'ɔssolɪ（義）〕奧索利

Ossolinski〔,ɔssɔ'linjskɪ〕（波）

Ossory〔'asərɪ〕奧索里

Ossuna〔os'suna〕（義）

Ostade〔as'tadə〕

Ostayen〔'ɔstajɛn〕

Östberg〔'ɜst,bærj〕（瑞典）

Oste〔'ostɪ〕

Ostelbien〔ɔs'tɛlbɪən〕

Osten〔'ɔstən;'os-〕

Östen〔'ɜstən〕

Ostend〔as'tɛnd〕奧斯坦德（比利時）

Ostende〔ɔs'taŋd〕（法）

Ostendorf〔'ostəndɔrf〕奧斯滕多夫

Osten-Sacken〔'ɔstɛn·'zakən〕

Ostenso〔'ɔstɛnso;-tɛn-〕奧斯滕索

Oster〔'ostə;'astə〕奧斯特

Öster Dal〔'ɜstə,dal〕（瑞典）

Österdal〔'ɜstə,dal〕（挪）

Österdalälven〔'ɜstəda,lɛlvən〕

Osterfeld〔'ostəfɛlt〕

Östergötland〔,ɜstə'jɜtland〕（瑞典）

Osterhaus〔'ostəhaʊs〕奧斯特豪斯

Osterhout〔'ostəhaʊt〕奧斯特豪特

Osterley〔'astəlɪ〕

Österley〔'ɜstəlaɪ〕（德）

Osterlich〔'astəlɪtʃ〕

Österling〔'ɜstəlɪŋ〕（瑞典）

Ostermann〔'ostəman;ʌstjə'man（俄）〕
奧斯特曼

Osternburg〔'ostənburk〕

Österö〔'ɜstə,rɜ〕（丹）

Osteröy〔'ostə,rɜju;'ʊs-（挪）〕

Österreich〔'ɜstəraɪh〕（德）

Österreich-Ungarn〔'ɜstəraɪh·'ʊngan〕
（德）

Östersjön〔'ɜstəʃən〕（瑞典）

Østersoen〔'ɜstəsɜn〕（丹）

Ostfalen〔'ostfalən〕

Østfold〔'ɜst,fɔl〕（挪）

Ostfriesland〔ost'frislant〕

Osthoff〔'osthof〕

Ostia〔'astɪə;-tjə〕

Ostia Aterni〔'astɪə ə'tɜnaɪ〕

Ostiak〔'astɪæk〕

Ostian Way〔'astɪən〕

Ostie, d'〔dɔs'ti〕

Ostium〔'astɪəm;-tjəm〕

Ostland〔'ɔstlant〕

Ostmark〔'ɔst,mark〕【昔】德國蘇聯占領區
之貨幣單位

Ostorius Scapula〔as'tɔrɪəs 'skæpjʊlə〕

Ostpreussen〔'ost,prɔɪsɪn〕

Ostrasia〔as'treʃə;-ʒə〕

Ostrava〔'ostrava〕奧斯特拉瓦（捷克）

Ostrogorski〔,astrə'gɔrskɪ;ʌstrʌ-
'gɔrskəɪ（俄）〕

Ostrogosh〔,əstrə'gaʃ〕

Ostrogoth〔'astrə,gaθ〕東哥德族之人；東
哥德人

Ostrogski〔ɑs'trɑgskɪ；ʌ'strɔgskəɪ（俄）〕

Ostrovski〔ɔs'trɔfskɪ（波）；ʌ'strɔfskəɪ（俄）〕

Ostrów〔'ɔstruf〕奧斯特羅夫

Ostrowiec Swietokrzyski〔ɔs'trɔvjɛts,ʃvjɛntɔk'ʃɪskɪ〕（波）

Ostrowo〔ɔs'trovo〕

Ostrów Wielkopolski〔'ɔstruf,vjɛlkɔ'pɔlskɪ〕（波）

Ostrzeszow〔ɔs'tʃɛʃut〕（波）

Ostsee〔'ɔst,ze〕

Ost-Tirol〔,ɔst·ti'rɔl〕

Osttirol〔'ɔst ɪ'rɔl〕

Östvågöy〔'ɜstvɔ,gɜjʊ〕（挪）

Ostwald〔'ɔs,tvalt〕奧士德華（Wilhelm, 1853-1932, 德國物理化學家及哲學家）

Ostyago-Vogulsk〔ʌs'tjagə vʌ'guljsk〕（俄）

Ostyak〔'astɪæk〕

Ostyako-Vogulsk〔as'tjakə·va'gulsk〕

Ostyak-Samoyeds〔'astɪæk,sæmə-'jedz〕

Ostyak-Vogul〔ʌs'tjak·vʌ'gul〕（俄）

Osubka-Morawski〔ɔ'supkə·mɔ'rafskɪ〕

O'Sulivan〔o'sʌlɪvən〕奧沙利文

Osvald〔'ɔsvald〕

Oswald〔'ozwəld；'asvalt（德）〕奧斯瓦爾德

Oswaldo〔ɔʒ'waldu（葡）；ɔz-（巴西）〕

Oswaldtwistle〔'azwəldt,wɪsl〕

Oswalt〔'azwɔlt〕

Oswegatchie〔,aswɪ'gatʃɪ〕

Oswego〔az'wigo；as-〕

Oswestry〔'azwəstrɪ；-wɪs-〕

Oświęcim〔ɔʃ'vjɛntʃim〕（波）

Oswiu〔'os,wɪʊ〕

Oswold〔'azwəld〕

Oswy〔'aswɪ；'az-〕

Otadini〔,otə'daɪnaɪ〕

Otago〔o'tago〕奧塔哥（紐西蘭）

Otaheite〔,otɑ'hetɪ；-təh-〕

Otakar〔'otakɑr；,ɔ-〕

Otavi〔o'tavɪ〕

Otea〔o'teə〕

Otello〔o'tɛllo〕（義）

Otenasek〔o'tɛnəsek〕

Otero〔o'tɛro〕

Otescu〔ɑ'tɛku〕

Otey〔'otɪ〕

Otford〔'atfəd〕

Otfrid〔'atfrid；'otfrit（德）〕

Otfried〔'atfrid；'otfrit（德）〕

Othello〔o'θɛlo；ə-〕奧塞羅（莎士比亞四大悲劇之一）

Othenin〔ɔt'næŋ〕（法）

Othin〔'oðɪn〕

Othman〔ʊθ'man〕（阿拉伯）

Othman Nuri Pasha〔aθ'man 'nuri 'paʃə〕

Othmar〔'atmɑr〕

Othmer〔'aθmə〕奧思默

Othniel〔'aθnɪəl；-njəl〕奧思尼爾

Otho〔'oθo〕奧索

Othon〔ɔ'tɔn〕（法）

Othonoi〔,oθo'nji〕

Othrys〔'aθrɪs；'oθ-〕

Otiartes〔otɪ'artiz〕

Ötinger〔'ɜtɪŋə〕（德）

Otira〔o'tɪrə〕

Otis〔'otɪs〕奧蒂斯

Otley〔'atlɪ〕

Otmar〔'atmɑr〕

Otnit〔'atnɪt〕

Oto〔'oto〕

Otoe〔'oto〕

Otokar〔'ɔtokɑr〕

Otomacos〔otə'makəz〕

Otomacs〔,otə'maks〕

Otomi〔oto'mi〕

Otomian〔oto'miən〕

Oton〔o'tɔn；'otən〕

Otonabee〔o'tanəbɪ〕

O'Toole〔o'tul〕奧圖爾

Otra〔'otrɑ；'ʊt-〕

Otrante, d'〔dɔ'trant〕

Otranto, Strait of〔a'trænto〕奧特蘭托海峽（歐洲）

Otricoli〔o'trikolɪ〕

O'Trigger〔o'trɪgə〕

Otsego〔at'sigʊ〕

Ott〔at〕奧特

Ottavio〔ot'tavjo〕（義）

Ottawa〔'atəwə〕❶渥太華（加拿大）❷渥太華河（加拿大）

Ottaway〔'atəwe〕奧塔衞

Ottendorfer〔'atəndɔrfə〕

Ottensen〔'atənzən〕

Otterbein〔'atəbaɪn〕

Otterburn〔'atəbən〕

Ottery Saint Mary〔'atərɪ sənt 'mɛrɪ；'atərɪ sɪnt 'mɛrɪ〕

Ottfried, Mueller-〔'mjʊlə·'atfrit〕

Ottilia〔aˈtɪljə〕
Ottiliana〔ˌɔttɪlɪˈana〕（瑞典）
Ottilie〔aˈtiliə〕
Ottley〔ˈatlɪ〕
Ottlilienfeld〔atˈliljənfɛlt〕
Ottmar〔ˈatmar〕
Ottmer〔ˈatmə〕奧特默
Otto I〔ˈato〕鄂圖一世（912-973, 世稱 the Great, 神聖羅馬帝國皇帝）
Ottocar〔ˈatəkar〕
Ottoboni〔ottoˈbonɪ〕（義）　　　　〔（義）
Ottoboni Fiesco〔ottoˈbonɪ ˈfjɛsko〕
Ottokar〔ˈatəkar〕
Ottoman〔ˈatəmən〕土耳其人
Ottomites〔ˈatəmaɪts〕
Ottone〔otˈtone〕（義）
Ottorino〔ˌottoˈrino〕（義）
Otto von Wittelsbach〔ˈato fan ˈvɪtəlsbah〕（德）
Ottoway〔ˈatəwe〕
Ottumwa〔əˈtʌmwə ; o-〕
Otuel〔ˈatjʊəl ; ɔtjʊˈɛl〕（法）〕
Otumba〔oˈtumba〕
Otway〔ˈatwe〕奧特維（Thomas, 1652-1685, 英國劇作家）
Ötztal〔ˈɚtstal〕
Ötztaler Alps〔ˈɚts,talə~〕
Ötzthal〔ˈɚtstal〕
Ötzthaler Alps〔ˈɚts,talə ~〕
Ouachita〔ˈwaʃɪ, tɔ〕烏時塔河（美國）
Ouad〔wad〕
Ouadaï〔waˈdaɪ〕（法）
Ouadan(e)〔waˈdan〕　　　　　　〔伏塔〕
Ouagadougou〔ˌwagəˈdugu〕瓦加杜古（上
Ouakam〔ˈwakam〕
Ouakwanyama〔ˌwakwaˈnjama〕
Oualo〔ˈwalo〕　　　　　〔（法）
Ouarsenis Massif〔warseˈnis maˈsif
Ouasoulou〔waˈsulu〕
Oubangui〔ubaŋˈgi〕
Oubangui-Chari〔ubaŋˈgi·ˈʃari〕
Oubangui-Chari-Tchad〔ubaŋˈgi·ˈʃari·ˈtʃad〕
Oubon〔ubʌn〕（暹羅）
Oubridge〔ˈubrɪdʒ ; ˈaub-〕
Oucas〔ˈokəz〕
Ouche〔uʃ〕
Ouchy〔uˈʃi〕烏奇
Ouconnastote〔ˌokənəˈstotə〕
Oud〔aʊt〕（荷）
Oude〔aʊd〕　　　　　　　〔ˈsmɪts〕
Oude Heer Smits, De〔də ,aʊdə ˈhɛr

Oude Maas〔ˈaʊdə,mas〕
Oudemans〔ˈaʊdəmans〕
Oudenarde〔ˈudənard ; -dɪn-〕
Oudendorp〔ˈaʊdəndɔrp〕
Oudergem〔ˈaʊdəhəm〕（法蘭德斯）
Oude Rijn〔ˈaʊdə ,raɪn〕
Oudh〔aʊd〕
Oudiné〔udiˈne〕（法）
Oudinot〔ˌudiˈno〕伍狄諾（Nicolas Charles, 1767-1847, 法國拿破崙麾下大將）
Oudjda〔ˌudʒˈda〕
Oudry〔uˈdri〕
Oued Chéliff〔ˈwɛd ʃeˈlif〕
Oued Noun〔ˈwɛd ˈnun〕
Oued Sebou〔ˈwɛd səˈbu〕
Oued Zem〔ˈwɛd ˈzɛm〕
Ouessant, Ile d'〔il dweˈsaŋ〕（法）
Ouezzane〔wɛˈzan〕（法）
Ouffle〔ˈufḷ〕
Ough〔o〕
Ougham〔ˈokəm〕
Oughter〔ˈuktə〕
Oughterard〔,utəˈrard〕
Oughton〔ˈaʊtn ; -ɔ-〕
Oughtred〔ˈɔtrɛd ; -rɪd〕
Ouida〔ˈwidə〕
Ouija〔ˈwidʒa ; -dʒə〕
Ouimet〔ˈwimɛt〕維梅特
Ouin〔ˈoɪn〕
Oujda〔udʒˈda〕
Oukolukazi〔ukoluˈkazi〕
Oukrainsky〔okraˈɪnskɪ〕
Oulad Naïl〔uˈlæd ˈnaɪl〕
Ould〔old ; uld〕烏爾德
Ouless〔ˈulɪs ; -lɛs〕烏利斯
Oulgaret〔ulgaˈrɛ〕（法）
Oullins〔uˈlæŋ〕（法）
Oulu〔ˈaʊlʊ ; ˈolu〕奧盧（芬蘭）
Oulujärvi〔ˈaʊlʊ, jærvɪ ; ˈolu-（芬）〕
Oumansky〔uˈmanskɪ〕
Oum er Rebia〔ˌum ʌr raˈbiə ; ,um ʌr raˈbiæ〕（阿拉伯）
Ounas〔ˈaʊnas〕
Oundle〔ˈaʊndḷ〕
Ouolof〔waˈlaf〕
Oup〔up〕
Ouray〔jʊˈre〕
Ourcq〔urk〕（法）
Ouri〔ˈaʊrɪ〕
Ours〔urs〕（法）
Oursler〔ˈaʊəzlə ; ˈaz-〕奧斯勒
Ourthe〔urt〕（法）

Oury [ˈaʊərɪ ; ˈurɪ]

Ousatonic [ˌusəˈtɑnɪk]

Ouse [uz]

Ouseley [ˈuzlɪ] 烏斯利

Ousey [ˈuzɪ]

Ousley [ˈuzlɪ ; ˈaʊslɪ]

Ouspenskaya [usˈpɛnskəjə]

Ousseltia [usɛlˈtja] (法)

Oust [ust]

Ouston [ˈaʊstən]

Outagamie [aʊtəˈgæmɪ]

Outardes [uˈtɑrd] (法)

Outcault [ˈaʊtkɔlt] 奧特考特

Outen [ˈaʊtn̩]

Outerbridge [ˈaʊtəbrɪdʒ] 奧特布里奇

Outjo [ˈoʊtjo]

Outhwaite [ˈuθwet] 烏思懷特

Outis [ˈaʊtɪs]

Outland [ˈaʊtlənd] 奧特蘭

Outlander [ˈaʊtˌlændə]

Outlaw [ˈaʊtlɔ] 奧特洛

Outram [ˈutrəm] 奧特勒姆

Outreau [uˈtro]

Outred [ˈutrɪd]

Outre-Mer [ˌutrəˈmɛr]

Outremont [ˈutrəmɑnt ; utrəˈmɔn] (法)

Out Skerries [aʊt ˈskɛrɪz]

Outspan [ˈaʊtˌspæn]

Ouverture, L' [luvaˈtjur]

Ouvrard [uvˈrar] (法)

Ouvry [ˈuvrɪ]

Ouwater [aʊˈvatə]

Ouwe [ˈaʊwə]

Ouya [uˈja]

Ovaherero [ˌovahɛˈrero]

Ovakumbi [ˌovaˈkumbi]

Ovalau [ˌovaˈla·u]

Ovambandieru [ˌovambanˈdjeru]

Ovambo [oˈvæmbo]

Ovamboland [oˈvæmbo ˌlænd]

Ovananyeka [ˌovanaˈnjeka]

Ovando [oˈvando]

Ovangandjera [ˌovaŋganˈdʒera]

Ovangangela [ˌovaŋgaŋˈgela]

Ovatjimba [ovaˈtʃimba]

Ove [ˈovə]

Oved [oˈved]

Ovens [ˈovəns]

Ovenus [oˈvinəs]

Overall [ˈovərɔl]

Overbeck [ˈovəbɛk] 奧弗貝克

Overberger [ˈovəˌhəgə]

Overbury [ˈovəberɪ] 奧弗伯里

Overby [ovəˈbaɪ] 奧弗比

Over Darwen [ˈovə ˈdɑrwɪn]

Overdo [ovəˈdu]

Overdone [ˈovədʌn]

Overholser [ˈovə ˌhalzə] 奧弗霍爾澤

Overflakkee [ˌovəflaˈke]

Overijssel [ˌovəˈraɪsəl]

Øverland [ˈovələnd] 奧弗蘭

Överland [ˈɜvəlan] (挪)

Overland Park [ˈovələnd ~]

Overn [ˈovən] 奧弗恩

Overreach [ˈovəˌritʃ]

Overskou [ˈovəskaʊ]

Overstone [ˈovəstən] 奧弗斯通

Overstrand [ˈovəstrænd]

Overstreet [ˈovəstrit] 奧弗斯特里特

Overton [ˈovətn̩] 奧弗頓

Overtoun [ˈovətn̩]

Overweg [ˈovəveh] (德)

Overyssel [ˌovəˈraɪsəl]

Oveta [oˈvitə] 奧維塔

Ovid [ˈavɪd] 奧維德 (全名 Publius Ovidius
    Naso, 43 B.C. -? A.D. 17, 羅馬詩人)

Ovide [ɔˈvid]

Ovidio [oˈvidjo] (義)

Ovidiopol [avidjɪˈɔpəl] (俄)

Ovidius Naso [oˈvɪdɪəs ˈneso ; oˈvɪdɪəs
    ˈnaso]

Oviedo [ˌaviˈedo] 奧威多 (西班牙)

Oviedo y Valdés [oˈvjeðo ɪ valˈdes] (西)

Ovimbundu [ˌovimˈbundu]

Ovingdean [ˈavɪŋdin]

Ovingham [ˈavɪndʒən]

Ovington [ˈavɪŋtən ; ˈovɪŋtən] 奧文頓

Ovoca [əˈvokə]

Owain [ˈowen] 歐文

Owain ab Gruffydd [ˈowen ab ˈgrɪfɪð]
    (威)

Owain Cyveiliog [ˈowen kəˈvɜɪljog]
    (威)

Owain Gwynedd [ˈowen ˈguɪneð]
    (威)

Owasco [oˈwasko]

Owatonna [ˌowəˈtanə]

Owbridge [ˈobrɪdʒ]

Owego [oˈwigo]

Oweinat [oˈwenæt]

Owen [ˈoɪn] 歐文 (Robert, 1771-1858, 英國
    威爾斯社會改革者)

Owenite [ˈoɪnaɪt]
Owens [ˈoɪnz]
Owensboro [ˈoɪnzbərə]
Owenson [ˈoɪnsn̩]
Owen Stanley Range [ˈoɪnˈstænlɪ~] 歐文斯坦利利山脈（新幾內亞）
Owenton [ˈoɪntən]
Ower [ˈauɚ] 奧厄
Owerri [ˈowɪrɪ]
Owers [ˈoɚz; ˈauɚz]
Owings [ˈoɪŋz] 奧因斯
Owingsville [ˈoɪŋzvɪl]
Owl [aul]
Owles [olz] 奧爾斯
Owlett [ˈaulɪt] 奧利特
Owlgalss [ˈaulglas]
Owls Head [ˈaulz ˌhɛd]
Owosso [əˈwaso]
Owsley [ˈauzlɪ]
Owyhe(e) [oˈwaɪhɪ]
Oxbrow [ˈaksbrau]
Oxenden [ˈaksn̩dən]
Oxenford [ˈaksn̩fəd] 奧克森福德
Oxenham [ˈaksn̩əm] 奧克斯納姆
Oxenhope [ˈaksn̩hop]
Oxenstiern [ˈaksn̩stɪən]
Oxenstierna [ˈuksən,ʃɛrna]（瑞典）
Oxenstjerna [ˈuksən,ʃɛrna]（瑞典）
Oxford [ˈaksfəd] ❶牛津 大學❷牛津（英國）
Oxfordshire [ˈaksfəd,ʃɪr] 牛津郡（英格蘭）
Oxianus Lacus [ˌaksɪˈenəs ˈlekəs]
Oxkutzcab [ˌɔskutsˈkav]（西）
Oxley [ˈaksliɪ] 奧克斯利
Oxleys [ˈakslɪz] 奧克斯里茲
Oxnam [ˈaksnəm] 奧克斯納姆

Oxnard [ˈaksnɑd] 奧克斯納德
Oxner [ˈaksnə] 奧克斯納
Oxon [ˈaksan]
Oxonia [akˈsonɪə]
Oxonian [akˈsonɪən] 牛津城之人；牛津大學之學生
Oxshott [ˈakʃat]
Oxus [ˈaksəs]
Oxyrhynchus [aksɪˈrɪŋkəs]
Oyahue [oˈjawe]
Oyak [ɔˈjak]
Oyana [oˈjanə]
Oyapock [ˌojaˈpɔk]
Oyapok [ˌojaˈpak; ˌojaˈpɔk]
Oyeren [ˈɝjuən]（挪）
Öygarden [ˈɝɪgardən]（挪）
Oyly, D' [ˈdɔɪlɪ]
Oyo [ˈojo]
Oyster [ˈɔɪstɚ]
Oystermouth [ˈɔɪstəmauθ]
Oz [ɑz]
Ozama [oˈsama]（拉丁美）
Ozanam [ɔzaˈnam]（法）
Ozanne [oˈzæn] 奧贊
Ozark(s), Lake of the [ˈozark(s)] 奧沙克湖（美國）
Ozaukee [oˈzɔkɪ]
Ozenfant [ɔzɑŋˈfɑŋ]（法）
Ozero [ˈazɪrə]
Ozette [oˈzɛt]
Ozias [oˈzaɪəs] 奧札厄斯
Ozona [oˈzonə]
Ozorio [oˈzorju]
Ozorkov [əzɚˈkɔf]
Ozymandias [ˌozɪˈmændjəs]

P

Paaltjens〔'paltjəns〕
Paan〔'ba'an〕(中)
Paar〔par〕
Paardeberg〔'pardəbəg〕
Paarl〔parl〕
Paarlberg〔'parlbəg〕
Paasche〔'paʃə〕
Paasikivi〔'pasɪkɪvɪ〕帕西基維(Juho
　K., 1870-1956, 芬蘭總統)
Paassen〔'pasən〕
Paavo〔'pavɔ〕(義)
Pabbay〔'pæbe〕
Pabianice〔,pabja'nitsɛ〕
Pabjanice〔,pabja'nitsɛ〕
Pablo〔'pablo; 'pavlo(西)〕
Pabna〔'pʌbna〕(印)
Pabst〔pæbst〕帕布斯特
Pabus〔'pabəs〕
Pabylon〔'pæbɪlən〕
Paca〔'pakə〕帕卡
Pacaguaras〔,paka'warəz〕
Pacajos〔,paka'ʒoz〕
Pacaraima〔,pækə'raɪmə〕
Pacasás〔,paka'saz〕
Pacasmayo〔,pakaz'majo〕
Pacate〔pə'ketɪ〕
Pacawaras〔,paka'warəz〕
Pacaya〔pə'kaja〕
Pacca〔'pakka〕(義)
Paccanari〔,pakka'narɪ〕(義)
Paccaritambo〔,pakkari'tamvo〕(西)
Pacchioni〔pak'kjonɪ〕(義)
Pacciardi〔paki'ardɪ〕
Paccioli〔pat'tʃolɪ〕(義)
Pace〔pes; 'patʃɛ(義)〕
Pace, di〔dɪ 'patʃɛ〕
Pacelli〔pa'tʃɛllɪ〕(義)
Pach〔pak〕帕克
Pachácamac〔pa'tʃakamak〕
Pachachaca〔,patʃa'tʃaka〕
Pachamama〔,paka'mamə〕
Pachaug〔'pætʃɔg〕
Pachayachachic〔patʃa,jatʃa'tʃik〕
Pacheco〔pa'tʃeko〕　　　　　　「(西)
Pacheco y Osorio〔pa'tʃeko ɪ o'sorjo〕
Pachitch〔'paʃɪtʃ〕
Pachitea〔,patʃɪ'tea〕

Pachmann〔'pakmən; 'pahman(俄)〕
Pachomius〔pə'komɪəs〕
Pacht〔pakt〕
Pachuca〔pa'tʃuka〕　　　　　　　「(西)
Pachuca de Soto〔pa'tʃuka ðɛ 'soto〕
Pachynus Promontorium〔pə'kaɪnəs
　pɪ,amən'torɪəm〕
Pacific, the〔pə'sɪfɪk〕太平洋(美、亞、
　澳三洲與北極之間)
Pacifico〔pə'sɪfɪko; pə'sifɪku(葡);
　pa'sifiko(義)〕
Pacificus〔pə'sɪfɪkəs〕
Pacijan〔pa'sihan〕(西)
Pacini〔pa'tʃinɪ〕
Pacinotti〔,patʃɪ'nɔttɪ〕(義)
Pacioli〔pa'tʃolɪ〕
Pacius〔'pasɪus〕
Pack〔pæk〕帕克
Packard〔'pækard〕
Packer〔'pækə〕帕克爾
Packhoi〔'bak'hɔɪ〕(中)
Packman〔'pækmən〕帕克曼
Pacoima〔pə'kɔɪmə〕
Pacolet〔'pækərɪt〕
Pacorus〔'pækərəs〕
Pacsan〔pak'san〕
Pacsu〔'pɔtʃu〕
Pacto de Chinandega〔'pakto de
　,tʃinan'dega〕
Pactolus〔pæk'toləs〕
Pacuvius〔pə'kjuvɪəs〕
Padalung〔phatthaluŋ〕(暹羅)
Padanaram〔,pedə'nɛræm; ,pedə'nɛ-
　rəm〕
Padang〔'padaŋ〕芭東(印尼)
Paddan-Aram〔,pædən-'crəm〕
Paddington〔'pædɪŋtən〕
Paddleford〔'pædlford〕
Paddock〔'pædək〕帕多克
Paddy〔'pædɪ〕【俚】愛爾蘭人
Padecopeo〔,paðeko'peo〕(西)
Padelford〔pə'dɛlfəd〕帕德爾福德
Padella〔pə'dɛlə〕
Paden〔'pedn〕
Paderborn〔,padə'bɔrn〕
Paderewski〔,pædə'rɛvskɪ〕帕德列夫斯基
　(Ignace Jan, 1860-1941, 波蘭鋼琴家及政治家)

Paderia〔pə'derɪə〕

Pad(h)riac〔'pɔðrɪg〕(愛)

Padiham〔'pædɪəm〕

Padilla〔pa'ðɪlja〕(拉丁美); pa'ðɪlja(西)〕

Padilla Nervo〔pa'ðɪja 'nɛrvo〕(拉丁美)帕廸利亞‧涅佛

Padma〔'pʌdma〕(印)

Padmasambhava〔'pʌdmə'sʌmbəvə〕

Padon〔'pedən〕

Padova〔'padova〕

Padovanino〔,padova'nino〕

Padover〔'pædovə〕帕多佛

Padraic Colum〔'padrɪk ~〕

Padre〔'padre〕

Padre Island〔'pædrɪ ~〕

Padstow〔'pædsto〕

Padua〔'pædjuə〕帕度亞(義大利)

Paducah〔pə'djukə〕

Padus〔'pedəs〕

Pæan〔'piən〕

Paeff〔pa'if〕

Paeonia〔pɪ'onɪə〕

Paeonius〔pɪ'onɪəs〕

Paepcke〔'pepki〕

Paer〔'paer〕

Paes〔'paes; paɪʃ(葡); paɪs(巴西)〕

Paes de Andrade〔paɪs dɪ æŋ'draðɪ〕

Paesiello〔,pae'zjɛllo〕(義)   └(巴西)

Paestum〔'pestəm; 'pɪstəm〕

Paets〔pæts〕

Paetus〔'pitəs〕

Paez〔'paes〕

Páez〔'paes〕(拉丁美)

Paffrath〔'pæfrəθ〕

Paflagonia〔,pæflə'gonjə〕

Pafnuti〔paf'nutjɪ; pʌf'nutjəɪ(俄)〕

Pag〔'pag〕

Pagadian〔,paga'dian〕巴牙連(菲律賓)

Pagan〔'pegən〕帕甘(緬甸)

Paganelli〔,paga'nɛllɪ〕(義)帕加內利

Pagani〔pə'ganɪ〕帕加尼

Paganini〔,pægə'ninɪ〕帕格尼尼(Niccolò, 1782-1840, 義大利小提琴家)

Pagano〔pa'gano〕帕加諾

Pagasae〔'pægəsi〕

Pagasaean〔,pægə'siən〕

Page〔pedʒ〕佩基(Thomas Nelson, 1853-1922, 美國小說家及外交家)

Page, Le〔lə 'paʒ〕(法)

Pagedale〔'pedʒdel〕

Pagegiai〔pa'gege〕

Pagerie〔paʒ'ri〕(法)

Paget(t)〔'pædʒɪt〕派吉特(Sir James, 1814-1899, 英國外科醫生及病理學家)

Pagholo del Fattorino〔'pagolo dɛl fatto'rino〕

Paglia〔'palja〕(義)

Pagliacci〔pa'ljattʃɪ〕(義)

Pagliaricci〔,palja'rittʃɪ〕(義)

Pagnol〔pa'njɔl〕(法)

Pago〔'pago〕   └(美國)

Pago Pago〔'paŋo 'paŋo〕巴夠巴夠港

Pagoda〔pə'godə〕中國、日本、印度等地之寶塔

Pagong〔'pʌgɔŋ〕(印)   └;浮屠

Pagosa〔pə'gosə〕

Pagsan〔pag'san〕

Pahala〔pa'hala〕

Pahang〔pə'hʌŋ〕彭亨(馬來西亞)

Pahari〔pa'ha,ri〕

Pahlanpur〔'palənpur〕   └❷伊朗之金幣

Pahlavi〔'palə,vi〕❶巴勒維王朝(伊朗王朝)

Pahlavi, Riza〔rɪ'za 'paləvi〕

Pahlen〔'palən〕

Pahlevi〔'paləvi; pala'vi〕帕勒維(伊朗)

Pahlovi〔pa'lavi〕

Pahoa〔pa'hoa〕

Pahouin〔pa'wæŋ〕

Pahranagat〔pə'rænəgæt〕

Pahroc(k)〔pə'rak〕

Pahsien〔'ba'ʃɪɛn〕

Pahute〔'pajut〕

Paia〔pa'ia; -'iə〕

Pai Chung-shi〔'baɪ 'dʒuŋ‧'ʃi〕(中)

Pai Chü-yi〔'baɪ 'dʒju'i〕白居易(772-846, 中國唐朝詩人)

Paiconeca〔,paɪko'nekə〕

Paiewonsky〔paɪ'wanskɪ〕

Paiforce〔'pefɔrs〕

Paige〔pedʒ〕佩奇

Paignton〔'pentən〕佩因頓

Päijänne〔'pæi,jænnɛ〕(芬)

Paiho〔'paɪ'ho〕

Pai Khoi〔paɪ hɔɪ〕(俄)

Pailingmiao〔'baɪ'lɪŋ'mjau〕(蒙古)

Paillamacu〔,paɪlja'maku〕

Pailleron〔paj'rɔŋ〕(法)

Pailleterie, La〔la paj'tri〕(法)

Paine〔pen〕佩恩(❶Albert Bigelow, 1861-1937, 美國作家 ❷Thomas, 1737-1809, 美國政治哲學家及作家)

Painlevé〔,pænl've〕潘爾衛(Paul, 1863-1933 法國政治家、哲學家、航空學家及數學家)

Painswick〔'penzwɪk〕(國)

Painted Desert〔'pentɪd ~〕多色沙漠(美

Painter〔'pentə〕佩因特
Painton〔'pentən〕佩因頓
Paintsville〔'pentsvɪl〕
Paisandú〔,paɪsan'du〕
Paisano〔paɪ'sano〕
Paish〔peʃ〕
Paisiello〔,paiz'jɛllo〕（義）
Paisley〔'pezlɪ〕伯斯力（蘇格蘭）
Paita〔pa'ita; 'paɪta〕
Paititi〔paɪ'titi〕
Paiute〔paɪ'jut〕
Paiva〔'paɪva〕
Paiwan〔'paɪwan〕
Paixhans〔'peksənz; pɛk'saŋ(法)〕
Pajares〔pa'hares〕（西）
Pajol〔pa'ʒɔl〕（法）
Pajon〔pa'ʒɔŋ〕（法）
Pajou〔pa'ʒu〕（法）
Pakalla〔pa'kalla〕
Pakawa〔,pakə'wa〕
Pakchan〔'paktʃan〕帕克強（緬甸）
Pakche〔'pak'tʃɛ〕
Pakeman〔'pekmən〕
Pakenham〔'pækənəm〕帕克南
Pakhai〔'bak'haɪ〕（中）
Pakhoi〔'bak'hɔɪ〕（中）
Pakht〔pækt〕
Packington〔'pækɪŋtən〕帕金頓
Pakistan〔,pækɪ'stæn〕巴基斯坦（亞洲）
Pakistani〔,pækə'stænɪ〕巴基斯坦人
Paknam〔paknam〕北欖府（泰國）
Pakokku〔pa'kokku〕帕科庫（緬甸）
Paksé〔,pak'se〕百細（老撾）
Pa-Kua〔'ba-'kwa〕（中）
Pakuda, ibn〔ɪbn pa'kuda〕
Pal〔pal〕
Pál〔pal〕（匈）
Pala Bianca〔'pala 'bjaŋka〕（義）
Palachwe〔pə'lætʃwɪ〕
Palacio〔pa'laθjo〕（西）
Palacios〔pə'læʃəz〕
Palacio Valdés〔pa'laθjo val'des〕帕
    拉修瓦底斯（Armando, 1853-1938, 西班牙小
    說家及批評家）
Palacký〔'palatski〕（捷）
Paladilhe〔,pa,la'dil; pala'dij(法)〕
Paladines〔pala'din〕（法）帕拉汀
Paladin〔'pælədɪn〕帕拉丁
Paladius〔pə'ledɪəs〕
Pala d'Oro〔'pala 'dɔro〕
Palaemon〔pə'liman〕
Palaemongoloid〔,pelɪ'maŋgəlɔɪd〕

Palaeologi〔,pælɪ'alədʒaɪ〕
Palaeologus〔,pælɪ'aləgəs〕
Palaestina〔,pælɪs'taɪnə〕
Palafox〔,pala'fɔks〕
Palafox de Mendoza〔,pala'fɔks ðe
    mɛn'doθa〕（西）
Palafox y Melzi〔,pala'faks ɪ 'mɛlθi〕
    （西）
Palafox y Mendoza〔,pala'fɔks ɪ
    mɛn'doθa〕（西）
Palagruža〔,pala'gruʒa〕
Palaihnihan〔pə'laɪnɪhæn〕
Palaikastro〔pa'lɛkastrɔ〕
Palairet〔'pælərɪt; -rɛt〕帕勒里特
Palamas〔'pæləməs; ,pala'mas〕
Palamcottah〔,paləm'katə〕
Palamedes〔,pælə'midiz〕
Palamides〔,pælə'maɪdiz〕
Palamite〔'pæləmaɪt〕
Palamon〔'pæləmən〕
Palana〔pə'lanə〕帕拉納（蘇聯）
Palanan〔pa'lanan〕
Palance〔'pæləns〕
Palander〔pa'landə〕
Palanga〔pa'laŋga〕帕藍加（菲律賓）
Palanpur〔'palənpur〕
Palaoa〔,pala'oa〕
Palaprat〔pala'pra〕（法）
Palapye〔pə'læpjɪ〕
Palar〔pa'lar〕
Palasan〔pa'lasan〕
Palatinate〔pə'lætɪnɪt〕❶巴列丁奈特（德
    國）❷巴列丁奈特之居民
Palatine〔'pælə,taɪn〕
Palatka〔pə'lætkə〕
Palau〔pa'lau〕帛琉群島（太平洋）
Palaui〔pa'lawɪ〕
Palaung〔pa'lauŋ〕
Palawan〔pa'lawan〕巴拉望島（菲律賓）
Palazzo Chigi〔pa'lattso 'kidʒɪ〕（義）
Palazzo Vecchio〔pa'lattso 'vɛkkjo〕
Pale, English〔pel〕　　　　　L（義）
Paleario〔,pale'arjo〕
Palearius〔,pælɪ'ɛrɪəs〕
Palembang〔,palɛm'baŋ〕巴鄰旁港
Palemongoloid〔,pelɪ'maŋgəlɔɪd〕
Palencia〔pə'lɛnʃɪə; pa'lenθja〕（西）
Palenque〔pa'lɛŋke〕
Paleo-Asiatic〔'pelɪo·eʃɪ'ætɪk〕
Paleocene〔'pelɪəsin〕
Paleo - Indian〔'pelɪo·'ɪndɪən〕

Paleolithic〔‚peliə'liθik〕
Paléologue〔paleɔ'lɔg〕（法）
Paleologus〔‚peli'aləgəs〕
Paleo-Siberian〔‚peliə·sai'birien〕
Paleozoic〔‚peliə'zoik〕
Palermo〔pə'ləmo〕巴勒摩（義大利）
Palerne〔pa'lɛrn〕（法）
Pales〔'peliz〕
Palestine〔'pæli‚stain〕巴勒斯坦（西南亞）
Palestrina〔‚pɑles'trinɑ〕帕勒斯特里納
　　（Giovanni Pierluigi da, 1526?-1594, 義大利
Paletwa〔pə'lɛtwa〕　　　　　　ㄴ聖樂作曲家）
Paley〔'peli〕佩利（William, 1743-1805, 英
　　國神學家及哲學家）
Palfery〔'pɔlfəri〕帕里弗爾
Palfrey〔'pɔlfri〕帕爾弗里
Palghat〔'palgɑt; pal'gɔt〕
Palgrave〔'pælgrev〕帕爾格雷夫（Francis
　　Turner, 1824-1897, 英國詩人及詩文編選家）
Pali〔'pali〕巴利語（印度之古代通俗語之一，爲
Paliano〔pa'ljano〕　　　　　ㄴ印度佛典所用者）
Palikao〔pali'kau; palikɑ'o（法）〕
Palilicium〔‚pæli'liʃiəm〕
Palin〔'pelin〕佩林
Paling〔'peliŋ〕
Palinuro〔‚pali'nuro〕
Palinurus〔‚pæli'njurəs〕
Palisa〔pə'lisə; 'paliza（德）〕
Palisade〔‚pæli'sed〕
Palisades〔‚pæli'sedz〕帕利塞德（美國）
Palissot〔pali'so〕（法）
Palissot de Montenoy〔pali'so də
　　mɔŋtn'wa〕（法）
Palissy〔pali'si〕
Palitana〔‚pali'tanə〕
Palitzsch〔'palitʃ〕
Palladas〔'pælədəs〕
Palladian〔pə'lediən〕
Palladino〔‚palla'dino〕（義）帕拉廸諾
Palladio〔pal'ladjo〕帕拉底歐（Andrea,
　　1518-1580, 義大利建築家）
Palladium〔pə'lediəm〕智慧女神Pallas之像
Palladius〔pə'lediəs〕
Pal Lahara〔pal lə'harə〕
Pallain〔pa'læŋ〕（法）
Pallas〔'pæləs〕【希臘神話】智慧女神
Pallava〔'pʌləvə〕（印）
Pallavicini〔‚pallavi'tʃini〕（義）
Pallavicino〔‚pallavi'tʃino〕（義）
Pallavicino-Trivulzio〔‚pallavi'tʃino-
　　tri'vultsjo〕（義）

Pallen〔'pælən〕
Pallenberg〔'palənbɛrk〕（德）
Pallene〔pə'lini; pa'ljinji（希）〕
Palles〔'pælis; 'paljis（希）〕
Pallett〔'pælit〕
Pallice, La〔la pa'lis〕（法）
Pallis〔'palis; -ljis（希）〕
Palliser〔'pælisə〕帕利澤
Pall Mall〔'pæl'mæl〕倫敦之一大街名（以其
Palluau〔palj'wo〕　　　　　ㄴ俱樂部著稱）
Palm〔pam; palm（德）〕
Palma〔'palmə〕帕爾瑪（Tomás Estrada,
　　1835-1908, 古巴第一任總統）
Palma de Mallorca〔'palmə ‚de mə-
　　'jɔrkə〕帕耳馬（西班牙）
Palmaer〔'palmɛr〕（瑞典）
Palma Giovane〔'palma 'dʒovane〕
Palmar〔'pælmə〕
Palmaria〔‚palma'ria〕　　ㄱ（賴比瑞亞）
Palmas〔'palməs; 'palmas〕帕爾馬斯角
Palmas, Las〔las 'palmas〕
Palmas Altas〔'palmas 'altas〕
Palma Soriano〔'palma ‚sori'ano〕
Palma Vecchio〔'palma 'vekkjo〕（義）
Palm Beach〔'pam ～〕棕櫚灘（美國）
Palmblad〔'palmblad〕
Palmeirim〔‚palme'riŋ〕（葡）
Palmeirinhas〔‚palme'rinjəʃ〕（葡）
Palmella〔pæl'mɛlə; pal'mɛlə〕
Palmenorden〔'palmə‚nordən〕
Palmer〔'pamə〕帕麥爾（❶Alice Elvira,
　　1855-1902, 本姓Freeman, 美國女教育家 ❷
　　George Herbert, 1842-1933, 美國學者及教育家）
Palmerín Romances〔‚palme'rin ～〕
Palmerston〔'paməstən〕❶帕麥斯頓島（紐
　　西蘭）❷Henry John Temple, 1784-1865, 英國
Palmerton〔'paməctən〕　ㄴ政治家及首相）
Palmetto〔pæl'mɛto〕
Palmgren〔'palm‚gren〕帕姆格林（Selim,
　　1878-1951, 芬蘭鋼琴家及作曲家）
Palmi〔'palmi〕帕爾米
Palmieri〔pal'mjɛri〕帕爾米里
Palmillas〔pal'mijas〕（拉丁美）
Palmira〔pal'mira〕
Palmiro〔pal'miro〕
Palmito〔pal'mito〕
Palmito de la Virgen〔pal'mito ðe
　　la 'virhen〕（西）
Palmito del Verde〔pal'mito ðɛl
　　'vɛrðe〕（西）
Palm Springs〔'pam ～〕　　ㄱ的禮拜日）
Palm Sunday〔'pam ～〕聖枝主日（復活節前

Palmyra Island〔pæl'maɪrə ～〕巴美拉
島（吉里巴斯）
Palni〔'palni〕
Palo Alto〔'pælo 'ælto〕
Palomani〔,palo'manɪ〕
Palomar〔,pælə'mar〕
Palomas〔pə'loməs〕
Palomino de Castro y Velasco
〔,palo'mino ðe 'kastro i ve'lasko〕
（西）
Palompon〔,palɔm'pɔn〕
Palo Pinto〔'pælo 'pɪnto〕
Palos〔'palos〕
Palos de la Frontera〔'palos ðe la
frɔn'tera〕（西）
Palos de Moguer〔'palos ðe mo'gɛr〕
（西）
Palo Seco〔'palo 'seko〕
Palos Park〔'peləs ～〕
Palou〔pa'lou〕
Palouse〔pə'lus〕
Palpana〔pal'pana〕
Palsgrave〔'pɔlzgrev〕
Paltas〔'paltəz〕
Paltauf〔'paltauf〕
Palti〔'paltɪ〕
Paltock〔'pɔltək〕帕爾托克
Paltsits〔'palt·sɪts〕
Paludan〔'paludan〕
Paludan-Müller〔'paludan·'mjulə〕（丹）
Palus〔'peləs〕
Palus Labeatis〔'peləs lebɪ'etɪs〕
Palus Tritonis〔'peləs traɪ'tonɪs〕
Palyi〔'paɪji〕
Pam〔pæm〕帕姆
Pamban〔'pambən〕
Pamby, Namby-〔'næmbɪ·'pæmbɪ〕
Pame〔'pame〕
Pamela〔'pæmələ; pə'mɪlə〕帕梅拉
Pamekasan〔,pamɛka'san〕
Pamfili〔pam'filɪ〕
Pamfilo〔'pamfɪlo〕
Pamir〔pə'mɪr〕帕米爾高原（亞洲）
Pamis〔'pamis〕
Pamisos〔'pamisɔs〕
Pamisus〔pə'maɪsəs〕
Pamlico〔'pæmlɪ,ko〕
Pampa〔'pæmpə〕
Pampa, La〔la 'pampa〕
Pampa Aullaguas〔'pampa au'jagwas〕
（拉丁美）
Pampanga〔pam'paŋga〕邦板牙（菲律賓）

Pampas〔'pæmpəz〕阿根廷之大草原
Pampas del Sacramento〔'pampaz ðɛl
,sakra'mɛto〕（西）
Pampeans〔pæm'piənz〕
Pamphile〔paŋ'fil（法）; paŋ'fɪl（加法）〕
Pamphili〔'pæmfɪlaɪ〕
Pamphilus〔'pæmfɪləs〕
Pamphylia〔pæm'fɪlɪə〕
Pamphylian Gulf〔pæm'fɪlɪən ～〕
Pamphylicu Sinus〔pæm'fɪlɪkəs
'saɪnəs〕
Pamplona〔pam'plona〕旁普羅納（西班牙）
Pamunkey〔pə'mʌŋkɪ〕
Pan〔pæn; pan〕【希臘神話】半人半羊的牧神
Pan, du〔dju 'paŋ〕（法）
Pana〔'penə〕帕納
Panaetius〔pə'niʃəs〕
Panages〔,pana'jis〕（希）
Panagia〔pə'negɪa〕
Panagis〔,pana'jis〕（希）
Panair Do Brasil〔pa'nɛr do bra'sɪl〕
Panait〔,pana'it〕
Panama〔'pænə,ma〕巴拿馬（中美洲）
Panamá〔,pana'ma〕（西）
Panamá Vieja〔,pana'ma 'vjɛha〕（西）
Pan-American〔'pæn·ə'mɛrəkən〕
Panamint〔'pænəmɪnt〕
Pananas〔,pana'nas〕
Panaon〔,pana'ɔn〕
Panaria〔pə'nɛrɪə; pa'narja（義）〕帕納
瑞爾
Panaro〔pa'naro〕
Panataran〔,panata'ran〕
Panathenaea〔pæ,næθɪ'niə〕
Panay〔pə'naɪ〕班乃島（菲律賓）
Panayoti〔,pana'jɔti〕
Panayotis〔,pana'jɔtis〕
Pancake〔'pæn,kek〕
Pancaste〔pæn'kæsti〕
Pañcatantra〔,pantʃə'tantrə〕（梵）
Panchala〔pan'tʃalə〕
Panchan Lama〔pan'tʃan 'lamə〕
Pan Ch'ao〔'ban 'tʃau〕班超（約 32-102,
中國東漢之外交家）
Pan Chao〔'ban 'dʒau〕（中）
Panchatantra〔,pantʃə'tantrə〕
Panchavati〔,pantʃə'vati〕
Panchen Lama〔'pantʃən 'lamə〕班禪
喇嘛
Panches〔'pantʃes〕
Panch Mahals〔'pantʃ mə'halz〕
Pancho〔'pantʃo〕

Panckoucke〔paŋ'kuk〕
Pancoast〔'pænkost〕潘科斯特
Pancras〔'pæŋkrəs〕
Pancratius〔pæn'kreʃiəs〕
Pandan〔pan'dan〕潘丹（菲律賓）
Pandar〔'pændə〕
Pandareos〔pæn'dɛriəs〕
Pandarus〔'pændərəs〕
Pandataria〔,pændə'teriə〕
Pandavas〔'pandəvəz〕
Pandaya〔'pandəjə〕　　　　　〔丁美〕
Pan de Azúcar〔,pan de a'sukar〕（拉
Pandect〔'pændɛkt〕（the Pandects）羅
　馬法典（六世紀時 Justinian 一世勅編者，共50卷）
Pandemonium〔,pændi'moniəm〕群鬼之
　宮殿；地獄之都城
Pandemos〔pæn'dimas〕愛神
Pander〔'pandə〕
Pandharpur〔'pʌndəpur〕（印）
Pandion〔'pændiən〕
Pandit〔'pʌndit〕表示尊敬之銜稱
Pandji〔'pandʒi〕
Pando〔'pando〕
Pandolfo〔pan'dɔlfo〕
Pandora〔pæn'dorə〕【希臘神話】潘朵娜
　（Zeus 爲懲罰 Prometheus 偷取天上之火種而命
　其下凡，爲世界上第一個女人）
Pandosia〔pæn'doʃiə〕
Pandosto〔pæn'dasto〕
Pandrosos〔'pændrəsas〕
Pandu〔'pandu〕
Pandulf〔'pændʌlf〕潘德爾夫
Pandulph〔'pændʌlf〕潘德爾夫
Panduro, Hervás y〔ɛr'vas i pan'duro〕
Pandy〔'pændi〕　　　　　　　　〔西〕
Pandya〔'pandjə〕
Paneas〔pə'niəs〕
Panemá〔,panə'ma〕
Paneth〔'panet〕（德）
Panevezhis〔,panɛve'ʒis〕
P'an Fei〔pan 'fe〕
Pánfilo〔'pamfilo〕（西）
Panfilov〔pʌn'fjilɔf〕（俄）
Panfyorov〔pan'fjɔrəf〕
Pang, Liu〔'liu 'baŋ〕（中）
Pangan〔paŋ'an〕
Pangaeus〔pæn'dʒiəs〕
Pangaion Oros〔paŋ'gjɛɔn 'ɔrɔs〕
Pangalos〔'paŋgalɔs〕
Pangani〔paŋ'gani〕　　　　　　〔賓〕
Pangasinan〔,paŋgasi'nan〕蜂牙絲蘭（菲律
Pangborn〔'pæŋbɔrn〕潘伯恩

Pangbourne〔'pæŋbɔrn; 'pæŋburn;
　'pæŋborn; 'pæŋbən〕
Pangerango〔,paŋə'raŋo〕
Panggong〔'pʌŋgɔŋ〕（印）
Pangkah〔'paŋka〕
Pangkalanbrandan〔'paŋkalan'brandan〕
Pangkalpinang〔'paŋkalpi'naŋ〕
Pangkiang〔'paŋdʒi'aŋ〕
Pangkor〔'paŋkor〕
Pangloss〔'pæŋglas〕
Pang-nga〔phaŋŋa〕（暹羅）
Pangong〔'pʌŋgɔŋ〕（印）
Pango Pango〔'paŋo 'paŋo〕
Pangopango〔'paŋo'paŋo〕
Pangu〔'paŋgu〕
Panguil〔paŋ'gil〕
Panguitch〔'pæŋgwitʃ〕
Pangutaran〔,paŋu'taran〕
Panguwe〔'paŋgwe〕
Panhandle〔'pæn,hændl〕
Panhard〔pa'nar〕（法）
Panhellenius〔,pænhɛ'liniəs〕
Panhormus〔pæn'horməs〕
Pani〔pɔ'ni〕
Panias〔pə'naiəs〕
Panicale〔,pani'kale〕
Panié, Mount〔,pæ'nje〕帕尼艾山（新喀
　里多尼亞島）
Panikita〔,pani'kita〕
Panikkar〔'panikkar〕（印）
Panin〔'panjin〕（俄）
Panini〔'panini〕
Panionia〔,pænai'oniə〕
Panipat〔'pani,pʌt〕（印）
Paniqui〔pa'niki〕
Paniquita〔,pani'kita〕
Panixer〔'panikso〕
Panizo〔pa'niso〕
Panizzi〔pa'nittsi〕（義）
Panj〔pandʒ〕
Panjab〔pʌn'dʒab〕
Panjabi〔pʌn'dʒabi〕
Panjandrum〔pæn'dʒændrəm〕
Panjdeh〔'pændʒde〕
Panjkora〔pʌndʒ'kɔrə〕（印）
Panjnad〔pʌndʒ'nad〕（印）
Pankhi〔'pæŋki〕
Pankhurst〔'pæŋkhəst〕
Pankow〔'paŋko〕　　　　　　　〔學家〕
Pan Ku〔'ban 'gu〕班固（32-92, 中國漢朝史
Panmungeneva〔'pan'mundʒi'nivə〕〔韓〕
Panmunjom〔'pan'mun'dʒam〕板門店（南

Panmure〔pæn'mjʊr〕
Panna〔'pʌnɑ〕(印) 潘納
Pannanich〔'pænənɪh〕(蘇)
Pannekoek〔'pɑnəkuk〕(荷)
Pannell〔'pænəl; pə'nɛl〕潘內爾
Panneton〔pɑn'tɔn〕(法)
Pannill〔'pænɪl〕
Pannini〔pɑn'nini〕
Pannonhalma〔'pɑnnon'hɑl,mɑ〕(匈)
Pannonia〔pə'nonɪə〕
Pannonian〔pæ'nonjən〕
Pannwitz〔'pɑnvɪts〕
Panoan〔'pɑnoən〕
Panofsky〔pæ'nofskɪ〕帕諾夫斯基
Panola〔pə'nolə〕
Panompeng〔pə'nɔm'pɛŋ〕
Panoptes〔pæ'nɑptiz〕
Panormus〔pə'nɔrməs〕
Panova〔'pɑnəvə〕   「器」
Panpipe〔'pænpaɪp〕牧神笙(一種原始的管樂
Pansa〔'pænsə〕
Panshan〔'pɑn'ʃɑn〕盤山(遼寧)
Pansipit〔pɑn'sipɪt〕
Pansy〔'pænzɪ〕潘西
Pant〔pænt〕潘特
Pan Tadeuzs〔'pɑn tɑ'dɛuʃ〕(立陶宛)
Pantaenus〔pæn'tinəs〕
Pantagoros〔pɑntɑ'goroz〕
Pantagruel〔pæn'tægrʊ,ɛl〕François
  Rabelais 所著 Gargantua and Pantagruel 小
Pantalaria〔,pɑntɑlɑ'riɑ〕   └說中的人物
Pantaleon〔pæn'teliɑn〕
Pantaléon〔pɑŋtɑle'ɔŋ〕(法)
Pantaleoni〔,pɑntɑle'oni〕
Pantalon〔pɑŋtɑ'lɔŋ〕(法)
Pantalone〔pɑntɑ'lone〕(義)
Pantaloon〔,pæntḷ'un〕
Pantanal〔,pæŋntə'nɑl〕(葡)
Pantar〔'pɑntɑr〕
Pantas〔'pæntəs〕
Panteg〔pɑ,pæn'teg〕
Panteleimon〔pɑntjɪlji'mɔn; pənt-
  jɪ'ljemən〕(俄)
Pantellaria〔,pɑntellɑ'riɑ〕(義)「(義大利)
Pantelleria〔pɑn,tɛllɛ'riɑ〕盤特雷利亞島
Panter-Downes〔'pæntə·'daʊnz〕潘特道滋
Panth, Dandhu〔'dʌndu 'pʌnt〕(印)
Pantheon〔'pænθɪən〕萬神殿(羅馬之一圓
  頂廟宇,建於公元 120-124)
Panthéon〔pɑŋte'ɔŋ〕(法)
Panther〔'pænθə〕
Panthino〔pæn'θino〕

Panticapaeum〔,pæntɪkə'piəm〕
Panticosa〔,pɑntɪ'kosɑ〕
Pantin〔pɑŋ'tæŋ〕(法)
Pantisocracy〔,pæntɪ'sɑkrəsɪ〕
Pantoja〔pɑn'tɔhɑ〕(西)
Pantoja de la Cruz〔pɑn'tɔhɑ ðe lɑ
  'kruθ〕(西)
Pantón〔pɑn'tɔn〕
Pantophile〔pɑŋtɔ'fil〕
Pánuco〔'pɑnuko〕
Panunzio〔pe'nundzɪo〕
Panurge〔pɑ'nɝdʒ; pɑ'njʊrʒ(法)〕
Panya〔'pɑnjɑ〕
Panyasis〔,pænɪ'esɪs〕
Panyushkin〔pɑ'njuʃkɪn〕
Panza〔'pænzə; 'pɑnθɑ(西)〕
Panzacchi〔pɑn'tsɑkkɪ〕(義)
Panzaleo〔,pɑnsɑ'leo〕(拉丁美)
Panzer〔'pɑntsə〕
Panzini〔pɑn'tsinɪ〕
Paochi〔'paʊ'tʃi〕
Pão de Açúcar〔paʊŋ ðɪ ə'sukə〕(葡)
Paoki〔'paʊ'ki〕(中)
Paoking〔'baʊ'tʃiŋ〕(中)
Paola〔pɪ'olə; 'paolɑ(義)〕
Paolo〔'paolo〕保羅
Paolo Scolari〔'paolo sko'lɑrɪ〕
Paolotto〔,pao'lɔtto〕(義)
Paoning〔'baʊ'nɪŋ〕(中)
Paoshan〔'baʊ'ʃɑn〕(中)
Paoting〔'baʊ'dɪŋ〕保定(河北)
Paotou〔'baʊ'to〕(中)
Paotow〔'baʊ'to〕包頭(綏遠)
Paotowchen〔'baʊ'to'tʃɛn〕(中)
Papa〔'pɑpɑ〕
Papadiamantopoulos〔,pɑpɑ,ðjɑmɑn-
  'tɔpʊlɔs〕(希)
Papago〔'pæpəgo; 'pɑpɑgo〕
Papago Saguaro〔'pæpəgo səg'wɑro〕
Papagos〔pɑ'pɑgɔs〕
Papaikou〔pɑ,pɑ·'i'kou〕
Papale〔'pɑpæli〕帕普利
Papaloápam〔,pɑpɑlo'ɑpɑm〕
Papanazes〔,pɑpɑ'nɑzez〕
Papandayan〔,pɑpɑn'dɑjɑn〕
Papandreou〔,pɑpɑnd'rɛu〕
Papanicolaou test〔,pɑpə'nikəlaʊ ~〕
Papareschi〔pɑpɑ'reskɪ〕
Paparrhigopoulos〔,pɑpɑri'gɔpʊlɔs〕
Papas〔'pɑpɑs〕
Papashvily〔pɑpɑʃ'vili〕

Papa Stour〔'pɑpə 'stur〕
Papawai〔,pɑpɑ'wɑ·ɪ〕
Pape〔pep〕
Papeete〔,pɑpɪ'ete〕帕皮提（太平洋）
Papen〔'pɑpən〕帕彭
Paperstamp〔'pepə,stæmp〕
Paphian Goddess〔'pefɪən ～〕
Paphlagonia〔,pæflə'gonjə〕
Paphnutius〔pæf'njuʃɪəs〕
Paphos〔'pefɑs; 'pæfɑs〕
Pa Pia〔'pɑ 'piɑ〕
Papiamento〔,pɑpjə'mento〕
Papianus〔,pepɪ'enəs〕
Papias〔'pepɪəs〕
Papien〔'bɑ'bjɛn〕（中）
Papillion〔pə'pɪljən〕
Papillon〔pə'pɪlɑn〕
Papin〔'pepɪn; pɑ'pæŋ（法）〕   「諾
Papineau〔'pæpɪno; pɑpɪ'no（法）〕帕皮
Papini〔pɑ'pini〕
Papinian〔pə'pɪnɪən〕
Papinianus〔pə,pɪnɪ'enəs〕
Papinius〔pə'pɪnɪəs〕
Papiocos〔,pɑpɪ'okɔz〕
Papirius〔pə'pɪrɪəs〕
Papirius Cursor〔pə'pɪrɪəs 'kɜːsɔr〕
Pappenheim〔'pɑpənhaɪm〕
Pappenheimer〔'pɑpən,haɪmə〕
Pappus〔'pæpəs〕
Paps of Jura〔'pæps əv 'dʒʊrə〕
Papua New Guinea〔'pæpjʊə ～ ～〕
巴布亞紐幾內亞（太平洋）   「南太平洋諸群島
Papuan〔'pæpjʊən〕❶新幾內亞之土人 ❷西
Papun〔'pɑpun〕帕朋（緬甸）
Papyrus〔'pæpɪrəs〕
Paquet〔pɑ'kɛt〕帕克特
Paquetá〔,pɑkɪ'tɑ〕
Paquita〔pɑ'kitɑ〕
Par〔pɑr〕
Pär〔pɛr〕
Para〔'pɑrə〕
Parú〔pɑ'rɑ〕
Parabosco〔,pɑrɑ'bosko〕
Parabrahman〔,pɑrə'brɑmən〕
Paracas〔pɑ'rɑkɑs〕
Paracel〔pɑrɑ'sɛl〕（法）
Paracelsus〔,pærə'sɛlsəs〕巴拉塞爾茲
（Philippus Aureolus, 1493-1541, 瑞士煉金家及
Paraclete〔'pærəklit〕   「醫生）
Paradise〔'pærədaɪs〕
Paradiso〔,pɑrɑ'dizo〕帕拉迪索
Paraetonium〔,pærɪ'tonɪəm〕

Paragot〔'pærəgɑt〕
Paragould〔'pærəguld〕
Paragua〔pɑ'rɑgwɑ〕
Paraguarí〔,pɑrɑgwɑ'ri〕
Paraguassú〔,pɑrəgwə'su〕
Paraguay〔'pærəgwaɪ〕❶巴拉圭（南美洲）
❷巴拉奎河（南美洲）
Parahiba〔,pɑrə'ivə〕（巴西）
Parahitinga〔,pɑrəi'tiŋgə〕
Parahyba〔,pɑrə'ivə〕（巴西）
Paraíba〔,pɑrə'ivə〕（巴西）
Paraíso〔,pɑrɑ'iso〕
Parakou〔,pɑrə'ku〕   「（蘇利南）
Paramaribo〔,pærə'mærɪ,bo〕巴拉馬利波
Paramat〔'pɑrəmɑt〕
Paramatman〔,pɑrə'mɑtmən〕
Paramino〔pə'rɑmino〕帕拉米諾
Paramount〔'pærə,maunt〕
Paramus〔pə'ræməs〕   「（蘇聯）
Paramushir〔,pɑrɑmu'ʃɪr〕帕臘木施爾島
Paramythia〔,pærə'mɪθɪə; ,pɑrɑmɪ'θjɑ
Paran〔'perən〕   L（希）〕
Parana〔,pærə'nɑ〕巴拉那河（南美洲）
Paraná〔,pærə'nɑ; pɑrə'nɑ〕=Parana
Paranahiba〔,pɑrənə'ivə〕（巴西）
Paranahyba〔,pɑrənə'ivə〕帕拉納伊巴河
（巴西）   「（巴西）
Paranaíba〔,pærənə'ivə〕帕拉納伊巴河
Paranapanema〔,pɑrə,nɑpə'nemə;
,pɑrənəpə'nemə〕
Paranapaneme〔,pɑrə,nɑpə'nemɪ;
,pɑrənəpə'nemɪ〕
Parapanisus〔,pærəpə'naɪsəs〕
Parapinaces〔,pærəpɪ'nesiz〕
Parashurama〔,pɑrəʃu'rɑmə;
,pærəʃu'rɑmə〕
Parasitaster〔,pærəsɪ'tæstə〕
Parasnath〔pə'rʌsnɑth〕（印）
Paravicini〔,pærəvɪ'tʃini〕
Paravilhanas〔pɑ,rɑvi'jɑnəz〕
Parbati〔'pɑbətɪ〕
Parca〔'pɑrkə〕
Parcae〔'pɑrsi〕【羅馬神話】司命運之三女神
Parc des Laurentides〔'pɑrk de
lorɑŋ'tid〕（法）
Parcel dos Abrolhos〔pə'sɛl dus
ə'broljus〕（巴西）
Parcell〔pɑr'sɛl〕
Parcher〔'pɑrtʃə〕帕 徹
Parchment〔'pɑrtʃmənt〕
Pardee〔pɑr'di〕帕迪   「（葡）〕帕多
Pardo〔'pɑrdo; 'pɑrðo（西）; 'pɑrdu

Pardo Bazán〔'pɑrðo ba'θɑn〕(西)
Pardoe〔'pardo〕帕多
Pardon de Ploërmel, Le〔lə par'dɔŋ də plɔɛr'mɛl〕(法)　　　「(西)
Pardo y Barreda〔'parðo ɪ ba'reða〕
Pardubice〔'pardu,bɪtsɛ〕
Pardubitz〔'pardubɪts〕
Pardue〔'pardju〕帕杜
Pare〔pɛr〕佩爾
Paré〔pa're〕(法)
Parecí〔pare'si〕
Parecis〔parə'sis〕
Paredes〔pa'reðes〕(西)
Paredes y Arrillaga〔pa'reðes ɪ ,ari'jaga〕(拉丁美)
Pareja〔pa'reha〕(西)
Parenis〔pare'niz〕
Parent〔'pærənt〕
Parentalia〔,pærən'telɪə〕
Parente〔pa'rɛnte〕
Parentintins〔,parɛntin'tinz〕
Parentucelli〔,parɛntu'tʃɛllɪ〕(義)
Parepa de Boyesku〔pa'rɛpa dɛ bɔ-'jɛsku〕(羅)
Parepa-Rosa〔pə'repə-'rozə〕
Pares〔pɛrz〕派爾茲 (Sir Bernard, 1876-1949, 英國歷史學家)
Paressí〔,pare'si〕
Pareto〔pa'rɛto〕巴萊多 (Vilfredo, 1848-1923, 義大利經濟學家及社會學家)
Parfaict〔par'fɛ〕(法)
Parfait〔par'fe〕(法)
Parganas〔'pɔgənaz〕帕蓋利斯
Pargellis〔pa'gɛlis〕
Pargiter〔'pardʒɪtə〕帕吉特
Parham〔'pærəm〕帕勒姆
Paria〔pə'riə; 'parja〕
Pariahs〔pə'raɪəz〕　「器(一種白色陶器)
Parian〔'pɛrɪən〕❶ Paros 島人 ❷ Paros 陶
Paricutin〔pa'riku,tin〕帕里庫亭山 (墨西
Parida〔pa'riða〕(西)　　　　　「哥)
Parieu〔pa'rjɚ〕(法)
Parilia〔pə'rilɪə〕
Parima〔pə'rimə〕
Parinacota〔pa,rina'kota〕
Pariñas〔pa'rinjas〕(西)
Parin d'Aulaire〔pa'ræŋ do'lɛr〕(法)
Parini〔pa'rini〕
Paris〔'pærɪs〕❶巴利斯 (Matthew, 1200?-1259, 英國僧侶及歷史學家) ❷ 巴黎 (法國)
Pâris〔pa'ris〕(法)
Paris, Gaston〔gæs'tɔn pæ'ris〕

Parish〔'pærɪʃ〕帕里什
Parish-Alvars〔'pærɪʃ-'ælvarz〕
Parisienne〔,pari'zjɛn〕
Parisiensis Abbo〔pə,risi'ɛnsis 'æbo〕
Parisii〔pə'rɪzɪaɪ〕
Parisina〔pæri'zinə; pari'zinɑ(義)〕
Parisot〔pari'zo〕(法)
Parisot de La Valette〔pari'zo də la va'lɛt〕(法)
Paris-Soir〔pari-'swar〕(法)
Parita〔pə'ritə; pa'rita(西)〕
Parion〔'pɛrɪon〕
Parium〔'pɛrɪəm〕
Parjanya〔pa'dʒanjə〕　「蘭籍非洲探險家)
Park〔park〕巴克 (Mungo, 1771-1806, 蘇格
Parke〔park〕帕克
Parker〔'parkɚ〕巴克爾 (❶Dorothy, 1893-1967, 美國女作家 ❷Matthew, 1504-1575, 英國神
Parkersburg〔'parkɚzbɚg〕　　　「學家)
Parkerson〔'parkɚsṇ〕
Parkes〔'parks〕
Parkesburg〔'parksbɚg〕
Parkestone〔'parkstən〕
Parkhill〔'parkhɪl〕
Parkhouse〔'parkhaus〕
Parkhurst〔'parkhɚst〕
Parkin〔'parkɪn〕帕金
Parkins〔'parkɪnz〕
Parkinson〔'parkɪnsṇ〕巴金生 (James, 1755-1824, 英國外科醫生及古生物學家)
Parkinson-Fortescue〔'parkɪnsṇ-'fɔr-tɪskju〕
Parkinson's Ferry〔'parkɪnsṇz ～〕
Parkland〔'parklənd〕
Parkman〔'parkmən〕巴克曼 (Francis,1823
Parks〔parks〕帕克斯　　　「-1893,美國歷史家)
Parkside〔'park,saɪd〕
Parkston〔'parkstən〕
Parkville〔'parkvɪl〕
Parley〔'parlɪ〕
Parlor〔'parlɚ〕
Parlow〔'parlo〕帕洛
Parma〔'parmə〕巴馬 (義大利)
Parmenas〔'parmɪnæs〕
Parmele〔'parməlɪ〕帕馬利
Parmelee〔'parməlɪ〕帕馬利
Parmenides〔par'mɛnidiz〕
Parmenio〔par'minɪo〕
Parmensis〔par'mɛnsis〕
Parmenter〔'parmɪntɚ〕帕門特
Parmer〔'parmɚ〕
Parmesan〔,parmə'zæn〕巴馬乾酪

Parmigianino〔,parmɪdʒa'nino〕
Parmigiano〔,parmɪ'dʒano〕
Parminter〔'parmɪntə〕帕明特
Parmiter〔'parmɪtə〕
Parmly〔'parmlɪ〕帕姆利
Parmo〔'parmo〕
Parmoor〔'parmʊr〕帕穆爾
Parnahyba〔,parnə'ivə〕(巴西)
Parnaíba〔,parnə'ivə〕帕納伊巴(巴西)
Parnall〔'parnal〕帕納爾
Parnassian〔par'næsɪən〕法國高蹈派詩人
Parnassum〔par'næsəm〕
Parnassus〔par'næsəs〕巴納塞斯山(希臘)
Parnell〔par'nɛl〕巴奈爾(Charles Stew-
    art, 1846-1891, 愛爾蘭政治家及民族主義者)
Parnellite〔'parnəlaɪt〕
Parnes〔'parniz; 'parnjɪs(希)〕
Parnon〔'parnan; 'parnɔn(希)〕
Parnu〔'parnu〕
Pärnu〔'pærnʊ〕(愛沙)
Parny〔par'ni〕(法)
Paro〔'paro〕
Parodi〔parɔ'di〕(法)
Paroikia〔,parɪ'kjia〕(希)   「(法)
Paroisse-Pougin〔par'was·pu'ʒæŋ〕
Parolles〔pə'ralɪz; pə'ralɪs; pə'ralɛs;
    pe'lolɛs〕
Paropamisus〔,pærəpə'maɪsəs; ,pæ-
    rə'pæmɪsəs〕
Paros〔'pɛras〕派洛斯島(希臘)
Páros〔'parɔs〕佩羅斯(希臘)
Parottee〔'pærətɪ〕
Parowan〔,pæro'wæn〕
Parpart〔'parpart〕
Parquet〔par'ke〕(法)
Parr〔par〕帕爾
Parra〔'para〕
Parramore〔'pærəmɔr〕
Parran〔'pærən〕帕倫
Parras de la Fuente〔'paraz ðe la
    'fwente〕(西)
Parratt〔'pærət〕
Parrhasius〔pə'reʒɪəs〕
Parri〔'pari〕
Parricide〔'pærɪsaɪd〕
Parrington〔'pærɪŋtən〕巴令頓(Vernon
    Louis, 1871-1929, 美國教育家及文學批評家)
Parris〔'pærɪs〕帕里斯
Parrish〔'pærɪʃ〕帕里什
Parrocel〔parɔ'sɛl〕(法)
Parrot〔'pærət〕帕羅特

Parrott〔'pærət〕帕羅特
Parrsboro〔'parzbərə〕
Parrtown〔'partaun〕
Parry〔'pærɪ〕巴利(Sir William Edward,
    1790-1855, 英國北極探險家)
Parsee〔par'si〕   「式飛船
Parseval〔'parzefal〕德人Parseval氏之軟
Parshall〔'parʃəl〕帕歇爾
Parsi〔'parsi〕
Parsifal〔'parsɪfəl〕
Parsippany〔par'sɪpənɪ〕
Parsis〔'parsiz〕
Parsnip〔'parsnɪp〕
Parson〔'parsṇ〕帕森
Parsons〔'parsṇz〕巴森兹(William, 1800-
    1867, 英國天文學家)
Parsonstown〔'parsṇztaun〕
Partabgarh〔pə'tabgar〕
Partage de Midi, La〔la par'taʒ də
    mi'di〕(法)
Parthenia〔par'θinjə〕
Parthenia Inviolata〔par'θinjə ɪn-
    ,vaɪə'leta〕
Parthenius〔par'θiniəs〕
Parthenon〔'parθɪnən〕巴特農神殿(為希
    臘雅典女神Athena之神殿)
Parthenope〔par'θɛnəpɪ〕【希臘神話】唱
    歌誘惑Ulysses未成而跳海自殺的女妖   「~〕
Parthenopean Republic〔par,θɛnə'piən
Parthenophil and Parthenophe
    〔par'θinəfɪl ənd par'θinəfɪ〕
Parthenos〔'parθənas〕
Parthia〔'parθɪə〕安息(伊朗)
Parthian Empire〔'parθɪən ~〕
Parthicus〔'parθɪkəs〕
Partick〔'partɪk〕
Partido Dominicano〔par'tiðo do-
    ,mini'kano〕(西)
Partington〔'partɪŋtən〕帕廷頓
Partlet〔'partlɪt〕
Partos〔'partoʃ〕(葡)
Partridge〔'partrɪdʒ〕
Parú〔pə'ru〕
Parva〔'parvə〕
Parvati〔'parvəti〕
Parvez〔'pær'vez〕
Parvus〔'parvəs〕帕武斯
Parysatis〔pə'rɪsatɪs〕
Parzival〔'partsɪvl̩; 'partsɪ,fal(德)〕
Paşa〔pa'ʃa〕(土)
Pasadena〔,pæsə'dinə〕帕沙第納(美國)
Pasado〔pa'saðo〕(西)

Pasajeros〔͵pasaˊheros〕(西)

Pasala〔paˊsala〕

Pasaleng〔paˊsalɛŋ〕

Pasar, Den〔ˋdɛn paˊsar〕

Pasargadae〔pəˊsargədi〕

Pasay〔ˊpasaɪ〕巴賽(菲律賓)

Pascagoula〔͵pæskəˊgulə〕

Pascal〔pasˊkal〕巴斯加(Blaise, 1623-1662,法國哲學家,數學家及物理學家)

Pascarella〔͵paskaˊrella〕(義)

Pasch〔pæsk ; paʃ(德)〕

Pascha〔ˊpæskə〕

Paschal〔ˊpæskḷ〕帕斯卡爾

Pascin〔ˊpæskɪn〕

Pasco〔ˊpæsko〕帕斯科

Pascoag〔ˊpæskog〕

Pascoais〔paʃˊkwa·ɪʃ〕(葡)

Pascoe〔ˊpæsko〕帕斯科

Pascoli〔ˊpaskoli〕

Pascua〔ˊpaskwa〕

Pascual〔pasˊkwal〕

Pas-de-Calais〔͵pɑ·də·kaˊle〕(法)

Pasdeloup〔pudlˊu〕(法)

Pasek〔ˊpasɛk〕

Pasés〔ˊpasez〕

Pasha〔ˊpaʃə; ˊpæʃə; pəˊʃa; ˊpæʃa (阿拉伯); paˊʃa(土)〕

Pashich〔ˊpaʃitʃ〕

Pasht〔paʃt〕

Pashto〔ˊpʌʃto〕

Pashtunistan〔pʌʃˊtunɪstæn〕(印)

Pašić〔ˊpaʃitʃ; ˊpaʃɪtʃ(塞克)〕

Pasig〔ˊpasɪg〕帕西(菲律賓)

Pasini〔paˊzini〕

Pasionaria〔͵pasjoˊnarja〕

Pasiphaë〔pəˊsɪfei〕

Pasiphilus〔pəˊsɪfɪləs; paˊzifɪlus(德)〕

Pasitch〔ˊpaʃitʃ〕

Pasiteles〔pəˊsɪtliz〕

Paskevich〔pʌsˊkjevjɪtʃ〕(俄)

Pasley〔ˊpæslɪ〕帕斯利

Pašman〔ˊpaʃman〕(塞克)

Pasni〔ˊpʌsni〕(印)

Paso〔ˊpæso; ˊpaso(西)〕

Paso de Chocolate〔ˊpaso ðe ͵tʃoko-ˊlate〕(西)

Pasoendan〔͵pasunˊdan〕

Pasoeroean〔͵pasuruˊan〕帕蘇魯昂(印尼)

Pasquale〔pasˊkwale〕帕斯奎爾

Pasqualis〔pəʃˊkwalɪʃ〕(葡)

Pasquel〔pasˊkɛl〕

Pasquier〔paˊkje〕(法)

Pasquil〔ˊpæskwɪl〕

Pasquin〔ˊpæskwɪn〕帕斯昆

Pasquotank〔ˊpæskwotæŋk〕

Pass〔pas〕帕斯

Passaconaway〔͵pæsəˊkanəwe〕

Passage〔ˊpæsɪdʒ〕帕西奇

Passaglia〔pasˊsalja〕(義)「克(美國)

Passaic〔pəˊseɪk〕❶帕賽克河(美國) ❷巴賽

Passamaquoddy〔͵pæsəməkˊwadɪ〕

Passaro〔ˊpassaro〕(義)

Passarowitz〔paˊsarəvɪts〕

Passau〔ˊpasaʊ〕

Passavant〔pasaˊvaŋ〕

Pass Christian〔pas ͵krɪstʃɪˊæn〕

Passe〔pæs〕

Passero〔ˊpassero〕(義)

Passeur〔paˊsɚ〕(法)

Passfield〔ˊpæsfild〕

Passi〔ˊpasɪ〕帕西「述教派之修道士

Passionist〔ˊpæʃənɪst〕❶聖主蒙難會 ❷上

Passman〔ˊpasmən〕帕思曼

Passmore〔ˊpasmɔr〕

Passos, Dos〔dɑs ˊpæsəs; dɑs ˊpasus〕

Passover〔ˊpas͵ovɚ〕❶【聖經】踰越節 ❷踰

Passow〔ˊpaso〕「越節獻祭之羊

Passumpsic〔pəˊsʌmpsɪk〕

Passy〔pæˊsi〕柏西(❶Frédéric, 1822-1912, 法國經濟學家及政治家 ❷其子 Paul Édouard, 1859-1940, 法國語音學家)

Pasta〔ˊpasta〕帕斯塔

Pastaza〔pasˊtasa〕(西)

Pasternak〔ˊpæstɚ͵næk〕巴斯特納克(Boris Leonidovich, 1890-1960, 蘇聯詩人及小說家)

Pasteur〔pæsˊtɚ〕巴斯德(Louis, 1822-1895, 法國化學家)

Pastiches et Mélanges〔pasˊtiʃ e meˊlaŋʒ〕(法)「多(哥倫比亞)

Pasto〔ˊpasto〕❶巴斯多山(哥倫比亞) ❷巴斯

Paston〔ˊpæstən〕帕斯頓

Pastor〔ˊpæstə; pasˊtɔr(西)〕

Pastor Fido〔pasˊtɔr ˊfido〕帕斯特

Pastora〔pæsˊtɔrə〕

Pastorius〔pæsˊtɔrɪəs〕

Pasture, de la〔də ˊlæpətə; də lə paˊtjur〕帕斯刢

Pasubio〔paˊsubjo〕

Pasuruan〔͵pasuruˊan〕

Pat〔pæt〕帕特

Patagonia〔͵pætəˊgonjə〕巴塔哥尼亞(南美)

Patala〔paˊtalə〕

Pataliputra〔͵patəlɪˊputrə〕

Patalung〔phatthaluŋ〕(暹羅)

Patambán〔͵patam'ban〕
Patan〔'patən〕
Patangoro〔͵patan'gɔro〕
Patani〔pata'ni〕
Patañjali〔pə'tʌndʒəlɪ〕　　　　「(印)
Patan Somnath〔'pʌtən səm'nath〕
Patapsco〔pə'tæpsko〕
Patara〔'pætərə〕
Patavium〔pə'tevɪəm〕
Patawat〔'patəwat〕
Patay〔pa'te〕
Patayan〔pata'jan〕
Patcèvitch〔pæt·'sivɪtʃ〕
Patch〔pætʃ〕帕奇
Patchbreech〔'pætʃbritʃ〕
Patchell〔'pætʃɪl〕
Patchen〔'pætʃən〕
Patchogue〔pæ'tʃɔg〕
Pate〔pet〕佩特
Patel〔pə'tel〕帕特爾
Pateley〔'petlɪ〕
Patelin〔pat'læŋ〕(法)
Patenier〔͵patə'nɪə〕
Patenôtre〔pat'notə〕(法)
Pater〔'petə〕裴特爾(Walter Horatio,
　1839-1894, 英國散文家及批評家)
Patera〔pə'tɛrə〕
Paterculus〔pə'tɜkjuləs〕
Paternò〔͵pater'nɔ〕
Paternò Castelli〔͵pater'nɔ kas-
　'tɛllɪ〕(義)
Pater Noster〔'pætə'nastə〕
Paternoster〔'pætə'nastə〕
Paterson〔'pætəsn〕帕特生(美國)
Pateshall〔'pætəʃəl〕
Patey〔'petɪ〕
Pathan〔pə'tan〕印度西北境之阿富汗人
Pathanistan〔pə'tanɪstæn〕
Pathé〔pæ'θe; pa'te(法)〕
Pathet〔'pætɪt〕
Pathétique〔͵pate'tik〕
Pathfinder〔'paθ͵faɪndə〕
Pathros〔'pæθrəs〕
Patía〔pa'tia〕
Patiala〔͵pʌtɪ'alə〕(印)
Patience〔'peʃəns〕斐欣絲
Patient Grissel〔'peʃənt grɪ'sɛl〕
Patigian〔͵patɪ'gjan〕帕蒂吉安
Patin〔pa'tæŋ〕(法)
Patinamit〔͵pati'namit〕
Patinier〔͵patɪ'nɪə〕
Patinir〔͵patɪ'nɪr〕

Patino〔'patinɔ〕
Patiño〔pa'tinjo〕(西)
Patkai〔'patkaɪ〕
Patkul〔'patkul〕
Patman〔'pætmən〕帕特曼
Patmo〔'patmo〕
Patmore〔'pætmɔr〕巴特摩爾(Loventry
　Kersey Dighton, 1823-1896, 英國詩人)
Patmos〔'pætmas〕
Patna〔'pʌtnə〕巴特那(印度)
Patnanongan〔͵patna'nɔŋan〕
Patoka〔pə'tokə〕
Paton〔'petn〕佩頓
Patoqua〔pə'tokwə〕
Patos〔'patus; 'patos(西)〕
Patos, Lagoa dos〔lə'goə ðuʃ 'patus〕
Patou〔pa'tu〕(法)　　　　　「(巴西)
Patourel, Le〔lə 'pæturɛl〕
Patrae〔'petri〕
Patrai〔'patrɛ〕　　　　　　「(希臘)
Patras〔'pætrəs; pə'træs〕帕特拉斯港
Patrasso〔pat'rasso〕(義)
Patri〔'patrɪ〕巴特律(Angelo, 1877-1965,
　生於義大利之美國教育家及作家)
Patria〔'patrɪa〕
Patriarcha〔petrɪ'akə〕佩特里亞克
Patric〔'pætrɪk〕
Patrice〔pa'tris〕(法)
Patricia〔pə'trɪʃə〕珮特麗莎
Patricio〔pə'trɪʃɪo; pa'triθjo(西)〕
Patricius〔pə'trɪʃɪəs〕
Patrick〔'pætrɪk〕巴特瑞克(Saint, 約
　389-461, 愛爾蘭之守護聖徒)
Patrick Spens〔'pætrɪk 'spɛns〕
Patrik〔'pætrɪk; 'patrɪk(瑞典)〕
Patrimonium Petri〔petrɪ'monɪəm
　'pitraɪ〕
Patris Brunna〔'petrɪs 'brʌnə〕
Patricians〔pə'trɪʃənz〕
Patrocles〔'pætrokliz〕
Patroclus〔pə'trakləs〕
Patrum, Limbo〔'lɪmbo 'petrəm;
　'lɪmbo 'patrəm〕
Päts〔pæts〕(愛沙)
Pattabhai〔pata'bai〕
Pattan〔'patən〕
Pattani〔'pʌttəni(印); pattani(暹羅)〕
　北大年府(泰國)
Pattee〔pæ'ti〕帕蒂
Patten〔'pætn̩〕帕滕

Patterdale〔'pætədel〕

Patterson〔'pætəsn〕帕特森

Patteson〔'pætɪsn〕

Patti〔'pætɪ; 'pattɪ（義）〕帕蒂

Patti(e)son〔'pætɪsn〕帕蒂森

Patton〔'pætn〕巴頓

Pattreiouex〔'pætrɪo〕

Patuca〔pa'tuka〕

Pattullo〔pæ'tʌlo〕帕塔洛

Patty〔'pætɪ〕帕蒂

Patumdhani〔prathumthani〕（暹羅）

Patuxent〔pə'tʌksn̩t〕

Patwin〔'pætwɪn〕

Patyn〔'pætn〕帕廷

Pátzcuaro〔'patskwaro〕

Pau〔po（法）; pau（西）〕

Pau, Gave de〔gav də 'po〕（法）

Paucartambo〔,paʊkar'tambo〕

Pauck〔paʊk〕

Pauer〔'paʊə〕

Pauker〔'paʊkə〕波克爾

Paul〔pɔl; paʊl; 'poʊl〕聖·保羅（Saint, ?-? A.D. 67, 耶穌門徒之一）

Paul, Saint-〔sæŋ·'pɔl〕（法）

Paula〔'pɔlə; 'paʊla（德、西）; 'pa·ula（義）; 'paʊlə（葡）〕葆拉

Paul Astier〔pɔl astɪ'e〕（法）

Paul-Boncour〔pɔl·bɔŋ'kur〕（法）

Paul Bunyan〔'pɔl 'bʌnjən〕

Paul Clifford〔'pɔl 'klɪfəd〕

Paul Delaroche〔'pɔl dələ'rɔʃ〕（法）

Paulding〔'pɔldɪŋ〕保爾丁（James Kirke, 1778-1860, 美國作家）

Paule〔pɔl〕

Paul Eitherside〔'pɔl 'aɪðəsaɪd〕

Paul Emanuel〔'pɔl ɪ'mænjʊəl〕

Pauler〔'paʊlɚ〕

Paulet〔'pɔlɪt〕波利特

Paul et Virginie〔'pɔl e virʒi'ni〕（法）

Pauletti〔pɔ'letɪ〕

Paul Ferroll〔'pɔl 'fɛrəl〕

Paul Fleming〔'pɔl 'flemɪŋ〕

Paulhan〔pɔ'lan; po'laŋ（法）〕

Pauli〔'paʊlɪ〕賓立（Wolfgang, 1900-1958, 奧國物理學家）

Paulian〔'pɔlɪən〕

Paulician〔pɔ'lɪʃən〕

Paulin〔pɔ'læŋ〕（法）波林

Paulina〔pə'laɪnə; pɔ'linə; paʊ'linə（義、荷）〕

Pauline〔'pɔlaɪn; pɔ'lin（法）; 'pɔlɪn, paʊ'linə（荷、德）〕珀琳

Pauling〔'pɔlɪŋ〕鮑林（Linus Carl, 1901-,

Paulino〔paʊ'lino〕 ｜美國化學家）

Paulinus〔pɔ'laɪnəs〕波來納斯

Paulinzella〔'paʊlɪn,tsɛla〕

Paulist〔'pɔlɪst〕❶印度之耶穌會會員 ❷ 1858 年創於 New York 之天主教使徒保羅傳道會之傳教

Paulista〔paʊ'liʃtə〕 ｜士

Paulite〔'pɔlaɪt〕

Paulitschke〔paʊ'lɪtʃkə〕（巴西）

Paullin〔'pɔlɪn〕波林

Paullu〔pa'ulju〕

Paulmy〔po'mi〕

Paulo Afonso〔'paʊlu ə'fɔŋsu〕（葡）

Paul Pry〔'pɔl 'praɪ〕

Paulsboro〔'pɔlzbərə〕

Paulsen〔'paʊlzən〕保爾森

Paulson〔'pɔlsn〕

Pauls Valley〔pɔlz ~〕 「時之羅馬法學家）

Paulus〔'pɔləs〕保魯斯（Julius, 二至三世紀

Paulus Aegineta〔'pɔləs ,idʒɪ'nitə〕

Paulus Diaconus〔'pɔləs daɪ'ækənəs〕

Paulus Hook〔'pɔləs ~〕

Paulus Jovius〔'pɔləs 'dʒoʊɪəs〕

Paulus Servita〔'pɔləs sə'vaɪtə〕

Paulus Venetus〔'pɔləs 'vɛnɪtəs〕

Pauly〔'paʊlɪ〕波利

Paumben〔'pɔmbən〕

Paumotu〔,pa·ʊ'motu〕

Pauncefort〔'pɔnsfət〕

Pauncefote〔'pɔnsfət〕

Paunch〔pɔntʃ〕

Paur〔paʊr〕

Pauri〔'paʊrɪ〕

Pausanias〔pɔ'senɪəs〕保塞尼亞斯（二世紀時之希臘旅行家及地理學家）

Pausias〔'pɔsɪəs〕

Paute〔'paʊtɛ〕

Pauthier〔po'tje〕（法）

Pauto〔'paʊto〕

Pauw〔paʊ〕

Pauwels〔'paʊvəls〕

Pavel〔'pavel（捷）; 'pavjɪl（俄）〕

Pavelić〔'pavelɪtʃ; -,lɪtj（塞克）〕

Pavey〔'pevɪ〕佩維

Pavia〔pa'viə〕帕維亞（義大利）

Paviatso〔pavɪ'atso〕

Pavía y Alburquerque〔pa'via ɪ ,alvur'kerkə〕（西）

Paviere〔'pævjɛr〕

Pavilion〔pə'vɪljən〕

Pavitt〔'pævɪt〕

Pavlenko〔pavˈlɛŋko〕

Pavlof〔'pævlɔf〕

Pavlos〔'pɑvlɔs〕(希)

Pavlov〔'pɑv,lɔf〕巴夫洛夫（Ivan Petro-
   vich, 1849-1936, 俄國生理學家）

Pavlova〔'pævləvə〕巴夫洛瓦（Anna, 1885-
   1931, 俄國女芭蕾舞蹈家）

Pavlovich〔'pɑvləvitʃ; pʌv'lɔvjitʃ〕(俄)

Pavlovsky〔pɑv'lɔfskɪ〕

Pavo〔'pevo〕【天文】孔雀座

Pavol〔'pɑvɔl〕

Pavolini〔,pɑvo'lini〕

Pavon〔pɑ'von〕

Pavón〔pɑ'vɔn〕

Pavy〔'pevɪ〕佩維

Pawcatuck〔'pɔkətʌk〕

Pawhuska〔pɔ'hʌskə〕

Pawlet(t)〔'pɔlɪt〕

Pawling〔'pɔlɪŋ〕

Pawnee〔pɔ'ni〕❶波尼族人（北美）❷波尼語

Paw Paw〔'pɔ ,pɔ〕

Pawtucket〔pɔ'tʌkɪt〕坡塔克特（美國）

Pawtuxet〔pɔ'tʌksɪt〕

Pax〔pæks〕❶帕克斯❷【羅馬神話】和平女神

Pax Augusta〔pæks ɔ'gʌstə〕

Paxoi〔pak'si〕

Paxos〔'pæksəs〕

Pax Romana〔,pæks ro'menə〕

Paxson〔'pæksn̩〕帕克森

Paxtang〔'pækstæŋ〕帕克斯頓

Paxton〔'pækstən〕

Pay, Tay〔'te 'pe〕

Payachata〔,pɑjɑ'tʃɑtɑ〕

Payaguas〔pɑ'jɑgwəz〕

Payen-Payne〔'pen·'pen〕

Payer〔'paɪɚ〕帕耶

Payette〔pe'ɛt〕帕耶特

Payn(e)〔pen〕裴因（John Howard, 1791-
   1852, 美國伶人及劇作家）

Paynter〔'pentɚ〕佩因特

Payo〔'pajo〕

Payró〔paɪ'ro〕   「散杜（烏拉圭）

Paysandu〔,pezən'dju; ,paɪsɑn'du〕派

Pays-Bas〔pe'i·'bɑ〕(法)

Pays de Gex〔pe'i də 'ʒɛks〕

Pays de Waes〔pe'i də 'vɑs〕

Pays messin〔pe'i mɛ'sæŋ〕(法)

Payson〔'pesn̩〕佩森

Paytiti〔paɪ'titi〕

Payún〔pɑ'jun〕

Paz〔pɑθ; pɑs(西)〕帕斯

Paz, La〔lə 'pæz; lɑ 'pɑs(拉丁美)〕

Paz Soldán〔pɑs sol'dɑn〕(拉丁美)

Paz Estenssoro〔'pɑs ,ɛstɛn'sɔrɔ〕(拉丁美)

Pázmány〔'pɑzmɑnj〕(匈)   ⌊丁美)

Pazzi〔'pɑttsɪ〕(義)

Pea〔pi〕

Peabody〔'pibɑdɪ〕皮巴蒂（Endicott, 1857-
   1944, 美國教育家）

Peace〔pis〕和平河（加拿大）

Peacey〔'pisɪ〕皮西

Peach〔pitʃ〕皮奇

Peacham〔'pitʃəm〕皮查姆

Peachell〔'pitʃəl〕

Peachey〔'pitʃɪ〕

Peachtree〔'pitʃtri〕

Peachum〔'pitʃəm〕

Peacock〔'pikak〕皮考克（Thomas Love,
   1785-1866, 英國小說家及詩人）

Pead〔pid〕

Peak〔pik〕皮克

Peale〔pil〕皮爾（Charles Willson, 1741-

Peall〔pil〕   ⌊ 1827, 美國肖像畫家）

Péan〔pe'ɑŋ〕(法)

Peano〔pe'ɑno〕(義)

Pear〔pɪr〕皮爾

Pearce〔pɪrs〕皮爾斯

Pearch〔pɝtʃ〕

Peard〔pɪrd〕

Pearisburg〔'pɛrɪsbəg〕

Pearl Harbor〔pɝl ~〕珍珠港（夏威夷）

Pearl and Hermes Reef〔pɝl ənd
   'hɝmiz ~〕

Pearman〔'pɪrmən〕皮爾曼

Pearre〔'pɛrɪ; 'pɝi〕

Pearsall〔'pɪrsɔl〕皮爾索爾

Pearse〔pɪrs; pɝs〕皮爾斯

Pearson〔'pɪrsn̩〕皮爾生（❶Karl, 1857-1936,
   英國科學家❷Lester Bowles, 1897-1972, 加拿

Peart〔pɪrt〕皮爾特 ⌊大外交家及政治家）

Peary〔'pɪrɪ〕皮列（Robert Edwin, 1856-
   1920, 美國北極探險家）

Peascod〔'pɛskəd; 'pizkɑd〕

Pease〔piz〕皮斯

Peas(e)blossom〔'piz,blɑsəm〕

Peasecod〔'piz,kɑd〕

Peaslee〔'pizlɪ〕皮斯利

Peat〔pit〕皮特

Peatman〔'pitmən〕

Peattie〔'pitɪ〕

Peavey〔'pivɪ〕

Peavy〔'pivɪ〕

Peay〔'pie〕

Peba〔'pebɑ〕排（西藏）

Pebardy〔'pɛbədɪ〕

Pebble〔'pɛbḷ〕
Peberdy〔'pɛbədɪ〕
Peçanha〔pə'sænjə〕（葡）
Pecci〔'pɛttʃɪ〕（義）
Pechell〔'pitʃəl〕皮切爾
Pechell, Brooke-〔'brʊk·'pitʃəl〕
Pecheneg〔pɛtʃə'njɛg〕
Pechenga〔'pɛtʃəngə〕百成加港（蘇聯）
Pêcheurs de Perles〔pɛ'ʃɜr də 'pɛrl〕
Pechey〔'pitʃɪ〕皮奇 ⌐（法）
Pechili〔'pɛtʃɪlɪ〕
Pechora〔pə'tʃɔrə〕白紹拉河（蘇聯）
Pechstein〔'pɛhʃtaɪn〕（德）佩克斯坦
Pecht〔pɛht〕（德）
Pechuel-Lösche〔'pɛʃwɛl·'ləʃə〕（德）
Peck(e)〔pɛk〕佩克
Peckham〔'pɛkəm〕佩卡姆
Peckitt〔'pɛkɪt〕
Pecksniff〔'pɛksnɪf〕偽君子（Charles
　　Dickens小說 Martin Chuzzlewit 中之人物）
Peckville〔'pɛkvɪl〕
Pecock〔'pikak〕皮科克
Peconic〔pɪ'kanɪk〕
Pecora〔pɪ'kɔrə〕皮科拉
Pecorone〔,peko'rone〕
Pecos〔'pekəs〕貝可斯河（美國）
Pecquet〔pɛ'kɛ〕（法）
Pecqueur〔pɛ'kɜr〕（法）
Pécs〔petʃ〕貝赤（匈牙利）
Pecunia Lady〔pɪ'kjunjə ～〕
Pedacius〔pɪ'deʃəs〕
Pedanius〔pɪ'denɪəs〕
Pedascule〔pi'dæskjuli〕
Pedda Vegi〔'pɛdda 'vegɪ〕（印）
Peddie〔'pɛdɪ〕
Peddocks〔'pɛdəks〕
Pede〔pid〕
Pedee〔pi'di〕
Peder〔'pidə(丹); 'pedə(挪)〕佩德
Pedernal〔'pɛdɛr,næl〕
Pedersen〔'pɪðəsn̩(丹); 'pedəsən(挪)〕
Pederson〔'pidəsn̩〕
Pedi〔'pedi〕
Pediaeus〔,pedɪ'iəs〕
Pedianus〔,pidɪ'enəs〕
Pedias〔pɪ'ðjas〕（希）
Pedjeng〔pɛ'dʒɛŋ〕
Pedo〔'pido〕
Pedralvarez〔pe'dralvərɪʃ〕（葡）
Pedralvez〔pe'dralvɪʃ〕（葡）
Pedrarias〔pe'ðrarjas〕（西）
Pedras〔'peðrəs〕（葡）

Pedraza〔pe'ðrasa〕（拉丁美）
Pedregal〔,peðre'gal〕（西）
Pedrell〔pe'ðrɛl〕（西）
Pedro〔'pedro; 'pɛdro; 'pidro;
　　'peðru(葡); 'peðro(西)〕
Pedro Betancourt〔'pɛðro ,vetaŋ'kurt〕
Pedro Claver〔'pɛðro kla'ʋɛr〕 ⌐（西）
Pedro de Córdova〔'pɛðro ðe 'kɔrðova〕
Pedro el Cruel〔'peðro ɛl kru'ɛl〕（西）
Pedro Miguel〔'pɛðro mɪ'gɛl〕（西）
Pedtke〔'pɛtkɪ〕佩特基
Peebles〔'piblz〕皮布爾斯
Peebles-shire〔'piblˌzʃɪr〕皮布斯郡（蘇格蘭）
Pee Dee〔'pi 'di〕
Peek〔pik〕皮克
Peekamoose〔'pikə,mus〕
Peekskill〔'pikskɪl〕
Peel〔pil〕皮爾（Sir Robert, 1788-1850, 英
　　　　　　　　　　　　　　　 ⌐國政治家）
Peele〔pil〕皮爾
Peelen〔'pilɪn〕
Peeler〔'pilə〕皮勒
Peelite〔'pilaɪt〕
Peelkut〔'pelkut〕
Peene〔'penɪ〕
Peenemünde〔,penɪ'mjundə〕（德）
Peep〔pip〕
Peep o'Day Boys〔pip o'de ～〕
Peer〔pɪr〕皮爾
Peerce〔pɪrs〕皮爾斯
Peer Gynt〔'pɪr 'gɪnt; 'peə 'gjunt〕
　　（挪）
Peerless〔'pɪrlɪs〕
Peers〔pɪrz〕
Peery〔'pɪrɪ〕皮里
Peerybingle〔'pɪrɪbɪŋgḷ〕
Peesel〔'pisl〕
Peet〔pit〕皮特
Peets〔pits〕皮茨
Peffer〔'pɛfə〕佩弗
Peg〔pɛg〕珮格
Peg-a-Ramsay〔pɛg·ə·'ræmzɪ〕
Pegasus〔'pɛgəsəs〕❶【希臘神話】Muses
　　神所騎之飛馬❷【天文】飛馬座
Pegeen〔pɛ'gin〕
Pegg〔pɛg〕佩格
Pegge〔pɛg〕
Peggotty〔'pɛgətɪ〕
Peggy〔'pɛgɪ〕佩吉
Peggy Heath〔'pɛgɪ hiθ〕
Pegler〔'pɛglə〕佩格勒
Pegli〔'pɛljɪ〕（義）

Pegnitz〔'pegnɪts〕
Pégoud〔pe'gu〕(法)
Pegram〔'pigrəm〕皮格拉姆（George Braxton, 1876-1958, 美國物理學家）
Pegrum〔'pigrəm〕佩格勒姆
Pegu〔pɛ'gu〕勃固（緬甸）
Peguans〔'pegwanz〕
Peguenche〔peg'wentʃe〕
Pegu Yoma〔pɛ'gu 'jomə〕
Péguy〔pe'gi〕(法)
Peg Woffington〔pɛg 'wafɪŋtən〕
Peh〔be〕(中)
Pehanchen〔'be'an'dʒʌn〕(中)
Peh-Kiang〔'be·'dʒjaŋ〕(中)
Pehlevi〔'peləvi〕
Pehpiao〔'be'pjau〕(中)
Pehr〔pɛr〕
Pehrson〔'pɪrsn̩〕皮爾遜
Pehrsson〔'peəsson〕(瑞典)
Pehtaiho〔'be'daɪ'ho〕(中)
Pehtang〔'be'taŋ〕(中)
Pehtsik〔'petsɪk〕
Pehuenche〔pe'wentʃe〕
Pei〔be〕❶郆縣（江蘇）❶沛縣（江蘇）
Pei-ching〔'be·'dʒɪŋ〕北京（中國）
Pei Ho〔'pe 'hó; 'baɪ 'ho; 'be 'hʌ〕
Peiho Forts〔'pe'ho ∼〕(中)
Peikert〔'paɪkət〕派克特
Pei-Kiang〔'be·'dʒjaŋ〕(中)
Peile〔pil〕皮爾
Pei, Liu〔lɪ'u 'be〕
Peian〔'be'an〕北安（黑龍江）
Pei·lin〔'be·'lɪn〕(中)
Peill〔pil〕
Pei Pao〔'be 'pjau〕(中)
Peiping〔'pe'pɪŋ〕北平（河北）
Peipohuan〔'pe'po'hwan〕
Peipsi〔'pepsɪ〕(亞)
Peipus, Lake〔'paɪpus〕帛布斯湖（愛沙尼）
Peiraeus〔paɪ'riəs〕
Peiraieus〔pire'efs〕(古希)
Peiraievs〔pire'efs〕(古希)
Peirce〔pɜs〕皮爾斯（Charles Sanders, 1839-1914, 美國數學家及論理學家）
Peire〔pɛr〕(法)
Peirse〔pɪrs〕皮爾斯
Peisander〔paɪ'sændə〕
Peiser〔'paɪzə〕派澤
Peisistratus〔paɪ'sɪstrətəs〕
Peitaiho〔'be'daɪ'ho〕(中)
Peitang〔'be'taŋ〕(中)
Peitho〔'paɪθo〕

Peiwar〔'pewar〕
Peiwar Kotal〔'pewar 'kotəl〕
Peixoto〔pe'ʃotu〕(葡)
Peixotto〔pe'ʃoto〕佩肖托
Pejebscot〔'pedʒɪbskat〕
Pekah〔'pikə〕
Pekahiah〔,pɛkə'haɪə〕
Pekalongan〔pə,ka'lɔŋan〕北加浪岸（印尼）
Pekin〔pi'kɪn; 'pi'kɪn〕北京（＝Peking）
Pekinese〔pikɪ'niz〕＝ Pekingese
Peking〔'pi'kɪŋ〕北京（北平之舊稱）
Pekingese〔,pikɪŋ'iz〕❶哈巴狗❷北平人
Pekkala〔'pɛkkala〕(芬)
Péladan〔pela'daŋ〕(法)
Pelaez〔pe'laeθ〕(西)
Pélage〔pe'laʒ〕(法)
Pelagia〔pə'ledʒɪə〕
Pelagian〔pə'ledʒɪən〕奉 Pelagius 之教義者
Pelagius〔pə'ledʒɪəs〕皮拉基亞斯（360?-?420, 英國僧侶及神學家）
Pelagosa〔,pɛlə'gosa〕(法)
Pelard de Givry〔pə'lar də ʒiv'ri〕
Pelasgi〔pə'læzdʒi; -aɪ〕皮拉斯基族
Pelasgian〔pə'læzdʒɪən; -gɪən〕皮拉斯基人
Pelasgiotis〔pɛ'læzdʒɪ'otɪs〕
Pelatiah〔,pɛlə'taɪə〕佩拉泰亞
Pelayo〔pe'lajo〕
Pele〔'pele〕
Pelée〔pə'le〕
Peleg〔'pilɛg〕皮萊格
Peleliu〔'pɛləlju; ,pɛlə'liu〕
Peleng〔'peleŋ〕
Pelestrina〔,pelɪs'trinə〕
Peleus〔'piljus〕
Pelew〔pə'lu〕帛琉群島（太平洋）
Pelham〔'pɛləm〕佩勒姆
Pelham-Holles〔'pɛləm·'halɪs〕
Pelham Manor〔'pɛləm 'mænə〕
Pelias〔'pilɪæs〕
Pelican〔'pɛlɪkən〕
Pelides〔pɪ'laɪdiz〕
Peligni〔pɪ'lɪgnaɪ〕
Pelion〔'pilɪən〕皮立翁山（希臘）
Pélion〔'piljɔn〕
Pélissier〔peli'sje〕(法)
Pelješac〔'pɛljeʃats〕(塞克)
Pell〔pɛl〕佩爾
Pella〔'pɛlə〕
Pellé〔pɛ'le〕
Pelleas〔'pɛlɪæs〕
Pelleas and Ettarre〔'pɛlɪæs ənd ɛ'tar〕

Pelléas et Mélisande〔pɛlɛ'as e
  meli'zɑŋd〕(法)
Pellegrin〔'pɛləgrin〕
Pellegrini〔,pelle'grini〕佩萊格里尼
Pellegrino〔,pelle'grino〕(義)
Pellenore〔'pɛlənɔr〕
Pellerin〔pɛl'rɛŋ〕(法)
Pelles〔'pɛliz〕
Pellestrina〔pɛlɪs'trinə〕
Pelletan〔pɛl'tɑŋ〕
Pelletier〔'pɛltie; pel'tje(法)〕佩爾蒂埃
Pellevé〔pɛl've〕(法)
Pellevé de le Motte-Ango〔pɛl've də
  lə mɔtɑŋ'go〕(法)
Pellew〔pə'lju〕珀柳
Pelley〔'pɛlɪ〕
Pellicanus〔,pelɪ'kenəs〕
Pellico〔'pelliko〕(義)
Pellinor〔'pɛlnɔr〕
Pellione〔pel'ljone〕(義)
Pelliot〔pɛ'ljo〕(法)
Pellisier〔pɛ'lɪsie〕
Pellissier〔pɛli'sje〕(法)
Pelloux〔pɛl'lu〕(義)
Pellworm〔'pɛlvɔrm〕
Pelly〔'pɛlɪ〕佩利
Pelman〔'pɛlmən〕
Peloncillo〔,pɛlən'sijo〕
Pelopeia〔pɛlə'piə〕
Pelopidas〔pɪ'lɑpɪdəs〕
Peloponnese〔'pɛləpənis〕
Peloponnesian War〔,pɛləpə'niʃən ~;
  ,pɛləpə'niʃjən ~ 〕
Peloponnesos〔,pɛləpə'nisəs〕
Peloponnesus〔,pɛləpə'nisəs〕伯羅奔尼
  撒(希臘)= Peloponnesos
Pelops〔'pilɑps〕
Peloris〔pə'lɔrɪs〕
Pelorum Promontorium〔pɪ'lɔrəm
  prəmən'tɔriəm〕
Pelorus〔pɪ'lorəs〕
Pelot〔pɪ'lot〕佩洛特
Pelotas〔pɪ'lotəs〕佩羅塔斯(巴西)
Peloubet〔pə'lubət〕佩路貝特
Pelouse〔pə'lus〕
Pelouze〔pə'luz〕
Pelt〔pɛlt〕佩爾特
Peltason〔'pɛltəsŋ〕佩爾特森
Peltier〔pɛl'tje〕(法)佩爾蒂埃
Pelto〔'pɛlto〕
Pelton〔'pɛltən〕佩爾頓
Peltonen〔'pɛltɑnɛn〕

Peitz〔pɛlts〕
Pelucones〔,pelu'kones〕
Péluse, de〔də pe'ljuz〕
Pelusiac Branch〔pɪ'ljuʃiæk ~ 〕
Pelusium〔pɪ'ljuʃiəm〕
Pelvoux〔pɛl'vu〕(法)
Pelz〔pɛlts〕
Pelzer〔'pɛlzɚ〕
Pemadumcook〔,pemə'dʌmkuk〕
Pemalang〔,pema'lɑŋ〕
Pemaquid〔'pemɔkwid〕
Pemba〔'pembə〕奔巴島(突尼西亞)
Pember〔'pembɚ〕彭伯
Penberthy〔pen'bɚði〕彭伯西
Pemberton〔'pembɚtən〕彭貝敦(澳洲)
Pembina〔'pembinə〕
Pembine〔'pembaɪn〕
Pembridge〔'pembridʒ〕   「(英國)
Pembroke〔'pembruk; -brok〕潘布魯克
Pembrokeshire〔'pembruk,ʃir〕【昔】朋
Pemell〔'pemɔl〕佩梅爾   L布洛克
Pemigewasset〔,pemidʒə'wasit〕
Pemiscot〔'pemɪs,kat〕
Pen〔pen〕
Pena〔'penə; 'penɑ〕佩納
Peña, la〔la pe'nja〕(法)
Penacook〔'penəkuk〕
Peñafort〔,penja'fort〕(西)
Peñalara〔,penja'lara〕(西)
Penaloza〔,pena'losa〕(拉丁美)
Penalver〔pe'nælvə〕佩納爾弗
Penang〔pə'næŋ〕❶檳榔嶼(麻六甲海峽)
  ❷檳州(馬來西亞)
Peña Plata〔'penja ~ 〕
Peñaranda〔,penja'randa〕
Pen Argyl〔pen 'adʒil〕
Peñarroya-Pueblonuevo〔,penja'rɔja--
  ,pwevlon'wevo〕(西)
Penarth〔pe'narθ〕
Peñas〔'penjas〕(西)
Penates〔pe'netiz〕
Peña y Peña〔'penja ɪ 'penja〕
Penberthy〔'penbɚθi; 'pen,bɚθi;
  'pen,bɚðɪ〕彭伯西
Penbrook〔'pen,bruk〕
Pence〔pens〕彭斯
Penck〔peŋk〕
Pencz〔pents〕
Penda〔'pendə〕彭達
Pende〔'pende〕
Pendeen〔pen'din〕
Pendembu〔pen'dembu〕

Pendennis〔pɛn'dɛnɪs〕
Pender〔'pɛndɚ〕彭德
Pendergast〔'pɛndɚˌgæst〕彭德格拉斯特
Pendergrass〔'pɛndɚgrɑs〕彭德格拉斯
Pendine〔pɛn'daɪn〕
Pendjdeh〔'pɛndʒdɛ〕
Pendlebury〔'pɛndl̩bərɪ〕
Pendleton〔'pɛndl̩tən〕彭德爾頓
Pend Oreille〔ˌpɑn də're〕
Pendragon〔pɛn'drægən〕彭德拉根
Pendray〔'pɛndre〕彭德雷
Pendyce〔pɛn'daɪs〕
Pène〔pɛn〕
Pēneios〔ˌpinjɪ'ɔs〕(希)
Penelope〔pə'nɛləpɪ〕【希臘神話】Odysseus
   (Ulysses)之妻
Penelophon〔pə'nɛləfɑn〕
Penetanguishene〔ˌpɛnəˌtæŋgwɪ'ʃin〕
Peneus〔pɪ'niəs〕
Penfield〔'pɛnfild〕彭菲爾德
Penfold〔'pɛnfold〕彭福爾德
Penganga〔pɛŋ'gʌŋgɑ〕(印)
Penge〔pɛndʒ〕
Penglai〔'pʌŋ'laɪ〕蓬萊(山東)
Penghu〔'pʌŋ'hu〕澎湖(中國)
P'êng Têh-huai〔'pʌŋ 'dʌ·'hwaɪ〕(中)
Penhallow〔pɛn'hælo〕彭哈洛
Penhsihu〔'bʌn'ʃi'hu〕(中)
Penicuik〔'pɛnɪkuk〕
Peniel〔'pɛnɪəl〕
Penikese〔'pɛnɪkis〕
Penina〔pe'ninə〕佩尼娜
Peninsula〔pɪ'nɪnsjulə〕
Penistone〔'pɛnɪstən〕佩尼斯頓
Penitentes〔ˌpɛnɪ'tɛntɪz〕
Penjab〔pɛn'dʒab〕
Penker〔'pɛŋkɚ〕
Penki〔'bʌn'tʃi〕(中)
Penkovsky〔'pɛŋ'kɔfskɪ〕
Penmaenmaur〔ˌpɛnmən'maur;
   ˌpɛnmən'mɔr〕
Penmaenmawr〔ˌpɛnmən'maur;
   ˌpɛnmən'mɔr〕
Penn〔pɛn〕佩恩
Penna〔'pɛnə〕
Pennacook〔'pɛnəkuk〕
Pennant〔'pɛnənt〕彭南特
Pennecuik〔'pɛnkwɪk〕
Pennefather〔'pɛnɪˌfɑðɚ〕彭尼法瑟
Pennell〔'pɛnl̩; pə'nɛl〕彭內爾
Penner〔'pɛnɚ〕彭納

Penneterie〔pɛnə'tri〕
Pennethorne〔'pɛnɪθɔrn〕彭尼索恩
Penney〔'pɛnɪ〕彭尼
Penni〔'pɛnnɪ〕(義)
Penniman〔'pɛnɪmən〕彭尼曼   「(歐洲)
Pennine Alps〔'pɛnˌaɪn ~〕本寧阿爾卑斯山
Pennington〔'pɛnɪŋtən〕彭寧頓
Penns〔pɛnz〕
Pennsauken〔pɛn'sɔkən〕
Pennsboro〔'pɛnzbərə〕
Pennsburg〔'pɛnzbɚg〕
Penns Grove〔ˌpɛnz 'grov〕
Pennsylvania〔ˌpɛnsɪl'venjə〕賓夕法尼亞州
Penny〔'pɛnɪ〕彭尼   「(美國)
Penn Yan〔ˌpɛn 'jæn〕
Pennybacker〔'pɛnɪˌbækɚ〕
Pennycuick〔'pɛnɪkuk〕
Pennyfather〔'pɛnɪˌfɑðɚ〕
Pennyman〔'pɛnɪmən〕
Pennypacker〔ˌpɛnɪ'pækɚ〕彭尼帕克
Penobscot〔pe'nɑbskɑt〕
Peñón de Vélez de la Gomera
   〔pɛn'jɔn de 'veleð ðe lɑ go'merɑ〕
Penonomé〔penono'me〕   「(西)
Penot〔pə'no〕
Penrhyn〔'pɛnrɪn; pɛnhrɪn; pɛndrɪn〕
Penrith〔'pɛnrɪθ〕   L(威))
Penrod〔'pɛnrɑd〕
Penrose〔'pɛnroz〕
Penruddock〔pɛn'rʌdək〕
Penry〔'pɛnrɪ〕彭里
Penryn〔pɛn'rɪn〕
Pensacola〔ˌpɛnsə'kolə〕朋沙科拉港(美國)
Pensador Mexicano〔pensa'ðɔr
   mɛhɪ'kano〕(西)
Pensarn〔pɛn'sɑrn〕
Pensauken〔pɛn'sɔkən〕
Pensées〔pɑŋ'se〕(法)
Pen Selwood〔pɛn 'sɛlwud〕
Penseroso〔ˌpɛnsə'rozo〕
Penshurst〔'pɛnzhɚst〕彭斯赫斯特
Pentameron〔pɛn'tæmərən〕
Pentamerone〔ˌpɛntame'rone〕
Pentapolis〔pɛn'tæpəlɪs〕
Pentarchy〔'pɛntarkɪ〕
Pentateuch〔'pɛntəˌtjuk〕摩西五書;舊
   約聖經開首之五卷書
Pentecost〔'pɛntɪˌkɑst〕聖靈降臨節;五
   旬節
Pentelicus〔pɛn'tɛlɪkəs〕
Pentelikon〔pɛn'tɛlɪkən; ˌpɛndɛljɪ-
   'kɔn(希))

Penthea〔pɛn'θiə〕
Penthesilea〔,pɛnθɛsı'liə〕
Pentheus〔'pɛnθjus〕
Penthièvre〔pæŋ'tjɛvə〕(法)
Pentia〔pɛn'tiə〕
Penticton〔pɛn'tıktən〕
Pentland〔'pɛntlənd〕彭特蘭
Penton〔'pɛntən〕彭頓
Pentonville〔'pɛntənvıl〕
Pentweazel〔'pɛnt,wizḷ〕
Penuel〔pı'njuəl〕
Penwith〔'pɛnwıθ〕
Peny Fan〔'pɛnı 'van〕
Penz〔pɛnts〕
Penza〔'pɛnzə〕朋砂(蘇聯)   「(英國)
Penzance〔pɛn'zæns; pən'zans〕彭贊斯
Penzhina〔'pjɛnʒınə〕(俄)
Penzhinskaya〔'pjɛnʒınskəjə〕(俄)
Penzlin〔pɛnts'lin〕
Penzoldt〔'pɛntsalt〕
Peo〔'peo〕
Peoples〔'pipḷz〕皮普爾斯
Peoria〔pı'orıə〕皮奧利亞(美國)
Peowrie〔'pauri〕
Peparethos〔,pɛpə'riθəs〕
Pepe〔'pepe〕
Peper〔'pɛpə〕
Pepi〔'pepı〕
Pepin the Short〔'pɛpın ～〕丕平
   (714?-768, 法蘭克國王)
Pépin〔pe'pæŋ〕(法)
Pepita〔pɛ'pitə〕
Pepo〔'pepo〕
Pepohwan〔'pe'po'hwan〕
Pepoli〔'pepoli〕
Pepper〔'pɛpə〕佩珀
Peppercul〔'pɛpəkʌl〕
Pepperell〔'pɛpərəl〕佩珀雷爾
Pepperpot〔'pɛpəpat〕
Pepperrell〔'pɛpərəl〕
Peppin〔'pɛpın〕佩平
Peppino〔pep'pino〕(義)
Pepsu〔'pɛpsu〕
Pepusch〔'pepuʃ〕
Pepys〔pips〕丕普斯(Samuel, 1633-1703,
   英國日記作家)
Pepysian Library〔'pipsıən ～〕
Pequannock〔pık'wanək〕
Pequawket〔pık'wɔkıt〕
Pequena, Angra〔'æŋgrə pık'winə〕
Pequení〔,peke'ni〕
Pequerí〔,pekə'ri〕

Pequod〔'pikwad〕
Pequonnock〔pı'kwanək〕   「支)
Pequot〔'pikwat〕皮擴特族人(印第安人之一
Per〔per〕(瑞典)
Pera〔'pırə; 'pera(土)〕
Peradeniya〔perə'dinjə〕
Peraea〔pə'riə〕
Peragallo〔,perə'gælo〕
Perak〔'perə〕霹靂(馬來西亞)
Peralta〔pe'ralta〕
Peralta Barnuevo〔pe'ralta ban'wevo〕
Perath〔pə'raθ〕
Perceforest〔,pɜsə'farıst〕
Perceval〔'pɜsıvḷ〕珀西瓦爾
Percey〔'pɜsı〕珀西
Perch〔pɜtʃ〕
Perche〔perʃ〕(法)
Percheron〔'pɜʃə,ran〕(法國產的)一種壯
   大的馬
Percier〔per'sje〕(法)
Percival(e)〔'pɜsıvəl〕
Percivall〔'pɜsıvəl〕
Percy〔'pɜsı〕柏西(Thomas, 1729-1811,
   英國詩人及古物專家)
Perdi(c)cas〔pə'dıkəs〕
Perdido〔pə'dido; per'ðiðo(西)〕
Perdita〔'pɜdıtə〕珀迪塔
Perdix〔'pɜdıks〕
Perdriat〔perdri'a〕(法)
Perdu〔per'dju〕(法)
Perdue〔pə'dju〕珀杜
Pere〔'pere〕
Perea〔pə'riə〕
Pereda〔pe'reðɑ〕(西)
Père Duchesne〔per dju'ʃɛn〕(法)
Père du Peuple〔per dju 'pɜpḷ〕(法)
Peredur〔'perɛdjur〕
Père Enfantin〔perɑŋfɑŋ'tæŋ〕(法)
Peregenia〔,perı'dʒınjə〕佩里格林
Père Goriot〔per gɔ'rjo〕(法)
Peregrina〔,pere'grinə〕
Peregrine〔'perıgrın〕
Peregrine Pickle〔'perıgrın 'pıkḷ〕
Peregrinus〔,perı'graınəs〕
Peregrinus Proteus〔,perı'graınəs
   'protjus〕
Pereira〔pə'rerə; pe'rera(西)〕佩雷拉
Pereira da Silva〔pə'rerə də
   'silvə〕
Pereira de Souza〔pə'rerə ðə 'sozə〕
   (葡)
Pereira Gomes〔pə'rerə 'gomıs〕

Pereira y Cubero〔pɛˈrera ɪ kuˈvero〕（西）
Péreire〔peˈrer〕（法）
Perekop〔ˌperɪˈkɑp; pjɪrjɛˈkɔp〕（俄）
Pére‐Lachaise〔per·laˈʃɛz〕（法）
Perelman〔ˈpɝlmən〕佩雷爾曼
Père Marquette〔per marˈkɛt〕（德）
Peremyshl〔ˌperəˈmɪʃl〕
Pereslavl〔ˌperɪsˈlævl̩〕
Pereslavl‐Zaleski〔ˌperɪsˈlævl̩·zə‐ˈleskɪ〕
Peret〔ˈperɪt〕
Péret〔peˈrɛ〕（法）
Peretti〔pɛˈrettɪ〕（義）
Peretz〔ˈperɛts〕
Perey〔pəˈre〕
Pereyaslav〔ˌperɪjəsˈlæv〕
Pereyaslavl〔ˌperɪjəsˈlævl̩〕
Pereyaslav‐Ryazanski〔ˌperɪjəˈslæv‐riəˈzænskɪ〕
Pereyra〔peˈrera〕
Pérez〔ˈperes; ˈpereθ（西）〕
Pérez de Ayala〔ˈpereθ ðe aˈjala〕（西）
Pérez de Guzmán〔ˈpereθ ðe guθˈman〕（西）
Pérez de Hita〔ˈpereθ ðe ˈita〕（西）
Pérez de Montalván〔ˈpereθ ðe ˌmɔntalˈvan〕（西）
Pérez Galdós〔ˈpereθ galˈdos〕裴雷加道斯（Benito, 1843‐1920, 西班牙小說家及劇作家）
Pérez‐Guerrero〔ˈpereθ·gerˈrero〕（西）
Pérez Jiménez〔ˈperes hiˈmenes〕（拉丁美）
Perfall〔ˈperfal〕
Perfectionist〔pəˈfɛkʃənɪst〕
Perfidious Oldcraft〔pəˈfɪdɪəs ˈoldkraft〕
Perga〔ˈpɝɡə〕
Pergamino〔ˌperɡaˈmino〕
Pergamon〔ˈpɝɡəmən〕
Pergamos〔ˈpɝɡəmɑs〕
Pergamum〔ˈpɝɡəmən〕
Pergamus〔ˈpɝɡəməs〕
Pergaud〔perˈgo〕（法）
Perge〔pɝdʒ〕
Pergolese〔ˌpɝɡoˈlezɪ〕
Pergolesi〔ˌpɝɡoˈlezɪ〕
Pergusa〔perˈguza〕
Perham〔ˈperəm〕佩勒姆
Peri〔ˈperi〕佩里
Perí〔pəˈri〕

Péri, La〔la peˈri〕（法）
Periander〔ˌperɪˈændə〕（大）
Peribonka〔ˌperɪˈbɑŋkə〕佩里邦卡河（加拿大）
Pericles〔ˈperɪkliz〕培里克里斯（?‐429 B.C., 雅典政治家、將軍及演說家）
Perico〔peˈriko〕
Pericoli〔peˈrikoli〕
Pericu〔peˈriˈku〕
Periegetes〔ˌperɪɪˈdʒitiz〕
Périer〔peˈrje〕（法）
Périers〔peˈrje〕（法）
Perigenia〔perɪˈdʒiniə〕
Pérignon〔periˈnjɔŋ〕（法）
Perigoe〔ˈperigo〕
Périgord〔periˈgɔr〕（法）
Perigort〔ˈperɪgort〕
Perigouna〔perɪˈgaunə〕
Périgueux〔periˈgɝ〕（法）
Perikles〔perikˈlis〕
Perijá〔periˈha〕（西）
Perilman〔ˈperɪlmən〕
Perim〔pəˈrɪm〕丕林島（英國）
Perimedes〔ˌperɪˈmidiz〕
Perin〔ˈperɪn〕
Perinthus〔pəˈrɪnθəs〕
Perino〔peˈrino〕
Perión〔ˌpeˈrjon〕「張之逍遙學派學者
Peripatetic〔ˌperɪpəˈtɛtɪk〕亞里斯多德主
Periplus〔ˈperɪpləs〕
Perissa〔pəˈrɪsə〕
Perivale〔ˈperɪvel〕
Periyar〔ˌperɪˈja〕
Perizzite〔ˈperɪzaɪt〕
Perk〔perk〕珀克
Perkasie〔ˈpɝkəsɪ〕
Perkes〔parks〕珀克斯
Perkin〔ˈpɝkɪn〕珀金
Perkins〔ˈpɝkɪnz〕珀金斯
Perkinson〔ˈpɝkɪnsn̩〕珀金森
Perkin Warbeck〔ˈpɝkɪn ˈwɔrbɛk〕
Perkonig〔ˈperkonɪh〕（德）
Perks〔pɝks〕珀克斯
Perla, La〔la ˈperla〕
Perlas〔ˈperlas〕
Perle〔pɝl; perl（法）〕珀爾
Perle du Brésil〔perl dju breˈzil〕（法）
Perley〔ˈpɝlɪ〕珀利
Perlis〔ˈpɝlɪs〕玻璃市（馬來西亞）
Perlman〔ˈpɝlmən〕珀爾曼
Perlone〔perˈlone〕
Perlone Zipoli〔perˈlone ˈtsipolɪ〕
Perls〔pɝlz〕

Perlstein〔'pɛlstaɪn〕珀爾斯坦
Perm〔pɜm〕白爾姆（蘇聯）
Permeke〔'pɛrmǝkǝ〕
Përmet〔pǝ'mɛt〕
Permeti〔'pɜmɛti〕
Permiak〔'pɜmɪ,æk〕
Permian〔'pɜmɪǝn〕
Permon〔pɛr'mɔn〕（法）
Permskoye〔pɛrms'kɔjǝ〕
Permyaks〔'pɜmɪæks〕
Pernambuco〔,pɜnæm'buko〕
Pernau〔'pɛrnau〕貝諾（蘇聯）
Perne〔pɜn〕
Pernelle〔pɛr'nɛl〕（法）
Pernter〔'pɛrntǝ〕
Pérochon〔pɛrɔ'ʃɔŋ〕（法）
Perolla and Izadora〔pɪ'rɑlǝ, ɪzǝ'dorǝ〕
Perón〔pɛ'ron〕裴倫（Juan Domingo, 1895-
    1974, 阿根廷政治家）
Peronista〔,pero'nista〕裴倫主義者
Peronnet〔pɛ'rɔnɪt〕佩洛內特
Perosi〔pɛ'rɔzɪ〕
Pérotin〔pɛrɔ'tæŋ〕（法）
Perotinus〔pɛro'taɪnǝs〕
Perouse〔pǝ'ruz〕
Perovo〔pɪ'rɔvǝ〕
Perovsk〔pjɛ'rɔfsk〕
Perowne〔pǝ'ron〕佩羅特
Peroz〔pɛ'roz〕
Perperna〔pǝ'pɜnǝ〕
Perpetua〔pǝ'pɛtʃǝ〕
Perpignan〔pɛrpi'njaŋ〕佩皮南（法國）
Perquimans〔pǝ'kwɪmǝnz〕
Perrand〔pɛ'ro〕（法）　　　「法國童話作家」
Perrault〔pɛ'ro〕伯羅（Charles, 1628-1703,
Perrenot〔pɛr'no〕（法）
Perrers〔'pɛrǝz〕佩勒斯
Perret〔'pɛrɪt〕佩雷特
Perrett〔'pɛrɪt〕佩雷特
Perricas〔peri'kas〕（法）
Perrier〔'pɛrɪe; pɛ'rje(法)〕
Perrin〔pɛ'ræn〕伯蘭（Jean Baptiste,
    1870-1942, 法國物理學家及化學家）
Perrin Dandin〔pɛ'ræn daŋ'dæŋ〕（法）
Perrin Dendin〔pɛ'ræn daŋ'dæŋ〕（法）
Perrine〔pǝ'raɪn〕珀賴因
Perring〔'pɛrɪŋ〕佩林
Perrizzites〔'pɛrɪzɪts〕
Perro, Laguna del〔lǝ'gunǝ dɛl 'pero〕
Perron〔pɛ'rɔŋ〕
Perrone〔pɛ'rone〕佩洛內
Perronet〔'pɛrǝnɪt〕佩羅內特

Perrot〔'pɛrǝt; pɛ'ro(法)〕佩羅特
Perrotin〔pɛrɔ'tæŋ〕（法）
Perrott〔'pɛrǝt〕
Perry〔'pɛrɪ〕培里（❶ Bliss, 1860-1954, 美國
    教育家及批評家 ❷ Ralph Barton, 1876-1957, 美
Perrygo〔'pɛrɪgo〕　　　　　「國哲學家及教育家）
Perryman〔'pɛrɪmǝn〕佩里曼
Perrysburg〔'pɛrɪzbǝg〕
Perryton〔'pɛrɪtǝn〕
Perryville〔'pɛrɪvɪl〕
Persano〔pɛr'sɑno〕（義）
Persant of India〔'pɜsɛnt ǝv 'ɪndɪǝ〕
Persarmenia〔,pɜsar'minɪǝ〕
Perse〔pɜs〕波思
Perseid〔'pɜsiɪd〕　　　　　「之妻；春之女神」
Persephone〔pǝ'sɛfǝnɪ〕【希臘神話】冥王
Persepolis〔pǝ'sɛpǝlɪs〕
Perseus〔'pɜsɪǝs〕❶【天文】英仙座 ❷【希
    臘神話】Zeus 與 Danaë 所生之子
Perseverance〔,pɜsɪ'vɪrǝns〕
Pershing〔'pɜʃɪŋ〕珀欣
Pershinger〔'pɜʃɪŋǝ〕
Pershore〔'pɜʃor〕
Pershouse〔'pɜshaus〕
Persia〔'pɜʒǝ〕波斯（西亞）
Persiani〔,pɛrsi'ɑni〕
Persifor〔'pɜsɪfǝ〕珀西弗
Persigny〔pɛrsi'nji〕（法）
Persimmon〔pǝ'sɪmǝn〕
Persis〔'pɜsɪs〕
Persius〔'pɜʃɪǝs〕伯夏斯（34-62, Aulus
    Persius Flaccus, 羅馬諷刺詩人）
Person〔'pɜsn̩〕珀森
Personae〔pǝ'soni〕
Personier〔pɛrsɔ'nje〕（法）
Personius〔pǝ'sonɪǝs〕
Personne〔pɛr'sɔn〕（法）
Persons〔'parsnz〕珀森斯
Persson〔'pɛrssɔn〕（瑞典）
Pertabgurh〔pǝ'tubgǝ〕
Pertab Singh〔'pʌrtǝb 'sɪŋhǝ〕（印）
Perte du Rhône〔pɛrt dju 'ron〕（法）
Pertelote〔'pɛrtǝlotǝ〕
Perth〔pɜθ〕伯斯（澳洲）　　　　　「（美國）」
Perth Amboy〔'pɜθ 'æmbɔɪ〕伯斯安布伊
Pertharite〔pɛrta'rit〕（法）
Perthes〔pɛrt(法); 'pɛrtǝs(德)〕
Perthshire〔'pɜθ,ʃɪr〕伯斯郡（蘇格蘭）
Pertinax〔'pɜtɪnæks; pɛrti'naks〕珀蒂
Pertolepe〔pǝ'talǝpɪ〕　　　　　「納克斯」
Pertwee〔'pɜtwɪ〕珀特維
Perty〔'pɛrti〕

Pertz〔pɛrts〕
Peru〔pə'ru〕秘魯（南美）
Perygia〔pə'rudʒjə〕
Perugino〔,peru'dʒino〕
Perugino, Il〔il ,peru'dʒino〕裴路几諾
　（Pietro Vannucci, 1446-1523, 義大利畫家）
Perur〔pe'rur〕
Perusia〔pə'ruʒɪə〕
Perutz〔pə'ruts〕裴路茲（Max Ferdinand,
　1914-, 英國化學家）
Peruzzi〔pe'ruttsɪ〕裴路契（Baldassare
　Tommaso, 1481-1536, 義大利建築家及畫家）
Perventzev〔'pɛrvɪntsɪf〕
Pervomaisk〔,pɛrvə'maɪsk; pjɪəvʌ-
　'maɪsk（俄）〕
Pervukhin〔pɛr'vuhɪn〕
Pery〔'pɛrɪ; 'pɪrɪ〕佩里
Pesach〔'pɛsah〕（希伯萊）
Pesado〔pe'saðo〕（西）
Pesah〔'pɛsah〕（希伯萊）
Pesant, Le〔lə pə'zaŋ〕（法）
Pesarese, Il〔il ,peza'rese〕
Pesaro〔'pezaro〕　　　　　　「（義）
Pesaro e Urbino〔'pezaro e ur'bino〕
Pescadores〔,peskə'dɔriz〕澎湖羣島（中國）
Pescara〔pes'kara〕佩斯卡拉港（義大利）
Pescatori〔,peska'tori〕
Peschel〔'pɛʃəl〕
Peschio〔'pɛskjo〕
Peschitta〔pe'ʃita〕
Pesci〔'peʃɪ〕
Pescow〔pɛs'kɔv〕
Pesek〔'pɛsək〕
Pesellino, Il〔il pesel'lino〕（義）
Pesh'all〔'pɛʃl〕佩歇爾
Peshawar〔pə'ʃauə〕白夏瓦（巴基斯坦）
Peshawur〔pə'ʃɔə〕
Peshine〔pɪ'ʃaɪn〕
Peshitta〔pə'ʃit·ta〕= Peshito
Peshit(t)o〔pə'ʃito〕古代敍利亞文聖經譯本
Peshkov〔'pjeʃkɔf〕（俄）
Peshtigo〔'pɛʃtɪgo〕
Pesinus〔pe'saɪəs〕
Pesotta〔pe'sota〕
Pessi〔'pɛssi〕
Pessinus〔'pɛsɪnəs〕
Pessl〔'pɛsl〕
Pessôa〔pə'soə〕（葡）
Pestalozzi〔,pɛstə'latsɪ〕裴斯太洛齊
　（Johann Heinrich, 1746-1827, 瑞士教育家）
Peste, La〔pɛst〕
Pesterzsébet〔'pɛʃtɛr,ʒebɛt〕（匈）

Pestkas〔'pɛstkas〕
Pest(h)〔pɛst〕
Pesto〔'pɛsto〕
Pestszenterzsébet〔'pɛʃtsɛnt·'ɛrʒebɛt〕
Pestszentlörinc〔'pɛʃtsɛnt'lɜrɪnts〕(匈）
Petachalco〔,peta'tʃalko〕
Pétain〔pe'tæŋ〕貝當（Henri Philippe,
　1856-1951, 法國將軍）
Petaluma〔,pet'lumə〕
Petar〔'pɛtar〕（塞克）
Petau〔pə'to〕　　　　　　「低窪地區
Petavius〔pɪ'tavɪəs〕月球表面第四象限內一個
Petchabun〔phɛttʃabun〕（暹羅）
Petchaburi〔phɛtburi〕（暹羅）
Petchora〔pɪ'tʃorə〕
Pete〔pit〕皮特
Petén〔pe'ten〕
Peter〔'pitə〕❶彼得（Saint, ?-? A.D. 67, 耶
　穌十二門徒之一）❷ Peter I, 彼得大帝（1672-1725,
　世稱 Peter the Great, 俄國沙皇）
Péter〔'petɛr〕（匈）
Petera〔pə'terə〕
Peter Bell〔'pitə ,bɛl〕
Peterboro'〔'pitəbərə; -,bʌrə〕
Peterborough〔'pitəbərə〕皮特巴洛（英格
Peterburg〔'petəburk〕　　　　　「蘭）
Peter Claver〔'pitə kla'vɛr〕
Peterculter〔'pitə,kutə〕
Peter des Roches〔'pitə de 'rɔʃ〕
Peterfield〔'pitəfild〕彼得菲爾德
Peter Grimes〔'pitə 'graɪmz〕
Peterhead〔,pitə'hɛd〕皮特赫德（英國）
Peter Homunculus〔'pitə ho'mʌn-
　kjuləs〕
Peterhouse〔'pitəhaus〕
Peter Ibbetson〔'pitə 'ɪbət·sn̩〕
Peteris〔'petɛris〕
Peterkin〔'pitəkɪn〕彼得金
Peterloo Massacre〔'pitəlu〕
Peterman〔'pitə mən〕彼得曼
Petermann〔'petəman〕彼得曼
Peter Martyr〔'pitə 'martə〕
Peteroa〔,petə'roa〕
Peter Pan〔'pitə'pæn〕J.M. Barrie 作之
　童話劇；該童話劇之主角
Peter Paragon〔'pitə 'pærəgan〕
Peter Pindar〔'pitə 'pɪndə〕
Peter Porcupine〔'pitə 'pɔrkjupain〕
Peter Rugg〔'pitə 'rʌg〕　「非洲探險家）
Peters〔'petəz〕彼得斯（Carl, 1856-1918, 德籍
Petersburg〔'pitəz,bɜg〕彼得斯堡（美國）
Peter Schlemihl〔'petə 'ʃle,mil〕

Petersen〔'pitəsṇ; 'petəzən(德)〕彼得
Petersfield〔'pitəzfild〕   └森
Petersham〔'pitəʃəm〕
Peterson〔'pitəsṇ〕
Peterssen〔'petəsən〕
Peter Wilkins〔'pitə 'wɪlkɪnz〕
Petherick〔'peθərɪk〕
Pethick〔'peθɪk〕佩西克
Petigru〔'petɪgru〕佩蒂格魯
Petilius〔pɪ'tɪlɪəs〕
Petillius〔pɪ'tɪlɪəs〕
Pétion〔pe'tjɔŋ〕
Pétion de Villeneuve〔pe'tjɔŋ də
   vil'nɜv〕(法)
Petit〔'petɪt; pə'ti(法)〕
Petit Andely〔pə'ti taŋ'li〕(法)
Petit André〔pə'ti taŋ'dre〕(法)
Petit Bois〔'petɪ ,bwa〕
Petitcodiac〔,petɪ'kodɪæk〕   ┌(法)
Petit de Julleville〔pə'ti də ʒjul'vil〕
Petit Goâve〔pə'ti gɔ'av〕
Petit Manan〔pə'tit mə'næn〕
Petit Nesle〔'pəti 'nɛl〕
Petit Nord〔'petɪ 'nɔrd〕
Petitot〔pəti'to〕(法)
Petitsikapau〔,petɪ'sɪkəpau〕
Petits-Mulets〔pəti·mju'lɛ〕(法)
Petko〔'petko〕
Petkov〔'petkuf〕(保)彼得科夫
Petlyura〔pjɪt'ljurʌ〕(俄)
Peto〔'pito〕皮托
Petőfi〔'petəfɪ〕(匈)
Petoskey〔pə'taskɪ〕
Pëtr〔'pjɔtə〕(俄)
Petra〔'pitrə; 'petrə〕
Petracco〔pe'trakko〕(義)
Petrache〔pe'trakɛ〕
Petrarca〔pe'traka〕
Petrarch〔'pitrark〕彼脫拉克(Francesco,
   1304-1374, 義大利詩人)=Petrarca
Petra Velikovo〔pɪ'tra vɪ'ljikəvə〕
Petre〔'pitə; 'petre(羅)〕彼得
Petree〔'pitrɪ〕皮特里
Petri〔'petrɪ〕
Petriceicu〔,petrɪ'tʃeku〕(羅)
Petrides〔'petrɪdɪs〕佩特里迪斯
Petrie〔'pitrɪ〕皮特里
Petrified〔pe'trɪfaɪd〕派翠凡(美國)
Petrikau〔'petrɪkau〕
Petrillo〔pɪ'trɪlo〕皮特里洛
Petro-Alexandrovsk〔'petro ,ælɛg-
   'zændrɔfsk〕

Petro Bey〔pɛ'tro be〕
Petrograd〔'petro,græd; pjɪtrʌ'grat〕
   彼得格勒(列寧格勒之舊名)
Petrokov〔'petrakɔf; pjɪtrʌ'kɔf(俄)〕
Petroleum〔pɪ'trolɪəm; -ljəm〕
Petrolia〔pɪ'troljə〕
Petrolini〔,petro'lini〕
Petrona〔pet'rona〕
Petronel Flash〔petrə'nɛl flæʃ〕
Petronilla〔,petro'nilja〕
Pétronille〔petro'nij〕(法)
Petronius〔pɪ'tronɪəs〕彼得羅尼亞(Gaius,
   ?-66, 羅馬諷刺作家)
Petronius Arbiter〔pɪ'tronɪəs 'arbɪtə〕
Petronius Maximus〔pɪ'tronɪəs
   'mæksɪməs〕
Petropavlovsk〔,petra'pævlɔfsk〕彼得
   羅巴甫洛夫斯克(蘇聯)   (西)
Petrópolis〔pə'trapəlɪs〕帕特拉坡利斯(巴
Petros〔'pitras; 'petrɔs(希)〕
Petroskey〔pɪ'traskɪ〕
Petrouchka〔pɪ'truʃkə〕
Petrov〔'petruf〕(保)
Petrovgrad〔'petrɔvgrad〕
Petrović〔'petrɔvɪtʃ; -,vitj〕(塞克)
Petrovich〔'petrɔvɪtʃ; pjɪ'trɔvjɪtʃ
   (俄)〕
Petrovics〔'petrɔvɪtʃ〕(匈)
Petrovna〔pɪ'trɔvnə pjɪ'trɔvnʌ(俄)〕
Petrovsk〔pɪ'trɔfsk〕
Petrozavodsk〔,petrəzə'vatsk;
   pjɪtrəzʌ'vɔtsk(俄)〕
Petru〔'petru〕
Petruccio〔pe'truttʃo〕(義)
Petruchio〔pɪ'trukɪo; pe'trukɪo;
   pɪ'trukjo; pɪ'trutʃɪo; pe'trutʃɪo〕
Petrunkevitch〔petrun'kevɪtʃ; pjɪ-
   trun'kjevjɪtʃ(俄)〕
Petrus〔'pitras; 'petrəs(荷); 'petrʌs
   (瑞典)〕彼得勒斯
Pétrus〔pe'trjus〕(法)彼得勒斯
Petrus Arctedius〔'pitrəs ark'tid-
   ɪəs〕
Petrus Aureolus〔'pitrəs ɔ'riələs〕
Petrus Blesensis〔'pitrəs blɪ'sɛn-
   sɪs〕
Petrus d'Alliaco〔'pitrəs dæ'ljeko〕
Petrus de Vinea〔'pitrəs di 'vɪnɪə〕
Petrus Hispanus〔'pitrəs hɪs'penəs〕
Petrus Lombardus〔'pitrəs lɔm'bar-
   dəs〕
Petrus Platensis〔'pitrəs plæ'tɛnsɪs〕

Petrus Waldus〔'pitrəs 'wɔldəs〕
Petřvald〔'petəʒvɑlt〕(捷)
Petry〔'pitri; 'pet-〕
Petrzalka〔'petə,ʒɑlkɑ〕
Petrzelka〔,petri'dʒelkə〕
Petsamo〔'petsə,mɔ〕百沙摩(現稱 Pe-
　chenga)
Petsch〔petʃ〕
Petsche〔pet·ʃ〕(法)
Petseri〔'petseri〕
Petsik〔'petsik〕
Pett〔pet〕佩特
Pettau〔'petau〕
Pettegrew〔'petigru〕
Pettenkofen〔'petən,kofən〕
Pettenkofer〔'petən,kofə〕
Petter〔'petə〕(挪)
Pettersson〔'petəsson〕(瑞典)
Petteys〔'petiz〕佩蒂斯
Pettibone〔'petibon〕佩蒂珀恩
Petticord〔'petikɔrd〕
Pettie〔'peti〕佩蒂
Pettigrew〔'petigru〕佩蒂格魯
Pettis〔'petis〕佩蒂斯
Pettit〔'petit〕佩蒂特
Pettus〔'petəs〕佩特斯
Petty〔'peti〕佩蒂
Petty-Fitzmaurice〔'peti·fits'mɔris〕
Petula〔pə'tjulə〕
Petulengro〔,petju'leŋgro; -tə-〕
Petuna〔pə'tunə; bə'dunə〕(中)
Petworth〔'petwəθ〕
Petza〔'petsə〕
Petzoldt〔'petsɑlt〕佩佐爾特
Peuce〔'pjusi〕
Peucer〔'pɔitsə〕
Peucker〔'pɔikə〕
Peuerbach〔'pɔiəbah〕(德)
Peuhl〔pe'ul〕
Peutinger〔'pɔitiŋə〕
Peva〔'pevɑ〕
Pevensey〔'pevənzi; -si〕佩文西
Peveril〔'pevəril〕佩弗里爾
Pevsner〔'pefsnə; 'pjefsnjə(俄)〕佩夫
　　　　　　　　　　　　　　　斯納
Pew〔pju〕皮尤
Pewks〔pjuks〕
Peyerimhoff〔peəræŋ'ɔf〕(法)
Peynell〔'penəl〕
Peyre〔per〕佩爾
Peyré〔pe're〕(法)佩爾
Peyroles〔pe'rɔl〕
Peyron(n)et〔perɔ'ne〕(法)

Peyrouton〔peru'tɔŋ〕(法)
Peyster, De〔də 'paistə〕
Peyton〔'petən〕佩頓
Peza〔'pesɑ〕(拉丁美)
Pezet〔pe'set〕
Pezuela〔pe'θwelɑ〕(西)
Pezza〔'pettsɑ〕(義)
Pfaff〔'pfaf〕普法夫
Pfaffe〔'pfɑfə〕
Pfaffe Amis〔'pfɑfə ɑ'mis〕
Pfäffiker See〔'pfefikə ze〕(德)
Pfäffikon〔'pfefikɔn〕
Pfahlgraben〔'pfɑlgrɑbən〕
Pfalz〔pfɑlts〕
Pfann〔'fɑn〕
Pfannenstiel〔'pfɑnənʃtil〕
Pfaundler〔'pfaundlə〕
Pfeffer〔'pfefə〕普費弗
Pfefferkorn〔'pfefəkɔrn〕　　　　「格
Pfeiffenberger〔'faifənbəgə〕法伊芬伯
Pfeiffer〔'pfaifə〕法伊弗
Pfeil〔pfail〕法伊爾
Pfeiler〔'failə〕法伊勒
Pferde-Krüger〔'pferdə·,krjugə〕
Pfiffner〔'fifnə〕菲夫納　　　　　「特
Pfister〔'pfistə(德); fis'ter(法)〕菲斯
Pfisterer〔'fistərə〕
Pfitzner〔'pfitsnə〕
Pfizer〔'pfitsə〕
Pflanzer-Baltin〔'pflɑntsə·'bɑltin〕
Pflaum〔flɔm〕
Pflaumer〔'flɔmə〕
Pfleiderer〔'pflaidərə〕
Pflimlim〔flæŋ'læŋ〕(法)
Pflimlin〔flæŋ'læŋ〕(法)
Pflueger〔'fljugə〕
Pflüger〔pf'ljugə〕(德)
Pflugk-Harttung〔pf'luk·'hɑrtuŋ〕
Pfohl〔fol〕福爾
Pfordten〔pfɔrtən〕
Pforr〔pfɔr〕
Pforzheim〔'pfɔrtshaim〕
Pfost〔post〕波斯特
Pfuetze〔'fitzi〕菲齊
Phact〔fækt〕
Phaeacia〔fi'eʃə〕
Phaed〔'feəd〕
Phaedo〔'fido〕
Phaedon〔'fidən〕
Phaedra〔'fidrə〕
Phaedria〔'fidriə〕　　　　「之希臘哲學家)
Phaedrus〔'fidrəs〕菲德拉斯(紀元前五世紀

Phaer〔'feə〕費爾

Phaestus〔'fɛstəs;'fis-〕

Phaethon〔'feəθən〕【希臘、羅馬神話】費頓
（太陽神 Helios 之子）

Phaëthon〔'feəθən〕

Phaeton〔'feətn〕

Phaistos〔'faistos〕

Phalaris〔'fælərɪs〕

Phalereus〔fə'lɪrɪəs; fə'lirus〕

Phaleron〔fə'lɪrən; -ran〕

Phalerum〔fə'lɪrəm〕

Phalin〔'fælin〕

Phaltan〔'phʌltən〕（印）

Phanagoria〔,fænə'gɔrɪə〕

Phanariot〔fə'nærɪət〕

Phanom Dong Rak〔'phanʌm thɔŋ
rak〕（暹羅）

Phangnga, Ko〔kɔ phaŋŋa〕潘加（泰國）

Phanos〔'fenas〕

Phan Rang〔phan raŋ〕蕃朗（越南）

Phanrang〔phanraŋ〕

Phantasiast〔fæn'tezɪəst〕

Phantasus〔'fantazʊs〕

Phanuel〔'fænjʊəl〕法紐埃爾

Phaon〔'feən〕

Pharae〔'feri; 'fɛri〕

Pharamond〔'færəmənd; -mand;
fara'mɔŋ（法)〕

Pharaoh〔'fɛro〕法老（古埃及王之尊稱）

Pharaoh-Nec(h)oh〔'fɛro·'niko〕

Pharcellus〔far'sɛləs〕法塞勒斯

Phare Pleigh〔'fɛr 'ple〕

Pharez〔'fɛrɛz〕

Phari Dzong〔phari dzɔŋ〕

Pharisee〔'færɪ,si〕猶太法利賽教派之教徒

Pharnabazus〔,farnə'bezəs〕

Pharnaces〔'farnəsiz〕

Pharnake〔'farnəki〕

Pharos〔'fɛras〕

Pharpar〔'farpar〕

Pharphar〔'farfar〕

Pharr〔far〕法爾

Pharsala〔'farsələ; 'farsala〕

Pharsalia〔far'seljə; -lɪə〕

Pharsalus〔far'seləs〕

Pharus〔'fɛrəs〕

Phaselis〔fə'silɪs〕

Phasianus〔fezɪ'enəs〕

Phasis〔'fesɪs〕

Phatnitic〔fæt'nɪtɪk〕

Phatthalung〔phatthalʊŋ〕（暹羅）

Phaulkon〔'fɔlkan〕

Phayer〔'feə〕

Phayre〔fɛr〕

Phazania〔fə'zenɪə〕

Phear〔fɛr〕菲爾

Phebe〔'fibi〕菲比

Phebo〔'febo〕

Phecda〔'fɛkdə〕

Phèdre〔'fɛdə'〕（法）

Pheidias〔'fidɪəs〕

Pheidippides〔fai'dɪpɪ,diz〕菲迪浦底斯
（古希臘運動家，第一位跑馬拉松者）

Phelim〔'felim〕

Phélippeaux〔feli'po〕（法）

Phelps〔fɛlps〕費爾浦（William Lyon,
1865~1943, 美國教育家及批評家）

Phenice〔fɪ'naisi〕

Phenicia〔fə'nɪʃɪə; -'nɪʃə〕= Phoenicia

Phenix〔'finɪks〕= Phoenix

Pherae〔'firi〕

Pherecrates〔fɪ'rɛkrətɪz〕

Pherecydes〔,fɛrɪ'saidɪz〕

Pheretima〔,fɛrɪ'taimə〕

Pherkad〔'fɛrkæd〕

Pherozeshah〔fi,rozə'ʃa〕

Phet Buri〔phɛt buri〕（暹羅）

Phetchabun〔phɛttʃabun〕碧差汶府(泰國)

Phibbus〔'fɪbəs〕

Phi Beta Kappa〔'fai ,betə 'kæpə;
-,bitə-〕成績優秀之美國大學生及畢業生所組成
└之榮譽學會

Phichit〔phɪtʃit〕

Phidias〔'fidɪæs〕菲狄亞斯(紀元前五世紀之

Phigalia〔fɪ'gelɪə〕 └希臘雕刻家）

Phil〔fɪl〕菲爾

Philadelphia〔,filə'dɛlfjə〕費城（美國）

Philadelphos〔,filə'dɛlfəs〕

Philadelphus〔,filə'dɛlfəs〕

Philae〔'faili〕

Philagathus〔fɪ'lægəθəs〕

Philalethes〔,filə'liθiz; filə'letɛs(德)〕

Philaminte〔filu'mænt〕（法）

Philander〔fɪ'lændə; fɪ'landə(荷、德)〕

Philanthropos〔fɪ'lænθrəpəs〕

Philaret〔fjɪlʌ'rjet〕（俄）

Philarete〔fila'ret〕（法）

Philarghi〔'filargi〕

Philarghos〔'filargɔs〕

Philario〔fɪ'larɪo; -rjo〕

Philarmonus〔,filar'monəs〕

Philaster〔fɪ'læstə〕

Philbin〔'fɪlbin〕菲爾賓

Philbrick〔'fɪlbrɪk〕菲爾布里克

Philbrook〔'fɪlbrʊk〕菲爾布魯克

Philby〔'fɪlbɪ〕菲爾比

Philéas〔file'ɑs〕

Philelphus〔fɪ'lɛlfəs〕

Philemon〔fɪ'liman; faɪ-〕❶【聖經】
（新約聖經之）腓利門書 ❷ 菲利蒙

Philémon et Baucis〔file'mɔŋ e
bo'sis〕（法）

Philenia〔fɪ'liniə; -njə; faɪ-〕

Philetaeros〔fɪlɪ'tirəs〕

Philetas〔fɪ'litəs; faɪ-〕

Philetus〔fɪ'litəs; faɪ-〕菲利特斯

Philhellene〔fɪl'hɛlin〕

Philibert〔'fɪlɪbət; fili'bɛr（法）〕

Philidor〔fili'dɔr〕

Philinte〔fi'læŋt〕（法）

Philip〔'fɪlɪp〕菲力普（❶本名 Metacomet,
1639-1676 ❷ Prince 1921-, 英女王伊利莎白二
世之夫）

Philip Augustus〔'fɪlɪp ɔ'gʌstəs〕

Philipa〔'fɪlɪpə〕

Philiphaugh〔'fɪlɪphɔ〕

Philipon〔fili'pɔŋ〕(法)

Philpott〔'fɪlpət〕

Philipp〔'fɪlɪp（德）; 'filɪp（荷、瑞典）;
fjɪ'lip（俄）〕菲利普

Philippa〔fɪ'lɪpə〕菲麗帕

Philippan〔fɪ'lɪpən〕

Philippe〔'fɪlɪp; fi'lip〕

Philippe Égalité〔fi'lip egali'te〕（法）

Philippeville〔'fɪlɪpvɪl〕菲利浦維港（北非）

Philippi〔fɪ'lɪpaɪ; 'fɪlɪpaɪ; fɪ'lɪpɪ;
'fɪlɪpɪ〕菲利比（馬其頓）   「馬其頓王之演說

Philippic〔fɪ'lɪpɪk〕雅典 Demosthenes 攻擊

Philippicus〔fɪ'lɪpɪkəs〕

Philippides〔faɪ'lɪpɪdiz〕

Philippines, the〔'fɪlɪ,pinz〕❶ 菲律賓羣
島（西太平洋）❷ 菲律賓

Philip Pirrip〔'fɪlɪp 'pɪrɪp〕

Philippolis〔fɪ'lɪpəlɪs〕

Philippopolis〔,fɪlɪ'pɑpəlɪs〕

Philippoteaux〔filipɔ'to〕（法）   「克）

Philippović〔fɪ'lɪpəvɪtʃ; fi'lɪpɔvɪtʃ（塞

Philipps〔'fɪlɪps; 'filɪps（德）〕菲利普斯

Philippsberg〔'filɪpsbɛrk〕(德)

Philippsburg〔'fɪlɪpsbɚg; 'filɪpsburk
（德）〕

Philippus〔fɪ'lɪpəs; fi'lɪpəs（荷）〕

Philips〔'fɪlɪps〕菲力普斯（Ambrose,
1675?-1749, 英國詩人及劇作家）

Philipsburg〔'fɪlɪpsbɚg〕

Philipse〔'fɪlɪps〕

Philip Wakem〔'fɪlɪps 'wekəm〕

Philistia〔fɪ'lɪstjə〕地中海沿岸之古國

Philistine〔fə'lɪstɪn; 'fɪləs,tin〕【聖經】
非利士人（居於巴勒斯坦西南）

Philistus〔fɪ'lɪstəs〕

Philitas〔fɪ'laɪtəs; faɪ-〕

Phillida〔'fɪlɪdə〕

Phillimore〔'fɪlɪmɔr〕菲利莫爾

Phillip〔'fɪlɪp〕菲利普

Phillippe, Louis〔'luɪ fɪ'lip; 'lwi
fɪ'lip（法）〕菲利普

Phillips〔'fɪlɪps〕菲力普斯（Stephen, 1868-
1915, 英國詩人及劇作家）

Phillipsburg〔'fɪlɪpsbəg〕

Phillipse〔'fɪlɪps〕

Phillis〔'fɪlɪs〕菲利斯

Phillpot〔'fɪlpət〕

Phillpotts〔'fɪlpɑts〕菲爾泡特斯（Eden,
1862-1960, 英國小說家、劇作家及詩人）

Philmont〔'fɪlmɑnt〕

Philo〔'faɪlo〕菲洛

Philobiblon〔,faɪlə'bɪblən〕

Philo Byblius〔'faɪlo 'bɪblɪus〕

Philochorus〔fɪ'lakərəs〕

Philoctetes〔,fɪlək'titiz; -lɑk-〕

Philodemus〔,fɪlə'diməs〕

Philoff〔'fɪləf〕

Philo Judaeus〔'faɪlo dʒu'diəs〕

Philolaus〔fɪlə'leəs〕

Philomel〔'fɪlə,mɛl〕

Philomela〔,fɪlo'milə〕【希臘神話】雅典王
Pandion 之女，後化身爲夜鶯

Philomelides〔,fɪlomə'laɪdiz〕

Philomena〔,fɪlo'minə〕

Philometor〔,fɪlo'mitɔr〕

Philonis〔fɪ'lonɪs〕

Philonous〔'fɪlonəus〕

Philopator Philadelphus〔fɪ'lapətɔr-
,fɪlə'dɛlfəs〕

Philopoemen〔,fɪlə'pimɛn〕

Philostorgius〔fɪlos'tɔrdʒɪəs〕

Philostrate〔'fɪləs,tret〕

Philostratus〔fɪ'lastrətəs〕

Philotas〔fɪ'lotəs; faɪ-〕

Philoten〔'faɪlotɛn; -lə-; 'fɪl-〕

Philotime〔fɪ'latɪmɪ〕

Philotus〔fɪ'lotəs; faɪ-〕

Philoxenus〔fɪ'laksɪnəs〕

Philpot〔'fɪlpət〕

Philpott〔'fɪlpət〕菲爾波特

Philputt〔'fɪlpət〕

Philtre〔'filtɚ〕（法）

Phimister〔'fɪmɪstɚ〕菲米斯特

Phineas〔'fɪnɪəs〕菲尼亞斯
Phineas Finn〔'fɪnɪæs 'fɪn〕
Phinees〔'fɪnɪəs; -nɪɛs〕
Phinehas〔'fɪnɪæs; -nɪəs〕
Phinney〔'fɪnɪ〕菲尼
Phintias〔'fɪntɪəs〕
Phios〔'faɪəs〕
Phipps〔fɪps〕菲普斯
Phips〔fɪps〕菲普斯
Phipson〔'fɪpsn̩〕菲普森
Phitsanulok〔phɪtsanulok〕(暹羅))
Phiz〔fɪz〕
Phizackerley〔fɪ'zækəlɪ〕
Phleger〔'flegə〕弗萊格
Phlegethon〔'flɛgɪθən〕
Phlegraean〔flɪ'griən〕
Phliasia〔flɪ'eʃɪə〕
Phlipon〔fli'pɔŋ〕(法)
Phlius〔'flaɪəs〕
Phlórina〔'flɔrɪnə〕
Phnom Penh〔'pnɔm'pɛn〕金邊(高棉)
Phnompenh〔'pnɔm'pɛn〕
Phnong〔pə'nɔŋ〕
Phobos〔'fobas〕火星(二衛星中)之內衛星
Phöbus〔'fəbʊs〕(德)
Pheocaea〔fo'siə〕
Phocas〔'fokəs〕
Phocian〔'foʃjən; -ʃɪən〕
Phocion〔'fosɪən〕福西昂(402?-317 B.C., 雅典將軍及政治家)
Phocis〔'fosɪs〕
Phocylides〔fo'sɪlɪdiz〕 〔【詩】月
Phoebe〔'fibɪ〕❶【希臘神話】月之女神❷
Phoebus〔'fibəs〕❶【希臘神話】太陽神(即Appollo)❷【詩】太陽菲伯斯
Phoenice〔fɪ'naɪsɪ〕
Phoenicia〔fɪ'nɪʃɪə〕腓尼基(敘利亞)
Phoenix〔'finɪks〕費尼克斯(美國)
Phoenixville〔'finɪksvɪl〕
Pholien〔fɔ'ljæŋ〕(法)
Phooey〔'fuɪ〕
Phorbas〔'fɔrbəs〕
Phorcides〔'fɔrsɪdiz〕
Phorcus〔'fɔrkəs〕
Phorcyads〔fɔr'saɪədz; 'fɔrsɪædz〕
Phorkyads〔'fɔrkɪædz〕
Phormio〔'fɔrmɪo〕
Phort Láirge〔fət 'lɔrgə〕(愛)
Phosphor〔'fasfə〕❶【希臘神話】啓明星之擬人名❷【詩】啓明星
Phosphorist〔'fasfərɪst〕
Phosphorus〔'fasfərəs〕

Photinus〔'fotaɪnəs〕
Photius〔'foʃɪəs〕
Phouma〔'pumə〕
Phournoi〔'furnjɪ〕
Phra〔pra〕
Phraates〔fre'etiz〕
Phrac〔phræ〕
Phra Nakhon〔phra nakhɔn〕
Phrantzes〔'fræntsiz〕
Phraortes〔fre'ɔrtiz〕
Phrixos〔'frɪksəs〕
Phrixus〔'frɪksəs〕
Phrygia〔'frɪdʒɪə〕佛里幾亞(亞細亞)
Phrygius〔'frɪdʒɪəs〕
Phryne〔'fraɪnɪ〕
Phrynia〔'fraɪnɪə〕
Phrynichus〔'frɪnɪkəs〕
Phrynicus〔'frɪnɪkəs〕
Phthia〔'θaɪə〕
Phthiotis〔θaɪ'otɪs〕
Phuket〔'phukɛt〕普吉府(泰國)
Phul〔fʌl〕
Phulkian〔'phulkjan〕
Phuquoc〔phukwuk〕富國(越南)
Phunky〔'fʌŋkɪ〕
Phurud〔fju'rud〕
Phut〔fʌt〕
Phyfe〔faɪf〕法伊夫
Phylarchus〔fɪ'larkəs; faɪ-〕
Phyle〔'faɪlɪ〕古代希臘之種族
Phyllis〔'fɪlɪs〕菲麗絲
Phyongan〔'pjɔŋ'an〕
Physcon〔'fɪskan〕
Physick〔'fɪzɪk〕菲齊克
Physiologus〔fɪzɪ'aləgəs〕
Phyteus〔'fɪlɪtəs〕
Pia〔'pia(義); 'piə(葡)〕
Piacentini〔ˌpjatʃɛn'tini〕
Piacenza〔pja'tʃɛntsə〕帕辰察(義大利)
Pia dei Tolomei〔'pia ˌdeɪ ˌtolo'me〕
Piaf〔pi'af〕
Piaggia〔'pjaddʒa〕(義)
Piali〔pja'lji〕
Piankashaw〔paɪ'ænkəʃɔ〕
Piankhi〔'pjæŋkɪ〕
Piano Carpini〔'pjano kar'pini〕
Pianosa〔pja'nosa〕
Piapayungan〔ˌpjapa'juŋan〕
Piao, Lin〔lɪn bɪ'ao; -'bjau〕(中)
Piapocos〔pɪə'pokəz〕
Piar〔pi'ar〕

Piaroas〔piə'roəz〕

Piasecki〔'paısəki〕皮亞塞基

Piast〔pjast〕

Piastro〔'pjastro〕

Piatigorsky〔,pjatı'gɔrskı; pjʌtjı-'gɔrskɔı（俄）〕皮亞蒂戈爾斯基

Piatra-Neamţ〔'pjatra·'njamts〕（羅）

Piatt〔'paıət〕派亞特

Piatti〔'pjattı〕（義）

Piauhy〔pjau'i〕

Piauí〔pjau'i〕（葡）

Piave〔'pjave〕

Piazza〔pı'æzə; 'pjattsa（義）〕

Piazza del Campidoglio〔'pjattsa dɛl ,kampi'doljo〕（義）

Pizza della Signoria〔'pjattsa 'dɛlla ,sinjo'riə〕（義）

Piazza del Granduca〔'pjattsa dɛl gran'duka〕（義）

Piazza del Popolo〔'pjattsa dɛl 'pɔpolo〕（義）

Piazza di Spagna〔'pjattsa di 'spanja〕（義）

Piazzetta〔pjat'tsetta〕（義）

Piazzi〔pı'æzı; 'pjattsı（義）〕

Pi-Beseth〔paı·'bisɛθ〕

Pibor〔'pibɔr〕

Pibul Songgram〔'pibul soŋ'gram〕

Picabia〔pika'bja〕（法）

Picadome〔'pıkədom〕

Picado Michalski〔pi'kaðo mi-'tʃalski〕（西）

Picander〔pı'kandə〕

Picara〔pı'karə〕 「國天文學家」

Picard〔pi'kar〕皮卡爾（Jean, 1620-82, 法

Picardie〔pikar'di〕（法）

Picardy〔'pıkədı; -kar-〕

Picasso〔pı'kaso〕畢卡索（Pablo, 1881-1973, 西班牙畫家及雕刻家）

Picayune〔pıkə'jun; pıkı'jun〕

Piccadilly〔,pıkə'dılı; 'pıkə'dılı〕皮卡迪里街（英國） 「1962, 瑞士物理學家」

Piccard〔,pi'kar〕皮卡爾（Auguste, 1884-

Piccini〔pıt'tʃinı〕（義）

Piccinni〔pıt'tʃinni〕（義）

Piccinino〔,pıttʃı'nino〕（義）

Picciola〔pıtʃı'olə〕

Piccirilli〔,pıttʃı'rıllı〕（義）皮奇里利

Piccolomini〔,pıkə'lomənı; ,pıkko-'lɔmını〕（義）

Picconi〔pık'konı〕（義）

Pic de Néthou〔'pik də ne'tu〕

Pic des Écrins〔'pik de ze'kræŋ〕（法）

Pic du Midi de Bigorre〔'pik dju mi'di də bi'gɔr〕（法）

Pic du Midi d'Ossau〔'pik dju mi'di dɔ'so〕

Picenes〔paı'siniz〕

Piceno〔pi'tʃeno〕

Picenum〔paı'sinəm〕

Pichardo y Tapia〔pi'tʃarðo ı 'tapja〕（西）

Pichegru〔piʃg'rju〕（法）

Picher〔'pıtʃə〕皮切爾

Pichilinque〔,pitʃı'liŋke〕

Pichincha〔pı'tʃintʃa〕

Pichit〔phıtʃıt〕（邏羅）

Pichler〔'pıhlə〕（德）

Pichon〔pi'ʃɔŋ〕（法）

Pichú-Pichú〔pı'tʃu·pı'tʃu〕

Pick〔pık〕皮克

Pickard〔'pıkard〕皮卡德

Pickaway〔'pıkə,we〕

Pickbone〔'pıkbon〕

Pickel〔'pıkəl〕

Pickens〔'pıkənz〕皮肯斯

Pickerbaugh〔'pıkəbɔ〕

Pickering〔'pıkərıŋ〕皮克令（Edward Charles, 1846-1919, 美國天文學家）

Pickerl(1)〔'pıkrəl〕

Pickett〔'pıkıt〕皮克特

Pickford〔'pıkfəd〕皮克福德

Pickle the Spy〔'pıkl ðə 'spaı〕

Pickman〔'pıkmən〕皮克曼

Pickthall〔'pıkθɔl〕皮克索爾

Pickt-hatch〔'pıkt·,hætʃ〕

Pickwick〔'pıkwık〕

Pico〔'piko; 'piku（葡）〕比科

Pico della Mirandola〔'piko ,della mı'randola〕（義）

Picón〔pı'kɔn〕皮肯

Piconnerie〔pikan'ri〕

Picón y Bouchet〔pı'kɔn ı bu'ʃɛ〕

Pico Rivera〔'piko rı'vıərə〕

Picot〔pi'ko〕（法）

Picou〔pi'ku〕

Picquart〔pi'kar〕（法）

Picrochole〔pikrɔ'ʃɔl〕

Pict〔pıkt〕匹克特人（蘇格蘭）

Pictaviensis〔pık,tevı'ɛnsıs〕

Pictet〔pik'tɛ〕（法） 「（法）

Pictet de la Rive〔pik'tɛ də la 'riv〕

Picti〔'pıktaı〕

Pictish〔'pıktıʃ〕匹克特語

Picton〔'pıktən〕皮爾頓
Pictones〔pık'toniz〕
Pictor〔'pıktɚ; -tɔr〕
Pictou〔'pıktu〕皮克托（加拿大）
Picumnus〔pı'kʌmnəs〕
Picunches〔pi'kuntʃes〕
Picuris〔pi'kuriz〕
Picus〔'paıkəs〕派克斯
Pidal〔pı'ðal〕（西）
Pidgeon〔'pıdʒın〕皮金
Pidsley〔'pıdzlı〕皮茲利
Pidurutalagala〔,pıdə,rutl'agələ〕
　彼德路特拉格勒山（斯里蘭卡）
Piears〔pırz〕
Piedad Cavadas, La〔la pje'ðað
　ka'vaðas〕（西）
Piedade〔pjə'ðaðə〕（葡）
Piedmont〔'pidmant〕❶皮得蒙高原（美國）
　❷皮得蒙（義大利）
Piedras Blancas〔pı'edrəs 'blæŋkəs〕
Piedras Negras〔'pjeðraz 'negras〕
Piegan〔pi'gæn〕　　　　　　　　L（西）
Pilisjärvi〔'pjelıs,jærvı〕（芬）
Pielou〔pi'lu〕
Pieman〔'paımən〕
Piémont〔pje'mɔŋ〕（法）
Pien-ching〔'bjen-'dʒıŋ〕（中）
Pieng-an〔'pjaŋ-'an〕
Pieper〔'pipɚ〕皮珀
Pier〔pır; pir（丹）; pjer（義）〕皮爾
Pierantoni〔,pjeran'tɔnı〕
Pierce〔pırs〕皮爾斯（Franklin, 1804-1869,
　美國第十四任總統）
Pierfrancesco〔,pjerfran'tʃesko〕
Pieria〔paı'erıə〕派利亞區（古馬其頓）
Pierian〔paı'erıən〕
Pierides〔paı'erı,diz〕【神話】繆司女神
Pierino〔pje'rino〕
Pierleone〔pjerle'one〕
Pierlot〔'pjelo〕
Pierluigi〔,pjerlu'idʒi〕（義）
Piermarini〔pjerma'rini〕
Piermont〔'pırmant〕
Pierné〔pjer'ne〕（法）
Piero〔'pjero; 'pjero（義）〕
Piero della Francesca〔'pjero 'dɛlla
　fran'tʃeska〕（義）
Piero dei Franceschi〔'pjero 'dei
　fran'tʃeskı〕（義）
Piero di Cosimo〔'pjero di 'kɔzımo〕
Piero di Lorentzo〔'pjero di lo-
　'rentso〕

Piérola〔'pjerola〕
Pierozzi〔pje'rɔttsı〕（義）
Pierpoint〔'pırpɔınt; -pənt〕皮爾波因特
Pierpont〔'pırpant; -pənt〕皮爾龐特
Pierre〔pı'er; pjer（法）; pır（美）〕皮耳
Pierre de Bernis〔pjer də ber'nis〕（法）
Pierrefonds〔pjer'fɔŋ〕（法）
Pierrepoint〔'pırpant; -pənt〕
Pierrepont〔'pırpant〕
Pierre Roger〔pjer rɔ'ʒe〕（法）
Pierrot〔'pıəro; pjɛ'ro（法）〕皮埃爾
Pierozzi〔pje'rɔttsı〕（義）
Piers〔pırs〕皮爾斯
Pierson〔'pırsn̩〕皮爾遜
Piers Plowman〔'pırz 'plaumən〕
Pierus〔'paıərəs〕
Pieska〔'pi,ɛskə〕
Piestre〔'pjetə〕（法）
Piet〔pit〕皮茲
Pietà〔pje'ta〕【義】聖母抱基督屍體之哀戚畫像
　　　　　　　　　　　　　　　　　「或雕像
Pietari〔'pjetarı〕
Pietas Julia〔'paıətæs 'dʒuljə; -lıə〕
Pieter〔'pitɚ〕
Pietermaritzburg〔,pitɚ'mærıts,bɜg〕
　彼得馬利堡（南非）
Pieters〔'pitɚz〕
Pieterse〔'pitɚsə〕
Pietersen〔'pitɚsən〕
Pietersz〔'pitɚs〕（荷）
Pieterszoon〔'pitɚsən（荷）; -son（荷）;
　-son（荷）〕
Pietism〔'paıətızəm〕虔信派（17世紀末德
　國路德派教會之一宗派）
Pietr〔'pitɚ〕（荷）
Pietro〔'pjetro〕
Pietro Averulino〔'pjetro ,æveru'lino〕
Pietro Barbo〔'pjetro 'barbo〕
Pietro Cadalous〔'pjetro ,kædə'loəs〕
Pietro della Vigna〔'pjetro ,della
　'vinja〕（義）
Pietro di Candia〔'pjetro dı 'kandja〕
Pietro di Murrhone〔'pjetro di
　mur'rone〕
Pietro di Tarantasia〔'pjetro di
　,taran'tazja〕
Pieux, le〔lə 'pjɚ〕（法）
Pieve〔'pjeve〕
Pigafetta〔,piga'fetta〕（義）
Pigalle〔pi'gal〕（法）
Pigault-Lebrun〔pi'go·lə'brɚŋ〕（法）
Pigeon〔'pıdʒən; 'pıdʒın〕皮金
Pigford〔'pıgfɚd〕

Piggot〔'pɪgət〕皮戈特
Piggott〔'pɪgət〕
Pigmy〔'pɪgmɪ〕
Pignatelli〔,pinja'tɛllɪ〕（義）
Pignotti〔pin'jɔttɪ〕（義）
Pigot(t)〔'pɪgət〕皮戈特
Pigou〔'pɪgu〕皮古
Pigres〔'paɪgrɪz〕
Pigrogromitus〔,paɪgro'gramɪtəs ;
   ,pɪgrogro'maɪtəs〕
Piguet〔pi'ge〕
Pigwiggen〔pɪg'wɪgən〕
Pih-Kiang〔'be·'dʒjaŋ〕（中）
Pihkva〔'pikva〕
Pihl〔pil〕
Pihlblad〔'pilblad〕皮爾布拉德
Piip〔pip〕
Pijaos〔pi'haos〕（西）
Pike〔paɪk〕派克
Piko o' Stickle〔'paɪk ə 'stɪkl〕
Pikes Peak〔paɪks~〕皮克峯（美國）
Pikeville〔'paɪkvɪl〕
Pik Stalina〔pjik 'staljɪnə〕（俄）
Piła〔'piła〕（波）
Pilaga〔pi'laga〕
Pilar〔pɪl'ar〕
Pilas〔'pilas〕
Pilat〔'paɪlat ; pi'la（法）〕
Pilate〔'paɪlət〕比拉多（紀元一世紀審判
   耶穌之 Judea 總督）
Pilâtre de Rozier〔pi'latə də ro-
   'zje〕（法）
Pilatus〔pɪ'latəs〕
Pilaya〔pi'laja〕
Pilbarra〔pɪl'bærə〕
Pilbrow〔'pɪlbro〕
Pilch〔pɪltʃ〕
Pilcher〔'pɪltʃə〕皮爾切爾
Pilcomayo〔,pɪlko'majo〕比可馬約河（南
   美洲）
Pile〔paɪl〕派爾
Pilgrim Fathers〔'pɪlgrɪm〕【美】1620年
   建立普里茅斯（Plymouth Colony）之清教徒
Pilgrim Players〔'pɪlgrɪm~〕
Pilibhit〔,pilɪ'bit〕
Pilica〔pɪ'litsa〕（波）
Pilitsa〔pjɪ'ljitsə〕（俄）
Pilkington〔'pɪlkɪŋtən〕皮爾金頓
Pillai〔pɪl'lai〕（印）皮萊
Pillar〔'pɪlə〕皮拉爾角（澳洲）
Pillars of Hercules〔'pɪləz əv
   'hərkjuliz〕海克力斯之柱（直布羅陀海峽）

Pillersdorf〔'pɪləsdorf〕
Pillicock〔'pɪlikak〕
Pilling〔'pɪlɪŋ〕皮林
Pillion〔'pɪljən〕皮利恩
Pillnitz〔'pɪlnɪts〕
Pillow〔'pɪlo〕皮洛
Pillsbury〔'pɪlzbərɪ〕皮爾斯伯里
Pilnyak〔pjɪlj'njak〕（俄）
Pilon〔pi'lɔŋ〕（法）皮隆
Pilot〔'paɪlət〕
Piloty〔pɪ'lotɪ〕
Pilpai〔'pɪlpaɪ〕
Pilpay〔'pɪlpaɪ〕
Pils〔pil〕（法）
Pilsen〔'pɪlzən〕皮耳森（捷克）
Pilsudski〔pɪl'sʊtskɪ ; -'sʌdskɪ〕畢蘇斯基
   （Józef, 1867-1935, 波蘭將軍及政治家）
Piltdown〔'pɪltdaʊn〕
Pilumnus〔pɪ'lʌmnəs〕
Pilwiz〔'pɪlvɪts〕
Pim〔pɪm〕皮姆
Pima〔'pimə〕
Piman〔'pimən〕
Pimentel〔pimen'tɛl〕皮門特爾
Pimlico〔'pɪmliko〕
Pimpernell〔'pɪmpənɛl〕
Pimpo〔'pɪmpo〕
Pin〔pæŋ〕（法）平
Piña〔'pinja〕（西）
Pináculo〔pɪ'nakulo〕
Pinafore〔'pɪnəfor〕
Pinal〔pɪ'næl〕
Pinaleno〔,pinə'leno〕
Pinang〔pi'næŋ〕
Pinao〔pi'nao〕
Pinar del Río〔pɪ'nur ðɛl 'rio〕皮納爾
   德耳里歐（古巴）
Pinatubo〔,pina'tubo〕
Pinaud〔pi'no〕（法）
Pinay〔pɪ'ne〕皮奈
Pincas〔'pɪŋkəs〕
Pinch〔pɪntʃ〕平奇
Pinchback〔'pɪntʃ,bæk〕平奇巴克
Pinchbeck〔'pɪntʃbɛk〕平奇貝克
Pinches〔'pɪntʃɪz〕平奇斯
Pinchiang〔'bɪn'dʒjaŋ〕（中）
Pinchot〔'pɪntʃo〕平有
Pinchwife〔'pɪntʃwaɪf〕
Pincian〔'pɪnʃɪən〕
Pinciano〔pin'θjano〕（西）
Pinckard〔'pɪŋkard〕平卡德
Pinckney〔'pɪŋknɪ〕平克尼

Pincus〔'pɪnkəs〕平科夫斯
Pindar〔'pɪndəɹ〕平德爾（522?-443 B.C., 希臘詩人）
Pindaré〔,piɲndə're〕（葡）
Pindarees〔pɪn'dæriz〕
Pindaric〔pɪ'dærɪk〕有 Pindar 風格之詩歌
Pindaris〔pɪn'dæriz〕
Pindarries〔pɪn'dæriz〕
Pindarus〔'pɪndərəs〕
Pindemonte〔,pinde'monte〕
Pinder〔'pɪndəɹ〕平德
Pindharies〔pɪnd'æriz〕
Pindus〔'pɪndəs〕班都斯山脈（希臘）
Pine〔paɪn〕派因
Pine e Almeida〔pæŋ ɪ al'meðə〕（葡）
Pineau〔pi'no〕（法）皮諾
Pine Bluff〔'paɪn ,blʌf〕
Pinedale〔'paɪndel〕
Pinedo〔pi'nedo〕
Pinega〔pɪ'nɛgə; pjɪ'njɛgə（俄）〕
Pinehurst〔'paɪnhəɹst〕
Pinel〔pɪ'nɛl〕
Pineland〔'paɪnlənd〕
Pinellas〔paɪ'nɛləs; pɪ-〕
Pinelo〔pɪ'nelo〕
Pinero〔pɪ'nɪro〕皮尼洛（Sir Arthur Wing, 1855-1934, 英國劇作家）
Piñero〔pi'njero〕（西）皮內羅
Pinerolo〔pine'rɔlo〕
Pines〔paɪnz〕派因斯
Pineux-Duval〔pi'nə·dju'val〕（法）
Pineville〔'paɪnvɪl〕
Ping〔pɪŋ〕平
Pingelap〔'pɪŋəlæp〕
Pingkiang〔'bɪndʒɪ'aŋ〕（中）
Pingliang〔'pɪŋlɪ'aŋ〕平涼（甘肅）
Pingré〔'pɪŋre; pæŋ'gre（法）〕
Pingree〔'pɪŋgri〕平格里
Pingtung〔'pɪŋ'tʌŋ〕屏東（臺灣）
Ping Yang〔'pɪŋ 'jaŋ〕
Pinkerton〔'pɪŋkəɹtən〕平克頓
Pinkham〔'pɪŋkəm〕平卡姆
Pinkiang〔'bɪndʒɪ'aŋ〕（中）
Pinkie〔'pɪŋkɪ〕
Pinkley〔'pɪŋklɪ〕平克利
Pinkney〔'pɪŋknɪ〕平克尼
Pinkstone〔'pɪŋkston; -stən〕平克斯頓
Pinnacles〔'pɪnəkl̩z〕
Pinner〔'pɪnəɹ〕
Pino〔'pino〕皮諾
Pinole〔pɪ'nol〕
Pinopolis〔paɪ'napəlɪs〕

Pinos〔'pinos〕
Pinot〔pi'no〕
Pinsk〔'pɪnsk〕
Pińsk〔'pinjsk〕（波）
Pinski〔'pɪnskɪ〕
Pinta〔'pɪntə; 'pinta（西）〕平塔
Pintner〔'pɪntnəɹ〕平特納
Pinto〔'pɪnto; 'pinto（西）; 'piɲntu（葡）〕
Pintoricchio〔,pinto'rɪkkjo〕（義）
Pintuaria〔,pɪntju'ɛrɪə〕
Pinturicchio〔pɪntu'rɪkkjo〕平吐雷克鳩（Bernadino Betti, 1454-1513, 義大利畫家）
Pintwater〔'paɪnt,wɑtəɹ〕
Pinyon〔'pɪnjən〕
Pinyoun〔'pɪnjaʊn; -jən〕
Pinza〔'pinzæ; -zə; -tsɑ（義）〕
Pinzgau〔'pɪntsgaʊ〕
Pinzón〔pɪn'θɔn（西）〕
Pio〔'pio〕
Pío〔'pio〕（西）
Pioche〔pɪ'otʃ 'pjɔʃ（法）〕
Pioche de La Vergne〔'pjɔʃ də la 'vɛrnj（法）〕
Piojes〔'pjohes〕（西）
Piombo〔'pjombo〕
Piotr〔'pjɔtəɹ〕（波、俄）
Piotrków〔'pjɔtəɹkuf〕波特古夫（波蘭）
Piore〔'pjɔri〕皮奧里
Pioxes〔'pjɔʃɪz〕
Piozzi〔'pjɔttsɪ〕皮奧特斐（Hester Lynch, 1741-1821, Mrs. Thrale, 英國女作家）
Pip〔pɪp〕
Pipal〔'pipəl〕皮帕爾
Pipchin〔'pɪptʃɪn〕
Piper〔'paɪpəɹ〕派珀
Pipes〔'paɪps〕派普斯
Pipil〔pi'pil〕
Pipkin〔'pɪpkɪn〕皮普金
Pipon〔'pipan〕皮彭
Pippa〔'pɪpə〕
Pippi〔'pɪppɪ〕
Pippin〔pɪ'pin〕
Piqua〔'pɪkwə; -we〕
Pique-Dam〔pik·'dam〕（法）
Piquet〔'pɪke〕皮蓋
Piracicaba〔,pirəsɪ'kavə〕（葡）
Piraeus〔paɪ'riəs〕比里亞斯港（希臘）
Piragua〔pɪ'ragwa〕
Piramide〔'pɪramɪðe〕（西）
Piran〔'pɪrən〕
Pirandello〔,pɪrən'dɛlo〕皮藍德羅（Luigi, 1867-1936, 義大利小說家及劇作家）

Piranesi〔pirɑ'nesɪ; -zɪ〕
Piranhas〔pɪ'rænjəs〕
Piran Round〔'pɪrən～〕
Pirata〔pi'rɑta〕
Pirate Coast〔'paɪrɪt～〕
Piratin〔pɪ'rætɪn〕皮拉廷
Piratininga〔,pirəti'niŋə〕
Piray〔pɪ'rɑ·ɪ; -'raɪ〕
Pirbright〔'pəbraɪt〕
Pire〔pɪr〕皮爾（Dominique-Georges, 1910-1969, 比利時教士）
Pirenne〔pi'rɛn〕
Piret〔pi're〕皮雷
Piriá〔pir'ja〕
Pirie〔'pɪrɪ〕皮里
Pirineos〔,piri'neos〕
Pirithous〔paɪ'rɪθəus; 'paɪrɪ,θus〕
Pirkheimer〔'pɪrk,haɪmə〕
Pirmasens〔'pɪrmazɛns〕
Pirna〔'pɪrna〕
Piro〔'piro〕
Piroe〔'piru〕
Piron〔pi'rɔŋ〕（法）
Pir Panjal〔'pɪr pʌn'dʒɑl〕（印）
Pirquet〔pɪr'kɛ〕
Pirrie〔'pɪrɪ〕皮里
Pirrip〔'pɪrɪp〕
Pirro〔pi'ro（法）; 'pirro（義）〕
Pirrotta〔pə'rɑtə; ,pir'ratta〕（義）
Pirrung〔'pɪrrʌŋ〕
Pirsson〔'pɪrsṇ〕
Piru〔'piru〕
Pisac〔pi'sak〕
Pisae〔'paɪsi〕
Pisan〔'pizən; pi'zaŋ; pi'saŋ（法）〕
Pisan Cantos〔'pizən ,kæntoz〕
Pisander〔paɪ'sændə〕
Pisanello〔,piza'nɛllo; -sa-〕（義）
Pisani〔pə'sanɪ〕
Pisanio〔pɪ'zanɪo; -'sa-; -njo〕
Pisano〔pɪ'sano〕皮沙諾（Giovanni, 1245-1314, 義大利雕刻家）
Pisanus〔paɪ'senəs〕
Pisatis〔'paɪsətɪs〕
Piscataqua〔pɪs'kætəkwə; -kwe〕
Piscataquis〔pɪs'kætəkwɪs〕
Piscataquog〔pɪs'kætə,kwag〕
Piscataway〔pɪs'kætəwe〕
Piscator〔pɪs'kɑtɔr〕皮斯卡托
Pisces〔'pɪskiz〕❶【天文】雙魚座❷【天文】雙魚宮（黃道之第十二宮）
Pischel〔'pɪʃəl〕

Piscis Australis〔'pɪsɪs ɔs'treɪlɪs〕
Piscis Austrinus〔'pɪsɪs ɔs'traɪnəs〕
Piscis Volans〔'pɪsɪs 'volænz〕
Piscopi〔'pɪskopi〕
Piscopia〔pɪs'kɔpja〕
Piseco〔pi'siko〕
Pisemski〔'pjisjəmskɪ; -skəɪ（俄）〕
Pisgah, Mount〔'pɪzgə〕【聖經】毗斯迦山（於此摩西目睹迦南而死）
Pishacha〔pi'ʃatʃə〕
Pi Sheng〔'bi 'ʃʌŋ〕（中）
Pishevari〔pɪʃə'vari〕
Pishin〔pɪ'ʃin〕
Pishin Lora〔pɪ'ʃin 'lorə〕
Pishon〔'paɪʃən〕
Pishpai〔'pɪʃpai〕
Pishpek〔pɪʃ'pɛk; pjɪʃ'pjɛk（俄）〕
Pisida〔pɪ'saɪdə〕
Pisides〔pɪ'saɪdiz〕
Pisidia〔paɪ'sɪdɪə; -djə〕
Pisidian〔pɪ'sɪdɪən〕
Pisistratidae〔,paɪsɪs'trætɪdi; ,pɪ-〕
Pisistratus〔paɪ'sɪstrətəs〕皮西斯特拉妥（?-527 B.C., 雅典暴君）
Pisk〔pɪsk〕
Piskov〔pɪs'kaf〕
Piso〔'paɪso〕
Pissarro〔pisɑ'ro〕皮沙羅（Camille, 1830-1903, 法國印象派畫家）
Pisseleu d'Heilly〔pis'lɜ də'ji〕（法）
Pissevache〔pis'vaʃ〕（法）
Pissis〔pi'sis〕
Pistoia〔pɪs'toja〕皮斯托雅（義大利）
Pistoia, da〔da pɪs'toja〕（義）
Pistol〔'pɪstḷ〕
Piston〔'pɪstṇ〕皮斯頓
Pistoriae〔pɪs'tɔrɪi〕
Pistrucci〔pɪs'truttʃi〕（義）
Pisuerga〔pɪs'wɛrga〕
Pit〔pɪt〕
Pitati〔pɪ'tatɪ〕
Pitblado〔pɪt'bledo〕皮布拉多
Pitcairn〔'pɪtkɛrn〕皮特肯島（英國）
Pitcairne〔pɪt'kɛrn〕皮特凱恩
Pitch〔pɪtʃ〕
Pitcher〔'pɪtʃə〕皮查爾
Pite〔'pitə〕皮特河（瑞典）
Piteşti〔pɪ'teʃt; -tɪ（羅）〕
Pitfodels〔pɪt'fadəlz〕
Pither〔'paɪθə; -ðə〕
Pithias〔'pɪθɪəs〕
Pithom〔'paɪθəm〕

Pithou〔pi'tu〕

Pitilaga〔,piti'lagə〕

Pitirim〔pjɪtjɪ'rim〕(俄)

Pitkin〔'pɪtkɪn〕皮特金

Pitlochry〔pɪt'lakrɪ; -'lah-〕(蘇)

Pitman〔'pɪtmən〕皮特曼

Pitney〔'pɪtnɪ〕皮特尼

Pitoëff〔pito'ɛf〕

Piton〔pi'tɔŋ〕(法)

Piton des Neiges〔pi'tɔŋ de 'nɛʒ〕(法)

Pitoni〔pɪ'tonɪ〕

Pitons〔pi'tɔŋ〕

Pitot〔pi'to〕(法)

Pitra〔pi'tra〕(法)

Pitrè〔pi'trɛ〕

Pitris〔'pɪtrɪz〕

Pitsanulok〔phɪtsanulok〕

Pitt〔pɪt〕庇特(❶William, 1708-1778, 稱做
the Elder Pitt, 英國政治家 ❷其子William,
1759-1806, 稱做 the Younger Pitt, 英國政治家)

Pitta〔'pitə〕

Pittacus〔'pɪtəkəs〕

Pitteri〔'pitterɪ〕(義)

Pitti〔'pɪtɪ; 'pɪttɪ〕(義)

Pittman〔'pɪtmən〕皮特曼

Pitton〔pi'tɔŋ〕(法)皮頓

Pittondrigh〔'pɪtndraɪ〕

Pitts〔pɪts〕皮茨

Pittsboro〔'pɪtsbərə〕

Pittsburg(h)〔'pɪts,bəg〕匹茲堡(美國)

Pittsfield〔'pɪtsfild〕匹茲費得(美國)

Pittsford〔'pɪtsfəd〕

Pittston〔'pɪtstən〕皮茨頓

Pittsylvania〔,pɪtsl'venjə; -nɪə〕

Pitz〔pɪts〕皮茨

Pitzele〔'pɪtzɛlɪ〕皮策利

Piura〔'pjura〕普臘(秘魯)

Pius Ⅱ〔'paɪəs〕庇護二世(1405-1464, 羅
馬教皇, 任期 1458-64)

Piute〔paɪ'jut〕

Pivert〔pi'ver〕(法)

Pixérécourt〔piksere'kur〕(法)

Pixii〔pɪk'si〕

Pixley〔'pɪkslɪ〕皮克斯利

Piyadasi〔,pija'dasi〕

Pizarro〔pɪ'zaro; pi'θaro(西); pi'zaru
(葡)〕皮澤洛(Francisco,1470?-1541, 西班
牙軍人)

Pizarro e Araujo〔pi'zaru ɪ arə'uʒu〕
(葡)

Piz Bernina〔pits ber'nina〕

Pizer〔'paɪzə〕皮澤

Pizl〔'pitsi〕

Piz Languard〔pits laŋ'gward〕

Piz Linard〔pits li'nart〕

Piz Rusein〔pits ru'sen〕

Pizzetti〔pit'tsettɪ〕(義)

Pizzicolli〔pittsɪ'kɔllɪ〕(義)

Place〔ples〕普萊斯

Place, La〔la 'plas〕(法)

Place de la Bastille〔'plas də la
bas'tij〕(法)

Place de la Concord〔'plas də la
kɔŋ'kɔrd〕(法)

Place de la Grève〔'plas də la
'grɛv〕(法)

Place du Carrousel〔'plas dju
karu'zɛl〕(法)

Placentio〔pləs'ɛnʃo〕

Placer〔'plæsə〕

Placetas〔pla'setas〕

Place Vendôme〔plas vaŋ'dɔm〕(法)

Plachy〔'plakɪ〕

Placid, Lake〔'plæsɪd〕

Placide〔pla'sid〕(法)

Placidia, Galla〔gælə plə'sɪdɪə〕

Plácido〔'plaθɪðo(西); -sɪ-(西)〕

Placillas〔pla'sijas〕(西)

Pladda〔'plædə〕

Plagemann〔'plegəman〕

Plagiary〔'pledʒɪərɪ〕

Plain〔plen〕

Plainedge〔'ple,nɛdʒ〕

Plainfield〔'plenfild〕普蘭費得(美國)

Plainpalais〔plæŋpa'lɛ〕(法)

Plains〔plenz〕

Plainview〔'plenvju〕

Plainville〔'plenvɪl〕

Plainwell〔'plenwɛl; -wəl〕

Plaisance〔plə'zans〕

Plaisted〔'plestɪd〕普萊斯特德

Plaistow〔'plæsto; 'plas-〕

Planché〔'planʃe; plaŋ'ʃe〕普蘭謝

Planciades〔plæn'saɪdiz〕

Planck〔plaŋk〕浦朗克(Max Karl Ernst
Ludwig, 1858-1947, 德國物理學家)

Plançon〔plaŋ'sɔn〕(法)

Plancus〔'plæŋkəs〕

Planer〔'plenə〕

Planes〔'planes〕

Planet〔'plænɪt〕

Plank〔plæŋk〕普蘭克

Planka〔'plaŋka〕

Plankinton〔'plæŋkɪntən〕

Plano〔'pleno〕

Planquette〔plɑn'kɛt〕(法)

Plant〔plɑnt〕普蘭特

Plantagenet〔plæn'tædʒɪnɪt〕【英史】
金雀花王朝（自 Henry 二世至 Richard 三世之
英國王朝）

Planté〔plɑn'te〕 「(法)〕

Plantin〔'plæntɪn;'plɑn-;plɑŋ'tæŋ〕

Plantsville〔'plɑntsvɪl〕

Planudes Maximus〔plən'judiz
'mæksɪməs〕

Plaquemine〔'plækəmɪn〕

Plaquemines〔'plækmɪnz〕

Plaridel〔,plɑrɪ'dɛl〕

Plashy〔'plæʃɪ〕

Plaskett〔'plæskɪt〕普拉斯基特

Plas Newydd〔plɑs 'nɛwɪð〕(威)

Plassey〔'plæsɪ〕

Plasticine〔'plæstɪ,sin〕

Plastiras〔plɑs'tirɑs〕

Plat(t)〔plæt〕

Plat, Du〔dju 'plɑ〕

Plata〔'plɑtɑ;'plɑtɑ〕

Plata, La〔lɑ 'plɑtɑ〕

Plata, Río de la〔'rio ðe lɑ 'plɑtɑ;
'rio ðe 'plɑtɑ〕巴拉他河口（南美）

Plataea〔plə'tiə〕

Plataeae〔plə'tii〕

Plátano, Río del〔'rio ðɛl 'plɑtɑno〕

Plate〔plet〕普拉特 L(西)

Plateau〔'plæto;plɑ'to(法)〕

Platen〔'plɑtən〕

Platensis〔plə'tɛnsɪs〕

Platière〔plɑ'tjɛr〕(法)

Platina〔'plætɪnə;plə'tɑɪnə〕

Platine〔'plɑtɪn〕

Plato〔'pleto〕柏拉圖（427?-347 B.C.,
希臘哲學家）

Platon〔plɑ'tɔn;plʌ-(俄)〕

Platonov〔plɑ'tɔnəf;plʌ'tɔnɔf(俄)〕

Platonovich〔plɑ'tɔnəvɪtʃ;plʌ'tɔnʌ-
vjɪtʃ(俄)〕

Platsu〔'plæto〕

Platov〔'plɑtɔf〕

Platt〔plæt〕普拉特

Platte〔plæt〕

Plattensee〔'plɑtən,ze〕

Platter〔'plɑtɚ〕普拉特

Platteville〔'plætvɪl〕

Plattner〔'plɑtnɚ〕

Plattsburg(h)〔'plætsbɚg〕

Plattsmouth〔'plætsməθ〕

Plausible〔'plɔzɪbl〕

Plaut〔plɑut〕普勞特

Plautus〔'plɔtəs〕浦勞塔斯（Titus Maccius,
254?-184 B.C., 羅馬喜劇作家）

Plavis〔'plevɪs〕

Play, Le〔lə 'ple〕

Playa〔'plɑjɑ〕

Player〔'pleɚ〕普萊耶

Playfair〔'plefɛr〕普萊費爾

Playford〔'plefɚd〕普萊福德

Plaza〔'plæzə;'plɑzə;'plɑθɑ(西);-sɑ
（拉丁美)〕普拉扎

Plaza Huincul〔'plɑsɑ wɪŋ'kul〕

Plaza Lasso〔'plɑsɑ 'lɑso〕

Pleasant〔'plɛznt〕普萊曾特

Pleasanton〔'plɛzntən〕

Pleasants〔'plɛznts〕普萊曾茨

Pleasantville〔'plɛzntvɪl〕

Pleasonton〔'plɛzntən〕普萊曾頓

Pleater〔'plitɚ〕普利特

Pledell-Bouverie〔'plɛdl·'buvərɪ〕

Pleger〔'plɛdʒɚ〕

Plehve〔'plevə〕

Plehwe〔'plevə〕

Pleiad〔'pliəd;'plaɪəd〕 Pleiades 之任一個

Pléiade〔ple'jɑd〕

Pleiades〔'pliə,diz;'plaɪə-〕❶【希臘神
話】Atlas 與一仙女所生之七個女兒❷【天文】
金牛宮之七星

Pleisse〔'plaɪsə〕

Pleissner〔'plesnɚ〕

Pleistocene〔'plaɪstə,sin〕更新世；洪積世

Plekhanov〔pljɪ'hɑnɔf〕(俄)

Plener〔'plenɚ〕

Plenty〔'plɛntɪ〕

Plentycoos〔'plɛntɪkus〕

Plentywood〔'plɛntɪwud〕

Pleshcheev〔pljɪʃ'tʃejef〕(俄)

Plescheevo〔plɛʃ'tʃeəvo〕(俄)

Plessis〔plɛ'si〕(法)

Plessis-les-Tours〔plɛ'si·le·'tur〕(法)

Plessis-Marly〔plɛ'si·mɑr'li〕(法)

Plessis-Robinson, Le〔lə plɛ'si·rɔbæŋ-
'sɔŋ〕(法)

Plessisville〔'plɛsɪvɪl〕

Pletho〔'pliθo〕

Plethon〔'pliθɑn〕

Pletipi〔'plɛtɪpɪ〕

Plettenberg〔'plɛtənbɛrk〕

Pleve〔'pljevjə〕(俄)

Pleven〔'plɛvɛn〕

Plevna〔'plɛvnɑ〕

Pleydell〔'plɛdl〕普萊德爾

Pleydell-Bouverie〔'plɛdl·'buvərɪ〕

Pleyel〔'plaɪəl;plɛ'jɛl〕(法)

Pliable〔'plaɪəbl〕

Pliant〔'plaɪənt〕

Pliekšans〔'pliɛkʃɑns;'pljɛk-(列特)〕

Plimmeth Plantation〔'plɪməθ〕

Plimmon〔'plɪmən〕普利蒙

Plimsoll〔'plɪmsəl〕普林索(Samuel, 1824-1898, 英國船運改革者)

Plinius Secundus〔'plɪnɪəs sɪ'kʌndəs〕

Plinlimmon〔plɪn'lɪmən〕

Pliny〔'plɪnɪ〕蒲林尼(本名 Gaius Plinius Secundus, 23-79, 羅馬學者)

Pliocene〔'plaɪə,sin〕

Plisnier〔plis'nje;pliz-(法)〕

Plivier〔pli'viə〕

Płock〔plɔtsk〕(波)

Plöcken〔'plɚkən〕

Ploeser〔'plezə〕普萊澤

Ploesti〔plɔ'jɛʃtɪ〕普洛什特(羅馬尼亞)

Ploetz〔plɔts〕

Plomb du Cantal〔'plɔŋ dju kɑŋ'tal〕(法)

Plomer〔'plumə〕普洛默

Plomo〔'plomo〕

Plöner See〔'plɚnə ,ze〕

Płonk〔plaŋk〕普朗克

Plon-Plon〔plɔŋ·'plɔŋ〕(法)

Plornish〔'plɔnɪʃ〕

Plotinus〔pro'taɪnəs〕蒲魯太納斯(205?-270, 羅馬新柏拉圖派哲學家)

Plotz〔plɑts〕普洛茨

Ploug〔plaʊg〕

Plough〔plaʊ〕普勞

Plough-Monday Play〔'plaʊ·'mʌndɪ 'ple〕

Plovdiv〔'plɔvdɪf〕普洛的夫(保加利亞)

Plow〔plaʊ〕【天文】北斗七星

Plowden〔'plaʊdn〕普洛登

Plowhead〔'plaʊhɛd〕普洛黑德

Plowman〔'plaʊmən〕普洛曼

Płozk〔plɔtsk〕

Plücker〔'plʲjukə〕(德)

Plum〔plʌm〕普拉姆

Plumajes〔plu'mɑhes〕(西)

Plumas〔'pluməs〕

Plumb〔plʌm〕普拉姆

Plumbe〔plʌm〕

Plume〔plum〕普洛姆

Plumer〔'plumə;'plʌmə〕普拉瑪

Plumley〔'plʌmlɪ〕普拉姆利

Plummer〔'plʌmə〕普拉瑪

Plumpton〔'plʌmptən〕

Plumptre〔'plʌmptrɪ〕普倫普特里

Plumridge〔'plʌmrɪdʒ〕

Plumstead〔'plʌmstɪd;-tɛd〕

Plunket〔'plʌŋkɪt〕普朗基特

Plunkett〔'plʌŋkɪt〕普朗基特

Plunkett-Ernle-Erle-Drax〔'plʌŋkɪt·'ɚnl·'ɚl·'dræks〕

Plurabelle〔'plurəbɛl〕

Plutarch〔'plutɑrk〕蒲魯塔克(46?-?120, 希臘傳記作家及道德家)

Plutarco〔plu'tɑrko〕

Pluto〔'pluto〕❶【希臘、羅馬神話】冥府之王;閻羅王❷【天文】冥王星

Plutus〔'plutəs〕【希臘神話】財富之神

Pluvius〔'pluvɪəs〕

Plyant〔'plaɪənt〕

Plym〔plɪm〕

Plymley〔'plɪmlɪ〕普利姆利

Plymouth〔'plɪməθ〕普里茅斯港(英格蘭)

Plynlimmon〔plɪn'lɪmən〕

Plzeň〔'pʌlzɛnj〕比爾森(捷克)

Pneumatomachi〔,njumə'tɑməkaɪ〕

Pnom Penh〔'nɑm'pɛn〕金邊(高棉)

Pnompenh〔'nɑm'pɛn〕

Pnong〔pɔ'nɔŋ〕

Pnyx〔pnɪks〕

Po〔po〕波河(義大利)

Po, Li〔'li 'bɔ〕(中)

Pö〔pɚ〕

Poage〔pog〕波格

Poás〔po'as〕

Pobedy〔pɑ'bjɛdɪ〕

Pobiedonostsef〔,pʌbjədʌ'nɔstsɪf〕(俄)

Poblacht na h'Éireann〔'pʌbləht nə'hɛrɪn〕(愛)

Pobyedonostsev〔,pʌbjədʌ'nɔstsɪf〕(俄)

Pocahontas〔,pokə'hɑntəs〕波卡洪塔斯

Pocasset〔po'kæsɪt〕

Pocatello〔,pokə'tɛlo;-'tɛlə〕

Poccetti〔pot'tʃɛttɪ〕(義)

Pocci〔'pɑttʃi〕(德)

Pochin〔'pʌtʃɪn〕波琴

Pochow〔bo'dʒo〕(中)

Po Chü-i〔'po 'tʃu·'i;'bɔ 'dʒju·'i〕(中)

Pocket〔'pɑkɪt〕

Pocklington〔'paklıŋtən〕波克林頓
Pockock〔'pokak〕
Pocock〔'pokak〕波科克
Pococke〔'pokak〕
Pocomoke〔'pokə,mok〕
Pocono〔'pokə,no〕
Poços de Caldas〔'posuʒ ðı 'kaldəs〕
（葡）
Pocotopaug〔'pokətə,pɔg〕
Podbielski〔,potbı'ɛlskı〕
Podebrad〔'pɔdjɛbrat〕（捷）
Podgórze〔pɔd'gurʒɛ〕（波）
Podiebrad〔'podjɛbrat〕
Po di Primaro〔'po dı prı'maro〕
Podkamena〔pʌt'kamjınə〕（俄）
Podkamennaya Tunguska
〔pʌt'kamjınnəjə tʊn'guskə〕（俄）
Podkarpatská Rus〔'potkar,patska
'rʊs〕
Podlachia〔pad'lekıə〕
Podlaska〔pad'laska〕
Podmore〔'padmɔr〕波德莫爾
Podmoskovnyy Basseyn〔,padmas-
'kɔvnı ba'sen〕
Podol〔'pɔdɔl〕波多爾
Podolia〔pə'dolıə〕
Podolsk〔pʌ'dɔljsk〕（俄）
Podor〔'podɔr〕
Podrecca〔po'drɛkka〕（義）
Podres〔'padrıs〕
Podsnap〔'padznæp〕
Podunk〔'podʌŋk〕
Podyachev〔pa'djatʃıf〕
Poe〔po〕愛倫‧坡（Edgar Allan, 1809-
1849, 美國詩人、小說家及批評家）
Poeana〔pɔı'enə〕
Poel〔pol〕波爾
Poelaert〔'pulart〕
Poelau〔'pulaʊ〕
Poelenburgh〔'pulənbəh〕（荷）
Poelzig〔'pəltsıh〕（德）
Poema del Cid〔po'ema dɛl 'θıð〕
（西）
Poema Morale〔po'ɛma mo'ralɛ〕
（中古英語）
Poeppig〔'pəpıh〕（德）
Poer, de la〔də la 'por〕
Poer, Le〔lə 'pʊr〕
Poer Gough〔pʊr 'gaf〕
Poerio〔po'ɛrjo〕
Poeting〔'putıŋ〕
Poeting, Tandjoeng〔'tandʒun 'putıŋ〕

Poey y Aloy〔po'e ı a'lɔı〕（拉丁美）
Poffenberger〔'pafən,bɚgə〕波芬伯格
Pogany〔po'ganı〕波加尼
Pogány〔po'ganı〕波加尼
Poge〔pog〕
Pogegen〔po'gegən〕
Pogge〔'pagə〕
Poggendorff〔'pagəndɔrf〕
Poggio Bracciolini〔'pɔddʒo brattʃo-
'lını〕（義）
Poggioreale〔,pɔddʒore'ale〕（義）
Pogner〔'pognə〕
Pogodin〔pʌ'gɔdjın〕（俄）
Pogonatus〔pogə'netəs〕
Pogram〔'pogrəm〕
Pogranichnaya〔pəgrʌ'njitʃnəjə〕（俄）
Pogwisch〔'pɔhvıʃ〕（德）
Po Hai〔'bo 'haı〕（中）
Pohai〔'bo'haı〕（中）
Pohl〔pol〕波爾
Pohle〔'polı〕波利
Pohlman〔'polmən〕波爾曼
Pohsien〔'boʃı'ɛn〕（中）
Poictesme〔pwa'tɛm〕（法）
Poictiers〔pɔı'tıəz; pwa'tje〕（法）
Poincaré〔pwæŋka're〕朋加萊（❶ Jules
Henri, 1854-1912, 法國數學家❷ Raymond,
1860-1934, 曾任法國總統）
Poinciano〔pɔın'θjano〕（西）
Poindexter〔'pɔın,dɛkstɚ〕波因德克斯特
Poin(e)s〔pɔınz〕
Poinsett〔'pɔınsıt〕
Poinsot〔pwæŋ'so〕（法）
Point de Galle〔,pɔınt də 'gal〕
Pointe à Gatineau〔pwæŋt a gati'no〕
（法）
Pionte a la Hache〔'pɔınt ,ælə 'haʃ〕
Pointe-à-Pitre〔,pwæŋt‧a‧'pitə〕
（法）
Pointe Aux Barques〔'pɔınt o 'bark〕
Pointe aux Trembles〔'pwæŋt o
'traŋbl〕（法）
Pointe Claire〔pɔınt 'klɛr〕
Pointe Coupee〔,pɔınt ku'pi〕
Pionte Levi〔pwæŋt le'vi〕（加法）
Pointe-Noire〔pwæŋt‧'nwar〕（法）
Pointer〔'pɔıntɚ〕【美】西點軍校學生
Point Grey〔pɔınt 'gre〕
Pointis〔pwæŋ'ti〕（法）
Point Levi〔pɔınt 'livaı〕
Point Marion〔pɔınt 'mærıən〕
Point Pelee〔pɔınt 'pili〕

Points〔pɔints〕波因茨

Pointz〔pɔints〕

Poiré〔pwa're〕(法)

Poise〔pwaz〕(法)

Poiseuille〔pwa'zɜj〕(法)

Poisson〔pwa'sɔŋ〕(法)

Poitevin〔pwat'væŋ〕(法)

Poitier〔pɔi'tiɚ〕

Poitiers〔'pwatje; pɔi'tiɚz; pwa'tje〕
普瓦泰(法國)

Poitou〔pɔi'tu; pwa'tu(法)〕

Poix〔pwa〕(法)普瓦

Pokanoket〔,pokə'nokɪt〕

Pokomam〔pokə'mam〕

Pokomo〔'pokomo〕

Pokorny〔po'kɔrnɪ〕

Pokrovsk〔pa'krɔfsk; pʌ-(俄)〕

Pokrovski〔pa'krɔfskɪ; pʌ'krɔfskəɪ
(俄)〕

Pol〔pɔl(法); pal(荷)〕

Pola〔'polə; 'pɔla(義)〕

Polabian〔po'lebiən〕

Polacco〔po'lakko〕(義)

Polack〔'polæk〕

Polak〔'polək〕

Poland〔'polənd〕波蘭(歐洲)

Polanyi〔po'lanjɪ〕波拉尼

Polar〔'polɚ〕

Polaris〔po'lærɪs〕

Polášek〔'polaʃek; pə'laʃek(捷)〕

Polastron〔pola'strɔŋ〕(法)

Pol de Mont〔'pol də 'mɔnt〕

Poldhu〔'pɔldju〕

Pole〔pol〕波爾(Reginald, 1500-1558, 英
國紅衣主教)

Pole, de la〔, dɛ lə 'pol〕

Pole Carew〔'pul kə'ru〕

Poleman〔'polmən〕

Polemon〔'palɪmən; pa'limən〕

Polen〔'polən〕

Polenta〔pʊ'lɛntə〕

Polenz〔'polənts〕

Polesie〔po'lɛsje〕

Polesine〔po'lezɪne〕

Polessk〔pʌ'ljesk〕(俄)

Polesye〔pʌ'ljesjə〕

Polevoi〔pʌljə'vɔɪ〕(俄)

Polexandre〔polɛg'zandɚ〕(法)

Polhem〔'pulhɛm〕

Polhill〔'polhɪl〕

Poli〔'pɔlɪ〕

Polianthes〔,palɪ'ænθɪz〕

Policarpo〔polɪ'karpo〕

Policastro〔polɪ'kastro〕

Polidoro〔,polɪ'dɔro〕

Polier〔'poljɚ〕波利爾

Polignac〔polɪ'njak〕(法)

Polillo〔po'lijo〕(西)波利犬(菲律賓)

Poling〔'polɪŋ〕波林

Polingmiao〔'bo'lɪŋ'mjau〕(蒙古)

Poliorcetes〔,paliɔr'sitiz〕

Polish〔'polɪʃ〕

Polishook〔'polɪʃhuk〕

Polites〔po'ljitɪs〕

Politian〔po'lɪʃən〕波利希安(1454-1494,
義文作 Angelo Poliziano, 義大利古典學者及詩
人)

Politianus〔pə,lɪʃɪ'enəs〕

Politick Would-be〔'palɪtɪk 'wud·bi〕

Politis〔pɔ'ljitɪs〕

Politz〔'polɪts〕波利茨

Politzer〔'polɪtsɚ〕

Polixène〔pɔlik'sɛn〕

Polixenes〔pa'lɪksəniz〕

Poliziano〔,polɪ'tsjano〕

Polk〔pok〕波克(James Knox, 1795-1849,
美國第十一任總統)

Poll〔pal〕鸚鵡的俗稱

Pollachi〔po'latʃɪ〕

Pollaiuolo〔,pollaɪ'wɔlo〕(義)

Pollack〔'palək〕波拉克

Pollard〔'polɚd〕波拉德

Pollen〔'palɪn〕波林

Pollente〔pə'lɛntɪ〕

Pollentia〔pə'lɛnʃɪə〕

Pollenza〔pol'lɛntsa(義); po'ljenθa(西)〕

Pollexfen〔'palɪksfɛn〕

Polley〔'palɪ〕波利

Pollikoff〔,pɔlɪ'kɔf〕(義)

Pollino〔pɔl'lino〕(義)

Pollio〔'palɪo〕波利歐(Gaius Asinius, 75
B.C.-A.D. 5, 羅馬演說家及政治家)

Pollo〔'pojo〕(拉丁美)

Pollock〔'palək〕波洛克

Pollok〔'palək〕

Pollokshaws〔'palək,ʃɔz〕

Polly〔'palɪ〕珀莉

Pollyanna〔,palɪ'ænə〕極端樂觀的人(美國
Eleanor Porter 所著小說中的女主角)

Polo〔'polo〕馬哥孛羅(Marco, 1254?-1324,
義大利旅行家)

Polo, Gil〔hil 'polo〕(西)

Polonia〔pə'loniə〕

Polonius〔pə'lonjəs〕

Polonski 〔pʌ'lɔnskəɪ〕(俄)
Polonus 〔pə'lonəs〕
Polotsk 〔'polɑtsk〕
Polovtsy 〔'pɔləftsɪ〕
Polska 〔'pɔlska〕
Polson 〔'polsn〕波爾森
Poltava 〔pʌl'tɑvə〕(俄)
Poltimore 〔'poltɪmɔr〕波爾蒂莫爾
Poltoratsk 〔pəltʌ'rɑtsk〕(俄)
Polwarth 〔'polwəθ; 'polwəθ〕波爾沃思
Polwhele 〔'palhwil〕
Polyaenus 〔,palɪ'inəs〕
Polyarny 〔pʌ'ljɑrnɪ〕(俄)
Polybius 〔pə'lɪbɪəs〕波力比阿（205?-?125 B.C., 希臘歷史學家）
Polybus 〔'palɪbəs〕
Polycarpe 〔'pɔlikɑrp; poli'kɑrp〕(法)
Polycleitus 〔,palɪ'klaɪtəs〕波力克萊塔 (450?-?420 B.C. 希臘雕刻家及建築家)
Polycletus 〔,palɪk'litəs〕
Polyclitus 〔,palɪ'klaɪtəs〕
Polycrates 〔pa'lɪkrətiz〕
Polydamas 〔po'lɪdəməs〕
Polydamus 〔po'lɪdəməs〕
Polydeuces 〔,palɪ'djusiz〕
Polydoor 〔polɪ'dɔr〕
Polydore 〔'palɪ,dɔr; pɔlɪ'dɔr (法)〕波利多爾
Polydorus 〔,palɪ'dorəs〕
Polyeucte 〔pa'ljəkt〕
Polyeuctus 〔,palɪ'juktəs〕
Polyglot 〔'palɪglɑt〕
Polygnotus 〔,palɪg'notəs〕波力諾塔斯 (紀元前五世紀之希臘畫家)
Polykarp 〔polɪ'karp〕
Polykarpos 〔pɔli'karpəs〕
Polymnia 〔pə'lɪmnɪə〕【希臘神話】司聖：歌之女神
Polynesia 〔,palɪ'nizjə〕玻里尼西亞（西太平洋）
Polynices 〔,palɪ'naɪsiz〕
Polyphemus 〔,palɪ'fiməs〕
Polysperchon 〔,palɪs'pəkan〕
Polyxena 〔pa'lɪksɪnə〕
Polyxenus 〔pa'lɪksɪnəs〕
Polzeath 〔pal'zɛθ〕
Pomare 〔po'mare〕
Pomaria 〔po'mɛrɪə〕
Pombal 〔pom'bal〕
Pomerania 〔,pamə'renɪə; -'renjə〕帕默瑞尼亞省（波蘭）
Pomeranus 〔,pamə'renəs〕

Pomerat 〔'pamɪra〕
Pomerelia 〔,pamə'rɪljə〕
Pomerene 〔'pamə,rin〕波默林
Pomeroy 〔'pamərɔɪ; 'pomrɔɪ〕波默羅伊
Pomfret 〔'pʌmfrɪt〕龐弗雷特
Pomgarnet 〔pam'garnɪt; pʌm'garnɪt; 'pamgarnɪt〕
Pommell 〔'pʌməl〕
Pommer 〔'pamə〕
Pommerellen 〔,pomə'rɛlən〕
Pommern 〔'pamən〕
Pommersche Bucht 〔'pomə∫ə buht〕(德)
Pommersche Haff 〔'pomə∫ə haf〕
Pomo 〔'pomo〕
Pomoerium 〔pə'mirɪəm〕
Pomona 〔pə'monə〕波姆那(美國)
Pomorze 〔pɔ'mɔrʒɛ〕
Pomorze Zachodnie 〔pɔ'mɔrʒɛ za'hɔdnjɛ〕(波蘭)
Pompadour 〔'pampədur; pɔŋpa'dur (法)〕
Pompal 〔pom'pal〕
Pompano 〔'pampə,no〕
Pompée 〔pɔŋ'pe〕
Pompei 〔pam'pɛɪ〕= Pompeii
Pompeia 〔pam'pijə〕
Pompéia 〔pom'pɛjə〕
Pompeian 〔pam'peən; -'piən〕龐貝人
Pompeii 〔pam'pɛɪ〕龐貝(義大利)
Pompeiopolis 〔,pampe'apəlɪs〕
Pompeius 〔pam'piəs〕
Pompeius Magnus 〔pam'piəs 'mægnəs〕
Pompeo 〔pam'peo〕
Pompeu de Souza Brazil 〔pom'peu ðɪ 'sozə brə'zil〕(葡)
Pompey 〔'pampɪ〕龐培大帝（拉丁全名 Gnaeus Pompeius Magnus, 106-48 B.C., 羅馬大將及政治家）
Pomfret 〔'pamfrɛt〕
Popignan 〔pɔŋpi'njaŋ〕(法)
Pompili 〔pam'pilɪ〕
Pompilia 〔pam'pɪljə〕
Pompilio 〔pɔm'piljo〕
Pompilio 〔pɔm'piljo〕
Pompilius 〔pam'pɪlɪəs〕
Pompion 〔'pampɪən〕
Pomponatius 〔,pampə'ne∫ɪəs〕
Pomponazzi 〔,pompo'nattsɪ〕(義)
Pomponio 〔pɔm'pɔnjo〕
Pomptinae Paludes 〔pamp'taɪni pə'ludiz〕

Pompton〔'pɑmptən〕

Pomuk〔'pɔmʊk〕

Ponape〔'ponəpe〕

Ponca〔'pɑŋkə〕

Ponce〔'ponse; pɔŋs; 'pɔnθe〕蓬塞（波多黎各）

Ponceau, Du〔dju 'pɑnso〕

Ponce de Leon〔'pɑns də'liən; 'pɔnθe ðe le'ɔn（西）〕

Ponce Enriquez〔'pɔnθe en'rikeθ〕（西）

Poncelet〔pɔŋ'slɛ〕（法）

Poncet〔pɔŋ'sɛ〕（法）彭塞特

Ponchatoula〔,pɑntʃə'tulə〕

Ponchielli〔pɑŋ'kjɛllɪ〕（義）

Ponciano〔pɔn'θjano〕（西）

Pond〔pɑnd〕龐德

Ponder〔'pɑndɚ〕龐德

Pondera〔,pɑndə're〕

Ponders〔'pɑndɚz〕

Pondiac〔'pɑndɪæk〕

Pondicherri〔,pɑndɪ'tʃɛrɪ〕

Pondicherry〔,pɑndɪ'tʃɛrɪ〕彭地治利（印度）

Pondichéry〔pɔŋdiʃe'ri〕彭地治利（印度）

Pondo〔'pɑndo〕

Pondoland〔'pɑndo,lænd〕

Ponente, Riviera di〔,rɪvɪ'ɛrə dɪ po'nɛnte〕

Ponevyezh〔pənjɪ'vjɛʃ〕（立陶宛）

Pongo de Manseriche〔'pɔŋgo ðe ,mɑnsɛ'ritʃe〕（西）

Pongola〔pɑŋ'golə〕

Pongoue〔pɔŋ'gwe〕

Poniatowski〔,pɔnjɑ'tɔfskɪ〕（波）

Ponkey〔'pɑŋkɪ〕

Ponnani〔po'nɑnɪ〕

Ponomarenko〔,ponomɑ'rɛŋko〕

Pons〔pɔŋ; pɑnz; pɔŋs（法）〕龐斯

Pons, Lily〔'lɪlɪ 'pɑnz〕

Pons Aelii〔pɑnz 'ilɪaɪ〕

Ponsard〔pɔŋ'sɑr〕（法）

Pons asinorum〔'pɑnz æsɪ'nɔrəm〕

Ponselle〔pɑn'sɛl〕龐塞爾

Ponson〔'pɑnsɔn〕

Ponsonby〔'pʌnsn̩bɪ〕

Ponson du Terrail〔pɔŋ'sɔŋ dju tɛ'raj〕（法）

Pont, King of〔pɑnt〕

Pont, Du〔dju 'pɑnt; dju 'pɔŋ（法）〕

Ponta Delgada〔'pɔŋntɑ ðɛl'gɑðə〕（葡）

Pontaderra〔ponta'dɛrra〕

Ponta Grossa〔'pɔŋntə 'grɔsə〕（葡）

Pontano〔pon'tɑno〕

Pontanus〔pɑn'tenəs〕

Ponta Porã〔'pɔŋntə pu'rɑŋ〕（葡）

Pontas〔pɔŋ'tɑs〕（法）

Pontchartrain〔'pɑntʃɚ'tren〕旁徹出安湖（美國）

Pont du Fahs〔'pɔŋ dju 'fɑs〕

Ponte, Da〔dɑ 'ponte〕

Ponteach〔'pɑntɪæk〕

Pontécoulant〔pɔŋteku'lɑŋ〕（法）

Pontefract〔'pɑntɪfrækt〕龐蒂弗拉克特

Ponten〔'pɑntən〕

Pontes〔'pɑntiz; 'pontɪʃ（葡）〕

Ponte Vecchio〔'ponte 'vɛkkjo〕（義）

Pontevedra〔,pɔnte'veðrɑ〕旁塔威拉（西班牙）

Ponthierville〔pɔŋtje'vil〕（法）

Ponthieu〔pɔŋ'tjɚ〕（法）

Pontia〔'pɑnʃə〕

Pontiac〔'pɑntɪ,æk〕旁提亞克（美國）

Pontiae〔'pɑnʃɪi〕

Pontian〔'pɑnʃɪən〕

Pontianak〔,pɑntɪ'anak〕坤甸（印度）

Pontianus〔,pɑnʃɪ'enəs〕

Pontic(k)〔'pɑntɪk〕

Ponticus〔'pɑntɪkəs〕

Pontifex〔'pɑntɪfɛks〕

Pontifices〔pɑn'tɪfɪsiz〕

Pontigny〔pɔŋti'nji〕（法）

Pontine〔'pɑntaɪn; -'tine（義）〕

Pontinia〔pon'tinjɑ〕

Pontius〔'pɑntʃəs; -tɪəs〕龐修斯

Pontius Pilatus〔'pɑntʃəs paɪ'letəs〕

Pontllanfraith〔,pɔntlɑnv'raɪθ〕（威）

Pont Neuf〔pɔŋ 'nɚf〕（法）

Pont-Noyelles〔pɔŋ·nwɑ'jɛl〕（法）

Ponton〔'pɑntən〕龐頓

Ponton de Santrailles〔'pɑntən də sæn'trɛl〕

Pontoppidan〔pɑn'tɑpɪ,dɑn〕龐陶皮丹（Henrik, 1857-1943, 丹麥小說家）

Pontormo〔pon'tormo〕

Pontotoc〔,pɑntə'tɑk〕

Pontresina〔,pɑntrɪ'sinə〕

Pontus〔'pɑntəs; pɔŋ'tjʊs（法）; 'pɔntʌs（瑞典）〕

Pontus Euxinus〔'pɑntəs juk'saɪnəs〕

Pont-Viau〔pɔŋ'vjo〕

Pont-y-Mynach〔,pɔnt·ɪ·'minɑh〕（威）

Pontypool〔,pɑntɪ'pul〕

pontypridd〔,pɑntɪ'prið〕（威）

Pony〔'pɒnɪ〕
Ponza〔'pɒntsɑ〕(義)
Ponziane〔pɒn'tsjane〕
Ponzillo〔pan'tsillo〕(義)
Poock〔puk〕
Pooh-Bah〔,pu'bɑ;'pu'bɑ〕大官；(似)顯
要的人物(出自 Gilbert & Sullivan 所作歌劇
The Mikado 中之人物名)
Pool〔pol;pul〕
Poole〔pul〕浦耳(英格蘭)
Pooler〔'pulə〕普勒
Pooley〔'pulɪ〕普利
Poona〔'punə〕波那(印度)
Poonah〔'punə〕
Poon Chew〔'pɑn'dʒaʊ〕(中)
Poopó〔,poo'po〕坡奧波湖(玻利維亞)
Poor〔pur〕普爾
Poore〔pur〕普爾
Pooree〔'purɪ〕
Poor-John〔'pur·dʒɑn〕
Poorten〔'portən〕
Poorten-Schwartz〔'portən·'ʃvarts〕
(荷)
Poot〔pot〕
Pootoo〔'pu'tu〕
Popa〔'pɒpə〕
Popayán〔,pɒpɑ'jɑn〕波派安(哥倫比亞)
Pope〔pop〕波普(Alexander, 1688-1744,
英國詩人)
Popenoe〔'pɑpɪno〕波普諾
Popes Creek〔pops~〕
Popham〔'pɒpəm〕波帕姆
Popilius Lena〔po'pɪlɪəs 'linə〕
Popitz〔'pɒpɪts〕
Poplar〔'pɒplə〕
Poplarville〔'pɒpləvɪl〕
Popo〔'pɒpo〕
Popo Agie〔pə'po zɪə〕
Popocatepetl〔'pɒpə,kætɪ'pɛtl;-pok;
-təp-〕
Popolari〔,pɒpo'larɪ〕
Pópolo〔'pɒpolo〕
Popol Vuh〔po'pol vu〕
Popomanasiu〔,pɒpomə'nasju〕
Popov〔pɑ'pɒf;pʌ'pɒf(俄);'pɒpuf(保)〕
Popp〔pɒp〕
Poppaea Sabina〔pa'piə sə'bainə〕
Poppel〔'pɒpəl〕
Poppele〔'pɒpəlɪ〕
Poppen〔'pɒpən〕波彭
Popper〔'pɒpɛr〕波珀
Pöppig〔'pəpɪh〕(德)

Popple〔'pɒpl〕波普爾
Poppy〔'pɒpɪ〕
Populonia〔,pɒpjʊ'lonɪə〕
Populonium〔,pɒpjʊ'lonɪəm〕
Popul Vuh〔po'pul vu〕
Poquelin〔pɒ'klæŋ〕(法)
Poquis〔'pokɪs〕
Porali〔po'ralɪ〕
Poranski〔po'ranski〕
Pora Pora〔'pɒrə 'pɒrə〕
Porbandar〔pɒr'bʌndə〕(印)
Porbus〔'pɒrbəs〕(荷)
Porché〔pɒr'ʃe〕
Porcher〔'pɒrtʃə〕
Porchester〔'pɒrtʃɪstə〕波切斯特
Porcia〔'pɒrʃɪə〕
Porciano〔,pɒrsɪ'eno〕
Porcina〔'pɒrsɪnə〕
Porcius〔'pɒrʃɪəs〕
Porco〔'pɒrko〕
Porcupine〔'pɒrkjupain〕波丘潘河(美國)
Pordage〔'pɒrdɪdʒ〕
Porden〔'pɒrdən〕
Pordenone〔,pɒrde'none〕
Porebandar〔pɒr'bʌndə〕(印)
Porfir(i)evich〔pʌr'firjɪvjɪtʃ〕(俄)
Porfirio〔pɒr'firjo〕
Porges〔'pɒrgəs〕波格斯
Porgy〔'pɒrgɪ〕
Pori〔'pɒrɪ〕波里
Porjus〔'pɒrjus〕
Porkkala Peninsula〔'pɒrkələ~〕包加拉
半島(芬蘭)
Pornic〔pɒr'nik〕
Pornichet〔pɒrni'ʃe〕(法)
Poro〔'pɒro〕
Porokoto〔,pɒrə'kotə〕
Poromushir〔,pɒrəmʌ'ʃir〕(俄)
Poros〔'pɒrəs〕
Póros〔'pɒrɒs〕
Porpentine〔'pɒrpɛntain〕
Porphyrius〔pɒr'firɪəs〕
Porphyrogenitus〔,pɒrfɪrə'dʒɛnɪtəs〕
Porphyry〔'pɒrfɪrɪ〕
Porpora〔'pɒrporɑ〕
Porquerolles〔,pɒrkə'rɔl〕
Porras〔'pɒrɑs〕
Porrée〔pɒr're〕
Porrett〔'pɒrət〕波雷特
Porretta〔pɒ'rettɑ〕(義)
Porrit〔'pɒrɪt〕
Porro〔'pɒro〕

Porsanger〔'pɔr,saŋə〕

Porsena〔'pɔrsɪnə〕

Porsenna〔pɔr'sɛnə〕

Porson〔'pɔrsn̩〕波生（Richard, 1759-1808, 英國學者）

Porsuk〔pɔr'suk〕

Port〔pɔrt〕波特

Porta〔'pɔrtə〕

Portaas〔'pɔrtas〕（挪）

Portadown〔,pɔrtə'daun〕

Portaels〔'pɔrtals〕

Portage〔'pɔrtɪdʒ〕

Portage la Prairie〔'pɔrtɪdʒ lə 'prɛrɪ〕

Portageville〔'pɔrtɪdʒvɪl〕

Portal〔'pɔrtl̩〕波特爾

Portala〔,pɔrtə'la〕

Portalegre〔,pɔrtə'lɛgrə〕

Portales〔pɔr'talɪs；pɔr'tælɪs；pɔr'talɛs〕（拉丁美）

Portalis〔pɔrta'lis〕（法）

Porta Maggiore〔'pɔrta mad'dʒore〕

Portaña〔pɔr'tanja〕（義）

Port Angeles〔,pɔrt 'ændʒələs〕

Port Arthur〔,pɔrt 'arθə〕❶旅順❷阿瑟港（美國）

Port-au-Prince〔,pɔrt·o·'prɪns〕太子港（海地）

Port Bouet〔pɔr 'bwɛ〕（法）

Port Cros〔pɔr 'kro〕（法）

Port de Le Calle〔,pɔr də la 'kal〕

Port Deposit〔'pɔrt dɪ'pazɪt〕（法）

Port-des-Galets〔pɔr·dega'lɛ〕（法）

Port d' Ilheo〔pɔrt dɪ'ljeu〕

Porte〔pɔrt〕

Porte, de la〔də la 'pɔrt〕（法）

Porte Crayon〔'pɔrt 'krɛən〕

Porte étroite〔pɔrt et'rwat〕（法）

Porteous〔'pɔrtɪəs〕波蒂厄斯

Porter〔'pɔrtə〕波忒（❶Gene, 1868-1924, 美國女小說家❷Noah, 1811-1892, 美國哲學家及辭典編纂家）

Porterfield〔'pɔrtəfild〕波特菲爾德

Porterville〔'pɔrtəvɪl〕

Portes Gil〔'pɔrtes 'hil〕（拉丁美）

Port-Étienne〔pɔrt·e'tjɛn〕（法）

Porteus〔'pɔrtjəs〕波蒂厄斯

Port Francqui〔pɔr fraŋ'ki〕（法）

Port Fuad〔,pɔrt fu'ad〕

Port-Gentil〔pɔr·ʒaŋ'til〕（法）

Port Hacking〔pɔrt 'hækɪŋ〕

Porthan〔pɔr'tan〕（芬）

Port Harcourt〔,pɔrt 'hakət〕

Porthcawl〔pɔrθ'kɔl〕

Portheim〔'pɔrthaɪm〕

Porthos〔'pɔrθəs；pɔr'tɔs（法）〕

Port Hueneme〔,pɔrt waɪ'nimɪ〕

Portia〔'pɔrʃɪə〕波西亞（莎士比亞作 The Merchant of Venice 中之女主角）

Portillo de Uspallata〔pɔr'tijo ðe ,uspa'jata〕（西）〔西〕

Portillo y Rojas〔pɔr'tiljo ɪ 'rohas〕

Portinari〔,porti'nari〕

Portishead〔'pɔrtɪshɛd〕

Port Láirge〔,pɔrt 'lɔrgə〕（愛）

Portland〔'pɔrtlənd〕波特蘭（美國）

Port Laoighise〔,pɔrt 'leɪʃə〕（愛）

Portlaw〔pɔrt'lɔ〕〔西斯〕

Port Louis〔,pɔrt 'luɪs〕路易士港（模里）

Port Lyautey〔,pɔrt ,lia'te〕

Portmadoc〔pɔrt'mædək〕

Portman〔'pɔrtmən〕波特曼

Port Moresby〔,pɔrt 'mɔrzbɪ〕摩爾斯貝港（巴布亞紐幾內亞）

Portneuf〔pɔŋ'nəf〕（加法）

Pôrto〔'pɔrtu〕（葡）〔（巴西）

Pôrto-Alegre〔'pɔrtu·ə'lɛgrɪ〕阿里格勒港

Portobel(l)o〔,pɔrto'belo〕

Porto d'Anzio〔'pɔrtθ 'dantsjo〕

Porto Farina〔'pɔrto fa'rina〕

Portoferraio〔,pɔrtofer'rajo〕

Port-of-Spain〔'pɔrt·əv·'spen〕西班牙港（千里達－托貝哥）

Portogallo〔,porto'gallo〕（葡）

Portolá〔,pɔrto'la〕

Porto-Novo〔,pɔrto 'novo〕新港（貝南）

Porto Rican〔'pɔrtə 'rikən〕波多黎各人

Porto-Riche〔pɔrto·'riʃ〕（法）

Porto Rico〔'pɔrtə 'riko〕波多黎各（Puerto Rico 之舊名）

Porto-Vecchio〔'pɔrto·'vekkjo〕（義）

Port Radama〔'pɔr rada'ma〕（法）

Portree〔pɔr'tri〕

Port-Républicain〔pɔr·repjubli'kæŋ〕（法）

Port-Royal〔pɔrt·'rɔɪəl；pɔr·rwa'jal〕（法）〕

Portrush〔pɔr'trʌʃ〕

Port Said〔'pɔrt sa'ɪd〕塞得港（埃及）

Port Salut〔,pɔr sə'lu；pɔr sa'lju（法）〕

Portsea〔'pɔrt·si〕

Portsmouth〔'pɔrtsməθ〕❶朴次茅斯港（美國）❷朴次茅斯（英國）

Portsoy〔pɔrt'sɔɪ〕

Port Stephenz〔,pɔrt 'stivənz〕
Port Talbot〔,pɔrt 'tɔlbət〕
Portugal〔'pɔrtʃʊgḷ〕葡萄牙（歐洲）
Portugal y Villena〔pɔrtu'gal ɪ
vi'ljena〕（西）
Portuguesa〔,pɔrtu'gesa〕
Portuguese East Africa〔'pɔrtʃə-
,giz ~~〕葡屬東非洲
Portuguese Guinea〔'pɔrtʃə,giz 'gɪnɪ〕
葡屬幾內亞
Portuguese West Africa〔'pɔrtʃə-
,giz ~~〕葡屬西非洲
Portunus〔pɔr'tjunəs〕
Portus〔'pɔrtəs〕波特斯
Portus Cale〔'pɔrtəs 'keli〕
Portus Dubris〔'pɔrtəs 'djubrɪs〕
Portus Iulius〔'pɔrtəs 'julɪəs〕
Portus Lemanis〔'pɔrtəs lɪ'menɪs〕
Portus Lunae〔'pɔrtəs 'luni〕
Port Vue〔,pɔrt 'vju〕
Porus〔'pɔrəs〕
Pory〔'pɔrɪ〕
Posadas〔po'saðas〕波薩達斯（阿根廷）
Posadowsky-Wehner〔,poza'dɔfski-
'vena〕（德）
Paschiavo〔pos'kjavo〕
Poschinger〔'paʃɪŋə〕
Poseidon〔pa'saɪdən〕
Poseidonia〔,pasaɪ'donɪə〕
Poseidonius〔,pasaɪ'donɪəs〕
Posen〔'pozṇ〕坡森（波蘭）
Poset〔pʌ'sjet〕（俄）
Poseta〔pʌ'sjetə〕（俄）
Posey〔'pozɪ〕波西
Poshan〔'pɔ'ʃan〕
Posidonia〔,pasɪ'donɪə〕
Posidonius〔,pasɪ'donɪəs〕
Posillipo〔po'zillipo〕（義）
Posonium〔pə'zonɪəm〕
Pospelov〔pɔs'pjɛlɔf〕
Posse〔'pose〕
Possevino〔,posse'vino〕（義）
Post〔post〕波斯特
Postgate〔'postget〕波斯特蓋特
Posthumus〔post'hjuməs; 'pastjuməs;
'pastʃəmus; 'pasthjuməs〕
Posthumus Leonatus〔'pastjuməs
,liə'netəs〕
Postle〔'postḷ〕波斯
Postlethwaite〔'pasḷθwet〕波斯爾思維特
Poston〔'postən〕波斯頓
Postumius〔pas'tjumɪəs〕

Posymanski〔,pɔsɪ'manski〕
Pot〔pat〕
Potala〔'potala〕
Potaro〔po'taro〕
Potato Knob〔pə'teto~〕
Potanin〔pʌ'tanjɪn〕（俄）
Potawatami〔,patə'watəmɪ〕
Potawatomi〔,patə'watəmɪ〕
Poteat〔po'tit〕波蒂特
Poteau〔pə'to〕
Poteet〔pə'tit〕波蒂特
Potekhin〔pʌ'tjehjɪn〕（俄）
Potemkin〔po'tɛmkɪn; pʌ'tjɔmkjɪn（俄）〕
Potëmkin〔po'tɛmkɪn; pʌ'tjɔmkjɪn（俄）〕
Potentia〔pə'tɛnʃɪə〕
Potenza〔po'tɛntsa〕（義）
Potez〔pɔ'te; pɔ'tez〕（法）
Potgieter〔'patgitəː; 'pat,hitə〕
Pothier〔po'tje〕（法）
Potidaea〔,patɪ'diə〕
Potiguara〔,potɪ'gwarə〕
Potiphar〔'patɪfəː〕
Potipherah〔po'tɪfərə〕
Potivara〔,potɪ'varə〕
Potlatch〔'patlætʃ〕
Potocka〔pɔ'tɔtska〕（波）
Potomac〔pə'tomæk〕波多馬克河（美國）
Poton de Xsantrailles〔po'tɔŋ də
ksaŋ'tra·ɪ〕（法）
Potorose〔,poto'roze〕
Potosi〔,pato'si; pə'tosɪ〕波托西（玻利
維亞）
Potosí〔,pato'sɪ〕波多西（玻利維亞）
Pototan〔po'totan〕
Potopan〔pə'topæn〕
Potpan〔'patpæn〕
Potrero de las Vacas〔po'trero ðe
laz 'vakas〕（拉丁美）
Potro〔'potro〕
Pots〔pats〕
Potsdam〔'pats,dæm〕波茨坦（德國）
Pott〔pat〕波特
Pottawatomi(e)〔,patə'watəmɪ〕
Pottawattami(e)〔,patə'watəmɪ〕
Potter〔'patə〕波特爾（Paul, 1625-1654,
荷蘭畫家）
Potteries〔'patərɪz〕
Pottery〔'patərɪ〕
Potthast〔'pathæst〕波特哈斯特
Pottier〔po'tje〕（法）
Pottinger〔'patɪndʒə〕

Pottle〔'pɑtl〕波特爾

Potts〔pɑts〕波茨

Pottstown〔'pɑtstɑun〕

Pottsville〔'pɑtsvɪl〕

Pou〔pju〕

Pouchet〔pu'ʃɛ〕(法)

Pouget〔pu'ʒɛ〕(法)

Pough〔po〕

Pougher〔'pɑur〕

Poughill〔'pɑfɪl〕

Poughkeepsie〔po'kɪpsɪ〕波啓浦夕(美國)

Pougin〔pu'ʒæŋ〕(法)

Pouillet〔pu'jɛ〕(法)

Pouilly, Mensdorff〔'mɛnsdɔrf pu'ji〕

Poujoulat〔puʒu'lɑ〕(法)

Poul〔pul;pɑul(荷)〕

Poulenc〔pu'læŋk(法)〕波利克

Poulet(t)〔'pɔlɪt〕波利特

Poulett Thomson〔'pɔlɪt 'tɑmsn̩; 'pɔlɛt 'tɑmsn̩〕

Poulo Condore〔pu'lo kɔn'dɔr〕(法)

Poulsen〔'pɑulsn̩〕波爾森

Poulson〔'pɑulsn̩〕波爾森

Poulter〔'poltə〕波爾特

Poultney〔'poltnɪ〕波爾特尼

Poulton〔'poltən〕波爾頓

Pounce〔pɑuns〕

Pouncefoot〔'pɑunsfut〕

Pound〔pɑund〕龐德(❶ Ezra Loomis, 1885-1972, 美國詩人 ❷ Roscoe, 1870-1964, 美國法學家)

Pounds〔pɑundz〕龐茲

Pounteney〔'pɑuntnɪ〕

Poupart〔'popɑrt;pu'pɑr(法)〕

Pouqueville〔puk'vil〕(法)

Pourbus〔'purbəs〕

Pour le Mérite〔,pur lə me'rit〕(法)

Pourrat〔pu'rɑ〕(法)

Pourri, Mont〔mɔŋ pu'ri〕(法)

Pourtalès〔purta'lɛs〕(法)

Pourtalet, Col de〔'kɔl də purtu'lɛ〕(法)

Poushkin〔'puʃkɪn〕

Poussin〔pu'sæŋ〕蒲桑(Nicolas, 1594-1665, 法國畫家)

Poussin, Gaspar〔gɑs'pɑr pu'sæŋ〕(法)

Poutsma〔'pɑutsmə;'pɑutsmɑ(荷)〕

Poverty〔'pɑvətɪ〕

Povey〔'povɪ〕波維

Pow〔pɑu〕

Powder〔'pɑudə〕

Powderly〔'pɑudəlɪ〕鮑德利

Powell〔'pɑuəl〕鮑威爾(Cecil Frank, 1903-1969, 英國物理學家)

Powell, Baden〔'bedn̩ 'pɑəl〕鮑威爾

Power〔'pɑur〕鮑爾

Powers〔'pɑurz〕鮑爾斯

Powerscourt〔'pɔrzkɔt〕鮑爾斯考特

Poweshiek〔,pɑuə'ʃik〕

Powhatan〔,pɑuətæn〕波瓦坦

Powicke〔'poɪk〕波威克

Powis〔'poɪs; 'pɑuɪs〕波伊斯

Powles〔polz〕波爾斯

Powlett〔'pɔlɪt〕波利特

Pownall〔'pɑunl̩〕波納爾

Pownceby〔'pɑunsbɪ〕

Powrie〔'pɑurɪ〕

Powyke〔'poɪk〕

Powys〔'poɪs〕泡易斯那(威爾斯)

Poyang〔'po'jɑn〕

Poyang Hu〔'po'jɑŋ 'hu〕鄱陽湖(江西)

Poydras〔'pɔɪdrəs;pwɑ'drɑs(法)〕

Poygan〔'pɔɪgən〕

Poynings〔'pɔɪnɪŋz〕波伊寧斯

Poynter〔'pɔɪntə〕波因特

Poynting〔'pɔɪntɪŋ〕波因廷

Poynton〔'pɔɪntən〕波因頓

Poyntz〔pɔɪnts〕波因茨

Poysam〔'pɔɪsəm〕

Poyser〔'pɔɪzə〕波因澤

Požarevac〔'poʒɑrɛvɑts〕(塞克)

Pozières〔pɔ'zjɛr〕(法)

Poznań〔'poz,nɑn(jə)〕波茲蘭

Pozsony〔'poʒonj〕(匈)

Pozzo〔'pottso〕(義)

Pozzo di Borgo〔'pottso dɪ 'borgo〕(義)

Pozzuoli〔pot'tswɔlɪ〕(義)

Praag〔preg〕

Prabang〔prɑ'bɑŋ〕

Prabhashanker〔prʌbɑ'ʃʌŋkə〕

Prabhavananda〔,prɑbhɑvɑ'nɑndɑ〕

Prachin Buri〔pratʃin buri〕巴眞府(泰國)

Prachinburi〔pratʃinburi〕

Prachuab Girikhand〔pratʃuap khɪrikhɑn〕(暹羅)

Prachuap Khiri Khan〔pratʃuap khɪri khɑn〕巴蜀府(泰國)

Prácticos〔'prɑktɪkəs〕

Prada〔'prɑðɑ〕(西)

Pradier〔prɑ'dje〕(法)

Pradilla〔prɑ'ðilja〕(西)

Prado〔'prɑdo;'prɑðo(西);'prɑdu(葡)〕
普拉多

Pradon〔prɑ'dɔ̃〕(法)

Prado Ugarteche〔'prɑðo ,ugar'tetʃe〕
(西)

Pradt〔prɑt〕(法)

Prae〔phræ〕網中百府(泰國)

Praeconinus〔,prikə'nɑinəs〕

Praed〔pred〕蒲雷得(Winthrop Mack-
worth, 1802-1839, 英國詩人)

Praeger〔'pregə〕普雷格

Praeneste〔prɪ'nɛstɪ〕

Praenestina, Via〔'vɑiə ,prinɛs'tɑinə〕

Praenestine〔prɪ'nɛstɪn〕

Praesepe〔prɪ'sipi〕

Praestigiar〔pris'tidʒiɑr〕

Praestö〔'prɛstə〕(丹)

Præstø〔'prɛstə〕(丹)

Praetorian Camp〔prɪ'tɔriən〕

Praetorius〔pre'tɔrius〕普雷托里亞斯

Prafulla〔prɑ'fullə〕

Prag〔prɑh〕(德)

Praga〔'prɑgɑ〕

Pragel〔'prɑgəl〕

Prager〔'prɑgə〕普拉格

Prague〔prɑg〕布拉格(捷克)

Praguerie〔prɑ'gri〕(法)

Praha〔'prɑhɑ〕

Prahoe〔'prɑhu〕

Prahran〔prɑ'ræn〕

Prai〔'prɑi〕

Praia〔'pɪɑiə〕培頓亞(佛德角群島)

Praia de Copacabana〔'prɑiə ðə
kupəkə'vænə〕(葡)

Prairial〔pre'rjɑl〕(法)

Prairid〔'prɛrid〕

Prairie〔'prɛri〕

Prairie du Chien〔,prɛri də 'ʃin〕

Prairie La Crosse〔,prɛri lə 'krɔs〕

Prairies, Rivière des〔ri'vjɛr de
pre'ri〕(加法)

Prairieville〔'prɛrivil〕

Praise-God〔'prez·gɑd〕

Praisegod〔'prezgɑd〕

Prajadhipok〔prɑ'tʃɑtipɑk〕(暹羅)

Prajapati〔prɑ'dʒɑpəti〕

Prakasam〔prɑ'kɑsəm〕 「方言」

Prakrit〔'prɑkrit〕印度古代及中世之中北部

Pralaya〔'prɑləjə〕

Prall〔prɔl〕普勞爾

Prall's Island〔prɔlz〕

Pram〔prɑm〕

Prambanan〔prɑm'bɑnɑn〕

Prance〔'prɑns〕普蘭斯

Prandtl〔'prɑntl〕(德)

Prang〔præŋ;prɑŋ〕普朗

Prange〔præŋ〕

Pranhita〔'prɑnhitɑ〕

Prantl〔'prɑntl〕

P'ra P'utt'a Loet La Nop'alai〔'prɑ
'puttə lo'ɛt lɑ 'nɑpɑlɑi〕

Prasad〔prə'sɑd〕普拉沙(Rajendra,1884-
1963,印度獨立運動之領導者及總統)

Prasanno〔prɔ'sɔnnɔ〕(印)

Prasonesi〔,prɑsɔ'njisi〕

Prasso〔'prɑsso〕(義)

Prat〔præt〕

Pratapgarh〔prə'tɑpgɑrh〕

Pratas〔'prɑtɑs〕

Pratella〔prɑ'tellɑ〕(義)

Pratensis〔prə'tɛnsis〕

Prater〔'pretə〕普拉特

Prather〔'preðə;'præðə〕普拉瑟

Prathum Thani〔prɑthum thani〕(暹羅)

Prati〔'prɑti〕

Prät(t)igau〔'pretigɑu〕

Pratinas〔'prætnəs〕

Pratis, a〔e 'pretis〕

Pratishakhya〔,prɑti'ʃɑkjə〕

Prato, a〔ə 'preto〕

Prato, del〔dɛl 'prɑto〕

Prato in Toscana〔'prɑto in tos'kɑnɑ〕

Prätorius〔pre'tɔrius〕(德)

Prats〔prɑts〕

Pratt〔præt〕蒲拉特(Bela Lyon, 1867-
1917,美國雕刻家)

Prattis〔'prætis〕普拉蒂斯

Prattville〔'prætvil〕 「報」

Pravda〔'prɑvdə〕眞理報(蘇聯共產黨機關

Praxagoras〔præk'sægərəs〕

Praxeas〔'præksiəs〕

Praxede〔prɑk'sedə〕

Práxedes〔'prɑksɛðɛs〕(西)

Praxidikae〔præk'sidiki〕

Praxiteles〔præk'sitl,iz〕蒲拉克西蒂利
(紀元前四世紀之雅典雕刻家)

Pray〔pre〕普雷

Praz〔prɑts〕

Prchlikova〔pətʃ'likovɑ〕

Preager〔'pregə〕

Preanger〔pre'ɑŋə〕

Préault〔pre'o〕(法)

Pré aux Clercs〔‚pre o ′klɛr〕(法)
Prebble〔′prɛbl〕
Prebeza〔′prɛvɛza〕(希)
Preble〔′prɛbl〕
Prec, Ara Vos〔′ærə vos prɛk〕
Pre-Cambrian Era〔pri‧′kæmbrɪən~〕
Pre-Chellean Period〔pri‧′ʃɛlɪən~〕
Prêcheur〔prɛ′ʃɚ〕
Prechtl〔′prɛhtl〕(德)
Precieuses Ridicules〔prɛ′sjɚz ridi′kjul〕(法)
Preceiosa〔‚pretsi′oza〕
Predappio Nuova〔prɛ′dappjo ′nwɔva〕(義)
Predeal〔prɛ′djal〕
Predil〔′predɪl〕
Predis〔′predɪs〕
Predmost〔pə′ʒɛdmɔst〕(捷)
Preece〔pris〕普里斯
Preedy〔′pridɪ〕普里迪
Pregel〔′pregəl〕
Preger〔′pregɚ〕普雷格
Pregl〔′pregl〕浦瑞格爾(Fritz, 1869-1930, 奧國化學家)
Prel〔prɛl〕
Prell(e)〔′prɛl〕
Preller〔′prɛlɚ〕
Préludes〔pre′ljud〕
Pre-Malay〔pri‧′mele〕
Premet〔prə′met〕
Preminger〔pre′mɪŋɚ〕普雷明格
Premium〔′primjəm〕
Premonstratensian〔prɪ‚manstrə′tɛnʃən〕
Premont〔′primant〕
Prémontré〔premɔŋ′tre〕(法)
Prempeth〔′prɛmpɛ〕
Prence〔prɛns〕普萊斯
Prendergast〔′prɛndɚgæst〕普萊德加斯特
Prentice〔′prɛntɪs〕普萊蒂斯
Prentis(s)〔′prɛntɪs〕普萊蒂斯
Preradović〔prɛ′radovɪtʃ; -‚vitj〕(塞克)〕
Pre-Raphaelite〔pri′ræfɪə‚laɪt〕❶前拉斐爾派 ❷有相同目的之近代藝術家
Prés, des〔de ′pre〕(法)
Presanella〔‚preza′nɛlla〕(義)
Presba〔′prɛzba〕
Presbyterian〔‚prɛzbə′tɪrɪən〕長老會教友
Prescot〔′prɛskət〕
Prescott〔′prɛskət〕浦萊斯考特(William Hickling, 1796-1859, 美國歷史學家)

Preserved〔prɪ′zɜvɪd〕普里澤夫德
Presidency〔′prɛzɪdənsɪ〕
Presidente Hayes〔‚presɪ′ðente ′hez〕(西)
Presidente Perón Province〔‚presɪ′ðente pe′ron〕(西)
Presidente Vargas〔‚prɛzɪ′ðɛntɪ ′vargəs〕(葡)
Presidential Range〔‚prɛzɪ′dɛnʃəl〕
Presidio〔prə′sɪdɪo〕
Presle〔prel〕
Presley〔′prɛslɪ〕普雷斯利
Prešov〔′prɛʃɔf〕(捷)
Prespa〔′prɛspə〕
Prespansko Jezero〔′prɛspansko ′jɛzɛro〕(塞克)
Presque Isle〔prɛsk ′aɪl; prɛsk ′il〕
Press〔prɛs〕
Pressburg〔′prɛsbʊrk〕(德)
Pressensé〔presaŋ′se〕(法)
Presser〔′prɛsɚ〕普雷瑟
Pressler〔′prɛslɚ〕普雷斯勒
Pressly〔′prɛslɪ〕普雷斯利
Pressman〔′prɛsmən〕普雷斯曼
Pressprich〔′prɛsprɪtʃ〕普雷斯普里奇
Prestage〔′prɛstɪdʒ〕
Prestatyn〔prɛs′tætɪn〕
Presteign〔prɛs′tin〕
Prestel〔′prɛstəl〕
Prester〔′prɛstɚ〕
Prester John〔′prɛstɚ ′dʒɑn〕普勒斯特‧約翰
Prestige〔′prɛstɪdʒ〕普雷斯蒂奇
Presto〔′prɛsto〕
Presto, Fa〔fa ′prɛsto〕
Preston〔′prɛstən〕普勒斯頓(英格蘭)
Prestonpans〔′prɛstən′pænz〕
Prestonsburg〔′prɛstənzbɚg〕
Prestre〔′prɛtɚ〕(法)
Prestwich〔′prɛstwɪtʃ〕普雷斯特椎奇
Prestwick〔′prɛstɪk〕
Prete〔′prete〕
Prete Genovese〔′prete‚dʒeno′veze〕(義)
Prete Rosso〔′prete ′rosso〕(義)
Preti〔′preti〕
Pretoria〔prɪ′torɪə〕普利托里亞(南非)
Pretorian〔prɪ′torɪən〕
Pretorius〔prɪ′torɪəs; pre′torɪus〕(荷)
Pretty〔′prɪtɪ〕
Prettyboy〔′prɪtɪbɔɪ〕

Pret(t)yman〔'prɪtɪmən〕普雷蒂曼
Preuss〔prɔɪs〕(德、丹)
Preussen〔'prɔɪsən〕(德、丹)
Preussische Jahrbucher〔'prɔɪsɪʃə
　'jabjuhə〕(德)
Preveza〔'prɛvɛzə〕
Previté〔prə'viti；'prɛvɪte〕
Prevost〔'prɛvo〕
Prévost〔pre'vo〕(法)
Prévost d'Éxiles〔pre'vo dɛg'zil〕(法)
Prévost-Paradol〔pre'vo·parɑ'dɔl〕
　(法)
Prévot〔pre'vo〕(法)
Prew〔pru〕普魯
Preyer〔'praɪɚ〕普賴爾
Prezzolini〔ˌprɛttso'lini〕(義)
Priam〔'praɪəm〕Troy 之最後一個國王
Priami〔'praɪəmaɪ〕
Priamur〔prjɪɑ'mur〕(俄)
Priamus〔'praɪəməs〕
Priangan〔prɪ'ɑŋɑn〕
Priapus〔praɪ'epəs〕【希臘、羅馬神話】
　普來埃帕斯(男性生殖力之神)
Pribaikal〔prjɪbaɪ'kal〕(俄)
Pribićević〔prɪ'bitʃəvitʃ；prɪ'bitjɛvitj
　(塞克)〕　　　　　　　　　「(美國)
Pribilof〔'prɪbɪˌlaf〕普里比洛夫群島
Pribram〔'pribram〕
Price〔praɪs〕普賴斯
Prichard〔'prɪtʃəd〕普賴查德
Prickett〔'prɪkɪt〕普里克特
Pride〔praɪd〕普賴德
Prideaux〔'prido〕普里多
Pridham〔'prɪdəm〕普里德姆
Priego〔prɪ'ego〕
Prien〔prin〕
Priene〔praɪ'ini〕
Priessnitz〔'prisnɪts〕
Priest〔prist〕普里斯特
Priestley〔'pristlɪ〕蒲力斯特里(❶ John
　Boynton, 1894-1984, 英國批評家、小說家及劇作
　家❷ Joseph, 1733-1804, 英國神學家及化學家)
Priestly〔'pristlɪ〕
Prieto〔prɪ'eto〕
Prieur - Duvernois〔pri'ɝ·djʊver'nwɑ〕
　(法)
Prig〔prɪg〕
Prigent〔pri'ʒɑŋ〕(法)
Prigg〔prɪg〕
Prigioni〔pri'dʒonɪ〕(義)
Prignani〔pri'njɑnɪ〕(義)
Prilep〔'prilɛp〕

Prim〔prɪm〕
Primaticcio〔ˌprimɑ'tittʃo〕(義)
Prime〔praɪm〕普賴姆
Primefosse〔ˌprimfɔs〕
Primero〔prɪ'mero〕
Primghar〔'prɪmgɑr〕
Primo〔'praɪmo〕
Primo de Rivera〔'primo ðe
　ri'rerɑ〕(西)
Primorje〔ˌprimor'jɛ〕
Primorska〔'primoska〕
Primoskaya〔pri'mɔskəjə〕
Primorski Krai〔prɪ'mɔrskɪ kraɪ；
　prjɪ'mɔrskəɪ(俄)〕
Primrose〔'prɪmroz〕普里姆羅斯
Primus〔'praɪməs〕【商標】一種可携帶的油爐
Prim y Prats〔'prin ɪ 'prats〕
　(西)
Prince〔prɪns〕普林斯
Prince Albert〔ˌprɪns 'ælbət〕阿伯特太
　子城(加拿大)
Prince Charles Foreland〔ˌprɪns tʃɑrlz
　'fɔrlənd〕查理斯太子島(加拿大)
Prince Dorus〔ˌprɪns 'dɔrəs〕
Prince Edward Island〔ˌprɪns 'ɛdwɚd
　~〕愛德華島(加拿大)
Prince George〔ˌprɪns 'dʒɔrdʒ〕喬治太子
　城(加拿大)
Prince Igor〔ˌprɪns 'igɚ〕
Prince Olav〔ˌprɪns 'olɑv；prɪns 'olɑv；
　ˌprɪns o'laf(挪)〕
Prince of Parthia〔'pɑrθɪə〕
Prince Otto〔ˌprɪns 'ato〕
Princeps Musicae〔'prɪnsɛps 'mjuzɪsi〕
Princeps Nominalium〔'prɪnsɛps
　ˌnɑmɪ'nelɪəm〕
Prince Regent〔'prɪns 'ridʒənt〕
Prince Rupert〔ˌprɪns 'rupət〕魯佩特太
　子港(加拿大)
Princesa〔prɪn'θesɑ〕(西)
Prince-Smith〔'prɪns·'smɪθ〕
Princess Anne〔'prɪnsɛs 'æn〕
Princess Astrid〔'prɪnsɛs 'æstrid〕
Princesse〔præŋ'sɛs〕(法)
Princess d'Auberge〔præŋ'sɛs
　do'bɛrʒ〕(法)
Princesse de Clèves〔præŋ'sɛs də
　'klɛv〕(法)
Princess d'Élide〔præŋ'sɛs de'lid〕(法)
Princeton〔'prɪnstən〕普林斯頓(美國)
Princetown〔'prɪnstaʊn〕
Princip〔'printsip〕

Principato Citeriore〔‚prɪntʃiˈpato tʃi‚teriˈore〕(義)

Principato Ulteriore〔‚prɪntʃiˈpato ul‚teriˈore〕(義)

Principe〔ˈprɪŋsɪpi; ˈprɪnθɪpe; -sɪpe; ˈprɪntʃɪpe〕普林西比島 (非洲)

Principessa〔‚prɪntʃiˈpessa〕(義)

Principia〔prɪnˈsɪpɪə〕

Prindle〔ˈprɪndl〕普林德爾

Prineville〔ˈpraɪnvɪl〕

Pring〔prɪŋ〕

Pringle〔ˈprɪŋgl〕普林格爾

Pringle-Pattison〔ˈprɪŋgl‧ˈpætɪsn〕

Pringsheim〔ˈprɪŋshaɪm〕

Prinkipo〔‚prɪŋkɪˈpo〕

Prinsen〔ˈprɪnsn〕

Prinsep〔ˈprɪnsɛp〕普林塞普

Prinsterer〔ˈprɪnstərə〕

Printemps〔præŋˈtaŋ〕(法)

Printon〔ˈprɪntən〕

Printz〔prɪns〕(瑞典)普林茲

Prinzapolca〔‚prɪnsaˈpolka〕(拉丁美)

Prioleau〔‚priəˈlo〕普里奧洛

Prior〔ˈpraɪə〕蒲萊爾 (Matthew, 1664 - 1721, 英國詩人)

Priorov〔ˈprjɔrɔf〕(俄)

Priory〔ˈpraɪərɪ〕

Prió Socarrás〔ˈprio sokaˈras〕

Pripet〔ˈprɪpet〕

Pripyat〔ˈprjipjatj〕普里皮亞特河 (蘇聯)

Prisceria〔prɪˈsɪərɪə〕

Priscian〔ˈprɪʃɪən〕普利西安 (公元第六世紀時之拉丁文法家)

Prisicianus Caesariensis〔‚prɪʃiˈenəs sɪ‚zɛrɪˈɛnsɪs〕

Priscilla〔prɪˈsɪlə〕普里西拉

Priscillian〔prɪˈsɪljən〕

Priscillianus〔prɪ‚sɪlɪˈenəs〕

Priscus〔ˈprɪskəs〕

Prishvin〔ˈprɪʃvɪn〕

Pritchard〔ˈprɪtʃəd〕普里查德

Pritchett〔ˈprɪtʃɛt〕普里切特

Prithiraj〔ˈprɪtɪradʒ〕

Pritlove〔ˈprɪtlʌv〕

Prizer〔ˈpraɪzə〕普頼澤

Prjevalsky〔pəˈʒɪˈvalskɪ; -1jskəɪ (俄)〕

Proaucas〔proˈaʊkas〕

Probasco〔prəˈbæsko〕普羅巴斯特

Probe〔prɔb〕

Probert〔ˈprobət〕普爾伯特

Probolinggo〔‚proboˈlɪŋgo〕

Probst〔probst〕普羅布斯特

Proby〔ˈprobɪ〕普羅比

Probyn〔ˈprobɪn〕普羅賓

Procaccini〔‚prokatˈtʃini〕(義)

Prochnow〔ˈprakno〕普羅克諾

Prochyta〔ˈprakɪtə〕

Procida〔ˈprɔtʃida〕

Proclus〔ˈprokləs; ˈprakləs〕蒲洛克勒斯 (410?-485, 希臘哲學家)

Procne〔ˈpraknɪ〕

Procofieff〔prəˈkofɪɛf; prʌˈkɔfjef (俄)〕

Proconnesus〔‚prakəˈnisəs〕

Procop〔ˈprokap; ˈprɔkɔp (捷)〕

Procopé〔‚prɔkɔˈpe〕(芬)

Procopius〔prəˈkopɪəs〕

Procris〔ˈprokrɪs〕

Procrus〔ˈprokrəs〕

Procrustes〔proˈkrʌstiz〕【希臘神話】古希臘一強盜，捕得旅客後將之縛於床上砍其腿或拉之使長，以適合其床

Procter〔ˈpraktə〕普羅克特

Proctor〔ˈpraktə〕普羅克特

Proctorknott〔ˈpraktə‚nat〕

Proculeius〔‚prokjuˈliəs〕

Proculus〔ˈprakjuləs〕

Procyon〔ˈprosjən〕

Prodaná Nevestá〔ˈprɔdana ˈnɛvjesta〕(捷)

Proddatur〔ˈpradətur〕

Prodicus〔ˈpradɪkəs〕

Proem〔ˈproɛm〕

Profeta〔proˈfeta〕

Profile〔ˈprofaɪl〕

Proger〔ˈpradʒə〕

Progin〔prɔˈʒæŋ〕(法)

Progne〔ˈpragni〕

Progreso〔progˈreso〕普羅格雷索 (墨西哥)

Prokhorov〔‚prɔhəˈrɔf〕普洛柴諾夫 (Aleksandr Mikhailovich, 1916-, 俄國物理學家)

Prokletije〔prokˈlɛtije〕(塞克)

Prokofieff〔prʌˈkɔfjef〕(俄)

Prokofiev〔proˈkofief; prʌˈkɔfjef〕普羅高菲夫 (Sergei Sergeevich, 1891-1953, 俄國作曲家)

Prokop〔ˈprokap; ˈprɔkɔp (捷)〕普羅科普

Prokopevsk〔prʌˈkɔpjɪfsk〕(俄)

Prokopovich〔prʌkʌˈpovjɪtʃ〕(俄)

Prokosch〔ˈprokaʃ〕普羅科特

Promessi Sposi〔proˈmessi ˈspozi〕(義)

Prometheus〔prəˈmiθjus; pro-; pru-; -ˈmɛθ; -θjəs; -θɪəs〕普羅米修斯

Promontore〔‚promonˈtɔre〕

Promontorium Acantium〔,prəmən-
　'tɔriəm ə'kænʃiəm〕
Promontorium Damnonium〔,prəmən-
　'tɔriəm dæm'nɔniəm〕
Promontorium Misenum〔, prəmən-
　'tɔriəm mai'sinəm〕
Promontorium Sacrum〔, prəmən-
　'tɔriəm 'sekrəm〕
Promontory Point〔'prəməṅtəri~;
　-,tɔri~〕
Promos and Cassandra〔'prɔmɑs ,
　kə'sændrə〕
Pronko〔'prɔŋko〕普朗科
Prony〔'prɔni; prɔ'ni (法)〕
Proper〔'prɑpə〕普羅珀
Propertius〔prə'pɝʃəs〕浦洛柏夏斯
　(Sextus,50?-?15 B.C. 羅馬詩人)
Propert〔'prɑpət〕普羅珀特
Prophète〔prɔ'fɛt〕
Prophetstown〔'prɑfitstaun〕
Prohit〔'prɑfit〕
Propontic〔pro'pɑntik〕
Propontis〔pro'pɑntis〕
Propriá〔prupri'ɑ〕
Propus〔'prɔpəs〕
Propylaea〔,prɑpi'liə〕
Propyläen〔propi'leən〕(德)
Propylaeum〔,prɑpi'liəm〕
Proscritto〔pros'kritto〕(義)
Proserpina〔prɑ'sɝpinə〕【羅馬神話】地
　獄之后
Proskurov〔prʌ'skurɔf〕(俄)
Prosna〔'prɔsnɑ〕
Prosopopoia〔,prɑsopə'piə〕
Prospect〔'prɑspɛkt〕
Prospectors〔'prɑspɛktəz〕
Prosper〔'prɑspə〕普羅斯珀
Prosper Tiro〔'prɑspə 'tairo〕
Prospero〔'prɑspə,ro〕普羅斯帕羅(莎士
　比亞的"暴風雨"The Tempest 中之主人翁)
Próspero〔'prospero〕(西)
Prospice〔'prɑspi,si〕
Pross〔pras〕晉羅斯
Prosser〔'prasə〕普羅瑟
Prossnitz〔'prɔsnits〕
Prostějov〔'prɔstjɛjɔf〕(捷)
Prota〔'prota〕
Protagoras〔pro'tægərəs〕普洛塔高勒
　斯(紀元前五世紀之希臘哲學家)
Protagoras of Abdera〔prot ægərəs
　əv æb'diərə〕
Protasius〔pro'taziʊs〕

Protectorado de Marruecos〔pro,tɛkto-
　'raðo ðe mar'wekos〕(西)
Proterozoic〔,pratərə'zo·ik〕【地質】
　原生代;原生代岩石
Protesilaus〔prə,tɛsi'leəs〕
Protestant〔'pratistənt〕❶基督徒❷路德
　信徒或英國國教徒
Protestantenverein〔,protɛs'tantənfə-
　,rain〕(德)
Proteus〔'protjus; -tiəs〕【希臘神話】
　海神普洛蒂瓦斯
Prothalamion〔,proθə'lemiən〕
Prothero(e)〔'praðəro〕普羅瑟羅
Protitch〔'protitʃ〕
Protić〔'protitʃ; -titj (塞克)〕
Protogenes〔pro'tadʒiniz〕
Proto-Malay〔'proto·'mele〕
Proto-Malaysian〔'proto·me'leʒən〕
Protopopov〔pratʌ'pɔpɔf〕(俄)
Protozoa〔,protə'zoə〕
Prou〔pru〕
Proudhon〔,pru'dɔŋ〕蒲魯東(Pierre
　Joseph, 1809-1865, 法國社會學家及作家)
Proust〔prust〕蒲魯斯特(Marcel, 1871-
　1922, 法國小說家)
Prout〔praut〕普勞特
Prouty〔'prauti〕普勞蒂
Prouvençal〔,pruvaŋ'sal〕
Prouville〔pru'vil〕
Provan〔'pravən〕普蘭文
Provençal〔,pravən'sal; ,provən'sal〕
　❶ Provence 的居民 ❷ 中世紀法國南部之語言
Provence〔pra'vaŋs; pro'vaŋs ;prə-;
　-'vɔŋs; -'vɔns〕法國東南一地區
Provencial〔pro'vɛnʃəl〕
Proverbs〔'pravəbz〕舊約聖經中之箴言篇
Providence〔'pravədəns〕普洛維頓斯(美
　國)
Providencia, Isla de〔'izla ðe
　,provi'ðensja〕(西)
Providenciales〔,pravidɛnsi'aləs〕
Provideniya〔prʌvji'djenjijə〕樸羅維達
　尼亞(蘇聯)
Provincetown〔'pravins,taun〕
Province Wellesley〔'pravins 'wɛlzli〕
Provincia〔prə'vinʃiə〕
Provincias Internas〔pro'vinsjas
　inter'nas〕(西)
Provincias Orientales〔pro'visjas
　,orjen'tales〕(西)
Provincias Vascongadas〔pro'vinθjaz
　,vaskɔŋ'gaðas〕(西)

Provoost〔'provost〕普羅沃斯特
Provost〔'provost〕普羅斯斯特
Provosty〔'prɑvəstɪ〕
Prowers〔'proəz〕
Prowse〔praus; prauz〕普勞斯
Proxar〔'praksə〕
Proyart〔prwɑ'jar〕（法）
Pruckner〔'prʊknə〕
Prudden〔'prʊdən〕普魯登
Pruden〔'prudən〕
Prudence〔'prudəns〕普魯登斯
Prudence Palfrey〔'prudəns 'pɔlfrɪ〕
Prudencio〔pru'ðenθjo; -sjo〕（西）
Prudens〔'prjudəns〕
Prudent〔prju'dɑŋ〕
Prudente〔,pru'ðenŋtə〕（葡）
Prudentius〔pru'denʃɪəs〕
Prudhoe〔'prʌdo〕
Prud'homme〔prju'dɔm〕普魯多姆
Prudhomme〔prju'dɔm〕普魯多姆
Prud'hon〔prju'dɔŋ〕（法）
Prudon〔prju'dɔŋ〕（法）
Prue〔pru〕
Pruette〔'pruət〕普魯厄特
Prufrock〔'prufrak〕
Pruissen〔'prɔɪsən〕（荷）
Pruitt〔'pruɪt〕普魯伊特
Pruna〔'prunɑ〕
Prunella〔pru'nɛlə〕普魯內拉
Prunières〔prju'njer〕（法）
Prunol〔prju'nɔl〕
Prunty〔'prʌntɪ〕普朗蒂
Prus〔prus〕
Prusa〔'prusə〕
Prusias〔'pruʃɪəs〕
Prusse〔prjus〕（法）
Prussia〔'prʌʃə〕普魯士（德國）
Prussian Saxony〔'prʌʃən 'sæksənɪ〕
Prust〔prʌst〕
Pruszynski〔pru'ʃɪnskɪ〕
Prut(h)〔prut〕普魯特河（歐洲）
Prutz〔pruts〕
Pry〔praɪ〕
Pryce〔praɪs〕普賴斯
Prynne〔prɪn〕普林
Pryor〔'praɪə〕普賴爾
Prypeć〔'prɪpɛtʃ〕（波）
Przasnysz〔'pʃasnɪʃ〕（波）
Przemyśl〔'pʃɛmɪʃl〕普謝未歇耳（波蘭）
Przemyślany〔,pʃɛmɪʃ'lanɪ〕（波）
Przerwa-Tetmajer〔'pʃɛrvɑ·
tɛt'majɛr〕（波）

Przesmycki〔pʃɛs'mɪtskɪ〕（波）
Przhevalsk〔pəʒɛ'valjsk〕（俄）
Przhevalski〔pəʒɛ'valjskɪ; -skəɪ（俄）〕
Przybyszewski〔,pʃɪbɪ'ʃɛfskɪ〕（波）
Przyjaciel〔pʃɪ'jatʃɛl〕（波）
Przywara〔pʃju'vara〕
Psalmanazar〔,sælmə'næzə〕
Psalter〔'sɔltə〕
Psamtik〔'sæmtɪk〕
Psamatik〔'sæmətɪk〕
Psammetichos〔sə'mɛtɪkəs〕
Psara〔psɑ'rɑ〕
Psasà〔psɑ'rɑ〕（希）
Psel〔psjɔl〕（俄）
Psellus〔'sɛləs〕
Pseudepigraph〔,psjudɪ'pɪgrəf〕
Pseudo-Ambrosius〔'psjudo
æm'brozəs〕
Pseudo-Isidore〔'psjudo·'ɪzɪdɔr〕
Pseudo-Smerdis〔'psjudo·'smɛrdɪs〕
Psichari〔psikɑ'ri〕（法）
Psiloriti〔,psilo'riti〕
Pskov〔pskɔf〕普斯科夫（蘇聯）
Psousennes〔su'sɛnɪz〕
Psyche〔'saɪkɪ〕【希臘神話】賽克（Eros
或 Cupid 所愛之美女，被視為靈魂之化身，昔
在藝術中常畫為蝴蝶或有翼之人）
Psrczyna〔pʃə'tʃina〕
Ptah〔pta; ptah〕
Ptahhotep〔ptɑ'hotɛp; ptah-〕
Ptarmigan〔'tamɪgən〕
Pteria〔'tɪərɪə〕
Ptolemaeus〔,talɪ'miəs〕
Ptolemaic〔,talɪ'meɪk〕
Ptolemais〔,talɪ'meɪs〕
Ptolemaïs〔,talɪ'meɪs〕
Ptolemy〔'taləmɪ〕❶埃及托勒密王❷托勒
密（Claudius Ptolemaeus，紀元二世紀之希
臘天文學家、數學家及地理學家）
Puasa〔pu'asə〕
Publicola〔pʌb'lɪkələ〕
Publilian〔'pʌblɪlɪən〕
Publilius〔pʌb'lɪlɪəs〕
Publius〔'pʌblɪəs〕
Publius Aelius Hadrianus〔'pʌblɪəs
'ilɪəs ,hedrɪ'enəs〕
Publius Cimber〔'pʌblɪəs 'sɪmbə〕
Publius Cornelius Dolabella
〔'pʌblɪəs kɔr'nɪljəs ,dalə'bɛlə〕
Publius Ovidius Naso〔'pʌblɪəs
'ovɪdɪəs 'neso〕

Pucallpa〔puˈkaɪpə〕

Puca-uma〔ˈpukaˑˈjumə〕

Pucci〔putʃi〕

Puccini〔puˈtʃini〕普契尼（Giacomo, 1858-1924, 義大利作曲家）

Puccinia〔pʌkˈsɪnɪə〕

Pucelle〔pjuˈsɛl〕

Pucelle, La〔la pjuˈsɛl〕（法）

Puchta〔ˈpʊhta〕（德）

Pucio〔ˈpusjo〕

Puck〔pʌk; putsk（波）〕

Pucka〔ˈputska〕（波）

Puckaway〔ˈpʌkəwe〕

Puckett(e)〔ˈpʌkɪt〕帕克特

Pucklechurch〔ˈpʌkltʃətʃ〕

Pückler-Muskau〔ˈpjʊkləˑˈmʊskau〕（德）

Puddefoot〔ˈpʌdɪfʊt〕

Puddephatt〔ˈpʌdɪfæt〕

Puddicombe〔ˈpʊdɪkum〕

Pudding〔ˈpʊdɪŋ〕

Pudd'nhead Wilson〔ˈpʊdn̩hɛd ˈwɪlsn〕

Pudicheri〔ˌpudɪˈtʃerɪ〕

Pudovkin〔puˈdɔfkɪn〕（俄）

Pudney〔ˈpʌdnɪ〕帕德尼

Pudsey〔ˈpʌdzɪ〕帕齊

Pudukkottai〔ˌpʊdukˈkottaɪ〕（印）

Pudukkottaj〔ˌpʊdukˈkottaɪ〕（印）

Pudukota〔pʊduˈkotə〕

Pue〔pju〕皮尤

Puebla〔pjuˈɛblə; ˈpwevla〕佩佛拉（墨西哥）

Puebla de Zaragoza〔ˈpwevla də ˌsaraˈgosa〕（西）

Pueblo〔pjuˈɛblo〕漂哀布羅（美國）

Pueblo Bonito〔ˈpwevlo voˈnito〕（西）

Pueblo Grande〔pjuˈɛblo ˈgrændɪ〕

Pueblo Nuevo del Mar〔ˈpwevlo ˈnwevo ðɛl ˈmar〕（西）

Pueblo Nuevo de Nuestra Señora de la Paz〔ˈpwevlo ˈnwevo ðe ˈnwɛstra seˈnjora ðe la ˈpas〕（西）

Pueblo Viejo, Laguna del〔laˈguna ðɛl ˈpwevlo ˈvjeho〕（西）

Puech〔pjuˈɛk〕（法）

Puelche〔ˈpwɛltʃe〕

Puelicher〔ˈpwɛlɪkə〕普維利克

Puender〔ˈpjundə〕

Puenta-Genil〔ˈpwɛntəˈheˈnil〕（西）

Puente de Calderón〔ˈpwɛnte ðe kaldeˈron〕（西）

Pueo〔puˈeo〕

Puerco〔ˈpwɛrko〕

Puerta〔ˈpwɛrta〕

Puertacitas〔ˌpwɛrtəˈsitəs〕

Puerto Bello〔ˈpwaˑto ˈbɛlo〕

Puerto Bolívar〔ˈpwɛrto voˈlivar〕（西）

Puerto Cansado〔ˈpwɛrto kanˈsaðo〕（西）

Puerto Carreño〔ˈpwɛrto kaˈrenjo〕

Puerto Colombia〔ˈpwɛrto koˈlɔmbja〕

Puerto de España〔ˈpwɛrto ðe esˈpanja〕（西）

Puerto Mutis〔ˈpwɛrto ˈmutɪs〕

Puerto Pacheco〔ˈpwɛrto paˈtʃeko〕

Puerto Rico〔ˌpwɛrto ˈriko〕波多黎各（美國）

Puerto Sastre〔ˈpwɛrto ˈsastre〕

Puerto Suárez〔ˈpwɛrto ˈswares〕（拉丁美）

Puerto Wilches〔ˈpwɛrto ˈwiltʃes〕

Pueyrredón〔ˌpwereˈðon〕（西）

Pufendorf〔ˈpufəndɔrf〕

Puff〔pʌf〕

Puffer〔ˈpʌfə〕

Pug〔pʌg〕

Pugachev〔pʊgʌˈtʃɔf〕（俄）

Puget〔ˈpjudʒɪt; pjuˈʒɛ（法）〕

Pugh(e)〔pju〕皮尤

Pugin〔ˈpjudʒɪn; pjuˈʒæŋ（法）〕

Puglia〔ˈpulja〕（義）

Puglie〔ˈpulje〕（義）

Pugnani〔punˈjanɪ〕（義）

Pugno〔pjunˈjo〕

Pugsley〔ˈpʌgzlɪ〕帕格斯利

Puguli〔puˈguli〕

Puijo〔ˈpuɪjo〕

Puiset〔pjuiˈzɛ〕（法）

Puiseux〔pjuiˈzɚ〕（法）

Pujada〔puˈhaða〕（西）

Pujo〔pjuˈʒo〕普若

Pujol〔pjuˈʒɔl〕

Pujunan〔puˈdʒunæn〕

Pukaki〔puˈkukɪ〕

Pukapuka〔ˈpukəˈpukə〕

Puket〔phukɛt〕（暹羅）

Pukhtun-Khtun〔puˈhtunˑˈhtun〕（波斯）

Pukina〔puˈkinə〕

Pukow〔puˈko〕（中）

Pul〔pʌl〕

Pulakesin〔ˌpuləˈkeʃɪn〕

Pulangi〔puˈlaŋɪ〕

Pular〔puˈlar〕

Pulaski〔pʊ'læskaɪ; pjʊ-; -kɪ;
　pə'læskaɪ〕
Pułaski〔pu'laskɪ〕(波)
Pulau〔pulau〕
Pulcher〔'pʌlkə〕
Pulcheria〔pʌl'kɪrɪə〕
Pulchérie〔pjulʃe'ri〕
Pulci〔'pultʃi〕
Puleston〔'pulɪsfən〕普利斯頓
Pulgar〔pul'gar〕
Pulitzer〔'pulɪtsə〕(Joseph, 1847-1911,
　美國報人)
Pulj〔'pulj〕(塞克)
Pulkovo〔'pulkəvə〕
Pulle(i)n〔'pulɪn〕普萊恩
Pullet〔'pulɛt〕
Pulliam〔'puljəm〕普利亞姆
Pullias〔'puljəs〕普利亞斯
Pulling〔'pulɪŋ〕普林
Pullman〔'pulmən〕蒲爾曼(George Mor-
　timer, 1831-1897, 美國發明家)
Pulmotor〔'pʌl,motə〕
Pulo〔'pulo〕
Pulog〔'pu,lɔg〕普洛山(菲律賓)
Pulo Kalamantin〔'pulo ,kala'mantɪn〕
Pulo-Penang〔'pulo·'pinaŋ〕
Pulotu〔pu'lotu〕
Pulszky〔'pulskɪ〕(匈)
Pulteney〔'pʌltnɪ〕普爾特尼
Pulteneytown〔'pʌltnɪtaun〕
Pultova〔pul'tovə〕
Pultowa〔pul'tovə〕
Pułtusk〔'pultusk〕(波)
Pultz〔pʌlts〕
Puluwat〔,pulu'wat〕
Pulver〔'pulfə〕(德)　　　　　「克
Pulvermacher〔'pulvə,makə〕普爾弗馬
Pumacagua〔,puma'kagwa〕
Pumarejo〔,puma'reho〕(西)
Pumblechook〔'pʌmbl·tʃuk〕
Pumpelly〔pʌm'pelɪ〕龐佩利
Pumpernickel〔'pʊmpən,ɪkl〕
Puna〔'punə〕　　　　　　　　「(西)
Puna de Atacama〔'puna ðe ,ata'kama〕
Punakha〔'punəkə〕普那卡(不丹)
Punch〔pʌntʃ〕❶在龐奇傀儡戲中,彎鼻駝背
　之木偶❷英國一種幽默刊物的名字
Punch-and-Judy〔'pʌntʃ·ən·'dʒudɪ〕
Punchard〔'pʌntʃəd〕龐查德
Punchinello〔,pʌntʃɪ'nɛlo〕
Pundit〔'pʌndɪt〕
Pungue〔'pʊŋgwɪ〕

Pungwe〔'pʊŋgwɪ〕
Punic War〔'pjunɪk〜〕
Punín Skull〔pu'nin〜〕
Punjab〔,pʌn'dʒab〕旁遮普(印度)
Punjabi〔pʌn'dʒabɪ〕
Punnah〔'pʌnə〕
Punnett〔'pʌnɪt〕龐尼特
Puno〔'puno〕普諾(秘魯)
Pun Run〔pun 'run〕
Punshon〔'pʌnʃən〕
Punt〔pʊnt〕
Punta Arenas〔'pʊnta a'rɛnas〕
Punta de Obligado〔'punta ðe
　,obli'gaðo〕(西)
Punta Gorda〔'pʌntə 'gɔrdə;
　'punta 'gɔrða(西)〕
Puntarenas〔,punta'renas〕蓬塔雷納斯
　(哥斯達黎加)
Puntarvolo〔pʌn'tarvələ〕
Punxsutawney〔,pʌŋksə'tɔnɪ〕
Pupayax〔,pupa'jah〕
Pupillus〔pju'pɪləs〕
Pupin〔pju'pin; 'pupɪn〕蒲平(Michael
　Idvorsky, 1858-1935, 美國發明家及物理學家)
Pupper〔'pupə〕
Puquina〔pu'kina〕
Puracé〔,pura'se〕
Purali〔pu'ralɪ〕
Puran〔pu'ran〕普倫
Purana〔pu'ranə〕
Purari〔pu'rarɪ〕
Purbach〔'purbah〕(德)
Purbeck, Isle of〔'pɜ,bɛk〕波白克半島
　(英格蘭)
Purbrick〔'pɜbrɪk〕
Purcell 柏塞爾(❶〔'pɜsl〕Henry, 1658?-
　1695, 英國作曲家❷〔pə'sɛl〕Edward
　Mills, 1912-, 美國物理學家)
Purchas〔'pɜtʃəs〕珀切斯
Purdie〔'pɜdɪ〕珀迪
Purdon〔'pɜdn〕珀登
Purdue〔pə'dju〕珀杜
Purdy〔'pɜdɪ〕珀迪
Purdye〔'pɜdɪ〕
Pure〔pjur〕
Puret〔'puret〕
Purfleet〔'pɜflit〕
Purgatorio〔,purga'torio〕
Purgatory〔'pɜgətorɪ〕
Purgon〔pjur'gɔŋ〕(法)
Purgstall〔'purhʃtal〕(德)　　「(德)
Purgstall, Hammer-〔'hamə·'purhʃtal〕

Puri〔'pʊrɪ〕
Purié〔'purɪtʃ〕（塞克）
Purí-Coroado〔pu'ri·ˌkoru'aðu〕（葡）
Purim〔'pjurɪm; 'pʊ-〕普珥節（猶太人爲紀念其種族免受Haman計畫之屠殺的節日）
Puriramya〔burirɑm〕（暹羅）普林塔塔
Puritan〔'pjurətən〕清教徒
Puritani〔ˌpuri'tani〕
Purjabee〔pə'dʒebɪ〕
Purkinje〔'pʊrkɪnjɛ〕波京雅（Johannes Evangelista, 1787-1869, 捷克生理學家）
Purkyně〔'purkɪŋjɛ〕（捷）
Purley〔'pɜlɪ〕
Purmayah〔ˌpʊrmɑ'ja〕
Purmort〔pə'mɔrt〕
Purna〔'purnɑ〕
Purnell〔pə'nɛl〕珀內爾
Purniah〔'pɜnɪə〕
Purple〔'pɜpl〕
Purroy〔'pʌrɔɪ〕帕羅伊
Pursat〔'pʊr'sat〕菩薩（柬埔寨）
Pursch〔pʊrʃ〕
Purse〔pɜs〕珀斯
Purser〔'pɜsə〕珀澤
Pursh〔pɜʃ〕珀什
Pursley〔'pɜzlɪ〕
Pursuivant〔'pɜswɪvənt〕
Purton〔'pɜtṇ〕珀頓
Purucoto〔ˌpuru'koto〕
Purús〔pu'rus〕普魯司河（南美洲）
Purvamimamsa〔'purvəmɪ'mamsa〕
Purvamimansa〔'purvəmɪ'mansa〕
Purves〔'pɜvɪs〕珀維斯
Purvey〔'pɜvɪ〕
purvis〔'pɜvɪs〕珀維斯
Puryear〔'pɜjə〕普里爾
Pusan〔'pu,san〕釜山（韓國）
Pusey〔'pjuzɪ〕蒲賽（Edward Bouverie, 1800-1882, 英國神學家）
Puseyite〔'pjuzɪaɪt〕
Pushan〔'puʃan〕
Pushkar〔'puʃkə〕
Pushkin〔'puʃkɪn〕普希金（Aleksander Sergeevich, 1799-1837, 俄國詩人）
Pushmataha〔ˌpuʃmə'taha〕
Pusht-i-Kuh〔'puʃt·ɪ·'kuh〕
Pushtoo〔'pʌʃtu〕
Pushtu〔'pʌʃtu〕帕圖語（阿富汗主要語言）
Pushtunistan〔pʌʃ'tunɪstæn〕
Puss-in-Boots〔'pʌs·ɪn·'buts〕
Pussyfoot〔'pusɪfut〕
Pusteria〔puste'ria〕

Put〔pʌt〕
Putao〔'putao〕
Puteaux〔pju'to〕（法）
Puteoli〔pju'tɪəlɪ〕
Puterbaugh〔'pjutəbɔ〕普特博
Put in Bay〔ˌput ɪn 'be〕
Putiphar〔'pʌtɪfə〕
Putlitz〔'putlɪts〕
Putman〔'pʌtmən〕帕特曼
Putna〔'putnɑ〕
Putnam〔'pʌtnəm〕
Putney〔'pʌtnɪ〕帕特尼
Putnik〔'putnɪk〕
Puto Shan〔'pu'to 'ʃan〕普陀山（浙江）
Putrid〔'pjutrɪd〕
Putsch〔putʃ〕普奇
Putt〔pʌt〕帕特
Puttenham〔'pʌtnəm〕帕特納姆
Pütter〔'pjutə〕帕特
Putti〔'puttɪ〕（義）
Puttiala〔ˌpʌtɪ'alə〕
Puttick〔'pʌtɪk〕帕蒂克
Puttkamer〔'put,kamə〕帕特卡默
Putzell〔put'zel〕普策爾
Putzig〔'put·sɪh〕（德）
Puu Kukui〔'puu ku'kuɪ〕
Puulavesi〔'pula,vɛsɪ〕
Puunene〔ˌpuu'nene〕
Puu Poa〔'puu 'poa〕
Puuwai〔ˌpuu'wa·ɪ〕
Puvis de Chavannes〔pju'vis də ʃə'væn; pju'vɪ də ʃa'van(法)〕
Puyallup〔pju'æləp〕
Puy-de-Dôme〔pju'i·də·'dom〕（法）
Puy-de-Sancy〔pju'i·də·saŋ'si〕（法）
Puyehue, Lago〔'lago pu'jewe〕
Pu-yi〔'pu·'ji〕溥儀（Henry, 1906-1967, 清宣統帝，爲清朝末代皇帝）
Puymorens, Col de〔ˌkɔl də pjuimɔ'raŋs〕（法）
Pużak〔'puʒak〕（波）
Pwllheli〔puθ'lelɪ; pul'hɛlɪ（威）〕
Pwyll〔pwɪl〕
Pyandzh〔pjantʃ〕
Pyanepsia〔ˌpaɪə'nepsɪə〕
P'ya of U'tong〔pja əv u'tɔŋ〕（暹羅）
Pyapon〔ˌpja'pon〕壁磅（緬甸）
Pyarnu〔'pjanu〕皮亞爾努（蘇聯）
Pyasina〔'pjasɪnə〕

Pyat〔pjɑ〕(法)

Pyatakov〔pjɪtʌˈkɔf〕(俄)

Pyatigorsk〔,pjætɪˈɡɔrsk; ,pjɑtɪ-; pjɪtjɪˈɡɔrsk〕(俄) 皮亞提哥爾斯克(蘇聯)

Pyatilekta〔,pjɑtɪˈlɛktə〕

Pyatt〔ˈpaɪæt〕派亞特

Pyawbwe〔ˈpjaubwe〕

Pybus〔ˈpaɪbəs〕

Pyddoke〔ˈpɪdək〕

Pydna〔ˈpɪdnə〕

Pye〔paɪ〕蒲艾(Henry James, 1745-1813, 英國詩人)

Pyengyang〔ˈpjʌŋˈjɑŋ〕

Pygmalion〔pɪɡˈmeljən〕

Pygmy〔ˈpɪɡmɪ〕

Pyhäkoski〔ˈpjuhæ,kɔskɪ〕(芬)

Pyke〔paɪk〕派克

Pylades〔ˈpɪlədiz〕

Pylae Ciliciae〔ˈpaɪli sɪˈlɪʃi〕

Pyle〔paɪl〕派爾

Pylodet〔,paɪləˈdɛt〕

Pylos〔ˈpaɪlɑs〕

Pym〔pɪm〕皮姆

Pymatuning〔,paɪməˈtjunɪŋ〕

Pyncheon〔ˈpɪntʃɪən〕

Pynchon〔ˈpɪntʃən〕平瓊

Pyne〔paɪn〕派恩

Pynson〔ˈpɪnsn〕平森

Pyongyang〔ˈpjɔŋˈjæŋ; ˈpjʌŋˈjɑŋ〕平壤(北韓)

Pyote〔ˈpaɪot〕

Pyotr〔ˈpjɔtə〕

Pypin〔ˈpɪpjɪn〕

Pyra〔ˈpɪrɑ〕

Pyrame〔piˈrɑm〕(法)

Pyramid〔ˈpɪrəmɪd〕

Pyramus〔ˈpɪrəməs〕

Pyrene〔paɪˈrinɪ〕

Pyrenean〔,pɪrəˈniən〕

Pyrenees〔,pɪrəˈniz〕庇里牛斯山脈(歐洲)

Pyrénées〔pireˈne〕(法)

Pyrénées-Orientales〔pireˈnezɔrjɑŋ-ˈtal〕(法)

Pyrethrum〔paɪˈriθrəm〕

Pyrex〔ˈpaɪrɛks〕【商標名】一種耐熱玻璃用具

Pyrgopolinices〔,pəɡopalɪˈnaɪsiz〕

Pyrochles〔paɪˈrokliz〕

Pyrocles〔ˈpɪrokliz〕

Pyroxene〔pɪˈraksin〕

Pyrrha〔ˈpɪrə〕

Pyrrhic〔ˈpɪrɪk〕

Pyrrho〔ˈpɪro〕庇羅(約於紀元前 365-275, 希臘懷疑派哲學創始者)

Pyrrhus〔ˈpɪrəs〕皮拉斯(318?-272 B.C., 古希臘 Epirus 之國王)

Pytchley〔ˈpaɪtʃlɪ〕

Pythagoras〔paɪˈθæɡərəs〕畢達哥拉斯(?-?497 B.C., 希臘哲學家及數學家)

Pythia〔ˈpɪθjə〕   「隔之四年

Pythiad〔ˈpɪθɪæd〕前後Pythian Games 間相

Pythian〔ˈpɪθɪən〕

Pythias〔ˈpɪθɪəs〕羅馬傳說中一人與Damon 爲生死之交,犯謀叛罪被判死刑

Pythius〔ˈpɪθɪəs〕

Python〔ˈpaɪθən〕

Pyxis〔ˈpɪksɪs〕

Q

Qabes〔'kabɛs〕
Qadisiya〔,kadı'sija〕
Qādisiyah, al-〔æl·,kadı'sijæh〕
Qaf〔kaf〕
Qâhirah,al-〔æl·'kɑhıra〕(阿拉伯)
Qain〔ka'in〕
Qais〔kaıs〕
Qa'lat el 'Aqaba〔'kalæt æl ʌkabə;
  'kalæt æl ʌkbæ〕(阿拉伯)
Qal'at el Mafraq〔'kalæt æl 'mæfrak〕
  (阿拉伯)
Qal'at el Mudauwara〔'kalæt æl mʊ-
  'dauwʌra〕(阿拉伯)
Qal'at Saman〔'kalæt sæ'mæn〕
Qali, al-〔æl·'kalı〕
Qalyub〔ka'ljub〕   「拉伯)〕
Qalyubiya〔,kalju'bijə;,kalju'bijə〕(阿
Qamaran〔,kæmʌ'ran〕(阿拉伯)
Qamr〔'kamɚ〕
Qantas〔'kwantæs〕
Qara Boghaz〔ka'ra bɔ'gaz〕
Qara Dagh〔,kara 'da〕
Qara Kul〔,kara 'kɚl;,kara 'kɔl;ka'ra
  kul〕
Qara Qash〔,kara 'kaʃ〕
Qara Shahr〔,kara 'ʃahɚ〕馬耆(新疆)
Qara Su〔,kara 'su〕
Qarghaliq〔,karga'lık〕
Qarqar〔'karkar〕
Qasim〔kɔ'sim〕
Qasim, ibn-〔,ıbn·'kasım〕
Qasimiye, Nahr el〔'næhɚ æl ,kası-
  'mijə〕
Qasr el Azraq〔'kasɚ æl 'æzrak〕
Qataghan〔kata'gan〕
Qatar〔'katɚ〕卡達(亞洲)
Qatia〔ka'tijə〕
Qatif〔ka'tif〕卡提夫(沙烏地阿拉伯)
Qattara〔kat'tara(阿拉伯)〕
Qazvin〔kaz'vin〕
Qena〔'kinə〕克納(埃及)
Qift〔kıft〕
Qifti, al-〔æl·'kıftı〕
Qirghiz〔kır'giz〕
Qisarya〔ki'sarjə〕
Qishm〔'kıʃm〕
Qishn〔'kıʃn̩〕

Qishon〔'kaıʃan〕
Qizil Qum〔kı'zıl 'kum〕
Qizil Uzun〔'kızıl u'zun〕
Qobādh〔ka'bad〕
Qqechua〔'kɛtʃwa〕
Qqichua〔'kitʃwa〕
Quaal〔kwal〕
Quabbin〔'kwabın〕
Quaboag〔'kwebag〕
Quackenbush〔'kwækənbuʃ〕夸肯布什
Quad〔kwad〕
Quadi〔'kwedaı〕
Quadragesima〔,kwadrə'dʒɛsımə〕四旬
  節;四旬齋期
Quadrant〔'kwadrənt〕
Quadrilateral〔,kwadrı'lætırəl〕
Quadros〔'kwadras〕
Quadt〔kwad〕
Quai d'Orsay〔,ke dɔr'se〕❶奎多西(法
  國)❷法國外交部
Quaife〔kwef〕奎夫
Quail〔kwel〕奎爾
Quaile〔kwel〕
Quain〔kwen〕奎因
Quaitso〔'kwetso〕
Quaker〔'kwekɚ〕教友派的信徒
Quakerdom〔'kwekɚdəm〕
Quality Street〔'kwalətı~〕
Qualley〔'kwalı〕
Qualtrough〔'kwaltro〕夸爾特羅
Quan〔kwan〕
Quanah〔'kwanə〕
Quan Am〔'kwan 'am〕
Quandary〔'kwandərı〕
Quangngai〔'kwaŋ'ŋaı〕廣義(越南)
Quang-tri〔'kwaŋ·'tri〕廣治(越南)
Quangtri〔'kwaŋ'tri〕
Quantico〔'kwantıko〕
Quantock〔'kwantək;'kwantak〕
Quantrell〔'kwantrəl〕
Quantrill〔'kwantrıl〕匡特里爾
Quantz〔kvants〕(德)
Quapaw〔'kwapɔ〕
Qu'Appelle〔ka'pɛl〕(法)
Quaregna〔kwa'renjə〕(義)
Quaritch〔'kwarıtʃ〕夸里奇
Quarles〔kwɔrlz;kwarlz〕夸爾茲(Fran-
  cis, 1592-1644, 英國詩人)

Quarmby〔'kwɔrmbɪ〕

Quarnero〔kwar'nɛro〕

Quarnerolo〔,kwarne'rɔlo〕

Quarngesser〔'kwɔrŋgɛsə〕

Quarr〔kwɔr〕

Quarrá〔kwa'ra〕

Quarry Bank〔'kwarɪ ~〕

Quartararo〔,kwarta'raro〕

Quartermaine〔'kwɔrtəmen〕夸特梅因

Quarterman〔'kwɔrtəmən〕夸特曼

Quartley〔'kwɔrtlɪ〕

Quarto〔'kwɔrto〕

Quartus〔'kwɔrtəs〕

Quashee〔'kwaʃɪ〕瀾西

Quasimodo〔,kwazɪ'modo〕瓜析莫多
（Salvatore, 1901-1968, 義大利詩人及批評
家）

Quassia〔'kwaʃɪə〕

Quassi〔'kwasɪ〕

Quasten〔'kwæstən〕

Quatermain〔'kwɔtəmen〕

Quaternary Era〔kwə'tɜnərɪ ~〕

Quathlamba〔kwat'lambə〕

Quatre Bras〔katrə'bra〕（法）

Quatre Cantons〔katrə kaŋ'tɔŋ〕（法）

Quatrefages de Bréau〔katrə'faʒ də
bre'o〕（法）

Quatremère〔katrə'mɛr〕（法）

Quatremère de Quincy〔katrə'mɛr də
kæŋ'si〕（法）

Quauhtemotzin〔,kwautɛ'motsɪn〕

Quautlehuanitzin〔,kwautlɛwani'tsin〕

Quay〔kwe;ki;kwe〕奎伊

Quayle〔kwel〕奎爾

Quchan〔ku'tʃan〕

Quds esh Sherif el〔æl 'kuts æʃ ʃæ-
'rif〕

Que〔kju〕

Queanbeyan〔kwin'biən〕

Quéant〔ke'aŋ〕（法）

Quebec〔kwɪ'bɛk〕魁北克（加拿大）

Québec-Ouest〔ke'bɛk·'wɛst〕

Quechua〔'kɛtʃwa〕

Queed〔kwid〕

Queen〔kwin〕奎因

Queenborough〔'kwinbərə〕

Queen Carola Harbour〔'kwin 'kærolə
~〕

Queen Maud Mountains〔'kwin 'mɔd~〕
莫德山脈（南極洲）

Queenie〔'kwinɪ〕

Queens〔kwinz〕

Queensberry〔'kwinzbərɪ〕昆斯伯里

Queensbury〔'kwinzbərɪ〕

Queenscliff〔'kwinzklɪf〕

Queensferry〔'kwinz,fɛrɪ〕

Queenshead〔'kwinzhɛd〕

Queensland〔'kwinz,lænd〕昆士蘭（澳洲）

Queen's Maries, the〔'kwinz ma'riz〕

Queens-Midtown〔'kwinz-'mɪdtaun〕

Queen's Quair〔'kwinz 'kwɛr〕

Queenston〔'kwinztən〕

Queenstown〔'kwinztaun〕

Queeny〔'kwinɪ〕奎尼

Queequeg〔'kwikwɛg〕

Queer Street〔'kwɪr ~〕

Queipo〔'kepo〕

Queipo de Llano〔'kepo ðe 'ljano〕（西）

Queipo de Llano y Ruiz de Sarabia
〔'kepo ðe 'ljano ɪ ru'iθ ðe sa'ravja〕
（西）

Queirós〔kɛi'rɔʃ〕（葡）

Queiroz〔kɛi'rɔʃ〕（葡）

Quelch〔kwɛltʃ〕奎爾奇   「克）

Quelimane〔,kɛli'mani〕克利馬尼（莫三比

Quellinus〔kvɛ'linəs〕（荷）

Quelpaerd〔'kwɛlpart〕

Quelpart〔'kwɛlpart〕

Quemoy〔kwɪ'mɔɪ;kɛ'mɔɪ〕

Quenamari〔,kena'mari〕

Quenell〔kwɪ'nɛl〕

Quennell〔'kwɛnəl〕昆內爾

Quenstedt〔'kvɛnʃtɛt〕（德）昆斯泰特

Quental〔ken'tal〕

Quentin〔'kwɛntɪn;'kvɛntɪn(荷);kaŋ-
'tæŋ(法)〕

Quentin Durward〔'kwɛntɪn 'dɜwəd〕

Quepos〔'kepos〕

Que Que〔'kwi kwi〕

Querandi〔ke'randɪ〕

Quérard〔ke'rar〕（法）

Quercetanus〔,kwɜsɪ'tenəs〕

Quercia〔'kwɛrtʃa〕奎爾期亞（Jacopo,
1378?-1438, 義大利雕刻家）

Quercus〔'kwɜkəs〕【植物】櫟屬

Quercy〔kɛr'si〕（法）

Querecho〔ke'retʃo〕

Querendi〔ke'rɛndi〕

Queres〔'kerəs〕

Querétaro〔ke'retaro〕

Querido〔'kverɪdo〕（荷）

Querien〔ku'ɛrɪən〕

Querno〔'kwɜno〕

Querouaille〔ker'wal〕(法)
Quervain〔kɛr'væn〕(法)
Query〔'kwɪərɪ〕
Quesada〔ke'saða〕(西)克薩達
Quesnay〔kɛ'ne〕奎內(François, 1694-1774, 法國醫生及經濟學家)
Quesnay de Beaurepaire〔kɛ'ne də bor'pɛr〕(法)
Quesne〔kɛn〕(法)凱納
Quesnel〔'kɛnl；kwɪ'nɛl；kɛ'nɛl(法)〕
Quest〔kwɛst〕
Quételet〔ket'lɛ〕(法)
Quetico〔'kwɛtɪko〕
Quetschua〔'kɛtʃwa〕
Quetta〔'kwɛtə〕基達(巴基斯坦)
Quetta-Pishin〔'kwɛtə·pɪ'ʃɪn〕
Quetzalcoalco〔kɛ,tsalko'alko〕
Quetzalcoatl〔kɛ,tsalko'atl〕
Quetzalcohuatl〔kɛ,tsalko'watl̩〕
Queubus〔'kwubəs〕
Queuille〔kɝj〕(法)
Queux〔kju〕
Quevedo〔ke'veðo〕(西)
Quevedo y Villegas〔ke'veðo ɪ vi'ljegas〕(西)
Quex〔kwɛks〕
Queypeo〔ke'peo〕(西)
Quezaltenango〔ke,salte'nanɡo〕
Quezaltepec〔ke,salte'pɛk〕
Quezon〔'kesɔn〕奎松(菲律賓)
Quezon y Molina〔'kesɔn ɪ mo'lina〕奎松(Manuel Luis, 1878-1944, 菲律賓總統)
Quft〔kuft〕
Quiaca〔'kjaka〕
Quiangan〔kja'ŋan〕
Quibell〔'kwaɪbəl〕奎貝爾
Quiberon〔ki'brɔŋ〕(法)
Quibo〔'kibo〕
Quibula〔kɪ'vula〕(西)
Quiché〔kɪ'tʃe〕
Quicherat〔ki'ʃra〕(法)
Quichotte〔ki'ʃɔt〕(法)
Quick〔kwɪk〕奎克
Quicke〔kwɪk〕
Quickly〔'kwɪklɪ〕
Quicunque vult〔kwi'kuŋkwɛ vult〕
Quidde〔'kvɪdə〕桂德(Ludwig, 1858-1941, 德國歷史學家及和平主義者)
Quidi Vidi〔'kɪdɪ 'vɪdɪ〕
Quidor〔kɪ'dɔr〕奎多
Quiers〔kjɛr〕(法)
Quietist〔'kwaɪətɪst〕

Quigg〔kwɪɡ〕奎格
Quiggin〔'kwɪɡɪn〕
Quigley〔'kwɪɡlɪ〕奎格利
Qui h(a)i〔'kwaɪ 'haɪ〕
Quijote de la Mancha〔ki'hote ðe la 'mantʃa〕(西)
Quileute〔kwilɪ'ut〕
Quilimane〔,kɪlɪ'manɪ〕
Quill〔kwɪl〕
Quillard〔ki'jar〕(法)
Quilleash〔'kwɪlɪʃ〕
Quillen〔'kwɪlɪn〕
Quiller〔'kwɪlɚ〕
Quiller-Couch〔'kwɪlɚ,kutʃ〕奎勒枯赤(Sir Arthur Thomas, 1863-1944, 英國作家)
Quilliam〔'kwɪljəm〕
Quillinan〔'kwɪlɪnæn〕
Quilmes〔'kilmes〕
Quiloa〔'kɪlwa〕
Quilombo〔ki'lombo〕
Quilon〔kɪ'lɔŋ〕魁郎(印度)
Quilp〔kwɪlp〕
Quilpie〔'kwɪlpɪ〕奎耳皮(澳洲)
Quilter〔'kwɪltɚ〕奎爾特
Quimbangala〔,kimbaŋ'gala〕
Quimbaya〔kɪm'baja〕
Quimby〔'kwɪmbɪ〕昆比
Quimper-Corentin〔kæŋ'pɛr·kɔraŋ'tæŋ〕(法)
Quimsachata〔,kimsa'tʃata〕
Quimsacruz〔,kimsa'krus〕(拉丁美)
Quin〔kwɪn〕奎因
Quinalasag〔,kinala'sag〕
Quinames〔ki'names〕
Quinapulus〔kwɪ'næpələs〕
Quinata〔kɪ'nata〕
Quinauan〔kina'wan〕
Quinault〔'kwɪnəlt；ki'no；kwɪ'nʌlt〕
Quinault-Dufresne〔ki'no·dju'frɛn〕(法)
Quinbus Flestrin〔'kwɪmbəs 'flɛstrɪn〕
Quince〔kwɪns〕
Quincey〔'kwɪnsɪ〕
Quincke〔'kvɪŋkə〕(德)
Quinctius〔'kwɪŋkʃɪəs〕
Quincy〔'kwɪnsɪ〕❶昆西(Josiah, 1744-1775, 美國律師及從政者)❷昆西(美國)
Quindió〔kɪn'djo〕
Quindío Pass〔kɪn'dio ~〕
Quinebaug〔'kwɪnəbɔg〕
Quinet〔ki'nɛ〕(法)
Quinéville〔kine'vil〕

Quinhon〔'kwi'njɔn〕歸仁（越南）
Quinlan〔'kwɪnlən〕昆蘭
Quinn〔kwɪn〕奎因
Quinney〔'kwɪnɪ〕
Quinnipiac〔,kwɪnɪpɪ'æk〕
Quino〔'kino〕
Quiñónez〔ki'njones〕（拉丁美）
Quinquagesima〔,kwɪŋkwə'dʒɛsɪmə〕
　四旬齋前的星期日
Quinsigamond〔kwɪn'sɪgəmənd〕
Quint〔kwɪnt〕
Quintana〔kwɪn'tɑnə〕昆塔納
Quintana Roo〔kɪn'tana 'roɔ〕
Quintandinha〔kintan'dinjɑ〕
Quintanilla〔,kinta'nija〕（拉丁美）
Quintard〔'kwɪntard〕昆塔德
Quinte〔'kwɪntɪ〕
Quinten〔'kvɪntən〕荷
Quintero〔kɪn'tero〕
Quintilian〔kwɪn'tɪljən〕昆提連（本名
　Marcus Fabius Quintilianus, 一世紀時之羅
　馬修辭學家）
Quintilianus〔kwɪn,tɪlɪ'enəs〕
Quintilius〔kwɪn'tɪlɪəs〕
Quintin〔'kwɪntɪn〕昆廷
Quintino〔kwɪn'tino〕
Quintius〔'kwɪnʃɪəs〕
Quinto〔'kinto〕
Quinton〔'kwɪntən〕昆頓
Quints〔kwɪnts〕
Quintus〔'kwɪntəs〕昆塔斯
Quintus Horatius Flaccus〔'kwɪntəs
　ha'reʃjəs 'flækəs〕
Quintus Icilius〔'kvɪntʊs i'tsilɪʊs〕（德）
Quiquete〔ki'kete〕
Quiraing〔kwɪ'ræŋ〕
Quirey〔'kwaɪərɪ;'kwɪərɪ〕奎厄里
Quiriguá〔,kirɪ'gwa〕
Quirijn〔kvɪ'raɪn〕（荷）
Quirin〔ki'ræn〕（法）;kvi'rin〕（德）
Quirinal〔'kwɪrɪnl〕❶羅馬七丘之一❷義
　大利皇宮，政府或王朝
Quirinalia〔,kwɪrɪ'neliə〕
Quirinalis〔,kwɪrɪ'nelɪs〕
Quirini〔kwɪ'rini〕
Quirino〔kɪ'rino〕季里諾（Elpido, 1891?-
　1955, 菲律賓總統）

Quirinus〔kwɪ'rainəs; 'kwɪrɪnəs;kvi-
　'rinus〕（荷）;-nəs（荷）〕【希臘神話】戰神
Quirites〔kwɪ'raɪtiz〕
Quirk〔kwɝk〕夸克
Quiroga〔kɪ'rogɑ〕
Quiros〔'kirəs〕
Quirós〔kɪ'rɔʃ〕（葡）
Quiroz〔kɪ'rɔʃ〕（葡）
Quirwan〔kaɪr'wæn〕
Quisling〔'kwɪzlɪŋ; 'kvɪslɪŋ（挪）〕
Quisqualis〔kwɪs'kwelɪs〕
Quisqueya〔kɪs'keja〕
Quita〔'kitə〕
Quita Sueño〔'kita 'swenjo〕
Quitata〔ki'tata〕
Quiteria〔ki'terjɑ〕
Quitman〔'kwɪtmən〕夸特曼
Quito〔'kito〕基多（厄瓜多爾）
Quitu〔'kitu〕
Quivicán〔,kivi'kan〕
Quivira〔kɪ'vɪərə;kɪ'vira〕（西）
Quixano〔kwɪk'sano〕夸克薩諾
Quixote, Don〔,dan 'kwɪksət;,dan kɪ-
　'hotɪ〕唐·吉訶德（西班牙文學家Cervantes
　所著小說之主角）
Quiyaka〔ki'jaka〕
Quiyndy〔kin'di〕
Qum〔kʊm〕庫姆（伊朗）
Quneitra, El〔ɛl ku'netrə; æl ku'netra〕
　（阿拉伯）
Qungur〔'kʊn'gʊr〕（中）
Qunfidha, al-〔æl·'kʊnfʊdə〕（阿拉伯）
Quoich〔'bɔɪh〕（蘇）
Quoint〔kwɔɪnt〕
Quomodo〔kwo'modo〕
Quonset〔'kwansɪt〕
Quorn〔kwɔrn〕夸恩
Quorra〔'kwərə〕
Quo Tai-chi〔'gwɔ 'tar·'tʃi（中）〕
Quotem〔kwotəm〕
Quo Vadis〔'kwo 'vedɪs;-'vadɪs〕【拉】
　君往何處（= Whither goest thou?）
Quran〔kʊ'ran〕
Qusta ibn-Luqa〔'kʊsta ,ɪbn·'luka〕
Qutaiba, ibn-〔,ɪbn·kʊ'taɪbæ〕
Quy〔kwaɪ〕
Qwathi〔'kwaθi〕

R

Ra〔rɑ〕

Raab〔rɑp〕拉布

Raabe〔'rɑbə〕拉伯

Raad〔rɑd〕

Raaen〔rɔn〕

Raamses〔re'æmsiz〕

Raasay〔'rɑze〕

Rab 〔ræb; 'rɑv(希伯來);rɑb〕

Rába〔'rɑbɑ〕(匈)

Rabagas〔rɑbɑ'gɑs〕(法)

Rabah Zobeir〔'rɑbə zo'ber; 'rɑbɪ zu'baɪr〕

Rabai〔rɑ'baɪ〕

Raban〔'rebæn〕

Rabanus Maurus〔rə'benəs 'mɔrəs; rɑ'bɑnʊs 'maʊrʊs〕

Rabat〔rə'bɑt〕拉巴特(摩洛哥)

Rabaud〔rɑ'bo〕(法)

Rabaul〔'rɑbaʊl〕

Rabaut〔'ræbo〕

Rabb〔ræb〕拉布

Rabbah Ammon〔'ræbə 'æmən〕

Rabbath Ammon〔'ræbəθ 'æmən〕

Rabbe〔'rɑbbə〕(芬)

Rabbi〔'ræbaɪ〕拉比

Rabbi Ben Ezra〔'ræbaɪ 'bɛn 'ɛzrə〕

Rabbinic〔rə'bɪnɪk〕

Rabboth Ammon〔'ræbəθ 'æmən〕

Rabelais〔'ræb,le〕拉伯雷(François, 1494?-1553, 法國幽默文及諷刺文作家)

Rabener〔'rɑbənə〕

Rabi〔'rɑbɪ〕拉比(Isidor Isaac, 1898-, 美國物理學家)

Rabia〔rə'biə〕

Rabiah〔'rɑbɪæ〕

Rábida〔'rɑviðɑ(西)拉比達

Rabin〔'rebɪn〕雷賓

Rabindranath〔rə'bɪndrənət〕

Rabindranath Tagore〔rə'bɪndrənɑt tə'gɔr〕

Rabinovitz〔,rɑbɪ'nɔvɪts〕

Rabinowitz〔,rɑbɪ'nɔvɪts〕拉比諾維茨

Rab-mag〔'ræb·mæg〕

Rabutin〔rɑbjʊ'tæŋ〕(法)

Rabutin-Chantal〔rɑbjʊ'tæŋ·ʃɑŋ'tɑl〕(法)

Raby〔'rebɪ〕雷比

Racan〔rɑ'kɑŋ〕(法)

Raccoon〔ræ'kun〕

Race, Cape〔res~〕雷斯角(加拿大)

Rachal〔'retʃəl〕雷恰爾

Racheil〔'reʃəl〕

Rachel〔'retʃəl〕瑞琪兒

Rachford〔'ræʃfəd〕拉什福德

Rachilde〔rɑ'ʃild〕(法)

Rachmaninoff〔ræk'mænɪnɑf〕拉赫曼尼諾夫(Sergei Wassilievitch, 1873-1943, 俄國鋼琴家、作曲家及指揮家)

Rachmaninov〔ræk'mænɪnɑf;rʌh-'mɑnjɪnɑf(俄)〕

Rachmilovich〔ræk'milovitʃ〕

Racho〔'rɑho〕(保)

Racibórz〔rɑ'tsibuʃ〕(波)

Racine〔rə'sin〕❶拉辛(Jean Baptiste, 1639-1699, 法國劇作家)❷拉辛(美)

Racket〔'rækɪt〕

Rackham〔'rækəm〕拉克姆

Rackley〔'ræklɪ〕拉克利

Rachmil〔'rækmɪl〕

Rackrent〔'rækrənt〕

Raczkiewicz〔ratʃ'kjevitʃ〕(波)

Raczyński〔rɑ'tʃɪnjskɪ〕

Rad〔ræd〕

Rada〔'rɑðɑ〕(西)

Radagais〔'rædəgaɪs〕

Radagaisus〔,rædə'gaɪsəs〕

Radcliffe〔'rædklɪf〕賴德克利夫(Ann, 1764-1823, 英國女小說家)

Radclyffe〔'rædklɪf〕拉德克利夫

Raddall〔'rædl〕

Rade〔'rɑdə〕

Radé〔rɑ'de〕

Rade de Brest〔,rɑd də 'brɛst〕

Radek〔'rɑdjɪk〕(俄)

Rademaker〔'rædəmekə〕拉德梅克

Rader〔'redə〕雷德

Radescu〔rɑ'dɛsku〕

Radetski〔rə'dɛtskɪ;rʌ'djetskɪ(俄)〕

Radetz〔'rɑdɛts〕

Radetzki〔rɑ'dɛtskɪ〕

Radetzky〔rɑ'dɛtskɪ〕

Radford〔'rædfəd〕雷德福

Radhakrishnan〔'rɑdʌk'rɪʃnʌŋ〕(印)

Radić〔'rɑdɪtʃ;-ditʃ〕(塞克)

Radigan〔'redɪgən〕雷廸根

Radiguet〔rɑdi'ge〕(法)

Radigund〔'rædigənd〕
Radin〔'redɪn〕雷
Rading〔'radɪŋ〕
Radio City〔'redɪo~〕
Radiotron〔'redɪətran〕
Radischchev〔rʌ'djiʃtʃəf〕(俄)
Radisson〔radi'sɔŋ〕(法)
Raditch〔'radɪtʃ〕
Radium Hill〔'redɪəm~〕勒廸厄姆山(澳)
Radius〔'radjəs〕雷廸厄斯
Radkiewicz〔rat'kjevitʃ〕(波)
Radko〔'ratko〕
Radleian〔ræd'liən〕
Radley〔'rædlɪ〕拉德利
Radloff〔'ratlaf〕
Radmall〔'rædməl〕
Radnor〔'rædnə〕拉德納
Radnorshire〔'rædnə,ʃɪr〕拉德奈郡
  (威爾斯)
Radó〔'rado〕(匈)
Radom〔'radɔm〕臘多姆(波蘭)
Radomir〔'radomir〕
Radoslavov〔,rado'slavof〕
Radot〔ra'do〕(法)拉多
Radowitz〔'radovɪts〕(德)
Radshire〔'rædʃɪr〕
Rădulescu〔rədu'lɛsku〕
Radványi〔'radvanjɪ〕
Radzins〔'radzɪns〕
Radziwell〔ræ'dʒivel〕
Radziwill〔ra'dʒivil〕(波);rʌtzjɪ'vjil
  (俄)拉齊維爾
Rae〔re〕雷依(John,1813-1893,蘇格蘭北
  極探險家)
Rae Bareli〔'rae bə'relɪ〕
Raeburn〔'rebən〕雷本(Sir Henry,1756-
  1823,蘇格蘭畫家)
Raeder〔'redə〕(德)
Raedwald〔'rædwɔld〕(古英)雷德沃爾德
Raeford〔'refəd〕
Raemaekers〔'ramakəz〕拉馬科斯
  (Louis,1869-1956.荷蘭卡通畫家)
Raemakers〔'ramakəz〕拉馬克斯
Raenell〔re'nɛl〕
Raetia〔'riʃɪə〕
Raf〔ræf〕
Refa〔'rafə〕
Refael〔'ræfeəl;'ref-;-fɪəl;,rafa-
  'ɛl(德、瑞典、芬);rafa'ɛl(義、西)〕
Rafe〔ref〕雷夫
Rafer〔'refə〕雷弗
Raff〔raf〕

Raffael〔'ræfeəl〕
Raffaele〔,raffa'ele〕(義)
Raffaelino del Garbo〔,raffae'lino dɛl
  'garbo〕(義)
Raffaelle〔'raffa,ɛlle〕(義)
Raffaelli〔rafae'li〕(法)
Raffaellino〔,raffael'lino〕(義)
Raffaello〔,raffa'ɛllo〕(義)
Raffaelo〔,raffa'ɛlo〕(義)
Raffet〔ra'fɛ〕(法)
Raffle〔'ræfḷ〕
Raffles〔'ræflz〕
Rafin〔ra'fæŋ〕(法)
Rafinesque〔rafi'nɛsk〕(法)
Rafinesque-Schmaltz〔rafi'nɛsk·'ʃmalts〕
Rafn〔'ravŋ〕(丹)
Raft〔raft〕
Raftery〔'raftərɪ〕
Ragang〔ra'gaŋ〕
Ragay〔ra'gaɪ〕
Ragazzo, Il〔il ra'gattso〕(義)
Rages〔'redʒɪz〕
Ragged Islands〔'rægɪd~〕拉格德群島
  (加拿大)
Raghava〔'ragəvə〕
Raghlin〔'rahlɪn〕(愛)
Raghu〔'ragu〕
Raghunath Rao〔'rʌgu'nat 'ra·ʊ〕(印)
Raglan〔'ræglən〕拉格蘭
Ragland〔'rægland〕
Ragman〔'rægmən〕
Ragnar〔'ragnar〕
Ragnar Lodbrok〔'ragnar 'lodbrok〕
Ragnarök〔'ragnarək〕
Ragnel〔'rægnɪl〕
Ragoba〔'rʌgoba〕(印)
Ragon〔ra'gɔŋ〕(法)拉貢
Ragozine〔'rægəzɪn〕
Ragtown〔'rægtaun〕
Raguel〔rə'gjuɛl〕拉格爾
Raguet〔ra'ge〕
Ragusa〔ra'guza〕拉古沙(西西里島)
Ragusa Ibla〔ra'guza 'ibla〕
Ragusa Inferiore〔ra'guza,infɛ'rjore〕
Ragusa Superiore〔ra'guza,supe'rjore〕
Raguse〔ra'gjuz〕(法)
Raha, Harrat ar〔'hʌrrat ʌr ra'hæ〕
  (阿拉伯)
Rahab〔'rehæb〕雷哈布
Rahad〔'rahæd〕
Rahaeng〔rahæŋ〕(暹羅)
Rahbek〔'rabɛk〕

Rahdunpur〔ˈradənpur〕
Rahel〔ˈrahɛl；ˈraəl〕
Rahere〔rəˈhɪr〕
Rahery〔ˈraərɪ〕
Rahilly〔ˈraɪlɪ〕拉希利
Rahim Bey〔raˈhim be〕
Rahiroa〔rahɪˈroə〕
Rahl〔ral〕
Rahman〔ˈramən〕拉曼（Prince Abdul，1903-，馬來西亞政治家）
Rahmaniya〔ramaˈnijə〕
Rahmaniyeh〔ramaˈnijə〕
Rahskopf〔ˈraskopf〕
Rahu〔rahu〕
Rahv〔rav〕
Rahway〔ˈrɔwe〕
Rai〔raɪ〕
Raïatéa Island〔ˌrajaˈtea～〕萊阿特亞島（太平洋）
Rai Bareli〔ˈraɪ bəˈrelɪ〕
Raibolini〔ˌraɪboˈlini〕
Raichur〔ˈraɪtʃur〕
Raidestos〔raɪˈdɛstəs〕
Raidhak〔ˈraɪdhak〕
Raiffeisen〔ˈraɪˌfaɪzən〕
Raigharh〔ˈraɪgar〕
Raikes〔reks〕雷克斯
Railey〔ˈrelɪ〕
Railton〔ˈreltən〕雷爾頓
Raimann〔ˈraɪman〕
Raimond〔ˈremənd；reˈmɔŋ(法)〕
Raimondi〔raɪˈmondɪ〕賴孟底（Marcantonio，1475?-1543，義大利雕刻家）
Raimondo〔raɪˈmondo〕
Raimondo de Peñafort〔raɪˈmondo de ˌpenjaˈfɔrt〕(西)
Raimu〔rɛˈmju〕(法)
Raimund〔ˈraɪmunt〕(法)
Raimundo〔raɪˈmundo(西)；raɪˈmundu(葡)〕
Rainalducci〔ˌraɪnalˈduttʃɪ〕(義)
Raincy, Le〔lə ræŋˈsi〕(法)
Raine〔ren〕雷恩
Rainelle〔ˈrenɛl〕
Rainer〔ˈraɪnə〕雷納
Rainerius〔raɪˈnɪrɪəs〕
Raines〔renz〕雷恩斯
Rainey〔ˈrenɪ〕雷尼
Rainie〔ˈrenɪ〕
Rainier III〔ˈrenɪr；renɪˈe(法)〕
Rainier, Mount〔rəˈnɪr〕來尼爾峯(美)
Rainis〔ˈraɪnɪs；ˈræinɪs〕

Rainold〔ˈrenld〕
Rainolds〔ˈrenldz〕
Rains〔renz〕雷恩斯
Rainsford〔ˈrenzfəd〕雷恩斯福德
Rainy〔ˈrenɪ〕雷尼
Raipur〔ˈraɪpur〕
Rairakhol〔ˈraɪrəkhol〕
Rairdon〔ˈrɛrdən〕
Rais〔res〕(法)
Raisin〔ˈrezn〕
Raismes〔rɛm〕(法)
Raïssa〔raiˈsa〕(法)
Raisuli〔ræˈsulɪ〕
Raisz〔raɪs〕
Raitt〔re〕
Raïvavaé〔ˌraɪvəˈvae〕
Raiz〔rets〕(法)
Raj〔radʒ〕
Raja〔ˈraja；ˈradʒə〕
Rajab〔rəˈdʒæb〕回教曆之七月
Rajaburi〔ratburi〕（暹羅）
Raja Falls〔ˈradʒə～〕
Rajagopalacharia〔ˌradʒəgo,palaˈtʃarjə〕
Rajagriha〔ˈradʒəˈgrihə〕
Rajah〔ˈradʒə〕
Rajahmundry〔ˌradʒəˈmʌndrɪ〕
Rajang〔ˈradʒaŋ〕
Rajaraja〔ˈradʒə,radʒə〕
Rajashekhara〔ˈradʒəˈʃekərə〕
Rajastan〔ˈradʒəstan〕
Rajasthan〔ˈradʒəstan〕
Rajasthani〔ˌradʒəsˈtanɪ〕
Rajata〔raˈjata〕
Rajatarangini〔ˌradʒətəˈraŋgini〕
Rajbari〔radʒˈbarɪ〕
Rajecz〔ˈrajets〕
Rajendra〔raˈdʒendrə〕
Rajeshaye〔ˌradʒɪˈʃai〕
Rajgarh〔ˈradʒgar〕
Rajgir〔ˈradʒgir〕
Rajk〔rɔrk〕(匈)
Rajkot〔ˈradʒkot〕
Rajkumar〔ˌradʒkuˈmar〕
Rajmahal〔ˈradʒməhal〕
Rajna〔ˈraɪna〕(義)
Rajpeepla〔radʒˈpiplə〕
Rajpipla〔radʒˈpiplə〕
Rajpoot〔ˈradʒput〕
Rajpootana〔ˌradʒpuˈtanə〕
Rajput〔ˈradʒput〕印度北部剎帝利族之一員
Rajputana〔ˌradʒpuˈtanə〕

Rajputani〔,radʒpʊ'tanə〕
Rajshahi〔radʒ'ʃahɪ〕
Rakahanga〔,rakə'haŋə〕
Rahaja〔rə'kajə〕
Rakaposhi〔,rʌkə'pɒʃɪ〕（印）
Rakapushi〔,rʌkə'pʊʃɪ〕勒卡泡歇峯（亞洲）
Rakas Tal〔'rakas tal〕
Rakata〔ra'kata〕
Rákóczy〔'rakotsɪ〕
Rakonitz Chronicles〔rə'kanɪts
  'kranɪkl̩z ; 'rakonɪts 'kranɪkl̩z〕
Rákoscsaba〔'rakoʃ'tsaba〕（匈）
Rákospalota〔'rakoʃ,palota〕（匈）
Rákosszentmihály〔'rakoʃsɛnt'mihaj〕
  （匈）
Rakovski〔rə'kɔfskɪ; rʌ'kɔfskɪ(俄) 〕
Raków〔'rakuf〕
Raksh〔rækʃ〕
Rakshasas〔'rakʃəsəz〕
Ralegh〔'rɔlɪ〕饒列（Sir Walter,1552?-
  1618,英國朝臣、歷史學家及航海家）
Raleigh〔'rɔlɪ〕洛利（美國）
Raley〔'relɪ〕雷利
Ralik〔'ralɪk〕
Ralles〔'raljɪs〕（希）
Ralli〔'rælɪ〕拉利
Rallis〔'raljɪs〕（希）
Ralls〔rɔlz〕羅爾斯
Ralph〔rælf〕拉爾夫
Ralph Roister Doister〔'ref 'rɔɪstə
  'dɔɪstə〕
Ralph Cross〔'ralf 'krɔs〕
Ralpho〔'rælfo〕
Ralston〔'rɔlstən〕羅爾斯頓
Ram〔ræm〕拉姆
Rama〔'ramə ; 'rama〕（印）
Ramachandra〔,ramə'tʃandrə〕
Ramadan〔,ræmə'dan〕回教曆之第九月；
  齋月
Ramadi〔ra'mædi〕
Ramadier〔rama'dje〕（法）
Ramaganga〔ramə'gʌŋə〕
Ramage〔'ræmedʒ〕拉梅奇
Ramah〔'ramə ; 'remə〕
Ramakien〔ramak'jɛn〕（暹羅）
Ramakrishna〔'ramək'rɪʃnə〕
Ramallah〔'ramæl,læh〕（阿拉伯）
Ram Alley〔'ræm 'ælɪ〕
Raman〔'ramən〕拉曼（Sir Chandrasekhara
  Venkata,1888-1970,印度物理學家）
Ramanand〔'rama'nʌnd〕（匈）

Ramanieh〔rama'niə〕
Ramanuja〔ra'manudʒə〕
Ramanujan〔ra'manudʒən〕
Ramapo〔'ræməpo〕
Rama's Bridge〔'raməz ~〕
Ramaswami〔'rames'wami〕
Rama Thibodi〔'rama ,tɪbɔ'di ; 'rama
  'tibodi〕
Rama Tibodi〔'rama ,tɪbɔ'di ; 'rama
  'tibodi〕
Rama Tiboti〔'rama ,tɪbɔ'ti〕
Ramayana〔ra'majənə〕
Rambaldi〔ram'buldi〕
RaMBaM〔ræm'bæm〕
Rambaud〔raŋ'bo〕（法）
Rambaut〔'rambo〕
Rambler〔'ræmblə〕
Ramboldini〔,rambol'dini〕
Ramboldoni, de'〔de ,rambol'doni〕
Rambouillet, de〔də raŋbu'jɛ〕（法）
Rambures〔ræm'burɛz ; raŋ'bjur〕（法）
Rambutyo〔ram'butjo〕
Ramdurg〔'ramdʊrg〕
Rame〔rem〕
Rameau〔ra'mo〕（法）
Ramée〔rə'me〕勒梅（Loaise de la,1839-
  1908,英國小說家）
Ramek〔'ramɛk〕
Ramenghi〔ra'mɛŋgi〕
Rames(s)es〔'ræmɪ,siz〕
Ramesseum〔,ræmɪ'siəm〕
Ramessides〔'ræmɪsaɪdz〕
Rameswaram〔ra'mɛswərəm〕
Ramganga〔ram'gʌŋə〕（印）
Ramgarh〔'ramga〕
Ramillies〔'ræmɪlɪz〕
Raminagrobis〔raminagrɔ'bis〕（法）
Ramírez〔ra'mireθ〕拉密里斯（Pedro,
  1884- ,曾任阿根廷總統）
Ramiro〔rə'mɪro ; ra'miro〕
Ramisseram〔rə'mɪsərəm〕
Ramji〔'ramdʒi〕
Ramleh〔'ramlɪ〕
Ramler〔'ræmlə〕
Ramm〔ræm〕拉姆
Ramman〔'ramən〕
Ramman-Nirari〔'ramən·nɪ'rarɪ〕
Rammelsberg〔'raməlsbɛrk〕（德）
Rammer〔'ræmə〕
Ram Mohan Roy〔'ram 'mohan 'rɔɪ〕
  （印）
Rammohun Roy〔'ram'mohan 'rɔɪ〕

Ramnagar〔'ramnəgə〕
Ramnenses〔ræm'nensiz〕
Ramnes〔'ræmniz〕
Ramo〔'remo〕
Ramolino〔,ramo'lino〕
Ramon〔ra'mɔŋ〕(法) 拉蒙
Ramón〔ra'mɔn〕拉蒙
Ramona〔rə'monə〕雷夢娜
Ramond de Carbonnieres〔ra'mɔŋ də karbɔ'njɛr〕(法)
Ramón y Cajal〔ra'mɔn ɪ ka'hal〕拉孟伊卡哈(Santiago, 1852-1934, 西班牙組織學家)
Ramorino〔,ramo'rino〕
Ramorny〔rə'mɔrnɪ〕
Ramos〔'rʌmus〕(巴西) 拉莫
Ramos, Deus〔'deuʃ 'rʌmuʃ〕(葡)
Ramoth-Gilead〔'remaθ-'gɪlɪæd; -məθ-;-ljæd〕
Rampage〔'ræmpedʒ〕
Rampart〔'ræmpart〕
Rampion〔'ræmpjən〕
Rampolla〔ram'pɔlla〕(義)
Rampur〔'rampur〕
Rampur Beauleah〔'rampur be'aulea〕
Rampur Boalia〔'rampur bo'alɪa〕
Ramree〔'ramri〕？
Ramsay〔'ræmzɪ〕雷姆塞(❶ Allan, 1686-1758, 蘇格蘭詩人 ❷ Sir William, 1852-1916, 英國化學家,曾獲 1904 年諾貝爾化學獎)
Ramsbotham〔'ræmz,batəm〕拉姆斯博頓
Ramsbottom〔'ræmz,batəm〕拉姆斯伯頓
Ramsdell〔'ræmzdəl〕拉姆斯德爾
Ramsden〔'ræmzdən〕拉姆斯登
Ramser〔'ræmzə〕拉姆澤
Ramses〔'ræmsiz〕
Ramsey〔'ræmzɪ〕拉姆齊
Ramston〔'ræmztən〕
Ramtek〔'ramtek〕
Ramus〔'reməs; ra'mju (法)〕
Ramusio〔ra'muzjo〕
Ramuz〔ra'mjuz〕(法)
Ran〔ran〕【北歐神話】海之女神(以其網救溺水之人)
Rana〔'rana〕拉納
Ranade〔'ranade; 'ranədeŋ (印)〕
Ranald〔'rænəld〕拉納爾德
Ranau〔'ranau〕
Ranavalo〔ra'navalo〕
Ranc〔raŋ〕(法)
Rancagua〔raŋ'kagwa〕
Rance〔rans〕蘭斯

Rancé〔raŋ'se〕(法) 蘭斯
Ranchi〔'rantʃi〕
Rancho Davis〔'ræntʃo 'devɪs; 'rantʃo 'devɪs〕
Ranck〔ræŋk〕
Ranco〔'raŋko〕
Rand〔rænd; rand; rant〕蘭德
Randa〔'randa〕蘭達
Randal (1)〔'rændl〕蘭達爾
Randall's Island〔'rændlz~〕
Randazzo〔ran'dattso〕(義)
Randegger〔'rændɪdʒə〕
Randell〔'rændl〕蘭德爾
Randers〔'randəz; 'rændəz; 'ranəs〕
Randfontein〔'rantfɔn'ten〕
Randle〔'rændl〕
Randleman〔'rændlmən〕
Rando〔'rando〕
Randolph〔'rændalf〕蘭道夫(❶ Edmund Jennings, 1753-1813, 美國政治家 ❷ John, 1773-1833, 美國政治家)
Random Island〔'rændəm~〕
Randon〔raŋ'dɔŋ〕(法)
Rands〔rændz〕
Randulf〔'rændʌlf〕倫道夫
Randulf de Gernons〔'rændʌlf də ʒɛr'nɔŋ〕
Randwick〔'rændwɪk〕
Ranee〔ra'ni〕
Ranelagh〔'rænɪlə〕
Ranen〔'ranən〕
Raney〔'renɪ〕拉尼
Ranfurly〔'rænfəlɪ; ræn'fəlɪ〕蘭弗利
Rangabé〔raŋga'be〕(法)
Rangamati〔rʌŋ'gamatɪ〕(印)
Rangaunu〔'raŋau,nu〕
Rangeley〔'rendʒlɪ〕
Rangely〔'redʒlɪ〕
Rangell〔'raŋgel〕
Ranger〔'rendʒə〕蘭杰
Rangiroa〔,raŋɪ'roa〕
Rangitaiki〔,raŋɪ'taɪkɪ〕
Rangitata〔,raŋɪ'tatə〕
Rangitikei〔,raŋɪ'tɪkɪ〕
Rangitoto〔,raŋɪ'toto〕
Rangoon〔ræŋ'gun〕仰光(緬甸)
Rangpur〔'rʌŋpur〕(印)
Rangström〔'raŋstrəm〕(瑞典)
Rangun〔ræŋ'gun〕
Ranier〔re'nɪr〕
Ranieri〔ra'njɛrɪ〕
Raniero〔ra'njero〕

Ranjan〔'rʌndʒən〕(印)

Ranjit Singh〔'rʌndʒɪt 'sɪŋhə〕郎吉特
辛赫(1780-1839, 印度西北部 Pun-jab 邦之統
治者)

Ranjitsinhji Vibhaji〔'rʌndʒɪt'sɪndʒi
'vibədʒi〕(印)

Rank〔rænk; rɑŋk〕蘭克

Ranke〔'rɑŋkə; 'ræŋkɪ〕

Rankeillour〔'ræŋ'kilə〕蘭基勒

Ranken〔'ræŋkən〕蘭肯

Rankin〔'ræŋkɪn〕蘭金

Rankine〔'ræŋkɪn〕蘭金

Rankins〔'ræŋkɪnz〕

Rankovic〔raŋ'kɔvɪtʃ〕

Rannells〔'rænəlz〕

Rannoch〔'rænək; -nəh (蘇)〕

Rann of Cutch〔'rʌn əv 'kʌtʃ〕

Rannulf〔'rænəlf〕蘭納夫

Ranoe〔'rɑno〕

Ranpur〔'rɑnpur〕

Ranquel〔raŋ'kɛl〕

Ransford〔'rænsfəd〕蘭斯福德

Ranshofen-Wertheimer〔rɑns'hofən-
'wɛrt'haɪmer〕

Ransom(e)〔'rænsəm〕

Ranson〔'rænsn〕蘭森

Rantemario〔,rɑnte'mɑrɪ,o〕蘭特馬里
奧山(印尼)

Rantoul〔ræn'tul〕

Rantzau, von〔fɑn 'rɑntsɑu〕

Ranuccio〔ra'nuttʃo〕(義)

Ranulf〔'renəlf〕雷納夫

Ranulph〔'renəlf〕雷納夫

Ranvier〔raŋ'vje〕(法)

Ranworth〔'rænwəθ〕

Rao〔'reo; 'rɑ·u〕

Raoeng〔ra'uŋ〕

Raoul〔rɑul:ra'ul; ra'ul (法)〕

Raoul-Rochette〔raul·rɔ'ʃet〕(法)

Raoult〔ra'ul〕(法)

Raoux〔ra'u〕(法)

Rapa, Island〔'rɑpa～〕臘帕島(太平洋)

Rapagnetta〔,rɑpɑn'jetta〕(義)

Rapallo〔ra'pɑllo〕(義)

Rapel〔ra'pɛl〕

Raper〔'repə〕

Raphael〔'ræfəəl; 're-;-fɪəl;'refḷ;
'ræfel; 'ræfəəl (獨); 'rɑfael (德);
'rɑfɛl (荷)〕拉斐爾(Raffaello Santi,
1483-1520, 義大利畫家)

Raphaël〔rɑfɑ'ɛl〕(法) 拉斐爾　〔(葡)

Raphael de Jesus〔rɑfə'ɛl də ʒə'zus〕

Raphia〔rə'faɪə〕

Raphoe〔rə'fo〕

Rapidan〔,ræpɪ'dæn〕

Rapid City〔'ræpɪd～〕

Rapides〔rə'pid〕

Rapido〔'rɑpɪdo〕

Rapids〔'ræpɪdz〕

Rapin de Thoyras〔ra'pæŋ də twa'rɑs〕
(法)

Rapine〔'ræpɪn〕

Rapisardi〔,rɑpɪ'zɑrdɪ〕

Rapoport〔'rɑpəpɔrt〕拉波波特

Rapp〔ræp; rɑp〕拉普

Rappaccini〔,ræpə'tʃini〕

Rappahannock〔,ræpə'hænək〕

Rapperschwyl〔'rɑpəʃvil〕

Rapperswil〔'rɑpəsvil〕

Rappist〔'ræpɪst〕

Rappleye〔'ræplɪ〕

Rappold〔'ræpold〕拉波爾德

Rappoltsweiler〔'rɑpɔlts,vaɪlə〕

Rapport〔ræ'pɔrt〕拉波特

Rapson〔'ræpsn〕

Rapti〔'rɑpti〕

Raptores〔ræp'tɔrɪz〕

Rapuano〔rɑpu'ɑno〕拉普阿諾

Rapu Rapu〔'rɑpu 'rɑpu〕

Raqqah, al-〔æl·'rɑkka〕(阿拉伯)

Raquette〔'rækɪt〕

Raratonga〔,rærə'tɑŋə〕

Rarey〔'rerɪ〕

Raritan〔'rærɪtn〕

Rarotonga〔,rærə'tɑŋə〕拉洛東加島(南
太平洋)

Ras〔rɑs〕

Ras Addar〔rɑs æd'dɑr〕(阿拉伯)

Rasalaque〔,ræsæ'legwi〕

Rasalas〔'ræsələs〕

Ras-al-Gethi〔,rɑs·æl·'geθɪ〕

Rasalhague〔,rɑsæl'hegju〕

Ras at Tennura〔'rɑs æt tæn'nurɑ〕
(阿拉伯)

Rasay〔'raze〕

Rasbach〔'rɑsbɑk〕拉斯巴克

Ras Chiambone〔,rɑs kjam'bonɛ〕

Raschid, al-〔æl·'ræʃɪd〕

Raschig〔'rɑʃɪh〕(德)

Rasco〔'ræsko〕拉斯科

Rascoe〔'ræsko〕

Ras Dashan〔,rɑs dɑ'fɑn〕大祥山(非洲)

Ras d'Aurigny〔rɑ dori'nji〕(法)

Raseinyai〔ra'senjaɪ〕

Ras el Geneina〔'rɑs æl gɪ'nenə;
'rɑs æl gɪ'nenæ〕
Rash〔ræʃ〕拉什
Rashap〔'reʃæp〕
Rashbehary〔,rɑʃbɛ'hari〕
Rashdall〔'ræʃdɔl〕
Rashi〔'rɑʃi〕
Rashid〔rɑ'ʃid〕
Rashīd al-Dīn〔ræ'ʃid æd'din〕(阿拉伯)
Rashleigh〔'ræʃli〕
Rashowa〔'rɑʃowɑ〕
Rasht〔rɑʃt〕
Rašín〔'rɑʃin〕(捷)
Rasis〔'resɪs〕
Rask〔rɑsk〕拉斯克(Rasmus Christian,
1787-1832, 丹麥語言學家及東方問題專家)
Raskob〔'ræskɑb〕
Raskolnik〔rɑs'kɑlnɪk〕
Raskova〔rʌs'kɔvə〕(俄)
Rasles〔rɑl〕
Ras Muari〔rɑs mʊ'ɑrɪ〕
Ras Mohammed〔rɑs mʊ'hæmed〕
Ras Muhammad〔rɑs mʊ'hɑmed〕
Ras Muhammed〔rɑs mʊ'hɑmed〕
Raspe〔'rɑspɪ〕
Rasmus〔'ræsməs;'rɑsmʊs(丹、挪)〕
拉斯馬斯
Rasmuson〔'ræsmʌsn〕
Rasmussen〔'rɑs,mʌsn〕拉斯穆森(Knud
Johan Victor, 1879-1933, 丹麥北極探險家及
人類學家)
Raso〔'rɑzu〕(巴)
Raspail〔rɑs'pɑj〕(法)
Rasputin〔ræs'pjutɪn;rʌs'putjn〕拉斯
浦丁(Grigori Efimovich, 1871?-1916, 俄國
惡名昭彰的僧侶)
Rassam〔rɑs'sɑm〕(土)
Rasselas〔'ræsɪləs〕
Rasskazovo〔rʌs'skɑzəvə〕(俄)
Rastaban〔,rɑstə'bɑn〕
Rastaben〔rɑstə'bɛn〕
Ras Tannura(h)〔rɑs tɑn'nurə〕
Ras Tanura〔rɑs tɑ'nurə〕
Rastadt〔'rɑʃtɑt〕
Rastatt〔'rɑʃtɑt〕
Rastell〔'ræstɪl〕
Rastrelli〔rɑs'trellɪ〕(義)
Rastrick〔'ræstrɪk〕
Rastyapino〔rɑs'tjɑpɪno〕
Rat Islands〔ræt~〕臘特群島(美國)
Rata〔'rɑtɑ〕
Ratae〔'reti〕

Ratak〔'rɑtɑk〕
Ratatöskr〔'rɑtɑ'tɵskə〕
Ratazzi〔rɑ'tɑttsɪ〕(義)
Rat Buri〔'rɑt burɪ〕
Ratchford〔'rætʃfəd〕拉奇福德
Ratcliff(e)〔'rætklɪf〕拉特克利夫
Ratclyffe〔'rætklɪf〕
Ratdolt〔'rɑtdɑlt〕
Rateau〔rɑ'to〕(法)
Ratendone〔'rætəndʌn〕
Raterman〔'retəmən〕雷特曼
Rath〔ræθ;rɑt〕
Rathaus〔'rɑthaʊs〕
Rathayatra〔rʌtə'jɑtrɑ〕(印)
Rathbone〔'ræθbon〕拉思伯恩
Rathbun〔'ræθbən〕拉思本
Rathdonnel〔ræθ'dɑnəl〕
Rathedaung〔'rɑðədaʊn〕
Rathenau〔'rɑtə,naʊ〕拉鐵諾(Walther,
1867-1922, 德國實業家、作家、政治家)
Rathenow〔'rɑtəno〕
Rathfarnham〔ræθ'fɑrnəm〕
Rathgar〔ræθ'gɑr〕
Rathke〔'rɑtkə〕
Rathlin〔'ræθlɪn〕
Rathmines〔,ræθ'maɪnz〕
Rathmore〔ræθ'mɔr〕
Rathvon〔'ræθvɑn〕拉思馮
Ratibor〔'rɑtɪbɔr〕
Ratibor and Korvei〔'rɑtɪbɔr ənd
kɔrfaɪ〕
Ratich〔'rɑtɪh〕(德)
Ratichius〔rɑ'tɪhiʊs〕(德)
Ratisbon〔'rætɪzbɑn〕
Ratisbona〔,rætɪs'bonə〕
Ratisbonne〔rɑtiz'bɔn〕(法)
Rätische Alpen〔'rɛtɪʃə 'ɑlpən〕
Ratke〔'rɑtkə〕
Ratlam〔rʌt'lɑm〕(印)
Ratnagiri〔rʌt'nɑgɪrɪ〕(印)
Ratnavali〔rɑt'nɑvɑli〕
Ratoff〔'rætəf〕
Raton〔ræ'tun;rə'ton〕
Raton Pass〔'rætun 'pɑs〕
Rat Portage〔ræt 'pɔrtɪdʒ〕
Ratramnus〔rə'træmnəs〕
Ratsey〔'rætsɪ〕拉齊
Rattarnji〔rɑttɑrn'dʒi〕
Rattazzi〔rɑt'tɑttsɪ〕(義)
Ratti〔'rɑttɪ〕(義)
Rattigan〔'rætɪgən〕拉蒂根
Rattlin〔'rætlɪn〕

Rattray〔'rætre〕拉特雷
Ratzeburg〔'ratsəburk〕(德)
Ratzel〔'ratsəl〕(德)
Ratzenhofer〔'ratsən,hofɚ〕
Rau〔rau〕勞
Raubenheimer〔'robɛn,haɪmɚ〕
Räuber〔'rɔɪbɚ〕
Rauch〔rauh〕(德) 勞赫
Raucourt〔ro'kur〕(法)
Raucoux〔ro'ku〕(法)
Raud〔'raud〕
Raudian〔'rɔdɪən〕
Raudnitz〔'raudnɪts〕
Raufarhöfn〔'rɜɪvar,hɚpn〕(冰島)
Rauf Coilyear〔'rɔf 'kɔɪlɪr〕
Raughley〔'rɔlɪ〕
Raugust〔'rɔgʌst〕
Rauh〔rau〕勞
Raukawa〔'raukəwə〕
Raukumara〔rau'kumərə〕
Raul〔rɔl ; rə'ul〕勞爾
Raúl〔ra'ul〕
Rauma〔'rauma〕勞馬 (芬蘭)
Raumer〔'raumə〕
Raumo〔'raumo〕
Raunkiær〔'raunkɛr〕
Raupach〔'raupah〕(德)
Rauraci〔'rɔrəsaɪ〕
Raurici〔'rɔrɪsaɪ〕
Rauschenbusch〔'rauʃən,buʃ〕
Rauscher〔'rauʃɚ〕勞舍爾
Rauschning〔'rauʃnɪŋ〕勞希寧
Rausenberger〔'rauzən,bɛrgɚ〕(德)
Rautenberg〔'rautnbɚg〕
Rauxel〔'rauksəl〕
Rauzan〔ro'zaŋ〕
Ravaillac〔rava'jak〕(法)
Ravaisson-Mollien〔rave'sɔŋ·mɔ-'ljɛŋ〕(法)
Ravalli〔rə'vælɪ〕
Ravardière〔ravar'djer〕(法)
Rava Russkaya〔'ravə 'russkəjə〕(俄)
Ravee〔'ravi〕
Ravel〔ræ'vel〕拉維爾 (Maurice Joseph, 1875-1937, 法國作曲家)
Ravello〔ra'vello〕(義)
Raven〔'revn〕雷文
Ravena〔rə'vinə〕
Ravenel〔'rævənɛl〕
Raven-Hill〔'revn-'hɪl〕
Ravening〔'revnɪŋ〕
Ravenna〔rə'vɛnə〕拉溫那 (義大利)

Ravensbourne〔'revɳzbɔrn〕
Ravensbrück〔'ravənsbrjuk〕
Ravensburg〔'revənzbɚg ; 'ravənsburk〕(德)
Ravenscroft〔'revənzkrɔft〕
Ravenshoe〔'revɳzho〕
Ravenspur〔'revɳspɚ〕
Ravenspurgh〔'revɳspɚg〕
Ravenstein〔'revnstaɪn ; 'ravənʃtaɪn〕(德)
Ravenswood〔'revɳzwud〕雷文斯伍德
Ravesteyn〔'ravəstaɪn〕
Ravi〔'ravi〕
Ravins〔ra'væɳ〕(法)雷分
Ravotto〔ræ'voto〕
Rawa〔'rawa〕　　　　　　　「斯坦」
Rawalpindi〔,raval'pɪndi〕洛瓦平第 (巴基
Rawa Ruska〔'rava 'ruska〕(波)
Rawdon〔'rɔdn〕羅頓
Rawdon-Hastings〔'rɔdn̩·'hestɪɳz〕
Rawhide〔'rɔ,haɪd〕
Rawil〔ra'vil〕
Rawiyah, al-〔ær'rawɪjæ〕(阿拉伯)
Rawka〔'rafka〕
Rawle〔rɔl〕羅爾
Rawley〔'rɔlɪ〕羅利
Rawlings〔'rɔlɪɳz〕羅林斯
Rawlins〔'rɔlɪnz〕
Rawlinson〔'rɔlɪnsn̩〕勞林森 (George, 1812-1902, 英國歷史學家及東方學家)
Rawls〔rɔlz〕羅爾森
Rawmarsh〔'rɔ,marʃ〕
Rawnsley〔'rɔnzlɪ〕羅恩斯利
Raworth〔'rewɚθ〕
Rawson〔'rɔsn ; 'rausɔn〕(西) 羅森
Rawtenstall〔'rɔtnstɔl〕
Rawul Pindee〔rɔl 'pɪndɪ ; 'rawəl 'pɪndɪ〕
Rawyl〔ra'vil〕
Raxalp〔'raksalp〕
Raxis〔rak'sis〕
Ray〔re〕雷伊 (John, 1627?-1705, 美國博物學家)
Rayak〔ra'jak〕
Rayburn〔'rebən〕雷伯恩
Raye〔re〕
Rayet〔ra'je〕(法)
Rayfield〔'refild〕雷菲爾德
Rayi〔'rei〕
Rayleigh〔'relɪ〕雷利 (本名 John William Strutt, 1842-1919, 英國物理學家及數學家)
Rayment〔'remənt〕

Raymer〔'remə〕雷默
Raymi〔'raımı〕雷蒙特
Raymond〔'remənd; re'mɔŋ (法)〕雷孟德
Raymondville〔'reməndvıl〕
Raymund〔'remənd; 'raımʊnt (德)〕
Raymundo〔raı'mundu〕
Raynal〔re'nal〕(法)
Rayne〔ren〕
Rayner〔'renə〕雷納
Raynes〔'renz〕
Raynesford〔'renzfəd〕雷恩斯福德
Raynham〔'renəm; 'renhæm〕
Raynolds〔'renəldz〕雷諾茲
Raynor〔'renə〕雷諾
Raynouard〔re'nwar〕(法)
Raynsford〔'renzfəd〕雷恩斯福德
Rayong〔rajɔŋ〕羅勇府 (泰國)
Rayski〔'raıskı〕
Raystown〔'reztaʊn〕
Rayville〔'revıl〕
Raz, Pointe du〔pwæŋt dju 'ra〕(法)
Razafindrahety〔,razafındra'hetı〕
Razak〔'rezæk〕
Razelm〔ra'zɛlm〕
Raziel〔'razıɛl〕
Raziya〔ræ'zijə〕
Raziyyat-ud-din〔ræ'zıjjæt·ʊd·'din〕
 (阿拉伯)
Razmara〔,razma'ra〕
Razor〔'rezə〕
Razran〔'rezræn〕
Razvi〔'raʒvi〕
Razzell〔ra'zel〕
Razzi〔'rattsı〕(義)
Re〔re〕雷
Ré〔re〕
Rea〔re; ri〕雷
Rea, Lough〔lah 're〕(愛)
Reach〔ritʃ〕
Read(e)〔rid〕利德 (Charles, 1814-1884,
 英國小說家及劇作家)
Reading〔'redıŋ〕列丁 (John, 1677-1764,
 英國風琴家)
Readins〔'redınz〕
Readio〔'redıo〕
Ready〔'redı〕雷迪
Reagan〔'regən〕雷根 (Ronald, 1911-,美國
 演員及政治家, 自1981年爲美國第四十任總統)
Reagin〔'regın〕雷金
Real〔'riol; re'al〕里爾
Real Academia Española〔re'al
 aka'ðemja ɛspa'njola〕(西)

Real del Monte〔re'al ðɛl 'mɔnte〕(西)
Réal del Sarte〔re,al dɛl 'sart〕(法)
Realf〔rıəlf〕
Reals〔rilz〕里爾斯
Ream〔rim〕雲壤 (柬埔寨)
Reamey〔'remı〕雷米
Reams〔rimz〕
Rean〔'riən〕
Reaney〔'rinı〕
Réao〔re'ao〕
Rearden〔'rıədən〕里爾登
Reardon〔'rıədən〕里爾登
Rearguard〔'rıə,gard〕
Rea Silvia〔rıə 'sılvıə〕
Reason〔'rizn̩〕
Reasor〔'rizə〕
Reate〔ri'etı〕(義)
Réaumur, de〔'reəmjur〕列歐穆 (René
 Antoine Ferchault, 1683-1757, 美國博物學家及
 及物理學家)
Reaveley〔'rivlı〕里夫利
Reavell〔'revl〕里維爾
Reavis〔'vevıs〕雷維斯
Reay〔re〕雷伊
Reba〔'ribə〕麗芭
Rebecca〔rı'bɛkə〕麗蓓嘉
Rebeck〔'ribɛk〕
Rebecque〔rə'bɛk〕
Rebekah〔rı'bɛkə〕麗貝卡   「(葡)
Rebello da Silva〔rə'vɛllu ðə 'silvə〕
Rebêlo〔rə'velu〕(巴西)
Reber〔'rebə(德); rə'bɛr(法)〕麗伯
Rebikov〔'rebjıkəf; 'rjebjıkəf(俄)〕
Rebmann〔'repman〕(德)
Rebollo〔re'voljo〕(西)
Reboul〔rə'bul〕(法)
Reboux〔rə'bu〕(法)
Rebreanu〔rɛ'brjanu〕(羅)
Recalde〔rɛ'kalde〕
Récamier〔reka'mje〕(法)
Recce〔'rɛkı〕
Recchia〔'rɛkıə〕(義)
Rechab〔'rikæb〕
Rechard〔'rıkəd〕
Rechberg und Rothenlöwen〔'rɛhberk
 unt 'rotən,løvən〕(德)
Recherche〔rə'ʃɛrʃ〕
Rechitsa〔rə'tʃıtsə; rjı'tʃitsə(俄)〕
Recife〔rı'sifı; rı'sifə〕勒西菲港 (巴西)
Reck〔rɛk〕雷克
Reckless〔'rɛklıs〕雷克利斯
Reckling〔'rɛklıŋ〕

Recklinghausen 〔ˈrɛklɪŋˌhaʊzən〕勒克林豪森（德國）
Reckmeyer 〔ˈrɛkmaɪə〕
Recknagel 〔ˈrɛknɑgəl〕
Reclarn 〔ˈreklɑrn〕
Reclus 〔rəkˈlju〕（法）
Record 〔ˈrɛkɔrd〕雷科德
Recorde 〔ˈrɛkɔrd;-əd〕
Records 〔ˈrɛkɔrdz;-kədz〕雷科茲
Recouly 〔rəkuˈli〕
Recovery 〔rɪˈkʌvərɪ〕
Rector 〔ˈrɛktə〕雷克托
Reculet 〔rəkjuˈlɛ〕（法）
Reculver 〔rɪˈkʌlvə;rə-〕
Recuyell 〔rɪˈkʌjɪl〕
Red Sea 〔rɛd∼〕紅海（印度洋）
ReDak 〔rɛˈdak〕
Redan 〔rɪˈdæn;ˈredɑn〕
Redang 〔ˈredɑŋ〕
Redboy 〔ˈrɛdˌbɔɪ〕
Redburn 〔ˈrɛdbɜn〕雷德本
Redcar 〔ˈrɛdˌkar〕
Redcliffe 〔ˈrɛdklɪf〕雷德克利夫
Red Cloud 〔ˈrɛd ˌklaʊd〕
Redcloud 〔ˈrɛdklaʊd〕
Redclyffe 〔ˈrɛdklɪf〕
Red Cross 〔ˈrɛd ˈkras〕
Red Cross Knight 〔ˈrɛd ˌkras ˈnaɪt〕
Redd 〔rɛd〕雷德
Reddawy 〔ˈrɛdəwe〕雷德維
Reddeford 〔ˈrɛdəfəd〕雷德福
Redden 〔ˈrɛdn̩〕雷登
Reddig 〔ˈredɪg〕雷迪格
Redding 〔ˈrɛdɪŋ〕雷丁
Reddish 〔ˈrɛdɪʃ〕雷迪什
Redditch 〔ˈrɛdɪtʃ〕
Rede 〔rid〕里德
Redeemer 〔rɪˈdimə;rə-〕
Redemption 〔rɪˈdɛmpʃn;rə-〕
Reden 〔ˈredən〕
Reder 〔ˈredə;ˈridə〕雷德
Redesdale 〔ˈridzdel〕里茲代爾
Redfern 〔ˈrɛdfɜn〕雷德芬
Redfield 〔ˈrɛdfild〕
Redfish 〔ˈrɛdˌfɪʃ〕
Redgauntlet 〔ˈrɛdˈgɔntlɪt〕
Redgrave 〔ˈrɛdgrev〕雷德格雷夫
Redhill 〔ˈrɛdˈhɪl〕
Redi 〔ˈrɛdi〕
Redin 〔ˈredjɪn〕
Red Jacket 〔ˈrɛd ˌdʒækɪt〕
Redkey 〔ˈrɛdˌki〕

Redl 〔ˈrɛdl̩〕雷德爾
Redlands 〔ˈrɛdlændz;-ləndz〕
Redlich 〔ˈretlɪh〕（德）
Redman 〔ˈrɛdmən〕雷德曼
Redmayne 〔ˈrɛdmen〕雷德梅因
Redmond 〔ˈrɛdmənd〕列德蒙（John Edward, 1856-1918, 愛爾蘭政治家）
Rednitz 〔ˈrednɪts〕（德）
Redon 〔rəˈdɔŋ〕（法）
Redonda 〔rɪˈdɑndə〕
Redondo 〔rɪˈdɑndo〕
Redonum 〔rɪˈdonəm〕
Redouté 〔rəduˈte〕（法）
Redoutensaal 〔rəˈdutənzal〕
Redpath 〔ˈrɛdpɑθ〕雷德帕思
Red Ridinghood 〔ˌred ˈraɪdɪŋhud〕
Red River 〔ˈrɛd ˈrɪvə〕
Redriff 〔ˈrɛdrɪf〕
Redroe 〔ˈrɛdro〕
Redruth 〔ˈrɛdruθ〕
Redscar 〔ˈrɛdsˌkar〕
Bed Sea 〔ˈrɛd ˈsi〕紅海（印度洋）
Red Skins 〔ˈrɛd ˈskɪnz〕
Redvers 〔ˈrɛdvəs〕雷德弗斯
Redwald 〔ˈredwɔld〕雷德沃爾德
Red Wing 〔ˈrɛd ˌwɪŋ〕
Redwitz 〔ˈretvɪts〕
Redwood 〔ˈrɛdwud〕雷德伍德
Redworth 〔ˈrɛdwəθ〕
Ree 〔ˈri〕
Reece 〔ris〕里斯
Reed 〔rid〕列德（❶ Stanley Forman, 1884-1980, 美國法學家 ❷ Thomas Brackett, 1839-1902, 美國從政者）
Reeder 〔ˈridə〕
Reedley 〔ˈridlɪ〕
Reedsburg 〔ˈridzbɜg〕
Reedy 〔ˈridɪ〕里迪
Reef 〔rif〕
Reek 〔rik〕
Reekie 〔ˈrikɪ〕
Reelfoot 〔ˈrilfut〕
Reeme 〔rim〕
Reemelin 〔ˈrimələn〕
Rees(e) 〔ris〕
Reeve 〔riv〕里夫
Reeverts 〔ˈrivəts〕里弗茨
Reeves 〔rivz〕里夫斯
Befregier 〔rɛfrɪˈdʒɪr〕雷弗里吉爾
Reg 〔rɛdʒ〕雷吉
Regain 〔rəˈgæŋ〕（法）
Regalado 〔ˌregaˈlaðo〕（西）

Regaldi 〔reˈgɑldɪ〕

Regan 〔ˈrigən〕里甘

Regas 〔ˈrigɑs〕

Regen 〔ˈregən〕

Regener 〔ˈregənɚ〕

Regensburg 〔ˈregənz,bɚg;ˈregənsburk〕累根斯堡（德國）

Regent 〔ˈridʒnt〕

Reger 〔ˈregɚ〕雷格

Regester 〔ˈridʒɛstɚ〕里杰斯特

Reggane 〔ˈreggænɛ〕

Reggello 〔rɛdˈdʒello〕（義）

Reggie 〔ˈrɛdʒɪ〕

Reggio 〔ˈrɛdʒɪo;ˈreddʒɪo（義）〕勒喬（義大利）　　　　　　　　　　「（義）

Reggio Calabria 〔ˈreddʒɪo kɑˈlabrɪa〕

Reggio di Calabria 〔ˈreddʒɔ di kɑˈlabri,a〕卡拉布里亞（義大利）

Reggio Emilia 〔ˈreddʒɪo ,nellɛlˈɛmilja〕（義）

Regillensis 〔,rɛdʒɪˈlɛnsɪs〕

Regillo 〔reˈdʒillo〕（義）

Regillus 〔rɪˈdʒɪləs〕

Regilus 〔rɪˈdʒɪləs〕

Regin 〔ˈregɪn〕雷金

Regina 〔rɪˈdʒaɪnə;redʒina〕利宅那（加拿大）

Reginald 〔ˈrɛdʒɪnəld〕雷哲諾德

Regino 〔ˈregino〕

Reginon 〔ˈreginon〕

Regiomontanus 〔,ridʒɪomanˈtenəs;,regiomanˈtanus（德）〕

Región Occidental 〔rɛˈhjən ,ɔksɪðɛnˈtal〕（西）

Región Oriental 〔reˈhjən ,ɔrjɛnˈtal〕（西）

Regio Syrtica 〔ˈridʒɪo ˈsɚtɪkə〕

Regis 〔ˈridʒɪs〕

Régis 〔reˈʒis〕

Registan 〔,regɪsˈtan〕

Register 〔ˈrɛdʒɪstɚ〕雷吉斯特

Registrar-General 〔ˈrɛdʒɪstrɑ·-ˈdʒɛnərəl〕

Regium 〔ˈridʒɪəm〕

Regium Lepidum 〔ˈridʒɪəm ˈlɛpɪdəm〕

Regius 〔ˈridʒɪəs〕

Regla 〔ˈreglɑ〕

Regnal 〔ˈregnl〕雷格納爾

Regnard 〔rəˈnjar〕（法）

Regnault 〔rəˈnjo〕（法）

Règne Animal 〔rɛnj aniˈmɑl〕（法）

Regnier 〔raɪˈniə〕雷尼爾

Régnier 〔,reˈnje〕雷涅（Henride, 1864-1936, 法國作家）

Regnitz 〔ˈregnɪts〕

Regnitzhof 〔ˈregnɪtshof〕

Regnum 〔ˈrɛgnəm〕

Regnum Parthorum 〔ˈrɛgnəm parˈθɔrəm〕

Rêgo 〔ˈregu〕

Regulation 〔,rɛgjuˈlefən〕

Regulbium 〔rɪˈgʌlbɪəm〕

Reguli 〔ˈregjulaɪ;-gjəl-〕

Regulus 〔ˈregjuləs〕雷古拉斯（Marcus Atilius, ?-? 250 B.C, 羅馬將軍）

Reh 〔re〕

Rehan 〔ˈriən;ˈrɛən〕里恩

Rehberg 〔ˈrebɛrk〕（德）

Rehfues 〔ˈrefjus〕

Rehm 〔rim〕

Rehn 〔ren〕雷恩

Rehoboam 〔,rihəˈboəm; riə-〕

Rehoboth 〔rɪˈhobəθ;ˈrehəbəθ〕

Rehor 〔ˈrihɔr〕里霍爾

Rehovot(h) 〔rɪˈhovot〕

Rehring 〔ˈrerɪŋ〕

Reich 〔raɪk;raɪh〕❶神聖羅馬帝國❷德國或德國政府

Reicha 〔ˈraɪhɑ〕（德）

Reichard 〔ˈraɪhart〕（德）賴卡德

Reichardt 〔ˈraɪhart〕（德）

Reichart 〔ˈraɪkart〕

Reichel 〔ˈraɪhəl〕（德）

Reichelderfer 〔ˈraɪkəl,dɚfɚ〕賴克爾德弗

Reichenau 〔ˈraɪhənau〕（德）

Reichenbach 〔ˈraɪhənbah〕（德）

Reichenberg 〔ˈraɪhənberk〕（德）

Reichenhall 〔,raɪhənˈhal〕（德）

Reichenow 〔ˈraɪhəno〕（德）

Reichensperger 〔ˈraɪhəns,pɛrgɚ〕（德）

Reichenthal 〔ˈraɪhəntal〕（德）

Reicher 〔ˈraɪhɚ〕（德）

Reichert 〔ˈraɪkɚt〕賴克特

Reichler 〔ˈraɪklɚ〕賴克勒

Reichley 〔ˈraɪklɪ〕賴克利　　　　　　「（德）

Reichlin-Meldegg 〔ˈmaɪhlɪn·ˈmɛldɛk〕

Reichsbank 〔ˈraɪks,bæŋk〕（德）德國國家銀行

Reichshofen 〔ˈraɪhshofən〕（德）

Reichsland 〔ˈraɪhslant〕（德）

Reichsrat(h) 〔ˈraɪhsrat〕（德）

Reichstadt 〔ˈraɪhʃtat〕（德）　　　　　「會

Reichstag 〔ˈraɪks,tag;ˈraɪhstah〕德國之議

Reichstein 〔ˈraɪk,staɪn〕萊克斯坦（Tadeus, 1897-, 瑞士化學家）

Reichswehr〔'raɪksvɛr;'raɪlɪs-(德)〕
Reid〔rid〕利德(Thomas, 1710-1796, 蘇格蘭哲學家)
Reidsville〔'ridzvɪl〕
Reidy〔'ridɪ〕里迪
Reif〔raɪf〕
Reifman〔'raɪfmæn〕
Reigate〔'raɪgɪt〕
Reigner〔'raɪgnɚ〕賴格納
Reignier〔renje〕賴格尼爾
Reignold〔'renld〕
Reigny〔'renɪ〕
Reik〔raɪk〕
Reil〔raɪl〕
Reiling〔'raɪlɪŋ〕
Reille〔rɛj〕(法)
Reilly〔'raɪlɪ〕賴利
Reimann〔'raɪmɑn〕賴曼
Reimarus〔raɪ'mɑrʊs〕
Reimensnyder〔'rimǝns,naɪdɚ〕
Reimer〔'raɪmɚ〕賴默
Reimers〔'raɪmɚz〕賴默斯
Reims〔rimz〕理姆斯(法)
Rein〔raɪn〕賴因
Reina〔'renɑ〕
Reina Adelaida〔'renɑ ,ɑðɛ'laɪðɑ〕(西)
Reina Barrios〔'renɑ 'varrjos〕(西)
Reinach〔,rɛ'nak〕雷納克(Salomon, 1858-1932, 法國人類學家)
Reinacher〔'raɪnɑhɚ〕(德)
Reinald〔'raɪnld〕
Reinberg〔'raɪnbɚg〕賴因伯格
Reincke〔'raɪŋkɪ〕賴內克
Reincken〔'raɪŋkǝn〕
Reindeer Lake〔'rendɪr~〕馴鹿湖(加拿大)
Reinecke〔'raɪnǝkǝ〕
Reindel〔'raɪndǝl〕
Reiner〔'raɪnɚ;'renɚ〕賴納
Reinert〔'raɪnɚt〕賴納特
Reinhard〔'raɪnhɑrd;-hɑrt(德)〕萊因哈
Reinhardsbrunn〔'raɪnhɑrts,brun〕(德)
Reinhardt〔'raɪnhɑrt〕(德)萊因哈特
Reinhart〔'raɪnhɑrt〕萊因哈特
Reinhold〔'raɪnhɑlt〕(德)萊因霍爾德
Reinick〔'raɪnɪk〕
Reinicker〔'raɪnɪkǝ〕
Reinier〔raɪ'nir〕
Reining〔'raɪnɪŋ〕
Reinisch〔'raɪnɪʃ〕賴尼希
Reinke〔'raɪŋkǝ〕

Reinken〔'raɪŋkǝn〕
Reinkens〔'raɪŋkǝns〕
Reinmar〔'raɪnmɑr〕
Rein Margot〔rɛn mɑr'go〕(法)
Reinmar von Hagenau〔'raɪnmɑr fɑn 'hɑgǝnɑu〕
Reinmar von Zweter〔'raɪnmɑr fɑn 'tsvetǝ〕
Reinmuth〔'raɪnmuθ〕
Reino e Conquistas de Angola〔'renu ɪ koŋ'kiʃtǝʃ dɪ ʌŋ'golǝ〕(葡)
Reinold〔'raɪnold〕賴諾爾德
Reinsch〔raɪnʃ〕
Reinstein〔'raɪnstaɪn〕
Reis〔raɪs(德);'reɪʃ(葡)〕
Reisch〔raɪʃ〕賴因施
Reischauer〔'raɪʃaʊɚ;'raɪkshaʊɚ〕
Reisenauer〔'raɪzǝ,nɑʊɚ〕
Reiser〔'raɪzɚ〕賴澤
Reiske〔'raɪskǝ〕
Reisner〔'raɪsnɚ〕賴斯納
Reiss〔raɪs〕賴斯
Reissig〔'raɪsɪg〕賴西格
Reissiger〔'raɪsɪgɚ〕賴辛格
Reissner〔'raɪsnɚ〕
Reistle〔'raɪslɪ〕賴斯利
Reiter〔'raɪtɚ〕
Reith〔riθ〕
Reitz〔rets〕賴茨
Reitzel〔'raɪtsǝl〕賴策爾
Reitzenstein〔'raɪtsǝnʃtaɪn〕(德)
Reizenstein〔'raɪznstaɪn〕
Rej〔re〕(波)
Rejaf〔rɛ'dʒæf〕
Réjane〔re'ʒɑn〕(法)
Rejang〔'redʒɑŋ〕
Réju〔re'ʒjʊ〕
Rejmont〔'remont〕
Rekata〔rɛ'kɑtǝ〕
Relander〔rɛ'lɑndɚ〕
Religio Laici〔rɪ'lɪdʒɪo 'leɪsaɪ〕
Reller〔'rɛlǝ〕
Relly〔'rɛlɪ〕雷利
Rels, du〔du 'rɛls〕
Remak〔'remak〕
Remakrishna〔,remǝ'krɪʃnǝ〕
Remarque〔rǝ'mɑrk〕雷馬克(Erich Maria, 1898-1970, 美國小說家)
Rembert〔'rɛmbɚt〕倫伯特
Rembertus〔rɛm'bɚtǝs〕
Rembrandt van Rijn〔'rɛmbrænt vɑn 'raɪn〕侖布蘭特(1606-1669, 荷蘭畫家)

Remedios〔reˈmeðjos〕（西）

Remedius〔rɪˈmidɪəs〕

Remember〔rɪˈmɛmbə〕

Reményi〔ˈrɛmenjɪ〕（匈）

Remer〔ˈrimə〕雷默

Remesal〔remeˈsal〕（西）

Remey〔ˈrimɪ〕里米

Remi〔reˈmi；ˈrimaɪ〕

Rémi〔reˈmi〕雷米克

Remick〔ˈrɛmɪk〕

Remigio〔reˈmihjo〕（西）

Remigius〔rɪˈmɪdʒɪəs；reˈmigɪʊs〕（德）

Remijio〔reˈmihjo〕（西）

Remington〔ˈrɛmɪŋtən〕雷明頓（Frederic，1861-1909，美國藝術家）　「雷米佐夫

Remizov〔ˈremizəf；ˈrjemjɪzɔf〕（俄）〕

Remnant〔ˈrɛmnənt〕雷姆南特

Remois〔rəˈmwa〕（法）

Remorino〔ˌremoˈrino〕

Remouchamps〔rəmuˈʃaŋ〕（法）

Rempang〔ˈrɛmpaŋ〕

Rems〔rɛms〕

Remscheid〔ˈrɛmʃaɪt〕勒姆什特（德國）

Remsen〔ˈrɛmsn；ˈrɛmzn̩〕藍森（Ira，1846-1927，美國化學家）

Rémur〔reˈmjur〕

Remus〔ˈriməs〕【羅馬神話】雷摩斯

Rémusat〔remjuˈza〕（法）

Remy〔reˈmi〕里米

Rémy〔reˈmi〕

Rena〔ˈrinə〕里納

Renaissance man〔rəˈnesəns ~；rɪ-ˈnesəns ~〕文藝復興時期的有學識的文人

Renaix〔rəˈne〕（法）

Renals〔ˈrɛnəlz〕雷納爾斯

Renan〔rɪˈnæn；rəˈnaŋ〕雷南（Joseph Ernest，1823-1892，法國語言學家、批評家及歷史家）

Renard〔rəˈnar〕（法）雷納

Renasence〔rɪˈnæsn̩s〕

Renato〔reˈnato〕

Renaud〔rəˈno〕（法）雷諾

Renaudel〔rənoˈdɛl〕（法）

Renaudot〔rənoˈdo〕（法）

Renault〔rəˈno〕雷諾（Louis，1843-1918，法國法學家及和平主義者）

Rendall〔ˈrɛndl̩〕倫德爾

Rendel〔ˈrɛndl̩〕倫德爾

Rendis〔ˈrɛndis〕

Rendova〔rɛnˈdovə〕

Rendsburg〔ˈrɛntsburk〕（德）

René(e)〔rəˈne〕

René Baton〔rəˈne baˈtɔŋ〕（法）

Renegado〔ˌrɛnɪˈgedo〕

Reneker〔ˈrɛnɪkə〕

Renfrew〔ˈrɛnfru〕倫弗魯

Renfrewshire〔ˈrɛnfru.ʃɪr〕藍夫魯郡（蘇格蘭）

Reni〔ˈrɛnɪ；rɛn〕

Renn〔rɛn〕雷恩

Renne〔ˈrɛnɪ〕倫尼

Rennebohm〔ˈrɛnɪbom〕倫尼邦

Renneisen〔ˈrɛnɪsen〕

Rennell〔ˈrɛnl̩〕倫內爾

Rennenkampf〔rjənnənˈkampf〕（俄）

Renner〔ˈrɛnə〕倫尼爾（Karl，1870-1950，奧國政治家）

Rennes〔rɛn〕勒恩（法國）

Rennie〔ˈrɛnɪ〕倫尼

Reno〔ˈrino；ˈreno〕利諾（美國）

Renoir〔rəˈnwar〕雷諾瓦（Pierre Auguste，1841-1919，法國畫家）

Renouf〔rəˈnuf〕雷努夫

Renouvier〔rənuˈvje〕（法）

Renovo〔rɪˈnovo〕

Renshaw〔ˈrɛnʃɔ〕倫肖

Rensselaer〔ˈrɛnslə；rɛnsəˈlɪr〕

Rentenmark〔ˈrɛntənmark〕

Rentis〔ˈrɛndis〕（希）

Renton〔ˈrɛntn̩〕倫頓

Rentoul〔rɛnˈtul；rɛn-〕倫圖爾

Rentschler〔ˈrɛntʃlə〕倫奇勒

Rentzel〔ˈrɛntsəl〕倫策爾

Renus〔ˈrinəs〕

Renville〔ˈrɛnvɪl〕

Renwick〔ˈrɛnwɪk；ˈrɛnɪk〕倫威克

Réole〔reˈɔl〕

Repgow〔ˈrɛpgo〕

Rephaim〔ˈrɛfem；rɪˈfeɪm〕

Repin〔ˈrɛpɪn；ˈrjepjɪn〕（俄）

Repington〔ˈrɛpɪŋtən〕雷平頓

Repkow〔ˈrɛpko〕

Repnin〔rjɪpˈnjin〕（俄）

Repplier〔ˈrɛplɪə〕雷普利爾

Reproche〔rəˈprɔʃ〕

Repton〔ˈrɛptən〕

Republic〔rɪˈpʌblɪk〕

República de Panamá〔rɛˈpuvlɪka ðe ˌpanaˈma〕（西）

República Dominicana〔rɛˈpuvlɪka ðoˌminɪˈkana〕（西）

Republican〔rɪˈpʌblɪkən〕

República Oriental del Uruguay　〔西〕〔rɛˈpuvlɪka ˌorjenˈtal del ˌuruˈgwaɪ〕

République libanaise〔repjub'lik liba'nez〕(法)

Repulse〔rɪ'pʌls;'ripəls〕

Requeséns〔,reke'sens〕(西)

Requetés〔,reke'tes〕

Requier〔rə'kje〕(法) 勒基埃

Reresby〔'rɪəzbɪ〕雷爾斯比

Resaca〔rɪ'sækə〕

Resaca de la Palma〔rɛ'saka ðe la 'palma〕(西)

Resartus〔rɪ'sartəs〕

Resende〔rə'zendə〕

Reservation Peak〔,rɛzɚ'veʃən~〕

Reserve〔rɪ'zɜv〕

Resheph〔'riʃef〕

Reshevski〔rɪ'ʃefskɪ〕

Resht〔reʃt〕瑞士特(伊朗)

Resina〔rɛ'zina〕

Resinol〔'rɛzɪnɔl〕

Resnik〔'rɛznɪk〕雷斯尼克

Resolution Island〔,rɛzə'ljuʃən~〕 雷佐劉興島(加拿大)

Resolutissimus〔,rɛzəlju'tɪsɪməs〕

Resor〔'risɔr〕

Respighi〔rɛs'pigɪ〕

Restif〔re'tif;rɛs'tif (法)〕

Restigouche〔,rɛstɪ'guʃ〕

Restitutor〔,rɛstɪ'tjutɔr;-tɚ〕

Resto é silêncio〔'rɛstu ɛ si'leŋsju〕 (巴西)

Reston〔'rɛstən〕賴斯頓

Restout〔rɛs'tu〕(法)

Restrepo〔rɛs'trepo〕

Reszke〔'rɛskɪ;'rɛʃkɛ (波)〕

Retalhuleu〔,retalu'leu〕

Retford〔'rɛtfəd〕

Rethberg〔'rɛθbəg;'rɛtbɛrk (德)〕

Rethel〔'rɛtəl;rə'tɛl〕

Rethelois〔rɛtə'lwa〕(法)

Rethondes〔rə'bɔd〕(法)

Rethýmnē〔rɛ'θimnjɪ〕(希)

Rethymnon〔'rɛθɪmnɔn〕

Reti〔'rɛtɪ〕

Retief〔rə'tif〕

Rétif〔re'tif〕

Retimo〔'rɛtimo〕

Retté〔re'tɛ〕(法)

Retz〔rɛts〕

Retzius〔'rɛtsɪəs;'rɛtsiʊs (瑞典)〕

Retzsch〔rɛtʃ〕

Reubell〔rə'bɛl〕(法)　　　　　〔長子〕

Reuben〔'rubɪn〕【聖經】流便(雅各與利亞的

Reuchlin〔'rɔɪhlɪn;rɔɪh'lɪn〕勞伊克林 (Johann, 1455-1522, 德國人文學者)

Reuel〔rɪ'juəl〕魯埃爾

Reuenthal〔'rɔɪəntal〕(德)

Reuling〔'rulɪŋ〕魯林

Re Umberto〔,re um'bɛrto〕

Reumont〔rɚ'mɔŋ〕(法)

Réunion〔rɪ'junjən〕留尼旺島(法國)

Reus〔'rɛus〕(西)

Reusch〔rɔɪʃ〕(德)

Reuss〔rɔɪs〕羅伊斯

Reuss-Greiz〔'rɔɪs·'graɪts〕

Reuss-Schleiz-Gera〔'rɔɪs·'ʃlaɪts'gera〕

Reuter〔'rɔɪtə〕路透(Baron Paul Julius von, 1816-1899, 英國路透通訊社創辦人)

Reuterdahl〔'rutədal;'rɛʊtɚ-(瑞典)〕

Reuters〔'rɔɪtəz〕路透通訊社

Reuther〔'ruðə〕惪瑟爾 (Walter Philip, 1907-1970, 美國勞工領袖)

Reutlingen〔'rɔɪtlɪŋən〕

Reutlinger〔'rɔɪtlɪŋgə〕羅伊特林格

Reutte〔'rɔɪtə〕

Révai〔'revɔɪ〕(匈)

Revakantha〔'rewa'kanthə〕

Reval〔'reval〕

Reveille〔'rɛvəl〕

Revel〔'rɛvəl;rə'vɛl〕雷維爾

Revelation〔,rɛvɪ'leʃən〕

Revell〔'rɛvl〕

Revelstoke〔'rɛvl̩s'tok〕雷弗爾斯托克

Revendal〔'rɛvn̩dal〕

Reventlow〔'revəntlo〕雷文特洛

R everdin〔rəvɚ'dæŋ〕(法)

Reverdy〔'revədɪ;rəvɚ'di (法)〕雷弗迪

Revere〔rɪ'vɪr〕列維爾 (Paul, 1735-1818, 美國愛國志士及銀匠)

Revermont〔rəvɛr'mɔŋ〕(法)

Revers〔rə'vɚr〕

Reversing〔rɪ'vɜsɪŋ〕

Revesby〔'rɛvzbɪ〕

Revesz〔'reves〕

Revilla〔re'vilja〕(西)

Revilla Gigedo Islands〔rɛ'vija hi-'heðo~〕雷維亞-希黑多群島(墨西哥)

Revillagigedo Island〔rə'vɪləgə'gido~〕 勒維拉基吉度島(美國)

Réville〔re'vil〕

Revillon〔rə'vɪljən〕

Revillout〔rəvi'ju〕(法)

Revin〔rə'væŋ〕(法)

Revizor〔rɛvi'zɔr〕

Revoil〔rə'vwal〕(法)

Rewa Kantha〔'rewɑ 'kɑnθə〕
Rewari〔re'wɑrı〕
Rewbell〔rə'bɛl〕(法) 雷維
Rewi〔'rewı〕
Rewinkel〔'riwıŋkḷ〕雷溫克爾
Rex〔rɛks〕雷克斯
Rex Angliæ〔rɛks 'æŋglii〕
Rexburg〔'rɛksbəg〕
Rexford〔'rɛksfəd〕雷克斯福德
Rexist〔'rɛksıst〕
Rexroth〔'rɛksrɔθ〕
Rey〔re〕雷伊
Rey, De La〔də lɑ 'raı〕
Rey, Isla del〔'izlɑ ðɛl 're〕(西)
Reybaud〔re'bo〕
Reybold〔'rebold〕
Reyburn〔'rebən〕雷伯恩
Reydel〔'redəl〕
Reyer〔'raıə;re'jɛr(法)〕雷那
Reyerson〔'raıəsn〕賴森爾
Reyes〔'rejes;rez〕雷耶斯
Reyes, Point〔rez〕
Reykjanes〔'rekjɑ͵nes〕
Reykjavik〔'rekjə͵vık〕雷克雅維克(冰島)
Reyles〔'reles〕
Reymont〔're͵mɑnt〕雷孟德(Wladyslaw Stanislaw, 1867-1925, 波蘭小說家)
Reyna Barrios〔'renɑ 'bɑrrjos〕
Reynal〔'renəl〕雷納爾
Reynaldo〔re'nældo;re'nɑldo(西);re'nɔldo〕
Reynard〔'rɛnəd;'renɑrd〕
❶寓言或民間故事中狐之專名❷雷納德
Reynaud〔re'no〕雷諾(Paul,1878-1966, 法國政治家)
Reynell〔'renəl〕
Reyner〔'rɛnə;'raınə(德)〕
Reynier〔re'nje〕(法)
Reynière, La〔lɑ re'njɛr〕(法)
Reynold〔'renḷd;re'nɔl(法)〕雷諾
Reynold de Cressier〔re'nɔl də krɛ'sje〕(法)
Reynolds〔'renḷdz〕藍諾茲(Sir Joshua, 1723-1792, 英國畫家)
Reza〔re'zɑ〕
Rezaieh〔rɛ͵zai'jɑ〕(阿拉伯)
Rezanov〔rjı'zɑnəf〕(俄)
Rezegh〔'rezɛg〕
Rezekne〔'rezeknɛ〕
Rezin〔'rizın〕
Reznicek〔'reznıtʃek〕(德)
Rezonville〔rəzɔ̃'vil〕(法)

Rezzonico〔rɛd'dzɔniko〕(義)
Rgwe〔'ʒgwe〕
Rha〔re〕
Rhabanus〔rə'benəs〕
Rhadamanthus〔͵rædə'mænθəs〕【希臘神話】主神 Zeus 與 Europa 之子
Rhadé〔rɑ'de〕
Rhae〔re〕
Rhaetia〔'riʃiə;-ʃiə〕
Rhaetian Alps〔'riʃən~〕里申阿爾卑斯山
Rhaetia Secunda〔'riʃjə sı'kʌndə〕
Rhaetic〔'ritık〕
Rhaeto-Romance〔'rito·rə'mæns; -rom-〕
Rhaeto-Romanic〔'rito·rə'mænık; -rom-〕
Rhagabe〔'rægəbi〕
Rhagae〔'redʒi〕
Rhages〔'redʒız〕
Rhalles〔'rɑljıs〕(希)
Rhallis〔'rɑljıs〕(希)
Rhamnus〔'ræmnəs〕
Rhampsinitus〔͵ræmpsı'naıtəs〕
Rhangabe〔'ræŋgəbi〕
Rhangaves〔͵rɑŋgɑ'vis〕
Rhäticus〔'retıkus〕(德)
Rhätikon〔'retıkɔn〕
Rhawn〔rɔn〕羅恩
Rhayader〔'raıədə〕
Rhazes〔'reziz〕
Rhé〔re〕
Rhea〔'riə〕❶【希臘神話】諸神之母❷【天文】土星之第五衛星
Rhea Silvia〔'riə 'sılvıə〕【羅馬傳說】古羅馬獻給 Vesta 女神以守護其殿火之六處女之一
Rheden〔'redən〕(荷)
Rhee〔ri〕李承晚(Syngman, 1875-1965, 自1948 年至 1960 年任韓國總統)
Rhegas〔'rigas〕
Rhegion〔'ridʒıɑn〕
Rheid〔raıt〕
Rheidol〔'raıdɑl〕
Rheidt〔raıt〕
Rheim〔rim〕
Rheims〔rimz;ræŋz(法)〕里姆斯
Rhein〔raın〕
Rheinallt〔'raımælt〕
Rheinberger〔'raınbɛrgə〕(德)
Rheine〔'raınə〕
Rheineck〔'raınek〕
Rheinfall〔'raınfɑl〕
Rheinfeld〔'raınfɛld〕

Rheinfels〔'raɪnfɛls〕

Rheingau〔'raɪngaʊ〕

Rheingold〔'raɪngold; -galt（德）〕

Rheinhausen〔'raɪn,haʊzən〕

Rheinhessen〔'raɪn,hɛsən〕

Rheinischer Merkur〔raɪnɪʃə
mɛr'kur〕

Rheinland〔'raɪnlant〕（德）

Rheinland-Pfalz〔'raɪnlant・p'falts〕
（德）

Rheinprovinz〔'raɪnpro'vɪnts〕

Rheinsberg〔'raɪnsbɛrk〕

Rheinschanze〔'raɪnʃantsə〕

Rheinstein〔'raɪstaɪn〕

Rheinwaldgebirge〔'raɪnvaltgə,bɪrgə〕
（德）

Rheinwaldhorn〔'raɪnvalt,hɔrn〕

Rhemish Bible〔'rimɪʃ～〕

Rhenanus〔rɪ'nenəs; rɛ'nanus〕（德）

Rhenea〔rɪ'niə〕

Rhené-Baton〔rə'ne・ba'tɔn〕（法）

Rhenish Palatinate〔'rinɪʃ pə'lætɪnɪt;
'rɛ-〕

Rhenish Prussia〔'rinɪʃ 'prʌʃə; 'rɛ-〕

Rhenish Switzerland〔'rinɪʃ 'swɪtsə-
lənd〕

Rhenus〔'rinəs〕

Rhesus〔'risəs〕【希臘神話】Thrace 之國
王，Troy 聯盟者

Rheta〔'ritə〕里塔

Rheticus〔'retɪkus〕

Rhett〔rɛt〕雷特

Rhett Butler〔'rɛt 'bʌtlə〕

Rheydt〔raɪt〕（德）

Rhiannon〔rɪ'ænən〕

Rhianus〔raɪ'enəs〕

Rhigas〔'rigas〕

Rhijn〔raɪn〕

Rhijnvis〔'raɪnvɪs〕（荷）

Rhin〔ræŋ〕（法）

Rhind〔raɪnd; rɪnd〕萊因德

Rhine〔raɪn〕萊茵河（歐洲）

Rhinebeck〔'raɪnbɛk〕

Rhinecliff〔'raɪnklɪf〕

Rhine Gold〔'raɪn 'gold〕

Rhinegold〔'raɪngold〕

Rhineland〔'raɪn,lænd〕❶德國萊茵河西
部地區❷萊茵省（德國）

Rhinelander〔'raɪn,lændə〕萊茵萊德

Rhines〔raɪnz〕   「（法）

Rhin-et-Moselle〔,ræŋ・ne・mɔ'zɛl〕

Rhinns〔rɪnz〕

Rhinocolura〔,raɪnokə'ljurə〕

Rhinotmetus〔,raɪnot'mitəs〕

Rhins〔ræns〕（法）

Rhinthon〔'rɪnθɑn〕

Rhio〔'rio〕

Rhipaei Montes〔rɪ'piaɪ 'mɑntiz〕

Rhoades〔rodz〕

Rhoda〔'rodə〕蘿達

Rhoda Fleming〔'rodə 'flɛmɪŋ〕

Rhodanus〔'rɑdnəs〕

Rhode〔rod; 'rodɪ〕羅得

Rhode Island〔rod 'aɪlənd〕羅德島（美國）

Rhodes〔rodz〕❶羅茲（Cecil John, 1853-1902,
英國南非行政長官及財務家）❷羅德斯島

Rhodesia〔ro'diʒɪə; -zɪə; -ʒə〕羅德西亞
區（非洲）

Rhodian〔'rodɪən〕羅德斯島人；羅德斯島
居民

Rhodius〔'rodɪəs〕

Rhodogune〔,rɑdə'gjuni〕

Rhodope〔'rɑdəpɪ; rɔ'ðopɪ〕洛多皮山脈
（保加利亞）

Rhodopis〔ro'dopɪs〕

Rhodora〔ro'dorə〕

Rhodos〔'rodɑs; 'rɔðɔs（希）〕

Rhodus〔'rodəs〕

Rhody〔'rodɪ〕

Rhoecus〔'rikəs〕

Rhön〔rɜn〕

Rhondda〔'rɑndə〕隆達（威爾斯）

Rhone〔ron〕羅恩

Rhône〔ron〕隆河（法國）

Rhön Gebirge〔'rɜn gə'bɪrgə〕

Rhöngebirge〔'rɜngəbɪrgə〕

Rhouphos〔'rufəs〕

Rhoxolani〔,rɑksə'lenaɪ〕

Rhuddlan〔'rɪðlɑn; -læn; 'hrɪðlɑn（威）〕

Rhu More〔'ru 'mɔr〕

Rhyl〔rɪl; hrɪl（威）〕

Rhymer〔'raɪmə〕

Rhymney〔'rʌmnɪ〕

Rhyn〔raɪn〕

Rhyndacenus〔,rɪndə'sinəs〕

Rhyndacus〔'rɪndəkəs〕

Rhyne〔raɪn〕賴恩

Rhyolite〔'raɪəlaɪt〕

Rhynsburger〔'rinzbəgə〕林斯伯格

Rhys〔ris; raɪs〕里斯

Rhŷs〔ris〕（威）

Riach〔rɪək; 'riək〕

Riachos〔'rjatʃas〕

Riachuelo, El〔ɛl ,riatʃ'welo〕

Riad〔rɪˈad〕

Riah〔ˈraɪə〕

Riall〔ˈraɪəl〕

Rialto〔rɪˈælto〕❶威尼斯之一大島❷紐約市之劇院區

Riancho〔ˈrjantʃo〕

Rianzares〔rjanˈθares〕(西)

Riazan〔rɪəˈzæn;-ˈzan〕里阿薩 (蘇聯)

Riaz Pasha〔rɪˈjaz ˈpaʃə〕

Rib〔rɪb〕

Ribadeneira〔ˌrivaðeˈnera〕(西)

Ribadeneyra〔ˌrivaðeˈnera〕(西)

Ribalta〔rɪˈbalta〕

Ribar〔ˈriba〕

Ribatejo〔rɪvəˈteʒu〕(葡)

Ribau(l)t〔riˈbo〕(法)

Ribbeck〔ˈrɪbɛk〕

Ribbentrop〔ˈrɪbəntrap〕

Ribble〔ˈrɪbl〕里布爾

Ribbon〔ˈrɪbən〕

Ribe〔ˈribə; ˈribe〕

Ribeira〔rɪˈvera(西); rɪˈberə(葡)〕

Ribeira Brava〔rɪˈberə ˈbravə〕

Ribeira Grande〔rɪˈverə ˈgrænndə〕(葡)

Ribeirão Preto〔rɪveˈraʊŋ ˈpretu〕里貝朗翁普雷托 (巴西)

Ribeiro〔rɪˈberu〕

Ribera〔rɪˈbera〕利衛拉(José, 1588-1656, 居於義大利的西班牙畫家)

Riberalta〔ˌriveˈralta〕(西)

Ribes〔ˈrib〕【植物】醋栗屬

Ribot〔riˈbo〕(法)

Ribston〔ˈrɪbstən〕

Rica〔ˈrikə〕

Ricard〔riˈkar〕(法)里卡德

Ricarda〔riˈkarda〕

Ricardo〔rɪˈkardo〕李嘉圖(David, 1772-1823, 英國經濟學家)

Ricault〔riˈko〕(法)

Riccardi〔rɪkˈkardɪ〕(義)

Riccardo〔rɪˈkardo〕

Riccati〔rɪkˈkatɪ〕(義)

Ricci〔ˈrɪtʃɪ; ˈrittʃɪ(義)〕里奇

Ricciarelli〔ˌrittʃaˈrɛllɪ〕(義)

Riccio〔ˈrɪtʃɪo; ˈrittʃɪo(義)〕里奇

Riccioli〔ritˈtʃolɪ〕(義)

Ricciotti〔ritˈtʃottɪ〕(義)

Rice〔raɪs〕萊斯(Elmer L, 1892-1967, 美國劇作家)

Rice ap Thomas〔raɪs æp ˈtaməs〕

Riceyman Steps〔ˈraɪsɪmən ˈstɛps〕

Rich〔rɪtʃ〕里奇

Richard I〔ˈritʃəd〕理查一世 (1157-1199, 英王，第三次十字軍東征的領袖之一)

Richard Carvel〔ˈritʃəd ˈkarvəl〕

Richard Cory〔ˈritʃəd ˈkorɪ〕

Richard de Bury〔ˈritʃəd də ˈberɪ〕

Richard du Champ〔ˈritʃəd də ˈʃamp〕

Richard Feverel〔ˈritʃəd ˈfevərəl〕

Richard Hurdis〔ˈritʃəd ˈhɜdɪs〕

Richards〔ˈritʃədz〕理查茲 (❶ Theodore William, 1868-1928, 美國化學家❷ Dickinson Woodruff, 1895-1973, 美國醫生)

Richardson〔ˈritʃədsn̩〕理查生 (❶ Henry Handel, 1870-1946, 澳大利亞小說家❷ Sir Owen Willans, 1879-1959, 英國物理學家)

Richberg〔ˈritʃbəg〕里奇伯格

Richborough〔ˈritʃbərə〕

Riche〔ril〕

Riché〔riˈʃe〕

Richelieu, de〔ˈriʃəlju〕黎希留 (Duc, 1585-1642, 法國政治家及紅衣主教)

Richepin〔riʃˈpæŋ〕(法)

Richer〔riˈʃe〕(法)

Richer de Belleval〔riˈʃe də bɛlˈval〕(法)

Riches〔ˈrɪtʃɪz〕

Richet〔riˈʃɛ〕黎歇 (Charles Robert, 1850-1935, 法國生理學家)

Richey〔ˈrɪtʃɪ〕

Richeyville〔ˈrɪtʃɪvɪl〕

Richfield〔ˈrɪtʃfiild〕

Richford〔ˈrɪtʃfəd〕里奇福德

Richibucto〔ˌriʃɪˈbakto〕

Richie〔ˈrɪtʃɪ〕里奇

Richier〔riˈʃje〕(法)

Richings〔ˈrɪtʃɪŋz〕

Richland〔ˈrɪtʃlənd〕

Richlands〔ˈrɪtʃləndz〕

Richmal〔ˈrɪtʃməl〕里奇馬爾

Richman〔ˈrɪtʃmən〕里奇曼

Richmond〔ˈrɪtʃmənd〕里乞蒙 (美國)

Richmondshire〔ˈrɪtʃməndʃɪr〕

Richter〔ˈrɪktə〕立克特(Burton, 1931- , 美國物理學家)

Richthofen〔ˈrɪhtˌhofən〕(德)

Richtmyer〔ˈrɪkt ˌmaɪə〕

Richwood〔ˈrɪtʃwʊd〕

Ricimer〔ˈrɪsɪmə〕黎希麥(Flavius, 死於 472, 羅馬將軍)

Rickard〔ˈrɪkard〕里卡德

Rickards〔ˈrɪkardz〕

Ricken〔ˈrɪkən〕

737

Ricker〔'rɪkɚ〕里克
Rickert〔'rɪkɚt〕
Ricketson〔'rɪkɪt·sn〕
Rickett〔'rɪkɪt〕里基特
Ricketts〔'rɪkɪts〕里其茨
Rickey〔'rɪkɪ〕里基
Rickman〔'rɪkmən〕里克曼
Rickmansworth〔'rɪkmənzwəθ〕
Rickword〔'rɪkwɚd〕
Rico〔'riko〕里科
Ricomagus〔raɪ'kɑməgəs〕
Ricord〔ri'kɔr〕(法)
Ricordi〔ri'kɔrdi〕
Rictus〔rik'tjus〕
Rida〔'ridə〕里達
Ridd〔rɪd〕
Riddell〔rɪ'dɛl〕里德爾
Ridder〔'rɪdɚ〕里德
Ridding〔'rɪdɪŋ〕
Riddiough〔'rɪdjo〕
Riddle〔'rɪdḷ〕里德爾
Riddleberger〔'rɪdḷ,bɚgɚ〕里德爾伯格
Rideal〔rɪ'diḷ〕里迪爾
Ridealgh〔'raɪdældʒ〕賴達爾奇
Rideau〔rɪ'do〕里多
Ridehalgh〔'raɪdhælʃ〕賴德哈什
Rideout〔'raɪdaut〕
Rider〔'raɪdɚ〕賴德
Riderhood〔'raɪdɚhud〕
Ridge〔rɪdʒ〕里奇
Ridgefield〔'rɪdʒfild〕
Ridgeland〔'rɪdʒlənd〕
Ridgeley〔'rɪdʒlɪ〕
Ridgely〔'rɪdʒlɪ〕里奇利
Ridges〔'rɪdʒɪz〕里奇斯
Ridgeway〔'rɪdʒwe〕里奇維
Ridgewood〔'rɪdʒwud〕
Ridgway〔'rɪdʒwe〕
Riding〔'raɪdɪŋ〕
Ridinger〔'ridɪŋɚ〕
Ridinghood〔'raɪdɪŋhud〕
Ridler〔'rɪdlɚ〕
Ridley〔'rɪdlɪ〕黎德利(Nicholas, 1500?-
  1555, 英國主教及宗教改革家)
Ridolfi〔rɪ'dɔlfɪ〕
Ridolfo〔rɪ'dɔlfo〕
Ridout〔'raɪdaut〕
Ridpath〔'rɪdpæθ〕黎德巴斯(John Clark,
  1840-1900, 美國歷史家)
Riduna〔rɪ'djunɚ〕
Riebeck〔'ribek〕
Riebeeck〔'ribek〕(荷)

Riebel〔'ribḷ〕里布爾
Riebsomer〔'ribsəmɚ〕里布薩默
Riecke〔'rikə〕里克
Ried〔rid〕里德
Riedel〔'ridəl〕里德爾
Rieder〔'ridɚ〕里德
Riedesel〔'ridezəl〕
Riedinger〔'ridɪŋɚ〕里丁格
Riedl〔'ridḷ〕
Riefler〔'riflɚ〕
Riège, La〔lɑ 'rjɛʒ〕(法)
Riegel〔'rigḷ〕里格爾
Riegelaman〔'rigḷmən〕里格爾曼
Rieger〔'rigɚ〕
Riegger〔'rigɚ〕里格
Riegl〔'rigḷ〕
Riego y Núñez〔'rjego ɪ 'nunjeθ〕(西)
Riehl〔ril〕
Riehlman〔'rilmən〕里爾曼
Rieka〔'rjekɑ〕
Riel〔rjɛl〕里爾
Rielley〔'raɪlɪ〕里利
Riemann〔'rimɑn〕黎曼(Georg Friedrich
  Bernhard, 1826-1866, 德國數學家)
Riemer〔'rimɚ〕
Rience〔'raɪəns〕
Rienhoff〔'rinhɑf〕林霍夫
Rienzi〔rɪ'ɛnzɪ〕黎恩齊(Cola di, 1313?-
  1354, 羅馬演說家和護民官)
Rienzo〔rɪ'ɛnzo; 'rjentso〕(義)
Ries〔ris〕
Riesa〔'rizɑ〕
Riesco〔'rjesko〕
Riese〔'rizə〕里斯
Riesenberg〔'riznbɚg〕里森伯格
Riesenberger〔'rizṇ,bɚgɚ〕
Riesener〔riz'nɛr〕(法)
Riesen Gebirge〔'rizən gə,vɪrgə〕(德)
Riesengebirge〔'rizəngə,vɪrgə〕(德)
Riesman〔'rismən〕里斯曼
Riess〔ris〕里斯
Riet〔rit〕
Rietberg〔'ritbɛrk〕(德)
Rieti〔'rjetɪ〕(義)
Rietmulder〔'rit,mʌldɚ〕
Rietschel〔'ritʃəl〕
Rietz〔rits〕
Rieu〔'riu〕
Rievaulx〔'rivo〕
Rieve〔'rivi〕
Riez〔rjɛz〕
Rif(f), Er〔ɛr 'rɪf〕

Riffelberg〔'rɪfəlbɛrk〕
Riffi〔'rɪfi〕
Riffian〔'rɪfɪən〕
Rifkind〔'rɪfkɪnd〕里夫金德
Rifstangi〔'rɪf,staʊŋɪ〕
Rift〔rɪft〕
Riga〔'rigə〕❶里加（蘇聯）❷日戞（西藏）
Rigal〔'raɪgəl〕
Rigas〔'rigɑs〕
Rigaud〔ri'go〕(法)
Rigault〔ri'go〕(法)
Rigault de Genouilly〔ri'go də
  ʒnu'ji〕(法)
Rigau y Ros〔ri'go i 'ros〕
Rigby〔'rɪgbɪ〕里格比
Rigdon〔'rɪgdən〕里格登
Rigdumfunnidos〔,rɪgdʌm'fʌnɪdɑs〕
Rigel〔'raɪgḷ〕
Rigg〔rɪg〕
Riggin〔'rɪgɪn〕里金
Riggins〔'rɪgɪnz〕里金斯
Riggs〔rɪgz〕
Righi〔'rigɪ〕
Right〔raɪt〕
Righter〔'raɪtə〕賴特
Rigi〔'rigɪ〕
Rigi-Kulm〔'rigɪ·,kʊlm〕
Rigil Kentaurus〔'raɪgəl ken'tɔrəs;
  -dʒəl〕
Rignall〔'rɪgnḷ〕里格納爾
Rigolet〔,rɪgə'let〕
Rigolets〔,rɪgə'lets〕
Rigoletto〔,rɪgə'leto〕
Rigomer〔rigə'mer〕
Rigsdag〔'rɪgz,dɑg〕丹麥之國會　「部
Rig-Veda〔rɪg·'vedə〕【梵】吠陀經典之一
Rigveda〔rɪg'vedə〕
Rihe〔'rihe〕
Riis〔ris〕里斯
Rijeka〔rɪ'jɛkɑ〕里吉卡港（南斯拉夫）
Rijn〔raɪn〕(荷)
Rijswijk〔'raɪswaɪk〕
Rik〔rɪk〕
Rikard〔'rɪkɑrt〕(挪)
Rike〔raɪk〕賴克
Riker〔'raɪkə〕賴克
Riker's Island〔'raɪkəz~〕
Riksdag〔'rɪks,dɑg〕丹麥國會；瑞典國會
Rilla〔'rilɑ〕
Rila Dagh〔'rila 'dɑ〕(土耳其)
Riley〔'raɪlɪ〕萊黎（James Whitcomb,
  1849-1916, 美國詩人）

Rilke〔'rɪlkə〕黎爾克（Rainer Maria, 1875-
  1926, 德國詩人）
Rilling〔'rɪlɪŋ〕
Rimac〔rɪ'mak〕
Rimachu〔rima'tʃu〕
Rimanoczy〔,rɪmə'natsɪ〕
Rimatara〔,rima'tarɑ〕
Rimbaud〔ræŋ'bo〕藍波（Arthur, 1854-
  1891, 法國象徵派詩人）
Rimbault〔'rɪmbolt〕
Rimer〔'raɪmə〕
Rimini〔'rɪmɪnɪ〕里米尼港（義大利）
Rimini, da〔dɑ'rimɪnɪ〕
Rimman〔'rɪmən〕
Rimmer〔'rɪmə〕里默
Rimmon〔'rɪmən〕
Rimouski〔rɪ'muskɪ〕里木斯基（加拿大）
Rimpfischhorn〔'rɪmpfɪʃ,hɔrn〕
Rimsky-Korsakov〔'rɪmskɪ·'kɔrsəkɑv〕
  林姆斯基·高沙可夫（Nikolai Andreevich,
  1844-1908, 俄國作曲家）
Rin〔rin〕
Rinaker〔'rɪnəkə〕　　　　　　　　「多
Rinaldo〔rɪ'nældo; ri'nɑldo(義)〕里納爾
Rinck〔rɪŋk〕林克
Rincliffe〔'rɪŋklɪf〕林克利夫
Rincon〔'rɪŋkɑn〕凌康（Antonio del, 1446-
  1500, 西班牙畫家）
Rincón〔rɪŋ'kɑn〕
Rind〔rɪnd〕林德
Rinden〔'rɪndən〕林登
Rindjani〔rɪn'jɑnɪ〕潤亞尼峯（印尼）
Rineanna〔,rɪnɪ'ænə〕
Rinehart〔'raɪnhɑrt〕萊茵哈特（Mary,
  1876-1958, 美國女小說家及劇作家）
Ringan〔'rɪŋən〕
Ringelnatz〔'rɪŋəlnɑts〕(德)
Ringer〔'rɪŋə〕林格
Ringgold〔'rɪŋgold〕林戈爾德
Ringköbing〔'rɪŋ,kəbɪŋ〕(丹)
Ringling〔'rɪŋlɪŋ〕林利
Ringnes〔'rɪŋnes〕
Ringshall〔'rɪŋʃḷ〕
Ringuet〔ræŋ'ge〕(法)
Ringvassöy〔'rɪŋvɑ,søɪ〕(挪)
Ringwood〔'rɪŋwʊd〕
Rink〔rɪŋk〕
Rinkenbach〔'rɪŋkənbak〕
Rinker〔'rɪŋkə〕林克
Rinne〔'rɪni〕
Rinns〔rɪnz〕
Rintelen〔'rɪntələn〕

Rinteln〔'rɪntəln〕

Rintja〔'rɪntʃa〕

Rinuccini〔,rinut'tʃini〕(義)

Rio〔'riu〕(葡)

Río〔'rio〕(西)

Rio Alto〔'rio 'ælto〕

Rio Arriba〔'rio ə'ribə〕

Riobamba〔,rio'vamba〕(西)

Rio Blanco〔'rio 'blæŋko〕

Rio Branco〔'riu 'vræŋku〕(葡)

Río Bravo〔'rio 'bravo〕

Rioch〔'riak〕里奧克

Rio Chama〔'rio 'tʃɑmə〕

Rio Claro〔'riu 'klɑru〕(葡)

Río Cuarto〔'rio 'kwarto〕

Rio de Janeiro〔'rio də dʒə'nɪəro〕里約熱內盧(巴西)

Rio de la Plata〔'rio ðe la 'plɑtɑ〕(西)

Río del Rey〔'rio dɛl 're〕

Río de Oro〔'rio ðe 'oro〕里約奧羅(西班牙)

Rio Grande ❶〔'rio 'grænd(ɪ)〕里奧格蘭河(美洲)❷〔'riu'grændə〕里約格蘭德(巴西)

Río Grande〔'rio 'grande〕(西)

Rio Grande de Cagayan〔'rio 'grande ðe kɑgɑ'jɑn〕(西)

Río Grande del Norte〔'rio 'grande dɛl 'norte〕

Río grande de Manatí〔'rio 'grande ðe mɑnɑ'ti〕(西)

Rio Grande de Mindanao〔'rio 'grande ðe ,mɪndə'nɑo〕(西)

Río Grande de Santiago〔'rio 'grande ðe sɑnt'jɑgo〕(西)

Rio Grande do Norte〔'riu 'græŋdɪ ðu 'nortɪ〕(巴)

Rio Grande do Sul〔'riu 'gæŋdɪ ðu 'sul〕(巴)

Riohacha〔'rio'atʃɑ〕

Rio-Hortega〔'rio·ɔr'tega〕

Rioja〔'rjɔhɑ〕(西)

Riom〔rjɔŋ〕(法)

Río Muni〔'rio 'munɪ〕里約慕尼區(幾內亞)

Rion〔rjɪ'ɔn〕(俄)

Río Negro〔'rio ,negro〕

Pío Piedras〔'rio 'pjeðrɑs〕里約斐得拉斯(波多黎各)

Rio Prêto〔'riu 'pretu〕巴西

Ríos〔'rios〕黎歐斯(Juan Antonio, 1888-1946 智利總統)

Río Salado〔'rio sɑ'lɑðo〕(西)

Ríos Morales〔'rios mo'rɑles〕

Ríosucio〔'rio'susjo〕

Riou〔'rɪu〕

Riouw〔'riɑu〕

Rio Vista〔'rio 'vɪstə〕

Ripae〔'raɪpi〕

Ripen〔'ripən〕

Ripley〔'rɪplɪ〕黎普列(George, 1802-1880, 美國文學批評家及社會主義者)

Ripman〔'rɪpmən〕里彭

Ripolin〔'rɪpolɪn〕

Ripoll〔rɪ'pɔlj〕(西)

Ripon〔'rɪpn̩〕

Ripper〔'rɪpɚ〕

Ripperda〔'rɪpɚda〕

Ripperger〔'rɪpɚgɚ〕里柏格

Rippey〔'rɪpɪ〕里皮

Rippeysville〔'rɪpɪzvɪl〕

Rippl-Rónai〔'rɪpl̩·'ronɔɪ〕(匈)

Rippmann〔'rɪpmən〕

Ripponden〔'rɪpəndɪn〕

Rippy〔'rɪpɪ〕里皮

Ripshin〔'rɪpʃɪn〕

Ripstein〔'rɪpstin〕

Ripununy〔,rɪpə'nunɪ〕

Riquet〔rɪ'kɛt〕美國作家Washington Irving 所著Sketch Book 中"Rip van Winkle"的主角

Riqueti〔rik'ti〕

Riquetti〔rike'ti〕

Ris〔rɪs〕

Risboro'〔'rɪzbərə〕

Risborough〔'rɪzbərə〕

Risca〔'rɪskə〕

Risdon〔'rɪzdən〕

Riseley〔'raɪzlɪ〕

Riser〔'raɪzɚ〕賴澤

Rishanger〔'rɪʃəngɚ〕

Rishi〔'rɪʃɪ〕

Rishra〔'rɪʃrə〕

Rishton〔'rɪʃtən〕

Rising〔'risɪŋ〕賴辛

Risinger〔'raɪsɪŋgɚ〕

Rising Sun〔'raɪzɪŋ ,sʌn〕

Risk〔rɪsk〕里斯克

Risler〔'rɪslɚ; riz'ler〕(法)

Risley〔'rɪzlɪ〕里斯利

Rison〔raɪzn̩〕賴森

Risso〔'riso〕(義)

Rist〔rist（法）；rɪst（德）〕

Ristić〔'rɪstɪtʃ〕

Ristna〔'rɪstnɑ；'rjiːstnə（俄）〕

Risto〔'rɪstɔ〕

Ristori〔rɪs'tɔrɪ〕

Rita〔'ritə〕麗達

Ritchard〔'rɪtʃəd〕里查德

Ritchey〔'rɪtʃɪ〕里奇

Ritchie〔'rɪtʃɪ〕里奇

Ritchie's Archipelago〔'rɪtʃɪz~〕賴特

Riter〔'raɪtə〕賴特

Ritland〔'rɪtlənd〕

Ritman〔'rɪtmən〕

Rito Alto〔'rito 'ælto〕

Ritschl〔'rɪtʃl〕

Ritson〔'rɪt·sn〕里特森

Rittenhouse〔'rɪtṇ,haʊs〕黎頓郝斯
（Jessie Belle，1869-1948，美國文學批評家
及詩人）

Ritter〔'rɪtə〕里特

Rittershaus〔'rɪtəs,haʊs〕

Rittman〔'rɪtmən〕里特曼

Rittmaster〔'rɪtmɑstə〕

Rittmeister〔'rɪtmaɪstə〕

Rittner〔'rɪtnə〕

Ritz〔rɪts〕

Ritzville〔'rɪtsvɪl〕

Riva Agüero〔'riva a'gwero〕（西）

Rivadavia〔riva'ðavja〕（西）

Rivadeneira〔,rivaðɛ'nera〕（西）

Rivanna〔rɪ'vænə〕

Riva-Rocci〔'riva·'rɔttʃɪ〕（義）

Rivarol〔,riva'rɔl〕

Rivarola〔,riva'rola〕

Rivaroli〔,riva'rɔlɪ〕

Rivas〔'rivas〕

Rive, La〔la 'riv〕（法）

Rive-de-Gier〔,riv·də ·'ʒje〕（法）

River〔'rɪvə〕里弗

Rivera〔ri'vera〕黎維拉（❶ Piego，1886-
1957，墨西哥畫家❷ Miguel Primo de，1870-
1930，西班牙軍政領袖）

Rivera Paz〔ri'vera pas〕

Rivera y Orbaneja〔ri'vera ɪ
,ɔrva'nɛha〕= Rivera

Riverbank〔'rɪvəbæŋk〕

River Cess〔'rɪvə 'sɛs〕

Riverdale〔'rɪvə,del〕里弗代耳

Riverhead〔'rɪvə,hɛd〕里弗賴納

Riverina〔,rɪvə'rainə〕

Rivero〔ri'vero〕

River Rouge〔'rɪvə 'ruʒ〕

Rivers〔'rɪvəz〕里弗

Rivers, Pitt-〔'pɪt·'rɪvəz〕

Riverside〔'rɪvə,said〕利維塞得（美國）

Riverton〔'rɪvətṇ〕

Riverview〔'rɪvəvju〕

Rives〔'rivz〕里夫斯

Rivesville〔'rizvɪl〕

Rivet(t)〔'rɪvɪt〕里維特

Riviera〔,rɪvɪ'ɛrə〕里維耶拉區（歐洲）

Riviera di Chiaja〔riv'jera di 'kjaja〕
（義）

Riviera di Levante〔riv'jera di
le'vante〕（義）

Riviera di Ponente〔riv'jɛra di
po'nɛnte〕（義）

Riviere〔,rɪvi'er〕

Rivière〔ri'vjer〕（法）

Rivière du Loup〔riv'jer dju 'lu〕

Rivière du Moulin〔ri'vjer dju
mu'læŋ〕（法）

Rivière Noire, Piton de la〔pi'tɔŋ
də la ri'vjer 'nwar〕（法）

Rivière Salée〔ri'vjer sa'le〕（法）

Rivières du Sud〔ri'vjer dju 'sjud〕
（法）

Rivington〔'rɪvɪŋtən〕里文頓

Rivinus〔rɪ'vinəs〕里維納斯

Rivoire〔ri'vwar〕（法）里瓦爾

Rix〔rɪks〕

Rixhöft〔'rɪkshəft〕

Riyadh〔rɪ'jad〕利雅德（沙烏地阿拉伯）

Riza Bey〔rɪ'za be〕

Riyaq〔rɪ'jak〕

Rizaiyeh〔rɪ,zai'ja〕（波斯）

Rizal〔ri'zal〕里薩耳（菲律賓）

Riza Khan Pahlavi〔rɪ'za han
'pæləvi〕（波斯）

Riza Shah Pahlavi〔ri'za 'ʃa 'pæləvi〕
巴勒維（1877-1944，伊朗國王）

Rize〔rɪ'zɛ〕

Rizo〔'ritso〕

Rizos〔'rizos〕

Rizpah〔'rɪzpa〕

Rizzi〔'rittsɪ〕（義）

Rizzio〔'rittsjo〕（義）

Rizzuto〔ri'zuto〕

Rjukan〔'rjukan〕

Rjukanfoss〔'rjukanfɔs〕

Ro〔ro〕美國人Rev. Edward P. Foster 於
1906 年創的一種世界語

Roach〔rotʃ〕羅奇

Roald〔'roal〕（挪）

Roan〔ron〕羅恩
Roan Barbary〔ron 'barbərɪ〕
Roane〔ron〕
Roanne〔ro'an〕（法）
Roanoke〔'ro(ə),nok〕洛亞諾克（美國）
Roaring〔'rɔrɪŋ〕
Roark〔rɔrk〕羅克
Roatán〔,roa'tan〕
Roazon〔'roazan〕
Rob〔rab〕羅勃
Robard〔'robard〕羅巴得
Robart(e)s〔rə'barts〕羅巴茨
Robb〔rab〕羅布
Robbers〔'rɔbəs〕（荷）
Robbia〔'robbja〕羅比亞（Luca della, 1400?-1482, 義大利藝術家）
Robbins〔'rabɪnz〕羅賓斯（Frederick Chapman, 1916-, 美國醫生）
Robbinsdale〔'rabɪnzdel〕
Robbinsville〔'rabɪnzvɪl〕
Robbstown〔'rabztaun〕
Robeck, de〔də 'robɛk〕羅貝克
Robena〔rə'binə〕羅比納
Robene and Makyne〔'rabɪn ənd 'mækɪn〕
Robens〔'robɪnz〕羅本斯
Roberds〔'rabədz〕羅伯茲
Roberson〔'robəsn̩〕羅伯遜
Robert〔'rabət〕羅伯特
Robert I〔'rabət〕羅伯特一世（1274-1329, 蘇格蘭王）
Robert, Henri-〔aŋ'ri·rɔ'bɛr〕（法）
Roberta〔ro'bətə〕
Robert Courte-Heuse〔rɔ'bɛr kur'tɜz〕（法）
Robert-Fleury〔rɔ'bɛr·flɜ'ri〕（法）
Robert Lee〔'rabət 'li〕
Robert Macaire〔rɔ'bɛr ma'kɛr〕（法）
Robert of Jumièges〔'rabət əv ,ʒum'jɛʒ〕
Roberto〔ro'bɛrto（義）; rɔ'bɛrto（西）〕
Roberts〔'rabəts〕羅伯次（❶Frederick Sleigh, 1832-1914, 英國陸軍元帥❷Kenneth, 1885-1957, 美國小說家）
Roberts-Austen〔'rabəts·'ɔstɪn〕
Robertsdale〔'rabəts,del〕
Robertson〔'rabət·sn̩〕羅伯遜
Robestsport〔'rabəts,pɔrt〕
Roberty de la Cerda〔rʌ'bjertjɪ djə lʌ 'tsɛrdʌ〕（俄）
Roberval〔'rabəvəl〕（法）
Robeson〔'robsn̩〕羅伯遜

Robesonia〔,rabə'sonjə〕
Robespierre, de〔'robzpjɛr〕羅伯斯比（Maximilien François Marie Isidore, 1758-1794, 法國革命家）
Robey〔'robɪ〕羅比
Robichaud〔'robɪʃo〕
Robie〔'robɪ〕羅比
Robin〔'rabɪn; rɔ'bæŋ（法）〕拉賓
Robina〔ra'binə〕羅比納
Robin Adair〔'rabɪn ə'dɛr〕
Robin Goodfellow〔'rabɪn 'gud,fɛlo〕英國民間故事中的頑皮鬼怪
Robin Day〔'rabɪn 'de〕
Robin Hood〔'rabɪn 'hud〕羅賓漢（英國傳說中的一個著名俠盜）
Robin Moor〔'rabɪn 'mur〕
Robin Ostler〔'rabɪn 'aslə〕
Robins〔'robɪnz〕羅賓斯
Robinson〔'rabɪnsn̩〕魯賓遜（❶Sir Robert, 1886-1975, 英國化學家❷Edwin Arlington, 1869-1935, 美國詩人）
Robinson Crusoe〔'rabɪnsn̩ 'kruso〕魯賓遜漂流記（英國小說家 Defoe 所著之小說）
Robiquet〔rɔbi'ke〕（法）
Robison〔'rabɪsn̩〕羅賓森
Robitzek〔'robɪtsɛk〕
Robles〔'rɔbles〕羅布爾斯
Robles Quiñones, Gil〔hil 'rovles kɪn'jones〕（西）
Robley〔'rablɪ〕羅布利
Roblin〔'rablɪn〕羅布林
Robot〔'robət〕
Robotham〔'ro,baθəm〕
Robrecht〔'rɔbrɛht〕（荷）
Rob Roy〔'rab 'rɔɪ〕
Robsart〔'rabsart〕羅布薩特
Robson, Mount〔'rabsn̩〕洛布孫峯（加拿大）
Robusti〔ro'bustɪ〕
Roby〔'robɪ〕羅比
Robyn〔'robaɪn〕
Roc〔rak〕
Roca〔'rɔkə〕洛加角（葡萄牙）
Roca Partida〔'rɔka par'tiðа〕（西）
Rocas〔'rɔkəs〕
Roccabigliera〔,rɔkkabi'ljera〕（義）
Rocco〔'rɔkko〕（義）羅科
Roch〔rotʃ; rɔk（法）〕
Rochambeau〔,roʃæm'bo〕
Rocha Pitta〔'rɔʃə 'pittə〕（葡）
Rochas〔'roʃa〕
Rocha Serpa Pinto〔'rɔʃə 'sɛrpə 'pintu〕（葡）

Rochdale〔'ratʃ,del〕洛支旦（英格蘭）

Roche〔rɔʃ〕(法）羅奇

Roche, de la〔də lə 'rɔʃ〕（加法）

Rochechouart〔rɔʃ·'ʃwar〕(法）

Rochechouart-Mortemart〔rɔʃ'ʃwar··mɔrtə'mar〕(法）

Rochefort〔rɔʃ'fɔr〕(法）

Rochefort-Luçay〔rɔʃ'fɔr·lju'se〕(法）

Rochefort-sur-Mer〔rɔʃ'fɔr·sjur··'mɛr〕(法）

Rochefoucauld〔rɔʃfu'ko〕(法）

Rochefoucauld-Liancourt〔rɔʃfu'ko··ljaŋ'kur〕(法）

Rochegrosse〔rɔʃ'gros〕

Rochejacquelein〔rɔʃʒak'læŋ〕(法）

Rochejaquelein〔rɔʃʒak'læŋ〕(法）

Rochelle〔ro'ʃel〕

Rochereau, Denfert-〔daŋ'fɛr·rɔ'ʃro〕(法）

Rochers du Calvados〔rɔ'ʃe dju kalva'dɔs〕(法）

Rouches〔rɔʃ〕

Rochester〔'ratʃəstə; -,tʃɛstə〕❶羅徹斯特（John Wilmot, 2nd Earl of,1647-1680, 詩人、才子）❷羅徹斯特（美國；英國）

Rochford〔'ratʃfəd〕

Rochlen〔'raklın〕羅克倫

Rochlitz〔'rahlıts〕(德）

Rochon〔'roʃan〕羅尚

Rochus〔'rokəs; 'rahus（德）〕

Rocinante〔roθi'nante〕(西）

Rock〔rak〕羅克

Rockall〔'rakɔl〕

Rockbridge〔'rak,brıdʒ〕

Rockcastle〔'rak,kasḷ〕羅卡斯爾

Rockdale〔'rakdel〕

Rockefeller〔'rakıfɛlə〕洛克菲勒（John Davison,1839-1937,為美國石油大王及慈善家）

Rockey〔'rakı〕羅基

Rockford〔'rakfəd〕洛克福（美國）

Rockhampton〔rak'hæmptən〕羅克漢普頓（澳洲）

Rockhill〔'rakhıl〕羅克希爾

Rockies〔'rakız〕落磯山脈（＝Rocky Mountains）

Rockingham〔'rakıŋəm〕羅京安（本名 Charles Watson-Wentworth,1730-1782, 英國政治家）

Rockland〔'raklənd〕羅克蘭（美國）

Rockledge〔'raklıdʒ〕

Rockne〔'raknı〕

Rockstand〔'rakstænd〕

Rockstone〔'rakston〕

Rockstro〔'rakstro〕

Rocksylvania〔,raksıl'venjə〕

Rockville〔'rakvıl〕

Rockwall〔'rakwɔl〕

Rockwell〔'rakwɛl〕羅克維爾

Rockwood〔'rakwud〕羅克伍德

Rocky Mountains〔'rakı ~〕蘇磯山脈（北美洲）

Rocque〔rak〕

Rod〔rad〕

Roda〔'rodə〕

Roda, La〔la 'roðə〕(西）

Rodale〔'rodel〕

Rodas〔'roðas〕(西）

Rodbertus〔rot'bertus〕

Rodchenko〔'rɔttʃınkə〕(俄）

Rodd〔rad〕

Roddick〔'radık〕羅迪克

Roddy〔'radı〕羅迪

Rode〔'roðə〕羅澤（Helge, 1870-1937,丹麥詩人）

Rodefer〔'rodıfə〕洛迪弗

Rodell〔'rodəl〕

Roden〔'rodn〕

Rodenbach〔rodɛn'bak（法）; 'rodənbah（法蘭德斯）〕

Rodenberg〔'rodənberk〕

Roderic〔'radərık〕

Roderich〔'rodərıh〕(德）

Roderick〔'radərık〕

Roderick Dhu〔,radərık 'du〕

Rodes〔rodz〕羅茲

Roderigo〔,radə'rigo〕

Rodet〔rɔ'dɛ〕(法）

Rodey〔'rodı〕羅迪

Rodger〔'radʒə〕羅杰

Rodgers〔'radʒəz〕羅傑斯（Richard, 1902-1979, 美國作曲家）

Rodi〔'rɔdı〕

Rodick〔'radık〕羅迪克

Rodilardus〔rodilar'djus〕(法）

Rodin〔ro'dæn; rɔ'dæn〕羅丹（Auguste, 1840-1917,法國雕刻家、現代寫實派代表）

Rodinesque〔rodæ'nesk〕

Roding〔'rodıŋ〕羅丁

Rodino〔ro'dino〕羅迪洛

Rodman〔'radmən〕

Rodney〔'radnı〕羅德尼（George Brydges, Baron, 1717-1792, 英國海軍元帥）

Rodnick〔'radnık〕

Rodó〔ro'do; rɔ'ðo（西）〕

Rodogune〔rɔdɔ'gjun〕(法）

Rodoguni〔,radə'gjunɪ〕

Rodolfo〔ro'dɔlfo(義);rɔ'ðɔlfo(西)〕

Rodolph〔'rodalf〕

Rodolphe〔'rodalf;rɔ'dɔlf(法)〕

Rodolpho〔ro'dɔlfo〕

Rodolphus〔rə'dalfəs;ro'dɔlfəs(荷)〕

Rodomont〔'rɑdəmant〕

Rodomonte〔,rodo'mante〕

Rodon〔'rodn〕

Rodoni〔ro'doni〕

Rodopi〔rɔ'ɔpɪ〕(希)

Rodos〔'rɔðɔs〕(希)

Rodosto〔ro'dɔsto〕

Rødovre〔'rɤ,dora〕(丹)

Rodrigo〔ro'drigo(義);rɔ'ðrigo(西)〕 羅德里戈

Rodrigue〔rɔ'drig〕

Rodrigues〔rɔ'ðriges(西);rɔ'drig (法);ru'ðrigɪʃ(葡);-gɪs(巴西)〕

Rodrigues Alves〔ru'ðrigɪs 'alvɪs〕 (巴西)

Rodrigues Ferreira〔ru'ðrigɪs fɤ'rera〕(巴西)

Rodrigues-Gradis〔rɔ'drig·grɑ'dis〕 (法)

Rodríguez Island〔rɔ'ðrigeθ~(西); -ges~(拉丁美)〕羅德里格斯島(印度洋)

Rodríguez Arias〔rɔ'ðrigeθ 'arjas〕 (西)

Rodríguez Carracido〔rɔ'ðrigeθ ,karɑ'θiðo〕(西)

Rodrígues Marín〔rɔ'ðrigeθ mɑ'rin〕 (西)

Rodt〔rot〕

Rodumna〔ro'dʌmnə〕

Rodway〔'radwe〕羅德維

Rodwei〔'radwe〕

Rodwell〔'radwɛl〕

Rodzianko〔rʌ'tzjankɔ〕(俄)

Rodzinski〔rə'dʒɪɪɪskɪ〕

Roe〔ro〕羅

Roebling〔'roblɪŋ〕

Roebuck〔'robʌk〕

Roedean〔'rodin〕

Roeder〔'rodɚ〕

Roederer〔re'drɛr〕

Roediger〔'rɤdɪgɚ〕(德)

Roehampton〔ro'hæmtən〕

Roehm〔rɤm〕

Roeland〔'rolɑn〕(丹)

Roeland Park〔'rolənd 'pɑrk〕

Roelas〔rɔ'elas〕

Röell〔'roəl〕(荷)

Roelof〔'rulɔf〕羅洛夫斯

Roelofs〔'rulɔfs〕(荷)

Roemer〔'rɤmɚ〕(德)羅默

Roemmele〔'ramılı〕

Roentgen〔'rɛntgən〕侖勤(Wilhelm Conrad, 1845-1923,德國物理學家)

Roepat〔'rupat〕

Roer〔ruɚ〕

Roerich〔'rɜrɪh〕(德)

Roermond〔ruɚ'mɔnt〕

Roesch〔roʃ〕

Roeselare〔,rusə'larə〕

Roessler〔'rɜslə〕

Roes Welcome〔roz 'wɛlkəm〕

Roethke〔'retkɪ〕

Roettger〔'rɛtgɚ〕雷特格

Roffey〔'rafɪ〕

Rofreit〔'rofraɪt〕

Rogaland〔'rogalan〕(挪)

Rogan〔'rogən〕羅根

Rogans〔'rogənz〕

Rogation〔ro'geʃən〕❶【羅馬史】提出之法 案❷【宗教】耶穌升天節前三天所做的祈禱

Rogationtide〔ro'geʃəntaɪd〕

Roger〔'radʒɚ;rɔ'ʒe(法)〕羅哲爾

Roger-Ducasse〔rɔ'ʒe·dju'kas〕(法)

Roger Malvin〔'rɔdʒɚ 'mælvɪn〕

Roger of Hoveden〔'radʒɚ əv 'havdən〕

Roger of Wendover〔'radʒɚ əv 'wɛn,dovɚ〕

Rogero〔ro'dʒero〕

Rogers〔'radʒɚz〕羅傑茲(❶ James Gamble, 1867-1947,美國建築家❷ Samuel, 1763-1855,英國詩人)

Rogerson〔'radʒɚsn〕

Rogersville〔'radʒɚzvɪl〕

Roget〔'roʒe〕羅傑(Peter Mark, 1779- 1869,英國醫生及學者)

Rogge〔'ragə〕羅格

Roggeveld〔'ragəfɛlt〕

Rogier〔rɔ'ʒje(法);ro'giɚ(荷)〕羅吉爾

Rogness〔'ragnɪs〕

Rogoaguado〔,rɔgoɑ'gwaðo〕(西)

Rogozin〔rə'gozɪn〕

Rogoźnica〔,rɔgɔʒ'nitsɑ〕(波)

Rogue〔rog〕

Rohan〔rɔ'ɑŋ〕(法) 「(法)

Rohan-Montbazon〔rɔ'ɑŋ·mɔŋbɑ'zɔŋ〕

Rohe〔'roə〕

Rohilkhand〔'rohɪl'kʌnd〕(印)

Röhm〔rɤm〕(德)

Rohmer〔'romə〕
Rohr〔rɔr〕羅爾
Rohrabaugh〔'rɔrəbɔ〕
Rohrbach〔'rorbɑh〕(德) 羅爾巴克
Rohrbacher〔rorbɑ'ʃɛr〕(法)
Rohrbaugh〔'rɔrbɔ〕羅爾博
Rohtak〔'rotʌk〕(印)
Roi〔rɔɪ〕
Roi Citoyen〔rwa sitwa'jæn〕(法)
Roi d'Angleterre〔rwa dɑnglə'tɛr〕
(法)
Roi Ed〔rɔɪ ɛt〕
Roi Et〔rɔɪ ɛt〕
Roig〔'roɪg〕羅伊格
Roijen〔'rɔɪjən〕
Roi Soleil〔rwa sɔ'lɛj〕(法)
Rois Fainéants〔rwa fɛne'ɑn〕(法)
Rojansky〔ro'dʒɑnskɪ〕
Rojas〔'rɔhɑs〕(西)
Rojas Paúl〔'rɔhɑs pɑ'ul〕(西)
Rojas-Zorrilla〔'rɔhɑs·θɔr'riljɑ〕(西)
Rojo〔'rɔho〕(西)
Rok〔rɑk〕
Rokan〔'rokɑn〕
Rokeby〔'rokbɪ〕
Rokel〔ro'kel〕
Rokelle〔ro'kɛl〕
Roker〔'rokə〕
Rokesmith〔'roksmɪθ〕
Rokishkis〔'rokɪʃkɪs〕
Rokitansky〔,rokɪ'tɑnskɪ〕
Rokitnitz〔'rokɪtnɪts〕
Rokossovski〔rʌkʌ'sɔfskər〕(俄)
Roland〔'rolənd〕羅蘭德 (傳說中 Charle-
magne 大帝手下的一員勇將)
Roland de Le Platiere〔rɔ'lɑn də lɑ
plɑ'tjɛr〕(法)
Roland de Vaux〔'rolɑnd də 'vo〕
Roland Holst〔'rolɑnt hɔlst〕(荷)
Rolando〔vo'lɑndo〕
Roland Whately〔'rolənd 'wetlɪ〕
Rola-Zymierski〔ro'lɑ·zɪm'jɛrskɪ〕
Roldán〔rɔl'dɑn〕(西)
Roldão〔rol'dɑuŋ〕(葡)
Rolette〔ro'lɛt〕
Rolf〔rɑlf〕羅爾夫
Rolfe〔rɑlf〕
Rolfing〔'rɑlfɪŋ〕羅爾芬
Rolim de Moura〔ru'lɪŋ dɪ 'morə〕
(葡)
Rolinda〔ro'lɪndə〕羅林達
Roll〔rɔl〕羅爾

Rolla〔'rɑlə〕
Rolland〔,rɔ'lɑŋ〕羅朗 (Romain, 1866-
1944, 法國作家)
Rolle〔rol〕羅爾
Rolle de Hampole〔'rol də 'hæmpol〕
Rollenhagen〔'rɔlən,hɑgən〕
Roller〔'rolə〕羅勒
Rolles〔'rolz〕羅爾斯
Rolleston〔'rolstn̩〕羅爾斯頓
Rollier〔rɔ'lje〕(法)
Rollin〔'rɑlɪn; rɔ'læŋ〕(法)
Rollin, Ledru-〔lə'drju·rɔ'læŋ〕(法)
Rollinat〔rɔli'nɑ〕(法)
Rolling〔'rolɪŋ〕
Rollins〔'rɑlɪnz〕
Rollinson〔'rɑlɪnsn̩〕羅林森
Rollo〔'rɑlo〕羅洛
Rollock〔'rɑlək〕羅洛克
Rollright〔'rolraɪt〕
Rolls〔rolz〕羅爾斯
Rolls-Royce〔'rolz·'rɔɪs〕
Rolong〔'roloŋ〕
Rolph〔rɑlf〕羅爾夫
Rolshoven〔'rɑlshovən〕
Rölvaag〔'rolvɑg〕
Rølvaag〔'rəlvɔg〕(挪) 羅爾瓦格
Röm〔rəm〕
Roma〔'romɑ〕(義) 羅馬
Romagna〔ro'mɑnjə〕
Romagne-sous-Montfaucon〔rɔ'mɑnj·-
su·mɔnfo'kɔn〕(法)
Romagnoli〔,romɑ'njɔlɪ〕(義)
Romagnosi〔,romɑ'njosɪ〕(義)
Romaic〔ro'me·ɪk〕現代希臘語
Romaika〔ro'me·ɪkə〕
Romain〔ro'men; -'mæŋ; rɔ'mæŋ (法)〕
羅曼
Romaine〔ro'men〕
Romains〔rɔ'mæŋ〕羅曼 (Jules, 1885-
1972, 法國小說家、詩人及劇作家)
Romainville〔rɔmæŋ'vil〕(法)
Roman〔'romən; 'rɔmɑn (波)〕羅馬人;
羅馬天主教徒
Romana〔ro'mɑnɑ〕
Romaña〔rɔ'mɑnjɑ〕(西)
Romance〔rə'mæns; ro'mɑntsə〕拉丁語系
Romanes〔ro'mɑnɪz; rə-; 'rɑmənəs〕
Roman Galatia〔'romən gə'leʃjə〕
Romanesque〔,romə'nɛsk〕
Romang〔'romɑŋ〕
Romani〔ro'mɑni; ro'mæni〕羅馬尼
Romania〔ro'meniə〕羅馬尼亞 (歐洲)

România〔ro'mɪnjə〕羅馬尼亞人;羅馬尼亞語

Romanino, Il〔il ‚roma'nino〕

Romanis〔ro'menɪs〕

Romano〔ro'mano;rə-;ro'meno;-'ma-;rɔ'mano〕

Romano, da〔da ro'mano〕

Romanoff〔rʌ'manɔf〕(俄)羅曼諾夫

Romanones〔‚rɔma'nones〕

Romanos〔ro'manos〕

Romanov〔'romə‚nɔf〕❶羅曼諾夫 (Mikhail Feodorovich, 1596-1645, 俄國沙皇❷羅門諾夫王朝之一員)

Romanovich〔rʌ'manʌvjɪtʃ〕(俄)

Romanovna〔rʌ'manʌvnʌ〕(俄)

Romanovski〔rʌmʌ'nɔfskəɪ〕(俄),

Romanowitz〔ro'mænəwɪts〕

Romans〔'romənz〕❶羅馬書❷羅曼斯

Romansch〔ro'mænʃ;rə'mænʃ〕 (瑞士東部所用之)羅曼斯方言

Romansh〔ro'mænʃ〕

Romanshorn〔'romans‚hɔrn〕

Romans-sur-Isère〔rɔ'man·sjuri'zɛr〕(法)

Romanus〔ro'menəs〕

Romany〔'ramənɪ〕❶吉卜賽人❷吉卜賽語

Román y Reyes〔ro'man i 'rejes〕

Romany Rye〔'ramənɪ raɪ〕

Romanza〔ro'mænzə〕羅曼扎

Romanzof(f), Cape〔ro'mænzəf;rə-〕羅曼佐夫角(美國)

Romanzov〔ro'mænzəf;raman'tsɔf〕(俄)

Romaunt〔rə'mɔnt〕

Rombach〔'rambak〕洛巴克

Romberg〔'rambəg〕洛伯格

Romblon〔rɔm'blɔn〕朗布龍(菲律賓)

Rombo〔'rombu〕

Rombouts〔'rambauts〕

Rome〔rom〕羅馬(義大利)

Romé de Lisle〔rɔ'me də 'lil〕(法)

Romeike〔ro'mikɪ〕羅米基

Romein-Verschoor〔ro'maɪn·vɜs'hor〕(荷)

Romeo〔'romɪo〕羅密歐(莎士比亞著的Remeo and Juliet中之男主角)

Romer〔'romə〕羅默

Römer〔'romə;'rɜmə(德)〕

Romero〔ro'mɛro;rɔ'mero;ru'meru〕羅梅羅

Romeyn〔ro'men〕

Romford〔'ramfəd〕羅木福德(英格蘭)

Romic〔'romɪk〕

Romier〔rɔ'mje〕(法)

Romig〔'romɪg〕羅米格

Romilly〔'ramɪlɪ〕羅米利

Romilly-sur-Seine〔romi'ji·sjur·'sɛn〕

Rominguera〔‚romɪŋ'gera〕 L(法)

Romish〔'romɪʃ〕

Rommany〔'ramənɪ〕

Romme〔'rɔmə〕

Rommel〔'roməl〕隆美爾(Erwin, 1891-1944, 德國陸軍元帥)

Romnes〔'ramnɪs〕

Romney〔'ramnɪ〕隆尼(George, 1734-1802, 英國畫家)

Romny〔'romnɪ〕

Römö〔'rɜ‚mɜ〕(丹)

Rømø〔'rɜ‚mɜ〕(丹)

Romoaldo〔‚romo'aldo〕

Romola〔'ramələ〕

Romolo〔'romolo〕

Romsdal〔'rɔmsdal〕

Romsdalsfjord〔'rɔmsdals‚fjor;-‚fjur〕(挪)

Romsdalshorn〔'rɔmsdals‚hɔrn;'rums-〕

Romsey〔'rʌmzɪ〕

Romuald〔'ramjuəld〕

Romula〔'ramjulə〕

Romulo〔'ramjulo〕

Rómulo〔'rɔmulo〕(西)

Romulus〔'ramjuləs〕【羅馬傳說】古羅馬建國者

Ronai〔'ronɔi〕(匈)

Ronald〔'ranəld;'ronald(挪);ru'nald〕(葡))

Ronalds〔'ranɪdz〕羅納爾斯

Ronaldsay〔'ranəld‚se〕

Ronaldshay〔'ranɪdʃe〕羅納謝

Ronan〔'ronən〕羅南

Ronayne〔ro'nen〕羅內因

Roncador〔'raŋkədɔr;‚rɔŋka'ðɔr〕(西)

Roncador, Serra do〔'sɛrə ðu ‚rɔŋkə'ðɔr〕(巴西)

Roncevaux〔rɔ̃s'vo〕(法)

Ronceverte〔'ransə‚vɜt〕

Ronchin-lez-Lille〔rɔ̃'ʃæŋ·le·lil〕(法)

Ronconi〔raŋ'konɪ〕

Rond〔rɔ̃〕(法)

Ronda〔'rɔnda〕

Rondeau〔ran'do〕

Rondebosch〔'randəbɔs〕

Rondelet〔rɔ̃d'lɛ〕(法)

Rondout〔'randaut〕
Roneo〔'ronio〕
Roney〔'roni〕羅尼
Ronga〔'roŋga〕
Rongbuk〔'raŋbuk〕
Ronge〔'raŋə〕
Ronge, Lac la〔lak la 'rɔŋ3〕(法)
Rongé〔rɔŋ'ʒe〕
Rongelap〔'rɔŋələæp〕
Ronger〔rɔŋ'ʒe〕(法)
Rongerik〔'rɔŋərɪk〕
Rongo〔'rɔŋgo〕
Ronne〔'rani〕(挪) 朗尼
Rönne〔'rɜnə〕(丹、德)
Rønne〔'rɜnə〕(丹)
Ronner〔'rɔnə〕
Ronon〔'ronan〕羅南
Ronsard〔,rɔŋ'sar〕龍沙 (Pierre de, 1524-1585, 法國詩人)
Ronse〔'rɔnsə〕
Rontgen〔'rantgən〕
Röntgen〔'rantjən; 'rʌnt-; 'rɜnt-; -tgən; 'runthen (荷); 'rɜntgən (德)〕
Roo〔'roo〕
Ro'o〔'roo〕
Rood〔rud〕魯德
Roodee〔'rudi〕
Roodepoort〔'rudəpurt〕
Roodepoort-Maraisburg〔'rudə,purt-'mærısbəg〕洛得浦馬瑞斯堡 (南非)
Roof〔ruf〕魯夫
Rooke〔rʊk〕魯克斯
Rookes〔rʊks〕
Rooks〔rʊks〕
Room(e)〔rum〕魯姆
Rooms〔rumz〕
Roon〔ron〕
Rooney〔'runı〕魯尼
Rooper〔'ropə〕
Roos〔ros〕
Roos, de〔də 'ros〕
Rooschütz〔'rɔfjʊts〕
Roosendaal〔'rozəndal〕
Roosendaal en Nispen〔'rozəndal ə 'nıspən〕(荷)
Roosevelt〔'rozəvelt〕羅斯福 (❶Franklin Delano, 1882-1945, 美國第三十二任總統 ❷Theodore, 1858-1919, 於 1901-09 任美國第二十六任總統)
Root〔rut〕羅德 (Elihu, 1845-1937, 美國律師及政治家)
Roothaan〔'rothan〕

Rootham〔'rutəm〕魯特姆
Rootstown〔'rutstaun〕
Roozeboom〔'rozəbom〕
Ropartz〔rɔ'par〕(法)
Rope〔rop〕
Roper〔'ropə〕
Ropes〔rops〕
Ropner〔'rapnə〕羅普納
Rops〔rops〕羅普斯
Ropshin〔'rɔpʃın〕
Roque〔rok; 'roke (西)〕
Roquebrune-Cap-Martin〔rɔkə'brjun--kap·mar'tæŋ〕(法)
Roquefort〔'rɔkfət; rɔk'fɔr (法)〕羊乳酪
Roquefort-sur-Soulzon〔rɔk'fɔrsjur--sul'zɔŋ〕(法)
Roque Guinart〔rok gi'nart〕
Roquentin〔rɔkaŋ'tæŋ〕
Roqueplan〔rɔk'plaŋ〕
Roquer〔rɔ'ke〕(法)
Roques〔rɔk〕
Roquette〔ro'kɛt〕
Roraima〔ru'raımə〕(葡)
Rördam〔'rɜdam〕
Rørdam〔'rɜdam〕(丹)
Rore〔'rorə〕
Rorem〔'rɔrəm〕洛勒姆
Rorer〔'rorə〕羅勒 (Sarah Tyson, 1849-1937, 本姓 Heston, 美國女教育家及作家)
Rorke〔rɔrk〕
Rorke's Drift〔rɔrks~〕
Rorschach〔'rɔrʃah〕(德)
Rory〔'rɔrı〕
Rory O'More〔'rɔrı ə'mɔr〕
Ros〔ros〕
Rosa〔rozə; ro'ze; 'rozɑ〕羅莎 (Salvator, 1615-1673, 義大利畫家及詩人)
Rosa, la〔la 'rɔsa〕
Rosa, Monte〔'rɔzɑ〕羅沙峯 (歐洲)
Rosa, Parepa-〔pə'repə·'rozə〕
Rosabel〔'rozə,bɛl〕
Rosabela〔,rozə'bɛlə〕
Rosabelle〔'rozə,bɛl〕羅莎貝爾
Rosader〔'rasədə〕
Rosa di Tivoli〔'rɔza dı 'tivoli〕
Rosae Crucis〔'rozi 'krusıs〕
Rosalba〔ro'zalba〕(義) 羅薩爾巴
Rosales〔rɔ'sales〕
Rosalia〔,rozɑ'lia〕羅莎利亞
Rosalie〔'rozəlı〕羅莎莉
Rosalind〔'razəlınd; 'ro-; 'razəlaınd〕羅莎琳

Rosalinda〔͵rɑzə'lɪndə〕
Rosaline〔'rɑzəlaɪn〕
Rosalynde〔'rɑzəlɪnd〕
Rosamond〔'rɑzəmənd〕羅莎蒙德
Rosamond de Clifford〔'rɑzəmənd də
　'klɪfəd〕
Rosamond Vincy〔'rɑzəmənd 'vɪnsɪ〕
Rosamund〔'rɑzəmənd〕羅莎蒙德
Rosamunda〔͵rozə'mʌndə〕
Rosamunde〔'rozɑ͵mʊndə〕
Rosand〔'rɑsənd〕
Rosanna〔ro'zænə〕
Rosario〔rə'sɑrjo〕羅沙略（阿根廷）
Rosário〔ru'zɑrju〕羅薩利俄（阿根廷）
Rosario de la Frontera〔rə'sɑrjo ðe
　frɔn'tera〕（西）
Rosario Strait〔ro'zɛrɪo～〕
Rosas〔'rɔsɑs〕（西）
Rosay〔ro'ze〕洛賽
Rosbach〔'rɑsbɑh〕（德）
Rosbotham〔'rɑsbɑtəm〕
Roscelin〔rɑs'læŋ〕（法）
Roscellin〔rɔsɛ'læŋ〕（法）
Roscellinus〔͵rɑsɛ'laɪnəs〕
Roscher〔'rɑʃə〕
Rosciad〔'rɑʃɪæd〕
Roscius〔'rɑʃəs〕
Roscoe〔'rɑsko〕洛斯科
Roscommon〔rɑs'kɑmən〕羅斯哥蒙郡
　（愛爾蘭）
Roscrea〔rɑs'kre〕
Rose〔'rozə〕（德）
Roseanna〔ro'zænə〕
Roseau〔ro'zo〕羅梭（多明尼加）
Rose Aylmer〔'roz 'elmə〕
Rosebank〔'roz͵bæŋk〕
Rosebaugh〔'rozbɔ〕
Rosebery〔'rozbərɪ〕
Rosebud〔'roz͵bʌd〕
Roseburg〔'rozbəg〕
Rosecrans〔'rozɪ͵kræns〕羅斯克蘭斯
Rosedale〔'rozdel〕
Rose Fleming〔'roz 'flɛmɪŋ〕
Roseg, Piz〔pits ro'zedʒ〕
Rosegger〔'ro͵zɛgə〕
Rosehaugh〔'rozhɔ〕
Rosekrans〔'rozkræns〕
Roseland〔'rozlənd〕羅斯蘭
Roselle〔ro'zel〕
Rosellini〔rozɛl'linɪ〕（義）
Roselly de Lorgues〔rɔzɛ'li də
　'lɔrg〕（法）

Roseman〔'rozmən〕羅斯曼
Rosemary〔'rozmərɪ〕露絲瑪莉
Rosemead〔'rozmid〕
Rosemonde〔roz'mɔnd〕（法）
Rosemont〔'rozmənt〕
Rosen〔'rozən; 'rɔzjɪn（俄）〕羅森
Rosenau〔'rozɪnɑu〕羅西瑙
Rosenbach〔'roznbɑh〕
Rosenbaum〔'rozənbɑum〕羅森包姆
Rosenberg〔'rozənbɛrk〕（德）
Rosenberger〔'rozənbəgə〕羅森堡
Rosenberry〔'roznbɛrɪ〕羅森伯里
Rosenblatt〔'rozənblɑt〕羅森布拉特
Rosenbloom〔'rozənblum〕
Rosenblum〔'rozənblʌm〕羅森布拉姆
Rosenbusch〔'rozənbuʃ〕
Rosencrans〔'rozənkræns〕
Rosencrantz〔'roznkrænts〕羅森克蘭茨
Rosendaël〔'rozən'dɑl〕（法）
Roseneath〔roz'niθ〕
Rosenfeld〔'rozənfɛlt〕（德）羅森菲爾德
Rosengarten〔'rozəngɑrtən〕羅森加騰
Rosenhaupt〔'rozənhɑupt〕
Rosenheim〔'rozənhaɪm〕
Rosenkavalier〔'rozən͵kɑvɑ'liə〕
Rosenkranz〔'rozənkrɑnts〕
Rosenkreutz〔'rozənkrɔɪts〕
Rosenlaui〔'rozənlɑui〕
Rosenman〔'rozənmən〕羅森曼
Rosenmüller〔'rozən͵mjulə〕
Rosenplüt〔'rozənpljut〕
Rosenson〔'rozənsn̩〕
Rosenstein〔'rozənʃtaɪn〕羅森斯坦
Rosenstiel〔'rozənstil〕
Rosenstock〔'rozənstɑk〕羅森斯托克
Rosenthal〔'rozəntɑl〕羅森塔爾
Rosenwald〔'rozən͵wɔld〕羅森沃爾德
Rose of Lima〔roz, 'limə〕
Roseto〔ro'zito〕
Roseton〔'roztən〕
Rosetta〔ro'zetə〕羅塞達（埃及）
Roseville〔'rozvɪl〕
Rosewall〔'rozwɔl〕
Rosewell〔'rozwɛl〕羅斯菲爾德
Rosherville〔'rɑʃəvɪl〕
Rosh Hashana〔͵rɑʃ hə'ʃɑnə; ͵roʃ-〕
猶太新年
Rosiclare〔'rozɪklɛr〕
Rosicrucian〔͵rozɪ'kruʃən; ͵rɑzɪ-〕
Rosier〔'rozɪə〕羅奇爾
Rosignol〔͵rɑsɪg'nɑl〕
Rosillos〔ro'sijos〕（拉丁美）

Rosin〔'razɪn〕洛辛
Rosina〔ro'zinə〕洛西娜
Rosinante〔ˌrazɪ'næntɪ〕唐吉訶德（Don Quixote）所乘之老瘦馬
Rosine〔ro'zin〕
Rosini〔ro'zini〕
Rosita〔ro'zitə〕
Rositten〔ro'zɪtən〕
Roskilde〔'rʌsˌkɪlə〕（丹麥）
Roslavl〔rʌs'lavlj〕（俄）
Roslin〔'razlɪn〕
Roslyn〔'razlɪn〕
Rosman〔'razmən〕洛斯曼
Rosmead〔'razmid〕羅斯米德
Rosmer〔'rasmə〕羅斯默
Ros Mhic Thriúin〔'rʌs vɪk 'ruɪn〕(愛)
Rosmini〔roz'minɪ〕
Rosmini-Serbati〔roz'minɪ·ser'batɪ〕（義）
Rosmunda〔roz'mundə〕
Rosnagle〔'raznegḷ〕
Rosny〔ro'ni〕
Rospigliosi〔ˌrospɪ'ljosɪ〕
Ross〔rɔs〕羅斯（❶Betsy, 1752-1836, 設計與製造第一面美國國旗者❷ Sir James Clark, 1800-1862, 蘇格蘭南北極探險家）
Rossall〔'rasḷ〕
Ross and Cromarty〔'rɔs ən 'kramətɪ〕羅斯可麥提郡（蘇格蘭）
Rossbach〔'rasbah〕（德）
Rossberg〔'rasbɛrk〕
Rossborough〔'rasbərə〕
Rossbrunn〔'rasbrun〕
Rossdorf〔'rasdɔrf〕
Rosse〔ras〕羅斯
Rosseau〔ra'so〕
Rossel〔'rasḷ〕羅塞爾
Rosseland〔'rɔsələn〕(挪)
Rosselli〔ros'sɛllɪ〕（義）
Rossellini〔ˌrossɛl'lini〕（義）羅塞利尼
Rossellino〔ˌrossɛl'lino〕（義）羅塞利諾
Rosser〔'rasə〕羅瑟
Rosses〔'rosɪz〕
Rossetter〔'rasətə〕羅塞特
Rossetti〔ro'sɛtɪ〕羅塞蒂（❶Christina Georgina, 1830-1894, 英國女詩人❷ Dante Gabriel, 1828-1882, 英國畫家及詩人）
Rossford〔'rasfəd〕
Rossi〔'rasɪ〕羅西（Bruno, 1905-, 義大利物理學家）　　　　　〔'rɔlo〕(義)
Rossi di Pomarolo〔'rossɪ dɪ ˌpoma-
Rossill〔'rasɪl〕

Rossillion〔ro'sɪljən〕
Rossini〔rɔ'sinɪ〕羅西尼（Gioacchino Antonio, 1792-1868, 義大利作曲家）
Rossiter〔'rasɪtə〕羅西特
Rossiya〔rʌ'sjijə〕(俄)
Rosskeen〔'raskin〕羅斯金
Rossland〔'rasländ〕
Rosslare〔'raslɛr〕
Rosslyn〔'raslɪn〕羅斯林
Rossman〔'rɔsmən〕羅斯曼
Rossmässler〔'rasmɛslə〕羅斯馬斯勒
Rosso, Il〔il 'rosso〕（義)
Ross Sea〔rɔs~〕羅斯海（南冰洋）
Ross-shire〔'ras·ʃɪr;'raʃ·ʃɪr（蘇)〕
Rossville〔'rasvɪl〕
Rost〔rast〕
Rostand〔'rastænd〕羅斯唐（Edmond, 1868-1919, 法國劇作家及詩人）
Rosten〔'rastən〕羅斯坦
Rostock〔'rastak〕羅斯托克港（東德）
Rostock Warnemünde〔'rostɔk ˌvarnə'mjundə〕（德）
Rostopchin〔rastap'tʃin; rʌstʌp'tʃin(俄)〕
Rostov〔rʌ'stɔf〕羅斯托夫（蘇聯）
Rostov-on-Don〔'rastav·an·'dan〕
Rostovski Lobanov〔lə'banɔf rə'stɔfskɪ〕
Rostov-Suzdal〔rʌ'stɔf·'suzdəlj〕(俄)
Rostovtzeff〔rə'stɔftsɛf〕羅斯脫夫柴夫（Michael Ivanovich, 1870-1952, 美國歷史學家）
Rostrevor〔ra'strɛvə〕
Rosu〔'rɔʃu〕
Rösvatn〔'rɜs,vatŋ〕
Roswell〔'razwɛl〕羅茲韋耳（美國）
Rosweyde〔'rasvaidə〕
Roswitha〔ros'vita〕(德)
Rosy〔'rozɪ〕
Rosyth〔ra'saɪθ〕
Roszak〔'roszæk〕羅斯扎克
Rota〔'rotə; 'rota〕
Rotan〔ro'tæn〕
Rotanev〔'ratənev〕
Rotch〔rotʃ〕洛奇
Rotchford〔'rotʃfəd〕
Rote〔'rotə〕
Roterturm〔'rotə·turm〕
Roth〔roθ; rot（德)〕
Rothaar Gebirge〔'rotha gəˌbɪrgə〕
Rothaargebirge〔'rotha·gəˌbɪrgə〕
Rothamsted〔'raθəmstɛd〕
Rothberger〔'rotbɛrgə〕

Rothe〔roθ〕
Rothe〔'rotə〕(德)
Rothenburg ob der Tauber
  〔'rotənburk ɔp də 'taubə〕(德)
Rothernlöwen〔'rotən,ləvən〕
Rothenstein〔'roθənstain〕洛森斯坦
Rother〔'raðə〕羅瑟
Rother, König〔'kənih 'rotə〕(德)
Rothera〔'raθərə〕羅瑟拉
Rotherford〔'rʌðəfəd〕羅瑟福德
Rotherham〔'raðərəm〕羅塞蘭(英格蘭)
Rotherhithe〔'raðəhaið〕
Rothermel〔'raðə,mɛl〕羅瑟米爾
Rothermere〔'raðəmir〕羅瑟米爾
Rotherston〔'raðəstən〕
Rotherthurm〔'rotəturm〕(德)
Rotherwick〔'raðərik〕羅瑟威克
Rothes〔'raθis〕
Rothesay〔'raθsi〕羅思賽
Rothiere〔rɔ'tjer〕(法)
Rothkäppchen〔'rotkɛphən〕(德)
Rothley〔'roθli〕
Rothmaler〔'rotmalə〕(德)
Rothschild〔'raθtʃaild; 'rot·ʃilt (德);
  rɔt·'ʃild (法)〕洛思柴爾德
Rothstein〔'raθstin〕洛思坦
Rothwell〔'roəl〕洛思維爾
Roti〔'rɔti〕
Rotlagergebirge〔'rotlagə·gə,birgə〕
  (德)
Rotomagus〔ro'taməgəs〕
Rotomahana〔,roto'mahənə〕
Rotondo〔ro'tondo〕
Rotorua〔,rotə'ruə〕
Rotrou〔rɔ'tru〕
Rötscher〔'rətʃə〕(德)
Rotse〔'rotse〕
Rotteck〔'rotɛk〕
Rotten Row〔'ratn ro〕
Rotterdam〔'ratə,dæm〕鹿特丹(荷蘭)
Röttger〔'rətgə〕(德)
Rotti〔'rɔti〕
Rottingdean〔'ratiŋdin〕
Rottmann〔'ratman〕
Rottschaefer〔'rat·ʃefə〕
Rottumeroog〔'rɔtuməroh〕(荷)
Rotuma Island〔ro'tumə~〕羅土馬島
  (太平洋)
Rotunda〔ro'tʌndə〕
Roty〔rɔ'ti〕
Rou〔ru〕
Rouad Ile〔il 'rwad〕(法)

Roualeyn〔,ruə'len〕
Rouarie〔rwɑ'ri〕(法)
Rouault〔rwo〕(法)
Roubaix〔ru'bɛ〕魯貝(法國)
Roubiczek〔'rubitʃɛk〕
Roubillac〔rubi'jak〕(法)
Roucek〔'rautʃɛk〕
Roucy〔ru'si〕
Rouen〔ru'an〕盧昂港(法國)
Rouergue〔ru'ɛrg〕
Rouërie〔rwɑ'ri ; ru'ri (法)〕
Rouffaer〔'raufar〕(荷)
Rouge〔ruʒ〕
Rougé〔ru'ʒɛ〕(法)
Rougemont〔ruʒ'mɔn〕(法)
Rouger〔ru'ʒe〕(法)
Rouget de Lisle〔,ru'ʒɛ də 'lil〕魯冶
  ·德·里耳(Claude Joseph, 1760-1836,法國
  軍人、詩人及作曲家)
Rough〔rʌf〕拉夫
Roughead〔'rʌfhɛd〕拉夫黑德
Rought〔rɔt〕
Roughton〔'rautn〕拉夫頓
Rough Tor〔'rau 'tɔr〕
Rougon-Macquart〔ru'gɔŋ·mɑ'kɑr〕(法)
Rouher〔'rwer〕(法)
Roulands〔'roləndz〕
Roulers〔ru'ler〕(法)
Roumania〔ru'meniə〕
Roumanille〔ruma'nij〕(法)
Roumansh〔ru'mænʃ〕
Roumelia〔ru'miljə〕
Roumeliote〔ru'miliot〕
Rounds〔raundz〕
Roundell〔'raundl〕朗德爾
Roundhead〔'raund,hɛd〕1642-52 英國內
  亂時議會派或清教派分子
Roundhouse〔'raund,haus〕
Rounds〔raundz〕朗茲
Round Top〔'raund ,tap〕
Roundtree〔'raundtri〕
Roundup〔'raundʌp〕
Roundway Down〔'raund,we 'daun〕
Rounga〔'ruŋə〕
Rounseville〔'rʌnsvil〕朗斯威爾
Rountree〔'rauntri〕
Rouphia〔ru'fjɑ〕
Rourke〔rɔrk〕魯爾克
Rous〔raus〕勞斯
Rousay〔'rauzi〕
Rouse〔raus; rus〕勞斯

Rouselare〔‚rausə'larə〕

Rouses Point〔'rausız 'pɔınt〕

Rousillon〔ru'sıljən〕

Rouson〔'rausn〕

Rousse〔rus（法）；rausə（法蘭德斯）〕

Rousseau〔'ruso〕盧梭（Jean Jacques,
　1712-1778, 生於瑞士之法國哲學家及作家）

Roussel〔ru'sɛl〕魯塞爾

Rousselaere〔‚rausə'larə〕

Rousselet〔rus'lɛ〕（法）

Rousselot〔rus'lo〕（法）魯斯洛

Roussi(e)〔ru'si〕

Roussille〔ru'sij〕（法）

Roussillon〔ro'sıljən；ru-；rusi'jɔŋ
　（法）〕

Roussin〔'rusın〕

Roussy〔ru'si〕

Routh〔rauθ〕勞思

Routhier〔ru't je〕（法）魯蒂埃

Routledge〔'rautlıdʒ〕勞特利奇

Routley〔'rautlı〕勞特利

Routt〔raut〕

Rouvier〔ru'vje〕（法）

Rouville〔ru'vıl〕（法）

Rouvre〔'ruvə〕

Rouvroy〔ruv'rwa〕（法）

Roux〔ru〕（法）

Rouyn〔'ruın〕

Rovaniemi〔'rovən‚iəmı〕洛瓦奈密（芬蘭）

Rove〔rov〕洛夫

Rovensky〔ro'vɛnskı〕羅文斯基

Rovenstine〔'rovənstaın〕洛文斯坦

Rover〔'rovə〕洛弗

Rovere〔'rovere〕（義）洛維爾

Roveredo〔rove'redo〕

Rovetta〔ro'vɛtə〕洛維塔

Roviana〔‚rovı'anə〕

Rovigno d'Istria〔ro'vinjo 'distrıja〕

Rovigo〔ro'vigo〕

Rovno〔'rovnə〕

Rovuma〔ru'vumə〕（葡）

Row〔ro〕

Rowallan〔ro'ælən〕洛阿倫

Rowan〔'roən；'rauən〕洛恩

Rowand〔'roənd〕

Rowandiz〔ro'wandız〕

Rowans〔'roənz〕

Rowant〔'rauənt〕

Rowatt〔'roət〕

Rowayton〔rə'wetn〕

Rowcliff〔'roklıf〕洛克利夫

Rowden〔'raudn〕洛登

Rowe〔ro〕羅歐（Nicholas, 1674-1718, 英國
　桂冠詩人及劇作家）

Rowed〔'roıd〕

Rowell〔'rauəl〕

Rowena〔ro'inə〕羅伊納

Rowland〔'rolənd〕洛蘭

Rowlands〔'roləndz〕洛蘭茲

Rowlandson〔'rolədsn〕羅蘭森

Rowles〔rolz〕

Rowlesburg〔'rolzbəg〕

Rowley〔'rolı〕洛利

Rowley Regis〔'rolı 'ridʒıs〕

Równe〔'ruvnɛ〕（波）

Rowney〔'ronı〕洛尼

Rowno〔'rovno〕

Rowntree〔'rauntrı〕朗特里

Rowridge〔'raurıdʒ〕

Rowse〔raus〕羅斯

Rowson〔'rauzn〕

Rowter〔'rautə〕

Rowton〔'rautn〕羅頓

Rox〔raks〕羅克斯

Roxana〔rak'sænə〕洛克珊娜

Roxane〔rak'sænı〕

Roxas〔'rɔhas〕羅哈斯（Manuel, 1892-1948,
　菲律賓政治家及第一任總統）

Roxboro〔'raksbərə〕

Roxburgh(e)〔'raks‚bərə〕一種裝訂書的
　方式（脊爲素皮金字，面爲紙或布，邊不切齊）

Roxburghshire〔'raksbərə‚ʃır〕羅斯勃洛
　郡（蘇格蘭）

Roxbury〔'raksbərı〕

Roxen〔'rɔksn〕

Roxey〔'raskı〕羅克西

Roxo〔'roʃu；'rakso〕

Roxolani〔‚raksə'lenaı〕

Roxy〔'raksı〕

Roy〔rɔı；'rwa（法）〕羅伊

Roy, Le〔lə 'rwa〕（法）

Royal〔'rɔıəl〕洛亞爾

Royale〔'rɔıəl；rwa'jal（法）〕洛亞爾

Royal Gorge〔'rɔıəl 'gɔrdʒ〕

Royall〔'rɔıəl〕洛亞爾

Royal Langbrith〔'rɔıəl 'læŋbrıθ〕

Royalton〔'rɔıəltən〕

Royalty〔'rɔıəltı〕

Royan〔rwa'jaŋ〕（法）

Roybet〔rwa'bɛ〕（法）

Royce〔rɔıs〕羅伊斯（Josiah, 1855-1916, 美
　國哲學家）

Royden〔'rɔıdn〕

Royds〔rɔɪdz〕
Roye〔rwa〕(法)
Royer-Collard〔rwa'je·kɔ'lar〕(法)
Royère〔rwa'jɛr〕(法)
Royersford〔'rɔɪəzfəd〕
Royette〔'rɔɪ'ɛt〕
Royle〔rɔɪl〕羅伊爾
Royston〔'rɔɪstən〕羅伊斯頓
Roysville〔'rɔɪzvɪl〕
Royton〔'rɔɪtn〕
Rozanov〔'rɒzənəf〕
Rozas〔'roθas〕(西)
Rozendaal〔'rozəndal〕
Rozenzweig〔'rozənts waɪg〕
Rozhdestvenski〔rɑʒdjɪst'vɛnskɪ;
    rʌʒ'djestvjənskəɪ〕(俄)
Rozi〔'rozi〕
Rozier〔ro'zje〕(法)
Rozmarek〔ros'marɛk〕
Rozwadowski〔,rɔzva'dɔfskɪ〕
Rozwenc〔'rozwɛnts〕
Rozwi〔'rozwɪ〕
Ruabon〔ru'æbən〕
Ruad〔ru'ad〕
Ruadh〔'ruaθ〕(蘇)
Ruaha〔ru'aha〕
Ruaidhri Ua Conchobhair〔'ruərɪ və
    'kʌnhəvə〕(愛)
Ruanda〔ru'andɑ〕
Ruanda-Urundi〔ru'andɑ·u'rundɪ〕
    盧安達烏隆地(非洲)
Ruapehu〔,ruɑ'pehu〕魯亞帕和峯(紐西蘭)
Ruapuke〔,ruə'puke〕
Ruark〔'ruark〕魯阿克
Rub'al Khali〔,rʊb æl 'hali〕阿拉伯東部
    及南部大沙漠(英文爲 Great Sandy Desert)
Rubbi, Carli-〔'karlɪ·'rubbɪ〕(義)
Rubbra〔'rʌbrə〕魯布拉
Rube〔rub〕魯布
Rubel〔'rʌbl〕魯貝爾
Rubelles〔rjʊ'bɛl〕(法)
Ruben〔'rubɪn〕
Rubén〔ru'ben〕
Rubens〔'rubɪnz〕魯賓斯(Peter Paul,
    1577-1640, 法蘭德斯畫家)
Rubert〔'rubət〕魯伯特
Rubey〔'rubɪ〕魯比
Rubicam〔'rubɪkəm〕魯比卡姆
Rubicon〔'rubɪ,kɑn〕盧比孔河(義大利)
Rubidoux〔,rubɪ'du〕
Rubin〔'rubɪn〕魯賓
Rubiner〔'rubɪnə〕

Rubini〔ru'bini〕
Rubinoff〔'rubɪnɑf〕
Rübinsk〔'rɪbɪnsk〕
Rubinstein〔'rubɪnstaɪn〕盧賓斯坦
    (❶ Anton, 1829-1894, 俄國作曲家及鋼琴家 ❷
    Arthur, 1886-1983, 生於波蘭之美國鋼琴家)
Rubio〔'ruvjo〕(西)
Rubner〔'rubnə〕
Rubrouck〔rjʊ'bruk〕
Rubruck〔'rubrʊk〕
Rubrum〔'rubrəm〕
Rubruquis〔rjʊbrjʊ'ki〕(法)
Rubtsovsk〔'rʊp'tsɔfsk〕
Ruby〔'rubɪ〕魯比
Rucbah〔'rʌkba〕
Rucelinus〔,rusɪ'laɪnəs〕
Rucellai〔,rutʃel'la·ɪ〕(義大利)
Ruchbah〔'rʌkba〕
Ruchrad〔'ruhrat〕(德)
Ruchrath〔'ruhrat〕(德)
Ruck〔rʌk〕拉克
Rucker〔'rʌkə〕拉克
Rückert〔'rjukət〕
Ruckle〔'rukl〕
Ruckstull〔'rʌkstəl〕拉克斯特爾
Ruda〔'rudɑ; 'rudə〕
Ruda Śląska〔'rudɑ 'ʃlɔŋskɑ〕(波)
Rudabah〔,rudɑ'ba〕
Rūdagī〔,rudæ'gi〕
Rūdakī〔,rudæ'gi〕(波斯)
Rudakov〔rudɑ'kɔf〕
Rudbeck〔'rudbɛk〕
Rudbeckia〔rʌd'bɛkɪə〕
Rudd〔rʌd〕拉德
Rudder〔'rʌdə〕
Rudder Grange〔'rʌdə ,grendʒ〕
Ruddick〔'rʌdɪk〕魯迪克
Ruddigore〔'rʌdɪgɔr〕
Ruddiman〔'rʌdɪmən〕拉迪曼
Ruddock〔'rʌdək〕拉多克
Ruddy〔'rʌdɪ〕拉迪
Ruddygore〔'rʌdɪgɔr〕
Rude〔rjud〕魯德
Rudel〔'rʌdl〕魯德爾
Rudesheimer〔'rudɛshaɪmə〕
Rudesill〔'rʌdəsɪl〕
Rudge〔rʌdʒ〕拉奇
Rudhyar〔'rʌdjar〕
Rudiger〔'rudjɪgjə〕(俄)魯迪格
Rüdiger〔'rjudɪgə〕
Rudin〔'rudjɪn〕(俄)
Rudini〔,rudɪ'ni〕

Rudland〔'rʊdlɑnt〕(德)
Rudmose〔'rʌdmoz〕拉德默斯
Rudmose-Brown〔'rʌdmoz·'braʊn〕
Rudnik〔'rʊdnɪk〕
Rudolf 1 of Hapsburg〔'rudɑlf ðə'fɜst əv 'hæpsbɝg〕魯道夫一世(1217-1291,神聖羅馬帝國皇帝)
Rudolfs〔'rudɑlfs〕
Rudolph〔'rudɑlf〕魯道夫
Rudra〔'rʊdrə〕
Rudulf〔'rudəlf〕
Rudulph〔'rudəlf〕魯道夫
Rudy〔'rudɪ〕魯迪
Rudyard〔'rʌdjɚd〕拉迪亞德
Rue〔rju〕魯
Rue, La〔lɑ 'rju〕(法)
Rue, De La〔'də lə ,ru〕
Rue, de la〔'dɛ lə ,ru〕
Rueda〔'rweðɑ〕(西)
Rue d'Autriche〔rju do'triʃ〕(法)
Rue de l'Ancienne Comédie〔rju də lɑŋ,sjɛn kɔme'di〕(法)
Rue de la Paix〔rju də lɑ 'pɛ〕(法)
Ruedemann〔'rudəmən〕
Ruederer〔'rjʊdərɚ〕(德)
Rue de Rivoli〔rju də rivɔ'li〕
Rueff〔rjʊ'ɛf〕(法)
Rueil-Malmaison〔rju'ɛj malme'zɔŋ〕
Ruel〔rjʊ'ɛl〕 L(法)
Ruellan〔'rulən〕魯倫
Ruelas〔'rwelas〕(西) 「(法)
Rue St.-Antoine〔rju sæŋtɑŋ'twɑn〕
Rue St.-Denis〔rju sæŋ·də'ni〕(法)
Rue St.-Honoré〔rju sæŋtɔnɔ're〕(法)
Ruff〔rʌf〕拉夫
Ruffhead〔'rʌfhɛd〕
Ruffin〔'rʌfɪn〕
Ruffini〔ruf'fini〕(義)
Ruffo〔'ruffo〕(義)
Rufi〔'rufɪ〕
Rufia〔ru'fjɑ〕
Rufiji〔ru'fidʒɪ〕
Rufino〔ru'finʊ〕
Rufisque〔rjʊ'fisk〕
Ruford〔'rufəd〕拉福德
Rufus〔'rufəs〕魯弗斯
Rugbeian〔rʌg'bɪən〕
Rugby〔'rʌgbɪ〕拉格比(英格蘭)
Ruge〔'rugə〕魯格
Rugeley〔'rudʒlɪ〕魯奇利
Rügen〔'rjʊgən〕魯根島(德國)
Ruger〔'rugɚ〕魯格

Rugg〔rʌg〕魯格
Rugge〔'rugə〕魯格
Ruggeri〔rud'dʒeri〕(義)
Rugg(i)ero〔rud'dʒero〕(義)
Ruggle〔'rʌg!〕
Ruggles〔'rʌg!z〕拉格爾斯
Ruggles-Brise〔'rʌg!z·'braɪs〕
Rugh〔ru〕魯
Rugii〔'rudʒɪaɪ〕
Ruglas〔'rʊgləs〕魯格拉斯
Ruhamah〔'ruəmɑ〕
Ruhe〔ru〕
Ruhl〔rul〕
Ruhm〔rum〕
Ruhmeshalle〔'ruməs,halə〕
Ruhmkorff〔'rumkɔrf〕
Ruhnken〔'ruŋkən〕
Ruhnu〔'runu〕
Ruhr〔rʊr〕❶魯爾河(德國)❷地名(德國)
Ruhrgebiet〔'rurgə,bit〕
Ruhrort〔'rurɔrt〕
Rui〔'rʊɪ〕
Ruibinsk〔'rɪbɪnsk〕
Ruijsdael〔'rɔɪsdal〕(荷)
Ru-i-Khaf〔,rujɪ'haf〕(阿拉伯)
Ruisbroeck〔'rɔɪsbruk〕(荷)
Ruisdael〔'rɔɪsdal〕(荷)
Ruisdael〔'rɔɪsdal〕羅伊斯達爾(Jacob van, 1628?-1682, 荷蘭畫家)
Ruis Guiñazú〔ru'is ginja'su〕(西)
Ruislip〔'raɪslɪp〕
Ruiten Aa〔'rɔɪtən ɑ〕(荷)
Ruiter〔'rɔɪtɚ〕(荷)
Ruivo, Pico〔'piku 'rwivu〕
Ruiz〔ru'iθ(西); ru'is(拉丁美)〕魯伊斯
Ruiz Guiñazú〔ru'is ,gi'nja'su〕(拉丁美)
Ruiz-Nazario〔'ruɪz·ne'zero〕
Rukenaw〔'ruknɔ〕
Rukeyser〔'rukaɪzɚ〕魯凱澤
Rukhlovo〔'ruhləvə〕(俄)
Rukhnu〔'ruhnu〕(俄)
Ruki〔'rukɪ〕
Rukwa〔'rʌkwə〕
Ruland〔'rulɑnt〕
Rule〔rul〕魯爾
Rulffs〔rʊlfs〕
Rulhière〔rjʊ'ljer〕(法)
Rullianus〔,rʌlɪ'enəs〕
Rullus〔'rʌləs〕
Rulman〔'rʌlmən〕拉爾曼
Rum〔rʌm〕

Rumadiya〔rʊmæ'dijə〕

Rumani〔rʊ'mænɪ〕

Rumania〔ru'menjə〕羅馬尼亞（歐洲）= Romania

Rumble〔'rʌmbl̩〕

Rumbold〔'rʌmbold〕朗博爾德

Rumelia〔ru'miliə;-'miljə〕羅美利亞（古土耳其帝國之歐洲部分）

Rumeli Hisari〔,rumɛ'li,hɪsɑ'rɪ〕

Rumer〔'rumə〕

Rumford〔'rʌmfəd〕拉姆福德

Rumi〔'rumi〕

Rumiantsev〔rʊ'mjɑntsɪf〕

Rumiantzev〔rʊ'mjɑntsɪf〕

Rumina〔ru'mainə〕

Rümker〔'rjumkə〕

Ruml〔'rʌml̩〕

Rummel〔'ruməl〕拉梅爾

Rummer Tavern〔'rʌmə~〕

Rumney〔'rʌmnɪ〕

Rumpelstitzkin〔'rʊmpəlʃ'tɪltskɪn〕(德)

Rumsey〔'rʌmzɪ〕拉姆西（James, 1743-1792, 美國發明家）

Rumsland〔'rʌmzlənd〕

Rumson〔'rʌmsn̩〕

Run〔rʌn〕

Runa-Simi〔'runɑ·'simi〕

Runaway〔'rʌnəwe〕

Runciman〔'rʌnsɪmən〕朗西曼

Runcorn〔'rʌŋkɔrn〕

Rundi〔'rundi〕

Rundle〔'rʌndl̩〕朗德爾

Rundstedt〔'rʊnt,ʃtet〕倫德斯特（Karl Rudolf Gerd von, 1875-1953, 德國元帥）

Rune〔run〕

Runeberg〔'runə,bærj〕盧尼拜里（Johan Ludvig, 1804-1877, 芬蘭詩人）

Runga〔'ruŋə〕

Runganadhan〔ruŋ'ganədɑn〕

Runge〔rʌndʒ〕

Runge〔'ruŋə〕朗格

Rungpoor〔'ruŋpur〕

Rungwe〔'ruŋwe〕

Runic〔'runɪk〕

Runkle〔'rʌŋkl̩〕朗克爾

Runnel(l)〔'rʌnl̩〕朗內爾

Runnels〔'rʌnl̩z〕朗內爾斯

Runnells〔'rʌnəlz〕朗內爾斯

Runner〔'rʌnə〕

Runnymede〔'rʌnɪmid〕拉尼米德

Runö〔'runə〕（瑞典）

Runton〔'rʌntən〕

Runyan〔'rʌnjən〕魯尼恩

Runyon〔'rʌnjən〕藍揚（Alfred Damon, 1884-1946, 美國小說家）

Ruodlieb〔'ruədlib〕

Ruotolo〔ruə'tolo〕

Rupel〔rjʊ'pɛl〕

Rupella〔ru'pɛlə〕

Rupert〔'rupət〕路柏王子（Prince, 1619-1682, 德國王子）

Ruperto〔ru'pɛrto〕

Rupertus〔ru'pɛrtʊs〕（德）

Ruphia〔ru'fjɑ〕

Ruponuny〔,rupə'nunɪ〕

Rupp〔rup〕魯普

Rüppell〔'rjupəl〕（德）拉佩爾

Ruppenthal〔'rupənθəl〕魯彭索爾

Ruppert〔'rupət〕拉伯特

Ruppin〔'rupɪn〕拉平

Rupprecht〔'ruprɛht〕（德）魯普雷希特

Ruprecht〔'ruprɛht〕（德）

Rupununi〔,rupə'nunɪ〕

Rur〔rur〕

Ruremonde〔rjur'mɔnd〕（法）

Rurik〔'rurɪk〕茹芮克（第九世紀俄羅斯王國之建立者）

Rurutu〔ru'rutu〕

Rury〔'rurɪ〕魯里

Rus〔rus〕

Rusaddir〔,rʌsæd'dɪr〕

Rusalki〔ru'salkɪ〕

Rusbroek〔'rɜsbruk〕（法蘭德斯）

Ruschuk〔rus'tʃuk〕

Ruse〔'rusə〕魯沙（保加利亞）

Rusein〔ru'zaɪn〕

Rusellae〔ru'sɛli〕

Rush〔rʌʃ〕拉什

Rushden〔'rʌʃdn̩〕

Rushdi Pasha〔'ruʃdi 'pɑʃə〕

Rushforth〔'rʌʃfɔrθ〕

Rushmer〔'rʌʃmə〕

Rushmere〔'rʌʃmɪr〕拉什莫爾

Rushmore〔'rʌʃmor〕拉什莫爾

Rusholme〔'rʌʃəm〕

Rushton〔'rʌʃtən〕拉什頓

Rushville〔'rʌʃvɪl〕

Rushworth〔'rʌʃwɜθ〕拉什沃思

Rusiñol〔,rusɪ'njɔl〕（西）

Rusiñol y Prats〔,rusɪ'njɔl ɪ 'prɑts〕

Rusk〔rʌsk〕魯斯克((David) Dean, 1909-, 於 1961-69 任美國國務卿）

Ruskin〔'rʌskɪn〕羅斯金（John, 1819-1900, 英國散文家、批評家及社會改革者）

Ruspe〔ˈrʌspi〕
Rusper〔ˈrʌspə〕
Russ〔rʌs〕俄國人；俄國語
Russa〔ˈrʌsə〕
Russel〔ˈrʌsl〕拉塞爾
Russell〔ˈrʌsl〕羅素（❶ Bertrand Arthur
  William, 1872-1970, 英國數學家及哲學家❷
  George William, 1867-1935, 愛爾蘭作家）
Russellville〔ˈrʌslvɪl〕
Rüsselsheim〔ˈrjusəls,haɪm〕（德）
Russes〔ˈrusɪz〕
Russey〔ˈrʌsɪ〕拉西
Russia〔ˈrʌʃə〕❶俄羅斯共和國（蘇聯）
  ❷蘇聯之通稱
Russki〔ˈruskɪ〕
Russniak〔ˈrʌsnɪæk〕
Russo-Byzantine〔ˈrʌso·bɪˈzæntaɪn；
  -baɪ-；-tin〕
Rust〔rʌst；rust（德）〕拉斯特
Rustam〔ˈrʌstəm〕
Rustburg〔ˈrʌstbəg〕
Rustdorp〔ˈrʌstdɔrp〕
Rustem〔ˈrʌstəm〕
Rustenburg〔ˈrʌstənbəg〕
Rustford〔ˈrʌstfəd〕
Rusticus〔ˈrʌstɪkəs〕
Rustom〔ˈrustəm〕魯斯特姆
Ruston〔ˈrʌstən〕拉斯頓
Rüstow〔ˈrjusto〕
Rüstringen〔ˈrjustrɪŋən〕
Rustschuk〔rusˈtʃuk〕
Rüştü〔rjuʃˈtju〕（土）
Rustum〔ˈrʌstəm〕拉斯特姆
Ruswarp〔ˈrʌzəp〕
Ruta〔ˈruta〕
Rutba〔ˈrutbə〕
Rutebeuf〔rjutˈbəf〕（法）
Ruteni〔ruˈtinaɪ〕
Rutennu〔ruˈtɛnnu〕（阿拉伯）
Rutgers〔ˈrʌtgəz〕
Ruth〔ruθ；rut（德）〕露絲
Ruthena〔ruˈθinə〕
Ruthene〔ruˈθin〕
Ruthenia〔ruˈθinjə〕羅塞尼亞區（蘇聯）
Rutherford〔ˈrʌðəfəd〕羅塞福（Ernest,
  1871-1937, 英國物理學家）
Rutherfordton〔ˈrʌðəfədtən〕
Rutherfurd〔ˈrʌðəfəd〕
Rutherglen〔ˈrʌðəglɛn〕
Rutherston〔ˈrʌðəstən〕
Ruthin〔ˈriθɪn；ˈhriθɪn（威）〕
Ruthin, Grey de〔ˈgre də ˈruðɪn〕

Ruthrieston〔ˈrʌðrɪstən〕
Ruth Siple〔ˈruθ ˈsaɪpl〕
Ruthven〔ˈruθvən；ˈrɪvən；ˈrʌθvən〕魯思文
Ruthwell〔ˈrʌθwəl〕
Rutilico〔ruˈtiliko〕
Rutilius〔ruˈtiliəs〕
Rütimeyer〔ˈrjutɪ,maɪə〕
Rutlam〔ˈrʌtˈlam〕
Rutland〔ˈrʌtlənd〕拉特蘭（美國）
Rutlandshire〔ˈrʌtlənd,ʃɪr〕拉特蘭郡
  （英格蘭）
Rutledge〔ˈrʌtlɪdʒ〕羅特利基（❶ Edward,
  1749-1800, 美國政治家、法學家及獨立宣言簽
  署者之一❷ John, 1739-1800, 美國政治家及法
  學家）
Rütli〔ˈrjutli〕
Rutnagherry〔ˈrʌtˈnagərɪ〕
Rutsen〔ˈrʌt·sn〕拉特森
Rutter〔ˈrʌtə〕拉特
Rutuli〔ruˈtjulaɪ〕
Rutupiae〔ruˈtjuprɪ〕
Ruud〔rud〕
Ruvigny〔rjuviˈnji〕（法）
Ruville〔ˈrjuvɪl〕
Ruvu〔ˈruvu〕
Ruvuma〔ruˈvumə〕魯弗馬河（東非）
Ruwenzori〔,ruwənˈzorɪ〕羅溫乍里山脈
  （非洲）
Ruwer〔ˈruvə〕
Ruy〔ˈruɪ（葡）；ruˈi（西）〕
Ruy Blas〔ˈruɪ blas；rjuˈi ˈblas〕
Ruys〔rɔɪs〕
Ruysbroeck〔ˈrɔɪsbruk〕（荷）
Ruysbruck〔ˈrɔɪsbruk〕
Ruysch〔rɔɪs〕（荷）
Ruysdael〔ˈraɪzdal；ˈrɔɪs-（荷）〕
Ruyter〔ˈraɪtə；ˈrɔɪ-（荷）〕
Ruzé〔rjuˈze〕
Ružička〔ruˌʒɪtʃka〕盧基伽（Leopold,
  1887-1976, 南斯拉夫化學家）
Ružomberok〔ˈruʒom,berɔk〕（捷）
Ruzzante, Il〔il rudˈdzante〕
Rwanda〔ruˈandə〕盧安達（非洲）
Ryall〔ˈraɪəl〕賴亞爾
Ryan〔ˈraɪən〕瑞安
Ryance〔ˈraɪəns〕
Ryazan〔rɪəˈzæn；rjɛˈzanj（俄）〕
Rybáře〔ˈrɪbarʒɛ〕（捷）
Ryberg〔ˈrjubɛrg〕（丹）賴伯格
Rybnik〔ˈrɪbnik〕
Ryburn〔ˈraɪbən〕
Rycault〔riˈko〕

Rychmans〔'raɪhmɒns〕（法蘭德斯）
Ryckman〔'rɪkmən〕里克曼
Rydal〔'raɪdəl〕
Rydal and Loughrigg〔'raɪdəl ənd 'lʌhrɪg〕（蘇）
Rydberg〔'rjudbærj; 'rɪdbəg〕
Ryde〔raɪd〕賴德
Rydell〔'raɪdəl〕
Ryden〔'raɪdən〕賴登
Ryder〔'raɪdə〕賴德爾（Albert Pinkham, 1847-1917, 美國畫家）
Rydin〔'raɪdɪn〕賴丁
Rydqvist〔'rjudkvɪst〕（瑞典）
Rydstrom〔'rɪdstrom〕
Rye〔raɪ〕瑞埃（英格蘭）
Ryecroft〔'raɪkrəft〕
Ryence〔'raɪəns〕
Ryepin〔'rjepjɪn〕（俄）
Ryegate〔'raɪget〕
Ryerson〔'raɪəsn̩〕賴爾森
Ryezhitsa〔'rjeʒɪtsə〕（俄）
Rykens〔'raɪkɪnz〕
Ryker〔'raɪkə〕賴克
Rykov〔'rɪkɔf〕
Rykovo〔'rikəvə〕
Ryland〔'raɪlənd〕賴倫斯
Rylands〔'raɪləndz〕賴蘭茲
Ryle〔raɪl〕賴爾

Rylee〔'raɪli〕
Ryleev〔rɪ'ljejɪf〕（俄）
Ryley〔'raɪlɪ〕賴利
Rylstone〔'rɪlstən〕
Rymanów〔rɪ'mɑnuf〕（波）
Rymer〔'raɪmə〕賴默
Rymnikski〔'rɪmnɪkskɪ〕
Ryn〔raɪn〕
Rynd〔rɪnd〕
Ryno〔'raɪno〕賴諾
Ryon〔'raɪən〕賴恩
Ryskamp〔'raɪskæmp〕
Ryskind〔'rɪskɪnd〕里斯金德
Ryssel〔'raɪsəl〕
Rysto〔'rjʊsta〕（芬）
Ryswick〔'rɪzwɪk〕
Rysy〔'rɪsɪ〕
Rytand〔'raɪtənd〕
Ryther〔'raɪðə〕
Ryti〔'rjutɪ〕（芬）
Ryton〔'raɪtn̩〕
Rytter〔'rjutə〕（丹）
Ryumin〔'rjumjɪn〕
Ryurik〔'rjurjɪk〕（俄）
Rzeszów〔'ʒɛʃuf〕（波）
Rzewuski〔ʒɛ'vuskɪ〕（波）
Rzhev〔'rʒɛf〕爾熱夫（蘇聯）

S

Sa〔sɑ〕〔化〕釤
Sá〔sɑ〕
Saad〔sɑ'ad〕
Saad〔sæ'd〕
Saadabad〔sɑ,ɑdɑ'bɑd〕
Saadani〔sɑ'dɑnɪ〕
Saadi〔sɑ'di;'sɑdi〕
Saadist〔'sɑdɪst;'sædɪst〕
Saale〔'zɑlə〕
Saami〔'sɑmɪ〕
Saane〔'zɑnə〕
Saar〔sɑr;zɑr〕薩爾河(法國)
Saarbrücken〔'sɑr,brɪkən;zɑr'brukən〕
　薩爾布魯根(西德)
Saare〔'sɑrɛ〕
Saaremaa〔'sɑrɛmɑ〕
Saargebiet〔'zɑrgəbɪt〕
Saarinen, Gottlieb Eliel〔'gɑtlib
　'ɛljɛl 'sɑrɪnɛn〕
Saarland〔'zɑr,lænd〕薩爾區(德國)
Saarlautern〔,zɑr'lɑʊtən〕
Saarlouis〔zɑr'luɪ〕
Saastal〔'zɑstɑl〕
Saasthal〔'zɑstɑl〕
Saati〔'sɑti〕
Saavedra〔,sɑɑ'veðrɑ〕(西)
Saavedra Lamas〔,sɑɑ'veðrɑ 'lɑmɑs〕
　薩維茲拉(Carlos,1880-1959,阿根廷律師及外
　交家)
Saavedra y Fajardo〔,sɑɑ'veðrɑ ɪ
　fɑ'hɑrðo〕(西)
Saba〔'sɑbə;'sæbə〕希巴(阿拉伯半島)
Saba'〔'sæbæ〕(阿拉伯)
Sabaco〔'sæbəko〕
Sabacon〔'sæbəkɑn〕
Sabadell〔,sɑvɑ'ðɛl〕(西)
Sabaean〔sə'biən〕
Sabah〔'sɑbə〕沙巴(馬來西亞)
Sabahan〔'sɑbəhən〕沙巴人
Sabaism〔'sebɪɪzəm〕星辰崇拜;拜星
Sabaki〔sə'bɑkɪ〕
Sabana〔sɑ'vɑnɑ〕(西)
Sabaneta〔,sɑvɑ'netɑ〕(西)
Sabaoth〔sæ'beɑθ;sə-;'sæbeɑθ;
　-əθ〕【聖經】軍隊;萬軍
Sabaragamuwa〔,sʌbərɑ'gʌmuwə〕(印)
Sabari〔'sʌbəri〕(印)
Sabar Kantha〔'sʌbə 'kʌnthə〕(印)

Sabarmati〔'sɑbə'mʌti〕(印)
Sabartés〔sɑbɑr'tes〕
Sabas Rastko〔'sabas 'rɑstkɔ〕
Sabastya〔sæ'bɑstɪjə;-jæ〕
Sabath〔'sæbəθ〕沙巴思
Sabatier〔,sɑbɑ'tje〕薩巴提(Paul,1854-
　1941,法國化學家)
Sabatini〔,sæbə'tini〕薩巴蒂尼(Rafael,
　1875-1950,義大利歷史小說家)
Sabatinus〔,sæbə'tɑɪnəs〕
Sabato〔sə'bæto;'sæbəto〕
Sabazius〔sə'beʒəs〕
Sabbat〔'sæbət〕中世紀巫婆術士向魔鬼宣
　誓效忠的半夜集會
Sabbatarian〔,sæbə'tɛrɪən〕❶守安息日
　(星期六)的人❷嚴守星期日爲安息日的人
Sabbath〔'sæbəθ〕安息日
Sabbathbreaker〔'sæbəθ,brekə〕不守安
　息日的人
Sabbatini〔,sɑbbɑ'tini〕(義)
Sabbatius〔sə'beʃɪəs〕
Sabbe〔'sɑbə〕
Sabbioncello〔,sɑbbjon'tʃɛllo〕(義)
Sabea〔sə'biə〕
Sabean〔sə'biən〕希巴人;希巴語
Sabellian〔sə'bɛlɪən〕
Sabellius〔sə'bɛlɪəs〕
Sabès〔sɑ'bɛs〕(法)
Sabeta〔sə'bitə〕
Sabetha〔sə'bɛθə〕
Sabi(e)〔'sɑbɪ〕
Sabian〔'sebɪən〕
Sabicas〔sɑ'bikɑs〕
Sabik〔'sebɪk〕
Sabin〔'sebɪn〕
Sabin, ibn-〔ɪbn·sæ'bin〕
Sabina〔sə'bɑɪnə;sɑ'binɑ(義)〕
Sabina, Poppaea〔pɑ'piɑ sə'bɑɪnə〕
Sabinal〔,sæbɪ'næl;,sɑvɪ'nɑl〕
Sabine〔'sæbɑɪn;'sebɑɪn;'sæbɪn;
　sə'bin;sæ'bin;sɑ'bin〕色賓河(美國)
Sabine-Neches〔sə'bin·'nɛtʃɪz〕
Sabinianus〔sə,bɪnɪ'enəs〕
Sabinum〔sə'bɑɪnəm〕
Sabinus〔sə'bɑɪnəs〕
Sabio, el〔ɛl 'sɑbjo〕
Sabis〔'sebɪs〕
Sable〔'sebḷ〕沙布耳角(美國)

Sablon〔sɑ'blɔŋ〕(法)
Sabotino〔,sabo'tino〕
Sabra〔'sebrə〕
Sabrat(h)a〔'sæbrətə〕
Sabraton〔'sebrətən〕
Sabrina〔sə'brɑɪnə〕
Sabtang〔sab'taŋ〕
Sabuktagin〔sæ,buktæ'gin〕
Sabulite〔'sæbjʊ,lɑɪt〕
Sabunde〔sa'bunde〕
Sac〔sæk〕
Sacae〔'sesi〕
Sacaea〔'sakɪə〕
Sacagawea〔,sækəgə'wiə〕
Sacajawea〔,sækədʒə'wiə〕
Sacandaga〔,sækən'dɔgə〕
Sacasa〔sa'kasa〕
Sacatepéquez〔,sakate'pekes〕(西)
Saccarrappa〔,sækə'ræpə〕
Saccarello〔,sakka'rɛllo〕(義)
Saccheri〔'sakkerɪ〕(義)
Sacchetti〔sak'kettɪ〕(義)
Sacchi〔'sakkɪ〕(義)
Sacchi, de〔de 'sakkɪ〕(義)
Sacchini〔sak'kini〕(義)
Sac City〔sɔk~〕
Sacco〔'sæko〕塞寇(Nikola, 1891-1927,
	義大利無政府主義者)
Sacer〔'sesə〕
Sach〔setʃ〕
Sacha〔sa'ʃa〕(法)薩夏
Sachar〔'sætʃə〕薩查爾
Sacher〔'sækə〕
Sacharissa〔,sækə'rɪsə〕
Sachau〔'zahau〕(德)
Sacher-Masoch〔'zahə·'mazah〕(德)
Sacheverell〔sə'ʃevərəl〕薩謝弗雷爾
Sachs〔sæks〕薩克斯(Nelly, 1891-1970,
	出生於德國之瑞典女劇作家及詩人)
Sachsen〔'zaksən〕
Sachsen-Anhalt〔'zaksən·'ɑnhalt〕
Sachsen-Coburg und Gotha〔'zaksən-
	'kobʊrk ʊnt 'gota〕
Sachsenhausen〔,zaksən'hauzən〕
Sachsenland〔'zaksən,lant〕
Sächsische Saale〔'zɛksɪʃə ,zalə〕
Sächsische Schweiz〔'zɛksɪʃə
	'ʃvaɪts〕
Sacile〔sa'tʃile〕
Sack〔zak〕沙克
Sackarson〔'sækəsn〕
Sacken, Osten〔'ostən·'zakən〕

Sackerson〔'sækəsn〕
Sackets Harbor〔'sækɪts~〕
Sackmann〔'zakman〕
Sacks〔sæks〕沙克斯
Sackville〔'sækvɪl〕塞克維爾(Thomas,
	1536-1608, 英國詩人及外交家)
Sackville-West〔'sækvɪl·'wɛst〕
Saco〔'sɔko; 'sako〕
Saco de Venezuela〔'sako ðe ,vene-
	'swela〕(西)
Sacralias〔sa'kraljas〕
Sacramento〔,sækrə'mento〕❶薩克拉曼
	多(美國)❷薩克拉曼多河(美國)
Sacrificios〔,sakrɪ'fisjos〕
Sacripante〔,sakrɪ'pante〕
Sacriportus〔,sækrɪ'pɔrtəs〕
Sacrobosco〔,sækrə'basko〕
Sacro Monte〔'sakro 'monte〕(義)
Sacrum Promontorium〔'sekrəm
	,pramən'tɔrɪəm〕
Sacsahuaman〔,saksawa'man;
	,saksa'waman〕
Sacy〔sa'si〕(法)
Sad〔sad〕				「(葡)
Sá da Bandeira〔'sa ðə væŋn'deɪrə〕
Sadachbiah〔,sadæk'bijə〕
Sadah〔sa'da〕
Sadalmelik〔,sadæl'melɪk〕
Sadalsuud〔,sadælsu'ud〕
Sadat, el〔sə'dæt〕沙達特(Anwar, 1918-
	1981, 埃及總統)
Sadatoni〔,sædə'toni〕
Sadb〔sæv〕(愛)
Saddle〔'sædļ〕
Saddleback〔'sædļ,bæk〕
Saddler〔'sædlə〕薩德勒
Sadducee〔'sædjʊ,si〕❶撒都該派信徒(猶
	太教之一派)❷撒都該人
Sadduceeism〔'sædjʊ,siɪzm̩〕❶撒都該教
	❷撒都該教派之教義
Sade〔sad〕(法)
Sa de Miranda〔'sa ðə mi'rændə〕(葡)
Sadi〔'sadi; sa'di (法)〕
Sadino〔sə'ðinu〕(葡)
Sadir〔'sadə〕
Sadiya〔'sadɪja〕塞地亞(印度)
Sadko〔'satkə〕
Sadler〔'sædlə〕薩德勒
Sadleyer〔'sædlə〕
Sadlier〔'sædlɪr〕
Sad-mator〔'sad·'metə〕
Sado〔'saðu;-du; 'sado〕佐渡(日本)

Sadoc〔'sedɑk〕

Sadoleto〔,sado'leto〕

Sadová〔'sadova〕

Sadowa〔za'dova；'zadova；'sadoə〕

Sad'r〔'sadə〕

Sadtler〔'sædlə〕

Sadyk〔sa'dık〕

Sadyk Pasha〔sa'dık pa'ʃa〕

Sá e Benevides〔'sa i ,benə'vidıs〕
（葡）

Sæmund〔'saımənd；'semund（冰）〕

Saena Julia〔'sinə 'dʒuljə〕

Sáenz Peña〔'saens 'penja〕（拉丁美）

Saerchinger〔'sətʃıŋə〕

Sætersdal〔'setəsdal〕

Safad〔'safæd〕（阿拉伯）

Safar〔sə'far〕回教曆之二月

Šafařík〔'ʃafarʒik〕（捷）

Safavid〔,sæfæ'vıd〕

Safawid〔sæ'fæwıd〕

Safawis〔'safəwız〕

Safed Koh〔sa'fed 'koh〕

Safety〔'seftı〕

Saffarid〔'sæfərıd〕

Saffell〔sə'fel；'sæfəl〕

Saffis〔'safız〕

Safford〔'sæfəd〕薩福德

Saffron〔'sæfrən〕

Saffron Walden〔'sæfrən 'woldn̩〕

Saffurye〔sæ'furjə〕

Safi-al-Din〔sæ'fı・jæd・'din〕
（阿拉伯）

Safid Rud〔sa'fid 'rud〕

Safvet Pasha〔sa'vet pa'ʃa〕（土）

Sag〔sæg〕

Sagadahoc〔'sægədə,hak〕

Sagallo〔sə'galo〕

Sagamore〔'sægə,mɔr〕

Sagar〔'sagə〕

Sagasta〔sa'gasta〕

Sagauli〔sə'gaulı〕

Sagay〔sa'gaı〕沙蓋（菲律賓）

Sage〔sedʒ〕塞奇

Sage, Le〔lə 'saʒ〕（法）

Sagendorph〔'sagəndɔrf〕薩根多夫

Sagesse〔sa'ʒɛs〕（法）

Saghalien〔,sægə'lin；sə'galjən；
-lıən〕庫頁島（蘇聯）

Saghalin〔,sægə'lin〕

Sag Harbor〔sæg～〕

Saginaw〔'sægı,nɔ〕薩吉諾（美國）

Sagitta〔sə'dʒıtə〕【天文】天星座

Sagittarius〔,sædʒı'terıəs；,sægı-；
-'tarıəs〕【天文】人馬宮，射手座

Sagittary〔'sædʒə,terı〕【天文】人馬宮，
射手座

Sagmaster〔'sægmastə〕

Sagone〔sa'gonɛ〕

Sagoskin〔za'gɔskın〕

Sagoyewatha〔,sægəjı'waθə〕

Sagrus〔'segrəs〕

Saguache〔sə'watʃ〕

Sagua la Grande〔'sagwa la 'grande〕

Saguaro〔sə'gwaro〕

Saguenay〔,sægə'ne〕沙格奈河（加拿大）

Saguia el Hamra〔sə'giə ɛl 'hamrə；
sə'giə æl 'hæmrə〕

Saguiet el Hamra〔sə'giət ɛl 'hamrə；
sə'giət æl 'hæmrə〕

Saha〔'saha〕佐波（日本）

Sahagún〔,saa'gun〕（西）

Sahama〔sa'ama〕

Sahand, Kuh-i-〔'kuh・ı・sa'hand〕

Sahaptan〔sə'haptən〕

Sahaptin〔sə'haptın〕

Sahara, the〔sə'harə〕撒哈拉（非洲）

Sáhara Español〔'saara ɛspa'njol〕
（西）

Saharan Oases〔sə'harən o'esiz；
-'hɛrən-〕

Saharanpur〔sə'harən,pur〕沙哈藍浦
（印度）

Sahib〔'sahıb〕

Sahib, Nana〔'nana 'sahıb〕

Sahli〔'zali〕

Sahlin〔sa'lin〕

Sahm〔zam〕

Sahra〔'sarə；'suhra（阿拉伯）〕

Saibai〔'saıbaı〕

Said〔sa'id〕（阿拉伯、土）

Said, Port〔saıd～〕

Saïda〔saıdə；saı'da（法）〕

Saidapet〔'saıdəpet〕

Said Halim Pasha〔sa'id ha'lım
pa'ʃa〕（土）

Said Mohammed Pasha〔sæ'id
mu'hæmməd 'paʃə〕（阿拉伯）

Saidor〔'saıdɔr〕

Saigon〔saı'gan〕西貢（越南）

Saïgon〔sai'gɔn〕（法）

Saigon-Cholon〔saı'gan・,ʃɔ'lɔŋ〕

Saihun〔saı'hun〕

Sailana〔saı'lanə〕賽拉納

Sailer〔'zaılə〕賽勒

Saillant〔sɑ'jaŋ〕(法)
Sailly-Saillisel〔sɑ'ji·saji'zɛl〕(法)
Saimaa〔'saima〕
Sainsbury〔'senzbəri〕
Saint〔sent; sənt; sɪnt; sæŋ (法)〕聖特
St. Abb's〔'æbz〕
Saint-Acheul〔sæŋ·ta'ʃəl〕(法)
Saint-Affrique〔sæ·ŋ·ta'frik〕(法)
Saint Agatha〔sənt 'ægəθə〕
St. Agnes〔sənt 'ægnɪs〕
Saint Agnes' Eve〔sənt 'ægnɪsɪz iv〕
 聖艾格奈節前夕 (爲一月二十日之夜)
Saint Aignan〔sæŋ te'njaŋ〕(法)
St. Alban〔sənt 'ɔlbən〕
Saint Albans〔sənt 'ɔlbənz〕聖奧爾本斯
St. Aldate's〔sənt 'ɔldets; sɪnt-;
 -dɪts〕
St. Aldhelm's〔sənt 'ældhelmz〕
St. Aldwyn〔sənt 'ɔldwɪn〕
Saint Alexis de la Grande Baie
 sæŋ talɛk'si dla graŋd 'be〕(法)
Saint-Amant〔sæŋta'maŋ〕(法)
St. Ambrose〔sənt 'æmbroz; sɪnt-;
 -bros〕
Saint André〔sæŋ taŋ'dre〕(法)
St. Andrew〔sənt 'ændru〕
St. Andrews〔sənt 'ændruz〕
Saint Ann〔sənt 'æn〕
St. Anne〔sənt 'æn〕
St. Anne's〔sənt 'ænz〕
St. Ann's〔sənt 'ænz〕
St. Anthony〔sənt 'ænθəni〕
Saint-Arnaud〔sæŋtar'no〕(法)
St. Asaph〔sənt 'æsəf; sɪnt 'æsəf;
 sənt 'esəf〕
Saint-Aubin〔sæ·ŋ·to'bæŋ〕(法)
St. Aubyn〔sənt 'ɔbɪn〕聖奧賓
St. Audries〔sənt 'ɔdrɪz; sɪnt 'ɔdrɪz〕
 聖奧德里斯
St. Augustine Inlet〔sənt ɔ'gʌstɪn~;
 sənt ə'gʌstɪn~; sənt 'ɔgəstɪn;
 sənt 'ɔgəs,tin~〕聖奧古斯丁灣 (美國)
St. Austell〔sənt 'ɔstl〕
Saint Barthélemy〔sæ·ŋ bartel'mi〕(法)
Saint-Barthélemy〔sæ·ŋ·bartel'mi〕
St. Bartholomew〔sənt bar'θaləmju;
 sɪnt bar'θaləmju; sənt bə'θaləmju〕
Saint Bathans〔sənt 'bæθənz〕
St. Beatenberg〔zaŋt be'atənbɛrk〕
St. Bees〔sənt 'biz〕
St. Bega〔sənt 'bigə〕

Saint Bennet〔sənt 'benɪt〕
St. Bernard〔sənt 'bɜnəd; sɪnt 'bɜnəd;
 sənt bə'nard; sæŋ ber'nar (法)〕
St. Bernard's〔sənt 'bɜnədz〕聖伯納狗
St. Blaize〔sənt 'blez〕
St. Blazey〔sənt 'blezɪ〕
St. Bonaventure〔sənt ,banə'ventjur;
 sɪnt ,banə'ventjur〕
Saint Boniface〔sənt 'banɪfes〕聖博尼
 費斯
St. Botolph's〔sənt 'batəlfs〕
St. Brendan's〔sont 'brendənz〕
St. Bride's〔sənt 'braɪdz〕
Saint-Brieuc〔sæ·ŋ·bri'ɜ〕(法)
St.-Calais〔sæ·ŋ·ka'lɛ〕(法)
Saint Carilef〔sæŋ kari'lef〕(法)
St. Catharine〔sənt 'kæθərɪn〕
Saint Catharines〔sənt 'kæθərɪnz;
 sɪnt 'kæθərɪnz〕
St. Catherine〔sənt·'kæθərɪn〕
St. Cecilia〔sənt sɪ'sɪljə〕
Saint Cecilia's Day〔sənt sɪ'sɪljəz~;
 sənt sɪ'sɪlɪəz~〕
St.-Chamas〔sæ·ŋ·ʃa'ma〕(法)
Saint-Chamond〔sæ·ŋ ʃa'mɔŋ〕(法)
Saint Charles〔sənt 'tʃarlz〕
St. Cher〔sæ·ŋ 'ʃer〕(法)
St. Christopher Island〔sənt 'krɪstəfə;
 sɪnt-; sŋk-〕聖克里斯托弗島 (西印度群島)
Saint Clair〔'sɪŋklɛr〕
St. Clair〔'sɪŋklɛr; 'sɪnklɛr; sənt'klɛr〕
 聖克萊爾
StClair〔'sɪŋker〕
Saint Clare〔sənt 'klɛr〕
Saint-Claude〔sæ·ŋ·'klod〕(法)
St. Cloud〔sənt 'klaʊd; sæ·ŋ'klu (法)〕
Saint Clement〔sənt 'klemənt〕
St. Clere〔sənt 'klɛr; 'sɪŋklɛr; 'sɪn-〕
Saint Colme's Inch〔sənt 'kalmiz 'ɪnʃ;
 sɪnt-〕
St. Columb〔sənt 'kaləm〕
Saint Crispin〔sənt 'krɪspɪn〕
Saint Croix〔sənt 'krɔɪ〕聖克洛伊島 (美國)
Saint Cuthbert〔sənt 'kʌθbət〕 (美國)
Saint-Cyr〔sæ·ŋ'sir〕聖·西爾 (Marquis
 Laurent de Gouvion, 1764-1830, 法國拿破崙
 麾下之大將)
St. David〔sənt 'devɪd〕
Saint Davy〔sənt 'devɪ〕
St. Denis〔sənt 'denɪs〕聖德尼城 (印度洋)

Saint-Denis〔sənt·'denɪs; sɪnt-; sændə'ni〕聖丹尼（法國）

Saint Dennis〔sənt 'denɪs〕

Saint-Denys〔sæŋ·də'ni〕(法)

Saint-Dié〔sæŋ·'dje〕(法)

St. -Domingue〔sæŋ·dɔ'mæ ŋg〕(法)

Ste. Agathe des Monts〔,sæŋ ta'gat de 'mɔn〕(法)

Sainte-Aldegonde〔,sæŋtaldə'gɔnd〕(法)

Sainte Anne〔sənt 'æn; sæŋ 'tan (法)〕

Ste. -Anne-d'Auray〔sæŋ'tan·do're〕(法)

Sainte-Anne-de-Beaupre〔sən'tændə-bo're〕

Ste. -Barbe〔sæŋt·'barb〕(法)

Sainte-Baume〔sæŋt·'bom〕(法)

Sainte-Beuve〔sæŋt 'bəv〕聖佩甫（Charles Augustin, 1804-69, 法國文學批評家及作家）

Sainte-Chapelle〔sæŋt·ʃa'pel〕(法)

Sainte-Claire Deville〔sæŋt·'klɛr də'vil〕(法)

Saint Edmund〔sənt 'edmənd〕

St. Edmunds〔sənt 'edməndz〕

Saint Edmundsbury〔sənt 'edməndzbəri〕

Sainte Genevieve〔sənt 'dʒenəviv; sɪnt-〕

Sainte Hélène〔sæŋ te'len〕(法)

St. Elian〔sənt 'iljən〕

Saint Elian's〔sənt 'iljənz〕

St. Elmo〔sənt 'elmo〕

Saint-Éloi〔sæŋ·te'lwa〕(法)

Sainte-Madeleine〔sæŋt·mad'len〕(法)

Sainte-Marguerite〔sæŋt·margə'rit〕(法)

Sainte-Maure〔sæŋt·'mɔr〕(法)

Sainte-More〔sæŋt·'mɔr〕(法)

Ste-Odile〔sæŋt·ɔ'dil〕(法)

Sainte-Palaye〔sæŋt·pa'le〕(法)

Saint-Esprit〔sæŋ·tɛs'pri〕(法)

Sainte Thérèse〔sæŋte te'rɛz〕(法)

Saint-Étienne〔,sæŋte'tjɛn〕聖德堅（法國）

Saint-Évremond〔sæŋ·tevrə'mɔn〕(法)

Saint-Exupéry〔sæŋ·tɛgzjupe'ri〕(法)

Saint-Fargeau〔sæŋ·far'ʒo〕(法)

Saint-Florent〔sæŋ·flɔ'rɑn〕(法)

Saint-Fond〔sæŋ·'fɔn〕(法)

St. Francis〔sənt 'fransɪs〕

Saint-François〔sæŋ·frɑŋ'swa〕(法)

St. Gall〔sənt 'gæl〕

Saint-Gall〔sənt·'gæl〕

Saint Gallen〔sənt 'gælən〕聖加倫（瑞士）

St. Galmier〔sənt 'gælmɪe; sɪnt-; -mje〕

Saint-Gaudens〔sənt'gɔdnz〕聖·高敦斯（Augustus 1848-1907, 美國雕刻家）

Saint Gelais〔sæŋ ʒə'le〕(法)

St. George〔snt 'dʒɔrdʒ〕聖喬治（加拿大；美國）

Saint-Germain〔sənt·dʒə'men; sɪnt-; sæŋ·ʒer'mæŋ〕(法)〕

Saint-Germain-en-Laye〔sæŋ-ʒer'mæŋ·nɑŋ·'le〕

Saint-Germain-des-Pres〔sæŋ-ʒer'mæŋ·de·'pre〕(法)

Saint-Germain l'Auxerrois〔sæŋ-ʒer'mæŋ lose'rwa〕(法)

St. Germans〔sənt 'dʒɝmənz〕

St. -Gervais-les-Bains〔sæŋ·ʒer've le-'bæŋ〕(法)

St. Giles〔sənt 'dʒaɪlz〕

Saint-Gilles〔sæŋ·'ʒil〕聖日耳（比利時）

St. Gillis〔sɪnt·'ɪlɪs〕（法蘭德斯）

Saint Gothard〔sənt 'gatəd; sæŋ gɔ'tar〕(法)

St. Gotthard〔sənt 'gatəd〕

Saint Gotthard〔sənt 'gatəd〕

Saint Gowan's Head〔sənt 'gauənz~; sɪnt-〕

Saint Gregory〔sənt 'gregəri; sɪnt-〕

Saint Grouse's Day〔sənt 'grosɪz~; sɪnt-〕

St. Helena〔,sɛntɪ'linə; sənt 'helɪnə〕聖赫倫拿島（英國）

St. Helen's〔sənt 'helɪnz〕

Saint Helens〔sənt 'helənz; ,sɪnt-〕聖希倫斯（英格蘭）

St. Helier〔sənt 'heljə〕

St. -Hélier〔sæŋ·te'lje〕(法)

St. Heliers〔sənt 'heljəz〕

Saint-Hilaire〔sæŋ·ti'ler〕(法)

Saint Hilary's Day〔sənt 'hɪlərɪz~; sɪnt-〕

Saint Hilda's〔sənt 'hɪldəz〕

St. Hill〔sənt 'hɪl〕

Saint-Honorat〔sæŋ·tɔnɔ'ra〕(法)

Saintine〔far'ʒtin〕(法)

St. Ingbert〔'zaŋkt 'ɪŋbert〕(德)

St. James, Cape〔sənt 'dʒemz~〕聖賈姆士角（加拿大）

Saint Jaques le Grand〔sənt 'dʒekwiz lə 'grænd;sınt-〕

Saint Jean〔sæŋ·'ʒɑŋ〕(法)

Saint-Jean〔sæŋ·'ʒɑŋ〕(法)

Saint John〔sənt 'dʒɑn;sınt 'dʒɑn; 'sındʒən〕❶聖約翰(加拿大)❷聖約翰河(美國)

Saint-John〔'sındʒən〕

Saint Johns〔sənt 'dʒɑnz〕

Saint John's〔sənt 'dʒɑnz〕聖約翰斯(加拿大)

Saint Johnsbury〔sənt 'dʒɑnz'bɛrı; sınt-;-bərı〕

Saint Johnsville〔sənt 'dʒɑnzvıl〕

St.-Joost-ten-Noode〔sınt·'jost-tə'nodə〕(法蘭德斯)

St. Joseph〔sənt 'dʒozəf,-zıf〕聖約瑟(美國)

Saint-Josse-ten-Noode〔sæŋ·'ʒostəŋ-'nod〕(法)

Saint Julien〔sənt·'dʒuljən〕

Saint-Just〔sæŋ·'ʒjust〕(法)

Saint Just〔sənt 'dʒʌst〕聖賈斯特

Saint Katharine〔sənt 'kæθərın〕

St. Kilda〔sənt 'kıldə〕

St. Kitts〔sənt 'kıts〕聖基茨(西印度群島)

Saint Kitts-Nevis〔sənt 'kıts·'nivıs; sınt-;-'nɛvıs〕

Saint Lambert〔sənt 'læmbət〕

Saint-Lambert〔sæŋ·lɑŋ'ber〕(法)

Saint Landry〔sənt 'lændrı〕

St. Laurent〔sæŋ·lɔ'rɑŋ〕(法)聖勞倫特

St. Lawrence, Island〔sənt 'lɑrəns~〕聖勞倫斯島(美國)

Saint Lawrence Poultney〔sənt 'lɑrəns 'poltnı〕

Saint Lazarus〔sənt 'læzərəs〕

St. Leger〔sənt 'lɛdʒə;sınt 'lɛdʒə; 'sɛlındʒə〕聖萊杰

Saint-Léger〔sæŋ·le'ʒe〕(法)

Saint-Léon〔sæŋ·le'ɔŋ〕(法)

St. Leonards〔sənt 'lɛnədz〕

Saint Leonard's〔sənt 'lɛnədz〕

St.-Leu〔sæŋ'lɜ〕(法)

St. Levan〔sənt 'lɛvən〕聖萊文

St. Lewis〔sənt 'luıs〕

St. Liz〔'sɛnlıs〕(英法)

St. Loe〔sənt 'lu〕聖洛

Saint Louis〔sənt 'luıs;sınt-;sæŋ 'lwi (法)〕聖路易

St. Louis〔sənt 'luıs;sınt-;sənt 'luı〕聖路易(美國)

Saint-Louis〔sənt·'luıs;sınt-;sæŋ·'lwi (法)〕

Saint Lubbock's Day〔sənt 'lʌbəks~; sınt-〕

St. Lucas〔sənt 'lukəs〕

St. Lucia〔sənt 'luʃə;sınt 'luʃə〕聖路西亞島(美國)

Saint Lucie〔sənt 'ljusı〕

St. Ludger〔sənt 'luʒə〕

Saint Ludovicus Bacapa〔sənt ,ludə-'vaıkəs ba'kapə〕

Saint Luke〔sənt 'ljuk〕

St. Lusson〔sæŋ 'lju'sɔŋ〕(法)

Saint Magnus〔sənt 'mægnəs〕

St. Malo〔sənt 'mɑlo〕

Saint-Marceaux〔sæŋ·mɑr'so〕(法)

Saint-Marc Girardin〔sæŋ·'mɑrk ʒirɑr'dæŋ〕(法)

St. Maragaret〔sənt 'mɑgərıt〕

Saint-Marie〔sənt·'mɑrı〕聖瑪麗

Saint Maries〔sənt 'mɛrız〕

St. Mark〔sənt 'mɑrk〕

Saint-Mars〔sæŋ·'mɑr〕(法)

Saint Martin〔sənt 'mɑrtın;sæŋ mɑr'tæŋ(法)〕

St. Martin〔sənt 'mɑrtın;-tŋ〕聖馬丁島(荷蘭)

Saint-Martin〔sæŋ·mɑr'tæŋ〕(法)

St. Martin's le Grand〔sənt 'mɑrtınz lə 'grænd〕

Saint Martinville〔sənt 'mɑrtınvıl〕

Saint Mary, Cape〔sənt 'mɛrı~〕聖馬利角(馬達加斯加)

St. Mary Axe〔sənt 'mɛrı 'æks; sınt-;'sımərı 'æks〕

St. Mary-le-bone〔sənt 'mɛrı·lə·'bon; sınt-〕

St. Marylebone〔sənt 'mɛrılə'bon; sınt-〕

Saint Mary le Bow〔sənt 'mɛrı lə bo〕

Saint Mary Magdalen〔sənt 'mɛrı 'mɔdlın〕

Saint Marys〔sənt 'mɛrız〕

Saint Mary Winton〔sənt 'mɛrı 'wıntən〕

Saint-Mathieu, Pointe de〔pwæŋt də sæŋ·mɑ'tjɜ〕(法)

St. Matthew Island〔sənt 'mæθju~〕聖馬修島(緬甸)

St. Maur〔'sımɔr〕

Saint-Maur-des-Fossés〔sæŋ·'mɔrde-fɔ'se〕聖卯德佛沙(法國)

Saint Maurus〔sənt ˊmɔrəs〕
St. Mawes〔sənt ˊmɔz〕
Saint-Mémin〔sæŋ·meˊmæŋ〕(法)
Saint-Méry〔sæŋ·meˊri〕(法)
Saint-Mesme〔sæŋ·ˊmɛm〕(法)
Saint-Mésmin〔sæŋ·meˊmæŋ〕(法)
St. Michael〔sənt ˊmaɪkl〕
Saint Michael〔sənt ˊmaɪkl〕
Saint Michaels〔sənt ˊmaɪklz〕
St.-Michel〔sæŋ·miˊʃel〕(法)
Saint-Mihiel〔sæŋ·miˊjel〕(法)
St. Moritz〔sənt ˊmɑrɪts〕聖摩立茲
 （瑞士）
Saint Moritz〔sənt ˊmɑrɪts;sæŋ
 mɔˊrits〕(法)
Saint-Nazaire〔ˌsæŋ·nɑˊzɛr〕聖那晒
 （法國）
St. Neots〔sənt ˊnits〕
Saint Nicholas〔sənt ˊnɪkələs〕
St. Nicholas〔sənt ˊnɪkələs〕
St. Nicholas〔sənt ˊnɪkələs;sæŋ-
 nikɔˊla(法)〕
St.-Niklaas〔sɪnt·ˊniklɑs〕（法蘭德斯）
Sainton-Dolby〔ˊsæntn·ˊdɑlbɪ〕
Saintonge〔sæŋˊtɔŋ3〕(法)
St. Osyth〔sənt ˊɑsɪθ〕
Saint-Ouen〔sæŋ ˊtwæŋ〕(法)
St. Pancras〔sənt ˊpæŋkrəs〕
St. Patrick〔sənt ˊpætrɪk〕
Saint Patrick's〔sənt ˊpætrɪks〕
Saint Paul〔sənt ˊpɔl〕聖保羅（美國）
St. Paul〔sənt ˊpɔl〕
Saint-Paul〔sənt ˊpɔl〕
Saint Paul de Loanda〔sənt ˊpɔl də
 loˊændə〕
Saint Pauls〔sənt ˊpɔlz〕
Saint Peter〔sənt ˊpitɚ〕
St. Peter〔sənt ˊpitɚ〕
St. Petersburg〔sənt ˊpitɚzbɚg〕
聖彼得堡（蘇聯；美國）
Saint Philip〔sənt ˊfɪlɪp〕
Saint Philip Neri〔sənt ˊfɪlɪp ˊneri;
 sɪnt-〕
St. Pierre〔sənt ˊpɪr〕聖皮埃爾（西印度
 群島）
Saint-Pierre〔sənt ˊpɪr;sɪnt ˊpɪr;
 sæŋ·ˊpjɛr(法)〕
Saint-Pierre-de-Chartreuse
 〔sæŋ·pjɛr·dəʃɑrˊtrɚz〕(法)
Saint-Pierre et Miquelon〔sæŋ·ˊpjɛr
 e miˊklɔŋ〕(法)

Saint-Pol〔sənt·ˊpɔl;sɪnt·ˊpɔl;sæŋ-
 ˊpɔl (法)〕
St. Pölten〔zɑŋkt ˊpɚltən〕(德)
Saint-Pourçain〔sæŋ·purˊsæŋ〕(法)
Saint-Preux〔sæŋ·ˊprɚ〕(法)
Saint-Priest〔sæŋ·ˊprist〕
Saint-Quentin〔sənt·ˊkwɛntn;sæŋ-
 kɑŋˊtæŋ(法)〕
Saint-Réal〔sæŋ·reˊal〕(法)
St. Regis〔sənt ˊridʒɪs〕
Saint-Rémy de Valois〔sæŋ·reˊmi də
 vaˊlwa〕(法)
Saint-René〔sæŋ·rɛˊne〕(法)
Saint Romuald d'Etchemin〔sæŋ
 rɔmjuˊal dɛtʃˊmæŋ〕(法)
St. Ronan〔sənt ˊronən〕
St. Roque〔sənt ˊrok〕
Saint-Ruth〔sæŋ·ˊrjut〕(法)
Saint-Saëns〔sæŋ·ˊsɑŋs〕聖桑（(Charles)
 Camille,1835-1921,法國作曲家）
Saint-Saire〔sæŋ·ˊsɛr〕(法)
Saintsbury〔ˊsentsbərɪ〕聖次勃利（George
 Edward Bateman,1845-1933,英國作家及文
 學批評家）
Saint Sébastien〔sənt sɪˊbæstʃən;
 sɪnt-〕
St.-Sébastien〔sæŋ·sebasˊtjæŋ〕(法)
Saint Sepulchre〔sənt ˊsɛpəlkɚ〕
St. Simon〔sənt ˊsaɪmən〕
Saint-Simon〔sæŋ·siˊmɔŋ〕聖西蒙
 （Comte de,1760-1825,法國社會哲學家及
 社會主義者）
St. Simons〔sənt ˊsaɪmənz〕
Saint Sophia〔sənt səˊfaɪə〕
Saint-Sorlin〔sæŋ·sɔrˊlæŋ〕(法)
Saint Stephen〔sənt ˊstivn〕
Saint-Sulpice〔sæŋ·sjulˊpis〕(法)
Saint Swithin〔sənt ˊswɪðɪn;sɪnt
 ˊswɪðɪn;sənt ˊswɪθɪn〕
Saint Tammany〔sənt ˊtæmənɪ〕
Saint Tavy〔sənt ˊtevɪ〕
St. Thomas〔sənt ˊtɑməs〕聖湯姆斯島
 （美國）
Saint Tite〔sæŋ ˊtit〕(法)
St.-Truiden〔sənt·ˊtrɔɪdən〕
Saint Ubes〔sənt ˊjubz〕
Saint-Vallier〔sæŋ·vaˊlje〕(法)
Saint-Véran〔sæŋ·veˊrɑŋ〕(法)
Saint-Victor〔sæŋ·vikˊtɔr〕(法)
Saint Vincent〔sæŋ ˊvæŋsɑŋ〕
St. Vincent〔sənt ˊvɪnsənt〕聖文孫特
 （西印度群島）

St. Vitus〔sənt ˈvaɪtəs〕
Saint Withold〔sənt ˈwɪðəld〕
Saint Yves〔sənt ˈaɪvz〕
Saipan〔saɪˈpæn; ˈsaɪpæn〕塞班島（西太平洋）
Saiph〔seˈɪf〕
Sairam Nor〔ˈsaɪram ˈnɔr〕
Sairey Gamp〔ˈserɪ ˈgæmp〕
Sairt〔saˈjɪrt〕（土）
Sairussu〔ˈsaɪru,su〕
Sais〔ˈseɪs〕
Saïs〔ˈseɪs〕
Saisset〔sɛˈsɛ〕（法）
Saite〔ˈseaɪt〕
Saitic〔seˈɪtɪk〕
Sajama〔saˈhama〕（拉丁美）
Sajó〔ˈʃajo〕（匈）
Sajous〔səˈʒu〕
Saka〔ˈsakə〕❶薩卡族（往時居住伊朗北部草原之遊牧民族）❷西海（日本）
Sakai〔saˈkai〕坂井（日本）
Sakajawea〔ˌsækədʒəˈwiə〕
Sakalava〔ˌsakəˈlavə〕
Sakari〔ˈsakarɪ〕
Sakartvelo〔saˈkatvɛlɔ〕
Sakarya〔saˈkarja〕
Sakas〔ˈsakas〕
Sakel〔ˈzakəl〕
Sakhalin〔ˌsækəˈlin〕庫頁島（蘇聯）
Sakhar〔ˈsʌkhə〕
Sakharov〔ˈsakə,rɔf〕沙卡洛夫（Andrei Dimitrievich, 1921-, 美國物理學家及公民自由論者）
Sakhrah〔ˈsahra〕（阿拉伯）
Sakier〔ˈsækɪe〕
Sakkara〔sʌkˈkara〕（阿拉伯）
Saklatvala〔ˌsaklatˈvala〕
Sakmara〔sʌkˈmarə〕（俄）
Sakon Nakorn〔sakʌn nakhɔrn〕
Sakon Nakhon〔sakʌn nakhon〕
Sakonnet〔səˈkanɪt〕
Sakota〔səˈkotə〕
Saksena〔sakˈsena〕
Saktas〔ˈʃaktəz〕
Sakti〔ˈʃæktɪ; ˈsʌktɪ〕（印）
Sakuntala〔səˈkʊntələ〕
Sakyamuni〔ˌʃakjəˈmunɪ〕釋迦牟尼
Sal〔sal;sɔl〕
Sala〔ˈsalə; ˈsælə; ˈselə〕莎拉
Salacia〔səˈleʃə〕
Salacrou〔salaˈkru〕（法）
Salada〔saˈlaðα〕（西）

Sala del Maggior Consiglio〔ˈsala dɛl madˈdʒɔr konˈsiljo〕（義）
Saladillo〔ˌsalaˈðijo〕
Saladin〔ˈsælədɪn〕薩拉丁（1138-1193, 埃及和敍利亞之回教君主）
Salado〔saˈlaðo〕沙拉索河（阿根廷）
Ṣalāḥ-al-Dīn〔sæˈlah·ʊd·ˈdin〕（阿拉伯）
Salahiyeh〔ˌsalæˈhijə〕
Salajar〔saˈlajar〕薩拉雅（印尼）
Salak〔ˈsalak〕
Salaman〔ˈsæləmən〕沙拉曼
Salamanca〔ˌsæləˈmæŋkə〕塞拉曼加（西班牙）
Salambria〔səˈlæmbrɪə〕
Salamina〔ˌsalaˈmina〕
Salaminius〔ˌsæləˈmɪnɪəs〕薩拉米紐斯
Salamis〔ˈsæləmɪs〕
Salammbô〔salamˈbo〕（法）
Salamonie〔ˌsaləˈmonɪ〕
Salandra〔saˈlandra〕
Salang〔ˈsalaŋ〕（馬來）
Salangore〔səˈlægɔr〕
Salanio〔səˈlanɪo〕
Salar de Uyuni〔saˈlar ðe uˈjunɪ; saˈlar de uˈjunɪ〕（西）
Salaria, Via〔ˈvaɪə səˈlɛrɪə〕
Salarian Way〔səˈlɛrɪən~〕
Salarino〔ˌsæləˈrino〕
Salas Barbadillo〔ˈsalas ˌbarvaˈðiljo〕（西）
Salassi〔səˈlæsaɪ〕
Salathiel〔səˈleθɪəl〕
Salaverry〔ˌsalaˈvɛrrɪ〕薩拉維里（秘魯）
Salavin〔ˈsælavɪn〕
Salayar〔saˈlajar〕
Salazar〔ˌsaləˈzar（葡）; salaˈθar（西）〕薩拉查
Salazar y Torres〔ˌsalaˈθar ɪ ˈtɔrres〕（西）
Salbigoton〔salbigoˈtoŋ〕（法）
Salcantay〔ˌsalkanˈtaɪ〕
Salcedo〔salˈseðo〕（西）
Salcia〔ˈsælʃɪə; ˈsaltʃa（波）〕
Salckaket〔sælˈtʃækɪt〕
Salcombe〔ˈsalkəm〕
Šalda〔ˈʃalda〕（捷）
Saldanha〔salˈdænjə; sælˈdænjə〕
Saldar de Sancorvo〔ˈsældə dəsənˈkɔrvo〕
Salduba〔sælˈdjubə〕
Sale〔sel〕薩爾

Salé 〔 sa′le 〕

Salebaboe 〔 ,sale′babu 〕

Saleh〔 sa′le ; ′salε 〕

Saleier 〔 sa′laɪr 〕

Saleius 〔 sə′lijəs 〕

Salekhard〔 sʌljе′hart 〕 薩列哈爾德
（蘇聯）

Salem〔 ′seləm 〕 賽倫（美國）

Salembria 〔 sə′lεmbrɪə 〕

Salengro 〔 salaŋ′gro 〕（法）

Salentine 〔 ′sæləntaɪn 〕

Salentinum Promontorium〔 ,sælɪn-
′taɪnəm pramən′tɔrɪəm 〕

Salerano 〔 ,sale′rano 〕

Salerio 〔 sə′lɪrɪo 〕

Salerno〔 sə′lɜno 〕 沙萊諾（義大利）

Salernum〔 sə′lɜnəm 〕

Sales 〔 selz 〕

Salesbury 〔 ′selzbərɪ 〕 塞爾斯伯里

Salford〔 ′sɔlfəd 〕 索福特（英格蘭）

Salghir 〔 sal′gɪr 〕

Salgir 〔 sal′gɪr 〕

Salgrami 〔 sal′grami 〕

Salgues 〔 salg 〕（法）

Salhoetoe 〔 sal′hutu 〕

Sali 〔 ′sælɪ 〕

Salian 〔 ′selɪən 〕 舍拉族之福克蘭人；舍拉
族人

Salic 〔 ′sælɪk ; ′selɪk 〕

Salida 〔 sə′laɪdə 〕

Salieri 〔 sa′ljεrɪ 〕（義）

Salignac 〔 sali′njak 〕（法）

Salii 〔 ′selɪaɪ 〕

Salim 〔 ′selɪm 〕

Salimbene 〔 ,salɪm′bene 〕

Salina 〔 sa′linə ; sa′linɑ ; sa′linə 〕
色萊納（美國）   〔斯

Salinas 〔 sə′linəs ; sa′linas （西）〕 薩利納

Salinator 〔 ,sælɪ′netɔr 〕

Saline 〔 ′sælɪn 〕

Salinger 〔 ′sælɪndʒɚ 〕 沙林傑（Jerome
David, 1919-, 美國小說家）

Salique 〔 ′selɪk 〕

Salis 〔 ′zalɪs 〕

Salisbury 〔 ′sɔlz,berɪ 〕 ❶索爾斯堡（英格
蘭）❷索斯柏里（辛巴威）

Salish 〔 ′selɪʃ 〕

Salishan 〔 ′selɪʃən 〕

Salk 〔 sɔlk 〕 沙克（Jonas Edward,1914-,
美國細菌學家爲沙克疫苗之發明家者）

Šalkauskis 〔 ʃal′kauskɪs 〕（立陶宛）

Salkehatchie 〔 ,sɔlkə′hætʃɪ 〕

Salkhad 〔 ′sælhad 〕（阿拉伯）

Salla 〔 ′salla 〕（芬）

Sallada 〔 ′sæmlədə 〕 沙拉達

Sallal 〔 sal′lal 〕

Sallaumines 〔 salo′min 〕（法）

Salle, La 〔 lə ′sæl 〕

Salle, la 〔 la ′sal 〕（法）

Sallee 〔 ′sælɪ ; sa′le 〕

Salles 〔 ′salɪs 〕

Sallie 〔 ′sælɪ 〕 莎利

Sallier 〔 sæljə 〕

Sallisaw 〔 ′sælɪsɔ 〕

Sallows 〔 ′sæloz 〕

Sallust 〔 ′sæləst 〕 塞勒斯特（全名 Gaius
Sallustius Crispus, 86-34 B.C.,羅馬歷史學
家及從政者）

Salluste 〔 sa′ljust 〕（法）

Sallustius Crispus 〔 sə′lʌstʃɪəs
′krɪspəs 〕

Sally 〔 ′sælɪ 〕 莎莉

Sally Lunn 〔′sælɪ ′lʌn 〕

Salm 〔 salm 〕

Salmacis 〔 ′sælməsɪs 〕

Salmagundi 〔 ,sælmə′gʌndɪ 〕

Salmantica 〔 sæl′mæntɪkə 〕

Salmasius 〔 sæl′meʒɪəs ; -ʃɪəs 〕

Salminen 〔 ′salmɪnen 〕（芬）

Salmis 〔 ′salmɪs 〕

Salmon 〔 ′sælmən ; ′samən ; ′sælmɑn ;
′sæmən 〕 沙蒙

Salmone 〔 sæl′monɪ 〕

Salmoneus 〔 sæl′monɪəs 〕

Salm-Salm 〔 ′zalm· ,zalm 〕

Salomague 〔 ,salo′mage 〕

Saloman 〔 salo′maŋ 〕（法）

Salome 〔 sə′lomɪ 〕 【聖經】莎樂美（希律王
之女）

Salomé 〔 salo′me 〕（法）

Salomo 〔 ′zalomo 〕

Salomon 〔′sæləmən ; ′zaloman（德）;
′salomon（荷）; salo′mɔŋ（法）〕 沙洛蒙

Salomone 〔 ,salo′mone 〕

Salomonovich 〔 ,sala′mɔnəvɪtʃ 〕

Salomo Sephardo 〔 sə′lomo se′fardo 〕

Salona 〔 sə′lonə 〕

Salonica 〔 sə′lanɪkə ; ,sælə′naɪkə 〕 薩羅
尼加（希臘）

Salonika 〔 sə′lanɪkə 〕 薩羅尼加（希臘）

Saloniki 〔 sə′lanɪkɪ ; ,salo′niki ;
sælə′niki 〕

Salop 〔 ′sæləp 〕 塞洛浦郡（英格蘭）

Salopian 〔 sə′lopjən ; -pɪən 〕

Salórzano〔sɑ'lɔrθɑno〕(西)

Salote〔sɑ'lote〕沙洛特

Saloum〔sɑ'lum〕(法)

Salpeter〔'sælpitə〕沙爾皮特

Salpêtrière〔salpɛtri'ɛr〕(法)

Salpi〔'salpɪ〕

Salpiglossis〔,sælpɪ'glɑsɪs〕

Salsette〔sæl'sɛt; sal'sɛt (法)〕

Salso〔'salso〕

Salt〔sɔlt〕

Salta〔'salta〕薩爾塔(阿根廷)

Saltaire〔'sɔltɛr〕

Saltash〔'sɔltæʃ〕

Saltburn〔'sɔltbən〕

Saltcoats〔'sɔltkots〕

Saltee〔'sæltɪ〕

Salteena〔sɔl'tinə〕

Salten〔'zaltən〕

Salter〔'saltə〕索爾特

Saltero〔sæl'tɪro〕

Salterton〔'saltətn〕

Saltes〔salt〕(法)

Salt Fjord〔sɔlt~; salt~(挪)〕

Saltfleetby〔'sɔlt,flitbɪ; 'saləbɪ〕

Saltholm〔'salthəlm〕

Saltiel〔'saltil〕沙爾蒂爾

Saltillo〔sal'tijo〕沙提約(墨西哥)

Salting〔'saltɪŋ〕

Salt Lake City〔'sɔlt lek 'sɪtɪ〕鹽湖城(美國)

Saltmarsh〔'saltmarʃ〕

Salto〔'salto〕

Salton〔'sɔltn〕索爾頓

Saltonstall〔'sɔltn̩,stɔl〕

Saltoun〔'saltn̩; 'sæl-〕沙爾頓

Saltrey〔'sɔltrɪ〕

Saltstrøm〔'salt·strɛm〕(挪)

Saltus〔'sɔltəs〕索爾特斯

Saltville〔'sɔltvɪl〕

Saltzman〔'saltsman〕

Saltykov〔sʌltɪ'kɔf〕(俄)

Saltzmann〔'zaltsman〕

Saluafata〔,salwə'fatə〕

Saluda〔sə'ludə〕

Salum〔sə'lum〕

Salum〔sə'lum〕

Salus〔'seləs〕【羅馬神話】司健康及繁榮之女神

Salusbury〔'sɔlzbərɪ〕

Salustiano〔,salus'tjano〕

Salut〔sə'lu〕

Salvador〔'sælvə,dɔr〕薩爾瓦多(巴西)

Salvandy〔salvaŋ'di〕(法)

Salvator〔sæl'vetə; zal'vɑtɔr (德); ,salva'tɔr (義)〕

Salvatore〔,salva'tɔre〕

Salvatoriello〔,salvatɔr'jɛllo〕(義)

Salve〔'sælvɪ〕

Salvemini〔sal'vemɪnɪ〕薩爾維米尼(Gaetano, 1873-1957, 義大利史學家)

Salvesen,〔'sælvɪsn̩〕

Salveson〔'sælvɪsn̩〕

Salvi〔'salvɪ〕

Salvianus〔,sælvɪ'enəs〕

Salviati〔,sælvɪ'atɪ; sal-(義)〕

Salvini〔sal'vinɪ; sal-(義)〕

Salvisberg〔'zalfɪsbɛrk〕(德)

Salvius〔'sælvɪəs〕

Salvius Julianus〔'sælvɪəs ,dʒulɪ'enəs〕

Salween〔'sæl,win〕薩爾溫江(中國)

Salwin〔'sælwɪn〕

Salwyn〔'sælwɪn〕沙爾溫

Salyersville〔'sæljə,zvɪl〕

Salzach〔'zaltsah〕(德)

Salzberg〔'sæltsbəg〕

Salzburg〔'sæltsbəg; 'sal-; 'zaltsburk〕(德)薩爾斯堡(奧國)

Salzburger Saale〔'zaltsbəgə 'zalə〕

Salzedo〔sal'seðo〕(拉丁美)

Salzgitter-Watenstedt〔'zaltsgɪtə-'vatənʃtɛt〕

Salzkammergut〔'zalts,kaməˌgut〕

Salzmann〔'zaltsman〕(德)

Sam〔sæm; sam (波斯)〕沙姆

Sama〔'sama〕

Samaden〔'za,madən〕

Samael〔'sameəl〕

Samain〔sa'mæŋ〕(法)

Samak〔'samak〕

Samal〔'samal〕沙瑪爾(菲律賓)

Samales〔sa'males〕

Saman〔sa'mɑn〕

Samana〔sa'manə〕

Samaná〔,sama'nɑ〕

Samanala〔'sʌmənələ〕(印)

Samanid〔'sæmənɪd; sa'manɪd (波斯)〕

Samannud〔,sæmæn'nud〕(阿拉伯)

Samantha〔sə'mænθə〕塞曼莎

Samanti〔,saman'tɪ〕

Samar〔'samar〕薩馬耳島(菲律賓)

Samara〔sə'mɛrə; sʌ'marə (俄)〕

Samarai〔,sama'raɪ〕

Samarang〔sə'maraŋ〕

Samarcand〔͵sæmarˊkænd；samaˊkant（俄）〕

Samaria〔səˊmɛrɪə〕撒馬利亞（巴勒斯坦）

Samarinda〔͵sæməˊrɪndə〕三馬林達（印尼）

Samarkand〔ˊsæmə͵kænd；samarˊkant〕撒馬爾罕（蘇聯）

Samarobriva〔͵sæmərəˊbraɪvə〕

Samaroff〔saˊmarɔf〕

Samarovo〔sʌˊmarəvə〕（俄）

Samarovsk〔sʌˊmarəfsk〕（俄）

Samarow〔zaˊmaro〕

Samarqand〔͵samarˊkand〕（土）

Samary〔samaˊri〕（法）

Samassi〔saˊmassɪ〕（義）

Samassu〔saˊmassu〕（義）

Samassumukin〔͵samassuˊmukin〕

Sama-Veda〔ˊsamə‧ˊvedə；-ˊvidə〕

Sambaa〔samˊbaa〕

Sambala〔samˊbala〕

Sambara〔samˊbara〕

Sambas〔ˊsambas〕

Sambhaji〔ˊsʌmbadʒi〕（印）

Sambhal〔ˊsʌmbəl〕（印）

Sambo〔ˊsæmbo〕

Sambodja〔samˊbodʒa〕

Samborombón〔͵sambərɔmˊbɔn〕桑波隆邦（阿根廷）

Sambourne〔ˊsæmbən；-bɔrn〕桑伯恩

Sambre〔ˊsaŋbə〕（法）

Sambre-et-Meuse〔saŋbə‧e‧ˊmɝz〕（法）

Sambro〔ˊsambro〕

Sambu〔ˊsambu〕

Samburu〔samˊburu〕

Samchok〔ˊsæmˊtʃʌk〕三陟（朝鮮）

Same〔ˊsemi〕

Samedan〔saməˊdan〕

Samgar-Nebo〔ˊsæmgar‧ˊnibo〕

Samhain〔ˊsawɪn；ˊsavən〕

Samhita〔͵sʌmhɪˊta〕（梵）

Samia〔ˊsemɪə〕沙美亞（老撾）

Samian〔ˊsemɪən〕

Samient〔ˊsemɪənt〕

Samingo〔sæˊmɪŋgo〕

Samkhya〔ˊsamkjə〕

Samland〔ˊzamlant〕

Sammael〔ˊsæmeəl〕

Sammamish〔səˊmæmɪʃ〕

Sammarco〔samˊmarko〕（義）

Sammons〔ˊsæmənz〕沙蒙斯

Sammy〔ˊsæmɪ〕第一次世界大戰時之美國兵

Samnan-Damghan〔samˊnan damˊgan〕

Samneua〔ˊsæmnur〕桑怒（老撾）

Samnite〔ˊsæmnaɪt〕塞尼阿姆人

Samnium〔ˊsæmnɪəm〕塞尼阿姆（義大利）

Samo〔ˊsamo〕

Samoa〔səˊmoə〕薩摩亞群島

Samoan〔səˊmoən〕（中太平洋）薩摩亞人

Samogitia〔͵sæməˊdʒɪʃɪə〕

Samoilovich〔saˊmɔɪləvɪtʃ〕

Samos〔ˊsemas〕薩摩斯島（希臘）

Samosata〔səˊmasətə〕

Samoset〔ˊsæməset；səˊmasɪt〕

Samosir，Pulau〔ˊpulau͵samoˊsɪr〕

Samothrace〔ˊsæmə͵θres〕撒摩得拉斯島（希臘）

Samothracia〔sæmoˊθreʃjə；-ʃɪə〕

Samothrákē〔samɔˊθrakjɪ〕

Samothraki〔͵samɔθˊraki〕

Samoyed〔͵sæmˊjɛd〕❶撒摩耶族人（住於西伯利亞北極區之黃種人的一支❷一種白色厚毛的西伯利亞犬

Sampaloc〔samˊpalɔk〕

Sampang〔ˊsampaŋ〕

Sampanmangio〔͵sampanˊmandʒo〕

Sampierdarena〔͵sampjerdaˊrena〕

Sample〔ˊsæmpl〕桑普爾

Samporo〔samˊpɔro〕

Sampson〔ˊsæmpsn〕桑普森

Samsara〔samˊsarə〕

Samsat〔samˊsat〕

Samsi-Adad〔ˊsamsi‧ˊadad〕

San Slick〔ˊsæn‧ˊslɪk〕

Samson〔ˊsæmsn；ˊzamzan；saŋˊsɔŋ〕【聖經】參孫；大力士

Samson Agonistes〔ˊsæmsn ͵ægəˊnɪstiz〕

Samson Carrasco〔ˊsæmsn kəˊræsko〕

Samson et Dalila〔saŋˊsɔŋ e daliˊla〕（法）

Samson of Tottington〔ˊsæmsn ˊtatɪŋtən〕

Samsonov〔sʌmˊsɔnɔf〕（俄）

Sam's Point〔sæmz〕

Samstag〔ˊsæmstæg〕

Samsun〔samˊsun〕薩姆松（土耳其）

Samthar〔ˊsʌmtə〕（印）

Samucan〔ˊsamukən〕

Samuda〔səˊmjudə〕

Samudragupta〔səˊmudrə͵guptə〕

Samuel〔ˊsæmjuəl；ˊzamuəl（德）；samjuˊɛl（法）；samˊwɛl（西）；saˊmuɛl（波）〕撒姆爾

Samuels〔ˈsæmjuəlz〕山繆爾斯
Samuelson〔ˈsæmjuəlsn̩〕塞繆爾森
Samuel Titmarsh〔ˈsæmjuəl
  ˈtitmarʃ〕
Samui, Ko〔kɔ ˈsaˈmui〕
Samuilovich〔samuˈilʌvjitʃ〕(俄)
Samut Prakan〔samut prakan〕
Samut Sakhon〔samut sakhɔn〕
Samut Songkhram〔samut sʌŋkhram〕
Sam Weller〔sæm ˈwɛlə〕
San〔san〕桑河 (波蘭)
San'a, Sanaa〔saˈna〕沙那 (葉門)
Sanaga〔ˈsanəgə〕
San Agustin〔san ˌagusˈtin〕
San Ambrosio, Island〔ˌsæn
  æmˈbroʒo;ˌsan amˈbrosjo (西)〕
  聖安布羅修島 (太平洋)
Sanana〔saˈnana〕
Sanananda〔ˌsænanˈnændə〕
Sanandaj〔ˌsananˈdadʒ〕(波斯)
Sanandita〔ˌsananˈdita〕
San Andreas〔ˌsæn ənˈdreəs〕
San Andrés〔ˌsan anˈdres〕
San Andrés Tuxtla〔ˌsan anˈdres
  ˈtustla〕
San Andres y Providencia〔ˌsan
  anˈdres ɪ ˌproviˈðensja〕(西)
San Ángel〔san ˈaŋhɛl〕(西)
San Angelo〔sæn ˈændʒilo〕聖安吉洛
  (美國)
San Antonio〔ˌsæn ənˈtonɪo〕聖安東尼
  (美國)
San Antonio de Padua〔ˌsan anˈtonjo
  ðe ˈpaðwa〕(西)
San Augustine〔sæn ˈɔgəstin〕
Sanballat〔sænˈbælət〕
San Beise Urgo〔sam ˈbese ˈurgo〕
San Benito〔ˌsæn bəˈnito〕
San Bernardino〔ˈsæn ˌbənəˈdino〕聖布
  那的諾山脈 (美國)
San Bernardo〔ˌsæn bənardo;ˌsam
  bɛrˈnaɾðo (西)〕
San Blas〔sænˈblæs〕聖布拉斯地峽
  (巴拿馬)
San Blas, Cordillera de〔ˌkɔɾðiˈjera
  ðe sam ˈblas〕(西)
Sanborn〔ˈsænbən;-bɔrn〕桑伯恩
San Bruno〔sæn ˈbruno〕
San Carlo〔saŋ ˈkarlo〕
San Carlos〔sæn ˈkarləs〕聖卡勒斯
  (菲律賓)
Sanche d'Aragon〔sanʃ daraˈgɔŋ〕(法)

Sánchez〔ˈsantʃes (拉丁美); -tʃeθ (西)〕
  桑車茲 (多明尼加)
Sánchez Cerro〔ˈsantʃes ˈsero〕(拉丁美)
Sánchez Coello〔ˈsantʃeθ koˈeljo〕(西)
Sánchez de Bustamante y Sirvén
  ˈsantʃes ðe ˌvustaˈmante ɪ sirˈven〕
  (拉丁美)
Sanchez y Sanchez〔ˈsantʃɛz ɪ
  ˈsantʃɛz〕
Sanchi〔ˈsantʃi〕
Sancho〔ˈsantʃo (西); ˈsænʃu (葡)〕
Sancho Garcés〔ˈsantʃo gaˈθes〕(西)
Sancho Panza〔ˈsæŋko ˈpænzə〕西班牙
  小說家 Cervantes 所著中主角 Don Quixote 之
  侍者
Sanchoniathon〔ˌsænkoˈnaɪəθan〕
Sanchuniathon〔ˌsænkjuˈnaɪəθan〕
San Cipriano〔san ˌθipriˈano〕(西)
San Clemente〔ˌsænkləˈmenti;
  ˌsaŋkleˈmente (葡)〕聖克累門特 (美國)
Sanco〔saŋˈko〕
San Cristobal〔ˌsæn krisˈtoval〕聖克立
  斯托巴 (委內瑞拉)
Sancroft〔ˈsæŋkraft;ˈsæŋ-〕桑克羅夫特
Sancta Clara〔ˈsæŋktə ˈklɛrə〕
Sancta Maria〔ˈsæŋktə məˈraɪə〕
Sancta Sophia〔ˈsæŋktə səˈfaɪə;-so-〕
Sanctis, De〔de ˈsaŋktɪs〕(義)
Sancto〔ˈsæŋkto〕
Sanctorale〔ˌsæŋktəˈrelɪ;-ˈralɪ〕
Sanctorius〔ˌsæŋkˈtɔrɪəs〕
Sanctus〔ˈsæŋktəs〕彌撒禮中以聖哉,聖
  哉,聖哉,萬衆之主開始之讚美歌
San Cuicuilco〔ˌsaŋ kwiˈkwilko〕
Sancy, Puy de〔pjɥit saŋˈsi〕(法)
Sand〔sænd〕桑德 (George, 1804-1876,
  爲 Amandine Aurore Lucie 之筆名,法國女
  作家)
Sand, George〔ˈdʒɔrdʒ·ˈsænd; ʒɔrʒ-
  ˈsaŋd (法)〕
Sandabar〔sændəˈbar〕
Sandakan〔sanˈdakan〕山打根 (印尼)
Sandalphon〔sænˈdælfan〕
Sandalwood〔ˈsændl̩ ˌwud〕
Sandawe〔sanˈdawe〕
Sanday〔ˈsændɪ〕桑迪
Sandbach〔ˈsændbætʃ〕
Sandburg〔ˈsændˌbɝg〕桑德堡 (Carl,
  1878-1967, 本名 Carl August ~, 美國作
  家)

Sandby〔'sændbɪ〕桑比
Sande〔sænd〕桑德
Sandeau〔saŋ'do〕
Sandeman〔'sændɪmən〕桑德曼
Sandemanian〔ˌsændɪ'meniən〕
Sandemose〔'sandəˌmozə〕
Sander〔'sændɚ〕桑德
Sanderff〔'zandɚf〕
Sanders〔'sandɚz;'zandɚs(德)〕桑德斯
Sanderson〔'sandɚsn;'sæn-〕桑德森
Sanderson, Burdon-〔'bɚdn·'sandɚsn〕
Sanderstead〔'sandɚstɛd〕
Sandersville〔'sændɚzvɪl〕
Sandes〔sændz〕
Sandfield〔'sændfild〕
Sandford and Merton〔'sænfɚd,
  'mɚtən〕
Sandgate〔'sæŋgɪt;-get〕
Sandham〔'sændəm〕桑達姆
Sandhammar〔'sændˌhæmɚ〕
Sandhurst〔'sændhɚst〕散德赫斯特(英
  格蘭)
Sandia〔sæn'diə;san-〕
San Diego〔ˌsæn di'ego〕聖地牙哥(美
  國)
San Diego de Alcalá〔san 'djego ðe
  ˌalka'la〕(西)
San Diego de los Baños〔san 'djego
  ðe los 'banjos〕(西)
Sandilands〔'sændɪləndz〕桑迪南茲
Sandino〔san'dino〕
Sandju〔'san'dʒu〕(中)
Sandlburg〔'sændlbɚg〕
Sandler〔'sandlɚ〕桑德拉
Sandling〔'sændlɪŋ〕
Sandman〔'sændˌmæn〕桑德曼
Sandöe〔'sannɚ〕(丹)
San Domingo〔ˌsæn də'mɪŋgo;-do-〕
San Domino〔san 'dɔrmɪno〕
Sandon〔'sændən〕桑登
Šándor〔'ʃandɔr〕(匈)
Sándor〔'ʃandɔr〕(塞克)   「瓦爾
Sandoval〔sæn'dovl;ˌsando'val〕桑多
Sandoval y Rojas〔ˌsando'val ɪ
  'rɔhas〕(西)
Sandow〔'sændo;'zando(德)〕
Sandoway〔'sændəwe〕生多衛(緬甸)
Sandown〔'sændaun〕
Sandown-Shanklin〔'sændaun-
  'ʃæŋklɪn〕
Sandpoint〔'sænd,pɔɪnt〕
Sandra〔'sændrə〕珊德拉

Sandracottus〔ˌsændrə'katəs〕
Sandrart〔'zandrart〕
Sandray〔'sændre〕
Sandre〔'sandɚ〕(法)
Sandridge〔'sændrɪdʒ〕
Sandringham〔'sændrɪŋəm〕
Sandro〔'sandro〕
Sandrocottus〔ˌsændro'katəs〕
Sands〔sændz〕桑茲
Sandstone〔'sæns,ton〕桑斯敦(澳洲)
Sandusky〔sən'dʌskɪ;sæn-〕
Sandwich〔'sændwɪtʃ〕
Sandwip〔'sʌndwip〕(印)
Sandy〔'sændɪ〕山迪
Sandys〔sændz〕桑茲
Sandz〔sændz〕
San Fabian〔sæn 'febɪən;ˌsan
  fa'vjan(西)〕
Sanfelice〔ˌsanfe'litʃe〕(義)
San Felipe〔ˌsan fe'lipe〕
San Felipe de Puerto Plata〔'san
  fe'lipe ðe 'pwɛrto 'plata〕(西)
San Félix, Island〔san 'feliks〕聖費利克
  利島(智利)
San Fernado〔ˌsæn fɚ'nændo;ˌsan
  fɛr'nando(西)〕聖斐南多(委內瑞拉)
San Fernando de Apure〔ˌsan fɛr'nando
  ðe a'pure〕(西)
San Fernando de Atabapo〔ˌsan fɛr-
  'nando ðe ˌata'vapo〕
Sanford, Mount〔'sænfɚd〕聖福峯(阿拉斯
  加)
San Francisco〔ˌsæn frən'sɪsko〕舊金山
  (美國)
San Francisco de Asís〔ˌsan fran
  'sisko de a'sis〕
San Francisco de la Espada〔ˌsan
  fran'sisko ðe la ɛs'paða〕(西)
Sanfuentes Andonaegui〔san'fwentes
  ˌandona'egɪ〕(西)
Sanga〔'sæŋgə〕
San Gabriel〔sæn 'gebrɪəl;saŋ
  ˌgavrɪ'ɛl(西)〕
San Gabriel Chilac〔saŋ ˌgavrɪ'ɛl
  tʃɪ'lak〕
San Gabriele〔saŋ ˌgabrɪ'ele〕
Sangai〔saŋ'gai〕
San Gallán〔ˌsaŋ ga'jan〕(拉丁美)
Sangallo〔saŋ'gallo〕桑嘉羅(Giuliano da,
  1445-1516,義大利建築家及雕刻家)
Sangamon〔'sæŋgəmən〕
Sangarius〔sæŋ'gɛrɪəs〕

Sanga Sanga〔saŋ'a saŋ'a〕

Sangay〔saŋ'gaɪ〕

San Gennaro〔ˌsan dʒɛn'naro〕

Sanger〔'sæŋgɚ〕❶桑格(Frederick, 1918-,美國生物化學家)❷桑格夫人(Margaret, 1883-1966,本姓Higgins,美國護士及作家)

Sangerville〔'sæŋɚvɪl〕

Sangi〔'saŋi〕

Sangihe〔'saŋɪə〕

Sangir〔'saŋɪr〕

San Giuliano〔ˌsan dʒu'ljano〕(義)

Sangley〔saŋ'gle〕

Sangli〔'saŋglɪ〕

Sanglier〔'sæŋglɪr〕

Sangnier〔saŋ'nje〕(法)

San Gorgonio〔ˌsæn gɔr'gonɪo〕桑哥弓尼奧峯(美國)

Sangraal〔sæŋ'grel〕=Sangreal

Sangrado〔sæŋ'grado;-ðo(西)〕

Sangrail〔sæŋ'grel〕

Sangreal〔'sæŋgrɪəl〕聖杯(耶穌於最後一次晚餐中所用之杯)

Sangre de Cristo〔ˌsæŋgrɪ də 'krɪsto〕桑格累得克利斯托山脈(美國)

Sangro〔'saŋgro〕

Sangster〔'sæŋstɚ〕桑斯特

Sangu〔'saŋgu〕

Sanhedrim〔'sænɪˌdrɪm;sæn'hɛdrɪm〕=Sanhedrin

Sanhedrin〔'sænɪˌdrɪn〕古猶太國之最高法院及參議院

Sanhitas〔'saŋhɪtaz〕

Sanhsing〔'san'ʃɪŋ〕

Sani〔'sani〕

Sanibel〔'sænɪbəl〕

Sanilac〔'sænɪlæk〕

San Isidro〔ˌsan ɪ'siðro〕(西)

Sanitas〔'sænɪtæs〕

San Jacinto〔ˌsæn dʒə'sɪnto;ˌsan hu'sinto(西)〕

San Jerónimo Ixtepec〔ˌsaŋ hɛ'ronɪmo ˌistɛ'pek〕(西)

San Joaquin〔ˌsæn wɔ'kin;ˌsæn hoə'kin(西)〕

San Jorge〔saŋ 'hɔrhe〕(西)

San Jose〔ˌsæn ho'ze〕聖約瑟(美國)

San José〔ˌsan ho'se〕聖約瑟(哥斯大黎加)

San Juan〔sæn 'hwan〕聖胡安(波多黎各)

San Juan Capistrano〔saŋ 'hwaŋ kapɪs'trano〕(西)

San Juanico〔ˌsaŋ hwa'niko〕(西)

San Juanito〔ˌsaŋ hwa'nito〕(西)

San Julián〔ˌsaŋ hu'ljan〕(西)

San Justo〔saŋ 'husto〕(西)

Sanjurjo y Sacanell〔saŋ'hurho ɪ saka'nel〕(西)

Sankara〔'sʌŋkəra〕(印)

Sankaran Nair〔'sʌŋkərən 'najɚ〕(印)

Sankey〔'sæŋkɪ〕

Sankhya〔'saŋkjə〕

Sankhyakarika〔ˌsaŋkjə'karɪka〕

Sankiang〔'sandʒɪ'aŋ〕(中)

Sankt Goar〔ˌzaŋkt go'ar〕

Sankt Gotthard〔zaŋkt 'gɔthart〕

Sankt Moritz〔ˌsam mo'rɪts;ˌzaŋkt-(德)〕

St. Pölten〔zaŋkt 'pɚltən〕

Sankt Veit am Flaum〔zaŋkt 'faɪt am 'flaum〕(德)

Sankuru〔saŋ'kuru〕

San Lazaro〔san 'ladzaro;san 'lasaro〕

San Lázaro〔san 'lasaro〕

San Leandro〔ˌsæn lɪ'ændro〕

San Lorenzo〔ˌsæn lo'renzo;san lo'renso(西)〕

Sanlúcar〔san'lukar〕

Sanlúcar de Barrameda〔san'lukar ðe ˌbara'meða〕(西)

San Lucas〔sæn 'lukəs;san 'lukas〕

San Luis〔sæn 'luɪs;san 'lwis〕聖路易(巴西)

San Luis d'Apra〔san 'lwis 'dapra〕(西)

San Luis Obispo〔sæn 'luɪs o'bɪspo〕

San Luis Potosí〔'san 'lwis poto'si〕聖蘆伊斯波托細(墨西哥)

San Marco〔san 'marko〕

San Marcos〔sæn 'markəs;san 'makos〕

San Marinese〔ˌsæn ˌmærə'niz〕聖馬利諾人

San Marino〔ˌsæn mə'rino〕聖馬利諾(義大利半島)

San Marte〔san 'martɪ〕

San Martín〔ˌsan mar'tin〕桑馬丁(José de, 1778-1850, 南美將軍及政治家)

San Martín, Grau〔'grau san ma'tin〕

San Mateo〔ˌsæn mə'teo〕

San Matias〔san mə'tias〕(西)

Sanmen〔'san'mʌn〕三門(浙江)

San Michele〔ˌsan mɪ'kɛle〕(義)

Sanmicheli〔ˌsammɪ'kelɪ〕(義)

San Miguel〔ˌsæn mi'gɛl;ˌsan-〕

San-mun〔'san·'mʌn〕

San Murezzan〔,san mu'rɛtsan〕
（羅曼斯）

Sannazaro〔,sænɑ'zaro〕

San Nicolas Island〔sæn 'nɪkələs~;
san ,niko'las~〕聖尼科拉斯島（美國）

San Nicolás〔san ,niko'las〕

Sano di Pietro〔,sano di 'pjɛtro〕

Sanok〔'sanɔk〕

San Pablo〔sæn 'pablo;sam 'pavlo〕
聖帕布洛（菲律賓）

San Pascual〔,sæn pəs'kwɔl〕

San Pasqual〔,sæn pəs'kwɔl〕

San Patricio〔,sæn pə'trɪʃɪo〕

San Pedro〔sæn 'pidro;sam 'peðro〕
（西）〕

San Pedro Claver〔sam 'peðro
kla'ver〕（西）

San Pedre de Macorís〔sam 'peðro
ðe ,mako'ris〕（西）

Sanpete〔'sænpit〕

San Pier d'Arena〔,sam pjɛr
da'rɛna〕

San Pietro dell'Emilia〔san 'pjɛtro
dɛllɛ'milja〕（義）

San Pietro in Vincoli〔san 'pjɛtro
in 'viŋkoli〕

San Pitch〔sæn 'pɪtʃ〕

Sanquhar〔'sæŋkə〕

San Rafael〔,sæn rə'fɛl;san rafa'ɛl
（西）〕

San Remo〔sæn 'rimo;san 'rɛmo〕
聖利摩（義大利）

San Román〔,san rɔ'man〕

San Salvador〔sæn'sælvə,dɔr; san
,salva'ðɔr〕聖薩爾瓦多（薩爾瓦多）

San Salvatore〔,san salva'tɔre〕（西）

Sansapor〔'sænsə'pɔr〕

Sanscrit〔'sænskrɪt〕=Sanskrit

San Sebastián〔,sæn sɪ'bæstʃən;
san ,sevas'tjan〕聖塞瓦斯坦（西班牙）

San Servolo〔san 'servolo〕

Sansfoy〔'sænzfɔɪ〕

Sans Gêne〔saŋ 'ʒɛn〕（法）

Sansjoy〔'sænzdʒɔɪ〕

Sanskrit〔'sænskrɪt〕

Sansloy〔'sænzlɔɪ〕

Sans-Malice〔saŋ·ma'lis〕（法）

Sansom〔'sænsəm〕桑瑟姆

Sanson〔saŋ'sɔŋ〕（法）桑森

Sansón〔san'son〕桑森

Sansavino〔,sansa'vino〕

Sansovino〔,sanso'vino〕

Sans Reproche, Chevalier〔ʃəva'lje
saŋ rə'prɔʃ〕（法）

Sans Souci〔saŋ su'si〕（法）無憂宮（位
於Prussia之Potsdam）

Sant〔sʌnt〕（印）

Sant'〔sant〕（義）

Santa〔'sæntə〕聖誕老人

Santa Ana〔,sæntə 'ænə〕聖大阿那（美國）

Santa A(n)na, de〔,sæntə 'ænə〕聖大安
納（Antonio López, 1795?-1876, 墨西哥將軍及
獨裁者）

Santa Anita〔'sæntə ə'nitə〕

Santa Anna〔'sæntə 'ænə;,santa 'ana〕
（西）

Santa Barbara〔'sæntə 'barbərə〕聖大
巴巴拉（美國）

Santa Bárbara〔'sæntə 'barbərə;
'santa 'barvara（西）〕

Santa Catalina〔,sæntə ,kætə'linə〕聖卡
塔利納（美國）

Santa Catarina〔'sæŋntə ,katə'rinə〕
（葡）

Santacilla〔,santa'θilja〕

Santa Clara〔'sæntə 'klɛrə;,santa
'klara（西）〕

Santa Claus〔'sæntə,klɔz〕聖誕老人

Santa Cruz〔'sæntə 'kruz; 'santa
'krus;'santa'kruθ;'sæŋntə krus〕聖他
克盧斯（阿根廷；玻利維亞；美國）

Santa Cruz de Bravo〔'santa 'kruz ðe
'bravo〕（拉丁美）

Santa Cruz de Tenerife〔'sæntə 'kruz
dɪ,tɛnə'rif;'santa kruθ ðe ,tene-
'rife〕（西）

Santa Fe〔'sæntə,fe〕聖大非（美國；阿根廷）

Sant Fé〔,sæntə 'fe;'santa ,fe（西）〕

Santa Hermandad〔'santa ,ɛrman'dað〕
（西）

Santa Inés, Island〔'santa i'nes〕聖伊內
斯島（智利）

Santa Inés Zacatelco〔'santa i'nes
,saka'tɛlko〕（拉丁美）

Santa Isabel〔'sæntə 'ɪzəbɛl;'santa
,isa'vɛl〕聖伊斯貝爾（赤道幾內亞）

Santa Klaus〔'sæntə ,klɔz〕

Santal〔'sʌntal〕

Santal Parganas〔'sʌntal 'pʌrgənəz;
-naz（印）〕

Santa Lucía〔'santa lu'sia〕

Santa Luzia〔'sæŋntə lu'ziə〕（葡）

Santa Maria〔'sæntə mə'riə〕❶聖大瑪
利亞（哥倫布1492年航海發現美洲大陸時之
旗艦）❷聖大瑪利亞火山（瓜地馬拉）

Santa María〔'santa ma'ria〕(西)

Santa Maria Capua Vetere〔'santa
ma'ria 'kapwa 'vetere〕(義)

Santa Maria degli Angeli〔'santa
ma'ria de'lji 'andʒeli〕

Santa María la Antigua del Darién
〔'santa ma'ria la an'tigwa ðel
da'rjen〕(西)

Santa Maria Maggiore〔'santa
ma'ria mad'dʒore〕(義)

Santa Maria Novella〔'santa ma'ria
no'vela〕(義)

Santa Maria Sopra Minerva〔'santa
ma'ria 'sopra mi'nerva〕

Santa Marta Grande〔'sæntə 'marta
'græŋndə〕(葡)

Santa Maura〔'santa 'maura〕

Santa Monica〔'sæntə 'manıkə〕聖大芒
尼加（美國）

Santana〔san'tana〕

Santander〔,santan'der〕聖丹德耳（西班
牙）

Santanoni〔,sæntə'noni〕

Sant'Antonio〔santan'tonjo〕

Santa Pau〔'santa 'pau〕

Santa Paula〔'sæntə 'pɔlə〕

Sant'Apollinare in Classe
〔,santapɔlli'nare in 'klase〕(義)

Sant'Apollinare Nuovo〔,santapɔlli-
'nare 'nwɔvo〕(義)

Santarem〔,sæntə'rɛm〕

Santarém〔,sæntə'rɛm; sæŋntəre'iŋ〕
(葡)〕

Santaren〔,sæntə'rɛn〕

Santa Rita Durão〔'sæŋntə 'ritə
ðu'rauŋ〕(葡)

Santa Rosa〔'sæntə 'rozə; 'santa
'rɔsa〕聖羅札（美國）

Santarosa〔,santa'rɔza〕

Santa Sophia〔'sæntə sə'faiə〕

Santayana〔,sæntə'jane〕桑塔雅納
（George, 1863-1952, 美國詩人及哲學家）

Sante〔'santi〕桑蒂

Santé〔saŋ'te〕桑特

Santee〔sæn'ti〕

Santeetlah〔sæn'titlə〕

Sant'Elmo〔san'tɛlmo〕

Santerre〔saŋ'ter〕(法)

Sant'Eufemia〔,santɛu'femja〕

Santh〔sʌnth〕(印)

Santi〔'santı〕

Santiago〔,sæntı'ago; san'tjago; sæŋn-
'tjagu〕聖地牙哥（智利）

Santiago de Cuba〔,sæntı'ago də
'kjubə〕古巴聖地牙哥（古巴）

Santiago-Zamora〔sant'jago·sa'mora〕
（拉丁美）

Santiam〔'sæntı,æm〕

Santidas〔,santı'das〕桑蒂達斯

Santillana〔,santı'ljana〕(西)

Santiniketan〔san,tini'ketan〕

Säntis〔'zentıs〕

Santley〔'sæntlı〕桑特利

Santo〔'santo〕

Santo, el〔ɛl 'santo〕

Santo Agostinho〔'sæŋntu ,aguʃ'tinju〕
(葡)

Santo André〔'sæŋntu æŋn'drɛ〕(葡)

Santo Antão〔'sæŋntu æŋn'tauŋ〕(葡)

Santo Domingo〔,santo də'mıŋgo〕聖多
明哥（美洲）

Sant'Oreste〔,santo'rɛste〕

Santorin〔,sæntə'rin〕

Santorini〔,santo'rinı〕

Santorio〔san'tɔrjo〕

Santorre〔san'tɔre〕

Santos〔'sæntəs; 'santos; 'sæŋntus〕聖多
斯（巴西）

Santos Dumont〔'sæntəs du'mant;
'sæŋntuz du'moŋnt〕(葡)

Santos-Dumont〔'sæŋntuz·dju'moŋ〕

Santrailles, de〔də sæn'trelz〕

Santry〔'sæntrı〕桑特里

Santuao〔'san'du'au〕(中)

Sanudo〔sa'nudo〕

Sanuto〔sa'nuto〕

San Valentín〔sam ,balen'tin〕(西)

San Vicente〔,sam bi'sente〕(西)

San Vito〔sam 'bito〕(西)

Sanwi〔'sanwi〕

Sanxay〔'sænkse〕

Sanyati〔san'jatı〕

San Ysidro〔,sæn i'sidro〕(西)

Sanzio〔'santsjo〕(義)

São〔sauŋ〕(葡)

São Borja〔sauŋ 'vɔrʒə〕(葡)

São Carlos〔sauŋ 'karlus〕(葡)

São Francisco〔,sauŋ fræŋn'siʃku〕
三藩河（巴西）

São Gabriel〔sauŋ ,gavrı'ɛl〕(葡)

São Gonçalo〔‚sauŋ goŋ'sɑlu〕(葡)
São João〔sauŋ 'ʒwauŋ〕
São Jorge〔sauŋ 'ʒɔrʒə〕
São José〔sauŋ ʒu'zɛ〕
Sao-ke〔'sau·'ki〕
São Lourenço〔‚sauŋ lo'reŋsu〕
São Luis do Maranhão〔sauŋ 'lwiʒ ðu ‚mɑrən'jauŋ〕(葡)
São Manuel〔‚sauŋ mə'nwel〕(葡)
São Miguel〔sauŋ mi'gɛl〕聖米高耳島 (葡萄牙)
Saona〔sa'ona〕
Saône〔son〕(法)
Saône-et-Loire〔son e 'lwar〕(法)
São Nicoláo〔‚sauŋ nɪku'lɑu〕
São Paulo〔sauŋ 'paulu〕聖保羅 (巴西)
São Paulo de Loanda〔sauŋm 'paulu ðə 'lwæŋndə〕(葡)
São Pedro do Rio Grande do Sul sauŋm 'peðru ðu 'riu 'græŋndə ðu 'sul〕(葡)
São Roque〔sauŋ 'rɔkɪ〕
Saorstát Éireann〔'sɛrstɔt 'ɛrɪn〕愛爾蘭 (歐洲)
São Sebastiãno〔sauŋ ‚sevəʃ'tjauŋ〕(葡)
São Tomé〔‚sauŋtu'mɛ〕聖多美 (非洲)
São Tomé and Principe〔‚sauŋtu'mɛ ənd 'prɪnsəpə〕聖多美及普林西比共和國 (西非)
Sapele〔'sæpɪlɪ;sə'pilɪ〕薩佩勒 (奈及利亞)
Sapelo〔'sæpəlo〕
Sape〔'sape〕
Saphar〔sa'far〕
Saphir〔'zafɪr〕
Sapho〔sa'fo〕(法)
Sapieha〔sa'pjɛha〕(波)
Sapir〔sə'pɪr〕沙比爾 (Edward, 1884-1939, 美國人類學家及語言學家)
Sapirie〔sə'pɪərɪ〕沙皮里
Sapis〔'sepɪs〕
Sapium〔'sepɪəm〕
Sapoedi〔sa'pudɪ〕
Sapor〔'sepɔr〕
Sappa〔'sæpə〕
Sapper〔'sæpə; 'zapə〕(德)〕沙珀
Sapphic〔'sæfɪk〕有 Sappho 風格之詩
Sapphire〔'sæfaɪr〕
Sappho〔'sæfo〕莎孚 (紀元前 600 年古希臘女詩人)
Sappington〔'sæpɪŋtən〕沙平頓
Sapporo〔'sapə,ro〕札幌 (日本)

Sapt〔sæpt〕
Sapte〔sæpt〕
Sapucaia〔‚sapu'kaɪə〕
Sapucay〔‚sapu'kaɪ〕
Sapulpa〔sə'pʌlpə〕
Saqqara〔sʌk'kara〕(阿拉伯)
Sara〔'sara;'sɛrə;'serə〕莎拉
Sarabat〔‚sara'bat〕
Sara Buri〔sara burɪ〕
Saraburi〔saraburɪ〕
Saracen〔'særəsṇ〕❶阿拉伯人之古稱❷十字軍東征時之回教徒
Saracenum〔‚særə'sinəm〕
Saracoğlu〔sa,radʒog'lu〕(土)
Sarafand〔'særəfænd;‚sara'fænd(阿拉伯)〕
Sarafend〔'særəfend〕
Saragat〔sara'gat〕
Saragossa〔‚særə'gasə〕撒拉哥沙(西班牙)
Sarai〔'sɛreaɪ;sa'raɪ〕
Saraikela〔sə'raɪkela〕
Sarajevo〔‚særə'jevo〕塞拉耶佛 (南斯拉夫)
Sarakole〔sara'kole〕
Sarama〔sa'ramə〕
Saramacca〔‚sara'maka〕
Saran〔sə'rʌn;'zaran〕
Sarana〔sə'ranə〕
Saranac〔'særə,næk〕
Saranap〔'særənæp〕
Sarangani〔‚saraŋ'ganɪ〕
Sarangarh〔'sarəŋgar;-,gʌrh〕
Sarapion〔sə'repɪən〕
Sarapiquí〔‚sarapi'ki〕
Sarasara〔‚sara'sara〕
Sarasate y Navascués〔‚sara'sate ɪ ‚navas'kwes〕(西)
Sarasota〔‚særə'sotə〕
Sarasvati〔'sʌras,vʌti〕(印)
Saraswati〔'sʌras,wʌti〕
Saratoga〔‚særə'togə〕薩拉多加 (美國)
Sarat〔sə'ræt〕沙拉特
Saratov〔sʌ'ratəf〕薩拉多夫 (蘇聯)
Saravia〔sa'ravɪa〕(西)
Saravia Sotomayor〔sa'ravja ‚sotoma'jɔr〕(西)
Saravus〔'særəvəs〕
Sarawak〔sə'rawək;‚særə'wæk〕沙撈越 (馬來西亞)
Sarawakian〔‚særə'wækɪən〕沙撈越人
Sarawan〔‚sara'wan〕
Sarazen〔'sarəzṇ〕沙拉曾
Sarbiewski〔sa'bjɛfskɪ〕(波)

Sarca〔'sarka〕

Sarcey〔sar'se〕(法)

Sarda〔'sardə〕

Sardaigne〔sar'dɛnj〕(法)

Sardanapalus〔,sardə'næpələs; -nə'paləs〕

Sardar〔'sardɑr〕

Sardeau〔sar'dɔ〕

Sardegna〔sar'denja〕(義)

Sardes〔'sardiz〕

Sardh Kumbh Mela〔,sard kumb 'mela〕

Sardian〔'sardıən〕

Sardica〔'sardıkə〕

Sardinia〔sai'dınjə〕薩丁尼亞島(義大利)

Sardis〔'sardıs〕

Sardo〔'sardo〕

Sardou〔,sar'du〕薩杜(Victorien, 1831-1908, 法國劇作家)

Saldul〔sa'dʌl〕

Sarekat Islam〔sare'kat is'lam〕

Sarektjåkko〔,sarɛk'tʃɔkko〕(瑞典)

Sarema〔'sarjımə〕沙利馬島(愛沙尼亞)

Sarepta〔sə'reptə〕

Sarett〔sɑ'rɛt〕沙雷特

Sarfatti〔sar'fatı〕

Sarg〔sarg〕沙格

Sargant〔'sardʒənt〕沙金特

Sargasso〔sar'gæso〕

Sargeant〔'sardʒənt〕沙金特

Sargent〔'sardʒənt〕薩爾金特(John Singer, 1856-1925, 美國畫家)

Sargon〔'sargan〕

Sargonid〔'sargənıd〕

Sarı Bayır〔,sarı ba'jır〕(土)

Sarigan〔,sarı'gan〕

Sariguan〔,sarıg'wan〕

Sarine〔sa'rin〕(法)

Saris〔'særıs〕

Sarita〔sə'ritə〕

Sarju〔'sardʒu〕

Sark〔sark〕

Sarkar〔'sarkar〕沙卡爾

Sarmatia〔sar'meʃjə; -ʃıə〕

Sarment〔sar'maŋ〕(法)

Sarmi〔'sarmı〕

Sarmiento〔sar'mjento〕薩爾托(阿根廷)

Sarmiento de Acuña〔sar'mjento ðe a'kunja〕(西)

Sarmiento de Gamboa〔sar'mjento ðe gam'boa〕(西)　　　　「(羅)

Sarmizegetusa〔,sarmı,zɛdʒə'tjusə〕

Sarnath〔sar'nath〕(印)

Sarnen〔'zarnən〕

Sarner-Aa〔'zarnə,ra〕

Sarnia〔'sarnıə〕

Sarnoff〔'sarnaf〕

Sarnus〔'sarnəs〕

Sarny〔'sarnı〕

Sarojini〔sə'rodʒını〕

Sarolea〔sə'roljə〕

Saron〔'sɛrən; 'sarən〕

Saronic Gulf〔sə'ranık~〕

Saronicus Sinus〔sə'ranıkəs 'saınəs〕

Saronikos Kolpos〔sa,ronı'kɔs 'kɔlpos〕

Saros〔'sɛras; 'saras〕

Saros Körfezi〔'saros kəfɛ'zi〕(土)

Saroyan〔sə'rɔıən〕薩洛楊(William 1908-1981, 美國作家)

Sarpanit〔'sarpənıt〕

Sarpedon〔sar'pidn; -dan〕

Sarper〔ser'per〕

Sarpi〔'sarpi〕

Sarpsfoss〔'sarpsfɔs; -fos〕

Sarpy〔'sarpı〕

Sarra〔'særə〕

Sarrail〔sa'raj〕(法)

Sarraut〔sa'ro〕(法)

Sarrazin〔sara'zæŋ〕(法)

Sarre〔('zarrə(德); 'sarre(義); sar(法)〕

Sarrebruck〔sar'brjuk〕(法)

Sarrelouis〔sarlu'i〕(法)

Sarrette〔sa'ret〕(法)

Sarrien〔sa'rjæŋ〕(法)

Sars〔sars〕

Sarsfield〔'sarsfild〕沙斯菲爾德

Sarsina〔'sarsınə〕

Sarstoon〔sars'tun〕

Sarstún〔sars'tun〕

Sarsuti〔'sʌrsuti〕(印)

Sartain〔'sarten〕

Sarte〔sart〕(法)

Sarthe〔sart〕(法)

Sarti〔'sartı〕

Sarto〔'sarto〕

Sarton〔'sartn〕

Sartor〔'sartɔr〕

Sartoris〔'sartərıs〕

Sartorius〔'sartərıəs〕

Sartorius von Waltershausen〔zar'torıus fan ,valtəs'hauzən〕(德)

Sartorø〔satɔ'rɜ〕(挪)

Sartor Resartus〔'satɚ rɪ'sartəs〕

Sartre〔'sartrə〕沙特(Jean-Paul,1905- 1980, 法國哲學家、劇作家及小說家)

Sartwell〔'sartwel〕沙特維爾

Sarum〔'serəm; 'serəm〕沙勒姆

Sarun〔sə'rʌn〕

Sarus〔'serəs〕

Sarv〔sarv〕

Sarvapall〔,sarvə'palɪ〕

Sarwat Pasha〔'særwæt 'paʃə〕 (阿拉伯)

Sary Su〔,sarɪ 'su〕

Sasaal〔sə'sal〕

Sasak〔'sasak〕

Sassanidae〔sæ'sænɪdi〕

Sassanids〔'sæsənɪdz〕

Sasaram〔'sʌsəram〕(印)

Sasebo〔'sasə,bo〕佐世保(日本)

Saseno〔sa'zeno〕

Sashûn〔sa'ʃun〕

Sasik〔sa'sɪk〕

Saskatchewan〔səs'kætʃɪwən〕❶薩斯克 其篤(加拿大)❷薩斯克其萬河(加拿大)

Saskatoon〔,sæskə'tun〕沙斯卡頓(加拿大)

Saskia〔'saskɪa〕(荷)

Sason〔'sesɑn〕沙斯

Sass〔sæs〕沙斯

Sassafras〔'sæsəfræs〕

Sassak〔'sassak〕 「海岸」

Sassandra〔sə'sændrə〕薩散德臘(象牙

Sassanid〔'sæsənɪd〕

Sassanidae〔sæ'sænɪdi〕

Sassari〔'sassarɪ〕薩沙里(義大利)

Sassenach〔'sæsənæk〕撒克遜人;英格蘭 人

Sasseno〔sa'zeno〕

Sassetta〔sas'setta〕(義)

Sassoon〔sə'sun〕薩松(Siegfried Lor- raine,1886-1967, 英國詩人及小說家)

Sasstown〔'sæstaun〕

Sastri〔'ʃastri; 'sas-〕(印)

Sasyk〔sa'sɪk〕

Satan〔'setn〕撒旦;惡魔

Satané Binet〔sata'ne bi'nɛ〕(法)

Satanella〔,sætə'nelə〕

Satanic School〔sə'tænɪk~〕

Satanstoe〔'setənzto〕

Satchel(l)〔'sætʃəl〕

Sati〔'sati〕

Satie〔sa'ti〕(法)

Satieño〔,sati'enjo〕

Satilla〔sə'tɪlə〕

Satiromastix〔,sætɪrə'mæstɪks〕

Satlej〔'sʌtledʒ〕(印)

Sátmar〔sət'mar〕(羅)

Satow〔'sato〕薩托

Satpura〔'satpurə; sat'purə〕

Satrae〔'setri〕

Satriano〔sat'rjano〕

Sattara〔sa'tarə〕

Sattelberg〔'sætlbəg〕

Satterlee〔'sætəli〕

Satterthwaite〔'sætəθwet〕

Sattgast〔'sætgæst〕薩特加斯特

Sattima〔sə'tima〕

Sättler〔'zɛtlə〕沙特勒

Satul〔'satun〕(暹羅)

Satu-Mare〔'satu·'marɛ〕薩托馬勒(羅馬尼 亞)

Satun〔satun〕

Saturday〔'sætədɪ〕❶星期六❷土曜日

Saturn〔'sætən〕❶【羅馬神話】農神 ❷【天文】土星

Saturnalia〔,sætə'nelɪə〕古羅馬之祭農神 Saturn 節

Saturnian〔sə'tɜnɪən〕土星人

Satyagraha〔,satja'graha; 'sʌtjəgrʌhə〕(印)

Satyendra〔sə'tjendrə; sɔ'tjendrə〕

Satyrane〔'sætɪren〕

Satyre Ménippée〔sa'tir meni'pe〕(法)

Satyrs〔'sætəz〕

Sau〔zaʊ〕

Sauakin〔sə'wakɪn〕

Saubergue, De〔də 'sobəg〕

Sauchieburn〔'sɔkɪbən〕

Sauchiehall〔'sɔkɪhɔl; 'sahɪhal〕(蘇)

SaucKel〔'zaʊkəl〕

Saud〔sa'ud〕

Saudi Arabia〔,saʊdɪ ə'rebɪə〕沙烏地阿拉 伯(阿拉伯半島)

Saudi Arabian〔,saʊdɪ ə'rebɪən〕沙烏地阿 拉伯人

Sauer〔sɔr; zaʊr〕(德)〕索爾

Sauerbruch〔'zaʊəbruh〕(德)

Sauerwein〔sɔ'wɛn; -'vɛn〕索爾溫

Saugatuck〔'sɔgətʌk〕

Saugeen〔'sɔgin〕

Saugor〔'sɔgə〕

Saugur〔'sɔgə〕

Saugus〔'sɔgəs〕

Sauk〔sɔk〕

Saul〔sɔl〕【聖經】掃羅(以色列第一位君主)

Saulces, de〔də 'sols〕

Saulces de Freycinet〔'sols də fresi'nɛ〕(法)

Saulcy〔sol'si〕

Saule〔sol〕

Saulez〔'sɔlɪ; 'solɪ〕

Saul Kane〔'sɔl 'ken〕

Soul of Tarsus〔sɔl, 'tarsəs〕

Saulsbury〔'sɔlzbɛrɪ〕

Saulteaux〔so'to〕

Sault Sainte Marie〔'su sent mə'ri〕

Sault Ste. Marie〔'su sent·mə'ri〕

Sault St. Marie〔'su sent mə'ri〕

Saulx〔so〕(法)

Saumaise〔so'mez〕(法)

Saumarez〔'somərɛz; 'samɛrɪz〕,索馬里茲

Saumurois〔somju'rwa〕(法)

Saunder〔'sɔndɚ〕

Saunders〔'sɔndɚz〕桑德斯

Saunder Simpcox〔'sɔndɚ 'sɪmkaks〕

Saunderson〔'sɔndɚsn〕桑德森

Saundersville〔'sɔndɚzvɪl〕

Saurashtra〔sau'rɑʃtrə〕

Saurbaer〔'sɛrɪə‚baɪr〕(冰)

Sauret〔sɔ'rɛ〕(法)

Sauroctonus〔sɔ'raktənəs〕

Sauroktonus〔sɔ'raktənəs〕

Sausalito〔‚sɔsə'lito〕

Saushshattar〔‚sauʃ'ʃattar〕

Sausmarez〔'samɛrɪz〕索馬里茲

Saussier〔so'sje〕(法)

Saussure〔sɔ'sur; so-; so'sjur〕(法)索熟爾

Saut du Doubs〔so dju 'du〕(法)

Sauter〔'sautɚ; so'tɛr〕(法)索特

Sauterne〔so'tɚn〕

Soutoy, Du〔'djusətɔɪ; dju'sotɔɪ〕

Sauvage〔so'vaʒ; so'vaʒ〕(法)

Sanveur〔su'ɚr〕(法)

Saux〔so〕(法)

Sava〔'savə; 'sava (塞克)〕薩瓦

Savage〔'sævɪdʒ〕薩維基 (Richard, 1697?-1743, 英國詩人)

Savage-Armstrong〔'sævɪdʒ· 'armstraŋ〕

Savaii〔sa'vaɪi〕薩瓦伊島 (太平洋)

Savang〔sa'vaŋ〕

Savanna〔sə'vænə〕

Savannah〔sə'vænə〕❶塞芬拿 (美國)❷塞芬拿河 (美國)

Savannakhet〔sa'vænəkɛt〕

Savantvadi〔'savənt'vandɪ〕

Savaria〔sə'vɛrɪə〕

Savarkar〔'savarkar〕

Savart〔sa'var〕(法)

Savary〔sava'ri〕(法)

Save〔sav〕(法)

Savelli〔sa'vɛllɪ〕(義)

Savels〔'sævəlz〕

Savenay〔sav'ne〕(法)

Saverio〔sa'verjo〕

Savernake〔'sævənæk〕

Savery〔'sevorɪ〕沙弗里

Savignon〔savi'njɔ̃〕(法)

Savigny〔'savɪnji〕

Savile〔'sævɪl〕沙維爾

Saville〔'sævɪl; sə'vɪl〕沙維爾

Savinien〔savi'njɛŋ〕(法)

Savinio〔sa'vinjo〕(義)

Savinkov〔'savjɪnkɔf〕(俄)

Savio〔'savjo〕

Saviolina〔‚sævɪə'laɪnə〕

Saviour〔'sevjɚ〕

Savitri〔'savɪtri〕

Savo〔'sevo; 'savo〕

Savoe〔'savu〕

Savoia〔sa'vɔja〕(義)

Savoie〔sa'vwa〕(法)薩瓦

Savoie-Carignan〔sa'vwakari'njɑ̃〕(法)

Savoir〔sa'vwar〕(法)

Savona〔sə'vonə〕沙弗納 (義大利)

Savonarola〔‚sævəna'rolə〕薩佛納羅拉 (Girolamo, 1452-1498, 義大利宗教改革者)

Savoonga〔sa'vuŋə〕

Savord〔sə'vɔrd〕薩沃德

Savorgnan〔savɔr'njaŋ〕(法)

Savorgnani〔savɔr'njanɪ〕

Savory〔'sevɚɪ〕薩沃里

Savoy〔'savɔf〕(保)

Savoy〔sə'vɔɪ〕薩沃伊 (法國)

Savoy-Aosta〔sa'vɔɪ·a'ɔsta〕

Savoyard〔sə'vɔɪəd〕Savoy 人

Savska〔'savska〕

Savu〔'savu〕

Savus〔'sevəs〕

Savusavu〔'savu'savu〕

Savvich〔'savvjɪtʃ〕(俄)

Sawabini〔səwə'binɪ〕

Sawakin〔sə'wakɪn〕

Sawankhalok〔sawankhalok〕

Sawantwadi〔'sawənt'wadɪ〕

Sawantwari〔'sawənt'warɪ〕

Saward〔'sewəd〕薩沃德
Sawatch Range〔sə'watʃ～〕薩瓦琪山脈
　（美國）
Sawbridge〔'sɔbrɪdʒ〕索布里奇
Sawbridgeworth〔'sɔbrɪdʒwəθ〕
Sawders〔'sɔdəz〕索德斯
Sawdon〔'sɔdn〕索頓
Sawel〔'sɔəl〕
Saw Grass〔'sɔ ,grɑs〕
Sawhill〔'sɔhɪl〕
Sawin〔'sɔɪn〕
Sawney〔'sɔnɪ〕
Sawoe〔'sɑvu〕
Sawrey〔'sɔrɪ〕索里
Sawteeth〔'sɔtiθ〕
Sawtooth〔'sɔtuθ〕
Sawyer〔'sɔjə〕索耶
Sawyers〔'sɔjəz〕索耶斯
Sax〔sæks〕薩克斯
Saxa Rubra〔'sæksə 'rubrə〕
Saxe〔sæks；saks（法）〕
Saxe-Altenburg〔'sæks·'altənbəg〕
Saxe-Coburg-Gotha〔'sæks·'kobəg-
　'gotə〕❶英國王室名❷Prince of, 亞爾培
　親王, 英國維多利亞女王之夫
Saxe-Gotha〔'sæks·'gotə〕
Saxe-Gotha-Altenburg〔'sæks 'gotə
　'æltənbəg〕
Saxe-Hildburghausen〔'sæks·'hɪlt-
　burk'hauzən〕
Saxe-Meiningen〔'sæks·'maɪnɪŋən〕
Saxe-Teschen〔'sæks·'tɛʃən〕
Saxe-Weimar〔'sæks·'vaɪmar〕(德)
Saxe-Weimar-Eisenach〔'sæks-
　'vaɪma'raɪzənah〕(德)
Saxe-Wittenberg〔'sæks'wɪtṇbəg,
　-'vɪtənberk(德)〕
Saxe-Zeitz〔'sæks·'tsaɪts〕
Saxl〔'zaksl〕
Saxman〔'sæksmən〕
Saxnot〔'sæksnat〕
Saxo Grammaticus〔'sækso grə-
　'mætɪkəs〕
Saxon〔'sæksṇ〕撒克遜人；撒克遜語
Saxone〔sæk'son〕
Saxondom〔'sæksəndəm〕
Saxonland〔'sæksṇ,lænd〕
Saxon Saale〔'sæksṇ 'zalə〕
Saxony〔'sæksənɪ〕薩克森（德國）
Saxton〔'sækstən〕薩克斯頓
Say〔se〕

Sayaji Rao〔'sʌjadʒi 'ra·u〕(印)
Sayan〔sɑ'jan〕薩彥山脈（亞洲）
Sayana〔'sajənə〕
Sayão〔saɪ'jaŋo〕（巴西）
Saybrook〔'sebruk〕
Sayce〔ses〕塞斯
Saye and Sele〔'se ən 'sil〕
Sayer〔'seə；sɛr〕塞耶
Sayers〔'seəz；sɛrz〕塞爾茲（Dorothy
　Leigh, 1893-1957, 英國偵探小說作家）
Sayes Court〔sez～〕
Sayf-al-Dawlah〔'saɪf·ud·'daulæ〕
　（阿拉伯）
Sayid〔'saɪjɪd〕
Saylesville〔'selzvɪl〕
Saymour〔'semɔr〕
Sayn-Wittgenstein-Ludwigsburg〔'zaɪn-
　'vɪtgənʃtaɪn·'lutvɪhsburk〕(德)
Sayre〔sɛr〕塞爾
Sayres〔sɛrz〕塞爾斯
Sayreville〔'sɛrvɪl〕
Says Law〔sez～〕
Sayville〔'sevɪl〕
Sayyid〔'saɪjd〕
Sayyid Ahmad Khan〔'saɪjɪd 'æmæd
　'han〕（阿拉伯）
Sayyids〔'saɪjɪdz〕
Sázava〔'sazava〕
Sazonov〔sʌ'zɔnɔf〕(俄)
Sbeitla〔'sbaɪtlə〕
Sbolos〔'svɔlɔs〕(希)
Scabiosa〔,skebɪ'osə〕
Scadding〔'skædɪŋ〕斯卡丁
Scaevola〔'sivələ〕
Scafati〔ska'fati〕
Sca Fell〔'skɔ 'fɛl〕
Scafell Pike〔'skɔ'fɛl 'paɪk〕斯可斐峯
　（英格蘭）
Scala〔'skalə〕斯卡拉
Scala, della〔,della 'skala〕(義)
Scala, La〔la 'skala〕
Scalchi〔'skalki〕
Scaldis〔'skældɪs〕
Scald Law〔'skɔld 'lɔ〕
Scale Force〔'skel ,fɔrs〕
Scales〔skelz〕【天文】天秤座
Scaliger〔'skælɪdʒə〕斯卡利哲（❶Joseph
　Justus, 1540-1609, 義大利醫生及學者❷其父
　Julius Caesar, 1484-1558, 義大利醫生）
Scalloway〔'skæləwe〕
Scalp〔skælp〕
Scalpa〔'skælpə〕

Scalpay〔'skælpe〕

Scamander〔skə'mændə〕

Scamandrius〔skə'mændrɪəs〕

Scammel(1)〔'skæməl〕斯卡梅爾

Scammon〔'skæmən〕斯卡蒙

Scammonden〔'skæməndɪn〕

Scamozzi〔ska'mɔttsɪ〕(義)

Scampton〔'skæmptən〕

Scanderbeg〔'skændə,bɛg〕斯堪德貝格
(1403?-1468, 阿爾巴尼亞之領袖與民族英雄)

Scanderoon〔,skændə'run〕

Scandia〔'skændɪə〕

Scandiano〔skan'djano〕

Scandinavia〔,skændə'nevjə〕❶斯堪的
那維亞 (歐洲) ❷斯堪的那維亞半島 (歐洲)

Scandinavian Peninsula〔,skænd-
ɪ'nevjən~〕斯堪的那維亞半島

Scanlan〔'skænlən〕斯坎倫

Scania〔'skenjə〕

Scannabechi〔,skanna'bekɪ〕(義)

Scannabue〔,skanna'bue〕(義)

Scantic〔'skæntɪk〕

Scantrel〔skaŋ'trɛl〕

Scapa Flow〔,skæpə'flo〕斯卡帕佛洛海
(蘇格蘭)

Scapin〔'skepɪn ; ska'pæŋ (法)〕

Scapino〔ska'pino〕

Scar〔skar〕

Scaramouch〔'skærə,mautʃ ; skara'muʃ
(法)〕

Scaramuccia〔,skara'muttʃa〕(義)

Scarba〔'skarbə〕

Scarboro〔'skarbərə〕斯卡伯勒

Scarborough〔'skarbərə〕斯卡伯勒

Scarbrough〔'skarbərə〕斯卡伯勒

Scarff〔skarf〕

Scarfoglio〔skar'fɔljo〕(義)

Scaria〔'skarɪa〕

Scarisbrick〔'skɛrɪzbrɪk〕

Scarlatti〔skar'latɪ〕史卡拉第(Alessan-
dro, 1659- 1725, 義大利作曲家)

Scarlet〔'skarlɪt〕

Scarlett〔'skarlɪt〕

Scarp〔skarp〕

Scarpa〔'skarpa〕

Scarpe〔skarp〕(法)

Scarritt〔'skarɪt〕斯卡里特

Scarron〔ska'rɔŋ〕斯卡隆 (Paul, 1610-
1660, 法國小說家、戲劇家及詩人)

Scarsdale〔'skarzdel〕斯卡斯代爾

Scarseth〔'skarsɛt〕斯卡塞特

Scartazzini〔,skartta'tsini〕(義)

Scase〔skes〕

Scathelocke〔'skeðlak〕

Scattery〔'skætərɪ〕

Scaurus〔'skɔrəs〕

Scavenius〔ska'venɪus〕(丹)

Scawen〔'skɔɪn; 'skoən〕斯科恩

Scawfell〔'skɔ'fɛl〕

Sceaf〔ʃif〕

Sceales〔skilz〕

Sceats〔skits〕

Scebeli, Uebi〔'webɪ ʃe'belɪ〕

Scelle〔sɛl〕(法)

Scènes Pittoresques〔sɛn pɪtta'rɛsk〕
(法)

Scesaplana〔,ʃeza'plana〕

Scève〔sɛv〕(法)

Schaaf(f)〔ʃaf〕沙夫

Schaaff〔ʃaf〕沙夫

Schaarbeek〔'ʃabek〕(法蘭德斯)

Schachner〔'ʃæknə〕

Schacht〔ʃaht〕(德)沙赫特

Schachte〔'ʃæktɪ〕

Schachtel〔'ʃæktəl〕

Schachter〔'ʃæktə〕沙克特

Schack〔ʃak〕沙克

Schacter〔'ʃæktə〕

Schad〔ʃad〕謝德

Schade〔ʃed〕

Schadow〔'ʃado〕

Schaeberle〔'ʃebəlɪ〕

Schaefer〔'ʃefə〕

Schaeffer〔'ʃefə〕

Schaefler〔'ʃeflə〕

Schaerbeek〔'ʃarbek〕斯卡貝克(比利時)

Schafarik〔'ʃafarɪk〕

Schaf Berg〔ʃaf bɛrk〕(德)

Schafberg〔'ʃafbɛrk〕(德)

Schafer〔'ʃefə〕

Schäfer〔'ʃefə〕

Schaff〔ʃaf〕(法)沙夫

Schaffarik〔'ʃafarʒik〕(捷)

Schaffer〔'ʃafə〕

Schaffhausen〔ʃaf'hauzən〕

Schäffle〔'ʃeflə〕

Schaffner〔'ʃafnə〕沙夫納

Schaik〔ʃaɪk〕(荷)

Schain〔ʃen〕沙因

Schalcken〔'ʃalkən〕(荷)

Schalèn〔ʃa'len〕(瑞典)

Schalfigg〔ʃal'fɪk〕

Schall〔ʃal〕沙爾

Schaller〔'ʃalə〕沙勒

Schallert〔ˈʃælət〕
Schall von Bell〔ˈʃal fan ˈbɛl〕
Schambaa〔ʃamˈbaa〕
Schamberg〔ˈʃæmbəg〕
Schamir〔ʃaˈmir〕
Schamyl〔ˈʃamɪl〕
Schanfigg〔ʃanˈfɪk〕
Schantz〔ʃants〕尙茨
Schaper〔ˈʃapə〕
Schapiro〔ʃəˈpɪro〕夏皮羅
Schardt〔ʃart〕
Scharf〔ʃarf〕沙夫
Scharfenberg〔ˈʃarfənbɛrk〕
Scharhörn〔ˈʃarhən〕
Scharlieb〔ˈʃarlib〕沙利布
Scharnhorst〔ˈʃarnhɔrst〕夏恩霍斯特
  (Gerhard Johann David von, 1755-1813,
  普魯士將軍)
Scharwenka〔ʃarˈvɛŋkə〕夏文卡(❶ Phi-
  lipp, 1847-1917 ❷其弟 Xaver, 1850-1924,
  皆爲德國鋼琴家及作曲家)
Schary〔ˈʃɛrɪ; ˈʃærɪ〕沙里
Schaschke〔ˈʃæskɪ〕
Schässburg〔ˈʃɛsburk〕
Schatz〔ʃats〕沙茨
Schatzkamer〔ˈʃatskamə〕
Schatzel〔ˈʃatsəl〕
Schaudinn〔ˈʃaudɪn〕
Schauenstein〔ˈʃauənʃtain〕
Schäufelein〔ˈʃɔifəlain〕(德)
Sahäuffelein〔ˈʃɔifəlain〕(德)
Schauffler〔ˈʃɔflə; ˈʃauflə(德)〕
Schauinger〔ˈʃauiŋə〕
Schaukal〔ˈʃaukal〕
Schaulen〔ˈʃaulən〕
Schaum〔ʃaum〕
Schaumann〔ˈʃauman〕
Schaumburg〔ˈʃaumburk〕
Schauta〔ˈʃauta〕
Schaw〔ʃɔ〕肖
Scheat〔ˈʃiæt〕
Schechter〔ˈʃɛktə〕(羅)
Schecter〔ˈʃɛktə〕
Schede〔ˈʃedə〕
Schedel〔ˈʃedəl〕
Schedir〔ˈʃedə〕謝勒
Scheele〔ˈʃelə〕謝勒
Scheer〔ʃer〕謝爾(Reinhard, 1863-1928,
  德國海軍司令)
Scheff〔ʃef〕
Scheffel〔ˈʃefəl〕
Scheffer〔ʃeˈfer〕(法)

Scheffey〔ˈʃefɪ〕謝菲
Scheffing〔ˈʃefɪŋ〕
Scheffler〔ˈʃeflə〕
Scheggia〔ˈskeddʒa〕(義)
Schehallion〔ʃɪˈhæljən〕
Scheherazade〔ʃɪˈhɪrəˈzadə〕❶天方夜譚
  中講故事之女子❷天方夜譚組曲
Scheibler〔ˈʃaɪblə〕
Scheid〔ʃaɪd〕沙伊德
Scheidegg〔ˈʃaɪdek〕
Scheidemann〔ˈʃaɪdəman〕沙伊德曼
Scheidenhelm〔ˈʃaɪdənhɛlm〕沙伊登赫姆
Scheie〔ʃai〕
Schein〔ʃain〕
Scheiner〔ˈʃainə〕
Scheinfeld〔ˈʃainfeld〕
Scheit〔ʃait〕
Schelde〔ˈʃɛldə〕須耳德河(西歐)
Scheler〔ˈʃelə〕
Schell〔ʃɛl〕謝爾
Schellendorf〔ˈʃɛləndɔrf〕
Schellinberg〔ˈʃɛlɪŋbəg〕
Schelling〔ˈʃelɪŋ〕謝林(Friedrich Wilhelm
  Joseph von, 1775-1854, 德國哲學家)
Schelte〔ˈʃɛltə〕(荷)
Schem〔ʃem〕
Schemm〔ʃem〕
Scheinfeld〔ˈʃainfeld〕
Schenck〔skeŋk〕申克
Schendel〔ˈʃɛndəl〕(荷)   「國
Schenectady〔skəˈnɛktədɪ〕斯克奈塔第(美
Schenk〔ʃeŋk〕
Schenkel〔ˈʃeŋkəl〕
Schenken〔ˈʃeŋkən〕
Schenkendorf〔ˈʃeŋkəndɔrf〕
Schenker〔ˈʃeŋkə〕
Schepers〔ˈskepərs〕
Scheppegrell〔ˈʃepəgrɛl〕謝珀格雷爾
Scheps〔ʃeps〕
Scherago〔ʃɛˈrego〕
Scherer〔ˈʃerə〕謝勒
Schérer〔ˈʃerə; ʃeˈrɛr(法)〕謝勒
Scherf〔ʒf〕舍夫
Scheria〔ˈskɪrɪə〕
Scherman〔ˈʃəmən; ˈʃerman(德)〕謝爾曼
Schermerhorn〔ˈʃerməhɔrn〕
Scherr〔ʃer〕謝爾
Scherrer〔ˈʃerə〕謝勒
Scherzer〔ˈʃertsə〕
Schettler〔ˈʃetlə〕
Scheufelein〔ˈʃɔifəlain〕
Scheufler〔ˈʃuflə〕

Scheuren〔ˈʃɔɪrən〕
Scheurer-Kestner〔ʃɜˈrɛr·kɛstˈnɛr〕（法）
Scheveningen〔ˈshevəˌnɪŋin〕（荷）
Schexnayder〔ˈʃɛksnaɪdə〕
Schiaparelli〔ˌskjɑpəˈrɛllɪ〕斯加巴賴里
  （Giovanni Virginio, 1835-1910, 義大利天文
  學家）
Schiavone〔skjɑˈvone〕（義）
Schichau〔ˈʃɪhaʊ〕（德）
Schicht〔ʃɪht〕（德）
Schick〔ʃɪk〕希克
Schickele〔ˈʃɪkələ〕
Schicklgruber〔ˈʃɪklˌgrubə〕
Schiedam〔skɪˈdæm〕斯奇丹（荷蘭）
Schieder〔ˈʃidə〕
Schiefner〔ˈʃifnə〕
Schiehallion〔ʃɪˈhæljən〕
Schiemann〔ˈʃimɑn〕
Schiermonnikoog〔ˈshɪrmɔnɪˌkoh〕（荷）
Schierz〔ʃɪrts〕
Schiff〔ʃɪf〕希夫
Schiffer〔ˈʃɪfə〕
Schikaneder〔ˌʃikɑˈnedə〕
Schilazinger〔ʃɪˈlæzɪndʒə〕
Schildbürger〔ˈʃɪltbjʊrgə〕
Schilder〔ˈʃɪldə〕希爾德
Schildkraut〔ˈʃɪltkraʊt〕
Schildpad〔ˈshɪltpɑt〕（荷）
Schilhansl〔ˈʃɪlhɑnsl〕
Schiller, von〔ˈʃɪlə〕席勒（Johann Chris-
  toph Friedrich, 1759-1805, 德國詩人及劇
  作家）
Schillerpreis〔ˈʃɪləpraɪs〕
Schilling〔ˈʃɪlɪŋ〕希林
Schillings〔ˈʃɪlɪŋs〕
Schillingsfürst〔ˈʃɪlɪŋsfjʊrst〕
Schilpad〔ˈshɪlpɑt〕（荷）
Schilpp〔ʃɪlp〕希爾普
Schiltbürger〔ˈʃɪltˌbjʊgə〕（德）
Schimmel〔ˈshɪməl〕（荷）希梅爾
Schimper〔ˈʃɪmpə〕
Schindler〔ˈʃɪndlə〕欣德勒
Schinkel〔ˈʃɪŋkəl〕
Schipa〔ˈskipɑ〕斯基帕
Schipper〔ˈʃɪpə〕希珀
Schippers〔ˈʃɪpəz〕
Schirach〔ˈʃirɑh〕（德）
Schirber〔ˈʃɜbə〕
Schirmer〔ˈʃɜmə; ˈʃɪrmə（德）〕希爾默
Schjelderup〔ˈʃɛldrʊp〕（挪）
Schlaerth〔ʃlɛrt〕

Schlaf〔ʃlɑf〕
Schläfli〔ˈʃlɛfli〕
Schlageter〔ˈʃlɑgətə〕
Schlagintweit〔ˈʃlɑgɪntvaɪt〕
Schlagle〔ˈʃlegl〕施拉格爾
Schlaikjer〔ˈslaɪkɪr〕
Schlamm〔ʃlɑm〕
Schlazinger〔ˈʃlæzɪndʒə〕
Schlechten〔ˈʃlɛktən〕
Schlegel〔ˈʃlegl〕士雷蓋爾（❶ August
  Wilhelm von, 1767-1845, 德國批評家及詩人
  ❷ Friedrich von, 1772-1829, 德國哲學家及作
  家）
Schlei〔ʃlaɪ〕施萊
Schleich〔ʃlaɪh〕（德）
Schleicher〔ˈʃlaɪkə; ˈʃlaɪhə（德）〕施萊克爾
Schleiden〔ˈʃlaɪdən〕
Schleiermacher〔ˈʃlaɪəˌmɑhə〕士萊爾瑪
  卡（Friedrich Ernst Daniel, 1768-1834, 德國
  神學家及哲學家）
Schlemmer〔ˈʃlemə〕施萊默
Schlenther〔ˈʃlɛntə〕
Schlesien〔ˈʃlezɪən〕
Schleswig〔ˈʃlezwɪg; ˈʃlesvɪh〕什列斯威
  格（德國）
Schleswig-Holstein〔ˈʃlezwɪg·ˈhɔlstaɪn;
  ˈʃlesvɪh·ˈhɑlʃtaɪn（德）〕
Schley〔slaɪ; ʃlaɪ（德）〕施萊
Schleyer〔ˈʃlaɪə〕施萊爾
Schlich〔ʃlɪh〕（德）施利赫
Schlick〔ʃlɪk〕
Schlieffen〔ˈʃlifən〕
Schliemann〔ˈʃlimən; ˈʃlimɑn〕士利曼
  （Heinrich, 1822-1890, 德國考古學家）
Schlik〔ʃlɪk〕
Schling〔ʃlɪŋ〕
Schlink〔ʃlɪŋk〕
Schlobitten〔ˈʃlobɪtən〕
Schloss〔ʃlɑs〕施洛斯
Schlosser〔ˈʃlɔsə〕
Schlözer〔ˈʃlɜtsə〕
Schlossman〔ˈʃlɑsmən〕
Schlossmann〔ˈʃlɑsmɑn〕
Schlotterbeck〔ˈʃlɑtəbɛk〕
Schlucht〔ʃluht〕（德）
Schlumberger〔ʃlɜnbɛrˈʒe〕（法）
Schlüter〔ˈʃljutə〕施呂特
Schmadrifall〔ˈʃmɑdrifɑl〕
Schmalenbach〔ˈʃmɑlənbɑh〕（德）
Schmaltz, Rafinesque-〔rɑfiˈnɛsk-
  ˈʃmalts〕（法）
Schmauk〔ʃmaʊk〕施莫克

Schmauss〔ʃmaʊs〕
Schmeckebier〔'ʃmɛkəbɪr〕施梅克比爾
Schmeling〔'fmelɪŋ〕
Schmerling〔'ʃmɛrlɪŋ〕
Schmettau〔'ʃmɛtaʊ〕
Schmettow〔'ʃmeto〕
Schmick〔ʃmɪk〕施米克
Schmid〔ʃmɪt〕施密德
Schmidel〔'ʃmidəl〕
Schmidt〔ʃmɪt〕土米德（Wilhelm, 1868-1954，奧國語言學家及民俗學家）
Schmidbonn〔'ʃmɪtban〕
Schmidt-Degener〔'ʃmɪt·'degənə〕（荷）
Schmidt-Rottluff〔'ʃmɪt·'ratlʊf〕
Schmied〔ʃmid〕
Schmiedeler〔'ʃmidələ〕
Schmit〔ʃmɪt〕
Schmitt〔ʃmɪt；ʃmit（法）〕施米特
Schmitz〔ʃmits〕施米茨
Schmoller〔'ʃmalə〕
Schmucker〔'ʃmʌkə；'ʃmʊkə（德）〕
Schnaase〔'ʃnazə〕（德）
Schnabel〔'ʃnabəl〕施納貝爾
Schnader〔'ʃnedə〕
Schnadig〔'ʃnedɪg〕
Schneckenburger〔'ʃnɛkən,bʊrgə〕施納肯伯格
Schnee〔ʃne〕施內
Schneeberg〔'ʃnebɛrk〕
Schnee-Eifel〔'ʃne·'aɪfəl〕
Schneekopf〔'ʃnekɔpf〕
Schneekoppe〔'ʃhe,kɔpə〕
Schneevoigt〔'ʃnefot〕（芬）
Schneeweiss〔'ʃnevaɪs〕
Schneider〔'ʃnaɪdə；ʃne'der（法）〕施奈德
Schneiders〔'ʃnaɪdəz〕施奈德斯
Schneidewin〔'ʃnaɪdəvɪn〕
Schneiter〔ʃne'ter〕（法）
Schnellbacher〔'ʃnɛlbakə〕
Schneller〔'ʃnɛlə〕
Schnepperer〔'ʃnɛpərə〕
Schnitter〔'ʃnɪtə〕
Schnitzer〔'ʃnɪtsə〕
Schnitzler〔'ʃnɪtslə〕土尼茲勒（Arthur, 1862-1931，奧國醫生、劇作家及小說家）
Schnozzola〔ʃna'zolə〕
Schob〔ʃob〕
Schober〔'ʃobə〕
Schobert〔'ʃobət〕
Schoder〔'ʃodə〕
Schoeffel〔'ʃɛfəl〕

Schoeffer〔'ʃɝfə〕
Schoelcher〔ʃɛl'fer〕（法）
Schoen〔ʃɝn〕舍恩
Schoenberg〔'ʃɝnbɛrk〕舍恩伯格
Schoenbrunn〔'ʃenbrɔn；-brʊn〕
Schoendienst〔'ʃɝndinst〕
Schoenefeld〔'ʃɝnəfɛld〕
Schoenheim〔'ʃɝnhaɪm〕
Schoenhof〔'ʃɝnhof〕
Schoenrich〔'ʃɝnrɪk〕舍恩里克
Schoepfle〔'ʃɛpli〕
Schoepp〔ʃɝp〕
Schoeppel〔'ʃɛpəl〕舍佩爾
Schoetensack〔'ʃɝtənzak〕
Schoettler〔'ʃʌtlə〕
Schöffer〔'ʃɝfə〕舍弗
Schofield〔'skofild〕斯科菲爾德
Schoharie〔sko'hærɪ〕
Schola Cantorum〔'skolə kæn'tɔrəm〕
Scholarios〔skə'lɛrɪəs；sho'larjos（古希）〕
Scholasticus〔skə'læstɪkəs〕
Scholefield〔'skolfild〕
Scholer〔'ʃolə〕育勒
Scholes〔skolz〕斯科爾斯
Scholfield〔'skolfild〕斯科菲爾德
Scholl〔ʃal；ʃol〕
Schöll〔ʃɝl〕
Schollaert〔'ʃalart〕（荷）
Scholle〔'ʃalɪ〕
Schöllenen〔'ʃɝlənən〕
Scholten〔'sholtən〕（荷）
Scholtz〔ʃolts〕
Scholz〔ʃolts〕肖爾茨
Schomaker〔'ʃumekə〕
Schömann〔'ʃɝman〕
Schomberg〔'ʃambɛg,'ʃambɛrk（德）；ʃɔŋ'bɛrg（法）〕
Schomburgk〔'ʃambɝk〕尚伯克
Schön〔ʃɝn〕舍恩
Schönaich-Carolath〔'ʃɝnaɪh'karolat〕（德）
Schönbach〔'ʃɝnbah〕（德）
Schönbein〔'ʃɝnbaɪn〕（德）
Schonberg〔'ʃonbɛg〕舍恩伯格
Schönberg〔'ʃɝnbɛrk〕
Schönbrunn〔ʃɝn'brʊn〕（德）
Schönebeck〔'ʃɝnəbɛk〕
Schönebeck-Bad Salzelmen〔'ʃɝnəbɛk·,bat·zal'tsɛlmən〕
Schönemann〔'ʃɝnəman〕
Schöner〔'ʃɝnə〕

Schönfeld〔ˈʃɘnfɛlt〕	Schroeder〔ˈʃrodɚ;ˈʃrɘdɚ(德)〕施羅德
Schongauer〔ˈʃongauɚ〕	Schroedter〔ˈʃrɘtɚ〕
Schönhausen〔ˈʃɘnhauzən〕	Schroers〔ʃrɘs〕
Schönherr〔ˈʃɘnher〕	Schroon〔skrun〕
Schönlein〔ˈʃɘnlaɪn〕	Schroth〔ʃroθ〕施羅思
Schönthan〔ˈʃɘntan〕	Schruth〔ʃrʌθ〕
Schoodic〔ˈskudɪk〕	Schubart〔ˈʃubart〕
Schooley〔ˈskulɪ;ˈskʌlɪ〕斯庫利	Schubert〔ˈʃubɚt〕舒伯特(Franz Peter,
Schooleys〔ˈskulɪz〕	1797-1828, 奧國作曲家)
Schoolmen〔ˈskulmən〕	Schuch〔ʃuh〕(德)
Schooneveldt〔ˈʃonəvelt〕(荷)	Schuchardt〔ˈʃuhart〕(德)
Schoonover〔ˈʃunovɚ〕斯庫諾弗	Schuchert〔ˈʃukɚt〕
Schoorle〔ˈʃhorlə〕(荷)	Schuck〔ʃuk〕舒克
Schopenhauer〔ˈʃopən,hauɚ〕叔本華	Schück〔ʃjuk〕(德)舒克
(Arthur,1788-1860, 德國悲觀主義哲學家)	Schücking〔ˈʃjukɪŋ〕(德)
Schopfer〔ˈʃɔpˈfɛr〕(法)	Schüddekopf〔ˈʃjudəkapf〕(德)
Schoppe〔ˈʃapə〕	Schudt〔ʃut〕
Schorel〔ˈʃhorəl〕(荷)	Schuelein〔ˈʃulaɪn〕
Schorer〔ˈʃorɚ〕肖勒	Schueler〔ˈʃulɚ〕
Schorlemmer〔ˈʃor,lɛmɚ〕	Schuete〔ʃut〕
Schorr〔ˈʃoɚ〕(匈)肖爾	Schuette〔ˈʃutɪ〕
Schortemeier〔ˈʃortɪmaɪɚ〕	Schulberg〔ˈʃulbɚg〕舒爾伯格
Schott〔ʃat〕肖特	Schulenberg〔ˈʃulənbɚg〕
Schotté〔ʃaˈte〕肖特	Schulenburg〔ˈʃulənbʊrk〕
Schottelius〔ʃaˈtelɪʊs〕	Schuler〔ˈʃulɚ〕舒勒
Schottky〔ˈʃatkɪ〕	Schuli〔ˈskulɪ〕
Schottland〔ˈʃatlənd〕	Schulpforta〔,ʃulpˈfɔrta〕
Schouler〔ˈskulɚ〕斯庫勒	Schulpforte〔,ʃulpˈfɔrtə〕
Schour〔ˈʃaur〕	Schulte〔ˈʃultə〕舒爾特
Schouten〔ˈskautn̩〕叔騰群島(印尼)	Schultens〔ˈʃəltəns〕(荷)
Schouwen〔ˈshauvən〕(荷)	Schultheiss〔ˈʃulthaɪs〕舒爾特海斯
Schoyer〔ˈskɔɪɚ〕斯科那爾	Schulthess〔ˈʃulthɛs〕
Schrader〔ˈʃradɚ〕	Schultz〔ʃults〕舒爾茨
Schramm〔ʃræm〕施拉姆	Schultze〔ˈʃultsə〕(德)舒爾茨
Schraudolph〔ˈʃraudalf〕	Schulz〔ʃults〕舒爾茨
Schreckhorn〔ˈʃrɛhɔrn〕	Schulze〔ˈʃʊltsə〕舒爾茨
Schreder〔ˈskridɚ〕	Schumacher〔ˈʃumakɚ;ˈʃumahɚ(德、
Schreiber〔ˈʃraɪbɚ〕施賴伯	丹)〕舒馬赫
Schreiner〔ˈʃraɪnɚ〕	Schuman〔ˈʃumən;ʃuˈman(法)〕
Schreker〔ˈʃrekɚ〕	Schumann〔ˈʃumən〕舒曼(❶ Robert,1886-
Schrevelius〔shreˈvelɪəs〕(荷)	1963, 法國政治家及總理❷ Robert,1810-1856,
Schreyer〔ˈʃraɪɚ〕施賴爾	德國作曲家)
Schrieffer〔ˈʃrifɚ〕施立非(John Robert,	Schumann-Heink〔ˈʃumən·ˈhaɪŋk;
1931-, 美國物理學家)	ˈʃuman-(德)〕
Schriever〔ˈʃrivɚ〕	Schupp〔ʃup〕
Schriftgiesser〔ˈʃrɪftgizɚ〕	Schuré〔ʃjuˈre〕(法)
Schrobenheimer Moos〔ˈʃrobən-	Schürer〔ˈʃjurɚ〕
,haɪmɚ mos〕	Schurman〔ˈʃurmən〕叔爾曼(Jacob Gould,
Schröder〔ˈʃrɘdɚ〕	1854-1942, 美國哲學家及外交家)
Schrödinger〔ˈʃrodɪŋɚ〕施洛丁格(Erwin,	Schurz〔ʃurts〕舒爾茨
1887-1961, 奧國物理學家)	Schuschnigg〔ˈʃuʃnɪk〕舒西尼格(Kurt von,
Schrödter〔ˈʃrɘtɚ〕	1897-1977, 奧國政治家及總理)

Schussele〔ˈʃusḷ〕
Schust〔ʃust〕
Schuster〔ˈʃustɚ〕舒斯特
Schutt〔ʃʌt〕
Schütt〔ʃjut〕舒特
Schutz〔ʃuts〕舒茨
Schütz〔ʃjuts〕舒茨
Schutzenberger〔ʃjutsenber ˈʒɛr〕
Schutzman〔ˈʃutsmən〕舒茨曼
Schutzstaffel〔ˈʃuts,ʃtafəl〕❶希特勒
　（Adolf Hitler）之衛隊❷納粹之挺進隊
Schuyler〔ˈskailɚ〕舒凱勒
Schuylkill〔ˈskul,kɪl〕斯古吉爾河（美國）
Schwab〔ʃwab;ʃvap（德）〕施瓦布
Schwabach〔ˈʃvabah〕（德）
Schwabacher〔ˈʃvabaˈker〕
Schwabe〔ʃwab;ˈʃvabə（德）〕
Schwaben〔ˈʃvabən〕
Schwabenspiegel〔ˈʃvabən,ʃpigəl〕
Schwalbe〔ˈʃvalbə〕
Schwanbeck〔ˈʃvanbɛk〕
Schwaner〔ˈshvanɚ〕（荷）
Schwann〔ʃwan;ʃvan（德）〕
Schwanthaler〔ˈʃvan,talɚ〕（德）
Schwartz〔ʃwɔrts;ʃvarts（德）;ʃwarts
　（瑞典）〕施瓦茨
Schwarz〔ʃwɔrs;ʃvarts（德）〕施瓦茨
Schwarze〔ˈʃvartsə〕
Schwarze Elster〔ˈʃvartsə ˈɛlstɚ〕
Schwarzenberg〔ˈʃvartsənbɛrk〕（德）
　施瓦曾伯格
Schwarzendorf〔ˈʃvartsəndɔrf〕
Schwarzert〔ˈʃvartsɛrt〕（德）
Schwarzkopf〔ˈʃvartskapf〕
Schwarzwald〔ˈʃvarts,valt〕
Schwatka〔ˈʃwatkə〕施沃特卡
Schweden〔ˈʃvedən〕
Schwegler〔ˈʃveglɚ〕
Schweickhard〔ˈʃvaikhard〕
Schweid〔ʃwaid〕施維德
Schweidnitz〔ˈʃvaidnɪts;ˈʃvait-（德）〕
Schweigger〔ˈʃvaigɚ〕
Schweinfurt〔ˈʃvainfurt〕
Schweinfurth〔ˈʃvainfurt〕士凡福爾特
　（Georg August,1836-1925, 德國非洲探險家）
Schweinitz〔ˈʃwainits〕
Schweitzer〔ˈʃvaitsɚ〕史懷徹（Albert,
　1875-1965, 法國基督教牧師、哲學家、醫生
　及音樂家）
Schweiz〔ʃvaits〕
Schwenck〔ʃwɛŋk〕施文克
Schwenckfeld〔ˈʃvɛŋkfɛlt〕

Schwendener〔ˈʃvɛndənɚ〕
Schwengel〔ˈʃwɛngəl〕施文格爾
Schwenk〔ʃwɛŋk〕
Schwenkfeld〔ˈʃvɛŋkfɛlt〕
Schwenning〔ˈʃwenɪŋ〕
Schweppe〔ʃwɛp〕施維普
Schwerin〔ʃveˈrin〕士威林（德國）
Schwicker〔ˈʃvikɚ〕
Schwieger〔ˈʃwigɚ〕
Schwind〔ʃvint〕施溫德
Schwinger〔ˈʃwiŋ(g)ɚ〕史文格（Julian
　Seymour, 1918-, 美國物理學家）
Schwinn〔ʃwin〕施溫
Schwitters〔ˈʃvitɚs〕
Schwitzer〔ˈswitsɚ〕
Schwiz〔ʃvits〕
Schwob〔ʃvɔb〕施沃布
Schwulst〔ʃwulst〕施伍爾斯特
Schwyz〔ʃvits〕
Schyl〔ʃil〕
Schynse〔ˈʃinzə〕
Schytte〔ˈʃjutə〕
Scialoia〔ʃaˈlɔja〕（義）
Sciarra〔ʃara〕
Scidmore〔ˈsidmɔr〕西德莫爾
Sciennes〔ʃinz〕
Scientist〔ˈsaiəntist〕
Scilla〔ˈsilə〕
Scillium〔ˈsiliəm〕
Scillonian〔siˈlonjən; -niən〕
Scilly〔ˈsili〕夕利羣島（英格蘭）
Scinde〔sind〕
Scindia〔ˈsindiə〕
Scio〔ˈʃio〕（義）
Sciobairin〔ˈskibərin〕（愛）
Scioppius〔sai ˈapiəs; ˈʃɔpiʊs〕
Scioto〔sai ˈotə; -to〕
Scipio〔ˈsipio;ˈski-〕西皮奧
Scipio Africanus〔ˈsipio ,æfriˈkenəs〕
　西比奧（Publius Cornelius, 237-183 B.C.,
　羅馬將軍）
Scipion〔si ˈpjɔŋ〕（法）
Scipione〔ʃiˈpjone〕
Scira〔ˈskirə〕
Sciron〔ˈsairan〕
Scirophoria〔,skiroˈfɔriə〕
Scituate〔ˈsitʃu,et; ˈsitʃə,wet〕
Sclater〔ˈsletɚ〕
Sclaw〔sklɑv〕
Sclopis de Salerano〔ˈsklopis de
　,saleˈrano〕（義）
Scobey〔ˈskobi〕

Scobie〔'skobɪ〕斯科比
Scofield〔'skofild〕斯科菲爾德
Scogan〔'skagən〕斯科根
Scoggin〔'skagɪn〕
Scoglitti〔sko'ljittɪ〕(義)
Scolari〔sko'larɪ〕
Scollard〔'skaləd〕司各勒德(Clinton,
  1860-1932, 美國詩人)
Scollay〔'skʌlɪ〕
Scone〔skun; skon〕
Sconset〔'skansɪt〕
Sconticut〔'skantɪˌkʌt〕
Scopas〔'skopəs〕
Scopes〔skops〕斯科普斯
Scopoli〔'skɔpəli〕
Scopus〔'skopəs〕
Scoraille de Roussille〔skɔ'raj də
  ru'sil〕(法)
Score〔skɔr〕斯科爾
Scorel〔'skorəl〕
Scoresby〔'skɔrzbɪ〕斯科斯比
Scorpio〔'skɔrpɪˌo〕❶【動物】蠍屬
  ❷【天文】蠍座
Scorpius〔'skɔrpɪəs〕
Scorraille〔skɔr'raj〕(法)
Scot〔skat〕蘇格蘭人
Scotch Plains〔'skatʃ ˌplenz〕
Scotch-Irish〔'skatʃ'aɪrɪʃ〕蘇格蘭與愛
  爾蘭血統均有的人
Scotford〔'skatfəd〕斯科特福德
Scothern〔'skaθən〕斯科森
Scotia〔'skoʃə〕【詩】蘇格蘭(蘇格蘭的拉
  丁名稱)
Scotist〔'skotɪst〕
Scotland〔'skatlənd〕蘇格蘭(英國)
Scotlandville〔'skatləndvɪl〕
Scotland Yard〔'skatlənd 'jard〕
  倫敦警察廳; 倫敦警察廳偵緝部
Scotsman〔'skatsmən〕蘇格蘭人
Scotsmen〔'skatsmən〕
Scott〔skat〕司各脫(❶ Sir George
  Gilbert, 1811-1878, 英國建築家 ❷ Robert
  Falcon, 1868-1912, 英國南極探險家)
Scottdale〔'skatdel〕
Scotti〔'skɔttɪ〕(義)
Scott-James〔'skat·'dʒemz〕
Scott-Moncrieff〔'skat·man'krif;
  -mən-〕
Scott of Amwell〔'skat əv 'æmwɛl〕
Scott-Paine〔'skat·'pen〕
Scotts Bluff〔'skats 'blʌf〕
Scottsburg〔'skatsbəg〕

Scottsdale〔'skatsdel〕
Scottsville〔'skatsvɪl〕
Scotus〔'skotəs〕
Scougal〔'skugəl〕
Scoular〔'skulə〕
Scoullar〔'skulə〕
Scouloudi〔sku'ludɪ〕
Scovell〔'skavəl〕
Scovill〔'skovɪl〕斯科維爾
Scow Bay〔'skau be〕
Scowen〔'skoən; -ɪn〕
Scrabbletown〔'skræbḷtaun〕
Scranton〔'skræntən〕斯克蘭頓(美國)
Scriabin〔'skrɪ'æbɪn; 'skrjabjɪn〕司克力
  亞賓(Alexander, 1872-1915, 俄國作曲家)
Scribe〔skrib〕司克利卜(Augustin Eugène,
  1791-1861, 法國劇作家)
Scriblerus〔skrɪ'blɪrəs〕
Scribner〔'skrɪbnə〕斯克里布納
Scribonia〔skrɪ'bonɪə〕
Scribonius〔skrɪ'bonɪəs〕
Scripps〔skrɪps〕斯克利浦斯(Edward
  Wyllis, 1854-1926, 美國報業發行人)
Scripture〔'skrɪptʃə〕
Scriven〔'skrɪvən〕
Scrivener〔'skrɪvnə〕斯克里夫納
Scroggs〔skragz〕斯克羅格斯
Scrooby〔'skrubɪ〕
Scrooge〔skrudʒ〕Dickens 作 A Christmas
  Carol 中的一個吝嗇漢
Scroop〔skrup〕
Scroope〔skrup〕
Scrope〔skrup; skrop〕斯克羅普
Scrub〔skrʌp〕
Scrutiny〔'skrutɪnɪ〕
Scruton〔'skrutn̩〕
Scrymgeour〔'skrɪmdʒə〕斯克林杰
Scrymgeoure〔'skrɪmdʒə〕
Scrymigar〔'skrɪmdʒə〕
Scrymiger〔'skrɪmdʒə〕
Scrymsour〔'skrɪmsə〕
Scudamore〔'skjudəmɔr; 'skʌdə-〕
  斯丘達莫爾
Scudder〔'skʌdə〕司克德(Horace Elisha,
  1838-1902, 美國傳記作家)
Scudéri〔skjude'ri〕
Scudéry〔skju,de'ri〕司居黛麗(Magdeleine
  de,1607-1701, 法國女詩人及小說家)
Scugog〔'skjugag〕
Scull〔skʌl〕斯卡爾
Scullin〔'skʌlɪn〕斯卡林
Scully〔'skʌlɪ〕斯卡利

Scupham〔'skʌfəm〕斯卡法姆
Scupi〔'skjupaɪ〕
Scurdy Ness〔'skɝdɪ nɛs〕
Scurry〔'skʌrɪ〕
Scutari〔'skutərɪ;skʊ'tarɪ〕
Scutum Sobiescianum〔'skjutəm ,sobɪɛsɪ'enəm〕
Scyld〔ʃɪld〕
Scyldings〔'ʃɪldɪŋz〕
Scylla〔'sɪlə〕❶義大利西端一塊危險之大石
❷神話中六頭十二臂之妖怪，居於Scylla石上，專捕船上水手
Scyllaeum〔sɪ'liəm〕
Scyllis〔'sɪlɪs〕
Scyros〔'saɪrəs〕
Scythia〔'sɪðɪə;'sɪθ-〕
Scythica〔'sɪθɪkə〕塞西亞（歐亞）
Scythopolis〔sɪ'θapəlɪs〕
Scythrop〔'skaɪθrəp;'sɪ-〕
Scyths〔sɪθs〕
Seabee〔'si,bi〕❶【美】海軍工程營之一員 ❷海軍工程營
Seaberry〔'sibɛrɪ〕
Seaborg〔'sibɔrg〕西堡（Glenn Theodore, 1912-，美國化學家）
Seaborne〔'sibɔrn〕
Seabright〔'sibraɪt〕
Seabrook〔'sibrʊk〕西布魯克
Seabury〔'sibɛrɪ;-bɛrɪ〕西伯里
Seacoal〔'sikol〕
Seacrest〔'sikrɛst〕西克雷斯特
Seaford〔'sifəd;-fɔrd〕西福德
Seaforth〔'sifɔrθ〕
Seager〔'sigɚ〕西格
Seagle〔'sigl̩〕西格爾
Seago〔'sigo〕西戈
Seagram〔'sigræm〕
Seagraves〔'sigrevz〕
Seagren〔'sigrɛn〕西格倫
Seagrim〔'sigrɪm〕
Seaham〔'siəm〕
Seal〔sil〕西爾
Sealark〔'si,lɑrk〕
Seale〔sil〕
Sealkote〔'silkot〕
Sealock〔'silɑk〕
Sealsfield〔'silzfild;'zilsfilt（德）〕
Sealy〔'silɪ〕西利
Sealyham〔'silɪəm〕㹴之一種（原產於 Wales）
Seaman〔'simən〕
Seamas〔'ʃeməs〕

Seamus〔'ʃeməs〕謝摩斯
Sean〔ʃɔn〕朔恩
Seán〔ʃɔn;ʃæn（愛）〕肖恩
Seanad Eireann〔'sænəd 'ɛrən〕愛爾蘭國 會上院
Seanor〔'sinə〕
Search〔sɝtʃ〕瑟奇
Searcy〔'sɝsɪ〕
Searell〔'sɛrəl〕
Seares〔sɪəz〕
Seargent〔'sardʒənt〕
Searing〔'sɪərɪŋ〕西林
Searl〔sɝl〕瑟爾
Searle〔sɝl〕瑟爾
Searls〔sɝlz〕瑟爾斯
Sears〔sɪrz〕西爾斯
Seasholes〔'siʃolz〕
Seashore〔'siʃɔr〕
Seaside〔'sisaɪd〕
Seasongood〔'sizəngʊd〕
Seath〔sɛθ;siθ〕西思
Seaton〔'sitn̩〕西頓
Seaton Delaval〔'sitn̩ 'dɛləvəl〕
Seatoun〔'sitn̩〕
Seat Pleasant〔sit 'plɛzn̩t〕
Seattle〔si'ætl〕西雅圖（美國）
Seaturo〔,sea'turo〕
Seautois, Du〔'dju sə'tɔɪ〕
Seaver〔'sivɚ〕西弗
Seavey〔'sivɪ〕西維
Seawell〔'siwɛl;'suəl〕西維爾
Seay〔si〕西伊
Seb〔sɛb〕
Seba〔'sibə〕西巴
Sebago〔sɪ'bego〕
Sebald〔'sebalt（荷）;'zebalt（德）〕 西博爾德
Sebaste Tectosagum〔sɪ'bæstɪ ,tɛktə'segəm〕
Sebastia〔sɪ'bæstʃɪə;-tɪə〕
Sebastian〔sɪ'bæstjən;ze'bastɪən; se'bastɪən;sɛ'bastjan〕第三世紀一殉道 者
Sebastián〔,seva'stjan〕（西）
Sébastiani〔sebastja'ni〕（法）
Sebastiano del Piombo〔,sebast' jano dɛl 'pjombo〕（義）
Sebastianus〔sɪ,bæstʃɪ'enəs〕
Sebastián Vizcaíno〔,seva'stjan ,viθka'ino〕（西）
Sebastião〔sɪbəʃ'tjaʊŋ（葡）;sɪbəs-〕（巴西）
Sebasticook〔sɪ'bæstɪkʊk〕

Sébastien〔seba'stjæŋ〕(法)
Sebastjan〔sε'bastjan〕
Sebastopol〔sɪ'bæstəpḷ;sεb-〕
Sebastyan〔sε'bastjan〕
Sebastye〔sε'bastjɪ;sæ'bastɪjə〕
Sebbeh〔sε'bε〕
Sebcha di Tauorga〔'sεbtʃa dɪ tau
  'ɔrga〕
Sebek〔'sεbεk〕
Sebenico〔sebe'niko〕
Sebennytus〔sɪ'bεnɪtəs〕
Sebewaing〔'sibəwɪŋ〕
Sebha〔'sεbhə〕
Sébille〔se'bij〕(法)
Sebinus〔sɪ'bainəs〕
Sebkret el Kourzia〔'sεbkrεt εl
  'kurzɪə〕
Seboeis〔sɪ'bɔɪs〕
Seboekoe〔se'buku〕(荷)
Seboomook〔sə'bumək〕
Sebou〔sə'bu〕
Sebree〔'sibri〕西布里
Sebrell〔'sibrəl〕西布雷爾
Sebring〔'sibrɪŋ〕西布林
Sebta〔'sεptə〕
Sebu〔sə'bu〕
Sebuku〔sε'buku〕
Secaucus〔sɪ'kɔkəs〕
Secchi〔'sekkɪ〕(義)
Secchia〔'sekkja〕(義)
Seccombe〔'sεkəm〕塞科姆
Séché〔se'ʃe〕
Séchelles〔se'ʃεl〕(法)
Sechler〔'sεklə〕塞克勒
Sechrist〔'sikrɪst〕西克里斯特
Sechten〔'zεhtən〕(德)
Sechuana〔setʃ'wanə〕
Sechura〔sε'tʃura〕
Secia〔'siʃə〕
Seckel〔'sεkḷ;'sɪkḷ〕塞克
Seckendorff〔'zεkəndɔrf〕
Seckenheim〔'zεkənhaɪm〕
Secker〔'sεkə〕塞克
Secondat〔səgɔŋ'da〕(法)
Secondi〔sɪ'kandɪ;sεkən'di〕
Secondigny〔səgɔŋdi'nji〕(法)
Secondo〔se'kondo〕
Secondsight〔'sεkəndsaɪt〕
Secord〔'sikɔrd〕西科德
Secrest〔'sikrɪst〕
Secrétan〔səkre'taŋ〕(法)
Secrett〔'sikrɪt〕

Secundra〔sε'kʌndrə〕
Secundus〔sɪ'kʌndəs〕
Secydianus〔sɪ,sɪdɪ'enəs〕
Sedaine〔sə'dεn〕(法)
Sedalia〔sɪ'delɪə;-ljə〕
Sedan〔sɪ'dæn〕色當(法國)
Sedang〔'sedaŋ〕
Sedbergh〔'sεdbə;'sεdbəg〕
Sedd el Bahr〔,sæd·dæl 'bæhə〕
Sedding〔'sεdɪŋ〕
Seddon〔'sεdṇ〕塞登
Seddülbahir〔,sεddjulba'hɪr〕(土)
Seder〔'sedə〕塞德
Sedgefield〔'sεdʒfild〕
Sedgemoor〔'sεdʒmur;-mɔr〕
Sedgley〔'sεdʒlɪ〕
Sedgman〔'sεdʒmən〕
Sedgwick〔'sεdʒwɪk〕塞吉威克(Anne
  Douglas,1873-1935,美國小說家)
Sedilla〔se'ðilja〕(西)
Sedlescombe〔'sεdḷskəm〕
Sedley〔'sεdlɪ〕塞德利
Sedlez〔'zεdlεts〕
Sedlitz〔'sεdlɪts;'zεdlɪts〕(德)
Sedna〔'sεdnə〕
Sedro-Woolley〔'sidro·'wulɪ〕
Sedulius〔sɪ'djulɪəs〕
Sedum〔'sidəm〕
Seduni〔sɪ'djunaɪ〕
See〔si〕西伊(Thomas Jefferson Jackson,
  1866-1962,美國天文學家及數學家)
Sée〔se〕(法)
Seebach〔'zebah〕(德)
Seebach, Niemann-〔'niman·'zebah〕
  (德)
Seebeck〔'zebεk〕
Seeberg〔'zebεrk〕
Seebohm〔'sibom〕
Seeckt〔zekt〕
Seed〔sid〕西德
Seegal〔'sigḷ〕西格爾
Seeger〔'sigə〕西格爾(Alan,1888-1916,
  美國詩人)
Seegers〔'sigəz〕西格斯
Seeheim〔'sihem〕
Seekonk〔'sikaŋk〕
Seeland〔'zelant〕(德)
Seele〔'silɪ〕西爾
Seeley〔'silɪ〕西利
Seeliger〔'zelɪgə〕
Seely〔'silɪ〕西利
Seelye〔'silɪ〕

Seem〔sim〕西姆

Seener〔'sinə〕西納

Seferiades〔sɛ,fɛrɪ'aðɪs〕賽飛雷阿西
(Giorgos Stylianou, 1900-1971, 筆名 George
Seferis, 希臘詩人及外交家)

Sefid Rud〔sɛ'fid 'rud〕

Sefström〔'sɛvs,trɜm; 'sɛf-〕(瑞典)

Sefton〔'sɛftən〕塞夫頓

Seg〔sjɛk〕(俄)

Segal〔'sigəl〕西格爾

Segan-fu〔sɪ'gæn·fu〕(中)

Segantini〔,segan'tinɪ〕

Segar〔'sigar; 'zegar (德)〕西格

Segarelli〔,sega'rɛllɪ〕(義)

Segauli〔sə'gaulɪ〕

Segedin〔'sɛgədin〕

Segelcke〔'segəlkə〕

Segelocum〔,sɛdʒɪ'lokəm〕

Seger cone〔'zegə; 'se-〕

Segesta〔sɪ'dʒɛstə〕

Segeste〔sɪ'dʒɛstɪ〕

Seghedin〔'segədin〕

Seghers〔'zegəs〕

Seginus〔sɪ'dʒainəs〕

Segni〔'senjɪ〕(義)

Segoe〔'sigo〕

Segonzac〔səgɔŋ'zak〕(法)

Segovia〔sɪ'govɪə; se'govjə〕

Seg Ozero〔sjɛk 'ɔzjɛrɪə〕(俄)

Sagrais〔sə'grɛ〕(法)

Segrè〔sə'gre〕薩格雷 (Emilio, 1905-,
美國物理學家)

Segreto di Susanna〔se'greto dɪ
su'zannɑ〕(義)

Segua〔'sigwɑ〕

Séguier〔se'gje〕(法)

Seguin〔sɪ'gin; sə'gæŋ (法)〕

Segundo〔se'gundo〕

Ségur〔se'gjur〕(法)

Segura〔se'gurɑ〕(西)

Segusiani〔si,gjusɪ'enɑɪ〕

Seibel〔'sɛbil〕

Seibert〔'saɪbət〕塞伯特

Seibo〔'sevo〕

Seibus〔'sebus〕

Seidel〔'saɪdl; 'zaɪdəl (德)〕

Seidlin〔'saɪdlɪn〕

Seidlitz〔'sɛdlɪts; 'zaɪdlɪts (德)〕塞德利茨

Seierö〔'saɪə,rɜ〕

Seierø〔'saɪə,rɜ〕(荷)

Seifert〔'saɪfət〕塞弗特

Seigel〔'sigəl〕

Seigfred〔'sigfrɛd〕

Seignelay〔sɛnjə'le〕(法)

Seigneur〔sɛ'njɜ〕

Seignior〔'senjə; -nɪə〕

Seignobos〔senjɔ'bɔs〕

Seihan〔se'han〕

Seihun〔se'hun〕

Seilan〔'selan〕

Seiler〔'saɪlə〕塞勒

Seille〔sɛj〕(法)

Seillière〔se'jer〕(法)

Seilun〔saɪ'lun; se-〕

Seim〔sem〕波蘭國民會議

Seinai〔'senaɪ〕

Seine〔sen〕塞納河 (法國)

Seine-et-Marne〔'sen·e·'marn; sɛn·e-
'marn (法)〕

Seine-et-Oise〔'sen·e'waz; sɛn·e-
'waz (法)〕

Seine-Maritime〔sɛn·mari'tim〕(法)

Seingalt〔sæŋ'gal〕(法)

Seipel〔'zaɪpəl〕

Seir〔'siə〕

Seis de Septiembre〔'sez ðe
sɛp'tjɛmbre〕(西)

Seistan〔ses'tan〕

Seitenstetten〔'zaɪtənʃ,tetən〕

Seitz〔saɪts; zaɪts (德)〕塞茨

Seiver〔'sivə〕

Seixas〔'seksəs〕

Sejfulla〔se'fullɑ〕(阿爾巴)

Sejm〔sem〕

Séjour〔se'ʒur〕(法)

Sekia el Hamra〔sə'kiə æl 'hæmrə〕

Sekri〔'sekri〕

Sela〔'silə〕

Selah〔'silə〕西拉

Selangor〔sə'læŋə〕雪蘭峨 (馬來西亞)

Selanik〔,sɛlɑ'nɪk〕

Selaroe〔sɛ'lɑru〕

Selaru〔sɛ'lɑru〕

Selassie〔sɪ'læsɪ; -'lɑsɪ〕

Selatan, Tandjoeng〔'tandʒʊŋ
se 'lɑtan〕

Selat Tebrau〔'slɑt tə'braʊ〕(馬來)

Selb〔zɛlp〕

Selborne〔'sɛlbɔrn; -bən〕

Selby〔'sɛlbɪ〕賽爾比

Selchow〔'zɛlho〕(德)

Selcraig〔'sɛlkreg〕

Selden〔'sɛldən〕塞爾丹 (George Baldwin,
1846-1922, 美國律師及發明家)

Seldes〔'sɛldɪs〕塞爾迪斯

Seldin〔'sɛldɪn〕塞爾丁

Seldovia〔sɛl'dovɪə〕塞爾多維亞（美國）

Seldte〔'zɛltə〕

Sele〔'sele〕

Selébès〔sə'lebɛs〕（荷）

Selekman〔'sɛləkmən〕

Selemdzha〔sɛləm'dʒɑ; sjɪljɛm'dʒɑ
（俄）〕

Selena〔sɪ'linə〕【希臘神話】月之女神
（相當於羅馬神話中之 Luna）

Selene〔sə'lini〕【希臘神話】月之女神
（相當於羅馬神話中之 Luna）

Selenga〔ˌsɛlɛŋ'gɑ〕色楞格河（亞洲）

Seler〔'zelə〕

Seleuceia〔ˌsɛlju'sɪə〕

Seleucia〔sɪ'ljuʃɪə; -ʃjə; sɛl-; -sjə;
sɪə〕瑟魯沙（敘利亞）

Seleucidae〔sɪ'ljusɪdi〕塞魯瑟地王朝
（馬其頓將軍塞留孤創立之中亞細亞王朝）

Self〔self〕

Selfridge〔'sɛlfrɪdʒ〕賽爾弗里奇

Seli〔'sɛlɪ〕

Selig〔'silɪg〕賽利格

Seliger〔'sɛlɪgə; 'sjeljɪgə（俄）〕賽利格

Selim〔'silɪm; 'sɛl-〕塞利姆

Selina〔sə'laɪnə〕

Selincourt〔'sɛlɪŋkɔrt〕塞林考特（Hugh
de, 1878-1951, 英國小說家及劇作家）

Selinsgrove〔'silɪnz,grov〕

Selinus〔sɪ'laɪnəs〕

Selish〔'silɪʃ〕

Seljuk〔sɛl'dʒuk〕

Selkirk〔'sɛlkək〕塞扣克山（加拿大）

Selkirks〔'sɛlkəks〕

Selkirkshire〔'sɛlkək,ʃɪr〕塞扣克郡
（蘇格蘭）

Sell〔sɛl〕塞爾

Sella〔'sɛllɑ〕（義）

Sellar〔'sɛlə〕塞勒

Sellari〔sɛl'lɑrɪ〕（義）

Sellars〔'sɛləz〕塞拉斯

Sellasia〔sɪ'leʒɪə〕

Selle〔sɛl〕

Sellers〔'sɛləz〕

Sellersville〔'sɛləzvɪl〕

Selley〔'sɛlɪ〕塞利

Sellier〔sɛ'lje〕（法）

Sellif〔'sɛllɪf〕（瑞典）

Sellin〔'sɛlɪn〕塞林

Sellore〔sə'lɔr〕

Selmar〔'zɛlmɑr〕

Selmer〔'sɛlmə〕

Selon〔'silɑn〕

Selous〔sə'lus〕

Selsdon〔'sɛlzdən〕

Selsey〔'sɛlsɪ〕

Selters〔'zɛltəs〕

Seltzer〔'sɛltsə〕德國 Wiesbaden 之礦水

Selung〔'silʌŋ〕

Selvage〔'sɛlvɪdʒ〕

Selvas〔'sɛlvəz; 'sɛlvəs（葡）; 'sɛlvɑs
（西）〕

Selvretta〔sɛlv'rettɑ〕（義）

Selwyn〔'sɛlwɪn〕

Selye〔'sɛlje〕

Selzaete〔sɛl'zɑtə〕

Selznick〔'sɛlznɪk〕塞爾茲尼克

Semang〔sɪ'mæŋ〕

Semangka〔se'mɑŋkɑ〕

Semarang〔sə'mɑrɑŋ〕三寶壟（印尼）

Sembach〔'zɛmbɑh〕（德）

Sembal〔'sɛmbəl〕

Sembat〔saŋ'bɑ〕（法）

Sembrich〔'sɛmbrɪk; 'zɛmbrɪh〕（德）

Semele〔'sɛmɪlɪ〕

Semën〔sjɪ'mjɔn〕（俄）

Semeni〔'sɛmənɪ〕

Semenov〔sjɪ'mjɔnɔf〕西裊諾夫（Nikolai
Nikolayvich, 1896-, 俄國化學家）

Semënov〔sjɪ'mjɔnɔf〕（俄）

Semënovitch〔sjɪ'mjɔnʌvjɪtʃ〕（俄）

Semenov-Tianshanski〔sjɪ'mjɔnɔf-
tjɑn'ʃɑnskər〕（俄）

Semeroe〔sə'mɛru〕

Semeru〔sə'mɛru〕

Semichi〔sə'mitʃɪ〕

Semidi Islands〔sə'midɪ~〕塞米迪群島
（美國）

Semien〔sɪ'mjen〕

Seminara〔ˌsɛmi'nɑrɑ〕

Semington〔'sɛmɪŋtən〕

Seminoe〔'sɛmino〕

Seminole〔'sɛmɪnol〕塞美奴人（北美印第安
人 Creek 族之一支）

Semion〔sjɪ'mjɔn〕（俄）

Semionovich〔sjɪ'mjɔnʌvjɪtʃ〕（俄）

Semipalatinsk〔ˌsɛmɪpə'lætɪnsk〕斜米巴
拉丁斯克（蘇聯）

Semiramide〔ˌsɛmɪ'rɑmɪdɪ〕

Semiramis〔sə'mɪrəmɪs〕西密拉米斯（神
話中亞述女王，Ninus 之后）

Semirara〔ˌsɛmɪ'rɑrɑ〕

Semisopochnoi〔sɛmɪsə'pɑtʃnɔɪ〕

Semite〔'sɛmaɪt;'simaɪt〕閃族;賽姆族
Semitic〔sə'mɪtɪk〕❶閃族人❷閃族語
Semler〔'zɛmlə〕塞姆勒
Semliki〔'sɛmlɪkɪ〕
Semmering〔'zɛmərɪŋ〕
Semmes〔sɛmz〕塞米斯
Semneh〔'sɛmnɛ〕
Semnones〔sɛm'noniz〕
Semois〔sə'mwa〕(法)
Semolei〔semo'le〕
Semon〔'simən〕
Semonides〔sɪ'manɪdiz〕
Semper〔'zɛmpə〕
Sempill〔'sɛmpḷ〕森皮爾
Sempione〔sɛm'pjone〕(義)
Semple〔'sɛmpḷ〕森普爾
Semprevista〔,sɛmpre'vɪsta〕
Sempringham〔'sɛmprɪŋəm〕
Sempronia〔sɛm'proniə〕
Sempronius〔sɛm'proniəs;-njəs〕
Semyon〔sjɪ'mjɔn〕(俄)
Semyonova〔sjɪ'mjɔnʌvə〕(俄)
Semyonovich〔sjɪ'mjɔnʌvɪtʃ〕(俄)
Sen〔sɛn〕錢(日本銅錢)
Sen, Lin〔'lɪn 'sɛn〕
Sena〔'senə〕塞納
Sena Julia〔'sinə 'dʒuljə〕
Sénancour〔senaŋ'kʊr〕(法)
Senanyake〔sɛnɑn'jakɛ〕
Senate〔'sɛnɪt〕參議院;上議院
Senatobia〔,sɛnə'tobɪə〕
Senchus Mor〔'sɛŋkəs 'mɔr〕
Sender〔sɛn'der〕
Senebier〔sənə'bje〕(法)
Seneca〔'sɛnɪkə〕塞尼加(Lucius Annaeus,
    4 B.C.?–A.D. 65, 羅馬政治家及哲學家)
Sened〔'sɛned〕
Senefelder〔'zɛnə,fɛldə〕
Seneffe〔sə'nɛf〕(法)
Senegal〔,sɛnɪ'gɔl〕❶塞內加爾(非洲)
    ❷塞內加爾河(非洲)
Sénégal〔sene'gal〕(法)
Senegalese〔,sɛnɪgə'liz〕塞內加爾人
Senegal-Niger〔,sɛnɪ'gɔl · 'naɪdʒə〕
Senegambia〔,sɛnɪ'gæmbɪə;-bjə〕
Senensis〔sɪ'nɛnsɪs〕
Sener〔'sinə〕塞納
Senerhe〔sɛ'nɛrhe〕
Senga〔'sɛnga〕
Sengi〔zɛŋ'gɪ〕
Senglea〔sɛŋg'lɛa〕
Sengstack〔'sɛŋstæk〕

Senio〔'sɛnjo〕
Senior〔'sinjə〕西尼爾
Serkereh〔'sɛnkɛrɛ〕
Senlac〔'sɛnlæk〕
Senlis〔'sɛnlɪs;sɑŋ'lis〕
Senn〔sɛn〕森
Sennaar〔sæn'nar〕
Sennacherib〔sɛ'nækərɪb;sɪn-〕
Sennar〔sæn'nar〕泉南(日本)
Senne〔sɛn〕
Sennett〔'sɛnɪt〕森尼特
Sennois〔'sɛnɔɪz〕
Šenoa〔ʃɛ'noa〕(克)
Senoi〔sɛ'nɔɪ〕
Sénonais〔seno'nɛ〕(法)
Senones〔'sɛnəniz〕
Senour〔'sinjə〕
Senousi〔sə'nusi〕
Senoussi〔sɪ'nusi〕
Senoys〔'sɛnɔɪz〕
Sensuntepeque〔,sensunte'peke〕
Sentani〔sɛn'tani〕
Senter〔'sɛntə〕森特
Sentersville〔'sɛntəzvɪl〕
Sentinel〔'sɛntənḷ〕
Sentis〔'zɛntɪs〕
Sentner〔'sɛntnə〕森特納
Senufo〔sɛ'nufo〕
Senusert〔sɛ'nusɛrt〕
Senusret〔sɛ'nʌsrɛt〕
Senusrit〔sɛ'nʌsrɪt〕
Senus(s)i,al-〔,æs·sæ'nusi〕(阿拉伯)
Senyavin〔sɛn'javɪn〕
Seo de Urgel〔'seo ðe ur'hɛl〕(西)
Seonath〔,seo'nath〕
Seoul〔sol〕漢城(韓國)
Separation Point〔,sɛpə'reʃən ~〕
Sepeshy〔sɪ'pɛʃɪ〕
Sephala〔sɪ'felə〕
Sepharad〔'sɛfəræd〕
Sephardi〔sɪ'fardi〕
Sephardic〔sɛ'fardɪk〕
Sephardim〔sɛ'fardɪm〕西班牙及葡萄牙籍
    之猶太人
Sephardo〔sɛ'fardo〕
Sepher-haz-Zohar〔'sɛfɛr·'haz·'zohar〕
Sephestia〔sɛ'fɛstɪə〕
Sephora〔sɪ'fɔrə〕
Sepik〔'sepɪk〕色匹克河(新幾內亞)
Sepoy Mutiny〔'sipɔɪ 'mjutɪnɪ〕
Sepp〔zɛp〕

Seppala 〔'sipele 〕
Sepphoris 〔'sefərɪs 〕
Sept 〔sept 〕
September 〔sɛp'tɛmbə; səp-〕 九月
Septembrist 〔sep'tɛmbrɪst 〕 煽惑或參加
　September Massacre 的人
Septentriones 〔sɛp,tɛntrɪ'oniz 〕
Sept-Iles 〔sɛ'til 〕(法)
Septimania 〔,sɛptɪ'menɪə 〕
Septimer 〔'sɛptɪmə; zɛptɪmə(德))
Septimius 〔sɛp'tɪmɪəs 〕
Septimius Felton 〔sɛp'tɪmɪəs 'fɛltən〕
Septimius Severus 〔sɛp'tɪmɪəs
　sɪ'vɪrəs 〕
Septimus 〔'sɛptɪməs 〕 塞普蒂默斯
Septinsular 〔sɛp'tjɪnsjulə 〕
Septuagesima 〔,sɛptʃuə'dʒɛsɪmə 〕
　四旬節(Lent)前之第三個星期日
Septuagint 〔'sɛptʃuə,dʒɪnt 〕 希臘文舊約
　聖經
Sepúlveda 〔se'pulveðɑ 〕(西)
Sequana 〔'sɛkwənə 〕
Sequani 〔'sɛkwənaɪ 〕
Séquard, Brown-〔'braun·sɛ'kɑr;
　se'kwɑr 〕(法))
Sequatchie 〔sɪk'wætʃɪ 〕
Sequoia 〔sɪ'kwɔɪə 〕
Sequoya(h) 〔sɪ'kwɔɪə 〕 塞闊亞
Ser 〔sɛr 〕
Serabit el Khadim 〔sə'ræbɪt æl
　'hɑdɪm 〕(阿拉伯)
Serafín 〔,sera'fin 〕
Sérafin 〔sera'fæŋ 〕(法)
Serafino 〔,sera'fino 〕
Serafinowicz 〔,serafi'nɔvitʃ 〕(波)
Seraglio 〔se'ræljo;-'rɑl-〕土耳其皇宮
Serai 〔sɛ'raɪ 〕
Seraing 〔sə'ræŋ 〕(法)
Serajevo 〔'sɛrəjɛ,vo 〕 = Sarajevo
Serampore 〔,sɛrəm'pɔr 〕
Séran 〔'serɑn 〕
Serang 〔'serɑŋ 〕
Serao 〔sɛ'rao 〕
Serapeium 〔,sɛrə'piəm 〕
Serapeum 〔,sɛrə'piəm 〕
Seraph 〔'sɛrəf 〕 六翼天使(九級天使中地
　位最高者)
Séraphin 〔sera'fæŋ 〕(法)塞拉芬
Séraphine 〔sera'fin 〕(法)
Séraphita 〔serafi'ta 〕(法)
Serapion 〔sə'repɪən 〕　　　　　　「(德)
Serapionsbrüder 〔zerapi'ons,brjudə 〕

Serapis 〔'sɛrəpɪs; sɪ'repɪs 〕
Serawatti 〔,sɛra'watɪ 〕
Serb 〔sɝb 〕 ❶賽爾維亞人❷塞爾維亞語
Serbal 〔sɛr'bal 〕
Serban 〔ʃɛr'ban 〕(羅)
Serbia 〔'sɝbɪə 〕 塞爾維亞(南斯拉夫)
Serbo-Croatian 〔'sɝbo·kro'eʃən;
　-ʃɪən 〕
Serbonian Bog 〔sɝ'bonɪən 〕 昔日尼羅河
　三角洲與蘇伊士地峽間之大沼澤
Serbonis 〔sɝ'bonɪs 〕
Serbs 〔sɝbz 〕
Ser Buonaccorso 〔sɛr ,bwɔnɑk'kɔrso〕
　(義)
Serchio 〔'sɛrkjo 〕
Sercq 〔sɛrk 〕(法)
Serdan 〔sɛr'ðan 〕(西)
Serdica 〔sɝ'dɪkə 〕
Sere 〔'sere 〕
Seremban 〔sə'rɛmbən 〕
Serena 〔sə'rinə; se'rena 〕 莎莉娜
Serendib 〔sɛrən'dɪb; sʌran'dib 〕(阿拉伯))
Serendip 〔'sɛrəndɪp 〕 錫蘭(Ceylon)之舊稱
Sereno 〔sə'rino; se'reno 〕 塞里諾
Serenus of Antissa 〔sə'rinəs əv
　æn'tɪsə 〕
Serer 〔se'rɛr 〕
Serere 〔se'rere 〕
Seres 〔sɪrz; 'siriz; 'sɛrɪs; 'sɛrɛs 〕
Seret 〔'serət; 'sjɛrjɪt (俄))〕
Sereth 〔'zɛrɛt 〕(德)
Serewoulle 〔,sɛra'wulə 〕
Serge 〔sɝdʒ 〕
Sergeant 〔'sɑrdʒənt 〕 薩金特
Sergeev 〔sɛr'geef 〕
Sergeevich 〔sjɛr'gjejɪvjɪtʃ 〕(俄)
Sergei 〔'sɛrge; sjɛr'gje (俄))〕
Sergel 〔'sɛrgəl 〕
Sergent 〔'sardʒənt 〕
Sergestus 〔sə'dʒɛstəs 〕
Sergey 〔sɛr'ge 〕
Sergeyev-Tzensky 〔sɛr'geɪf·'tsɛnskɪ 〕
Sergeyevich 〔sɛr'gejɪvɪtʃ 〕
Sergi 〔'sɛrdʒɪ 〕
Sergiev 〔'sjɛrgjɪjəf 〕(俄)
Sergio 〔'sɛrhjo 〕(西)
Sérgio de Sousa 〔'sɛrʒju ðɪ 'soze 〕
　(葡)
Sergiopol 〔sjergjɪ'ɔpəlj 〕(俄)
Sergipe 〔sə'ʒipɪ 〕
Sergison-Broke 〔'sardʒɪsn·'bruk 〕
Sergius 〔'sɝdʒɪəs 〕 瑟吉厄斯

Sergo〔'sjergə〕(俄)
Serguei〔sɛr'gwe〕
Seri〔'seri〕
Serica〔'sɛrɪkə〕
Serifos〔sɪ'raɪfəs〕
Sérigny〔seri'nji〕(法)
Serinagar〔sə,ri'nʌgə〕(印)
Serindia〔sə'rɪndɪə〕
Sering〔'zerɪŋ〕
Seringapatam〔sə,rɪŋgəpə'tam〕
Seringham〔sə'rɪŋgəm; sɪr-〕
Seriphos〔sɪ'raɪfəs; 'sɛrɪfəs(古希)〕
Serjeant〔'sardʒənt〕薩金特
Serjeantson〔'sardʒənt·sn̩〕
Serk〔sark〕
Serkin〔'sɛrkɪn〕塞金
Serlin〔'sɜlɪn〕塞林
Serlio〔'sɛrljo〕
Sermata〔sɛr'matə〕
Sermione〔sɛr'mjone〕
Serna, La〔la 'sɛrna〕
Serna y Hinojosa〔'sɛrna ɪ, ino'hosa〕(西)
Serner〔'sɛrnə〕
Serov〔sje'rɔf〕謝羅夫(蘇聯)
Serpa Pinto〔'sɛrpə 'pintu〕
Serpell〔'sɜpl〕瑟普爾
Serpens〔'sɜpənz〕【天文】巨蛇座
Serpent〔'sɜpənt〕
Serpentarius〔,sɜpən'tɛrɪəs〕
Serpentine〔'sɜpən,tin; -,taɪn〕
Serpha〔'sɜfə〕
Serpukhov〔sɜ'pukɔf; sjer'puhəf〕(俄)
Serq〔sark〕
Serra〔'sɛrrə; 'sɛrra〕
Serra Acarahy〔'sɛrrə ,akərə'i〕
Serra Acaraí〔'sɛrrə ,akərə'i〕
Serra Curupirá〔'sɛrrə ,kurupɪ'ra〕
Serra da Estrêla〔'sɛrrə ðə ɛʃ'trelə〕(葡)
Serra da Estrella〔'sɛrrə ðə ɛʃ'trelə; -ɪʃ'trelə〕(葡)
Serra da Mantiqueira〔'sɛrrə ðə ,mæŋtɪ'keɪrə〕(葡)
Serra das Divisões〔'sɛrrə ðəз ðɪvɪ'zoɪŋs〕(葡)
Serra de Amambahy〔'sɛrrə ðɪ ,amæŋmbə'i〕(葡)
Serra de Tumucumaque〔'sɛrrə ðɪ tu,muku'makɪ〕(葡)
Serra do Estrondo〔'sɛrrə ðu ɪʃ'troŋndu〕(葡)

Serra do Mar〔'sɛrrə ðu 'mar〕(葡)
Serra do Monchique〔'sɛrrə ðu moŋ'ʃikə〕(葡)
Serra do Piaui〔'sɛrrə ðu pjau'i〕(葡)
Serra do Roncador〔'sɛrrə ðu roŋkə'ðɔr〕(葡)
Serra dos Aimorés〔'sɛrrə ðuz ,aɪmu'res〕(巴西)
Serra dos Orgãos〔'sɛrrə ðus 'ɔrgauŋs〕(巴西)
Serra dos Parecis〔'sɛrrə ðus ,parə'sis〕(巴西)
Serra do Tombador〔'sɛrrə ðu toŋmbə'ðɔr〕(葡)
Serra Geral〔'sɛrrə ʒə'ral〕
Serrai〔'sere〕
Sérrai〔'sere〕(古希)
Serrana〔sɛr'rana〕
Serranía de Cuenca〔sɛrra'nia ðe 'kwɛŋka〕(西)
Serrano〔sɛr'rano〕
Serrano Suñer〔sɛr'rano su'njɛr〕(西)
Serrano y Domínguez〔sɛr'rano ɪ ðo'miŋgeθ〕(西)
Serra Pacaraima〔'sɛrrə ,pækə'raɪmə; 'sɛrrə ,pakə'raɪmə(葡)〕
Serra Parima〔'sɛrrə pə'rimə〕
Serraria〔,sɛrrə'riə〕
Serrat〔sɛr'rat〕
Serrato〔sɛr'rato〕
Serra Vassary〔'sɛrrə və'sarɪ〕
Serre〔sɛr〕(法)
Serrell〔'sɛrəl〕瑟雷爾
Serres〔'sɛrɪs; -rɛs〕
Serro Largo〔'sɛrru 'largu〕(葡)
Sert〔sɛrt〕塞特
Sertões〔sə'tɔɪŋs〕(葡)
Sertorius〔sə'tɔrɪəs〕塞多留(Quintus,?-72 B.C., 羅馬將軍及政治家)
Servais〔sɛr've〕(法)
Servandoni〔,sɛrvan'doni; sɛrvaŋdɔ'ni〕(法)
Serva Padrona〔'sɛrva pa'drona〕
Servetus〔sə'vitəs〕塞維塔斯(Michael, 1511-1553, 西班牙神學家及殉道者)
Servia〔'sɜvɪə〕= Serbia
Service〔'sɜɪs〕塞維斯(Robert William, 1874-1958, 加拿大作家)
Servier〔sɛr'vje(法)〕
Servières〔sɛr'vjɛr〕(法)
Servile Wars〔'sɜvɪl ~〕

Serviles〔sɜr'vilɛs〕

Servilius〔sə'viliəs;-ljəs〕

Serviss〔'sɜvis〕瑟維斯

Servius〔'sɜviəs〕

Servius Sulpicius Galba〔'sɜviəs sʌl'piʃəs 'gælbə〕

Serwatti〔sɛr'wati〕

Sesajap〔sə'sajap〕

Sesame〔'sɛsəmi〕

Sesenheim〔'zezənhaim〕

Sesha〔'seʃə〕

Sesia〔'sezja〕

Sesostris〔si'sastris〕

Sessa〔'sɛsə;sɛ'sa〕

Sessel〔'sɛsəl〕塞斯爾

Sesser〔'sɛsə〕

Sessions〔'sɛʃənz〕塞申斯

Sessites〔'sɛsitiz〕

Sessoms〔'sɛsəmz〕

Sessums〔'sɛsəmz〕塞薩姆斯

Sestini〔sɛs'tini〕

Sestius〔'sɛstʃiəs〕

Sestos〔'sɛstəs;-təs〕

Sesto San Giovanni〔'sɛsto san dʒo'vanni〕(義)

Sestus〔'sɛstəs〕

Set〔sɛt〕

Setälä〔'sɛtælæ〕(芬)

Setalvad〔'sitalvad〕

Setanta〔si'tænta〕

Sète〔sɛt〕塞特(法國)

Setebos〔'sɛtibas〕

Sete Quedas〔'sɛti 'keðəʃ〕(葡)

Setesdal〔'setəsdal〕

Seth〔sɛθ〕❶【聖經】塞特(Adam之第三子)

Seth Bede〔'sɛθ 'bid〕

Sethe〔'zetə〕

Sethos〔'siθas〕

Sethus〔'siθəs〕

Seti〔'sɛti;'seti〕

Setibos〔sɛ'tiboz〕

Sétif〔se'tif〕

Setit, Bahr〔'bæhə sə'tit〕(阿拉伯)

Seton〔'sitn;'sitən〕席頓(Ernest Thompson, 1860-1946, 美國作家及畫家)

Seton-Gordon〔'sitn·'gordn〕

Seton-Watson〔'sitn·'wat·sn〕

Setoun〔'sitn〕

Sette Communi〔'sɛtte ko'muni〕(義)

Settembrini〔,sɛttɛm'brini〕(義)

Setter〔'sɛtə〕

Settignano〔,setti'njano〕(義)

Settle〔'sɛtl〕塞特爾

Setúbal〔sə'tubəl;-val-(葡)〕

Setul〔satun〕(馬來)

Setuval〔sə'tuvəl〕

Seul〔sɜl〕

Seulberger〔'sjulbɜgə〕

Seul Choix〔sə 'ʃwa; 'siʃəwe; 'siʃəwə〕

Seumas〔'ʃeməs〕(愛)

Seume〔'zɔiɛə〕(德)

Seurat〔sɜ'ra〕塞拉(Georges,1859-1891, 法國畫家)

Seuse〔'zɔizə〕(德)

Seuss〔sus〕

Sevan〔sɛ'van〕塞凡湖(蘇聯)

Sevang〔sɛ'vaŋ〕

Sevareid〔'sɛvəraid〕塞瓦賴德

Sevastopol〔si'væstəpl〕塞瓦斯托波耳(蘇聯)

Ševčík〔'ʃɛftʃik〕(捷)

Sevenoaks〔'sɛvnoks〕

Sever〔'sɛvə〕塞弗

Sévérac〔seve'rak〕(法)

Severance〔'sɛvərəns〕

Severin〔,sɛvə'rin〕

Séverin〔se'vræŋ〕(法)

Severing〔'zevəriŋ〕

Severinghaus〔'sɛvəriŋhaus〕

Severini〔,seve'rini〕

Severino〔,sɛvə'rino〕

Severinovich〔sjrivji'rjinʌvjitʃ〕(俄)

Severinus〔,sɛvə'rainəs;,zeve'rinus〕(德)

Severn〔'sɛvən〕塞弗恩 「(俄)

Severnaya Dvina〔'sevjirnəjə dvji'na〕

Severnaya Zemlya〔,sevjirnəjə zjim'lja〕北地羣島(蘇聯)

Severo〔'sevirə;se'vero〕塞維羅

Severs〔'sivɜz〕西弗斯 「齊斯基

Seversky, de〔də sə'vɛrski;-siv-〕塞維

Severson〔'sivəsn〕西弗森

Severus〔si'virəs〕塞佛留(Lucius Septimius,146-211, 羅馬皇帝)

Severyanin〔,sivir'janin〕

Sevez〔sə've〕(法)

Sevier〔'sɛviə;si'viə〕塞維爾

Sevierville〔si'virvil〕

Sévigné〔,sevi'nje〕塞維涅(Marquise de, 1626-96, 法國貴婦、作家)

Sevilla〔se'vija(拉丁美);-'vilja〕

Seville〔sɛ'vil〕❶塞維爾省(西班牙)❷塞維爾市(西班牙)

Séville〔se'vij〕(法)

Sevin, De〔də sə'vin〕
Sevinus〔sɪ'vaɪnəs〕
Sèvre-Nantaise〔sɛvrə·naŋ'tɛz〕(法)
Sèvre-Niortaise〔sɛvrə·njɔr'tɛz〕(法)
Sèvres〔'sɛvrə〕塞弗爾（法國）
Sewall〔'sjuəl〕休百爾
Sewanee〔sɪ'wɔnɪ; sɪ'wɒnɪ〕
Sewanee〔sɪ'wɔnɪ; 'swɔnɪ〕
Seward Peninsula〔'sjuəd ~〕西華德半島
（白令海峽）
Sewell〔'sjuəl〕休厄爾
Seweryn〔sɛ'vɛrɪn〕休厄林
Sewickley〔sə'wɪklɪ〕
Sexagesima〔,sɛksə'dʒɛsɪmə〕四旬節
（Lent）前之第二個星期日
Sexauer〔'sɛksauə〕塞克索爾
Sextans〔'sɛkstənz〕【天文】六分儀座
Sextilis〔'sɛkstɪlɪs〕
Sextius〔'sɛkstɪəs〕
Sexton〔'sɛkstən〕塞克斯頓
Sextus〔'sɛkstəs〕
Sextus Empiricus〔'sɛkstəs
ɛm'pɪrɪkəs〕
Sextus Julius〔'sɛkstəs 'dʒuljəs〕
Sextus Pompeius〔'sɛkstəs pɒm'piəs〕
Seybert〔'saɪbət〕
Seybo〔'sevo〕(西)
Seybouse〔se'buz〕
Seybus〔'sebus〕
Seychelle〔se'ʃɛl〕
Seychelles,（The）〔se'ʃɛl(z)〕塞席爾
（印度洋）
Seydel〔'saɪdl̩〕塞德爾
Seydler〔'saɪdlə〕
Seydlitz〔'zaɪdlɪts〕
Seyfang〔'sifæŋ〕
Seyfert〔'sifət〕
Seyferth〔'saɪfəθ〕賽弗思
Seyffert〔'saɪfət〕賽弗特
Seyhan〔se'han〕
Seyidie〔sə'jɪdɪjə〕
Seyler, Hoppe〔'hapə·'zaɪlə〕
Seymour〔'simɔr; 'simə; 'semɔr〕西摩
Seys〔ses; sez〕
Seyss-Inquart〔'zaɪs·'ɪŋkvart〕
Seyton〔'sitn̩〕
Seyyid〔'sejɪd〕（阿拉伯）
Sfântu Gheorghe〔'sfɪntu 'gjɔrgɪ〕
（羅）
Sfax〔sfaks〕
Sfondrati〔sfɒn'drati〕
Sgambati〔zgam'bati〕

Sganarelle〔zgana'rɛl〕(法)
Sgarro〔'zgaro〕
's Gravenhage〔,sh,ravən'hahə〕(荷)
Sgur Alasdair〔sgɜ,æləs'dɛr〕
Sgurr-nan-Gillean〔'sgʌr·nan·gɪ'lin〕
（蘇）
Sha〔ʃa〕沙縣（福建）
Shaaban〔ʃa'ban〕
Shabaka〔'ʃæbəkə; 'ʃabaka〕
Shaban〔ʃə'ban〕回教曆之八月
Shabani〔ʃa'bani〕
Shabarakh Usu〔'ʃabarah 'usu〕（蒙古）
Shabataka〔,ʃæbə'takə〕
Shabran〔ʃa'bran〕
Shabuoth〔ʃə'vurs〕
Sha-ching〔'ʃa·'tʃɪŋ〕
Shackelford〔'ʃæklfəd〕沙克爾福德
Shackerley〔'ʃækəlɪ〕沙克利
Shackford〔'ʃækfəd〕沙克福德
Shackleford〔'ʃæklfəd〕
Shackleton〔'ʃækl̩tən〕沙克爾頓（Sir
Ernest Henry, 1874-1922, 英國南極探險家）
Shadbolt〔'ʃædbolt〕
Shaddock〔'ʃædək〕
Shade〔ʃed〕謝德
Shadow〔'ʃædo〕
Shadrach〔'ʃedræk〕謝德拉克
Shadrak〔'ʃedræk〕
Shadrinsk〔'ʃædrɪnsk; 'ʃadrɪnsk(俄)〕
Shadwell〔'ʃædwəl〕沙德威爾（Thomas,
1642?-1692, 英國劇作家）
Shadworth〔'ʃædwəθ〕沙德沃思
Shadyside〔'ʃedɪ,saɪd〕
Shaemas〔'ʃeməs〕
Shaen〔ʃen〕
Shafalus〔'ʃæfələs〕
Shafer〔'ʃefə〕謝弗
Shaffer〔'ʃefə〕謝弗
Shaffner〔'ʃæfnə〕沙夫納
Shafi'i, al-〔æʃ·'ʃafɪi〕（阿拉伯）
Shafroth〔'ʃæfraθ〕沙弗羅思
Shafiite〔'ʃæfɪaɪt〕
Shafter〔'ʃaftə〕沙夫特
Shaftesbury〔'ʃafts,bɛrɪ〕沙佛茲伯里（An-
thony Ashley Cooper, 1621-1683, 英國政治家）
Shaftsbury〔'ʃaftsbərɪ〕
Shafton〔'ʃaftn̩〕
Shagigee〔'ʃedʒɪgi〕
Shagpat〔'ʃægpət〕
Shah〔ʃa〕伊朗（波斯）國王之稱號
Shahabad〔'ʃahabad〕夏哈巴德（印度）
Shah Alam〔ʃa 'aləm〕

Shahan〔'ʃeən〕謝安
Shahani〔ʃə'hani〕
Shahaptian〔ʃa'haptɪən〕
Shah Fuladi〔ʃa ,fula'di〕
Shahi〔ʃa'hi〕
Shah Jahan〔ʃa dʒə'han〕
Shahjahan〔'ʃadʒə'han〕
Shahjahanabad〔,ʃadʒə'hana,bad〕
Shahjahanpur〔,ʃadʒə'hanpur〕沙加干浦
　（印度）
Shah Jehan〔'ʃa dʒə'han〕
Shahji Bhonsla〔'ʃadʒi 'boŋslen〕
Shahnamah〔ʃana'ma〕
Sha Ho〔'ʃa 'ho;-'hʌ〕
Shahpur〔ʃa'pur;'ʃapur〕
Shahpura〔'ʃapur〕
Shahrazad〔ʃara'zad〕
Shahr-i-Zabul〔'ʃahrɪ.za'bul〕
　（阿拉伯）
Shah Rud〔'ʃa 'rud〕
Shahr Zor〔ʃar zɔr〕
Shahr Zul〔ʃar zul〕
Shah Shuja〔'ʃa ʃu'dʒa〕
Shailer〔'ʃelə〕
Shairp〔ʃarp;ʃerp〕沙普（John Campbell,
　1819-85,蘇格蘭詩人、批評家及教育家）
Shaitan〔ʃaɪ'tan〕
Shajn〔ʃaɪn〕
Shaka〔'ʃaka〕
Shake〔ʃek〕
Shaker〔'ʃekə〕美國的震盪教徒
Shakeress〔'ʃekərɪs〕Shaker 之女性
Shakerley〔'ʃækəlɪ〕西克利
Shakers〔'ʃekəz〕
Shakespear(e)〔'ʃekspɪr〕莎士比亞
　（William,1564-1616,英國詩人、戲劇家）
Shakhrisyabz〔,ʃʌhrjɪ'sjaps〕（俄）
Shakhty〔'ʃahtɪ〕莎克提（蘇聯）
Shakopee〔'ʃækəpɪ〕
Shakspear(e)〔'ʃekspɪr〕=Shakespear(e)
Shakspere〔'ʃekspɪr〕
Shaktas〔'ʃaktəs〕
Shakti〔'ʃæktɪ〕
Shakuntala〔ʃə'kuntələ〕
Shakyai〔ʃa'ke〕
Shala〔'ʃala〕
Shalako〔ʃa'lako〕
Shalamar〔'ʃæləmar〕
Shalders〔'ʃɔldəz〕
Shale〔ʃel〕
Shaler〔'ʃelə〕
Shalimar〔'ʃælɪmar〕

Shallenberger〔'ʃalən,bɜgə〕
Shallot〔ʃə'lat〕
Shallow〔'ʃælo〕沙洛
Shallum〔'ʃæləm〕
Shalmaneser〔,ʃælmə'nizə〕
Shalom〔ʃa'lom〕
Shalott〔ʃə'lat〕
Shalyapin〔ʃʌ'ljapjin〕（俄）
Sham, Jebel〔,dʒɛbḷ 'ʃæm〕夏姆峯(阿曼)
Shamash〔'ʃamaʃ〕巴比倫及亞述神話中之太
Shambe〔'ʃæmbɪ〕　　　　　　　∟陽神
Shameen〔'ʃamɪn;-mɪ'ɛn〕
Shamela Andrews〔'ʃæmɪlə 'ændruz〕
Shamir〔'ʃamɪr〕
Shammar〔'ʃæmə〕
Shamm en-Nesim〔ʃam ɛn.nɛ'sim〕
Shamo〔ʃa'mo〕
Shamokin〔ʃə'mokɪn〕
Shamrock〔'ʃæmrak〕
Shamshi-Adad〔'ʃamʃi.'adad〕
Shams ud-din Mohammed〔'ʃams
　ʌd.'din mo'hæmɪd〕
Shamus O'Brien〔'ʃeməs o'braɪən〕
Shamyl〔'ʃamɪl〕
Shan〔ʃan〕❶緬北撣邦之土著❷陝縣（河南）
　❸單縣（山東）
Shand〔ʃænd〕
Shandaken〔ʃæn'dekən〕
Shandon〔'ʃændn〕
Shands〔ʃændz〕
Shandy〔'ʃændɪ〕
Shane〔ʃan;ʃen(愛)〕沙恩
Shanewis〔'ʃænɪwɪs〕
Shang〔ʃaŋ〕商朝（1766-1122 B.C.
　或 1523-1027 B.C.）
Shangaan〔ʃan'gan〕
Shangana〔ʃan'gana〕
Shangani〔ʃaŋ'ganɪ〕
Shanghai〔'ʃæŋ 'haɪ〕上海（江蘇）
Shang Ti〔'ʃaŋ 'ti〕
Shanhaikwan〔'ʃan'haɪ'gwan〕山海關(河
Shank〔ʃæŋk〕尚克　　　　　　∟北)
Shankar〔'ʃʌŋkə〕（印）
Shankara〔'ʃʌŋkəra〕（印）
Shankaracharya〔'ʃʌŋkəra'tʃarjə〕（印）
Shankland〔'ʃæŋkland〕
Shanklin〔ʃə'ŋklɪn〕尚克林
Shanks〔ʃæŋks〕尚克斯
Shanley〔'ʃenlɪ〕尚利
Shannon〔'ʃænən〕尚南
Shannontown〔'ʃænəntaun〕
Shansi〔'ʃan'si〕山西（中國）

Shan States〔ʃan～〕撣邦（緬甸）
Shantarskie〔ʃanˊtarskıjə〕（俄）
Shanti〔ˊʃanti〕
Shantow〔ˊʃanˊtau〕
Shan-tse, Chang〔ˊdʒaŋ ˊʃanˑˊdzʌ〕（中）
Shantung〔ˊʃænˊtʌŋ〕山東（中國）
Shantz〔ʃants〕尚茨
Shaohing〔ˊʃauˊʃıŋ〕（中）
Shaohsing〔ˊʃauˊʃıŋ〕紹興（浙江）
Shao Li-tzu〔ˊʃau ˊliˑˊdzʌ〕（中）
Shaoyang〔ˊʃauˊjaŋ〕邵陽（湖南）
Shapero〔ʃəˊpıro〕夏皮洛
Shapinsei〔ˊʃæpınse〕
Shapiro〔ʃəˊpıro〕夏皮洛
Shapley〔ˊʃæplı〕沙普利
Shaposhnikov〔ˊʃapoʃnıkɔf〕（俄）
Shaprut, ibn-〔ıbn ʃaˊprut〕
Shapur〔ʃaˊpur〕
Shapurji〔ʃaˊpurdʒi〕
Shara〔ˊʃaˊra〕
Sharakpur〔ʃəˊrʌkpur〕（印）
Sharapov〔ʃaˊræpɔv〕
Sharavati〔ʃəˊravəti〕
Sharbatat〔ˌʃarbəˊtæt〕
Sharet(t)〔ʃaˊret；ʃə-〕
Sharezer〔ʃəˊrizə〕
Shargalisharri〔ˌʃargalıˊʃarrı〕
Shari〔ˊʃarı〕
Sharifkhaneh〔ʃaˊrifhaˊna〕（波斯）
Sharjah〔ˊʃardʒə；-dʒæ〕
Shark〔ʃark〕夏爾古灣（澳洲）
Sharkalisharri〔ˌʃarkalıˊʃarrı〕
Sharkey〔ˊʃarkı〕夏基
Sharkieh〔ʃarˊkiə〕
Sharks〔ʃarks〕
Sharlow〔ˊʃarlo〕沙洛
Sharon〔ˊʃɛran〕❶雪倫❷沙倫（美國）
Sharp〔ʃarp〕夏普
Sharpe〔ʃarp〕夏普
Sharper〔ˊʃarpə〕
Sharpey-Schafer〔ˊʃarpıˑˊʃefə〕
Sharpham〔ˊʃarpəm〕
Sharples〔ˊʃarplz；-lıs〕沙普爾斯
Sharpless〔ˊʃarplıs〕
Sharpsburg〔ˊʃarpsbəg〕
Sharpsville〔ˊʃarpsvıl〕
Sharqat〔ʃʌrˊkat〕（阿拉伯）
Sharq el Urdunn〔ˊʃʌrk æl ˊurdun〕（阿拉伯）
Sharqi, Jebel esh〔ˊdʒæbæl æʃ ˊʃʌrki〕（阿拉伯）

Sharqîya〔ˊʃʌrˊkijə〕（阿拉伯）
Sharrie〔ˊʃæri〕
Sharswood〔ˊʃarzwud〕沙斯伍德
Shartle〔ˊʃartl〕沙特爾
Shashih〔ˊʃaˊʃi〕
Shashum〔ʃaˊʃum〕
Shasi〔ˊʃaˊsi〕沙市（湖北）
Shasta, Mount〔ˊʃæstə〕沙斯塔峯（美國）
Shastan〔ˊʃæstən〕
Shaston〔ˊʃastən〕
Shastri〔ˊʃastri〕
Shato〔ˊʃato〕
Shatt-al-Arab〔ˊʃætˑæˊlærəb；ˊʃatˑılˊʌrab〕（阿拉伯）
Shatt Dijla〔ˊʃat ˊdıdʒlə〕（阿拉伯）
Shatt el Hodna〔ˊʃat æl ˊhudnə〕（阿拉伯）
Shatt el Melghir〔ˊʃat æl melˊgır〕（阿拉伯）
Shatt el Shergui〔ˊʃat æʃ ˊʃəgi〕（阿拉伯）
Shattuck〔ˊʃætək〕沙特克
Shaughnessy〔ˊʃɔnəsı〕肖內西
Shaukiwan〔ˊʃauˊdʒiˊwan〕（中）
Shaula〔ˊʃolə〕
Shaulyai〔ʃauˊle〕
Shaun〔ʃɔn〕肖恩
Shavano〔ʃəˊvano〕
Shaver〔ˊʃevə〕謝弗
Shavers〔ˊʃevəz〕
Shavian〔ˊʃevıən〕蕭伯納的崇拜者
Shavli〔ˊʃavljı〕（立陶宛）
Shaw〔ʃɔ〕蕭伯納（George Bernard，1856-1950，生於愛爾蘭之英國作家及社會主義者）
Shawanese〔ˌʃɔwəˊniz〕
Shawcross〔ˊʃɔkrɔs〕肖克羅斯
Shawenegan〔ʃɔˊwenıgən〕
Shawinigan〔ʃəˊwınıgən〕
Shawmut〔ˊʃɔmət〕
Shawn〔ʃɔn〕肖恩
Shawnee〔ʃɔˊni〕雪里（美國）
Shawneetown〔ˊʃanıtaun〕
Shawwal〔ʃɔˊwal〕回教曆之十月
Shay〔ʃe〕謝伊
Shays〔ʃez〕謝斯
Shchara〔ˊʃtʃarə〕
Shchedrin〔ˊʃtʃedrjın〕（俄）
Shcheglovsk〔ʃtʃıgˊlɔfsk〕（俄）
Shcherbakov〔ʃtʃırbʌˊkɔf〕謝爾巴科夫（蘇聯）
Shchipachev〔ʃtʃʃıpaˊtʃɔf〕（俄）
Shea〔ʃe〕謝伊

Sheaf〔ʃiʃ〕希夫
Sheaffe〔ʃef〕謝弗
Sheaffer〔ʃefɚ〕謝弗
Shean〔ʃen; ʃin〕
Shear〔ʃir〕希爾
Sheard〔ʃɛrd; ʃɜd〕希爾德
Shearer〔ʃiərɚ; ʃjɚ-〕希勒
Shearin〔ʃiərɪn〕希林
Shearing〔ʃiərɪŋ〕
Shearman〔ʃirmən; ʃjɚ-〕希爾曼
Shearme〔ʃɚm〕舍姆
Shearn〔ʃirn; ʃɚn〕希恩
Shears〔ʃirz〕希爾斯
Shearson〔ʃirsn̩; ʃjɚ-〕希爾森
Shearwood〔ʃirwʊd〕
Sheat〔ʃiæt〕
Sheats〔ʃits〕希茨
Sheba〔ʃibə〕希巴（阿拉伯半島）
Shebat〔ʃibət〕
Shebbeare〔ʃebɪr〕
Sheboygan〔ʃɪˈbɔɪɡən〕希波干（美國）
Shechem〔ʃikɛm; ʃɛk-〕
Shechinah〔ʃɪˈkamə〕
Shedd〔ʃed〕謝德
Shedden〔ʃedn̩〕謝登
Shediac〔ʃedɪæk〕
Shedir〔ʃidɚ〕
Shee〔ʃi〕
Sheean〔ʃiən〕希恩
Sheehan〔ʃiən〕希恩
Sheeler〔ʃilɚ〕希勒
Sheelin, Lough〔lɑh ʃilɪn〕（愛）
Sheely〔ʃili〕
Sheemogga〔ʃɪˈmɑɡə〕
Sheen〔ʃin〕希恩
Sheepshanks〔ʃipʃæŋks〕希普尚克斯
Sheepshead〔ʃips,hɛd〕
Sheerness〔ʃirˈnɛs; ʃjɚ-〕
Sheets〔ʃits〕希茨
Sheetz〔ʃits〕希茨
Sheffield〔ʃefild〕雪非耳（英格蘭）
Shefford〔ʃefɚd〕
Shehab〔ʃehab〕
Sheherazade〔ʃə,hɛrəˈzadə〕
Shehu〔ʃɛˈhu〕
Sheikh, Jebel esh〔ʃæbæl æʃ ʃaɪh; -ʃeh〔阿拉伯）〕
Sheikhs〔ʃeks〕
Sheikhupura〔ʃekhʊpuˈrɑ〕
Sheik ul Islam〔ʃik ʊl ɪsˈlɑm〕
Sheil〔ʃil〕希爾
Sheila〔ʃilə〕希拉
Shekina〔ʃɪˈkamə〕

Shekinah〔ʃɪˈkamə〕
Sheksna〔ʃɛksˈna〕
Shelagh〔ʃilə〕希拉
Shelagski〔ʃɛˈlakskɪ〕
Shelbina〔ʃɛlˈbamə〕
Shelburn(e)〔ʃelbɚn〕
Shelby〔ʃelbɪ〕謝爾比
Shelbyville〔ʃelbɪ,vɪl〕
Shelden〔ʃeldən〕謝爾登
Sheldon〔ʃeldən〕
Sheldonian Theatre〔ʃɛlˈdonjən～; -nɪən～〕
Shelekhov〔ʃeljɪhɔf〕（俄）
Shelekova〔ʃɛlə,kovə〕
Shelford〔ʃelfɚd〕謝爾福德
Shelia, Jebel〔dʒæbæl ʃæˈlijə; -jæ〕（阿拉伯）
Sheliak〔ʃeljæk〕
Sheliff〔ʃeˈlif〕
Shelikof〔ʃelɪkɑf〕
Shell〔ʃɛl〕
Shellabarger〔ʃeləbarɡɚ〕謝拉巴格
Shelley〔ʃelɪ〕雪萊（Percy Bysshe, 1792-1822, 英國詩人）
Shelmerdine〔ʃelmɚdin〕
Shelmire〔ʃelmaɪr〕謝爾邁爾
Shelter〔ʃeltɚ〕謝爾特
Shelton〔ʃeltən〕謝爾頓
Shem〔ʃem〕
Shema〔ʃɪˈma〕
Shemeld〔ʃemɛld〕
Shemini Atzereth〔ʃəˈmini ɑˈtsɛrɛθ〕
Shemite〔ʃemaɪt〕
Shemya〔ʃemjə〕申雅島（阿拉斯加）
Shenandoah〔,ʃenənˈdoə〕
Shenango〔ʃəˈnæŋɡo〕
Shen Chun-ju〔ʃen tʃjun·dʒu〕
Sheng, Pi〔bi ʃʌŋ〕（中）
Shêng, Mei〔me ʃʌŋ〕（中）
Shengcheng〔ʃɛŋtʃɛŋ〕
Shengking〔ʃʌŋdʒɪŋ〕（中）
Sheng Shih-ts'ai〔ʃɛŋ ʃɚ·tsaɪ〕（中）
Shêng-tsu〔ʃʌŋ·dzu〕（中）
Shenk〔ʃeŋk〕申克
Shennan〔ʃenən〕
Shenshin〔ʃjənʃɪn〕（俄）
Shensi〔ʃenˈsi〕陝西（中國）
Shenstone〔ʃenstən; -,ston〕申斯東（William, 1714-63, 英國詩人）
Shên Tsung〔ʃʌŋ dzʊŋ〕（中）

Shenyang〔'ʃʌn'jaŋ〕瀋陽（遼寧）
Sheol〔'ʃiol〕【舊約聖經】陰間；冥府
Shepard〔'ʃepəd〕謝帕德
Shepardson〔'ʃepədsn̩〕謝帕德森
Shepaug〔ʃə'pɔg〕
Sheperd〔'ʃepəd〕
Shepherd〔'ʃepəd〕謝伯德
Shepherdson〔'ʃepədsən〕謝伯德森
Shepherdsville〔'ʃepədzvɪl〕
Shepilov〔ʃe'piləf〕
Shepley〔'ʃepli〕雪普利
Sheppard〔'ʃepəd〕謝伯德
Sheppey〔'ʃepɪ〕
Shepshed〔'ʃepʃed〕
Shepstone〔'ʃepstən; -ston〕謝普斯通
Shequaga〔ʃə'kwɔgə〕
Shera〔'ʃerə; 'ʃɪrə〕莎拉
Sher Ali〔ʃer 'ʌli〕
Sherard〔'ʃerəd〕謝拉德
Sheratan〔'ʃɜrətæn〕
Sheraton〔'ʃerətn̩〕雪里頓（Thomas, 1751-
    1806, 英國傢具設計及製造家）
Sherborne〔'ʃɜbən; -bɔrn〕
Sherbro〔'ʃɜbro〕
Sherbrook〔'ʃɜbrʊk〕舍布魯克
Sherbrooke〔'ʃɜbrʊk〕瑟布魯克（加拿大）
Sherburn(e)〔'ʃɜbən〕舍伯恩
Shere〔ʃɪr; ʃjɜ〕希爾
Shere Ali〔ʃer 'ʌli〕
Sherfesee〔'ʃɜfəze〕
Sheri'a〔ʃɛ'riə〕（阿拉伯）
Sheridan〔'ʃerɪdn̩〕雪利敦（❶ Philip Henry,
    1831-1888, 美國將軍❷Richard Brinsley, 1751-
    1816, 愛爾蘭劇作家及演說家）
Sheriff〔'ʃerɪf〕謝里夫
Sher-i-Kashmir〔'ʃeri-kaʃ'mɪr〕
Sherley〔'ʃɜli〕雪莉
Sherlock〔'ʃɜlak〕舍洛克
Sherlock Holmes〔'ʃɜlak 'homz〕福爾摩
    斯（Conan Doyle 小說中的偵探名）
Sherman〔'ʃɜmən〕雪曼（❶ Roger, 1721-
    93, 美國法學家及政治家❷ Stuart Pratt, 1881-
    1926, 美國文學批評家）
Sherpa〔'ʃerpə; 'ʃɜpə〕
Sherrard〔'ʃə'rard〕謝拉德
Sherren〔'ʃerən〕謝倫
Sherriff〔'ʃerəf〕雪利夫（Robert Cedric,
    1896-1975, 英國作家）
Sherrington〔'ʃerɪŋtn̩〕謝領頓（Sir
    Charles Scott, 1861-1952, 英國生理學家）
Sherrod〔'ʃerad〕謝羅德
Sherry〔'ʃerɪ〕謝里

Sher Shah〔'ʃer ʃa〕
's Hertogenbosch〔'sɛr,tohən,bɔs〕（法
    蘭德斯）
Shertok〔'ʃɜtok〕
Sherwin〔'ʃɜwɪn〕
Sherwood〔'ʃɜwʊd〕雪伍德（Robert
    Emmet, 1896-1955, 美國劇作家）
Sheshbazzar〔,ʃeʃba'zar〕
Sheshonk〔'ʃiʃaŋk; 'ʃeʃɔŋk〕
Shestov〔ʃɪs'tɔf〕
Shetland〔'ʃetlənd〕謝德蘭羣島（蘇格蘭）
Shetucket〔ʃɪ'tʌkɪt〕
Shevchenko〔ʃɪf'tʃenkɔ〕
Shevuoth〔'ʃwʊəθ〕
Shewell〔'ʃuəl; 'ʃuəl〕休厄爾
Shewmake〔'ʃumek〕
Shewry〔'ʃʊərɪ〕
Sheyenne〔ʃaɪ'ɛn〕
Shiah〔'ʃiə〕回教兩大派中之一派
Shiawassee〔,ʃaɪə'wɔsɪ〕
Shibar〔'ʃibar〕
Shibboleth〔'ʃɪbəlɛθ〕【聖經】Gileadite
    人用以辨別逃亡之 Ephraimite 人所用語
Shibe〔ʃaɪb〕夏伊布
Shibeli, Webbe〔'wɛbe ʃɪ'belɪ〕
Shibîn el Kôm〔ʃɪ'bin æl 'kom〕（阿拉
Shibles〔'ʃaɪblz〕   L伯）
Shickshinny〔'ʃɪkʃɪnɪ〕
Shickshock〔'ʃɪkʃak〕
Shiel〔ʃil〕希爾
Shield〔ʃild〕【天文】盾牌座
Shields〔ʃildz〕希爾兹
Shieldsborough〔'ʃeldzbərə〕
Shiel(l)s〔ʃilz〕希爾斯
Shientag〔'ʃintæg〕
Shiffnal〔'ʃɪfn̩l〕
Shift〔ʃɪft〕
Shigatse〔ʃɪ'gatse〕日喀則（西藏）
Shih〔ʃi〕
Shih Chao-chi〔'ʃiə 'dʒau·'dʒi〕（中）
Shih Huang Ti〔'ʃiə 'hwaŋ 'ti〕始皇帝
    （即嬴政, 259-210 B.C.,中國秦朝開國帝王）
Shihkiachwang〔'ʃiədʒɪ'a'dʒwaŋ〕（中）
Shih-yi〔'ʃɪr·'i〕（中）
Shiite〔'ʃiaɪt〕Shiah 派之信徒
Shiitic〔ʃi'ɪtɪk〕
Shikarpur〔ʃɪ'karpʊr〕夕喀浦（巴基斯坦）
Shikoku〔ʃɪ'koku〕四國（日本）
Shilito〔'ʃilito〕
Shilka〔'ʃɪlkə〕
Shilla〔'ʃilə〕
Shillaber〔'ʃilebə〕希萊伯
Shillaker〔'ʃilekə〕

Shillan〔ʃɪ'læn〕
Shillelagh〔ʃɪ'lelə〕(愛)
Shillelah〔ʃɪ'lelə〕
Shilleto〔'ʃɪlɪto〕
Shilling〔'ʃɪlɪŋ〕希林
Shillington〔'ʃɪlɪŋtən〕希林頓
Shillong〔ʃɪl'laŋ〕
Shilluk〔ʃɪ'luk〕
Shilo〔'ʃaɪlo〕
Shiloh〔'ʃaɪlo〕塞羅(巴勒斯坦;美國)
Shimanovski〔ʃɪmʌ'nɔfskəɪ〕(俄)
Shimei〔'ʃɪmɪaɪ〕
Shimer〔'ʃaɪmə〕夏默
Shimoga〔ʃɪ'mogə〕
Shimonoseki〔,ʃɪməno'sɛkɪ〕下關(日本)
Shin〔ʃɪn〕
Shinafiya〔ʃɪ,næ'fijə〕
Shinar〔'ʃaɪnar; -nə〕
Shinbwiyang〔'ʃɪnbwi'jaŋ〕
Shiner〔'ʃaɪnə〕
Shingking〔'ʃɪŋ'dʒɪŋ〕(中)
Shingler〔'ʃɪŋglə〕
Shinmoon〔'ʃɪnmun〕
Shinn〔ʃɪn〕希恩
Shinnecock〔'ʃɪnɪkak〕
Shinnston〔'ʃɪnstən〕
Shinwell〔'ʃɪnwɪl〕欣維爾
Ship〔ʃɪp〕
Shipap〔'ʃɪpæp〕
Shipka〔'ʃɪpkə; 'ʃɪpka〕
Shipki〔'ʃɪpki〕
Shiplake〔'ʃɪplek〕
Shipler〔'ʃɪplə〕希普勒
Shipley〔'ʃɪplɪ〕希普利
Shipman〔'ʃɪpmən〕希普曼
Shipp〔ʃɪp〕希普
Shippan〔'ʃɪpən〕
Shippen〔'ʃɪpən〕希彭
Shippensburg〔'ʃɪpɪnzbəg〕
Shippigan〔'ʃɪpɪgən〕希皮甘(加拿大)
Shipshaw〔'ʃɪpʃɔ〕
Shipstead〔'ʃɪpstɛd〕
Shipton〔'ʃɪptən〕希普頓
Shipwright〔'ʃɪp,raɪt〕希普賴特
Shiras〔'ʃaɪrəs〕夏伊拉斯
Shiraz〔ʃɪ'raz〕夕拉茲(伊朗)
Shirburne〔'ʃəbən〕
Shiré〔'ʃire〕希雷
Shirer〔'ʃaɪrə〕
Shiriguanos〔ʃiri'gwanos〕
Shirl〔ʃəl〕
Shirlaw〔'ʃəlɔ〕

Shirleen〔ʃə'lin〕
Shirley〔'ʃəlɪ〕謝萊(James, 1596-1666, 英
Shirpurla〔ʃɪr'purlə〕 國劇作家)
Shirvan〔ʃɪr'van〕
Shirwa〔'ʃɪrwa〕
Shishak〔'ʃaɪʃæk; -ʃək〕
Shishaldin〔ʃɪ'ʃældɪn〕
Shishkov〔ʃɪʃ'kɔf〕
Shishman〔ʃɪʃ'man〕
Shishmanid〔ʃɪʃ'manɪd〕
Shittim〔'ʃɪtɪm〕
Shiuchow〔ʃɪ'u'dʒo〕(中)
Shiva〔'ʃɪvə; 'ʃɪvə〕
Shivaji〔'ʃɪvadʒi〕
Shiveluch, Sopka〔'sɔpkə ʃɪvjɛ'lutʃ〕
Shively〔'ʃaɪvlɪ〕夏夫利 (俄)
Shivers〔'ʃɪvəz〕希弗斯
Shivwits〔'ʃɪvwɪts〕 (蘇聯)
Shkara Tau〔'ʃkara 'taʊ〕希卡拉陶山
Shklovski〔'ʃklɔfskɪ〕
Shkodër〔'ʃkodə〕(阿爾巴)
Shkodra〔'ʃkodra〕斯庫台(阿爾巴尼亞)
Shkodrës〔'ʃkodrɪs〕(阿爾巴)
Shkumbi〔'ʃkumbɪ〕
Sh'ma〔ʃma〕
Shmelyov〔ʃmjɪ'ljɔf〕(俄)
Shneuor〔'ʃnɔjə〕
Shoa〔'ʃoə〕
Shoaib〔'ʃoæb〕
Shoals〔ʃɔlz〕肖爾斯
Shoalwater〔'ʃɔl,watə〕
Shobal〔'ʃobəl〕肖巴爾
Shober〔'ʃobə〕
Shock〔ʃak〕肖克
Shocking〔'ʃakɪŋ〕
Shockley〔'ʃaklɪ〕沙克利(William Brad-
  ford, 1910-, 美國物理學家)
Shoeburyness〔'ʃubərɪnɛs〕
Shoemaker〔'ʃu,mekə〕休梅克
Shoetie〔'ʃu-taɪ〕
Shoe-tye〔'ʃutaɪ〕
Shofar〔'ʃofar〕
Shoghi Effendi〔'ʃaʊi ɛf'fɛndɪ〕
Shokalski〔ʃə'kælskɪ; ʃʌ'kaljskəɪ(俄)〕
Sholapur〔'ʃolapur〕紹拉浦(印度)
Sholem〔'ʃolɛm〕
Sholes〔ʃolz〕肖爾斯
Sholok(h)ov〔'ʃolokɔf〕蕭勒可夫(Mikhail
  Aleksandrovich, 1905-1984, 俄國小說家)
Sholom〔'ʃɔləm〕
Sholom Aleichem〔'ʃɔləm a'lehəm〕
Sholto〔'ʃɔlto〕肖爾托

Shona〔'ʃanə; 'ʃonə〕

Shone〔ʃon〕肯恩

Shongo〔'ʃoŋgo〕

Shonts〔ʃants〕

Shook〔ʃuk〕舒克

Shoolbred〔'ʃulbrɛd〕

Shooter〔'ʃutə〕

Shooty〔'ʃutɪ〕

Shore〔ʃor; ʃor〕

Shoreditch〔'ʃordɪtʃ〕

Shorell〔'ʃorɛl〕肯雷爾

Shores〔ʃorz〕肯爾斯

Shoreview〔'ʃorvju〕

Shorewood〔'ʃorwud; -ʃor-〕

Shorey〔'ʃorɪ; 'ʃorɪ〕

Shorncliffe〔'ʃornklɪf〕

Short〔ʃort〕

Shortcake〔'ʃort,kek〕

Shorter〔'ʃortə; 'ʃautə〕

Short Heath〔'ʃort 'hiθ〕

Shorthouse〔'ʃorthaus〕

Shortland〔'ʃortlənd〕

Shortley〔'ʃortlɪ〕肯特利

Shorts〔ʃorts〕

Shoshagane〔,ʃoʃa'gane〕

Shoshenk〔'ʃoʃɛŋk〕

Shoshone〔ʃo'ʃonɪ〕

Shoshonean〔ʃo'ʃonɪən〕

Shoshoni〔ʃo'ʃonɪ〕

Shostakovich〔,ʃastə'kovɪtʃ; ʃʌstʌ-'kovjɪtʃ（俄）〕

Shostakovski〔,ʃastə'kofskɪ; ʃʌstʌ-'kofskəɪ（俄）〕

Shotover〔'ʃatovə〕

Shottery〔'ʃatərɪ〕

Shotweld〔'ʃatwɛld〕

Shotwell〔'ʃatwɪl; -wɛl〕肯特維爾

Shouler〔'ʃulə〕

Shoults〔ʃolts〕肯爾茨

Shoup〔ʃup〕舒普

Shouse〔ʃaus〕肯斯

Shove〔ʃʌv〕

Shovel(l)〔'ʃʌvl〕肯維爾

Showalter〔'ʃo,wɔtə〕

Shqipni〔ʃkjɪp'ni〕（阿爾巴）

Shqipri〔ʃkjɪ'pri〕

Shrader〔'ʃredə〕施雷達

Shrady〔'ʃredɪ〕施雷迪

Shrapnel〔'ʃræpnəl〕

Shreve〔ʃriv〕

Shreveport〔'ʃrivport〕士里浦特（美國）

Shrew〔ʃru〕

Shrewsbury〔'ʃruzbərɪ; 'ʃrozbərɪ; 'ʃruz,bɛrɪ〕舒茲伯利（英格蘭）

Shri〔ʃri〕（梵）

Shridharani〔'ʃridə'ranɪ〕

Shrihari〔ʃri'harɪ〕

Shriner〔'ʃraɪnə〕慈壇社（1872年成立於美

Shrive〔ʃraɪv〕施賴弗　　　　└國）之社員

Shriver〔'ʃraɪvə〕

Shrivijaya〔,ʃrivɪ'dʒajə〕

Shropshire〔'ʃrapʃɪr〕什羅浦郡（英格蘭）

Shrout〔ʃraut〕

Shrove〔ʃrov〕　　　　　　「日之前三日）

Shrovetide〔'ʃrovtaɪd〕懺悔節（即聖灰瞻禮

Shtykov〔ʃti'kɔf〕

Shu〔ʃu〕

Shubert〔'ʃubət〕舒伯特

Shubrick〔'ʃubrɪk〕

Shubrook〔'ʃubruk〕

Shuck〔ʃuk〕

Shuckburgh〔'ʃʌkbərə〕沙克伯勒

Shudi〔'ʃudi〕

Shuey〔'ʃuɪ〕

Shufeldt〔'ʃufɛlt〕舒費爾特

Shuff〔ʃʌf〕

Shufu〔'ʃu'fu〕硫附（新疆）

Shu Han〔'ʃu 'han〕

Shuhite〔'ʃuhaɪt〕

Shuiski〔'ʃuɪskəɪ〕（俄）

Shuja-ud-din〔ʃu'dʒa·ud·'din〕

Shuksan〔'ʃʌksæn〕

Shukulumbwe〔ʃuku'lumbwe〕

Shulamite〔'ʃuləmaɪt〕書拉密（舊約雅歌中所使用形容新娘之詞）

Shulbrede, Ponsonby of〔'pʌnsənbɪ əv 'ʃulbrid〕

Shulgi〔'ʃulgi〕

Shull〔ʃʌl〕沙爾

Shulman〔'ʃʌlmən〕

Shultz〔ʃʌlts〕

Shulz〔ʃults〕舒爾茨

Shumadia〔ʃu'madɪə〕

Shumadiya〔ʃu'madɪjə〕

Shumagin〔'ʃuməgin〕

Shuman〔'ʃumən〕舒曼

Shun-tien-fu〔'ʃun·'tjɛn·'fu〕

Shumchun〔'ʃum'tʃun〕

Shumen〔'ʃumɛn〕

Shumlin〔'ʃʌmlɪn〕

Shumway〔'ʃʌmwe〕沙姆維

Shun Chih〔'ʃun 'dʒɪə〕（中）

Shunem〔'ʃunəm〕

Shuoli〔ˈʃwɔlɪ〕	**Sibbert**〔ˈsɪbət〕　　　　　　「1957, 分蘭作曲家)
Shuri〔ˈʃʊrɪ〕首里（琉球）	**Sibelius**〔sɪˈbeliəs〕西貝留斯（Jean, 1865-
Shurrager〔ˈʃɜrɪgə〕	**Sibenik**〔ʃɪˈbenɪk〕（塞克）
Shurtleff〔ˈʃɜtlɪf〕舒特萊夫	**Siberia**〔saɪˈbɪrɪə〕西伯利亞（蘇聯）
Shuruppak〔ʃʊrˈrʊpæk〕	**Siberian-Americanoid**〔saɪˈbɪrɪən-
Shush〔ʃuʃ〕	əˈmerɪkənɔɪd〕
Shuster〔ˈʃustə〕舒斯特	**Siberoet**〔ˌsibəˈrut〕
Shuswap〔ˈʃuswap〕	**Sibert**〔ˈsaɪbət〕賽伯特
Shutargardan〔ˌʃutargarˈdan〕	**Sibi**〔ˈsibi〕.
Shute〔ʃut〕叔特（Nevil, 1899-1960, 英國航	**Sibilla**〔sɪˈbɪlə〕
Shuter〔ˈʃʌtə〕　　　　└空工程師及作家）	**Sibillini**〔ˌsɪbɪlˈlini〕（義）
Shutte〔ʃut〕舒特	**Sibir**〔sjɪˈbjirj〕（俄）
Shuttleworth〔ˈʃʌtḷwəθ〕舒特爾沃思	**Sibiu**〔sɪˈbju〕西比奧（羅馬尼亞）
Shutz〔ʃuts〕舒茨	**Sibley**〔ˈsɪblɪ〕西布利
Shuvalov〔ʃuˈvalof〕	**Siboney**〔ˌsiboˈne；ˌsivoˈne（西）〕
Shuya〔ˈʃujə〕	**Sibs**〔sɪbz〕
Shvernik〔ˈʃvernɪk〕	**Sibthorp**〔ˈsɪbθɔrp〕
Shwebo〔ˈʃwebo〕瑞波（緬甸）	**Sibu**〔ˈsibu〕詩巫（馬來西亞）
Shwe Dagon〔ˈʃwe daˈgɔn〕	**Sibuguey**〔ˌsivuˈge〕（西）
Shweli〔ˈʃwelɪ〕	**Sibun**〔ˈsaɪbən〕
Shy〔ʃaɪ〕夏伊	**Sibutu**〔sɪˈvutu〕（西）
Shyenne〔ʃaɪˈɛn〕	**Sibuyan**〔ˌsivuˈjan〕（西）
Shylock〔ˈʃaɪlak〕	**Sibyl**〔ˈsɪbḷ; -ɪl〕西比爾
Shyok〔ʃɪˈok〕	**Sibylla**〔sɪˈbɪlə；ziˈbjula（德）〕
Si〔si〕泗縣（安徽）	**Sibylle**〔siˈbil〕
Sia〔ˈsiə〕	**Sibylle, La**〔la siˈbil〕（法）
Siaghah〔sɪˈagə〕	**Sibylline**〔ˈsɪbɪlaɪn〕
Siahan〔ˈsjahan〕	**Sibyls**〔ˈsɪbɪlz〕
Siakaw〔ˈʃaˈkau〕	**Sicambri**〔sɪˈkæmbraɪ〕
Siakwan〔ˈsjaˈkwan〕（中）	**Sicanian**〔sɪˈkenɪən〕＝ Sicilian
Sialkot〔sɪˈalkot〕夏科特（巴基斯坦）	**Sicapoo**〔ˌsikaˈpo〕
Siam〔saɪˈæm〕暹羅（亞洲）	**Sicard**〔siˈkar〕（法）
Sian〔ˈʃiˈan〕西安（陝西）	**Sicarii**〔sɪˈkerɪaɪ〕
Sian-fu〔ˈʃiˈanˈfu〕	**Sicco**〔ˈsikko〕（義）
Siang〔ʃiˈaŋ〕	**Sicel**〔ˈsɪsəl〕
Siangking〔ʃiˈaŋˈkɪŋ〕	**Sichang**〔ˈʃiˈtʃaŋ〕
Siangshan〔ʃiˈaŋˈʃan〕	**Sicharbas**〔sɪˈkarbəs〕
Siangtan〔ʃiˈaŋˈtan〕湘潭（湖南）	**Sichel**〔ˈsɪtʃ〕西奇爾
Siangyang〔ʃiˈaŋˈjaŋ〕	**Sichem**〔ˈsaɪkɛm；ˈsikəm〕
Siangyun〔ʃiˈaŋˈjwʊn〕	**Sicil**〔ˈsɪsɪl〕
Sianti〔sɪˈantɪ〕	**Sicilia**〔sɪˈsɪliə；siˈtʃilja（義）〕
Siaoe〔sjau〕	**Siciliano**〔sɪˌsɪliˈano〕西西利亞諾
Siapa〔ˈsjapa〕	**Sicilies**〔ˈsɪsɪlɪz〕
Siargao〔sjarˈgao〕錫阿加歐島（菲律賓）	**Sicilius**〔sɪˈsɪljəs〕
Sias〔ˈsaɪəs〕	**Sicily**〔ˈsɪsɪlɪ〕西西里島（義大利）
Siasconset〔ˌsaɪəsˈkansɪt〕	**Sicinius**〔sɪˈsɪnɪəs〕
Siasi〔ˈsjasɪ〕	**Sicinos**〔ˈsɪsɪnas〕
Siayuthia〔siəˈjuθiə〕	**Sicinus**〔ˈsɪsɪnəs〕
Sibawayh〔sibæˈwaɪ〕（阿拉伯）	**Sick**〔sik〕
Sibbald〔ˈsɪbəld〕	**Sickel**〔ˈzɪkəl〕西克爾
Sibbern〔ˈsɪbən〕	**Sickert**〔ˈsɪkət〕西克特
Sibb(e)s〔sɪbz〕	**Sickingen**〔ˈzɪkɪŋən〕

Sickles〔'sıkḷz〕西克爾斯
Sickman〔'sıkmən〕
Siculi〔'sıkjʊlaɪ〕
Siculum Fretum〔'sıkjʊləm 'fritəm〕
Siculus〔'sıkjʊləs〕
Sicyon〔'sıʃɪɑn; -sı-〕
Sicyonia〔,sıʃɪ'onɪə; ,sısɪ-〕
Sid〔sɪd〕錫德
Sidcara〔sɪdkɑ'rɑ〕
Sidcup〔'sɪdkʌp〕
Siddal〔'sɪdḷ〕西德爾
Siddall〔sɪ'dɑl〕
Siddeley〔'sɪdəlɪ〕西德利
Siddhartha〔sɪ'dɑrtə; -θə〕【佛教】悉達
  多（釋迦牟尼佛爲淨飯王太子時之名）
Siddharta〔sɪ'dɑrtə〕
Siddhpur〔'sɪdpʊr〕
Siddim〔'sɪdɪm〕
Siddons〔'sɪdnz〕西登斯
Side〔'saɪdi〕賽德
Sidea〔saɪ'dɪə〕
Sidebotham〔'saɪd,bɑtəm〕
Sideling〔'saɪdlɪŋ〕
Sideman〔'saɪd,mæn; -mən〕
Sidero〔'sɪðerɔ〕（希）
Sidery〔'saɪdərɪ〕
Sides〔saɪdz〕
Sidetes〔saɪ'ditiz〕
Sidgwick〔'sɪdʒwɪk〕
Sídhe〔'ʃi〕（愛）
Sidhpur〔'sɪdpʊr〕
Sidi Ahmed〔'sɪdɪ 'ɑmɛd〕
Sidi Ahmed-esh-Sherif es-Senusi
  〔,sɪdɪ 'æmæd·æʃ·ʃɛ'rif æs·sæ'nusɪ〕
Sidi Barrâni〔'sɪdɪ bə'rɑnɪ〕（阿拉伯）
Sidi-bel-Abbès〔,sɪdɪ·bɛl·ə'bɛs〕西底伯
  拉伯（阿爾及利亞）
Sidi-el-Hani〔'sɪdɪ·ɛl·'hɑnɪ〕
Sidi Mohammed〔'sɪdɪ mo'hæməd〕
Sidi Mohammed al-Mounsaf〔'sɪdɪ-
  mʊ'hæməd æl·mun'sɑf〕
Sidi-Nsir〔'sɪdɪ·nə'sɪr〕
Sidi-Rezegh〔'sɪdɪ·rə'zɛg〕
Sidis〔'saɪdɪs〕
Sidky Pasha, Bakir〔bæ'kɪr sɪd'ki
  'pɑʃɑ〕
Sidlaw〔'sɪdlɔ〕
Sidley〔'sɪdlɪ〕西德利
Sidmouth〔'sɪdməθ〕
Sidney〔'sɪdnɪ〕西德尼（Sir Philip, 1554-
  1586, 英國詩人、軍人及政治家）
Sidobre〔si'dɔbə〕（法）

Sidon〔'saɪdn̩〕希登港（黎巴嫩）
Sidonia〔sɪ'donjə〕
Sidonie〔sɪ'donɪ; ,sido'ni; sidɔ'ni(法);
  zɪ'donɪə（德）〕
Sidônio〔sɪ'ðonju; -'do-〕（葡）
Sidonius〔sɪ'donɪəs; sɪd-〕
Sidonius Apollinaris〔saɪ'donɪəs
  ə,palɪ'nerɪs〕
Sidra〔'sɪdrə〕雪特拉灣（賴比瑞亞）
Sidrach〔'saɪdræk〕
Sidrophel〔'sɪdrəfɛl〕
Siebe〔'zibə〕
Siebeck〔'zibɛk〕
Siebenbürgen〔,zibən'bjʊrgən〕（德）
Siebengebirge〔'zibəngə,bɪrgə〕（德）
Siebenmann〔'zibənmɑn〕
Siebenthal〔'zibəntɑl〕
Siebert〔'sibət〕西伯特
Siebold〔'zibɑlt〕
Siebs〔zips〕
Siedentopf〔'zidəntɑpf〕
Siedlce〔'ʃedltsɛ〕（波）
Sieg〔zih〕（德）西格
Siegbahn〔'sigbɑn〕西格班（Karl Manne
  Georg, 1886-1978, 瑞典物理學家）
Siegbert〔'zihbert〕（德）   〔（法）
Siège de Corinthe〔sjɛʒ də kɔ'rænt〕
Siegel〔'sigəl〕西格爾
Siegen〔'zigən〕
Siege Perilous〔'sidʒ 'perɪləs〕
Siegerland〔'zigəlɑnt〕
Siegert〔'sigət〕
Siegesmund〔'sigəzmənd〕   〔英雄〕
Siegfried〔'sigfrid〕齊格飛（德國傳說中之
Sieglin〔'ziklin; 'zihlɪn〕（德）
Sieglinde〔sig'lɪndə; zik'lɪndə（德）〕
Siegmeister〔'sigmaɪstə〕西格邁斯特
Siegmund〔'sigmʊnd; -mənd; 'zih-
  mʊnt（德）〕
Siegrist〔'sigrɪst〕西格里斯特
Siegvolk〔'sigvok〕
Sielke〔'sɪlkɪ〕西爾克
Siemens〔'simənz〕西門斯（Sir William,
  1823-83, 生於德國之英國發明家）
Siemenstadt〔'zimənʃtɑt〕
Siemering〔'zimərɪŋ〕
Siemianowice-Huta Laura〔ʃɛ,mjɑnɔ-
  'vitsɛ·'hutɑ·'laʊrɑ〕（波）
Siemianowice Sląskie〔ʃɛ,mjɑnɔ'vitsɛ
  'ʃlɔŋskjɛ〕（波）
Siemieński〔ʃɛ'mjɛnjskɪ〕（波）
Sieminski〔saɪ'mɪnskɪ〕

Siena〔sɪˈɛnə〕西恩那（義）

Sienese〔ˌsiənˈiz; -ˈis〕西恩那人

Sienkiewicz〔ʃenˈkjevɪtʃ〕顯克維奇
（Henryk, 1846-1916, 波蘭小說家）

Sien(n)a〔sɪˈɛnə〕

Sien(n)ese〔ˌsɪɛˈniz〕

Sientje〔ˈsintjə〕

Siepert〔ˈsipət〕西伯特

Siepi〔siˈɛpi〕

Sier〔sɪr; saɪr〕

Sieradz〔ˈʃɛrɑts〕

Siero〔ˈsjero〕

Sieroszewski〔ˌʃɛroˈʃɛfski〕（波）

Sierpiński〔ʃɛrˈpinjski〕（波）

Sierra〔sɪˈɛrə; ˈsjɛrrɑ〕（西）

Sierra Ancha〔sɪˈɛrə ˈæntʃə〕

Sierra Blanca〔sɪˈɛrə ˈblæŋkə〕

Sierra de Aconquija〔ˈsjɛrrɑ ðe
akoŋˈkiha〕（西）

Sierra de Alcaraz〔ˈsjɛrrɑ ðe ˌalka-
ˈraθ〕（西）

Sierra de Cayey〔ˈsjɛrrɑ ðe kaˈje〕

Sierra de Coalcomán〔ˈsjɛrrɑ ðe
ko͵alkoˈman〕（西）

Sierra de Famatina〔ˈsjɛrrɑ ðe
ˌfamaˈtina〕（西）

Sierra de Gata〔ˈsjɛrrɑ ðe ˈgata〕

Sierra de Gredos〔ˈsjɛrrɑ ðe ˈgre-
ðos〕（西）

Sierra de Guadalupe〔sɪˈɛrə de
ˈgwadlup; ˈsjɛrrɑ ðe ˌgwaðaˈlupe〕
（拉丁美）〕

Sierra de Guadarrama〔ˈsjɛrrɑ ðe
ˌgwaðaˈrama〕（西）

Sierra de Imataca〔ˈsjɛrrɑ ðe ˌima-
ˈtaka〕（西）

Sierra de Juarez〔ˈsjɛrrɑ ðe ˈhwares〕
（西）

Sierra de la Giganta〔ˈsjɛrrɑ ðe la
hɪˈganta〕（西）

Sierra de la Ventana〔ˈsjɛrrɑ ðe la
venˈtana〕（西）

Sierra de la Victoria〔ˈsjɛrrɑ ðe la
vɪkˈtɔrja〕（西）

Sierra del Caballo Muerto〔sɪˈɛrə
del kəˈbajo ˈmwerto〕

Sierra del Durazno〔ˈsjɛrrɑ ðel
duˈrasno〕（拉丁美）

Sierra de los Ladrones〔sɪˈɛrə de
las ləˈdronɛs〕

Sierra de los Organos〔ˈsjɛrrɑ ðe
los ˈɔrganos〕（西）

Sierra del Rosario〔ˈsjɛrrɑ ðel rɔ-
ˈsarjo〕（西）

Sierra del Tandil〔ˈsjɛrrɑ ðel tan-
ˈdil〕（西）

Sierra de Merendón〔ˈsjɛrrɑ ðe
ˌmerɛnˈdɔn〕（西）

Sierra de Misiones〔ˈsjɛrrɑ ðe mɪ-
ˈsjones〕（西）

Sierra de Nayarit〔ˈsjɛrrɑ ðe ˌnaja-
ˈrit〕（西）

Sierra de Oaxaca〔ˈsjɛrrɑ ðe wa-
ˈhaka〕（西）

Sierra de Perljá〔ˈsjɛrrɑ ðe ˌperi-
ˈha〕（西）

Sierra de Tabasara〔ˈsjɛrrɑ ðe
ˌtavaˈsara〕（西）

Sierra Gallinas〔sɪˈɛrə gəˈjinəs〕（非）

Sierra Leone〔sɪˈɛrə lɪˈon〕獅子山國（西）

Sierra Madre Oriental〔ˈsɪɛrə ˈmæd-
rɪ～〕東塞拉馬德雷山脈（墨西哥）　（西）

Sierra Maestra〔ˈsjɛrrɑ maˈestra〕

Sierra Morena〔ˈsjɛrrɑ moˈrena〕（西）

Sierra Nevada〔sɪˈɛrə nɪˈvædə〕

Sierra Nevada de Cocuy〔ˈsjɛrrɑ
neˈvaða de koˈkwi〕（西）

Sierra Nevada de Mérida〔ˈsjɛrrɑ
neˈvaða ðe ˈmerɪða〕（西）

Sierra Nevada〔ˈsjɛrrɑ neˈvaða〕內華
達山脈（美國；西班牙）

Sierras〔sɪˈɛrəz〕

Sierra San Pedro Mártir〔ˈsjɛrrɑ
sam ˈpeðro ˈmartɪr〕（西）

Sierras de Córdoba〔ˈsjɛrraz ðe
ˈkɔrðova〕（西）

Sierra Tarahumare〔ˈsjɛrrɑ ˌtarau-
ˈmare〕（西）

Sierre〔sjɛr〕

Siersbeck〔ˈsɪrsbɛk〕

Siete Partidas〔ˈsjete parˈtiðas〕
（西）

Sieveking〔ˈsivkɪŋ〕

Siévers〔sjeˈver〕（法）

Sievers〔ˈzivəz; ˈsi-〕季佛斯（Eduard,
1850-1932, 德國語言學家）

Sievier〔ˈsivjə〕

Sieyès〔sjeˈjɛs〕史野（Emmanuel Joseph,
1748-1836, 法國革命領袖）

Sif〔sif〕

Sifadda〔siˈfadda〕（挪）

Siffrein〔sɪˈfræŋ〕（法）

Sifnos〔ˈsɪfnɑs〕

Sifton〔ˈsɪftən〕西夫頓

Siful〔'sɪffʊl〕(挪)
Sigal〔'sigəl〕西格爾
Sigambri〔sɪ'gæmbraɪ〕
Sigbjörn〔'sɪgbjɜn〕
Sigbjørn〔'sɪgbjɜn〕(挪)
Sigebert〔'zigəbert(德); siʒ'bɜr(法)〕
Sigeia〔sɪ'dʒiə〕
Sigel〔'sigəl; 'zi-(德)〕西格爾
Siger de Brabant〔si'dʒe də bra'baŋ〕
(法)
Sigerist〔'sɪgərɪst; 'zigə-(德)〕
Sigerson〔'sɪgəsṇ〕
Sigeum〔saɪ'dʒiəm〕
Sigfrid〔'sigfrid; 'zihfrit(德)〕
Sigfús〔'sɪgfus〕
Sigiri〔sɪ'gɪrɪ〕
Sigiriya〔sɪ'gɪrɪjə〕
Sigisbert〔siʒiz'ber〕(法)
Sigismond〔'sɪgɪsmənd; siʒis'mɔŋ(法);
'zigɪsmɔnt(德)〕
Sigismonda〔,sɪgɪs'mandə〕
Sigismondo〔sidʒiz'mondo〕
Sigismund〔'sɪgɪsmənd〕西格門(1368-
1437, 神聖羅馬帝國皇帝)
Siglo〔'siglɑ〕
Sigmier〔'sɪgmaɪr〕
Sigmund〔'sɪgmənd; 'zihmʊnt(德)〕
西格蒙德
Signac〔si'njɑk〕(法)
Signal Butte〔'sɪgnəl 'bjut〕
Si-gnan〔'ʃi·'ɑn〕
Signior〔'sinjɔr〕= Signor
Signius〔'sɪgnɪʊs〕
Signol〔si'njɔl〕(法)
Signor〔'sinjɔr〕(義)
Signore〔si'njore〕(義)
Signorelli〔,sinjo'rɛllɪ〕(義)
Signoret〔,sɪnjo're; sinjo'rɛ(法)〕
Signy〔'sɪgnɪ〕西格尼
Sigonio〔sɪ'gɔnjo〕
Sigonius〔sɪ'gonɪəs〕
Sigourney〔'sɪgənɪ〕西戈尼
Sigrid〔'sɪgrɪd; 'zigrit(德); 'sɪgrɪ
(挪); 'sigrɪd(瑞典)〕
Sigsbee〔'sɪgzbɪ〕西格斯比
Sigtryggsson〔'sɪgtrjʊgsɑn〕
Sigua〔'sɪgwɑ〕
Siguanea〔,sigwɑ'nea〕
Sigüenza〔sɪ'gwɛnθɑ; -sɑ〕(西)
Sigura〔sɪ'gurɑ〕
Sigurd〔'sɪgɜd; 'sɪggurd(挪); 'sigʌrd
(瑞典); 'zigurt(德)〕

Sigurdsson〔'sɪgɜθssɑn〕西格桑(J'on,
1811-79, 冰島政治家及作家)
Sigurjónsson〔'sɪgɜ,rjonssɑn〕(冰)
Sigyn〔'sigjʊn〕
Sihasapa〔sɪ'hɑsəpə〕
Sihon〔'saɪhɑn〕
Sihsien〔'ʃi'ʃjen〕
Si Hu〔'ʃi 'hu〕
Sihun〔sɪ'hun〕
Siirt〔sɪ'jɪrt〕
Sijmons〔'saɪmɔns〕(荷)
Sikandar〔sɪ'kʌndə〕(印)
Sikandra〔sɪ'kʌdrə〕(印)
Sikang〔'ʃi'kɑŋ〕西康(中國)
Sikaram〔,sɪkɑ'rɑm〕
Sikel〔'sɪkəl〕
Sikelia〔,sike'liɑ〕
Sikeliot〔sɪ'kɛlɪət〕
Sikes〔saɪks〕賽克斯
Sikeston〔'saɪkstən〕
Sikh〔sik〕印度之錫克教徒
Sikhim〔'sɪkɪm〕
Sikhote Alin〔'sihote ɑ'lin〕
Si-kiang〔'ʃi·'dʒjɑŋ〕西江(中國)
Sikiana〔,sɪkɪ'ɑnə〕
Siking〔'ʃi'dʒɪŋ〕(中)
Sikinos〔'sɪkənəs; 'sikjɪnɔs(希)〕
Sikkim〔'sɪkɪm〕錫金(印度)
Sikon〔'sikon〕
Sikorski〔sɪ'kɔrskɪ〕
Sikorsky〔sɪ'kɔrskɪ〕西考斯基(Igor
Ivan, 1889-1972, 美國航空工程師)
Siksika〔'sɪksɪkɑ〕
Sikyon〔'sɪkɪɑn〕
Sil〔sil〕
Sila〔'silɑ〕
Sila, La〔lɑ 'silɑ〕
Silagian Mountains〔sɪ'ledʒɪən ~〕
Silang〔sɪ'lɑŋ〕
Silao〔sɪ'lao〕
Silas〔'saɪləs〕賽拉斯
Silas Marner〔'saɪləs 'mɑrnə〕
Silay〔sɪ'laɪ〕
Silber〔'sɪlbə〕西爾伯
Silberberg〔'sɪlbəbɜg〕
Silberkleit〔'sɪlbəklaɪt〕
Silberman〔'sɪlbəmən〕西爾伯曼
Silbert〔'sɪlbət〕西爾伯特
Silbury〔'sɪlbərɪ〕
Silchar〔sɪl'tʃɑr〕
Silcher〔'zɪlhə〕(德)
Silchester〔'sɪltʃɪstə〕

Şile〔ʃɪ'lɛ〕(土)

Silence〔'saɪləns〕 「領

Silenus〔saɪ'linəs〕【希臘神話】森林神祇之首

Siler City〔'saɪlə~〕

Siler's Bald〔'saɪləz bɔld〕

Siles〔'siles〕

Silesia〔saɪ'liʒ(ɪ)ə〕西利西亞區(東歐)

Silex〔'saɪlɛks〕

Silex Scintillans〔'sɪlɪks 'sɪntɪləns〕

Silhet〔sɪl'hɛt〕

Silhouette〔,sɪlu'ɛt〕

Silifke〔sɪlɪf'kɛ〕

Siliman〔'sɪləmən〕

Silistria〔sɪ'lɪstrɪə; sɪ'lɪstrɪjə〕

Silius〔'sɪlɪəs; 'sɪljəs〕

Silius Italicus〔'sɪlɪəs ɪ'tælɪkəs〕

Siljan〔'sɪljan〕

Silk〔sɪlk〕西爾克

Silker〔'sɪlkə〕

Silkin〔'sɪlkɪn〕西爾金

Silkworm〔'sɪlk,wɝm〕

Sill〔sɪl〕西爾

Silla〔'sɪlə〕

Sillajguay〔si jɑh'gwaɪ〕(拉丁美)

Sillajhuay〔si jɑ'hwaɪ〕(拉丁美)

Sillanpää〔'sɪllan,pæ〕西藍排(Frans Eemil, 1888-1964, 芬蘭小說家)

Sillence〔'saɪləns〕

Sillery〔'sɪlərɪ; sij'ri(法)〕西勒里

Silliman〔'sɪlɪmən〕西利曼

Sillin〔'sɪlɪn〕

Silling〔'sɪlɪŋ〕

Sillographer〔sɪ'lagrəfə〕諷刺詩文作家

Sills〔sɪlz〕西爾斯 (冷)

Siloam〔saɪ'loəm〕【聖經】西羅亞池(耶路撒

Siloé〔,silo'e〕

Silone〔sɪ'lonɪ; si'lone〕

Silpia〔'sɪlpɪə〕

Sils〔zɪls〕

Silsden〔'sɪlzdɪn〕

Silser〔'zɪlzə〕

Silsilis〔'sɪlsɪlɪs〕

Sils-Maria〔zɪls‐mɑ'riɑ〕

Silt〔sɪlt〕

Silures〔saɪ'lʊriz〕

Silurian〔saɪ'ljʊrɪən; sə'lʊrɪən〕

Silurist〔saɪ'ljʊrɪst〕

Silute〔ʃɪ'lute〕(立陶宛)

Silva〔'sɪlvə〕席爾瓦

Silva, Lima e〔'limə ɪ 'sɪlvə〕

Silvain〔sɪl'væŋ〕(法)

Silvan〔'sɪlvən〕西爾文

Silvana〔sɪl'vana〕

Silvanus〔sɪl'venəs〕❶西爾維納納斯 ❷【羅馬神話】森林之神

Silva Paes〔'sɪlvə 'paɪs〕 「西

Silva Paranhos〔'sɪlvə pə'rʌnjus〕(巴

Silva y Mendoza〔'silva ɪ mɛn'doθa〕(西)

Silveira〔sɪl'verə〕

Silveira e Peyrelongue〔sɪl'verə i ,perə'loŋgə〕(葡)

Silveira Pinto〔sɪl'verə 'pintə〕

Silveira Távora〔sɛl'verə 'tavurə〕(葡)

Silvela〔sɪl'vela〕

Silvela y de la Vielleuse〔sɪl'vela ɪ ðe la vje'jɝz〕(西)

Silver〔'sɪlvə〕

Silverado Squatters〔,sɪlvə'rado 'skwɑtəz〕

Silvercruys〔'sɪlvəkrɔɪs〕

Silverhair〔'sɪlvəhɛr〕

Silverheels〔'sɪlvə,hilz〕

Silverius〔sɪl'vɪrɪəs〕

Silverman〔'sɪlvəmən〕

Silvers〔'sɪlvəz〕

Silverstein〔'sɪlvəstaɪn〕西爾弗斯坦

Silverstone〔'sɪlvəstoŋ〕

Silver Tassie〔'sɪlvə 'tæsɪ〕

Silvertip〔'sɪlvə,tɪp〕

Silverton〔'sɪlvətən〕

Silvertown〔'sɪlvətaʊn〕

Silvester〔sɪl'vɛstə〕西爾維斯特

Silvestre〔sil'vɛstə(法); sɪl'vestre (西)〕

Silvestro〔sɪl'vɛstro〕

Silvey〔'sɪlvɪ〕西爾維

Silvia〔'sɪlvɪə; -vjə〕西爾維亞

Silvies〔'sɪlvɪs〕

Silvio〔'zɪlvɪo(德); 'sɪlvjo(義)〕西爾維奧

Sílvio〔'sɪlvju〕(葡)

Silvis〔'sɪlvɪs〕

Silvius〔'sɪlvɪəs〕西爾維瓦斯

Silvretta〔sɪlv'rɛtə; zɪlv'rɛta(德)〕

Silych〔'silɪtʃ〕

Sim〔sɪm; sim〕山姆

Simalur〔sɪ'malur〕

Simanas〔'simanas〕

Simanggang〔si'maŋgaŋ〕

Simão〔si'maʊŋ〕(葡)

Simara〔sɪ'mara〕

Simat‐i‐Junubi〔si'mat‐i‐dʒu'nubi〕

Simat‐i‐Mashriqi〔si'mat‐i‐maʃ'riki〕

Simav〔sɪ'mɑv〕

Simbirsk〔sɪm'bɪrsk; sjɪm'bjirsk(俄)〕

Simchas Torah〔'sɪmhɑs 'torə〕(意第緒)

Simcoe〔'sɪmko〕

Simcox〔'sɪmpkɑks〕

Sime〔saɪm〕山姆

Simenon〔sim'nɔn〕

Simeon〔'sɪmɪən; sɪme'ɔn(保); sjɪmjɪ-
'ɔn(俄)〕西米恩

Simeon Stylites〔'sɪmɪən staɪ'laɪtɪz〕

Siméon〔sime'ɔ̃〕(法)

Simeoni〔sime'oni〕

Simeto〔sɪ'mɛto〕

Simeuloeë〔,simə'luə〕(荷)

Simferopol〔,sɪmfə'rɔpḷ〕辛非洛浦(蘇聯)

Simi〔'simɪ〕

Simiand〔sim'mjɑŋ〕(法)

Simić〔'simɪtʃ〕(塞克)

Simirinch〔simi'rintʃ〕

Simla〔'sɪmlə〕西姆拉(印度)

Simme〔'zɪmə〕

Simmel〔'zɪməl〕席摩爾(Georg, 1858-
1918, 德國哲學家)

Simmental〔'zɪmɪntɑl〕

Simmering〔'zɪmərɪŋ〕

Simmonds〔'sɪməndz〕西蒙茲

Simmons〔'sɪmənz〕西蒙斯

Simms〔sɪmz〕西姆斯

Simnel〔'sɪmnəl〕西姆內爾

Simoïs〔'sɪmoɪs〕

Simon〔'saɪmən〕賽門(❶ John Allsebrook,
1873-1954, 英國法學家及政治家 ❷【聖經】耶
穌門徒彼得之原名)

Simón〔sɪ'mɔn〕西蒙

Simon bar Giora〔'saɪmən bɑr'dʒorɑ〕

Simond〔'saɪmənd; 'sɪmənd〕西蒙德

Simonde〔si'mɔ̃d〕

Simon de Montfort〔'saɪmən də
'mɑntfət; si'mɔŋ də mɔŋ'fɔr (法)〕

Simonds〔'saɪməndz〕

Simone〔si'mɔn(法); sɪ'mone(義)〕
西蒙娜

Simonelli〔simo'nɛlli〕(義)

Simone Martini〔sɪ'mone 'martini〕

Simonetta〔,simə'nɛtə〕

Simoneau〔simo'no〕

Simonides〔saɪ'mɑnɪdiz〕

Simonides of Amorgos〔saɪ'mɑnɪdiz
əv ə'mɔrgəs〕

Simonis〔,simɔ'nis〕

Simonitsch〔'sɪmɑnɪtʃ〕

Simoniz〔'saɪmə,naɪz〕西莫尼茲

Simon Lee〔'saɪmən 'li〕

Simon Legree〔'saɪmən lɪ'gri〕

Simon Magus〔'saɪmən 'megəs〕

Simonov〔'sɪmənɔf〕

Simonpietri〔,saɪmon'pɪətri〕西蒙彼得里

Simons〔'saɪmənz; 'zimɑns(德)〕

Simonson〔'sɪmənsṇ〕西蒙森

Simoïs〔'sɪmoɪs; 'sɪməwis〕

Simonides〔saɪ'mɑnɪ,diz〕

Simoniz〔'saɪmə,naɪz〕

Simony〔'saɪmənɪ〕

Simos〔'sɪmɔs〕

Simović〔'simɔvɪtʃ; -,vitj(塞克)〕

Simpcox〔'sɪmpkɑks; 'sɪmkɑks〕

Simpkin〔'sɪmpkɪn〕辛普金

Simpkinson〔'sɪmpkɪnsṇ〕

Simple〔'sɪmpḷ〕

Simple-lifer〔'sɪmpḷ,laɪfə〕

Simple Simon〔'sɪmpḷ 'saɪmən〕

Simplice〔sæŋ'plis〕(法)

Simplicissimus〔zɪmpli'tsɪsimus〕

Simplicius〔sɪmp'lɪʃɪəs〕

Simplon〔'sɪmplən〕辛普倫隧道(歐洲)

Simpson〔'sɪmpsṇ〕辛普遜(加拿大)

Simrall〔'sɪmrəl〕西姆拉爾

Simrock〔'zɪmrak〕

Sims〔sɪmz〕西姆斯

Simsbury〔'sɪmzbərɪ〕

Simson〔'sɪmpsṇ; 'zɪmzɑn(德)〕西姆森

Sim Tappertit〔sɪm 'tæpətɪt〕

Simurgh〔si'mjurg〕

Simushir〔simu'ʃɪr〕

Simyen Mountains〔sɪ'mjen ~〕西米恩
山脈(衣索比亞)

Sin, Naram-〔nɑ'rɑm·'sɪn〕

Sina〔'sinə〕

Sina〔'sinæ〕(阿拉伯)

Sinae〔'saɪni〕

Sinai〔'saɪnaɪ〕西奈半島(埃及)

Sinaitic〔,saɪnɪ'ɪtɪk〕

Sinaitus〔,saɪnɪ'ɪtəs〕

Sinaloa〔,sinɑ'loɑ〕

Sinan〔sɪ'nɑn〕

Sinanthropus Pekinensis〔sɪnæn-
'θropəs piki'nɛnsis〕

Sinarquista〔sinɑr'kistɑ〕

Sinas〔'saɪnəs〕

Sinatra〔sɪ'nɑtrə〕西納特拉

Sinbad〔'sɪnbæd〕

Sincklo〔'sɪŋklo〕

Sinclair〔'sɪŋklɛr〕辛克萊（❶ May, 1865?-
1946, 英國女小說家 ❷ Upton Beall, 1878-1968,
美國作家及社會主義者）

Sind〔sɪnd〕

Sindangan〔sɪn'daŋan〕

Sindanglaya〔,sɪndan'glaja〕

Sindbad〔'sɪnbæd〕

Sinder〔'sɪndə〕

Sindh〔sɪnd〕

Sindhi〔'sɪndi〕

Sindhu〔'sɪndu〕

Sindia〔'sɪndɪa〕

Sindicalistas〔,sindika'listas〕

Sinding〔'sɪndɪŋ〕

Sindlesham〔'sɪndlʃəm〕

Sinel〔'sɪnəl; 'saɪnəl〕

Sinepuxent〔,sɪnɪ'pʌksnt〕

Sinerhe〔si'nɛrhe〕

Sines〔'sɪniʃ〕（葡）

Sinfeng〔'ʃɪn'ʃʌŋ〕（中）

Sing〔sɪŋ〕

Singalang-Tandikat〔sɪŋ'galaŋ-tan-
'dikat〕

Singan〔'ʃi'an〕（中）

Singan-fu〔'ʃi'an·'fu〕（中）

Singapore〔,sɪŋɡə'pɔr〕新加坡（馬來羣島）

Singaradja〔,sɪŋɡa'radʒa〕

Singat〔sɪn'gat〕

Sing Buri〔sɪŋ buri〕

Singer〔'sɪŋə〕辛爾（❶ Isaac Merrit, 1811-
1875, 美國發明家 ❷ Isaac Bashevis, 1904-, 生
於波蘭之美籍猶太作家）

Singe-Spiel〔'zɪŋə·ʃpil〕（德）

Singh〔sɪŋ; 'sɪŋhə(印)〕

Singhaburi〔sɪŋburi〕

Singhalese〔,sɪŋɡə'liz〕錫蘭人；錫蘭語

Singhasari〔,sɪŋa'sari〕

Singhbhum〔sɪŋ'bum〕

Singhji〔'sɪndʒi; 'sɪŋhədʒi〕

Singidunum〔,sɪndʒɪ'djunəm〕

Singitic〔sɪn'dʒɪtɪk〕

Singkarak〔sɪŋka'rak〕

Singkep〔'sɪŋkɛp〕新開島（印尼）

Singler〔'sɪŋlə〕

Singleshot〔'sɪŋɡlˌʃat〕

Singleton〔'sɪŋɡltən〕

Singley〔'sɪŋɡlɪ〕辛格利

Singmaster〔'sɪŋˌmastə〕辛馬斯特

Singora〔sɪŋ'gɔrə〕

Singosari〔,sɪŋo'sari〕

Singpho〔'sɪŋ'po〕
　　　　　　　　　　　　　　　「近之州立監獄
Sing Sing〔'sɪŋ ,sɪŋ〕紐約州 Ossining 附

Singspiel〔'sɪŋspil; 'zɪŋʃpil(德)〕

Singu〔sɪn'gu〕

Sinha〔'sɪŋhə〕

Sinhalese〔,sɪnhə'liz; -'lis〕=
　　Singhalese

Sinibaldi〔,sini'baldi〕

Sinibaldo〔'sini'baldo〕

Sinicism〔'sɪnɪsɪzm〕❶中國的風習 ❷中國的
　　　　　　　　　　　　　　　 ⌊語言特徵
Sinim〔'sɪnɪm〕

Sining〔'ʃi'nɪŋ〕西寧（青海）

Sinjohn〔'sɪndʒən〕

Sink〔sɪŋk〕

Sinkat〔sɪn'kat〕

Sinkiang〔'ʃɪndʒɪ'aŋ〕新疆（中國）

Sinking〔'sɪŋkɪŋ〕

Sinkler〔'sɪŋklə〕

Sinks〔sɪŋks〕

Sinn〔sɪn〕辛恩

Sinnamarie〔sinama'ri〕（法）

Sinnamary〔sinama'ri〕（法）

Sinnamus〔'sɪnəməs〕

Sinneh〔sɪn'næ〕

Sinnett〔'sɪnɪt; sɪ'nɛt〕辛尼特

Sinn Fein〔'ʃɪn 'fen〕愛爾蘭之新芬黨

Sinn Feiner〔'ʃɪn 'fenə〕

Sinni〔'sɪnnɪ〕（義）

Sinno〔'sɪnno〕（義）

Sinnott〔'sɪnət〕辛諾特

Sino〔'sino〕

Sinobong〔sɪ'nobɒŋ〕

Sino-Japanese〔,saɪno·,dʒæpə'niz;
,sɪno-〕漢化日語

Sinology〔saɪ'nalədʒɪ; sɪ'n-〕漢學

Sinon〔'saɪnən〕

Sinop〔sɪ'nɔp〕

Sinopah〔'sɪnopa〕

Sino-Soviet〔,sino·,sovɪ'ɛt〕

Sino-Thai〔,sino·'taɪ〕

Sino-Tibetan〔,saɪno tɪ'bɛtn; ,sino-〕

Sinqu〔'sɪŋku〕
　　　　　　　　　　　　　　　 ⌊漢藏語系
Sinsheim〔'zɪnshaɪm〕

Sintang〔'sɪntaŋ〕

Sint-Gillis〔sɪnt·'hɪlɪs〕（法蘭德斯）

Sint Jans〔sɪnt 'jans〕

Sint-Joost-ten-Noode〔sɪnt·,jost·tə·-
'node〕（法蘭德斯）

Sint-Niklass〔sɪnt·'nɪklas〕

St.-Nicolas〔sɪnt·'nɪklas〕

Sinton〔'sɪntən〕辛頓

St.-Pieters-Leeuw〔sɪnt·'pitəs·'leu〕

St.-Truijen〔sɪnt·'trɔɪjən〕
Sinú〔si'nu〕
Sinuessa〔sɪnjʊ'ɛsə〕
Sinuiju〔'ʃini,dʒu〕新義州(韓國)
Sinus Aelaniticus〔'saɪnəs ,ɛlə'nɪtɪkəs〕
Sinus Arabicus〔'saɪnəs ə'ræbɪkəs〕
Sinus Cantabricus〔'saɪnəs kæn-
 'tæbrɪkəs〕
Sinus Gallicus〔'saɪnəs 'gælɪkəs〕
Sinus Ligusticus〔'saɪnəs lɪ'gʌstɪkəs〕
Sinus Pagasaeus〔'saɪnəs 'pægə'siəs〕
Sinyang〔'ʃin'jaŋ〕
Sinzheimer〔'zɪnts,haɪmɚ〕
Sio〔'sio〕
Siobhan〔ʃɪ'vɔn〕
Siodmak〔saɪ'admak〕
Sion〔'saɪən; 'zaɪən; sjɔŋ〕 「族」
Siouan〔'suən〕蘇族(北美印第安人之一大語
Sioussat〔'susɑ〕
Sioux City〔su ～〕蘇城(美國)
Sipand〔si'pand〕
Sipapu〔'sipəpu〕
Siparia〔sə'pɛrɪə〕
Siphnos〔'sɪfnəs〕
Síphnos〔'sɪfnɔs〕
Šipka〔'ʃɪpkə; -kɑ〕(保)
Siple〔'saɪpḷ〕賽普爾
Siporin〔si'pɔrɪn〕
Sippar〔sɪ'par〕
Sipple〔'sɪpḷ〕
Sipsey〔'sɪpsɪ〕
Sipylus〔'sɪpɪləs〕
Siqueiros〔sɪ'keros〕
Siquia〔'sikja〕
Siquijor〔sikɪ'hɔr〕(西)
Siqveland〔'sikvələænd〕
Sira〔'sirɑ〕
Sirach〔'sɪræk〕
Siracusa〔sɪrɑ'kuzɑ〕錫臘庫札(義大利)
Sirajganj〔sɪ'radʒgʌndʒ〕(印)
Siraj-ud-daula〔sɪ'radʒ·ʊd·'daʊlə〕
Sirat, Al〔æl sɪ'rat〕
Sirbonis〔sə'bɔnɪs〕
Sirdar〔sə'dɑr〕
Sir Darya〔sɪr 'dajə〕
Sir Donald〔sɚ 'danḷd〕
Sire〔sir〕
Sirène〔si'rɛn〕(法)
Sirens〔'saɪrɪnz〕
Siret〔sɪ'rɛt〕
Sireth〔'zɛrɛt〕

Sirguja〔sɪr'gudʒə〕
Sirhan Wadi〔sɪr'hæn 'wædɪ〕
Siricius〔sɪ'rɪʃɪəs〕
Sirik〔'sirɪk〕
Sirin〔'sirɪn〕
Siringo〔sɪ'rɪŋgo〕西林戈
Sirion〔'sɪrɪən〕
Siris〔'saɪrɪs〕
Sirius〔'sɪrɪəs〕【天文】天狼星
Sirlin〔'zɪrlɪn〕
Sirmio〔'sɚmɪo〕
Sirmium〔'sɚmɪəm〕
Sirmoor〔sɪr'mʊr〕
Sirmur〔sɪr'mʊr〕西默
Sirohi〔sɪ'rohɪ〕
Široký〔'ʃiroki〕(捷)
Siros〔'saɪras; 'sɪrɔs〕
Sirrah〔'sɪrə〕
Sirte〔'sɪrte〕錫爾特(利比亞)
Sirte, Gran〔gran 'sɪrte〕
Sis〔sɪs〕西絲
Sisal〔sɪ'sal〕
Sisam〔'saɪsəm〕賽瑟姆
Sisara〔'sɪsərə〕
Sisavang〔sɪsə'vaŋ〕
Siscia〔'sɪʃɪə〕
Sisco(e)〔'sɪsko〕西斯科
Sisenna〔sɪ'sɛnə〕
Sisera〔'sɪsərə〕
Sisines〔sɪ'sɪniz〕
Sisk〔sɪsk〕西斯科
Siskiwit〔'sɪskɪwɪt〕
Siskiyou〔'sɪskɪju〕
Sisler〔'sɪslɚ〕西斯勒
Sisley〔'sɪslɪ; sis'le〕(法)西斯利
Sismondi〔sɪs'mandɪ; sismɔŋ'di〕西斯
 門地(Jean Charles Léonard Simonde de,
 1773-1842, 瑞士歷史家及經濟學家)
Sisophon〔'sɪsəphan〕詩梳風(柬埔寨)
Sissala〔sɪ'sala〕
Sisseton〔'sɪsətən〕
Sisson〔'sɪsn〕西森
Sistan〔sis'tan〕
Sistine〔'sɪstin〕
Sisto〔'sisto〕
Sisto Rosa〔'sisto 'rozɑ〕
Sisum〔'saɪsəm〕
Sisyphean〔,sɪsɪ'fɪən〕
Sisyphus〔'sɪsɪfəs〕【希臘神話】科林斯王
Sita〔'sitə〕
Sitabaldi〔,sitɑ'bʌldɪ〕(印)
Sitamau〔si'tamaʊ〕

Sitapur〔'sitɑ,pʊr〕
Sitaramaya〔,sitə'rɑməjə〕
Sithonia〔sɪ'θonjə〕
Sitifis〔'sɪtɪfɪs〕
Sitka〔'sɪtkə〕夕卡（美國）
Sitkin〔'sɪtkɪn〕
Sitlington〔'sɪtlɪŋtən〕
Sitra〔'sɪtrə〕
Sitricson〔sɪt'rɪksn̩〕
Sitsang〔ʃi'tsɑŋ〕西藏（中國）
Sittang〔'sɪttɑŋ〕（緬）
Sittaung〔'sɪttɑʊŋ〕（緬）
Sittenfeld〔'zɪtənfɛlt〕
Sitter〔'sɪtɚ〕西特爾（Willem, 1872-1934, 荷
Sitterly〔'sɪtɚlɪ〕西特利　　〔蘭天文學家）
Sitterson〔'sɪtɚsn̩〕西特森
Sittewald〔'zɪtəvɑlt〕
Sittig〔'sɪtɪg〕
Sittingbourne〔'sɪtɪŋbɔrn〕
Sitting Bull〔'sɪtɪŋ 'bʊl〕
Sittler〔'sɪtlɚ〕
Situbondo〔,situ'bɔndo〕
Situla〔'sɪtjʊlə〕
Sitwell〔'sɪtwəl; -wɛl〕西特威爾（Sir
　George Reresby, 1860-1943, 英國作家）
Siusi〔si'usi〕
Siuslaw〔saɪ'juslɔ〕
Siut〔sɪ'ut〕　　　　　〔大神中司破壞之神〕
Siva〔'sivə; 'ʃivə〕濕婆；大自在天（印度三
Sivajee〔sɪ'vɑdʒi〕
Sivaji〔'sɪvɑdʒi〕
Sivan〔sɪ'vɑn〕猶太曆之第九月
Sivar〔'sivɑr〕
Sivas〔sɪ'vɑs〕西瓦斯（土耳其）
Sivasamudram〔,sivəsə'mudrəm〕
Sivash〔sɪ'væʃ〕
Sivertsen〔'sivɚtsən〕
Siviglia〔si'viljɑ〕
Sivori〔'sivori; si'vori〕
Sivyer〔'sɪvɪɚ〕
Siwa〔'siwə〕
Siwalik〔sɪ'wɑlɪk〕
Siward〔'sjuɚd; 'siwɚd〕
Siwaro〔'siwɑro〕
Siwash〔'saɪwɑʃ〕北美太平洋海岸之印第安人
Siwertz〔'sivɚts〕（瑞典）
Si-wu〔'si·'wu〕（中）
Six, Les〔le 'sis〕（法）
Sixtine〔siks'tin〕
Sixtus〔'sɪkstəs〕
Sixt von Armin〔'zɪkst fɑn ɑr'min〕
Siyang〔ʃɪ'jɑŋ〕泗陽（江蘇）

Siyeh〔'saɪjə〕
Sizoo〔'saɪzu〕
Sjælland〔'ʃɛllɑn〕（丹）
Sjahrir〔'ʃɑrir〕
Sjöberg〔'ʃɝbærj〕（瑞典）
Sjoerd〔'ʃuɑt〕（荷）
Skadar〔'skɑdɑr〕
Skadarsko Jezero〔'skɑdɑrskɔ 'jɛzɛrɔ〕
Skadi〔'skɑdi〕
Skaga〔'skɑgɑ〕
Skagastølstindane〔'skɑgɑst əlstɪndɑnə〕（挪）　　　　〔德蘭半島〕
Skagen, Cape〔'skɑgən ~〕斯卡根角（日
Skager Rack〔'skægɚ ,ræk〕
Skager-Rak〔'skægɚ·,ræk〕
Skagerrak〔'skægɚ,ræk〕斯加拉克海
Skaggerrak〔'skægɚ,ræk〕（北歐）
Skagit〔'skægɪt〕
Skagway〔'skægwe〕斯卡圭（美國）
Skalbe〔'skɑlbɛ〕
Skamania〔skə'menjə〕
Skanda〔'skændə〕
Skandagupta〔'skʌndə'guptə〕（印）
Skandapurana〔,skændəpu'rɑnə; 'skʌn-〕
Skanderbeg〔'skændɚbɛg〕
Skåne〔'skonə〕（瑞典）
Skaneateles〔,skænɪ'ætləs; 'skɪn-〕
Skaptar〔'skɑptɑr〕
Skaraborg〔'skɑrɑ,bɔrj〕（瑞典）
Skarbek〔'skɑrbɛk〕
Skarga〔'skɑrgɑ〕
Skariatina〔skɑrɪ'ɑtɪnə〕
Skat〔skæt〕
Skavronskaya〔skɑv'rɔnskəjə〕
Skaw〔skɔ〕
Skeat〔skit〕斯惎特（Walter William, 1835-1912, 英國語言學家）
Skeele〔skil〕斯基爾
Skeena〔'skinə〕
Skeffington〔'skɛfɪŋtən〕斯凱芬頓
Skeggs〔skɛgz〕
Skellefte〔ʃɛ'lɛftə〕（瑞典）
Skellefteå〔ʃɛ'lɛftə,o〕（瑞典）
Skellig〔'skɛlɪg〕
Skelligs〔'skɛlɪgz〕　　　　　　〔爾
Skelmersdale〔'skɛlmɚzdel〕斯凱默斯代
Skelton〔'skɛltn̩〕斯凱爾頓（John, 1460?-　　　　　　　　　L 1529, 英國詩人）
Skene〔skin〕
Skerrett〔'skɛrɪt〕
Skerries〔'skɛrɪz〕

Skerrow〔'skɛro〕
Skerryvore〔'skɛrɪvɔr〕
Sketchley〔'skɛtʃlɪ〕
Skewarky〔skɪ'wɑrkɪ〕
Skey〔ski〕
Skiagraphos〔skaɪ'ægrəfɑs〕
Skiathos〔'skaɪəθəs〕
Skíathos〔'skjiɑθɔs〕
Skiatook〔'skaɪətuk〕
Skibbereen〔'skɪbərin〕
Skibo〔'skibo〕
Skidbladner〔'skɪdblɑdnə〕
Skiddaw〔'skɪdɔ〕
Skidegate〔'skɪdəgɪt〕
Skienselv〔'ʃeɑnsɛlv〕(挪)
Skihist〔'skihɪst〕
Skilling〔'skɪlɪŋ〕斯基林
Skillman〔'skɪlmən〕斯基爾曼
Skilton〔'skɪltən〕斯基普頓
Skimmington〔'skɪmɪŋtən〕
Skimpole〔'skɪmpol〕
Skinner〔'skɪnə〕斯金納
Skiold〔skjɔld〕
Skionar〔skɪ'onə〕
Skipetar〔'ʃkɪpətɑr〕
Skipsey〔'skɪpsɪ〕斯基普西
Skipton〔'skɪptən〕
Skirling〔'skəlɪŋ〕
Skirnir〔'skɪrnɪr〕
Skirophoria〔,skɪro'fɔrɪə〕
Skirophorion〔,skɪro'fɔrɪɑn〕
Skirrow〔'skɪro〕
Skiryatov〔,skɪrɪ'ɑtɔf〕
Skjálfanda〔'skjaʊl,vɑndɑ〕(冰)
Skjeggedalsfoss〔'ʃɛgədɑls,fɔs〕(挪)
Skjerne〔'skjærnə〕(丹)
Skjoldr〔'skjoldə〕(古挪)
Skjoldunger〔'skjoldʊŋgɑr〕
Sklar〔sklɑr〕斯克拉
Sklodowska〔sklɔ'dɔfskɑ〕
Skobelev〔'skɔbələf; 'skɔbjɪljif(俄)〕
Skoda〔'skodɑ〕斯古達(Emil von, 1839-
Škoda〔'ʃkɔdɑ〕 L1900, 捷克工程師及實業家)
Skogan〔'skɑgən〕
Skoglund〔'skoglund〕斯科格隆
Skokholm〔'skɑkhom〕
Skokie〔'skokɪ〕
Skokomish〔skə'komɪʃ〕
Skolovsky〔sko'lɑvskɪ〕斯科洛夫斯基
Skolsky〔'skolskɪ〕斯科爾斯基
Skomer〔'skomə〕
Skomorowsky〔,skɑmo'rɑfskɪ〕

Skopelo〔'skɔpɛlo〕
Skopelos〔'skɔpələs〕
Skópelos〔'skɔpɛlɔs〕
Skorobogaty〔,skɔrobə'gɑtɪ〕
Skopje〔'skɔpjɛ〕
Skoplje〔'skɔpljɛ〕斯科普勒(南斯拉夫)
Skoropadski〔skʌrʌ'pɑtskəɪ〕(俄)
Skouloudes〔sku'luðɪs〕(希)
Skouloudis〔sku'luðɪs〕(希)
Skouras〔'skuɑrɑs〕斯庫拉斯
Skovorodino〔skʌvʌ'rɔrdjɪnə〕斯科沃羅
Skowhegan〔skaʊ'higən〕 L迪諾(蘇聯)
Skram〔skrɑm〕
Skrat〔skræt〕
Skrimshire〔'skrɪmʃə〕
Skrine〔skrin〕斯克林
Skryabin〔'skrjɑbjin〕(俄)
Skrzynecki〔skʃɪ'nɛtskɪ〕(波)
Skrzyński〔'skʃɪnjskɪ〕(波)
Skuary〔'skjʊɑrɪ〕
Skunk〔skʌŋk〕
Skunktown〔'skʌŋktaʊn〕
Skupshtina〔'skupʃtɪnə〕南斯拉夫的下議
Skutari〔'skutərɪ〕 L院
Skvireckas〔skvi'rɛtskɑs〕
Skye〔skaɪ〕斯開島(蘇格蘭)
Skykjefos〔'ʃjuhə,fɔs〕(挪)
Skykomish〔skaɪ'komɪʃ〕
Skylight〔'skaɪlaɪt〕
Skyring〔'skaɪrɪŋ〕
Skyrme〔skɝm〕斯克姆
Skyros〔'skaɪrəs〕斯開洛斯島(希臘)
Skýros〔'skjirɔs〕(希)
Sla〔slæ〕
Slack〔slæk〕斯萊克
Slade〔sled〕斯萊德
Sladen〔'sledn〕斯萊登
Slaithwaite〔'slæθwət; -wet; 'slaʊɪt〕
Slamet〔'slɑmɛt〕
Slammer〔'slæmə〕
Slane〔slen〕斯萊恩
Slaney〔'slenɪ〕斯萊尼
Slánsky〔'slɑnskɪ〕
Śląsk〔ʃlɔŋsk〕(波)
Śląsk Dąbrowski〔ʃlɔŋsk dɔm-'brɔfskɪ〕(波)
Śląsk Dolny〔ʃlɔŋsk 'dɔlnɪ〕(波)
Slate〔slet〕斯萊特
Slater〔'sletə〕斯萊特
Slatersville〔'sletəzvɪl〕
Slatin〔'slɑtɪn〕

Slatington〔'slætɪŋtən〕

Slatin Pasha〔'slatın 'paʃə〕

Slaton〔'sletn̩〕斯拉頓

Slattery〔'slætərɪ〕斯萊特里

Slauerhoff〔'slauəhɔf〕（荷）

Slaughter〔'slɔtə〕斯勞特

Slav〔slav; slæv〕斯拉夫族人

Slave States〔slev ～〕南北戰爭以前美國南
方雇用奴隸的各州

Slavenska〔sla'venska〕

Slavic〔'slævɪk; 'slav-〕斯拉夫語

Slavin〔'slevɪn〕斯萊文

Slavinia〔slə'vɪnɪə〕

Slavkov〔'slafkɔf〕（捷）

Slavonia〔slə'vonɪə〕斯拉夫尼亞（南斯拉夫）

Slavonic〔slə'vanɪk〕斯拉夫人；斯拉夫語

Slavonien〔sla'vonɪən〕

Slavonija〔sla'vonɪja〕

Slavson〔'slevsn̩〕

Slavyansk〔slʌ'vjansk〕（俄）

Sławek〔'slavek〕（波）

Slawi〔'slawɪ〕

Slawkenbergius〔,slɔkən'bədʒɪəs〕

Slawonien〔sla'vonɪən〕

Slawson〔'slɔsn̩〕斯勞森

Slay-Good〔'sle·gud〕

Slayter〔'sletə〕斯萊特

Slayton〔'sletn̩〕斯萊頓

Slea〔sle〕

Sleaford〔'slifəd〕

Sleat〔slet〕

Sledge〔sledʒ〕

Sleek〔slik〕

Sleeper〔'slipə〕斯利珀

Sleepy Eye〔'slipɪ 'aɪ〕

Sleepy Hollow〔'slipɪ 'halo〕

Sleeter〔'slitə〕

Sleidan〔slaɪ'dan〕

Sleidanus〔slaɪ'danʊs〕

Sleigh〔sle〕斯萊

Sleight〔slaɪt〕斯萊特

Sleights〔slaɪts〕

Sleipnir〔'slepnɪr〕

Slemmer〔'slemə〕斯萊默

Slender〔'slendə〕

Slepian〔'slepɪən〕斯萊皮恩

Slesinger〔'slesɪndʒə〕

Slesvig〔'slɪsvɪh〕（丹）

Sleswick〔'sleswɪk; 'slɛz-〕

Sleto〔'sletə〕

Slevogt〔'slefoht〕（德）

Sley〔slaɪ〕

Slezak〔'slezak; -zæk〕斯萊扎克

Sleževičius〔slɛʒe'vitʃɪʊs〕（立陶宛）

Slezsko〔'sleskɔ〕

Sli〔sli〕

Slichter〔'slɪktə〕斯利克特

Slick〔slɪk〕斯利克

Slickville〔'slɪkvɪl〕

Slide〔slaɪd〕

Slidell〔slaɪ'del; 'slaɪdəl〕斯萊德爾

Sliepcevich〔slɪ'jeptʃɪvɪtʃ〕

Slieve Bingian〔sliv 'bɪnjən〕

Slieve Car〔sliv 'kar〕

Slieve Commedagh〔sliv 'kamədə〕

Slieve Donard〔sliv 'danəd〕

Slievekimalta〔slivkɪ'maltə〕

Slieve Mish〔sliv 'mɪʃ〕

Slieve Miskish〔sliv 'mɪskɪʃ〕

Slievemore〔slɪv'mɔr〕

Slievenaman〔,slivnə'man〕

Slieve Snaght〔sliv 'snaht〕（愛）

Slifer〔'slaɪfə〕

Sligh〔slaɪ〕斯萊

Sligo〔'slaɪgo〕斯來哥郡（愛爾蘭）

Slim〔slɪm〕斯利姆

Slingeland〔'slɪŋəlant〕（荷）

Slingland〔'slɪŋglənd〕

Slingsby〔'slɪŋzbɪ〕

Slipher〔'slaɪfə〕斯萊弗

Slipslop〔'slɪpsləp〕

Slitor〔'slaɪtə〕斯利特

Sliven〔'sliven〕

Slivno〔'slivnɔ〕

Sloan(e)〔slon〕斯隆

Sloat〔slot〕斯洛特

Sloatsburg〔'slotsbəg〕

Slobodan〔slə'bodan〕

Slobodkin〔slo'badkɪn〕斯洛博金

Slocombe〔'slokəm〕斯洛科姆

Slocum〔'slokəm〕斯洛克姆

Slocumb〔'slokəm〕

Słonimsky〔slo'nɪmskɪ〕（波）

Slop〔slap〕

Slope〔slop〕

Sloper〔'slopə〕斯洛珀

Slosson〔'slasən〕斯洛森

Slot〔slat〕斯洛特

Slote〔slot〕

Slotkin〔'slatkɪn〕

Slott〔slat〕斯洛特

Slough〔slau〕

Slovak〔'slovæk〕❶斯洛伐克人❷斯洛伐克語

Slovakia〔slo'vakɪə〕斯洛伐克（捷克）

Slovene〔slo′vin; ′slovin〕居於 Solvenia
　的斯拉夫人　　　　　　　　　　「（南斯拉夫）
Slovenia〔slo′vinɪə〕斯拉維尼亞聯邦共和國
Slovenija〔slɔ′vɛnɪja〕
Slovensko〔′slɔvɛnskɔ〕
Słowacki〔slɔ′vatski〕（波）
Slowboy〔′slobɔɪ〕
Sloy, Loch〔lah ′slɔɪ〕（蘇）
Słubice〔slu′bitsɛ〕斯魯比茲（波蘭）
Sludge〔slʌdʒ〕
Sluis〔slɔɪs〕（荷）
Sluiskin〔′sluskɪn〕
Słupsk〔slupsk〕（波）
Sluter〔′sljutə〕
Sluys〔slɔɪs〕（荷）
Sly〔slaɪ〕斯萊
Slye〔slaɪ〕斯萊
Smaalenenes〔′smɔlənə,nes〕
Smackover〔′smækovə〕
Småland〔′smoland〕（瑞典）
Smale〔smel〕斯梅爾
Smales〔smelz〕
Smali Anadolu Dağlari〔ʃma′li
　anado′lu dala′rɪ〕（土）
Small〔smɔl〕斯莫爾
Smalley〔′smɔli〕斯莫利
Smallthorne〔′smɔlθɔrn〕
Smallweed〔′smɔlwid〕
Smallwood〔′smɔlwud〕斯莫爾伍德
Smalridge〔′smɔlrɪdʒ〕
Smalus〔′smeləs〕
Smara〔′smarɑ〕
Smaragdus Mons〔smə′rægdəs mɑnz〕
Smart〔smɑrt〕斯莫爾
Smartas〔′smɑrtəz〕
Smead〔smid〕斯米德
Smeaton〔′smitṇ〕斯米頓
Smec〔smɛk〕
Smectymnuus〔smɛk′tɪmnjʊəs〕
Smedley〔′smɛdlɪ〕斯梅德利
Smelfungus〔′smɛl,fʌŋgəs〕
Smellie〔′smɛlɪ〕斯梅利
Smerdis〔′smɜdɪs〕
Smet, De〔də ′smɛt〕
Smetana〔′smɛtənə〕史麥塔高（Bedřich,
　1824-1884, 捷克鋼琴家、作曲家及指揮家）
Smet de Naeyer〔′smɛt də ′najə〕
Smethills〔′smɛθɪlz〕斯梅西爾斯
Smethport〔′smɛθpɔrt〕
Smethwick〔′smɛðɪk〕斯麥細克（英格蘭）
Smetona〔,smɛtɔ′na〕
Smibert〔′smaɪbət〕斯邁伯特

Smíchov〔′smihɔf〕（捷）
Smichow〔′smiho〕（德）
Smiddy〔′smɪdɪ〕
Smidovich〔smi′dɔvɪtʃ〕
Smieton〔′smitn〕斯米頓
Śmigły-Rydz〔′sjmigli·′rɪts〕（波）
Smike〔smaɪk〕
Smile〔smaɪl〕
Smiles〔smaɪlz〕斯邁爾斯（Samuel, 1812-
　1904, 蘇格蘭社會改革者、新聞記者及傳記作家）
Smiley〔′smaɪlɪ〕
Smillie〔′smaɪlɪ〕
Smintheus〔′smɪnθjus〕
Smirke〔smɜk〕斯默克
Smirnov〔smir′nɔf〕
Smith〔smɪθ〕斯密（❶Adam, 1723-1790, 蘇格
　蘭經濟學家 ❷Alfred Emanuel, 1873-1944, 美國
Smith-Dorrien〔′smɪθ·,darɪən〕└從政者）
Smithells〔′smɪðlz〕
Smither〔′smɪðə〕史密瑟
Smithers〔′smɪðəz〕史密瑟斯
Smithey〔′smɪðɪ〕
Smithfield〔′smɪθfild〕
Smith Flygare Carlén〔smit ′flju-
　garə kar′len〕（瑞典）
Smithies〔′smɪðɪz〕
Smithland〔′smɪθlənd〕
Smithson〔′smɪθsṇ〕斯密生（James, 1765-
　1829, 英國化學家及礦物學家）
Smithsonian Institution〔smɪθ ′sonɪən
　～〕斯密生博物館
Smithville〔′smɪθvɪl〕史密斯維爾（美國）
Smithwick〔′smɪθwɪk〕史密斯威克
Smits〔smɪts〕斯米茨
Smock〔smak〕斯莫克
Smodlaka〔′smɔdlaka〕
Smohalla〔smo′hælə〕斯莫哈拉
Smoker〔′smokə〕斯莫克爾
Smokestack〔′smoks,tæk〕
Smoky Hill〔′smokɪ ～〕煙山河（美國）
Smoky Mountains〔′smokɪ ～〕斯摩吉山
Smöla〔′smɜla〕（挪）　　└脈（美國）
Smolensk〔smo′lensk〕斯摩稜斯克（蘇聯）
Smolkin〔′smalkɪn〕
Smollett〔′smalɪt〕斯摩里特（Tobias
　George, 1721-1771, 英國作家）
Smoot〔smut〕斯穆特
Smooth〔smuð〕
Smorltork〔′smɔltɔrk〕
Smorodintsev〔sma′rɔdɪntsif〕
Smothers〔′smʌðəz〕斯馬瑟斯
Smreczyński〔smrɛ′tʃɪnjski〕（波）

Smulkin〔'smʌlkɪn〕

Smuts〔smʌts〕史沫資（Jan Christiaan, 1870-1950, 南非聯邦政治家及將軍）

Smybert〔'smaɪbɚt〕

Smylie〔'smaɪlɪ〕斯邁利

Smyrna〔'smɚnə〕

Smyrnaeus, Sinus〔'saɪnəs smɚ'niəs〕

Smyrne〔'smɪrni〕

Smyth〔smaɪθ〕史邁司（Henry De Wolt, 1898-, 美國物理學家）

Smythe〔smaɪð; smaɪθ〕斯邁司

Snaefell〔'snefəl〕

Snaefellsjökull〔'snaɪfel'sjɚkjʊtļ〕(冰)

Snæhætten〔'snehɛtən〕

Snagge〔snæg〕斯納格

Snagsby〔'snægzbɪ〕

Snaith〔sneθ〕斯奈思

Snake〔snek〕蛇河（美國）

Snaketown〔'snektaʊn〕

Snanayatra〔,snanə'jatrə〕

Snapp〔snæp〕斯納普

Snapper〔'snæpɚ〕斯納珀

Snare〔snɛr〕

Snavely〔'snevlɪ〕斯內夫利

Snead〔snid; snɛd〕斯尼德

Sneak〔'snik〕

Sneed〔snid〕斯尼德

Sneedville〔'snidvɪl〕

Sneer〔snɪr〕

Sneerwell〔'snɪrwəl〕

Sneeuwberg〔'sniuberh〕(非、荷)

Sneeuw Gebergte〔'sneʊ hə,bɚhtə〕

Sneferu〔'snɛfəru〕   L(荷)

Sneffels〔'snɛfəlz〕

Snefru〔'snɛfru〕

Snel〔snɛl〕

Snelgrove〔'snɛlgrov〕斯內爾格羅夫

Snell〔snɛl〕斯內爾

Snellaert〔'snɛlɑrt〕(法蘭德斯)

Snellen〔'snɛlən〕

Snelling〔'snɛlɪŋ〕斯內林

Snellius〔'snɛliəs〕

Snell van Royen〔'snɛl van 'rojən〕

Snethen〔'snɛθṇ〕斯內森

Snevellicci〔snevə'litʃɪ〕

Snewin〔'snjuin〕

Snewing〔'snjuiŋ〕

Sneyd〔snid〕

Sneyd-Kinnersley〔'snid·'kɪnəslɪ〕

Śniardwy〔sj'njɑrdvɪ〕（波）

Snideman〔'snaɪdmən〕斯奈德曼「發明後膛槍」

Snider〔'snaɪdɚ〕斯奈德（Jacob, ?-1866, 美國人,

Sniffels〔'snɪfɪlz〕

Snively〔'snaɪvlɪ〕

Snizort〔'snizɔrt〕

Snoberger〔'snobɚgɚ〕

Snodgrass〔'snɑdgrɑs〕

Snoddy〔'snɑdɪ〕斯諾迪

Snofru〔'snɑfru〕

Snöhetta〔'snɚ,hɛta〕

Snøhetta〔'snɚ,hɛta〕(挪)

Snohomish〔sno'homɪʃ〕

Snoilsky〔'snɔɪlskjʊ〕(瑞典)

Snook〔snuk〕斯努克

Snooks〔snuks〕

Snoqualmie〔snok'walmɪ〕

Snorre〔'snɔre〕

Snorri Sturluson〔'snɔrɪ 'stɚləsan〕 斯諾利斯特魯孫（1178-1241, 冰島政治家及歷史家）

Snorro〔'snɔro〕

Snout〔snaʊt〕   「1980,英國科學家及小說家)

Snow〔sno〕斯諾（Sir Charles Percy, 1905-

Snowbarger〔'snobɑrgɚ〕

Snowden〔'snodṇ〕斯諾登（Philip, 1864- 1937, 英國經濟學家及從政者）

Snowdon〔'snodṇ〕

Snowdonia〔sno'donjə〕

Snowdoun〔'snodən〕

Snowe〔sno〕斯諾

Snowmass〔'sno,mæs〕

Snowslip〔'snoslɪp〕

Snowy〔'snoɪ〕

Snubbin〔'snʌbɪn〕

Snug〔snʌg〕

Snuggs〔snʌgz〕斯納格斯

Snyder〔'snaɪdɚ〕斯奈德

Snyders〔'snaɪdɚs〕

Snyman〔'snemən〕

So〔so〕

Soa〔'soe; 'soə〕

Soame〔som〕索姆

Soames〔somz〕索姆斯

Soan〔so'ɑn〕

Soane〔son〕索恩

Soap〔sop〕

Soapy Sam〔'sopɪ 'sæm〕

Soar〔sɔr〕索爾

Soares〔so'ɑrɪs〕

Soa Salt Pan〔soə ~ 〕

Soay〔'soe〕

Sobat〔'sobæt〕

Sobel〔'sobļ〕索貝爾

Sobeloff〔'sobləf〕索貝洛夫

Sobelsohn〔'sobəlson〕

Sobieski〔sobɪ'ɛskɪ; sɔ'bjɛski〕

Sobo〔'sobo〕

Sobol〔'sɔbəl〕索博爾

Sobolev〔'sɔbəljif〕（俄）

Sobranje〔so'branjə〕

Sobraon〔so'braun〕（印）

Sobrarbe〔so'brɑve〕（西）

Sobrero〔so'brɛro〕

Soby〔'sobɪ〕

Soča〔'sɔtʃa〕（塞克）

Socarrás〔sokɑ'rɑs〕（拉丁美）

Soccini〔sot'tʃini〕（義）

Soche〔'sɔ'tʃʌ; 'swɑ'tʃʌ(中)〕

Socias〔'soʃəz〕

Society Islands〔sə'saɪətɪ ～〕社會羣島 └（南太平洋）

Socin〔'zotsin〕

Socinus〔so'saɪnəs〕蘇塞納斯（Faustus, 1539-1604, 義大利宗教改革家）

Sockman〔'sakmən〕索克曼

Socna〔'saknə〕

Socompa〔so'kɔmpa〕

Socony〔sə'konɪ〕

Socorro〔sə'kɔro〕

Socotra〔sə'kotrə〕索科得拉島（印度洋）

Socrates〔'sakrətiz〕蘇格拉底（470?-399 └B.C.,希臘哲學家）

Soda〔'sodə〕

Soldatov〔sɔl'datɔf〕

Soddu〔'sɔddu〕（義）   ┌英國化學家）

Soddy〔'sadɪ〕蘇第（Frederick, 1877-1956,

Sodeman〔'sodɪmən〕索德曼

Söderberg〔'sɜdə,bærj〕（瑞典）

Söderblom〔'sɜdə,blum〕蘇德卜龍 （Nathan, 1866-1931, 瑞典神學家）

Södergran〔'sɜdəgran〕（芬）

Södermanland〔'sɜdəman,land〕（瑞典）

Södermann〔'sɜdəman〕（瑞典）

Söderwall〔'sɜdə,val〕（瑞典）

Sodom〔'sadəm〕【聖經】所多瑪城（亞洲）

Sodoma; Il〔,il 'sɔdoma〕蘇度瑪（1477?- 1549, Giovanni Antonio de Bazzi, 義大利畫家）

Sodomite〔'sadə,maɪt〕Sodom城之居民

Sodona〔so'donɑ〕

Sodor〔'sodə〕索德

Sodor And Man〔'sodə rənd 'mæn〕

Sodus〔'sodəs〕

Soekaboemi〔,suka'bumɪ〕

Soekarno〔su'karno〕

Soela〔'sulə〕

Soemba〔'sumbə〕

Soembawa〔sum'bawə〕

Soembing〔'sumbɪŋ〕

Soemmerring〔'zɜmərɪŋ〕（德）

Soenda〔'sundə〕

Soepiori〔,supɪ'ɔrɪ〕

Soerabaja〔,surə'bajə〕

Soerakarta〔,surə'kartə〕

Soergel〔'zɜgəl〕（德）澤格爾

Soester Fehde〔'zostə 'fedə〕

Soetamo〔su'tamo〕

Soetan〔'sutan〕

Sofala〔so'falə〕

Sofeggin〔so'fɛdʒɪn〕

Soffarid〔'safərɪd〕

Soffe〔sof〕

Soffel〔'sofəl〕

Sofi〔'sofɪ〕

Sofia〔'sofɪə, so'fiə, sə'faɪə(保); so'fia（義、瑞典）〕索非亞（保加利亞）

Sofism〔'sofɪzəm〕

Sofiya〔'sɔfɪja〕

Sofonisba〔,sofo'nizba〕

Sofronia〔so'fronɪə〕

Sofus〔'sofus〕

Sofya〔'sofja〕

Soga〔'sogɑ〕

Sogamoso〔,soga'moso〕

Sogdian〔'sagdɪən〕

Sogdiana〔,sagdɪ'enə〕

Sogdiane〔sagdɪ'en〕

Sogdianus〔sagdɪ'enəs〕

Soglow〔'saglo〕索格洛

Sogne〔'sɔŋnə〕桑格訥（挪威）

Sognnaes〔'sɑŋnæs〕

Sogn og Fjordane〔'sɔŋn ɔ 'fjorɑnə〕 （挪）

Sogod〔'sogɔd〕疎哥（菲律賓）

Sohâg〔sɔ'hædʒ〕

Soham〔'soəm〕

Sohan〔so'han〕

Sohar〔so'har; su'har〕

Soheil〔'sohel〕

Sohm〔som〕

Sohn〔zon〕索恩

Sohn Won Yil〔sɔn wʌn jil〕

Soho〔so'ho; 'soho〕倫敦的一區（以多餐 館著稱）

Sohr〔zor〕

Sohrab〔'sɔræb〕

Soine〔'sɔɪnɪ〕

Soir, Ce〔sə 'swar〕（法）

Soiroccocha〔,sɔɪrɔkɔtʃa〕

Sojourner〔'sodʒɜnə〕

Soissonnais〔,swasɔ'nɛ〕（法）

Soissons〔swa'sɔŋ〕（法）

Sokal〔'sɔkəl〕
Soke of Peterborough〔sok,
　'pitəbərə〕
Sokhondo〔sə'hɔndə〕(俄)
Sokol〔'sɔkɔl〕索科爾
Sokolnikoff〔sʌ'kɔljnjɪkɔf〕(俄)
Sokolnikov〔sʌ'kɔljnjɪkɔf〕(俄)
Sokoloff〔'sokɔlɔf; sʌkʌ'lɔf (俄)〕
　索科洛夫
Sokolovsky〔saka'lɔfskɪ〕索科斯基
Sokolow〔'sokəlov〕
Sokolsky〔so'kalskɪ〕
Sokoto〔'sokoto〕索科托(奈及利亞)
Sokotra〔sə'kotrə〕
Sol〔sal〕索爾
Solai〔so'laɪ〕
Solander〔sə'lændə; su'landə (瑞典)〕
Solano〔so'lano (西); su'lʌnu (葡)〕
Solanio〔sə'lanɪo〕
Solar〔so'la〕
Solari〔so'larɪ〕
Solario〔so'larjo〕
Solaro〔so'laro〕
Soldan〔'saldən〕
Soldán〔sol'dan〕(西)
Soldier〔'soldʒə〕
Soleillet〔sɔlɛ'jɛ〕(法)
Solemnis, Doctor〔sə'lɛmnɪs〕
Solenhofen〔'zɔlən,hofən〕
Solent〔'solənt〕
Soler〔so'lɛr〕(法)索萊爾
Soles〔solz〕索爾斯
Soley〔'solɪ〕索利
Solf〔zalf〕
Sol-fa〔sɔl·'fa〕
Solfatara〔,sɔlfa'tara〕
Solferino〔,salfə'rino〕
Solger〔'zalgə〕
Soli〔'solaɪ〕
Solihull〔solɪ'hʌl〕
Sol-Iletsk〔sɔl·i'ljɛtsk〕(俄)
Soliman〔'salɪmən〕
Solimana〔,solɪ'mana〕
Solimões〔sulɪmo'ɪŋs〕(葡)
Solin〔'sɔlɪn〕
Solingen〔'zɔlɪŋən〕索林根(德國)
Solinus〔sə'laɪnəs〕
Solis〔'solɪs; so'lis〕索利斯
Solís〔so'lis〕
Solis-Cohen〔'salɪs·'koən〕
Solís y Ribadeneira〔so'lis i ,ri-
　baðe'nera〕(西)

Solitario, El〔ɛl ,salɪ'tɛrɪo;
　,soli'tarjo〕
Solius〔'salɪəs〕
Sollas〔'saləs〕
Sollingerwald〔'zalɪŋəvalt〕
Sollius〔'salɪəs〕
Sollogub〔sʌlʌ'gup〕(俄)
Sollohub〔sʌlʌ'gup〕(俄)
Solloway〔'saləwe〕
Sollum〔sə'lum〕薩盧姆(埃及)
Sollum, El〔æs sæl'lum〕(阿拉伯)
Solms〔zalmz〕
Solna〔'sɔlna〕
Solnhofen〔'zoln,hofən〕
Solo〔'solo〕梭羅(印尼)
Sologne〔sɔ'lɔnj〕(法)
Sologub〔sʌlʌ'gup〕(俄)
Soloi〔'solɔɪ〕
Sololá〔solo'la〕　　　「(西太平洋)
Solomon Islands〔'saləmən〕所羅門羣島
Solomonovich〔sʌlʌ'mɔnəvjɪtʃ〕
Solomonovna〔,zolo'monəvna〕
Solomons〔'saləmənz〕所羅門斯
Solomon's-seal〔,saləmənz-'sil〕
Solomos〔sɔlɔ'mɔs〕
Solon〔'solan〕❶梭倫(638?-?559 B.C.,
　雅典立法者❷索倫(吉林)
Solor〔so'lɔr〕
Solòrzano y Pereira〔so'lɔrθano ɪ
　pe'rera〕(西)
Solothurn〔'zolotʊrn〕　　　「(俄)〕
Solovetsk〔,salə'vɛtsk; səlʌ'vjetsk
Solovetski〔,salə'vɛtskɪ; səlʌ-
　'vjetskɪ (俄)〕
Soloviëv〔sʌlʌ'vjɔf〕(俄)
Solovyev-Seidoi〔solo'vjɔf·se'dɔɪ〕
Solt〔ʃɔlt〕
Šolta〔'ʃɔlta〕(塞克)
Soltikov〔sʌltɪ'kɔf〕
Soluch〔so'luk〕
Solutré〔solju'tre〕
Solutré-Pouilly〔solju'tre·pu'ji〕(法)
Solutrean Period〔sə'lutrɪən ~〕更新
　世後期; 洪積世後期　　　「比利時工業化學家〕
Solvay〔'salve〕薩爾未(Ernest, 1838-1922,
Sölvesborg〔,sʌlvəs'bɔrj〕(瑞典)
Solway Firth〔'salwe ~〕索耳威灣(英國)
Solyman〔'salɪmən〕索利曼
Solzbacher〔'sɔltsbakə〕
Solzhenitsyn〔,solʒə'nɪtsən〕(Aleksandr
　Isayevich, 1918-, 俄國小說家)
Soma〔'somə; so'ma〕相馬(日本)

Soma, Bar- 〔bɛr-'soma〕
Somadeva〔'somə'devə〕
Somali〔so'malı〕
Somalia〔so'malıə〕索馬利亞（非洲）
Somalia Italiana〔so'malja ita'ljana〕
Somaliland〔so'malı,lænd〕索馬利蘭（東
Somalis〔sɔma'li〕（法）   └非〕
Sombart〔'zambart〕松巴特
Sombor〔'sɔmbɔr〕
Sombrero〔sam'brero; -'brıro〕
Somerhill〔'sʌməhıl〕
Somers〔'sʌməz〕薩默斯
Somersby〔'sʌməzbı〕
Somerset〔'sʌməsɛt〕索美塞得郡（英格
  蘭）
Somersetshire〔'sʌməsɛt·ʃır〕
Somersville〔'sʌməzvıl〕
Somersworth〔'sʌməzwɜθ〕
Somerton〔'sʌmətn〕薩默頓
Somervell〔'sʌməvıl〕薩默維爾
Somerville〔'sʌmə,vıl〕薩莫維耳（美國）
Someş〔sɔ'meʃ〕（羅）索姆斯
Somma〔'somma〕（義）
Sommaia〔som'maja〕（義）
Somme〔sɔm; 'sɔmə（瑞典）〕薩默
Sommer〔'samə〕
Sommerard, Du〔dju sɔm'rar〕（法）
Sommerfeld〔'zaməfɛlt〕
Sömmering〔'zɜmərıŋ〕
Sommers〔'sʌməz〕薩默斯
Sommier〔sɔ'mje〕（法）
Somner〔'sʌmnə〕
Somnus〔'samnəs〕【羅馬神話】睡眠之神
Somodevilla〔,somoθe'vilja〕
Somosierra〔,somos'sjɛrra〕
Somov〔'sɔmaf〕
Somoza〔so'mosa〕（拉丁美）
Sompiana〔sumpi'ena〕
Sompnour's Tale〔'samnəz ~〕
Somport, Col de〔kɔl də sɔŋ'pɔr〕
Somsanit〔sam'sanıt〕   └（法）
Somsanith〔sam'sanıt〕
Son〔son〕【天主教】聖子（三位一體之第二位）
Sønderborg〔'sɜnəbɔrg;-bɔrh〕（丹）
Sønderjylland〔'sɜnəjwulan〕（丹）
Soends〔sandz〕
Söndre (Søndre) Bergenhus〔'sɜnrə
  'bærgən,hus〕（挪）
Söndre (Søndre) Trondhjem
  〔'sɜnrə 'trɔnhem〕（挪）
Sondrio〔'sɔndrıo〕
Sone〔'sone〕

Sonequera〔,sonɛ'kera〕
Songamino〔,soŋga'mino〕
Songari〔sɔŋga'rı〕
Songaria〔saŋ'gɛrıə〕
Song-Bo〔'sɔŋ·'bo〕黑河（雲南）
Songdo〔sɔŋdo〕
Songe〔'soŋge〕
Songea〔sɔŋ'geə〕
Songgram〔soŋ'gram; 'saŋgram〕
Songhai〔'sɔŋ'haı〕
Songhay〔'sɔŋ'haı〕
Songhoy〔'sɔŋhɔı〕
Songka〔'saŋ'ka〕紅河
Songk(h)la〔sʌŋkhla〕宋卡府（泰國）
Song-koi〔'sɔŋ·'kɔı〕
Songkoi〔'sɔŋ'kɔı〕
Songo〔'soŋgo〕
Songwe〔'sɔŋwe〕
Sonhat〔'sonhat〕
Sonho〔'sonjo〕
Sonia〔'sonıə〕蘇妮亞
Soninke〔so'nıŋke〕
Sonja〔'sonjə; 'sɔnja〕
Sonjo〔'sondʒo〕
Sonmiani〔,sonmı'anı〕
Sonnambula〔son'nambula〕（義）
Sonnblick〔'zɔnblık〕
Sonneck〔'sʌnɛk〕索內克
Sonnedecker〔'sʌnədekə〕
Sonnemann〔'zanəman〕
Sonnenschein〔'sanənʃaın〕
Sonnenthal〔'zanəntal〕
Sonni Ali-Kolen〔'sɔnı ,ali·'kolɛn〕
Sonning〔'sanıŋ〕
Sonnino〔son'nino〕（義）
Sonoma〔sə'noma〕
Sonora〔so'nɔrə; so'nora〕
Sonora, de la〔ðe la so'nora〕（西）
Sonotone〔'sanɛton〕
Sonpur〔'sonpur〕
Sonrhai〔'sonraı〕
Sonsonate〔,sonso'nate〕
Sontag〔'sontæg; 'zontak(德)〕桑塔格
Sontay〔'son'taı〕
Sontius〔'sanʃıəs〕
Sonya〔'sonja〕
Sonyea〔'sonje〕
Sonyo〔'sonjo〕
Soo〔su〕
Soochow〔'su'dʒo〕蘇州（江蘇）
Soofee〔'sufı〕   ┌（美國）
Sooner State〔'sunə 'stet〕Oklahoma州

Soong〔'suŋ〕

Soongaria〔suŋ'gɛrɪə〕

Soong Ch'ing-ling〔'suŋ 'tʃɪŋ'lɪŋ〕(中)

Soonwald〔'zunvalt〕

Soop〔sup〕

Soosoo〔'susu〕

Soothill〔'suθɪl〕

Soper〔'sopɚ〕索珀

Soperton〔'sopɚtən〕

Sophene〔so'finɪ〕

Sopherim〔'sofərɪm〕

Sophia〔sə'faɪə; sə'faɪə; 'sofɪə; su'fɪə(丹、瑞典); zo'fɪə(德); 'sɔfjɑ (俄)〕蘇菲亞

Sophia Alekseevna〔'sofjɑ ʌljɪk-'sjejɪvnʌ〕(俄)

Sophia Charlotte〔sə'faɪə 'ʃɑrlət; so'faɪə-〕

Sophia Dorothea〔sə'faɪə dɑrə'θɪə; so'faɪə-〕

Sophia Western〔sə'faɪə 'wɛstən; so'faɪə-〕

Sophie〔'sofɪ; sɔ'fi(法); zo'fɪə(德); su'fi(瑞典)〕蘇菲

Sophie Charlotte〔zo'fɪə ʃɑr'lɔtə〕

Sophie Dorothea〔zo'fɪə ,dorə'tea〕(德)

Sophocles〔'safəkliz〕沙孚克里斯(496?-406 B.C., 希臘悲劇作家)

Sophon〔'sofɑn〕

Sophonias〔,safə'naɪəs〕

Sophoniba〔,safə'naɪbə〕

Sophonisba〔,safə'nɪzbə〕

Sophonisbe〔sɔfə'nɪzb〕

Sophoulis〔sɔ'fulɪs〕

Sophron〔'sofrɑn〕

Sophronia〔so'fronɪə〕

Sophus〔'sofəs; 'zofʊs(德); 'sofʊs (丹、挪)〕索弗斯

Sophy〔'sofɪ〕索菲

Sopoetan〔so'putɑn〕

Sopot〔'sɔpɔt〕

Sopron〔'ʃopron〕(匈)

Soprony〔'ʃopronj〕(匈)

Sopwith〔'sapwɪθ〕索普威思

Soqotra〔sə'kotrə〕

Sora〔'sɔrɑ〕

Sorabji〔so'rabdʒi〕

Soracte〔sə'ræktɪ〕

Soranus〔sə'renəs〕

Sorapis〔zo'rɑpɪs〕

Sorata〔so'rɑtɑ〕

Sorath〔'sorəth〕

Soratte〔so'ratte〕(義)

Soratto〔so'ratto〕(義)

Sorb〔sɔrb〕

Sorbiodunum〔,sɔrbɪo'djunəm〕

Sorbon〔sɔr'bɔŋ〕

Sorbonist〔'sɔrbənɪst〕❶巴黎大學文理學院之學生 ❷巴黎大學文理學院畢業生

Sorbonne〔sɔr'bɑn; -'bɔn〕❶巴黎以前之一種學院(在十三世紀中葉設立) ❷巴黎大學文理學院

Sorby〔'sɔrbɪ〕索比

Sordello〔sɔr'dɛlo〕蘇爾代羅(十三世紀之義大利抒情詩人)

Sore〔'zorə〕

Sorel〔so'rɛl〕索雷耳(加拿大)

Sören〔'sɜrən〕

Søren〔'sɜrən〕(丹)

Sorensen〔'sorənsən〕索倫森

Sörensen〔'sɜrənsən〕索倫森

Sørensen〔'sɜrənsən〕(丹)索倫森

Sorge〔'zɔrgə〕佐爾格

Sorgues〔sorg〕(法)

Soria〔'sorjɑ〕索里亞

Soriano〔sor'jano〕

Sorin〔'sorɪn; sɔ'ræŋ(法)〕

Sorley〔'sɔrlɪ〕索利

Sorlingues〔sɔ'læŋg〕(法)

Sorö〔'sɔ,rɜ〕

Sorø〔'sɔ,rɜ〕(丹)

Sorocaba〔,sɔru'kɑvə〕蘇洛卡瓦(巴西)

Soroka〔sʌ'rokə〕(俄)

Sorokin〔sə'rokɪn; 'sɔrʌkjɪn(俄)〕索羅金

Sorol〔sɔ'rɔl〕索羅耳島(太平洋)

Sorolla y Bastida〔so'rolja ɪ bas-'tiðɑ〕蘇羅亞(Joaquin, 1863-1923, 西班牙畫家)

Soroptimist〔sɔ'raptɪmɪst〕

Sorosis〔sə'rosɪs〕

Söröy〔'sɜrɜju〕索呂島(挪威)

Sorell〔'sɑrəl〕

Sorrell〔sə'rɛl; 'sɑrəl〕索雷爾

Sorrento〔sə'rɛnto; sɔr'rɛnto(義)〕

Sorsogon〔,sɔrsɔ'gɔn〕

Sortavala〔'sɔrta,vɑlɑ〕

Sör-Tröndelag〔'sɜ·'trɜndəlag〕

Sør-Trøndelag〔'sɜ·'trɜndəlag〕(挪)

Soruth〔'soruth〕

Sörvemaa〔'sɜve,mɑ〕

Sorviodurum〔,sɔvɪo'djurəm〕

Sorzano〔sɔr'sano〕(拉丁美)索薩諾

Sos〔sos〕

Sosibius〔so'sɪbɪəs〕

Sosigenes〔so'sɪdʒəniz〕

Soskin〔'sɔskɪn〕索斯金

Sosman〔'sɑsmən〕索斯曼
Sosna〔sʌs'na〕
Sosnkowski〔,sɔsn̩'kɔfskɪ〕(波)
Sosnowice〔,sɔsnɔ'vitsɛ〕
Sosnowiec〔sɔs'nɔvjɛts〕蘇諾威兹(波蘭)
Soso〔'soso〕
Sostegno〔sos'tenjo〕(義)
Sosthenes〔'sɑsθəniz〕
Sostratus〔'sɑstrətəs〕
Sosua〔'soswa〕
Sosva〔'sɔsvə〕
Sot〔sot〕
Sotades〔'sotədiz〕
Sotara〔so'tɑra〕
Sotelo〔so'telo〕
Soter〔'sotɚ〕
Soth〔soθ〕索思
Sotham〔'sʌðəm〕
Sotheby〔'sʌðəbɪ〕
Sothern〔'sʌðən〕薩森
Sothers〔'sʌðɚz〕薩瑟斯
Sothis〔'soθɪs〕天狼星
Sotho〔'soto〕賴索托人
Sotik〔'sotɪk〕
Soto〔'soto〕
Soto la Marina〔'soto la ma'rina〕
Sotomayor〔,sotumə'jɔr〕
Sotra〔'sotrɑ〕
Sotshangaan〔sot·'ʃɑŋgan〕
Sotzin〔'sɑtsɪn〕
Souabe〔'swab〕(法)
Soubeiran〔sube'raŋ〕(法)
Soubirous〔subi'ru〕(法)
Soubiroux〔subi'ru〕(法)
Soubise〔su'biz〕(法)
Soublette〔sub'let〕
Soubry〔'subrɪ〕蘇布頼
Souchong〔su'tʃaŋ〕
Soudan〔su'dæn; su'daŋ〕Sudan 之法
   語名
Soudan Francais〔su'daŋ fraŋ'sɛ〕
Soúdas, Kólpos〔'kɔplɔs 'suðɑs〕(希)
   南卡羅來納(美國)
Souday〔su'dɛ〕
Souderton〔'saudɚtn̩〕
Souers〔'sauɚz〕索爾斯
Soufflot〔su'flo〕(法)
Soufrière〔sufri'ɛr〕(法)
Soulary〔sula'ri〕(法)
Soulas〔su'las〕(法)
Soulbury〔'solbərɪ〕
Soule〔sol; sul; 'sulə〕索爾

Soulé〔su'le〕
Soulouque〔su'luk〕
Soult〔sult〕蘇爾特(Nicolas Jean de Dieu,
   1769-1851, 法國元帥)
Soumak〔su'mak〕
Soumay Tcheng Wei〔'su'me 'tʃɛŋ
   'we〕
Soumet〔su'mɛ〕(法)
Sound, the〔saund〕松得海峽(北歐)
Soundi〔sun'di〕
Soundpost〔'saundpost〕
Sounds〔'saundz〕
Sounion〔'sunɪən〕
Soupault〔su'po〕(法)
Source, La〔la 'surs〕(法)
Sources〔surs〕(法)
Souriau〔su'rjo〕(法)
Souris〔'surɪ; 'surɪs; su'ri (法)〕
Sous〔sus〕
Sousa〔'suzə; 'susə〕蘇沙(John Philip,
   1854-1932, 美國作曲家)
Sousa Coutinho〔'sozə ko'tinju〕(葡)
Sou-shih, Jao〔'jau 'ʃu·'ʃɚ〕(中)
Sous le Vent〔sul 'vaŋ〕(法)
Sousou〔'susu〕
Soustelle〔sus'tɛl〕
Soutar〔'sutɚ〕蘇塔
Souter〔'sutɚ〕
South〔sauθ〕索思
Southack〔'sʌðək〕索薩克
Southall〔'sauθɔl〕
Southall Norwood〔'sauθɔl 'nɔrwud〕
Southam〔'sʌðəm〕索瑟姆
Southampton〔sau'θæmptən〕南安普敦
Southard〔'sʌðəd〕   L(英國)
Southboro〔'sauθbərə〕
Southborough〔'sauθbərə〕索思伯勒
Southbridge〔'sauθbrɪdʒ〕
Southbury〔'sauθbərɪ〕
Southby〔'sauθbɪ〕索思比
South Carolina〔,sauθ ,kærə'lainə〕
   南卡羅來納(美國)
Southcombe〔'sauθkəm〕
Southcote〔'sauθkot〕索思科特
Southcott〔'sauθkət〕索思科特
Southcottian〔sauθ'katɪən〕
South Dakota〔,sauθ də'kotə〕南達科他
Southdown〔'sauθ,daun〕   L(美國)
Southeast〔,sauθ'ist〕美國東南部
Southend〔'sauθ'ɛnd〕   「南角(英格蘭)
Southend-on-Sea〔'sauθɛnd·an·'si〕
Southerden〔'sʌðədn̩〕

Southerland〔'sʌðələnd〕薩瑟蘭
Southerne〔'sʌðən〕
Southey〔'sauði〕索迪（Robert, 1774-1843, 英國作家）
Southfield〔'sauθfild〕
Southgate〔'sauθget〕南門（美國）
Southhampton〔sauθ'hæmptən〕
Southiel〔'sauθil〕
Southington〔'sʌðɪŋtən〕
South Korea〔~ ko'riə〕南韓（亞洲）
Southland〔'sauθlənd〕
Southmont〔'sauθmant〕
Southold〔'sauθold〕
Southon〔'sauðən〕
Southport〔'sauθ,port〕南港（英格蘭）
Southsea〔'sauθsɪ〕
Southwark〔'sauθwɚk〕索思沃克
Southwell〔'sauθwəl〕索思維爾
Southwick〔'sauθwɪk〕索思威克
Southwold〔'sauθwold〕索思沃爾德
Southworth〔'sauθwɚθ〕索思沃斯
South Yorkshire〔~ 'jɔrkʃɪr〕南約克郡
Soutine〔su'tin〕   L（英格蘭）
Soutter〔'sutɚ〕蘇特
Souvannavong〔sovə'navaŋ〕
Souvestre〔su'vɛstɚ〕（法）
Souza〔su'za〕（法）; 'sozə〕（葡）
Souza-Botelho〔'sozə·bu'telju〕（葡）
Souza Dantas〔'sozə 'dʌntəʃ〕（葡）
Souzdal〔'suzdəl〕
Sova〔'sɔva〕
Sovetsk〔'sɔvɛtsk; sa'vjɛtsk〕
Sovetskaya Gavan〔sʌ'vjɛtskəjə 'gavənj〕（俄）
Soviet Union〔'sovɪ,ɛt; so'vjɛt; sa'vjɛt〕蘇聯（歐、亞）
Soward〔'sauɚd〕
Sowden〔'saudn̩〕
Sowdone of Babylone〔'sodən əv 'bæbɪlən〕
Sowell〔'sauəl〕索厄爾
Sower〔'soɚ〕
Sowerberry〔'sauəbərɪ〕
Sowerby〔'sauəbɪ; 'soəbɪ; 'sɔrbɪ〕
Sowry〔'saurɪ〕
Sowter〔'sutɚ; sau-〕
Soxhlet〔'sakslɛt; 'zoksl-〕
Soyer〔'sɔɪə; swa'je（法）〕索耶
Soymanov〔sɔɪ'manɔf〕
Soyuz Sovetskikh Sotsialistische-skikh Respublik〔sʌ'jus sʌ'vjɛtskɪh sʌtsjɪʌljɪs'tjitʃɪskɪh rjɛs'publjɪk（俄）〕

Sozh〔sɔʃ〕（俄）
Sozini〔so'tsinɪ〕（義）
Sozomen〔'sozəmɛn; sə'zomɛn〕
Sozzini〔sot'tsinɪ〕（義）
Spa〔spa〕
Spaak〔spak〕斯巴克（Paul Henri, 1899-1972, 比利時律師及政治家）
Spada〔'spada〕斯巴達
Spaeth〔speθ〕斯佩思
Spaeth, Sigmund〔'sɪgmənd speθ〕
Spaght〔spat〕
Spagna, Lo〔lo 'spanja〕（義）
Spagnoletto〔,spanjo'letto〕（義）
Spagnuolo〔spanj'wɔlo〕（義）
Spahiu〔'spahju〕
Spahn〔ʃpan〕（德）
Spain〔spen〕西班牙（西南歐）
Spalatin〔'ʃpalatin〕（德）
Spalato〔'spalato〕
Spalatum〔'spælətəm〕
Spalding〔'spaldɪŋ〕斯佩爾丁
Spallanzani〔,spallan'tsanɪ〕（義）
Spam〔spæm〕
Spandau〔'ʃpandau〕（德）
Spandrell〔'spændrɪl〕
Spanel〔'spænəl〕斯帕內爾
Spang〔spæŋ〕斯潘
Spangenberg〔'spæŋənbəg; 'ʃpaŋən-bɛrk（德）〕施潘根貝格
Spangler〔'spæŋglɚ〕斯潘格勒
Spanheim〔'ʃpanhaɪm〕（德）
Spaniard〔'spænjɚd〕西班牙人
Spaniol(e)〔span'jol〕
Spanish〔'spænɪʃ〕西班牙人；西班牙語
Spanish Guinea〔'spænɪʃ 'gɪnɪ〕
Spanis Main〔'spænɪʃ ~〕
Spanker〔'spæŋkɚ〕
Spann〔ʃpan〕施潘
Spannochi〔span'nokɪ〕（義）
Sparagus Garden〔'spærəgəs ~〕
Spargo〔'spargo〕斯帕戈
Spark〔spark〕
Sparkenbroke〔'sparkn̩bruk〕
Sparkler〔'sparklɚ〕
Sparkman〔'sparkmən〕斯帕克曼
Sparks〔sparks〕史巴克斯（Jared, 1789-1866, 美國歷史學家）
Sparling〔'sparklɪŋ〕斯帕林
Sparrow〔'spæro〕斯帕羅
Sparta〔'spartə〕斯巴達（希臘）
Spartacus〔'spartəkəs〕第一次世界大戰末期德國之一政黨

Spartanburg〔'spɑrtṇbəg〕
Sparti〔'spɑrti〕
Spartel〔spɑr'tel〕
Spartianus〔spɑrtɪ'enəs〕
Spartimento〔,spɑrti'mɛnto〕
Spartivento〔,spɑrti'vɛnto〕
Spasmodic School〔spæz'mɑdɪk ～〕
Spatafora〔'spætə,fɔrə〕
Spater〔'spetə〕
Spatha〔'spɑθə〕
Spaulding〔'spɔldɪŋ〕斯波爾丁
Spavinaw Creek〔'spævɪnɔ ～〕
Speaight〔spet〕斯佩特
Speaker〔'spikə〕司皮克
Speakman〔'spikmən〕
Speaks〔spiks〕斯皮克斯
Spean〔'spiən〕
Spear(e)〔spɪr〕
Spearfish〔'spɪr,fɪʃ〕
Spearjashub〔spiə'dʒeʃəb〕
Spearman〔'spɪrmən〕
Spears〔spɪrz〕斯皮爾斯
Speck〔ʃpɛk〕(德)
Speckbacher〔'ʃpɛk,bɑhə〕(德)
Speck von Sternburg〔'ʃpɛk fɑn
    'ʃtɛrnburk〕(德)
Specking〔'spɛkɪŋ〕斯佩金
Spectacle〔'spɛktəkḷ〕
Spectator〔spɛk'tetə〕英國 Steele 與
    Addison 繼 "Tatler" 之後合辦的週刊
Spector〔'spɛktə〕斯佩克特
Spectorsky〔spɛk'tɔrskɪ〕
Speculum Salutis〔'spɛkjuləm sə'lutɪs〕
Spedding〔'spɛdɪŋ〕
Spee〔ʃpe〕(德)
Speed〔spid〕斯皮迪
Speedway〔'spid,we〕
Speedwell〔'spidwɛl〕
Speen〔spin〕
Speer〔spɪr; 'ʃper(德)〕
Speers〔spɪrz〕斯皮爾斯
Speght〔spet〕
Speicher〔'spaɪkə〕斯派克爾 (Eugene
    Edward, 1883-1962, 美國畫家)
Speichern〔'ʃpaɪhən〕(德)
Speidel〔spaɪ'dɛl〕斯派德爾
Speiden〔'spidən〕
Speier〔'ʃpaɪə〕
Speigal〔'spigəl〕
Speight〔spet〕斯佩特
Speirs〔spɪrz〕斯皮爾
Speiser〔'spaɪzə〕斯派澤

Speke〔spik〕斯皮克
Spell〔spɛl〕斯佩爾
Spellman〔'spɛlmən〕斯佩爾曼
Spelman〔'spɛlmən〕
Spemann〔'ʃpe,mɑn〕施培曼 (Hans, 1869-
    1941, 德國動物學家)
Spenard〔spə'nɑrd〕
Spenborough〔'spɛnbərə〕
Spence〔spɛns〕斯彭斯　「1903, 英國哲學家)
Spencer〔'spɛnsə〕斯賓塞 (Herbert, 1820-
Spencer-Nairn〔'spɛnsə·'nɛrn〕
Spencerville〔s'pɛnsəvɪl〕
Spender〔'spɛndə〕斯賓德 (Stephen
    Harold, 1909-, 英國詩人及批評家)
Spener〔'ʃpenə〕
Spengler〔'spɛŋglə〕史賓勒 (Oswald,
    1880-1936, 德國哲學家)
Spenlove-Spenlove〔'spɛnləv·'spɛnləv〕
Spenlow〔'spɛnlo〕
Spennymoor〔'spɛnɪmur〕
Spens〔spɛnz〕斯彭斯　「1599, 英國詩人)
Spenser〔'spɛnsə〕斯賓塞 (Edmund, 1552-
Speranski〔spɪ'rænskɪ; spjɪ'rɑnskəɪ〕
Speransky〔spɪ'rænskɪ〕　　　　L(俄)
Sperkhios〔,sperhi'ɔs〕(古希)
Sperl〔ʃperl〕
Spermaceti〔spɜmə'sɛtɪ〕
Spermunde〔sper'mʌndə〕
Sperrin〔'sperɪn〕　「1860-1930, 美國發明家)
Sperry〔'sperɪ〕斯派里 (Elmer Ambrose,
Spervogel〔'sper,fogəl〕
Spessart〔'ʃpesɑrt〕
Spesutie〔spə'suʃɪə〕
Spetsai〔'spetse〕
Spetzia〔'spetsɪə〕
Speusippus〔spju'sɪpəs〕
Spewack〔'spiwæk〕斯佩瓦克
Spey〔spe〕斯佩
Speyer〔'spaɪə; ʃpaɪr(德)〕
Speyerbach〔'ʃpaɪəbɑh〕(德)
Spezia〔'spetsɪə〕斯佩戚亞 (義大利)
Sphagnum〔'sfægnəm〕【植物】水苔屬；水蘚
Sphakia〔sfɑ'kja〕　　　　　　　　L屬
Sphakteria〔sfɑkti'riə〕
Sphar〔spɑr〕　　　　　　　　　　「大雕像
Sphinx〔'sfɪŋks〕埃及首都開羅附近的獅身人面
Spica〔'spaɪkə〕【天文】角宿第一星 (Virgo座
Spice〔spaɪs〕　　　　　　L中之第一星)
Spicer〔'spaɪsə〕斯派塞
Spicheren〔,spi'krɛn; 'ʃpihərən(德)〕
Spidle〔'spaɪdḷ〕斯派德爾
Spiecker〔'ʃpikə〕

Spiegel〔'spigəl; 'ʃpigəl（德）〕
Spiegelberg〔'spiglbəg〕
Spieghel〔'spigəl〕
Spiekeroog〔'ʃpikərok; -oh（德）〕
Spielberg〔'ʃpilbɛrk〕（德）
Spielhagen〔'ʃpi,hagən〕
Spielman〔'spilmən〕
Spielmann〔'ʃpilman〕施皮爾曼
Spielmeyer〔'ʃpilmaɪə〕
Spier〔spɪr; 'spaɪə〕
Spiers〔spɪrz; 'spaɪəz〕
Spies〔spis〕斯皮斯
Spiess〔spis; ʃpis（德）〕
Spieth〔spiθ〕斯皮思
Spikins〔'spaɪkɪnz〕
Špilberk〔'ʃpilbɛrk〕（捷）
Spillane〔'spɪlen〕斯皮蘭
Spiller〔'spɪlə〕
Spilling〔'spɪlɪŋ〕
Spillman〔'spɪlmən〕斯皮爾曼
Spindale〔'spɪndel〕
Spinden〔'spɪndən〕
Spindler〔'ʃpɪndlə〕
Spindletop〔'spɪndltap〕
Spinello〔spi'nɛllo〕（義） 〔（義）
Spinello Aretino〔spi'nɛllo ,are'tino〕
Spinetti〔spi'netti〕（義）
Spingarn〔'spɪngarn〕斯賓加恩（Joel Elias, 1875-1939, 美國評論家）
Spinii〔'spaɪnɪaɪ〕
Spink〔spɪŋk〕斯平克
Spinks〔spɪŋks〕斯平克斯
Spinner〔'spɪnə〕斯平納
Spinola〔'spinola〕
Spinoza〔spɪ'nozə〕斯賓諾莎（Baruch 或 Benedict, 1632-1677, 荷蘭哲學家）
Spinther〔'spɪnθə〕
Spion Kop〔'spaɪən 'kap〕
Spira〔'spaɪrə〕
Spiraea〔spaɪ'riə〕
Spirding〔'ʃpɪrdɪŋ〕
Spirdingsee〔'ʃpɪrdɪŋze〕
Spire〔spaɪr〕
Spirea〔spaɪ'riə〕
Spires〔spaɪrz〕
Spiridion〔spɪ'rɪdɪən〕
Spiridon〔spi'ridɔn〕
Spirit〔'spɪrɪt〕
Spiro〔'spaɪro〕
Spirogyra〔,spaɪrə'dʒaɪrə〕
Spiš〔spɪʃ〕（捷）
Spisz〔spɪʃ〕

Spitaler〔ʃpɪ'tɑlə〕
Spitalfields〔'spɪtlfildz〕
Spitfier〔'spɪtfaɪr〕
Spithead〔'spɪt'hɛd〕
Spits〔spɪtʃ〕 〔翠島（挪威）
Spitsbergen〔'spɪtsbəgən〕斯匹兹卑爾根
Spitta〔'ʃpɪta〕
Spitteler〔'ʃpɪtələ〕斯比特勒（Carl, 1845-1924, 筆名Felix Tandem, 瑞士作家）
Spitz〔spɪts〕斯皮茨 〔（北冰洋）
Spitzbergen〔'spɪts'bəgən〕斯匹兹卑爾根
Spitze〔'ʃpɪtsɛ〕
Spitzenberg〔'spɪtsn̩bəg〕
Spitzenburg〔'spɪtsn̩bəg〕
Spitzer〔'ʃpɪtsə〕斯皮茨
Spitzka〔'spɪtskə〕斯皮茨卡
Spitzmüller〔'ʃpɪts,mjulə〕
Spitzweg〔'ʃpɪtsvek; -h（德）〕
Spivakovsky〔,spivə'kavskɪ〕
Spivey〔'spɪvi〕斯皮維
Spix〔ʃpɪks〕
Spiż〔ʃpiʃ〕（波）
Splawn〔splɔn〕斯普朗
Split〔splɪt; split（塞克）〕
Splitter〔'splɪtə〕
Spljet〔spljɛt〕
Spluga〔'spluga〕
Splügen〔'ʃpljugən〕
Spock〔spak〕斯波克 〔國製陶家）
Spode〔spod〕斯波德（Josiah, 1754-1827, 英
Spoehr〔'spor〕斯波爾
Spoelhof〔'spulhaf〕斯普爾霍夫
Spofford〔'spafəd〕斯波福德
Spofforth〔'spafəθ〕
Spohr〔spɔr〕施普爾（Louis, 1784-1859, 德國 作曲家及小提琴家）
Spokan〔spo'kæn〕
Spokane〔spo'kæn〕斯波堪（美國）
Spoletium〔spo'liʃəm〕
Spoleto〔spo'leto〕
Spon〔span〕
Spong〔spaŋ〕斯龐
Spontini〔spon'tini〕
Spoon〔spun〕
Spooner〔'spunə〕司普納
Sporades〔'sparədiz; spɔ'raðes（希）〕
Spore〔spɔr〕
Spörer〔'ʃpɜrə〕（德）
Sporus〔'sporəs〕
Spot〔spat〕
Spotswood〔'spatswud〕斯波茨伍德
Spotsylvania〔,spatsɪl'venjə〕

Spotted Range〔'spɑtɪd ～〕
Spotted Tail〔'spɑtɪd ,tel〕
Spot(t)iswood〔'spɑtɪzwʊd〕斯波茨伍德
Spottiswoode〔'spɑtɪzwʊd〕
Spotts〔spɑts〕斯波茨
Spottswood〔'spɑtswʊd〕
Spoturno〔spo'tʊrno〕
Sprackling〔'sprækliŋ〕斯普拉克林
Spragens〔'sprægənz〕斯普拉根斯
Spragg〔spræg〕斯普拉格
Spragge〔spræg〕
Sprague〔spreg〕
Sprange〔sprendʒ〕
Spranger〔'spræŋə; 'ʃpraŋə(德)〕
Sprangle〔'spræŋgl̩〕
Sprat〔spræt〕斯普拉特
Spratley〔'sprætlɪ〕司普拉特利
Spratly〔'sprætlɪ〕
Spratt〔spræt〕斯普拉特
Spray〔spre〕斯普雷
Spreckels〔'sprɛkəlz〕
Spreckelsville〔'sprɛkl̩zvɪl〕
Spree〔ʃpre〕
Spreewald〔'ʃpre,vɑlt〕
Sprengel〔'ʃprɛŋəl〕
Sprenger〔'ʃrɛŋə〕
Spriegel〔'sprigl̩〕斯普里格爾
Sprigg(e)〔sprɪg〕
Sprigings〔'sprɪgɪŋz〕
Spring〔sprɪŋ〕斯普林
Springbok〔'sprɪŋbak〕
Springbokfontein〔'sprɪŋbɔkfɔn'ten〕
Springdale〔'sprɪŋdel〕
Springell〔'sprɪŋgəl〕
Springer〔'sprɪŋə〕斯普林格
Springfield〔'sprɪŋfild〕春田（美國）
Springfontein〔'sprɪŋfɔn'ten〕
Spring Gardens〔'sprɪŋ 'gɑrdnz〕
Springhill〔'sprɪŋhɪl〕
Springlands〔'sprɪŋləndz〕
Springpark〔'sprɪŋpark〕
Spring-Rice〔'sprɪŋ·'raɪs〕
Springs〔'sprɪŋz〕斯普林士（南非）
Springvale〔'sprɪŋvel〕
Spring Valley〔'sprɪŋ 'vælɪ〕
Springview〔'sprɪŋ,vju〕
Springville〔'sprɪŋvɪl〕
Sproat〔sprot〕斯普洛特
Sproston〔'sprɑstən〕
Sproul〔sprɑʊl〕
Sproule〔sprol〕
Sprout〔sprɑʊt〕斯普勞特

Spruance〔'spruəns〕斯普魯恩斯
Spruce〔sprus〕
Sprucetop〔'sprus,tɑp〕
Spruille〔'spruɪl〕斯普魯伊爾
Spruil〔'spruɪl〕
Spruner von Merz〔'ʃprunə fɑn 'mɛrts〕（德）
Sprunt〔sprʌnt〕斯普朗特
Spry〔spraɪ〕
Spuller〔spjʊ'lɛr〕（法）斯普賴
Spumador〔,spuma'dɔr〕
Spur〔spɝ〕
Spurgeon〔'spɝdʒən〕斯珀吉翁
Spurio〔'spjurɪo〕
Spurius〔'spjʊrɪəs〕
Spurling〔'spɝlɪŋ〕司珀林
Spurn〔spɝn〕
Spurr〔spɝ〕斯珀爾
Spurrell〔'spʌrəl〕
Spurrier〔'spʌrjə〕
Spurstow〔'spɝsto〕
Spurzheim〔'ʃpurtshaɪm〕（德）
Sputnik〔'sputnɪk〕
Spuyten Duyvil〔'spaɪtn̩ 'daɪvl̩〕
Spy〔spaɪ; spi（法）; spaɪ（法蘭德斯）〕
Spynie〔'spaɪnɪ〕
Spyri〔'ʃpiri〕施比里（Johanna, 1827-1901, 瑞士女作家）
Spyridon〔spɪ'ridɔn〕（希）
Squalus〔'skweləs〕
Squam〔skwɑm〕
Squanto〔'skwanto〕司匡托
Squantum〔'skwantəm〕
Squapan〔'skwɔpæn〕
Squarcione〔skwar'tʃone〕
Square〔skwɛr〕
Squash〔skwɑʃ〕
Squaw〔skwɔ〕
Squeamish〔'skwimɪʃ〕
Squeers〔skwɪrz〕
Squele〔skwil〕
Squibb〔skwɪb〕司奉布
Squibob〔'skwaɪbab〕
Squier〔skwaɪr; skwɛr〕司奎爾
Squillace〔skwɪl'lɑtʃe〕（義）
Squint〔skwɪnt〕
Squire〔'skwaɪr〕
Squires〔'skwaɪrz〕
Šrámek〔'ʃramɛk〕（捷）
Sraosha〔'sraoʃa〕
Srbija〔'sɝbija〕（塞克）
Srbik〔'sɝbɪk〕

Sredets〔'srɛdɛts〕   〔(俄)
Sredinny Khrebet〔srjɪ'djinɪ hrjɪ'bjet〕
Sredne Kolymsk〔'srjednjɪ kʌ'lɪmsk〕
Srem〔srɛm〕   └(俄)
Sretensk〔'srjetjɪnsk〕(俄)
Sri〔ʃri; sri〕
Sriharikota〔,srihərɪ'kotə〕
Sri Lanka〔srɪ 'laŋkə〕斯里蘭卡(亞洲)
Srinagar〔srɪ'nʌgə〕斯利那加(印度)
Srinivasa〔'ʃrinɪ'vasə〕
Srivijaya〔srɪwɪ'dʒɔjə〕
Srivilliputtur〔,srivilɪpu'tur〕
Šrobar〔'ʃrɔbar〕(捷)
Srubnaia〔'srubnəjə〕(俄)
Sruoga〔sru'ɔga〕
Ssu, Li〔li 'su〕
Ssu-ma Ch'ien〔'su·'ma 'tʃɪjen〕司馬
  遷(145-?86 B.C., 中國漢朝編史家)
Ssu-ma Kuang〔'su·'ma 'gwaŋ〕司馬
  光(1019-1086, 中國宋朝編史家)
Ssu-ma Yen〔'su·'ma 'jen〕司馬炎
  (236-290, 中國晉朝開國之主)
Staaff〔staf〕
Staalbjerghuk〔'stalbjæh,huk〕(冰)
Staal de Launay〔stal də lo'ne〕(法)
Staal-Delaunay〔stal-dəlo'ne〕(法)
Stabat Mater〔'stabæt 'matə〕【宗教】
Stabell〔'stabəl〕   └聖母哀悼基督之聖歌
Stabiae〔'stebɪɪ〕(義)
Stabili〔'stabɪlɪ〕
Stabinol〔'stæbɪnol〕
Stabler〔'steblə〕
Stabroek〔'stabruk〕(荷)
Stacey〔'stesɪ〕
Stachouwer〔'sta,hauwə〕(荷)
Stachys〔'stekɪs〕
Stack〔stæk〕斯塔克
Stackhouse〔'stækhaus〕斯坦克豪斯
Stacpoole〔'stækpul〕
Stacy〔'stesɪ〕斯泰西
Stacy-Judd〔'stesɪ·'dʒʌd〕
Stadacona〔,stædə'konə〕
Stade〔'ʃtadə〕
Stadion〔'ʃtadɪon〕
Städjan〔'stɛdjan〕(瑞典)
Stadler〔'ʃtadlə〕斯坦德勒
Stadt Berlin〔,ʃtat ber'lin〕
Staël〔stal〕斯塔爾(全名 Anne Louise
  Germaine, 1766-1817, 法國女作家)
Staël-Holstein〔staɛl·ɔls'tɛn〕(法)
Staff〔staf〕
Staffa〔'stæfə〕

Staffelbach〔'stafḷbak〕
Stafford〔'stæfəd〕斯塔福(英格蘭)
Staffordshire〔'stæfəd,ʃɪr〕斯塔福郡
Staffs.〔stæfs〕   └(英格蘭)
Stag〔stæg〕
Stagg〔stæg〕斯塔格
Staggers〔'stægəz〕斯塔格司
Staggs〔stægz〕斯塔格司
Stagira〔stə'dʒaɪrə〕
Stagirite〔'stædʒɪ,raɪt〕古馬其頓 Stagira
Stagiros〔stə'dʒaɪrəs〕└城的居民
Stagnelius〔staŋ'nelɪʌs〕(瑞典)
Stagnone〔stan'jone〕(義)
Stagyrite〔'stædʒɪraɪt〕
Stahl〔stal; ʃtal〕(德)斯坦爾
Ståhlberg〔'stɔl,berj〕(芬)
Stahle〔stol〕
Stahlman〔'stalmən〕斯塔爾曼
Stahnke〔'stankɪ〕斯坦克
Stahr〔ster; ʃtar〕(德)斯塔爾
Stainback〔'stenbæk〕   「(德)〕斯坦納
Stainer〔'stenə; 'staɪnə; 'ʃtaɪnə〕
Staines〔stenz〕斯坦斯
Stair〔ster〕斯泰爾
Staithes〔steðz〕
Staked〔stekt〕
Stakhanov〔stə'hanaf; stʌ'hanɔf〕(俄)
Stakman〔'stekmən〕斯泰克曼
Stalag〔'stælæg; 'ʃtalak〕(德)
Stalbridge〔'stɔlbrɪdʒ〕
Staley〔'stelɪ〕斯特利
Staleybridge〔'stelɪbrɪdʒ〕
Stalin〔'stalɪn〕史達林(Joseph, 1879-
  1953, 蘇聯政治領袖)   「(蘇聯)
Stalinabad〔,stalɪna'bad〕史達林那巴德
Stalingrad〔'stalɪn,græd〕史太林格勒
Stalinir〔stʌljɪ'njir〕(蘇聯)
Stalino〔'stalɪ,nə〕史太林諾(蘇聯)
Stalinogorsk〔stə'linəgɔrsk;
  stʌljɪnʌ'gɔrsk(俄)
Stalin Peak〔'stalɪn ~〕史太林峯(蘇聯)
Stalinsk〔'stalɪnsk〕史太林斯克(蘇聯)
Stalker〔'stælkə; 'stɔkə〕斯托克
Stalky〔'stɔkɪ〕
Stall〔stɔl〕
Stalland〔'stɔlənd〕
Stallcup〔'stɔlkʌp〕
Stallings〔'stɔlɪŋz〕斯托林斯
Stallknecht〔'stɔlnɛkt〕
Stallman〔'stɔlmən〕斯托爾曼
Stallworth〔'stɔlwəθ〕
Stallybrass〔'stælɪbras〕

Stalybridge〔'stelibrɪdʒ〕

Stam〔stæm〕斯坦姆

Stamaty〔stama'ti〕（法）

Stambaugh〔'stambɔ〕斯坦博

Stamboliski〔,stambo'liski〕

Stambolov〔,stambo'lɔf〕

Stamboul〔stæm'bul〕

Stambul〔stæm'bul〕

Stambuliski〔,stambʊ'liski〕

Stambulov〔,stambʊ'lɔf〕

Stamford〔'stæmfəd〕斯坦福（美國）

Stamfordham〔'stæmfədəm〕

Stamitz〔'ʃtamɪts〕

Stamm〔stæm; stam〕施坦姆

Stammler〔'ʃtamlə〕

Stamos〔'stamɔz〕

Stamp〔stæmp〕司坦普

Stampalia〔,stampa'lia〕

Stampede〔'stæmpid〕

Stampfer〔'ʃtampfə〕

Stämpfli〔'ʃtɛmpfli〕

Stamphane〔'stamfanɛ〕

Stamphanes〔'stamfanɛs〕

Stampp〔stæmp〕

Stamps〔stæmps〕

Stan〔stæn〕斯坦

Stanardsville〔'stænədzvɪl〕

Stanberry〔'stænbərɪ〕斯坦伯里

Stanbery〔'stænbərɪ〕斯坦伯里

Stanburrough〔'stæn,bʌrə〕司坦伯勒

Standaert〔'standart〕（法蘭德斯）

Standish〔'stændɪʃ〕

Standish with Langtree〔'stændɪʃ
wɪð 'læŋtri〕

Standley〔'stændlɪ〕斯坦德利

Stanehive〔'stenhaɪv〕

Stanfield〔'stænfild〕斯坦菲爾德

Stanford〔'stænfəd〕斯坦福

Stang〔stæŋ〕斯坦格

Stangeland, Michaelis-〔mɪkailɪs-
'staŋəlan〕（丹）

Stanger〔'stæŋə〕斯坦格

Stangroom〔'stæŋrum; stæn'grum〕

Stanhope〔'stænəp〕斯坦諾普

Staniland〔'stænɪlənd〕

Stanislao〔,stanɪz'lao〕

Stanislas〔'stænɪsləs〕斯坦尼斯拉斯

Stanislaus〔'stænɪslɔs; 'ʃtanɪslaus
（德）〕 〔蘇聯〕

Stanislav〔stʌnjɪ'slaf〕斯坦尼斯拉夫

Stanislavski〔,stæni'slæfskɪ;
stʌnjɪ'slafskəɪ〕（俄）

Stanislavsky〔,stæni'slæfskɪ;
,stani'slafskɪ〕

Stanisław〔sta'nɪslaf〕（波）

Stanisławów〔,stani'slavuf〕（波）

Stanko〔'stanko〕

Stankiewicz〔stæn'kjɛvɪtʃ〕

Stanlake〔'stænlek〕

Stanley〔'stænlɪ〕斯坦萊（❶Sir Henry
Morton, 1841-1904, 英國非洲探險家 ❷ Wendell
Meredith, 1904-1971, 美國生物化學家）

Stanleyville〔'stænlɪvɪl〕斯坦利維爾（薩
〔伊〕

Stanly〔'stænlɪ〕

Stanmore〔'stænmɔr〕

Stannard〔'stænəd〕斯坦納德

Stanovoi〔'stænəvɔɪ; stənʌ'ɪɔɪ（俄）〕

Stanovoi Khrebet〔stənʌ'vɔɪ hrjɪ-
,bjet〕（俄）

Stansbury〔'stænzbərɪ〕

Stansfield〔'stænzfild〕斯坦斯菲爾德

Stansgate〔'stænzget〕斯坦斯蓋特

Stanstead〔'stænstɪd〕

Stanton〔'stæntən〕斯坦東（Edwin Mc-
Masters, 1814-1869, 美國律師及政治家）

Stanwick〔'stænɪk〕

Stanwix〔'stænwɪks〕

Stanwood〔'stænwʊd〕斯坦伍德

Stanwyck〔'stænwɪk〕斯坦威克

Stanyan〔'stænjən〕斯坦尼安

Stanyhurst〔'stænɪhəst〕

Stanzertal〔'ʃtantsə,tal〕

Stapfer〔stap'fer〕（法）

Staples〔'steplz̩〕斯坦普爾斯

Stapleton〔'steplt̩ən〕斯特普爾頓

Stapley〔'steplɪ〕斯特普利

Stappen〔'stapən〕

Stapulensis〔,stæpjʊ'lɛnsɪs〕

Stapylton〔'steplt̩ən〕

Star〔star〕

Starabba〔sta'rabba〕（義）

Starace〔sta'ratʃe〕

Stara Planina〔'stara ,plani'na〕

Stara Zagora〔'stara za'gɔra〕

Starbird〔'starbəd〕斯塔伯德

Starbuck〔'starbʌk〕斯塔爾巴克島

Starch〔startʃ〕

Star Chamber〔'star 'tʃembə〕

Starcher〔'startʃə〕

Starck〔stark; ʃtark（德）〕

Stareleigh〔'sterlɪ〕

Stark〔stark〕施塔克（❶Johannes, 1874-
1957, 德國物理學家 ❷ John, 1728-1822, 美國
獨立戰爭時之將軍）

Starke〔stɑrk〕
Starkenborgh Stachouwer〔'stɑr-kəmbɔrh 'stɑ,hɑuwə〕(荷)
Starkenburg〔'ʃtɑrkənbủrk〕(德)
Starker〔.'stɑrkə〕
Starkey〔'stɑrkɪ〕司塔基
Starkie〔'stɑrkɪ〕斯塔基
Starks〔stɑrks〕司塔克斯
Starkville〔'stɑrkvɪl〕
Starkweather〔'stɑrk,weðə〕
Starley〔'stɑrlɪ〕斯塔利
Starling〔'stɑrlɪŋ〕斯塔林
Starnberger〔'ʃtɑrn,bɛrgə〕(德)
Starnes〔stɑrnz〕
Starr〔stɑr〕
Starrett〔'stærɪt〕
Starring〔'stɑrɪŋ〕
Star-spangled Banner〔'stɑr·'spæŋ-gḷd 'bænə〕
Start〔stɑrt〕
Starve-lackey〔'stɑrv·,lækɪ〕
Starveling〔'stɑrvlɪŋ〕
Stary Margelan〔'stɑrɪ ,mɑrgɪ'lɑn〕
Stary Oskol〔'stɑrɪ ʌ'skɔl〕(俄)
Starzyński〔stɑr'zɪnjskɪ〕(波)
Stas〔stɑs〕
Stasinus〔stə'sɑɪnəs〕
Stassen〔'stæsṇ〕
Stassfurt〔'stɑs,fủrt〕司塔斯弗(德國)
Stasys〔'stɑsɪs〕
Statehouse〔'stet,hɑus〕【美】州議會大廈
Staten〔'stætən〕斯塔騰島(智利)
Staten Island〔'stætṇ ~〕斯塔頓島(美國)
Statenville〔'stetṇvɪl〕
Statesboro〔'stetsbərə〕
States-General〔'stets·'dʒɛnərəl〕
    1789年法國大革命前由僧侶、貴族和第三階級代表
Statesville〔'stetsvɪl〕「組成之議會
Statham〔'steθəm〕斯泰瑟姆
Stathar〔'stɑðɑr〕
Statiellae〔stɛʃɪ'ɛlɪ〕
Statilius〔stə'tɪljəs; stæ-〕
Statira〔stə'tɑɪrə〕
Statius〔'steʃɪəs〕斯太夏斯(Publius Papinius, A.D. 45?-?96, 羅馬詩人)
Statius Caecilius〔'steʃɪəs sɪ'sɪlɪəs〕
Statler〔'stætlə〕斯塔特勒
Stato della Chiese, Lo〔lo 'stɑto ,dellɑ 'kjɛzɑ〕(義)
Strto della Città del Vaticano〔'stɑto ,dellɑ tʃɪt'tɑ del ,vɑtɪ'kɑno〕(義)
Stator〔'stetɔr〕

Staubbach〔'ʃtɑupbɑh〕(德)
Staude〔'stɑudi〕
Staudinger〔'ʃtɑudɪŋə〕史滔丁格(Hermann, 1881-1965, 德國化學家)
Staudt〔ʃtɑut〕
Stauffacher〔'ʃtɑu,fɑhə〕(德)
Stauffer〔'stɑufə〕斯托弗
Staufferstadt〔'stɑufə,stæt〕
Staughton〔'stɔtṇ〕斯托頓
Stauning〔'stɑunɪŋ〕
Staunton〔'stɔntən; stɑn-; 'stæntən 'stɔn-〕史坦頓
Stavanger〔stə'væŋə〕斯塔凡格(挪威)
Staveley〔'stevlɪ〕斯特夫利
Stavenhagen〔'stɑvən,hɑgən〕
Stavisky〔stə'vis'ki〕
Stavordale〔'stævədel〕斯塔沃代爾
Stavridi〔'stɑvridi〕斯坦夫里迪
Stavropol〔'stævrəpɔl; 'stɑvrəpəlj; stʌv'rɔpəlj〕斯塔夫羅波爾(蘇聯)
Stavròs〔stɑv'rɔs〕(希)
Stawell〔'stɔəl〕「洲)
St. Bernard〔~ bə'nɑrd〕聖伯納山隘(歐
St. Christopher〔~ 'krɪstəfə〕聖克利斯托弗島(英國)「美〕
St. Clair, Lake〔~ klɛr〕聖克萊爾湖(北
Steabben〔'stɛbən〕
Steacie〔'stɛsɪ〕斯泰西
Stead〔stɛd〕
Steadfast Dodge〔'stɛdfɑst 'dɑdʒ〕
Steadman〔'stɛdmən〕司特德曼
Steagall〔'stigɔl〕斯特高爾
Stearley〔'stjủrlɪ〕
Stearns〔stɜnz〕斯特恩斯
Stębark〔'stɛŋmbɑrk〕(波)
Stebbing〔'stɛbɪŋ〕斯特賓
Stebbins〔'stɛbɪnz〕斯特賓斯
Steber〔'stibə〕司蒂伯
Stecchetti〔stek'kɛttɪ〕(義)
Stechow〔'stɛko〕
Stedinger〔'stɛdɪŋə〕
Stedman〔'stɛdmən〕
Steed〔stid〕史蒂德
Steedman〔'stidmən〕
Steeg〔stɛg〕(法)
Steel(e)〔stil〕斯蒂爾(Sir Richard, 1672-1729, 英國散文家及劇作家)
Steelman〔'stilmən〕史蒂爾曼
Steelopolis〔sti'lɑpəlɪs〕
Steelton〔'stiltən〕
Steelville〔'stilvɪl〕
Steelyard〔'stiljɑrd〕

Steen〔stin; sten（丹）〕司蒂恩

Steenberg〔'stinbəg; 'stenbærg（丹）〕

Steenbock〔'stinbak〕斯廷博克

Steendam〔'stendəm〕

Steenkerke(n)〔'sten,kɛrkə〕

Steenkerque〔stɛn'kɛrk〕

Steens〔stinz〕

Steensen〔'stensn̩〕（丹）斯廷森

Steenstrup〔'stinstrup〕

Steenwijk〔'stenvaɪk〕（丹）

Steenwyk〔'stenvaɪk〕

Steep〔stip〕

Steeple〔'stipl̩〕

Steer〔stɪr〕斯蒂爾

Steerforth〔'stɪrfɔrθ〕

Steers〔stɪrz〕

Steevens〔'stivn̩z〕史帝文生

Steever〔'stivə〕史帝夫

Steeves〔stivz〕史帝夫斯 　　「克）〕史蒂芬

Stefan〔'ʃtɛfan（德）; 'stɛfan（保・波・塞

Stefana〔'stɛfənə; 'stɛfana（義）〕

Stefani〔'stefani〕

Stefania〔stɛ'fanɪə〕

Stefani, De〔de 'stefani〕

Stefanie〔'stefənɪ〕斯特法尼湖（衣索比亞）

Štefaník〔'ʃtɛfanik〕（捷）

Stefano〔'stefano〕

Stefanović〔stɪ'fanəvɪtʃ; stɛ'fanovitj（塞克）〕

Stefansson〔'stɛfənsn̩〕斯特芳生（Vilhjalmur, 1879-1962, 美國北極探險家）

Steffan〔'stɛfan〕史蒂芬

Steffani〔'stɛffanɪ〕（義）

Steffen〔'stɛfən; 'ʃtɛfən（德）〕史蒂芬

Steffens〔'stɛfənz; 'ʃtɛfəns（德）〕史

Steffensen〔'stɛfənsən〕 　　「蒂芬斯

Steffes〔'stɛfəs〕斯帝弗斯

Steff(e)y〔'stɛfɪ〕斯特菲

Steg〔stɛg〕

Steger〔'stigə〕斯蒂格

Stegerwald〔'ʃtegəvalt〕

Stegner〔'stɛgnə〕斯特格納

Steguweit〔'ʃteguvaɪt〕

Stehman〔'stemən〕

Stehr〔'ʃteə〕（德）

Steichen〔'staɪkən〕

Steier〔'ʃtaɪr〕

Steiermark〔'ʃtaɪrmark〕

Steig〔staɪg〕

Steiger〔'stegə〕斯泰格爾

Steigman〔'stegmən〕斯泰格曼

Steimle〔'staɪmli〕

Stein〔staɪn〕斯坦因（Gertrude, 1874-1946, 「美國女作家）

Steinach〔'ʃtaɪnah〕（德）

Steinamanger〔'ʃtaɪna'maŋə〕

Steinbach〔'ʃtaɪnbah〕斯坦巴克

Steinbacher〔'ʃtaɪnbakə〕

Steinbeck〔'staɪnbek〕史坦培克（John Ernst, 1902-1968, 美國小說家）

Steinberg〔'staɪnbəg〕斯坦伯格

Steinbock〔'ʃtaɪnbak〕

Steindl〔'ʃtaɪndl〕

Steindorff〔'ʃtaɪndɔrf〕

Steinen〔'ʃtaɪnən〕

Steiner〔'staɪnə; 'ʃtaɪnə（德）〕斯坦納

Steinernes Meer〔'ʃtaɪnənəs 'mer〕

Steinert〔'staɪnət〕斯坦納特 　「（德）

Steinfurt〔'ʃtaɪfurt〕

Steinhager〔'staɪn,hagə〕

Steinhardt〔'staɪnhart〕斯坦哈特

Steinhaus〔'staɪnhaus〕斯坦豪斯

Steinhart〔'staɪnhart〕

Steinheil〔'ʃtaɪnhaɪl〕

Steinhöwell〔'ʃtaɪnhəvəl〕（德）

Steinitz〔'staɪnɪts〕

Steinkirk〔'stinkək〕

Steinle〔'ʃtaɪnlə〕

Steinman〔'staɪnmən〕史坦曼

Steinmetz〔'staɪnmets〕斯坦米奇（Charles Proteus, 1865-1923, 美國電機工程師）

Steinmeyer〔'staɪnmaɪr〕斯坦邁耶

Steinsöy〔'stensəju〕（挪）

Steinthal〔'ʃtaɪntal〕

Steinway〔'staɪnwe〕司坦維

Steinweg〔'ʃtaɪnveh〕（德）

Steinwehr〔'staɪnwer; 'ʃtaɪnver（德）〕

Stain zum Aletenstein〔'ʃtaɪn tsum 'altənʃtaɪn〕（德）

Steitztown〔'staɪtstaʊn〕

Steiwer〔'staɪwə〕

Stejnerger〔'staɪnəgə〕（挪）

Stekel〔'ʃtekəl〕 　　「斯山脈（北美）

St. Elias Range〔~ ə'laɪəs ~〕聖夷來厄

Stella〔'stɛlə; 'stella（義）〕史黛拉

Stellaland〔'stɛlələænd〕

Stella Maris〔'stɛlə 'mɛrɪs〕

Stellar〔'stɛlə; 'ʃtelə（德）〕

Stellarton〔'stɛlətən〕

Stelle〔stel〕斯特爾

Stelvio〔'stɛlvjo〕

Stelzle〔'stɛlzli〕

Steman〔'stimən〕

Stempel〔'stɛmpəl〕斯坦普爾

Stemple〔'stɛmpl̩〕斯坦普爾

Sten〔stɛn; sten（挪、瑞典）〕斯騰

Stenbock〔'stenbɔk〕

Stendahl〔stæŋ'dal〕史湯達爾（Marie Henrie Beyle 之筆名, 1783-1842, 法國作家）

Stendal〔'ʃtɛndal〕

Stengel〔'ʃtɛŋəl〕施騰格爾

Stenger〔'stɛŋɚ〕斯騰格

Sténio〔ste'njo〕（法）

Stenka Razin〔'stɛnkə 'razın〕

Stenkil〔'stentʃil〕（瑞典）

Steno〔'steno; 'stino（丹）〕

Stensen〔'stınsn〕

Stent〔stɛnt〕斯騰特　　　中之希臘傳令官

Stentor〔'stentɔr〕【希臘神話】Troy 戰爭

Stenzel〔'ʃtɛntsəl〕（德）斯騰澤爾

Stepan〔stɛ'pan; stjı'pan（俄）; 'stɛpan（塞język）〕

Stepanovich〔stjı'panʌvjitʃ〕（俄）

Stephan〔'ʃtɛfan（德）; 'stefan（挪）〕史

Stephana〔'stɛfənə〕史蒂芬娜　　　└蒂芬

Stéphane〔ste'fan〕（法）

Stephani〔ʃte'fanı〕（德）

Stephanie〔'stɛfənı〕史黛芬妮

Stéphanie〔stɛfa'ni〕（法）

Stephano〔'stɛfano〕史蒂芬奴

Stephanovich〔ste'fanɔvıtʃ〕

Stephanus〔'stɛfənəs; ste'fanəs（荷）〕

Stephanus Byzantinus〔'stɛfənəs ,bızɛn'taınəs〕

Stephen〔'stivn〕史蒂芬（❶ 1907?-1154, 亦稱～ of Blois，英王❷ Sir Leslie, 1832-1904, 英國哲學家、批評家及傳記作家）

Stéphen〔ste'fɛn〕

Stephens〔'stivnz〕史蒂芬斯（❶Alexander Hamilton, 1812-1883, 美國從政者 ❷ James, 1882-1950, 愛爾蘭詩人及小說家）

Stephenson〔'stivnsn〕史蒂芬生（❶George, 1781-1848, 英國發明家❷Robert, 1803-1859, 英國工程師）

Stephenville〔'stivn,vıl〕

Stepinac〔'stɛpınats〕

Stepney〔'stɛpnı〕斯坦波尼區（倫敦）

Stepnyak〔stjıp'njak〕（俄）

Steponas〔stı'ponas〕

Stepp〔stɛp〕斯特普

Sterkrade〔'ʃtɛrk,radə〕

Sterling〔'stɜlıŋ〕斯特林　　　　「理學家）

Stern〔stɜn〕史德因（Otto, 1888-1969, 美國物

Sternberg〔'stɜnbɜg〕斯敦堡（George Miller, 1838-1915, 美國醫生及細菌學家）

Sterndale〔'stɜndel〕斯騰代爾　「國小說家）

Sterne〔stɜn〕史特恩（Laurence, 1713-1768, 英

Sterner〔'stɜnɚ〕斯特納

Sternheim〔'ʃtɛrnhaım〕（德）

Sternhold〔'stɜnhold〕斯騰霍爾德

Sterrett〔'stɛrıt〕

Sterry〔'stɛrı〕斯特里

Stësel〔'ʃtjasəl; 'ʃtjɔːsəlj（俄）〕

Stesichorus〔stı'sıkərəs〕

Stetler〔'stɛtlə〕

Stetson〔'stɛt·sn̩〕斯特森

Stett〔stɛt〕

Stetten〔'stɛtən〕斯特騰

Stettin〔ʃte'tin〕斯德丁港（波蘭）

Stettiner Haff〔ʃtɛ'tinɚ ,haf〕

Stettinius〔stə'tınıəs〕

Steuart〔'stjurt〕斯圖爾特

Steuben〔'stjubın; 'ʃtɔıbən（德）; stju'bɛn〕

Steudel〔'stɔıdəl〕

Stevan〔'stɛvan〕

Steve〔stiv〕史帝夫

Steven〔'stivn̩〕史帝文

Stevenage〔'stivənıdʒ〕

Stevens〔'stivnz〕史蒂文斯（❶ John, 1749-1838, 美國發明家 ❷ Thaddeus, 1792-1868, 美國

Stevense〔'stevənsə〕　　　　　「律師及從政者）

Stevenson〔'stivənsn̩〕史蒂文生（❶ Adlai Ewing, 1900-1965, 美國律師及政治領袖 ❷ Robert Louis, 1850-1894, 蘇格蘭小說及散文等作家）

Stevenszoon〔'stɛvənsɔn; -sɔːn; -son〕

Stever〔'stivɚ〕斯蒂弗　　　　　　　└（荷）

Stevers〔'stivɚz〕斯蒂弗斯

Stevin〔stə'vaın; -'vin〕

Steward〔'stjuwɚd〕斯丟何特（加拿大）

Stewardson〔'stjuədsn̩〕斯圖爾森

Stewart〔'stjuɚt〕史圖爾特（❶ Dugald, 1753-1828, 蘇格蘭哲學家 ❷ Robert, 1769-1822, 英國政治家）　　　　　　　「西蘭南島以南）

Stewart Island〔'stjuɚt ～〕司徒華島（紐

Stewart-Murray〔'stjuɚt·'mʌrı〕

Stewartsville〔'stuɚtsvıl〕

Steyer〔'ʃtaıɚ〕

Steyermark〔'ʃtaıɚmark〕

Steyn〔staın; sten〕

Steyne〔stin〕斯泰恩

Steyning〔'stɛnıŋ〕

Steynor〔'stinɚ〕

Steyr〔'ʃtaır〕　　　　　　　　　　「達）

St. George's〔～ 'dʒɔrdʒız〕聖喬治（格林那

St. Got(t)hard Tunnel〔～ 'gatəd ～〕聖哥達隧道（瑞士）

St. Helena〔～ hə'linə〕聖赫勒拿島（英國）

Stheno〔'sθino〕

Stich〔stɪk〕司帝克
Stichter〔'stɪktə〕司帝克特
Stickelberger〔'ʃtɪkəlbergə〕
Stickler〔'stɪklə〕司帝克勒
Stickles〔'stɪklz〕斯帝克爾斯
Stickley〔'stɪklɪ〕斯帝克利
Stickney〔'stɪknɪ〕斯帝克尼
Stiebeling〔'stibəlɪŋ〕
Stief(f)el〔'ʃtifəl〕
Stieg〔stig〕斯帝克
Stiegel〔'stigəl; 'ʃti-(德)〕
Stieglitz〔'stiglɪts〕
Stieler〔'ʃtilə〕
Stieltjes〔'stiltjəs〕（荷）
Stiemke〔'stimki〕
Stieng〔stjeŋ〕
Stier〔stɪə〕施帝爾
Stiernhielm〔'ʃern,jelm〕（瑞典）
Stieve〔'ʃtivə〕
Stifel〔'ʃtifəl〕
Stiffkey〔'stɪfkɪ; 'stjukɪ〕
Stifter〔'ʃtɪftə〕
Stigand〔'stɪgənd〕
Stiggins〔'stɪgɪnz〕
Stigler〔'stɪglə〕施帝格勒
Stiglmaier〔'stigl,maɪə〕
Stignani〔stɪn'janɪ〕
Stijn〔staɪn〕（荷）
Stikine〔stɪ'kin〕斯提金河（加拿大）
Stikker〔'stɪkə〕
Stiklestad〔'stɪkləs,ta〕（挪）
Stiles〔staɪlz〕斯泰爾斯
Stilfser Joch〔'ʃtɪlfsə ,jɔh〕（德）
Stilfserjoch〔'ʃtɪlfsə,jɔh〕（德）
Stilicho〔'stɪlɪ,ko〕斯特利考（Flavius,
    359?-408, 羅馬將軍及政治家）
Still〔stɪl〕斯蒂爾（Andrew Taylor, 1828-
Stille〔'ʃtɪlə〕   └1917, 美國科學家）
Stillé〔stɪ'li〕
Stilling〔'ʃtɪlɪŋ〕
Stillingfleet〔'stɪlɪŋ,flit〕斯蒂林弗利斯
Stillman〔'stɪlmən〕斯帝爾曼
Stillson〔'stɪlsn̩〕斯帝爾森
Stillwater〔'stɪl,watə〕
Stillwell〔'stɪlwɛl〕史迪威
Stilo〔'staɪlo〕
Stilton〔'stɪltn̩〕一種上等乾酪
Stilwell〔'stɪlwɛl〕史迪威（Joseph W.,
    "Vinegar Joe," 1883-1946, 美國將軍）
Stimpson〔'stɪmpsn̩〕
Stimson〔'stɪmsn̩〕史汀生（Henry Lewis,
    1867-1950, 美國政治家）

Stine〔staɪn〕斯泰恩
Stinnes〔'ʃtɪnəs〕施汀尼斯（Hugo, 1870-
Stinnett〔stɪ'net〕   └1924, 德國實業家）
Stipp〔stɪp〕斯蒂普
Stirbey〔stɪr'be〕
Stires〔staɪrz〕斯泰爾斯
Stiria〔staɪ'raɪə〕
Stirkoke〔'stɪrkək〕
Stirlen〔'stɝlən〕
Stirling〔'stɝlɪŋ〕
Stirlingshire〔'stɝlɪŋʃɪr〕斯特林郡（蘇格
Stirner〔'ʃtɪrnə〕   └蘭）
Stirton〔'stɝtən〕
Stith〔stɪθ〕
Stjernöy〔'stjær,nɝju〕（挪）
St. Johns〔sent 'dʒanz〕聖專斯（西印度群島）
St. Lawrence〔sent 'lɔrəns〕聖羅倫斯河
    （加拿大）   「聖羅倫斯灣（加拿大）
St. Lawrence, Gulf of〔sent 'lɔrəns〕
St. Louis〔sent 'luɪs〕聖路易（美國）
St. Lucia〔sent 'luʃə〕聖露西亞（西印度群島）
Stobart〔'stobart〕斯托巴特
Stobi〔'stobaɪ〕
Stobo〔'stobo〕斯托博
Stochód〔'stɔhut〕（波）
Stock〔stak〕斯陶克（Frederick August,
    1872-1942, 生於德國之美國作曲家及指揮）
Stockard〔'stakəd〕斯托卡德
Stockdale〔'stakdel〕斯托克代爾
Stocker〔'stakə〕斯托克德
Stöcker〔'ʃtɝkə〕斯托克
Stockfish〔'stakfɪʃ〕
Stockham〔'stakəm〕斯托克姆
Stockholm〔'stakhom〕斯德哥爾摩（瑞典）
Stocking〔'stakɪŋ〕斯托金
Stockman〔'stakmən〕斯托克曼   「克馬
Stockmar〔'stakmar; ʃtak-(德)〕斯托
Stockport〔'stakpɔrt〕斯托克波特（英格蘭）
Stocksbridge〔'staksbrɪdʒ〕   「蘭）
Stockton〔'staktən〕斯托克頓（美國；英格
Stockville〔'stakvɪl〕
Stockwell〔'stakwəl〕
Stodart〔'stadət; 'stodart〕斯托達德
Stoddard〔'stadəd〕史達得爾（Richard
    Henry, 1825-1903, 美國詩人及批評家）
Stoddart〔'stadət〕斯托達特
Stoddert〔'stadət〕斯托德特
Stoeckel〔'stekəl〕斯托克爾
Stoecker〔'ʃtɝkə〕（德）
Stoemer-Ackté〔'stɝmə·rak'te〕（芬）
Stoer〔'stor〕
Stoessel〔'stɛsl̩; 'ʃtɝsəl（德）〕斯托塞爾

Stoessiger〔'stɛsɪdʒə〕
Stoessl〔'ʃtɜsl〕
Stoffels〔'stɔfəls〕
Stoffer〔'stafə〕斯托弗
Stogumber〔sto'gʌmbə; 'stagəmbə〕
Stogursey〔sto'gɜzɪ〕
Stohl〔stol〕斯托爾　　　　　　「主義者
Stoic〔'stoɪk〕古希臘Stoicism的信奉者; 堅忍
Stojadinović〔,stɔja'dinɔvɪtʃ;
　,stoja'dinə,vitʃ〕(塞克)〕
Stojan〔'stojan〕(塞克)
Stoke〔stok〕斯托克
Stoke Courcy〔sto'gɜzɪ〕
Stoke d'Abernon〔stok 'dæbənən〕
Stokely〔'stoklɪ〕斯托克利
Stokelyville〔'stoklɪvɪl〕
Stoke Niwington〔stok 'njuɪŋtən〕
Stoke-on-Trent〔'stok·ɑn·'trɛnt〕斯
　多克特倫(英格蘭)
Stoke Poges〔stok 'podʒɪz〕
Stoker〔'stokə〕斯托克
Stokes〔stoks〕斯多克斯(❶Sir Frederick
　Wilfrid Scott, 1860-1927, 英國工程師及發明家
　❷Sir George Gabriel, 1819-1903, 英國數學家
Stokesly〔'stokslɪ〕　　　　L及物理學家)
Stokhod〔'stɔhət〕(俄)
Stokley〔'stoklɪ〕
Stokowski〔sto'kɔfskɪ〕斯多夫斯基
　(Leopold Antoni Stanislaw, 1882-1977, 美國交
Stolberg〔'ʃtɔlbɛrk〕(德)　　　L響樂指揮)
Stolbova〔stʌl'bɔvə〕(俄)
Stole〔stol〕
Stolk〔stolk〕斯托爾克
Stoll〔stol; stal〕斯托爾
Stolo〔'stolo〕
Stolp〔ʃtɔlp〕
Stolpe〔'stɔlpə(瑞典); 'ʃtɔlpə(德)〕
Stolpmnüde〔'stɔlp,mjundə〕
Stolte〔'stoltɪ〕斯托爾特
Stoltenberg〔'staltənberj〕
Stolypin〔sta'lipɪn; stʌ'lɪpjɪn〕(俄)〕
Stolzenberg〔'ʃtɔltsənberk〕(德)
Stolzenfels〔'ʃtɔltsən,fɛls〕
Stone〔ston〕史頓(Harlan Fiske, 1872-
　1946, 美國法學家)
Stonecutter's Island〔'ston,kʌtəz ~〕
Stoneham〔'stonəm〕斯托納姆
Stonehaven〔ston'hevn〕斯托黑文
Stonehenge〔'ston'hendʒ〕英格蘭Salisbury
　平原上的史前巨石柱
Stonehouse〔'stonhaus〕斯托豪斯
Stoneman〔'stonmən〕斯通曼

Stoner〔'stonə〕斯托納
Stonewall〔'stonwɔl〕
Stoney〔'stonɪ〕斯托尼
Stong〔staŋ〕斯通
Stonington〔'stonɪŋtən〕
Stonor〔'stonɔr; 'stanə〕斯托納
Stony〔'stonɪ〕
Stoody〔'studɪ〕斯圖迪
Stookey〔'stukɪ〕斯圖基
St. Paul〔sent 'pɔl〕聖保羅(美國)
St. Petersburg〔sent 'pitəz,bɜg〕聖彼得堡
Stopes〔stops〕　　　　L(沙皇時代之俄國)
Stopford〔'stapfəd〕斯托普福斯
Stopher〔'stofə〕斯托弗
Stor〔stɔr〕斯托河(德國)　　　「(瑞典)
Stora Luleträsk〔'stura 'lulət'rɛsk〕
Storavan〔'stu,ravan〕(瑞典)
Storch〔stɔrk; stɔrtʃ〕斯托奇
Storck〔stɔrk〕
Storckman〔'stɔrkmən〕斯托克曼
Stord〔stɔrd; sturd; stor〕(挪)
Storebælt〔'stɔrə'bɛlt〕(丹)
Storer〔'stɔrə〕斯托勒
Storey〔'stɔrɪ〕斯托里
Stor Fjord〔stɔr ,fjɔr〕(瑞典)
Stork〔stɔrk〕　　　　「(德國詩人及小說家)
Storm〔stɔrm〕施陶姆(Theodor, 1817-1888,
Stormalong〔'stɔrməlɔŋ〕
Stormberg〔'stɔrmbag〕
Störmer〔'stɜmə〕斯托姆
Størmer〔'stɜmə〕(挪)
Stormont〔'stɔrmənt〕斯托蒙特
Stormonth〔'stɔrmʌnθ〕
Storni〔'stɔrnɪ〕
Stornoway〔'stɔrnəwe〕
Storr〔stɔr〕
Storrow〔'staro〕斯托羅
Storrs〔stɔrz〕斯托爾斯
Storsjön〔'sturʃɜn〕(瑞典)
Stort〔stɔrt〕
Stortford〔'stɔrfəd〕
Storthing〔'stɔr,tɪŋ〕挪威之國會
Storting〔'stɔrtɪŋ〕= Storthing
Storuman〔'stu,ruman〕(瑞典)
Story〔'stɔrɪ〕史多里(❶Joseph, 1779-
　1845, 美國法學家 ❷William Wetmore, 1819-
　1895, 美國雕刻家及作家)
Stosch〔ʃtaʃ〕
Stoss, Veit〔fait 'ʃtos〕
Stössel〔'ʃtɜsəl〕
Stothard〔'staðəd〕
Stothert〔'staðət〕

Stotsenburg〔'statsṇbəg〕

Stötteritz〔'stətərɪts〕(德)

Stotz〔stots〕斯托茨

Stotzer〔'stotsə〕

Stouffers'〔'stofəz〕

Stoughton〔'stɔtṇ; 'stautṇ〕斯托頓

Stoup〔staup〕

Stourbridge〔'staurbrɪdʒ〕

Stourport-on-Severn〔'stəpɔrt ʌn 'sɛvən〕

Stourton〔'stətṇ〕

Stout〔staut〕斯托特

Stovell〔stə'vɛl; 'stovəl〕

Stover〔'stovə〕斯托

Stovold〔'stavold〕(學家及古物專家)

Stow〔sto〕史陀(John, 1525?-1605, 英國歷史

Stowe〔sto〕史陀(Harriet Elizabeth, 1811-1896, 美國女作家)

Stowell〔'stoəl〕斯托厄爾

Stowers〔'stauəz〕斯托爾斯

Stowmarket〔'sto,markɪt〕

Stow-on-the-Wold〔'sto, 'wold〕

Stoyadinovich〔stɔja'dinɔvɪtʃ〕

Stoyan〔sto'jan〕

Strabane〔strə'bæn〕

Strabel〔'strebəl〕「24, 希臘地理學家)

Strabo〔'strebo〕史特雷波(63 B.C.?-? A.D.

Strabolgi〔strə'bogɪ〕斯特拉博齊恩

Strachan〔strɔn; 'stræhn(蘇)〕斯特羅恩

Strachauer〔'strakauə〕斯特拉考爾

Strachey〔'stretʃɪ〕斯特雷奇(Giles Lytton, 1880-1932, 英國傳記作家)

Strachie〔'stretʃɪ〕斯特雷奇

Strachwitz〔'ʃtrahvɪts〕(德)

Strack〔ʃtrak〕斯特拉克

Strad〔stræd〕〔俗〕= Stradivarius

Strada〔'straða〕(西)(島(澳洲)

Stradbroke〔'strædbrok〕斯特臘德布魯克

Stradella〔stra'dɛlla〕(義)

Stradivari〔,strædɪ'varɪ〕斯特拉第瓦里(Antonio, 1644-1737, 義大利小提琴製造家)

Stradivarius〔,strædɪ'varɪəs〕絃樂器(特指 Antonio Stradivari 或其家族所製的小提琴)

Stradling〔'strædlɪŋ〕斯特拉德林

Stradonitz, Kekule von〔'kekule fan 'ʃtradənɪts〕

Strafford〔'stræfəd〕史特拉佛(Sir Thomas Wentworth, 1593-1641, 英國政治家)

Stragnell〔'strægnəl〕

Strahan〔stran〕斯特勞安(澳洲)

Strahlhorn〔'ʃtralhɔrn〕

Straight〔stret〕斯特雷特

Strain〔stren〕斯特雷

Strait〔stret〕斯特雷特

Straka〔'strekə〕

Straker〔'strekə〕斯特雷克

Strakosch〔'strakɔʃ; 'strækaʃ〕

Stralsund〔ʃtral'zunt〕士特拉松特(東德)

Stramm〔ʃtram〕

Stranahan〔'strænəhæn〕

Strand〔strænd〕斯特蘭德(倫敦)

Strandberg〔'strand,bærj〕(瑞典)

Strandman〔'strandman〕

Strang〔stræŋ〕

Strange〔strendʒ〕

Strangeland〔'straŋəlan〕(挪)

Strangford〔'stræŋfəd〕

Strangways〔'stræŋwez〕

Straniera〔stan'jera〕

Stranith〔strə'nɪθ〕

Stranraer〔stræn'rar〕

Stransky〔'stranskɪ〕

Stránský〔'stranskɪ〕(捷)

Strap〔stræp〕

Straparola〔,strapa'rɔla〕

Strasberg〔'stræzbəg〕

Strasbourg〔stras'bur〕斯特拉斯堡(法國)

Strasburg〔'stræzbəg; 'stræsbəg; 'strɔzbəg〕「格

Strasburger〔'ʃtras,burgə〕斯特拉斯伯

Straschiripka〔ʃtraʃɪ'rɪpka〕(貝德)

Strasfogel〔'strasfogəl〕「(德)

Strassburg〔'stræzbəg; 'ʃtrasburk〕

Strassburger〔'stræzbəgə〕

Strasser〔'ʃtrasə〕斯特拉瑟

Strata Florida〔'strætə 'flarɪdə〕

Stratemeyer〔'strætə,maɪr〕

Stratford〔'strætfəd〕斯特拉特福德

Stratford-atte-Bowe〔'strætfəd-,ætɪ-'boɪ〕

Stratford de Redcliffe〔'strætfəd də 'redklɪf〕

Stratford-le-Bow〔'strætfəd·lə·'bo〕

Stratford-on-Avon〔'strætfəd·an-'evən〕斯特拉福(英格蘭)

Strathaird〔'stræ'θerd〕

Strathallan〔stræ'θælən〕斯特拉撒倫

Strathaven〔'strevən〕

Strathavon〔stræ'θan〕

Strath Bogie〔stræθ 'bogɪ〕

Strathbogie〔stræθ'bogɪ〕「格蘭

Strathclyde〔stræθ'klaɪd〕斯特科來(蘇

Strathcona〔stræθ'konə〕斯特拉斯科恩

Strath Earn〔stræθ 'ɜn〕
Stratheden〔stræ'θidn̩〕
Strathern〔strə'θɜrn〕斯特拉森
Strathearn〔stræ'θɜn〕
Strathfield〔'stræθfild〕 「格蘭〕
Strathmore〔stræθ'mɔr〕斯特拉斯摩谷〔蘇〕
Strathnairn〔stræθ'nɛrn〕
Strathnith〔stræθ'nɪθ〕
Strathpeffer〔stræθ'pɛfə〕
Strathroy〔stræθ'rɔɪ〕
Strathspey〔stræθ'spe〕
Stratioticus〔ˌstrætɪ'atɪkəs〕
Strato〔'streto〕
Straton〔'strætn̩〕斯特拉頓
Stratonice〔ˌstrætə'naɪsɪ〕
Stratton〔'strætn̩〕斯特拉頓
Stratus〔'stretəs〕
Straub〔strɔub〕斯特勞布
Straubing〔'ʃtraubɪŋ〕 「法國作曲家〕
Straus〔straus〕史特勞斯（Oskar, 1870-1954,
Strauss〔straus〕史特勞斯（❶David Fried-
   rich, 1808-1874, 德國神學家及哲學家 ❷ Johann,
   1804-1849, 奧國作曲家）
Straussenburg〔'ʃtrausənburk〕（德）
Strauss und Torney〔'ʃtraus unt
  'tɔrnaɪ〕
Stravinski〔strə'vɪnskɪ〕
Stravinsky〔strə'vɪnskɪ〕史特拉芬斯基
  （Igor Fëdorovich, 1882-1971, 美國作曲家）
Straw〔strɔ〕斯特勞
Strawberry〔'strɔˌbɛrɪ〕
Strawbridge〔'strɔbrɪdʒ〕斯特勞布里奇
Strawn〔strɔn〕斯特朗
Stray〔stre〕
Strayer〔'streə〕斯特雷耶
Streater〔'stritə〕
Streatfeild〔'strɛtfild〕
Streatfield〔'strɛtfild〕
Streatham〔'strɛtəm〕
Streator〔'stritə〕斯特里奧
Strebel〔'strebəl〕斯特雷貝爾
Strebski〔'strebskɪ〕
Streckfuss〔'ʃtrɛkfus〕
Street〔strit〕斯特里特
Streeter〔'stritə〕
Streetman〔'stritmən〕
Streeton〔'stritən〕
Strehlenau〔'ʃtrelənau〕
Streich〔straɪk〕
Streicher〔'ʃtraɪhə〕（德）
Streights〔strets〕
Streit〔straɪt〕斯特賴特

Streitberg〔'straɪtbəg; 'ʃtraɪtbɛrk
               L（德）〕
Streitz〔strits〕斯特賴茨
Strelasund〔'ʃtrelazunt〕
Strelitz〔'strɛlɪts ; 'ʃtrelɪts（德）〕
Stremontium〔strɪ'manʃɪəm〕
Streona〔'streəna; 'streɔna〕
Streonshalh〔'streɔns,halh〕 （古英）
Strephon〔'strɛfən〕患相思病的人
Stresa〔'strezə〕
Stresemann〔'strezəman〕施德萊斯曼
  （Gustav, 1878-1929, 德國政治家）
Stretch〔strɛtʃ〕斯特雷奇
Stretford〔'strɛtfəd〕斯特勒福（英格蘭）
Strether〔'strɛðə〕
Stretto di Messina〔'stretto di
  mes'sina〕（義）
Stretton〔'strɛtn̩〕
Streuvels〔'strɜvəls〕
Strevens〔'strɛvənz〕斯特雷文斯
Stribling〔'strɪblɪŋ〕
Strich〔ʃtrɪh〕（德）
Stricker, Der〔də 'ʃtrɪkə〕
Strickland〔'strɪklənd〕
Strickler〔'strɪklə〕斯特里克勒
Strieby〔'stribɪ〕
Strietmann〔'stritmən〕
Striguil〔'strɪgəl〕
Strigul〔'strɪgəl〕
Strike〔straɪk〕斯特賴克
Strindberg〔'strɪndbəg〕史特林柏
  （August, 1849-1912, 瑞典劇作家及小說家）
Stringer〔'strɪŋə〕斯特林格
Stringham〔'strɪŋəm〕
Striped〔straɪpt〕
Strivali〔strɪ'valɪ〕
Striven, Loch〔lah 'strɪvən〕（蘇）
Strobl(e)〔'ʃtrobl〕
Strode〔strod〕斯特羅德 「（希）〕
Strofadhes〔'strafədiz; stɔ'faðes〕
Stroganov〔'strɔgʌnɔf〕（俄）
Stroheim〔'strohaɪm; 'ʃtro-(德)〕
Strohmeier〔'stromaɪə〕斯特羅邁耶
Strohmeyer〔'ʃtromaɪə〕
Strom〔strʌm; stram〕
Stroma〔'stromə〕斯特羅瑪 「（義）〕
Stromboli〔'strambəlɪ; 'strɔmboli〕
Strömgren〔'strɔmgren〕（瑞典）
Stromness〔'stram'nɛs〕
Strømø〔'strɔmə〕（丹）
Strong〔strɔŋ〕斯特朗
Strongbow〔'strɔnbo〕
Stronge〔strɔŋ〕斯特朗

Strongitharm〔'straŋɪθɑrm〕

Strongsville〔'straŋzvɪl〕

Strongyle〔'strandʒɪli〕

Stronsa(y)〔'stranse〕

Strontian〔'stranʃɪən〕

Strood〔strud〕

Strophades〔'strafədiz; strɔ'faðes〕 ∟(希)

Strossmayer〔'ʃtrasmaɪə〕

Strother〔'straðə〕

Stroud〔straud〕斯特勞德

Stroudsburg〔'straudzbəg〕

Stroup〔strup〕斯特魯普

Strowski de Robkowa〔strɔvs'ki də robkɔ'va〕(法)

Strozza〔'strɔttsa〕(義)

Strozzi〔'strɔttsɪ〕(義)

Strubberg〔'ʃtrubɛrk〕(德)

Strube〔'ʃtrubə〕斯特魯布

Strübe〔'ʃtrjubə〕(德)斯特魯布

Struble〔'strubḷ〕斯特魯布爾

Strudwick〔'strʌdwɪk〕斯特拉德威克

Struensee〔'ʃtruən,ze〕史特路安塞(Count Johann Friedrich von, 1737-72,丹麥政治家及哲學家)

Strug〔'struk〕(波)

Struggles〔'strʌglz〕斯特拉格爾斯

Struik〔strɔɪk〕斯特魯伊克

Struldbrugs〔'strʌld,brʌgz〕

Struma〔'struma〕斯特魯瑪河(歐洲)

Strumble〔'strʌmbḷ〕

Strumiča〔'strumɪtsa〕(塞克)

Strumitsa〔'strumɪtsa〕

Strumnitza〔'strumnɪtsa〕

Strunsky〔'strʌnskɪ〕

Strupp〔strup〕 ⌈53,英國女作家)

Struther〔'strʌðə〕斯特拉瑟(Jan, 1901-

Struthers〔'strʌðəz〕斯特拉瑟斯

Strutt〔strʌt〕斯特拉特

Struve〔'struvɪ; 'struvə〕

Struwwelpeter〔'struəl,pitə〕

Stry〔stri〕

Stryj〔stri〕(波)

Strymon〔'straɪmən; strɪ'mɔn(希)〕

Strymonic Gulf〔straɪ'manɪk ~〕斯揣門灣(希臘)

Strypa〔'strɪpa〕

Strype〔straɪp〕斯特賴普

Strzygowski〔stʃɪ'gɔfskɪ〕

Stuart〔'stjuət〕❶史圖爾特(Gilbert Charles, 1755-1828, 美國畫家)❷斯圖亞特王室(1371-1603 統治蘇格蘭)

Stuarts〔'stjuəts〕

Stuart-Wortley〔s'tjuət·'wɜtlɪ〕

Stubai Alps〔'ʃtubaɪ 'ælps〕

Stubaier Alpen〔'ʃtubaɪə 'alpən〕

Stubaital〔'ʃtubaɪtal〕

Stubbins〔'stʌbɪnz〕⌈1901,英國歷史學家)

Stubb(e)s〔stʌbz〕史德卜斯(William, 1825-

Stübel〔'ʃtjubəl〕(德)

Stuck〔stʌk; ʃtuk(德)〕斯塔克

Stuckeman〔'stukmən〕

Stucken〔'ʃtukən〕

Stuckenberg〔'stukənbəg〕

Stucley〔'stjuklɪ〕斯塔克利

Studdert〔'stʌdət〕

Studebaker〔'stjudə,bekə〕

Studita〔stju'daɪtə〕

Studite〔'stjudaɪt〕

Studniczka〔'ʃtutnɪtska〕

Studs Lonigan〔stʌdz 'lanɪgən〕

Study〔'stʌdɪ〕斯塔迪

Stuebner〔'stjubnə〕

Stuermer〔'ʃtjuəmə〕

Stuhlinger〔'stulɪŋə〕施圖林格

Stuhlweissenburg〔,ʃtul'vaɪsənburk〕

Stuhr〔stur〕斯圖爾 ∟(德)

Stuka〔'stukə〕第二次世界大戰時德國的一種俯衝轟炸機

Stukeley〔'stjuklɪ〕斯圖克利

Stüler〔'stjulə〕

Stull〔stʌl〕斯塔爾

Stülpnagel〔'ʃtjulp,nagəl〕

Stumm〔ʃtum〕

Stumm-Halberg〔ʃtum·'halbɛrk〕

Stump〔stʌmp〕斯頓普

Stumpf〔ʃtumpf〕斯頓夫

Stumpy〔'stʌmpɪ〕

Stundist〔'stundɪst〕

Stura〔'stura〕

Sturbridge〔'stəbrɪdʒ〕

Sturdee〔'stədɪ〕斯特迪

Sturdy〔'stədɪ〕斯特迪

Sturdza〔'sturdza〕

Sture〔'sturɛ〕

Sturge〔stədʒ〕斯特奇

Sturgeon〔'stədʒən〕斯特金

Sturges〔'stədʒɪs〕斯特奇斯

Sturgis〔'stədʒɪs〕斯圖吉斯(Russell, 1836-1909, 美國建築家及作家)

Stürgkh〔ʃtjurk〕

Sturius〔'stjurɪəs〕

Sturla Thordsson〔'stələ 'θɔrdzsən〕

Sturleson〔'stələsən〕

Sturluson〔'stələsən〕

Sturm〔'ʃturm(德); 'stjurm(法)〕斯特姆

Sturmabteilung〔ʃtur'maptaɪluŋ〕(德)

Sturmeck〔'ʃturmɛk〕

Stürmer〔'ʃtjurmɚ（德）; 'ʃtjurmjɚ（俄）〕

Sturm von Sturmeck〔'ʃturm fan
'ʃturmɛk〕（德）

Štursa〔'ʃtursa〕（捷）

Sturt〔stɜt〕斯特爾特

Sturtevant〔'stɜtivənt〕斯特帝文特

Sturza〔'sturza〕

Šturza〔'ʃturza〕（捷）

Sturzo〔'sturtso〕

Stutler〔'stʌtlɚ〕塔特特勒

Stutly〔'stʌtlɪ〕

Stutsman〔'stʌtsmən〕斯塔茨曼

Stuttgart〔'stʌtgart; -gət〕司徒加（西
德）

Stutz〔ʃtuts〕施圖茨

Stuyvesant〔'staɪvəsənt; 'stɔɪvəsənt〕
（荷）

St. Vincent and the Grenadines
〔sent 'vɪnsənt, ,grɛnə'dinz〕聖文森
（西印度群島）

Styche〔staɪtʃ〕

Styfel〔'ʃtifəl〕

Styga〔'staɪgə〕

Stygian〔'stɪdʒɪən〕

Style〔staɪl〕斯泰爾

Styles〔staɪlz〕

Stylian〔'stɪlɪən; 'stilɪən〕

Stylites〔staɪ'laɪtiz〕

Stymfalias〔stimfal'jias〕

Stymphalides〔stɪm'fælɪdiz〕

Stymphalis〔stɪm'fɛlɪs〕

Stymphalus〔stɪm'fɛləs〕

Styr〔stɪr〕

Styria〔'stɪrɪə〕

Styron〔'staɪrən〕

Styx〔stɪks〕【希臘神話】冥河（死者之靈魂經此
河被載渡至冥府）

Sua〔su'a〕

Suabian〔'swebjɪən〕

Suadi〔su'adɪ〕

Suakim〔su'akɪm〕

Suakin〔su'akɪn〕

Suanhwa〔sju'anh'wa〕

Suardi〔'swardɪ〕

Suarès〔swa'res〕（法）

Suárez〔'swareθ（西）; -res（拉丁美）〕

Suárez Flámerich〔'swares 'flame-
ritʃ〕（拉丁美）

Subandrio〔su'bandrɪo〕

Subanun〔su'banun〕

Subarnarekha〔su'bærnə'rekhə〕（印）

Šubašic〔'ʃubaʃɪtʃ〕（塞克）

Subasich〔'ʃubasɪtʃ〕

Subasio〔su'bazjo〕

Šubert〔'ʃubɛrt〕（捷）

Subhan Dağlari〔sup'han ,dala'rı〕（⊥）

Subic〔'subɪk〕蘇比克（菲律賓）

Sublette〔sə'blɛt; 'sʌblɪt〕沙布林

Sublime Porte〔sʌ'blaɪm pɔrt〕

Subotai〔,sʌbo'taɪ〕

Subotica〔'subotɪtsa〕蘇波第察（南斯拉夫）

Subotitsa〔,su'botɪtsa〕

Subrahmanya〔subrə'manjə〕

Subtiaba〔sub'tjaba〕

Subtilis〔'sʌbtɪlɪs〕

Subtle〔'sʌtl〕

Subuktigin〔su,bʊktɪ'gin〕

Subur〔'subɚ〕

Subura〔su'bjurə〕

Sabutai〔,sʌbu'taɪ〕

Sucat〔'sukət〕

Succoth〔'sʌkəθ〕

Suceava〔su'tʃava〕（羅）

Suchan〔su'tʃan〕

Su-Chau〔'su·'tʃau〕

Sucher〔'zuhɚ〕（德）沙赫爾

Suchet〔sju'ʃɛ〕（法）

Suchiate〔sutʃ'jate〕　　　　　　「美）

Suchitepéquez〔su,tʃite'pekes〕（拉丁

Suchman〔'sʌtʃmən〕沙奇曼

Suchow〔'su'dʒo〕徐州（江蘇）

Sucia〔'susja〕

Suck〔sʌk〕

Suckling〔'sʌklɪŋ〕索克令（Sir John,
1609-1642, 英國詩人）

Suckow〔'suko〕

Sucre〔'sukre〕蘇克拉（玻利維亞）

Suczawa〔su'tʃava〕（羅）

Suda〔'sudə〕蘇達河（蘇聯）

Sudan, (The)〔su'dæn; su'dan;
'sudɔn〕蘇丹（非洲）

Sudani〔su'danɪ〕

Sudanic〔su'dænɪk〕

Sudbury〔'sʌd,berɪ〕索德柏立（加拿大）

Suddard〔'sʌdəd〕

Suddards〔'sʌdədz〕蘇德茲

Suddes〔'sʌdɪs〕

Suddie〔'sʌdɪ〕

Südenhorst〔'zjudənhɔrst〕（德）

Sudermann〔'sudɚmən; 'zudɚ,man〕蘇
德曼（Hermann, 1857-1928, 德國劇作家及小說家）

Suderö〔'suðərɜ〕（丹）

Suderø〔'suðərɜ〕（丹）

Sudeten〔su'detn〕蘇臺德山脈（捷克）

Sudetenland〔su'detn,lænd; zu-
'detən,lant〕蘇臺區（捷克）

Sudetes〔su'ditiz〕蘇臺山脈（捷克）

Sudetic〔suˈdɛtɪk〕

Südfeld〔ˈzjutfɛlt〕（德）

Sudhoff〔ˈzuthɔf〕（德）

Sudley〔ˈsʌdlɪ〕   「之最低者」

Sudra〔ˈsudrə〕【印】首陀羅族（印度四大階級

Sudre〔ˈsjudə〕（法）

Sue〔su〕蘇（Eugène, 1804-1857, 法國小說家）

Suess〔zjus〕（德）

Suessiones〔swɛsɪˈoniz〕

Suessula〔ˈswɛsjulə〕

Suetens〔ˈsutəns〕

Sueter〔ˈsutə〕

Suetonius〔swiˈtonjəs〕史維都尼亞斯
    （Gaius Suetonius Tranquillus, 二世紀時之羅
Suett〔ˈsuɪt〕   └馬傳記作家及歷史學家）

Sueur, Le〔lə sjuˈɜr〕（法）

Suevi〔ˈswivaɪ〕   「（埃及）

Suez〔suˈɛz〕❶蘇伊士港（埃及）❷蘇伊士運河

Suez, Isthmus of〔ˈɪsməs əv ˈsjuɪz〕
    蘇伊士地峽（亞非之間）

Sufetula〔sjuˈfɛtjulə〕

Suffern〔ˈsʌfən〕

Suffield〔ˈsʌfild〕素夫克郡（英格蘭）

Suffolk〔ˈsʌfək〕索夫克郡（英格蘭）

Suffrage〔ˈsʌfrɪdʒ〕

Suffren de Saint-Tropez〔sjuˈfræŋ
    de sæntrɔˈpe〕（法）

Suffridge〔ˈsʌfrɪdʒ〕薩弗里奇

Sufi〔ˈsufɪ〕❶【回教】奉禁慾主義與神秘主義的
    一派；尤指在波斯者❷此派之信徒

Sufu〔ˈsuˈfu〕

Suiyuan〔ˈswejuˈan〕綏遠（中國）

Sugambri〔sjuˈgæmbraɪ〕

Sugana〔suˈgana〕

Sugar〔ˈʃugə〕休格

Sugarbush〔ˈʃugəbuʃ〕

Sugarman〔ˈʃugəmən〕

Sugarsop〔ˈʃugəsap〕

Sugbu〔sugˈbu〕

Sugden〔ˈsʌgdən〕薩格登

Suger〔sjuˈʒɜr〕（法）

Suggs〔sʌgz〕薩格斯

Sugla〔ˈsulə〕（土）

Sugrue〔suˈgru〕薩格魯

Suhag〔suˈhag〕

Suhl〔zul〕蘇爾

Suhrawardy〔suraˈwardɪ〕

Suhrab〔suˈrab〕   「❷隨（湖北）

Sui〔swi〕❶中國之隋朝（A.D. 589-618）

Suichwan〔ˈswetʃˈwan〕（中）

Suid-Afrika〔ˈsɔɪt·ˈafrɪka〕（南非荷）

Suidger〔ˈsudgə〕

Suidwes-Afrika〔ˈsɔɪtvɛs·ˈafrɪka〕

Suifenho〔ˈsweˈfʌnˈhʌ〕（中）└（南非、荷）

Suifu〔ˈsweˈfu〕（中）

Suiones〔suˈjoniz〕

Suir〔ʃur〕

Suirdale〔ˈʃədəl〕金代爾

Suisse〔sjuˈis〕瑞士（歐洲）

Suisun〔səˈsun〕

Suitland〔ˈsjutlənd〕

Suits〔sjuts; ˈsuɪts〕休茨

Suivante〔swiˈvaŋt〕

Suiyuan〔ˈsweˈjuan〕綏遠（中國）

Suk〔suk〕

Sukarno〔suˈkarno〕蘇加諾（Achmed,
    1901-1970, 印尼政治家及總統）

Suket〔ˈsuket〕

Sukey〔ˈsjukɪ〕

Sukhan-Darya〔suˈhan·darˈja〕

Sukhe Bartor〔ˈsuhe barˈtɔr〕蘇赫巴托
    省（蒙古）

Sukhomlinov〔suhʌmˈljinəf〕（俄）

Sukhona〔suˈhɔnə〕蘇霍納河（蘇聯）

Sukhothai〔sukhothaɪ〕（暹羅）

Sukiro〔suˈkiro〕

Sukkoth〔ˈsukəs; suˈkɔt〕

Sukkur〔ˈsukkur〕蘇庫爾（巴基斯坦）

Sukotai〔sukhothaɪ〕

Sükrü〔ʃjuˈkrju〕（土）

Sukuma〔suˈkuma ~〕

Sula〔ˈsulə〕

Sula Besi〔ˈsula bəˈsi〕

Sulafat〔ˈsuləfæt〕

Sulaiman〔sulaɪˈman〕

Sulaimaniya〔ˌsulemæˈnijə; ˌsulaɪ-;
    ˌsulemæˈnijæ〕

Sulaphat〔ˈsuləfæt〕

Sulawesi〔sulaˈwesi〕蘇拉威西（印尼）

Sulaymān〔sulaɪˈmæn〕（阿拉伯）

Sul do Save〔sul du ˈsavə〕

Suleiman I〔ˈsuleman〕蘇利曼一世（1496?-
    1566, 世稱 the Magnificent, Ottoman 蘇丹）

Sulfur〔ˈsʌlfə〕

Sulgrave〔ˈsʌlgrev〕

Suli〔ˈsuljɪ〕

Suliman〔ˌsulɪˈman〕

Sulimov〔suˈlimɔf; suˈljimɔf〕（俄）

Suliotes〔sulɪˈotiz〕

Sulitjelma〔ˌsulɪˈtjɛlma〕

Sulla〔ˈsʌlə〕索拉（138-78 B.C.,Lucius
    Cornelius Sulla Felix, 羅馬將軍及政治家）

Sullavan〔ˈsʌləvən〕薩拉文

Sullen〔ˈsʌlɪn; -ən〕

Sullivan〔'sʌlɪvən〕索利凡（Sir Arthur Seymour, 1842-1900, 英國作曲家）

Sullivant〔'sʌlɪvənt〕沙利文特

Sully〔'sʌlɪ〕索列（❶Maximilien de Béthune, 1560-1641, 法國政治家 ❷Thomas, 1783-1872, 英國畫家）

Sully, Mounet-〔munɛ·sju'li〕（法）

Sully-Prudhomme〔sjulɪprju'dɔm〕蘇里普魯敦（René François Armand, 1839-1907, 法國詩人及批評家）

Sulphur〔'sʌlfə〕

Sulpice〔sjul'pis〕（法）

Sulpicians〔sʌl'pɪʃənz〕

Sulpicius〔sʌl'pɪʃɪəs〕

Sulpicius Rufus〔sʌl'pɪʃɪəs 'rufəs〕

Sulpicius Severus〔sʌl'pɪʃɪəs sɪ'vɪrəs〕

Sulpiz〔zul'pits〕

Sultan〔'sʌltṇ〕

Sultanabad〔sul,tanɑ'bad〕

Sultan Daḡlari〔sul'tan ,dalɑ'rɪ〕（土）

Sultanpur〔sul'tanpur〕

Sulte〔sjult〕休爾特

Sulu Archipelago〔'sulu ~〕蘇祿羣島（菲律賓）

Suluan〔su'luan〕

Sulya〔'suljə〕

Sulzberger〔'sʌlz,bɜ·gə·〕蘇茲貝格

Sulzer〔'zultsə·〕

Sulzer Belchen〔'zultsə· 'bɛlhən〕（德）

Šumadija〔ʃu'madɪja〕（塞克）

Suman〔'sjuman〕休曼

Sumarokov〔sumʌ'rɔkəf〕（俄）

Sumatra〔su'matrə〕蘇門答臘（印尼）

Sumatran〔su'matrən〕蘇門答臘人

Šumava〔'ʃumava〕（捷）

Sumay〔su'maɪ〕

Sumba〔'sumbə〕松巴島（印尼）

Sumbatov〔sum'batɔf〕

Sumbawa〔sum'bawə〕松巴窪（印尼）

Sumbulpur〔'sʌmbəlpur〕

Sumburgh〔'sʌmbərə〕

Sumbwa〔'sumbwa〕

Sumé〔su'me〕　　　　　　　　〔一區域〕

Sumer〔'sumə·; sju-〕古代幼發拉底河下游

Sumerian〔su'mɪrɪən; sju-〕Sumer人：Sumer語

Summanus〔sʌ'menəs〕

Summa Theologiae〔'sʌmə θɪə'lɔdʒɪi〕

Summer〔'sʌmə·〕蘇默

Summerall〔'sʌmərɔl〕

Summerfield〔'sʌmə·fild〕

Summers〔'sʌmə·z〕蘇默斯

Summersberg〔'zumə·sbɛrk〕（德）

Summersell〔'sʌmə·zəl〕蘇默塞爾

Summerside〔'sʌmə·saɪd〕

Summerskill〔'sʌmə·skɪl〕薩默斯基爾

Summerson〔'sʌmə·sən〕薩默森

Summersville〔'sʌmə·zvɪl〕

Summerville〔'sʌmə·vɪl〕

Summit〔'sʌmɪt〕

Summoner's Tale〔'sʌmənə·z ~〕

Summus Portus〔'sʌməs 'pɔrtəs〕

Sumner〔'sʌmnə·〕索姆奈（❶Charles, 1811-1874, 美國政治家及演說家 ❷James Batcheller, 1887-1955, 美國生物化學家）

Sumners〔'sʌmnə·z〕

Sumo〔'sumo〕

Sumprabum〔'sumprɑ'bum〕

Sumpter〔'sʌmptə·〕森普特

Sumsion〔'sʌmʃən〕

Sumter〔'sʌmptə·〕蘇姆特

Sumu〔'sumu〕

Sumy〔'sumɪ〕

Sun〔sʌn〕

Sunapee〔'sʌnəpi〕

Sunart〔'sunɑt〕

Sunbury〔'sʌnbərɪ〕

Sun Chung-shan〔'sun 'tʃuŋ·'ʃan〕

Sunchow〔'ʃjun'dʒo〕（中）

Suncook〔'sʌnkuk〕

Sunda Isles〔'sʌndə ~〕巽他羣島（印尼）

Sundance〔'sʌn,dæns〕

Sundarbans〔'sundə·bʌns〕（印）

Sunday〔'sʌndɪ〕星期日；日曜日

Sundeep〔'sʌndip〕

Sunderbunds〔'sundə·bʌndz〕

Sunderland〔'sʌndə·lənd〕巽得蘭（英格蘭）

Sundeved〔'sundə·veð〕（丹）

Sundgau〔'zuntgau〕

Sundi〔'sundi〕

Sundip〔'sʌndip〕

Suñer〔su'njɛr〕（西）

Sunflower〔'sʌn,flauə·〕

Sun Fo〔'sun 'fɔ〕

Sung〔suŋ〕（中國之）宋朝（960-1279）

Sung, Liu〔lɪ'u 'suŋ〕

Sung Ai-ling〔'suŋ 'aɪ·'lɪŋ〕

Sungari〔'suŋ'gɑ'rɪ〕松花江（中國）

Sungaria〔sʌŋ'gɛrɪə〕

Sungei Ujong〔'suŋaɪ 'udʒɔŋ〕

Sungkiang〔'suŋdʒɪ'aŋ〕松江（中國）

Sungkoi〔'suŋ'kɔɪ〕

Sung Shan〔'suŋ 'ʃan〕嵩山（河南）

Sungtze〔'suŋ'dzʌ〕（中）

Sung Tzu-wen〔'suŋ 'tsu·'wʌn〕（中）

Sunila〔'sunɪla〕

Sunium〔'sjunɪəm〕

Sunium Promontorium〔'sjuniəm ,pramən'tɔriəm〕
Suniya, Hor〔hɔr'sunijə〕
Sunk〔sʌŋk〕
Sun K'o〔'sun 'kʌ〕（中）
Sunley〔'sʌnli〕森利
Sunlight〔'sʌn,lait〕森萊特　　（臺灣）
Sun-moon Lake〔'sʌn·'mun ～〕日月潭
Sunna(h)〔'sunə〕
Sunni〔'suni〕
Sunningdale〔'sʌniŋdel〕
Sunnite〔'sunait〕回教徒之一派；正統回教派
Sunnyside〔'sʌnisaid〕
Sunnyslope〔'sʌnislop〕
Sunnyvale〔'sʌni,vel〕
Sunray〔'sʌn,re〕
Süntel〔'zjuntəl〕
Süntelberg〔'zjuntəlbɛrk〕（德）
Sun Wen〔'sun 'wʌn〕（中）
Sunwui〔'sun'we〕（中）
Sunyani〔sun'jani〕
Sun Yat-sen〔'sun 'jat 'sɛn〕孫逸仙
　（1866-1925, 中國政治家, 中華民國國父）
Suomenlinna〔'swɔmɛn,linnɑ〕（芬）
Suomen Tasavalta〔'swɔmen 'tasa-,valta〕
Suomi〔'swɔmi〕芬蘭（歐洲）
Suor Angelica〔swɔr an'dʒɛlikɑ〕
Supan〔'zupan〕
Supanburi〔suphanburi〕
Super〔'sjupə〕
Superbus〔sju'pɚbəs〕
Superfortress〔'sjupə,fɔrtris; -trəs〕美軍之 B-29 轟炸機　　　　　　「(北美)
Superior, Lake〔sə'piriə～〕蘇必略湖
Superunda〔,supe'rundɑ〕
Superviela〔,supɛr'vjela〕
Supervielle〔sjupɛr'vjɛl〕（法）
Suphan〔'zuphan〕（德）
Suphan Buri〔suphan buri〕素攀府　（泰國）
Supiori〔,supi'ɔri〕
Supper〔'zupə〕（德）
Supple〔'sʌpl̩〕
Supremo, El〔su'premo〕
Suqureir, Nahr〔'næhə su'krea〕
Sur, Point〔sɚ〕蘇拉
Sura〔'surə; 'surə; su'ra〕
Surabaya〔,surə'bajə〕泗水（印尼）
Surah〔'surə 〕
Surajah Dowlah〔sə'radʒə 'daulə〕
Surajgunge〔sə'radʒgʌndʒ〕

Surakarta〔,surə'kartə〕
Surakhany〔surəhʌ'ni〕（俄）
Suram〔'suram〕
Surashtra〔su'raʃtrə〕
Surat〔'surət〕蘇拉特（印度）
Suratdhani〔suratthani〕（暹羅）
Surat Thani〔surat thani〕
Surbiton〔'sɚbitn̩〕索比頓（英格蘭）
Surcouf〔sjur'kuf〕（法）
Sur Das〔sur das〕
Sûre〔sjur〕（法）休爾
Surecard〔'ʃur,kard〕
Suréna〔sjure'na〕（法）蘇雷納
Surendranath〔su'rendrɔnat〕（孟）
Surésnes〔sju'rɛn〕（法）
Surface〔'sɚfis〕瑟菲斯
Surfaceman〔'sɚfismən〕
Surgeon〔'sɚdʒən〕
Surguja〔sur'gudʒə〕
Surgut〔sur'gut〕
Suriani〔sur'jani〕
Suriano〔sur'jano〕
Surianus〔,sjuri'enəs〕
Surigao〔,suri'gao〕蘇里加歐（菲律賓）
Surikov〔'surjikɔf〕
Surin〔surin〕
Surinam〔,suri'næm〕蘇利南（南美）
Suriname〔,sjuri'namə〕（荷）
Suriya〔su'rijə〕
Surkhab〔sur'hab〕（俄）
Sürlin〔'zjurlin〕（德）
Surly〔'sɚli〕
Surma〔'surma〕
Surratt〔sə'ræt〕薩拉特
Surrentine〔sə'rɛntain〕
Surrey〔'sʌri〕薩里（英格蘭）
Surridge〔'sʌridʒ〕瑟里奇
Surry〔'sʌri〕
Sursaari〔'sursari〕
Surtees〔'sɚtiz〕瑟帝斯
Surtr〔'surtə〕
Survage〔sjur'vaʒ〕（法）
Surveyor〔sɚ'veə; sə'veɔr; sɛr'veə〕
Surville〔sjur'vil〕（法）
Survilliers〔sjurvi'lje〕（法）
Surya〔'surjə〕
Sus〔sus〕
Susa〔'susə; 'suzə; 'sjuzə; 'sjusə〕　蘇札（義大利）
Sušac〔'suʃats〕（塞克）
Susam-Adasi〔su'sam·ada'si〕
Susan〔'suzn̩〕蘇珊

Susan Lenox〔'suzən 'lenəks〕
Susanna〔su'zænə〕蘇珊娜
Susannah〔su'zænə〕蘇珊娜
Susanne〔zu'zanə〕(德)
Susanville〔'sjuznvɪl〕
Susette〔su'zɛt〕
Su Shih〔'su 'ʃɪə〕蘇軾(1036-1101,東坡居士,中國宋朝文學家)
Susiana〔,sjuzi'enə〕
Susie〔'suzi〕蘇姫
Susɪgɪrlɪk〔,susɪgɪr'lɪk〕(土)
Susitna〔su'sɪtnə〕蘇西特那河(美國)
Süskind〔'zjuskɪnt〕(德)
Suslov〔'susləf〕
Suso〔'zuzo〕
Suspiria de Profundis〔sʌs'pɑɪrɪə di pro'fʌndɪs〕
Susquehanna〔,sʌskwə'hænə〕沙士魁海
Süss〔zjus〕(德)薩斯
Sussams〔'sʌsəmz〕
Sussex〔'sʌsɪks〕索塞克斯郡(英格蘭)
Süsskind〔'zjuskɪnt〕(德)
Süss-Oppenheimer〔zjus·'apən-,haɪmə〕(德)
Sustenpass〔'zustənpas〕
Sustermans〔'sʌstəmans〕
Susu〔'susu〕
Sutamo〔su'tamo〕
Sutcliffe〔'sʌtklɪf〕薩克利夫
Sutch〔sʌtʃ〕薩奇
Sutherland〔'sʌðələnd〕索色蘭郡(蘇格蘭)
Sutherland Falls〔'sʌðələnd ~〕索色蘭瀑布(紐西蘭)
Sutherlandia〔,sʌðə'lændɪə〕
Sutherlandshire〔'sʌðələndʃɪr〕
Sutlej〔'sʌt,lɪdʒ〕薩特來治河(印度)
Sutliff〔'sʌtlɪf〕薩特利夫
Suto〔'suto〕
Suto Chuana〔'suto 'tʃwana〕
Sutra〔'sutrə〕
Sutro〔'sutro〕蘇特羅
Sutter〔'sʌtə; 'sutə〕
Suttermans〔'sʌtəmans〕
Suttner〔'zutnə〕
Suttner, von〔'zutnə〕蘇德納夫人(Bertha, 1843-1914,本姓Kinsky,奧國作家及和平主義者)
Sutton〔'sʌtn〕薩頓
Sutton and Cheam〔'sʌtn ən 'tʃim〕
Sutton, Manners-〔'mænəz·'sʌtn〕
Sutton Co'fil〔'sʌtn 'kofɪl〕
Sutton-in-Ashfield〔'sʌtn·ɪn·'æffɪld〕
Su Tung-p'o〔'su 'duŋ·'pɔ〕(中)

Suva〔'suvə〕蘇瓦(斐濟羣島)
Suvalkai〔su'vɑlkaɪ〕
Suvalki〔su'vɑlkɪ〕
Suvla〔'suvla〕
Suvorin〔su'vɔrjɪn〕(俄)
Suvorov〔su'vɔrɔf〕
Suvo Rudište〔'suvo 'rudɪʃtɛ〕(塞克)
Suwałki〔su'vɑlkɪ〕蘇伐烏基(波蘭)
Suwanee〔sə'wɔni; swɔ'ni〕
Suwangp'umi of U'tong〔suwaŋ'pumi əv 'utaŋ〕
Suwannee〔'səwɔni; swɔ'ni〕
Suwaroff〔su'varəf〕
Suwarrow〔su'waro〕
Suwat〔su'wat〕
Suxe, de〔də 'sjuks〕(法)
Suyones〔su'joniz〕
Suyu〔su'ju〕
Suyuti〔su'juti〕
Suzanne〔sju'zæn〕蘇善
Suzdal〔'suzdalj〕(俄)
Suzett〔sə'zɛt〕
Suzie〔'suzi〕蘇姫
Suzor〔sju'zɔr〕(法)
Suzor-Coté〔sju'zɔr·kɔ'te〕(法)
Suzy〔'suzi〕
Suzzallo〔'suzlo〕
Švabinský〔'ʃvabɪnski〕(捷)
Svalbard〔'sval,bar〕冷岸羣島(挪威)
Svalocin〔'svæləsɪn〕
Svanetia〔sva'niʃɪə〕
Svanholm〔'svanholm〕
Svante〔'svantə〕
Svaraj〔svə'radʒ〕(印)
Svärd〔sværd〕(芬)
Svarga〔'swargə〕
Svart〔svart〕
Svartisen〔'svar,tisən〕
Svatopluk〔'svatɔpluk〕
Svatozar〔'svjɛtɔzar(捷); 'svɛtozar(塞克)〕
Svätý〔'svæti〕
Sveaborg〔svea'bɔrj〕斯維阿堡(芬蘭)
Svealand〔'svea,land〕
Svedberg〔'sved,bærj〕史維德堡(Theodor 或 The, 1884-1971,瑞典化學家)
Švehla〔'ʃvɛhla〕(捷)
Svein〔sven〕
Sveinbjörn〔'svenbjədn〕(冰)
Sveinsson〔'svenssɔn〕(冰)
Sven〔svɛn〕
Sven(d)〔svɛn〕(丹)

Svendborg〔'svɛnbɔr〕(丹)

Svendsen〔'svɛnsən〕(挪)

Svengali〔svɛn'gɑlɪ〕具有極大催眠力之人

Svenska〔'svɛnska〕

Svensksund〔'svɛnsksʌnd〕

Svensson〔'svɛnssɔn〕(冰)

Sverdlov〔'svɛrdlʌv; -lɑf; -ləf;
'svjɛrdləf〕

Sverdlovsk〔'svɛrdlʌvsk; -ləvsk;
-ləfsk; 'svjɛrdləfsk〕斯弗羅夫斯克(蘇聯)

Sverdrup〔'sværdrʊp〕斯瓦爾德魯(Otto
Neumann, 1855-1930, 挪威北極探險家)

Sverige〔'sværjə〕(瑞典)

Sverker〔'svɛrkə〕

Sverre〔'svɛrrə〕斯瓦萊(1152?-1202,
Sverre Sigurdsson, 挪威國王, 1184-1202)

Sverresson〔'sværrəsən〕(挪)

Svetlova〔sfijɛt'lova〕

Svetozar〔'svɛtozar〕

Svevo〔'zvɛvo〕

Sviatoslavov〔svjɑtɑ'slavəf〕(俄)

Svigals〔'svigælz〕

Svinhufvud〔'svin,huvud〕

Svir〔svɪr; 'svjir〕(俄)

Svithiod〔'sviθjoð〕(丹)

Sviyaga〔svɪ'jagə; svjɪ-(俄)〕

Svizzera〔svit'tsɛra〕(義)

Svoboda〔'svɔbɔda〕

Svolder〔'svɔldə〕

Svolos〔'zvɔlɔs〕

Svyatoslavovich〔svjɑtɑs'lavəvɪtʃ〕

Swabia〔'swebɪə〕斯華比亞(德國)

Swabian Jura〔'swebjən 'dʒʊrə;
-bɪən-〕

Swadeshi〔swa'deʃɪ〕【印度】排斥英貨運動

Swadlincote〔'swadlɪnkot〕

Swadling〔'swadlɪŋ〕

Swaffer〔'swafə〕斯沃弗

Swahili〔swa'hilɪ〕班圖人;班圖語

Swain(e)〔swen〕

Swainsboro〔'swenzbərə〕

Swainson〔'swensn̩〕

Swakop〔'svakɔp〕

Swale〔swel〕

Swalin〔swa'lin〕斯沃林

Swalli〔'swalɪ〕

Swaliow〔'swalo〕斯沃洛

Swally〔'swalɪ〕

Swami〔'swamɪ〕

Swammerdam〔'svamədam〕

Swampscott〔'swampskət〕

Swan〔swan〕【天文】天鵝座

Swanage〔'swanɪdʒ〕

Swanebeck〔'swanɪbek〕

Swanee〔'swanɪ; swa'ni〕

Swanhild〔'swanhɪld〕

Swankalok〔swankalok〕(暹羅)

Swanland〔'swɔnlænd〕

Swann〔swan〕(法)

Swan-neck〔'swan·nɛk〕

Swans〔swanz〕

Swanscombe〔'swanzkəm〕

Swansea〔'swansɪ; 'swanzɪ〕天鵝海港
(威爾斯)

Swanson〔'swansən〕斯旺森

Swanton〔'swantn̩〕斯旺頓

Swanwick〔'swanɪk〕斯旺尼克

Swanzey〔'swanzɪ〕

Swaraj〔swə'radʒ〕(印)

Swarga〔'swargə〕

Swart〔swɔrt〕斯旺特

Swarth〔swart〕(荷)

Swarthmore〔'swɔrθmɔr〕

Swarthout〔'swɔrθaut〕斯沃索特

Swartow〔'swartau〕

Swartwout〔'swɔrtaut〕

Swartz〔swarts〕斯沃茨

Swarup〔'swerup〕

Swasey〔'swezɪ〕斯維齊

Swat〔swat〕

Swatow〔'swa'tau〕汕頭(廣東)

Swayne〔swen〕斯維恩

Swaythling〔'swɛðlɪŋ〕

Swayzee〔'swezɪ〕斯維奇

Swazi〔'swazɪ〕史瓦濟蘭人

Swaziland〔'swazɪ,lænd〕史瓦濟蘭(非洲)

Sweatman〔'swɛtmən〕

Sweatt〔swɛt; swɪt〕

Swedberg〔'sved,bærj〕(瑞典)

Swede〔swid〕瑞典人

Sweden〔'swidn̩〕瑞典(北歐)

Swedenborg〔'swidn̩bɔrg〕史維東堡
(Emanuel, 1688-1772, 瑞典哲學家及宗教類作家)

Swedesboro〔'swidzbərə〕

Swedish〔'swidɪʃ〕

Sweedlepipe〔'swid|paɪp〕

Sweelinck〔'svelɪŋk〕

Sweeney〔'swinɪ〕斯威尼

Sweeny〔'swinɪ〕斯威尼   〔國語言學家〕

Sweet〔swit〕斯威特(Henry, 1845-1912, 英

Sweet Briar〔'swit ,braɪə〕

Sweetbriar〔'swit,braɪə〕

Sweeterman〔'switəmən〕斯威特曼

Sweetheart〔'swithart〕斯威特哈特

Sweeting〔'switɪŋ〕
Sweetland〔'switlənd〕
Sweetman〔'switmən〕
Sweetser〔'switsə〕斯威策
Sweetwater〔'swit,wɔtə〕
Sweezy〔'swizɪ〕斯威奇
Swegen〔swen; 'swejen; 'sven〕
Sweigert〔'swaɪgət〕斯爲格特
Swein〔swen; sven〕
Swelinck〔'swelɪŋk〕
Swenarton〔'swenətṇ〕
Swenerton〔'swenətṇ〕
Sweno〔'swino〕
Swerga〔'swergə〕
Swerker〔'sverkə〕
Swerkerson〔'sverkəsən〕
Swerro〔'swero〕
Swert〔svert〕
Swert, De〔də 'svert〕
Swetchine〔svjɪ'tʃin〕(俄)
Swete〔swit〕斯爲特
Swett〔swet〕斯爲特
Swettenham〔'swetnəm〕瑞天威港(馬來西亞)
Sweyn〔sven; 'sven〕
Sweynson〔'svaɪnsən〕
Świdnica〔ʃvɪd'nitsa〕(波)
Świętochłowice〔,ʃvjentɔhlɔ'vitsɛ〕(波)
Swift〔swɪft〕史威夫特(Jonathan, 1667-1745, 英國諷刺文家)
Swiftsure〔'swɪftʃur〕
Swigart〔'swɪgɑrt〕斯威格特
Swigert〔'swɪgət〕斯威格特
Swiggart〔'swɪgɑrt〕斯威格特
Swiggett〔'swɪgət〕斯威格特
Swim〔swɪm〕
Swinburne〔'swɪnbən〕史文本恩(Algernon Charles, 1837-1909, 英國詩人及批評家)
Swindall〔'swɪndɔl〕
Swindler〔'swɪndlə〕斯溫德勒
Swindon〔'swɪndən〕斯文頓(英格蘭)
Swiney〔'swɪnɪ〕斯威尼
Swing〔swɪŋ〕斯溫
Swingle〔'swɪŋɡḷ〕斯溫格爾
Swingler〔'swɪŋɡlə〕斯溫格勒
Swink〔swɪŋk〕斯溫克
Swinnerton〔'swɪnətən〕斯文納頓(Frank Arthur, 1884-1982, 英國小說家及批評家)
Swinstead〔'swɪnsted〕斯溫斯特德
Swint〔swɪnt〕斯溫特
Swinton〔'swɪntən〕斯溫頓
Swinton and Pendlebury〔'swɪntən, 'pendḷ,berɪ〕

Swisher〔'swɪʃə〕斯威舍
Swiss〔swɪs〕瑞士人
Swissvale〔'swɪsvel〕
Swithin〔'swɪðɪn〕斯威辛
Swithiod〔'sviθjoð〕(丹)
Swithold〔'swɪðəld〕
Swithun〔'swɪðən〕斯威森
Switzer〔'swɪtsə〕斯威策
Switzerland〔'swɪtsələnd〕瑞士(西歐)
Swiveller〔'swɪvlə〕
Swoboda〔'swoboda〕
Swold〔swold〕
Swope〔swop〕斯沃普
Sworbe〔'svɔrbə〕
Swords〔sɔrdz〕索茲
Swormville〔'swɔrmvɪl〕
Swoyersville〔'swɔɪəzvɪl〕
Swoyerville〔'swɔɪəvɪl〕
Swynfen〔'swɪnfən〕斯溫芬
Swynford〔'swɪnfəd〕
Syagrius〔saɪ'æɡrɪəs〕
Syamantaka〔sjə'mæntəkə〕
Syas〔'sjasj〕(俄)
Sybaris〔'sɪbərɪs〕希巴利斯(希臘)
Sybarite〔'sɪbə,raɪt〕希巴利斯居民
Sybel〔'zibəl〕
Sybil〔'sɪbɪl〕西比爾
Sybota〔'sɪbətə〕
Sybrand〔'saɪbrant〕
Sycaminum〔sɪkə'maɪnəm〕
Sycamore〔'sɪkəmɔr〕
Sycorax〔'sɪkəræks〕
Sydenham〔'sɪdnəm〕西德拉姆
Sydenstricker〔'saɪdṇ,strɪkə〕賽登斯特里克
Sydlige Jylland〔'sjuðlɪɡə 'julan〕
Sydney〔'sɪdnɪ〕雪梨(澳洲)
Sydney Mines〔'sɪdnɪ maɪnz〕
Sydnor〔'sɪdnə〕西德諾
Syed〔'saɪed; 'saɪed〕
Syedlits〔'sjedljɪts〕
Syenna〔sɪ'ɛnə〕
Syennesis〔sɪ'enɪsɪs〕
Syfret〔'sifrɪt〕
Sygrove〔'saɪgrov〕
Sykes〔saɪks〕西克斯
Sykes-Picot〔'saɪks·pi'ko〕
Sykesville〔'saɪksvɪl〕
Syktyvkar〔sɪktɪf'kɑr〕
Sylacauga〔sɪlə'kɔɡə〕
Sylarna〔'sjular,na〕
Sylhet〔sɪl'het〕
Sylk〔sɪlk〕

Sylla〔'sɪlə〕
Sylow〔'sjulo〕（揶）
Sylph〔sɪlf〕
Sylphide〔sil'fid〕
Sylt〔sɪlt; zɪlt（德）〕
Sylva〔'sɪlvə〕
Sylvain〔sil'væŋ〕（法）
Sylvan〔'sɪlvən〕西爾芳
Sylvander〔sɪl'vændə〕
Silvania〔sɪl'venɪə〕
Sylvanie〔sɪlva'ni〕（法）
Sylvanus〔sɪl'venəs〕西爾維納斯
Sylvère〔sil'ver〕（法）
Sylvester〔sɪl'vestə〕西爾維斯特
Sylvester Daggerwood〔sɪl'vestə
  'dægəwud〕
Sylvester Gozzolini〔sɪl'vestə
  ,gottso'lini〕（義）
Sylvestre〔sil'vestə〕（法）
Sylvestris〔sɪl'vestris; silves'tris〕
Sylvia〔'sɪlvɪə〕西維亞
Sylvia Scarlett〔'sɪlvɪə 'skarlɪt〕
Sylvid〔'sɪlvɪd〕
Sylvius〔'sɪlvɪəs〕
Symbolon Portus〔'sɪmbələn 'pɔrtəs〕
Syme〔saɪm; 'simi; 'saɪmi〕
Symē〔'saɪmi; 'simi（希）〕
Symeon〔'sɪmɪən; sume'ɔn（古保）〕
Symes〔sɪmz〕
Symi〔'simi〕
Symington〔'saɪmɪŋtən〕賽明頓
Symkyn〔'sɪmkɪn〕
Symmachus〔'sɪməkəs〕
Symmers〔'sɪməz〕西默斯
Symmes〔sɪmz〕西姆斯
Symmetry〔'sɪmətrɪ〕
Symond〔'saɪmənd〕西蒙德
Symonds〔'saɪməndz〕塞門茲（John
  Addington, 1840-1893, 英國學者、詩人及作家）
Symonds Yat〔'sɪməndz 'jæt〕
Symons〔'saɪmənz〕塞門茲（Arthur, 1865-
  1945, 英國詩人及批評家）
Symphorosa〔sɪmfɔ'rozə〕
Synan〔'saɪnæn〕
Syncellus〔sɪn'seləs〕
Syndesmos〔sɪn'dezməs〕
Synedrium〔sɪn'nedrɪəm〕
Synesius〔sɪ'niʒɪəs〕
Syng(e)〔sɪŋ〕辛（❶John Millington, 1871-
  1909, 愛爾蘭詩人及劇作家 ❷Richard Laurence
  Millington, 1914-, 英國生物化學家）
Synkellos〔sɪŋ'keləs〕

Synnada〔'sɪnədə〕
Synopticus〔sɪ'naptɪkəs; zju'naptɪkus〕
Syphax〔'saɪfæks〕西法克斯
Sypher〔'saɪfə〕
Syra〔'saɪrə; 'sira（希）〕
Syracusa〔sɪra'kuza; sira'kuza;
  sɪrə'kjusə〕
Syracusae〔,sɪrə'kjusi〕
Syracusan〔,saɪrə'kjuzən〕
Syracuse〔'saɪrəkjuz; 'sɪrəkjus〕敍拉古
  （義大利；美國）
Syr Darya〔sɪr' darjə〕錫爾河（蘇聯）
Syria〔'sɪrɪə〕敍利亞（西亞）
Syriac〔'sɪrɪæk〕
Syriae Portae〔'sɪrɪi 'pɔrti〕
Syrian〔'sɪrɪən〕敍利亞人
Syrie, La〔la si'ri〕（法）
Syrien〔'sɪrɪən〕
Syrlin〔'zjurlɪn〕
Syrinx〔'sɪrɪŋks〕
Syrmia〔'səmɪə〕
Syro-Phoenicia〔'saɪro·fɪ'nɪʃɪə;
  'saɪro·fɪ'nɪʃjə〕
Syrophoenician〔'saɪrofɪ'nɪʃɪən;
  'saɪrofɪ'nɪʃjən〕
Syros〔'saɪrɑs〕塞洛斯島（希臘）
Syrový〔'sirɔvi〕
Syrtis〔'sətɪs〕
Syrtis Major〔'sətɪs 'medʒə〕
Syrtis Minor〔'sətɪs 'maɪnə〕
Syrup〔'zirup〕
Syrus〔'saɪrəs〕賽勒斯
Syryenian〔sɪ'rjinɪən〕
Sysonby〔'saɪzŋbɪ〕賽森比
Syzran〔'sɪzrən; 'sɪsrənj〕司茲蘭（蘇聯）
Szabadka〔'sabad,ka〕（匈）
Szabó〔'sabo〕（匈）薩博
Szabolcs〔'sabɔltʃ〕（匈）　　　「（匈）
Szabó-Nagyatád〔sabo·'na'djatad〕
Szakasits〔'sakaʃitʃ〕（匈）
Szalatna, Hubay von〔'hubɔi fɑn
  'salatna〕（匈）
Szalay〔'salɔi〕（匈）
Szamos〔'samoʃ〕（匈）
Szapolyai〔'sapoljɔi〕（匈）
Szárvady, Clauss-〔'klaus·'sarvadɪ〕
  （捷）
Szász〔sas〕（匈）薩茲
Szatmár-Németi〔'satmar·'nemetɪ〕
  （匈）
Száva〔'sava〕（匈）

Szczara〔'ʃtʃara〕(波)
Szczecin〔'ʃtʃɛtsin〕什切青(波蘭)
Szczecinski, Zalew〔'zalɛf ʃtʃɛ'tsi-nski〕
Szczęsny〔'ʃtʃɛŋsnɪ〕(波)
Sze〔zi; su(中)〕
Széchenyi〔'setʃɛnjɪ〕(匈)
Szechuan〔'sɛ·'tʃwan; 'sʌ-(中)〕
Szechuen〔'sɛ·'tʃwɛn; 'sʌ-(中)〕
Szechwan〔'sɛ'tʃwan〕四川(中國)
Szechwanese Alps〔'sɛ·'tʃwanɪz ælps〕
Szeftel〔ʃɛf'tɛl〕(波)
Szeged〔'sɛged〕塞格德(匈牙利)
Szegedin〔'segedin〕(德)
Szegö〔'sɛgo〕
Székely〔'sekɛj〕(匈)
Székesfehérvár〔'sekɛʃfɛher,var〕(匈)
Szeklerz〔'sɛklɚz〕(匈)
Széll〔sel〕(匈)
Sze-ma Ts'en〔'su·'ma tʃɪ'jɛn〕(中)
Szeming〔'su'mɪŋ〕
Szent Becaj〔sɛnt 'bɛkɔɪ〕(塞克)
Szentes〔'sɛntɛʃ〕(匈)
Szentgotthárd〔'sɛntgɔthard〕(匈)
Szent-Györgyi von Nagyrapolt

〔sɛnt·'dʒɔɪdjɪ fan 'nadj'rapolt〕桑德哲基(Albert, 1893-, 匈牙利化學家)
Szepel〔'sɛpɛl〕(匈)
Szepes〔'sɛpɛʃ〕(匈)
Szeping〔'su'pɪŋ〕四平市(遼北)
Szeps〔sɛps〕
Szerém〔'sɛrem〕(匈)
Szigeti〔sɪ'getɪ; 'sɪgetɪ(匈)〕
Szigetköz〔'sɪgɛt,kɚz〕(匈)
Szigligeti〔'sɪglɪ,gɛtɪ〕(匈)
Szilágyi〔'sɪladjɪ〕(匈)
Szilard〔'sɪlard〕西勞德(Leo, 1898-1964, 美國物理學家)
Színyei〔'sinje〕(匈)
Szmaglewska〔ʒmʌg'lɛvskə〕(波)
Szold〔zold〕索爾德
Szolnok〔'solnok〕(匈)
Szombathely〔'sombat,hɛj〕桑博特黑伊(匈牙利)
Szondi Test〔'zandɪ ～〕
Szreniawa〔ʃrɛ'njava〕(波)
Sztójay〔'stɔɪcɪ〕(匈)
Szujski〔'ʃuɪskɪ〕(波)
Szumowska〔ʃu'mɔfska〕(波)
Szyk〔ʃɪk〕(波)
Szymanowski〔,ʃɪma'nɔfskɪ〕(波)
Szymczak〔'sɪmtʃæk〕
Szymon〔'ʃɪmɔn〕(波)
Szymonowicz〔,ʃɪvɔ'nɔvɪtʃ〕(波)

T

Taaffe〔'tafə〕塔弗
Taal〔tal〕❶塔爾語❷塔阿爾火山（菲律賓群島）
Taanach〔'teənæk〕
Ta'aroa〔,taɑ'roɑ〕
Tab〔tab〕
Tabaco〔tɑ'bɑko〕大巴戈（菲律賓）
Tabak〔'tɑbæk〕
Tabapy〔tɑ'vɑpɪ〕（西）
Tabar〔tɑ'bɑr〕
Tabarca〔tə'bɑrkə〕
Tabard〔'tæbəd〕
Tabari, al-〔,ættæ'bæri〕（阿拉伯）
Tabaristan〔tə'bærɪstæn〕
Tabariya〔,tɔbʌ'rijə〕
Tabarro〔tɑ'bɑro〕
Tabasco〔tə'bæsko ; tɑ'vɑsko〕塔巴斯哥州（墨西哥）
Tabatinga〔,tɑvə'tɪŋgə〕（葡）
Tabb〔tæb〕塔布
Tabby〔'tæbɪ〕
Taber〔'tebə〕泰伯
Tabernacle〔'tæbə,nækl〕
Tabernaemontanus〔tə,bɜːnɪmən'tenəs〕
Taberner〔tə'bɜnə〕
Tabernes de Valldigna〔tɑ'bɜrnes ðe vɑl'dignjɑ〕（西）
Tabganuwa〔tɑb'gɑnuwɑ〕
Tabiteuea〔,tɑbɪ,teʊ'eɑ〕
Tabitha〔'tæbɪθə〕
Tablas〔'tɑvlɑs〕塔布列斯（菲律賓）
Table〔'tebl〕
Tabletop〔'tebl,tɑp〕
Tabley, de〔də 'tæblɪ〕
Tabnit〔'tæbnɪt〕
Taboga〔tə'bogɑ ; tɑ'vogɑ（西）〕
Tabor〔'tebɔr〕泰伯
Tabora〔tə'bɔrə〕塔波拉（坦尚尼亞）
Tabori〔tæ'borɪ〕
Taborite〔'tebərɑɪt〕
Tabors〔'tebəz〕
Tabou〔tə'bu〕塔布（西非洲）
Tabouis〔tɑ'bwi〕（法）
Tabriz〔tə'briz〕大布里士（伊朗）
Tabu〔tə'bu〕
Tabulae Heracleenses〔'tæbjʊli ,hɛrəklɪ'ɛnsiz〕
Tacana〔tɑ'kɑnə〕

Tacaná〔,tɑkɑ'nɑ〕
Tacarigua〔,tɑkɑ'rigwɑ〕
Tacchinardi〔,tɑkki'nɑrdi〕
Tacchini〔tɑk'kini〕（義）
Taché〔tɑ'ʃe〕（法）
Tachinardi〔tɑki'nɑrdɪ〕
Ta Ch'ing〔'dɑ 'tʃɪŋ〕（中）清朝（1644-1911）
Tachin Shan〔'dɑ'tʃɪn 'ʃɑn〕（中）
Táchira〔'tɑtʃɪrɑ〕
Tachyno〔tɑhi'nɔ〕（古希）
Tacitus〔'tæsɪtəs〕泰西塔斯（Cornelius, 55?-?117, 羅馬歷史學家）
Tack(e)〔tæk〕
Tacker〔'tækə〕
Tackleton〔'tækḷtən〕
Tacloban〔tɑ'klobɑn〕塔克洛班（菲律賓）
Tacna〔'tɑknə〕
Tacna-Arica〔'tɑknɑ·ɑ'rikɑ〕
Tacoma〔tə'komə〕塔科馬（美國）
Tacon〔'tekən〕
Tacón〔tɑ'kɔn〕
Taconic〔tə'kɑnɪk〕
Tacora〔tə'kɔrə ; tɑ'korɑ（西）〕
Tacticus〔'tæktɪkəs〕
Tacuarembó〔,tɑkwɑrɛm'bo〕
Tacuarí〔,tɑkwɑ'ri〕
Tacuary〔,tɑkwɑ'ri〕
Tacuba〔tə'kubɑ ; tɑ'kuvɑ（西）〕
Tacubaya〔,tɑku'vɑjɑ〕他庫瓦雅（墨西哥）
Tacutu〔,tɑku'tu〕
Tad〔tæd〕塔德
Tadcaster〔'tædkæstə〕
Taddeo〔tɑd'deo〕（義）
Tádé〔'tɑde〕（匈）
Tadema〔'tædɪmə〕
Tadeo〔tɑ'ðeo〕（西）
Tader〔'tedə〕
Tadeus〔tɑ'deʊs〕
Tadeusz〔tɑ'deʊʃ〕（波）
Tadhg〔tɑɪg ; θɑɪg ; θeg ; teg（愛）〕
Tadjik〔tɑ'dʒɪk〕
Tadmir〔tɑd'mɪr〕
Tadmor〔'tædmɔr〕
Tadoussac〔'tædəsæk〕塔杜薩克（加拿大）
Tadzhik〔tɑ'dʒɪk〕塔吉克（蘇聯）
Tadzhikistan〔tɑ,dʒɪkɪ'stæn〕塔吉克（蘇聯）
Taegu〔tæ'gu〕大邱（韓國）

Taejon〔'tæ'dʒʌn〕大田（韓國）

Taenarum〔'tinərəm〕

Taenga〔ta'ɛŋa〕

Taeusch〔tɔɪʃ〕托伊希

Tafahi〔ta'fahı〕

Tafa'i〔ta'fai〕

Tafelberg〔'tafəlbɛrk〕

Taff〔tæf〕塔夫

Taffy〔'tæfı〕

Tafilalet〔,tæfı'lælɛt〕

Tafilalt〔'tæfı,lælt〕

Tafilelt〔,tæfı'lɛlt〕

Tafilet〔,tæfı'lɛt〕

Tafna〔'tæfnə〕

Taft〔tæft〕塔虎特（❶ Robert Alphonso, 1889-1953, 美國律師及從政者 ❷ William Howard, 1857-1930, 美國第廿七任總統）

Taft-Hartley〔'tæft·'hartlı〕

Taftville〔'tæftvıl〕

Tafua〔tə'fuə〕

Tag〔tag〕

Tagal〔ta'gal〕= Tagalog 「拉族語」

Tagalog〔'tægə,lag〕❶塔加拉族人 ❷塔加拉

Taganrog〔'tægənrag；təgʌn'rɔk〕塔甘羅格（蘇聯）

Tagaro〔ta'garo〕

Tagaytay〔,tagaı'tai〕塔加泰（菲律賓）

Tagba〔'tagba〕

Tagbanua〔tag'banwa〕

Tage〔'tagə〕

Taggard〔'tægɚd〕

Taggart〔'tægɚt〕塔格特

Tagger〔'tagɚ〕

Taghlak〔tæg'læk〕

Taginae〔tə'dʒaını；'tædʒını〕

Tagish〔'tægıʃ〕

Tagiura〔ta'dʒura〕

Tagle y Portocarrero〔'tagle ı ,pɔrtokar'rero〕(西)

Tagliacozzi〔,talja'kɔttsı〕(義)

Tagliaferro〔talə'ferɔ〕

Tagliamento〔,talja'mento〕(義)

Tagliavini〔,talja'vini〕(義)

Taglioni〔ta'ljoni〕(義)

Tagloan〔,taglo'an〕

Tagolo〔ta'golo〕

Tagore〔tə'gɔr〕泰戈爾（Sir Rabindranath, 1861-1941, 印度詩人）

Taguana〔ta'gwana〕

Tagubud〔,tagu'bud〕

Tagula〔'tagula〕塔古拉島（澳洲）

Tagus〔'tegəs〕太加斯河（歐洲）

Tahaa〔ta'haa〕

Tahaki〔ta'hakı〕

Tahamis〔ta'amis〕

Tahan, Gunong〔'gunɔŋ 'tahan〕

Tahao〔ta'hao〕

Tahapanes〔tə'hæpəniz〕

Tahark〔tə'hark〕

Taharka〔tə'harkə〕

Tahawus〔ta'hɔəs〕

Tahcheng〔'ta'tʃʌŋ〕(中)

Tahent, Djebel〔'dʒɛbəl tæ'hɛnt〕

Tahgah-jute〔'taga·'dʒut〕

Tahiti〔ta'hitı〕大溪地（南太平洋）

Tahlab〔ta'lab〕

Tahlequah〔'taləkwa〕

Tahmasp〔ta'masp〕

Tahmasp Kuli Khan〔ta'masp 'kulı 'han〕(波斯)

Tahmurath〔tamu'rat〕

Tahoe〔taho〕

Tahoelandang〔,tahʊ'landaŋ〕

Taheona〔tə'huna〕

Tahoka〔tə'hokə〕

Tahpanhes〔'tapənhiz；tə'pænhiz〕

Tahpenes〔'tapəniz〕

Tahsueh Shan〔'ta'swe 'ʃan〕(中)

Tahta〔'tatə〕

Tahua〔'tawa〕

Tahuantepec〔tə,wantə'pɛk〕

Tahuata〔tə'wata〕

Tahura〔ta'hura〕

Tahure〔ta'jur〕(法)

Tai〔'tai〕泰縣（江蘇）

Taian〔taı'an〕❶台安（遼寧）❷泰安（山東）

Tai-chau〔'tai·'tʃau；tai·'dʒo〕(中)

Taichow〔'taı'tʃau；taı'dʒo〕(中)

Tai-chi, Quo〔'gwo 'tai·'tʃi〕(中)

Tai Chin〔'dai 'dʒın〕(中)

Tai Chi-t'ao〔'dai 'dʒi·'tau〕(中)

Taichung〔'tai'tʃuŋ〕臺中（台灣）

Taierhchwang〔'tai'ɚ'dʒwaŋ〕(中)

Taieri〔'taiəri〕

Taif〔'taıf；taıf〕 「北」

Taihang Sahn〔'taı'hɛŋ 'ʃan〕太行山（河

Tai Hu〔'tai 'hu〕太湖（中國）

Tailefer〔'taləvɚ〕

Tailfingen〔'taılfıŋən〕

Tailhade〔ta'jad〕(法)

Tai Li〔'dai 'li〕(中)

Taillandier〔tajaŋ'dje〕(法)

Taille, La〔la 'taj〕(法)

Taillebo〔tajə'bo〕(法)

Taillefer 〔'taləvə; taj'fɛr (法)〕
Taillefere 〔taj'fɛr〕(法)
Tailor 〔'telə〕泰勒
Tailte 〔'teltɪ〕
Tailtiu 〔'teltju〕
Taima 〔'taɪmə〕
Taimir 〔taɪ'mɪr〕
Taimyr 〔taɪ'mɪr〕太梅爾半島 (蘇聯)
Tain 〔ten〕泰恩
Tainan 〔'taɪ'nɑn〕臺南 (台灣)
Tainaron 〔'tɛnɑrɔn〕
Tain Bo Cuailgne 〔'ta·ɪn bo 'kulnjɪ; 'ta·ɪn bo 'kulɪ (愛)〕
Taine 〔ten〕泰恩 (Hippolyte Adolphe, 1828–1893, 法國哲學家及批評家)
Taino 〔'taɪno〕
Tainov 〔'taɪnəf〕
Tainter 〔'tentə〕泰恩特
Taiohae 〔,ta·ɪo'hae; ,taɪo'hai〕
Tai-o-hae 〔,ta·ɪo'hae; ,taɪo'hai〕
Taipa 〔'taɪpə〕
Taipeh 〔'taɪ'pe〕= Taipei
Tai-peh, Li 〔'li 'taɪ·'bɔ〕(中)
Taipei 〔'taɪ'pe〕臺北 (台灣)
Taiping 〔'taɪ'pɪŋ〕太平 (廣東)
T'ai-po, Li 〔'li 'taɪ·'bɔ〕(中)
Taipo 〔'taɪ'po〕
Tairen 〔taɪ'rɛn〕
Tairend 〔taɪ'rɛnd〕
Taironas 〔taɪ'ronɑs〕
Tairov 〔'taɪrəf〕
Tais 〔'teɪs〕
Tai Shan 〔'taɪ 'ʃɑn〕❶泰山 (山東) ❷台山 (廣東)
Taishet 〔taɪ'ʃet〕
Taishoff 〔te'ʃɑf〕
Tait 〔tet〕泰特
Taitao 〔taɪ'tao〕
Taïti 〔tai'ti 〕(法)
Tai-tze 〔'taɪ·'tsʌ〕
T'ai Tsung 〔'taɪ'dzuŋ〕(中) 唐太宗 (李世民, A.D. 597–649, 唐朝皇帝)
Taitung 〔'taɪ'duŋ〕臺東 (臺灣)
Taiwan 〔'taɪ'wan〕臺灣 (中國) 「國」
Taiwan Strait 〔'taɪ'wan ~〕臺灣海峽 (中
Tai Wèn-chin 〔'daɪ 'wʌn·'dʒɪn〕(中)
Taiya 〔'taɪjə〕
Taiyuan 〔'taɪju'an〕太原 (山西)
Taiyüan 〔'taɪju'jan〕太原 (山西)
Taiyuan-hsien 〔'taɪju'an·'ʃjen〕(中)
Taiyuen-fu 〔'taɪju'ɛnfu〕(西)
Tajamulco 〔,tɑhu'mulko〕(西)

Tajik 〔tɑ'ʒɪk〕
Tajikistan 〔tɑ,dʒɪkɪ'stɑn〕
Taj Mahal 〔'tɑdʒ mə'hʌl〕
Tajo 〔'tɑho〕塔霍 (西班牙)
Tajumulco 〔,tɑhu'mulko〕(西)
Tajna 〔tɑ'huna〕
Tak 〔tɑk〕噠府 (泰國)
Takaw 〔tə'kɔ〕
Take 〔'tɑke〕
Takelma 〔tə'kɛlmə〕
Takelot 〔'tækɪlɑt〕
Ta Khingan Shan 〔'dɑ 'ʃɪŋ'ɑn 'ʃɑn〕(中)
Takhino 〔,tɑhi'nɔ〕(古希)
Takht-i-Sulaiman 〔,tɑht·ɪ·sʊlaɪ'mɑn〕
Ta-Kiang 〔'dɑ·'dʒjɑŋ〕(中)
Takilman 〔tɑ'kɪlmən〕
Takinos 〔,tɑki'nɔs〕
Takkakaw 〔'tækəkɔ〕
Takkaze 〔tɔkɔze〕(衣索比亞)「干 (新疆)
Takla Makan 〔,tɑklɑ mɑ'kɑn〕塔克拉馬
Takoma 〔tə'komə〕
Takovo 〔tɑ'kɔvɔ〕
Takow 〔'tɑkɑʊ〕
Takpa 〔'tɑkpɑ〕
Taku 〔'tɑ'ku〕大沽 (河北)
Takutú 〔,tɑku'tu〕
Tala 〔'tɑlɑ〕
Talaat Pasha 〔tɑlɑ'ɑt pɑ'ʃɑ〕
Talab 〔tɑ'lab〕
Talabriga 〔,tælɑ'braɪgə〕
Talaing 〔tɑ'lɑ·ɪŋ〕
Talal 〔tɑ'lɑl〕
Talamanca 〔,tɑlɑ'mɑŋkɑ〕
Talamanca y Branciforte 〔,tɑlɑ'mɑŋkɑ ɪ ,brɑnsi'fɔrte〕
Talana 〔tə'lɑnə〕
Talanti 〔tɑ'lɑndi〕
Talara 〔tɑ'lɑrɑ〕塔拉勒 (秘魯)
Talasea 〔,tɑlɑ'seɑ〕
Talass 〔tʌ'lɑs〕(俄)
Talat 〔tɑlɑt〕(暹羅)
Talata Koh 〔tɑ'lɑtɑ 'ko〕
Talaud 〔'tɑlɑʊd〕達勞群島 (印尼)
Talaur 〔'tɑlɑʊr〕
Talavakara 〔,tɑlɑvə'kɑrɑ〕
Talavera 〔,tɑlɑ'verɑ〕
Talavera de la Reina 〔,tɑlɑ'verɑ ðe lɑ 'renɑ〕(西)
Talayan 〔tɑ'lɑjɑn〕打拉場 (菲律賓)
Talbert 〔'tælbət〕塔爾伯特
Talbot 〔'tɔlbət; 'tæl-〕塔爾博特
Talbotites 〔'tɔlbətaɪts〕

Talbott〔'tɔlbət〕塔爾博特
Talbotton〔'talbətn〕
Talburt〔'tælbət〕塔爾伯特
Talbut〔'tɔlbət〕
Talca〔'talka〕塔爾卡（智利）
Talcahuano〔,talka'wano〕
Talcher〔'taltʃer〕
Talcott〔'tɔlkət〕塔爾科特
Taldama〔tal'dama〕
Taldy-Kurgan〔'taldı·kʊr'gan〕
Tale〔'tale〕
Talenga〔ta'lɛga〕
Tale-porter〔'tel·,pɔrtɚ〕
Tale Sap〔thale sap〕（暹羅）
Talfourd〔'tælfəd〕塔爾幅德
Talgol〔'tɔlgəl〕
Tali〔'talı；'daʼli〕
Taliaboe〔,talı'abu〕
Taliabu〔,talı'abu〕
Taliaferro〔'talıvɚ〕托利弗
Ta Liang Shan〔'da 'ljaŋ 'ʃan〕（中）
Talibon〔,talı'bɔn〕
Talich〔'talık〕
Talien〔'daljɛn〕大連（遼寧）
Talienwan〔'daljɛn'wan〕（中）
Taliesin〔,tælıˈɛsın〕塔利辛
Talifer〔'tælıfɚ〕
Talihina〔,tælə'hinə〕
Talikot〔'talıkot〕
Talikota〔,talı'kotə〕
Talim〔ta'lim〕
Talisay〔ta'lisaı〕
Talisman, The〔'tælızmən〕塔利斯曼
Talismano〔taliz'mano〕
Talis Qualis〔'talıs 'kvalıs〕
Talita〔'talıtə〕
Talitha〔'tælıθə〕
Talladega〔tælə'digə〕　〔國）
Tallahassee〔,tælə'hæsı〕塔拉哈西（美）
Tallahatchie〔,tælə'hætʃı〕
Tallapoosa〔,tælə'pusə〕
Tallard〔ta'lar〕（法）
Tallassee〔'tæləsı〕
Tallchief〔'tɔltʃif〕托爾奇夫
Talle〔'talı〕塔利
Tallensi〔ta'lɛnsı〕
Talley〔'tælı〕塔利
Talleyrand〔'tælırænd；taleʼraŋ（法）〕
Talleyrand-Périgord〔'tælırænd·-
　'pɛrigɔrd〕達飃航貝利高（Charles Maurice
　de, 1754-1838, 法國政治家）
Tallien〔ta'ljɛŋ〕（法）

Tallin(n)〔'tælın〕塔林（蘇聯）
Tallis〔'tælıs〕塔利斯
Tallmadge〔'tælmıdʒ〕
Tallman〔'tɔlmən〕托爾曼
Tallulah〔tə'ljulə〕塔流拉
Tally〔'tælı〕塔利
Tally-ho〔tælı·'ho〕
Tallys〔'tælıs〕塔利斯
Talma〔tal'ma〕（法）
Talmadge〔'tælmıdʒ〕塔爾梅奇
Talmage〔'tælmıdʒ〕塔爾梅奇
Talman〔'tɔlmən〕
Talmont〔tal'mɔŋ〕（法）
Talmud〔'tælmʌd；'tælmʊd；'tælməd〕
　猶太法典
Taloga〔tə'logə〕
Talon〔ta'lɔŋ〕（法）
Talos〔'telas〕
Talsi〔'talsı〕
Taltal〔tal'tal〕塔耳塔耳（智利）
Talus〔'teləs〕
Talvj〔'talvı〕
Talys〔'tælıs〕塔利斯
Tam〔tæm〕
Tama〔'temə；'tama〕
Tamagno〔ta'manjo〕（義）
Tamale〔tə'malı〕
Tamalipta〔,tamə'lıptə〕
Tamalpais〔,tæməl'paıs〕
Taman〔tʌ'man〕（俄）
Tamanacs〔,tama'naks〕
Tamanacas〔,tama'nakas〕
Tamanacos〔,tama'nakos〕
Tamanieb〔,tamanı'ɛb〕
Tamanrasset〔,tæmən'ræsɛt〕
Tamaqua〔tə'makwə〕
Tamar〔'temə；'temar〕塔馬
Tamara〔tə'marə；tʌ'marʌ（俄）〕塔馬拉
Tamarida〔,tæmə'ridə〕
Tamarkin〔ta'markın〕
Tamás〔'tamaʃ〕（匈）
Tamási〔'tamaʃi〕（匈）
Tamatave〔,tama'tav〕塔馬達夫（馬達
　加斯加）
Tamaulipas〔,tamaʊ'lipas〕
Tamayo〔ta'majo〕塔馬約
Tamayo y Baus〔ta'majo ı 'baʊs〕
Tambelan〔,tambe'lan〕
Tamberlik〔tambɚ'lik〕
Tambimuttu〔,tæmbı'mʊtʊ〕
Tambó〔tam'bo〕
Tamboboba〔,tambo'boba〕

Tambopata〔,tambo'pata〕

Tambora〔'tambora〕

Tambov〔tʌm'bɔf〕坦博夫（蘇聯）

Tambroni〔tam'broni〕

Tamburlaine〔'tæmbəlen〕= Tamerlane

Tamchok〔tam'tʃɔk〕

Tame〔tem〕

Tâmega〔'tʌmɪgə〕（葡）

Tâmega〔'tamega〕（西）

Tamerlane〔'tæmə,len〕帖木兒（又稱
Timour, Timur, 1336?-1405, 蒙古戰士）

Tamesa〔'tæmɪsə〕

Tamesí〔,tame'si〕（西）

Tamesis〔'tæmɪsɪs〕

Tamet〔'tamet〕

Tamgué〔taŋ'ge〕

Tamiahua〔ta'mjawa〕

Tamil〔'tæmɪl〕❶坦米爾人❷坦米爾語

Tamina〔'tamɪna〕

Tamiš〔'tamɪʃ〕（塞克）

Tam Lin〔'tæm 'lɪn〕

Tamluk〔təm'luk〕

Tamm〔tam〕坦姆（Igor Yevgenievich,
1895-1971, 俄國物理學家）

Tammann〔'tamman〕

Tammany〔'tæmənɪ〕塔馬尼

Tammaro〔'tæmæro〕

Tammerfors〔'tæmɚfɔrz〕

Tammsaare〔'tam,sarə〕

Tammuz〔'tæmʌz ; 'tammuz〕

Tamo〔'da'mo〕（中）

Tamora〔'tæmərə〕

Tam o' Shanter〔'tæm ə 'ʃæntə〕

Tamoyo〔ta'mojo〕

Tampa〔'tæmpə〕坦帕（美國）

Tampaksiring〔,tampak'sɪrɪŋ〕

Tampere〔'tæmpere〕坦派勒（芬蘭）

Tampico〔tæm'piko〕坦比哥（墨西哥）

Tampin〔'tampɪn〕

Tamraparni〔,tamrə'parnɪ〕

Tamridah〔tæm'ridə〕

Tamsui〔tam'sui〕

Tamworth〔'tæmwəθ〕塔姆沃思

Tamyras〔tə'mairəs〕

Tan〔tan〕

Tana Lake〔'tana~; 'tanə~〕塔納湖
（蘇丹）

Tanacross〔'tænəkras〕

Tanaga〔tə'nagə〕

Tanagra〔'tænəgrə〕

Tanahbala〔,tana'bala〕

Tanahbesar〔,tanabə'sar〕

Tanahmasa〔,tana'masa〕

Tanahmerah〔,tana'mera〕

Tanah Sasak〔'tana sa'sak〕

Tanais〔'tænes〕

Tanala〔ta'nala〕

Tanambogo〔,tanam'bogo〕

Tanana〔'tænɔnɔ〕塔納諾（美國）

Tananarive〔tanana'riv〕塔那那利佛（馬
達加斯加）

Tananarivo〔ta,nana'rivo〕

Tananbaum〔'tænəbɔm〕

Tanao〔ta'nao〕

Tanapag〔'tana,pag〕

Tanaquil〔'tænəkwɪl〕

Tanaquillus〔,tænə'kwɪləs〕

Tanaro〔'tanaro〕

Tanarus〔'tænərəs〕

Tanauan〔ta'nawan〕

Tanchelm〔'tanhelm〕（法蘭德斯）

Tanchuk〔'dan'dʒuk〕（中）

Tancitaro〔,tansı'taro〕

Tancred〔'tæŋkred〕唐克列德（1078?-1112,
第一次十字軍東征之Norman領袖）

Tancrède〔taŋ'kred〕（法）

Tancredi〔taŋ'kredi〕

Tandem〔'tandɪm〕塔德姆

Tandemus〔tæn'diməs〕

Tandil〔tan'dil〕坦妯耳（阿根廷）

Tandjoeng〔'tandʒuŋ〕

Tandjoengpriok〔'tandʒuŋ'priɔk〕

Tandler〔'tandlə〕坦德勒

Tandrup〔'tantrup〕（丹）

Tandy〔'tændɪ〕坦妯

Tane〔'tane〕

Taneiev〔tʌ'njejıf〕（俄）

Taney〔'tɔnɪ〕陶尼（Roger Brooke, 1777-
1864, 美國法學家）

Tancred〔'taŋkred〕坦克雷德

Tanebrae〔'tenɪbri〕

Taneytown〔'tɔnɪtaun〕

Tanezrouft〔'tænez,ruft〕

Tanfield〔'tænfild〕

Tang〔tæŋ ; daŋ〕唐縣（河北）

T'ang〔tæŋ〕唐朝（A.D. 618-907）

Tanga〔'tæŋgə〕坦加（非洲）　　「洲）

Tanganyika〔,tæŋgən'jika〕坦干伊咯（非

Tangaroa〔,taŋga'roa〕

T'ang En-po〔'taŋ 'en'po〕

Tanger〔taŋ'ʒe（法）; 'taŋə（德）〕

Tánger〔'taŋher〕（西）

Tangerine〔,tændʒə'rin〕丹吉爾人

Tangier〔tæn'dʒɪr〕丹吉爾（非洲）

Tangipahoa〔͵tændʒɪpə'ho〕
Tangkoebanprahoe〔taŋ'kuban͵prahu〕
Tangku〔'taŋ'gu〕(中)
Tang-la〔daŋ·'la〕
Tanglewood〔'tæŋglwʊd〕
Tanglha〔'daŋ'la〕(中)
Tangra Tso〔'daŋra 'tso〕(中)
Tangshan〔'taŋ'ʃan〕唐山(河北)
T'ang Shao-(y)i〔'taŋ 'ʃaʊ·'ji〕
Tangub〔taŋ'ub〕
Tangut〔'taŋ'gut〕
Tanguy〔taŋ'gi〕坦吉
Tanguy-Prigent〔taŋ'gi·pri'ʒaŋ〕(法)
Tangye〔'tæŋgɪ〕
T'ang Yin〔'taŋ 'jin〕湯陰(河北)
Tanimbar〔tə'nɪmbɑr〕塔尼巴群島(印尼)
Tanis〔'tenɪs〕
Tanit〔'tanɪt〕
Tanite〔'tenaɪt〕
Tanitic Branch〔tən'ɪtɪk〕
Tanja〔tan'dʒa〕
Tanjay〔taŋ'haɪ〕(西)
Tanjong〔'tandʒɔŋ〕
Tanjore〔tæn'dʒɔr〕
Tann〔tɑn〕坦恩
Tanna〔'tanə〕丹那(日本)
Tannahill〔'tænəhɪl〕
Tannatt〔'tænət〕坦納特
Tannegui〔taŋ'gi〕(法)
Tannenbaum〔'tænənbaʊm;
  'tanənbaʊm〕(德)坦納鮑姆
Tannenberg〔'tænənbɚg;'tanənberk
  (德)〕
Tanner〔'tænɚ;'tannɛr(芬)〕
Tannery〔tan'ri〕(法)   「(瑞典)
Tannforsen〔tan'fɔrsən;tan'fɔrʃen〕
Tannhäuser〔'tæn͵hɔɪzɚ〕湯好色(十三
  世紀德國一武士及抒情詩人)
Tannou Touva〔'tænu 'tuvə〕
Tannu Ola〔'tænu 'olə〕唐努山脈(外蒙
  古)
Tannu Tuva〔'tænu 'tuvə〕唐努烏梁海
  (蘇聯)
Tano〔'tano〕多野(日本)
Tanoan〔'tanoɑn;tə'noən〕
Tañon〔ta'njɔn〕
Tanquelin〔taŋ'klæŋ〕(法)
Tanquelm〔taŋ'kɛlm〕(法)
Tanquelmus〔tæŋ'kwɛlməs〕
Tanqueray〔'tæŋkərɪ〕坦克里
Tanquijo〔taŋ'kiho〕(西)
Tan-shui〔'dan'ʃwe〕淡水(臺灣)

Tansillo〔tɑn'sillo〕(義)
Tanta〔'tantə;'tanta〕坦塔(埃及)
Tantallon〔tæn'tælən〕
Tantalus〔'tætələs〕【希臘神話】Zeus(宙
  斯)之子
Tantamount〔'tæntəmaʊnt〕
Tante〔'tantə〕
Tantia Topi〔'tantja 'topi〕
Tantivy〔tæn'tɪvɪ〕
Tantony〔'tæntənɪ〕
Tantras〔'tæntrəz〕
Tantura〔tan'tura〕(阿拉伯)
Tanucci〔ta'nuttʃi〕(義)
Tanworth〔'tænwɚθ〕坦沃思
Tanzania〔͵tæn'zenɪə〕坦尚尼亞(東非)
Tanzi〔'tantsi〕
Tao〔taʊ〕
Tao Ho〔'taʊ 'ho〕洮河(甘肅)
Taoiam〔'tao͵ɪzəm;'taʊɪzəm〕
Tao Kuang〔'daʊ 'gwaŋ〕(中)
Tao-ling, Chang〔'dʒaŋ 'daʊ·'lɪŋ〕(中)
Taonan〔'taʊ'nan〕
Taos〔taʊs;'taʊəs〕
Taoyuan〔'taʊju'an〕桃園(臺灣)
Taoudenni〔taʊdə'ni〕
Tapachula〔͵tapa'tʃula〕
Tapajós〔͵tapə'ʒos〕
Tapajóz〔͵tapə'ʒos〕塔帕索斯河(巴西)
Tapanoeli〔͵tapa'nuli〕
Tapanshang〔'da'ban'ʃaŋ〕(中)
Tapanuli〔͵tapa'nuli〕
Taparelli〔͵tapa'rɛllɪ〕(義)
Ta Pa Shan〔'da 'ba 'ʃan〕(中)
Tape〔tep〕泰普
Tapés〔ta'pes〕
Taphiae〔'tefɪi〕
Tapia〔'tapja〕
Tapio〔'tapio〕
Tapirape〔ta'pirape〕
Tapley〔'tæplɪ〕塔普利
Taplin〔'tæplɪn〕塔普林
Tapling〔'tæplɪŋ〕
Tapocho〔'tapo'tʃo〕
Tappaan Zee〔'tapan 'ze〕
Tappahannock〔͵tæpə'hænək〕
Tappan〔'tæpən〕塔潘
Tappan Zee〔'tæpən 'zi〕
Tappertit〔'tæpətɪt〕
Tapping〔'tæpɪŋ〕塔平
Tapscott〔'tæpskat〕
Tapti〔'tapti〕
Tapul〔ta'pul〕

Tapuya〔ta'puja〕

Taquarí〔,takwə'ri〕

Taquaritinga〔,takwɑrɪ'tiŋgə〕

Tar〔tɑr〕

Tara〔'tærə; 'tɑrə; 'tɑrɑ〕

Tarabulus el Gharb〔ta'rɑbulʊs æl 'gɔrb〕(阿拉伯)

Tarabulus esh Sham〔ta'rɑbulʊs æʃ 'ʃæm〕(阿拉伯)

Tarafa〔tæræ'fæ〕

Tarahumar〔tɑrɑu'mɑr〕

Tarakan〔,tɑrə'kɑn〕拉根(印尼)

Tarakos〔ta'rɑkɔs〕

Taranaki〔,tɑrə'nɑkɪ〕塔拉納基(紐西蘭)

Taranis〔'tærənɪs〕

Taransay〔'tærənse〕

Taranto〔tə'rænto〕大蘭多(義大利)

Tarapacá〔,tɑrɑpɑ'kɑ〕塔拉帕卡(智利)

Tararua〔,tɑrə'ruə〕

Taras〔tɑ'rɑs; 'tɛrəs; 'tɑrʌs(俄)〕

Taras Bulba〔ta'rɑs 'bulbə〕

Tarascan〔tə'rɑskən〕

Tarasco〔tɑ'rɑsko〕

Tarasenko〔ta'rɑsjɛnko〕

Tarasov〔,tɑrɑ'sɔv〕

Tarasp〔ta'rɑsp〕

Tarasque〔ta'rɑsk〕

Tarawa〔tə'rɑwə〕塔拉瓦島(太平洋)

Tarawera〔,tɑrə'werə〕

Tarazed〔'tærəzɛd; 'tɑrɑzɛd〕

Tarbagatai〔tɑr,bɑgɑ'taɪ〕

Tarbat Ness〔'tɑrbət 'nɛs〕

Tarbell〔'tɑrbɛl〕塔貝爾(Ida Minerva, 1857-1944, 美國作家)

Tarbelli〔tɑr'bɛlaɪ〕

Tarbert〔'tɑrbət〕

Tarbes〔tɑrb〕(法)

Tarboe〔'tɑrbo〕

Tarboro〔'tɑrbərə〕

Tarbox〔'tɑrbɑks〕

Tarchetius〔tɑr'kitɪəs〕

Tarde〔tɑrd〕(法)

Tardieu〔tɑr'djɚ〕塔德(André Pierre Gabriel Amédée, 1876-1945, 法國政治家)

Tardivaux〔tɑrdi'vo〕(法)

Tarentaise〔,tærən'tez; tɑrɑŋ'tɛz(法)〕

Tarente〔ta'rɑŋt〕(法)

Târgovişhte〔,tɪrgɔ'vɪʃtɛ〕(羅)

Târgovişte〔,tɪrgɔ'vɪʃtɛ〕(羅)

Târgu-Mureş〔'tɪrgu-'mureʃ〕(羅)

Târgul-Săcuiesc〔'tɪrgul-sʌku'jesk〕(羅)

Targum〔'tɑrgəm〕

Tarhan〔tɑr'hɑn〕

Tarheel State〔'tɑrhil ∼〕美國北卡羅萊納州之別稱

Tarielovich〔tʌ'rjɛləvjɪtʃ〕(俄)

Tarifa〔ta'rifɑ〕

Tariffville〔'tærɪfvɪl〕

Tarija〔ta'rihɑ〕(西)

Tarik〔'tɑrɪk〕

Tarikaikea〔,tɑrɪ'kaɪkea〕

Tarikoe〔ta'riku〕

Tarim〔'dɑ'rim〕塔里木(新疆)

Tariq〔'tɑrɪk〕

Taritatoe〔,tɑrɪ'tɑtu〕

Tarjei〔'tɑrje〕

Tarka〔'tɑrkə〕

Tarkhankut〔,tɑrkən'kut; tə'hʌn'kut (俄)〕

Tarkington〔'tɑrkɪŋtən〕塔金頓(Newton Booth, 1869-1946, 美國小說家)

Tarkio〔'tɑrkɪo〕

Tarkos〔'tɑrkɔs〕

Tarkwa〔'tɑrkwɑ〕

Tarlac〔'tɑrlɑk〕塔拉克(菲律賓)

Tarlatti〔tɑr'lɑttɪ〕(義)

Tarleton〔'tɑrltən〕

Tarlton〔'tɑrltən〕

Tarn〔tɑrn〕塔恩

Tarn-et-Garonne〔tɑr·ne·gɑr'ɔn〕(法)

Tarnier〔tɑr'nje〕(法)

Tarnis〔'tɑrnɪs〕

Tarnoff〔tɑr'nɑf〕塔爾諾夫

Tarnopol〔tɑr'nɔpɔl〕

Tarnów〔'tɑrnuf〕(波)

Tarnowskie Gory〔tɑr'nɔfskjɛ 'gurɪ〕

Taro〔'tɑro〕

Taroudant〔tɑru'dɑŋ〕(法)

Tarpeia〔tɑr'piə〕【羅馬神話】塔碧亞(羅馬守城總督 Tarpeius 之女)　「(羅馬)

Tarpeian Rock〔tɑr'pijən ∼〕塔碧亞岩

Tarpeius〔tɑr'piəs〕

Tarquinia〔tɑr'kwinja〕

Tarquínio de Quental〔tɑr'kinju ðə ken'tɑl〕(葡)

Tarquinius〔tɑr'kwɪnɪəs〕

Tarquinius Priscus〔tɑr'kwɪnɪəs 'prɪskəs〕

Tarr〔tɑr〕塔爾

Tarraco〔'tærəko〕

Tarraconensis〔,tærəko'nɛnsɪs〕

Tarragona〔,tærə'gonə〕

Tarrant〔'tærənt〕塔蘭特

Tarrasa〔tɑˊrɑsɑ〕
Tarrasch〔ˊtɑrɑʃ〕
Tarrateens〔ˊtærətinz〕
Tarring〔ˊtærɪŋ〕
Tarryall〔ˊtærɪˏɔl〕
Tarrytown〔ˊtærɪtɑun〕
Tarshis〔ˊtɑrʃɪs〕塔希斯
Tarshish〔ˊtɑrʃɪʃ〕他施(聖經中一古國名)
Tarski〔ˊtɑrskɪ〕
Tarso〔ˊtɑrso〕
Tarso Tieroko〔ˊtɑrso tjɛˊroko〕
Tarsus〔ˊtɑrsəs〕塔瑟斯(土耳其)
Tartaglia〔tɑrˊtɑljɑ〕(義)
Tartan〔ˊtɑrtæn〕
Tartar〔ˊtɑrtə〕❶韃靼人❷韃靼語系
Tartarin〔tɑrtɑrˊæŋ〕(法)
Tartarus〔ˊtɑrtərəs〕【希臘神話】地獄下
　暗無天日之深淵
Tartary〔ˊtɑrtərɪ〕【歐史】韃靼地方(包
　括東歐及亞洲之一大廣大地區)
Tartessium〔tɑrˊtɛʃɪəm〕
Tartessos〔tɑrˊtɛsəs〕
Tartessus〔tɑrˊtɛsəs〕
Tartini〔tɑrˊtini〕塔提尼(Giuseppe,
　1692-1770, 義大利小提琴家及作曲家)
Tartu〔ˊtɑrtu〕塔土(愛沙尼亞)
Tartuf(f)e〔tɑrˊtuf; tɑrˊtjuf〕法國作
　家莫里哀所作之諷刺喜劇名
Tartus〔tɔrˊtus〕
Tarus〔ˊtɛrəs〕
Tarutao〔tɑrutɑu〕(暹羅)
Tarutino〔tɑˊrutjɪnə〕
Tarvisium〔tɑrˊvɪʒɪəm〕
Tarver〔ˊtɑrvə〕塔弗
Taryelovich〔tɑˊrjɛləvɪtʃ〕
Tarzan〔ˊtɑrzæn〕泰山(美國作家E.R.
　Burroughs 所作冒險故事中之主角)
Tascher〔tɑˊʃer〕
Taschereau〔tɑˊʃro〕(法)塔什羅
Tashfin, ibn-〔ɪbn‧tɑʃˊfin〕
Täschhorn〔ˊtɛʃhɔrn〕
Tascosa〔tæsˊkosə〕
Tashauz〔tɑˊʃɑuz〕塔紹茲(蘇聯)
Tashihkiao〔ˊdɑˊʃɪətʃɪˊɑu〕(中)
Tashkend〔tæʃˊkɛnd〕= Tashkent
Tashkent〔tæʃˊkɛnt〕塔什干(蘇聯)
Tashkurghan〔ˊtɑʃkurˊgɑn〕
Tashmet〔ˊtɑʃmɛt〕
Tashrak〔tɑʃˊrɑk〕
Tashtego〔ˊtæʃtɪgo〕
Tashtyk〔tɑʃˊtɪk〕
Tasikmalaja〔ˏtɑsɪkmɑˊlɑjɑ〕

Tasikmalaya〔ˏtɑsɪkmɑˊlɑlɑ〕
Tasimboko〔ˏtɑsɪmˊboko〕
Tasiussaq〔tɑsɪˊusæk〕
Tasker〔ˊtɑskə〕塔斯克
Tasman〔ˊtæzmən〕塔斯曼(Abel Jans-
　zoon, 1603-1659, 荷蘭航海家)
Tasman Sea〔ˊtæzmən-〕塔斯曼海(太平洋)
Tasmania〔tæzˊmeniə〕塔斯曼尼亞島(澳洲)
Tass〔tæs ; tɑs〕塔斯社(蘇聯的官方通訊社)
Tassaert〔ˊtɑsɑrt〕(荷)
Tassie〔ˊtæsɪ〕塔西
Tassigny〔tɑsiˊnji〕(法)
Tassilo〔ˊtɑsilo〕
Tassis〔ˊtɑsis〕
Tasso〔ˊtæso〕塔索(Torquato, 1544-1595,
　義大利詩人)
Tassoni〔tɑsˊsoni〕(義)
Tastrom〔ˊtæstrɑm〕塔斯特倫
Tastu〔tɑsˊtju〕(法)
Tata〔ˊtɑtɑ〕
Tatar〔ˊtɑtə〕❶韃靼人❷居於蘇聯東部韃靼
　共和國, 克里米亞及亞洲數部分之土耳其人
Tataren〔ˊtɑtɑrɪn〕
Tatarescu〔ˏtɑtɑˊrɛsku〕
Tatary〔ˊtɑtərɪ〕　　　　　　「作家」
Tate〔tet〕泰特(Nahum, 1652-1715, 英國劇
Tatem〔ˊtetəm〕泰特姆
Tatgenhorst〔ˊtɑgənhɔrst〕
Tathagata〔ˏtɑθəˊgɑtə〕釋迦车尼之別稱
Tatham〔ˊteθəm ; ˊteðəm〕
Tati〔ˊtɑtɪ〕
Tatian〔ˊteʃɪən〕
Tatiana〔ˏtætɪˊɑnə〕
Tatianus〔ˏteʃɪˊenəs〕
Tatihou〔tɑtiˊu〕(法)
Tatius〔ˊteʃɪəs〕
Tatler〔ˊtætlə〕英國作家 Richard Steele
　與 Joseph Addison 所辦的一種三日刊
Tatlock〔ˊtætlɑk〕塔特洛克
Tatoi〔tɑˊtɔɪ〕
Tatoï〔tɑˊtɔɪ〕(希)
Tatoosh〔təˊtuʃ〕
Tatra〔ˊtɑtrə〕
Ta Tsing〔ˊtɑ ˊtʃɪŋ〕
Tattaeus, Palus〔ˊpeləs tæˊtiəs〕
Tattam〔ˊtætəm〕塔塔姆
Tattersall〔ˊtætəsɔl〕塔特索爾
Tattershall〔ˊtætəʃəl〕
Tatti〔ˊtɑttɪ〕(義)
Tattle〔ˊtætl〕
Tattnall〔ˊtætnl〕塔特諾爾
Tatton〔ˊtætn〕塔頓

Tattycoram〔ˏtærɪˈkorəm〕
Ta-tu〔ˈdɑ·ˈdu〕(中)
Tatum〔ˈtetəm〕泰塔姆(Edward Lawrie, 1909-1975,美國生物化學家)
Tatung〔ˈdɑˈtʊŋ〕大同(山西)
Tatungkow〔ˈtɑˈtʊŋˈkau〕
Tau〔tau〕
Tauata〔təˈwɑtə〕
Taubes〔ˈtaubez〕陶布斯
Taubaté〔ˏtaʊvɑˈte〕(巴西)
Taube〔ˈtaubə〕第一次世界大戰時德國造的鳩形單翼飛機
Taubes〔ˈtaubəs〕陶布斯
Taubman〔ˈtɔbmən〕陶布曼
Tauchnitz〔ˈtauknɪts;ˈtaʊhnɪts〕(德)〕
Tauern〔ˈtauən〕
Taufig〔tauˈfik〕
Taugenichts〔ˈtaʊgənɪhts〕(德)〕
Tauler〔ˈtaʊlə〕
Taunay〔toˈne;taʊˈnaɪ〕
Taungmyo〔taʊnˈmjo〕
Taungs〔taʊŋz〕
Taunton〔ˈtɔntən〕陶頓(美國)
Taupo〔ˈtaupo〕
Taurage〔ˏtauraˈge〕
Taurasia〔tɔˈreʒə〕
Taureau〔tɔˈro〕
Tauri〔ˈtɔraɪ〕
Taurica〔ˈtɔrɪkə〕
Tauric Chersonese〔ˈtɔrɪk ˈkɜsəniz;ˈtɔrɪk ˈkɜsənis〕
Taurida〔ˈtɔrɪdə〕
Taurids〔ˈtɔrɪdz〕
Taurini〔tɔˈraɪnaɪ〕
Tauris〔ˈtɔrɪs〕
Taurisci〔tɔˈrɪsaɪ〕
Tauriscus〔tɔˈrɪskəs〕
Tauro〔ˈtauro〕
Tauroggen〔ˈtauˏrɔgən〕
Taurus〔ˈtɔrəs〕托魯斯山脈(土耳其)
Ta-urt〔ˈtɑ·urt〕
Taurus〔ˈtɔrəs〕
Tausen〔ˈtausn〕
Tausig〔ˈtauzɪh〕(德)
Taus(s)〔taus〕
Taussig〔ˈtausɪg〕陶西格(Frank William, 1859-1940,美國經濟學家)
Tautpheus〔tɔtˈfiəs〕
Tautphoeus〔ˈtautfɜus〕(愛)
Tavannes〔taˈvan〕(法)
Tavares〔taˈvaris;təˈverɪz〕塔瓦雷斯
Tavastehus〔taˈvastəhus〕

Tavaststjerna〔ˈtavasˈtʃerna〕(芬)
Tavda〔tʌfˈda〕塔夫達(蘇聯)
Tavel〔ˈtafəl〕塔衛爾
Taverner〔ˈtævənə〕塔弗納
Tavernier〔tɑverˈnje〕(法)
Tavgi〔tavˈgi〕
Tavignano〔ˏtavɪˈnjano〕
Tavira〔təˈvirə〕
Tavistock〔ˈtævɪstak〕塔維斯托克
Tavolara〔ˏtavoˈlara〕
Tavora〔ˈtavurə〕
Tavoy〔taˈvɔɪ〕土瓦(緬甸)
Tavrida〔tʌvˈrjidə〕(俄)
Tavris〔tavˈris〕
Tavy's day〔ˈtevɪz～〕
Taw〔tɔ〕
Tawana〔taˈwana〕
Tawara〔taˈwara〕
Tawas〔ˈtɔwəs〕
Tawell〔ˈtɔəl〕托厄爾
Tawi〔ˈtawi〕(印)
Tawitawi〔ˈtawɪˈtawɪ〕塔威塔威(菲律賓)
Tawney〔ˈtɔnɪ〕托尼
Tawngpeng〔ˈtɔŋˈpɛŋ〕斗平(緬甸)
Tax〔tæks〕塔克斯
Taxila〔ˈtæksɪlə〕
Taxile〔takˈsil〕(法)
Taxiles〔ˈtæksɪliz〕
Taxin〔ˈtæksɪn〕
Taxis〔ˈtæksɪs〕
Tay〔te〕
Tayabas〔taˈjabas〕茶耶巴(菲律賓)
Tayal〔taˈjal〕台灣高山族之泰雅族人
Tayeh〔ˈdaˈjɛ〕大冶(湖北)
Taygeta〔teˈɪdʒətə〕
Taygetus〔teˈɪdʒətəs〕
Taying〔ˈtaɪˈɪŋ〕
Tayler〔ˈtelə〕泰勒
Tayloe〔ˈtelo〕泰洛
Taylor〔ˈtelə〕泰勒❶(James)Bayard, 1825-1878,美國作家❷(Joseph)Deems, 1885-1966,美國作曲家及音樂批評家)
Taylorian〔teˈlɔrɪən〕
Taylorsville〔ˈteləzvɪl〕
Taylorville〔ˈteləvɪl〕
Taylour〔ˈtelə〕
Tay Pay〔te pe〕
Tay Pei〔ˈte ˈpe〕
Tayronas〔taɪˈronas〕
Tayside〔ˈteˏsaɪd〕提塞德(蘇格蘭)

Ta Yü〔'dɑ 'ju〕（中）
Ta Yu Ling〔'dɑ 'ju 'lɪŋ〕大庾嶺(中國)
Taz〔tɑz〕塔茲（蘇聯）
Taze〔tez〕泰茲
Tazewell〔'tæzwɛl〕泰茲衛爾
Tchad〔tʃæd〕查德(非洲)
Tchaikovsky, Tschaikovsky〔tʃaɪ-
'kɑvskɪ〕柴可夫斯基（Pëtr Ilich, 1840-
1893, 俄國作曲家）
Tchebychef〔tʃɪbɪ'ʃɛf〕
Tchecov〔'tʃɛkaf〕
Tchefuncte〔tʃɛ'fʊŋktə〕
Tche Kam〔tʃe 'kam〕
Tchekhoff〔'tʃɛkaf ; 'tʃɛhaf (俄)〕
Tchek(h)ov〔'tʃɛkaf〕契可夫（Anton
Pavlovich, 1860-1904, 俄國劇作家及小說家）
Tchelitchew〔tʃɛ'lɪtʃɪf〕（俄）
Tcherepnin〔tʃɪ'rɛpnɪn〕
Tcherkasy〔tʃə'kæsɪ〕
Tcherkessian〔tʃə'kɛsɪən〕
Tchernaya〔'tʃɔrnəjə〕
Tchernigoff〔tʃɪr'njigəf〕
Tchernowitz〔tʃə'nowɪts〕
Tcheskaya〔'tʃɛskəjə〕
Tchita〔tʃi'ta〕
Tchu〔tʃu〕
Tchusovaya〔tʃusa'vajə〕
Tczew〔tʃɛf〕（波）
Te〔tɛ〕
Tea〔'teə〕
Teach〔titʃ〕蒂奇
Tead〔tid〕蒂德
Teagarden〔'tigardn〕蒂加登
Teagle〔'tigl〕蒂格爾
Teague〔tig〕〔蔑〕愛爾蘭人
Teale〔til〕蒂爾
Te Anau〔te 'anaʊ〕
Teaneck〔'tinɛk〕
Teano〔te'ano〕
Teapot Dome〔'ti,pat 'dom〕
Teare〔tɪr〕
Tearle〔tɜl〕
Tearse〔tɜs〕
Tearsheet〔'tɜrʃit〕
Teasdale〔'tizdl〕蒂斯代爾（Sara, 1884-
1933, 美國詩人）
Te Ata〔te 'ata〕
Teate〔tɪ'etɪ〕
Teaticket〔ti'tɪkɪt〕
Teatro dei Piccoli〔te'atro 'deɪ
'pikkolɪ〕（義）
Teazle〔'tizl̩〕

Teb〔tɛb〕
Teba〔'teba〕
Tebaldi〔te'baldɪ〕
Tebay〔'tibe〕
Tebbetts〔'tɛbɪts〕
Tebele〔te'bele〕
Tebet〔'tevɛs ; te'veθ〕
Tebicuary〔,tevɪkwa'ri〕
Tébourba〔te'burbə〕
Tebris〔tɛ'bris〕
Tecalutla〔,teka'lutla〕
Tecanas〔te'kanəz〕
Teck〔tɛk〕
Tecpanec〔tɛk'panɛk〕
Tecuala〔te'kwala〕
Tecumseh〔tɪ'kʌmsɪ〕
Ted〔tɛd〕❶【俗】穿愛德華七世時代服裝之英
國不良少年 ❷泰德
Tedbaldus〔tɛd'bɔldəs〕
Tedder〔'tɛdə〕
Teddington〔'tɛdɪŋtən〕
Teddy〔'tɛdɪ〕
Te Deum〔'ti 'diəm〕【拉】天主教及英國國
教於早禱及其他特殊場合所唱之讚美詩
Tedzhen〔te'dʒɛn〕
Teed〔tid〕
Teel〔til〕蒂爾
Tees〔tiz〕
Teesdale〔'tizdel〕
Teeter〔'titə〕蒂特
Teeters〔'titəz〕蒂特斯
Teetgen〔'tidʒən〕
Teetor〔'titə〕
Teewinot〔'tiwɪnat〕
Tef(f)é〔tɛ'fɛ〕
Teffin〔tɛ'fæn〕（法）
Tefnut〔'tɛfnut〕
Tegal〔te'gal〕
Tegart〔'tɛgɑt〕特加特
Tegea〔tidʒɪə〕
Tegel〔'tcgəl〕
Tegelen〔'tehələn〕（荷）
Tegen〔'tigən〕蒂根
Tegernsee〔'tegən,ze〕
Tegesye〔te'gesje〕
Tegetmeier〔'tɛgətmaɪr〕特蓋特邁耶
Tegetthoff〔'tegəthɔf〕
Tegheler〔'taɪlə〕
Tegnapatam〔'tɛgnə'patəm〕（印）
Tegnér〔tɛŋ'ner〕（瑞典）
Tegnum〔'tɛgnəm〕

Tegtmeyer〔'tɛgtmaɪr〕
Tegucigalpa〔tɪˌgusɪ'gælpə〕德古斯加巴（宏都拉斯）
Teguessie〔te'gesje〕
Teh,Chu〔'dʒu 'dʌ〕（中）
Tehachapi〔tə'hætʃəpɪ〕
Tehama〔tɪ'hemə（美）; tɪ'hɑmə, tɪ'hæmə, tɪ'hæmæ（阿拉伯）〕
Teheran〔ˌtɪə'ran〕德黑蘭（伊朗）=Tehran
Têh-huai〔'dʌ·'hwaɪ〕（中）
Tehipite〔tɪ'hɪpətɪ〕
Tehran〔tɛh'ran〕德黑蘭（伊朗）
Tehri〔'teri〕
Tehri Garhwal〔'teri gə'wɑl〕
Tehsien〔'dʌʃɪ'ɛn〕（中）
Te-hua〔'dʌ·'hwɑ〕（中）
Tehuacán〔ˌtewɑ'kɑn〕
Tehuacana〔te'wɑkɑnɑ〕
Tehuantepec〔tɪ'wɑntɪpek; tə,wɑnte-'pɛk〕特旺特佩克灣（西班牙）
Tehuelche〔te'wɛltʃe〕
Tehuti〔tɛ'huti〕
Teichman〔'taɪtʃmən〕泰克曼
Teichmann〔'taɪkmən〕
Teichner〔'taɪhnə〕（德）
Teide,Pico de〔'piko ðe 'teðe〕（西）
Teifi〔'taɪvɪ〕
Teign(e)〔tɪn〕
Teignbridge〔'tɪnbrɪdʒ〕
Teignmouth〔'tɪnməθ〕
Teignton〔'tentən〕
Teilhard de Chardin〔te'jɑr də ʃɑr-'dæŋ〕（法）
Teilhet〔'tilhet〕
Teiresias〔taɪ'risɪəs〕
Teirlinck〔'taɪrlɪŋk〕
Teisserenc de Bort〔tɛs'raŋ də 'bɔr〕（法）
Teitgen〔tɛt'dʒaŋ〕（法）
Teith〔tɪθ〕
Teivy〔'taɪvɪ〕
Teixeira〔teɪ'ʃeɪrə〕（葡）
Teixeira de Mattos〔teɪ'ʃeɪrə ðə 'mɑtuʃ〕（葡）
Tej〔tedʒ〕（印）
Teja〔tidʒə〕
Tejada,Lerdo de〔'lɛrðo ðe te'hɑðɑ; 'lɛrðo de te'hɑðɑ〕（西）
Tejada Sorzano〔te'hɑðɑ sɔr'sano〕（西）
Tejal〔te'jɑl; 'tidʒəl〕
Tejen(d)〔te'dʒɛnd〕
Tejo〔'teʒu〕（葡）

Tekakwitha〔ˌtɛkə'kwɪθə〕
Tekapo〔te'kapo〕
Tekarir〔ˌtɛkɑ'rɪr〕
Tekax〔te'kɑs〕
Tekax de Alvaro Obregón〔te'kɑz ðe 'ɑlvaro ˌovre'gɔn〕（西）
Teke〔'teke〕
Tekirdağ〔tɛ'kɪrˌda〕（土）
Tekke〔tɛk'kɛ〕
Tekoa〔tɪ'koə〕
Tekrur〔tɛ'krur〕
Te Kuīti〔te ku'itɪ〕
Telamon〔'tɛləmən〕
Telamonius〔ˌtɛlə'monɪəs〕
Tel Aviv〔'tɛl ə'viv〕台拉維夫（以色列）
Tel Aviv-Jaffa〔'tɛl ə'viv·'dʒæfə; -lɑ 'viv, -'jafə〕
Tel Basta〔tɛl 'bɑstə〕
Telchines〔tɛl'kaɪniz〕
Telde〔'tɛlde〕
Tel Defenneh〔tɛl dɪ'fenə〕
Telders〔'tɛldəs〕
Teleboides〔ˌtɛlə'bidɪz〕
Telefonos〔te'lefonos〕
Telegonia〔tɛlɪ'gonɪə〕
Telegonus〔tɪ'lɛgənəs〕
Telegraph〔'tɛlɪgraf〕
Teleki〔'tɛlɛki〕
Tel el Kebir〔ˌtɛl ɛl kə'bir〕
Telemachus〔tɪ'lɛməkəs〕
Telemann〔'tɛləmɑn〕
Télémaque〔tele'mak〕（法）
Telemark〔'tɛlɪmark〕
Telephus〔'tɛlɛfəs〕
Telescope〔'tɛlɪskop〕   「鏡座
Telescopium〔ˌtɛlɪs'kopɪəm〕【天文】遠
Telesforo〔ˌtelɛs'foro〕
Telesio〔tɛ'lezjo〕
Télesphore〔telɛs'fɔr〕（法）
Telesphorus〔tɪ'lɛsfərəs〕
Teletype〔'tɛlətaɪp〕
Telex〔'tɛlɛks〕
Telfair〔'tɛlfɛr〕
Telford〔'tɛlfəd〕特爾福德
TeLinde〔ti'lɪnd〕
Telingana〔ˌtelɪŋ'ganə〕
Telissu〔ˌtɛlɪs'su〕
Tel Jezar〔tɛl 'dʒizə〕
Telkalakh〔tɛl'kælʌh〕（阿拉伯）
Tell〔tɛl〕特爾
Tell Asmar〔tɛl 'æsmə〕
Tell Atlas〔tɛl 'ætləs〕

Tell Basta〔tɛl 'bæstə; tæl 'bæstæ(阿拉伯)〕

Tell ed-Duweir〔'tɛl ɛd·du'wer〕

Tell el 'Amarna〔'tɛl ɛl ə'marnə〕

Tell el Farrah〔'tɛl ɛl 'farra〕

Tell el-Kebir〔'tɛl ,ɛl·kə'bɪr〕

Tell el Khalifa〔'tɛl ,ɛl hə'lifə〕(阿拉伯)

Tell el-Obeid〔'tɛl ,ɛl·o'bed〕

Teller〔'tɛlə〕泰勒(Edward, 1908-, 美國物理學家)

Téllez〔'teljeθ〕(西)特列斯

Téllez y Girón〔'teljeθ ɪ hi'rɔn〕(西)

Tellicherry〔,tɛlɪ'tʃɛrɪ〕

Tellier〔tɛ'lje〕(法)

Tellier, Le〔lə tɛ'lje〕(法)

Tellina〔tɛl'lɪnə〕

Tell Jezar〔,tɛl dʒə'zar〕

Tello〔'teljo〕(西)特略

Telloh〔te'lo〕

Telló y Muñoz〔te'ljo ɪ mu'njoθ〕(西)

Tellsplatte〔'tɛlzplæt; tɛls'platə〕(德)

Tell-Truth〔'tɛl·truθ〕

Telluride〔'tɛljʊraɪd〕

Tellus〔'tɛləs〕【羅馬神話】大地女神

Telmann〔'tɛlman〕

Telmessus〔tɛl'mɛsəs〕

Teloekbetoeng〔tə'lʊkbə'tʊŋ〕

Teloeti〔tə'lutɪ〕

Telok Anson〔,tɛlo'ænsn〕

Teloloapán〔tɛ,loloa'pan〕

Telo Martius〔'tilo 'marʃɪəs〕

Telos〔'tilas〕

Telpos-iz〔'tɛlpas·'ɪz〕

Telpos Iz〔'tɛlpas 'ɪz〕

Telshai〔'tɛlʃe〕

Telshi〔'tjelʃɪ〕(俄)

Telšiai〔'tɛlʃe〕(立陶宛)

Teltown〔'tɛltaʊn〕

Teltschik〔'tɛltʃik〕

Telugu〔'tɛləgu〕

Telukbetung〔tə'lʊkbə'tʊŋ〕直洛勿洞(印尼)

Tema〔'temə; 'timə〕

Temagami〔tɪ'magəmɪ〕

Temair〔tə'mɛr〕

Teman〔'timən〕

Temanite〔'timənaɪt〕

Tematangi〔,tema'taŋɪ〕

Tembeling〔'tɛmbəlɪŋ〕

Témbi〔'tembɪ〕(希)

Tembo〔'tɛmbo〕

Tembu〔'tɛmbu〕

Tembuki〔tɛm'buki〕

Tembuland〔'tɛmbu,lænd〕

Teme〔tim〕

Temehani〔,temə'nanɪ〕

Téméraire〔,temə'rɛr; teme'rɛr〕(法)

Temerloh〔'teməlo〕

Temeš〔'temɛʃ〕(塞克)

Temescal〔,teməs'kæl〕

Temesvár〔'tɛmɛʃ,var〕(匈)

Temetiu〔,teme'tiu〕

Temir Tau〔'temɪr 'taʊ〕

Témiscamingue〔temɪska'mæŋg〕(法)

Témiscouata〔temɪs'kwætə〕

Témiskaming〔tɪ'mɪskəmɪŋ〕

Temístocles〔te'mistokles〕

Temme〔'temə〕

Temminck〔'temɪŋk〕

Temne〔'tɛmne〕

Tëmny〔'tjɔmnɪ〕(俄)

Temora〔'temɔrə〕

Tempe〔'tempɪ〕

Tempeh〔'tempɛ〕

Tempel〔'tempəl〕

Tempelhof〔'tempəlhof〕

Temperley〔'tempəlɪ〕坦伯利

Tempest〔'tempɪst〕坦皮斯特

Tempesta〔tem'pɛsta〕

Tempest-Stewart〔'tempɪst·'stjurt〕

Templar〔'templə〕❶聖堂武士(1118年左右在耶路撒冷組織之保衛聖墓及保護參詣聖地之香客的武士團之一員)❷(美)互濟會(Freemasons)之一會員

Temple〔'templ〕譚普爾(Sir William, 1628-1699, 英國政治家及散文家)

Templeman〔'templmən〕

Templer〔'templə〕坦普勒

Templeton〔'templtən〕

Templewood〔'templwʊd〕坦普爾伍德

Templin〔'templɪn〕坦普林

Temps, Le〔lə 'taŋ〕(法)

Temsche〔'temshə〕(法蘭德斯)

Temujin〔'tɛmjudʒɪn〕

Tenafly〔'tɛnə,flaɪ〕

Tenakee〔'tɛnəki〕

Tenali〔tɛ'nalɪ〕

Tenancingo de Degollado〔,tenan'siŋgo ðe ,ðego'jaðo;,tenan'siŋgo de ,ðego'jaðo〕(拉丁美) 「(西)

Tenango de Arista〔tɛ'naŋgo ðe a'rista〕

Tenango de Río Blanco〔tɛ'naŋgo ðe 'rio 'vlaŋko〕(西)

Tenantius〔tə'nænʃəs〕

Tenaru〔tɛ'nɑru〕

Tenasserim〔tə'næsərɪm〕典那沙冷鎮
（緬甸）

ten Brink〔tən 'brɪŋk〕（荷）

Ten Broeck〔tɛn 'bruk〕坦布魯克

Tenbury〔'tɛnbərɪ〕

Tenby〔'tɛnbɪ〕

Tench〔tɛntʃ〕坦奇

Tencin〔tɑn'sæŋ〕（法）

Tencteri〔'tɛŋktərɪ〕

Tenda〔'tɛndɑ〕

Tende〔'tɛnde；tɑ̃d（法）〕

Tendenz〔tɛn'dɛnts〕

Tenderloin〔'tɛndəlɔɪn〕

Tendra〔'tɛndrə；tjɛndrə（俄）〕

Tendre〔'tɑ̃dⱹ〕（法）

Tendron〔tɑŋ'drɔŋ〕（法）

Tène,La〔lɑ 'tɛn〕（法）

Tenebrae〔'tɛnə,bri〕【天主教】耶穌受難
紀念聖歌

Tenedos〔'tɛnədəs〕

Tenenbaum〔'tɛnənbɑum〕特南鮑姆

Tener〔'tɛnⱹ〕特納

Tenerani〔,tɛnɛ'rɑnɪ〕

Teneriffa〔,tɛnə'rɪfɑ〕

Tenerif(f)e〔,tɛnə'rif；'tɛnⱹrif；
,tɛne'rifə〕特納利夫島（西班牙）

Tenetehara〔,tenete'ɑrɑ〕

Ten Eyck〔tɛn 'aɪk〕

Teng〔tɛŋ〕藤縣（廣西；山東）

Tengbom〔'tɛŋbʊm〕

Tengchow〔'dʌŋ'dʒo〕（中）

Tengchung〔'tʌŋ'tʃʊŋ〕（中）

Tenge〔'tɛŋɡⱹ〕

Tengger〔'tɛŋɡⱹ〕

Tengiz〔tɛn'ɡiz〕

Tengri Khan〔'tɛŋrɪ 'hɑn〕滕格里山
（新疆）

Tengri Nor〔'tɛŋrɪ nɔr〕

Teng Yen-ta〔'tʌŋ 'jʌn·'tɑ〕（中）

Tengyueh〔'tʌŋjuɛ〕（中）

Ten Hoor〔'tɛn 'hɔr〕

Teniers〔tɛ'nirs〕但耶斯（David,1582-
1649,法蘭德斯畫家）

Tenimbar〔tə'nɪmbɑr；'tɛnɪmbɑr〕

Tenison〔'tɛnɪsn〕特尼森

Teniz〔tɛŋ'iz〕

Tenke〔'tɛŋkɛ〕滕克（剛果）

Tenleytown〔'tɛnlɪtɑʊn〕

Tennant〔'tɛnənt〕坦南特

Tennemann〔'tɛnəmɑn〕

Tennenbaum〔'tɛnənbɑm〕

Tennent〔'tɛnənt〕坦南特

Tennessee〔,tɛnə'si〕❶田納西河（美國）❷
田納西州（美國）

Tenney〔'tɛnɪ〕坦尼

Tenniel〔'tɛnjəl〕但涅爾（Sir John,1820-
1914,英國卡通畫家及插畫家）

Tennille〔'tɛnl〕坦尼爾

Tenny〔'tɛnɪ〕坦尼

Tennyson〔'tɛnɪsn〕但尼生（Alfred,1809-
1892,英國詩人）

Teno〔'tɛnɔ〕特諾

Tenochtitlán〔te,nɔtʃtɪ'tlɑn〕

Tenom〔tə'nʊm〕

Tenos〔'tinɑs〕

Tēnos〔'tinɑs〕

Tensas〔'tɛnsɔ〕

Tensaw〔'tɛnsɔ〕

Tensift〔tɛn'sɪft〕

Tenskwatawa〔tɛns'kwɑtɑwɑ〕

Tenterden〔'tɛntədən〕

Tentyra〔'tɛntɪrə〕

Teobaldo〔,teo'bɑldo〕

Teobaldo Visconti〔,teo'bɑldo vis'konti〕

Teocalco〔,teo'kɑlko〕

Teocaltiche〔,teokɑl'titʃe〕

Teodor〔ti'ɔdɔr（波）；'teɔdɔr（瑞典）〕

Teodoro〔,teo'dɔro（義）；,teo'ðoro（西）；
,teo'ðoru（葡）〕特奧多羅

Teódulo〔te'oðulo〕（西）

Teofil〔te'ɔfil〕

Teofilo〔te'ɔfilo〕

Teófilo〔te'ɔfilu〕（葡）

Teos〔'tiɑs〕

Teoscopoli〔,teos'kɔpoli〕

Teoscopuli〔,teos'kɔpuli〕

Teotihuacán〔,teo,tiwɑ'kɑn〕

Teotocópuli〔,teoto'kopuli〕

Teotocopulo〔,teoto'kɔpulo〕

Teoyaomiqui〔,teo,jao'miki〕

Tepanec〔te'pɑnɛk〕

Tepehuan〔tepe'hwɑn〕

Tepe Gawra〔,tɛpɛ gɑu'rɑ〕

Tepejl del Rio〔tɛ'pɛhi ðɛl 'rio；-dɛl-
（西）〕

Tepeleni〔tepɛ'leni〕

Tepexpán〔tepɛs'pɑn〕

Tepic〔te'pik〕

Teplice - Šanov〔'tɛplɪtsɛ·'ʃɑnɔf〕（捷）

Teplitz〔'tɛplɪts〕

Tequendama〔,tekɛn'dɑmɑ〕

Teques〔'tekɛs〕

Ter〔tɑr；tɛr〕特爾

ter〔tə〕（荷）

Terah〔'tɪrə〕

Terai〔tə'rai〕

Teramo〔'tɛramo〕

Te Rangi Hiroa〔tɛ 'raŋgi hi'roa〕

Terbeek〔'tɜbɪk；tə'bik〕

Ter Borch〔tə 'bɔrk〕德勃哈（Gerard, 1617-1681, 荷蘭畫家）

Terborch〔tə'bɔrk〕

Terboven〔tɛr'bovən〕

Terceira〔tə'sɛrə〕特隋拉島（北大西洋）

Tercero〔tɛr'sero〕

Terek〔'tɛrɛk；'tjɛrjɪk（俄）〕

Terēmin〔tjɛ'rjɔmjɪn〕（俄）

Terence〔'tɛrəns〕德倫西（185?-159 B.C., 全名Publius Terentius Afer，羅馬劇作家）

Terentia〔tɪ'rɛnʃɪə〕

Terentianus Maurus〔tə,rɛnʃɪ'enəs 'mɔrəs〕

Terentius〔tə'rɛnʃəs〕

Terenzio〔te'rɛntsjo〕（義）

Teresa〔tə'rizə；te'reza（義）；te'resə（西）〕黛麗莎

Teresa Macri〔tə'rizə 'mækrɪ；tɪ-'rizə-；tɛ'r-〕

Teresina〔,tɛrə'zinə〕特勒西納（巴西）

Teressa〔tə'rɛsə〕

Tereus〔'tɪrɪəs；'tirjus〕

Tergeste〔tə'dʒɛstɪ〕

Ter Gouwe〔tə 'hauwə〕（荷）

Terhune〔tə'hjun〕德幽恩（Albert Payson, 1872-1942, 美國作家）

Terijoki〔'tɛrɪ,jɔkɪ〕

Terill〔'tɛrɪl〕

Terioki〔'tɛrɪ,jɔkɪ〕

Terling〔'tɑrlɪŋ〕

Termagant〔'tɜməgənt〕

Termagaunt〔'tɜməgɔnt〕

Terman〔'tɜmən〕特曼

Termes〔'tɛrmiz〕

Termez〔tɛr'mɛz〕

Terminalia〔tɜmɪn'elɪə〕

Termini Imerese〔'tɛrmini ime'rese〕

Términos, Laguna de〔la'guna ðe 'tɛrmɪnos〕（西）

Terminus〔'tɜmɪnəs〕

Ternant〔te'raŋ〕（法）

Ternate〔tɛr'nate〕

Ternaux-Compans〔tɛr'no·kɔŋ'paŋ〕（法）

Terni〔'tɛrni〕特尼（義大利）

Ternina〔tɛr'nina〕

Ternopol〔tə'nopəl〕

Terpander〔tə'pændə〕

Terpsichore〔tə p'sɪkərɪ〕【希臘神話】司歌舞之女神

Terpsichorean〔,tɜpsɪko'riən〕

Terra〔'tɛrə〕特拉

Terra Alta〔'tɛrə 'æltə〕

Terrace Island〔'tɛrəs ～〕

Terracina〔,tɛrə'tʃinə〕

Terracine〔,tɛrə'sin〕

Terra del Fuegian〔'tɛrə dɛl fʊ'idʒɪən；-dʒɪən；-dʒən〕

Terra del Fuego〔'tɛrə dɛl fʊ'ego；-'fweg〕

Terra di Otranto〔'tɛrə di 'ɔtranto〕

Terrail〔tɛ'raj〕（法）

Terralla y Landa〔tɛr'raja i 'landa〕

Terra Mater〔'tɛrə 'metə〕

Terranova di Sicilia〔,tɛrra'nova dɪ si'tʃilja〕

Terrasa〔tɛr'rasa〕

Terrebonne〔'tɛr'bɔn〕

Terre Haute〔'tɛrə 'hot〕臺勒荷（美國）

Terrel〔'tɛrəl〕

Terrell〔'tɛrəl〕特雷爾

Terre Neuve〔tɛr 'nɜv〕（法）

Terres Mauvaises〔tɛr mɔ'vɛz〕（法）

Terrick〔'tɛrɪk〕特里克

Terriere, La〔la 'tɛrɪɛr〕

Terrill〔'tɛrɪl〕特里爾

Territorios Españoles del Golfo de Guinea〔,tɛrrɪ'tɔrjos, espa'njolez ðɛl 'gɔlfo ðe gɪ'nea〕（西）

Terror〔'tɛrə〕

Terrot〔'tɛrət〕

Terry〔'tɛrɪ〕黛麗（Eellen Alicia, 1847-1928, 英國著名女伶）

Terryville〔'tɛrɪvɪl〕

Terschelling〔tɛs'helɪŋ〕（荷）

Tersteegen〔təs'tegən〕

Tertiary Era〔'tɜʃərɪ ～〕

Tertis〔'tɜtɪs〕特蒂斯

Tertium Quids〔'tɜʃəm kwidz〕

Tertius〔'tɜʃjəs〕

Tertry〔tɛr'tri〕（法）

Tertullian〔tə'tʌlɪən〕

Tertullianus〔tə,tʌlɪ'enəs〕

Teruel〔teru'ɛl〕

Tervueren〔tɛrvjʊ'rɛn〕

Terwagne〔tɛ'rwanj〕（法）

Terzaghi〔tə'zɑgɪ〕

Terzi〔'tɛrtsɪ〕
Teschen〔'tɛʃən〕
Teshu Lama〔'teʃu'lamə〕
Teshup〔'teʃup〕
Téšín〔'tjeʃin〕（捷）
Téšín Ceský〔'tjeʃin 'tʃɛski〕（捷）
Tesla〔'tɛslə〕臺斯拉（Nikola,1856–1943,
  美國電學家及發明家）
Teslin〔'tɛzlɪn〕特茲林（加拿大）
Teso〔'teso〕
Tess of the D'Urbervilles〔'tɛs əv ðə
  'dɚbɚvɪlz〕
Tessa〔'tɛsə〕
Tessé-la-Madeleine〔tɛ'se·la·mad'lɛn〕
  （法）
Tessier〔tɛ'sje〕（法）
Tessima〔'tɛsɪmə〕
Tessimond〔'tɛsɪmənd〕
Tessin〔tɛs'sin（瑞典）;tɛ'sæŋ（法）;
  tɛ'sin（德）〕
Test〔tɛst〕特斯特
Testa〔'tɛstə〕
Testaccio〔tes'tattʃo〕（義）
Testa del Gargano〔'tɛsta dɛl gar-
  'gano〕
Tester〔'tɛstə〕特斯特
Testőr〔'tɛstə〕（匈）
Testri〔tɛs'tri〕
Testry〔tɛs'tri〕
Tesuque〔tɛ'suke〕
Tet〔tɛt〕
Tete〔'tetə〕特特（莫三比克）
Tête-Noire〔tɛt·'nwar〕（法）
Teterev〔'tɛtərɛf;'tjetjɪrjɪf（俄）〕
Teternikov〔tjɪ'tjeənjɪkɔf〕（俄）
Tethys〔'tiθɪs〕
Tetipari〔,tɛtɪ'parɪ〕
Tetley〔'tɛtlɪ〕泰特利
Tetmajer〔tɛt'majɛr〕
Tetrachordon〔,tɛtrə'kɔrdən〕
Tet Nguyen Dan〔'tɛt 'gujɛn 'dan〕
Tetnuld〔'tɛtnəld;'tjetnʊljt（俄）〕
Teton〔'titn〕
Tetouan〔tet'wan〕
Tetrachordon〔,tɛtrə'kɔrdən〕
Tetragrammaton〔,tɛtrə'græmətan〕
  由四個希伯來子音字母所組成的神名
Tetrapolis〔tɛ'træpəlɪs〕
Tetrarch〔'titrark;'tɛtrark〕
Tetrarchy〔'titrarkɪ;'tɛtrarkɪ〕
Tetrazzini〔,tɛtrə'zini;,tɛtrat'tsinɪ
  （義）〕

Tetricus〔'tɛtrɪkəs〕
Tetschen-Bodenbach〔'tɛtʃən·'bodənbah〕
  （德）
Tettenhall〔'tɛtn̩hɔl〕
Tetuan〔te'twan〕
Tetuán〔te'twan〕得土安（摩洛哥）
Tetulia〔te'tulɪə〕
Tetyukhe〔tjɪ'tjuhə〕帖提尤賀（蘇聯）
Tetzel〔'tɛtsəl〕
Teubner〔'tɔɪpnə〕（德）托伊布納
Teucer〔'tjusə〕
Teuco〔'teʊko〕
Teufelsdröckh〔'tɔɪfəlz,drɛk〕
Teufelsdroeckh〔'tɔɪfəlz,drɛk〕
Teuffel〔'tɔɪfəl〕
Teulada〔teu'lada〕
Teulon〔'tjulən〕
Teumman〔te'umman〕
Teuthis〔'tjuθɪs〕
Teuthras〔'tjuθrəs〕
Teutoburger Wald〔'tɔɪto,bʊrgɚ ,valt〕
  （德）
Teutobod〔'tjuto,bad〕
Teutoburgian〔,tjuto'bəgjən〕
Teuton〔'tjutn〕❶條頓族❷德國人
Teutones〔'tjutəniz〕
Teutoni〔'tjutənaɪ〕
Teutsche Merkur〔'tɔɪtʃə mɛr'kur〕（德）
Teutschenbrunn〔,tɔɪtʃən'brun〕
Teve〔'teve〕
Tevere〔'tevere〕
Teverone〔teve'rone〕
Tevfik〔tɛv'fik〕
Teviot〔'tivjət;'tɛvɪət;'tivɪət;
  'tɛvjət〕蒂維厄特
Teviotdale〔'tivjətdel〕
Tevossian〔tɛ'vasɪən〕
Tevosyan〔tɛ'vasjən〕
Tewa〔'tiwə〕
Tewaewae〔tɛ'waɪwaɪ〕
Te Wang〔'tɛ 'waŋ〕
Tewfik〔'tjufɪk;tɛv'fik（土）〕
Tewfik Pasha〔'tjufɪk pə'ʃa;tɛv'fik
  pa'ʃa（土）;taʊ'fik 'pæʃa（阿拉伯）〕
Tewin〔'tjuɪn〕
Tewkesbury〔'tjuksbərɪ〕圖克斯伯里
Tewksbury〔'tjuksbərɪ〕
Texada〔tɛks'ædə〕
Texan〔'tɛksən〕Texas 人或居民
Taxas〔'tɛksəs〕德克薩斯州（美國）
Texcocans〔teks'kokənz〕
Texcoco〔tɛs'koko〕

Texcoco de Mora〔tesˈkoko ðe ˈmora〕（西）

Texcotzingo〔ˌtɛskot·ˈsiŋgo〕

Texel〔ˈtɛksəl〕

Texeira〔təˈfeˈɪrə〕特謝拉

Texeyra〔təˈfeˈɪrə〕特謝拉

Texier〔tɛˈsje〕（法）

Texoma〔tɛkˈsomə〕

Textor〔ˈtɛkstɚ〕特克斯特

Teyde〔ˈteðe〕（西）

Teynham〔ˈtɛnəm〕特納姆

Teyte〔tet〕泰特

Tezcatlipoca〔ˌtɛskatliˈpoka〕

Tezcatzoncatl〔ˌtɛskat·sonˈkatḷ〕

Tezcuco〔tesˈkuko〕（拉丁美）

Tezel〔ˈtɛtsḷ〕

Teziutlán〔ˌtɛsjutˈlan〕（西）

Tezontepec de Aldama〔te,sɔnteˈpɛk ðe alˈdama〕（西）

Th'alibi,al〔ˌælθə·ˈalɪbɪ〕（阿拉伯）

Thabor,Mont〔mɔŋ taˈbɔr〕（法）

Thach〔θætʃ〕撒奇

Thacher〔ˈθætʃɚ〕撒切爾

Tha Chin〔tha tʃin〕

Thacker〔ˈθækɚ〕撒克

Thackeray〔ˈθækərɪ〕薩克萊（William Makepeace, 1811-1863, 英國小說家）

Thackerayana〔ˌθækərɪˈenə ; -rɪˈænə; -rɪˈanə〕

Thackley〔ˈθæklɪ〕撒克利

Thaddaeus〔θæˈdiəs ; ˈθædɪəs〕

Thaddäus〔taˈdeʊs〕（德）

Thad(d)eus〔θæˈdiəs ; ˈθædɪəs〕撒廸厄斯

Thags〔ˈθʌgz〕

Thai〔ˈtai ; taɪ〕泰國人；泰國語

Thailand〔ˈtaɪlænd〕泰國（亞洲）

Thais〔ˈθeɪs ; taˈis〕

Thaïs〔taˈis〕（法）

Thaisa〔θeˈɪsə〕

Thai-tsu〔ˈtaɪˈtsʌ〕

Thakhek〔ˈthɑkˈlɪɛk〕他典（老撾）

Thakombau〔θaˈkambaʊ〕

Thakura〔ˈtɑkurə〕

Thala〔ˈtɑlə〕

Thalaba〔ˈθæləbə〕

Thalassius〔θəˈlæsɪəs〕

Thalben〔ˈθælbən〕撒爾本

Thalberg〔ˈtalberk〕

Thale Luang〔thɑle luaŋ〕（暹羅）

Thaler〔ˈθelɚ〕塞勒

Thales〔ˈθeliz〕臺利斯（640?-546 B.C., 希臘哲學家）

Thalia〔θəˈlaɪə ; ˈθeliə ; ˈθeljə ; taˈlia〕【希臘神話】❶司牧歌與喜劇之女神❷司優美快樂之三女神之一

Thaliard〔ˈθæljɚd〕

Thallo〔ˈθælo〕

Thälmann〔ˈtɛlman〕

Thalping〔ˈθalpɪŋ〕

Thalwil〔ˈtalvil〕

Thamar〔ˈtamar〕

Thame〔tem〕

Thames〔temz ; θemz〕泰晤士河（英格蘭）

Thamesville〔ˈtɛmzvɪl〕

Thammuz〔ˈtɑmmuz ; ˈθæmʌz〕

Thamugadi(s)〔ˌθæmjuˈgedɪ(s)〕

Thamyris〔ˈθæmɪrɪs〕

Thana〔ˈtɑnɑ〕

Thanarat〔tanɑˈrat〕

Thanatopsis〔ˌθænəˈtɑpsɪs〕

Thanatos〔ˈθænətɑs〕【希臘神話】死神

Thane〔θen〕塞恩

Thanet〔ˈθænɪt〕

Thanhhoa〔ˈthanjˈhwa〕（越）

Thanom〔ˈtanɑm〕

Thant〔θɔnt〕

Thapsacus〔ˈθæpsəkəs〕

Thapsus〔ˈθæpsəs〕

Thar Desert〔tar ～〕塔爾沙漠（印度）

Tharaud〔taˈro〕（法）

Thargelia〔θarˈdʒiliə〕

Tharrawaddy〔ˌθærəˈwɑdɪ〕塔亞瓦廸（緬甸）

Tharsus〔ˈtarsəs〕

Thascius〔ˈtafɪəs〕

Thas(s)os〔ˈθesɑs〕退索斯島（希臘）

Thásos〔ˈθasɔs〕（希）

Thastum〔ˈtastum〕

Thatari〔ˈθætərɪ〕

Thatch〔θætʃ〕

Thatcher〔ˈθætʃɚ〕柴契爾夫人（Margaret Hilda, 1925-, 英國首相）

Thaton〔θəˈton〕塔通（緬甸）

Thau,Étang de〔etaŋ də ˈto〕（法）

Thaulow〔ˈtaʊlo ; ˈtaʊlɔv〕（挪）

Thaumaturgus〔θɔməˈtɚgəs〕

Thaungyin〔ˈθaʊnˈdʒɪn〕

Thaw〔θɔ〕

Thaxter〔ˈθækstɚ〕柴克斯德

Thayendanegea〔θəˌjɛndəˈnegɪə〕

Thayer〔θɛr〕柴伊爾

Thayetmyo〔ˈθɛt,mjo ; θəˈjɛt,mjo〕塔耶謬（緬甸）

Thea〔ˈθiə ; ˈtea（德）〕西額

Theaetetus [ˌθiiˈtitəs]
Theagenes [θiˈædʒəniz]
Thearica [θiəˈrikə]
Theatin(e)s [ˈθiətinz]
Thebae [ˈθibi]
Thebaid [ˈθibeɪd] 埃及 Thebes 古城地區
Thébaïde [tebaˈid]（法）
Thebais [θiˈbeɪs ; ˈθibɪs]
Theban [ˈθibən] Thebes 人
Thebarton [ˈθɛbɑtən]
Thebaw [ˈθibɔ]
Thebes [θibz] 底比斯（埃及；希臘）
Thebom [ˈθibəm]
Thecla [ˈθɛklə]
Theda [ˈθidə] 西達
The Dalles [ðə ˈdælz]
Thedford [ˈθɛdfɑd]
The Hague [ðə ˈheg]
Theia [ˈθijə ; ˈθaɪə]
Theiler [ˈtaɪlə] 霍易樓（Max, 1899-1972,
南非熱帶醫學專家）
Theimer [ˈtaɪmə] 泰默
Theiner [ˈtaɪnə]
Theis [taɪs] 泰斯
Theiss [taɪs] 泰斯
Thekla [ˈθɛklə]
Thel [θɛl]
Théléma [ˈθɛlɪmə]
Thelen [ˈθilən] 西倫
Thélème [teˈlɛm]（法）
Thellusson [ˈtɛləsn] 特勒森
Thelma [ˈθɛlmə] 塞爾馬
The Matlocks [ðə ˈmætlɑks]
Thembu [ˈθembu]
Themis [ˈθimɪs] 【希臘神話】席米斯（法
律與正義之女神）
Themiste [θiˈmɪsti]
Themistius [θiˈmɪstʃiəs]
Themisto [θiˈmɪsto] 【希臘神話】席米斯
（Athamas 之妻，因設計謀害丈夫前妻而誤
殺自己子女，遂自殺）
Themistocles [θiˈmɪstəkliz] 狄密斯托克
利（527?-?460 B.C., 雅典將軍及政治家）
Thénard [teˈnɑr]（法）
Thenot [ˈθɛnɑt]
Theo [ˈθio ; ˈteo（荷）] 西奧
Theobald [ˈθiəbɔld ; ˈθibɔld ; ˈtɪbɔld ;
ˈteobalt（德）] 西奧博爾德
Théobald [teoˈbald]（法）
Theobul [ˌteoˈbul]
Theocritus [θiˈɑkrɪtəs] 狄奧克里塔（紀
元前三世紀之希臘詩人）

Theodat [ˈθiədæt]
Theodelinde [θiˈadəlɪnd ; teodəˈlɪndə(德)]
Théodelinde [teɔdˈlæŋd]（法）
Theoderic [θiˈadərɪk]
Theodoor [ˈteodor]（荷）
Theodor [ˈθiədɔr ; ˈteədɔr（德, 荷, 挪）;
ˈteɔdɔr（瑞典）; ˈtiədɔr（丹）] 西奧多
Théodor [teɔˈdɔr]（法）
Theodora [ˌθiəˈdɔrə] 席爾多拉
Theodore [ˈθiəˌdɔr] 希歐多爾
Théodore [teɔˈdɔr]（法）
Theodoret [θiˈadərɛt]
Theodoretus [θiˌadəˈritəs]
Theodoric [θiˈadərɪk] 狄奧多理（454?-526, 世
稱 Theodoric the Great, 爲 Ostrogoths 國王）
Théodoric [θiˈadərɪk ; teɔdɔˈrik（法）]
Theodorick [θiˈadorɪk]
Theodoricus [θiˌadəˈraɪkəs]
Theodoros [θɛˈɔdɔrɔs]（希）
Theodorus [ˌθiəˈdɔrəs] 西奧多勒斯
Theodorus Studita [ˌθiəˈdɔrəs stjuˈdaɪtə]
Theodosia [θiəˈdosjə] 西奧多亞
Theodosius I [θiəˈdosjəs] 狄奧多西一世
（346?-395, 羅馬將軍及皇帝）
Theodric [θiˈadrɪk] 西奧德里克
Théodule [teɔˈdjul]（法）
Theodulf [ˈθiədʌlf]
Theognis [θiˈagnɪs]
Theogony [θiˈagəni]
Theologus [θiˈaləgəs]
Theon [ˈθian]
Theophanes [θiˈafəniz]
Theophano [θiˈafəno ; teˈofano（德）]
Theophil [ˈθiofɪl ; ˈteofil（德）] 西奧菲爾
Théophile [teɔˈfil]（法）
Theophilus [θiˈafələs ; tɪˈofilus（丹）;
teˈofilus（德）] 西奧菲勒斯
Theophorus [θiˈafərəs]
Théophraste [teɔfˈrast]（法）
Theophrastus [ˌθiəˈfræstəs] 狄奧佛拉斯
塔（371?-287 B.C., 希臘哲學家及博物學家）
Theurell [ˈθiərəl] 泰歐洛（Axel Hugo
Theodor, 1903-1982, 瑞典生物化學家）
Theos [ˈθias] 西奧斯
Theotmalli [ˈteət,malɪ]
Theotocópuli [ˌteotoˈkopuli]
Theotokopoulos [ˌθɛɔtoˈkɔpulɔs]
Theotocos [θiˈatəkas]
The Pas [ðə ˈpaz] 伯茲（加拿大）
Thera [ˈθɪrə]
Thēra [ˈθira]（希）

Theramenes〔θɪˈræməniz〕
Therasia〔θəˈreʒɪə〕
Thērasía〔θiraˈsia〕(希)
Theremin〔ˈθɛrɪmɪn〕塞里明
Theresa〔təˈrizə；teˈreza(義)；-sɑ(西)〕
Thérésa〔tereˈza〕(法)
Theresa Christina Maria〔təˈrizə
   krɪsˈtinə məˈriə〕
Therese〔ˌteˈrezə〕
Thérèse〔teˈrɛz〕(法)
Thérèse de Lisieux〔teˈrɛz də liˈzjɜ〕
   (法)
Theresia〔ˌteˈrezɪɑ〕
Theresienstadt〔teˈrezjənʃtat〕
Therezina〔ˌterəˈzinə〕
Therkel〔ˈtærkəl〕(丹)
Therma〔ˈθəmə〕
Thermaic〔θəˈmeɪk〕
Thermaicus Sinus〔θəˈmeɪkəs ˈsaɪnəs〕
Thermia〔θɛrˈmja〕
Thermidor〔ˈθəmɪdɔr〕法國革命曆之十一月
Thermidorian〔θəmɪˈdɔrɪən〕
Thermit〔ˈθəmɪt〕【商標名】鋁熱劑
Thermopolis〔θəˈmɑpəlɪs〕
Thermopylae〔θəˈmɑpɪli〕色摩比利山口
Thermos〔ˈθəməs〕
Théroigne de Méricourt〔teˈrwɑnj də
   meriˈkur〕(法)
Theron〔ˈθirən〕西倫
Thérouanne〔teˈrwɑn〕(法)
Thersites〔θəˈsaɪtiz〕【希臘神話】琴塞提
   茲(Troy 之戰中一個醜陋而好謾罵的希臘士兵)
Thervings〔ˈθəvɪŋz〕
Theseum〔θɪˈsiəm〕奉祀 Theseus 之廟
Theseus〔ˈθisjus；ˈθisus；ˈθisɪəs〕【希
   臘神話】Attica 之英雄(雅典王 Aegeus 之子)
Thesiger〔ˈθɛsɪdʒə〕塞西杰
Thesmophoria〔ˌθɛsmoˈforɪə〕
Thesmophoros〔θɛsˈmɑfərəs〕
Thespiae〔ˈθɛspii；θɛsˈpaɪi〕
Thespian Maids〔ˈθɛspɪən ～〕
Thespis〔ˈθɛspɪs〕狄斯比斯(紀元前六世
   紀之希臘詩人)
Thesprotia〔θɛspˈroʃɪə〕
Thessalian〔θɛˈseljən〕
Thessalonian〔ˌθɛsəˈlɑnjən〕
Thessalonica〔ˌθɛsələˈnaɪkə〕
Thessalonike〔ˌθɛsələˈnikɪ〕
Thessaloníkē〔ˌθɛsələˈnjikjɪ〕(希)
Thessaloniki〔ˌθɛsələˈniki〕
Thessalia〔ˌθɛsəˈljia〕
Thessaly〔ˈθɛsəlɪ〕

Theta〔ˈθetɑ〕
Thetford〔ˈθɛtfəd〕
Thetis〔ˈθitɪs〕【希臘神話】西諦斯(Peleus
   之妻，Achilles 之母)
Theunis〔ˈtənɪs(荷)〕
Theuriet〔təˈrjɛ〕(法)
Theux〔tə〕
Thévai〔ˈθive〕(希)
Thévenin〔tevˈnæŋ〕(法)
Thévenot〔tevˈno〕(法)
Theydon Bois〔ˈθedn ˈbɔɪz〕
Thiaki〔ˈθjɑki〕
Thiard〔tjɑr〕(法)
Thiaucourt〔tjoˈkur〕(法)
Thibaud〔tiˈbo〕(法)
Thibaudeau〔tiboˈdo〕(法)
Thibaudet〔tiboˈdɛ〕(法)
Thibault〔tiˈbo〕(法)
Thibaut〔tiˈbo〕(法)
Thibaw〔ˈθibɔ；θɪˈbɔ〕
Thibet〔tɪˈbɛt〕
Thibodaux〔ˌtɪbəˈdo〕蒂博多
Thibodeaux〔ˈtibodo〕
Thibodi〔tɪbəˈdi〕
Thickanetley Bald〔ˌθɪkəˈnɛtlɪ bɔld〕
Thief River Falls〔ˈθif ˈrɪvə ˈfɔls〕
Thiehoff〔ˈtiɑf〕
Thiel〔til〕蒂爾
Thiele〔ˈθil；ˈtilə(德)〕蒂勒
Thielen〔ˈθilən〕
Thielsen〔ˈtilsn〕
Thielt〔tilt〕
Thielmann〔ˈtilmɑn〕
Thiem〔θim〕
Thiemann〔ˈtimən〕
Thieme〔ˈtimə〕蒂姆
Thienes〔ˈθinəs〕
Thiepval〔tjɛpˈval〕(法)
Thierry〔tɪˈɛrɪ；tjɛˈri(法)〕
Thiersch〔ˈtiəʃ〕(德)
Thies〔tis〕
Thiès〔tjɛs〕
Thiess〔tis〕
Thietmar〔ˈtitmɑr〕
Thijm〔taɪm〕(荷)
Thilo〔ˈtilo〕
Thimayya〔tɪˈmaja〕
Thimble〔ˈθɪmbl〕
Thimbu〔ˈθɪmbu〕辛布(不丹)
Thimonnier〔timoˈnje〕(法)
Thingeyri〔ˈθiŋˌgjerɪ〕
Thingvalla〔ˈθiŋˌvɑtlɑ〕(冰)

Thingvellir〔'θiŋg‚vɛtlɪr〕(冰)
Thinis〔'θaɪnɪs〕
Thinite〔'θaɪnaɪt〕
Thinn〔θɪn〕
Thio〔'tio〕
Thiobraid Arann〔'tibrɪ 'ærən〕(愛)
Thiokol〔'θɪə‚kol〕
Thira〔'θira〕
Thirkell〔'θɜkəl〕瑟克爾
Thirl(e)by〔'θɜlbɪ〕瑟爾比
Thirlestane〔'θɪrlsten〕瑟爾斯坦
Thirlmere〔'θɜlmɪr〕
Thirlwall〔'θɜlwɔl〕瑟爾沃爾
Thirsk〔θɜsk〕
Thirza〔'θɜzə〕
This〔θɪs〕
Thisbe〔'θɪzbɪ〕
Thiselton〔'θɪsltən〕
Thiselton-Dyer〔'θɪsltən·'daɪə〕
Thisne〔'θɪzni〕
Thisted〔'tisteð〕(丹)
Thistil〔'θɪstɪl〕
Thistlewood〔'θɪsl‚wʊd〕
Thivai〔'θivɛ〕
Thjórsá〔'θjɔrsaʊ〕(冰)
Thlaro〔'θlaro〕
Thoas〔'θoəs〕
Thoburn〔'θobɜn〕索伯恩
Thoby〔'θobɪ〕索比
Thode〔'θodi〕索德
Thohoyandou〔to‚hɔɪæn'du〕托赫揚度(溫達共和國)
Thok Jalung〔tɔk 'dʒaluŋ〕
Thököly〔'tɜkəlɪ〕(匈)
Tholen〔'tolən〕(荷)
Tholuck〔'toluk〕
Thom〔tam〕湯姆
Thoma〔'toma〕(德)
Thomar〔tu'mar〕
Thomas〔'taməs ; 'tɔmas〕湯瑪斯(Norman Mattoon, 1884-1968, 美國社會主義從政者)
Thomasa〔'taməsə〕
Thomas á Becket〔'taməs ə 'bɛkɪt〕
  湯姆斯阿拜基特(Saint Thomas, 1118?-1170, 英國Canterbury天主教)
Thomas a Kempis〔'taməs ə 'kɛmpɪs〕
  湯瑪斯阿肯披斯(1380-1471, 德國修士及作家)
Thomas Aquinas〔'taməs æk'waɪnæs〕
Thomashefsky〔‚taməˈʃɛfskɪ〕
Thomasin von Zirkläre〔'tomazin fan 'tsɪrklɛrə〕(德)

Thomasine〔'taməsɪn ; ‚tamaˈsinə〕
Thomasius〔toˈmazɪʊs ; -ˈmasɪʊs(德)〕
Thomason〔'taməsn〕
Thomasson〔'taməsn〕托馬森
Thomas Tallis〔'taməs 'tælɪs〕
Thomaston〔'taməstən〕
Thomasville〔'taməsvɪl〕
Thomas Wyatt〔'taməs 'waɪət〕
Thomaz〔tu'maʃ〕(葡); -'mas(巴西)〕
Thomé〔tɔ'me(法); tu'me(葡)〕
Thomism〔'tomɪzəm ; 'θo-〕
Thomist〔'tomɪst〕
Thomond〔'θomənd〕
Thompson〔'tampsn〕湯普生(❶Benjamin, 1753-1814, 英國物理學家與政治家 ❷ Francis, 1859-1907, 英國詩人)
Thompsonville〔'tampsnvɪl〕
Thompstone〔'tampston〕
Thoms〔tamz〕湯姆斯
Thomsen〔'tamsn〕湯姆森
Thomson〔'tamsn〕湯姆生(❶ Sir George Paget, 1892-1975, 英國物理學家 ❷ James, 1700-1748, 蘇格蘭詩人)
Thomyris〔to'maɪrɪs〕
Thon〔θɑn〕索恩
Thonga〔'θɑŋga〕
Thongwa〔'θɑŋ'wa〕
Thonon-les-Bains〔tɔ'nɔŋ·le·'bæŋ〕(法)
Thopas〔'topəs〕
Thor〔θɔr〕【北歐神話】雷神
Thorbecke〔'tɔrbɛkə〕
Thorburn〔'θɔrbən〕索伯恩
Thorborg〔'tur‚bɔrj〕(瑞典)
Thórdarson〔'θɔrdarsən〕
Thoré〔tɔ're〕托雷
Thoreau〔'θɔro〕索洛(Henry David, 1817-1862, 美國作家)
Thorek〔'tɔrɛk〕托雷克
Thorenburg〔'tɔrənbʊrk〕
Thoresby〔'θɔrzbɪ〕
Thoresway〔'θɔrzwe〕
Thorez〔to'rez ; tɔ'rɛz(法)〕
Thorild〔'turɪld〕(瑞典)
Thorkild〔'tʊrkɪl〕(丹)   〔德
Thormodsgard〔θɔr'modzgard〕索莫茲加
Thormodr〔'θɔrmodə〕
Thorn〔tɔrn〕索恩
Thornaby〔'θɔrnəbɪ〕
Thornal〔'θɔrnəl〕
Thornberry〔'θɔrnbərɪ〕索恩伯里
Thornburg〔'θɔrnbəg〕索恩伯格
Thornbury〔'θɔrnbərɪ〕索恩伯里
Thorndike〔'θɔrndaɪk〕桑戴克

Thorndyke〔ˈθɔrndaɪk〕
Thorne〔θɔrn〕索恩   「特
Thorneycroft〔ˈθɔrnɪkrɔft〕桑尼克羅夫
Thornhaugh〔ˈθɔrnhɔ〕
Thornhill〔ˈθɔrnhɪl〕桑希爾
Thorning〔ˈθɔrnɪŋ〕索尼
Thornley〔ˈθɔrnlɪ〕索恩利
Thornthwaite〔ˈθɔrnθwet〕
Thornton〔ˈθɔrntən〕桑頓(William,
  1759-1828, 美國建築家)
Thornton Cleveleys〔ˈθɔrntən ˈklivlɪz〕
Thornville〔ˈθɔrnvɪl〕桑維爾
Thornwell〔ˈθɔrnwɛl〕桑衛爾
Thornycroft〔ˈθɔrnɪkrɔft〕桑尼克羅夫特
Thóroddsen〔ˈθɔradsen; ˈtorɔt·sen
  (冰)〕索羅森
Thorofare Buttes〔ˈθɜrəfɜr ˈbjuts〕
Thorold〔ˈθɑrəld; ˈθʌrəld〕索羅爾德
Thoron〔ˈtɔran〕托倫
Thorowgood〔ˈθʌrəgud〕索羅古德
Thorp(e)〔θɔrp〕索普
Thorr〔θɔr〕
Thorrowgood〔ˈθʌrəgud〕
Thors〔tɔrs〕索爾斯
Thorsager〔ˈtɔrsɑgæ〕
Thorshavn〔tɔrsˈhaun〕托爾斯豪恩(大西
  洋)
Thórshöfn〔ˈθɔrsˌhɔpn〕
Thorstein〔ˈθɔrstaɪn〕索爾斯坦
Thorvald〔ˈtɔrvald; ˈturval (丹)〕
Thorvald Nilsen〔ˈtɔrval ˈnɪlsn〕
Thorvaldsen〔ˈturvalsn〕圖瓦爾生
  (Albert Bertel, 1768-1844, 丹麥雕刻家)
Thorvaldur〔ˈθɔrvaldæ〕
Thorwaldsen〔ˈturvalsn〕(丹)
Thospitis〔θasˈpaɪtɪs〕
Thoth〔θaθ; tot〕【埃及神話】知識與魔法
  之神
Thothmes〔ˈθoθmɛs; ˈtotmɛs〕
Thou〔tu〕(法)
Thouars, Dupetit-〔djupˈti ˈtwar〕(法)
Thoueris〔θojuˈirɪs〕
Thouless〔ˈθauləs〕索利斯
Thousand Islands〔ˈθauznd ～〕千島羣
  島(太平洋)
Thouvenel〔tuvnˈɛl〕
Thoyras〔twaˈrɑs〕
Thrace〔θres〕色雷斯(南歐)
Thracian〔ˈθreʃən〕色雷斯人; 色雷斯語
Thracian Bosporus〔ˈθreʃən ˈbaspərəs〕
Thracica〔ˈθresɪkə〕
Thraetaona〔θriˈteənə〕

Thraki〔ˈθrɑkɪ〕
Thrale〔θrel〕
Thrasher〔ˈθræʃæ〕思拉舍
Thraso〔ˈθreso〕
Thrasyboulos〔θrɑˈsivulɔs〕(希)
Thrasybulus〔ˌθræsɪˈbjuləs〕斯萊西卜拉
  (死於389?B.C., 雅典將軍及政治家)
Thrasyllus〔θæˈsɪləs〕
Thrax〔θræks〕
Thredbare Gentry〔ˈθrɛdbɛr ˈdʒɛntrɪ〕
Threadneedle〔θrɛdˈnidl〕
Three-pile〔ˈθri·paɪl〕
Thresher〔ˈθrɛʃæ〕思雷舍
Threshie〔ˈθrɛʃɪ〕思雷希
Thrift〔θrɪft〕思里夫特
Thring〔θrɪŋ〕思林
Throck〔θrak〕思羅克
Throckmorton〔θrakˈmɔrtn〕思羅克莫頓
Throgmorton〔θragˈmɔrtn〕
Throgs〔θragz〕
Throndhjem〔ˈtrɔnjɛm〕(挪)
Throop〔trup; θrup〕思魯普
Throsby〔ˈθrazbɪ〕思雷斯比
Throtmannia〔θrɑtˈmænɪə〕
Througham〔ˈθrʌfəm〕
Thrower〔ˈθroæ〕思羅爾
Thrums〔ˈθrʌmz〕
Thrym〔θrɪm〕
Thuanus〔θuˈenəs〕
Thuban〔θuˈban〕
Thubden〔ˈtubˈdɛn〕
Thuburbo Majus〔θjuˈbɜrbo ˈmedʒəs〕
Thucydides〔θjuˈsɪdəˌdiz〕修西狄底斯
  (471?-?400 B.C., 希臘歷史學家)
Thugga〔ˈθʌgə〕
Thugs〔θʌgz〕
Thugut〔ˈtugut〕
Thuille〔ˈtvɪlə〕(德)
Thuillier〔ˈtwɪljæ〕特威利爾
Thulden〔ˈtɜldən〕(荷)
Thule〔ˈθjulɪ; ˈtulɪ〕杜里(丹麥)
Thulstrup〔ˈtʌlstrəp〕
Thum〔tum〕
Thuma〔ˈθumə〕蘇馬
Thump〔θʌmp〕
Thun, Lake of〔tun〕土恩湖(瑞士)
Thunberg〔ˈtunbærj〕(瑞典)桑伯格
Thunersee〔ˈtunæze〕
Thur〔tur〕
Thurber〔ˈθɜbæ〕瑟伯爾(James Grover,
  1894-1961, 美國作家及漫畫家)
Thure〔ˈturɛ〕

Thureau-Dangin〔tjʊ'ro·daŋ'ʒæŋ〕(法)

Thuret〔tjʊ'trɛ〕(法)

Thurgau〔'tʊrgaʊ〕土爾高(瑞士)

Thurgovie〔tjʊrgɔ'vi〕

Thuria〔tjuri'ɑ〕

Thurii〔'θjuriaɪ〕

Thüringen〔'tjurɪŋən〕(德)

Thuringer〔'θjurɪndʒɚ〕

Thüringer Saale〔'tjurɪŋɚ 'zalə〕(德)

Thüringer Wald〔'tjurɪŋə ,valt〕

Thuringia〔θjʊ'rɪndʒɪə〕色林吉亞州(德國)

Thuringian Plateau〔θjʊ'rɪndʒɪən ~〕
紹林吉高原(德國)

Thurio〔'θjʊrɪo〕

Thurkell〔'θɝkɪl〕

Thurles〔'θɚləs〕

Thurloe〔'θɝlo〕

Thurlow〔'θɝlo〕瑟洛

Thurman〔'θɝmən〕瑟曼

Thurmayr〔'turmaɪr〕

Thurmond〔'θɝmənd〕瑟蒙德

Thurn〔tɝn；tʊrn(德)〕特恩

Thurneysen〔'tʊr,naɪzən〕

Thurnscoe〔'θɝnsko〕

Thurnwald〔'tʊrnvalt〕

Thurron〔tʊr'ran〕

Thurrock〔'θʌrək〕

Thursby〔'θɝzbɪ〕瑟斯比

Thursday〔'θɝzdɪ〕星期四

Thursfield〔'θɝsfild〕瑟斯菲爾德

Thurso〔'θɝso〕

Thurstan〔'θɝstən〕

Thurston〔'θɝstən〕瑟斯頓

Thury〔tjʊ'ri〕(法)

Thusis〔'tuzɪs〕

Thutmose〔θut'mosə〕

Thwaite〔θwet〕

Thwaites〔θwets〕思衛茨

Thwing〔twɪŋ〕圖英(Charles Franklin,
1853-1937, 美國教育家, 作家及牧師)

Thyamis〔'θaɪmɪs〕

Thyard〔tjar〕(法)

Thyatira〔,θaɪə'taɪrə〕

Thyestes〔θaɪ'ɛstiz〕【希臘神話】塞埃斯
提茲(爲Pelops之子)

Thygeson〔'taɪgəsn〕泰格森

Thyland〔'tjʊlɑn〕(丹)

Thymbra〔'θɪmbrə〕

Thymbrius〔'θɪmbrɪəs〕

Thymus〔'θaɪməs〕

Thynne〔θɪn〕錫恩

Thyra〔'θaɪrə；'tjura(瑞典)〕賽拉

Thyreus〔'θaɪrɪəs〕

Thyrsis〔'θɝsɪs〕

Thyrsus〔'θɝsəs〕

Thyrza〔'θɝzə〕

Thyssen〔'tɪsən〕

Tiahuanaco〔,tjawa'nako〕

Tiahuanacu〔,tjawa'naku〕

Tia Juana〔'tiə 'wanə〕

Tía Juana〔'tiə 'wanə；'tia 'hwana(西)〕

Tiamat〔'tiəmæt〕

Tian Shan〔'tjan 'ʃan〕天山(新疆)

Tiaong〔tja'ɔŋ〕

Tiaret〔tja'rɛ〕(法)

Tiarks〔'tiaks〕

Tiawanako〔,tjawa'nako〕

Tib〔tɪb〕

Tibaldi〔tɪ'baldɪ〕

Tibaldo〔tɪ'baldo〕

Tibbalds〔'tɪbl̩dz〕

Tibbals〔'tɪbl̩z〕

Tibbe(t)ts〔'tɪbɪts〕蒂貝茨

Tibbett〔'tɪbɪt〕蒂貝特

Tibbitts〔'tɪbɪts〕蒂貝茨

Tibbon, ibn-〔,ɪbn·'tɪbbon〕

Tibbs〔tɪbz〕

Tibbus〔'tɪbuz〕

Tibby〔'tɪbɪ〕

Tiber〔'taɪbɚ〕臺伯河(義大利)

Tiberias〔taɪ'bɪrɪæs〕

Tiberio〔taɪ'bɪrɪo；ti'berjo(義)〕

Tiberis〔'taɪbərɪs〕

Tiberius〔taɪ'bɪrɪəs〕臺比留(42 B.C-A.D.
37,全名~Claudius Nero Caesar,羅馬皇帝)

Tibert〔'tɪbɚt〕

Tibesti〔tɪ'bɛstɪ〕提柏斯提山脈(非洲)

Tibet〔tɪ'bɛt〕西藏(中國)

Tibiscus〔tɪ'bɪskəs〕

Tibor〔'taɪbə〕

Tibullus〔tɪ'bʌləs〕狄巴拉斯(Albius,
54?-?18 B.C.,羅馬詩人)

Tibur〔'taɪbə〕

Tiburcio〔tɪ'burθjo〕(西)

Tiburon〔'tɪbəran；tibjʊ'rɔŋ(法)〕

Tiburón〔tivu'rɔn(西)〕

Ticao〔tɪ'kao〕提考(菲律賓)

Tice〔taɪs〕

Ticehurst〔'taɪshɚst〕泰斯赫思特

Tichborne〔'tɪtʃbɔrn〕蒂奇伯恩

Tichenor〔'tɪtʃɪnɚ〕蒂奇納

Tichvinski〔tɪh'vɪnskɪ〕

Tickell〔'tɪkl̩〕蒂克爾

Ticknor〔'tɪknə〕蒂克納

Ticino〔tiˈtʃino〕
Ticinum〔tɪˈsainəm〕
Ticinus〔tɪˈsainəs〕
Tickell〔ˈtɪkl〕蒂克爾
Tickler〔ˈtɪklə〕
Ticknor〔ˈtɪknə〕蒂克納
Ticonderoga〔ˌtaɪkɑndəˈrogə〕
Ticul〔tɪˈkul〕
Tiddim〔ˈtɪdɪm〕提丁（緬甸）
Tidewater〔ˈtaɪdˌwɑtə〕
Tidmore〔ˈtidmɔr〕
Tidore〔tɪˈdɔre〕
Tidworth〔ˈtɪdwəθ〕
Tiebout〔ˈtibo〕
Tieck〔tik〕狄克（Ludwig, 1773-1853，德國作家）
Tiedemann〔ˈtidmən; ˈtidəmɑn（德）〕蒂德曼
Tiedge〔ˈtitgə〕
Tiedjens〔ˈtidʒənz〕
Tieffenbrucker〔ˈtifənˌbrʊkə〕
Tiefland〔ˈtiflɑnt〕
Tiefo〔ˈtjɛfo〕
Tiegs〔ˈtigz〕
Tiehling〔tɪˈɛˈlɪŋ〕
Tieken〔ˈtikən〕
Tiele〔ˈtilə〕
Tie-ling〔ˈtjɛ·ˈliŋ〕鐵嶺（遼寧）
Tiemann〔ˈtimɑn〕
T'ien, Mêng〔ˈmʌŋ tiˈɛn〕（中）
Tien Chao〔tɪˈɛn ˈtʃɑʊ〕（中）
Tien Chih〔tɪˈɛn ˈtʃɪə〕
Tiene〔ˈtjɛnɛ〕
Tienlung Shan〔ˈtjɛnˈlʊŋ ˈʃɑn〕
Tien Shan〔ˈtjɛn ˈʃɑn〕天山（新疆）
Tienshui〔ˈtjɛnˈʃwe〕
Tientsin〔ˈtjɛnˈtsɪn〕天津（河北）
Tien-tsin〔ˈtjɛnˈtsɪn〕
T'ien-wang〔ˈtjɛnˈwɑŋ〕（中）
Tiepolo〔ˈtjɛpolo〕泰波羅（Giovanni Battista, 1696-1770, 義大利畫家）
Tier〔tɪr〕
Tiernan〔ˈtɪənən〕蒂爾南
Tierney〔ˈtɪənɪ〕蒂爾尼
Tierra Amarilla〔tɪˈɛrə ˌæməˈrɪlə〕
Tierra Blanca〔tɪˈɛrə ˈblæŋkə〕
Tierra Bomba〔tɪˈɛrə ˈbɑmbə〕
Tierra del Fuego〔tɪˈɛrə dɛl fuˈego; ˈtjɛrə dɛl ˈfwego〕火地群島（南美）
Tietê〔tjəˈte〕（葡）
Tietjens〔ˈtidʒəns; ˈtitjəns（匈）〕蒂金斯

Tieton〔ˈtaɪɛtn〕
Tietze〔ˈtitsə〕
Tifata〔tiˈfɑtɑ〕
Tifernum Tiberinum〔tɪˈfɜnəm ˌtɪbə-ˈraməm〕
Tiffany〔ˈtɪfənɪ〕蒂法尼
Tiffin〔ˈtɪfɪn〕蒂芬
Tiffney〔ˈtɪfnɪ〕
Tifft〔ˈtɪft〕蒂夫特
Tiflis〔ˈtɪflɪs〕提弗利司（蘇聯）
Tift〔tɪft〕
Tifton〔ˈtɪftən〕
Tigara〔ˈtɪgərə〕
Tigbauan〔tɪgˈbawan〕
Tigellinus〔ˌtɪdʒəˈlaɪnəs〕
Tiger〔ˈtaɪgə〕泰格爾（安哥拉）
Tigert〔ˈtaɪgət〕泰格特
Tighe〔taɪ〕泰伊
Tighina〔tɪˈginɑ〕
Tighlath-pileser III〔ˈtɪglæθ·paɪˈlizə〕狄格拉派 立茲三世（?-727 B.C., 亞述國王）
Tigranes〔taɪˈgreniz〕
Tigranocerta〔taɪˌgrenəˈsɜtə〕
Tigre〔ˈtigre〕
Tigré〔tɪˈgre; ˈtɪgre〕
Tigris〔ˈtaɪgrɪs〕底格里斯河（西亞）
Tigua〔ˈtigwɑ〕
Tigurini〔ˌtɪgjʊˈraɪnaɪ〕
Tigurium〔tɪˈgjurɪəm〕
Tihama〔tɪˈhæmə〕
Tihua〔ˈdiˈhwɑ〕（中）
Tihwa〔ˈdiˈhwɑ〕廸化（新疆）
Tii〔tiˈ〕
Ti'i〔ˈtii〕
Tijuna〔tɪˈhwɑnɑ〕（西）
Tijuca〔tɪˈʒukə〕
Tijucas〔tɪˈʒukəs〕
Tikal〔tɪˈkɑl〕
Tikamthi〔tɪˈkɑmθɪ〕
Tikhon〔ˈtjihɔn〕（俄）
Tikhonov〔ˈtjihʌnɔf〕（俄）
Tikhonovich〔tɪˈtjihʌnɔvjitʃ〕（俄）
Tikhoretsk〔ˌtɪkəˈrɛtsk; tjihʌˈrjɛtsk（俄）〕
Tikhvinka〔ˈtjihvjɪnkə〕（俄）
Tiki〔ˈtiki〕
Tikopia〔tɪˈkopɪə〕
Tilburg〔ˈtɪlbəg; -bəh〕提爾堡（荷蘭）
Tilda〔ˈtɪldə〕蒂爾達
Tilden〔ˈtɪldɪn〕狄爾登（Samuel Jones, 1814-1886, 美國律師及政治家）
Tilea〔tiˈleɑ〕

Tilehurst〔'taɪlhəst〕
Tilford〔'tɪlfəd〕蒂爾福德
Tilgath - pilneser〔'tɪlgæθ·pɪl'nizə〕
Tilghman〔'tɪlmən〕蒂爾曼
Tilgner〔'tɪlgnə〕
Tiliaventus〔,tɪlɪə'ventəs〕
Till〔tɪl〕蒂爾
Tillamook〔'tɪləmuk〕
Till Björneborg〔tɪl ,bjənə'bɔrj〕(挪)
Tillemont〔tij'mɔŋ〕(法)
Tiller〔'tɪlə〕蒂勒
Tillery〔'tɪlərɪ〕
Tillett〔'tɪlɪt〕蒂利特
Till Eulenspiegel〔tɪl 'ɔɪlənʃpigəl〕
Tilley〔'tɪlɪ〕蒂利
Tillich〔'tɪlɪh〕(德)
Tillie〔'tɪlɪ〕蒂莉
Tillier〔ti'lje〕(法)
Tilling〔'tɪlɪŋ〕
Tillinghast〔'tɪlɪŋhæst〕蒂林哈斯特
Tillman〔'tɪlmən; 'tɪlman〕(德)
Tillo〔'tjɪllɔ〕(俄)
Tilloch〔'tɪlɔh〕蒂洛赫
Tillotson〔'tɪlət·sn〕蒂洛森
Tillyard〔'tɪljard〕蒂利亞德
Tillsonburg〔'tɪlsn̩bəg〕
Tilly〔'tɪlɪ; ti'ji (法)〕蒂莉
Tilly Slowboy〔'tɪlɪ 'slobɔɪ〕
Tilman〔'tɪlmən〕蒂爾曼
Tilney〔'tɪlnɪ〕蒂爾尼
Tilneys〔'tɪlnɪz〕
Tilos〔'tilɔs〕
Tilpin〔'tɪlpɪn; til'pæŋ(法)〕
Tilsit〔'tɪlzɪt〕
Tilsley〔'tɪlzlɪ〕蒂爾斯利
Tilston(e)〔'tɪlstən〕蒂爾斯頓
Tiltill〔'tɪltɪl〕
Tiltman〔'tɪltmən〕蒂爾特曼
Tilton〔'tɪltn̩〕蒂爾頓
Tiltonsville〔'tɪltn̩zvɪl〕
Tiltonville〔'tɪltn̩vɪl〕
Tim〔tɪm〕蒂姆
Timaeus〔taɪ'miəs〕
Timagami〔tɪ'magəmɪ〕
Timagenes〔tɪ'mædʒəniz〕
Timan〔tɪ'mæn; tjɪ'man(俄)〕
Timandra〔tɪ'mændrə〕
Timannee〔'tɪmənɪ〕
Timanthes〔tɪ'mænθiz〕
Timarchus〔tɪ'markəs〕
Timaru〔'tɪməru〕
Timbal〔'tɪmbəl〕

Timbalier〔'tæmbə,lje〕
Timber〔'tɪmbə〕
Timberman〔'tɪmbəmən〕廷伯曼
Timbers〔'tɪmbəz〕廷伯斯
Timberwolf〔'tɪmbə,wʊlf〕
Timbira〔'tɪmbrɪə; tɪm'birə〕
Timbuctoo〔,tɪmbʌk'tu〕
Timbuktu〔tɪm'bʌktu; ,tɪmbʌk'tu〕帝巴度(馬利)
Timby〔'tɪmbɪ〕廷比
Tim Cratchit〔tɪm 'krætʃɪt〕
Times〔taɪmz〕英國泰晤士報
Timesitheus〔,taɪmɪ'sɪθɪəs〕
Timgad〔tɪm'gæd〕
Timias〔'tɪmɪəs〕
Timiş〔'timɪʃ〕(羅)
Timiskaming〔tɪ'mɪskəmɪŋ〕
Timişoara〔,timɪ'ʃwara〕提密索拉(羅馬尼亞)
Timken〔'tɪmkən〕蒂姆肯
Tim Linkinwater〔tɪm 'lɪŋkɪnwatə〕
Timm〔tɪm〕蒂姆
Timmermans〔'tɪməmans〕
Timmins〔'tɪmɪnz〕蒂明斯
Timmonsville〔'tɪmənzvɪl〕
Timne〔'tɪmni〕
Timnite〔'tɪmnaɪt〕
Ti,Mo〔'mɔ 'di〕(中)
Timocrate〔timɔ'krat〕(法)
Timofeev〔,tjɪmʌ'fjejəf〕(俄)
Timofeevich〔,tjɪmʌ'fjejɪvjɪtʃ〕(俄)
Timofeyevich〔,tjɪmʌ'fejɪ,vjɪtʃ〕(俄)
Timok〔'timək〕
Timoleon〔tɪ'molɪən〕
Timoléon〔timɔle'ɔŋ〕(法)
Timomachus〔tɪ'maməkəs〕
Timon〔'taɪmən〕戴蒙(希臘哲學家，320-230 B.C.)
Timone〔ti'mone〕
Timonium〔tɪ'monɪəm〕
Timor〔'ti,mɔr〕帝汶(印尼)
Timorlaoet〔'timɔr,laʊt〕
Timoshenko〔,timə'ʃenko; tjɪmʌ'ʃenkə(俄)〕鐵木辛哥
Timotakem〔tɪmutə'keɪŋ〕(葡)
Timote〔tɪ'mote〕
Timoteo〔ti'mɔteo〕
Timothée〔timɔ'te〕(法)
Timotheus〔tɪ'moθjəs〕
Timothy〔'tɪməθɪ〕【聖經】❶提摩太(聖保羅之弟子)❷提摩太書
Timothy Tickler〔'tɪməθɪ 'tɪklə〕

Timour〔tɪ'mʊr〕
Timpahute〔'tɪmpə,jut〕
Timpanogos〔,tɪmpə'nogəs〕
Timpson〔'tɪmpsṇ〕
Timrod〔'tɪmrɑd〕
Timsah〔tɪm'sæh〕
Timson〔'tɪmsṇ〕蒂姆森
Timucua〔ti'mukwɑ〕
Timur〔tɪ'mʊr〕
Timur Bey〔tɪ'mʊr 'be〕
Timur-Leng〔tɪ'mʊr·'lɛŋk〕
Timur Shah〔ti'mʊr 'ʃɑ〕
Tin〔tɪn〕
Tina〔'tinə ; 'tinɑ (德、西)〕婷娜
Tinaca〔tɪ'nɑkɑ〕
Tinaga〔,tinɑ'gɑ〕
Tinakula〔,tinə'kulə〕
Tinavelly〔,tinə'vɛlɪ〕
Tinayre〔ti'ner〕(法)
Tinbergen〔'tɪnberhən〕(荷)
Tin Can〔'tɪn ,kæn〕
Tinchebray〔tænʃ'bre〕(法)
Tinctoris〔tɪnk'tɔrɪs〕
Tindal(e)〔'tɪndl̩〕廷德爾
Tindall〔'tɪndl̩〕廷德爾
Tindaro〔'tindaro〕
Tineh〔tɪ'ne〕
Tinel〔ti'nɛl〕
Tineman〔'taɪnmən〕
Tineo〔ti'neo〕
Ting〔tɪŋ〕丁肇中(Samuel Chao Chung,
    1936-,美籍華裔物理學家)
Tingchow〔'tɪŋ'dʒo〕(中)
Tingey〔'tɪŋgɪ〕廷吉
Tinggi〔'tɪŋgɪ〕
Tinggian〔,tɪŋgi'ɑn〕
Tinghai〔'dɪŋ'hai〕(中)
Tingis〔'tɪndʒɪs〕
Tingle〔'tɪŋgl̩〕廷格爾
Tingley〔'tɪŋlɪ〕廷利
Tinguian〔,tɪŋgi'ɑn〕
Tinguiririca〔,tɪŋgɪrɪ'rikɑ〕
Tinhare〔tɪn'jarə〕
Tinia〔'tɪnɪə〕
Tinian〔tɪnɪ'æn ; tinɪ'ɑn〕
Tinicum〔'tɪnɪkəm〕
Tinirau〔ti'nirɑu〕
Tinker〔'tɪŋkɚ〕廷克
Tinkle〔'tɪŋkl̩〕
Tinley Park〔'tɪnlɪ 'pɑrk〕
Tinné〔'tɪnə〕(荷)
Tinne〔'tɪnɪ〕

Tinnelly〔'tɪnɪlɪ〕
Tinnevelly〔tɪ'nevəlɪ ; ,tɪnɪ'vɛlɪ〕
Tinney〔'tɪnɪ〕廷尼
Tin Pan Alley〔'tɪn pæn 'ælɪ〕
Tino(s)〔'tinɔs〕
Tinseau〔tæn'so〕(法)
Tintagel Head〔tɪn'tædʒəl ～〕廷塔哲岬
Tintern〔'tɪntən〕
Tinto〔'tɪnto ; 'tinto〕丁托(西班牙)
Tintoretta,La〔lɑ ,tinto'rettɑ〕
Tintoretto〔,tɪntə'reto〕丁都萊多(Il,
    1518-1594,義大利畫家)
Tinville,Fouquier-〔fuk'kje·tæn'vil〕(法)
Tioga〔taɪ'ogə〕
Tioman〔'tjumɑn〕
Tionesta〔,taɪə'nestə〕
Tionontati〔,tiɑnɑn'tati〕
Tiop〔'tiɑp〕
Tioro〔tɪ'oro〕
Tip〔tɪp〕蒂普
Tipao〔tɪ'pao〕
Tiphsah〔'tɪfsə〕
Tipitaka〔,tɪpɪ'tɑkə〕
Tipitapa〔,tipɪ'tɑpɑ〕
Tipkin〔'tɪpkɪn〕
Tiplady〔'tɪp,ledɪ〕蒂普萊迪
Tipoo Tib〔'tipu tɪb〕
Tipoo Tip〔'tipu tɪp〕
Tipp〔tɪp〕
Tippah〔'tɪpə〕
Tippecanoe〔,tɪpɪkə'nu〕
Tippell〔'tɪpəl〕
Tippera〔'tɪpərɑ〕   「蘭〕
Tipperary〔,tɪpə'rɛrɪ〕提派累立郡(愛爾
Tippermuir〔'tɪpəmjur〕
Tippet(t)〔'tɪpɪt〕蒂皮特
Tippetts〔'tɪpɪts〕蒂皮茨
Tippit〔'tɪpɪt〕
Tippoo Sahib〔'tipu 'sɑhɪb〕
Tippoo Tib〔'tipu 'tɪb〕
Tippoo Tip〔'tipu 'tɪp〕
Tippy〔'tɪpɪ〕蒂皮
Tiptoft〔'tɪptɑft〕蒂普托夫特
Tipton〔'tɪptən〕蒂普頓
Tiptonville〔'tɪptənvɪl〕
Tipuani〔tip'wani〕
Tipu Sahib〔'tipu 'sɑhɪb〕
Tira〔tɪ'ræ〕
Tirabeque〔,tirɑ'beke〕
Tiraboschi〔,tirɑ'bɔskɪ〕
Tirach Mir〔'tirɑtʃ 'mɪr〕
Tirah〔'tirɑ〕

Tiran〔ti'ran〕

Tirana〔tɪ'ranə〕地拉那（阿爾巴尼亞）

Tiranë〔tɪ'ranə〕

Tirano〔tɪ'rano〕

Tirard〔ti'rar〕（法）

Tiraspol〔tɪ'ræspəl ; tjɪ'raspəlj（俄）〕

Tirconaill〔,tɪrkə'nal〕（愛）

Tirebuck〔'taɪrbʌk〕

Tiree〔taɪ'ri〕

Tir Eoghain〔tɪr 'oɪn〕（愛）

Tiresias〔taɪ'risɪæs ; -'rɛs-; -sɪəs; -sjəs〕

Tirhakah〔tɪr'hekə ; 'taɪrhəkə〕

Tirhut〔'tɪrhʊt〕

Tirich Mir〔'tɪrɪtʃ 'mɪr〕提利契米峯（巴基斯坦）

Tiridates〔,tɪrə'detiz〕

Tiriki〔ti'riki〕

Tirkusny〔tɪr'kʊʃnɪ〕

Tiro〔'taɪro〕

Tirocinium〔,taɪrə'sɪnɪəm〕

Tirol〔'tɪral ; tɪ'rol〕

Tirolo〔tɪ'rɔlo〕

Tirol - Vorarlberg〔tɪ'rol·'fɔ'rarlbɛrk〕（德）

Tiros〔'taɪros〕【美】用電視轉播地球雲層的一系列人造衛星之一

Tirpitz〔'tɪrpɪts〕

Tirso〔'tɪrso〕

Tirso de Molina〔'tirso ðe mo'lina〕狄爾索（1571?-1648,西班牙劇作家）

Tiruchirapalli〔tɪ,rʊtʃɪ'rapəlɪ〕提普其拉巴利（印度）

Tiruvalluvar〔,tɪrʊ'vʌlʊvɚ〕（印）

Tiryns〔'taɪrɪnz〕

Tirzah〔'tɝzə〕

Tisa〔'tisa〕

Tisbury〔'tɪzbɛrɪ〕

Tischbein〔'tɪʃbaɪn〕

Tischendorf〔'tɪʃən,dɔrf〕

Tisdale〔'tɪzdl〕蒂斯代爾

Tisdall〔'tɪzdl〕蒂斯代爾

Tisclius〔ti'selɪʊs〕狄西樂（Arne Wilhelm Kaurin, 1902-1971, 瑞典生物化學家）

Tishah b'Ab〔'tɪʃa bɔb; -bəb〕（希伯來）

Tishbi〔'tɪʃbi〕

Tishbite〔'tɪʃbaɪt〕

Tishler〔'tɪʃlə〕

Tishman〔'tɪʃmən〕

Tishomingo〔,tɪʃo'mɪŋgo〕

Tishri〔'tɪʃrɪ〕

Tisi〔'tizi〕

Tisia〔'tɪʒɪə〕

Tisick〔'tɪzɪk〕

Tisio〔'tizjo〕

Tisiphone〔tɪ'sɪfənɪ〕

Tisquantum〔tɪs'kwantəm〕

Tiso〔'tjɪso〕

Tissa〔'tjisə〕（俄）

Tissandier〔tisaŋ'dje〕（法）

Tissaphernes〔,tɪsə'fɝniz〕

Tisserand〔tis'raŋ〕（法）

Tissot〔ti'so〕狄索（Jame Joseph Jacques, 1836-1902, 法國畫家及雕刻家）

Tissus〔'tɪsəs〕

Tista〔'tɪsta〕

Tisted〔'tɪstəð〕（丹）

Tistedalselv〔'tɪstədal,sɛlv〕

Tisza〔'tɪsa〕提蘇河（歐洲）

Titagarh〔tɪ'tagə〕

Titan〔'taɪtŋ〕❶【希臘神話】泰坦（巨人）❷太陽神

Titaness〔'taɪtənɪs〕

Titanic〔taɪ'tænɪk〕

Titano〔tɪ'tano〕

Titanomachy〔,taɪtə'nɑməkɪ〕

Tit-Bits〔'tɪt·bɪts〕

Titchener〔'tɪtʃənə〕

Titchfield〔'tɪtʃfild〕

Titcomb〔'tɪtkəm〕

Tite〔taɪt〕泰特

Tithonus〔tɪ'θonəs〕

Titian〔'tɪʃən〕提申（1477-1576,本名 Tiziano Vecelli(o), 義大利畫家）

Titicaca〔,tɪtɪ'kakə〕提提喀喀湖（南美）

Titiens〔'tɪtjəns〕

Titinius〔tɪ'tɪnɪəs〕

Titius〔'tɪʃɪəs〕

Titl〔'titl〕

Titlis〔'tɪtlɪs〕

Titmarsh〔'tɪtmɑrʃ〕

Titmouse〔'tɪtmaʊs〕

Tito〔'tito〕狄托（Josip Broz, 1892-1980, 南斯拉夫總理）

Titshall〔'tɪtsəl〕

Titsworth〔'tɪtswɚθ〕蒂茨沃思

Titta〔'titta〕

Tittabawassee〔,tɪtəbə'wɔsɪ〕

Tittoni〔tɪt'toni〕（義）

Titulescu〔,titu'lɛsku〕

Titurel〔'tɪtjʊrɛl〕

Titus〔'taɪtəs〕臺塔斯（40?-81,全名～ Flavius Sabinus Vespasianus, 羅馬皇帝）

Titus Andronicus〔'taɪtəs æn'dranɪkəs〕

Titus Lartius〔'taɪtəs 'larʃəs〕
Titus Livius〔'taɪtəs 'lɪvɪəs〕
Titus Lucretius Carus〔'taɪtəs lu'kriʃəs 'kerəs〕
Titus Quin(c)tius〔'taɪtəs 'kwɪnʃəs〕
Titusville〔'taɪtəsvɪl〕
Titusz〔'tɪtʊʃ〕(匈)
Tityre-tu〔'tɪtɪre·tju〕(拉丁)
Tityrus〔'tɪtɪrəs〕
Tityus〔'tɪtɪəs〕
Tiu〔'tiu〕【日耳曼神話】戰神及天空之神
Tiumen〔tju'mɛn〕
Tiumpan Head〔'tjumpan〕
Tiv〔tiv〕
Tivadar〔'tɪvadɔr〕(匈)
Tiverton〔'tɪvɚtn〕蒂弗頓
Tivoli〔'tɪvəlɪ ; 'tivolɪ〕(義)〕提沃利(義大利)
Tivy〔'taɪvɪ〕
Tiw〔'tiu〕
Tiwa〔'tiwə〕
Tixtla〔'tistla〕
Tiy〔ti〕
Tizapán〔tisa'pan〕(拉丁美)
Tizard〔'tɪzɚd〕蒂澤德
Tiziano〔tɪ'tsjano〕
Tizimín〔,tisi'min〕
Tizi-n-Tamjurt〔'tɪzɪ·n·tæm'dʒʊrt〕
Tizi-Ouzou〔tizi·u'zu〕
Tizona〔ti'θona〕(西)
Tjandi〔'tʃandi〕
Tjarda van Starkenborgh Stachower〔'tʃarda van 'starkənbɔrh 'stahauwɚ〕(荷)
Tjareme〔tʃa'reme〕
Tjepoe〔tʃə'pu〕
Tjiandjoer〔tʃɪ'andʒʊr〕
Tjikoeraj〔tʃɪ'kure〕
Tjilatjap〔tʃɪ'latʃap〕芝拉札(印尼)
Tjiliwong〔'tʃɪliwɔŋ〕
Tjimba〔'tʃimba〕
Tlacopán〔,tlako'pan〕
Tlaloc〔'tlalɔk〕
Tlalpam〔tlal'pan〕
Tlalpán〔tlal'pan〕
Tlapi〔'tlapi〕
Tlaquepaque〔,tlake'pake〕
Tlaxcala〔tlas'kala〕
Tlaxcaltec〔tlas'kaltek〕
Tlemcen〔tlɛm'sɛn〕
Tlemsen〔tlɛm'sɛn〕
Tlahaping〔'tlapɪŋ〕

Tlharo〔'tlaro〕
Tlingit〔'tlɪŋgɪt〕
Tlinkit〔'tlɪŋkɪt〕
Tlokwa〔'tlokwa〕
Tmolus〔'tmoləs〕
Tmu〔tmu〕
To〔to〕
Toala〔to'alə〕
Toano〔'toəno〕
Toba〔'tobə ; 'toba〕妥壩(西藏)
Tobago〔tə'bego〕托貝哥島(千里達)
Tobani〔to'banɪ〕
To-Bedawie〔'to·'bɛdəwɪ〕
Tobey〔'tobɪ〕托比
Tobiah〔to'baɪə〕托拜爾
Tobias〔tə'baɪəs ; to'bias(荷、德); tʊ'bias(瑞典)〕
Tobie〔'tobɪ〕托比
Tobikhar〔,tobɪk'har〕
Tobin〔'tobɪn〕托賓(Maurice Joseph, 1901-, 美國從政者)
Tobit〔'tobɪt〕
Tobler〔'toblɚ〕托布勒
Tobol〔to'bɔl〕托包河(蘇聯)
Tobolsk〔tə'balsk ; tʌ'bɔljsk(俄)〕
Toboso〔tə'bozo ; to'voso(西)〕
Tobruch〔to'brʊk〕
Tobruk〔to'brʊk〕土卜魯克(利比亞)
Toby〔'tobɪ〕托比
Toby Belch〔'tobɪ 'bɛltʃ〕
Toby Tallyho〔'tobɪ tælɪ'ho〕
Toby Veck〔'tobɪ 'vɛk〕   「西〕
Tocantins〔,tokæŋn'tiŋs〕托肯丁斯江(巴
Toccoa〔tə'koə〕
Toce〔'totʃe〕
Toch〔tak〕
Tocher〔'tahɚ〕托赫爾
Tochi〔'totʃɪ〕
Tocón〔to'kon〕
Tocora〔to'kora〕
Tocornal〔tokɔr'nal〕
Tocorpuri〔,tokɔr'purɪ〕
Tocqueville〔'takvɪl ; tɔk'vil(法)〕托克威爾(Alexis Charles Henri Maurice Clérel de, 1805-1859, 法國政治家及作家)
Tod〔tad〕托德
Toda〔'todə〕
Todar Mall〔'todɚ 'mʌl〕(印)
Todd〔tad〕陶德(●David, 1855-1939, 美國天文學家❷Sir Alexander Robertus, 1907-, 英國化學家)
Todhunter〔'tadhʌntɚ〕托德亨特

Tödi〔'tɜdɪ〕
Todi, da〔de 'tɔdɪ〕
Todleben〔'tɔtljɪbjʊn〕(俄)
Todman〔'tɑdmən〕托德曼
Todmorden〔'tɑd͵mɔrdn;'tɑdmʌdn〕
Todos los Santos〔'toðoz los 'sɑntos〕(西)
Todos os Santos〔'toðuzu 'sʌntus〕(巴西)
Todt〔tot〕托特(Fritz, 1891-1942, 德國軍事工程師)
Toe Head〔to〕
Toeban〔'tuban〕
Toekangbesi〔͵tukaŋ'besɪ〕
Toeloengagoeng〔'tulʊŋ'agʊŋ〕
Toepler〔'tɜplə〕(德)
Tofail, ibn-〔͵ɪbn·tʊ'faɪl〕
Toft(e)〔taft〕托夫特
Tofua〔to'fuə〕
Toga〔'taŋgə;'tɔŋa〕
Toggenburg〔'tɔɡəbʊrk〕
Togian〔'togɪɑn〕
Togliatti〔tol'jɑttɪ〕(義)
Togo〔'togo〕多哥(西非)
Togoland〔'togo͵lænd〕多哥蘭(非洲)
Togril Beg〔to'grɪl bɛg〕
Togrul Beg〔to'grul bɛg〕
Tohopeka〔'toho'pikə〕
Tohopekaliga〔tə'hopkə͵laɪgə〕
Toigo〔to'igo〕
Toinette〔twa'nɛt〕(法)
Toirdhealbhach〔'θɜlɛh〕(愛)
Toit〔tɔɪt〕
Toiyabe〔'tɔɪ'jabɪ〕
Tokaj〔'tokɔɪ〕(匈)
Tokar〔to'kar〕托卡爾(蘇丹)
Tokat〔to'kat〕
Tokay〔to'ke〕美國加州產之白葡萄酒
Tokelau〔͵tokə'lau〕托克勞群島(紐西蘭)
Tokewanna〔͵tokə'wɑnə〕
Tokharian〔tɑ'karɪən〕
Toklas〔'taklɔs〕
Tokley〔'toklɪ〕
Tokmak〔tɔk'mɑk〕
Tököli〔'tɜkɜlɪ〕
Tököly(i)〔'tɜkɜlj(ɪ)〕(匈)
Tokoror〔͵toko'roə〕常呂(日本)
Tokyo〔'tokɪ͵o〕東京(日本)
Tol〔tol〕
Tol'able David〔'taləbl 'devɪd〕
Tolago〔to'lago〕
Toland〔'tolənd〕托蘭

Tolani〔to'lɑnɪ〕
Tolbert〔'talbɛt〕托爾伯特
Tolbooth〔'tolbuð〕
Tolbukhin〔tɔl'buhɪn〕(保)
Toldt〔talt〕
Toldy〔'toldɪ〕
Toledano〔toli'dɑno〕
Toledo〔tɑ'ledo;təl-;to'leðo;tə'lido〕托利多(西班牙)　　　　　「(西)
Toledo, Montes de〔'mɔntez ðe to'leðo〕
Tolentino〔͵talɛn'tino;tolɛn'tino(義);tulɛŋ'tinu(葡)〕
Tolentinum〔͵talɛn'taɪnəm〕
Toletum〔tə'litəm〕
Toliganj〔'talɪgəndʒ〕
Tolima〔to'limə;to'lima(西)〕
Tolischus〔tə'lɪʃəs〕
Tölk〔tɜlk〕
Tolkien〔'talkin〕托爾金
Toll〔tɔl(瑞典);tol(俄)〕托爾
Tollady〔'talədɪ〕
Tollan〔'tollɑn〕
Tolle〔tol〕
Tollemache〔'talmæʃ〕托爾馬什
Tollendal〔'talɑŋ'dal〕(法)
Tollens〔'tɔlens〕
Toller〔'talə〕托勒
Tolles〔tolz〕托爾斯
Tollesbury〔'tolzbərɪ〕
Tolleson〔'taləsn〕
Tollett〔'tolɪt〕托特利
Tolley〔'tolɪ〕托利
Tollman〔'tolmən〕
Tolly〔'tɔljɪ〕
Tolly, Barclay de〔bɑr'klaɪ də 'tɔljɪ〕(俄)
Tollygunge〔'talɪgəndʒ〕
Tolman〔'tolmən〕托爾曼
Tolmé〔tɔl'me〕
Tolmein〔'tɔlmaɪn〕
Tolmeta〔tal'metə〕
Tolnau〔'tɔlnau〕
Tolo〔'tolo〕
Tolomei〔͵tola'me〕
Tolosa〔tə'losə;to'losa(西)〕
Tolowa〔tə'lowə〕
Tolson〔'tolsn〕托爾森
Tolstoi〔tals'tɔɪ;tʌls'tɔɪ(俄)〕
Tolstoy〔'talstɔɪ〕托爾斯泰(Count Lev Nikolaevich, 1828-1910, 俄國小說家、哲學家及神秘主義者)
Toltec〔'taltɛk〕

Tolu〔to'lu ; tə'lju〕

Toluca〔tə'luka ; to'luka (西)〕   「西〕

Toluca de Lerdo〔to'luka ðe 'lɛrðo〕(

Tolun〔'dolʊn〕(蒙古)

Tom〔tam〕湯姆

Tomajan〔'tamədʒən〕

Tom, Dick, and Harry〔'tam‧,dık‧ŋ‧ 'hærı〕張三李四 (常含輕蔑意味)

Toma〔'toma ; 'tama〕(羅)

Tomacelli〔,toma'tʃɛllı〕(義)

Tomah〔'tomə〕

Tomahawk〔'taməhɔk〕

Tomahu〔to'mahu〕

Tomales〔tə'malıs〕

Tom a Lincoln〔'tam ə 'lıŋkən〕

Tomanivi〔,tamə'nivı〕

Tomarus〔to'mɛrəs〕

Tomas〔to'mas〕(西) 托馬斯

Tomáš〔'tomaʃ〕(捷)

Tomasaki〔,tamə'sakı〕

Tomaschek〔'tomaʃɛk〕

Tomaschow〔'tomaʃo〕

Tomashek〔'tomaʃɛk〕

Tomashevich〔to'maʃəvıtʃ〕

Tomashevsky〔,tama'ʃɛfskı〕

Tomašić〔'toma,ʃitʃ〕(塞克)

Tomasz〔'tɔmaʃ〕(波)

Tomaszów Mazowiecki〔tɔ'maʃuf ,mazɔ'vjetskı〕(波)

Tomaz〔tu'maʃ (葡); - 'mas (巴西)〕

Tombaugh〔'tambɔ〕湯博

Tombigbee〔tam'bıgbı〕

Tombigby〔tam'bıgbı〕

Tombo〔'tambo〕

Tombouctou〔tɔŋbuk'tu〕

Tombs〔tumz〕圖姆斯

Tombstone〔'tumston〕

Tom Collins〔'tam 'kalınz〕

Tomelloso〔,tome'ljoso〕

Tomelty〔'tamɛltı〕

Tomes〔tomz〕托姆斯

Tom Green〔'tam 'grin〕

Tomi〔'tomaı〕

Tomini〔to'minı〕

Tomintoul〔,tamın'taʊl〕

Tom Jones〔'tam 'dʒonz〕

Tomkins〔'tampkınz〕湯姆金斯

Tomkis〔'tamkıs〕湯姆基斯

Tomkyns〔'tamkınz〕

Tomkys〔'tamkıs〕

Tomlinson〔'tamlınsn〕陶姆林遜 (Henry Major, 1873-1958, 英國小說家及隨筆作家)

Tomlishorn〔'tamlıshɔrn〕

Tommaseo〔,tomma'zeo〕

Tommasini〔,tomma'zini〕托瑪西尼 (Vicenzo, 1880-1950, 義大利作曲家)

Tommaso Parentucelli〔tom'mazo parentʊ'tʃɛllı〕(義)

Tommy〔'tamı〕湯米

Tommy Atkins〔'tamı 'ætkınz〕❶英國 兵 ❷【英】任何組織或機構的基層人員

Tomo〔'tomo〕

Tomonaga〔,tomə'nagə〕朝永 振一郎 (Shinichiro, 1906-1979, 日本物理學家)

Tömös〔'tɜmɛʃ〕(匈)

Tompion〔'tampjən〕湯皮恩

Tompkins〔'tampkınz〕湯普金斯

Tompkinsville〔'tampkınzvıl〕

Tom Quad〔'tam 'kwad〕

Toms〔tamz〕湯姆斯

Tom Sawyer〔'tam 'sɔjə〕

Tomsk〔tamsk〕托木斯克 (蘇聯)

Tomski〔'tamskı ; 'tɔmskıɪ (俄)〕

Tom Swift〔'tam 'swıft〕

Tom Thumb〔'tam 'θʌm〕❶大姆指 (民間故事中極矮小的主人翁) ❷任何矮小之人或物

Tom Tower〔'tam 'taʊə〕

Tom Tyler〔'tam 'taılə〕

Tomyris〔'tamırıs〕

Tonalá〔,tona'la〕

Tonalamatl〔,tonala'matl〕

Tonale〔to'nale〕

Tonantzin〔to'nantsın〕

Tonatiuh〔,tona'tiu〕

Tonawanda〔,tanə'wandə〕

Tonbridge〔'tʌnbrıdʒ〕湯布里奇

Tønder〔'tɜndə〕(丹)

Tondorf〔'tandɔrf〕湯多夫

Tone〔ton〕托恩 ((Theobald) Wolfe, 1763-1798, 愛爾蘭革命家)

Toner〔'tonə〕托納

Tonetti〔to'netı〕

Toney〔'tonı〕

Tong〔taŋ〕

Tonga〔'taŋgə〕東加王國 (西南太平洋)

Tonga Islands〔'taŋgə ～〕東加羣島 (東加王國)

Tongan〔'taŋgən〕

Tongareva〔,taŋgə'rɛvə ; ,tɔŋa'reva〕湯加雷伐 (太平洋)

Tongariro〔,taŋgə'riro〕

Tongatabu〔,taŋgə'tabu〕

Tonge〔tandʒ〕湯奇

Tongking〔'taŋ'kıŋ〕東京 (越南)

Tongquil〔tɔŋˈkil〕

Tongres〔ˈtɔŋgə〕（法）

Tongue〔tʌŋ〕

Toni〔ˈtɔnɪ；ˈtoni〕

Tonika〔ˈtanɪkə〕

Tönisson〔ˈtonɪssɔn〕（愛沙）

Tonk〔tɔŋk〕

Tonkawa〔ˈtaŋkəwɑ〕

Tonke〔ˈtoŋke〕

Tonkin〔ˈtaŋˈkɪn〕湯金

Tonks〔taŋks〕湯克斯

Tonkunst〔ˈtonkunst〕

Tonle Sap〔ˈtanle ˈsæp〕金邊湖（高棉）

Tonna〔ˈtanə〕

Tonnante〔tɔˈnant〕

Tonnelat〔tɔnəˈla〕（法）

Tonnelier〔tɔnəˈlje〕（法）

Tönnies〔ˈtɛnis〕（德）

Tono-Bungay〔ˈtono-ˈbʌŋge〕

Tonolai〔ˈtonolai〕

Tonopah〔ˈtonopɑ〕

Tonson〔ˈtansən〕湯森

Tonstall〔ˈtʌnstl̩〕湯斯托爾

Tonsus〔ˈtansəs〕

Tonti〔ˈtonti〕

Tonto〔ˈtanto；ˈtɔnto（西）〕

Tonty〔ˈtantɪ；tɔŋˈti（法）；ˈtonti（義）〕

Tony〔ˈtonɪ；tɔˈni（法）〕東尼

Tony Beaver〔ˈtonɪ ˈbivə〕

Tonypandy〔ˌtanɪˈpændɪ〕

Tonzus〔ˈtanzəs〕

Toodle〔ˈtudl̩〕

Tooele〔tuˈɛlə〕

Tooill〔ˈtuɪl〕圖伊爾

Tooke〔tʊk〕托克（（John）Horne，1736-
    1812，英國急進派從政者及語言學家）

Tooker〔ˈtʊkə〕圖克

Toole〔tul〕圖爾

Tooley〔ˈtulɪ〕圖利

Toombs〔tumz〕圖姆斯

Toomer〔ˈtumə〕圖默

Toon〔tun〕圖恩

Toops〔tups〕圖普斯

Toorop〔ˈtorap〕

Toos〔tus〕

Toowong〔tuˈwaŋ〕

Toowoomba〔təˈwumbə〕特翁巴（澳洲）

Top〔tap；tɔp（俄）〕

Toparca〔toˈparka〕

Topas〔ˈtopæs〕

Topaze〔tɔˈpaz〕（法）

Topeka〔toˈpikə〕托皮卡（美國）

Topelius〔tuˈpeliəs〕

Topete〔toˈpete〕   「（西）

Topete y Carballo〔toˈpete ɪ karˈvaljo〕

Töpffer〔ˌtɛpˈfɛr〕

Topham〔ˈtapeəm〕托珀姆

Tophet〔ˈtofɛt〕【聖經】舊約中記載以火焚
    人而祭Moloch之處

Topheth〔ˈtofiθ〕

Topinard〔tɔpiˈnar〕（法）

Toplady〔ˈtapledɪ〕托普萊迪

Töpler〔ˈtɛplə〕

Topo Chico〔ˈtopo ˈtʃiko〕

Topolia〔tɔˈpɔlja〕

Topolobampo〔toˌpoloˈvampo〕

Topolski〔təˈpɔlski〕托波爾斯基

Topotha〔toˈpoθa〕

Toppenish〔ˈtapinɪʃ〕

Topper〔ˈtapə〕

Topping〔ˈtapɪŋ〕托平

Topsham〔ˈtapsəm〕

Topsy〔ˈtapsɪ〕

Topton〔ˈtaptən〕

Toquima〔toˈkimə〕

Tor〔tɔr；tur（瑞典）〕

Tora〔ˈtɔrə〕

Toradja〔tɔˈradʒə〕

Torah〔ˈtɔrə〕

Toranko〔tɔˈraŋko〕

Torbay〔ˈtɔrbe〕

Torbern〔ˈtɔrbən〕

Torbert〔ˈtɔrbət〕托伯特

Torcello〔tɔrˈtʃello〕（義）

Torch〔tɔrtʃ〕

Torcuato〔tɔrˈkwato〕

Tordenskjold〔ˈtordn̩ʃal（挪）；
    ˈtordn̩skjal（丹）〕

Tordesillas〔ˌtɔrðeˈsiljas〕（西）

Tore〔ˈtorə〕

Torell〔tuˈrɛl〕（瑞典）

Torelli〔toˈrɛllɪ〕（義）

Toreno〔toˈreno〕

Torfaeus〔tɔrˈfiəs〕

Torfrida〔tɔrˈfridə〕

Torgau〔ˈtɔrgau〕

Torghatten〔ˈtɔrgˌhatn̩〕

Torghud〔ˈtɔrgud〕

Torgler〔ˈtɔrglə〕

Toribio〔toˈribjo〕

Torino〔toˈrino〕

Torkoro〔tɔrˈkɔro〕

Torlonia〔tɔrˈlɔnja〕

Tormay〔ˈtɔrmai〕（匈）

Tormentine〔'tɔrmɪntaɪn〕

Tormentoso, Cabo〔'kavu turmeŋn-
'tozu〕(葡)

Tormes〔'tɔrmɛs〕

Tormey〔'tɔrmɪ〕托米

Torn〔tɔrn〕托恩

Tornacum〔tɔr'nekəm〕

Tornado〔tɔr'nedo〕

Torne〔'tɔrnə〕

Torne Träsk〔'tɔrnə ,trɛsk〕(瑞典)

Torngat〔'tɔrngæt〕

Tornov〔'tɔrnaf〕

Toro〔'toro〕托羅

Torokina〔,tɔrə'kinə〕

Törökszentmiklós〔'tɜrək'sɛntmɪk-
,lɔʃ; -sɛnt'miklɔʃ〕(匈)

Toronaic〔,tarə'neɪk〕

Toronto〔tə'ranto〕多倫多(加拿大)

Tororo〔to'roro〕

Toros Dağları〔tɔ'rɑs ,dɑglɑ'rɪ〕(土)

Torp〔tɔrp〕

Torpenhow〔'tɔrpənhau; trə'pɛnə;
tɔr'pɛno〕

Torpex〔'tɔrpɛks〕

Torphichen〔tɔr'fɪkən〕托菲肯

Torphins〔tɔr'fɪnz〕

Torps〔tɔrps〕【海軍俗】魚雷官

Torquato Tasso〔tɔr'kwato 'tasso〕(義)

Torquatus〔tɔrk'wetəs〕

Torquay〔tɔr'ki〕托基(英格蘭)

Torquemada〔,tɔrkɪ'madə; ,tɔrkwwe'ma-
də;tɔrkwɪ'madə; ,tɔrke'maðɑ(西)〕

Torquet〔tɔr'kɛ〕(法)

Torr〔tɔr〕托爾

Torrá〔tɔr'ra〕

Torrance〔'tarəns〕托蘭斯

Torre〔'tɔrre〕

Torre Annunziata〔'tɔrre ,annun-
'tsjata〕托瑞安農查塔(義大利)

Torre del Greco〔'tɔrre dɛl 'grɛko〕

Torregiano〔,tɔrre'dʒano〕

Torrence〔'tarəns〕托倫斯

Torrens, Lake〔'tarənz〕托倫茲湖(澳洲)

Torrente〔tɔr'rɛnte〕

Torreón〔,tɔrre'ɔn〕托勒昂(墨西哥)

Torreones〔tɔrre'ones〕

Torres Strait〔'tɔrɪz ~〕托列斯海峽
(太平洋)

Torres Bodet〔'tɔrres bo'ðɛt〕(西)

Torres Naharro〔'tɔrres na'arro〕

Torres Navas〔'tɔrrɪʒ 'nɑvɐʃ〕(葡)

Torre-Tagle〔'tɔrre 'tagle〕

Torrey〔'tarɪ〕托里

Torreys〔'tarɪz〕

Torricelli〔,tarɪ'tʃɛlɪ〕托里拆利(Evange-
lista, 1608-1647, 義大利數學家及物理學家)

Torridge〔'tarɪdʒ〕

Torridon〔'tarɪdən〕

Torrigiano〔,tɔrrɪ'dʒano〕

Törring〔'tɜrɪŋ〕

Torrington〔'tarɪŋtən〕托林頓

Torso Belvedere〔,tɔrso bɛlvə'dɪr〕

Torstens(s)on〔'tɔrstən,sɔn〕

Tortilla Flat〔tɔr'tiə; tɔr'tija〕(拉丁
美)

Tortoise〔'tɔrtəs〕

Tortola〔tɔr'tolə〕托土拉島(英國)

Tortolita〔,tɔrtə'litə〕

Tortosa〔tɔr'tosə; tɔr'tosɑ(西)〕

Tortue〔tɔr'tju〕

Tortuga〔tɔr'tugə〕

Toruń〔'tɔrunj〕土倫(波蘭)

Tory〔'tɔrɪ; tɔ'rɪ(法)〕托里

Toryne〔to'raɪni〕

Törzburg〔'tɜtsburk〕

Törzburger〔'tɜts,burgə〕

Tosa〔'tozɑ〕土佐(日本)

Tosberry〔'tasbərɪ〕

Tosca〔'taskə; 'toskɑ(義)〕

Toscana〔tos'kɑnɑ〕   「義)

Toscanella〔,taskə'nɛlə; toskɑ'nɛllɑ(

Toscanelli〔,toskɑ'nɛllɪ〕(義)

Toscanini〔,taskə'nini〕托斯卡尼尼
(Arturo, 1867-1957, 義大利音樂指揮家)

Toscano〔tos'kɑno〕

Toscar〔'taskar〕

Tosco-Emiliano〔'tosko·ɛmi'ljano〕

Toschi di Fagnano〔'toskɪ di fa-
'njano〕(義)

Toselli〔to'zɛllɪ〕(義)

Tosorthros〔tə'sɔrθras〕

Töss〔tɜs〕

Tossell〔'tasəl〕

Tosti〔'tastɪ〕托斯蒂

Tostig〔'tastɪg〕

Tostlebe〔'tostlib〕托斯特利布

Tóth〔tot〕(匈)托特

Totheroh〔'taðəro〕

Tothill〔'tathɪl〕托西爾

Totila〔'tatlə〕

Totilas〔'tatɪlas〕

Totius〔'totɪəs〕

Totland〔'tatlənd〕

Totleben〔'tɔtljɪbjɪn〕(俄)

Totnes〔'tɑtnɪs〕
Totness〔'tɑtnɪs〕
Totonicapán〔to,tonɪka'pɑn〕
Totonicapam〔to,tonɪka'pɑn〕
Totowa〔'totəwə〕
Tot Sint Jans〔'tɑt sɪnt 'jɑns〕
Tottel〔'tɑtl〕托特爾
Totten〔'tɑtn〕托騰
Tottenham〔'tɑtnəm〕托特納姆
Tottenville〔'tɑtɲvɪl〕
Totteridge〔'tɑtərɪdʒ〕
Tottington〔'tɑtɪŋtən〕
Touareg〔'twɑrɛg〕
Touat〔'tuæt〕
Toubkal〔tub'kɑl〕土白克爾峯（非洲）
Toucey〔'tɑusɪ〕托西
Touche〔tuʃ〕圖什
Touchstone〔'tʌtʃston〕塔奇斯通
Touchwood〔'tʌtʃwud〕
Toucouleur〔tuku'lɚr〕（法）
Touggourt〔tu'gurt〕
Tough〔tʌf; tuh〕
Toukan〔'tukɑn〕
Toukhachevsky〔tuhɑ'tʃɜfskəɪ〕（俄）
Toul〔tul〕土耳（法國）
Toulet〔tu'lɛ〕（法）
Toulmin〔'tulmɪn〕圖爾明
Toulon〔tu'lɑn〕土倫（法國）
Toulouse〔tu'luz〕土魯斯（法國）
Toulouse-Lautrec〔tu'luz lo'trɛk〕土
   魯斯勞垂克（Henri Marie Raymond de,
   1864-1901,法國畫家）
Toumey〔'tumɪ〕圖米
Touna〔'tunɑ〕圖納
Toungoo〔'tauŋgu〕東瓜（緬甸）
Tour〔tur〕圖爾
Tour,La〔lɑ 'tur〕（法）
Touraine〔tu'ren; tu'rɛn（法）〕
Tourane〔tu'rɑn〕（法）
Tourcoing〔tur'kwæŋ〕土耳匡（法國）
Tour d'Auvergne〔'tur do'vɛrnj〕（法）
Tour du Pin〔tur djʊ 'pæn〕（法）
Tourel〔tʊ'rɛl〕圖雷爾
Tourette,de la〔də lɑ tu'rɛt〕（法）
Tourgée〔tʊr'ʒe〕圖爾熱
Tourjée〔tʊr'ʒe〕
Tourle〔tɝl〕
Tournachon〔turnɑ'ʃɑŋ〕（法）
Tournai〔tur'ne〕土耳納（比利時）
Tournebu〔turnə'bjʊ〕（法）
Tournefort〔turnə'fɔr〕（法）
Tournelle〔tur'nɛl〕（法）

Tournemire〔turnə'mir〕（法）
Tourneur〔'tɝnɚ〕托爾諾（Cyril,1575?-
   1626,英國劇作家）
Tournay〔tʊr'ne〕
Touro〔'tʊro〕
Tours〔tʊr〕都爾（法國）
Tourte〔turt〕（法）
Tourville〔tur'vil〕（法）
Tousard〔tu'zɑr〕（法）
Tousche〔tuʃ〕圖什
Tousley〔'tɑuzlɪ〕
Tousidé〔tusi'de〕
Toussaint〔tu'sæn〕（法）圖森特
Toussaint L'Ouverture〔tu'sæn luver-
   'tjur〕（法）
Tousseul〔tu'sɝl〕
Tout〔tɑut〕陶特
Toutant〔tu'tɑŋ〕（法）
Toutle〔'tutl〕
Tovey〔'tovɪ;'tʌvɪ〕托維
Tovote〔to'votə〕
Towanda〔to'wɑndə〕
Towcester〔'tostɚ〕
Towell〔'tɑuəl〕托厄爾
Tower〔'tɑur〕托爾
Towers〔'tɑuɚz〕托爾斯
Towgood〔'tɑugʊd〕
Towle〔tol; tɑul〕托爾
Towler〔'tɑulɚ〕
Town〔tɑun〕湯
Towne〔tɑun〕湯
Towner〔'tɑunɚ〕湯納
Townes〔tɑunz〕唐茲（Charles Hard,
   1915-,美國物理學家及教育家）
Townley〔'tɑunlɪ〕湯利
Towns〔tɑunz〕湯斯
Townsend〔'tɑunzɛnd〕湯茲恩德（美國）
Townsends〔'tɑunzɛndz〕
Townsville〔'tɑunzvɪl〕湯斯維耳（澳洲）
Towoeti〔to'wuti〕
Towson〔'tɑusn̩〕
Towton〔'tɑutn̩〕
Towy〔'tɑuɪ〕
Towyn〔'tɑuɪn〕
Toxophilus〔tɑk'sɑfɪləs〕
Toxteth〔'tɑkstɛθ〕
Toy〔tɔɪ〕托伊
Toye〔tɔɪ〕
Toyen Shan〔'do'jɛn 'ʃɑn〕（中）
Toynbee〔'tɔɪnbɪ〕湯恩比（Arnold Joseph,
   1889-1975,英國歷史學家）
Tozer〔'tozɚ〕托澤

Tozeur〔tɔ'zɝ〕托澤爾（突尼斯）
Tpilisi〔'tpɪlɪsɪ〕
Traber〔'trabə〕特拉伯
Trabert〔'trebət〕
Trabue〔tre'bju〕特拉比
Trabzon〔trab'zɔn〕特拉布松（土耳其）
Trace〔trɛs〕
Tracey〔'tresɪ〕特雷西
Trachenberg〔'trahənberk〕（德）特拉亨伯格
Trachiniae〔trə'kɪnɪi〕
Trachis〔'trekɪs〕
Trachonitis〔,trækə'naɪtɪs〕
Tracht〔trakt〕
Trachtman〔'traktmən〕
Tracy〔'tresɪ；tra'si（法）〕崔西
Traddles〔'trædlz〕
Traer〔trɛr〕特雷爾
Trafalgar, Cape〔trə'fælgə〕特拉法加角（西班牙）
Trafford〔'træfəd〕特拉福德
Tragus〔'tregəs；'traɡʊs（德）〕
Traherne〔trə'hɝn〕特拉赫恩
Traiano〔tra'jano〕
Tráighli〔trə'li〕（愛）
Traiguén〔traɪ'gen〕
Trail〔trel〕特雷爾
Traill〔trel〕特雷爾
Train〔tren〕特雷恩
Trainer〔'trenə〕特雷納
Trainor〔'trenə〕特雷納
Trajan〔'tredʒən〕圖雷眞（52?-117，本名Marcus Ulpius Trajanus，羅馬皇帝）
Trajani Portus〔trə'dʒenaɪ 'pɔrtəs〕
Trajanopolis〔,trædʒə'napəlɪs〕
Trajanus〔trə'dʒenəs〕
Trajectum ad Mosam〔trə'dʒɛktəm æd 'mozəm〕
Trahectum ad Rhenum〔trə'dʒɛktəm æd 'rinəm〕
Trakai〔'trakaɪ〕
Trakl〔'trakl〕
Tralee〔trə'li〕
Tralianus〔,trælɪ'enəs〕
Trall〔trɔl〕特羅爾
Trammel〔'træməl〕特拉梅爾
Tramore〔'tremɔr〕特雷莫爾
Tranent〔trə'nɛnt〕

Trang〔traŋ〕董里府（泰國）
Trangan〔traŋ'an〕
Trani〔'tranɪ〕
Tranio〔'trenɪo；'tranɪo；'trenjo〕
Tranquilli〔tran'killɪ〕（義）
Tranquillus〔trænk'wɪləs〕
Trans Alai〔'trænz a'laɪ〕
Transalpina〔'trænzæl'paɪnə〕
Transalpine Gaul〔træn'zælpaɪn gɔl〕
Transandine Tunnel〔træn'zændɪn～；tran'zændɪn～〕
Trans-Appalachia〔'træns·,æpə'lætʃɪə；'træns·,æpə'letʃ〕
Transbaikal〔'trænzbaɪ'kal〕
Transbaikalia〔'trænzbaɪ'kaljə；'tranzbaɪ'kaljə〕
Transcarpathian〔'trænzkar'peθɪən；'tranzkar'peθɪən〕
Transcaspia〔trænz'kæspɪə〕
Transcaucasia〔'trænzkɔ'keʒə〕外高加索（蘇聯）
Transcona〔træns'konə〕
Trans-Dniestria〔trænz·'nistrɪə；tranz·'nistrɪə〕
Transilvania〔,transɪl'vanjə〕（羅）
Transjordan〔trænz'dʒɔrdn̩〕
Trans-Jordan〔trænz·'dʒɔrdn̩〕外約旦（1946-49之王國，其領土構成今日約旦之大部分）
Trans-Juba〔trænz·'dʒubə〕
Transkei〔træns'ke〕川斯凱共和國（非洲）
Transkeian〔træns'keən〕
Transleithania〔,trænzlaɪ'θenjə；,tranzlaɪ'θenjə〕
Transoxiana〔'trænzaksɪ'enə；,tranzaksɪ'enə〕
Transpadane Gaul〔'trænspədən gɔl；'transpədən gɔl〕
Transvaal〔træns'val；'tranzval〕特蘭斯瓦爾（南非）
Transvaaler〔træns'valə；'tranz,valə〕
Transvolta-Togoland〔trænz'valtə-'togolænd〕
Transylvania〔,trænsɪl'venjə；,transɪl'venjə〕
Trans-Zambezia〔'trænz·zæm'biʒə〕
Trant〔trænt〕特蘭特
Trapani〔'trapani〕特臘帕尼（義大利）
Trapassi〔tra'passɪ〕（義）

Trapezus〔'træpɪzəs〕
Trapier〔trə'pɪr〕特拉皮爾
Trapnell〔'træpnəl〕特拉普內爾
Trapp〔træp〕特拉普
Trappe, la〔la 'trap〕
Trapper〔'træpɚ〕
Trappist〔'træpɪst〕【天主教】Cistercian
修會中一派之僧侶
Traprain〔trə'pren〕特拉普蘭
Traquair〔trə'kwɛr〕
Trarieux〔tra'rjɚ〕(法)
Trasimene〔'træzɪmin〕
Trasimeno〔trazɪ'meno〕
Trasimenus〔,træsɪ'minəs〕
Trask〔træsk〕特拉斯克
Trás-os-Montes e Alto Douro〔'trazuʒ
'moṇnt zi 'altu 'ðoru〕(葡)
Trastamara〔,trasta'mara〕
Trastevere〔tras'tevere〕
Trasymene〔'træsəmin〕
Trat〔trat〕
Trathen〔'treθən〕
Traú〔tra'u〕(義)
Traube〔'traubə〕
Traub〔traʊp〕(德)
Traube〔'traubə〕
Traubel〔'traubəl〕特勞貝爾
Trauerwalzer〔'traʊr,valtsɚ〕
Trauger〔'trɔgɚ〕
Träumerei〔,trɔɪmə'raɪ〕
Traun〔traʊn〕
Traunsee〔'traʊnze〕
Traun See〔'traʊn ze〕
Trautman〔'traʊtmən〕特勞特曼
Trautmann〔'traʊtman〕
Trauttmansdorff〔'traʊtmansdɔrf〕
Trautwine〔'traʊtwaɪn〕特勞特懷恩
Travancore〔,trævəŋ'kɔr〕
Travancore-Cochin〔,trævəŋ'kɔr
'kɔtʃin〕
Trave〔'travə〕
Travendal〔'travəndal〕
Traver〔'trævə〕特拉弗
Travers〔'trævɚz〕特拉弗斯
Traversari〔,traver'sari〕
Traverse〔'trævɚs〕
Traviata, La〔la tra'vjata〕
Traviès de Villers〔tra'vjɛs də
vi'lɛr〕(法)
Travis〔'trævɪs〕特拉維斯
Travnik〔'travnɪk〕

Trawick〔'trewɪk〕特拉威克
Traylee〔tre'li〕
Traylor〔'trelɚ〕特雷勒
Traz〔traz〕
Tráz-os-Montes〔,traz·uʒ·'montiʃ〕
(葡)
Treacy〔'tresɪ〕特里西
Treadwell〔'trɛdwel〕特雷德衛爾
Treanor〔'trenɚ〕特雷納
Treasure〔'trɛʒɚ〕
Treasury〔'trɛʒərɪ〕
Treat〔trit〕特里特
Trebarwith〔trɪ'barwɪθ〕
Trebbia〔'trɛbbja〕(義)
Trebelli〔tre'bɛllɪ〕(義)
Trebia〔'tribɪə〕
Trebilcock〔tri'bɪlkak〕特里比爾科克
Trebizond〔'trɛbɪzand〕
Treblinka〔tre'blɪŋka〕
Trebonianus〔tri,bonɪ'enəs〕
Trebonius〔trɪ'bonɪəs〕
Trecker〔'trɛkɚ〕特雷克
Trécul〔tre'kjul〕
Tredegar〔trɪ'digɚ〕特里迪加
Tredennick〔trɪ'dɛnɪk〕特里德尼克
Tredgold〔'trɛdgold〕特雷德戈爾德
Tredici Communi〔'treditʃɪ kɔm-
'munɪ〕(義)
Tree〔tri〕特里
Treece〔tris〕特里斯
Treen〔trin〕
Trees〔triz〕特里斯
Trefflich〔'trɛflɪk〕
Trefftzs〔'trɛfs〕
Trefor〔'trɛvɚ〕特雷弗
Tréfouret〔trefu'rɛ〕(法)
Trefriw〔'trɛvrɪu〕
Trefusis〔trɪ'fjusɪs〕特里富西斯
Tregaskis〔trɪ'gæskɪs〕特里加斯基斯
Tregear〔trɪ'gɪr〕
Tregelles〔trɪ'gɛlɪs〕特里格利斯
Tregenza〔trɪ'gɛnzə〕
Treglown〔trɪg'lon〕
Trego〔'trigo〕
Tregoning〔trɪ'ganɪŋ〕
Tregrosse〔trɪ'gros〕
Treherne〔trɪ'hɜn〕特里赫恩
Treiber〔'traɪbə〕
Treiermain〔'traɪɚmen〕
Treilhard〔trɛ'jar〕(法)
Treitschke〔'traɪtʃkə〕脫萊契凱(Heinrich
von, 1834-1896, 德國歷史家及作家)

Trélatête, Aiguille de〔egju'ij də trela'tet〕(法)

Trelawn(e)y〔trɪ'lɔnɪ〕特里勞尼

Treloar〔'trilɔr ; trɪ'lɔr〕

Trelease〔trɪ'lis〕特里利斯

Treleaven〔trɪ'lɛvən〕特里萊文

Treloar〔trɪ'loɑ〕特雷洛爾

Trelo Vouni〔'trɛlɔ 'vuni〕

Tremadoc〔trɪ'mædək〕

Tremain〔trɪ'men〕

Tremaine〔trɪ'men〕特雷梅因

Tremayne〔trɪ'men ; trə-〕特里梅因

Trembath〔trɛm'bɑθ ; -'bæθ〕特倫巴思

Tremblay〔trɑŋ'ble〕(法)特倫布萊

Trembley〔trɑŋ'ble〕(法)

Trembly〔'trɛmblɪ〕特倫布利

Tremenheere〔'trɛmənhɪr〕

Tremills〔'trɛmɫz〕

Tremiti〔'trɛmɪtɪ〕

Tremonia〔trɪ'monɪə〕

Trémouille〔tre'muj〕(法)

Tremoutha〔trɪ'mauðə〕

Trempealeau〔'trɛmpəlo〕

Trenary〔trɪ'nɛrɪ〕特雷納里

Trench〔trɛntʃ〕脫蘭契(Richard Chenevix, 1807-1886, 英國詩人及大主教)

Trenchard〔'trɛntʃɑrd〕特倫查德

Trenck〔trɛŋk〕

Trencsén〔'trɛntʃen〕(匈)

Trendle〔'trɛndl〕特倫德爾

Trendelenburg〔'trɛndələnburk〕

Trenet〔trə'ne〕(法)

Trenev〔trjɪ'njɔf〕(俄)

Tre-Newydd〔trɛ'nɛwɪð〕(威) 「亞〕

Trengganu〔trɛŋ'gɑnu〕丁家奴州(馬來西

Trenkler〔'trɛŋklə〕

Trent〔trɛnt〕特倫特

Trentham〔'trɛntəm〕特倫特姆

Trentino〔trɛn'tino〕

Trentino-Alto Adige〔trɛn'tino·'ɑlto 'ɑdidʒe〕

Trento〔'trɛnto〕特倫托

Trenton〔'trɛntən〕

Trenyov〔trɪn'jɔf〕

Trepassey〔trɪ'pæsɪ〕

Trepov〔'trɛpəf ; 'trjɛpɔf〕(俄)〕

Tres Arroyos〔tres ɑ'rɔjos〕

Tresca〔'trɛskɑ〕

Tres Castillos〔,tres kɑs'tiljos〕(西)

Tresckow〔'trɛsko〕

Trescot〔'trɛskət〕特雷斯科特

Trescott〔'trɛskət〕

Tres Cruces〔tres 'kruses〕

Tres Forcas〔tres 'fɔrkɑs〕

Tresham〔'trɛsəm〕特雷瑟姆

Treshinish〔trɪ'ʃɪnɪʃ〕

Tresić Pavičić〔'trɛsɪtʃ 'pɑvɪtʃɪtʃ ; 'trɛsɪtj 'pɑvɪ,tʃitj〕(塞克)

Tresilian〔trɪ'sɪlɪən〕

Tres Marías〔tres mɑ'riɑs〕特勒斯馬里阿斯(墨西哥)

Tresmeer〔'trɛzmɪr〕

Tres Montes〔tres 'mɔntes〕

Tres Morros〔tres 'mɔros〕

Tres Puntas〔tres 'puntɑs〕

Tressel〔'trɛsl〕

Tressilian〔'trɛsɪljən〕

Tres Tabernae〔triz tə'bɛni〕

Tres Zapotes〔tres sɑ'potes〕(拉丁美)

Treta Yuga〔'tretə 'jʊgə〕

Trethewy〔trɪ'θjuɪ〕

Trethowan〔trɪ'θoən ; -'θ-〕特里索恩

Tretter〔'trɛtə〕特雷特

Treu〔trɔɪ〕(德)

Treub〔trɔp〕(荷)

Treubund〔'trɔɪbunt〕

Treuting〔'trjutɪŋ〕

Treutlen〔'trutlən〕

Trevaldwyn〔trɪ'vɔldwɪn〕

Trevaskis〔trɪ'væskɪs ; trəv-〕特里瓦斯基斯

Trevelga〔trɪ'vɛlgə〕

Trevelyan〔trɪ'vɪljən〕脫利衛連(❶ George Macaulay, 1876-1962, 英國歷史學家 ❷其父 Sir George Otto, 1838-1928, 英國政治家、傳記作家及歷史學家)

Trevena〔trɪ'vɛnə〕特里衛納

Tre Venezie〔,tre vɛ'nɛtsje〕

Treveri〔'trɛvərɑɪ〕

Treves〔trivz〕特里夫斯

Trèves〔trɛv〕(法)

Trevet〔'trɛvɪt〕

Trevethin〔trɪ'vɛθɪn〕特里維辛

Trevett〔'trɛvɪt〕

Trevi〔'trevi〕

Trevigue〔trɪ'vig ; trə-〕

Treviño〔tre'vinjo〕(西)

Trevisa〔trɪ'visə ; trə-〕特里維薩

Trévise〔tre'viz〕

Treviso〔tre'vizo〕特拉未索(義大利)

Trevithick〔'trɛvɪθɪk〕特里維西克

Trevor〔'trɛvɚ〕特雷弗爾

Trevorton〔'trɛvɚtən〕

Trevose〔trɪ'vos〕

Trew〔tru〕特魯
Trewavas〔trɪ'wavəs〕
Trewin〔trɪ'wɪn〕
Treyz〔trez〕
Trezise〔'trizaɪz〕特里齊斯
Triamond〔'traɪəmənd〕
Triangulum〔traɪ'æŋgjʊləm〕【天文】三角座
Triangulum Australe〔traɪ'æŋgjʊləm ɔs'treli〕【天文】南三角座
Trianon〔'triənən; triɑ'nɔ̃〕(法)〕
Trias〔'traɪəs〕【地質】三疊系
Triasic〔traɪ'æsɪk〕
Triballi〔trɪ'bælaɪ〕
Tribble〔'trɪbl〕特里布爾
Triboci〔trɪ'bosaɪ〕
Tribolo, Il〔il 'tribolo〕
Tribonian〔trɪ'boniən〕
Tribonianus〔trɪ,boni'enəs〕
Triboulet〔tribu'lɛ〕(法)
Tribune〔'trɪbjun〕
Trice〔traɪs〕特賴斯
Trichinopoli〔,trɪtʃɪ'nɑpəlɪ〕
Trichinopoly〔,trɪtʃɪ'nɑpəlɪ〕特里奇那波黎(印度)
Trichur〔trɪ'tʃʊr〕
Trick〔trɪk〕特里克
Tricoline〔'trɪkəlɪn〕
Tricoupis〔trɪ'kupɪs〕
Tridentine〔traɪ'dɛntaɪn〕特林特(義大利)
Tridentum〔traɪ'dɛntəm〕
Trient〔trɪ'ɛnt; trɪ'aŋ(法)〕
Triepel〔'tripəl〕
Trier〔trɪr〕特里爾(義國)
Triermain〔traɪə'men〕
Triest〔trɪ'ɛst〕
Trieste〔tri'ɛst〕❶的里雅斯德港(義大利)❷的里雅斯德區(義大利)
Trifanum〔traɪ'fenəm〕
Trifonovich〔'trifənəvɪtʃ〕
Trifels〔'trifəls〕
Trifolium〔traɪ'foliəm〕
Trigarta〔trɪ'gɑrtə〕
Trigère〔tri'ʒer〕(法)
Trigg〔trɪg〕特里格
Triglav〔'triglav〕
Trigo〔'trigo; 'trigo〕
Trikkala〔'trɪkələ; 'trikalɑ(古希)〕
Trikoupes〔trɪ'kupɪs〕
Trikoupis〔trɪ'kupɪs〕
Trilling〔'trɪlɪŋ〕特里凌(Lionel, 1905-, 美國文學評論家)

Trim〔trɪm; trim(法)〕
Trimalchio〔trɪ'mælkɪo〕
Trimberg〔'trɪmberk〕
Trimble〔'trɪmbl〕特林布爾
Trimeton〔traɪ'metɑn〕
Trimlestown〔'trɪmələstən〕
Trimmer〔'trɪmə〕特里默
Trimountain〔'traɪ,maʊntɪn〕
Trimurti〔tri'mʊrti〕【印度】三位一體之神(即創造,保存,破壞三神之合稱)
Trinacria〔trɪ'nækrɪə〕西西里島 = Sicily
Trincalo〔'trɪŋkəlo〕
Trinchera〔trɪn'tʃerə〕
Trincomalee〔'trɪŋkoməˈli〕特覽克馬利(斯里蘭卡)
Trinculo〔'trɪŋkjʊlo〕
Trindade〔trɪŋ'dɑðə〕(葡)
Trinder〔'trɪndə〕特林德
Trine〔traɪn〕三位一體(= Trinity)
Tring〔trɪŋ〕特林
Trinidad〔'trɪnə,dæd〕千里達島(千里達)
Trinidad and Tobago〔'trɪnə,dæd, tə'bego〕千里達共和國(西印度群島)
Trinil〔'trinil〕
Trinity Bay〔'trɪnɪtɪ ~〕特里尼提灣(加拿大)
Trinkitat〔,trɪŋkɪ'tat〕
Trinkomali〔'trɪŋkoməˈli〕
Trinovant〔'trinəvænt〕
Trinovantes〔,trainə'væntiz〕
Trinqueau〔træŋ'ko〕(法)
Trinummus〔traɪ'nʌməs〕
Trio〔'trio〕
Trion〔'traɪɑn〕
Triones〔traɪ'oniz〕【天文】北斗七星
Trioson, Girodet-〔ʒirɔ'de·triɔ'zɔ̃〕(法)
Triphylia〔traɪ'fɪliə〕
Tripitaka〔trɪ'pɪtəkə〕
Triplex〔'trɪplɛks〕
Tripoli〔'trɪpəlɪ〕❶的黎波里(利比亞;黎巴嫩)
Tripolis〔'trɪpəlɪs〕
Tripolitana〔,trɪpəlɪ'tenə〕
Tripolitsa〔,tripɔ'ljitsɑ〕
Tripp〔trɪp〕特里普
Trippe〔trɪp〕特里普
Triptolemos〔trɪp'talɪməs〕
Tripura〔'trɪpʊrɑ〕
Triratna〔tri'rʌtnə〕(印)
Tris〔trɪs〕
Trisagion〔trɪ'sægɪɑn〕

Trismegistus, Hermes〔'hɝmiz
,trɪsmɪ'dʒɪstəs〕
Trissino〔'trissɪno〕
Trissotin〔trisɔ'tæŋ〕(法)
Trist〔trɪst〕特里斯特
Tristam〔'trɪstæm〕
Tristan〔'trɪstæn ; tris'tɑŋ(法); tris-
'tan(羅)〕特里斯坦
Tristán〔tris'tɑn〕(西)
Tristan da Cunha〔'trɪstən da 'kunə〕
大西洋南部介於好望角及南非間屬英之三個火
山島	「(法)
Tristan L'Ermite〔tris'tɑŋ lɛr'mit〕
Tristan L'Hermite〔tris'tɑŋ lɛr-
'mit〕(法)
Tristans〔'trɪstænz〕
Tristant〔'trɪstænt〕
Tristan und Isolde〔'trɪstɑn ʊnt
i'zɔldə〕崔斯坦與易梭德(華格納所著的一
歌劇名)
Tristanz〔'trɪstænz〕
Tristão〔triʃ'tɑʊŋ(葡); trɪst-(巴西)〕
Triste, Golfo〔'gɔlfo 'triste〕
Tristram〔'trɪstrəm〕
Tristram of Lyonesse〔'trɪstrəm əv
,laɪə'nɛs〕
Tristram Shandy〔'trɪstrəm 'ʃændɪ〕
Tristran〔'trɪstrən〕
Tristrant〔'trɪstrənt〕
Tristranz〔'trɪstrənz〕
Tristrem〔'trɪstrɪm〕
Trisul〔tri'sul〕
Trita〔'tritə〕
Tritan〔'tritən〕
Tritans〔'tritəns〕
Tritanz〔'tritənz〕
Tritheim〔'trɪthaɪm〕
Trithemius〔trɪt'himɪəs〕
Triton〔'traɪtn̩〕【希臘神話】人頭人身魚
尾之海神
Tritonia〔traɪ'tonjə〕
Triumph〔'traɪəmf〕
Triumpho〔tri'umfʊ〕(葡)
Trivandrum〔trɪ'vændrəm〕特立凡德蘭
港(印度)
Trivet〔'trɪvɪt〕
Trivett〔'trɪvɛt〕特里維特
Trivia〔'trɪvɪə〕
Trivoli〔trɪ'vɑlɪ〕
Trivulzio〔tri'vultsjo〕(義)
Trix〔triks〕特里克斯
Trixie〔'trɪksɪ〕特里克西

Trixy〔'trɪksɪ〕
Trizone〔'traɪzon〕第二次世界大戰後在西
德之英、美、法三國共同佔領區
Tro〔tro〕
Troad〔'troæd〕
Troas〔'troæs〕
Trobriand〔'trobrɪænd; -rɪand; trɔbri-
'aŋ(法)〕
Trocadero〔,trakə'dɪro; troka'ðero
(西)〕
Trocadéro〔trɔkade'ro〕(法)
Trochard〔trɔ'ʃar〕(法)
Trochu〔trɔ'ʃju〕
Troels-Lund〔'trols·'lʊn〕(丹)
Troelstra〔'trulstra〕(荷)
Troeltsch〔'trɛltʃ〕
Troezen〔'trizɛn〕
Trogus〔'trogəs〕
Trohan〔'troən〕特羅安
Troia〔'trojə〕特羅亞
Tro La〔tro la〕
Troien〔'trɔɪən〕
Troil〔trɔɪl〕
Troilus〔'trɔɪləs〕特洛伊王之子(爲Achil-
les所殺)
Trois Couleurs〔trwa ku'lɝ〕(法)
Trois Echelles〔trwa ze'ʃɛl〕(法)
Trois-Rivières〔trwa·ri'vjɛr〕(加法)
Troitsk〔'trɔɪtsk〕特羅伊次克(蘇聯)
Troja〔'trodʒə〕
Troland〔'trolənd〕特羅蘭
Troldtinder〔'trɔl,tɪnə〕(挪)
Trollope〔'trɑləp〕脫洛勒普(Anthony,
1815-1882, 英國小說家)
Trombetas〔trɔŋm'betəs〕(葡)
Trombetti〔trom'bettɪ〕(義)
Tromelin〔trɔm'læŋ〕(法)
Tromen〔'tromɛn〕
Trompart〔'trampart〕
Trompeter von Säckingen〔tram'petə
fan 'zɛkɪŋən〕(德)
Troms〔trɔms ; trʊms〕
Tromsö〔'tram,so; 'trɔm,sɝ; 'trʊm,sɝ〕
特朗瑟(挪威)
Trona〔'tronə〕
Trondheim〔'tranhem〕特倫汗(挪威)
Tronege〔'tronɪgɪ〕
Tronoh〔'trono〕
Tronto〔'tranto ; 'trɔnto(義)〕
Troodos〔'trɔɔðɔs〕(希)
Troödos〔'trɔɔðɔs〕(希)
Troon〔trun〕

Troost〔trost〕
Tropaco〔'trɑpəko〕
Troper〔'tropə〕
Trophime〔trɔ'fim〕
Trophonius〔tro'fonɪəs〕
Troppau〔'trɔpaʊ〕
Tropsch〔trɔpʃ〕
Tros(s)achs〔'trɑsəks;-səhs（蘇）〕
Trost〔trost〕特羅斯特
Tröst〔trɜst〕
Trostan〔'trɑstən〕
Trot〔trɑt〕
Troth〔troθ〕
Trotha〔'trotɑ〕
Trotier〔tro'tɪr〕
Trotski〔'trɑtski〕托洛斯基（Leon,1877-1940,俄國革命領袖）
Trotsky〔'trɑtski;'trɔtskəɪ（俄）〕= Trotski
Trott〔trɑt〕特羅特
Trotter〔'trɑtə〕特羅特
Trotty〔'trɑti〕
Trotwood〔'trɑtwʊd〕特羅特伍德
Trotzendorf〔'trɑtsəndɔrf〕
Troubetzkoy〔trʊˌbɛts'kɔɪ;-'bɛtskɔɪ;trʊbjɪts'kɔɪ（俄）〕
Troubridge〔'trubrɪdʒ〕特魯布里奇
Trouée de Belfort〔tru'e də bɛl'fɔr〕
Troughton〔'traʊtn̩〕特勞頓　　L（法）
Trouillon〔tru'jɔŋ〕（法）
Trouin〔tru'æŋ〕（法）
Troup〔trup〕特魯普
Trousdale〔'traʊzdel〕
Trousdell〔'truzdel〕特魯慈德爾
Trousseau〔tru'so〕
Trout〔traʊt〕特勞特
Troutman〔'traʊtmən〕特勞特曼
Trouton〔'traʊtn̩〕
Trouvère〔tru'vɛr〕（法）
Trovatore〔ˌtrovɑ'tore〕
Trowbridge〔'trobrɪdʒ〕
Trowell〔'troəl〕
Trower〔'traʊə〕特羅爾
Troy〔trɔɪ〕❶特洛伊（小亞細亞）❷特洛伊（美國）
Troya〔'trojɑ〕
Troyat〔trwa'ja〕（法）
Troyer〔'trɔɪə〕特羅耶
Troyes〔'trwa〕特爾瓦（法國）
Troyon〔trwa'jɔŋ〕脫路瓦甫（Constant,1813-1865,法國畫家）
Troyville〔'trɔɪvɪl〕

Trst〔tɜst〕（塞克）
Truando〔tru'ɑndo〕
Truax〔'truæks〕　　　　　「（俄）〕
Trubetskoi〔'trubɛtskɔɪ;trʊbjɪts'kɔɪ〕
Trübner〔'trjubnə;'trubnə〕特魯布納
Truby〔'trubi〕特魯比　　　　「（美國）
Truchas Peak〔'trutʃəs ~〕杜魯查士峯
Trucial Oman〔'truʃəl o'mæn〕特魯夏阿曼區（阿拉伯）
Truckee〔'trʌki〕
Truculentus〔ˌtrʌkjʊ'lɛntəs〕
Trudeau〔'trudo〕特魯多
Trudgen〔'trʌdʒən〕特拉金
Trudgian〔'trʌdʒɪən〕
Trudy〔'trudi〕特魯迪
True〔tru〕特魯
Trueba y la Quintana〔'trweva ɪ la kɪn'tana〕（西）
Truefitt〔'truf ɪt〕特魯菲特
Truesdell〔'truzdɛl〕特魯斯德爾
Truewit〔'truwɪt〕
Truex〔truks〕
Trufant〔'trufənt〕特魯芬特
Truinet〔trjuɪ'nɛ〕（法）
Trujillo〔tru'hijo〕特魯基羅（宏都拉斯）
Trujillo Alto〔tru'hijo 'alto〕（拉丁美）
Trujillo Molina〔tru'hijo mo'lina〕（拉丁美）
Truk Islands〔trʊk~;trʌk~〕特魯克群島（太平洋）
Trulla〔'trʌlə〕
Trullan〔'trʌlən〕
Trulliber〔'trʌlɪbə〕
Truman〔'trumən〕杜魯門（Harry S.,1884-1973,美國第三十三任總統）
Trumann〔'trumən〕
Trumbić〔'trumbɪtʃ;-bitj（塞克）〕
Trumbower〔'trʌmbaʊə〕特朗博爾
Trumbull〔'trʌmbəl〕杜倫巴爾（❶John,1756-1843,美國畫家❷Jonathan,1710-1785,美國愛國志士及政治家）
Trümmelbach〔'trjʊmǝlbah〕（德）
Trump〔trʌmp〕特朗普
Trundle〔'trʌndl〕
Truro〔'truro〕特魯羅（加拿大）
Truscott〔'trʌskət〕特拉斯科特
Trusler〔'trʌslə〕特拉斯勒
Truslow〔'trʌslo〕特拉斯洛
Trussell〔tru'sɛl〕
Truth〔truθ〕
Truxal〔'trʌksəl〕特魯克薩爾
Truxillo〔tru'hiljo〕（西）

Truxtun〔'trʌkstən〕特拉克斯頓
Trygger〔'trjʊgə〕
Tryggve Gran〔'trjʊgvə 'grɑn〕
Trygvasson〔'trjʊgvasɔn〕
Trygvesson〔'trjʊgvəsɔn〕
Trygve〔'trɪgvɪ〕
Tryon〔'traɪən〕特賴恩
Tryphena〔traɪ'finə〕
Tryphosa〔traɪ'fosə〕
Trystan〔'trɪstæn〕特里斯坦
Trystrem〔'trɪstrəm〕
Trystren〔'trɪstrən〕
Tsai Ch'un〔'dzaɪ 'tʃʊn〕(中)
Tsaidam〔'tsaɪ'dɑm〕
Tsai Feng〔'dzaɪ 'fʌŋ〕(中)
Ts'ai Lun〔'tsaɪ 'lʊn〕蔡倫(50?-?118,
  中國漢朝發明家)
Tsai T'ien〔'tsaɪ 'tʃɛn〕
Ts'ai T'ing-ch'ieh〔'tsaɪ 'tɪŋ·tʃɪ'ɛ〕
Tsai Ting-kai〔'tsaɪ 'tɪŋ·'gaɪ〕(中)
Tsai Yuan-pei〔'tsaɪ ju'ɑn·'pe〕
Tsala Apopka〔'tsælə ə'pɑpkə〕
Tsaldares〔tsal'ðarɪs〕(希)
Tsaldaris〔tsal'ðarɪs〕(希)
Tsana〔'tsɑnɑ〕
Ts'ang Chieh〔'tsɑŋ 'dʒje〕(中)
Tsangpo〔'tsɑŋ'pɔ〕
Tsangwu〔'tsɑŋ'wu〕
Tsankov〔'tsɑnkɔf ; 'tsɑnkʊf〕(保)
Tsanoff〔'tsɑnɔf〕
T'sao K'un〔'tsaʊ 'kʊn〕(中)
T'sao T'sao〔'tsaʊ 'tsaʊ〕
Tsar〔zar ; tsar〕
Tsarapkin〔tsə'ræpkɪn〕
Tsaratanana〔'tsɑrɑ,tɑŋɑ'nɑ〕
Tsarevitch〔'zarəvɪtʃ〕
Tsargrad〔tsʌrj'grat〕(俄)
Tsarigrad〔'tsɑrɪgrat〕
Tsarina〔za'rinə〕
Tsaritsyn〔tsʌ'rjitsɪn〕(俄)
Tsaukwe〔'tsaʊkwe〕
Tsavo〔'tsɑvo〕
Tscaikovski〔tʃaɪ'kɑfskɪ〕
Tschaikovsky〔tʃaɪ'kɔfskɪ〕柴可夫斯基
  (Pëtr Ilich, 1840-93, 俄國作曲家)
Tschaikowsky〔tʃaɪ'kɔfskɪ〕= Tschai-
  kovsky, Tchaikovsky
Tschakste〔'tʃakstə〕
Tschenstochow〔,tʃɪnstɑ'hɔf〕
Tscherinoff〔tʃɛ'rinəf〕
Tschermak von Seysenegg〔'tʃɛrmak
  fɑn 'zaɪzənɛk〕(德)

Tschingorin〔tʃi'gɔrɪn〕
Tschingelberg〔'tʃɪŋəlbɛrk〕
Tschirky〔'tʃɪrkɪ〕
Tschirnhaus(s)〔'tʃɪrnhaʊs〕
Tschirnhausen〔'tʃɪrn,haʊzən〕
Tschudi〔'tʃudɪ〕
Tsechow〔'tsɛ'tʃo〕
Tse Hsi〔'tsʌ 'ʃi〕(中)
Tsê-hsü, Lin〔'lɪn 'dzɛ·'ʃjʊ〕(中)
Tsela Dzong〔'tsela 'dzɔŋ〕
Tsêng Chi-tsê〔'dzʌŋ 'dʒi 'dzɛ〕(中)
Tsêng Kuo-fan〔'dzʌŋ 'gwɔ·'fan〕(中)
Tserclaes〔tsə'klas〕(法蘭德斯)
Tserkov〔'tsɛrkəf〕
Tsernagora〔'tsɛrnɑ'gorɑ〕
Tse-tung, Mao〔'mao 'dzʌ·'dʊŋ〕(中)
Tsezar〔'tsɛzʌrj〕(俄)
Tshaka〔'tʃaka〕
Tshi〔'tʃwi〕
Tshiquite〔tʃi'kite〕
Tshombe〔'tsɑmbə ; 'tsɑmbɪ〕
Tshopi〔'tʃopi〕
Tshuapa〔'tʃwapɑ〕
Tsi〔tʃi〕
Tsiang〔dʒjɑŋ〕(中)
Tsien Tang〔'tʃjen 'taŋ〕
Tsientang〔'tʃjen'taŋ〕
Tsilma〔'tsɪlmə; 'tsjiljmə〕(俄)〕
Tsimlyansk〔tsɪm'ljansk〕
Tsimlyanskaya〔tsɪml'janskəjə〕
Tsimshian〔'tsɪmʃɪən〕
Tsin〔dʒɪn〕(中)
Ts'in〔tʃɪn〕
Tsinan〔'dʒi'nɑn〕濟南(山東)
Tsinchow〔'tsɪn'dʒo〕(中)
Tsing〔tsɪŋ〕
Tsinghai〔'tʃɪŋ'haɪ〕❶青海省(中國)❷青海
  (青海省之一湖)=Chinghai
Tsing Hai〔'tʃɪŋ 'haɪ〕
Tsingkiang〔'tʃɪŋ'kjæŋ; 'dʒɪŋ'dʒjaŋ(中)〕
Tsin(g)ling Shan〔'tʃɪŋ'lɪŋ 'ʃan〕
Tsingtao〔'tʃɪŋ'dao〕青島(山東)
Tsingyuan〔'tʃɪŋju'an〕
Tsining〔'dʒi'nɪŋ〕(中)
Tsinkiang〔'dʒɪndʒi'aŋ〕(中)
Tsiolkovski〔tsjɔl'kɔfskɪ〕
Tsitsihar〔'tsitsi,har ; tʃɪtʃɪhar〕齊齊
  哈爾(嫩江)
Tskhinvali〔'tskhɪnvalɪ〕(俄)
Tso-ch'iu Ming〔'dzoə·'tʃiu 'mɪŋ〕左
  丘明(中國周朝史學家)
Tsokwe〔'tsokwe〕

Tso-lin, Chang〔'dʒɑŋ 'tso·'lɪn〕(中)
Tsomé〔'tsomɛ〕
Tsonekan〔'tsonɪkan〕
Tsong-kha-pa〔'tsɔŋ·'kha·'pa〕
Tsopi〔'tsopi〕
Tsotso〔'tsotso〕
Tso Tsung-t'ang〔'dzoə 'dzʊŋ·'taŋ〕
(中)
Tsouderos〔,tsuðɛ'rɔs〕(希)
Tsountas〔'tsundas〕(希)
Tsu, Kao〔'gɑo 'dzu ; 'gɑu 'dzu(中)〕
Tstian Tsung〔'ʃwɑn 'dzʊŋ〕(中)
Tsu Hsi〔'tsʌ 'ʃi〕(中)
Tsumeb〔'tsumɛb〕
Tsung〔'tsʌŋ ; 'dzʌŋ〕(中)
Tsung-jên, Li〔'li 'dzʊŋ·'rɛn〕(中)
Tsungming〔'tʃʊŋ'mɪŋ〕
Tsunyi〔'dzʊ'ni〕(中)
Tsushima Strait〔tsə'ʃimə-〕對馬海
峽(日本)
Tsuyung〔'tsu'jʊŋ〕
Tswa〔tswɑ〕
Tswana〔'tswɑnɑ〕
Tu〔tu〕
Tualaty〔tu'ɑlətɪ〕
Tuam〔'tjuəm〕
Tuamotu〔,tuɑ'motu〕土阿莫土(太平洋)
Tuan Ch'i-jui〔'dwɑn 'tʃi·'re〕(中)
Tuan Yang〔'dwɑn 'jaŋ〕(中)
Tuapse〔,tʊɑp'sɛ〕土普塞(蘇聯)
Tuapi〔'twɑpɪ〕
Tuareg〔'twɑrɛg〕
Tuatha De Danaun〔tu'ɑhə de də'nɑn〕
Tuba〔'tubə〕
Tubal〔'tjubəl〕
Tubal-Cain〔'tjubəl·,ken〕
Tubb〔'tʌb〕塔布
Tubbs〔'tʌbz〕塔布斯
Tubby〔'tʌbɪ〕塔比
Tubières〔tjʊ'bjɛr〕(法)
Tubigon〔tu'bigɔn〕
Tübingen〔'tjʊbɪŋən〕
Tubize〔tjʊ'biz〕
Tubman〔'tʌbmən〕塔卜曼(William
Vacanarat Shadrach, 1895-1971, 賴比瑞亞
律師及總統)
Tubuaï Islands〔,tubʊ'aɪ ∼〕土布艾群
島(法國)
Tubuaï Manu〔,tubʊ'aɪ 'mɑnu〕
Tuburan〔tu'burɑn〕
Tubus〔'tubuz〕
Tucana〔tju'kenə〕【天文】杜鵑座

Tucca〔'tʌkə〕
Tuck〔tʌk〕塔克
Tuckahoe〔'tʌkə,ho〕
Tuckaseigee〔,tʌkə'sidʒɪ〕
Tucker〔'tʌkə〕塔克
Tuckerman〔'tʌkəmən〕塔克曼
Tuckernuck〔'tʌkənʌk〕
Tuckerton〔'tʌkətən〕
Tucopia〔tu'kopɪə〕
Tucson〔tu'san〕土孫(美國)
Tucumán〔,tuku'man〕圖庫曼(阿根廷)
Tucumcari〔'tukəm,kɛrɪ〕
Tucupita〔,tuku'pitɑ〕
Tudeh〔tu'dɛ〕
Tudela〔tu'ðela〕(西)
Tudor〔'tjudə〕都鐸王朝(英國從 1485 年至
1603 年間之王朝)
Tudur Aled〔'tjudə 'ælɛd〕
Tuer〔tjʊr〕
Tufail, ibn-〔ibn-tʊ'faɪl〕
Tuffier〔tjʊ'fje〕(法)
Tufin〔tjʊ'fæn〕(法)
Tufnell〔'tʌfnəl〕塔夫內爾
Tuft〔tʌft〕
Tufton〔'tʌftən〕塔夫頓
Tufts〔tʌfts〕塔夫茨
Tufty〔'tʌftɪ〕塔夫蒂
Tu Fu〔'du 'fu〕杜甫(712-770,中國唐代
詩人)
Tug〔tʌg〕
Tugalo(o)〔'tʊgəlo〕
Tugela〔tu'gelə〕
Tugendbund〔'tugəntbʊnt〕
Tuggle〔'tʌgl〕塔格爾
Tuggurt〔tʊ'gʊrt〕土古特(阿爾及利亞)
Tughlak〔tug'læk〕
Tughlakabad〔tʊg'lʌkɑ,bad〕
Tugman〔'tʌgmən〕
Tuguegarao〔,tugega'rɑo〕
Tugwell〔'tʌgwɛl〕塔格衞爾
Tu-hsiu, Ch'ên〔'tʃʌn 'du·'ʃju〕(中)
Tuileries〔'twiləri ; twil'ri (法)〕巴黎
以前之一皇宮(1871年被焚,現成爲著名之花園)
Tuindorp Oostzaan〔'tɔɪndɔrp 'ostzɑn〕
(荷)
Tuite〔tjut〕圖特
Tuitium〔tjʊ'ɪʃɪəm〕
Tujunga〔tə'hʌŋgə〕
Tukaji〔'tʊkɑdʒi〕
Tuke〔tjuk〕圖克
Tukey〔'tjukɪ〕圖基
Tuko〔'tuko〕

Tukuhnikivatz〔,tʌkə'nıkıvats〕
Tukulor〔'tukulɔr〕
Tukulti-Ninurta〔tu'kulti·ni'nurta〕
Tukuyu〔tu'kuju〕
Tula〔'tulə〕杜拉（蘇聯）
Tulach Mór〔'tuləh mɔr〕（愛）
Tulagi〔tu'lagɪ〕
Tulainyo〔,tulə'ınjo〕
Tulan〔'du'lan〕（中）
Tulane〔tju'len〕圖蘭
Tulare〔tu'lɛrɪ〕
Tularosa〔,tulə'rosə〕
Tulasne〔tju'lan〕（法）
Tule〔'tulɪ ; 'tule〕
Tulé〔'tʊli〕
Tuléar〔tjʊle'ar〕（法）屠累阿爾（馬達加斯加）
Tulia〔'tuljə〕
Tulkarm〔tul'karm〕
Tul Karm〔tul 'karm〕
Tulkinghorn〔'tʌlkıŋhɔrn〕
Tull〔tʌl〕塔爾
Tullahoma〔,tʌlə'homə〕
Tullamore〔,tʌlə'mɔr〕
Tulle〔tul ; tjʊl〕（法）
Tullear〔tjʊle'ar〕（法）
Tullia〔'tʌlɪə〕
Tullibardine〔,tʌlɪ'bardın〕
Tullichewan〔,tʌlı'kjuən ; -'hju-（蘇）〕
Tullio〔'tulljo〕（義）圖利奧
Tullius〔'tʌlɪəs〕
Tulliver〔'tʌlɪvə˞〕
Tulloch〔'tʌlək ; -əh（蘇）〕塔洛克
Tullochgorum〔tʌləh'gɔrəm〕（蘇）
Tulloh〔'tʌlo〕
Tulloss〔'tʌlas〕塔洛斯
Tullum〔'tʌləm〕
Tullus Aufidius〔'tʌləs ɔ'fɪdɪəs〕
Tullus Hostilius〔'tʌləs has'tɪlɪəs〕
Tully〔'tʌlɪ〕塔利
Tulne〔'tʊlnə〕
Tuloma〔tʊlʌ'ma〕（俄）
Tulp〔tɜlp〕（荷）
Tulsa〔'tʌlsə〕土耳沙（美國）
Tulse〔tʌls〕
Tulsi Das〔'tʊlsi 'das〕屠爾西達斯（1532-1623, 印度詩人）
Tulufan〔'tu'lu'fan〕
Tului〔'tʊlʊɪ〕
Tulungagung〔'tʊlʊŋ'agʊŋ〕
Tulunid〔tu'lunɪd〕
Tulupnikov〔tʊlʊp'nikəf〕

Tumacacori〔,tumɪ'kakorı〕
Tumart, ibn-〔ıbn·'tumɜrt〕
Tumatanguis〔,tuma'taŋgɪs〕
Tumatumari〔,tumətu'marı〕
Tumba〔'tʌmbə〕
Tumbes〔'tumbes〕
Tumbleson〔'tʌmblsn〕
Tumen〔'tu'mʌn〕❶圖們（吉林）❷圖們江（中國）
Tumilty〔'tʌmɪltɪ〕
Tumkur〔tʊm'kur〕
Tummel〔'tʌmɪl〕
Tummo〔'tʊmo〕
Tumpat〔'tʊmpat〕
Tumuc-Humac〔tu'muk·u'mak〕
Tumulty〔'tʌməltɪ〕塔馬爾蒂
Tumwater〔'tʌm,watə˞〕
Tuna〔'tunə〕
Tunari〔tu'narı〕
Tunas〔'tunəs〕
Tunbelly Clumsy〔'tʌn,bɛlɪ 'klʌmzɪ〕
Tunbridge〔'tʌnbrıdʒ〕騰布里奇
Tundzha〔'tʊndʒa〕
Tunemah〔'tunəma〕
Tunes〔'tjuniz〕
Tunesi〔tju'nɛsɪ〕
Tung〔dʊŋ〕（中）
Tungabhadra〔,tʊŋgab'hʌdra〕（印）
Tung-chau〔'tʊŋ·'tʃau〕
T'ung Chih〔'tʊŋ 'dʒɪə〕（中）
Tungchow〔'tʊŋ'dʒo〕（中）
Tunghai〔'tʊŋ'haɪ〕
Tunghsien〔'tʊŋ'fjen〕
Tunghua〔'tʊŋ'hwa〕
Tunghwa〔'tʊŋ'hwa〕通化（安東）
Tungkiang〔'tʊŋdʒı'aŋ〕同江（合江）
Tungking〔'tʌŋ'kıŋ〕
Tungkwan〔'tʊŋ'gwan〕潼關（陝西）
Tungliao〔'tʊŋlı'au〕
Tung-pei〔'tʊŋ·'pe〕
Tungshan〔'tʊŋ'ʃan〕   「南）
Tungting Hu〔'dʊŋ'tıŋ 'hu〕洞庭湖（湖
Tungus〔tʊŋ'guz〕❶通古斯人（散布於西伯利亞東部各族中之一員）❷通古斯語
Tungusic〔tʊŋ'gʊzık〕通古斯語
Tunguska〔tʊn'guskə〕通古斯加河（蘇聯）
Tunhwang〔'tʊn'hwaŋ〕
Tunica〔'tjunıkə〕
Tunis〔'tjunıs〕突尼斯（突尼西亞）
Tunisia〔tju'nızıə〕突尼西亞（北非）
Tunisie〔tjuni'zi〕
Tunja〔'tʊndʒa ; 'tunha（西）〕通哈

Tunkers〔'tʌŋkəz〕
Tunkhannock〔tʌŋk'hænək〕
Tunk〔tʌŋk〕
Tunks〔tʌŋks〕騰克斯
Tunnard〔'tʌnəd〕騰納德
Tunnell〔'tʌnl〕騰內爾
Tunner〔'tʌnə〕騰納
Tunney〔'tʌnɪ〕騰尼
Tunnibuli〔ˌtunɪ'bulɪ〕
Tunstall〔'tʌnstəl〕騰斯托爾
Tunuyán〔ˌtunu'jan〕
Tuoh(e)y〔'tuhɪ〕圖伊
Tuolumne〔tu'aləmnɪ〕
Tuomey〔'tumi〕
Tupac〔'tupak〕
Tupac Amaru〔tu'pak a'maru〕
Tuparro〔tu'parə〕
Tupelo〔'tjupə,lo〕
Tupí〔tu'pi〕
Tupí-Guaraní〔tu'pi·gwara'ni〕
Tupikov〔'tupikəf〕
Tupinamba〔ˌtupi'namba〕
Tupiza〔tu'pisa〕(拉丁美)
Tupman〔'tʌpmən〕
Tupper〔'tʌpə〕塔珀
Tuptee〔'tʌpti〕
Tupungato〔ˌtupuŋ'gato〕
Tuque, La〔la 'tjuk〕
Turin〔tju'rɪn〕
Tur, Jebel et〔dʒæ'bæl æt 'tur〕(阿拉伯)
Tura〔'turə ; tu'ra〕❶吐拉(新疆)❷土臘
(蘇聯)
Turan〔tu'ran〕
Turandot〔ˌturan'dɔt〕
Turania〔tju'renjə〕
Turati〔tu'ratɪ〕
Turbat〔'turbət〕
Turbervil(l)e〔'tɝbə,vɪl〕特伯維爾
Turbia〔'turbɪə〕
Turcaret〔tjurka'rɛ〕(法)
Turck〔tɝk〕土克
Turckheim〔tjur'kɛm〕(法)   「人
Turco〔'tɝko〕法國陸軍步兵中之阿爾及利亞
Turcoman〔'tɝkəmæn〕土庫曼人(中亞之
半遊牧民族)
Ture〔'turɛ〕(瑞典)圖雷
Tureman〔'tjurmən〕圖爾曼
Turenne, de〔tju'ren〕替倫(Vicomte,
1611-1675,法國元帥)
Turentum〔tju'rentəm〕
Turf〔tɝf〕
Turfan〔tur'fan〕吐魯番(新疆)

Turgai〔tur'gaɪ〕
Turgalium〔tə'geliəm〕
Turgansk〔tur'gansk〕
Turgenev〔tə'genjɛv〕屠格涅夫(Ivan
Sergeevich, 1818-1883, 俄國小說家)
Turgenieff〔tə'genjɛf〕
Turgot〔tjur'go〕堵哥(Anne Robert
Jacques, 1727-1781, 法國政治家及經濟學家)
Turhan〔tur'han〕
Türheim〔'tjurhaɪm〕
Turí〔tu'ri〕圖里河(黑龍江)
Turia〔'turja〕
Turiassú〔ˌturjə'su〕
Turicum〔'tjurɪkəm〕
Turin〔tju'rɪn〕杜林(義大利)
Turina〔tu'rina〕
Turiya〔'turjɪjə〕
Turk〔tɝk〕❶土耳其人❷土耳其馬
Turkana〔tur'kanə〕
Turkes〔tɝks〕   「洲)
Turkestan〔ˌtɝkɪs'tæn〕土耳其斯坦區(亞
Turkevich〔tur'kɛvɪtʃ ; 'tɝkvɪtʃ〕
Turkey〔'tɝkɪ〕土耳其(西亞及東南歐)
Turki〔'tɝki〕❶南土耳其語系❷土耳其語系
諸民族中之一員
Turkistan〔ˌtɝkɪ'stæn〕
Türkiye〔tjurkɪ'je〕(土)
Turkmanchai〔ˌturkman'tʃaɪ〕
Turkmen〔'tɝkmɛn ; -mən〕土庫曼語
Turkmenistan〔ˌtɝkmɛnɪ'stæn ;
ˌtɝkmɛnɪ'stan〕土庫曼(中亞)
Turkoman〔'tɝkəmən〕❶土庫曼人❷土庫
曼語
Turkomania〔ˌtɝkə'menɪə〕
Turks〔tɝks〕特克斯(西印度群島)
Turku〔'turku〕土庫(芬蘭)
Turku-Pori〔'turku·'pɔrɪ〕
Turl〔tɝl〕
Turla〔tur'la〕
Turley〔'tɝlɪ〕特利
Türlin〔'tjurlɪn〕
Turlock〔'tɝlak〕
Turlough〔'tɝlo ; 'θurlo (愛)〕特洛
Turlygod〔'tɝlɪgad〕
Turmair〔'turmaɪə〕
Turmayr〔'turmaɪə〕
Türmer〔'tjurmə〕
Turmus〔'tɝməs〕
Turnacum〔tɝ'nekəm〕
Turnagain〔'tɝnə,gen〕
Turnberry〔'tɝn,bɛrɪ〕
Turnbull〔'tɝnbul〕特恩布爾

Turnèbe〔tjʊrˈnɛb〕(法)
Turneffe〔ˈtɛnɛf〕
Turner〔ˈtɝnɚ〕脫爾諾(❶ Frederick Jackson, 1861-1932, 美國歷史學家❷ Joseph Mallord William, 1775-1851, 英國畫家)
Turners Falls〔ˈtɝnɚz ˈfɔlz〕
Turnesa〔ˈtɝnɪsə〕
Turney〔ˈtɝnɪ〕特尼
Turney-High〔ˈtɝnɪ·ˈhaɪ〕
Turnham〔ˈtɝnəm〕
Turnhouse〔ˈtɝnhaʊs〕
Turnhout〔ˈtʃʊrnhaut〕
Turnmill〔ˈtɝnmɪl〕
Turnour〔ˈtɝnɚ〕特納
Turnu Roşu〔ˈturnu ˈrɔʃu〕(羅)
Turnus〔ˈtɝnəs〕
Turoni〔ˈtjʊrənaɪ〕
Turpain〔tjʊrˈpæŋ〕(法)
Turph〔tɝf〕
Turpin〔ˈtɝpɪn; tjʊrˈpæŋ(法)〕特平
Turquino〔turˈkino〕
Turrecremata〔ˌtɝrɪkrɪˈmetə〕
Turretini〔ˌturɛˈtini〕
Turret〔ˈtʌrɪt〕
Turrialba〔turˈrjalvə〕(西)
Turris Neviorum〔ˈtʌrɪs nəvɪˈorəm〕
Tur-Sinai〔ˈtur·ˈsinaɪ〕
Turstin〔ˈtɝstɪn〕
Turtle〔ˈtɝtl〕
Turton〔ˈtɝtn〕特頓
Turugart〔ˈturʊˌgart〕圖嘎嘎爾特(新疆)
Turukhansk〔turʊˈhɑnsk〕(俄)
Turun-Porin〔ˈturʊn·ˈpɔrɪn〕
Turton〔ˈtɝtən〕
Turvey〔ˈtɝvɪ〕
Turveydrop〔ˈtɝvɪdrɑp〕
Turyn〔ˈtjʊrɪn〕圖林
Tus〔tus〕
Tusar〔ˈtusɑr〕
Tuscaloosa〔ˌtʌskəˈlusə〕塔斯卡魯沙(美國)
Tuscan〔ˈtʌskən〕❶ Tuscany 人或居民❷ 標準義大利語
Tuscany〔ˈtʌskənɪ〕多斯加尼區(義大利)
Tuscarawas〔ˌtʌskəˈrɔwəs〕
Tuscarora〔ˌtʌskəˈrorə〕
Tuscola〔ˈtʌsˈkolə〕
Tusculum〔ˈtʌskjələm〕
Tuscumbia〔tʌsˈkʌmbɪə〕
Tushratta〔tuʃˈrætɑ〕
Tushrattu〔tuʃˈrɑttu〕
Tusi〔ˈtusi〕

Tusitala〔ˌtusɪˈtɑlə〕
Tuskegee〔tʌsˈkigɪ〕
Tussaud〔təˈso; tjuˈso(法)〕
Tusser〔ˈtʌsɚ〕塔瑟
Tussey〔ˈtʌsɪ〕
Tussi〔tussi〕
Tussum〔tuˈsum〕
Tustanowice〔ˌtustɑˈnoˈvitsɛ〕
Tutankhamen〔ˌtutəŋˈkamɛn; ˌtutæŋˈkamɛn〕= Tutenkhamon
Tut-ankh-amen〔ˌtut·əŋk·ˈamɛn; -æŋ-; -ɑŋ-; -mən〕
Tut-ankh-Aton〔ˌtut·əŋk·ˈatən〕
Tutchin〔ˈtʌtʃɪn〕
Tutching〔ˈtʌtʃɪŋ〕
Tutenkhamon〔ˌtutɛŋˈkamən〕杜唐卡門 (紀元前十四世紀時之埃及國王)
Tuthill〔ˈtʌθɪl〕塔特希爾
Tuthmosis〔tʌθˈmosɪs〕
Tuticorin〔ˌtutɪkəˈrɪn〕
Tutivillus〔ˌtjutɪˈvɪləs〕
Tutt〔tʌt〕塔特
Tuttiett〔ˈtʌtjet〕
Tuttle〔ˈtʌtl〕塔特爾
Tuttlingen〔ˈtutlɪŋən〕
Tutuila〔ˌtutʊˈila〕土土伊拉島(太平洋)
Tutupaca〔tutuˈpaka〕
Tutwiler〔ˈtʌt,waɪlɚ〕
Tuva〔ˈtuvə〕
Tuvalu〔tuˈvalu〕吐瓦魯(太平洋)
Tuve〔tjuv; ˈtuvɛ(瑞典)〕圖夫
Tuvinian〔tuˈvɪnɪən〕
Tuwaig, Jabal〔ˈdʒæbæl tʊˈwaɪk; -ˈwek〕
Tuwim〔ˈtuvim〕(波)
Tuxedo〔tʌkˈsido〕
Túxpam〔ˈtuspən〕(西)
Tuxpan〔ˈtuspən〕土斯潘(墨西哥)
Tuxtla〔ˈtustlɑ〕
Túy〔ˈtuɪ〕(西)
Tuz〔luz〕土茲(土耳其)
Tvardovsky〔tvarˈdɔfskɪ〕
Tvashtri〔ˈtvɑʃtri〕
Tver〔təˈvɛr; ˈtvjɛrj(俄)〕
Tvertsa〔tvjɛrˈtsa〕(俄)
Tvin〔tfin〕(亞美尼亞)
Twachtman〔ˈtwɑktmən〕瓦克特曼(John Henry, 1853-1902, 美國畫家)
Twaddell〔twɑˈdel; ˈtwadl〕特沃德爾
Twain〔twen〕馬克吐溫(Mark, 1835-1910, 美國小說家及幽默家)
Twareg〔ˈtwɑrɛg〕

Tweddell〔'twɛdl〕

Tweed〔twid〕脫衛得（William Marcy, 1823-1878,美國從政者）

Tweeddale〔'twiddel〕特威代爾

Tweedie〔'twidɪ〕特威迪

Tweedle〔'twidl〕

Tweedledee〔twidl'di〕

Tweedledum〔twidl'dʌm〕

Tweedmouth〔'twidməθ〕

Tweedsmuir〔'twidzmjʊr；-mjɔr〕特威茲穆爾

Tweito〔'twaɪto〕

Twelfth-night〔'twɛlfθ·'naɪt〕耶誕後十二日之夜或前夕

Twells〔twɛlz〕

Twemlow〔'twɛmlo〕

Twenhofel〔twɛn'hofəl〕特溫霍費爾

Twentyman〔'twɛntɪmən〕

Twichell〔'twɪtʃəl〕特威切爾

Twickenham〔'twɪknəm〕

Twidell〔twɪ'dɛl；'twɪdl〕

Twigg〔twɪg〕特威格

Twiggs〔twɪgz〕特威格斯

Twillingate〔'twɪlɪŋget〕

Twining〔'twaɪnɪŋ〕特文寧

Twins〔twɪnz〕【天文】雙子座

Twinsburg〔'twɪnzbɜg〕

Twiss〔twɪs〕特威斯

Twist〔twɪst〕特威斯特

Twistington〔'twɪstɪŋtən〕

Twitchell〔'twɪtʃəl〕特威切爾

Twitcher〔'twɪtʃɚ〕

Twitty〔'twɪtɪ〕特威蒂

Twohy〔'tuɪ〕圖伊

Twomey〔'tumɪ〕

Twort〔twɔrt〕特沃特

Twyford〔'twaɪfəd〕

Twyne〔twaɪn〕

Ty〔taɪ〕泰

Tyacke〔'taɪək〕

Tyana〔'taɪənə〕

Tyanaeus〔taɪə'niəs〕

Tyan-Shan〔'tjan·'ʃan〕（法）

Tyard〔tjar〕（法）

Tyas〔'taɪəs〕泰亞斯

Tybald〔'tɪbld〕

Tybalt〔'tɪbəlt〕

Tybee〔'taɪbɪ〕

Tybris〔'taɪbrɪs〕

Tyburn〔'taɪbən〕

Tyburnia〔taɪ'bɜnɪə〕

Tych〔tɪh〕

Tyche〔'taɪkɪ〕【希臘神話】命運之女神

Tychicus〔'tɪkɪkəs〕

Tycho〔'tjʊko；'tjʊho〕月球表面第三象限內之坑名

Tychsen〔'tjʊhsən〕（德）蒂克森

Tyczkiewicz〔tɪtʃ'kjɛvɪtʃ〕（波）

Tydeman〔'taɪdɪmən〕泰德曼

Tydeus〔'taɪdjus〕

Tydfil〔'tɪdvɪl〕

Tydings〔'taɪdɪŋz〕泰丁斯

Tye〔taɪ〕泰伊

Tyee〔'taɪ,i〕

Tygart〔'taɪgət〕

Tylden〔'tɪldən〕蒂爾登

Tyldesley〔'tɪldzlɪ〕

Tyler〔'taɪlə〕❶泰勒（John, 1790-1862,美國總統）❷泰勒（美國）

Tylertown〔'taɪlətaʊn〕

Tylissos〔'tiljɪsɔs〕（希）

Tylman〔'tɪlmən〕蒂爾曼

Tylor〔'taɪlə〕泰勒

Tylos〔'taɪlɑs〕

Tymandra〔tɪ'mændrə〕

Tymbria〔'tɪmbrɪə〕

Tymoteusz〔,tɪmɔ'teuʃ〕（波）

Tympakion〔tɪm'pakjɔn〕

Tynan〔'taɪnən〕泰南

Tyndal(e)〔'tɪndl〕丁道爾（William, 1492?-1536,英國宗教改革家）

Tyndall〔'tɪndl〕丁鐸爾（John, 1820-1893,英國物理學家）

Tyndareus〔tɪn'dɛrɪəs〕

Tyndrum〔taɪn'drʌm〕

Tyne and Wear〔,taɪn ən 'wɪr〕泰恩與（英格蘭）

Tyneman〔'taɪnmən〕

Tynemouth〔'taɪnmaʊθ〕泰因茅斯（英格蘭）

Tyner〔'taɪnə〕泰納

Tyng〔tɪŋ〕廷

Tyngsboro(ugh)〔'tɪŋzbərə〕

Tynwald〔'taɪnwald〕

Tynyanov〔tɪn'janəf〕

Typee〔'taɪpi〕

Typhoeus〔taɪ'fiəs〕【希臘神話】百頭巨人

Tyr〔tɪr；tir（法）〕

Tyrac〔ti'rak〕

Tyrannius〔tɪ'ræniəs〕

Tyrant〔'taɪrənt〕

Tyras〔'taɪrəs〕

Tyrconnel〔tɪr'kɑnl〕

Tyre〔taɪr〕泰爾港（黎巴嫩）

Tyree〔taɪ'ri〕泰里

Tyrell〔'tɪrəl〕
Tyrian〔'tɪrɪən〕泰爾人
Tyrian Cynosure〔'tɪrɪən 'saɪnəʃʊr〕
Tyrifjord〔'tjʊrɪ,fjɛr〕
Tyrol〔tɪ'rol〕提洛爾（歐洲）
Tyrone〔tɪ'ron〕替隆（北愛爾蘭）
Tyronza〔taɪ'rɒnzə〕
Tyropoeon〔,tɪrə'piɒn〕
Tyros〔'taɪrɑs〕
Tyrrel(l)〔'tɪrəl〕蒂勒爾
Tyrrhenian Sea〔tɪ'rinɪən ~〕第勒尼安
海（地中海）
Tyrtaeus〔tɚ'tiəs〕蒂勒斯
Tyrus〔'taɪrəs〕泰勒斯
Tyrwhitt〔'tɪrɪt〕蒂里特
Tyrwhitt-Wilson〔'tɪrɪt· 'wɪlsn〕狄利
特·威爾遜（Gerald Hugh, 1883-1950, 英國
作曲家及畫家）
Tys〔tjʊs〕
Tysen〔'taɪsən〕
Tyser〔'taɪzɚ〕泰澤
Tyson〔'taɪsn̩〕泰森
Tyssen〔'taɪsn̩〕

Tysser〔'taɪsɚ〕
Tyssowski〔taɪ'sauskɪ〕
Tytania〔tɪ'tenɪə〕
Tytärsaari〔'tjutær,sarɪ〕（芬）
Tyulenev〔tjʊ'ljenjɪf〕（俄）
Tytler〔'taɪtlɚ〕泰特勒
Tyumen〔tju'men〕圖門（蘇聯）
Tyutchev〔'tjutʃəf〕
Tyzack〔'taɪzæk〕
Tzana〔'tsɑnɑ〕
Tzara〔'tsɑrɑ〕
Tzaráracua〔tsɑ'rɑrɑkwɑ〕
Tze〔tsʊ〕（中）
Tze-hsi〔'tsʊ·'ʃi〕
Tzekung〔'dzʌ'kʊŋ〕（中）
Tzeliutsing〔'dzʌ'lju'dʒɪŋ〕（中）
Tzetzes〔'tsɛtsiz〕（希）
Tzia〔dzjɑ〕（希）
Tzinteutl〔tsin'teutl〕
Tzolkin〔'tsɔlkɪn〕
Tzu〔tsʊ; dzʌ〕（中）
Tzu Hsi〔'tsʊ 'ʃi〕
Tzumé〔'tsume〕

U

Ua Huka〔'uɑ 'hukɑ〕
Ualan〔wɑ'lɑn〕
Ualual〔'wɔlwɔl〕
Uam Var〔'jʊəm 'vɑr〕
Uap〔wɑp〕
Ua Pau〔'uɑ 'pɑʊ〕
Ua Pu〔'uɑ 'pu〕
Uasin Gishu〔u'ɑsin 'giʃu〕
Uatumá〔ˌwɑtu'mɑ〕
Uaupés〔wɑʊ'pes〕烏斐斯河(南美)
Uaxactún〔ˌwɑʃɑk'tun〕
'Ubaid, al-〔ˌæl·ʊ'bed〕
Ubaldi〔u'bɑldi〕烏巴爾迪
Ubaldini〔ˌubɑl'dini〕烏巴爾迪尼
Ubaldino〔ˌubɑl'dino〕
Ubaldo〔u'bɑldo〕
Ubaldo Allucingoli〔u'bɑldo allu-
    'tʃiŋgoli〕(義)
Ubaldus〔ju'bældəs〕
Ubangi〔ju'bæŋgi〕烏班基河(非洲)
Ubangi-Shari〔ju'bæŋgi·'ʃɑri〕烏班基沙
    里(非洲)
Ubangi-Shari-Chad〔ju'bæŋgi·'ʃɑri-
    'tʃæd〕
Ubara-tutu〔'ubɑrɑ·'tutu〕
Ubbelohde〔'ʌbəlod〕厄布洛德
Ubbo〔'ɝbo〕(荷)
Úbeda〔'uvɛðɑ〕(西)
Uberaba〔ˌuvə'rɑvə〕(巴西)
Überlingersee〔'jubəliŋəze〕(德)
Uberti〔u'bɛrti〕
Ubertini〔ˌuber'tini〕
Ubertino〔ˌuber'tino〕
Uberto〔u'bɛrto〕
Uberto Crivelli〔u'bɛrto kri'vɛlli〕(義)
Überweg〔'jubəvek〕(德)
Ubico Castaneda〔u'viko ˌkɑstɑ'njeðɑ〕
    (西)
Ubii〔'jubiɑi〕
Ubina〔u'vinɑ〕(西)
Ubinas〔u'vinɑs〕(西)
Ubiquitarian〔jubikwi'tɛriən〕
Ubol Rajadhani〔ubʌn rɑttʃɑthɑni〕
    (暹羅)
Ubon〔ubʌn〕烏汶(泰國)
Ubsu Nur〔'ʊbsu 'nur〕
Ubu-Roi〔jubju·'rwɑ〕(法)
Ucayali〔ˌukɑ'jɑli〕烏卡雅利河(秘魯)

Uccello〔ut'tʃɛllo〕(義)烏切洛
Uccle〔'jukl〕烏克耳(比利時)
Uchard〔jʊ'ʃɑr〕(法)
Uchatius〔ʊ'hɑtsiʊs〕(德)
Ückermark〔'jʊkəmɑrk〕(德)
Uckfield〔'ʌkfild〕
Uda〔ʊ'dɑ〕❶字陀(日本)❷烏達(內蒙古)
Udaipur〔u'dɑipʊr〕
Udal〔'judəl〕尤德爾
Udale〔ju'del〕
Udall〔'judəl; ju'dæl; 'judæl〕
Udalricus〔ˌjudəl'rɑikəs〕
Udayadhani〔uthɑithɑni〕(暹羅)
Uday Shankar〔'udɑi ʃɑn'kɑr〕
Uddjaur〔'ʌdjɑʊr〕(瑞典)
Udell〔'judəl〕
Uden〔'judn〕
Udet〔'udɛt〕
Udi〔'udi〕
Udine〔'udine〕烏第納(義大利)
Udmurt〔'ʊdmʊrt;ʊt'mʊrt〕烏德摩特
    (蘇聯)
Udo〔'udo〕
Udolpho〔u'dɑlfo〕
Udon Thani〔ʊdɔn thɑni〕(暹羅)
Udorndhani〔ʊdɔrnthɑni〕
Udot〔'udɔt〕
Udržal〔'ʊdəʒɑl〕(捷)
Udy〔'judi〕尤迪
Uea〔u'eɑ〕
Ueberweg〔'jubəvek〕(德)
Uebi Scebeli〔ˌwɛbi ʃe'bɛli〕(義)
Uechtland〔'jʊhtlɑnt〕(德)
Uechtritz〔'jʊhtrits〕(德)
Uele〔'wɛle〕瓦洛河(非洲)
Uelen〔wɛ'lɛn〕
Uetersen〔'jʊtəzən〕(德)
Uexküll〔'jʊkskjʊl〕(德)尤克斯卡爾
Ufa〔u'fɑ〕烏法(蘇聯)
Ufer〔'ʌfə〕厄弗
Uffington〔'ʌfiŋtən〕
Uffizi〔u'fitsi〕
Ufford〔'ʌfəd〕厄福德
Uganda〔ju'gændə〕烏干達(非洲)
Ugarit〔ˌugɑ'rit〕
Ugarte〔u'gɑrte〕
Ugarteche〔ˌugɑr'tetʃe〕
Uggione〔ud'dʒɔne〕(義)

Ughtred〔'utrɪd〕
Ugliano〔u'ljano〕（義）
Uglich〔'uglɪtʃ〕
Uglow〔'juglo〕
Ugo〔'ugo〕烏戈
Ugolini〔,ugo'lini〕
Ugolino〔,ugo'lino〕
Ugrian〔'jugrɪən〕
Ugric〔'jugrɪk〕
Ugro-Altaic〔'jugro·æl'teɪk〕
Ugro-Finn〔'jugro·'fɪn〕
Ugro-Finnic〔'jugro·'fɪnɪk〕
Ugubaldus〔,jugju'bældəs〕
Uguccione da Pisa〔,ugu'tʃone da
　'pisa〕（義）
Uharie〔ju'hærɪ〕
Uhde〔'udə〕
Uhl〔jul〕尤爾
Uhlan〔'ulan〕
Uhland〔'ulənd; 'ulant〕烏蘭特（Johann
　Ludwig, 1787-1862, 德國詩人及歷史家）
Uhle〔'juli〕
Uhlenbeck〔'ulənbɛk; 'ju-（荷）〕
Uhlenhuth〔'ulənhut〕
Uhler〔'julə〕尤勒
Uhlich〔'ulɪh〕（德）
Uhrich〔ju'rik〕（法）于里克
Uhrichsville〔'jurɪksvɪl〕
Uhse〔'ʊzə〕
Uicker〔'jukə〕尤克
Ui Failghe〔wɪ 'falə〕（愛）
Uig〔'juɪg〕
Uigur〔'wigʊr〕❶維吾爾人❷維吾爾語
Uiha〔u'iha〕
Uijlenburgh〔'ɔɪləmbəh〕（荷）
Uijongbu〔'wi'dʒɔŋ'bu〕
Uinkaret〔u'ɪŋkəret〕
Uinta(h)〔ju'ɪntə〕
Uipko〔'ɔɪpko〕
Uiracocha〔,wɪru'kotʃa〕
Uist〔'juɪst〕
Uitlander〔'aɪt,lændə; 'et,lændə〕
Ujae〔u'dʒae〕
Ujain〔'udʒaɪn〕
Ujda〔'udʒdə〕（阿拉伯）
Ujejski〔u'jeskɪ〕（波）
Ujfalvy von Mezökövesd〔'uj,fɔlvɪ fan
　'mezə,kəvɛʃt〕
Ujiji〔u'dʒidʒɪ〕
Ujjain〔'udʒaɪn〕

Újpest〔'uj,pɛʃt〕烏派斯（匈牙利）
Ujvidék〔'uj,videk〕（匈）
Ukamba〔u'kæmbə〕
Ukerewe〔,uke'riwɛ〕
Ukermark〔'ukəmark〕
Ukert〔'ukət〕
Ukhrul〔ʊkh'rʊl〕
Ukiah〔jʊ'kaɪə〕
Ukkāmā〔ʊk'kama〕
Ukkel〔'jʊkəl〕（法蘭德斯）
Ukraina〔uk'raɪnə〕
Ukraine〔'jukren; ju'kren〕烏克蘭（蘇聯）
Ukrainka〔ʊk'raɪnkə〕
Ukualuthi〔,ukwa'luθi〕
Ukuambi〔uk'wambi〕
Ulaanhüü〔ulan'hjʊ〕（蒙古）
Ulai〔'ulaɪ〕
Ulan Bator〔'ulan 'batɔr〕烏蘭巴托（蒙古）
Ulanova〔u'lanəvə〕
Ulan Ude〔'ulan u'dɛ〕烏蘭烏德（蘇聯）
Ulate Blanco〔u'late 'blaŋko〕
Ulawun〔u'lawun〕
Ulbach〔jul'bak〕（法）
Ulbricht〔'ʊlbrɪht〕（德）
Uleåborg〔'ulɛo,bɔrj〕（瑞典）
Ulema〔u'lema〕
Ulenspiegel〔'ulənʃ,pigəl〕
Ulfila〔'ʊlfɪlə〕
Ulfilas〔'ʊlfɪlæs〕
Ulgham〔'ʌfəm〕
Ulianovsk〔u'ljanəfsk〕（俄）
Uliarus〔ju'laɪərəs〕
Ulick〔'julɪk〕尤利克
Ulindi〔u'lɪndɪ〕
Ulises〔u'lises〕
Ulisse〔jʊ'lis（法）; u'lisse（義）〕
Ulithi〔u'liθɪ〕
Ulixes〔jʊ'lɪksiz〕
Uljan〔'uljan〕
Ull〔ʊl〕
Ullapool〔'ʌləpul〕（蘇）
Uller〔'ʊlə〕
Ulleswater〔'ʌlz,watə〕
Ullman〔'ʌlmən〕厄爾曼
Ullmann〔'ʊlmən〕厄爾曼
Ulloa〔ul'lɔa（義）; u'ljoa（西）; u'joa（拉
　丁美）
Ullr〔'ʊlə〕
Ullswater〔'ʌlz,wɔtə〕瓦爾斯沃特
Ullur〔'ʊlə〕
Ulm〔ʊlm〕烏爾木（德國）
Ulmanis〔'ʊlmanɪs〕

Ulmus〔ˈʌlməs〕【植物】榆屬

Ulphilas〔ˈʊlfɪlæs〕

Ulpian〔ˈʌlpɪən〕額爾比安（A.D. 170?-228, Domitius Ulpianus, 羅馬法學家）

Ulpianus〔ˌʌlpɪˈenəs〕

Ulpius〔ˈʌlpɪəs〕

Ulric〔ˈʌlrɪk〕烏爾里克

Ulrica〔ˈʌlrɪkə〕

Ulrica, Louisa〔luˈizə ʊlˈrikə〕

Ulrich〔ˈʌlrɪk; jʊlˈrik（法）; ˈʊlrɪh（德）〕

Ulrici〔ʊlˈritsɪ〕

Ulrik〔ˈʊlrɪk（挪）; ˈʌlrɪk（瑞典）〕

Ulrika〔ˈʌlrɪkə; ˈʊlrika（芬）; ʌlˈrika（瑞典）〕

Ulrika Eleonora〔ʌlˈrika ˌɛlɛˈonɔra〕

Ulrike〔ʊlˈrikə〕

Ulster〔ˈʌlstə〕阿爾斯特省（愛爾蘭）

Ulteriore〔ul,terɪˈore〕

Ultima Thule〔ˈʌltəmə ˈθjulɪ〕

Ultramontane〔ˌʌltrəˈmanten〕

Ulúa〔uˈlua〕

Ulu Dağ〔ˌulu ˈda〕（土）

Ulug-Beg〔ˈulug·ˈbeg〕

Ulugh Beigh〔ˈulʊg ˈbeg〕

Ulugh Muztagh〔ˌulu mʊzˈta〕穆斯塔山（新疆）

Ulundi〔uˈlʊndɪ〕

Ulungu〔uˈlʊŋgu〕

Ulu Tjanko〔ˈulu ˈtʃaŋko〕

Ulva〔ˈʌlvə〕

Ulverston〔ˈʌlvəstən〕

Ulverstone〔ˈʌlvəstən〕

Ulvestad〔ulvəsˈtad〕

Ulwar〔ˈʌlwə〕

Ulyanov〔ʊlˈjanɔf〕

Ulyanovsk〔uˈljanafsk〕烏耳雅諾夫斯克（蘇聯）

Ulysse〔juˈlis〕

Ulysses〔juˈlɪsiz〕希臘傳說中 Ithaca 之王

Uma〔ˈumə〕烏瑪（黑龍江）

Uman〔uˈmæn; ˈumɑn; ʊˈmanj（俄）〕

Umanak〔ˈumənæk〕

Umatilla〔ˌjuməˈtɪlə〕

Umaua〔uˈmawa〕

Umayyad〔ʊˈmaɪjæd〕

Umayyah〔ʊˈmaɪjæ〕

Umba〔ˈʌmbə〕

Umbagog〔ʌmˈbegag〕

Umballa〔ʌmˈbala〕

Umbelosi〔ˌʌmbəˈlozɪ〕

Umbeluzi〔ˌʌmbəˈluzɪ〕

Umberto〔umˈbɛrto〕（義）

Umbilicanimi〔ˌʌmbɪlɪˈkænɪmaɪ〕

Umboi〔ˈumbɔɪ〕

Umbrella〔ʌmˈbrɛlə〕

Umbria〔ˈʌmbrɪə〕安布利亞（義大利）

Umbriel〔ˈʌmbrɪ,ɛl〕天王星的五個衛星之一

Umbro〔ˈʌmbro〕

Umbundu〔umˈbundu〕

Ume〔ˈumə〕

Umfolozi〔ˌʌmfoˈlozɪ〕

Umfreville〔ˈʌmfrəvɪl〕烏姆弗勒維爾

Umgeni〔ʊmˈgeni〕

Um Keis〔um ˈkes〕

Umma〔ˈʌmə〕

Umm al Hanna〔ˌumm æl ˈhænnæ〕（阿拉伯）

Umm Qeis〔um ˈkes〕

Umnak Island〔ˈumnæk ~〕烏姆納克島（美國）

Umpqua〔ˈʌmpkwə〕

Umritsir〔ʌmˈritsə〕

Um Shomar〔ʊm ˈʃomə〕（阿拉伯）

Umstattd〔ˈʌmstəd〕

Umtamvuna〔ˌumtæmˈvunə〕

Umtata〔umˈtatə〕

Umurbrogol〔ˌumʊrˈbrogɔl〕

Umzimkulu〔ˌumzɪmˈkulu〕

Umzimvubu〔ˌumzɪmˈvubu〕

Una〔ˈjunə; ˈunɑ; ˈunə〕尤納

Unadila〔ˌjunəˈdɪlə〕

Unaka〔juˈnekə〕

Unalakleet〔ˌunəˈlæklit〕

Unalaska〔ˌunəˈlæskə; ˌʌnəˈlæskə〕安那拉斯加島（阿拉斯加）

Unamuno〔ˌunaˈmuno〕

Unamuno y Jugo〔ˌunaˈmuno ɪ ˈhugo〕烏納木諾（Miguel de, 1864-1936, 西班牙哲學家及作家）

Uncas〔ˈʌŋkəs〕昂卡斯

Uncasville〔ˈʌŋkəsvɪl〕

Unci〔ˈʌnsaɪ〕

Uncle Esek〔ˈʌŋkl̩ ˈisɛk〕

Uncle Remus〔ˈʌŋkl̩ ˈriməs〕

Uncle Sam〔ˈʌŋkl̩ ˈsæm〕❶山姆大叔 ❷美國政府或人民

Uncle Silas〔ˈʌŋkl̩ ˈsaɪləs〕

Uncle Toby〔ˈʌŋkl̩ ˈtobɪ〕

Uncle Toms' Cabin〔ˈʌŋkl̩ ˌtamz ˈkæbɪn〕黑奴籲天錄

Undén〔ʊnˈden〕

Underberg〔ˈʌndəbɚg〕

Undercliff〔ˈʌndə,klɪf〕

Underdale〔ˈʌndədel〕

Underdowne〔ˈʌndəˌdaʊn〕
Underhill〔ˈʌndəˌhil〕昂德希爾
Undertaker〔ˌʌndəˈtekə〕
Underwood〔ˈʌndəˌwʊd〕安德伍德
Underworld〔ˈʌndəˌwɜld〕
Undery〔ˈʌndərɪ〕
Undest〔ˈʌndɛst〕
Undine〔ˈʌndin;ʌnˈdin〕
Undset〔ˈʊnsɛt〕翁塞特(Sigrid,1882-1949,挪威女小說家)
Unesco〔juˈnɛsko〕聯合國文教組織
Unebourg, d'〔djʊnˈbur〕
Unětice〔ˈʊnjɛˌtjɪtsɛ〕(捷)
Ung〔ʊŋ〕
UNGA〔ˈʌŋɡə〕聯合國大會
Ungama〔ʊŋˈgama〕
Ungar〔ˈʌŋɡə〕昂加爾
Ungaria〔uŋˈgarja〕
Ungarisch-Altenburg〔ˈʊŋɡarɪʃˈ-ˈaltənburk〕
Ungarn〔ˈʊŋɡarn〕
Ungava〔ʌŋˈgevə〕
Unger〔ˈʊŋə〕昂格爾
Ungerleider〔ˈʌŋɡəˌlaɪdə〕昂格萊德
Ungern-Sternberg〔ˈʊŋənˈˈʃtɛrnbɛrk〕
Unggi〔ˈʊŋˈgi〕(韓)
Ungoed〔ˈʌŋɡɔɪd〕昂戈德
Unguentine〔ˈʌŋgwɛntin〕
Uniacke〔ˈjunɪæk〕
Uniat〔ˈjunɪˌæt〕承認教宗之最高權威而仍保留其原有宗教儀式之希臘正教教徒
Unicoi〔ˈjunɪˌkɔɪ〕
Unicorn〔ˈjunɪˌkɔrn〕
Unie van Suid-Africa〔ˈjuni fan ˈsɔɪtˈafrɪka〕(南非荷)
Unije〔ˈunɪje〕
Unimak〔ˈjunɪˌmæk〕
Union〔ˈjunjən〕
Union, La〔la uˈnjɔn〕
Unión, La〔la uˈnjɔn〕(西)
Unión Cívica〔uˈnjɔn ˈsivika〕(西)
Uniontown〔ˈjunjənˌtaʊn〕聯合城(美國)
Unionville〔ˈjunjənˌvɪl〕
Unitarian〔ˌjunəˈtɛrɪən〕❶唯一神教派之信徒 ❷主張單一制政府者
Unitarist〔ˈjunɪtɛrɪst〕
United States〔juˈnaɪtɪd ˈstets〕美利堅合眾國;美國
Unity〔ˈjunɪtɪ〕
Universal City〔ˌjunɪˈvɜsəl～〕
Universe〔ˈjunəˌvɜs〕
University〔ˌjunəˈvɜsətɪ〕

Un-Khan〔ˈʊnˈhan〕(韃靼)
Unkiar-Skelessi〔ʊŋˈkjarˈˌskɛlɛˈsi〕
Unkumbi〔ʊŋˈkumbɪ〕
Unley〔ˈʌnlɪ〕
Unna〔ˈʊna〕昂納
Unnao〔ˈʊnaʊ〕
Uno〔ˈjuno〕
Unruh〔ˈʊnru〕
Unser Fritz〔ˈʊnzə ˈfrɪts〕
Unst〔ʌnst〕
Unstrut〔ˈʊnstrut〕
Unter den Linden〔ˈʊntə dən ˈlɪndən〕
Unter-Elsass〔ˈʊntəˈˈɛlzas〕
Unterfranken〔ˈʊntəˈfraŋkən〕
Untermeyer〔ˈʌntəˌmaɪə〕昂特邁耶
Untermyer〔ˈʌntəˌmaɪə〕安特邁爾(Louis, 1885-1977,美國詩人及批評家)
Unteroffizier〔ˌʊntəˈrofɪtsɪə〕
Unterwalden〔ˈʊntəˌvaldən〕(德)
Unthank〔ˈʌnθæŋk〕
Unukalhai〔junʌkalˈhei〕
Unverdorben〔ˌʊnferˈdɔrbən〕
Unwin〔ˈʌnwɪn〕昂溫
Unyamwezi〔ˌʊnjæmˈwezɪ〕
Unyanyembe〔ˌʊnjæˈnjɛmbɪ〕
Unyoro〔uˈnjoro〕
Unzha〔ˈʊnʒə〕
Uomo Qualunque〔ˈwomo kwaˈlunkwe〕
Upanishad〔uˈpænɪˌʃæd;uˈpanɪˌʃad〕(梵)優波尼沙(吠陀經之一部)
Upas〔ˈjupəs〕
Upcott〔ˈʌpkət〕厄普科特
Updegraff〔ˈʌpdəˌgraf〕厄普德格拉夫
Updike〔ˈʌpdaɪk〕厄普代克
Upernavik〔uˈpɜnəˌvɪk〕
Upfield〔ˈʌpfild〕
Upham〔ˈʌpəm〕厄珀姆
Upholland〔ʌpˈhalənd〕
Uphues〔ˈʊphjus〕
Upis〔ˈupɪs〕
Up Jenkins〔ʌp ˈdʒɛŋkɪnz〕
Upjohn〔ˈʌpdʒən〕厄普約翰
Upland〔ˈʌplənd;ˈʌpˌlænd〕
Upminster〔ˈʌpˌmɪnstə〕
Upolu〔uˈpolu〕烏波盧(太平洋)
Uppingham〔ˈʌpɪŋəm〕
Uppsala〔ˈʌpˌsalə〕烏普沙拉(瑞典)
Upsala〔ˈʌpsalə〕
Upson〔ˈʌpsn〕厄普森
Upton〔ˈʌptən〕額普頓(Emory,1839-1881,美國將軍及作家)
Upurui〔uˈpurui〕

Upward〔'ʌpwəd〕

Upwey〔'ʌpwe〕

Uqair〔ʊ'kaɪə〕（阿拉伯）

Ur〔ɜ〕【化】Uranium

Urabá〔ˌurɑ'va〕（西）

Ural〔'jʊrəl;ʊ'ral〕❶烏拉河（蘇聯），❷烏拉山（蘇聯）

Ural-Altaic〔'jʊrəl·æl'teɪk〕烏拉阿爾泰語族

Uralic〔jʊ'rælɪk〕

Uralsk〔jʊ'rælsk;u'raljsk〕烏拉爾斯克（蘇聯）

Urania〔jʊ'renɪə〕【希臘神話】九女神之一（司天文）

Uranus〔'jʊrənəs〕

Uraricoera〔uˌrɑrɪk'werə〕（巴西）

Uraricuera〔u'rɑrɪk'werə〕

Urartu〔u'rɑrtu〕

Ura Tyube〔'ʊrɑ tjʊ'bɛ〕

Urbach〔'urbɑh〕（德）烏爾巴赫

Urbain〔jʊr'bæŋ〕（法）

Urbal〔jʊr'bal〕（法）

Urban〔'ɜbən〕厄本

Urbana〔ɜ'bænə〕

Urbane〔ɜ'ben〕

Urbano〔ur'bɑno〕厄爾巴諾

Urbanus〔ʊr'bɑnʊs〕

Urbevilles〔'ɜbəvɪlz〕

Urbina〔ur'vinɑ〕（西）

Urbino〔ur'bino〕（義）

Urbinum〔ɜ'baɪnəm〕

Urbinum Hortense〔ɜ'baɪnəm hɔr-'tensɪ〕

Urbs Turonum〔ɜbz t'jʊronəm〕

Urch〔ɜtʃ〕

Urchard〔'ɜkəd〕（蘇）

Urchinfield〔'ɜtʃɪnfild〕

Urci〔'ɜsaɪ〕

Urcicinus〔ˌɜsɪ'saɪnəs〕

Urcos〔'urkos〕

Urdahl〔'ɜdɑl〕厄達爾

Urdaneta〔ˌurðɑ'netɑ;urðɑ'netɑ〕（西）

Urdu〔'urdu;ur'du;ɜ'du〕印度斯坦回教徒所通用之一種語言

Ure〔jur〕（蘇）尤爾

Uren〔ju'ren〕尤倫

Ureña〔u'renjɑ〕

Ur-Engur〔ˌur·'rɛngʊr〕

Ureta〔u'retɑ〕

Urey〔'jʊrɪ〕尤列（Harold Clayton，1893-1981，美國化學家）

Urfa〔ʊr'fɑ〕

Urfé〔jʊr'fe〕（法）

Urfey, d'〔'dɜfɪ〕

Urga〔'ʊrgɑ〕Ulan Bator 之舊名

Urganda〔ɜ'gændə〕

Urgel〔ur'gɛl〕

Uri〔'uri〕尤里

Uriah〔jʊ'raɪə〕【聖經】烏利亞（舊約一名人）

Urianghai〔ˌurjɑŋ'haɪ〕

Uriankhai〔ˌurjɑŋ'haɪ〕

Urian〔'jʊrɪən〕

Urias〔jʊ'raɪəs〕尤賴厄斯

Uribia〔u'rivjɑ〕（西）

Uriburu〔ˌurɪ'buru〕烏里布魯

Uriconium〔ˌjʊrɪ'konɪəm〕

Uridge〔'jʊrɪdʒ〕

Uriel〔'jʊrɪəl;u'rjel（葡）〕尤利歐

Uriell〔'jʊrɪəl〕

Urim and Thummim〔'jʊrɪm,'θʌmjm;'jɔrɪm-〕

Urion〔'jʊrɪən〕

Uri-Rotstock〔'uri·'rot·ʃtɑk〕

Uris〔'ʌrɪs〕

Urist〔'ʌrɪst;'jʊrɪst〕

Urizen〔jurɪzən〕

Urjö〔'urjə〕（芬）

Urk〔ɜk〕

Urmia〔'ɜmjə;,urmɪ'jɑ（波斯）〕

Urmson〔'ɜmsən〕厄姆森

Urmston〔'ɜmstən〕

Ur-Nammu〔ʊr·'nɑmmu〕

Urnersee〔'ʊrnəze〕（德）

Ur of the Chaldees.〔ɜ,kæl'diz〕

Urquhart〔'ɜkət;'ɜkɑrt〕烏爾咯特（Sir Thomas，1611-1660，蘇格蘭作家）

Urquia〔ur'kiɑ〕

Urquiza〔ʊr'kisɑ〕（拉丁美）

Urrabieta〔ˌurɑ'vjetɑ〕（西）

Urraca〔ʊr'rɑkɑ〕

Urrea〔ur'reɑ〕

Urre Lauquén〔'ʊrre laʊ'ken〕

Urry〔'ɜrɪ〕（蘇）厄里

Ursa〔'ɜsə〕【天文】❶大熊座❷小熊座

Ursa Major〔'ɜsə 'medʒɜ〕【天文】大熊座

Ursa Minor〔'ɜsə 'maɪnɜ〕【天文】小熊座

Urseren〔'ʊrzərən〕

Ursinus〔ɜ'saɪnəs;ʊr'zinʊs（德）〕

Urso〔'ɜso;'ʊrso〕

Ursúa〔ʊr'suɑ〕（西）

Ursula〔'ɜsjʊlə;'ɜsələ;'ursulɑ（義）〕歐秀拉

Ursule〔jʊr'sjʊl〕

Ursuline〔'ɜsjʊlaɪn〕

Ursus〔'ɜsəs〕
Urswick〔'ɜzwɪk;'ɜzɪk;'ɜsɪk〕厄威克
Ursyn〔'ursɪn〕
Uru〔'uru〕= Uruguay
Uruapan〔ur'wapan〕
Urubamba〔ˌuru'vamba〕（西）
Uruguai〔uru'gwaɪ〕
Uruguay〔'jurʊˌgwaɪ;'jurʊgwe;
　'ʊrʊgwaɪ〕烏拉圭（南美洲）
Uruguayan〔ˌuru'gweən〕烏扌圭人
Uruguayana〔ˌurugwə'jʌnə〕
Uruk〔'urʊk〕
Urukthapel〔urʊk'tapel〕
Urumchi〔u'rumtʃɪ〕烏魯木齊（新疆）
Urumiah〔ʊ'rumjə〕
Urumiyeh〔ˌurumi'je〕
Urumtsi〔u'rumtʃɪ〕
Urundi〔ʊ'rundɪ〕烏隆地（非洲）
Urungu〔u'rʊngu〕
Urvashi〔ʊr'vaʃɪ〕
Urville, d'〔'dɜvɪl;dɜ'vil（法）〕
Urvina〔ʊr'vina〕
Urwick〔'ɜwɪk〕
Ury〔'jurɪ〕尤里
Uryankhai〔urjaŋ'haɪ〕
Usa〔ʊ'sa〕
Usafi〔ju'sæfɪ〕
Usagara〔ˌusə'garə〕
Usambara〔ˌusam'barə〕
Usbeg〔'ʌsbɛg〕
Usbek〔'ʌsbɛk〕
Usborne〔'ʌzbən〕厄斯本
Uscudama〔ˌʌskju'demə〕
Usedom〔'uzədɔm〕
Useless Bay〔'juslɪs～〕
Usener〔'uzənə〕
Usertesen〔'usɛrtəˌsɛn〕
Usertsen〔'usɛrˌtsɛn〕
Ushant〔'ʌʃənt〕
Ushas〔'uʃəs;ʊ'ʃas〕古印度黎明之女神
Ushba〔'ʊʃba〕
Usheen〔'ʌʃin〕
Usher〔'ʌʃə〕
Ushnuiyeh〔ˌʊʃnʊwi'je〕
Ushuaia〔us'waja〕烏蘇艾亞（阿根廷）
Usigli〔u'sili〕
Usipites〔ju'sɪpɪtiz〕
Usirtesen〔'usɪrtəˌsɛn〕

Usk〔ʌsk〕厄斯克
Uskara〔'juskərə〕
Üsküb〔jʊs'kjub〕
Üsküdar〔ʊs'kʊdar;ˌjuskjʊ'dar〕烏斯庫
　達爾（土耳其）
Üsküp〔jʊs'kjup〕（土）
Usnach〔'ʊʃnə〕（愛）
Usnech〔'ʊʃnə〕（愛）
Usney〔'ʊsnɪ〕
Usolye - Solikamskoye〔u'sɔljɪ‧sɔljɪ‧
　'kamskəjɪ〕（俄）
Uspallata〔ˌuspa'jata〕（拉丁美）
Uspenski〔us'pɛnskɪ;ʊs'pjɛnskəɪ〕（俄）〕
Us(s)her〔'ʌʃə〕額希爾（James, 1581-1656,
　愛爾蘭高級教士及學者）
Ussuri〔u'suri〕烏蘇里江（亞洲）　〔（蘇）
Ust - Abakanskoye〔'ust‧abə'kanskəjɪ〕
Ustan Haftum〔'ustan haf'tum〕
Ustazade〔justa'zad〕（法）
Ust Bolsheretsk〔'ust ˌbɔlʃə'rɛtsk;'ustj
　bəlʃɪ'rjɛtsk〕（俄）
Ust Dvinsk〔'ust 'dvɪnsk;'ustj 'dvjinsk
　（俄）〕
Usteri〔'ustəri〕
Ústí〔'ustji〕（捷）
Ustica〔'ustika〕
Ustick〔'justɪk〕尤斯蒂克
Ústí nad Labem〔'ustji nad 'labɛm〕（捷）
Ustinov〔əs'tɪnəf〕烏斯蒂諾夫
Ust Ishim〔'ust ɪ'ʃɪm;'ustj～（俄）〕
Ust Kamenogorsk〔'ust kə'mɛnəgɔrsk;
　'ustj kamjɪnʌ'gɔrsk〕（俄）〕
Ust Kut〔'ust 'kut;'ustj～（俄）〕
Ust Nyukzha〔'ust 'njukʒə;'ustj～（俄）〕
Ust Orda〔'ust ɔr'da;'ustj ʌr'da（俄）〕
Ust-Ordin〔'ust‧ɔr'din;'ustj‧ʌr'djin
　（俄）〕
Ust Sysolsk〔'ust sɪ'sɔlsk;'ustj
　sɪ'sɔljsk（俄）〕
Ust Tsilma〔'ust 'tsɪlmə;'ustj
　'tsjiljmə（俄）〕
Ust Urt〔'ust 'urt;'ustj 'urt（俄）〕
Ust Usa〔'ust ʊ'sa;'ustj～〕烏斯特烏薩
Usude〔u'sude〕　　　　　L（蘇聯）
Usulután〔ˌusulu'tan〕
Usumacinta〔ˌusuma'sinta〕
Usutu〔u'sutu〕
Utah〔'jutə;'juta〕猶他（美國）
Utaidhani〔ʊthaɪthani〕（暹羅）

Utatlán〔͵utat'lɑn〕
Ute〔'jutɪ〕
Utena〔͵utε'na〕
Uthai Thani〔ʊthaɪ thɑni〕（暹羅）
Uther〔'juθæ〕古不列顛一傳奇性國王
Uther Pendragon〔'juθæ pɛn'drægən〕
Uthoff〔'uthɑf〕
Uthwatt〔'ʌθwɑt〕厄斯沃特
Utica〔'jutɪkə〕由提卡（美國）
Uticensis〔͵ʌtɪ'sɛnsɪs〕
Utila〔u'tila〕
Utina〔'jutnə〕
Utinum〔'jutɪnəm〕
Utitz〔'utɪts〕（德）
Utješenović〔͵utje'ʃenəvɪtʃ〕（捷）
Utley〔'ʌtlɪ〕厄特利
Utliberg〔'jutlibɛrk〕（德）
Utnapishtim〔͵utnɑ'pɪʃtɪm〕
Uto-Aztecan〔'juto·æz'tɛkən〕
U'tong〔u'tɔŋ〕
Utopia〔ju'topɪə〕烏托邦；理想國
Utraquist〔'jutrəkwɪst〕
Utrecht〔'jutrɛkt；'jutrɛht〕烏特勒克
（荷蘭）
Utrera〔ut'rera〕
Utrillo〔u'trilo；ju'trɪljo；jutri'jo〕（法）
Utt〔ʌt〕厄特
Uttar Pradesh〔'ʊtæ prə'deʃ〕
Utter〔'ʌtæ〕
Uttoxeter〔ju'taksɪtæ；ʌ'tak-；'ʌksɪtæ〕
Utu〔'utu〕
Utuado〔u'twaðo〕（西）
Utug〔'utug〕
Utupua〔͵utu'pua〕
Utz〔uts〕
Uusimaa〔'usɪ͵ma〕（芬）

Uva〔'ʊvə；'uva〕
Uvalde〔ju'vældɪ〕
Uvarov〔u'vɑrɔf〕（俄）
Uvéa〔u'vea〕
Uvedale〔'juvdel〕
Uweinat, Jebel〔'dʒɛbəl u'wenæt〕
Uwharrie〔jʊ'hwærɪ〕
Uwins〔'juwɪnz〕尤溫斯
Uxantis〔ʌk'sæntɪs〕
Uxbridge〔'ʌksbrɪdʒ〕
Uxmal〔uʃ'mal；us'mal〕
Uyu〔'uju〕
Uyuni〔u'junɪ〕烏尤尼（玻利維亞）
Uz〔ʌz；ʊts〕
Uzanne〔ju'zan〕（法）
Uzaramo〔͵uzɑ'ramo〕
Uzbeg〔'ʌzbɛg〕
Uzbek〔'ʌzbɛk；'ʊzbɛk〕烏茲別克（蘇聯）
Uzbekistan〔͵ʌzbɛkɪ'stæn；͵ʌzbɛkɪ'stan〕
烏茲別克斯坦（蘇聯）
Uzboi〔'uz'bɔɪ〕
Uzès〔ju'zɛs〕
Uzhgorod〔'uʒgərad；'uʒgərət〕
Uzhok〔'ʊʒɔk〕
Uzhorod〔'uʒhɔrɔd〕
Uzi〔'uzɪ〕
Užice〔'uʒɪtsɛ〕（塞克）
Uznam〔'uznam〕
Uzobo〔uzobo〕
Užok〔'ʊʒɔk〕（捷）
Uzzah〔'ʌzə〕
Uzzell〔'ʌʒ；ʌ'zɛl〕
Uzzi〔'ʌzaɪ〕
Uzziah〔ʌ'zaɪə〕
Uzziel〔ʌ'zaɪəl〕

V

Vaagö〔'vɔgɚ〕
Vaaifetu〔,vaaɪ'fetu〕
Vaal〔val〕瓦耳河（南非）
Vaal Krantz〔'val 'krants〕
Vaalkrantz〔'val'krants〕
Vaasa〔'vasa〕瓦沙（芬蘭）
Vaca〔'vaka〕
Vaca de Castro〔'baka ðe 'kastro; -de -〕（西）
Vacapa〔va'kapa〕
Vacarescu〔,vaka'resku〕
Vacaria〔vakə'riə〕
Vacarius〔və'kɛrɪəs〕
Vacarro〔və'kɛrro〕
Vacaville〔'vækəvɪl〕
Vaccaro〔'vakaro; 'vækəro〕瓦卡拉
Vach〔vatʃ〕
Vache〔vaʃ〕
Vachel (1)〔'vetʃəl〕爲切爾
Vacher〔'væʃɚ〕
Vacherot〔va'ʃro〕（法）
Vachon〔'væʃan〕瓦尙
Vachopi〔va'tʃopi〕
Václav〔'vatslaf〕（捷）
Vaclovas〔'vatslɔvas〕
Vacquerie〔va'kri〕（法）
Vacuna〔və'kjunə〕
Vadász〔'vadas〕（匈）
Väddö〔'vɛ,dɚ〕（瑞典）
Vadé〔va'de〕（法）
Vadianus〔,vadɪ'anʊs〕
Vadimonian〔'vædɪ'monɪən〕
Vaduz〔va'duts〕瓦都茲（列支敦斯登）
Vaea〔va'ea〕
Vaeröy〔'vɛə,rɚju〕（挪）
Vaes〔vas〕（荷）
Vaeth〔veθ〕爲思
Vaez de Torres〔ba'eθ ðe 'tɔrres; -de -〕（西）
Vafiades〔va'fjadɪs〕
Vág〔vag〕
Vaga〔'vaga; 'vagə; 'vegə〕
Vagabondia〔,vægə'bandɪə〕　「尼亞」
Vagarshapat〔,vagarʃa'bad; -'pat〕亞美

Vaglieri〔va'ljɛrɪ〕（義）
Váh〔vah〕（捷）
Vahalis〔'vehalɪs〕
Vahlen〔'falən〕（德）
Vahlteich〔'valtaɪk〕
Vahumbi〔va'humbi〕
Vai〔vaɪ〕
Vaida-Voevod〔'vaɪda·vɔɪ'vɔd〕（羅）
Vaiden〔'vedn〕
Vaigach, Island〔'vaɪgətʃ; vaɪ'gatʃ〕瓦加奇島（蘇聯）
Vaigai〔'vaɪgaɪ〕
Vaihinger〔'faɪɪŋɚ〕（德）
Vaikuntha〔vaɪ'kʊntə〕
Vail〔vel〕維爾
Vaile〔vel〕維爾
Vaillant〔'væljənt〕（法）
Vaillant, le〔lə va'jaŋ〕（法）　　　「（法）
Vaillant-Couturier〔va'jaŋ·kutjʊ'rje〕
Väinämöinen〔'vaɪna,mɚɪnɛn〕（芬）
Vaishya〔'vaɪʃjə〕吠舍（印度社會中之農商階級）
Vaisya〔'vaɪsjə〕吠舍（印度社會中之農商階級）
Vajansky〔'vajanskɪ〕
Vajda〔'vaɪda〕（匈）
Vajiravudh〔,vædʒɪrə'vud〕
Vakaranga〔,vaka'raŋga〕
Vakh〔vah〕（俄）
Vakhoka〔va'hoka〕（班圖）
Vakhtangov〔vah'tangɔf〕（俄）
Vakoka〔va'koka〕
Vaksh〔vahʃ〕（俄）
Vakumbi〔va'kumbɪ〕
Val〔bal（西）; val（法、義）〕
Vala〔'vala〕
Valaam〔vəlʌ'am〕
Valadon〔vala'dɔŋ〕（法）
Valais〔'væle; va'lɛ〕（法）
Valamo〔'valamo〕
Valancy〔və'lænsɪ〕瓦南西
Valangin〔valaŋ'ʒɛŋ〕（法）
Valasek〔'væləsɛk〕瓦拉塞克
Valbert〔val'bɛr〕（法）
Valbuena〔valb'wena〕
Valcárcel〔bal'karθɛl〕（西）

Val Cismon〔val tʃiz'mon〕
Valckenaer〔'valkənar〕
Valcken Eylandt〔'valkən 'ailant〕
Valcour〔'vælkʊr〕
Valdai Hills〔val'dai hilz〕瓦耳代山（蘇聯）
Val d'Aosta〔val da'ɔsta〕
Valdegamas〔,valde'gamas〕
Val-de-Grace〔val·də·'gras〕（法）
Valdemar〔'valdəmar〕
Valdepeñas〔,balde'penjas〕（西）
Valderaduey〔,baldera'ðwe〕（西）
Valdes〔'væeldɪz〕代耳妯茲（美國）
Váldes〔'væeldɪs〕
Valdès〔val'dɛs〕（法）
Valdés〔bal'des〕（西）
Valdés, Meléndez〔mɛ'lendeθ val'des〕
  （西）
Valdese〔'vældiz〕
Valdés Leal〔bal'des le'al〕（西）
Valdéz〔'baldes〕（拉丁美）
Valdez Peninsula〔væl'diz ～〕巴耳德斯
  半島（阿根廷）
Val di Gardena〔,val dɪ gar'dɛna〕（義）
Val di Nievole〔,val dɪ 'njevole〕
Valdivia〔væl'dɪvɪə〕瓦爾的維亞（智利）
Valdo〔'væeldo〕（法）
Val d'Or〔val 'dɔr〕（法）
Valdosta〔væl'dasta〕
Vale〔vel〕維爾
Valée〔va'le〕瓦利
Valençay〔valaŋ'se〕（法）
Valence〔'velans〕（法）
Valencia〔və'lenʃɪə;ba'lenθja（西）〕瓦
  倫西亞（西班牙）
Valenciana〔,ve lenʃɪ'æna〕
Valenciennes〔,vælənsɪ'ɛn(z)〕華倫西安
  （法國）
Valencius〔və'lenʃɪəs〕
Valency〔'velansɪ〕
Valenge〔va'lɛnge〕
Valens〔'velənz〕衛倫斯（328?-378，東羅
  馬皇帝）
Valenstein〔'vælənstain〕
Valentia〔və'lenʃɪə〕瓦倫西亞
Valentia Edetanorum〔və'lenʃɪə
  ,idɪtə'nɔrəm〕
Valentin〔'væləntɪn（德）；valaŋ'tæŋ（法）〕
Valentín〔balen'tin〕（西）
Valentina〔,valɛn'tina〕
Valentine〔'væləntain〕聖·華倫泰（公元
  三世紀時羅馬基督教之殉教者）

Valentini〔valɛn'tinɪ〕
Valentinian〔,vælən'tɪnɪən;-'tɪnjən〕發
  蘭庭尼安（321-375，羅馬皇帝）
Valentinianus〔,væləntɪnɪ'enəs〕
Valentino〔,vælən'tino〕范倫鐵諾（Rudolph,
  1895-1926，美國電影男演員）
Valentinois〔vælənti'nwa〕（法）
Valentinovich〔vʌljɪn'tjinʌvjɪtʃ〕（俄）
Valentinus〔,vælən'tainəs〕
Valentio〔və'lenʃɪo〕
Valentius〔və'lenʃɪəs〕
Valenzuela〔,balɛn'swela〕（拉丁美）
Valera〔və'lera〕（瓦萊拉）
Valera, De〔,dɛ və'lerə〕
Valérand〔vale'laŋ〕（法）
Valera y Alcala Galiano〔ba'lera ɪ
  ,alka'la ga'ljano〕瓦勒拉（Juan,1824-
  1905,西班牙作家及政治家）
Valère〔va'lɛr〕（法）
Valeri〔vʌ'ljerjɔɪ〕（俄）
Valeria〔və'lɪrɪə〕瓦萊里亞
Valerian〔və'lɪrɪən〕瓦勒利安（Publius
  Licinius，死於？269,羅馬皇帝）
Valeriano〔vale'rjano〕
Valerianovich〔vʌljɪrjɪ'anʌvjɪtʃ〕（俄）
Valerianus〔və,lɪrɪ'enəs〕
Valerie〔'vælərɪ〕瓦萊麗
Valérie〔vale'ri〕（法）
Valérien, Mont〔mɔŋ vale'rjæŋ〕（法）
Valerio〔va'lɛrjo〕
Valerius〔və'lɪrɪəs;va'lerɪʊs（德）〕
Valerius Antias〔və'lɪrɪəs 'æntɪəs〕
Valerius Flaccus〔və'lɪrɪəs 'flækəs〕
Valerius Maximus〔və'lɪrɪəs 'mæksi-
  məs〕
Valerius Publicola〔və'lɪrɪəs pʌ'blɪkolə〕
Valero〔ba'lero〕（西）
Valéry〔,vale'rɪ〕華萊理（Paul Ambroise,
  1871-1945，法國詩人及哲學家）
Val-es-Dunes〔val·e·'djʊn〕（法）
Valese〔va'leze〕
Valespir〔valɛ'spir〕（法）
Valetta〔va'lɛta〕
Valette〔va'lɛt〕（法）
Valeur〔'vælə〕瓦勒
Valga〔'valga〕
Valgrund〔'valgrʌnd〕（芬）
Valhalla〔væl'hælə〕【北歐神話】奉祠陣亡
  戰士靈魂之廟堂；英靈殿
Valhorn〔'falhɔrn〕
Vali〔'vali〕
Valientes〔va'ljentɛs〕

Valin〔,va'læŋ〕瓦蘭(Martial Henri, 1898-,
法國將軍及外交家)

Valira, Gran〔,gram ba'lira〕(西)

Valjean〔val'ʒaŋ〕(法)

Valk〔valk; vʌlk (捷)〕

Valka〔'valka〕

Valkyr〔'vælkɪr〕= Valkyrie

Valkyrie〔væl'kɪrɪ〕【北歐神話】戰神
Odin 之一婢女

Valla〔'valla〕(義)

Valladolid〔,vælədə'lɪd; baljaðo'lið〕法
來多利(西班牙)

Vallance〔'væləns〕瓦蘭西

Vallancey〔væ'lænsɪ〕

Vallandigham〔və'lændɪgəm〕瓦倫迪加姆

Valle〔'valle (義); 'balje(西); 'vaje
(拉丁美)〕瓦爾

Vallecas〔ba'ljekas〕巴伊厄卡斯(西班牙)

Vallecito〔vaɪ'sitə〕

Valle d'Aosta〔'valle da'ɔsta〕(義)

Valle del Cauca〔'baje dɛl 'kauka〕
(拉丁美)　　　　　　　　　　Γ(義)

Valle di Pompei〔'valle dɪ pom'pɛi〕

Vallee〔'vælɪ〕瓦利

Vallée des Dappes〔va'le de 'dap〕(法)

Valleé-Poussin〔va'le-pu'sæŋ〕(法)

Vallehermoso〔,bajer'moso〕(拉丁美)

Valle Inclán〔'balje ɪŋ'klan〕(西)

Vallejo〔ba'jeho(拉丁美); və'leho〕

Vallemaggia〔valle'maddʒa〕(義)

Vallenilla〔,baje'nija〕(拉丁美)

Vallentine〔'væləntaɪn〕

Valles〔'bajes〕(拉丁美)

Valletort〔'vætɪtɔrt〕

Valletta〔və'letə〕法勒他(馬耳他)

Vallette〔va'let〕(法)

Valley〔'vælɪ〕瓦利

Valle y Caviedes〔'baje ɪ ka'veðes〕
(拉丁美)

Valleyfield〔'vælɪfild〕瓦利菲爾德

Valley Forge〔'vælɪ 'fɔrdʒ〕

Vallgrund〔'valgrʌnd〕

Valli〔'vali〕

Vallière, La〔la va'ljer〕(法)

Vallis Amsancti〔'vælɪs æm'sæŋktɪ〕

Vallisnieri〔,vallɪz'njerɪ〕(義)

Vallisoletum〔,vælɪsə'litəm〕

Vallombrosa〔,væləm'brosa; valom-
'brosa(義)〕

Vallon〔'vælən; va'lɔŋ(法)〕

Vallon de Soultz〔va'lɔŋ də 'sults〕(法)

Vallot〔va'lo〕(法)

Valluy〔'væljʊi〕

Valmer〔val'mer〕(法)

Valmera〔'valmera〕

Valmiera〔'valmjara〕

Valmiki〔val'miki〕

Valmore〔val'mɔr〕(法)

Valmy〔val'mi〕(法)

Valmy, de〔də val'mi〕(法)

Valnay〔val'ne〕(法)

Valois〔'vælwa〕(法)瓦盧瓦

Valour〔'vælə〕

Valparaiso〔,vælpə'rezo〕法耳巴拉索(智
利)

Valparaíso〔,vælpə'raɪzo; -'rezo;
balpara'iso(西)〕

Valpy〔'vælpɪ〕瓦爾皮

Valsalva〔val'salva〕

Valsch, Kaap〔kap 'vals〕

Vals-les-Bains〔valsle'bæŋ〕(法)

Val Sugana〔'val su'gana〕

Val Tellina〔val tɛl'lina〕(義)

Valtellina〔valtɛl'lina〕(義)

Valtelline〔valtɛl'line〕(義)

Valtournanche〔valtur'naŋʃ〕(法)

Valua〔və'luə〕

Val Verde〔væl 'vɜdɪ〕

Vamana〔'vamənə〕

Vamanapurana〔vamənəpu'ranə〕

Vámbéry〔'vamberɪ〕(匈)

Vamire〔va'mire〕

Vamp〔væmp〕

Vampyr〔'fampɪr〕(德)

Vamsadhara〔,vʌmʃəd'hara〕(印)

Van〔væn; van〕凡湖(土耳其)

van〔væn; van(荷); fan(德)〕

Van Aarssen〔van 'arsən〕(荷)

Van Allen〔væn 'ælɪn〕范海倫

Van Alstine〔væn 'ælstən〕

Van Alstyn〔væn 'ɔlstɪn〕

Van Alstyne〔væn 'ælstaɪn〕

Van Amringe〔væn 'æmrɪndʒ〕

van Amsterdam〔væn 'æmstədæm;
van ,amstə'dam〕

Vanand〔va'nand〕

Van Anda〔væn 'andə〕

Van Antwerpen〔væn 'æntwəpn〕

Van Berchem〔van 'bəkəm〕

Van Bomel〔væn 'baməl〕

Van Brugh〔væn 'brʌh〕

Vanbrugh〔væn'bru; 'vænbrə〕凡布魯
(Sir John, 1664-1726, 英國劇作家及建築師)

Van Brunt〔væn 'brʌnt〕范布倫特

Van Buren〔væn 'bjurən〕凡標倫（Martin,
　1782-1862，美國第八任總統）

Vanburgh〔'vænbərə〕

Van Campen〔væn 'kampən〕

van Campenhout〔væn 'kampənhaut〕

Vance〔vans〕方斯

Vanceboro〔'vansbərə〕

Vanceburg〔'vænsbəg〕

van Ceulen〔væn 'kələn〕

Van Cleef〔væn 'klef〕

Van Cleve〔væn 'klevə〕范克利夫

Van Corlaer〔van 'kərlar〕（荷）

Van Cortlandt〔væn 'kərtlənt; van
　'kərtlant〔荷〕〕

Vancouver〔væn'kuvə〕溫哥華（加拿大；
　美國）

Vancura〔'vantʃura〕（捷）

Van Curler〔væn 'kələ〕

Vandal〔'vændl〕汪達人（紀元五世紀侵入
　西歐高盧及西班牙，最後卜居北非之東日耳
　曼蠻族）

Vandalia〔væn'deliə〕

Vandam〔væn'dæm〕

Vandamme〔van'dam〕（法）

Vandau〔van'dau〕

Vande Bogart〔'vændə 'vogart〕

Van de Graaff〔'væn də ,græf〕

Vandegrift〔'vændəgrɪft〕

Van Dellen〔væn 'delən〕

Van de Maele〔'ven də ,mal〕

Vandemark〔'vændɪmark〕

Vandenberg〔'vændən,bəg〕范登堡
　（Arthur Hendrick, 1884-1951, 美國新聞記者
　及政壇人物）

van den Bogaert〔,van dən 'bogart〕（荷）

van den Bosch〔,van dən 'bas〕（荷）

Vandenbosch〔'vændənbaʃ〕

Van Depoele〔'væn də,pul〕

Vanderbeck〔'vændəbek〕

van der Beke〔,van də 'bekə〕

Vanderbilt〔'vændəbɪlt〕范德比爾特

Vanderburg〔'vændəbəg〕范德堡

Vanderburgh〔'vændəbəg〕范德伯格

Vanderbyl〔'vændəbail〕

Vandercook〔'vændəkuk〕范德庫克

Van der Does〔,van də 'dus〕（荷）

Van der Donck〔,van də 'dəŋk〕（荷）

van der Driesche〔,van də 'drishə〕
　（荷）

Vandergrift〔'vændəgrɪft〕

Van der Faes〔,van də 'fas〕「霍文

Van der Hoeven〔,væn də 'huvən〕范德

Van der Hum〔'væn də ,hum; 'vun də
　'hjum（荷）〕

Vanderlip〔'vændəlɪp〕

Vanderlyn〔'vændəlɪn〕

Vander Lugt〔'vændə lugt〕

Van der Mal〔,væn də 'mal〕

van der Meersch〔van dər 'mers〕（法）

van der Meulen〔,væn də 'mjulən〕

Vandermonde〔vandər'mənd〕（法）

Van der Poorten-Schwarz〔,van də
　'pərtən·'ʃvarts〕（荷）

Van der Rohe〔,væn də 'roə〕

Van Der Slice〔,væn də 'slais〕

Van der Stucken〔,væn də 'stʌkən〕

Vander Velde〔'vændə 'veldə〕

Vandervelde〔,vandə'veldə〕范德維爾德

Van Der Vries〔,væn də 'vris〕

Van der Waals〔'væn də ,wals〕（荷）

Van der Walen〔,van də 'walən〕

Van Derzee〔,væn də'zi〕

Van Deusen〔væn 'dəisən〕

Van Devanter〔,væn dɪ'væntə〕

Vandeveer〔'vændəvir〕范迪維爾

Vandevelde〔,vandə'veldə〕

van de Velde〔,van də 'veldə〕（荷）

Van Deventer〔væn 'deventə〕

van Dewall〔van də'val〕（荷）

Van de Water〔,væn də 'watə〕

Van Dieman〔væn 'dimən〕

Van Diemen〔væn 'dimən〕

Van Diemen's Land〔væn 'dimənz ~〕

van Dijk〔væn 'daik〕（荷）

Van Dine〔væn 'dain〕

Vandiveer〔'vændivir〕

van Dongen〔van 'dəŋən〕（荷）

Van Doren〔væn 'dərən〕凡多倫（Carl,
　1885-1950, 美國作家）

Van Dorn〔væn 'dərn〕

Vandover〔'vændəvə〕范多弗

Van Druten〔væ 'drutən〕范德魯騰

van Duyse〔van 'dəizə〕（荷）

Van Dyck〔væn 'daik; van 'daik〔法蘭德
　斯〕〕范戴克

van Dyck〔væn 'daik〕范戴大

Van Dyke〔væn 'daik〕范大克（Henry,
　1852-1933, 美國牧師、教育家及作家）

Vandyke〔væn'daik〕范大克（Sir Anthony,
　1599-1641, 法蘭德斯畫家）

Van Dyne〔væn 'dain〕

Vane〔ven〕

Väne〔ven〕文

Väner〔'vɛnə〕

Vänern〔'vɛnɚn〕威內爾湖（瑞典）

van Erpe〔 van 'ɛrpə 〕

Vanessa〔və'nɛsə 〕溫內莎

Vane - Tempest - Stewart〔'ven·'tɛm-pɪst·'stjuət 〕

Van Evera〔væn 'ɛvərə 〕

Van Every〔væn 'ɛvrɪ 〕

Van Eyck〔væn 'aɪk 〕

Van Fleet〔væn 'flit 〕范佛里特

Van Fossan〔væn 'fasən 〕范福森

Vang〔væŋ 〕

Vange〔vændʒ 〕

Van Geisen〔væn 'gizn 〕

Van Gelder〔væn 'gɛldə 〕

Vangiones〔væn'dʒaɪəniz 〕

Vanglon〔væŋ'glɔŋ〕（法）

Van Gogh〔væn 'go 〕梵谷（ Vincent , 1853-1890, 荷蘭畫家）

Van Gölü〔van gɝ'lju 〕（土）

Vanguard〔 'væn,gard 〕

Vangunu〔'vaŋunu 〕

van Haarlem〔van 'harləm 〕

Van Handel〔væn 'hændl 〕

Van Hazel〔væn 'hezl 〕

Van Hise〔væn 'haɪs 〕

van Homrigh〔væn 'hamrɪg 〕

Vanhomrigh〔və'hʌmrɪ 〕

Van Hoogstraten〔van 'hohs ,tratən 〕（荷）

Van Horn〔væn 'hɔrn 〕范霍恩

Van Horne〔væn 'hɔrn 〕范霍恩

Van Houten〔væn 'haʊtən 〕范霍騰

Van Howeling〔væn 'haʊəlɪŋ 〕范豪維林

Van Huysen〔væn 'hizən 〕

Vanier〔və'nɪr 〕瓦尼埃

Vanik〔'vænɪk 〕瓦尼克

Vanikoro〔,vanɪ'koro 〕

Vanimo〔'vanɪmo 〕

Van Ingen〔van 'ɪŋən 〕

Vanini〔və'nini 〕

Vanir〔'vanɪr 〕

Vankala〔'vaŋkələ 〕

Van Katwijk〔væn 'kætwɪk 〕

Van Kirk〔væn 'kɝk 〕范柯克

Van Kleeck〔væn 'klik 〕范克利克

Van Kleffens〔fan 'klɛfəns 〕（德）范克萊芬斯

Van Lahr〔væn 'lar 〕

Van Langenhove〔van ,laŋən'howə 〕

Van Laun〔van 'lɔn 〕

Van Lear〔væn 'lɪr 〕

Van Lennep〔væn 'lɛnɪp 〕范倫內普

Vanleuven〔væn'lɝvən 〕

Van Liere〔væn 'lɪr 〕

Van Loo〔vaŋ 'lo（法）; van 'lo（荷）〕

Vanloo〔vaŋ'lo（法）; van'lo（荷）〕

Van Loon〔væn 'lon 〕房龍（ Hendrik Willem, 1882-1944, 荷蘭作家）

Van Meegeren〔van 'mehərən 〕（荷）

Van Mell〔væn 'mɛl 〕

Van Meter〔væn 'mitə 〕范米特

Van Mol〔væn 'mol 〕范莫爾

Van Mook〔van 'mok 〕（荷）

Van Name〔væn 'nem 〕

Van Ness〔væn 'nɛs 〕

Van Niel〔væn 'nil 〕

Vannes〔van 〕（法）

Van Nest〔væn 'nɛst 〕

Vannevar〔və'nivar 〕

Vanni〔'vannɪ 〕（義）方尼

Vanni - Marcoux〔vani·mar'ku 〕（法）

Vannin〔'vænɪn 〕

Van Norden〔væn 'nɔrdən 〕

Van Nostrand〔væn 'nostrənd 〕

Van Note〔væn 'not 〕

Vannotti〔van'nɔttɪ 〕（義）

Vannoy〔və'nɔɪ 〕

Vannöy〔'vanəju 〕（挪）

Vannozza dei Cattanei〔van'nɔttsa'deɪ katta'neɪ 〕（義）

Vannucchi〔van'nukkɪ 〕（義）

Vannucci〔van'nuttʃɪ 〕（義）

Vanoise〔va'nwaz 〕（法）

van Olden〔van 'aldən 〕

Vanolis〔va'nolɪs 〕

van Overbeek〔væn 'ovəbek 〕

Van Paassen〔van 'pasən 〕范帕森

van Passen〔væn 'pasən 〕

Van Pelt〔væn 'pelt 〕范佩爾特

Vanport〔'vænpɔrt 〕

van Prinsterer〔van 'prɪnstərə 〕

Vanr〔'vanə 〕

Van Rensselaer〔væn ' rɛnsələ 〕范倫塞勒（ Stephen, 1764-1839, 美國將軍及政治家）

van Rijn〔van 'raɪn 〕（荷）

Van Rooy〔van 'roɪ 〕（荷）

Van Royen〔væn 'rɔɪən 〕

Van Ryn〔van 'raɪn 〕（荷）

Vans〔vans 〕方斯

Van Sant〔væn 'sænt 〕范桑特

Van Schaick〔væn 'skaɪk 〕

Vansittart〔væn'sɪtət ;-tart 〕范西塔特

Van Slyck〔væn 'slɪk 〕

Van Soelen〔væn 'solən 〕

Van Somer〔van 'somɚ 〕（荷）

Van Sooy〔væn ˈsui〕
Van Stone〔væn ˈston〕
Vanstory〔vænˈstɔri〕
van Straubenzee〔ˌvæn·strɔˈbɛnzi〕
Van Strum〔væn ˈstrʌm〕
Van Tassel〔væn ˈtæsəl〕
van't Hoff〔vant ˈhɔf〕凡特霍夫（Jocobus
  Hendricus, 1852-1911, 荷蘭物理化學家）
Van Tiegham〔vaŋ tjeˈgam〕（法）
Van Tieghem〔vaŋ tjeˈgɛm〕（法）
Van Til〔væn ˈtil〕
Van Tilburg〔væn ˈtilbəg〕
Van Tuyl〔væn ˈtail〕
Van Twiller〔væn ˈtwilə; van ˈtvilə〕
  （荷）
Van Tyne〔væn ˈtain〕
Vanua Lava〔vəˈnuə ˈlavə〕
Vanua Levu〔vəˈnuə ˈlɛvu〕瓦奴阿勒烏
  島（太平洋）
Vanua Mbalavu〔vəˈnuə mbaˈlavu〕
Van Valkenburg〔væn ˈvælkənbəg〕范
  瓦爾肯
Van Vechten〔væn ˈvɛktən〕
Vanvitelli〔ˌvɑnviˈtɛlli〕（義）
Van Vliet〔væn ˈvlit〕
Van Vlissingen〔væn ˈvlisiŋgən〕
Van Vranken〔væn ˈvræŋkən〕范弗蘭肯
Vanwalungu〔ˌvɑnwaˈluŋgu〕
Vanwanati〔ˌvɑnwaˈnati〕
Van Wert〔væn ˈwɜt〕
Van Wijk〔vɑn ˈvaik〕（荷）
Van Winkle〔væn ˈwiŋkl̩〕范溫克爾
Van Wirt〔væn ˈwɜt〕
Van Wyck〔væn ˈwaik〕范懷克
Vanyamwezi〔ˌvɑnjamˈwezi〕
Vanyaneka〔ˌvɑnjaˈneka〕
Van Zandt〔væn ˈzænt〕范贊特
Van Zeeland〔vɑn ˈzelɑnt〕范齊蘭
Vanzetti〔vænˈzɛti; vandˈzɛtti〕（義）
Vapereau〔vɑpˈro〕（法）
Vaphio〔ˈvæfio〕（希）
Vapians〔ˈvepiənz〕
Vaquette〔vɑˈkɛt〕（法）
Vaquez〔vɑˈkɛz〕（法）
Var〔vɑr〕（法）
Vara Aestuarium〔ˈvɛrə ˌɛstjʊˈɛriəm〕
Varadero〔ˌbɑrɑˈðero〕（西）
Varagine〔vəˈrædʒini〕
Varagini〔vəˈrædʒini〕
Varanes〔vəˈreniz〕
Varanger Fjord〔vɑˈraŋə ～〕伐蘭格爾峽
  灣（挪威）

Varangian〔vəˈrændʒiən〕九世紀時建立俄
  國之北歐人
Varasd〔ˈvaraʃt〕（匈）
Varaville〔varɑˈvil〕（法）
Varaždin〔vɑˈraʒdin〕（塞克）
Varchi〔ˈvarki〕
Vardaman〔ˈvardəmən〕瓦達曼
Vardanes〔ˈvardəniz〕
Vardar〔ˈvardə〕
Vardares〔varˈdaris〕
Vardarska〔ˈvardarska〕
Varde〔ˈvardə〕
Varden〔ˈvardən〕
Vardell〔ˈvardəl〕瓦德爾
Vardhamāna Jñātiputra〔vədəˈmɑnə
  ˈdʒnjatiˈputrə〕（印）
Vardiman〔ˈvardimən〕
Vardis〔ˈvardis〕瓦迪斯
Vardö〔ˈvardɚ〕
Vardø〔ˈvardɚ〕伐爾德（挪威）
Vardon〔ˈvardn〕瓦登
Varè〔vɑˈre〕（義）
Varela〔vəˈrelɑ; bɑˈrelɑ（西）〕
Varela y Morales〔bɑˈrelɑ i moˈrɑles〕
Varen〔ˈfarən〕   L（西）
Varenius〔vəˈriniəs; vɑˈreniʊs（德）〕
Varenne〔vɑˈrɛn〕（法）
Varennes〔vɑˈrɛn〕（法）
Varennes-en-Argonne〔vɑˈrɛn·aŋnar-
  ˈgon〕（法）
Varese〔vɑˈrese〕瓦芮沙（義大利）
Varèse〔vəˈres〕
Varga〔ˈvargə〕瓦爾加
Vargas〔ˈvargəs〕瓦爾加斯（Getulio
  Dornelles, 1883-1954, 巴西總統）
Vargha〔ˈvɔrgə〕
Varia〔ˈbarja〕（西）
Varian〔ˈveriən〕瓦里安
Varick〔ˈværik〕瓦里克
Varicourt〔variˈkur〕（法）
Varilla〔variˈja〕（法）
Varina〔vəˈrainə〕
Varini〔vəˈrainai〕
Varinus〔vəˈrainəs〕
Varius〔ˈveriəs〕
Varius Avitus Bassianus〔ˈveriəs
  əˈvaitəs ˌbæsiˈenəs〕
Varius Rufus〔ˈveriəs ˈrufəs〕
Varlet〔varˈlɛ〕（法）
Varley〔ˈvarli〕瓦利
Varmia〔ˈvarmiə〕
Värmland〔ˈværmland〕（瑞典）

Varna〔'vɑrnə〕代爾那（保加利亞）

Varnay〔'vɑrnɪ〕瓦內

Varney〔'vɑrnɪ〕瓦尼

Varnhagen〔'fɑrn,hɑgən（德）; vɑr'nɑgeŋ（巴西、葡）〕

Varnhagen von Ense〔'fɑrn,hɑgən fɑn 'enzə〕（德）

Varnum〔'vɑrnəm〕

Varo〔'vɑro〕

Varoli〔'vɑroli〕

Varotari〔,vɑro'tɑrɪ〕

Varrius〔'væ‍rɪəs〕

Varro〔'væ‍ro〕凡爾羅（Marcus Terentius, 116-27 B.C., 羅馬學者及作家）

Varrus〔'væ‍rəs〕

Varshava〔vʌr'ʃɑvə〕（俄）

Varthema〔'vɑrtemɑ〕

Vartomanus〔,vɑrto'menəs〕

Varuna〔'væ‍rʊnɑ; 'vʌr-〕【印度神話】吠陀紀中之天神（世紀之創造者及統治者）

Varus〔'vɛrəs〕

Vasa〔'vɑsə〕拉瓦薩

Vasari〔vɑ'zɑrɪ〕瓦薩里（Giorgio, 1511-1574, 義大利畫家、建築家）

Vásárosnemény〔'vɑʃɑroʃ'nɛmenj〕

Vasché〔'væʃʃe〕

Vasco〔'væsko; 'bɑsko（西）; 'vɑʃku（葡）; 'vɑsku（巴西）〕

Vasco da Gama〔'væsko dɑ 'gɑmə〕

Vasconcellos〔,vɑʃkoŋ'sɛluʃ〕（葡）

Vasconcelos〔,bɑskon'selos（拉丁美）; ,vɑskoŋ'selus（巴西）〕

Vascones〔væs'koniz〕

Vascongadas〔,bɑskoŋ'gɑðɑs〕（西）

Vasconia〔bæs'koniɑ〕

Vasey〔'vezɪ〕

Vashekeli〔vɑʃe'keli〕

Vashka〔'vɑʃkə〕

Vashon〔'væʃɑn〕

Vashti〔'væʃtɑɪ〕

Vasil〔vɑ'sɪl〕

Vasile〔vɑ'sile〕

Vasilevskaya〔,vɑsɪ'lɛfskəjə; ,vɑsɪ-'ljɛfskəjɑ〕

Vasili〔vɑ'siljɪ; vʌ'sjiljəɪ（俄）; vɑzi'li（法）〕

Vasiliev〔vɑ'sɪljet〕

Vasilievich〔vɑ'sɪlɪəvɪtʃ; vʌ'sjiljɪvjɪtʃ（俄）〕

Vasilievna〔vɑ'sɪljɪvnə; vʌ'sjiljɪvnʌ（俄）〕

Vasilievsky〔vɑsɪ'ljɛfskɪ〕

Vasily〔vɑ'sɪlɪ〕

Vaslav〔'vɑslɑf〕

Vasmer〔'fɑsmə〕（德）

Vasquez Peak〔'væskɛz ~〕

Vásquez〔'bɑskeθ（西）; 'bɑskes（拉丁美）〕

Vass〔vɑʃ〕（匈）瓦西

Vassalborough〔'væsḷbərə〕

Vassall〔'væsəl〕瓦薩爾

Vassar〔'væsə‍〕瓦薩爾

Vassili〔vɑ'siljɪ; vʌ'sjiljəɪ（俄）〕

Vassilievich〔vɑ'siljɪvɪtʃ〕

Vassilevsky〔vɑsji'lɛfskɪ〕

Vassy〔vɑ'si〕（法）

Västerås〔,vɛstə'ros〕威斯特洛（瑞典）

Västerbotten〔'vɛstə‍'bɔtən〕（瑞典）

Väster Dal〔'vɛstə‍ dɑl〕（瑞典）

Västerdalälven〔'vɛstə‍dɑ'lɛlvən〕（瑞典）

Västernorrland〔'vɛstə‍'nɔrlɑnd〕（瑞典）

Västmanland〔'vɛstmɑn,lɑnd〕（瑞典）

Vasu〔'vɑsu〕

Vasuki〔'vɑsʊkɪ〕

Vasvár〔'vɑʃvɑr〕（匈）

Vatatzes〔və'tætsiz〕

Vaté〔vɑ'te〕（法）

Vatea〔vɑ'teɑ〕

Vater〔'fɑtə〕（德）

Vaterländische Chronik〔'fɑtə‍lɛndɪʃə 'kronɪk〕

Vaternish〔'wɑtə‍nɪʃ〕（蘇）

Vatersay〔'vɑtəse〕

Vathek〔'væθɛk〕

Vati〔'vɑti〕

Vatican City (State)〔'vætɪkən ~〕梵蒂岡（義大利）

Vaticano〔,vɑtɪ'kɑno〕

Vatilau〔,vɑtɪ' lɑ·ʊ〕

Vatiu〔,vɑtɪ'u〕

Vatke〔'fɑtkə〕（德）

Vatna Jökull〔'vɑtnɑ ,jɝkjʊtḷ〕（冰）

Vatnajökull〔'vɑtnɑ,jɝkjʊtḷ〕瓦那冰嶺（冰島）

Vatoa〔və'toə〕

Vatonga〔vɑ'tɑŋgɑ〕

Vatroslav〔'vɑtrəslɑv〕

Vatswa〔vɑts'wɑ〕

Vattel〔'fɑtəl（德）; vɑ'tɛl（法）〕

Vatter〔'vɑtə〕瓦特

Vätter〔'vɛtə（瑞典）瓦特

Vättern, Lake〔'vɛtən〕威特恩湖（瑞典）

Vatthan〔'væ‍'tɑn〕

Vatthana〔və'tɑnə〕

Vatutin〔vʌ'tutjɪn〕（俄）

Vau, Le〔lə 'vo〕（法）

Vauban〔,vo'baŋ〕符邦（Marquis de , 1633-1707,Sébastien le Prestre de,法國軍事工程師及元帥）

Vaubernier〔vobɛr'nje〕（法）

Vaucaire〔vo'kɛr〕（法）

Voucanson〔vokaŋ'sɔŋ〕（法）

Vaucelles〔vo'sɛl〕（法）

Vauchamps〔vo'ʃaŋ〕（法）

Vaucher〔vo'ʃe〕（法）

Vaucouleurs〔voku'lɜr〕（法）

Vaud〔vo〕弗州（瑞士）

Vaudemont〔'vodmant ; vodə'mɔŋ（法）〕

Vaudeville〔'vodə,vil〕

Vau-de-Vire〔vo·də·'vir〕（法）

Vaudois〔'vodwa ; 'vodwaz〕❶ Vaud 州之居民 ❷ Vaud 州方言

Vaudoncourt〔vodɔŋ'kur〕（法）

Vaudreuil〔vo'drɜj〕（法）

Vaudreuil-Cavagnal〔vo'drɜj·kava-'njal〕（法）

Vaugelas〔vo͡ʒ'la〕（法）

Vaughan〔vɔn〕豐恩（Henry, 1622-1695,英國詩人及形而上學家）

Vaughan Williams〔'vɔn 'wɪljəmz〕佛漢威康士（Ralph, 1872-1958,英國作曲家）

Vaughn〔vɔn ; vauŋ〕（巴西）

Vaught〔vɔt〕

Vaulion〔vo'ljɔŋ〕

Vaumond〔'vomand〕

Vaupés〔bau'pes〕（西）

Vauquelin〔vo'klæŋ〕（法）

Vautier〔vo'tje〕（法）

Vauvenargues〔vov'narg〕（法）

Vaux〔vɔz ; vɔks ; voks ; vo（法）〕沃克斯

Vauxhall〔'vaks'hɔl〕

Vavasseur〔vævə'sɜ〕

Vavasour〔'vævə,sur〕瓦瓦蘇

Vavau〔va'va·υ〕

Vavilof〔va'vilɔf〕

Vavro〔'vavrɔ〕

Vawter〔'vɔtɚ〕沃特

Vayu〔'vaju〕

Vaz〔vɑ͡ʒ〕

Vazeille〔və'zɛl〕瓦澤爾

Vazov〔'vazɔf〕（保）

Vázquez〔'baθkeθ〕（西）

Ve〔vi〕

Veal〔vil〕

Veatch〔vitʃ〕維奇

Veaux〔vo〕

Veazey〔'vizɪ〕維齊

Veazie〔'vizɪ〕維奇

Véber〔ve'ber〕（法）

Veblen〔'vɛblən〕威卜蘭（Thorstein Bunde, 1857-1929,美國作家及經濟學家）

Vecchi〔'vɛkkɪ〕（義）

Vecchi, De〔de 'vɛkkɪ〕（義）

Vecchio〔'vɛkkjo〕（義）

Vecelli〔ve'tʃɛllɪ〕（義）

Vecellio〔ve'tʃelljo〕（義）

Vecht〔vɛht〕（荷）

Vechte〔'fɛhtə〕（德）

Veck〔vɛk〕

Vectis〔'vɛktɪs〕

Veda〔'vedə〕吠陀（印度最古之宗教文學，婆羅門教之根本經典）

Vedanta〔ve'dantə〕吠陀哲學（爲汎補論哲學之一派）

Vedda(h)〔'vedə〕錫蘭之一種原始民族

Vedder〔'vɛdɚ〕威德（Elihu, 1836-1923,美國畫家）

Veddoid〔'vɛdɔɪd〕

Vedic〔'vedɪk〕吠陀梵語（一種早期的梵文）

Vedinum〔'vidɪnəm〕

Vediovis〔'vɛdjovɪs〕

Vedism〔'vedɪzm〕吠陀教

Vedrenne〔've͡drən〕

Veeder〔'vidɚ〕

Veen〔ven〕維恩

Vefik Pasha〔ve'fɪk ,paʃə〕

Vega❶〔'vigə〕【天文】織女星 ❷〔'vega〕威加（Lope de, 1562-1635 , Lope Félix de Vega Carpio ,西班牙戲劇家及詩人）

Vega. Garcilaso de la〔,garθɪ'laso ðe la 'vega〕（西）

Vega, La〔la 'vega〕

Vega Baja〔'bega 'vaha〕（西）

Vega Carpio〔'bega 'karpjo〕（西）

Vega Real〔'vega re'al〕（西）

Vegas〔'vegəs〕

Vegas, Las〔læs 'vegəs〕

Vega y Vargas〔'bega ɪ 'vargas〕（西）

Vegetius〔vɪ'dʒɪʃɪəs〕

Vegio〔'vɛdʒo〕

Vegius〔'vɛdʒɪəs〕

Veglia〔'vɛlja〕（義）

Vegreville〔'vegrəvil〕

Vehmgericht〔'femgərɪht〕（德）

Vehr〔ver〕

Vehse〔'fezə〕（德）

Vei〔vaɪ〕

Veidt〔faɪt〕（德）

Veiga〔'vegə〕

Veigle〔'vaɪgəl〕

Veihmeyer〔'vimaɪɚ〕

Veii〔'vijaɪ〕

Veikko〔'vekka〕(芬)

Veile〔'vaɪlə〕

Veiller〔'velə;ve'je(法)〕

Veintemilla〔,bente'mija〕(拉丁美)

Veinus〔'vaɪnəs〕

Veissi〔'vesi〕

Veit〔faɪt〕(德)

Veitch〔vɪtʃ〕維奇

Vejar〔be'har〕(西)

Vejle〔'vaɪlə〕(丹)

Vejovis〔'vedʒovɪs〕

Vela〔'vela〕【天文】船帆座

Velabrum〔vɪ'lebrəm〕

Veladeres〔,belɑ'ðeres〕(西)

Veladero〔,belɑ'ðero〕(西)

Velalcázar〔,belal'kɑθar〕(西)

Vélan〔ve'laŋ〕(法)

Velanai〔'velənaɪ〕

Velarde〔be'larðe〕(西)

Velas〔'velɑs〕

Velasco〔ve'lasko〕

Velasquez〔vɪ'læskwɪz〕

Velásquez〔be'laskeθ(西);be'laskes (拉丁美)〕

Velázquez〔be'laθkeθ;be'laθkes〕維拉斯凱(Diego Rodríguez de Silvay,1599-1660,西班牙畫家)

Velchev〔'veltʃef〕(保)

Velde, van de〔van də 'veldə〕(荷)

Veldeke〔'fɛldəkə〕(德)

Veldt〔vɛlt〕

Velebit〔'velɛbit〕

Velemir〔vɪljɪ'mir〕

Veleta, Picacho de〔pɪ'katʃo ðe ve-'leta〕(西)

Veley〔'velɪ〕   〔(西)

Vélez de Guevara〔'beleθ ðe ge'vara〕

Velhagen〔'felhagən〕

Velia〔'vilɪə〕

Veliche〔ve'litʃe〕

Velikaya〔vɪ'likɑjə;vjɪ'ljikjə〕(俄)

Veliki Bečkerek〔'veliki betʃ'kɛrɛk〕(塞克)

Velikie Luki〔vɪ'liki 'luki;vjɪ'ljikɪjə〕(俄)〕

Veliki Kvarner〔'veliki 'kvarnɛr〕

Veliki Ustyug〔və'liki ʊs'tjuk〕

Velikoruss〔vɪ,ljika'rus〕

Veli Lošinj〔'veli 'lɔʃinj〕(塞克)

Velino〔ve'lino〕

Velitrae〔vɪ'laɪtri〕

Velius Longus〔'vilɪəs 'laŋgəs〕

Vel'ký Žitný〔'vɛljki 'ʒɪtni〕(捷)

Vella〔'vɛlə〕

Vella Lavella〔'vɛlə lə'vɛlə〕

Velleius〔ve'lijəs〕

Velleius Paterculus〔ve'lijəs pə-'tɛkjuləs〕

Vellenoweth〔'vɛlnoθ〕

Velletri〔vɛl'letrɪ〕(義)

Vellore〔və'lɔr〕

Velloso〔be'joso〕(西)

Velsen〔'vɛlsən〕(荷)

Veltheim〔'fɛlthaɪm〕(德)

Velutus〔və'lutəs〕

Veluwe〔'vɛljʊvə〕(荷)

Velva〔'vɛlvə〕

Velzen〔'vɛlzən〕

Venable〔'vɛnəbl〕維納布爾

Venables〔'vɛnəblz〕維納布爾斯

Venadito〔bena'ðito〕(西)

Venafrum〔vɪ'nefrəm〕

Venaissin〔vənɛ'sæŋ〕(法)

Venancio〔be'nanθjo(西);be'nansjo (拉丁美)〕

Venango〔vɪ'næŋgo〕

Venantius〔vɪ'nænʃɪəs〕

Venatorini〔,venato'rinɪ〕

Vencenna〔vɛn'sɛnə〕

Venda〔'venda〕溫達共和國(非洲)

Vendean〔vɛn'diən〕❶Vendée 地方之居民 ❷Vendée 保皇黨黨員

Vendée〔,vaŋ'de〕萬底(法國)

Vendémiaire〔vaŋde'mjɛr〕(法)

Vendice〔'vɛndɪs〕

Vendôme〔,vaŋ'dom〕凡都姆(Duc Louis Joseph de,1654-1712,法國元帥)

Vendryes〔vaŋ'drjes〕(法)

Vendsyssel-Thy〔'vensjʊsəl·'tju〕(丹)

Venedey〔'fenədaɪ〕(德)

Venedi〔və'nedaɪ〕

Venedig〔ve'nedɪh〕(德)

Venediger〔ve'nedɪgɚ〕

Venediktovich〔vjɪnjɪ'djiktʌvjɪtʃ〕(俄)

Veneering〔vɪ'nɪrɪŋ〕

Veneis〔'vɪnɪɪs〕

Venelin〔vɛnɛ'lin〕維內杯

Vener〔'vɛnə〕

Venerabilis Inceptor〔,vɛnə'ræbɪlɪs ɪn'sɛptər〕

Veness〔və'nɛs〕

Veneta, Laguna〔la'guna 'vɛneta〕

Venetae, Alpes〔'ælpiz 'vɛnɛti〕
Veneti〔'vɛnɪtaɪ〕
Venetia〔vɪ'niʃɪə〕維尼夏
Veneto〔'vɛnɛto〕
Venezia〔vɛ'nɛtsjɑ〕(義)
Venezia, Golfo di〔'golfo dɪ vɛ'nɛtsjɑ〕
Venezia Euganea〔vɛ'nɛtsjɑ ɛʊ'ɡɑnɛɑ〕
Venezia Giulia〔vɛ'nɛtsjɑ 'dʒuljɑ〕
Venezia Tridentina〔vɛ'nɛtjɑ ,tridɛn-'tinɑ〕
Venezuela〔,vɛnɛ'zwɛlə; ,vɛnɛzju'ilə〕委內瑞拉(南美洲)
Vengerov〔'vjɛŋɡjɪrɔf〕(俄)
Vengetinder〔'vɛŋ,ɛtɪnə〕(挪)
Vengi〔'vɛŋɡi〕
Veni〔be'ni〕(西)
Venice〔'vɛnɪs〕威尼斯(義大利)
Veniamin〔vɪnjɑ'min〕
Veni Creator〔'vinaɪ krɪ'etə〕
Vening-Meinesz〔'vɛnɪŋ·'maɪnɪs〕(荷)
Venise〔və'niz〕(法)
Venite〔vɪ'naɪti〕晨禱時用做頌詩的詩篇第九十五篇;其樂曲
Venizelos〔,vɛnɪ'zelɑs〕凡尼濟洛斯(Eleutherios, 1864-1936, 希臘政治家)
Venkata〔'vɛŋkətə〕
Venn〔vɛn〕維恩
Vennachar〔'vɛnəhɑr〕(蘇)
Vennberg〔'vɛn,bærj〕弗恩伯格(瑞典)
Venner〔'vɛnə〕
Venning〔'vɛnɪŋ〕文寧(Sir Walter King, 1882-1964, 英國將軍)
Venosta〔vɛ'nɔstɑ〕
Venour〔'vɛnə〕
Venta〔'vɛntɑ〕
Venta Belgarum〔'vɛntə bɛl'ɡerəm〕
Ventadour〔vɑntɑ'dur〕(法)
Ventana〔vɛn'tɑnɑ〕
Venth〔vɛnt〕
Ventia〔'vɛnʃɪə〕
Ventidius〔vɛn'tɪdɪəs〕
Venting〔'vɛntɪŋ〕文廷
Ventnor〔'vɛntnə〕
Ventôse〔vɑŋ'toz〕(法)
Ventotene〔vɛnto'tene〕
Ventoux〔vɑŋ'tu〕(法)
Ventuari〔bɛn'twɑri〕(西)
Ventura〔vɛn'turə〕

Ventura de' Signorelli〔vɛn'turɑ de sinjo'rɛllɪ〕(義)
Venturi〔vɛn'turɪ〕
Venue, Ben〔,bɛn və'nju〕
Venus〔'vinəs〕❶【羅馬神話】司愛和美的女神 ❷金星;太白星
Venusberg〔'vinəsbɑɡ; 'venʊsberk (德)〕
Venus de Milo〔'vinəs də 'maɪlo〕
Venus of Melos〔'vinəs əv 'milɑs〕米羅的維納斯(1820年在Milo島發現之愛神雕像)
Venustiano〔,venus't jano〕
Vêpres Siciliennes〔vɛpr sisi'ljɛn〕(法)
Ver〔vɝ〕維爾
Vera〔'vɪrə; 'verɑ(義); 'vjɛrʌ(俄)〕維拉
Veracini〔,verɑ'tʃini〕
Veracrus〔,verə'kruz〕貝拉克魯斯
Veracruz〔'verə'kruz〕❶委拉克路斯省(墨西哥)❷委拉克路斯港(墨西哥)
Vera-Cruz〔'verə·'kruz; ,berɑ'krus〕維拉克魯斯(墨西哥)
Vera-Ellen〔'vɪrə·'ɛlɪn〕
Veragua〔be'rɑgwɑ〕(西)
Veraguas〔be'rɑgwɑs〕(西)
Véran, Saint-〔sæŋ·ve'rɑŋ〕(法)
Veranilda〔,verɑ'nɪldə〕
Veranus〔vɪ'renəs〕維拉納斯
Vera Revendal〔'vɪrə 'rɛvəndɔl〕
Veras〔'verɑs〕
Verbano〔ver'bɑno〕
Verbanus Lacus〔və'benəs 'lekəs〕
Verbeck〔'vɝbek〕
Verbeke〔və'bik〕
Verbiest〔və'bist〕
Verboeckhoven〔'verbuk,hovən〕
Verbrugghen〔və'brʌgən〕
Vercel〔ver'sɛl〕(法)
Vercelli〔və'tʃɛlɪ; ver'tʃɛllɪ(義)〕
Vercelli Book〔və'tʃɛlɪ 'buk〕
Verchères〔ver'ʃer〕(法)
Vercors〔ver'kɔr〕(法)
Verdaguer〔,berðɑ'ger〕(西)
Verde〔vɝd; 'verdə; 'berðe(西)〕
Verde, Cape〔'kep 'vɝd〕佛德角(西非洲)
Verdi〔'vɝdɪ; 'ver-〕威爾弟(Giuseppe, 1813-1901, 義大利歌劇作曲家)
Verdigris〔'vɝdɪ,grɪs;-,gri〕
Verdon〔'vɝdn; ver'dɔŋ(法)〕弗登
Verdun〔vɝ'dʌn〕凡爾登(法國;加拿大)

Verdunois〔vɛrdjuʹnwa〕（法）

Verdurin〔vɛrdjuʹræŋ〕（法）

Verdy du Vernois〔vɛrʹdi djʊ vɛrʹnwa〕（法）

Vere〔vɪr〕維爾

Vere, de〔də ʹvɪr〕

Vereeniging〔vəʹrenɪgɪŋ; fəʹrinɪhɪŋ（南非荷）

Vereker〔ʹvɛrɪkə〕維里克

Verena〔vɪʹrinə〕

Verendrye〔ʹverəndraɪ〕

Vérendrye, La〔la veraŋʹdri〕（法）

Veres〔ʹvɛrɛʃ〕（匈）

Veresaev〔vjɪrjɪʹsajɪf〕（俄）

Vereshchagin〔ʹvɛrəʃʹtʃagɪn〕威利斯查根（Vasili Vasilievich, 1842-1904, 俄國畫家）

Verga〔ʹvɜgə; ʹverga〕

Vergara〔bɛrʹgara〕（西）

Vergennes〔vəʹdʒɛnz; verəʹʒɛn〕

Vergers〔ʹvɜdʒəz〕

Verges〔ʹvɜdʒɪz〕

Vergier, Du〔djʊ verʹʒje〕（法）

Vergil〔ʹvɜdʒəl〕威吉爾（70-19 B.C., 全名 Publius Vergilius Maro, 羅馬詩人）

Vergillius Maro〔vəʹdʒɪlɪəs ʹmero〕

Vergne〔vɛrnj〕（法）

Vergniaud〔verʹnjo〕（法）

Verhaeren〔vəʹharən〕威哈倫（Emile, 1855-1916, 比利時詩人）

Verhuel〔vəʹhɜl〕（荷）

Ver-Huell〔vəˑʹhɜl〕（荷）

Veria〔ʹverja〕

Verinder〔ʹvɛrɪndə〕

Verissimo〔vəʹrisimu〕

Verity〔ʹverɪtɪ〕維里蒂

Verjus〔verʹʒʊ〕（法）

Verkaufte Braut〔fɛrʹkaʊftə braʊt〕

Verkhne Angara〔ʹvjɛrhnjɪ ʌŋgʌʹra〕（俄）

Verkhne Kolymsk〔ʹvjɛrhnjɪ kʌʹlɪmsk〕上科勒姆斯克（蘇聯）

Verkhne-Udinsk〔ʹvjɛrhnjɪˑʹudjɪnsk〕（俄）

Verkhneudinsk〔ʹvjɛrhnjɪʹudjɪnsk〕（俄）

Verkhnyaya Tunguska〔ʹvjɛrhnjəjə tʊnʹguskə〕（俄）

Verkholensk〔vjɪrhaʹljɛnsk〕（俄）

Verkhoyansk〔ʹvʒkoʹjænsk; vjɪɪhʌʹjansk（俄）〕維科揚斯克（蘇聯）

Verlaine〔vɛrʹlɛn〕魏倫（Paul, 1844-1896, 法國詩人）

Verlander〔vəʹlændə〕

Verlorenes〔fəʹlorənəs〕

Vermandois〔vermaŋʹdwa〕（法）

Vermeer〔vəʹmɪr〕威梅爾（Jan, 1632-1675, Jan Van der Meer van Delft, 荷蘭畫家）

Vermeer van Haarlem〔vɛrʹmɪr van ʹharləm; vəʹmɪr van ʹharləm〕（荷）

Vermejo〔bɛrʹmeho〕（西）

Vermigli〔verʹmiljɪ〕（義）

Vermilion〔vəʹmɪljən〕

Vermillion〔vəʹmɪljən〕

Vermilye〔vəʹmɪljə〕弗米利耶

Vermont〔vəʹmant〕佛蒙特（美國）

Vermonter〔vəʹmantə〕佛蒙特人

Verna〔ʹvʒnə〕　　　　　　　　　「家）

Verne〔vɛrn〕威恩（Jules, 1828-1905, 法國作

Verner〔ʹvɛrnə〕威爾納（Karl Adolph, 丹麥語言學家）

Vernes〔vɛrn〕（法）

Vernet〔verʹɛn〕（法）

Verneuil〔vəʹnoɪ; verʹnɜj〕（法）

Vernéville〔vɛrneʹvil〕（法）

Verney〔ʹvʒnɪ〕弗尼

Vernier〔ʹvʒnɪr〕威尼爾（Pierre, 1580-1637, 法國數學家）

Vernoleninsk〔ˌvɛrnəʹlenɪnsk; vjɪrnʌʹljenjɪnsk（俄）

Vernon〔ʹvʒnən; verʹnɔŋ（法）〕維能

Verny〔ʹvjɛrnɪ〕

Vernyi〔ʹvjɛrnɪ〕

Vernyy〔ʹvjɛrnɪ〕

Vero Beach〔ʹvɪro ~〕

Verocchio〔veʹrɔkkjo〕（義）

Verodunum〔veroʹdjunəm〕

Veroia〔ʹverja〕（希）

Veroles〔ˌveʹrʌl〕

Verollus〔vəʹraləs〕

Veronamdui〔veroʹmændjʊaɪ〕

Véron〔veʹrɔŋ〕（法）

Verona〔vəʹronə〕威洛納（義大利）

Veronal〔ʹverənl〕

Veronesa〔ˌverəʹnesə〕

Veronda〔vəʹrandə〕

Veronese〔ˌverəʹnezɪ〕維洛內塞（Paolo, 1528-1558, 義大利畫家）

Veronessa〔ˌveroʹnɛsə〕

Veronica〔vəˈrɑnɪkə〕維倫妮嘉
Ver Planck〔vəˈplæŋk〕
Verplanck〔vəˈplæŋk〕
Verrall〔ˈverɔl〕維羅爾
Verrazano〔ˌverrəˈtsɑno〕維拉察諾
　（Giovanni da, 1485?-?1528, 義大利航海家）
Verrazzano〔ˌverɑtˈtsɑno〕（義）
Verria〔ˈverjɑ〕
Verrill〔ˈverɪl〕維里爾
Verrius〔ˈverɪəs〕
Verrius Flaccus〔ˈverɪəs ˈflækəs〕
Verrocchio〔verˈrɔkkjo〕維羅克秋（Andrea
　del , 1435-1488, 義大利雕刻家及畫家）
Verroia〔ˈverjɑ〕（古希）
Verrucosus〔ˌverjʊˈkosəs〕
Versailles〔verˈsɑɪ; vəˈselz; verˈsɑj〕
　凡爾塞（法國）
Verschaffelt〔vəsˈhɑfəlt〕（法蘭德斯）
Verschoor〔vəsˈhɔr〕（荷）
Verschoyle〔ˈvəskɔɪl〕弗斯科伊爾
Versecz〔ˈverʃɑts〕（匈）
Vershetz〔ˈverʃets〕
Versteeg〔vəsˈtig〕
Verstegan〔vəsˈtigəm〕
Vert〔vɜt〕（法）
Verte〔vert〕（法）
Vertomannus〔ˌvɜtoˈmænəs〕
Vertot〔verˈto〕（法）
Vertot d'Auboeuf〔verˈto doˈbɜf〕（法）
Vertu〔verˈtju〕（法）弗圖
Vertue〔ˈvɜtʃu〕
Vertumnus〔vəˈtʌmnəs〕【羅馬神話】四
　季之神；花果之神
Vertus〔verˈtju〕（法）
Vert-vert〔verˈver〕（法）
Verucchio〔veˈrukkjo〕（義）
Verulam〔ˈverʊləm〕
Verulamium〔ˌverʊˈlemjəm〕
Verus,Annius〔ˈænɪəs ˈvɪrəs〕
Verver〔ˈvɜvə〕
Verviers〔verˈvje〕（法）
Verwey〔ˈvervɑɪ〕（荷）
Verwoerd〔fɜrˈwʊət; fəˈvuət（南非荷）
Verworn〔ferˈvɔrn〕
Very〔ˈverɪ〕維里
Véry〔veˈri〕（法）維里
Vesaas〔ˈvesos〕
Vesalius〔vɪˈselɪəs〕維塞利亞斯（Andreas,
　1514-1564, 比利時解剖學家）
Vesci〔ˈvesɪ〕
Vesci, De〔də ˈvesɪ〕
Vescy〔ˈvesɪ〕維西

Vesdre〔ˈvedə〕（法）
Vesey〔ˈvizɪ〕維西
Vesian〔ˈvezɪən〕
Vesle〔vel〕（法）
Vesontio〔vɪˈzɑnʃɪo〕
Vespasian〔vesˈpeʒjən; -ʒɪən〕維斯佩基安
　（ 9-79,Titus Flavius Sabinus Vespasianus,
　羅馬皇帝）
Vespasianus〔vəsˌpeʒɪˈenəs〕
Vesper〔ˈvespə; ˈfespə〕維斯帕
Vespucci〔vesˈputtʃɪ〕維斯浦奇（Amerigo,
　1451-1512,Americus Vespucius, 義大利航海
　家）
Vesque von Püttlingen〔ˈvesk fɑn
　ˈpjutlɪŋən〕
Vest〔vest〕維斯特
Vesta〔ˈvestə〕❶【羅馬神話】爐火之女神；
　女竈神 ❷【天文】火星與木星軌道間之第四號小
　行星
Vest-Agder〔ˈvest·ˌɑgdə〕
Vestal〔ˈvestl〕維斯塔爾
Vestale, La〔lɑ vesˈtɑle〕
Vestdijk〔ˈvestdɑɪk〕（荷）
Vesterålen Islands〔ˈvestəˌrɔlən 〜〕威
　斯特洛連群島（挪威）
Vestfold〔ˈvestˌfɔl〕（挪）
Vestine〔ˈvestɪn〕
Vestini〔vesˈtɑɪnɑɪ〕
Vestmannaeyjar Islands〔ˈvestˌmɑnɑ-
　ˈejɑr〕維斯特馬納埃亞群島（冰島）
Vesto〔ˈvesto〕維斯托
Vestris〔ˈvestrɪs〕
Vestrogothia〔ˌvestrəˈgɑθɪə〕
Vestvågöy〔ˈvestvɔˌgɜju〕（挪）
Vesulus〔ˈvesjuləs〕
Vesuna〔vɪˈsjunə〕
Vesuvio〔veˈzuvjo〕
Vesuvius〔vɪˈsjuvjəs〕維蘇威火山（義大利）
Vet〔vet; fet〕
Veta Madre〔ˈbetɑ ˈmɑðre〕（西）
Vetancour〔ˌvetɑŋˈkur〕
Vetch〔vetʃ〕維茨
Vetluga〔vetˈlugə; vjetˈlugə（俄）
Vetsera〔ˈvetʃerɑ〕
Vetter〔ˈvetə〕維特爾
Vetterli〔ˈfetəlɪ〕（德）
Vetterman〔ˈvetəmən〕
Vettisfoss〔ˈvetɪsˌfɔs〕
Vettius〔ˈvetɪəs〕
Vettore〔vetˈtɔre〕（義）
Vettori〔vetˈtɔrɪ〕（義）
Vetulonia〔ˌvetʃˈlonɪə〕
Veturia〔vɪˈtʃurɪə〕

Veuillot〔və'jo〕(法)
Veuster〔və'ster〕(法)
Vevay〔'vivi〕
Veuve, La〔la 'vɜv〕(法)
Vevey〔'vɛve〕
Vexin〔vɛk'sæŋ〕(法)
Veygoux, Desaix de〔də'zɛ də ve'gu〕(法)
Vézelay〔vezə'le〕(法)
Vézère〔ve'zɛr〕(法)
Vezian〔'vɛzɪən〕維奇恩
Vezin〔'vizɪn;və'zæŋ(法)〕維津
Vi〔vaɪ〕化學元素 Virginium 之符號
Via Aemilia〔'vaɪə ɪ'mɪlɪə〕
Via Appia〔'vaɪə 'æpɪə〕
Via Aurelia〔'vaɪə ɔ'rilɪə〕
Via Cassia〔'vaɪə 'kæʃɪə〕
Via Clodia〔'vaɪə 'klodɪə〕
Via Crucis〔'vaɪə'krusɪs〕
Viadana〔vja'dana〕
Via Dolorosa〔'vaɪə ,dalə'rosə〕
Viadua〔vaɪ'ædʒə〕
Via Egnatia〔'vaɪə ɛg'neʃɪə〕
Via Flaminia〔'vaɪə flə'mɪnɪə〕
Vial〔'vaɪəl〕
Viala〔vja'la〕(法)
Via Lactea〔'vaɪə 'læktɪə〕【拉】銀河
Via Latina〔'vaɪə lə'taɪnə〕
Vialls〔'vaɪəlz〕
Via Male〔'vɪə 'malə〕
Viana〔'bjana〕(西)
Viana do Castelo〔'vjænə ðu kəʃ'tɛlu〕
（葡）
Vianna〔'vjʌnə〕
Vianney〔vja'ne〕
Viant〔'vaɪənt〕維安特
Via Ostiensis〔'vaɪə ,ɔstɪ'ɛnsɪs〕
Via Portuensis〔'vaɪə ,pɔrtjʊ'ɛnsɪs〕
Via Praenestina〔'vaɪə ,prɛnɪs'taɪnə〕
Viardot〔vjar'do〕(法)
Viardot-García〔bjar'do·gar'θia〕(西)
Viareggio〔vja'reddʒo〕(義)
Via Sacra〔'vaɪə 'sekrə〕
Via Salaria〔'raɪə sə'lɛrɪə〕
Viateur〔vja'tɜr〕
Viatka〔'vjatkə〕(法)
Viator〔'vaɪətɔr〕
Viau〔vjo〕
Viaud〔vjo〕(法)
Via Valeria〔'vaɪə və'lɪrɪr〕
Via Vicinalis〔'vaɪə vɪsɪ'nelɪs〕
Vibert〔vi'bɛr〕(法) 瓦埃特
Vibhaji〔'vibədʒi〕

Vibia〔'vɪbɪə〕
Vibius〔'vɪbɪəs〕
Vibo〔'vaɪbo〕
Viborg〔'vi,bɔrg;'vibɔr;'vibɔrj〕維堡
（蘇聯）
Vibo Valentia〔'vibo va'lɛntja〕
Vibulanus〔vɪbju'lenəs〕
Viburnum〔vaɪ'bɜnəm〕
Vic〔vɪk〕維克
Vicaire〔vi'ker〕(法)
Vicars〔'vɪkəz〕維卡茲
Vicary〔'vɪkərɪ〕維卡里
Vicat〔'vɪkət〕維卡特
Vice〔vaɪs〕
Vicellinus〔vɪsə'laɪnəs〕
Vicenonia〔vɪsə'nonɪə〕
Vicente〔bɪ'θente;bɪ'sente(西);
vɪ'sentə(葡)〕維森特
Vicente, Point〔vɪ'sentɪ ~〕
Vicente López〔bɪ'sente 'lopes〕畢山塔
樓培(阿根廷)
Vicentia〔vaɪ'senʃɪə〕
Vicentino〔,vitʃen'tino〕
Vicenza〔vɪ'tʃentsa〕威欽察(義大利)
Vicenzo〔vi'tʃentso〕
Vicesimus〔vaɪ'sesɪməs〕
Vicetia〔vaɪ'siʃɪə〕
Vich〔vik〕
Vichada〔vɪ'tʃadə;bɪ'tʃaðɑ(西)〕
Vichard〔vi'ʃar〕
Vichegda〔'vɪtʃəgdə〕
Vichegorov〔viʃə'gorɔf〕
Vichuga〔vɪ'tʃugə;vjɪ'tʃugə(俄)〕
Vichy〔'viʃi〕維琪(法國)
Vichy-Chamrond〔vi'ʃi·ʃaŋ'rɔŋ〕(法)
Vichyite〔'viʃɪaɪt〕第二次世界大戰時法國之
維琪分子
Vicinal Way〔'vɪsɪnəl ~〕
Vickers〔'vɪkəz〕維克斯
Vickery〔'vɪkərɪ〕維克里
Vicki〔'vɪkɪ〕維基
Vicksburg〔'vɪksbəg〕維克斯堡(美國)
Vicky〔'vɪkɪ〕
Vico〔'viko〕
Vicomte〔vi'kɔŋt〕
Vicomte de Bragelonne〔vi'kɔŋt də
braʒ'lɔn〕(法)
vicomtesse〔vikɔŋ'tɛs〕
Vicq d'Azyr〔vik da'zir〕(法)
Victoire〔vik'twar〕(法)
Victor〔'vɪktɔr〕(丹、德);vik'tɔr(法);
vɪk'tɔr(羅)〕維克多爾

Víctor〔'vɪktɔr〕維克托
Victor, Saint-〔sæŋ·vik'tɔr〕（法）
Victor Amadeus〔'viktɚ ,æmə'diəs〕
Victor Emmanuel I〔'vɪktə·ɪ'mænjuəl〕
　維多伊曼紐一世（1759-1824，於 1802-21 為
　Sardinia 國王）
Victoria〔vɪk'tɔrɪə; bik'tɔrja; vɪk'turɪa〕
　維多利亞（加拿大；智利；澳洲）
Victoria Adelaide Mary Louise〔vɪk-
　'tɔrɪə 'ædəled 'mɛrɪ lu'iz〕
Victoria de Durango〔bɪk'tɔrja ðe
　ðu'raŋgo〕（西）
Victoria de las Tunas〔bɪk'tɔrja ðe
　las 'tunas〕（西）
Victoriahavn〔vɪk'tɔrɪə,haun〕（挪）
Victoria, Mount〔vɪk'tɔrɪə〕維多利亞山
　（加拿大；緬甸；新幾內亞島）
Victoria Nyanza〔vɪk'tɔrɪə nɪ'ænzə;
　vɪk'tɔrɪə 'naɪænzə〕
Victoriaville〔vɪk'tɔrɪəvɪl〕
Victorien〔viktɔ'rjæŋ〕（法）
Victorine〔,vɪktə'rin; 'vɪktə,rin（法）〕
Victorino〔bikto'rino〕（西）
Victorinus〔,vɪktə'raɪnəs〕
Victorius〔vɪk'tɔrɪəs〕
Victorville〔'vɪktəvɪl〕
Victory〔'vɪktərɪ; 'vɪktrɪ〕
Victrola〔vɪk'trolə〕
Victurnien〔viktjur'njæŋ〕（法）
Vicuña-Mackenna〔bi,kunjama'kena〕（西）
Vicus Elbii〔'vaɪkəs 'ɛlbɪaɪ〕
Vid〔vit〕
Vida〔'vida〕維達（Marco Girolamo, 1480?-
　1566，義大利詩人）
Vidal〔'vaɪdəl〕
Vidalia〔vaɪ'deljə; vɪ'dæljə〕
Vidar〔'vidar〕
Vidaurri〔bi'ðaurrɪ〕（西）
Videla〔bi'ðela〕（西）
Vidharr〔'viðar〕
Vidi(e)〔vi'di〕維迪
Vidkun〔'vɪdkun〕
Vidocq〔vi'dɔk〕
Vidor〔'vɪdə〕維多
Vidyassagar〔'vɪdjə'sagɔr〕
Vidzeme〔'vɪdzeme〕
Viebig〔'fibɪh〕（德）
Viedma〔'vjedma; 'bjeðma（西）〕
Viehmannin〔'vimanɪn〕
Vieille〔vjej〕（法）
Vieira〔'vjeɪrə〕
Vieja California〔'bjeha ～〕（西）

Viejo〔'bjeho〕（西）
Viele〔'vilə〕維勒
Vielé〔'vilə〕
Vienna〔vɪ'ɛnə〕維也納（奧地利）
Vienne〔vjɛn〕（法）
Viennese〔,vɪɛ'niz〕
Viennois〔vje'nwa〕（法）
Vientecito〔bjɛnte'θito〕（西）
Vientiane〔,vjɛn'tjan〕永珍（老撾）
Viereck〔'vɪərɛk〕
Vierge〔'bjɛrhe〕（西）
Vierkandt〔'firkant〕（德）
Viersen〔'firzən〕（德）
Vierstraat〔'vɪrstrat〕
Vier Waldstättre Die,〔dɪ fir 'valt-
　,ʃtɛtɚ〕
Viertel〔'firtəl〕
Vierwaldstättersee〔fir'valt·,ʃtɛtə'ze〕
　（德）
Vierzon-Villages〔vjɛr'zɔn-vi'laʒ〕（法）
Vierzon-Ville〔vjɛr'zɔn- 'vil〕（法）
Viesse de Mormont〔vjɛs də mar'mɔŋ〕
　（法）
Vieta〔vaɪ'ita〕月球表面第三象限內之巨坑
Vieth〔viθ〕維奇
Vietcong〔,vjɛt'kɔŋ〕越共
Vietinghoff〔'fitɪŋhaf〕
Viet-minh〔'vjɛt'mɪn〕越盟（為越南北部之
　一共產組織）
Viet Nam〔'viɛt 'nam; - 'næm〕越南（亞
　洲）＝Vietnam
Viet-nam〔,viɛt'nam〕
Vietor〔'viətɔr〕（德）
Viëtor〔'fietɔr〕費伊脫（Wilhelm, 1850-
　1918，德國語言學家）
Viets〔vits〕維茨
Vieussens〔vjə'saŋ〕（法）
Vieux Fort〔vjə 'fɔr〕（法）
Vieuxtemps〔vjə'taŋ〕（法）
Vieuzac〔vjə'zak〕（法）
Vieweg〔'fivɛg; 'fiveh〕（德）
Vig〔vɪg〕
Vigan〔'vigan〕美岸（菲律賓）
Vigar〔'vaɪgə〕瓦伊格
Vigée-Lebrun〔vi'ʒe·lə·'brəŋ〕維基萊卜倫
　（Marie Anne Elisabeth, 1755-1842,法國畫家）
Vigeland〔'vigəlan〕（挪）
Viger〔vi'ʒe〕（法）瓦伊格
Vigers〔'vaɪgəz〕瓦伊格斯
Vigfússon〔'vɪgfussan〕（義）
Viggo〔'vɪgo〕
Vigier〔vi'ʒe〕（法）

Vigil〔bɪ'hil〕（西）

Vigilantius〔ˌvɪdʒɪ'lænʃɪəs〕

Vigiles〔'vɪdʒɪliz〕

Vigilius〔vɪ'dʒɪlɪəs〕

Vigna〔'vinjə〕（義）

Vignaud〔vi'njo〕（法）

Vigne〔vain〕

Vigné〔vi'nje〕（法）

Vigne, de〔də 'vinj〕（法）

Vigneaud〔vi'njo〕（法）

Vigné d'Octon〔vi'nje dɔk'tɔn〕（法）

Vignemale〔vinj'mal〕（法）

Vigneron〔'vɪnjərən〕

Vignerot〔vinjə'ro〕（法）

Vignerot du Plessis de Richelieu
〔vinjə'ro dju plɛ'si də riʃə'ljə〕（法）

Vignes〔vinz〕

Vignola〔vi'njɔlə〕維諾拉（Giacomo da, 1507-1573, 義大利建築家）

Vignoles〔vɪ'njolz ; vi'njɔl〕（法）

Vigny〔ˌvi'nji〕維尼（Comte Alfred Victor de, 1797-1863, 法國詩人、小說家及劇作家）

Vigo〔'vigo ; 'vaigo〕維哥（西班牙）

Vigouroux〔vigu'ru〕（法）

Vihiers〔vi'je〕（法）

Vihtori〔'vɪhtari〕（芬）

Viipuri〔'vipʊri〕

Vijaya〔vɪ'dʒea〕

Vijaya Lakshmi〔rɪ'dʒea 'lakʃmi ; vɪ'dʒajə 'lakʃmi〕

Vijayanagar〔'vɪdʒəjə'nʌgə〕（印）

Vijayavada〔vi,dʒajə'vada〕

Vijosë〔vɪ'josə〕

Vík〔vik〕

Vikenti〔vjɪ'kjentjəɪ〕（俄）

Vikentievich〔vjɪ'kjentjɪvjɪtʃ〕（俄）

Vikenty〔vjɪ'kjentjəɪ〕（俄）

Vikentyevich〔vjɪ'kjentjɪvjɪtʃ〕（俄）

Viking〔'vaikɪŋ〕第八世紀至第十世紀間，掠奪歐洲西海岸的北歐海盜

Vikna Islands〔'vɪknɑ ~〕維克納群島（挪威）

Vikrama〔'vɪkrəmə〕

Viktor〔'vɪktɔr〔德、瑞典、捷〕; 'vjiktɔr〔俄〕

Viktorovich〔'vjɪktʌrɔvjɪtʃ〕（俄）

Vila〔'vilə〕維拉（New Hebrides 之首府）

Vila do Conde〔'vilə ðu 'kondə〕（葡）

Vilafro〔vɪ'lafro〕

Vilaine〔vi'lɛn〕（法）

Vila Nova de Gaia〔'vilə 'nɔvə ðə 'gajə〕（葡）

Vilar〔vɪ'lar〕

Vila Real〔'vilə rɪ'al〕（葡）

Vilas〔'vailəs〕維拉斯

Vilém〔vi'lem〕

Vilbrandt〔'vɪlbrænt〕

Vilcabamba〔ˌbilkɑ'vamba〕（西）

Vilcanota〔bilkɑ'nota〕（西）

Vildmose〔'vɪlmosə〕

Vildrac〔vɪl'drak〕（法）

Vile〔'vilə〕

Vilela〔vɪ'lelə〕

Vilém〔vi'lem〕

Vilenkin〔vi'ljenkɪn〕

Vilfan〔'vɪlfən〕

Vilfredo〔vɪl'fredo〕

Vilhelm〔'vɪlhɛlm〔丹、挪〕; 'vɪlhɛlm〔瑞典〕

Vilhelmina〔'vɪlhɛlˌmina〕

Vilhelms〔'vɪlhɛlms〕

Vilhjalmur〔'vɪlhjaʊlmə〕

Vili〔'vili〕

Viliya〔'vjiljɪjə〕

Viljandi〔'vɪljandɪ〕

Vilkavishkis〔ˌvɪlkɑ'vɪʃkɪs〕

Vilkistski〔vɪl'kɪtskɪ ; vjɪl'kitskɪ〕（俄）

Vilkomir〔ˌvɪlkɑ'mɪr ; vjɪlkʌ'mjir〕（俄）

Villa〔'vɪlə ; 'bilja〔西〕; 'bija〔拉丁美〕〕維拉

Villa Albani〔'villa al'bani〕（義）

Villa Bella〔'bija 'veja〕貝拉（玻利維亞）

Villa Cecilia〔'bija se'silja〕（拉丁美）

Villa Constitución〔'bija ˌkɔnstɪtu-'sjɔn〕康斯提圖森（阿根廷）

Villacoublay〔vilaku'ble〕（法）

Villads〔'vɪlas〕（丹）

Villaflor〔ˌvilə'flɔr〕

Villafranca〔ˌvilla'fraŋka〔義〕; ˌbilja-'fraŋka〔西〕

Villafro〔bɪ'jafro〕（拉丁美）

Villa Garcia〔'bilja ga'θiar〕（西）

Villagio Duca degli Abruzzi〔vil'ladʒo 'duka 'dɛlji a'bruttsi〕（義）

Villa Giusti〔'villa 'dʒustɪ〕（義）

Villagrá〔ˌbilja'gra〕（西）

Villahermosa〔ˌbijaɛr'mosa〕（拉丁美）

Villa-Lobos〔ˌbija·'lɔvos〕（拉丁美）比利亞洛沃斯

Villalobos〔ˌvilə'lɔvus〕（葡）比利亞諾沃斯

Villalon〔ˌvilja'lon〕

Villamanrique〔ˌbiljaman'rike〕（西）

Villa María〔ˌbija ma'ria〕（拉丁美）

Villamediana〔ˌbiljamɛ'ðjana〕（西）

Villa Mercedes〔'bija mɛr'seðes〕(拉丁美)

Villa Montes〔'bija 'mɔntes〕(拉丁美)

Villandrando〔,biljan'drando〕(西)

Villani〔vil'lanɪ〕(義)

Aillanova〔,vɪlɑ'novə〕

Villanovan〔,vɪlə'novən〕

Villanovanus〔,vɪləno'venəs〕

Villanueva〔,bilja'nweva〕(西)

Villa Park〔'vɪlə ~〕

Villard〔vɪ'lard〕維拉德(Oswald Garrison, 1872-1949, 美國作家)

Villa Real〔,vilə rɪ'al〕

Villa Real de la Santa Fé de San Francisco〔'bija re'al ðe la 'santa fe ðe san fran'sisko〕(拉丁美)

Villaret〔vilɑ'rɛ〕(法)

Villaret de Joyeuse〔vilɑ'rɛ də ʒwa-'jɜz〕(法)

Villari〔'villarɪ〕(義)

Villa Rica〔'vɪlə 'rɪkə; 'bija 'rika; 'vilə 'rikə〕

Villa Rica de Vera Cruz〔'bija 'rika ðe ,vera 'krus〕(拉丁美)

Villaroel〔,bijaro'ɛl〕(拉丁美)

Villarrica〔,bija'rika〕(拉丁美)

Villarroel〔,bijaro'ɛl〕(拉丁美)

Villars〔vi'lar〕(法)

Villa Rubein〔'bija ru'ben〕

Villas〔'bijas〕(拉丁美)

Villate y de la Hera〔,bi'ljate ɪ ðe la 'era〕(西)

Villa-Urrutia〔'bilja·ur'rutja〕(西)

Villavicencio〔,biljavɪ'θenθjo〕(西)

Ville〔vil〕

Villedieu〔vil'djɜ〕(法)

Ville d'Is〔vil 'dis〕

Villegaignon〔vilgɛ'njɔŋ(法); ,viləga-'njɔŋ(葡)〕

Villegas〔bi'ljegas〕(西)

Villehardouin〔bilar'dwæŋ〕(法)

Villela Barboza〔vi'lelə bə'bozə〕

Villèle〔vi'lɛl〕

Villemain〔vil'mæŋ〕(法)

Ville Marie〔vil mɑ'ri〕(法)

Ville-Marie de Montréal〔vilmɑ'ri də mɔŋre'al〕(法)

Villemarqué, La〔la vilmar'ke〕(法)

Villemessant〔vilme'saŋ〕(法)

Villemor〔vil'mɔr〕

Villena〔bi'ljena〕(西)

Villeneuve〔vil'nɜv〕

Villeneuve-le-Roi〔vil'nɜv·lə'rwa〕(法)

Ville Platte〔,vil 'plæt〕

Villeroi〔vil'rwa〕(法)

Villers-Cotterêts〔vi'lɛr·kɔ'trɛ〕(法)

Villette〔vɪ'lɛt〕

Villette de Murcay〔vɪ'lɛt də mjʊr'se〕(法)

Villeurbanne〔viljʊr'ban〕維路班(法國)

Villi〔'villɪ〕(義)

Villiers〔'vɪljəz; vi'lje(法)〕

Villiers de L'Isle-Adam〔vi'lje də lil·a'daŋ〕(法)

Villisca〔vɪ'lɪskə〕

Villius〔'vɪlɪəs〕

Villoison〔vilwa'zɔŋ〕(法)

Villon〔vi'jɔŋ〕(法)

Vilmar〔'fɪlmar〕(德)

Vilmos〔'vɪlmoʃ〕(匈)

Vilna〔'vɪlnə〕

Vilnius〔'vɪlnɪəs〕

Vilno〔'vɪlno〕

Vilnyus〔'vɪlnɪəs〕

Viluma〔vi'luma〕

Vilyandi〔'vɪljandi〕

Vilyui〔vjɪ'ljuɪ〕維留伊河(蘇聯)

Vilyuisk〔vjɪ'ljuɪsk〕維柳伊斯克(蘇聯)

Vimeiro〔vɪ'meɪru〕(葡)

Vimeur〔vi'mɜr〕(法)

Viminal〔'vɪmɪnl〕維米諾(羅馬七山之一)

Vimy Ridge〔'vɪmɪ~; vi'mi~(法)〕

Viña del Mar〔'binja ðɛl 'mar〕比尼亞得瓦(智利)

Vinadio〔vi'nadjo〕

Vinaigre Mont〔mɔŋ vi'negə~〕(法)

Vinal〔'vaɪnəl〕維納爾

Vinalhaven〔,vaɪnl'hevən〕

Vinayk〔vi'najak〕

Vincas〔'vintsas〕

Vincenc〔'vɪntsents〕(捷)

Vincennes〔vɪn'sɛnz; væŋ'sɛn(法)〕

Vincens〔væŋ'saŋ〕(法)

Vincent〔'vɪnsnt〕聖·芬生(Saint, ?-304, 西班牙殉教者)

Vincent de Beauvais〔'vɪnsənt də bo've〕

Vincent de Paul〔'vɪnsənt də 'pɔl; væŋ'saŋ də 'pol(法)〕

Vincent Ferrer〔'vɪnsənt fɛr'rɛr〕

Vincente〔bɪn'θente〕文森特(西)

Vincentio〔vɪn'sɛnʃɪo; vɪn'sɛnʃjo; vin'tʃɛnsɪo〕

Vincentius〔vɪn'sɛnʃɪəs〕

Vincentius Lerinensis〔vɪn'senʃɪəs
,leri'nensɪs〕

Vincenz〔'vɪntsɛnts〕(德)

Vinci〔'vɪntʃɪ〕文西(Leonardo da, 1452-
1519, 義大利畫家、雕刻家、建築家及工程
師)

Vinci, Leonardo da〔lɪə'nardo də-
'vɪntʃɪ〕

Vincinonia〔,vɪnsɪ'nonɪə〕

Vincy〔'vɪnsɪ〕

Vindava〔vjɪn'davə〕(俄)

Vindel〔'vɪndəl〕

Vindelicia〔,vɪndə'lɪʃɪə〕

Vindex〔'vɪndeks〕

Vindemiatrix〔vɪn,dimi'etrɪks〕

Vindhya〔'vɪndjə〕

Vindhya Pradesh〔'vɪndjə prə'deʃ〕

Vindobna〔vɪn'dabnə〕

Vindobona〔vɪn'dabənə〕

Vindogladia〔,vɪndo'gledɪə〕

Vine〔vaɪn〕

Vinea〔'vɪnɪə〕

Vinegar〔'vɪnɪgɚ〕

Vineis〔'vɪnɪɪs〕

Vineland〔'vaɪnlənd〕

Viner〔'vaɪnɚ〕

Vines〔vaɪnz〕瓦因斯

Vinet〔vi'ne〕(法)

Vineta〔vɪ'neta〕

Viney〔'vaɪnɪ〕瓦伊尼

Vineyard〔'vɪnjɚd〕

Vingenna〔vɪn'dʒɛnə〕

Vinh〔'vɪnj〕(越)

Vinhlong〔'vɪnj'lɔŋ〕(越)

Vining〔'vaɪnɪŋ〕瓦伊寧

Vinita〔vɪ'nitə〕維尼塔

Vinje〔'vɪnjə〕

Vinland〔'vɪnlənd〕

Vinne, De〔də 'vɪnɪ〕

Vinnie〔'vɪnɪ〕文尼

Vinnitsa〔'vɪnɪtsə〕維尼沙(蘇聯)

Vinogradoff〔vjɪnʌ'gradəf〕維諾格拉道
夫(Sir Paul Gavrilovich, 1854-1925, 俄國
法學家及歷史家)

Vinohrady Královské〔'vɪnɔhradɪ
'kralɔfskɛ〕(捷)

Vinson〔'vɪnsn〕

Vint〔vɪnt〕文特

Vinter〔'vɪntɚ〕文特

Vinteuil〔væŋ'tɜj〕(法)

Vintner〔'vɪntnɚ〕

Vinton〔'vɪntn̩〕文頓

Vintondale〔'vɪntndel〕

Vintilä〔vɪn'tilə〕

Vinzenz〔'vɪntsɛnts〕

Vio〔'vio〕

Vio Gaetano〔'vio ,gae'tano〕

Viola〔'vaɪələ; 'vaɪolə; 'violə〕懷娥拉

Violenta〔vaɪə'lɛntə〕

Violet〔'vaɪəlɪt〕懷娥麗特

Violle〔vjɔl〕(法)

Viollet-le-Duc〔vjɔ'lɛ·lə·'djʊk〕(法)

Vionville〔vjɔn'vil〕

Viosa〔vɪ'osə〕

Viot〔'vio〕

Viotti〔'vjɔtti〕(義)

Vipan〔'vaɪpæn〕

Viper, Doctor〔'vaɪpɚ〕

Vipsania〔vɪp'senɪə〕

Vipsania Agrippina〔vɪp'senɪə ,ægri-
'paɪnə〕

Vipsanius〔vɪp'senɪəs〕

Vira〔'vaɪrə〕

Viracocha〔,vira'kotʃa〕

Virchow〔'vɚtʃo; 'fɪrko〕斐爾科(Rudolf,
1821-1902, 德國病理學家、人類學家及政治家)

Virden〔'vɚdn〕

Vire〔'vir〕

Viret〔vi're〕(法)

Vírgenes〔'bɪrhenes〕(西)

Virgil〔'vɚdʒɪl〕= Vergil

Virgile〔vir'ʒil〕(法)

Virgilia〔vɚ'dʒɪlɪə〕

Virgilian〔vɚ'dʒɪlɪən〕

Virgilius〔vɚ'dʒɪlɪəs〕

Virgin Islands〔'vɚdʒɪn ~〕維爾京羣島
(西印度羣島)

Virgin Gorda〔'vɚdʒɪn 'gɔrdə〕

Virginia〔vɚ'dʒɪnjə; vɚ'dʒɪnɪə〕維吉尼亞
(美國)

Virginian(s)〔vɚ'dʒɪnjən(z)〕

Virginie〔vɪrʒi'ni〕(法)

Virginio〔vɪr'dʒɪnjo〕

Virginius〔vɚ'dʒɪnɪəs〕

Virgins〔'vɚdʒɪnz〕

Virgo〔'vɚgo〕【天文】❶處女座 ❷處女宮
(黃道第六宮)

Viriathus〔,vɪrɪ'eθəs〕

Viriatus〔,vɪrɪ'etəs〕

Viroconium〔,vɪrə'konɪəm〕

Viromandui〔,viro'mændjuai〕

Vironmaa〔'vɪrɔnma〕(芬)

Virtanen〔'vɪrtanen〕維爾塔南(Artturi
Ilmari, 1895-1973, 芬蘭生物化學家)

Virts〔vɪrts〕
Virtue〔'vɝtʃʊ〕弗丘
Virtus〔'vɝtəs〕
Viru〔'vɪrʊ;'viru〕
Virués〔viru'es〕
Virunga〔vɪ'rʊŋə〕
Vis〔vis〕
Visale〔vi'salɪ〕
Visalia〔vi'seljə〕
Visaya〔vi'sa ja〕
Visayan〔vi'sajən〕❶維薩延人（馬來人之一支）❷該民族之語言
Visayas〔vi'sajəz〕
Visby〔'vɪzbɪ〕維斯比（瑞典）
Viscaíno〔biska'ino〕（西）
Viscellinus〔vɪsə'laɪnəs〕
Vischer〔'fɪʃɚ〕
Vischering〔'fɪʃərɪŋ〕
Visconti〔vɪs'konti〕
Visconti - Venosta〔vɪs'konti·ve'nɔsta〕
Viscount Melville Sound〔'vaɪkaʊnt 'mɛlvɪl〕
Viseu〔vi'zeu〕
Vishakhadatta〔vɪ'ʃakə'dʌttə〕（梵）
Visher〔'vɪʃɚ〕維舍
Vishinsky〔vɪ'ʃɪnskɪ〕維辛斯基（Andrei Yanuarievich, 1833-1954, 蘇聯之法學家）
Vishnevski〔'vɪʃ'njafskɪ〕
Vishnu〔'vɪʃnu〕護持神（印度教三大神之一）
Vishnugupta〔,vɪʃnu'guptə〕
Vishvamitra〔'vɪʃva'mɪtrə〕
Vishvanath〔'vɪʃvənat〕
Visigoth〔'vɪzɪgaθ〕西哥德人（日耳曼民族之一支族）
Visla〔'vislə〕
Viso〔'vizo〕
Visor〔'vaɪzɚ;'vɪzɚ〕
Vissarion〔vjisʌri'ɔn〕（俄）
Vissarionovich〔vjisʌrjɪ'ɔnʌvjitʃ〕（俄）
Visscher〔'vɪsə〕（荷）
Visson〔vi'sɔn〕（法）
Vista〔'vɪstə〕
Vistritsa〔vɪs'tritsa〕
Vistula〔'vɪstjulə〕維斯杜拉河（波蘭）
Visurgis〔vai'sɝdʒɪs〕
Viswa - Bharati〔'vɪʃva·'barati〕
Vital〔vi'tal〕（法）
Vitalian〔vɪ'teljən〕
Vitalianus〔vɪ,telɪ'enəs〕
Vitalievich〔vjɪ'taljɪvjitʃ〕（俄）
Vitalis〔vai'telɪs〕
Vita Nuova〔'vita 'nwɔva〕

Vite〔'vite〕
Vitebsk〔'vitɛpsk〕維台普斯克（蘇聯）
Viteles〔vɪ'tɛləs〕
Vitellio〔vɪ'tɛlɪo〕
Vitellius〔vɪ'tɛlɪəs〕
Vitello〔vɪ'tɛlo〕月球表面第三象限內之坑名
Viterbo〔vɪ'tɛrbo〕
Vitet〔vi'tɛ〕（法）
Vitéz〔'vɪtez〕
Vítězslav〔'vitjɛslaf〕（捷）
Vitharr〔'viðar〕
Viti〔'viti〕
Vitiaz〔'vitɪæz〕
Vitiges〔'vɪtɪdʒiz〕
Viti Levu〔'viti 'lɛvu〕維提雷弗島（太平洋）
Vitim〔vɪ'tim〕味地謨河（蘇聯）
Vito〔'vito〕維托
Vitols〔'vitɔls〕
Vitor〔bɪ'tɔr〕（西）
Vitoria〔bɪ'torja〕維多利亞（巴西）
Vitória〔vɪ'torɪə〕維多利亞（西班牙; 巴西）
Vitovt〔'vjitɔft〕（俄）
Vitruvian〔vɪ'truvjən〕
Vitruvio〔vɪ'truvɪo〕「坑名
Vitruvius〔vɪ'truvɪəs〕月球表面第一象限內之
Vitruvius Pollio〔vɪ'truvɪəs 'palɪo〕維特魯維烏（Marcus, 紀元前一世紀時之羅馬建築家及工程師）
Vitry〔vi'tri〕
Vitry- le - Francois〔vi'tri·lə·fraŋ'swa〕（法）
Vitry-sur-Seine〔vi'tri·sjʊr·'sɛn〕（法）
Vittel〔vi'tɛl〕
Vittore〔vɪt'tɔre〕（義）
Vittoria〔vɪ'tɔrɪə;bɪ'tɔrja（西）;vɪt-'tɔrja（義）〕
Vittoria Corombona〔vɪ'tɔrɪə karɔm-'bona〕
Vittorino da Feltre〔vitto'rino da 'feltre〕（義）
Vittorio〔vɪt'tɔrjo〕（義）
Vittorio Amedeo〔vɪt'tɔrjo ,ame'deo〕（義）
Vittorio Emanuele〔vɪt'tɔrjo ,ema-'nwele〕（義）
Vittoriosa〔vɪtto'rjosa〕（義）·
Vitu〔'vitu〕
Vitus〔'vitʊs〕（丹）
Vivaldi〔vi'valdi〕（義）
Vivandière, La〔la vivan'djer〕（法）
Vivant〔vi'van〕（法）
Vivante〔vi'vante〕

Vivanti〔vi'vɑnti〕

Vivarais〔vivɑ'rɛ〕（法）

Vivarini〔ˌvivɑ'rini〕

Vivario〔bi'varjo〕西斯

Vivas〔'vivæs〕維瓦斯

Viveash〔'vaivæʃ〕

Vives〔'bives〕（西）

Vivian〔'vivian〕衛維恩

Vivian Grey〔'vivian 'gre〕

Viviani〔vivja'ni〕維亞尼（René Raphaël, 1863‐1925, 法國政治家）

Vivien〔vi'vjæŋ〕（法）

Vivien de Saint‐Martin〔vi'vjæŋ də sæŋmɑr'tæŋ〕維伍曼（Louis, 1802‐1897, 法國地理學家）

Vivienne〔'vivian〕維文

Viviers, de〔də vi'vje〕（法）

Vivigens〔'vivigens〕

Vivin〔vi'væŋ〕（法）

Vivion〔'vivian〕維維翁

Vivonne〔vi'vɔn〕

Viye〔'vije〕

Vizagapatam〔vai,zægəpə'tæm; vi'zɑgə-'patəm（印）〕

Vizard〔'vizard〕

Vizayawada〔viza,ja'wada〕

Vizcaíno〔viθkɑ'ino; biθka'ino（西）〕

Vizcaya〔vis'kaja; biθ'kaja（西）〕

Vizetelly〔ˌvizə'tɛli〕維塞泰里（Frank Horace, 1864‐1938, 美國辭典編纂者）

Vizeu〔vi'zeu〕

Vizianagram〔ˌvizia'nʌgrəm〕（印）

Vlaanderen〔'vlɑndərən〕（法蘭德斯）

Vlaardingen〔'vlɑrdiŋən〕（荷）

Vlach〔vlæk〕

Vlachos〔'vlɑhɔs〕（希）

Vlačić〔'vlɑtʃitʃ; 'vlɑtʃitj（塞克）〕

Vlacich〔'vlɑtʃitʃ〕

Vlacq〔vlak〕（荷）

Vladas〔'vladas〕

Vladikavkaz〔ˌvlædəkæf'kæz; vlʌdjikʌf-'kɑs（俄）〕

Vladimir〔'vlædimir〕烏拉底米爾（956?‐1015, 世稱 the Great, 俄國統治者）

Vladimír〔'vladjimir〕（捷）

Vladimirovich〔vlʌ'djimjirɔvjitʃ〕（俄）

Vladimirovka〔vlʌ'djimji,rɔfkə〕（俄）

Vladislav〔'vlædislæv; 'vladjislaf（捷）; vlʌdjis'laf（俄）〕

Vladislavovich〔vlʌdjis'lavʌvjitʃ〕（俄）

Vladivostok〔ˌvlædi'vastak〕海參崴（蘇聯）

Vlaenderen〔'vlɑndərən〕

Vlaminck〔vlɑ'mæŋk〕（法）

Vlasta〔'vlasta〕

Vlastimil〔'vlastjimil〕

Vlastos〔'vlestas〕

Vlieland〔'vlilant〕（荷）

Vliessingen〔'vlisiŋən〕（荷）

Vlie Stroom〔'vli strom〕

Vliet〔vlit〕

Vlissingen〔'vlisiŋən〕（荷）

Vlora〔'vlora〕發羅拉（阿爾巴尼亞）

Vlotslavsk〔vlʌts'lafsk〕（俄）

Vltava〔'vʌltava〕（捷）

Vluck〔vlʌk〕

Vly〔vlai〕

Vnukova〔vnu'kovə〕

Voegelin〔'vogəlin〕沃格林

Voegtlin〔'vɛktlin〕爲格特林

Voehringer〔'vorɪŋə〕

Voelcker〔'volkə〕

Voet〔vut〕（荷）

Voetius〔'viʃiəs; 'vutsiəs（荷）〕

Vœux, Des〔de 'vɜ〕

Vogau〔'vogau〕

Vogel〔'vogəl; vɔ'gɛl（法）; 'fogəl（德）〕沃格爾

Vogeler〔'voglə; 'fogələ（德）〕

Vogelgesang〔'vogəlsæŋ; 'vogəlgəsəŋ〕

Vogelkop Peninsula〔'vogəl,kɔp～〕浮格科普半島（印尼）

Vogelsberg〔'fogəlsbɛrk〕（德）

Vogelstein〔'vogəlstain〕

Vogel von Falckenstein〔'fogəl fan 'falkənʃtain〕（德）

Vogel weide〔'fogəl,vaidə〕

Vogesen〔fo'gezən〕

Vogesus〔'vadʒisəs〕

Voghera〔vo'gɛra〕

Vogl〔'fogl〕（德）

Vogler〔'foglə〕佛格勒（Georg Joseph, 1749‐1814, Abt or Abbé Vogler, 德國音樂家）

Vögler〔'fɜglə〕（德）

Vogt〔foht（德）; vɔkt（挪）〕沃格特

Vogtland〔'foktlant〕

Voguë〔vɔg ju'e〕

Vogul〔'vogʌl〕

Voi〔vɔi〕

Voiart〔vɔ'jar〕

Voice〔vɔis〕

Voigt〔fokt; foht（德）〕沃伊特

Voigt‐Diederichs〔'foht 'didərihs〕（德）

Voigtland〔'fohtlant〕(德)
Voilemont〔vwal'mɔŋ〕(法)
Voiotia〔vjɔ'tia〕
Voirlich〔'vɔlɪh〕(蘇)
Voirons, Les〔le vwa'rɔŋ〕(法)
Voisey〔'vɔɪzɪ〕
Voisin〔vwa'zæŋ〕(法)
Voisins〔vwa'zæŋ〕(法)
Voit〔fɔɪt〕
Voiture〔,vwa'tjur〕(法)
Voivodina〔'vɔɪvɔ,dina〕
Vojislav〔'vɔɪjɪslav〕(塞克)
Vojtĕch〔'vɔɪtjeh〕(捷)
Vojvadina〔'vɔɪvɔ,dina〕
Vokes〔voks〕沃克斯
Vokos〔'vɔkɔs〕沃克斯
Vokovar〔'vukovar〕
Volans〔'volənz〕【天文】飛魚座
Volapuk〔'valəpjuk〕
Volapük〔'volapjuk;'valapjuk〕一種世界
  語(1879年德國人 Johann M· Schleyer 所創)
Volbach〔'folbah〕(德)
Volcae〔'valsi〕
Volcán〔bɔl'kan〕(西)
Volcano Islands〔val'keno〜〕琉璃群島
  (太平洋)
Volcher〔'valhə〕(荷)
Volckertszoon〔'valkətsən;'valkətsɔn;
  'valkətson〕
Volckman〔'valkmən〕
Vold〔vold〕沃爾德
Voldemaras〔,vɔldɛ'maras〕
Volero〔'valɪro〕
Volga〔'valgə〕窩瓦河(蘇聯)
Volga-Don Canal〔'valgə·'dan〕
Volhard〔'folhart〕(德)
Volhynia〔val'hɪnɪə〕
Voliva〔'valɪvə〕
Voljnac〔'vɔljnats〕
Volk〔volk〕【德】人民;民族
Volkelt〔'falkəlt〕(德)
Volker〔'volkə〕
Völkerschlacht〔'fɛlkəʃlaht〕(德)
Volkhov〔'vɔlhəf〕沃爾霍夫(蘇聯)
Volkmann〔'fɔlkman〕佛克曼(Alfred
  Wilhelm, 1801-1877, 德國生理學家)
Volkmar〔'folkmar〕
Volko〔'fɔlko〕
Volkonski〔val'kanskɪ;vʌl'kɔnskəɪ(俄)〕
Volkov〔'vɔlkɔf〕(俄)沃爾科夫
Volkovysk〔vəl'kɔvɪsk〕
Volksbühne〔'falks,bjunə〕

Volkslied〔'fɔlks,lit〕【德】民謠;民歌
Volksraad〔'vɔlksrat〕(荷)
Volkswagen〔'fɔlks,vagən〕(德)
Vollam〔'valəm〕沃勒姆
Vollard〔vɔ'lar〕(法)
Vollmar〔'falmar〕(德)
Vollmer〔'valmə〕沃爾默
Vollmoeller〔'fal,mələ〕
Vollmlöler〔'fal,mələ〕(德)
Vollon〔vɔ'lɔŋ〕(法)
Volney〔'valnɪ;vɔl'ne(法)〕沃爾尼
Volodimir〔,vala'dimɪr〕
Volodymyr〔,vala'dimɪr〕
Vologases〔,valə'gesiz〕
Vologda〔'vɔləgdə〕伏洛格達(蘇聯)
Volokolamsk〔vəlʌ'kɔləmsk〕(俄)
Volos〔'volas〕弗羅斯(希臘)
Vólos〔'vɔlɔs〕
Voloshin〔va'lɔʃɪn〕
Volosovo〔,vala'sɔvə〕
Volpe〔'volpe〕沃爾普
Volpi〔'volpɪ〕
Volpone〔val'ponɪ〕
Volquessen〔val'kɛsən〕
Volrath〔'falrat〕
Vols〔valz〕=Volumes
Volsce〔vals〕
Volsci〔'valski;'valsaɪ〕
Volscian〔'valskɪən;'valskjən;
  'valʃɪən;'valʃjən〕
Volscious〔'valʃɪəs〕
Volsiniensis〔val,sɪnɪ'ɛnsɪs〕
Volsk〔valsk;'vɔljsk(俄)〕
Volstead〔'valsted〕沃爾斯特德
Volsung〔'valsuŋ〕
Volsunga Saga〔'valsuŋgə,sagə〕
Volta〔vɔl'ta〕伏特(Count Alessandro,
  1745-1827, 義大利物理學家)
Volta Blanche〔vɔlta'blaɲʃ〕(法)
Voltaire〔'valter〕福爾特爾(本名 François
  Marie Arouet, 1694-1778, 法國諷刺家、哲學
  家、劇作家及歷史家)
Volta Noire〔vɔlta'nwar〕(法)
Volta Redonda〔'vɔldə rə'ðoŋndə〕(葡)
Volta Rouge〔vɔlta'ruʒ〕(法)
Voltemand〔'valtɪ,mænd〕
Volterra〔vol'terra〕
Volterrano, il〔il,volter'rano〕
Voltimand〔'valtɪmænd〕
Voltmer〔'voltmə〕沃爾特默
Volturno〔vol'turno〕
Volubilis〔və'ljubɪlɪs〕

Volumnia〔vəˈlʌmnɪə〕
Volumnius〔vəˈlʌmnɪəs〕
Volusia〔voˈluʃə〕
Voluspa Saga〔vəˈlʌspə ,sagə〕
Volyn〔vʌˈlɪnj〕(俄)
Volze〔volz〕
vom〔fam〕
vom Baur〔fam ˈbaʊr〕
vom Reh〔fam ˈre〕
von〔van(丹);fan(德、芬);fon(匈);
    fɔn(波、俄、瑞典)〕
Vonachen〔vaˈnatʃən〕
Von Aichried〔fan ˈaɪhrit〕(德)
von Aura〔fan ˈaʊra〕
von Benkendorff〔fan ˈbɛŋkəndɔrf〕
von Bojna〔fan ˈbɔɪna〕
Von Braun〔fan ˈbraʊn〕馮布勞恩(Wern-
    her, 1912-1977, 入籍美國之德國火箭專家)
Von Brentano〔fan brɛnˈtano〕
Von Clausevitz〔fan ˌklaʊzevits〕
von Colloredo〔fan ˌkaloˈredo〕
Vondel〔ˈvɔndəl〕
von der Linth〔fan də ˈlɪnt〕
Vondracek〔fanˈdratʃek〕馮德拉切克
Vondy〔ˈvandɪ〕
Von Einem〔fan ˈenəm〕
Von Elm〔fan ˈɛlm〕
Von Eschen〔fan ˈɛʃən〕
von Esenbeck〔fan ˈezənbek〕
von Fischer〔van ˈfɪʃə〕
von Frankenstein〔fan ˈfraŋkənstaɪn〕
Vong〔vaŋ〕
Von Hagen〔fan ˈhagən〕馮哈根
von Handel〔fan ˈhændl〕
von Handschuchsheim〔fan ˈhant-
    ʃuhshaɪm〕(德)
Von Hayek〔fan ˈhaɪɛk〕
von Hippel〔fan ˈhɪpal〕
von Hoffmann〔fan ˈhafmən〕
von Holst〔fan ˈhalst〕
Von Hügel〔fan ˈhjʊgəl〕
von Jakob〔fan ˈjakap〕
Von Karajan〔fan ˌkaraˈjan〕
von Kármán〔fan ˈkarman〕(匈)馮卡曼
Von Kleinsmid〔fan ˈklaɪnsmɪd〕
von Klencke〔fan ˈklɛŋkə〕
von Körös-Patak〔fan ˈkɜrəʃ·ˈpatak〕
    (匈)
von Kügelgen〔fan ˈkjʊgəlgən〕
von Kürenberg〔fan ˈkjʊrənberk〕
von Lackum〔van ˈlakəm〕
Von Laue〔fan ˈlaʊə〕

von Lengerke〔van ˈlɛŋəkə〕馮倫厄克
von Lewinski〔fan lɛˈvɪnskɪ〕
von Lupin〔fan luˈpin〕
von Marilaun〔fan ˈmarɪlaʊn〕
Von Mises〔fan ˈmizəs〕馮米澤斯
von Moschzisker〔fan ˈmozɪskə〕
von Muralt〔fan ˈmuralt〕
Von Neumann〔fan ˈnɔɪman〕范諾曼
    (John, 1903-57, 美國數學家)
Vonnoh〔vəˈno〕沃諾
von Rantzau〔fan ˈrantsaʊ〕
von Schmidt〔fan ˈʃmɪt〕
von Steinbach〔fan ˈʃtaɪnbah〕(德)
von Storch〔fan ˈstɔrk〕,
von Strehlenau, Niembsch〔ˈnɪmpʃ fan
    ˈʃtrelənaʊ〕   「姆
Von Stroheim〔fan ˈstrohaɪm〕馮斯特羅海
von Vietinghoff〔fan ˈfitɪŋhaf〕
von Wiesenbrunn〔fan ˈvizənbrʊn〕
von Zeppelin〔fan ˌtsɛpəˈlin〕
Vooght〔vut〕
Voorburg〔ˈvɔrbəh〕(荷)
Voorhees〔ˈvuriz〕沃里斯
Voorhis〔ˈvurɪs〕沃里斯
Voorne〔ˈvɔrnə〕
Vopiscus〔voˈpɪskəs〕
Vopna Fjord〔ˈvɔpna ~〕沃普納峽灣(冰島)
Voragine〔vəˈrædʒɪnɪ〕(義)
Vorarlberg〔ˈfɔˌrarlberk〕(德)
Vorbeck, Lettow-〔ˈlɛto·ˈfɔrbɛk〕(德)
Vorder-Eifel〔ˈfɔrdə·ˈaɪfəl〕(德)
Vorder Rhein〔ˈfɔrdə ˌraɪn〕
Vorderrhein〔ˈfɔrdəˌraɪn〕
Voreiai Sporades〔vɔˈriɛ spɔˈraðɛs〕(希)
Vorhauer〔ˈvɔrhaʊə〕沃豪爾
Vorheestown〔ˈvurɪztaʊn〕
Vories〔ˈvoriz〕沃里斯
Vöringfoss〔ˈvɜrɪŋˌfos〕(挪)
Vøringfoss〔ˈvɜrɪŋˌfɔs〕(挪)
Vorkuta〔vɔrˈkutə〕伏可他(蘇聯)
Vorländer〔ˈfɔrlɛndə〕(德)
Vorlich〔ˈvɔrlɪh〕(蘇)
Vormelker〔vɔrˈmɛlkə〕
Vormsi〔ˈvɔrmsɪ〕
Vorona〔vəˈronə;vʌˈronə〕(俄)〕
Voronezsh〔vʌˈrɔnjɪʃ〕(俄)
Voronoff〔vʌˈrɔnɔf〕(俄)
Voronov〔vʌˈrɔnɔf〕(俄)
Vorontsov〔varʌnˈtsɔf〕(俄)沃倫佐夫
Voroshilov〔ˌvɔraˈʃilaf;,vɔraˈʃilɔf〕
    伏羅希洛夫(Kliment Efremovich, 蘇聯元帥
    及最高蘇維埃主席)

Voroshilovgrad〔ˌvɔrɑ'ʃiləfgræd〕伏羅
希洛夫格勒（蘇聯）

Voroshilovsk〔ˌvɔrɑ'ʃilɑfsk; vərʌ-
'ʃiləfsk（俄）〕

Vörösmarty〔'vɜrəʃ‚mɔrtj〕（匈）

Vorse〔vɔrs〕沃爾斯

Vorskla〔'vɔrsklə〕

Vorst〔vɔrst〕

Vorsterman〔'vɔrstəmən〕

Vorstermans〔'vɔrstəmans〕

Vorticism〔'vɔrtɪsɪzm〕

Vortigern〔'vɔrtɪgən〕沃蒂根

Vortumnus〔vɔr'tʌmnəs〕

Võru〔'vɜru〕（愛沙）

Vorwärts〔'fɔrvɛrts〕（德）

Vorys〔'vɔrɪs〕

Vos〔vas; fos（德）〕沃斯

Vosburgh〔'vasbəg〕

Vose〔voz〕沃斯

Vosgean〔'voʒɪən〕

Vosges〔voʒ〕佛日山脈（法國）

Vosgian〔'voʒɪən〕

Voshell〔'voʃəl〕沃謝爾

Voskovec〔'vɔskɔvets〕（捷）

Voss〔vɔs; fas（德）〕沃斯

Vossius〔'vasɪəs〕

Vossler〔'faslə〕（德）沃斯勒

Vostochny〔vas'tɔtʃnɪ〕

Vostok〔və'stak〕蘇聯之一系列有人駕駛的
人造衛星之一

Vostokov〔vʌ'stɔkɔf〕（俄）

Votava〔'votəvɑ〕

Voto, De〔də 'voto〕

Votyak〔vʌ'tjak〕（俄）

Vouet〔vwɛ〕（法）

Vought〔vɔt〕沃特

Vouillé〔vu'je〕（法）

Voules〔volz; vɑulz〕

Voulgares〔'vulgɑrɪs〕

Voulon〔vu'lɔŋ〕（法）

Voûxa, Akorotêrion〔akrɔ'tirjɔn
'vuksɑn〕（希）

Vowles〔volz; vɑulz〕

Vox〔vaks〕沃克斯

Vox Clamantis〔'vaks klæ'mæntɪs〕

Voxman〔'vaksmən〕

Voyce〔vɔɪs〕

Voyer〔vwɑ'je〕（法）

Voynich〔'vɔɪnɪk;'vɔɪnɪtʃ（波）〕沃伊尼克

Voysey〔'vɔɪzɪ〕沃伊奇

Voyutsa〔vo'jutsɑ〕

Voznesenski〔vʌznjə'sjenskəɪ〕（俄）

Vrangelya, Ostrov〔'ɔstrəf 'vrɑngɪljə〕

Vranja〔'vrɑnjɑ〕

Vranje〔'vrɑnje〕

Vrattsa〔'vrɑtsɑ〕

Vraz〔vrɑz〕

Vrbas〔'vɜbɑs〕

Vrbaska〔'vɜbɑskɑ〕

Vrchlický〔'vɜhlɪtski〕（捷）

Vredeman〔'vredəmɑn〕

Vreese〔'vresə〕（法蘭德斯）

Vrensky〔'frɛnski〕

Vridanc〔'fridɑŋk〕（德）

Vriendt〔vrint〕

Vries〔vris〕佛里（Hugo de, 1848-1935, 荷
蘭植物學家）

Vries, De〔də 'vris〕（荷）

Vriesland〔'frizlənd〕

Vriezenveen〔'vrizənven〕

Vrikodara〔ˌvriko'dɑrɑ〕

Vring〔frɪŋ〕（德）

Vritra〔'vritrə〕

Vroom〔vrom〕

Vršac〔'vɜʃɑts〕（塞克）

Vršovice〔'vɜʃɔ‚vitsɛ〕（捷）

Vryburg〔'vrɑibəg〕

Vsevolod〔'fsɛvələt; 'fsjɛvələt（俄）〕

Vua〔'buɑ〕（拉丁美）

Vue〔'vju〕

Vuelta Abajo〔'bwɛltɑ ɑ'vɑho〕

Vugusu〔vu'gusu〕

Vuillard〔vjui'jɑr〕（法）

Vuillaume〔vjui'jom〕（法）

Vujic〔'vujɪtʃ; 'vujɪtj（塞克）〕

Vuk〔vuk〕

Vukmanovic〔vukmɑ'nɔvɪk〕

Vulcan〔'vʌlkən〕【羅馬神話】火及金工之神

Vulcanalia〔vʌlkə'neliə〕古羅馬紀念Vulcan
之節日

Vulcaniae Insulae〔vʌl'kenɪi 'ɪnʃjuli〕

Vulcano〔vul'kɑno〕

Vulgate〔'vʌlget; -gɪt〕拉丁語聖經

Vulliamy〔'vʌljəmɪ〕

Vulpecula〔vʌl'pɛkjulə〕【天文】狐狸座

Vulpius〔'vulpɪus〕

Vulso〔'vʌlso〕

Vulture〔'vʌltʃə; vul'ture（義）〕

Vuoksen〔'vwɔksn̩〕（芬）

Vuoksi〔'vwɔksɪ〕（芬）

Vutrinto〔vu'trinto〕

Vuvos〔'vuvos〕

Vyacheslav〔vjɪtʃɪ'slɑf ; vjɑtʃɛ'slɑf〕
（俄）

Vyacheslav Molotov〔vjɑtʃɛsˈlaf ˈmɔləˌtɔf〕
Vyacheslavovich〔vjɑtʃɛsˈlavəvitʃ〕
Vyatka〔ˈvjɑtkə〕佛雅卡河（蘇聯）
Vyborg〔ˈvibɔrg〕維堡（蘇聯）
Vychegda〔ˈvitʃəgdə〕
Vye〔vai〕

Vyell〔ˈvaiəl〕維爾
Vyner〔ˈvainə〕
Vyrnwy〔ˈvɜnui〕（威爾斯）
Vyshinsky〔viˈʃinski〕
Vyshni Volochek〔ˈviʃnji vʌˈlɔtʃik〕（俄）
Vysoké Tatry〔ˈvisɔke ˈtɑtri〕（捷）
Vyvyan〔ˈvivian〕維維安

W

Wa〔wα〕

Waadt〔vαt〕

Waaf〔wæf〕【英】Women's Auxiliary Air Force 之一員

Waag〔vah〕(德)

Waage〔'vɔgə〕(挪)

Waagen〔'vαgən〕(德)

Waal〔vαl〕瓦耳河(荷蘭)

Waaland〔'wαlənd〕

Waals〔vαls〕瓦爾斯(Johannes Diderick van der, 1837-1923, 荷蘭物理學家)

Waalwijk〔'wαlwαik ; 'vαlvαik(荷)〕

Waas〔wαs〕

Waasland〔'wαslαnt〕

Waasy〔'wαsɪ〕【英】Women's Auxiliary Army Service 之一員

Wabana〔wɔ'bænə〕

Wabarwe〔wα'bαrwe〕

Wabash〔'wɔbæʃ〕

Wabasha〔'wɔbəʃə〕

Wabaunsee〔wα'bɔnsɪ〕

Wabemba〔wα'bembα〕

Wabisa〔wα'bisα〕

Wabudja〔wα'budʒα〕

Waccamaw〔'wαkəmɔ〕

Waccasassa〔,wɔkə'sæsə〕

Wace〔wes ; wαs(法)〕衞斯

Wacey〔'wesɪ〕

Wach〔vαh〕(德)

Wachaga〔wα'tʃαgα〕

Wachau〔'vαhαu〕(德)

Wachenfeld〔'wɔkənfɛld〕

Wachenhusen〔'vαhən,huzən〕(德)

Wachikunda〔wαtʃi'kundα〕

Wachler〔'vαhlə〕(德)

Wachovia〔wα'tʃovɪə〕

Wachsmuth〔'vαksmut〕

Wachsmann〔'vαksmαn〕

Wachtel〔'vαhtəl〕(德)瓦赫德爾

Wachusett〔wɔ'tʃusɪt〕

Wackenroder〔'vαkən,rodə〕(德)

Wacker〔'vαkə〕(德)瓦克爾

Wackernagel〔'vαkə,nαgəl〕(德)

Wackford〔'wækfəd〕

Wackles〔'wæklz〕

Wacław〔'vαtslαf〕(波)

Waco〔'weko〕維口(美國)

Wad, El〔æl 'wæd〕(阿拉伯)

Wad-al-Hajarah〔'wαd·αl·hα'dʒαrə〕

Wadan〔wæ'dæn ; wα'dæn〕

Waddel(l)〔wα'dɛl ; 'wαdəl〕沃德爾

Wadden Zee〔'vαdən ze〕

Wadding〔'wαdɪŋ〕

Waddington〔'wαdɪŋtən〕沃丁頓

Wad Dra〔,wæd 'drα〕

Waddy〔'wαdɪ〕沃迪

Wade〔wed〕衞德

Wade-Davis〔wed·'devɪs〕

Wadelai〔'wαdəlαɪ〕瓦德拉伊(烏干達)

Wadely〔'wedlɪ〕衞德利

Wadema〔wα'demα〕

Wadena〔wα'dinə〕

Wädenswil〔'vedənsvil〕

Wader〔'wαdɛr〕

Wade's Boat〔'wedz bot〕

Wadesboro〔'wedzbərə ; 'wedz,bʌrə〕

Wadey〔'wedɪ〕

Wadham Island〔'wαdhəm~〕華德漢島(加拿大)

Wadhurst〔'wαdhəst〕

Wadhwan〔wəd'hwαn〕

Wadi〔'wαdɪ〕

Wadi el Kebir〔,wædil kæ'bir〕(阿拉伯)

Wadigo〔wα'digo〕

Wadi Halfa〔'wædɪ 'hælfə〕瓦第哈爾法(蘇丹)

Wadi Musa〔'wædɪ 'musə〕

Wadi Zerqa〔'wædɪ zə'kα〕

Wadjak Man〔'wαdʒæk〕

Wadleigh〔'wαdlɪ〕沃德利

Wadman〔'wαdmən〕

Wad Medani〔wæd 'mɛdænɪ〕

Wad-Nun〔wαd·'nun〕

Wadoma〔wα'domα〕

Wadonde〔wα'donde〕

Wadsley〔'wαdzlɪ〕沃茲利

Wadsworth〔'wαdzwəθ〕沃茲沃思

Waduruma〔,wαdu'rumα〕

Wady〔'wαdɪ〕

Waechter〔'vektə ; 'vehtə(德)〕

Waerden〔'wαrdən〕(荷)

Waeregem〔'vαrəhəm〕(法蘭德斯)

Waereghem〔'vαrəhəm〕(法蘭德斯)

Waes〔vαs〕(法蘭德斯)

Wafd〔wαft〕

Wafdist〔'wαfdɪst ; 'wæfdɪst〕

Wafer〔'wefæ〕衞弗
Wagala〔wa'gala〕
Wagalagansa〔wa,gala'gansa〕
Waganda〔wa'ganda〕
Wagar〔'wegæ〕
Wageman〔'wagimən〕
Wagenaar〔'vagənar ; 'wahənar (荷)〕
Wagenknecht〔'wagənɛkt〕瓦根內克特
Wager〔'wedʒæ〕衞杰
Waggaman〔'wægəmən〕瓦格曼
Wagga Wagga〔'wagə 'wagə〕
Waggerl〔'vagæl〕
Waggoner〔'wægənæ〕瓦戈納
Waghäusel〔'vakhɔɪzəl〕(德)
Wagh-el-Bahri〔'wag.ɛl·'bari〕
Waghorn〔'wæghɔrn〕衞格霍恩
Wagina〔wa'gɪnə〕
Wagiriama〔,wagɪr'jama〕
Wagiryama〔,wagɪr'jama〕
Wagley〔'wæglɪ〕
Wagman〔'wægmən〕衞格曼
Wagnall〔'wægnəl〕
Wagnalls〔'wægnəlz〕
Wagner〔'vagnæ〕華格納(Wilhelm
  Richard, 1813-1883, 德國詩人及作曲家)
Wagneriana〔,vagnɪrɪ'anə; vag,nɪ-
  rɪ'anə; vag, njerɪ'anə〕
Wagner von Jauregg〔'vagnæ fan
  'jaurɛk〕瓦格納(Julius, 1857-1940, 奧國
  精神病專家及心理治療專家)
Wagogo〔wa'gogo〕
Wagoner〔'wægənæ〕
Wagonseller〔'wægənsɛlæ〕
Wagram〔'vagram〕
Wagrowiec〔vɔŋ'grɔvjɛts〕(波)
Wagstaff〔'wægstaf〕瓦格斯塔夫
Wagstaffe〔'wægstaf〕瓦格斯塔夫
Waha〔'wɔhɔ〕
Wahab〔wɔb〕
Wahabee〔wa'habɪ ;wɛ'habɪ〕嚴守可蘭經
  之一派回教徒
Wahabite〔wə'habaɪt ; wa'habaɪt〕
Wahaya〔wa'haja〕
Wahehe〔wa'hehe〕
Wahhabee〔wa'habɪ ;wə'habɪ〕= Wahabee
Wahhabi〔wə'habɪ ;wa'habɪ〕
Wahhabite〔wə'habaɪt ;wa'habaɪt〕
Wahiawa〔'wahɪə'wa〕
Wahidin〔'wahɪdɪn〕
Wahie〔wa'hie〕
Wahkiakum〔wɔ'kaɪəkəm〕
Wahl〔wal ; val (德)〕沃爾

Wahlen〔'walən〕瓦倫
Wahlquist〔'walkwɪst〕瓦爾奎斯特
Wahlstatt〔'valʃtat〕(德)
Wahlverwandschaften〔'valfævantʃaftən〕
Wahn〔van〕(德)
Wahnfried〔'vanfrit〕(德)
Wahoo〔wa'hu; 'wahu〕
Wahpeton〔'wɔpətən〕
Wahr〔wɔr〕
Wahrheit〔'varhaɪt〕(德)
Wahrmund〔'varmunt〕(德)
Wahsatch〔'wɔsætʃ〕
Wahutu〔wa'hutu〕
Wah Wah〔'wa ,wa〕
Waialae〔waɪa'lae〕
Waialeale〔waɪ,ale'ale〕
Waialua〔,waɪa'lua〕
Waianae〔,waɪa'nae〕
Waiau〔waɪ'ɔu〕
Waiblingen〔'vaɪblɪŋən〕(德)
Waiblinger〔'vaɪblɪŋæ〕(德)
Waichow〔'waɪ'dʒo〕惠州(廣東)
Waicuri〔waɪ'kurɪ〕
Waigeo〔waɪ'geo〕
Waiheki〔'waɪ,hekɪ〕
Waiilatpuan〔'waɪɪ'lætpuən〕
Waikato〔'waɪ,kato〕
Waikiki〔'waɪ'kiki ; ,waɪkɪ'ki〕懷基基海灘
  (夏威夷)
Wailangi Lala〔'waɪ,laŋɪ 'lala〕
Wailly〔va'ji〕(法)
Wailua〔waɪ'lua〕
Wailuku〔waɪ'luku〕
Waimakariri〔waɪ'maka,riri〕
Waimate〔'waɪ,matɪ〕
Waimea〔waɪ'mea〕
Wain〔wen〕衞恩
Wäinämöinen〔'vaɪna,mɜɪnen〕(芬)
Wainewright〔'wenraɪt〕溫賴特
Wainfleet〔'wenflit〕溫弗利特
Wainganga〔waɪn'gʌŋga〕(印)
Waingapoe〔waɪn'gapu〕
Wainhouse〔'wenhaus〕溫豪斯
Waini〔'waɪnɪ〕
Wainthayakon〔'waɪntaɪə'kan〕
Wainwright〔'wen,raɪt〕溫賴特
Waipa〔waɪ'pa〕
Waipahu〔waɪ'pahu〕
Waipapa〔'waɪ,papə〕
Wairau〔'waɪrau〕
Wairoa〔waɪ'roə〕
Wairu〔wa'iru〕

Wait〔wet〕衛特

Waitaki〔'waɪ,takɪ〕

Waitangi〔'waɪ,taŋɪ〕

Waite〔wet〕衛特

Waitemata〔'waɪte,matə〕

Waitomo〔waɪ'tomo〕

Waitrose〔'wetroz〕

Waitz〔vaɪts〕

Waiyeung〔'waɪ'juŋ〕(中)

Wakamba〔wa'kamba〕

Wakambe〔wa'kambe〕

Wakaranga〔,waka'raŋa〕

Wakashan〔wa'kæʃən; 'wɔkəʃan〕

Wakatipu〔,waka'tipu〕

Wakavirondo〔wa,kavi'rando〕

Wakawai〔,waka'wa‧ɪ〕

Wakde〔'wakdə〕

Wake〔wek〕和氣(日本)

Wake Island〔'wek 'aɪlənd〕威克島
    (太平洋)

Wakea〔wa'kea〕

WaKeeney〔'wɔ,kinɪ〕

Wakefeld〔'wekfɛld〕

Wakefield〔'wek,fild〕威克非(英國)

Wakeley〔'weklɪ〕衛克利

Wakelin〔'weklɪn〕衛克林

Wakely〔'weklɪ〕

Wakelyn〔'weklɪn〕衛克林

Wakem〔'wekəm〕

Wakeman〔'wekmən〕衛克曼

Wakenaam〔,wakə'nam〕

Wakerlin〔'wekə,lɪn〕衛克林

Wakhan〔wa'han〕

Wakikuyu〔,waki'kuju〕

Wakim〔'wakim〕瓦基姆

Wakimbu〔wa'kimbu〕

Wakley〔'wæklɪ〕瓦克利

Wakonongo〔,wako'naŋgo〕

Waksman〔'wæksmən〕瓦克斯曼(Selman
    Abraham, 1888-1973, 美國微生物家)

Wakua〔wa'kua〕

Wakulla〔wa'kʌlə〕

Wakwanyama〔wakwa'njama〕

Wal〔wal〕

Wala〔'wala〕

Walach〔'walək〕

Walachia〔wa'lekjə〕

Walamba〔wa'lamba〕

Walam Olum〔'waləm 'olʌm〕

Walapai〔,walə'paɪ〕

Walawbum〔wə'lɔbəm〕

Walays〔'waləs〕

Walbridge〔'wɔlbrɪdʒ〕沃爾布里奇

Walbrook〔'wɔlbruk〕沃爾布魯克

Wałbrzych〔'valbʒɪh〕瓦布息克(波蘭)

Walburga〔val'burga〕

Walch〔valh〕(德)沃爾克

Walchelin〔,vautʃjə'lin〕

Walcheren〔'valhərən; 'valkərən〕瓦克
    藍島(荷蘭)

Walck〔valk〕

Walckenaer〔valkə'nar〕

Walcot(t)〔'walkət〕沃爾科特

Wald〔wɔld; valt(德)〕沃爾德

Waldai〔'waldaɪ〕

Waldbauer〔'wɔlbauə〕沃爾鮑爾

Walde〔'valdə〕沃爾德

Waldeck〔'wɔldɛk; 'valdɛk(德)〕沃爾德克

Waldeck-Roussua〔val'dɛk‧ru'so〕(法)

Waldegrave〔'walgrev; 'waldəgrev〕
    沃爾德格雷夫

Waldemar〔'wɔldə,mar〕瓦德瑪一世
    (1131-1182, 丹麥國王)

Walden〔'wɔldən; 'valdən(德、俄)〕

Waldenburg〔'valdənburk〕

Waldenses〔wal'dɛnsiz〕

Walderee〔'waldɛrɛ〕(古英)

Waldersee〔'valdəze〕瓦德西(Count
    Alfred von, 1832-1904, 德國陸軍元帥)

Waldevus〔wɔl'divəs〕

Waldeyer-Hartz〔'valdaɪə‧'harts〕(德)

Waldheim〔'valthaɪm〕瓦爾德海姆

Wald(h)ere〔'waldɛrɛ〕(古英)

Waldinger〔'valdɪŋə〕(德)

Waldis〔'valdɪs〕(德)

Waldmüller〔'valt,mjulə〕(德)

Waldo〔'waldo〕沃爾多

Waldoboro〔'wɔldbərə〕

Waldorf〔'waldɔrf〕沃爾多夫

Waldron〔'waldrən〕沃爾德倫

Waldsee〔'valtze〕(德)

Waldseemüller〔'valtze,mjulə〕(德)

Waldstätter〔'valt‧,ʃtɛtə〕(德)

Waldstein〔'waldstaɪn; 'vældstaɪn;
    'valt‧ʃtaɪn(德)〕

Waldteufel〔,val,tɚ'fɛl〕瓦特斐爾(Émile,
    1837-1915, 法國作曲家)

Waldus〔'wɔldəs〕

Waldwick〔'wɔldwɪk〕

Walen〔'walən〕

Walenje〔wa'lɛndʒe〕

Walensee〔'valən,ze〕(德)

Waler〔'welə〕

Waleran〔'walrən; 'waləran〕沃爾倫

Walery〔va'lerı〕(波)

Wales〔welz〕威爾斯

Walewska〔va'lɛfska〕(波)

Walewski〔va'lɛfskı〕(波)

Waley〔'welı〕衛利

Walfischbai〔'valfıʃbaı〕

Walfish〔'walfıʃ〕

Walford〔'walfəd〕沃爾福德

Walgreen〔'wɔlgrin〕沃爾格林

Walhalla〔wæl'hælə;wal'halə〕【北歐神話】奉祠陣亡戰士靈魂之廟堂;英靈殿

Walham〔'waləm〕

Walhonding〔wɔl'handıŋ〕

Walhouse〔'wɔlhaus〕沃爾豪斯

Walid〔wæ'lid〕

Waling〔'welıŋ〕

Walintone〔'walınton〕

Walk〔valk〕(德) 沃克

Walke〔wɔk〕沃克

Walkelin〔,vaukə'lin〕

Walker〔'wɔkə〕瓦克爾(Francis Amasa, 1840-1897, 美國經濟學家)

Walkern〔'wɔkən〕

Walker-Smith〔'wɔkə·'smıθ〕

Walkerton〔'wɔkətən〕

Walkerville〔'wɔkəvıl〕

Walkiden〔'wɔkıdn〕

Walking Stewart〔'wɔkıŋ 'stjuət〕

Walkley〔'wɔklı〕沃克利

Walküre, Die〔di·'valkjurə〕

Walküren〔'valkjurən〕

Walkyrie〔wæl'kırı;væl-〕【北歐神話】戰神 Odin 之一婢女, 將戰死將士引導入 Valhalla, 並待候於此

Wall〔wɔl〕沃爾

Wallabout〔'wɔlə,baut〕

Wallaby〔'waləbı〕

Wallace〔'walıs〕華萊士(❶ Alfred Russel, 1823-1913, 英國博物學家 ❷ Henry Agard, 1888-1965, 美國農學家及從政者)

Wallach〔'walək; 'valah〕瓦拉克(Otto, 1847-1931, 德國化學家)

Wallachia〔wa'lekıə〕渥來基亞(羅馬尼亞)

Wallaroo〔'waləru〕沃拉普(澳洲)

Wallas〔'waləs〕沃拉斯

Wallasey〔'waləsı〕瓦拉息(英國)

Wallen〔'valən〕(德)沃倫

Wallensee〔'valən,ze〕(德)

Wallensis〔wa'lɛnsıs〕沃倫西斯

Wallenstein〔'walən,staın〕華倫斯坦(Albrecht Eusebius Wenzel von, 1583-1634, 奧國將軍)

Waller〔'walə〕瓦勒(Edmund, 1606-1687, 英國詩人)

Wallet〔'walıt〕沃利特

Wallface〔'wɔlfes〕

Wallich〔'walık〕沃利克

Wallin〔val'lin〕(瑞典)沃林

Walling〔'walıŋ〕沃林

Wallingford〔'walıŋfəd〕沃林福德

Wallington〔'walıŋtən〕沃林頓

Wallis〔'walıs;'valıs〕(德)沃利斯

Wallo〔'walo〕

Wallon〔wa'lun;wa'lɔŋ〕(法)

Wallonia〔wa'lonıə〕

Wallonie〔walɔ'ni〕(法)

Walloon〔wa'lun〕❶華隆人 ❷華隆語

Wallop〔'waləp〕沃洛普

Wallops〔'waləps〕

Wallot〔'valat〕(德)

Wallowa〔wa'lauə〕

Walls〔wɔlz〕沃爾斯

Wallsend〔'wɔlz·ɛnd〕

Wall Street〔'wɔl ,strit〕華爾街(美國)

Wallwork〔'wɔlwək〕

Wally〔'walı〕沃利

Walmer〔'walmə〕

Walmesley〔'wɔmzlı〕

Walmisley〔'wɔmzlı〕

Walmondus〔val'mɔndəs〕

Walmsley〔'wɔmzlı〕沃姆斯利

Waln〔wɔl〕沃恩

Walney〔'walnı〕

Walnut〔'wɔlnət〕

Walo〔'walo〕

Walombwe〔wa'lombwe〕

Walpole〔'wɔl,pol〕華爾波爾(❶ Horace 或 Horatio, 1717-1797, 英國作家 ❷ Sir Hugh Seymour, 1884-1941, 英國小說家)

Walpurga〔val'purga〕

Walpurgis Night〔val'purgıs〜〕❶五月一日之前夕 ❷巫人, 巫婆與魔鬼之假期或歡宴

Walpurgisnacht〔val'purgıs·,naht〕(德)

Walras〔val'ra〕(法)

Walrod〔'wɔlrad〕沃爾羅德

Walrond〔'wɔlrənd〕沃爾倫德

Walrus〔'wɔlrəs;'wal-〕

Walsall〔'wɔlsɔl; -sl〕瓦索耳

Walschap〔'walshap〕(法蘭德斯)

Walsenburg〔'wɔlsənbəg〕

Walser〔'valzə〕沃爾澤(德)

Walsh〔walʃ〕沃爾升

Walsham〔'wɔlʃəm〕沃爾沙姆

Walsin〔val'sæŋ〕(法)

Walsingham〔'wɔlsɪŋəm; 'wɔlsɪŋ,hæm〕 沃爾辛厄姆

Walston〔'wɔlstən〕沃爾斯頓

Walsworth〔'wɔlzwəθ〕

Walt〔walt〕沃爾特

Waltair〔'wɔltɪr〕

Waltari〔'wɔltɑrɪ〕沃爾塔里

Walter〔'wɔltɚ〕華爾德（❶ John, 1739-1812, 英國新聞記者，倫敦泰晤士報創辦者 ❷ Eugene, 1874-1941, 美國劇作家）

Walterboro〔'wɔltɚbərə〕

Walters〔'wɔltɚz〕

Waltershausen〔,vɑltɚs'hɑuzən〕

Walthall〔'wɔlθɔl〕沃索爾

Waltham〔'wɔltəm; 'wɔlθæm〕沃爾薩姆

Walthamstow〔'wɔlθəmsto; 'wɔltəmsto〕

Waltharius manu fortis〔wɔl'θɛrɪəs 'mænju 'fɔrtɪs〕

Waltheof〔'wɔl,θɛɔf〕瓦爾夏奧夫

Walther〔'vɑltɚ（德）; val'tɛr（法）〕

Walthew〔'wɔlθju〕

Walton〔'wɔltn〕華爾頓（❶ Ernest Thomas Sinton, 1903-, 愛爾蘭物理學家 ❷ Izaak, 1593-1683, 英國作家）

Waltz〔wɔlts; vɑlts〕華爾茲

Waltzemüller〔'vɑltse,mjulɚ〕

Walum Olum〔'wɑləm 'oləm〕

Walvis Bay〔'wɔlvɪs~〕沃爾維斯灣（非洲）

Walvoord〔'wɔlvɔrd〕

Walwal〔'wɔlwɔl〕華爾華爾（衣索比亞）

Walworth〔'wɔlwɚθ〕沃耳沃斯

Walwyn〔'wɔlwɪn〕沃耳溫

Walzel〔'vɑltsəl〕（德）

Walzel von Wiesentreu〔'vɑltsəl fɑn 'vizəntrɔɪ〕（德）

Wamakonde〔,wɑmɑ'kɑnde〕

Wamakua〔,wɑmɑ'kuɑ〕

Wamanyika〔,wɑmɑ'njikɑ〕

Wamari〔wɑ'mɑri〕

Wamavia〔,wɑmɑ'viɑ〕

Wamba〔'wɑmbə〕

Wambouti〔vɑmbu'ti〕

Wambu〔'wɑmbu〕

Wambuera〔wɑmb'werɑ〕

Wamego〔wɑ'migo〕

Wamia〔wɑ'miɑ〕

Wampanoag〔,wɑmpə'noæg〕

Wampler〔'wɑmplɚ〕萬普勒

Wampsville〔'wɑmpsvɪl〕

Wamwera〔wɑm'werɑ〕

Wana〔'wɑnə〕

Wanaka〔'wɑnəkə〕

Wanamaker〔'wɑnəmekɚ〕沃納梅克

Wanamassa〔,wɑnə'mæsə〕

Wanamie〔'wɑnəmɪ〕

Wanapitei〔,wɑnəpɪ'te〕

Wanaque〔'wɑnəkju〕

Wana Wana〔'wɑnə 'wɑnə〕

Wan-chow-fu〔'wɑn·'dʒo·'fu〕（中）

Wanchuan〔'wɑntʃ'wɑn〕

Wand〔wɑnd〕萬德

Wanda〔'wɑndə; 'vɑndɑ（波）〕萬達

Wandamen〔wɑn'dɑmən〕

Wandau〔wɑn'dɑu〕

Wandewash〔'wʌndɪwɑʃ〕（印）

Wandiwash〔'wʌndɪwɑʃ〕（印）

Wandle〔'wɑndl̩〕

Wandonde〔wɑn'donde〕

Wandorobo〔,wɑndo'robo〕

Wands〔wɑndz〕萬茲

Wandsbek〔'vɑntsbɛk〕（德）

Wandsbeker Bote, Der〔dɚ 'vɑntsbɛkɚ 'botə〕（德）

Wandsworth〔'wɑndzwɚθ〕

Wang〔wɑŋ〕

Wanga〔'wɑŋgɑ〕

Wangala〔wɑŋ'gɑlɑ〕

Wang An-shih〔'wɑŋ 'ɑn·'ʃɪr〕（中）

Wanganui〔,wɑŋə'nuɪ〕汪加奴（紐西蘭）

Wangcheng〔'wɑŋ'tʃɛŋ〕

Wang Chia-hsiang〔'wɑŋ 'dʒjɑ·'ʃjɑŋ〕（中）

Wang Chao-ming〔'wɑŋ 'dʒɑu·'mɪŋ〕（中）

Wang Chên〔'wɑŋ 'dʒʌn〕（中）

Wang Chêng-t'ing〔'wɑŋ 'dʒɛŋ·'tɪŋ〕（中）

Wang Ching-wei〔'wɑŋ 'dʒɪŋ·'we〕（中）

Wang Ch'ung〔'wɑŋ 'tʃuŋ〕

Wang Ch'ung-hui〔'wɑŋ 'tʃuŋ·'hwe〕

Wangeman〔'wæŋgɛmæn〕

Wangensteen〔'wɑŋgɛnstin〕

Wangerooge〔,vɑŋə'rogə〕（德）

Wangindo〔wɑŋ'gindo〕

Wangiwangi〔'wɑŋɪ'wɑŋɪ〕

Wang Khan〔'wɑŋ 'hɑn〕

Wangler〔'wæŋglɚ〕

Wang Mai Khon〔wɑŋ mɑɪ khɔn〕

Wang Mang〔'wɑŋ 'mɑŋ〕

Wangonde〔wɑŋ'gonde〕

Wangoni〔wɑŋ'goni〕

Wang Ping-nan〔'wɑn 'pɪŋ·'nɑn〕

Wang Shih-chieh〔'wɑŋ 'ʃɚ·'dʒjɛ〕（中）

Wang Shou-jên〔'waŋ 'ʃo·'rɛn〕(中)
Wang Wei〔'waŋ 'we〕
Wang Yang-ming〔'waŋ 'jaŋ·'mɪŋ〕
Wangyehmiao〔'waŋ'jɛmɪ'au〕(中)
Wang Yün-wu〔'waŋ 'jwun·'wu〕
Wanhsien〔'wan'ʃɪɛn〕
Wanjambo〔wan'dʒambo〕
Wanjamwesi〔,wandʒam'wesi〕
Wanjaruanda〔wan,dʒaru'anda〕
Wank〔wæŋk〕
Wankaner〔waŋ'kanə〕
Wankie〔'waŋkɪ〕
Wankonde〔waŋ'konde〕
Wanks〔wæŋks〕
Wanley〔'wanlɪ〕
Wan Li〔'wan 'li〕
Wann〔wan〕沃恩
Wannamaker〔'wanə,mekə〕沃納梅克
Wanne-Eickel〔'vanə·'aɪkəl〕(德)
Wannop〔'wanəp〕
Wanous〔'wanəs〕
Wansborough〔'wanzbərə〕萬斯伯勒
Wan-shou-shan〔'wan·'ʃo·'ʃan〕
Wanstall〔'wanstɔl〕
Wanstead〔'wanstɪd〕
Wantage〔'wantɪdʒ〕萬蒂奇
Wantagh〔'wantɔ〕
Wanting〔'wantɪŋ〕
Wantley〔'wantlɪ〕
Wanyakusa〔,wanja'kusa〕
Wanyamwezi〔,wanja'wezi〕
Wanyanyembe〔,wanja'njembe〕
Wanyika〔wa'njika〕
Wanyoro〔wa'njoro〕
Waoekara〔wau'karə〕
Wapakoneta〔,wapəkə'netə〕
Wapato〔'wapəto〕
Wapello〔wə'pɛlo〕
Waples〔'weplz〕衞普爾斯
Wapokomo〔,wapo'komo〕
Wappenschawl〔'wapən,ʃɔ〕
Wappenshaw〔'wapənʃɔ〕
Wappers〔'vapəs〕
Wapping〔'wapɪŋ〕
Wappinger〔'wapɪndʒə〕
Wappingers Falls〔'wapɪndʒəz〕
Wapsipinicon〔,wapsɪ'pɪnɪkən〕
Waqidi, al-〔æl·'wakɪdɪ〕
Waquoit〔wak'wɔɪt〕
War〔wɔr〕
Waraba〔wa'raba〕
Waramaug〔'wɔrəmɔg〕

Warangal〔'wʌrəŋgəl〕(印)
Waratah〔'warətə〕
Warbeck〔'wɔrbɛk〕沃貝克
Warburg〔'wɔr,bəg〕華爾堡(Otto
  Heinrich,1883-1970,德國生理學家)
Warburton〔'wɔrbətŋ〕沃伯頓
Ward〔wɔrd〕華德(❶ Sir Adolphus William,
  1837-1924,英國歷史學家❷ Mary Augusta,
  1851-1920,英國女小說家)
Wardall〔wɔr'dɛl〕沃德耳
Warde〔wɔrd〕
Wardell〔wɔr'dɛl〕沃德耳
Warden〔'wɔrdŋ〕沃登
Warder〔'wɔrdə〕沃德
Wardha〔'wʌrdha〕瓦爾達(印度)
Ward Hunt, Cape〔'wɔrd hʌnt〕華德赫特
  角(澳洲)
Wardlaw〔'wɔrdlɔ〕沃德洛
Wardle〔'wɔrdl〕沃德耳
Wardours〔'wɔrdəz〕
Wards〔wɔrdz〕沃茲
Wardwell〔'wɔrdwəl〕沃德衞耳
Ware〔wɛr〕衞耳
Warega〔wa'rega〕
Wareham〔'wɛrəm〕衞勒姆
Warehouse〔'wɛr,haus〕
Waremba〔wa'rɛmba〕
Warenne〔wa'rɛn;va'rɛn〕(法)瓦倫
Warenskjold〔'warɛnʃold;,varɛnski'ald〕
Warfel〔'wɔrfɪl〕
Warfield〔'wɔrfild〕沃菲耳德
Wargrave〔'wɔrgrev〕
Warham〔'wɔrəm〕沃勒姆
Warida〔'warɪdə〕
Waring〔'wɛrɪŋ〕衞林
Warington〔'wɛrɪŋtən〕衞林頓
Wark〔wark〕沃克
Warka〔war'ka;wʌr'kæ〕
Warkworth〔'wɔrkwəθ〕
Warlock〔'wɔr,lak〕
Warman〔'wɔrmən〕沃曼
Warmbad〔'wɔrmbæd;'varmbat〕(德)
Warmia〔'wɔrmɪə〕
Warming〔'varmɪŋ〕
Warmington〔'wɔrmɪŋtən〕沃明頓
Warminster〔'wɔrmɪnstə〕
Warmoldus〔var'maldəs〕(荷)
Warm Springs〔'wɔrm 'sprɪŋz〕
Warnack〔'varnak〕
Warne〔wɔrn〕
Warneck〔'wɔrnɛk〕
Warneke〔'warnɛkə〕

Warnemünde〔,varnə'mjundə〕

Warner〔'wɔrnə〕華納（Charles Dudley, 1829-1900, 美國編輯及散文家）

Warnerius〔war'nɪrɪəs〕

Warner Robins〔'wɔrnə 'rabɪnz〕

Warnham〔'wɔrnəm〕

Warnow〔'varno〕

Warozwi〔wa'rozwi〕

Warr Acres〔wɔr~〕

Warr, De La〔'dɛ lə wer〕

Warrau〔wa'rau〕

Warre〔wɔr〕

Warrego〔'warɪgo〕

Warren〔'warɪn〕❶華倫（Earl, 1891-1974, 美國律師及從政者, 1953-69 年任最高法院院長）❷瓦倫（美國）

Warrender〔'warɪndə〕沃倫德

Warrensburg〔'warɪnzbəg〕

Warrensville〔'warɪnzvɪl〕

Warrenton〔'warɪntən〕

Warri〔'warɪ〕華里（奈及利亞）

Warrick〔'warɪk〕

Warrin〔'warɪn〕

Warriner〔'warɪnə〕沃里納

Warrington〔'wɔrɪŋtən〕瓦令頓（英格蘭）

Warrior〔'wɔrɪə; 'warɪə〕

Warris〔'warɪs〕沃里斯

Warriston〔'warɪstən〕沃里斯頓

Warsaw〔'wɔrsɔ〕華沙（波蘭）

Warschau〔'varʃau〕

Warsop〔'wɔrsəp〕

Warspite〔'wɔrspaɪt〕

Warszawa〔var'ʃava〕（波）

Wart〔wɔrt〕

Warta〔'varta〕

Wartburg〔'wɔrtbəg; 'vartburk（德）〕

Wartegg〔'vartɛk〕

Wartenberg〔'wartənbəg〕

Wartenburg〔'vartənburk〕（德）

Warthe〔'vartə〕（德）

Warthin〔'wɔrθɪn〕沃辛

Warton〔'wɔrtn〕華頓（Thomas, 1728-1790, 英國文學歷史家及批評家）

Waruanda〔,waru'anda〕

Warundi〔wa'rundi〕

Warville〔var'vil〕（法）

Warwick〔'warɪk〕❶華瑞克（Richard Neville, Earl of, 1428-1471, 英國軍人及政治家）❷瓦立克（英國）

Warwickshire〔'warɪk,ʃɪr〕瓦立克郡（英格蘭）

Wasandawe〔,wasan'dawe〕

Wasangu〔wa'saŋgu〕

Wasat〔'wasæt〕

Wasatch〔'wɔsætʃ〕

Wasbrough〔'wazbrə〕

Wasco〔'wasko〕

Waseca〔wa'sikə〕

Waser〔'vazə〕

Wasgau〔'vasgau〕

Wash〔waʃ〕

Washabaugh〔'waʃəbɔ〕

Washakie〔'waʃəkɪ〕

Wa-sha-Quon-Asin〔,wa·ʃa·kwan'asɪn〕（印第安）

Washburn(e)〔'waʃbən〕沃什伯恩

Washes〔'waʃɪz〕

Washford〔'waʃfəd〕

Washington〔'waʃɪŋtən〕❶華盛頓（George, 1732-1799, 美國將軍, 於 1789-97 任美國第一任總統）❷華盛頓（美國）

Washita〔'waʃɪ,tɔ〕沃希托（美國）

Washo〔'waʃo〕

Washoe〔'waʃo〕

Washtenaw〔'waʃtənɔ〕

Washtenong〔'waʃtənɒŋ〕

Wasilewska〔,vaʃɪ'lɛfska〕

Wasielewski〔,vaʃɪ'lɛfskɪ〕

Wasilewski〔,vaʃɪ'lɛfskɪ〕「伯」

Wasil ibn-Ata〔,wasɪl ,ɪbn·æ'ta〕（阿拉伯）

Wasilowska〔,vaʃɪ'lɔfska〕

Wasoga〔wa'soga〕

Waso Nyiro〔'waso 'njiro〕

Wasoulou〔wa'sulu〕

Wasowski〔va'sɔfskɪ〕

Wasp〔wasp〕

Wasquehal〔vas'kal〕（法）

Wass〔was〕沃斯

Wassaw〔'wasɔ〕

Wassell〔'wæsḷ〕瓦塞耳

Wassenaar〔'wasənar〕瓦塞納

Wasserkuppe〔'vasə,kupə〕

Wasserman〔'wasəmən〕沃瑟曼

Wassermann〔'vasə,man〕瓦塞爾曼（❶August von, 1866-1925, 德國細菌學家 Jakob, 1873-1934, 德國小說家）

Wassilievitch〔vʌ'sjilɪvjɪtʃ〕（俄）

Wasson〔'wasn〕沃森

Wassuk〔'wasək〕

Wassy〔va'si〕

Wast〔vast; wast〕

Wa States〔'wa ~〕

Waste〔west〕

Wastie〔'wæstɪ〕

Wastwater〔'wast,wɔtə〕

Wasukuma〔‚wasu'kuma〕

Wasulu〔wa'sulu〕

Wasumbwa〔wa'sumbwa〕

Waswahili〔‚waswa'hili〕

Wat〔wat〕沃特

Watani〔wa'tani〕

Watauga〔wa'tɔgə〕

Watawara〔‚wata'wara〕

Watch〔watʃ〕

Wat-ching〔'wat·'tʃɪŋ〕

Watcyn〔'watkɪn〕（威）沃特金

Wateh〔'watɛ〕

Watenstedt-Salzgitter〔'vatənʃtet-'zalts‚gɪtə〕瓦騰士特沙吉德（西德）

Waterbury〔'wɔrtəbərɪ〕瓦特伯利（美國）

Wateree〔‚wɔtə'ri〕

Waterfall〔'wɔtə‚fɔl〕沃特福耳

Waterfield〔'wɔtəfild〕沃特菲耳德

Waterford〔'wɔtəfəd〕沃特弗德（愛爾蘭）

Water Fulford〔'wɔtə 'falfəd〕

Watergate〔'wɔtə‚get〕水門事件（美國政治醜聞）

Watergraafsmeer〔'vatə‚hrafs'mer〕（荷）

Waterhouse〔'wɔtəhaus〕沃特豪斯

Waterland〔'wɔtələnd〕沃特蘭

Waterloo〔‚wɔtə'lu;'wɔtəlu〕滑鐵盧（比利時）

Waterloo-with-Seaforth〔'wɔtəlu·-wɪð·'sifɔrθ〕

Waterlow〔'wɔtəlo〕沃特洛

Waterman〔'wɔtəmən〕沃特曼

Waters〔'wɔtəz〕沃特斯

Waterton〔'wɔtətn〕沃特頓

Watertown〔wɔtətaun〕

Waterville〔'wɔtəvɪl〕

Watervliet〔'wɔtəvlit〕

Wateve〔wa'teve〕

Watford〔'watfəd〕

Wathen〔'waθən〕沃森

Wathes〔'waθɪz〕

Wath (up)on Dearne〔waθ, dən; wæθ, dən〕

Watier's〔'wetɪrz〕

Watkin〔'watkɪn〕

Watkins〔'watkɪnz〕沃特金斯

Watkinson〔'watkɪnsn〕沃特金森

Watkiss〔'watkɪs〕沃基斯

Watling〔'watlɪŋ〕

Watlings〔'watlɪŋz〕

Watlington〔'watlɪŋtən〕沃特林頓

Watonga〔wa'taŋgə〕

Watonwan〔'watn‚wan〕

Watmough〔'watmo〕

Watrous〔'watrəs〕沃特羅斯

Watson〔'wat·sn〕華特生（❶ John 1850-1907, 蘇格蘭牧師及作家❷ John Broadus 1878-1958, 美國心理學家）

Watsontown〔‚wat·sntaun〕

Watsonville〔'wat·snvɪl〕

Watson-Watt〔'wat·sn·'wat〕華特森瓦特（Sir Robert Alexander, 1892-1973, 蘇格蘭物理學家）

Watt〔wat〕瓦特（James,1736-1819, 蘇格蘭工程師, 蒸氣機的發明人）

Watteau〔wa'to〕瓦都（Jean Antoine 1684-1721, 法國畫家）

Wattenbach〔'vatənbah〕（德）

Wattenscheid〔'vatənʃait〕（德）

Watters〔'watəz〕沃特斯

Watterson〔'watəsn〕瓦特生（Henry,1840-1921, 美國新聞記者及政壇人物）

Wattignies〔vati'nji〕（法）

Wattles〔'watlz〕沃特耳斯

Wattley〔'watlɪ〕沃特利

Watton〔'watn〕沃喻

Wattrelos〔vatrə'lo〕（法）

Watts〔wats〕瓦兹（George Frederic,1817-1904, 英國畫家及雕刻家）

Watts-Dunton〔'wats·'dantn〕瓦兹登頓（Walter Theodore, 1832-1914, 英國批評家及詩人）

Wattwil〔'vatvil〕

Watusi〔wa'tusɪ〕瓦圖西人（中非洲之一部落）

Watzlick〔'vatslɪk〕（德）

Wau〔wau〕

Wauchope〔'wɔkəp; 'wahəp (蘇)〕沃科普

Waugh〔wɔ〕瓦渥（❶ Evelyn Arthur St. John, 1903-1966, 英國作家❷ Frederick Judd, 1861-1940, 美國畫家）

Waukegan〔wɔ'kigən〕窩基根（美國）

Waukesha〔'wɔkɪ‚ʃɔ〕

Waukon〔wɔ'kan〕

Waupaca〔wɔ'pækə〕

Waupés〔wau'pes〕

Waupun〔wɔ'pan〕

Waurika〔wɔ'rikə〕

Wausau〔'wɔsɔ〕

Wauseon〔'wɔsɪan〕

Wauters〔'wautəs (法蘭德斯); vo'tɛr (法)〕

Wauthier〔'votje〕

Wauwatosa〔‚wɔwə'tosə〕

Wavell〔'wevəl〕魏菲爾（Archibald Percival, 1883-1950, 英國元帥）

Waver〔'wavə〕

Wavering〔'wevərɪŋ〕

Waverley〔'wɛvəlɪ〕衞弗利

Waverly〔'wɛvəlɪ〕

Wavre〔'vɑvə〕(法)

Wavrin〔vɑv'ræŋ〕(法)

Wavy Navy〔'wɛvɪ～〕

Wawa〔'wɑwɑ〕

Wawasee〔'wɔwə,si〕

Wawemba〔wɑ'wɛmbɑ〕

Wawrzyniec〔vɑrv'ʒɪnjɛts〕(波)

Waxahachie〔,wɔksə'hætʃɪ〕

Waxhaw〔'wækshɔ〕

Waxman〔'wæksmən〕衞克斯曼

Way〔we〕衞

Wayah〔'waɪə〕

Wayana〔wɑ'jɑnə〕

Wayao〔wɑ'jɑo〕瓦窰（雲南）

Waycross〔'wekrɑs〕

Wayland〔'welənd〕衞蘭

Wayland - Smith〔'welənd·'smɪθ〕

Wayman〔'wemən〕衞曼

Wayne〔wen〕❶威恩（Anthony, 1745-1796,
美國革命時期之將軍❷韋恩（美國）

Waynesboro〔'wenzbərə〕

Waynesburg〔'wenzbəg〕

Waynesville〔'wenzvɪl〕

Wainfleet〔'wenflit〕

Waynflete〔'wenflit〕衞恩弗利特

Waynoka〔we'nokə〕

Wazezuru〔,wɑzɛ'zuru〕

Waziristan〔wə,zɪrɪs'tɑn〕

We〔wi;we〕

Weald〔wild〕維耳德地帶（英格蘭）

Wealdstone〔'wildstən〕

Weale〔wil〕威耳

Wean〔win〕威恩

Wear〔wɪr〕威耳

Weare〔wɛr;wɪr〕威耳

Wearing〔'wɛrɪŋ〕威耳林

Wearly〔'wɛrlɪ〕

Wearmouth〔'wɪrmauθ〕

Wearn〔wɜn〕沃恩

Weatherbee〔'wɛðəbi〕衞瑟比

Weatherby〔'wɛðəbɪ〕衞瑟比

Weatherford〔'wɛðəfəd〕衞瑟福德

Weatherhead〔'wɛðəhɛd〕衞瑟黑德

Weatherred〔,wɛðə'rɛd〕衞瑟雷德

Weathers〔'wɛðəz〕衞瑟斯

Weathersby〔'wɛðəzbɪ〕衞瑟斯比

Weaver〔'wivə〕衞弗

Webb〔wɛb〕韋布（❶Beatrice, 1858-1943,
英國女經濟學家及社會主義者❷Sidney
James, 1859-1947, 英國經濟學家及社會主義者）

Webbe〔'wɛbe〕韋布

Webbe Mana〔'wɛbe 'mɑnɑ〕

Webber〔'wɛbə〕韋伯

Webbe Shibeli〔'wɛbe ʃɪ'belɪ〕

Webbink〔'wɛbɪŋk〕

Weber〔'wɛbə〕韋伯（❶Ernst Heinrich,
1795-1878, 德國生理學家❷Baron, Karl
Maria Friedrich Ernst von, 1786-1826, 德國
作家及指揮家）

Webern〔'vebən〕(德)

Webi Shibeli〔'webɪ ʃɪ'belɪ〕

Webley〔'wɛblɪ〕韋伯利

Webster〔'wɛbstə〕韋伯斯特（❶Daniel,
1782-1852, 美國政治家及演說家❷John 1580?-
?1625, 英國劇作家）

Wechsler〔'wɛkslə〕

Weckerlin〔vekɛr'læŋ〕(法)

Weckherlin〔'vekəlɪn〕(德)

Weckmann〔'vɛkmɑn〕

Wecter〔'wɛktə〕韋克特

Wedd〔wɛd〕韋德

Weddell〔wə'dɛl;wɛdl〕韋德耳

Wedderburn〔'wɛdəbən〕韋德伯恩

Weddigen〔'vedɪgən〕(德)

Weddington〔'wɛdɪŋtən〕韋丁頓

Weddle〔'wɛdl〕韋德耳

Wedekind〔'vedəkɪnt〕(德)

Wedel〔wə'dɛl〕韋德耳

Wedemeyer〔'wɛdɪmaɪr〕韋德邁

Wedgwood〔'wɛdʒ,wud〕威基伍（Josiah,
1730-1795, 英國陶器製造家）

Wedlake〔'wɛdlek〕韋德萊克

Wedmore〔'wɛdmɔr〕韋德莫耳

Wednesbury〔'wɛnzbərɪ〕

Wednesday〔'wɛnzdɪ〕

Wednesfield〔'wɛnsfild〕

Wedowee〔wi'dauɪ〕

Wee〔wi〕

Weed〔wid〕威德

Weede〔wid〕

Weeden〔'widn〕

Weedon〔'widn〕威登

Weehawken〔wi'hɔkən〕

Weekes〔wiks〕威克斯

Weekley〔'wiklɪ〕威克利

Weekly〔'wiklɪ〕

Weeks〔wiks〕

Weelkes〔wilks〕威耳克斯

Wee Macgreegor〔wi məg'rigə〕

Weems〔wimz〕韋姆茲（Mason Locke, 1759-
1825, 美國牧師及傳記作家）

Weenix〔'venɪks〕(荷)

Weert〔vert〕(德)

Weerts〔verts〕

Weetman〔'witmən〕威特曼

Weetslade〔'witsled〕

Weever〔'wivɚ〕

Wegelin〔'vegəlin〕

Wegelius〔ve'gelius〕(芬)

Wegener〔'vegənɚ〕(德)

Wegg〔wɛg〕

Wegman〔'wɛgmən〕韋格曼

Wegner〔'wɛgnɚ; 'vegnɚ〕(德) 韋格納

Weguelin〔'wɛgəlin〕

Weh〔we〕

Wehlau〔'velaʊ〕

Wehle〔'weli〕韋利

Wehner〔'venɚ〕

Wehrmacht〔'vɛrmaht〕(德)

Wei〔we〕

Weibling〔'vaɪbliŋ〕(德)

Weichert〔'waɪkɚt〕

Weichow〔we'dʒo〕(中)

Weichsel〔'vaɪksəl〕(德) 韋克塞耳

Weichselbaum〔'vaɪksəlbaʊm〕(德)

Weiden〔'waɪdɡn〕(德)

Weidenaar〔'waɪdənar〕

Weidenreich〔'vaɪdənraɪh〕(德)

Weidlein〔'waɪdlaɪn〕韋德萊因

Weidler〔'waɪdlɚ〕韋德勒

Weidman〔'waɪdmən〕韋德曼

Weidner〔'waɪdnɚ〕韋德納

Weier〔'waɪɚ〕

Weierstrass〔'vaɪɚ,ʃtras〕(德)

Weigall〔'waɪgɔl〕威格耳

Weigand〔'vaɪgant〕(德) 威甘德

Weigel〔'waɪgəl〕威格耳

Weigela〔waɪ'dʒilə〕

Weigelia〔waɪ'dʒiljə〕

Weigert〔'vaɪgɚt〕(德)

Weightman〔'wetmən〕韋特曼

Weighton〔'witn〕

Weigl〔'vaɪgl̩〕

Weigle〔'waɪgl̩〕

Wei-hai-wei〔'we·'haɪ·'we〕威海衛(山東)

Weihsien〔'weʃɪ'ɛn〕(中)

Weil〔vaɪl〕威爾

Weilen〔'vaɪlən〕(德)

Weiler〔'waɪlɚ〕威勒

Weill〔vaɪl〕(德)威耳

Weimar〔'vaɪmar〕威瑪(東德)

Weimar, Saxe-〔'sæks·'vaɪmar〕

Weimer〔'waɪmɚ〕威默

Wein〔waɪn〕

Weinberg〔'waɪnbɚg〕溫伯格

Weinberger〔'vaɪnbɚgɚ〕(德) 溫伯格

Weiner〔'waɪnɚ〕韋納

Weingarten〔'vaɪn,gartən〕(德)溫加騰

Weingartner〔'vaɪn,gartnɚ〕(德)

Weinheber〔'vaɪn,hebɚ〕(德)

Weinhold〔'vaɪnhalt〕(德) 溫霍耳德

Weininger〔'vaɪnɪŋɚ〕(德)

Weinman〔'waɪnmən〕溫曼

Weinrich〔'waɪnrɪk〕溫里克

Wei Pei〔'we 'pe〕(中)

Weir〔wɪr〕韋爾(Robert Walter, 1803-1889, 美國畫家)

Weirds〔wɪrdz〕

Weirton〔'wɪrtn̩〕

Weis〔vaɪs〕韋斯

Weisbach〔'vaɪsbah〕(德)

Weise〔'vaɪzə〕(德)

Weisenfreund〔'waɪznfrɛnd; 'vaɪzənfrɔɪnt〕(德)

Weisenthal〔'vaɪzn̩θɔl〕韋森索耳

Weiser〔'wisɚ〕韋澤

Weisgal〔'waɪzgəl〕

Weisgerber〔'vaɪsgɚbɚ〕

Weishaupt〔'vaɪshaʊpt〕(德)

Weismann〔'vaɪsman〕魏斯曼(August, 1834-1914, 德國生物學家)

Weismantel〔'vaɪsmantəl〕(德)

Weiss〔waɪs; vaɪs〕(德) 韋斯

Weissbad〔'vaɪs,bat〕(德)

Weisse〔'vaɪsə〕(德)

Weisse Elster〔'vaɪsə 'ɛlstɚ〕(德)

Weissenburg〔'vaɪsənburk〕(德)

Weissenburg-am-Sand〔'vaɪsənburk·-am·'zant〕(德)

Weissenburg in Bayern〔'vaɪsənburk ɪn 'baɪən〕(德)

Weissenfels〔'vaɪsənfɛls〕

Weissenhorn〔'vaɪsənhɔrn〕(德)

Weissiger〔'waɪsɪgɚ〕韋西格

Weisser Berg〔'vaɪsɚ bɛrk〕(德)

Weisshorn〔'vaɪshɔrn〕

Weisskugel〔'vaɪs,kugəl〕

Weissler〔'waɪslɚ〕韋斯勒

Weissman〔'waɪsmən〕韋斯曼

Weissmies〔'vaɪsmis〕(德)

Weiss Mönch〔'vaɪs 'mɚnh〕(德)

Weissnichtwo〔'vaɪsnɪhtvo〕(德)

Wei Tao-Ming〔'we 'daʊ·'mɪŋ〕(中)

Weitz〔wits;waɪts〕韋茨

Weizaecker〔'vaɪtsɛkɚ〕(德)

Weitzel〔'waɪtsɪl〕韋策耳

Weitzenbock〔ˈvaɪtsənbak〕（德）

Weitzenböck〔ˈvaɪtsənbək〕（德）

Weitzenkorn〔ˈwaɪtsənkɔrn〕衞岑科恩

Weitzmann〔ˈwaɪtsmən〕

Weizsäcker〔ˈvaɪts,zɛkə〕（德）

Wejh〔wɛdʒ；ˈwædʒh〔阿拉伯〕）

Wekerle〔ˈvɛkɛrlɛ〕

Welbeck〔ˈwɛlbɛk〕

Welbore〔ˈwɛlbɔr〕

Welburn〔ˈwɛlbən〕韋爾伯恩

Welby〔ˈwɛlbɪ〕韋爾比

Welch〔wɛltʃ〕韋爾契（William Henry,
　　1850-1934，美國病理學家）

Welchman〔ˈwɛlʃmən〕韋爾什曼

Welcker〔ˈvɛlkə〕

Welcombe〔ˈwɛlkəm〕

Welcome Bay〔ˈwɛlkəm~〕

Weld〔wɛld〕韋爾德

Welde〔wɛld〕

Weldon〔ˈwɛldən〕韋爾登

Weleetka〔wəˈlitkə〕

Welf〔vɛlf〕（德）

Welfare〔ˈwɛl,fɛr〕

Welfling〔ˈwɛlflɪŋ〕

Welford〔ˈwɛlfəd〕

Welhaaen〔ˈvɛlhavən〕

Welitch〔ˈvɛlɪtʃ〕

Welk〔wɛlk〕威耳克

Welker〔ˈwɛlkə〕威耳克

Welkomst〔ˈvɛlkɔmst〕

Welland〔ˈwɛlənd〕威蘭（加拿大）

Wellborn〔ˈwɛlbɔrn〕韋爾伯恩

Wellby〔ˈwɛlbɪ〕韋耳比

Wellcome〔ˈwɛlkəm〕韋耳科姆

Welldon〔ˈwɛldən〕韋耳登

Weller〔ˈwɛlə〕魏勒（Thomas Huckle,
　　1915-，美國公共衞生專家及醫生）

Welles〔wɛlz〕威爾斯（❶ Gideon 1802-
　　1878，美國政壇人物及作家❷ Sumner 1892-
　　1961，美國外交家）

Wellesley〔ˈwɛlzlɪ〕❶威爾斯利（Richard
　　Colley, 1760-1842，英國政治家、印度總督）
　　❷韋爾茲利（美國）

Wellesz〔ˈvɛlɛs〕（德）

Wellhausen〔ˈvɛlhauzən〕（德）

Welling〔ˈwɛlɪŋ〕韋林

Wellington〔ˈwɛlɪŋtən〕❶威靈頓（Duke
　　of, 1769-1852，英國將軍和政治家）❷威靈頓
　　（紐西蘭；智利）

Wellman〔ˈwɛlmən〕韋耳曼

Wells〔wɛlz〕威爾斯（Herbert George,
　　1866-1946，英國小說家、歷史家及社會學家）

Wellsboro〔ˈwɛlzbərə〕

Wellsburg〔ˈwɛlzbəg〕

Wellston〔ˈwɛlstən〕

Wellsville〔ˈwɛlzvɪl〕威爾士維爾（美國）

Wellton〔ˈwɛltn〕

Welman〔ˈwɛlmən〕威耳曼

Welsbach〔ˈwɛlzbæk；ˈvɛlsbah〕（德））
　　威耳斯巴克

Welscher Belchen〔ˈvɛlʃə ˈbɛlhən〕（德）

Welsch-Livinen〔ˈvɛlʃ·liˈfinən〕（德）

Welser〔ˈvɛlzə〕（德）韋耳澤

Welsh〔wɛltʃ；wɛlʃ〕威爾斯人、威爾斯語

Welshpool〔ˈwɛlʃpul〕

Welsted〔ˈwɛlstɪd〕韋耳斯特德

Weltach〔ˈvɛltah〕（德）

Weltanschauung〔ˈvɛl,tɑn,ʃauʊŋ〕

Welte〔ˈwɛltɪ〕韋耳特

Welter〔ˈwɛltə〕

Weltevreden〔ˈvɛltəv,redən〕

Welton〔ˈwɛltən〕韋耳頓

Welty〔ˈwɛltɪ〕韋耳蒂

Weltzin〔wɛlˈtsin〕

Welwitsch〔ˈvɛlvɪtʃ〕（德）

Welwyn〔ˈwɛlɪn〕

Wély, Léfebure-〔lɛfəˈbjur·veˈli〕

Welzenbacher〔ˈvɛltsənbahə〕（德）

Wembley〔ˈwɛmblɪ〕

Wemmer〔vɛˈmɛr〕（法）

Wemmick〔ˈwɛmɪk〕

Wemys〔wimz〕

Wemyss〔wimz〕威姆斯

Wen〔wɛn〕（溫）

Wenatchee〔wɪˈnætʃɪ〕

Wenceslao〔,venθesˈlao（西）；,vensesˈlao
　　（拉丁美）〕

Wenceslas〔ˈwɛnsɪsləs〕　　「（巴西）」

Wenceslau〔veŋsəʒˈla·u（葡）；veŋsəzˈla·u

Wenceslaus〔ˈwɛnsɪs,lɔs〕溫塞斯勞
　　（1361-1419，德國國王及神聖羅馬帝國皇帝，波
　　希米亞國王）

Wenchow〔ˈwʌnˈdʒo〕溫州（浙江）

Wenckebach〔ˈwɛnkəbah〕（荷）

Wend〔wɛnd；vɛnt〕（德）

Wendel〔ˈvɛndəl（德）；vɛnˈdɛl（法）〕

Wendelin〔ˈvɛndɪlɪn；ˈvɛndəlin〕（德）

Wendell〔ˈwɛndl〕溫德爾（Barrett, 1855-
　　1921，美國學者）

Wendling〔ˈvɛntlɪŋ〕（德）溫德林

Wendover〔ˈwɛn,dovə〕

Wendt〔vɛnt〕（德）溫特

Wendy〔ˈwɛndɪ〕溫蒂

Wener〔ˈvɛnə〕（瑞典）

Wengen〔'vɛŋən〕(德)

Wengenroth〔'wɛŋənrɔθ〕溫根羅斯

Wenger〔'vɛŋə〕(德)溫格

Wengern Alp〔'vɛŋən 'ælp〕(德)

Wengernalp〔'vɛŋə'nælp〕(德)

Weagern-Scheideck〔'vɛŋən·'ʃaɪdɛk〕
(德)

Weng-Wen-hao〔'wəŋ·'wɛn·'hau〕

Wenham〔'wɛnəm〕韋納姆

Wenish〔'wɛnɪʃ〕

Wenke〔wɛŋ'ki〕

Wenley〔'wɛnlɪ〕溫利

Wenlock〔'wɛnlɑk〕

Wenner〔'vɛnə〕(瑞典)

Wennerberg〔'vɛnə,bærj〕(瑞典)

Wenner-Gren〔'vɛnə·,grɛn〕(瑞典)

Wennerstrum〔'wɛnəstrʌm〕溫納斯特魯姆

Wensley〔'wɛnzlɪ〕溫斯力

Wensuh〔'wʌn'su〕(中)

Went〔wɛnt〕溫特

Wente〔'wɛntɪ〕溫特

Wenter〔'vɛntə〕(德)

Wents〔wɛnts〕

Wentworth〔'wɛnt,wɜθ〕溫特渥(William
Charles, 1793-1872, 澳洲政治家)

Wenzlick〔'wɛnzlɪk〕溫茲利克

Wên Wang〔'wʌn 'waŋ〕(中)

Wenzel〔'vɛntsəl〕(德)溫策耳

Wenzeslaus〔'vɛntsəslaus〕(德)

Werder〔'vɛrdə〕(德)

Werdt〔vɛrt〕(德)

Weremeus〔,wɛrə'mɛəs〕

Werenskiold〔'vɛrənʃəl〕(挪)

Wer(e)wolf〔'wɪr,wulf ; 'wɜ,wulf〕

Werfel〔'vɛrfəl〕威爾菲爾(Franz, 1890-
1945, 德國作家)

Werff〔vɛrf〕(德)

Wergeland〔'værgələn〕(挪)

Werich〔'vɛrɪh〕(捷)

Werkman〔'wɜkmən〕沃克曼

Werkmeister〔'wɜkmaɪstə〕沃克邁斯特

Werner〔'vɛrnə〕魏納(Alfred, 1866-1919,
瑞士化學家)

Wernersville〔'wɜnəzvɪl〕

Wernher〔'wɜnə〕沃納

Wernher der Gärtner〔'vɛrnə də
'gɛrtnə〕(德)

Wernike〔'vɛrnɪkə〕

Werntz〔wɜnts〕沃恩茨

Werra〔'vɛrɑ〕

Werrenrath〔'wɛrənræθ〕韋倫拉思

Wert〔wɜt〕沃特

Werth〔wɜθ ; vɛrt(德)〕沃思

Wertham〔'wɜθəm〕沃瑟姆

Wertheimer〔'vɛrt,haɪmə〕(德)

Werther〔'wɛrtə ; 'vɛrtə(德)〕

Wertingen〔'vɛrtɪŋən〕(德)

Werts〔wɜts〕沃茨

Wesbrook〔'wɛsbruk〕韋斯布魯克

Weschler〔'wɛʃlə〕韋施勒

Wescott〔'wɛskət〕韋斯科特

Wesen〔'wɛsn̩〕

Weser〔'vɛzə〕

Weslaco〔'wɛsləko〕

Wesley〔'wɛzlɪ〕韋斯理(❶ John, 1703-1791,
英國傳教士 ❷ Charles, 1707-1788, 英國衛理公
會之傳教士, 聖詩作家)

Wesly〔'wɛzlɪ〕

Wessel〔'vɛsəl〕(德、丹)韋塞耳

Wessell〔'wɛsl〕韋塞耳

Wessels〔'wɛsəls ; 'vɛsəls(荷)〕

Wessely〔'vɛsəlɪ〕

Wessex〔'wɛsɛks〕❶(中古)英國南部之一
王國 ❷ 今英國南部之一地區

Wessington〔'wɛsɪŋtən〕

Wessobrunner Gebet〔'vɛsobrunə
gə'bet〕

Wesson〔'wɛsn̩〕韋森

West〔wɛst〕威斯特(❶ Benjamin, 1738-
1820, 美國畫家 ❷ Dame Rebecca, 1892-1983,
英國女批評家及小說家)

Westall〔'wɛstɔl〕韋斯托耳

West Allis〔'wɛst 'ælɪs〕西艾立斯(美國)

West Baden〔'wɛst 'bedn̩〕

Westarp〔'vɛstarp〕

West Boise〔'wɛst 'bɔɪsɪ〕

Westborough〔'wɛstbərə〕

Westbee〔'wɛstbi〕

Westberg〔'wɛstbɜg〕

Westboro〔'wɛstbərə〕

Westbourne〔'wɛstbɔrn〕

Westbrook〔'wɛstbruk〕韋斯特布魯克

Westbury〔'wɛstbərɪ〕韋斯特伯里

Westby〔'wɛstbɪ〕

Westchester〔'wɛst·'tʃɛstə〕

Westcott〔'wɛstkət〕威斯考特(Edward
Noyes, 1846-1898, 美國銀行家及小說家)

West Covina〔'wɛst kə'vinə〕

West Des Moines〔'wɛst də 'mɔɪn〕

West Elmira〔'wɛst ɛl'maɪrə〕

Westel〔'wɛstəl〕 「區」

West End〔'wɛst 'ɛnd〕倫敦西區(富豪住宅

Westend〔wɛs'tɛnd〕

Westenra〔'wɛstənrə〕

Wester〔'wɛstə〕韋斯特

Westergaard〔'wɛstəgard; 'vɛstəgɔr〕韋斯特加德（丹）

Westerfield〔'wɛstəfild〕

Westerlo〔'wɛstəlo〕

Westerlund〔'wɛstələnd〕

Westerly〔'wɛstəlɪ〕

Westermann〔'wɛstəmən; vɛstɛr'man〕韋斯特曼（法）

Westermarck〔'wɛstəˌmɑrk〕威斯特馬克（Edward Alexander, 1862-1939, 芬蘭哲學家及人類學家）

Westermeyer〔'wɛstəmaɪə〕韋斯特邁耶

Western〔'wɛstən〕韋斯頓

Westernorrland〔'vɛstə'nɔrlənd〕（瑞典）

Westernport〔'wɛstənpɔrt〕

Westerplatte〔'vɛstəˌplatə〕（德）

Westerville〔'wɛstəvɪl〕

Westerwald〔ˌvɛstə'valt〕（德）

Westfalen〔ˌvɛstə'falən〕

Westfall〔'wɛstfɔl〕韋斯特福耳

Westfield〔'wɛstfild〕

Westford〔'wɛstfəd〕

Westgarth〔'wɛstgarθ〕

Westgate〔'wɛstgɪt ; -get〕

West Ham〔'wɛst 'hæm〕威斯特罕（英格蘭）

West Hartford〔'wɛst 'hartfəd〕西哈特福（美國）

West Hartlepool〔'wɛst 'hartlɪˌpul〕西哈特浦（英格蘭）

West Haverstraw〔'wɛst 'hævəstrɔ〕

Westhoughton〔'wɛst'hɔtn̩〕

Westing〔'wɛstɪŋ〕威斯汀

Westinghouse〔'wɛstɪŋˌhaʊs〕威斯丁霍斯（George, 1846-1914, 美國發明家）

West Lafayette〔'wɛst lafe'ɛt〕

Westlake〔'wɛstlek〕韋斯特萊克

Westland〔'wɛstlənd〕韋斯特蘭

West Lothian〔'wɛst 'loðɪən〕

Westmacott〔'wɛstməkət〕韋斯特馬科特

Westman〔'wɛstmən〕韋斯特曼

Westmeath〔'wɛst'mið〕威斯米斯（愛爾蘭）

Westmen〔'wɛstmən〕

Westminster〔'wɛstˌmɪnstə〕❶英國倫敦中心區❷西敏寺

Westmore〔'wɛstmɔr〕

Westmoreland〔'wɛstmələnd〕

Westmorland〔'wɛstmələnd〕

Westmount〔'wɛstmaʊnt〕

Westoby〔'wɛstəbɪ; wɛs'tobɪ〕

Weston〔'wɛstən〕韋斯頓

Weston, Hunter-〔'hʌntə· 'wɛstən〕

Westover〔'wɛsˌtovə〕

West Palm Beach〔'wɛst 'pam 'bitʃ〕西棕櫚灘（美國）

Westphal〔'vɛstfal〕韋斯特法耳

Westphalia〔wɛst'feljə〕維斯特法利亞（德）

Westphalian〔wɛst'feljən〕（德國）

West Point〔'wɛst 'pɔɪnt〕西點（美國）

Westport〔'wɛstpɔrt〕韋斯特波特（紐西蘭）

Westpreussen〔'vɛstˌprɔɪsən〕

Westralia〔wɛs'treljə〕

Westray〔'wɛstre〕

Westville〔'wɛstvɪl〕

West Virginia〔'wɛst və'dʒɪnjə〕西維吉尼亞（美國）

Westward〔'wɛstwəd〕

Westward Ho〔'wɛstwəd 'ho〕

West-Watson〔'wɛst· 'wat·sn̩〕

Westwego〔wɛst'wigo〕

Westwell〔'wɛstwɛl〕

Westwood〔'wɛstwʊd〕韋斯特伍德

Wet, De〔də 'vet〕

Wetar〔'wetar〕韋塔島（太平洋）

Wetaskiwin〔wɪ'tæskɪwɪn〕

Wetenhall〔'wɛtənhɔl〕

Wetherbee〔'wɛðəbɪ〕韋瑟比

Wetherby〔'wɛðəbɪ〕韋瑟比

Wetherell〔'wɛðərəl〕韋瑟雷耳

Wetherill〔'wɛðərɪl〕

Wethersfield〔'wɛðəzfild〕

Weti〔'wetɪ〕

Wetmore〔'wɛtmɔr〕韋特莫耳

Wettach〔'wɛtæk〕韋塔克

Wette, De〔də 'vetə〕（德）

Wetter〔'wɛtə〕（瑞典）

Wetterau〔'vɛtɪraʊ〕

Wetterbergh〔'vɛttəˌbærj〕（瑞典）

Wetterhorn〔'vɛtəhɔrn〕

Wetterstein〔'vɛtəʃtaɪn〕

Wettersteingebirge〔'vɛtəʃtaɪngəˌbɪrgə〕（德）

Wettin〔və'tin〕威丁（德國）

Wetumka〔wɪ'tʌmkə〕

Wetumpka〔wɪ'tʌmpkə〕

Wetzel〔'wɛtsl〕韋策耳

Wevelgem〔'vevəlhəm〕（法蘭德斯）

Wever〔'wivə〕韋弗

Wewahitchka〔ˌwiwə'hɪtʃke〕

Wewak〔'wiwæk〕

Wewoka〔wɪ'wokə〕

Wexels〔'vɛksəls〕（挪）

Wexford〔'wɛksfəd〕韋克斯弗德（愛爾蘭）

Wexiö〔ˈvɛk, ʃɚ〕（瑞典）

Wexjö〔ˈvɛk, ʃɚ〕（瑞典）

Wexler〔ˈwɛkslɚ〕韋克斯勒

Wexley〔ˈwɛkslɪ〕韋克斯利

Wey〔we〕

Weyand〔ˈweənd〕韋安德

Weybridge〔ˈwebrɪdʒ〕

Weyburn〔ˈwebən〕韋伯恩

Weyden〔ˈwaɪdən; ˈvaɪdən〕（法蘭德斯）

Weyer〔ˈvaɪɚ〕（法蘭德斯）韋耶

Weyerhaeuser〔ˈwaɪɚ, hauzɚ〕韋耳豪澤

Weygand〔veˈgaŋ〕魏剛（Maxime, 1867-1965, 法國將軍）

Weygandt〔ˈwaɪænt〕韋安特

Weyl〔vaɪl〕韋耳

Weyland〔ˈwaɪlənd〕韋蘭

Weyler y Nicolau〔ˈwelɛr ɪ nikoˈlau〕（西）

Weyman〔ˈwemən〕魏曼（Stanley John, 1855-1928, 英國小說家）

Weymouth〔ˈwemθ〕威茅斯（美國）

Weyprecht〔ˈvaɪprɛht〕（德）

Weyr〔vaɪr〕韋耳

Weyssenhoff〔ˈvaɪsənhɔf〕（波）

Whait〔hwet〕

Whakatane〔, hwakaˈtane〕

Whale〔hwel〕惠耳

Whalen〔ˈhwelən〕

Whaler〔ˈhwelɚ〕

Whaley〔ˈhwelɪ〕惠利

Whalley〔ˈhwelɪ〕惠利

Whalsay〔ˈhwɔlsɪ〕

Whampoa〔ˈhwamˈpoˈa〕黃埔（廣東）

Whangpoo〔ˈhwaŋˈpu〕

Wharfe〔hwɔrf〕

Wharton〔ˈhwɔrtn̩〕華爾敦（Edith Newbold, 1862-1937, 美國女小說家）

Whatcom〔ˈhwatəm〕

Whateley〔ˈhwetlɪ〕惠特利

Whately〔ˈhwetlɪ〕惠特利（Richard, 1787-1863, 英國神學家及論理學家）

Whatley〔ˈhwatlɪ〕

Whatman〔ˈhwatmən〕

Whatmore〔ˈhwatmɔr〕惠特莫耳

Whatmough〔ˈhwatmo〕沃特莫

Whealy〔ˈhwilɪ〕

Wheare〔hwɛr〕惠耳

Wheat〔hwit〕

Wheathampstead〔ˈhwitəmpstɛd〕

Wheatland〔ˈhwitlənd〕

Wheatley〔ˈhwitlɪ〕惠特利

Wheaton〔ˈhwitn̩〕惠頓

Wheatstone〔ˈhwitstən〕惠斯登（Sir Charles, 1802-1875, 英國物理學家及發明家）

Wheeler〔ˈhwilɚ〕❶惠勒（Joseph, 1836-1906, 美內戰時南軍名將）

Wheeless〔ˈhwilɪs〕惠利斯

Wheeling〔ˈhwilɪŋ〕惠林（美國）

Wheelock(e)〔ˈhwilak〕惠洛克（Eleazar, 1711-1779, 美國牧師及教育家）

Wheelton〔ˈhwiltən〕惠耳頓

Wheelwright〔ˈhwil, raɪt〕惠耳賴特

Wheen〔hwin〕

Wheeson〔ˈhwisn̩〕

Whelan〔ˈhwilən〕惠蘭

Whelen〔ˈhwilən〕惠倫

Wheloc(k)〔ˈhwelak〕

Whelocke〔ˈhwelak〕

Whelpton〔ˈhwelptən〕惠耳普頓

Whernside〔ˈhwɚnsaɪd〕

Wherry〔ˈhwɛrɪ〕惠里

Whetro〔ˈhwitro〕

Whetstone〔ˈhwɛt, ston〕惠茨通

Whetten〔ˈhwɛtn̩〕

Wheway〔ˈhwiwe〕

Whewell〔ˈhjuəl〕修艾爾（William, 1794-1866, 英國哲學家及數學家）

Whibley〔ˈhwɪblɪ〕惠布利

Whichcote〔ˈhwɪtʃkət〕惠奇利特

Whickham〔ˈhwɪkəm〕

Whidbey〔ˈhwɪdbɪ〕

Whidby〔ˈhwɪdbɪ〕

Whiddy〔ˈhwɪdɪ〕

Whiffen〔ˈhwɪfɪn〕惠芬

Whig〔hwɪg〕❶十九世紀的美國自由黨員❷英國維新黨員

Whipple〔ˈhwɪpl̩〕惠普爾（George Hoyt, 1878-1976, 美國病理學家）

Whistler〔ˈhwɪslɚ〕惠斯勒（James Abbott McNeill, 1834-1903, 美國畫家及蝕刻家）

Whiston〔ˈhwɪstən〕惠斯頓

Whit〔hwɪt〕惠特

Whitaker〔ˈhwɪtɪkɚ〕惠特克

Whitbread〔ˈhwɪtbrɛd〕惠特布雷德

Whitby〔ˈhwɪtbɪ〕惠特比

Whichcote〔ˈhwɪtʃkət〕惠奇科特

Whitcher〔ˈhwɪtʃɚ〕惠切

Whitchurch〔ˈhwɪttʃɚtʃ〕惠特切奇

Whitcomb〔ˈhwɪtkəm〕惠特科姆

White〔hwaɪt〕懷特（❶ Andrew Dickson, 1832-1918, 美國教育家及外交家❷Edward Douglass, 1845-1921, 美國法學家）

Whiteboys〔ˈhwaɪt, bɔɪz〕白衣黨員（愛爾蘭農民反地主於 1761 年組成之秘密組織）

Whitechapel〔'hwaɪt,tʃæpl〕倫敦東部猶
Whitecross〔'hwaɪt,krɑs〕 ⌐太區
Whiteface〔'hwaɪtfes〕
Whitefield〔'hwaɪtfild〕懷特菲耳德
Whitefish〔'hwaɪt,fɪʃ〕
Whitefriars〔'hwaɪt,fraɪəz〕
Whitehair〔'hwaɪt,hɛr〕
Whitehall〔'hwaɪt'hɔl〕❶昔時英國在倫敦
　中部之一皇宮❷倫敦一主要街道，爲政府機關
Whitehaven〔'hwaɪt,hevn〕 ⌐所在地
Whitehead〔'hwaɪt,hɛd〕懷特海（❶Alfred
　North, 1861-1947, 英國數學家及哲學家
　❷William, 1715-1785, 英國劇作家）
Whitehill〔'hwaɪthɪl〕懷特希耳
Whitehorn〔'hwaɪthɔrn〕懷特霍恩
White Horse〔'hwaɪt ,hɔrs〕懷特霍爾斯
　（加拿大）
Whitehorse〔'hwaɪt,hɔrs〕
White House, The〔'hwaɪt 'haʊs〕白宮
Whitehouse〔'hwaɪthaʊs〕懷特豪斯
Whitehurst〔'hwaɪthəst〕懷特赫斯特
Whiteing〔'hwaɪtɪŋ〕懷廷
Whitelaw〔'hwaɪtlɔ〕懷特洛
Whiteleather〔'hwaɪtlɛðə〕懷特萊瑟
Whiteley〔'hwaɪtlɪ〕懷特利
Whitelock〔'hwaɪtlɑk〕懷特洛克
Whitelocke〔'hwaɪtlɑk〕
Whitely〔'hwaɪtlɪ〕
Whiteman〔'hwaɪtmən〕懷特曼
Whitemarsh〔'hwaɪt,marʃ〕
Whiten〔'hwaɪtn̩〕
Whitener〔'hwaɪtnə〕懷特納
White Nile〔'hwaɪt 'naɪt〕 ⌐（美國）
White Plains〔'hwaɪt 'plenz〕懷特普林
White Russia〔'hwaɪt 'rʌʃə〕白俄羅斯
　（蘇聯）
White's〔'hwaɪts〕
:Whitesboro〔'hwaɪtsbərə〕
Whitesell〔〔'hwaɪt·sɛl〕懷特塞耳
Whiteshell〔'hwaɪt·ʃel〕
Whiteside〔'hwaɪt·saɪd〕懷特塞德
Whiteville〔'hwaɪtvɪl〕
Whitewater〔'hwaɪt,wɔtə〕
Whitewood〔'hwaɪt,wʊd〕
Whitewright〔'hwaɪtraɪt〕
Whitfeld〔'hwɪtfɛld〕
Whitfield〔'hwɪtfild〕懷特菲耳德
Whitford〔'hwɪtfəd〕懷特福德
Whitgift〔'hwɪtgɪft〕懷特吉夫特
Whithals〔'hwɪtlz〕懷特耳斯
Whithorne〔'hwɪthɔrn〕懷特霍恩
Whiting〔'hwaɪtɪŋ〕懷廷

Whitingham〔'hwaɪtɪŋhæm〕
Whitinsville〔'hwaɪtɪnzvɪl〕
Whitla〔'hwɪtlɑ〕懷特拉
Whitley〔'hwɪtlɪ〕惠特利
Whitlock〔'hwɪtlɑk〕惠特洛克
Whitman〔'hwɪtmən〕惠特曼（Walt, 1819-
　1892, 美國詩人）
Whitmarsh〔'hwɪtmarʃ〕
Whitmer〔'hwɪtmə〕惠特默
Whitmire〔'hwɪtmaɪr〕
Whitmonday〔'hwɪt'mʌndɪ〕聖神降臨節
　（Whitsunday）之第二天
Whitmore〔'hwɪtmɔr〕懷特莫耳
Whitney〔'hwɪtnɪ〕惠特尼（❶Eli, 1765-1825,
　美國發明家❷Josiah Dwight, 1819-1896, 美國
　科學家）
Whiton〔'hwaɪtn̩〕惠頓
Whitridge〔'hwɪtrɪdʒ〕惠特里奇
Whitstone〔'hwɪt·ston〕
Whitsun〔'hwɪt·sn̩〕
Whitsunday〔'hwɪt·'sʌndɪ〕聖神降臨節
Whitsuntide〔'hwɪt·sən,taɪd〕聖神降臨週
　（自Whitsunday 起之一週）
Whittaker〔'hwɪtɪkə〕惠特克
Whittemore〔'hwɪtəmɔr〕懷特莫耳
Whitten〔'hwɪtn̩〕惠滕
Whitteridge〔'hwɪtərɪdʒ〕惠特里奇
Whittier〔'hwɪtɪə〕惠蒂爾（John Greenleaf,
　1807-1892, 美國詩人）
Whittingeham(e)〔'hwɪtɪndʒəm〕
Whittingham〔'hwɪtɪŋəm〕惠廷厄姆
Whittington〔'hwɪtɪŋtən〕惠廷頓
Whittle〔'hwɪtl̩〕惠特耳
Whittlesea〔'hwɪtlsɪ〕
Whittlesey〔'hwɪtlsɪ〕惠特耳西
Whittredge〔'hwɪtrɪdʒ〕
Whitwell〔'hwɪtwəl〕惠特韋耳
Whitwood〔'hwɪtwʊd〕
Whitworth〔'hwɪtwəθ〕
Whorf〔hwɔrf〕沃夫
Whyburn〔'hwaɪbən〕懷伯恩
Whymper〔'hwɪmpə〕溫珀
Whyte〔hwaɪt〕懷特
Whytham〔'hwaɪtəm〕
Whytock〔'hwɪtək〕
Whytt〔hwaɪt〕
Wiak〔'wɪ'jak〕
Wiart〔vjar〕（法）
Wiarton〔'waɪətn̩〕
Wica〔'vika〕瑞典
Wichard〔'vɪhart〕（德）
Wichelns〔'wɪtʃəlnz〕威切恩斯

Wichelo〔'wɪtʃəlo〕

Wichern〔'vɪhən〕(德)

Wichers〔'wɪkəz〕

Wichert〔'vɪhət〕(德)

Wichita〔'wɪtʃɪ,tɔ〕維契托(美國)

Wichman〔'wɪkmən〕

Wick〔wɪk〕威克(美國)

Wickard〔'wɪkəd〕威卡德

Wicke〔'wɪkɪ〕威克

Wicken〔'vɪkən〕(德)

Wickenburg〔'wɪkənbɚg〕

Wickenden〔'wɪkəndən〕威肯登

Wickens〔'wɪkɪnz〕威肯斯

Wicker〔'wɪkɚ〕威克

Wickersham〔'wɪkɚʃəm〕威克沙姆

Wickey〔'wɪkɪ〕威基

Wickfield〔'wɪkfild〕

Wickford〔'wɪkfəd〕

Wickham〔'wɪkəm〕威克姆

Wickizer〔'wɪkɪzɚ〕威基澤

Wickliffe〔'wɪklɪf〕威克利夫

Wicklow〔'wɪklo〕維克洛(愛爾蘭)

Wickman〔'wɪkmən〕

Wickram〔'wɪkrɑm〕(德)

Wicks〔wɪks〕威克斯

Wicksell〔'vɪksɛl〕

Wiclif(fe)〔'wɪklɪf〕威克利夫

Wicomico〔waɪ'kɑmɪko〕

Wiconisco〔,wɪkə'nɪsko〕

Widal〔vi'dɑl〕(法)

Widdemer〔'wɪdəmɚ〕威德默

Widdicombe〔'wɪdɪkəm〕

Wide〔'vidə〕(瑞典)

Wideman〔'waɪdmən〕懷德曼

Widemouth〔'wɪdmə θ〕

Widener〔'waɪdnɚ〕懷德納

Widenhouse〔'waɪdnhaus〕

Widforss〔'vid,fɔrs〕

Widmann〔'vɪtmɑn〕威德曼

Widmark〔'wɪdmɑrk〕

Widmer〔'wɪdmɚ〕威德默

Widnes〔'wɪdnɪs〕

Wido〔'vido〕(德)

Widor〔,vi'dɔr〕維道爾(Charles Marie, 1845-1937,法國風琴家及作曲家)

Widows' Tears〔'wɪdoz 'tɪrz〕

Widsith〔'wɪdsɪθ〕

Widukind〔'vidukɪnt〕(德)

Wiechert〔'vihɚt〕(德)

Wieck〔wik〕威克

Wied〔vit〕(德) 威德曼

Wiedemann〔'widəmɑn; 'vidəmɑn〕(德)

Wiedersheim〔'vidɚshaɪm〕

Wiedhopf〔'widhɑf〕

Wiegand〔'vigɑnt〕(德)威甘德

Wieland〔'vi,lɑnt〕魏蘭德(❶ Heinrich, 1877-1957,德國化學家 ❷ Christoph Martin, 1733-1813,德國作家)

Wielkopolski〔vjɛlkɔ'polskɪ〕(波)

Wien〔vin〕韋恩(Wilhelm, 1864-1928,德國物理學家)

Wienbarg〔'vinbɑrk〕(德)

Wiener〔'winə〕威納

Wiener Neustadt〔,vinə 'nɔɪʃtɑt〕(德)

Wieniawski〔vje'njɑfskɪ〕(波)

Wieprz〔vjɛpʃ〕(波)

Wier〔vir〕威耳

Wieringermeer〔'wɪrɪŋə,mɛr; 'virɪŋəmer〕(荷)

Wiertz〔vjɛrs〕

Wierzbnik〔'vjɛrʒbnik〕(波)

Wierzyński〔vjɛr'ʒɪnjski〕(波)

Wiesbaden〔'vis,bɑdən〕威斯巴登(西德)

Wiesdorf〔'visdɔrf〕

Wiese〔'vizə〕(德)威斯

Wiesenberger〔'wizənbɚgɚ〕威森伯格

Wiesenbrunn〔'vizənbrun〕(德)

Wiesentreu〔'vizəntrɔɪ〕(德)

Wieser〔'vizɚ〕(德)威澤

Wieslander〔'vi,slɑndə〕(波)

Wiesner〔'wisnə〕威斯納

Wiffen〔'wɪfɪn〕

Wig〔wɪg〕威格

Wigan〔'wɪgən〕維干(英格蘭)

Wigand〔'vigɑnt〕(德)

Wigforss〔'vigfɔrs〕(瑞典)

Wiggin〔'wɪgɪn〕威金(Kate Douglas, 1856-1923,美國女作家及教育家)

Wiggins〔'wɪgɪnz〕威金茲(Carleton, 1848-1932,美國畫家)

Wigginton〔'wɪgɪntən〕威金頓

Wigglesworth〔'wɪgḷzwɚθ〕威格耳斯沃思

Wiggs〔wɪgz〕

Wigham〔'wɪgəm〕

Wight〔waɪt〕懷特

Wightman〔'waɪtmən〕懷特曼

Wightwick〔'wɪtɪk〕懷特威克

Wigmore〔'wɪgmɔr〕威格莫耳

Wigner〔'wɪgnə〕魏格納(Eugene Paul, 1902-,美國物理學家)

Wigny〔'wɪgnɪ〕

Wigram〔'wɪgrəm〕威格拉姆

Wigston〔'wɪgstən〕

Wigton〔'wɪgtən〕威格頓

Wigtown〔'wɪgtən〕
Wigtownshire〔'wɪg,taʊnʃɪr〕威格頓什
爾（英國）
Wihtred〔'wɪhtred〕（古英）
Wiig〔wɪg〕威格
Wijayanada〔wɪdʒəjə'nændə〕
Wijde〔'vaɪdə〕（挪）
Wijk〔vaɪk〕（荷）
Wijnkoops〔'vaɪnkops〕（荷）
Wiken〔'waɪkən〕威肯
Wikoff〔waɪ'kaf〕
Wilamowitz-Moellendorff〔,vɪlɑ'mo-
vɪts·'mɜləndɔrf〕（德）
Wilber〔'wɪlbə〕威耳伯
Wilberforce〔'wɪlbə,fɔrs〕韋爾伯佛思
（William, 1759-1833, 英國慈善家及主張廢
除奴隸制度者）
Wilbert〔'wɪlbət〕威耳伯特
Wilbor〔'wɪlbə〕威耳伯
Wilbourne〔'wɪlbən〕威耳伯恩
Wilbraham〔'wɪlbrɪəm; 'wɪlbrə,hæm〕
威耳伯里厄姆
Wilbrandt〔'vɪlbrɑnt〕（德）
Wilbrod〔'wɪlbrɑd〕
Wilbrord〔'wɪlbrɔrd〕威耳布羅德
Wilbur〔'wɪlbə〕韋爾伯（Ray Lyman,
1875-1949, 美國教育家）
Wilburn〔'wɪlbən〕威耳伯恩
Wilbye〔'wɪlbɪ〕
Wilcox〔'wɪlkaks〕威耳克斯特
Wilcoxson〔'wɪlkaksn〕
Wilczeck〔'vɪltʃek〕（俄）
Wilczynski〔wɪl'sɪnskɪ〕
Wild〔waɪld; vɪlt（德）〕懷耳德
Wildair〔'waɪldɛr〕
Wilde〔waɪld〕王爾德（Oscar Fingal
O'Flahertie Wills, 1854-1900, 英國戲劇家
、詩人、小說家、批評家）
Wildenbruch〔'vɪldənbruh〕（德）
Wildenburg〔'vɪldənburk〕（德）
Wildenhain〔'wɪldənhaɪn〕
Wildnvay〔'vɪldənve〕
Wilder〔'waɪldə〕威爾德（Thornton Niven,
1897-1975, 美國小說家及劇作家）
Wildermuth〔'vɪldəmut〕（德）稚耳德穆特
Wilderness〔'wɪldənɪs〕
Wilderspin〔'wɪldəspɪn〕
Wildes〔waɪldz〕懷耳茲
Wildeve〔'waɪldiv〕
Wildgans〔'vɪltgɑns〕（德）
Wildhorn〔'vɪlthɔrn〕（德）
Wilding〔'waɪldɪŋ〕懷耳丁

Wildman〔'waɪldmən〕懷耳德曼
Wildrake〔'waɪldrek〕
Wilds〔waɪldz〕懷耳茲
Wildspitze〔'vɪlt·ʃpɪtsə〕（德）
Wildstrubel〔'vɪlt·ʃtrubəl〕（德）
Wildwood〔'waɪld,wʊd〕懷耳伍德
Wildy〔'waɪldɪ〕
Wile〔waɪl〕懷耳
Wilenski〔'wɪlənskɪ〕
Wiles〔waɪlz〕懷耳斯
Wiley〔'waɪlɪ〕（Harvey Washington,
1844-1930, 美化學家及食物分析家）
Wilfley〔'wɪlflɪ〕威耳夫利
Wilford〔'wɪlfəd〕威耳福德
Wilfred〔'wɪlfrɪd〕威爾弗列德
Wilfrid〔'wɪlfrɪd; wil'frid（法）〕威耳弗里德
Wilfried〔'vɪlfrit〕（德）
Wilgus〔'wɪlgəs〕威耳格斯
Wilhelm〔'wɪlhɛlm; 'vɪlhɛlm（丹、德、挪）;
'vɪlhəlm（瑞典）; 'vɪlɛlm（法）〕
Wilhelma〔vɪl'hɛlmɑ〕（德）
Wilhelmina〔,wɪlə'minə; ,vɪlhɛl'minɑ
（德、荷）威廉明娜
Wilhelmine〔vɪlhɛl'minə（德）; vilhɛl'min
（法）〕
Wilhelmj〔vɪl'hɛlmi〕（德）
Wilhelmsburg〔'vɪlhɛlmsburk〕（德）
Wilhelmshafen〔,vɪlhɛlms'hɑfən〕（德）
Wilhelmshaven〔,vɪlhɛlms'hɑfən〕威廉港
（西德）
Wilhelmshöhe〔'vɪlhɛlms,hɜə〕（德）
Wilhelmstrasse〔'vɪlhɛlm,ʃtrɑsə〕
❶德國柏林市中心一街道❷德國外交部
Wilhelm Tell〔'vɪlhɛlm 'tɛl〕（德）
Wilhelmus〔vɪl'hɛlməs〕（荷）
Wilhoit〔'wɪlhɔɪt〕威耳霍伊特
Wilibrord〔'wɪlɪbrɔrd〕
Wilinsky〔wɪ'lɪnskɪ〕
Wilis〔'vilɪs〕（荷）
Wilja〔'vɪlja〕（波）
Wilken〔'vɪlkən〕（德）
Wilkens〔'wɪlkənz〕
Wilkes〔wɪlks〕威爾克斯（❶John, 1727-
1797, 英國政治改革者❷Charles, 1798-1877,
美國探險家）   「（美國）
Wilkes-Barre〔'wɪlks,bærɪ〕威克斯巴勒
Wilkey〔'wɪlkɪ〕威耳基
Wilkie〔'wɪlkɪ〕威耳基
Wilkin〔'wɪlkɪn〕威耳金
Wilkins〔'wɪlkɪnz〕威爾金斯（Maurice
Hugh Frederick, 1916-, 英國生物物理學家）
Wilkinsburg〔'wɪlkɪnz,bɜg〕

Wilkinson〔'wɪlkɪnsn̩〕威耳金森

Wilkomir〔'vɪlkəmɪr〕(德)

Wilks〔wɪlks〕威耳克斯

Will〔wɪl〕威爾

Willa〔'wɪlə〕威拉

Willacy〔'wɪləsɪ〕

Willaert〔'wɪlart; 'vɪlart〕(法蘭德斯)〕

Willamette〔wɪ'læmɪt〕

Willans〔'wɪlənz〕威蘭斯

Willapa〔'wɪləpə〕

Willard〔'wɪləd〕威勒德(❶Emma, 1787-
1870, 美國女教育家❷Frances Elizabeth
Caroline, 1839-1898, 美國女教育家及改革家)

Willart〔vi'lar〕

Willaumez〔vijo'mɛz〕(法)　　「(法)

Willaumez, Bouet-〔'bwe·vijo'mɛz〕

Willbern〔'wɪlbən〕威耳伯恩

Willbewill〔'wɪlbɪwɪl〕

Willcocks〔'wɪlkaks〕威爾考克斯(Sir
William, 1852-1932, 英國工程師)

Willcox〔'wɪlkaks〕威耳科克斯

Willebrandt〔'wɪləbrænt〕

Wille〔'vɪlə〕(德)威耳

Willebrord〔'vɪləbrɔrt〕(荷)

Willem〔'vɪləm〕(荷)

Willemer〔'vɪləmə〕(德)

Willems〔'wɪləms〕威廉斯

Willemstadt〔'vɪləmstat〕

Willen〔'wɪlɪn〕

Willenbucher〔'wɪlɪn,bukə〕威倫布克

Willendorf〔'vɪləndɔrf〕(德)

Willers〔'wɪləz〕

Willes〔wɪlz〕威耳斯

Willesden〔'wɪlzdən〕威耳斯登

Willet〔'wɪlɪt〕威力特

Willett〔'wɪlɪt〕威力特

Willette〔vi'lɛt〕(法)

Willetts〔'wɪlɪts〕威力茨

Willey〔'wɪlɪ〕威力

Willi〔'wɪlɪ; 'vɪlɪ〕(德)威力

William I〔'wɪljəm~〕威廉一世(1027-1087,
英國國王)

William Rufus〔'wɪljəm 'rufəs〕

Williamina〔,wɪljə'mainə〕威廉明娜

Williams〔'wɪljəmz〕威廉斯

Williamsburg〔'wɪljəmz,bɜg〕威廉斯堡
(美國)

Williamson〔'wɪljəmsn̩〕威廉森

Williamsport〔'wɪljəmz,port;-,pɔrt〕
威廉波特(美國)

Williamston〔'wɪljəmstən〕

Williamsville〔'wɪljəmzvɪl〕

Willibald〔'wɪlɪbɔld; 'vɪlɪbalt〕(德)

Willibrord〔'wɪlɪbrɔrd〕威力布羅德

Willie〔'wɪlɪ〕威力

Willier〔'wɪlɪr〕威力耳

Williford〔'wɪlɪfəd〕威力福德

Willig〔'wɪlɪg〕

Willimansett〔,wɪlɪ'mænsɪt〕

Willimantic〔,wɪlɪ'mæntɪk〕

Willing〔'wɪlɪŋ〕威林

Willingdon〔'wɪlɪŋdən〕威林登

Willinger〔'wɪlɪŋgə〕

Willingham〔'wɪlɪŋhæm〕威林厄姆

Willington〔'wɪlɪŋtən〕

Williram〔'vɪlɪram〕

Willis〔'wɪlɪs〕韋利斯(Nathaniel Parker,
1806-1867, 美國編輯及作家)

Willison〔'wɪlɪsn̩〕威力森

Williston〔'wɪlɪstən〕威力斯頓

Willits〔'wɪlɪts〕

Willkie〔'wɪlkɪ〕威爾基(Wendell Lewis,
1892-1944, 美國政治領袖)

Willmar〔'wɪlmar〕

Willmarth〔'wɪlmarθ〕

Willmes〔'wɪləməs〕威耳默斯

Willmott〔'wɪlmət〕威耳莫特

Willobie〔'wɪləbɪ〕

Willock〔'wɪlək〕威洛克

Willoughby〔'wɪləbɪ〕威洛比

Willoughby De Broke〔'wɪləbɪ də 'bruk〕

Willoughby De Eresby〔'wɪləbɪ 'dɪrzbɪ〕

Willoughby Patterne〔'wɪləbɪ 'pætən〕

Willow〔'wɪlo〕

Willowbrook〔'wɪlobruk〕

Willowick〔'wɪləwɪk〕

Willowmore〔'wɪləmɔr〕

Willows〔'wɪloz〕

Willsboro〔'wɪlzbərə〕

Willsie〔'wɪlsɪ〕威耳西

Willson〔'wɪlsn̩〕威耳森

Willstätter〔'vɪl,ʃtɛtə〕韋爾施泰德(Rich-
ard, 1872-1942, 德國化學家)

Willsteed〔'wɪlstid〕

Willughby〔'wɪləbɪ〕

Willumsen〔'vɪlumsn̩〕(丹)

Willy〔'wɪlɪ; 'vɪlɪ(德)〕威力

Willyama〔wɪ'ljæmə〕

Willys〔'wɪlɪs〕威力斯

Wilma〔'wɪlmə; 'vɪlma(德)〕威耳馬

Wilmar〔'wɪlmar〕

Wilmarth〔'wɪlmarθ〕威耳馬斯

Wilmcote〔'wɪlmkot〕

Wilmer〔'wɪlmə〕威耳默
Wilmerding〔'wɪlmədɪŋ〕威耳默丁
Wilmersdorf〔'vɪlməsdɔrf〕(德)
Wilmette〔wɪl'mɛt〕
Wilmington〔'wɪlmɪŋtən〕維明頓(美國)
Wilmore〔'wɪlmɔr〕
Wilmot(t)〔'wɪlmət〕威耳莫特
Wilmotte〔vil'mɔt〕(法)
Wilms〔vɪlms〕(德)
Wilmslow〔'wɪlmzlo〕
Wilna〔'vɪlnə; 'vɪlnɑ〕(德)
Wilnecot〔'wɪŋkət〕
Wilno〔'wɪlno; 'vɪlnɔ〕(波)
Wilpert〔'vɪlpət〕(德)
Wilsden〔'wɪlzdən〕
Wilshere〔'wɪlʃɪr〕威耳希耳
Wilshire〔'wɪlʃɪr〕威耳西耳
Wilson〔'wɪlsn〕威爾遜(❶Charles Thom-
    son Rees, 1869-1959, 蘇格蘭物理學家❷
    (Thomas) Woodrow, 1856-1924, 美國總統)
Wilt〔wɪlt〕威耳特
Wiltberger〔'wɪlt,bɜgə〕威耳特伯格
Wilton〔'wɪltən〕威爾頓
Wilts.〔wɪlts〕
Wiltshire〔'wɪlt·ʃɪr〕威爾特什爾(英國)
Wimar〔'vimɑr〕懷默
Wimble〔'wɪmbḷ〕溫布耳
Wimbledon〔'wɪmbl̩dən〕溫伯頓(倫敦)
Wimborne〔'wɪmbɔrn〕溫伯恩
Wimer〔'waɪmə〕懷默
Wimmer〔'vɪmə〕(丹)溫默
Wimmera〔'wɪmərə〕
Wimms〔wɪmz〕
Wimperis〔'wɪmpərɪs〕溫珀里斯
Wimpffen〔vimp'fɛn〕
Wimpole〔'wɪmpol〕
Wimshurst〔'wɪmzhɜst〕威姆斯赫斯特
Win〔wɪn〕
Winamac〔'wɪnəmæk〕
Winant〔'waɪnənt〕懷南特
Winberg〔'wɪnbəg〕
Winborne〔'wɪnbɔrn〕溫伯恩
Winburg〔'wɪnbəg〕
Winburne〔'wɪnbən〕
Wincent〔'vɪntsɛnt〕(波)
Wincenty〔vɪn'tsɛntɪ〕(波)
Winch〔wɪntʃ〕溫奇
Winchell〔'wɪntʃəl〕溫切耳
Winchelsea〔'wɪntʃḷsɪ〕溫切耳西
Winchendon〔'wɪntʃəndən〕
Winchester〔'wɪn,tʃɛstə; -tʃɪstə〕文契
    斯特(英格蘭)

Winchilsea〔'wɪntʃḷsɪ〕
Winchmore〔'wɪntʃmɔr〕
Winckelmann〔'vɪŋkəl,mɑn〕溫凱爾曼
    (Johann Joachim, 1717-1768, 德國考古學家及
    藝術史家)
Winckler〔'vɪŋklə〕(德)
Winckworth〔'wɪŋkwəθ〕溫克沃思
Wincot〔'wɪŋkət〕
Wind〔wɪnd; vɪnt(德)〕溫德
Windau〔'vɪndau〕(德)
Windaus〔'vɪndaus〕溫道斯(Adolf, 1876-
    1959, 德國化學家)
Windber〔'wɪndbə〕
Windelband〔'vɪndəlbant〕(德)
Winder〔'wɪndə〕溫德耳
Windermere〔'wɪndəmɪr〕溫得米爾(英國)
Windfall〔'wɪnd,fɔl〕
Windham〔'wɪndəm; 'wɪndhæm〕溫德姆
Winding〔'waɪndɪŋ〕(溫)
Windisch〔'vɪndɪʃ〕(德)
Windisch-Graetz〔'vɪndɪʃ·'grɛts〕(德)
Windle〔'wɪndḷ〕溫德耳
Windlesham〔'wɪdḷʃəm; 'wɪnsəm〕溫德耳
Windley〔'wɪndlɪ〕溫德利
Windolph〔'wɪndalf〕溫多耳夫
Windom〔'wɪndəm〕溫德姆
Windrow〔'wɪn,ro; 'wɪnd,ro〕溫德羅
Windsor〔'wɪnzə〕溫莎(英國;加拿大)
Windt, De〔də 'wɪnt〕
Windthorst〔'vɪnthɔrst〕(德)
Windus〔'wɪndəs〕溫達斯
Windward Islands〔'wɪndwəd~〕向風群
    島(西印度群島)
Windy〔'wɪndɪ〕
Windygate〔'wɪndɪgɪt〕
Wine〔waɪn〕瓦思
Winearls〔'waɪnəlz〕
Winebrenner〔'waɪn,brɛnə〕瓦恩布雷納
Winefride〔'wɪnfrɪd〕
Winegar〔'waɪnɪgə〕
Wineland〔'waɪnlənd〕瓦恩蘭
Winesap〔'waɪn,sæp〕
Winesburg〔'waɪnzbəg〕
Winfield〔'wɪnfild〕
Winford〔'wɪnfəd〕溫福德
Winfred〔'wɪnfrɪd〕
Wingate〔'wɪngɪt; -get〕溫蓋特
Wingfield〔'wɪŋfild〕溫菲耳德
Wingham〔'wɪŋəm〕
Winifred〔'wɪnəfrɪd〕溫妮弗瑞
Winisk〔'wɪnɪsk〕
Wink〔wɪŋk〕

Winkel〔'wɪŋkəl;'vɪŋkəl（荷）〕溫克耳

Winkelman〔'wɪŋkəlmən;'vɪŋkəlman（德、荷）〕溫克耳曼

Winkelried〔'vɪŋkəlrit〕（德）

Winkfield〔'wɪŋkfild〕

Winkie〔'wɪŋkɪ〕

Winkle〔'wɪŋkl̩〕溫克耳

Winkler〔'wɪŋklə;'vɪŋklə（德）〕溫克勒

Winkworth〔'wɪŋkwɜθ〕溫克沃斯

Winlok〔'wɪnlak〕

Winn〔wɪn〕

Winnebago, Lake〔,wɪnə'bego〕溫尼倍各湖（美國）

Winneburg〔'vɪnəburk〕

Winnecke〔'vɪnəkə〕

Winnemucca〔,wɪnə'mʌkə〕

Winnepesaukee〔,wɪnəpə'səkɪ〕

Winner〔'wɪnə〕溫納

Winner Neustadt〔'vɪnə 'nɔɪʃtat〕（德）

Winnesheik〔'wɪnəʃik〕

Winnetka〔wɪ'nɛtkə〕

Winnett〔'wɪnɪt〕溫尼特

Winnfield〔'wɪnfild〕

Winnibigoshish〔,wɪnɪbɪ'goʃɪʃ〕

Winnie〔'wɪnɪ〕溫妮

Winnifred〔'wɪnɪfrɪd〕

Winning〔'wɪnɪŋ〕

Winnington〔'wɪnɪŋtən〕

Winnipeg〔'wɪnə,pɛg〕溫尼伯（加拿大）

Winnipegosis, Lake〔,wɪnɪpe'gosɪs〕溫尼伯各夕斯湖（加拿大）

Winnipesaukee〔,wɪnɪpɪ'səkɪ〕

Winnisquam〔'wɪnɪskwam〕

Winnsboro〔'wɪnzbərə〕

Winona〔wɪ'nonə〕威諾納

Winooski〔wɪ'nuskɪ〕

Winschoten〔'vɪn,shotən〕（荷）

Winsford〔'wɪnzfəd〕

Winship〔'wɪnʃɪp〕溫希普

Winslow〔'wɪnslau〕（丹）溫斯洛

Winsor〔'wɪnzə〕溫塞（Justin, 1831-1897, 美國歷史學家）

Winstanley〔'wɪnstənlɪ〕溫斯坦力

Winsted〔'wɪnstɛd〕

Winston-Salem〔'wɪnstən·'seləm〕溫斯頓沙蘭（美國）

Wint, de〔də 'wɪnt〕

Winter〔'wɪntə;'vɪntə（德、荷））溫特

Winterberg〔'wɪntəbɜg〕

Winterbourne〔'wɪntəbɔrn〕

Winterfeld〔'vɪntəfɛlt〕（德）

Winterhalter〔'vɪntə,haltə〕（德）

Winterich〔'wɪntərɪtʃ〕

Winternitz〔'vɪntənɪts〕（德）溫特尼茨

Winteroth〔'wɪntərɑθ〕

Winterport〔'wɪntəpɔrt〕

Winters〔'wɪntəz〕溫特斯

Wintersteiner〔'wɪntə,stainə〕

Winterstoke〔'wɪntəstok〕

Winterthur〔'vɪntə,tur〕文特土爾（瑞士）

Winterton〔'wɪntətən〕溫特頓

Winther〔'vɪntə〕（丹）

Winthrop〔'wɪnθrəp〕溫思羅普

Winton〔'wɪɪntən〕溫頓

Wintour〔'wɪntə〕

Wintringham〔'wɪntrɪŋəm〕溫特林厄姆

Wintu〔'wɪntu〕

Wintun〔'wɪntən〕

Wintz〔vɪnts〕（德）溫茨

Wintzngerode〔,vɪntsɪŋə'rodə〕

Winwaed〔'wɪnwɜd〕

Winwar〔'wɪnwɔr〕溫沃

Winwood〔'wɪnwud〕溫伍德

Winyah〔'wɪnjɔ〕

Winzet〔'wɪnzɪt〕

Wipers〔'waɪpəz〕

Wippendorf〔'vɪpəndɔrf〕（德）

Wipper〔'vɪpə〕（德）

Wireker〔'wɪrəkə〕

Wirgman〔'wɜgmən〕沃格曼

Wirley〔'wɜlɪ〕

Wirnt von Grafenberg〔'vɪrnt fan 'grafənberk〕（德）

Wirral〔'wɜrəl〕

Wirt〔wɜt〕沃特

Wirth〔vɪrt〕（德）沃思

Wirthlin〔'wɜθlɪn〕沃思林

Wirtschafter〔'wɪrt·ʃæftə〕沃特沙夫特

Wiru〔'vɪru〕（愛沙）

Wirz〔vɪrts〕（德）

Wisa〔'wɪsa〕

Wisbeach〔'wɪzbitʃ〕

Wisbech〔'wɪzbitʃ〕威茲比奇

Wisborg〔'visbɔrj〕（瑞典）

Wiscasset〔wɪs'kæsɪt〕

Wisch〔wɪs;vɪs（荷）〕

Wisconsin〔wɪs'kansn̩〕威斯康辛（美國）

Wise〔waɪz〕懷斯

Wisely〔'waɪzlɪ〕懷斯利

Wiseman〔'waɪzmən〕懷斯曼

Wiser〔'waɪzə〕

Wish〔wɪʃ〕威虛

Wishart〔'wɪʃət〕威沙特

Wishaw〔ˈwiʃɔ〕
Wishek〔ˈwiʃik〕
Wishfort〔ˈwiʃfət〕
Wishkah〔ˈwiʃkə〕
Wishosk〔ˈwiʃɑsk〕
Wish-ton-Wish〔ˈwiʃ·ˈtɑn·ˈwiʃ〕
Wisła〔ˈvislɑ〕(波)
Wislar〔ˈwislə〕
Wisler〔ˈwislə〕威斯勒
Wislicenus〔ˌvisliˈtsenʊs〕(德)
Wisłoka〔viˈslɔkɑ〕(波)
Wismar〔ˈwizmɑr〕
Wisner〔ˈwiznə〕威斯納
Wisniowiecki〔ˌvisjnjɔˈvjetski〕
Wissahickon〔ˌwisəˈhikən〕
Wissler〔ˈwislə〕韋斯勒(Clark, 1870-
　　1947, 美國人類學家)
Wissman(n)〔ˈvismɑn〕(德)
Wissota〔wiˈsotə〕
Wissowa〔viˈsovɑ〕(德)
Wistar〔ˈwistə; ˈvistɑr(德)〕威斯塔
Wister〔ˈwistə〕威斯特(Owen, 1860-1938,
　　美國小說家)
Wistert〔ˈwistət〕
Wisting〔ˈvistiŋ〕(挪)
Wit〔wit〕
Witbank〔ˈwitbæŋk〕
Witcher〔ˈwitʃə〕威徹
Witchett〔ˈwitʃit〕
Witenagemot〔ˌwitənɑgəˈmot〕
Withals〔ˈwitlz〕威特耳斯
Witham〔ˈwiðəm〕威瑟姆
Witherell〔ˈwiðərəl〕威瑟雷耳
Witherington〔ˈwiðəriŋtən〕
Witherle〔ˈwiðəli〕威瑟力
Witherow〔ˈwiðəro〕威瑟羅
Wither(s)〔ˈwiðə(z)〕韋茲爾(George,
　　1588-1667, 英國詩人)
Witherspoon〔ˈwiðəspun〕
Withington〔ˈwiðiŋtən〕威辛頓
Withrow〔ˈwiðro〕威思羅
Wititterly〔ˈwititəli〕
Witkowitz〔ˈvitkɔvits〕(德)
Witkowski〔vitˈkɔfski〕
Witlam〔ˈwitləm〕威特勒姆
Witley〔ˈwitli〕
Witmer〔ˈwitmə〕威特默
Witness〔ˈwitnis〕
Witney〔ˈwitni〕威特尼
Witold〔ˈvitɑlt〕
Witos〔ˈvitɔs〕韋陶思(Wincenty, 1874-
　　1945, 波蘭政治家)

Witoto〔wiˈtoto〕
Wits〔vits〕
Witschey〔ˈwit·tʃi〕
Witschi〔ˈvitʃi〕威特希
Witsell〔ˈwit·səl〕威特塞耳
Witsius〔ˈwitsiəs〕
Witt〔wit〕威特
Witt, De〔də ˈwit; də ˈvit(荷)〕
Witte〔ˈvitə; ˈvjittjə(俄)〕威特
Wittekind〔ˈvitəkint〕(德)
Wittelsbach〔ˈvitəlsbɑh〕(德)
Witten〔ˈvitən〕(德) 威滕
Wittenberg〔ˈvitn̩bəg; ˈwitn̩bəg;
　　ˈvitənbərk〕維滕堡(德國)
Wittenweier〔ˈvitənvaiə〕(德)
Witter〔ˈwitə〕威特
Witters〔ˈwitəz〕威特
Wittgenstein〔ˈvitgənˌstain〕維根斯坦
　　(Ludwig Josef Johan, 1889-1951, 英國哲學
　　家)
Wittich〔ˈwitik〕威蒂克
Witting〔ˈwitiŋ〕威廷
Wittke〔ˈwitki〕威特基
Wittlesey〔ˈwitlsi〕
Wittlin〔ˈvitlin〕(波)
Wittwer〔ˈwitwə〕威特沃
Witty〔ˈwiti〕威蒂
Witu〔ˈwitu〕
Wituland〔ˈwitulænd〕
Witwatersrand〔witˈwɔtəzrænd〕維瓦特
　　斯蘭(南非)
Witwer〔ˈwitwə〕威特沃
Witwould〔ˈwitwʊd〕
Witzleben〔ˈvitˌsleban〕(德)
Wiveliscombe〔ˈwivəliskəm〕
Wivelsfield〔ˈwivəlzfild〕
Wixom〔ˈwiksəm〕威克瑟姆
Wiyot〔ˈwaiɑt〕
Wladimir〔vlɑˈdimir〕(德)
Wladislaus〔ˈlædislɔs〕
Wladislaw〔ˈlædislɔ〕
Władysław〔vlɑˈdislɑf〕(波)
Włocawłek〔vlɔˈtslɑvɛk〕(波)
Włodzimierz〔vlɔˈdʒimjɛʃ〕(波)
Woart〔wɔrt; wort〕沃耳特
Woburn〔ˈwubən; ˈwobən〕
Wochner〔ˈwaknə〕
Wochua〔woˈtʃuɑ〕
Wodan〔ˈwodn̩〕
Wodehouse〔ˈwʊdˌhaʊs〕伍德霍斯(Pelham
　　Grenville, 1881-1975, 美國小說家)

Woden〔'wodṇ〕沃登

Wodrow〔'wudro〕伍德羅

Woermann〔'vɜman〕(德)

Woerth〔vɜt〕(德)

Woestijne〔vus'taɪnə〕

Woëvre〔'vwavə〕(法)

Woffington〔'wafɪŋtən〕沃芬頓

Wohlbrook〔'volbruk〕(德)

Wöhler〔'vɜlə〕(德)

Wohlgemut(h)〔'volgəmut〕

Wojciech〔'vɔɪtʃeh〕(波)

Wojciechowski〔ˌvɔɪtʃə'hɔfskɪ〕(波)

Wojtul〔'wodʒtəl〕

Wokam〔'wokam〕

Woking〔'wokɪŋ〕

Wokingham〔'wokɪŋəm〕

Wolbach〔'walbæk〕沃耳巴克

Wolborough〔'walbərə〕

Wolcot〔'wulkət〕

Wolcott〔'wulkət〕沃耳科特

Wold〔wold〕

Woldemar〔'wɔldɛmar〕

Woldingham〔'wɔldɪŋəm〕

Woldman〔'woldmən〕沃耳德曼

Wolds, the〔woldz〕

Woleai, Island〔ˌwole'aɪ〕沃累艾島
　（太平洋）

Wolf〔vɔlf〕渥爾夫（❶ Friedrich August,
　1759-1824, 德國語言學家❷ Hugo, 1860-1903,
　奧國作曲家）

Wolfe〔wulf〕渥爾夫（❶ Charles, 1791-
　1823, 愛爾蘭詩人❷ James, 1727-1759,
　英國將軍）

Wolfeborough〔'wulfbərə〕

Wolfenbüttel〔'valfən,bjutəl〕(德)

Wolfenden〔'wulfəndən〕沃耳芬登

Wolfenstein〔'valfənʃtaɪn〕(德)

Wolfer〔'wulfə〕

Wolfers〔'walfəz〕沃耳弗斯

Wolferstan〔'wulfəstən〕沃耳弗斯坦

Wolfert〔'wulfət〕沃耳弗特

Wolff〔vɔlf〕渥爾夫（Kaspar Friedrich,
　1733-1794, 德國解剖學家）

Wolf-Ferrari〔'vɔlf·fer'rarɪ〕(義)

Wolff-Metternich〔'valf·'metəmɪh〕(德)

Wolfgang〔'valfgaŋ〕(德) 沃耳夫根

Wolfgangus〔valf'gaŋus〕(德)

Wolfman〔'wulf,mæn;'wulfmən〕

Wolfpin〔'wulfpɪn〕

Wolfram〔'wulfrəm〕沃耳弗拉姆

Wolfram von Eschenbach〔'vɔlfram fɔn
　'eʃənbak〕渥爾夫拉姆（1170?-?1220,德國詩人）

Wolfsburg〔'valfsburk〕(德)

Wolfsohn〔'valfzon〕(德)

Wolfson〔'wulfsən〕沃耳夫森

Wolfville〔'wulfvɪl〕

Wolgast〔'valgast〕(德)

Wolgemut〔'valgəmut〕(德)

Wolin〔'vɔlin〕(波)

Wolkenstein〔'valkənʃtaɪn〕(德)

Woll〔wol〕沃耳

Wollaston〔'wuləstən〕渥拉斯頓（William
　Hyde, 1766-1828, 英國化學家及物理學家）

Wollaton〔'wulatṇ〕

Wolle〔wal〕沃力

Wollert〔'vɔlɛt〕

Wollescote〔'wulzkət〕

Wollin〔vɔ'lin〕(德)

Wollongong〔'wuləŋaŋ〕

Wollmar〔'walmə〕

Wollstonecraft〔'wulstənkraft〕沃斯通克
　拉夫特

Wolmar〔'vɔlmar〕

Wolof〔'wolaf〕

Wolowski〔vɔl'ɔf'ski〕(波)

Wolseley〔'wulzlɪ〕沃耳斯力

Wolsey〔'wulzɪ〕沃耳西

Wolsingham〔'walsɪŋəm〕

Wolstan〔'wulstən〕沃耳斯坦

Wolstanton〔'wulstæntən〕

Wolstencroft〔'wulstənkraft〕沃斯滕克羅
　夫特

Wolstenholme, Cape〔'wulstənhom〕沃斯
　頓侯姆角（加拿大）

Wolter〔'wɔltɛr〕沃耳特

Wolters〔'valtəs〕(德) 沃耳特斯

Wolverhampton〔'wulvə,hæmptən〕烏耳
　弗普頓（英國）

Wolverton〔'wulvətən〕沃耳弗頓

Wołyń〔'vɔlɪnj〕(波)

Wolzogen〔'val,tsogən〕(德)

Womack〔'wamæk〕沃馬克

Woman〔'wumən〕

Womble〔'wambḷ〕旺布耳

Wombwell〔'wumwəl〕伍姆耳德

Womersley〔'waməzlɪ〕沃默斯力

Woncot〔'waŋkət〕

Wonders〔'wʌndəz〕

Wong Wen-hao〔'wɔŋ 'wɛn·'hau〕(中)

Wo-ni〔'wɔ·'ni〕

Wonsan〔wɜnsan〕元山（韓國）

Wontner〔'wantnə〕

Wood〔wud〕伍德（Grant, 1892-1942, 美國畫
　　　　　　　　　　　　　　　　　家）

Woodall〔'wudəl〕伍德耳

Woodberry〔'wʊd,bɛrɪ〕伍德伯里
Woodbine〔'wʊd,baɪn〕伍德拜因
Woodbridge〔'wʊdbrɪdʒ〕伍德布里奇
Woodburn〔'wʊdbən〕伍德伯恩
Woodburne〔'wʊdbən〕伍德伯恩
Woodbury〔'wʊdbərɪ〕伍德伯里
Woodcock〔'wʊd,kak〕伍德科克
Woodcourt〔'wʊdkɔrt〕
Woodd〔wʊd〕
Woodes〔wʊdz〕伍兹
Woodfall〔'wʊdfɔl〕伍德福耳
Woodfield〔'wʊdfild〕伍德菲耳德
Woodfill〔'wʊdfɪl〕
Woodfin〔'wʊdfɪn〕伍德芬
Woodford(e)〔'wʊdfəd〕伍德福德
Woodgate〔'wʊdget〕伍德蓋特
Woodhall〔'wʊdhɔl〕
Woodhill〔'wʊdhɪl〕伍德希耳
Woodhouse〔'wʊdhaʊs〕伍德豪斯
Woodhouselee〔'wʊd,haʊslɪ〕
Woodhull〔'wʊdhʌl〕伍德哈耳
Woodin〔'wʊdɪn〕伍丁
Woodlake〔'wʊdlek〕
Woodland〔'wʊd,lænd〕伍德蘭（新加坡）
Woodlands〔'wʊdləndz〕
Woodlark〔'wʊd,lark〕
Woodlawn〔'wʊdlɔn〕
Woodle〔'wʊdl̩〕
Woodley〔'wʊdlɪ〕伍德力
Woodliff〔'wʊdlɪf〕
Wood-Lynne〔'wʊd,lɪn〕
Woodlynne〔'wʊd,lɪn〕
Woodman〔'wʊdmən〕伍德曼
Woodmere〔'wʊdmɪr〕
Woodmont〔'wʊdmant〕
Wood-Ridge〔'wʊd,rɪdʒ〕
Woodring〔'wʊdrɪŋ〕伍德林
Woodroffe〔'wʊdraf〕伍德羅夫
Woodrough〔'wʊdrʌf〕伍德拉夫
Woodrow〔'wʊdro〕伍德羅
Woodruff〔'wʊd,rʌf〕伍德拉夫
Woods〔wʊdz〕伍兹
Woodsfield〔'wʊdzfild〕
Woods Hole〔'wʊdz 'hol〕
Woodside〔'wʊd,saɪd〕伍德賽德
Woodson〔'wʊdsn̩〕伍德森
Woodstock〔'wʊdstak〕伍德斯托克
Woodstown〔'wʊdztaʊn〕
Woodsville〔'wʊdzvɪl〕
Woodsworth〔'wʊdzwəθ〕
Woodward〔'wʊdwəd〕伍德華德（Robert Burns, 1917-1979, 美國化學家）

Woodworth〔'wʊdwəθ〕伍德沃斯
Woody〔'wʊdɪ〕伍迪
Woof〔wuf〕
Wookey〔'wʊkɪ〕
Wookey Hole〔'wʊkɪ hol〕
Wool〔wʊl〕伍耳
Woolcombe〔'wʊlkəm〕
Woolcott〔'wʊlkat〕
Wooldridge〔'wʊldrɪdʒ〕伍耳德里奇
Wooley〔'wʊlɪ〕伍力
Woolf〔wʊlf〕吳爾芙（Virginia, 1882-1941, 英國女作家）
Woollahra〔wʊ'larə〕
Woollard〔'wʊlard〕
Woollcott〔'wʊlkət〕伍耳科特
Woollen〔'wʊlɪn〕伍倫
Woollett〔'wʊlɪt〕伍力特
Woolley〔'wʊlɪ〕伍理（Sir Charles Leonard, 1880-1960, 英考古學家）
Woollgar〔'wʊlgar〕伍耳加
Woolliams〔'wʊljəmz〕伍耳曼
Woolman〔'wʊlmən〕伍耳曼
Woolner〔'wʊlnə〕伍耳納
Woolnough〔'wʊlno〕伍耳諾
Woolsack〔'wʊl,sæk〕
Woolsey〔'wʊlzɪ〕伍耳西
Woolson〔'wʊlsn̩〕伍耳森
Woolster〔'wʊlstə〕
Woolston〔'wʊlstən〕伍耳斯頓
Woolton〔'wʊltn̩〕伍耳頓
Woolwich〔'wʊlɪdʒ〕伍耳維奇
Woolworth〔'wʊlwəθ〕伍耳沃斯
Woonsocket〔,wun'sakɪt〕
Woorstead〔'wʊstɪd〕
Woosley〔'wʊzlɪ〕伍斯力
Woosnam〔'wʊznəm〕
Wooster〔'wʊstə〕伍斯特
Wop〔wap〕
Worcester〔'wʊstə〕❶渥斯特（Joseph Emerson, 1784-1865, 美國辭典編纂家）❷烏斯特（南非）

Worcestershire〔'wʊstəʃɪr〕
Worcs.〔wɜks〕
Wörd〔vɛt〕(德) 沃德
Worde〔wɔrd〕
Worden〔'wɜdn̩〕沃登
Wordens〔'wɜdnz〕
Wordsworth〔'wɜdzwəθ〕華茨華斯（William, 1770-1850, 英國詩人）
Work〔wɜk〕沃克
Workington〔'wɜkɪŋtən〕
Workman〔'wɜkmən〕沃克曼

Worksop〔'wɜksəp〕
Worland〔'wɜlənd〕
Worldly Wiseman〔'wɜldlɪ 'waɪzmən〕
Worlledge〔'wɜlɪdʒ〕沃力奇
Worm〔wɔrm; vɔrm(丹)〕
Wormald〔'wɔːməbld〕沃莫耳德
Worman〔'wɔrmən〕
Wormatia〔wɔr'meʃɪə〕
Wormeley〔'wɜmlɪ〕沃姆力
Wormerveer〔,vɔrmə'ver(荷)〕
Wormius〔'wɔrmɪəs〕
Wormley〔'wɜmlɪ〕
Worms〔wɜmz; vɔrms〕伏姆斯（德國）
Worm's Head〔'wɜmz hɛd〕
Wormser〔'wɜmzə〕沃姆澤
Wormwood〔'wɜm,wud〕
Worner〔'wɔrnə〕沃納
Wornom〔'wɜnəm〕沃諾姆
Worple〔'wɔrpḷ〕
Worplesdon〔'wɔrpḷzdən〕
Worrall〔'wʌrḷ〕沃勒耳
Worringen〔'vɔrɪŋən〕
Worsaae〔'vɔrsɔ(丹)〕
Worsborough〔'wɜzbrə〕
Worsfold〔'wɜsfold〕沃斯福耳德
Worsley〔'wɜslɪ〕
Worsnop〔'wɜznəp〕沃斯諾普
Worstead〔'wurstɪd〕
Worster〔'wurstə〕沃斯特
Worswick〔'wɜsɪk〕
Worth〔wɜθ〕沃思
Wortham〔'wɜθəm〕沃瑟姆
Wörther See〔'vɜtə 'ze〕(德)
Worthing〔'wɜðɪŋ〕窩辛（英格蘭）
Worthington〔'wɜðɪŋtən〕沃辛頓
Worthley〔'wɜθlɪ〕沃思利
Worthy〔'wɜðɪ〕沃西
Wortley〔'wɜtlɪ〕沃特力
Worton〔'wɔrtən〕沃頓
Worts〔wɜts〕沃茨
Wöru〔'vɜru〕(愛沙)
Wossen〔'wɑsən〕
Wotherspoon〔'wɑðəspun〕沃瑟斯本
Wotje〔'watdʒə〕
Wotton〔'watn〕渥敦（Sir Henry, 1568-1639, 英國外交家及詩人）
Woty〔'watɪ〕
Wouk〔wok〕沃克
Would-be〔'wud·,bi〕
Wouters〔'wautəs; 'vautəs(荷)〕
Wouwerman〔'wauvəman; 'vauvəman(荷)〕

Wovoka〔wo'vokə〕
Wowoni〔wo'woni〕
Woyrsch〔'vɔɪrʃ〕(德)
Wozencraft〔'wuzənkræft〕沃曾克拉夫特
Woźinicki〔vaʒ'nitskɪ〕(捷)
Wozzeck〔'vatsɛk〕(德)
Wrangel〔'ræŋgl; 'vraŋəl(德、瑞典);'vraŋgjɪl(俄)〕蘭格
Wrangell〔'ræŋgl〕
Wrath, Cape〔ræθ; raθ〕臘思角（英國）
Wrather〔'ræðə〕拉瑟
Wratislaw〔'rætɪslɔ〕
Wratten〔'rætn〕拉騰
Wratza〔'vratsɑ〕(保)
Wraxall〔'ræksəl〕拉克索耳
Wraxhall〔'ræksəl〕
Wray〔re〕雷
Wrayburn〔'rebən〕
Wreak〔rik〕
Wreay〔re〕
Wreck〔rɛk〕
Wrede〔'vredə〕(德)
Wreford〔'rifəd〕
Wrekin〔'rikɪn〕
Wren〔rɛn〕列恩（Sir Christopher, 1632-1723, 英國建築家）
Wrenn〔rɛn〕
Wrentham〔'rɛnθəm〕
Wrexe〔rɛks〕
Wrexham〔'rɛksəm〕
Wrey〔re〕雷伊
Wright〔raɪt〕萊特（Wilbur, 1867-1912, 美國飛機發明家）
Wrightson〔'raɪt·sn〕賴特生
Wrightstown〔'raɪtstaun〕
Wrightsville〔'raɪtsvɪl〕
Wrigley〔'rɪglɪ〕里格力
Wrinch〔rɪntʃ〕林奇
Wrinkle〔'rɪŋkl〕
Wriothesley〔'raɪəθslɪ〕賴奧思力
Wrisberg〔'vrɪsberk〕(德)里斯伯格
Wriston〔'rɪstn̩〕里斯頓
Writ〔rɪt〕
Wrixon〔'rɪksn̩〕里克森
Wróblewski〔vru'blɛfskɪ〕(波)
Wrocław〔'vrɔtslaf〕洛茲拉夫（波蘭）
Wrong〔raŋ〕朗
Wronghead〔'raŋ,hɛd〕
Wroński〔'vrɔnjski〕(波)
Wrotham〔'rutəm〕
Wrottesley〔'ratslɪ〕羅茨利
Wrschowitz〔'vɜʃovɪts〕(德)

Wrythe〔raɪð〕
Wu〔wu〕吳語（中國）
Wu, Hung〔'huŋ 'wu〕
Wuchang〔'wu'tʃaŋ〕❶武昌（湖北）
  ❷五常（黑龍江）
Wu Ch'ao-ch'ü〔'wu 'tʃau·'tʃu〕(中)
Wu Ch'êng-ên〔'wu 'thʌŋ·'ʌn〕(中)
Wuchow〔'wu'dʒo〕(中)
Wuhan〔'wu'han〕武漢（湖北）
Wuhing〔'wu'hɪŋ〕
Wu Hou〔'wu 'ho〕
Wuhsien〔'wu'ʃjen〕吳縣（江蘇）
Wuhu〔'wu'hu〕蕪湖（安徽）
Wujek〔'vujek〕(波)
Wukang〔'wu'kaŋ〕
Wular〔'wuləˑ〕
Wulf〔wʊlf〕伍耳夫
Wulfen〔'vulfən〕
Wulff〔wʊlf〕伍耳夫
Wulfhere〔'wulf,here〕（古英）
Wulfila〔'wulfɪlə〕
Wulfstan〔'wulfstən〕伍耳夫斯坦
Wülker〔'vjulkəˑ〕(德)
Wulle〔'vulə〕(德)
Wullenweber〔'vulən,vebəˑ〕(德)
Wüllner〔'vjulnəˑ〕(德)
Wulsin〔'wulsɪn〕伍耳辛
Wulsten〔'wulstən〕
Wunderhorn〔'vundəˑhorn〕(德)
Wunderlich〔'vundəˑlɪh〕(德)
Wundt〔vunt〕馮特（Wilhelm, 1832-1920,
  德國生理學家及心理學家）
Wünsche〔'vjunʃə〕(德)
Wuntho〔'wunˈθo〕溫佐（緬甸）
Wupatki〔wu'pætkɪ〕
Wu P'ei-fu〔'wu·'pe·'fu(中)〕吳佩孚
Wupper〔'vupəˑ〕(德)
Wuppertal〔'vupəˑ, tal〕伍帕塔（德國）
Wurdemann〔'wэdɪmən〕沃德曼
Wurlitzer〔'wэlɪtsəˑ〕
Würm〔'vjurm〕(德)
Würmsee〔'vjurmze〕(德)
Wurmser〔'vurmzəˑ〕(德)
Wurschen〔'vurʃən〕(德)
Wurster〔'wэstəˑ〕沃斯特
Württemberg〔'vjurtəmberk〕(德)
Württemberg-Baden〔'vjurtəmberk-
  'badn〕(德)
Württemberg-Hohenzollern〔'vjur-
  təmberk·hoən'tsalən〕(德)
Wurtz〔vjurts〕(法)
Wurz〔wurts〕

Wurzbach〔'vurtsbah〕(德)
Würzburg〔'wэtsbэg〕符茲堡（德國）
Wurzel〔wəˈzɛl〕沃澤耳   「吳三桂
Wu San-Kuei〔'wu 'san·'gwe(中)〕
Wusih〔'wu'ʃi〕無錫（江蘇）
Wüstenfeld〔'vjustənfɛlt〕(德)   「西〕
Wu Tai Shan〔'wu 'tai 'ʃan〕五台山（山
Wu Tao-tzu〔'wu 'dau·'dzʌ〕(中)
Wuthering Hights〔'wʌðərɪŋ 'haɪts〕
Wu Ti〔'wu 'di〕(中)
Wu T'ing-fang〔'wu 'tɪŋ·'faŋ〕
Wutsin〔'wu'dʒɪn〕(中)
Wuttke〔'vutkə〕(德)伍特克
Wu Wang〔'wu 'waŋ〕
Wuwei〔'wu'we〕❶武威（甘肅）❷無爲（安徽）
Wuyeck〔'vujek〕
Wuyek〔'vujek〕
Wyalusing〔,waɪə'lusɪŋ〕
Wyandot〔'waɪən,dat〕北美印第安人 Iro-
  quoian 族之一員
Wyandotte〔'waɪən,dat〕❶美國產之一種雞
  ❷北美印第安人 Iroquoian 族之一員
Wyant〔'waɪənt〕懷恩特
Wyat(t)〔'waɪət〕韋艾特（Sir Thomas,
  1503?-1542, 英國詩人及外交家）
Wyberg〔'waɪbəˑ〕
Wych〔waɪtʃ〕威奇
Wyche〔'waɪtʃ〕威奇
Wycherley〔'wɪtʃəlɪ〕韋策利（William,
  1640?-1716, 英國劇作家）
Wychwood〔'wɪtʃwʊd〕
Wyck〔wik〕
Wyckoff〔'waɪkaf〕威科夫
Wyclif(fe)〔'wɪklɪf〕威克利夫（John, 1320?-
  1384, 英國宗教改革家及聖經譯者）
Wyer〔'waɪəˑ〕懷耳
Wyeth〔'waɪəθ〕懷耳
Wyke〔waɪk〕威克
Wykeham〔'wɪkəm〕威克姆
Wyld〔waɪld〕偉爾德（Henry Cecil Kennedy,
  1870-1945, 英語語言學家及辭典編纂家）
Wylde〔waɪld〕懷耳德
Wyler〔'waɪləˑ〕懷勒
Wylie〔'waɪlɪ〕偉利（Elinor Morton, 1885-
  1928, 美國女詩人及小說家）
Wyl(l)is〔'wɪlɪs〕威利斯
Wylly〔'waɪlɪ〕
Wyllys〔'wɪlɪs〕威力斯
Wyly〔'waɪlɪ〕懷力
Wyman〔'waɪmən〕懷曼
Wymark〔'waɪmark〕懷馬克
Wymberley〔'wɪmbəlɪ〕溫伯力

Wymondham〔ˈwɪməndəm; ˈwɪndəm; ˈwaɪməndəm〕

Wymore〔ˈwaɪmɔr〕

Wyn〔wɪn〕溫

Wynants〔ˈvaɪnɑnts〕(荷)

Wynberg〔ˈwaɪnbəg〕

Wyncoops〔ˈvaɪnkops〕(荷)

Wyncote〔ˈwɪnkot〕

Wynd〔waɪnd〕

Wyndham〔ˈwɪndəm〕❶溫丹(George, 1863-1913,英國從政者及作家)❷溫頓(澳洲)

Wyndham-Quin〔ˈwɪndəm·ˈkwɪn〕

Wyndlow〔ˈwɪndlo〕溫德洛

Wynfrith〔ˈwɪnfrɪθ〕

Wynkyn〔ˈwɪŋkɪn〕

Wynkyn de Worde〔ˈwɪŋkɪn də ˈwɔrd〕

Wynn〔wɪn〕溫

Wynne〔wɪn〕

Wynnewood〔ˈwɪnwʊd〕

Wynooche〔waɪˈnutʃɪ〕

Wyntoun〔ˈwɪtn̩〕

Wynward〔ˈwɪnəd〕

Wynyard〔ˈwɪnjəd〕溫亞德

Wyoming〔ˈwaɪəmɪŋ〕懷俄明(美國)

Wyomissing〔ˌwaɪəˈmɪsɪŋ〕

Wyon〔ˈwaɪən〕懷恩

Wyrdes〔ˈwɪrdz〕

Wyre〔waɪr〕

Wyrley〔ˈwɜlɪ〕

Wysard〔ˈwaɪzərd〕

Wyse〔waɪz〕懷斯

Wysham〔ˈwaɪʃəm〕懷沙姆

Wysoka Góra〔vɪˈsɔkɑ ˈgurɑ〕(波)

Wysor〔ˈwaɪzə〕

Wyspiański〔vɪsˈpjɑnjski〕(波)

Wyss〔vɪs〕(德)

Wystan〔ˈwɪstən〕威斯坦

Wyszyński〔vɪˈʃɪnjskɪ〕(波)

Wytham〔ˈwaɪtəm〕

Wythe〔wɪθ〕威思

Wytheville〔ˈwɪθvɪl〕

Wytschaete〔ˈvaɪt·ˌʃɑtə〕(法蘭德斯)

Wyttenbach〔ˈvɪtənbɑh〕(德)

Wyvern〔ˈwaɪvən〕

Wyville〔ˈwaɪvɪl〕

Wyville Thomson〔ˈwɪvɪl ˈtɑmsn̩〕

Wyvis〔ˈwɪvɪs〕

Wyzanski〔waɪˈzænskɪ〕懷贊斯基

X

X〔iks〕
Xabary〔ʃabə'ri〕
Xalapa〔ha'lapa〕
Xalapan〔ha'lapan〕
Xalisco〔ha'lisko〕
Xaltocán〔ˌhalto'kan〕
Xaman Ek〔'ʃaman ɛk〕
Xanadu〔'zænədu〕
Xanten〔'zæntən; 'ksantən(德))〕
Xanthe〔'zænθɪ〕
Xanthē〔'ksanθi〕(希)
Xanthi〔'zænθi; 'ksanθi〕(希)
Xanthippe〔zæn'tɪpɪ〕古希臘蘇格拉底
　　(Socrates)之妻
Xanthippus〔zæn'θɪpəs〕
Xanthochroi〔zæn'θakroaɪ〕黃白人種
Xanthus〔'zænθəs〕贊塔斯(土耳其)
Xantippe〔zæn'tɪpɪ〕
Xántus〔'ksantuʃ〕(匈)
Xaraes〔ʃə'raɪs〕
Xaragua〔ha'ragwa〕
Xátiva〔'hatɪva〕
Xaver〔'ksavə; ksa'ver(德))〕
Xavier〔'zævɪə〕聖 · 查威爾(Saint
　　Francis, 1506-1552, 西班牙天主教耶穌會之傳
　　敎士)
Xenia〔'zinɪə〕
Xenien〔'ksenɪən〕
Xenocrates〔zɪ'nakrəˌtiz〕芝諾克拉蒂
　　(396-314 B.C., 希臘哲學家)
Xenophanes〔zɪ'nafəniz〕
Xenophon〔'zenəfən〕贊諾芬(430?-?355
　　B.C., 希臘歷史學家、散文家及軍人)
Xeres de la Frontera〔'heres ðe la
　　frɔn'tera〕(西)
Xérez〔'hereθ〕(西)
Xeros〔'zɪras〕

Xerxes I〔'zɚksiz〕澤克西斯一世(519?-
　　465 B.C.,波斯國王)
Xesibe〔'kesibe〕
Xhosa〔'kɔsə〕
Xicagua〔ʃi'kagwa〕
Xicaque〔ʃi'kake〕
Xicohténcatl〔hiko'tɛŋkatl̩〕
Xilonen〔ʃi'lonen〕
Ximena〔zɪ'minə〕
Ximenes〔zɪ'minɪs; hi'menes(西))〕
Ximenez〔hi'meneθ〕(西)
Xinantecatl〔ˌʃinan'tekatl̩〕
Xingú〔ʃiŋ'gu〕申古河(南美洲)
Xipe〔'ʃipe〕
Xiphias〔'zɪfɪəs〕❶【動物】旗魚屬❷【天文】
　　劍座
Xiphonia〔zɪ'fonɪə〕
Xirgu〔'hirgu〕(西)
Xiriguanos〔ʃiri'gwanos〕
Xisuthros〔zɪ'suθrəs〕
Xiuhtecuhtli〔ʃiute'kutli〕
Xivaro〔'ʃivaro〕
Xochicalco〔ˌsotʃɪ'kalko〕
Xochimilco〔ˌsotʃɪ'milko〕
Xochiquetzal〔ˌsotʃɪ'ketsal〕
Xocoyotzin〔ˌʃokojo'tsin〕
Xoïs〔'zoɪs〕
Xoite〔'zoaɪt〕
Xoxe〔'hohe〕(阿爾巴)
XP〔'ki'ro〕希臘文 XPIΣTOΣ 一字之首二字
　　母,為 Christ 之表徵
Xulla〔'ʃulə〕
Xury〔'zurɪ〕
Xylander〔ksjʊ'landə〕
Xylonite〔'zaɪləˌnaɪt〕賽璐珞
Xystus〔'zɪstəs〕齊斯特斯
Xystus Betylius〔'zɪstəs bɪ'tjulɪəs〕

Y

Y ai〔aɪ〕

y〔ɪ；i〕

Yaan〔'jaˈan〕

Yablonitsa〔'jablənjitsə〕

Yablonoi〔jabləˈnɔɪ；jɛblʌˈɪɔɪ〕(俄)

Yablonovoi〔,jablənəˈɪɔv；jɛblʌnə-ɪɔv〕(俄)

Yablonovy〔'jablənəvɪ〕(俄)

Yabucoa〔,javuˈkoa〕(西)

Yacarana〔,jakəˈrænə；,jakaˈrana〕

Yacca〔'jaka〕

Yachow〔'jaˈdʒo〕(中)

Yacuiba〔jaˈkwiva〕亞魁巴(玻利維亞)

Yacuma〔jaˈkuma〕

Yadkin〔'jædkɪn〕

Yadkinville〔'jædkɪnvɪl〕

Yafa〔'jafə；'jæfə；'jæfæ〕(阿拉伯)

Yager〔'jegə〕

Yagua〔'jagwa〕

Yaguarón〔,jagwaˈrɔn〕

Yahagan〔'jagən〕

Yahola〔jəˈholə〕

Yahoo〔'jahu；'jehu；jəˈhu〕雅虎(Swift 所著Gulliver's Travels 中的人形獸)

Yahuda〔jəˈhudə〕亞胡達

Yahuda, Ben-〔bɛn·jəˈhuda〕

Yahveh〔'jave〕＝Yahwe(h)

Yahwe(h)〔'jawe〕上帝(爲希伯來語God 一字近代形式)

Yahya Muhammad Hamid ed-Din〔jæˈja muˈhæmməd hæˈdid ʊdˈdin〕(阿拉伯)

Yaila〔'jaɪlə〕

Yainax〔'jaɪnæks〕

Yajur-Veda〔'jʌdʒur·'vedə〕

Yak〔jæk〕

Yaka〔'jaka〕

Yakima〔'jækɪmə〕

Yakö〔'jaku〕

Yakov〔'jakʌf〕(俄)

Yakovlev〔'jakʌvljɪf〕(俄)

Yakovlevich〔'jakəvlɛvɪtʃ；'jakʌvljɪvjɪtʃ〕(俄)

Yaksa〔'jaksa〕

Yakub Khan〔jaˈkub 'kan〕

Yakut〔jaˈkut〕雅庫特人

Yakutat〔'jakutæt〕

Yakutia〔jəˈkuʃɪə〕

Yakutsk〔jaˈkutsk〕雅庫次克(蘇聯)

Yala〔jala〕亞拉(泰國)

Yalden〔'jɔldɪn〕

Yalding〔'jældɪŋ〕

Yale〔jel〕耶魯(Elihu,1649-1721, 爲美國耶魯 大學之創始人)

Yalesville〔'jelzvɪl〕

Yalias〔jaˈljas〕

Yalobusha〔,jæloˈbuʃə〕

Yalpukh〔'jalpuh〕(俄)

Yalta〔'jɔltə〕雅爾達(蘇聯)

Yalu〔'jaˈlu〕鴨綠江(亞洲)

Yaluit〔'jæluɪt〕

Yalung〔'jaˈluŋ〕雅礱江(中國)

Yalunka〔jaˈluŋka〕

Yalutorovsk〔jɛˈlutərəfsk〕(俄)

Yama〔'jæmə；'jʌmə；'jama〕【梵】閻羅王

Yamachiche〔jamaˈʃɪʃ〕(法)

Yamal Peninsula〔jeˈmal～〕葉馬爾半島(蘇聯)

Yamalo-Nenets〔jɛˈmalə·njɪˈnjets〕(俄)

Yaman〔'jæmæn〕

Yamasee〔'jæməsɪ〕

Yamaska〔jəˈmæskə〕

Yambol〔'jambəl〕

Yamburg〔'jamburk〕

Yamchow〔'jamˈdʒo〕(中)

Yamdena〔jamˈdena〕

Yamdrok Tso〔'jamˈdrɔk 'tsɔ〕

Yameos〔jaˈmeos〕

Yamethin〔jəˈmɛθɪn〕亞梅丁(緬甸)

Yamhill〔'jæmhɪl〕

Yamhsien〔'jamʃɪˈɛn〕

Y'Ami〔'jamɪ〕

Yampa〔'jæmpə〕

Yampah〔'jæmpə〕

Yampol〔'jampəlj〕(俄)

Yamsay〔'jæmzɪ〕

Yamuna〔'jʌmunə〕

Yana〔'jana；'jænə〕雅拿河(蘇聯)

Yanam〔jaˈnam〕

Yanaon〔jaˈnaun〕亞納昂(印度)

Yanbu'〔'jænbu〕(阿拉伯)

Yancey〔'jænsɪ〕揚西

Yanceyville〔'jænsɪvɪl〕

Yandabu〔'jandəˈbu〕

Yandell〔'jændɪl〕

Yáñez〔'janjeθ〕(西)

Yang〔jæŋ；jaŋ〕

Yang Chien〔'jɑŋ 'dʒjɛn〕楊堅（541-604，
中國隋朝開國之主）

Yangchow〔'jɑŋ'dʒo〕揚州（江蘇）

Yang Chu〔'jɑŋ 'dʒu〕（中）

Yang Hu-ch'eng〔'jɑŋ 'hu,tʃɛŋ〕（中）

Yangku〔'jɑŋ'tʃju〕（中）

Yangpi〔'jɑŋ'pi〕

Yangso〔'jɑŋ'so〕

Yangtse-Kiang〔'jæntsi·'kjæŋ；
'jɑŋ'dzʌ·'dʒjɑŋ（中）〕

Yang Tseng-hsin〔'jɑŋ 'tsɛŋ'ʃin〕（中）

Yangtze〔'jæŋ,tsi〕長江（中國）

Yangtze-Kiang〔'jæntsi·'kjæŋ；
'jɑŋ'dzʌ·'dʒjɑŋ（中）〕

Yangtzepoo〔'jæŋtsi'po；'jɑŋ'dzʌ'po
（中）〕

Yang Yung-t'ai〔'jɑŋ 'juŋ'tɑi〕（中）

Yanisyarvi〔'jænis,jærvi〕

Yank〔jæŋk〕【俚】美國人

Yankee〔'jæŋki〕❶美國新英格蘭人❷美國
北部諸州的人

Yankee Doodle〔'jæŋki 'dudl̩〕美國獨立
戰爭時期的一首愛國歌曲

Yankeeland〔'jæŋki,lænd〕【俗】新英格
蘭；美國北部；美國

Yanks〔jæŋks〕

Yankton〔'jæŋktən〕

Yannina〔'janina〕

Yant〔jænt〕

Yantra〔'jantra〕

Yanuarievich〔jɛnu'arjivjitʃ〕（俄）

Yanzi〔'janzi〕

Yao〔jɑu〕❶堯（中國上古帝王）❷八尾（日
本）

Yao Shu-Shih〔'jɑu ʃu·'ʃɚ〕（中）

Yaoundé〔jɑun'de〕雅恩德（喀麥隆）

Yaowalak〔jɑowə'lɑk〕

Yap, Island〔jæp〕雅浦島（太平洋）

Yaphank〔'jæphæŋk〕

Yapman〔'jæpmən〕

Yapmen〔'jæpmən〕

Yapurá〔,jɑpu'rɑ〕

Yaq'ubi〔jæ'kubi〕

Yaque del Norte〔'jɑke dɛl 'nɔrte〕

Yaque del Sur〔'jɑke dɛl 'sur〕

Yaqui〔'jɑki〕

Yaquí〔jɑ'ki〕

Yaqut〔jɑ'kut〕

Yar〔jɑr〕

Yaracuy〔jɑrɑ'kwi〕

Yarborough〔'jɑr,bɚo；'jɑrbərə〕（橋
牌 Whist 牌戲等）無過九點之一手牌

Yarden〔'jɑrdɛn〕

Yardley〔'jɑrdli〕亞德利

Yardville〔'jɑrdvil〕

Yare〔jɛr；jɑr〕

Yared〔jɑ'rɛd〕亞雷德

Yarico〔'jæriko〕

Yarington〔'jæriŋtən〕

Yarkand〔jɑr'kænd〕莎車（新疆）

Yarkend〔jɑr'kɛnd〕

Yarmolinsky〔,jɑrmə'linski〕亞莫林斯基

Yarmouth〔'jɑrməθ〕雅茅斯（英格蘭）

Yarmuk〔jɑr'muk〕

Yarnall〔'jɑrnəl〕亞納爾

Yaroslav〔,jɑrə'slɑf；jɛrʌ'slɑf（俄）〕

Yaroslavl〔,jɑro'slɑvl〕雅羅斯拉夫（蘇聯）

Yarra Yarra〔'jærə 'jærə〕

Yarrell〔'jærəl〕亞雷爾

Yarriba〔'jɑribə〕

Yarrow〔'jæro〕西羅

Yarse〔'jɑrse〕

Yartsevo〔'jɑrtsjivə〕

Yarumal〔,jɑru'mɑl〕

Yarva〔'jɑrvə〕

Yarvicoya〔,jɑrvi'koja〕

Yasawa〔jɑ'sɑwə〕

Yaselda〔jə'sɛldə；jɛ'sjɛldə（俄）〕

Yasnaya Polyana〔'jasnəjə pʌ'ljɑnə〕

Yass〔jɑs〕

Yass-Canberra〔'jɑs·'kænbərə〕

Yassy〔'jɑsi〕

Yasun〔jɑ'sun〕

Yasun Burnu〔jɑ,sun bur'nu〕

Yate〔jet〕

Yater〔'jetə〕耶特

Yateras〔jɑ'tɛrɑs〕

Yates〔jets〕

Yatesboro〔'jetsbərə〕

Yathkyed〔'jæθkɑi'ɛd〕

Yathrib〔'jæθrib〕

Yatman〔'jætmən〕亞特曼

Yatnan〔'jætnæn〕

Yattendon Hymnal〔'jætəndən 'himnəl〕

Yatung〔'jɑ'tuŋ〕

Yaughan〔'jɔən〕

Yaunde〔'jɑunde〕=Yaoundé

Yaunlatgale〔'jɑun'lɑtgɑle〕

Yavapai〔'jævəpɑi〕

Yavary〔,jɑvə'ri〕

Yawata〔jə'wɑtə〕八幡（日本）

Yawnghwe〔'jɑun,hwe〕

Yawyin〔jɔ'jin〕

Yazdegerd〔,jæzdε'gerd;'jæzdɪgəd〕
Yazdigerd〔'jæzdɪgəd〕
Yazid〔jæ'zid〕
Yazoo〔'jæzu〕
Ybarnégaray〔ibɑrnega're〕(法)
Ybarra〔ɪ'bɑrə〕伊巴拉
Ybbs〔ɪps〕
Yca〔'ikɑ〕
Yeabsley〔'jεbzlɪ〕耶布斯利
Yeading〔'jedɪŋ〕
Yead Miller〔jid 'mɪlə〕
Yeadon〔'jædn;'jidn;'jedn̩〕
Yeager〔'jegə〕耶格爾
Yeagertown〔'jegə taun〕
Yealm〔jεlm〕
Yealmpton〔'jæmptən〕
Yeaman〔'jimən〕伊曼
Yeamans〔'jimənz〕伊曼斯
Yeames〔jimz;jemz〕
Yeardley〔'jɑrdlɪ〕
Yearley〔'jɜ'lɪ〕
Yeasting〔'jistɪŋ〕
Yeates〔jets〕耶茨
Yeatman〔'jitmən〕
Yeats〔jets〕葉芝(William Butler, 1865-
    1939, 愛爾蘭詩人及劇作家)
Yeats-Brown〔'jets·'braun〕
Yeaxlee〔'jækslɪ〕耶克斯利
Yebala〔je'vɑlɑ〕(西)
Yebna〔'jεbnə〕
Yecla〔'jeklɑ〕
Yed〔jεd〕
Yedward〔'jεdwə d〕
Yeend〔jend〕
Yefim〔jɪ'fim〕
Yefimovich〔jɪ'fiməvɪtʃ〕
Yefremovich〔jɪ'frεməvɪtʃ〕
Yegorevsk〔jɪ'gɔrjɪfsk〕(俄)
Yeguas〔'jægwɑs〕
Yehcheng〔'je'tʃʌŋ〕
Yeh Chien-ying〔'je 'tʃjɛn·'jɪŋ〕
Yehoash〔jɪ'hoæʃ〕
Yehonala〔jεhonɑlɑ〕
Yehsien〔'jεʃɪ'εn〕
Yeh T'ing〔'je 'tɪŋ〕(中)
Yehuda, Ben-〔bεn·je'hudɑ〕
Yehudi〔je'hudɪ〕
Yeisk〔'jeɪsk〕
Yeji〔'jedʒɪ〕
Yekaterinburg〔jɪkətjɪrɪn'burk〕(俄)
Yekaterinodar〔jɪkətjɪ,rinə'dɑr〕(俄)

Yekaterinograd〔jɪkətjɪ,rinʌ'grɑt〕
Yekaterinoslav〔jɪkətjɪ,rinʌ'slɑf〕(俄)
Yelets〔jɪ'ljεts〕耶列次(蘇聯)
Yelgava〔'jεlgəvə〕
Yelizavetgrad〔jɪljɪzʌ'vjεtgrɑt〕(俄)
Yelizavetpol〔jɪljɪzʌ'vjεtpəl〕(俄)
Yelizavety〔jɪljɪzʌ'vjεtɪ〕(俄)
Yell〔jεl〕歡呼
Yellow〔'jεlo〕黃種人
Yellowhammer〔'jεlo,hæmə〕金翼啄木鳥
Yellowhead〔'jεlo,hεd〕
Yellowknife〔'jεlo,naɪf〕耶洛奈夫(加拿大)
Yellow Sea〔'jεlo～〕黃海(太平洋)
Yellowstone〔'jεlo,ston〕❶黃石公園(美
    國)❷黃石河(美國)
Yellville〔'jεlvɪl〕
Yelmo〔'jεlmo〕
Yeltz〔jεlts〕
Ye-lu Chu'-ts'ai〔'jε'lju 'tʃu·'tsaɪ〕
    (中)
Yelverton〔'jεlvətən〕耶爾弗頓
Yemasee〔'jεməsɪ〕
Yemassee〔jεmə'si〕
Yemelyan〔jɪmɪ'ljɑn〕
Yemen〔'jεmən〕葉門(阿拉伯半島)
Yemeni〔'jεmənɪ〕葉門人
Yen〔jεn〕
Yenakiyevo〔jɪnʌ'kijɪvə〕(俄)
Yenan〔'jεn'ɑn〕延安(陝西)
Yenangyat〔'jεnɑn'dʒɑt〕
Yenangyaung〔'jεnɑn'dʒaun〕仁安羌(緬甸)
Yenbo'〔'jεnbo〕晏博(沙烏地阿拉伯)
Yencheng〔'jεn'tʃʌŋ〕(中)
Yenchi〔'jεn'dʒi〕(中)
Yendi〔'jεndɪ〕
Yendys〔'jεndɪs〕
Yen Hsi-shan〔'jεn 'ʃi·'ʃɑn〕
Yen Hui-ch'ing〔'jεn 'hwe·'tʃɪŋ〕
Yeni Bazar〔je'ni bɑ'zɑr〕
Yeni Foça〔je'ni fo'tʃɑ〕(土)
Yenikale〔jεnɪkɑ'lε〕
Yenişehir〔,jεnɪʃε'hɪr〕(土)
Yenisei〔,jεnɪ'seɪ〕葉尼塞河(蘇聯)
Yeniseian〔jεnɪ'seɪən〕
Yeniseisk〔jεnɪ'seɪsk;jɪnjɪ'sjeɪsk〕(俄)
Yenishehr〔,jεnɪ'ʃεhə〕
Yenki〔'jεn'dʒi〕(中)
Yen Mên〔'jεn 'mʌn〕(中)

Yenping〔ˈjɛnˈpɪŋ〕

Yentai〔ˈjɛnˈtaɪ〕煙臺（山東）

Yen Yang-ch'u〔ˈjɛn ˈjaŋ·ˈtʃu〕

Yeo〔jo〕

Yeobright〔ˈjobraɪt〕

Yeoell〔ˈjoəl〕

Yeomans〔ˈjomənz〕約曼斯

Yeovil〔ˈjovɪl〕

Yeowel〔ˈjoəl〕

Yepes〔ˈjepes〕

Yepes y Álvarez〔ˈjepes ɪ ˈalvareθ〕（西）

Yepis〔ˈjepis〕

Yeprad〔jeˈprad〕

Yerba Buena〔ˈjerbə ˈbwenə〕

Yerburgh〔ˈjɑrbərə〕耶伯勒

Yerbury〔ˈjɜbərɪ〕耶伯里

Yerby〔ˈjɜbɪ〕耶比

Yeremenko〔jɪˈremjɪnkɔ; jɪrjɪˈmjɛnkɔ〕（俄）

Yerevan〔ˌjerɛˈvan〕葉勒凡

Yerington〔ˈjerɪŋtən〕

Yerkes〔ˈjɜkiz〕耶基斯

Yermak Timofeiev〔jɪrˈmak tjɪmʌˈfjejɪf〕（俄）

Yersin〔jerˈsæŋ〕（法）

Yerushalem〔ˌjeruˈʃalɛm〕

Yerushalayim〔ˌjeruʃaˈlajɪm〕

Yesdigerd〔ˈjɛzdɪgəd〕

Yesenin〔jɪˈsenjɪn〕（俄）

Yeshiva〔jɛˈʃivə〕

Yeşil Irmak〔jɛˈʃil ɪrˈmak〕（土）

Yeşilköy〔ˌjeʃilˈkɜɪ〕（土）

Yesler〔ˈjeslə〕

Yessenin〔jɪˈsjenjɪn〕（俄）

Yetholm〔ˈjetəm〕

Yeu, Île d'〔il ˈdjɜ〕

Yevgeni〔jɪvˈgenjɪ〕

Yevgeny〔jɪvˈgenjɪ〕

Yeuell〔ˈjuəl〕

Yevpatoriya〔jɪfpʌˈtɔrjɪjə〕（俄）

Yevstigneyevich〔jɪfstjɪgˈnjejɪvjɪtʃ〕（俄）

Yewdale〔ˈjudel〕

Yezd〔jɛzd〕葉斯德（伊朗）

Yezdegerd〔ˌjɛzdeˈgerd; ˈjɛzdɪgəd〕

Yezdegird〔ˌjɛzdeˈgird; ˈjɛzdɪgəd〕

Yezdigerd〔ˈjɛzdɪgəd〕

Yezdis〔ˈjezdiz〕

Yezhov〔jɪˈʒɔf〕（俄）

Yezhovo-Cherkessk〔ˈjeʒəvə·tʃerˈkesk〕（俄）

Yezidis〔ˈjezɪdiz〕

Yezierska〔jɪˈzjerskə〕

Yg(g)drasill〔ˈɪgdrə,sɪl〕【北歐神話】宇宙樹（其根與枝連接天地及地獄之大檮樹）

Yglesias〔ɪgˈliziəs〕

Yguerne〔ɪˈgɜn〕

Yi〔ji〕

Yibna〔ˈjɪbnə〕

Yick Wo〔ˈjɪk ˈwo〕

Yiddish〔ˈjɪdɪʃ〕一種猶太話

Yiewsley〔ˈjuzlɪ〕

Yi Hsin〔ˈi ˈʃɪn〕（中）

Yilderim〔jɪldɪˈrɪm〕

Yildun〔jɪlˈdun〕

Yin〔jɪn〕中國之殷代

Yinchwan〔ˈjɪntʃʊˈan〕銀川（寧夏）

Yingkow〔ˈjɪŋˈko〕營口（遼寧）

Yisrael〔ˌjɪsraˈel〕

Y-lin〔ˈiˈlɪn〕

Ymer〔ˈɪmə〕

Ymir〔ˈɪmɪr〕

Ymuiden〔aɪˈmɔɪdən〕（荷）

Yngaví〔ˌɪŋgaˈvi〕

Yntema〔ˈaɪntəmə〕英特馬

Ynys-Enlli〔ˈɪnɪs·ˈɛnlɪ〕

Yoakum〔ˈjokəm〕

Yoannitsa〔ˈjoan,nitsa〕（保）

Yobe〔ˈjobe〕

Yochem〔ˈjokəm〕約克姆

Yochum〔ˈjokəm〕約卡姆

Yoder〔ˈjodə〕約德

Yoe〔jo〕約

Yog〔jog〕

Yoh〔jo〕

Yohn〔jan〕約恩

Yoho〔ˈjoho〕

Yokohama〔ˌjokəˈhamə〕橫濱（日本）

Yokosuka〔joˈkɔsəkə〕橫須賀（日本）

Yolande〔jɔˈland〕

Yolo〔ˈjolo〕

Yolof〔ˈjolɔf〕

Yoloffe〔ˈjolɔf〕

Yom〔jam, jam（暹羅）〕

Yombe〔jomˈbe〕

Yom Kippur〔ˈjom ˈkɪpə〕

Yon〔jan〕

Yong〔jaŋ〕揚

Yonge〔jʌŋ〕揚

Yonkers〔ˈjaŋkəz〕

Yonne〔jan; jɔn〕

Yorck von Wartenburg〔ˈjɔrk fɑn ˈvartənburk〕

Yorick〔'jɑrɪk〕約里克
York〔jɔrk〕約克（英國；美國）
Yorke〔jɔrk〕約克
Yorks.〔jɔrks〕= Yorkshire
Yorkshire〔'jɔrk,ʃɪr〕約克郡（英格蘭）
Yorkshireman〔'jɔrkʃɪrmən;-ʃɚ-〕
　英國約克郡人
Yorkshiremen〔'jɔrkʃəmən〕英國約克郡人
York State〔'jɔrk ,stet〕紐約州（美國）
Yorkton〔'jɔrktən〕
Yorktown〔'jɔrk,taun〕約克鎮（美國）
Yorkville〔'jɔrkvɪl〕
York Wolds〔'jɔrk 'woldz〕
Yoro〔'joro〕養老（日本）
Yortan Tepe〔,jɔrtɑn tɛ'pɛ〕
Yoruba〔'jorubə;'joruba〕
Yorubaland〔'jorəbə'lænd〕
Yosemite〔jo'sɛmɪtɪ〕內華達山之一深谷
　（美國）
Yosian〔jo'saɪən〕
Yost〔jost〕約斯特
Youel(1)〔juəl;jul〕
Youens〔'juənz〕
Youghal〔jɔl;'jɑkəl;'jɑhəl（愛）〕
Youghiogheny〔,jɑkə'gɛnɪ〕
Youings〔'juɪŋz〕
Youldon〔'juldən〕
Youmans〔'jumənz〕尤曼斯
Young〔jʌŋ〕楊格（❶ Edward, 1683-1765,
　英國詩人 ❷ Francis Brett, 1884-1954, 英國
　小說家）
Younger〔'jʌŋɡɚ〕揚格
Younghusband〔'jʌŋ,hʌzbənd〕楊赫斯班
　（Sir Francis Edward, 1863-1942, 英國探險
　家及作家）
Youngken〔'jʌŋkən〕揚肯
Youngman〔'jʌŋmən〕
Youngs〔jʌŋz〕
Youngstown〔'jʌŋztaun〕陽士敦（美國）
Youngsville〔'jʌŋzvɪl〕
Youngville〔'jʌŋvɪl〕
Youngwood〔'jʌŋwud〕
Younkin〔'jʌŋkɪn〕揚金
Younson〔'junsṇ〕
Yount〔jʌnt〕揚特
Youskevitch〔juʃ'kevɪtʃ〕
Youssef〔'jusɛf〕
Youville, d'〔,dju'vɪl〕
Yovanovich〔jo'vɑnovɪtʃ〕
Yozgat〔jɔz'gɑt〕
y Padilla〔ɪ pɑ'ðilja〕（西）
Ypres〔'ipəz;'ipə（法）〕

Y' pres〔'iprə〕
Ypsilanti〔,ɪpsɪ'læntɪ〕易普西蘭蒂
　（Alexander, 1792-1828, 希臘革命家）
Ypsilon〔'ɪpsɪlɑn〕
Yquem〔i'kɛm〕一種白葡萄酒
Yquitos〔i'kitɑs〕
Yreka〔waɪ'rikə〕
Yrlarte〔'rjɑrt（法）;ɪ'rjɑrte（西）〕
Yrigoyen〔,iri'gojɛn〕
Yrjö〔'jurjɚ〕
Yrjö-Koskinen〔'jurjɚ·'kɑskɪnɛn〕（芬）
Yrun〔i'run〕
Ys〔is〕
Ysabal〔isɑ'val〕（西）
Ysabel, Island〔'ɪzəbɛl〕伊薩培爾島（澳洲）
Ysaye〔i'zɑɪɪ〕
Ysel〔'aɪsəl〕
Yser〔'izɚ;i'zɛr（法）〕
Yseult〔ɪ'sult〕
Ysidro〔ɪ'sidro〕
Ysleta〔ɪs'lɛtə;is'letə〕
Ysolde〔ɪ'zaldə〕
Ysopet〔ɪs'ɑpɪt〕
Yssel〔'aɪsəl〕
Ystrad Fflur〔,istræd 'flɪr;ʌstræd
　'flɪr（威）〕
Ystradgynlais〔,istræd'gɪnlaɪs;
　,ʌstræd'gʌnalɪs（威）〕
Ystradyforwg〔,istrædɪ'vɑrdug;
　,ʌstrædɪ'vɑrdug（威）〕
Ystwyth〔'ɪstwɪθ〕
Ythan〔'aɪθən〕
Yu〔ju〕
Yü, Ta〔'dɑ 'jwu〕
Yuan〔ju'an〕
Yüan〔ju'an〕元朝（中國朝代名,1260-1368）
Yüan-chang, Chu〔'dʒu jwu'an·'dʒaŋ〕
　（中）
Yüan Chên〔jwu'an 'dʒʌn〕（中）
Yuanchow〔jwu'an'dʒo〕（中）
Yuanlin〔'juan'lin〕員林（臺灣）
Yüan Shih-k'ai〔jwu'an 'ʃi 'kaɪ〕袁世凱
　（1859-1916, 中國政治家）
Yuba〔'jubə〕
Yubi〔'jubɪ;'juvɪ（西）〕
Yucamani〔,juka'manɪ〕
Yucatan〔,jukə'tæn;-'tɑn〕
Yucatán〔,jukə'tæn;-'tɑn〕猶加敦（墨西
　　　　　　　　　　　　　哥）
Yucatec〔'jukətɛk〕
Yucateca〔,juka'teka〕
Yucatecan〔,juka'tɛkən〕猶加敦人
Yucay〔ju'kaɪ〕

Yucca ['jʊkə; 'jʌkə]
Yuchi ['jutʃɪ]
Yudain ['juden]
Yudenich [jʊ'djenjɪtʃ](俄)
Yudin ['judjɪn]
Yudovich ['judəvjɪtʃ]
Yuen [ju'an](中)
Yüen [ju'ɛn] 沅江(湖南)
Yug [juk]
Yuga ['jʊgə]   「人
Yugoslav ['jugo,slav; -, slæv] 南斯拉夫
Yugoslavia [, jugo'slaviə] 南斯拉夫(歐
    洲)
Yu-hsiang, Feng ['fʌŋ 'jwʊʃɪ'aŋ]
Yü-hsiang, Fêng ['fʌŋ 'jwʊʃɪ'aŋ](中)
Yui [jwʊ]
Yuill ['jʊɪl]
Yu Jih-chang ['jwʊ 'rɪə,dʒaŋ](中)
Yukaghirs ['jukəgɪrz]
Yukawa [ju'kawə] 湯川秀樹(Hideki,
    1907-1981, 日本物理學家)
Yuki ['juki]
Yukon ['ju,kan] 育康河(北美洲)
Yule [jul] 尤爾
Yuletide ['jul,taɪd]
Yuli ['juljəɪ] 尉犁(新疆)
Yulianovich [julji'anəvjɪtʃ](俄)
Yulievich ['juljɪvjɪtʃ](俄)
Yulin ['ju'lɪn] 榆林港(廣西;海南島)
Yuma ['jumə]
Yuman ['jumən]
Yum Kaax [jum ka'aʃ]
Yum-yum ['jʌm',jʌm]
Yunca ['juŋkə]
Yuncas ['juŋkas]
Yungas ['juŋgas]
Yungan ['jʊŋ'an] 永安(福建)
Yungay [jun'gaɪ]
Yungchang ['jʊŋ'tʃaŋ]
Yung Chêng ['jʊŋ 'dʒʌŋ](中)
Yungki ['jʊŋ'dʒi](中)
Yungkia ['jʊŋdʒi'a] 永嘉(浙江)
Yung Lo ['jʊŋ 'lʌ](中)
Yungnien ['jʊŋnɪ'ɛn]
Yungning ['jʊŋ'nɪŋ]
Yungting ['jʊŋ'dɪŋ](中)
Yung Wing ['jʌŋ 'wɪŋ; 'ruŋ 'huŋ]
Yun-Ho ['jwʊn 'ho]
Yunkang ['jwʊn'gaŋ](中)
Yunker ['jʌŋkɚ]

Yunkers ['jʌŋkəz]
Yunlin ['jʊn'lin] 雲林(臺灣)
Yunnan [ju'næn; 'jwʊn·'nan(中)]
Yünnan ['ju'nan; 'jwʊn·'nan] 雲南(中
    國)
Yünnanfu ['jwʊn'nan'fu](中)
Yun Po-Sun ['jun 'po·'sun]
Yunque ['juŋke]
Yün Tse ['jwʊn 'dzʌ](中)
Yupanqui [ju'paŋki]
Yupanqui Pachacutec [ju'paŋki
    ,patʃaku'tɛk]
Yü pin ['jwʊ 'pɪn]
Yuracare [, jura'kari]
Yurak [jʊ'rak]
Yurev ['jurjəf](俄)
Yuri ['jurjəɪ] 由利(日本)
Yurief ['jurjɪf]
Yurievich ['jurɪəvjɪtʃ; 'jurjɪvjɪtʃ](俄)
Yurij ['jurɪ]
Yurok ['jurak]
Yurucare [juru'kari]
Yuruna [ju'runa]
Yury ['jurɪ]
Yusef ['jusʊf]
Yushkevich [juʃ'kjevjɪtʃ]
Yu Shun ['ju 'ʃʌn] 虞舜(中國上古帝王,
    姓姚名重華)
Yusopoff [ju'supəf]
Yussab [ju'sap]
Yussuf ['jʊsuf]
Yust [just] 尤斯特
Yuste [juste]
Yusuf [jusʊf]
Yusupov [ju'supɔf]
Yutang [ju'tæŋ]
Yuthia [ju'θɪə]
Yutien [jwʊtɪ'ɛn]
Yutzy ['jutsɪ]
Yuzovka ['juzəfkə](俄)
Yver [i'ver]
Yves [iv](法)
Yves de Chartres ['iv də 'ʃartə](法)
Yves d'Évreux [iv dev'rɚ](法)
Yvette [i'vet] 伊薇特
Yvon [i'vɔŋ](法)
Yvonne [ɪ'van] 伊芳
Ywain(e) [ɪ'wen]
Yzaac ['izak]
Yzabal [, isa'val](拉丁美)
Yzac ['izak]

Z

Zaalaiski Khrebet〔,zɑɑˈlaɪskə
hrɪˈbjet〕(俄)
Zaandam〔zɑnˈdɑm〕
Zab〔zæb〕
Zabaikal〔,zɑbaɪˈkɑl〕
Zab al Asfal〔ˈzæb æl ˈæsfæl〕
Zabaleta〔,zɑbɑˈleta〕
Zab al Kabir〔ˈzæb æl kəˈbɪr〕
Zabalkanski, Dibich-〔ˈdjibjɪtʃ·zəbəl-
ˈkanskɪ〕
Zabdiel〔ˈzæbdɪəl〕札布迪爾
Zabel〔ˈzebl〕扎貝爾
Zabłocki〔zaˈblɔtskɪ〕(波)
Záboj〔ˈzabɔɪ〕(捷)
Zaborze〔zaˈbɔrʒɛ〕(波)
Zabotin〔zaˈbjɔtjn〕
Zabrze〔ˈzabʒɛ〕札布塞(波蘭)
Zabulon〔ˈzæbjulən〕
Zacapa〔saˈkapa〕(拉丁美)
Zacatecas〔,sakaˈtekas〕薩克臺克斯
(墨西哥)
Zaccai〔ˈzækeaɪ〕
Zaccaria〔,dzakkaˈria〕(義)
Zacchaeus〔zæˈkiəs〕
Zaccheus〔zæˈkiəs〕
Zacconi〔dzakˈkoni〕(義)
Zach〔zæk;tsɑh(德)〕扎克
Zachariadis〔,zahaˈrjaðis〕(希)
Zachariae〔,tsahaˈrie〕(德)
Zachariah〔,zækəˈraɪə〕【聖經】撒加利亞
(❶施洗者約翰之父❷耶穌稱爲殉道者的人)
Zacharias〔,zækəˈraɪəs;,tsahaˈrias
(德);,zahaˈrias(荷);,zaʃaˈrieʃ(葡)〕
Zachariasen〔,zækəˈrɪəsən〕
Zachariä von Lingenthal〔,tsahaˈrie
fan ˈlɪŋəntal〕(德)
Zacharie〔zakaˈri〕(法)
Zacharoff〔ˈzækəraf〕
Zachary〔ˈzækərɪ〕扎卡里
Zachau〔ˈtsahaʊ〕(德)
Zachow〔ˈtsaho〕(德)
Zachris〔ˈsakrɪs〕(瑞典)
Zachrisson〔ˈsakkrɪ,sɔn〕(瑞典)
Zachry〔ˈzækrɪ〕
Zack〔zæk〕扎克
Zacoalco〔,sakoˈalko〕(拉丁美)
Zacoloacan〔,sakoloˈakan〕(拉丁美)
Zacynthos〔ˈzakɪnθas〕

Zacynthus〔zəˈsɪnθəs〕
Zade〔zaˈdɛ〕
Zadig〔ˈzædɪg〕
Zadkiel〔ˈzædkɪəl〕
Zado(c)k〔ˈzedak〕扎多克
Zaehnsdorf〔ˈtsɛnsdɔrf〕
Zafar〔zəˈfær〕
Zafarin〔ˈzæfərɪn〕
Zaffanii〔ˈzafənɪ〕
Zafrullah〔zɑfruˈla〕
Żagań〔ˈʒaganj〕(波)
Żagarė〔ʒaˈgare〕(立陶宛)
Zagazig〔ˈzægəzɪg〕色加夕(埃及)
Zaghlul Pasha〔zagˈlul ˈpaʃə〕柴魯爾
(Saad,1860?-1927,埃及律師及政治家、首相)
Zaghouan〔zægˈwan〕
Zagora〔zaˈgɔrɑ〕
Zagorsk〔zaˈgɔrsk;zʌˈgɔrsk(俄)〕
Zagoskin〔zaˈgɔskɪn;zʌˈgɔskjɪn(俄)〕
Zágráb〔ˈzagrɑb〕札格拉布(南斯拉夫)
Zagrabia〔zəˈgrebɪə〕
Zagrabbia〔zaˈgrabbja〕(義)
Zagreb〔ˈzagreb〕札格拉布(南斯拉夫)
Zagreus〔ˈzegrɪəs〕
Zagros Mountains〔ˈzægrəs~〕札格洛斯
山脈(伊朗)
Zagrus〔ˈzægrəs〕
Zagyva〔ˈzadjva〕(匈)
Zaharias〔zæhəˈraɪəs〕
Zaharoff〔zəˈharaf〕
Zahidan〔,zahɪˈdan〕扎黑丹(伊朗)
Zahir Shah〔zahə ʃɑ〕
Zahle〔ˈsalə;ˈzæhlɛ〕
Zahlé〔zaˈle〕
Zahn〔tsan〕
Zahn-Harnack〔ˈtsan·ˈharnak〕
Zähringen〔ˈtserɪŋən〕
Zahrtmann〔ˈsartman〕(丹)
Zaïde〔zaˈidə〕
Zaidenberg〔ˈzedənbəg〕澤登伯格
Zaïmes〔zaˈimɪs〕柴伊米斯(Alexandros,
1855-1936,希臘政治家)
Zaïmis〔zaˈimɪs〕
Zainer〔ˈtsaɪnə〕
Zairam Nor〔ˈzaɪram ˈnɔr〕
Zaire〔zaˈir〕薩伊(中非)
Zaïre〔zaˈir〕(法)
Zaisan〔ˈzaɪsan〕

Zaitseva〔'zaɪt·sɛva〕

Zaitun〔ze'tun〕

Zaitzev〔'zaɪtsɪf〕

Zajdler〔'zaɪdlɛr〕

Zajic〔'tsajɪts〕(德)

Zakarpatskaya〔,zarkʌr'patskəjə〕(俄)

Zakazik〔,zaka'zik〕

Zakho〔'zaho〕(阿拉伯)

Zakkai, Johanan ben〔dʒo'hænən bɛn 'zækeaɪ〕

Zakrzewska〔zak'ʃɛfska〕(波)

Zalaca〔zə'lakə〕

Zalamea la Real〔,θala'mea la re'al〕(西)

Zaldivar〔sal'divar〕(拉丁美)

Zaleshchki〔zʌ'ljeʃtʃkɪ〕(俄)

Zaleski〔za'lɛskɪ〕

Zaleszczyki〔,zalɛʃ'tʃɪkɪ〕(波)

Zaleucus〔zə'ljukəs〕

Zalew Szczecinski〔'zalɛf ʃtʃɛ·'tʃɪnskɪ〕(波)

Zalinski〔zə'lɪnskɪ〕

Zallaka〔zə'lakə〕

Zallāqah, al-〔æl·zæl'lakah〕(阿拉伯)

Zaliv Petra Velikogo〔za'ljif pjɪ'tra vjɪ'ljikəgə〕(俄)

Zalmunna〔zæl'mʌnə〕

Zaluski〔za'luskɪ〕

Zama〔'zamə〕札馬(非洲)

Zamacois〔,θama'kɔɪs〕(西)

Zamakhshari, al-〔æl·zæ'mæhʃærɪ〕阿拉伯

Zaman, Bādī, 'al-〔bæ'di ʊzzæ'man〕(阿拉伯)

Zambales〔sam'bales〕散巴累斯(菲律賓)

Zambesia〔zəm'bizjə〕

Zambeze〔zʌm'bezə〕(葡)

Zambezi〔zæm'bizɪ〕三比西河(非洲)

Zambezia〔zəm'bizjə〕

Zambia〔'zæmbɪə〕尚比亞(南非)

Zamboanga〔,samboʻaŋga〕三寶顏(菲律賓)

Zambra〔'zæmbrə〕贊布拉

Zamenhof〔'zamənhɔf〕亞門霍夫(Lazarus Ludwig, 1859-1917, 波蘭眼科醫生及語言學家)

Zamira〔zə'maɪrə〕

Zamojski〔za'mɔɪskɪ〕

Zamora〔sa'mora; θa'mora〕薩莫臘(墨西哥;西班牙)

Zamora y Coronado〔sa'mora ɪ ,koro'naðo〕(拉丁美)

Zamora y Torres〔θa'mora ɪ 'tɔrres〕沙摩拉(Niceto Alcalá, 1877-1949, 西班牙政治家)

Zamore〔za'mɔr〕(法)

Zampa〔zaŋ'pa〕(法)

Zampieri〔tsam'pjerɪ〕(義)

Zamucoan〔'zamu,koən〕

Zamuro〔sa'muro〕(拉丁美)

Zamyatin〔za'mjatɪn〕

Zamzam〔'zæmzæm〕

Zanardelli〔,dzanar'dɛllɪ〕(義)

Záncara〔'θaŋkara〕(西)

Zancle〔'zæŋklɪ〕

Zand〔zænd〕贊德

Zandam〔zan'dam〕

Zande〔'zande〕

Zander〔'sandə〕(瑞典)

Zandonai〔,dzando'nai〕

Zandt〔zænt〕贊特

Zandvoort〔'zantvort〕(荷)

Zane〔zen〕贊恩

Zanella〔dza'nɛlla〕(義)

Zanesburg〔'zenzbəg〕

Zanesville〔'zenzvɪl〕湛斯維爾(美國)

Zanetti〔zə'netɪ〕

Zanga〔zan'ga; 'zæŋgə〕

Zangger〔'tsaŋgə〕

Zangi〔zæŋ'gɪ〕

Zangid〔'zæŋgɪd〕

Zanguebar〔'zæŋgəbar〕

Zangwill〔'zæŋgwɪl〕桑桂爾(Israel,1864-1926, 英國劇作家及小說家)

Zänker〔'tsɛŋkə〕(德)

Zankoff〔'tsankʊf〕(保)

Zankow〔'tsankɔf〕

Zanoni〔zə'nonɪ〕

Zanstra〔'zanstra〕

Zante〔'zanti; 'zante; 'zænti〕桑特島(地中海)

Zanuck〔'zænək〕扎納克

Zanzibar〔'zænzɪ,bar〕尚西巴(東非)

Zanzibari〔,zænzɪ'barɪ〕

Zanzis〔'zænzɪs〕

Zaozernaya〔,zaaz'jɔrnəjə〕

Zapala〔sa'pala〕薩帕拉(阿根廷)

Zapara〔sa'para〕(拉丁美)

Zaparo〔sa'paro〕(拉丁美)

Zapata〔zə'patə; sa'pata(拉丁美)〕

Zapolska〔za'pɔlska〕

Zapolya〔zæ'poljə〕

Zápolya〔'zapolja〕(匈)
Zaporozhe〔,zapə'roʒə〕札波羅結(蘇聯)
Zapotec〔'sapotɛk〕(拉丁美)
Zapotecan〔,sapo'tɛkən〕(拉丁美)
Zapotlán el Grande〔,sapot'lan ɛl 'grande〕(拉丁美)
Zapotocky〔'zapotɔtskɪ〕
Zaqaziq〔zaka'zik〕
Zaqaziq〔zʌka'zik〕(阿拉伯)
Zara〔'zɑrə; 'zɛrə; 'dzɑrə〕札臘(南斯拉夫)
Zaragossa〔,sɑrɑ'gosɑ〕(拉丁美)
Zaragoza〔,sɑrɑ'gosɑ; ,θɑrɑ'goθɑ〕薩拉戈薩(西班牙)
Zarah〔'zɛrə〕
Zaraka〔,zɑrɑ'ka〕
Zaraph〔'zærəf〕
Zarasai〔zɑrɑ'saɪ〕
Zárate〔'sɑrate; 'θɑrate〕札拉特(阿根廷)
Zárate, Gil y〔'hil ɪ 'θɑrate〕(西)
Zarathushtra〔,zærə'θustrə〕
Zarathustra〔,zærə'θustrə〕索羅亞斯德(紀元前六世紀之波斯宗教家)
Zaring〔'zɛrɪŋ〕札林
Zarco〔'zɑrku〕(葡)
Zardeh Kuh〔'zɑrdə 'ku〕
Zarephath〔'zærɪfæθ〕
Zaria〔'zɑrɪə〕扎里亞(奈及利亞)
Zaring〔'zɛrɪŋ〕
Zariski〔zɑ'rɪnskɪ〕
Zarlino〔dzɑr'lino〕
Zarncke〔'tsɑrŋkə〕
Zarpanit〔'zɑrpənɪt〕
Zarubin〔zə'rubɪn〕
Žatec〔'ʒatets〕(捷)
Zatopek〔'zatopɛk〕
Zaturenska〔zɑtu'rɛnskə〕
Zauberflöte〔'tsaubə,flɜtə〕
Zaura(c)k〔'zɔræk〕
Zavadski〔zɑ'vɑt·skɪ〕
Zavala〔zɑ'vɑlə〕
Zavier〔'zævɪə〕
Zavijava〔,zævɪ'javə〕
Zay〔ze〕
Zayas y Alfonso〔'sɑjɑs ɪ al'fɔnso〕(拉丁美)
Zaydun, ibn-〔ɪbn-zɑɪ'dun〕
Zayner〔'tsaɪnə〕
Zayton〔ze'ton〕
Zaytz〔tsaɪts〕
Zazzerino〔dzɑttsɛ'rino〕(義)
Zbaraż〔'zbɑrɑʃ〕(波)

Zbarazh〔'zbɑrəʃ〕
Zbruch〔zbrutʃ〕
Zbrucz〔zbrutʃ〕(波)
Zdanowicz〔'stænəvɪtʃ〕
Zdeněk〔'zdɛnjɛk〕(捷)
Zdenko〔'zdɛŋko〕(捷)
Zdziechowski〔zdʒɛ'hɔfskɪ〕(波)
Zea〔'seɑ(拉丁美); 'tsɛɑ(義)〕
Zeal〔zil〕
Zealand〔'zilənd〕西蘭島(丹麥)
Zealandia〔zɪ'lændɪə〕
Zeal-of-the-Land Busy〔'zil·əv·ðə-,lænd 'bɪzɪ〕
Zealot〔'zɛlət〕
Zealous〔'zɛləs〕澤勒斯
Zebah〔'zibə〕
Zebedee〔'zɛbɪ,di〕【聖經】西庇太(聖徒 James 與 John 之父)
Zebi〔tsɛ'vi〕
Zebina〔zɪ'baɪnə〕澤拜納
Zeboim〔zɪ'bɔɪm〕
Zebu〔se'vu〕(西)
Zebub〔'zibʌb〕
Zebulon〔'zɛbjulən〕
Zebulun〔'zɛbjulən〕澤布倫
Zecevic〔'zɛtʃəvɪtʃ〕
Zech〔tsɛh〕(德)澤赫
Zechariah〔,zɛkə'raɪə〕❶【聖經】撒加利亞(公元前六世紀希伯來先知)❷【聖經】舊約中之撒迦利亞書
Zédé〔ze'de〕
Zedekiah〔,zɛdɪ'kaɪə〕
Zedlitz〔'tsedlɪts〕
Zeeb〔'ziɛb〕
Zeebrugge〔'zi,brʊgə〕塞布律格(比利時)
Zeeland〔'zelənd; 'zelant〕
Zeeman〔'ze,man〕吉曼(Pieter, 1865-1943, 荷蘭物理學家)
Żegań〔'ʒɛganj〕(波)
Zegríes〔θe'gries〕(西)
Zegris〔θe'grɪz〕(西)
Zehdenick〔'tsedənɪk〕
Zehn-Gebote-Hoffamann〔'tsehn·-gə'botə· 'hafman〕
Zehngerichtenbund〔'tsengə'rɪhtənbunt〕(德)
Zeigler〔'zɪglə〕奇格勒
Zeineddine〔zaɪ'nɛdɪn〕
Zeisberger〔'zaɪsbɜgə 'tsaɪsbɛrgə(德)〕蔡斯伯格
Zeiss〔zaɪs; tsaɪs(德)〕
Zeissberg〔'tsaɪsbɛrk〕

Zeist〔zaɪst〕

Zeitblom〔'tsaɪtblom〕

Zeitgeist〔'zaɪt,gaɪst;'tsaɪt,gaɪst〕【德】時代精神、時代思潮

Zeitler〔'zaɪtlə〕

Zeitlin〔'zaɪtlɪn〕蔡特林

Zeitlyn〔'zaɪtlɪn〕

Zeitung fur Einsiedler〔'tsaɪtʊŋ fjʊr 'aɪnzɪdlə〕

Zeitz〔tsaɪts〕蔡茨（德國）

Zeitzler〔'tsaɪtslə〕

Zekiel Homespun〔'zikjəl 'homspən〕

Zelaya〔se'laja〕

Zelea-Codreanu〔'zelja·,kadrɛ'anu〕

Zelee〔ze'le〕

Żelenski〔ʒɛ'lɛnskɪ,ʒɛ'lɛnjski（波）〕澤林斯基

Zelia〔'ziljə;ze'lja（法）〕齊利亞

Zelica〔'zɛlɪkə〕

Zélide〔ze'lid〕（法）

Zelienople〔,zɪlɪə'nopl〕

Żeligowski〔,zɛlɪ'gofskɪ〕（波）

Zelinski〔zɪ'lɪnskɪ,zjɪ'ljinskəɪ（俄）〕

Zell〔tsɛl〕澤爾

Zeller〔'zɛlə;'tsɛlə（德）;zɛ'lɛr（法）〕澤勒

Zellerbach〔'zɛləbæk〕澤勒巴克

Zellersee〔'tsɛləze〕

Zelmane〔zɪl'menɪ〕

Zelmira〔dzɛl'mira〕

Zelomek〔'zɛlomɛk〕澤洛梅克

Zelotes〔zɪ'lotiz〕

Zelpha〔'zɛlfə〕

Zelter〔'tsɛltə〕

Zeluco〔zɪ'ljuko〕

Zema〔'zimə〕

Zemach〔'tsɛmah〕（希伯來）

Zemgale〔'zemgale〕

Zemgalia〔zɛm'gæljə〕

Zémire et Azor〔ze'mir e a'zɔr〕（法）

Zemlinsky〔zɛm'lɪnskɪ〕

Zemlya Cherkesov〔zɪm'lja tʃɪr'kjesəf〕

Zemlya Frantsa Iosifa〔zɪm'lja 'frantsə 'jɔsɪfə〕（美）

Zempoaltepec〔,sempo,altɛ'pɛk〕（拉丁）

Zempoaltepetl〔,sempoal'tepetl〕（拉丁美）

Zemstrom〔'zɛmstrəm〕

Zemun〔'zemun〕

Zemzem〔'zemzem〕

Zena〔'zinə〕

Zenatello〔,tsena'tɛllo〕（義）

Zend〔zɛnd〕❶波斯祆教經典或其它宗教經典之註釋與翻譯❷古波斯語

Zenda〔'zɛndə〕　　　　「經典

Zend-Avesta〔,zɛnd·ə'vɛstə〕波斯祆教之

Zender〔'zɛndə〕

Zenelophon〔zɛ'nɛləfɑn〕

Zenger〔'zɛŋə;'tsɛŋə（德）〕曾格

Zengi〔zɛŋ'gɪ〕

Zenith〔'zinɪθ〕奇尼思

Zenj〔zɛndʒ〕

Zenjan〔zɛn'dʒɑn〕

Zenker〔'tsɛŋkə〕

Zeno〔'zino〕季諾（紀元前四至三世紀之希臘哲學家，斯多噶學派之創始者）

Zénobe〔ze'nɔb〕（法）

Zenobia〔zɪ'nobɪə〕季諾碧亞（?-?272,古代巴爾米拉之女王）

Zenobio〔dze'nɔbjo〕（義）

Zenobius〔zɪ'nobɪəs〕齊諾比厄斯

Zenocrate〔zɪ'nokrətɪ〕

Zenodotus〔zɪ'nadətəs〕

Zenon〔'zenɔn〕

Zenón〔θe'nɔn〕（西）

Zénon〔ze'nɔŋ〕（法）

Zenshu〔zenʃu〕（韓）

Zenta〔'zentɑ〕（匈）

Zentmayer〔'zentmaɪə〕

Zenú〔se'nu〕（拉丁美）

Zenus〔'zinəs〕齊納斯

Zep〔zɛp〕【俗】Zeppelin 之縮寫

Zephalinda〔,zɛfə'lɪndə〕

Zephaniah〔,zɛfə'naɪə〕❶西番雅（希伯來一先知）❷舊約中之西番雅書

Zephon〔'zifɑn〕

Zephyr〔'zɛfə〕西風（擬人語）

Zephyrus〔'zɛfɪrəs〕西風之擬人格

Zepp〔zɛp〕

Zeppelin, von〔'zɛp(ə)lɪn〕齊柏林（Count Ferdinand,1838-1917,德國將軍及飛船專家）

Zerah〔'zirə〕奇拉

Zeram〔'zeram〕

Zeravshan〔zaraf'ʃan〕

Zer-banit〔'zɛr·bə'nɪt〕

Zerbe〔'zɛrbɪ〕澤布

Zerbinette〔zɛrbi'nɛt〕（法）

Zeria〔'zɪrɪə;'zirja（德）〕

Zerin〔'zɛrɪn〕

Zerka〔'zɛr'ka〕

Zerma〔'zɛrmə〕

Zermatt〔'zɜmæt;tsɛr'mat（德）〕

Zermelo〔'tsɛrmələ〕

Zernatto〔tsɛr'natto〕

Zernike〔'zɛrnɪkə〕賽尼加（Frits, 1888-
　　1966, 荷蘭物理學家）
Zerqa, Wadi〔'wædi zɛr'ka〕
Zerrahn〔zɛ'ran; tsɛr'ran（德）〕
Zerubbabel〔zɪ'rʌbəbəl; zɪ'ru,babəl;
　　zə'ru,babəl〕
Zeruiah〔,zɛrjʊ'aɪə〕
Zeruokhori〔zɛruɔ'hɔri〕（希）
Zervas〔'zɛrvas〕
Zesen〔'tsezən〕
Zetes〔zitɪz〕
Zethos〔'ziθas〕
Zethus〔'ziθəs〕
Zetkin〔'tsɛtkɪn〕
Zetland〔'zɛtlənd〕昔得蘭郡（蘇格蘭）
Zetska〔'zɛt·ska〕
Zetterstedt〔'sɛttə,stɛt〕（瑞典）
Zeugitana〔,zudʒɪ'tenə〕
Zeuner〔'tsɔɪnə〕（德）
Zeus〔zus; zjus〕宙斯（古希臘之主神）
Zeuss〔tsɔɪs〕
Zeuta〔'zɔɪtə〕
Zeuthen〔'tsɔɪtən〕
Zeuxis〔'zjuksɪs〕邱克西（起元前五世紀之
　　希臘畫家）
Zevallos Cortés y Calderón〔θe'vajos
　　kɔr'tes ɪ ,kalde'ran〕（西）
Zeven〔'zevən; 'tsefən（德）〕
Zevi〔tsɛ'vi〕（希伯來）
Zevin〔'zɛvɪn〕澤文
Zevio〔'tsɛvjo〕
Zeya〔'zjejə〕
Zeydel〔'zaɪdl〕蔡德爾
Zeyner〔'tsaɪnə〕
Zeyst〔zaɪst〕
Zezere〔'zɛzərə〕
Zezeru〔'zɛzɛru〕
Zezuru〔'zɛzuru〕
Zgerzh〔zgɛrʃ〕（俄）
Zgierz〔zɡjeʃ〕（波）
Zgorzelec〔zgɔr'ʒɛlets〕（波）
Zhdanov〔'ʒdanəf〕茲大那夫（蘇聯）
Zhidovskii gorod〔ʒɪ'dɔfskɪ 'gɔrɔt〕(俄)
Zhitomir〔ʒɪ'tɔmɪr〕息托密爾（蘇聯）
Zhivago〔dʒɪ'vago〕齊瓦哥
Zhivkov〔ʒɪv'kɔf〕
Zhmerinka〔ʒmə'rɪŋkə; ʒmjɪ'rjinkə (俄)〕
Zhob〔ʒob〕
Zhukov〔'ʒukɔf〕朱可夫（Georgi Konstan-
　　tinovich, 1896-1974, 蘇聯元帥）
Zia〔'tsiə〕
Ziani〔'dʒjanɪ〕

Ziba〔'ziba〕
Zibaro〔'sivaro〕（拉丁美）
Zich〔'zɪtʃ〕
Zichy〔'zɪtʃɪ〕
Židenice〔'ʒɪdɛ,njɪtse〕（捷）
Zidon〔'zaɪdn〕
Ziebach〔'zi'bak〕
Ziegfeld〔'zigfeld〕齊格菲（Florenz, 1867-
　　1932, 美國戲劇演出者）
Ziegler〔'ziglə〕齊格拉（Karl, 1898-1973,
　　德國化學家）
Ziehen〔'tsiən〕
Ziehn〔tsin〕
Ziel〔zil〕
Zieliński〔ʒɛ'linjskɪ〕（波）
Zielona Góra〔ʒɛ'lɔna 'gura〕（波）
Ziem〔zjem〕
Ziemer〔'zimə〕齊默
Ziemssen〔'tsimsən〕
Zients〔zaɪnts〕
Ziethen〔'tsitən〕
Zieten〔'tsitən〕
Zietz〔tsits〕齊茨
Ziff〔zɪf〕齊夫
Zigabenus〔zɪgə'binəs〕
Zigana Sira Dağlari〔zɪga'na sɪ'ra
　　dala'ri〕(土)
Zigfrids〔'zɪgfrɪdz〕
Zigrosser〔zɪ'grɔsə〕
Ziguinchor〔zigæŋ'ʃɔr〕（法）
Ziklag〔'zɪklæg〕
Zilahy〔'zɪlahɪ〕（匈）
Zilboorg〔'zɪlbɔrg〕
Zilcher〔'tsɪlhə〕（德）
Žilina〔'ʒɪlɪna〕（捷）
Zillah〔'zɪlə〕
Zillebeke〔'zɪlə,bekə〕
Zillertal〔'tsɪlətal〕
Zillertaler〔'tsɪlə,talə〕
Zilliacus〔,zɪlɪ'akəs〕齊利亞克斯
Zillich〔'tsɪlɪh〕（德）
Zilpah〔'zɪlpə〕
Zimbabwe〔zɪm'babwɪ〕辛巴威
Zimbalist〔zjɪmbʌ'ljist〕（俄）津巴利斯特
Zimisces〔zɪ'mɪsiz〕
Zimiskes〔zɪ'mɪsiz〕
Zimmer〔'tsɪmə〕齊默
Zimmerman〔'tsɪməman〕奇默爾曼
Zimmermann〔'tsɪməman〕齊麥曼（Alfred
　　F. M., 1859-1925, 德國外交家）
Zimmern〔'zɪmən; 'zɪməən（德）〕
Zimmerwald〔'tsɪmə,valt〕

Zimony〔'zimonj〕

Zimri〔'zimraɪ〕

Zin〔zɪn〕

Zinaida〔zina'idə；zjɪnʌ'idʌ（俄）〕

Zinal Rothorn〔tsɪ'nal 'rot,hɔrn〕

Zinantécatl〔,sinan'tekatl〕

Zinchenko〔'zintʃenko〕

Zinder〔'zɪndə〕

Zingara〔'tsɪngɑ,ra〕

Zingarella〔dziŋgɑ'rella〕（義）

Zingarelli〔,tsiŋgɑ'rellɪ〕（義）

Zingaro〔'tsiŋgɑ,ro〕（義）

Zingerle〔'tsɪŋələ〕

Zinj〔zɪndʒ〕

Zinjan〔zɪn'dʒan〕

Zinn〔tzɪn〕

Zinnia〔'zɪnjə〕

Zink〔zɪŋk〕津克

Zinovi〔zjɪ'nɔvjəɪ〕（俄）

Zinoviev〔zjɪ'nɔfjəf〕季諾維夫（Grigori Evseevich, 1883-1936, 蘇聯共黨領袖）

Zinovievsk〔zɪ'novjəfsk；zjɪ'nɔfjəfsk（俄）〕

Zinsen〔'dʒɪnsən〕

Zinsser〔'zɪnsə〕斯塞（Hans, 1878-1940, 美國細菌學家）

Zinú〔si'nu〕

Zinzendorf〔'tsɪntsəndɔrf〕

Zion〔'zaɪən〕郇山（耶路撒冷）

Zipa〔'sipa〕（拉丁美）

Zipangu〔zɪ'pæŋgu〕

Zipaquirá〔,sipakɪ'ra〕

Zipernowsky〔'zɪpɛr,navskɪ〕（匈）

Zipper〔'zɪpə〕一種拉鍊的商標

Zippor〔'zɪpɔr〕

Zipporah〔zɪ'pɔrə〕

Zips〔tsɪps〕

Zipse〔'zɪpsɪ〕

Ziranian〔zɪ'renɪən〕

Zirian〔'zɪrɪən〕

Ziria〔'zɪrɪə〕

Žirije〔'ʒirijɛ〕（塞克）

Zirkel〔'tsɪrkəl〕齊克爾

Zirkläre〔tsɪr'klerə〕

Ziska〔'zɪskə；'tsɪskɑ（德）〕

Zita〔'zitə；'dzitɑ（義）；'tsitɑ（德）〕

Zítek〔'zitɛk〕

Zittau〔'tsɪtau〕

Zittel〔'tsɪtəl〕

Ziv〔zɪv〕齊夫

Živković〔'ʒifkɔvitʃ；ʒivkə,vitj（塞克）〕

Živojin〔'ʒivojin〕（塞克）

Ziwar〔'ziwɛr〕

Ziya Gök Alp〔zɪ'ja 'gək 'alp〕（土）

Zizim〔zɪ'zɪm〕

Žižka〔'ʒɪʃka〕（捷）

Žižkov〔'ʒɪʃkɔf〕（捷）

Zlatoust〔zlətʌ'ust〕（俄）

Zlín〔zlin〕

Zlochev〔'zlɔtʃəf〕

Złoczów〔'zlɔtʃuf〕（波）

Złota Lipa〔'zlɔtɑ 'lipɑ〕（波）

Zmaj〔zmaɪ〕

Z. Marcas〔zɛd mar'ka〕（法）

Zmeinogorsk〔,zmenə'gɔrsk〕

Znaim〔tsnaɪm〕

Znamensk〔'znamjɪnsk〕（俄）

Znamya〔'znɑ'mja〕

Znaniecki〔znɑ'njetski〕

Znojmo〔'znɔɪmɔ〕

Zo〔zo〕

Zoan〔'zoæn〕

Zoar〔'zoə；zor〕【聖經】避難所

Zoas〔'zoəs〕

Zoba(h)〔'zobə〕

Zobair〔zu'baɪr〕

Zobeidah〔zu'baɪdæ〕

Zobeir, Rabah〔'rabɪ zu'baɪr〕

Zobeir Rahama Pasha〔zu'baɪr 'ræmæ 'paʃə〕

Zobeltitz〔'tsobəltɪts〕

Zoe〔'zoɪ〕若漪

Zoé〔zɔ'e〕（法）佐伊

Zoë〔'zoɪ〕佐薇

Zoëga〔so'igɑ〕（丹）

Zoete, De〔də 'zut〕

Zoffany〔'zafənɪ〕佐法尼

Zofia〔'zɔfja〕

Zofja〔'zɔfjɑ〕

Zog I〔zog〕周格一世（Scanderbeg Ⅲ, 1895-1961, 阿爾巴尼亞王）

Zogbaum〔'zagbam〕

Zogolli〔zo'golli〕（阿爾巴）

Zogoybi〔so'gɔɪbɪ〕

Zogu I〔'zogwə；'zogu〕= Zog I

Zohar〔'zohar〕猶太神秘教之經典

Zoila〔'θɔɪlɑ〕（西）

Zoilus〔'zoɪləs〕

Zola〔'zolə〕左拉（Emile, 1840-1902, 法國小說家）

Zoli〔'tsɔlɪ〕

Zollern〔'tsɔlən〕

Zollinger〔'tsalɪŋə〕（德）佐林格

Zöllner〔'tsɜlnə〕

Zollverein〔'tsɔlfer,aın〕【德】1819年至
1871年間德意志各邦之關稅同盟
Zolotov〔'zolətof〕
Zoltán〔'zoltan〕(匈)
Zomba〔'zambə〕松巴(非洲)
Zona〔'zonə〕
Zonaras〔'zanərəs;zona'ras〕(希)
Zondek〔'tsandɛk〕
Zongora〔zɔŋ'gora〕
Zonguldak〔,zɔŋgul'dak〕
Zonta Club〔'zantə~〕崇她社(一種社會或
職業婦女之組織)
Zoo〔zu〕
Zook〔zuk〕
Zoom〔zum;zom〕
Zophar〔'zofar〕
Zophiel〔'zofıəl〕
Zophiël〔'zofıəl〕
Zoppi〔'dzoppı〕
Zoppot〔'tsɔpɔt〕
Zopyrion〔zo'pırıən〕
Zor〔zɔr;tsɔr〕(德)
Zora〔'zorə〕佐拉
Zorach〔'zorak〕
Zorah〔'zorə〕
Zoricic〔ʒɔrı'tʃıtʃ〕
Zorilla〔θo'rilja〕(西)
Zorim〔'zɔrın〕
Zorina〔zo'rinə〕
Zorn〔sɔrn〕索恩(Anders Leonhard,1860-
1920,瑞典畫家、蝕刻家及雕刻家)
Zorndorf〔'tsɔrndɔrf〕
Zoroaster〔,zaro'æstə〕
Zorrilla〔θor'rilja〕(西)
Zorrilla de San Martin〔sɔr'rija ðe
'san mar'tin〕(拉丁美)
Zorrilla y Moral〔θor'rilja ı mo'ral〕
索利拉(José,1817-1893,西班牙詩人及劇作
家)
Zoser〔'zosə〕
Zosimo〔'dzɔzımo〕(義)
Zosimus〔'zosıməs〕
Zosma〔'zosmə〕
Zostera〔zas'tırə〕
Zouave〔zu'av〕朱阿夫兵(法國步兵)
Zouche〔zuʃ〕朱什
Zoutleeuw〔'zaut'leu〕
Zoutpansberg〔'sout,pans,bɛrk〕
Zrenjanin〔'zrɛnjanın〕
Zrinyi〔'zrınji〕
Zschokke〔'tʃɔkə〕
Zsigmond〔'ʒıgmond〕(匈)

Zsigmondy〔'ʒıg,mɔndı〕季格孟德(Rich-
ard,1865-1929,德國化學家)
Zsissly〔'zıslı〕
Zsolt〔ʒolt〕(匈)
zu〔tsu〕(德)
Zu〔zu〕巴比倫神話之風雨神
Zubair〔zu'baır〕
Zubenalgenubi〔,zubənældʒə'nubı〕
Zubiáurre〔su'bjaurre;θu'vjaurre(西)〕
Zubra〔'zubrə〕
Zucca〔'tsuka〕朱卡
Zuccarelli〔,tsukka'rɛllı〕(義)
Zuccaro〔'tsukkaro〕(義)
Zuckerman〔'zukəmən〕朱克曼
Zuckerkandl〔'tsukə,kandl̩〕
Zuckmayer〔'tsuk,maıə〕
Zucrow〔'zukro〕
Zueblin〔'zublın〕朱布林
Zuetina〔zwe'tinə〕
Zufall〔'tsufal〕
Zug〔tsuk〕租格(瑞士)
Zügel〔'tsjugəl〕
Zuger〔'tsugə〕
Zugersee〔'sugəze〕
Zugger〔'zugə〕朱格
Zugsmith〔'zʌgsmıθ〕
Zugspitze〔'tsuk,ʃpıtsə〕租格峯(德國)
Zugur〔'zugə〕
Zuhair〔zu'haır〕
Zuhayr〔zu'haır〕
Zuhreh〔zu'ræ〕
Zuid-Bali〔,zuıt·'balı〕
Zuid-Beveland〔'zuıt·'bevəlant〕
Zuider Zee〔,zaıdə'ze〕須德海(荷蘭)
Zuidholland〔,zuıt'hɔlant〕
Zuill〔'zuıl〕朱伊爾
Zuinglius〔'tswıŋlıəs〕
Zújar〔'θuhar〕(西)
Zuker〔'zukə〕朱克
Zukertort〔'tsukətort〕
Zukor〔'zukə〕朱克
Zula〔'zulə〕
Żuławski〔ʒu'lafskı〕(波)
Zuleika〔zu'lekə〕
Zuléma〔zjule'ma〕(法)
Zulfikar〔,zulfı'kar〕
Zulia〔'sulja〕(拉丁美)
Zulla〔'zulə〕
Zuloaga〔,θulo'aga〕朱洛亞加(Ignacio,
1870-1945,西班牙畫家)
Zülpich〔'tsjulpıh〕(德)
Zulu〔'zulu〕❶租魯族❷租魯語

Zulueta, De〔də zulu'ɛtə〕
Zululand〔'zulu,lænd〕
Zum〔tsum〕
Zumalacárregui〔,sumala'karrɛgi〕
Zumárraga〔θu'marraga〕(西)
Zumbo〔'zumbo〕
Zumbusch〔'tsumbuʃ〕
Zumpango〔sum'paŋgo〕(拉丁美)
Zumpt〔tsumpt〕
Zumpual〔sum'pwal〕(拉丁美)
Zumsteeg〔'tsumʃteh〕(德)
Zuni〔'zunjɪ〕
Zuñi〔'zunjɪ〕
Zúñiga〔θunjɪga〕(西)
Zuñiga y Azevedo〔'θunjɪga ɪ ,aθe-'veðo〕(西)
Zunser〔'tsunzə〕
Zunz〔tsunts〕
Zupitza〔tsu'pɪtsa〕
Zupo, Piz〔pits 'tsupo〕
Zuqar〔'zukar〕
Zurayk〔'zurəik〕
Zurbarán〔,θurva'ran〕(西)
Zurcher〔'zɜkə〕澤克
Zuri〔'zuri〕
Zurich〔'zurɪk〕蘇黎克 (瑞士)
Zürich〔'zjurɪk; 'tsjurɪh〕(德)
Zürichsee〔'tsjurɪh,ze〕(德)
Zurita〔θu'rita〕(西)
Zurka〔zur'ka〕
Zut〔zjut〕
Zutphen〔'zʌtfən〕
Zuviría〔,suvɪ'ria〕
Zuyder Zee〔'zaɪdə 'ze〕
Zvenigorodka〔zvɪ'njiigərətkə〕
Zverev〔'zverɛv〕

Zwaarteberg〔'svartəbɛrh〕(荷)
Zwai〔zwaɪ〕
Zwangendaba〔,zwangɛn'daba〕
Zwartberg〔'swɔrtɛg〕
Zweibrücken〔,tsvaɪ'brjukən〕
Zweifel〔'zwaɪfəl〕茲維費爾
Zweig〔zwaɪg; tsvaɪh〕茨偉克 (Arnold, 1887-1968, 德國作家)
Zweisimmen〔'tsvaɪzɪmən〕
Zwellendam〔'swɛləndæm〕
Zwemer〔'zwemə〕
Zweter〔'tsvetə〕(德)
Zwick〔zwɪk〕茲維克
Zwickau〔'tsvɪkau〕次維考 (德國)
Zwicker〔'zwɪkə〕茲維基
Zwicky〔'tswɪkɪ〕
Zwiedineck von Südenhorst〔'tsvidɪnɛk fan 'zjudənhɔrst〕(德)
Zwiener〔'zwinə〕
Zwier〔zviə〕(荷)
Zwijndrecht〔'zvaɪndrɛht〕(荷)
Zwillinge〔'tsvɪlɪŋə〕
Zwinger〔'tsvɪŋə〕
Zwingli〔'zwɪŋlɪ; 'tsvɪŋlɪ〕茲文利 (Huldreich or Ulrich, 1484-1531, 瑞士新教改革領袖)
Zwirner〔'tsvɪrnə〕
Zwolle〔'zwali〕茲伏勒 (美國)
Zwollsche Diep〔'zwɔlsə dip〕
Zworykin〔'zwɔrɪkɪn〕
Zwyndrecht〔'zvaɪndrɛht〕(荷)
Zygmund〔'zɪgmənd〕
Zygmunt〔'zɪgmunt〕(波)
Zymirski〔zɪ'mɪrskɪ〕
Żyrardów〔ʒɪ'rarduf〕(波)
Zyryanian〔zɪ'rjenɪən〕

說英文高手 | 與傳統會話教材有何不同？

1. 我們學了那麼多年的英語會語，爲什麼還不會說？

我們所使用的教材不對。傳統實況會話教材，如去郵局、在機場、看醫生等，勉強背下來，哪有機會使用？不使用就會忘記。等到有一天到了郵局，早就忘了你所學的。

2.「說英文高手」這本書，和傳統的英語會話教材有何不同？

「說英文高手」這本書，以三句爲一組，任何時候都可以說，可以對外國人說，也可以和中國人說，有時可自言自語說。例如：你幾乎天天都可以說：What a beautiful day it is! It's not too hot. It's not too cold. It's just right. 傳統的英語會話教材，都是以兩個人以上的對話爲主，主角又是你，又是別人，當然記不下來。「說英文高手」的主角就是你，先從你天天可說的話開始。把你要說的話用英文表達出來，所以容易記下來。

3. 爲什麼用「說英文高手」這本書，學了馬上就會說？

書中的教材，學起來有趣，一次說三句，不容易忘記。例如：你有很多機會可以對朋友說：Never give up. Never give in. Never say never.

4. 傳統會話教材目標不明確，一句句學，學了後面，忘了前面，一輩子記不起來。「說英文高手」目標明確，先從一次說三句開始，自我訓練以後，能夠隨時說六句以上，例如：你說的話，別人不相信，傳統會話只教你一句：I'm not kidding. 連這句話你都會忘掉。「說英文高手」教你一次說很多句：

I mean what I say.
I say what I mean.
I really mean it.

I'm not kidding you.
I'm not joking with you.
I'm telling you the truth.

你唸唸看，背這六句是不是比背一句容易呢？能夠一次說六句以上英文，你會有無比興奮的感覺，當說英文變成你的愛好的時候，你的目標就達成。

●5分鐘學會說英文①②③冊●

張　齡　編譯

「五分鐘學會說英文」是根據美國中央情報局的特殊記憶訓練法，所精心編輯而成的。您只要花五分鐘，就能記住一種實況，且在短時間內融會貫通，靈活運用。

本書最符合現代人的需要，用字淺顯，內容都是日常生活必備的，句子簡短，易懂、易記。例如想請外國朋友吃中飯，該怎麼說呢？本書教您最實用最普遍的講法：*Lunch is on me*.

「五分鐘學會說英文」每冊均分為八十課。每課由一句話揭示主題，再以三個不同的會話實況，使您徹底了解使用的場合。三個會話實況以後，列有「**舉一反三**」，包含五組對話，幫助您推展主題的運用範圍。凡是重要的單字、片語，均詳列於每課之後；對於特殊的注意事項和使用方法，則另附有**背景說明**。

錄音帶採用兩遍英文的跟讀練習，隨時可聽可學。

◉書每冊150元，每冊書另有錄音帶四卷500元。

● SITUATION 39 ●

Lunch is on me.

Dialogue 2

A : Miss, may I have the check？
　　小姐，請把帳單給我好嗎？

B : How much do I owe you, Jane？
　　珍，我要付你多少？

A : Nothing. **Lunch is on me.**
　　不必了。中飯我請客。

B : Thank you. Next time lunch is on me. 謝謝你。下回中飯我請。

A : O.K. That's a deal.
　　好的。一言爲定。

B : Let's go. 我們走吧。

〔 **舉一反三** 〕

A : This **lunch is on me**. 中飯我請客。

B : Thank you. 謝謝你。

A : Are you buying dinner tonight？
　　今晚晚餐你付帳嗎？

B : Yes. **Dinner is on me.**
　　是的，晚餐我請客。

A : Let's go Dutch. 我們分攤吧。

B : No, **it's my treat**. 不，我請客。

A : **Drinks are on me**. 酒由我請客。

B : What's the occasion？ 要慶祝什麼？

●台北市●	南陽書局	今博書局	明志工專	●永和●	崇文圖書
重南書局	三友書局	鑫日書局	崇文圖書	東豐書局	●泰山鄉●
文翔書局	華星書局	廣奧書局	廣奧書局	國中書局	大雅書局
衆文書局	新學友書局	太華書局	進文堂書局	宇城書局	●淡水●
永大書局	來來百貨	平峰書局	福勝書局	潮流書局	文理書局
巨擘書局	永漢書局	百合書局	台大書局	文德書局	匯林書局
新智書局	力行書局	朝陽書局	書林書局	大方書局	淡友書局
正文書局	泰堂書局	天才學局	景優書局	超群書局	國寶書局
弘雅書局	金橋圖書股	久大書	香草山書局	文山書局	匯文書局
文友書局	份有限公司	香世界	漢記書局	三通書局	中外書局
博大書局	文普書局	東利書局	光啓書局	●中和●	●羅東●
致遠書局	力霸百貨	聯合資訊	增文堂書局	景新書局	翰林書局
千華書局	集太祥書局	天下電腦	富美書局	華陽書局	統一書局
曉園書局	偉群書局	信宏書局	益中書局	●新店●	學人書局
建宏書局	萬泰書局	校園書局	葉山書局	華泰書局	三民學局
宏業書局	明志書局	中興大學	漢文書局	文風書局	國泰書局
文康書局	宏玉書局	圖書部	師大書苑	勝博書局	環華書局
光統書局	興來百貨	合239書局	學海書局	文山書局	國民書局
文源書局	文佳書局	博聞堂書局	克明書局	宏德書局	●宜蘭●
翰輝書局	自力書局	政大書局	華城書局	●板橋●	華山書局
文化書局	誼美書局	再興書局	崇暉書局	永一書局	金隆書局
正元書局	水準書局	建安書局	來來書局	優豪電腦	新時代書局
天龍書局	中美書局	文理書局	青草地書局	建盈書局	四季風書局
金石堂	淵明書局	華一書局	實踐書坊	賢明書局	方向書局
文化廣場	頂大書局	伯樂書局	人人書局	流行站百貨	●花蓮●
建德書報社	今長樂書局	東光百	文軒書局	恒隆書局	千歲書坊
貞德書報社	德昌書局	貨公司	升華書局	啓文書局	中原書局
百全書報社	敦煌書局	宏明書局	大學書局	峰國書局	新生書局
聯宏書報社	松芳書局	建國書局	東成書局	文林書局	精藝書坊
聯豐書報社	弘文書局	中建書局	長靑書局	文人書局	●台東●
華一書報社	統領書局	師大書局	玉山書局	文城書局	徐氏書局
偉正書報社	啓文書局	浦公英書局	亨得利書局	大漢書局	統一書局
恒立書報社	永琦書局	夢溪書局	文達書局	大有爲書局	●金門●
中台書報社	鴻源百貨	時報出版社	光華書局	●三重●	翰林書局
建興書局	敬恒書局	宏欣書局	冠德書局	義記書局	源成書局
文笙書局	新光百貨	桂冠書局	宗記書局	日新書局	金鴻福書局
大中國書局	益群書局	九章出版社	士林書局	文海書局	●澎湖●
國聯書局	聯一書局	開發書局	宇文書局	百勝書局	大衆書局
宏一書局	朝陽堂	智邦書局	檸檬黃書局	仁人書局	黎明書局
宏昇書局	六福堂書局	永豐餘	大漢書局	●新莊●	●桃園●
百文書局	博文堂書局	永星書局	信加書局	珠海書局	文化書局
鴻儒堂書局	益民書局	漢昇書局	勝一書局	鴻陽書局	中山書局
廣城書局	拾而美書局	慈暉書局	兒童百科	文林書局	天寧書局
學語書局	百葉書局	新興書局	書局	辰陽書局	東方書局

東海書局
大新書局
奇奇書局
全國優良圖
書展藍源德
好學生書局
●中壢●
立德書局
文明書局
文化書局
貞德書局
建宏書局
博士書局
奇奇書局
大學書局
●新竹●
大學書局
昇大書局
六藝出版社
竹一書局
仁文書局
學府書局
文華書局
黎明書局
文國書局
金鼎獎書局
大新書局
文山書局
弘文書局
德興書局
學風書局
泰昌書局
滋朗書局
排行榜書局
光南書局
大華書報社
●苗栗●
益文書局
芙華書局
建國書局
文華書局
●基隆●
文粹書局
育德書局

自立書局
明德書局
中興書局
文隆書局
建國書局
父豐書局
●台中市●
宏明書局
曉園出版社
台中門市
滄海書局
大學圖書
供應社
逢甲書局
聯經出版社
中央書局
大眾書局
新大方書局
中華書局
文軒書局
柏林書局
亞勝補習班
文化書城
三民書局
台一書局
興大書局
興大書齋
興文書局
正文書局
新能書局
新學友書局
全文書局
國鼎書局
國賓書局
華文書局
建國書局
汗牛書屋
享聲唱片行
華中書局
逢甲大學
諾貝爾書局
中部書報社
中一書局
明道書局

振文書局
中台一專
盛文書局
●台中縣●
三民書局
建成書局
欣欣唱片行
大千書局
中一書局
明道書局
●彰化●
復文書局
東門書局
新新書局
台聯書局
時代書局
成功書局
世界書局
來來書局
翰林書局
一新書局
中山書局
文明書局
●雲林●
建中書局
大山書局
文芳書局
國光書局
良昌書局
三民書局
●嘉義市●
文豐書局
慶隆盛書局
義豐書局
志成書局
大漢書局
書苑庭書局
學英公司
天才書局
學英書局
光南書局
嘉聯書報社
●嘉義縣●
建成書局

●台南縣●
全勝書局
博大書局
第一書局
南一書局
柳營書局
●台南市●
欣欣文化社
光南唱片行
嘉南書社
第一書局
東華書局
成功大學
書局部
成大書城
文山書局
孟子書局
大友書局
松文書局
盛文書局
台南書局
日勝書局
旭日書局
南台圖書
公　　司
金寶書局
船塢書坊
南一書局
大統唱片行
國正書局
源文書局
永茂書報社
天才書局
●高雄縣●
延平書局
欣良書局
大岡山書城
時代書局
鳳山大書城
遠東大書城
天下書局
杏綱書局
統一書局
百科書局

志成書局
光遠書局
●高雄市●
高雄書報社
宏昇書局
理想書局
高文堂書局
松柏書局
三民書局
光南書局
國鼎書局
文英書局
黎明書局
光明書局
前程書局
劳行書局
登文書局
青山外語
補習班
六合書局
美新書局
朝代書局
意文書局
地下街
文化廣場
大立百貨公
司圖書部
大統百貨公
司圖書部
黎明文化
有前書局
建工書局
鐘樓書局
青年書局
寶林書局
大學城書局
引想力書局
永大書局
杏莊書局
儒林書局
雄大書局
復文書局
致遠書局
明仁書局

宏亞書局
瀚文書局
天祥書局
廣文書局
楊氏書局
慈珊書局
盛文書局
光　書局
圖書百貨
愛偉書局
●屏東●
復文書局
建利書局
百成書局
新星書局
百科書局
屏東書城
屏東唱片行
英格文教社
賢明書局
大古今書局
屏東農專
書局部
順時書局
百順書局

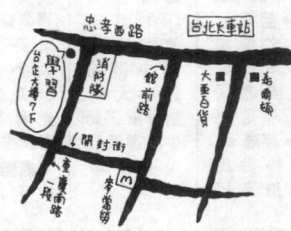

Editorial Staff

● 企劃・編著 / 劉　毅
● 英文撰稿
　Mark A. Pengra・Bruce S. Stewart
　Edward C. Yulo・John C. Didier
● 校訂
　陸　妙・葉淑霞・陳怡平・陳威如・王慶銘
　王怡華・林順隆・卓永堅・林佩汀・陳瑠琍
　喻小敏・項福瑩・梁艾琳・王慧芬・黃正齡
　鄭淳文・蕭錦玲
● 校閱
　Larry J. Marx ・Lois M. Findler
　John H. Voelker・Keith Gaunt
● 封面設計 / 唐　旲
● 插畫 / 林惠貞
● 版面設計 / 張鳳儀・林惠貞
● 版面構成 / 蘇淑玲
● 打字
　黃淑貞・倪秀梅・蘇淑玲・吳秋香・徐湘君

|||||||||||||| ● 學習出版公司門市部 ● |||||||||||||||

台北地區：台北市許昌街 10 號 2 樓 TEL：(02)2331-4060・2331-9209
台中地區：台中市綠川東街 32 號 8 樓 23 室
TEL：(04)223-2838

||||||||||||||||||||||||||||||||||||||||||||||||||||

KK 音標專有名詞發音辭典

編　　著／劉毅
發 行 所／學習出版有限公司　　　☎ (02) 2704-5525
郵 撥 帳 號／0512727-2 學習出版社帳戶
登 記 證／局版台業 2179 號
印 刷 所／裕強彩色印刷有限公司
台 北 門 市／台北市許昌街 10 號 2F　　☎ (02) 2331-4060・2331-9209
台 中 門 市／台中市綠川東街 32 號 8F 23 室　☎ (04) 223-2838
台灣總經銷／學英文化事業公司　　　☎ (02) 2218-7307
美國總經銷／Evergreen Book Store　　☎ (818) 2813622

售價：新台幣三百八十元正

1998 年 4 月 1 日一版三刷